北京大學《儒藏》編纂與研究中心 編

U0404036

《儒藏》精華編選刊

詩毛氏傳疏（上）

〔清〕陳奐 撰

陳錦春 王承略 校點

北京大學出版社
PEKING UNIVERSITY PRESS

圖書在版編目(CIP)數據

詩毛氏傳疏：全三册 /（清）陳奐撰；北京大學《儒藏》編纂與研究中心編.
—北京：北京大學出版社，2023.9
（《儒藏》精華編選刊）
ISBN 978-7-301-33914-5

Ⅰ.①詩…　Ⅱ.①陳…　②北…　Ⅲ.①《詩經》－詩歌研究　Ⅳ.①I207.222

中國國家版本館CIP數據核字（2023）第065169號

書　　名　詩毛氏傳疏
SHI MAOSHI ZHUANSHU
著作責任者　〔清〕陳奐 撰
陳錦春　王承略　校點
北京大學《儒藏》編纂與研究中心 編
策劃統籌　馬辛民
責任編輯　王　應
標準書號　ISBN 978-7-301-33914-5
出版發行　北京大學出版社
地　　址　北京市海淀區成府路205號　100871
網　　址　http://www.pup.cn　新浪微博：@北京大學出版社
電子郵箱　編輯部 dj@pup.cn　總編室 zpup@pup.cn
電　　話　郵購部 010-62752015　發行部 010-62750672
編輯部 010-62756449
印 刷 者　三河市北燕印裝有限公司
經 銷 者　新華書店
650毫米×980毫米　16開本　87.5印張　1068千字
2023年9月第1版　2023年9月第1次印刷
定　　價　300.00元（全三册）

未經許可，不得以任何方式複製或抄襲本書之部分或全部内容。
版權所有，侵權必究
舉報電話：010-62752024　電子郵箱：fd@pup.cn
圖書如有印裝質量問題，請與出版部聯繫，電話：010-62756370

目録

上册

卷三

卷四

下册

附録

鄭氏箋攷徵

校點説明

《詩毛氏傳疏》（又或稱《毛詩傳疏》）三十卷（附《釋毛詩音》四卷、《毛詩説》一卷、《毛詩傳義類》一卷、《鄭氏箋攷徵》一卷），清陳奂撰。

陳奂（一七八六—一八六三），字碩甫，號師竹，晚自號南園老人，長洲（今江蘇蘇州）人。諸生。咸豐元年（一八五一）舉孝廉方正。《清史稿》入《儒林列傳》。

陳奂畢生治學，先後師事江沅、段玉裁，又問學於高郵王氏父子，交遊當時學術名家。其學專攻毛《傳》，嘗言大毛公《詁訓傳》言簡意賅，而毛《傳》一切名物禮數，自漢以來無人稱引，韜晦不彰，遂殫精竭慮，以二十八載之功，撰成此書。

在《自序》中，陳奂認爲，鄭玄爲毛《傳》作《箋》間雜三家《詩》説，淆亂毛《傳》已甚。且二千年來，鄭《箋》和《正義》流行，毛《傳》名雖存而實亡，所以他撰成此書，廢去鄭《箋》，專疏毛《傳》，志在恢復發揚毛《傳》之精要。

是書對《序》、《傳》一一疏釋，不憚煩瑣。廣徵古書，發明經義。多用東漢以前舊説，而與東漢人説《詩》者不苟同。以毛氏之學源出荀子，而善承毛氏之學者蓋鄭衆、許慎兩家，故而書中多所稱引。又普遍吸收清代考據學成果，詳加考訂，融會貫通，疏證精詳，被梁啓超《中國近三百年學術史》譽爲「疏家模範」。因對毛《傳》訓詁體例和名物制度多有發明，是書成爲清代漢學家研究《毛詩》的集成性著作，與馬瑞辰《毛詩傳箋通釋》並號爲「專門之學」。

陳奂治《毛詩》，大抵以《詩毛氏傳疏》爲經，以《釋毛詩音》、《毛詩説》、《毛詩傳義類》、《鄭氏箋攷徵》等四種爲緯。《釋毛詩音》用其師段玉裁之學説，尋繹《毛詩》經傳古聲今音之音變音轉及詁訓中雙聲疊韻之理。《毛詩説》總結毛《傳》訓詁體例，爲陳氏《疏》之條例。《毛詩傳義類》仿《爾雅》，將毛《傳》詁訓按義類分爲十九篇，逐詞注釋，極便檢索。《鄭氏箋攷徵》考證鄭《箋》用今文《詩》説改易或申述《毛詩》之處，考列鄭《箋》所用三家《詩》的例證。

是書版本主要有道光咸豐間陳氏五種本、光緒十年（一八八四）徐子静覆刻陳氏五種本、光緒間《清經解續編》本、民國間鴻章書局石印本、民國二十三年（一九三四）商務印書館《國學基本叢書》排印本（以徐子静本爲底本，句讀錯誤頗多）等。

陳氏五種本是指道光二十七年（丁未，一八四七）武林愛日軒刻《詩毛氏傳疏》、咸豐元年（辛亥，一八五一）蘇州漱芳齋刻《釋毛詩音》、道光二十七年（丁未，一八四七）武林愛日軒刻《毛詩説》、咸豐九年（己未，一八五九）王載雲刻《毛詩傳義類》、咸豐八年（戊午，一八五八）許文一刻《鄭氏箋攷徵》等五種陳氏主要《詩》學著作的匯刊本。此本書首有「吴門南園埽葉山莊陳氏臧版」牌記、費丹旭寫陳奐小像、汪獻玗書潘遵祁畫贊。此五種各有題籤及木記，而版式統一，均半頁十行，行二十一字，小字雙行同。左右雙邊，大黑口，雙花魚尾。上魚尾下録書名或其簡稱與卷數，下魚尾下録當卷頁碼。陳氏五種本刊刻於陳奐生前，年代較早，錯誤較少，多爲人所重視。山東友誼出版社（《孔子文化大全》叢書）、北京中國書店、上海古籍出版社（《續修四庫全書》）、學苑出版社（《詩經要籍集成》）等都曾影印出版過陳氏五種本。其中《孔子文化大全》叢書影印海寧楊芸士藏本，係此書最早刻本，很好地保留了原刻本面貌，故選作此次校點的底本。中國書店、上海古籍、學苑出版社所影印的是同一刻本，此本曾對原版片做過校勘剜改，其中校勘成果多被此次校點吸收。徐子静覆刻陳氏五種與《清經解續編》統一刊刻陳氏書時，都曾做過一定的校勘，因而作爲此次校點的主要參校本。

陳奐引書甚多，且泥於古説，好作古文，因此在校點中我們儘量保留了陳氏的行文特色，衹對部分不影響文意的異體字作了統一。整體來説，陳氏引書極爲嚴謹，因此，其節引原文者，我們加以引號，其意引者則否。其中陳奐所引《説文》雖主要依據其師段玉裁《説文解字注》之説，但有所創發。我們依據「一字一篆」的體例對其加以標點，但其文意應相連屬。《夏小正》經傳通行本都連屬一篇之中，我們仍按照通行本標點，以便讀者檢索。其所引《春秋繁露》等多和宋本或其他善本相合，以其自有説明，因此在校點中，有異文者，特别是影響文意者，我們詳爲校記，但慎下按語。

原書《凡例》中特意提到的避諱字一依原樣，在正文中避清諱和孔丘諱則悉數改回，與書中明顯錯誤逕改者一例，皆不出校。其中城邑之「丘」，陳氏皆别作「邱」，故不改易。陳氏原編目録過於簡單，我們另作了詳細目録，以便讀者查找。

校點者　陳錦春　王承略

敘

敘曰：昔者周公制禮作樂，《詩》爲樂章，用諸宗廟朝廷，達諸鄉黨邦國。當時賢士大夫皆能通於《詩》教。孔子以《詩》授群弟子，曰：「小子何莫學夫《詩》？」又曰：「不學《詩》，無以言。」誠以《詩》教之入人者深，而聲音之道與政通也。卜子子夏親受業於孔子之門，遂隱括詩人本志，爲三百十一篇作《序》。《史記》云：「《詩》三百五篇，孔子皆弦歌之。」此不數六「笙詩」也。子夏作《序》時，六「笙詩」尚存。數傳至六國時，魯人毛公依《序》作《傳》。其《序》意有不盡者，《傳》乃補綴之，而於詁訓特詳。授趙人小毛公。毛公名亨，作《詩詁訓傳》。小毛公名萇，爲河間獻王博士。《漢書·儒林傳》不得其詳實。《詩》當秦燔錮禁之際，猶有齊、魯、韓三家《詩》萌芽間出。三家多採襍説，與《儀禮》、《論語》、《孟子》、《春秋》内外傳論《詩》，往往或不合。三家雖自出於七十子之徒，然而孔子既没，微言已絶，大道多岐，異端共作。又或借以諷動時君，以正詩爲刺詩，違詩人之本志，故齊、魯、韓可廢，毛不可廢。齊、魯、韓且不得與毛抗衡，况其下者乎？漢興，齊、魯、韓先立學官，置博士，而毛僅僻在河閒。平帝末，得立學官，遂遭新禍。班孟堅説《詩》「魯最爲近之」者，素習見聞而云然也。東京已降，經術粤隆，若鄭仲師、賈景伯、許叔重、馬季長，稍稍治《毛詩》。然在廷諸臣，猶尚魯訓，兼習韓故。鄭康成殿居漢季，初從東郡張師張恭祖。學《韓詩》。後見《毛詩》義精，好爲作《箋》。亦復閒襍《魯詩》，并參己意。固作《箋》之旨，實不盡同毛義。及至魏、晉，鄭學既行，雖以王子雝不好鄭氏，力極申毛難鄭，究未得毛之精微。唐貞觀中，孔沖遠作《正義》，《傳》、《箋》俱疏，於是毛、鄭兩家合爲一家之書矣。兩漢信魯而齊亡，魏、晉用韓而魯亡，隋、唐以迄趙宋稱鄭而韓亦亡。近代説《詩》，兼習毛、鄭，不分時代，毛在齊、魯、韓之前，鄭後四百餘載。不尚專脩，毛自謂子夏所傳，鄭則兼用韓、魯。不審鄭氏作《箋》之旨，而又苦毛義之簡深，猝不得其涯際，漏辭偏解，迄無鉅觀。二千年來，毛雖存而若亡，有固然已。奐不揣檮昧，沈研鑽極，畢生思慮，會萃於兹。竊以《毛詩》多記古文，倍詳前典，或引申，或假借，或互訓，或通釋，或文生上下而無害，或辭用順逆而不違。要明乎世次得失之迹，而吟詠情性，有以合乎詩人之本志。故讀《詩》不讀《序》，無本之教也。讀《詩》與《序》，而不讀《傳》，失守之學也。文簡而義贍，語正而道精，洵乎爲小學之津梁，群書之鈐鍵也。初放《爾雅》編作《義類》，凡聲音、訓詁之用，天地、山川之大，宫室、衣服、制度之精，鳥、獸、草、木、蟲、魚之細，分别部居，各爲探索。久乃剗除條例章句，揉成作疏。攷《漢書·蓺文志》：「《毛詩》二十九卷。《毛詩故訓傳》三十卷。」此葢以十五《國風》爲十五卷，《小雅》七十四篇爲七卷，《大雅》三十一篇爲三卷，三《頌》爲三卷，合爲二十八卷，而《序》别爲一卷，故爲二十九卷。毛公作《故訓傳》時，以《周頌》三十一篇爲三卷，而《序》分冠篇首，故合爲三十卷。今分作三十卷者，仍《毛詩》舊也。古經傳本各自爲書，自《傳》與《箋》合併，而久失原書之舊。今置《箋》而疏《傳》者，宗《毛詩》義也。憶自髫飾聞脩，趨承庭訓，依奉慈規，父諱植，與叔父檏、季父格同産，以樹德勖子，世稱「丈芸先生」。母趙安人。私淑先師之緒，博訪通人之語，攟取先秦之舊説，搴擇末漢之異言，墨守之譏，亦所不辭，而鼠璞之譬，庶幾免焉。若夫作者之聖，述者之明，卓乎篇章，粲然大備，欲達治亂之原，以懷聖賢之教，其將有竢於天下後世之言《詩》者。長洲舊籍隸崇明陳奐碩甫氏謹撰。

條例十凡

凡寫字體，恭遇列聖廟諱，恪遵高宗純皇帝刊行《武英殿五經》，敬缺末筆。恭遇御名，恪遵聖諭，上一字敬缺中點，作「旻」；下一字敬改中畫，作「寕」。

凡《詩》有四，今以《詩》爲建首，而以毛氏《傳》别之，曰《詩毛氏詁訓傳》。「詩」是書之名，「毛氏」爲作《傳》人姓，别於齊、魯、韓三家。

凡全書初從校宋小字本，不減改字。後獲見原宋本，譌踳脱落，難於依據。今其甚誤處，或從善本訂正，而宋本之舊誤，仍辨載於疏。

凡《傳》文中羼入《箋》語及脱句脱字，依據善本增補。若《傳》文中衍句衍字及有疑義，皆不加删削，唯表明於疏而已。

凡經、傳相行通用之字，如《關雎》「在河之洲」，「洲」即「州」之俗，而仍用「洲」字不改，不妨從俗也，疏中則表明之。如《葛覃》傳中「貌」字，葉石林鈔本《釋文》皆從古文作「皃」。今疏中從古作「皃」，而《傳》仍作「貌」。所引之書，「皃」、「貌」悉從本書，故字體不能畫一，此其大概也。

凡齊、魯、韓三家與毛同字同義、異字異義者，廣採之。其有不合者，辨證之。散見於六朝以後者，則從略。

凡後人所引《傳》文，意有增益、不足徵信者不載。

凡援引古書，從善本、校本，與今流俗本不同。其注釋閒引用它説，與原注亦不必盡同。或箸明之，不悉箸明也。

凡傳、注，唯《毛詩》最爲近古，義又簡括。其訓詁與《爾雅》詳略異同，相爲表裏。至于一切禮數、名物，由漢而來，無人稱引，遂韜晦不彰。故博引古書，廣收前説，講明而條貫，始可以發數千年未明之義。大抵用西漢前人之説，而與東漢人説《詩》者不能苟同也。

凡毛氏之學，其源出於荀子。而善承毛氏者，唯鄭仲師、許叔重兩家。《周禮注》、《説文解字》多所取説，其餘先儒舊説不悉備載，亦不復駁難。有足以申明毛氏者，鄭《箋》、孔《疏》與近人説《詩》家，亦皆取證。

此疏之作，始於嘉慶壬申，從學段氏若膺先生於蘇郡白蓮橋枝園，親炙函丈，取益難數。而成於道光庚子，杭郡西湖水北樓友人汪亞虞聳悤爲之。亞虞名适孫，遠孫之弟，有振綺堂，藏書極富。庚子四月六日開雕，丁未八月七日雕成。坿記始末於此。

詩毛氏傳疏卷一

周南關雎詁訓傳弟一　毛詩國風

周南之國十一篇，三十四章，百五十九句。【疏】南，南國也。在江漢之域。周，雍州地名，在岐山之陽。譙周、司馬貞説本大王所居，扶風雍東北故周城是也。周公食采於周，故曰周公。當武王、成王之世，周公在王朝，爲陝東之伯，率東方諸侯。攝政五年，營治東都王城。六年，制作禮樂。遂以文王受命以後，與己陝内所采之詩，編諸樂章，屬歌於大師，名之曰《周南》焉。先師金壇段氏玉裁《毛詩小箋》云：「章句既移篇前，則都數宜在此。毛三十四章，鄭始三十六章。」

《關雎》三章，一章四句，二章章八句。【疏】今本分章作五章，此從「故言」。陸德明《釋文》云：「五章，鄭所分。故言，毛公本意。後放此。」是也。《小箋》云：「各本章句在篇後。孔穎達《正義》云：『定本章句在篇後。』然則孔本章句在前可知也。杜甫以『《曲江》三章，章五句』爲題書於前，知唐本多如此。」

《關雎》，后妃之德也，風之始也。所以風天下而正夫婦也。故用之鄉人焉，用之邦國焉。風，風也，教也。風以動之，教以化之。詩者，志之所之也。在心爲志，發言爲詩。情動於中而形於言。言之不足，故嗟歎之；嗟歎之不足，故永歌之；永歌之不足，不知手之舞之、足之蹈之也。情發於聲，聲成文謂之音。治世之音安以樂，其政和。亂世之音怨以怒，其政乖。亡國之音哀以思，其民困。故正得失，動天地，感鬼神，莫近於詩。先王以是經夫婦，成孝敬，厚人倫，美教化，移風俗。故詩有六義焉：一曰風，二曰賦，三曰比，四曰興，五曰雅，六曰頌。上以風化下，下以風刺上，主文而譎諫，言之者無罪，聞之者足以戒，故曰風。至于王道衰，禮義廢，政教失，國異政，家殊俗，而變風、變雅作矣。國史明乎得失之迹，傷人倫之廢，哀刑政之苛，吟咏情性，以風其上，達於事變而懷其舊俗者也。故變風發乎情，止乎禮義。發乎情，民之性也；止乎禮義，先王之澤也。是以一國之事，繫一人之本，謂之風。言天下之事，形四方之風，謂之雅。雅者，正也，言王政之所由廢興也。政有小大，故有小雅焉，有大雅焉。頌者，美盛德之形容，以其成功告於神明者也。是謂四始，詩之至也。【疏】總論全《詩》。《風》、小大《雅》、《頌》皆以文王詩爲始。《關雎》，《風》始；《鹿鳴》，《小雅》始；《文王》，《大雅》始；《清廟》，《頌》始。然則《關雎》、《麟趾》之化，王者之風，故繫之周公。南，言化自北而南也。《鵲巢》、《騶虞》之德，諸侯之風也。先王之所以教，故繫之召公。《周南》、《召南》，正始之道，王化之基。【疏】總論二《南》。文王受命爲西伯，三分天下有其二，以服事殷。雖行王者之事，猶循諸侯之職。二《南》同風也。是以《關雎》，逗。樂得淑女以配君子，憂在進賢，不淫其色，哀窈窕，思賢才，而無傷善之心焉。是《關雎》之義也。【疏】總論《關雎》。《論語·八佾》篇云：「《關雎》樂而不淫，哀而不傷。」此孔子論《詩》釋《關雎》之義，而子夏作《序》之所本也。毛公之學出自子夏，故《傳》與《序》無不合。《釋文》：「沈重云：鄭《詩譜》意《大序》是子夏作，《小序》是子夏、毛公合作。」然則《毛詩》真得聖人之教者矣。劉向《列女傳·仁智》篇、楊雄《法言·孝至》篇、司馬遷《史記·十二諸侯年表》序、《儒林傳》序、班固《漢書·杜欽傳》、范曄《後漢書·明帝紀》、《皇后紀》、《馮衍傳》、《楊賜傳》、《張衡傳》所引，皆申培《魯詩》。又李賢注《明帝紀》、《馮衍傳》引薛方丘《韓詩章句》，竝以《關雎》爲刺詩。然《關雎》三章，周公已用，合鄉樂作爲房中之樂，箸於《儀禮·鄉飲酒》、《燕》等篇。三家《詩》别有師承，不若《毛詩》之得其正也。

關關雎鳩，在河之洲。【傳】興也。關關，和聲也。雎鳩，王雎也，鳥摯而有别。水中可居者曰洲。后妃説樂君子之德無不和諧，又不淫其色，慎固幽深，若雎鳩之有别焉。然後可以風化天下。夫婦有别，則父子親；父子親，則君臣敬；君臣敬，則朝廷正；朝廷正，則王化成。**窈窕淑女，君子好逑。**【傳】窈窕，幽閒也。淑，善；逑，匹也。言后妃有關雎之德，是幽閒貞專之善女，宜爲君子之好匹。【疏】興也者，詩託關雎以爲興也。《序》云：「《詩》有六義：二曰賦，三曰比，四曰興。」《周禮·大師》「教六《詩》」，其次弟與《詩序》同。鄭玄注云：「賦之言鋪。直鋪陳今之政教善惡。」鄭司農衆注云：「比者，比方於物。興者，託事於物。」《禮記·樂記》云：「人生而静，天之性也。感於物而動，性之欲也。物至知知，然後好惡形焉。」蓋好惡動於中，而適觸於物。假以明志謂之興。而以言乎物，則比矣。而以言乎事，則賦矣。要迹其志之所自發，情之不能已者，皆出於興。故孔子曰：「《詩》可以興。」凡託鳥獸草木以成言者，皆興也。賦顯而興隱，比直而興曲。《傳》言「興」凡百十有六篇，而賦、比不之及，賦、比易識耳。余友長洲吴毓汾説。〇「關關，和聲」，關，古讀如管，如管叔，《墨子》作「關叔」之比。與「和」雙聲得義。《爾雅·釋詁》：「關關，音聲和也。」此《傳》所本也。顧野王《玉篇》：「關關，和鳴也。或爲『⿰口官』。」丁度《集韻》：「⿰口官⿰口官，和鳴也，通作『關』。」許慎《説文解字》無「⿰口官」字。「睢鳩，王睢」，《爾雅·釋鳥》文。郭璞注云：「雕類，今江東呼之爲鶚。」昭十七年《左傳》：「睢鳩氏，司馬也。」杜預注云：「王睢。」《正義》引陸機《毛詩義疏》云：「睢鳩，大小如鴟，深目，目上骨露，幽州人謂之鷲。而楊雄、許慎皆曰白鷹，似鷹，尾上白。」案許説見《説文》，而楊説未聞。《太平御覽·羽族部十三》引《風土記》：「説《詩》義者或説睢鳩爲白鷹。白鷹，鶚屬，於義無取。蓋蒼鶚，大於白鷹，而色蒼，其鳴戛和順，又遊於水而息於洲，常隻不雙。」此又謂睢鳩非白鷹矣。杜注《左傳》及戴侗《六書故》「睢」下引毛《傳》「摯而有別」，「摯」上無「鳥」字。郭注《爾雅》引有「鳥」字，與今本同。定本作「摯」，《釋文》：「摯，本亦作『鷙』。」「摯」與「鷙」通。摯有別者，雌雄別居。劉安《淮南子·泰族》篇云：「《關睢》興於鳥，而君子美之，爲其雌雄之不乘居也。」王肅僞《家語·好生》篇略同。又《列女傳·仁智》篇：「睢鳩之鳥猶未嘗見乘居而匹處也。」三家説與毛《傳》言有別義合。洲，當作「州」，《説文·川部》引《詩》作「州」。徐鉉云：「今別作『洲』，非是。」「水中可居者曰州」，《爾雅·釋水》文。酈道元《水經·河水》注：「河水又南，瀵水入焉。水出汾陰縣南四十里，西去河三里。與郃陽瀵水夾河，中渚上又有一瀵水，❶皆潛相通。故吕忱曰：『《爾雅》異出同流爲瀵水。』」案瀵水即洽水，古莘國地在洽水北，而東鄰大河。其河渚疑即河州故處。余友嘉定朱右曾《詩地理徵》云：「文王后妃大姒，郃陽人也。故詩人詠之，以河州起興。今陝西同州府郃陽縣四十里爲大河經流。」《傳》云「后妃説樂君子之德無不和諧」者，即申釋「關關，和聲」。云

---

❶「中」上，《四部叢刊》影印武英殿本《水經注》卷四、王先謙《合校水經注》卷四有「河」字。

「又不淫其色，慎固幽深，若雎鳩之有別焉」者，雎鳩，宋小字本作「關雎」，岳本不誤。此即申釋「摯而有別」，所謂「樂而不淫」也。君子，謂文王也，言后妃之德必本諸文王也。《傳》既釋字之訓，又釋經之義。全《詩》傳例如此也。「然後可以風化天下」以下，又推廣言之，總括二《南》二十五篇。《序》云：「《周南》、《召南》，正始之道，王化之基。」《騶虞》序云：「人倫既正，朝廷既治，則王道成。」此其義也。韓嬰《詩外傳》：「孔子與子夏論《關雎》：天地之閒，生民之屬，王道之原，不外此矣。」《韓外傳》與毛義同。〇《傳》詁「窈窕」爲「幽閒」，《爾雅》：「冥，窈也。幽，深也。窕，肆也。窕，閒也。」窈，言婦德幽静也。窕，言婦容閒雅也。古者女未嫁，女師教以婦德、婦言、婦容、婦功。后妃在父母家有如是也。楊雄《方言》云：「美心爲窈，美狀爲窕。」《釋文》引王肅述毛云：「善心曰窈，善容曰窕。」張揖《廣雅》：「窈窕，好也。」又「窈窕，深也」。蕭統《文選》顏延年《秋胡詩》，李善注引《韓詩章句》：「窈窕，貞專貌。」析言、渾言義竝相通。「淑，善」，《釋詁》文，《君子偕老》、《韓奕》同。《説文》：「俶，善也。」《聘禮》「俶獻」，「古文『俶』作『淑』」。古淑、俶聲通。《公羊傳》云：「女在其國稱女。」《釋文》：「逑，本亦作『仇』。」「仇，匹」，《釋詁》文。孫炎本「仇」作「逑」。《秦·無衣》、《賓之初筵》、《皇矣》傳竝訓「仇」爲「匹」。匹，配也。好匹，猶嘉配耳。《大明》傳「文定厥祥，言大姒之有文德也」，即此云「窈窕淑女」也。「親迎于渭，言賢聖之相配也」，即此云「君子好仇」也。焦延壽《易林·履》、《姤》云：「雎鳩淑女，賢聖配偶。」云「言后妃有關雎之德」，蒙上文關雎起興而言。窈窕爲幽閒，又爲貞專，皆其德之善。言后妃有是德，是謂之善女，宜乎爲君子之好配也。《序》云「是以《關雎》樂得淑女以配君子」，言作《關雎》詩者，在得淑女配君子也。《東門之池》序「思得賢女以配君子」、《車舝》序「周人思得賢女以配君子」，義竝同。《漢書·匡衡傳》：「妃匹之際，生民之始，萬福之原。婚姻之禮正，然後品物遂，而天命全。孔子論《詩》以《關雎》爲始，言大上者民之父母，后夫人之行不侔乎天地，則無以奉神靈之統而理萬物之宜。故《詩》曰：『窈窕淑女，君子好仇。』言能致其貞淑，不貳其操。情欲之感，無介乎容儀；宴私之意，不形乎動静。夫然後可以配至尊，而爲宗廟主，此綱紀之首，王教之端也。」案匡學轅固《齊詩》，亦與《毛詩》合。《列女傳・母儀》篇引《詩》作「逑」，讀如《左傳》「怨耦曰逑」，而釋之云：「言賢女能爲君子和好衆妾。」鄭玄作《箋》云：「后妃善女，能爲君子和好衆妾之怨。」《樛木》箋：「后妃能和諧衆妾，不嫉妬其容貌。」鄭亦以「淑女」指后妃。唯以「好仇」爲「和好衆妾」，義本三家説耳。《正義》謂「后妃思得淑女以配君子」，失《傳》、《箋》之指矣。

參差荇菜，左右流之。【傳】荇，接余也。流，求也。后妃有關雎之德，乃能共荇菜，備庶物，以事宗廟也。**窈窕淑女，寤寐求之。**【傳】寤，覺；寐，寢也。**求之不得，寤寐思服。悠哉悠哉，輾轉反側。**【傳】服，思之也。悠，思也。【疏】參差，《説文・木部》引《詩》作「槮差」。《爾雅・釋草》：「莕，接余，其葉苻。」《釋文》：「莕，本亦作『荇』。」《説文》作「䓷」。接，《説文》作「菨」。顔之推《家訓・書證》篇：「荇，先儒解釋皆云：『水草，圓葉，細莖，隨水淺深。』今是水悉有之，黄華似蓴。」賈思勰《齊民要術》卷九引《義疏》云：「接余，其葉白，莖紫赤，正圓，徑寸餘，浮在水上，根在水底，莖與水深淺等，大如釵股，上青下白，以苦酒浸之爲菹，脆美可案酒。其華蒲，黄色。」古流、求同部。「流」本不訓「求」，而詁訓云爾者，「流」讀與「求」同，其字作「流」，其意爲「求」，此古人假借之法也。凡依聲託訓者例此。《爾雅・釋言》：「流，求也。」《釋詁》：「流，擇也。」郭注云：「見《詩》。」是三家《詩》或用《釋詁》文。訓「流」爲「擇」，與下章「采之」、「芼之」一例作解。毛用《釋言》文，求之，即緣下文「寤寐求之」立訓。云「后妃有關雎之德」，亦蒙上章興義爲説，言后妃之德如此，乃能共荇菜，備庶物，以事宗廟也。所以釋經言荇菜之義。《召南》采蘩助祭，則知荇菜亦以事宗廟。公侯夫人執蘩菜，不求備物。此王后共荇菜，備庶物也。○寤，猶晤，訓「覺」。寐，猶昧，訓「寢」。求，求此善女也。《箋》謂「求三夫人、九嬪以下賢女」，與《傳》義異也。服、思疊韻，《傳》以「思之」釋經之「服」，「寤寐思之」，猶云「寤寐求之」也，則經中「思」字爲助詞，無實義。《漢廣》、《文王》傳皆云：「思，詞也。」「思」爲句首、句末之詞，又爲句中之詞。「悠，思」，《釋詁》文，重言曰「悠悠」。《爾雅・釋訓》：「悠悠，思也。」《釋文》：「輾，本亦作『展』。吕忱從車展。」則「輾」始見於吕忱《字林》，古作「展」必矣。《説文》：「展，轉也。」今隸變作「展」。《廣雅》：「展轉，反側也。」《何人斯》箋：「反側，展轉也。」「展」與「轉」同義。「展轉」又與「反側」同義。重言之者，思之甚，至不安斯寢，此所謂「哀而不傷」也。《正義》引王肅云：「哀窈窕之不得，思賢才之良質，無傷善之心焉。若苟慕其色，則善心傷也。」

參差荇菜，左右采之。窈窕淑女，琴瑟友之。【傳】宜以琴瑟友樂之。**參差荇菜，左右芼之。**【傳】芼，擇也。**窈窕淑女，鍾鼓樂之。**【傳】德盛者宜有鍾鼓之樂。【疏】《芣苢》傳：「采，取也。」《傳》例有不限於首見也。經言「琴瑟友之」，《傳》云「友樂之」者，兼釋下「鍾鼓樂之」句。友之，友讀如「相親有」之「有」。樂之，樂讀如「喜樂」之「樂」。於琴瑟言友，於鍾鼓言樂，互詞。○芼者，「覒」之假借字。《玉篇》引《詩》作「左右覒之」。《説文》云：「覒，擇也。讀若苗。」《禮記・少儀》篇：「爲君子擇蔥薤，則絶其本末。」《吕覽・慎人》篇：「顔回擇菜於外。」皆與《傳》「擇」字同義。擇者，去其根莖也。《爾雅》：「芼，搴也。」擇、搴義相近。鍾，當作「鐘」，今經典通作「鍾」。《傳》云「鍾鼓之樂」者，此「樂」讀爲「禮樂」之「樂」。鍾鼓爲樂，則上文琴瑟亦爲樂。琴瑟常御，鍾鼓非恒設，故《傳》以有鍾鼓爲德盛，實亦互詞也。凡樂，琴瑟在堂上，鍾鼓在堂下。《關雎》爲房中之歌，則燕樂有鍾鼓。○案「宜以琴瑟友樂之」釋「琴瑟友之」句。「德盛者宜有鍾鼓之樂」釋「鍾鼓樂之」句。蓋漢初經與《傳》本各自爲書，《傳》、《箋》不分，久相襍廁，複經之句每任意删去，有在本句下者，其文易明；有不在本句下者，其理難曉。易明者仍之而不補，難曉者隨文移改，令《詩》節次昭然，共喻學者知非毛氏之舊而已。全《詩》放此。

《葛覃》三章，章六句。

《葛覃》，后妃之本也。后妃在父母家，則志在於女功之事，躬儉節用，服澣濯之衣，尊敬師傅，則可以歸。句。安父母，化天下以婦道也。

葛之覃兮，施于中谷，維葉萋萋。【傳】興也。覃，延也。葛，所以爲絺綌，女功之事煩辱者。施，移也。中谷，谷中也。萋萋，茂盛貌。**黄鳥于飛，集于灌木，其鳴喈喈。**【傳】黄鳥，摶黍也。❶灌木，藂木也。喈喈，和聲之遠聞也。【疏】案此興義與《鴛鴦》篇同。婦人之衣不一端，而舉葛以言興者，溯其本也。交於萬物亦不一事，而舉鴛鴦以言興者，廣其義也。此言近而指遠也。《生民》傳：「覃，長也。」延、長義相近。「葛，所以爲絺綌」，《采葛》同。《說文》：「葛，絺綌艸也。」《傳》云「女功之事煩辱者」，探下章「是刈是濩，爲絺爲綌」而言。《箋》云：「習之以絺綌煩辱之事。」煩辱，勞苦之意。施、移雙聲。移，亦延也。陸灋言《廣韻》：「移，延也。」「中谷，谷中」，此倒句法，《中谷有蓷》同。凡詁訓中多用此例。「萋萋，茂盛貌」，葉林宗鈔本《釋文》

---

❶「摶」，阮刻《毛詩正義》作「搏」。全書同。

作「皃」，此可見《傳》中「貌」字古本皆作「皃」字。《文選》潘岳《藉田賦》注引《韓詩章句》亦云：「萋萋，盛也。」葛長谷中，萋萋日茂盛，后妃之在父母家，猶如是也。○《詩》「黄鳥」五見，此《傳》云：「黄鳥，搏黍也。」《小雅·黄鳥》傳：「黄鳥，宜集木啄粟者。」黄鳥啄粟，故一名搏黍。《秦風》「交交黄鳥」，《傳》：「交交，小皃。」黄鳥爲小鳥，與《七月》傳「倉庚，離黄」不同物，則知自來説黄鳥者皆不得其實。《方言》：「鸝黄，自關而東謂之倉庚，自關而西謂之鸝黄，或謂之黄鳥，或謂之楚雀。」是楊採關西方語「倉庚」已冒黄鳥之名，初不以爲即《詩》之黄鳥。高誘注《淮南子·時則》篇云：「倉庚，《爾雅》曰：『商庚、黎黄，楚雀也。』齊人謂之搏黍，秦人謂之黄流離，幽、冀謂之黄鳥。」是高説倉庚即黄鳥，而又冒以搏黍之名。《吕覽·仲春紀》「倉庚鳴」注同，而并引《詩》云：「黄鳥于飛，集于灌木。」于是黄鳥之爲倉庚，誤始於楊雄之《方言》，而實成其説於高誘之《吕覽注》也。不知《爾雅》「倉庚，商庚；鵹黄，楚雀；倉庚，黧黄」一物五名，皆即今之黄鸝。又《爾雅》：「皇，黄鳥。」説者亦不指謂《詩》之黄鳥。而郭璞注云：「俗呼黄離留，亦名搏黍。」郭既以《詩》、《爾雅》黄鳥爲一，而亦誤以倉庚爲一。陸機《義疏》云：「黄鳥，黄鸝留也，或謂之黄栗留。幽州人謂之黄鸎，一名倉庚，一名商庚，一名鵹黄，一名楚雀。齊人謂之搏黍。」孔仲達作《正義》據《義疏》爲説，而黄鳥、倉庚合爲一物，其承譌久矣。余友涇胡承珙《毛詩後箋》亦以《詩》之黄鳥即今之黄雀。段氏更引《戰國策》「俛啄白粒，仰棲茂樹」，尤與《詩》辭義合。搏，音博。○《鴇羽》傳云：「集，止也。」灌木，栩、棘之類。」《傳》「藂木」，《釋文》、《正義》本及《家訓》皆作「叢木」。宋本作「藂木」，《釋文》所謂「俗作」也。《釋文》：「一本作『最木』。」《小箋》作「冣」，云：「冣，積也。从冖，从取。才句反。」案《爾雅·釋木》：「木族生爲樌。」又「樌木，叢木。」樌，或作「灌」，《皇矣》傳云：「灌木，叢生。」即《釋木》之「木族生爲樌」。此《傳》云「灌木，冣木」即《釋木》之「樌木，叢木」。叢、族、冣三字訓同，毛《傳》不必盡同《爾雅》也。《夏小正傳》：「灌也者，聚生者也。」冣、聚聲義皆同。《爾雅》：「諧，和也。」「喈」與「諧」同，重言曰喈喈。云「和聲之遠聞也」者，言后妃之德和諧，在父母家已有遠聲聞也。案葛覃，一興也。黃鳥，又一興也。詩本葛以爲言，故下章又以葛起興。

葛之覃兮，施于中谷，維葉莫莫。【傳】莫莫，成就之貌。**是刈是濩，爲絺爲綌，服之無斁。**【傳】濩，煮之也。精曰絺，麤曰綌。斁，厭也。古者王后織玄紞，公侯夫人紘綖，卿之内子大帶，大夫命婦成祭服，士妻朝服，庶士以下各衣其夫。【疏】《傳》云「莫莫，成就之皃」，《釋文》無「之」字。《箋》云：「成就者，其可采用之時。」《廣雅》：「莫莫、萋萋，茂也。」此三家《詩》義。毛於「萋萋」爲茂盛，而「莫莫」爲成就，緣下文以立訓。《旱鹿》傳：「莫莫，施皃。」訓異而意實同。《釋文》引《韓詩》云：「刈，取也。」「濩，煮之也」，《爾雅·釋訓》文。《釋文》引《韓詩》：「濩，瀹也。」服虔《通俗文》云：「以湯煮物曰瀹。」絺、綌皆煮葛所成就者，以別精麤。《説文》：「絺，細葛也。」「綌，麤葛也。或作『㡔』。」精與細同是女功之所有事者也。厭，《釋文》作「猒」。古猒足、猒憎皆作「猒」，今字通作「厭」。《説文·攴部》引《詩》「服之無斁」，「斁，猒也」。《正義》云：「『斁，厭』，《釋詁》文。彼『斁』作『射』，音義同。」今《爾雅》作「射，厭也」，郭注引此詩作「斁」，《禮記·緇衣》作「射」，古斁、射聲通。「是刈是濩，爲絺爲綌」，所謂「志在於女功之事」也。「服之無斁」，所謂「躬儉節用」也。「古者王后織玄紞」以下，皆《國語·魯語》文。《魯語》公父文伯之母陳先王古訓，以自言其效績而無有怠惰，皆以盡婦道也。《傳》引之者，蓋因治葛爲女功之事，故推類及之，謂后妃之在父母家躬親煩辱，爲化天下以婦道之本。下章《傳》釋嫁時私衣爲燕服，而又推類以及婦人之有副褘盛飾者，亦此意也。〇《魯語》「織玄紞」上有「親」字，韋昭注云：「紞，所以縣瑱當耳者。」《周禮·追師》：「掌王后之首服，追衡、笄。」鄭司農注：「衡，維持冠者。《春秋傳》曰：『衡、紞、紘、綖。』」玄謂：「唯祭服有衡、笄，垂于副之兩旁，當耳，其下以紞縣瑱。」鄭注「衡」下「笄」字據《君子偕老》正義補。《説文》：「紞，冕冠塞耳者。」是紞爲縣瑱之組韋，從古説也。《箸》箋云：「以素爲充耳，謂所以縣瑱者，或名爲紞。織之，人君五色，臣則三色而已。青，紞之青。黄，紞之黄。」據鄭言，「人君五色」，則天子紞亦五色。或單舉玄以該它色耳。○《魯語》「紘綖」上有「加之以」三字。韋注云：「既織紞，又加之以紘、綖也。冕曰紘。紘，纓之無緌者也，從下而上，不結。」《弁師》「玉笄、朱紘」，鄭注云：「朱紘，以朱組爲紘也。紘一條，屬兩端於武。」又鄭玄注《禮記·禮器》篇云：「朱紘，天子冕之紘也。諸侯青組紘，大夫、士當緇組紘，纁邊。」案冠無笄有纓，冕、弁有笄有紘，笄貫於武，笄首又有紐。纓以二組屬於武，而結於頤下，垂緌爲飾。紘則一組，以組之兩端，上屬於武上小鼻，即笄所貫之紐，垂組爲飾。鄭注《玉藻》篇云：「武，冠卷也。古者冠卷殊。」《説文》：「紘，冠卷維也。」「冠，弁冕之總名也。」然則冕、弁有紘矣。綖，當作「延」，《説文》無「綖」字。歙金榜《禮箋》云：「《後漢書·輿服志》：『孝明皇帝永平二年初，詔有司采《周官》、《禮記》、《尚書·皋陶》篇，乘輿服，從歐陽氏説。公卿以下，從大、小夏侯氏説。冕，前圓後方，前垂四寸，後垂三寸，三公、諸侯及卿大夫，皆有前無後。』榜按：《玉藻》：『天子玉藻，十有二旒，前後邃延。』則歐陽氏説所本也。《大戴禮·子張問入官》篇：『古者冕而前旒，所以蔽明也。』《禮緯》：『旒垂自纊、塞耳，王者示不聽讒、不視非也。』則大、小夏侯氏説所本也。鄭君釋《周官》、《禮記》，用歐陽氏説。榜聞之師曰：『前旒義取蔽明，則無後旒可知。《記》言「十二旒」，未嘗謂前後皆有也。《玉藻》所云「前後邃延」者，謂延之前後，出于武者，皆深邃耳。前後，据延言，不据延之垂者言。』斯言可正諸儒相傳之誤。古冕旒之制，當從大、小夏侯氏説。」奐案《周禮》：「弁師掌王之五冕，皆玄冕，朱裏，延，紐。」「皆玄冕」者，五冕皆玄衣而冕也，説詳《九罭》篇。「朱裏，延，紐」者，冕以版爲之，裏謂版下，延謂覆版之帛，紐謂武上之笄結，三者皆朱。自讀者誤以

「皆玄冕朱裏」連文，《正義》遂有「玄表纁裏」之説，此非也。《正義》又引孔安國《論語注》言：「績麻三十升，布以爲冕，即是綖也。」蓋孔説亦誤。所云「麻冕」者，麻謂麻衣，朝服也。古冕、弁通稱，不得據爲冕綖之制。延亦織成之組爲之，是絲而非麻矣。天子朱延，諸侯未聞。○《魯語》「大帶」上有「爲」字。韋注云：「大帶，緇帶也。」興化任大椿《弁服釋例》云：「《玉藻》：『大夫素帶裨垂。』又曰：『襍帶，大夫玄華，士緇辟。』然則緇帶，士帶也。故《士冠禮》、《士喪禮》陳士帶，皆曰緇帶。卿之内子所爲之帶當素帶，辟以玄華，韋昭云『緇帶』，誤也。」案任説是也。天子、諸侯、大夫素帶，士緇帶，皆謂之大帶。又有革帶。革帶，繫韍韐、刀鞴及佩玉之屬。大帶則束衣垂紳。鄭注《玉藻》云：「大夫裨垂，外以玄，内以華。華，黄色也。」《禮記》孔穎達《疏》引熊安生云：「近人爲内，遠人爲外。」《詩正義》從鄭説，不從韋説。○《魯語》「命婦」上無「大夫」二字，韋注云：「祭服，玄衣纁裳。」案韋注與《七月》傳同。《禮器》：「士玄衣纁裳。」此士統大夫言。大夫祭服玄冕玄衣，而冕亦纁裳。士無冕，唯爵弁爲異耳。《正義》謂：「大夫玄冕，受之於君。妻所成者，自祭之朝服。」則以祭服、朝服合爲一，誤。○《魯語》「士」上有「列」字，「朝服」上有「加之以」三字。韋注云：「既成祭服，又加之以朝服也。」《弁服釋例》云：「蓋列士助祭之服爵弁，亦玄衣纁裳。士之妻既織此爵弁服，而又加之以朝服。『加之』二字蒙上『成祭服』爲文，謂士妻不僅如大夫命婦成祭服而已。是祭服、朝服二文對舉，顯爲二服。《葛覃》疏誤。」案天子朝服皮弁，諸侯朝服玄冠，君與臣同色也。韋注云：「庶士，下士也。」「庶士」對上文「列士」，列士爲上士，則庶士爲下士。不言中士者，略也。《祭法》：「適士二廟，庶士、庶人無廟。適士立二祀，庶士、庶人立一祀。」此適士爲上士，則庶士爲下士。鄭注以《祭法》「官師一廟」一句，遂謂「官師，中士、下士、庶士、府史之屬」。《正義》援彼鄭注以剥韋注，亦誤。

言告師氏，言告言歸。【傳】言，我也。師，女師也。古者女師教以婦德、婦言、婦容、婦功。祖廟未毁，教于公宫三月。祖廟既毁，教于宗室。婦人謂嫁曰歸。**薄汙我私，薄澣我衣。**【傳】汙，煩也。私，燕服也。婦人有副褘盛飾，以朝事舅姑，接見于宗廟，進見于君子。其餘則私也。**害澣害否，歸寧父母。**【傳】害，何也。私服宜澣，公服宜否。寧，安也。父母在，則有時歸寧耳。【疏】「言，我」，《爾雅·釋詁》文。我，后妃自我也。師爲女師。女師與傅姆異：女師者，教女之師，在公宫宗室，不隨行；傅姆則隨女同行，《齊·南山》箋「姜與姪娣及傅姆同處」是也。❶《禮記·昏義》篇：「教以婦德、婦言、婦容、婦功。」《周禮》：「九嬪掌婦學之灋，以教九御婦德、婦言、婦容、婦功。」此《傳》所本也。又《昏義》：「是以古者婦人先嫁三月，祖廟未毁，教于公宫；祖廟既毁，教于宗室。」《儀禮·士昏禮》：「祖廟未毁，教于公宫三月。若祖廟已毁，則教于宗室。」亦《傳》所本也。因歸而告師氏，即《序》所謂「尊敬師傅」之義。《傳》引之以明女師有嫁前之教。教成而設祭，則《采蘋》傳所云「牲用魚，芼之以蘋藻」也。班固《白虎通義·嫁娶》篇：「婦人所以有師何？學事人之道也。《詩》云：『言告師氏，言告言歸。』《禮·昏經》曰：❷『教于公宫三月。』婦人學一時，足以成矣。與君無親者，各教於宗廟宗婦之室。國君取大夫之妾、士之妻老無子者，❸而明於婦道，❹又禄之，❺使教宗室五

---

❶「姜」上，徐子静刻本、《清經解續編》本同。阮刻《毛詩正義》有「文」字，當據補。

❷「禮昏經」，陳立《白虎通疏證》作「昏禮經」，並云：「『經』字誤，當作『記』也。」

❸「者」，陳立《白虎通疏證》、《叢書集成初編》影印盧文弨《抱經堂叢書》本《白虎通》無。

❹「道」下，陳立《白虎通疏證》、《叢書集成初編》影印盧文弨《抱經堂叢書》本《白虎通》有「者」字。

❺「又」，陳立《白虎通疏證》、《叢書集成初編》影印盧文弨《抱經堂叢書》本《白虎通》無。

屬之女。大夫、士皆有宗族，自於宗子之室學事人也。」班從《魯詩》，與《毛詩》同。「婦人謂嫁曰歸」，《釋文》：「一本無『曰』字。」《正義》云：「定本『歸』上無『曰』字。」案有「曰」字是也。《江有汜》、《齊·南山》箋及《公羊傳》、《穀梁傳》、杜預注《左傳》皆有「曰」可證。詩疊用「言」而義别，「言歸」之「言」與「言告」之「言」不同義。言告，我告也。言歸，曰歸也。此篇及《黄鳥》、《我行其野》、《有駜》皆作「言歸」，《齊·南山》、《東山》、《采薇》皆作「曰歸」，《黍苗》作「云歸」，言、曰、云三字同義。若皆訓「言」爲「我」，則辭義俱紊矣。全《詩》「言」字有在句首者，爲發聲，若《漢廣》之「言刈其楚」之類是也。有在句中者，爲語助，若《柏舟》「静言思之」之類是也。「言」皆不作「我」解，唯此詩之「言告」、《泉水》之「言邁」、《彤弓》之「受言」、《文王》之「永言」，訓「言」爲「我」者，當是相傳詁訓如此。鄭《箋》則《詩》中「言」字多訓「我」，而於《泉水》、《彤弓》、《文王》「言」字不訓「我」，顯易《傳》訓。○《芣苢》傳云：「薄，詞也。」「汙」訓「煩」，煩亦汙垢也。《内則》：「衣裳垢，和灰請澣。」何休注莊三十一年《公羊傳》云：「無垢加功曰漱，去垢曰浣。齊人語也。」《説文》：「澣，濯衣垢也。从水，榦聲。或作浣。」案今字作「澣」。汙與澣正相反，私與衣又相連。上句言「汙」，下句言「澣」；上句言「私」，下句言「衣」，皆互詞耳。「私，燕服」，謂燕居之服也。有私服，必有公服。下文「害否」爲不澣之公服，故《傳》又言「婦人副褘盛飾」，以推廣及之也。《内司服》：「掌王后之六服：褘衣、揄狄、闕狄、鞠衣、展衣、緣衣。」是褘衣，王后六服之一也。諸侯夫人亦服褘衣。《君子偕老》傳：「副者，后夫人之首飾，編髪爲之。」婦人，兼后夫人言。《禮記·檀弓下》：「敬姜曰：『婦人不飾，不敢見舅姑。』」此盛飾見舅姑也。《明堂位》：「夫人副褘，立于房中。」又《祭統》：「夫人副褘，立于東房。」此盛飾見宗廟也。伏勝《書大傳》云：「古者后夫人將侍于君前，息燭後，舉燭至于房中，釋朝服，襲燕服，然後入御于君。」此盛飾見君子也。今細繹《傳》意，當就嫁者「夙興，婦沐浴以俟見；質明，贊見婦于舅姑。三月廟見，而后成昏」之禮言之。云「其餘則私」者，謂事舅姑、見宗廟、見君子，其餘事則服燕服也。《正義》依鄭注《内司服》，强解褘衣見宗廟、事舅姑亦服之。又推衍展衣、褖衣爲見君子盛服，誤以《傳》中「餘」字爲衣之餘，恐未是。《傳》釋「害」爲「何」，《緑衣》傳釋「曷」爲「何」。古害、曷聲同，故曷謂之何，害亦謂之何矣。曷者，本字。害者，假借字。《小箋》云：「『害』本不訓『何』，而曰『何也』，則可以知『害』爲『曷』之假借也。此一例也。若假『干』爲『扞』，直云『干，扞也』；假『輈』爲『朝』，直云『輈，朝也』。此直指假借之例。毛《傳》言假借不外此二例。」《説文》云：「否，不也。」云「私服宜澣，公服宜否」者，私服即燕服，對上衣而言。中衣以至袓褻，皆私服也。公服，謂褘衣以下至褖衣。

○「寧，安」，《釋詁》文。《説文》：「寧，願詞也。」「寍，安也。」凡訓「安」之字，正作「寍」，今通作「寧」。全《詩》「寧」字皆「寍」也。「寍」又爲語詞，與「胡」字同義。胡、安，皆何也。《傳》文「父母在，則有時歸寧耳」，此九字是《箋》語竄入《傳》文耳。《箋》云「言常自絜清，以事君子」，但解「害澣害否」句。「父母在，則有時歸寧耳」，正解「歸寧父母」句。《序》箋云：「可以歸安父母，言嫁而得志，猶不忘孝。」《序》箋以歸寧爲孝也。《泉水》箋：「國君夫人，父母在則歸寧。」兩《箋》正合也。又伏后議「若后適離宫及歸寧父母，從子禮」。是鄭解此詩「歸寧」實與《左傳》「歸寧」同義。則此云「父母在，有時歸寧」，《箋》語，非《傳》語，甚顯白也。《箋》解經「歸」字爲「歸宗」之「歸」，以「寧」字連上讀，與《傳》釋經「歸」字爲「歸嫁」之「歸」，而以「寧」字連下讀者不同。《序》云「則可以歸」，歸即「言告言歸」。《序》又云「安父母」，即「寧父母」。毛公本《序》作《傳》，故上文既釋「歸」爲「嫁」，則此句弟訓「寧」爲「安」。歸寧父母者，既嫁而寧父母，所謂「無父母詒罹」也。《後箋》云：「王符《潛夫論·斷訟》篇：『不枉行以遺憂，故美歸寧之志。一許不改，蓋所以長貞絜而寧父母也。』」❶案此正足以發明《序》、《傳》之義。《草蟲》箋云：

---

❶「母」，求是堂本《毛詩後箋》與掃葉山房《百子全書》本《潛夫論》作「兄」。

「憂不當君子，無以寧父母，故心衝衝然。」又云：「始者憂於不當，今君子待己以禮，庶自此可以寧父母，故心下也。」「寧父母」即本此詩之義。古者后夫人三月廟見，使大夫寧。有寧父母禮，無歸寧父母禮。《左傳》「歸寧」，春秋時制。文王初年不當有此。且此篇三章皆言后妃在父母家事，唯末句纔説到嫁耳。若作「歸」「寧」連文解，大失經恉。《説文》：「晏，安也。《詩》曰：『以晏父母。』」許引三家《詩》，與《毛詩》文異，而義實同。

《卷耳》四章，章四句。

《卷耳》，后妃之志也。又當輔佐君子求賢審官，知臣下之勤勞，内有進賢之志，而無險詖私謁之心，朝夕思念，至於憂勤也。【疏】《小箋》云：「玩『又當』二字，可知古各《序》合爲一篇，故冢上而言。」

采采卷耳，不盈頃筐。【傳】憂者之興也。采采，事采之也。卷耳，苓耳也。頃筐，畚屬，易盈之器也。**嗟我懷人，寘彼周行。**【傳】懷，思；寘，置；行，列也。思君子，官賢人，置周之列位。【疏】《正義》云：「不云『興也』而云『憂者之興』，明有異於餘興也。餘興言采菜，即取采菜喻。此言采菜，而取憂爲興，故特言『憂者之興』，言興取其憂而已，不取其采菜也。勤事采菜尚不盈筐，言其憂之極。」案興有即事以言興者，《葛覃》是也；興有離事以言興者，《卷耳》是也。它放此。○古采、事聲同。《爾雅》：「采，事也。」云「采采，事采之也」者，言勤事采之而不已也。《芣苢》傳：「采采，非一詞也。」《鄭志·荅張逸》云：「事，謂事事一一用意之事。《芣苢》亦然。雖説異，義則同。」「卷耳，苓耳」，《爾雅·釋草》文。郭注引《廣雅》云：「枲耳也。亦云胡枲。江東呼爲常枲，或曰苓耳。形如鼠耳，叢生如盤。」《正義》引《義疏》云：「葉青白色，似胡荽，白華，細莖，蔓生，可煮爲茹，滑而少味。四月中生子，如婦人耳中璫，今或謂之耳璫。幽州人謂之爵耳。」《説文》：「蓩，卷耳。」王逸注《楚辭・離騷》：「葹，枲耳。」皆異名也。《傳》云「頃筐，畚屬」，畚所以盛糧。頃筐口不能平，執處深，而向揭處淺。其盛糧之畚相似歟？《七月》「懿筐」爲深筐，則頃筐爲淺筐，故《傳》又申之云「易盈之器」也。《釋文》引《韓詩》：「頃筐，攲筐也。」「攲」與「頃」義相近。盈，滿也。《荀子・解蔽篇》釋《詩》云：「頃筐，易滿也。卷耳，易得也。然而不可以貳周行，故曰：心枝則無知，傾則不精，貳則疑惑。」毛《傳》正本《荀子》。陸德明《釋文序録》云：「荀卿子傳魯人大毛公。」徐堅《初學記》云：「荀卿授魯國毛亨作《詁訓傳》，故《詁訓傳》多用其師説。」《淮南子・俶真》篇：「今矰繳機而在上，罔罟張而在下，雖欲翱翔，其勢焉得。故《詩》云：『采采卷耳，不盈頃筐。嗟我懷人，寘彼周行。』以言慕遠世也。」此陳古刺今，或本三家《詩》。〇「懷，思」，《釋詁》文。《野有死麕》、《齊・南山》、《四牡》、《常棣》同。「寘，置」，《伐檀》、《生民》同。寘者，「寘」之俗。《釋文》：「寘，之豉反。寘，大千反。」分爲二字二音，非也。今唯《東山》釋文作「寘，大千反」，從穴下真，不誤。行、列雙聲作訓。襄十五年《左傳》：「君子謂楚於是乎能官人。官人，國之急也。能官人，則民無覦心。《詩》云：『嗟我懷人，寘彼周行。』能官人也。王及公、侯、伯、子、男，甸、采、衛、大夫，各居其列，所謂周行也。」毛《傳》以「懷人」爲「思君子，官賢人」，以「周行」爲「周之列位」，皆本《左氏》説，《序》所謂「輔佐君子求賢審官」也。《釋文序録》云：「左丘明作《傳》，趙人虞卿傳同郡荀卿，名況。」毛爲荀弟子，故作《詁訓傳》多與《左氏傳》説《詩》同。是亦用其師説也。《棫樸》序云：「文王能官人也。」

陟彼崔嵬，我馬虺隤。【傳】陟，升也。崔嵬，土山之戴石者。虺隤，病也。**我姑酌彼金罍，維以不永懷。**【傳】姑，且也。人君黄金罍。永，長也。【疏】「陟，升」，《釋詁》文。此及《載馳》、《文王》傳竝訓「陟」爲「升」，《詩》作「升」，不作「登」也。箋《公劉》：「陟，升。」而《車舝》、《皇矣》：「陟，登。」則「升」與「登」通用矣。《十月之交》傳：「山頂曰冢。卒者，崔嵬。」《谷風》傳：「崔嵬，山巔也。」《説文》：「崔，大高也。」「嵬，山石崔嵬，高而不平也。」又《𨸏部》：「陮隗，高也。」「陮隗」與「崔嵬」同。劉熙《釋名》云：「土戴石曰崔嵬。因形名之也。」皆謂土山戴石也。《爾雅》：「石戴土謂之崔嵬。」毛《傳》與《爾雅》正相反，或所見本與今異。《正義》以爲《傳》轉寫之誤，非是。隤，當作「穨」。「虺穨，病」，《釋詁》文。《玉篇・尢部》云：「𡯁尵，馬病。」《小雅・采薇》序云：「文王之時，西有昆夷之患，北有玁狁之難，以天子之命，命將率，遣戍役，以守衛中國。故歌《采薇》以遣之，《出車》以勞還，《杕杜》以勤歸也。」此詩所言正是其事。蓋文王大夫或有陟險馬病之憂，及其使歸也，又設饗燕之禮以勞之，《序》所謂「知臣下之勤勞」也。○姑者，詞之「且」也。《山有扶蘇》傳：「且，詞也。」《方言》：「盬，且也。」《廣雅》：「辜，且也。」姑、盬、辜皆古聲，故皆爲且。《説文・夊部》引《詩》作「夃」，云：「秦人市買多得爲夃。」《箋》：「言『且』者，君賞功臣或多於此。」鄭依「夃」作訓，本三家《詩》也。《正義》云：「《異義》：『罍制，《韓詩》説「金罍，大夫器也。天子以玉，諸侯、大夫皆以金，士以梓」；《毛詩》説「金罍，酒器也。諸臣之所酢，人君以黄金飾，尊大一碩，金飾龜目，蓋刻爲雲雷之象」。謹案《韓詩》説「天子以玉」，經無明文。謂之罍者，取象雲雷博施，如人君下及諸臣。』」案許慎《五經異義》從《毛詩》説。《説文・木部》：「櫑，龜目酒尊，刻木作雲雷象，象施不窮也。罍或从缶。」《説文》與《異義》同。《正義》引阮諶《禮圖》亦云「刻木爲之」，則罍木質，畫以雲雷，而加飾以爲等差。「人君黄金罍」，黄金，其飾也。《正義》引《韓詩》説「士以梓」，士無飾。《泂》釋文引《韓詩》説「天子以玉飾，諸侯、大夫皆以黄金飾」，❶是韓亦爲木質而加飾矣。《異義》不從《韓詩》説「天子以玉」者，《毛詩》説人君統

❶「泂釋文」至「黄金飾」，「《韓詩》説」以下係本篇《釋文》所引，《泂酌》、《駉》無此《釋文》。

天子、諸侯言，天子亦飾黄金，不聞飾玉也。《周禮·司尊彝》：「六尊皆有罍，諸臣之所昨也。」鄭注云：「昨，讀爲酢，字之誤也。諸臣獻者，酌罍以自酢，不敢與王之神靈共尊。鄭司農云：『罍，臣之所歆也。』」案此雖宗廟之罍，而人君饗燕使臣常設此器，故云「酌彼金罍」也。維，發聲。《文選》楊雄《羽獵賦》注及阮籍《詠懷詩》注引《韓詩章句》：「惟，辭也。」「維」與「惟」通。凡全《詩》多用「維」字爲發聲者，放此。「永，長」，《釋詁》文。《漢廣》、《常棣》、《文王》、《公劉》竝同。

陟彼高岡，我馬玄黄。【傳】山脊曰岡。玄馬病則黄。**我姑酌彼兕觥，維以不永傷。**【傳】兕觥，角爵也。傷，思也。【疏】《爾雅·釋山》：「山脊，岡。」《傳》所本也。《公劉》箋亦云：「山脊曰岡。」《傳》文「玄馬病則黄」五字當作「馬病則玄黄」，與《四牡》傳「馬勞則喘息」句法相同，今本誤也。上章《傳》云「虺隤，病」，此云「馬病」，義互明也。虺隤疊韻，玄黄雙聲，皆合二字成義。「玄黄」之不可分釋，猶「虺隤」之不能分釋耳。《爾雅·釋詁》：「痡、瘏、虺隤、玄黄，病也。」正釋此詩辭。《傳》於「痡」、「瘏」、「虺隤」皆用《雅》訓，不應於「玄黄」更作「玄馬病黄」解，與《雅》訓乖戾。凡《傳》言「黄馬黑喙曰騧」、「黄白曰皇」、「黄騂曰黄」、「黄白雜毛曰駓」、「赤黄曰騂」，黄本馬之正色，黄而玄爲馬之病色。若以玄爲馬色，而黄爲馬病，則不通矣。《易林·乾》、《師》、《震》竝云：「玄黄虺隤，行者勞罷。役夫憔悴，踰時不歸。」《文選》曹子建《贈白馬王彪詩》云：「中逵絶無軌，改轍登高岡。脩坂造雲日，我馬玄以黄。玄黄猶能進，我思鬱以紆。」古皆「玄黄」連讀，不謂玄馬病黄，足證今本毛《傳》之誤。○《釋文》：「觵，字又作『觥』。」今《詩》皆作「觥」。《周禮》作「觵」，觵亦爵也。以兕角爲之，故云：「兕觥，角爵也。」《正義》云：「《異義》：『《韓詩》説：「一升曰爵。爵，盡也，足也。二升曰觚。觚，寡也，飲當寡少也。三升曰觶。觶，適也，飲當自適也。四升曰角。角，觸也，飲不能自適，觸罪過也。五升曰散。散，訕也，飲不能自節，爲人所謗訕也。總名曰爵，其實曰觴。觴者，餉也。觵亦五升，所以罰不敬。觵，廓也，所以箸明之貌，君子有過，廓然箸明，非所以餉，不得名觴。」《毛詩》説：「觵大七升。」謹案：觵罰有過，一飲而盡，七升爲過多。』《禮圖》云：『觵大七升，以兕角爲之。』先師説云：『刻木爲之，形似兕角。』蓋無兕者用木也。」案《禮圖》「觵大七升」同《毛詩》説，而《異義》從《韓詩》説。《説文》云：「觵，兕牛角可以飲者也。从角，黄聲。其形觵觵，故謂之觵。俗作『觥』。」《説文》既不以觵爲罰爵，其容數當亦同《毛詩》説。段氏謂「《異義》早成，《説文》晚成」，是也。昭元年《左傳》：「趙孟、叔孫豹、曹大夫入于鄭，鄭伯兼享之。趙孟爲客。穆叔子皮及曹大夫興，拜，舉兕爵，曰：『小國賴子，知免於戾矣。』飲酒樂。」「兕爵」即兕觵。此亦饗燕用兕觵之證。觵爲最大之爵，三人興拜而舉兕爵，饗燕將終，群人以盡敬於客之禮，故酌此大爵也。《箋》用《韓詩》説「觵爲罰爵」，《桑扈》箋同，恐非是。「傷，思」，《釋詁》文。釋「傷」爲「思」，與上章「不永懷」同義。懷，亦思也。

陟彼砠矣，我馬瘏矣，我僕痡矣，云何吁矣。【傳】石山戴土曰砠。瘏，病也。痡，亦病也。吁，憂也。【疏】《釋文》：「碹，本亦作砠。」《説文》：「岨，石戴土也。」引《詩》作「岨」。是叔重所據作山旁「岨」矣。《㠯部》：「阢，石山戴土也。」則岨一名阢也。《釋名》云：「石戴土曰岨。岨，臚然也。」皆謂石山戴土也。《爾雅》：「土戴石爲砠。」與毛《傳》異。段氏《説文注》云：「用石戴於土上，土而戴之以石。用土戴於石上，石而戴之以土。二文互異，而義則一。戴者，增益也。石在上則高不平，故曰崔嵬。土在上，則雨水沮洳，故曰岨。毛之立文爲善矣。」○「瘏，病」，《釋詁》文，《鴟鴞》同。《説文》：「瘏，或作『屠』。」「痡，病」，亦《釋詁》文。吁，當爲「盱」，《爾雅注》引《詩》：「云何盱矣。」邢昺疏云：「《卷耳》及《都人士》文也。」邢所據《卷耳》作「盱」。詁訓箸於《卷耳》，故《都人士》與《何人斯》「盱」皆不傳，此其例也。「盱，憂」，《釋詁》文。盱者，「忓」之假借字。《説文》：「忓，憂也。」何憂者，言憂臣下之勤勞如何也。「云」爲語詞。凡全《詩》「云」字或在句首，或在句中、句末，多用爲語詞，無實義。《文選》傅咸詩注引《韓詩章句》云：「云，辭也。」

《樛木》三章，章四句。

《樛木》，后妃逮下也。言能逮下，而無嫉妒之心焉。【疏】下，謂衆妾也。

南有樛木，葛藟纍之。【傳】興也。南，南土也。木下曲曰樛。南土之葛藟茂盛。**樂只君子，福履綏之。**【傳】履，禄；綏，安也。【疏】《傳》釋「南」爲「南土」，與南國異。南國在江、漢、荆州，猶不及楊州；南土則近在岐周之地也。《周南》十一篇皆文王岐周之詩，《漢廣》、《汝墳》及於南國矣。《麟止》以應《關雎》，此《樛木》及《螽斯》、《桃夭》、《兔罝》、《芣苢》皆詠后妃，以坿於《關雎》、《葛覃》、《卷耳》三詩之後，則亦岐周也。「木下曲曰樛」，謂木之下曲者爲樛也。《爾雅》：「下句曰朻。」「下曲」即「下句」，樛、朻聲義相通。《釋文》云：「馬融、《韓詩》本竝作『朻』。」蓋馬治《毛詩》，其所據作「朻木」，與《韓詩》同。藟，葛屬。《釋文》引《義疏》云：「藟，葉似艾，白色，其子赤，可食。」《易·困》：「上六：困于葛藟。」《釋文》引《義疏》云：「藟，一名巨荒，似蘡薁，連蔓而生，幽州人謂之蓷虆。」云「南土之葛藟茂盛」者，「茂盛」釋「纍」字。《南有嘉魚》傳：「纍，曼也。」《楚辭》劉向《九歎》注：「虆，緣也。」引《詩》作「虆」。虆，俗字。曼、緣皆茂盛之意。二章「荒，奄」、三章「縈，旋」，義同。案樛木下曲而垂，葛藟得而上曼之，喻后妃能下逮，其衆妾得以親坿焉。《傳》於首章言「興」，以晐下章也。全《詩》放此。○只，詞也。《南山有臺》、《采叔》皆作「只」。「樂只君子」，猶云「展矣君子」、「允矣君子」也。凡「只」或在句中，或在句末，皆爲語詞。君子，謂文王也。言后妃有不嫉妬之德，可以樂此文王也。「履，祿」，《爾雅・釋言》文。「福履綏之」，猶《鴛鴦》云「福祿綏之」耳。《爾雅・釋詁》：「履，福也。」祿亦福也。「綏，安」，《釋詁》文。《楚茨》「以綏後祿」，《傳》亦云：「綏，安也。」綏從妥聲，妥爲安，故綏亦爲安。鄭玄注《儀禮・士相見禮》：「古文『妥』爲『綏』。」此綏、妥聲通之證也。綏古讀如拖，纍古讀如離，故《詩》以纍、綏爲韻。

南有樛木，葛藟荒之。【傳】荒，奄也。**樂只君子，福履將之。**【傳】將，大也。【疏】《傳》「荒，奄」下奪「也」字，今補。凡言「也」者，別詞也。詞未盡，不須用「也」以別之。詞已盡，則用「也」以別之。今本多互亂矣。「荒，奄」，《釋言》文。《説文》：「荒，蕪也。一曰：艸掩地也。」「奄」與「掩」通。○「將，大」，《釋詁》文。《方言》云：「將，大也。齊楚之郊或曰京，或曰將。」《破斧》、《正月》、《我將》、《長發》傳竝同。

南有樛木，葛藟縈之。【傳】縈，旋也。**樂只君子，福履成之。**【傳】成，就也。【疏】《正月》傳云：「云，旋也。」縈、云聲相近。鄭注《士喪禮》云：「幎，讀若《詩》曰『葛藟縈之』之『縈』。」幎、縈亦相近也。《説文・衣部》「褮」下引作「縈」。又《艸部》：「䔢，艸旋皃也。」引《詩》作「䔢」。「縈」與「䔢」同。○《爾雅》：「就，成也。」成、就二字互訓。《傳》爲全《詩》「成」字通訓，凡「成」皆有「就」義也。

《螽斯》三章，章四句。

《螽斯》，后妃子孫衆多也，言若螽斯。句。不妬忌，則子孫衆多也。

螽斯羽，詵詵兮。宜爾子孫，振振兮。【傳】螽斯，蚣蝑也。詵詵，衆多也。振振，仁厚也。【疏】

斯，語詞。「螽斯羽」與「麟之止」句法相同，《傳》云「螽斯，蚣蝑」，疑「螽」下「斯」字當衍。《春秋》：「桓五年秋，螽。」《穀梁》謂「螽」爲「蟲」，《公羊》作「蝝」。《説文》：「螽，蝗也。或作『蝝』。」是螽即蝗矣。《爾雅》：「阜螽，草螽，析螽，蟿螽，土螽。」李巡注云：「皆分別蝗子異方之語。」析螽，《七月》篇作「斯螽」，《爾雅》、毛《傳》皆謂之「蚣蝑」。然則螽爲蚣蝑，斯螽爲蚣蝑，猶鳩爲秸鞠，尸鳩爲秸鞠；鳩爲鶻鳩，鳴鳩爲鶻鳩。此單評、絫評之例。若謂「斯螽」可倒作「螽斯」，則「析螽」亦可倒作「螽析」矣。解者失之。○《釋文》：「詵，《説文》作『𡖍』。」今《説文》佚「𡖍」字。《玉篇》：「𤞑，所巾切。羽多皃。」《集韻》：「𤞑𤞑，羽多。所臻切。」「𤞑」即「𡖍」之異體，或三家《詩》有作「𡖍𡖍」者也。《集韻·三十二霰》引《説文》：「詵，衆致言也。」「詵」與「𡖍」義亦相近。《皇皇者華》傳：「駪駪，衆多之皃。」《晉語》引《詩》作「莘莘」。「駪駪」之或作「莘莘」，猶「詵詵」之或作「𡖍𡖍」矣。《桑柔》傳：「甡甡，衆多也。」竝字異義同。○宜者，承上轉下之詞。爾，女也。女，女后妃也。此詩以螽比后妃。詵詵、薨薨、揖揖，言后妃子孫衆多也。振振、繩繩、蟄蟄，言后妃子孫衆多，又皆賢也。《序》云「不妬忌，則子孫衆多」，所以推本衆多之由，故經中「宜」字有三義焉：子孫衆多也，不妬忌也，賢也。「振振，仁厚」，與《麟之止》、《殷其靁》傳「振振，信厚」各隨文訓。《禮記·中庸》篇「肫肫其仁」，鄭注云：「肫肫，讀如『誨爾忳忳』之『忳』。忳忳，懇誠貌也。」今《詩》作「諄諄」，竝與「振振」聲同義近。

螽斯羽，薨薨兮。宜爾子孫，繩繩兮。【傳】薨薨，衆多也。繩繩，戒慎也。【疏】《爾雅·釋訓》：「薨薨，衆也。」《傳》用《爾雅》，而益其義云：「衆多也。」《集韻·十七登》引《博雅》：「薨薨，飛也。」或作『𧔧』。通作『薨』。」今《廣雅·釋訓》：「𧔧𧔧、薨薨，飛也。」《玉篇》：「𧔧，蟲飛也。」「薨，群鳥弄翅也。」蓋本三家《詩》。○《爾雅》：「繩繩，戒也。」《傳》用《爾雅》，而益其義云：「戒慎也。」《抑》「子孫繩繩」，《箋》：「繩繩，戒也。」《管子・宙合》篇：「故君子繩繩乎慎其所先。」《淮南子・繆稱》篇：「末世繩繩乎惟恐失仁義。」竝與《詩》「繩繩」同。是「繩繩」之爲「戒慎」，其訓古矣。繩、慎雙聲，故《下武》「繩其祖武」，三家《詩》作「慎其祖武」。《韓詩外傳》云：「《詩》曰：『宜爾子孫，繩繩兮。』言賢母使子賢也。」

螽斯羽，揖揖兮。宜爾子孫，蟄蟄兮。【傳】揖揖，會聚也。蟄蟄，和集也。【疏】《傳》釋「揖揖」爲「會聚也」者，言衆多而會聚之，進乎衆多之詞也。《廣雅》：「集集，衆也。」説或本三家，與「詵詵」、「薨薨」竝訓「衆多」。揖，通作「集」，如《説文》「鏶，或作『鍓』」之例。◯《説文》：「卙卙，盛也。从十，甚聲。」徐鍇《繫傳》云：「《詩》曰：『宜爾子孫，蟄蟄兮。』蟄蟄，❶衆也。此卙義近之也。」據此，或三家《詩》有作「卙卙」訓「盛」者。《淮南・原道》注：「蟄，讀『什伍』之『什』。」《吕覽・孟春紀》注、《音律》注：「蟄，讀如《詩》『《文王》之什』。」此「蟄」聲與「十」聲同音之理。《傳》云「和集」，亦「盛」之意也。《爾雅》：「蟄，静也。」郭注云：「見《詩傳》。」此亦三家義。

《桃夭》三章，章四句。

《桃夭》，后妃之所致也。不妬忌，則男女以正，婚姻以時，國無鰥民也。【疏】《序》言男女婚姻必以正時，上句言「正」，下句言「時」，互詞耳。男子自二十至三十，女子自十五至二十，皆爲昏娶之正時。至三十、二十，謂之及時。踰三十、二十，謂之失時。失時謂之鰥。民不失正時，國無鰥民。《書大傳》云：「舜年三十不娶，

❶「蟄蟄」，祁嶲藻刻《説文解字繫傳》作「蟄」。

稱鰥也。」

桃之夭夭，灼灼其華。【傳】興也。桃有華之盛者，夭夭，其少壯也。灼灼，華之盛也。**之子于歸，宜其室家。**【傳】之子，嫁子也。于，往也。宜以有室家，無踰時者。【疏】興者，三章皆言桃：夭夭以喻女子之少壯，其華喻色，實喻德，葉喻形體。又分屬三章，則桃不專指華矣。《傳》云「桃有華之盛者」，此釋首章，探下「灼灼其華」句，《正義》云「桃少，故華盛，以喻女少而色盛」是也。云「夭夭，其少壯也」者，謂桃不謂華也。《説文》：「枖，木少盛皃。」引《詩》作「枖枖」。《小箋》云：「夭夭，即『枖枖』之假借也。」《豈風》：「棘心夭夭。」《傳》：「夭夭，盛皃。」字亦作「妖妖」，《廣雅》：「妖妖，茂也。」少壯與茂盛同義。《説文》：「妖，女子笑皃。」引《詩》作「妖妖」，此三家義。云「灼灼，華之盛也」者，《小箋》云：「灼灼，即『焯焯』之假借。焯，明也。」案《説文》引《周書》「焯見三有俊心」，今《立政》篇作「灼」。此灼、焯聲通之證。明謂之焯，亦謂之灼，因之凡色之光華明盛者皆謂之焯，亦謂之灼矣。《廣雅》：「灼灼，明也。」《玉篇》：「灼灼，華盛皃。」「盛」與「明」同義。《月令》：「仲春之月，桃始華。」〇之，猶是也。之子爲嫁子，《傳》隨文訓也。于，讀爲於。《采蘩》、《燕燕》傳皆云：「于，於也。」於者，自此之彼之詞。自此之彼，謂之於，又謂之往，則「於」與「往」同義，亦「于」與「往」同義矣，故「于歸」爲「往歸」也。《漢廣》、《鵲巢》、《燕燕》、《東山》篇竝同。《雨無正》「維曰于仕」，「于，往也」。二《傳》訓同。《葛覃》傳：「婦人謂嫁曰歸。」云「宜以有室家，無踰時者」，《傳》兼上句爲釋。「無踰時」，言無踰少壯之時。無踰時，而宜有室家，嫁子往歸，不逮「仲春，媒氏會之」也。《周禮·媒氏》「有司會無夫家之禮」，詳見《摽有梅》篇。

桃之夭夭，有蕡其實。【傳】蕡，實貌。非但有華色，又有婦德。**之子于歸，宜其家室。**【傳】家室，猶室家也。【疏】《説文》：「萉，枲實也。字或作『𪎊』。」《爾雅》作「黂」，《周禮》作「蕡」。枲實爲蕡，因之爲凡華結實之稱。「有蕡其實」，言桃之實蕡然大也。僖三十三年《穀梁傳》云：「實之爲言猶實也。」凡艸木果曰實。《傳》云「非但有華色，又有婦德」者，此承上章華色，又以明桃實興婦德也。○云「家室，猶室家也」者，與上章同義，謂宜其有家室也。《孟子・滕文公》篇：「丈夫生而願爲之有室，女子生而願爲之有家。」桓十八年《左傳》：「申繻曰：『女有家，男有室。無相瀆也，謂之有禮。』」此家、室互言也。渾言之，室亦家也。《爾雅》：「牖户之閒謂之扆。其内謂之家。」《説文》：「家，凥也。」

桃之夭夭，其葉蓁蓁。【傳】蓁蓁，至盛貌。有色有德，形體至盛也。**之子于歸，宜其家人。**【傳】一家之人盡以爲宜。【疏】蓁，聲同臻，故云「蓁蓁，至盛皃」。《廣雅》：「蓁蓁，茂也。」字亦通作「溱」，《無羊》傳：「溱溱，衆也。」王應麟《詩考》載杜佑《通典・禮十九》引《詩》作「其葉溱溱」。《傳》云「有色有德，形體至盛也」者，承上二章，而又明此言桃葉之至盛，以興女子之形體也。形體，猶言婦容也。《葛覃》傳云：「古者女師教以婦德、婦言、婦容、婦功。」○云「一家之人盡以爲宜」者，以釋經「宜其家人」句，此逆辭釋經之例。《傳》不與上二章同訓也。凡《詩》三章，有末章與上二章辭異者，若《汝墳》、《采蘩》、《北風》、《新臺》、《蝃蝀》、《大車》、《清人》、《風雨》、《子衿》、《東方未明》、《甫田》、《敝笱》、《唐・揚之水》、《鴇羽》、《匪風》、《庭燎》、《沔水》、《祈父》、《我行其野》、《谷風》、《魚藻》、《菀柳》、《漸漸之石》，此文之變也。又有末章與上二章辭同而意異者，若此篇之「宜其家人」、《螽斯》之「揖揖」、《鵲巢》之「成」、《羔羊》之「縫」、《考槃》之「軸」、《緇衣》之「蓆」、《中谷有蓷》之「溼」、《兔爰》之「庸」。毛公作《傳》，循辭之變，本意之殊，故往往不與上二章同訓。《箋》不然矣。此篇上二章就嫁時言，末章就已嫁時言。《禮記・大學》篇引末章，而釋之云：「宜其家人，而后可以教國人，正所謂家齊盡宜之道也。」《傳》意實本《大學》爲説。

《兔罝》三章，章四句。

《兔罝》，后妃之化也。《關雎》之化行，則莫不好德，賢人衆多也。【疏】《卷耳》之應。

肅肅兔罝，椓之丁丁。【傳】肅肅，敬也。兔罝，兔罟也。丁丁，椓杙聲也。**赳赳武夫，公侯干城。**【傳】赳赳，武貌。干，扞也。【疏】「肅肅，敬」，《爾雅・釋訓》文，《思齊》同。敬者，言兔罝之人賢，其持事猶不忘其敬。《列女傳・賢明》篇：「夫安貧賤而不怠於道者，唯至德者能之。《詩》曰：『肅肅兔罝，椓之丁丁。』言不怠於道也。」《易林・坤》云：「兔罝之容，不失其恭。」竝與毛訓同。《釋器》：「兔罟謂之罝。」《傳》所本也。釋玄應《衆經音義》卷十七引郭注云：「罝，遮也，遮取兔也。」《説文》：「椓，擊也。」丁丁爲椓聲。《傳》云「椓杙聲」者，冡「兔罝」作訓也。《釋宮》：「樴謂之杙。」郭注云：「橜也。」又謂之招，《孟子・盡心》篇「又從而招之」，趙岐注云：「招，罥也。」亦謂之蹏，《莊子・外物》篇：「蹏者所以在兔，得兔而忘蹏。」《釋文》云：「蹏，兔罥也。」《周禮・冥氏》注：「弧、張，罿、罦之屬，所以扃絹禽獸。」《翨氏》注：「置其所食之物於絹中，鳥來下，則掎其腳。」案「絹」與「罥」同。凡網取禽獸，必築橜於地，而以捕器網之。罝兔亦如是也。椓杙，今俗謂之朾橜。杙者，「弋」之俗。丁，古「朾」字。○「赳赳，武」，《釋訓》文。《説文》：「赳，輕勁有才力也。从走，丩聲。讀若鐈。」《酌》傳云：「蹻蹻，武皃。」丩聲、喬聲正相近。「干，扞」，《釋言》文，《采芑》同。成十二年《左傳》：「此公侯之所以扞城其民也，故《詩》曰：『赳赳武夫，公侯干城。』」《左傳》釋《詩》「干城」即「扞城」。干，古文假借字。毛《傳》「干」訓「扞」，義本《爾雅》，其實本《左傳》爲訓，言武夫之能爲公侯扞城其民也。《吕覽·報更》篇：「宣孟德一士猶活其身，而況德萬人乎？故《詩》曰：『赳赳武夫，公侯干城。』『濟濟多士，文王以寧。』」此引《詩》證文王之能用賢。公侯，謂文王也。高誘注云：「言其賢可爲公侯扞難其城藩也。」《墨子·尚賢上》篇：「文王舉閎夭、泰顛於罝罔之中，授之政，西土服。」據此，則《兔罝》之「武夫」指閎夭、泰顛其人也。《書大傳》稱「閎夭免文王牖里之害」，爲胥附先後奔走禦侮四臣之一。鄭《箋》亦云：「此兔罝之人，賢者也，有武力可任，爲將帥之德，公侯可任以國守，扞城其民，折衝禦難於未然。」此或出於三家《詩》義。《毛詩》簡略，義當然也。《緜》傳云：「武臣折衝曰禦侮。」

肅肅兔罝，施于中逵。【傳】逵，九達之道。 **赳赳武夫，公侯好仇。**【疏】施，讀如「施罛濊濊」之「施」。《爾雅·釋宫》云：「九達謂之逵。」《傳》所本也。《文選》顔延之《皇太子釋奠詩》注、王粲《從軍詩》注引《韓詩》「施于中馗」，《薛君章句》云：「中馗，馗中，九交之道也。」《説文·九部》：「馗，九達道也。似龜背，故謂之馗。或作『逵』。」是馗、逵同字，而九達、九交同義也。杜預注《左傳》以爲逵道九軌，劉炫規之，「逵爲九道交出」。案劉説是也。逵，謂野涂也。《考工記》：「國中經涂九軌，野涂五軌。」杜謂「逵當九軌」，直以野涂而容國中涂矣。《釋文》乃引杜解爲説。○仇，匹也。義見《關雎》，《傳》例不煩更見也。「公侯好匹」，言武夫能爲公侯之好匹。匹，當讀「率由群匹」之「匹」。《假樂》箋云：「循用群臣之賢者，其行能匹耦己之心。」昭三十二年《左傳》：「史墨曰：『物生有兩，有三，有五，有陪貳，故天有三辰，地有五行，體有左右，各有妃耦。王有公，諸侯有卿，皆有貳也。』」《晉語》：「國人誦之曰：『若狄公子，吾是之依兮。鎮撫國家，爲王妃兮。』」韋注云：「言重耳當伯諸侯，爲王妃耦。」《漢書·董仲舒傳》贊：「伊、吕乃聖人之耦。」《文選》楊雄《甘泉賦》：「搜逑索偶，皋伊之徒，冠倫魁能。」

竝與《詩》「仇」字義同。

肅肅兔罝，施于中林。【傳】中林，林中。**赳赳武夫，公侯腹心。**【傳】可以制斷公侯之腹心。

【疏】《正月》「瞻彼中林」，《傳》亦云：「中林，林中也。」《駉》傳云：「野外曰林。」徐榦《中論・法象》篇：「人性之所簡也，存乎幽微。人情之所忽也，存乎孤獨。夫幽微者，顯之原也。孤獨者，見之端也。胡可簡也？胡可忽也？是故君子敬孤獨而慎幽微，雖在隱蔽，鬼神不得見其隙也。《詩》云：『肅肅兔罝，施于中林。』處獨之謂也。」

○《傳》云「可以制斷公侯之腹心」者，以釋「公侯腹心」句。《左傳》：「及其亂也，諸侯貪冒侵欲，不忌争尋常，以盡其民，略其武夫，以爲己腹心、股肱、爪牙。故《詩》曰：『赳赳武夫，公侯腹心。』天下有道，則公侯能爲民干城而制其腹心。亂則反之。」杜注云：「舉《詩》之正，以駁亂義。《詩》言治世，則武夫能合德。公侯外爲扞城，內制其腹心。」《左傳》言「制」，毛《傳》本之以益其義云「制斷」者，謂制斷其貪冒侵欲也。「公侯腹心」，謂武夫能爲公侯制斷其腹心，則「公侯干城」亦謂武夫能爲公侯扞城其民矣。皆就賢者一邊說。桓寬《鹽鐵論・備胡》篇：「賢良曰：『匈奴，如中國之麋鹿耳。好事之臣求其義，責之禮，使中國干戈至今未息，萬里設備，此《兔罝》之所刺。故小人非公侯腹心干城也。』」此言小人用事，上不能制君腹心，下不能爲民干城，適見刺於《兔罝》耳。桓釋《詩》正與毛訓合。首章言禦侮，二、三章不言禦侮也。《箋》俱依「禦侮」爲說。

《芣苢》三章，章四句。

《芣苢》，后妃之美也。和平則婦人樂有子矣。【疏】《列女傳・貞順》篇：「蔡人之妻者，宋人之女也。

既嫁於蔡，而夫有惡疾。其母將改嫁之，女終不聽其母，乃作《芣苢》之詩。」又《文選》劉峻《辯命論》注引：「《韓詩》：『《芣苢》，傷夫有惡疾也。』薛君云：『詩人傷其君子有惡疾，人道不通，求已不得，發憤而作，以事興芣苢雖臭惡乎，我猶采采而不已者，以興君子雖有惡疾，我猶守而不離去也。』」案三家與毛異，然亦被文王后妃之化，故婦人能守一不去，盡其情，一心乎君子者也。

采采芣苢，薄言采之。【傳】采采，非一辭也。芣苢，馬舄；馬舄，車前也，宜懷任焉。薄，辭也。采，取也。**采采芣苢，薄言有之。**【傳】有，藏之也。【疏】「采采，非一辭」，辭，當作「詞」。《小箋》云：「謂非一采而已之詞。」《韓詩章句》亦云：「采采而不已也。」「芣苢，馬舄；馬舄，車前」，《爾雅·釋草》文。郭注云：「今車前草，大葉，長穗，好生道邊，江東呼爲蝦蟆衣。」《正義》引《義疏》云：「馬舄，一名車前，一名當道，喜在牛跡中生，故曰『車前』、『當道』也。今藥中『車前子』是也。幽州人謂之『牛舌草』。可鬻作茹，大滑，其子治婦人産難。」《説文》：「芣苢，一名馬舄。其實如李，令人宜子。《周書》所説。」段《注》引黄公紹《韻會》載《説文》「李」作「麥」。案唐慎微《證類本草》：「蘇頌《圖經》云：『車前，實如葶藶，赤黑色。』」據蘇説，則芣苢之實如麥不如李。一本作「其實如李」，故解之者遂誤以芣苢爲木不爲草。陶弘景《本草注》云：「《韓詩》言：芣苢是木，似李，食其實，宜子孫。」然《韓詩》不言「芣苢是木」，陶未知何據也。又案《釋文》引《韓詩》：「直曰車前，瞿曰芣苢。」《文選注》引《章句》：「芣苢，澤瀉也。」韓以芣苢、車前爲別物，又以澤瀉爲同物，皆與《爾雅》、毛《傳》不合。《傳》云「宜懷任焉」者，此即《周書》「令人宜子」之説也。任，古「妊」字。今《逸周書·王會》篇作「桴苡」，即芣苢。○「薄，辭」，《小箋》云：「辭，當作『詞』。《説文》作『䛐』，意内而言外也。《説文》凡文辭作『辭』，辭，説也。凡形容及語助、發聲作『䛐』，如《芣苢》之『薄』、《漢廣》之『思』、《草蟲》之『止』、《大叔于田》之『忌』是也。『薄』見《葛覃》矣。於此始爲傳者，漢人傳注不限於首見也。」案《傳》爲全《詩》「薄」字發凡也。《後漢書・李固傳》注引《韓詩章句》：「薄，辭也。」辭，亦當作「詞」。今字通作「辭」。《谷風》「薄送」，《出車》、《六月》「薄伐」，《車攻》「薄狩」，《泮水》「薄采」，「薄」皆詞也。此篇及《采蘩》、《柏舟》、《出車》、《采芑》、《采綠》、《時邁》、《有客》、《駉》皆曰「薄言」，言亦詞也。《載馳》不爲「言」字作傳，《駉》不爲「薄言」作傳，余友高郵王引之《經傳釋詞》云「薄、言皆語詞」，是也。《箋》「薄言」爲「我薄」，失之矣。「采」訓「取」者，《傳》爲「采」字通訓。采從爪，取從又，爪、又皆手也。《廣雅・釋詁》：「采，取也。」〇《傳》云「有，藏之也」者，藏之，謂收藏之也。《廣雅》：「有，取也。」高郵王念孫《疏證》云：「《詩》之用詞不嫌於複，有亦取也。首章泛言取之，次則言其取之之事，卒乃言既取而盛之以歸耳。若首章既言藏之，而次章復言掇之、捋之，則非其次矣。」奐謂訓「有」爲「取」，或本三家《詩》義，毛意則以首章泛言取藏，下二章乃分承之耳。「掇之」、「捋之」即承首章「采之」而言，「袺之」、「襭之」即承首章「有之」而言。藏，古作「臧」。

采采芣苢，薄言掇之。【傳】掇，拾也。**采采芣苢，薄言捋之。**【傳】捋，取也。【疏】《說文》：「拾，掇也。」「掇，拾取也。」《廣雅》：「掇，取也。」義竝同。〇《廣韻・六術》：「寽，持取。今『寽禾』是也。」捋與寽聲、義俱近。《後箋》云：「《傳》『捋取也』三字連讀，非訓『捋』爲『取』，猶言『捋，捋取之也』，《傳》文簡消耳。掇是拾其子之既落者，捋是捋其子之未落者。」

采采芣苢，薄言袺之。【傳】袺，執衽也。**采采芣苢，薄言襭之。**【傳】襭，扱衽也。【疏】《爾雅・釋器》：「執衽謂之袺。」此《傳》所本也。《禮記・深衣》「續衽鉤邊」，鄭注云：「續，猶屬也。衽，在裳旁者也。屬連之，不殊裳前後也。鉤邊，若今曲裾也。」婺源江永《深衣考》云：「續衽，謂裳之左旁縫合其衽。鉤邊，謂裳之右旁別用一幅布綴於右後衽之上，使鉤而前，漢時謂之曲裾，可以揜裳際也。古者布幅闊二尺二寸，深衣裳用布六幅，裁爲十二幅。其當裳之前襟、後裾正處者，以布四幅，正裁爲八幅，上下皆廣一尺一寸，各邊去一寸爲縫，一幅上下皆正，得九寸。八幅，七尺二寸。其在上者，既足要中之數矣。下齊當倍於要，又以布二幅，斜裁爲四幅。狹頭二寸，寬頭二尺，各去一寸爲縫。狹頭成角，寬頭一尺八寸，皆以成角者向上，以廣一尺八寸者向下，則四幅下廣亦得七尺二寸。合於齊，得一丈四尺四寸。此四幅連屬於裳之兩旁，别名爲衽，所謂『衽當旁』是也。」《玉藻》「衽當旁」，鄭注云：「衽，謂裳幅所交裂也。」凡衽者，或殺而下，或殺而上，是以小要取名焉。衽屬衣，則垂而放之；屬裳，則縫之以合前後上下相變。《深衣考》云：「衽有二。朝服、祭服、喪服皆用帷裳，前三幅，後四幅，裳際不連，有衽掩之，用布交解。寬頭在上，合縫之狹頭在下，如燕尾之形，即《喪服》篇『衽二尺有五寸』是也。此衽之殺而下者也。深衣之衽當裳旁，亦交解，而以狹頭向上，寬頭向下，此衽之殺而上者也。衽屬於衣，則垂而放之，謂朝、祭、喪服之衽屬於裳，則縫之以合前後，即此深衣之衽也。其縫之以合前後者，唯左旁爲然。若右旁，則不能縫合，别有鉤邊。鄭亦略言之耳。」案婦人衣與裳不殊，當如男子深衣，則衽乃屬於裳。「執衽」、「扱衽」，是即當裳旁之衽。鄭注《喪服傳》：「婦人不殊裳，如深衣，而下無衽。」余友績溪胡培翬云「謂無二尺五寸之衽，非謂無裳旁之衽」，是也。〇「襭，扱衽也」，各本作「扱衽曰襭」，今從宋本。《釋器》：「扱衽謂之襭。」《傳》所本也。郭注云：「扱衣上衽於帶。」李注同。《説文・衣部》云：「以衣衽扱物謂之襭。襭，或作『擷』。」又《足部》云：「趿，進足有所擷取也。《爾雅》曰：『趿謂之擷。』」扱、趿義相近。扱，猶插也，許云「扱物」即是扱物於帶中。袺者，手持衽以盛物。襭者，插衽於帶以納物。非袺但手執衽，而襭乃納物於衽也。

《漢廣》三章，章八句。

《漢廣》，德廣所及也。文王之道被于南國，美化行乎江、漢之域，無思犯禮，求而不可得也。

【疏】南國，即江、漢之域，《禹貢》荆州。江、漢合流在今湖北武昌、漢陽兩府之閒，文王時爲荆楚地。漢入於江。《傳》云「漢上」，《韓詩傳》云「漢皋」，皆不及江。而詩人又以「漢廣」命篇，則《序》所云「江漢之域」在漢南江北，非必江、漢合流處。《水經·江水》注云：「韓嬰敘傳：[1]『南，其地在南郡、南陽之閒。』」今河南南陽府，漢之南陽郡，即其地矣。《關雎》序云：「南，言化自北而南也。」蓋文王治岐周，梁在岐周之西南，荆在岐周之東南，準視天下，則荆、梁皆西也。文王爲紂三公，受命出爲西伯，僅主西諸侯，其東諸侯非文王所主長之國。紂命文王典治南國在荆、梁，不及楊、徐也。《逸周書·大匡》云：「周王宅程三年，三州之侯咸率。」三州者，雍、荆、梁也。迨戡黎而後，東諸侯畔殷，《程典》云：「文王合六州之侯，奉勤于商。」六州者，雍、荆、梁及徐、豫、楊也。徐、豫、楊，皆東諸侯叛殷之國，文王率焉，以朝聘乎紂。此三分天下有其二也。其實文王所屬止有《禹貢》雍、梁、荆三州之地，東不過漢廣、汝墳，西不踰江沱。而文王之化，其所被於東南者尤多。故《序》二《南》以江、漢之域爲南國，在西南者別之爲召南之國。

南有喬木，不可休思。漢有游女，不可求思。【傳】興也。南方之木美。喬，上竦也。思，辭也。漢上游女，無求思者。**漢之廣矣，不可泳思。江之永矣，不可方思。**【傳】潛行爲泳。永，長；方，泭也。【疏】《爾雅·釋木》：「句如羽，喬。上句曰喬。如木楸曰喬。槐、棘醜，喬。小枝上繚爲喬。」五者義相近。《傳》云「上竦」即本《爾雅》之「上句」。句，曲也。上竦者，其上曲，其下少枝葉，高注《淮南·原道》云「喬木上竦，

---

[1] 「傳」，武英殿本《水經注》作「詩」。

少陰之木」，是也。休思，各本作「休息」。《釋文》：「本或作『休思』。」今訂正。《瞻卬》傳云：「休，息也。」「思」訓「辭」，辭，當作「詞」。「休思」、「求思」、「泳思」、「方思」，皆詞也。《傳》爲全《詩》「思」字句末語助之發凡也。「思」又爲句首語詞，義見《文王》篇。《傳》云「漢上游女，無求思者」，「無求」，釋經之「不可求」，不可謂之無，無亦謂之不可。《鴟鴞》「既取我子，無毀我室」，《傳》：「不可以毀我周室。」是又以「不可」釋「無」矣。無思，即《序》所謂「無思犯禮」也。案《傳》以南方之木美興漢上之女貞，上竦之木不可休興出游之女不可求。漢廣不可泳、江永不可方，亦因見江、漢而起興也。首章唯弟三、四句正意，餘皆興。二、三章言薪中之楚、蔞可刈而束之，興貞絜之子在淫亂之世，當備禮以取之。此變文以言興也。○《初學記・地部下》：「《韓詩》云：『鄭交甫過漢皋，遇二女，妖服，佩兩珠。交甫與之言曰：「願請子之佩。」二女解佩與交甫而懷之。去十步，探之，則亡矣。迴顧二女，亦不見。』」《說文・鬼部》引《韓詩傳》「妖服」作「魃服」，奇寄切。《御覽・地部二十七》與《初學記》同。又《珍寶部一》：「《韓詩內傳》云：『漢女所弄珠如荆雞卵。』」《文選・江賦》、《南都賦》注所引詳略雖異，要皆出《內傳》文也。又《文選・七啓》注：「《韓詩序》：『《漢廣》，悦人也。』」《琴賦》注：「《薛君章句》：『游女，漢神也。言漢神時見，不可得而求之。』」《七啓》及《齊敬皇后哀策文》注皆引《章句》游女爲漢神。《楚辭》王逸《九思》：「周徘徊兮漢渚，求水神兮靈女。」此用《韓詩》義也。然則《韓詩》以游女興「之子」矣。《列女傳・辯通》篇：「孔子南游，遇阿谷處子。孔子曰：『斯婦人達於人情，而知禮。《詩》云：「南有喬木，不可休思。漢有游女，不可求思。」此之謂也。』」《魯詩》「游女」即「之子」，與《毛詩》合。然《韓詩外傳》載阿谷處子事，亦引此詩，或韓乃斷章取義也。○《六月》、《雝》傳云：「廣，大也。」「潛行爲泳」，《爾雅・釋水》文。《說文》：「泳，潛行水中也。」「潛，涉水也。」段注云：「潛行水中，對『浮行水上』言之。《邶風》傳曰：『由厀以下爲涉。』言潛者自其厀以下沒於水言之，所謂泳也。後人不甚分明，若《水經注·江水》篇云：『有潛客泳而視之，見水下有兩石牛。』此則謂潛全没水中矣。」案段説是也。《邶·谷風》「方」「舟」、「泳」「游」對文，方、舟一類，泳、游一類。游者，浮水而過。泳者，涉水而行。《爾雅》：「泳，游也。」渾言不别也。哀九年《左傳》云：「是謂如川之滿，不可游也。」「不可游」與《詩》「不可泳」同意。《説文·永部》：「永，水長也。象水巠理之長。《詩》曰：『江之永矣。』」又「羕，水長也。《詩》曰：『江之羕矣。』」許兩引《詩》，字異義同，治毛不廢三家也。《文選·登樓賦》注引：「《韓詩》：『江之漾矣。』薛君云：『漾，長也。』」漾，即「羕」之俗，是《韓詩》作「羕」矣。《爾雅》：「永、羕，長也。」《毛詩》多古文。永，古「羕」字。漢以絶流而渡言，故曰廣。江以順流而下言，故曰永。「方，泭」，《釋言》文。今《爾雅》「方」作「舫」。《釋言》又云：「舫，舟也。」《釋水》云：「大夫方舟。」《方言》：「泭謂之䉀。䉀謂之筏。筏，秦、晉通語也。方舟謂之濻。」説家皆以「方」爲併船，「泭」爲併木，二者不同。《邶·谷風》傳云：「舟，船也。」方、舟與永、游析爲四事，舟爲船，方爲泭，其義互見，蓋方舟，大夫之禮制，非泛言渡水。《詩》之「方」當是併木，不是併船，故《傳》用《爾雅》「舫，泭」之訓，而不用「舫，舟」之訓。《邶》箋亦云：「方，泭也。」

翹翹錯薪，言刈其楚。【傳】翹翹，薪貌。錯，襍也。**之子于歸，言秣其馬。**【傳】秣，養也。六尺以上曰馬。**漢之廣矣，不可泳思。江之永矣，不可方思。**【疏】翹翹，高大之意，故云「薪皃」。《廣雅》：「翹翹，衆也。」此三家義。薪，謂楚木、蔞草也。錯之爲言蔟蔟也。襍，與「集」同。集木與草爲襍薪，猶集玉與石爲襍佩矣。《無羊》箋云：「麤曰薪。」《綢繆》傳云：「男女待禮而成，若薪芻待人事而後束也。」彼詩以束薪喻嫁娶之以禮，正與此同。《王·揚之水》傳：「楚，木也。」〇《鴛鴦》傳：「秣，穀馬也。」此「秣」詁「養」，讀《校人》「頒良馬而養乘」之「養」。養者，未及駕之詞也。於馬言秣不言駕，猶於薪言刈不言束，皆是待禮而行，求不可得之義。

《夏官・廋人》：「馬八尺以上爲龍，七尺以上爲騋，六尺以上爲馬。」此《傳》云「六尺以上曰馬」，從《周禮》説也。《定之方中》傳：「馬七尺以上曰騋。」亦從《周禮》説。是諸侯乘騋也。騋七尺以上，爲諸侯所乘，則馬六尺以上，當是大夫所乘。故此章之「馬」與下章之「驕」，雖有六尺、五尺之殊，而以「衛文乘騋」推之，則皆大夫乘也。何注隱元年《公羊傳》云：「天子馬曰龍，高七尺以上。諸侯曰馬，高六尺以上。」何與毛異。

翹翹錯薪，言刈其蔞。【傳】蔞，草中之翹翹然。**之子于歸，言秣其駒。**【傳】五尺以上曰駒。**漢之廣矣，不可泳思。江之永矣，不可方思。**【疏】《釋文》引馬融《毛詩注》云：「蔞，蔞蒿。」《爾雅》：「購，蔏蔞。」郭璞以蔏蔞爲蔞蒿。《管子・地員》篇云：「蔞下於荓。」又云：「山之側，其草葍與蔞。」是蔞爲葍、荓之類矣。《正義》引《義疏》云：「其葉似艾，白色，長數寸，高丈餘。正月，根芽生旁莖，正白，生食之，香而脆美。其葉又可蒸爲茹。」據此，則蔞蒿嫩時可食，老則爲薪高丈餘，正與《詩》「翹翹」合。《傳》云「蔞，草中之翹翹」，則楚亦木中之翹翹。翹翹，薪皃。楚木爲翹翹之薪，則蔞草亦爲翹翹之薪，互詞見義也。上句言「錯薪」，而下句「刈楚」、「刈蔞」皆薪也。猶之《揚之水》首章言「束薪」，而下章「束楚」、「束蒲」皆薪也；《綢繆》首章言「束薪」，而下章「束芻」、「束楚」皆薪也。薪，其大名也。三家《詩》解以「錯薪」爲「衆薪」，則楚、蔞爲衆薪中之尤翹翹。若然，楚、蔞外别有薪矣，非是。○駒，當作「驕」。《陳風》「乘我乘駒」，《釋文》作「驕」，引沈重云：「或作『駒』，後人改之。」《皇皇者華》篇内同。《小雅》「我馬維駒」，《釋文》云：「本亦作『驕』。」據《陳風》、《小雅》，則知《周南》本亦作「驕」也。驕非韻，與蔞、株、濡、諏爲合韻。《説文》：「馬高六尺爲驕。《詩》曰：『我馬維驕。』」《株林》箋：「六尺以下曰驕。」此《傳》云「五尺以上」，即是「六尺以下」也。高誘注《淮南子・時則》、《脩務》篇兩云：「馬五尺以下爲駒。」然則駒乃五尺以下之稱矣。何注《公羊傳》云：「卿、大夫、士曰駒，高五尺以上。」武進臧鏞堂説：「此『駒』字亦必『驕』字之誤。」奐謂《株林》傳言大夫得乘驕，與何注統卿、大夫、士説異。《漢廣》「游女」非大夫也。士親迎而秣驕與《士昏禮》「乘墨車」，俱爲攝盛。

《汝墳》三章，章四句。

《汝墳》，道化行也。文王之化行乎汝墳之國，婦人能閔其君子，猶勉之以正也。

遵彼汝墳，伐其條枚。【傳】遵，循也。汝，水名也。墳，大防也。枝曰條，榦曰枚。**未見君子，惄如調飢。**【傳】惄，飢意也。調，朝也。【疏】「遵，循」，《爾雅·釋詁》文，《遵大路》、《九罭》同。「汝，水名」，不見《禹貢》，而「決汝」見《孟子》。《漢書·地理志》：「汝南郡定陵高陵山，汝水出，東南至新蔡入淮。」此「新蔡」二字疑有誤。蓋漢時汝水在汝陰縣北入淮，新蔡爲汝水所逕之上流也。「墳，大防」，《釋丘》文。《苕之華》傳：「墳，大也。」大謂之墳，故防之大者，亦謂之墳。字亦作「坋」，《説文》：「坋，大防也。」又作「濆」，《常武》傳：「濆，厓也。」《箋》：「陳屯其兵於淮水大防之上。」《釋水》：「汝爲濆。」郭注引三家《詩》作「濆」。《水經注》：「汝水逕奇額城西北，濆水出焉，世亦謂之大㶏水。《爾雅》曰：『汝有濆。』濆者，汝別也。」案濆、墳字別，而義實通。大防，即在水旁。以水作「濆」，以防作「墳」，一也。奇額城，在今河南南陽府葉縣東北。大㶏水，出葉縣，東南流逕上蔡、新蔡縣境。攷二蔡，文王子蔡叔國。然《晉語》：「文王諏于蔡原。」韋注：「蔡，蔡公。」是文王時先有蔡國矣。《列女傳》稱《芣苢》爲「蔡人之妻作」。又陶弘景《名醫别録》：「澤瀉，生汝南池澤。汝南，蔡地。」以此驗之，汝墳正值二蔡汝過之處。《序》云「汝墳之國」，其即蔡公等國歟？又案，「汝南郡汝陰，故胡國，莽曰汝墳」。《考工記》注：「汾胡，胡子之國，在楚旁。」「汾」與「墳」通。汝水入淮，在漢汝陰縣北。汝水入淮爲汝墳，猶之淮水入海爲淮浦。《常武》「淮浦」非漢縣之淮浦，此「汝墳」亦必非王莽之汝墳矣。司馬彪《續漢書·郡國志》劉昭《補注》引《地道記》「汝陰有陶丘鄉，《詩》所謂『汝墳』」，恐未是。○《説文》云：「條，小枝也。枝木別生條也。」「枚，榦也。」是枝爲條，榦爲枚也。榦者，本也。下章之「肄」亦謂斬本復生者也。《旱麓》：「莫莫葛藟，施于條枚。」《箋》云：「葛也、藟也，延蔓於木之枝本而茂盛。」鄭以「條枚」爲枝本，義同此。○《爾雅》：「惄，飢也。」《傳》云「飢意」，謂「惄」爲飢之意，非直訓「惄」爲「飢」也。《釋文》引《韓詩》作「愵」，《方言》：「愵，憂也。」《説文》：「愵，惪皃。讀與『惄』同。」《釋文》：「調，又作『輖』。」李燾《五音韻譜》引《詩》作「惄如輖飢」。《毛詩》作「輖」，或作「調」，其義訓「朝」，謂即「朝」之假借字。古人朝食曰饔，夕食曰飧。朝饔少闕，是爲朝飢。

遵彼汝墳，伐其條肄。【傳】肄，餘也。斬而復生曰肄。**既見君子，不我遐棄。**【傳】既，已；遐，遠也。【疏】肄者，「櫱」、「枿」之假借字。《長發》傳：「櫱，餘也。」《爾雅》：「枿，餘也。」《説文》：「㰁，伐木餘也。」引《商書》「若顛木之有𢎘㰁」。❶ 又《马部》：「𢎘，木生條也。」引《書》作「𢎘枿」，今《般庚》篇作「由櫱」。《詩》之「條肄」，即《書》之「由櫱」。《傳》既訓「肄」爲「餘」，又申之云：「斬而復生曰肄。」斬而復生，即《説文》所謂「伐木餘」也。《淮南子·俶真》篇：「今夫萬物之疏躍枝舉，百事之莖葉條栓，皆本於一根，而條循千萬也。」高注：「栓，讀《詩·頌》『苞有三櫱』同。」《説文》：「栓，古文『㰁』字。」條栓，即條肄也。○《傳》訓「既」爲「已」，「已」爲「已止」

❶「𢎘」，原作「甹」，據中國書店影印武林愛日軒刻本、經韻樓本《説文解字注》改。下二「𢎘」同。

之「已」，又爲「已然」之「已」。《雞鳴》、《行葦》、《公劉》傳竝以「已」釋「既」也。「遐，遠」，《棫樸》、《下武》同。《正義》云：「『不我遐棄』，猶云『不遐棄我』，古之人語多倒。《詩》之此類衆矣。」

魴魚頳尾，王室如燬。【傳】頳，赤也。魚勞則尾赤。燬，火也。雖則如燬，父母孔邇。【傳】孔，甚；邇，近也。【疏】頳從赤，故訓赤。《説文》引《詩》作「經」，或作「頳」。《左傳》作「竀」，爲假借字。《傳》文「魚」上當奪「魴」字，《正義》有「魴」字可證。言魴魚勞則尾赤，意以魴魚之勞喻君子之勞。上二章言遵墳、伐木，皆其王事賢勞也。《説文》：「魴，赤尾魚也。」《玉篇》同。哀十七年《左傳》：「如魚竀尾，衡流而方羊。」《詩正義》引鄭衆云：「魚肥則尾赤，以喻蒯聵淫縱。」《左傳》不言「魴魚」，故仲師不從毛《傳》耳。《爾雅》：「魴，魾。」郭注云：「江東呼魴魚爲鯿，一名魾。」邢《疏》引《義疏》云：「魴，今伊、洛、濟、潁魴魚也。廣而薄，肥恬而少肉，細鱗。」羅願《爾雅翼》云：「魴，縮頭，穹脊，博腹，色青白，而味美，今之鯿魚也。」毛不言魴爲何魚者，以魴常有，人共曉耳。「燬，火」，《釋言》文。《釋文》云：「燬，音毁。齊人謂火曰燬。《字書》作『焜』，《説文》同。」《説文》：「焜，火也。」引《詩》作「王室如焜」。是許所據《詩》作「焜」也。○「孔，甚」，《釋言》文。《鄭・羔裘》、《小戎》、《十月之交》同。凡「孔」與「既」同義，故云「孔，且」者，猶「既，且」也；云「亦孔」者，猶「亦既」也。上《傳》：「既，已也。」《悉蟀》傳：「已，甚也。」孔者，甚之詞也。「邇，近」，《釋詁》文。《東門之墠》、《杕杜》、《小旻》同。《列女傳・賢明》篇：「周南之妻者，周南大夫之妻也。大夫受命平治水土，過時不來。妻恐其懈於王事，蓋與其鄰人陳素所與大夫言：國家多難，惟勉强之。無有譴怒，遺父母憂。生於亂世，不得道理，而迫於暴虐，不得行義。然而仕者爲父母在故也。乃作此詩。君子以是知周南之妻而能匡夫也。」《後漢書・周磐傳》：「磐居貧養母，儉薄不充。嘗誦《詩》至《汝墳》之卒章，慨然而嘆，迺解韋帶，就孝廉之舉。」李賢注引《韓詩》：「《汝墳》，辭家也。其卒章，《薛君章句》：『赬，赤也。燬，烈火也。孔，甚也。邇，近也。言魴魚勞則尾赤，君子勞苦則顔色變。以王室政教如烈火矣，猶觸冒而仕者，以父母甚迫近飢寒之憂，爲此禄仕。』」案此皆三家《詩》義，毛意亦然也。《四牡》傳云：「文王率諸侯，撫叛國，而朝聘乎紂。」故汝墳之國近在典治南方之中。其時婦人亦被文王之化，知君子之勤勞，猶勉其仕於紂朝。是文王之化行也，君子不以私害公，不以家事辭王事。

《麟之趾》三章，章三句。

《麟之趾》，《關雎》之應也。《關雎》之化行，則天下無犯非禮，雖衰世之公子，皆信厚如麟趾之時也。【疏】「衰世」與《野有死麕》「亂世」，皆謂殷紂時。

麟之趾，振振公子。【傳】興也。趾，足也。麟信而應禮，以足至者也。振振，信厚也。**于嗟麟兮！**【傳】于嗟，歎辭。【疏】趾，《釋文》作「止」。《爾雅》：「止，足也。」今作「趾」，止、趾古今字。「止」與「至」同，故《傳》既釋「止」爲「足」，又以「足至」申明「止，足」之義。《正義》云：「言信而應禮，則與《左氏》説同，以爲修母致子也。服虔哀十四年《左傳注》云：『視明禮修而麟至，思睿信立白虎擾，言從義成則神龜在沼，聽聰知正而名山出龍，貌恭體仁則鳳皇來儀。』《騶虞》傳云：『有至信之德，則應之。』是與《左傳》説同也。説者又云『人臣則修母致子應』，以昭二十九年《左傳》云『水官不修，則龍不至』故也。人君則當方來應。」案孔穎達《左傳疏》及《禮記・禮運》疏引《異義》與此詳略不同。《左傳疏》又云：「賈逵、服虔、穎容等，皆以孔子自衛反魯，考正禮樂，修《春秋》，約以周禮。三年，文成致麟，麟感而至。」然則先儒皆主「修母致子」之説矣。麟爲應禮之信獸，《詩》以麟喻公子，言公子應文王之禮化，其德似麟也。麟，依《説文》作「麐」。○《序》云「公子皆信厚」，故《傳》以「振振」訓「信厚」。《殷其雷》「振振君子」，謂大夫之信厚，《傳》訓亦同。公子，公之子也，姓、族之所自出也。二章「公姓」、三章「公族」，同姓族於公子者也。《文選》謝朓《八公山詩》注引《韓詩章句》亦云：「吁嗟，歎辭也。」于、吁古今字。辭，當作「詞」。歎詞，美歎之詞也。美歎曰嗟，傷歎亦曰嗟。凡全《詩》歎詞有此二義。或言「嗟」，或言「嗟嗟」，或言「猗嗟」，或言「于嗟」。《爾雅》：「嗟、咨，䰈也。」《説文·口部》：「嗞，𧪚也。」《言部》：「𧪚，嗞也。」嗟、䰈、𧪚同。

麟之定，振振公姓。【傳】定，題也。公姓，公同姓。**于嗟麟兮！**【疏】「定，題」，題，本作「顛」，定本作「題」。《釋文》、《正義》皆以「顛」爲誤。疑《傳》本作「顛」，《爾雅》作「題」，題、顛同義，而顛與定雙聲。凡毛《傳》有不與《爾雅》盡同者，必於聲求義也。解之者不通其例，遂據《爾雅》之文改毛《傳》之字矣。《爾雅·釋言》：「定，題也。顛，頂也。」《車鄰》傳：「白顛，的顙也。」「題」、「顛」、「頂」、「顙」義同「定」，依聲託訓也。俗加「頁」作「顁」。○古者諸侯之子爲公子，公子之子爲公孫，公孫之子始以王父字爲姓，故與公同姓之人，其姓實出於公，公之别子爲得姓之祖也。公之子，别子也。公子之子，繼别也。至公孫之子，其長子則爲繼别之大宗，其庶子即爲繼禰之小宗。既有小宗，即有庶姓，五世而遷，其群小宗各自成其庶姓，而群庶姓又壹是統於大宗之正姓。鄭注《禮記·大傳》云：「姓，世所由生。」又云：「姓，正姓也。始祖爲正姓，高祖爲庶姓。」《傳》云「公姓，公同姓」者，同其姓，必同其祖，故《唐·杕杜》「不如我同姓」，《傳》：「同姓，同祖也。」

麟之角，振振公族。【傳】麟角，所以表其德也。公族，公同祖也。**于嗟麟兮！**【疏】《傳》文「角」上「麟」字疑衍。角之爲言桷也、較也，定之爲言頲也、庭也。角、定皆有正直之義。此釋角爲表德，而於上章之

「定」不言經義者，詳略可互見也。角、德雙聲，定、德亦雙聲。《爾雅》：「麔，麢身，牛尾，一角。」郭注云：「角頭有肉。《公羊傳》曰：『有麢而角。』」〇公族，猶公姓也。孫以祖字爲姓，以祖字爲族。隱八年《左傳》：「諸侯以字爲謚，因以爲族。」杜注云：「諸侯不賜姓，其臣因氏其王父字，或便即先人之謚稱以爲族。」《爾雅·釋親》篇云「父之從祖曅弟爲族父」，曾祖之孫也。自己而上數至於曾，此四世稱族之義也。又云「父之從祖祖父爲族曾王父」，高祖之子也。「族父之子相謂爲族曅弟」，高祖之玄孫也。自己而上數至於高祖，又下數至於玄孫，此五世九族之義也。又云「族曅弟之子相謂爲親同姓」，與己同出於高祖之父，此六世絶族之義也。然雖絶族，其庶姓猶各以始祖之正姓爲姓，即各以始祖之命族爲族，所謂「同姓，從宗合族屬」也，故《傳》以同族爲同祖。同祖即同姓，是姓、族皆有服内外之親也。《正義》謂公族較親於公姓，則以公族爲親族之族，而以公姓爲氏姓之姓，謬矣。

詩毛氏傳疏卷二

召南鵲巢詁訓傳弟二　毛詩國風

召南之國十四篇，四十章，百七十七句。【疏】《釋文》：「召，地名。在岐山之陽，扶風雍縣南有召亭。」《水經・渭水》注：「雍水東逕召亭南，故召公之采邑。京相璠曰：『亭在周城南五十里。』」案周武王封召公於北燕，在成王時爲三公。北燕國，今京師順天府治。召公未就國，居王朝爲西伯，自陝以西主之。周公定樂，遂以分陝，所典治之國名之曰「召南」焉。

《鵲巢》三章，章四句。

《鵲巢》，夫人之德也。國君積行累功以致爵位，夫人起家而居有之，德如鳲鳩，乃可以配焉。【疏】鳲，《釋文》作「尸」，今通俗作「鳲」。《騶虞》序：「《鵲巢》之化行，人倫既正，朝廷既治，天下純被文王之化。」是《鵲巢》推本文王矣。「德如鳲鳩」，猶云「德如關雎」也。《關雎》、《麟止》，王者之風，故曰「后妃」。《鵲巢》、《騶虞》，諸侯之風，故曰「夫人」。后妃、夫人，皆謂大姒也。周公作樂，爲後世法。

維鵲有巢，維鳩居之。【傳】興也。鳩，鳲鳩，秸鞠也。鳲鳩不自爲巢，居鵲之成巢。**之子于歸，**

百兩御之。【傳】百兩，百乘也。諸侯之子嫁於諸侯，送御皆百乘。【疏】鳩，五鳩之總名。《序》云「鳲鳩」，故《傳》知鳩爲鳲鳩也。鳲鳩一名秸鞠，《爾雅》作「鴶鵴」，《説文》作「秸䳕」，《方言》：「布穀，自關而東西，梁、楚之閒謂之結誥，周、魏之閒謂之擊穀。」《爾雅》邢《疏》引《義疏》云：「今梁、宋之閒謂布穀爲鴶鵴，一名擊穀。」郭注云：「江東呼爲穫穀。」鄭注《月令》作「搏穀」。案結誥、擊穀即秸鞠之轉語，穫、搏與布聲相近。《方言》又誤以鳲鳩爲戴勝鳥，辨見《鳲鳩》篇。《鳲鳩》篇「鳲鳩在桑，其子七兮」，《傳》云：「鳲鳩，秸鞠也。鳲鳩之養其子，朝從上下，莫從下上，平均如一。」是即鳲鳩之德也，故詩人以鳲鳩興諸侯夫人。云「鳲鳩不自爲巢，居鵲之成巢」者，此《易傳》所謂「地道无成而代有終」之義也。《箋》云：「鵲之作巢，冬至架之，至春乃成。」《淮南子・天文》篇：「日冬至，鵲始加巢。」又《時則》篇：「鵲加巢。」「加」與「架」通。古人嫁娶在霜降後、冰泮前，故詩人以鵲巢設喻。○《傳》云「百兩，百乘」，兩、乘以車馬爲數。兩，一車兩輪也，百兩以兩輪爲數也。《管子・乘馬》篇：「一乘者，四馬也。」百乘，以四馬爲數也。云「諸侯之子嫁於諸侯，送御皆百乘」者，此合次章「百兩將之」而總釋其義。《思齊》傳：「御，迎也。」《士昏禮》注：「御，當爲訝。訝，迎也。謂壻從者也。」迎，親迎也。諸侯親迎，從者百乘也。《韓奕》「韓侯迎止，百兩彭彭」，《箋》亦云：「百兩，百乘也。」

維鵲有巢，維鳩方之。【傳】方，有之也。**之子于歸，百兩將之。**【傳】將，送也。【疏】「方，有之」，《釋文》據《傳》，「一本無『之』字」，非也。凡詁義不盡，則用「之」字以足之，如《關雎》「服，思之也」、《葛覃》「濩，煮之也」。又有連經文「之」字而言者，《芣苢》「薄言有之」，「有，藏之也」。《靈臺》「經之營之」，「經，度之也」。《昊天有成命》「大王荒之」，「荒，大之也」。詁訓本有此句法。「維鳩方之」，「方，有之也」，其例正同。○「將」訓「行」，「送」又「行」之引申也。送之者有留車之禮，又有來媵之文。《韓奕》「諸娣從之，祁祁如雲」，《傳》云：「如雲，言衆多也。」諸侯之子送之者亦百乘。

維鵲有巢，維鳩盈之。【傳】盈，滿也。**之子于歸，百兩成之。**【傳】能成百兩之禮也。【疏】「盈，滿」，《匏有苦葉》同。《墨子・經上》篇云：「盈，莫不有也。」盈，讀如「百室盈止」之「盈」。巢之滿，猶室之盈也。○案一章迎，二章送，末章「百兩成之」兼送、迎，《傳》乃倒文以釋之。云「能成百兩之禮」者，爲能成百兩送迎之禮也。言「成之」者，宜室家，寧父母。

《采蘩》三章，章四句。

《采蘩》，夫人不失職也。夫人可以奉祭祀，則不失職矣。【疏】《禮記・射義》云：「《采蘩》者，樂不失職也。」

于以采蘩，于沼于沚。【傳】蘩，皤蒿也。于，於；沼，池；沚，渚也。公侯夫人執蘩菜以助祭，神饗德與信，不求備焉。沼沚谿澗之草猶可以薦，王后則荇菜也。**于以用之，公侯之事。**【傳】之事，祭事也。【疏】于以，猶「薄言」，皆發聲語助也。「蘩，皤蒿」，《爾雅・釋草》文，《七月》同。《七月》之蘩生蠶，則蘩非水草，故《正義》以爲生於沼沚之旁者也。又《爾雅》：「蘩，由胡。蘩之醜，秋爲蒿。」蘩醜不一種，《左傳疏》引《義疏》云：「凡艾白色爲皤蒿，今白蒿春始生，及秋香美，可生食，又可蒸。一名遊胡，北海人謂之旁勃，故《大戴禮・夏小正傳》曰：『蘩，遊胡；遊胡，旁勃也。』」案今《小正》作「由胡」，遊、由同也。陸以皤蒿、由胡皆蘩之異名。《箋》云：「豆薦蘩菹。」本《小正傳》。則鄭亦以蘩爲由胡，不始於元恪也。蘩，當作「蘩」。○「于，於」，《釋詁》文。經作「于」，《傳》作「於」，于、於古今字。上「于以」爲發聲，下「于」訓「於」，與「在」同義。「沼，池」，《正月》、《靈臺》同。「沚」訓「渚」，渾言之也。《蒹葭》傳：「小渚曰沚。」析言之也。《傳》言「蘩菜助祭，不求備物」，即本《左傳》以釋經義。隱三年《左傳》云：「苟有明信，澗、谿、沼、沚之毛，蘋、蘩、薀藻之菜，筐、筥、錡、釜之器，潢、汙、行潦之水，可薦於鬼神，可羞於王公。」此《傳》及《采蘋》傳皆本《左》以爲説也。云「王后則荇菜也」者，《關雎》傳：「后妃有關雎之德，乃能共荇菜，備庶物，以事宗廟。」彼言王后必備庶物者，義各有所取也。「祭事」釋「事」字，則《傳》文「之」字疑當衍。

于以采蘩，于澗之中。【傳】山夾水曰澗。**于以用之，公侯之宫。**【傳】宫，廟也。【疏】《爾雅・釋山》：「山夾水，澗。」《傳》所本也，《考槃》同。《釋名》云：「澗，閒也。言在兩山之閒也。」凡兩者爲閒，兩山之閒必有川焉，故其川流行於兩山閒者爲澗。○《爾雅》：「宫謂之室。」云「廟」者，宫中之一室也。《公羊》、《穀梁傳》竝云：「群公曰宫。」此群公廟稱宫矣。廟數同於五服之親，天子、諸侯皆立四親廟，與大祖共五廟。周制天子有二祧，稱七廟。不數二祧，止五廟，詳《清廟》篇。

被之僮僮，夙夜在公。【傳】被，首飾也。僮僮，竦敬也。夙，早也。**被之祁祁，薄言還歸。**【傳】祁祁，舒遲也。去事有儀也。【疏】《君子偕老》「副笄六珈」，《傳》：「副者，后夫人之首飾，編髮爲之。」彼《傳》以「副」爲首飾，則「被」與「副」同物。副用編髮，被亦用編髮。編髮，即《周禮・追師》之「編次」也。《葛覃》傳云：「婦人有副褘盛飾，接見于宗廟。」此詩言公侯夫人助祭宗廟，首飾必用副，則被之爲副，又可證也。《少牢饋食禮》：「主婦被錫，衣侈袂。主婦贊者一人亦被錫，衣侈袂。」《禮箋》云：「被，即《詩》所謂『被』。」奂案：《少牢》：

「主婦被。」《特牲》：「主婦纚笄。」被尊於纚笄，是大夫妻有被矣。大夫妻之被與諸侯夫人之被，被飾尊卑不同，而要不得爲髲也。鄭改《少牢》「被」爲「髲」，又讀《詩》之「被」爲「髲髢」之「髲」。髲髢，婦人常服。后、夫人副雖用編髮作成，與髲髢制相似，然亦不以髲髢爲從祭之服。鄭注《追師》及《士昏》、《少牢》以髲髢爲《周禮》之「次」，而次又非后、夫人從祭之服也。箋《詩》與注《禮》又不合。○古僮、童通。《射義》注引《詩》「被之童童」，《廣雅》：「童童，盛也。」此三家《詩》義。「童童」爲首飾盛，「祁祁」亦當爲首飾盛。毛於「祁祁」探下文「薄言還歸」爲舒遲，「僮僮」探下文「夙夜在公」爲竦敬，則首飾之盛不待言矣。僮、竦疊韻。「夙，早」，《爾雅·釋詁》文。《釋文》作「蚤」。《東方未明》、《生民》傳竝訓「夙」爲「早」。而此《傳》又爲全《詩》「夙夜」二字通訓也。古曰「夙夜」，今曰「早夜」。夜未旦謂之早夜。《庭燎》云：「夜如何其？夜未央。」「夜如何其？夜未艾。」未央、未艾即早夜之義。末章云：「夜如何其？夜向晨。」晨，明也。向明已非早夜矣。行事必以早夜爲恭敬，故《周語》叔向説《昊天有成命》曰：「夙夜，恭也。」是也。「被之僮僮，夙夜在公。被之祁祁，薄言還歸」，公，讀如《論語》「祭於公」之「公」。在公，正行助祭之禮，故夫人用被爲首飾之最盛，其非視濯溉饎爨可知。且「在公」與下文「還歸」意緊相承，不應中閒橫梗先夕親事可知。公，公廟也。歸，歸燕寢也。僮僮，來儀也。祁祁，去儀也。「夙夜在公」，質明而始行事。「薄言還歸」，晏朝而退也。「夙夜」二字連讀得義，而與「夙興夜寐」平列者自不同也。全《詩》中若《行露》、《小星》、《雞鳴》、《陟岵》、《雨無正》、《烝民》、《韓奕》、《昊天有成命》、《我將》、《振鷺》、《閔予小子》、《有駜》，解者失其讀久矣，因具論之。《爾雅》：「祁祁、遲遲，徐也。」祁與遲聲同義通。《傳》云「舒遲」者，容儀安徐祁祁然也。又申之云「去事有儀也」者，「祁祁」爲事畢歸去之儀，則「僮僮」爲助祭初來之儀。依文作訓，義可互見也。

《草蟲》三章，章七句。

《草蟲》，大夫妻能以禮自防也。

喓喓草蟲，趯趯阜螽。【傳】興也。喓喓，聲也。草蟲，常羊也。趯趯，躍也。阜螽，蠜也。卿、大夫之妻待禮而行，隨從君子。**未見君子，憂心忡忡。**【傳】忡忡，猶衝衝也。婦人雖適人，有歸宗之義。**亦既見止，亦既覯止，我心則降。**【傳】止，辭也。覯，遇；降，下也。【疏】《廣雅》：「喓喓，鳴也。」聲亦鳴也。《説文》無「喓」字。《爾雅》：「草螽，負蠜。」《正義》引《爾雅》作「草蟲」，又引《義疏》云：「小大長短如蝗也。奇音，青色。好在茅草中。」《春秋》：「莊二十九年秋，有蜚。」蜚亦蝗也。《漢書·五行志》劉歆以爲負蠜，而郭璞以爲常羊，本《毛詩》説。《廣雅》：「趯趯，跳也。」躍、跳義同。「阜螽，蠜」，《釋蟲》文。《義疏》云：「今人謂蝗子爲螽子。兖州人謂之螣。」阜，俗作「蛗」。螽，《爾雅》釋文：「本亦作『𧉅』，音終。」《公羊春秋》「螽」作「蝝」。蝝，即「𧉅」字。據諸家説，草蟲爲蝗，阜螽爲蝗子，《箋》謂「異種同類」，是也。庶人之家有不待備禮者，卿、大夫之妻必待備禮而後行。「待禮而行，隨從君子」，《傳》謂大夫妻而言也。首章以阜螽之從草蟲，興妻之隨從君子，此蓋明言其意所在也。凡言興體，有寓意於喻言者，又有明言其正意者，是其例也。二、三章以陟山采菜興從君子必當順其志願。〇忡忡、衝衝，古今語言之變也。衝，《説文》从童。衝衝，讀如「憧憧往來」之「憧」。《楚辭·九歌》：「極勞心兮𢥞𢥞。」又嚴忌《哀時命》：「心煩冤之𢥞𢥞。」《廣雅》：「𢥞𢥞，憂也。」本三家《詩》。《傳》云「婦人雖適人，有歸宗之義」，以釋經「未見」、「憂心」。「未見君子」，謂未成婦也。古者婦人三月廟見，然後成婦禮。未成婦有歸宗義，故大夫妻於初至時，心憂之，衝衝然也。《春秋》：「宣五年秋九月，齊高固來逆叔姬。冬，齊高固及子叔姬來。」《左傳》：「冬，來反馬也。」杜注云：「禮，送女留其送馬，謙不敢自安。三月廟見，遣使反馬。」孔《疏》云：「禮，送女適於夫氏，留其所送之馬，謙不敢自安於夫。若被出棄，則將乘之以歸，故留之也。至三月廟見，夫婦之情既固，則夫家遣使反其所留之馬，以示與之偕老，不復歸也。」案古者諸侯以上，不取國中之女，反馬告寧，乃遣大夫行之。大夫無外交，不得取他國中之女。女歲歸寧，大夫不得親自反馬，故齊高固既取魯女，而來反馬，示譏爾。然大夫禮，亦三月廟見，亦留馬。留馬之禮，即有歸宗之義。諸侯以上，體尊無出。士卑，當夕成昏，皆不歸宗。故此《傳》亦謂大夫妻而言也。《禮記・曾子問》篇：「孔子曰：『三月而廟見，稱來婦也。』曾子問曰：『女未廟見而死，則如之何？』孔子曰：『不遷於祖，不祔於皇姑，壻不杖，不菲，不次。歸葬于母氏之黨，示未成婦也。』」此亦大夫禮也。嫁不三月不成婦，死則歸黨，出則可以歸宗，全婦節，遂女志。又互見《葛屨》篇。鄭謂士以上皆當夕成昏，故以「未見」爲在塗，「既見」爲同牢，失之。◯《傳》訓「止」爲「辭」，辭，當作「詞」，爲全《詩》「止」字發凡也。《抑》箋云：「止，辭也。」《爾雅・釋詁》：「遘，遇也。」「覯」與「遘」通。《公劉》、《抑》傳訓「覯」爲「見」，此訓「覯」爲「遇」者，「既見」謂已見君子，「既遇」謂已與君子相遇也。《穀梁傳》云：「遇者，志相得也。」志相得謂之遇，相偶亦謂之遇，故《釋言》云：「遇，偶也。」《易・象辭傳》：「媾，遇也。柔遇剛也。」又《序卦傳》：「媾者，遇也。物相遇而後聚。」《詩》言初昏之子得遇於君子。夫婦和，則室家成。室家成，而繼嗣生，所謂「相遇而後聚」也。此《傳》義也。「降，下」，《釋言》文。《文王》傳亦訓「降」爲「下」。襄二十七年《左傳》：「鄭伯享趙孟。子展賦《草蟲》，趙孟曰：『善哉！民之主也。抑武也不足以當之。』又曰：『子展其後亡者也，在上不忘降。』」案此雖斷章取義，然亦主爲卿、大夫者說。

陟彼南山，言采其蕨。【傳】南山，周南山也。蕨，鼈也。**未見君子，憂心惙惙。**【傳】惙惙，憂也。**亦既見止，亦既覯止，我心則説。**【傳】説，服也。【疏】《詩》言南山，雖繫於召南，而實與周南不分疆域，故《傳》云「周南山」也。攷周原在今岐山縣東，其南與郿縣接界。太一山即太白山，在縣東南，則周南山即太一山也。終南山，在酆、鎬之南。古文《尚書》家説以武功縣之太一當終南，説者謂《秦風》之「終南」即此詩《傳》所説之「周南山」，其誤最甚。○「蕨，鼈」，《爾雅・釋草》文。《齊民要術》卷九引《義疏》云：「蕨，山菜也。初生似蒜，莖紫黑色。二月中，高八九寸，先有葉。瀹爲茹，滑美如葵。三月中，其端散爲三枝，枝有數葉，葉似青蒿，長麤堅長不可食。周、秦曰蕨，齊、魯曰鼈。」《管子・地員》篇：「五粟之土，藻龜楢檀。五位之土，求黽楢檀。」龜，劉績本作「黽」。上一字，皆「柔」字之誤。求、柔聲相近，藻、柔形相近，因而誤作「求」，又作「藻」。下一字，乃「鼈」字之誤。「鼈」字滅去上半之「敝」，遂誤作「黽」，又誤作「龜」耳。郭璞《山海經注》云：「楢，剛木，中車材，檀木中材，故曰楢檀。」鼈草可食，故曰柔鼈也。夷吾齊人，故評蕨爲鼈矣。○《晏子春秋・外篇》：「惙惙矣，如之何？」《淮南子・原道》篇：「其爲悲不惙惙。」與《詩》「惙惙」同。「惙惙」爲憂，則上章「忡忡」亦爲憂，義得互明也。《爾雅》：「忡忡、惙惙，憂也。」《説文》：「忡，憂也。」引《詩》：「憂心忡忡。」「惙，憂也。」引《詩》：「憂心惙惙。」則忡忡、惙惙皆爲憂也。説、服雙聲，《爾雅》云：「悦，服也。」劉向《説苑・君道》篇引《詩》作「悦」。説、悦古今字。

陟彼南山，言采其薇。【傳】薇，菜也。**未見君子，我心傷悲。**【傳】嫁女之家，不息火三日，思相離也。**亦既見止，亦既覯止，我心則夷。**【傳】夷，平也。【疏】「薇，菜」者，菜名「薇」也，《采薇》同。薇以芼羹，《公食大夫》、《士虞》、《特牲饋食·記》「鉶芼」皆用薇，芼即菜也。《説文》云：「薇，菜也。似藿。」陸機以爲山菜。《爾雅》：「薇，垂水。」顧野王云：「水濱生，故曰垂水。」吴江陳啓源《稽古編》云：「垂水，生水旁，不生水中。澗、谿、潢、潦皆山間水，薇生其旁，無害爲山菜。」案此説似得之。《四月》篇云：「山有蕨薇。」〇《曾子問》：「孔子曰：『嫁女之家，三夜不息燭，思相離也。』」此凡嫁女者之常禮。《傳》引之者，以釋經「我心傷悲」。言大夫妻未三月未成爲婦，憂不當君子，無以寧父母，我心用是傷悲爾。不當君子，猶恐其被出歸宗也。無以寧父母，故念父母之思離已也。《春秋》：「成九年二月，伯姬歸于宋。夏，季孫行父如宋致女。」《左傳》：「季文子如宋致女，復命，公享之。賦《韓奕》之五章，穆姜出于房，再拜，曰：『大夫勤辱，不忘先君，以及嗣君，施及未亡人。先君猶有望也，敢拜大夫之重勤。』又賦《緑衣》之卒章而入。」孔《疏》云：「此伯姬二月歸，夏致女，其間近三月。禮，婦入三月廟見。廟見之後，婦禮既成，使大夫聘問，謂之致女。」案父母思離，故有致女之禮。至如穆姜出拜，可謂寧父母矣。其禮行於三月廟見後，亦是思相離之義。諸侯致女，《春秋》一見，大夫無聞。〇「夷，平」，《出車》、《節南山》、《桑柔》、《召旻》傳同。夷者，「𢓊」之省。《説文》：「𢓊，行平易也。」《士喪禮》「奉尸侇于堂」，「今文『侇』作『夷』」。侇，當爲「𢓊」。此夷、侇爲古今字通用之證。凡全《詩》「夷」字有平、説、易、常四義，其正字皆當作「𢓊」也。

《采蘋》三章，章四句。

《采蘋》，大夫妻能循法度也。能循法度，則可以承先祖、共祭祀矣。【疏】《禮記·射義》云：「《采蘋》者，樂循法也。」

于以采蘋，南澗之濱。于以采藻，于彼行潦。【傳】蘋，大蓱也。濱，厓也。藻，聚藻也。行潦，流潦也。【疏】《説文》：「薲，大蓱也。」今字通作「蘋」。《爾雅·釋草》：「苹，蓱。其大者蘋。」《傳》所本也。《釋文》引《韓詩》云：「沈者曰蘋，浮者曰薸。薸，音瓢。即蓱。」是蘋、蓱有大小、沈浮之異。苹，其大名耳。韓言沈者，非不浮也。但其根連水底，較大於水浮之蓱。説雖異，而義實同。蘋作菜，蓱不作菜也。隱三年《左傳》：「蘋、蘩、薀藻之菜。」杜注云：「蘋，大蓱。」孔《疏》引《義疏》云：「今水上浮蓱是也。其麤大者謂之蘋，小者曰蓱。季春始生。」案字亦作「萍」，《月令》：「季春之月，萍始生。」《逸周書·時訓》篇：「穀雨之日萍始生，紀萍生候也。」《夏小正》：「七月，湟潦生苹。」《傳》：『湟，下處也。有湟然後有潦，有潦而後有苹也。』此正與《詩》義合。藻亦蘋之屬。《詩》言采蘋藻爲菜，爲嫁女教成，而祭教成亦在七月。蓋古者嫁娶，秋始行之。南澗，南山之澗也。「濱，厓」，《北山》同。疑「濱」字出三家《詩》。《召旻》釋文引張揖《字詁》云：「瀕，今濱。」《説文》：「瀕，水厓，人所賓附也。」今《毛詩》唯《召旻》作「瀕」耳。沈約《宋書·何尚之傳》引《毛詩》「南澗之瀕」。○藻，《説文》引《詩》作「藻」，或作「藻」。《傳》云「聚藻」，《左傳》謂之「薀藻」，杜注云：「薀藻，聚藻也。」孔《疏》引《義疏》云：「生水底，有二種。其一種葉如雞蘇，莖大如箸，長四五尺。其一種莖大如釵股，葉如蓬蒿，謂之聚藻。此二藻皆可食，煮熟，挼去腥氣，米麪蒸爲茹，嘉美。」據陸説，則莖如釵股者爲聚藻矣。《爾雅》：「莙，牛藻。」郭注：「似藻，葉大。江東呼爲馬藻。」邢《疏》及《家訓·書證》篇引郭注：「三《蒼》竝以牛藻謂即聚藻也。」行，猶流也。行潦，山澗之流潦也。《泂酌》傳亦云：「行潦，流潦也。」於南澗言蘋，於行潦言藻，互詞。

于以盛之，維筐及筥。于以湘之，維錡及釜。【傳】方曰筐，圓曰筥。湘，亨也。錡，釜屬，有足曰錡，無足曰釜。【疏】《甫田》傳云：「在器曰盛。」《説文》：「匡，筥也。或作『筐』。」「筥，䈞也。」「䈞，飯筥也。❶受五升。秦謂筥曰䈞。」筥，《方言》作「箻」。筐、筥同類，而有方、圓之異。本爲飯器，乃以盛蘋、藻也。《小雅》：「采菽采菽，筐之筥之。」筐、筥盛菽，亦爲芼羹之用。○湘，讀爲鬺，假借字也。景祐本《漢書·郊祀志》：「皆嘗鬺亨上帝、鬼神。」顔師古注云：「鬺，煮也。鬺亨，煮而祀也。」引《韓詩》「于以鬺之」。《史記·封禪書》字亦作「鬺」。《説文》：「䰞，煮也。」不録「鬺」，鬺即䰞也。「亨」與「煮」同義。《楚茨》傳：「亨，飪之也。」「錡，釜屬」，則錡與釜屬而別也。郭璞注《方言》云：「錡，或曰三腳釜。」《玉篇》云：「三足釜。」《説文》：「鬴，鍑屬也。或作『釜』。」《周禮·廩人》注云：「六斗四升曰鬴。」《正義》云：「定本『有足曰錡』下更無《傳》，俗本『錡』下又云『無足曰釜』。」《御覽·器物部二》引無「無足曰釜」，與定本同。而《六書故》「錡」下、「鬺」下兩引毛《傳》「有足曰錡，無足曰釜」。是毛《傳》有此兩本也。

于以奠之，宗室牖下。【傳】奠，置也。宗室，大宗之廟也。大夫、士祭於宗室，奠於牖下。**誰其尸之，有齊季女。**【傳】尸，主；齊，敬；季，少也。蘋、藻，薄物也。澗、潦，至質也。筐、筥、錡、釜，陋器也。少女，微主也。古之將嫁女者，必先禮之於宗室，牲用魚，芼之以蘋、藻。【疏】「奠」訓「置」，故奠祭爲置祭。《左傳》：「寘諸宗室。」此《傳》所本也。寘亦置也。云「宗室，大宗之廟也」者，《定之方中》「室，猶宮也」、《采蘩》「宮，廟也」，室、宮同義，故宮謂之廟，亦室謂之廟。詩言設祭於宗室，故謂室爲廟也。宗以廟爲主，

❶ 「䈞」，《説文解字注》作「籍」。下「䈞」字同。

故主祭者稱宗。《禮記・喪服小記》：「別子爲祖，繼別爲宗。繼禰者爲小宗。有五世而遷之宗，其繼高祖者也。」鄭注云：「別子，諸侯之庶子，別爲後世爲始祖。繼別，別子之世長子，爲其族人爲宗，所謂百世不遷之宗。繼禰者，別子庶子之長子，爲其昆弟爲宗。謂之小宗者，以其將遷也。小宗有四，或繼高祖，或繼曾祖，或繼祖，或繼禰，皆至五世則遷。」蓋古者立宗之義，有小宗以聯其情，又有大宗以收其族。大宗者，合群小宗而名之者也。群小宗各有下正之廟，不得有大宗之廟。大宗之廟唯繼別之宗子世世祀之，亦群繼禰之庶子世世宗之。是祖爲百世不遷之祖，宗爲百世不易之宗，廟爲百世不毁之廟。天子、諸侯有大祖廟，大夫、士則爲始祖廟。《傳》云「大夫、士祭於宗室，奠於牖下」，此依經作訓。下《傳》亦云「禮之於宗室」，各本作「宗廟」，轉寫者或涉《傳》上句「廟」字而改耳。今依《正義》作「宗室」訂正。大夫、士祭於宗室，此即「庶子不祭，祭於宗子」之義也。《喪服小記》：「庶子不祭祖者，明其宗也。」鄭注云：「言不祭祖者，主謂宗子、庶子俱爲適士，得立祖禰廟者也。凡正體在乎上者，謂下正猶爲庶也。」又「庶子不祭禰者，明其宗也」，鄭注云：「謂宗子、庶子俱爲下士，得立禰廟也。雖庶人亦然。」歙程瑶田《宗法小記》云：「宗子、庶子皆爲適士，於禮皆得立祖禰廟，而主祭者唯宗子。雖庶子爲下正，得自祭禰，而不祭祖，故曰：『庶子不祭祖，明其宗也。』宗子、庶子皆爲下士，於禮皆得立禰廟，而主祭者唯宗子。庶人祭於寢，主祭者亦唯宗子，故曰：『庶子不祭禰，明其宗也。』」案此士爲庶子不祭，祭必於宗子也。《曾子問》：「『宗子爲士，庶子爲大夫，其祭也如之何？』孔子曰：『以上牲祭於宗子之家，祝曰：孝子某爲介子某薦其常事。』」蓋大夫得立曾祖廟，但已爲庶子，義不當立，故孔《疏》引崔靈恩云：「當寄立曾祖廟於宗子之家，亦得以上牲宗子爲祭也。」《喪服小記》：「士不攝大夫。士攝大夫，唯宗子。」亦其義也。此宗子爲士，庶子爲大夫，而主祭者亦唯宗子矣。若宗、庶同爵，皆爲大夫，庶子不祭，禮更可知。《宗法小記》云：「宗子、庶子爲大夫，宗子爲繼曾祖之宗，有曾祖、祖、禰三廟主祭，宗子之弟三廟與宗子共，不祭。宗子從父昆弟是下正，有禰廟主祭，而爲祖與曾祖之庶者，祖與曾祖與宗子共，不祭。宗子從祖昆弟是下正，有祖、禰二廟主祭，而爲曾祖之庶者，曾祖廟與宗子共，不祭。」案此大夫爲庶子不祭，祭必於宗子也。然則大夫、士必祭於宗子之室矣。下士是庶子，不得立禰廟，而祭於繼禰之宗。適士是庶子，不得立祖廟，而祭於繼祖之宗。大夫是庶子，不得立曾祖廟，而祭於繼曾祖之宗。是皆曰小宗。若大宗，其室則宗子家也，其廟則始祖廟也。古者嫁女，當祭女所出之祖。祖廟毁，乃祭於大宗之家之廟。故《正義》申明《傳》義云「言大夫、士祭於宗室，謂祖廟已毁，或非君同姓，故祭大宗之家」是已。牖下，宗室之牖下也。胡培翬云：「大夫、士宗廟之制，室在中，有東西房。或以爲無西房者，燕寢，非廟與正寢也。房、室皆向堂開户，房有户無牖，室則户、牖俱有。户在東，牖在西，故堂上以户、牖閒爲尊位。亦有單就牖以明其位者，《顧命》『牖閒南嚮』、《周禮·司几筵》『筵國賓于牖前』是也。此詩言『牖下』，與『牖閒』、『牖前』義蓋同。」奂案：胡説廟牖極明白，以牖下爲堂上，意用《箋》義。但《禮記》「飯于牖下」、《左傳》「死于牖下」、蔡邕《獨斷》「霤神在室，祀中霤，設主于牖下也」，皆指室中。《詩》言「奠于牖下」，指室中不指堂上。○「尸，主」，《釋詁》文。襄二十八年《左傳》：「穆叔曰：『濟澤之阿，行潦之蘋、藻，寘諸宗室，季蘭尸之，敬也。』」《左傳》正釋此詩。《傳》詁「齊」爲「敬」，即本諸此也。《玉篇·女部》引《詩》作「齋」，《説文》：「齋，材也。」《廣雅》：「齋，好也。」皆三家《詩》義。《陟岵》、《候人》傳以「季」爲少子，此「季」訓「少」，又爲少女也。《傳》既釋字訓，又總釋全章大恉。「蘋，藻，薄物；澗、潦，至質；筐、筥、錡、釜，陋器」，此本《左傳》義，與《采蘩》傳同。「少女，微主」，即是「季蘭尸之」，亦本《左傳》義也。《禮記·昏義》篇：「古者婦人先嫁三月，祖廟未毁，教于公宮。祖廟既毁，教于宗室。教以婦德、婦言、婦容、婦功。教成之祭，牲用魚，芼之以蘋、藻，所以成婦順也。」《傳》於《葛覃》篇既言女師教女之事，而於此又引《昏義》文者，以明此詩亨飪蘋藻，奠祭宗室，正與《禮記》教成之祭合矣。《楚語》：「庶人食菜，祀以魚。」則牲用魚爲薄祭也。芼，菜也。《箋》云：「亨蘋藻者，於魚湆之中，是鉶羹之芼。」又云：「魚，俎實。」《正義》云：「魚體在俎，蘋、藻亨於魚湆之中。」此釋牲魚芼蘋藻之説也。毛《傳》亦謂教成之祭。其云「禮之於宗室」者，將嫁之女既於宗子之家教之，教之三月，又設奠於大宗之家。此與《士昏禮》「父醴女而俟迎者」，在當嫁之夕，非將嫁之先異時。二事，《箋》解經不誤，唯誤會《傳》義，以禮爲父醴女。《正義》回護鄭説，乃謂《傳》合教成之祭與父醴女爲一事，非也。

《甘棠》三章，章三句。

《甘棠》，美召伯也。召伯之教，明於南國。【疏】《漢書·王吉傳》、《説苑·貴德》篇、《法言·先知》篇、《白虎通義·封公侯》篇及《巡守》篇竝引此詩爲召公作。二伯分陝述職，聽斷獄訟，後世思而歌詠之，則《甘棠》謂作於武王世矣。案此三家説也。《甘棠》、《行露》，紀一時之事。《行露》序云：「召伯聽訟。」《甘棠》傳云：「召伯聽男女之訟。」《行露》述訟者之辭，《甘棠》美聽訟者之德。施化在前，而采風在後也。《行露》箋云：「衰亂之俗微，貞信之教興，殷之末世，周之盛德，當文王與紂之時。」此《箋》則云：「召公爲二伯，此美其功。」然同一召伯也，《行露》爲文王詩，《甘棠》爲武王詩，蓋參三家而爲之説。

蔽芾甘棠，勿翦勿伐，【傳】蔽芾，小貌。甘棠，杜也。翦，去；伐，擊也。**召伯所茇。**【傳】茇，草舍也。召伯聽男女之訟，不重煩勞百姓，止舍小棠之下而聽斷焉。國人被其德，説其化，思其人，敬其樹。【疏】《説文》：「蔽蔽，小艸也。」《爾雅》：「芾，小也。」《韓詩外傳》引《詩》作「蔽茀」。《卷阿》傳：「茀，小也。」「芾」與「茀」同。《我行其野》箋：「蔽芾，始生。」始生，即此《傳》所云「小皃」之義也。《爾雅·釋木》：「杜，甘棠。杜，赤棠。白者棠。」是甘棠、赤棠皆得謂之杜，唯別其色之白者謂之棠。杜可以通稱棠，棠則不可以通稱杜也。毛《傳》於此「甘棠」釋「杜」，而於《唐風·杕杜》之「杜」釋「赤棠」，竝用《爾雅》。《説文》云：「棠，牡曰棠，牝曰杜。」「杜，甘棠也。」《小雅》：「有杕之杜，有皖其實。」此即牝杜之義證。杜有實，棠則華而不實。《説文》亦是通杜於棠，而別棠於杜。牡牝之説，足以補《雅》、《傳》之未及，而與《雅》、《傳》竝無不合。《杕杜》正義引《義疏》云：「赤棠與白棠同耳。但子有赤白、美惡。子白色爲白棠，甘棠也，少酢，滑美。赤棠子澀而酢，無味，俗語云『澀如杜』是也。」依陸説，棠亦有子。白棠爲甘棠，赤棠澀如杜，則《詩》之杜，其赤棠與？其白棠與？乃始與古説相混耳。《説文》：「𠝣，齊斷也。从刀，歬聲。」隸變作「前」，經典通假作「翦」。云「去」者，去其枝葉也。《釋文》引《韓詩》作「剗，初簡反」。剗謂剗除，與「去」義相近。蔡邕《劉鎮南碑》：「蔽芾甘棠，召伯聽訟。周人勿剗，我賴其楨。」所據《詩》亦作「剗」。「伐，擊」，《采芑》同。擊者，非斬伐之謂，乃毀傷之意。故《汝墳》「伐其條枚」、「伐其條肄」不訓「擊」也。〇「茇，草舍也」以下四十一字，宋本、岳本皆爲《箋》。汲古《注疏》本「茇，草舍也」四字爲《傳》，以下爲《箋》。《正義》云：「定本、《集注》於此注内無『《箋》云』。」則皆爲《傳》文可證矣。今據以訂正。《説文》：「废，舍也。《詩》曰：『召伯所废。』」《釋文》引《説文》「舍」上有「草」字，許正用毛訓，是其所據《詩》作「废」也。今字作「茇」，與「废」同。《傳》云「草舍」二字，見襄二十八年《左傳》文。又定九年引《詩》而釋之云：「思其人，猶愛其樹。」襄十四年：「晉士鞅曰：『武子之德在民，如周人之思召公焉，愛其甘棠。』」昭二年：「晉韓宣子來聘，既享，宴于季氏。有嘉樹焉，宣子譽之。武子曰：『宿敢不封殖此樹，以無忘《角弓》。』遂賦《甘棠》。宣子曰：

『起不堪也，無以及召公。』」此皆《傳》義之所出也。

蔽芾甘棠，勿翦勿敗，召伯所憩。【傳】憩，息也。【疏】《集韻・二十六産》引《韓詩》：「勿剗勿敗。」○「憩，息」，《爾雅・釋詁》文。《詩》、《爾雅》釋文皆云：「憩，本又作『愒』。」《菀柳》、《民勞》皆作「愒」。《説文》：「愒，息也。」「愒」與「塈」聲近，「愒」之俗作「憩」，猶「塈」之俗作「慨」也。

蔽芾甘棠，勿翦勿拜，召伯所説。【傳】説，舍也。【疏】王讜《唐語林》引施士丐《詩説》云：「拜，如人身之拜，小低屈也。上言勿翦，終言勿拜，明召伯漸遠，人思不可得也。《毛詩》：『拜，猶伐。』非也。」據施説，疑毛《傳》本有「拜，猶伐也」四字，今奪。然首章《傳》「伐」訓「擊」，施乃誤仞爲「斬伐」，故謂毛爲非耳。《廣韻・十六怪》：「扒，拔也。」引《詩》：「勿翦勿扒。」鄭《箋》亦云：「拜之言拔也。」皆本三家義。○説、舍雙聲，《浮游》箋云：「説，猶舍息也。」

《行露》三章，一章三句，二章章六句。

《行露》，召伯聽訟也。衰亂之俗微，貞信之教興，彊暴之男，不能侵陵貞女也。【疏】《列女傳・貞順》篇：「詩爲申人之女所自作。」此三家説也。

厭浥行露，豈不夙夜？謂行多露。【傳】興也。厭浥，溼意也。行，道也。豈不，言有是也。【疏】《説文》：「浥，溼也。」厭浥，古語。厭、浥、溼三字聲同。《傳》訓「行」爲「道」，凡六見而義别。道路之道謂之道，道義之道亦謂之道。《載馳》之「亦各有行」、《鹿鳴》之「示我周行」，《傳》：「行，道也。」道義之道也。此篇及

《北風》之「攜手同行」、《有女同車》之「有女同行」、《行葦》之「敦彼行葦」，《傳》：「行，道也。」皆道路之道也。《公劉》「爰方啓行」，《傳》云：「方開道路。」義亦同。行露，道中有露也。興者，夙夜行露喻犯禮，雀角、鼠牙喻彊暴速獄訟。○《後箋》云：「詩首三句，初讀之，似與『豈不爾思，畏子不奔』文意相類，故《箋》云：『我豈不知當早夜成昏禮與？謂道中之露太多，故不行耳。』《正義》即用此述《傳》。然女方被訟不從，而乃先云『豈不欲之』，作此婉辭，不合語意。玩首章『謂』字，當與下二章『誰謂』之『謂』一律。誰謂者，誣善之辭，衆不能察，而歸之聽訟之明者也。故此云『厭浥』者，道中之露也。然必早夜而行，始犯多露。豈不早夜，而謂多露之能濡己乎？以興本無犯禮，不畏彊暴之侵陵也。《傳》云：『豈不，言有是也。』謂有是早夜而行者，則可謂道中多露。經反言之，《傳》正言之，可謂善會經旨矣。《左傳》：『僖二十年，隨以漢東諸侯叛楚。楚鬭穀於菟帥師伐隨，取成而還。君子曰：隨之見伐，不量力也。量力而動，其過鮮矣。善敗由己，而由人乎哉？《詩》曰：「豈不夙夜？謂行多露。」』此正以夙夜犯露爲不量力之喻，言豈有量力而動，猶至見伐乎？又『襄七年，晉韓獻子告老。公族穆子有廢疾，將立之。辭曰：「《詩》曰：豈不夙夜？謂行多露。」』此亦謂自量不才，故辭位，如人不早夜，可無犯露耳。杜注皆云：『豈不欲早夜而行，懼多露之濡己。』此《箋》義，非《傳》義也。《傳》以『厭浥』爲多露濡溼之意，三句一貫，語本直截。《箋》則以『行露』爲始有露，是二月嫁娶正時，『多露』則三月、四月已過昏時，故云『禮不足而彊來』，於經文三句中多一轉折，不如毛義爲允。《易林》云：『厭浥晨夜，道多湛露。濺衣濡襦，重不可步。』亦即以『厭浥』爲『多露』，無二月、四月之別也。」

誰謂雀無角，何以穿我屋？誰謂女無家，何以速我獄？【傳】不思物變而推其類，雀之穿屋，似有角者。速，召；獄，埆也。**雖速我獄，室家不足。**【傳】昏禮，純帛不過五兩。【疏】誰，孰也。以，猶爲也。《鼓鐘》傳：「以雅以南，爲雅爲南也。」是以、爲同義。雀無角，鼠無牙，物之常也。今視屋牆之穿，推其類，則雀似有角、鼠似有牙矣，物之變也。彊暴之男本無家，亦物之常也。今視獄訟之速，推其類，則無家而似有家，若雀無角而有角、鼠無牙而有牙矣，亦物之變也。雀、鼠喻彊暴之男也，穿屋、穿墉喻無禮也。貞女守禮之常，今彊暴來侵陵，故作此驚疑意外之語。《傳》云「不思物變」四字，合下章而總釋其義。速、召疊韻，《東方未明》傳云：「召，告也。」獄、埆亦疊韻，埆，當作「确」。《說文·犾部》：「獄，确也。从犾，从言。二犬所以守也。」許本《毛詩》，則《傳》作「确」不作「埆」，此其證矣。《周禮》：「大司寇之職，以嘉石平罷民，以肺石達窮民。」确者，正取嘉石、肺石以命名。獄，亦訟也。速於訟獄，或坐嘉石，或立肺石，皆在聽斷之後，非即入於圜土也。鄭司農《司圜》注云：「圜土，謂獄城也。」若字作土旁角，則已入於圜土矣。《後漢書·寇榮傳》：「不復質确其過，寘於嚴棘之下。」李注云：「質，正也。确，實也。嚴棘，爲獄也。」其字亦作「确」。〇《傳》「純」字，定本作「紂」字，依鄭注《周禮》「以純爲緇」改。純帛爲紂帛，猶《丰》箋、《瞻彼洛矣》箋改「純衣」爲「紂衣」。《說文》無「紂」字。《周禮·媒氏》及《儀禮·士昏禮》注、郭璞《穆天子傳注》皆作「純帛」矣。《媒氏》：「凡嫁子取妻入幣，純帛，無過五兩。」鄭注云：「五兩，十端也。」《士昏禮》「納徵：玄纁，束帛，儷皮」，注云：「束帛，十端也。」《襍記下》篇：「納幣一束，束五兩，兩五尋。」注云：「納幣，謂昏禮納徵也。十个爲束，貴成數。兩兩合其卷，是謂五兩。八尺曰尋。一兩五尋，則每卷二丈也。合之則四十尺，今謂之匹，猶匹偶之云與。」案納徵之禮，重束帛耳。《士昏禮》言「玄纁，束帛」，《媒氏》「入幣純帛」，不及玄纁者，五兩即玄纁也。《媒氏》曰「純帛」，束帛也。曰「純帛五兩」，束帛十端也。曰「純帛無過五兩」，「納幣一束，束五兩」也。純之爲言屯也。《野有死麕》傳：「純束，猶苞之也。」純亦束也。《秦策》「錦繡千純」，千束也。《管子·輕重甲》篇「纂組一純」，一束也。《穆天子傳》「錦組百純」、《說苑·善說》篇

「文織百純」，百束也。《聘禮》注：「凡物十曰束。」又引《朝貢禮》：「純四只，制丈八尺。」《天官·内宰》注引《天子巡守禮》：「制幣丈八尺，純四⿰犭只。」與《既夕禮》注：「丈八尺曰制，二制合之。束，十制五合。」元和惠士奇《禮説》云：「蓋一匹分兩端，相對相合，故曰兩，亦曰純。五兩則一束十端，每端二丈。純，猶全也。丈八爲端，名曰制幣，用之鬼神者也。吉凶禮用制，賓嘉禮用純。」案惠半農訓「純」爲「全」，其説甚精，而與鄭「十爲束」之義亦無不合。帛，幣也。幣用玄纁，《昏禮》之「制」不過乎此。鄭氏注《周禮》破純帛爲緇帛，賈公彦作《疏》遂有「庶人用緇無纁」之説。而《儀禮注》仍援純帛以證束帛，鄭固以前説爲不安矣。《詩》言「不足」者，禮不足也。故《傳》引《昏禮》以明之。《列女傳》亦云：「夫家之禮不備足。」義與毛同。

誰謂鼠無牙，何以穿我墉？誰謂女無家，何以速我訟？【傳】墉，牆也。視牆之穿，推其類，可謂鼠有牙。**雖速我訟，亦不女從。**【傳】不女從，終不棄禮而隨此彊暴之男。【疏】《説文》：「牙，壯齒也。」段注云：「壯齒者，齒之大者也。統言之，皆偁齒、偁牙。析言之，前當脣者偁齒，後在輔車者偁牙。牙較大於齒。鼠齒不大，故謂無牙也。東方朔説騶牙曰：『其齒前後若一，齊等無牙。』此爲齒小牙大之明證。」《爾雅·釋宫》云：「牆謂之墉。」是墉即牆也。○《傳》云：「終不棄禮而隨此彊暴之男」，以釋經「不女從」之義。今本《傳》文「從」上奪「女」，蜀石經有「女」字，今訂正。禮，純帛五兩也。隨，即經之「從」字。彊暴之男，即經之「女」字。案此與上章義互足也。《韓詩外傳》云：「夫《行露》之人許嫁矣，然而未往也。見一物不具，一禮不備，守節貞理，守死不往。」《列女傳》云：「召南申女許嫁于酆，夫家禮不備，女不肎往。夫家訟之於理，致之於獄，終以一物不具、一禮不備，守節持義，必死不往。」服虔宣元年《左傳注》亦云：「古者一禮不備，貞女不從。」竝合上下兩章爲訓也。

《羔羊》三章，章四句。

《羔羊》，《鵲巢》之功致也。召南之國，化文王之政，在位皆節儉正直，德如羔羊也。【疏】《正義》云：「德如羔羊者，詩人因事託意，見在位者裘得其制，德稱其服，故説羔羊之裘，以明在位之德。《序》達其意，故云『如羔羊』焉。」

羔羊之皮，素絲五紽。【傳】小曰羔，大曰羊。素，白也。紽，數也。古者素絲以英裘，不失其制。大夫羔裘以居。**退食自公，委蛇委蛇。**【傳】公，公門也。委蛇，行可從迹也。【疏】經言「羔羊」，故《傳》釋小羔大羊。唯羔爲大夫之裘，故下《傳》但説羔裘耳。《正義》云：「兼言羊者，以羔亦是羊，故連言以協句。」「素，白」者，《考工記》：「凡畫繢之事，後素功。」《論語·八佾》篇：「繪事後素。」「素」與「繪事」對言，蓋以其色白，可采也。白絲，不染絲也。五，古文作「㐅」，當讀爲「交午」之「午」。《周禮·壺涿氏》「午貫象齒」，「故書『午』爲『五』」。此五、午相通之例。魯有五父衢名，亦是午達岐出也。《釋文》：「它，本作『佗』，或作『紽』。」《説文》無「紽」字。據陸所見《詩》作「它」，「它」者，「佗」之假借。《小弁》傳：「佗，加也。」《傳》詁「它」爲「數」者，數與縫同事。五佗，猶交加。言縫裘，不言縫裘之絲。《後漢書·循吏·王渙傳》注引《韓詩章句》云：「小者曰羔，大者曰羊。素喻絜白，絲喻屈柔。紽，數名也。詩人賢仕爲大夫者，言其德能稱，有絜白之性，屈柔之行，進退有度數也。」案韓與毛訓同。唯紽爲絲數之量名，與毛訓異。《玉篇》：「紽，絲數也。」或「紽」字出《韓詩》。○《傳》既釋經字，再總釋經義。云「古者」，序文王時也。《干旄》篇「素絲紕之」，《傳》：「紕，所以織組也。」

「素絲組之」，《傳》：「總以素絲而成組也。」鄭注《玉藻》云：「紕，緣邊也。」《襍記》云：「在旁曰紕，在下曰純。」《深衣》云：「純，謂緣之也。純邊，❶衣裳之側，廣各寸半。」《既夕・記》云：「飾裳在幅曰綼，在下曰緆。」素絲者，織成之組，作裘緣邊之紕，漢人謂之偏諸。《傳》云「素絲以英裘」，謂以素絲爲縫裘之飾。英，猶飾也。《清人》、《閟宫》皆以英爲飾。《出車》傳：「英英，鮮明皃。」即其義也。又云「不失其制」者，言不失縫裘制度。下章《傳》云「縫殺之大小得其制」，兩「制」字一意。大夫，席文王時在位者也。大夫在朝，服玄冠、朝服、羔裘、豹褎，緇衣以爲裼。卒食、燕居易玄冠、玄端，朝玄端，夕深衣，則其裘宜朝羔裘而夕褻裘。此羔裘爲在家之禮服也。《傳》云「大夫羔裘以居」，與《七月》傳「狐貉之厚以居」，狐貉，褻裘也，兩「居」字義同。此謂居家，非謂居朝。《傳》探下文「退食自公」而言。○「公，公門」，謂應門也。《玉藻》「朝，辨色始入。君日出而視之」，鄭注云：「入，入應門也。」應門内治朝，爲卿、大夫治事之所。諸侯則爲雉門。襄七年《左傳》：「《詩》曰：『退食自公，委蛇委蛇。』謂從者也。衡而委蛇，必折。」杜注云：「委蛇，順貌。衡，横也。横不順道，必毁折。」《傳》云「行可從迹」者，正用《左氏》釋《詩》之語。從，俗作「蹤」。《君子偕老》「委委佗佗」，《傳》：「委委者，行可委曲也。佗佗者，德平易也。」單言委，重言委委；單言蛇，重言蛇蛇，亦作「佗佗」，二《傳》訓同。《箋》云：「委蛇，委曲自得之皃。」委曲，猶順從也。《釋文》引《韓詩》：「逶迤，公正皃。」韓字異而義亦相近。

羔羊之革，素絲五緎。【傳】革，猶皮也。緎，縫也。**委蛇委蛇，自公退食。**【疏】《載驅》、《韓奕》傳以「革」釋「鞹」。革，去毛之稱。此言革，與上章言皮同意，則非去毛，故云：「革，猶皮也。」《爾雅・釋訓》云：

❶「純」，徐子静本、《清經解續編》本同。阮刻《禮記正義》鄭注作「緣」。

「緎，羔裘之縫也。」《傳》詁「緎」爲「縫」，正本《爾雅》作訓。「五緎」既爲縫，則「五紽」、「五總」亦爲縫也。《爾雅》獨解「緎」者，蓋舉中言之耳。《説文・黑部》云：「黬，羔裘之縫也。」《繫傳》引《詩》作「羔羊之黬」。許所據《詩》、《爾雅》皆作「黬」。羔裘，黑羔裘也。所以縫黑羔裘，是謂之黬。其字從黑會意，不從糸會意，則知今本作「緎」，非古也。《玉篇》：「黬，亦作『䩐』。」從革，即從皮，皆於裘得義。《詩》以素絲爲織成之組，它、黬、總皆爲縫裘之名。毛《傳》於「黬」訓「縫」，而於「它」、於「總」訓「數」。數之爲言蔟蔟也，皆即密縫之意也。王引之《詩述聞》云：「紽、緎、總，皆數也。五絲爲紽，四紽爲緎，四緎爲總。五紽二十五絲，五緎一百絲，五總四百絲。故《詩》先言『五紽』，次言『五緎』，次言『五總』也。《西京雜記》載鄒長倩《遺公孫弘書》曰：『五絲爲䌰，倍䌰爲升，倍升爲緎，倍緎爲紀，倍紀爲緵，倍緵爲襚。』緵，字又作『總』。緎者，二十絲。總者，八十絲。紽之數今失其傳。紽，又作『佗』，春秋時，陳公子佗字五父，則知『五絲爲紽』，即《西京雜記》之『䌰』矣。」案此説與《韓詩》合。今細繹經義，上句言裘，下句言縫，若但言絲數，而於縫殺之制，其義不明。蓋三家泥於「五」字爲數名，故有此解。然同是羔裘也，首章止用二十五絲，二、三章又多至一百絲、四百絲，以用絲之多寡爲羔裘之制度，其説迂迴難通，總不如《爾雅》、毛《傳》之得經恉也。

羔羊之縫，素絲五總。【傳】縫，言縫殺之大小得其制。總，數也。**委蛇委蛇，退食自公。**【疏】上言皮、革，此言縫，則所縫者，皮、革也。《周禮・天官》有「縫人」。《考工記》「攻皮之工」有「裘氏」。《玉藻》注云：「縫，紩也。」《爾雅・釋言》云：「黹，紩也。」縫、黹同事。《儀禮・喪服・記》：「衣帶，下尺。衽，二尺有五寸。袂，屬幅。衣，二尺有二寸。袪，尺二寸。」鄭注：「衣帶下尺者，要也。廣尺，足以掩裳上際也。衽，所以掩裳際也。二尺五寸，與有司紳齊也。屬，猶連也。連幅，謂不削。衣二尺有二寸，此謂袂中也。衣自領至要二尺二寸，倍之，四尺四寸，加闊中八寸，而又倍之，凡衣用布一丈四寸。袪，褏口也，尺二寸。」武進張惠言《儀禮圖》云：「衣之長二尺二寸，而用布得前後通爲五尺二寸。是古之衣當肩爲殺縫，中屈其八寸爲曲袷。袷之左右皆殺，去其八寸之布而爲縫。如是則袷方，而衣身止二尺二寸也。」案此端衣。冕服之衣不連裳言也。唯深衣、長衣、中衣衣連裳。衣二幅，裳四幅，通前後十二幅。《儀禮圖》云：「深衣宜連帶下之長，以布七尺二寸，中屈之闊中八寸，前後各三尺二寸。曲袷，去布八寸，當肩縫也。袂中二尺二寸，屬於幅，袂中，縫也。左衽前後縫合之，續衽縫也。要中三尺六寸，要縫也。下齊倍要，七尺二寸，齊縫也。《深衣目録》云：『深衣，連衣裳而純之以采者。素純曰長衣。有表，則謂之中衣。』」案此深衣、長衣、中衣皆連衣裳言也。裘無明文，端冕、深衣皆有。裘衣有紕純，裳亦當然。《傳》云「縫殺大小得其制」，亦舉衣以明裘也。裘幅廣狹與衣幅大小略相似歟？《説文》云：「制，裁也。」「裁，制衣也。」〇《小箋》云：「《東門之枌》傳：『鬷，數也。』《烈祖》傳：『鬷，總也。』然則此《傳》『數』字當讀『數罟』之『數』。五總，猶俗云『五蔟』也。上文『它，數也』，亦當如此讀。」

《殷其靁》三章，章六句。

《殷其靁》，勸以義也。召南之大夫遠行從政，不遑寧處。其室家能閔其勤勞，勸以義也。

殷其靁，在南山之陽。【傳】殷，靁聲也。山南曰陽。靁出地奮，震驚百里。山出雲雨，以潤天下。**何斯違斯，莫敢或遑。**【傳】何此君子也。斯，此；違，去；遑，暇也。**振振君子，歸哉歸哉。**【傳】振振，信厚也。【疏】靁，古「雷」字。經言靁，故《傳》云「殷，靁聲」。殷，猶殷殷也。殷殷，猶隱隱也。南山，周南山也。僖二十八年《穀梁傳》：「山南爲陽。」范甯注云：「日之所照曰陽。」《周禮・柞氏》疏引《爾雅》：「山南曰陽。」今《爾雅》無此文。「雷出地奮，震驚百里」，《易・豫》、《震》兩卦象、彖辭文，《傳》引之以釋經「靁」之義。雷有雲雨以喻政澤，故申之云「山出雲雨，以潤天下」，所以釋經靁在山陽之義，而又補明其設喻意也。百里，就南山至近者說。天下，又推廣之。天下純被文王之化，而王道成也。〇《傳》云「何此君子」以釋經「何斯」之「斯」。「斯，此」，《釋詁》文，釋經「違斯」之「斯」。違，讀如《論語》「棄而違之」之「違」。《節南山》「惡怒是違」，《傳》亦云：「違，去也。」違斯，猶言此去也。故《傳》先釋「斯」，後釋「違」，逆其辭以釋其義，詁訓中多有此例。「遑，暇」，《四牡》同。《爾雅》：「偟，暇也。」古祇作「皇」。遑、偟皆非也。今本唯《漸漸之石》不誤。《邶・谷風》、《小弁》之「遑恤我後」，《四牡》、《采薇》之「不遑啓處」，《殷武》之「不敢怠遑」，《左傳》引《詩》皆作「皇」，其明證矣。「莫敢或皇」，莫，不也；或，有也，言不敢有暇也。二章「莫敢皇息」，言不敢暇止也。三章「莫或皇處」，言不有暇居也。首章但言不暇，下乃言不暇止居耳。此篇例也。「振振，信厚」，《麟之止》同。《箋》云：「歸哉歸哉，勸以爲臣之義，未得歸也。」

殷其靁，在南山之側。【傳】亦在其陰與左右也。**何斯違斯，莫敢遑息。**【傳】息，止也。**振振君子，歸哉歸哉。**【疏】上章山陽謂山南也。此章山側，《傳》以「陰與左右」釋經「側」字之義。《周禮疏》引《爾雅》：「山北曰陰。」今亦無此文。桓十六年《公羊傳》注云：「山北曰陰。」則陰在山北也。「北」與「背」同，北亦側也。《卷阿》傳：「山東曰朝陽。」左謂東，山東則左側也。《公劉》傳：「山西曰夕陽。」右謂西，山西則右側也。是陰與左右皆側矣。《說文》：「側，旁也。」〇「息，止」，《葛生》、《浮游》、《民勞》傳竝同。

殷其靁，在南山之下。【傳】或在其下。**何斯違斯，莫或遑處。**【傳】處，居也。**振振君子，歸哉**

歸哉。【疏】「或在其下」，或，有也。靁聲有在南山之下，所謂「靁出地奮」也。○「處，居」，《四牡》、《黄鳥》同。《既夕·記》：「今文『處』爲『居』。」是處、居疊韻通用也。處、居，古字作「処」、「凥」。

《摽有梅》三章，章四句。

《摽有梅》，男女及時也。召南之國，被文王之化，男女得以及時也。【疏】時，謂男三十、女二十。及，猶汲汲也。襄八年《左傳》：「晉范宣子來聘，公享之。宣子賦《摽有梅》，季武子曰：『誰敢哉？今譬於草木，寡君在君，君之臭味也。歡以承命，何時之有？』」案此雖斷章，亦取摽梅及時爲喻。《序》與《左氏》説合。

摽有梅，其實七兮。【傳】興也。摽，落也。盛極則隋落者，梅也。尚在樹者七。**求我庶士，迨其吉兮。**【傳】吉，善也。【疏】梅由盛而衰，猶男女之年齒也。梅、媒聲同，故詩人見梅以起興。「摽，落」，《爾雅·釋詁》文。梅，《釋文》引《韓詩》作「楳」。《説文》「楳」或「梅」字，其本字當作「某」，「某，酸果也」。又《説文》：「𠬪，讀若《詩》『摽有梅』。」許宗毛氏，引作「摽」。摽、𠬪讀同，又於音箸義也。《孟子·梁惠王》篇注引《詩》「莩有梅」，丁公箸《音義》云：「《韓詩》也。」鄭德注《漢書·食貨志》：「芆，音『蔈有梅』之『蔈』。」「蔈」爲「摽」之誤，而「莩」、「芆」皆即「𠬪」之俗。《玉篇·艸部》：「芆，落也。止作『𠬪』。」蓋本《韓詩》。隋，亦落也。《説文》：「陊，落也。」「隋」與「陊」義相近。《管子·宙合》篇：「奮盛苓落也。盛而不落者，未之有也。」此與《傳》盛極隋落之義合。○首章云「其實七兮」，二章云「其實三兮」，《傳》以七、三爲在樹者之實數，言梅實之隋落者多，而未隋落者有七、有三也。七、三者，合十數也。詩人偶以之分章耳。《正義》申毛，首章謂男年二十六七，女年十六七；二章謂男年二十八九，女年十八九；卒章云「三十之男、二十之女」，爲蕃育法。孔據篇内有「七」字而附會其説，失之鑿矣。《匏有苦葉》、《鴟鴞》傳云：「迨，及也。」《韓詩》云：「迨，願也。」「吉，善」，《天保》同。

摽有梅，其實三兮。【傳】在者三也。**求我庶士，迨其今兮。**【傳】今，急辭也。【疏】今者，急之辭也。《説文》云：「今，是時也。从亼、乁。乁，古文及。」「急，褊也。从心，及聲。」今與急皆從及諧聲會意。辭，當作「詞」。

摽有梅，頃筐塈之。【傳】塈，取也。**求我庶士，迨其謂之。**【傳】不待備禮也。三十之男、二十之女，禮未備，則不待禮會而行之者，所以蕃育民人也。【疏】《卷耳》傳云：「頃筐，畚屬。」塈，《玉篇》引《詩》作「摡」，《廣雅》：「摡，取也。」或本三家《詩》，與《毛詩》字異而訓同。○古「謂」與「曰」同。謂之，謂之行親迎之禮。莊二十二年《穀梁傳》：「禮，有納采，有問名，有納徵，有請期。四者備，而後娶，禮也。」不待備禮，言不待四者禮備便行親迎，唯凶荒然也。《周禮·大司徒》「以荒政十有二聚萬民，十曰多昏」，鄭司農注云：「多昏，不備禮而娶，昏者多也。」與此《傳》訓同。《傳》又本《周禮》會男女法以申明「不待備禮」之義，乃統釋全章，非專釋末章。凡《傳》總釋有發見於章首者，又有發見於章末者，此其例矣。《媒氏》：「掌萬民之判。凡男女自成名以上，皆書年、月、日、名焉。令男三十而娶，女二十而嫁。凡娶判妻入子者，皆書之。中春之月，令會男女。於是時也，奔者不禁。若無故而不用令者，罰之。司男女之無夫家者而會之。」鄭注云：「無夫家，謂男女之鰥寡者。」案「男三十而娶，女二十而嫁」，《禮記·曲禮》、《内則》、《大戴禮·本命》、《穀梁·文十二年傳》、《尚書大傳》、《白虎通義》竝有其文。《五經異義》：「古《春秋左氏》說：『二十而嫁，三十而娶，庶人禮也。』」《管子·入國》篇云：「五曰合獨。所謂『合獨』者，凡國都皆有掌媒，丈夫無妻曰鰥，婦人無夫曰寡，取鰥寡而合和之，予田宅而家室之。三年，然後事之。此之謂『合獨』。」《管子》「合獨」，亦即行《周禮》會男女法。古者未三十男亦行娶，未二十女亦行嫁。三十、二十爲年盡，若踰時無夫家，則爲鰥寡矣。嫁娶以秋冬爲正時，冰泮而殺止。仲春之月，爲期盡。《周禮》於仲春會男女之無夫家者，以年盡之男女於期盡之月行之。此雖禮不備，而亦會而行之者也。若遇凶荒，亦得行此，乃爲蕃育民人之法。《有狐》序云：「古者凶荒，則殺禮而多昏。會男女之無夫家者，所以蕃育民人也。」《傳》義正本彼《序》爲説。《逸周書·糴匡》篇：「大荒，嫁娶不以時。」孔晁注云：「不以時，秋冬也。」《媒氏》「會男女合之」，亦此義也。

《小星》二章，章五句。

《小星》，惠及下也。夫人無妬忌之行，惠及賤妾，進御於君，知其命有貴賤，能盡其心矣。

嘒彼小星，三五在東。【傳】嘒，微貌。小星，衆無名者。三，心；五，噣，四時更見。**肅肅宵征，夙夜在公，寔命不同。**【傳】肅肅，疾貌。宵，夜；征，行；寔，是也。命不得同於列位也。【疏】經言小星，故《傳》以「嘒」爲「微皃」。云「小星，衆無名」者，小星對心、噣、伐、留爲大星者言之也。小星喻賤妾；心、噣、伐、留皆列宿，喻貴妾。衆無名，即《傳》所謂「命不得同於列位」也。此賤妾進御而歸時，歷道其所見。《女曰雞鳴》篇「女曰雞鳴，士曰昧旦。子興視夜，明星有爛」，《傳》云：「言小星已不見也。」則見小星尚在昧旦之前，可以證下文「宵夜」非「昏夜」之「夜」矣。○「三，心」者，襄九年《左傳》：「古之火正，或食於心，是故心爲大火。」《爾雅》：「大火謂之大辰。」孫、郭注竝云：「大火，心也。其中最明。」❶是心，三星中央色最明也。《史記·律書》云：「心，言萬物始生有華心。」《天官書》云：「心爲明堂。」周初心星旦中在十二月。「五，噣」者，《爾雅》：「咮謂之柳。柳，鶉火也。」《左傳》作「咮」。《詩》釋文引《爾雅》作「噣」。《爾雅》釋文：「咮，本作『喙』，或又作『注』。」古噣、咮、喙、注竝同聲而通用。司馬貞《史記索隱》云：「注，咮也。」張守節《正義》以爲「柳八星」，鄭注《考工記》：「鶉火，朱鳥宿之柳，其屬有星，星七星。」唯《詩正義》引《春秋元命苞》：「柳五星。」與毛《傳》「五，噣」合。《書·堯典》：「日中，星鳥，以殷中春。」馬融注云：「春分之昏七星中。」吴江氏聲《集疏》云：「《禮記·月令》：『季春之月，昏七星中。』《月令》，周公所作，距堯時千九百餘年，則恒星移二十餘度。故遲二十餘日，至季春而昏七星中。」案《月令》：「季夏，日在柳。季秋，旦柳中。」僖五年《左傳》：「丙子旦，鶉火中。冬十二月丙子，朔，晉滅虢。」周十二月，夏十月，其去周公作《月令》時又遠，故鶉火中在十月朔。《詩》在周初，則鶉火晨見南方，當亦在季秋之月。《傳》云「四時更見」者，合下章「維參與昴」而總釋之也。○《爾雅·釋詁》：「肅，疾也。」重言之爲肅肅。肅肅，猶數數，數亦疾也。「宵，夜」，《釋言》文。《七月》「宵」與「晝」對文，《傳》亦訓「宵」爲夜。「征，行」，《釋言》文。在，猶自也。「夙夜在公」，猶云「退食自公」耳。夙，早也。日未出、夜未盡曰早夜，説見《采蘩》篇。「寔，是」，《釋詁》文。此《傳》爲全《詩》「寔」字通訓。《禮記·大學》：「寔能容之。寔不能容。」《書·秦誓》「寔」作「是」。《春秋》「桓六年春正月。寔來」，《公羊》、《穀梁傳》竝以「寔來」爲「是來」。寔、是聲義皆同。《釋文》引《韓詩》作「實」，

❶「其」，宋監本《爾雅》與阮刻《爾雅注疏》竝作「在」。

云：「有也。」與《毛詩》作「寔」訓「是」，聲義皆異。《燕燕》釋文：「實，是也。本亦作『寔』。」《頍弁》箋：「實，猶是也。」《韓奕》箋：「實，當作『寔』。趙、魏之東，實、寔同聲。寔，是也。」《無羊》、《召旻》、《閟宮》箋以「是」字代「實」字，或鄭所據皆作「寔」也。漢時《毛詩》「實」、「寔」錯出。今全《詩》「寔」字俱改作「實」，總由「寔」、「實」同讀，遂通假矣。云「命不得同於列位也」者，釋經「命不同」之義。命，命數也。列位，行列之位也。天子、諸侯皆一取九女，后、夫人位尊，不列九女之數。九女，《周禮》謂之「九嬪」。《天官》：「九嬪掌婦學之灋，以教九御，婦德、婦言、婦容、婦功。各帥其屬而以時御，敘于王所。」敘，次序也。次序于王所，是有位於王宮也。《匠人職》：「內有九室，九嬪居之。外有九室，九卿朝焉。」是天子內九嬪當外九卿也。《喪大記》：「夫人坐于西方，內命婦姑、姊、妹、子姓立于西方；外命婦率外宗哭于堂上，北面。」是諸侯內命婦當外命婦也。天子九嬪下有世婦、女御，即諸侯之有貴妾又有賤妾也。賤妾與貴妾禮命不同班也。文六年《左傳》：「辰嬴賤，班在九人。杜祁以君故，讓偪姞而上之；以狄故，讓季隗而已次之，故班在四。」杜注云：「班，位也。」劉向《新序》：「齊宣王召無鹽女而見之，謂曰：『昔先王爲寡人取妃匹，皆已備有列位矣。』」列位，指貴妾。若以列位爲夫人之位，其說自誤。《禮記》「月喻夫人」，不聞以星喻夫人。

嘒彼小星，維參與昴。【傳】參，伐也。昴，留也。**肅肅宵征，抱衾與裯，寔命不猶。**【傳】衾，被也。裯，襌被也。猶，若也。【疏】「參，伐」者，《考工記》：「熊旗六斿，以象伐也。」鄭注云：「伐，屬白虎宿，與參連體而六星。」《史記·天官書》云：「參爲白虎。三星直是也，❶爲衡石。下有三星，兌，曰罰，爲斬艾事。其外

❶「是也」，徐子静本、《清經解續編》本同。武英殿本、百衲本《史記》作「者是」。

四星，左右肩股也。」案「罰」亦作「伐」。《漢書・天文志》同。《傳》以「伐」釋「參」者，亦因參、伐連體而渾言之耳。何注昭十七年《公羊傳》云：「迷惑不知東西者，須視北辰以別心、伐所在。心，東方宿。伐，西方宿。」《詩》蓋以東西列宿分章也。《夏小正》云：「八月參中則旦。」「昴，留」者，《正義》引《元命苞》云：「昴六星。昴之爲言留，言物成就繫留是也。」《史記・律書》云：「昴者，言陽氣之稽留也。」竝以「昴」爲「留」，與毛《傳》合。《爾雅》：「大梁，昴也。西陸，昴也。」《小正》：「四月昴則見。」昭四年《左傳疏》引鄭荅孫皓問云：「西陸朝覿，謂四月立夏之時。」本《爾雅》、《小正》爲説。昴，俗作「昴」。○《説文》：「衾，大被。」「被，寢衣，長一身有半。」《論語・鄉黨》篇：「必有寢衣，長一身有半。」鄭玄注云：「今小臥被。」許、鄭同意。《傳》釋「衾」爲「被」、「裯」爲「襌被」者，渾言，衾、裯皆被名；析言，則裯爲襌被，而衾爲不襌之被。凡人入寢，必衣寢衣而加衾也。《詩》之「裯」即《論語》之「寢衣」也。《方言》：「汗襦，自關而西或謂之祇裯。」《説文》：「祇裯，短衣也。」祇、裯連文，與單言「裯」者不同。而其爲帖身之物，義實不異。《箋》云：「裯，牀帳也。」《爾雅》：「幬謂之帳。」幬，本或作「幗」。此鄭所本也。《釋言》：「猷，若也。」「猷」與「猶」同。《鼓鐘》傳亦云：「猶，若也。」

《江有汜》三章，章五句。

《江有汜》，美媵也。勤而無怨，適能悔過也。文王之時，江沱之閒，有適不以其媵備數，媵遇勞而無怨，適亦自悔也。【疏】江沱之媵，妾也。其適，女君也。媵有賢行，能絶適嫉妬之原，故美之。《詩》録《江有汜》，其猶《春秋》美紀叔姬與？適，今俗作「嫡」。

江有汜，【傳】**興也。決復入爲汜。之子歸，不我以。不我以，其後也悔。**【傳】適能自悔也。

【疏】興者，江喻適，汜、渚、沱喻媵。「決復入爲汜」，此《爾雅·釋水》文也。決者，適、媵不相得。復入者，適自悔而媵備數也。《説文》「汜」下引「江有汜」本《毛詩》，「洍」下引「江有洍」本三家《詩》。《爾雅》：「窮瀆，汜。」無水之汜，與此異。○之子，謂適也。我，媵自我也。《載芟》傳：「以，用也。」不我以，不用我；不我與，不與我也。以、與二字渾言義同，析言則義别。云「適能自悔也」者，《傳》用《序》「適亦自悔」之語，以釋經「悔」之義。是詩似美適之能悔，而《序》以爲美媵者，適之悔由於媵之勞而無怨，故詩爲推本之詞。

江有渚，【傳】渚，小洲也。水岐成渚。**之子歸，不我與。不我與，其後也處。**【傳】處，止也。

【疏】渚有有水、無水兩義。《鶴鳴》「魚在于渚」，謂有水也。「鴻飛遵渚」、「鳧鷖在渚」，《傳》：「渚，沚也。」謂無水也。《爾雅》：「小洲曰渚。」謂無水而可居者爲渚也。此篇三章皆以江水别流爲喻，江汜、江渚、江沱，皆江水也。《傳》於「汜」下、「沱」下舉大水溢出别爲小水之名，而不言無水之「汜」、「沱」，則「渚」下自不應用《爾雅》小洲爲渚之義。《釋文》云：「本或無此注。」則陸氏所見或本，《傳》無「渚小洲也」四字，當據之以删正。云「水岐成渚」者，岐，岳本作「枝」，《釋文》亦作「枝」。案岐、枝皆非其正字，當作「汥」。或《傳》借「枝」爲「汥」也。《説文》：「汥，水都也。从水，支聲。」都，猶聚也。水所都聚處是曰汥。水都，即所謂水汥也。《穆天子傳》：「八駿之乘，以飲于枝洔之中。」枝，正字亦當作「汥」。《説文》：「洔，水暫益且止未減也。」益，同「溢」，亦謂水之溢出而未減者曰洔。渚、洔義同。《蒹葭》「沚」或作「洔」，沚亦渚也。枝、洔即汥。渚、枝、洔之中可以飲馬，其爲有水可知也。學者罕見「汥」字，遂依「枝」字爲訓，解作水之枝出者成渚。郭璞《江賦》云：「因岐成渚。」又注《穆天子傳》云：「水岐成洔。洔，小渚也。」其義皆謂無水之渚，失古義矣。水汥成渚，《傳》申經義，謂江水别流，其所都聚以成渚。見江水之大，別流成渚，以喻適能悔過，容媵備數也。《釋文》引《韓詩》：「一溢一否曰渚。」薛綜注《文選・西京賦》引《韓詩章句》：「水一溢而爲渚。溢，讀如《禹貢》『溢爲滎』之『溢』。」韓、毛訓不同，而不指此經之「渚」爲無水之渚者，又無不同。《箋》謂江水流而渚留，以喻媵留不行，意與《傳》異。然渚澤停留，鄭亦不謂小洲可居也。〇「處，止」，《鳧鷖》同。《説文》：「処，止也。或作『處』。」其後也止，言適能悔過，終自止其嫉妒之行。

江有沱，【傳】沱，江之別者。**之子歸，不我過。不我過，其嘯也歌。**【疏】《書・禹貢》梁、荆皆有沱。《爾雅》：「水自江出爲沱。禹所名也。」《漢書・地理志》：「蜀郡郫，《禹貢》江沱在西，東入大江。」鄭康成不從《漢志》，「梁沱」注云：「郫縣江沱首不於此出。江原有𨛬江，首出江南，至犍爲武陽又入江，豈沱之類與？」德清胡渭《禹貢錐指》云：「𨛬水即大皂江，實岷江之正流也。沱水自灌縣西南首受大江，東逕郫縣、新繁、成都、新都、金堂，又東南逕簡州、資陽、資縣、富順、瀘州，與江水會。」是胡從《漢志》，郫江爲梁沱矣。又《地理志》：「蜀郡汶江，江沱在西南，東入江。」《水經注》云：「汶出玉輪坂下，東別爲沱，開明之所鑿也。」此在大江之西別流，與《禹貢》梁沱無涉。《地理志》：「南郡枝江，江沱出其西，東入江。」鄭「荆沱」注云：「今南郡枝江縣有沱水，其尾入江耳，首不於江出也。華容有夏水，首出江，尾入沔，蓋此所謂沱也。」《水經注》：「江水東逕上明城北，江沱枝分，東入大江。縣治洲上，故以枝江爲稱。」又《沮水注》云：「江津豫章口，東有中夏口，是夏水之首，江之沱也。」酈注言江沱有二，一從班，一同鄭矣。《禹貢錐指》云：「枝江沱水爲江州所隔而成，何言不於江出？華容夏水本沱水枝，分而爲夏，非出於大江。鄭以爲沱者，蓋北江久已盛大，世目爲岷江之經流，因以其所出者爲沱耳。禹時無此沱也。」又云：「夷水本首受奉節縣之大江，今建始縣北，其故道皆已陻塞，唯從縣南受施。州衛開蠻界，水東逕巴東長陽，至宜都縣北，又東入于江。」胡意奉節之東有三峽七百里之險，夏水故爲入沔之水，而枝江又爲出峽之經流，故以《漢志》南郡巫縣夷水東至夷道入江者爲荆沱矣。《漢志》以郫之江沱爲《禹貢》之沱，而汶江、枝江皆不言《禹貢》。《禹貢》道江條：「岷山道江，東别爲沱。」沱爲江水發源之别流，當指梁沱説。《説文》：「沱，江别流也。出嶓山，東别爲沱。」《箋》亦引「道江條」之「沱」爲《詩》「江沱」作證。胡朏明以《詩》沱爲荆沱，意以南國在江、漢閒也。程瑶田《通藝録》又以《詩》沱爲梁沱。奂竊謂荆、梁皆周之南國，梁沱在周之西南，荆沱在周之東南。《詩》繫於召南之國，宜以梁沱爲近是。蓋周於《禹貢》雍州之北，地不踰涇洛，而岐周之南同於殷商。以漢水爲界，漢東之梁併入於豫、荆，漢西之梁併入於雍。故漢之西、江之東，皆《禹貢》梁州之域，而爲召公西陝之掌。江沱爲梁沱，書闕有閒，姑準之地理，以備參攷。○《説文·口部》：「嘯，吹聲也。」《欠部》：「歗，吟也。」「歎，吟也。」是「歗」與「歎」同訓「吟」，與「嘯」訓「吹聲」義别，故分入欠、口兩部。今本《説文》「嘯」字下有「籀文作歗」四字，疑係後人誤衍。《毛詩》作「歗」。《中谷有蓷》「條其歗矣」、《白華》「歗歌傷懷」，字皆作「歗」。《説文》「歗」字下引《詩》「其歗也謌」，本《毛詩》也。謌，或「歌」字。《箋》云：「嘯，蹙口而出聲。」《玉篇·口部》同。或鄭用三家《詩》作「嘯」，與《説文》「嘯，吹聲」合。今本《毛詩》乃依《箋》而改，誤。「其歗也歌」，謂媵備數，能與君子歗歌也。《東門之池》云：「彼美叔姬，可與晤歌。」

《野有死麕》三章，二章章四句，一章三句。

《野有死麕》，惡無禮也。天下大亂，彊暴相陵，遂成淫風。被文王之化，雖當亂世，猶惡無禮也。**【疏】**亂世，謂紂之世。

野有死麕，白茅包之。【傳】郊外曰野。包，裹也。凶荒則殺禮，猶有以將之。野有死麕，群田之，獲而分其肉。白茅，取絜清也。**有女懷春，吉士誘之。**【傳】懷，思也。春，不暇待秋也。誘，道也。【疏】案此《傳》文錯誤。「包，裹也；凶荒則殺禮，猶有以將之」十三字，當在「白茅，取絜清也」之下。《傳》云：「郊外曰野。野有死麕，群田之，獲而分其肉。白茅，取絜清也。包，裹也。」此依經作解也。又云：「凶荒則殺禮，猶有以將之。」此統釋經義也。曰「包之」、曰「將之」，經、《傳》兩「之」字皆指死麕言，故首章《傳》必先釋「野有死麕」，再釋「包之」，其義乃明。猶下章《傳》必先釋「野有死鹿」，再釋「純束」，其文自順。首章《箋》：「貞女之情，欲令人以白茅裹束野中田者所分麕肉，爲禮而來。」下章《箋》：「樸樕之中及野有死鹿，皆可以白茅裹束以爲禮。」毛依經作《傳》，鄭依《傳》作《箋》，可以證今本《傳》文之誤。凡《傳》例，先依經文次弟作解，後乃統釋經義，以發作詩者之恉。即如《召南》之篇《采蘩》、《草蟲》、《甘棠》、《羔羊》、《殷其靁》，皆其例也。〇「郊外曰野」，《燕燕》、《干旄》、《駉》傳竝同。《説文》：「麇，麞也。籀文作『麕』。」「麞，麇屬。」《釋文》引《義疏》：「麏，麞也。青州人謂之麏。」《考工記》注：「齊人謂麇爲獐。」麏、獐皆字之異體。《傳》云「群田之，獲而分其肉」，群，衆也。古者大田獵，天子取三十焉，其餘以與士衆習射。經言野麕，《傳》知爲田獲分肉者，此化本文王之義也。云「白茅，取絜清也」者，《易·繫辭傳》：「『初六，藉用白茅，无咎。』子曰：『苟錯諸地而可矣。藉之用茅，何咎之有？慎之至也。夫茅之爲物薄，而用可重也。慎斯術也以往，其无所失矣。』」蓋取諸此也。《釋文》：「苞，逋茆反。」《木瓜》正義引此詩作「白茅苞之」。❶是陸、孔

❶「瓜」，原作「爪」，據中國書店影印武林愛日軒本、徐子静本、阮刻《毛詩正義》改。

本皆作「苞」。《説文》：「勹，裹也。」勹，本字。古假作「苞」，今俗作「包」。云「凶荒則殺禮，猶有以將之」者，《士昏禮》「納徵，玄纁束帛，儷皮」，鄭注云：「儷，兩也。執束帛以致命，兩皮爲庭實。皮，鹿皮。」《記》「用物，皮帛必可制」，注云：「皮帛，儷皮、束帛也。」《記》：「庭實，納徵，執皮，攝之，内文，兼執足，左首，隨入，西上，參分庭一，在南。賓致命，釋外足，見文。主人受幣，士受皮者自東出于後，自左受，遂坐攝皮，逆退，適東壁。」案昏禮有幣，必有皮。玄纁束帛，幣也。儷皮，皮也。納徵重幣，故《春秋經》變言納徵爲納幣。唯凶荒之歲得以減殺其禮。《詩》詠苞苴麕肉，但爲庭實執皮之用，是用皮不用幣，爲禮之殺矣。麕，亦鹿之屬。○《傳》訓「懷」爲「思」，又釋經「春」字之義云「不暇待秋也」者，言女感春田之候，思得禮則行，所以惡非禮相陵，不暇待秋而欲嫁男也。「誘」訓「道」者，道之，猶「謂之」也。《摽有梅》「求我庶士，迨其謂之」，《傳》云：「不待備禮也。三十之男、二十之女，禮未備，則不待禮會而行之者，所以蕃育民人也。」不待備禮，所謂殺禮也，唯凶荒則然。彼言男女之年，此言凶荒之禮，詳略當互參。《楚辭·離騷賦》：「及少康之未家兮，留有虞之二姚。理弱而媒拙兮，恐道言之不固。」與此《傳》「道」字義同。

林有樸樕，野有死鹿。白茅純束，【傳】樸樕，小木也。野有死鹿，廣物也。純束，猶包之也。**有女如玉。【傳】**德如玉也。**【疏】**王引之《爾雅述聞》云：「《釋木》：『樸樕，心。』樸樕與心皆小貌也，因以爲木名耳。古者謂小爲僕遫。《漢書·息夫躬傳》：『僕遫不足數。』顔注曰：『僕遫，凡短之貌也。』心之言纖。纖，小也。《釋名》曰：『心，纖也。』則二字聲義相近。《邶風·凱風》首章『吹彼棘心』，《傳》曰：『棘心，難長養者。』二章『吹彼棘薪』，《傳》曰：『棘薪，其成就者。』小棘謂之棘心，與樸樕小木謂之心，其義一也。故《召南》傳及《説文》皆云：『樸樕，小木也。』而樊注乃云：『樸樕，斛樕也。有心能溼，江、河閒以作柱。』則是以心爲『松柏有心』之『心』

矣。夫木皆有心，何獨於樸樕而謂之心乎？段氏《説文注》引《廣韻》：『杺，木名。其心黃。』以爲即《爾雅》之『心』字。又謂毛《傳》、《説文》『小木』爲『心木』之譌，皆非也。」案王説是也。樸樕爲小木，猶扶蘇爲大木，皆疊韻連緜字。小木以喻殺禮。凡《漢廣》、《齊·南山》及《小雅·車舝》等篇，言昏姻之事每以「薪」作喻，《唐風·綢繆》篇「綢繆束薪」，《傳》：「綢繆，猶纏緜也。男女待禮而成，若薪芻待人事而後束也。」彼詩以束薪爲喻，此詩之意亦猶是也。「林有樸樕」，謂薪也。「野有死鹿，白茅純束」，猶上章云「野有死麕，白茅苞之」，謂禮也。昏禮用鹿，殺禮可用麕，故《傳》於此章言「野有死鹿」，以爲廣物也。純，亦束也。束、裹同義。《傳》亦即承上章「苞之」爲訓。○經言如玉，《傳》乃申明之云「德如玉」，言女德如玉德也。《禮記·祭統》篇：「既内自盡，又外求助，昏禮是也。故國君取夫人之辭曰：『請君之玉女，與寡人共有敝邑，事宗廟社稷。』此求助之本也。」鄭注云：「言玉女者，美言之也。君子於玉比德焉。」

舒而脱脱兮，【傳】舒，徐也。脱脱，舒遲也。無感我帨兮，無使尨也吠。【傳】感，動也。帨，佩巾也。尨，狗也。非禮相陵則狗吠。【疏】「舒」訓「徐」，與《常武》同。而者，狀物之詞。舒而，猶舒如也。《君子偕老》「而天」、「而帝」，《傳》云「如天」、「如帝」，是「而」與「如」同義也。舒如，即舒然也。《旄丘》「褎如」，《傳》云：「褎然。」又「如」與「然」同義也。而、如、然一語之轉。《傳》「舒遲也」，《釋文》：「定本作『舒皃』。」《箋》：「脱脱然舒。」亦無「遲」字可證。《集韻·十四泰》：「娧娧，舒遲皃。一曰喜也。」此三家《詩》義也。《玉篇》：「娧，好皃。」「娧娧」爲本字，「脱脱」爲假借字。《禮記·儒行》注云：「又必舒而脱脱焉。」鄭蓋用《毛詩》也。○「感，動」，《釋詁》文。感，古「撼」字。《釋文》「胡坎反」，即「撼」也。《士昏禮》「送女，施衿結帨」，鄭注云：「帨，佩巾也。」説詳《東山》篇。《説文》：「尨，犬之多毛者。从犬、彡。《詩》曰：『無使尨也吠。』」許引《詩》釋「尨」之本義，毛《傳》釋「尨」爲「狗」，用《爾雅・釋畜》文。李注云：「尨，一名狗。」渾言之，則尨亦狗之通稱。案上句「我」字，女子自我也。狗有守禦之義，尨吠亦女子自喻也。《傳》云「非禮相陵」，所以申明尨吠之故，承感帨爲説。言有感我帨者，則狗吠也。昭元年《左傳》：「子皮賦《野有死麕》之卒章，趙孟賦《常棣》，且曰：『吾兄弟比以安，尨也可使無吠。』」杜注云：「義取君子徐以禮來，無使我失節而使狗驚吠，喻趙孟以義撫諸侯，無以非禮相加陵。」杜以狗吠謂趙孟自喻，與毛訓合。如謂尨喻非禮之人，則上下文義有不可通，失毛氏訓經之恉。

《何彼襛矣》三章，章四句。

《何彼襛矣》，美王姬也。雖則王姬，亦下嫁於諸侯。車服不繫其夫，下王后一等，猶執婦道，以成肅雝之德也。

何彼襛矣，唐棣之華。【傳】興也。襛，猶戎戎也。唐棣，栘也。**曷不肅雝，王姬之車。**【傳】肅，敬；雝，和。【疏】興者，首二章言華之襛，喻王姬車服之盛；末章言以絲緡作釣，喻王姬能執婦道，以成其肅雝之德。云「襛，猶戎戎也」者，《説文・艸部》：「茸，艸茸茸皃。从艸，聰省聲。」戎戎，即茸茸也。《旄丘》「蒙戎」，《左傳》「尨茸」，此「戎」即「茸」之證。《釋文》：「襛，《韓詩》作『茙』。」《説文》無「茙」字。疑「茙」即「茸」之異體。「唐棣，栘」，當作「唐棣，棣」。《晨風》「山有苞棣」，《傳》：「棣，唐棣也。」是唐棣一名棣，作「栘」者，誤也。《論語・子罕》篇：「『唐棣之華，偏其反而。』」皇侃疏云：「唐棣，棣樹也。」《玉篇》云：「榶棣，棣也。」榶，俗字。皆可訂今本毛《傳》及《爾雅・釋木》之誤。《説文》：「栘，棠棣也。」「棣，白棣也。」棠，當作「常」。《爾雅》邢《疏》引陸機《義疏》云：「許慎曰：『白棣樹也。』如李而小，如櫻桃，正白。今官園種之。又有赤棣樹，亦似白棣，葉如刺榆葉而微圓。子正赤，如郁李而小，五月始熟。自關西，天水、隴西多有之。」案元恪謂白棣以實白而得名，赤棣如郁李，其實正赤。郁李，一名奧李，一名雀李，一名車下李，爲棣之屬。乃《論語》邢《疏》引《義疏》云：「唐棣，奧李也。一名雀李，亦曰車下李。所在山皆有。其華或白，或赤。六月中熟，大如李。子可食。」此與《齊民要術》引《豳風・七月》篇《義疏》「鬱樹高五六尺，實大如李，赤色，食之甜」正同，則《論語疏》引「唐棣」必是「常棣」之誤。《小雅》之「常棣」、《七月》之「鬱」，皆即赤棣歟，而非此唐棣也。○《清廟》「肅雝顯相」，《傳》：「肅，敬也。雝，和也。」《思齊》「雝雝在宮，肅肅在廟」，《傳》：「雝雝，和也。肅肅，敬也。」義竝同。《序》箋云：「下王后一等，車乘厭翟。」則此車乃厭翟也。《士昏禮》注云：「士妻之車，夫家共之。大夫以上嫁女，則自以車送之。」則此「王姬之車」乃王姬自乘其車也。賈公彦《儀禮疏》引鄭《箴膏肓》：「齊侯嫁女，乘其母王姬始嫁時車送之。」《鄭志》荅張逸以爲《魯詩》。是魯以此爲齊侯嫁女之詩。然詩何以得編於《召南》歟？曷不，曷也。曷，何也。「何彼襛矣，唐棣之華。曷不肅雝，王姬之車」，言何戎戎者，唐棣華也。何肅肅雝雝者，王姬車也。何謂之曷不，又何不謂之曷。《唐風・有杕之杜》篇：「中心好之，曷飲食之。」言中心好之，何不飲食之也。是「曷」爲「何不」也。說者皆失之。

何彼襛矣，華如桃李。平王之孫，齊侯之子。【傳】平，正也。武王女，文王孫，適齊侯之子。

【疏】華，即承上章而言。「華如桃李」，言唐棣之華如桃李也。○「平」訓「正」，《那》傳同。《傳》意「王姬」之「王」謂武王，「王孫」之「王」謂文王，故又申之云「武王女，文王孫」也。二《南》皆文王詩，《雅》、《頌》之始，亦皆文王詩。故《四牡》傳云：「周公作樂，以歌文王之道，爲後世法。」是其義也。《春秋》「元年春王正月」，《公羊傳》：「王者孰謂？謂文王也。曷爲先言王而後言正月？王正月也。何言乎王正月？大一統也。」《春秋》法文王，與

《詩》相表裏。《箋》云：「正王者，德能正天下之王。」亦與公羊説《春秋》合。經言「齊侯之子」，《傳》云「適齊侯之子」者，適，謂下嫁也。案此亦承上章而言。「平王之孫，齊侯之子」，言肅雝之王姬是文王之孫，今乃乘車適齊侯之子，謂初嫁時也。下章「齊侯之子，平王之孫」，言今下嫁適齊侯之子者，是文王之孫，故能成其肅雝之德如此，謂已嫁時也。三章文義本自一貫。文王稱王，事固在追王後，則此詩當作於武王之世。然而詩之「王」謂文王也，采風者故得坿於《召南》之篇。

其釣維何？維絲伊緡。【傳】伊，維；緡，綸也。**齊侯之子，平王之孫。**【疏】維，語詞。維何，何也。「伊，維」，《爾雅・釋詁》文。《雄雉》、《蒹葭》同。「緡，綸」，《釋言》文。「維絲維緡」，上「維」語詞，下「維」與「是」同義。言以絲是綸也。《六韜》云：「緡隆餌重，則嘉魚食之。緡調餌芳，則庸魚食之。」《説苑・政理》篇云：「投綸錯餌。」《淮南子・俶真》篇云：「以道爲竿，以德爲綸，禮樂爲鈎，仁義爲餌。」《采緑》箋亦云：「綸，釣繳。」案釣繳爲緡，亦爲綸。然《采緑》之「綸」有「糾合」之義，則此《傳》以「綸」詁「緡」，亦必謂以絲而糾合之，作爲釣魚之繳，非即以緡爲釣魚繳矣。《説文・网部》：「罠，釣也。」釣魚繁應以「罠」爲正字。《傳》於《竹竿》之「釣」以喻婦人之成其室家，此詩之「釣」與義當同也。

《騶虞》二章，章三句。

《騶虞》，《鵲巢》之應也。《鵲巢》之化行，人倫既正，朝廷既治，天下純被文王之化，則庶類蕃殖，蒐田以時，仁如騶虞，則王道成也。【疏】純，大也。

彼茁者葭，【傳】茁，出也。葭，蘆也。壹發五豝，【傳】豕牝曰豝。虞人翼五豝，以待公之發。于嗟乎騶虞。【傳】騶虞，義獸也。白虎黑文，不食生物，有至信之德則應之。【疏】《傳》「茁，出也」，《小箋》云：「也，當作『皃』。今攷《正義》本作『皃』字，故謂『茁茁』爲形容其出，非訓爲『出』。《正義》作『也』字者，是以已誤之《傳》改之也。《說文》：『茁，艸初生出地皃。』《玉篇》：『茁，草出皃。』皆作『皃』可證。」「葭，蘆」，《爾雅·釋草》文。《碩人》、《蒹葭》傳竝云：「葭，蘆也。」《七月》傳：「葭爲葦。」《說文》：「葦，大葭也。」「葭，葦之未秀者。」高注《淮南·脩務》云：「未秀曰蘆，已秀曰葦。」是葭、蘆皆葦未秀者之稱。《箋》云：「記蘆始出者，著春田之早晚。」○《爾雅·釋獸》：「牝，豝。」《傳》所本也。鄭司農《周禮·大司馬》注云：「二歲曰豝。」《說文》：「豝，牝豕也。一曰：二歲能相杷拏者也。《詩》曰：『一發五豝。』」「一」，當作「壹」。《說文》前說本《爾雅》、毛《傳》，後說本鄭仲師《周禮》說。兩說實一義。《吉日》篇言「發彼小豝」，則豝爲小豕矣。《廣雅》亦云：「二歲爲豝。」發者，公之發，壹發而得五豕。《傳》云「虞人翼之」者，所以補明經義之未備。《吉日》傳：「驅禽之左右，以安待天子。」「翼」與「驅」義正相近也。案此與《禮記·射義》「《騶虞》，樂官備」之說本無不合。賈誼《新書·禮》篇云：「虞人翼五豝，以待一發，所以復中也。」賈用《魯詩》，與《毛詩》合。然《魯詩》以「騶虞」之「虞」當即虞人之官，究非達詁。○《序》言「仁如騶虞」，《傳》則云「騶虞，義獸，不食生物」，仁、義相兼也。云「有至信之德則應之」者，言文王有信德而騶虞以應，故詩人于嗟乎美歎之也。《周禮·鍾師》疏引《異義》古《毛詩》說與《傳》同。《異義》又引古《山海經》、《鄒子書》云：「騶虞，獸。」《御覽·獸部二》引《尚書大傳》：「散宜生之於陵氏取怪獸，尾倍其身，名曰騶虞。」《正義》引《鄭志·荅張逸》：「問：『《傳》曰「白虎黑文」，何謂？』荅曰：『白虎黑文，周史《王會》云。』」今《逸周書·王會》篇佚此文。然亦可證騶虞爲獸，古無異說。服虔注《左傳》云：「思睿信立白虎擾。白虎，即騶虞。」此從左氏「修母致子」，與古《毛詩》説同。唯《周禮疏》云：「今《詩》韓、魯説：『騶虞，天子掌鳥獸官。』」《文選》劉逵注《魏都賦》引《魯詩傳》：「古有梁騶。梁騶者，天子之田也。」李善注《東都賦》「騶」作「鄒」。《新書·禮》篇引《詩》而釋之云：「騶者，天子之囿也。虞者，囿之司獸者也。」當亦《魯詩傳》，皆不以「騶虞」爲獸名。鈔本《御覽·樂部三》引《墨子·三辯》篇：「周成王因先王之樂，又自作樂，命曰『騶吾』。」「吾」與「虞」通。《詩》蓋作於成王，故古有是説也。

彼茁者蓬，【傳】蓬，草名也。壹發五豵，【傳】一歲曰豵。于嗟乎騶虞。【疏】《爾雅》：「齧，彫蓬。薦，黍蓬。」郭注云：「别蓬種類。」《説文》云：「蓬，蒿也。」蓬春生，至秋則老而爲飛蓬，《衛風》所謂「首如飛蓬」是也。蓬，易識之草，故《傳》但云「草」也。「草」下「名」字，《小箋》以爲俗增。全《詩》傳「蒲，草」、「苕，草」、「蓍，草」、「葽，草」、「芩，草」、「萊，草」、「芑，草」、「芄蘭，草」、「龍，紅草」、「鷊，綬草」、「勺藥，香草」、「鬯，香草」、「蓼，水草」、「苴，水中浮草」，「草」下皆無「名」字可證。○豵蒙上豝言，亦謂豕也。《傳》於豝言牝，而於豵言歲，互文可見也。《七月》「言私其豵，獻豜于公」，《傳》：「豕一歲曰豵，三歲曰豜。大獸公之，小獸私之。」以豜爲大，則豵爲小，故兩《傳》訓同。鄭司農《周禮注》云：「一歲爲豵。」《説文》：「豵，生六月豚。一曰：一歲豵，尚叢聚也。」《廣雅》亦云：「一歲爲豵。」竝與毛《傳》同。毛《傳》不本《爾雅》，當别有師承也。《箋》乃本《爾雅》「豕生三，豵」之説。余友歸安姚學塽説，《爾雅·釋嘼》六嘼少彘，《釋獸》之「豕」當有《釋嘼》錯簡耳。然則此是家畜，非田豕，故毛不用《爾雅》，《詩》之豝、豵皆田豕也。《郊特牲》云：「迎虎，爲其食田豕也。」春蒐亟驅豝豵，其即《禮記》「迎虎」之意與？

詩毛氏傳疏卷三

邶柏舟詁訓傳弟三　毛詩國風

邶國十九篇，七十一章，三百六十三句。【疏】邶，商邑名，在商都之北。武王封武庚爲商後，其國不襲紂之故都，而徙封於國北之邶邑。朝歌，紂故都也。《續漢書·郡國志》云：「朝歌北有邶國。」《説文》云：「邶，故商邑，河内朝歌以北是矣。」武王時，武庚以邶爲國都，稱邶國，而庸與衛皆其下邑。成王時，封康叔於紂之故都，更名曰衛，稱衛國，而邶與庸又皆其下邑。衛即朝歌。邶在朝歌北，庸在朝歌東。所以邶、庸、衛三國之《詩》皆《衛詩》也。《左傳》：「吴公子札來聘，請觀周樂。工爲之歌《邶》、《庸》、《衛》。曰：『吾聞衛康叔、武公之德如是。是其《衛風》乎！』」又衛北宮文子引《衛詩》曰：「威儀棣棣，不可選也。」此《邶詩》也，而稱《衛詩》。蓋周大師舊次本三國不分，編《詩》者見其篇什繁多，較異他國，乃分之爲三，猶《雅》之有什焉爾。古國、邑通稱也。然則一衛也，兼有故殷邶、庸，則謂之邶、庸、衛。衛取相土東都，曰商衛。衛遷帝丘，居夏伯昆吾之虚，曰昆吾衛。皆以「衛」爲國都而繫以舊號。遂連而稱之，與之同例。邶、庸、衛俱在漢河内郡朝歌縣内。《漢書·地理志》云：「河内，本殷之舊都。周既滅殷，分其畿内爲三國。《詩》風邶、庸、衛國是也。邶以封紂子武庚。庸，管叔尹之。衛，蔡叔尹之。以監殷民，謂之『三監』。故《書序》曰：『武王崩，三監畔。』周公誅之，盡以其地封康叔，號曰孟侯，以夾輔周室。遷邶、庸之民于雒邑。故邶、庸、衛三國之詩相與同風。」

《柏舟》五章，章六句。

《柏舟》，言仁而不遇也。衛頃公之時，仁人不遇，小人在側。【疏】《史記·衛世家》：「康叔七世至頃侯。頃侯厚賂周夷王，夷王命爲衛侯。」頃公，即頃侯也。邶、庸、衛三國皆《衛詩》。《庸》首《柏舟》，《衛》首《淇奧》，皆武公時詩。頃在武前，故《邶》遂以《柏舟》爲首。《正義》云：「三國如此次者，以君世之首在前者爲先。」是矣。《列女傳·貞順》篇以此詩爲衛寡夫人所作。《潛夫論·斷訟》篇亦云：「貞女不二心以數變，故有『匪石』之詩。」用《列女傳》。然與《漢書》本傳、《説苑》、《新序》所引《詩》義皆不合。此劉子政習《魯》説，兼用《韓詩》故歟？凡韓同毛者多，魯異毛者多，其師承源流蓋如此。

汎彼柏舟，亦汎其流。【傳】興也。汎汎，流貌。柏，木，所以宜爲舟也。亦汎汎其流，不以濟渡也。**耿耿不寐，如有隱憂。**【傳】耿耿，猶儆儆也。隱，痛也。**微我無酒，以敖以遊。**【傳】非我無酒，可以敖遊忘憂也。【疏】《釋文》云：「汎，流皃。本或作『汎汎，流皃』者，此從王肅注加。」《正義》云：「汎然而流。」是唐時毛《傳》作「汎，流皃」，不重「汎」字，王肅依下文經作「汎其流」，《傳》作「汎汎其流」，乃於上句重一「汎」字，不知汎猶汎汎也。《書·禹貢》孔穎達《疏》引《傳》作「汎汎，流也」，依王肅本。又「皃」誤爲「也」字耳。柏，木名。柏木爲舟曰柏舟，故《傳》云：「柏，木，所以宜爲舟也。」「亦汎其流」，亦，語詞也。《傳》以「汎汎其流」釋經「汎其流」三字，則《傳》中「亦」字當衍矣。興者，柏舟興仁人，不以濟渡，興仁人不遇時。〇「耿耿，猶儆儆」，此以今語通古語之例。《楚辭・遠遊》「夜耿耿而不寐兮」，王逸注云：「耿，一作『炯』。」《哀時命》作「炯炯」。《說文》：「耿，炯省聲。」故「耿耿」或作「炯炯」也。《廣雅》：「耿耿、警警，不安也。」「儆」與「警」通。隱，讀爲慇。《說文》云：「慇，痛也。」慇，亦作「殷」，《文選》陸機《歎逝賦》、阮籍《詠懷詩》、謝瞻《苔靈運詩》、劉琨《勸進表》、稽康《養生論》注引《韓詩》竝作「如有殷憂」。案「殷」即「慇」之省。如，猶而也。《詩》合二句爲一句。「耿耿不寐，如有隱憂」，言耿耿然不得寐，而有思痛之憂也。「如」與「而」一聲之轉，故如、而皆爲轉下之詞。《傳》釋「微」爲「非」。非，本字；微，假借字。遊，當作「游」。「微我無酒，以敖以游」，言非無酒敖游，以忘此痛憂耳。亦合二句爲一句。《鹿鳴》傳云：「敖，游也。」敖、游連文同義，則下「以」字爲語助足句。此全《詩》通例如此。《易林・屯》、《咸》云：「汎汎柏舟，流行不休。耿耿寤寐，心懷大憂。仁不逢時，退隱窮居。」焦說正用毛《序》。「隱憂」爲「大憂」，王引之云：「本三家義。」

我心匪鑒，不可以茹。【傳】鑒，所以察形也。茹，度也。**亦有兄弟，不可以據。**【傳】據，依也。**薄言往愬，逢彼之怒。**【傳】彼，彼兄弟。【疏】鑒，《釋文》作「監」。《周禮・司烜氏》注：「監，鏡屬。」「茹，度」，《爾雅・釋言》文。鑒，所以察形之物。我心非如鑒，人不可以測度於我。意承上章而言我心之隱憂，人無有能明其志者耳。「匪鑒」「不可茹」與下文「匪石」「不可轉」、「匪席」「不可卷」句法一例。《箋》謂鑒之察形，不能度其真僞，我心度知衆人之善惡外内。但經明言鑒可度，我心不可度，依鄭說，則爲鑒不可度，而我心可度矣。《韓詩外傳》云：「莫能以己之皭皭，容人之混汙然。」下即引此詩。韓訓「茹」爲容納，與毛訓各通。○據、依同義。僖五年《左傳》：「虞公曰：『吾享祀豐絜，神必據我。』宮之奇對曰：『鬼神非人實親，唯德是依。』」是據爲依也。「往愬」「逢怒」，即是不可依之事，故《傳》冢上文而釋之云：「彼，彼兄弟。」《箋》云：「責之以兄弟之道，謂同姓臣也。」

我心匪石，不可轉也。我心匪席，不可卷也。【傳】石雖堅，尚可轉。席雖平，尚可卷。**威儀棣棣，不可選也。**【傳】君子望之儼然可畏，禮容俯仰，各有威儀耳。棣棣，富而閑習也。物有其容，不可數也。【疏】石堅席平，《傳》但就「石」、「席」作釋。《箋》乃云：「言己心志堅平過於石席。」此申成《傳》義也。《說苑・立節》篇言比干、尾生、夷齊之事，其下引此詩而釋之云：「言不失己也。能不失己，然後可與濟難矣。此士君子之所以越衆也。」又《新序・節士上》篇言：「原憲居魯，天子不得而臣，諸侯不得而友，故養志者忘身。身且不愛，孰能累之？」亦引此詩。説見《韓詩外傳》。其言君子之不遇時，竝與《毛詩序》合。○《傳》「君子望之儼然可畏，禮容俯仰，各有威儀耳」，此文多有誤奪。《正義》云：「『君子望之儼然可畏』，釋經之『威』也。『禮容俯仰，各有宜耳』，釋經之『儀』也。」《正義》本《傳》中「威儀」二字作「宜」字。案「君子」下尚有奪字。古本毛《傳》當作「君子有威儀，望之儼然可畏，禮容俯仰，各有宜耳」十九字。《傳》順經先出「威儀」二字，下復分解。以「畏」釋「威」，以「宜」釋「儀」。言「可畏」必曰「望之儼然」，言「各有宜」必曰「禮容俯仰」，又於分解中見其互義。自各本「君子」下奪去「有威儀」三字，解者因改「宜」爲「威儀」，幸《正義》本作「宜」不誤。尋繹《傳》文，訂正之如是。襄三十一年《左傳》衛北宮文子引《詩》釋之云：「言君臣、上下、父子、兄弟、内外、大小皆有威儀也。」文子又云：「故君子在位可畏，施舍可愛，進退可度，周旋可則，容止可觀，作事可法，德行可象，聲氣可樂，動作有文，言語有章，以臨其下，謂之有威儀也。」毛《傳》言「君子有威儀」，正用《左傳》文。唯《左傳》釋《詩》「言君臣、父子、兄弟、内外、大小皆有威儀」，皆者，統同之詞。毛《傳》之「君子」即《詩序》之謂「仁人」，不當爲統同之詞。蓋言各有當也。

《傳》「棣棣，富而閑習也」，閑，當作「閒」。閒，古「嫺」字。「閒」下「習」字宜衍。《車鄰》傳：「閒，習也。」訓「閒」爲「習」，則不必於「閒」下增「習」矣。杜預《左傳注》作「富而閒也」四字可證。富而閒，猶之「美且都」。《有女同車》傳云：「都，閒也。」相如賦所謂「雍容嫺雅」是也。《新書・容經》篇云：「棣棣，富也。」義與毛同。棣棣，《禮記・孔子閒居》篇引《詩》作「逮逮」，鄭注云：「安和之貌。」義相近。《傳》云「物有其容，不可數也」，此上當奪「選數也」三字。先釋經字，再釋經義，全《詩》通例如此。《左傳注》及《釋文》皆云：「選，數也。」疑杜、陸所見《傳》文有此三字。《正義》云：「又解『不可選』者，物各有其容，遭時制，宜不可數。昭九年《左傳》曰『服以旌禮，禮以行事，事有其物，物有其容』，是也。」《左傳注》云：「物，類也；容，貌也。不可數者，言己之儀容美備，不可説數也。」《容經》篇云：「不可選，衆也。」

憂心悄悄，愠于群小。【傳】愠，怒也。悄悄，憂貌。**覯閔既多，受侮不少。**【傳】閔，病也。**静言思之，寤辟有摽。**【傳】静，安也。辟，拊心也。摽，拊心貌。【疏】《傳》先釋「愠」後釋「悄悄」，文疑誤倒。顔師古注《漢書》、楊倞注《荀子》及魏徵《群書治要》竝云：「悄悄，憂貌。愠，怒也。」《正義》亦順經爲釋，其所據毛《傳》皆當不誤。怒，當作「怨」。《正義》云：「言仁人憂心悄悄然，而怨此群小人在君側者也。」《文選・思玄賦》注引《傳》「愠，怨也」，不誤。《孟子・盡心》篇：「《詩》云：『憂心悄悄，愠于群小。』孔子也。」趙注云：「憂心悄悄，憂在心也。愠于群小，怨小人聚而非議賢者也。」《孟子》引《詩》正與此《序》文「仁人不遇，小人在側」合。《傳》義正同《孟子》。又《荀子・宥坐篇》釋《詩》云：「小人成群，斯足憂矣。」《家語・始誅》篇同。此釋「憂心悄悄」句。《漢書・楚元王傳》劉向釋《詩》云：「小人成群，誠足愠也。」蓋探下「愠于群小」句立訓。《韓詩外傳》云：「小人成群，何足禮哉？」不足禮，亦是「怨」之意。○「閔，病」，《釋詁》文。《鴟鴞》、《閔予小子》同。《女曰雞鳴》傳亦訓「静」

爲「安」。《説文》：「竫，亭安也。」「静」與「竫」通。「辟，拊心」，《釋訓》文。《説文·日部》引《詩》作「晤辟」，《玉篇·手部》引《詩》作「寤擗」，「晤辟」即「寤擗」也。《楚辭》王褒《九懷》「寤辟摽兮永思」，王逸注與《爾雅》、毛《傳》同。「辟」皆「擗」古文假借字。《説文》云：「摽，擊也。」故《傳》爲形容拊心之皃。

日居月諸，胡迭而微。心之憂矣，如匪澣衣。【傳】如衣之不澣矣。**靜言思之，不能奮飛。**【傳】不能如鳥奮翼而飛去。【疏】《正義》云：「居、諸，語助。故《日月》傳曰『日乎月乎』，不言居、諸也。居、諸皆不爲義。」案孔説是也。《釋文》「迭」引《韓詩》作「臷」，云：「常也。」疑「臷」乃「戜」之誤。《假樂》傳「秩秩」訓「有常」。《巧言》「秩秩大猷」，《説文》作「戜戜」。是迭、秩、戜聲同而義通。日月喻君臣。胡，何也。何常而微，言日月常微耳。《箋》云：「君道常明如日。」此「常」字用《韓》義。又云：「今君失道而任小人，大臣專恣，則日如月然。」鄭泥經中「居」字作釋，毛意不然也。○匪，不也。澣，當作「濣」。匪澣衣，不澣之衣。《傳》乃釋心憂之狀，故云如衣之不澣。《箋》云：「衣之不澣，則憒辱無照察。」凡全《詩》中「匪」字或爲非，或爲不，古匪、非通用，故匪謂之非，非又謂之不，匪亦謂之不。《出其東門》之「匪我思存」、《雨無正》之「匪舌是出」、《常武》之「匪紹匪游」，《傳》竝以「不」字釋「匪」字。《巧言》、《車舝》、《公劉》、《抑》、《桑柔》、《江漢》、《思文》箋皆以「不」字代「匪」字，與訓「匪」爲「非」者不同。○《説文·奞部》：「奮，翬也。从奞在田上。《詩》曰：『不能奮飛。』」《羽部》：「翬，大飛也。」《淮南子·原道》篇「羽翼奮」，高注云：「奮，壯也。」經言奮飛，借鳥爲喻，故《傳》言鳥。《正義》云：「鳥能擇木，故取譬焉。」是矣。宣十七年《穀梁傳》：「『非之，則胡爲不去也？』曰：『兄弟也，何去而之？』」范注云：「《泰》曰：『兄弟無絶道。』故雖非而不去。論情可以明親親，言義足以厲不軌。」《正義》引《箴膏肓》云：「楚鬻拳同姓，有不去之恩。」鄭注《論語》云：「箕子、比干不忍去，皆是同姓之臣，有親屬之恩。君雖無道，不忍去之也。」

竝與《傳》意同。

《緑衣》四章，章四句。

《緑衣》，衛莊姜傷己也。妾上僭，夫人失位，而作是詩也。【疏】妾，賤妾，州吁之母也。賤妾不得列姪娣之數，今以寵驕而上僭，賤妨貴矣。《逸周書·祭公》篇云：「女無以嬖御固莊后。」

緑兮衣兮，緑衣黄裏。【傳】興也。緑，間色。黄，正色。**心之憂矣，曷維其已。**【傳】憂雖欲自止，何時能止也。【疏】「緑，間色」，喻妾。「黄，正色」，喻夫人。緑衣喻妾上僭，黄裏、黄裳喻夫人失位。「緑兮衣兮」，言緑衣兮也，謂以間色爲上衣也。上「兮」字爲語助。如全《詩》中「瑣兮尾兮」、「挑兮達兮」、「薈兮蔚兮」、「萋兮斐兮」，皆合二字成義，上「兮」字爲語助。又有疊其義者，如「絺兮綌兮」、「父兮母兮」、「叔兮伯兮」是也。又有重其文者，如「簡兮簡兮」、「玼兮玼兮」、「蘀兮蘀兮」是也。此皆句例。《檀弓》「練衣黄裏」，注：「練，中衣。以黄爲内。」是喪或用黄裏，而吉則不用黄裏可知。《易林·觀》：「黄裏緑衣，君服不宜。淫湎毁常，失其寵光。」君，謂小君也。○《傳》云「憂雖欲自止，何時能止也」者，以釋「心憂」「曷已」之義。以「何」釋「曷」，以「止」釋「已」，爲全《詩》通訓。「心之憂矣，曷維其已」，言何時止憂也。「心之憂矣，曷維其亡」，言何時亡憂也。維其，句中語助。

緑兮衣兮，緑衣黄裳。【傳】上曰衣，下曰裳。**心之憂矣，曷維其亡。**【疏】「上曰衣，下曰裳」，《東方未明》傳同。下曰裳，所以配衣也。《斯干》傳云：「裳，下之飾也。」上章釋「緑」、「黄」，此章釋「衣」、「裳」，互文也。

《正義》云：「前以表裏興幽顯，則此以上下喻尊卑。」

緑兮絲兮，女所治兮。【傳】緑，末也。絲，本也。我思古人，俾無訧兮。【傳】俾，使；訧，過也。

【疏】緑爲所染之色，故緑爲末而絲爲本。本末猶先後。絲，所以爲衣也。「緑兮絲兮」，猶云「緑兮衣兮」也。絲，閒色、正色皆可以爲染，今女所治者，但爲閒色之絲，不爲正色之絲，以喻嬖妾上僭之非禮。○「俾，使」，《爾雅·釋詁》文。《天保》、《蕩》傳竝訓「俾」爲「使」。依《節南山》、《菀柳》、《緜》、《蕩》、《載見》、《閟宮》釋文，皆當作「卑」。《載馳》傳：「尤，過也。」訧、尤義同。「我思古人，俾無訧兮」，言我思古之君子，使無過於禮也。《魯語》：「公父文伯之母欲室文伯，饗其宗老，而爲賦《緑衣》之三章。師亥曰：『謀而不犯，微而昭矣。』」案「不犯」即《詩》「無訧」之義。韋昭注誤引四章。

絺兮綌兮，淒其以風。【傳】淒，寒風也。我思古人，實獲我心。【傳】古之君子，實得我之心也。

【疏】《葛覃》傳：「葛，所以爲絺綌，女功之事煩辱者。精曰絺，麤曰綌。」此承上文言絲，更言絺綌也。淒，寒意。依經言風，故云：「淒，寒風也。」絺綌以禦寒風，喻夫人失位。○實，當作「寔」。❶《燕燕》「實勞我心」，「實，本亦作『寔』」。獲，得也。衛莊姜以齊女嫁衛，而不見荅於莊公，以致失位。《傳》云「古之君子，寔得我之心也」者，思古之人，傷今之己也。成九年《左傳》：「二月，伯姬歸于宋。夏，季文子如宋致女，復命，公享之。賦《韓奕》之五章。穆姜出于房，再拜，曰：『大夫勤辱，不忘先君，以及嗣君，施及未亡人。先君猶有望也。敢拜大

---

❶ 「寔」，原作「是」，《清經解續編》本同。據本書卷二《小星》傳疏及上下文改。

夫之重勤。』又賦《緑衣》之卒章而入。」蓋古者嫁女，必有大夫致女之禮。三月廟見，又有大夫反馬之禮。此伯姬嫁于宋，故文子復命賦《韓奕》，以言宋土如韓樂。穆姜遂荅賦此詩者，正取「寔獲我心」之義。所謂「斷章取義」也。

《燕燕》四章，章六句。

《燕燕》，衛莊姜送歸妾也。【疏】妾，戴嬀也。衛莊公夫人莊姜無子，以厲嬀娣戴嬀生子完爲己子，是謂桓公。桓公立在春秋前。魯隱四年，州吁弑之，已在位十六年。完弑而戴嬀歸陳，莊姜送之，而作是詩也。其不稱戴嬀而直稱妾何？此正名也。莊姜爲適夫人，戴嬀雖子貴猶稱妾。以視州吁之母，身爲賤妾而上僭夫人，逆禮甚矣。《詩》之義，《春秋》之義也。

燕燕于飛，差池其羽。【傳】燕燕，鳦也。燕之于飛，必差池其羽。**之子于歸，遠送于野。**【傳】之子，去者也。歸，歸宗也。遠送過禮。于，於也。郊外曰野。**瞻望弗及，泣涕如雨。**【傳】瞻，視也。【疏】《爾雅》：「巂周，燕。燕，鳦。」舍人注云：「巂周名燕，燕又名鳦。」《説文》：「巂周，燕也。从隹，中象其冠也。冏聲。」「燕，玄鳥也。籋口，布翅，枝尾。象形。」「乙，玄鳥也。齊、魯謂之乙，取其鳴自謼。象形也。字或從鳦。」❶《夏小正傳》：「燕，乙也。」《玄鳥》傳：「玄鳥，鳦也。」然則巂周也、燕也、鳦也、玄鳥也，一物四名。舊讀

❶ 「字或從鳦」，《清經解續編》本同，經韻樓本《説文解字注》及陳昌治刻《説文解字》作「乙或從鳥」。

《爾雅》「燕燕」屬上下，是「鳦」不名「燕燕」矣。《詩》重言「燕燕」者，此猶「鴟鴞鴟鴞」、「黄鳥黄鳥」疊評成義之例。《傳》乃依經作訓，云「燕燕，鳦」者，此猶「罩罩，篧」、「汕汕，橒」重字連文之例。《吕覽·音初》篇：「二女作歌，一終曰：『燕燕往飛。』」《漢書·五行志》童謡：「燕燕尾涎涎。」皆與《詩》義同也。自郭景純不明《詩》義，致誤《爾雅》「燕燕」連讀，而孔仲達《左傳疏》以爲「重名燕燕，異方語」，其誤實始於郭矣。云「燕之于飛，必差池其羽」，以釋經「于飛」、「差池其羽」六字。是《傳》意本指一「燕」，而言「差池」者，即《説文》説燕之形「布翅、枝尾」是也。《箋》云：「差池其羽，謂張舒其尾翼。興戴嬀將歸，顧視其衣服。」二章《箋》：「頡頏，興戴嬀將歸，出入前卻。」三章《箋》：「下上其音，興戴嬀將歸，言語感激，聲有小大。」此《箋》言興而《傳》不言興。《螽斯》正義引《鄭志》荅張逸云：「若此無人事，實興也。文義自解，故不言之。凡説不解者耳，衆篇皆然。」凡實興而《傳》不言興者，放此。○之子，庰戴嬀也。《傳》云「去」者，蓋緣上下文作訓。《桃夭》「之子于歸」，歸謂嫁也。自母家之夫家曰歸，自夫家之母家亦曰歸。《傳》釋「歸」爲「歸宗」者，《草蟲》傳：「婦人雖適人，有歸宗之義。」《黄鳥》傳：「婦人有歸宗之義。」與此言「歸宗」者凡三。但《草蟲》、《黄鳥》言大夫以下婦人歸宗，此言諸侯之女亦有歸宗之義，《左氏傳》所謂「大歸」也。戴嬀歸于陳，猶之紀叔姬歸于酅矣。遠送至於野，故《傳》云「過禮」。《箋》云：「婦人之禮，送迎不出門。今我送是子乃至于野者，舒己憤，盡己情。」案此申《傳》「過禮」之説也。「于」訓「於」者，釋「于野」之「于」，與「于歸」之「于」不同義。于歸，往歸；于野，於野也，於猶之也。《采蘩》傳「于，於」，於猶在也。二《傳》訓同意别。云「郊外曰野」，郊，遠郊也。遠送遠郊之外，雖過禮，猶不越衛境也。「瞻，視」，《爾雅·釋詁》文，《雄雉》、《節南山》同。

燕燕于飛，頡之頏之。【傳】飛而上曰頡，飛而下曰頏。**之子于歸，遠于將之。**【傳】將，行也。

瞻望弗及，佇立以泣。【傳】佇立，久立也。【疏】「飛而上曰頡，飛而下曰頏」，《小箋》云：「上、下，字當互易。頡同頁，頁，頭也。飛而下則頭搶地。頏同亢，亢者，頸也。飛而上則亢向天。」《説文注》又引：「楊雄《甘泉賦》：『柴虒參差，魚頡而鳥胻。』李注云：『頡胻，猶頡頏也。』顔注云：『頡胻，上下也。』皆本《毛詩》『頡頏』爲訓。」奂謂《傳》文當是「頡頏」二字之互譌。凡鳥飛，必卬上而後注下，故《傳》先釋「頏」之「飛而上曰頏」，再釋「頡」之「飛而下曰頡」，以盡其翺翔回顧之狀，猶下章「下上其音」，《傳》必先釋「上音」，再釋「下音」，以寫其鳴號遠近之態，同一意例。今本順經改《傳》，恐失毛氏之恉。○「將，行」，《簡兮》、《丰》、《楚茨》、《文王》、《既醉》、《烝民》、《敬之》傳竝同。將，古「蹡」字。《説文》云：「蹡，行皃。」上言遠送，此言遠行，下又言其所歸之地，立言之次弟然也。佇，當作「宁」。宁者，「箸」之假借，如「朝宁」即「朝箸」之例。箸，直略切，與「久」義相近。《傳》以「久」詁「宁」，《釋文》本「久」下無「立」字可證。「宁，久」，《釋詁》文。今《爾雅》亦作「佇」。《墨子·經上》篇云：「久，彌異时也。」

燕燕于飛，下上其音。【傳】飛而上曰上音，飛而下曰下音。**之子于歸，遠送于南。**【傳】陳在衛南。**瞻望弗及，實勞我心。**【疏】「飛而上曰上音，飛而下曰下音」，下上，猶頡頏也。《傳》先釋「上音」，再釋「下音」，此逆意以解之也。《箋》云：「聲有小大。」《雄雉》箋亦云「小大其聲」。小謂上，大謂下。凡飛鳥之音遠乃小，近始大也。上章《箋》「頡頏」猶「出入」，頏，猶出也；頡，猶入也。《箋》亦逆意以解之。○「南」以言鄉南行也。戴嬀歸于陳，故《傳》以「陳在衛南」釋之。衛，今之淇縣。陳，今之陳州府。衛至陳五百里而遥也。

仲氏任只，其心塞淵。【傳】仲，戴嬀字也。任，大；塞，瘞；淵，深也。**終温且惠，淑慎其身。**

【傳】惠，順也。先君之思，以勖寡人。【傳】勖，勉也。【疏】《傳》以仲爲戴嬀字，女子以伯仲爲字，十五笄而字，則十五以後稱伯仲，異乎男子之五十以伯仲也。《大明》傳云：「仲，中女也。」又云：「大任，仲任也。」彼詩言大任來嫁于周，故稱婦之姓而言任。此莊姜評戴嬀不必繫乎姓，故但言仲，而不言仲嬀。《玉篇・人部》引：「《詩》云：『仲氏任只』，仲，中也。」又《衆經音義》卷九引《韓詩》云：「仲，中也。言位在中也。」是韓不以「仲」爲字矣。諸侯一取九女，皆有列位。《小星》「寔命不同」，《傳》：「命不得同於列位也。」同列位者，稱貴妾。戴嬀之位在中，故稱仲。韓與毛不同，其義甚古，必有師承。◯《賓之初筵》傳：「壬，大也。」「任」與「壬」同。大者，《正義》云「言仲氏有大德行」是也。「塞」訓「瘞」，「瘞」乃「實」之誤。崔《集注》本作「實」，《書・堯典》孔《疏》及《文選・舞賦》李注引作「實」，《漢書・敘傳》「安世温良，塞淵其德」顔注引亦作「實」，《定之方中》、《常武》箋竝訓「塞」爲「實」，鄭正本此《傳》訓，皆其證。《説文》：「㥶，實也。《書》曰：『剛而㥶。』」今《皋陶謨》作「剛而塞」，《夏本紀》作「剛而實」。此古塞、實同訓之理也。《定之方中》箋云：「淵，深也。」義與《傳》同。「惠，順」，《釋言》文。温惠，猶和順也。終，猶既也。「終温且惠」，言既温且惠也。與「既安且寧」、「既明且哲」同詞。《既醉》傳：「既者，盡其禮，終其事。」此「終」與「既」同也。其義又見《葛藟》篇。淑，善也。慎，誠也。《禮記・中庸》云：「不明乎善，不誠乎身矣。」◯「勖，勉」，《釋詁》文。《書・牧誓》「勖」字，《史記》多以訓詁代之，作「勉」字。此勖、勉義通之證。先君，莊公也。《思齊》傳：「寡妻，適妻。」則莊姜適夫人，故得自稱曰寡人也。思，憂思也。莊姜不見荅於先君，致遭州吁之難，憂思不已。於戴嬀之歸，猶望其以先君之故勉己。《禮記・坊記》篇：「利禄先死者而後生者，則民不偝；先亡者而後存者，則民可以託。」引《詩》云：「先君之思，以畜寡人。」案勖、畜古聲同。此引《詩》念昔先君以爲先死亡者，斷章取義。鄭注以此爲衛夫人定姜之詩，云：「畜，孝也。獻公無禮於定姜，定姜作詩，言獻公當思先君定公，以孝於寡人。」《釋文》云：「此是《魯詩》。」然邶、鄘、衛於文公以後無詩，不應獻公時有定姜之詩。又《列女傳·母儀》篇又謂衛定姜子死，其婦無子而歸，定姜送婦而作。《列女傳》出於劉向，劉習《魯詩》，而與《禮記注》不合。唯《毛詩序》稱衛莊姜詩，《傳》釋「南」爲「陳在衛南」、「仲」爲「戴嬀字」，與《序》發明，悉本《左傳》爲説。《鄭志》荅炅模云：「爲《記》注時就盧君，❶先師亦然。後乃得毛公《傳》，既古書，義又宜。然《記》注已行，不復改之。」是鄭注《禮》信從三家，其後稍稍見《毛詩》源流真古，故箋《詩》亦從毛義。

《日月》四章，章六句。

《日月》，衛莊姜傷己也。遭州吁之難，傷己不見荅於先君，以至困窮之詩也。

日居月諸，照臨下土。【傳】日乎月乎，照臨之也。**乃如之人兮，逝不古處。**【傳】逝，逮；古，故也。**胡能有定，寧不我顧。**【傳】胡，何；定，止也。【疏】《傳》云「日乎月乎，照臨之也」者，言日月照臨也。經中「居」字當讀爲「其」，語助詞。《傳》以「諸」代「乎」，不釋「居」字。《釋詞》云：「《小爾雅》曰：『諸，乎也。』故《祭義》『勿勿諸，其欲其饗之也』，《禮器》『諸』作『乎』。《樂記》『禮發諸外』，《祭義》『諸』作『乎』。」是皆「諸」、「乎」聲通之證。《箋》云：「日月，喻國君與夫人也。當同德齊意以治國者，常道也。」〇《箋》云：「之人，是人也，謂莊公也。」《爾雅》：「遾，逮也。逮，及也。」「逝」與「遾」通。逝謂之逮，逮又謂之及，故下章《傳》直以「及」字代「逝」

❶「就」，原脱，徐子静本、《清經解續編》本同，據阮刻《毛詩正義·燕燕》補。

字。逝不，不及也。「逝不古處」，言不及古處也。「逝不相好」，言不及相好也。亦作「噬」。《有杕之杜》「噬肯適我」，言可及時適我也；「噬肯來游」，言可及早來游也。句義相同。「古，故」，《烝民》同。古處，猶言舊所耳。「胡，何」，《傳》爲全《詩》通訓。胡不，即何不；胡然，即何然；胡爲乎，即何爲乎。是胡、何同義。「定，止」，《釋詁》文。《節南山》「亂靡有定」，《箋》：「定，止也。」義與此同。寧，亦胡也。凡《詩》或言「胡」，或言「寧」。《桑柔》「寧爲荼毒」、《正月》「胡爲虺蜴」，「寧爲」即「胡爲」也；《雲漢》「寧俾我遯」、《正月》「胡俾我瘉」，「寧俾」即「胡俾」也。連言之，如「胡寧忍予」、「胡寧瘨我以旱」皆是也。故上言胡而下言寧，連言之曰胡寧，猶上言維而下言其，連言之曰維其；上言既而下言亦，連言之曰亦既，皆其句例。「寧不我顧」，言胡不顧我也；「寧不我報」，言胡不我報也。《子衿》「子寧不嗣音」、「子寧不來」，《伐木》「寧適不來」，「寧不」皆「胡不」也。《葛覃》傳：「寧，安也。」「寧」、「胡」、「安」三字竝與「何」同義。

日居月諸，下土是冒。【傳】冒，覆也。**乃如之人兮，逝不相好。**【傳】不及我以相好。**胡能有定，寧不我報。**【傳】盡婦道而不得報。【疏】《君子偕老》傳：「蒙，覆也。」冒、蒙聲轉義通。「下土是冒」，猶云「照臨下土」也。《箋》云：「覆，猶照臨也。」〇《唐風》釋文引《韓詩》：「逝，及也。」「及」與「逮」同義。「逝不」爲「不及」，此倒句法。不報，即不荅也。案此詩四章，皆莊姜自敘其傷己不見荅於先君之事。《傳》云「盡婦道而不得報」，「盡婦道」三字補明經義，而以益箸其傷己之情。

日居月諸，出自東方。【傳】日始、月盛，皆出東方。**乃如之人兮，德音無良。**【傳】音，聲；良，善也。**胡能有定，俾也可忘。**【疏】《天保》「如日之升」，《傳》：「升，出也。」是日始出於東方也。《東方之日》

傳亦云：「月盛於東方。」《禮器》：「大明生於東，月生於西。此陰陽之分、夫婦之位也。」注：「大明，日也。」《禮記》言日東月西以喻夫婦之位。此《傳》言月盛與日始，亦皆出東方者，《箋》云「夫人當盛之時，與君同位」是也。○《傳》訓「音」爲「聲」，德音，猶善聞令名也，二字連讀得義，德之聞於聲者爲德音。「德音無良」，言有德我之聲，而實無善我之意，故云然。若《谷風》、《有女同車》、《小戎》、《狼跋》、《鹿鳴》、《南山有臺》、《車舝》、《皇矣》、《假樂》「德音」連緜者，可以類推。「良，善」，《鶉之奔奔》、《秦·黄鳥》同。《說文》、《廣雅》竝云：「良，善也。」忘，忘憂也。

日居月諸，東方自出。父兮母兮，畜我不卒。胡能有定，報我不述。【傳】述，循也。【疏】案此經、《傳》疑皆有誤。《爾雅·釋訓》：「不遹、不蹟、不徹，不道也」。「不遹」、「不蹟」、「不徹」統爲釋《詩》之詞。「不蹟」、「不徹」見於《小雅》，「不遹」即此篇「報我不述」之異文。孫炎云：「遹，古『述』字。」《毛詩》多古字，當同《爾雅》作「遹」。遹，即「述」古文假借字。《釋文》：「述，本又作『術』。」李善注《廣絶交論》引：「《韓詩》『報我不術』，薛君云：『術，法也。』」是《韓詩》作「術」。術、述一字也。今《詩》或因韓改毛耳。傳《沔水》「念彼不蹟」，「不蹟，不道也」。《十月之交》「天命不徹」，「徹，道也」。不蹟、不徹，皆用《釋訓》文，則此詩「不遹」爲「不道」，亦當用《釋訓》無疑。或云：《釋詁》「遹，循也」，毛氏傳《詩》所本也。不知《爾雅》一書原不專釋《詩》辭。《釋詁》「遹，循」可釋《尚書·康誥》「遹」字，而《釋訓》「遹，道」正釋此詩「遹」字。報我不道，不道猶言無道也。故釋「遹」爲「道」，文義已明。若釋「遹」爲「循」，文義未盡。古人屬辭最平直也。《箋》云：「不道，不循禮也。」《箋》蓋以「循禮」申《傳》之「道」，今本「不道」作「不循」，亦誤。

《終風》四章，章四句。

《終風》，衛莊姜傷己也。遭州吁之暴，見侮慢而不能正也。【疏】《箋》云：「正，猶止也。」

終風且暴，【傳】興也。終日風爲終風。暴，疾也。**顧我則笑。**【傳】笑，侮之也。**謔浪笑敖，**【傳】言戲謔不敬。**中心是悼。**【疏】終風且暴、且霾、且曀，其陰、其靁，皆所以興州吁之暴也。《御覽・天部九》引《傳》：「終日而風爲終風。」有「而」字，「終日而風爲終風」，則下二章「終風且霾」、「終風且曀」皆是「終日而風」也。《釋文》引《韓詩》云：「西風也。」《爾雅》：「西風謂之泰風。」泰，當作「大」。《桑柔》箋作「大風」。毛、韓意同。《爾雅・釋天》：「日出而風爲暴。」《傳》與《雅》訓異意同。「終日而風」總釋三「終風」之義；「日出而風」則專釋詩首章「暴」字之義，言日出以別於霾、曀也。孫炎云：「陰雲不興，而大風暴起。」《傳》訓「暴」爲「疾」者，亦謂風之暴起。《何人斯》傳「飄風，暴起之風」，是也。《玉篇》：「瀑，疾風也。」此《毛詩》義，而作「瀑」字，誤。《說文》：「瀑，疾雨也。从水，暴聲。《詩》曰：『終風且瀑。』」此三家《詩》，與《雅》、《傳》不合。或謂《傳》「暴，疾也」，「疾」下奪「雨」字，據三家改毛，大誤。○笑，即笑敖，《序》謂之「侮慢」，故《傳》云：「笑，侮之也。」《爾雅》：「謔浪笑敖，戲謔也。」《說文》：「謔，戲也。」謔爲戲，連言之爲戲謔。笑敖者，謔之狀也。《傳》云「言戲謔不敬」，即所以釋經「謔」字之義。《韓詩》云：「浪，起也。」韓以「謔」字逗，謔則起笑敖，則亦以笑敖爲謔，可因韓讀而明毛訓矣。中心，心中也。《氓》傳：「悼，傷也。」「悼」與末章「懷」同義。

終風且霾，【傳】霾，雨土也。**惠然肯來。**【傳】言時有順心也。**莫往莫來，**【傳】人無子道以來事

己，己亦不得以母道往加之。悠悠我思。【疏】「霾」與「埋」同聲。《爾雅》：「風而雨土爲霾。」雨土者，風起土下如雨，《小雅》序：「雨，自上下者也。」《穀梁傳》：「箸於上，見於下，謂之雨。」言雨土則風箸矣，故《傳》不更言風也。孫炎云：「大風揚塵土從上下也。」○《燕燕》傳：「惠，順也。」然，猶若也。《氓》傳「若」、「然」同義。《北風》「惠而好我」，「而，猶如也」。《君子偕老》傳「而」、「如」同義。惠然、惠而，其義一也。「然」字不當作「然後」解。《爾雅》：「肯，可也。」《説文》：「可，肯也。」此凡語，全《詩》放此。「順心」釋「惠然」，「時有順心」釋「肯來」。「時有順心」，即承上章「顧我」之意也。「人無子道以來事己」釋「莫來」，「己亦不得以母道往加之」釋「莫往」，莫來故莫往，《傳》乃逆其辭以釋之。「無子道事己」，即承上章「笑侮」之意也。「莫」訓「無」，又訓「不」。「莫來」爲「無來」，「莫往」爲「不往」也。凡全《詩》「莫」字有此二義。《關雎》傳：「悠，思也。」重言曰悠悠。此及《雄雉》、《泉水》、《子衿》、《渭陽》、《十月之交》皆曰「悠悠」。

終風且曀，不日有曀。【傳】陰而風曰曀。**寤言不寐，願言則嚏。**【傳】嚏，跲也。【疏】「陰而風曰曀」，《爾雅·釋天》文。曀，亦陰也。《釋名》：「曀，翳也。」《小爾雅》：「曀，冥也。」《雅》、《傳》緣《詩》立訓，乃兼風言耳。「終風且曀」，謂風也。「不日有曀」，謂陰也，言不日曀也。「有」爲句中語助。《箋》云：「喻州吁闇亂甚也。」○「寤言不寐」，猶云「獨寐寤言」也。願，思也。言，我也。「願言」爲「思我」。思我，我思也。「願言則疐」，謂我思之而志倦欠㰦也。「願言則懷」，謂我思之而憂傷也，猶上文云「莫往莫來，悠悠我思」也。「願言」之「言」訓爲「我」，與「寤言」之「言」不同義。《葛覃》「言告言歸」，「言告」之「言」訓爲「我」，與「言歸」之「言」不同義。皆兩「言」字連文而異解。○「嚏，跲」，經、《傳》皆從誤本。《釋文》：「疌，本又作『啑』，又作『疐』。鄭作『嚏』。劫，本又作『跲』，孫毓同。崔云：『毛訓「疌」爲「㰦」，今俗人云「欠欠㰦㰦」是也。』不作『劫』字。」《正義》引王肅作「疐，劫」，定本、《集注》同。然則唐初舊本經皆作「疐」。今作「嚏」者，其誤始於唐開成石經。陸所見崔本作「疌」，「疌」即「疐」之誤。孔引《集注》作「疐」不誤。又引王肅本毛《傳》作「疐，劫」。「劫」與「跲」音同，故又改作「跲」。唯陸所見崔本作「㰦」。孔引《集注》作「劫」，是又誤踵王肅矣。崔靈恩《集注》所據《毛詩》經作「疐」，《傳》作「疐，㰦也」，當是古本如是。《通俗文》：「張口運气謂之欠㰦。」《玉篇》：「㰦欠，張口也。」《廣韻・九御》：「㰦，欠㰦。」《集韻》：「㰦，張口皃。或作『呿』。」《說文》：「欠，張口气悟也。象气从儿上出之形。」❶「吹，出气也。从欠，从口。」《傳》訓「疐」爲「㰦」，「疐」即古文「嚏」。《毛詩》作「疐」，三家《詩》作「嚏」。「嚏」有口气、鼻气兩解。《說文・口部》：「嚏，悟解气也。从口，疐聲。《詩》曰：『願言則嚏。』」「悟解气」與「㰦」訓合。許以「嚏」字从口，故主謂口气，宗毛，故說解同毛。而引《詩》作「嚏」者，此許氏據三家《詩》字以申《毛詩》之義，謂「疐」即「嚏」之古文假借。此《說文》例也。《玉篇》：「嚏，噴鼻也。《詩》曰：『願言則嚏。』」鄭《箋》：「疐，讀爲『不敢嚏咳』之『嚏』。今俗人嚏，云『人道我』，此古之遺語也。」鄭於毛《傳》、《說文》異，而與《玉篇》「噴鼻」之說同，此亦本三家《詩》義也。但此詩四章皆是衛莊姜傷己之詞，願言則㰦，謂我思之不已則志倦而欠㰦也。若依「噴鼻」解「嚏」字，謂州吁思莊姜，莊姜爲之噴鼻，於《序》言「傷己」不合。至王肅云「願以母道往加之，則疐劫而不行」，不知上章《傳》云「不以母道往加」釋「莫往」句，不釋「我思」句。今肅以解此「願」字，而於句義有不安。又據《狼跋》傳改「㰦」爲「劫」，以「疐劫不行」解「疐」字，則於篇義更難通。《正義》依王申毛，誤矣。

曀曀其陰，虺虺其靁。【傳】如常陰曀曀然。暴若震靁之聲虺虺然。**寤言不寐，願言則懷。**

❶「儿」，《說文解字》作「人」。《說文解字注》作「儿」。

【傳】懷，傷也。【疏】曀爲陰，故《傳》以「曀曀」爲「常陰」。曀曀，猶晻晻也。《説文》引《詩》作「㙪㙪」，曀、㙪聲義皆近。經言「靁」，《傳》云「震靁」。《大雅》兩言「如霆如雷」，「震雷」即「霆雷」也。暴，疾也。虞世南《北堂書鈔·天部四》引《爾雅》：「疾靁謂之霆。」郭注云：「靁之急擊者謂霹靂。」《説文》：「靁，陰陽薄動靁雨，生物者也。从雨，畾象回轉形。靁，籀文靁，閒有回，回，靁聲也。」「霆，靁餘聲也鈴鈴，所以挺出萬物。」「震，劈歷，振物者。」案靁、霆、震三者自微而箸，凡靁必回轉餘聲而振物者也。「虺虺」與「回回」聲同意別，回回者，象靁回轉之聲；虺虺者，振物聲也。○「懷」訓「思」，此云「傷」者，思亦傷也。「願言則懷」，言我思之則憂傷也，《序》所謂「傷己」也。

《擊鼓》五章，章四句。

《擊鼓》，怨州吁也。衛州吁用兵暴亂，使公孫文仲將而平陳與宋，國人怨其勇而無禮也。【疏】《箋》云：「將者，將兵以伐鄭也。平，成也。將伐鄭，先告陳與宋，以成其伐事。《春秋傳》曰『宋殤公之即位也，公子馮出奔鄭，鄭人欲納之。及衛州吁立，將修先君之怨於鄭，而求寵於諸侯，以和其民，使告於宋曰：「君若伐鄭以除君害，君爲主，敝邑以賦與陳、蔡從，則衛國之願也。」宋人許之。於是陳、蔡方睦於衛，故宋公、陳侯、蔡人、衛人伐鄭』是也。伐鄭，在魯隱四年。」

擊鼓其鏜，踊躍用兵。【傳】鏜然，擊鼓聲也，使衆皆踊躍用兵也。**土國城漕，**【傳】漕，衛邑也。**我獨南行。**【疏】《傳》云「鏜然，擊鼓聲」，鏜然者，言形容其擊鼓之聲，與「零雨其濛」、「兕觥其觩」句同，皆先言事而後言狀也。有先言其狀而後言其事者，《宛丘》「坎其擊鼓」、「坎其擊缶」是也。此句例也。《説文》：「鼞，鼓聲也。」引《詩》作「鼞」。「鏜，鐘鼓之聲也。」引《詩》作「鏜」。依毛訓，則《詩》之「鏜」當爲「鼞」也。《司馬法》云：

「鼓聲不過閶。」「閶」爲「鼙」之假借字。《管子·輕重甲》篇云：「湩然擊鼓，士忿怒。」「湩」與「鏜」一聲之轉。詩上句言「擊鼓」，下句言「用兵」，鼓以動衆，故云：「使衆皆踊躍用兵也。」踊躍，連緜字。《説文》云：「兵，械也。」○「漕，衛邑」，《泉水》同。衛都朝歌，漕邑乃在河東。城，築都城也。後狄滅河西之衛，而立戴公於漕，即此邑矣。今河南衛輝府滑縣，春秋時衛之漕邑。漕，古作「曹」。「思須與漕」，《水經注》作「曹」。「言至于漕」，《列女傳》作「曹」。《詩序》「野處漕邑」、「露于漕邑」，《左傳》及《管子》作「曹」。《左傳》釋文云：「曹，《詩》作『漕』。」《定之方中》傳云：「虚，曹虚。」曹以虚得名，不以水得名。我，軍士自我也。南行，南行伐鄭也。

從孫子仲，平陳與宋。【傳】孫子仲，謂公孫文仲也。平陳於宋。**不我以歸，憂心有忡。**【傳】憂心忡忡然。【疏】從，從南行也。孫子仲，衛大夫。《序》作「公孫文仲」，故《傳》以爲一人。孫，公孫；子仲，其字；文仲，其謚也。云「平陳於宋」者，「於」字釋經「與」字。平，成也。「陳與宋」，與者，及也，爲從同之詞。今用兵伐鄭，宋爲盟主，陳屬於宋，不從同也。讀「與」爲「於」，其義憭矣。《箋》云：「平陳於宋，謂使告宋曰：『君爲主，敝邑以賦與陳、蔡從。』」《正義》云：「成伐事，先告陳，使從於宋，與之俱行也。」鄭、孔皆申明毛義。○有，狀物之詞。「憂心忡忡然」，《傳》以「忡忡」釋經之「忡」，此疊字釋單字也。《草蟲》、《出車》篇云：「憂心忡忡。」

爰居爰處，爰喪其馬。【傳】有不還者，有亡其馬者。**于以求之，于林之下。**【傳】山木曰林。【疏】爰，於也。於，於是也。於是有居處而不還者，以釋「爰居爰處」句。「不還」承上章「不歸」而言也。《箋》云：「謂死也、傷也、病也。」於是有喪馬而死亡者，以釋「爰喪其馬」句，起下文求于林下而言也。《皇矣》傳亦云：「喪，亡也。」○于，於也。於，猶在也。「于林之下」，言在林之下也。篇中或言「爰」，或言「于」，「爰」、「于」竝與「於」同。凡林必兼言麓。麓，山足，故《傳》云「山木曰林」也。宣十二年《左傳》：「趙旃弃車走林。逢大夫謂其二子，使下，指木曰：『尸女於是。』授趙旃綏，以免。明日，以表尸之，皆重獲在木下。」此即《詩》言求林之義。《箋》：「軍行必依山林。」《正義》引《周禮·肆師》「祭兵於山川」，注：「軍之所依止。」又以申明《傳》言山林之義也。

死生契闊，與子成說。【傳】契闊，勤苦也。說，數也。**執子之手，與子偕老。**【傳】偕，俱也。【疏】《說文》：「契，大約也。」「契」乃「挈」之假借。《釋文》：「契，本亦作『挈』。」《大東》「契契寤歎」，或作「挈挈」；《緜》「爰契我龜」，本作「挈」。挈闊疊韻，蓋古語「勤苦」、「憂苦」也。《釋文》引《韓詩》云：「契闊，約束也。」《箋》：「從軍之士與其伍約，死也生也相與處勤苦之中。」鄭用《韓詩》義。毛義則憂用兵之苦，因追述其室家，有不忍遠離耳。《傳》云「說，數」者，《說文》：「數，計也。」〇《君子偕老》、《陟岵》傳竝訓「偕」爲「俱」。《說文》：「偕，一曰：俱也。」皆、俱，詞也。「皆」爲語詞之「俱」。偕從皆聲，義亦同。《正義》引王肅云：「言國人室家之志，欲相與從生至死，契闊勤苦而不相離。相與成男女之數，相扶持俱老。」

于嗟闊兮，不我活兮。【傳】不與我生活也。**于嗟洵兮，不我信兮。**【傳】洵，遠；信，極也。【疏】于嗟，嘆詞，悲歎之詞也。《爾雅》：「闊，遠也。」「洵」訓爲「遠」，則「闊」之爲「遠」不訓，此《傳》例也。《載芟》箋：「活，生也。」連言之曰生活。《孟子·盡心》篇云：「民非水火不生活。」是「生」、「活」連文得義。洵，讀爲敻，聲轉通也。《釋文》引《韓詩》作「敻」云：「敻，亦遠也。」高注《呂覽·盡數》篇引《詩》「于嗟敻兮」，本《韓詩》也。《管子·宙合》篇「讂充，言心也」，❶劉績《補注》云：「讂，遠也。」「讂」與「敻」通。遠者，言遠行從軍也。《正義》云：

❶「言」，原作「之」，據中國書店影印武林愛日軒本、徐子静本、《百子全書》本《管子》、《諸子集成》本《管子校正》改。

「信，古『伸』字。《易》曰：『引而信之。』『伸』即終極之義，故云：『信，極也。』」案《傳》以「極」詁「信」，而「信」、「極」連讀，猶以「生」詁「活」，而「生」、「活」連讀。不與我信極者，言不與我終古也。◯案魯隱公四年春，州吁弑桓公而自立，即於是秋九月被殺於陳，一時之頃，伐鄭者再。此詩正是國人怨其用兵暴亂，爲「未能和衆」張本。《左傳》：「衆仲曰：『州吁阻兵安忍。阻兵，無衆。安忍，無親。衆叛親離，難以濟矣。州吁弑其君而虐用其民，不務令德，而欲以亂成，必不免矣。』」蓋此爲衆仲逆料之詞，詩人口内不應豫及。《箋》以四章用《韓詩》義，契闊爲軍中約束。末章謂軍士棄約，歎其離散相遠，非毛義也。歐陽修《詩本義》引王肅云：「『爰居』而下三章，衛人從軍者與其室家訣别之辭。」

《凱風》四章，章四句。

《凱風》，美孝子也。衛之淫風流行，雖有七子之母，猶不能安其室，故美七子能盡其孝道，以慰其母心，而成其志爾。【疏】《孟子·告子》篇：「公孫丑曰：『《凱風》何以不怨？』曰：『《凱風》，親之過小者也。』」不怨，言不怨親也。

凱風自南，吹彼棘心。棘心夭夭，【傳】興也。南風謂之凱風，樂夏之長養。棘心，難長養者。夭夭，盛貌。**母氏劬勞。**【傳】劬勞，病苦也。【疏】興者，前二章以凱風之吹棘，喻母養其七子；後二章以寒泉之益於浚、黄鳥之好其音，喻七子不能事悦其母，泉、鳥之不如也。「南風謂之凱風」，《爾雅·釋天》文。《傳》又申釋「凱風」云「樂夏之長養」，所以明其興義也。南風主乎夏，萬物茂盛，《夏小正傳》所謂「生必于南風，爲離氣所生者」也。凱，當作「豈」。《傳》以「樂」字釋「豈」字。《載驅》、《蓼蕭》、《旱鹿》、《泂酌》竝以「樂易」釋「豈弟」，此作「豈」之證。豈，古文「愷」字。《爾雅》：「愷，樂也。」《說文》兩收「愷」字。《心部》：「愷，樂也。」《豈部》：「愷，康也。」康，亦樂也。○《傳》文「棘」下當有「心」字，《小箋》云：「『心』字各本奪，今補。『棘心』對下『棘薪』言，謂棘之初生萌蘖，故云『難長養者』。棘心至於夭夭然盛，則母氏之劬勞可知矣。」案段說是也。《野有死麕》傳：「樸樕，小木也。」《爾雅》：「樸樕，心。」是「心」有「小」義。《園有桃》傳：「棘，棗也。」棗叢生，故叢生之木皆得稱棘。《桃夭》傳云：「夭夭，其少壯也。」「盛」與「少壯」義相近。○《爾雅》：「劬勞，病也。」《傳》云「病苦」者，兼三章言「勞苦」作訓。《鴻雁》同。《說文》：「勞，勮也。」疑「劬」即「勮」之異體。

凱風自南，吹彼棘薪。【傳】棘薪，其成就者。**母氏聖善，**【傳】聖，叡也。**我無令人。**【疏】棘長成薪，故《傳》云：「棘薪，其成就者。」○《逸周書・謚法》篇云：「叡，聖也。」《楚語》云：「子實不叡聖。」又云：「其聖之叡廣也。」此皆聖、叡同訓之理，《傳》所本也。《箋》云：「叡作聖。」鄭用古文《尚書》以證《傳》訓，非也。《洪範五行傳》：「五事曰思心。思心之不容，是謂不聖。」《漢書・五行志》：「五曰思，思心曰容，容作聖。」董仲舒《春秋繁露・五行五事》篇及《說苑・君道》篇皆從今文《尚書》說。《毛詩傳》與伏《書大傳》合，故詁訓與今文《尚書》合，不當據古文《尚書》爲證。鄭玄注《大傳》云：「容，當爲『睿』。睿，通也。」亦古文改今文，與箋《詩》意同。

爰有寒泉，在浚之下。【傳】浚，衛邑也。在浚之下，言有益於浚。**有子七人，母氏勞苦。**【疏】酈注《水經・瓠子水》云：「濮水枝津，水上承濮渠，東逕鉏邱城南。京相璠曰：『今濮陽城西南十五里有沮邱城。六國時，沮、楚同音。』以爲楚邱，非也。又東逕浚城南，西北去濮陽三十五里，城側有寒泉岡，即《詩》所謂『爰有寒泉，在浚之下』。世謂之高平渠，非也。京相璠曰：『濮水故道在濮陽南者也。』」案《漢書・地理志》濮陽縣在東郡，今直隸大名府開州，即古濮陽地。酈善長以浚城在濮陽。浚城在沮邱東，沮邱即楚邱。而善長復以京説爲非，誤矣。辨見《定之方中》篇。攷衛未渡河，濮陽乃其下邑，故此《傳》云：「浚，衛邑也。」《干旄》「在浚之郊」，《傳》：「浚，衛邑。郊外曰野。」「在浚之都」，《傳》：「下邑曰都。」是浚邑與楚丘地相近，當有可據。寒泉在浚下，溉浸之所資。《傳》云「在浚之下，言有益於浚」者，亦以明其興義也。○勞苦，猶劬勞也。

睍睆黄鳥，載好其音。【傳】睍睆，好貌。**有子七人，莫慰母心。**【傳】慰，安也。【疏】《小箋》云：「《説文》無『睆』字，疑此本作『睍睍黄鳥』，故《韓詩》作『簡簡黄鳥』也。」案《韓詩》見《詩考》引《御覽·羽族部十》。毛蓋緣下句作訓，疑《傳》文當作「睍睍，好也」四字。好，謂聲音之好。今本「也」誤作「皃」。《禮記·檀弓》疏引亦作「睍睆，好貌」，是以「睍睍」爲形容黄鳥顔色之好矣。《葛覃》詠黄鳥「其鳴喈喈」，《傳》：「黄鳥，搏黍也。喈喈，和聲之遠聞也。」睍睍、喈喈語轉雙聲。《古樂府·長歌行》：「凱風吹長棘，夭夭枝葉傾。黄鳥鳴相追，咬咬弄好音。」「咬咬」亦雙聲。○《傳》訓「慰」爲「安」，《車舝》、《緜》同。《大戴禮·曾子立孝》篇：「子曰：『不可入也，吾任其過；可入也，吾辭其罪。』《詩》云『有子七人，莫慰母心』，子之辭也。」此據戴氏震校本，盧辯注云：「七子自責任過之辭。」

《雄雉》四章，章四句。

《雄雉》，刺衛宣公也。淫亂不恤國事，軍旅數起，大夫久役，男女怨曠，國人患之而作是詩。

【疏】《春秋》衛宣公於魯隱四年即位。明年，衛入郕，又與宋入鄭伐戴。又與陳、蔡從王伐鄭。又與齊、鄭伐魯，戰于郎。皆其軍旅事也。

雄雉于飛，泄泄其羽。【傳】興也。雄雉見雌雉，飛而鼓其翼泄泄然。**我之懷矣，自詒伊阻。**【傳】詒，遺；伊，維；阻，難也。【疏】經言雄雉，《傳》則兼及雌雉，以明興義也。隱元年《左傳》「其樂也洩洩」，杜注云：「洩洩，舒散也。」與《詩》「泄泄」同，「洩」即「泄」字。《箋》云：「興者，喻宣公整其衣服而起，奮訊其形貌，志在婦人而已，不恤國之政事。」〇《終風》傳：「懷，傷也。」「詒，遺」，《爾雅·釋言》文。《静女》、《丘中有麻》、《天保》同。「伊，維」，《何彼襛矣》、《蒹葭》同。《箋》於此篇「伊」字，及《蒹葭》、《東山》、《正月》之「伊」竝云：「伊，當作『緊』。緊，猶是也。」或三家《詩》有作「緊」也。凡《毛詩》皆作「伊」，內、外《傳》皆作「緊」。《左傳》「緊我獨無」、「惟德緊物」、「緊伯舅是賴」，《國語》「豈緊多寵」、「緊起先人」，又宣二年《左傳》云「我之懷矣，自詒伊慼」，此詩《正義》引作「自詒緊戚」。此伊、緊相通之證。「阻，難」，《釋詁》文，《谷風》同。難，軍旅之難也。

雄雉于飛，下上其音。展矣君子，實勞我心。【傳】展，誠也。【疏】《箋》云：「下上其音，興宣公小大其聲，怡悦婦人。」〇「展，誠」，《釋詁》文，《君子偕老》同。「展」與「慎」雙聲，慎謂之誠，展亦謂之誠矣。「展」與「亶」疊韻，亶謂之誠，展亦謂之誠矣。實，當作「寔」。寔，是也。此女望君子之詞。言誠以君子久役之故，我心是勞也。

瞻彼日月，悠悠我思。【傳】瞻，視也。**道之云遠，曷云能來。**【疏】「瞻，視」，《燕燕》、《節南山》同。《韓詩外傳》引此而釋之云：「急時辭也，是故稱之日月也。」《説苑·辯物》篇略同。《君子于役》篇：「不日不月，曷其有佸。」義與此同。

百爾君子，不知德行。不忮不求，何用不臧。【傳】忮，害；臧，善也。【疏】「百爾君子」，斥在位者也。〇「忮，害」，《瞻卬》同。《韓詩外傳》云：「《傳》曰：『夫利爲害本，而福爲禍先。唯不求利者爲無害，不求福者爲無禍。』又《傳》曰：『故智者不爲非其事，廉者不求非其有，是以害遠而名彰也。』」兩引《詩》「不忮不求，何用不臧」。韓亦詁「忮」爲「害」。馬融注《論語・子罕》篇云：「忮，害也。不疾害、不貪求，言有德行者如此也。」「臧，善」，《釋詁》文，《定之方中》、《野有曼草》、《還》、《頍弁》皆同。

《匏有苦葉》四章，章四句。

《匏有苦葉》，刺衛宣公也。公與夫人竝爲淫亂。【疏】夫人，謂宣姜也。此與《新臺》刺意同。

匏有苦葉，【傳】興也。匏謂之瓠。瓠葉苦，不可食也。**濟有深涉。**【傳】濟，渡也。由膝以上爲涉。**深則厲，淺則揭。**【傳】以衣涉水爲厲，謂由帶以上也。揭，褰衣也。遭時制宜，如遇水深則厲，淺則揭矣。男女之際，安可以無禮義，將無以自濟也。【疏】匏与瓠渾言不別，析言之則有異。《豳風》「斷瓠」、《小雅》「瓠葉」，瓠皆可食；《公劉》「酌之用匏」，匏不可食。《箋》云：「瓠葉苦，謂八月之時。」《正義》引《義疏》云：「匏葉少時可爲羹，又可淹煑，極美。故《詩》曰：『幡幡瓠葉，采之亨之。』今河南及揚州人恒食之，八月中，堅强不可食。故云『苦葉』。」是匏、瓠一物異名。匏，瓠之堅强者也；瓠，匏之始生者也。瓠，其大名也。《傳》以「瓠」釋「匏」，「匏有苦葉」，猶云「瓠有苦葉」耳。瓠葉未苦，可食。瓠葉至于苦，則不可食矣。「苦」與「枯」通。《魯語》「苦匏不材」，《易林・震》作「枯瓠不朽」，其證也。案此句詩意以匏葉之苦不可食，興男女必以及時，即弟三章云「士如歸妻，迨冰未泮」也。下三句以水之深淺，渡有常法，興男女之際必守禮義而行，即弟四章云「人涉卬不，卬須我友」也。首一句爲一興，以下三句又一興，如《伐木》篇首一句「伐木丁丁」爲一興，「鳥鳴嚶嚶」以下又一興，同其篇例。二章以濟盈、雉鳴，興夫人之犯禮義。三章又因雉而思鴈，四章復因濟渡而思舟子，興昏姻之成必由禮義。三章、四章與首章兩興正同意。○「濟，渡」，《爾雅・釋言》文。連言之曰濟渡，末章《傳》云「主濟渡者」是也。「由膝以上爲涉」，《釋水》文。《爾雅》釋文：「字又作『厀』。」案今作「膝」者，俗也。水在厀以下可褰裳而過，謂之揭。水至厀以上，則必濡褌而過，是謂之涉。《載馳》傳：「水行曰涉。」《管子・小問》篇：「至卑耳之谿，有贊水者曰：『從左方涉，其深及冠。從右方涉，其深至膝。』」是其義也。《傳》「以衣涉水爲厲，謂由帶以上也」，《正義》云：「今定本如此。」然則各本當作「以衣涉水爲厲，由帶以上爲厲」，與《爾雅・釋水》篇同矣。《小箋》謂「定本出於小顔，恐屬肊改」，是也。厲，當讀爲「濿」。《爾雅》釋文：「本或作『濿』。」王逸注《九歎》引《爾雅》正作「濿」，云：「濿，渡也。」渡水，則其字當作水旁「濿」。今單作「厲」者，謂「厲」即「濿」之古文假借字也。《傳》云「以衣涉水爲厲」者，此本《雅》訓弟一説也。李巡注：「不解衣而渡水曰厲。」孫炎注：「以衣涉水濡褌也。」郭璞注：「衣，謂褌也。」不解衣，則且濡褌矣，濡褌則在由厀以上矣。此「以衣涉水」即「由厀以上」，「厲」即「涉」也。深厲，即深涉也。《説文》云：「涉，徒行厲水也。」「由厀以上爲涉」，鄭注《論語》及服注《左傳》皆作「由厀以上爲厲」。此可證「厲」、「涉」同義，「以衣涉水」、「由厀以上」同義矣。《傳》云「由帶以上爲厲」者，此本《雅》訓弟二説也。「由帶以上」與「以衣涉水」絶然不同，蓋《爾雅》釋《詩》之例，每存兩説。如「翦，齊也」、「翦，勤也」，皆釋《詩》「實始翦商」之「翦」。「流，求也」、「流，擇也」，皆釋《詩》「左右流之」之「流」。毛《傳》中亦用此例。如《天保》傳：「單，信也。或曰厚也。」皆傳聞異辭，備存古訓也。故此詩「厲」字，《雅》、《傳》皆備存兩説。陸德明《釋文》云：「厲，以衣涉水也。」此言「厲」之弟一説也。又引《韓詩》云：「至心曰厲。」至心，即由帶以上，此明「厲」之弟二説也。是陸氏所言，畫然二事，則其據《傳》文尚不誤。較諸定本牽合兩説爲一説，❶其義長矣。又《説文》云：「砅，履石渡水

---

❶「牽」，原作「犖」，據中國書店影印武林愛日軒刻本、徐子靜本改。

也。」引：「《詩》曰：『深則砅。』砅，或作『濿』。」此許或存齊、魯異説也。深水無定名，故説《詩》者多不同。云「揭，褰衣也」者，褰，當作「揭」。《釋文》：「『揭，揭衣』，一本作『揭，褰衣』。」《正義》云：「『揭，褰衣』，今定本如此。」是定本同《釋文》之一本作「褰衣」，非古本也。《褰裳》箋：「揭衣渡溱水。」鄭正本此《傳》之語。《爾雅》：「揭者，揭衣也。」《玉篇·手部》：「《詩》曰：『淺則揭。』謂揭衣也。」竝作「揭衣」可證。言遇淺則揭裳而過，其水尚不至厀以下，不若遇深必以衣涉水至厀以上也。《正義》云：「《傳》不引《爾雅》『由厀以下爲揭』者，略耳。」王引之《詩述聞》謂古本《爾雅》無此句，故《傳》不引，非略。案王説是也。《爾雅·釋水》：「濟有深涉，深則厲，淺則揭。揭者，揭衣也。以衣涉水爲厲，繇厀以上爲涉，繇帶以上爲厲。」毛《傳》依經之次弟爲訓，《爾雅》則以水之由淺而深爲説。故首釋「淺則揭」句，下皆釋「深則厲」句。「以衣涉水爲厲，繇厀以上爲涉」二句互文足義。下句正以申解上句「涉」字之義，厲即涉也。言深水不言淺水，不應中閒廁「繇厀以下爲揭」六字，使上下文辭不貫，而經義亦致晦矣。《傳》以深厲淺揭喻遭時制宜，此釋經之興義也。《後漢書·張衡傳》「深厲淺揭，隨時爲義」，與《傳》訓同。言「男女之際，安可無禮義」，亦必遭時制宜而後行，此釋經之正義也。《傳》文當重「無禮義」三字，今奪。云「無禮義，將無以自濟也」者，將，猶且也。末章《傳》云：「室家之道，非得所適，貞女不行；非得禮義，昏姻不成。」是其義也。「濟」字即承上文「濟有深涉」，亦即起下文「有瀰濟盈」而言。

有瀰濟盈，有鷕雉鳴。【傳】瀰，深水也。盈，滿也。深水，人之所難也。鷕，雌雉聲也。衛夫人有淫泆之志，授人以色，假人以辭，不顧禮義之難，至使宣公有淫昏之行。**濟盈不濡軌，雉鳴求其牡。**【傳】濡，漬也。由輈以上爲軌。違禮義，不由其道，猶雉鳴而求其牡矣。飛曰雌雄，走曰牝牡。

【疏】《新臺》「河水瀰瀰」，《傳》：「瀰瀰，盛皃。」此云「深水」者，蒙深涉、深厲言也。瀰，當作「濔」。《新臺》釋文引

《説文》云：「瀰，水滿也。」「盈，滿」，《鵲巢》同。深水，人之所難，猶無禮義亦人之所難。《傳》兼正、喻而言也。下言求牡，故知鷕爲雌雉聲。《傳》云「衛夫人有淫泆之志，授人以色，假人以辭」者，以釋「有鷕雉鳴」句。《傳》又云「不顧禮義之難，至使宣公有淫昏之行」，兼以釋「有瀰濟盈」句。經言興義，《傳》則明言正義也。《新臺》傳：「水所以絜污穢，反于河上而爲淫昏之行。」「淫昏之行」，皆指宣公納伋妻事。○《傳》訓「濡」爲「漬」，不濡軌，言漬軌也。《釋詞》以「不」爲語詞，是也。「由輈以上爲軌」，《詩述聞》云：「《傳》『輈』本作『軸』。古輈、軸同聲，故『軸』誤爲『輈』。『軌』上當有『濡』字，寫者脱去耳。上章《傳》曰『由厀以上爲涉』、『厲，謂由帶以上』，凡言『由』者，皆水之所濡高下之度。此言『由軸以上』，亦謂水之所至也。軌者，軸之兩端。水由軸以上，則其深滅軌，故經曰『濡軌』，而《傳》釋之曰『由軸以上爲濡軌』。與上『由厀以上爲涉』、『厲，謂由帶以上』文義正同。知非『由輈以上』者，輈承衡者最高，承軫者最下。但曰『由輈以上』，則其爲上曲而承衡之處，與下曲而承軫之處，皆未可知，不可以定水濡之高下，故不得言『由輈以上』也。知非『由軸以上爲軌』者，由軸以上乃水濡之度，上言『水由軸以上』，則下必言『爲濡軌』，始與上文相應。若無『濡』字，則義不可通。且上《傳》『由厀以上爲涉』、『厲，謂由帶以上』，涉與厲皆濟水之名也。此云『爲濡軌』，濡軌亦謂濟水之名。若去『濡』字而但云『爲軌』，則『軌』之一字不可以爲濟水之名，與『由厀以上爲涉』、『由帶以上爲厲』之義參差不一矣。故不得言『由軸以上爲軌』也。《釋文》曰：『軌，舊龜美反。謂車轊頭也。』蓋徐邈、阮侃、王肅、江惇、干寶、李軌諸人所見本竝作『由軸以上爲濡軌』。軌爲軸之轊頭，故有『車轊頭』之訓。陸德明、孔穎達所見本『軸』字始誤作『輈』，『軌』上又脱『濡』字，於是讀者不復知《傳》文所言爲水所濡之度，而誤以爲釋『軌』之名物。又以軌非輈上之物，而疑爲軾前之軓。唐石經因之遂改『軌』爲『軓』，則既失其義，而又失其韻矣。」案王説是也。《氓》「淇水湯湯，漸車帷裳」，《箋》云：「帷裳，童容也。我乃濟深水，至漸車童容，猶冒此難而行。」凡帷裳蒙車必過於軸。漸水至於車帷裳，與濟盈濡軌其度相等。二詩取興雖殊，而其爲濟渡深水則一也。《箋》云「渡水者必濡其軌」，兩解意同。云「違禮義，不由其道」，以釋「濟盈濡軌」句。雉指夫人，牡指宣公。蓋雌雉而求雄雉，已違禮義。今飛雌求走牡，尤爲違禮義之甚者。以比宣姜本伋妻而求配宣公，尤非配偶。《新臺》篇「魚網之設，鴻則離之」，《傳》：「言所得非所求也。」魚網而得鴻離，雌飛而求走牡，其事同也。《傳》嫌牡、雄可以通稱，故又申釋之云「飛曰雌雄，❶走曰牝牡」者，雌雄從隹，爲飛鳥；牝牡從牛，爲走獸。刺夫人兼刺宣公也。上《傳》云「衛夫人有淫泆之志，至使宣公有淫昏之行」，順就經辭作訓。然《序》云「公與夫人竝爲淫亂」，仍以刺宣公淫於新昏作主。故《傳》乃合併以刺之，此即所謂雙雙俱至，似鳥獸然者與？

雝雝鳴鴈，旭日始旦。【傳】雝雝，鴈聲和也。納采用鴈。旭，日始出，謂大昕之時。**士如歸妻，迨冰未泮。**【傳】迨，及；泮，散也。【疏】《爾雅》：「廱廱，和也。」《傳》依鳴鴈言，故云「鴈聲和」。「廱」與「雝」通。《説文》：「雁，讀若『鴈』。」今經典字多作「鴈」。《鹽鐵論・結和》篇引《詩》作「雍雍鳴鳱」。鳱，干聲；鴈，厂聲，聲相近。「納采用鴈」，《儀禮・士昏禮》文。王引之《儀禮述聞》云：「《士昏禮・記》曰：『摯不用死。』鄭注曰：『摯，鴈也。』是鴈乃生者。鴻鴈野鳥，不可生服，得之則死。若以鴻鴈爲摯，則是死物也。而《記》曰『摯不用死』，則非鴻鴈可知。又《士相見禮》曰：『贄，冬用雉，夏用腒。』是四時皆有執摯之禮。鴻鴈孟春北去，仲冬始來。夏月無鴈之時，下大夫將何以爲摯乎？由是言之，所用必非鴻鴈矣。鴈蓋鵝也。鵝乃常畜之禽，故四時用之。古者謂鵝爲鴈。」案秋行嫁娶，納采在前，當無鴈之時，則鴈爲家畜之鵝。王説是也。《士昏禮》唯納徵用幣不用

---

❶「雄」，原作「雉」，據本篇傳文及中國書店影印武林愛日軒刻本、徐子静本改。下一「雄」同。

鴈，此外自納采爲始，以及問名、納吉、請期、親迎，皆用鴈。《傳》乃不言親迎而言納采者，嫌昏禮用昏不用昕。經下句「旭日始旦」，則非親迎可知。故言納采，著昏禮之始采事也。納采者，納昏禮之始有事也。《傳》「旭」字逗，「日始出」三字詁經之「旭」字。《新書・脩政語下》篇：「旭旭然如日之始出也。」義正同。《説文》云：「旭，日旦出皃。」又云：「昕，日將出也。」《士昏禮・記》：「凡行事，必用昏昕。」鄭《目録》云：「日入三商爲昏。」案三商，三刻也。昏、昕對文，日入三刻謂之昏，則先日出三刻謂之昕。大昕，過三刻矣。姚信《易・豫卦》「旴」字注云「日始出」，引《詩》「旴日始旦」。旴、旭一聲之轉。旴，大也。三家《詩》亦爲大昕之時也。○婦人謂嫁曰歸。歸妻猶取妻，謂親迎也。「迨，及」，《鴟鴞》同。及者，言男女得以及時也。泮，讀爲判。《訪落》傳：「判，分也。」散、分同義。《大戴禮・誥志》篇：「孟春，冰泮發蟄。」《月令》謂之「解凍」。冰未泮，猶在解凍前也。《荀子・大略篇》云：「霜降逆女，冰泮殺止。」言霜降始逆女，冰泮而殺止也。毛氏親業荀門，故其説嫁娶時與荀説同。詳《東門之楊》篇。案衛宣公爲子伋娶於齊，而聞其美，作新臺于河上以要之。是宣公于河上親迎夫人矣。故詩人即以昏禮發端，正告之以室家之道必當用禮義成昏姻也。此章就公説。

招招舟子，人涉卬否。【傳】招招，號召之皃。舟子，舟人，主濟渡者。卬，我也。**人涉卬否，卬須我友。**【傳】人皆涉，我友未至，我獨待之而不涉。以言室家之道，非得所適，貞女不行；非得禮義，昏姻不成。【疏】《釋文》引《韓詩》：「招招，聲也。」聲，亦謂號召之聲。《北山》傳：「號，召也。」連言之則曰號召。舟子爲舟人，猶之榜人、涉人耳。此章仍從濟渡説下，故《傳》又申之云「主濟渡者」。《箋》云：「舟人之子號召當渡者，猶媒人之會男女無夫家者，使之爲妃匹。」鄭以舟人喻媒人，是也。○「卬，我」，《釋詁》文，《白華》、《生民》同。《傳》云「人皆涉」，釋經「人涉」二字。云「我友未至，我獨待之而不涉」，釋經「卬否，卬須我友」六字。

《爾雅》：「顉，待也。」「須」與「顉」通。此釋經之喻義也。《傳》又云「以言室家之道，非得所適，貞女不行；非得禮義，昏姻不成」，此釋經之正義也。《行露》篇「雖速我獄，室家不足」，所謂「非得禮義，昏姻不成」也。「雖速我訟，亦不女從」，所謂「非得所適，貞女不行」也。彼《序》云「彊暴之男，不能侵陵貞女」，即其義也。今夫人不能守貞女之教，違禮義而成昏姻，室家之道亡矣。此章又就夫人說。

《谷風》六章，章八句。

《谷風》，刺夫婦失道也。衛人化其上，淫於新昏，而棄其舊室，夫婦離絶，國俗傷敗焉。【疏】《左傳》稱衛宣公納子伋之妻，是爲宣姜，而夷姜縊。此「淫新昏，棄舊室」也。國人化之，遂成爲風俗。

習習谷風，以陰以雨。【傳】興也。習習，和舒貌。東風謂之谷風。陰陽和而谷風至，夫婦和則室家成，室家成而繼嗣生。**黽勉同心，不宜有怒。**【傳】言黽勉者，思與君子同心也。**采葑采菲，無以下體。**【傳】葑，須也。菲，芴也。下體，根莖也。**德音莫違，及爾同死。**【疏】《群書治要》及《文選》束晳《補亡詩》注引毛《傳》「習習，和舒之皃」，有「之」字。「東風謂之谷風」，《爾雅·釋天》文。孫炎注云：「谷之言穀。穀，生也。」是谷風爲生長之風也。陰雨膏潤百物，「以陰以雨」，爲陰爲雨也。陰陽之道致和而育，以興夫婦之道積和而生。室家成，繼嗣生，皆和之驗也。黽勉，雙聲連緜字，《文選》傅亮《劉將軍表》注引《韓詩》作「密勿」。《十月之交》、《雲漢》「黽勉」，三家《詩》皆作「密勿」也。密，通作「蜜」。《爾雅》：「蠠没，勉也。」《說文》：「蠠，古『蜜』字。」黽、蜜、蠠同義，勉、勿、没同義。黽勉即勉勉，猶蜜勿即勿勿，亦蠠没即没没矣。此「黽勉」與四章「黽勉」同。婦人自言所以黽勉者，思與君子同心，以成其室家也。○《爾雅》：「須，葑從。」孫注云：「須，一名葑從。」《説文》：「葑，須從也。」據許所見《爾雅》不同。而今本毛《傳》「須」下疑脱「從」字。從，俗作「蓯」。《正義》引《義疏》云：「葑，蕪菁。幽州人或謂之芥。」葑，通作「蘴」。《方言》云：「蘴、蕘，蕪菁也。陳、楚之閒謂之蘴，魯、齊之閒謂之蕘，關之東西謂之蕪菁。」陳藏器《本草拾遺》云：「蕪菁，北人名蔓菁。」《桑中》箋及《禮記·坊記》注：「葑，蔓菁。」此《箋》又云：「蔓菁之類。」「菲，芴」，《釋草》文。《爾雅》又云：「菲，息菜。」俗作「蒠」。《義疏》云：「菲似葍，莖麤，葉厚而長，有毛。三月中，蒸鬻爲茹，滑美，可作羹。幽州人謂之芴，《爾雅》謂之息菜，今河内人謂之宿菜。」案元恪則合芴與息菜，皆菲之異名矣。《箋》及《坊記》注：「菲，葍類。」元恪言「似葍」同。云「下體，根莖也」者，根莖不可食。「無以下體」，言不用其根莖也。僖三十三年《左傳》引此詩而釋之云：「君取節焉，可也。」取節，猶節取。《繁露·竹林》篇：「取其一美，不盡其失。」亦引此詩。《坊記》注：「言人之交，當取一善。」義竝同《左傳》，毛意亦然也。葑、菲之菜，不以其下惡而棄其善，以喻夫婦之好，不以其後衰而喪其初。及，與；爾，女。「及爾同死」，猶云「與子偕老」耳。

行道遲遲，中心有違。【傳】遲遲，舒行貌。違，離也。**不遠伊邇，薄送我畿。**【傳】畿，門内也。**誰謂荼苦，其甘如薺。宴爾新昏，如兄如弟。**【傳】荼，苦菜也。宴，安也。【疏】《説文》引《詩》「遲遲」訓「徐行」。「舒」與「徐」同義。《野有死麕》、《常武》傳云：「舒，徐也。」「違」訓「離」，離，憂也。中心，心中也。心中有離憂之思，故遲遲然舒行，《氓》傳所謂「有一心乎君子」也。《釋文》引《韓詩》：「違，很也。」義異。○伊，猶是也。邇，近也。「不遠伊邇」，言不遠是近也。畿，讀爲機，假借字也。《吕覽·本生》篇：「出則以車，入則以輦，務以自佚，命之曰『招蹷之機』。」高誘注：「蹷機，門内之位也。《詩》曰：『不遠伊爾，薄送我畿。』此不過蹷機之謂。」又蔡邕《司徒夫人靈表》：「不出其機，化道宣暢。」《説苑·政理》篇：「修近理内，正橛機之禮，壹妃匹之際。」

案「橛」即「檿」，單言機，絫言檿機。作「蹷」者，字之誤也。《廣雅》：「檿機，闑柴也。」「柴」與「闑」同。《傳》云「門内也」者，閨門在大門内，堂户又在閨門内，闑爲閨門中央所豎短木，故閨闑或曰樞機。然則闑也、闑也、檿機也，一物已矣。《左傳》：「婦人送逆不出門。」《國語》：「夫人送王不出屏。」不出門屏，即是不出橛機也。今以男子送婦人而至於檿機，《箋》云：「送我裁於門内，無恩之甚。」裁，猶不過也。此鄭申毛也。《白虎通義·嫁娶》篇：「出婦之義，必送之，接以賓客之禮。君子絶，愈于小人之交。《詩》云：『薄送我畿。』」班引《詩》以證送婦之禮，用《魯詩》説。〇「荼，苦菜」，《釋草》文，《緜》傳同。是苦菜一名荼也。又謂之苦，《采苓》傳：「苦，苦菜也。」苦菜味苦，可食。或謂茅秀，若「有女如荼」是也。或謂穢草，若「以薅荼蓼」是也。凡《詩》言「荼」有此三種。《家訓·書證》篇云：「苦菜，葉似苦苣而細，摘斷有白汁，華黄似菊。」《采苓》正義引《義疏》云：「苦菜生山田及澤中，得霜甜脆而美。」《淮南子·墬形》篇「薺冬生夏死」，高注云：「薺，水也。水王而生，土王而死也。」《繁露·天地之行》篇云：「薺以冬美。冬，水氣也。薺，甘味也。乘於水氣而美者，甘勝寒也。」「誰謂荼苦，其甘如薺」，言君子於己之薄比荼之苦，不復如薺之甘耳。全《詩》「宴安」字皆假作「燕」，唯此「宴爾新昏」作「宴」；「宴饗」字亦皆假作「燕」，唯《頍弁》「君子維宴」作「宴」。《説文》：「宴，安也。」

涇以渭濁，湜湜其止。【傳】涇渭相入而清濁異。**宴爾新昏，不我屑以。**【傳】屑，絜也。**毋逝我梁，毋發我笱。我躬不閲，遑恤我後。**【傳】逝，之也。梁，魚梁。笱，所以捕魚也。閲，容也。【疏】《書·禹貢》：「雍州，涇屬渭汭。」又「道渭，東會于涇」。《詩正義》引鄭注云：「涇水、渭水發源皆幾二千里。然而涇小渭大，屬於渭而入于河。」又引：「《地理志》云：『涇水出今安定涇陽西幵頭山，東南至京兆陽陵，行千六百里入渭。』即涇水入渭也。」案陽陵，《漢志》在左馮翊。此云「京兆陽陵」者，鄭從《東漢志》也。《郡國志》陽陵，故屬馮翊。云「行千六百里」,《漢志》作「千六十里」。攷涇源出今甘肅平涼府,西北至陝西高陵縣,西南入渭,計行不及千里,則「六百」當是「六十」之誤。鄭從《漢志》而云「幾行二千里」者,兼連渭水言耳。涇入渭與渭入河,《傳》所謂「涇渭相入」也。《漢書·溝洫志》云:「涇水一石,其泥數斗。」是涇濁而渭清,《傳》所謂「清濁異」也。「湜湜,水清皃」,《釋文》引《説文》云:「湜,水清見底也。」止,今本誤作「沚」。《説文》、《玉篇》、《白帖》、《集韻》、《類篇》引《詩》皆作「止」。以,猶與也。涇與渭相入,涇自濁耳,渭則湜湜然清也。興者,以喻君子雖有新昏之惡,而已仍持正自守,不納汙垢。以渭之清形己之絜也。涇濁喻新昏,渭清喻舊室。解者皆以涇濁喻舊室,渭清喻新昏,失之。○屑,絜疊韻,《君子偕老》同。趙注《孟子·公孫丑》篇引《詩》「不我屑已」,「已」與「以」通。《列女傳·賢明》篇:「趙姬曰:『夫得寵而忘舊,舍義;好新而嫚故,無恩;與人勤於隘厄,富貴而不顧,無禮。君棄此三者,何以使人?《詩》不云乎?「采葑采菲,無以下體。德音莫違,及爾同死。」與人同寒苦,雖有小過,猶與之同死而不去。況於安新忘舊乎?又曰:「讌爾新昏,不我屑以。」蓋傷之也。』」此三家義,與《毛詩》同。○毋,依《釋文》當作「無」,《小弁》作「無」。《爾雅》:「之,逝,往也。」三義相近而微有別。逝,往也,往猶去也。逝,之也,之猶至也。《庸·柏舟》傳:「之,至也。」梁爲魚梁。《周禮》「𢿍人掌以時𢿍爲梁」,鄭司農注云:「梁,水偃也。偃水爲關空,以笱承其空。」賈《疏》云:「謂偃水兩畔,中央通水爲關孔。」《候人》傳:「梁,水中之梁。」亦謂魚梁也。《禮記·王制》、《孟子·梁惠王》篇皆曰「澤梁」,趙岐注以「澤梁」爲「魚梁」,是也。云「笱,所以捕魚也」者,賈《疏》云:「笱者,葦薄。以薄承其關孔,魚過者以薄承取之。」《説文》:「笱,曲竹捕魚笱也。」《淮南子·兵略》篇「魚笱門」,高注云:「竹笱,所以捕魚。其門可入而不得出,是其制也。」然則笱用竹,或用葦薄。又謂之「罶」,《魚麗》及《苕之華》傳皆云:「罶,曲梁也,寡婦之笱也。」寡婦之笱,即所謂「敝笱」,與凡爲笱者不同。《釋文》引《韓詩》:「發,亂也。」韓讀「發」爲「撥」。《長發》傳:「撥,治也。」撥之爲亂,猶治之爲亂。逝梁發笱,喻新昏者入我家而亂我室，我欲禁其無然，而不可得也。○鄭注《禮記·表記》篇云：「閱，猶容也。」與《傳》訓同。單言閱，絫言容閱。《浮游》傳：「堀閱，容閱也。」《孟子》作「容悦」。襄二十五年《左傳》引《詩》作「説」。杜注云：「言今我不能自容説。」「説」與「閱」通。遑，古衹作「皇」。《禮記》、《左傳》皆作「皇」。皇，暇也。「皇恤我後」，言不暇憂我後人也。

就其深矣，方之舟之。就其淺矣，泳之游之。【傳】舟，船也。**何有何亡，黽勉求之。**【傳】有，謂富也。亡，謂貧也。**凡民有喪，匍匐救之。**【疏】《漢廣》傳：「方，泭也。」方，舟之類。舟、船，古今名。《方言》：「自關而西謂之船，自關而東或謂之舟。」《説文》、《廣雅》皆云：「舟，船也。」《漢廣》傳：「潛行爲泳。」游，亦泳之類。言就深則方舟，就淺則泳游也。《箋》云：「喻君子之家事無難易，吾皆爲之。」○「亡」與「無」同，有爲富，則無爲貧矣。《箋》云：「有求多，亡求有。」歙汪龍《毛詩異義》謂《箋》正申説《傳》「貧」、「富」之義，富益求多，貧則求有也。匍匐，猶黽勉也。《禮記·檀弓》篇及《漢書·谷永傳》作「扶服」。

能不我慉，反以我爲讎。【傳】慉，養也。**既阻我德，賈用不售。**【傳】阻，難也。**昔育恐育鞫，及爾顛覆。**【傳】育，長；鞫，窮也。**既生既育，比予于毒。**【疏】「能」字各本在「不我」下，轉寫誤耳。「能不我慉」與「寧不我顧」、「既不我嘉」、「則不我遺」，能、寧、既、則，皆爲語詞之轉。《説文》引《詩》作「能不我慉」，段注云：「與『能不我知』、『能不我甲』句法同也。能，讀爲『而』。」「慉，養」，《釋文》以爲王肅義。毛《傳》作「興」，孫毓引《傳》亦作「興」。《玉篇》：「慉，興也。」案興，古「嬹」字。《廣雅》：「嬹，喜也。」《説文》：「嬹，説也。」説亦喜也。此《傳》「興」字當亦訓爲「喜」。「慉」與「好」亦同義。或曰，《説文》：「慉，起也。」《蓼莪》箋：「畜，起也。」「畜」與「慉」同，疑古毛《傳》本作「起」。起，讀「起家而居有之」之「起」。《箋》：「慉，驕也。」本三家《詩》。○「阻，難」，《雄雉》同。難，猶害也。售，俗「讎」字。上「讎」與「仇」同，此「讎」當訓爲「用」。《抑》傳云：「讎，用也。」不讎，不用也。《箋》：「如賣物之不售。」《御覽・資産部十五》引《韓詩》：「既詐我德，賈用不售。一錢之物舉賣百，何時當售乎？」《抑》箋：「物善則其售賈貴，物惡則其售賈惡。」鄭本韓義，而意實同。○《傳》意兩「育」字皆訓爲「長」。長，猶常也。「鞫，窮」，《釋言》文，《齊・南山》、《小弁》同。《説文》：「𥨍，❶窮也。」「𥷚，竆治罪人也。」今字俗作「鞫」，又作「鞠」。「昔育恐育鞫，及爾顛覆」，言昔者長恐此後日之長窮，故雖顛覆之事，願與女共之也。顛覆，謂窮也。《生民》「載生載育」，《傳》亦云：「育，長也。」此「育」字與上兩「育」字訓同義異。育，亦生也。毒，猶售也。

我有旨蓄，亦以御冬。宴爾新昏，以我御窮。【傳】旨，美；御，禦也。**有洸有潰，既詒我肄。**【傳】洸洸，武也。潰潰，怒也。肄，勞也。**不念昔者，伊余來塈。**【傳】塈，息也。【疏】旨、美疊韻。《説文》：「旨，美也。从甘，匕聲。」「蓄」無《傳》。《箋》云：「蓄聚美菜。」高注《吕覽・仲秋紀》云：「蓄菜，乾苴之屬也。」即引此詩。御、禦古今字。《秦・黄鳥》傳：「禦，當也。」○經言「洸」，《傳》云「洸洸」。經言「潰」，《傳》云「潰潰」。凡經文一字，《傳》文用疊字者，一言不足，則重言之，以盡其形容者，例準此。《釋文》引《韓詩》：「潰潰，不善之皃。」則「洸洸」亦不善也。《箋》云：「君子洸洸然，潰潰然，無温潤之色。」竝與《傳》「武」、「怒」義相近。肄，讀爲勩。《雨無正》「莫知我勩」，《傳》：「勩，勞也。」勩，本字；肄，假借字。「塈，息」，《嘉樂》同。塈，猶愒也。王引之《釋詞》云：「來，詞之『是』也。全《詩》『來』字多與『是』同義。解者皆以『來』爲『往來』之『來』，遂詰𥷚爲病矣。」案王説是也。《谷風》曰「伊余來塈」，《嘉樂》曰「民之攸塈」，來猶攸也。《采芑》曰「荆蠻來威」，《角弓》曰「兄弟孔威」，來猶孔也。《車舝》曰「德音來括」，《南山有臺》曰「德音是茂」，來猶是也。《下武》曰「四方來賀」，《常

---

❶「𥨍」，經韻樓本《説文解字注》作「窾」。

武》曰「四方既平」，來猶既也。「來」皆爲語詞。「不念昔者，伊余來塈」，言君子不思昔日之情，與我共此休息，《序》所謂「棄其舊室」也。

《式微》二章，章四句。

《式微》，黎侯寓于衛，其臣勸以歸也。【疏】黎，古作「𨞨」。《說文》：「𨞨，殷諸侯國。在上黨東北。」應劭注《漢書》、杜預注《左傳》竝云：「在上黨壺關。」今山西潞安府治，漢、晉壺關縣地。李泰《括地志》云：「在潞州黎城縣東北十八里。」案此黎侯本國也。《漢書·地理志》東郡黎，孟康以爲《詩》黎侯國，今直隸大名府開州地。魏郡黎陽，晉灼以爲黎山得名，今河南衛輝府濬縣地。濬縣之西，即開州之東。案此黎侯所寓之地也。《水經·瓠子水》注以黎縣爲黎侯寓，而《河水》注又以黎陽爲黎侯國，則誤矣。衛宣公之世，黎遭狄人迫逐，出寓於衛，衛即置諸東地爲寓公。中露、泥中，是即所寓二邑也。其後，魯宣公十五年，赤狄潞氏奪黎氏地。晉滅潞，立黎侯。《詩序》之「狄人」，即赤狄也。狄人自迫逐黎侯，遂據奪其地。晉立黎侯，或是繼絶興亡之一舉耳。其寓侯之復歸與否，不見經傳。或其臣勸歸，或別立他公爲後，無明文可攷。衛與黎脣齒相依，黎遭狄患，衛不能救。越後四十餘年，衛亦尋滅，卒罹狄禍。於此可以覘國勢。《列女傳·貞順》篇以詩爲黎莊夫人及傅母作，此三家義也。

式微式微，胡不歸？【傳】式，用也。微，無也。**微君之故，胡爲乎中露？**【傳】中露，衛邑也。

【疏】「式，用」，《爾雅·釋言》文。《說文》云：「試，用也。」試謂之用，式亦謂之用矣。《節南山》、《皇矣》傳竝訓「式」爲「用」。「微，無」，《伐木》同。《傳》釋「式」爲「用」，釋「微」爲「無」，《正義》引：「《左傳》榮成伯賦《式微》，服虔注：『君用中國之道微。』」案道微，猶云「無道」。言衛不能修方伯連率之職，救患恤同也。《箋》據《爾雅·釋訓》解「式微」，而「微君」爲「無君」，與《傳》迥别。今本《傳》、《箋》不分，强截「微無也」三字作下「微」字正解，則《傳》訓久晦矣。○微，非也。「微君之故，胡爲乎中露」，言非君之故，胡爲乎在中露也。「微君之躬，胡爲乎泥中」，言非君之躬，胡爲乎在泥中也。《邶・柏舟》傳以「非」字釋「微」字，此其義。中露，《列女傳》引作「中路」。衛邑，未聞。

式微式微，胡不歸？微君之躬，胡爲乎泥中？【傳】泥中，衛邑也。【疏】「泥中，衛邑」，亦未聞。二邑皆當在衛之東。

《旄丘》四章，章四句。

《旄丘》，責衛伯也。狄人迫逐黎侯，黎侯寓于衛。衛不能修方伯連率之職，黎之臣子以責於衛也。【疏】案「責衛伯」，「伯」疑誤衍。《序》云「責衛」，下又云「責於衛」。若《螽斯》、《采蘩》、《殷其雷》、《摽有梅》、《野有死麕》，文法與之同，則「責衛」下不當有「伯」字矣。衛康叔封於成王之世，未聞爲方伯。然非必昔任此職，而今不修，以爲刺也。《春秋》上無天子，下無方伯，凡寰内諸侯均有連屬。憂患相及，皆當修之。魯桓公五年冬，州公如曹。六年，寔來。《左傳》云：「不復其國也。」蓋其時魯不能修方伯連率之職，州公來魯，亡而不復。《春秋》書「寔來」，所以責魯也。《詩》録《旄丘》，所以責衛也。

旄丘之葛兮，何誕之節兮？【傳】興也。前高後下曰旄丘。諸侯以國相連屬，憂患相及，如葛之蔓延相連及也。誕，闊也。**叔兮伯兮，何多日也？**【傳】日月以逝而不我憂。【疏】《爾雅・釋丘》：「前高，旄丘。」前高者，後必下。故《傳》必增益其義云「前高後下」也。高下，喻尊卑也。余友棲霞郝懿行《爾雅義疏》云：「旄丘，《詩》釋文引《字林》作『堥』，云：『堥，丘也。亡周反。又音毛。又亡付反。』《爾雅》釋文引《字林》作『嵍』，又作『堥』。《玉篇》云：『嵍，丘也。或作「堥」。』《顏氏家訓·書證》篇：『柏人城東北有一孤山，世俗或呼爲宣務山。余讀碑銘，知此巏嵍山也。「嵍」字依諸字書，即「旄丘」之「旄」也。』是吕忱、顧野王、顏之推竝以『旄丘』爲『堥丘』。《文選·荅賓戲》注：『應劭引《爾雅》文作「前高，堥丘」。』又《内則》注：『牟，讀曰堥。』即此『堥』字。鄭、應同時，蓋必所見《爾雅》本『旄丘』作『堥丘』，故一讀一引，字俱作『堥』。可知今本作『旄』，假借字耳。《寰宇記》云：『旄丘，在澶州臨河縣東。』今在大名府開州也。」案旄丘之葛，蔓延連及，以興侯國連屬，憂患相及。《生民》傳「誕」訓「大」，闊、大義相近，闊者，遠也。「何誕之節兮」，言何今葛之遠闊也。衛不能修方伯連率之職，故云然。○《傳》於下章「狐裘充耳」爲大夫尊盛之服飾，則叔伯斥大夫也。此黎之臣子，控告援救，若飢若渴。訴衛大夫者，不敢直斥衛君也。多日，寓衛之日多也。云「日月以逝，而不我憂」者，此申明經義，爲相責之詞。

何其處也？必有與也。【傳】言與仁義也。何其久也？必有以也。【傳】必以有功德。【疏】「何其處也」，《韓詩外傳》作「兮」，古也、兮通。經言「與」，《傳》云「與仁義」。《荀子·議兵篇》：「陳囂問孫卿子曰：『先生議兵，常以仁義爲本。仁者愛人，義者循理。』孫卿子曰：『彼仁者愛人，愛人故惡人之害之也。義者循理，循理故惡人之亂之也。彼兵者，所以禁暴除害也。』」《繁露·仁義法》篇：「《春秋》之所治，人與我也。所以治人與我者，仁與義也。以仁安人，以義正我。故仁之爲言人也，義之爲言我也，言名以別矣。仁之於人，義之於我者，不可不察也。」○經言「以」，《傳》云「以有功德」。《周禮·大宗伯》「八命作牧」，鄭注云：「謂侯伯有功德者，加命得專征伐於諸侯。」「九命作伯」，注云：「上公有功德者，加命爲二伯，得征五侯九伯者。」

狐裘蒙戎，匪車不東。【傳】大夫狐蒼裘。蒙戎，以言亂也。不東，言不來東也。**叔兮伯兮，靡所與同。**【傳】無救患恤同也。【疏】《禮記・玉藻》：「君子狐青裘豹褎，玄綃衣以裼之。」鄭注云：「君子，大夫、士也。綃，綺屬也。染之以玄，於狐青裘相宜。狐青裘，蓋玄衣之裘。」孔《疏》云：「熊氏曰：六冕皆有裘，此云玄，謂六冕及爵弁也，則天子、諸侯皆然。君用純狐青，大夫、士襍以豹褎。」案《傳》云「大夫狐蒼裘」，即「君子狐青裘」。蒼，青也，《白虎通義・衣裳》篇「大夫狐蒼」是也。僖五年《左傳》士蔿賦曰：「狐裘尨茸，一國三公，吾誰適從？」公，事也。三公，謂有事之臣，則「狐裘」亦狐青裘也。玄綃衣，冕弁之裼衣也。玄綃衣爲狐青裘之裼，則此狐裘爲大夫冕弁之裘。凡諸侯會同，皆冕弁服也。唯大夫狐青裘，以豹皮爲褎飾。此不言豹褎者，文略耳。《正義》以爲「玄端裘」，誤矣。蒙戎，猶尨茸。杜預注云：「尨茸，亂貌。」義與《傳》同。匪，彼也。彼車不東者，言彼大夫之車不來東也。襄八年《左傳》引《詩》「如匪行邁謀」，杜注：「匪，彼也。」是「匪」爲「彼」也。《箋》云：「黎國在衛西，今所寓在東。」○靡，無也。《庸・柏舟》、《皇皇者華》、《文王》、《皇矣》、《烈祖》竝以「無」釋「靡」。同，讀如「同盟」之「同」。僖元年《左傳》：「諸侯救邢。邢人潰，出奔師。師遂逐狄人，具邢器用而遷之，師無私焉。夏，邢遷于夷儀，諸侯城之，救患也。凡侯伯，救患、分災、討罪，禮也。」案此即救患恤同之事。侯伯，即方伯也。今狄人迫逐黎侯，衛不能逐狄而復黎，故責之。

瑣兮尾兮，流離之子。【傳】瑣尾，少好之貌。流離，鳥也，少好長醜。始而愉樂，終以微弱。**叔兮伯兮，褎如充耳。**【傳】褎，盛服也。充耳，盛飾也。大夫褎然有尊盛之服，而不能稱也。【疏】《傳》以「少好」詁「瑣尾」，猶《甫田》、《候人》以「少好」詁「婉孌」。婉、孌疊韻，瑣、尾雙聲，皆合二字連文成義。《韓詩・防有鵲巢》云：「娓，美也。」則「尾」即「娓」之古文假借字。《爾雅》：「鳥少美長醜爲鶹鷅。」《釋文》：「鷅，本亦作『栗』。」郭注云：「鶹鷅，猶留離。《詩》所謂『留離之子』。」《説文》：「鶹，鳥少美長醜爲鶹離。」許宗毛。疑其所據本作「鶹離」，或古文假借作「流離」也。《傳》云「少好」，即少美。醜，惡也。鶹離少美而長惡，《詩》言「之子」，蓋言其少，故瑣尾以形容其少好，喻叔伯服飾之尊盛。至鳥長而毛羽醜惡，與叔伯服飾之不能稱，俱在詞外也。故《傳》又申明經義，總釋之云「始而愉樂，終以微弱」者，以言衛之大夫，始而樂與仁義，終以微弱，無功德於諸侯。○《傳》云「褎，盛服」，即承上章「狐裘」而言。狐裘爲大夫狐蒼裘，則褎正指豹褎。《傳》又訓「充耳，盛飾」，大夫玄冕服，以充耳爲飾。盛飾者，謂盛服之飾也。《淇奥》言充耳，皮弁服也。《箸》首章及《都人士》言充耳，爵弁服也。《箸》二、三章及此篇言充耳，裨冕服、玄冕服也。男子唯緇布冠，無笄無瑱，其餘冕、弁皆有笄。有笄則皆有瑱。瑱謂之充耳，亦謂之塞耳。懸瑱之組謂之紞。云「大夫褎然有尊盛之服，而不能稱也」者，所以申明經義。褎如，即褎然，是以「然」釋「如」也。《漢書·董仲舒傳》「今子大夫褎然爲舉首」，顔注云：「褎然，盛服貌也。」義與《傳》同。此言「大夫有此服，而不能救患恤同」，是徒有其服，而不能稱其德矣。《候人》云：「彼其之子，不稱其服。」

《簡兮》三章，章六句。

《簡兮》，刺不用賢也。衛之賢者仕於伶官，皆可以承事王者也。【疏】《釋文》作「泠官」，唐開成石經同。張參《五經文字》云：「泠，樂官。或作『伶』，譌。」

簡兮簡兮，方將萬舞。【傳】簡，大也。方，四方也。將，行也。以干羽爲萬舞，用之宗廟山川，故言於四方。**日之方中，在前上處。**【傳】教國子弟，以日中爲期。**碩人俁俁，公庭萬舞。**【傳】碩人，大德也。俁俁，容貌大也。萬舞非但在四方，親在宗廟公庭。【疏】「簡，大」，《爾雅·釋詁》文。「簡簡」與下文「俁俁」同意。《正義》謂大爲大德之人，是也。《箋》：「簡，擇也。」《爾雅》：「柬，擇也。」郭注云：「見《詩》。」此本三家說。釋「方」爲「四方」，與下文「公庭」作對文。「將」訓「行」，「行」讀如「行列」之「行」。《樂記》云：「其治民勞者，其舞行綴遠。其治民逸者，其舞行綴短。」是其義也。《詩》言「萬舞」凡三：《那》「萬舞有奕」，爲商祀成湯之樂；《閟宮》「萬舞洋洋」，爲魯祀周公用天子之樂，皆用萬舞。是「萬舞」爲天子宗廟舞名也。衛爲侯國，不得用萬舞。《簡兮》兩言之者，何也？蓋此詩刺賢者仕泠官而作，篇中言「執籥秉翟」，其職事也，《序》云「衛之賢者仕於泠官」，是也。就賢者居泠官，乃推其德可承事王朝，故於首章兩言「萬舞」，皆在於王所也，《序》云「皆可以承事王者」，是也。此經義也。《傳》因篇中言泠官承事祭祀，故以「公庭萬舞」爲用於宗廟，而以「方將萬舞」爲用於山川者，又以廣大碩人之德。末章《傳》云「乃宜在王室」，則首章「萬舞」正指在王室之事。此《傳》釋經之義，而與《序》亦無不脗合也。若謂衛用萬舞，則經、《傳》之恉昧矣。云「以干羽爲萬舞」者，《禮記·文王世子》：「春夏學干戈，秋冬學羽籥。」《樂記》：「羽籥、干戚，樂之器也。」又「干戚旄狄以舞之」。案戚猶戈，狄即翟。干舞有干與戚，羽舞有羽與旄。曰干曰羽者，舉一器以立言也。干舞，武舞；羽舞，文舞。曰「萬」者，又兼二舞以爲名也。干舞以舞《大武》，羽舞以舞《大夏》。而《郊特牲》「朱干設錫，冕而舞《大武》」爲「諸侯之僭禮」，則侯國無干舞可知。《逸周書·世俘》篇：「籥人奏《武》。王入，進萬。」孔晁注云：「《武》以干羽爲萬舞也。」孔注正本毛義。《初學記·樂部上》引《韓詩》：「萬，大舞也。」以干羽舞，故萬舞爲大舞。韓《傳》亦同毛義。又案宣八年《春秋經》：「萬入，去籥。」此萬之有籥者也。《公羊傳》：「萬者何？干舞也。籥者何？籥舞也。」《公羊》萬、籥對文，故以萬爲干舞，籥爲籥舞，其實萬則未有不籥也。孔仲達引《異義》公羊說：「樂萬舞以鴻羽，取其勁輕，一舉千里。」此乃西京嚴彭祖、顏安樂兩家舊説。以「萬」爲「羽」，與《公羊傳》以「萬」爲「干」互相發明，最爲得指。又引《韓詩》説以夷狄大鳥羽，則萬舞有羽，古無異説。萬舞兼干羽，或省言「干」，謂「干」爲萬，其説本自可通。武功者，必有武舞。非有武舞者，即去文舞也。自何邵公注《公羊》言「萬爲武王以萬人服天下民樂之之樂」，不從嚴、顏舊説，後儒遂以萬舞爲干舞之專稱，而不爲羽舞之兼號。《夏小正》某氏傳：「萬也者，干戚舞也。」鄭《箋》亦謂「萬舞，干舞也」，皆同《公羊》何説。孫毓從鄭駁毛，於古未審矣。《傳》文「用之」下誤衍「宗廟」二字。云「用之山川」，故言「於四方」，釋「方將萬舞」句。下云「萬舞非但在四方，親在宗廟公庭」，釋「公庭萬舞」句。上言「萬舞用之四方」，下言「萬舞用之公庭」，《傳》又申明經義，四方爲山川，公庭爲宗廟也。玩《傳》中「故」字、「非但」字，則知此「宗廟」爲衍文。《正義》云：「祭山川之時，乃使之於四方，行在萬舞之位。」是孔所據本不誤也。《周禮》：「樂師掌教國子六舞。有干舞，有羽舞。」而「舞師掌四舞，教兵舞，帥而舞山川之祭祀。教羽舞，帥而舞四方之祭祀」。《舞師》四舞，主爲祈禳，不與《樂師》六舞教國子者混而一也。《樂師》干、羽二舞以分教國子，《詩》言萬舞用之山川，則兼有干、羽，不得據《樂師》干、羽分教爲兩事者釋《詩》，亦不可據《舞師》山川、四方爲兩處者釋《詩》矣。天子於巡狩四岳，有祭山爲升、祭川爲沈之禮。《傳》云「山川用萬舞」者，殆謂是與？○《傳》以「日中爲期」釋經「日中」之義。王肅述毛，以爲欲其偏至，而要於經義無明證也。《大司樂》「以樂舞教國子」、《樂師》「掌國學之政，以教國子小舞」、《大胥》「掌學士之版，以待致諸子」，鄭司農注以學士謂卿、大夫、諸子學舞者，則國子當兼王大子、王子、群后之大子。《正義》謂子爲適子，弟爲庶子，引《王制》以證，是也。《傳》云「教國子弟」者，是大司樂、樂師所司，非大胥也。《樂師》不言弟者，省文也。《周禮》大司樂，中大夫爲之。樂師，下大夫爲之。《小正》：「二月，萬用入學。」此天子入學用萬舞，故《傳》引入學教舞之儀，亦以箸碩人之德也。《箋》云：「在前上處者，在前列上頭也。」《正義》云：「使此碩人居前列上頭，所以教國子、諸子學舞者，令法於己也。」○《狼跋》

傳：「碩，大也。」「碩人，大德」，謂有大德之人也。俁俁，《釋文》引《韓詩》作「扈扈」，云：「美皃。」「大」與「美」同意。經言「公庭」，《傳》云「宗廟公庭」。是以「公庭」爲「宗廟」也。親，猶近也。鄭司農云：「宗廟以羽。」奂謂大祭祀則兼以干，故《傳》謂宗廟用萬舞。山川也、教國子弟也、宗廟也，三者皆以備箸碩人之德。下章即承祭宗廟而言。

有力如虎，執轡如組。【傳】組，織組也。武力比於虎，可以御亂。御衆有文章，言能治衆，動於近，成於遠也。**左手執籥，右手秉翟。【傳】**籥，六孔。翟，翟羽也。**赫如渥赭，公言錫爵。【傳】**赫，赤貌。渥，厚漬也。祭有畀煇、胞、翟、閽寺者，惠下之道。見惠不過一散。**【疏】**「組」訓「織組」，謂如織組之有經緯也。《傳》先釋經訓，再釋經義。御，治也。武力足以治亂，故比於虎，以釋「有力如虎」句。衆，謂轡。文章，謂組。執轡如織組，喻治衆能動近而成遠，以釋「執轡如組」句。《干旄》篇「素絲紕之」，《傳》：「紕，所以織組也。總紕於此，成文於彼，願以素絲紕組之法御四馬也。」「素絲組之」，《傳》：「總以素絲而成組也。」「素絲祝之」，《傳》：「祝，織也。」兩詩《傳》義同。《吕覽·先己》篇：「《詩》曰：『執轡如組。』孔子曰：『審此言也，可以爲天下。』子貢曰：『何其躁也？』孔子曰：『非謂其躁也，謂其爲之於此，而成文於彼也。聖人組修其身，而成文於天下矣。』」《淮南子·繆稱》篇：「聖人在上，化育如神。大上曰：『我其性與？』其次曰：『微彼其如此乎？』故《詩》曰：『執轡如組。』《易》曰：『含章可貞，動於近，成文於遠。』」王肅《家語·好生》篇及王逸注《楚辭·九歎》皆有此文，竝與毛《傳》同。案此言碩人之德有武有文，亟宜授以治民之政，不當仕以泠官之職。二句爲承上起下之詞。○籥，《說文》、《玉篇》引《詩》作「龠」，今通作「籥」。鄭注《周禮》、《禮記》、趙注《孟子》、郭注《爾雅》竝云「三孔」，《說文》亦云「三孔」。《廣雅》云「七孔」。此《傳》云「六孔」。說各不同，籥有大小故也。《爾雅·釋樂》：「大籥謂之産，其中謂之仲，小者謂之箹。」《釋文》云：「籥，以竹爲之，長三尺，執之以舞。」是舞者所執之籥，或較長於凡籥矣。《釋鳥》：「翟，山雉。」《傳》云「翟羽」即「雉羽」。執籥秉翟，謂吹籥持羽以爲舞。羽、籥一事也，執以籥則謂之籥舞，以羽則謂之羽舞。凡侯國祭宗廟，用羽舞而不用干舞。○赭爲赤，故云：「赫，赤皃。」赫如，猶赤然也。厚赤曰渥赭，則訓「渥」爲「厚」，其義已足，不必於「厚」下增「漬」字矣。《正義》本《傳》作「厚漬」，非也。《釋文》及定本「厚」下無「漬」字。《文選》顔延年《赭白馬賦》、潘安仁《寡婦賦》、顔延年《觀北湖詩》、陸士衡《塘上行》注，引毛《傳》竝云：「渥，厚也。」今本有「漬」字者，後人乃依《終南》箋增改之耳。此《傳》「渥，厚也」、《終南》箋「渥，厚漬」與《燕燕》傳「塞，實也」、《定之方中》箋「塞，充實」，《杕杜》傳「杕，特皃」、《有杕之杜》箋「杕，特生」，皆是鄭《箋》增字之例。公，斥衛君也。錫，賜也。《傳》引《禮記·祭統》篇文，以證經「錫爵」之義。《祭統》：「夫祭有畀煇、胞、翟、閽者，惠下之道也。煇者，甲吏之賤者也。胞者，肉吏之賤者也。翟者，樂吏之賤者也。閽者，守門之賤者也。此四守者，吏之至賤者也。尸又至尊。以至尊既祭之末，而不忘至賤，而以其餘畀之。」《祭統》但言閽，毛《傳》則兼言閽寺，古閽、寺竝稱。《正義》引依毛《傳》，非與今本《祭統》異也。翟即狄人。《喪大記》注：「狄人，樂吏之賤者。」績溪胡匡衷《侯國官制考》云：「《周禮》無狄人，唯有籥師中士四人，其職云：『掌教國子舞羽歙籥。』《祭統》注：『翟謂教羽舞者也。』然則諸侯之狄人，豈即籥師與？」案胡説是也。《序》謂泠官即狄人，「狄」亦作「翟」，在天子爲籥師，在諸侯則爲翟人。天子籥師中士，則諸侯翟人是下士。祭祀歙籥又舞翟，即《籥師》所謂「祭祀，則鼓羽籥之舞」也。《傳》引之者，以明翟爲樂吏至賤之官，其煇、胞、閽寺連而相及耳。云「見惠不過一散」者，《箋》：「散，受五升。」《正義》云：「《禮器》：『禮有以小爲貴者，貴者獻以爵，賤者獻以散。』《祭統》：『尸飲九，以散爵獻士。』士猶以散獻爵，賤無過散，故知不過一散。散謂之爵，爵，總名也。」

山有榛，隰有苓。【傳】榛，木名。下溼曰隰。苓，大苦。**云誰之思？西方美人。彼美人兮，西**

方之人兮。【傳】乃宜在王室。【疏】《説文》：「榛，木也。」「亲，果實如小栗。」引《春秋傳》：「女摯不過亲栗。」是女摯與邊實之「榛」，其字古皆作「亲」，木名作「榛」。《説文》於「榛」下又云「一曰：菆也」，《廣雅》作「蓁」。榛木爲蓁生之木，疑「一曰」四字後人所沾也。《傳》釋此詩之「榛」爲木名者，當是叢生之榛。《尸鳩》、《青蠅》「棘榛」，《旱鹿》「榛楛」，❶皆是木。唯《定之方中》「榛」與「栗」類舉，其字當作果實之「亲」。《齊民要術》、《太平御覽》引《義疏》云：「榛有兩種，其一種子如杼子，味似栗者，字當作『亲』。其一種形如木蓼、生高丈餘者，字當作『榛』。」今榛、亲莫别矣。《釋文》：「榛，本又作『蓁』。」《齊民要術》引《詩》作「山有蓁」。蓁，假借字。「下溼曰隰」，《車鄰》、《皇皇者華》同。「苓，大苦」，《采苓》同。《爾雅》作「蘦」。郭注云：「今甘草也。蔓延生，葉似荷，青黄。莖赤，有節。節有枝相當。或云：『蘦似地黄。』」沈括《筆談》云：「此乃黄藥也。其味極苦，謂之大苦。郭云甘草，非也。甘草枝、葉全不同。」「山有榛，隰有苓」，以喻賢者之處得其宜也。○美人，碩人也。《匪風》傳云「周道在乎西」，周在衛西，故《傳》以西方爲王室也。《禮記·射義》篇：「古者天子之制，諸侯歲獻，貢士於天子，天子試之於射宫。其容體比於禮，其節比於樂，而中多者，得與於祭；其容體不比於禮，其節不比於樂，而中少者，不得與於祭。數與於祭而君有慶，數不與於祭而君有讓；數有慶而益地，數有讓而削地。」《書大傳》亦言：「古者諸侯之於天子也，三年一貢士。天子命與諸侯輔助爲政，所以通賢共治，示不獨專，重民之至。大國舉三人，次國舉二人，小國舉一人。」案大國舉三人者，即《王制》「大國三卿，皆命於天子」也。次國舉二人者，即「次國二卿，命於天子」也。小國舉一人者，即「小國一卿，命於天子」也。此皆古者貢士之制。莊元年《公羊傳》：「單伯者何？

---

❶「楛」，原作「枯」，據中國書店影印武林愛日軒刻本、徐子静本、本書卷二十三《旱麓》傳疏改。

吾大夫之命乎天子者也。」是列國大夫命於天子也。成二年《左傳》：「晉鞏朔以上軍大夫獻捷于周王，曰：『鞏伯未有職司於王室。』」是諸侯命卿職司王室也。衛在周爲大國，其三卿皆得命於天子，故《傳》云「宜在王室」，謂大德之人，宜列命卿之位焉。《序》言「可以承事王者」，亦即《大傳》所謂「天子命與諸侯輔助爲政，通賢共治」之義也。此章承上二章言樂舞、廟祭、泠翟之人皆有大德，有王者起，天子必有聘賢之典，諸侯亦修貢士之職，得與祭以爲慶，不得與祭以有讓，則衛賢者決不窮處樂吏矣。慨今不然，是以爲刺。

《泉水》四章，章六句。

《泉水》，衛女思歸也。嫁於諸侯，父母終，思歸寧而不得，故作是詩以自見也。【疏】《春秋》「歸寧」始見於莊二十七年《左傳》，而襄十二年秦嬴歸于楚，楚司馬子庚聘于秦，爲夫人寧。《傳》以此大夫寧爲禮，則必不以歸寧爲禮。《穀梁傳》：「婦人既嫁，踰竟爲非禮。」《傳》凡八見，亦力主不歸寧。蓋古者有大夫寧，無夫人歸寧。歸寧乃春秋時制。《泉水》詩作於衛宣公時，在隱、桓之閒，已非西周舊禮。父母在，則歸寧。今衛女嫁於諸侯，因父母既殁，思而不得，遂作此詩。作《序》者即因之爲言耳。鄭《箋》據時制爲舊禮，乃於《葛覃》「歸寧父母」解作《左傳》「歸寧」之義。此則據《序》「父母終，思歸寧而不得」，故云：「國君夫人，父母在則歸寧。」又篇中有「遠父母兄弟」句，故云：「殁則使大夫寧於兄弟。」而要非周初舊禮本然也。《大戴禮·本命》：「女及日乎閨門之内，不百里而奔喪。」《禮記·檀弓》亦言「婦人不越疆而弔人」。而《襍記》又云：「婦人非三年之喪不踰封。如三年之喪，則君夫人歸。」此奔喪父母而歸，又非殁不歸寧。《繁露·玉英》篇云：「婦人無出竟之事，經禮也。奔喪父母，變禮也。」

毖彼泉水，亦流于淇。【傳】興也。泉水始出，毖然流也。淇，水名也。**有懷于衛，靡日不思。孌彼諸姬，聊與之謀。**【傳】孌，好貌。諸姬，同姓之女。聊，願也。【疏】毖，讀爲泌。《衡門》傳：「泌，泉水也。」《説文》「邲」下引《詩》作「泌彼泉水」。泌，本字。今《詩》作「毖」，假借字。《釋文》引《韓詩》作「祕」，亦假借字。泉水不必定指淇水，《竹竿》傳：「泉源，小水之源。」淇水大水，則此「泉水」即泉源。酈道元以泉源爲肥泉，蓋肥泉上承諸水而流於淇者也。其説或有足據。「淇，水名」，《桑中》同。《漢書・地理志》：「河内郡共北山，淇水所出。」《説文》又引：「或曰：出隆慮西山。」《水經》：「淇水出河内隆慮縣西大號山。」《淮南子・墜形》「淇出大號」，高注云：「或曰：在臨慮西。」案隆、臨聲通，隆慮亦在河内，蓋淇有二源矣。《地理志》：「淇至黎陽入河。」黎陽屬魏郡。」今濬縣有黎陽廢縣。《北山經》及《説文》皆云「入河」，唯《水經》以爲東北入海。今淇水從河南衛輝府濬縣入衛以入海，非故淇道也。淇，衛水。泉水流淇，以興嫁女之歸衛也。衛女思歸不得，是泉水之不如。○懷，亦思也。「孌，好皃」，《候人》同。衛，姬姓。衛女嫁諸侯，有姪娣從，故以「諸姬」爲同姓之女。聊者，願之詞也。《爾雅》：「願，思也。」《方言》：「願，欲思也。」願與之謀，猶言思與之謀也。《出其東門》「聊樂我員」，「願室家得相樂也」，猶言思室家相樂也。《素冠》「聊與子同歸兮」，「願見有禮之人，與之同歸」，猶言思見有禮之人也。《傳》皆訓「聊」爲「願」，「願」與《方言》「欲思」語氣正合。此篇及《園有桃》箋「聊，且略之詞」、《素冠》箋「聊，猶且也」，此今義。

出宿于泲，飲餞于禰。【傳】泲，地名。祖而舍軷，飲酒於其側曰餞，重始有事於道也。禰，地名。**女子有行，遠父母兄弟。問我諸姑，遂及伯姊。**【傳】父之姊妹稱姑，先生曰姊。【疏】泲與濟水別。「泲，地名」，未聞。《聘禮・記》：「出祖，釋軷，祭酒脯，乃飲酒于其側。」此《傳》所本也。《生民》「取羝以軷」，

《傳》：「軷，道祭也。」軷，即《周禮》之「犯軷」。出祖必犯軷。古舍、釋通。釋，釋奠也。以始往祭道神曰祖。委土爲山，依神而祭曰軷。取土爲軷，謂之犯軷。釋奠於軷，謂之舍軷。釋奠有祭酒脯，《傳》不言者，以經中不及出祖舍軷，乃文得略耳。祭軷畢，而即於道神之側，送之者設飲酒焉，是曰餞。《聘禮》不言餞，然飲酒即飲餞。鄭注云：「卿大夫處者，於是餞之，飲酒於其側。」鄭亦本《詩》義而言也。《嵩高》「申伯信邁，王餞于郿」，《箋》：「餞，送行飲酒也。」《韓奕》「顯父餞之，清酒百壺」，《箋》：「餞送之，故有酒。」《文選》謝靈運、顔延年詩注引《薛君章句》云：「送行飲酒曰餞。」案《碩人》篇「庶士有朅」，《傳》云：「庶士，齊大夫送女者。」凡諸侯之女嫁於異國，必有送女之大夫。大夫出使，其處者設飲餞禮。及大夫歸，所嫁之女又有寧父母兄弟姑姊之禮。此衛女思歸，而追念及來嫁時耳。《傳》云「重始有事於道也」者，《昏義》：「昏禮者，將合二姓之好，上以事宗廟，而下以繼後世也，是以君子重之。」此「重」之義也。侯伯之國，近郊十五里，遠郊三十里。出宿在近郊，飲餞則在遠郊。説見《韓奕》篇。「禰，地名」，亦未聞。二地皆當在衛之河西，《釋文》引《韓詩》「禰」作「坭」。《士虞禮》注引《詩》「飲餞于禰」，劉昌宗本作「泥」。余友桐城徐璈《詩經廣詁》云：「《爾雅》『水潦所止，泥丘』，《釋文》『泥』亦作『坭』。此所引即《韓詩》『泥』，蓋衛之泥中邑也。」段氏《詩經小學》亦有是説。〇「父之姊妹稱姑」，《爾雅·釋親》文也。《釋親》：「父之姊妹爲姑。王父之姊妹爲王姑。曾祖王父之姊妹爲曾祖王姑。高祖王父之姊妹爲高祖王姑。父之從父姊妹爲從祖姑。父之從祖姊妹爲族祖姑。」案王父以上之姊妹，由父之姊妹而推之，皆得稱姑。此衛女念親親之詞，故知諸姑爲父之姊妹，不及王父以上之姊妹也。古人稱父之姊有爲姑姊者，稱父之妹有爲姑妹者，襄二十一年《左傳》云：「季武子以公姑姊妻之。」是父之姊爲姑姊也。《左傳》釋文引《列女傳》云：「梁有節姑妹。」是父之妹爲姑妹也。「先生曰姊」，亦《釋親》文也。《列女傳·貞順》篇云：「禮，婦人既嫁，歸問女昆弟，不問男昆弟，所以遠別也。」

出宿于干，飲餞于言。【傳】干、言，所適國郊也。**載脂載舝，還車言邁。**【傳】脂舝其車，以還我行也。**遄臻于衛，不瑕有害。**【傳】遄，疾；臻，至；瑕，遠也。【疏】《傳》云「干、言，所適國郊也」者，郊有近遠，故兼釋二地，謂爲衛女所適國之郊，而非衛郊也。其地名俱未聞。上章泲、禰爲始嫁所逕之地，就己國言之。此章干、言爲送女者歸國所逕之地，就所適之國言之。上章言始嫁，故云：「女子有行，遠父母兄弟。」此章即承上章末二句問寧之後而言，蓋大夫反馬，還車臻衛，則所嫁之國，亦必有出宿飲餞之事也。迺解之者誤以干、言爲衛郊，豈既宿餞於泲、禰，而又宿餞於干、言乎？《漢書·地理志》：「東郡發干。」《郡國志》云：「東郡衛國有干城。」又《御覽·地部十》引李公緒《記》曰：「柏人縣有干山、言山。」即引《衛詩》，一在衛東，一爲衛北，要皆後人坿會，不足證信。○《説文》：「鐧，車軸鐵也。」「釭，車轂中鐵也。」「舝，車軸耑鍵也。兩穿相背。」「鍵，一曰車轄。」「轄，一曰鍵也。」「軹，車轂小穿也。」「軎，車軸耑也。或作『轊』。」漢人軹、轊通用，軹爲轂末，轊爲軸末。軸、轂皆有鐵以錔之。盛膏於釭中，則鐵與鐵相摩，使之滑利，是曰脂。又於軸末以木鍵之，是曰舝。《車舝》傳：「閒關，設舝也。」《文選》潘尼《四言詩》「星陳夙駕，載脂載轄」，李注云：「《毛詩》。」案「轄」與「舝」同。《傳》釋「言」爲「我」，《葛覃》、《彤弓》、《文王》同。釋「邁」爲「行」，《爾雅·釋言》文，《黍離》、《悉蟀》、《東門之枌》、《時邁》同。「遄，疾」，《釋詁》文，《巧言》、《烝民》同。「臻，至」，亦《釋詁》文，《雲漢》同。瑕，讀爲遐，此假借字也。《二子乘舟》「不瑕有害」，《傳》：「言二子之不遠害。」亦假「瑕」爲「遐」，訓同而義異。凡婦人始適異國，尚未成婦，送嫁之者留車。至三月廟見成婦，則有寧問之禮，又有反馬之禮。此衛女追念大夫還反故國時欲與同歸，亦不遠害於禮也。亦是設想之詞。

我思肥泉，茲之永歎。【傳】所出同、所歸異，爲肥泉。**思須與漕，我心悠悠。**【傳】須、漕，衛邑也。**駕言出遊，以寫我憂。**【傳】寫，除也。【疏】南海曾釗《詩毛鄭異同辨》云：「《釋水》『歸異、出同流，肥』，《水經注・淇水》篇引《爾雅》『歸異出同曰肥』，無『流』字。《河水》篇又引呂忱云：『《爾雅》：「異出同流爲瀵水。」』疑《爾雅》本文當云『歸異出同，肥』、『異出同流，瀵』，後人轉寫錯誤，遂溷沾『流』字，入『歸異出同』下，而脱『異出同流瀵』句耳。但犍爲舍人注已云『水異出、流行合同曰肥』，則其誤在漢以前矣。惟劉熙《釋名》云：『所出同，所歸異，曰肥泉。』郭注《爾雅》引《毛詩傳》不爲『流』字作解，蓋郭本實無『流』字。」案曾説是也。《水經・淇水》篇引毛《傳》「同出異歸爲肥泉」，與今本文異而義同。又云：「朝歌東南有馬溝，水出朝歌城北，東流與美溝合。水出朝歌西北大嶺下，東南流與馬溝水合。又東南注淇水，爲肥泉。《詩》所謂『我思肥泉』也。」然則肥泉爲朝歌城北之水。會合諸水即爲同出，至入東南枝散而分派矣。肥泉同出，喻衛女未嫁。異歸，喻適異國。《爾雅》、毛《傳》釋《詩》如是。「兹之永歎」，與「兄也永歎」同義。《常棣》傳：「兄，兹也。」兹即滋也。彼言良朋之道不能救難，此言衛女之思不得歸寧，徒滋長歎，語意正同。◯《水經・濟水》注：「濮渠東逕須城北，《衛詩》云『思須與曹』也。」須城，今在滑縣東南。曹、漕，古今字。漕邑已見《擊鼓》篇，在須之東。「我心悠悠」，猶云「悠悠我思」也。遊，當作「游」。言，我也。駕我，我駕也。出游，猶敖游也。《蓼蕭》傳：「寫，輸寫其心也。」「寫，除」與「輸寫」同。《爾雅》：「寫，憂也。」「寫」本不訓「憂」，而依「憂」言，故謂「寫」爲「憂」。《爾雅》釋經義，毛《傳》則兼釋字義。《裳裳者華》、《車舝》箋「寫」爲「憂除」，合《爾雅》、毛《傳》作訓。

《北門》三章，章七句。

《北門》，刺仕不得志也。言衛之忠臣不得其志爾。

出自北門，憂心殷殷。【傳】興也。北門，背明鄉陰。**終窶且貧，莫知我艱。**【傳】窶者，無禮也。貧者，困於財。**已焉哉，天實爲之，謂之何哉！**【疏】興者，北門喻闇君，出北門喻仕闇君。北門，衛城北門也。云「背明鄉陰」者，人君南面而立，鄉明而治。今衛不然，所以斥時君行闇冥也。《箋》云：「喻己仕於闇君，猶行而出北門，心爲之憂殷殷然。」《正月》、《桑柔》皆云：「憂心慇慇。」《爾雅》：「慇慇，憂也。」本又作「殷殷」。王逸注《九歎》云：「隱隱，憂也。《詩》云：『憂心殷殷。』亦作『隱隱』。」〇終，猶既也。「終窶且貧」，既窶且貧也。《爾雅》：「窶，貧也。」是窶亦貧也。《傳》釋「窶」爲「無禮」者，言無以爲禮也。無禮由於困財，故《傳》又釋「貧」爲「困於財」。語雖分釋，而義自互明也。《荀子・大略篇》云：「然故民不困財貧窶者，有所竄其手。」「困財」義本《荀子》。《説文》云：「窶，無禮居也。」《倉頡篇》云：「無財曰貧，無財備禮曰窶。」窶從宀，俗從穴。艱，難也。莫知我窶貧之難，言不得其志也。〇已焉，猶云既然。詁訓然、焉通用，既、已通用。既然，既如是。此承上轉下之詞。解者皆誤讀「已」爲「已止」之「已」。《韓詩外傳》兩引《詩》作「亦已焉哉」，與《氓》篇句同。「謂之何哉」，與「云如之何」同。謂之何，即「如之何」也。哉、云，皆語詞。

王事適我，政事一埤益我。【傳】適，之；埤，厚也。**我入自外，室人交徧讁我。**【傳】讁，責也。**已焉哉，天實爲之，謂之何哉！**【疏】「適，之」，《緇衣》、《四月》傳同而意別。《緇衣》、《四月》訓「適」爲「之」，之猶往也。此「適」爲「之」，之猶至也。《庸・柏舟》傳：「之，至也。」高誘注《呂覽・知節》篇云：「一，猶乃也。」「埤，厚」，《釋詁》文。《説文》：「埤，增也。」「厚」與「增」義相近。〇讁，俗「謫」字。《説文》、《玉篇》皆有「謫」無「讁」。《廣韻・二十一麥》云：「謫，責也。讁，上同。」至唐韻始見「讁」字，疑《毛詩》祇作「適」，爲「謫」之假借。《殷武》「勿予禍適」，《傳》：「適，過也。」「適」亦「謫」之假借。後人以此詩「適」字兩見異訓，遂加「言」旁作「讁」耳。

《孟子·離婁》注引《詩》作「適」可證。

王事敦我，政事一埤遺我。【傳】敦，厚；遺，加也。**我入自外，室人交徧摧我。**【傳】摧，沮也。**已焉哉，天實爲之，謂之何哉！**【疏】《爾雅》：「惇，厚也。」古敦、惇通用。厚，猶加也。《箋》云：「敦，猶投擿也。」《韓詩》云：「敦，迫也。」義竝相近。埤遺，猶埤益也。上章訓「埤」爲「厚」，不爲「益」作訓。此訓「遺」爲「加」，不爲「埤」作訓。《傳》訓可互見也。《爾雅》：「加，重也。」○《釋文》：「摧，或作『催』。」《説文》：「催，相擣也。」引《詩》正作「催」，是許所據《詩》作「催」也。段注云：「相擣，猶相迫也。」《傳》取「沮壞」之義，與「摧」訓「擠」、訓「折」義同。又《釋文》引《韓詩》作「䜅」，云：「䜅，就也。」《廣雅》：「䜅，就也。」本《韓詩》。就，亦相迫之義。《潛夫論·交際》篇云：「處卑下之位，懷《北門》之殷憂。内見謫於妻子，外蒙譏於士夫。」此與《箋》以「摧」爲「刺譏之言」者合。説雖異，而意則同。

《北風》三章，章六句。

《北風》，刺虐也。衛國竝爲威虐，百姓不親，莫不相攜持而去焉。

北風其涼，雨雪其雱。【傳】興也。北風，寒涼之風。雱，盛貌。**惠而好我，攜手同行。**【傳】惠，愛；行，道也。**其虛其邪，既亟只且。**【傳】虛，虛也。亟，急也。【疏】興者，前二章以風雪喻政之威虐，末章赤狐黑烏喻衛國君臣竝爲無道也。《爾雅》：「北風謂之涼風。」《説文》作「飆」。《傳》但就詩本句爲釋，故云「北風，寒涼之風」，不用《爾雅》作訓。與《豈風》、《谷風》異也。《説文》：「旁，溥也。籒文作『雱』。」「盛」與「溥」義相近。《御覽·天十二》、《時序十九》引《詩》作「滂」，「滂」與「雱」通。《穆天子傳》：「庚寅，北風雨雪。天子以寒之故，命王屬休。」郭璞注引作「霶」，霶，俗字。○「惠，愛」，《爾雅·釋詁》文。《褰裳》「子惠思我」，《傳》亦云：「惠，愛也。」《傳》以「同行」爲「同道」。《箋》云：「性仁愛而又好我者，與我相攜持同道而去，疾時政也。」「虚，虚也」，《釋文》：「一本作『虚，徐也』。」《正義》：「本亦作『虚，徐』。」案「一本」非也。《傳》以「虚」釋「虚」，謂此「丘虚」字讀作「謙虚」字。「虚」、「邪」二字連文成義，虚邪，猶委蛇也。《莊子·應帝王》篇：「吾與之虚而委蛇。」《羔羊》箋：「委蛇，委曲自得之皃。」《韓詩》作「逶迤」，《説文》：「逶迤，衺去皃。」《廣雅·釋訓》：「委蛇，逶衺也。」《衆經音義》引《廣雅》作「委佗，窊邪也」。邪，即古「衺」字。「窊邪」與「虚邪」聲義又相近。《管子·弟子職》篇：「志毋虚邪，行必正直。」楊雄《大玄·戾》：「初一，虚既邪，心有傾。」《測》曰：「虚邪心傾，懷不正也。」《羨》：「次六，大虚既邪，或直之，或翼之，得矢夫。」《測》曰：「虚邪矢夫，得賢臣也。」然則衺曲謂之虚邪，委曲亦謂之虚邪。《詩》言「虚邪」者，是委隨順從之義也。《爾雅》作「虚徐」，《釋訓》：「其虚其徐，威儀容止也。」孫炎注：「虚徐，威儀謙退也。」班固《幽通賦》：「承靈訓其虚徐兮，竚盤桓而且俟。」曹大家注引《詩》「其虚其徐」。班從《魯詩》。《毛詩》「虚邪」，或《魯詩》作「虚徐」，皆以二字連讀。《箋》云：「邪，讀如徐。言今在位之人，其故威儀虚徐寬仁者，今皆以爲急刻之行矣。」《傳》爲「虚」字作訓，不爲「邪」字作訓。《箋》乃申補《傳》訓，依三家《詩》易「邪」爲「徐」。虚邪、虚徐，一語之轉，毛、鄭義無不合。《爾雅》：「悈，急也。」《釋文》：「悈，本或作『㥛』，又作『亟』。」《傳》云「亟，急」者，《箋》所謂「急刻之行」也。

北風其喈，雨雪其霏。【傳】喈，疾貌。霏，甚貌。**惠而好我，攜手同歸。**【傳】歸有德也。**其虚其邪，既亟只且。**【疏】「喈」訓「疾」，義未詳。《玉篇》：「䬐，疾風也。」或本三家《詩》。「霏，甚皃」，「甚」與「盛」同。《小箋》云：「霏，《説文》無此字。古當作『非』，非猶飛也。」○云「歸有德也」者，以釋經之「歸」字。《碩鼠》

云：「逝將去女，適彼樂國。樂國樂國，爰得我直。」亦此意也。

莫赤匪狐，莫黑匪烏。【傳】狐赤烏黑，莫能別也。**惠而好我，攜手同車。**【傳】攜手就車。**其虛其邪，既亟只且。**【疏】莫，無也。匪，非也。「莫赤匪狐，莫黑匪烏」，無有赤者非狐乎？無有黑者非烏乎？狐赤，烏黑，人所易曉，今莫能別，言衛之君臣昏惡之甚也。《傳》中「莫」字非經義。《正義》云：「人莫能分別赤以爲非狐者，人莫能分別黑以爲非烏者。」恐非詩恉矣。〇《傳》云「攜手就車」者，以釋經「同車」之義，言將就車而同去也。

《静女》三章，章四句。

《静女》，刺時也。衛君無道，夫人無德。

静女其姝，俟我於城隅。【傳】静，貞静也。女德貞静而有法度，乃可説也。姝，美色也。俟，待也。城隅，以言高而不可踰。**愛而不見，搔首踟躕。**【傳】言志往而行正。【疏】《邶·柏舟》、《女曰雞鳴》傳訓「静」爲「安」。此云「貞静」，亦「安」義也。《文選》張衡《思玄賦》、宋玉《神女賦》注引《韓詩》：「静，貞也。」韓與毛同。又申説「貞静」云「女德貞静而有法度，乃可説也」者，法度指彤管，此總釋全章之義。《方言》：「趙、魏、燕、代之閒謂好曰姝。」《説文》：「姝，好也。」又「㚾，好也」。引《詩》作「㚾」。又《衣部》：「袾，好佳也。」引《詩》作「袾」。姝、㚾、袾同。《傳》云「美色」，義亦同。〇《爾雅》：「竢，待也。」字又作「俟」。莊八年《穀梁傳》：「俟，待也。」《相鼠》、《箸》傳竝同。於，疑當作「乎」。《文選》向秀《思舊賦》注引《毛詩》作「俟我乎城隅」。《考工記·匠人》：「宮隅之制，七雉。城隅之制，九雉。」賈《疏》引《異義》：「古《周禮》説，天子城高七雉，隅高九雉。公之城高五雉，隅高七雉。侯伯之城高三雉，隅高五雉。」然則雉高一丈，城隅加高於城二丈矣。鄭注云：「宮隅、城隅，謂角浮思也。」又《考工記》「宮隅之制，以爲諸侯之城制」，鄭注云：「諸侯，畿以外也。其城隅制高七丈，宮隅門阿皆五丈。《禮器》曰：『天子、諸侯臺門。』」案鄭引《禮器》臺門以證宮隅、城隅之制，其説必有所據。但臺門，天子、諸侯制異。天子四面城，其臺當在中央。諸侯城缺南方，東、西有門，門上有臺，謂之臺門，亦謂之城臺。《鄭風·出其東門》傳：「闉，城曲也。闍，城臺也。」城隅即城曲。漢人謂之「角浮思」，角亦隅也，字亦作「罘」。《周禮疏》據漢時罘思灾，以城隅爲小樓者，亦城臺之遺意也。諸侯城高五丈，城隅高七丈，其宮隅之高與城高同。是城隅爲最高之處。《傳》云「以言高而不可踰」者，蓋借城隅喻静女之守禮法。《箋》言「待禮而動，自防如城隅」，此申成《傳》也。俟乎城隅，言親迎者俟女於城門之外。《丰》「子之丰兮，俟我乎巷兮」，《傳》：「巷，門外。」即其義也。言俟之者，兼以反刺人君也。《韓詩外傳》云：「故不肖者精化始具，而生氣感動，觸情縱欲，反施亂化。是以年壽亟夭，而性不長也。《詩》曰：『乃如之人兮，懷婚姻也，大無信也，不知命也。』賢者不然，精氣闐溢而後傷，時不可過也。不見道端，乃陳情欲，以歌道義。《詩》曰：『静女其姝，俟我乎城隅。愛而不見，搔首踟躕。』」《韓詩》引此詩爲歌道義。道義者，《韓奕》傳所謂「曲顧道義」也。毛、韓説解不同，而義得互明。《説苑·辯物》篇同《韓詩》説。○《説文》：「僾，仿佛也。」引《詩》作「僾」。《方言》：「掩、翳，薆也。」郭注引《詩》作「薆」。《説文·竹部》：「䈕，蔽不見也。」「薆」與「䈕」同。今《詩》作「愛」者，古文假借字。《烝民》傳云：「愛，隱也。」案此承上文城隅立言。「愛而」者，隱蔽不見之謂。襄二十三年《左傳》：「宣子出斐豹而閉之。督戎從之。踰隱而待之，督戎踰入，豹自後擊而殺之。」蓋斐豹既出，閉在門外，見督戎來，而先踰避不見，處以待之。督戎踰入，乃從後擊殺之也。《詩》言「愛而」，《左傳》言「隱而」，蓋古有此語也。《傳》文「行正」之「正」當依岳本作「止」。「志往行止」，釋「搔首踟躕」句，亦是狀親迎之女，其德貞静，而與《韓詩》道義之説又合也。《文選·琴賦》注引《韓詩章句》云：「躊躇，猶躑躅也。」《洞簫賦》、《思玄賦》、《思舊賦》、何劭《贈張華詩》、左思《招隱詩》注引作「躊躇」，皆本《韓詩》。今《外傳》作「踟躕」，乃後人用毛改韓耳。《易林・師》：「季姬踟躕，結衿待時。終日至暮，百兩不來。」又《同人》、《謙》、《涣》：「季姬踟躕，望孟城隅。終日至暮，不見齊侯。」此或本齊、魯《詩》。

静女其孌，貽我彤管。【傳】既有静德，又有美色，又能遺我以古人之法，可以配人君也。古者后夫人必有女史彤管之法，女史不記過，其罪殺之。后妃群妾以禮御於君所，女史書其日月，授之以環以進退之。生子月辰，則以金環退之。當御者以銀環進之，箸于左手。既御，箸于右手。事無大小，記以成法。**彤管有煒，説懌女美。**【傳】煒，赤貌。彤管以赤心正人也。【疏】《傳》釋「静」爲「静德」，「孌」爲「美色」。是「孌」與「姝」同義也。《車舝》傳云：「孌，美皃。」《釋文》：「貽，本又作『詒』。」案「詒」是也。《傳》以「遺」釋「詒」，與《雄雉》、《天保》同。《丘中有麻》傳亦以「詒」爲「遺」。《箋》云：「彤管，筆赤管也。」彤管者，女史所執之管。是即古人之法也。管雖女史所執，然必后夫人有貞静之德，乃能授以女史之法，故《傳》以爲静德之女能遺我以古人之法，然後可以配人君也。「古者后夫人必有女史彤管之法」，《傳》引成文，今無可攷。《正義》云：「《周禮》『女史八人』，注：『女史，女奴曉書者。』其職云：『掌王后之禮職，掌内治之貳，以詔后治内政。逆内宫，書内令。凡后之事，以禮從。』夫人女史亦如之。女史若有不記妃妾之過，其罪則殺之，謂殺此女史。」案《傳》文「史不記過」，「史」上奪「女」字，今據《正義》訂正。《御覽・皇親部一》引劉向《五經要義》云：「古者后夫人必有女史彤管之法，后妃群妾以禮御于君所，女史書其日，授其環，以示進退之法。生子月娠，則以金環退之。當御者以銀環進之，箸于左手。既御，箸于右手。」左手，陽也，以當就男，故箸左手。右手，陰也，既御而復。故此亦西京舊説，與毛《傳》互有詳略。○彤，赤色，故《傳》云：「煒，赤皃。」《説文》：「煒，盛明皃。」盛明者，言赤色之盛明也。《傳》又申明取赤之義，云「以赤心正人也」者，謂女史以赤心而正妃妾之次序也。陳啓源《稽古編》云：「牛亨問：『彤管何也？』董仲舒荅曰：『彤者，赤漆耳。史官載事，故以彤管赤心記事也。』張華《博物記》、崔豹《古今注》皆載其語。仲舒去古未遠，所聞必有據。又武帝時《毛詩》未行，而仲舒之論彤管與《詁訓傳》相合。」《箋》云：「説懌，當作『説釋』。」《説文》：「説，説釋也。」《頍弁》「庶幾説懌」，依鄭、許，「懌」亦當作「釋」，今《詩》作「説懌」，《爾雅》作「悦懌」，并「説」字誤從心旁矣。

自牧歸荑，洵美且異。【傳】牧，田官也。荑，茅之始生也。本之於荑，取其有始有終。**匪女之爲美，美人之貽。**【傳】非爲其徒説美色而已，美其人能遺我法則。【疏】田官爲牧，未聞。此必「田」誤作「官」，轉寫併入耳。《傳》文當作「牧，牧田也」四字。《箋》：「自牧田歸荑。」鄭所據作「牧田」。《正義》不爲「田官」作解，孔本亦不誤。《周禮》：「牧田，任遠郊之地。」隱五年《左傳》：「鄭人侵衛牧。」衛牧，猶言晉郊耳。《管子·度地》篇：「草木荑，生可食。」是「荑」本爲草木初生之稱，因之則爲茅之始生矣。《碩人》「手如柔荑」，《傳》云：「如荑之新生。」案彼詩之「荑」亦茅也。茅，雚之類。初生色白，而蘆葦初生色赤，故彼以茅之柔白狀碩人之手，而此亦以茅之絜白喻静女之德。茅生後於蘆葦，正月之末，其始萌芽。藉茅可以供祭祀，故《傳》又申之云「本之於荑，取其有始有終」也。經中「歸」字當讀如「言告言歸」之「歸」。○異，無《傳》。異者，「瘱」之假借字。李善注《神女賦》引《韓詩》云：「瘱，悦也。」當是此詩章句。異、瘱一聲之轉。《韓詩》：「瘱，悦也。」承上文「説釋女美」而言。又《説文》：「瘱，静也。」承上文「静女其姝」、「静女其孌」而言，皆是釋此詩之詞。「瘱」作「嫕」者，誤。《箋》云：「其信美而異者，可以供祭祀，猶貞女在窈窕之處。」鄭言「窈窕」，亦貞静之謂。此本三家《詩》以申《毛詩》。或《毛詩》本作「洵美且瘱」，瘱，静也。爲許、鄭所本。女，如字。貽，當作「詒」。匪、非同聲。非，本字；

匪，假借字。《定之方中》、《匪風》竝以「匪」釋「非」，與此《傳》同也。《傳》云「説美色」者，即承「説釋女美」而言。云「遺我以法則」者，詒，遺也；法則，古女史彤管之法也。此與「詒我彤管」句相應。言非徒説美色，而説美德也。定九年《左傳》：「《静女》之三章，取彤管焉。」杜注云：「言《静女》三章之詩，雖説美女，義取彤管。」故毛公作《傳》，於三章皆取彤管爲説，實本《左氏》也。

《新臺》三章，章四句。

《新臺》，刺衛宣公也。納伋之妻，作新臺于河上而要之，國人惡之，而作是詩也。【疏】新臺，當在鄴東大河之旁，齊、衛之所經也。酈注《水經·河水》篇：「河水逕濮陽縣北，爲濮陽津。又東逕鄄城縣北，北岸有新臺，鴻基層廣高數丈，衛宣公所築新臺矣，《詩》齊姜所賦也。爲盧關津。臺東有小城，崎嶇積側，臺址枕河。」案酈安道注《水經》往往廣採襍説，以示炫博。然古今河道不同，衛宣公所作新臺河上，決非魏晉鄄城縣北臨河之新臺。攷《史記·衛世家》：「成王封康叔爲衛君，居河、淇閒故商虚。」《孟子·告子》篇：「昔王豹處於淇，而河西善謳。」趙注云：「衛地濱於淇水，在北流河之西。」是衛故在淇東、河西也。《漢書·地理志》：「魏郡淇水至黎陽入河，鄴故大河在東北入海。」《水經注》：「河水東逕遮害亭南，又有宿胥口，舊河水北入處也。」然則禹大河故瀆當在今濬、滑二縣之西矣。《漢書·溝洫志》王横言：「《周譜》云：『定王五年，河徙。』」定王五年，當魯宣公之七年也。衛宣公時，禹故河道未改。河在鄴東，不逕濮陽。《碩人》詩：「河水洋洋，北流活活。」此言送女之大夫反馬歸齊。齊在衛北，衛適齊必遡河上流五百餘里。從聊城陸路至齊臨淄，若河水已徙，則當云「東流」，不云「北流」矣。又《定之方中》序：「衛爲狄所滅，東徙渡河，野處漕邑。」漕邑，今之滑縣，漢之白馬縣。文公渡河而東，河在楚丘之西。若河水已徙，則從楚丘之北直東鄄城之北，二百餘里，皆有大河之所經，亦不得謂東徙渡河矣。以《詩》證《詩》，知新臺斷不在鄄城北也。

新臺有泚，河水瀰瀰。【傳】泚，鮮明貌。瀰瀰，盛貌。水，所以潔汙穢，反于河上而爲淫昏之行。**燕婉之求，籧篨不鮮。**【傳】燕，安；婉，順也。籧篨，不能俯者。【疏】《説文》：「玼，新色鮮也。」引《詩》「新臺有玼」。今《詩》作「泚」。《釋文》引《韓詩》作「漼」，云：「鮮皃。」瀰瀰，《釋文》引《説文》：「水滿也。」攷《説文》作「濔，滿也。从水，爾聲」。是陸所據《詩》本作「濔」。《玉篇》：「濔，水流皃。」《文選》沈約《安陸昭王碑文》注引《毛詩》作「河水濔濔」。今字通作「瀰」。《釋文》引《韓詩》作「浘浘」，云：「盛皃。」《詩小學》云：「《韓詩》『新臺有漼，河水浘浘』，蓋一章『新臺有泚，河水瀰瀰』之異文。『漼』、『浘』字與『泚』、『瀰』同部，與『洒』、『浼』不同部。而陸德明誤屬之二章也。」又盧召弓曰：「《漢·地理志》引《邶詩》『河水洋洋』，師古以今《邶詩》無此句爲疑。攷《玉篇》曰：『泮，亦「瀰」字。』然則『洋洋』必『泮泮』之誤。《集韻》亦曰：『瀰，或作泮。』」案泮泮，亦即「瀰瀰」之異文，當出齊、魯《詩》。《管子·水地》篇：「水淖弱以清，而好洒人之惡，仁也。」《荀子·宥坐篇》：「水以出以入，以就鮮潔，似善化。」竝與《傳》云「水，所以潔汙穢」合。潔，當作「絜」。水絜汙穢，衛宣公反於河上作新臺，要納伋妻，是爲淫昏之行。○《谷風》傳：「宴，安也。」宴，本字；燕，假借字。「燕，安；婉，順」，言人有安順之德者。《箋》以燕婉之人謂伋，此毛義也。《文選·西京賦》注引《韓詩》「嬿婉之求」，云：「嬿婉，好皃。」燕、嬿，古今字。《説文》：「暥，目相戲也。」引《詩》「暥婉之求」，當出齊、魯《詩》，與毛異。《晉語》：「籧篨不可使俯，戚施不可使仰。」又「戚施，直鎛。籧篨，蒙璆」。韋注云：「籧篨，直者。戚施，瘁者。直，直擊也。鎛，鎛鍾也。蒙，戴也。璆，玉磬。不能俯，故使戴磬。」案毛《傳》正用《國語》文。《國語》籧篨、戚施爲八疾之二，毛兼引之以刺衛宣公。

《柏舟》傳：「君子有威儀，望之嚴然可畏，禮容俯仰，各有其宜。」今宣公於一俯一仰有佞媚容悦之狀，以是爲病，故即以是爲刺，此毛義也。《爾雅》：「籧篨，口柔也。戚施，面柔也。」亦是釋此詩之詞。《箋》云：「籧篨口柔，常觀人顔色而爲之辭，故不能俯也。戚施面柔，下人以色，故不能仰也。」鄭乃合《爾雅》、《國語》爲一義矣。《大玄・閑》：「次七，跙跙，閑于蘧除，或寢之廬。」《測》曰：「跙跙之閑，惡在舍也。」范望注：「跙跙，惡貌也。蘧除之人，不能俯者也。」蘧除即籧篨，蓋凡物之粗惡者曰籧篨。《説文》：「籧篨，粗竹席也。」《方言》：「簟，自關而西，其麤者謂之籧篨。」亦人名，《春秋》文十三年：「邾子蘧蒢卒。」又地名，定十五年：「次于渠蒢。」此或取於病惡者也。

新臺有洒，河水浼浼。【傳】洒，高峻也。浼浼，平地也。**燕婉之求，籧篨不殄。**【傳】殄，絶也。

【疏】《小箋》云：「《釋丘》：『望厓洒而高岸。夷上洒下，漘。』高謂其頂，洒謂其身。峭直夷上者，其頂平不高出也。洒下亦謂身斗峭也。《説文》曰：『陖，陗也。』『陗，陖也。』『峻』同『陖』。洒，即『陖』之假借字。凡言陖陗，皆謂斗直不可上。」又云：「《吴都賦》：『清流亹亹。』李善注引《韓詩》：『亹亹，水流進皃。』不言何經之注。今按，必此章『浼浼』之異文也。古音洒讀如詵，浼、亹皆如門，殄如珍。」《傳》云「平地」，義不可通。奂疑「地」字乃「池」字之誤。平池，猶滂池，謂河水平滿，蓄納爲池則浼浼然也。《説文》云：「浼，污也。」引《詩》「河水浼浼」。「污」下云：「一曰：小池爲污。」是許以「污」釋「浼」，與此《傳》「平池」釋「浼浼」義正相同。《説文》又云：「潤，水流浼浼皃。」亦謂平流爲潤也。《沔水》傳：「沔，水流滿也。」浼、潤、沔一聲之轉。○「殄，絶」，《釋詁》文。《思齊》傳「殄」亦訓「絶」。《緜》、《思齊》、《桑柔》、《雲漢》皆云：「不殄，不絶也。」不絶，猶不鮮；鮮，少也。鄭《箋》：「殄，當作『腆』。腆，善也。」上章《箋》：「鮮，善也。」義異。《燕禮》「不腆之酒」，「古文『腆』作『殄』」。

魚網之設，鴻則離之。【傳】言所得非所求也。**燕婉之求，得此戚施。**【傳】戚施，不能仰者。

【疏】離，讀爲麗。《士冠禮》注云：「古文『麗』爲『離』。」《易・離卦》云：「離，麗也。」凡《詩》「離羅」、「離罦」、「離罿」、「離畢」，「離」皆「麗」也。魚網，所以求魚，今反得鴻，此謂所得非所求也。求，即經「燕婉之求」，以喻齊女求伋而得宣公也。桓十六年《左傳》：「衛宣公烝于夷姜，生急子。爲之取于齊而美，公取之。」是其事也。急，《詩序》作「伋」。○《御覽・蟲豸部》：「《薛君章句》云：『戚施，蟾蜍，喻醜惡。』」韓謂戚施即蟾蜍，以喻醜惡，則上章籧篨爲粗竹席，亦喻醜惡。高注《淮南子・脩務》篇云：「籧篨偃，戚施僂，皆醜貌也。」此本《韓詩》説也。韓與毛訓異而意同。《説文》：「䵸鼁，詹諸也。」引《詩》作「得此䵸鼁」。許亦用《韓詩》義。《爾雅》釋文：「戚施，字書作『規覗』，同。」《玉篇》、《廣韻》皆云：「規覗，面柔也。」《廣雅》云：「規覗，八疾也。」竝與「戚施」同。《鄭語》云：「侏儒戚施，寔御在側。」

《二子乘舟》二章，章四句。

《二子乘舟》，思伋、壽也。衛宣公之二子争相爲死，國人傷而思之，作是詩也。【疏】《新序・節士》篇云：「伋方乘舟時，伋傅母恐其死也，閔而作詩。」此與《列女傳・孽嬖》篇不同。劉子政習《魯詩》，兼習《韓詩》也。《韓詩》多同《毛詩》。

二子乘舟，汎汎其景。【傳】二子，伋、壽也。宣公爲伋取於齊女而美，公奪之，生壽及朔。朔與其母愬伋於公，公令伋之齊，使賊先待於隘而殺之。壽知之，以告伋使去之。伋曰：「君命也，不可以逃。」壽竊其節而先往，賊殺之。伋至曰：「君命殺我，壽有何罪？」賊又殺之。國人傷其涉危遂往，如乘舟而無所薄，汎汎然迅疾而不礙也。**願言思子，中心養養。**【傳】願，每也。養養然憂不知所定。【疏】《序》「思伋、壽」，故《傳》云：「二子，伋、壽也。」「宣公爲伋取於齊女而美」以下，桓十六年《左傳》文，詳略字句微有不同。伋，《左傳》作「急」。云「使賊先待於隘」，《左傳》作「使盜待諸莘」，服注云：「莘，衛東地。」《水經注·河水》篇：「莘道城西北有莘亭，衛宣公使伋諸齊，令盜待于莘。伋、壽繼隕于此亭。道阨限蹊要，自衛適齊之道也。」《史記·衛世家》作「界」，《列女傳》同。云「竊其節」，《左傳》「節」作「旌」，《史記》、《列女傳》作「白旄」。雖辭有小異，而恉則大同也。伋、壽涉危，争相爲死，詩人以如乘舟無薄爲喻，《廣雅》云：「薄，至也。」《詩述聞》云：「景，讀如憬。《魯頌·泮水》篇『憬彼淮夷』，毛《傳》曰：『憬，遠行貌。』下章言『汎汎其逝』，正與此同意也。《士昏禮》『姆加景』，今文『景』作『憬』。是憬、景古字通。」奂案《説文》：「礙，止也。」《傳》意以「迅疾不止」釋經中「景」字，與「遠行」之義正合。汎汎，流皃。○《傳》訓「願」爲「每」，《皇皇者華》傳訓「每」爲「雖」。「願言思子，中心養養」，雖曰思子，徒憂其心養養然也。「願言思子，不瑕有害」，雖曰思子，不能遠於害也。猶《常棣》云「每有良朋，兄也永歎」，言雖有善朋，徒滋長歎而已。《伯兮》「願言思伯，甘心首疾」、「願言思伯，使我心痗」，文義皆同，故《終風》「願言」不傳。此「願言」作傳，用意攸别。《終風》「願」訓「思」，此「願」訓「思」，則「思」言「思子」，不成辭矣。中心，心中也。《爾雅·釋詁》：「恙，憂也。」憂謂之恙，重言恙恙，猶憂爲忡，重言忡忡；憂爲悄，重言悄悄矣。《釋訓》：「洋洋，思也。」郭注云：「憂思。」邢《疏》引此詩「中心養養」，云：「洋、養音義同。」《穆天子傳》「中心翔翔」，郭注云：「憂無薄也。」養養、洋洋、翔翔，皆恙恙也。

二子乘舟，汎汎其逝。【傳】逝，往也。**願言思子，不瑕有害。**【傳】言二子之不遠害。【疏】「逝，往」，《釋詁》文，《東門之枌》、《小雅·杕杜》同。上章《傳》云「涉危遂往」，兼釋此「汎汎其逝」也。○瑕，讀爲遐。「有」爲句中語助，「不遐有害」，言不遠害也。二子之不遠害，即是涉危也。「有」又爲句首、句末語助者，義見《文王》篇。

詩毛氏傳疏卷四

鄘柏舟詁訓傳弟四　毛詩國風

鄘國十篇，三十章，百七十六句。【疏】鄘，邑名。古作「庸」。《逸周書·作雒》篇云：「武王克殷，乃立王子禄父，俾守商祀。建管叔于東。」《漢書·地理志》云：「庸，管叔尹之。」是庸在朝歌東矣。又《逸周書》言「中旄父宇于東」，孔晁注云：「中旄父代管叔。」此與《地理志》「盡以邶、庸封康叔」不合。鄭作《詩譜》依據《逸書》，故有「後世子孫稍併邶、庸」之説，且以管、蔡、霍爲三監，俱與群經不合。或又謂《左傳》稱康叔取於有閻之土，以供王職。「閻」與「庸」聲相近，如《左傳》「閻職」，《史記》作「庸職」。以爲康叔身取庸邑之證，抑又不然。杜預云：「有閻，衛所受朝宿邑，蓋近京畿。」攷昭九年《左傳》「周甘人與晉閻嘉争閻田」，即此也。不得以庸爲閻矣。

《柏舟》二章，章七句。

《柏舟》，共姜自誓也。衛世子共伯蚤死，其妻守義。父母欲奪而嫁之，誓而弗許，故作是詩以絶之。【疏】《史記·衛世家》：「釐侯卒，大子共伯餘立爲君，共伯弟和襲攻共伯於墓上。共伯入釐侯羨，自殺。而立和爲衛侯，是爲武公。五十五年卒。」攷衛武公元年，周宣王之十六年，至平王十三年卒，計在位五十五年，與《世家》合。《國語》稱「武公九十有五，猶作《懿》自儆」，則其即位年已四十矣。共伯又爲武公兄，與《序》云「蚤死」乖戾。《索隱》云「大史公採襍説而爲之記」，是矣。

汎彼柏舟，在彼中河。【傳】興也。中河，河中。**髧彼兩髦，實維我儀。**【傳】髧，兩髦之貌。髦者，髮至眉。子事父母之飾。儀，匹也。**之死矢靡它！**【傳】矢，誓；靡，無；之，至也。至已之死，信無它心。**母也天只，不諒人只！**【傳】諒，信也。母也天也，尚不信我。天，謂父也。

【疏】《邶·柏舟》傳：「汎，流皃。」汎猶汎汎也。「中河，河中」，此倒句之例也。舟汎汎然，興婦人夫不在，無所適從。河中、河側，言其守義之所自處。○詩言「兩髦」，故《傳》謂「髧」爲「兩髦之皃」，《釋文》無「之」字，云：「髧，本又作『优』。」《玉篇·髟部》：「髧，髮垂皃。」又《人部》引《詩》：「髧，或作『优』。」《説文》：「𩭹，髮至眉也。从髟，敄聲。《詩》曰：『紞彼兩𩭹。』或省作『髳』。」髧、优、紞同。𩭹，本字；髦，假借字。許云「髮至眉」，本《傳》義也。髮至眉爲子事父母之飾者，《禮記·玉藻》篇：「親没不髦。」《喪大記》及《儀禮·既夕·記》皆有説髦之文。鄭注云：「兒生三月，鬋髮爲鬌，男角女羈。否則，男左女右。長大猶爲飾存之，謂之髦，所以順父母幼小之心。至此尸柩不見，喪無飾，可以去之。髦之形象未聞。」《内則》「總拂髦」，注亦云：「髦，用髮爲之，象幼時鬌。其制未聞也。」案子事父母有總有髦，總以收髮結之。髦即髮之所結，以垂爲飾。髦，收取他髮爲之。兩角，故兩髦。垂飾至眉，其形象也。鄭未治《毛詩》，故云「未聞」耳。《齊·甫田》傳云：「總角，聚兩髦也。」兩髦在角，故以角爲兩髦，其義同也。實，當作「寔」。寔，是也。「寔維」亦曰「時維」。寔、時皆「是」也。維，猶爲也。「儀，匹」，《爾雅·釋詁》文。《文王有聲》傳：「匹，配也。」《皇矣》傳：「配，媲也。」○「矢，誓」、

「靡，無」，皆《釋言》文。靡、無，聲之弇侈耳。《旄丘》、《皇皇者華》、《文王》、《皇矣》、《烈祖》傳竝以「無」字釋「靡」字。❶ 之、至一聲之轉。「之死矢靡它」，此共姜自誓之詞。《傳》乃先釋「矢靡」，後釋「之」，逆經作訓。云「至己之死」以釋「之死」二字，「信無它心」以釋「靡它」二字，以申明其自誓如此也。「諒，信」，《爾雅》作「亮」，與「諒」同。《傳》云「母也天也，尚不信我」，言不信我之無它心也。只，與「也」同義。母、天連言，故《傳》又申明之云「天，謂父也」。《儀禮・喪服傳》：「婦人有三從之義，無專用之道。故未嫁從父，既嫁從夫，夫死從子。故父者，子之天也。夫者，妻之天也。婦人不貳斬者，猶曰不貳天也，婦人不貳尊也。」《列女傳・母儀》篇：「禮，婦人未嫁，則以父母爲天。既嫁，則以夫爲天。其喪父母，則降服一等，無二天之義也。」杜預桓十五年《左傳注》亦云：「婦人在室則天父，出則天夫。」案此天父謂婦人之未嫁者也。共姜未嫁天父，既嫁則天夫。共伯死，共姜無子，義歸宗，故又天父。《喪服》：「子嫁，反在父之室，爲父三年。」是女子既適人而出，則爲父服三年，與女子子在室爲父服三年者同。故婦人既嫁而反，從天父之義，乃得評父爲天也。經先母後父者，先親親而後尊尊。

汎彼柏舟，在彼河側。髧彼兩髦，實維我特。【傳】特，匹也。**之死矢靡慝！**【傳】慝，邪也。**母也天只，不諒人只！**【疏】特爲奇，又爲耦；匹爲耦，又爲奇，二者義相因。《釋文》引《韓詩》作「實維我直」，云：「相當值也。」毛、韓字異義同。○《民勞》傳訓「慝」爲「惡」，此訓「慝」爲「邪」者，各隨文解説也。靡慝，即無邪。上章《傳》所謂「信無它心」也。

---

❶「烈」，原作「列」，據中國書店影印武林愛日軒刻本、徐子静本與本書卷三十《烈祖》傳疏改。

《牆有茨》三章，章六句。

《牆有茨》，衛人刺其上也。公子頑通乎君母，國人疾之而不可道也。【疏】公子頑，宣公庶長子昭伯也。君母，惠公母宣姜也。閔二年《左傳》云：「初，惠公之即位也少。齊人使昭伯烝於宣姜，生齊子、戴公、文公、宋桓夫人、許穆夫人。」

牆有茨，不可埽也。【傳】興也。牆，所以防非常。茨，蒺藜也。欲埽去之，反傷牆也。**中冓之言，不可道也。**【傳】中冓，内冓也。**所可道也，言之醜也。**【傳】於君醜也。【疏】《將仲子》傳：「牆，垣也。」云「所以防非常」者，兼明興義也。「茨，蒺藜」，《爾雅・釋草》文。郭注云：「布地蔓生，細葉，子有三角，刺人。」《説文》：「薺，疾黎也。」引《詩》作「牆有薺」。薺，本字；茨，假借字。蓋「疾黎」合評之曰「薺」也，後人加「艸」耳。薺從艸，虞翻注《易》以蒺藜爲木。云「欲埽去之，反傷牆也」者，此合下二章以釋經「不可」之義。《正義》云：「言人以牆防禁一家之非常，今上有蒺藜之草，不可埽而去之；欲埽去之，反傷牆而毀家。以興國君以禮防制一國之非法，今宮中有淫昏之行，不可滅而除之；欲除而滅之，反違禮而害國。」〇「中冓，内冓」，義未詳。中冓與牆對稱，牆爲宮牆，則中冓當爲宮中之室。《説文》：「冓，交積材也。」「構，蓋也。」應劭注《漢書》云：「中冓，材構在堂之中也。」「構」與「冓」同，「堂」當作「室」。凡室必積材蓋屋，故室内謂之内冓。毛意或當如是。《箋》云：「内冓之言，謂宮中所冓成頑與夫人淫昏之語。」鄭以「冓」爲「構成」，恐非此詩毛意。《周禮・媒氏》注云：「陰訟，争中冓之事以觸法者。」引此詩爲證，亦不以「冓」爲「構成」也。《釋文》引《韓詩》云：「中冓，中夜，謂淫僻之言也。」《玉篇》：「㝤，夜也。《詩》曰：『中㝤之言。』中夜之言也。本亦作『冓』。」《漢書・文三王傳》：「不窺人閨門之私，聽聞中冓之言。」晉灼注云：「《魯詩》以爲夜也。」韓、魯義同。《傳》文「於君醜也」上奪「醜」字，《十月之交》傳：「醜，惡也。」此「醜」亦爲「惡」，下章《傳》云：「長，惡長也。」

牆有茨，不可襄也。【傳】襄，除也。**中冓之言，不可詳也。**【傳】詳，審也。**所可詳也，言之長也。**【傳】長，惡長也。【疏】「襄，除」，《釋言》文，《出車》同。《説文》云：「《漢令》：解衣而耕謂之襄。」「除」與「解衣」義相近。《悉蟀》傳：「除，去也。」「不可除」，言不可去也。「詳」訓「審」。「詳」與「讀」義相近。讀者，抽繹之；詳者，審悉之也。《釋文》引《韓詩》：「揚，猶道也。」《韓詩》作「揚」，與上章「道」同義。云「長，惡長也」者，言君之惡甚長也。

牆有茨，不可束也。【傳】束而去之。**中冓之言，不可讀也。**【傳】讀，抽也。**所可讀也，言之辱也。**【傳】辱，辱君也。【疏】《傳》文「束而去之」上奪「束」字。經言「埽」，《傳》云「欲埽去之」；經言「束」，《傳》乃云「束而去之」，皆是申明經義。二章言除，即去也。《方言》云：「抽，讀也。」讀、抽互訓。辱爲辱君，猶醜言君醜、長言惡長，亦是申明經義也。

《君子偕老》三章，一章七句，一章九句，一章八句。

《君子偕老》，刺衛夫人也。夫人淫亂，失事君子之道，故陳人君之德，服飾之盛，宜與君子偕老也。【疏】《箋》云：「夫人，宣公夫人，惠公之母也。人君，小君也。或者『小』字誤作『人』耳。」

君子偕老，副笄六珈。【傳】能與君子俱老，乃宜居尊位，服盛服也。副者，后夫人之首飾，編髮爲之。笄，衡笄也。珈，笄飾之最盛者，所以别尊卑。**委委佗佗，如山如河，**【傳】委委者，行可委曲縱迹也。佗佗者，德平易也。山無不容，河無不潤。**象服是宜。**【傳】象服，尊者所以爲飾。**子之不淑，云如之何？**【傳】有子若是，可謂不善乎？【疏】詩三章以「君子偕老」發端，此即《禮記》「壹與之醮，終身不改」之義。偕，俱也；偕老，俱老。《傳》言「后夫人能與君子俱老，宜居尊位，服盛服」，所以總釋三章，而又與《序》相發明也。云「副者，后夫人之首飾，編髮爲之」者，《周禮》：「追師掌王后之首服，爲副編次。」爲，作也。「爲副編次」，謂作副必以編髮次第爲之也。編，讀爲辮。次，讀爲𩭁。《説文》：「𩭁，用梳比也。」用梳比，謂之次；以他人髮而梳比之，是謂之編次。《傳》言「編髮」，即本《周禮》「編次」爲訓。鄭司農注云：「副者，婦人之首服。」仲師不爲「編次」作解，則與毛意合矣。唯鄭注以「副編次」爲婦人三等之禮服，與毛不同。云「笄，衡笄也」者，《追師》：「追衡笄。」此《傳》所本也。鄭司農注云：「追，冠名。衡，維持冠者。《春秋傳》曰：『衡紞紘綖。』」案男子冠無笄，而冕、弁有笄。冕笄用衡笄，以玉爲之，所以維持冕也。婦人有副笄，有纚笄。維持纚者，謂之纚笄；維持副者，謂之副笄。副笄用衡笄，纚笄不用衡笄。衡笄亦以玉爲之。笄下縣瑱，笄上爲珈飾。《説文》：「笄，簪也。」「兂，首笄也。俗作『簪』。」云「珈，笄飾之最盛者，所以别尊卑」，《箋》云：「珈之言加也。副既笄而加飾，如今步摇上飾。古之制所有，未聞。」《儀禮·喪服傳》：「吉笄，尺二寸。」又「折笄首者，折吉笄之首也」。鄭注云：「有首者，若今時刻鏤摘頭矣。」《檀弓》：「蓋榛以爲笄，長尺，而總八寸。」然則喪笄長尺，吉笄長尺二寸。折去笄首，當折去二寸。吉笄有首，首有飾。珈即飾也。「珈」與「副」同義。衡笄有珈，乃得爲副。副者，以飾珈而名之，所謂

「別尊卑」也。夫人六珈，王后制未聞。《説文》無「珈」字。《大玄·晉》：「上九，男子折笄，婦人易哿。」王涯以
「哿」爲「珈」，音加。○《傳》文「行可委曲」下「蹤迹」二字當衍。《正義》云：「其行委委然，行可委曲。佗佗然，其
德平易。」又云：「委委者，行可委曲。佗佗者，德平易。由德平易，故行可委曲。」是《正義》本無「蹤迹」二字。《釋
文》云：「委委，行可委曲蹤迹也。」然陸不爲「蹤迹」音釋，則《釋文》舊本亦無「蹤迹」二字。行可委曲謂之委委，德
平易謂之佗佗。《傳》與《羔羊》傳文變而意實同。《羔羊》傳云：「委蛇，行可從迹也。」「蛇」與「佗」通。《羔羊》
「從」字與此「委曲」字是釋經之「委」字、「委委」字。《羔羊》「迹」字與此「平易」字是釋經之「蛇」字、「佗佗」字。
《羔羊》箋：「委蛇，委曲自得之皃。」「委曲」二字即本此《傳》訓。今各本此《傳》「委曲」下依《羔羊》傳增入「蹤迹」
二字，則與「平易」義複，爲不可通矣。幸《正義》本未誤，可據以訂正。《爾雅》：「委委佗佗，美也。」《韓詩》：「委
委佗佗，德之美皃。」韓渾言之，毛析言之。《傳》言「無不容潤」者，釋經「德如山河」之義。○象服，未聞。疑此即
褘衣也。象，古「襐」字。《説文》：「襐，飾也。」象服，猶襐飾，服之以畫繪爲飾者。《周禮·内司服》王后六服有褘
衣。鄭司農注：「褘衣，畫衣。」《説文》引：「《周禮》曰：『王后之服褘衣。』謂畫袍。」《禮記·玉藻》篇亦云：「王后褘
衣，夫人揄狄。」其夫人而服褘衣，猶《雜記》謂之「襃衣」歟？《明堂位》、《祭統》：「君卷冕，夫人副褘。」又《祭義》：
「君皮弁素積，夫人副褘。」案此皆夫人有褘衣之證。《葛覃》傳：「婦人有副褘盛飾。」則毛亦謂盛飾有褘矣。上文
《傳》云「副者，后夫人之首飾」，則象服亦后夫人之飾，故云：「尊者所以爲飾。」后夫人有副，必有褘。副有珈飾，褘亦
有畫飾，其尊卑之數，未聞也。詩首章言褘，二章言翟，三章言展。鄭注《禮》以褘衣唯王后，魯及二王後有之。衛爲
侯國夫人，不得有褘，故《箋》謂「象服」爲即二章之「翟」、三章之「展」，又不數在象服内。僖九年《穀梁》楊士勛《疏》
解《詩》「象服」爲「象笄」。《正義》云「象骨飾服」，與之同誤。則以象服爲首飾，與上文「副笄六珈」辭義重複。《箋》、

《疏》説恐未是。○《傳》云「有子若是」，釋經「子之」二字，之猶是也。云「可謂不善乎」，釋經「不淑，如之何」五字。❶云，語詞也。「不淑，如之何」，如之何不淑也。《正義》云「『可謂不善』，言其善也」，是也。《禮記・雜記》篇「如何不淑」，鄭注云：「如何不善？」如何者，若何也；如之何者，若之何也。莊十一年《左傳》「若之何不弔」，猶云「如之何不淑」也。弔、淑皆善也。「如」與「若」竝與「奈」字同義。

玼兮玼兮，其之翟也。【傳】玼，鮮盛貌。褕翟、闕翟，羽飾衣也。**鬒髮如雲，不屑髢也。**【傳】鬒，黑髮也。如雲，言美長也。屑，絜也。**玉之瑱也，象之揥也，**【傳】瑱，塞耳也。揥，所以摘髮也。**揚且之皙也。**【傳】揚，眉上廣。皙，白皙。**胡然而天也？胡然而帝也？**【傳】尊之如天，審諦如帝。【疏】《説文》：「玼，玉色鮮也。」因之爲凡色鮮之稱。《追師》疏引《傳》「玼，鮮明貌」，與今本作「鮮盛」異。《内司服》揄狄、闕狄爲王后六服之二。夫人與王后服同，故《傳》以褕翟、闕翟二者釋經之「翟」也。《玉藻》、《襍記》皆云：「夫人揄狄。」《詩》釋文：「揄，字又作『褕』。狄，本亦作『翟』。」《説文》作「褕翟」，與今本毛《傳》同。褕，正字；揄，假借字。翟，正字；狄，假借字。《喪大記》：「夫人以屈狄。」《玉藻》「君命屈狄」，注：「君，女君也。屈，《周禮》作『闕』。」毛《傳》亦作「闕」。云「羽飾衣」者，「羽」字即承上兩「翟」字，則「羽」即「翟」也。飾，猶畫也；飾衣，畫衣也。《説文》「褕」字下云：「羽飾衣。」正本《毛詩》説。鄭司農注云：「揄狄、闕狄，畫羽飾。」司農治《毛詩》，言畫翟羽以爲飾，亦與毛不異也。翟，雉名。褕、闕皆衣名。其畫飾尊卑之次，未聞也。褕之爲言揄也，揄

❶「五」，原作「六」，據中國書店影印武林愛日軒刻本、徐子静本、《清經解續編》本改。

猶揚也。「闕」與「屈」竝有「短」義。或闕翟畫短羽，而褕翟則畫長羽歟？鄭注《周禮》、《禮記》皆以褕爲摇雉，褕翟刻繒而畫，闕翟刻繒不畫，與毛不合。而其以畫羽爲飾，則與毛、許、先鄭皆同。孫毓以毛《傳》「羽飾衣」謂真以翟羽飾衣，剥毛申鄭，《正義》本之，則誤解《傳》義矣。「之」爲句中語助，「其之翟」，其翟也；「其之展」，其展也；「揚且之晳」，揚且晳也；「揚且之顔」，揚且顔也。「之」皆語助，無實義。○《傳》「鬒，黑髮」下，《追師》疏引無「也」字。昭二十八年《左傳》：「昔有仍氏生女，黰黑而甚美，光可以鑑，名曰玄妻。」服、杜注皆云：「美髮爲黰。」《詩》作「鬒」，《傳》以「黑髮」釋「鬒」，正本《左傳》。黑髮必美長，故云：「如雲，言美長也。」《説文·彡部》：「㐱，稠髮也。」引《詩》作「㐱」，或作「鬒」。「屑，絜」，《邶·谷風》同。髢，《追師》注引《詩》作「鬄」。《説文》：「鬄，髲也。或作『髢』。」「髲，鬄也。」《正義》引《説文》作「髲，益髮也」。《箋》：「髢，髲也。」不絜者，不用髲爲善。《禮記》：「斂髮毋髢。」《左傳》：「以爲吕姜髢。」《莊子》：「禿而施髢。」髢，假他人髮爲之。副，亦假他人髮，故鄭以「髲髢」爲首飾。其實首飾謂之副，又謂之被，不得謂之髲髢也。○《淇奥》傳：「充耳謂之瑱。」充者，塞也，故瑱又謂之塞耳也。《大戴禮·子張問入官》篇：「黈絖塞耳，所以弇聰也。」盧注引《禮緯含文嘉》，以縣絖垂旒爲閉姦聲、弇亂色。《傳》謂瑱爲塞耳者，義取諸此也。《周禮·弁師》「諸侯繅斿，皆就玉瑱、玉笄」，鄭注：「玉瑱，塞耳者。」《説文》：「瑱，以玉充耳也。《詩》曰：『玉之瑱兮。』或作『䪱』。」案婦人亦有笄，故亦有瑱。笄爲玉笄，故瑱亦玉瑱。張惠言《儀禮圖》云：「瑱制無文。《春秋傳》曰：『幣，錦二兩，縛一如瑱。』則其形必圓而長。」《釋文》：「揥，勑帝反。摘，他狄反。本亦作『掊』，又作『擿』。」疑「揥」即「掊」之省。《傳》作「擿」，謂「揥」即「擿」之假借。「揥，所以擿髮」，《淇奥》傳「會，所以會髮」，二者同事。會，亦作「䯤」。《説文》云：「䯤，骨擿之可會髮者。」又云：「擿，搔也。」會髮，本《淇奥》傳，而「擿」即本此篇《傳》。許説正可申明毛訓也。擿髮，以象骨爲之。男女將冠笄者，先擽鬢，而後以組束髮，是謂之鬠，亦謂之揥。男子象揥爲會髮之用，女子象揥爲擿髮之用，而又佩之以爲飾。《葛屨》傳云：「象揥，所以爲飾。」○《傳》云「揚，眉上廣」，揚、廣疊韻，眉上近顙，與下章《傳》「廣揚而顔角豐滿」同義。《猗嗟》「抑若揚兮」，《傳》：「揚，廣揚。」兩詩「揚」字同也。襄十七年《左傳》：「澤門之皙，邑中之黔。」黔爲黑，則皙爲白。又昭二十六年《左傳》：「白皙鬒須眉。」《傳》云「皙，白皙」，義本《左傳》。皙從白，與晳從日者別。「胡然」皆問詞也。古而、如通用。《常武》「而震而怒」，今本作「如」。《都人士》「垂帶而厲」，《内則》注作「如」。《傳》釋「而天」，尊之如天；「而帝」，審諦如帝，正爲全《詩》「而」、「如」通訓。鄭注《内司服》引《詩》云：「言其德當神明。」

瑳兮瑳兮，其之展也。蒙彼縐絺，是紲袢也。【傳】禮有展衣者，以丹縠爲衣。蒙，覆也。絺之靡者爲縐，是當暑袢延之服也。**子之清揚，揚且之顔也。**【傳】清揚，視清明也。揚且之顔，廣揚而顔角豐滿。**展如之人兮，邦之媛也。**【傳】展，誠也。美女爲媛。【疏】《詩小學》云：「按弟二章、弟三章古本皆作『玼兮』。三章《傳》、《箋》皆不釋『瑳』字。又《周禮注》引《詩》『玼兮玼兮，其之展也』可證也。玼、瑳異部而音近，如《賓之初筵》『傞傞』或爲『姕姕』。此篇二、三章『玼』字皆一本作『瑳』。《釋文》二章『玼兮』引沈氏云：『本或作「瑳」。』㝡後乃分别以『玼』屬二章，『瑳』屬三章，而德明據之。」○《説文》：「𧜵，丹縠衣。从衣，㠭聲。」《玉篇》同。今字通俗作「展」。《釋文》引馬融《毛詩注》亦云「展，色赤」，竝與毛同。唯鄭司農注《周禮》「展衣」爲「白衣」，仲師治毛，義多同毛。此「白衣」疑有誤。《箋》云：「展衣宜白。展衣，字誤。《禮記》作『襢衣』。」鄭依《玉藻》、《襍記》、《喪大記》作「襢」。《釋名》云：「襢衣，襢，坦也。坦然正白，無文采也。」與鄭同。案《内司服》：「王后六服：褘衣、揄狄、闕狄、鞠衣、展衣、緣衣。辨外内命婦之服：鞠衣、展衣、緣衣。」《禮記・明堂位》、

《祭義》、《祭統》言夫人禕，《玉藻》、《襍記》言夫人揄狄，《喪大記》言夫人屈狄。是外命婦亦有此三服。《内司服》於辨外内命婦服不數之者，略也。蓋禕衣、揄狄、屈狄三者有畫文，爲婦人加上之服，猶男子之冕服也。鞠衣、展衣、緣衣三者無畫文，猶男子之朝服也。故鄭注《書大傳》云：「展衣，朝服也。」夫人日視内朝，纚笄而不加副，展衣而不加上服。故夏時展衣即覆於縐絺之上，不更復有中衣矣。《箋》：「展衣，夏則裏衣縐絺。」《正義》謂「覆彼縐絺之上」是也。《説文》：「冡，覆也。」「蒙」與「冡」通。《葛覃》傳：「葛，所以爲絺綌。精曰絺，麤曰綌。」此《傳》云「絺之靡者爲縐」，靡，古「糜」字。絺於綌較細，而縐尤絺之極細者也。云「是當暑袢延之服也」者，以釋經「是紲袢也」句。《説文》：「褻，私服。」引三家《詩》作「褻」。「袢，衣無色」，引《毛詩》作「紲」。「紲」即「褻」之假借字。袢延，當時語。延，古「涎」字。《論語·鄉黨》篇：「當暑袗絺綌，必表而出之。」孔注云：「必表而出，加上衣也。」皇《疏》云：「若在家，則裘葛之上亦無别加衣。若出行、接賓客，皆加上衣。當暑絺綌可單。若出，不可單，則必加上衣也。嫌暑熱不加，故特明之。」案《詩》之「縐絺」是當暑之裏衣，其上覆以展衣。覆，猶表也。展衣亦婦人之上衣，對縐絺裏衣言也。○《傳》「清」下奪「揚」字，依《後箋》補。《後箋》云：「兩『揚』字當有二義。『清揚』之『揚』必非亦謂眉上，《傳》文當作『清揚，視清明也』。《猗嗟》『美目揚兮』，揚即明也。又『猗嗟名兮』，『名』與『明』通，亦謂目也。」説詳《猗嗟》篇。《猗嗟》傳云：「目下爲清。」即此詩「清」之義。《玉藻》云：「視容清明。」《郊特牲》云：「目者，氣之清明者也。」即此《傳》「視清明」之義。《傳》文「揚」下，各本奪「且之顔」三字，依《小箋》本補正。云「廣揚而顔角豐滿」，七字作一句讀。揚，謂廣揚，與上「揚」字不同。上「揚」字指目，此「揚」指額廣。揚即《碩人》傳所謂「額廣而方」也。《説文注》云：「顔角，蓋指全額而言。中謂之顔，旁謂之角。由兩眉閒以直上，皆得謂之顔。《醫經》『頟曰顔曰庭』是也。《國語》：『角犀豐盈。』亦角謂旁，犀謂中。」案《傳》蓋以「廣揚」釋「揚」，以「顔角豐滿」釋「顏」，以「而」字代「且」字。「揚且之顏」，言揚而顏也；「揚且之皙」，言揚而皙也，「之」爲語助。「美且仁」、「美且好」，猶言美而仁、美而好也；「昌而熾」、「昌而大」，猶言昌且熾、昌且大也。凡全《詩》中且、而同義者，可依此《傳》類推。○「展，誠」，《雄雉》同。「美女爲媛」，《爾雅·釋訓》文。《說文》：「媛，美女也。人所援也。」引《詩》「邦之媛兮」。《釋文》引《韓詩》作「援」，云：「助也。」《箋》：「媛者，邦人所依倚以爲援助也。」許、鄭竝兼用《韓詩》義。《詩小學》云：「按此篇『也』字，疑古皆作『兮』。《說文》引『玉之瑱兮，邦之媛兮』，《箸》正義引孫毓：『故曰：玉之瑱兮。』皆古本之存於今、改之未盡者也。」

《桑中》三章，章七句。

《桑中》，刺奔也。衛之公室淫亂，男女相奔，至于世族在位相竊妻妾，期於幽遠，政散民流而不可止。【疏】成二年《左傳》：「楚巫臣盡室以行。申叔跪遇之曰：『異哉！夫子有三軍之懼，而又有桑中之喜，宜將竊妻以逃者也。』」《禮記·樂記》篇：「桑閒、濮上之音，亡國之音也。其政散，其民流，誣上行私，而不可止也。」此竝與《序》說合。《漢書·地理志》亦云：「衛地有桑閒、濮上之阻，男女亦亟聚會，聲色生焉。故俗稱鄭衛之音。」

爰采唐矣，沬之鄉矣。【傳】爰，於也。唐，蒙，菜名。沬，衛邑。**云誰之思？美孟姜矣。**【傳】姜，姓也。言世族在位，有是惡行。**期我乎桑中，要我乎上宮，送我乎淇之上矣。**【傳】桑中、上宮，所期之地。淇，水名也。【疏】「爰，於」，《爾雅·釋詁》文。《釋詁》又云：「爰，于也。爰，曰也。」《擊鼓》、《烝民》詩或言「爰」，或言「于」。《緜》詩或言「爰」，或言「曰」。爰、于、曰、於四字皆語詞。「爰采唐矣」，「矣」爲起下之詞。「爰」與下文「云誰之思」之「云」竝爲發語之詞。此《傳》爲全《詩》「爰」字發凡也。《緜》傳：「爰，於也。」於，於是也。二《傳》訓同意别。「唐，蒙，菜名」，「唐」一句，「蒙」一句，《傳》釋「唐」爲「蒙」，説本《爾雅·釋草》，而又申釋「蒙」爲「菜也」，「名」字疑「也」字之誤。《爾雅》：「蒙，王女。」郭注云：「蒙，即唐也。」是蒙又一名王女矣。毛《傳》不言唐蒙爲女蘿，則與女蘿爲别物。疑今本《爾雅》「唐蒙」下衍「女蘿」字。《説文》：「蒙，王女也。」段注云：「王，或作『玉』，誤。」○「沬，衛邑」，沬者，衛之下邑。衛之世族有食采於沬者，《周禮》所謂「都家鄉邑」也。沬北、沬東，沬鄉之北與東也。《書·酒誥》：「明大命于妹邦。」馬融説謂妹邦即牧野。《説文》云：「坶，朝歌南七十里地。」衛都朝歌，沬爲衛南郊邑名，去朝歌七十里，在遠郊外矣。沬、妹、牧、坶字竝通用。《正義》謂沬即朝歌，失之。姜姓，大嶽之苗裔。孟姜、孟弋、孟庸，皆世族之妻。期、要、送，是惡行也。《傳》云「言世族在位，有是惡行」者，此總釋全章之義。○桑中地，即衛之桑閒。《禮記注》云：「桑閒在濮陽南。」《郡國志》「濮陽縣」下劉昭注引《博物記》：「桑中在其中。」案濮陽在今開州南。又《穆天子傳》：「天子飲于桑中。」郭注：「桑林之中。」此非地名也。上宫地，未聞。「淇，水名」，《泉水》同。《水經·淇水》注云：「淇水南歷枋堰，舊淇水口，東流逕黎陽縣界，南入河。《地理志》曰：『淇水出共，東至黎陽入河。』《溝洫志》曰『在遮害亭西，一十八里至淇水口』，是也。」又《河水》注云：「河水又東，淇水入焉。又東逕遮害亭南，《漢書·溝洫志》曰：『在淇水口東十八里，有金隄，隄高一丈。自淇口東，地稍下，隄稍高，至遮害亭，高四五丈。』又有宿胥口，舊河水北入處也。」案今濬縣即黎陽地，遮害亭在縣西十里。淇之上，即淇水口也。衛之世族居於沬，在淇口之西。取姜氏、弋氏、庸氏之女，皆在淇口之東。此思女之愛厚於我，從濮陽之南送至黎陽淇口也。《氓》：「送子涉淇，至于頓丘。」亦女送男之詞。

爰采麥矣，沬之北矣。云誰之思？美孟弋矣。【傳】弋，姓也。期我乎桑中，要我乎上宫，送我乎淇之上矣。【疏】弋，讀爲姒。《春秋》「定姒」，《穀梁傳》作「定弋」。「姒，姓」，夏之後。

爰采葑矣，沬之東矣。云誰之思？美孟庸矣。【傳】庸，姓也。期我乎桑中，要我乎上宫，送我乎淇之上矣。【疏】「庸，姓」，未聞。

《鶉之奔奔》二章，章四句。

《鶉之奔奔》，刺衛宣姜也。衛人以爲宣姜鶉鵲之不若也。【疏】襄二十七年《左傳》：「伯有賦《鶉之賁賁》。趙孟曰：『牀笫之言不踰閾。』」則此爲刺詩明矣。

鶉之奔奔，鵲之彊彊。【傳】鶉則奔奔，鵲則彊彊然。**人之無良，我以爲兄。**【傳】良，善也。兄，謂君之兄。【疏】鶉，《説文》作「䧿」，云：「雗屬也。」此詩之「鶉」與《伐檀》之「鶉」宜爲一物，匹鳥也。故《釋鳥》：「鷯，鶉。其雄鶛，牝痺。」亦以雌雄乘匹言之。鶉鳥有班文，其色不純。若《四月》之「鶉」乃「鷻」之省。鷻爲鷙鳥，鷙鳥不雙，則此「鶉」之非「鷻」明矣。鵲，今謂之乾鵲，即季冬架巢之鳥。《傳》云「鶉則奔奔，鵲則彊彊然」，不言「奔奔」、「彊彊」之義。《箋》：「奔奔、彊彊，言其居有常匹，飛則相隨之皃。」《韓詩》：「奔奔、彊彊，乘匹之皃。」鄭本韓以申毛也。奔奔，《左傳》及《禮記·表記》、《吕覽·壹行》注俱作「賁賁」。彊彊，《禮記》作「姜姜」。鄭注：「姜姜、賁賁，争鬭惡皃。」高誘注以「賁賁」爲「其色不純」。《玉篇》：「翸，飛皃。」此或兼取齊、魯家《詩》説。○「良，善」，《日月》、《秦·黄鳥》同。「人之無良」，言人則無善耳。上文兩「之」字《傳》以「則」字代之，此「之」字當亦訓爲「則」。全《詩》之、則同義者，放此。「之」與「則」同義，「之」又與「是」同義，見《蝃蝀》篇。我，我國人也。《傳》云「兄，謂君之兄」，公子頑，惠公庶兄也。言人不善我國人，猶謂君之兄也。《韓詩外傳》：「顏回曰：『人善我，我亦善之。人不善我，我亦善之。』夫子曰：『回之所言，親屬之言也。《詩》曰：「人之無良，我以爲兄。」』」此最得詩人忠厚之恉。毛、韓同。

鵲之彊彊，鶉之奔奔。人之無良，我以爲君。【傳】君，國小君。【疏】《君子偕老》序：「陳人君之德。」《箋》以爲小君。又《碩人》「無使君勞」，《列女傳》以爲女君。此《傳》釋「君」小君，而必云「國小君」者，爲國人衆口之詞。小君，謂宣姜也。莊二十二年《穀梁傳》云：「小君，非君也。其曰君，何也？以其爲公配，可以言小君也。」

《定之方中》三章，章七句。

《定之方中》，美衛文公也。衛爲狄所滅，東徙渡河，野處漕邑。齊桓公攘戎狄而封之，文公徙居楚丘，始建城市而營宫室，得其時制，百姓説之，國家殷富焉。【疏】衛滅在魯閔公二年，封楚丘在僖公二年。《春秋》之義，書入不書滅，不與夷狄滅中國也。書城不書封，不與諸侯封諸侯也。詩美文公中興，《序》乃據實事而言之。

定之方中，【傳】定，營室也。方中，昏正四方。**作于楚宫。揆之以日，作于楚室。**【傳】楚宫，楚丘之宫也。仲梁子曰：「初立楚宫也。」揆，度也。度日出日入，以知東西。南視定，北準極，以正南北。室，猶宫也。**樹之榛栗，椅桐梓漆，爰伐琴瑟。**【傳】椅，梓屬。【疏】《爾雅·釋天》：「營室謂之定。」《傳》所本也。孫、郭注竝云：「定，正也。」營室又謂之水，莊二十九年《左傳》：「水昏正而栽。」昭十七年《傳》：「衛顓頊之虚也，故爲帝丘，其星爲大水。」杜注云：「衛星營室。營室，水也。」又謂之天廟，《周語》「日月底于天廟」，韋注云：「天廟，營室也。」又謂之豕韋，《廣雅·釋天》云：「營室謂之豕韋也。」云「方中，昏正四方」者，言定星昏見，正居四方之中。《傳》義本《左傳》爲訓。《箋》云：「定星昏中而正，於是可以營制宫室，故謂之營室。定昏中而正，謂小雪時，其體與東辟連正四方。」《傳》言得制，《箋》兼言得時。《周語》：「營室之中，土功其始。」韋注云：「建亥小雪之中，定星昏正於午，土功可以始也。」宏嗣言「正於午」，即下文《傳》「南視定」之説。夏十月，周十二月，此蓋魯僖公元年之十二月也。説見《載馳》篇。○于，一本作「爲」。《文選·魏都賦》注、《魯靈光殿賦》、謝脁《和伏武昌詩》、江淹《擬顔特進詩》、王中《頭陀寺碑文》、❶王融《曲水詩序》注引《毛詩》皆作「作爲」。《正義》：「作爲楚丘之宫，作爲楚丘之室。」是孔所據亦作「作爲」。《傳》以楚爲楚丘，楚宫爲楚丘之宫，又引仲梁子説「初立楚宫也」者，言文公始造楚丘之宫也。仲梁子，見《禮記·檀弓》篇，與曾子、子游同時。鄭注云：「仲梁子，魯人。」「揆，度」，《爾雅·釋言》文。日，日景也。《公劉》傳：「考於日景。」「度」與「考」義相近。云「度日出日入，以知東西」，釋「揆之以日」句。「南視定，北準極，以正南北」，補釋「定之方中」句。「北準極」對「南視定」，而推言之，極即極星。極星不移，建國必以極星爲準。《晏子·襍下》篇：「古之立國者，南望南斗，北戴樞星。」極星即樞星也。又上《傳》云「昏正四方」，則視定不獨正南北，且可以知東西。《周禮·大司徒》「正日景」，測日之東西，亦

❶「中」，原作「巾」，據中國書店影印武林愛日軒刻本、徐子静本、胡克家刻《文選》後附《文選考異》卷十改。

兼測日之南北，俱可互文見義也。《考工記》：「匠人建國，水地以縣，置槷以縣，眡以景。爲規識日出之景，與日入之景。晝參諸日中之景，夜考之極星，以正朝夕。」鄭注云：「立王國若邦國者，於四角立植而縣以水，望其高下。高下既定，乃爲位而平地。槷，古文『臬』假借字。於所平之地中央，樹八尺之臬，以縣正之，眡之以其景，❶將以正四方也。日出日入之景，其端則東西正也。又爲規以識之者，爲其難審也。自日出而畫其景端，以至日入。既則爲規測景兩端之内規之規之交，乃審也。度兩交之間，中屈之以指臬，則南北正。日中之景，最短者也。極星，謂北辰。」案毛《傳》本《匠人》，而鄭注亦足以申明《傳》義矣。《爾雅》：「宫謂之室，室謂之宫。」是宫、室同也。《傳》楚宫、楚室無二義。《箋》：「楚宫，謂宗廟也。楚室，居室也。君子將營宫室，宗廟爲先，廐庫爲次，居室爲後。」《箋》雖分解，亦《傳》義之所得該。〇樹，當讀如「列樹表道」之「樹」。上言「營宫室」，下言「建城市」也。《掌固》「掌脩城郭、溝池、樹渠之固」，「鄭司農説樹，以《國語》曰：『城守之木，於是乎用之。』」《司險》「設國之五溝、五涂，而樹之林，以爲阻固」，鄭注云：「樹之林，作藩落也。」竝與《詩》「樹」字義合。榛，當作「亲」。《東門之壇》傳：「栗，行上栗。」亲，栗不中琴瑟，乃連而及之耳。《傳》文「椅，梓屬」，依《正義》本當作「椅，桐，梓屬」。《正義》云：「《釋木》：『椅，梓。』《湛露》：『其桐其椅。』桐、椅既爲類，而梓一名椅，故以椅、桐爲梓屬。言梓屬，則椅、梓別，而《釋木》椅、梓爲一者，陸機云：『梓者，楸之疏理白色而生子者爲梓。梓實桐皮曰椅。』則大類同而小别也。」案《傳》以椅、桐、梓三木爲一類。漆，古字作「桼」。桼木亦中琴瑟材，故《巧言》篇「荏染柔木，君子樹之」，《傳》：「柔木，椅、桐、梓、漆也。」謂此四木中琴瑟之材也。《桑中》傳云：「爰，於也。」

---

❶「眡」，原作「眂」，據中國書店影印武林愛日軒刻本、徐子静本、阮刻《周禮注疏》改。

升彼虚矣，以望楚矣。望楚與堂，景山與京，【傳】虚，漕虚也。楚丘有堂邑者。景山，大山。京，高丘也。**降觀于桑。**【傳】地勢宜蠶，可以居民。**卜云其吉，終然允臧。**【傳】龜曰卜。允，信；臧，善也。建國必卜之，故建邦能命龜，田能施命，作器能銘，使能造命，升高能賦，師旅能誓，山川能説，喪紀能誄，祭祀能語。君子能此九者，可謂有德音，可以爲大夫。【疏】《管子·大匡》篇：「狄人伐衛，衛君出，致于虚。」尹知章注云：「虚，地名。」《小匡》篇：「衛人出，旅于曹。」虚與曹同地，當時或有評曹爲虚者，故《管子》與《詩》皆曰「虚」。《傳》云「虚，漕虚也」，漕，衛邑名，字當作「曹」，詳《擊鼓》篇。戴公初廬於曹，戴公卒，立文公。詩言文公自曹虚而徙居楚丘也。○楚，楚丘也。《春秋》有兩楚丘，一爲曹國邑，一爲衛國邑。常熟顧祖禹《方輿紀要》云：「曹州曹縣東南四十里有楚丘城，春秋時戎州己氏之邑。《左傳》：『隱公七年，戎伐凡伯于楚丘。』又『襄公十年，宋享晉侯于楚丘』。蓋在曹、宋閒。漢置己氏縣，屬梁國，今山東兗州府成武縣即其地。」此楚丘之在宋、魯閒者也。樂史《太平寰宇記》「澶州衛南縣」下云：「衛文公自曹邑遷楚丘，即此城也。漢爲濮陽縣地，隋開皇十六年于此置楚丘縣。後以曹州有楚丘縣，改名衛南。此在衛之南垂，故以名縣。」又云：「楚丘城在縣西北四里。」《方輿紀要》云：「北直大名府滑縣，縣東六十里衛南廢縣，春秋時楚丘地。」此楚丘之在衛者也。《穀梁傳》「以戎伐」之「戎」爲衛，故楚丘爲衛楚丘。《左》、《公羊》不以戎爲衛，而杜預、何休注仍誤以楚丘屬衛。酈道元《濟水》注「濟水北逕楚丘城西」，以成武之楚丘爲衛文公遷邑。又《瓠子水》注：「京相璠曰：『濮陽城西南十五里有沮丘城。六國時，沮、楚同音，以爲楚丘。』」道元以京説爲非。要之，先儒之誤始於《穀梁》異解，而以成武楚丘當之，其説實踵於班固。《漢書·地理志》云：「山陽郡成武有楚丘亭，齊桓公所城。遷衛文公於此，子成公徙濮陽。東郡濮陽，衛成公自楚丘徙此，故帝丘，顓頊虚。」今開州，漢濮陽地。滑縣，漢白馬地，春秋之曹邑也，則楚丘自當在開州、滑縣之閒。京相璠以沮丘當楚丘，其説良是。不當遠在兖州界内。《地理志》又云：「齊桓公帥諸侯伐狄，而更封衛於河南曹楚丘。」其誤以戴公所廬之曹即曹國，遂以戎伐之楚丘即文公所徙之楚丘。且文公時大河在滑縣之東北入海，至西漢以後，則濮陽、成武皆在河南矣。鄭《箋》云：「楚丘，自河以東夾於濟水。」又《鄭志》荅張逸問：「楚丘在河、濟閒，疑在今東郡界中。」然則鄭意近在濮陽，不從《漢志》成武之説矣。仁和趙一清辨甚明晰。《傳》云「楚丘有堂邑者」，堂，邑名也，其地未聞。景山，楚丘旁邑之山也。「景」訓「大」，故《傳》云「大山」，則不以「景」爲山名矣。《水經·濟水》注：「黄溝枝流北逕景山東。」即引《衛詩》「景山與京」作證，其説恐不得實。「京，高丘」，《小雅·甫田》同。《爾雅》：「絶高爲之京。非人爲之丘。」其訓有二解。郭注云：「京，人力所作。丘，地自然生。」應劭《風俗通義·山澤》篇云：「《爾雅》：『丘之絶高大者爲京。』謂非人力所能成，乃天地性自然也。」應讀與郭異。案丘非人力所作。京非人力作，有人力作者，故《説文》云：「京，人所爲絶高丘也。」京爲丘之高，故毛《傳》以京爲高丘。所謂爲高，必因丘陵也。〇《草蟲》傳：「降，下也。」《書·禹貢》：「桑土既蠶，是降丘宅土。」《傳》云「地勢宜蠶，可以居民」者，即本《書》義作《詩》訓也。「龜曰卜」，《氓》同。「允，信」、「臧，善」，皆《釋詁》文。終，猶既也。然，猶是也。「卜云其吉，終然允臧」，言龜卜其吉矣，於是徙居楚丘，則信乎善也。信，當讀如《論語》「信乎夫子」之「信」。允謂之信，猶洵謂之信、亶謂之信，「信」皆作虚字解，不作實義解。故全《詩》「允」字多爲語詞。云「建國必卜之」者，《周禮·大卜》：「國大遷，貞龜。」鄭注云：「正龜於卜位也。」《左傳》稱邾文公卜遷于繹，衛成公遷帝丘，卜曰：「三百年。」《緜》稱大王徙岐，亦曰：「爰始爰謀，爰契我龜。曰止曰時，築室于兹。」皆其事也。「建邦能命龜」以下，皆用成文，未知所出。《傳》蓋因徙都命卜，連而及之耳。《韓詩外傳》：「孔子游於景山之上。孔子曰：『君子登高必賦。』」《漢書·藝文志》：「《傳》曰：『不歌而誦謂之賦。』登高能賦，可以爲大夫。」或班引出《魯詩傳》，餘義未聞。

靈雨既零，命彼倌人。星言夙駕，説于桑田。【傳】零，落也。倌人，主駕者。**匪直也人，秉心塞淵，**【傳】非徒庸君。秉，操也。**騋牝三千。**【傳】馬七尺以上曰騋。騋馬與牝馬也。【疏】零，古字作「霝」。《爾雅》：「霝，落也。」郭注云：「見《詩》。」今《爾雅》又俗加艸頭耳。《廣韻》引《説文》云：「霝，雨零也。」「零」與「落」同。「靈雨」之「靈」當亦訓爲「零」，言零雨，又言既零，如「汎彼」、「亦汎」，「且噎」、「有噎」之比。靈雨，《石鼓文》作「霝雨」。《東山》「零雨其濛」，《説文》作「霝雨」，皆謂零雨也。靈者，假借字。《箋》於《鄭風》「靈露」訓「靈」爲「落」，而此篇訓「靈」爲「善」，非《傳》意。○《傳》探下「夙駕」句，故云：「倌人，主駕者。」《正義》云：「諸侯之禮亡，未聞倌人爲何官也。」《説文》：「倌，小臣也。《詩》曰：『命彼倌人。』」小臣，其義亦未聞。《後箋》以「小臣」即《周禮》之「小臣」，爲大僕之佐。《箋》云：「星，雨止星見。」《説文》：「姓，雨而夜除星見也。」「姓」與「星」同。《釋文》引《韩詩》：「星，精也。」精，猶清也，故清明亦曰精明，今俗作「晴」。《釋文》：「説，毛始鋭反，舍也。」「説」訓「舍」，見《甘棠》傳。《箋》：「爲辭説於桑田，教民稼穡，務農急也。」鄭讀「説」如字，或本三家義。○匪，讀爲非。直，猶特也。「特」與「徒」同義。《傳》嫌經文「人」字與「騋牝」作對文，故以「庸君」解釋「人」字。庸君，庸國之君，謂文公也。文公雖東徙渡河，而繫諸以故國，蓋作詩者，河西舊臣也。文公爲庸君，猶趙岐注《孟子》「《鴟鴞》詩以成王爲豳君」。《正義》以爲庸庸之人，恐失之矣。「秉」訓「操」，秉心，操心也。《燕燕》傳云：「塞，實也；淵，深也。」案此兼臣下而言。「匪直也人，秉心塞淵」，言非徒爲君如此，爲臣亦當然。《相鼠》序：「衛文公能正其群臣。」《干旄》序：「衛文公臣子多好善。」即其義也。上章言文公徙卜之事，而《傳》亦兼説大夫命龜者，意可見矣。〇「馬七尺以上曰騋」，《傳》本《周禮・廋人》文爲説。《釋文》本及定本作「六尺」，誤。《説文》亦云：「馬七尺爲騋。」引《詩》曰：「騋牝驪牝。」段注云：「《釋嘼》曰：『騋牝，驪牝。』今《爾雅》譌作『驪牡』，❶而《音義》不誤，可攷。《音義》曰：『騋牝，頻忍反。下同。』下同者，即謂『驪牝』也。此以『驪牝』釋《詩》之『騋牝』，驪與騋以雙聲爲訓，謂騋馬驪色，亦兼牝馬也。」奐案《爾雅》以「騋」爲「驪」，不解「牝」字，非謂騋牝爲驪色之牝。《傳》云「騋馬與牝馬」，釋「騋牝」爲二馬，不用《爾雅》義也。諸侯乘騋，騋爲文公所自乘之馬。牝馬，母馬也。騋牝非騋之牝，三千亦非騋與牝合三千。馬有三千者，統通國言。若「邦國六閑，馬四種；家四閑，馬二種」，皆是也。此即《序》云「國家殷富」之意。閔二年《左傳》：「衛文公元年，革車三十乘。」季年乃三百乘，此十倍也。《齊語》：「齊桓公城楚丘以封之。其畜散而無育，與之繫馬三百。」《詩》言「騋牝三千」，此亦十倍也。

《蝃蝀》三章，章四句。

《蝃蝀》，止奔也。衛文公能以道化其民，淫奔之恥，國人不齒也。

蝃蝀在東，莫之敢指。【傳】蝃蝀，虹也。夫婦過禮，則虹氣盛。君子見戒而懼，諱之莫之敢指。

女子有行，遠父母兄弟。【疏】蝃蝀，《爾雅》作「螮蝀」，《説文》「螮」字下、高誘注《淮南》、《呂覽》、歐陽詢《藝文

❶「牡」，原作「牝」，《清經解續編》本同，據中國書店影印武林愛日軒刻本、徐子静本及經韻樓本《説文解字注》改。

類聚・天部下》、蔡邕《月令章句》引《詩》皆作「螮蝀」。《爾雅・釋天》云：「螮蝀謂之雩。螮蝀，虹也。霓爲挈貳。」霓，本或作「蜺」。郭注云：「俗名爲美人虹。江東呼雩，雙出。色鮮盛者爲雄，曰虹；闇者爲雌，曰蜺。」《後漢書》注引郭注如是。《傳》云「夫婦過禮，則虹氣盛」者，以釋經「蝃蝀在東」句。云「君子見戒而懼，諱之莫之敢指」者，所以釋經「莫之敢指」之義也。《後漢書・楊賜傳》：「賜曰：『今殿前之氣，應爲虹蜺，皆妖邪所生，不正之象，詩人所謂『蝃蝀』者也。於《中孚經》曰：『蜺之比，無德以色親。』昔虹貫牛山，管仲諫桓公無近妃宮。」案此與毛義合。李賢注引《韓詩序》云：「《蝃蝀》，刺奔女也。『蝃蝀在東，莫之敢指』，詩人言『蝃蝀在東』者，邪色乘陽，人君淫泆之徵，臣子爲君父隱藏，故言『莫之敢指』。」韓《序》、《傳》與毛義異。○行，謂嫁也。女子必待命而行，以爲禮也。

朝隮于西，崇朝其雨。【傳】隮，升；崇，終也。從旦至食時爲終朝。**女子有行，遠兄弟父母。**

【疏】隮，當作「躋」，《爾雅》：「躋，升也。」《蒹葭》、《斯干》、《長發》傳並云：「躋，升也。」《周禮》「眡祲掌十煇之法，九曰隮」，「鄭司農云：『煇爲日光氣也。隮者，升氣也。』玄謂：隮，虹也。《詩》云：『朝隮于西。』」字亦當作「躋」。案上章《傳》言虹氣盛，則此言升即是升氣，升氣即是虹。先、後鄭説不同，而意無異也。《釋名》：「蝃蝀，其見每於日在西而見於東，啜飲東方之水氣也。見於西方曰升，朝日始升而出見也。」劉亦謂升爲虹。唯荀爽注《易・需卦》引《詩》解作「升雲」，與《詩》義不合。《候人》、《南山》「朝隮」，《傳》：「躋，升雲也。」兩「朝隮」不同。崇者，「終」之假借字。《采緑》「終朝采緑」，《傳》：「自旦及食時爲終朝。」與此「崇朝」同。趙岐注《孟子》云：「雨則虹見。」郭璞《爾雅音義》云：「虹者，陰陽交會之氣。雲薄漏日，日照雨滴，則虹生也。」蓋本是因雨而虹，《詩》則言見虹而雨，二者實相因。夕見在東、朝見於西則雨，君子尤當見之而思戒焉。《傳》意當如是也。

乃如之人也，【傳】乃如是淫奔之人也。**懷昏姻也，大無信也，不知命也。**【傳】不待命也。【疏】《傳》云「如是淫奔之人」，釋經「如之人」三字。《爾雅》：「之子，是子。」《日月》箋：「之人，是人。」《蓼莪》箋：「之，猶是也。」凡「之」與「是」同義者，放此。「乃如之人也」，也，《日月》篇作「兮」，《韓詩外傳》、《列女傳》皆作「兮」，古也、兮通用。懷，讀如「有女懷春」之「懷」，《箋》云：「懷，思也。」又云：「淫奔之女，大無貞絜之信，又不知婚姻當待父母之命。」此申《傳》「不待命」之説也。《韓詩外傳》：「是故陽以陰變，陰以陽變。故不肖者精化始具，而生氣感動，觸情縱欲，反施亂化，是以年壽亟大，而性不長也。《詩》曰：『乃如之人兮，懷婚姻也，大無信也，不知命也。』」《説苑・辯物》同。《列女傳・孽嬖》篇引此詩，而釋之云：「言嬖色殞命也。」三家解「命」竝與毛異。

《相鼠》三章，章四句。

《相鼠》，刺無禮也。衛文公能正其群臣，而刺在位承先君之化無禮儀也。【疏】襄二十七年《左傳》：「齊慶封來聘，叔孫與慶封食不敬。爲賦《相鼠》。」然則此爲刺詩矣。此與《野有死麕》序意略同。被文王化，知惡無禮。衛文公正群臣，能刺無禮，皆《序》推本言之耳。《白虎通義・諫諍》篇云：「妻諫夫之詩。」當本《魯詩》，與《左氏傳》不合。

相鼠有皮，人而無儀。【傳】相，視也。無禮儀者，雖居尊位，猶爲闇昧之行。**人而無儀，不死何爲！**【疏】「相，視」，《爾雅・釋詁》文。《説文》：「相，省視也。」即引此詩。儀，當作「義」，《周禮・肆師》「治其禮儀」，「故書『儀』爲『義』。鄭司農云：『義，讀爲儀。』古者書『儀』但爲『義』，今時所謂『義』爲『誼』。」《説文》：「義，己之威義也。」「儀，度也。」「誼，人所宜也。」古「仁義」字、「禮義」字，皆作「誼」。「威儀」字作「義」。今《毛詩》用字之例，「威儀」作「儀」，「仁義」、「禮義」皆作「義」，爲通用假借也。《關雎》、《大車》、《氓》、《甫田》、《載驅》序，《匏有苦葉》、《氓》、《悉蟀》、《破斧》、《伐柯》、《皇皇者華》傳，皆作「禮義」，不作「禮儀」，則此篇經、《序》與《傳》亦皆作「義」可證矣。作「儀」者，疑因《箋》而誤。《傳》云「雖居尊位」，以釋經「人」字。云「猶爲闇昧之行」，以釋經「無義」字，蓋以鼠喻人也。

相鼠有齒，人而無止。【傳】止，所止息也。**人而無止，不死何俟！**【傳】俟，待也。【疏】《傳》云「止，所止息」，則「無止」爲「無所止息」矣。《禮記・仲尼燕居》篇：「孔子曰：『若無禮，則手足無所錯，耳目無所加，進退揖讓無所制，所謂無所止息也。』」《箋》云：「止，容止。《孝經》曰：『容止可觀。』」《釋文》引《韓詩》云：「止節，無禮節也。」鄭用《韓詩》。「俟，待」，《靜女》、《箸》同。

相鼠有體，人而無禮。【傳】體，支體也。**人而無禮，胡不遄死！**【傳】遄，速也。【疏】上二章皮、齒俱指鼠身一端而言，體爲支體，亦此意也。「遄，速」，《釋詁》文。《傳》於《泉水》、《巧言》、《烝民》竝訓「遄」爲「疾」，此乃訓「遄」爲「速」，隨文解説也。定十年《左傳》：「晉人討衛之叛，故遂殺涉佗。君子曰：『此之謂弃禮必不鈞。《詩》曰：「人而無禮，胡不遄死！」涉佗，亦遄矣哉。』」杜注云：「遄，速也。」

《干旄》三章，章六句。

《干旄》，美好善也。衛文公臣子多好善，賢者樂告以善道也。

孑孑干旄，在浚之郊。【傳】孑孑，干旄之貌。注旄於干首，大夫之旃也。浚，衛邑。古者臣有大功，世其官邑。郊外曰野。**素絲紕之，良馬四之。**【傳】紕，所以織組也。總紕於此，成文於彼，願以素絲紕組之法御四馬也。**彼姝者子，何以畀之？**【傳】姝，順貌。畀，予也。【疏】孑孑，猶桀桀，特立之意，故《傳》云：「干旄之皃。」干，讀如「籊籊竹竿」之「竿」。《說文》：「竿，竹梃也。」「斺，旌旗杠皃。」「竿」與「杠」一聲之轉。云「注旄於干首」者，「旄」與「氂」同。《說文》：「氂，犛牛尾也。」注犛牛尾於竿之首，謂之干旄。下章「干旟」、「干旌」，「干」皆「干旄」也。《出車》傳：「旄，干旄也。」《傳》又云「大夫之旃也」者，旃，亦作「旜」。《周禮·司常》：「通帛爲旜，襍帛爲物。」《士喪禮》：「爲銘，各以其物。亡則以緇，長半幅，經末，長終幅，廣三寸。書名于末」，「今文『末』爲『旆』」。案《禮》言無物則幅用半緇半經易之。緇，黑也。經，赤也。《說文》云：「勿，襍帛，幅半異。或作『物』。」❶今隸變作「物」。物本半幅白，半幅赤。此《士喪》易半幅黑耳，其下半幅則仍用赤也。襍帛之幅半赤，則知通帛之旃充幅皆赤矣。鄭注《周禮》云「通帛，謂大赤。從周正色，無飾」，是也。通帛正幅，旗之縿也。《爾雅》：「因章曰旃。」郭注云：「因其文章，不復畫之。其游數，禮未聞。」奂謂《說文》「物三游」，則旃其五游歟？特有游，而不畫耳。《司常》：「孤卿建旜。」諸侯之上大夫，卿。此大夫爲卿也。《聘禮》「使者載旜」，注：「聘使卿。」此大夫得建旃也。凡旗皆有旄有旌。《詩》二章言旟，則一章之旄、三章之旌，似皆屬旗。《傳》乃於「干旄」下箸明爲「大夫之旃」，實據《左傳》、《孟子》竝有旃以招大夫之禮。蘇林注《漢書·田蚡傳》引古

❶「物」，《清經解續編》本作「物」。經韻樓本《說文解字注》及陳昌治刻《說文解字》並作「㫆」。

禮：「大夫立曲旃。」此皆大夫用旃之證。旃常建，旜不常建，猶之駕四常乘，駕三非常乘耳。《傳》言「旃」，以明一章之「旄」與三章之「旌」，皆指旃爲大夫之所常建，不得以不常建之旜亦有旄有旌。以一旜該旄、旌爲説，泥於文而害其意，不可以説《詩》也。○「浚，衛邑」，《豈風》同。衛邑，衛下邑也。隱八年《左傳》云：「官有世功則有官族。邑亦如之。」此言爲官者有世功，則官邑亦世其子孫。或以官爲族，或以邑爲族。《傳》引之者，以言諸侯之大夫有大功者，皆得世其官邑。於「干旄」知世其官，而於「在浚」知世其邑也。經言「野」，《傳》必云「郊外曰野」者，以下章「在浚之都」知之也。大夫采地在都，都在郊外。○二章言「組」，三章言「織」，故《傳》云：「紕，所以織組也。」紕，讀如「次比」之「比」，謂以素絲次比織組，是爲紕。「紕」與「絣」聲相近。比絲爲紕，猶并絲爲絣矣。云「總紕於此，成文於彼」者，總，亦紕也。成文者，成其織組之文也。《爾雅》：「紕，飾也。」「文」與「飾」義相近。云「願以素絲紕組之法御四馬」者，《簡兮》「執轡如組」，《傳》：「組，織組也。御衆有文章，言能治衆，動於近，成於遠也。」執轡如織組，織組似御馬，兩詩意實同。素絲，謂轡也。素絲紕合組織，以爲御馬之法，其法可通於治民。《大戴禮·盛德》篇：「六官以爲轡，司會均入以爲軜。故曰：御四馬者執六轡，御天地與人與事者，亦有六政。」《晏子·諫下》篇：「禮者，所以御民也。轡者，所以御馬也。」《韓詩外傳》：「故御馬有法矣，御民有道矣。法得則馬和而歡，道得則民安而集。」此皆以御馬譬治民也。《傳》意言大夫願聞其法，即《序》「好善」之義。四之，謂四馬。五之、六之，謂轡。意以一章、三章皆謂大夫乘四馬也。《正義》謂「四之，服馬之四轡」，失《傳》之恉。○彼，彼大夫也。姝，順皃。《六書故》九引《傳》作「順也」。疑唐人作「也」字，不誤。詁「姝」爲「順」，「順」讀如《易》「君子以順德」之「順」。《中論·虛道》篇：「君子常虛其心志，恭其容貌，不以逸群之才，加乎衆人之上。視彼猶賢，自視猶不足也，故人願告之而不倦。」引《詩》曰：「彼姝者子，何以告之？」此與《傳》「順」訓合。「畀，予」，《釋詁》

文。訓「畀」爲「予」，與二章同義，又互文以見也。予之，予之以法也。

孑孑干旟，在浚之都。【傳】鳥隼曰旟。下邑曰都。**素絲組之，良馬五之。**【傳】總，以素絲而成組也。驂馬五轡。**彼姝者子，何以予之？**【疏】《周禮·司常》：「鳥隼爲旟。」《傳》所本也。《司常》又云：「州里建旟。」《箋》：「謂州長之屬。」天子之州長中大夫建旟，則諸侯之上大夫卿有旟宜也。旟與帥都旗、縣鄙旐共建，以殊於諸侯建旂也。《大司馬》：「百官載旟。」旟與軍吏旗、郊野旐同載，以別於諸侯載旂也。諸侯之旂，未嘗無旟。《考工記》「鳥旟七游」，與《周禮》「侯伯七游」之制合。則州里百官所建載之旟，不得與侯伯同七游矣。不獨此也，《爾雅》：「錯革鳥曰旟。」錯革鳥與止畫鳥隼者，又復不同。鳥隼畫於旐，孫炎注云「畫急疾之鳥於旐，《周官》所謂『鳥隼爲旟』者矣」，是也。鄭注《司常》云：「鳥隼，象其勇捷也。」此與《出車》、《桑柔》傳同，與《六月》傳異。《出車》、《桑柔》之旟，皆戎車之所建，則大夫之旟，其非常建可知。《無羊》傳：「旟，所以聚衆也。」○古者城郭之中謂之國中，亦謂之邑中。其餘鄉遂之地，公有公邑，家有家邑，縣都有縣邑、都邑，皆謂之下邑。浚在衛都，故《傳》云「下邑曰都」也。《地官·載師》：「以家邑之田任稍地，以小都之田任縣地，以大都之田任畺地。」鄭注云：「家邑，大夫之采地。小都，卿之采地。大都，公之采地，王子弟所食邑也。」案周制，鄉遂之外置都鄙，都爲畿畺之竟名，其實削縣皆有封邑。侯國封邑亦在四郊之外，亦有縣都之號。衛之有浚都，猶晉之有原縣也。《方士》「掌都家」，鄭司農注云：「魯季氏食於都。」○《傳》釋「素絲」爲「總」，以素絲即上章《傳》云「總紕於此」也。釋「組」爲「成組」，即上章《傳》云「成文於彼」也。《説文》：「總，聚束也。」「驂馬五轡」，以釋經「五之」之義。《正義》云：「王肅云：『古者一轅之車，駕三馬則五轡，其大夫皆一轅車。夏后氏駕兩，謂之麗。殷益以一騑，謂之驂。周人又益一騑，謂之駟。本從一驂而來，亦謂之驂。經言驂，則三馬之名。』又孔晁云：『作者歷言三王之法，此似述《傳》，非毛旨也。何則？馬以引重，左右當均一。轅車以兩馬爲服，傍以一馬驂之，則偏而不調，非人情也。《株林》曰「乘我乘駒」，《傳》曰：「大夫乘駒。」則毛以大夫亦駕四也。且殷之制亦駕四，故王基云：「《商頌》曰：『約軝錯衡，八鸞鏘鏘。』是則殷駕四，不駕三也。」』又《異義》：『天子駕數，《易》孟京、《春秋》公羊說：天子駕六。《毛詩》說：天子至大夫同駕四，士駕二。《詩》云「四騵彭彭」，武王所乘；「龍旂承祀，六轡耳耳」，魯僖所乘；「四牡騑騑，周道倭遲」，大夫所乘。謹案《禮・王度記》曰：「天子駕六，諸侯與卿同駕四，大夫駕三，士駕二，庶人駕一。」說與《易》、《春秋》同。』玄之聞也，《周禮》：『校人掌王馬之政，凡頒良馬而養乘之，乘馬一師四圉。』四馬爲乘，此一圉者養一馬，而一師監之也。《尚書・顧命》諸侯入應門，皆布乘黄朱，言獻四黄馬朱鬛也。既實周天子駕六，《校人》則何不以馬與圉以六爲數？《顧命》諸侯何以不獻六馬？《王度記》曰『大夫駕三』，經、傳無所言，是自古無駕三之制也。」案《異義》「大夫駕三」本《逸禮・王度記》，鄭駁不從其說。王肅同《異義》，而孔晁、王基皆不從其說。《異義》引《毛詩》說「大夫同駕四」，相傳古《毛詩》家說。然此《傳》云「驂馬五轡」，則古又不廢是說矣。大夫乘四，其常乘也。驂，非常乘。《禮記》：「孔子之衛，遇舊館人之喪，説驂而賻之。」或孔子在路，偶亦用驂歟？服馬四轡，驂馬二轡。驂外轡納於服之靳環，其驂内轡與服四轡，總持在御者之手，所謂「驂馬五轡」也。《説文》：「驂，駕三馬也。」駕三馬爲驂，又益一驂爲兩驂。《小戎》箋：「驂，兩騑也。」《大叔于田》、《車攻》皆曰「兩驂」。

孑孑干旄，在浚之城。【傳】析羽爲旌。城，都城也。**素絲祝之，良馬六之。**【傳】祝，織也。四馬六轡。**彼姝者子，何以告之？**【疏】「析羽爲旌」，《周禮・司常》文。《司常》又云：「斿車載旌。」司常掌九旗，而大司馬辨七旗者，蓋以大常、旂、旗、旜、物、旐、旟皆有旌也。旃與旟皆有旌。《傳》於首章之「旄」即本《爾雅》「注旄首」之義，而於「旌」下引《周禮》「析羽」之義，其文可互見也。《爾雅》「注旄首曰旌」，李巡云：「旄牛尾箸干首。」郭璞云：「載旄於竿頭，如今之幢，亦有旒。」李、郭但釋《爾雅》之「旌」，不涉《周禮》之「析羽」。鄭注《周禮》云：「全羽、析羽，皆五采繫之旞旌之上，所謂注旄於干首也。」鄭直以羽爲旌，舉一端以爲言，其實凡旌皆有旄、有羽。《鄉射·記》「旌，各以其物，無物則以白羽與朱羽糅，以鴻脰韜上」，注：「旌，總名也。不命者無物，此翿旌也。」是翿旌無旄，乃以鴻脰易之。而糅以白羽、朱羽，則旌之有羽，此其明證也。襄十四年《左傳》：「范宣子假羽毛於齊。」定四年《傳》：「晉人假羽旄於鄭。」孔疏云：「羽旄者，有五色鳥羽，又有旄牛尾也。」孫炎注《爾雅》亦云：「析五采羽注旄上也。」《説文》：「旌，游車載旌，析羽注旄首，所以精進士卒也。」許説旌兼羽旄，合《周禮》、《爾雅》以立言耳。○上章言「都」，故《傳》釋「城」爲「都城」。隱元年《左傳》：「祭仲曰：『都城過百雉，國之害也。先王之制，大都不過參國之一，中五之一，小九之一。』」又閔元年《傳》：「晉獻公使大子主曲沃，士蔿曰：『大子不得立矣，分之都城。』」是諸侯封邑大者，皆謂之都城也。《考工記·匠人》：「門阿之制，以爲都城之制。」○《傳》讀「祝」爲「織」，《小箋》云：「此謂假借。祝與織雙聲而合音最近。」云「四馬六轡」者，以釋經「六之」之義，兩服在中，兩驂在旁。兩服四轡，兩驂各有内外轡。靳環在服馬背上，兩驂馬之外轡貫之，以止驂之出。與服馬四轡同入軶上大環，便於總持。其内轡則先箸服馬之外脅，止驂之入，《秦風》謂之脅驅。而後入軾前之環，謂之觼；繫於軾前，謂之軜。是兩驂内轡不在手。在手者，止六轡也。《四驖》、《小戎》、《皇皇者華》、《裳裳者華》、《閟宮》皆曰「六轡」。《四驖》、《閟宮》箋竝云：「四馬六轡。」定九年《左傳》：「《竿旄》『何以告之』，取其忠也。」杜注云：「取其中心願告人以善道也。」《韓詩外傳》亦引《詩》而釋之云：「君子善其以誠相告也。」此皆與《序》「賢者樂告以善道」義合。

《載馳》五章，一章六句，一章八句，一章六句，二章章四句。【疏】今訂正，辨見下。

《載馳》，許穆夫人作也。閔其宗國顛覆，自傷不能救也。衛懿公爲狄人所滅，國人分散，露於漕邑。許穆夫人閔衛之亡，傷許之小，力不能救。思歸唁其兄，又義不得，故賦是詩也。【疏】閔二年《左傳》云：「許穆夫人賦《載馳》。」

載馳載驅，歸唁衛侯。【傳】載，辭也。弔失國曰唁。**驅馬悠悠，言至于漕。**【傳】悠悠，遠貌。漕，衛東邑。**大夫跋涉，我心則憂。**【傳】草行曰跋，水行曰涉。【疏】乘車曰載，假借之爲語詞。《傳》爲全《詩》「載」字發凡也。《豈風》、《泉水》不傳者，例不限於首見也。辭，當爲「詞」。載者，發語詞也。《載驅》「載驅薄薄」，言驅薄薄也，《傳》不釋「載」字。凡句首「載」字無意義者，放此。載者，語助詞也。《賓之初筵》「賓載手仇」，言賓取匹也。《傳》亦不釋「載」字。凡句中「載」字無意義者，放此。又載者，詞之「乃」也。《小戎》曰「載寢載興」，《斯干》曰「乃寢乃興」，是「載」與「乃」同義。又載者，詞之「則」也。《江漢》曰「王心載寧」，《黍苗》曰「王心則寧」，是「載」與「則」同義。此《箋》及《七月》、《湛露》、《沔水》、《小宛》、《楚茨》、《江漢》、《時邁》、《有駜》箋竝云：「載之言則也。」凡《詩》中或言「載」而或言「則」，或言「載」而或言「乃」者，放此。而《傳》則渾言之云「詞也」，學者可隨文以別解之。《廣雅》：「𩞁，詞也。」《說文》云：「𩞁，讀若載。」「弔失國曰唁」，昭二十五年《穀梁傳》文。《衆經音義》卷十三引《韓詩傳》：「弔生曰唁。弔失國曰唁。」悠悠爲遠，《黍離》傳訓同。「言至于漕」，猶「曰至渭陽」也。言、曰，皆語詞。《列女傳·仁智》篇引《詩》作「曹」，曹、漕古今字。《擊鼓》、《泉水》傳皆云「衛邑」，此云「衛東邑」者，時衛已在河東也。馳驅歸唁，驅馬至漕，皆是設想之詞。《泉水》云：「思須與漕，我心悠悠。駕言出游，以寫我憂。」即此首四句之意也。「思歸唁其兄，又義不得」，意在言外。○《儀禮·聘禮》疏引《詩》作「大夫軷涉」，鄭注：「軷，山行之名。」「跋」與「軷」通。《傳》云「草行」者，山與草皆對水行而言也。云「水行曰涉」者，《説文》：「𣻍，徒行厲水也。篆文作『涉』。」《釋文》引《韓詩》：「不由蹊遂而涉曰跋涉。」「不由蹊遂」解「跋」字，與《毛詩》義異。大夫，許大夫也。我，許穆夫人自我也。言許大夫雖有跋涉之勞，而終不能救衛之亡，我心用是深長憂也。下章云「視爾不臧，我思不遠」、「視爾不臧，我思不閟」，末章云「百爾所思，不如我所之」，皆本此二句意而申説之。蓋許與衛本昏姻國，衛爲狄滅，許豈無一介弔唁之人？特不如夫人之所思，要在乞師於大邦耳。《序》云「閔衛之亡，傷許之小，力不能救」，此夫人賦詩之故，實由乎此。《箋》意許人既以歸唁，尤夫人不應更有跋涉之事，遂斥首章大夫爲衛大夫，與下大夫、君子分屬衛、許兩國。先後異解，恐非經恉。

既不我嘉，不能旋反。【傳】不能旋反我思也。**視爾不臧，我思不遠。**【傳】不能遠衛也。**既不我嘉，不能旋濟。**【傳】濟，止也。**視爾不臧，我思不閟。**【傳】閟，閉也。【疏】《正月》傳：「哿，可也。」「嘉」與「哿」聲同。經言「不能旋反」，《傳》乃探下「我思不遠」句以足經義，故云：「不能旋反我思也。」爾，爾大夫也。臧，善也。云「不能遠衛」者，亦言我思之不能遠於衛也。○《説文》：「霽，雨止也。」濟讀同霽，故訓「止」。止者，止我思也。「閟，閉」，《閟宮》同。閟、閉雙聲，閉猶止也。

陟彼阿丘，言采其蝱。【傳】偏高曰阿丘。蝱，貝母也。升至偏高之丘采其蝱者，將以療疾。**女子善懷，亦各有行。**【傳】行，道也。**許人尤之，衆稺且狂。**【傳】尤，過也。是乃衆幼稺且狂，進取一概之義。【疏】「偏高曰阿丘」，《爾雅·釋丘》文。《釋名》云：「阿，何也。如人儋何物，一邊偏高也。」阿丘，所在未聞，疑衛丘名。「陟彼阿丘」與「至漕」、「行野」一意。《説文繫傳》、《淮南·氾論》注引《詩》作「言采其莔」，《毛詩》作「蝱」，假借字。《爾雅·釋草》：「莔，貝母。」郭注云：「根如小貝，圓而白，華、葉似韭。」《正義》引《義疏》云：「蝱，今藥草貝母也。其葉如栝樓而細小，其子在根下，如芋子，正白，四方連累相箸有分解。」《傳》云「將以療疾」者，言欲一至衛國，我思始可釋然，故取升丘采蝱以設喻也。《傳》不爲「言」字作訓，言亦語詞。○懷，亦思也。《傳》訓「行」爲「道」，各有道者，自言其所思之有道，與他人各異也。尤，讀爲訧。《綠衣》傳：「訧，過也。」《書·呂刑》「報以庶尤」，《説文》作「庶訧」。此尤、訧通用之證。《文選》盧諶《贈劉琨詩》注引《薛君章句》：「尤，非也。」毛、韓義同。稺，幼稺。衆稺，謂衆人皆幼稺也。幼稺，孱弱無知之謂。《論語·子路》篇：「狂者進取。」又《孟子·盡心》篇：「孔子在陳，曰：『盍歸乎來，吾黨之士狂簡進取。』」案「狂簡進取」即下文所謂「狂者進取」也。趙注云：「簡，大也。」《傳》「進取」即本此義。云「進取一概」者，言狂之狀。《韓子·解老》篇：「心不能審得失之地，則謂之狂。」此「狂」字之義也。《褰裳》「狂童之狂也且」，❶《傳》：「狂行童昏所化也。」稺狂，猶云「狂童」也。《抑》「彼童而角，實虹小子」，《傳》：「童，羊之無角者也。而角，自用也。」「衆稺且狂」，猶云「彼童而角」也。古且、而同也。昭二十三年《左傳》：「胡沈之君幼而狂。」亦與《詩》句恉相同。

我行其野，芃芃其麥。【傳】願行衛之野，麥芃芃然方盛長。**控于大邦，誰因誰極？**【傳】控，

❶ 下「狂」字，原作「童」，據中國書店影印武林愛日軒刻本、徐子静本及本書卷七《褰裳》傳疏、阮刻《毛詩正義》改。

引；極，至也。【疏】《傳》云「願行衛之野」，願，思也。芃芃，盛長之皃。云「麥芃芃然方盛長」，言思行衛野，麥方盛長之時也。胡承珙《後箋》云：「狄滅衛在閔公二年冬，非麥、蝱之候。考《定之方中》，營室詩也。在夏之十月，爲周之十二月。此蓋魯僖公元年之十二月。至僖二年，諸侯乃城楚丘而封衛焉，則當僖元年春夏之閒，戴公已卒，文公雖立，而尚無寧居。許穆夫人所爲賦《載馳》以弔失國歟？揆之情事，衛侯似指文公爲近。蝱丘、麥野，雖皆繫設辭，亦不宜取非時之物而漫爲託興也。」案胡説是也。《春秋》書閔公二年冬十有二月狄入衛，《左傳》載宋桓公立戴公，杜注：「戴公，名申。立其年卒，而立文公。」《左傳》又載衛文公元年革車三十乘，季年乃三百乘。注：「衛文公以此年冬立，季年在僖二十五年。」《史記·衛世家》：「文公二十五年卒。」與杜注合。是戴之卒，文之立，皆在魯閔公二年十二月。魯僖公之元年，即衛文公之元年也。二年春，諸侯城楚丘封衛，則文盧漕之日已一年有餘。《定之方中》爲文徙居楚丘之詩，《序》云：「衛爲狄所滅，東徙渡河，野處漕邑。」《木瓜》、《思齊》，封楚丘之詩，《序》云：「衛國有狄人之敗，出處于漕。齊桓公救而封之，遺之車馬、器服焉。」是則處漕者，謂文公也。此《序》亦云：「國人分散，露於漕邑。」亦當指文公而言。《鄭志》荅趙商以盧漕專屬諸戴，於《定之方中》箋云：「戴立一年而卒。」故此詩首章衛侯爲戴公。皆泥讀《左傳》「戴公盧漕」之句，不知《左傳》宋桓公逆河宵濟，與齊桓公歸公乘馬，皆謂文公也。胡墨莊以蝱丘、麥野在魯僖元年春夏之閒，準諸於《詩》，可審定其年月。○《衆經音義》卷九引《韓詩》云：「控，赴也。」赴謂赴告。《傳》訓「控」爲「引」，《爾雅》：「引，陳也。」「陳告」與「赴告」義同。《説文》及襄八年《左傳》注竝同毛訓。因，讀《論語》「因不失其親」之「因」。「極，至」，《爾雅·釋詁》文，《齊·南山》、《菀柳》、《嵩高》同。至者，當讀如「申包胥以秦師至」。控引大邦，思其救至，此夫人之志也。《左傳》稱齊侯使公子無虧戍曹，繫在賦《載馳》之下，意者《詩》有以感發乎？《列女傳》載許穆夫人初欲嫁齊，衛侯不聽，而嫁之許。其言馳驅弔唁衛侯爲衛懿公，又夫人爲懿公女，皆與《左傳》異，或因詩辭而附會其説。《韓詩外傳》亦載其事，其下即引詩二章，似此詩爲衛女欲嫁於齊而作，尤不足憑信。

大夫君子，無我有尤。百爾所思，不如我所思。【傳】不如我所思之篤厚也。【疏】尤，過也。「大夫君子，無我有尤」，承「許人尤之」句。爾，與上文兩言「視爾不臧」「爾」字相應。所之，即所思。與上文兩言「我思不遠」、「我思不閟」「思」字相應。「控于大邦」，是我所思之篤厚也。○案古分章與今本異。文十三年《左傳》：「鄭伯與公宴于棐，子家賦《載馳》之四章。」襄十九年《傳》：「穆叔會范宣子于柯。穆叔見叔向，賦《載馳》之四章。」凡《左傳》引《詩》例，如《野有死麕》、《緑衣》、《揚之水》、《七月》、《常棣》、《魚麗》、《鴻雁》、《節》、《小旻》、《巧言》、《隰桑》、《緜》，末章皆稱「卒章」。此明言「四章」，則篇末當以「我行其野」四句爲一章，「大夫君子」四句爲一章矣。服虔云：「《載馳》五章，屬《鄘風》。許夫人閔衛滅，戴公失國，欲馳驅而唁之，故作以自痛國小，力不能救。在禮，婦人父母既没，不得寧兄弟。於是許人不嘉，故賦二章以喻思不遠也。許人尤之，遂賦三章。以卒章非許人不聽，遂賦四章。言我遂往，無我有尤也。」然則服子慎以「既不我嘉」爲二章，「許人尤之」爲三章，卒章指五章，「我遂往」即是「我行其野」之義，爲四章。「非許人不聽」，即是「不如我思」之義，爲五章。四章、五章雖錯綜言之，而分章固自不誤。杜預注於文十三年云：「《載馳》，《詩·鄘風》。四章以下，義取小國有急，欲引大國以救助。」疑「以下」二字係後人誤衍。故杜於襄十九年云：「四章曰：『控于大邦，誰因誰極？』控，引也。取其欲引大國以自救助。」其稱四章可證也。《載馳》五章，一章六句，一章八句，一章六句，二章章四句，今各本都數一章八句與二章章四句，譌易倒置，以致篇章錯亂。孔仲達作《正義》時已從誤本，亟宜釐正。

詩毛氏傳疏卷五

衛淇奥詁訓傳弟五　毛詩國風

衛國十篇，三十四章，二百三句。【疏】《漢書·地理志》：「河内郡朝歌，紂所都。周武王弟康叔所封，更名衛。」

《淇奥》三章，章九句。

《淇奥》，美武公之德也。有文章，又能聽其規諫，以禮自防，故能入相于周，美而作是詩也。【疏】徐幹《中論·虚道》篇：「衛武公年過九十，又作《抑》詩以自儆也。衛人誦其德，爲賦《淇澳》。」是作於《抑》詩後矣。武公入相在周平王世。詳見《抑》篇。

瞻彼淇奥，緑竹猗猗。【傳】興也。奥，隈也。緑，王芻也。竹，萹竹也。猗猗，美盛貌。武公質美德盛，有康叔之餘烈。**有匪君子，如切如磋，如琢如磨。**【傳】匪，文章貌。治骨曰切，象曰磋，玉曰琢，石曰磨，道其學而成也。聽其規諫以自修，如玉石之見琢磨也。**瑟兮僩兮，赫兮咺兮。**【傳】瑟，矜莊貌。僩，寬大也。赫，有明德赫赫然。咺，威儀容止宣箸也。**有匪君子，終不可諼兮。**【傳】

諼，忘也。【疏】《爾雅·釋厓岸》：「隩，隈。厓内爲隩，外爲隈。」《爾雅》既釋隩一名隈，又釋厓以别内隩、外隈之異名，渾言、析言皆得互稱。此郭讀本也。《説文》：「隩，水隈厓也。」「澳，隈厓也。其内曰澳，其外曰隈。」《大學》注：「澳，隈厓也。」許、鄭讀以「隈」、「厓」連文成義。《傳》訓「奥」爲「隈」，與郭讀同。淇隈，謂淇水深曲處也。昭二年《左傳》及《禮記·大學》引《詩》作「澳」。「澳」與「隩」同。今《詩》作「奥」者，古文假借耳。陸機謂「淇、澳，二水名」，或本三家《詩》義。「緑，王芻」，《釋草》文。《爾雅》作「菉」。《大學》引《詩》作「菉」。《小雅》「終朝采緑」，《楚辭注》引《詩》作「菉」。菉，本字；緑，假借字。郭璞注云：「菉，蓐也。今呼鴟腳莎。」《詩正義》引某氏注作「菉，鹿蓐」。《唐本草》舊注云：「藎草，俗名菉蓐草。《爾雅》所謂『王芻』者也。」此吴普輩因藎草可染黄緑，故云然爾。竹，《爾雅》亦作「竹」。《傳》云「萹竹」，《爾雅》作「萹蓄」。《釋文》引：「《韓詩》：『䓯，萹茿也。』石經同。」《説文》：「䓯，水萹茿也。讀若督。」竹者，「䓯」之假借字。《水經·淇水》注：「今通望淇川，唯王芻、編草不異毛興。」案編草即萹蓄。郭璞注云：「似小藜，赤莖節。」蘇頌《本草圖經》云：「苗似瞿麥，葉細，緑如竹，赤根，如釵股，節間花出甚細，微青黄色，根如蒿根。」是緑、竹二草名。唯陸機以爲一草，《正義》斥之矣。《傳》云「猗猗，美盛皃」，皃，《釋文》作「也」。「有康叔之餘烈」，《釋文》本無「餘」字。《詩》以緑竹之美盛，喻武公之質美德盛。言淇奥者，康叔所封之地，武公能承康叔之烈，故因於衛地而起興焉。《泉水》、《竹竿》、《有狐》竝以淇水爲興。○「匪，文章皃」，《傳》本《序》「有文章」作訓。匪，即「斐」之假借。《禮記》、《爾雅》、《玉篇》、《列女傳》引《詩》正作「有斐君子」。《釋文》引《韓詩》作「邲，美皃」。《廣韻·六至》：「邲，好皃。」用《韓詩》也。《爾雅·釋器》：「骨謂之切，象謂之瑳，玉謂之琢，石謂之磨。」切、瑳、琢、磨，皆治器之名，故《傳》引《爾雅》而箸其義以爲治也。《釋文》：「切，本或作『⿰月齒』。」《玉篇》：「⿰月齒，治骨也。」《説文》：「⿰月齒，齒差也。讀若切。」瑳，俗作

「磋」。琢，《御覽・器物九》引《韓詩》作「錯」。束晳《補亡詩》：「粲粲門子，如磨如錯。」用《韓詩》也。《説文》：「䃺，礱也。」❶古作「摩」，俗作「磨」。云「道其學而成也」者，釋經「如切如瑳」句。云「聽其規諫以自修，如玉石之見琢摩也」者，釋經「如琢如摩」句。《禮記・大學》篇引《詩》而釋之云：「如切如瑳者，道學也。如琢如摩者，自修也。」《爾雅・釋訓》文同。此《傳》所本也。《楚語》：「在輿有旅賁之規，位宁有官師之典，倚几有誦訓之諫，居寢有暬御之箴，臨事有瞽史之導，宴居有師工之誦。史不失書，矇不失誦，以訓御之。」案此皆紀武公自修之實。《序》云「聽其規諫，以禮自防」，自防即自修，亦學問中事耳。故《荀子・大略篇》云：「人之於文學也，猶玉之於琢摩也。《詩》曰：『如切如瑳，如琢如摩。』謂學問也。」《説苑・建本》篇云：「學者，所以反情治性盡才者也。親賢學問，所以長德也。論交合友，所以相致也。」亦引此詩。◯《澤陂》傳：「儼，矜莊皃。」瑟、儼訓同。「矜莊」爲「瑟」，義未聞。《傳》云：「僩，寬大也。」也，《釋文》作「皃」。《荀子・榮辱篇》：「塞者，俄且通也。陋者，俄且僩也。愚者，俄且知也。」皆反對成文。陋者陿陋，則僩者寬大。《傳》訓本《荀子》。又《新書・道術》篇：「容志審道謂之僩，反僩爲野。」亦與《傳》「寬大」義近。《大學》、《釋訓》皆云：「瑟兮僩兮者，恂栗也。」《大學》注：「恂，字或作『峻』。讀如『嚴峻』之『峻』，言其容貌嚴栗也。」案「恂栗」但解「瑟兮」，猶下「威儀」但解「咺兮」。《禮記》、《爾雅》渾舉其義，毛《傳》則各箸其義，文異意同也。《韓詩》：「僩，美皃。」與毛合。《説文》：「僩，武皃。」與毛異。赫，猶赫赫也。《大明》篇「明明在下，赫赫在上」，《傳》：「文王之德明明於下，故赫赫然箸見於天。」是赫赫爲德之

---

❶「䃺，礱也」，《清經解續編》本同。《説文解字注》及陳昌治刻《説文解字》竝作「礱，䃺也。䃺，石磑也。磑，䃺也」。

明也。「威儀容止」四字同義。《傳》以「威儀容止之宣箸」詁「咺」，《釋文》引《韓詩》正作「宣」，云：「宣，顯也。」《禮記》作「喧」，《爾雅》釋文作「烜」，竝與「宣」同。《説文・心部》：「愃，寬閒心腹皃。」引《詩》作「愃」，本三家《詩》也。「諼，忘」，《爾雅・釋訓》文，引《詩》作「諼」。《考槃》、《伯兮》皆作「諼」。《禮記》引《詩》作「諠」。

瞻彼淇奥，緑竹青青。【傳】青青，茂盛貌。**有匪君子，充耳琇瑩，會弁如星。**【傳】充耳謂之瑱。琇瑩，美石也。天子玉瑱，諸侯以石。弁，皮弁。會，所以會髮。**瑟兮僩兮，赫兮咺兮。有匪君子，終不可諼兮。**【疏】青青，《釋文》云：「本或作『菁菁』。」《唐風》、《小雅》作「菁菁」。茂盛，猶美盛也。〇「充耳謂之瑱」，《荀子・禮論篇》「充耳而設瑱」是也。《説文》：「璓，石之次玉者。从玉，莠聲。」引《詩》「充耳璓瑩」。許據《詩》作「璓」，今《詩》作「琇」，非是。《都人士》「充耳琇實」，《傳》：「琇，美石。」此《傳》云「琇瑩，美石也」者，「瑩」乃連「琇」而言，與《箸》篇之「瑩」不同義。瑩，即琇之光明。《説文》：「瑩，玉色也。」《傳》釋「瑱」言「天子玉，諸侯石」，而《箸》傳言「卿大夫青玉，人君黄玉」，則人君及卿大夫皆用玉，其説似異。奂案《考工記》：「玉人之事，天子用全，上公用龍，侯用瓚，伯用將。」鄭注：「全，純玉也。龍、瓚、將，皆襍名也。公、侯四玉一石。伯、子、男三玉二石。」將，《説文》作「埒」。《説文》：「瓚，三玉二石也。《禮》：『天子用全，純玉也。上公用駹，四玉一石。侯用瓚，伯用埒，玉石半相埒也。』」鄭、許皆謂「天子用全」爲用純玉，公、侯、伯玉石襍。唯鄭司農注《周禮》云：「全，純色也。龍，當爲『尨』。尨，謂襍色。」然則天子用全爲用純色之玉，尨爲襍色之玉。侯、伯襍色，可以例推。仲師説與毛《傳》合。玉以白者爲貴，襍色者爲次。《傳》云「天子玉瑱」，謂用白玉，純色之玉也。云「諸侯以石」，謂用石之次玉者，襍色之玉也。青玉、黄玉，皆襍色玉之次者，故於《箸》言「玉」，而於《淇奥》言「石」。蓋與石對稱，則青色、黄色皆可謂之玉。與玉對稱，則青色、黄色皆但謂之石也。《夏官·弁師》：「諸侯之繅斿九就，瑉玉三采，其餘如王之事。繅斿皆就，玉瑱、玉笄」，「故書『瑉』作『璑』。鄭司農注云：『璑，惡玉名。』」先師吴江氏沅云：「惡玉者，亞次之玉也。古『惡』、『亞』字通。」是則諸侯用亞次之玉。《周禮》言諸侯玉瑱，毛《傳》言諸侯石瑱，説似異而實同矣。《檀弓》「練角瑱」，注：「瑱，充耳也。吉時以玉。人君有瑱。」鄭謂人君吉時以玉瑱，本《周禮》。其實吉時所用亦非白玉。練冠則用角。○《尸鳩》、《頍弁》傳竝以「弁」爲「皮弁」。皮，白鹿皮也。《春官·司服》：「眡朝則皮弁服。」《玉藻》：「天子皮弁，以日視朝。」《箋》：「天子之朝服皮弁，以日視朝。」《正義》云：「在朝君臣同服，故言天子之朝也。」《傳》文「所以會髮」之上奪「會」字，今補。「會，所以會髮」，與《君子偕老》傳「揥，所以擿髮」句義正同。經言「會弁」，《傳》先言「弁」，後言「會」者，依《周禮》「皮弁會五采」之文，不先言「弁」，則所會者不箸也。《弁師》：「王之皮弁，會五采玉璂，象邸，玉笄」，「故書『會』作『䯤』。鄭司農注云：『䯤，讀如「馬會」之「會」，謂以五采束髮也。《士喪禮》曰：「檜用組，乃笄。」檜，讀與「䯤」同，書之異耳。説曰：以組束髮乃箸笄，謂之檜。沛國人謂反紒爲䯤。』」案此《儀禮》舊説也。仲師説《周禮》「會五采」，謂以五采組束髮。束髮，即用骨擿髮，是曰䯤。今《士喪禮》作「鬠」，古文皆作「括」，括亦會也。《士喪禮》：「鬠笄用桑，長四寸，纋中。」注：「笄長四寸，不冠故也。纋，笄之中央，以安髮。」《荀子·禮論篇》：「始卒，沐浴鬠。鬠而不冠笄。」此始卒之人鬠髮而不加冠笄，與生人異也。王之皮弁，先以五采組束髮若露紒然，擿髮而加弁，弁而貫之以玉笄。諸侯皮弁，當與天子同。《詩》之「會弁」言會髮而加弁。會髮作「會」，以䯤會髮作「䯤」。《説文》：「䯤，骨擿之可會髮者。《詩》曰：『䯤弁如星。』」《玉篇》引《詩》同。《傳》釋經「會」字，不云「會髮」，而必云「所以會髮」者，會亦讀爲䯤，謂「會」即「䯤」之假借字，䯤即象揥也。如星者，其象揥玉笄首飾光輝星星然也。鄭箋《詩》及注《周禮》「會」爲弁縫飾以玉，與毛、許、先鄭解「會」字皆不合。僖二十八年《左傳》釋文：「會，亦作『璯』。」魏徵《隋書・禮儀志》引《詩》作「璯」，依鄭説以改經字也。又《吕覽・上農》篇：「庶人不冠弁。」高注引《詩》「冠弁如星」。冠弁委貌，爲玄冠不爲皮弁。皮弁爲諸侯在天子朝之服，玄冠爲諸侯視朝之服。蓋本三家異説。

瞻彼淇奥，緑竹如簀。【傳】簀，積也。**有匪君子，如金如錫，如圭如璧。**【傳】金、錫鍊而精，圭、璧性有質。**寬兮綽兮，猗重較兮。**【傳】寬能容衆。綽，緩也。重較，卿士之車。**善戲謔兮，不爲虐兮。**【傳】寬緩弘大，雖則戲謔，不爲虐矣。【疏】張衡《西京賦》「芳草如積」，《文選》注引：「《韓詩》：『緑䓯如簀。』簀，積也。薛君云：『簀，緑䓯盛如積也。』」毛、韓皆作「簀」，謂「簀」即「積」之假借字。或齊、魯《詩》作「積」，爲平子所據也。如，猶而也。積，鬱積，謂緑竹鬱然其茂積也。《玉篇》：「䓯，同薄。」〇《傳》於金、錫言「鍊而精」，以喻道學自修之功致，而於圭、璧言「性有質」，謂其性質本美。與首章《傳》云「武公質美德盛」同義。《箋》云：「圭、璧亦琢磨。四者亦道其學而成也。」鄭申毛意。寬，猶容也。《論語》云：「寬則得衆。」「綽」訓「緩」，謂其治衆有不迫也。〇猗，當作「倚」，《禮記・曲禮》孔疏、《論語・鄉黨》皇疏、《荀子・非相篇》楊注、《文選・西京賦》李注，引《詩》皆作「倚」。《正義》云：「入相爲卿士，倚此重較之車。」孔所據本尚不誤也。《考工記・輿人》：「以其廣之半爲之式崇，以其隧之半爲之較崇。」鄭注云：「較，兩輢上出式者。兵車自較而下，凡五尺五寸。」案乘車與兵車同制。《説文》：「較，車輢上曲銅也。」段氏據《文選》注引「曲銅」作「曲鉤」。輢上曲鉤謂之較，「較」與「較」通。較、輢共五尺五寸。較高於軾二尺二寸。較崇即輢崇，倚較猶倚輢也。《釋名》云：「較在箱上爲辜較也。重較，其較重，卿所乘也。」劉説與毛《傳》同，而未詳其制。《續漢書・輿服志》：「金薄繆龍爲輿倚較。」劉昭注引徐廣云：「繆，交錯之形也。較，在箱上。」《西京賦》「倚金較」，薛綜注云：「金較，黄金以飾較也。」然則重較其金有重飾歟？云「卿士之車」者，謂武公入相平王，爲周卿士也。○《傳》釋末二句即承上文「寬綽」而言，寬綽爲寬緩，寬緩亦弘大，皆所以狀其有容衆之德也。戲謔不爲虐，所以成戲謔之善。《箋》云：「君子之德，有張有弛，故不常矜莊，而時戲謔。」此申《傳》義也。

《考槃》三章，章四句。

《考槃》，刺莊公也。不能繼先公之業，使賢者退而窮處。【疏】《御覽・逸民部一》引「處」下有「也」字，唐石經同。

考槃在澗，【傳】考，成；槃，樂也。山夾水曰澗。**碩人之寬。獨寐寤言，永矢弗諼。**【疏】「考，成」，《爾雅・釋詁》文，《江漢》、《載芟》、《絲衣》同。《爾雅》：「般，樂也。」《周頌》序：「般，樂也。」《漢書・敘傳》注引《詩》作「盤」。《爾雅》釋文：「考槃，本又作『盤』。」疑古本作「般」，後人加「木」加「皿」耳。成樂者，謂成德樂道也。「山夾水曰澗」，《采蘩》同。《釋文》引《韓詩》作「干」，云：「墝埆之處也。」劉逵注《吴都賦》引：「《韓詩》：『考盤在干。』地下而黄曰干。」《後箋》云：「黄，疑『潢』字之誤。潢汙者，停水之處。《小雅》正義引鄭注《漸卦》云：『干者，大水之傍，故停水處。』即其義也。至《韓詩》『干』有兩訓，則或由《韓故》、《韓説》與《薛君章句》之不同。」○碩人，大德之人。寬，寬大也。言賢者雖在山澗陵阿之地，而有寬大之休。「永矢弗諼」，永，長；矢，誓；諼，忘也。王肅云：「先王之道，長自誓不敢忘也。美君子執德弘，信道篤。」

考槃在阿，碩人之薖。【傳】曲陵曰阿。薖，寬大貌。**獨寐寤歌，永矢弗過。**【疏】《説文》：「阿，曲阜也。」《傳》云「曲陵」者，陵亦阜也。《菁菁者莪》傳：「大陵曰阿。」《文選·西都賦》注及《衆經音義》卷一引《韓詩》：「曲京曰阿。」《皇矣》傳：「京，大阜也。」大阜謂之京，猶大阜謂之陵；曲陵謂之阿，猶曲京謂之阿，其義一也。《傳》文「皃」當作「也」字。《玉篇》云：「薖，寬大也。」「碩人之薖」與上章「碩人之寬」同意。《釋文》引：「《韓詩》作『過』。過，美皃。」毛、韓同也。王肅云：「歌所以詠志，長以道自誓不敢過差。」《正義》於「弗諼」、「弗過」皆本王子雝述毛説。

考槃在陸，碩人之軸。【傳】軸，進也。**獨寐寤宿，永矢弗告。**【傳】無所告語也。【疏】在陸，猶在阿也。《天保》傳云：「高平曰陸。大陸曰阜。大阜曰陵。」《桑柔》傳：「迪，進也。」軸，即「迪」之假借字。《正義》云：「《傳》訓『軸』爲『進』。」則是大德之人進於道義也。「弗」、「無」義同。《傳》云「無所告語」，以釋經之「弗告」，亦是「窮處」之意。

《碩人》四章，章七句。

《碩人》，閔莊姜也。莊姜惑於嬖妾，使驕上僭，莊姜賢而不荅，終以無子，國人閔而憂之。【疏】詩中皆追念莊姜初嫁盛時，《序》則就其不荅於終而言之，以見閔爾。荅，猶對也。隱三年《左傳》云：「衛莊公娶于齊東宫得臣之妹，曰莊姜。美而無子，衛人所爲賦《碩人》也。」案「美」與「賢」同義。《列女傳·母儀》篇稱莊姜傅母見其婦道不正，諭之，乃作詩。此是《魯詩》，與《左氏傳》不合。

碩人其頎，衣錦褧衣。【傳】頎，長貌。錦文衣也。夫人德盛而尊，嫁則錦衣加褧襜。**齊侯之**

子，衛侯之妻，東宮之妹，邢侯之姨，譚公維私。【傳】東宮，齊大子也。女子後生曰妹。妻之姊妹曰姨。姊妹之夫曰私。【疏】《猗嗟》「頎而長兮」，《傳》亦云：「頎，長皃。」《玉篇》引《詩》作「碩人頎頎」，《傳》：「頎頎，具長皃。」希馮所據經、《傳》與今本異也。《傳》云「錦文衣也」四字連讀，以釋經「衣錦」二字。《巷伯》傳：「貝錦，錦文也。」《終南》傳：「錦衣，采衣也。」男子皮弁服，錦衣爲中衣，以見錦爲美。女子錦衣之上復加褧衣，以惡文爲義。《禮記·中庸》篇：「《詩》曰『衣錦尚絅』，惡其文之箸也。」是褧衣乃爲加上之衣矣。《説文·衣部》：「褧，檾也。《詩》曰：『衣錦褧衣。』示反古。从衣，耿聲。」《林部》：「檾，枲屬。从林，熒省聲。《詩》曰：『衣錦檾衣。』」《毛詩》作「褧」，三家《詩》作「檾」。《説文》引三家《詩》，又引《毛詩》，以「檾」詁「褧」，則「褧」與「檾」同也。《玉藻》注及《列女傳》引《詩》作「絅」。絅者，「褧」之假借字。絅，亦檾也。褧衣，衣兼下裳之名。《傳》云「褧襜」者，猶衣裳也，《説文》「直裾謂之襜褕」是也。《丰》篇「衣錦褧衣」、「裳錦褧裳」、「錦衣裳褧」，衣、裳，錦在中，褧在外。婦人中、外服皆連衣裳也。錦衣爲中衣，加褧襜爲上衣，夫人嫁時之所服。《丰》傳云：「嫁者之服。」兩《傳》義同也。《士昏禮》：「女次，純衣，纁袡，立于房中，南面。婦乘以几，姆加景。」景，亦「褧」之假借字。「加景」與「加褧」是一事。諸侯夫人中衣用錦，與士妻中衣用純不同，而其上衣用褧、用景不異也。鄭此《箋》云：「褧，禪也。國君夫人翟衣而嫁。今衣錦者，在塗之所服也。尚之以禪衣，爲其文之大箸。」《丰》箋云：「褧，禪也。蓋以禪縠爲之，中衣裳用錦，而上加禪縠焉，爲其文之大箸也。庶人之妻嫁服也。士妻純衣，纁袡。」案鄭氏兩《箋》，其誤有四：《葛覃》傳：「婦人有副褘盛飾，以朝事舅姑，接見于宗廟，進見于君子。」是副褘以下，揄翟、屈翟皆既之夫家之服。《箋》謂嫁服翟衣，誤一也。士妻純衣加景，諸侯夫人錦衣加褧，士妻就塗始加景，則諸侯夫人褧衣，亦就塗時所加可知。士妻純衣，立于房中之服，則諸侯夫人錦衣，亦非在塗之上服可知。《箋》謂在塗衣錦，誤二也。《中庸》之「絅」即褧，褧以績檾所成，故尚絅惡其文箸。《箋》據《玉藻》絅爲禪。「絅」從系，訓爲「縠」。《説文》：「縠，細絹也。」加細絹之衣，不得爲惡其文箸矣。鄭意據《玉藻》「以帛裹布，非禮」之文，故謂中衣用錦，上衣用縠。不知「以帛裹布，非禮」者，文承朝玄端、夕深衣言之，非泛言衣制也。誤三也。諸侯夫人嫁服攝盛，故錦衣而加褧。士妻嫁服攝盛，故純衣而加景。士妻且不敢服錦，豈庶人妻反上僭侯國夫人乎？《箋》以錦褧爲庶人妻嫁服，誤四也。○東宮，大子宮，故《傳》直以東宮爲齊大子矣。「女子後生曰妹」，《爾雅·釋親》文。《爾雅》：「男子謂女子先生爲姊，後生爲妹。」詩言「東宮之妹」，是男子稱女子之後生者爲妹也。《泉水》「問我諸姑，遂及伯姊」，《傳》云：「先生曰姊。」又女子稱女子之先生者爲姊也，散文無專稱。○《漢書·地理志》：「趙國襄國，故邢國。」《説文》：「邢，周公子所封地，近河内懷。」案班、許不同。漢襄國縣即今直隸順德府附郭邢臺縣，漢懷縣即今河南懷慶府武陟縣。襄國爲邢始封國，懷即《春秋》之「夷儀」，爲邢徙封國也。《爾雅》：「妻之姊妹同出爲姨。」《傳》不言同出，略也。莊十年《左傳》：「蔡哀侯娶于陳，息侯亦娶焉。息嬀將歸，過蔡。蔡侯曰：『吾姨也。』」《吕覽·長攻》篇：「蔡侯曰：『息夫人，吾妻之姨也。』」高注云：「妻之女弟爲姨。」《説文》亦云：「妻之女弟同出爲姨。」女弟，即姊妹也。○譚，《説文》作「鄿」。《白虎通義·號》篇、《宗族》篇及朱子《儀禮經傳通解》、郭璞《爾雅注》引《詩》皆作「覃」。《郡國志》：「濟南郡東平陵有譚城。」《水經·濟水》注：「武原水北逕東平陵縣，故城西，譚國也。」今山東濟南府附郭歷城縣東南有故譚城，《春秋》譚子爵此。稱公，未聞。《爾雅》：「女子謂姊妹之夫爲私。」《傳》所本也。《釋名》云：「姊妹互相謂夫曰私，言於其夫兄弟之中，此人與己姊妹有恩私也。」

手如柔荑，膚如凝脂，【傳】如荑之新生，如脂之凝。**領如蝤蠐，齒如瓠犀，螓首蛾眉。**【傳】領，頸也。蝤蠐，蝎蟲也。瓠犀，瓠瓣。螓首，顙廣而方。巧笑倩兮，美目盼兮。【傳】倩，好口輔。盼，白黑分。【疏】《静女》傳：「荑，茅之始生。」此云「荑之新生」，則荑亦謂茅，其義可互見也。《御覽·百卉部三》引《風俗通義》：「《詩》曰『手如柔荑』者，茅始熟中穰也，既白且滑。」應説正與《傳》訓同。《説文》：「凝，俗『冰』字。」《爾雅》：「冰，脂也。」孫炎本作「凝」。鄭注《内則》云：「脂，肥凝者。釋者曰膏。」案不釋之脂，其色滑白。《莊子·消摇游》篇：「肌膚若冰雪。」冰雪以言絜白，冰脂以言滑白，故皆取爲喻。郭璞云「脂膏」，誤矣。○《傳》詁「領」爲「頸」，古今異名也。《釋文》及定本傳文「蝎」下無「蟲」字。《草蟲》傳：「阜螽，蠜。」俗本作「蠜蟲」。《正義》以「蟲」爲衍，則此「蟲」亦誤衍矣。「蝤蠐，蝎」，《爾雅·釋蟲》文。郭注云：「在木中。」《爾雅》又云：「蟦、蠐螬，蝎。蛣蝠、蝎，桑蠹。」《方言》云：「蠀螬謂之蟦。自關而東謂之蝤蠀，或謂之蛬蠾，或謂之蝖毂。梁、益之閒謂之蛒，或謂之蝎，或謂之蛭蛒。秦、晉之閒謂之蠹，或謂之天螻。」案此皆蝎之異名也。《説文》：「蝎，蝤蠀也。」「蠀」與「蠐」同。蓋蝤之爲言酋也。酋者，長也。《正義》云：「蝤蠐白而長，故以比頸。」○《正義》引《釋草》云：「瓠棲，瓣也。今定本亦然。」是定本毛《傳》同《爾雅》，無下「瓠」字。疑古本《爾雅》當作「瓠棲，瓠瓣」，有下「瓠」字，爲毛《傳》所本。定本依已誤之《爾雅》改不誤之毛《傳》矣。《爾雅》注引《詩》作「瓠棲」。《釋文》云：「《詩》作『犀』。」《廣韻》作「瓠犀」，與今《詩》同。《説文》云：「瓣，瓜中實也。」❶「瓜中實」謂之瓣，瓠中瓣謂之犀，字亦作「棲」。此齒白整齊之皃。《説文》：「齻，齒相值也。」引《春秋傳》曰：「晳齻。」○《説文·虫部》無「螓」。《頁部》：

❶「瓜」，原作「爪」，據中國書店影印武林愛日軒刻本、徐子静本及經韻樓本《説文解字注》、陳昌治刻《説文解字》改。下「瓜」字同。

「顅，好皃。《詩》所謂『顅首』。」許不全引《詩》句，故謂此「顅」字即《詩》之「顅首」字，是其據《毛詩》本作「顅首」矣。《傳》云「頯廣而方」，即《君子偕老》傳：「廣揚而顏角豐滿。」《説文》云「好皃」，與《傳》訓同。《箋》或從三家《詩》字，讀「顅」爲「螓」，謂蜻蜻。《爾雅》：「蚻，蜻蜻。」《方言》云：「蟬有文者謂之蜻蜻。」螓即「蜻」之異體。自鄭以螓爲蜻蜻，後人又以蛾爲蠶蛾，要皆非古字義。○《詩小學》云：「蛾眉，古作『娥眉』。王逸注《離騷賦》云：『娥眉，好皃。』顏師古注《漢書》，始有形若蠶蛾之説。夫蠶蛾之眉與首異物，類乎鳥之有毛角者，不得謂之眉也。且人眉似蠶角，其醜甚矣，安得云美哉？此千年之誤也。娥者，美好輕揚之意。《方言》：『娥，好也。秦、晉之間，好而輕者謂之娥。』《大招》：『娥眉曼只。』枚乘《七發》：『皓齒娥眉。』張衡《思玄賦》：『嫮眼娥眉。』」又云：「按毛《傳》蓋奪『娥眉好皃』四字。『娥』字一句，『眉好皃』三字一句。」○《論語·八佾》篇引《詩》「巧笑倩兮，美目盼兮」，馬融注：「倩，笑貌。」《楚辭·大招》「靨輔奇牙，宜笑嘕只」，王逸注：「嘕，笑貌。輔，一作『酺』。」「倩」與「嘕」一聲之轉。《傳》云「好口輔」，口輔即靨酺也。《釋文》：「倩，本亦作『蒨』。」引《韓詩》云：「蒼白色。」是《韓詩》作「巧笑蒨兮」。蒨，草初生蒼白色。《韓詩》依字作訓，與毛訓異。盼從目，分聲。以「分」詁「盼」，此同聲爲訓之例。《玉篇》：「盼，謂黑白分。」本毛訓。《釋文》引《韓詩》云：「盼，黑色也。」馬注《論語》云：「盼，動目貌。」竝與毛訓異。

碩人敖敖，説于農郊。【傳】敖敖，長貌。農郊，近郊。**四牡有驕，朱幩鑣鑣，**【傳】驕，壯貌。幩，飾也。人君以朱纏鑣扇汗，且以爲飾。鑣鑣，盛貌。**翟茀以朝。**【傳】翟，翟車也。夫人以翟羽飾車。茀，蔽也。**大夫夙退，無使君勞。**【傳】大夫未退，君聽朝於路寢，夫人聽内事於正寢。大夫退，然後罷。【疏】敖敖與頎頎，《傳》竝訓爲「長皃」，故《箋》云：「敖敖，猶頎頎也。」農郊，當衛之東郊。高注《吕覽·孟春紀》云：「東郊，農郊也。」齊在衛東，故夫人入竟舍於東郊，何注莊二十四年《公羊傳》云「禮，夫人至，大夫皆郊迎」，是也。東郊在近郊之外，故《傳》以「近郊」釋之。侯國遠郊三十里，近郊半之，十五里。《月令》注引《王居明堂禮》：「出十五里迎歲，蓋殷禮也。」案周制侯國多從殷禮與？○驕，猶蹻蹻也。《嵩高》「四牡蹻蹻」，《傳》云：「壯皃。」訓同。幩者，所以爲馬飾，故謂幩爲飾。《説文》：「幩，馬纏鑣扇汗也。」「鑣，馬銜也。」《釋文》：「鑣，馬銜外鐵也。一名扇汗，又曰排沫。」是似鑣、扇汗一物。又《輿服志》云：「乘輿象鑣、赤扇汗，王公列侯朱鑣、絳扇汗，卿以下有騑者緹扇汗。」此漢人鑣與扇汗爲二。其制未聞也。《爾雅》：「鑣謂之钀。」郭注云：「馬勒旁鐵。」鑣古用鐵，以朱絲飾鑣，是爲朱幩。《巾車》「重翟，錫面朱總」，鄭司農注云：「總箸馬勒，直兩耳與兩鑣。」朱總，即朱幩也。兩鑣之端繫諸以鑾，《秦風》所謂「鑾鑣」也。《廣雅》：「鑣鑣，盛也。」《説文》引《詩》作「鑣鑣」，義與《傳》同。《玉篇》：「儦儦，盛皃。」或本三家《詩》。案上下文皆就夫人説，此二句就公説，故《傳》以朱幩爲人君之馬飾，此就公親迎夫人而言之也。《穀梁傳》云：「迎者行見諸，舍見諸。」○《周禮·春官·巾車》：「王后之五路，重翟，厭翟，安車，翟車，連車。」王后重翟，上公夫人厭翟。以是爲差，侯、伯夫人當用安車，攝盛用厭翟，其燕出入則當用翟車。《傳》不言「攝盛」，故釋經之「翟」爲「翟車」，即本《周禮》「翟車」爲訓。凡朝之常禮，夫人纚笄，不用盛飾，皆其例耳。重翟者，車前後皆飾翟羽也。厭翟者，車前一面比次翟羽以爲飾也。翟車者，車前之兩旁但飾翟羽，不比次也。茀，三家《詩》作「蔽」。故《傳》云：「茀，蔽也。」茀即車笭交結木於車前之兩旁其覆笭之辟。辟緣翟羽，是謂之翟茀。曰「朝」者，亦即引起下二句之意。鄭注《巾車》云：「《詩·國風·碩人》曰：『翟蔽以朝。』謂諸侯夫人始來，乘翟蔽之車，以朝見於君，盛之也。此『翟蔽』蓋厭翟也。」鄭本《詩》「翟蔽」爲厭翟，就始來攝盛言。又解「朝」爲「夫人朝君」，非毛義。〇《禮記·玉藻》篇：「朝，辨色始入。君日出而視之。退適路寢聽政，使人視大夫。大夫退，然後適小寢，釋服。」此《傳》所本也。《釋文》引《韓詩》：「退，罷也。」義與《傳》同。《傳》既本《玉藻》文以證經大夫退之義，又言「夫人聽内事」，以明經「君」爲「小君」之義。君、夫人竝有聽政之朝，大夫退，則君退適小寢，小寢即燕寢，而夫人之退適小寢可知也。君路寢有堂，爲聽政之處。天子、諸侯皆二朝，大夫朝君在路門外之治朝，亦爲外朝。大夫朝君於此，君視大夫朝亦於此。其聽朝，在路門内之内朝，亦爲燕朝。宗人圖嘉事於此，諸臣復逆亦於此。《玉藻》言聽政於路寢，而《傳》變言聽朝者，謂聽大夫朝政之事也。《玉藻》「朝服以日視朝於内朝」，燕朝亦有視朝之政也。《傳》於君言聽朝，於夫人言聽内事；於君言路寢，於夫人言正寢，皆互文以明義也。《雞鳴》傳：「東方明，則夫人纚笄而朝。朝已昌盛，則君聽朝。」「君聽朝」，即此云「君聽朝於路寢」也。「夫人纚笄而朝」，即此云「夫人聽内事於正寢」也。兩《傳》正是一義。是君、夫人各自有朝矣。胡培翬云：「古者天子、諸侯有公、卿、大夫以襄外治，后夫人有世婦、九嬪之屬以襄内治，故君每日朝群臣於外以聽政，后夫人每日朝群妾於内以治事。正寢，夫人之寢。后夫人皆别有正寢、燕寢。下至大夫妻皆然。其制，前爲君路寢，次君燕寢，次夫人正寢，次夫人燕寢。天子路寢一，燕寢五。后亦正寢一，燕寢五。諸侯路寢一，燕寢三。孔、賈《疏》謂『燕寢二』，非也。夫人亦正寢一，燕寢三。夫人常居在燕寢，每日聽事在正寢。正寢即夫人朝處，《左傳》所謂『内宫之朝』是也。《考工記》云：『内有九室，九嬪居之。外有九室，九卿朝焉。』注疏謂外九室，九卿治事之處，内九室，九嬪治事之處；外九室，在正朝左右，内九室，當在后朝左右。此王后禮。其諸侯夫人正寢之前，亦當有世婦、群妾治事處。毛《傳》言夫人正寢，足補《禮經》之未備。」案胡説是也。經中「朝」字、「君」字皆就夫人説。《列女傳·賢明》篇引：「《詩》曰：『大夫夙退，無使君勞。』其君者，謂女君也。」此又可援魯以證毛矣。

詩上下文義皆就夫人初嫁盛時説，而唯此「翟茀以朝」三句就常朝之禮言之。蓋莊公之不荅莊姜，在惑嬖州吁之母之後，其初昏原未見其不荅也，故詩人殆於此箸明之。

河水洋洋，北流活活。施罛濊濊，鱣鮪發發，葭菼揭揭。【傳】洋洋，盛大也。活活，流也。罛，魚罟。濊濊，施之水中。鱣，鯉也。鮪，鮥也。發發，盛貌。葭，蘆；菼，薍也。揭揭，長也。**庶姜孽孽，庶士有朅。**【傳】孽孽，盛飾。庶士，齊大夫送女者。朅，武壯貌。【疏】《衡門》傳：「洋洋，廣大也。」「盛大」義相近。北流，河水北流也。凡夫人三月廟見，然後成婦禮，後遂有大夫反馬告寧之禮。詩上章《傳》言夫人聽内事於正寢，已當在廟見成婦後。此章《傳》又釋「庶士」爲「齊大夫送女者」，則當指大夫反馬告寧而言之。由衛返齊，必泝河上流，故云「北流」也。活活爲流，《説文》：「湉，流聲也。」隸變作「活」。○《爾雅·釋器》：「魚罟謂之罛。」《傳》所本也。濊濊，《説文》兩引《詩》作「濊濊」。又作「濊」，作「㵝」，皆俗字。《傳》云「施之水中」，《釋文》下有「也」字。《説文》云：「礙流也。」施罛於水中，必礙於水流，許説正申成毛訓。《淮南子·齊俗》篇：「河水欲清，沙石濊之。」此即「礙流」之謂也。《韓詩》云「流皃」，《玉篇》云「水聲」，又云「多水皃」，皆就水流而言。馬融云：「大，魚罔目大豁豁也。」則又就魚罟而言之矣。《傳》云「鱣，鯉」，《爾雅·釋魚》「鯉，鱣」，舍人注及《説文》皆爲一魚。唯陸機、郭璞皆爲二魚：「鱣即鱏。鯉，今之赤鯉。」與古説異。《本草圖經》云：「鯉魚，即赤鯉魚也。其脊中鱗一道，每鱗上皆有小黑點，從頭數至尾，無大小皆三十六鱗。」案《詩》「鱣鮪」凡三見，毛以鮪爲叔鮪，鱣即三十六鱗之鯉。此渾言之也。析言之，三十六鱗之鯉爲鯉，其大者則爲鱣，崔豹《古今注》「鯉之大者爲鱣」，是也。《四月》「匪鱣匪鮪，潛逃于淵」，《傳》：「大魚能逃處淵。」《潛》：「有鱣有鮪，鰷鱨鰋鯉。」既有鱣又有鯉，故鄭《箋》別言之：「鱣，大魚也。」蓋大魚即大鯉矣。然不聞以鱣爲鱏也。《傳》云「鮪，鮥」，《爾雅》：「鮥，叔鮪。」《説文》：「鮪，鮥也。」「鮥，叔鮪也。」陸機、郭璞皆謂「鮪似鱣，大者名王鮪，小者名叔鮪」。高誘注《吕覽》：「鮪似鯉而大。」言「似鯉」，則鮪亦鯉屬矣。云「發發，盛皃」者，《釋文》引《韓詩》作「鱍鱍」，《説文》作「鮁鮁」，《淮南・説山》、《吕覽・季春》注作「潑潑」，竝字異而義同。葭一名蘆，葦之初生者也，詳《騶虞》篇。「菼，薍」，《爾雅・釋言》、《釋草》竝有其文。郭注云：「似葦而小，實中。江東呼爲烏區。」邢疏引《義疏》云：「薍，或謂之荻。至秋堅成，則謂之萑。」《説文》云：「菿，萑之初生。一曰薍。」或作「菼」。「薍，菿也。」是菼、薍皆萑初生之名。《七月》篇「八月萑葦」，《傳》：「薍爲萑，葭爲葦。」萑與葦皆已秀之名也。葭、菼二草，孔仲達以爲一草，誤矣。《説文》：「揭，高舉也。」重言曰「揭揭」。《衆經音義》卷七引《傳》作「朅朅」，非也。案古者「霜降逆女，冰泮殺止」。濊濊、發發則非冰泮前矣，葭菼揭揭則又非霜降後矣。此追敘齊大夫所見，以箸還反之候，故云然。〇庶姜，謂媵。諸侯一取九女，皆媵也。此因庶士之歸，而先及庶姜居者言之也。《傳》云「孽孽，盛飾」，《釋文》下有「也」字，《玉篇》作「皃」字。盛飾皃，謂首飾之盛皃。《爾雅》：「孽孽，戴也。」郭注云：「頭戴物。」《廣韻》：「欁，頭戴物也。」亦即盛飾之義。《説文》「欁」、「蘖」同字。「蘖」之或作「孽」，猶「欁」之或作「⿰車獻」。《釋文》引《韓詩》作「⿰車獻」，云「長皃」，謂庶姜形體之高長。《吕覽・過理》篇注引《詩》「庶姜⿰車獻⿰車獻，高長皃」，本《韓詩》，與《雅》、《傳》異。桓三年《左傳》：「凡公女嫁于敵國，姊妹則上卿送之，以禮於先君。公子則下卿送之。於大國，雖公子，亦上卿送之。於天子，則諸卿皆行，公不自送。於小國，則上大夫送之。」今齊嫁女於衛，爲敵國，則未知其姊妹與？公子與？送之者爲上卿與？下卿與？《傳》云「庶士，齊大夫送女者」，統釋之詞。又隱八年《傳》：「鄭公子忽如陳，逆婦嬀。陳鍼子送女。」此即大夫送女之一證。《伯兮》傳：「朅，武皃。」此云「武壯」，義同。《文選・魏都賦》注引

《毛詩》作「揭」。《釋文》引《韓詩》作「桀」，云：「健也。」韓與毛亦字異而義同。

《氓》六章，章十句。

《氓》，刺時也。宣公之時，禮義消亡，淫風大行，男女無別，遂相奔誘。華落色衰，復相棄背。或乃困而自悔，喪其妃耦，故序其事以風焉。美反正，刺淫泆也。

氓之蚩蚩，抱布貿絲。【傳】氓，民也。蚩蚩，敦厚之貌。布，幣也。**匪來貿絲，來即我謀。送子涉淇，至于頓丘。**【傳】丘一成爲頓丘。**匪我愆期，子無良媒。將子無怒，秋以爲期。**【傳】愆，過也。將，願也。

【疏】《傳》詁「氓」爲「民」，民，斥男子也。《方言》、《說文》竝云：「氓，民也。」「蚩蚩，敦厚之皃」，《釋文》、《正義》本無「之」字。敦，亦厚也，言男子始來，意甚敦厚則蚩蚩然。《釋文》引《韓詩》：「氓，美皃。」美皃謂之氓，則蚩蚩爲美。毛、韓訓異意同。鄭司農《周禮・載師》注云：「里布者，布參印書，廣二寸，長二尺，以爲幣貿易物。《詩》云『抱布貿絲』，抱此布也。」案仲師治《毛詩》，此相傳古《毛詩》說。注又云：「或曰：布，泉也。」《易林・夬》：「以緡易絲，抱布自媒。」如淳注《史記・平準書》：「《詩》云『抱布貿絲』，故謂之緡也。」又《鹽鐵論・錯幣》篇：「古者市朝而無刀幣，各以其所有易無，『抱布貿絲』而已。」此皆以布爲錢幣，或本三家《詩》。我，女子自我也。○《爾雅・釋丘》：「丘一成爲敦丘。」《傳》所本也。敦，郭音頓，注云：「成，猶重也。《周禮》曰：『爲壇三成。』今江東呼地高堆者爲敦。」《釋名》作「頓丘」，與《詩》同。《水經・淇水》注云：「淇水又東，屈而西轉，逕頓丘北，故闞駰云：『頓丘在淇水南。』又屈逕頓丘西，《詩》所謂『送子涉淇，至于頓丘』者也。」是頓丘之西、北皆淇水之所逕流，故女子送男子，必涉淇而後至頓丘也。《水經注》又云：「淇水北逕頓丘縣，故城西，古文《尚書》以爲觀地矣。」案頓丘縣漢屬東郡，今爲直隸大名府清豐縣，在大河故瀆之東，與《詩》「頓丘」無涉。○「愆，過」，《傳》爲全《詩》通訓。《爾雅》：「諐，過也。」《説文》：「愆，籀文作『諐』。」期，會期也。良，善也。此女子雖與男子會期，而仍望善媒至也。秋行昏禮，必待媒妁之言。若仲春之月，奔者不禁，則不待媒妁之言，媒氏爲主。《傳》於此「將」訓「願」，「將仲子兮」、「將伯助予」，兩「將」字訓「請」。請者，語氣直；願者，語氣曲，故隨文以别言之。《孟子·滕文公》篇：「丈夫生而願爲之有室，女子生而願爲之有家。」《荀子·非相篇》：「婦人莫不願得以爲夫，處女莫不願得以爲士。弃其親家而欲奔之者，比肩竝起。」案此即《傳》「願」字之義。期，請期也。《士昏禮》納徵在許嫁三月之前，請期即在教女三月之中。請期，則與親迎時近矣。《野有死麕》傳：「春，不暇待秋也。」《東門之楊》傳：「男女失時，不逮秋冬。」毛《傳》以秋冬爲昏嫁正時，《詩》云「秋以爲期」，其明證也。

乘彼垝垣，以望復關。【傳】垝，毁也。復關，君子所近也。**不見復關，泣涕漣漣。既見復關，載笑載言。**【傳】言其有一心乎君子，故能自悔。**爾卜爾筮，體無咎言。**【傳】龜曰卜，蓍曰筮。體，兆卦之體。**以爾車來，以我賄遷。**【傳】賄，財；遷，徙也。【疏】「垝」訓「毁」，毁猶缺也。《説文》引《詩》作「垝」，或作「陒」。垣，牆也。復，反也，猶來也。關，衛之郊關也。襄十四年、二十六年《左傳》：「蘧伯玉遂行，從近關出。」又二十六年《傳》：「大叔儀乃行，從近關出。公使止之。」蓋衛之境有遠有近，詩之「關」即衛之近關。《傳》云「復關，君子所近也」者，言望君子之來，宜自近關也。《傳》意正本《左傳》爲訓。云「言其有一心乎君子」者，以釋經「泣涕漣漣」句。《楚辭·九歎》「涕流交集兮，泣下漣漣」，王注云：「漣漣，流貌也。」云「故能自悔」者，探下弟四章「静言思之，躬自悼兮」而總釋之，即《序》所謂「困而自悔」之意。「不見復關，泣涕漣漣」，猶云「未見君子」也。「既見復關，載笑載言」，猶云「既見君子」也。玩詩語意，「復關」非關名。○爾，爾男子也。《左傳》稱懿氏卜妻敬仲，晉獻公筮嫁伯姬于秦，是嫁、娶皆有龜卜、蓍筮之事。龜以開兆，蓍以揲卦。《傳》承卜筮言，故釋「體」爲「兆卦之體」。《周禮·大卜》：「三兆，其經兆之體皆百有二十，其頌皆千有二百。三易，其經卦皆八，其别皆六十有四。」是謂也。《禮記·坊記》引《詩》作「履無咎言」，鄭注云：「履，禮也。言女鄉卜筮，然後與我爲禮，則無咎惡之言矣。」《釋文》引《韓詩》作「履」，云：「履，幸也。」訓異意同。「賄，財」，《爾雅·釋言》文。「遷，徙」，《釋詁》文，《賓之初筵》、《殷武》同。《皇矣》傳亦詁「遷」爲「徙」。「以爾車來，以我賄遷」，謂男子來以車徙財也。此亦一心乎君子之詞。

桑之未落，其葉沃若。于嗟鳩兮，無食桑葚。于嗟女兮，無與士耽。【傳】桑，女功之所起。沃若，猶沃沃然。鳩，鶻鳩也。食桑葚過，則醉而傷其性。耽，樂也。女與士耽，則傷禮義。**士之耽兮，猶可説也。女之耽兮，不可説也。**【疏】「桑，女功之所起」，猶葛爲女功之所事，因桑生興，與《葛覃》篇以葛生興同。《隰桑》傳：「沃，柔也。」沃，《説文》作「𣵽」，重言之，則謂之𣵽𣵽。《傳》以「然」字代「若」字，《旄丘》傳又以「然」字代「如」字。如、若同聲，如謂之然，若謂之然，其義一也。《正義》云：「女取桑落、未落，興己色之盛、衰。」○「鳩，鶻鳩」，鶻鳩爲五鳩之一，春來冬去之鳥，亦曰鳴鳩。《小宛》傳：「鳴鳩，鶻鵰也。」鶻鵰與鶻鳩實一物也。《泮水》傳：「黮，桑實也。」「葚」與「黮」同。《傳》云鳩食桑葚，醉傷其性，義未聞。《説文》：「酖，樂酒也。」「媅，樂也。」今字「媅」通假作「湛」，「酖」又通假作「耽」。《爾雅》：「妉，樂也。」邢疏引《詩》作「妉」，「妉」乃「酖」、

「媅」之俗字。凡樂過其節，謂之酖。鳩於葚過食，醉傷其性，以興女與士過樂，則傷禮義之節，《韓詩外傳》所謂「防邪禁佚，調和心志」也。此婦人自明持正以禮，即下章「女也不爽」之意。

桑之落矣，其黄而隕。自我徂爾，三歲食貧。淇水湯湯，漸車帷裳。【傳】隕，隋也。湯湯，水盛貌。帷裳，婦人之車也。**女也不爽，士貳其行。士也罔極，二三其德。**【傳】爽，差也。極，中也。

【疏】《傳》於《七月》、《小弁》、《緜》皆訓「隕」爲「隊」。隋、隊義相近。「隋」之俗作「墮」，猶「隊」之俗作「墜」。《爾雅》：「隕、隊，落也。」隋亦落也。而，猶且也。「其黄而隕」，言黄且隕也。《君子偕老》傳「且」訓「而」，故「而」亦可訓「且」。它放此。桑落黄隕，喻顔色憔悴。下文又因色衰而追念初來辛苦，不宜終棄爾。《淮南子·説山》篇云：「桑葉落而長年悲。」《易林·履》云：「桑方將落，隕其黄葉。失勢傾側，而無所立。」竝與《詩》義同。○徂，往；爾，猶矣。「自我徂爾」，猶云「昔我往矣」也。《噫嘻》箋以「矣」字解「爾」字。《載驅》傳：「湯湯，大皃。」水盛，以言淇水滿盛也。凡車不帷裳，故《傳》云：「帷裳，婦人之車。」《箋》：「帷裳，童容也。」鄭司農注《巾車》作「潼容」。《士昏禮》：「婦車亦如之，有裧。」注：「裧，車裳帷。」「裧」與「幨」通。《列女傳·貞順》篇：「齊孝公使騶馬立車載姬以歸。姬使侍御者舒帷以自障蔽，而使傅母應使者曰：『妾聞妃后野處則帷裳擁蔽，所以正心壹意，自斂制也。今立車無軿，非所敢受命也。野處無衛，非所敢久居也。』君子謂孟姬好禮。禮，婦人出，必輜軿。」是帷裳又名輜軿也。漸者，漬也。漬車至於帷裳，以喻家道之難，猶不敢失其故常。下章「三歲爲婦，靡室勞矣。夙興夜寐，靡有朝矣」，即承此意而申言之。○「爽，差」，《釋言》文，《蓼蕭》同。《詩述聞》云：「貳，當爲『貣』之譌。貣，音他得切，即『忒』之借字也。《爾雅》：『爽，差也。爽，忒也。』鄭注《豫卦》彖傳曰：『忒，差也。』是『爽』與『忒』同訓爲『差』。『女也不爽，士貣其行』，言女也不差，士則差其行耳。《爾雅》説此詩曰：『晏晏旦旦，悔爽忒也。』郭注曰：『傷見絶棄，恨士失也。』然則悔爽忒者，正謂恨士之爽忒其行。據《爾雅》所釋，《詩》之作『貳』明矣。《箋》解『女』字爲『汝』，『貳』字爲『二』，皆失之。」奂案成八年《左傳》引《詩》作「貳」，蓋依《箋》改也。「極，中」，《園有桃》、《思文》同。罔，無也。無中，即是「二三」之謂。《左傳》釋《詩》云：「士之二三，猶喪妃耦。」

三歲爲婦，靡室勞矣。夙興夜寐，靡有朝矣。言既遂矣，至于暴矣。兄弟不知，咥其笑矣。【傳】咥咥然笑。**靜言思之，躬自悼矣。**【傳】悼，傷也。【疏】《雨無正》傳云：「遂，安也。」此「遂」字亦可訓爲「安」。「既遂」句承上四句説下，此謂「女也不爽」也。「至于暴矣」句以起下文，此謂「士貳其行」也。〇經言咥，《傳》重言之，則云咥咥。《説文》：「咥，大笑也。」「悼，傷」者，《方言》云：「悼，傷也。秦謂之悼。」又云：「陳、楚之閒曰悼。秦、晉之閒或曰矜，或曰悼。」《終風》、《檜・羔裘》箋皆以「悼」爲「傷」，言見暴而自傷也。

及爾偕老，老使我怨。淇則有岸，隰則有泮。【傳】泮，陂也。**總角之宴，言笑晏晏，信誓旦旦。**【傳】總角，結髮也。晏晏，和柔也。信誓旦旦然。**不思其反，反是不思，亦已焉哉！**【疏】《傳》訓「泮」爲「陂」者，謂「泮」乃「阪」之假借字。杜子春注《腊人》讀「胖」爲「版」，此「半」、「反」聲同之例也。《車鄰》傳：「陂者曰阪。下溼曰隰。」《説文》：「隰，阪下濕也。」「阪」與「隰」對文。隰者下溼，其邊高之處謂之阪，亦謂之陂。阪亦厓、岸之異名。下溼之有阪，猶淇水之有岸也。《箋》云：「泮，讀爲畔。畔，涯也。言淇與隰皆有厓岸以自拱持，今君子放恣心意，曾無所拘制。」《繁露・隨本消息》篇云：「拱揖指撝，諸侯莫敢不出，此猶隰之有泮也。」鄭所本三家義，而與毛意實同。〇《禮記・内則》：「子事父母，總，拂髦。婦事舅姑，總。男女未冠笄者，拂髦，總角。」

鄭注云：「總，束髮也，垂後爲飾。總角，收髮結之。」案總與總角別。男子拂髦，而女子總角。其實總角，男子亦稱之，故《甫田》傳總角爲聚兩髦。此就女子自説，故《傳》以總角爲結髮。結髮但聚髮而無髦。髦爲子事父母之飾，總爲婦事舅姑之飾。《傳》意《詩》之「總角」即《内則》之「總」，不必就女子未笄時言也。又《襍記下》：「女雖未許嫁，年二十而笄，禮之。婦人執其禮，燕則鬈首。」注：「既笄之後去之，猶若女有鬠紒也。」孔疏云：「燕居則去其笄而鬈首，謂分髮爲鬠紒也。」然則此詩言總角，猶即鬈首之謂歟？宴，當讀如「宴爾新昏」之「宴」，宴謂宴安也。○古宴、晏通用。《爾雅·釋訓》：「晏晏，柔也。」郭注云「和柔」，與《傳》訓同。定本：「旦旦，猶怛怛。」《説文》：「怛，或作『悬』。」引三家《詩》作「信誓悬悬」。《毛詩》「旦旦」爲假借字。《箋》云「言其懇惻款誠」，此申成毛義也。《釋訓》：「晏晏、旦旦，悔爽忒也。」《爾雅》釋《詩》，謂初嫁之年，其言笑則晏晏然；以信相誓，則悬悬然。今士差貳其行，故有此悔恨。《雅》與《傳》訓異而義實同。反，讀如「反以我爲讎」之「反」。「不思其反」，誓詞也。已，既也。焉，猶然也。言今反覆不常，不思其前日信誓，亦既然哉，此皆棄背悔恨之詞。

《竹竿》四章，章四句。

《竹竿》，衛女思歸也。適異國而不見荅，思而能以禮者也。【疏】此詩與《泉水》文略同，而事實異。《泉水》之衛女，因念父母而思歸，歸寧也。《竹竿》之衛女，以不見荅而思歸，歸宗也。歸宗，義也。歸寧，非禮也。故《序》於《泉水》思歸不云禮，而於《竹竿》之思歸爲「能以禮者」。

籊籊竹竿，以釣于淇。【傳】興也。籊籊，長而殺也。釣以得魚，如婦人待禮以成爲室家。**豈不**

爾思？遠莫致之。【疏】《傳》云「籊籊，長而殺也」者，殺者，纖小之稱。《爾雅》：「梢，梢擢。」郭注云：「謂木無枝柯，梢擢，長而殺者。」《釋文》：「梢，郭音朔。擢，直角反。」《集韻》：「梢，色角切。梢擢，木無枝柯，長而殺者。或作『葥』。」《考工記·輪人》：「望其輻，欲其揱爾而纖也。」鄭注云：「揱纖，殺小貌。」鄭司農云：「揱，讀爲『紛容揱參』之『揱』。」《漢書·司馬相如傳》：「紛溶葥蔘。」郭彼注云：「支竦擢也。」案梢、葥、揱同。《說文》無「籊」。疑《毛詩》本作「翟」，「翟」爲「擢」古文假借字。長而殺謂之擢擢，猶長而殺謂之梢擢也。興者，竹竿爲釣，與末章檜爲楫、松爲舟，以興得夫婦之禮。中閒二章言由泉源而達淇水，即淇水而思泉源，左右之得其宜，以興由母家而適夫家，本夫家而思母家，始終之得其道，皆所以傷今也。○豈不，言有是也。莫，無也。言婦人樂成爲室家，雖有是思而無由致，得禮則近，不得禮則遠也。

泉源在左，淇水在右。【傳】泉源，小水之源。淇水，大水也。**女子有行，遠兄弟父母。**【疏】酈注《水經·淇水》篇：「泉源水，水有二源，一水出朝歌城西北，一出東南。其水南流，東屈，逕朝歌城南。又東與左水合，謂之馬溝水。又東與美溝合，水出朝歌西北大嶺下，東逕朝歌城北，東南注淇水爲肥泉。《博物志》謂之澳水。斯水即《詩》所謂泉源之水也。」案源，古作「原」，今通作「源」。水以北爲左，南爲右。泉源在朝歌北，故曰在左。淇水則屈轉於朝歌之南，故曰在右。泉源一爲馬溝，一爲美溝。雖不是淇水之發源，而要之泉源在上流，下注於淇水，故《傳》以泉源爲小水，淇水爲大水。水由小以達大，興女子由幼以至成人。泉有原，猶教有本也。《晉語》：「胥臣曰：『夫教者，因體能質而利之者也。』若川然有原，以卬浦而後大。」《傳》語似本此義爲訓。

淇水在右，泉源在左。巧笑之瑳，佩玉之儺。【傳】瑳，巧笑貌。儺，行有節度。【疏】胡承珙《後箋》云：❶「瑳，疑『齹』之假借。『瑳』字本亦作『磋』。《一切經音義》云：『磋，古文「齹」同。』《説文》：『齹，齒參差也。』《詩》但爲笑而見齒之貌耳。」案胡説讀「瑳」爲「齹」，是也。《楚辭·大招》：「靨輔奇牙，宜笑嫣只。」王注：「言美女頰有靨輔，口有奇牙，嗎然而笑，尤媚好也。輔，一作『酺』。」《淮南子·脩務》篇：「奇牙出，靨酺摇。」高注：「靨酺，頰邊文，婦人之媚也。」《碩人》「巧笑倩兮」，彼《傳》云：「倩，好口輔。」謂靨酺也。此《傳》云：「瑳，巧笑皃。」謂奇牙也。《説文》：「儺，行有節也。从人，難聲。《詩》曰：『佩玉之儺。』」疑許所據毛《傳》祇作「行有節」，無「度」字。《庭燎》傳：「噦噦，徐行有節。」亦無「度」字。或後人以「節」字義未盡，乃加「度」字耳。《有女同車》「佩玉將將」，《傳》云：「將將，鳴玉而後行。」所謂「行有節」也。

淇水滺滺，檜楫松舟。【傳】滺滺，流貌。檜，柏葉松身。楫，所以櫂舟也。舟楫相配，得水而行；男女相配，得禮而備。**駕言出遊，以寫我憂。**【傳】出遊，思鄉衛之道。【疏】《説文》：「攸，行水也。从攴，从人，水省。」《六書故》云：「唐本作『水行攸攸』也，其中從水。《釋文》作『浟浟』。《玉篇》：『浟，水流皃。』《五經文字》：『滺，見《詩·風》，亦作「攸」。』」案攸從水爲正字，隸變作「浟」，俗又誤作「滺」。攸、悠聲同義近。《黍苗》：「悠悠，行皃。」又《載馳》：「悠悠，遠皃。」《黍離》：「悠悠，遠意。」其字皆當作「攸攸」，通假作「悠悠」。「檜，柏葉松身」，《爾雅·釋木》文。《禹貢》作「栝」。檜、栝聲同，古舌、會聲通也。《爾雅翼》云：「檜，今人謂之圓柏。」《方言》：「楫謂之橈，或謂之櫂。所以隱櫂謂之篆，所以縣櫂謂之緝。」《釋名》：「在旁撥水曰櫂。櫂，濯也，

❶「珙」，原作「洪」，據中國書店影印武林愛日軒刻本、徐子静本及求是堂本《毛詩後箋》改。

濯於水中也，且言使舟櫂進也。又謂之楫，楫，捷也。撥水使舟捷疾也。」《説文》：「楫，舟櫂也。」是櫂本楫之異名，舟櫂即舟楫。《棫樸》傳亦云：「楫，櫂也。」《説文注》云：「許無『櫂』字。《手部》：『擢，引也。』楫所以引舟而行，故亦謂之擢。」案《傳》以舟楫之得水喻男女之得禮，此亦待禮以成其室家也。《箋》云：「此傷己今不得夫婦之禮。」○遊，當作「游」。「駕言出游，以寫我憂」，《泉水》句義皆同。彼《傳》云：「寫，除也。」此《傳》云：「出游，思鄉衛之道。」《傳》互訓而見義也。此詩俱以淇水設喻，正是「思鄉衛之道」之意。

《芄蘭》二章，章六句。

《芄蘭》，刺惠公也。驕而無禮，大夫刺之。

芄蘭之支，【傳】興也。芄蘭，草也。君子以德，當柔潤温良。**童子佩觿。**【傳】觿，所以解結，成人之佩也。人君治成人之事，雖童子猶佩觿，早成其德。**雖則佩觿，能不我知。**【傳】不自謂無知，以驕慢人也。**容兮遂兮，垂帶悸兮。**【傳】容儀可觀，佩玉遂遂然。垂其紳帶，悸悸然有節度。【疏】芄蘭，草屬，故《傳》直以芄蘭爲草。《爾雅·釋草》：「雚，芄蘭。」郭注云：「芄蘭蔓生，斷之有白汁，可啖。」《説文》：「芄蘭，莞也。」「莞」乃「雚」之誤。陵機《義疏》云：「一名蘿藦，幽州人謂之雀瓢。」《唐本草》：「蘇恭云：『雀瓢，是女青別名也。』」《名醫增補》云：「女青，葉嫩時似蘿藦，圓端大莖。」是雀瓢一名女青。蘿藦葉似之。芄蘭亦以相似通稱，非芄蘭即蘿藦矣。《説文》引《詩》作「枝」，《説苑》亦作「枝」。芄蘭之柔枝弱葉，興君子之德，當有柔潤温良，以反刺惠公之驕慢無禮也。○《禮記·内則》：「子婦事父母舅姑，皆左佩小觿，右佩大觿。」注：「小觿，解小結也。觿貌如錐，以象骨爲之。」鄭謂小觿解小結，則大觿解大結歟？《説文》：「觿，佩角，鋭耑可以解結。《詩》曰『童子佩觿』。」《管子・白心》篇：「觿解不可解而后解。」《説苑・襍言》篇：「百人操觿，不可爲固結。」又《修文》篇：「能治煩決亂者佩觿。」《傳》云「觿，所以解結」，釋經「觿」字。「成人之佩」以下，總釋兩章「佩」字。童子，斥惠公也。《正義》引閔二年《左傳》：「初，惠公之即位也少。」杜預云：「蓋年十五六。」以明惠公稱童子之義。《五經異義》：「《春秋左氏傳》説：歲星爲年，紀十二而一周於天。天道備，故人君可以冠。」然則人君十二而行冠禮，爲成人。人君治成人之事，故惠公得佩觿且佩韘也。云「早成其德」者，即《傳》所謂「君子以德，當柔潤温良」也。《説苑》云：「故君子衣服中而容貌得，接其服而象其德，故望玉貌而行能有所定矣。《詩》曰：『芄蘭之枝，童子佩觿。』説行能者也。」○古「能」與「而」通，皆語詞之轉。則，猶是也。「雖則佩觿，能不我知」，言雖是佩觿，而不我知也。「雖則佩韘，能不我甲」，言雖是佩韘，而不我狎也。猶《民勞》篇云：「戎雖小子，而式弘大。」上言「雖」而下言「能」，與上言「雖」而下言「而」句法正同。經言「佩觿」、「佩韘」，雖是成人，亦當謙退，而不自謂我知，而不自謂我狎。《傳》乃申明經義，寔刺惠公，故云「不自謂無知」、「不自謂不狎」，以見其驕慢人。經反言之，《傳》正言之也。○《左傳》、《孝經》皆云「容止可觀」，容儀即容止。《詩》之「容」與《儀禮・士冠禮》之「容」義同，謂成人而有容儀也。鄭注《士冠禮》云：「容者，再加彌成，其儀益繁。」遂，猶遂遂也。「遂遂」與《大東》「鞙鞙」同。《爾雅・釋器》「遂」有「瑞」、「綬」兩義。《傳》於《大東》之「遂」訓「瑞」，而於此篇之「遂」爲「綬」。佩玉有綬，行則動綬以成聲，容儀遂遂，《玉藻》所謂「習容觀玉聲」，鄭注《祭義》云「遂遂，相隨行之貌」是也。帶，大帶也。古者有大帶，又有革帶。革帶服於要，大帶用組系結於紐。革帶，所以繫佩。大帶，所以束衣。先服革帶，然後加之以大帶。革帶不垂，其垂者乃大帶也。其廣四寸，垂長三尺。天子、諸侯、大夫皆合素爲裨，士則練裨，皆謂之大帶。

惠公垂帶，爲諸侯之帶，即《玉藻》所謂「素帶終裨」。彼疏云：「諸侯以素爲帶，亦用朱、緑終裨，上以朱，下以緑。」《傳》云「垂其紳帶」，釋經之「垂帶」，紳亦帶也。《内則》「韠紳」鄭注、《論語》「拖紳」苞注、《書》「紳」孔注竝云：「紳，大帶也。」鄭司農注《典瑞》云：「晉，讀如『薦紳』之『薦』，謂臿於紳帶之閒若帶劒也。」又《白虎通義·衣裳》篇云：「所以必有紳帶者，示敬謹，自約整也。」皆紳、帶連文同義。詩言「佩玉遂遂然」，舉佩玉則有革帶可知。而紳帶悸悸，自屬大帶。此及《有狐》、《尸鳩》、《都人士》之「帶」皆大帶也。悸，猶悸悸也。「悸悸然有節度」，《傳》所以形容其垂帶之狀。《釋文》引《韓詩》「垂帶萃兮」，云：「萃，垂皃。」「悸」與「萃」古聲相近。哀十三年《左傳》「佩玉繠兮」，《説文》：「繠，垂也。」「悸」與「繠」聲亦相近。

芄蘭之葉，童子佩韘。【傳】韘，玦也。能射御則佩韘。**雖則佩韘，能不我甲。**【傳】甲，狎也。**容兮遂兮，垂帶悸兮。**【疏】《傳》云「韘，玦」，「玦」字誤。《釋文》：「玦，又作『決』。」《玉篇》：「韘，決也。」佩韘，《内則》曰「佩決」。《車攻》傳：「決，鉤弦也。」《説文》：「韘，射決也。所以拘弦，以象骨韋系箸右巨指。从韋，枼聲。《詩》曰：『童子佩韘。』或从弓作『弽』。」此與《傳》訓同。《箋》云：「韘之言沓，所以彄沓手指。」此以「極」釋「韘」也。《大射儀》「朱極三」，注云：「極，猶放也。所以韜指，利放弦也。以朱韋爲之。三者，食指、將指、無名指。小指短，不用。」案決箸右巨指，極冒右中三指。決以鉤弦，極以放弦。兩事相須。《士喪》、《大射禮》言極必兼言決，但經典言決拾，無言極拾，故《傳》以「決」釋「韘」者，舉「決」以該「極」也。《箋》以「極」釋「韘」者，亦是足成《傳》義。鄭司農注《周禮·繕人》云：「決者，所以縱弦。」此古人「決」、「極」不分矣。《説苑·修文》篇亦云：「能射御者佩韘。」○「甲，狎」，《爾雅·釋言》文。《毛詩》用古文假借作「甲」，《釋文》引《韓詩》正作「狎」。《多方》「因甲于内亂」，鄭、王本皆以「甲」爲「狎」，此甲、狎字通之證。《爾雅》：「狎，習也。」習，習禮也。知，知禮也。

《河廣》二章，章四句。

《河廣》，宋襄公母歸于衛，思而不止，故作是詩也。【疏】案此詩宋襄公母所作也。《序》云「宋襄公母」者，宋桓公夫人也。何以不言宋桓夫人？以夫人終襄公世不返宋，故不繫諸宋桓，而繫諸宋襄也。《序》云「歸于衛」者，歸，歸宗也。女既歸宗，義當廟絶。《春秋》：「成五年春，杞叔姬來歸。」《穀梁傳》：「婦人之義，嫁曰歸，反曰來歸。」九年春，「杞伯來逆叔姬之喪以歸」。《傳》：「夫無逆出妻之喪而爲之也。」蓋婦人既出不歸葬，猶婦人既嫁不歸寧。杞叔姬歸於魯，其義與杞當絶，故《春秋》書「逆喪」以見譏。「宋襄公母歸于衛」，其義與宋當絶，故《詩》録《河廣》以存禮。《序》與《穀梁傳》皆正論也。《序》云「思而不止」者，思，憂思；不止，猶不已也。當時衛有狄人之難，宋襄公母歸在衛，見其宗國顛覆，君滅國破，憂思不已，故篇内皆敘其望宋渡河救衛，辭甚急也。未幾而宋桓公逆諸河，立戴公以處曹，則此詩之作，自在逆河之前。《河廣》作，而宋立戴公矣。《載馳》賦，而齊立文公矣。《載馳》，許詩。《河廣》，宋詩。而繫列於鄘、衛之風，以二夫人於其宗國皆有存亡繼絶之思，故録之。若僅謂思子而作，孔子奚取焉？《鹽鐵論·執務》篇：「好德如《河廣》。」此三家《詩》義。或云：「河」當作「漢」。

誰謂河廣？一葦杭之。【傳】杭，渡也。**誰謂宋遠？跂予望之。**【疏】《説文》：「抗，舉也。或作『杭』。」《後箋》云：「《廣雅·釋詁》：『抗，渡也。』疑《詩》『杭』本亦有作『抗』者。次章『曾不容刀』，《釋文》、《正義》皆引《説文》『舠』字，而於『一葦杭之』，竝不及《方部》之『斻』，是陸、孔皆知『杭』非即『斻』字也。」案《初學記・地部》及白居易《六帖》六兩引《詩》作「航」。航，乃俗字。《楚辭・九歎》注引《詩》作「企」。跂、企古通用。

誰謂河廣？曾不容刀。誰謂宋遠？曾不崇朝。【疏】《箋》云：「小船曰刀。」《正義》云：「上言一葦，桴栰之小；此刀宜爲舟船之小。」引《説文》作「舠」。舠，小船也。《釋文》同。今《説文》無「舠」。《廣雅・釋地》云：「舠，舟也。」《蝃蝀》傳以「崇朝」爲「終朝」，《箋》云：「崇，終也。行不終朝，亦喻近。」

《伯兮》四章，章四句。

《伯兮》，刺時也。言君子行役，爲王前驅，過時而不反焉。【疏】《箋》云：「衛宣公之時，蔡人、衛人、陳人從王伐鄭伯也。爲王前驅久，故家人思之。」案事在魯桓公五年，衛宣公之十三年也。王，周桓王也。

伯兮朅兮，邦之桀兮。【傳】伯，州伯也。朅，武貌。桀，特立也。**伯也執殳，爲王前驅。**【傳】殳，長丈二而無刃。【疏】《傳》釋「伯」爲「州伯」者，《禮記・内則》：「州史獻諸州伯，州伯命藏諸州府。」《正義》引解「州伯」謂「州里之伯」，是矣。《管子・問》篇：「問州之大夫也，何里之士也。」此亦謂州里之伯。州伯即州長。《周禮》州長，每州中大夫一人。天子州長中大夫，則諸侯當下大夫。《州長職》云：「若國作民而師田行役之事，則帥而致之，掌其戒令與其賞罰。」鄭注云：「掌其戒令賞罰，則是於軍因爲師帥。」「朅，武皃」，《碩人》同。《玉篇・人部》引《詩》作「偈」。宋玉《高唐賦》：「偈兮若駕駟馬，建羽旗。」《文選》注引《韓詩》云：「偈，桀侹也，疾驅貌。」侹，疑「健」之誤。《韓詩》「庶士有桀」，訓「健」。連言之爲「桀健」。《説文》無「偈」字。桀者，「傑」之假借。

《正月》、《載芟》傳竝以「傑」、「特」同訓，與此同。《箋》云「桀，英桀」，《正義》作「英傑」。《衆經音義》卷五引此經、《傳》俱作「傑」。《説文》：「傑，執也。材過萬人也。」○《考工記・廬人》：❶「殳長尋有四尺。」是殳長丈二也。《説文》云：「《禮》：殳以積竹，八觚，長丈二尺，建於兵車。」鄭注亦云：「凡矜八觚，殳首有鐏而無刃。」故《正義》云：「《冶氏》爲戈戟之刃，不言殳刃，是無刃也。」《説文》又云：「祋，殳也。《詩》曰：『何戈與祋。』」「杸，軍中士所持殳也。《司馬法》曰：『執羽從杸。』」祋、杸亦皆殳也。《釋名》云：「殳，殊也。有所撞挃於車上，使殊離也。」《周禮・司戈盾》：「祭祀，授旅賁殳。」《説文》「殳」下亦云：「旅賁以先驅。」《詩》之伯其以州長而攝旅賁歟？《後箋》云：「執殳之旅賁則爲士。《曲禮》：『列國之大夫，入天子之國，曰某士。』注：『三命以下，於天子爲士。』衛之君子爲王前驅者，自是諸侯大夫，於王朝則爲士耳。」

自伯之東，首如飛蓬。【傳】婦人夫不在，無容飾。**豈無膏沐，誰適爲容？**【傳】適，主也。【疏】《正義》云：「此時從王伐鄭。鄭在衛之西南，而言東者，時蔡、衛、陳三國從王伐鄭，則兵至京師，乃東行伐鄭也。上云『爲王前驅』，即云『自伯之東』，明從王爲前驅而東行，故據以言之，非謂鄭在衛東。」○飛蓬，猶蒙戎。《旄丘》傳：「蒙戎，以言亂也。」《管子・形勢》篇：「飛蓬之問，不在所賓。」尹知章注云：「蓬飛因風，動摇不定。」《淮南子》：「見飛蓬轉而知爲車。」《商子》：「飛蓬飄風而行千里，乘風之勢也。」竝與《詩》「飛蓬」同。《傳》云「婦人夫不在，無容飾」，「容」字即探下句爲訓。適，當讀爲敵，《説文》：「敵，仇也。」《爾雅》：「仇，匹也。」竝與「主」義相近。容，謂容飾也。

❶ 「廬」，原作「盧」，據中國書店影印武林愛日軒刻本、徐子静本及阮刻《周禮注疏》改。

其雨其雨，杲杲出日。【傳】杲杲然日復出矣。**願言思伯，甘心首疾。**【傳】甘，厭也。【疏】古其、維通。「其雨其雨」，猶云維雨維雨也。杲杲，日出之貌，故《玉篇》云：「杲，日出也。」《管子·內業》篇：「杲乎如登於天。」尹注云：「杲，明貌。」《楚辭·遠遊》：「陽杲杲其未光兮。」與此「杲杲」同。《傳》云「日復出」，《箋》申之以爲伯復不來。○願言，每曰也。義見《二子乘舟》篇。《說文·甘部》：「猒，飽也。」今字通作「厭」。莊九年《左傳》：「管召讎也，請受而甘心焉。」杜注云：「甘心，言欲快意戮殺之。」案《左傳》「甘心」與《詩》「甘心」不同。快意謂之甘心，憂念之思滿足於心亦謂之甘心。《傳》以「厭」詁「甘」，憂思滿足之意也。《小弁》云：「疢如疾首。」趙注《孟子·梁惠王》篇云：「疾首，頭痛也。」「甘心」、「疾首」平列，言「首疾」者，蓋倒句以協韻耳。

焉得諼草？言樹之背。【傳】諼草令人忘憂。背，北堂也。**願言思伯，使我心痗。**【傳】痗，病也。【疏】《釋文》：「諼，本又作『萱』。」《文選》嵇康《養生論》注引《詩》作「萱」。《說文》作「安得藼艸」，或作「蕿」，或作「萱」。《爾雅》釋文引《詩》作「萲」。「萲」即「蕿」之省。《傳》云「令人忘憂」，儀徵阮元《校勘記》云：「此當作『令人善忘』。《箋》：『憂以生疾，恐將危身，欲忘之。』《傳》不言『憂』，《箋》以『憂』申之也。《釋文》：『令人，力呈反。善忘，亡向反。』《爾雅》釋文引毛《傳》作『令人善忘』爲證。《正義》云『令人善忘憂』，『憂』字以鄭說爲毛說耳。」案《說文》云：「令人忘憂之艸。」《文選》謝惠連《西陵遇風詩》注引《韓詩》「焉得諠草」，薛君云：「諠草，忘憂也。」諠，當作「萱」。《傳》文當作「諼草令人善忘」六字。《韓詩》言「忘憂」，《說文》言「忘憂之艸」，皆足以補明《傳》義，非有異也。古不言諼草爲何草，唯蘇頌《圖經》云：「萱草，俗謂之鹿葱，味甘而無毒，主五藏，利心志，令人好歡樂無憂。」李時珍《本草綱目》云：「今東人採其花跗，乾而食之，名爲黄花菜。」案今俗謂金針菜即此。然古無此説也。〇「背，北堂」，北堂，燕寢之北堂也。古人居室之制爲五架之屋，前有堂，後有房有室。室西，房東。入處在於室，治事在於房。中房在堂北，謂之北堂，《詩》謂之背。背者，《北門》傳所謂「背明鄉陰」也。《士昏禮》鄭注：「北堂，房中半以北。」《特牲》、《有司徹》注：「北堂，中房而北。」則以房之近北者爲北堂矣。《淮南子·原道》篇：「上漏下溼，潤浸北房。」高注云：「北房，陰堂。」亦此義也。室之北有北牖，房之北有北階。北階下有餘地可以樹草，故婦人於房中偶見生傷，欲得善忘之草以樹之者，謂此也。北堂正指北堂階下，《正義》謂「婦人欲樹草於堂上」，誤矣。〇「痗，病」，《爾雅·釋詁》文。《十月之交》「亦孔之痗」，《傳》與此同。《説文》無「痗」字。

《有狐》三章，章四句。

《有狐》，刺時也。衛之男女失時，喪其妃耦焉。古者國有凶荒，則殺禮而多昏。句。會男女之無夫家者，所以育人民也。【疏】《釋文》云：「『所以育民人也』，本或作『蕃育』者，非。」案作「蕃育」者，是也。《正義》本有「蕃」字，《摽有梅》傳有「蕃」字。蕃育，故「多昏」。若無「蕃」字，則不辭矣。《箋》但訓「育」爲「生長」者，以蕃之爲多，易曉耳。人民，當依《釋文》作「民人」。《摽有梅》傳亦作「民人」可證。

有狐綏綏，在彼淇梁。【傳】興也。綏綏，匹行貌。石絶水曰梁。**心之憂矣，之子無裳。**【傳】之子，無室家者。在下曰裳，所以配衣也。【疏】興者，以狐爲興。《傳》云「綏綏，匹行皃」者，匹者，妃耦也。狐妃耦而行綏綏然，以興無室家者狐之不若也。綏綏，讀爲夊夊，與《齊·南山》同。「石絶水曰梁」，絶者，渡也。以石渡水爲梁，與《説文》「履石渡水爲砅。或作『濿』」義同也。《爾雅》：「隄謂之梁。」郭注云：「即橋也。或曰：

石絶水者爲梁，見《詩傳》。」又「石杠謂之徛」，郭注云：「聚石水中，以爲步渡彴也。《孟子》曰：『歲十月徒杠成。』或曰：今之石橋。」段注《説文》云：「石杠者，謂兩頭聚石，以木横架之可行，非石橋也。」然則毛《傳》「石絶水曰梁」即是《爾雅》之「石杠」，石杠亦梁也，故得通稱。○之子，無室家者。之子，兼男女言。桓十八年《左傳》云：「申繻曰：『女有家，男有室。無相瀆也，謂之有禮。易此必敗。』」鄭注《周禮・媒氏》云：「無夫家，謂男女之鰥寡者。」是室家猶夫家也。云「在下曰裳，所以配衣也」者，《緑衣》、《東方未明》傳：「上曰衣，下曰裳。」是裳在下也。無裳，謂無衣裳。無帶，謂無衣帶。不言「衣」者，文不備耳。故《傳》於首章云「配衣」，次章云「申束衣」，皆以足成經義。衣裳，就上下言，上下猶尊卑。衣帶，就表裏言，表裏猶内外。末章「之子無服」，《傳》云「言無室家，若人無衣服」，兼男女説。

有狐綏綏，在彼淇厲。【傳】厲，深可厲之旁。**心之憂矣，之子無帶。**【傳】帶，所以申束衣。

【疏】厲，與《匏有苦葉》「深則厲」訓異，而義實相通。厲者，涉也。深厲，即深涉。《傳》云「深可厲」者，即本《匏有苦葉》謂水深可涉也。此與《爾雅》「以衣涉水」、「由帶以上」兩解「厲」字之義未嘗不合。然《傳》必申之云「深可厲之旁」以釋《詩》「厲」字，則又與《説文》「履石渡水」義相近。厲本涉水之名，因之水旁可涉亦謂之厲。《廣雅》：「厲，方也。」「方」與「旁」同。《水經注・河水》篇：「段國《沙州記》：『吐谷渾於河上作橋梁謂之河厲。』」此方俗之命名。《詩》之「河厲」、「河梁」皆爲水旁可涉，非若後世之橋梁矣。○云「帶，所以申束衣」者，《廣雅》：「紳，束也。」《韓子・外儲説左上》篇：「紳之束之，宋人有治者，因重帶自紳束也。」鄭注《内則》云：「紳，大帶，所以自紳約也。」案紳約即紳束，古字當作「申束」。申言帶之垂，束言帶之結。紐約用組，廣三寸，其結之下垂者長三尺。

有狐綏綏，在彼淇側。心之憂矣，之子無服。【傳】言無室家，若人無衣服。【疏】《伐檀》傳：「側，猶厓也。」

《木瓜》三章，章四句。

《木瓜》，美齊桓公也。衛國有狄人之敗，出處于漕。齊桓公救而封之，遺之車馬器服焉。衛人思之，欲厚報之，而作是詩也。【疏】魯閔公二年《左傳》云：「齊侯使公子無虧帥車三百乘、甲士三千人以戍曹。歸公乘馬，祭服五稱，牛、羊、豕、雞、狗皆三百，與門材。歸夫人魚軒，重錦三十兩。」《齊語》云：「狄人攻衛，衛人出，廬于曹，桓公城楚丘以封之。其畜散而無育，桓公與之繫馬三百。」是其事也。案其年冬，戴公立未踰月卒，而文公立。戍曹、廬曹皆謂文公矣。《春秋》：「魯僖公十九年，陳、蔡、楚、鄭盟于齊。」《左傳》以爲修桓公之好，況桓於文曾有存亡繼絶之功。衛人思厚報其德，作《木瓜》之詩。其猶《春秋》盟齊之志歟？齊桓盛而王業初衰，齊桓歿而王迹終熄，故孔子删《詩》，繫《木瓜》於衛國之末篇，而下繼以王國之變風。

投我以木瓜，報之以瓊琚。【傳】木瓜，楙木也，可食之木。瓊，玉之美者。琚，佩玉名。**匪報也，永以爲好也。**【疏】《爾雅》：「楙，木瓜。」木瓜一名楙，本木名，故《傳》云「木」。《考工記·弓人》取榦之道七，木瓜次之。是木瓜中弓榦材矣。《詩》之「木瓜」謂實，故《傳》又云「可食之木」。郭注《爾雅》云：「實如小瓜，酢可食。」《齊民要術》引《義疏》云：「楙葉似柰葉，實如小瓜，上黃。」《水經·江水》注云：「江水逕魚復縣之故陵，地多木瓜樹，有子大如甒，白黃，實甚芬香，《爾雅》之所謂楙也。」〇《小箋》云：「瓊爲玉之美者，故引伸凡石之美皆謂瓊，如瓊琚、瓊瑶、瓊華、瓊瑩、瓊玖、瓊英、瓊瑰皆是也。應劭曰：『瓊，玉之華也。』」「琚，佩玉名」，《小箋》

云：「『名』乃『石』之誤。佩玉石者，謂佩玉納閒之石也。」《後箋》云：「此説非也。襍佩謂之佩玉，亦謂之玉佩，故《鄭風》言『佩玉瓊琚』，《秦風》言『瓊瑰玉佩』，一也。佩玉名者，襍佩非一，其中有名琚者耳。段以琚乃佩玉之一物，不得爲佩玉名，誤矣。」

投我以木桃，報之以瓊瑤。【傳】瓊瑤，美玉。**匪報也，永以爲好也。**【疏】「瓊瑤，美玉」，《小箋》云：「《正義》」作『美石』，不誤。《釋文》作『美玉』，誤也。《説文》琨、珉、瑤皆石之美者。《周禮》：『王獻玉爵，后獻瑤爵。』《禮記》：『玉爵獻卿，瑤爵獻大夫。』是其等差。」《後箋》云：「《呂記》引《傳》尚作『美石』。《正義》云『瑤亦佩玉名』者，賈誼《新書》言『佩玉捍珠以納其閒』，《大戴》作『玭珠』，《韓詩外傳》作『蠙珠』。然『珠』字從玉，其初蓋以玉爲者，後乃用蚌珠代之。荀卿賦曰：『旋玉瑤珠，不知佩也。』古人殆以瑤爲珠，以充佩玉，故知瑤亦佩玉名也。」

投我以木李，報之以瓊玖。【傳】瓊玖，玉名。**匪報也，永以爲好也。**【傳】孔子曰：「吾於《木瓜》，見苞苴之禮行。」【疏】「瓊玖，玉名」，《小箋》云：「《王風》傳曰：『玖，石次玉黑色者。』今此《傳》作『玉名』，乃『玉石』之誤耳。玉石，見楊雄《蜀都賦》、《漢書·西域傳》，師古曰：『玉石，石之似玉者也。』」《後箋》云：「首章《正義》云：『此言「琚，佩玉名」，下《傳》云「瓊瑤，美石」、「瓊玖，玉名」。三者互也。』此『瓊玖，玉名』，『名』當作『石』。蓋謂《傳》訓瓊玖爲玉石與琚爲佩玉名、瑤爲美石，三者互文見義。若作『瓊玖，玉名』，則與『琚，佩玉名』同，不得云三者互矣。《正義》又云：『琚言佩玉名，瑤、玖亦佩玉名。瑤言美石，玖言玉名，明此三者皆玉石襍也。』此玖言『玉名』，亦當作『玉石』，蓋以瑤之美石、玖之玉石證琚雖佩玉名，而亦爲玉石襍也。今本《正義》『瓊玖，玉名』、『玖言玉名』二『名』字皆『石』之誤。若此《傳》本以玖爲玉名，則《正義》不當引

《丘中有麻》傳以明玖非全玉矣。」〇《傳》於章末引孔子語以總釋全章，蓋木瓜、桃、李皆苞苴之果實也。《箋》云：「以果實相遺者，必苞苴之。《尚書》曰：『厥苞橘柚。』」《禮記・曲禮》篇：「苞苴問人。」《新書・禮》篇：「苞苴時有筐篚，時至則群臣附。」其下引：「《詩》曰：『投我以木瓜，報之以瓊琚。匪報也，永以爲好也。』上少投之，則下以軀償矣。弗敢謂報，願長以爲好。古之蓄其下者，其施報如此。」昭二年《左傳》：「衛侯享韓宣子，宣子賦《木瓜》。」杜注云：「義取於欲厚報以爲好。」竝與《毛詩》義合。

詩毛氏傳疏卷六

王黍離詁訓傳弟六　毛詩國風

王國十篇，二十八章，百六十二句。【疏】王，王城也。《漢書·地理志》云：「河南郡雒陽，周公遷殷民，是爲成周。河南，故郟鄏地，周武王遷九鼎，周公致大平，營以爲都，是爲王城，至平王居之。」又云：「雒邑與宗周通封畿，東西長而南北短，短長相覆爲千里。」案雒邑即王城也。鎬京至王城千里而近，所謂東西長也。周西東都本通畿，王城居瀍水之西、澗水之東，而成周又在瀍水之東，爲東都下邑。召公相雒邑，周公兼營成周。幽王既滅宗周，而平王遂徙都於此，不復及天下之事，故謂之曰王國之風焉。《關雎》序云：「是以一國之事，繫一人之本，謂之風。」

《黍離》三章，章十句。

《黍離》，閔宗周也。周大夫行役，至于宗周，過故宗廟宮室，盡爲禾黍，閔周室之顛覆，彷徨不忍去，而作是詩也。【疏】案《黍離》之詩，《太平御覽·人事一百一十》、《百穀六》兩引《韓詩》以爲伯封作。《羽族十》載《令禽惡鳥論》：「昔尹吉甫信後妻之讒，而殺孝子伯奇，其弟伯封求而不得，作《黍離》之詩。」陳思王本

《韓詩》也。劉向《説苑·奉使》篇云：「魏文侯封大子擊於中山。趙倉唐見文侯，文侯曰：『子之君何業？』倉唐曰：『業《詩》。』文侯曰：『於《詩》何好？』倉唐曰：『好《晨風》、《黍離》。』」《韓詩外傳》亦有其文。倉唐以《詩》諷動其父文侯，是自指伯封作。而《新序·節士》篇又以爲衛宣公子壽閔其兄見害而作，所傳聞異。此皆三家《詩》説，與《毛詩序》列《黍離》於《王風》之首者不同。

彼黍離離，彼稷之苗。【傳】彼，彼宗廟宫室。**行邁靡靡，中心摇摇。**【傳】邁，行也。靡靡，猶遲遲也。摇摇，憂無所愬。**知我者，謂我心憂。不知我者，謂我何求。悠悠蒼天，此何人哉！**【傳】悠悠，遠意。蒼天，以體言之。尊而君之，則稱皇天。元氣廣大，則稱昊天。仁覆閔下，則稱旻天。自上降鑒，則稱上天。據遠視之蒼蒼然，則稱蒼天。【疏】詩言「彼黍」、「彼稷」即是宗周之地，故《傳》依《序》釋「彼」爲「彼宗廟宫室」也。《箋》云：「宗廟宫室毁壞，而其地盡爲禾黍。我以黍離離時至，稷則尚苗。」此《箋》申成《傳》意也。程瑶田《九穀考》云：「諸書言穜黍皆云大火中，是以夏至而穜也。《説文》獨言以大暑而穜，蓋言穜黍之極時，其正時實夏至也。氾勝之《穜殖書》：『黍，暑也，穜者必待暑。』説與《説文》同，亦以極時言之矣。《月令》：『孟春行冬令，首穜不入。』鄭注：『舊説首穜謂稷。』今以北方諸穀播穜先後考之，高粱最先，粟次之，黍穈又次之。然則首穜者，高粱也。」又云：「瑶田六月過天津，見黍穈正秀，而高粱竟畝無一秀者。因問之農民，則曰：高粱穜在黍穈前，秀在黍穈後，在地時日久，其秀反遲。若不早穜，斷不能收。向疑高粱首穜，而《詩》乃云黍離離稷猶苗者，至此始信《詩》言不謬矣。」案程説辨黍、稷詳盡。此以目驗證經義，尤見確實。《御覽》引《薛君章句》云：「『彼黍離離，彼稷之苗。』離離，黍貌也。詩人求己兄不得，憂懣不識於物，視彼黍離離，然憂甚之時，反以爲稷之苗，乃自知憂之甚也。」此韓與毛異。《湛露》傳：「離離，垂也。」下二章言稷穗、稷實亦是離離之狀。憂懣不識，故黍、稷莫辨。若首章視黍離離，不得目爲稷之苗，苗狀不相似。韓不若毛之優。○《傳》訓「邁」爲「行」，邁亦行也。「行邁靡靡」，猶云「行道遲遲」耳。《雨無正》、《小旻》皆「行邁」連文。靡、遲一語之轉。《邶·谷風》傳云：「遲遲，舒行皃。」《玉篇·彳部》：「𢕟𢕟，猶遲遲也。今作『靡』。」《爾雅》：「愮愮，憂無告也。」本又作「摇」。郭注云：「賢者憂懼，無所訴也。」義與《傳》同。《説文》有「摇」無「愮」，於「懽」下引《爾雅》作「愮愮」爲誤字。《大戴禮·武王踐阼》篇：「若風將至，必先摇摇。」《楚策》：「心摇摇如懸旌，而無所終薄。」《漢書·五行志中上》引《左傳》：「遠哉摇摇。」顔注云：「摇摇，不安之皃。」《説文》：「摇，動也。」《廣雅》：「摇，亂也。」○《訪落》傳：「悠，遠也。」重言之爲悠悠。《傳》云「悠悠，遠意」者，探詩人之志必得，故訓之「意」。如「爰爰，緩意」、「愕愕，憂意」、「蛇蛇，淺意」、「施施，難進之意」、「沖沖，鑿冰之意」，皆其例。蒼，古作「倉」，《釋文》「本又作『倉』」是也。《爾雅·釋天》：「春爲蒼天，夏爲昊天，秋爲旻天，冬爲上天。」《異義》：「天號，今《尚書》歐陽説：春曰昊天，夏曰蒼天，秋曰旻天，冬曰上天，總爲皇天。《爾雅》亦然。」是許叔重所據《爾雅》作「春昊」、「夏蒼」，與今本作「春蒼」、「夏昊」者不同。福州陳壽祺《五經異義疏證》云：「考《白虎通義·四時》篇曰：『四時天異名何？天尊，各據其盛者爲名也。春、秋物變盛，冬、夏氣變盛。春曰蒼天，夏曰昊天，秋曰旻天，冬曰上天。《爾雅》曰「一説春爲昊天」是也。』《白虎通義》並載《爾雅》兩説，是《爾雅》舊本有作『春昊』、『夏蒼』者。許君《異義》及鄭駁所據《爾雅》皆然。《説文·弟七上·日》篇：『旻，秋天也。从日，文聲。《虞書》曰：「仁閔覆下，則稱旻天。」』此用《爾雅》與今《尚書》説也。所引《虞書》即《異義》之古《尚書》説也。《弟十下·夰》篇：『昦，春爲昦天，元氣昦昦。从日、夰，夰亦聲。』此亦兼採《爾雅》、今《尚書》、古《尚書》説也。其曰『春爲昊天』與《異義》同。」奂案《桑柔》篇「以念穹蒼」，云：「穹蒼，蒼天也。」《傳》本《爾雅》。此因詩言「蒼天」，《傳》總釋五天名號之義，當亦本《爾雅》。黍離離在夏時，則蒼天指夏天。《爾雅》春昊、夏蒼、秋閔、冬上爲四時名號，而《傳》更釋其名義也。《周禮·大宗伯》賈疏引古《尚書》説云：「天有五號，各用所宜稱之。尊而君之，則曰皇天。元氣廣大，則稱昊天。仁覆愍下，則稱旻天。自上監下，則稱上天。據遠視之蒼蒼然，則稱蒼天。」説與毛《傳》同。鄭康成從古《尚書》説云：「夏氣高明，故以遠言之。」與毛《傳》云「遠意」亦同。又案四時名號，各施所宜。泛稱自不專泥於四時，故全《詩》中若《秦·黄鳥》、《巷伯》之「蒼天」，《抑》、《雝》之「皇天」，《節南山》、《雨無正》、《巧言》、《蓼莪》、《抑》、《桑柔》、《雲漢》、《瞻卬》、《昊天有成命》、《時邁》之「昊天」，《雨無正》、《小旻》、《召旻》之「旻天」，《小明》、《信南山》、《文王》之「上天」，皆不取四時之名號。「此何人哉」，《箋》云：「此亡國之君，何等人哉？疾之甚。」

彼黍離離，彼稷之穗。【傳】穗，秀也。詩人自黍離離見稷之穗，故歷道其所更見。**行邁靡靡，中心如醉。**【傳】醉於憂也。**知我者，謂我心憂。不知我者，謂我何求。悠悠蒼天，此何人哉！**【疏】《説文》：「采，禾成秀也。俗作『穗』。」是「穗」、「采」同字。禾秀曰采，稷秀亦曰采。《生民》「實發實秀」，《傳》：「不榮而實曰秀。」是實亦秀也。黍離離爲行役始至之時，三章無變文。稷則有苗、穗、實之異，皆是詩人之自見如此。《傳》云「故歷道其所更見」者，以總釋全章之義。道，言也。下篇《序》云「君子行役無期度」，即此意也。

彼黍離離，彼稷之實。【傳】自黍離離見稷之實。**行邁靡靡，中心如噎。**【傳】噎，憂不能息也。**知我者，謂我心憂。不知我者，謂我何求。悠悠蒼天，此何人哉！**【疏】《傳》以「憂不能息」釋「噎」字，

《正義》云「噎者，咽喉蔽塞之名，而言中心如噎，故知憂深不能喘息如噎之然」是也。《玉篇》：「謂噎，憂不能息也。」「謂噎」二字讀逗，與「嘌」下「謂嘌嘌，無節度也」句法正同。「憂無所愬」、「醉於憂」、「憂不能息」，《傳》三「憂」字一例。

《君子于役》二章，章八句。

《君子于役》，刺平王也。君子行役無期度，大夫思其危難以風焉。

君子于役，不知其期，曷至哉？雞棲于塒，【傳】鑿牆而棲曰塒。**日之夕矣，羊牛下來。君子于役，如之何勿思？**【疏】《說文》：「西，鳥在巢上。或作『棲』。」《衡門》「可以棲遲」，漢碑作「西遲」。此漢人作「西」字矣。《爾雅·釋宮》：「鑿垣而棲爲塒。」郭注云：「今寒鄉穿牆棲雞。」《說文》云：「雞棲垣爲塒。」許本《爾雅》，承上句「雞棲」爲言，不言「鑿垣」者，略也。毛《傳》作「牆」。牆者，垣也。《釋文》作「時」。賈昌朝《群經音辨》引《詩》作「時」，爲「塒」古文假借字。

君子于役，不日不月，曷其有佸？【傳】佸，會也。**雞棲于桀，**【傳】雞棲于杙爲桀。**日之夕矣，羊牛下括。**【傳】括，至也。**君子于役，苟無饑渴？**【疏】佸、會疊韻聲通，如「話」或作「譮」、「檜」亦作「栝」之例。《說文》：「佸，會也。」《玉篇》同。本《毛詩》。《釋文》引《韓詩》：「佸，至也。」「會」與「至」義相近。○「雞棲于杙爲桀」，《釋宮》文。「于杙」當作「於弋」。桀，《爾雅》作「榤」。「杙」、「榤」皆後出字。《說文》：「弋，橜也。」《兔罝》「椓之丁丁」，《傳》云：「丁丁，椓弋聲也。」《地官·牛人》：「以授職人而芻之。」鄭注云：「職，讀爲樴。樴謂之弋，可以繫牛。」是罝兔、繫牛與棲雞皆用弋也。《伯兮》傳：「桀，特立也。」雞棲弋有特立之狀，故謂之桀。桀之爲言特也，猶塒之爲言止也。下括，猶下來。《采薇》傳：「來，至也。」「括」與「佸」義相近。《箋》云：「言畜産出入，尚使有期節。至于行役者，乃反不也。」

《君子陽陽》二章，章四句。

《君子陽陽》，閔周也。君子遭亂，相招爲禄仕，全身遠害而已。【疏】《箋》云：「禄仕者，苟得禄而已，不求道行。」

君子陽陽，左執簧，【傳】陽陽，無所用其心也。簧，笙也。**右招我由房。**【傳】由，用也。國君有房中之樂。**其樂只且！**【疏】《正義》引《史記》稱「晏子御，擁大蓋，策四馬，意氣陽陽，甚自得」。今《史記》列傳作「揚揚」，《晏子·襍上》篇亦作「揚揚」。《荀子·儒效篇》「則揚揚如也」，楊注云：「得意之貌。」竝與《傳》「無所用其心」義合。陽，即「揚」之假借。《玉藻》注：「揚，讀爲陽。」此陽、揚聲通之例。○《傳》釋「簧」爲「笙」者，謂簧即笙也，《車鄰》、《鹿鳴》同。《爾雅·釋樂》：「大笙謂之巢，小者謂之和。」郭注云：「列管瓠中，施簧管端。大者十九簧。和，十三簧者。《鄉射·記》曰：『三笙一和而成聲。』」《周禮》：「笙師掌教龡竽、笙。」鄭司農注云：「竽，三十六簧。笙，十三簧。」《説文》、《廣雅》皆本此説。疑「巢」即竽，其笙之大者歟？故諸家竝以十三簧者爲笙之管。高注《吕覽·仲夏紀》云：「竽，三十六簧。笙，十七簧。」武進莊逵吉以「七」爲「三」之誤，是已。簧爲笙中之管，其底貫之以匏，故《白虎通義》云：「笙曰匏。」○「由」訓「用」，《蕩》「人尚乎由行」，《傳》亦訓「由」爲「用」。

《小弁》箋云：「由，用也。」《燕禮》：「乃閒歌《魚麗》，笙《由庚》；歌《南有嘉魚》，笙《崇丘》；歌《南山有臺》，笙《由儀》。遂歌鄉樂《周南·關雎》、《葛覃》、《卷耳》，《召南·鵲巢》、《采蘩》、《采蘋》。大師告于樂正曰：『正歌備。』」又《燕禮·記》曰：「有房中之樂。」此《記》文正釋經「鄉樂」之義。《禮》言鄉樂在笙入閒歌已後，則此詩上言「執簧」即笙入閒歌也，下言「由房」即燕合鄉樂也。毛《傳》以「房中之樂」釋之，正本《燕禮》爲訓。「右招我由房」，我，我僚友也。王燕用房中之樂，而君子位在樂官，故得相招評其僚友也。所謂「房中」者，路寢之房中也。《書·顧命》：「胤之舞衣、大貝，鼖鼓在西房。兑之戈、和之弓、垂之竹矢在東房。」案上言狄設黼扆、綴衣，下言東房、西房。天子設黼扆在路寢明堂，則房爲路寢之房。高注《淮南子·本經》篇云：「明堂，王者布政之堂。上圜下方，堂四出各有左右房，謂之个。凡十二所。」此一證也。《禮記·明堂位》：「君卷冕立于阼，夫人副褘立于房中。」案上文言祀周公于大廟。又曰：「大廟，天子明堂。」則此云「房中」自在大廟中可知。《月令》：「青陽、明堂、總章、玄堂、大廟各有左右个。」此一證也。《儀禮·覲禮·記》：「几俟于東箱。」鄭注：「王即席，乃設之也。東箱，東夾之前，相翔待事之處。」案天子覲諸侯在廟中，故《覲禮》「右肉袒于廟門之東」，鄭注以爲受次於文王廟門之外，則《記》云「東箱」在文王廟中。文王廟，即路寢之大廟大室也。有東箱，必有西箱。《爾雅·釋宫》：「室有東、西箱曰廟。」東西箱即東西个、東西房也。此一證也。又《燕禮·記》：「燕朝服於寢。」鄭注：「燕於路寢，相親昵也。今辟雍十月行此燕禮。」案鄭以寢爲路寢，統天子、諸侯而言之。諸侯燕寢東房，西室其路寢，有左右房。天子路寢即明堂，爲九室。其燕寢左右房，與諸侯之路寢同制。諸侯燕群臣在路寢，燕同姓之臣在燕寢。天子與諸侯同。燕合鄉樂，非專爲燕同姓設也，則天子之燕亦在路寢，不在燕寢可知。燕樂行於路寢之房中，故《記》「有房中之樂」。此又一證也。周公攝政，制禮作樂，築王宫於東都，王城其路寢，當從天子明堂之制。《傳》云「國君」，雖天子亦國君也。《正義》云：「天子路寢有五室，無左右房。」又云：「此路寢之樂，謂路寢之下、小寢之内作之。非於正寢作樂。」又《玉藻》疏引熊安生云：「平王微弱，路寢不復如明堂。」其説皆謬亂，不可從。○只、且，皆語詞也，《北風》篇同。《詩》有言「且」者，《椒聊》「椒聊且，遠條且」是也。有言「只」者，《柏舟》「母也天只，不諒人只」是也。連言之曰「只且」。只且，猶「也且」。《褰裳》曰「也且」，皆爲語末助詞。

君子陶陶，左執翿，【傳】陶陶，和樂貌。翿，纛也，翳也。**右招我由敖。其樂只且！**【疏】《禮記・檀弓》：「人喜則思陶。」鄭注云：「陶，鬱陶也。」《爾雅》：「鬱陶、繇，喜也。」《文選》枚乘《七發》注及《後漢書・杜篤傳》注引《薛君章句》：「陶，暢也。」「暢」與《傳》云「和樂」同義。《説文》：「傜，喜也。」「嗂，喜也。」「陶」與「傜」、「嗂」聲俱相近。○案翿、纛、翳三字兩訓，《爾雅》、毛《傳》皆錯亂不可讀。《爾雅》：「翿，纛也。」《釋文》：「翿，徒刀反。又徒報反。纛，字又作『纛』。徒報反。鄭衆云：『羽葆幢也。』」《爾雅》釋文不爲「翳」字作音。《周禮・鄉師之職》：「及葬，執纛，以與匠師御匶而治役。」鄭注引：「《襍記》：『諸侯匠人執翿以御柩。』」鄭司農云：『翿，羽葆幢也。』《爾雅》曰：『翿，纛也。』以指麾輓柩之役，正其行列進退。」《釋文》：「纛，桃報反。翿，劉音桃，戚徒報反。」《周禮注》引《爾雅》，而《釋文》亦不爲「翳」字作音。是陸所見之《爾雅》無「纛翳也」三字。《詩正義》云：「《釋言》：『翿，纛也。』李巡曰：『翿，舞者所持纛。』孫炎曰：『纛，舞者所持羽。』」此李、孫但爲「翿，纛也」作訓。郭璞云：「今之羽葆幢，舞者所持以自蔽翳。」此郭依「翿」有「翳」訓，故以「蔽翳」解之，乃轉寫者遂誤合「翳也」於「纛」字之下，失《爾雅》之舊本矣。《爾雅》：「翿，纛也。」毛《傳》：「翿，翳也。」此解經義各有師承，兩訓不必相同，而意義實合一轍。《釋文》於《詩・君子陽陽》、《宛丘》兩篇竝云：「翳，於計反。」又云：「纛，徒報反，沈徒老反。俗作『纛』。」陸所見《爾雅》不誤，其所見《詩傳》已衍「纛也」二字。《五經文字》云：「纛，見《詩》。作『纛』，譌。」張乃踵陸之誤耳。《爾雅》「翿」，宋本作「翢」，葉林宗鈔本《釋文》亦作「翢」。《玉篇》：「翢，纛也。」此《爾雅・釋言》文也。又「翿，翳也。翳同」。此毛《傳》文也。希馮猶在元朗之前，則其所見毛《傳》猶不誤。蓋翿者，「⿱𣪊羽」之隸變。《說文》：「⿱𣪊羽，翳也。所以舞也。从羽，𣪊聲。《詩》曰：『左執⿱𣪊羽。』」許引《詩》作「⿱𣪊羽」，訓「翳」，正本《毛詩傳》文。「纛」但見《周禮》，許不録「纛」字，猶不録《周禮》之「賙」字，皆從毛氏古文說。此《傳》「翿，翳也」，《箋》：「翳，舞者所持，謂羽舞也。」《宛丘》傳：「鷺鳥之羽，可以爲翳。翿，翳也。」《箋》：「翳，舞者所持以指麾。」《箋》承「翳」字作訓，則《傳》中無「纛」字，又足證也。今本《爾雅》依已誤之毛《傳》衍「纛翳也」三字，毛《傳》又依已誤之《爾雅》衍「纛也」二字。不有《釋文》，何由識《爾雅》之誤？不有鄭《箋》、《說文》、《玉篇》，又何由正毛《傳》之誤？兩釋之，斯兩得之矣。凡舞有羽有旄，羽用翟羽，旄即漢之羽葆幢，以犛牛尾爲之。《說文》：「旄，幢也。」《廣雅》：「翿謂之幢。」《方言》：「翿，幢翳也。」是「翿」、「翳」皆舞器之名。《傳》兩訓「翿」爲「翳」，義同，而所施各異。《宛丘》「值翿」即《周禮》之「皇舞」也。翳者，謂以翳覆頭也。此「執翿」即《周禮》之「旄舞」也。翳者，但以翳指撝也。《周禮》：「旄人，下士四人，舞者衆寡無數。凡四方之以舞仕者屬焉。凡祭祀、賓客，舞其燕樂。」鄭司農注《樂師》云：「辟雍以旄。」天子路寢行明堂、辟雍之禮，執翿即秉旄也。仲師之說與《詩》義亦合。〇《鹿鳴》「嘉賓式燕以敖」，《傳》：「敖，游也。」此「敖」字與《鹿鳴》「敖」字同。由，用也。用敖，猶「以敖」也，不與上章同義。凡詩二章，下章不與上章同義者，此篇及《二子乘舟》、《君子于役》、《遵大路》、《褰裳》、《東門之墠》、《揚之水》、《野有曼草》、《溱洧》、《葛屨》、《園有桃》、《終南》、《權輿》、《墓門》、《株林》、《伐柯》、《狼跋》皆是。

《揚之水》三章，章六句。

《揚之水》，刺平王也。不撫其民，而遠屯戍于母家，周人怨思焉。

揚之水，不流束薪。【傳】興也。揚，激揚也。**彼其之子，不與我戍申。**【傳】戍，守也。申，姜姓之國，平王之舅。**懷哉懷哉，曷月予還歸哉？**【疏】《傳》以「激揚」釋「揚」，《淮南子・本經》篇：「抑減怒瀨，以揚激波。」高注云：「抑，止也。減，怒水也。瀨，急流也。而抑止之，故激揚之波起也。」「激揚」蓋古語。《鄭風・揚之水》傳云：「揚，激揚也。激揚之水，可謂不能流漂束楚乎？」言能流漂也。二《傳》義同。則經中「不」字爲發語詞矣。激揚之水，流漂草木，興平王用頻急之政，疾趨遠戍，視民如草芥然。○「彼其之子」，彼是子也。其，語助。《箋》云：「其，或作『記』，或作『己』，讀聲相似。」《崧高》箋：「迈，聲如『彼記之子』之『記』。」《大叔于田》箋：「忌，讀如『彼己之子』之『己』。」蓋「記」、「己」本三家《詩》，《毛詩》皆作「其」。此及《鄭・羔裘》、《汾沮洳》、《椒聊》、《候人》竝同。彼是子，㡿平王也。我，我民也。不，發聲。與，猶用也，以也。《采苓》傳「與」、「用」同義，《九罭》傳「以」、「與」同義。是「與」、「用」、「以」三字同也。戍，古音讀如獸。戍、守疊韻。《采薇》箋亦云：「戍，守也。」《釋文》引《韓詩》云：「戍，舍也。」戍、舍雙聲。此謂遠戍，故下文言思念征夫，從行不能還歸耳。○云「申，姜姓之國」者，《崧高》傳以申爲四嶽之後，是姜姓之國也。漢南陽郡宛縣爲申故都，自宣王徙諸謝邑，申乃在宛縣之南作爲侯伯，其國始大。云「平王之舅」者，《崧高》傳又云：「申伯，宣王之舅也。」周與申國亦世爲昏姻矣。《鄭語》：「史伯曰：『申、繒、西戎方彊，王室方騷，將以縱欲，不亦難乎？王欲殺大子以成伯服，必求之申。申人弗畀，必伐之。若伐申，而繒與西戎會以伐周，周不守矣。』後幽王九年，王室始騷，十一年而斃。」韋注云：「申，姜姓，幽王前后大子宜咎之舅也。大子將奔申，幽王伐申。申、繒召西戎以伐周，殺幽王於驪山戲下。」然則幽王之末，申方彊盛。平王奔申，而幽王伐之。申殺幽王，立宜咎於申，是謂平王。平王遂以東徙雒邑，而申亦漸弱。《序》箋云：「申國在陳、鄭之南，迫近彊楚。王室微弱而數見侵伐，王是以戍之。」

揚之水，不流束楚。【傳】楚，木也。彼其之子，不與我戍甫。【傳】甫，諸姜也。懷哉懷哉，曷月予還歸哉？【疏】上章言「束薪」，此言「束楚」，《鄭·揚之水》亦以「束楚」、「束薪」分章。楚亦薪材，《漢廣》「翹翹錯薪，言刈其楚」是也。楚木爲棘之類，《葛生》「蒙楚」、「蒙棘」，《黄鳥》「止棘」、「止楚」，《楚茨》傳「楚楚，茨棘皃」，皆是也。《學記》注云：「楚，荆也。」《説文》云：「楚，叢木。一名荆也。」「荆，楚木也。」〇甫，即吕國。《詩》及《孝經》、《禮記》皆作「甫」，《尚書》、《左傳》、《國語》皆作「吕」。甫、吕古同聲。甫，四嶽之後，申同姓，故《傳》云：「諸姜也。」《鄭語》：「史伯曰：『當成周者，南有申、吕。』又曰：『申、吕方彊，其隩愛大子，亦必可知也。』」案吕在幽王之末稱彊國，且吕與申共隩愛大子，則平王東遷，吕有力焉，戍甫在所必也。《潛夫論·志氏姓》篇：「宛西三十里有吕城。」《漢書·地理志》：「南陽郡宛，故申伯國，有屈申城。縣南有北筮山。育陽，有南筮聚，在東北。」《水經·淯水》：「東過宛縣南，又屈南過淯陽縣東。」酈注云：「淯水南逕宛城東，其地，故申伯之都。又南，梅谿水注之，水逕宛西吕城東，四嶽佐禹治水有功，虞夏之際受封於吕。淯水之南，又有南就聚。聚在淯陽之東北。」攷北筮山，《潛夫論》謂之「北序山」。南筮聚，《續漢志》謂之「南就聚」。《毛詩》之「謝」，三家《詩》作「序」，或作「徐」，漢人或爲「筮」，或爲「就」，此古今聲同轉之變徙也。漢宛縣，故申伯國。縣南有北筮山，淯水所逕，宣王徙封於謝，即其地。南筮聚在謝之南，吕侯城在宛西，不在謝西也。西周之末，申在宛南，吕在宛西，故史伯荅鄭桓公云申國方彊，而又兼及吕國也。楚伐申在春秋魯莊公之六年，吕未聞。成七年《左傳》楚圍宋之役，子重請取申、吕以爲賞田，蓋吕亦楚所滅。

揚之水，不流束蒲。【傳】蒲，草也。**彼其之子，不與我戍許。**【傳】許，諸姜也。**懷哉懷哉，曷月予還歸哉？**【疏】蒲爲草，《澤陂》、《韓奕》之「蒲」同。《説文》：「蒲，水艸也。」草亦薪也。《箋》易《傳》：「蒲，蒲柳。」鄭蓋以上章「束楚」爲木一類耳。《正義》依《箋》爲説，謂薪是木名，不宜爲草，失之。〇許國，古作「⿱無邑」，隸變作「鄦」。《説文》：「⿱無邑，炎帝大嶽之胤，甫侯所封，在潁川。讀若許。」《敘目》云：「吕叔作藩，俾侯于許。」段注云：「甫侯即吕叔，吕叔即文叔也。」《地理志》：「潁川郡，許故國。姜姓，四岳後。大叔所封，二十四世爲楚所滅。」案隱十一年《左傳》疏引《漢書》作「文叔」，今河南許州即春秋時許國。許、申同姓，故《傳》亦云「諸姜也」。甫、申同壤，而許去申遠。昭二十六年《左傳》疏劉炫引汲冢《紀年》：「平王奔申，申侯、魯侯、許文公立平王於申。」據此，許有立平王之大功。時有侵伐，故兼戍之與？

《揚之水》三章，章六句。

《中谷有蓷》，閔周也。夫婦日以衰薄，凶年饑饉，室家相棄爾。

中谷有蓷，暵其乾矣。【傳】興也。蓷，鵻也。暵，菸貌。陸草生於谷中，傷於水。**有女仳離，嘅其嘆矣。**【傳】仳，別也。**嘅其嘆矣，遇人之艱難矣。**【傳】艱，亦難也。【疏】《爾雅·釋草》：「萑，蓷。」疑上一字作「蓷」，下一字作「隹」。《爾雅》以「隹」釋「蓷」，毛《傳》以「鵻」釋「蓷」，鵻從隹聲也。《釋文》引《爾雅》

作「蓷，鵻」，或本與毛《傳》同。《釋文》引《韓詩》：「蓷，茺蔚也。」《正義》引：「《韓詩》及《三蒼》説悉云：『益母。』《本草》：『益母，茺蔚也。』劉歆曰：『蓷，臭穢。』」又引《義疏》云：「舊説及魏博士濟陰周元明皆云『菴閭』。」案《神農本草》「茺蔚」與「菴閭」爲二草。蓷一名鵻，一名茺蔚。臭穢即茺蔚之轉聲，今俗通謂之「益母草」，華有白、紅二種。《説文・水部》：「灘，水濡而乾也。」引《詩》作「灘其乾矣」。或許所據《毛詩》作「灘」，今本誤作「暵」。或三家《詩》作「灘」，《毛詩》作「暵」，謂「暵」即「灘」之假借字，不能肊定也。「菸」與「蔫」一語之轉。《説文》：「蔫，菸也。」「菸，鬱也。一曰：婑也。」《廣雅》：「蔫、菸、婑，葾也。」《廣韻》：「婑，枯死也。萎，蔫也。」《傳》云「菸皃」者，以釋三章「暵」字，兼括「乾」、「脩」、「溼」三義，而又上承「中谷」，明蓷傷水之所由。云「陸草生於谷中，傷於水」，此總釋全章也。蓷傷於水，興夫婦衰薄實由凶年。○《説文》：「仳，別也。」即引此詩，本《傳》訓也。別離，言相棄也。艱難，謂饑饉也。「艱難」合二字一義。古人屬辭，一字未盡，重一字以足之。《七月序》正義亦云：「艱，亦難也。但古人之語字重耳。」凡全《詩》中疊字平列者，放此。

中谷有蓷，暵其脩矣。【傳】脩，且乾也。**有女仳離，條其歗矣。【傳】**條條然歗也。**條其歗矣，遇人之不淑矣。【疏】**《説文》：「脩，脯也。」「脯，乾肉也。」乾肉謂之脯，亦謂之脩，因之凡乾皆曰「脩」矣。凡全《詩》通例，詩三章，弟二章與弟一章同意，《傳》於弟二章即承弟一章立訓，如《羔羊》「革，猶皮也」、《緇衣》「好，猶宜也」，此通例也。此詩弟二章言「脩」，與弟一章言「乾」同意，《傳》不云「脩，猶乾也」，而云「脩，且乾也」者，且乾，不盡乾也。「脩」訓「且乾」，則弟一章言「乾」亦且乾、不盡乾之義，與「乾燥」之「乾」不同。《傳》變文立訓，互相足也。《箋》云：「鵻之傷於水，始則溼，中而脩，久而乾。」分乾、脩爲兩候，似非《傳》恉。○《椒聊》傳：「條，長也。」重言曰條條。條條然者，歗聲也。《釋文》：「歗，本又作『嘯』。」《江有汜》箋：「嘯，蹙口而出聲。」淑，善也。

中谷有蓷，暵其溼矣。【傳】雖遇水則溼。有女仳離，啜其泣矣。【傳】啜，泣貌。啜其泣矣，何嗟及矣。【疏】「雖遇水則溼」，即首章《傳》所云「陸草生於谷中，傷於水」也。《説文》「灘」下言「水濡而乾」，「濡」字即指此章之「溼」字爲解。溼，猶濡也。《匏有苦葉》傳：「濡，漬也。」雖漬於水則菸然矣。《方言》：「溼，憂也。」憂猶病，與此「溼」字義相近。《玉篇》：「暵，欲乾也。」或本三家《詩》。○啜，猶歠也。依經言，故云「泣皃」。《後箋》云：「《箋》云：『及，與也。泣者，傷其君子棄己。嗟乎，將復何與爲室家乎？』詳玩《箋》語，經文當作『嗟何及矣』，傳寫者誤倒之。今各本皆然，從來無人是正。《序》下《正義》云：『「何嗟及矣」，是決絶之語。』可知孔所見本已誤倒矣。《韓詩外傳》二、《説苑・建本》篇引《詩》皆作『何嗟及矣』。然《外傳》引孔子曰：『不慎其前，而悔其後。嗟乎，雖悔無及矣！』是正以『何及』二字相連爲義，而所引《詩》仍作『何嗟』，亦皆傳寫誤倒。」

《兔爰》三章，章七句。

《兔爰》，閔周也。桓王失信，諸侯背叛，構怨連禍，王師傷敗，君子不樂其生焉。【疏】桓五年《左傳》云：「王奪鄭伯政，鄭伯不朝。秋，王以諸侯伐鄭，鄭伯禦之。戰于繻葛，王卒大敗，祝聃射王中肩。」是其事也。魯桓公五年，周桓王之十四年。

有兔爰爰，雉離于羅。【傳】興也。爰爰，緩意。鳥網爲羅，言爲政有緩有急，用心之不均。我生之初，尚無爲。【傳】尚無成人爲也。我生之後，逢此百罹，尚寐無吪。【傳】罹，憂；吪，動也。【疏】爰爰，讀與「緩」同。《易林・未濟》：「狡兔趯趯，良犬逐咋。雄雌爰爰，爲鷹所獲。」與《詩》「爰爰」同。《爾雅・釋訓》：「爰爰，緩也。」《釋器》：「鳥罟謂之羅。」皆《傳》所本也。鄭注《月令》、高注《呂覽》竝謂羅爲鳥網。云「言爲政有緩有急，用心之不均」者，以明興義也。兔爰喻有緩也，雉離喻有急也。《箋》云：「有緩者，有所聽縱也。有急者，有所操蹙也。」《衆經音義》卷二十三：「《韓詩》：『爰爰，發蹤之皃。』」蹤，當作「縱」。發縱，即聽縱。鄭用韓申毛也。《管子・正世》篇云：「制民急則民迫，民迫則窘，窘則民失其所葆。緩則縱，縱則淫，淫則行私，行私則離公，離公則難用。故治之所以不立者，齊不得也。齊不得則治難行，故治民之齊，不可不察也。」〇《傳》以「人爲」釋經「爲」字。爲，即僞也。凡成於人爲，謂之僞。《荀子・性惡篇》云：「人之性惡，其善者僞也。不可學不可事而在人者，謂之性。可學而能可事而成之在人者，謂之僞。」又《正名篇》云：「生之所以然者，謂之性。心慮而能爲之動，謂之僞。慮積焉，能習焉，而後成，謂之僞。」此謂成於人爲者皆僞也。《爾雅》：「詐，僞也。」詐尤成於人爲之甚者也。「成人爲」，語本《荀子》。「我生之初，尚無爲」，尚，猶也。言我幼穉之時，王朝出政，猶不成於僞。不成於僞，則諸侯無背叛之心，所以閔今桓王之失信也。〇「罹，憂」，《釋詁》文。《說文》無「罹」字。疑古《毛詩》作「離」，《釋文》：「罹，本又作『離』。」《文選》盧諶《贈劉琨詩》注引《毛詩》作「逢此百離」。《斯干》「無父母詒罹」，《傳》：「罹，憂也。」「罹，本又作『離』。」離爲憂，則「逢此百離」，猶下章「逢此百憂」耳。傷己逢之，《序》所謂「不樂生」也。《說文》：「吪，動也。《詩》曰：『尚寐無吪。』」《正義》云：「『吪，動』，《釋詁》文。」今《釋詁》作「訛」。《破斧》正義云：「『吪，化』，《釋言》文。」今《釋言》作「訛」。《釋文》：「吪，本亦作『訛』。」《無羊》篇作「訛」，《玉篇》引作「吪」。動，謂動作也。

有兔爰爰，雉離于罦。【傳】罦，覆車也。**我生之初，尚無造。**【傳】造，爲也。**我生之後，逢此百憂，尚寐無覺。**【疏】「罦，覆車」，《釋器》文。郭注云：「今之翻車也。有兩轅，中施罥，以捕鳥。」《說文》引《詩》

作「雉離于䍖」。○「造，爲」，《釋言》文。爲即僞。此與《思齊》、《閔予小子》、《酌》傳訓同而義異。《傳》訓「造」爲「僞」，以與上章《傳》「成人爲」實一義也。《爾雅·釋言》云：「作、造，爲也。」「造爲」之爲「造僞」，猶「作爲」之爲「作僞」，是「爲」即「僞」也。又《釋詁》云：「載、謨、食、詐，僞也。」「載、謨、食」爲「作僞」之「爲」，「詐」爲「詐僞」之「爲」，是「僞」亦「爲」也。古爲、僞通用。《關雎》傳：「寤，覺也。」覺、寤可互訓。《荀子·王霸篇》：「嗚呼哀哉！君人者千歲而不覺也。」

有兔爰爰，雉離于罿。【傳】罿，罬也。我生之初，尚無庸。【傳】庸，用也。我生之後，逢此百凶，尚寐無聰。【傳】聰，聞也。【疏】「罿，罬」，亦《釋器》文。《爾雅》：「繴謂之罿。罿，罬也。罬謂之罦。罦，覆車也。」《說文·网部》：「䍖，覆車也。或作『罦』。」「罿，罬也。」「罬，捕鳥覆車也。」又《糸部》：「繴謂之罿。」「罿謂之罬。」「罬謂之罦。捕鳥覆車也。」蓋一物五名，《說文》正本《爾雅》爲説。《釋文》引《韓詩》云：「施羅於車上曰罿。」《御覽·資産部十二》引《薛君章句》作「張羅車上曰罿」。《韓詩》謂罿爲覆車，與上章之「罦」一物矣。○「庸，用」，《齊·南山》同。庸從用，「庸，用」，猶「佽，次」、「試，式」矣。無用者，謂無用師之苦。聰、聞皆從耳，《傳》訓「聰」爲「聞」，無聰，無聞也。尚，猶也。言時值凶亂，猶能寐而無聞乎？「尚寐無吪」、「尚寐無覺」，「尚」字竝與「猶」同義。

《葛藟》三章，章六句。

《葛藟》，王族刺桓王也。周室道衰，棄其九族焉。【疏】《兔爰》刺桓，《葛藟》不應刺平。玩詩辭，於桓爲有徵矣。《釋文》、定本、崔靈恩、皇甫謐皆以爲桓王詩。《詩譜》左方中作「平王」者，疑徑轉寫者之誤。《群書治要》亦作「刺桓王」。

緜緜葛藟，在河之滸。【傳】興也。緜緜，長不絶之貌。水厓曰滸。**終遠兄弟，**【傳】兄弟之道已相遠矣。**謂他人父。謂他人父，亦莫我顧。**【疏】興者，言王之恩澤不及親戚，故其族以葛藟長大河厓反刺。蓋王城北逾大河，在東都畿内，王子弟所封采邑在焉故也。文七年《左傳》：「宋昭公將去群公子，樂豫曰：『公族，公室之枝葉也。若去之，則本根無所庇陰矣。葛藟猶能庇其本根，故君子以爲比，況國君乎？』」案此詩因葛藟而興，又以葛藟爲比，故毛《傳》以爲興，《左傳》則以爲比。凡全《詩》通例，《關雎》「若雎鳩之有別」、《旄丘》「如葛之曼延相連及」、《竹竿》「如婦人待禮以成爲室家」、《齊・南山》「國君尊嚴，如南山崔崔然」、《山有樞》「如山隰不能自用其財」、《綢繆》「若薪芻待人事而後束」、《葛生》「喻婦人外成于他家」、《晨風》「如晨風之飛入北林」、《菁菁者莪》「如阿之長莪菁菁然」、《卷阿》「猶飄風之入曲阿」，曰若、曰如、曰喻、曰猶，皆比也。《傳》則皆曰興。比者，比方於物。興者，託事於物。作詩者之意，先以託事於物，繼乃比方於物。蓋言興，而比已寓焉矣。《正義》云「緜緜然枝葉長而不絶」者，據《傳》文「長」下有「而」字。《文選・南都賦》注引毛《傳》與《正義》同。《爾雅・釋水》：「滸，水厓。」《傳》所本也，《緜》同。《説文》作「汻」，徐鉉云：「今作『滸』，非是。」〇《傳》云「兄弟之道已相遠矣」者，以「已」釋「終」，爲全《詩》「終」字通訓。《既醉》傳又以「終」字釋「既」字。終、既、已三字同義。遠，猶棄也。兄弟，九族之親也。謂他人父者，是即遠棄也。隱十一年《左傳》：「王與鄭人蘇忿生之田：温、原、絺、樊、隰郕、欑茅、向、盟、州、陘、隤、懷。君子是以知桓王之失鄭也。」案此十二邑皆在河厓，桓王不能親撫之，以與鄭人，所謂「謂他人父」也。鄭終不能有此十二邑，其後襄王以田賜晉文公。《左傳》：「倉葛曰：『此誰非王之親姻？其俘之也。』」又《晉語》：「陽人有夏商之嗣典，有周室之師旅，樊仲之官守焉。其非官守，則皆王之父兄甥舅也。君定王室而殘其姻族，民將焉放？」可知河厓左右，皆王族之世官邑矣。

緜緜葛藟，在河之涘。【傳】涘，厓也。**終遠兄弟，謂他人母。**【傳】王又無母恩。**謂他人母，亦莫我有。**【疏】《釋丘·厓岸》：「涘爲厓。」《傳》所本也。《蒹葭》、《大明》同。《説文》：「涘，水厓也。《周書》曰：『王出涘。』」《思文》正義引鄭注《大誓》云：「涘，涯也。」僖元年《公羊傳》「自南涘」，何注云：「涘，水涯。」涯者，「厓」之俗。○《傳》云「王又無母恩」，《釋文》「恩」下有「也」字。《正義》以爲《箋》，則誤也。王於兄弟有父之尊，又有母之親。已相遠棄，故云「又無母恩」也。《廣雅疏證》云：「古者謂相親曰有。『謂他人母，亦莫我有』，謂相親有也。有，猶友也。故《釋名》云：『友，有也。相保有也。』」案《荀子·大略篇》云：「友者，所以相有也。」亦謂相親有也。毛《傳》多本《荀子》，則此詩「有」自當作「相親有」解。無《傳》者，易曉耳。

緜緜葛藟，在河之漘。【傳】漘，水隒也。**終遠兄弟，謂他人昆。**【傳】昆，兄也。**謂他人昆，亦莫我聞。**【疏】《釋丘》：「夷上洒下，不漘。」郭注云：「洒，謂深也。厓上平坦，而下水深者爲漘。不，發聲。」李注云：「夷上，平上；洒下，陗下，故名漘。」孫注云：「平上陗下，故名曰漘。」義竝同。案漘本依水厓爲名。《伐檀》傳：「漘，厓也。」此云「漘，水隒也」者，正謂水厓之上平洒下。《廣雅》：「隒、漘，厓也。」是隒與漘皆得爲厓也。○《釋親》：「晜，兄也。」《傳》所本也。郭注云：「今江東人通言晜。」《説文·弟部》云：「周人謂兄曰罤。从眔、弟。」罤，本字；昆，借字；晜，譌字。《詩述聞》云：「聞，猶問也。謂相恤問也。古字『聞』與『問』通。上文曰『亦莫我顧』、『亦莫我有』，此曰『亦莫我聞』，顧也、有也、聞也，皆親愛之意也。解者多失之。」

《采葛》三章，章三句。

《采葛》，懼讒也。

彼采葛兮，一日不見，如三月兮。【傳】興也。葛，所以爲絺綌也。事雖小，一日不見於君，憂懼於讒矣。【疏】興者，采之爲言事也。采葛、采蕭、采艾，皆事之小者，讒之進而事每始於細小，故以爲喻。《采苓》傳：「采苓，細事也。」細事，喻小行也。《采苓》聽讒，《采葛》懼讒，義正同。「葛，所以爲絺綌」，《葛覃》同。《傳》云「事雖小，一日不見於君，憂懼於讒矣」者，此總釋全章之義，言其事雖甚細小，然君子之於君，一日不見，已爲讒人所毀，故憂懼及之。葛爲絺綌、蕭供祭祀、艾以療疾，此唯解物，不言興意。《箋》誤會《傳》，以小事專釋首章，蕭喻大事，艾喻急事，因又申説之，非是。

彼采蕭兮，【傳】蕭，所以共祭祀。**一日不見，如三秋兮。**【疏】《爾雅》：「蕭，萩。」郭注云：「即蒿。」故《下泉》、《蓼蕭》傳竝云：「蕭，蒿也。」《正義》引《義疏》云：「今人所謂萩蒿也。或云牛尾蒿。似白蒿，白葉，莖麤，科生多者數十莖，可作燭，有香氣，故祭祀以脂爇之爲香。許慎以爲艾蒿，非也。」《説文》：「蕭，艾蒿也。」「菻，蕭也。」段注云：「此物蒿類而似艾，一名艾蒿。許非謂艾爲蕭也。齊高帝云：『蕭即艾也。』乃爲誤耳。」案《白虎通義》引《王度記》云：「士以蕭，庶人以艾。」是蕭、艾二物矣。《周禮·甸師》「祭祀共蕭茅」，「杜子春云：『蕭，香蒿也。』玄謂：《詩》所云『取蕭祭脂』。《郊特牲》云：『蕭合黍、稷，臭陽達於牆屋，故既薦，然後焫蕭合馨香。』合馨香者，是蕭之謂也」。又《郊特牲》注云：「蕭，薌蒿也。染以脂，合黍、稷燒之。」「薌」與「香」通。蕭有香氣，故采之以供祭祀。

彼采艾兮，【傳】艾，所以療疾。**一日不見，如三歲兮。**【疏】《爾雅》：「艾，冰臺。」郭注云：「今艾蒿。」《孟子·離婁》篇：「猶七年之病求三年之艾也。」趙注云：「艾可以爲灸人病。乾久益善。」是艾療疾也。

《大車》三章，章四句。

《大車》，刺周大夫也。禮義陵遲，男女淫奔，故陳古以刺今，大夫不能聽男女之訟焉。【疏】三章皆陳古之詞。

大車檻檻，毳衣如菼。【傳】大車，大夫之車。檻檻，車行聲也。毳衣，大夫之服。菼，鵻也，蘆之初生者也。天子大夫四命，其出封五命，如子男之服。乘其大車檻檻然，服毳冕以決訟。**豈不爾思？畏子不敢。**【傳】畏子大夫之政，終不敢。【疏】「大車，大夫之車」，何注昭二十五年《公羊傳》云：「禮，天子大路，諸侯路車，大夫大車，士飾車。」是大夫之車曰大車，古禮有明文矣。此大車即墨車。《巾車》「大夫乘墨車」，鄭注云：「墨車，不畫也。」《覲禮》「侯氏裨冕，乘墨車」，注云：「墨車，大夫制也。乘之者入天子之國，車服不可盡同也。」案侯氏入天子之國，裨冕如其命數之冕服，所乘之車則皆墨車，故此詩言子男入爲天子大夫，仍服毳冕，而其所乘之大車爲墨車無疑也。《正義》以大車爲革路，失之。《六帖》十一引《詩》作「大車轞轞」，《五經文字》云：「轞，音檻，大車聲。《詩》風亦借『檻』字爲之。」〇《周禮·司服》：「子男之服，自毳冕而下，如侯伯之服。」冕謂冠，毳謂衣，是唯子男服毳衣也。天子三公衮，卿鷩，大夫毳，是天子大夫亦與子男同服毳衣，故《傳》云

「毳衣，大夫之服」也。周制，子男五命，冕服五章，一曰宗彝，二曰璪，會二章也。三曰粉米，四曰黼，五曰黻，刺三章也。天子大夫四命，冕服四章，當去黼而有黻，會二章、刺二章也。蓋天子大夫與公之孤共四命，《左傳》以黻冕命晉士會爲大傅，此即公之孤。《禮器》云：「諸侯黼，大夫黻。」其義證矣。鄭司農注《周禮》云：「毳，罽衣也。」《說文》：「𦇐，西胡毳布也。」「毳，獸細毛也。」獸細毛謂之毳，以毳爲布謂之𦇐。罽，古「𦇐」字也。《考工記》：「畫繢之事，鳥、獸、蛇。」畫毳，即畫獸也。鄭注《周禮》意據「裸有虎彝、蜼彝」，故云：「毳，畫虎、蜼，謂宗彝也。」特舉「毳」者，以宗彝爲章首故也。衣者，連下裳也。畫、刺皆在裳。說詳《九罭》篇。「菼，鵻」，鵻，當作「騅」。《爾雅》：「菼，騅也。」郭注云：「菼草色如騅，在青、白之閒。」《傳》「蘆」字乃「萑」字之誤。《箋》：「菼，薍也。」菼、薍皆萑之類，蘆則葦之類。《說文·艸部》：「𦵹，萑之初生。一曰薍，一曰騅。或从炎作『菼』。」《糸部》：「𦄘，帛騅色也。」引《詩》作「毳衣如𦄘」。案草色如騅曰𦵹，帛色如騅曰𦄘。毛作「菼」，三家作「𦄘」。狀衣之色，則當以「𦄘」爲本字，「菼」爲假借字。《說文》又云：「緂，白鱻衣皃。」「緂」與「𦄘」同，猶「菼」與「𦵹」同矣。《書大傳》云：「宗彝，白也。」義正合。云「天子大夫四命，其出封五命，如子男之服」者，既釋經「大車」、「毳衣」爲大夫之車服，而又申明天子大夫命數之節也。汪龍《詩異義》云：「出封指封爲諸侯。其曰『如子男之服』者，即《典命》『加一等，其國家、宮室、車旗、衣服、禮儀亦如之』之『如』，正謂王朝大夫出封爲子男，乃得服毳冕也。大夫出封始得服毳冕，則此大夫而言毳冕，其爲子男入爲大夫可知，故略而不言。而《箋》則申之曰『則是子男入爲大夫』者，義相接成也。《疏》申《傳》義乃曰『毛意以周禮出封謂出於封畿，非封爲諸侯』，誤矣。」案汪說是也。《大宗伯》「四命受器」，鄭注：「王之下大夫亦四命。」「五命賜則」，注：「王之下大夫四命，出封加一等，五命。」《典命》：「王之大夫四命。及其出封，加一等。」注：「四命，中下大夫也。出封，出畿內，封於八州之中。加一等，襃有德也。大夫爲子、男，卿爲侯、伯，其在朝廷，則亦如命數耳。」《唐・無衣》傳一章「侯伯之禮七命」，二章「天子之卿六命」，毛於彼《傳》言天子之卿六命，侯伯則七命。於此《傳》言天子之大夫四命，子男則五命。正謂出封爲諸侯加一等，非謂出封畿便加一等，有明文矣。鄭仲師治《毛詩》，亦以五命出爲子男，同康成説。檻檻爲車行聲，故云「乘其大車檻檻然」。毳衣即毳冕，故云「服毳冕以決訟」也，《序》云：「聽男女之訟。」〇經中不涉「決訟」一語，《傳》云「畏子大夫之政」，釋「畏子」二字，所以補明經義也。此章「不敢」，下章「不奔」，奔，即《序》所謂「淫奔」也；不敢，不敢淫奔也。《傳》云「終不敢」，《行露》傳「不女從，終不棄禮而隨此彊暴之男」，兩「終」字義正同。但彼專指女，此兼説男女耳。《箋》云：「此二句者，古之欲淫奔者之辭。我豈不思與女以爲無禮與？畏子大夫來聽訟，將罪我，故不敢也。子者，稱所尊敬之辭。」

大車啍啍，毳衣如璊。【傳】啍啍，重遲之貌。璊，赬也。**豈不爾思？畏子不奔。**【疏】「啍啍，重遲之皃」，《六書故》引《傳》「重遲皃」，無「之」字。《説文》：「諄，告曉之孰也。讀若庉。」「謘，語諄謘也。讀若『行道遲遲』。」段注云：「諄謘，蓋猶鈍遲也。」許書「諄」、「謘」連篆，是「諄」有「重遲」意。「啍」與「諄」同。〇《説文》：「璊，玉䅜色也。禾之赤苗謂之虋，言璊玉色如之。」「𣯍，以毳爲𦅉，色如虋，故謂之𣯍。虋，禾之赤苗也。」引《詩》曰：「毳衣如𣯍。」「䅜」與「赬」通。玉色如虋曰璊，衣色如虋曰𣯍，猶上章之以菼色作喻也。毳爲獸，故「𣯍」字從毛會意。毳衣有赤色，故「𣯍」聲讀如赤苗之「虋」，毛作「璊」爲假借字，三家作「𣯍」爲本字。《汝墳》傳云：「赬，赤也。」《喪大記》：「大夫以玄赬。」鄭注云：「赬，赤也。玄衣赤裳，所謂卿大夫自玄冕而下之服也。」案諸侯大夫三命，玄衣而纁裳。此謂天子大夫，其冕服上衣玄下裳赬。赬者，裳之一章耳。《傳》以「赬」詁「璊」，正與《喪大記》合。《書大傳》云：「璪、火，赤也。」天子大夫有璪無火，則赬者爲畫璪文以爲裳飾。兩章「如」字皆作「而」字解。《玉篇》：「⿰毛㒼，數也。」或亦本三家《詩》義。

穀則異室，死則同穴。謂予不信，有如皦日。【傳】穀，生；皦，白也。生在於室則外内異，死則神合同爲一也。【疏】凡「穀」皆訓「善」，唯此「穀」字與下句「死」字作對文，故又訓「生」也。《正義》云：「『穀，生』，《釋言》文。」《内則》曰：「禮始於謹夫婦，爲宫室辨外内。男不入，女不出。」案此即《傳》生在於室外内異之説也。《箋》云：「穴，謂冢壙中也。」《秦・黄鳥》同。《正義》云：「《檀弓》曰：『合葬，非古也。自周公以來，未之有改。』然則周法始合葬也。」案此即《傳》死神合同爲一之説也。《後箋》云：「《漢書》：『哀帝太后丁氏崩，上曰：「朕聞夫婦一體，《詩》云：『穀則異室，死則同穴。』附葬之禮，自周興焉。」』此西京詔書將以太后合葬定陶恭王而引此詩，足知詩所陳者，必夫婦之正禮。又《晏子・諫下》篇：『景公成路寢之臺，逢於何欲葬其母於臺下，願請命合骨。晏子言之景公，許之。』引《詩》云：『穀則異室，死則同穴。』此亦謂是夫婦之正禮也。」〇《釋文》：「皦，本又作『皎』。」《列女・梁寡高行傳》引《詩》，及《文選》潘岳《寡婦賦》注引《韓詩》皆作「皎」。皦、皎皆白也。《傳》文「皦白」二字，今本疑誤衍在「穀生」之下。「謂予不信，有如皦日」，此盟誓之詞。《左傳》「有如白水」、「有如上帝」、「有如日」、「有如河」、「有若大川」、「有如先君」，《覲禮》注：「盟神必云日月山川焉者，尚著明也。」〇案末章言夫婦有別，終身不敢改適之意。《禮記・大學》篇：「子曰：『聽訟，吾猶人也。必也，使無訟乎？無情者不得盡其辭，大畏民志。』」是其義也。《箋》云：「此章言古之大夫聽訟之政，非但不敢淫奔，乃使夫婦之禮有別。」以解「穀則異室，死則同穴」二句，是矣。又云：「今之大夫不能然，反謂我言不信。我言之信，如白日也。刺其闇於古禮。」鄭以末二句正刺今而非陳古，恐非也。《列女傳・貞順》篇：「楚伐息，破之。虜其君，使守門。將妻其夫人而納之於宫。楚王出遊，夫人遂出見息君，謂之曰：『人生要一死而已，何至自苦？妾無須臾而忘君也，終不以身更貳醮。生離於地上，豈如死歸於地下哉！』乃作詩曰：『穀則異室，死則同穴。謂予不信，有如皦日。』息君止之，夫人不聽，遂自殺。息君亦自殺，同日俱死。楚王賢其夫人守節有義，乃以諸侯之禮合而葬之。君子謂夫人説於行善，故序之於《詩》。」此雖三家義，而末二句即承上二句直下，毛義當同也。

《丘中有麻》三章，章四句。

《丘中有麻》，思賢也。莊王不明，賢人放逐，國人思之而作是詩也。【疏】莊王，平王孫，桓王子也。魯莊公十一年，周莊王之末年。《春秋》不書崩葬，《穀梁傳》以爲志「失天下」。是年齊桓公始霸，蓋君子於東遷之後，平、桓之世，尚冀復興西周盛業。至莊王而降，無復瞻顧矣。賢人皆放逐，一姓不再興。《詩》云：「人之云亡，邦國殄瘁。」

丘中有麻，彼留子嗟。【傳】留，大夫氏。子嗟，字也。丘中墝埆之處，盡有麻麥草木，乃彼子嗟之所治。**彼留子嗟，將其來施施。**【傳】施施，難進之意。【疏】留，即《春秋》「劉子邑」。《漢書·地理志》：「河南郡緱氏劉聚，周大夫劉子邑。」《水經·洛水》注云：「合水北與劉水合，水出半石東山，西北流注于劉聚。三面臨澗，在緱氏西南，周畿内劉子國，故謂之劉澗。」蓋其地也。攷桓十一年《公羊傳》「古者鄭國處于留」，鄭滅鄶在春秋前。隱十一年《左傳》：「王取鄔、劉、蔿、邘之田于鄭。」杜注云：「河南緱氏縣西北有劉亭。」「劉」與「留」通。王，桓王也。春秋之前爲鄭邑，至桓王時爲周邑。定王時劉康公始食采於劉，其後子孫世有其采地，劉夏、劉卷皆是矣。詩言「留子嗟」、「留子國」是在桓、莊之際，留乃子國、子嗟之采邑。《傳》云「留，大夫氏」者，是其爲周之大夫。以邑爲氏，猶劉夏、劉卷之比也。云「子嗟，字也」者，子，男子之美稱。「子」有冠於字之上者，如此篇「子嗟」、「子國」及《株林》箋「夏徵舒，字子南」是也。「子」有繫於字之下者，如《十月之交》箋「聚子」字是也。❶ ○丘中高而不平，故《傳》云：「丘中墝埆之處。」《韓詩外傳》：「豐膏不獨樂，磽确不獨苦。」「磽确」與「墝埆」同。云「盡有麻麥草木」者，合下二章作訓。而又云「乃彼子嗟之所治」，蓋此詩本爲子嗟而作也。《正義》云：「子國是子嗟之父，俱是賢人，不應同時見逐。若同時見逐，當先思子國，不應先思其子。今首章先言子嗟，二章乃言子國，然則賢人放逐，止謂子嗟耳。但作者既思子嗟，又美其奕世有德，遂言及子國耳。故首章《傳》曰：『麻麥草木，乃彼子嗟之所治。』是言麥亦子嗟所治，非子國之功也。二章《箋》『言子國使丘中有麥，著其世賢』，言著其世賢，則是引父以顯子，其意非思子國也。卒章言『彼留之子』，亦謂子嗟耳。」○「將其來施施」，舊本當作「其將來施」四字。《正義》：「其將來之時，施施然甚難進而易退。」是孔所據經文本作「其將」也。《家訓·書證》篇：「《詩》云：『將其來施施。』《韓詩》亦重爲『施施』，河北《毛詩》皆云『施施』。江南舊本悉單爲『施』，俗遂是之，恐爲少誤。」是顏所見江南舊本皆單作「施」。經言「施」，《傳》則重言之云「施施，難進之意」，此猶《桑柔》「旟旐有翩」，「翩翩，在路不息也」；《那》「庸鼓有斁」，「斁斁然盛也」；「萬舞有奕」，「奕奕然閑也」，同其句例。詩三章，章四句，每句四字，不應此句獨五字。「來施」不作「來施施」，而顏之推反爲江南舊本誤，則非也。《說文》：「暆，日行暆暆也。」《傳》「施施」與「暆暆」同。

❶ 「聚子字」，徐子静本、《清經解續編》本同。案阮刻《毛詩正義·十月之交》箋云：「番、聚、蹶、楀，皆氏。」

丘中有麥，彼留子國。【傳】子國，子嗟父。**彼留子國，將其來食。**【傳】子國復來，我乃得食。

【疏】「子國，子嗟父」，留氏之子，父子共食采於留，世爲周大夫。《干旄》傳云：「古者臣有大功，世其官邑。」○「將其」亦誤倒。《箋》：「其將來食。」《正義》：「故言子國其將來，我乃得有食耳。」是舊本作「其將」也。「子國復來，我乃得食」，以釋經「來食」之義。「來」字逗，謂賢者之來。食，謂思賢者之得食，所謂饑渴待之也。

丘中有李，彼留之子。彼留之子，貽我佩玖。【傳】玖，石次玉者。言能遺我美寶。【疏】貽，當依《釋文》作「詒」。詒，遺也。《説文》：「玖，石之次玉黑色者。从玉，久聲。《詩》曰：『詒我佩玖。』讀若芑，或曰『若人句脊』之『句』。」案「石之次玉」，本《傳》訓。「黑色」則又申《傳》説也。《木瓜》李、玖爲韻，此子、玖爲韻，故玖同芑爲正讀。或玖讀若句者，佩有琚、瑀，所以納閒，謂玖與琚、瑀同類，故同聲讀。《木瓜》傳：「瓊玖，玉石。」亦是琚、瑀同類也。玖是佩玉之名，以比況留大夫之賢。《傳》云「言能遺我美寶」，《静女》傳「能遺我以古人之法」、「能遺我法則」，句義相同。

詩毛氏傳疏卷七

鄭緇衣詁訓傳弟七　毛詩國風

鄭國二十一篇，五十三章，二百八十三句。**【疏】**《漢書·地理志》：「鄭國，今河南之新鄭，本高辛氏火正祝融之虚也。及成皋、滎陽，潁川之崇高、陽城，皆鄭分也。本周宣王母弟友爲周司徒，食采於宗周畿内，是爲鄭。鄭桓公問於史伯曰：『王室多故，何所可以逃死？』史伯曰：『其濟、洛、河、潁之閒乎？子男之國，虢、會爲大，恃埶與險，崇侈貪冒。君若寄帑與賄，周亂而敝，必將背君。君以成周之衆，奉辭伐罪，亡不克矣。』桓公從其言，乃東寄帑與賄，虢、會受之。後三年，幽王敗，桓公死，其子武公與平王東遷，卒定虢、會之地，右雒左泲，食溱、洧焉。」案桓公友，字多父，周厲王子，宣王弟也。初受封邑於鄭，京兆尹漢縣，今陝西同州府華州城北有故鄭城是也。其子武公掘突，徙封國於新鄭，河南郡漢縣，今河南開封府新鄭縣西有故鄭城是也。

《緇衣》三章，章四句。

《緇衣》，美武公也。父子竝爲周司徒，善於其職，國人宜之，故美其德，以明有國善善之功焉。

【疏】鄭武公以父桓公死犬戎之難，繼爲周司徒，與晉文侯定平王於東都王城，立功稱職，故國人以爲宜，賦《緇衣》焉。《禮記·緇衣》篇云：「好賢如《緇衣》。」《箋》云：「司徒之職，掌十二教。善善者，治之有功也。」

緇衣之宜兮，敝予又改爲兮。【傳】緇，黑色，卿士聽朝之正服也。改，更也。有德君子，宜世居卿士之位焉。**適子之館兮，還予授子之粲兮。**【傳】適，之；館，舍；粲，餐也。諸侯入爲天子卿士，受采禄。【疏】《周禮·考工記·鍾氏》：「五入爲緅，七入爲緇。」鄭注云：「緅，今禮俗文作『爵』，言如爵頭色也。又復再染以黑，乃成緇矣。」是緇爲黑色也。《司服》：「凡甸，冠弁服。」注云：「冠弁，委貌。其服緇布衣，諸侯以爲視朝之服。《詩·國風》曰：『緇衣之宜兮。』」案委貌，玄冠也。玄冠朝服，爲諸侯視朝之服。朝服以緇布爲衣，故謂之緇衣。《詩》言「緇衣」，本諸侯朝服。《傳》以武公入爲周卿士，故云「卿士聽朝之正服」也。《箋》云「緇衣者，居私朝之服。天子之朝服，皮弁服」，謂私朝即卿士聽政之朝，此申《傳》説也。《論語·鄉黨》注、《鄭·羔裘》、《檜·羔裘》箋竝以「緇衣」、「羔裘」爲諸侯之朝服。《玉藻》云：「羔裘，緇衣以裼之。」是緇衣爲裼衣。裼衣者，對加上衣而言也。若諸侯視朝，即以緇衣爲聽朝正服，故《玉藻》：「孔子曰：『朝服而朝，卒朔然後服之。』曰：國家未道，則不充其服焉。』」言朝服不襲也。《士冠禮》：「主人玄冠，朝服，緇帶，素韠，玄端，玄裳、黄裳、襍裳可也。緇帶，爵韠。」《特牲·記》：「特牲饋食，其服皆朝服，玄冠，緇帶，爵韠。唯尸、祝、佐食玄端，玄裳、黄裳、襍裳可也，皆爵韠。」案玄冠朝服有韠無裳，玄端則士裳有玄、黄、襍之異。鄭司農注《司服》云：「衣有襦裳者，爲端。」故《樂記》之「端冕」，《司服》之「素端」，《左傳》、《國語》之「端委」，《穀梁傳》之「委端」、「冠端」，《儀禮》之「冠端玄」，《論語》之「端」，皆不連裳之稱也。朝服連衣裳，則不與玄端同矣。朝服如深衣袍制，唯朝服有韠，深衣無韠爲異耳。任大椿《弁服釋例》云：「漢以後天子朝服皆本深衣制度。《通典》載漢明帝永平中議乘輿冠、通天冠、服衣、深衣制，有袍隨五時色。梁劉昭《續漢志》注：『今下至賤吏、小史，皆通制袍。單衣、皂緣、領袖、中衣爲朝服。』袍制即深衣之連衣裳者也。《後漢・馬援傳》：『故孝文皇帝綈袍革舄。』《明帝紀》注、《續漢表》：『三老五更皆服絺紵大袍，單衣、皂緣。』《鍾離意傳》：『賜尚以下帷被、皂袍。』則漢時已以袍爲朝服矣。袍色以皂，則猶襲古緇衣之制。」○改，更雙聲。《大東》傳：「庚，續也。」古庚、更通用。《傳》意於緇衣知居卿士之位，於敝又改爲知世居其位，而又釋經「宜」字之義，謂必有德君子宜如是也。《王制》云：「大夫不世爵，使以德，爵以功。」○《傳》訓「適」爲「之」，《爾雅》：「之，往也。」訓「館」爲「舍」，《公劉》同。《説文》云：「館，客舍也。」《箋》：「卿士所之之館，在天子之宮，如今之諸廬也。」《正義》云：「《考工記》説王宮之制，『内有九室，九嬪居之。外有九室，九卿朝焉』。注：『内，路寢之裏。外，路寢之表。九室如今朝堂諸曹治事之處也。六卿三孤爲九卿。』彼言諸曹治事處，此言諸廬，正謂天子宮内，卿士各立曹司，有廬舍以治事也。」「粲，餐」，《爾雅・釋言》文。「粲」爲「餐」之假借字。餐，食也。《狡童》「不能餐」，猶言不能食矣。《伐檀》「不素餐」，猶言不素食矣。郭璞云：「今河北人呼食爲餐。」《釋文》據《傳》作「飧」，非是。餐、飧音義皆殊。《書大傳》：「古者諸侯始受封，則有采地。百里諸侯以三十里，七十里諸侯以二十里，五十里諸侯以十里。其後子孫雖有皋黜，其采地不黜。使其子孫賢者守之，世世以祠其始受封之人。」《韓詩外傳》八亦有其文。案此采地當即湯沐邑。采地與采禄不同。諸侯本有采地在王朝，若諸侯入爲天子卿士，則又受卿士之采禄。采地世，采禄不世。《白虎通義・京師》篇：「諸侯入爲公卿大夫，得食兩家采。」此則兼采地、采禄言也。《周禮》：「小都任縣地，去王城四百里。大都任畺地，去王城五百里。」鄭以卿之采地在小都，公之采地在大都。攷新鄭距王城三百餘里，本在小都縣地之内，故《穀梁傳》謂寰内諸侯。武公入爲卿士，兼司徒三公之職，更受采地之禄，當在大都畺地之内。《傳》以「授粲」爲受采禄。《箋》云：「自館還在采地之都。」

緇衣之好兮，敝予又改造兮。【傳】好，猶宜也。**適子之館兮，還予授子之粲兮。**【疏】宜，一國之人盡以爲宜也；好，一國之人皆以爲好也，故云：「好，猶宜也。」《箋》云：「造，爲也。」

緇衣之蓆兮，敝予又改作兮。【傳】蓆，大也。**適子之館兮，還予授子之粲兮。**【疏】「蓆，大」，《釋詁》文。朝服侈袂，大者，言衣之大稱其德之大。與一章「宜」、二章「好」不同義也。《正義》謂「服緇衣大得其宜」，失之。《釋文》引《韓詩》：「蓆，儲也。」「儲」訓「具」，與毛異。《説文》云：「蓆，廣多。」兼毛、韓説。

《將仲子》三章，章八句。

《將仲子》，刺莊公也。不勝其母，以害其弟。弟叔失道，而公弗制；祭仲諫，而公弗聽，小不忍以致大亂焉。【疏】隱元年《左傳》：「鄭武公娶于申，曰武姜。生莊公及共叔段。莊公即位，請京使居之，謂之京城大叔。祭仲曰：『都城過百雉，國之害也。先王之制，大都不過參國之一，中五之一，小九之一。今京不度，非制也。君將不堪。』公曰：『姜氏欲之，焉辟害？』對曰：『姜氏何厭之有？不如早爲之所，無使滋蔓，蔓難圖也。蔓草猶不可除，況君之寵弟乎？』公曰：『多行不義，必自斃。子姑待之。』」案此即《序》所云「祭仲諫，公弗聽」也。詩人皆言公距諫之詞，與《左氏傳》合。

將仲子兮，無踰我里，無折我樹杞。【傳】將，請也。仲子，祭仲也。踰，越；里，居也。二十五家爲里。杞，木名也。折，言傷害也。**豈敢愛之？畏我父母。仲可懷也，父母之言，亦可畏也。**

【疏】將、請雙聲，《正月》同。《爾雅》：「請，告也。」是請猶告也。時祭仲諫除段，而莊公弗能聽，呼祭仲而告：勿傷害我兄弟。此莊公距諫之詞也。《序》言祭仲，故《傳》知「仲子」爲祭仲也。《左傳》或稱祭足，或稱祭仲足，或稱祭封人仲足。祭，氏；仲，字；足，其名也。《春秋》：「桓十一年，宋人執鄭祭仲。」《公羊傳》云：「祭仲者何？鄭相也。何以不名？賢也。」祭仲不名仲，杜元凱以爲名仲字足，誤矣。杜注云：「祭，鄭地。陳留長垣縣東北有祭城。」《水經》：「濮水出河南密縣大騩山。」酈注云：「東逕陘山北，山上有鄭祭仲冢。」案長垣，鄭東境；密，西境。封邑於東，而卒葬於西，其爲公墓之地與？○《說文》：「踰，𨒪也。」「越」與「𨒪」通。「里，居」，古作「尻」，今皆作「居」。《地官・遂人》：「五家爲鄰，五鄰爲里。」是里二十五家也。又《大司徒》：「五家爲比，五比爲閭。」是郊内稱閭，而郊外則稱里也。家授五畝宅，一里積百二十五畝。周制蓋以一夫及餘夫之田數定邑居之里數也。《說文》：「𣂚，斷也。从斤斷艸。」今字通作「折」。《孟子》曰：「無寓人於我室，毁傷其薪木。」《傳》云「傷害」，猶「毁傷」也。《正義》引《義疏》云：「杞，柳屬也。生水傍。樹如柳，葉粗而白色，木理微赤，故今人以爲車轂。今共北淇水傍、魯國泰山汶水邊，純杞也。」《易・姤》：「九五，以杞包瓜。」馬融注云：「杞，大木也。」虞、鄭注竝云：「杞，柳。」趙注《孟子・告子》篇云：「杞柳，柜柳也。一曰：杞，木名也。《詩》云：『北山有杞。』」案此引《詩》「北山」疑是「南山」之誤。「南山有杞」，見《南山有臺》篇。或因《杕杜》、《北山》兩篇有「陟彼北山，言采其杞」之文，而記憶之誤也。然趙邠卿以南山、北山之杞爲木名，則非也。《後箋》云：「《詩》言杞者凡七。惟此言木名。及《小雅・四牡》之『集于苞杞』、《四月》之『隰有杞桋』，《傳》皆以爲枸檵。其他如《小雅・杕杜》之『言采其杞』、《南山有臺》之『南山有杞』、《湛露》之『在彼杞棘』、《北山》之『言采其杞』，皆無《傳》。毛意蓋以《將仲子》之『杞』首見於經，而《爾雅》無明文，故特言木名，以別《四牡》之枸檵。至《四牡》訓以枸檵，則其後《杕杜》、《南山有臺》、《北山》之單言『杞』者，當皆冢此《傳》而爲枸檵。《四月》又傳者，以『杞』、『桋』連文，桋爲赤楝，叢生，與杞爲枸檵之叢生者相配。《湛露》與『棘』連文而不傳者，以棘之叢生爲人所共知，由棘可以知杞，故無庸傳歟。然則自《四牡》以後言杞者六，當皆爲枸檵，惟《將仲子》爲別木。」○「畏我父母」，畏我父母之言也；「畏我諸兄」，畏我諸兄之言也。故下接句云「父母之言」、「諸兄之言」，猶末章「畏人之多言」下接句云「人之多言」，是其句例。

將仲子兮，無踰我牆，無折我樹桑。【傳】牆，垣也。桑，木之衆也。**豈敢愛之？畏我諸兄。**【傳】諸兄，公族。**仲可懷也，諸兄之言，亦可畏也。**【疏】牆、垣同義。《鴇羽》「苞桑」，傳：「苞，稹也。」此云「木之衆」，即「稹」之意也。《載師》注：「宅不毛者，罰以一里二十五家之泉。」謂宅不樹桑者也。《七月》傳云：「微行，牆下徑也。五畝之宅，樹之以桑。」○云「諸兄，公族」者，鄭至莊公，得國僅三世，同父昆，武族也。同祖昆，桓族也。《葛藟》傳：「昆，兄也。」

將仲子兮，無踰我園，無折我樹檀。【傳】園，所以樹木也。檀，彊忍之木。**豈敢愛之？畏人之多言。仲可懷也，人之多言，亦可畏也。**【疏】《傳》文「樹木」，《正義》本作「種木」。《説文》：「園，所以樹果也。在木曰果。」義同。「檀，彊忍之木」，《正義》本作「彊韌」，忍、韌古今字。《釋文》：「忍，本亦作『刃』，同。」《正義》引《義疏》云：「檀木皮正青，滑澤，與繫迷相似，又似駮馬。駮馬，梓榆。故里語曰：『斫檀不諦得繫迷，繫迷尚可得駮馬。』繫迷一名挈橀，故齊人諺曰：『上山斫檀，挈橀先殫。』」《後箋》云：「《傳》於木必兼言其形、性者，自以取興所在，故《箋》申之云：『無折我樹杞，喻言無傷害我兄弟也。』然則所謂桑與檀者，蓋皆以喻段。可知桑以喻段之得衆，所謂『厚將得衆』也。檀以喻段之恃彊，所謂『多行不義』也。」

《叔于田》三章，章五句。

《叔于田》，刺莊公也。叔處于京，繕甲治兵，以出于田，國人説而歸之。【疏】繕甲治兵，厚且得衆。弟叔失教，實由莊公，故以爲刺莊公詩。下篇《大叔于田》同。

叔于田，巷無居人。【傳】叔，大叔段也。田，取禽也。巷，里塗也。**豈無居人？不如叔也，洵美且仁。**【疏】《傳》云「叔，大叔段」者，叔，字；段，名也。封之京城，謂之大叔段。其後出奔於共，又謂之共叔段。云「田，取禽也」者，何注桓四年《公羊傳》云：「田者，蒐狩之總名也。古者肉食，衣皮服，捕禽獸，故謂之田。」義與《傳》同。云「巷，里塗也」者，二十五家爲里。塗，道也，字當作「涂」。《説文・䢅部》：「䢽，里中道。篆文作『巷』。」《門部》：「閎，巷門也。」「閈，閭也。汝南平輿里門曰閈。」「閭，里門也。《周禮》：『五家爲比，五比爲閭。』閭，侣也。二十五家相群侣也。」《爾雅》：「衖門謂之閎。」郭注云：「閎，衖頭門。」昭二十年《左傳》：「公孟有事於蓋獲之門外。使華齊御公孟，宗魯驂乘。及閎中。」杜注云：「蓋獲，衛郭門。閎，曲門中。」蓋郭門外有離邑，每邑必有巷，巷頭有門。公孟歸入巷及門，則此閎即里中巷門也。襄三十一年：「子產使盡壞其館之垣，而納車馬焉。士文伯曰：『完客所館，高其閈閎，厚其牆垣。』子產曰：『門不容車，而不可踰越。』」是閈，里中；閎爲里門。「高其閈閎」，謂即高其巷門。《史記・孫叔敖傳》：「楚民俗好庳車，王欲下令使高之。相曰：『臣請教閭里使高其梱。居半歲，民悉自高其車。』」蓋閭里門之下有梱，梱即橛。車入里門，橛高則門亦高。客館在巷，子產壞館之垣，當壞其巷門以納車馬也。此皆里巷之制有可攷者。

叔于狩，巷無飲酒。【傳】冬獵曰狩。**豈無飲酒？不如叔也，洵美且好。**【疏】「冬獵曰狩」，《四驖》同。《車攻》傳云：「夏獵曰苗。」春蒐，夏苗，秋獮，冬狩，《爾雅・釋天》、《周禮・大司馬》、隱五年《左傳》竝同，《傳》所本也。桓四年《穀梁傳》：「春曰田，夏曰苗，秋曰蒐，冬曰狩。」其云春田秋蒐，取名各異。又《公羊傳》：「春曰苗，秋曰蒐，冬曰狩。」何注云：「不以夏田者，春秋制也。」《説苑・修文》篇：「夏不田，何也？曰：天地陰陽盛長之時，猛獸不攫，鷙鳥不搏，蝮蠆不螫。鳥、獸、蟲、蛇且知應天，而況人乎哉！」《王制》：「天子諸侯，無事則歲三田。」鄭注云：「三田者，夏不田。蓋夏，時也。」案説雖有異聞，而狩爲冬獵，諸家悉同。《夏小正》：「十有一月，王狩。」《春秋》：「桓四年春正月，公狩。」周正月，夏十一月也。《車攻》箋云：「狩，田獵搏獸也。」《春秋疏》引《月令章句》云：「獵者，捷取之名也。」

叔適野，巷無服馬。豈無服馬？不如叔也，洵美且武。【疏】《箋》云：「郊外曰野。」《公羊傳》注云：「禮，諸侯田狩不過郊。」蓋諸侯苑囿當在近郊。叔適野者，大叔居京，是以都城之郊爲野也。

《大叔于田》三章，章十句。

《大叔于田》，刺莊公也。叔多才而好勇，不義而得衆也。【疏】《釋文》云：「好，衍字。」

叔于田，乘乘馬。【傳】叔之從公田也。**執轡如組，兩驂如舞。**【傳】驂之與服，和諧中節。**叔在藪，火烈具舉。**【傳】藪，澤，禽之府也。烈，列；具，俱也。**襢裼暴虎，獻于公所。**【傳】襢裼，肉袒也。暴虎，空手以搏之。**將叔無狃，戒其傷女。**【傳】狃，習也。【疏】《釋文》云：「『叔于田』，本或作『大叔于田』者，誤。」是也。《序》言「大」以別上篇，後人或於首章誤加之耳。上篇「于田」無《傳》，此云「叔之從公田也」者，《正義》云：「下云『襢裼暴虎，獻于公所』，明公亦與之俱田，故知從公田也。」《嵩高》傳云：「乘馬，四馬也。」《簡兮》正義：「《大叔于田》云『執轡如組』，謂段之能御車。以御車似織組，説段之田獵之伎，故知爲實御。」案此《正義》是也。本篇《正義》謂「執轡如組」非叔親自御，之下言「又良御忌」乃叔身善御，《正義》固不出一手矣。《箋》云：「如組者，如織組之爲也。在旁曰驂。」《小戎》箋：「驂，兩騑也。」《文選》曹子建《應詔詩》注引《薛君章句》：「兩驂，左右騑驂。」《正義》云：「此經止云『兩驂』，不言『兩服』，知『驂與服和諧中節』者，以下二章於此二句皆説兩服、兩驂，則知此經所云亦總驂、服。但馬之中節，亦由御善。以其篇之首先云御者之良。既言『執轡如組』，不可更言兩服。理則有之，故知『如舞』之言兼言服，亦中節也。」〇《釋文》、《正義》本《傳》「澤」下皆有「也」字。《風俗通義・山澤》篇：「藪者，澤也。」《傳》既釋「藪」爲「澤」，而又申之云「禽之府也」者，言禽以該獸也。《正義》云：「藪澤，亦禽獸之所藏，故云『禽之府』。」《釋文》及宋庠《國語補音》引《韓詩》：「禽獸居之曰藪。」慧苑《華嚴經音義・淨行品》引《韓詩傳》云：「澤中可禽獸居之曰藪。」文義與毛《傳》同。《周禮・職方氏》：「河南豫州，其澤藪曰圃田。」《車攻》箋：「鄭有圃田。」即此地也。圃田在大叔京城之西，今河南開封府中牟縣西北七里有圃田澤。《傳》讀「烈」與「列」同。火列，列火也。列，古「迾」字，《周禮》作「厲」。鄭司農注《山虞》、《典祀》竝訓「厲」爲「遮」。列即遮迾也，《詩》假作「烈」。《孟子・滕文公》篇：「益烈山澤而焚之。」言遮迾山澤而以火焚之也，字亦假作「烈」。具舉，俱舉也。《節南山》、《正月》傳竝訓「具」爲「俱」。《楚茨》箋：「具，皆也。」《説文》：「皆，俱詞也。」俱、皆義相近。《詩》作「具」者，古文以爲「俱」字。〇「襢裼，肉袒」，《爾雅・釋訓》文。《説文》：「膻，肉膻也。」引《詩》作「膻」。《玉篇》同。「襢」即「膻」之異體，今字通作「袒」。李、郭注《爾雅》云：「脱衣見體曰肉袒。」《小旻》傳：「徒搏曰暴虎。」徒搏即空手以搏之也。《孟子・盡心》篇：「晉人有馮婦者，善搏虎。」《穆天子傳》：「七萃之士高奔戎，請生捕虎，必全之。乃生捕虎而獻之。」暴、搏、捕一語之轉。公，謂莊公也。「暴虎獻公」，言叔之勇也。《漢書・匡衡傳》：「鄭伯好勇，而國人暴虎。」匡學《齊詩》，與《毛詩》異。將，願也。《傳》訓「狃」爲「習」，《箋》：「狃，復也。」習、復義相近。「將叔無狃」，戒其傷女。此衆戒叔之詞，言叔之不義而得衆也。顔師古《漢書注》：「狃，忕也。國人愛叔，故請之曰：勿忕爲之，恐傷女也。」案顔説是也。孔仲達以爲公謂叔之辭，恐非詩恉。

叔于田，乘乘黄。【傳】四馬皆黄。**兩服上襄，兩驂鴈行。叔在藪，火烈具揚。**【傳】揚，揚光也。**叔善射忌，又良御忌。抑磬控忌，抑縱送忌。**【傳】忌，辭也。騁馬曰磬，止馬曰控。發矢曰縱，從禽曰送。【疏】《傳》以「四」釋「乘」，以「馬皆黄」釋「黄」。黄爲馬色，遂以馬色爲馬名。凡「四驪」、「四鐵」、「四駱」、「四騏」、「四騵」，皆其義也。《禮記・襍記》篇：「陳乘黄、大路於中庭，北輈。」鄭注：「《覲禮》曰：『路下四，亞之。』」《覲禮》注：「路下四，謂乘馬也。」亦謂乘黄爲四馬矣。《渭陽》傳云：「乘黄，四馬也。」上，猶前也。襄，除也。除，猶去也。兩服在前，故云「上襄」；兩驂在後，故云「鴈行」，文義正相對。《傳》云「揚，揚光」，《正義》云：「言舉火而揚其光耳。非訓『揚』爲『光』也。」據《正義》本，《傳》文衍一「揚」字。揚，猶舉也。上章舉謂舉火，此章揚謂揚火。光，火光也。《管子・輕重甲》篇：「齊之北澤燒，火光照堂下。」尹知章注云：「獵而行火曰燒。」○「忌」訓「辭」，辭，當爲「詞」。《箋》：「忌，讀如『彼己之子』之『己』。」忌、己讀聲相似，故竝爲語詞。《傳》云「騁馬曰磬」者，磬，讀爲罄。《蓼莪》傳：「罄，盡也。」《節南山》傳：「騁，極也。」極者，至也。是騁馬爲馬所至也。云「止馬曰控」者，《載馳》傳：「控，引也。」《説文》：「引，開弓也。」開弓不發謂之引，止馬不奔謂之控，控之爲言扣也。《夏官・田僕》：「凡田，王提馬而走，諸侯晉，大夫馳。」注：「提，猶舉也。晉，猶抑也。使人扣而舉之、抑之，皆止奔也。馳，放不扣。」「控」與「晉」義相近。《正義》云：「縱，謂放縱，故知發矢。送，謂逐後，故知從禽。」

叔于田，乘乘鴇。【傳】驪白雜毛曰鴇。**兩服齊首，**【傳】馬首齊也。**兩驂如手。**【傳】進止如御者之手。**叔在藪，火烈具阜。**【傳】阜，盛也。**叔馬慢忌，叔發罕忌。抑釋掤忌，抑鬯弓忌。**【傳】慢，遲；罕，希也。掤，所以覆矢。鬯弓，弢弓。【疏】《駉》傳：「純黑曰驪。」驪白雜毛謂黑。馬發白色而閒有雜毛者是曰鴇。馬色如鴇，故以鳥命馬也。《正義》云：「『驪白雜毛，鴇』，《釋畜》文。郭璞曰：『今呼之爲烏驄。』」孔所據《爾雅》作「鴇」。《五經文字》云：「駂，音保。見《爾雅》。」則張參所見《爾雅》本從馬作「駂」矣。《爾雅》釋文引《説文》：「駂，黑馬驪白雜毛。」今《説文・馬部》無「駂」，疑出《字林》。《傳》以首爲馬首，齊首爲馬首齊；手爲御者之手，如手爲進止如御者之手。驂馬有内外轡，最難調習。今如執轡者之手，進止皆齊。文與首章「執轡如組」句相應。《四鐵》傳「阜，大」，此云「阜，盛」，各隨文訓。盛者，謂持火者盛也。○慢，《釋文》作「嫚」。古侮嫚作「嫚」，惰慢作「慢」，其義皆不訓「遲」。「慢」、「嫚」皆「𧼒」之假借字。《説文》：「𧼒，行遲也。」因之凡遲皆可謂之𧼒。「希，罕」，《釋詁》文。「掤，所以覆矢」，《釋文》下有「也」字，今《傳》奪。《説文》亦云：「掤，所以覆矢也。」引《詩》「抑釋掤忌」。《左傳》作「冰」，昭十三年：「飲冰以蒲伏焉。」杜注：「冰，箭筩蓋，可以取飲。」又二十五年：「公徒釋甲，執冰而踞。」杜注：「冰，櫝丸蓋。或云：櫝丸是箭筩。」《傳》以「弢弓」釋「鬯弓」者，鬯，讀爲韔，此假借也。《小戎》傳：「韔，弓室也。」弓室謂之韔，亦謂之弢，又謂之鞬，《左傳》：「右屬櫜鞬。」又謂之韣，《禮記》：

「帶以弓韣。」皆是物也。蓋韔、弢本藏弓之器，因之受藏於韔曰韔，猶受藏於弢曰弢。弢與弨聲相近。《箋》云：「田事且畢，馬行遲，發矢希，射者蓋矢弢弓。」

《清人》三章，章四句。

《清人》，刺文公也。高克好利而不顧其君，文公惡而欲遠之，不能，使高克將兵而禦狄于竟。陳其師旅，翱翔河上，久而不召，衆散而歸，高克奔陳。公子素惡高克進之不以禮，文公退之不以道，危國亡師之本，故作是詩也。【疏】《春秋》：「閔二年冬十有二月，狄入衛。鄭弃其師。」《左傳》云：「鄭人惡高克，使帥師次于河上，久而弗召，師潰而歸，高克奔陳。鄭人爲之賦《清人》。」案魯閔公二年，鄭文公之十三年也。鄭、衛連境，其時狄人入衛，鄭能修方伯連率之職，救患恤同。此一役也，鄭可以霸。乃徒尋君臣之小忿，外爲救衛之師，内遂逐臣之怨，《春秋》譏其弃師不啻自弃其國矣。此詩爲公子素所作，《漢書・古今人表》有「公孫素」，與鄭文公、高克列下上，當是一人。

清人在彭，駟介旁旁。【傳】清，邑也。彭，衛之河上，鄭之郊也。介，甲也。**二矛重英，**【傳】重英，矛有英飾也。**河上乎翱翔。**【疏】「清，邑」，清人，清邑之人，高克所將兵衆也。酈注《水經・渠水》篇：「清池水出清陽亭西南平地，東北流逕清陽亭南，東流即故清人城也。《詩》所謂『清人在彭』。彭爲高克邑也，故杜預《春秋釋地》云『中牟縣西有清陽亭』是也。」案今中牟縣屬河南開封府，《春秋》隱四年及哀十一年之「清」即漢東郡清縣地，與此「清」爲鄭邑無涉。彭，河上地名。昭二十年《左傳》：「衛侯與北宮喜盟于彭水之上。」又「哀二十五年，初，衛人翦夏丁氏，以其帑賜彭封彌子」。彌子瑕食采於彭，爲彭封人。疑此即《詩》之「彭」。彭爲衛邑，與鄭連境，故《傳》云：「衛之河上，鄭之郊也。」《正義》云：「衛在河北，鄭在河南。恐狄渡河侵鄭，故使高克將兵於河上禦之。」《箋》云：「駟，四馬也。」「介，甲」，《小戎》箋同。僖二十八年《左傳》「駟介百乘」，服、杜注竝云：「駟介，四馬被甲也。」《釋文》：「旁，補彭反。王云：彊也。」《說文》：「騯，馬盛也。《詩》曰：『四牡騯騯。』」段注云：「《鄭風·清人》：『駟介旁旁。』蓋許偁此。而『駟介』轉寫譌『四牡』耳。許所據『旁』作『騯』，毛《傳》本有『騯騯，盛皃』之語，後逸之。二章曰『麃麃，武皃』，三章曰『陶陶，驅馳皃』，則知首章當有『騯騯，盛皃』矣。」〇二矛，無《傳》。《箋》云「酋矛、夷矛」，本《廬人》「酋矛常有四尺，夷矛三尋」爲說。《正義》又本《廬人》「攻國之兵欲短，守國之兵欲長」，謂此禦狄于境，是守國之兵，用長，宜有夷矛。與《魯頌·閟宮》箋「二矛備折壞，兵車之法」，不數夷矛，以申鄭說。案《考工記》：「酋矛常有四尺，崇於軫四尺。謂之六等。」鄭司農注：「酋，發聲。直謂矛。」《考工記》言兵車六等，但有矛，而并無酋、夷之別。與《廬人》言六建者用有不同。然《詩》言高克將兵，正將兵車，不當數夷矛。二矛者，亦是備折壞之意。此與《閟宮》皆有「二矛」之文，《傳》意不應分守國、攻國致生異解也。此言英，《閟宮》言朱英，兩「英」字亦無異解。《傳》云「矛有英飾」者，即《箋》所謂「縣毛羽，其色朱」也。重英，英飾有重，言二矛皆有重飾也。《載驅》傳云：「翱翔，猶彷徉也。」

清人在消，駟介麃麃。【傳】消，河上地也。麃麃，武貌。二矛重喬，【傳】重喬，累荷也。河上乎逍遙。【疏】「消，河上地」，未聞。《酌》傳：「蹻蹻，武皃。」麃、蹻聲轉義通。〇「重喬，累荷」，累，當作「絫」；荷，當作「何」。《玄鳥》傳：「何，任也。」絫何，猶負何。《釋文》云：「沈胡可反。謂兩矛之飾相負何也。」《正義》云：「如重絫相負何然，故謂之絫何也。」案上章「重英，矛有英飾」但釋經「英」字之義，不釋「重」字。此「重喬，絫何」

但釋經「重」字之義，不釋「喬」字。蓋喬亦飾也。《箋》「喬，矛矜近上及室題，所以縣毛羽」，《釋文》云：「喬，鄭居橋反，雉名，《韓詩》作『鷮』。題，頭也。室，劍削名也。《方言》云：『劍削，自河而北，燕、趙之閒謂之室。』此言室，謂矛頭受刃處也。」然則《毛詩》作「喬」爲借字，《韓詩》作「鷮」爲本字，謂以鷮羽飾矛也。《箋》言縣毛羽，從韓説以申補毛義，非與毛或異也。陸、孔皆謂毛讀「喬」爲「橋」，訓「高」，非是。《釋文》：「逍，本又作『消』。遥，本又作『摇』。」《説文》新附「逍遥」，徐鉉等云：「《詩》只用『消摇』。此二字《字林》所加，今字『消摇』通作『逍遥』。」《檜・羔裘》、《白駒》同。《文選・南都賦》注引《韓詩》：「逍遥，遊也。」《廣雅》：「逍遥，儴徉也。」逍遥謂之儴徉，猶翱翔謂之彷徉。《檜・羔裘》箋：「翱翔，猶逍遥也。」

清人在軸，駟介陶陶。【傳】軸，河上地也。陶陶，驅馳之貌。**左旋右抽，中軍作好。**【傳】左旋，講兵。右抽，抽矢以射。居軍中爲容好。【疏】「軸，河上地」，未聞。彭、消、軸三地皆相近。陶，即「駋」之假借。《説文》：「駋，馬行皃。」馬行謂之駋，重言駋駋。古聲匋、舀同，駋駋之爲陶陶，猶「江漢滔滔」，《風俗通義》作「江漢陶陶」之例。《祭義》「陶陶遂遂」，鄭注云：「相隨行之貌。」與《傳》「驅馳」之訓合。○《禮記・少儀》：「軍尚左，卒尚右。」鄭注云：「左，陽也，陽主生。將軍有廟勝之策，左將軍爲上，貴不敗績。右，陰也，陰主殺。卒之行伍以右爲上，示有死志。」《少儀》言左右與《詩》左右同。軍尚左，故《傳》以左旋爲講習兵事；卒尚右，故《傳》以右抽爲抽矢以習射。抽矢以射，即是講兵中事也。《正義》引《少儀》「軍尚左」爲《詩》「左旋」之義，是已。其解「右抽」爲「右手抽射」，恐未是。《釋文》：「抽，《説文》作『搯』，云：『抽刃以習擊刺也。』」案《説文》引《周書》曰：「師乃搯。」又引《詩》曰：「左旋右搯。」「搯，引也。或作『抽』。」古「抽」與「搯」聲同。《箋》云：「抽刃。」鄭與許合，與《毛詩》云「抽矢以射」字、義皆不同。而其爲講習兵事，則又大同也。大國三軍，次國二軍，小國一軍。鄭爲次國，不當有中軍。且高克出師，非全師以出者比，故《傳》釋經「中軍」爲「軍中」，作倒句法。容，儀容也。《周禮·保氏》「六儀，五曰軍旅之容」，「鄭司農注云：『軍旅之容，闞闞仰仰。』玄謂：軍旅之容，暨暨詻詻」。《爾雅》：「作，爲也。」《傳》釋經「作好」爲「爲容好」，唯是講習兵事而已。與上兩章「翱翔」、「消摇」同意。

《羔裘》三章，章四句。

《羔裘》，刺朝也。言古之君子，以風其朝焉。【疏】昭十六年《左傳》：「鄭六卿餞宣子於郊，子産賦鄭之《羔裘》，宣子曰：『起不堪也。』」此詩皆言古君子立朝之義，故韓起辭不堪，陳古刺今也。

羔裘如濡，洵直且侯。【傳】如濡，潤澤也。洵，均；侯，君也。**彼其之子，舍命不渝。**【傳】渝，變也。【疏】《傳》文「如」字當衍。「濡，潤澤也」，《無衣》傳：「澤，潤澤也。」句法正同。定本無「如」字可證。《傳》以「潤澤」釋經之「濡」字，言羔裘光色潤澤然也。如，猶而也。如濡，而濡也。凡《傳》云「如雲」，言盛；「如雨」，言多；「如水」，言衆；「如雪」，言鮮絜；「如絲」，言調忍，皆借他物作比方之詞。如猶若也，與此「如」字不同義。「洵，均」，《爾雅·釋言》文。《皇皇者華》傳：「均，調也。」《韓詩外傳》「洵」作「恂」。「侯，君」，《釋詁》文。有君國長民之責，皆得稱君。《左傳》「吾君在壑谷」，是大夫稱君之義也。《釋文》引《韓詩》云：「侯，美也。」義亦相近。○《韓詩外傳》二、《新序·節士》、《義勇》篇及襄二十七年《左傳》引此詩作「彼己之子」，其、己聲同。《韓詩外傳》云：「崔杼弑莊公，合士大夫盟。所殺者十餘人，次及晏子。晏子曰：『直兵推之，曲兵鉤之，嬰不之革也。』崔杼曰：『舍晏子。』晏子起而出，援綏而乘。其僕馳，晏子撫其手曰：『麋鹿在山林，其命在庖廚。命有所縣，安在疾驅？』安行成節，然後去之。《詩》曰：『羔裘如濡，恂直且侯。彼己之子，舍命不偷。』晏子之謂也。」《晏子・襍上》、《新序・義勇》「偷」作「渝」。《箋》云：「處命不變，謂守死善道、見危授命之等。」此鄭用韓以申毛也。《管子・小問》篇：「語曰：澤命不渝，信也。」澤者，「釋」之假借字。舍、釋古字通用。「渝，變」，《釋言》文。「隱六年，鄭人來渝平」，杜注《左傳》云：「渝，變也。」

羔裘豹飾，孔武有力。【傳】豹飾，緣以豹皮也。孔，甚也。**彼其之子，邦之司直。**【傳】司，主也。【疏】《禮記・玉藻》：「羔裘豹飾，緇衣以裼之。」鄭注云：「飾，猶褎也。」《唐・羔裘》：「羔裘豹袪。」「羔裘豹褎。」《傳》：「袪，袂末也。」「褎，猶袪也。」《箋》：「在位卿大夫之服也。」此《傳》云「豹飾，緣以豹皮也」者，謂袂末緣以豹皮爲飾也。《弁服釋例》云：「大夫羔裘豹袖，固以不純用羔，下於諸侯，而豹亦飾之最盛者。《管子・大匡》：『諸侯之禮，令齊以豹皮往，小侯以鹿皮報。齊以馬往，小侯以犬報。』注：『往重報輕。』蓋幣以鹿皮爲重，而豹皮又重於鹿皮，故《揆度》篇：『令諸侯之子將委質者，皆以雙虎之皮，卿大夫豹飾，列大夫豹襜。』注：『卿大夫，上大夫也。列大夫，中大夫也。』然則非上大夫及中大夫且不得以豹爲飾矣。」「孔，甚」，《汝墳》、《小戎》同。○司、職疊韻，職謂之主，故司亦謂之主。主直者，猶《論語》云：「主忠信也。」

羔裘晏兮，三英粲兮。【傳】晏，鮮盛貌。三英，三德也。**彼其之子，邦之彦兮。**【傳】彦，士之美稱。【疏】晏、鮮雙聲。云「鮮盛」者，謂飾也。晏兮，猶「如濡」也。英，猶美也。三英，謂有三美德者，三德之義，當即具在本經。《荀子・富國篇》：「古人爲之不然，使民夏不宛暍，冬不凍寒，急不傷力，緩不後時。事成功立，上下俱富，而百姓皆愛其上。人歸之如流水，親之歡如父母，爲之出死斷亡而愉者，無它故焉，忠信調和，均辨之至也。故君國長民者，欲趨時遂功，則和調累解，速乎急疾，忠信均辨，説乎賞慶矣。必先脩正其在我者，然後徐責其在人者，威乎刑罰。三德者誠乎上，則下應之如景嚮，雖欲無明達，得乎哉？」楊倞注云：「三德，謂調和解累，忠信均辨，正己而後責人也。或曰：三德，即忠信、調和、均辨也。」奂謂楊氏二説俱非。忠信，一德也。調和均辨，一德也。先脩正己，又一德也。夫是之謂三德。《傳》意詩言「三德」，當即是首章「洵直且侯」之義：洵，一德也；直，一德也；且侯，又一德也。夫是之謂三德。釋「洵」爲「均」，即調和均辨之謂也。釋「侯」爲「君」，即脩正在我之指也。直之爲忠信，易曉耳。蓋大毛公曾親炙荀子，詁訓多從師説。其云三德，當於本經求其義。正與《荀子》言三德意略相同。《説文》：「姣，美也。」「粲」与「姣」同。賈逵注《國語》云：「粲，美貌。」〇《爾雅・釋訓》：「美士爲彦。」故《傳》釋經之「彦」云「士之美稱」也。

《遵大路》二章，章四句。

《遵大路》，思君子也。莊公失道，君子去之，國人思望焉。

遵大路兮，摻執子之袪兮。【傳】遵，循；路，道；摻，擥；袪，袂也。**無我惡兮，不寁故也。**【傳】寁，速也。【疏】遵、循聲近，故同訓。《洪範》：「遵王之道。」又云：「遵王之路。」是路亦道也。《正義》引《説文》有「摻」字，參聲，訓「斂」。今本《手部》佚「摻」篆。《傳》詁「摻」爲「擥」者，《説文》「擥」下云：「撮持也。从手，臨聲。盧敢切。」《文選》宋玉賦因稱《詩》曰：「遵大路兮攬子袪。」攬，俗「擥」字。凡袂，布一幅四尺四寸，中屈之，爲徑二尺二寸而屬於衣，是謂之袂。中肘以前，尺漸殺之，則爲之袪。徑尺二寸，是謂之袂末。袂末，詳《唐・羔裘》篇。深衣之袂末，又續緣廣寸半也。長衣、中衣之袂，《玉藻》注云：「繼袂揜一尺，若今褎矣。」冕服衣侈袂，《司服》注云：「士之衣袂，皆二尺二寸而屬幅，是廣、袤等也。其袪尺二寸，大夫已上侈之。侈之者，蓋半而益一焉。半而益一，則其袂三尺三寸，袪尺八寸。」袪、袂異材，袪爲袂之口。《傳》云「袪，袂」，渾言不別也。○「寁，速」，《爾雅·釋詁》文。《説文》：「寁，尻之速也。」「疌，疾也。」寁、疌同聲，速、疾同義。「速」訓「疾」，又訓「召」。《行露》傳：「速，召也。」此《傳》「速」義自當訓爲「召」。「不寁故」，故，故舊也，謂吾君不召故舊之人也。「不寁好」，好，愛好也，謂吾君不召而愛好之也。《唐·羔裘》「維子之故」、「維子之好」，彼《箋》「故」爲「故舊」、「好」爲「愛好」，其義當同。此所以刺莊公失道，不能用君子，君子去之而不可留。《釋文》云：「『故也』，一本作『故兮』。後『好也』亦爾。」

遵大路兮，摻執子之手兮。無我魗兮，【傳】魗，棄也。**不寁好也。**【疏】魗，當作「敼」，《釋文》本亦作「敼」。《説文·攴部》云：「𢿫，棄也。」引《詩》作「無我𢿫兮」。敼即𢿫也。「敼」訓「棄」，棄讀如「棄予如遺」之「棄」。《箋》讀「敼」爲「醜」，與上章同訓。魗，俗字。

《女曰雞鳴》三章，章六句。

《女曰雞鳴》，刺不説德也。陳古士義，以刺今不説德而好色也。【疏】《正義》本「義」上有「士」字，「陳古士義」爲句。

女曰雞鳴，士曰昧旦。子興視夜，明星有爛。【傳】言小星已不見也。**將翺將翔，弋鳧與鴈。**

【傳】閒於政事，則翱翔習射。【疏】曰，語詞。女雞鳴而起，士昧旦而興。旦，明也。昧，明未全明也。昧旦，後於雞鳴時。《箋》云：「此夫婦相警覺以夙興，言不留色也。」子，謂君子也，士之美稱。此承「士曰昧旦」而言。明星，大星也。爛，猶爛爛也。大星爛爛，故小星已不見矣。《箋》云：「明星尚爛爛然，早於別色時。」《東門之楊》箋以明星爲大星也。〇翱翔以弋鳧鴈，言君子之翱翔習射也。《傳》必補明經義云「閒於政事」者，君子夙興，先行政事；政事之閒，然後習射；習射以爲燕賓客，皆所謂説德也。下章即本此意而申言之。《箋》云：「弋，繳射也。言無事則往弋射鳧鴈，以待賓客爲燕具。」

弋言加之，與子宜之。宜言飲酒，與子偕老。【傳】宜，肴也。**琴瑟在御，莫不静好。**【傳】君子無故不徹琴瑟。賓主和樂，無不安好。【疏】「弋言加之」，「弋」字承上文「弋鳧與鴈」而言。言，曰也，亦語詞。加，加豆也。《周禮·醢人》：「加豆之實，菭菹、鴈醢。」《既醉》傳：「加豆，陸産也。」鳧、鴈皆陸産，故弋之以爲加豆之實。「宜，肴」，《爾雅·釋言》文。宜之爲言嘉也，古宜、嘉同聲，若《鳧鷖》「來宜」與「既嘉」爲韻。此其例矣。上句言「加」既爲「加豆」之「加」，則下句言「宜」當讀爲「嘉肴」之「嘉」，故《雅》、《傳》直詁「宜」爲「肴」，釋經義，非釋字義也。《賓之初筵》傳：「肴，豆實也。」「宜言飲酒」，「宜」字亦即承上文「與子宜之」而言。《正義》引李巡注《爾雅》云：「宜，飲酒之肴也。」凡言酒，必兼言肴。《正月》：「彼有旨酒，又有嘉肴。」《賓之初筵》：「籩豆有楚，肴核維旅。酒既和旨，飲酒孔偕。」《鳧鷖》：「爾酒既多，爾肴既嘉。」皆肴、酒竝舉矣。加肴飲酒，所以燕賓客，故下《傳》云「賓主和樂，無不安好」也。子，君子，謂主人。言「與子」者，賓與主人也。偕，俱也。老，言久也。案此篇詩意皆蟬聯直下，首章之「子」與二章兩「與子」、三章三「知子」，皆女謂士之詞。《箋》以「子」爲賓客，則與首章之「子」不同義矣。○《禮記·曲禮》篇：「士無故不徹琴瑟。」《傳》引之以釋經「琴瑟在御」句也。鄭注云：「故，謂災患喪病。」《儀禮·既夕禮》有燕樂器，注云：「與賓客燕飲用樂之器。」是琴瑟者，即燕飲之樂器也。又《既夕·記》有「徹琴瑟」之文，注云：「去樂。」是有故徹，無故則不徹也。「賓主和樂，無不安好」，以釋經「莫不靜好」句。賓主和樂，冡「燕飲」而言之也。莫不，無不也。《抑》傳亦云：「莫，無也。」《邶·柏舟》傳亦云：「靜，安也。」《白虎通義·禮樂》篇引《詩傳》曰：「大夫士琴瑟御。」隱五年《公羊傳》注引《魯詩傳》曰：「天子食日舉樂，諸侯不釋縣，大夫、士日琴瑟。」武進臧鏞堂云：「此當屬《鄭風》『琴瑟在御』之《傳》也。」

知子之來之，襍佩以贈之。【傳】襍佩者，珩、璜、琚、瑀、衝牙之類。**知子之順之，襍佩以問之。**【傳】問，遺也。**知子之好之，襍佩以報之。**【疏】知，讀爲「相知」之「知」。知子，與君子相知者也。《詩述聞》云：「來，讀爲『勞來』之『來』。《爾雅》曰：『勞、來，勤也。』《大東》篇『東人之子，職勞不來』，毛《傳》曰：『來，勤也。』《正義》曰：『以「不被勞來」爲不見勤，故《采薇》序云：「《杕杜》以勤歸。」』即是『勞來』也。是古者謂相恩勤爲來，此言『來之』，下言『順之』、『好之』，義相因也。《箋》讀『來』爲『往來』之『來』，疏矣。」○《子衿》傳：「佩，佩玉也。」佩所繫之玉，謂之佩玉。集諸玉石以爲佩，謂之襍佩。襍之爲言集也，合也。諸玉石，《傳》所謂「珩、璜、琚、瑀、衝牙之類」是也。珩者，《說文》：「珩，佩上玉也。所以節行止也。从玉，行聲。」《晉語》：「白玉之珩六雙。」韋注云：「珩，佩上飾也。珩形似磬而小。」《楚語》：「楚之白珩。」韋注云：「珩，佩上之橫者。」《大戴禮·保傅》篇：「上有雙衡。」盧注云：「衡，平也。」顔師古注《漢書·五行志中》、杜佑《通典》、王應麟《玉海》引《月令章句》、李注《文選·思玄賦》引《大戴禮》竝作「雙衡」，《新書·禮》篇亦作「雙衡」。《初學記·器物部》引《三禮舊圖》云：「凡玉佩上有雙衡。衡長五寸，博一寸。」又引魚豢《魏略》有雙衡。案「衡」與「珩」通。珩爲佩玉最上之名，上有環，環三組，旁兩組各繫一珩。據《舊圖》，珩五寸。雙珩與下雙璜相準。行步，下則雙璜與衝牙成聲，上則珩與珩成聲。《采芑》篇「有瑲蔥珩」，《傳》：「瑲，珩聲。」謂即雙珩之聲也。《周禮·玉府》「共王之佩玉」，鄭注引《詩傳》：「佩玉，上有蔥珩。」韋注《晉語》引《詩傳》「上有蔥珩」，則所謂《詩傳》者，三家釋《采芑》之「蔥珩」。後儒因改《大戴》「雙」字爲「蔥」字。三命則蔥珩也。天子白珩，諸侯有之，僭也。《大戴》言天子之珩，不得爲蔥珩明矣。璜者，《説文》：「璜，半璧也。」《大戴禮》「下有雙璜」，盧注云：「半璧曰璜。」《周禮注》及《國語注》引《詩傳》曰：「下有雙璜。」賈疏云：「謂以組懸於衡之兩頭。兩組之末皆有半璧曰璜，故曰雙璜。」《三禮舊圖》云：「下有雙璜。璜徑三寸。」《典瑞》：「駔圭、璋、璧、琮、琥、璜之渠眉。」鄭注云：「璜，在足。」是斂尸之璜在人足，亦猶佩玉之璜在組末也。《正義》引《列女傳》：「阿谷之女佩璜而澣下。」《韓詩外傳》亦有其文。琚、瑀者，《説文》：「琚，佩玉石也。」「瑀，石之次玉者。」《木瓜》「報之以瓊琚」，《傳》：「琚，佩玉石。」《有女同車》「佩玉瓊琚」，《傳》：「佩有琚、瑀，所以納閒。」《木瓜》既言瓊琚，又言瓊瑤、瓊玖，《丘中有麻》「詒我佩玖」，《公劉》「何以舟之，維玉及瑤」，《渭陽》又言瓊瑰。琚、瑀、瑤、玖、瑰，皆美石，無言珠者。蔡邕《月令章句》：「佩上有雙衡，下有雙璜，琚、瑀以襍之，衝牙、蠙珠以納其閒。」顔注《五行志》云：「玉佩上有雙衡，下有雙璜，琚、瑀以襍之，衝牙、玭珠以納其閒。」案此即《大戴·保傅》篇文也。唯字稍有異耳。琚、瑀襍於上衡下璜，故言衡璜即言琚、瑀。衝牙居雙璜之中央，蠙珠又在衝牙之上，則衝牙、蠙珠在中組，故《周禮注》引《詩傳》、《三禮舊圖》皆云「衝牙、蠙珠以納其閒」，每連而言之，是矣。《毛詩傳》但言琚、瑀而不及蠙珠，三家《詩》傳但言蠙珠而不及琚、瑀，唯《大戴禮》備有之。今本《大戴》作「衝牙、玭珠以納其閒，琚、瑀以襍之」。一本又脱「衝牙」二字，皆瞀亂不可讀。玭，或作「蠙」，盧注云：「總曰玭珠，而赤者曰琚，白者曰瑀。」則以琚、瑀爲蠙珠。《續漢志》引《纂要》：「琚瑀，所以納閒，今白珠也。」《舊圖》

亦以蒼珠爲瑀，皆踵盧氏之誤。《荀子·賦篇》云：「琁玉瑶珠，不知佩也。」瑶謂琚瑀，珠爲蠙珠。《釋名》亦云：「佩，倍也。言其非一物，有倍貳也。」有珠有玉，或珠亦玉類，唯形之圜好者爾。衡牙者，《禮記·玉藻》「佩玉有衝牙」，鄭注云：「居中央，以前後觸也。」孔疏云：「中央下端縣以衡牙。動則衝牙前後觸璜而爲聲。所觸之玉，其形似牙，故曰衝牙。皇氏謂衡居中央，牙是外畔兩邊之璜，以衝牙爲二物。」案皇説與鄭注同意。衡以居中之玉而名，牙以兩旁之玉而名，非謂衝牙二物也。盧注《大戴禮》云：「衡在中，牙在傍。」此皇侃所本也。《大戴禮》、《月令章句》、《五行志》注、《周禮·玉府》注引《詩傳》、《三禮舊圖》竝以衝牙爲納閒。《三禮舊圖》又云：「璜中横以衝牙。」《穆天子傳》「天子夾佩」，郭璞注云：「左右兩佩。」《玉藻》：「古之君子必佩玉，右徵、角，左宫、羽。」注：「君子，士已上。」是天子至士皆左右佩玉矣。佩玉有珩有璜，又有琚、瑀、衝牙。《傳》云「之類」，其外尚有蠙珠也。全《詩》兩言琚，瑶、玖，一言瑰，或舉中以晐上下，或解一佩以贈，或繫一玉以佩。此詩乃舉佩玉之全者，故云「雜佩以贈之」也。○《箋》云：「贈，送也。」《正義》云：「《曲禮》『凡以苞苴簞笥問人』者，哀二十六年《左傳》『衛侯使以弓問子貢』，皆遺人物謂之問，故云：『問，遺也。』」

《有女同車》二章，章六句。

《有女同車》，刺忽也。鄭人刺忽之不昏于齊。大子忽嘗有功于齊，齊侯請妻之。齊女賢而不取，卒以無大國之助，至於見逐，故國人刺之。【疏】桓六年《左傳》：「公之未昏於齊也，齊侯欲以文姜妻鄭大子忽，大子忽辭。及其敗戎師也，齊侯又請妻之，遂辭諸鄭伯。」又十一年《傳》：「鄭昭公之敗北戎也，齊人將妻之，昭公辭。祭仲曰：『必取之。君多内寵，子無大援，將不立。三公子皆君也。』弗從。夏，鄭莊公卒。祭仲與宋人盟，以厲公歸而立之。秋九月丁亥，昭公奔衛。己亥，厲公立。」是忽之見逐，在魯桓公十一年矣。忽既爲莊公大子，莊公歿，立未踰年，即爲祭仲所逐，故鄭人刺忽微弱，由失援於大國之助。前日不昏於齊，致啓後日爭鬩，作追刺之詞。齊女非文姜，《鄭志·荅張逸問》誤。《正義》駁之，是矣。

有女同車，顔如舜華。【傳】親迎同車也。舜，木槿也。將翺將翔，佩玉瓊琚。【傳】佩有琚瑀，所以納閒。彼美孟姜，洵美且都。【傳】孟姜，齊之長女。都，閑也。【疏】經言「同車」，《傳》云「親迎同車」以申明經義。《士昏禮》：「主人爵弁，纁裳，緇袘，從者畢玄端，乘墨車，從車二乘，執燭前馬。婦車亦如之，有裧。」亦如之者，謂《士禮》從車二乘，執燭前馬，壻婦皆同也。此即親迎同車之禮也。《鵲巢》篇一章：「之子于歸，百兩御之。」御，迎也。二章：「之子于歸，百兩將之。」將，送也。《傳》：「諸侯之子嫁於諸侯，送御皆百乘。」案此詩乃設言鄭大子忽親迎齊女，當是諸侯親迎之禮。女從者之車與壻從者之車，其送迎百兩，儀從亦皆相同。《正義》引「壻御婦車，授綏，爲與婦同車」，直指同一車者説。不知壻御婦車，不過御輪三周，壻即先驅，士婦乘壻家之從車。若大夫以上，婦自乘其母家之車，不同一車也。或據下句言女之顔，謂壻同車同行時所見云然，尤違《詩》恉。《内則》云：「女子出門，必擁蔽其面。」又《儀禮》：「婦車有裧。」裧，即《氓》詩之「帷裳」也。○《説文》：「蕣，木堇。朝華莫落者。《詩》曰：『顔如蕣華。』」《詩》作「蕣」，今隸變作「舜」，而又奪去艹頭耳。高注《淮南》、《吕覽》、李注《文選·神女賦》、《齊民要術》十、《御覽·百卉部六》引《詩》皆作「蕣」。堇，俗作「槿」。《淮南·時則》注云：「木堇，朝榮莫落，樹高五六尺，其葉與安石榴相似也。是月榮華可用作蒸也。襍家謂之朝生，一名蕣。」《正義》引《義疏》云：「舜，一名木堇，一名櫬，一名椵。齊、魯之閒謂之王蒸。今朝生暮落者是也。五月始華，故《月令》：『仲夏，木堇榮。』」《月令》注云：「木堇，王蒸也。」○《木瓜》傳：「瓊，玉之美者。」「琚，佩玉名。」經言琚，《傳》言琚瑀。上篇《傳》云「襍佩者，珩、璜、琚、瑀、衝牙之類」，琚、瑀爲石，珩、璜爲玉。《大戴禮·保傅》篇：「上有雙衡，下有雙璜，琚、瑀以襍之，衝牙、玭珠以納其閒。」玭，一作「蠙」。案上篇舉珩、璜、琚、瑀、衝牙以釋「襍佩」，此以琚、瑀爲佩玉之納閒。《大戴禮》於琚、瑀言襍，於衝牙言納閒，而納閒又有蠙珠。以石集合玉謂之襍，以石納玉閒謂之納閒，其義本同也。此冡上篇而義互相足。上篇《正義》引此《傳》「琚瑀」作「琚玖」者，非善本也。《爾雅·釋器》：「佩衿謂之褑。」郭注：「佩玉之帶上屬。」衿，當作「紟」。《方言》、《廣雅》皆云：「佩紟謂之裎。」《說文》：「紟，衣系也。」「綎，系綬也。」「綎」與「裎」同。《禮記·經解》：「行步則有環佩之聲。」又《玉藻》：「孔子去魯，佩象環，五寸。」《列女傳·貞順》篇：「鳴玉環佩。」曹大家注云：「玉環佩，佩玉有環。」此皆佩玉有環之證也。《釋器》：「環謂之捐。」佩玉之有環，如車軾之有環。《大東》詩：「鞙鞙佩璲。」捐即鞙。鞙，繫佩之組也。凡佩玉繫於革帶，其繫於帶之組謂之褑，褑之言瑗也。瑗，猶環也。繫褑之組則有環，環下垂爲三組，其中組之末曰衝牙，其左右組皆上珩下璜。衝牙在前後兩璜之閒，瑀琚在上珩下璜之閒，蠙珠又在中組之閒，故衝牙、琚瑀、蠙珠皆爲納閒也。雙璜之下有綬，綬有玄、朱、純、綦、緼、青之等差。綬組爲左右組，當較大於中組，以中組貫蠙珠故也。此佩玉納閒之說也。舊説納閒之玉，《玉藻》孔疏云：「凡佩玉必上繫於衡，下垂三道，穿以蠙珠。下端前後以縣於璜中央，下端縣以衝牙。」❶《玉府》賈疏云：「《毛詩傳》衡璜之外別有瑀琚，❷其瑀琚所置，當於

❶「衝」，原作「衡」，據中國書店影印武林愛日軒刻本、徐子静本及阮刻《禮記正義》改。
❷「瑀琚」，阮刻《周禮注疏》作「琚瑀」。下二「瑀琚」同。

縣衝牙組之中央。❶又以二組穿於瑀琚之内角，斜繫於衝牙之兩頭，於組末繫於璜。云『蠙珠以納其閒』者，組繩有五，皆穿珠於其閒，故云『以納其閒』。」據孔，但有蠙珠，無琚瑀，其説固不足信。賈以琚瑀在中組之中央，又用五組邪繫衡璜，皆有蠙珠。陳祥道《禮書》亦從《周禮疏》以繪圖，其説亦非是。近儒或謂蠙珠居中，琚瑀又貫於蠙珠之上下。或又謂琚瑀居中，蠙珠又納於琚瑀之上下，則中組一組但末縣一衝牙，衝牙之上更無納閒之玉，所謂「衝牙、蠙珠納閒」者，義不可通也。《大戴禮》云「衝牙、蠙珠以納其閒」者，就中組言之也。毛《傳》云「琚瑀以納閒」者，就左右組言之也。其誤總以雙珩爲一珩，遂滋異説。○孟姜，齊之長女。姜，齊姓。孟，長也。美都、德音，謂其賢也。《正義》云：「齊女未必實賢、實長，假言其賢長以美之。不可執文以害意也。」《傳》訓「都」爲「閑」，閑，當作「閒」，古「嫺」字。《楚辭·大招》：「比德好閒，習以都只。」司馬相如《上林賦》：「妖冶閒都。」又《楚語》：「使富都那豎贊焉，而使長鬣之士相焉。臣不知其美也。」富都，即美都也。韋注云：「都，閑也。」義與《傳》同。「都」乃「奲」之假借字。《説文·奢部》：「奲，富奲奲皃。从奢、單。」奲合二字會意，奢，張也。單，大也。富奲奲，言容貌之美大也。《玉篇》：「奲，寬大也。丁可、昌者二切。」丁可，「奲」之轉，猶「都」轉音讀如「多」也。昌者，「奲」之正，猶「都」正音讀如「者」也。

有女同行，顔如舜英。【傳】行，行道也。英，猶華也。**將翱將翔，佩玉將將。**【傳】將將，鳴玉而後行。**彼美孟姜，德音不忘。**【疏】《傳》文衍一「行」字。《行露》、《北風》、《載馳》、《鹿鳴》、《行葦》傳皆云：

---

❶「衝」，原作「衡」，據阮刻《周禮注疏》、中國書店影印武林日軒刻本、徐子静本改。

「行，道也。」道者，讀如「道路」之「道」。同道者，謂同此道路以至焉爾。莊二十四年《穀梁傳》云：「迎者，行見諸，舍見諸。」此即「同行」之義也。○《爾雅·釋言》：「華，皇也。」《釋草》：「芛、葟、華，榮。華，荂也。華、荂，榮也。木謂之華，草謂之榮。不榮而實者謂之秀，榮而不實者謂之英。」郭注云：「今俗呼草木華初生者爲芛，音豨豬。江東呼華爲荂，音敷。」案芛、葟、榮、荂竝與華同義。木爲華，草爲榮。木堇，《月令》言榮，而《詩》言華。詩上章言華，而下章言英。《傳》云「英，猶華」者，草亦曰華，渾言無別耳。《出其東門》傳云：「荼，英荼。」荼亦榮而不實者，故得評爲英。《説文》：「英，艸榮而不實者。」是英爲艸，不爲木也。○《采芑》傳：「瑲，珩聲也。」《説文》：「瑲，玉聲也。」凡言玉聲，其字當作「瑲」。瑲，今《詩》作「將」。將，借字也。《楚辭注》引《詩》作「鏘」。鏘，俗字。《終南》句同。《大戴禮》云：「上車以和鸞爲節，下車以佩玉爲度。」詩言親迎同車，正謂下車而行，鳴其佩玉將將然，故《傳》云「鳴玉而後行」也。《竹竿》「佩玉之儺」，《傳》：「儺，行有節度。」是婦人佩玉，亦行有節度矣。

《山有扶蘇》二章，章四句。

《山有扶蘇》，刺忽也。所美非美然。【疏】美，讀如「彼美孟姜」之「美」。上篇言應取不取，此言不應取而取，皆所以追刺忽之失援也。何以言之？隱七年《左傳》：「陳及鄭平。十二月，陳五父如鄭涖盟。壬申，及鄭伯盟，歃如忘。洩伯曰：『五父必不免，不賴盟矣。』鄭良佐如陳涖盟，辛巳，及陳侯盟，亦知陳之將亂也。鄭公子忽在王所，故陳侯請妻之，鄭伯許之，乃成昏。」「八年四月甲辰，鄭公子忽如陳逆婦嬀。辛亥，以嬀氏歸。甲寅，入于鄭。」「桓五年春正月甲戌、己丑，陳侯鮑卒，再赴也。於是陳亂，文公子佗殺大子免而代之。公疾病而亂作，國人分散，故再赴。六年秋八月，蔡人殺陳佗。」《傳》云：「陳厲公，蔡出也，故蔡人殺五父而立之。」案忽妻陳嬀之時，陳亂已萌。至蔡人殺佗之歲，即忽救齊之年。鄭、陳雖外親姻，而陳不足恃，昭昭共見。而忽又辭昏於齊，鄭之争端，實始於此。《山有扶蘇》，猶《有女同車》也。

山有扶蘇，隰有荷華。【傳】興也。扶蘇，扶胥小木也。荷華，扶渠也，其華菡萏。言高下大小各得其宜也。**不見子都，乃見狂且。**【傳】子都，世之美好者也。狂，狂人也。且，辭也。【疏】《釋文》本《傳》文「木」上無「小」字。《小箋》云：「無『小』字爲長。《吕覽》及《漢書》司馬相如、劉向、楊雄傳，枚乘《七發》，許氏《説文》，皆謂扶疏爲大木。許氏『扶』作『枎』。古疏、胥、蘇通用。」《傳》云「荷華，扶渠」者，以「扶渠」釋「荷」字，「華」則連經文而言之。故訓中多有此例。又恐人誤以扶渠當華，故申釋之云「其華菡萏」也。《澤陂》一章「有蒲與荷」，《傳》：「荷，夫渠也。」三章「有蒲菡萏」，《傳》：「菡萏，荷華也。」彼《傳》以夫渠爲荷，義與此同。「夫」與「扶」同，俗作「芙蕖」。《爾雅・釋草》：「荷，夫渠。其莖茄，其葉蕸，其本蔤，其華菡萏，其實蓮，其根藕，其中的，的中薏。」《説文》：「菡，菡藺也。」「藺，菡藺，扶渠華。未發爲菡藺，已發爲夫容。」「蓮，扶渠之實也。」「茄，扶渠莖。」「荷，扶渠葉。」「蔤，扶渠本。」「蔤，扶渠根。」段注云：「今《爾雅》曰：『其葉蕸。』《音義》云：『衆家無此句，惟郭有。就郭本中或復無此句，亦竝闕讀。』按無者是也。高注《淮南》云：『荷，夫渠也。其莖曰茄，其本曰蔤，其根曰藕，其華曰夫容，其秀曰菡萏，其實蓮。蓮之藏者菂，菂之中心曰薏。』大致與《爾雅》同，亦無『其葉蕸』三字。蓋大葉駭人，故謂之荷。大葉扶摇而起，渠央寬大，故曰夫渠。《爾雅》假葉名其通體，故分别莖、華、實、根各名而冠以『荷夫渠』三字，則不必更言其葉也。荷夫渠之華爲菡萏，菡萏之葉爲荷夫渠，省文互見之法也。」段注又云：「《爾雅》以『其本蔤』系於『荷扶渠，其莖茄』之下者，謂此乃全荷之本。今俗所謂藕者是也。蔤之言滅没於泥中也。以『其根藕』系於『其華菡萏，其實蓮』之下者，謂此乃華、實之根。凡華、實之莖必偕葉一莖同出，似有耦然，故下近密、上近華莖之根曰藕。本言其全，根言其偏。本在下，根上於本。下文的、薏仍冢華、實言之，此作《爾雅》之精意也。叔重列字次弟未得其解矣。」《傳》云「言高下大小各得其宜也」者，以總下章釋義。扶蘇、橋松宜於山，荷華、游龍宜於隰。宜以言不宜，興所美之人實非美人。《小箋》云：「高、下謂山、隰。大謂扶蘇、松，小謂荷、龍。」○「子都，世之美好者也」，孫奭《孟子疏》據《傳》文無「也」字。《孟子・告子》篇：「惟目亦然。至於子都，天下莫不知其姣也。不知子都之姣者，無目者也。」趙注云：「子都，古之姣好者也。」引《詩》曰：「不見子都。」「姣」與「美」義同。《荀子・賦篇》：「閭娵子奢，莫之媒也。」子奢即子都，都古讀如奢。楊注云「都」誤爲「奢」，非。《傳》以「狂人」釋「狂」。狂人，謂狂行之人也。「且」訓「辭」，辭，當爲「詞」。「不見子都，乃見狂且」，言不見子都，乃見狂人。猶下章云「不見子充，乃見狡童」也。且，爲語已之詞，無實義。此《傳》爲全《詩》「且」字發凡也。單言曰「且」，連言之曰「只且」，亦曰「也且」。只且、也且，皆以二字爲語已之詞。《箋》於《出其東門》訓「且」爲「徂」，《韓奕》訓「且」爲「多」，《北風》、《君子陽陽》、《褰裳》訓「且」爲「此」，俱非《傳》義。「且」有在句首者，爲發語詞。《山有樞》「且以喜樂」、「且以永日」之屬是也。「且」猶云「姑且」也。「且」有在句中者，爲語助詞。《終風》「終風且暴」、「終風且霾」之屬是也。「且」猶云「而且」也。故《卷耳》傳以「且」詁「姑」，《君子偕老》傳以「而」詁「且」也。此《傳》統釋之云：「且，詞也。」「且」與「徂」同聲，故《詩》又以「徂」爲語詞。

山有橋松，隰有游龍。【傳】松，木也。龍，紅，草也。**不見子充，乃見狡童。**【傳】子充，良人也。狡童，昭公也。【疏】《釋文》據《詩》作「橋」，王肅讀「橋」爲「喬」，故云：「高也。」鄭易「橋」爲「槁」。《呂覽・先己》篇：「百仞之松，本傷於下，而末槁於上。」鄭與呂合。松，易識之木，《傳》因下龍草而連釋之也。「龍，紅，草」，龍一名紅，草名也。此與「莪，蘿，蒿也」作三句讀一例。《箋》言「放縱」以釋經「游」字之義也。《管子・地員》篇：「五位之土，其山之淺有蘢與芹。」《爾雅》亦作「蘢」，云：「蘢，天蘥。」又云：「紅，蘢古。其大者蘬。」蘢古，亦作「蘢鼓」。郭注：「俗呼紅草爲蘢鼓，語轉耳。」《正義》引《義疏》云：「一名馬蓼，葉大而赤白色，生水澤中，高丈餘。」《名醫別録》：「葒草，一名鴻䕻。如馬蓼而大，生水傍。」陶注云：「此類甚多，今生下溼地，極似馬蓼，甚長大。《詩》稱『隰有游龍』。」《本草圖經》云：「葒草，即水紅也。今所在下溼地皆有之，似蓼而葉大。」竝謂紅草狀似馬蓼，非即馬蓼也。與陸説異。○子充，猶子都，故《傳》云：「良人也。」汪龍《詩異義》云：「孫毓謂《傳》以狡童爲昭公，於義雖通，不若《箋》指小人爲長，其言亦是。然以《傳》義求之，疑《傳》文有誤也。《傳》以章首二句爲反興，則下二句義當接成。且屈伸理對，言伸必有屈。《傳》釋子都爲美好，子充爲良人，正指君子，則狂且、狡童當指小人。用舍失當，反正對言，合敘『所美非美』之義，無由以狂且、狡童目昭公也。《傳》如以目昭公，亦必於釋『狂且』下箸之，不應於下章始言。又上章解『狂且』之義，而『狡童』之義於《狡童》篇釋之，似此《傳》『狡童，昭公也』，係彼《傳》之文。後脱，誤移於此耳。彼敘『刺忽不與賢人圖事』，爲賢人指昭公之言，故曰：『狡童，昭公也。』昭公有壯狡之志，《傳》以狡童之義在後總釋，此因略而不言。不然，於此言其人，於彼言其義，《傳》文何襍碎乃爾。彼此參校，知不如是也。」案汪起潛以此《傳》文「狡童，昭公也」五字，爲《狡童》篇之義誤移於此，❶汪説極是。但以子都、子充爲君子，狂且、狡童爲小人，尚是《箋》義，非《傳》義。此與上篇同意，刺忽之不取齊姜，既失彊齊之援，以結亂陳之親，故一章云「不見子都，乃見狂且」，《傳》：「狂，狂人也。」狂人當指陳侯鮑。《公羊傳》：「曷爲以

---

❶「狡」，原作「校」，據中國書店影印武林愛日軒刻本、徐子静本及本卷《狡童》傳疏改。

二日卒之？悈也。」何注：「悈者，狂也。齊人語。」二章云「不見子充，乃見狡童」，毛無《傳》。狡童，猶狂人也。狡童當指陳佗。《公羊傳》：「陳佗者何？陳君也。陳君則曷爲謂之陳佗？絶也。曷爲絶之？賤也。其賤奈何？外淫也。惡乎淫？淫乎蔡，蔡人殺之。」蓋陳桓公既爲病狂之人，不能足恃。陳佗弒立，亦淫亂之輩，不能援救。而忽反辭昏於齊，以失大國之助，是爲刺爾。

《蘀兮》二章，章四句。

《蘀兮》，刺忽也。君弱臣强，不倡而和也。【疏】詩二章皆言君臣倡和，而刺在言外，故昭十六年《左傳》「鄭六卿餞宣子，子柳賦《蘀兮》」也。

蘀兮蘀兮，風其吹女。【傳】興也。蘀，槁也。人臣待君倡而後和。**叔兮伯兮，倡予和女。**【傳】叔、伯，言群臣長幼也。君倡臣和也。【疏】《七月》、《鶴鳴》傳竝詁「蘀」爲「落」，此云「槁」者，槁謂未落，各隨文訓。云「人臣待君倡而後和」者，所以明興義也。《箋》云：「槁，謂木葉也。木葉槁，待風乃落。興者，風喻號令也。喻君有政教，臣乃行之。言此者，刺今不然。」○叔、伯爲群臣長幼之稱。經中「倡」字即冡上文「吹」字。倡予，予倡。予，我；我，君也。故《傳》以「君倡」釋「倡予」。和女，女和。女，爾；爾，叔伯群臣也。故《傳》以「臣和」釋「和女」。風吹蘀槁，君令臣行之義也。《箋》謂倡和俱屬叔伯，指群臣言，與上下文義不通。

蘀兮蘀兮，風其漂女。【傳】漂，猶吹也。**叔兮伯兮，倡予要女。**【傳】要，成也。【疏】《摽有梅》傳：「摽，落也。」摽謂已落，漂謂未落，故云：「漂，猶吹也。」要，亦和也。要，讀如《樂記》「要其節奏」之「要」。凡樂節一終，謂之一成，故要爲成也。

《狡童》二章，章四句。

《狡童》，刺忽也。不能與賢人圖事，權臣擅命也。【疏】《箋》云：「權臣擅命，祭仲專也。」

彼狡童兮，不與我言兮。【傳】昭公有壯狡之志。**維子之故，使我不能餐兮。**【傳】憂懼不遑餐也。【疏】《詩異義》以《山有扶蘇》傳「狡童昭公也」五字爲此篇文，是也。詳《山有扶蘇》篇。蓋《傳》既釋「狡童」爲「昭公」，又申説其義，乃云「昭公有壯狡之志」也。《隰有萇楚》傳：「渼渼，壯佼也。」彼「壯佼」謂少好，此「壯狡」謂剛愎。狡、佼字通而義異。《禮記·月令》「養壯佼」，《呂覽·仲夏紀》「佼」作「狡」。高注云：「壯狡，多力之士。」又《呂覽·禁塞》云：「壯佼老幼。」《大戴禮·千乘》云：「老疾用財，壯狡用力。」竝與此「壯狡」義相近。孔仲達以爲幼壯狡好，非也。○維，爲也。「維子之故」，言爲子之故也。《唐·羔裘》句同。《玉篇》：「唯，爲也。」它家《詩》作「唯」，《毛詩》皆作「維」。「維」與「爲」古聲相同，故義得相通。凡「維」與「爲」同義者，放此。餐，猶食也。遑，暇也。不能餐，謂不暇能食也。

彼狡童兮，不與我食兮。【傳】不與賢人共食禄。**維子之故，使我不能息兮。**【傳】憂不能息也。

【疏】我，我賢人也。《傳》云「不與賢人共食禄」者，《孟子·萬章》篇「弗與共天位也，弗與治天職也，弗與食天禄也」，趙注云：「位、職、禄皆天之所以授賢者，而平公不與亥唐共之。」即其義也。息，止也。《傳》於不能息曰憂，上章不能餐曰憂懼，皆述賢人憂患之詞。

《褰裳》二章，章五句。

《褰裳》，思見正也。狂童恣行，國人思大國之正己也。【疏】《箋》云：「狂童恣行，謂突與忽爭國，更出更入，而無大國正之。」

子惠思我，褰裳涉溱。【傳】惠，愛也。溱，水名也。**子不我思，豈無他人？狂童之狂也且！**【傳】狂行童昏所化也。【疏】《箋》云：「子者，斥大國之正卿。」「惠，愛」，《北風》同。愛，相親愛也。《釋文》：「褰，本或作『騫』。」騫者，假借字。溱，《説文》、《水經》皆作「潧」。《説文》：「潧，水出鄭國。」《水經》：「潧水出鄭縣西北平地，東過其縣北，又東南過其縣東，又南入於洧水。」酈注云：「潧水出鄶城西北雞絡塢下，東南流歷下田川，逕鄶城，西南注於洧。世亦謂之爲鄶水也。」又云：「自鄶、潧東南更無別瀆，不得逕新鄭而會洧也。鄭城東入洧者，黄崖水也。蓋經誤證耳。」案善長以潧水從新鄭西南入洧，而在鄭城東入洧者爲黄崖水，故《水經·洧水》篇：「東過鄭縣南，潧水從西北來注之。」酈注亦云：「洧水東與黄水合。經所謂潧水，非也。」《方輿紀要》云：「溱水出密縣境，一名鄶水。東北流至新鄭縣界，與洧水合。」《孟子·離婁》稱子產以乘輿濟人溱洧者，溱洧水淺處爲人可濟涉之一證。○不我思，言不思我也。《箋》云：「言他人者，先鄉齊、晉，後之荆楚。」《玉篇》引經、《傳》皆作「僮」，古童、僮通。《傳》釋「狂童」爲「狂行童昏」。化，爲也。所化，所爲也。《箋》：「狂童之人日爲狂行。」此《箋》申《傳》也。《晉語》：「童昏不可使謀。童昏、嚚瘖、僬僥，官師之所不材也。」韋注云：「童，無智。昏，闇亂。」鄭注《周禮·司刺》云：「惷愚，生而癡騃童昏者。」《廣雅·釋詁》：「僮惽，狂癡也。」《釋訓》：「僮昏，八疾也。」是

「童」、「昏」二字連文得義。《傳》「狂行童昏」又四字連文得義。童，即狂也。童昏，即狂行之狀。故《詩》有單言「狂」者，如「衆穉且狂」、「乃見狂且」，狂即此詩「狂童」之「狂」。單言狂，絫言狂童，無二義也。《玉篇》：「僮，幼迷荒者。」此依《説文》「僮，未冠」之稱，故以僮爲幼僮解之者，皆沿其誤。

子惠思我，褰裳涉洧。【傳】洧，水名也。**子不我思，豈無他士？**【傳】士，事也。**狂童之狂也且！**【疏】《地理志》：「潁川郡陽城陽城山，洧水所出，東南至長平入潁。」《説文》及杜氏《釋例》皆謂洧水出陽城山，入潁。《水經》：「洧水出河南密縣西南馬領山。」酈注云：「陽城山，馬領之統目。」惟《郡國志》「陽城縣有嵩高山，洧水出」，則異源矣。《方輿紀要》云：「洧水出河南府登封縣北陽城山，逕禹州密縣，又東流至新鄭縣，合溱水爲雙洎河。又經長葛洧川鄢陵扶溝西華縣境而入於潁。成十七年《左傳》：『諸侯伐鄭，至於曲洧。』曲洧，今開封府洧川縣地。」〇古士、事聲同。其字作「士」，其意爲「事」，此謂假借也，《東山》、《祈父》、《北山》、《敬之》、《桓》《傳》同。昭十六年《左傳》云：「子大叔賦《褰裳》，宣子曰：『起在此，敢勤子至於他人乎？』」此釋上章「豈無他人」也。又云：「子大叔拜，宣子曰：『善哉，子之言是。不有是事，其能終乎？』」此言終事晉國，釋下章「豈無他士」也。《傳》以「事」詁「士」，正用《左氏》説。《吕覽·求人》篇云：「晉人欲攻鄭，令叔嚮聘焉。視其有人與無人。子産爲之詩曰：『子惠思我，褰裳涉洧。子不我思，豈無他士？』叔嚮歸曰：『鄭有人，子産在焉，不可攻也。秦、荆近，其詩有異心，不可攻也。』」引《詩》以爲將適秦、荆，則「他士」亦當爲「他事」，與上章《箋》義相合。

《丰》四章，二章章三句，二章章四句。

《丰》，刺亂也。昏姻之道缺，陽倡而陰不和，男行而女不隨。【疏】《白虎通義·嫁娶》篇：「禮，男娶女嫁何？陰卑，不得自專，就陽而成之，故《傳》曰：『陽倡陰和，男行女隨。』」

子之丰兮，俟我乎巷兮，【傳】丰，豐滿也。巷，門外也。**悔予不送兮。**【傳】時有違而不至者。

【疏】《傳》「丰，豐滿也」，「也」當作「皃」。《箋》云：「面貌丰丰然豐滿。」此謂形容其面貌也。字或作「妦」。《方言》：「好或曰妦。」《玉篇》：「妦，容好皃。」子，謂壻也。我，我嫁者也。《士昏禮》：「壻乘其車，先俟于門外。」鄭注云：「俟，待也。門外，壻家大門外。謂御者代壻，壻自乘其車，先至於己家大門外，以俟女之至也。」案詩言「俟巷」即「俟於門外」，《傳》正本《禮經》爲訓。《正義》以「門外」爲婦家之門外，其誤與《箸》篇同。《檀弓下》：「曾子與客立於門側，其徒趨而出。曾子曰：『爾將何之？』曰：『吾父死，將出哭於巷。』」此門外爲巷之證也。《說文》：「𨞬，里中道。篆文作『巷』。」段注云：「巷，今作『巷』。」〇《雲漢》傳：「悔，恨也。」《士昏禮》：「婦至，主人揖婦以入。」主人，謂壻也。《禮記·昏義》作「壻」。是壻親迎，而婦即隨至也。今壻俟門外，而女乃違禮不至，故刺之。《坊記》：「子云：『昏禮，壻親迎，見於舅姑。舅姑承子以授壻，恐事之違也。以此坊民，婦猶有不至者。』」《東門之楊》序云：「昏姻失時，男女多違。親迎，女猶有不至者。」竝與此《傳》同。《傳》蓋兼下章發義。不送、不行，皆所謂違而不至也。送，讀如「送子涉淇」之「送」。

子之昌兮，俟我乎堂兮，【傳】昌，盛壯貌。**悔予不將兮。**【傳】將，行也。【疏】《還》、《猗嗟》傳：「昌，盛也。」此云「盛壯」。盛壯，謂容體，各隨文訓。《士昏禮》：「及寢門，揖入，升自西階。」是壻入寢門以俟。寢門，即閨門也。俟堂，則堂在閨門以內。宣六年《公羊傳》：「勇士入其大門，則無人焉門者。❶入其閨，則無人焉

❶「焉門」，《春秋公羊傳》宣六年作「門焉」。下「焉閨」，作「閨焉」。

闈者。上其堂，則無人焉。俯而闚其户，方食魚飧。」此堂在闈門内之證。王肅云：「升於堂以俟。」○「將」訓「行」，「行」，讀如「有女同行」之「行」。《箋》：「將，亦送也。」與上章同訓。

衣錦褧衣，裳錦褧裳。【傳】衣錦褧裳，嫁者之服。**叔兮伯兮，駕予與行。**【傳】叔、伯，迎己者。

【疏】《正義》云：「婦人之服不殊裳。而經衣裳異文者，以其衣裳别名，詩須韻句，故别言之耳。其實婦人之服，衣裳連，俱用錦，皆有褧。下章例其文，故《傳》『衣錦褧裳』互言之。」案孔説是也。《傳》「衣錦褧裳」乃總括詩辭，如《説文》「東方昌矣」、「犬夷呬矣」、「風雨湝湝」并二句爲一句，其例正同。《碩人》傳云：「夫人德盛而尊，嫁則錦衣加褧襜。」錦褧爲夫人嫁服。此云「嫁者之服」，宜謂夫人尊服矣。《鹽鐵論·散不足》篇：「古者男女之際，尚矣。嫁娶之服，未之以記。及虞夏之後，蓋表布、内絲、骨笄、象珥，封君夫人加錦尚褧而已。」與毛《傳》合。説詳《碩人》篇。蓋此篇之意，言亂始於夫婦之不謹。上二章所以刺今時違禮者多，然下之違禮，由於上之失道，故下二章所以陳古人君昏姻之道焉。○《傳》云「叔、伯，迎己者」，謂壻之從者也。迎己者，當不止一人，故或訏叔訏伯。《旄丘》叔伯爲大夫，《蘀兮》叔伯爲群臣，則此叔伯義與之同。

裳錦褧裳，衣錦褧衣。叔兮伯兮，駕予與歸。

《東門之墠》二章，章四句。

《東門之墠》，刺亂也。男女有不待禮而相奔者也。

東門之墠，茹藘在阪。【傳】東門，城東門也。墠，除地町町者。茹藘，茅蒐也。男女之際近而易，則如東門之墠；遠而難，則如茹藘在阪。**其室則邇，其人甚遠。**【傳】邇，近也。得禮則近，不得禮則遠。【疏】《傳》云「東門，城東門也」者，鄭城西南，溱洧之所經流，唯城東門無水耳。故城東門皆民人所居，有墠有栗。下篇又云「出其東門」也。墠，《釋文》、《正義》本作「壇」。《正義》云：「除地者謂之墠。壇、墠字異，而作此『壇』字，讀音曰『墠』。蓋古字得通用也。」《釋名·州國》篇：「鄭，町也，其地多平町町然也。」與此《傳》云「町町者」同。《華嚴經音義·世界品》引《韓詩傳》云：「墠，猶坦也。」義同。「茹藘，茅蒐」，《爾雅·釋草》文。郭注云：「今之蒨也，可以染絳。」《説文》：「蒐，茅蒐，茹藘。人血所生，可以染絳。」「茜，茅蒐也。」《正義》引《義疏》云：「一名地血，齊人謂之茜，徐州人謂之牛蔓。」《瞻彼洛矣》正義引鄭《駁異義》：「韎，草名。齊魯之閒言韎韐，聲如『茅蒐』，字當作『韎』。陳留人謂之蒨。」《士冠禮》注：「今齊人名蒨爲韎韐。」案「韎」下「韐」字衍。蓋韎即茅蒐之合聲也。茜、蒨同。《正義》云：「阪云『遠而難』，則壇當云『近而易』，不言『而易』，可知『而易』省文也。」孔所據《傳》文「近」下無「而易」二字。又《傳》文「如茹藘在阪」，如，宋本作「以」，誤。《傳》言近遠即探下二句作訓。云「近則如東門之壇」，其室則邇也。云「遠而難，則如茹藘在阪」，其人甚遠也。〇「邇」訓「近」。室人，斥女。上句言室，下句言人，互詞。《傳》云「得禮則近，不得禮則遠」者，所以釋經「則邇」、「甚遠」之意。「得禮」、「不得禮」，本《序》説以申明經義也。

東門之栗，有踐家室。【傳】栗，行上栗也。踐，淺也。**豈不爾思？子不我即。**【傳】即，就也。

【疏】「東門之栗」，與上章「東門之墠」正是一處。古者家室必有場圃，春、夏爲圃，秋、冬則爲場。墠即場也。《周禮·序官》「場人」注云：「場，築地爲墠，季秋除圃中爲之。」蓋秋、冬乃嫁娶之候，故詩人及時而生感也。場圃側樹以木，《周禮》謂之園圃。《將仲子》傳云：「園，所以樹木也。」栗，栗木也。此民居近於城郭，往來道路所通，故《傳》云：「栗，行上栗也。」行，道也。襄九年《左傳》：「諸侯伐鄭，杞人、郳人從。趙武、魏絳斬行栗。」即謂此也。栗者，婦人之贄，故以取興。「踐，淺」，《釋言》文。踐，讀與「淺」同。行栗易取，比淺室易窺。《衡門》傳：「衡門，横木爲門。言淺陋也。」淺即淺陋之意。有淺家室，言淺矣家室也。有者，乃狀其淺之之詞。承上文「其室則邇」而言。《御覽·果部一》引《韓詩》云：「東門之栗，有靖家室。栗，木名。靖，善也。言東門之外栗樹之下有善人，可與成爲室家也。」《藝文類聚·果部下》「靖」作「静」。韓字、義皆異。○「即，就」，《傳》爲全《詩》通訓。《氓》、《東方之日》、❶《版》箋竝云：「即，就也。」「豈不爾思？子不我即」二句承上文「其人甚遠」而言。我，室人自我也。不我即，言不能成禮以迎我也。《東方之日》篇「在我室兮，履我即兮」，《傳》：「履，禮也。言我必待禮而相就也。」句義相同。以刺當時男女不待禮而相奔之亂。

《風雨》三章，章四句。

《風雨》，思君子也。亂世則思君子不改其度焉。

風雨淒淒，雞鳴喈喈。【傳】興也。風且雨淒淒然，雞猶守時而鳴喈喈然。**既見君子，云胡不夷？**【傳】胡，何；夷，説也。【疏】淒淒，寒涼之意。《説文》：「喈，鳥鳴聲也。」重言喈喈。又云：「湝湝，寒

❶「方」，原作「門」，據本書卷八《東方之日》傳疏與阮刻《毛詩正義》改。下一「方」字同。

也。」引《詩》「風雨湝湝」，許并二句爲一句。湝湝爲寒聲，本三家《詩》説。《傳》云「風且雨淒淒然」，風雨興亂世也。云「雞猶守時而鳴喈喈然」，雞鳴興君子不改其度也。○「胡」訓「何」，已見《日月》矣，此可不傳，定本無「胡何」二字。「夷，説」，《那》同。王逸注《楚辭·九懷》云：「夷，喜也。」或三家《詩》「夷」與末章「喜」同訓也。昭十六年《左傳》：「子游賦《風雨》。」杜注云：「取其『既見君子，云胡不夷』。」

風雨瀟瀟，雞鳴膠膠。【傳】瀟瀟，暴疾也。膠膠，猶喈喈也。**既見君子，云胡不瘳？**【傳】瘳，愈也。【疏】《詩小學》云：「考《説文》無『瀟』字。《廣韻》屋、蕭韻皆有『潚』字無『瀟』字。《毛詩》『風雨潚潚』，入聲音肅，平聲音修，在弟三部。轉入弟二部音宵，俗誤爲『瀟』。見明時《詩經》舊本作『潚』。『潚』爲是。《羽獵賦》：『飛廉雲師，吸鼻潚率。』《西京賦》：『飛罕潚箾，流鏑擂㩧。』《思玄賦》：『迅猋潚其媵我。』舊注：『潚，疾皃。』與毛《傳》『潚潚，暴疾也』意正相合。」案段説是也。潚潚，猶肅肅也。《小星》傳：「肅肅，疾皃。」暴，亦疾也。《終風》傳：「暴，疾也。」《玉篇》：「洬，先篤切。洬洬，雨聲。」古夙聲、肅聲相通。洬洬即潚潚也。《詩小學》云：「《廣韻》引《詩》『雞鳴嘐嘐』。《玉篇》亦曰：『嘐，雞鳴也。』」案此三家《詩》有作「嘐嘐」者，《毛詩》作「膠膠」，假借字。膠膠爲雞鳴聲，故云：「猶喈喈也。」○「瘳，愈」，《瞻卬》同。愈，古「瘉」字。《説文》云：「瘉，病瘳也」。「瘳，疾瘉也。」

風雨如晦，雞鳴不已。【傳】晦，昏也。**既見君子，云胡不喜？**【疏】如，猶而也。僖十五年《公羊傳》：「晦，晝冥也。」云「昏」者，「晝冥」之意，《爾雅》所謂霿也。

《子衿》三章，章四句。

《子衿》，刺學校廢也。亂世則學校不脩焉。【疏】定本作「刺學廢」，無「校」字。

青青子衿，悠悠我心。【傳】青衿，青領也，學子之所服。**縱我不往，子寧不嗣音？**【傳】嗣，習也。古者教以詩樂，誦之歌之，絃之舞之。【疏】衿，古字當作「䘳」。漢石經作「青青子䘳」。《爾雅》：「衣眥謂之襟。」孫、郭注竝云：「襟，交領也。」「襟」亦「䘳」之異體。《說文》云：「䘳，交衽也。」衽掩裳際而亦曰䘳者，蓋自領及衽皆統稱爲䘳。《家訓·書證》篇：「古者斜領下連於衿，故謂領爲衿。」與《說文》合。但斜領與方領不同。《禮記·深衣》：「曲袷如矩，以應方。」鄭注云：「袷，交領也。古者方領如今小兒衣領。」案士常服服深衣，應用方領，故此《傳》釋「衿」爲「領」。就《深衣》曲袷之制言之，不必如斜領連及於交衽者矣。衿爲領，青衿爲青領。重言「青青」者，非一詞也。《箋》云：「禮，父母在，衣純以青。」此引《深衣》文。《深衣》謂衣緣或領緣亦青耳。云「學子之所服」者，《後漢書·儒林傳》：「建武五年，迺脩起太學，服方領，習矩步者，委它乎其中。」《馬援傳》注引《前書音義》云：「頸下施衿領正方，學者之服也。」「衿」、「領」連言，正與《傳》訓合。子爲學子，則我者，詩人自我也。上不興學，若州長、黨正之官，徒縻虛設。責學子者，風上之意也。○「嗣」與「事」聲義相同，故「嗣」訓爲「習」。《傳》云「古者教以詩樂，誦之歌之，絃之舞之」者，以釋經「音」字之義。絃，當作「弦」。音，謂詩樂也。《周禮》：「瞽矇諷誦詩。」《禮記·樂記》：「弦歌詩頌。」是誦、歌、弦三者皆播之以詩也。《樂師》：「掌國學之政，以教國子小舞。」《內則》：「十三舞《勺》，成童舞《象》，二十舞《大夏》。」舞亦與歌、詩相應矣。《墨子·公孟》篇云：「或以不喪之閒誦詩三百，弦詩三百，歌詩三百，舞詩三百。」案百，讀爲「陌」。陌，猶通也。《墨子》言不居喪，則禮樂不廢。其誦、弦、歌、舞皆爲詩樂。竝與《傳》同。知毛義甚古也。寧，猶何也。寧不，何不也。《釋文》引《韓詩》「子寧不詒音」，云：「詒，寄也。曾不寄問也。」鄭《箋》用韓説。

青青子佩，悠悠我思。【傳】佩，佩玉也。士佩瓀珉而青組綬。**縱我不往，子寧不來？**【傳】不來者，言不一來也。【疏】凡佩有事佩、德佩。經言佩，《傳》申之云「佩玉」，知非佩觿、佩韘也。經言「青青」，當爲組綬及紟之色，故《傳》引《禮記・玉藻》文「士佩瓀珉而青組綬」，知非佩大夫水蒼玉也。《玉藻》：「一命黝珩。」一命，謂士也。此引「士佩瓀珉」者，不命之士，就學子而言。瓀，當依《釋文》作「碝」，如兖反。作「瓀」者，依《禮記》改之也。《説文》：「碝，石次玉者。从石，耎聲。」珉，《禮記》作「玟」。《説文》：「珉，石之美者。从玉，民聲。」「玟，一曰：石之美者。从玉，文聲。」珉、玟字異義同也。《禮記》「緼組綬」，鄭注云：「緼，赤黄。」《傳》引作「青組綬」者，或士緼、青皆可用，依經言「青青」，故云「青組綬」耳。鄭注云：「綬者，所以貫佩玉，相承受者也。」《爾雅》：「璲，瑞也。璲，綬也。」郭注云：「即佩玉之組，所以連繫瑞玉者，因通謂之璲。」「佩衿謂之褑」，郭注云：「佩玉之帶上屬。」案衿，當作「紟」。《方言》、《廣雅》皆云：「佩紟謂之裎。」《説文》：「紟，衣系也。」「綬，韍維也。」「組，綬屬也。」「縌，綬維也。」「綎，系綬也。」「綎」與「裎」同。蓋佩玉必有組，其系帶之組曰褑，亦曰裎。貫玉石之組曰綬，秦曰縌。○經言「不來」，《傳》言「不一來」。《正義》云：「準上《傳》，則毛意以爲責其不一來習業。」

挑兮達兮，在城闕兮。【傳】挑達，往來相見貌。乘城而見闕。**一日不見，如三月兮。**【傳】言禮樂不可一日而廢。【疏】胡承珙云：「上經方云『不來』，此《傳》不當言『相見』。觀《正義》云，故知挑達爲往來皃，可識《傳》本無『相見』二字。《釋文》：『挑達，往來見皃。』無『相』字。此必陸氏本作『往來皃』，傳寫誤『皃』爲『見』，淺人復於『見』下加『皃』字耳。挑兮，《初學記》引作『佻』。《大東》『佻佻公子』，《傳》訓『獨行』。此『挑達』訓『往來』者，亦謂獨往獨來，與《韓詩·大東》傳『嬥嬥，往來皃』同。」案胡説是也。「挑達」雙聲連緜，字又作「叏逹」。《説文》：「叏，滑也。」「逹，行不相遇也。」「滑」與「行不相遇」兩義，皆即《正義》所謂「乍往乍來」之意。○《爾雅》：「觀謂之闕。」《説文》云：「闕，門觀也。」《春秋》：「定二年，雉門及兩觀災，新作雉門及兩觀。」何注昭二十五年《公羊傳》：「禮，天子諸侯臺門，天子外闕兩觀，諸侯内闕一觀。」是觀亦臺也。天子於門設臺，於應門設兩觀。諸侯於雉門設門觀。魯用天子制，故亦設兩觀。他國但設門觀。門觀，即門臺，於此縣象魏焉，所謂闕也。桓九年《公羊》注云：「周城千雉。」又定十二年注云：「天子周城，諸侯軒城。軒城者，缺南面以受過也。」《説文·𩫏部》：「𩫖，缺也。古者城缺其南方，謂之𩫖。」案缺其南方，所謂軒城也。鄭司農注《周禮·小胥》云：「宮縣，四面縣。軒縣，去其一面。四面，象宮室。四面有牆，故謂之宮縣。軒縣三面，其形曲。」缺南面之城謂之軒城，猶缺南面之縣謂之軒縣。是諸侯之城缺南面也。「𩫖」與「闕」不同義。「𩫖」即「缺」字，以城缺南面，故其字從𩫏作「𩫖」。與《詩》之「闕」爲縣象魏者不同。《詩》「城闕」二字不連讀，《傳》以「乘城」釋「在城」，以「見闕」釋「闕」。鄭侯國，三門庫、雉、路，其宮南面即以宮垣爲城牆，不象天子宮室四面有牆之制。庫門之内爲雉門，雉門有闕。庫門爲宮之外門，亦即以宮之外門爲南城門。城外謂之鄉，有鄉學在焉。襄三十一年《左傳》「鄭人游鄉校，論執政之然否」者，以此也。乘，登也。學子登宮外門之城上以内望，見雉門之闕。闕縣象魏，治教攸關，亦學校中之事。「見闕」，猶見禮樂也。城制詳《緜》篇。○「不見」，不見禮樂也。不見禮樂一日如三月之久，是禮樂不可一日而廢者矣。《傳》言此，即是上兩章厚望學子來習之意。

《揚之水》二章，章六句。

《揚之水》，閔無臣也。君子閔忽之無忠臣良士，終以死亡，而作是詩也。

揚之水，不流束楚。【傳】揚，激揚也。激揚之水，可謂不能流漂束楚乎？**終鮮兄弟，維予與女。無信人之言，人實迋女。**【傳】迋，誑也。【疏】「揚，激揚」，《王風·揚之水》傳同。「不」爲語詞。不流，流也。此「不警，警也」、「不盈，盈也」之例。正言之，「不」爲語詞；反言之，則下加一「乎」字以足之，其義實同也。若此篇「不流束楚」，《傳》云：「可謂不能流漂束楚乎？」《候人》「不濡其翼」，「鵜在梁，可謂不濡其翼乎？」《文王》「不顯亦世」，「不世顯德乎？」《執競》「不顯成康」，「不顯乎其成功而安之也？」《傳》皆下加一「乎」字以足其義。詁訓中又有此例。此詩人以水之激揚流漂束楚，喻忽政之亂促殘泯其忠良，故下文嘆寡兄弟也。下章喻意同。○終，猶既也。既，已也。「終鮮兄弟，維予與女」，言忽於兄弟之道已寡恩信，同心者維我與女而已。女，謂忽。予，作詩者自謂。所以閔忽之無臣，卒以死亡。《十月之交》傳云：「親戚之臣，心不能已。」是其義也。迋，讀與「誑」同。《左傳》「昭二十一年，子無我迋」，言子無我誑也。「定十年，是我迋吾兄」，言我誑吾兄也。亦以「迋」爲「誑」。《詩》、《左傳》多古文假借字。《說文》：「誑，欺也。」

揚之水，不流束薪。終鮮兄弟，維予二人。【傳】二人，同心也。**無信人之言，人實不信。**【疏】「予二人」，猶云「予女二人」耳。不言「女」，文不備也。《傳》云「同心」以申明經義，謂予女二人有同心也。不信，猶誑也。

《出其東門》二章，章六句。

《出其東門》，閔亂也。公子五争，兵革不息，男女相棄，民人思保其室家焉。【疏】《箋》云：「公子五争者，謂突再也，忽、子亹、子儀各一也。」《正義》云：「桓十一年《左傳》曰：『祭仲爲公娶鄧曼，生昭公，故祭仲立之。宋雍氏女于鄭莊公生厲公，故宋人誘祭仲而執之，曰：『不立突，將死。』祭仲與宋人盟，以厲公歸而立之。秋九月，昭公奔衛。己亥，厲公立。』是一争也。十五年《傳》曰：『祭仲專，鄭伯患之，使其壻雍糾殺之。雍姬知之，以告祭仲。祭仲殺雍糾，厲公出奔蔡。六月乙亥，鄭世子忽復歸于鄭。』是二争也。十七年《傳》曰：『初，鄭伯將以高渠彌爲卿，昭公惡之，固諫，不聽。昭公立，懼其殺己也，弒昭公而立公子亹。』是三争也。十八年《傳》曰：『齊侯師于首止，子亹會之。高渠彌相。七月，齊人殺子亹，而轘高渠彌。祭仲逆鄭子于陳而立之。』服虔云：『鄭子，昭公弟子儀也。』是四争也。莊十四年《傳》曰：『鄭厲公自櫟侵鄭，及大陵，獲傅瑕。傅瑕曰：「苟舍我，吾請納君。」與之盟而舍之。六月，傅瑕殺鄭子而納厲公。』是五争也。忽亦再爲鄭君，前以大子嗣立，不爲争篡，故唯數後爲五争也。」

出其東門，有女如雲。【傳】如雲，衆多也。**雖則如雲，匪我思存。**【傳】思不存乎相救急。**縞衣綦巾，聊樂我員。**【傳】縞衣，白色男服也。綦巾，蒼艾色女服也。願室家得相樂也。【疏】女，未嫁者之稱。《傳》云「如雲，衆多也」者，「衆多」上當奪「言」字。此釋經義，非釋字訓也。《君子偕老》：「如雲，言美長也。」《敝笱》：「如雲，言盛也。」《韓奕》：「如雲，言衆多也。」《傳》皆有「言」字可證。女子遭亂而出，則男子散棄之衆多可知矣。匪，不也。我，民人也。「匪我思」，不我思也。存，讀「推亡固存」之「存」。云「思不存乎相救急」者，男女遭亂世失時，配耦自相棄遺，無有人焉。思固存之不能相救於急難，爲是可閔爾。○《正義》引《廣雅》云：「縞，細繒也。」《王制》：「殷人縞衣而養老。」鄭注云：「殷尚白而縞衣裳。」是縞衣，白色也。縞衣謂上衣，綦巾爲下衣，故《傳》以縞衣爲男服，而綦巾爲女服。云「蒼艾色」者，蒼，青也。青如艾色，是曰綦。女子所服綦色之巾，是曰綦巾。《説文》：「綥，帛蒼艾色也。《詩》曰：『縞衣綥巾。』未嫁女所服。或字作『綦』。」段注云：「許用毛説，而以『未嫁』二字申毛意。」奐謂《夏小正》：「八月，玄校。」《傳》：「『玄也者，黑也。校也者，若緑色然。婦人未嫁者衣也。』」《玉藻》注：「絞，蒼黄之色。」則校即絞也。《説文》與《小正傳》同。許所據《毛詩》作「綥」，今經典皆通作「綦」。《箋》：「綦，綦文。」鄭謂巾上之文这遣爲蒼艾色也。綦文見《小戎》、《尸鳩》傳。聊，願也。《傳》與《泉水》、《素冠》訓竝同。云「願室家得相樂也」者，丈夫生願有室，女子生願有家。「室家」二字即冡「縞衣綦巾」句，言我民人願室家相保，得以相樂，《序》所謂「民人思保其室家」也。員，讀爲云。《正義》云：「云、員古今字，助語詞也。」《玄鳥》箋：「員，古文『云』字。」《釋文》及《文選・舞鶴賦》、《東武吟》注引《韓詩》作「聊樂我魂」，《薛君章句》：「魂，神也。」《韓詩》義異。

出其闉闍，有女如荼。【傳】闉，曲城也。闍，城臺也。荼，英荼也。言皆喪服也。**雖則如荼，匪我思且。縞衣茹藘，聊可與娱。**【傳】茹藘，茅蒐之染，女服也。娱，樂也。【疏】「闉，曲城」，李注《文選》鮑昭《行藥詩》引《毛詩傳》：「闉，城曲。」是唐初本作「城曲」。《正義》引《説文》：「闉闍，城曲重門。」「城曲」二字正用《傳》訓。蓋曲之言限也。城之限處謂之闉，闉即城門也。《爾雅・釋言》：「闍，臺也。」又《釋宮》：「闍謂之臺。」《傳》云「城臺」，謂城門之臺。《玉篇》：「闍，城門臺。」是也。闉爲城曲，其上有臺謂之闍，連言之則曰闉闍。

宣十五年《公羊傳》：「於是使司馬子反乘堙而闚宋城，宋華元亦乘堙而出見之。」何注：「堙，距堙上城具。」案何解非也。「堙」與「闉」同，以門作「闉」，以土作「堙」，堙即包城臺而言。《韓詩外傳》云：「於是司馬子反乘闒而窺宋城。宋使華元乘闒而應之。」《説文》：「闒，樓上户也。」段注云：「許書無『闒』，闒即今『闒』字。《西京賦》説神明臺曰：『上飛闒而仰眺。』《西都賦》説井榦樓曰：『排飛闒而上出。』此二『闒』皆樓上户，在高處，故名之曰『飛』。」然則闒在高處，可以眺望。乘闒與乘堙一也。天子南城門有臺，故《新序・襍事五》云：「天子居闉闕之中。」是矣。鄭爲侯國，無南城門，其三面皆有城，城皆有臺。「出其闉闍」，猶云「出其東門」耳。《箋》泥城臺不得言出，轉「闍」爲「都」，非是。〇「荼，英荼」，《有女同車》傳：「英，猶華也。」《鴟鴞》傳：「荼，萑苕也。」彼言其皮可用，此則言其華可比也。今驗荻華色白，用以楮茵。若蘆華，色不如荻之白。此詩之「荼」謂萑華，非葦華矣。《箋》：「荼，茅秀。」秀亦華也。《考工記》：「鮑人之事，望而眡之，欲其荼白也。」《吴語》：「皆白常、白旗、素甲、白羽之矰，望之如荼。」韋注與鄭《箋》同。云「言皆喪服也」者，「皆」字即冢上章「衆多」之意。衆多喪服，以喻相棄者衆多也。《邶・谷風》篇：「凡民有喪，匍匐救之。」此章《傳》言喪服，與上章《傳》言救急，實本民喪相救作訓。「雖則如荼，匪我思且」，言雖則衆多喪服如英荼然，而無有思相救急我民人也。「且」爲語已之詞。〇茹藘，一名茅蒐，今之蒨草。詳《東門之墠》篇。茹藘，染草，因之以爲所染之服名，猶韎爲茅蒐所染之韋矣。《傳》云「女服」，未詳。《箋》：「茅蒐，染巾也。」鄭意謂女子之巾，猶如男子之韎韐歟？《釋文》：「娱，本亦作『虞』。」娱、虞皆樂也。

《野有蔓草》二章，章六句。

《野有蔓草》，思遇時也。君之澤不下流，民窮於兵革，男女失時，思不期而會焉。【疏】曾釗《詩異同辨》云：「按《詩譜》，此爲厲公時詩。厲公争國，兵革不息，故詩人思遇時。遇者，諸侯未及期而相見也。攷《春秋》：『莊公四年夏，齊侯、陳侯、鄭伯遇于垂。』《穀梁傳》范甯集解云：『《傳》例：不期而會曰遇。遇者，志相得也。』然則子儀君鄭時，嘗與大國會遇矣。但不能藉其力以定亂。厲公又自櫟入，兵革紛起，故思邂逅有美之一人，以慰安厭亂之願，而相偕於善道。《詩》所詠者是也。《序》云：『君之澤不下流。』君即所美之人，蓋斥當時牧伯。又云：『民窮於兵革，男女失時。』則原所以思遇時之故也。鄭乃以爲思得男女會合之時，失之。《左傳》：『襄公二十七年，鄭伯享趙孟於垂隴。子大叔賦《野有蔓草》。昭公十六年夏，鄭六卿餞宣子於郊，子齹賦《野有蔓草》。』則是詩非言男女會合審矣。」案曾説是也。《春秋》書「遇清」、「遇垂」、「遇穀」、「遇魯濟」、「遇梁丘」，皆是不期而會，有務德安民之遺，故《春秋》善之，無譏辭。厲公之復歸於鄭，在魯莊公十四年。連年被兵不解，興革不休，故國人怨刺而作是詩。《序》云「民窮於兵革，男女失時」，與上章《序》所云「兵革不息，男女相棄，民人思保室家」同意。息兵革，所以保室家也。《左傳》鄭伯之享趙孟也，爲弭兵還享，故子大叔賦此以美趙孟，趙孟以爲惠。鄭六卿之餞韓宣也，在郊次設餞，故子齹賦此以美韓宣，韓宣以爲善。兩引此詩竝與《序》相合。《韓詩外傳》：「《傳》曰：孔子遭齊程本子於郯之閒，傾蓋而語。顧子路，取束帛以贈。子路曰：『昔者由也聞之夫子，士不中道相見，女無媒而嫁者，君子不行也。』」孔子引此詩，亦取「不期而會」之義，又與《序》正同也。《序》爲刺詩，而篇中無刺意，故享餞皆賦之，非以刺詩賦於盟會也。他賦詩放此。

野有蔓草，零露漙兮。【傳】興也。野，四郊之外。蔓，延也。漙漙然盛多也。**有美一人，清揚婉兮。**【傳】清揚，眉目之閒婉然美也。**邂逅相遇，適我願兮。**【傳】邂逅，不期而會適其時願。【疏】《野有死麕》、《燕燕》、《干旄》、《坰》傳竝云：「郊外曰野。」此云「野，四郊之外」者，謂國竟之通道、期遇之草次也。

蔓，古作「曼」。「曼」訓「長」，延、長義相近。《正義》云：「『靈』作『零』字，故爲『落』也。」嫌「靈」無「落」義，故云然。孔所據《詩》本作「靈」字。《箋》訓「靈」爲「落」。靈者，古文假借字。《釋文》：「漙，本亦作『團』。」《文選》謝靈運《初發都詩》、謝玄暉《京路夜發詩》、陸士衡《苦寒行》、謝惠連《詠牛女詩》、《古褉體詩》注引《詩》作「團」。《御覽·地部二十》作「團」。顔師古《匡謬正俗》：「漙，吕氏《字林》作『霉』。」案疑古本《毛詩》作「專」。「專」爲「團」之假借字。《周禮·大司徒》注：「專，圜也。」《説文》：「團，圜也。」露上草成圜如珠，是曰團。重言之曰團團，故《傳》訓「盛多」也。蓋曼草，興諸侯之相連屬。《旄丘》傳：「諸侯以國相連屬，憂患相及，如葛之曼延相連及。」是其義也。靈露，喻澤也。曼草之靈露，喻諸侯有澤及於四郊，猶《蓼蕭》之「靈露」，喻天子有澤及於四海，皆是興義。○《傳》文「清揚」下奪「婉兮」二字，武進臧琳《經義襍記》云：「此《傳》當云：『清揚婉兮，眉目之閒婉然美也。』下八字作一句讀，以『清』爲目之美，以『揚』爲眉上之美，以『婉兮』爲清揚之美婉婉然。今《傳》中無『婉』字，是嫌於清揚爲眉目之閒矣。此以經合《傳》時所删。《玉篇·面部》云：『畹，於遠切。眉目之閒美皃。《韓詩》云：「清揚畹兮。」』是《韓詩傳》亦當云『清揚畹兮，眉目之閒美皃』，與毛《傳》例同。」案臧説是也，但解「揚」爲「眉上」未盡善。眉之上爲顙、額之際，則不得云「眉目之閒」也。《君子偕老》「子之清揚」，《傳》：「視清明也。」《猗嗟》「清揚婉兮」，《傳》：「好眉目也。」又「美目揚兮」，《傳》：「好目揚眉。」《後箋》云：「毛《傳》每於『清揚』之『揚』兼眉言之者，《説文》：『盱，張目也。』張載注《魏都賦》『盱衡』曰：『眉上曰衡。盱，舉眉大視也。』李善引《漢書音義》曰：『盱衡，謂舉眉揚目也。』此即毛《傳》『好目揚眉』之義。因揚眉見目之美，故經以美目爲揚。《傳》欲見揚爲舉目之美，故統言眉目之閒與好眉目耳。《説苑·尊賢》篇引《詩》作『清陽婉兮』，《説文》：『陽，高明也。』《禮記》注：『明者曰陽。』」○案《傳》文「邂逅」下奪「相遇適我願兮」六字。「邂逅相遇適我願兮」，此《傳》複經句也，二句作一氣讀。「不期而會適其時願」，此《傳》釋經義也，八字亦作一氣讀。《序》云「思遇時」、「思不期而會」，隱八年《穀梁傳》云：「不期而會曰遇。」是不期而會謂之「遇」，非不期而會謂之「邂逅」也。「邂逅」有「適願」之義。《穀梁傳》又云：「遇者，志相得也。」志相得，即詩所謂「適我願也」。《綢繆》傳云：「邂逅，解説也。」解説，猶説懌，亦是「適我願」之意。義箸於《綢繆》，於此則不爲「邂逅」發《傳》矣。此徑轉寫者删去複句未盡，遂誤以《傳》文「不期而會」四字專釋「邂逅」二字，沿譌至今，直以「邂逅」爲「塗遇」之通稱，學者失其義久矣。邂逅，當依《綢繆》釋文作「解覯」。《淮南子·俶真》篇：「孰肯解構人閒之事。」高注云：「解構，猶合會也。」「構」與「覯」通。

野有蔓草，零露瀼瀼。【傳】瀼瀼，盛皃。**有美一人，婉如清揚。邂逅相遇，與子偕臧。**【傳】臧，善也。【疏】《蓼蕭》傳：「瀼瀼，露蕃皃。」「盛」與「蕃」義相近。《執競》、《烈祖》作「穰穰」。《廣雅》：「⿱雨襄⿱雨襄，露也。」《説文》水、雨二部無「漙」、「⿱雨專」、「瀼」、「⿱雨襄」字。○《左傳》：「韓宣子曰：『孺子善哉，吾有望矣。』」《傳》訓「臧」爲「善」，正用《左氏》釋《詩》之義。

《溱洧》二章，章十二句。

《溱洧》，刺亂也。兵革不息，男女相棄，淫風大行，莫之能救焉。【疏】《箋》云：「救，猶止也。」

溱與洧，方渙渙兮。【傳】溱、洧，鄭兩水名。渙渙，春水盛也。**士與女，方秉蕑兮。**【傳】蕑，蘭也。**女曰觀乎，士曰既且。且往觀乎，洧之外，洵訏且樂。**【傳】訏，大也。**維士與女，伊其相謔，贈之以勺藥。**【傳】勺藥，香草。【疏】溱，《説文》引《詩》作「潧」。《褰裳》一章「褰裳涉溱」，《傳》：「溱，水名也。」

二章「褰裳涉洧」，《傳》：「洧，水名也。」是溱、洧爲鄭兩水名矣。《水經》：「洧水東過鄭縣南，潧水從西北來注之。」酈注云：「洧水東逕新鄭縣故城中，《左傳》『襄公元年，晉韓厥、荀偃帥諸侯伐鄭，入其郛，敗其徒兵於洧上』，是也。又東爲洧淵水，《春秋傳》曰：『龍鬬於時門之外洧淵。』則此潭也。今洧水自鄭城西北入，而東南流逕鄭城南。」又《潧水》注云：「潧水又南，懸流奔壑，崩注丈餘，其下積水成潭，廣四十許步，淵深難測。又南，注于洧。《詩》所謂『潧與洧』者也。」然則潧入洧逕鄭城之西，城南爲溱、洧合流，今謂之雙泊河。鄭城西、南皆溱、洧所經。溱小，洧大，故下文但言「洧之外」，舉洧以該溱也。《釋文》：「渙渙，《韓詩》作『洹洹』，音丸。《說文》作『汎汎』，音父弓反。」《說文》「潧」篆注云：「『汎』蓋『汍』之誤。『汍汍』與『洹洹』同。《地理志》作『灌灌』，亦當讀『汍汍』，皆水盛沄旋之皃。」《傳》云「渙渙，春水盛也」者，《御覽·時序部十五》引《韓詩章句》云：「洹洹，盛皃也。謂三月桃華水下之時至盛也。」案此篇毛義可據《韓詩》以明之。○《衆經音義》卷二引《字書》云：「『葌』與『蕑』同。」葌，蘭也。」引《說文》云：「葌，香草也。」今本《說文》：「葌，草。出吴林山。」「草」上奪「香」字。《說文》有「葌」無「蕑」，則詩之「蕑」當即「葌」之或字。《地理志》引《詩》「方秉菅兮」，疑《魯詩》作「菅」，故郭璞注《中山經》云：「葌，亦『菅』字。」本《漢志》也。《傳》云「蘭」者，陸《義疏》云：「蕑即蘭，香草也。其莖葉似藥草澤蘭，廣而長節，節中赤，高四五尺，漢諸池苑及許昌宫中皆種之。可箸粉中藏衣，箸書中辟白魚。」《本草綱目》以爲即今省頭草，是也。《炮炙論》云：「大澤蘭即蘭草，小澤蘭即澤蘭。」案澤蘭有此兩種，與今之山蘭不同物。蘭生於澤畔，《澤陂》云「彼澤之陂，有蒲與蕑」，《傳》訓「蕑」爲蘭。此詩之「蕑」亦當生於溱、洧之旁，故兩《傳》訓同。《釋文》引《韓詩》云：「蕑，蓮也。」「蘭」之通作「蓮」，如瀾、漣一字之例。韓不謂「荷，蓮也」。《管子·地員》篇：「五粟之土，五臭生之，薜荔白芷，蘪蕪椒蓮。五沃之土，五臭疇生，蓮與蘪蕪，藁本白芷。」此皆以「蓮」作「蘭」之證，可以識毛、韓蘭蓮同物矣。

《御覽》引《韓詩章句》云：「秉，執也。蕳，蘭也。當此盛流之時，士與女衆方執蘭拂除邪惡。鄭國之俗，三月上巳之辰，於此兩水之上招魂續魄，除拂不祥。」案此兩「蘭」字皆當作「蓮」。《御覽·地二十四》、《妖異二》、《香三》，《北堂書鈔·歲時三》、《初學記·歲時下》、《藝文類聚·歲時中》、《六帖》四、《通典·禮十五》、《漢書·溝洫志》注、《後漢書·袁紹傳》注、《續漢書·禮儀志》注竝引《韓詩》，而詳略微異。《周禮》：「女巫掌歲時祓除，釁浴。」鄭注云：「歲時祓除，如今三月上巳如水上之類。釁浴，謂以香薰草藥沐浴。」鄭亦本《韓詩》義。○「既且」之「且」與「且往」之「且」不同義。「士曰既且」，言士曰既觀也。《山有扶蘇》傳：「且，詞也。」「且往觀乎」，言姑往觀也。《卷耳》傳：「姑，且也。」《御覽》引《韓詩章句》云：「故詩人願與所説者俱往觀之。」「訏，大」，《爾雅·釋詁》文。《方言》：「訏，大也。中齊，西楚之閒曰訏。」《生民》、《抑》、《韓奕》竝同。「洵訏且樂」，言洧水之外，其地信廣大且以喜樂。《衡門》「泌之洋洋，可以樂飢」，《傳》云：「洋洋，廣大也。」文義相近。《釋文》引《韓詩》作「恂盱且樂」，云：「恂盱，樂皃也。」訓異而意同。伊，維也。謔，戲謔也。○勺藥，香草。勺藥不載於《爾雅》。《釋文》引《韓詩》云：「離草也。言將離別贈此草也。」《韓詩》釋經義，不言勺藥爲何草。《正義》引《義疏》云：「今藥草勺藥無香氣，非是也。未審今何草。」《御覽·藥部七》引《義疏》云：「司馬相如賦云：『勺藥之和。』揚雄賦曰：『甘甛之和，勺藥之羹。』勺藥，人人食之也。」《廣雅》：「攣夷，芍藥也。」王念孫《疏證》云：「攣夷，即留夷。留、攣，聲之轉也。張揖注《上林賦》云：『留夷，新夷也。』『新』與『辛』同。王逸注《楚辭·九歌》云：『辛夷，香草也。』郭璞注《西山經》云：『芍藥，一名辛夷，亦香草屬。』然則《鄭風》之『勺藥』、《離騷》之『留夷』、《九歌》之『辛夷』一物耳。《西山經》云：『繡山，其草多芍藥。』《中山經》句欄之山、條谷之山、洞庭之山竝云『其草多芍藥』，則芍藥山草。《名醫別録》云：『芍藥生中岳川谷及邱陵。』陶注云：『出白山、蔣山、茅山最好，白而長大。餘處多赤。』與《山經》合。則古之芍藥，即醫家之藥草芍藥也。今人畦種之，《離騷》所謂『畦留夷』者矣。其根莖及葉無香氣，而花則香，故《毛詩》謂之香草，猶蘭爲香草，亦是花香，莖葉不香也。至司馬相如《子虛賦》『勺藥之和』，揚雄《蜀都賦》『甘甜之和，勺藥之羹』，皆是調和之名，陸氏引以證勺藥之草，誤也。」案王説是也。唯上章之蘭爲澤蘭，其香在莖、葉，不必在華耳。

溱與洧，瀏其清矣。【傳】瀏，深貌。**士與女，殷其盈矣。**【傳】殷，衆也。**女曰觀乎，士曰既且。且往觀乎，洧之外，洵訏且樂。維士與女，伊其將謔，贈之以勺藥。**【疏】《傳》「瀏，深皃」，「皃」當作「也」。「瀏」訓爲「深」，非形容之詞。《釋文》「瀏，深也」，不誤。《文選·南都賦》注引《韓詩》：「漻，清貌。」是韓緣詩言清，故形容爲清貌。瀏、漻聲同。《説文》：「瀏，深清也。」兼毛、韓兩義，如《緇衣》之「蓆」訓「廣多」，亦兼毛、韓兩義之例。《夏小正傳》亦云：「殷，衆也。」《吴語》：「其民殷衆。」《齊策》：「殷衆富樂。」皆「殷衆」連文。○《箋》云：「將，大也。」

詩毛氏傳疏卷八

齊雞鳴詁訓傳弟八　毛詩國風

齊國十一篇，三十四章，百四十三句。【疏】《漢書・地理志》云：「齊郡臨淄，師尚父所封。」又云：「少昊之世有爽鳩氏，虞、夏時有季萴，湯時有逢公柏陵，殷末有薄姑氏，皆爲諸侯，國此地。至周成王時，薄姑氏與四國共作亂，成王滅之，以封師尚父，是爲大公。《詩》風齊國是也。」是齊初都臨淄，其後兼有薄姑爲大國。臨淄在今山東青州府治，薄姑在今府北博興縣。僖四年《左傳》：「管仲曰：『昔召康公命我先君大公曰：「五侯九伯，女實征之，以夾輔周室。」賜我先君履，東至于海，西至于河，南至于穆陵，北至于無棣。』」案東海，萊夷之地，《齊語》：「通齊國之魚鹽于東萊。」韋注云：「東萊，齊東萊夷也。」齊有東海，爲有海邦諸夷之國，猶《魯頌》所謂「遂荒大東，至于海邦」也。《晏子》：「對景公曰：『姑尤以西。』」姑尤，在今登、萊兩府之地。《地理志》：「東有甾川、東萊、琅邪、高密、膠東。」此就春秋已後言之矣。至大河故瀆，春秋初未改禹迹。《晏子》曰：「聊攝以東。」杜注云：「聊攝，齊西界也。平原聊城縣東北有攝城。」今聊城屬山東東昌府，聊城之去大河故瀆幾四百里。《齊語》：「桓公築五鹿、中牟、蓋與、牡丘，以衛諸夏之地。」攷四邑皆在大河左右，築之以禦戎狄，非齊西境有此四邑也。蓋穆陵南接魯無棣，北接燕、齊。與魯、燕爲周三公，其封國皆連壤，故管仲於南、北舉齊境言之，而東有東夷，西有戎狄，但舉海與河言之。非建國之初即至東海、西河也。又《齊語》：「桓公既反侵地，正封疆，地南至于䱩陰，西至于濟，北至于河，東至于紀酅。」案杜預注《春秋·莊三十年》：「濟水歷齊、魯界。」此云「西至濟」，則在濟西，所謂「大朝諸侯於陽穀」，是其西境。云「北至河」者，無棣之上、下，皆大河故瀆之所經也。然則齊封域在《周禮·職方》幽州之域，而西南及於兖焉。

《雞鳴》三章，章四句。

《雞鳴》，思賢妃也。哀公荒淫怠慢，故陳賢妃貞女夙夜警戒相成之道焉。【疏】《史記·齊世家》：「大公五世至哀公，紀侯譖之，周亨哀公。」徐廣以爲周夷王時，而鄭《譜》以爲周懿王時。《釋文》云：「警，本又作『敬』。」詩陳古賢妃敬戒之詞也。《御覽·蟲豸部一》引《韓詩》云：「《雞鳴》，讒人也。」韓與毛異。

雞既鳴矣，朝既盈矣。【傳】雞鳴而夫人作，朝盈而君作。**匪雞則鳴，蒼蠅之聲。**【傳】蒼蠅之聲，有似遠雞之鳴。【疏】《書大傳》云：「雞鳴，大師奏《雞鳴》于階下，夫人鳴佩玉于房中，告去也。」李奇注《漢書·杜欽傳》引《魯詩》：「后夫人雞鳴佩玉，告去君所。」《列女傳·賢明》篇：「雞鳴，樂師擊鼓以告旦，后夫人鳴佩而去。」亦此意也。此《傳》所謂「雞鳴而夫人作」也。《書大傳》云：「然後應門擊柝，告辟也。然後少師奏《質明》于階下。」鄭注：「應門，朝門也。辟，啓也。」此《傳》所謂「朝盈而君作」也。先夫人者，思賢妃之意。○蒼，青也。蒼蠅，即青蠅也。非實雞鳴，故云「似」。蠅聲細小，故云「似遠雞鳴」。《御覽》引《薛君章句》：「雞遠鳴，蠅聲相似也。」毛、韓訓同。《後箋》云：「蠅雖不夜飛，或人起驚觸，或火光所照，宿蠅亦有時群飛作聲。北方多蠅，夜起每逢此景。」

東方明矣，朝既昌矣。【傳】東方明，則夫人纚笄而朝。朝已昌盛，則君聽朝。**匪東方則明，月出之光。**【傳】見月出之光，以爲東方明。【疏】《傳》云「夫人纚笄而朝」，朝，夫人之朝也。云「君聽朝」，朝，君之朝也。此即《易·家人》「男正位乎外，女正位乎内」之義也。《碩人》傳：「君聽朝於路寢，夫人聽内事於正寢。」君路寢，君之内朝也。夫人正寢，夫人所以聽内事，即《左傳》「内宫之朝」是也。君與夫人各自有朝，文義與此正同。《正義》引《列女傳》：「魯師氏之母齊姜戒其女云：『平旦，纚笄而朝，則有君臣之嚴。』」何休注莊二十四年《公羊傳》：「雞鳴，纚笄而朝，君臣之禮也。」又《白虎通義·嫁娶》篇：「雞初鳴，咸盥漱，櫛、縰、笄、總而朝，君臣之道也。」是以妻朝夫見於漢人傳、注。當時外戚彊盛，扶陽抑陰，故以夫婦比君臣，然非古也。古人首重夫婦，有男先乎女之義，不聞有以妻朝夫之禮。《書大傳》云：「然後夫人入庭立，君出朝。」案夫人正寢在君燕寢之内。庭，即夫人正寢之庭。「夫人入庭立」，此《傳》所謂「東方明，夫人纚笄而朝」也。「君出朝」，此《傳》所謂「朝已昌盛，君聽朝」也。《書傳》與《詩傳》皆合。又案《特牲饋食禮》：「主婦纚笄。」注：「纚笄，首服。」《士昏禮》：「姆纚笄，女從者纚笄。」注：「纚，叏髮。笄，今時簪也。纚亦廣充幅，長六尺。」此鄭本《士冠禮》男子之纚説婦人之纚也。《内則》：「子事父母，櫛、縰、笄、總。婦事舅姑如事父母，櫛、縰、笄、總。男女未冠笄者，櫛、縰。」「縰」與「纚」同。纚，所以叏髮。而又飾之以笄，是謂之纚笄。婦人與男子其笄或異，而其叏髮之纚制同。士妻始嫁及助祭皆用纚笄。《追師》注云：「王后之燕居，亦纚笄、總而已。」據毛《傳》，則夫人日視朝之服亦纚笄。凡后夫人常服纚笄，其盛飾副笄。副不用纚，而以編髮爲之。見《君子偕老》篇。〇「匪東方則明，月出之光」，承「東方明矣」句，猶上章「匪雞則鳴，蒼蠅之聲」承「雞既鳴矣」句。皆就夫人言也。《傳》云「見月出之光，以爲東方明」，見者，夫人之所見。此即《序》云「賢妃貞女夙夜敬戒相成之道」也。夙，早也。早夜，謂東方未明時。

蟲飛薨薨，甘與子同夢。【傳】古之夫人配其君子，亦不忘其敬。**會且歸矣，無庶予子憎。**【傳】會，會於朝也。卿大夫朝會於君朝聽政，夕歸治其家事。無庶予子憎，無見惡於夫人。【疏】《螽斯》傳：「薨薨，衆多也。」彼言螽之衆多，此乃言蟲飛之衆多耳。《伯兮》傳：「甘，猒也。」猒，猒足。言將早起也。子，謂君子也。《傳》以「古之夫人配其君子」釋「與子同夢」義，「亦不忘其敬」釋「甘」義。《箋》云：「我猶樂與子臥而同夢，言親愛之無已。」《箋》訓「甘」爲「樂」，非《傳》之恉。○經言「會」，《傳》云「會於朝」，承上章「朝盈」、「朝昌」而言也。云「卿大夫朝會於君朝聽政」，此申釋「會於朝」之義也。云「夕歸治其家事」，此正釋經「歸」字之義也。《正義》云：「成十二年《左傳》曰：『世之治也，百官承事，朝而不夕。』是於夕而不治公事，故歸治家事也。」案《魯語》云：「公父文伯之母曰：『自卿以下，合官職於外朝，合家事於內朝。外朝，子將業君之官職焉。內朝，子將庀季氏之政焉。』」韋注：「外朝，君之公朝也。內朝，家朝也。」又云：「卿大夫朝考其職，晝講其庶政，夕序其業，夜庀其家事，而後即安。」韋注：「職，在公之官職也。」竝與《傳》義同。○經文「予子」連文，辭句不順，奂疑「子」乃「于」之誤。❶定本作「與子憎」，亦誤也。古本當作「無庶予于憎」，與「比予于毒」、「寘予于懷」、「胡轉予于恤」，皆上一字作「予」、下一字作「于」，句法正同。此句「予」字與上句「子」字對文立言，予，我也，我夫人自謂也。庶，衆也，衆卿大夫也。言無使衆卿大夫見憎於我，此夙夜敬戒之詞。《傳》云「無見惡於夫人」者，無使卿大夫見惡

❶「于」，原作「予」，據中國書店影印武林愛日軒刻本、徐子静本改。

於夫人也。惡，即經之「憎」字。於，即經之「于」字。夫人，即經之「予」字。是《傳》本作「予于憎」，其義甚明。《箋》：「庶，衆也。無使衆臣以我故憎惡於子。」鄭冢上「與子同夢」作說，非所據經作「予子憎」也。但解「憎」謂憎君，而與《傳》謂憎夫人文義不同。《釋文》云：「於夫人，音符。或依字讀者，非。」《正義》云：「夫人謂卿大夫。憎惡君，是見惡於卿大夫也。」陸、孔依《箋》申《傳》，實非《傳》義。《傳》上文三言夫人，不應於此言夫人音符異讀。

《還》三章，章四句。

《還》，刺荒也。哀公好田獵，從禽獸而無厭，國人化之，遂成風俗，習於田獵謂之賢，閑於馳逐謂之好焉。【疏】《孟子·梁惠王》篇云：「從獸無厭謂之荒。」閑，當作「閒」，閒亦習也。

子之還兮，遭我乎峱之閒兮。【傳】還，便捷之貌。峱，山名。**竝驅從兩肩兮，揖我謂我儇兮。**【傳】從，逐也。獸三歲曰肩。儇，利也。【疏】《傳》「還，便捷之皃」，當作「便捷也」三字。《釋文》作「便捷皃」，「皃」正「也」之誤。便之言疾也。軍得曰捷。便捷者，疾得之謂也。《淮南子·兵略》篇：「虎豹便捷，熊羆多力。」與此「便捷」同。《釋文》引：「《韓詩》作『嫙』。嫙，好皃。」《說文》、《玉篇》、《廣雅》竝云：「嫙，好也。」本《韓詩》。好，謂容好也。《漢書·地理志》引《詩》作「嫈」，《水經·淄水》注亦作「嫈」。峱，《地理志》作「嶩」，字亦作「獿」，《御覽·獸部二十一》作「猱」，竝字異義同。《說文》：「峱，山。在齊地。」本《毛詩》也。《方輿紀要》云：「峱山在臨淄縣南十五里。」顏師古注《漢書》云：「《齊詩》作『營』。之，往也。言往適營丘，而相逢於嶩山也。」案唐初

《齊詩》早亡。班習《魯詩》，以「營」爲營丘，或是相傳《魯詩》舊説。顏云「《齊詩》」，不足據也。又攷《齊世家》：「周亨哀公，立其弟静，是爲胡公。胡公徙都薄姑。」是胡公都薄姑，而營丘舊都遂爲田獵之地。依顏説，則詩當作在胡公以後矣，與《毛詩序》言哀公不合。崔靈恩《集注》并以下章「茂」、「昌」爲地名，疑皆出《魯詩》。○竝，即「拼」、「荓」字。《爾雅》：「拼，使也。」《桑柔》傳：「荓，使也。」從、逐雙聲爲訓。「驅從」爲「驅逐」，二字連文，猶《序》「馳逐」連文也。言子之習於田獵，遭我於峱，使我驅逐，復揖我以譽我也。凡田獵，必卑者馳逐，尊者乃發射。《説文》：「豣，三歲豕，肩相及也。《詩》曰：『竝驅從兩豣兮。』」《後漢書·馬融傳》注引《韓詩章句》與毛同。而許所據作「豣」，或出諸齊、魯也。《七月》「獻豣于公」，《傳》：「豕三歲曰豣。」《周禮注》引《詩》亦作「肩」。彼言豕，此言獸。豕，田豕也，田豕亦是獸。鄭司農《庖人》注：「野豕爲六獸之一。」故《爾雅》、《廣雅》皆入《釋獸》歟。《廣雅》亦云：「獸三歲爲肩。」《晏子·諫下》篇：「公孫接一搏猏而再搏乳虎。」《吕覽·知化》篇「猶懼虎而刺猏」，高注云：「獸三歲曰猏。」「豜」、「猏」皆俗字。《傳》訓「儇」爲「利」者，利猶閒也，閒於馳逐也。《釋文》引：「《韓詩》作『婘』。婘，好皃。」《廣雅》：「婘，好也。」本《韓詩》。

子之茂兮，遭我乎峱之道兮。【傳】茂，美也。**竝驅從兩牡兮，揖我謂我好兮。**【疏】「茂，美」，《生民》同。美者，謂習於田獵也。

子之昌兮，遭我乎峱之陽兮。【傳】昌，盛也。**竝驅從兩狼兮，揖我謂我臧兮。**【傳】狼，獸名。臧，善也。【疏】「昌，盛」，《猗嗟》同。盛者，田獵之盛也。《大叔于田》「叔在藪，火烈具阜」，《傳》云：「阜，盛也。」兩「盛」字義同。《箋》：「昌，佼好皃。」還、儇、茂、好、昌、臧六句一律，與《韓詩》同，而與《毛詩》異。○《爾雅》：「狼：牡獾，牝狼；其子，獥；絶有力，迅。」《爾雅》言狼之牝者獨得狼名，《傳》但云獸名，不言牝者，略也。《管子·兵法》篇：「八曰：舉狼章，則行山。」是狼爲山獸，與詩「遭猛」、「驅狼」亦合。《説文》：「狼，似犬，鋭頭，白頰，高前廣後。」《正義》引《義疏》云：「其鳴能小能大，善爲小兒啼聲以誘人。去數十步止，其猛捷者，人不能制。雖善用兵者，不能及也。」「臧」訓「善」，善亦好也。

《著》三章，章三句。

《著》，刺時也。時不親迎也。【疏】古者親迎，天子以下達士皆行之。《大明》「親迎于渭」，天子親迎也。《韓奕》「韓侯迎止，于蹶之里」，諸侯親迎也。周自文王及宣王時，其禮不廢。《春秋》：「隱二年九月，紀裂繻來逆女，譏不親迎。厥後，桓八年，祭公逆王后于紀。襄十五年，劉夏逆王后于齊。」天子不親迎矣。「桓三年，公子翬如齊逆女。文四年，逆婦姜于齊。宣元年，公子遂如齊逆女。成十四年，叔孫僑如如齊逆女。」諸侯不親迎矣。《春秋》正夫婦之始，天子、諸侯皆在所譏。《正義》以《著》三詩皆刺哀公，則春秋之前，哀公之世，親迎之禮已廢矣。詩人陳古義以刺今時，亦《春秋》之譏也。

俟我於著乎而，【傳】俟，待也。門屏之閒曰著。**充耳以素乎而，尚之以瓊華乎而。**【傳】素，象瑱。瓊華，美石。士之服也。【疏】「俟，待」，《静女》、《相鼠》同。於，當作「于」，下二章同。著，今俗作「著」，《爾雅》作「宁」。《釋宫》：「門屏之閒謂之宁。」《傳》所本也。李注云：「正門内兩塾閒名宁。」正門，應門也。應門内之兩塾閒，即路門外之兩塾閒。《荀子·大略篇》：「天子外屏，諸侯内屏，禮也。」外屏宁在路門外兩塾閒，内屏宁在路門内兩塾閒。天子、諸侯兩塾在路門左右。此即人君宁立之處也。士有二門，外門謂之大門，寢門在大門以内。《士喪禮》：「陳一鼎于寢門外，當東塾。」寢門外有東塾，則有西塾可知。《釋宫》：「屏謂之樹。」郭注云：「小牆當門中。」士家於寢門之内設屏，屏閒可以宁立，故亦謂之宁。《東方之日》韓詩傳云：「門屏之閒謂之闥。」蓋闥亦在寢門内也。寢門一曰閨門。《説文》：「閨，特立之户。」故《毛詩》之「箸」，三家《詩》作「户」也。《鄭風・丰》篇「俟我乎巷兮」，《傳》：「巷，門外。」門者，大門也。《士昏禮》：「壻乘其車，先俟于門外。」此「俟巷」之説也。「婦至，主人揖婦以入，及寢門揖入。」此「俟箸」之説也。《箋》云：「待我於箸，謂從君子而出至於箸，君子揖之時。」《箋》亦言：「壻出，婦從至於箸，壻揖婦以入。」則箸爲壻家之箸也。下庭、堂同。《正義》誤。又案《繁露・質文》篇：「昏禮，逆于庭，逆于堂，逆于户。」隱二年《公羊傳》注：「夏后氏逆於庭，殷人逆於堂，周人逆於户。」户即箸。此或齊、魯、韓《詩》義，以三代親迎禮分屬三章。毛《傳》以爲首章言士親迎，二章言卿大夫親迎，卒章言人君親迎。于箸、于庭、于堂，歷陳其卑尊之次。〇「素，象瑱」，《淇奥》傳云：「充耳謂之瑱。天子玉瑱，諸侯以石。」然則士以象矣。士親迎，爵弁、纁裳、緇袘，其瑱以象爲飾。《楚語》：「子張驟諫靈王，王病之，曰：『子復語。不穀雖不能用，吾憖寘之於耳。』對曰：『賴君用之也，故言。不然，巴浦之犀、犛、兕、象，其可盡乎？其又以規爲瑱也。』」韋注云：「瑱，所以塞耳。言四獸之牙、角可以爲瑱。」案子張以牙、角皆可爲瑱，瑱以塞耳，故泛言以爲拒人規諫之喻，與《旄丘》箋「如見塞耳，無聞知」同意。或謂諸侯盛飾亦用牙、角之瑱，誤矣。《蕩》傳「上」訓「尚」，「尚」與「上」通。《廣雅》：「尚，加也。」《傳》以「瓊華」爲美石，瓊爲美，華爲石。《周禮・形方氏》：「無有華離之地。」杜子春注云：「離，當爲『襍』。《書》亦或爲『襍』。」案華，亦襍也。華石，襍色之石。《木瓜》之「瓊琚」、「瓊瑶」、「瓊玖」，《有女同車》之「瓊琚」，《渭陽》之「瓊瑰」，毛《傳》皆謂之佩玉，則此詩之「瓊華」與「瓊瑩」、「瓊英」

亦爲佩玉。《傳》云「士之服也」者，《禮記·玉藻》云：「士佩瓀玟而青組綬。」瓀玟，石也。是士佩玉用石矣。鄭《箋》以詩三章素、青、黃爲縣瑱之紞，而以瓊華、瓊瑩、瓊英爲瑱，與《傳》異。王肅申《傳》，造「以美石飾象瑱」之說，《正義》駁之，是也。

俟我於庭乎而，充耳以青乎而，尚之以瓊瑩乎而。【傳】青，青玉。瓊瑩，石似玉。卿大夫之服也。【疏】庭，讀爲「廷内」之「廷」。○《傳》以「青」爲「青玉」，謂卿大夫青玉爲瑱也。瑩與《淇奧》不同。《淇奧》「充耳琇瑩」，謂以琇爲充耳，「琇」下之「瑩」當作虛義解。彼《傳》云：「琇瑩，美石也。」美石，謂琇不謂瑩。此《傳》云：「瓊瑩，石似玉。」石似玉，謂瑩不謂瓊。此其義例也。《說文》：「瑩，玉色也。一曰：石之次玉者。」許兩說正足以發明兩詩《傳》義矣。《玉藻》云：「大夫佩水蒼玉。」

俟我於堂乎而，充耳以黃乎而，尚之以瓊英乎而。【傳】黃，黃玉。瓊英，美石似玉者。人君之服也。【疏】堂，爲人君路寢之堂，與《丰》篇異。○《傳》以「黃」爲「黃玉」，謂人君黃玉爲瑱也。《淇奧》篇說諸侯以石爲瑱，則此黃玉爲黃色之玉。上章青爲青色之玉，皆石之似玉者。唯天子用白玉瑱。英者，「瑛」之假借字。《說文》：「瑛，玉光也。」瑛本爲玉光，引申爲石之似玉，猶瑩爲玉色，引申爲石之次玉。其義同也。《玉藻》云：「公侯佩山玄玉。」

《東方之日》二章，章五句。

《東方之日》，刺衰也。君臣失道，男女淫奔，不能以禮化也。

東方之日兮，【傳】興也。日出東方，人君明盛，無不照察也。**彼姝者子，在我室兮。在我室兮，履我即兮。**【傳】姝者，初昏之貌。履，禮也。【疏】經以日月爲興，《傳》云「日出東方，人君明盛，無不照察也」者，所以明經之興義。日喻人君之明照，而「盛察」二字又與下章《傳》「盛察」義通，爲互詞總釋也。《序》云「君臣失道，男女淫奔」，《傳》正本《序》言，君臣有道，則下之人自無淫奔之男女。此陳古刺今也。《文選》宋玉《神女賦》、顔延之《秋胡詩》、陸機《日出東南隅行》、曹子建《美女篇》注引《韓詩章句》：「詩人言所説者顔色美盛，若東方之日也。」韓以日月喻女子，與《毛詩》義異。〇《静女》傳：「姝，美色也。」此云「初昏之皃」者，《傳》探下「在我室兮」句以立訓也。子，女子。我室，壻室也。履者，「禮」之假借字。《長發》傳亦云：「履，禮也。」《東門之墠》傳云：「即，就也。」就，猶成也。禮我，猶我禮，言我以禮，而姝者始能成就此昏禮。刺今之不能，以禮化見衰。

東方之月兮，【傳】月盛於東方，君明於上若日也，臣察於下若月也。**彼姝者子，在我闥兮。在我闥兮，履我發兮。**【傳】闥，門内也。發，行也。【疏】《傳》云「月盛於東方」，以釋「東方之月兮」句。「君明於上若日，臣察於下若月」，又冡上章「日明於東方」爲訓，亦互詞總釋也。全《詩》中有上章合下章發《傳》者，又有下章合上章發《傳》者，此其例也。《十月之交》傳云：「日，君道。月，臣道。」亦以日月喻君臣。明察者，謂能以禮化之也。〇闥，古字當作「達」。《説文・門部》無「闥」字。《内則》：「天子之閣，左達五，右達五。公、侯、伯於房中五。」鄭注云：「達，夾室也。」江永《釋宫增注》謂此爲燕寢之制。案達即闥也。天子燕寢，有左右房，有左右夾室，是謂之闥。士燕寢，東房西室。其正寢亦左右房，無左右夾室。士二門，大門與寢門也。寢門之左右有塾，其内設簾帷之制。簾帷，亦屏也。是亦謂之闥。《傳》云「闥，門内也」，《釋文》引《韓詩傳》云：「門屏之間謂之闑。」是毛意以寢門左右塾爲闑，韓以寢門内屏爲闑。毛、韓自指一處。闑者，本非門内之名。闑在門内，故《傳》即門内釋之。《谷風》「畿」，在門中之臬。《楚茨》「祊」爲門旁之祭。《傳》皆以「門内」釋之，是其義矣。「發」訓「行」者，言姝者必待禮而行也。《匏有苦葉》傳云：「以言室家之道，非得所適，貞女不行；非得禮義，昏禮不成。」

《東方未明》三章，章四句。

《東方未明》，刺無節也。朝廷興居無節，號令不時，挈壺氏不能掌其職焉。【疏】《周禮》：「挈壺氏，下士六人。」於諸侯未聞。

東方未明，顛倒衣裳。【傳】上曰衣，下曰裳。**顛之倒之，自公召之。**【疏】《緑衣》「緑衣黄裳」，《傳》云：「上曰衣，下曰裳。」彼以箸緑黄之義，此以明顛倒之義，故再釋之也。《荀子·大略篇》：「諸侯召其臣，臣不俟駕，顛倒衣裳而走，禮也。《詩》曰：『顛之倒之，自公召之。』」《説苑·奉使》篇：「魏文侯遣倉唐賜大子衣一襲，勑倉唐以雞鳴時至，大子迎拜，受賜，發篋視衣，盡顛倒。大子曰：『趣具駕，君侯召擊也。』」引《詩》曰：「東方未明，顛倒衣裳。顛之倒之，自公召之。」案此兩引《詩》以爲君召臣之節，斷章取義耳。其實詩之本意，以未明見召爲失之太早，《序》所謂「興居無節，號令不時」也。○召，古「詔」字。

東方未晞，顛倒裳衣。【傳】晞，明之始升。**倒之顛之，自公令之。**【傳】令，告也。【疏】晞者，「昕」之假借字。「明之始升」，日始出也。《天保》「如日之升」，《傳》云：「升，出也。」未昕，猶未明也。○「令，告」，《爾雅·釋詁》文。「告」與「誥」通。

折柳樊圃，狂夫瞿瞿。【傳】柳，柔脃之木。樊，藩也。圃，菜園也。折柳以爲藩園，無益於禁矣。瞿瞿，無守之貌。古者有挈壺氏，以水火分日夜，以告時於朝。**不能辰夜，不夙則莫。**【傳】辰，時；夙，早；莫，晚也。【疏】《説文》：「柳，少楊也。」段注云：「楊之細莖小葉者曰柳。」《采薇》箋云：「柔，謂脃脕之時。」「柔脃」與「脃脕」義同。「樊，藩」，《爾雅·釋言》文，《青蠅》同。《版》：「藩，屏也。」《桑扈》：「屏，蔽也。」藩、屏、蔽爲一義之申。《傳》釋「圃」爲「菜園」者，園亦藩也。《周禮·大宰》：「園圃毓草木。」鄭注云：「樹果蓏曰圃。園，其樊也。」《載師》注云：「樊圃謂之園。」是也。藩園爲禁，以柔脃之木爲之，是無益於禁也。《傳》言此以爲無守之者喻。○狂夫，謂無守之人。《檀弓》：「瞿瞿如有求而弗得。」《玉藻》「視容瞿瞿」，鄭注云：「不審貌。」與詩「瞿瞿」同。《傳》云「無守之皃」者，《序》所謂「不能掌其職」也。《周禮·挈壺氏》：「凡軍事，縣壺以序聚欜；凡喪，縣壺以代哭者，皆以水火守之，分以日夜。」鄭注云：「以水守壺者，爲沃漏也。以火守壺者，夜則火視刻數也。分以日夜者，異晝夜漏也。漏之箭，晝夜共百刻。冬夏之閒，有長短焉。大史立成法，有四十八箭。」賈疏云：「馬氏云：『漏凡百刻，春、秋分晝夜各五十刻。冬至晝四十刻，夜六十刻。夏至晝六十刻，夜四十刻。』鄭注《堯典》云：『日中者，日見之漏與不見者齊。日長者，日見之漏五十五刻，於四時最長也。夜中者，日不見之漏與見者齊。日短者，日見之漏四十五刻，於四時最短也。』此與馬義異。云『大史立成法，有四十八箭』者，此據漢法而言，則以器盛四十八箭，箭各百刻。以壺盛水，縣於箭上，節而下之水，水淹一刻則爲一刻。四十八箭者，蓋取倍二十四氣也。」案馬稱古制，鄭從東漢曆法，與司馬彪《續漢書·律曆志》所紀二十四氣刻漏合。王肅則異鄭同馬，從古制也。《周禮》言軍喪縣壺，《詩》言居朝廷之事，故《傳》引「古者挈壺氏所掌之職」，又申之云「以告時於朝」者，以刺今朝廷之不然。《爾雅》：「不辰，不時也。」此與《四鐵》、《小弁》、《車舝》、《抑》傳竝訓「辰」爲「時」。不能時，失時也。「夙，早」，《采蘩》、《生民》同。「莫，晚」，《抑》同。不早則晚，承「夜」字而言。夜，謂未明、未晞也。通章皆言太早，章末始言晚，蓋有失之早者，即有失之晚者，所以窮其無節之弊。

《南山》四章，章六句。

《南山》，刺襄公也。鳥獸之行，淫乎其妹，大夫遇是惡，作詩而去之。【疏】桓十八年《左傳》云：「公會齊侯于濼，遂及文姜如齊，齊侯通焉。公謫之。以告。」《管子·大匡》篇亦云：「會濼，文姜通於齊侯。」案此即「淫妹」之事，則詩作在會濼之後矣。前二章刺襄，後二章并刺魯桓。刺魯桓，亦所以刺襄也。《敝笱》刺文姜，《猗嗟》刺魯莊公，《序》意皆同。

南山崔崔，雄狐綏綏。【傳】興也。南山，齊南山也。崔崔，高大也。國君尊嚴如南山崔崔然，雄狐相隨綏綏然無別，失陰陽之匹。**魯道有蕩，齊子由歸。**【傳】蕩，平易也。齊子，文姜也。**既曰歸止，曷又懷止？**【傳】懷，思也。【疏】《南山》屬《齊風》，故《傳》云：「齊南山也。」齊南山，即《孟子》之「牛山」。《晏子·諫上》篇云：「楚巫曰：『請巡國郊以觀帝位。』至于牛山而不敢登，曰：『五帝之位在于國南，請齊而後登之。』」又云：「景公遊於牛山，北臨其國城。」皆其義證。崔，高大皃。重言崔崔。南山，喻國君。崔崔以喻尊嚴之體。《玉篇》云：「夊，行遲皃。思隹切。」引《詩》作「雄狐夊夊」。案《毛詩》用假借作「綏綏」。《有狐》篇「有狐綏綏」，亦「夊夊」也。彼《傳》云「匹行」，即此《傳》所云「相隨」之義。「隨」與「綏」古聲相近。綏綏然，相隨之皃，以喻襄公之隨文姜無別，失陰陽之匹。南山崔崔，一興也。雄狐綏綏，一興也。下三章各自爲興。○魯道，自齊適魯之道。「蕩」訓「平易」，蕩猶蕩蕩也。《小弁》「踧踧周道」，《傳》：「踧踧，平易也。」蕩、踧聲轉而義同。文姜稱齊子者，猶云「齊侯之子爲魯侯之妻」也。歸，謂嫁也，嫁於魯侯也。「懷」訓「思」者，言襄公之思文姜也。

葛屨五兩，冠緌雙止。【傳】葛屨，服之賤者。冠緌，服之尊者。**魯道有蕩，齊子庸止。既曰庸止，曷又從止？**【傳】庸，用也。【疏】兩，古「緉」字。《説文》：「緉，絞也。」《方言》：「緉、綊，絞也。關之東西或謂之緉，或謂之綊。絞，通語也。」郭注云：「謂履中絞也。」五，疑讀爲「午」。五兩，猶午絞，謂屨綦也，《魏風·葛屨》之「糾糾」是也。五兩爲屨飾，猶雙爲冠飾歟？《説苑·修文》篇言：「親迎禮，諸侯以屨二兩加琮，大夫、庶人以屨二兩加束脩二。曰：『某國寡小君使寡人奉不珍之琮、不珍之屨禮夫人貞女。』夫人受琮，取一兩屨以履女。」是古者親迎，有納屨二兩，以一兩履女之儀，故詩人以葛屨爲喻。五兩非十枚，於親迎禮無聞。冠緌，尊飾。《内則》「冠緌纓」，鄭注云：「緌，纓之飾也。」孔疏云：「結纓頷下以固冠。結之餘者，散而下垂，謂之緌。」據此孔説，則纓、緌一物。張惠言《儀禮圖》云：「疑緌者别爲絲組，既結纓，乃箸於纓之兩端。《玉藻》疏云：『惟縜緌爲異，其青組纓與士同。』是孔亦以緌、纓爲二物矣。又『玄冠紫緌』，注云：『緌當用縜，諸侯玄冠丹組纓。』而緌當用縜，則鄭亦以纓、緌爲二。」奂案《檀弓》：「喪冠不緌。」《玉藻》：「大帛不緌。」注皆謂「凶服去飾」，此亦纓、緌異材之證。《昏禮》：「主人玄端迎于門外。」鄭注云：「主人，女父也。」文姜嫁時，齊僖公尚在，則僖公爲主人服玄端歟。玄端，玄冠，冠有二組屬於冠卷，結於頷下，垂緌以爲飾。詩言「雙止」，雙之爲言絞也。「雙」與「綊」同。止，語詞也。此謂文姜始嫁時，昏禮之備，服飾之盛，何等鄭重。《傳》云「服之賤者」、「服之尊者」，亦但就葛屨冠緌賤與尊各有其耦以設喻爾。○庸，即上章之「由」，由亦用也。《孟子·盡心》篇：「山徑之蹊，閒介然用之而成路。」正與此《傳》「用」字義合。從，猶隨也。

蓺麻如之何？衡從其畝。【傳】蓺，樹也。衡獵之，從獵之，種之，然後得麻。**取妻如之何？必告父母。**【傳】必告父母廟。**既曰告止，曷又鞫止？**【傳】鞫，窮也。【疏】《說文》：「𥝌，穜也。从坴、丮。持穜之。」引《詩》「我𥝌黍稷」，今通俗作「蓺」，作「藝」。《傳》訓「蓺」爲「樹」，又云「種之，然後得麻」，則蓺、樹皆種也。種，當作「穜」。「衡獵之，從獵之」，以釋經「衡從其畝」句。「獵」與「躐」通。衡者，「橫」之假借字。《禮記·坊記》引《詩》作「橫」。衡從，《釋文》引《韓詩》作「橫由」，云：「東西耕曰橫，南北耕曰由。」《衆經音義》卷三引《韓詩》作「從橫其畝」，《傳》曰：「南北曰從，東西曰橫。」又卷二十四作「東西曰廣」。武進臧鏞堂云：「廣，即『橫』之譌。」此皆所見本異也。毛、韓意同。《小箋》云：「賈思勰《齊民要術》曰：『凡種麻，耕不厭熟，縱橫七徧以上，則麻無葉也。』此正合毛說。」案「衡從其畝」，然後蓺麻，以興告父母廟乃可取妻。○經言「告父母」，《傳》必云「告父母廟」者，據下句「亦既告止」爲取文姜而言之也。《春秋》：「桓三年秋，公子翬如齊逆女。九月，齊侯送姜氏于讙。公會齊侯于讙。夫人姜氏至自齊。冬，齊侯使其弟年來聘。」是魯桓取文姜，父母既歿，所告當是父母廟，非告父母也。《正義》引《曲禮》「齊戒以告鬼神」、昭元年《左傳》「圍布几筵，告於莊、共之廟而來」，以明取妻自有告廟之法。又《文王世子》：「五廟之孫，祖廟未毀，雖爲庶人，冠、娶妻必告。」此亦取妻告廟之義證，與《傳》義相發明也。「鞫」訓「窮」，言夫道窮也。

析薪如之何？匪斧不克。【傳】克，能也。**取妻如之何？匪媒不得。既曰得止，曷又極止？**【傳】極，至也。【疏】「克，能」，《爾雅·釋言》文。隱元年《穀梁傳》亦云：「克者何？能也。」析薪待斧，以興取妻待媒。○《伐柯》傳云：「媒，所以用禮也。」「極」訓「至」，言至于齊也。

《甫田》三章，章四句。

《甫田》，大夫刺襄公也。無禮義而求大功，不脩德而求諸侯，志大心勞，所以求者非其道也。

【疏】襄公於魯桓公十五年即位，會艾，定許，始有主盟之志。於後殺鄭子亹，納衛惠公，遷紀，圍郕，見於《春秋》經傳者，皆其求諸侯之事也。

無田甫田，維莠驕驕。【傳】興也。甫，大也。大田過度而無人功，終不能獲。**無思遠人，勞心忉忉。**【傳】忉忉，憂勞也。言無德而求諸侯，徒勞其心忉忉耳。【疏】上「田」字讀如甸。《信南山》傳云：「甸，治也。」「甫，大」，《爾雅·釋詁》文。《車攻》傳亦云：「甫，大也。」《大田》傳：「莠，似苗也。」《説文》：「莠，禾粟下揚生莠也。」莠草挺出直上，非若禾粟向根下垂，故曰揚。驕驕者，揚之意。《法言·脩身》篇作「維莠喬喬」，本三家《詩》傳。云「大田過度而無人功」，以釋「田甫田」句。無，發聲。《正義》云：「《周禮》：『授民田，上地家百畝，中地家二百畝，下地家三百畝。』謂其人力堪治，故《禮》以此爲度。過度，謂過此數而廣治田。」是也。云「終不能獲」，以釋「維莠驕驕」句。田大田而有莠，以興無德而求諸侯，終無得也。《鹽鐵論·地廣》篇：「今中國弊落不憂，務在邊境，意者地廣而不耕，多種而不耨，費力而無功。《詩》云：『無田甫田，維莠驕驕。』其斯之謂與？」三家《詩》與《毛詩》合。○遠人，謂諸侯也。《爾雅》：「忉忉，憂也。」詩言「勞心」，故《傳》云「憂勞」。《防有鵲巢》、《檜·羔裘》「忉忉」同。《説文》無「忉」字。《傳》云「言無德而求諸侯，徒勞其心忉忉耳」，求諸侯，釋經「思遠人」之義，則《傳》以「無」爲發聲。宋本此十四字羼入《箋》語，今據《正義》本訂正。《箋》意不以「無」爲發聲。

無田甫田，維莠桀桀。【傳】桀桀，猶驕驕也。**無思遠人，勞心怛怛。**【傳】怛怛，猶切切也。

【疏】「桀桀」與「驕驕」同意，故云：「猶驕驕也。」桀桀者，即「揭揭」之假借。《碩人》傳：「揭揭，長也。」怛怛，亦憂勞之意，故云：「猶切切也。」《匪風》傳：「怛，傷也。」

婉兮孌兮，總角丱兮。未幾見兮，突而弁兮。【傳】婉孌，少好貌。總角，聚兩髦也。丱，幼稺也。弁，冠也。【疏】《傳》云「婉孌，少好皃」者，少好即是幼稺也。《説文》引《詩》「婉兮嫡兮」。孌，籀文「嫡」。「婉」、「嫡」竝訓爲「順」，本三家《詩》。云「總角，聚兩髦」者，總爲聚，角爲兩髦，與《氓》「總角」不同。蓋男子未冠拂髦，女子未笄總角，其制略相似。此「總角」乃男子未冠之服，故《傳》以爲聚兩髦。親未没，又以兩髦爲飾也。丱，當依唐石經作「卝」。《五經文字》云：「卝，古患反，見《詩·風》。」《説文》以爲古『卵』字。昭十九年《穀梁傳》『羈貫成童』，貫亦卝也。」與《傳》「幼稺」之訓合。○突而，《正義》作「突若」。突而，猶突然也。突若，猶突如也。《箋》云「突爾」，義竝同。古弁、冠通稱弁，與總角對文。言總角幼稺之人突而加冠，所以刺襄公志大之意。哀十三年《穀梁傳》：「黄池之會，吴子欲因魯之禮，因晉之權而請冠端而襲。吴王夫差曰：『好冠來。』孔子曰：『大矣哉！夫差未能言冠而欲冠也。』」案吴子會晉、魯，不脩德而求諸侯，故孔子謂其未能言冠而欲冠，與詩言事相同。《傳》於《淇奥》、《尸鳩》「弁」爲「皮弁」，此云「冠」者，意本孔子語而釋之歟？

《盧令》三章，章二句。

《盧令》，刺荒也。襄公好田獵畢弋，而不脩民事，百姓苦之，故陳古以風焉。【疏】《齊語》及《管子・小匡》篇竝云：「襄公田獵畢弋，不聽國政。」攷魯莊公之八年，齊襄公之十二年也。《左傳》稱田貝丘而亂作，爲襄公因荒亡身之實據。皆與《序》合。

盧令令，其人美且仁。【傳】盧，田犬。令令，纓環聲。言人君能有美德，盡其仁愛，百姓欣而奉之，愛而樂之，順時遊田，與百姓共其樂，同其獲，故百姓聞而説之，其聲令令然。【疏】盧爲田犬，《正義》引《戰國策》云：「韓國盧，天下之駿犬也。」《秦策》又云：「譬若馳韓盧而逐蹇兔也。」是韓之田犬稱盧，義實本於《詩》之「盧」也。《四鐵》傳：「獫、歇驕，田犬也。」皆異名也。令令者，「鈴鈴」之古文假借字。《正義》云：「此言鈴鈴，下言環、鋂。鈴鈴即是環、鋂聲之狀，環在犬之頷下，如人之冠纓然，故云『纓環聲』也。」《廣雅》云：「鈴鈴，聲也。」字皆作「鈴鈴」。《説文》：「盧獜獜，健也。」本三家《詩》。〇其人，謂古人君也。云「能有美德，盡其仁愛」，以釋經「美且仁」，言人君美仁若此，故百姓樂聞其令令之聲。此《傳》總釋全章之指，陳古義以風今時也。《孟子・梁惠王》篇：「今王田獵於此，百姓聞王車馬之音，見羽旄之美，舉欣欣然有喜色而相告曰：『吾王庶幾無疾病與？何以能田獵也？』此無他，與民同樂也。」《正義》引《孟子》以申述《傳》義，得其恉矣。

盧重環，【傳】重環，子母環也。**其人美且鬈。**【傳】鬈，好貌。【疏】《正義》云：「重環，謂環相重。子母環，謂大環貫一小環也。」〇「鬈」訓「好皃」，好謂容好也。《箋》：「鬈，讀當爲『權』。權，勇壯也。」《詩小學》云：「張參《五經文字》『攉』字注云：『從手作「攉」者，古拳握字。』鄭《箋》『攉』字从手，非从木。與捲勇、拳勇字同。」案《箋》本三家。「勇壯」與下章《箋》「多材」一律。《説文》引《詩》作「鬈」，而《手部》不録「攉」，從毛不從三家也。

盧重鋂，【傳】鋂，一環貫二也。**其人美且偲。**【傳】偲，才也。【疏】《正義》云：「『重鋂』與『重環』別，

『一環貫二』，謂一大環貫二小環也。《説文》亦云：『鋂，環也，一環貫二。』」今本《説文》作「鋂，大環」，段注云：「《玉篇》、《廣韻》皆云『大環』，《詩正義》删此『大』字。」奂案《正義》引《説文》亦以證鋂爲大環，由轉寫者奪「大」字耳，非删「大」字也。子母環爲重環，一環貫二爲鋂，故《傳》於環言重環，而於鋂不言重鋂。○偲、才疊韻爲訓。才，讀如「思馬斯才」之「才」。《駉》傳云：「才，多才也。」《釋文》引《説文》：「偲，彊也。」《廣雅》：「偲，佞也。」義竝相近。案此篇詩辭與《鄭風·叔于田》同：一章「其人美且仁」，猶言「洵美且仁」也；二章「其人美且鬈」，猶言「洵美且好」也；三章「其人美且偲」，猶言「洵美且武」也。彼《序》云：「叔多才而好勇。」

《敝笱》三章，章四句。

《敝笱》，刺文姜也。齊人惡魯桓公微弱，不能防閑文姜，使至淫亂，爲二國患焉。

敝笱在梁，其魚魴鰥。【傳】興也。鰥，大魚。**齊子歸止，其從如雲。**【傳】如雲，言盛也。【疏】《邶·谷風》傳：「笱，所以捕魚也。」敝笱，興魯桓公微弱。《傳》云「鰥，大魚」，王引之《詩述聞》云：「下章《傳》曰：『魴鱮，大魚。』此亦當云『魴鰥，大魚』。寫者脱去『魴』字耳。或曰：《傳》當作『鰥，魚』，無『大』字。按經云『其魚魴鰥』，則鰥之爲魚已明，何須又言『鰥，魚』乎？或説非。魴也，鰥也，魚之形體差大者，故曰大魚，非必盈車之魚而後謂之大也。」案王説是也。魴鰥、魴鱮，皆以喻文姜，故《傳》言「大」以明經之興義也。魴，鯿之類。鰥，未審何魚。《述聞》云：「鰥，即《爾雅》之『鯇』也。陳藏器《本草拾遺》曰：『鯇魚似鯉，生江湖閒。今楊州人謂之鯶子魚。聲如「混」，或如「袞」。』字又作『鯤』，潘岳《西征賦》：『弛青鯤於網鉅，解赬鯉於黏徽。』『鯤』與『鰥』古正同音。」○《南山》、《載驅》皆以「齊子」爲文姜。婦人謂嫁曰歸。《出其東門》、《韓奕》傳竝云：「如雲，言衆多也。」盛，亦衆多。下章「如雨，言多」、「如水，言衆」，皆盛也。孫毓云：「齊爲大國，初嫁寵妹，庶姜、庶士盛如雲雨，故妹來自由，桓公不能禁制。」《正義》引孫説申《傳》，謂其從者多强盛而難制。唯文姜歸魯之日，襄公未爲君，言寵妹則非也。攷桓三年《春秋》書「齊侯送姜氏于讙」，齊侯，僖公也。桓以弑兄簒國求昏于齊，而文姜又爲僖公寵女，親送之讙，嫁從之盛，驕伉難制。魯爲齊弱，由來者漸。及至桓十八年，文姜如齊，與襄公通，桓即斃於彭生之手。《序》云「不能防閑，使至淫亂」，則詩乃作於十八年後，而追刺其嫁時之盛爲淫亂之由，實始於微弱。陳啓源《稽古編》云：「笱之敝也，不敝於彭生乘公之日，而敝於子翬逆女之年。詩人推見禍本，故不於如齊刺之，而於歸魯刺之。恉深哉！」陳説得之矣。

敝笱在梁，其魚魴鱮。【傳】魴鱮，大魚。**齊子歸止，其從如雨。**【傳】如雨，言多也。【疏】「魴鱮，大魚」，《韓奕》「魴鱮甫甫」，《傳》云「甫甫然大」，亦謂魴鱮之大也。《箋》云：「鱮似魴而弱鱗。」《正義》引《義疏》云：「鱮似魴，厚而頭大，魚之不美者，故里語曰：『網魚得鱮，不如啗茹。』其頭尤大而肥者，徐州人謂之鰱，或謂之鱅。幽州人謂之鴞鳫，或謂之胡鱅。」○「雨」訓「多」，《雨無正》序云：「衆多如雨。」

敝笱在梁，其魚唯唯。【傳】唯唯，出入不制。**齊子歸止，其從如水。**【傳】水，喻衆也。【疏】《釋文》云：「《韓詩》『其魚遺遺』，言不能制也。」遺，亡也。不能制，即遺亡之意。《毛詩》「唯唯」即「遺遺」之假借。《玉篇》：「遺遺，魚行相隨。」《箋》：「唯唯，行相隨順之皃。」與《玉篇》同。此必齊、魯義，而於毛、韓亦未有異也。案詩三章皆言魚，魚陰，性淫。《傳》云「出入不制」者，興文姜之驕伉，以總釋全章之恉。《淮南子·兵略》篇「魚笱門」，高注云：「竹笱，所以捕魚。其門可入而不得出。」然則出入者，《傳》亦就笱以設喻也。○舊本《北堂書鈔·禮儀部五》引《傳》「如水，言衆者也」，者，衍字。此與「如雲，言盛也」、「如雨，言多也」一例，當據以訂正。今陳禹謨作「水喻衆」，改從誤本矣。《晉語》：「坎，水也，衆也。」韋注云：「《易》以坤爲衆，坎爲水，水亦衆之類。」案文姜之歸也，從之者有媵、娣、姪，《周語》云：「人三爲衆。」

《載驅》四章，章四句。

《載驅》，齊人刺襄公也。無禮義故。句。盛其車服，疾驅於通道大都，與文姜淫，播其惡於萬民焉。

載驅薄薄，簟茀朱鞹。【傳】薄薄，疾驅聲也。簟，方文席也。車之蔽曰茀。諸侯之路車，有朱革之質而羽飾。**魯道有蕩，齊子發夕。**【傳】發夕，自夕發至旦。【疏】薄之言迫也。薄薄，車箸地輕易之聲。《考工記》：「凡察車之道，欲其樸屬而微至。」鄭司農注云：「樸，讀如『子南僕』之『僕』。微至，謂輪至地者少，言其圜甚箸地者微耳。箸地者微則易轉。」案薄、樸聲相近。《傳》云「薄薄，疾驅聲」，「疾」與「迫」義亦相近，《序》所謂「疾驅於通道大都」也。詩刺襄公，故《傳》於下句「簟茀朱鞹」箸明爲諸侯之路車。○簟爲方文席，《正義》云：「簟字從竹，用竹爲席，其文必方，故云『方文席』也。」《斯干》箋云：「竹葦曰簟。」《爾雅·釋器》：「輿革前謂之鞎，後謂之茀。竹前謂之禦，後謂之蔽。」鞎、茀、禦、蔽皆前後闌車，其用革、用竹各有異名，此析言之也。渾言之，則茀、蔽不專稱輿後。《碩人》「翟茀」，《傳》云：「翟，翟車也。夫人以翟羽飾車。茀，蔽也。」茀即笭，翟羽即覆笭之幦之飾，當指輿前者言。此「簟茀」，《傳》云：「車之蔽曰茀。」無飾，當指輿後者言。《說文》云：「笭，籯也。」「籯，笭也。」「篚，車笭也。」「籠，一曰笭也。」此異名同物。闌車有蔽，前後皆有，而制不同耳。云「諸侯之路車，有朱革之質而羽飾」者，《傳》雖釋經「朱鞹」，而義可互見。簟茀，亦諸侯之路車。《采芑》「路車有奭，簟茀魚服」，其義證也。朱鞹亦茀也，在輿前蔽，李巡云「輿前以革爲車飾」是也。《傳》以朱鞹爲朱革，又言朱革爲質而飾之以羽，爲諸侯路車之制如此。《藝文類聚・舟車部》引《白虎通義》云：「天子大路，諸侯路車，大夫軒車，士飾車。」案《說文》：「軒，曲輈藩車也。」軒車闕南方，前面無蔽，蔽在車兩旁，故又謂之藩車。唯路車前後皆有蔽，其後蔽以竹爲之，無飾，詩謂之簟茀，其前蔽亦以竹爲之，覆之以染朱革，而又飾之以羽，此即路車覆笭之幦歟。《巾車》：「王之喪車五乘，皆有蔽𧝏飾。」蔽在後，𧝏即幦也。在前飾即幦之飾，其制略相似也。路車有覆笭之幦，而無覆軾之文皮，《玉藻》云「乘路車不式」是也。覆式，見《韓奕》傳。○《南山》傳云：「蕩，平易也。」《傳》於下章「齊子」爲文姜，則此「齊子」與《南山》同。發夕，夕發也。《東方之日》傳：「發，行也。」經言夕，不言旦，《傳》云「自夕發至旦」，以言終夕在道也。《釋文》引《韓詩》：「發，旦也。」「發」訓「明」，發夕爲旦夕。《易林・屯》、《蹇》、《升》、《中孚》云：「齊子旦夕，留連久處。」本《韓詩》也。

四驪濟濟，垂轡濔濔。【傳】四驪，言物色盛也。濟濟，美貌。垂轡，轡之垂者。濔濔，衆也。**魯道有蕩，齊子豈弟。**【傳】言文姜于是樂易然。【疏】四驪，四馬皆驪。物色盛，謂馬物之色盛也。濟濟，猶齊齊也。《車攻》「我馬既同」，《傳》：「同，齊也。」「美」與「齊」義亦相近。《蓼蕭》傳：「鋚革，轡首垂也。」沖沖，垂飾皃。」此《傳》云「垂轡，轡之垂者」，正謂鋚也。《釋文》：「爾爾，本亦作『濔濔』。」猶《新臺》「瀰瀰」今作「濔濔」，皆爲後人增益偏旁耳。《說文》「爾」下云：「其孔㸚㸚。」爾爾猶㸚㸚，「衆」之意。《干旄》傳云：「四馬六轡，所謂衆也。」《玉篇》：「𦀗，乃米切。轡垂皃。」疑出三家《詩》。○《傳》釋「豈弟」爲「樂易」，《蓼蕭》、《旱鹿》、《泂酌》同。上章就文姜行會襄公而言，此章就文姜與襄公會遇而言，下文翱翔、游敖皆樂易也。《爾雅・釋言》：「豈弟，發也。」正釋此章「豈弟」，與上章同義。郭注云：「發，發行也。」《玉篇》：「發，駕車也。」「發」亦「樂易」之意也。《箋》：「豈弟，讀爲闓圛。圛，明也。」與《韓詩》同義。

汶水湯湯，行人彭彭。【傳】湯湯，大貌。彭彭，多貌。**魯道有蕩，齊子翱翔。**【傳】翱翔，猶彷徉也。【疏】《漢書·地理志》：「琅邪郡朱虚東泰山，汶水所出。東至安丘入濰。泰山郡萊蕪原山，《禹貢》汶水出，西南入泲。桑欽所言。」案泲即濟，東泰山即沂山，其水今亦謂之東汶水，班以出萊蕪者爲《禹貢》之汶水，蓋即《詩》之汶水也。《水經·汶水》注云：「汶水南逕鉅平縣故城東而西南流，城東有魯道，《詩》所謂『魯道有蕩，齊子由歸』者也。今汶上夾水有文姜臺。汶水又西南流，《詩》云『汶水滔滔』矣。」攷鉅平在今山東兖州府寧陽縣東北，春秋時魯之成邑，此齊入魯境之處。當時相傳或有依據。《正義》云：「魯在汶側，齊在魯北，水北曰陽。僖元年《左傳》稱公賜季友汶陽之田，當齊襄公之時，汶水之北尚是魯地。」又云：「襄公入於魯境往會文姜，此篇所陳，蓋是莊公時事。」○《堯典》「湯湯洪水」，洪亦大也。彭，讀如旁。此彭彭、儦儦分章與《清人》旁旁、儦儦分章同。儦儦，猶麃麃；彭彭，猶旁旁矣。《傳》云「多」者，君行師從也。翱翔雙聲，彷徉疊韻。哀十七年《左傳》：「横流而方羊。」《漢書·司馬相如傳》：「消摇乎襄羊。」《禮樂志》：「郊祀歌周流，常羊思所并。」《後漢書》：「張衡《思玄賦》：『悵相佯而延佇。』」《文選》宋玉《風賦》：「倘佯乎中庭。」竝與「彷徉」同。《廣雅》云：「翱翔，浮游也。」

汶水滔滔，行人儦儦。【傳】滔滔，流貌。儦儦，衆貌。**魯道有蕩，齊子遊敖。**【疏】湯湯言大，滔滔言流，《傳》互文也。《四月》：「滔滔，大水皃。」《江漢》：「滔滔，廣大皃。」是滔滔亦大也。《説文》：「儦儦，行皃。」《傳》云「衆」者，謂行人衆也。遊敖，猶敖遊也。《釋名》云：「翱，敖也。言敖遊也。翔，佯也。言彷徉也。」是「遊敖」與「翱翔」同義。

《猗嗟》三章，章六句。

《猗嗟》，刺魯莊公也。齊人傷魯莊公有威儀技藝，然而不能以禮防閑其母，失子之道，人以爲齊侯之子焉。【疏】吴惠士奇《春秋説》云：「莊四年春二月，夫人姜氏饗齊侯于祝丘。其年冬，公及齊人狩于禚，齊有《猗嗟》之詩，爲莊公狩而作也。」

猗嗟昌兮，頎而長兮。【傳】猗嗟，歎辭。昌，盛也。頎，長貌。**抑若揚兮，**【傳】抑，美色。揚，廣揚。**美目揚兮。**【傳】好目揚眉。**巧趨蹌兮，**【傳】蹌，巧趨貌。**射則臧兮。**【疏】猗，猶噫也。單言猗，絫言猗嗟，故《傳》於《那》之「猗」與此「猗嗟」竝云「歎辭」也。辭，當爲「詞」。「昌」訓「盛」，謂容貌盛也。「頎，長皃」，《碩人》同。頎而，《正義》本作「頎若」，云：「若，猶然也。」引《史記·孔子世家》稱「孔子頎然而長」，是之爲長皃也。若者，狀事之詞。頎若，頎然也；抑若，抑然也。《氓》傳：「沃若，猶沃沃然也。」是「若」與「然」同義矣。《玉篇》：「抑，美也。」《烝民》傳：「懿，美也。」抑、懿古同聲。《傳》云：「抑，美色。」「色」疑「皃」之誤。《釋文》作「美色皃」，「色」字衍也。云「揚，廣揚」者，謂廣闊揚起顙頟之際也。蓋揚之爲言上也。於目曰揚目，於眉曰揚眉，又引申之，則眉以上皆得稱揚矣。《君子偕老》傳云：「揚，眉上廣。」又云：「揚且之顔，廣揚而顔角豐滿。」皆其義也。《君子偕老》正義引此《傳》作「揚，揚廣」，誤。案此三句皆歎美莊公之容貌。下文言美目，乃爲善射張本。○《後箋》云：「《方言》：『盱、揚，雙也。驢瞳子，燕、代、朝鮮、洌水之閒曰盱，或謂之揚。』郭注：『盱，舉眼也。揚，《詩》曰：「美目揚兮。」』是也。毛《傳》云『好目揚眉』者，揚眉，猶言盱衡。《漢書·王莽傳》：『盱衡，厲色。』李善注《文選》引《漢書音義》曰：『眉上曰衡，謂舉眉揚目也。』然則毛《傳》正以揚眉形目美，謂好目於揚眉見之，故美目謂之揚，揚屬目不屬眉。」奂案《玉篇》：「眻，美目。」疑出三家《詩》，亦但屬目說。《說文》：「蹌，動也。」蹌，猶蹌蹌。《楚茨》傳：「蹌蹌，言有容也。」經言「巧趨」，故云：「蹌，巧趨皃。」美目、巧趨，皆謂莊公出射時也。○射，鄉射也。臧，善也。《春秋》「狩禚」，《公》、《穀》皆作「郜」。范甯注云：「郜，齊地。」是時魯莊公忘父之讎，入齊之竟，乃與齊侯狩，故齊人得熟觀審悉如此其備。《儀禮·鄉射·記》：「於竟，則虎中龍旜。」鄭注云：「於竟，謂與鄰國君射也。」此即君與君行鄉射之義證。狩而射者，若《小雅·車攻》先言「狩」而後言「射」之例。但《車攻》篇「射」爲大射。或者天子與諸侯行大射，君與君行鄉射歟？《詩》可以補《禮》之闕。

猗嗟名兮，美目清兮。【傳】目上爲名，目下爲清。**儀既成兮，終日射侯，不出正兮，**【傳】二尺曰正。**展我甥兮。**【傳】外孫曰甥。【疏】《爾雅·釋訓》：「猗嗟名兮，目上爲名。」《傳》所本也。上章《傳》云「好目揚眉」，所謂「目上」也，則「名兮」即上文之「揚兮」矣。《爾雅》但釋《詩》之「名」，《傳》又增成其義，云「目下爲清」。案經中「美目」二字通上下句，承上「名兮」，又生下「清兮」，名與清皆美目也。下章云「舞則選兮，射則貫兮」，「射」字亦通上下句，舞與貫皆射也。《詩》辭中多有此例。《後箋》云：「目上目下，當讀爲『視不上於袷』之『上』、『不下於帶』之『下』，謂目之仰視俯視也。爲名爲清，即所謂視容清明也。下文『儀既成兮，終日射侯，不出正兮』，故先言目之名兮、清兮，蓋形容其射時審固之狀。『名』與『明』通。《檀弓》：『子夏喪其子而喪其明。』注云：『明，目精。』《冀州從事郭君碑》：『卜商號咷，喪子失名。』何超《晉書音義》云：『名，目也。』此固不誤。又引《玉篇》云：『《詩》：「猗嗟顯兮。」顯，眉目閒也。本亦作「名」。』此則非是。如云『喪子失名』，豈得謂失其眉目閒乎？《西京賦》：『眳藐流眄，一顧傾城。』『眳』與『名』同。眳藐雙聲，即《方言》『黸瞳子謂之矊』。郭注謂『矊藐』者，矊藐猶眳藐也。薛綜注《西京賦》云：『眳，眉睫之閒。藐，好視容也。』二字分釋，誤矣。至『目下爲清』，即『清揚』之『清』。彼『清』與『揚』對，揚爲舉目，則清爲低目。此『清』與『名』對，名爲上視，則清爲下視，其義一也。」○儀，容儀，射五善之一也。《韓詩外傳》云：「景公以爲儀而射之，穿七札。」是其義也。《傳》云「二尺曰正」者，《周禮·射人》：「王以六耦射三侯，五正。諸侯以四耦射二侯，三正。孤卿大夫以三耦射一侯，二正。士以三耦射豻侯，二正。若王大射，則以貍步張三侯。」鄭司農注云：「三侯，虎、熊、豹也。正，所射也。《詩》云：『終日射侯，不出正兮。』」《司裘》：「王大射，則共虎侯、熊侯、豹侯，設其鵠。諸侯則共熊侯、豹侯。卿大夫則共麋侯。皆設其鵠。」鄭司農注云：「鵠，鵠毛也。方十尺曰侯，四尺曰鵠，二尺曰正，四寸曰質。」案司農以《射人》之「三侯」謂即《司裘》虎、熊、豹設鵠之侯，凡侯皆有鵠也。《考工記》：「梓人爲侯，廣與崇方，參分其廣而鵠居一焉。張皮侯而棲鵠，則春以功。張五采之侯，則遠國屬。」皮侯，虎、熊、豹三皮之侯也。五采之侯，五正之侯也。大射張皮侯，棲鵠，不設正；禮射設采侯，皆棲鵠，又設正，故司農以爲一侯之身設四尺之鵠，二尺之正四寸之鵠。是正、鵠皆在一侯也。《賓之初筵》正義引馬融注《周禮》及王肅引《小爾雅》，竝與司農同。後鄭據《司裘》言鵠、《射人》言正，遂以皮侯謂有鵠而無正，五采之侯謂有正而無鵠，其《射人》注云：「畫五正之侯，中朱，次白，次蒼，次黃，玄居外。三正，損玄、黃。二正，去白、蒼而畫以朱、綠。其外之廣，皆居侯中參分之一，中二尺。」《梓人》注云：「正之方外如鵠，內二尺。五采者，內朱，白次之，蒼次之，黃次之，黑次之。其侯之飾，又以五采畫雲氣焉。」後鄭謂正外如鵠，正內二尺，則正方不止二尺，與毛《傳》「二尺曰正」之說不同。今細覈之，《司弓矢》「射椹質」，注：「質，正也。樹椹以爲射正。」《弓人》「利射革與質」，注：「質，木椹也。」正方二尺，二尺之邊當有木榦，其中設布，畫以五采、三采、二采不等。《車攻》傳云：「裘纏質以爲槸。」槸，門橜也，在門中央。田車之輪六尺有三寸，軹崇三尺一寸有半，其任正之與槸相去一尺一寸有半，其廣亦然。門槸高二尺，又有裘以纏之，其高僅二尺餘，田車之輪乃可過也。若謂正大如鵠，侯中丈八尺者，鵠方六尺；侯中丈四尺者，鵠方四尺六寸大半寸；侯中一丈者，鵠方三尺三寸少半寸，則高於田車之軹，礙於任正，豈能通行？據彼《傳》云「以質爲槸」，正爲二尺，是其古制，儒家皆不能詳言之矣。又賈逵注《周禮》云：「四尺曰正，正五重，鵠居其內，而方二尺以爲鵠。」賈謂正、鵠俱在一侯，與鄭司農同。而云四尺曰正，正大於鵠，與古說乖戾。《射人》注：「今儒家云：『四尺曰正，二尺曰鵠。』此說失之。」是也。賈景伯、鄭仲師竝治《毛詩》，而其說不同若此。○《正義》云：「《傳》言『外孫曰甥』者，王肅云：『據外祖以言也。』謂不指襄公之身，總舉齊國爲信。若《箋》云『姊妹之子爲甥』，則直指襄公之身言之，而其謂魯莊爲齊甥，無二義也。」《箋》又云：「展，誠也。此誠我齊之甥。言誠者，距時人言『齊侯之子』。」案《春秋》：「桓六年九月丁卯，子同生。」《穀梁傳》：「疑，故志之。時曰：同乎人也。」范注云：「時人僉曰：『齊侯之子，同於他人。』」莊元年《公羊傳》：「夫人譖公於齊侯，公曰：『同非吾子，齊侯之子也。』」徐疏云：「夫人加誣此言。」然則「齊侯之子」一語，實始於文姜之譖。於是人言藉藉，播惡萬民。此詩《序》亦云「人以爲齊侯之子」者，從時人之口，爲刺譏之詞。詩中皆齊人述敘莊公有「展我甥兮」之語。惠士奇云：「夫子删《詩》存之，與書『子同生』一例。」

猗嗟孌兮，【傳】孌，壯好貌。**清揚婉兮。**【傳】婉，好眉目也。**舞則選兮，射則貫兮。**【傳】選，齊；貫，中也。**四矢反兮，以禦亂兮。**【傳】四矢，乘矢。【疏】《泉水》、《侯人》傳：「孌，好皃。」此云「壯，好皃」者，莊公生於魯桓公六年。即位四年狩禚，年十七歲矣，身已逾冠故也。《經義襍記》云：「《傳》本作『清揚婉兮，好眉目也』。以婉爲好，以清揚爲眉目之閒。」《後箋》云：「『清揚婉兮』乃總上二章『揚兮』、『清兮』而言。婉者，好也，皆謂目之好。毛云『婉，好眉目』者，渾言之。其實揚眉即揚目耳。《正義》云：『眉毛揚起，故名眉爲揚。』非毛意也。」案《野有蔓草》傳義同。○舞，亦射也。《周禮》：「鄉大夫之職，以鄉射之禮五物詢衆庶，一曰和，二曰容，三曰主皮，四曰和容，五曰興舞。」五者皆是鄉射之禮，古以此興民賢能。詩歌此以覘魯莊技藝，下句言「貫」即主皮，則此句言「舞」爲興舞也。《論語・八佾》篇「射不主皮」，馬融注云：「射有五善焉：一曰和，志體和；二曰容，有容儀；三曰主皮，能中質；四曰和頌，合雅頌；五曰興武，武與舞同。」王引之《周禮述聞》云：「《大司樂》：『大射，王出入，令奏《王夏》。及射，令奏《騶虞》，詔諸侯以弓矢舞。』《樂師》：『燕射，帥射夫以弓矢舞。』則射時有以弓矢舞之禮。以《大司樂》考之，舞當在歌樂之時。歌詠其聲，舞動其容也。鄉射歌《騶虞》以射，與王大射同，則射夫亦當以弓矢舞，故曰興舞。」據王説，則興舞爲弓矢舞，爲射五善之一，與詩義正合。選者，「纂」之假借字。鄭注《樂記》云：「綴，謂酇舞者之位也。」「酇」與「纂」通。選者，正其舞位之謂。齊者，正也。舞位正，則與樂節相應。《文選》陸機《樂府》、傅毅《舞賦》注引：「《韓詩》『舞則纂兮』，《薛君章句》云：『言其舞應雅樂也。』」毛、韓義正相成也。貫，今「串」字，古作「毌」、作「貫」者，假借字。「貫」訓「中」，「中」與「得」同義，則中即獲也。《鄉射禮》：「釋獲，司射命曰：『不貫不釋。』」言不中則不釋算，即此詩「貫」字義也。貫是主皮，主皮亦爲射五善之一。《鄉射・記》云「禮，射不主皮」者，不貫革耳，非不中革之謂也。解者或失之。○《鄉射禮》言「乘矢」者共十有一，《傳》以「四矢」爲「乘矢」，本《鄉射禮》文也。鄭注云：「乘矢，四矢也。」《箋》云：「反，復也。禮，射三而止。每射四矢，皆得其故處，此之謂復。」《後箋》云：「得其故處，當即五射所謂參連也。《釋文》引《韓詩》『反』作『變』，云：『變易。』《周禮・保氏》：『五射，五曰井儀。』賈疏云：『四矢貫侯，如井之儀。』此於《韓詩》『變易』之義爲近。然此義上章『不出正兮』已足該之，必如《箋》説，乃爲更進一義耳。」禦，《儀禮・大射》注及《鄉射》疏引《詩》作「御」。御，止也。「以御亂兮」，美莊公之善射，可以止亂也。

詩毛氏傳疏卷九

魏葛屨詁訓傳弟九　毛詩國風

魏國七篇，十八章，百二十八句。【疏】《漢書·地理志》：「河東郡河北，《詩》魏國。」案魏在商爲芮國地，與虞争田，質成於文王。至武王克商，封姬姓之國，改號曰魏。春秋魯閔公二年，周惠王之十七年也，晉獻公滅魏。今山西解州芮城縣是其地也。

《葛屨》二章，一章六句，一章五句。

《葛屨》，刺褊也。魏地陿隘，其民機巧趨利，其君儉嗇褊急，而無德以將之。

糾糾葛屨，可以履霜。【傳】糾糾，猶繚繚也。夏葛屨，冬皮屨。葛屨非所以履霜。**摻摻女手，可以縫裳。**【傳】摻摻，猶纖纖也。婦人三月廟見，然後執婦功。**要之襋之，好人服之。**【傳】要，褄也。襋，領也。好人，好女手之人。【疏】糾糾、繚繚，古今語。凡屨皆有綦，經言糾糾，《傳》言繚繚，皆謂綦之狀也。云「夏葛屨，冬皮屨」者，《士冠禮》：「屨，夏用葛。冬，皮屨可也。」又《士喪禮》：「夏葛屨，冬白屨。」《周禮》：「屨人掌王及后之服屨，爲素屨、葛屨。」素者，白也。白屨、素屨，皆即皮屨。據此，則婦人亦用皮屨、葛屨耳。云「葛屨非所以履霜」者，今葛屨履霜，是褊也。○糾、繚同義。摻、纖不同義。「糾糾，猶繚繚」，以今語通古語。「摻摻，猶纖纖」，則以今義通古義也。《文選》古詩「纖纖出素手」李注引：「《韓詩》『纖纖女手』，薛君云：『纖纖，女手之貌。』」《説文》、《玉篇》引《詩》竝作「攕攕」，疑「纖纖」皆即「攕攕」之誤。女者，未成婦之稱。《有狐》傳：「在下曰裳，所以配衣也。」今女手縫裳，是亦褊也。《禮記·曾子問》篇：「孔子曰：『三月而廟見，稱「來婦」也。』」隱八年《左傳》：「鄭公子忽先配而後祖，鍼子曰：『是不爲夫婦，誣其祖矣。』」孔疏云：「賈逵以配爲成夫婦也。禮齊而未配，三月廟見，然後配。鄭衆以配爲同牢食也。先食而後祭祖，無敬神之心，故曰『誣其祖』也。」《禮記》孔疏云：「賈、服之義，大夫以上無問舅姑在否，皆三月見祖廟，之後乃始成昏。故譏鄭公子忽先爲配匹乃見祖廟。」《列女傳》：「宋恭伯姬三月廟見，當行夫婦之道。齊孝孟姬三月廟見，而後行夫婦之道。」《白虎通義·嫁娶》篇：「婦入三月，然後祭行。舅姑既没，亦婦入三月奠采于廟。三月一時，物有成者，人之善惡可得知也，然後可得事宗廟之禮。」何休注莊二十四年、成九年《公羊傳》與《通義》同。然則大夫以上三月廟見成昏，與士當夕成昏禮異。漢人傳注皆同，唯鄭説不同。鄭《駮異義》云：「昏禮之暮，枕席相連。」《曾子問》疏云：「如鄭義，則從天子以下至於士，皆當夕成昏。舅姑没者，三月廟見，故鄭成九年注云：『致之使孝，非是始致於夫婦也。』又鄭隱八年注云：『祖，爲祖道之祭。』是皆當夕成昏也。」案毛《傳》雖無明文，然《草蟲》「未見君子，憂心忡忡」，《傳》云：「婦人雖適人，有歸宗之義。」謂未三月未成婦，有歸宗義。是大夫以上皆三月成婦也。此《傳》云「三月廟見，然後執婦功」，亦謂未三月未成婦，不執婦功也。庶人深衣無裳，而首章言「縫裳」，下章「佩其象揥」，亦是大夫攝盛之禮，則此詩亦不指士庶以下也。《箋》云：「未三月，未成爲婦。」此鄭本古説。○《傳》訓「要」爲「䙅」，《小箋》云：「䙅，當作『要』。謂此『要』乃人衣帶下之『要』，非人身『要領』之『要』。古人傳注有此義例。案《説文·臼部》『𦥔，身中也。古文作「𡣐」。』今隸變作『要』。衣帶下掩裳上際。帶下適當身中，則裳上際爲身中矣。《詩》之『要』謂裳也。」《釋文》、《正義》據《傳》文「領」上有「衣」字。《説文》：「襋，衣領也。《詩》曰：『要之襋之。』」許説正本《傳》訓。《正義》云：「上云『女手』，此云『好人』，故云：『好人，女手之人。』今定本云『好人，好女手之人』者，義亦通。」《小箋》從《正義》本，不從定本，是也。案此即承上文之意，要冡裳而申言之，襋又因要而連言之。服，讀如「服之無斁」之「服」。服之，猶縫之也。《葛覃》傳云：「大夫命婦成祭服，士妻朝服，庶士以下各衣其夫。」

好人提提，宛然左辟，佩其象揥。【傳】提提，安諦也。宛，辟貌。婦至門，夫揖而入，不敢當尊，宛然而左辟。象揥，所以爲飾。**維是褊心，是以爲刺。**【疏】《爾雅》：「媞媞，安也。」《説文》：「媞，諦也。」媞媞，本字；提提，假借字。安、諦同義也。《淮南子·説林》篇「提提者射」，高注云：「提提，安也。」亦假「提」爲「媞」也。《爾雅》邢疏、《楚辭》東方朔《七諫》注引《詩》作「媞媞」。○「宛」有「委曲順從」之義，故云「辟皃」。《禮記·昏義》：「降出，御婦車，而壻授綏，御輪三周，先俟于門外。婦至，壻揖婦以入。」孔疏云：「婦至，壻揖婦以入者，謂婦至壻之寢門，壻揖以婦入，則稍西避之，故《魏詩》云：『宛然左辟。』謂此時也。」《士昏禮》：「壻乘其車，先俟于門外。婦至，主人揖婦以入。及寢門揖入，升自西階。」案門，壻家大門。此《傳》云「婦至門，夫揖而入」者，蓋自大門至寢門，每門皆揖也。云「不敢當尊」者，辟不敢當夫之揖。婦始至，未成婦，就客位，居西。升就西階則尚左手，故宛然而左辟。象揥，與《君子偕老》「象揥」同。象揥，所以擿髮，亦所以爲飾。本爲夫人所服，此或嫁時攝盛歟。佩，猶飾也。

《汾沮洳》三章，章六句。

《汾沮洳》，刺儉也。其君子儉以能勤，刺不得禮也。【疏】《釋文》及崔《集注》「君」下有「子」字。《正義》云：「王肅、孫毓皆以爲大夫采菜。」則王、孫據亦有「子」字也。

彼汾沮洳，言采其莫。【傳】汾，水也。沮洳，其漸洳者。莫，菜也。**彼其之子，美無度。美無度，殊異乎公路。**【傳】路，車也。【疏】《傳》以汾爲水名。《地理志》：「大原郡汾陽北山，汾水所出，西南至汾陰，入河。」《説文》或説、《周禮·職方氏》注皆謂汾水出汾陽，郭璞注《山經》、高誘注《淮南》皆謂汾陰爲汾水入河處，竝與《志》合。汾陽，今山西忻州静樂縣。汾陰，漢屬河東郡，今山西蒲州府滎河縣。朱右曾《詩地理徵》云：「蒲坂爲魏地，北接汾陰，《譜》言『魏境北涉汾水』，《正義》曰：『其境踰汾。』攷《水經注》：『汾水西逕耿鄉城北。』古耿城，在河津縣東南十二里，自河津縣西南至滎河縣九十里。河津爲耿地，則魏境不得踰汾矣。班固引《詩》但稱『汾曲』之句，此最精於地理：一曲者，汾水入河之處，稍折而西南，自南望之，爲汾曲也。」案朱説是也。《地理志》云：「魏在晉之南河曲，其詩曰：『彼汾一曲，寘諸河之側。』」蓋汾，晉水也。魏北汾，西河。汾逕西南以入於河，則汾曲即河曲矣。西境，言河。北境，則言汾耳。魏都其蒲坂已爲魏之北境，蒲州至滎河縣百二十里，汾水尚在縣北。舉汾言者，《水經》：「河水南出龍門口，汾水從東來注之。」其自龍門以至華陰，皆汾水入河所會流，故詩舉晉水爲言，其實魏無汾也。云「沮洳，其漸洳者」，沮、漸一語之轉。《列女傳·仁智》篇：「河潤九里，漸洳三百步。」《漢書·東方朔傳》：「塗者，漸洳徑也。」《廣雅·釋詁》：「漸洳，溼也。」洳，《説文》作「[illegible]」。桓三年《左傳》：「曲沃武公伐翼，逐翼侯於汾隰。」杜注：「汾隰，汾水邊。」《史記・晉世家》作「汾旁」。汾沮洳，猶之汾隰、汾旁矣。莫爲菜名，《正義》引《義疏》云：「莫，莖大如箸，赤節，節一葉，似柳葉，厚而長，有毛刺。今人繅以取繭緒，其味酢而滑。始生，可以爲羹，又可生食。五方通謂之『酸迷』，冀州人謂之『乾絳』，河汾之閒謂之『莫』。」案彼汾采菜，箸能勤也。下文乃刺其儉不得禮。○之子，庰在位之君子，乘公路者也。度，讀「予忖度之」之「度」。《箋》云：「美無有度，言不可尺寸。」《傳》釋「路」爲「車」，公路，公車也。《周禮・巾車》：「掌公車之政，令天子之路有車右。諸侯亦然。」公車，公之車右也。天子戎右，中大夫二人。諸侯降於天子，其戎右當下大夫爲之。戎右，即車右也。《坊記》：「子曰：『君不與同姓同車，與異姓同車不同服。』」注：「僕右恒朝服。」孔疏云：「僕及車右身衣朝服，其朝服之內則有虎裘、狼裘。」《玉藻》：「君之右虎裘，厥左狼裘。」是也。然則君之車右必衣顯服。詩言「殊異乎公路」，殊，亦異也。乎，猶於也。謂異於將公之車者，所以刺儉也。下「公行」、「公族」同。《韓詩外傳》引《詩》「殊異乎公行」、「殊異乎公族」，殊異爲超尊，似與「刺儉」不合矣。《箋》據《左傳》晉有公族、公行之官與此詩文同，遂以首章「公路」謂若「晉趙盾爲秏車之族」。今宣二年《左傳》作「旄車」。毛《傳》不必據《左傳》晉官爲說。

彼汾一方，言采其桑。彼其之子，美如英。【傳】萬人爲英。**美如英，殊異乎公行。**【傳】公行，從公之行也。【疏】方，猶旁也。《箋》云：「采桑，親蠶事也。」○《正義》引《尹文子》「萬人爲英」、《繁露・爵國》、《淮南・泰俗》說「英」，竝與《傳》同。《禮記・禮運》疏及宣十五年《左傳》疏引《辨名記》：「千人曰英。」《白虎通義》：「《別名記》：『千人曰英。』」《辨名記》即《別名記》，古文《記》二百十四篇之一也。此與《傳》異。行，讀如字。云「從公之行」者，《典路》：「凡會同、軍旅、弔于四方，以路從。」

彼汾一曲，言采其藚。【傳】藚，水舄也。**彼其之子，美如玉。美如玉，殊異乎公族。**【傳】公族，公屬。【疏】一曲，猶一方也。《爾雅》：「蕢，牛脣。」郭注云：「《毛詩傳》曰：『水舄也。』如續斷，寸寸有節，拔之可復。」又「蕍蕮」注云：「今澤蕮。」郭引毛《傳》「水舄」如續斷草，不謂澤蕮。《正義》引《義疏》云：「今澤蕮也。其葉如車前草大，其味亦相似。」《神農本草》：「澤瀉，一名水瀉。」《本草圖經》云：「春生，苗多在淺水中，葉似牛舌草，獨莖而長。秋時開白花作叢，似穀精草。《爾雅》謂之蕍。」是澤瀉與續斷異狀矣。《傳》釋「蕢」不云「牛脣」，而云「水舄」。水舄，或即《爾雅》之「蕮」也。《説文》：「蕢，水舄。」許從毛也。則是蕢也、牛脣也、蕍也、蕮也、水舄也、澤瀉也，六名一物也。水舄，草生沮洳澤中，可作菜，《義疏》云「徐州廣陵人食之」是也。俗作「蕮」、作「瀉」。○《傳》云「公族，公屬」，屬謂屬車也。

《園有桃》二章，章十二句。

《園有桃》，刺時也。大夫憂其君，國小而迫，而儉以嗇，不能用其民，而無德教，日以侵削，故作是詩也。

園有桃，其實之殽。【傳】興也。園有桃，其實之食。國有民，得其力。**心之憂矣，我歌且謠。**【傳】曲合樂曰歌，徒歌曰謠。**不我知者，謂我士也驕。彼人是哉，子曰何其。**【傳】夫人謂我欲何爲乎。**心之憂矣，其誰知之？其誰知之，蓋亦勿思。**【疏】殽，古作「肴」，《賓之初筵》箋云「凡非穀而食之曰肴」是也。《傳》意合下章以明經之興義。云「園有桃，其實之食。國有民，得其力」者，言桃不言棘，言食不言肴，皆互詞。園之有桃、棗，以興國之有民。桃、棗實可爲肴、食，以興下民之力得爲國用，所謂「能用其民」也，所以刺不能用其民而無德教之意。○「曲合樂曰歌」，釋「歌」字。《周語》：「瞽獻曲。」韋注云：「曲，樂曲。」此「曲」之義也。「徒歌曰謡」，釋「謡」字。《爾雅·釋樂》：「徒歌謂之謡。」此《傳》所本也。《説文》：「䚻，徒歌。」䚻，古「謡」字，今字通作「謡」。《初學記·樂部上》引：「《韓詩章句》云：『有章曲曰歌，無章曲曰謡。』」章，樂章也。無章曲，所謂徒歌也。《正義》云：「此文『歌』、『謡』相對，謡既徒歌，則歌不徒矣。《行葦》傳曰：『歌者，合於琴瑟也。』」案《行葦》傳作「比於琴瑟」，孔依此《傳》言合樂，意改之耳。《廣韻·四宵》：「繇，喜也。」引《詩》「我歌且繇」，或義本三家《詩》。不我知，不知我也。驕，驕慢也。云「夫人謂我欲何爲乎」者，「夫人」釋「彼人」，經言「子曰」，《傳》云「謂我」，即冡上文兩「我」字説下。「何爲乎」釋「何其」，其，語助也。言夫人自爲是，反謂我歌謡何爲也。「蓋」與「盍」同。盍，何也，亦語助之詞。「蓋亦勿思」，何勿思也，言勿思侵削之由。

園有棘，其實之食。【傳】棘，棗也。**心之憂矣，聊以行國。不我知者，謂我士也罔極。**【傳】極，中也。**彼人是哉，子曰何其。心之憂矣，其誰知之？其誰知之，蓋亦勿思。**【疏】《説文》：「樲，酸棗。」「棘，小棗叢生者。」《傳》以「棗」釋「棘」，則小棗而非酸棗矣。《孟子·告子》篇：「養其樲棘。」趙注云：「樲棘，小棘，所謂酸棗也。」渾言無别爾。○聊，願也。行，猶去也。願去其國，與「逝將去女，適彼樂國」同意。《氓》「士也罔極」，《傳》亦云：「極，中也。」

《陟岵》三章，章六句。

《陟岵》，孝子行役，思念父母也。國迫而數侵削，役乎大國，父母兄弟離散，而作是詩也。【疏】

「國迫而數侵削」，《釋文》、《正義》本及《御覽·人事部五十二》竝作「國小而迫，數見侵削」。《園有桃》及《檜·羔裘》、《浮游》皆云：「國小而迫。」

陟彼岵兮，瞻望父兮。【傳】山無草木曰岵。**父曰嗟予子，行役夙夜無已。上慎旃哉，猶來無止。**【傳】旃，之；猶，可也。父尚義。【疏】《爾雅·釋山》：「多草木，岵。無草木，峐。」《傳》與《爾雅》正相反。《正義》以爲轉寫之誤。《説文》、《釋名》竝與《爾雅》同，與毛《傳》異。《説文注》云：「《毛詩》所據爲長。岵之言瓠落也，屺之言荄滋也。岵有陽道，故以言父。無父，何怙也？屺有陰道，故以言母。無母，何恃也？毛又曰：『父尚義，母尚恩。』則屬辭之意可見矣。」案《唐語林》：「施士丐説：『山無草木曰岵，所以言「陟彼岵兮」，言無可怙也。❶以岵之無草木，故以譬之。』」此可爲毛《傳》之確證。○「父曰嗟予子」、「母曰嗟予季」、「兄曰嗟予弟」，皆五字句。《小箋》云：「子與已、止韻。季與寐、棄韻。弟與偕、死韻。」案崑山顧炎武句讀已如此。夙夜，早夜也。無，猶不也。已，止也。《北山》篇「或不已于行」，《箋》云：「不已，猶不止。」義與此同。上，讀爲「尚」，《毛詩》作「上」，洪适《隸釋》引《魯詩》石經殘碑作「尚」。尚，庶幾也。慎，誠也。旃、之聲相轉，之即至也。「尚慎旃哉」，言庶幾乎其誠至也。「猶，可」，《白華》同。《爾雅》：「猷、肎，可也。」「猷」與「猶」同。《説文》：「可，肎也。」可爲肎，肎亦爲可，則猶來即肎來矣。《相鼠》「人而無止」，《傳》：「止，所止息也。」此「無止」亦是無所止息，有戒勉之意，故《傳》釋經云「父尚義」也。猶來，思歸也。無止，勿止也。思歸者，篤於性也。勿止者，勸以義也。

---

❶「怙」，原作「岵」，據中國書店影印武林愛日軒刻本、徐子静本、《清經解續編》本改。

陟彼屺兮，瞻望母兮。【傳】山有草木曰屺。母曰嗟予季，行役夙夜無寐。【傳】季，少子也。無寐，無耆寐也。上慎旃哉，猶來無棄。【傳】母尚恩也。【疏】屺，今《爾雅》作「峐」。己聲、亥聲同在之咍部。《三蒼》、《字林》、《聲類》竝云：「峐，猶『屺』字，音起。」○季爲少子，《候人》傳亦云：「季，人之少子也。」《周禮》：「上地家七人，可任也者，家三人。中地家六人，可任也者，二家五人。下地家五人，可任也者，家二人。凡起徒役，毋過家一人，以其餘爲羨。」此用民起役之數也。《韓詩說》云：「年二十行役，三十受兵，六十還兵。」此用兵從役之制也。然則行役之人乃季弟耳。《傳》云「無寐，無耆寐也」者，「耆」與「嗜」通。《說文·㝱部》：「寱，孰寐也。从㝱省，水聲。讀若悸。」耆寐即孰寐。寱讀若悸，則《傳》之「耆」即《說文》之「寱」也。夙，早也。早夜，天未明而早起，故無孰寐，言行役不能偃息在牀也。「早」、「夜」連文成義。此言行役太早，欲寐不得寐。《箋》則謂「早無寐，夜無寐」，誤矣。「母尚恩」以釋經之「無棄」，言不棄母也。

陟彼岡兮，瞻望兄兮。兄曰嗟予弟，行役夙夜必偕。【傳】偕，俱也。上慎旃哉，猶來無死。【傳】兄尚親也。【疏】《秦·無衣》云：「王于興師，脩我矛戟，與子偕作。」「王于興師，脩我甲兵，與子偕行。」與此篇「必偕」義同。「偕」訓「俱」。死，謂死事也。無死者，亦是親親戒勉之詞，故云：「兄尚親也。」

《十畝之閒》二章，章三句。

《十畝之閒》，刺時也。言其國削小，民無所居焉。

十畝之閒兮，桑者閑閑兮，【傳】閑閑然，男女無別往來之貌。行與子還兮。【傳】或行來者，或來還者。【疏】古者五畝之宅，樹牆下以桑。「十畝之閒」，二宅之地也。此在城邑，不在田野。解者皆以田野之畝説詩，則下句言「桑者」有不可通矣。桑者，采桑者也。閑閑，當作「閒閒」。《釋文》作「閒閒」，《穆天子傳》注引作「閒閒」，《文選》宋玉《登徒子好色賦》注引《毛詩》作「閒閒」。後人因與上文「閒」字異義，遂易「閒閒」爲「閑閑」也。閒閒，猶寬閒，故《傳》云「男女無别往來之皃」也。「或行來者」，以釋經之「行」字。「或來還者」，以釋經之「還」字。所謂往來也。言其國削小，民居而無所也。男女無别爲削小之由。《園有桃》序云：「不能用其民，而無德教。」是爲刺。

十畝之外兮，桑者泄泄兮，【傳】泄泄，多人之貌。**行與子逝兮。**【疏】泄，猶呭、詍也。呭、詍皆謂多言，義相近。《論語·子路》篇：「子適衛，冉有僕。子曰：『庶矣哉！』冉有曰：『既庶矣，又何加焉？』曰：『富之。』曰：『既富矣，又何加焉？』曰：『教之。』」今魏國有泄泄之多人，而無德教以加之，是爲刺也。逝，往也。

《伐檀》三章，章九句。

《伐檀》，刺貪也。在位貪鄙，無功而受禄，君子不得進仕爾。

坎坎伐檀兮，寘之河之干兮，河水清且漣猗。【傳】坎坎，伐檀聲。寘，置也。干，厓也。風行水成文曰漣。伐檀以俟世用，若俟河水清且漣。**不稼不穡，胡取禾三百廛兮？不狩不獵，胡瞻爾庭有縣貆兮？**【傳】種之曰稼，斂之曰穡。一夫之居曰廛。貆，獸名。**彼君子兮，不素餐兮。**【傳】素，空也。【疏】經言「伐檀」，故《傳》云「坎坎，伐檀聲」。《隸釋》引石經殘碑「欿欿伐輪兮」，則《毛詩》「坎坎」，《魯詩》作「欲欲」。《廣雅》：「欲欲，聲也。」字異義同。《將仲子》傳云：「檀，彊刃之木。」寘，當作「寘」。「寘，置」，説見《卷耳》篇。寘之，《禮記・中庸》注，又《漢書・地理志》引下章俱作「諸」，「之」與「諸」通。《説文》：「厂，山石之厓巖，人可居。籀文从干作『厈』。」詩作「干」者，當從籀文「厈」假省。厓，謂厓岸也。《爾雅・釋水》：「河水清且瀾猗。大波爲瀾。」《釋文》引：「《説文》作『大波爲瀾』，或作『漣』。」是「瀾」、「漣」同字也。「漣」與「淪」對文，《傳》以「淪」爲「小風水成文」，則此云「風行水成文曰漣」者，與《爾雅》「大波」義合也。《釋名》云：「風吹水波成文曰瀾。瀾，連也。波體轉流相及連也。」猗，石經殘碑作「兮」，同語已詞也。《傳》云「伐檀以俟世用，若俟河水清且漣」，以喻君子當爲世用而不得，故《箋》申之云：「是謂君子之人不得進仕也。」《正義》云：「伐檀爲車之輪、輻，非待河水之清方始用之。而經於『河干』之下即言『河水清』，故解其意此人不得進仕，伐檀隱居，以待可仕之世，若待河水清且漣猗然也。河水性濁，清則難待，猶似闇主常多，明君稀出。既云置檀河厓，因即以河爲喻。襄八年《左傳》云：『俟河之清，人壽幾何？』《易緯》云：『王者大平嘉瑞之將出，則河水先清。』是河水稀清，故以喻明君稀出也。」〇《桑柔》箋云：「耕種曰稼，收斂曰穡。」與《傳》種稼斂穡訓同。《桑柔》、《閟宫》、《殷武》稼、穡皆渾言不别。云「一夫之居曰廛」者，廛有市廛、園廛兩義。《周禮・廛人》鄭司農説：「廛，謂市中之地，未有肆。」引《孟子》：「市廛而不征，法而不廛。」此市廛也。《載師》：「以廛里任國中之地。」鄭康成不從司農説，注云：「廛里者，若今云邑居里矣。廛，民居之區域也。里，居也。以廛里任國中，而《遂人職》：『授民田，夫一廛，田百畮。』是廛里不謂民之邑居在都城者與？」《遂人》注云：「廛，城邑之居。《孟子》所云『五畮之宅，樹之以桑麻』者也。」案《遂人》「夫一廛，田百畮」正與《孟子》「五畝宅，百畝田」合，此「廛」爲園廛。廛爲居，園爲圃，在城邑。毛《傳》不言畝數，而以《七月》傳「五畝之宅」例之，則「廛」、「宅」義同。一夫之居，即五畝之宅也。《釋文》云：「古者一夫田百畝，別受都邑五畝之地居之，故《孟子》云『五畝之宅』是也。」陸説得《傳》指矣。三百廛，言三百夫耳。《箋》：「冬獵曰狩，宵田曰獵。」析言也。渾言狩、獵不別。《爾雅》：「貈子，貆。」郭注云：「其雌者名貍，今江東呼貈爲貄貅。」《釋文》引《字林》云：「貍，雌貈。貄謂之貅。」《廣雅》云：「貅，貄也。」《説文》：「貈，似狐，善睡獸。」「貆，貉之類。」段注云：「貉，當作『貈』。」奂案貆爲貈子，許云「貈類」，恐亦有誤字。《箋》云：「貉子曰貆。」《釋文》云：「依字作『貈』。」鄭用《爾雅》貆爲貈子，則不以貆爲貒也。《傳》但云「獸名」，不言貆爲何獸，意亦同《爾雅》耳。《草人》：「鹹潟用貆。」此「貆」乃「貆」之譌字，故鄭注以貒釋之。《六書故》引《説文》：「貆，豕屬也。貆从豕，原聲，讀若桓。《逸周書》：『貆有爪而不敢以撅。』」《廣雅》貆亦豕屬。貆、貆聲近易淆，鄭不言「貆，當作『貆』」，或所據《周禮》不誤也。《淮南子·齊俗》篇：「狟狢得埵防，弗去而緣。」高注云：「狟，狟豚也。」狟狢，當依《脩務》篇作「貛貉」。《爾雅》「貒子，貗」。郭注：「貒，豚也。一名貛。」然則貆、貛、貒一也。《周禮疏》云：「《爾雅》：『貈子，貒。』或曰貆。」故以貆、貒爲一，是賈誤以《草人》之「貆」與貈子之「貆」爲同物，遂以已誤之《周禮》，欲改不誤之《爾雅》，而解《詩》者又或謂《詩》「貆」爲野豕矣。稼穡取禾，狩獵得獸，皆以喻有功受禄，以刺今之不然。《箋》云：「是謂在位貪鄙，無功而受禄也。」〇《羔羊》傳：「素，白也。」空以盛實與白可受采同意，故素謂之白，又謂之空也。今俗以徒食爲白餐，餐猶食也。趙岐注《孟子·盡心》篇云：「無功而食謂之素餐。」《文選》曹子建《求自試表》及潘岳《關中詩》、傅咸《贈何劭王濟詩》注引《韓詩》云：「素者，質也。人但有質樸而無治民之材，名曰素餐。」又《漢書·王吉傳》上疏云：「今使吏得任子弟，率多驕驁，不通古今。至於積功治人，亡益於民。此《伐檀》所爲作也。宜明選求賢，除任子弟之令。」案王吉學《韓詩》，説與《毛詩序》義合，所以刺在位不用君子也。《箋》云：「彼君子者，斥伐檀之人，仕有功，乃肎受禄。」

坎坎伐輻兮，寘之河之側兮，河水清且直猗。【傳】輻，檀輻也。側，猶厓也。直，直波也。**不稼不穡，胡取禾三百億兮？不狩不獵，胡瞻爾庭有縣特兮？**【傳】萬萬曰億。獸三歲曰特。**彼君子兮，不素食兮。**【疏】《傳》云「輻，檀輻也」者，冢上章「伐檀」而言。伐輻，猶伐檀也。《考工記・輪人》鄭注云：「今世輻以檀。」是輻用檀，古今皆然矣。凡輻三十。河側，與上章「河干」、下章「河漘」同義，故云：「猶厓也。」《說文》：「⿰土則，遏遮也。」「側」與「⿰土則」聲義略同。《爾雅》：「直波爲徑。」郭注云：「言徑侹。」《釋名》：「水直波曰涇。涇，徑也，言如道徑也。」《管子・度地》篇：「水之出於山而流入於海者，命曰經水。」亦謂水之直流者爲經也。徑、涇、經同。《傳》本《爾雅》以「直波」釋「直」，以見上章「漣」、下章「淪」皆是水波。漣、淪必言風，因風而成其大小之波文。若直波，則不必風矣。《說文》云：「波，水涌流也。」〇《楚茨》「我庾維億」，《傳》亦云：「萬萬曰億。」《豐年》傳云：「數萬至萬曰億。」《正義》以爲此從今數。鄭《箋》：「十萬曰億。」從古數。《說文》云：「十萬曰意。」案意、億古今字。許與鄭合。然《說文》說「秭，數億至億」與《豐年》傳同，則說「億」不應與毛異。疑「十萬」乃「萬萬」之誤。《正義》引《九章筭術》皆以萬萬爲億。又韋昭注《鄭語》云：「賈、唐說皆以萬萬爲億。」則賈景伯亦用今數作「萬萬」，不從古數作「十萬」。毛、賈、許一家之學。《楚茨》傳：「露積曰庾。」禾三百億者，露積之數也。云「獸三歲曰特」者，《爾雅》：「豕生三，豵。二，師。一，特。」此家畜，非田豕。《傳》於《騶虞》之「豵」不用《爾雅》，則知此詩之「特」亦不用《爾雅》。其上章言「貆」，此章言「特」，特亦獸名也。「獸三歲」，三，當作「四」。古積畫字「四」作「亖」，故經傳中「三」、「亖」字往往致譌。說見《七月》篇。《方言》：「物無耦曰特，獸無耦曰介。」特、介皆大也。

坎坎伐輪兮，寘之河之漘兮，河水清且淪猗。【傳】檀可以爲輪。漘，厓也。小風水成文，轉如輪也。**不稼不穡，胡取禾三百囷兮？不狩不獵，胡瞻爾庭有縣鶉兮？**【傳】圓者爲囷。鶉，鳥也。**彼君子兮，不素飧兮。**【傳】孰食曰飧。【疏】《傳》云「檀可以爲輪」者，亦冢上章「伐檀」而言。輪，謂牙也。《輪人》注云：「今世牙以橿。」《説文》：「橿，枋也。」「枋，木。可作車。」《爾雅》：「杻，檍。」郭注：「似棣，細葉，材中車輞。關西呼杻子，一名土橿。」則中牙材者不獨檀矣。鄭司農云：「牙，讀如『跛者訝跛者』之『訝』，謂輪輮也。世閒或謂之罔，書或作『輮』。」《葛藟》傳：「漘，水隒也。」厓即水隒。《釋文》：「漘，亦作『脣』。」鄭注《乾鑿度》引《詩》作「脣」。《説文》：「脣，口耑也。」「漘，水厓也。《詩》曰：『寘河之漘。』」口耑謂之脣，水厓謂之漘，其義一也。《爾雅》：「小波爲淪。」郭注云：「言蘊淪。」《釋名》：「淪，倫也。水文相次有倫理也。」《傳》以「轉如輪」釋「淪」。淪、輪、倫竝聲同。《釋文》引《韓詩》：「順流而風曰淪。淪，文皃。」案順流則波之小者，《韓詩》説初無二義。

○「圓者爲囷」，鄭注《匠人》、韋注《吴語》、《説文》竝與《傳》同。三百囷，謂三百圓倉也。《月令》：「修囷倉。」圓倉也。《正義》謂「方者爲倉」，失之矣。《傳》以鶉爲鳥名，「鶉」字當從隹。《四月》正義尚作「䧿」，知唐以前不誤也。《庸風》「鶉之奔奔」，今字亦作「鶉」。《爾雅》：「鷯，鶉。」蓋鷯猶鴽鷯，故鄭注《表記》謂鶉爲小鳥也。《墨子·經説上》篇：「化若鼃爲鶉。」《淮南子·齊俗》篇云：「蝦蟇爲鶉。」○《祈父》傳：「孰食曰饔。」飧、饔同義。《釋文》引《字林》云：「飧，水澆飯也。」水澆飯爲餐。飧、餐聲之轉，謂孰食也。《大東》傳云：「飧，孰食。謂黍稷也。」案孰食不專指黍稷。《箋》及《聘禮》注解《詩》「飧」爲「趙盾食魚飧」之「飧」。魚飧，亦孰食也。《正義》引《鄭志·荅張逸問》：「禮，飧饔大多非可素，不得與『不素餐』相配，故易之也。」誤解《傳》意，謂飧爲禮牢之飧，故云然。

《碩鼠》三章，章八句。

《碩鼠》，刺重斂也。國人刺其君重斂，蠶食於民，不脩其政，貪而畏人，若大鼠也。【疏】《鹽鐵論·取下》篇：「周末有履畝之稅，《碩鼠》之詩作也。」《潛夫論·班禄》篇亦云：「履畝稅而《碩鼠》作。」案三家義與《毛序》「刺重斂」合。

碩鼠碩鼠，無食我黍。三歲貫女，莫我肎顧。【傳】貫，事也。**逝將去女，適彼樂土。樂土樂土，爰得我所。**【疏】碩鼠，《爾雅》作「鼫鼠」。《易·晉》：「九四，晉如鼫鼠。」鄭注即引此詩，是碩、鼫同也。《郊特牲》云：「迎貓，爲其食田鼠也。」《逸周書·時訓》篇：「田鼠不化鴽，國多貪殘。」與詩義合。碩鼠當即田鼠矣。《采芑》傳云：「三歲曰畬。」「貫，事」，《爾雅·釋詁》文。《毛詩》作「貫」，《隸釋》引石經殘碑作「宦」。宦，本字；貫，假借字。女，謂君也。我，謂民也。「三歲貫女，莫我肎顧」，言三歲所耕獲以事君，而君乃重斂不肎顧我也。○逝，逮也。適，之也。首章「樂土樂土」，《韓詩外傳》兩引作「適彼樂土」。又二章「樂國樂國」作「適彼樂國」；三章「樂郊樂郊」，《新序·節士》篇作「適彼樂郊」，皆冡上重句，與《毛詩》句異。

碩鼠碩鼠，無食我麥。三歲貫女，莫我肎德。逝將去女，適彼樂國。樂國樂國，爰得我直。【傳】直，得其直道。【疏】《傳》文「直」上奪「得我」二字，當依《小箋》補。「得其直道」，以釋經「得我直」之義，言樂國之人行直道，是以往耳。《論語·衛靈公》篇云：「斯民也，三代之所以直道而行也。」

碩鼠碩鼠，無食我苗。【傳】苗，嘉穀也。**三歲貫女，莫我肎勞。逝將去女，適彼樂郊。樂郊樂**

郊，誰之永號。【傳】號，呼也。【疏】《春秋》：「莊七年秋，大水。無麥、苗。」《左傳》云：「不害嘉穀也。」苗爲嘉穀，毛《傳》正本《左傳》爲訓。何注《公羊傳》云：「苗者，禾也。生曰苗，秀曰禾。」《倉頡篇》云：「苗者，禾之未秀者也。」禾未秀被水不爲災，故《左傳》以爲不害。「二十八年冬，大無麥、禾。」則直謂之饑矣。詩首章言黍，二章言麥，三章言禾。○勞，讀如「勞來」之「勞」，《箋》云「不肎勞來我」是也。之，猶則也。《鶉之奔奔》傳以「則」字訓「之」字，古之、則聲通也。永，長也。《爾雅》：「號，謼也。」呼、謼通用。誰則永號，猶言樂郊之地，民無長嘆耳。

詩毛氏傳疏卷十

唐蟋蟀詁訓傳弟十　毛詩國風

唐國十二篇，三十三章，二百三句。【疏】《漢書・地理志》：「大原郡晉陽，故《詩》唐國。」案大原晉陽，故大夏地。本爲堯舊都。堯初稱亦曰「唐侯」，後即天子位，遷都平陽，因遷高辛氏之子實沈於此，世歷夏、商。至周禄父之叛，劉累之子孫與四國共亂，成王滅之，以封弟叔虞，是爲唐侯叔虞。子燮父改爲晉侯。鄭《譜》云：「至曾孫成侯南徙，居曲沃，近平陽焉。」案晉陽今屬山西大原府，平陽屬平陽府。《詩地理徵》云：「成侯徙都，當穆王、共王之世，周道始衰，徐、戎侵洛，翟人侵畢。畿輔近地，猶有戎狄之轍，况大原乎？成侯之徙，有由然也。」

《蟋蟀》三章，章八句。

《蟋蟀》，刺晉僖公也。儉不中禮，故作是詩以閔之，欲其及時以禮自虞樂也。此晉也而謂之唐，本其風俗，憂深思遠，儉而用禮，乃有堯之遺風焉。【疏】《史記・晉世家》：「唐叔至靖侯五世。靖侯十七年，周厲王出奔于彘，大臣行政，故曰共和。十八年，靖侯卒，子釐侯司徒立。釐侯十四年，周宣王初立。十八年，釐侯卒。」「釐」與「僖」同。僖公，即釐侯。是僖公在共和宣王世矣。晉陽、平陽，皆堯舊都，故詩雖作於南徙曲沃之後，本堯之遺風，仍其舊號謂之唐。《呂覽·當賞》篇：「晉文公曰：『若賞唐國之勞徒，則陶狐將爲首矣。』」是後世亦有謂晉爲唐者。《正義》云：「季札見歌《唐》，曰：『思深哉！其有陶唐氏之遺風乎？不然，何其憂之遠也？』」案此《序》之所本也。今襄二十九年《左傳》作「遺民」，誤。

蟋蟀在堂，歲聿其莫。今我不樂，日月其除。【傳】蟋蟀，蛬也。九月在堂。聿，遂；除，去也。**無已大康，職思其居。**【傳】已，甚；康，樂；職，主也。**好樂無荒，良士瞿瞿。**【傳】荒，大也。瞿瞿然顧禮義也。【疏】蟋，俗「悉」字。《説文》作「悉䘃」。率、帥古聲同。「蟋蟀，蛬」，《爾雅·釋蟲》文。郭注云：「今促織也。亦名青蛪。」《考工記》注作「精列」。《方言》：「蜻蛚，楚謂之蟋蟀，或謂之蛬。」郭注云：「即趨織也。梁國呼蛬。」《正義》引：「《義疏》云：『蟋蟀，似蝗而小，正黑有光澤如漆，有角翅。一名蛬，一名蜻蛪。楚人謂之王孫，幽州人謂之趨織。里語曰：「趨織鳴，嬾婦驚。」是也。』《七月》篇説蟋蟀『九月在户』。堂、户地相連近，故知在堂亦爲九月。」毛探下句「歲聿其莫」爲訓，❶聿者，遂之詞。爲全《詩》「聿」字通訓也。「聿」與「曰」通，其義皆可訓「遂」。遂，亦詞也。《文選·江賦》注引《薛君章句》：「聿，詞也。」又張協、沈約、陸機詩，任昉序、袁宏序贊注引《詩》「蟋蟀在堂，歲聿其暮」，《章句》云：「暮，晚也。言君之年歲已晚也。」莫、暮古今字。韓解「歲聿其莫」句緣下文爲訓。〇《摽有梅》傳：「今，急詞也。」我，我僖公也。不樂，言不自虞樂也。「除」與「舍」聲、義相近。《泉水》

---

❶「聿」，原作「月」，據中國書店影印武林愛日軒刻本、徐子静本改。

之「寫」、《牆有茨》之「襄」、《楚茨》之「抽」，《傳》皆訓爲「除」，除皆去也。「無」字與「毋」通，領下句連讀。「已」爲「已止」、「已然」之「已」，又爲「已甚」之「已」。已者，甚之詞也。「康，樂」，《釋詁》文，《臣工》同。「職，主」，亦《釋詁》文，《十月之交》、《抑》同。思居，猶云懷居，言不習禮樂也。《公劉》、《天作》傳竝訓「荒」爲「大」。《廣雅》：「巟，大也。」「荒」與「巟」通。《說文·䀠部》：「䀠，左右視也。讀若拘，又若『良士瞿瞿』。」如許讀，《瞿瞿》即「䀠䀠」也。「左右視」與《傳》云「顧禮義」正合。《東方未明》傳：「瞿瞿，無守之皃。」各隨文訓。

蟋蟀在堂，歲聿其逝。今我不樂，日月其邁。【傳】邁，行也。**無已大康，職思其外。**【傳】外，禮樂之外。**好樂無荒，良士蹶蹶。**【傳】蹶蹶，動而敏於事。【疏】逝，往也。「邁，行」猶「除，去」也。云「外，禮樂之外」者，言思在於禮樂之外。是亦不習禮樂也。《緜》、《版》傳皆云：「蹶，動也。」《爾雅·釋訓》云：「蹶蹶，敏也。」《大玄·錯》篇：「勤，蹶蹶。」

蟋蟀在堂，役車其休。今我不樂，日月其慆。【傳】慆，過也。**無已大康，職思其憂。**【傳】憂，可憂也。**好樂無荒，良士休休。**【傳】休休，樂道之心。【疏】休，息也。「慆」與「滔」聲、義皆相近。過，猶去也。《傳》以「可憂」釋「憂」，言不以禮樂自虞樂，是則可憂也。《箋》：「憂者，謂鄰國侵伐之憂。」與《列女傳·仁智》篇引《詩》義合。鄭或用《魯詩》也。云「休休，樂道之心」者，道即禮也。《書·秦誓》「其心休休焉」，孔《傳》云：「休休，樂善也。」與《詩》「休休」同。《爾雅》：「瞿瞿、休休，儉也。」李注云：「皆良士顧禮義之儉也。」儉本美德，《詩》言樂必以禮，乃爲儉而不中禮者刺，《傳》與《雅》本無兩意也。

《山有樞》三章，章八句。

《山有樞》，刺晉昭公也。不能脩道以正其國，有財不能用，有鍾鼓不能以自樂，有朝廷不能洒埽，政荒民散，將以危亡，四鄰謀取其國家而不知，國人作詩以刺之也。【疏】昭公，僖公之玄孫。桓二年《左傳》：「惠之二十四年，晉始亂政，❶封桓叔于曲沃。」杜注云：「晉文侯卒，子昭侯元年，危不自安，封成師爲曲沃伯。」案此《序》云「四鄰謀取其國家」，當指昭公元年始有亂政之事，在封桓叔前，不得以桓叔爲「四鄰」也。《正義》説非。

山有樞，隰有榆。【傳】興也。樞，荎也。國君有財貨而不能用，如山隰不能自用其財。**子有衣裳，弗曳弗婁。子有車馬，弗馳弗驅。**【傳】婁，亦曳也。**宛其死矣，他人是愉。**【傳】宛，死貌。愉，樂也。【疏】「樞，荎」，《爾雅·釋木》文。《釋文》：「本或作『蓲』。」《隸釋》載《魯詩》石經殘碑亦作「蓲」。《管子·地員》篇云：「山之側，其木乃區榆。」區者，古文假借字。今《爾雅》作「櫙」，其俗字也。郭注以爲「今之刺榆」。邢《疏》引《義疏》云：「其針刺如柘，其葉如榆，瀹爲茹，美滑於白榆。」榆之類有十種，葉皆相似，皮及木理異爾。《廣雅》：「挃，刺也。」「荎」與「挃」同。榆，易識之木。《管子》五粟、五沃、五位皆有榆。陳藏器《本草拾遺》云：「江東

---

❶ 「政」，阮刻《春秋左傳正義》作「故」，《校勘記》云：「顧炎武云：『石經「故」誤「政」。』案石經不誤。」下一篇《揚之水》同。

有刺榆，無大榆。」是則《詩》之「樞」即刺榆，《詩》之「榆」即大榆。白榆謂之枌，樞、枌皆榆之種類耳。《傳》云「國君有財貨而不能用，如山隰不能自用其財」，此總釋全章設興之意。山之有樞、栲、漆，隰之有榆、杻、栗。有，以言不有也。○《釋文》引馬融注云：「婁，牽也。」「曳」與「牽」義相近。婁者，「摟」之假借字。《玉篇》引《詩》正作「弗曳弗摟」。《傳》依經作訓，故云：「宛，死皃。」《淮南子·俶真》篇：「形傷於寒、暑、燥、溼之虐者，形苑而神壯。」高注云：「苑，枯病也。苑，讀『南陽宛』之『宛』。」《本經》篇：「故閉四關則身無患，百節莫苑。」注云：「苑，病也。苑，讀『南陽之宛』也。」《繁露·五行順逆》篇：「民病心腹宛黄。」又《循天之道》篇：「鶴之所以壽者，無宛氣於中，是故道者亦不宛氣。」竝與《傳》訓相近。「愉，樂」，《釋詁》文。《方言》：「愉，悦也。」《廣雅》：「愉，喜也。」《箋》改「愉」爲「偷」。《説文》無「偷」字。

山有栲，隰有杻。【傳】栲，山樗。杻，檍也。**子有廷内，弗洒弗埽。子有鍾鼓，弗鼓弗考。**【傳】洒，灑也。考，擊也。**宛其死矣，他人是保。**【傳】保，安也。【疏】「栲，山樗」，《釋木》文，《南山有臺》同。山樗與樗不同。樗即今臭椿，故《七月》、《我行其野》傳竝以「樗」爲惡木。山樗，一名栲。《正義》引郭注《爾雅》云：「栲似樗，色小而白，生山中，因名云。亦類漆樹，俗語曰：『櫄、樗、栲、漆，相似如一。』」《義疏》云：「今所云爲栲者，葉如櫟木，皮厚數寸，可爲車輻。或謂之栲櫟。」則栲亦中材用矣。《説文》作「㭫」。「杻，檍」，《釋木》文，《南山有臺》同。郭注云：「似棣，細葉。葉新生可飼牛，材中車輞。關西呼杻子。一名土橿。」《義疏》云：「今官園種之，正名曰萬歲。既取名於億萬，其葉又好，故種之共汲山下。人或謂之牛筋，或謂之檍。材可爲弓弩榦也。」案《考工記·弓人》取榦之道有檍。是檍共材用矣。《説文》無「杻」字，「檍」作「栝」，云：「栝，梓屬。大者可爲棺椁，小者可爲弓材。」奂謂檍爲梓屬其大者也，小者，郭所謂「似棣」，材可中弓榦，亦中車輞。此言「隰杻」，當是檍之小者。《南山有臺》篇「北山有杻」，是檍之大者歟？○《詩述聞》云：「一章之衣裳、車馬，二章之廷內、鍾鼓，皆二字平列，字各爲義。『廷』與『庭』通。廷內，謂庭與堂室，非謂庭之内也。《内則》曰：『灑埽室堂及庭。』《弟子職》曰：『凡拚之道，堂上則播灑，室中握手。』是洒埽之事，尤重堂室，豈有言庭而不及堂室者乎？《大雅·抑》篇：『洒埽廷内。』義與此同。」「洒，灑」，《抑》傳同。《東山》、《伐木》箋竝以「洒」爲「灑」。《説文》：「洒，滌也。古文以爲『灑埽』字。」是「洒」爲古文假借也。古者以水灑地曰灑。先灑地而坌除其穢，是曰灑埽。《正義》云：「今定本『弗鼓弗考』，注：『考，擊也。』無『亦』字。義竝通也。」然則《正義》本經作「弗擊弗考」，《傳》：「考，亦擊也。」與上章《傳》「婁，亦曳也」文義相同。《文選》潘岳《河陽縣作》注引《毛詩》「弗擊弗考」，《傳》：「考，亦擊也。」與《正義》本合。考，讀爲攷。《廣雅》：「攷，擊也。」「保，安」，《南山有臺》、《楚茨》、《思齊》、《常武》傳竝同。上章「樂」，此章「安」，同義。

山有漆，隰有栗。子有酒食，何不日鼓瑟？【傳】君子無故，琴瑟不離於側。**且以喜樂，且以永日。**【傳】永，引也。**宛其死矣，他人入室。**【疏】《傳》云「君子無故，琴瑟不離於側」，定本少「無故」二字。案此君子指國君，《傳》意原不必與《女曰雞鳴》傳同也。喜，亦樂也。《傳》於《卷耳》、《漢廣》、《常棣》、《文王》「永」訓「長」，唯此訓「引」者，引日猶引年，引亦長也。

《揚之水》三章，二章章六句，一章四句。

《揚之水》，刺晉昭公也。昭公分國以封沃。沃盛彊，昭公微弱，國人將叛而歸沃焉。【疏】此與下篇《椒聊》刺昭公意略同。攷《左傳》云：「惠之二十四年，晉始亂政，封桓叔于曲沃，靖侯之孫欒賓傅之。惠之三十年，晉潘父弑昭侯而納桓叔，不克。晉人立孝侯。」案昭侯，文侯子昭公也。桓叔，穆侯子、文侯弟成師也。魯惠公二十四年，晉昭公之元年也。元年封桓叔，七年而昭公被弑。潘父，晉大夫也。黨桓叔，知時叛晉者衆。

揚之水，白石鑿鑿。【傳】鑿鑿然，鮮明貌。**素衣朱襮，從子于沃。**【傳】襮，領也。諸侯繡黼丹朱中衣。沃，曲沃也。**既見君子，云何不樂。**【疏】王、鄭風《揚之水》，《傳》竝云：「揚，激揚也。」《隸釋》載《魯詩》作「楊」。鑿，讀爲「糳」。《說文》：「糲米一斛舂爲八斗曰糳。」「爲米六斗大半斗曰粲。」故鮮明謂之粲，亦鮮明謂之鑿。重言之曰「粲粲」，亦曰「鑿鑿」，聲、義皆相近。興者，揚水喻昭公。《王》、《鄭風》竝以激揚之水爲君政之煩急亂促，則此文義正同。上章《序》云「刺昭公不能脩道以正其國」，即其義也。白石喻桓叔。桓叔自分封於沃之後，能脩其德，日就盛彊，其大都耦國之形已昭然不疑。以白石之鮮明鑿鑿然，爲喻白石之鑿鑿由於水之激揚。桓叔之盛彊，實由於昭公之不能脩道正國，故詩首句言亂本之所由成耳。解者皆揚水喻桓叔，與《序》「刺昭公」意不甚關切，失經之恉矣。下章「晧晧，絜白」、「粼粼，清澈」興義同。○素衣，謂中衣也。《傳》訓「襮」爲「領」。《玉篇》：「暴，領連也。亦作『襮』。」是領名曰襮矣。《爾雅·釋器》：「黼領謂之襮。」此釋《詩》之「襮」也。《說文》及鄭注《禮記》竝釋《詩》之「襮」爲「黼領」，與《爾雅》同。《傳》既釋「襮」爲「領」，而又引《禮記·郊特牲》文以明中衣領有繡黼，其意亦用《爾雅》「黼領」之義也。《郊特牲》：「繡黼丹朱中衣，大夫之僭禮也。」鄭注云：「繡黼丹朱，以爲中衣領緣也。」孔疏云：「中衣，謂冕及爵弁之中衣，以素爲之。繡黼爲領，丹朱爲緣。」案《傳》本《郊特牲》文，而必明明言諸侯者，亦謂禮唯諸侯中衣則然，大夫用之則爲僭。桓叔未爲諸侯，已服此諸侯中衣之制，其僭孰甚焉。《左傳》云：「唯器與名，不可以假人。若以假人，與人政也。政亡，則國家從之。

是謂矣。」古者裘、葛皆有裼衣。裼衣又謂之中衣，其上有上衣，裼以見美爲敬。裼衣者，對免上衣而言也。冕服皆上衣下裳，其中衣以充美爲盛。中衣者，對不免上衣而言也。金榜《禮箋》云：「掩合上衣謂之中衣，袒而露見謂之裼衣。」是也。蓋冕服用素，中衣亦用素。《傳》謂「中衣」，則經之「素衣」即中衣。諸侯冕服，其中衣之衣領緣以丹朱，畫以繡黼。諸侯皮弁服，中衣用錦衣，或用素衣。説見《終南》篇。○子，㡿叛晉者也。于，往也。沃，《左傳》作「曲沃」，故《傳》云：「沃，曲沃也。」《漢書・地理志》：「河東郡聞喜，故曲沃。晉成侯自晉陽徙此。」劉昭《郡國志》補注云：「曲沃在聞喜縣東北數里，與晉相去六七百里。」案此謂去唐叔舊都耳。曲沃，晉南徙之故都。至昭公都翼，桓叔封於曲沃，在翼之南。今山西絳州聞喜縣東有左邑城，春秋時之曲沃也。君子，㡿桓叔也。

揚之水，白石皓皓。【傳】皓皓，絜白也。**素衣朱繡，從子于鵠。**【傳】繡，黼也。鵠，曲沃邑也。**既見君子，云何其憂。**【傳】言無憂也。【疏】《楚辭・大招》：「天白顥顥。」《廣雅》：「皞皞，白也。」竝與此「皓皓」同。絜白，謂白石絜白也。○《傳》訓「繡」爲「黼」者，亦本《爾雅》、《禮記》爲訓。朱即丹朱，繡即繡黼也。繡與黼共爲刺文。繡、黼同義，猶丹、朱同義，皆二字平列。劉昭《輿服志》注云：「襮，繡領也。」繡領即黼領。孫、郭注《爾雅》以爲「繡刺黼文」者，非也。《禮記注》及《儀禮・士昏》、《特牲饋食》注竝引：「《魯詩》云：『素衣朱綃。』綃，繒名也。」案上章「朱襮」爲朱領，下章「朱綃」爲朱繒，謂領以繒爲之。據《特牲》注，此衣染之以黑，《詩》有「素衣」，《記》有「玄宵衣」，「宵」與「綃」通。《玉藻》「玄綃衣」爲裼衣，《詩》「素衣」爲中衣，是中衣即裼衣可證。此《魯詩》義也。毛《傳》所見經文自作「朱繡」，引《禮記》「丹朱繡黼以爲中衣領緣」之文解經，義同而字異。鄭《箋》改「朱繡」爲「朱綃」，從《魯詩》也。併改《禮記》「繡黼」爲「綃黼」，文義有不可通。○「鵠，曲沃邑」，謂鵠爲曲沃之下邑也。其地無聞。《詩述聞》云：「《易林・否之師》曰：『揚水潛鑿，使石絜白。衣素表朱，遊戲皋沃。』其文皆出《唐風・揚之水》篇。『衣素表朱』，即『素衣朱襮』，襮之爲言表也。《易林》訓『襮』爲『表』，與《毛詩》異，殆本於三家與。其『遊戲皋沃』，即『從子于沃』、『從子于鵠』也。『鵠』與『皋』古同聲。『鵠』之作『皋』，蓋亦本三家也。」《傳》以「無憂」釋「何憂」。云、其，皆語助。「云何其憂」，猶「云何不樂」也。國人以歸沃爲無憂，此述將叛者之詞。

揚之水，白石粼粼。【傳】粼粼，清澈也。我聞有命，不敢以告人。【傳】聞曲沃有善政命，不敢以告人。【疏】《傳》云「粼粼，清澈也」者，謂白石清澈粼粼然也。《説文・巜部》：「粼，水生厓石間粼粼也。从巜，粦聲。」其字从巜，故粼粼爲水。説稍異。《玉篇》：「潾，水清皃。」「潾」與「粼」同。○我，詩人自我也。「聞曲沃有善政命」者，釋經「聞有命」三字之義。下篇《序》云：「君子見沃之盛彊，能脩其政。」是即曲沃之善政命也。《序》又云：「知其蕃衍盛大，子孫將有晉國。」此即「不敢以告人」之故。蓋其人必身在桓叔，而心切昭公。憂昭公之微弱，畏桓叔之盛彊。真有向隅仰屋，無所告語之嘆。君子知晉之必爲沃并，已情見乎辭矣。定十年《左傳》：「侯犯以郈叛。叔孫謂郈工師駟赤曰：『郈非叔孫氏之憂，社稷之患也。將若之何？』對曰：『臣之業，在《揚之水》卒章之四言矣。』」案侯犯據郈叛魯，與桓叔據沃叛晉，其事相似。駟赤畏侯犯，特詠此詩以明己意，則知作詩之人斷非從叛之人。上二章就叛晉者説，末章即承此意以諷動昭公耳。《荀子・臣道篇》：「迫脅於亂時，窮居於暴國，而無所避之，則崇其美，揚其善，違其惡，隱其敗，言其所長，不稱其所短，以爲成俗。《詩》曰：『國有大命，不可以告人，妨其躬身。』」《荀子》引《詩》與毛《傳》釋《詩》意正合。《詩小學》云：「所引即《揚之水》之三章也。前二章皆六句，此章四句，殊太短，恐漢初傳之者有脱誤。」

《椒聊》二章，章六句。

《椒聊》，刺晉昭公也。君子見沃之盛彊，能脩其政，知其蕃衍盛大，子孫將有晉國焉。

椒聊之實，蕃衍盈升。【傳】興也。椒聊，椒也。**彼其之子，碩大無朋。**【傳】朋，比也。**椒聊且，遠條且。**【傳】條，長也。【疏】阮元《揅經室集》云：「《椒聊》『聊』字舊訓爲語助，謬矣。毛《傳》：『椒聊，❶椒也。』『也』上必脱『梂』字。鄭《箋》云：『一梂之實。』意實承《傳》而述言之，緣《傳》已專訓，不必再爲『聊，梂也』之訓矣。《爾雅》：『椒椴醜，莍。』莍即梂也。又云：『朻者，聊。』朻亦即梂也。」胡承珙《後箋》從阮説云：「今考《本草經》：『蔓椒，一名家椒。』《名醫别録》陶注云：『俗呼爲樛。』樛，即『朻』字。朻，亦即『梂』字。鄭《箋》之『梂』自是釋經之『聊』，亦必毛《傳》已作『椒，梂也』，故但云『今一梂之實』。《楚辭·九歎》『懷椒聊之蔎蔎兮』，王逸注云：『椒聊，香草也。《詩》曰：「椒聊且。」蔎蔎，香貌。』據此，益可見『聊』非語助。至王逸以爲香草者，猶《説文》以『茮』入《艸部》。蓋草、木散文得通耳。」《後箋》又云：「《文選·景福殿賦》、曹子建《求通親親表》李善注竝引《詩》作『蔓延盈升』。此所引疑三家《詩》。『蔓延』與『蕃衍』聲同字通。又李注兩引《詩》下皆有『美其繁興』四字，疑亦三家《詩》傳之語。」奂案三家釋《詩》與《毛詩》義合。詩以椒實之蕃衍興桓叔子孫之蕃衍，又以椒氣之遠長興桓叔之政教。此皆興。唯中二句非興。篇内皆陳沃事，而昭公不知，是以爲刺。○之子，庰桓叔也。碩，亦

---

❶「聊」，原作「柳」，據本篇傳文、阮刻《毛詩正義》、中華書局點校本《揅經室集》、求是堂本《毛詩後箋》改。

大也。蕃衍、碩大竝兩字同義。「朋」訓「比」者，「比」爲「比方」之「比」，王肅、孫毓申毛「必履反」是也。《秦・黄鳥》「百夫之防」，《傳》：「防，比也。」亦「比方」字。朋、防一聲之轉。《後箋》云：「無比者，即陳敬仲占辭『莫之與京』之意。」○《六月》、《韓奕》傳竝訓「脩」爲「長」。「條」與「脩」皆從攸聲，故二字同訓。下章《傳》云「言聲之遠聞也」，案此六字當本在「條長也」之上，後人誤奪，乃坿於篇末耳。「言」上當有「遠」字。「遠，言聲之遠聞也」，與「折，言傷害也」、「旬，言陰均也」同一句法。今以全《詩》通例攷之，凡上下章同辭，則《傳》必總釋於上章，如《殷其雷》傳「振振，信厚也」、《北風》傳「虛，虛也。亟，急也」。《殷其雷》、《北風》皆末二句同辭，以及《桑中》末三句同辭，《漢廣》末四句同辭，《黍離》、《園有桃》、《秦・黄鳥》末六句同辭，而其義皆總釋於上章，不分釋也。此詩「遠條」二字成義同辭，不應分屬上下章可證矣。「遠，言聲之遠聞也」，正釋經之「遠」字。「條，長也」，正釋經之「條」字。《箋》云：「椒之氣日益遠長，似桓叔之德彌廣博。」鄭《箋》正申毛《傳》。蓋詩以椒香遠長興桓叔德政有遠聞，子孫將有晉國也。《左傳》云：「故能有其國家令聞長世。」

椒聊之實，蕃衍盈匊。【傳】兩手曰匊。彼其之子，碩大且篤。【傳】篤，厚也。椒聊且，遠條且。

【傳】言聲之遠聞也。【疏】「兩手曰匊」，《采緑》同。宣十二年《左傳》：「舟中之指可匊矣。」杜注亦云：「兩手曰匊。」《説文・勹部》：「在手曰匊。」「在」疑「兩」字之誤，而「手」字不誤。《考工記・陶人》疏引《小爾雅》云：「匊，二升。二匊爲豆，豆四升。」此別一義。匊，俗作「掬」。○「篤，厚」，《爾雅・釋詁》文，《大明》、《公劉》、《維天之命》同。《後箋》云：「『篤，厚』，即鄭子封謂叔段『厚將得衆』之意。」奂謂昭二十六年《左傳》：「晏子曰：『陳氏厚施焉，民歸之矣。後世若少惰，陳氏而不亡，則國其國也已。』」「厚施」與《傳》「篤，厚」之訓亦合。《説苑・立節》篇：「故夫士欲立義行道，毋論難易，而後能行之；立身箸名，無顧利害，而後能成之。《詩》曰：『彼其之子，碩大且篤。』非良篤脩激之君子，其誰能行之哉？」《韓詩外傳》亦有其文。此雖斷章，而與《毛詩》不同，當出三家義也。

《綢繆》三章，章六句。

《綢繆》，刺晉亂也。國亂，則昏姻不得其時焉。

綢繆束薪，三星在天。【傳】興也。綢繆，猶纏緜也。三星，參也。在天，謂始見東方也。男女待禮而成，若薪芻待人事而後束也。三星在天，可以嫁娶矣。**今夕何夕，見此良人？**【傳】良人，美室也。**子兮子兮，如此良人何？**【傳】子兮者，嗟兹也。【疏】綢繆、纏緜皆疊韻字，古今語也。《史記·天官書》：「參爲白虎。三星直是也，爲衡石。」《漢書·天文志》同。孟康注云：「參三星者，白虎宿中，東西直似稱衡也。」《傳》釋「三星」爲「參」，又探下二章「在隅」、「在户」，知在天爲始見東方者，此參星爲東西直之時。王肅云：「謂十月也。」纏緜薪芻，喻嫁娶之必待禮，以釋「綢繆」句。參星昏始見於東方，是可行嫁娶之候，以釋「三星」句。昭元年《左傳》云：「后帝遷實沈于大夏，主參。唐人是因，故參爲晉星。」蓋此詩人亦因晉星而起興爾。○良人，猶美人。男子乘三星在天之夕，至女家來親迎，覿見美人以成其家室，故《傳》云：「良人，美室也。」與《孟子》「將覵良人」指男子者不同。《正義》云：「以三章『見此粲者』，粲是三女，故知良人爲美室。『良』訓爲『善』，故稱美也。」○王引之《詩述聞》云：「《傳》『嗟兹』即嗟嗞。《説文》：『嗞，嗟也。』《廣韻》：『嗞嗟，憂聲也。』《秦策》曰：『嗟嗞乎！司空馬。』《管子·小稱》篇曰：『嗟兹乎！聖人之言長乎哉！』《説苑·貴德》篇曰：『嗟兹乎！我窮必矣。』楊雄《青州牧箴》曰：『嗟茲天王，附命下土。』皆歎辭也。或作『嗟子』，《楚策》曰：『嗟乎子乎，楚國亡之日至矣。』《儀禮經傳通解續》引《尚書大傳》曰：『諸侯在廟中者，愀然若復見文武之身，然後曰：「嗟子乎！此蓋吾先君文武之風也夫。」』是『嗟子』與『嗟嗞』同。經言『子兮』，猶曰『嗟子乎』、『嗟嗞乎』也，故《傳》以『子兮』爲『嗟嗞』。《箋》謂『子兮子兮，席娶者』，殆失其義。」案王説是也。《蕩》傳：「咨，嗟也。」「子」與「咨」皆「嗞」之假借字。咨、嗞雙聲，子、嗞疊韻。彼以「嗟」釋「咨」，此以「嗟茲」釋「子」，其義一也。《易・明夷》：「六五，箕子。」劉向説：「今作『荄茲』。」《公羊》「負茲」，《白虎通義》作「負子」。皆子、茲聲通之證。《正義》云：「如何，猶奈何。」昭十二年《公羊傳》注云：「如，猶奈也。」「如此良人何」，言見良人而不得見，奈此良人何？親迎女猶有不至者也。《東門之楊》「昏以爲期，明星煌煌」，《傳》云：「期而不至。」義正同。

綢繆束芻，三星在隅。【傳】隅，東南隅也。**今夕何夕，見此邂逅？**【傳】邂逅，解説之貌。**子兮子兮，如此邂逅何？**【疏】參星在天，則自東而南昏見於隅，故《傳》以爲「東南隅」。《正義》云：「在十月之後，謂十一月、十二月。」是也。○《説文》無「邂」字。邂逅，當依《釋文》作「解覯」。《傳》文「解説之皃」四字，當依《釋文》作「解説也」三字。《韓詩》云：「不固之皃。」固，蔽也。不固，不蔽見也。韓以「解覯」爲形容經之「見」字，故云「之皃」。毛直訓「解覯」爲「解説」，不須云「之皃」。今本從韓而誤。解覯，古語。解説，今語。《江有汜》箋云：「歌者言其悔過，以自解説也。」《箋》正用此《傳》訓。《草蟲》傳：「覯，遇也。」《穀梁傳》：「遇者，志相得也。」志相得謂之遇，遇謂之覯。解説者，志相得也。《静女》、《頍弁》「説懌」，鄭《箋》作「説釋」，義竝相同。

綢繆束楚，三星在户。【傳】參星正月中直户也。**今夕何夕，見此粲者？**【傳】三女爲粲，大夫

一妻二妾。子兮子兮，如此粲者何？【疏】「三星在戸」，參星昏見當於戸。《月令》：「孟春之月，昏參中。」《夏小正》：「正月，初昏參中，斗柄縣在下。」《傳》：『言斗柄者，所以箸參之中也。』」是參星昏中在正月矣。「戸」詁「直戸」，《夏小正》：「漢案戸。」《傳》：『案戸也者，直戸也。言正南北也。』」蓋中星皆以南方之中，過中爲下。正月參昏在南方，詩不云「在南」而云「在戸」者，古者爲戸於室東南隅，參星昏見當戸，則南北直而偏東也。《荀子·大略篇》云：「霜降，逆女。冰泮，殺止。」冰泮在正月之節，自霜降以至冰泮，皆爲嫁娶之正時。○《廣韻·二十八翰》：「《詩傳》云：『三女爲㛟。』又美好皃。」《玉篇·女部》同。《説文·女部》：「三女爲㛑。㛑，美也。从女，奴省聲。」古字作「㛑」，又作「㛟」。今通作「粲」。《周語》：「恭王遊於涇上，密康公從，有三女奔之。其母曰：『必致之於王。夫獸三爲群，人三爲衆，女三爲粲。王田不取群，公行下衆，王御不參一族。夫粲，美之物也。衆以美物歸女，而何德以堪之？』」案天子於后之外有媵、姪、娣三人，又有二國來媵，每國三人，共一取九女。諸侯亦然。密康公有一族三女私奔，故其母爲何德以堪也。《傳》引此者，以證「粲」字之義。云「大夫一取二妾」者，又申明「三女」之義，則此詩昏取亦卿大夫之禮也。《白虎通義·嫁娶》篇亦云：「卿大夫一妻二妾。」又云：「士一妻一妾，下卿大夫禮也。」熊安生謂「士有一妻二妾」，非是。

《杕杜》二章，章九句。

《杕杜》，刺時也。君不能親其宗族，骨肉離散，獨居而無兄弟，將爲沃所并爾。

有杕之杜，其葉湑湑。【傳】興也。杕，特生貌。杜，赤棠也。湑湑，枝葉不相比也。**獨行踽踽，**

豈無他人？不如我同父。【傳】踽踽，無所親也。**嗟行之人，胡不比焉？人無兄弟，胡不佽焉？**【傳】佽，助也。【疏】《釋文》據《傳》「特」下無「生」字。《有杕之杜》箋云：「特生之杜。」彼《箋》依經「生于道左」言，此不當有「生」字也。《六書故》引《傳》作「杕，特皃」，與《釋文》同。特，當讀若「有菀其特」之「特」。《家訓・書證》篇：「江南本《傳》作『杕，獨皃』。」緣下文「獨行」作訓，恐非毛義，當從《釋文》本作「特皃」爲長也。「杜，赤棠」，《爾雅・釋木》文。説詳《甘棠》篇。《正義》云：「《裳裳者華》亦云『其葉湑兮』，則湑湑與菁菁皆茂盛之貌。《傳》於此云『湑湑，枝葉不相比』，下章言『菁菁，葉盛』，互相明耳。言葉雖茂盛，而枝條稀疏，以喻宗族雖彊，不相親暱也。」案此興體也。《釋文》據《傳》「不相比」下有「次」字。比次，即比佽，亦當以《釋文》本爲長。○《説文》：「踽，疏行皃。《詩》曰：『獨行踽踽。』」踽、疏疊韻，疏即《傳》云「無所親」之意。《廣雅》：「踽踽，行也。」本三家《詩》。《孟子・盡心》篇：「行何爲踽踽涼涼？」與詩「踽踽」義同。《爾雅》：「父爲考，父之考爲王父，王父之考爲曾祖王父，曾祖王父之考爲高祖王父。」是祖、曾、高皆父也。今以旁殺言之，曰昆弟，我之同於父者也；曰從父昆弟，我之同父於祖者也；曰從祖昆弟，我之同父於曾祖者也；曰族昆弟，我之同父於高祖者也。皆可謂之我同父。《伐木》傳云：「天子謂同姓諸侯，諸侯謂同姓大夫，皆曰父。」「豈無他人，不如我同父」，言他人不如我同父之親也。此起下文宗族興嗟之意。○《箋》云：「比，輔也。」《傳》訓「佽」爲「助」者，助亦輔也。《廣雅》：「比、佽，代也。」《方言》：「次、比，代也。」昭十六年《左傳》云：「庸次比耦。」「次」、「比」連言，與詩「比佽」連文同義。「佽」與「次」通。「嗟行之人，胡不比焉？人無兄弟，胡不佽焉」，胡，何也。承上文獨行無所親而言。獨行之人，何不比輔之？獨行之人，無兄弟之親，何不佽助之？歎其無有輔助也。

有杕之杜，其葉菁菁。【傳】菁菁，葉盛也。**獨行睘睘，豈無他人？不如我同姓。**【傳】睘睘，無所依也。同姓，同祖也。**嗟行之人，胡不比焉？人無兄弟，胡不佽焉？**【疏】經言「菁」，故《傳》云「菁盛」。菁盛而枝弱，興義與上章同也。《苕之華》「其葉青青」，《傳》：「華落葉青青然。」文義略同。菁菁，《釋文》：「本亦作『青青』。」○睘，從袁聲。睘睘之爲無所依，猶《版》篇宧宧之爲無所依矣。《説文》引《詩》作「睘睘」。《釋文》云：「睘睘，本亦作『煢煢』。」王逸《九思》注、《文選》張衡《思玄賦》、陸雲《贈婦詩》注作「煢煢」。《思玄賦》舊注：「煢煢，獨也。」本三家《詩》傳。云「同姓，同祖也」者，程瑶田《宗法小記》云：「孫以祖之字爲姓，故同祖昆弟謂之同姓。是故自曾祖與族曾祖等而下之，旁及族昆弟，皆與我同姓於高祖者也。其宗子，所謂繼高祖之宗也。自祖父與從祖祖父等而下之，旁及於從祖昆弟，皆與我同姓於曾祖者也。其宗子，所謂繼曾祖之宗也。自父與世父、叔父等而下之，旁及於從父昆弟，皆與我同姓於祖父者也。其宗子，所謂繼祖之宗也。」案此即同姓爲同祖之義。《麟之止》傳：「公姓，公同姓。」「公族，公同祖。」姓、族皆出於祖，故姓、族皆得謂之同祖。

《羔裘》二章，章四句。

《羔裘》，刺時也。晉人刺其在位不恤其民也。【疏】《箋》云：「恤，憂也。」

羔裘豹袪，自我人居居。【傳】袪，袂末也。本末不同，在位與民異心。自，用也。居居，懷惡不相親比之貌。**豈無他人？維子之故。**【疏】《釋文》：「定本據《傳》『袂』下有『末』字。」僖五年《左傳》疏引亦有「末」字。《遵大路》正義云：「《唐・羔裘》傳云：『袪，袂末。』《唐風》取本末爲義，故言袂末。」然《正義》不出一手，故今《唐風》正義作「袪，袂也」，無「末」字。案有「末」字是也。今補正。《遵大路》傳云：「袪，袂也。」謂執袪猶執袂也。此《傳》云：「袪，袂末也。」袂屬衣幅，二尺二寸爲袂中，袂口謂之袪，徑尺二寸。袂口之緣是爲袂末。深衣袂末續緣，廣寸半。長衣中衣袂末揜餘一尺。裘制如長中，袂末亦宜揜餘一尺。此餘一尺乃用豹皮歟？《傳》謂袪爲末，與謂裘爲本作對文，非袪爲袂之末也。裘者本也，袪者末也。裘用羔，袪用豹，所謂「本末不同」也。裘袪本末，言在位與民。羔裘不同，言在位與民異心。襄十四年《左傳》：「余不説初矣，余狐裘而羔袖。」裘袖不同物，言始終不同。輒與此詩《傳》意略同。《箋》云：「羔裘豹袪，在位卿大夫之服也。」《傳》訓「自」爲「用」，《緜》、《執競》同，與《皇矣》、《召旻》訓「自」爲「從」義異。我人，我民人也。居居、究究，皆不恤其民之謂。《爾雅・釋訓》：「居居、究究，惡也。」《傳》云「居居，懷惡不相親比之皃」者，義取《爾雅》爲訓。《箋》：「其役使我之民人，其意居居然有悖惡之心，不恤我之困苦。」是也。「居居」與上篇「湑湑」、「踽踽」聲義相近。《晉語》：「暇豫之吾吾不如鳥烏。」韋注：「吾，讀如魚。吾吾，不敢自親之貌也。」《御覽・人事部一百十》引《國語》舊注：「俉俉，疏遠之貌。」《淮南子・覽冥》篇「臥倨倨」，高注：「倨倨，臥無思慮也。倨，讀『虚田』之『虚』。」聲、義竝相近。○子，㡿在位者也。故，故舊也。

羔裘豹褎，自我人究究。【傳】褎，猶袪也。究究，猶居居也。**豈無他人？維子之好。**【疏】《説文》：「褎，袂也。俗作『袖』。」是褎亦袂矣。袂末謂之袪，亦袂末謂之褎，故云：「褎，猶袪也。」古究、宄聲同，《詩》之「究」當讀爲「宄」，亦懷惡不相親之皃，故云：「究究，猶居居也。」

《鴇羽》三章，章七句。

《鴇羽》，刺時也。昭公之後，大亂五世，君子下從征役，不得養其父母，而作是詩也。【疏】五世，謂孝侯、鄂侯、哀侯、小子侯、晉侯緡也。俱在昭公之後。

肅肅鴇羽，集于苞栩。【傳】興也。肅肅，鴇羽聲也。集，止；苞，稹；栩，杼也。鴇之性不樹止。**王事靡盬，不能蓺稷黍，父母何怙？**【傳】盬，不攻致也。怙，恃也。**悠悠蒼天，曷其有所？**

【疏】興者，鴇之集栩、棘、桑，以喻君子征役之勞苦。經言「鴇羽」，故云「肅肅，鴇羽聲」。「集，止」爲全《詩》通訓。「集」始見於《葛覃》「集于灌木」，而無《傳》。此因欲言鴇不樹止而訓釋之也。「苞，稹」，《爾雅·釋言》文。孫注云：「物叢生曰苞，齊人名曰稹。」郭注云：「今人呼物叢致者爲稹。」《箋》云：「稹者，根相迫迮梱致也。」「栩，杼」，《釋木》文，《東門之枌》同。杼，《説文》作「柔」。《木部》云：「栩，柔也。其皁，一曰樣。」「樣，栩實也。」栩實一名櫟實。《艸部》云：「草，草斗，櫟實也。一曰象斗。」草，古「皁」字。象，當作「樣」，字之誤也。亦名柞實。《周禮·大司徒》「一曰：山林，宜皁物」，鄭司農注云：「皁物，柞栗之屬。今世閒謂柞實爲皁斗。」栩實似栗，故柞栗又名橡栗。《吕覽·恃君》篇「冬日則食橡栗」，高注云：「橡，皁斗也。其狀似栗。」案「橡」與「樣」同。栩一名柔，其實謂之樣。櫟實、柞實皆以形近通借耳。《正義》引《義疏》云：「今柞櫟也。徐州人謂櫟爲杼，或謂之爲栩。其子爲皁，或言皁斗。其殼爲汁，可以染皁，今京洛及河内多言栩汁。謂櫟爲杼，五方通語也。」云「鴇之性不樹止」者，《釋文》：「鴇似鴈而大，無後趾。」趾，宋《毛詩》作「指」。《正義》引《義疏》云：「鴇鳥連蹄，性不樹止。樹止則爲苦，故以喻君子從征役爲危苦也。」竝本《傳》爲説。《禮記·内則》有「鴇」。○《正義》云：「昭元年《左傳》：『於文，皿蟲爲蠱，穀之飛亦爲蠱。』蠱害器敗穀，皆謂之蠱。『盬』與『蠱』字異義同。」奂謂《周禮·鹽人》「共其苦鹽」，杜子春讀「苦」爲「盬」。《典婦功》「辨其苦良」，鄭司農：「苦，讀爲盬。」鄭注《喪服》云：「沽，猶麤也。」《檀弓》云：「沽，猶略也。」「苦」、「沽」亦與「盬」字異義同。《四牡》「王事靡盬」，《傳》：「盬，不堅固也。」《采薇》、《杕杜》、《北山》「王事靡盬」，《箋》並云：「盬，不堅固也。」不攻致，即不堅固。《車攻》傳：「攻，堅也。」致，即今之「緻」字。余友邵陽魏源云：「晉自曲沃構難，何暇更勤王事？而《鴇羽》三言『王事靡盬』者何？此與《衛風·伯兮》之言『王事』皆作於桓王之世。桓王二年，曲沃莊伯以鄭、邢之師伐翼，王使尹氏、武氏助之。是秋，曲沃叛王。王命虢公伐曲沃而立哀侯。十六年，曲沃殺小子侯，王命虢仲立晉侯緡。虢仲、芮伯、梁伯、荀侯、賈伯伐曲沃。王師屢臨於晉，妨農失養，而作是詩。」○《齊·南山》傳云：「蓺，樹也。」「怙，恃」，《釋言》文。「不能樹稷黍，父母何恃」者，言何所恃而得食，何所恃而得嘗。《正義》云：「下言『何食』、『何嘗』與此相接成。」是也。《殷其雷》、《隰有萇楚》篇例皆同。

肅肅鴇翼，集于苞棘。王事靡盬，不能蓺黍稷，父母何食？悠悠蒼天，曷其有極？【疏】苞棘，猶叢棘。

肅肅鴇行，集于苞桑。【傳】行，翮也。**王事靡盬，不能蓺稻粱，父母何嘗？悠悠蒼天，曷其有常？**【疏】《傳》以「翮」詁「行」。鴇翮，猶鴇羽、鴇翼也。義未詳。《易·否》：「六五，繫于苞桑。」鄭注云：「苞，積也。」

《無衣》二章，章三句。

《無衣》，美晉武公也。武公始并晉國，其大夫爲之請命乎天子之使，而作是詩也。【疏】莊十六年《左傳》云：「王使虢公命曲沃伯以一軍爲晉侯。」《史記·晉世家》云：「晉哀侯二年，曲沃莊伯卒，子曲沃武公稱立。哀侯九年虜。小子侯四年誘殺。晉侯緡二十六年，曲沃武公伐晉侯緡，滅之。盡以其寶器賂獻于周釐王。釐王命曲沃武公爲晉君，列爲諸侯。於是盡并晉地而有之。武公已即位三十七年矣。凡三十九年而卒。」攷「緡二十六年」，「六」誤作「八」，舊本《史記》不誤也。哀侯以魯隱五年立。七年，莊伯卒。武公踰年即位，自在魯隱八年。至魯莊十六年，王命爲侯，武公即位已三十八年，則并晉國當在前一年。《史記》敘命侯於并國之先。《正義》據以爲并國、命侯俱三十七年内，誤矣。《箋》云：「天子之使，是時使來者。」《正義》謂「其使名號，書傳無文」。奂案：禮，爲人臣者無外交。雖容或有周使適晉，晉大夫不得與天子之使交通。且命出自天子，又不得私相干請。蓋《序》中「使」字必「吏」字之誤。天子之吏，謂三公也。列國大夫入天子之國稱士，士不得上通天子，故屬於天子之吏。若成二年《左傳》：「晉侯使鞏朔獻齊捷于周，王使委於三吏，禮之如侯伯克敵使大夫告慶之禮。」杜注云：「委，屬也。三吏，三公也。」此其義證矣。晉武公克曲沃，以寶器賂僖王，必有大夫至周。其大夫亦但能屬乎天子之吏，爲君請命。僖王得賂，遂以武公爲晉侯。是請命在周，斷不在晉。由轉寫者「吏」誤作「使」，遂多謬說。此詩即其大夫所作，故爲美而不爲刺。至武公并晉，天子不正篡國之罪，而反許受命之請，編《詩》者隱喻刺意爾。

豈曰無衣七兮，【傳】侯伯之禮七命，冕服七章。**不如子之衣，安且吉兮。**【傳】諸侯不命於天子，則不成爲君。【疏】《傳》釋經之「七」爲「七命」。七命，故冕服七章。《周禮·典命》云：「侯伯七命，其國家、宮室、車旗、衣服、禮儀皆以七爲節。」《大行人》云：「諸侯之禮，冕服七章。」是謂侯伯之禮也。○子，㡿武公也。武公既得命服，故云「安且吉」、「安且奧」。《傳》云「諸侯不命於天子，則不成爲君」者，總釋詩義，以見武公之服命於天子爲足美也。若《春秋》邾儀父、郳黎、來蕭、叔介、葛盧皆微國之君，未爵命，故不書爵，是則不命之諸侯。《春秋》不書爵，此不成爲君之義也。

豈曰無衣六兮，【傳】天子之卿六命，車旗、衣服以六爲節。**不如子之衣，安且燠兮。**【傳】燠，煖也。【疏】《傳》釋經之「六」爲「六命」。六命，故車旗、衣服以六爲節。《周禮·典命》云：「王之卿六命，及其出封加一等。其國家、宫室、車旗、衣服、禮儀亦如之。」是謂天子之卿之禮也。天子之卿即侯伯也。天子之卿六命，出封侯伯加一等則七命。七命以七爲節，六命以六爲節。晉爲侯伯之國，實七命。其在王朝，則亦就六命之數。蓋詩人以七、六分章，實一意爾。○燠，當從《釋文》作「奥」。《小明》「日月方奥」，《傳》亦云：「奥，煖也。」《爾雅·釋言》：「燠，煖也。」字亦當作「奥」。

《有杕之杜》二章，章六句。

《有杕之杜》，刺晉武公也。武公寡特，兼其宗族，而不求賢以自輔焉。

有杕之杜，生于道左。【傳】興也。道左之陽，人所宜休息也。**彼君子兮，噬肎適我。**【傳】噬，逮也。**中心好之，曷飲食之？**【疏】杕，特皃。杜，赤棠也。義見上《杕杜》篇。道以右爲陰，左爲陽。杕然之杜，其枝葉足以庇陰人。生於道左之陽，衆人得休息之。興者，喻人君有國，賢者宜歸往之，刺今之不然也。通章言武公初得晉國，寡特無助，宜求賢以自輔，不作反興之詞。上篇「有杕之杜，其葉湑湑」、「有杕之杜，其葉菁菁」，以葉盛不與枝相比佽爲喻。《小雅》「有杕之杜，有皖其實」、「有杕之杜，其葉萋萋」，以實、葉之蕃盛爲喻。皆取下句爲興，不以「有杕」爲興，此亦同也。《管子·輕重丁》篇云：「途旁之樹，未沐之時，五衢之民，男女相好，往來之市者，罷市，相睹樹下，談語終日不歸。男女當壯，扶輂推輿，相睹樹下，戲笑超距，終日不歸。父兄相睹樹下，論議玄語，終日不歸。」是古者道旁皆種樹可作休息之義證。○君子，謂賢者也。《方言》云：「北燕曰噬。逮，通語也。」《爾雅》作「遾」，《日月》篇作「逝」。噬，假借字。《釋文》引《韓詩》正作「逝」，云：「逝，及也。」噬、逝同聲，逮、及同意。中心，心中也。《爾雅》：「曷，盍也。」郭注云：「盍，何不也。」《廣雅》：「曷、盍，何也。」曷、盍聲同，故何謂之曷，又何不謂之曷，猶何謂之盍，亦何不謂之盍，義竝同。《釋詞》云：「曷，何不也。說者訓爲『何』，失之。」

有杕之杜，生于道周。【傳】周，曲也。**彼君子兮，噬肎來遊。**【傳】遊，觀也。**中心好之，曷飲食之？**【疏】周，讀如「漢盩厔縣」之「厔」，❶與「曲」同聲，義通。道曲，猶道左。《卷阿》篇「有卷者阿」，《傳》：「卷，曲也。」道之曲與阿之曲同意，亦人所宜休息也。《釋文》引《韓詩》云：「周，右也。」韓以上章「道左」，則此當訓「道右」。然道樹宜在左，毛義優也。○來遊，《卷阿》作「來游」。游、遊古今字。云「觀」者，《孟子·梁惠王》篇：「齊景公曰：『吾何脩而可以比於先王觀也？』晏子引夏諺曰：『吾王不遊，吾何以休？』」是遊、觀義同也。觀，讀如《易》「觀我」之「觀」。來觀，猶上章之云「適我」矣。

《葛生》五章，章四句。

《葛生》，刺晉獻公也。好攻戰，則國人多喪矣。【疏】《正義》云：「獻公以魯莊十八年立，僖九年卒。

❶ 下「厔」，疑爲「盩」之誤。段玉裁《說文解字注》「盩」下云：「山曲曰盩，水曲曰厔。按即周旋、折旋字之段借也。」又於《六書音均表》，「周」、「盩」、「曲」入三部，「厔」入十二部。是「周」、「盩」、「曲」同聲。

《左傳》伐驪戎、滅耿、滅霍、滅魏、伐東山皋落氏、滅下陽、圍上陽、滅虢、執虞公、敗狄于采桑，是其好攻戰也。

葛生蒙楚，蘞蔓于野。【傳】興也。葛生延而蒙楚，蘞生蔓於野，喻婦人外成於他家。**予美亡此，誰與獨處？**【疏】葛，絺綌草也。蒙，覆也。楚，木也。蔓，延也。《正義》引《義疏》云：「蘞，似栝樓，葉盛而細，其子正黑如燕薁，不可食也。幽州人謂之烏服。」毛晉《廣要》云：「《本草》：『蘞有赤、白、黑三種，疑此是黑蘞也。』《説文》：『薟，白薟。或作「蘞」。』則蘞有白蘞矣。」案葛、蘞皆蔓延野草，故以喻婦人之外成於他家也。《白虎通義·嫁娶》篇云：「嫁娶者，何謂也？嫁者，家也。婦人外成，以出適人爲家。」○婦人稱夫謂美，猶稱夫謂良。《車鄰》傳云：「亡，喪棄也。」誰與，即獨處。與「不遠伊邇，莫怨具慶」、「云徂何往，孔淑不逆」句法相同。

葛生蒙棘，蘞蔓于域。【傳】域，塋域也。**予美亡此，誰與獨息？**【傳】息，止也。【疏】蒙棘，猶蒙楚。《傳》釋「域」爲「塋域」者，《爾雅》：「域，兆也。」《廣雅》：「宅、垗、塋、域，葬地也。」古者葬地皆在外野。蘞草蔓延於塋域，亦是婦人外成之義。若謂葬夫之處，則失之。○獨息，猶獨處也。「息」訓「止」，處亦止也。

角枕粲兮，錦衾爛兮。【傳】齊則角枕、錦衾。禮，夫不在，斂枕篋、衾、席韣而藏之。**予美亡此，誰與獨旦？**【疏】經言「角枕」、「錦衾」，《傳》則申明經義，以爲齊時之物。凡齊，必居於正寢，故爲之別設此角枕錦衾也。《傳》又云「禮，夫不在，斂枕篋、衾、席韣而藏之」者，此引古禮文，以言夫從征役，既缺時祭，婦人斂藏枕衾，乃特假夫在齊物以起興爾。枕篋，枕匣也。《少儀》：「茵席、枕几、穎杖。」王引之《禮記述聞》：「『穎』字當在『枕』下，『枕』、『穎』相連。《釋文》『穎』作『穎』。《玉篇》、《廣韻》竝曰：『穎，篋也。』」是枕篋又謂之枕穎矣。席韣，席韜也。鄭注《内則》云：「襡，韜也。」「襡」與「韣」同。枕貯於篋謂之枕篋，席納於韣謂之席韣。枕篋也，衾也，席韣也，夫不在，則斂此三者藏之。詩但言枕、衾耳，席韣乃連而及之。《正義》引《内則》：「夫不在，斂枕篋、簟、席韣而藏之。」「此《傳》引彼，變『簟』爲『衾』，順經『衾』文。」案孔所見《内則》文當有奪誤。《内則》云：「御者舉几，斂席與簟，縣衾，篋枕，斂簟而襡之。」又云：「父母舅姑之衣衾、簟席、枕几不傳。」凡言席者必兼簟，言簟席者必兼衣衾矣。毛《傳》但舉衾席以該衣簟耳。今本《内則》「韣」作「襡」，「襡」下又誤衍一「器」字，當從《詩正義》所引無「器」字爲善本。〇旦，讀如「昧旦」之「旦」。祭昧旦而興質明而行事。夫不在，故自傷其獨旦也。獨旦，猶獨處、獨息也。

夏之日，冬之夜，【傳】言長也。**百歲之後，歸于其居。**【疏】夏日長，冬夜長，故云：「言長也。」《傳》統下章爲訓。〇《後箋》據章懷注《後漢書·蔡邕傳》引《箋》「居墳墓也」四字作《傳》文，奂竊以爲不然也。凡全《詩》上下章同義，上章無《傳》，下章即承上章之字作《傳》者，如《羔羊》「革，猶皮也」、《緇衣》「好，猶宜也」、《有女同車》「英，猶華也」、《蘀兮》「漂，猶吹也」、《九罭》「宿，猶處也」、《白駒》「夕，猶朝也」、《小明》「息，猶處也」、《鼓鐘》「悲，猶傷也」，此通例也。「居」訓「墳墓」，此《箋》申補經、《傳》之義，非《傳》文有此四字也。舊本《北堂書鈔·禮儀十三·死三十》亦引作鄭《箋》，不作毛《傳》。

冬之夜，夏之日，百歲之後，歸于其室。❶【傳】室，猶居也。【疏】此詩「居」字、「室」字與「同穴」之

---

❶「于」，原作「於」，據阮刻《毛詩正義》改。

「穴」字同義。《大車》「死則同穴」，《傳》：「死則神合，同爲一也。」此即所謂歸於居室也。《大車》及《秦・黄鳥》箋云：「穴，謂冢壙中也。」此《箋》云：「室，猶冢壙。」皆以申明《傳》文。《荀子・禮論篇》：「壙壠其須，象室屋也。」

《采苓》三章，章八句。

《采苓》，刺晉獻公也。獻公好聽讒焉。【疏】晉獻公嬖驪姬，殺大子申生，重耳、夷吾皆出奔，此其好聽讒也。

采苓采苓，首陽之巔。【傳】興也。苓，大苦也。首陽，山名也。采苓，細事也。首陽，幽辟也。細事喻小行也，幽辟喻無徵也。**人之爲言，苟亦無信。舍旃舍旃，苟亦無然。**【傳】苟，誠也。**人之爲言，胡得焉？**【疏】「苓，大苦」，《簡兮》同。説詳《簡兮》篇。舊説首陽在河東蒲阪，或謂首陽即雷首，在今山西蒲州府北。余友臨海金鶚《求古録》云：「《曾子制言中》篇云：『夷、齊居河、濟之閒。』《莊子・讓王》篇云：『夷、齊北至於首陽之山，遂餓而死。』言『北至於首陽』，則首陽當在蒲阪之北。雷首南枕大河，不得言北也。況《論語》言『首陽之下』，是『首陽』二字名山，非言『首山之陽』也。蒲阪雷首山一名首山，不名首陽，則謂首陽在蒲阪者，非也。唐國即晉國，晉始封在晉陽，即夏禹都。至穆侯遷于翼，在今平陽。獻公居絳，亦屬平陽。《詩》所詠『首陽』，即夷、齊所隱之首陽也。平陽爲堯都，又黄帝所葬，二子所願居，其地近河、濟，又在蒲阪之北，與曾子、莊子所言皆合。但非在河、濟之閒，意二子先居於河、濟，後乃隱於首陽。《史記》云：『武王東伐紂，夷、齊叩馬而諫，蓋在孟津之地。』孟津正當河、濟閒，是夷、齊去周，尚未隱首陽，而居於河、濟之閒也。又云：『武王已平殷亂，天下宗周。夷、齊恥之，隱於首陽山，采薇而食，遂餓死。』是武王克商之後，乃隱於首陽山也。故曾子言『居河、濟之閒』，而不言『隱首陽』。莊子言『北至於首陽』，明自河、濟閒而北去也。首陽之在平陽，可無疑矣。」案金説明辨。毛《傳》亦謂山名，首陽非首山之陽矣。晉都平陽，故詩人遂以晉山爲興。云「采苓細事，首陽幽辟」，又云「細事喻小行，幽辟喻無徵」，所以明經取興之義。小行、無徵皆指讒説。行，道也。小行，小道也。無徵，無徵不信也。首二句是興體，下正言讒之無足信與人不聽讒而讒自止也。三章篇義同。巔，俗「顛」字。○《正義》云：「王肅諸本作『爲言』，定本作『僞言』。」定本與《釋文》「或作」本同。《沔水》、《正月》「民之訛言」，《箋》：「訛，僞也。」《説文》作「譌言」，無「訛」字。古爲、僞、譌三字同。《毛詩》本作「爲」，讀作「僞」也。爲言，即讒言，所謂小行、無徵之言也。「苟，誠」者，苟與果一聲之轉，故苟謂之誠，猶果謂之誠也。「苟亦無信」，誠無信也。「亦」爲語助。《陟岵》傳云：「旃，之也。」無然，無是也。《皇矣》「無然畔援，無然歆羨」，《傳》：「無是畔道，無是援取，無是貪羨。」「無是」釋「無然」，或在句首，或在句末，其義一也。無是者，無一是者也。焉，猶然也。

采苦采苦，首陽之下。【傳】苦，苦菜也。人之爲言，苟亦無與。【傳】無與，勿用也。舍旃舍旃，苟亦無然。人之爲言，胡得焉？【疏】「苦，苦菜」，《禮記·内則》：「濡豚包苦。」《儀禮·公食大夫》、《士虞》、《特牲饋食·記》：「鉶芼用苦。」苦皆苦菜也。《邶·谷風》及《大雅·緜》謂之「荼」，《傳》云：「荼，苦菜。」是苦與荼同物，故鄭注《禮》以爲苦荼矣。○《傳》釋「無與」爲「勿用」，「無」讀爲「毋」，「與」讀爲「以」。詁訓毋、勿同義，毋謂之勿，無亦謂之勿矣。以、與同義，以謂之用，與亦謂之用矣。《易·師》：「上六，大君有命，開國承家，小人勿用。」《象傳》云：「小人勿用，必亂邦也。」與《傳》「勿用」義同。

采苓采苓，首陽之東。【傳】苓，菜名也。人之爲言，苟亦無從。舍旃舍旃，苟亦無然。人之爲言，胡得焉？【疏】《邶·谷風》「采葑采菲，無以下體」，《傳》：「葑，須從也。下體，根莖也。」葑之根莖不可食，其葉有可食，故此《傳》又云「菜名也」。

詩毛氏傳疏卷十一

秦車鄰詁訓傳弟十一　毛詩國風

秦國十篇，二十七章，百八十一句。【疏】秦，嬴姓，皋陶之子伯益之後。歷夏、殷世，至周孝王封其苗裔非子於秦谷，爲附庸國。《漢書·地理志》云：「今隴西秦亭秦谷是也。」《括地志》云：「清水縣，本秦川，非子始封。」案今甘肅秦州清水縣即其地也。

《車鄰》三章，一章四句，二章章六句。

《車鄰》，美秦仲也。秦仲始大，句。有車馬禮樂侍御之好焉。【疏】《史記·秦本紀》：「秦仲立三年，周厲王無道，諸侯或叛之。西戎反王室，滅犬丘大駱之族。周宣王即位，乃以秦仲爲大夫，誅西戎。西戎殺秦仲。秦仲立二十三年，死於戎。」徐廣注云：「宣王元年，秦仲之十八年也。」《國語》：「史伯曰：『秦仲，嬴之儁也。且大，其將興乎？』」史伯言嬴姓之大始於秦仲耳，非謂幽王之世秦仲尚在也。《序》與《國語》合。

有車鄰鄰，有馬白顛。【傳】鄰鄰，衆車聲也。白顛，的顙也。**未見君子，寺人之令。**【傳】寺人，内小臣也。【疏】《釋文》：「鄰，又作『轔』。」《文選》潘岳《藉田賦》、王融《曲水詩序》注引《毛詩》作「轔轔」。《廣雅》：「轔轔，聲也。」今《詩》作「鄰鄰」者，古文假借字。《傳》以「的顙」詁「白顛」，《爾雅》：「的顙，白顛。」舍人注云：「的，白也。顙，額也。額有白毛，今之戴星馬也。」《易・説卦傳》：「震爲的顙。」《説文・日部》：「的，明也。」引《易》作「的顙」。又《馬部》：「馰，馬白額也。《易》曰：『爲馰顙。』」段注云：「疑『馰』後出，非古。」〇君子，庰秦仲也。《周禮・序官》内小臣、閽人、寺人、内豎皆奄官。内小臣爲奄官之長，與寺人別官。《傳》云「内小臣」，則知此「寺人」非即《周禮》「寺人」矣。詩稱「寺人」，《序》稱「侍御」，服虔注襄二十九年《左傳》云：「秦仲始有侍御之臣。」古寺、侍通用。《儀禮・燕禮》：「主人洗，升自西階，獻庶子于阼階上，如獻士之禮。辯降洗，遂獻左右正，與内小臣皆于阼階上，如獻庶子之禮。」案諸侯亦有内小臣，《公食大夫禮》謂之「内官之士」。此詩下章「鼓瑟鼓簧」正行君燕臣禮，《傳》以「内小臣」釋「寺人」，實本《燕禮》爲説。秦仲爲宣王大夫，與外諸侯同體，故亦得設内小臣之官。令，《釋文》引《韓詩》作「伶」，云：「使伶。」《箋》云：「欲見國君者，必先令寺人使傳告之。」鄭用韓義也。

阪有漆，隰有栗。【傳】興也。陂者曰阪，下溼曰隰。**既見君子，竝坐鼓瑟。**【傳】又見其禮樂焉。**今者不樂，逝者其耋。**【傳】耋，老也。八十曰耋。【疏】阪有漆、桑，隰有栗、楊，與《終南》之有條、梅興義略同。言興者，合下章發《傳》，而又明首章之非興。此與《南有嘉魚》、《有駜》傳例又不同也。「陂者曰阪」，《爾雅・釋地》文。「阪」與「側」同意。邊爲側，猶陂爲阪。《東門之墠》傳：「遠而難，則如茹藘在阪。」《蒹葭》箋：「升者，言其難至如升阪。」是也。「下溼曰隰」，亦《釋地》文。《釋地》又云：「下者曰隰。」《爾雅》「隰」有兩解。下溼謂平地之隰。下者對陂者言，則謂不平之隰。《傳》不云「下者曰隰」而必云「下溼曰隰」者，於阪見其不平，而於隰箸其高下，經義始備也。《簡兮》、《皇皇者華》傳竝云：「下溼曰隰。」〇《爾雅・釋言》：「竝，併也。」郭注引

《詩》「竝坐鼓瑟」。《燕禮》：「公以賓及卿大夫皆坐乃安。」此「竝坐」之義也。「竝坐」與「鼓瑟」不連讀。《燕禮》「鼓瑟在堂，上有工坐」之文，或據之以解詩「竝坐」爲樂工竝坐。然鼓簧在堂下，詩亦言「竝坐」，將作何解乎？《傳》中「又」字冢上章，不冢上句。《燕禮》：「小臣坐，授瑟乃降。工歌《鹿鳴》、《四牡》、《皇皇者華》。」此升歌三終也。「笙入，立于縣中，奏《南陔》、《白華》、《華黍》」，此笙入三終也。詩上章「寺人之令」言見其侍御之好，鼓瑟則又見其升歌矣，鼓簧則又見其笙入矣。《傳》云「又見其禮樂焉」者，乃承上合下以釋之。○樂，樂禮樂也。逝，讀如「日月逝矣」之「逝」。逝，往也。「今者不樂，逝者其耋」，言今者不樂禮樂，往者其老矣。《悉蟀》篇：「今我不樂，日月其除。」「今我不樂，日月其邁。」「今我不樂，日月其慆。」彼《序》云：「欲其及時以禮自虞樂也。」詩義正同。「耋，老」，《釋言》文。《傳》「八十曰耋」當作「七十曰耋」。《易·離·九三》釋文引馬注云：「七十曰耋。」鄭注謂「年踰七十」，經言「大耋」即爲過耋之年。踰七十爲大耋，則鄭亦以七十爲耋，與馬注同。杜注僖九年《左傳》云：「七十曰耋。」與服注同。何注宣十二年《公羊傳》：「七十稱老。」徐彦疏云：「七十稱老，《曲禮》文也。按今《曲禮》云：『七十曰耋。』與此異也。」徐彦見《曲禮》作「七十曰耋」。《禮記·射義》疏亦云「六十之耆，七十之耋」，與《公羊疏》同。「耋」即「𦒿」之省。今本《曲禮》作「七十曰老」。疑「老」即「𦒿」之誤奪去下「至」耳。《曲禮》「七十曰耋」正爲毛《傳》所本。是七十謂之耋，非八十謂之耋也。又《版》傳云：「八十曰耄。」即《曲禮》「八十、九十曰耄」也。是八十謂之耄，則七十謂之耋也。此皆足訂毛《傳》「七」誤爲「八」之證。《說文》：「年八十曰耋，年九十曰𦒻。」許以耋、𦒻年近，統稱其言耄，與《版》傳不同，則其言耋亦與此《傳》不同。而劉熙《釋名》、王肅注《易》、郭璞注《爾雅》皆主「八十曰耋」之說，後人遂以改易此《傳》「七十」爲「八十」，與《禮記·曲禮》馬、鄭、服、杜注不合，且與《版》傳耋、耄同稱八十，尤不可通。《正義》謂「耋有七十、八十，無正文」，不能釐正《傳》文之誤，而作此游移之說。

阪有桑，隰有楊。既見君子，竝坐鼓簧。【傳】簧，笙也。**今者不樂，逝者其亡。**【傳】亡，喪棄也。【疏】詩之「簧」即《儀禮》之「笙」也，故《傳》以簧爲笙，《君子陽陽》同。○《傳》云「亡，喪棄也」者，喪、亡互訓，言無禮樂，則國政將喪棄矣。是時秦始大，而不忘喪棄，故國祚長久。《易・繫辭傳》云：「子曰：危者，安其位者也。亡者，保其存者也。亂者，有其治者也。是故君子安而不忘危，存而不忘亡，治而不忘亂，是以身安而國家可保也。《易》曰：『其亡其亡，繫于苞桑。』」

《駟驖》三章，章四句。

《駟驖》，美襄公也。始命，句。有田狩之事、園囿之樂焉。【疏】襄公，秦仲之孫也。《秦本紀》云：「周避犬戎難，東徙雒邑。襄公以兵送周平王，平王封襄公爲諸侯。」《箋》云：「始命，命爲諸侯也。秦始附庸也。」

駟驖孔阜，六轡在手。【傳】驖，驪；阜，大也。**公之媚子，從公于狩。**【傳】能以道媚於上下者。冬獵曰狩。【疏】駟，當作「四」，四馬曰駟。若下一字爲馬名，則上一字作「四」，不作「駟」。「四驖孔阜」，猶云「四牡孔阜」耳。凡《碩人》、《小戎》、《四牡》、《采薇》、《杕杜》、《六月》、《車攻》、《吉日》、《節南山》、《北山》、《車舝》、《桑柔》、《嵩高》、《烝民》、《韓奕》，皆曰「四牡」，此詩曰「四驖」，《載驅》、《六月》曰「四驪」，《四牡》、《裳裳者華》曰「四駱」，《采芑》曰「四騏」，《車攻》曰「四黄」，《大明》曰「四騵」，皆謂四馬也。《說文》引《詩》作「四驖」。《漢書・地理志》作「四臷」。「臷」乃「𢧜」之誤，而其字皆作「四」可證。「驖」訓「驪」，《駉》傳云：「純黑曰驪。」《周禮・廋人》「以阜馬」，鄭注云：「阜，盛壯也。」大亦盛壯之意。《箋》云：「四馬六轡，六轡在手，言馬之良也。」○《傳》云「能以道媚於上下者」，以釋經之「媚子」。《思齊》傳：「媚，愛也。」《卷阿》七章云：「藹藹王多吉士，維君子使，媚于天子。」此言「媚於上者」也。八章云：「藹藹王多吉人，維君子命，媚于庶人。」此言「媚於下者」也。《傳》正本《卷阿》詩義。上下謂君民。昭七年《左傳》：「子産曰：『不媚不信，不信，民弗從也。』」媚民即媚下。《箋》中《傳》以上下爲君臣。《正義》謂「不是己身能上媚下媚，言能和合他人，使之相愛」，皆失《傳》恉。王肅云：「卿大夫稱子。」「冬獵曰狩」，《叔于田》同。

奉時辰牡，辰牡孔碩。【傳】時，是；辰，時也。冬獻狼，夏獻麋，春秋獻鹿豕群獸。**公曰左之，舍拔則獲。**【傳】拔，矢末也。【疏】「時，是」，《爾雅・釋詁》文。《十月之交》、《文王》、《韓奕》、《訪落》傳竝訓「時」爲「是」。時、是同聲，古文以「時」爲「是」字也。「辰」訓「時」。時牡，謂冬獵之獸也。上章《傳》云「冬獵曰狩」，而此則又引《周禮・獸人》文以廣證「時牡」之義，實因冬獵連類稱之耳。《傳》中多有此例。且《傳》釋經之「辰牡」，不釋經之「奉」，故《箋》云：「奉是時牡者，謂虞人也。」《騶虞》傳：「虞人翼五豝，以待公之發。」即此義也。碩，大；孔碩，猶孔阜也。○《箋》云：「左之者，從禽之左射之也。」此即鄭司農《周禮・保氏》注所云「五馭逐禽左」也。賈疏云：「逐禽左者，謂御驅逆之車，逆驅禽獸使左當人君以射之。」人君自左射，故毛《傳》云「自左膘而射之，達於右腢爲上殺」是也。《箋》云：「拔，括也。」《釋名》云：「矢末曰栝。栝，會也，與弦會也。」《玉篇・木部》：「柭，矢末也。」豈希馮所據《詩傳》作「柭」歟？　獲，言中禽也。

遊于北園，四馬既閑。【傳】閑，習也。**輶車鸞鑣，載獫歇驕。**【傳】輶，輕也。獫、歇驕，田犬也。

長喙曰獫，短喙曰歇驕。【疏】《有杕之杜》傳：「遊，觀也。」《書·無逸》篇云：「于觀于逸，于遊于田。」渾言之，遊亦田也。古者田在園囿中，北園當即所田之地。首章言狩，此章言北園，與《車攻》篇上言狩言苗，而下言于敖，文義正相同也。北園，未聞。秦有具圃，見《左傳》。四馬，即四驖也。《還》序云：「習於田獵謂之賢，閑於馳逐謂之好。」是閑、習同義。《禮記·仲尼燕居》篇：「以之田獵有禮，故戎事閑也。」《書大傳》：「戰鬭不可不習，故于搜狩以閑之也。閑之者，貫之也。貫之者，習之也。」案閑，古字皆當作「閒」。《箋》以《序》「田狩園囿」分屬二事，遂謂公遊北園爲田獲以前，竝讀「閑」爲「邦國六閑」，「四馬」爲「四種之馬」，恐非《詩傳》之恉。○「輶，輕」，《釋言》文。《文選》張衡《西京賦》：「屬車之簉，載獫猲獢。」薛綜注云：「簉，副也。」案張以「屬車之簉」解詩之「輶車」，此輶車爲倍乘也，當即從公媚子之所乘。《車攻》傳：「諸侯發，則大夫、士發。」上言公射，此乃及大夫以下推廣言之耳。鸞，當作「鑾」。《説文》：「輶，輕車也。《詩》曰：『輶車鑾鑣。』」鑣在鑾，故曰「鑾鑣」。詳《蓼蕭》篇。載，載於車也。《傳》釋「獫」、「歇驕」爲「田犬」，而又引《爾雅·釋畜》文以分釋之。《爾雅》：「長喙，獫；短喙，猲獢。」《説文》：「獫，長喙犬也。」「猲，短喙犬也。《詩》曰：『載獫猲獢。』《爾雅》曰：『短喙犬謂之猲獢。』」「獢，猲獢也。」是許所據《詩》、《爾雅》作「猲獢」。郭注《爾雅》、李注《文選》引《詩》皆同。

《小戎》三章，章十句。

《小戎》，美襄公也。備其兵甲以討西戎，西戎方彊而征伐不休，國人則矜其車甲，婦人能閔其君子焉。【疏】《秦本紀》：「襄公二年，戎圍犬丘，世父擊之，爲戎人所虜。七年，西戎與申侯伐周，殺幽王，而襄公將兵救周，戰甚力，有功。十二年，伐戎而至岐卒。」

小戎俴收，五楘梁輈。【傳】小戎，兵車也。俴，淺；收，軫也。五，五束也。楘，歷録也。梁輈，輈上句衡也。一輈五束，束有歷録。**游環脅驅，陰靷鋈續。**【傳】游環，靳環也。游在背上，所以禦出也。脅驅慎駕具，所以止入也。陰，揜軓也。靷，所以引也。鋈，白金也。續，續靷也。**文茵暢轂，駕我騏馵。**【傳】文茵，虎皮也。暢轂，長轂也。騏，騏文也。左足白曰馵。**言念君子，温其如玉。在其板屋，亂我心曲。**【傳】西戎板屋。【疏】「小戎，兵車」，《雨無正》傳：「戎，兵也。」凡兵車，建五兵，故謂之兵車，亦謂之戎車。《采薇》、《六月》、《采芑》、《泮水》篇皆曰「戎車」是也。《箋》云：「此群臣之兵車，故曰小戎。」「俴，淺」，《爾雅・釋言》文。《傳》詁「收」爲「軫」者，軫，後軫也。《考工記》言「車軫四尺」，以明軫崇之度；於《輿人》記軫圍，以明軫厚之度；於《輪人》記庛軫，於《輈人》記軫閒，以明軫廣之度。《記》皆不及後軫。車廣六尺六寸，輿深四尺四寸，其四面束輿之木謂之軫。《詩》則謂之「收」，收，聚也，謂聚衆材而收束之也。凡乘車之體不方箱，故軫方非正方也。軫圍尺有一寸，其徑二寸七分半，其度準於牙圍。牙與軫任同，故度同也。升車皆從車後，故軫圍雖四面材，兩旁爲輢，前爲軓，其三面上有揜輿之版，納於輿下者，不可得而見。輿後一面無揜輿之版，所可見者，唯此後軫而已。鄭注云：「軫，輿後横木。」《説文》亦云：「軫，車後横木也。」皆指可見之軫而言。後軫無揜版，爲人上車之處，故毛《傳》謂之「淺軫」者，即此也。昭二十一年《左傳》：「張匄擊之，折軫。」後軫，故可擊、可折。又襄二十四年《傳》：「張骼、輔躒，皆踞轉而鼓琴。」「轉」即「軫」也。後軫，故可踞、可鼓琴。此亦兵車淺軫之義證與。○經言「五」，《傳》云「五束」。束，約也。五束，五約也。五束之文是曰楘。《釋文》：「楘，本亦作『犟』。」《説文》：「桼，車歷録束文也。」與《傳》訓同。梁輈謂曲轅，五桼謂輈束。《傳》既以「輈上句衡」釋「梁輈」之義，「句」與「軥」同，又嫌五桼爲衡束，故申釋「五桼」之義云「一輈五束，束有歷録」，謂一輈共五束，束文有歷歷録録然也。輈在輿下者謂之任正。任正如隧深，在輿下四尺四寸，合之軓前十尺，輈長丈四尺四寸。鄭司農云：「四馬之轅，率尺所一縛。」然則五束爲五尺，當在近衡之前五尺，不在近軓之後五尺矣。○游，猶流也。設環流於服馬背上，是謂之游環。《傳》「靳環」各本作「靷環」，今依《釋文》訂正。定九年《左傳》：「吾從子如驂之有靳。」《説文》：「靳，當膺也。」驂馬之首當服馬之胸，當胸之革爲靳。靳上有環，謂之靳環。游環就服馬得其義，而靳環兼驂馬得其義也。云「游在背上，所以禦出也」者，《箋》云：「游環在背上無常處，貫驂之外轡，以禁其出。」禁，即禦也。蓋環游於服馬之背上，而驂馬之外轡貫之，則驂馬不得外出，故曰「禁其出」也。云「脅驅愼駕具，所以止入也」者，《箋》云：「脅驅者，箸服馬之外脅，以止驂之入。」是驂馬首與服馬脅適相埒，服馬之脅爲駕具吃緊之處，驂馬之内轡倚箸於服馬之外脅，則服馬駕具亦得愼重，而驂馬亦不得退入於後，故曰「所以止驂之入」也。○「陰，揜軓」，陰、揜雙聲。軓，軾前也。軾前之版揜於軓上，是謂之揜軓。程瑶田《通藝録》説：「前軨下輈侯起處，牙錯相嵌而圅之，範圍此輈，故謂此處爲軓。」《箋》云：「揜軓在軾前，垂輈上。」是也。《傳》以「引」釋「靷」，《説文》、《玉篇》竝云：「靷，引軸。」案軸在輿下者謂之横任。「靷，引軸」，則當繫於横任，在陰版之後，横任兩頭有靷，故《左傳》稱「兩靷」。《正義》謂「靷繫於陰版之上」，非也。《爾雅》：「白金爲之銀，其美者謂之鐐。」《小箋》以爲古《毛詩》本皆作「渓」。「渓」即「鐐」字之假借也。續，猶系也。續靷者，系於靷之環，白金爲環之飾也。《箋》云：「鋈續，白金飾續靷之環。」《釋名》：「續，續靷端也。」蓋靷以皮爲之，靷環所以系靷，是曰續。設於軸上，不設於軓前也。○《傳》釋「文」爲「虎皮」，各本文下衍「茵」字，當刪。文者，覆軾之皮，即《韓奕》所謂「淺幭」也。茵薦軾中，或用席爲之，字從艸。或用革爲之，故字又從革，即《韓奕》所謂「鞹鞃」也。《急就篇》：「鞇、䩉、靯、韉、鞍、鑣、鐊。」《史記・酷吏傳》：「同車未嘗敢均茵伏。」徐廣《音義》云：「伏，軾也。」《漢書・霍光傳》「加畫繡絪馮」，《列女傳》作「絪䩉」，馮即伏也。文茵、鞇䩉皆二事。《釋名》釋《詩》「文茵」用「虎文爲鞇」，解者皆從劉説，恐未是。《史記・禮書》「寢兕持虎」，《索隱》云：「寢兕，以兕牛皮爲席。持虎，以猛獸皮文飾倚較及伏軾，故云持虎。」徐廣《音義》引《續漢書・輿服志》：「文，虎伏軾。」案此文即伏之證也。《玉篇》：「暢，亦作『暘』。」《廣雅》：「暘，長也。」《考工記・輪人》：「五分其轂之長，去一以爲賢，去三以爲軹。參分其轂長，二在外，一在内，以置其輻。」凡轂，長三尺二寸五分。其長一爲賢，當得六寸四分，即一在内也。内，在輿下者也。三爲軹，當得尺九寸二分，即二在外也。外，在輿外者也。於内外閒留其一，當得六寸四分，所以置輻也。轂之在於輿外者較長於輿下者。長轂，指在輿外可見者言也。其用革輓於長轂，是曰軝。《采芑》傳：「軝，長轂之軝也。」昭五年《左傳》：「長轂九百。」又文十四年《穀梁傳》：「長轂五百乘。」杜、范注：「長轂爲戎車。」○《傳》「騏文」，《正義》本作「綦文」。《文選》顔延之《赭白馬賦》注引《傳》「騏，綦文」。《尸鳩》傳同。《出其東門》箋作「綦文」，正本《傳》訓。《説文》：「騏，馬青驪，文如博棊也。」段注依《七發》注、玄應書所引《説文》作「青驪，文如綦」，謂「白馬而有青黑紋路相交如綦者」是已。《尸鳩》正義云：「馬之青黑者謂之騏。」又《駉》正義云：「騏，黑色之名。」《顧命》「四人騏弁」，注：「青黑曰騏。」引《詩》云：「我馬維騏。」是騏爲青黑色。不知鄭注言「青黑」爲弁文，不謂「青黑弁」，猶《説文》言「青驪」爲馬文，不謂「青驪馬」，仲達誤會騏馬爲青黑馬，豈騏弁亦青黑弁乎？孔説非是。此及《皇皇者華》、《采芑》、《駉》「騏」凡四見。《爾雅・釋畜》：「馬後左足白，馵。」《傳》所本也。《易・説卦傳》：「震爲馵足。」虞翻注：「馬白後左足爲馵。」《説文》：「馵，馬後左足白也。讀若注。」竝同《爾雅》。唯毛《傳》不言「後」者，省文耳。○言念，二章云「我念」，故《箋》云：「言，我也。」君子，謂乘小戎者也。《野有死麕》傳云：「如玉，德如玉也。」板，古作「版」。下章《傳》「在邑」爲在敵邑，則知板屋爲西戎板屋矣。《漢書·地理志》：「天水隴西，山多林木，民以板爲室屋，故《秦詩》曰：『在其板屋。』」又酈注《水經·渭水》篇：「秦武公十年，伐邽。漢武帝改爲天水郡。其鄉居悉以板蓋屋，《詩》所謂『西戎板屋』也。」《箋》云：「心曲，心之委曲也，憂則心亂也。此上四句者，婦人所用，閔其君子。」

四牡孔阜，六轡在手。騏駵是中，騧驪是驂。【傳】黄馬黑喙曰騧。**龍盾之合，鋈以觼軜。**【傳】龍盾，畫龍其盾也。合，合而載之。軜，驂内轡也。**言念君子，温其在邑。**【傳】在敵邑也。**方何爲期，胡然我念之？**【疏】「赤身黑鬣曰駵」，疑《傳》文有此六字，今羼入《箋》語。《傳》凡言馬色必詳。「騏」義已見上章。「駵」義雖箸於《駉》篇，而此「駵」實爲入經始見之馬。「駱」首見《四牡》，「駰」首見《皇皇者華》，而「駱」與「駰」又見於《駉》。尋《傳》之例，皆兩釋之，則知《小戎》、《駉》之「駵」亦或兩釋之矣。解見《駉》篇。《爾雅》：「白馬黑脣，駩。黑喙，騧。」白馬，當作「黄馬」。《釋文》：「駩，孫本作『犉』，云：『與牛同稱也。』」孫炎所據《爾雅》作「黄馬黑脣，犉」，與《無羊》、《良耜》傳「黄牛黑脣曰犉」合。此謂馬、牛同矣。黄馬而黑脣者謂之犉，黄馬而黑喙者謂之騧。爲此《傳》所本。騧即冢上犉言。郭注云：「今以淺黄色爲騧馬。」疑郭景純所見《爾雅》本不誤。上章《傳》云：「驖，驪也。」驪，易識之馬，例不傳。《箋》云：「中，中服也。驂，兩騑也。」〇《傳》云「龍盾，畫龍其盾也」者，其，當作「於」，《正義》不誤。畫，刻畫也。畫龍於盾，刻畫龍文於盾也。《齊語》：「輕罪贖以鞼盾一戟。」鞼，當讀「畫繢」之「繢」，與詩「龍盾」同。盾狀如蓋，故曰合。云「合而載之」者，謂覆合而載於車也。《大東》傳：

「載，載乎車也。」與此《傳》「載」字同義。王肅云：「合而載之，以爲車蔽。」○《傳》釋「軜」爲「驂内轡」。觼者，所以貫驂内轡之環也。《箋》云：「鋈以觼軜，軜之觼以白金爲飾也。軜繫於軾前。」《説文》云：「觼，環之有舌者。或作『鐍』。」「軜，驂馬内轡繫軾前者。《詩》曰：『洖以觼軜。』」案鄭、許皆足以申明《傳》義。《爾雅·釋器》：「環謂之捐。」「捐」即「觼」之假借字。又《釋器》：「載轡謂之轙。」《説文》：「轙，車衡載轡者。或作『钀』。」然則四馬八轡，兩驂馬各有内外轡，皆先貫於服馬之游環，其兩驂外轡從游環復入車軛大環，是謂之轙。其兩驂内轡從游環復貫軾前之大環，是謂之觼軜。軜之言納也，謂納於觼也。内轡納於輹，故在手者止有六轡耳。洖觼，以白金飾觼也。《荀子·正論篇》：「三公持納。」持納，謂軾前也。楊注云：「『納』與『軜』同。」○經言「在邑」，《傳》云「在敵邑」，敵謂西戎也。《鵲巢》傳訓「方」爲「有」，此「方」亦爲「有」也。何爲、胡然，皆疑問之詞。言有歸期而不歸，使我念之不已也。《小雅·杕杜》篇「期逝不至，而多爲恤」，《傳》云：「遠行不必如期，室家之情，以期望之。」意與此同。

俴駟孔群，厹矛鋈錞，蒙伐有苑。【傳】俴駟，四介馬也。孔，甚也。厹矛，三隅矛也。錞，鐏也。蒙，討羽也。伐，中干也。苑，文貌。**虎韔鏤膺，交韔二弓，竹閉緄縢。**【傳】虎，虎皮也。韔，弓室也。膺，馬帶也。交韔，交二弓於韔中也。閉，紲；緄，繩；縢，約也。**言念君子，載寢載興。厭厭良人，秩秩德音。**【傳】厭厭，安静也。秩秩，有知也。【疏】《傳》以「四馬」釋「駟」，「介」釋「俴」。《箋》云：「俴，淺也。謂以薄金爲介之札。介，甲也。」此《箋》申《傳》也。《釋文》引《韓詩》：「駟馬不箸甲曰俴駟。」案「駟馬」之「駟」當作「四」，「不」字衍。韓亦以「四馬」解「駟」，「箸甲」解「俴」。《韓詩·六月》傳云：「馬被甲。」則戎車之馬皆箸甲矣。《清人》「駟介旁旁」，《傳》云：「介，甲也。」《箋》云：「駟，四馬也。」俴駟，猶言駟介。「孔」訓「甚」，甚群者，旁旁之意也。○《説文・口部》：「厹，高气也。巨鳩切。」段注云：「《詩》『厹矛』是此『厹』字。」案《説文・金部》引《詩》正作「厹」。《傳》文「厹」下奪「矛」字。《正義》云：「厹矛，三隅矛，刃有三角。」今據《正義》補正。鄭注《顧命》云：「戣、瞿，蓋今之三鋒矛。」厹與戣、瞿一聲之轉。錞、鐏以疊韻爲訓。《禮記・曲禮》：「進戈者，前其鐏，後其刃。進矛戟者，前其鐓。」鄭注云：「鋭底曰鐏，平底曰鐓。」此析言之也。《説文》：「錞，矛戟柲下銅鐏也。《詩》曰：『厹矛淾錞。』」段注據玄應書《説文》作「鐓」。案《御覽・兵部八十四》引《詩》亦作「鐓」。《玉篇》：「鐓，鐏也。」字皆作「鐓」。《淮南子・原道》篇云：「猶鐓之與刃。刃犯難而鐓無患者，何也？以其託於後位也。」高誘注：「鐓，讀曰頓。」是鐓狀固平底矣。白金爲厹矛下飾，《詩》謂之淾鐓，漢人則謂之銅鐏。○《傳》云「蒙，討羽」者，蒙，覆也。討，治也。謂治羽而覆於中干之上，是曰蒙伐。鄭司農《周禮・舞師》注：「翌舞，蒙羽舞。」又《樂師》注：「翌舞者，以羽冒覆頭上。」案仲師所云「蒙羽」即本此《傳》「蒙，討羽」之義。《箋》云：「蒙，厖也。討，襍也。畫襍羽之文於伐，故曰厖伐。」鄭説不同。《玉篇》引三家《詩》作「瞂」，《毛詩》用假借作「伐」。《傳》云「伐，中干」，《玉篇》誤爲《箋》語，非也。《説文》：「瞂，盾也。」「干」與「瞂」同。中瞂即中盾也。大盾曰櫓。「苑」訓「文皃」者，謂羽飾也。《禮》稱「朱干舞《大武》」，或舞干以染朱羽爲飾與？○虎韔，以虎皮爲弓韔，故《傳》云：「虎，虎皮。韔，弓室也。」弓室，猶弓衣也。膺，匈也。《傳》以「馬帶」釋「膺」，馬帶非馬大帶。馬大帶在腹下，馬帶在匈前也。馬帶以革爲之，箸於匈前，故曰膺；革有金飾，故曰鏤膺。《箋》云：「鏤膺，有刻金飾也。」鏤膺與鉤膺不同。鉤膺下垂，而鏤膺不下垂。此戎車與路車制異也。鉤膺，詳《采芑》篇。○《傳》文「交韔」下當有「二弓」二字。《正義》云「交二弓於韔中，謂顛倒安置之」，是也。二弓，《閟宫》謂之「重弓」。韔，即「虎韔」之「韔」。竹閉，以竹爲閉也。閉亦作「柲」。《既夕・記》「有柲」，注：「柲，弓檠。弛則縛之於弓裹，備損傷，以竹爲之。《詩》云：『竹柲緄縢。』古文『柲』作『枈』。」「閉」亦爲「紲」，《考工記》「譬如終紲，引如終紲」，注：「紲，弓鞑。弓有鞑者，爲發弦時備損傷。《詩》云：『竹鞑緄縢。』」《説文》云：「檠，榜也。」「榜，所以輔弓弩也。」「紲，繫也。」案繫檠曰紲，因之評檠曰紲。毛意蓋讀詩之「閉」爲《既夕・記》「有柲」之「柲」，而即以《考工記》「終紲」之「紲」釋之，實一物也。詩既言交弓於韔中，又用竹檠約之以繩，所以虞其翩反也。《角弓》傳：「不善紲檠巧用，則翩然而反。」是其義矣。《傳》文「緄，繩；縢，約」疑有互譌。《宋策》：「束組三百緄。」此「緄」有「約」義。《少儀》「甲不組縢」、《周書》有「金縢」，此「縢」有「繩」義。《閟宮》「緑縢」，《傳》亦訓「縢」爲「繩」。緄縢，謂約之必以繩也。緑縢者，其繩色緑也。然賈公彥疏已作「緄，繩；縢，約」矣。○《湛露》傳：「厭厭，安也。」此云「安静」，各隨文訓也。厭，古「懕」字。懕懕，三家《詩》作「愔愔」。「愔」即「懕」之異體。「秩秩，有知」，《巧言》同。《爾雅》：「秩秩，智也。」古知、智通用。《列女傳・賢明》篇：「君子謂於陵妻謂有德行。《詩》云：『愔愔良人，秩秩德音。』此之謂也。」案此三家釋《詩》「良人」指婦人，與《綢繆》毛傳「良人，美室」同義，未審毛於此詩「良人」然不也。

《蒹葭》三章，章八句。

《蒹葭》，刺襄公也。未能用周禮，將無以固其國焉。

蒹葭蒼蒼，白露爲霜。【傳】興也。蒹，薕；葭，蘆也。蒼蒼，盛也。白露凝戾爲霜，然後歲事成。國家待禮，然後興。**所謂伊人，在水一方。**【傳】伊，維也。一方，難至矣。**遡洄從之，道阻且**

長。【傳】逆流而上曰遡洄。逆禮則莫能以至也。**遡游從之，宛在水中央。**【傳】順流而涉曰遡游。順禮求濟道來迎之。【疏】「蒹，薕」，《爾雅·釋草》文。郭注云：「似藡而細，高數尺。江東呼爲薕。」《説文》云：「蒹，萑之未秀者。」「薕，蒹也。」《碩人》正義引《義疏》亦云：「薍，或謂之荻。至秋堅成，則謂之萑。其初生三月中，其心挺出，其下本大如箸，上鋭而細。楊州人謂之馬尾。」「葭，蘆」，《騶虞》、《碩人》同。《夏小正》：「七月，秀萑葦。」蒹葭即萑葦之未秀者，七月始秀而成爲荼也。《廣雅》：「蒼蒼，茂也。」盛、茂義同。「蒹葭蒼蒼」在七月之前，而「白露爲霜」乃在九月已後，故《傳》又申之云「白露凝戾爲霜，然後歲事成」也。案此詩多用興體也。先言蒹葭之盛，喻國家之興。此一興也。又言霜至物成，喻禮得國興。此一興也。下皆以水爲喻。遡洄，猶逆禮；遡游，猶順禮。此又一興也。首章爲霜，喻已得禮。下章未晞、未已就未爲霜言，喻未得禮。餘義三章盡同。○伊、維一聲之轉，伊其即維其，伊何即維何，伊人即維人。此篇及《伐木》、《白駒》曰「伊人」，《烈文》及《雝》曰「維人」。維，是也，猶言是人也。《箋》云：「伊，當作『緊』。緊，猶是也。所謂是知周禮之賢人。」此《箋》申《傳》也。《廣雅·釋詁》：「隒、厓、厲，方也。邊、厓、旁、隒，方也。」又《釋丘》：「隒，厓也。」《疏證》云：「方，猶旁也。《秦風》傳：『湄，水隒也。涘，厓也。』即經所云『水一方』也。故蘇武詩云『各在天一方』，古詩云『各在天一涯』，『涯』與『厓』通。」奂謂《常武》傳：「濆，厓也。」《汝墳》傳：「墳，大防也。」「方」與「防」義亦相通。隄防與厓岸一也。《箋》云：「在大水之一邊，假喻以言遠。」《箋》正申成《傳》義。一方爲曲隈蔽隱之處，故云「難至」。《傳》合「在湄」、「在涘」而言。此亦其人甚遠之意。《東門之墠》傳云：「得禮則近，不得禮則遠。」○《爾雅·釋水》：「逆流而上曰泝洄。」《傳》所本也。《釋文》云：「泝，《詩》作『遡』。」《説文·水部》：「泝，逆流而上曰泝洄。泝，向也。水欲下，違之而上也。字或作『遡』。」「洄，泝洄也。」《公劉》、《桑柔》傳：「遡，鄉也。」遡、泝同字，鄉、向同字。云「逆禮則莫能以至也」者，此兼釋「道阻且長」句。《雄雉》、《谷風》傳竝云：「阻，難也。」《爾雅》：「順流而下曰泝游。」「下」字疑亦當作「上」字。逆流爲洄，順流爲游；逆流而上爲泝洄，順流而上爲泝游。是以逆、順分洄、游，渡水皆是鄉上也。《説文》：「汓，浮行水上也。」「游」與「汓」同。《傳》就濟渡言，故云「順流而涉」。其實逆流而上亦是涉也，不作「下」字。云「順禮求濟道來迎之」者，此兼釋「宛在水中央」句。央，亦中也。中坻、中沚，就首章而申言之。

蒹葭淒淒，白露未晞。【傳】淒淒，猶蒼蒼也。晞，乾也。**所謂伊人，在水之湄。**【傳】湄，水隒也。**遡洄從之，道阻且躋。**【傳】躋，升也。**遡游從之，宛在水中坻。**【傳】坻，小渚也。【疏】淒淒，讀爲「萋萋」，故《傳》與上章「蒼蒼」同訓爲「盛」。若本作「萋萋」訓「盛」，已見於《葛覃》傳，不當云「猶蒼蒼」矣。宋本作「淒淒」，不誤也。《釋文》：「淒淒，本亦作『萋萋』。」今《釋文》亦倒誤。《湛露》「匪陽不晞」，《傳》亦云：「晞，乾也。」《箋》云：「未晞，未爲霜。言未凝戾爲霜也。」○《葛藟》傳：「漘，水隒也。」「湄」與「漘」皆有「垂邊」之義，故《傳》訓相同。「躋，升」，《釋詁》文。《釋文》：「躋，本又作『隮』。」《正義》本當作「隮」字，與《蝃蝀》同，而與《候人》、《斯干》、《長發》異，故不云《釋詁》文也。《爾雅》：「小州曰渚。小渚曰沚。小沚曰坻。」《傳》於「沚」用《爾雅》，而於「坻」乃易之云「小渚」者，沚、坻皆是絶小之稱，不復區别也。《説文》：「坻，小渚也。从土，氏聲。《詩》曰：『宛在水中坻。』」許同《傳》訓。《甫田》箋云：「坻，水中之高地也。」

蒹葭采采，白露未已。【傳】采采，猶淒淒也。未已，猶未止也。**所謂伊人，在水之涘。**【傳】涘，厓也。**遡洄從之，道阻且右。**【傳】右，出其右也。**遡游從之，宛在水中沚。**【傳】小渚曰沚。【疏】《芣苢》傳：「采采，非一詞也。」《浮游》傳：「采采，衆多也。」是采采亦爲盛，故云「猶淒淒也」。蒼蒼、淒淒、采采一語之轉。已爲止，未已爲未止，《緑衣》傳同。「已止」之「已」與「已然」之「已」不同。「已然」之「已」，《詩》或言既，或言已。「已止」之「已」，《詩》或言止，或言已。此其義别。○「涘，厓」，詳見《葛藟》篇。《爾雅·釋丘》：「水出其前，渻丘。水出其後，沮丘。水出其右，正丘。水出其左，營丘。」《釋名》：「水出其右曰沚丘。沚，止也。西方義氣有所制止也。」據劉熙所見《爾雅》，「正」乃「止」之誤。《傳》云「出其右」者，謂水出道右也，正本《爾雅》「出其右」之義。上章《傳》云「躋，升也」，升，猶前也，即本《爾雅》「出其前」之義。「小渚曰沚」，《釋水》文。《文選》潘岳《河陽縣作》注引《韓詩》「宛在水中沚」，《薛君章句》：「大渚曰沚。」案「大」字誤。《説文》亦云：「小渚曰沚。」《爾雅》釋文：「本或作『洔』。」郭注《穆天子傳》云：「洔，小渚也。」

《終南》二章，章六句。

《終南》，戒襄公也。能取周地，始爲諸侯，受顯服，大夫美之，故作是詩以戒勸之。【疏】周地，岐以西之地。《鄭語》云：「平王之末，秦取周土。」

終南何有？有條有梅。【傳】興也。終南，周之名山中南也。條，槄；梅，柟也。宜以戒不宜也。**君子至止，錦衣狐裘。**【傳】錦衣，采色也。狐裘，朝廷之服。**顔如渥丹，其君也哉。**【疏】《漢書·地理志》：「右扶風武功大一山，古文以爲終南。垂山，古文以爲敦物。皆在縣東。」案《禹貢》終南、惇物皆在雍州渭南。惇物，漢扶風武功縣之南山，而終南爲漢京兆長安縣之南山，今陝西西安府南五十里終南山即此。

酆在長安西，鎬在長安東，則終南爲周酆、鎬之南山矣。古文《尚書》終南、惇物皆在武功界内，而以大一當終南，未是也。《史記・秦本紀》言：「平王封襄公爲諸侯，賜之岐以西之地。其子文公遂收周餘民有之，地至岐。岐以東獻之周。」《漢書・匈奴傳》亦云：「秦襄公伐戎，至郂，始列爲諸侯。」據此，知襄公賜封僅有岐西，尚無岐東。至豐、鎬之南山，必非秦履。《傳》云「終南，周之名山中南也」者，昭四年《左傳》：「司馬侯曰：『中南，九州之險。』」終南，即中南，「中」與「終」通。終南爲周之名山，毛《傳》既有明文，《序》云「能取周地」者，亦謂取周岐西地耳，非以周山爲周地也。《地理志》：「襄公將兵救周，有功，賜受郂、酆之地，列爲諸侯。」此班孟堅括《史記》襄公至德公以後而言，下文「故秦地於《禹貢》時跨雍、梁二州，《詩》風兼秦、豳兩國」，亦統穆、孝以後而言。自鄭康成誤讀班《志》，《詩譜》云：「襄公遂橫有周西都畿内八百里之地。」高誘注《吕覽・疑似》篇亦云：「受周故地酆、鎬。」其誤與《詩譜》同。而説者因以西起秦隴，東徹藍田，橫亘八百里皆屬之終南，則謬之謬者也。然則詩何以詠終南也？終南爲周西都地，其時故宗廟宫室盡爲禾黍，而襄公來朝受命東都，終南道所由徑，故秦大夫偶以終南起興。秦無終南，而《終南》名篇；魏無汾，而《汾沮洳》名篇，正是一例。○《爾雅・釋木》：「槄，山榎。」孫炎注引《詩》「有條有梅」，云：「條，槄也。」孫用毛義，謂「條」即「槄」之假借字也。《正義》引《義疏》云：「槄，今山楸也。」郭璞注同。「梅，柟」，《釋木》文，《墓門》同。《衆經音義》引樊光注云：「荆州曰梅，楊州曰柟，益州曰赤楩。葉似豫樟，無子也。」《義疏》云：「梅樹皮葉似豫樟。豫樟葉大如牛耳，一頭尖，赤心，華赤黄，子青，不可食。柟葉大，可三四葉一藂，木理細緻於豫樟，子赤者材堅，子白者材脆，江南及新城、上庸、蜀皆多樟柟。終南山與上庸、新城通，故亦有柟也。」《傳》云「宜以戒不宜也」者，此合下章而總釋大義。終南之有條、梅，又有基、堂，皆山之所宜有也，以興襄公始爲諸侯，宜乎長受此顯服。《小箋》云：「宜，謂言山所宜，以戒不宜，此説起興戒勸之意。」

○《傳》以「采色」詁「錦衣」，疑「色」乃「衣」之誤。《正義》云：「錦者，襍采爲文，故云采衣。」是孔據《傳》作「采衣」也。《逸周書·大匡》篇：「及期日質明，王麻衣以朝，朝中無采衣。」案麻衣，朝服也。天子皮弁，日視朝。此因荒變，故服諸侯朝服視朝，以示貶。諸侯朝服無采衣，唯天子皮弁服有采衣。采衣，即錦衣矣。《傳》云「狐裘，朝廷之服」者，狐裘，狐白裘也。《玉藻》：「君衣狐白裘，錦衣以裼之。錦衣狐裘，諸侯之服也。」鄭注云：「君衣狐白毛之裘，則以素錦爲衣覆之，使可裼也。袒而有衣曰裼，必覆之者，裘褻也。《詩》云：『衣錦絅衣，裳錦絅裳。』然則錦衣復有上衣明矣。天子狐白之上衣，皮弁服與？凡裼衣，象裘色也。非諸侯則不用錦衣爲裼。」案鄭言「裼衣象裘色」，「裼衣」當作「上衣」，字之誤。天子皮弁服上衣，以白布爲之，是象狐白裘色也。若諸侯之皮弁服，《論語》所謂「素衣麑裘」也。《聘禮》注云：「皮弁時，或素衣，其裘同可知。」是也。《聘禮》：「賓皮弁聘，至于朝，公皮弁迎賓于大門內。及廟門，公揖入。公裼，降立。賓裼，奉束帛加璧享。」是侯國朝聘于朝、于廟，皆皮弁服有裼衣，若王朝于朝則皮弁服，而于廟則冕服。天子諸侯君臣同服。《覲禮》：「至于郊，王使人皮弁用璧勞。侯氏亦皮弁迎于帷門之外，再拜。」注云：「皮弁者，天子之朝朝服也。」此侯氏初來皮弁服也。「侯氏裨冕，釋幣于禰」，注云：「裨冕者，衣裨衣而冠冕也。」此侯氏入廟冕服也。秦襄公入覲，以錦衣爲狐裘之裼，此正同天子皮弁服之制，明在朝廷不在廟中也。皮弁服爲諸侯視朔與天子日視朝之正服，故諸侯在己國行廟受之禮皮弁服，裼衣者，素衣也，其裘，則麑青也。諸侯在天子朝廷皮弁服，裼衣者，錦衣也，其裘，則狐白也。裼衣，即中衣也。是錦衣狐裘，唯諸侯在天子朝廷君臣同服之衣。《書大傳》云：「命於其君，得命衣文騂錦。未有命者，不得衣。」是錦衣爲貴顯之服矣。《夏小正》：「九月，王始裘。」亦與秋覲禮合。○「渥丹」，「丹」字疑誤，當同《簡兮》作「渥赭」。《釋文》引《韓詩》作「沰」，云：「沰，赭也。」赭、沰聲通。若作「丹」，則聲不通矣。今《韓詩外傳》引《詩》「顏如渥赭」，或後人依《毛詩》改之也。《簡兮》傳云：「渥，厚也。」《箋》云：「渥，厚漬也。顔色如厚漬之丹，言赤而澤也。其君也哉，儀貌尊嚴也。」

終南何有？有紀有堂。【傳】紀，基也。堂，畢道平如堂也。**君子至止，黻衣繡裳。**【傳】黑與青謂之黻。五色備謂之繡。**佩玉將將，壽考不忘。**【疏】紀，讀與「基」同，古己、其聲通也。《傳》釋「堂」謂「畢道平如堂」，「平」字當衍。《小箋》云：「定本作『平如堂』，非也。此自兩厓壁立言之。平如堂，則自道言之矣。」案段説是也。《爾雅·釋厓岸》：「畢，堂牆。」此《傳》所本。畢者，道名，謂終南山之道有厓岸如堂牆者也。《傳》釋「紀」爲「基」，基爲山厓之下，堂爲山厓之邊。《箋》云：「基也、堂也，亦高大之山所宜有也。畢，終南山之道名，邊如堂之牆然。」此鄭申《傳》説。今本《箋》「基也」誤作「畢也」二字，孔仲達所據已不能諟正矣。《詩述聞》云：「考《白帖·終南山類》引《詩》作『有杞有棠』，所引蓋《韓詩》。柳宗元《終南山祠堂碑》曰：『其物産之厚，器用之出，則璆琳琅玕，《夏書》載焉。紀堂條梅，《秦風》詠焉。』宗元以『紀堂』爲終南之物産，則是讀『紀』爲『杞』，讀『堂』爲『棠』，蓋亦本《韓詩》也。」○「黑與青謂之黻」，《考工記》「畫繢之事」文。宣十六年《左傳》：「晉侯請于王，以黻冕命士會將中軍，且爲大傅。」此公之孤四命有黻也。《禮器》云：「諸侯黼，大夫黻，天子大夫與列國大夫同。黻如赤韍、蔥珩之例。天子卿六命，出封爲侯伯七命。天子大夫四命，出封爲子男五命。」《曲禮》云：「其在東夷、北狄、西戎、南蠻，雖大，曰子。」則是襄公始封諸侯，當始就子男之命，應用黼，不應用黻。而詩詠黻衣，仍從天子大夫四命之節者，何也？此與《唐·無衣》篇晉武公始封侯伯，二章仍就天子之卿六命言之，其例正同。又《曾子問》：「孔子曰：『天子賜諸侯、大夫冕弁服於大廟，歸設奠，服賜服。』」案冕，裨冕也。弁，爵弁，即玄冕也。天子所賜冕弁必歸奠而後服，在天子朝廷不得服所賜之服。此亦詩詠黻之義歟？《考工記》：「五采備謂之繡。」五色即五采也。古者黹刺與畫繢皆有五色，山、龍青，華蟲黄，作繪黑，宗彝白，璪火赤，畫繢之五色也。黺絑、黼、黻亦備五色，黹刺之五色也。子男自毳冕以下，不得備畫繢五色。子男未出封四命，又不得備黹刺五色。《傳》云「五色備」者，所以釋經「繡」字之訓，蓋唯冕服之裳有繡文也。故《終南》之「繡裳」與《九罭》之「繡裳畫刺」自有等差。將將，猶瑲瑲也。

《黄鳥》三章，章十二句。

《黄鳥》，哀三良也。國人刺穆公以人從死，而作是詩也。【疏】文六年《左傳》：「秦伯任好卒，以子車氏之三子奄息、仲行、鍼虎爲殉，皆秦之良也。國人哀之，爲之賦《黄鳥》，君子謂穆公收良以死。」《詩序》與《左傳》合。《漢書·匡衡傳》云：「秦穆貴信，而士多從死。」匡學《齊詩》，説異。

交交黄鳥，止于棘。【傳】興也。交交，小貌。黄鳥以時往來得其所，人以壽命終亦得其所。**誰從穆公？子車奄息**。【傳】子車，氏。奄息，名。**維此奄息，百夫之特**。【傳】乃特百夫之德。**臨其穴，惴惴其慄**。【傳】惴惴，懼也。**彼蒼者天，殲我良人**。【傳】殲，盡；良，善也。**如可贖兮，人百其身**。【疏】黄鳥，小鳥。故交交爲小皃。《小宛》「交交桑扈」，《傳》亦云「交交，小皃」也。《傳》以黄鳥得所止喻人得死，所以見三良不得壽命終，小鳥之不如，所以明經興義，總釋全章也。詩本賦三良耳，而因黄鳥生興，故《左傳》爲之「賦」，毛《傳》爲之「興」，此因興以賦，猶《葛藟》因興以比。興該賦、比矣。○從，從死也。子車，《左傳》云：「子車氏。」《傳》所本也。子車爲氏，奄息其名。《庸·柏舟》傳：「特，匹也。」云「乃特百夫之德」者，言奄息之德，乃足以匹百夫耳。穴，讀「死則同穴」之「穴」。「惴惴，懼」，《爾雅・釋訓》文。慄，當作「栗」。《孟子・公孫丑》注引《詩》作「惴惴其栗」。《淮南・説山》注：「倕，讀《詩》『惴惴其栗』之『惴』也。」皆作「栗」可證。《爾雅》：「慄，懼也。」慄，誤俗字。「殲，盡」，《釋詁》文。《春秋》：「莊十七年，齊人殲于遂。」《穀梁傳》：「殲者，盡也。」《公羊傳》：「瀸者何？瀸積也。」何注云：「瀸者，死文。瀸之爲死，積死非一之辭，故曰瀸積，衆多也。」案「瀸」與「殲」通。積死非一，盡之意也。「良」訓「善」，良人，善人也。《左傳》：「君子曰：『秦穆之不爲盟主也，宜哉！死而弃民。先王違世，猶詒之法，而況奪之善人乎？《詩》曰：「人之云亡，邦國殄瘁。」無善人之謂。若之何奪之？』」此《傳》訓「良」爲「善」之義也。「人百其身」，言百人身也。

交交黄鳥，止于桑。誰從穆公？子車仲行。維此仲行，百夫之防。【傳】防，比也。**臨其穴，惴惴其慄。彼蒼者天，殲我良人。如可贖兮，人百其身。【疏】**仲，《左傳》釋文作「中」。仲，字也。行，名也。子車仲行，若鄭之祭仲足。祭，氏；仲，字；足，名矣。《傳》以奄息爲名，則仲行、鍼虎皆名。仲行爲子車氏之弟二子，單名行，故詩人以此分章，不當兩稱名而一稱字。《箋》謂「仲行，字」，恐非是。《傳》讀「防」爲「比方」之「方」。徐邈云：「毛音『方』。」是也。《箋》：「防，猶當也。」防如字，義亦通。

交交黄鳥，止于楚。誰從穆公？子車鍼虎。維此鍼虎，百夫之禦。【傳】禦，當也。**臨其穴，惴惴其慄。彼蒼者天，殲我良人。如可贖兮，人百其身。【疏】**「禦，當」者，禦亂，當亂，禦敵，當敵，是「禦」有「當」義。百夫之當，言可當百夫耳。

《晨風》三章，章六句。

《晨風》，刺康公也。忘穆公之業，始棄其賢臣焉。【疏】與《權輿》刺意同。

鴥彼晨風，鬱彼北林。【傳】興也。鴥，疾飛貌。晨風，鸇也。鬱，積也。北林，林名也。先君招賢人，賢人往之，駛疾如晨風之飛入北林。**未見君子，憂心欽欽。**【傳】思望之，心中欽欽然。**如何如何？忘我實多。**【傳】今則忘之矣。【疏】「鴥，疾飛皃」者，「疾」與「鴥」疊韻也。《韓詩外傳》八作「鷸」。「晨風，鸇」，《爾雅·釋鳥》文。《說文》：「鸇，鷐風。」而於「鴥」下引《詩》作「晨風」。晨，古文假借字。《正義》引《義疏》云：「鸇似鷂，青黃色。燕頷，句喙，嚮風搖翅，乃因風飛急疾，擊鳩、鴿、燕、雀食之。」《孟子·離婁》篇：「爲叢敺爵者，鸇也。」趙注云：「鸇，土鸇也。」鬱，《正月》、《小弁》、《菀柳》、《桑柔》皆作「菀」，訓「茂」。鬱、菀一語之轉。《傳》訓「鬱」爲「積」者，與《棫樸》訓「槱」爲「積以薪」之「積」喻賢人之衆多者同意。「北林，林名」，其地未詳。晨風飛入北林，猶賢人之歸先君。《傳》合二句爲興也。下二章以山、隰所有興國家有賢人。○君子，謂賢人也。《傳》云「思望之」，釋「未見君子」句。云「心中欽欽然」，釋「憂心欽欽」句。《爾雅》：「欽欽，憂也。」如，猶奈也。我，我君子也。云「今則忘之矣」者，今與先君相應，先君謂穆公，今謂康公也。文十三年《左傳》：「繞朝贈晉士會以策，曰：『子無謂秦無人，吾謀適不用也。』」此即康公忘棄舊臣之事矣。《後箋》云：「《傳》文兩『之』字相承，明指賢者而言。思，謂穆公思之。忘，謂康公忘之。《箋》以憂心爲思賢，與《傳》同。至『忘我實多』，則謂『假穆公之意，責康公之忘己』，此泥於《序》文『忘』字之故，其實《序》言『忘穆公之業』乃作詩大旨，非即指詩中『忘』

字也。《箋》釋經『忘』字本與《傳》異，《正義》强以鄭説述毛，殊失毛旨。《韓詩外傳》云：『魏文侯封大子擊於中山，三年莫往來。趙倉唐爲大子使於文侯，文侯曰：「中山之君亦何好乎？」對曰：「好《詩》。」文侯曰：「於《詩》何好？」倉唐曰：「好《黍離》與《晨風》。」文侯曰：「《晨風》謂何？」對曰：「『鴥彼晨風』云云至『忘我實多』，此自以忘我者也。」於是文侯大悦。』據此，必此詩爲君忘其臣，故倉唐引以爲諷。若如《箋》説以爲子之忘父，而乃誦之以諷文侯之忘其子，雖曰斷章，亦言之不順矣。」

山有苞櫟，隰有六駮。【傳】櫟，木也。駮，如馬，倨牙，食虎豹。**未見君子，憂心靡樂。如何如何？忘我實多。**【疏】《正義》云：「《釋木》：『櫟，其實梂。』孫炎云：『櫟實，橡也。有梂彙自裹也。』陸機《疏》云：『秦人謂柞櫟爲櫟，河内人謂木蓼爲櫟，椒椴之屬也。其子房生爲梂。木蓼子亦房生，故説者或曰柞櫟，或曰木蓼。機以爲此《秦詩》也，宜從其方土之言柞櫟是也。』」《説文》：「櫟，櫟木也。」「梂，櫟實。」段注云：「陸謂《秦詩》當是柞櫟。觀許『櫟』、『梂』二篆連屬，與陸云『木蓼子房生爲梂』者合，許意謂『木蓼』也。《艸部》云：『草斗，櫟實也。一曰樣斗。』《木部》『栩』下云：『柔也。其草一曰樣。』『草』下『櫟實』字是名柞櫟，非子梂生之櫟也。」奐案《説文》「草」下「櫟實」亦是借稱，櫟實爲梂，不爲樣。此詩之「櫟」與《鴇羽》、《東門之枌》「栩」不同。《爾雅》注引《詩》作「枹櫟」。○「駮，如馬，倨牙，食虎豹」，《爾雅·釋畜》文。郭注引《西山經》云：「駮如白馬，黑尾，倨牙，音如鼓，食虎豹。」蓋兼《海外北經》而爲説也。《管子·小問》篇：「桓公乘馬，虎望見之而伏。管仲對桓公曰：『此駮象也。駮食虎豹，故虎疑焉。』」《説苑·辯物》篇言晉平公出畋之事同。駮一名兹白，見《王會》篇。《正義》引陸機《義疏》以駮爲梓榆，與下章「山有苞棣，隰有樹檖」皆木相配，不宜云「獸」，而與《傳》不合。駮言六者，王肅説據所見而言。胡承珙《後箋》云：「『六』字當爲『犖』之聲借。六駮，即犖駮。據《吴都賦》『驀六駮』，劉注即引此詩。《衆經音義》九『魏黄初三年，六駮再見於野』，亦引此詩爲證。」據胡説，則《傳》「駮」上當奪「六」字。

山有苞棣，隰有樹檖。【傳】棣，唐棣也。檖，赤羅也。未見君子，憂心如醉。如何如何？忘我實多。【疏】《正義》云：「《釋木》有唐棣、常棣，《傳》必以爲唐棣，未詳聞也。」案《正義》非也。《爾雅》舊本當作「唐棣，棣。常棣，栘」，爲《傳》所本。棣謂之唐棣，則唐棣謂之棣。《召南》「唐棣之華」，《傳》：「唐棣，棣。」是也。唐棣謂之棣，則常棣謂之栘。《小雅》「常棣之華」，《傳》：「常棣，栘。」是也。今本《爾雅》及《召南》、《小雅》二傳皆互誤，可據此《傳》文以訂正。○《釋文》云：「檖，或作『遂』。」《説文》：「椓，羅也。」引《詩》「隰有樹椓」。是許所據《詩》、《爾雅》皆作「椓」。《爾雅》作「檖，蘿」。「蘿」加艹頭，俗字。《詩正義》引作「檖，赤羅」者，疑依毛《傳》增「赤」字耳。郭注云：「今楊檖也，實似梨而小，酢，可食。」《御覽·果部九》引《義疏》云：「檖一名赤蘿，一名山梨。今人謂之楊檖。樹及實如梨，但實甘小異，一名鹿梨，一名鼠梨。」

《無衣》三章，章五句。

《無衣》，刺用兵也。秦人刺其君好攻戰，亟用兵，而不與民同欲焉。【疏】此亦刺康公詩也。《正義》云：「康公以文七年立，十八年卒。《春秋》：『文七年，晉人、秦人戰于令狐。十年，秦伯伐晉。十二年，晉人、秦人戰于河曲。十六年，楚人、秦人滅庸。』是其好攻戰也。」定四年《左傳》：「申包胥如秦乞師，秦哀公爲之賦《無衣》。」

豈曰無衣，與子同袍。【傳】興也。袍，襺也。上與百姓同欲，則百姓樂致其死。**王于興師，脩**

我戈矛，與子同仇。【傳】戈長六尺六寸，矛長二丈。天下有道，則禮樂、征伐自天子出。仇，匹也。

【疏】「袍，襺」，《爾雅·釋言》文。字亦作「繭」。《禮記·玉藻》：「纊爲繭，緼爲袍。」鄭注云：「衣有箸之異名也。纊謂今之新綿也，緼謂今纊及舊絮也。」案「箸」與「褚」同。《傳》不以袍爲緼，而以袍爲襺，義本《爾雅》。襺則可該緼也。同襺，即同纊。宣十二年《左傳》：「王巡三軍，拊而勉之。三軍之士皆如挾纊。」杜注云：「纊，綿也。言說以忘寒。」與詩義正合。《傳》云「上與百姓同欲，則百姓樂致其死」者，所以明即事起興，以總釋全章也。六「子」字指百姓，六「同」字謂同欲。詩中但言上與百姓同欲，至百姓之樂致其死，是《傳》申說經義，以爲今用兵者刺。〇《考工記》及《廬人》「戈柲六尺有六寸」，鄭注云：「柲，猶柄也。」《傳》云「戈長」者，謂戈柄之長也。《考工記》「酋矛常有四尺」，注：「此兵車也。八尺曰尋，倍尋曰常。鄭司農云：『酋，發聲。直謂矛。』」《廬人》「酋矛常有四尺，夷矛三尋」，注：「酋、夷，長短名。酋之言遒也。酋近夷長矣。」案《考工記》言兵車六等，戈、軫、人、殳、戟、酋矛也。《廬人》「六建既備」，注：「六建，五兵與人也。」五兵者，戈、殳、戟、酋矛、夷矛也。夷矛不常用，故凡矛皆酋矛。《說文》：「矛，酋矛也。建於兵車，長二丈。」然則叔重亦但指酋矛矣。《傳》云「矛長二丈」，謂酋矛也。《清人》、《閟宮》之「二矛」，二酋矛也，不數夷矛。〇「天下有道，則禮樂、征伐自天子出」，《論語·季氏》篇文。《傳》引之者，亦以總釋全章恉也。征伐出自天子，則下國之兵禍自息。秦本周地，故詩人追念古明王用師之道，以慨今之不然。此猶《匪風》之思周道也。「仇」與「疇」通。匹者，匹讀「秦晉匹也」之「匹」。

豈曰無衣，與子同澤。【傳】澤，潤澤也。**王于興師，脩我矛戟，與子偕作。**【傳】作，起也。【疏】《傳》以「潤澤」釋「澤」，雙字釋單字之例。潤澤，古語。「與子同澤」，謂與百姓同此潤澤之衣也。此章泛言衣。《箋》：「澤，褻衣，近汙垢。」《釋文》云：「《說文》作『襗』。」是鄭或本三家《詩》讀「澤」爲「襗」，故云「褻衣」，與上下章袍、裳同爲衣名。《傳》、《箋》義別。或謂毛、鄭同義，非也。《正義》以甘雨潤物申毛，亦非。○《考工記》兵車有戟，《廬人》云「車戟常」，謂戟長丈有六尺也。「作」訓「起」者，「起」讀「以起軍旅」之「起」。

豈曰無衣，與子同裳。王于興師，脩我甲兵，與子偕行。【傳】行，往也。【疏】行、往同義。偕往者，言奉王命而偕往征之也。《漢書·趙充國傳》贊引《詩》作「與子皆行」。

《渭陽》二章，章四句。

《渭陽》，康公念母也。康公之母，晉獻公之女。文公遭麗姬之難，未反而秦姬卒。穆公納文公，康公時爲大子，贈送文公于渭之陽，念母之不見也，我見舅氏，如母存焉。及其即位，思而作是詩也。【疏】《列女傳·賢明》篇：「穆姬死，穆姬之弟重耳入秦。秦送之晉，是爲晉文公。大子罃思母之恩而送其舅氏也，遂作此詩。」此三家《詩》，與《毛詩》同。晉文公即位，在魯僖公二十四年。

我送舅氏，曰至渭陽。【傳】母之昆弟曰舅。**何以贈之？路車乘黃。**【傳】贈，送也。乘黃，四馬也。【疏】《爾雅·釋親》：「母之晜弟爲舅。」《傳》所本也。晜，俗「罤」字，今通假作「昆」。舅氏，謂晉文公也。渭，水名。水北曰陽。渭陽，在渭水北。送舅氏至渭陽，不渡渭也。《箋》云：「秦是時都雍，至渭陽者，蓋東行送舅氏於咸陽之地。」攷咸陽在今陝西西安府長安縣，雍在今鳳翔府鳳翔縣西北。《正義》謂「雍在渭南，晉在秦東，行必渡渭」者，誤也。○「贈」訓「送」，《雞鳴》、《溱洧》不傳者，義不限於首見也。《說文》：「贈，玩好相送也。」凡平人以物相與曰贈，其義爲送。自上與下曰畀、曰貺、曰賚，其義爲賜、爲予。《大叔于田》「乘乘黃」，《傳》云：「乘黄，四馬皆黄。」此直謂乘爲四，黄爲馬者，路車乘馬爲諸侯之車馬也。《嵩高》「王遣申伯，路車乘馬」，彼《傳》云：「乘馬，四馬也。」案康公作詩時，穆公尚在。《坊記》：「父母在，饋獻不及車馬。」此贈車馬，何也？《逸周書·大子晉》篇：「師曠請歸，王子賜之乘車四馬。」孔注云：「禮，爲人子，三賜不及車馬。此賜則白王，然後行可知也。」然則康公亦白穆公而行歟？

我送舅氏，悠悠我思。何以贈之？瓊瑰玉佩。【傳】瓊瑰，石而次玉。【疏】悠悠，思也，思念母也。「瓊瑰玉佩」，猶「佩玉瓊琚」耳。《有女同車》傳：「佩有琚瑀，❸所以納閒。」則瑰亦納閒之玉也。納閒有琚瑀，❹又有蠙珠，❺○《竹竿》、《有女同車》、《終南》篇及《芄蘭》、《木瓜》，❶《子衿》傳皆云「佩玉」，❷此「玉佩」猶佩玉。《説文》：「玫，火齊珠。一曰：石之美者。」「瑰，玫瑰也。一曰：圜好。」「璣，珠不圜者。」「琅玕，似珠者。」許以瑰列珠類。《傳》云「石而次玉」，或瑰爲圜好之石似珠者歟？成十七年《左傳》：「聲伯夢涉洹，或與己瓊瑰食之，泣而爲瓊瑰盈其懷。」杜注云：「瓊，玉；瑰，珠也。食珠玉，含象。」案杜説誤。瓊非玉名，瑰亦非珠名。大夫不得含珠，大夫含玉亦非白玉。聲伯夢食瑰，則瑰爲石之次玉者。瓊瑰，美石也。古玉、石通稱也。《左傳》「贈我以瓊

❶「瓜」，原作「爪」，據中國書店影印武林愛日軒刻本、徐子静本改。
❷「衿」，原作「矜」，據中國書店影印武林愛日軒刻本、徐子静本改。
❸「琚」，原作「踞」，據中國書店影印武林愛日軒刻本、徐子静本改。
❹「琚瑀」，原作「踞踽」，據中國書店影印武林愛日軒刻本、徐子静本改。
❺「蠙」，原作「璸」，據中國書店影印武林愛日軒刻本、徐子静本改。

瑰」，郭注《穆天子傳》引作「贈我以璿瑰」，「璿」與「瓊」通。

《權輿》二章，章五句。

《權輿》，刺康公也。忘先君之舊臣與賢者，有始而無終也。

於我乎，夏屋渠渠，【傳】夏，大也。今也每食無餘。于嗟乎，不承權輿。【傳】承，繼也。權輿，始也。【疏】「夏，大」，《爾雅·釋詁》文。《皇矣》、《時邁》同。《禮記·樂記》篇：「夏，大也。」襄二十九年《左傳》：「此之謂夏聲。夫能夏則大，大之至也。」《方言》：「自關而西，秦、晉之閒，凡物之壯大者而愛偉之謂之夏。」是夏爲大也。夏屋，大屋也。《檀弓》「見若覆夏屋者矣」，鄭注云：「夏屋，今之門廡也。」《士冠禮》注：「周制，卿大夫以下，其室爲夏屋。」濟陽張爾岐《句讀》云：「夏屋，兩下爲之，有東西翼。天子諸侯則四阿。」渠渠，無《傳》。詁「夏」爲「大」，則渠渠爲大皃。《文選》王延壽《魯靈光殿賦》「揭蘧蘧而騰湊」，李注引崔駰《七依》曰：「夏屋蘧蘧，高也。音渠。」案「蘧」與「渠」通。《廣雅》：「渠渠，盛也。」義蓋本三家《詩》。○《傳》訓「承」爲「繼」。《文選》盧諶《贈劉琨詩》注引《韓詩章句》云：「承，受也。」謂受恩。」疑是此詩章句。《說文·手部》：「承，奉也，受也。」「奉」與《毛詩》「繼」相近。「受」本《韓詩》也。「權輿，始」，《釋詁》文。《大戴禮·誥志》篇：「百草權輿。」《逸周書·周月》篇：「日月權輿。」皆謂始也。「不承權輿」，《爾雅》注引《詩》作「胡不承權輿」。郭以乎、胡同聲，偶爾憶誤。「于嗟乎」是悲嘆之詞，不必更益「胡」字也。《漢書·楚元王傳》：「初，元王敬禮申公等。穆生不耆酒，元王每置酒，常爲穆生設醴。及王戊即位，常設，後忘設焉。穆生退曰：『可以逝矣。醴酒不設，王之意怠。』稱疾臥。申公、白生强起之，曰：『獨不念先王之德與？今王一旦失小禮，何足至此？』穆生曰：『先王之所以禮吾三人者，爲道之存故也。今而忽之，是忘道也。』遂謝病去。」此與《詩》「不承權輿」之意合。

於我乎，每食四簋，【傳】四簋，黍、稷、稻、粱。**今也每食不飽。于嗟乎，不承權輿。**【疏】《公食大夫禮》：「宰夫設黍、稷六簋。宰夫授公飯粱，膳稻于粱西，賓北面自間坐，左擁簠粱。」此諸侯食大夫正饌設黍、稷，加饌設稻、粱。黍、稷盛於簋，稻、粱盛於簠，簠、簋異用也。散文則簠、簋可通稱耳。每食減於食。禮，大夫以上食粱，四簋有粱可知。《玉藻》「諸侯朔月四簋」，鄭注云：「朔月四簋，則日食粱、稻各一簋而已。」然則諸侯食，每食粱、稻二簋。朔月加黍、稷，共四簋。秦先君以諸侯朔月之禮待賢者，每食之食也。四簋有稻、粱，鄭注與毛訓同。

詩毛氏傳疏卷十二

陳宛丘詁訓傳弟十二　毛詩國風

陳國十篇，二十六章，百二十四句。【疏】《左傳》：「子産曰：『昔虞閼父爲周陶正，以服事我先王。我先王賴其利器用也，與其神明之後也。庸以元女大姬配胡公，而封諸陳，以備三恪。』」案恪，《説文》作「愙」。《樂記》：「武王克殷，封黄帝之後於薊，封帝堯之後於祝，封帝舜之後於陳。」古《春秋》左氏説以此爲三恪矣。《漢書·地理志》：「淮陽國，陳故國。」今河南陳州府治附郭淮寧縣，陳故都也。

《宛丘》三章，章四句。

《宛丘》，刺幽公也。淫荒昏亂，游蕩無度焉。【疏】《史記·陳世家》：「幽公十二年，周厲王奔于彘。」

子之湯兮，宛丘之上兮。【傳】子，大夫也。湯，蕩也。四方高，中央下曰宛丘。**洵有情兮，而無望兮。**【傳】洵，信也。【疏】《序》刺幽公，《傳》以子庠大夫者，以下篇子仲爲陳大夫，與此相類。風化之所行，由於幽公之淫荒昏亂，庠大夫即以刺幽公，兩詩一意也。《地理志》云：「婦人尊貴，好祭祀用巫，故其俗好巫鬼。《陳詩》曰：『坎其擊鼓，宛丘之下。亡冬亡夏，值其鷺羽。』又曰：『東門之枌，宛丘之栩。子仲之子，婆娑其下。』

此其風也。」案班引兩《詩》以證陳之風俗如此，與《毛詩序》、《傳》意同也。又《韓詩外傳》云：「子路與巫馬期薪於韞丘之下，陳之富人有處師氏者，脂車百乘觴於韞丘之上。」此「韞丘」即宛丘。陳有宛丘，猶之鄭有洧淵，皆是國人游觀之所。處師氏脂車觴此，則陳大夫之游蕩無度，習成風俗，由來久矣。湯，讀與「蕩」同。湯，古文假借字。《傳》云「蕩」者，即游蕩也。《楚辭·離騷》注、《六帖》六、《御覽·地部十八》引《詩》皆作「蕩」。○《爾雅·釋丘》：「陳有宛丘。」餘姚邵晉涵《正義》云：「《水經·渠水》注：『宛丘在陳城南道東。王隱云：「漸欲平，今不知所在矣。」』《元和郡縣志》：『宛丘在陳州宛丘縣南三里。』《太平寰宇記》：『在宛丘縣南三里，高二丈。』宛丘在元魏時，酈道元已云『不知所在』，而李吉甫能按其道里，樂史且計其崇卑，疑後人別指一丘以當之，非王隱所云『漸欲平』者矣。」案邵說是也。《爾雅》又云：「宛中，宛丘。丘上有丘曰宛丘。」《釋名》云：「中央下曰宛丘，有丘宛宛如偃器也。」李巡、孫炎竝云：「中央下。」竝與毛《傳》同。唯郭璞謂「中央隆高」爲異說。○洵，讀爲恂。《說文》：「恂，信心也。」是恂爲信也。《爾雅》：「詢，信也。」古恂、詢、洵通用。釋「洵」爲「信」者，「信」作虛義解，不作實義解。「洵有情兮，而無望兮」，言信有淫情而無德望也。《傳》爲全《詩》「洵」字通訓。《静女》、《叔于田》、《有女同車》、《溱洧》箋竝云：「洵，信也。」

坎其擊鼓，宛丘之下。【傳】坎坎，擊鼓聲。**無冬無夏，值其鷺羽。**【傳】值，持也。鷺鳥之羽，可以爲翳。【疏】坎之爲言考也。《山有樞》傳：「考，亦擊也。」「坎」與「考」一語之轉。擊鼓謂之考，擊鼓聲謂之坎坎，亦擊缶聲謂之坎坎，皆考擊之義也。值、持疊韻。持，執持也。《小宛》：「負，持也。」攜持也。《抑》：「捫，持也。」止持也。訓同義別。○《簡兮》「右手秉翟」，《傳》：「翟，翟羽也。」舞用翟羽，亦用鷺羽，故云：「鷺鳥之羽，可以爲翳。」顏師古《漢書注》云：「值，立也。鷺鳥之羽以爲翿，立之而舞以事神也。」其釋下篇詩云：「婆娑，舞貌也。亦言於枌栩之下歌舞以娱神也。」案顔説或本三家義。擊鼓、值羽，自其風俗。至無冬夏，則游蕩而無度矣。《振鷺》、《有駜》傳竝云：「鷺，白鳥也。」《爾雅》：「鷺，春鉏。」郭注云：「頭、翅、背上皆有長翰毛。今江東人取以爲睫攡，名之曰白鷺縗。」《正義》引《義疏》云：「鷺，水鳥也。好而潔白，故謂之白鳥。齊、魯之閒謂之春鉏，遼東、樂浪、吴、揚人皆謂之白鷺。青腳高尺七八寸，尾如鷹尾，喙長三寸，頭上有毛十數枚，長尺餘，毵毵然與衆毛異好。」

坎其擊缶，宛丘之道。【傳】盎謂之缶。**無冬無夏，值其鷺翿。**【傳】翿，翳也。【疏】「盎謂之缶」，《爾雅·釋器》文。郭注云：「盆也。」孫注云：「瓦器。」《説文》：「缶，瓦器，所以盛酒漿，秦人鼓之以節謌。」案《史記·藺相如傳》：「請奉盆缻秦王，以相娱樂。」又《李斯傳》：「擊甕叩缻，真秦之聲也。」缻，俗「缶」字。《吕覽·古樂》篇：「帝堯命質爲樂，置缶而鼓之。」高注云：「鼓，擊也。」吕不韋秦人，此正秦擊缶之説也。然《詩》言「擊缶」在《陳風》，《易·離卦》：「九三，不鼓缶而歌。」則又不專説秦人矣。〇《御覽·時序部十一》引《傳》作「翿，亦翳也」，與今本不同。《周禮·樂師》「凡舞有帗舞，有羽舞，有皇舞」，「故書『帗』作『翇』，『皇』作『𦏲』。鄭司農注云：『翇舞者，全羽。羽舞者，析羽。𦏲舞者，以羽冒覆頭上，衣飾翡翠之羽。社稷以翇，宗廟以羽，四方以𦏲。』」又《舞師》注云：「𦏲舞，蒙羽舞。書或爲『皇』，或爲『義』。」蓋翇、羽、𦏲三舞皆用羽，而𦏲則專用諸四方，與《舞師》言「𦏲舞舞旱暵」者不同。𦏲舞用於四方，而旱暵舞亦用之。樂師、舞師所掌各異，不得合爲一説也。案此詩言陳大夫持翿於宛丘之上下，則於四方而不於社稷、宗廟矣。翿，古字作「𦒱」。《説文》云：「𦒱，翳也。所以舞也。」「𦏲，樂舞。以羽翿自翳其首，以祀星辰也。从羽，王聲。讀若皇。」叔重言𦏲舞爲「自翳其首」，與仲師「蒙覆頭上」義同。仲師言四方，而叔重則言祀星辰。《詩譜》言：「陳大姬無子，好巫覡禱祈鬼神歌舞之樂，民俗化而爲之。」其祀星辰，於宛丘上下持翳以舞，亦或有然耳。然則《詩》之「翿」即《周禮・樂師》之「翌舞」。其仲師、叔重之説，皆足申明此《傳》「翿」訓爲「翳」之義，《傳》已見於《君子陽陽》矣，此又承上章而申言之。宋本誤併此三字於《釋文》。

《東門之枌》三章，章四句。

《東門之枌》，疾亂也。幽公淫荒，風化之所行，男女棄其舊業，亟會於道路，歌舞於市井爾。

東門之枌，宛丘之栩。【傳】枌，白榆也。栩，杼也。國之交會，男女之所聚。**子仲之子，婆娑其下。**【傳】子仲，陳大夫氏。婆娑，舞也。【疏】枌者，榆之一種，其皮色白，故云白榆。《爾雅》：「榆白，枌。」郭注云：「枌榆先生葉，卻箸莢，皮色白。」孫注《爾雅》及鄭注《内則》竝云：「榆白者枌。」漢有枌榆社，枌榆即白榆。《玉篇》亦云：「枌，白榆也。」「栩，杼」，《鴇羽》同。説詳《鴇羽》篇。宛丘，疑地近東門。枌、栩，人所宜休息者，故《傳》云「國之交會」，釋首二句。云「男女之所聚」，以總釋全章也。○子仲，陳大夫。子仲氏，猶《秦・黄鳥》「子車氏」矣。《箋》云：「之子，男子也。」「婆娑，舞」，《爾雅・釋訓》文。李巡注云：「婆娑，盤辟舞也。」李所據《爾雅》作「媻娑」。《説文・女部》引《詩》「市也媻娑」，徐鉉云：「今俗作『婆』，非是。」然則「婆」字古本作「媻」字矣。盤辟而舞，是曰媻娑。上篇云「值其鷺羽」、「值其鷺翿」，是其舞也。其下，即宛丘之下也。

穀旦于差，南方之原。【傳】穀，善也。原，大夫氏。**不績其麻，市也婆娑。**【疏】「穀，善」，《爾雅・釋詁》文，《小雅・黄鳥》、《甫田》同。善旦，猶言詰朝耳。差，無《傳》。于差，《釋文》引：「《韓詩》作『于嗟』，王肅音嗟。」用《韓詩》并改經「旦」爲「且」，實非毛意也。《吉日》傳：「差，擇也。」擇，讀「擇不處仁」之「擇」。《箋》訓「差」爲「擇」，毛意當然也。《春秋》：「莊二十七年，公子友如陳葬原仲。」《公羊傳》：「原仲者何？陳大夫也。」何注云：「稱字者，葬從主人。」《左》杜注、《穀梁》范注皆云：「原仲，陳大夫。原，氏。仲，字。」《丘中有麻》傳：「留，大夫氏。」是原氏、留氏皆以邑爲氏者也。《箋》云：「以南方原氏之女可以爲上處。」上處，即舞位之前頭。此申明經、《傳》義也。○《潛夫論·浮侈》篇云：「《詩》刺『不績其麻，女也婆娑』，今多不修中饋，休其蠶織，而起學巫祝，鼓舞事神，以欺誣細民，熒惑百姓。」案此三家《詩》。婆娑爲鼓舞事神，與《地理志》合，則兩詩一意也。市，《潛夫論》作「女」，字之誤。《後漢書·王符傳》作「市」。

穀旦于逝，越以鬷邁。【傳】逝，往；鬷，數；邁，行也。**視爾如荍，貽我握椒。**【傳】荍，芘芣也。椒，芳香也。【疏】「逝，往」，《二子乘舟》、《小雅·杕杜》同。越，讀同粵。《爾雅》：「粵，于也。」《采蘩》、《采蘋》、《擊鼓》皆云「于以」，此云「越以」，皆合二字爲發語之詞。鬷，讀爲總。《羔羊》傳云：「總，數也。」「邁，行」，《泉水》、《黍離》、《悉蟀》、《時邁》同。「數」有「急聚」之義，數行者，言急數行會也。《序》云「亟會」，亟，急也，急亦數也。《玉篇·彳部》：「𢔶，數也。」引《詩》「越以𢔶邁」，三家《詩》字異義同。○《爾雅》：「荍，蚍衃。」《説文》：「荍，蚍衃也。」竝與「芘芣」同。《正義》引《義疏》云：「芘芣，一名荊葵，似蕪菁，華紫緑色，可食，微苦。」毛晉《廣要》云：「《爾雅翼》：『荍，荊葵也。比戎葵葉俱小，花似五銖錢大，色粉紅，有紫紋縷之。』崔豹《古今注》以荊葵、芘芣與戎葵、蜀葵四者爲一物異名者，非。」貽，當作「詒」。詒，遺也。《傳》云「椒，芳香也」，定本作「椒，芳物」。《小箋》從定本。《内則》「佩容臭」，鄭注云：「容臭，香物。」芳物其即容臭之類與？《箋》云：「遺我一握之椒，交情好也。」案此與《鄭風》「贈之以勺藥」同意。彼《傳》云：「勺藥，香草。」

《衡門》三章，章四句。

《衡門》，誘僖公也。愿而無立志，故作是詩以誘掖其君也。【疏】《箋》云：「誘，進也。掖，扶持也。」

衡門之下，可以棲遲。【傳】衡門，橫木爲門。言淺陋也。棲遲，遊息也。**泌之洋洋，可以樂飢。**【傳】泌，泉水也。洋洋，廣大也。樂飢，可以樂道忘飢。【疏】《閟宮》「楅衡」，衡爲木，則知此衡亦爲橫木。衡者，「橫」之假借。《傳》云：「衡門，橫木爲門。」《漢書·韋玄成傳》：「宜優養玄成，勿枉其志，使得自安衡門之下。」顔師古注云：「衡門，謂橫一木於門上。」《御覽·居處十》引劉楨《毛詩義問》云：「橫一木作門，而上無屋。」竝與《傳》訓合。橫木爲門，無阿塾之制，故《傳》又申之云「言淺陋也」。《爾雅·釋詁》：「棲遲，息也。」《傳》本《爾雅》而必益其義云「遊息也」者，「遊」字與下「樂」字關通。淺陋喻小邦，遊息喻政教。下文泌水樂飢，即是遊息之意。下二章食魚不必魴鯉，取妻不必齊姜、宋子，亦是不必大邦施政教之喻。《傳》云「淺陋」、「遊息」雖釋首二句，亦與通章相關通也。《箋》云：「賢者不以衡門之淺陋，則不遊息於其下，以喻人君不可以國小，則不興治致政化。」案鄭説真足以申明經、《傳》之恉。唯下文「樂飢」作「𤻲飢」，喻用賢治國，下二章亦謂「用人不必賢聖」，然與《序》「誘掖其君」之説稍疏，恐此尚非《傳》恉也。〇「泌，泉水」，《泉水》傳云：「泉水始出，毖然流也。」「毖」與「泌」通。《廣雅·釋丘》：「丘上有丘爲秘丘。」王念孫《疏證》云：「蔡邕《郭林宗碑》：『棲遲泌丘。』《周巨勝碑》：『洋洋泌丘，于以逍遥。』束皙《玄居釋》云：『學既積而身困，夫何爲乎祕丘？』泌、祕、秘通，竝以爲丘名。説與毛異，蓋本於三家也。」「洋洋，廣大」，《碩人》傳：「洋洋，盛大。」盛大言流滿，廣大言水寬。云「樂飢，可以樂道忘飢」者，即是遊息也。王肅云：「洋洋泌水，可以樂道忘飢。巍巍南面，可以樂治忘亂。」此申《傳》説也。《韓詩外傳》云：「雖居蓬户之中，彈琴以詠先王之風。有人亦樂之，無人亦樂之，亦可發憤忘食矣。《詩》曰：『衡門之下，可以棲遲。泌之洋洋，可以療飢。』」案韓義與《毛詩》同，其字當亦作「樂飢」。今《外傳》誤作「療」。《列女傳·賢明》篇：「君子謂老萊妻果於從善。」「從善」即「樂道」之意。引《詩》亦當作「樂」。《列女傳》往往與《韓詩》同也，今字誤作「療」。《箋》作「𤻲」。《文選》王元長《策秀才文》注引《箋》作「𤻲」。《説文》：「𤻲，治也。或作『療』。」鄭與毛、韓異，或從齊、魯説。

豈其食魚，必河之魴？豈其取妻，必齊之姜？【疏】《箋》云：「姜，齊姓。」

豈其食魚，必河之鯉？豈其取妻，必宋之子？【疏】《箋》云：「子，宋姓。」

《東門之池》三章，章四句。

《東門之池》，刺時也。疾其君之淫昏，而思賢女以配君子也。

東門之池，可以漚麻。【傳】興也。池，城池也。漚，柔也。**彼美叔姬，可與晤歌。**【傳】晤，遇也。【疏】興者，麻、紵、菅皆女功之所事，故詩人以起興焉。池爲城池，則東門爲城東門。《東門之墠》傳：「東門，城東門也。」城池，謂城下溝。《文王有聲》傳：「淢，城溝也。」虞翻《易注》云：「城下溝，無水稱隍，有水稱池。」漚、柔疊韻爲訓。《考工記》「㡃氏湅絲，以涗水漚其絲」，鄭注云：「漚，漸也。楚人曰漚，齊人曰涹。」案漚、涹雙聲之轉。治麻與治絲皆用漚。《傳》云「柔」者，言與蹂、揉同也。麻有兩種，程瑤田《通藝録·九穀考》云：「牡麻，俗評花麻。夏至開花，所謂『榮而不實謂之英』者。花落即拔而漚之，剥取其皮，是爲夏麻。夏麻之色白，《詩》言『八月載績』，夏刈之，則八月可績也。苴麻，俗評子麻。夏至不作花而放勃勃即麻實，所謂『不榮而實謂之秀』者。八九月閒子熟則落，摇而拾取之，《詩》言『九月叔苴』。叔，拾也。拾取子盡乃刈，漚其皮而剥之，是爲秋麻。色青而黯，不絜白。」○叔姬，各本作「淑姬」。全《詩》「淑」字，《關雎》、《君子偕老》、《韓奕》傳，《燕燕》、《中谷有蓷》、《尸鳩》、《鼓鐘》、《桑柔》、《泮水》箋，竝訓「淑」爲「善」，唯此篇無注解，則經本作「叔」字矣。《小箋》從《釋文》作「叔姬」，今據以訂正。叔姬與淑女不同。叔，字；姬，姓。「彼美叔姬」，猶云「彼美孟姜」耳。《爾雅》：「遇，遻也。」《説文》：「遻，相遇驚也。」晤者，「遻」之假借字。案《草蟲》「亦既覯止」，「覯，遇也」。《傳》於「晤」、「覯」竝訓「遇」。「遇」與「偶」通，可與遇者，言叔姬可與君子配偶，《序》所謂「思賢女配君子」是也。歌者，謂有琴瑟鐘鼓之樂。

東門之池，可以漚紵。彼美叔姬，可與晤語。【疏】《正義》引《義疏》云：「紵，亦麻也。科生數十莖，宿根在地中。至春自生，不歲種也。荆、楊之閒一歲三收。今官園種之，歲再刈，刈便生剥之，以鐵若竹挾之表，❶厚皮自脱，但得其裏韌如筋者，謂之徽紵。今南越紵布皆用此麻。」《説文》云：「紵，檾屬。」今見山東人呼麻檾之麤作繩索用者曰蹟麻，即檾也。紵爲檾屬，檾不作布，紵作布，故《周禮·典枲》注云：「白而細疏曰紵。」疏，猶麤也。○《楚辭·九懷》：「假寐兮愍斯，誰可與兮寤語？」此必三家《詩》義。

❶「挾之」，《十三經注疏正字》改爲「刮其」。

東門之池，可以漚菅。彼美叔姬，可與晤言。【傳】言，道也。【疏】哀八年《左傳》：「拘鄫人之漚菅者。」漚菅，《㡛氏》注引作「渥菅」。《釋文》云：「渥，烏豆反。與『漚』同。」案渥，猶渜也。《隰桑》傳：「渜，柔也。」渜之爲柔，猶漚之爲柔，皆一聲之轉。《正義》引《義疏》云：「菅似茅，而滑澤無毛，根五寸，中有白粉者柔韌宜爲索，漚乃尤善矣。」《通藝録·釋萑葦》云：「菅茅，亦萑葦醜。然菅柔忍，而茅脃。菅有二種，小者五月秀，初色紫，後漸白，每莖末其秀疏散，多者數十條，取其莖爲埽彗，呼苕帚。歙人謂之荻芒，江北人謂之巴芒。其心之包莖者只一葉。未秀時拔之，亦可爲繩作屨。大者八月始秀，每莖末十餘節，每節爲小莖數十，參差旋繞而至於末。荼生小莖上，其白如雪，其密不可以數計也。荼落則莖末禿然，無疏散長出數十條者，故不可爲埽彗，但可用流星桿耳。歙人謂之蘆芒，江北人謂之家芒，亦呼八月芒。其心之包莖者，拔之、剥之，有三重未秀，皆可取爲繩作屨也。《詩》言『白華菅兮』，豈謂蘆芒與？若荻芒，其初華乃紫色也。」據程説，此詩之「菅」，其即《小雅》之「白華」？彼《傳》云：「白華，野菅也。已漚爲菅。」「漚」字即本此詩。○《公劉》傳：「直言曰言。」言易曉耳。云「道」者，「道」讀爲「性道」之「道」。《列女傳·賢明》篇：「君子謂齊姜絜而不瀆，能育君子於善。」又「君子謂黔婁妻爲樂貧行道」。引《詩》曰「可與寤言」，皆可以申明此《傳》「道」字之義。

《東門之楊》二章，章四句。

《東門之楊》，刺時也。昏姻失時，男女多違，親迎女猶有不至者也。【疏】失時，失年盛之時，與《有狐》序同。違，離也。離，猶喪棄也。

東門之楊，其葉牂牂。【傳】興也。牂牂然，盛貌。言男女失時，不逮秋冬。**昏以爲期，明星煌煌。**【傳】期而不至也。【疏】詩以楊興男女失年盛之時，與《易》枯楊生稊、生華設喻正同。楊葉盛在春夏交。牂牂、肺肺又以興歲月晚也。《易林·革》云：「南山之楊，其葉將將。」本三家《詩》。《内則》「取豚若將」，注：「將，當爲牂。」此即牂、將聲通之證。○《傳》云「言男女失時，不逮秋冬」者，此冢上生下之詞。「男女失時」，所以申明取興之義。時，謂年時。男踰三十，女踰二十，皆是也。宜以有室家，不逮秋冬而行嫁娶，以起下文，刺親迎而不至之事。《摽有梅》傳：「三十之男，二十之女，禮未備則不待禮會而行之者，所以蕃育民人也。」又《野有死麕》傳：「春，不暇待秋也。」《召南》言凶荒嫁娶，此言踰年嫁娶。《周禮·媒氏》：「中春之月，令會男女。於是時也，奔者不禁。」會男女在中春，其實年盡之男女，雖過仲春，奔亦不禁，故亦不逮秋冬。義各有當，然而嫁娶正時必以秋冬也。❶《正義》引《荀子·大略篇》云：「霜降逆女，冰泮殺止。」又引《春秋繁露·循天之道》篇云：「聖人以男女陰陽其道同類天道，嚮秋、冬而陰氣來，嚮春、夏而陰氣去，故古人霜降始逆女，冰泮而殺止，與陰俱近而陽遠也。」《媒氏》疏載王肅論引《韓詩傳》亦云：「古人霜降逆女，冰泮殺止。」荀、董、韓皆大儒，其言男女之昏時與毛合。《家語》雖出自王肅，亦本古禮不易也。奂又案《管子·幼官》篇：「春十二，清明發禁。十二始卯，合男女。秋十二，白露下收聚。十二始卯，合男女。」惠士奇《禮説》云：「丣，俗作『卯』。始丣合男女者，清明後，出耕之日，始丣之辰。《媒氏職》所謂『中春之月，令會男女』是也。今文『酉』，古文『丣』，俗誤爲『卯』。白露下，收聚之初，

---

❶「然」，原作「而」，據中國書店影印武林愛日軒刻本、徐子静本、《清經解續編》本改。

始帀之辰。《荀子》所謂『霜降而婦功成，嫁娶者行焉』是也。」然則嫁娶之候，秋、冬爲正時，仲春爲盡期。此常禮也。《坊記》：「男女無媒不交，無幣不相見。」此唯秋、冬嫁娶爲得禮之正時，通媒妁之言，備五兩之禮。至二月則無媒不禁矣。其失時，則不逮秋、冬矣。此外尚有凶荒多昏之政，無限時月，但不備禮耳。既立常期以定禮，又權變時以便俗，聖人至精至密之制也。今試即全《詩》以統論之，《氓》「將子無怒，秋以爲期」，霜降逆女也。《匏有苦葉》「士如歸妻，迨冰未泮」，冰泮殺止也。《草蟲》、《行露》，秋月也。《鵲巢》、《綢繆》、《葛屨》，冬月也。《采蘋》猶在嫁女之前，《桃夭》乃在于歸之後。《摽有梅》、《野有死麕》皆爲凶荒殺禮，不待秋冬，所以蕃育民人。《東山》得殺禮之制，故《序》亦樂其及時。《有狐》不能行殺禮之制，故《序》又刺其失時。此又因時制宜，非昏姻之正。其昏姻之正，則秋冬爲不可易矣。自鄭氏以仲春爲正期，變前儒之説，故《箋》與《傳》往往不同。《白虎通義·嫁娶》篇：「嫁娶必以春何？春者，天地交通，萬物始生，陰陽交接之時也。」《夏小正》：「二月，綏多女士。某氏《傳》：『綏，安也。冠子、娶婦之時也。』」此鄭説所本。○《士昏禮》：「從車二乘，執燭前馬，昏以爲期也。」「明星煌煌」，則過昏矣。云「期而不至」者，「期」字即冡上句「不至」以申明經義，《序》所謂「親迎女猶有不至者」也。《大明》傳：「煌煌，明也。」「煌煌」與下章「晢晢」同訓，故此不傳，《箋》云：「至大星煌煌然。」《女曰雞鳴》篇「子興視夜，明星有爛」，《箋》云：「明星尚爛爛然，早於別色時。」

東門之楊，其葉肺肺。【傳】肺肺，猶牂牂也。**昏以爲期，明星晢晢。**【傳】晢晢，猶煌煌也。

【疏】肺肺，即𣎵𣎵。《小弁》萑葦衆謂之淠淠，《生民》荏叔長謂之旆旆。淠淠、旆旆，亦即𣎵𣎵也。《説文》云：「屮木盛𣎵𣎵然。讀若輩。」《庭燎》傳云：「晣晣，明也。」晢、晣一字。

《墓門》二章，章六句。

《墓門》，刺陳佗也。陳佗無良師傅，以至於不義，惡加於萬民焉。【疏】陳佗，文公子。桓公卒，佗殺大子免而代立爲君。事見《春秋·魯桓公五年》，是其不義也。不義由於無良師傅，此蓋國人遭亂而作。詩中但責其師傅之不良，作推本之論。其實詩之作當在陳佗自立爲君之歲矣。凡云刺者，多刺君。陳佗，陳君也。其謂陳佗者何？《春秋》：「魯桓公六年，蔡人殺陳佗。」《序》從《春秋》志也。鄭昭公未踰年出奔衛，《春秋》書「鄭忽」。忽，世子，當立，故《鄭風》序但云「刺忽」，不從《春秋》書「鄭忽」，内之也。佗不當立，故云「刺陳佗」，從《春秋》書「陳佗」之例，外之也。《穀梁傳》所謂「匹夫行，故匹夫稱之」是也。《詩》、《春秋》相表裏，於《序》見之矣。佗，《釋文》作「它」。它、佗古今字。

墓門有棘，斧以斯之。【傳】興也。墓門，墓道之門。斯，析也。幽閒希行，用生此棘薪，維斧可以開析之。**夫也不良，國人知之。**【傳】夫，傅相也。**知而不已，誰昔然矣。**【傳】昔，久也。【疏】墓，塋域之地。墓有門，門有道，故《傳》云「墓門，墓道之門」。《説文》云：「斯，析也。」本《傳》訓也。《爾雅》、《方言》：「斯，離也。」《廣雅》：「斯，分也。」義竝與「析」相近。墓門爲幽閒之地，故云「幽閒希行」。襄二十五年《左傳》：「鄭伐陳，陳侯扶其大子偃師奔墓，遇賈獲與其妻扶其母以奔墓，亦免。」此陳墓可以辟兵，其爲隱辟可知。《墨子·明鬼下》、《莊子·庚桑楚》、《荀子·王制》、《議兵》、《吕覽·謹聽》、《觀世》、《淮南·覽冥》、《脩務》、《新書·耳痺》以及《列女傳》、《韓詩外傳》皆以幽閒爲隱辟也。希者，罕也。幽閒之地，人所罕行，故云「用生此棘薪」。《孟子·盡心》篇：「山徑之蹊閒，介然用之而成路。爲閒不用，則茅塞之矣。」是其義也。斧以析薪，故云「維斧可以開析之」也。案棘、梅喻佗，斧與鴞以喻師傅。一章言墓道之門有棘，維斧可以開析之，以興陳佗之不義，維良師傅乃有以訓教之。二章言墓道之門有梅，又有鴞以集止之，以興陳佗之不義，維師傅之不良又有以交引之。一反喻，一正喻也。○《傳》釋「夫」爲「傅相」，傅相，即師傅。良，善也。已，止也。言傅相之不善，國人皆知之。知之而不能救止也。隱六年《左傳》：「往歲鄭伯請成于陳，陳侯不許。五父諫曰：『親仁善，鄰國之寶也。君其許鄭。』」案五父，佗之字。其時佗年當幼，觀其辭氣，初未嘗不善，則後日之不義，皆由失教，故國人深責其傅相也。《爾雅》：「曩，久也。」《東山》：「其舊如之何，言久長之道也。」《緜》：「古，言久也。」「昔」與「曩」、「舊」、「古」四字同義，故竝訓爲「久」。誰，誰陳佗也。然，猶是也。言陳佗信任不良傅相久已如是，雖躬陷誅絶之罪惡而不自知也。《易·文言傳》云：「臣弑其君，子弑其父，非一朝一夕之故，其所由來者漸矣。」

墓門有梅，有鴞萃止。【傳】梅，柟也。鴞，惡聲之鳥也。萃，集也。**夫也不良，歌以訊止。**【傳】訊，告也。**訊予不顧，顛倒思予。**【疏】「梅，柟」，《終南》同。詳《終南》篇。《楚辭·天問》：「何繁鳥萃棘，負子肆情？」王逸注載「解居父事婦人」引《詩》：「墓門有棘，有鴞萃止。」三家《詩》與上章皆作「棘」。《列女傳》續篇作「梅」，是譌字也。《毛詩》作「梅」。奂竊疑「繁鳥萃棘，負子肆情」不出於《詩》，三家或附會之，而張揖、郭璞皆以繁鳥爲鴞矣。「鴞，惡聲之鳥」，《泮水》「翩彼飛鴞，集于泮林」，《傳》亦云：「鴞，惡聲之鳥也。」《晏子·襍下》篇：「景公曰：『有鴞，昔者鳴聲無不爲也，吾惡之甚。』」與《傳》訓正同。《史記·賈誼傳》云：「楚人命鴞曰服。」《正義》引《義疏》云：「鴞，大如班鳩，緑色，惡聲之鳥也。入人家，凶。賈誼所賦鵩鳥是也。其肉甚美，可爲羹臛，又可爲炙。」案陸説本《史記》。緑，當作「黑」。《索隱》引《吴録》云：「服，黑色也。」《史記》之「鴞」，《文選》作

「鵰鳥」，乃賈誼賦云：「鵰似鴞，不祥鳥也。」似鴞，則鴞類於鵰，而非即鵰。諸家説鵰似雞，鴞似鳩，或因形相似，而方俗評之同名者歟？鴞與《瞻卬》「梟鴟」異鳥。《易》彖傳云：「萃，聚也。」集、聚義相近。《鴇羽》傳云：「集，止也。」○訊，當爲「誶」。止，作「之」，誤，今正。休寧戴氏震《聲韻考》云：「『歌以訊之』，與『萃』爲韻。《小雅》『莫肎用訊』與『退』、『遂』、『瘁』爲韻，而《釋文》以『音信』爲正。不知皆『誶』字之譌也。《廣韻・六至》『誶』字引《詩》『歌以誶止』，然則此句『止』字與上句『止』字相應爲語詞。凡古人之詩韻在句中者，韻下用字不得或異。三百篇惟『不可休思』『思』譌作『息』，與此處『止』譌作『之』，失《詩》句用韻之通例。」案《釋文》：「訊，本又作『誶』，徐息悴反。」是徐仙民所據尚作「誶」，不誤。《爾雅・釋詁》：「誶，告也。」《傳》所本也。《雨無正》箋：「誶，告也。」今字亦譌作「訊」。「訊」與「誶」音、義皆殊。《韓詩》：「誶，諫也。」《説文》：「誶，讓也。」義竝相近。「訊予」之「訊」亦當作「誶」。王逸注《楚辭》：「誶，諫也。」引《詩》「誶予不顧」，予不顧，不顧予也。顛倒，言亂也。

《防有鵲巢》二章，章四句。

《防有鵲巢》，憂讒賊也。宣公多信讒，君子憂懼焉。【疏】《後箋》云：「王氏《總聞》據《史記》：『宣公嬖姬生子款，欲立之，而殺其大子禦寇。禦寇素愛公子完，完懼及禍，乃奔齊。』以此爲宣公信讒之證。」

防有鵲巢，邛有旨苕。【傳】興也。防，邑也。邛，丘也。苕，草也。**誰侜予美？**【傳】侜張，誑也。**心焉忉忉。**【疏】興者，防之有鵲巢，中唐之有甓，邛之有苕、鷊，皆信而有徵，無可誑者，以喻讒賊之人無徵。宣公信之，是爲刺。防，邑；邛，丘，陳邑丘之名。《續漢書・郡國志》「陳國陳縣」，劉昭注引《博物記》曰：

「邛地在縣北，防亭在焉。」然於古未聞也。《爾雅》：「苕，陵苕。黄華，蔈。白華，茇。」《小雅・苕之華》傳既云「苕，陵苕」矣，此云「苕，草」者，以《爾雅》「苕」入《釋草》，故直謂苕爲草，與苕爲陵苕詳略可互見也。《説文》：「苕，艸也。」「蔈，苕之黄華也。」「艸之白華爲茇。」此許合《爾雅》、毛《傳》而爲之説也。《正義》引《義疏》云：「苕，苕饒也。幽州人謂之翹饒。蔓生，莖如勞豆而細，葉似蒺藜而青，其莖葉緑色，可生食如小豆藿也。」《苕之華》正義引《義疏》云：「一名鼠尾，生下溼水中，七八月中華，紫似今紫草華，可染皁。」孔仲達據陸説「陵苕生下溼」、「苕草生高邱」爲二物。然陸説「陵苕」即《爾雅》「葝，鼠尾」，苕草爲苕饒。與蘇頌《圖經》所説陵苕不合，恐不然矣。○《箋》云：「誰，誰讒人也。」《傳》「侜張」之上《小箋》補「侜」字。「侜張」釋「侜」，此疊字釋單字之例，而又釋「侜張」之義爲「誑」也。《爾雅・釋訓》：「侜張，誑也。」《傳》所本也。郭注引《書》「無或侜張爲幻」。《説文》引作「譸張」，馬融本作「輈張」，楊雄《國三老箴》作「侏張」，《論語・微子》篇作「朱張」，竝字異而義同。《説文》云：「侜，有廱蔽也。」誑謂欺誑，與「廱蔽」義相近。予美，《釋文》引《韓詩》作「予娓」，云：「娓，美也。」毛、韓字異而義同。《箋》謂予美爲我所美之人，「所美，謂宣公也」。《齊・甫田》傳云：「忉忉，憂勞也。」

中唐有甓，邛有旨鷊。【傳】中，中庭也。唐，庭塗也。甓，令適也。鷊，綬草也。**誰侜予美？心焉惕惕。**【傳】惕惕，猶忉忉也。【疏】《傳》云「中，中庭也」者，中庭，庭中，此猶「中林，林中」之例。《説文》：「廷，朝中也。」廷皆不屋，字皆當作「廷」。今通作「庭」。《傳》「唐，庭塗」，「庭」各本作「堂」，字之誤也。塗，古作「涂」。《爾雅・釋宮》：「廟中路謂之唐。堂涂謂之陳。」《何人斯》「胡逝我陳」，《傳》：「陳，堂涂也。」《何人斯》傳既本《雅》訓，此不應唐、陳同名，與《雅》訓乖戾。且中爲中庭，則唐爲庭涂必矣。蓋堂階之涂謂之堂涂，《詩》謂之陳。中庭之涂謂之庭涂，《詩》謂之唐。陳之言敶也，唐之言大也。堂涂在東西，庭涂則在中也。《釋宮》：「中庭謂之走。」言庭之中皆有道可走者也。《詩》「中唐」，《爾雅》「廟中路」，其義一也。《文選・東京賦》注引如淳《漢書注》：「唐，庭也。《毛詩》曰：『中唐有甓。』」《漢書・郊祀志》作「商，中庭」，《史記・孝武紀》索隱作「唐，堂庭」，各本互譌，而如注「庭」字實本毛《傳》。《逸周書・作雒》篇「隄唐」，孔晁注云：「唐，中庭道。」亦與毛《傳》同。皆其義證。《釋宮》：「令適謂之甓。」《傳》所本也，今字作「瓴甋」。郭注云：「甂甎也。今江東呼瓴甓。」《周禮・考工記》注及《禮記・禮運》注皆云「令甓」。《説文・瓦部》：「甓，令適也。」大徐本作「令甓」。案適、甓聲同，故或謂之甓，亦謂之適，或謂之令適，亦謂之令甓。甓，又作「墼」。《説文・土部》：「墼，令適。」甓、墼古今異名也。《周禮》賈《疏》云：「令甓，今之塼也。」「塼」與「甎」通，古字衹作「專」。專者，所以甃涂也。凡涂必以專甃之，故《爾雅》言「宮中，衖」、「廟中，路」，堂涂繫於「甓」下，知不徒施諸庭涂矣。《詩》之甓則甃諸中庭道者也。〇《爾雅・釋草》：「虉，綬。」《釋文》：「虉，又作『鷊』。」郭注云：「小草，有雜色似綬。」《説文》：「鷏，綬艸也。」引《詩》作「鷏」。《玉篇》引《詩》作「虉」。依《説文》，鷏，正字；虉，俗字。《詩》、《爾雅》作「鷊」，假借字。《義疏》云：「鷊五色作綬文，故曰綬草。」〇惕惕，亦憂勞之意，故云：「猶忉忉也。」《楚辭・九章》：「悼來者之悐悐。」《説文》惕、悐同字。《爾雅》：「惕惕，愛也。」郭注云：「《詩》云：『心焉惕惕。』《韓詩》以為説人，故言『愛也』。」案愛者，謂愛君。君受讒賊所誑，故君子憂勞之心惕惕然。《爾雅》釋經義，毛《傳》釋字義也。説人，即是愛君。鄭以「所美」為宣公，用韓申毛，無有異也。

《月出》三章，章四句。

《月出》，刺好色也。在位不好德，而説美色焉。

月出皎兮，【傳】興也。皎，月光也。**佼人僚兮，舒窈糾兮，**【傳】僚，好貌。舒，遲也。窈糾，舒之姿也。**勞心悄兮。**【傳】悄，憂也。【疏】月出，喻美色。三章興義同。「皎，月光」，則二章「晧」、三章「照」皆月光也。《文選》宋玉《神女賦》云：「其少進也，皎若明月舒其光。」謝莊《月賦》注引《詩》「月出皦兮」。○《釋文》：「佼，字又作『姣』。」引《方言》云：「自關而東，河、濟之閒，凡好謂之姣。」《後箋》云：「《毛詩》『佼』爲『姣』之借字。《説文》：『姣，好也。』小徐引《史記》『長姣美人』是也。《荀子・非相篇》『古者桀紂長巨姣美』作『姣』，《成相篇》『君子由之佼以好』又作『佼』。是二字本多通借。」《説文》云：「僚，好皃。从人，尞聲。」本《傳》訓也。《傳》於《野有死麕》、《常武》「舒」訓「徐」，此「舒」訓「遲」者，舒、遲以雙聲得義。云「窈糾，舒之姿」者，《説文》：「姿，態也。」謂舒遲之姿態則窈糾然也。《後箋》云：「《史記・司馬相如傳》『青虬蚴蟉於東箱』，《正義》云：『蚴蟉，行動之貌也。』又『驂赤螭青虬之蟉蟉蜿蜒』。『蚴蟉』、『蟉蟉』皆與『窈糾』同，即《洛神賦》所謂『矯若游龍』者也。」奐案「窈糾」疊韻也，二章「懮受」疊韻也，三章「夭紹」疊韻也。「窈糾」本與二章「懮受」同聲，今詩首章用與皎、僚、悄爲韻，則又與三章「夭紹」同聲矣。此尢幽與蕭豪部近，合音也。○「悄」訓「憂」，《邶・柏舟》、《出車》篇皆云「憂心悄悄」。重言曰悄悄，單言之則曰悄也。《箋》云：「思而不見則憂。」

月出皓兮，佼人懰兮，舒懮受兮，勞心慅兮。【疏】皓，當依唐石經作「晧」。○《釋文》：「劉，本又作『懰』。力久反。好皃。《埤倉》作『嬼』。嬼，妖也。」案《説文》無「懰」、「嬼」字，是陸所據《詩》作「劉」也。《釋文》：「懮，於久反。舒皃。」《後箋》云：「《玉篇・心部》云：『懮受，舒遲之皃。』《廣韻》同。《集韻》、《類篇》亦同。竝引《詩》『舒懮受兮』。凡此疊字形容，即《梁冀傳》所謂『愁眉、啼裝、折腰、齲齒，以善爲妖態者』也。」○《巷伯》「勞人草草」，《爾雅》作「慅慅」，重言曰慅慅，單言之則曰慅也。慅，亦憂也。

月出照兮，佼人燎兮，舒夭紹兮，勞心慘兮。【疏】燎，當爲「嫽」。《説文》：「嫽，女字也。」《方言》、《廣雅》云：「嫽，好也。」「嫽」與「僚」同。《史記·司馬相如傳》索隱、《衆經音義》卷九皆引《詩》「姣人嫽兮」，疑當出此章之文。上章「僚兮」，《釋文》云：「本亦作『嫽』。」則僚、嫽分章之義相混矣。《後箋》云：「《文選·西京賦》『要紹脩態，麗服颺菁』，注：『要紹，謂嬋娟作姿容也。』又《南都賦》：『致飾程蠱，要紹便娟。』又《靈光殿賦》『曲折要紹而環句』，注：『要紹，曲貌。』此諸言『要紹』者，皆與『夭紹』同。」○戴氏震《毛鄭詩考正》云：「『勞心慘兮』，慘，七感切。《方言》云：『殺也。』《説文》云：『毒也。』音、義皆於《詩》不協。蓋『懆』字轉寫譌爲『慘』耳。懆，千到切，故與照、燎、紹韻。《説文》：『懆，愁不安也。』引《詩》『念子懆懆』。今《詩》中《正月》篇『憂心慘慘』、《北山》篇『或慘慘劬勞』、《抑》篇『我心慘慘』，皆『懆懆』之譌。《釋文》於《北山》篇云：『字亦作「懆」。』於《白華》篇『念子懆懆』云：『亦作「慘慘」。』未能決定二字音義矣。」《詩小學》云：「張參《五經文字》：『懆，千到反。見《詩》。慘，七敢反。悽也。』據此，可見《詩》皆作『懆』之證。」案懆，勞心之皃。重言之曰懆懆，單言之則曰懆也。

《株林》二章，章四句。

《株林》，刺靈公也。淫乎夏姬，驅馳而往，朝夕不休息焉。【疏】夏姬，陳大夫御叔之妻也，夏徵舒之母。以子氏稱，故曰夏姬。陳靈公於春秋魯宣公十年被弑，詩作在弑前矣。鄭《譜》云：「孔子録懿王、夷王時詩，訖於陳靈公淫亂之事，謂之變風、變雅。」

胡爲乎株林？從夏南兮。【傳】株林，夏氏邑也。夏南，夏徵舒也。**匪適株林，從夏南兮。**

【疏】夏南食采於株林，故知株林爲夏氏邑，其地未詳。《後箋》云：「《寰宇記》：『夏亭城在陳州西華縣西南三十里，陳詩《株林》刺靈公也。「胡爲乎株林？從夏南。」注云：「夏南，夏徵舒也。」今此城北五里有株林，即夏氏邑。一名華亭。』考陳州本古陳國，西華縣在州西八十里，夏亭在縣西南三十里。是夏氏之邑去陳國本遠。若《元和郡縣志》：『宋州柘城縣，本陳之株邑，《詩》「株林」是也。』故柘城在寧陵縣南七十里，此又在陳之東北。《前漢志》：『淮陽國有柘。』《續志》同。然劉昭《補注》但於『陳縣』下云：『陳有株邑，蓋朱襄之地。』於『柘』下不言『即株』。《寰宇記》以柘城縣爲春秋時陳之株野，而於下邑縣又云『或以爲陳之株林』。此雖傳疑不定，要可見株野、株林必非一處。」○夏，氏；南，字；徵舒，名。《正義》云：「徵舒祖字子夏，故爲夏氏。徵舒字子南，以氏配字，謂之夏南。楚殺夏徵舒，《左傳》謂之『戮夏南』，是知夏南即夏徵舒也。」昭二十三年《左傳》疏引《世本》云：「宣公生子夏，子夏生御叔，御叔生徵舒。」詩言「從夏南」，《序》言「淫夏姬」。《序》則據事，詩有隱辭也。《禮運》云：「諸侯非問疾弔喪，而入諸臣之家，是謂君臣爲謔。」鄭注即援引陳靈公數如夏氏爲説矣。案《正義》本「從夏南」下有「兮」字，定本無「兮」字。今各本皆從定本刪去兩「兮」字者，非也。胡，何也。匪，彼也。適，之也。言「何爲乎株林？從夏南兮」，彼靈公之之株林者，從夏南兮也。上二句疑詞，下二句決詞。上章言國之人見靈公往株林，下章言靈公命駕往株林。詩人分章之意如此。《箋》訓「匪」爲「非」，爲觝拒之詞。與「駕我」、「乘我」之文不相承接。

駕我乘馬，説于株野。乘我乘駒，【傳】大夫乘駒。**朝食于株。**【疏】我，我靈公也。乘馬，四馬也。駒，當依《釋文》作「驕」，説詳《漢廣》、《皇皇者華》篇。乘驕，四馬皆驕也。「大夫乘驕」，《漢廣》傳云：「五尺以上曰驕。」是五尺以上爲大夫之所乘也。株，即株林也。《後箋》云：「株林即株，乃夏氏邑，在株野之外。《魯頌》傳：『郊外曰野，野外曰林。』《説文》同。是由國中至株林必先經株野。然則『駕我乘馬』者，謂靈公本以諸侯車騎出，至株野，託言他適，乃舍之而乘大夫所乘之驕，以至于株林則已。永夕永朝，淫蕩忘返。《國語》云：『南冠以如夏氏。』是靈公當日實有易服微行之事，故《箋》云『變易車乘』者，實得經、《傳》微旨。王肅見《傳》云『大夫乘驕』，遂以爲乘驕者謂孔、儀從君適株。不知《序》但云『刺靈公』，竝未嘗及孔、儀也。」奂謂經言我，《傳》言大夫，鄭以「變易車乘」申明經、《傳》，固是精確。《正義》用王肅語述《傳》，亦未見爲非。何也？宣十年《左傳》云：「陳靈公與孔寧、儀行父飲酒於夏氏。」此雖爲靈公被弑發《傳》，然其君臣共往夏氏已非一日，《序》故謂「驅馳而往，朝夕不休息」也。九年《傳》云：「陳靈公與孔寧、儀行父通於夏姬，皆衷其衵服，以戲于朝。」在朝既君臣同衷衵服，如夏氏則君臣共乘驕，《傳》云「大夫」，亦未嘗不關通孔、儀矣。

《澤陂》三章，章六句。

《澤陂》，刺時也。言靈公君臣淫於其國，男女相説，憂思感傷焉。【疏】女，謂夏姬也。

彼澤之陂，有蒲與荷。【傳】興也。陂，澤障也。荷，夫渠也。**有美一人，傷如之何？**【傳】傷無禮也。**寤寐無爲，涕泗滂沱。**【傳】自目曰涕，自鼻曰泗。【疏】《大叔于田》「藪」訓「澤」，則澤亦藪也。《車鄰》傳：「陂者曰阪。」「陂」與「阪」同義。《傳》云「澤障」，障，防也。「陂」與「障」又同義也。《王風·揚之水》傳：「蒲，草也。」《箋》云：「蒲，柔滑之物。」亦指蒲草而言。《爾雅·釋草》：「荷，夫渠。」《傳》所本也。《山有扶蘇》作

「扶渠」。從艸者，俗字。荷一名夫渠，此莖、蓮、華、實之總名也。《箋》云：「夫渠之莖曰荷。」案古荷與茄同部。鄭蓋讀「荷」爲「茄」。《釋草》：「其莖茄。」夫渠之莖爲茄，不爲荷也。《正義》云：「樊光注《爾雅》引《詩》『有蒲與茄』。」是鄭本三家《詩》之證。詳《山有扶蘇》篇。彼，彼無禮也。蒲喻性之柔，荷喻形體，菡萏喻美色，蕳以喻有遠聞。○「有美一人」，謂有禮者也。傷，即《序》「憂思感傷」之「傷」。《傳》云「傷無禮也」者，言有美一人，見陳君臣淫説無禮之甚，而爲之感傷也。《爾雅》：「陽，予也。」郭注云：「今巴濮之人自呼阿陽。」引《魯詩》「陽如之何」。毛、魯字異而意同。涕泗，《易·萃·上六》、《禮記·檀弓》皆作「涕洟」，鄭注云：「自目曰涕，自鼻曰洟。」泗者，「洟」之假借字。

彼澤之陂，有蒲與蕳。【傳】蕳，蘭也。**有美一人，碩大且卷。**【傳】卷，好貌。**寤寐無爲，中心悁悁。**【傳】悁悁，猶悒悒也。【疏】「蕳，蘭」，《溱洧》同。《傳》不必與上下章一例。《箋》云：「蕳，當作『蓮』，夫渠實也。」《釋文》、《正義》據《箋》「蘭，當作『蓮』」。《箋》改《傳》文，非易經字。古蓮、蘭聲通，故《韓詩·溱洧》篇以蕳爲蓮。蓮即蘭，非謂荷蓮之蓮也。鄭乃本《韓詩》破此《傳》文，蘭爲蓮，以與上下章同例。○《釋文》：「卷，本又作『婘』。」《齊風》釋文云：「《韓詩》：『婘，好皃。』好，謂有好德也。」《楚辭·九歎》「勞心悁悁涕滂沲兮」，又「悲余心之悁悁兮，哀故邦之逢殃」。《繁露·精華》篇：「此吾所悁悁而悲者也。」竝與《詩》「悁悁」同。《大戴禮·曾子立事》篇：「吾子終身守此悒悒。」《制言中》篇：「君子無悒悒於貧。知我，吾無訢訢；不知我，吾無悒悒。」竝與《傳》「悒悒」同。鄭司農《周禮·廬人》注云：「絹，讀爲『悁邑』之『悁』。」邑，古「悒」字。

彼澤之陂，有蒲菡萏。【傳】菡萏，荷華也。**有美一人，碩大且儼。**【傳】儼，矜莊貌。**寤寐無爲，輾轉伏枕。**【疏】《山有扶蘇》傳：「其華菡萏。」本《釋草》文也。《正義》引郭注《爾雅》云：「今江東人呼荷華爲夫容。」《説文》：「菡蕳，夫容華。未發爲菡蕳，已發爲夫容。」「萏」即「蕳」之省。高注《淮南・本經》亦云：「其華曰夫容，其秀曰菡萏。」是荷華有此二名，而析之則爲已發、未發也。《易林・訟》云：「菡萏未華。」《御覽・百卉部六》引《義疏》云：「扶渠華，未發爲菡萏，已發爲扶渠。」《爾雅翼》引《義疏》同。不知扶渠爲荷之異名，非華已發之異名也。陸説誤。○儼，《御覽・人事部九》引《韓詩》作「嬌」，《薛君章句》云：「嬌，重頤也。」《廣雅》：「嬌，美也。」《説文》引《詩》作「碩大且嬌」，皆本《韓詩》。《説文》又云：「儼，好皃。」此與上章之「卷」同義。矜莊，亦好皃也。輾，當作「展」。《關雎》云：「展轉反側。」

詩毛氏傳疏卷十三

檜羔裘詁訓傳弟十三　毛詩國風

檜國四篇，十二章，四十五句。【疏】《釋文》云：「檜，本又作『鄶』。」《水經注》：「溍水出鄶城西北雞絡隝下，洧水東南逕鄶城南。」《大戴禮·帝繫》篇云：「陸終弟四子曰萊言，是爲云鄶人。云鄶人者，鄭氏也。」《水經注》引《世本》作「求言」。案云，古「妘」字。妘鄶人，檜國之上祖。鄶人者，鄭。鄶、鄭同地故也。其實鄶、鄭同地而不同城。《鄭譜》正義云：「僖三十三年《左傳》稱文夫人葬公子瑕於鄶城之下，服注：『鄶城，故鄶國之墟。』杜注：『鄶國在滎陽密縣東北，新鄭在滎陽宛陵縣西南。是別有鄶城也。』」今河南開封府密縣東北有鄶城，是其地。朱右曾《詩地理徵》云：「《左傳》言『先君桓公與商人皆出自周，庸次比耦，以艾殺此地，斬之蓬蒿藜藋，而共處之』。此與《外傳》所云『寄孥虢、鄶』之事正合。商人與桓公之孥俱出自周，故推本桓公言之，非桓公時已滅虢、鄶也。桓公寄孥，則武公當桓公之世已居鄶矣。寄孥在幽王九年。越二年，而幽王滅。《公羊傳》云：『先鄭伯有通於鄶夫人者。』《外傳》言『鄶由叔妘』，此鄭伯正指武公通乎鄶夫人。蓋在此二年中，幽王既滅，武公乃與晉文侯共立平王，卒滅虢、鄶。《世家》言『桓公之時，虢、鄶獻十邑』，夫十邑者，通虢、鄶言之爲十國，非虢、鄶之國有是十邑也。《水經·洧水》篇稱《竹書紀年》：『晉文侯二年，王子多父伐鄶，克之。乃居鄭父之邱，是曰桓公。』然攷文侯二年，爲周幽王三年。時桓公未爲司徒，未謀於史伯，又何遽滅鄶而居之也？」

《羔裘》三章，章四句。

《羔裘》，大夫以道去其君也。國小而迫，君不用道，好絜其衣服，逍遥遊燕，而不能自强於政治，故作是詩也。【疏】《箋》云：「以道去其君者，三諫不從，待放於郊，得玦乃去。」案待放，見宣元年《公羊傳》及《白虎通義·諫諍》篇。

羔裘逍遥，狐裘以朝。【傳】羔裘以遊燕，狐裘以適朝。**豈不爾思？勞心忉忉。**【傳】國無政令，使我心勞。【疏】逍遥，當作「消摇」，説見《清人》篇。遊，當作「游」。燕者，安也。《傳》以「游燕」釋「消摇」。《序》云「消摇游燕」，此四字同義。諸侯朝服、燕居、燕飲皆用羔裘。今游燕而羔裘，是其好絜衣服也。諸侯在天子朝衣狐裘白，在祭衣狐裘青，皆禮裘也。《七月》傳云：「狐貉之厚以居。」此狐取厚者，所謂褻裘也。今以褻裘適朝，是其「不能自强於政治」也。○經言「朝」，《傳》云「適朝」。《緇衣》傳：「適，之也。」視朝在路門外治朝之宁，聽朝則在路門内燕朝之堂，《碩人》傳云「君聽朝於路寢」是也。首章「適朝」，二章「在堂」，其實一也。天子諸侯皆二朝，解之者誤以爲皆三朝矣。今試明之。《周禮》宰夫掌治朝，小司寇、朝士掌外朝。其言朝位同，此外朝即治朝也。《司士》：「正朝儀之位，大僕前，王入，内朝皆退。」《大僕》：「王眡燕朝則正位。」此内朝即燕朝也。《槁人》云：「掌共外内朝冗食者之食。」然則天子朝唯有外、内二而已。諸侯與天子同。《禮記·文王世子》：「其朝於公，内朝則東面北上，臣有貴者，以齒。其在外朝，則以官，司士爲之。公族朝於内朝，内親也。雖有貴者以齒，明父子也。外朝以官，體異姓也。」《魯語》：「天子及諸侯，合民事於外朝，合神事於内朝。」《文王世子》之外朝，司士所掌，與《周官》司士正朝儀位爲治朝者同。《魯語》之外朝合民事，與《周官》宰夫掌諸臣萬民復逆爲治朝者同。又宣六年《公羊傳》：「靈公爲無道，使諸大夫皆内朝。趙盾已朝而出，與諸大夫立於朝。」何注云：「從内朝出，立於外朝。」蓋外朝有諸大夫位焉。從内朝出立外朝，即從燕朝而出俟治朝也。然則諸侯朝亦唯外、内二而已。鄭司農《朝士》注云：「王有五門：外曰皋門，二曰雉門，三曰庫門，四曰應門，五曰路門。路門一曰畢門。外朝在路門外，内朝在路門内。」奂案仲師説門朝之制確不可易。《緜》傳：「王之郭門曰皋門。王之正門曰應門。」天子五門，其一曰皋門，爲郭門，亦爲外城門。二曰雉門，爲内城門。皋、雉二門，出入不禁，其無朝可知。庫、應、路三門皆宫門，庫門爲大門，應門爲中門，路門爲内門。庫門以内亦出入不禁，其無朝又可知。應門，宫之正門，在庫、路之中，故亦爲中門。朝君入應門，則應門以内始有朝。朝有外有内，以在路門之外、内而名之也。天子外朝在應門内、路門外，内朝在路門内。諸侯庫、雉、路三門亦皆宫門。庫門爲大門，雉門爲中門，路門爲内門。諸侯外朝在雉門内、路門外，其内朝亦在路門内。仲師言天子二朝，而諸侯之二朝可據理推也。後鄭《宰夫》注云：「治朝在路門之外。」《文王世子》注云：「外朝，路寢門之外庭。」亦既以治、外爲一朝矣。乃《小司寇》注：「外朝，朝在雉門之外。」《朝士》注：「外朝，在庫門之外、皋門之内。」蓋易先鄭五門皋、雉、庫、應、路爲皋、庫、雉、應、路，故一説外朝在雉門外，一説外朝在庫門外。鄭氏本無定解。《朝士》注又云：「周天子諸侯皆有三朝，外朝一，内朝二。内朝之在路門内者，或謂之燕朝。」然内朝即燕朝，古無二内朝之名。《玉藻》：「朝服以日視朝於内朝。」疑「内」乃「外」之誤，或因下文「聽政路寢」言之。要不得援一端以該群經，謂此内朝即治朝，而遂以爲有二内朝之説也。《書大傳》：「諸侯之宫，三門三朝。其外曰皋門，次曰應門，又次曰路門。其皋門内曰外朝，應門内曰内朝，路門内曰路寢之朝。」《大傳》言諸侯門制與《禮記》不合，而與《緜》箋同。言三朝與先鄭不合，而與《朝士》注、《玉藻》注同。此鄭氏所據歟？《大傳》張生、歐陽生多所增益。門制，詳《緜》篇。○羔裘，尊服也。狐裘，褻服也。尊服以消揺，褻服以適朝，故《傳》云「國無政令」也。云「使我心勞」者，我，大夫自我也。勞心，心勞也。《齊・甫田》傳：「忉忉，憂勞也。」勞亦憂也。《箋》云：「爾，女也。三諫不從，待放而去。思君如是，心忉忉然。」

羔裘翱翔，狐裘在堂。【傳】堂，公堂也。**豈不爾思？我心憂傷。**【疏】《箋》云：「翱翔，猶消揺也。」是翱翔亦游燕之義。○堂在路門内，燕朝，路寢庭也；堂，路寢堂也。公堂者，以公所聽政之堂而名之也。《逸周書・大匡》篇「朝于大庭」，孔晁注云：「大庭，公堂之庭。」與此《傳》「公堂」同。凡朝君，臣咸立於庭。《説文》：「廷，朝中也。」今通作「庭」。皆有門而不屋。路門左右塾謂之門側之堂，不當中門。其當中門者，自庫門以至路門，唯路寢乃有堂耳。《曾子問》：「諸侯旅見天子，雨霑服失容，則廢。」此路門外外朝無堂可證也。《春官・樂師》「車亦如之」，注：「王如有車出之事，登車於大寢西階之前。反，降於阼階之前。」《大僕》注：「大寢，路寢也。」登車於路寢階前，此路門内内朝無堂可證也。《玉藻》：「朝，辨色始入。君日出而視之，退適路寢聽政，使人視大夫。大夫退，然後適小寢，釋服。」注：「小寢，燕寢也。」《考工記》「外有九室，九卿朝焉」，注：「外，路門之表也。九室如今朝堂，諸曹治事處。」攷諸侯外朝亦有官府治處，大夫治事，當在外朝之室。君聽政，則在内朝之堂。視大夫朝罷，而後從路寢反燕寢也。《論語・鄉黨》記孔子入公門，過位攝齊，升堂出降一等，没階復其位。《曲禮》「下卿位」，注：「卿位，卿之朝位也。」孔《疏》云：「卿位，路門之外門東北面位。」引鄭注《鄉黨》「過位」，謂入門右北面君揖之位。案此位即外朝之位，爲大夫治事之處。堂爲君聽政之處。諸臣復逆，必由外朝入内朝升堂。君與圖事，而臣復退俟於外朝之位也。升堂在過位之後，此唯路寢有堂又可證也。

羔裘如膏，日出有曜。【傳】日出照曜，然後見其如膏。**豈不爾思？中心是悼。**【傳】悼，動也。

【疏】末章但言羔裘，承上兩章「羔裘消摇」、「羔裘翱翔」而言，是其好絜衣服可見，不能自强於政治亦可見。「羔裘如膏，日出有曜」，《傳》云：「日出照曜，然後見其如膏。」此倒句也。《雞鳴》篇「匪雞則鳴，蒼蠅之聲」，《傳》：「蒼蠅之聲，有似遠雞之鳴。」「匪東方則明，月出之光」，《傳》：「見月出之光，以爲東方明。」皆其句例。○《箋》云：「悼，猶哀傷也。」《氓》傳云：「悼，傷也。」「動」與「傷」義相近。《鼓鐘》之「妯」，《菀柳》之「蹈」，《傳》皆訓爲「動」。「悼」與「妯」、「蹈」亦聲近而訓同。動，古「慟」字。《説文》無「慟」。《周禮》「九𢷎振動」，杜子春讀「動」爲「慟」。

《素冠》三章，章三句。

《素冠》，刺不能三年也。【疏】《論語》：「宰我問三年之喪。孔子曰：『子生三年，然後免於父母之懷。夫三年之喪，天下之通喪也。』」

庶見素冠兮，棘人欒欒兮，【傳】庶，幸也。素冠，練冠也。棘，急也。欒欒，瘠貌。**勞心慱慱兮。**【傳】慱慱，憂勞也。【疏】「庶，幸」，《爾雅·釋言》文。《傳》爲全《詩》通訓也。《釋言》又云：「庶幾，尚也。」單言「庶」，絫言「庶幾」，故《雨無正》、《巧言》、《生民》、《抑》、《江漢》箋竝以「庶」爲「庶幾」。《論語》：「回也其庶乎？」《易傳》云：「顏氏之子，其殆庶幾乎？」此「庶」與「庶幾」同訓之理，而皆爲「幸」之詞。云「素冠，練冠也」者，素冠，白布冠也。十三月爲練，已練之冠謂之練冠。《襍記》：「喪冠條屬，以別吉凶。三年之練冠，亦條屬，右縫。」鄭注云：「別吉凶者，吉冠不條屬也。條屬者，通屈一條繩若布爲武，垂下爲纓，屬之冠。象大古喪事略也。吉冠則纓、武異材焉。右縫者，右辟而縫之。」案練冠非純凶，亦非純吉。時人以練除首絰，《春秋》遂有「已練弁冕」之説，而不能行三年之練冠矣。「三年之喪，初喪，喪冠；小祥，練冠」，是練冠爲三年小祥之冠，故亦得謂三年練冠也。「大祥，縞冠。中月而禫緅冠。踰月吉祭，乃玄冠，復平常」，《傳》就小祥説。《箋》以素冠爲縞冠，就大祥説。然《傳》雖言小祥，其實小祥之後、大祥之前皆練冠。○《北風》傳：「亟，急也。」棘者，假借字。《采薇》、《出車》、《雨無正》、《文王有聲》、《抑》、《桑柔》、《江漢》之「棘」竝同。《傳》爲全《詩》「棘」字通訓也。《正義》云：「『棘，急』，《釋言》文。彼『棘』作『戒』，音、義同。」案今本《釋言》作「悈」。欒，讀爲臠，亦假借字也。《説文》：「臠，臞也。」引《詩》正作「臠臠」。《爾雅》：「臠，病也。」癵，俗「臠」字。《吕覽·任地》篇：「棘者欲肥，肥者欲棘。」高注云：「棘，羸瘠也。《詩》云：『棘人之欒欒。』言羸瘠也。」義與《傳》同。《爾雅》：「慱慱，憂也。」《詩》言「勞心」，故《傳》訓「憂勞」。案詩首章三句一意，《傳》於「欒欒」訓「瘠」，於「慱慱」訓「憂勞」，皆所以形容棘人哀痛未盡、思慕未忘之狀。下二章首句與首章同，而下皆變其辭，以「我心」與「子」作對言。我，刺詩者自我也。子，即首章之棘人也。乃從不可得見而幸見之，傷悲菀結，是爲刺也。此篇義也，則欒欒、慱慱自不得分作兩橛解矣。「慱」字不見《説文》。《文選·思玄賦》注引《毛詩》作「摶摶」。

庶見素衣兮，【傳】素冠，故素衣也。**我心傷悲兮，聊與子同歸兮。**【傳】願見有禮之人，與之同歸。【疏】《傳》云「素冠，故素衣也」者，昭三十一年《左傳》：「季孫練冠麻衣。」《檀弓》：「將軍文子之喪，既除喪，而後越人來弔，主人深衣練冠，待于廟。」《襍記》：「如筮，則筮史練冠長衣以筮。」又《聘禮》：「遭喪，將命于大夫，主人長衣練冠以受。」案練冠所配之衣，或麻衣，或深衣，或長衣。鄭注：「麻衣，即深衣。」《喪服・記》：「公子爲其母練冠、麻，麻衣縓緣。」注云：「此麻衣者，如小功布深衣，爲不制衰裳，變也。縓，淺絳也。一染謂之縓。練冠而麻衣縓緣，三年練之受飾也。」引《檀弓》曰：「練，練衣黄裏、縓緣。」《閒傳》：「期而小祥，練冠縓緣。又期而大祥，素縞麻衣。」注云：「《喪服小記》曰：『除成喪者，其祭也朝服縞冠。』此素縞者，《玉藻》所云『縞冠素紕，既祥之冠』。麻衣十五升布，亦深衣也。謂之麻者，純用布，無采飾也。」然則小祥、大祥皆用麻衣。大祥之麻衣配縞冠，小祥之麻衣配練冠。《傳》意以此章「素衣」與上章「素冠」同時之服，素冠爲練冠，則素衣即《檀弓》之「練衣」。練衣，即麻衣。衣、冠皆爲三年練之受服也。《箋》就既祥祭而言素衣，謂朝服緇衣素裳。但朝服麻衣色緇，三年麻衣色白。素者，白也。不得以緇爲素，明矣。又朝服無裳，鄭以素衣爲素裳，亦非是。○傷、悲同義。《鼓鐘》傳云：「傷，猶悲也。」《傳》釋「聊」爲「願」，與《泉水》、《出其東門》同。「願見有禮之人」，欲見能行三年喪者也。「與之同歸」，同歸於禮也。《列女傳・貞順》篇：「君子謂杞梁之妻貞而知禮。」引《詩》云：「我心傷悲，聊與子同歸。」案《列女傳》出《魯詩》，此雖斷章，亦謂與知禮之人同歸，與《毛詩》義合也。

庶見素韠兮，我心蘊結兮，聊與子如一兮。【傳】子夏三年之喪畢，見於夫子，援琴而弦，衎衎而樂，作而曰：「先王制禮，不敢不及。」夫子曰：「君子也。」閔子騫三年之喪畢，見於夫子，援琴而弦，切切而哀，作而曰：「先王制禮，不敢過也。」夫子曰：「君子也。」子路曰：「敢問何謂也？」夫子曰：「子夏哀已盡，能引而致之於禮，故曰君子也。閔子騫哀未盡，能自割以禮，故曰君子也。」夫三年之喪，賢者之所輕，不肖者之所勉。【疏】《正義》云：「喪服始終無韠。禮，大祥祭朝服素韠。毛意亦以卒章思大祥之人矣。」案《傳》章末據三年之喪畢説，則孔説是也。《喪服小記》及《襍記》言「祥祭服朝服」，朝服素韠，故詩人言素韠爲能終三年喪者，作幸見之詞。《候人》傳云：「芾，韠也。」「韠」與「芾」通稱。韠象裳色，天子山、火、龍，諸侯火、龍，卿大夫山。此畫繪之韠，以配衮、鷩、毳、希之裳也。玄冕之服，天子朱韠配朱裳，諸侯、卿大夫赤韠配赤裳，士爵弁韎韐配纁裳也。玄端不與裳相應，故士玄端爵韠，裳則有玄黄襍之，異朝服，如深衣有韠而無裳。○藴，當作「薀」。《校勘記》據唐石經初刻作「薀」，以後改「藴」爲俗字。《説文》云：「薀，積也。」「子夏三年之喪畢」以下，《傳》當有成文。《正義》引《檀弓》説子夏除喪之行，與此正反。而《説苑·修文》篇亦與此《傳》大略相似，又以子路爲子貢，皆所聞異也。「聊與子如一兮」者，言願與有禮之人用心如一也。《尸鳩》篇：「淑人君子，其義一兮。其義一兮，心如結兮。」《傳》云：「善人君子，其執義當如一也。執義一，則用心固。」與此「如一」義同。一，謂專壹。不敢不及、不敢過，皆謂專壹於禮，《傳》以釋經「與子如一」之義也。

《隰有萇楚》三章，章四句。

《隰有萇楚》，疾恣也。國人疾其君之淫恣，而思無情慾者也。

隰有萇楚，猗儺其枝。【傳】興也。萇楚，銚弋也。猗儺，柔順也。**夭之沃沃，樂子之無知。**

【傳】夭，少也。沃沃，壯佼也。【疏】「萇楚，銚弋」，《爾雅·釋草》文。郭注云：「今羊桃也。或曰鬼桃。葉似桃，華白，子如小麥，亦似桃。」《正義》引《義疏》云：「今羊桃是也。葉長而狹，華紫赤色。」案萇楚華色白，或紫赤，不一種。《本草圖經》云：「生平澤中，葉、花似桃，子細如棗核，苗長弱即蔓生，不能爲樹。今處處有，多生溪澗，今人呼爲細子根。」據蘇説，則郭注「麥」字疑「棗」字之誤。下溼曰隰，萇楚生於下溼地也。《傳》「猗儺，柔順也」，當依《釋文》本無「順」字。《傳》「柔」，《箋》「柔順」，與《東門之池》同。蓋詩以萇楚之枝柔，興人之年少也。猗儺者，枝柔之狀。一章云「猗儺其華」，三章云「猗儺其實」，猗儺皆謂枝之柔，而其華、其實因首章而申言之。王注《楚辭·九辯》、《九歎》引《詩》「旖旎其華」云：「旖旎，盛貌。」此三家《詩》義。猗儺、旖旎一語之轉。○《傳》訓「夭」爲「少」，謂人之年少時也。沃，當作「⿰氵芺」。《廣雅》：「媉媉，容也。」「⿰氵芺⿰氵芺」與「媉媉」聲同。壯佼者，《正義》云「少壯而佼好」是也。無知，無猶不也；知，讀「不識不知」之「知」。二章云「無家」，不知家也；三章云「無室」，不知室也，亦因首章而申言之。此句例也。《序》所謂「思無情慾者」也。《箋》云：「知，匹也。於人年少沃沃之時，樂其無妃匹之意。」與《傳》義實通。

隰有萇楚，猗儺其華。夭之沃沃，樂子之無家。

隰有萇楚，猗儺其實。夭之沃沃，樂子之無室。

《匪風》三章，章四句。

《匪風》，思周道也。國小政亂，憂及禍難，而思周道焉。

匪風發兮，匪車偈兮。【傳】發發飄風，非有道之風。偈偈疾驅，非有道之車。**顧瞻周道，中心怛兮。**【傳】怛，傷也。下國之亂，周道滅也。【疏】發，猶發發也。《蓼莪》「飄風發發」，《傳》云：「發發，疾皃。」下章《傳》云「迴風爲飄」。偈，猶偈偈也。《韓詩·伯兮》傳云：「偈，疾驅皃。」《漢書·王吉傳》、《韓詩外傳》皆作「揭揭」。《傳》釋「匪風」爲「非有道之風」，「匪車」爲「非有道之車」，「匪」爲「非」，有道即探下周道而言。《王吉傳》：「吉引《詩》説曰：『是非古之風也，發發者；是非古之車也，揭揭者。蓋傷之也。』」案王治《韓詩》，與毛義同。古，謂古之道也。○周道，岐西之道。「顧瞻周道」，猶睠念古昔之意，《序》所謂「思周道」也。中心，心中也。《説文》：「怛，憯也。」「傷」與「憯」義相近。《王吉傳》引《詩》作「⿱制心」，顔注云：「⿱制心，古『怛』字。」云「下國之亂，周道滅也」者，以申明傷之之義，此思古以慨今之不然。《韓詩外傳》云：「《傳》曰：『國無道，則飄風厲疾，暴雨折木，陰陽錯氛，夏寒冬温，春熱秋榮，日月無光，星辰錯行，民多疾病，國多不祥，群生不壽，而五穀不登。當成周之時，陰陽調，寒暑平，群生遂，萬物寧，故曰：其風治，其樂連，其驅馬舒，其民依依，其行遲遲，其意好好。《詩》曰：『匪風發兮，匪車揭兮。顧瞻周道，中心怛兮。』」韓意以「周道」當成周之時，亦與毛義同。

匪風飄兮，匪車嘌兮。【傳】迴風爲飄。嘌嘌，無節度也。**顧瞻周道，中心弔兮。**【傳】弔，傷也。【疏】飄，猶飄飄也。飄飄，猶發發也。「迴風爲飄」，《爾雅·釋天》文。鄭注《月令》云：「迴風爲猋。」《爾雅》：『扶摇謂之猋。』」猋亦迴風，非鄭所見《爾雅》本異也。《説文》「飃，回風也。」今字通作「迴」。嘌，猶嘌嘌也。嘌嘌，猶偈偈也。疾驅謂之偈偈，亦謂之嘌嘌。云「無節度」者，是亦疾驅之意。《説文》：「⿰口㶾，疾也。《詩》曰：『匪車⿰口㶾兮。』」今字隸變作「嘌」。○弔，猶怛也，故《傳》竝釋之爲「傷」，今吴郡人有「弔心」之語。弔心，即傷心也。

誰能亨魚？溉之釜鬵。【傳】溉，滌也。鬵，釜屬。亨魚煩則碎，治民煩則散。知亨魚，則知治民矣。**誰將西歸？懷之好音。**【傳】周道在乎西。懷，歸也。【疏】溉，當爲「摡」，《釋文》：「本又作

『摡』。」《説文》：「摡，滌也。从手，既聲。《詩》曰：『摡之釜鬵。』」許據《詩》作「摡」。釜，通作「釡」。《洞酌》傳：「摡，清也。」滌、清義相近。《説文》云：「鬵，大鬴也。」「鬴，鍑屬。或作『釜』。」「鍑，如釜而大口者。」案大釜曰鬵，與鍑相似，故《傳》云「釜屬」。《采蘋》傳：「無足曰釜。」則鬵無足矣。《爾雅》：「䰝謂之鬵。鬵，鉹也。」説鼎，與此異。《傳》云「亨魚煩則碎，治民煩則散」，以釋經「亨魚」爲治民之喻。又申之云「知亨魚，則知治民」者，治民之道，在不煩而已。下國政亂，因而思古之治也。《韓子·解老》篇云：「亨小鮮而數撓之，則賊其澤。治大國而數變法，則民苦之。是以有道之君貴静，不重變法，故曰：治大國若亨小鮮。」○《傳》承上章兩「周道」，故云「周道在乎西」，以釋經之「西」也。懷、歸疊韻爲訓，《皇矣》同。之，猶是也。歸是好音，即冢上句「西歸」而言。周之道在西，有歸之者，當歸之以善政令也，亦是「思周道」之意。

詩毛氏傳疏卷十四

曹蜉蝣詁訓傳弟十四　毛詩國風

曹國四篇，十五章，六十八句。【疏】《漢書・地理志》：「濟陰郡，《禹貢》荷澤，在定陶東，屬兖州。定陶，故曹國，周武王弟叔振鐸所封。《禹貢》陶丘在西南。陶丘亭。」《水經》「濟水逕定陶縣故城南」，酈注云：「縣，故三鬷國也。湯追桀伐三鬷，即此。」是周之曹，夏之三鬷也。今山東曹州府定陶縣縣東有三鬷亭。

《蜉蝣》三章，章四句。

《蜉蝣》，刺奢也。昭公國小而迫，無法以自守，好奢而任小人，將無所依焉。【疏】《正義》云：「《曹世家》自叔振鐸至昭公，凡十五君。昭公以魯閔公元年即位，僖七年卒。周惠王以莊十八年即位，僖八年崩。是當周惠王時也。」

蜉蝣之羽，衣裳楚楚。【傳】興也。蜉蝣，渠略也，朝生夕死，猶有羽翼以自修飾。楚楚，鮮明貌。**心之憂矣，於我歸處。**【疏】「蜉蝣，渠略」，《爾雅・釋蟲》文，古字作「浮游」。《夏小正》：「五月，浮游有殷。」《傳》：『殷者，衆也，浮游殷之時也。浮游者，渠略也，朝生而莫死。』」《説文》作「蠹蜉」，則「渠略」爲假借字。

《正義》引：「《義疏》云：『似甲蟲，有角，大如指，長三四寸，甲下有翅，能飛。夏月陰雨時，地中出，今人燒炙噉之，美如蟬也。』樊光謂之糞中蝎蟲，隨陰雨時爲之，朝生而夕死。」案《淮南子·説林》篇：「浮游不飲不食，三日而終。」又《詮言》篇：「浮游不過三日。」言三日死，説稍異。浮游有羽翼，以喻在位所任之小人，雖有此尊盛之服飾而不能終也。《傳》云「朝生夕死，猶有羽翼以自修飾」，合下章而總釋其義。○《釋文》：「楚楚，《説文》作『䵄』，云：『會五綵鮮色也。』」綵，俗「采」字。䵄、楚同聲。䵄䵄，本字；楚楚，假借字。「會五采鮮色」，與《傳》「鮮明」義正申成。蓋許取三家《詩》之本字，以明《毛詩》之借字也。凡冕服，上衣下裳。會五采皆於裳。䵄䵄指繡裳而言，故《説文》入《黹部》，黹、繡義同也。「於我」二字讀逗，「於我歸處」，言於我乎何歸處，《序》所謂「將無所依」也。

蜉蝣之翼，采采衣服。【傳】采采，衆多也。**心之憂矣，於我歸息。**【傳】息，止也。【疏】「采采，衆多」，謂文采之衆多也。《文選》禰衡《鸚鵡賦》注引《韓詩》「采采衣服」，《薛君章句》云：「采采，盛貌。」盛亦衆多也。「息」訓「止」。歸息，猶歸處也，處亦止也。

蜉蝣掘閲，麻衣如雪。【傳】掘閲，容閲也。如雪，言鮮絜也。**心之憂矣，於我歸説。**【疏】《説文》：「堀，突也。」引《詩》作「堀」。《小箋》云：「各本作『掘』，非。」突，謂地突，猶土堀也，釋「堀」不釋「閲」。《傳》云「容閲」，釋「閲」不釋「堀」，「堀」乃連而及之，詁訓中有此例也。《谷風》「我躬不閲」，《傳》：「閲，容也。」連言曰容閲，容閲猶容躬。言浮游居土堀中能自容躬，是謂之堀閲，以喻小人在位偷合苟容也。《孟子·盡心》篇：「有事君人者，事是君則爲容悦者也。」「容閲」與「容悦」同。此章與上二章羽翼興衣服，辭義有别。○麻衣，朝服也。凡布，幅廣二尺二寸。八十縷爲升，朝服用十五升。緦則去朝服之半。二者精麤不同，而其用麻則一也，故朝服與緦服皆得謂之麻衣。緦麻其色白，朝麻其色染緇。《鄭風》「緇衣」即麻衣矣。《禮記・閒傳》：「又期而大祥，素縞麻衣。」《喪服小記》：「除成喪者，其祭也朝服縞冠。」素縞即縞冠，則麻衣即朝服。此一證。《逸周書・大匡》篇：「及期日質明，王麻衣以朝。日視朝之服，天子皮弁，諸侯朝服。」王服朝服爲降等，則麻衣爲朝服。此又一證。《論語・子罕》篇：「子曰：『麻冕，禮也。今也純。』」麻亦麻衣也。古冕、弁得通稱。麻冕，麻衣而冕，與祭服玄冕玄衣而冕同。祭服用絲，朝服用麻。《玉藻》云：「朝服之以縞也，自季康子始也。」《楚策》：「令尹子文緇帛之衣以朝。」是朝服用絲，春秋初楚已用之。魯至康子時亦用之，孔子曰儉。儉，恭儉也。是古者朝服麻衣矣。朝服如深衣，衣、裳不殊。諸侯朔視朝，用皮弁服。君臣同服，亦謂之朝服，皆以麻爲之。《傳》云「如雪，言鮮絜」，「絜」下「也」字今補。凡衣皆連下裳言，朝服無裳而有素韠。素韠，白韋爲之，故以雪比白。鮮絜，謂其色鮮絜也。

《候人》四章，章四句。

《候人》，刺近小人也。共公遠君子，而好近小人焉。【疏】共公，昭公子。

彼候人兮，何戈與祋。【傳】候人，道路送迎賓客者。何，揭；祋，殳也。言賢者之官不過候人。

彼其之子，三百赤芾。【傳】彼，彼曹朝也。芾，韠也。一命緼芾黝珩，再命赤芾黝珩，三命赤芾蔥珩。大夫以上赤芾乘軒。【疏】宋本「送」下奪「迎」字，《正義》有「迎」字。《群書治要》、《御覽・兵八十二》、四兩引與《正義》同。迎，當作「逆」。《周禮・候人》：「若有方治，則帥而致于朝。及歸，送之于竟。」此主送賓客也。

《周語》：「敵國賓至，關尹以告，行理以節逆之，候人爲導。」此主逆賓客也。宣十二年《左傳》：「隨季對楚使曰：『豈敢辱候人？』」是侯國有候人矣。《無羊》傳亦云：「何，揭也。」《玄鳥》傳：「何，任也。」各隨文訓也。《説文・殳部》：「祋，殳也。」本《毛詩》。又「或説城郭市里，高縣羊皮，有不當入而欲入者，暫下以驚牛馬曰祋」。《樂記》注引《詩》「祋」作「綴」，《疏》以爲齊、魯、韓《詩》。綴，表也。高縣羊皮，亦揭表之義。揭戈殳者，乃爲候人之事。云「言賢者之官不過候人」者，《序官》：「候人，上士六人，下士十有二人。」彼王朝之官，候人是上士、下士，則侯國之官，候人當在中士以下。候人爲賤官也。賢者不在曹朝，而任以道路送逆之官，是共公之遠君子也。〇《傳》以「彼」爲「彼曹朝」，對上「彼」字不在曹朝者而言之。子，庳小人也。芾，古作「市」。《説文》云：「市，韠也。篆文作『韍』。」「韠，韍也。」此及《采芑》、《車攻》、《斯干》、《采叔》皆作「芾」。唯《素冠》作「韠」。《采叔》箋：「冕服謂之芾，其他服謂之韠。」析言之也。渾言芾、韠同，故《傳》云：「芾，韠也。」「一命緼芾黝珩，再命赤芾黝珩，三命赤芾葱珩」，《禮記・玉藻》文。《玉藻》作「韍」、作「幽衡」，芾、韍同字，「幽衡」即「黝珩」之假借也。珩，詳《鄭風》篇。鄭注云：「緼，赤黄之閒色，所謂韎也。」《周禮》：「公、侯、伯之卿三命，其大夫再命，其士一命。子、男之卿再命，其大夫一命，其士不命。」案曹爲伯甸，其一命爲士，再命爲大夫，三命爲卿。緼芾即韎韐，士之服。赤芾爲卿與大夫之服。經言「赤芾」，則緼芾乃類及之耳，故《傳》申之云：「大夫以上赤芾乘軒。」「大夫以上」，統再命、三命言也。三百，「三百人也。《箋》云：「佩赤芾者三百人。」是謂共公之好近小人也。閔二年《左傳》：「衛懿公好鶴，鶴有乘軒者。」定十三年：「唯邴意茲乘軒。」哀十五年：「衛大子謂渾良夫曰：『苟使我入獲國服冕乘軒。』」杜注云：「軒，大夫車。」是乘軒亦大夫之飾。僖二十八年《左傳》：「晉侯入曹，執曹伯，數之以其不用僖負羈，而乘軒者三百人也。且曰：獻狀。」杜注謂責其無德居位者多之功狀。案《詩》言「三百赤芾」，《左傳》言「乘軒三百人」，皆是共公好近小人之實據。必云「乘軒」者，《傳》本《左傳》以補詩義之未及。下二章皆就近小人說，末章又說近小人，爲國弱民窮之張本。《荀子・富國篇》云：「士大夫衆，則國貧。」

維鵜在梁，不濡其翼。【傳】鵜，洿澤鳥也。梁，水中之梁。鵜在梁，可謂不濡其翼乎？**彼其之子，不稱其服。**【疏】《爾雅》：「鵜，鴮鸅。」《釋文》云：「鴮鸅，《毛詩傳》作『洿澤』，同。」《說文》：「鵜，鵜胡，污澤也。或作『鶇』。」郭注《爾雅》及鄭注《禮記・表記》皆作「污澤」。《淮南子・齊俗》篇「鵜胡飲水數斗而不足」，高注亦云：「污澤鳥。」《正義》引《義疏》云：「鵜，水鳥。形如鶚而極大，喙長尺餘，直而廣，口中正赤，頷下胡大如數升囊。若小澤中有魚，便群共抒水，滿其胡而棄之，令水竭盡，魚在陸地，乃共食之，故曰淘河。」云「梁，水中之梁」者，即《邶・谷風》傳所謂「魚梁」也。不，語詞。「不濡翼」，濡翼也；「不濡咮」，濡咮也。《傳》於「不」下加「乎」，意以「不」爲語詞也。濡有潤澤之義。鵜在梁而濡其翼，喻小人之好絜衣服。○僖二十四年《左傳》：「鄭子臧好聚鷸冠，鄭伯殺之。君子曰：『服之不衷，身之災也。《詩》曰：「彼己之子，不稱其服。」子臧之及，❶不稱也夫。』」然則此詩之流誦，不獨楚成王矣。《左傳》作「己」。《禮記》引作「記」。其、己、記同。

維鵜在梁，不濡其咮。【傳】咮，喙也。**彼其之子，不遂其媾。**【傳】媾，厚也。【疏】《玉篇》引《詩》「咮」作「噣」。古咮、噣聲同。喙者，口也。哀二十六年《左傳》：「得夢己爲鳥咮加於南門。」《釋文》云：「咮，鳥口。」濡其口者，喻小人得食君祿。○媾、厚疊韻。《晉語》：「晉公子如楚，成王以周禮享之。九獻，庭實旅百。

❶ 「及」，疑當作「𠬝」，陳昌治刻《說文解字》、《宋本集韻》竝音「𠬝」房六切。阮刻《春秋左傳正義》作「服」，「服」、「𠬝」通。

令尹子玉請殺晉公子，王曰：『不可。』請止狐偃，王曰：『不可。《曹詩》曰：「彼己之子，不遂其媾。」鄭之也。夫鄭而效之，鄭又甚焉。效鄭，非禮也。』」韋注云：「媾，厚也。遂，終也。鄭，過也。」案詩言不終其厚，所以爲過。成王引之，謂當厚待晉公子，必善始以善終，故下文即云「楚子厚幣以送公子于秦」，所謂「終其厚」也。《傳》以「媾」爲「厚」，正本《國語》作訓。又案曹共公與楚成王同時人，《曹詩》已爲成王成誦，則詩自作於晉公子返國之前。共公任用小人，至三百乘軒之多，國人作刺，遂以流誦列國人君之口，異日晉公子亦即以爲獻功狀，良有以也。

薈兮蔚兮，南山朝隮。【傳】薈蔚，雲興貌。南山，曹南山也。隮，升雲也。**婉兮孌兮，季女斯飢。**【傳】婉，少貌。孌，好貌。季，人之少子也。女，民之弱者。【疏】薈蔚雙聲。《說文》：「薈，艸多皃。」《文選・西都賦》注引《倉頡篇》：「蔚，木盛皃。」是薈蔚本爲草木盛多，因之爲凡盛多之稱。《說文・艸部》引《詩》「薈兮蔚兮」。又《女部》：「嬒，女黑色也。」引《詩》「嬒兮蔚兮」，此或本三家《詩》。南山，屬《曹風》，故云「曹南山」。《御覽・地部七》引《十道志》云：「曹南山，有汜水出焉。」隮，當作「躋」。《正義》云：「『隮，升』，《釋詁》文。」誤「躋」爲「隮」也。今《爾雅》不作「隮」，《說文》無「隮」可證。《正義》本所據《傳》「升」下無「雲」。《釋文》、《集注》、定本及《御覽・天部八》引《傳》皆有「雲」。案有「雲」字是也。南山，喻在尊位者。雲有盛多之義，南山之朝升雲薈蔚然，言居尊位者之盛多。〇婉孌疊韻。《齊・甫田》傳：「婉孌，少好皃。」此云「婉，少皃。孌，好皃」，渾言、析言，義各有當也。《傳》解經「季女」，各本依定本。《正義》云：「《采蘋》『有齊季女』，《車舝》『思孌季女逝兮』，皆不得有男在其閒，故以季女爲少女。此言『斯飢』，當謂幼者，竝『飢』非獨少女而已，故以季女爲人之少子、女子。皆觀經爲訓，故不同也。」案《正義》本《傳》文當作「季，人之少子。女，女子」

七字。❶此「季女」與《采蘋》、《車舝》不同。季爲人之少子，女爲女子，分釋其義，故婉孌亦分釋其義，與《甫田》不同。定本云：「季，人之少子。女，民之弱者。」是定本以季女爲少弱之稱，義無分别，則《傳》亦不必分釋其義。且經言「女」，不言「民」也。古毛《傳》當從《正義》本。今《正義》本從定本而誤。斯，猶其也。季女其飢，言室家之窮乏也。

《鳲鳩》四章，章六句。

《鳲鳩》，刺不壹也。在位無君子，用心之不壹也。

鳲鳩在桑，其子七兮。【傳】興也。鳲鳩，秸鞠也。鳲鳩之養其子，朝從上下，莫從下上，平均如一。**淑人君子，其儀一兮。其儀一兮，心如結兮。**【傳】言執義一則用心固。【疏】《釋文》：「鳲，本又作『尸』。」尸、鳲古今字。「鳲鳩，秸鞠」，詳《鵲巢》篇。《方言》：「鳲鳩，自關而東謂之戴鵟，東齊、海岱之閒謂之戴南。南，猶鵟也。或謂之鵀鶝，或謂之戴鳻，或謂之戴勝。」郭璞注云：「鳲，音尸。」按《爾雅》即布穀，非戴勝也。昭十七年《左傳》疏云：「孫炎云：『《方言》：「鳲鳩，自關而東謂之戴勝。」』《毛詩義疏》云：『今梁、宋之閒謂布穀爲鵠鵴。』則布穀是鳲鳩明矣。而楊雄云：『鳲鳩是戴勝也。』今戴勝自生穴中，不巢生，雄言非也。」案高誘《淮南》、《吕覽》注及張揖《廣雅》竝以尸鳩、戴勝爲一鳥，其義皆出楊雄《方言》。然《爾雅》：「鵖鴔，戴鵟。」鳲鳩，鵠

❶ 「七」，據上下文意，疑當作「八」。

鵴。」判然二鳥。毛《傳》用《爾雅》，決不以鳲鳩爲戴勝矣。《傳》以鳲鳩之養子平均，興君子用心之壹。《鵲巢》箋：「鳲鳩有均壹之德。」樊光《爾雅注》：「《春秋》云：『鳲鳩氏，司空。』心平均，故爲司空。」與《傳》義同。〇《箋》云：「淑，善；儀，義也。善人君子，其執義當如一也。」案此當是《傳》文。《傳》上言尸鳩養子平均如一，此言君子執義當如尸鳩之一也。「執義一則用心固」，亦謂在位君子，其用心當一，與《序》説正同。今各本割截經、《傳》，而又以「淑，善；儀，義也」下十六字攙入《箋》語，使《傳》文上下語意不通。唯楊倞注《荀子》引此皆爲《傳》文，可得其證矣。《荀子·勸學篇》：「是故無冥冥之志者，無昭昭之明。無惛惛之事者，無赫赫之功。行衢道者不至，事兩君者不容。目不能兩視而明，耳不能兩聽而聰。螣蛇無足而飛，鼫鼠五技而窮。《詩》曰：『尸鳩在桑，其子七兮。淑人君子，其儀一兮。其儀一兮，心如結兮。』故君子結於一也。」又《成相篇》：「治復一，脩之吉。君子執之，心如結。」毛《傳》正用其師説。《列女傳》：「魏芒慈母有三子，前妻之子有五人。五子親附慈母雍雍若一。慈母以禮義之，漸率導八子咸爲魏大夫卿士，各成於禮義。君子謂慈母一心。《詩》云：『尸鳩在桑，其子七兮。淑人君子，其儀一兮。其儀一兮，心如結兮。』言心之均一也。尸鳩以一心養七子，君子以一儀養萬物。一心可以事百君，百心不可以事一君。此之謂也。」《説苑·反質》篇：「『尸鳩在桑，其子七兮。淑人君子，其儀一兮。』《傳》曰：『尸鳩之所以養七子者，一心也。君子所以理萬物者，一儀也。』」《淮南子·詮言》篇：「有智而無術，雖鑽之，不通。有百技而無一道，雖得之，弗能守。故《詩》曰：『淑人君子，其儀一也。其儀一也，心如結也。』君子其結於一乎？」《韓詩外傳》：「君子務結心乎一。」亦引此詩，並與毛義同。《小箋》云：「經、《傳》『一』字，《疏》内皆作『壹』，爲長。」

鳲鳩在桑，其子在梅。【傳】飛在梅也。淑人君子，其帶伊絲。其帶伊絲，其弁伊騏。【傳】騏，

騏文也。弁，皮弁也。【疏】《傳》云「飛在梅也」者，言鳲鳩之子飛在梅也。《正義》云：「首章言生子之數，下章云在梅、在棘、在榛，言其所在之樹，見鳲鳩均壹養之，得長大而處他木也。」○《箋》云：「其帶伊絲，謂大帶也。大帶用素絲，有襍色飾焉。」《正義》云：「《玉藻》説大帶之制云：『天子素帶，朱裏，終辟。諸侯素帶，終辟。大夫素帶，辟垂。士練帶，率，下辟。』是大夫以上，大帶用素絲，故言絲也。《玉藻》又云：『襍帶，君朱緑，大夫玄華，士緇辟。』是其襍色飾焉。」案《玉藻》注：「辟，讀如『裨冕』之『裨』。裨，謂以繒采飾其側。襍，猶飾也，即上之裨也。」又「縞冠素紕」，注：「紕，緣邊也。紕，讀如『埤益』之『埤』。」《干旄》「素絲紕之」，《傳》云：「紕，所以織組也。」帶以素絲緣邊，所謂「其帶伊絲」也。此帶爲素帶，下文弁爲皮弁。是皮弁配素帶，天子、諸侯、大夫同。通冕弁服皆用之。士悉用緇帶。《傳》「騏文」之「騏」，《釋文》作「綦」。《小戎》傳：「騏，綦文。」謂白馬而有蒼色文也。此《傳》「騏，綦文」，謂白鹿皮而有蒼色組以飾弁也。《顧命》「四人騏弁」，鄭注云：「青黑曰騏。」鄭謂青黑爲弁飾之色，非與毛訓有異也。《書》之「騏」與《詩》之「騏」皆謂弁縫飾色如綦文。騏，皆「綦」之假借字。《書》枚本作「綦」，《周禮・弁師》注引《詩》正作「綦」。此其證。《正義》云：「皮弁是諸侯視朝之常服。又朝天子亦服之。作者美其德能養民，舉其常服，知是皮弁。」奂案諸侯視朝玄冠，朔視朝皮弁。在朝君臣同服，則朔視朝，大夫亦服皮弁。《序》云「在位君子」，統君臣言也。

鳲鳩在桑，其子在棘。淑人君子，其儀不忒。【傳】忒，疑也。其儀不忒，正是四國。【傳】正，長也。【疏】《正義》云：「『忒，疑』，《釋言》文。」言，當作「詁」。《爾雅・釋詁》：「貳，疑也。」《詩述聞》謂「貳」乃「貣」之誤，古忒、貣通用也。《禮記・緇衣》篇：「子曰：『爲上可望而知也，爲下可述而志也，則君不疑於其臣，而臣不惑於其君矣。尹吉曰：「惟尹躬及湯，咸有壹德。」《詩》云：「淑人君子，其儀不忒。」』」鄭注云：「君臣皆有壹德不貳，則無疑惑也。」《釋文》：「忒，本或作『貣』。」貣，亦「貳」之誤。案《傳》以「不忒」爲「不疑」，與《禮記》釋《詩》正同。不疑，猶壹也。又《荀子·議兵篇》：「陳囂問孫卿子曰：『先生議兵，常以仁義爲本。』孫卿子曰：『堯伐驩兜，舜伐有苗，禹伐共工，湯伐有夏，文王伐崇，武王伐紂，此四帝兩王，皆以仁義之兵行於天下也。故近者親其善，遠方慕其德。兵不血刃，遠邇來服。德盛於此，施及四極。《詩》曰：「淑人君子，其儀不忒。」此之謂也。』」荀引《詩》言先王行仁義。儀，即義也。是又毛《傳》本《荀子》之一證。《管子·內業》篇：「萬物中義守不忒。」亦與毛訓同。○《小箋》：「據《傳》文，『長』當作『是』。訓『正』爲『是』，則『是』爲『此』。『正是四國』，言是此四國也。《大學》引《詩》釋之云：『其爲父子兄弟足法，而后民法之也。』民法，即經『正』字之義。」

鳲鳩在桑，其子在榛。淑人君子，正是國人。正是國人，胡不萬年？【疏】《簡兮》傳：「榛，木名。」

《下泉》四章，章四句。

《下泉》，思治也。曹人疾共公侵刻，下民不得其所，憂而思明王賢伯也。【疏】案共公即位在魯僖公八年，《春秋經》于洮、于葵丘、于鹹、于牡丘、于淮，齊桓公作方伯，共公幾盟會無不至。自晉文公入國，修觀狀之怨，侵曹、入曹，執曹伯畀宋人，取濟西田。終共公之世，不得儕於盟會者，晉爲之也。《左傳》：「曹伯之豎侯獳曰：『齊桓公爲會，封異姓。今君爲會，滅同姓。』」是曹人明明言晉文之不如齊桓矣。此詩與《候人》先後皆刺共公而作。《候人》刺招致晉禍之所由，《下泉》乃疾其既遭晉亂，而不能修德以進於自治。疾共公，并以惡晉侯，故疾其侵刻，而因念周之賢伯也。明王、賢伯連言，與《鳧鷖》序「神祇」、「祖考」連言同例。明王、神祇，皆推廣之，非經義之所有。

洌彼下泉，浸彼苞稂。【傳】興也。洌，寒也。下泉，泉下流也。苞，本也。稂，童粱。非溉草，得水而病也。**愾我寤嘆，念彼周京。**【疏】洌，當作「冽」。《正義》云：「字從冰。」《大東》正義云：「《説文》：『冽，寒貌。』故字從冰。」《廣韻》、《集韻·十七薛》：「冽，寒也。」皆不誤。《爾雅》：「沃泉，縣出。縣出，下出也。」李注云：「水泉從上溜下出。」《傳》釋「下泉」爲「泉下流」者，《七月》傳：「流，下也。」則下亦流也，是即《爾雅》「下出」之義。苞、本雙聲。苞稂爲稂本，與下泉爲泉下，皆倒句以明義。《斯干》、《生民》、《常武》傳皆云：「苞，本也。」「稂，童粱」，《爾雅·釋草》文，《大田》同。郭注：「稂，莠類也。」《詩》、《爾雅》釋文兩引《説文》：「禾粟之莠生而不成者，謂之童蓈。」案「蓈」即「稂」。童蓈即童粱，則童粱爲莠之不成者。二章「蕭，蒿」，三章蓍亦蒿屬。若《月令》「藜、莠、蓬、蒿竝興」，相類而言也。《義疏》云：「禾莠爲穗而不成，崱嶷然，謂之童粱。」陸言「禾莠」，猶《説文》言「禾粟之莠」。禾穗下垂，莠穗不下垂。童粱雖不成莠，而其崱嶷然者正與莠同。《正義》引《義疏》「莠」誤作「秀」。《説文》「莠」誤作「采」，因以童粱爲禾穗不成之名，非是。今從段氏説訂正。《傳》又云「非溉草，得水而病也」者，此明經取興之義，以統釋下二章蕭、蓍而言。《箋》云：「興者，喻共公之施政教，徒困病其民。」〇《箋》云：「愾，嘆息之意。」《禮記·祭義》：「出户而聽，愾然必有聞乎其嘆息之聲。」《説文》：「愾，大息也。从心，氣聲。《詩》曰：『愾我寤嘆。』」《玉篇·口部》引作「嘅」。《楚辭·九歎》注引作「慨」。周京，猶京周也。

洌彼下泉，浸彼苞蕭。【傳】蕭，蒿也。**愾我寤嘆，念彼京周。**【疏】《蓼蕭》「蓼彼蕭斯」，《傳》亦云：「蕭，蒿也。」《爾雅》：「蕭，萩。」《義疏》云：「今人所謂萩蒿也。或云牛尾蒿。」案蕭與藾蕭不同。《詩》之「蕭」皆萩也。《傳》不用《爾雅》以萩釋蕭，意謂萩亦蒿也。京周，大周也。

洌彼下泉，浸彼苞蓍。【傳】蓍，草也。愾我寤嘆，念彼京師。【疏】「蓍，草」，草名蓍也。《説文》云：「蓍，蒿屬。」《淮南子·説山》篇：「上有叢蓍，下有伏龜。」是蓍爲叢生之草矣。《易·説卦》釋文引《義疏》云：「蓍似藾蕭，青色，科生。」《鹿鳴》正義引《義疏》：「苹，葉青白色，莖似箸而輕脆。」《爾雅》：「苹，藾蕭。」郭注云：「今藾蒿也。」是藾蕭亦蒿之類。蓍之爲言箸也。蓍似藾蕭，則蓍莖亦如苹莖之似箸矣。京師，大衆之所居也。

芃芃黍苗，陰雨膏之。【傳】芃芃，美貌。四國有王，郇伯勞之。【傳】郇伯，郇侯也。諸侯有事，二伯述職。【疏】黍苗對稂、蕭、蓍，陰雨對下泉，陰雨膏之則芃芃然美對三「浸」字，以喻恩及下民。此愾我而念彼也。《小雅·黍苗》篇「芃芃黍苗，陰雨膏之」，《傳》云：「芃芃，長大皃。」文義皆同。○王，王事也。勞，讀「劬勞于野」之「勞」。《鴻雁》序云：「能勞來還，定安集之，至于矜寡，無不得其所焉。」即此「勞」字之義也。《傳》云「郇伯，郇侯也」者，桓九年《左傳》：「荀侯伐曲沃。」荀即郇。是荀本侯爵也。《水經·涑水》注：「涑水西逕郇城，郇伯故國也。杜元凱《春秋釋地》曰：『今解縣西北有郇城。』服虔曰：『郇國在解縣東，郇瑕氏之墟也。』今解故城東北二十四里有故城，在猗氏故城西北，鄉俗名之爲郇城。服説與俗符，賢於杜氏矣。」是酈注以郇國在解縣東北，杜説西北爲誤也。今山西蒲州府臨晉縣東北有郇城。云「諸侯有事」者，釋「四國有王」句。云「二伯述職」者，釋「郇伯勞之」句，又以申明伯爲二伯。勞來，亦述職中事也。《王制》：「千里之外，設方伯。州有伯，八州八伯。八伯各以其屬屬於天子之老二人，分天下以爲左右，曰二伯。」周制，方伯、二伯皆九命。方伯屬於二伯，外統於内也。郇侯爲二伯，《傳》無明文，未審何時人。一説《易林·蠱卦》：「下泉苞稂，十年無王。荀伯遇時，憂念周京。」

魏源據焦説「十年無王」，謂郇伯勞來當在厲王流汾、共伯攝政之世。奂竊謂《傳》不言郇伯爲文王子，《序》又不言古明王賢伯。《小雅·黍苗》刺幽王，但近述召穆公，已不必遠追召康公，則此值晉文修怨之年，似不必更追述文王子之郇矣。焦説本三家《詩》。魏默深攷厲王末年當之，説似有據。

詩毛氏傳疏卷十五

豳七月詁訓傳弟十五　毛詩國風

豳國七篇，二十七章，二百三句。【疏】豳，公劉國。周公既遭管、蔡之變，東征三年後，歸朝廷，致大平，爲成王營雒，彷佛公劉治豳，故託始於豳。而大師編《詩》遂以爲豳國之風焉。《漢書·地理志》云：「右扶風栒邑，有豳鄉。」今陝西邠州即其地。

《七月》八章，章十一句。

《七月》，陳王業也。周公遭變，故陳后稷先公風化之所由，致王業之艱難也。【疏】先公，豳公也。公劉居豳，故謂之豳公。豳公之業由於后稷，故陳王業者，必本后稷也。此周公遭管、蔡之變而作。

七月流火，九月授衣。【傳】火，大火也。流，下也。九月，霜始降，婦功成，可以授冬衣矣。一之日觱發，二之日栗烈。**無衣無褐，何以卒歲？**【傳】一之日，十之餘也。一之日，周正月也。觱發，風寒也。二之日，殷正月也。栗烈，寒氣也。**三之日于耜，四之日舉趾。同我婦子，饁彼南畝，田畯至喜。**【傳】三之日，夏正月也。豳土晚寒。于耜，始修耒耜也。四之日，周四月也，民無不舉足而耕矣。饁，饋也。田畯，田大夫也。【疏】火，東方心星，亦曰大火。《四月》篇「六月徂暑」，《傳》云：「六月，火星中。暑盛而往矣。」本《月令》及昭三年《左傳》文爲説。攷《堯典》：「日永星火，以正仲夏。」《夏小正》：「五月，初昏大火中。」與《詩》、《月令》、《左傳》皆不合。蓋大火在唐、虞、夏以五月昏中，六月西流。周以六月昏中，七月西流。其候逐歲漸差。詩雖作於周初，然公劉在夏末或已七月西流也。《春秋·哀十二年》：「冬十二月，螽。」《左傳》：「火伏而後蟄者畢。今火猶西流，司曆過也。」杜注云：「火伏在今十月猶西流，言未盡没。知是九月，曆官失一閏。」案火伏在九月。春秋之季，火伏在十月。九月猶西流，其候又差矣。此即後世歲差之法。流火，火下也。火向西而下，暑退將寒之候也。《傳》云「婦功成」者，即下章《傳》所謂「絲事畢」也。婦功成於八月，至九月霜降，授衣。云「授冬衣」者，謂禦寒之衣。探下文「衣」、「褐」、「卒歲」而言。○《傳》云「一之日，十之餘也」者，十，十月也。數起於一，終於十，復從十月而數其餘月。一之日，十有一月之日。二之日，十有二月之日。皆以紀夏正也。《傳》又云「一之日、二之日、三之日，爲周、殷、夏正月也」者，《春秋》「春三月」皆書「王」。春正月，周正。春二月，殷正。春三月，夏正。夏、殷、周各統一正，而三正實兼行之，不敢怠棄，是其義也。觱，即「觱發」之俗。觱發疊韻。發，風發發也。觱爲風寒之皃。觱，當讀爲滭，《説文》：「滭，風寒也。」栗烈，《下泉》、《大東》兩正義引《詩》，《文選·古詩》注引《毛詩傳》竝作「栗冽」。栗，當讀爲溧，《説文》：「溧，寒也。」《玉篇》：「冽，寒氣也。」十一月待風而寒，故觱發爲風寒。十二月不風而寒，故栗冽爲寒氣也。《箋》云：「褐，毛布。」《孟子·滕文公》篇「許子衣褐」，趙注云：「以毳織之，若今馬衣也。或曰：褐，枲衣也。一曰：粗布衣也。」趙前一説與《箋》同，馬衣即《左傳》「馬褐」。《廣雅》：「毼，罽也。」罽者，織毛爲之。蓋以褐爲毼也。《説文》：「褐，編枲韈。一曰粗衣。」與趙或兩説同。《漢書·貨殖傳》「短褐不完」，顔注亦爲編枲衣。○《説文》：「枱，耒耑也。或作『鈶』。」

「耜」與「枱」、「鈶」同。《考工記》「耜廣五寸」，謂耒耑之金廣五寸也。經言耜，《傳》云耒耜。凡耜必兼耒言也。耒以木爲之。《月令》修耒耜在十二月，詩則正月始修耒耜者，爲豳土晚寒故也。「豳土晚寒」，《傳》又爲全章通釋也。四之日，四月之日也。周四月，夏二月也。一之日爲周正月，則四之日爲周四月矣。此變言二月爲周四月之日，據周正爲説。篇中若改歲、春酒、始播百穀，皆言周正，而所紀時月皆用夏正。蓋行事仍從夏時，尊本朝，法前王也。周公作《豳風》與孔子作《春秋》同意。《御覽・資産部》兩引《韓詩》：「三月之時，可豫取耒耜繕修之。至于四月，始可舉足而耕也。」韓從周正爲説。又《初學記・地部下》引《韓詩》：「二之日，夏之十二月。三之日，夏之正月。」是韓亦兼夏正矣。《漢書・食貨志》引《詩》「四之日舉止」，止、趾古今字。《傳》訓爲「足」，《麟之止》同。○「饁，饋」，《爾雅・釋詁》文。《説文》：「饁，餉田也。」「周人謂餉曰饟。」「餉，饋也。」「饋，餉也。」饁、餉、饟、饋四字同義。僖三十三年《左傳》：「臼季見冀缺耨，其妻饁之。」此婦饋也。《孟子・滕文公》篇：「有童子以黍肉餉。」此子饋也。南畝，詳《信南山》篇。《周禮・籥章》「以樂田畯」，鄭司農注云：「田畯，古之先教田者。《爾雅》曰：『畯，農夫也。』」《月令》「孟春，命田舍東郊」，鄭注云：「田，謂田畯，主農之官也。」高注《吕覽》以田爲農大夫。《傳》云「田大夫」猶之農大夫也。鄭箋《詩》及郭注《爾雅》皆以田畯爲嗇夫。《覲禮》注：「嗇夫，蓋司空之屬。」《釋文》：「喜，王申毛如字。」《甫田》、《大田》同。

七月流火，九月授衣。春日載陽，有鳴倉庚。女執懿筐，遵彼微行，爰求柔桑。【傳】倉庚，離黃也。懿筐，深筐也。微行，牆下徑也。五畝之宅，樹之以桑。**春日遲遲，采蘩祁祁。女心傷悲，殆及公子同歸。**【傳】遲遲，舒緩也。蘩，白蒿也，所以生蠶。祁祁，衆多也。傷悲，感事苦也。春女悲，秋士悲，感其物化也。殆，始；及，與也。豳公子躬率其民，同時出，同時歸也。【疏】《箋》云：「陽，温也。」《爾雅》：「四時，春爲青陽。」郭注云：「氣青而温陽。」《爾雅》：「倉庚，鵹黄。」亦云「鶩黄」。高注《吕覽》、《淮南》引《爾雅》作「黎黄」。《説文》作「離黄」，與毛《傳》同。又「鶖，鶖黄也。一曰：楚雀也。其色黎黑而黄」。《方言》作「驪黄」。案離與鵹、鶩、黎、鶖、驪並同。《箋》云：「温而倉庚又鳴，可蠶之候也。」《説文》亦云：「鳴則蠶生。」《小正》、《月令》竝記「仲春鳴」也。倉庚非黄鳥，辨見《葛覃》篇。○《小爾雅》云：「懿，深也。」故懿筐爲深筐也。行，道也。微行，小道。《傳》乃探下句，故云：「牆下徑也。」《孟子·梁惠王》篇兩言「五畝之宅，樹之以桑」。又《盡心》篇言「五畝之宅，樹牆下以桑，匹婦蠶之」，是桑樹於牆下矣。《荀子·大略篇》：「家五畝宅，百畝田。」與《孟子》同。古者近郊有門，謂之郭門。近郊之内，即城郭之内，亦謂之國中，亦謂之邑中。其餘鄉遂之地，公有公邑，家有家邑，縣、都有縣邑、都邑。邑皆民居，略放今之離落村堡，與田錯處，不甚相遠。宅，居也。五畝之宅，城郭都鄙之居也。《周禮·載師》「宅不毛者有里布」，鄭司農注：「宅不毛者，謂不樹桑、麻也。」引《孟子》：「五畝之宅，樹之以桑。」又《遂人》「上地，夫一廛，田百畝」，鄭注：「廛，城邑之居。」《孟子》所云『五畝之宅，樹之以桑、麻』者也。」先、後鄭竝以五畝宅爲邑居矣。此詩言豳女求桑，正是匹婦蠶桑，乃居室之事。《傳》引《孟子》爲訓，則不以五畝宅爲田中廬舍明矣。趙岐《孟子注》云：「廬井、邑居，各二畝半以爲宅，冬入保城二畝半，故爲五畝也。」案邠卿因古説廬井二畝半，又創説邑居二畝半，以徙就五畝宅之數，而不知理不可通。《食貨志》言田制用《司馬法》建步立畮。六尺爲步，步百爲畮。古之百畝爲今四十一畝一百六十步，則古之五畝，當今二畝零十八步。古之二畝半，當今一畝零九步。一夫一婦以養父母妻子五口爲率。内有門堂，外有場圃，又有桑、麻、雞、彘，豈一畝零九步中之所能容者？太原閻若璩《四書釋地三續》「駁趙説」是也。《采薇》傳：「柔，始生也。」柔桑，始生之桑。《箋》云：「柔桑，穉桑也。」○《廣雅》：「遲遲，長也。」《傳》云「舒緩」，舒亦緩也。《采叔》傳：「紓，緩也。」「舒」與「紓」通。舒緩者，春晝舒長也。《正義》謂「人遇春暄，四體舒泰」，非也。蘩醜不一種。蘩可生蠶，蠶惡溼宜燥，則蘩爲陸地之蘩。《傳》云「白蒿」，《釋文》及定本皆作「皤蒿」，與《采蘩》傳同。孫、郭《爾雅注》、許《説文》、陸《義疏》竝即以爲白蒿。皤、白義同也。《正義》云：「白蒿，所以生蠶。今人猶用之。」《夏小正》云：「二月，采蘩。」「祁祁，衆多」，《玄鳥》箋同。《傳》云「傷悲，感事苦也」者，謂感蠶事之勞苦。經但言「春女傷悲」，《傳》因述古語，則秋士以類相及。《御覽・時序部四》引《淮南・繆稱訓》：「春女悲，秋士哀，知物化矣。」是古有此語也。案此章因授衣而言女功，始蠶之事，末句承上章之意，言耕者出而歸耳。殆，讀與「始」同。「及，與」，《釋詁》文。公子，猶公孫。《狼跋》傳：「公孫，豳公之孫。」則公子，豳公之子，謂成王也。經言民與公子，《傳》言公子率民，又補經義。同歸必同出，以箸君民勤於農事如此也。

七月流火，八月萑葦。【傳】薍爲萑，葭爲葦。豫畜萑葦，可以爲曲也。**蠶月條桑，取彼斧斨，以伐遠揚，猗彼女桑。**【傳】斨，方銎也。遠，枝遠也。揚，條揚也。角而束之曰猗。女桑，荑桑也。**七月鳴鵙，八月載績。載玄載黄，我朱孔陽，爲公子裳。**【傳】鵙，伯勞也。載績，絲事畢而麻事起矣。玄，黑而有赤也。朱，深纁也。陽，明也。祭服玄衣纁裳。【疏】篇中皆敘人事，而人事必因天時，故詩前三章以「七月流火」發端也。萑，當作「萑」。萑一名薍，葦一名葭，判然二物。《碩人》：「菼，薍也。」《大車》：「菼，騅也。萑之初生者也。」《蒹葭》：「蒹，薕也。」皆萑也。《騶虞》、《碩人》、《蒹葭》云：「葭，蘆也。」皆葦也。《傳》義悉本《爾雅》。菼、薍、蒹、薕爲未成之萑，葭、蘆爲未成之葦。《夏小正》：「七月，秀萑葦。」《傳》：『未秀則不爲萑葦。

秀然後爲萑葦，故先言秀。』灌荼。《傳》：『荼，萑葦之秀，爲蔣楮之也。❶萑未秀爲菼，葦未秀爲蘆。』」然則萑葦春生苗，至秋乃成。《小正》七月，豳土則八月也。云「豫蓄萑葦，可以爲曲也」者，《月令》「季春，具曲、植、籧、筐」，鄭注云：「時所以養蠶器也。曲，薄也。植，槌也。」《方言》：「宋、魏、陳、楚、江、淮之閒謂之苗，自關而西謂之薄。宋、魏、陳、楚、江、淮之閒謂之植，自關而西謂之槌。」郭注云：「槌，縣蠶。薄，柱也。」案曲、苗古今字。萑葦可以爲曲，豫畜之，以供來春養蠶。《傳》探下文釋經義也。◎《箋》云：「條桑，枝落之采其葉也。」《玉篇》引《詩》作「挑桑」。「斨，方銎」，《釋文》引《說文》云：「銎，斧空也。」空即「孔」字。斧孔曰銎，方孔者則曰斨也。遠揚，謂桑之枝條遠揚者，故《傳》釋「遠」爲「枝遠」，「揚」爲「條揚」。枝亦條也。《汝墳》傳：「枝曰條。」《說文》：「條，小枝也。」猗，當作「掎」，《說文》：「掎，偏引也。」《廣雅》：「捔，掎也。」《傳》云「角而束之」，「角」即「捔」字。《爾雅·釋木》：「女桑，桋桑。」《釋文》：「桋，或作『荑』。」毛《傳》作「荑」，荑者，初生之稱。《集注》、定本皆云「女桑，柔桑」者，或以「荑」字難明，故易「柔」字。《箋》云：「女桑少枝長條，不枝落者，束而采之。」◯鶪，《夏小正》作「鴂」。「鶪，伯勞」，《爾雅·釋鳥》文。郭注云：「似鶷鶡而大。」《小正傳》作「百鷯」，昭十七年《左傳》作「伯趙」，聲竝通。《小正》、《月令》皆「五月鳴」。《月令章句》云：「應時而鳴，爲陰候也。」高注《呂覽》云：「是月陰作於下，陽發於上。伯勞夏至後應陰而殺蛇，磔之於棘而鳴其上。」《御覽·羽族部十》引陳思王《惡鳥論》：「《詩》云：『七月鳴鶪。』七月，夏五月。伯勞以五月鳴，應陰氣之動，其聲鶪，故以音名也。」是子建以鶪五月鳴，《詩》七月猶鳴，遂以七月爲周正。而不知《豳風》言「某月」者，皆夏正也。崔《集注》及王述毛竟改經之「七月」爲「五月」，未免臆解，總不若

❶「楮」，徐子静本、《清經解續編》本同。《廣雅書局叢書》本《大戴禮記解詁》作「褚」。

《箋》晚寒從氣爲説。○《傳》云「絲事畢」者，承上蠶桑，探下玄黄，謂至八月始畢絲事也。云「麻事起」者，以釋經「載績」之義。絲曰紡，麻曰績。絲所成曰帛，麻所成曰布。詩重絲事也，故下文即言染絲之事。《士冠禮》注：「凡染黑，五入爲緅，七入爲緇。玄則六入與？」又注：「爵弁者，其色赤而微黑，如爵頭然。或謂之緅。」《考工記》注：「染纁者，三入而成。又再染以黑則爲緅。緅，今禮俗文作『爵』，言如爵頭色也。又復再染以黑，乃成緇矣。凡玄色者，在緅、緇之閒，其六入與？」《夏小正》傳：「玄也者，黑也。」《説文》云：「黑而有赤色者爲玄。」許説「玄」正本毛氏《傳》訓。黄色近纁，玄黄，猶之玄纁也。《考工記》：「鍾氏染羽，三入爲纁，五入爲緅，七入爲緇。」《釋器》：「一染謂之縓，再染謂之赬，三染謂之纁。」《士冠禮》注云：「凡染絳，一入謂之縓，再入謂之赬，三入謂之纁。朱則四入與？」案《周禮》、《爾雅》皆有「三入爲纁」之文。《周禮》言纁、緅、緇染黑法，《爾雅》言縓、赬、纁染絳法。六入、四入，經無明文，鄭以玄爲六入而朱爲四入，皆足補經文所未備。《説文》：「絑，純赤也。」「纁，淺絳也。」纁三入，則絑深於纁，爲四入矣。《傳》云「深纁」即是「純赤」。絑，今通作「朱」。詁「陽」爲「明」者，色鮮明也。天子五冕之衣皆玄衣，裳有衮、鷩、毳、希之異。天子玄冕，玄衣而冕也。玄衣配以朱裳，《方相氏》「玄衣朱裳」，此即天子玄冕也。士玄衣，則配以纁裳，《禮器》「士玄衣纁裳」是也。《傳》意承「載玄載黄」句，故云「祭服玄衣纁裳」，就士而言，以見豳人亦自作服。經言「我朱孔陽，爲公子裳」，又以見豳公子朱裳亦是祭服也。《絲衣》傳：「絲衣，祭服也。」

四月秀葽，五月鳴蜩，八月其穫，十月隕蘀。【傳】不榮而實曰秀。葽，葽草也。蜩，螗也。穫，禾可穫也。隕，墜；蘀，落也。**一之日于貉，取彼狐貍，爲公子裘。**【傳】于貉，謂取狐貍皮也。狐貉之厚以居。孟冬，天子始裘。**二之日其同，載纘武功，言私其豵，獻豜于公。**【傳】纘，繼；功，事也。

豕一歲曰豵，三歲曰豣。大獸公之，小獸私之。【疏】「不榮而實曰秀」，《爾雅・釋草》文。《傳》文重「葽」字。《初學記・歲時部》、《御覽・時序部六》引《傳》「葽，草也」，不誤。「葽，草」，未詳。《說文》：「葽，艸也。《詩》曰：『四月秀葽。』劉向說：『此味苦，苦葽也。』」案劉子政說葽爲苦葽，鄭《箋》疑即王萯，不從劉說。《穆天子傳》：「珠澤之藪，爰有萑葽。」郭璞注：「葽，莠屬。」引《詩》：「四月秀葽。」《廣雅》：「葽，莠也。」《通藝録》辨之云：「莠秀於六月，非秀於四月，葽非莠明矣。」苦葽，亦未審何草。○《爾雅》：「蜩，唐蜩。」俗作「螗」。《夏小正》云：「五月，唐蜩鳴。」《傳》：『唐蜩者，匽也。』」又云：「匽之興五日翕，望乃伏。」《傳》：『其不言「生」而稱「興」，何也？不知其生之時，故曰「興」。以其興也，故言之興。五日翕也。望也者，月之望也。而伏云者，不知其死也，故謂之「伏」。五日也者，十五日也。翕也者，合也。伏也者，入而不見也。』」案《詩》言「蜩」凡三見，《傳》於《小弁》、《蕩》皆釋「蜩」爲「蟬」，唯此「蜩」爲「唐」。《蕩》又釋「唐」爲「匽」，其意以《七月》之蜩即《小正》之唐匽。《小正》詳匽伏在五月，而《詩》則五月始鳴，皆以紀候也。○豳地八月，其禾始穫，故《傳》云：「穫，禾可穫也。」《大東》傳：「穫，刈也。」「隕，隊」，《小弁》、《緜》同。隊，俗作「墜」。「蘀，落」，《鶴鳴》同。隕蘀，謂草木隊落也。《說文》云：「艸木凡皮葉落陊地爲蘀。」引《詩》：「十月隕蘀。」《周語》：「先王之教曰：『草木節解而備藏，隕霜而冬裘具。』」故下文即言取皮作裘之事。○《傳》文「于貉，謂取狐貍皮也」八字誤，當作「取彼狐貍，謂取狐貍皮也」十字。《傳》言狐貍爲狐貍皮，則貉爲貉皮可互見，故不更爲「于貉」作解。《箋》乃云：「于貉，往搏貉以自爲裘也。」凡《傳》未備，《箋》乃申補之，以完經義。此其通例。今本删去複經句「取彼狐貍」四字，而又因《箋》中「于貉」二字羼入《傳》中，致不可讀，當據全《詩》通例訂正。「狐貉之厚以居」，《論語・鄉黨》篇文。《傳》冡上文「于貉」引《論語》爲證。《說文》：「貈，似狐，善睡獸。」引《論語》作「貈」，今字通假作「貉」。貉皮毛厚，以爲私居裘，宜也。狐皮不獨爲私居之裘，其狐皮之厚者以私居也。江永《圖考》謂狐貉之裘爲褻裘。《論語·子罕》篇：「衣敝緼袍與衣狐貉者立。」《繁露·服制》篇：「百工、商賈不敢服狐貉。」孔子爲大夫，狐貉以居，是大夫得服狐貉也。《正義》引：「定九年《左傳》稱齊大夫東郭書衣貍製，服注云：『貍裘。』」是貍亦大夫裘也。竊謂褻裘與禮裘異。貉、狐貍或上下通裘爾。《小正》：「九月，王始裘。」《月令》：「孟冬之月，天子始裘。」《傳》云「孟冬」，豳地晚寒也。經言「公子」，豳公之子，成王也，故《傳》即以天子釋之。《正義》云：「孟冬已裘，而仲冬始搏獸者，爲來年用之。《天官·掌皮》『秋斂皮，冬斂革，春獻之』，注：『皮革踰歲乾，久乃可用，獻之以入司裘。』是其事也。」○同，讀如「我馬既同」之「同」。《車攻》傳云：「同，齊也。田獵齊足。」《正義》云：「『纘，繼；功，事』，皆《釋詁》文。」今《爾雅》「纘」作「纂」，「功」作「公」。武功，田獵之事也。「豕一歲曰豵」，《騶虞》傳同。豕，田豕也。《還》「竝驅從兩肩兮」，《傳》：「獸三歲曰肩。」鄭司農注《周禮·大司馬職》云：「《詩》云：『言私其豵，獻肩于公。』一歲爲豵，二歲爲豝，三歲爲特，四歲爲肩，五歲爲慎。」案仲師傳《毛詩》，其所據《豳詩》作「肩」，與《齊風》同。其云「三歲特，四歲肩」，「肩」、「特」二字互譌。毛《傳》於肩兩言「三歲」。《說文》及《韓詩章句》竝同。豵、豝、肩皆豕，特、慎非豕。慎即麎也。豕生一歲爲小，三歲爲大。他獸三歲以上皆尚小，則必自四歲、五歲始也。《廣雅》：「獸一歲爲豵，二歲爲豝，三歲爲肩，四歲爲特。」稚讓作「三歲肩，四歲特」，是其證。《正義》云：「『大獸公之，小獸私之』，《大司馬職》文。禽、獸得通。」《大司馬》：「仲冬教大閱，遂以狩田。」此言「二之日」是季冬，不用仲冬者，豳地晚寒，故習兵晚也。四時皆習兵，而獨說冬獵者，以取皮在冬，且大閱禮備故也。

五月斯螽動股，六月莎雞振羽。【傳】斯螽，蚣蝑也。莎雞羽成而振訊之。**七月在野，八月在宇，九月在户，十月蟋蟀入我牀下。穹窒熏鼠，塞向墐户。**【傳】穹，窮；窒，塞也。向，北出牖也。

墐，塗也。庶人篳户。**嗟我婦子，曰爲改歲，入此室處。**【疏】《爾雅·釋蟲》：「蜇螽，蜙蝑。」《傳》所本也。蜇，當作「析」。《説文》：「蜙，或作『蚣』。」郭注云：「俗呼春黍。」詩之斯螽即《爾雅》之析螽。《墓門》傳：「斯，析也。」「斯」與「析」皆象其動股作聲。蚣蝑、春黍竝於斯、析聲義相近也。《周南》正義引《義疏》云：「幽州人謂之春箕。春箕即春黍。蝗類也。長而青，長角，長股，股鳴者也。或謂似蝗而小，斑黑，其股似瑇瑁。又五月中，以兩股相切作聲，聞數十步。」○《釋文》：「沈重云：『舊多作「沙」，今作「莎」，音素何反。』」《爾雅·釋蟲》：「翰，天雞。」樊光注：「一名莎雞。」《釋鳥》：「翰，天雞。」《説文》云：「赤羽。」是蟲、鳥同名，則莎雞亦赤羽也。《正義》引《義疏》云：「莎雞，似蝗而斑色，毛翅數重，其翅正赤，或謂之天雞。六月中，飛而振羽索索作聲，幽州人謂之蒲錯。」李巡云「酸雞」，郭璞云「樗雞」，《御覽》引《廣志》云：「莎雞，似蠶蛾而五色，亦曰犨雞。」皆異名也。《傳》以「振訊」釋「振」，訊亦振也。《爾雅》：「振，訊也。」《廣雅》：「振、訊，動也。」○蟋，當作「悉」。《箋》云：「自七月在野，至十月入我牀下，皆謂蟋蟀也。」蓋古者在野有廬，在邑有室。春夏居廬，秋冬居室，故豳人歷敘其由外而内，由遠而近，於蟋蟀以紀候焉爾。《月令》：「季夏，蟋蟀居壁。」《吕覽》：「季夏，居宇。」《淮南》：「孟秋，居奥。」而詩則「七月在野」者，首章出耕既後於《月令》，則入處亦必後於《月令》，皆因豳地晚寒也。八月以往，悉入於邑矣。《釋文》引《韓詩》云：「宇，屋霤也。」○穹、窮雙聲，窒、塞亦雙聲，《爾雅·釋言》文。《雲漢》傳：「熏，灼也。」《韓詩外傳》：「晏子曰：『社鼠出竊於外，入託於社。灌之，恐壞牆。熏之，恐燒木。此鼠之患。』」又云：「稷蜂不攻，而社鼠不熏。」然則古有熏鼠之事。穹窒熏者，言窮盡鼠穴而塞之、灼之也。《明堂位》注：「鄉，牖屬。」《士虞·記》注：「鄉、牖一名也。」鄉者，「向」之假借字。《釋文》引《韓詩》：「向，北向窻也。」窻亦牖之屬。凡屋，前有堂，後有房、有室。房在東，有南户。室在西，有南牖。房之北有北堂，北堂之下有北階，房、室之閒亦有户以相通。室之北有北牖。此燕寢制也。北風驟緊，交冬閉藏，故毛、韓皆謂「塞向」爲「塞在北之向」也。《説文》：「墐，涂也。」涂、塗古今字。《角弓》傳：「涂，泥也。」「墐」與「㨔」同。《説文》：「㨔，拭也。」涂，讀同𢾕。《説文》：「𢾕，閉也。讀若杜。」《丹部》引《周書》：「惟其𢾕丹雘。」今《梓材》作「涂」。涂、𢾕聲通。《傳》云「庶人篳户」者，《儒行》注：「篳門，荆竹織門也。」襄十年《左傳》注：「篳門，柴門。」則篳户當以柴、竹爲户。泥之，使不通風矣。《月令》「孟冬，天地不通，閉塞而成冬」，鄭注云：「門户可閉，閉之。窻牖可塞，塞之。」案此即「塞向墐户」之事。塞向者，填塞西室之北牖也。墐户者，涂拭房室相通之户也。曰，語詞。《漢書·食貨志》作「聿爲改歲」。古「曰」與「聿」通。《緇衣》傳：「改，更也。」改歲，更一歲也。周建子，以十一月爲歲始。入室處者，將避寒氣。《月令》：「命有司曰：『寒氣總至，民力不堪，其皆入室。』」是其義也。

六月食鬱及薁，七月亨葵及菽，八月剥棗，十月穫稻，爲此春酒，以介眉壽。【傳】鬱，棣屬。薁，蘡薁也。剥，擊也。春酒，凍醪也。眉壽，豪眉也。**七月食瓜，八月斷壺，九月叔苴，采荼薪樗，食我農夫。**【傳】壺，瓠也。叔，拾也。苴，麻子也。樗，惡木也。【疏】《正義》云：「『鬱，棣屬』者，是唐棣之類屬也。劉稹《毛詩義問》云：『其樹高五六尺，其實大如李，正赤，食之甜。』《本草》云：『鬱，一名雀李，一名車下李，一名棣。生高山川谷或平田中，五月時實。』言『一名棣』，則與棣相類，故云『棣屬』。」《齊民要術》引陸機《義疏》與《義問》同。《正義》又云：「蘡薁者，亦是鬱類而小別耳。《晉宫閣銘》云：『華林園中有車下李三百一十四株，薁李一株。』車下李即鬱，薁李即薁，二者相類而同時熟。」據孔説「蘡薁，鬱類」，則薁爲木。案《説文》：「薁，嬰薁也。」入《艸部》，俗字作「蘡」。《廣雅·釋草》：「燕薁，蘡舌也。」《疏證》云：「即蘡薁也。薁李樹不名蘡薁，蘡薁自是葡萄之屬。《齊民要術》引陸機《詩義疏》云：『櫻薁，實大如龍眼，黑色。今車鞅藤實是。』又引《疏》云：『薁似燕薁，連蔓生。』《御覽》引《毛詩題綱》云：『藟一名燕薁藤。』《宋開寶本草注》云：『蘡薁是山葡萄，亦堪作酒。』毛公釋《詩》正謂此草也。」案《說文》引《詩》「食鬱及藿」，《爾雅·釋草》疏以爲《韓詩》。○《士虞·記》：「鉶芼，夏用葵，豆實葵菹。」《周禮·醢人》：「饋食之豆，其實葵菹。」《齊民要術》引崔寔《四民月令》云：「六月六日可種葵，中伏後可種冬葵，九月可作葵菹、乾葵。」案此作菹在九月矣。詩言「七月亨葵」，與《儀禮》「夏用葵」合。亨葵以供鉶羹之滑，鄭注云「夏秋用生葵」是也。《說文》：「尗，豆也。」今字作「菽」。《釋文》「本亦作『叔』」，爲假借字。《小宛》傳：「菽，藿也。」藿爲尗之少者。七月尗時尚少，蓋亨其少者耳。《夏小正》：「八月，剥棗。」《傳》：『剥也者，取也。』」毛《傳》云「擊」，言擊而取焉爾。今山東人於棗孰時，男女持竿擊棗謂之扑棗。《小箋》云：「剥，即『攴』之假借，今字作『扑』。」○春酒爲凍醪，義未聞。《說文》：「醪，汁滓酒也。」凍醪，《楚辭》謂之「凍飲」，疑即今作白酒釀酒之有汁滓者。《周禮·酒正》注：「醴，猶體也。成而汁滓相將，如今甜酒矣。」鄭以醴爲汁滓酒。《說文》：「醴，酒一宿孰也。」醴、醪連篆，當是一酒，於「醴」下言「一宿孰」，於「醪」下言「汁滓」，義互相成。《漢書·楚元王傳》：「穆生不耆酒，元王每置酒，常爲穆生設醴。」顔注云「醴，甘酒也。少麴多米，一宿而孰，不齊之」是也。《月令》：「仲冬，乃命大酋，秫稻必齊。」蓋稻有稉、秔，稉者釀酒。秫稻，稉稻也。仲冬，周之春正月。十月作酒，而十一月用之酒，即末章行鄉飲酒禮也。是春酒爲易孰矣。《南山有臺》傳云：「眉壽，秀眉也。」秀、豪同義。介，大也。酒，所以養老也。○《信南山》「疆埸有瓜，是剥是菹」，《傳》云：「剥瓜爲菹。」莊八年《左傳》：「瓜時而往，曰：及瓜而代。」服注云：「瓜時，七月。及瓜，謂後年瓜時。」是食瓜在七月也。壺，讀與「瓠」同。《爾雅·釋器》「康瓠」，瓠即壺。《釋木》「壺棗」，壺即瓠。此皆壺、瓠聲通之證。瓠亦作菹。《匏有苦葉》傳：「瓠葉苦，不可食也。」《箋》云：「瓠葉苦，至八月之時。」然則未至八月，兼食瓠葉。至八月，葉苦不可作菜，則斷瓠以爲菹。瓜瓠，又作「瓜華」。《郊特牲》：「天子樹瓜華，不斂藏之種也。」《管子·山權數》篇云：「民之能樹瓜瓠。」《説文》云：「叔，拾也。汝南名收芋爲叔。」正本《傳》訓。《爾雅》：「莩，麻母。」《説文》作「芓」，麻母曰芓，麻子則曰苴。《禮經》：「籩實之蕡、豆實之糝，熬麻子爲之也。」《邶·谷風》、《緜》傳竝云：「荼，苦菜也。」《月令》：「孟夏，苦菜秀。」《爾雅》釋文引《易通卦驗·玄圖》云：「苦菜生於寒秋，歷冬，歷春，得夏乃成。」《吕覽·任地》篇：「日至，苦菜死而資生。」案日至在仲夏，苦菜已死。所謂「資生」者，其實落復生者也，故緯書謂「苦菜生於寒秋」。詩言「九月采荼」，是采其復生之荼歟？樗，今俗之臭椿。此及《我行其野》傳皆謂惡木。《本草圖經》云：「椿木、樗木形榦大抵相類。但椿木實而葉香可噉。樗木疎而氣臭，膳夫亦能熬去其氣。北人呼樗爲山椿，江東人呼爲鬼目。葉脱處有痕如樗蒲，子又如眼目，故得此名。其木最爲無用，《莊子》所謂『吾有大木，人謂之樗。其本擁腫，不中繩墨。小枝曲拳，不中規矩。立於途，匠者不顧』是也。」此言瓜瓠苴，荼可作菹，樗可作薪，豳土疏材之蓄聚，足以給食農夫也。

九月築場圃，【傳】春、夏爲圃，秋、冬爲場。**十月納禾稼，黍稷重穋，禾麻菽麥。嗟我農夫，我稼既同，上入執宫功。**【傳】後孰曰重，先孰曰穋。入爲上，出爲下。**晝爾于茅，宵爾索綯。亟其乘屋，其始播百穀。**【傳】宵，夜；綯，絞也。乘，升也。【疏】《説文》：「場，治穀田也。」《東方未明》傳：「圃，菜園也。」場、圃連言，《傳》乃先釋「圃」，後釋「場」。春夏之圃，至秋冬作場以治穀，是謂之築場圃。《傳》依經義言也。《箋》云：「場、圃同地。自物生之時，耕治之以種菜茹。至物盡成孰，築以爲場。」《序官》「場人」注云：「場，築地爲墠，季秋除圃中爲之。」竝與《傳》義合。〇《箋》云：「納，内也。治於場而内之囷倉也。」禾者，今之小米。《説文》：「禾之秀實爲稼，莖節爲禾。」則禾評之曰「禾稼」也。重穋，《説文》引《詩》作「種稑」。《閟宫》「黍稷重穋」，《吕覽》注作「重稑」，《周禮·内宰》、《舍人》、《司稼》皆作「種稑」。鄭司農注云：「先種後孰謂之種，後種先孰謂之稑。」《吕覽·任地》篇「種稑禾不爲稑，種重禾不爲重」，高注云：「晚種早孰爲稑，早種晚孰爲重。」《説文》云：「種，先種後孰也。」「稑，疾孰也。或作『穋』。」重者，「種」之假借，穋、稑一字也。古「種稑」作「種」，「種」，直容反。「種埶」作「種」，之用反。今種、種二字互用。禾、麻、菽、麥判然四物。《正義》謂於麻、麥之上更言「禾」，以總諸禾，因以禾稼爲諸穀苗幹之大名，非是。《生民》詩亦菽、禾、麻、麥竝稱可證。「我稼」之「稼」亦謂禾，以該黍、稷、麻、麥也。《箋》云：「既同，言已聚也。」《爾雅》：「宫謂之室。」功，事也。《正義》本作「宫公」，定本作「宫功」。《傳》云「入爲上」者，承上章「入此室處」之意而言。又云「出爲下」者，蓋探下文出治野屋爲訓也。《箋》云：「上入都邑之宅，治宫中之事。」宫中，猶室中也。〇《説文》：「茅，菅也。」是菅亦稱茅也。「宵，夜」，《小星》同。「綯，絞」，《爾雅·釋言》文。《詩述聞》云：「索者，糾繩之名。綯即繩也。索綯，猶言糾繩。趙岐注《孟子》曰『晝取茅草，夜索以爲綯』是也。《方言》『車紂，自關而東，周、洛、韓、鄭，汝、潁之閒或謂之曲綯』，郭璞注曰：『綯，亦繩名。』引《詩》『宵爾索綯』。是綯爲繩也。絞，亦繩也。《急就篇》：『纍、繘、繩、索、絞、紡、纑。』哀二年《左傳》『絞縊以戮』，杜注曰：『絞，所以縊人物。』《墨子·辭過》篇曰：『古之民衣皮帶茭。』『茭』與『絞』同。《説文》：『筊，竹索也。』義與絞亦相近。」奂案顔師古《匡謬正俗》：「或問曰：『蒲州盛酒堈謂蒲綯，何也？』荅曰：『此堈既從遠來，運致非易，恐其破損，故以蒲索纏之。』按《爾雅》云：『綯，絞也。』《詩》云『宵爾索綯』，即是其義。此堈爲加蒲索，故謂之蒲綯爾。」顔以綯爲索，索即繩索。可見唐人解經有不誤。《爾雅》：「登，升也。」古乘、登、升三字同聲。《考工記·匠人》：「葺屋參分，瓦屋三分。」❶古者野屋或用葺屋歟。《箋》云：「急當治野廬之屋。」趙注《孟子・滕文公》篇云：「及爾閑暇，亟而乘，蓋爾野廬之屋。」此冢上十月治場既畢而言。于茅索綯，待修治野屋之用，以來歲播穀爲亟。《周語》：「其時儆曰：『收而場功，偫而畚梮。營室之中，土功其始。』」是其義也。始，歲始也。周十一月歲始，故於十月中豫籌之。《文選・東都賦》注引《韓詩章句》云：「穀類非一，故言百也。」

二之日鑿冰沖沖，三之日納于凌陰，四之日其蚤，獻羔祭韭。【傳】冰盛水複，則命取冰於山林。沖沖，鑿冰之意。凌陰，冰室也。**九月肅霜，十月滌場。朋酒斯饗，曰殺羔羊。**【傳】肅，縮也。霜降而收縮萬物。滌，埽也。場，功畢入也。兩樽曰朋。饗者，鄉人飲酒也。鄉人以狗，大夫加以羔羊。**躋彼公堂，稱彼兕觥，萬壽無疆。**【傳】公堂，學校也。觥，所以誓衆也。疆，竟也。【疏】《月令》：「季冬，冰方盛，水澤腹堅，命取冰。」鄭注云：「腹，厚也。此月日在北陸，冰堅厚之時也。今《月令》無『堅』。」《釋文》：「腹，本又作『複』。」毛《傳》無「堅」，與今《月令》同。昭四年《左傳》：「深山窮谷，於是乎取之。」《初學記・地部下》引《韓詩》：「冰者，窮谷陰氣所聚不洩，則結而爲伏陰。」是取冰於山谷也。山林猶言山谷。《傳》云「沖沖，鑿冰之意」，《韓詩》云「沖沖，聲也」，訓異而意同。《周禮》：「凌人掌冰正。歲十有二月，令斬冰，三其凌。」鄭注云：「凌，冰室也。」《說文》：「𠗲，仌出也。《詩》曰：『納于𠗲陰。』或作『凌』。」出，疑「室」字之譌。《玉篇》：「凌，冰室也。𠗲同。」《韓詩》云：「凌陰，冰室也。」與毛《傳》同。冰者，固陰冱寒之物，故凌謂之冰室，與凌陰謂之

❶「三」，徐子靜本、《清經解續編》本同。阮刻《周禮注疏》作「四」。

冰室一也。《正義》謂凌爲冰體，誤矣。蚤、早古今字。「獻羔祭韭」，言出冰之事也。《左傳》亦云：「獻羔而啓之。」《月令》：「仲春，天子乃鮮羔開冰，先薦寢廟。」注：「鮮，當爲『獻』。」《左傳》、《月令》皆不及「祭韭」者，文略也。高注《吕覽》云：「開冰室取冰，治鑒以祭廟，春薦韭卵。」案《周禮》、《禮記》、《左傳》取冰、藏冰皆在十二月。《詩》十二月取冰，正月藏冰，二月開冰。《正義》引《鄭志·荅孫皓》云：「豳土晚寒，故可夏正月納冰。夏二月仲春，大蔟用事，陽氣出，地始温，故禮應開冰，先薦寢廟。」又引服注《左傳》：「西陸朝覿而出之，謂二月日在婁四度，春分之中。奎始晨見東方，蟄蟲出矣，故以是時出之，給賓客喪祭之用。」鄭意本《爾雅》「西陸爲昴」，故依《周禮》「孟夏頒冰」爲説。《箋》云：「此章備暑。」○古肅、縮聲同。《正義》引《月令》「仲春行冬令，草木皆肅」，注：「肅，謂枝葉縮束。」是縮束爲肅，猶收縮爲肅也。首章《傳》云：「九月霜始降。」《蒹葭》傳云：「白露凝戾爲霜，然後歲事成。」此所謂「霜降而收縮萬物」也。《説文》：「滌，洒也。」埽、洒同義。築場在九月，埽場則在十月也。《周語》云：「場協入。」○《鄉飲酒禮》：「尊兩壺于房户閒，斯禁。」《禮記·鄉飲酒義》篇：「鄉人士君子尊於房户之閒，賓主共之也。」《詩》言「朋」，《傳》以「兩尊」釋之，此即「兩壺」，賓主所共之尊也。《鄉射禮》「兩壺，斯禁」，射亦飲酒也。又《燕禮》：「司宫尊于東楹之西，兩方壺。尊士旅食于門西，兩圜壺。」注：「尊方壺，爲卿大夫、士也。尊士旅食者，用圜壺，變於卿大夫也。」據此，則鄉人有大夫，尊兩壺爲兩方壺矣。兩方壺有玄酒，兩圜壺無玄酒也。樽，俗字。《傳》文「饗者」下各本奪「鄉人飲酒也」五字。《説文》：「饗，鄉人飲酒也。」本《傳》訓。《正義》本有五字，今訂正。《鄉飲酒禮》及《鄉射·記》皆云：「其牲，狗也。亨于堂東北。」《鄉飲酒義》云：「亨狗于東方，祖陽氣之發于東方也。」是鄉人飲酒，牲以狗矣。詩不「亨狗」而「殺羔羊」，《傳》云「大夫加以羔羊」，鄉人飲酒，有大夫在焉，則加以羔羊也。鄉大夫，卿。州長，中大夫。黨正，下大夫。《書大傳》云：「大夫、士七十致仕退老，歸其鄉里。大夫爲父師，士爲少師。新穀已入，櫌鉏已藏，祈樂已入，歲事既畢，餘子皆入學。距冬至四十五日，始出學傅農事。」○公堂爲學校，此鄉學也。《王制》：「命鄉簡不帥教者以告。耆老皆朝于庠。元日習射上功，習鄉上齒。大司徒帥國之俊士與執事焉。不變，命國之右鄉簡不帥教者移之左，命國之左鄉簡不帥教者移之右，如初禮。不變，移之郊，如初禮。不變，移之遂，如初禮。」鄭注云：「此庠謂鄉學也。鄉謂飲酒也。習禮於鄉學，使之觀焉。郊，鄉界之外者也。又爲之習禮於郊學。遠郊之外曰遂，又爲之習禮於遂學。」《王制》：「周人養國老於東膠，養庶老於虞庠。虞庠，在國之四郊。」鄭注云：「東膠，大學，在國中王宮之東。虞庠，小學也。周立小學於四郊。庠之言養也。周之小學爲有虞氏之庠制，是以名庠云。其立鄉學亦如之。」案成周之制，中爲王宮之學，謂之四門大學。距國百里爲六鄉，六鄉之中有州序黨庠，謂之鄉學。六鄉之境有郊學，謂之四郊小學。又其外距國二百里爲六遂，有遂學。遂學在縣鄙，亦如鄉學之在於州黨也。此學制之大概也。天子六鄉，以東西言，則謂之左鄉右鄉，每鄉萬二千五百家。一鄉五州，每州二千五百家。一州五黨，每黨五百家。《州長》「春秋，以禮會民而射于州序」、《黨正》「以禮屬民而飲酒于序」，注：「序，州黨之學。」《學記》「黨有序」，注：「黨，屬於鄉。」《鄉飲酒義》「主人拜迎賓於庠門之外」，注：「庠，鄉學也。州、黨曰序。」《鄉射禮》注：「周以有虞氏之庠爲鄉學。庠之制，有堂有室也。」然則鄉學亦得名庠。《周官》飲酒之禮，箸於黨正一職。黨學即鄉學，可舉黨以該鄉也。飲酒，本鄉人會飲於州黨。其飲酒也，有大夫與飲之禮。飲酒即以養老。周公陳后稷、公劉之業，適虞、夏、殷之際，而飲酒養老，四代皆如是也。庠有堂。庠爲公家所設以教民者，故曰公堂。鄭《箋》及《月令》注以公堂爲大學饗群臣，非《傳》義。《卷耳》傳：「兕觥，角爵也。」此云「觥，所以誓衆」者，誓猶戒也。飲酒將終，戒衆設觥，衆人遂稱觥致祝。「萬壽無疆」，衆人所以致祝於尊客之辭也。鄉飲酒禮有大夫，則大夫爲尊客也。昭元年《穀梁傳》：「疆之爲言猶竟也。」「彊」訓「竟」,《傳》爲全《詩》通訓。

《鴟鴞》四章,章五句。

《鴟鴞》,周公救亂也。成王未知周公之志,公乃爲詩以遺王,名之曰《鴟鴞》焉。【疏】《書·金縢》篇云:「周公居東二年,則罪人斯得。于後,公乃爲詩以詒王,名之曰《鴟鴞》。」然則《鴟鴞》之詩,蓋作於東征二年之後周公未歸時也,故次在《東山》前。

鴟鴞鴟鴞,既取我子,無毁我室。【傳】興也。鴟鴞,鸋鴂也。無能毁我室者,攻堅之故也。寧亡二子,不可以毁我周室。**恩斯勤斯,鬻子之閔斯。**【傳】恩,愛;鬻,稚;閔,病也。稚子,成王也。

【疏】全章皆託鴟鴞起興,周公以自喻也。「鴟鴞,鸋鴂」,《爾雅·釋鳥》文。《説文》作「寧鴂」。《方言》云:「桑飛,自關而東謂之工爵,或謂之過鸁,或謂之女匠。自關而東謂之鸋鴂。自關而西謂之桑飛,或謂之懱爵。」《正義》引《義疏》云:「鴟鴞似黄雀而小,其喙尖如錐。取茅莠爲巢,以麻紩之,如刺襪然。縣箸樹枝,或一房,或二房。幽州人謂之鸋鴂。」《韓詩》:「鴟鴞,鸋鴂,鳥名也。敷之葦蔄,風至蔄折。」依《韓詩》説,此即《大戴禮》之「蛈鳩」、《荀子》之「蒙鳩」也。《荀子·勸學篇》楊倞注云:「蒙鳩,鷦鷯。」《小毖》箋鷦,或曰鴟鴞矣。趙岐注《孟子》鴟鴞爲小鳥。三章《傳》:「手病、口病,故能免乎大鳥之難。」則毛亦謂鴟鴞爲小鳥矣。唯郭注《爾雅》、《方言》,王注《楚辭》不同古説。○《傳》云「無能毁我室者,攻堅之故也」者,室猶巢也,以喻周室之堅固。此釋經之喻義。云「寧亡二子,不可以毁我周室」者,此釋經之正義也。《説文》:「寧,願詞也。」「甯,所願也。」「寧」與「甯」音、義皆同。

《傳》以「不可」釋「無」，《漢廣》傳又以「無」釋「不可」，無猶勿也，無猶毋也。「無」、「勿」、「毋」三字竝與「不可」同義。二子，謂管、蔡也。《春秋》：「莊九年九月，齊人取子糾，殺之。」《穀梁傳》：「言取，病内也。」此即經「取」字之義。「僖十九年冬，梁亡」，《左傳》：「梁亡，自取之也。」此即《傳》「亡」字之義。曰取、曰亡，明明既誅管、蔡矣。當時武庚啓釁，遂株連奄東諸國。意將興復殷商，而管叔習見殷商弟及。己乃叔旦之兄，武王崩，成王幼，次當及己爲天子。蔡在同監，故黨管作難。一朝變起，天下殷周，不知誰何。后稷以來攻堅之室，則幾乎毁壞，周公誅二子，不得已也。毛氏可謂善逆公志矣。○《説文》：「恩，惠也。」惠亦愛也。「恩斯勤斯」，言我周室當恩愛保護，勤勞勉作。承「無毁我室」句。王肅謂愛惜此二子，非《傳》意也。《正義》引「《爾雅·釋言》：『鬻，稚也。』郭璞曰：『鞠，一作「毓」。』」《邶·谷風》正義引作「育稚」，今本作「鞠稺」。石經「稺」作「稚」，《釋文》作「稺」。「閔，病」，《邶·柏舟》、《閔予小子》同。《傳》既釋字義，而又釋經義，云：「稺子，成王也。」《文選》陳琳《檄吴將校部曲》注引《韓詩》云：「鴟鴞，所以愛養其子者，適以病之。愛憐養其子者，謂堅固其窠巢。病之者，謂不知託於大樹茂枝，反敷之葦蔄，風至，蔄折巢覆，有子則死，有卵則破，是其病也。」毛、韓大指相同。

迨天之未陰雨，徹彼桑土，綢繆牖户。【傳】迨，及；徹，剥也。桑土，桑根也。**今女下民，或敢侮予。**【疏】「迨，及」，《匏有苦葉》同。《説文》引《詩》作「隸」。「迨」見《爾雅》而不見《説文》，蓋「迨」即「隸」之異體。迨從台聲，隸從枲聲，一也。徹者，「撤」之假借，故《傳》云「剥」。《孟子注》云：「取也。」「桑土」訓「桑根」，《方言》：「杜，根也。東齊曰杜。」郭注引《詩》「徹彼桑杜」。《釋文》引《韓詩》正作「杜」。《毛詩》作「土」，爲「杜」之假借字。《綢繆》傳云：「綢繆，言纏綿也。」○「今女下民」，《孟子·公孫丑》篇引《詩》「女」作「此」，「孔子曰：『爲此詩者，其知道乎？能治其國家，誰敢侮之。』」趙注云：「言此鴟鴞小鳥，尚知及天未陰雨，而取桑根之皮，以纏緜牖户。人君能治其國家，誰敢侮之？刺邠君曾不如此鳥。」案邠君蓋亦指成王也。侮，猶毁也。

予手拮据，予所捋荼，予所蓄租，予口卒瘏，【傳】拮据，撠挶也。荼，萑苕也。租，爲；瘏，病也。手病、口病，故能免乎大鳥之難。**曰予未有室家。**【傳】謂我未有室家。【疏】《釋文》引《韓詩》「口足爲事曰拮据」，韓蓋以鳥之手即鳥之足，其探下「予口卒瘏」爲訓，故必兼言口也。《説文》：「拮，手口共有所作也。」「据，戟挶也。」案許於「据」下用毛，而於「拮」下用韓，以見毛、韓訓異意同，非分釋「拮」「据」兩義也。《玉篇》云：「拮据，手病也。」戟挶者，即手病之謂，俗作「撠」。○《芣苢》傳云：「捋，取也。」「荼，萑苕」，「萑」當作「萑」。《爾雅》：「蔈、荂，荼。猋、藨，芀。」郭注：「皆芀、荼之別名。」「葦醜，芀」，注：「其類皆有芀秀。」《説文》：「芀，葦華也。」《韓詩傳》作「葦蒚」。案「苕」、「蒚」皆「芀」之假借。《方言》：「錐謂之鍣。」「鍣」與「苕」同。蓋以鍣狀錐，則知荼之脱穎秀出者如錐然矣。凡茅一莖，秀只一條，旋即作華。《傳》云：「萑苕。」《出其東門》箋：「茅秀。」《廣雅》：「蒣，茅穗。」蒣即荼。《淮南子·説林》篇：「藡苗類絮，而不可爲絮。」高注云：「藡苗，萑秀。楚人謂之藡。藡，讀『敵戰』之『敵』，幽冀謂之萑苕也。」皆散文可通之例。○《校勘記》云：「《釋文》：『租，子胡反。本又作「祖」。如字，爲也。』《正義》：『祖訓始也。物之初始，必有爲之，故云：「祖，爲也。」』今《釋文》、《正義》『祖』皆譌『租』，當正。」奂案，蓄，《釋文》作「畜」。《蓼莪》箋：「畜，起也。」「祖」訓「爲」，爲者，作也。「畜」亦當訓「起」。此毛義也。《釋文》「租」下引《韓詩》云：「積也。」疑《韓詩》作「蓄，租」，今本從韓改毛耳。「瘏，病」，《卷耳》同。此言口病，《傳》必連言手病者，上三句皆謂手病也。《正義》云：「鴟鴞小鳥，爲巢以自防，故知求免大鳥之難也。」○《傳》以「謂」字代「曰」字，與《正月》同。未有室家，言未營成周也。桓二年《左傳》：「武王克商，遷九鼎于雒邑。」《史記·周本紀》：「武王曰：『我維顯服，及德方明。自雒汭延于伊汭，居易毋固，其有夏之居。我南望三塗，北望嶽鄙。顧詹有河，粵詹雒、伊，毋遠天室。』營周居于雒邑而後去。」事見《逸周書·度邑》篇。然則欲營成周，公之志，武王之志也。《書大傳》云：「五年營成周。」

予羽譙譙，予尾翛翛，【傳】譙譙，殺也。翛翛，敝也。**予室翹翹，風雨所漂摇，予維音嘵嘵。**【傳】翹翹，危也。嘵嘵，懼也。【疏】《禮記·樂記》篇：「其哀心感者，其聲噍以殺。」又云：「志微噍殺之音作，而民思憂。」「譙」與「噍」同。重言之曰譙譙。云「殺」者，《考工記·矢人》：「羽豐則遲，羽殺則趮。」「殺」與「豐」正相反。《小箋》云：「唐定本、宋監本、越本、蜀本皆作『修修』。唐石經、宋《集韻》、光堯石經皆作『翛翛』。蓋《毛詩》本用合韻，淺人改爲『消』，又或改爲『翛』。今本《釋文》亦是淺人所改。《集韻》所據《釋文》未誤。」案《中谷有蓷》傳：「脩，且乾也。」「脩」与「修」通。修修，謂鳥尾勞敝，修修然無潤澤之色，亦「且乾」之義也。《説文》：「䐹，乾魚尾䐹䐹也。」應劭《風俗通義》説「夏馬掉尾肅肅」。馬尾肅肅，魚尾䐹䐹，鳥尾修修，聲義竝同也。羽殺尾敝，喻勞苦也。○「翹翹，危」，《爾雅·釋訓》文。《釋名》云：「危，阢阢不固之言也。」《蘀兮》「風其漂女」，《傳》云：「漂，猶吹也。」《玉篇》引《詩》「予維音之嘵嘵」，《説文》作「唯予音之嘵嘵」。「音」下皆有「之」字，與今本異。《説文》作「唯予」，依《毛詩》字例當作「維予」。維，發聲也。《詩》凡言「維予與女」、「維予二人」、「維予侯興」、「維予胥忌」、「維予小子」，皆作「維予」，是其證。「嘵嘵，懼」，亦《釋訓》文。今《爾雅》作「憢憢」，誤。懼者，懼室爲風雨所危也。

《東山》四章，章十二句。

《東山》，周公東征也。周公東征，三年而歸。勞歸士，大夫美之，故作是詩也。一章言其完也，二章言其思也，三章言其室家之望女也，四章樂男女之得及時也。君子之於人，序其情而閔其勞，所以説也。説以使民，民忘其死，其唯《東山》乎？【疏】此美周公東征告成之詩。《書·大誥》篇「肆朕誕以爾東征」，東征之一年也。《金縢》篇「居東二年」，東征之二年也。《孟子·滕文公》篇「伐奄三年，討其君」，東征之三年也。《書大傳》云：「周公攝政，一年救亂，二年克殷，三年踐奄。」是其謂矣。奂竊謂東征與居東非有二時。武王既喪，成王踰年即位。其夏六月葬武王，而武庚遂作亂，武庚叛即東征。東征作《大誥》，故《書大傳》《大誥》廁《金縢》前，有以也。武庚之叛，周公之征，總在成王元年中。流言釁起，東國欲以蠢動，西土人衆而尚未知出自管、蔡。《書》云：「武王既喪，管叔及其群弟乃流言于國，曰：『公將不利于孺子。』周公乃告二公曰：『我之弗辟，我無以告我先王。』周公居東二年，則罪人斯得。」案「弗辟」，《説文》作「不檗」。「檗」訓「治」。治者，治武庚，非治管、蔡也。治武庚叛亂，非治管、蔡流言也。不然，外侮不禦，禍生蕭牆，公之聖初不出此。道聽浮説，輒動干戈，公之聖亦斷不出此。蓋《金縢》一篇，文字極簡略，記流言不及叛亂，論管、蔡不及武庚。此史臣載筆之辭。若當初周公意中但欲出師治武庚亂，以告厥功於先王爾。絶不疑啓商始禍，乃出於骨肉懿親，天倫遭變，實生意表。「罪人斯得」，以爲至是而得罪人，前此則未得也。直至雷風動威，乃於三年之秋迎公。即於三年之冬，公歸朝廷。《書序》云：「唐叔得禾，異畝同穎，獻諸天子。王命唐叔歸周公于東，作《歸禾》。」此東征顛末心迹其灼然者也。自僞孔《傳》「辟」爲「刑辟」,「居東」爲「東征管、蔡」,鄭氏乃礙於「罪人未得不便,一聞流言遂即東征」,故「辟」爲「辟嫌」,「居東」爲「辟居東都」。不明「辟」字的解,以滋曲説,故具論之。

我徂東山,慆慆不歸。我來自東,零雨其濛。【傳】慆慆,言久也。濛,雨貌。**我東曰歸,我心西悲。**【傳】公族有辟,公親素服,不舉樂,爲之變,如其倫之喪。**制彼裳衣,勿士行枚。**【傳】士,事;枚,微也。**蜎蜎者蠋,烝在桑野。**【傳】蜎蜎,蠋貌。蠋,桑蟲也。烝,寘也。**敦彼獨宿,亦在車下。**

【疏】東山,魯東蒙山,在今山東沂州府蒙陰縣南。周公所誅之奄國,在魯境内。魯初封曲阜,其後益封,始得奄之故地。《左傳》祝鮀稱「因商奄之民,封魯於少皞之虚」,服虔注云:「商奄,魯也。」周公之征,管、蔡之罪未著。勸禄父以畔者,奄君薄姑也,故出師必先征奄國。奄國强大,故踐奄又在克殷之後。詩以「徂東山」發端者,謂此也。《孟子·盡心》篇「孔子登東山而小魯」,與詩「東山」同。《悉蟀》「日月其慆」,重言之曰慆慆。三年,故云「言久」也。零,當爲「霝」。《説文》引《詩》作「霝雨其濛」,「濛,微雨」。與《傳》訓同。案此紀往來東土之勞苦,每於章首先箸明之。〇「公族有辟」以下,《禮記·文王世子》文。《傳》引之者,以釋經「西悲」之義,閔管、蔡之既誅也。制,古「製」字。「製彼裳衣」,言成王以上公之服迎周公也。《九罭》「我覯之子,衮衣繡裳」,《傳》:「所以見周公。」即其事也。《傳》於「士」讀爲「事」,於「枚」讀爲「微」,皆尋聲得義。勿,猶勉也,如《韓詩傳》「密勿,黽勉」之義。勿事行微,言周公密勿從事,行微不怠也。《烝民》「維仲山甫舉之,愛莫助之」,《傳》:「愛,隱也。」隱猶微也。謂仲山甫能積微也。彼訓「愛」爲「隱」,義本《荀子》,則此訓「行枚」爲「行微」,義亦本《荀子》。《荀子·堯問篇》云:「堯問於舜曰:『我欲致天下,爲之奈何?』對曰:『執一無失,行微無怠,忠信無勌,而天下自來。執一如天地，行微如日月，忠誠盛於内，賁於外，形於四海，天下其在一隅邪，夫有何足致也？』」毛公親受業於荀門，故《傳》義常用師説。又《大戴禮・曾子立事》篇：「君子不絶小，不殄微也。行自微也，不微人。人知之，則願也。人不知，苟吾自知也。君子終身守此勿勿也。」盧注云：「勿勿，猶勉勉也。」《開元占經》「電占」引京房云：❶「霆或正直而長光明者，此人君行微，人不知曲直。」竝與此「行微」義同。案篇皆敘軍士，此先述周公悲傷兄弟、勤勞王家，《傳》可謂善逆《詩》志者矣。○鄭注《考工記・廬人》云：「蜎，掉也。」重言之曰蜎蜎。蠋者，「蜀」之俗。《玉篇》：「蜎，蜀皃。」又「蜀，桑蟲也」。《説文》：「蜀，葵中蠶也。」引《詩》正作「蜀」。《爾雅》釋文所引《説文》「葵」作「桑」。《韓子・内儲説上》篇：「蠶似蠋。」又《淮南子・説林》篇：「蠶之與蠋，狀相類，而愛憎異。」然則蜀狀如蠶矣。《莊子・庚桑楚》篇「奔蜂不能化藿蠋」，司馬彪注云：「蠋，豆藿中大青蟲。」是在豆藿中者亦曰蜀也。「烝，寘」，當依《釋文》作「寘」。《常棣》傳「烝」訓「填」，《箋》云：「古者聲『寘』、『填』、『塵』同。」三章《傳》云：「敦，猶專專也。」亦在車下，以驗軍士之生還。《序》云：「一章言完。」是其義也。

我徂東山，慆慆不歸。我來自東，零雨其濛。果臝之實，亦施于宇。伊威在室，蠨蛸在户。町畽鹿場，熠燿宵行。【傳】果臝，括樓也。伊威，委黍也。蠨蛸，長踦也。町畽，鹿迹也。熠燿，燐也。燐，螢火也。**不可畏也，伊可懷也。**【疏】《爾雅・釋草》：「果臝之實，括樓。」此釋《詩》也。果括、臝樓皆一聲之轉，《傳》直以「括樓」釋「果臝」矣。《正義》引：「李巡注云：『括樓，子名也。』孫炎云：『齊人謂之天瓜。』《本

---

❶「電」，依《開元占經》當爲「霆」。

草》云：『括樓葉如瓜葉形，兩兩相值，蔓延，青黑色。六月華，七月實，如瓜瓣。』是也。」案孔引《本草》蓋《唐本草注》也。果蠃，蔓生草之類。括，俗從木作「栝」。括樓，《説文》作「萿蔞」，其字又作「𤬪𤬏」。高注《吕覽·孟夏紀》及《淮南·時則訓》謂「與王瓜一物」。然《唐本草注》：「王瓜葉似栝樓。」陶隱居注：「栝樓狀如王瓜。」又謂「同類」，不謂「同物」矣。《葛覃》傳云：「施，移也。」〇「伊威，委黍」，《釋蟲》文。《爾雅》作「蛜」。《釋蟲》：「蟠，鼠負。」《説文》：「蟠，鼠婦也。」「蛜，蛜威，委黍。」「委黍，鼠婦也。」此郭景純所謂舊説，鼠婦爲蛜威別名也。「婦」與「負」通。《正義》引《義疏》云：「在壁根下甕底土中生，似白魚。」案白魚狀似今之地鼈蟲。陸佃《埤雅》亦云：「伊威，形似白魚而大。」寇宗奭《本草衍義》云：「多足，其色如蚓。背有横紋蹙蹙起，大者長三四分。在處有之，塼甃及下溼處多。」〇「蠨蛸，長踦」，《釋蟲》文。郭注云：「小鼅鼄長腳者，俗呼爲喜子。」《義疏》云：「蠨蛸，長踦，一名長腳。荆州、河内人謂之喜母。此蟲來著人衣，當有親客至，有喜也。幽州人謂之親客，亦如蜘蛛，爲羅網居之。」是也。近人歙戴庚云：「惟此種鼅鼄，後兩股頗長，結網極速。偶有驚觸，便分開後兩股，如排八字，以候飛蟲而擒之。此即《詩》之蠨蛸也。俗呼喜母，或稱喜子。今人又以壁上結白膜如錢大者爲喜子，以其白膜窠中抱子者當之。」奂案《説文》作「蠨」，云：「蠨蛸，長股者。」蠨蛸後兩足於前六足較長，故《爾雅》、毛《傳》謂之長踦。長腳、長股，亦皆指後兩足言也。此鼅鼄中能作网者。壁錢，亦鼅鼄類，其足長短若齊，不能作网。二者俗通呼之爲喜子，或謂喜母，而鼅鼄其大名也。《説文》：「鼅鼄，鼄蝥也。」「蠿蝥，作网鼄蝥也。」蠿蝥，即《爾雅》之次蟗。許云作网鼄蝥爲蠿蝥，以別凡爲鼄蝥之不能作网者，不得渾稱也。「蠨蛸，長踦」，斷非作白膜之壁錢，則其爲能作网之鼅鼄，而與壁錢爲不能作网之鼅鼄，亦同類別物矣。陸元恪謂「蠨蛸，喜母」，而以今之壁錢當之，乃與長踦古訓不侔，失之。〇《釋文》：「町，他興反。或他頂反。字又作『圢』。畽，本又作『疃』，他短反。字又作『墥』。」

《説文》：「田踐處曰町。」「疃，禽獸所踐處也。《詩》曰：『町疃鹿場。』从田，童聲。」其字作「疃」。段注云：「『町』下『踐』字疑淺人所增。《廣韻・青韻》注曰：『田處。』田處者，謂人所田之處。獸足蹂地曰厹，其所蹂之處曰疃。《楚辭・九思》：『鹿蹊兮躖躖。』『躖』與『疃』蓋一字。」案段解町疃爲平坦所踐處，則町爲平坦。《傳》云「鹿迹」者，祇釋經「疃」字之義。《釋獸》：「鹿，其迹速。」《釋文》「速」作「䴚」，云：「素卜反。本又作『速』。」引《字林》云：「鹿迹。」《説文・鹿部》云：「䴚，鹿迹也。从鹿，速聲。」「速」即「䴚」之省。《辵部》：「迹，步處也。籀文作『速』。」「速」乃「迹」之籀文，資昔切。「速」非「速」字也。《爾雅》言鹿迹謂之䴚，則䴚爲鹿迹之專稱，故《説文》於「䴚」下云「鹿迹」，本《爾雅》。而於「疃」下云「禽獸所踐處」，即不專謂鹿迹。毛《傳》依經作訓，故釋「町疃」爲「鹿迹」。蓋鹿迹者，鹿所步處也。○《釋文》：「熠，以執反。燿，以照反。」《説文》：「熠，盛光也。《詩》曰：『熠熠宵行。』」段注云：「宋本、葉鈔本作『熠熠』。王伯厚《詩攷》舉《説文》『熠熠宵行』。《文選》張華《勵志詩》『涼風振落，熠熠宵流』注引毛《傳》：『熠熠，燐也。』疑皆『熠燿』之誤，當依《詩音義》爲正。」案此章「熠燿」，《傳》謂燐之光，當是相傳古説。下章言「倉庚于飛，熠燿其羽」，則熠燿又謂鳥羽之光明矣。《釋文》：「燐，字又作『蟒』。」螢，《爾雅》釋文：「本又作『熒』。」《詩正義》引《爾雅》本作「螢火」。又按諸文皆不言螢火爲燐。引陳思王《螢火論》：「《詩》云：『熠燿宵行。』《章句》以爲鬼火，或謂之燐。」仲達以《韓詩章句》未爲得，并謂毛以螢火爲燐爲非。然則《傳》釋「熠燿」爲「燐」，毛與韓同。毛又釋「燐」爲「螢火」，亦與韓釋「燐」爲「鬼火」同，自不當依《爾雅》之熒火夜飛有火蟲釋之矣。燐，《説文》作「粦」。《炎部》：「粦，兵死及牛馬之血爲粦。粦，鬼火也。从炎、舛。」段注云：「《列子・天瑞》篇曰：『馬血之爲轉鄰也，人血之爲野火也。』張注：『此皆一形之内自變化也。』《淮南・氾論訓》曰：『老槐生火，久血爲燐。』許注：『兵死之士血爲鬼火。』見《詩正義》。高注：『血精在地，暴露百日，則爲燐。遥望炯炯若然火也。』又《說林訓》曰：『抽簪招燐，有何爲驚？』高注：『燐血似野火。招之，應聲而至，血灑汙人。以簪招，則不至。』《博物志》：『戰鬥死亡之處，有人馬血積年化爲粦。粦著地、入草木，皆如霜露不可見。有觸者，著人體便有光。拂拭，便散無數，又有吒聲如炒豆。』《詩傳》曰：『燐，熒火。』熒火謂其火熒熒閃睗，猶言鬼火也。《毛詩》字本作『熒』，或乃以《釋蟲》之『熒火，即炤』當之，且或改『熒』爲『螢』，改『粦』爲『䗲』，大非《詩》義。古者鬼火與即炤，皆謂之熒火，絶無『螢』字也。粦者，鬼火，故从炎、舛。」奂案《說文》於「熠」下引《詩》「熠燿宵行」，於「粦」下言鬼火。許宗毛，知毛《傳》之熒火斷非《爾雅》之熒火，故即以鬼火釋之。至魏晉閒人誤合《爾雅》、毛《傳》熒火爲一物，「熒」改作「螢」，「粦」作「燐」，又改作「䗲」，《廣雅》遂有「螢火，䗲」之說，而《唐本草》更有「螢火一名熠燿」之說。其誤始則誣《傳》，繼且誣經矣。段說原許申毛，確不可易。○《箋》：「懷，思也。」《序》云：「二章言其思也。」

我徂東山，慆慆不歸。我來自東，零雨其濛。鸛鳴于垤，婦歎于室。【傳】垤，螘冢也。將陰雨，則穴處先知之矣。鸛好水，長鳴而喜也。**洒埽穹窒，我征聿至。有敦瓜苦，烝在栗薪。**【傳】敦，猶專專也。烝，衆也。言我心苦，事又苦也。**自我不見，于今三年。**【疏】《釋文》：「鸛，本又作『雚』。」《說文》引《詩》正作「雚」，與《鳥部》之「鸛」異物。《正義》引《義疏》云：「鸛，鸛雀也。似鴻而大，長頸，赤喙，白身，黑尾翅。樹上作巢，大如車輪。卵如三升桮。望見人按其子令伏，徑舍去。一名負釜，一名黑尻，一名背竈，一名阜裙。又泥其巢一旁爲池，含水滿之，取魚置池中，稍稍以食其雛。若殺其子，則一村致旱災。」「垤，螘冢」，《說文》云「螘封」，趙注《孟子·公孫丑》、高注《呂覽·愼小》竝云「蟻封」，封、冢聲相近。封者，聚土之義；冢，其墳然者也，俗作「塚」。《方言》云：「楚郢以南，蟻土謂之封。」《箋》云：「鸛，水鳥也。將陰雨則鳴。」《文選》張華《情詩》注引《韓詩》：「鸛，水鳥也。巢處知風，穴處知雨。天將雨而蟻出壅土，鸛鳥見之，長鳴而喜。」案毛、韓義同。蟻知雨，鸛好水，鸛見垤而喜鳴。《正義》謂鸛鳥鳴於垤上，則失其義矣。長鳴，猶長聲也。○洒，灑；埽，拚也。穹，窮；窒，塞也。廷内則洒埽之，向户則窮塞之。「我征聿至」，言室家之人望我征夫之將至也。《行葦》傳：「敦，聚皃。」專專者，聚之意。專，古「團」字，《釋文》「徒端反」是也。「烝，衆」，《爾雅·釋詁》文，《烝民》同。經言「瓜苦」，《傳》因言「心苦，事又苦」，以明經義。瓜栗，猶云瓜果，皆室家之所樹。《鄭風》「東門之栗，有踐家室」是也。栗木爲薪，故曰「栗薪」。《釋文》引《韓詩》作「蓼薪」，云：「聚薪也。」鄭《箋》「析薪」與韓義近。○曰「三年」者，東征之三年，即周公攝政之三年，亦即成王即位之三年也。軍士在外，歷時既久，於其歸也，喜幸見之。《序》云：「三章言其室家之望女也。」

我徂東山，慆慆不歸。我來自東，零雨其濛。倉庚于飛，熠燿其羽。之子于歸，皇駁其馬。【傳】黄白曰皇。騂白曰駁。**親結其縭，九十其儀。**【傳】縭，婦人之褘也。母戒女，施衿結帨。九十其儀，言多儀也。**其新孔嘉，其舊如之何？**【傳】言久長之道也。【疏】王肅云：「倉庚羽翼鮮明，以喻嫁者之盛飾。」《箋》云：「熠燿其羽，羽鮮明也。」《桃夭》傳：「之子，嫁子也。于，往也。」婦人謂嫁曰歸。「皇駁其馬」，其馬或皇或駁也。《漢廣》「之子于歸，言秣其馬」，馬皆壻家之馬。《士昬禮》注云：「士妻之車，夫家共之。大夫以上嫁女，則自以車送之。」「黄白曰皇」，此及《駉》傳俱依《爾雅》爲訓。《釋畜》：「黄白，皇。」《正義》引舍人云：「黄白色名曰皇。」《駉》正義所引舍人注於「黄白色」下有「褋」字者，非也。《爾雅》：「黄白，皇。騂白，駁。」與

「青驪，騆」同一文法，皆謂全身一色之馬。黄與皇疊韻，謂黄馬而發白色者是曰皇，非黄白二色相襍也。孔謂馬色有黄處有白處，其説自誤。《説文》：「騜，黄馬發白色。」段注：「騜即皇。」則舉騜例皇，可以明黄白之義矣。《釋畜》「騂白，駁」，孫注：「騂，赤色也。」《駉》傳：「赤身黑鬣曰騂。」騂爲赤馬，以騂馬而發白色者是謂之駁。淡赤，非深赤，故《説文》云：「駁，馬色不純。」謂非正赤色耳。《月令》：「夏駕赤騂，中央駕黄騂。」赤騂即赤馬，黄騂較淺於赤騂，黄騂即騂白色也，所謂駁馬也。駁亦有赤義。《廣雅·釋畜》馬屬有朱駮，「駮」與「駁」同。〇《爾雅·釋器》：「婦人之褘謂之縭。」此《傳》所本也。孫炎注云：「褘，帨巾也。」《説文》：「褘，蔽厀。」《方言》：「蔽厀，江淮之閒謂之褘，或謂之袚。魏、宋、南楚之閒謂之大巾。自關東西謂之蔽厀。齊、魯之郊謂之袡。」是叔然説爲有據矣。褘又謂之縭。《釋器》：「縭，緌也。」緌下垂，縭亦取下垂遮蔽之義。郭注以爲即今之香纓，《正義》序之，是也。蓋《傳》既引《爾雅》之文，下文又引《儀禮》「結帨」以證經之「結縭」。《士昏禮·記》：「母施衿結帨，曰：勉之敬之，夙夜無違宫事。」又《列女·齊孝孟姬傳》：「母醮房之中，結其衿縭。」此結縭即結帨之確證矣。《野有死麕》傳：「帨，佩巾也。」《内則》「婦事舅姑，左佩紛帨」，注：「紛帨，拭物之巾也。今齊人有言紛者。」《釋文》：「紛，或作『帉』。」《説文》：「楚謂大巾曰帉。」帉、帉同。又《内則》「女子設帨於門右」，注：「帨，事人之佩巾也。」帨爲女子初生時所設，及嫁，則結之以爲事舅姑拭物之所需。父母及庶母皆有戒辭，《傳》但引母戒者，母至親也。經言「親結縭」，《傳》言「母施衿結帨」，正是一事。又案《鄭風·子衿》傳以衿爲領，領，衣交領也。此「衿」斷非衣之交領，其字當作「紟」。《説文》：「紟，衣系也。」《玉藻》「紳、韠、結三齊」，「結」或作「衿」，宋本作「紟」。《内則》「衿纓」，注：「衿，猶結也。」字亦當作「紟」。佩巾系於革帶，革帶又有繫之，其所繫之組謂之紟。《文選·思玄賦》注引《韓詩章句》：「縭，帶也。」《傳》文「儀」上當奪「威」字。《正義》云：「《斯干》傳：『婦人質無威儀。』此言多威儀者，婦人無男子之禮、揖讓周還之儀耳，其舉動威儀則多也。」是《正義》本所據《傳》作「多威儀」矣。《文王》傳：「濟濟，多威儀也。」句意亦正同。○新，新昏也。昏禮屬嘉，《周禮》以嘉禮親成男女。舊，故也。《傳》云「言久長之道也」者，謂今新昏既甚嘉矣，其久長之道，又如之何？欲將共成家室，樂此大平。《易·序卦傳》：「夫婦之道，不可以不久也，故受之以恒。恒者，久也。」鄭注云「夫婦當有終身之義」是也。《擊鼓》正義引《韓詩》說：「二十從役，三十受兵，六十還兵。」今東征歸士中有壯而欲室者，故詩歌之，以敘其情。《序》云：「四章樂男女之得及時也。」及時者，謂及男女年盛之時。

《破斧》三章，章六句。

《破斧》，美周公也。周大夫以惡四國焉。【疏】此亦東征之詩。

既破我斧，又缺我斨。【傳】隋銎曰斧。斧斨，民之用也。禮義，國家之用也。**周公東征，四國是皇。**【傳】四國，管、蔡、商、奄也。皇，匡也。**哀我人斯，亦孔之將。**【傳】將，大也。【疏】《七月》正義據此《傳》「隋銎曰斧」下當有「方銎曰斨」四字。斨，方銎。已見《七月》。此重釋之者，欲借斧斨以設喻，《傳》固有此例耳。銎者，斧柄之孔。《釋文》云：「隋，孔形狹而長也。」《伐柯》傳：「柯，斧柄也。」斧柄廣三寸，厚一寸有半。斧首隋圜，故斧柄亦爲狹長之形。《考工記·廬人》注：「齊人謂柯斧柄爲椑。」則椑隋圜也。斧隋孔，斨方孔。《說文》：「斨，方銎斧也。《詩》曰：『又缺我斨。』」許正本《傳》訓。於斧言破，於斨言缺，互詞。《傳》以斧斨喻禮義，破缺之以喻四國壞周公禮義。篇首先聲箸其罪，惡之也。下二章同。○《傳》釋「四國」爲「管、蔡、商、奄」，管者，《地理志》：「河南郡中牟有管叔邑。」在今河南開封府鄭州，是管叔所封國也。武王時又居三監之一，在殷東之鄘。蔡者，《地理志》：「汝南郡上蔡，故蔡國，周武王弟叔度所封。度放，成王封其子胡。十八世徙新蔡。」今河南汝寧府上蔡縣縣西南十里有故蔡城，是蔡叔所封國也。武王又命爲三監之一，在朝歌紂都。商者，謂禄父也。武王封禄父於邶。稱商者，仍舊號也。《孟子》：「周公使管叔監殷，管叔以殷畔。」殷、商一也。奄者，商諸侯，嬴姓。奄君蒲姑之國。《郡國志》：「魯國魯縣有故奄國。」《説文》：「周公所誅郁國，在魯。」「郁」與「奄」同。案當時叛者不止此四國。《書序》：「成王伐淮夷，遂踐奄。」《逸周書·作雒》篇：「二叔及殷、東徐、奄及熊盈以略，凡所征，熊盈族十有七國，俘維九邑。」《史記·晉世家》：「武王崩，成王立。唐有亂，周公誅滅唐。」《地理志》：「周成王時，薄姑氏與四國共作亂，成王滅之。」《吕覽·察微》篇：「猶尚有管叔、蔡叔之事，與東夷八國不聽之謀。」《韓子·説林上》篇：「周公攻九夷而商蓋服。」商蓋即商奄。《墨子·耕柱》篇亦作「商蓋」。然則武庚之叛，東隅之侯脅從群起，言四國者，舉其重者耳。《書大傳》云：「周公身居位，聽天下爲政。管叔、蔡叔疑周公，流言于國曰：『公將不利于王。』奄君蒲姑謂禄父曰：『武王既死矣，今王尚幼矣，周公見疑矣，此百世之時也。請舉事。』然後禄父及三監叛也。周公以成王之命殺禄父。」「三監」當作「二監」，説見王引之《尚書述聞》。《大傳》釋東征亦以管、蔡、商、奄言之，與毛《傳》正合也。僖四年《公羊傳》：「古者周公東征，則西國怨。西征，則東國怨。」《荀子·王制篇》：「周公南征而北國怨，曰：『何獨不來也？』東征而西國怨，曰：『何獨後我也？』」案此即東征四國之事。《白虎通義·巡守》篇引《傳》曰：「周公入爲三公，出爲二伯，中分天下，出黜陟。《詩》曰：『周公東征，四國是皇。』言東征述職，周公黜陟，而天下皆正也。」何休《公羊注》亦云：「此道黜陟之時也。」亦引此詩。蓋周公爲東伯，主東方諸侯。東諸侯畔周，出師東討。若方叔征荆蠻，召虎平淮夷，亦家宰述職中事耳。據三家

《詩》說，正足以申成毛義。皇，讀與「匡」同。《晉語》：「是之不果奉，而暇晉是皇。」言不暇匡晉也。亦假「皇」爲「匡」。匡，讀如「一匡天下」之「匡」。《爾雅》：「皇、匡，正也。」故《白虎通義》釋「皇」爲「正」，義同。○「哀我人斯」，承「破缺」句。「亦孔之將」，承「東征」句。言哀我民人遭此破缺之害，則征匡之德甚大也。「將，大」，義已見《樛木》傳。《詩述聞》云：「大與美義相近。《廣雅》曰：『將，美也。』首章言『將』，二章言『嘉』，三章言『休』，將、嘉、休皆美也。將、臧聲相近，『亦孔之將』，猶言『亦孔之臧』耳。」

既破我斧，又缺我錡。【傳】鑿屬曰錡。**周公東征，四國是吪。**【傳】吪，化也。**哀我人斯，亦孔之嘉。**【疏】「鑿屬曰錡」，《說文》：「鑿，穿木也。」「錡，鉏鎁也。」穿木之器，其耑鉏鎁然。鉏鎁，猶齟齬也。《釋文》：「錡，字或作『奇』。」引《韓詩》云：「錡，木屬。」與《毛詩》異。○吪，讀與「化」同。《正義》云：「『吪，化』，《釋言》文。」今《爾雅·釋言》作「訛」。郭注引《詩》作「四國是訛」。《釋文》：「訛，又作『吪』。」《節南山》箋：「訛，化也。」《說文》無「訛」字。云「化」者，《書·大誥》篇：「肆予大化誘我友邦君，天棐忱辭，其考我民。」化，變化也。猶云黎民於變也。《逸周書·小明武》篇：「上有軒冕，斧鉞在下，勝國若化，故曰明武。」又《柔武》篇：「勝國若化，不動金鼓，善戰不鬬，故曰柔武。」《武寤》篇：「商庶若化。」竝與《傳》云「化」訓同。《大明》傳云：「嘉，美也。」

既破我斧，又缺我銶。【傳】木屬曰銶。**周公東征，四國是遒。**【傳】遒，固也。**哀我人斯，亦孔之休。**【傳】休，美也。【疏】「木屬曰銶」，《釋文》引《韓詩》：「銶，鑿屬也。一解云：『今之獨頭斧。』」《玉篇》：「銶，鑿屬。」本《韓詩》，與《毛詩》異。《說文》無「銶」字。屬，或古「欘」字。《考工記·車人》「一宣有半謂之欘」，鄭注云：「欘，斲斤柄。長二尺。」《說文》：「欘，一曰斤柄，性自曲者。」○《廣雅》：「揫，固也。」古遒、揫聲通，若

《長發》「百禄是遒」，三家《詩》作「揫」之例也。固者，讀《周禮》「掌固」之「固」。《魯語》「帝嚳能序星辰以固民」，韋注云：「固，安也。」「休，美」，《釋詁》文。《民勞》「以爲王休」，《傳》亦云：「休，美也。」《廣雅》：「休，善也。」「美」與「善」同意，故休謂之美，亦謂之善，猶嘉謂之美，亦謂之善矣。

《伐柯》二章，章四句。

《伐柯》，美周公也。周大夫刺朝廷之不知也。【疏】《狼跋》序云：「近則王不知。」此不直席王而言朝廷者，以刺者周大夫也。《九罭》同。

伐柯如何？匪斧不克。【傳】柯，斧柄也。禮義者，亦治國之柄。**取妻如何？匪媒不得。**【傳】媒，所以用禮也。治國不能用禮，則不安。【疏】《傳》云「柯，斧柯也」者，《考工記》：「車人之事，一欘有半謂之柯。」又「車人爲車，柯長三尺，博三寸，厚一寸有半，五分其長，以其一爲之首」。鄭注云：「首六寸，謂今剛關頭斧。柯，其柄也。鄭司農云：『柯長三尺謂斧柯。』」《説文》：「柯，斧柄也。」「柄，柯也。或作『棅』。」案柯者，斧柄之名。伐斧柄，必待斧而後成，猶治國之柄，必待禮義而後成。與上篇斧斨喻禮義意同。上篇《傳》云「禮義，國家之用也」，此《傳》云「禮義者，亦治國之柄」。玩「亦」字，即冢上篇而言。○取妻必用禮。媒者，用禮之人，故《傳》云：「媒，所以用禮也。」又申之云「治國不能用禮，則不安」者，即承「所以用禮」之故。禮即禮義也。《傳》中兩云「治國」，皆明經義。斧喻禮義，媒喻用禮義。雖兩喻，實一意也。媒以喻周公也。周公能執禮義，而王不知，是不能用禮也。

伐柯伐柯，其則不遠。【傳】以其所願乎上交乎下，以其所願乎下事乎上，不遠求也。**我覯之子，籩豆有踐。**【傳】踐，行列貌。【疏】則，法也。《禮記·中庸》篇：「子曰：『道不遠人，人之爲道而遠人，不可以爲道。《詩》云：「伐柯伐柯，其則不遠。」執柯以伐柯，睨而視之，猶以爲遠，故君子以人治人，改而止。忠恕違道不遠，施諸己而不願，亦勿施於人。』」案詩言伐斧柄之法，以喻治人之法不在遠求，《傳》即本《中庸》爲訓也。《韓詩外傳》云：「原天命，治心術，理好惡，適情性，而治道畢矣。四者不求於外，不假於人，反諸己而存矣。夫人者，説人者也。形而爲仁義，動而爲法則。《詩》曰：『伐柯伐柯，其則不遠。』」《韓詩》義同。○「踐，行列皃」，《説文》：「\u5f8c，迹也。」《中庸》注：「踐，或爲『纘』。」「纘」同「纂」，聲義相近。行列，即陳列。周大夫欲周公之歸，而望朝廷設籩豆陳列以饗燕之。《正義》用王肅義，謂周公以禮治國，「籩豆有踐」謂見其行禮，以申述《傳》意。竊恐《傳》意不然，當如《箋》以籩豆之饌迎周公也。案此篇先言成王不用周公，末乃望其用周公。下篇始言欲見周公，後言周公不歸，以爲心悲，皆是往復其辭，以刺王之不知爾。

《九罭》四章，一章四句，三章章三句。

《九罭》，美周公也。周大夫刺朝廷之不知也。

九罭之魚，鱒魴。【傳】興也。九罭，緵罟，小魚之網也。鱒魴，大魚也。**我覯之子，衮衣繡裳。**【傳】所以見周公也。衮衣，卷龍也。【疏】《釋文》：「罭，本亦作『緎』。」《説文》無「罭」字。《爾雅·釋器》：「緵罟謂之九罭。九罭，魚罔也。」《傳》所本也。郭注云：「今之百囊罟是，亦謂之罶。今江東謂之緵。」緵罟，即數罟，故《傳》又申之云：「小魚之網也。」《魚麗》傳：「庶人不數罟。罟必四寸，然後入澤梁。」四寸之目，網至小者也。《御覽・資産部十四》引《韓詩》云：「九罭，取鰕笓也。」《文選》王襃《講德論》：「鰌鱓竝逃，九罭不以爲虚。」又《西京賦》：「布九罭，摷鯤鮞。」皆謂小魚之網。鱒魴雖非極大之魚，《傳》云「大魚」者，對九罭爲緵罟而言。九罭但能取鰕笓，摷鯤鮞，不當網鱒魴，故言「大」以明其義。鱒魴之大魚，不宜居小魚之網，猶下文云「鴻，大鳥」，不宜循渚、陸。鱒魴與鴻皆以喻周公也。王肅云：「以興下土小國，不宜久留聖人。」是其義矣。《爾雅》：「鮅，鱒。」郭注云：「似鯶子，赤眼。」陸《義疏》云：「鱒似鯶魚，而鱗細於鯶。赤眼，多細文。」《説文》、《玉篇》皆云：「鱒，赤目魚也。」○覯，見也。之子，㡿周公也。「衮衣繡裳」，上公之禮服，故云：「所以見周公也。」《傳》「衮衣，卷龍」但釋經之「衮」字。《采叔》傳：「玄衮，卷龍。」亦但釋經之「衮」字。衮衣，玄衮，《傳》乃依經連言，非解「玄」字與「衣」字也。「衮」與「卷」古同聲。卷者，曲也。象龍曲形曰卷龍，畫龍作服曰龍卷。加衮之服曰衮衣，玄衣而加衮曰玄衮，戴冕而加衮曰衮冕，天子上公皆有之。《覲禮》注：「上公衮無升龍。」賈疏案：「《白虎通》引《傳》曰：『天子升龍，諸侯降龍。』」唯此爲異。《爾雅・釋言》云：「衮，黻也。」此言「衮衣繡裳」，《終南》言「黻衣繡裳」，是衮衣猶黻衣矣。《終南》傳云：「五采備，謂之繡。」《唐風・揚之水》傳云：「繡，黼也。」《荀子・哀公問篇》：「黼衣黻裳者不茹葷。」是黼衣猶繡衣，黻裳猶衮裳矣。古者衮、繡、黼、黻義得通稱也。凡上爲衣，下爲裳，然有殊衣裳者，亦有連衣裳者。單言裳，連上衣也，若褰裳爲摳衣也。單言衣，連下裳也，若綠衣、褧衣、毳衣、緇衣、素衣、錦衣、麻衣，衣皆兼裳也。《白虎通義・衣裳》篇云「凡言衣者，上兼下」是也。然則衮、繡同文，衣、裳同制，衮衣即繡裳，故下章「是以有衮衣兮」，但舉衮衣以該繡裳言也。鄭康成於《采叔》箋及《禮記・玉藻》注、《周禮・司服》注、《儀禮・覲禮》注皆謂「畫卷龍於衣」，儒者悉從鄭無異説。《説文解字・衣部》云：「衮，天子享先王，卷龍繡於下幅，一龍蟠阿上鄉。」《説文繫傳》於「下」之下有「裳」字。裳，古作「常」，通作「裳」。許叔重説卷龍繡於裳，與鄭不同。今細覈之，惟許合古也。《周禮·司服》：「王之吉服，祀昊天上帝，服大裘而冕，祀五帝亦如之。享先王，衮冕。享先公、饗、射，鷩冕。祀四望山川，毳冕。祭社稷、五祀，希冕。祭群小祀，玄冕。」又《弁師》：「掌王之五冕，皆玄冕。」玄，玄衣也。玄衣，絲衣也。《弁師》云「王之五冕」即《司服》之裘冕、衮冕、鷩冕、毳冕、希冕也。云「王之五冕皆玄冕」，則裘、衮、鷩、毳、希五冕同玄衣而冕也。鄭司農注：「大裘，羔裘也。」天子冬日圜丘大禘，大裘之冕仍用衮。《郊特牲》：「祭之日，王被衮以象天。戴冕璪十有二旒，則天數也。」故裘冕亦在五冕中也。《玉藻》：「大裘不裼。」是天子祀天，裘冕，衣玄衣而不裼，其餘冕入廟則皆裼。可知玄衣爲上衣。其内有中衣。中衣又謂之裼衣。繡黼丹朱中衣，諸侯冕服之裼也。天子當以錦衣爲裼。《聘禮》注云：「裼者，免上衣，見裼衣。」若畫龍於上衣，衣已見美，又何爲免上見裼之禮？此亦畫在裳不在衣之證也。五冕皆玄衣。玄衮，玄衣衮裳也。玄鷩，玄衣鷩裳也。玄毳，玄衣毳裳也。玄希，玄衣希裳也。其玄衣同也，而裳有衮、鷩、毳、希之等級。《禮器》：「天子龍衮，諸侯黼，大夫黻，士玄衣纁裳。」亦玄衣同也，而惟士纁裳。天子、諸侯、大夫加冕服，則裳有龍衮、黼、黻之尊服。《士冠禮》：「爵弁服，纁裳，純衣。」純衣亦絲衣。純讀爲黗，《説文》：「黗，黑也。」純衣猶玄衣也。爵弁與玄冕本同制。天子玄冕朱裳，諸侯、卿大夫玄冕赤裳，士變冕爲爵弁則纁裳。其玄冕同，而裳有朱、赤、纁之殊。《士冠禮》、《特牲饋食禮·記》：「玄端，玄裳、黄裳、襍裳。」鄭司農《司服》注云：「衣有襦裳者爲端。」玄端，端衣玄也。猶爵弁服之純衣，五冕之玄衣也。士有上、中、下三等，玄端同，而裳有玄、黄、襍之異。《玉藻》云：「衣正色，裳閒色。」正色者，不貳采也。閒色者，襍合五采也。希冕以上，裳皆襍采。玄冕以下，裳不盡皆襍采，而其於上衣，色皆玄，從正色，不從閒色，固已。章章可考者，《尚書·皋陶謨》篇：「予欲觀古人之象：

日、月、星辰、山、龍、華蟲作繪，宗彝、璪、火、粉米、黼、黻、希繡，以五采章施于五色作服。」《大傳》云：「天子衣服，其文華蟲、作繪、宗彝、璪火、山龍。諸侯作繪、宗彝、璪火、山龍。子男，宗彝、璪火、山龍。大夫璪火、山龍。士山龍。故《書》曰：『天命有德，五服五章哉。』山龍，青也。華蟲，黄也。作繪，黑也。宗彝，白也。璪火，赤也。天子服五，諸侯服四，次國服三，大夫服二，士服一。」案《虞書》「觀象」當讀如《易》象之「象」。《易・繫傳》：「黄帝、堯、舜垂衣裳而天下治，蓋取諸乾坤。」《九家・説卦》云：「乾爲衣，坤爲裳也。有虞法黄帝，象乾坤，製爲衣裳。古人衣、裳連而不殊，乾坤各六，合之爲十有二。」《深衣》：「制十有二幅。」又引《易》曰：「坤，六二之動，直以方也。」此「取諸乾坤」之義也。《王制》「有虞氏皇而祭，深衣而養老」，注：「皇，冕屬。」蓋於祭言皇，於養老言深衣，互詞也。則虞冕服，深衣也。《大傳》以作繪爲黑色，而次諸山、龍、華蟲、宗彝、璪火之閒。「繪」讀爲「畫繢」之「繢」。《禮器》云：「白受采。」以白畫黑，故作繪列於五采之一也。《説文》云：「繪，會五采繪也。❶《虞書》曰：『山、龍、華蟲作繪。』」許謂繪、繡同事，有繪而後畫繢之五采備，猶有繡而後黹刺之五采備。其解《虞書》説雖與《大傳》異，而意實大同。《説文》又云：「璪，玉飾如水藻之文。《虞書》曰：『璪火黺米。』」「黺，畫粉也。」「𥿇，繡文如聚細米也。」「黼，白與黑相次文。」「黻，黑與青相次文。」「黹，箴縷所紩衣。」「繡，五采備也。」「粉米」作「黺𥿇」。「黺」下云「畫粉」，粉即細米。「𥿇」下云「繡文」，繡文即畫。二者本一物，特「𥿇」字從糸，乃入《糸部》耳。「黹」與「希」同。其解黼、黻，繡本《考工記》「畫繢之事」，白黑綫相次成章，是曰黼；黑青綫相次成章，是曰黻。又黹，細米文。并所畫繢之五采而分布之。總曰繡者，黹刺亦襍合五采也，故曰「以五采章施於五色」也。《大傳》不數粉

❶「繪」，徐子静本、《清經解續編》本同。經韻樓本《説文解字注》、陳昌治刻《説文解字》竝作「繡」，當據正。

米以下者，古者但稱畫衣也。不數日、月、星辰者，或三辰自古在旌旗也。有虞冕服，若周深衣然。畫繢黹刺皆爲衣飾，天子備青、黄、黑、白、赤，其服五。諸侯去黄而四，子男去黑而三，大夫去白而二，士服青而已。此有虞氏之服物采章也。夏、殷之冕無旒。夏有黻冕，殷有黼冔。黼黻爲裳，然其服不可得而詳。冕服至周，文始大備。蓋周以虞之祭服連衣裳者爲朝服、燕居服，而祭用冕服，則衣與裳殊。作繪，黑也。上衣玄，象天之玄也。其山、龍以下爲冕服九章，皆裳飾。《司服》：「公之服，自衮冕而下。侯伯之服，自鷩冕而下。子男之服，自毳冕而下。孤之服，自希冕而下。卿大夫之服，自玄冕而下。」《大行人》「上公冕服九章，侯伯冕服七章，子男冕服五章」，鄭注云：「古天子冕服十二章，周以日、月、星辰畫於旌旗，登龍於山，登火於宗彝。鷩畫雉謂華蟲也。毳畫虎蜼謂宗彝也。希刺粉米，無畫也。」又云：「九章者，自山、龍以下。七章者，自華蟲以下。五章者，自宗彝以下。」據鄭注以推，則所謂九章者，一曰龍，二曰山，三曰華蟲，四曰火，五曰宗彝，六曰璪，七曰粉米，八曰黼，九曰黻。龍、山、華蟲、火、宗彝、璪六章爲畫繢，粉米、黼、黻三章爲黹刺。天子衮升龍，備九章也。上公衮亦九章，畫六章，刺三章，九命，以九爲節也。《九罭》、《采叔》、《韓奕》、《烝民》言衮皆上公也。侯伯鷩，去龍、山而七章，畫四章，刺三章，七命，以七爲節也。《唐風》「豈曰無衣七兮」，此侯伯也。子男毳，去華蟲、火而五章，畫二章，刺三章，五命，以五爲節也。《大車》「毳衣如菼」，畫白也。「毳衣如璊」，畫赤也。此子男也。惟希冕以下不依命次。公之孤四命，止刺二章。宣十六年《左傳》：「命晉士會以黻冕爲大傅。」所謂大夫黻是已。此公之孤希冕，裳無畫，又去黼也。諸侯之卿大夫玄冕纁裳，則又無刺矣。上士玄端玄裳。《荀子・哀公問》云：「端衣玄裳者，謂士也。」中士玄端黄裳，下士玄端襍裳。王之三公八命，去山，畫五，刺三，衮，同於上公也。《荀子・大略篇》：「天子山冕。」蓋對公無山而言也。王之卿六命，去火，畫三，刺三，鷩，同於侯伯也。火取其明，故王之卿或無火也。王之大夫四命，畫二，刺二，黹，如子男而去黼，故《終南》詠黻衣爲秦始受子男之服，而同於大夫四命也。王之上士三命，刺二，希，同於公之孤也。中士再命，玄冕無刺，同於諸侯之卿大夫也。下士一命，玄裳，同於諸侯之上士也。其黄裳、襍裳，謂之不命之士。此周冕服之大凡也。王者受天命爲天子，改正朔，易服色。夏、殷不相沿，虞、周不相襲。迺後儒援《周禮》測《虞書》，遂創「六者繪衣，六者繡裳」之説。而不知虞之服若深衣，畫、刺皆在衣也。既誤以虞爲上衣下裳，因又即虞之五服、五章竝同於周之九章、七章、五章，亦以畫、刺分屬於衣裳，而不知周之冕服，上皆以玄衣爲正色，畫、刺皆在裳，爲閒色也。昭二十五年《左傳》云：「爲九文、六采、五章，以奉五色。」九文，九章也。六采，五采合玄也。五章，即五色也。《禮運》云：「五色六章，十二衣。」六章，猶六采也。《學記》云：「水無當於五色，五色弗得不章。」水屬黑，謂玄也。此即「五色六章」之義也。解經者竝謂畫袞在衣而不在裳，故詳證言之如此。

鴻飛遵渚，【傳】鴻不宜循渚也。**公歸無所，於女信處。**【傳】周公未得禮也。再宿曰信。【疏】《傳》詁「遵」爲「循」，與《汝墳》、《遵大路》同。遵渚，循渚也；遵陸，循陸也。鴻以喻周公也。《小箋》云：「《説文》曰：『鴻者，鴻鵠也。』鴻鵠，即黄鵠也。黄鵠一舉知山川之紆曲，再舉知天地之圜方，最爲大鳥，故《箋》云：『大鳥。』《傳》云『鴻不宜循渚，陸非鴻所宜止』，非謂大鴈也。《小雅》傳云：『大曰鴻，小曰鴈。』此因下言鴈，決上言大鴈乃『鴻』字假借之用。而今人遂失『鴻』本義。」○女，猶爾也。爾，此也。此，此居東也。袞衣所以禮周公。周公未得禮，是公歸而尚無所，於此東而信處也。「再宿曰信」，《有客》傳同。

鴻飛遵陸，【傳】陸非鴻所宜止。**公歸不復，於女信宿。**【傳】宿，猶處也。【疏】《我行其野》傳：「復，反也。」王肅云：「未得所以反之道。」是不復爲不反也。《有客》傳：「一宿曰宿。」此不同者，信、宿不平列。

此「信宿」猶上章「信處」。處，止也。《説文》：「宿，止也。」

是以有衮衣兮，無以我公歸兮。【傳】無與公歸之道也。**無使我心悲兮。**【疏】《傳》「無以」爲「無與」，古「以」、「與」通也。言朝廷有衮衣，當爲見公之服。今成王不持衣逆公，是無與公歸之道也。此周公未得成王命，故不得歸。不得歸，而終望朝廷之歸公，故云：「無使我心悲也。」

《狼跋》二章，章四句。

《狼跋》，美周公也。周公攝政，遠則四國流言，近則王不知，周大夫美其不失其聖也。【疏】此詩既歸朝廷而作，在攝政四年後事。

狼跋其胡，載疐其尾。【傳】興也。跋，躐；疐，跲也。老狼有胡，進則躐其胡，退則跲其尾，進退有難，然而不失其猛。**公孫碩膚，赤舄几几。**【傳】公孫，成王也，豳公之孫也。碩，大；膚，美也。赤舄，人君之盛屨也。几几，絇貌。【疏】「跋，躐；疐，跲」，皆《爾雅·釋言》文。《説文》：「䟺，步行獵跋也。」「䟺」即今《詩》「跋」字。跋，郭音「貝」是也。《説文》：「躓，跲也。《詩》曰：『載躓其尾。』」三家《詩》作「躓」，《毛詩》作「疐」，故段注《説文》於「疐，礙不行也」下增補「詩曰載疐其尾」六字。❶ 蓋許用毛，不廢三家。如《漢廣》作「永」又作「羕」，《江有汜》作「汜」又作「洍」，《擊鼓》作「鏜」又作「鼞」，《君子偕老》作「紲」又作「褻」，《碩人》、《丰》

❶「六」，原作「四」，據中國書店影印武林愛日軒刻本、徐子靜本、《清經解續編》本改。

之大夫四命，畫二，刺二，毳，如子男而去黼，故《終南》詠黻衣爲秦始受子男之服，而同於大夫四命也。王之上士三命，刺二，希，同於公之孤也。中士再命，玄冕無刺，同於諸侯之卿大夫也。下士一命，玄裳，同於諸侯之上士也。其黄裳、襍裳，謂之不命之士。此周冕服之大凡也。王者受天命爲天子，改正朔，易服色。夏、殷不相沿，虞、周不相襲。迺後儒援《周禮》測《虞書》，遂創「六者繪衣，六者繡裳」之説。而不知虞之服若深衣，畫、刺皆在衣也。既誤以虞爲上衣下裳，因又即虞之五服、五章竝同於周之九章、七章、五章，亦以畫、刺分屬於衣裳，而不知周之冕服，上皆以玄衣爲正色，畫、刺皆在裳，爲閒色也。昭二十五年《左傳》云：「爲九文、六采、五章，以奉五色。」九文，九章也。六采，五采合玄也。五章，即五色也。《禮運》云：「五色六章，十二衣。」六章，猶六采也。《學記》云：「水無當於五色，五色弗得不章。」水屬黑，謂玄也。此即「五色六章」之義也。解經者竝謂畫衮在衣而不在裳，故詳證言之如此。

鴻飛遵渚，【傳】鴻不宜循渚也。**公歸無所，於女信處。**【傳】周公未得禮也。再宿曰信。【疏】《傳》詁「遵」爲「循」，與《汝墳》、《遵大路》同。遵渚，循渚也；遵陸，循陸也。鴻以喻周公也。《小箋》云：「《説文》曰：『鴻者，鴻鵠也。』鴻鵠，即黄鵠也。黄鵠一舉知山川之紆曲，再舉知天地之圜方，最爲大鳥，故《箋》云：『大鳥。』《傳》云『鴻不宜循渚，陸非鴻所宜止』，非謂大鴈也。《小雅》傳云：『大曰鴻，小曰鴈。』此因下言鴈，決上言大鴈乃『鴻』字假借之用。而今人遂失『鴻』本義。」○女，猶爾也。爾，此也。此，此居東也。衮衣所以禮周公。周公未得禮，是公歸而尚無所，於此東而信處也。「再宿曰信」，《有客》傳同。

鴻飛遵陸，【傳】陸非鴻所宜止。**公歸不復，於女信宿。**【傳】宿，猶處也。【疏】《我行其野》傳：「復，反也。」王肅云：「未得所以反之道。」是不復爲不反也。《有客》傳：「一宿曰宿。」此不同者，信、宿不平列。

此「信宿」猶上章「信處」。處，止也。《説文》：「宿，止也。」

是以有衮衣兮，無以我公歸兮，【傳】無與公歸之道也。**無使我心悲兮。**【疏】《傳》「無以」爲「無與」，古「以」、「與」通也。言朝廷有衮衣，當爲見公之服。今成王不持衣逆公，是無與公歸之道也。此周公未得成王命，故不得歸。不得歸，而終望朝廷之歸公，故云：「無使我心悲也。」

《狼跋》二章，章四句。

《狼跋》，美周公也。周公攝政，遠則四國流言，近則王不知，周大夫美其不失其聖也。【疏】此詩既歸朝廷而作，在攝政四年後事。

狼跋其胡，載疐其尾。【傳】興也。跋，躐；疐，跲也。老狼有胡，進則躐其胡，退則跲其尾，進退有難，然而不失其猛。**公孫碩膚，赤舄几几。**【傳】公孫，成王也，豳公之孫也。碩，大；膚，美也。赤舄，人君之盛屨也。几几，絇貌。【疏】「跋，躐；疐，跲」，皆《爾雅·釋言》文。《説文》：「䟴，步行獵跋也。」「䟴」即今《詩》「跋」字。跋，郭音「貝」是也。《説文》：「躓，跲也。《詩》曰：『載躓其尾。』」三家《詩》作「躓」，《毛詩》作「疐」，故段注《説文》於「疐，礙不行也」下增補「詩曰載疐其尾」六字。❶ 蓋許用毛，不廢三家。如《漢廣》作「永」又作「羕」，《江有汜》作「汜」又作「洍」，《擊鼓》作「鏜」又作「鼞」，《君子偕老》作「紲」又作「褻」，《碩人》、《丰》

❶ 「六」，原作「四」，據中國書店影印武林愛日軒刻本、徐子静本、《清經解續編》本改。

作「褧」又作「檾」，《子矜》作「挑」又作「叏」，《候人》作「薈」又作「嬒」，《四牡》作「嘽嘽」又作「痑痑」，《正月》作「蹐」又作「趚」，《蓼莪》作「罄」又作「窒」，《青蠅》作「營營」又作「謍謍」，《賓之初筵》作「傞傞」又作「姕姕」，皆其例。老狼躐胡跲尾，進退有難，興周公四國流言，成王不知，遠近皆有難。《傳》申之云「然而不失其猛」者，喻周公不失其聖。蓋探下文義而言也。○公謂豳公，孫謂成王。《傳》以「公孫」爲成王，而又自申其說云：「豳公之孫也。」「碩，大」，《釋詁》文。《方言》：「齊、宋之閒曰巨曰碩。」《簡兮》同。「膚，美」，《文王》同。《正義》引《小爾雅・廣訓》云：「膚，美也。」此美周公歸周，成王年既長大，德又盛美，於以見公之輔相成王，聖德昭箸焉。美成王，即是美周公也。《荀子・儒效篇》云：「周公歸周，反籍於成王，而天下不輟事周。」○舄服稱舄，常服稱屨，此析言之也。屨，其大名也。故《傳》以赤舄爲人君之盛屨。赤舄，其色以金爲飾，則謂之金舄。《車攻》傳：「金舄，達屨。」《箋》云：「金舄，黄朱色也。」此詩以赤舄美周公，《韓奕》以赤舄賜韓侯，是赤舄爲諸侯盛飾矣。云「几几，絇皃」者，《屨人》注云：「絇謂之拘，箸舄屨之頭以爲行戒。」《士冠禮》注云：「絇之言拘也，以爲行戒。狀如刀衣鼻，在屨頭。」《漢書・王莽傳》：「莽再拜，受衮冕句履。」孟康注云：「今齊祀履，句頭飾也。出履三寸。」《士冠禮・記》：「玄端，黑屨，青絇繶純。素積，白屨，緇絇繶純。」《考工記》：「黑與青謂之黻，白與黑謂之黼。」此玄端、皮弁、屨飾取黼黻相次之文也。「爵弁，纁屨，黑絇繶純」，士爵弁，大夫以上爲冕。此冕服、屨飾取同色之義也。《屨人》：「掌王及后之服屨，爲赤舄、黑舄，赤繶、黄繶，青句。」案「句」與「絇」同。黑舄配青絇，爲玄端服。赤舄配赤繶，爲冕服。黄繶所施未聞。於赤言繶，於絇言青，互詞。衮冕赤舄之絇，以金爲飾，其狀則几几然也。胡承珙云：「《説文・己部》引《詩》作『赤舄己己』，《手部》又引《詩》作『掔掔』。《吕氏讀詩記》引董氏云：『崔靈恩《集注》「几几」作「掔掔」。』考己象萬物辟藏詘形，絇在屨頭如刀衣鼻，自有詘形，故曰己己。至掔，《説文》訓『堅』。

掔掔，當并取金約箸屨堅固之貌，是三家《詩》義，疑以金爲加金爲飾也。」

狼疐其尾，載跋其胡。公孫碩膚，德音不瑕。【傳】瑕，過也。【疏】《傳》詁「瑕」爲「過」。不過，言無有過失也。《禮記·明堂位》云：「六年，朝諸侯於明堂，制禮作樂，頒度量，而天下大服。」又《樂記》云：「天下大定，然後正六律，和五聲，弦歌《詩·頌》，此之謂德音，德音之謂樂。」

北京大學《儒藏》編纂與研究中心　編

《儒藏》精華編選刊

詩毛氏傳疏（中）

〔清〕陳奐　撰

陳錦春　王承略　校點

北京大學出版社
PEKING UNIVERSITY PRESS

詩毛氏傳疏卷十六

鹿鳴之什詁訓傳弟十六　毛詩小雅

《鹿鳴之什》十篇，五十五章，三百一十五句。【疏】《小雅》皆録殷紂尚存、文武未大平，成王誅管、蔡以及賓燕諸侯，宣王初年征伐、作牧考室。幽王諸詩皆刺朝政以至滅亡，乃下變爲風之漸，實自幽王始也。《關雎》序云：「政有小雅焉。」

《鹿鳴》三章，章八句。

《鹿鳴》，燕群臣嘉賓也。既飲食之，又實幣帛筐篚，以將其厚意，然後忠臣嘉賓得盡其心矣。【疏】此燕群臣之詩也。《史記·十二諸侯年表》、《潛夫論·班禄》篇、《文選·琴賦》注引蔡邕《琴操》皆以《鹿鳴》爲刺詩，三家説。

呦呦鹿鳴，食野之苹。【傳】興也。苹，蓱也。鹿得蓱，呦呦然鳴而相呼，懇誠發乎中，以興嘉樂賓客，當有懇誠相招呼以成禮也。**我有嘉賓，鼓瑟吹笙。吹笙鼓簧，承筐是將。**【傳】簧，笙也。吹笙而鼓簧矣。筐，篚屬，所以行幣帛也。**人之好我，示我周行。**【傳】周，至；行，道也。【疏】《説文》：

「呦，鹿鳴聲也。或作『⿰幼欠』。」《玉篇》引《詩》作「⿰幺欠⿰幺欠」，即「⿰幼欠」之省。《廣雅》云：「呦呦，鳴也。」曾釗《詩異同辨》云：「《爾雅》：『苹，蓱。其大者蘋。』則蓱是水草。此詩云『野之苹』，不得以水之蓱解之。疑『蓱』本當作『荓』。《爾雅》：『荓，馬帚。』毛蓋以馬帚之荓釋此經之苹，後人轉寫加水耳。」案曾説是也。《夏小正》：「七月，苹秀。《傳》：『苹也者，馬帚也。』」《小正》作「苹」，《爾雅》作「荓」。此即苹、荓通用之證。《説文》：「荓，馬帚也。」《廣雅》：「馬帚，屈馬第也。」《通藝録》謂北方埽帚菜爲蓬。荓、蓬音相近。馬帚、埽帚名復相同。見埽帚菜立秋節無不秀者，與七月苹秀合。又案《管子·地員》篇云「其草宜苹蓨」，尹注：「苹蓨，草名也。」不以苹爲蓱。《管子》又云：「蔞下於荓，荓下於蕭。」是荓爲蔞類。荓以食鹿，猶蔞以秣馬歟？《箋》：「苹，藾蕭。」亦用《釋草》文。郭注云：「今藾蒿也。」毛、鄭皆本《爾雅》。此章之苹與下章之蒿異名同類，其用意則一也。鹿鳴食野草，以興君燕群臣。《正義》云：「鹿呼同類，猶君呼臣子。或以爲兩鹿相呼，喻兩臣相招，爲群臣相呼，以成君禮，斯不然矣。」引鄭《駮異義》云：「君有酒食，欲與群臣嘉賓燕樂之，如鹿得苹草，以爲美食，呦呦然鳴相呼，以款誠之意盡於此耳。」案鄭駮正本毛義。《儀禮·燕禮》：「小臣戒與者，膳宰具官饌于寢東，樂人縣。」此即《傳》所謂「懇誠相招呼，以成禮也」。陸賈《新語·道基》篇云：「《鹿鳴》，以仁求其群。」《淮南子·泰族》篇云：「《鹿鳴》興於獸，君子大之，取其見食而相呼也。」《鹽鐵論·刺復》篇云：「《鹿鳴》之樂賢。」此皆與毛義同。○嘉賓，謂群臣也。《燕禮》：「射人請賓，公曰：『命某爲賓。』」鄭注云：「某，大夫也。」此即《禮記·燕義》篇：「不以公卿爲賓，而以大夫爲賓，明嫌之義也。」《燕禮》「工四人，二瑟，小臣左何瑟，面鼓，執越，内弦，右手相。入，升自西階，北面東上，坐。小臣坐授瑟，乃降。工歌《鹿鳴》、《四牡》、《皇皇者華》」，此升歌三終也。「笙入，立于縣中，奏《南陔》、《白華》、《華黍》。閒歌《魚麗》，笙《由庚》；歌《南有嘉魚》，笙《崇丘》；歌《南山有臺》，笙《由儀》」，此笙入三終，閒歌三終也。

案詩言鼓瑟即升歌，吹笙即笙閒。歌在堂上，笙在堂下，閒乃堂上堂下代作。升歌以瑟爲主，故《儀禮》有瑟無琴，與此詩首章言鼓瑟不言鼓琴合。然非堂上無琴也。末章言鼓瑟琴，不及吹笙，當指合樂。《燕禮》升歌笙閒畢，「遂歌鄉樂，《周南》：《關雎》、《葛覃》、《卷耳》；《召南》：《鵲巢》、《采蘩》、《采蘋》。大師告于樂正曰『正歌備』」，此合樂三終也。合樂堂上，歌《詩》，以琴瑟弦之，堂下則衆音并作。詩但就其堂上琴瑟爲説，亦非堂下衆音不作也。《鹿鳴》雖是文王燕群臣之樂，而《雅》、《頌》之作，實皆在成王之世。周公制禮，以《鹿鳴》列於升歌之詩。下篇《傳》云：「周公作樂，以歌文王之道，爲後世法。」然則《鹿鳴》、《四牡》、《皇皇者華》三章皆周公本文王之道以爲樂歌，《傳》有明文也。《君子陽陽》「執簧」、《車鄰》「鼓簧」，簧即笙，故《傳》兩云：「簧，笙也。」此笙、簧連言，與單言簧者不同。《傳》：「簧，笙也。」《小箋》本於「笙」下增一「簧」字。「吹笙而鼓簧矣」，《君子陽陽》正義引《鹿鳴》云：「吹笙鼓簧，言吹笙則鼓簧。」是今本《傳》文「而」字乃「則」字之誤。《宋書・樂志》引「吹笙則簧鼓矣」，「簧鼓」文倒，而「則」字不誤。《小箋》本依《王風》正義訂正。○筐與筐筥不同。《詩》之筐猶《書》之篚，故《傳》云：「篚屬，所以行幣帛也。」將，行也。《箋》云：「承，猶奉也。《書》曰：『篚厥玄黄。』」《正義》以爲《書・胤征》文。《孟子・滕文公》篇「篚厥玄黄，實玄黄于篚」，趙注以爲《尚書》逸篇之文。《説文》引《逸周書》「實玄黄于匪」。案玄黄即所行之幣帛。匪，今通作「篚」。《後箋》云：「《周語》言先王之燕，體解節折而共飲食之，于是乎折俎、加豆、酬幣、宴貨，以示容合好，則燕亦未嘗不用酬幣也。」○「周行」訓「至道」，與《卷耳》「周行」不同義。王肅云：「謂群臣嘉賓也。夫飲食以饗之，琴瑟以樂之，幣帛以將之，則能好愛我。好愛我，則示我以至美之道矣。」《禮記・緇衣》篇：「子曰：『私惠不歸德，君子不自留焉。《詩》云：「人之好我，示我周行。」』」鄭注云：「行，道也。言示我以忠信之道。」此與毛義同。《禮》注與《詩》箋異。

呦呦鹿鳴，食野之蒿。【傳】蒿，菣也。**我有嘉賓，德音孔昭。視民不恌，君子是則是傚。**【傳】恌，愉也。是則是傚，言可法傚也。**我有旨酒，嘉賓式燕以敖。**【傳】敖，遊也。【疏】「蒿，菣」，《爾雅·釋草》文。《説文》：「蒿，菣也。」「菣，香蒿也。或作『葝』。」《正義》引《義疏》云：「蒿，青蒿也。荆豫之閒，汝南、汝陰皆云菣也。」《神農本草》：「草蒿一名青蒿，一名方潰。」陶注云：「處處有之，即今青蒿。人亦取雜香菜食之。」蜀本《圖經》云：「葉似茵蔯蒿，而背不白。高四尺許，四月、五月採苗，日乾。江東人呼爲犼蒿，爲其臭似犼。北人呼爲青蒿。」〇《箋》云：「視，古『示』字也。」恌，當爲「佻」。昭十年《左傳》及《説文》、《玉篇》人部引《詩》皆作「佻」。「佻，愉」，《釋言》文。今《爾雅》「愉」作「偷」。愉、偷古今字，古澆薄字作「愉」不作「偷」。《説文》：「佻，愉也。」「愉，薄也。」服注《左傳》云：「示民不愉薄。」鄭注《鄉飲酒禮》、《燕禮》云：「嘉賓既來，示我以善道，又樂嘉賓有孔昭之明德可則傚也。」《禮》注以德音爲嘉賓之明德，《箋》又以德音爲先王之德教，當從《禮》注爲長。則，法也。「則」、「傚」二字連文成義。「是則是傚」，是則傚也。言君子可爲人法傚。《箋》謂君子所法傚，非《傳》義。昭七年《左傳》：「仲尼曰：『能補過者，君子也。《詩》曰：「君子是則是效。」孟僖子可則效已矣。』」此引《詩》亦謂君子可爲人則效，《傳》義所本也。「傚」與「效」同。《説文》：「敖，游也。」游，古文作「𨑃」，今字通作「遊」，即古文「𨑃」之字變。敖謂之遊，連言之曰敖遊。《邶·柏舟》云：「微我無酒，以敖以遊。」是有酒可以敖遊矣。

呦呦鹿鳴，食野之芩。【傳】芩，草也。**我有嘉賓，鼓瑟鼓琴。鼓瑟鼓琴，和樂且湛。**【傳】湛，樂之久。**我有旨酒，以燕樂嘉賓之心。**【傳】燕，安也。夫不能致其樂，則不能得其志。不能得其志，則嘉賓不能竭其力。【疏】陸機《義疏》云：「芩草，莖如釵股，葉如竹，蔓生澤中下地鹹處，爲草貞實，牛馬亦喜食之。」《説文》：「芩，艸也。《詩》曰：『食野之芩。』」《釋文》引作「蒿也」。《説文注》云：「恐是一本作『蒿屬』，『也』字或『屬』字之誤。《集韻》、《類篇》䓧、蘞、芩三字同魚音切，菜名。似蒜，生水中。攷《字林》、《齊民要術》皆云：『䓧似蒜，生水中。』此則別是一物。」案《釋文》：「芩，又其炎反。」正切「蘞」字之音，與陸、許不同。許意芩與上章之蒿爲同類。○湛，讀爲媅，此假借字也。《説文》：「媅，樂也。」今字皆作「湛」，通作「耽」。《釋文》：「湛，本又作『耽』。」《氓》正義引此詩作「耽」。「耽」、「湛」行，而「媅」廢矣。《後箋》云：「燕以示慈惠。《湛露》有『厭厭夜飲，不醉無歸』之語，故《傳》云『樂之久』是也。」「燕」訓「安」，《湛露》傳云：「厭厭，安也。」兩「安」字訓同，皆即《燕禮》「司正命安賓」之義。又經言燕樂賓心，而《傳》必推至賓能竭力，此即《序》所謂「忠臣盡心」之義，《傳》實本《禮記・燕義》爲訓也。《燕義》篇云：「君舉旅於賓，及君所賜爵，皆降，再拜稽首，升成拜，明臣禮也。君荅拜之，禮無不荅，明君上之禮也。臣下竭力盡能，以立功於國，君必報之以爵禄，故臣下皆務竭力盡能以立功，是以國安而君寧。禮無不荅，言上之不虚取於下也。上必明正道以道民，民道之而有功，然後取其什一，故上用足而下不匱也。是以上下和親而不相怨也。和寧，禮之用也。此君臣上下之大義也。」

《四牡》五章，章五句。

《四牡》，勞使臣之來也。有功而見知則説矣。【疏】詩中皆言使臣有功見知，而於其來也以勞之。

「《四牡》，勞使臣」，襄四年《左傳》文也。

四牡騑騑，周道倭遲。【傳】騑騑，行不止之貌。周道，岐周之道也。倭遲，歷遠之貌。文王率諸侯撫叛國而朝聘乎紂，故周公作樂，以歌文王之道，爲後世法。**豈不懷歸？王事靡盬，我心傷悲。**【傳】盬，不堅固也。思歸者，私恩也。靡盬者，公義也。傷悲者，情思也。無私恩，非孝子也。無公義，非忠臣也。君子不以私害公，不以家事辭王事。【疏】《玉篇》：「騑騑，行不止也。」《左傳注》：「使臣乘四牡，騑騑然行不止，勤勞也。」竝與《傳》訓同。文王都於岐周，故云：「周道，岐周之道也。」《釋文》：「倭，本又作『委』。」《説文》：「委，隨也。」「倭，順皃。」《詩》曰：『周道倭遲。』」「倭」與「委」俱有「順隨」之義，「遲」有「遠」義，故《傳》以「歷遠」釋「倭遲」也。《傳》文「歷遠之皃」，《文選》江淹《别賦》、顔延年《秋胡詩》注引皆無「之」字。《釋文》引《韓詩》作「倭夷」，「倭」字疑誤。《文選》潘岳《西征賦》注作「威夷」，并引《薛君章句》云：「威夷，險也。」《玉篇》云：「陬夷，險阻也。」陬，俗字。顔注《漢書・地理志》引《韓詩》作「郁夷」，言使臣乘馬行於此道。此或出《魯詩》，顔乃誤爲《韓詩》。三家不同訓，而於經各通。歷遠者，荆、梁於岐周爲近，徐、揚於岐周爲遠。使臣朝聘，從岐周而行，故《傳》又申「歷遠」之義云「文王率諸侯撫叛國而朝聘乎紂」也。文王受殷天子命，入爲三公，出爲西伯。西伯但能率西方諸侯，厥後東諸侯叛殷從周。文王於是鎮撫叛國，使通朝聘，故東諸侯亦率從文王焉。襄四年《左傳》云：「文王帥殷之叛國以事紂。」《逸周書・程典》篇云：「文王合六州之侯奉勤于商。」《論語・泰伯》篇云：「三分天下有其二，以服事殷。」《後漢書・西羌傳》亦云：「文王率西戎征殷之叛國以事紂。」此事蓋在受命五年乘黎之後。紂囚羑里，諸侯不娱，逆諸文王，是其時也。案詩所歌皆文王之道，而樂乃周公所作。如《鄉飲酒禮》、《燕禮》皆有《鹿鳴》、《四牡》、《皇皇者華》，歌文王以爲後世法也。《傳》云：「故周公作樂，以歌文王之道，爲後世法。」此言爲一部諸文王詩之總義矣。○懷，思也。王，殷王紂也。盬、固皆古聲，故以「不堅固」詁「盬」，固亦堅也。《天保》傳：「固，堅也。」襄二十九年《左傳》：「葬靈王。鄭子展使印段往，曰：『《詩》云：「王事靡盬，不遑啟處。」東西南北，誰敢寧處？堅事晉、楚，以蕃王室也。王事無曠，何常之有？』」案「堅事晉、楚，以蕃王室」即是文王令諸侯從己事紂之意。毛《傳》正本《左傳》爲訓。《四牡》、《采薇》、《杕杜》三言「王事靡盬」，實一事也。《鴇羽》傳又云：「盬，不攻致也。」「不攻致」又從「不堅固」而引申之，毛《傳》之精密如是也。「無私恩」以下皆係《傳》文。《集注》及定本皆無「箋云」二字，今據以訂正。思歸爲私恩，又申之云「無私恩，非孝子也」者，探下文「將父母」而言也。靡盬爲公義，又申之云「無公義，非忠臣也」者，正説使臣有功於王事，推文王之忠以爲忠。《鹿鳴》序「忠臣盡心」、《皇皇者華》傳「忠臣奉使，能光君命」，三言「忠臣」，其指一也。「君子不以私害公，不以家事辭王事」，以釋經「我心傷悲」句。言思歸而不歸，有此情思也。《序》所謂「有功而見知」也。此釋全章之總義。《韓詩外傳》云：「吾聞君子不以私害公。」哀三年《公羊傳》云：「不以家事辭王事。以王事辭家事，是上之行乎下也。」

四牡騑騑，嘽嘽駱馬。【傳】嘽嘽，喘息之貌。馬勞則喘息。白馬黑鬣曰駱。**豈不懷歸？王事靡盬，不遑啟處。**【傳】遑，暇；啟，跪；處，居也。臣受命，舍幣于禰乃行。【疏】「嘽嘽，喘息之皃」，「之」字疑衍。《釋文》作「喘息也」，「也」乃「皃」之誤。《六書故》「嘽」下引《傳》「喘息皃」。《説文》：「嘽，喘息也。《詩》曰：『嘽嘽駱馬。』」本《毛詩》。又「痑，馬病也」。《玉篇》：「痑，力怯也。」俱引《詩》曰：「痑痑駱馬。」本三家《詩》。單聲、多聲相近。《傳》既釋「嘽嘽」爲「喘息」，而又申之云「馬勞則喘息」者，知馬勞即知使臣勞也。「白馬黑鬣曰駱」，《爾雅·釋畜》文，《駉》同。《禮記·月令》：「仲秋，駕白駱。」《明堂位》：「夏后氏駱馬黑鬣。」駱色白，故謂之白駱。駱馬黑鬣，即白馬黑鬣也。駱馬全身白色，唯鬣黑耳。《爾雅》釋文：「鬣，髦也。舍人作『鬣』，衆家竝作『髦』。」《駉》正義云：「髦，即是鬣。皆謂馬之駿也。定本、《集注》『髦』字皆作『鬣』。」高注《淮南子·時則》篇云：「白馬黑毛曰駱。」「毛」與「髦」同也。《詩》釋文引樊光、孫炎所據《爾雅》作「白馬黑髦鬣尾也」。髦、鬣同義，寫者誤併耳。《説文》：「駱，馬白色，黑鬣尾也。」與樊、孫本合。《爾雅》釋文所引《説文》「鬣」作「毛」，又引《廣雅》「白馬朱鬣曰駱」，段注云：「『駱』當爲『駁』。」〇「遑，暇」，《殷其靁》同。遑，當作「皇」，下同。不皇，不暇也。「啟，跪」，《釋言》文。郭注云：「小跽。」「啟」與「跽」一聲之轉。「處」訓「居」，「居」當作「凥」。古謂之啟處，今謂之跪凥。《廣雅》：「启，跽也。」《説文注》云：「跽，俗字。今『蹲跽』古作『蹲居』，今『居處』古作『凥處』。」《説文》：「凥，處也。从尸得几而止。」隱几而坐曰跪凥。《傳》云「臣受命，舍幣于禰乃行」者，此言使臣自周道出使朝聘，亦釋全章總義也。《正義》云：「《聘禮》：『命使者，使者辭，君不許，乃退。厥明，賓朝服釋幣于禰。』注云：『告爲君使也。』又曰：『釋幣于行，遂受命乃行。』注引《曲禮》曰：『凡爲君使，已受命，君言不宿於家。』是臣出使，舍幣乃行之事也。引此者，證『不遑啟處』，言臣受命即行，是『不遑啟處』也。」

翩翩者鵻，載飛載下，集于苞栩。【傳】鵻，夫不也。**王事靡盬，不遑將父。**【傳】將，養也。【疏】《廣雅》云：「翩翩，飛也。」「鵻，夫不」，《釋鳥》文。《爾雅》本「鵻」下有「其」字，衍也。《方言》：「鳩，自關而東，周鄭之郊、韓魏之都謂之鵖鷎，其鴓鳩謂之鸊鷎。自關而西，秦、漢之閒謂之鶵鳩，其大者謂之鳻鳩。其小者謂之鴓鳩，或謂之鶟鳩，或謂之鷚鳩，或謂之鶻鳩。梁、宋之閒謂之鷦。」案「或謂之鶻鳩」五字，舊本當在「其大者謂之鳻鳩」之下。《廣雅》云：「鵖鷎，鳩也。鶻鵃，鳻鳩也。鴓鳩、鶟鳩、鸊鷎、鷚鳩，鶵鳩也。」「鳻」與「鳻」同。鵖鷎爲鳩之總名。鶻鳩即鳻鳩，謂鳩之大者。鴓鳩、鶟鳩、鸊鷎、鷚鶵、鶵鳩，謂鳩之小者。稚讓正本子雲也。《左傳》、《爾雅》疏引郭璞注云：「鶻鵃，舊説。」及《廣雅》云「斑鳩」，此其明證。然則子雲不以鵻爲鶻鳩也。《釋文》：「鵻，本又作『隹』。」《南有嘉魚》釋文同。《方言》作「鴀」同。郭注：「鴀，音浮。」「浮」即「夫不」合聲，或其鳥聲近之。故説鵻者每以鴀鳩當之矣。《説文》：「鵻，祝鳩。」昭十七年《左傳》：「祝鳩氏，司徒也。」杜注云：「祝鳩，鴀鳩。鴀鳩孝，故爲司徒，主教民。」樊光亦云：「孝，故爲司徒。」案詩言鵻集栩杞興養父母，故樊、杜以鵻鳩爲孝。或本三家説。「栩，杼」，詳《鴇羽》篇。○將，讀與「養」同。將父，養父也；將母，養母也。《桑柔》「天不我將」，《箋》云：「將，猶養也。」鄭以將、養不同義，故云「猶」。此東漢人訓例也。《廣雅·釋詁》云：「將，養也。」本此《傳》訓。

翩翩者鵻，載飛載止，集于苞杞。【傳】杞，枸檵也。**王事靡盬，不遑將母。**【疏】「杞，枸檵」，《釋木》文。《四月》同。郭注云：「今枸杞也。」《廣雅》：「[illegible]乳，苦杞也。地筋，枸杞也。」「[illegible]」與「枸」同。《本草注》掌禹錫引《義疏》云：「一名苦杞，一名地骨。春生，作羹茹微苦，其莖似莓子。秋熟，正赤，莖葉及子服之輕身益氣耳。」

駕彼四駱，載驟駸駸。【傳】駸駸，驟貌。**豈不懷歸？是用作歌，將母來諗。**【傳】諗，念也。父兼尊親之道，母至親而尊不至。【疏】四駱，四馬皆駱也。載，詞也。載驟，猶載馳。《説文》：「驟，馬疾步也。」「駸，馬行疾也。」《詩》曰：『載驟駸駸。』」「諗，念」，《釋言》文。諗，讀與「念」同。諗從念聲，念從今聲，古聲同也。來，語詞。「是用作歌，將母來諗」，言使臣念母，乃作歌以勞之。與首章「我心傷悲」同意。歌念母者，孝子於母情尤篤也，故《傳》又申之云：「父兼尊親之道，母至親而尊不至。」《陟岵》傳云：「父尚義，母尚恩。」

《皇皇者華》五章，章四句。

《皇皇者華》，君遣使臣也。送之以禮樂，言遠而有光華也。【疏】此遣使臣之詩。臣之功本君之教也，冢上篇而歸美於其君。

皇皇者華，于彼原隰。【傳】皇皇，猶煌煌也。高平曰原，下溼曰隰。忠臣奉使，能光君命，無遠無近，如華不以高下易其色。**駪駪征夫，每懷靡及。**【傳】駪駪，衆多之貌。征夫，行人也。每，雖；懷，和也。【疏】皇，古「煌」字，故《傳》云：「皇皇，猶煌煌也。」煌煌，華色明也。《説文》：「邍，廣平之野。」《韻會》本作「高平曰邍」。《周禮・大司徒》：「五曰邍隰。」邍，今通作「原」。《爾雅》：「大野曰平。廣平曰原。高平曰陸。」《傳》於《天保》云：「高平曰陸。」用《爾雅》文。此云「高平曰原」者，隰下溼，則原高平，爲對舉之稱也。昭元年《公羊傳》：「上平曰原，下平曰隰。」上平亦對下平而言。「下溼曰隰」，詳《車鄰》篇。《傳》意言「華不以高下易其色」，喻臣不以遠近失其名，此君遣之之詞，勉使臣不辱命也。在君謂之明，在臣則謂之忠。光者，遠而自他有耀者也。○《楚辭・招魂》注、《玉篇》、《廣韻》引《詩》皆作「侁侁」，云：「行聲也。」此三家義。《國語》引《詩》作「莘莘」，韋注：「莘莘，衆多也。」《説文》：「燊，盛皃。讀若《詩》曰『莘莘征夫』。」李注《文選・東都賦》、《魏都賦》皆引《傳》「莘莘，衆多也」，然則《毛詩》作「莘莘」矣。今作「駪駪」者，疑係後人所改。云「衆多之皃也」者，言從使臣者衆多，所謂卿行師從也。征，行也。征夫爲行人，是一時奉使之人，非專官也。《春秋經》有鄭行人良霄、衛行人石買、陳行人干徵師、我行人叔孫婼、宋行人樂祁犂、衛行人北宮結。《左傳》云：「書曰『行人』，言使人也。」哀十五年《傳》：「上介芋尹蓋對曰：『無禄，使人逢天之慼。今君命逆使人，曰：「無以尸造于門。」』」此「使人」指公孫貞子。《聘禮》「君與卿圖事，遂命使者」，鄭注云：「聘使卿。」案聘使卿一人，唯此一人稱使，其餘上介、衆介不稱使也。《傳》云「行人」，即《序》之使臣，當是一人。下文「每，雖；懷，和」自爲無及，亦謂使臣一人，非謂衆行人也。「每，雖」，《爾雅・釋訓》文。今本《爾雅》作「每有，雖也」，衍一「有」字。《莊子・庚桑楚》篇「每發而不當」，《釋文》引《爾雅》「每，雖也」，不誤。《玉篇》、《廣韻》皆云：「每，雖也。」《常棣》篇「每有良朋」，又云「雖有兄弟」，是「每有」即「雖有」也。彼《箋》云：「每有，雖也。」「有」亦衍字。懷、和雙聲得義。《國語・魯語》叔孫穆子引此詩而釋之，云懷和爲每懷。《國語》以「懷和」釋「懷」，毛《傳》以「和」釋「懷」，毛《傳》實本《國語》也。鄭《箋》改「和」爲「私」，《將仲子》及《烝民》箋皆同。蓋鄭誤也。《版》詩「懷德維寧」，《傳》亦云：「懷，和也。」改「和」爲「私」，豈「和德」亦作「私德」乎？且「雖和」若作「雖私」，理尤不可通。孔仲達疑「每，雖」後人所加，曲爲鄭諱。又據《晉語》姜氏引此詩以證「懷私」。不知姜語義取「征夫無及，不可懷安」，故復取西方書及《鄭詩》之言懷以戒重耳，與詩「每懷」本不干涉。首章《傳》言和，末章《傳》言中和，王肅云：「『雖有中和』者，即上『每雖懷和』也。」孫毓云：「毛《傳》上下説自相申成。『雖有中和』當自謂『無所及』，即是『每懷靡及』，『每，雖；懷，和』之義。」案王、孫申毛，得其恉矣。中謂禮，和謂樂。必達夫禮樂之原，乃能通中和之德。《傳》云「中和」與《序》言「禮樂」意正相合，言使臣雖有中和之德，猶自謂靡及，必將周咨之。《公羊傳》云：「及，猶汲汲也。」

我馬維駒，六轡如濡。載馳載驅，周爰咨諏。【傳】忠信爲周。訪問於善爲咨。咨事爲諏。

【疏】我，我使臣也。《釋文》：「駒，本作『驕』。」《株林》「乘我乘駒」，《釋文》作「乘驕」，引沈重云：「或作『駒』字，後人改之。《皇皇者華》篇内同。」是沈所據此篇作「驕」也。《説文》：「馬高六尺爲驕。从馬，喬聲。《詩》曰：『我馬維驕。』」許引《詩》可證。《箋》云：「如濡，言鮮澤也。」○《國語》：「忠信爲周。」襄四年《左傳》：「《皇皇者華》，君教使臣曰：『必咨於周。』臣聞之，訪問於善爲咨。」內、外《傳》義互明。《內傳》之所謂「善」，即《外傳》之所謂「忠信」也。訪問於善，此即必咨於周之義。《內傳》以咨列「五善」。數咨，即數周也。故《外傳》「六德」不數咨。內、外《傳》皆出左氏，非有異也。此毛氏兼用內、外《傳》說，周、咨竝舉。其實諏、謀、度、詢皆連咨言，皆是訪問於善。「咨」字一義，領下四事，意亦數周不數咨也，斯爲善承左氏之學矣。《說文》：「謀事曰咨。」「汎謀曰訪。」諮，俗字。「咨事爲諏」，《左傳》文。《國語》作「咨才爲諏」。案「才」即「事」之假借字。韋注云：「才，當爲『事』。」依《內傳》改《外傳》，非也。《晉語》：「文王諏於蔡原，而訪於辛尹。」韋注云：「諏、訪，皆謀也。」《爾雅》：「諏，謀也。」《說文》：「諏，聚謀也。」

我馬維騏，六轡如絲。【傳】言調忍也。**載馳載驅，周爰咨謀。**【傳】咨事之難易爲謀。【疏】《小戎》傳：「騏，綦文也。」《駉》傳：「蒼綦曰騏。」云「言調忍也」者，以釋「如絲」之義。忍爲彊忍，謂既調且忍也。高注《淮南》云：「如絲，言調勻也。」與下章「既均」同義。說或本三家。○《傳》云「咨事之難易爲謀」者，疑「易」字當衍。《左傳》：「咨難爲謀。」《國語》「咨事爲謀」，韋注云：「事，當爲『難』。」依《內傳》改也。《說文》云：「慮難曰謀。」桓六年《左傳》：「會于成，紀來諮謀齊難也。」諮謀，即咨謀。皆無「易」字可證。《淮南子·脩務》篇云：「是故田者不强，囷倉不盈；官御不厲，心意不精；將相不强，功烈不成；侯王懈惰，後世無名。《詩》云：『我馬維騏，六轡如絲。載馳載驅，周爰諮謨。』以言人之有所務也。」《墨子·尚同中》篇云：「夫唯能使人之耳目助己視聽，使人之吻助己言談，使人之心助己思慮，使人之股肱助己動作。助之視聽者衆，則其所聞見者遠矣。助之言談者衆，則其德音之所撫循者博矣。助之思慮者衆，則其謀度速得矣。助之動作者衆，即舉其事速成矣。」其下引：

「《詩》曰：『我馬維騏，六轡沃若。載馳載驅，周爰咨度。』又曰：『我馬維騏，六轡若絲。載馳載驅，周爰咨謀。』即此語古者國君諸侯之聞見，善與不善也，皆馳驅以告天子。」案謂以馳驅之獲告天子也。竝與《傳》「自謂無所及，成於六德」之義合。

我馬維駱，六轡沃若。載馳載驅，周爰咨度。【傳】咨禮義所宜爲度。【疏】白馬黑鬣曰駱。《傳》見上篇。若，猶然也。《氓》傳云：「沃若，猶沃沃然。」〇《傳》云「咨禮義所宜爲度」者，《左傳》：「咨禮爲度。」《國語》：「咨義爲度。」兼内、外《傳》作訓也。《爾雅》：「度，謀也。」《晉語》云：「度於閎夭。」

我馬維駰，六轡既均。【傳】陰白襍毛曰駰。均，調也。**載馳載驅，周爰咨詢。**【傳】親戚之謀爲詢。兼此五者，雖有中和，當自謂無所及，成於六德也。【疏】「陰白襍毛曰駰」，《爾雅·釋畜》文，《駉》同。《駉》正義云：「舍人曰：『今之泥驄也。』樊光曰：『駰者，目下白也。』孫炎曰：『陰，淺黑也。』郭璞曰：『陰，淺黑，今之泥驄。』或云目下白，或云白陰，皆非也。」璞以陰白之文與驪白、黄白、蒼白、彤白相類，故知陰是色名，非目下白與白陰也。」《説文》：「駰，馬陰白襍毛也。」宋本「也」作「黑」。段注云：「許蓋『襍毛』之下釋云：『陰，淺黑也。』如『虪』下『虎竊毛謂之虪苗。竊，淺也』正是一例。今本漏奪不可讀。」奂案陰之爲言幽也。《隰桑》傳：「幽，黑色也。」陰白襍毛謂黑。馬發白色而閒有襍毛是曰駰也。陰、幽雙聲，陰、駰亦雙聲。均，讀爲「匀」，故《傳》云：「均，調也。」〇《傳》云「親戚之謀爲詢」者，《左傳》、《國語》竝云：「咨親爲詢。」《爾雅》：「詢，謀也。」《晉語》云：「詢於八虞。」諏、謀、度、詢四事，析言之各有專義，渾言之則皆爲謀也。云「兼此五者，雖有中和，當自謂無所及，成於六德也」者，此冡上文「每懷靡及」句而總釋之也。陳啟源《稽古編》云：「《春秋》內、外傳説此詩有五善、六德，咨、諏、謀、度、詢爲五善，《内傳》本文自明。《外傳》六德，韋昭注於五善之外取周以備數，與毛《傳》不合。《外傳》云：『懷和爲每懷，咨才爲諏，咨事爲謀，咨義爲度，咨親爲詢，忠信爲周。君況使臣以大禮，重之以六德。』據此文義，則所謂『六德』即上六語是矣。忠信爲周，言咨於忠信之人，即《内傳》之『訪問於善爲咨』。周、咨一義，韋分兩德，誤也。懷和爲每懷，在五善之外，雖有中和，自謂無及，以備六德之一。與《外傳》正相符。穆叔以懷和爲一德，而康成破『和』爲『私』，懷私可謂德乎？又謂《傳》『中和』是釋『周』義，而指爲六德之一，誤又與韋等。」案陳説是也。《傳》列周、咨、諏、謀、度、詢凡六事，而云「兼此五者」，則合周、咨爲一矣。周、咨合一，諏、謀、度、詢各一，爲五善，從《内傳》説。以五善而加懷和，則謂之「六德」，從《外傳》説。

《常棣》八章，章四句。

《常棣》，燕兄弟也。閔管、蔡之失道，故作《常棣》焉。【疏】此詩在周公既誅管、蔡而作，以爲合九族之樂歌，《東山》「我心傷悲」之意也。

常棣之華，鄂不韡韡。【傳】興也。常棣，棣也。鄂，猶鄂鄂然，華外發也。韡韡，光明也。**凡今之人，莫如兄弟。**【傳】聞常棣之言，爲今也。【疏】《釋文》：「『常棣，棣也』，本或作『常棣，栘』。按《爾雅》云：『唐棣，栘。常棣，棣。』作『栘』者非。」案《釋文》所據《傳》本或作「常棣，栘」者是也。《爾雅》當作「常棣，栘」，正爲《傳》所本。《毛詩》「常棣之華」，《藝文類聚·木部》引三家《詩》作「夫栘之華」，《詩考》引《韓詩序》：「《夫栘》，燕兄弟也。閔管、蔡之失道也。」據此，則《毛詩》「常棣」，《韓詩》作「夫栘」，是常棣爲栘之確證。《説文》：

「栘，棠棣也。」「棠」乃「常」字之誤。許治《毛詩》，則毛《傳》之作「常棣，栘」，亦其明證矣。《詩》有唐棣、常棣二種，《爾雅·釋木》：「唐棣，棣。常棣，栘。」此釋《詩》也。《晨風》「山有苞棣」，棣，唐棣也。《何彼襛矣》「唐棣之華」，唐棣，棣也。《采薇》「維常之華」，常，常棣也。此篇「常棣之華」，常棣，栘也。毛《傳》皆本《爾雅》以釋《詩》，然則唐棣得專稱棣，而常棣一名栘，乃棣之屬。《七月》傳：「鬱，棣屬。」其即栘歟？唐棣，白棣也。常棣，赤棣也。辨見《何彼襛矣》篇。〇《文選》束晳《補亡詩》，注引《毛詩》作「萼」，《説文》引《詩》亦作「萼」。段注云：「字當作『咢』。萼，俗字也。今《詩》作『鄂』，亦非咢取、咢布之意。」《傳》云「鄂，猶鄂鄂然，華外發也」者，「華」字各本作「言」字，誤。《正義》謂華聚而發於外也。又以華之外發，取衆多爲義。《釋文》：「華外發鄂鄂然也。」是其證。《説文·𠌶部》：「𩏝，盛也。」《玉篇》：「𩏝，盛皃。」隸變作「韡」。《傳》訓「韡韡」爲「光明」，《藝文類聚》引三家《詩》作「煒煒」。不，語詞。《正義》引王肅云：「不韡韡，言韡韡也。以興兄弟能内睦外禦，則彊盛而有光耀，若常棣之華發也。」杜預《左傳注》云：「鄂鄂然華外發。不韡韡，言韡韡，以喻兄弟和睦，則彊盛而有光輝韡韡然。」王、杜皆足以申明《傳》義。王云「華發」，杜云「華外發」，尤足以訂今本《傳》文之誤。〇《傳》云「聞常棣之言，爲今也」者，以釋經之「今」字。常棣之言，即《常棣》之詩也。周公弔二叔之不咸，以作此詩，則二叔不咸爲古，而周公作詩爲今也。召穆公思周德之不類，以歌此詩，則周公作詩爲古，而召公歌詩爲今也。所謂「作樂爲後世法」也。

死喪之威，兄弟孔懷。【傳】威，畏；懷，思也。原隰裒矣，兄弟求矣。【傳】裒，聚也。求矣，言求兄弟也。【疏】「威，畏」，《巧言》同。《列女傳》續篇：「君子謂聶政姊仁而有勇，不怯死以滅名。《詩》云：『死喪之威，兄弟孔懷。』言死可畏之事，唯兄弟甚相懷。」劉子政亦釋「威」爲「畏」也。「懷」訓「思」，《箋》云：「死喪，可畏怖之事。維兄弟之親，甚相思念。」鄭用三家義，以申《傳》訓。〇「裒，聚」，《般》、《殷武》同。《説文繫傳》及《玉篇》引《詩》「原隰捊矣」，云：「捊，聚也。」《大雅》釋文引《釋詁》：「捊，聚也。」「裒」即「捊」之俗。案此興也。原隰相聚，高下得其宜，以喻兄弟共處，長幼得其序。《傳》文「求矣」上奪「兄弟」二字，當補。經言「兄弟求」，《傳》云「求兄弟」，謂思求兄弟，以相救於急難也。

脊令在原，兄弟急難。【傳】脊令，雝渠也。飛則鳴，行則搖，不能自舍耳。急難，言兄弟之相救於急難。**每有良朋，況也永嘆。**【傳】況，茲；永，長也。【疏】《釋文》：「脊，亦作『即』。」「即令，雝渠」，《爾雅・釋鳥》文。俗作「鶺鴒」。《説文》：「雝，石鳥，一名雝渠，一曰精列。」「精列」即「脊令」之轉，一物而四名。《正義》引《義疏》云：「脊令，大如鷃雀，長腳，長尾，尖喙，背上青灰色，腹下白，頸下黑如連錢，故杜陽人謂之連錢是也。」《小宛》篇「題彼脊令，載飛載鳴」，《傳》：「脊令不能自舍，君子有取節爾。」案兩《傳》竝以不能自舍爲喻。飛鳴行搖，即其不能自舍也。脊令喻兄弟。脊令言飛行不舍兄弟，急難言兄弟之相救於急難，皆是申明經義。《傳》文「急難」上奪「兄弟」二字，當補。昭七年《左傳》：「晉大夫言於范獻子曰：『衛事晉爲睦，晉不禮焉。庇其賊人，而取其地，故諸侯貳。《詩》曰：「即令在原，兄弟急難。」又曰：「死喪之威，兄弟孔懷。」兄弟之不睦，於是乎不弔。況遠人，誰敢歸之？』」《左》引《詩》以明「急難」即上章之「死喪」，「兄弟急難」即上章死喪而懷思兄弟。毛義亦然也。〇《皇皇者華》傳：「每，雖也。」況，《釋文》：「本或作『兄』。」與《桑柔》、《召旻》同。兄、況古今字，古作「兄」，今通作「況」。《晉語》：「衆況厚之。」又「況固其謀也」。字皆作「況」。韋注云：「況，益也。」《書・無逸》：「則皇自敬德。」漢石經殘碑作「則兄自敬德」，王肅本作「況」，注云：「況滋益用敬德。」訓「況」爲「益」，與《詩傳》訓「兄」爲「茲」，其義一也。茲、滋亦古今字。古作「茲」，今通作「滋」。《説文》：「茲，艸木多益也。」「滋，益也。」《詩傳》訓「兄」爲「茲」，「茲」與「滋」同。言雖有良朋，徒滋其永嘆而已。「永」訓「長」。嘆，《釋文》作「歎」。長歎朋友之不如兄弟相救於急難，與下章「烝也無戎」同義。蓋兄弟之情親，而朋友之道疏，義不存乎相救急。《孟子》曰：「越人關弓而射之，則己談笑而道之。無它，疏之也。其兄關弓而射之，則己垂涕泣而道之。無它，戚之也。」語意相同。

兄弟鬩于牆，外御其務。【傳】鬩，很也。御，禦；務，侮也。兄弟雖內鬩，而外禦侮也。**每有良朋，烝也無戎。**【傳】烝，填；戎，相也。【疏】《爾雅》：「鬩，恨也。」孫炎本作「很」。韋注《國語》：「鬩，很也。」《孟子·離婁》篇：「好勇鬩很，以危父母。」此鬩、很同義之證。《說文》：「鬩，恒訟也。《詩》曰：『兄弟鬩于牆。』从門、兒。」「兒，善訟者也。」「訟，争也。」杜注《左傳》：「鬩，訟争貌。」竝與「很」義近。「御，禦」以下十五字，各本作《箋》。《小箋》云：「作《正義》時未誤，今訂正。」《正義》云：「定本經『御』作『禦』，訓爲『禁』。《集注》亦然。俗本以《傳》『禦』爲『御』。」案《正義》禦、御二字互誤。俗本經作「御」，《傳》作「禦」，當是古本《傳》文如是。「御，禦」，《邶·谷風》同。《詩》作「御」，內、外《傳》引《詩》皆作「禦」，故以「禦」釋「御」也。韋昭、杜預注：「禦，禁也。」後人因改此經、《傳》作「禦，禁」耳。「務，侮」，《爾雅·釋言》文。《詩》作「務」，內、外《傳》引《詩》皆作「侮」。「侮」爲本字，「務」爲假借字，故《傳》以「侮」釋「務」也。《周語》：「富辰曰：『古人有言曰：「兄弟讒鬩，侮人百里。」周文公之《詩》曰：「兄弟鬩于牆，外禦其侮。」若是，則鬩乃內侮，而雖鬩，不敗親也。』」僖二十四年《左傳》引：「《詩》曰：『兄弟鬩于牆，外禦其侮。』如是，則兄弟雖有小忿，不廢懿親。」鬩牆爲小忿，外禦侮爲不廢親。此《傳》所本也。又昭元年《傳》：「子皮賦《野有死麕》之卒章，趙孟賦《常棣》，且曰：『吾兄弟比以安，尨也可使無吠。』」亦義取「外禦侮」之意。《大雅·緜》亦作「禦侮」。○「烝」訓「填」，《桑柔》、《瞻卬》傳：「填，久也。」《爾雅》：「烝，塵也。塵，久也。」古填、塵聲同。烝謂之填，填謂之久；烝謂之塵，塵謂之久，其義相因也。「戎，相」，《釋言》文。相，助也。

喪亂既平，既安且寧。雖有兄弟，不如友生。【傳】兄弟尚恩熙熙然，朋友以義切切節節然。

【疏】《正義》云：「兄弟之多則尚恩，其聚集則熙熙然。朋友之交則以義，其聚集切切節節然。切切節節者，相切磋勉勵之貌。《論語》云：『朋友切切偲偲，兄弟怡怡。』注云：『切切，勸競貌。怡怡，謙順貌。』此『熙熙』當彼『怡怡』，『節節』當彼『偲偲』也。定本『熙熙』作『怡怡』，『節節』作『偲偲』。依《論語》，則俗本誤。」然則《正義》本當作「兄弟尚恩熙熙然，朋友以義切切節節然」十六字。《伐木》正義亦云：「朋友切切節節。」《釋文》云：「『切切然』，一本作『切切偲偲然』。今各本依定本作『怡怡然』，不作『熙熙然』」。」依《釋文》本作「切切然」，不作「切切節節然」，皆是後人改竄。《大戴禮·立事》篇：「兄弟憘憘，朋友切切。」文又不同。○案上三章曰「死喪」、曰「急難」、曰「外務」，朋友不如兄弟。此章言喪亂既平之後，兄弟不如朋友者，愈以見兄弟之當親。「喪亂既平，既安且寧」，即行燕兄弟内相親之禮，以下三章皆是也。弟五章爲承上起下之詞。

儐爾籩豆，飲酒之飫。【傳】儐，陳；飫，私也。不脱屨升堂謂之飫。**兄弟既具，和樂且孺。**【傳】九族會曰和。孺，屬也。王與親戚燕，則尚毛。【疏】儐、陳疊韻爲訓。陳，讀如《禮》「皆南陳」之「陳」。陳，古「敶」字。「飫，私」，《爾雅·釋言》文。《湛露》「厭厭夜飲」，《傳》：「夜飲，燕私也。宗子將有事，則族人皆侍。」《楚茨》「諸父兄弟，備言燕私」，《傳》：「燕而盡其私恩。」此即「私」字之義。「不脱屨升堂謂之飫」，《傳》既本《爾雅》釋「飫」爲「私」，而又申明其爲燕私也。《傳》「不」字必「下」字之誤。《燕禮》：「賓北面取俎以出。膳宰徹公俎，降自阼階以東。卿大夫皆降，東面北上。賓反入，及卿大夫皆説屨，升，就席。公以賓及卿大夫皆坐，乃安。」此即《禮記·鄉飲酒義》篇「降説屨，升坐」之義也。鄭注云：「凡燕坐必説屨。屨賤，不在堂也。」《少儀》：「凡祭於室中、堂上，無跣。燕則有之。」注云：「祭不跣者，主敬也。燕則有跣，爲歡也。將燕，降説屨，乃升堂。」毛《傳》「下脱屨升堂」即「降説屨升坐」。《草蟲》傳：「降，下也。」然則《傳》文作「下脱屨」甚顯白矣。《毛詩》作「飫」，張載注《魏都賦》引《韓詩》作「醧」。徐堅《初學記・器物部》：「《韓詩》説：『夫飲之酒，❶不脱屨而即席者，❷謂之禮。跣而上坐者，謂之宴。能飲者飲之，不能飲者已，謂之醧。齊顏色，均衆寡，謂之沈。閉門不出客，謂之湎。君子可以宴，可以醧，不可以沈，不可以湎。』」《御覽・飲食部三》引同。又李善注《東都賦》引《薛君章句》：「飲酒之禮，下跣而上坐者，謂之宴。」李所據「跣」上有「下」字。《韓詩》云「下跣而上坐」，即《毛詩》之「下脱屨升堂」也。《衆經音義》卷一及《文選・南都賦》注引賈逵《國語注》：「下脱屨升堂謂之宴。」賈正合毛、韓爲一義，今「下」亦誤作「不」耳。是詩爲燕兄弟之樂歌，則所謂飲酒者，燕禮也。同姓在焉，異姓則否。坐而飲，夜而飲，不醉無歸，燕私之禮也。《説文・食部》：「餀，燕食也。《詩》曰：『飲酒之餀。』」本《毛詩》也。今字通作「飫」。《酉部》：「醧，宴私之飲也。」本《韓詩》也。宴私，即燕私。飫、醧雙聲，字異而義同。《國語・魯語》：「繹不盡飫則退。」舊説云：「飫，宴安私飲也。」《魯語》亦作「飫」，與《毛詩》字義正合。鄭《箋》不用《魯語》之「飫」以申「飫私」之訓，而用《周語》立成之飫爲説，誤解經之「飫」字，并誤解《爾雅》、毛《傳》釋「飫」爲「私」之義。《正義》從鄭申毛，是不可以不辨。○具，俱也。兄弟既具，言已俱在也。「和樂」與下章「和樂」不同義。此「和」讀「民大和會」之「和」，《傳》以九族會爲和，即本《左傳》「召穆公合九族於成周而作詩」以爲説也。

❶「酒」，《清經解續編》本同。古香齋《初學記・服食部・酒十一》作「禮」。

❷「席」，《清經解續編》本同。古香齋《初學記・服食部・酒十一》作「序」，《禮部下・饗讌五》作「席」。

《箋》云：「九族，從己上至高祖下至玄孫之親也。」鄭言九族，《葛藟》、《行葦》序箋同。《禮記·喪服小記》篇：「親親，以三爲五，以五爲九，上殺，下殺，旁殺，而親畢矣。」鄭注云：「己，上親父，下親子，三也。以父親祖，以子親孫，五也。以祖親高祖，以孫親玄孫，九也。殺，謂親益疏者，服之則輕。」案殺之爲言猶治也。上殺五，則爲己、父、祖、曾、高。下殺五，則爲己、子、孫、曾、玄。二五一己，合之則成九族也。九族者，旁殺之義也。旁殺之義，詳於《釋親》矣。其曰「父之昆弟，爲世父、叔父」者，祖之子也。由己而父而旁殺之也。曰「父之從父昆弟爲從祖父」者，曾祖之孫也。由己而父而祖而旁殺之也。曰「父之從祖昆弟爲族父」者，高祖之曾孫也。由己而父而祖而曾祖而旁殺之，所謂「四世而緦」也。曰「族父之子相謂爲族昆弟」，與己同出於高祖，由父之從祖昆弟而下殺之而旁殺之，所謂「五世祖免」也。曰「族昆弟之子相謂爲親同姓」，與己同出於高祖之父，由父之從祖昆弟之子而下殺之而旁殺之，所謂「六世親屬竭」也。然則父之昆弟、父之從父昆弟，有殺義而無族名。族之名，成於四世矣。九族之義，成於五世矣。五世而外，絶族而稱姓，所謂「姓別於上，而戚單於下」也。古者立宗收族，數世以降，子姓衆庶，于是君有合族之道，與燕飲于宗室。己而上，有父之昆弟焉，有祖之昆弟焉，有曾、高之昆弟焉。己而下，有子之昆弟焉，有孫之昆弟焉，有曾、玄之昆弟焉。所謂「旁治昆弟，合族以食」也，所謂「序之以昭穆，而人道竭」也，所謂「群居和壹之理盡」也。「九族會曰和」，此其義也。「孺，屬」，《釋言》文。《管子·形勢解》：「和子孫，屬親戚。」即其義也。《傳》既釋「孺」爲「屬」，而又明「屬」之義云「王與親戚燕，則尚毛」者，親戚，謂兄弟也。《禮記·中庸》云：「燕毛，所以序齒也。」《周禮·司儀》云：「王燕，則諸侯毛。」又《齊語》云：「班次顛毛，以爲民紀統。」

妻子好合，如鼓瑟琴。兄弟既翕，和樂且湛。【傳】翕，合也。【疏】「翕，合」，《釋詁》文。《大東》、

《般》同。《夏小正傳》亦云：「翕也者，合也。」《方言》：「翕，聚也。」「合」與「聚」義相近。《釋文》：「湛，又作『耽』。」引《韓詩》云：「耽，樂之甚也。」

宜爾家室，樂爾妻帑。【傳】帑，子也。是究是圖，亶其然乎？【傳】究，深；圖，謀；亶，信也。

【疏】家室，唐石經作「室家」。帑者，「奴」之假借。鄭注《中庸》云：「古者謂子孫曰帑。」《正義》云：「上云『妻子好合』，子即帑也。《左傳》曰『秦伯歸其帑』，《書》曰『予則帑戮汝』，皆是子也。」然則此章「宜爾室家，樂爾妻帑」，即上章「妻子好合，如鼓瑟琴」之意。爾，爾兄弟也。由燕兄弟，而推及兄弟之室家妻子，至於室家宜、妻子樂，則合族之道盡矣。《思齊》云：「刑于寡妻，至于兄弟，以御于家邦。」文王之詩也。《四牡》傳：「周公作樂，以歌文王之道，爲後世法。」○《鴻雁》傳：「究，窮也。」「深」與「窮」義相近。「圖，謀；亶，信」，皆《釋詁》文。然，猶是也。於是而深謀之，古人於兄弟之道信如是乎？

《伐木》三章，章十二句。【疏】今訂正，辨見下。

《伐木》，燕朋友故舊也。自天子至于庶人，未有不須友以成者。親親以睦，友賢不棄，不遺故舊，則民德歸厚矣。【疏】李賢注《後漢書·朱穆傳》引蔡邕《正交論》：「周德始衰，《伐木》有『鳥鳴』之刺。」《風俗通義·窮通》篇同。是《魯詩》説以《伐木》爲刺詩也。李善注《文選》謝混《遊西池詩》引《韓詩》：「《伐木》廢，朋友之道缺。勞者歌其事，詩人伐木，自苦其事，故以爲文。」又注潘岳《閒居賦》以「勞者歌其事」爲《韓詩序》。《初學記·樂上》及《御覽·樂十一》引《韓詩》：「飢者歌食，勞者歌事。」其詳略不同，而韓與毛義相近。

伐木丁丁，【傳】興也。丁丁，伐木聲也。**鳥鳴嚶嚶。出自幽谷，遷于喬木。嚶其鳴矣，求其友聲。**【傳】嚶嚶，驚懼也。幽，深；喬，高也。君子雖遷於高位，不可以忘其朋友。**相彼鳥矣，猶求友聲。矧伊人矣，不求友生。**【傳】矧，況也。**神之聽之，終和且平。**【疏】「伐木丁丁」，一興也。「鳥鳴嚶嚶」以下，又一興也。鳥遷喬木，而不忘幽谷之鳥，以興君子居高位，而不忘下位之朋友。伐木者，取「須友以成」之義，故二章、三章亦以伐木爲興。《廣韻》：「朾，伐木聲。」「丁」同「朾」。〇「嚶嚶，驚懼」，《傳》言鳥驚懼而作其聲嚶嚶然。嚶實鳥鳴之聲，故下文「嚶其鳴矣」，不謂驚懼也。《箋》云：「丁丁，相切直也。嚶嚶，兩鳥聲也。」《爾雅·釋訓》：「丁丁，相切直也。」《釋詁》：「嚶嚶，音聲和也。」《文選·東京賦》、《笙賦》注作「嚶嚶」，今本《爾雅》誤作「噰噰」。「丁丁」下又誤衍「嚶嚶」二字。鄭《箋》非原本，轉寫者依誤本《爾雅》改之也。毛以「鳥鳴嚶嚶」連下讀，鄭以「丁丁」、「嚶嚶」連言，非毛義。「幽，深」，《釋言》文。《孟子·滕文公》篇：「吾聞『出于幽谷，遷于喬木』者，未聞下喬木而入于幽谷者。」趙注以幽谷爲深谷。「喬，高」，《釋詁》文，《時邁》同。《傳》云「君子雖遷於高位」釋「遷于喬木」句，「不可以忘其朋友」釋「求其友聲」句。經言喻義，《傳》則言其正義也。《文選》張華詩「屬耳聽鸎鳴」，李注引《詩》：「鸎其鳴矣。」《玉篇》：「鸎，黄鳥也。」引《詩》亦作「鸎」。唐人用「鸎出谷」命題，蓋本諸此。桐城徐璈以爲三家舊義。❶《文選》禰衡《鸚鵡賦》、顏延之《讌曲水詩》注引《韓詩章句》云：「鳥，微物也。」〇「矧，況」，《釋言》文。《賓之初筵》、《抑》箋竝云：「矧，況也。」「況」即《常棣》、《召旻》、《桑柔》之「兄」字。兄，茲也。《説

❶「徐」，原作「張」，據中國書店影印武林愛日軒刻本、徐子静本改。

文》：「矤，況詞也。」段注云：「況，當作『兄』。『兄詞』者，增益之詞。其意爲益，其言爲矤。俗作『矧』。」伊，猶是也。伊人，是人也。終，猶既也。言求友情切，懇誠發乎中，則神明聽之，既和且平也。與「神之聽之，式穀以女」、「神之聽之，介爾景福」辭意略同。此詩曰「終和且平」，《那》曰「既和且平」，是「終」與「既」同也。

伐木許許，釃酒有藇。【傳】許許，柹貌。以筐曰釃，以藪曰湑。藇，美貌。**既有肥羜，以速諸父。**【傳】羜，未成羊也。天子謂同姓諸侯、諸侯謂同姓大夫皆曰父，異姓則稱舅。國君友其賢臣，大夫、士友其宗族之仁者。**寧適不來，微我弗顧。**【傳】微，無也。**於粲洒埽，陳饋八簋。**【傳】粲，鮮明貌。圓曰簋。天子八簋。**既有肥牡，以速諸舅。寧適不來，微我有咎。**【傳】咎，過也。【疏】許許，《後漢書·朱穆傳》及《家訓·書證》篇、《初學記·器物部》作「滸滸」，《説文》作「所所」，云：「伐木聲。」所，本字。許、滸皆假借字。《傳》云「柹皃」，「柹」即「柨」之隸變。《廣韻》云：「柨，斫木札也。」《衆經音義》卷十八云：「江南名柨，中國曰札，山東名朴豆。」引《説文》：「柨，削木朴也。」「朴，木皮也。」木皮謂之朴。削木皮謂之札，又謂之柨。今江蘇人謂所斫木皮曰木柨，讀如「肺肝」之「肺」，即玄應所云「江南名柨」也。柨，蒲貝反。○《六書故》「湑」下、「灑」下兩引《傳》「以匡曰釃」，「匡」與「筐」通。《説文》：「釃，下酒也。」凡作酒者，以筐漉酒，是謂之釃。下，猶漉也。又《説文》：「簏，竹器也，可以取麤去細。」釃、簏聲義皆同。經言釃，《傳》必兼云「以藪曰湑」者，蓋探下章「有酒湑我」作訓也。下章《傳》：「湑，茜之也。」茜之，謂以藪漉之，是謂之湑也。藪者，「籔」之誤。《詩異義》云：「段氏《説文注》曰：『筐者，盛飯之器，較細。籔者，滰淅之器，較麤。』籔，今人謂之溲箕，皆可以漉酒。『籔』誤作『藪』。《正義》云『草』，甚謬，未聞草可名藪，草可漉酒也。縮酒用茅，其事非漉酒也。」《初學記·器物部》引

《傳》：「藇，美也。」奂疑今本作「皃」乃「也」字之誤，《釋文》亦作「也」字。「藇，音敘」，謂次敘之美也。《玉篇》：「藇，酒之美也。」引《詩》作「藇」，亦作「䣸」。《説文》無「藇」、「䣸」字。○《爾雅·釋畜》：「未成羊，羜。」《傳》所本也。《説文》：「羜，五月生羔也。」云「天子謂諸侯同姓稱父，異姓稱舅」者，《覲禮》：「同姓大國則曰伯父，其異姓則曰伯舅。同姓小邦則曰叔父，其異姓則曰叔舅。」此大邦稱伯，小邦稱叔。《曲禮》：「五官之長曰伯，天子同姓，謂之伯父；異姓，謂之伯舅。九州之長，天子同姓，謂之叔父；異姓，謂之叔舅。」此二伯較大於方伯，故二伯稱伯，方伯稱叔。毛《傳》不言伯叔，則渾言稱父稱舅耳。其云「諸侯謂大夫同姓稱父，異姓稱舅」者，《正義》引：「莊十四年《左傳》鄭厲公稱原繁伯父。又隱五年《傳》隱公稱臧僖伯叔父，服、杜注云：『諸侯稱同姓大夫，長曰伯父，少曰叔父。』《禮記·祭統》衛孔悝鼎銘『公曰叔舅』，其稱伯舅，未聞也。」案此《傳》釋「諸父」兼釋「諸舅」，國君，統天子、諸侯言。詩詠天子燕耳，諸侯已連而及之，而并下及大夫、士者，此即《序》所云「自天子至庶人，皆須友以成」之義也。寧，猶胡也。胡，何也。適，之也。何之不來，言必來也。《式微》傳：「微，無也。」「式微」之「微」訓「無」，「無」與「有」對文。「微我」之「微」訓「無」，「無」與「勿」同義。二《傳》訓同意别。無我弗顧者，勿弗顧我也。無我有咎者，勿有咎我也。皆幸其來之之詞。我，王自謂我也。通章七「我」字同。○《釋文》云：「於，如字。」《箋》、《疏》竝同。「音烏」，作歎詞者，非也。《桑中》傳：「爰，於也。」「於」與「爰」皆發聲。《傳》云「粲，鮮明皃」，「皃」當作「也」。此言洒埽之鮮明，非形容洒埽也。《釋文》作「鮮明也」，不誤。鮮明，猶言清浄也。《説文》：「簋，黍稷方器也。」「簠，黍稷圜器也。」《周禮·舍人》注云：「方曰簠，圜曰簋。」所傳聞異也。《傳》云「圓曰簋」，與鄭合，而與許不同。或疑《傳》依《周禮注》增入，《釋文》、《正義》皆無此三字。「天子八簋」，據詩爲天子之燕而言也。《聘禮》：「堂上八簋。」《公食大夫禮》：「上大夫八簋。」是諸侯燕群臣及他國之使臣皆八簋。天子之燕與侯國同也。《明堂位》云：「周之八簋。」簋盛黍稷。八數者，周之制。《膳夫》「凡王之饋」，❶鄭注云：「進物於尊者曰饋。」《爾雅》：「咎，病也。」「過」與「病」義相近。

伐木于阪，釃酒有衍。【傳】衍，美貌。**籩豆有踐，兄弟無遠。民之失德，乾餱以愆。**【傳】餱，食也。**有酒湑我，無酒酤我。**【傳】湑，莤之也。酤，一宿酒也。**坎坎鼓我，蹲蹲舞我。**【傳】蹲蹲，舞貌。**迨我暇矣，飲此湑矣。**【疏】《車鄰》傳云：「陂者曰阪。」「衍，美皃」，衍謂多溢之美也。「皃」亦當作「也」，字之誤。○《伐柯》傳：「踐，陳列皃。」《箋》因上章速諸父、諸舅，故兄弟兼異姓言。案鄭説非也。《周禮》周之宗盟，異姓爲後，故《詩》言燕飲，召族人飲酒之禮，諸舅乃兼及之耳。下文云「有酒湑我，無酒酤我」，《箋》：「族人陳王之恩。」鄭亦以酒爲族人設矣。同姓之臣，親爲兄弟，則誼爲朋友。上章《傳》「國君友其賢臣，大夫、士友其宗族之仁者」，是宗族亦有朋友也。《沔水》傳：「兄弟，同姓臣也。」《葛藟》刺桓王棄九族，其詩曰「終遠兄弟」；《頍弁》刺幽王不親九族，其詩曰「兄弟匪他」、「兄弟具來」；《角弓》刺幽王不親九族，其詩曰「此令兄弟」、「不令兄弟」；《行葦》内睦九族，其詩曰「戚戚兄弟，莫遠具爾」，皆謂兄弟爲九族之親，不爲異姓矣。「餱，食」，《爾雅·釋言》文。《説文》：「餱，乾食也。」依「乾餱」言，故云「乾食」爲餱，其實餱即食耳。愆，過也。《漢書·宣帝紀》：「詔曰：『夫婚姻之禮，人倫之大者也。酒食之會，所以行禮樂也。今郡國二千石，或擅爲苛禁，禁民嫁娶不得具酒食相賀召，由是廢鄉黨之禮，令民亡所樂，非所以導民也。《詩》不云乎？「民之失德，乾餱以愆。」』」又《薛宣傳》：

❶「夫」，原作「人」，據阮刻《周禮注疏》改。

「鄉黨闕於嘉賓之懽，九族忘其親親之恩。飲食周急之厚彌衰，送往勞來之禮不行。夫人道不通，則陰陽否鬲，和氣不興，未必不由此也。」其下亦引此詩。顔注云：「言無恩德，不相飲食，則闕乾餱之事爲過惡也。」○《傳》云「湑，茜之也」者，《釋文》：「茜，所六反。」《天官・甸師》：「祭祀，共蕭茅。」鄭大夫注云：「蕭，字或爲『茜』。茜，讀爲縮。束茅立之祭前，沃酒其上，酒滲下去，若神飲之，故謂之縮。縮，浚也。故齊桓公責楚不貢包茅，王祭不共，無以縮酒。」《説文》「茜」下引《春秋傳》作「無以茜酒」。古茜、縮聲同。茜酒者，自泲酒於茅上，非謂茜爲茅也。毛《傳》訓「湑」爲「茜」，與鄭大夫訓「縮」爲「浚」意同。《箋》：「王有酒則泲茜之。」《鳧鷖》箋：「湑，酒之泲者也。」《甸師》注：「縮酒，泲酒也。」鄭不誤。《釋文》、《正義》竝以茜爲蕭茅，大誤。云「酤，一宿酒也」者，《説文》：「酤，一宿酒也。」「醴，酒一宿孰也。」此詩以湑、酤對文，猶《行葦》篇以酒、醴對文。《韓詩》謂醴爲有汁滓者，酤與醴一酒也。然則有汁滓者謂之酤，滲去其汁滓者謂之湑。一宿，言易孰耳。徐鍇以今之雞鳴酒當之，非也。「有酒湑我，無酒酤我」，此倒句也。我有酒則湑之，我無酒則酤之。言有酒，用其滲去汁滓之酒；無酒，則用有汁滓者也。汁滓之酒，禮非常設，故下文但云「飲此湑矣」，不更及酤也。《箋》：「酤，買也。」《説文》：「一曰：酤，買酒也。」《漢書・食貨志》魯匡釋《詩》「有酒酤我」，亦訓爲「買酒」，俱本三家《詩》義。○坎坎者，「竷竷」之假借。《釋文》引《説文》作「竷」，云：「舞曲也。」今本《説文》作：「竷，繇也，舞也。樂有章，从章，从夅，从夊。《詩》曰：『竷竷舞我。』」許合下句而言，猶「東方昌矣」、「犬夷呬矣」之例。黄公紹《韻會》引《繫傳》本作「竷竷鼓我」，或「鼓」字據今本改之也。蹲，當作「壿」，《釋文》：「本或作『壿』。」《説文・士部》：「壿，舞也。《詩》曰：『壿壿舞我。』」《爾雅》：「坎坎、壿壿，喜也。」其字皆作「壿」可證。案上句言鼓，下句言舞，舞與鼓相應也，故許以「舞」詁「壿壿」，亦詁「竷竷」，其意實同。「坎坎鼓我，壿壿舞我」，言我爲之擊鼓則坎坎然，我爲之興舞則壿壿然，亦倒句也。○案此詩分章，各本皆誤。《正義》標起止亦誤。胡承珙《後箋》云：「凡《傳》、《箋》下《疏》語統釋一章者，例置每章之末。今總十二句爲一疏，作三次申述。又《序》下疏指『伐木許許』爲二章上二句，『伐木于阪』爲卒章上二句。又指諸父、諸舅爲二章，『兄弟無遠』爲卒章，是《正義》本自作三章，章十二句。各本作六章章六句者，阮氏《校勘記》以爲其誤始於唐石經合併經注，正義時又誤改標起止耳。今據以訂正。凡毛、鄭分章異同，《關雎》、《思齊》、《行葦》、《閟宮》『故言』、『舊説』，必箸明之。此不言異同，毛、鄭分章皆如是也。」

《天保》六章，章六句。

《天保》，下報上也。君能下下以成其政，臣能歸美以報其上焉。【疏】此臣下報君上之詩，所以荅前篇《伐木》之意也。

天保定爾，亦孔之固。【傳】固，堅也。**俾爾單厚，何福不除？**【傳】俾，使；單，信也。或曰：單，厚也。除，開也。**俾爾多益，以莫不庶。**【傳】庶，衆也。【疏】保，安也。定，止也。爾，爾君上也。《爾雅》：「堅，固也。」堅爲固，固亦爲堅，轉相訓也。此皆臣下歸美君上，以推本於天之所命，則通篇十「爾」字皆指君上也。《韓詩外傳》云：「言天之所以仁、義、禮、智保定人之甚固也。」《韓詩》泛言人，與毛異。○「俾，使」，《緑衣》、《蕩》同。古祇作「卑」，下同。「單」有「信」、「厚」兩訓，皆「亶」之假借也。《桑柔》正義及《潛夫論·慎微》篇引《詩》作「亶」。《爾雅》：「亶，信也。亶，厚也。」《傳》據《爾雅》「亶」作兩訓。信厚者，言信乎有厚也。「單，厚」者，單亦厚也。「單厚」與下文「多益」皆合二字成義，謂受福之厚益。「除」

訓「開」，《爾雅》：「開，闢也。」「闢」與「除」亦轉相訓。「庶，衆」，《爾雅・釋詁》文。《傳》爲全《詩》通訓也。以，發聲。「以莫不庶」，莫不庶也。「以莫不興」，莫不興也。「以莫不增」，莫不增也。凡全《詩》多用「以」字爲發聲，例此。

天保定爾，俾爾戩穀。罄無不宜，受天百禄。【傳】戩，福；穀，禄；罄，盡也。**降爾遐福，維日不足。**【疏】「戩，福」，《釋詁》文。戩，古讀如晉。《易・晉》：「九三，晉如，愁如，貞吉。受兹介福，于其王母。」是「晉」有「進福」之義。今國朝稱王妻曰「福晉」，位在夫人之上，此古遺語與？「穀，禄」，《釋言》文。穀、禄疊韻。「罄，盡」，《釋詁》文。罄之爲言竟也，與《蓼莪》訓同義别。

天保定爾，以莫不興。如山如阜，如岡如陵。【傳】言廣厚也。高平曰陸，大陸曰阜，大阜曰陵。**如川之方至，以莫不增。**【疏】興，讀《中庸》「寶藏興焉」之「興」。山、阜、岡、陵喻福禄之廣厚，山、岡一類也，阜、陵一類也。「高平曰陸，大陸曰阜，大阜曰陵」，皆《爾雅・釋地》文。《傳》釋「阜」、「陵」而必兼引「高平曰陸」者，以明阜、陵亦地之高平者也。李巡注云：「高平，謂土地豐正名爲陸，土地獨高大名曰阜，最大名爲陵。」《説文》：「陸，高平地。」「自，大陸山無石者。」今通作「阜」。《北堂書鈔・地部一》引《韓詩》云：「積土高大曰阜。」《説文》：「陵，大自也。」《文選・長楊賦》注引《韓詩》云：「四平曰陵。」《廣雅》：「四隤曰陵。」隤，平隤也。四隤即四平，皆所謂大阜也。《箋》云：「川之方至，謂其水縱長之時也。」鄭讀「方」與「旁」同。增，益也。

吉蠲爲饎，是用孝享。禴祠烝嘗，于公先王。【傳】吉，善；蠲，絜也。饎，酒食也。享，獻也。春曰祠，夏曰禴，秋曰嘗，冬曰烝。公，事也。**君曰卜爾，萬壽無疆。**【傳】君，先君也。尸，所以象神。卜，予也。【疏】「吉，善」，《摽有梅》同。《釋文》：「蠲，舊音圭。」《周禮・蜡氏》注：「蠲，讀爲『吉圭惟饎』之『圭』。圭，絜也。」《士虞禮》注引《詩》作「吉圭爲饎」。或鄭用《韓詩》作「圭」也。古圭、蠲聲同。「饎，酒食」，《爾雅・釋訓》文。《説文》：「饎，或作『𩚀』，或作『糦』。」《天保》、《泂酌》作「饎」，《玄鳥》作「糦」。《七月》、《甫田》、《大田》箋：「喜，讀爲饎。」凡黍稷爲酒爲食，是曰饎也。「享，獻」，《釋詁》文。《我將》、《載見》同。《説文・亯部》：「亯，獻也。从高省，曰象進孰物形。篆文作『𠅘』。」今作「享」者，隸寫之變。《爾雅》：「享，孝也。」是孝亦享也。《爾雅・釋天》：「春祭曰祠，夏祭曰礿，秋祭曰嘗，冬祭曰烝。」此釋四時之祭，《傳》所本也。《繁露・四祭》篇云：「古者歲四祭。四祭者，因四時所生孰而祭其先祖父母也，故春曰祠，夏曰礿，秋曰嘗，冬曰烝。此言不失其時，以奉祭先祖也。過時不祭，則失爲人子之道也。祠者，以正月始食韭也；礿者，以四月食麥也；嘗者，以七月嘗黍稷也；烝者，以十月進初稻也。此天之經也，地之義也。」《祭義》篇云：「春上豆實，夏上尊實，秋上机實，❶冬上敦實。豆實，韭也，春之所始生也。尊實，麷也，夏之所受初也。机實，黍也，秋之所先成也。敦實，稻也，冬之所畢孰也。始生故曰祠，善其司也。夏約故曰礿，貴所受初也。先成故曰嘗，嘗言甘也。畢孰故曰烝，烝言衆也。奉四時所受於天者而上之，爲上祭，貴天賜，且尊宗廟也。」案此皆本《周禮》爲説。「礿」與「禴」同。《王制》：「天子諸侯宗廟之祭，春曰礿，夏曰禘，秋曰嘗，冬曰烝。」鄭注云：「此蓋夏、殷之祭名，周則改之。春曰祠，夏曰礿，以禘爲殷祭。《詩・小雅》曰：『礿祠烝嘗，于公先王。』此周四時祭宗廟之名。」《祭統》注亦謂「春礿、夏禘、秋嘗、冬烝，夏、殷時禮」，然則夏、殷之禘，即爲四時祭之一，而周則四時祭之外，

❶「机」，《清經解續編》本、宋本《春秋繁露》同，蘇輿《春秋繁露義證》作「杋」。下「机」同。

更有禘，又有祫，與夏、殷不同。説詳《閟宮》篇。蓋禮制出自周公，故《大宗伯之職》：「以祠春享先王，以禴夏享先王，以嘗秋享先王，以烝冬享先王。」《詩》義與《周禮》合。公，讀爲功，《嵩高》傳：「功，事也。」《靈臺》、《江漢》、《酌》「公」皆訓爲「事」。○經言「君」，《傳》云「先君」，先君即先王也。《祭統》云：「尸在廟中，則全於君。」又《郊特牲》云：「尸，神象也。」皆《傳》所本也。《周禮・守祧》「若將祭祀，則各以其服授尸」，鄭注云：「尸當服卒者之上服，以象生時。」「卜，予」，《釋詁》文。《楚茨》篇「神嗜飲食，卜爾百福」，《箋》：「卜，予也。」文義與此同。「吉蠲爲饎，是用孝享」，以爲酒食，「以享」也。「禴祠烝嘗，于公先王」，「以祀」也。「君曰卜爾，萬壽無疆」，「以介景福」也。文義與《楚茨》首章亦合。爾，爾主人也。《箋》云：「尸嘏主人，傳神辭也。」

神之弔矣，詒爾多福。【傳】弔，至；詒，遺也。**民之質矣，日用飲食。**【傳】質，成也。**群黎百姓，徧爲爾德。**【傳】百姓，百官族姓也。【疏】「弔，至」，與《節南山》訓同義別。至，謂神靈之降至也。「詒」訓「遺」，《北門》傳云：「遺，加也。」「質，成」，《釋詁》文，《緜》、《抑》同。成，當讀「先成民，而後致力於神」之「成」。用，以也。日以飲食，此民成之實也。飲食者，民之大欲所存。○《傳》云「百姓，百官族姓也」者，《楚語》：「民之徹官百。王公之子弟之質能言能聽徹其官者，而物賜之姓，以監其官，是爲百姓。」韋注云：「百姓，百官受氏姓也。」古者功臣世官則受之以姓，其支子爲庶姓，則分之以族。百官族姓，謂百官各有其族，亦各有其姓也。《左傳》：「襄三十一年，公孫揮能辨於其大夫之族姓。昭三十年，我盍姑億吾鬼神，而寧吾族姓。」《書・呂刑》云：「官伯族姓。」族姓，猶氏姓也。「徧爲爾德」，言能廣徧君上之德，是質成之驗也。

如月之恒，如日之升。【傳】恒，弦；升，出也。言俱進也。**如南山之壽，不騫不崩。**【傳】騫，虧也。**如松柏之茂，無不爾或承。**【疏】《釋文》：「恒，本又作『緪』。」定本「絙」字作「恒」。「絙」即「緪」之省。恒，古文假借也。《傳》訓「恒」爲「弦」。恒者，月上弦之貌。《考工記・弓人》「恒角而短」，鄭司農讀「恒」爲「裻緪」之「緪」。恒讀爲緪，與此同。《傳》訓「升」爲「出」者，《匏有苦葉》傳：「旭日始出，謂大昕之時。」始出，即始升也。《箋》云：「月上弦而就盈，日始出而就明。」此鄭申《傳》「言俱進」之義也。「不騫不崩」，《閟宮》「不虧不崩」，是騫爲虧也。《爾雅》：「虧，毀也。」《生民》傳：「茂，美也。」《權輿》傳：「承，繼也。」

《采薇》六章，章八句。

《采薇》，遣戍役也。文王之時，西有昆夷之患，北有玁狁之難，以天子之命，命將率，遣戍役，以守衛中國，故歌《采薇》以遣之，《出車》以勞還，《杕杜》以勤歸也。【疏】《後漢書・西羌傳》：「文王爲西伯，西有昆夷之患，北有玁狁之難，遂攘戎狄而戍之，莫不賓服。乃率西戎，征殷之畔國以事紂。」《逸周書・敘》：「文王立，西距昆夷，北備玁狁，謀武以昭威懷，作《武稱》。」與《詩序》同。

采薇采薇，薇亦作止。【傳】薇，菜；作，生也。**曰歸曰歸，歲亦莫止。靡室靡家，玁狁之故。不遑啟居，玁狁之故。**【傳】玁狁，北狄也。【疏】「薇，菜」，《草蟲》同。詳《草蟲》篇。「作，生」，《天作》同。《無衣》傳：「作，起也。」《駉》傳：「作，始也。」訓別而義同。蓋同者，其字義則一；別者，所因之文不同也。○《説文》無「玁狁」，《釋文》「本或作『獫允』」是也。「獫允，北狄」，《箋》云：「北狄，今匈奴也。」《史記・匈奴傳》：「唐虞以上有山戎、獫狁、葷粥居于北蠻。」晉灼注云：「堯時曰葷粥，周曰獫狁，秦曰匈奴。」案大王事葷粥，則殷亦稱葷粥。

殷周又爲玁允，秦漢皆爲匈奴，隋唐爲突厥。古雍州地，其北皆狄，總謂之北狄。春秋時白狄亦其類也。《史記·周本紀》：「懿王之時，王室遂衰，詩人作刺。」《漢書·匈奴傳》：「穆王之孫懿王時，王室遂衰，戎狄交侵，暴虐中國，中國被其苦，詩人始作，疾而歌之曰：『靡室靡家，玁允之故。豈不日戒？玁允孔棘。』」此三家舊說，以《采薇》爲懿王時詩。

采薇采薇，薇亦柔止。【傳】柔，始生也。**曰歸曰歸，心亦憂止。憂心烈烈，載飢載渴。我戍未定，靡使歸聘。**【傳】聘，問也。【疏】《箋》云：「柔，謂脃脕之時。」此申《傳》「始生」之義。《箋》：「烈烈，憂貌。」《廣雅》：「㤠㤠，憂也。」「烈」與「㤠」同。《王·揚之水》傳云：「戍，守也。」「聘，問」，《爾雅·釋言》文。隱九年《穀梁傳》、《荀子·大略篇》皆云：「聘，問也。」

采薇采薇，薇亦剛止。【傳】剛，少而剛也。**曰歸曰歸，歲亦陽止。**【傳】陽，歷陽月也。**王事靡盬，不遑啟處。憂心孔疚，我行不來。**【傳】疚，病；來，至也。【疏】《傳》「少而剛也」上奪一「剛」字，今依《小箋》補。《箋》云：「剛，謂少堅忍時。」陽爲陽月，《漢書·五行志》引《左氏》說：「正月，謂周六月、夏四月，正陽純乾之月也。」是自四月以至十月皆爲陽月。詩末章云：「昔我往矣，楊柳依依。今我來思，雨雪霏霏。」是歷敘戍役所經之月，故《傳》云：「歷陽月也。」《杕杜》云：「王事靡盬，繼嗣我日，日月陽止。」是其義也。此《箋》及《杕杜》箋皆主《爾雅》「十月爲陽」之說，與毛訓實同。〇《箋》云：「處，猶居也。」啟處，即啟居，承上章以釋下章也。《九罭》二章「於女信處」、三章「於女信宿」，「宿，猶處也」，《小明》四章「無恒安處」、五章「無恒安息」，「息，猶處也」，《傳》皆依上下同義爲訓。《四牡》「不皇啟處」，《傳》云：「處，居也。」「疚，病」，《釋詁》文，《召旻》、《閔予小子》同。

「來，至」，《釋詁》文。我，我戍役也。《杕杜》云：「匪載匪來，憂心孔疚。期逝不至，而多爲恤。」詩義正同。《爾雅・釋訓》：「不餱，不來也。」《説文・來部》亦引《詩》曰「不餱不來」也。疑「不來」古本《詩》有作「不餱」者與？姑備記於此。

彼爾維何？維常之華。【傳】爾，華盛貌。常，常棣也。**彼路斯何？君子之車。戎車既駕，四牡業業。豈敢定居？一月三捷。**【傳】業業然壯也。捷，勝也。【疏】爾，讀爲薾，假借字也。《説文》：「薾，華盛。《詩》曰：『彼薾唯何？』」或許所據《毛詩》作「薾」也。《載驅》：「濔濔，衆也。」《新臺》：「濔濔，盛皃。」凡從爾聲之字，竝有衆、盛之義。常棣，一名常，又名栘，詳《常棣》篇。《箋》云：「此言『彼爾』者，乃常棣之華，以興將率車馬服飾之盛。」○《汾沮洳》傳：「路，車也。」路謂乘車，下文乃言兵車耳。或者天子命軍帥自乘乘車，餘師旅乘戎車。《采芑》方叔受命而爲將，詩云：「方叔率止，乘其四騏，四騏翼翼。路車有奭，簟茀魚服，鉤膺鞗革。」方叔乘路車不乘戎車，此其義。《箋》云：「君子，謂將率也。」《烝民》「四牡業業」，《傳》：「業業，言高大也。」壯即高大之意。「捷，勝」，《釋詁》文。三捷，未聞。文十三年《左傳》：「季文子賦《采薇》之四章。」

駕彼四牡，四牡騤騤。君子所依，小人所腓。【傳】騤騤，彊也。腓，辟也。**四牡翼翼，象弭魚服。**【傳】翼翼，閑也。象弭，弓反末也，所以解紒也。魚服，魚皮也。**豈不日戒？玁狁孔棘。**【疏】《傳》云「騤騤，彊」者，彊，馬彊盛也。《六月》「四牡騤騤」無《傳》，義同也。腓，讀與「辟」同。其字作「腓」，其意爲「辟」，此謂假借也。《生民》「牛羊腓字之」，《傳》：「腓，辟也。」亦假「腓」爲「辟」。「君子所依」，謂依於車中者也。依，猶倚也。小人，謂徒兵。辟，辟於車下者也。王肅述毛「所以辟患」，亦此意也。云「翼翼，閑」者，「閑」當作

「閑」。《車鄰》傳：「閑，習也。」《廣雅》：「翼翼，和也。」閑、和義相近。《采芑》「四騏翼翼」，義當同。○《爾雅·釋器》：「弓有緣者謂之弓，無緣者謂之弭。」孫注云：「緣，謂繁束而漆之。弭，不以繁束，骨飾兩頭者也。」《爾雅》釋「弭」但言「無緣」，不言「弓末」，實則無緣之弓，其末必飾象骨，用則或張或弛。僖二十三年《左傳》「左執鞭弭」，杜注：「弭，弓末無緣者。」《既夕禮·記》「弓矢之新，沽功。有弭飾焉，亦張可也」，鄭注：「弓無緣者謂之弭，弭以骨角爲飾，亦使可張。」案《左傳》、《既夕》之弭皆是弛弓，《詩》謂之「象弭」，弭謂無緣弓，象弭謂有象骨飾弓末，故《傳》云「弓末」，末謂兩頭也。《詩》之弭亦是弛弓，故《傳》云「弓反末」，「反」讀如「翩其反矣」之「反」，反猶弛也。弭弛，則其末之象骨可以任解紒之用，故《傳》云：「弓反末所以解紒。」「弓」釋「弭」，「末」釋「象」，反所以解紒，總釋象弭之用，則《傳》文「弓反末所以解紒也」八字當作一氣讀。各本「弓反末」下衍一「也」字，失其理矣。《箋》云：「弭，弓反末彆者，以象骨爲之，以助御者解轡紒，宜滑也。」《說文》云：「弭，弓無緣可以解轡紛者。」鄭、許皆足以申成《傳》義。《釋文》：「解紒，本又作『紛』，芳云反。」毛《傳》古本當作「解紛」。《箋》申《傳》作「解轡紒」，「紒」字不見於《說文》。經典中唯《士冠禮》采衣紒、主人紒作「紒」，古文本作「結」。鄭於《周禮·追師》、《弁師》注、《禮記·襍記》注、《儀禮·士冠》、《士喪》、《少牢饋食》注皆有「紒」字。今本毛《傳》必是涉《箋》致誤。《傳》云「魚服，魚皮」，疑「服」字當衍。《傳》不解經「服」字，故《箋》申之云：「服，矢服也。」閔二年《左傳》「歸夫人魚軒服」，注：「魚，獸名。」《義疏》云：「魚獸似豬，東海有之。其皮背上斑文，腹下純青，今人以爲弓鞬步叉者也。其皮雖乾燥，爲弓鞬矢服經年，海水將潮及天將雨，其毛皆起。水潮還及天晴，則毛復如故。雖在數千里外，可以知海水之潮氣自相感也。」○《釋文》：「曰，音越。又人栗反。」案「人栗反」是也。《箋》云：「豈不日相警戒乎？誠日相警戒也。」「日」爲「日月」之「日」，作「子曰」之「曰」非。棘，急也。

昔我往矣，楊柳依依。今我來思，雨雪霏霏。【傳】楊柳，蒲柳也。霏霏，甚也。**行道遲遲，載渴載飢。**【傳】遲遲，長遠也。**我心傷悲，莫知我哀。**【傳】君子能盡人之情，故人忘其死。【疏】《釋文》引《韓詩》云：「昔，始也。」楊柳、蒲柳合二字爲一木，若杞柳之爲柜柳也。楊柳一名楊，《爾雅》「楊，蒲柳」是也。蒲柳一名蒲，《揚之水》箋「蒲，蒲柳」、宣十二年《左傳》注「蒲，楊柳」是也。《王風》正義引《義疏》云：「蒲柳有兩種，皮正青者曰小楊，其一種皮紅者曰大楊。其葉皆長廣似柳葉，皆可以爲箭幹，故《春秋傳》曰：『董澤之蒲，可勝既乎。』今又以爲箕鑵之楊也。」《車舝》「依彼平林」，《傳》：「依，茂木皃。」茂木謂之依，重言曰依依。《文選》潘岳《金谷集作詩》注引《韓詩章句》云：「依依，盛貌。」「來思」與「往矣」對文，思猶矣也。《漢廣》傳云：「思，詞也。」《出車》篇同。「霏霏，甚也」，「也」當作「皃」。《北風》「雨雪其霏」，《傳》：「霏，甚皃。」重言之曰霏霏。《廣雅》云：「霏霏，雪也。」始見楊柳而往，及雨雪而來，此遣戍北狄之詞也。《白虎通義·三軍》篇：「古者師出不踰時者，爲怨思也。天道一時生，一時養。人者，天之貴物也。踰時，則內有怨女，外有曠夫。」即引此詩。○「遲遲，長遠」，言歷道之長遠也。渴飢，二章云「飢渴」，皆言其戍役之情苦。我，戍者自我也。「我心傷悲，莫知我哀」，此道人之情也。《杕杜》傳云：「室家踰時則思。」又云：「遠行不必如期，室家之情，以期望之。」此皆能盡人之情也。君子如此，故人忘其死。《東山》序云：「君子之於人，序其情，而閔其勞，所以說也。說以使民，民忘其死。」彼《序》與此《傳》同。《鹽鐵論·備胡》篇作「莫之我哀」，或本三家異字。

《出車》六章，章八句。

《出車》，勞還率也。【疏】《采薇》序云：「《出車》以勞還。」勞還將率也。

我出我車，于彼牧矣。【傳】出車，就馬於牧地。**自天子所，謂我來矣。召彼僕夫，謂之載矣。**【傳】僕夫，御夫也。**王事多難，維其棘矣。**【疏】我，我將率也。「我出我車」，我出車也，與「我將我享」句法相同。《傳》云「出車，就馬於牧地」者，《荀子·大略篇》：「天子召諸侯，諸侯輦輿就馬，禮也。《詩》曰：『我出我輿，于彼牧矣。自天子所，謂我來矣。』」《傳》義正用師説。《鹽鐵論·散不足》篇亦云：「古者天子有命，以車就牧。」牧地者，放牧之地也。《駉》篇「駉駉牡馬，在坰之野」，《傳》：「坰，遠野也。邑外曰郊，郊外曰野，野外曰林，林外曰坰。牧之坰野則駉駉然。」是牧地自在遠郊外。天子遠郊百里，百里内六鄉，百里外六遂，而六遂餘地直達於畿。其閒皆有閒隙可以放牧，故《駉》詩以遠野爲牧地。此篇上章言牧，下章言郊，則牧即在郊外，是又不必在遠野也。天子六軍，出於六鄉，亦出於六遂。《粊誓》：「魯人三郊三遂，峙乃楨榦。魯人三郊三遂，峙乃芻茭。」成國三軍，亦出郊遂之中，與王畿同制。《齊語》云：「卒伍整于里，軍旅整于郊。」亦其義也。自，從也。「自天子所，謂我來矣」，謂我之來，從天子所，奉天子命，出爲將率也。○《周禮》「戎僕掌馭戎車」，注：「師出，王乘以自將也。」《馭夫》「掌馭從車」，注：「從車，戎路之副。」《校人》：「掌王馬之政，三皁爲毄，毄一馭夫。六毄爲厩，厩一僕夫。」案天子僕夫當即是戎僕，與馭夫別官。天子自將乘戎車，其僕夫爲戎僕，又有馭夫之副。若天子命將率乘戎車，其僕夫即馭夫，更無戎僕之官，故《傳》以僕夫爲御夫也。「御」與「馭」通。成十八年《左傳》：「程鄭爲乘馬御，六騶屬焉。使訓群騶知禮。」襄十六年《傳》「虞丘書爲乘馬御」，杜注：「乘馬御，乘車之僕。」是諸侯僕夫或名「乘馬御」矣。《國語》謂之「贊僕」。○維，發聲。凡言「維其」，其也；「維以」，以也；「維此」，此也；「維彼」，彼也；「維何」，何也。「維」皆發聲。有「維其」用在句中者，《綠衣》曰「曷維其已」、《十月之交》曰「則維其常」是也。有一句中「維其」分用者，《烈文》曰「維皇其崇之」、《我將》曰「維天其右之」是也。有連句中上言「維」，而下言

「其」者,《無羊》曰「誰謂爾無羊？三百維群。誰謂爾無牛？九十其犉」是也。「維」、「其」連文,它皆放此。棘,急也,獫允急也。

我出我車,于彼郊矣。設此旐矣,建彼旄矣。彼旟旐斯,胡不旆旆？【傳】龜蛇曰旐。旄,干旄。鳥隼曰旟。旆旆,旒垂貌。**憂心悄悄,僕夫況瘁。**【疏】邑外曰郊,郊即牧也。《周語》「國有郊牧」,韋注云:「國外曰郊。牧,放牧之地。」《箋》云:「牧地在遠郊。」〇「龜蛇曰旐」,《周禮·司常》文,《桑柔》同。云「旄,干旄」者,《干旄》傳:「注旄於干首。」凡旗之干皆有旄,則旐與旟同也。「鳥隼爲旟」,亦《司常》文,《干旄》、《桑柔》同。案此乃師旅之所建也。若天子諸侯之旟,有錯革鳥,旐則有繼旆,説詳《六月》篇。胡,何也。《采叔》「其旂淠淠」,《傳》:「動也。」《泮水》「其旂茷茷」,《傳》:「言有法度也。」竝與「旆旆」同。楊雄《甘泉賦》云:「騰清霄而軼浮景兮,夫何旟旐郅偈之旖旎也？」郅偈即指干旄,旖旎即指旒垂,正與《傳》合。旒,古作「流」。〇《邶·柏舟》傳云:「悄悄,憂皃。」況,古作「兄」。兄,兹也。《北山》「或盡瘁事國」,彼《傳》云:「盡力勞瘁,以從國事。」況瘁、盡瘁皆二字平列義同。《楚辭·九歎》云:「顧僕夫之憔悴。」又云:「僕夫慌悴。」竝與《詩》「況瘁」同。

王命南仲,往城于方。出車彭彭,旂旐央央。【傳】王,殷王也。南仲,文王之屬。方,朔方,近玁狁之國也。彭彭,四馬貌。交龍爲旂。央央,鮮明也。**天子命我,城彼朔方。赫赫南仲,玁狁于襄。**【傳】朔方,北方也。赫赫,盛貌。襄,除也。【疏】王爲殷王,文王爲西伯時殷王紂也。《王制》:「州有伯,八州八伯。八伯各以其屬屬於天子之老二人,分天下以爲左右,曰二伯。」州伯屬於二伯,文王西伯,南仲州伯,故《傳》云「南仲,文王之屬」也。《漢書·古今人表》作「南中」,與召虎、方叔同列,而文王時無南仲。班以此南仲與《常武》南仲爲一人，從《魯詩》説也。《匈奴傳》及《鹽鐵論·繇役》篇，《出車》與《六月》皆以爲宣王時詩，當亦從魯義。而《史記》又以羼入襄王者，恐司馬遷記憶之誤耳。《後漢書》馬融疏亦云：「玁狁侵周，周宣王立，中興之功，是以『赫赫南仲』，載在《周詩》。」馬治《毛詩》，而亦兼取三家。○《傳》云「方，朔方」，而又申之云「近玁狁之國」者，欲知朔方，當先求玁狁之國矣。殷周之際，玁狁迫近中夏，大王辟狄去邠，邠之北爲狄所竄處。文王都岐山之南，而岐山之北有密須國，涇北有阮國、共國。阮、共二國之北，亦必狄所荐居。然則南仲往城之方，其去涇北不遠也。《六月》「侵鎬及方」，《箋》：「鎬也、方也，皆北方地名。」鄭意謂《六月》之方即《出車》之方。《六月》之鎬方，當在今甘肅平涼府固原涇州鎮原閒。宣王北伐至大原，即文王時所城朔方之地，故《漢書·匈奴傳》、《衛青傳》必連引兩詩云「薄伐玁狁，至于大原」、「出車彭彭，城彼朔方」矣。《鹽鐵論·繇役》篇引《詩》同。又《地理志》：「朔方郡，武帝元朔三年開。」《郡國志》同，不云即《詩》之朔方也。唯《水經·河水》注：「東南逕朔方縣故城東北，《詩》所謂『城彼朔方』也。」《元和郡縣志》：「夏州朔方縣什賁，故城在縣治北，即漢朔方縣之故城，《詩》所謂『城彼朔方』是也。」魏、唐人言朔方，其説始混。然不知朔方本無定向。《堯典》宅朔方與嵎夷、南交、西爲四表，不謂《書》之朔方即《詩》之朔方，而謂殷周之朔方即漢郡之朔方，必不然矣。漢朔方城在今薩哈賚喀河之南延安慶陽，殷周已屬荒服，焉得北濱河套而築城以禦狄？又不然矣。三代西北疆域地不廣大，自趙武靈王攘北地西至雲中九原，秦始皇使蒙恬㡿逐匈奴、築長城，漢武帝遣衛青等度西河、歷高闕、收河南、築朔方城，後立朔方郡，皆非三代時疆域所有也。○《傳》以出車就馬，故彭彭爲四馬皃，《北山》、《烝民》皆云：「四牡彭彭。」「交龍爲旂」，《司常》文，《韓奕》同。鄭注《周禮》云：「諸侯畫交龍，一象其升朝，一象其下復也。」《爾雅》：「素錦綢杠，纁帛縿，素升龍于縿，練旒九，飾以組，維以縷。」郭注云：「纁帛，絳也。畫白龍於縿，令上向。」又「有鈴曰旂」，郭注云：「畫交龍於旒。」此皆釋「交龍爲旂」也。上公之旂有升龍、降龍，《爾雅》不言降龍者，略也。《覲禮》「天子載大旂，象日、月、升龍、降龍」，鄭注云：「大旂，大常也。王建大常，縿首畫日、月，其下及旒，交畫升龍、降龍。《朝事儀》曰：『天子建大常，十有二旒。』」鄭解大常縿首畫日、月，縿下及十二旒畫交龍。郭釋旂縿畫升龍，九旒畫交龍。唯不畫日、月爲異。此郭與鄭同也。何注宣十二年《公羊傳》云：「加文章曰旂。」畫升龍於正幅之縿與他旂之畫文在旒者，其制殊異，故謂之加文章。是謂之交龍旂，或謂之龍旂，《考工記》「龍旂九斿，以象大火」，《樂記》「龍旂九旒，以贈諸侯」，《覲禮》「侯氏載龍旂弧韣」是也。又謂之大旂，《巾車》「金路建大旂」，《左傳》「魯公分大旂」是也。《詩》於《載見》、《閟宫》、《玄鳥》曰「龍旂」，《出車》及《采芑》、《韓奕》曰「旂」。旂爲交龍旂，交龍旂有鈴，《載見》傳云：「鈴在旂上。」央央，《釋文》作「英英」。「也」當作「皃」。《六月》「帛茷央央」，《傳》云：「央央，鮮明皃。」央央，猶英英也。《采芑》句同。〇方爲朔方，《傳》又申釋之云：「朔方爲北方。」《爾雅·釋訓》：「朔，北方也。」「赫赫，盛」，《常武》同。《爾雅》：「赫赫，迅也。」郭注云：「盛疾之貌。」舍人本作「奭奭」，古赫、奭聲通。「襄，除」，《牆有茨》同。「玁狁于除」，言玁狁之難于以除也。《釋文》：「襄，本或作『攘』。」「襄」與「攘」通。

昔我往矣，黍稷方華。今我來思，雨雪載塗。【傳】塗，凍釋也。**王事多難，不遑啟居。豈不懷歸？畏此簡書。**【傳】簡書，戒命也。鄰國有急，以簡書相告，則奔命救之。【疏】黍稷不榮而實，不爲華。華，猶秀也。塗，當作「涂」，今字通作「塗」。《傳》云「凍釋」，謂雪凍開釋也。《夏小正》：「正月凍塗。」《傳》：『凍塗者，凍下而澤上多也。』」《莊子·庚桑楚》篇：「是乃所謂冰解凍釋者。」《管子·五行》篇：「冰水解而凍釋。」《臣乘馬》篇：「日至六十日而陽凍釋，七十日而陰凍釋。陰凍釋而秇稷。百日不秇稷。」尹注云：「陽凍，地上也；陰凍，地下也。」案「黍稷方華」，箸城方之始；「雨雪載塗」，箸伐戎之始。〇《爾雅》：「簡謂之畢。」《說文》

云：「簡，牒也。」凡鄰國有急難之事，則書之於簡，謂之簡書。使臣奉命以戒敕相救，是謂之戒命。簡、戒雙聲也。其時文王有昆夷之患，故云然也。閔元年《左傳》：「狄人伐邢，管敬仲言於齊侯曰：『戎狄豺狼，不可厭也。諸夏親暱，不可弃也。宴安酖毒，不可懷也。《詩》云：「豈不懷歸？畏此簡書。」簡書，同惡相恤之謂也。請救邢，以從簡書。』齊人救邢。」毛《傳》正本《左傳》。「奔命救之」，義亦見《左傳》：「成七年，吴始伐楚、伐巢、伐徐，子重奔命。馬陵之會，吴入州來，子重自鄭奔命。子重、子反於是乎一歲七奔命。昭二十三年，吴人伐州來，楚薳越帥師及諸侯之師奔命救州來。三十二年，魏獻子使伯音對曰：『天子有命，敢不奉承，以奔告於諸侯？』」

喓喓草蟲，趯趯阜螽。未見君子，憂心忡忡。既見君子，我心則降。赫赫南仲，薄伐西戎。

【疏】喓喓，聲也。趯趯，躍也。忡忡，猶衝衝也。降，下也。俱見《草蟲》篇。《箋》云：「草蟲鳴，阜螽躍而從之，天性也。喻近西戎之諸侯，聞南仲既征玁狁，將伐西戎之命，則跳躍而鄉望之，如阜螽之聞草蟲鳴焉。草蟲鳴，晚秋之時也。此以其時所見而興之。君子，斥南仲也。」案聞伐西戎之命在秋月也。○玁狁在涇陽之北，而涇陽以西即爲西戎所居。「赫赫南仲，薄伐西戎」，言伐玁狁，遂伐西戎耳。《采薇》序：「文王之時，西有昆夷之患。」《箋》云：「文王爲西伯服事殷之時也。昆夷，西戎也。」《書大傳》：「文王四年，伐犬夷。」犬夷即西戎。鄭注云：「四年伐之，南仲一行，并平二寇。」然則《出車》諸詩自在文王爲西伯四年中事。蓋西戎之患，岐周先罹其害；北狄之禍，涇洛以東皆得恣逞其凶威，故但稱文王伐犬夷。不及玁狁者，就岐周而言之也。《詩》篇中於伐玁狁至再至三，而於西戎止有「薄伐」一語者，陳王事也。伐西戎在玁狁後。

春日遲遲，卉木萋萋。倉庚喈喈，采蘩祁祁。執訊獲醜，薄言還歸。【傳】卉，草也。訊，辭也。**赫赫南仲，玁狁于夷。**【傳】夷，平也。【疏】《七月》傳云：「遲遲，舒緩也。」「卉，草」，《爾雅·釋草》文，《四月》同。《方言》：「東越、楊州之閒名草爲卉也。」《説文》：「卉，艸之總名也。」艸、草古今字。「卉木萋萋」，言草木皆萋萋然也。《葛覃》：「萋萋，茂盛皃。」是草盛爲萋萋矣。《卷阿》「萋萋」，梧桐盛也。是木盛爲萋萋矣。喈喈，鳴也。祁祁，衆多也。倉庚、采蘩，二月時也。《爾雅》：「訊，言也。」《正月》傳：「訊，問也。」此釋「訊」爲「辭」者，謂所生得敵人，而聽斷其辭也。《周禮·小司寇》：「附于刑，用情訊之，求民情，一曰辭聽。辭聽者，聽其辭以斃其罪。」此《傳》義也。《皇矣》「執訊連連」無《傳》，義與此同。此篇「訊獲」，「獲」字無《傳》，蓋義見《皇矣》也。《皇矣》傳云：「馘，獲也。不服者殺而獻其左耳曰馘。」彼《傳》釋「馘」爲「獲」，則此詩「獲」字即爲「馘」之假借字。生者訊之，殺者馘之。醜，衆也。「執訊獲醜」，言執訊馘者衆。此《箋》及《采芑》箋竝以「獲」爲「得」，失之。此正言伐西戎之事，自正月凍釋而來，至二月而還歸也。「還歸」與上文「懷歸」，兩「歸」字相應。〇《逸周書·大明武》篇「既克和服，使衆咸宜，竟其金革，是謂大夷」，孔注云：「夷，平也。」義與《傳》同。

《杕杜》四章，章七句。

《杕杜》，勞還役也。【疏】《采薇》序云：「《杕杜》以勤歸。」勤亦勞也，勞歸戍役也。

有杕之杜，有睆其實。【傳】興也。睆，實貌。杕杜猶得其時蕃滋，役夫勞苦，不得盡其天性。**王事靡盬，繼嗣我日。日月陽止，女心傷止，征夫遑止。**【疏】《唐風·杕杜》傳云：「杕，特皃。杜，赤棠也。」睆，《釋文》作「皖」，云「字從白，或從目邊」，非。「睆」訓「實皃」，其義未聞。《説文》云：「牝曰杜。」是杜有實也。杕杜蕃滋，以反興役夫勞苦，《傳》合下章而總釋之。「有睆其實」，喻子孫多也。「其葉萋萋」，喻室家盛也。

皆天性之事。今役夫在外，不得盡天性，是杕杜之不如矣。三章云「陟彼北山，言采其杞」，正以喻役夫之勞苦也。○《采薇》傳云：「陽，歷陽月也。」「征夫遑止」，遑，暇也。王事休息，則征夫閒暇也。此言伐玁狁之事。

有杕之杜，其葉萋萋。王事靡盬，我心傷悲。卉木萋止，女心悲止，征夫歸止。【傳】室家踰時則思。【疏】萋，猶萋萋也。上章謂冬，此章謂春，詩人歷道其所經，所謂踰時也。《出車》篇云：「春日遲遲，卉木萋萋，薄言還歸。」文義與此同。此兼言伐西戎之事。《傳》云「室家踰時則思」者，蓋室家之情有如是也。《鹽鐵論・繇役》篇：「古者無過年之繇，無踰時之役。今近者數千里，遠者過萬里。歷二期，長子不還，父母愁憂，妻子詠歎。憤懣之恨，發動於心；慕思之積，痛於骨髓。此《杕杜》、《采薇》之所爲作也。」案《詩》中皆敘踰時期歸之語，故三家《詩》以二詩刺時而作，《毛詩》則以爲盡人之情，極道其勞役之苦，室家之意，不泥於文辭，此毛氏之所以獨勝三家也。

陟彼北山，言采其杞。王事靡盬，憂我父母。檀車幝幝，四牡痯痯，【傳】檀車，役車也。幝幝，敝貌。痯痯，罷貌。**征夫不遠。**【疏】檀可以爲輪。察車自輪始，故凡車皆得稱檀車。《大明》檀車，戎車也。此檀車，棧車也。《傳》云「役車」，與《何草不黄》棧車同解矣。《説文》：「幝，車敝皃。」引《詩》「檀車幝幝」，本《傳》訓也。《後漢書・劉陶傳》注引《詩》作「嘽嘽」，《釋文》引《韓詩》作「⿰糹羨⿰糹羨」。《廣雅》：「⿰糹羨⿰糹羨，緩也。」本《韓詩》，聲義相近。「痯痯，罷皃」，罷，病罷也。《説文》無「痯」字，云：「悹，憂也。」疑「痯」即「悹」之異體。《説文》又云：「綰，惡絳也。」聲義亦相近。

匪載匪來，憂心孔疚。期逝不至，而多爲恤。【傳】逝，往；恤，憂也。遠行不必如期，室家之情，以期望之。**卜筮偕止，會言近止，征夫邇止。**【傳】卜之、筮之，會人占之。邇，近也。【疏】匪，不；疚，病也。「匪載匪來，憂心孔疚」，言不載來，憂心甚病也。「逝，往」，《二子乘舟》、《東門之枌》同。「恤，憂」，《爾雅·釋詁》文，《祈父》同。云「遠行不必如期，室家之情，以期望之」，以釋經中「期」字，與上章《傳》「室家踰時則思」相應，皆總釋全章，以盡室家之情也。《傳》云「卜之、筮之」者，卜、筮不相襲也。云「會人占之」者，冢上「卜筮偕止」句，以釋經中「會」字。「會言近止」與「會且歸矣」句法相同，「言」與「且」皆語詞。「邇」訓「近」，近者，不遠也。征夫近與上章征夫不遠，皆所謂「室家之情，以期望之」也。

《魚麗》六章，三章章四句，三章章二句。

《魚麗》，美萬物盛多能備禮也。文、武以《天保》以上治內，《采薇》以下治外，始於憂勤，終於逸樂，故美萬物盛多，可以告於神明矣。【疏】文、武道同。

魚麗于罶，鱨鯊。【傳】麗，歷也。罶，曲梁也，寡婦之笱也。鱨，楊也。鯊，鮀也。大平而後微物衆多，取之有時，用之有道，則物莫不多矣。古者不風不暴不行火，草木不折不操，斧斤不入山林，豺祭獸然後殺，獺祭魚然後漁，鷹隼擊然後罻羅設。是以天子不合圍，諸侯不掩群，大夫不麛不卵，士不隱塞，庶人不數罟，罟必四寸，然後入澤梁，故山不童，澤不竭，鳥、獸、魚、鼈皆得其所然。**君子有酒，旨且多。**【疏】《傳》云「麗，歷」，「歷」上奪「麗」字。《釋文》：「麗，力馳反。麗歷也。」《正義》：「時捕魚者施笱於水中，則魚麗歷於罶者。」陸、孔皆以「麗」「歷」連文，其所見《傳》當不誤。麗歷，猶適歷。《周禮·遂師》「抱磿」，鄭注云：「磿者，適歷，執綍者名也。」賈《疏》云：「稀疏得所，名爲適歷。」《説文》：「秝，稀疏適歷也。」「秝」與「歷」同。亦作「歷録」，《小戎》傳：「桼，歷録也。」「麗」與「録」一聲之轉。魚麗歷在罶，言魚在罶録録歷歷然也。《正義》云：「《釋訓》曰：『凡曲者爲罶。』是『罶，曲梁』也。《釋器》曰：『嫠婦之笱，謂之罶。』是『寡婦之笱』也。《釋訓》注郭璞引《詩傳》曰：『罶，曲梁也。凡以薄取魚者，名爲罶也。』《釋器》注：『孫炎曰：「罶，曲梁，其功易，故謂之寡婦之笱。」』然則曲，薄也。以薄爲魚笱，其功易，故號之寡婦笱耳，非寡婦所作也。」案《傳》與《苕之華》傳同。《邶·谷風》傳：「梁，魚梁。笱，所以捕魚也。」《説文》：「罶，曲梁寡婦之笱，魚所留也。」段注云：「蓋曲梁别於凡梁，寡婦之笱别於凡笱。曲梁者，僅以薄爲之。寡婦之笱，笱之敝者也。《魚麗》，『美萬物盛多能備禮也』，故言此曲梁寡婦之笱，而魚之多如是。《苕之華》，『大夫閔時也。師旅竝起，因之以飢饉』，言『三星在罶』，則無魚可知也。梁與笱相爲用，故《詩》云『敝笱在梁』，言逝梁必言發笱。」○「鱨，楊」，《爾雅·釋魚》無文。《正義》引《義疏》云：「鱨，一名黄頰魚，是也。似燕頭魚，身形厚而長大，頰骨正黄。魚之大而有力解飛者，徐州人謂之楊。黄頰，通語也。」又《釋文》引《義疏》云：「今江東呼黄鱨魚，尾微黄，大者長尺七八寸許。」《説文》：「鱨，揚也。」本《毛詩》説。段注云：「揚，各本从木者，誤。」「鯊，鮀」，《釋魚》文。郭注云：「今吹沙小魚，體圓而有黑點文。」舍人注云：「鯊，石鮀也。」《正義》引《義疏》云：「魚狹而小，常張口吹沙，故曰吹沙。」《説文》：「魦，出樂浪潘國。」此别一種，非《詩》之「鯊鮀」也。段注云：「《毛詩》『鯊』本作『沙』。」○《傳》云「大平而後微物衆多」者，魚微物，魚衆多，則萬物盛多可知，此乃大平之所致。《無羊》篇「衆維魚矣，實維豐年」，《傳》：「陰陽和，則魚衆多矣。」意與此同。云「取之有時，用之有道」，所以推明衆多之故，《六月》序所謂「法度」是也。「古者不風不暴不行火」以下當有成文。《傳》引庶人用罟四寸入澤梁，以證「魚麗于罶」之義，而又推廣言之，以美萬物盛多也。「草木不折不操」,《正義》「操」作「芟」。「士不隱塞」,《釋文》:「隱,本又作『偃』。」「偃」即「堰」字。「庶人不數罟」,《正義》作「總罟」。《集注》「總」作「緵」,緵亦數也。此與《禮記·王制》篇較詳。《逸周書·文傳》、《淮南子·主術》、《賈子·禮》等篇及《荀子·王制篇》文義俱與此略同。○「旨且多」,旨,美也。言君子之酒既美,物且多也。「多且旨」、「旨且有」同「旨多」,旨皆謂酒,且多、且旨、且有皆謂物也,故下三章即承「多」、「旨」、「有」三字而廣言萬物耳。胡承珙《後箋》説。

魚麗于罶,魴鱧。【傳】鱧,鯇也。**君子有酒,多且旨。**【疏】魴,易識之魚,不傳。《正義》云:「《釋魚》『鱧,鯇』,舍人曰:『鱧名鯇。』郭璞曰:『鱧,鮦。』徧檢諸本,或作『鱧,鱁』,或作『鱧,鯇』,或有本作『鱧,鰈』者,定本『鱧,鮦』,『鮦』與『鱁』音同。」案今《傳》文作「鱧,鮦」,依定本改也。《爾雅》以「鱣」釋「鯉」,以「鮎」釋「鰋」,以「鯇」釋「鱧」,《傳》於「鱣」、「鰋」皆從《爾雅》,則「鱧」下必作「鯇」不作「鮦」,明矣。鮦,即今之烏魚頭有七星者。《説文》:「鮦,鱶也。」「鱶,鮦也。」鮦名鱶,不名鱧。《爾雅》釋文云:「鱧,字或作『鱺』,《本草》作『蠡』。」今《神農本草》作「蠡」,「蠡」即「鱶」之省。《爾雅》之「鱧」或誤作「鱶」,郭景純不從舊讀,遂據誤本之《爾雅》以「鮦」釋「鱧」。《御覽·鱗介部九》引《義疏》云:「《爾雅》曰:『鱧,鮦也。』」陸與郭同,而定本因改此《傳》文「鯇」作「鮦」,其紕繆甚矣。又《説文》云:「鰈,鱧也。」《正義》引或本作「鱧,鰈」,疑出三家義,與《爾雅》、毛《傳》異也。郭注《爾雅》云:「鯇,今鯶魚。似鱒而大。」「鱒」下注云:「似鯶子,赤眼。」是鯶子之赤眼者曰鱒,不赤眼者曰鯇也。陳藏器《本草拾遺》云:「鯇魚似鯉,生江湖閒。」

魚麗于罶,鰋鯉。【傳】鰋,鮎也。**君子有酒,旨且有。**【疏】「鰋,鮎」,《釋魚》文。孫炎注云:「鰋一名鮎。」《説文》:「鮎,鰻也。」「鰻,鮀也。或作『鰋』。」段注云:「『鮀也』乃『鮎也』之誤。」案許與《爾雅》、毛《傳》義同也。鮎，一名鯷，一名鮧。《爾雅》釋文引《字林》云：「青州人呼鮎鯷。」謂鮎即鯷也。引《説文》云：「鮧，大鮎也。」謂鮎之大者别曰鮧也。今《説文》「鮧」作「鮷」，同。陶弘景《名醫别録注》云：「鮧，即鯷也。今人皆呼慈音，即是鮎魚。作臛，食之。」鯉，亦易識之魚。

物其多矣，維其嘉矣。【疏】物，萬物也。嘉，善也。

物其旨矣，維其偕矣。【疏】《荀子·大略篇》：「《聘禮志》曰：『幣厚則傷德，財侈則殄禮。』禮云禮云，玉帛云乎哉！《詩》曰：「物其指矣，唯其偕矣。」不時宜，不敬交，不驩欣，雖指，非禮也。」」楊倞注云：「『指』與『旨』同。」此明聘好輕財重禮之義也。《荀子》引《詩》與《序》云「美萬物盛多能備禮」合。《豐年》傳云：「皆，徧也。」《詩述聞》云：「《廣雅》曰：『皆，嘉也。』『皆』與『偕』古字通。《荀子》以時宜、敬交、驩欣爲偕，是『偕』與『嘉』同義。」

物其有矣，維其時矣。【疏】《後箋》云：「『時』亦與『偕』、『嘉』同義。《頍弁》『爾酒既旨，爾殽既嘉』，『爾酒既旨，爾殽既時』，《傳》云：『時，善也。』此『時』與『嘉』同義之證也。且此詩嘉、偕、時皆謂政之善，即首章《傳》所云『取之有時，用之有道』也。故《六月》序云：『《魚麗》廢，則法度缺矣。』」經文「維其」二字，確是推本萬物盛多之由，猶言維其如是，所以如是。《裳裳者華》「維其有章矣，是以有慶矣」、「維其有之，是以似之」，凡言「維其」者如此，此《詩》文法倒裝耳。《説苑·辨物》篇曰：「天子南面視四星之中，知民之緩急。急則不賦藉，不舉力役。《書》曰：『敬授民時。』《詩》曰：『物其有矣，維其時矣。』物之所以有而不絶者，以其動之時也。」此解「有」爲「常有」，「時」爲「用之以時」，最合經旨。《左傳》：「襄二十年，季武子如宋歸，復命，公享之，賦《魚麗》之卒章。」《正義》曰：「『物其有矣』者，謂言魚有鱨、鯊、魴、鯉，并有旨酒也。『維其時矣』者，注云：『大平而後微物衆多，取之有時，用之有道，則萬物莫不多也。』」此可以補《詩疏》所未及，而物不專指魚，時謂取之有時，皆較《詩疏》爲勝。

《南陔》，孝子相戒以養也。

《白華》，孝子之絜白也。

《華黍》，時和歲豐，宜黍稷也。有其義，而亡其辭。【疏】《箋》云：「此三篇者，《鄉飲酒》、《燕禮》用焉，曰『笙入，立于縣中，奏《南陔》、《白華》、《華黍》』是也。孔子論《詩》『雅、頌各得其所』，時俱在耳，篇弟當在於此。遭戰國及秦之世而亡之，其義則與衆篇之義合編，故存。至毛公爲《詁訓傳》，及分衆篇之義，❶各置於其篇端云。又闕其亡者，以見在爲數，故推改什首，遂通耳，而下非孔子之舊。」又《由庚》、《崇丘》、《由儀》箋云：「此三篇者，《鄉飲酒》、《燕禮》亦用焉，曰：『乃閒歌《魚麗》，笙《由庚》；歌《南有嘉魚》，笙《崇丘》；歌《南山有臺》，笙《由儀》。』亦遭世亂而亡之。《燕禮》又有『升歌《鹿鳴》，下管《新宮》』，《新宮》亦《詩》篇名也，辭、義皆亡，無以知其篇弟之處。」《後箋》云：「《箋》云：『孔子時，《南陔》等篇弟當在於此。』是謂《南陔》三篇在《魚麗》後，足見《魚麗》殿《鹿鳴之什》，非毛公所移。而《六月》序《魚麗》一句在《南陔》之上，亦必非鄭氏所移可知。且《六月》序列次《小雅》二十二篇，自《鹿鳴》至《華黍》皆言缺，自《由庚》以下則變其文。孔《疏》以此爲別，謂《華黍》以上爲文、武之《詩》，《由庚》以下爲周公、成王之《詩》；言缺者爲剛君父之義，不言缺者爲柔臣子之義。雖近穿鑿，然亦可

❶「及」，阮刻《毛詩正義》作「乃」。

見《序》文原本如此，非由鄭氏移『《魚麗》』一句於『《南陔》』上也。又《六月》序《南陔》、《白華》、《華黍》三詩本相連。《正義》云：『毛公爲《詁訓傳》，分别衆篇之義，各置篇端。此三篇之《序》，無詩可屬，故連聚置於此。』此由不知三詩本當在此，非毛所連聚也。惟所云『據《六月》序，《由庚》本弟在《華黍》下，而與《崇丘》同處者，以其是成王之詩，故下從其類』，此則不誤。《由庚》三篇連聚一處，當由毛公所置。然孔説尚不如陸氏《釋文》云『以其俱亡，使相從者』爲當耳。又《箋》云『闕其亡者，以見在爲數，故推改什首，遂通耳，而下非孔子之舊』，《正義》謂『毛公不數亡《詩》，推改什篇之首，遂通盡《小雅》云耳。言「以下非」，則止《鹿鳴》一什是也』。據此，是孔子時《鹿鳴》至《魚麗》爲一什，《南陔》至《湛露》爲一什，以下凡《小雅》八什，什各十篇。毛《傳》則闕『六笙詩』不入什數，以《南有嘉魚》至《吉日》爲次什，以下每相差者六篇，凡《小雅》七什，末什爲十四篇，奇零之數歸於末什。《大雅》及《頌》皆然。《稽古編》謂毛公置六詩於什外，此本《正義》之説。翁氏《附記》謂『當從蘇、吕所定，收入什中』，殊不知分什者，止因篇數既多，簡札煩重，不得不分。六詩既亡，自無庸分篇數而入什目。必以《南陔》居什之終，《白華》領什之始，取彼虚名，當其實數，亦可以不必矣。」《後箋》又云：「笙詩乃不歌而笙之詩，即鄭注《儀禮》所云『以笙吹此詩，以爲樂也』。惟其專以笙吹，故其辭易亡。不然，他詩具在，而獨亡此六篇，亦屬可疑。得此，乃更無疑義矣。」

詩毛氏傳疏卷十七

南有嘉魚之什詁訓傳弟十七　毛詩小雅

《南有嘉魚之什》十篇，四十六章，二百七十二句。

《南有嘉魚》四章，章四句。

《南有嘉魚》，樂與賢也。大平之君子至誠，樂與賢者共之也。

南有嘉魚，烝然罩罩。【傳】江、漢之閒，魚所產也。罩罩，籗也。**君子有酒，嘉賓式燕以樂。**

【疏】《傳》云「江、漢之閒，魚所產也」者，釋「南有嘉魚」句。《漢廣》序：「文王之道被于南國，美化行乎江、漢之域。」是則南者，周之南國。弟三章云「南有樛木」，見於《周南・樛木》篇。弟四章云「翩翩者鵻」，見於《小雅・四牡》篇。皆紀文王之詩。而此篇亦借樛木、翩鵻設興，故《傳》知經之南謂在江、漢閒也。周以《文王官人》爲法。○王肅云：「烝，衆也。」云「罩罩，籗也」者，《正義》云：「《釋器》：『籗謂之罩。』李巡曰：『籗，編細竹以爲罩捕魚也。』孫炎曰：『今楚籗也。』郭璞曰：『今魚罩。』然則罩以竹爲之，無竹則以荆，故謂之楚籗。重云『罩罩』者，非一也。」《釋文》引郭注云：「籗，捕魚籠也。」《說文》云：「罩，捕魚器也。」「籱，罩魚者。或省作『籗』。竹角切。」今作

「篧」者，疑非也。《淮南子・説林》篇云：「罩者抑之。」案抑者，按也。罩魚爲篧，按而取之器也。今見太湖人尚有以罩取魚者。言南方之魚既旨且多，有捕魚之人以罩罩取之，喻賢人散處天下，亦既善且衆，有大平君子以禮禮賓之也。次章興義同。〇君子，大平君子也。嘉賓，謂賢者也。

南有嘉魚，烝然汕汕。【傳】汕汕，樔也。**君子有酒，嘉賓式燕以衎。**【傳】衎，樂也。【疏】《傳》云「汕汕，樔也」者，《正義》云：「《釋器》：『樔謂之汕。』李巡曰：『汕，以薄汕魚。』孫炎曰：『今之撩罟。』」孫與鄭《箋》、郭注皆同。《釋文》：「樔，字或作『罺』。」與今本《爾雅》同。《説文・网部》無「罺」字。《木部》：「樔，澤中守艸樓。」邵晉涵《爾雅正義》云：「壅艸澤畔，蓄魚其中，名爲罺。」此與李説「以薄汕魚」合。《淮南子》云：「罾者舉之。」罾疑即樔。罾樔，猶橧巢也。《説文・水部》：「汕，魚游水皃。《詩》曰：『烝然汕汕。』」義本三家。又《魚部》引《詩》：「烝然鯙鯙。」「鯙」與「罩」同。《廣雅》：「淖淖、滻滻，衆也。」王念孫《疏證》云：「『淖淖』與『罩罩』同，『滻滻』與『汕汕』同。《廣韻》汕、滻二字竝所簡切。『淖淖』、『滻滻』之訓爲『衆』，蓋亦本三家也。」〇「衎，樂」者，與上章同義。衎，亦樂也。《説文》：「衎，行喜皃。」

南有樛木，甘瓠纍之。【傳】興也。纍，蔓也。**君子有酒，嘉賓式燕綏之。**【疏】《樛木》傳：「木下曲曰樛。」樛木下垂，甘瓠得而纍蔓之，喻君子禮下，賢者因而歸附之。《燕禮》「歌《南有嘉魚》」，鄭注云「此采其能以禮下賢者，賢者纍蔓而歸之，與之宴樂」是也。《鄉飲酒禮》注同。《正義》云：「《傳》文略。三章《傳》云『興也』，舉中明此上下，足知魚、鵻皆興也。」《傳》訓「纍」爲「蔓」者，蔓，長也，延也。《樛木》箋：「纍而蔓之。」是「纍」爲「蔓」也。古字作「曼」。綏，安也。

翩翩者鵻，烝然來思。【傳】鵻，壹宿之鳥。**君子有酒，嘉賓式燕又思。**【疏】《釋文》：「鵻，本亦作

『隹』。」《四牡》「翩翩者鵻」，《傳》：「鵻，夫不也。」《箋》云：「夫不，鳥之慤謹者。」此《傳》云「鵻，壹宿之鳥」，《箋》：「壹宿者，壹意於其所宿之木也。」讀「壹」爲「專壹」之「壹」。慤謹專壹，鵻之性也。詳《四牡》篇。案上章言下曲之木，喻君子與賢之誠；此章言壹宿之鳥，喻賢者之一心乎君子。所以然者，本由君子至誠也。○「烝然來思」，言衆然來也。思，猶之也。上章以「纍」、「綏」爲韻，而韻下用兩「之」字。此章以「來」、「又」爲韻，而韻下用兩「思」字。古之、思聲同，故之、思二字皆爲語已之詞。又，讀爲右，《彤弓》傳：「右，勸也。」

《南山有臺》五章，章六句。

《南山有臺》，樂得賢也。得賢，則能爲邦家立大平之基矣。【疏】襄二十年《左傳》：「季武子如宋，歸，復命。公享之，公賦《南山有臺》，武子去所，曰：『臣不堪也。』」《穆天子傳》：「祭公飲天子酒，天子命歌《南山有薹》。」薹，古「臺」字。此皆謂得賢之樂，與《序》義同。

南山有臺，北山有萊。【傳】興也。臺，夫須也。萊，草也。**樂只君子，邦家之基。**【傳】基，本也。**樂只君子，萬壽無期。**【疏】《箋》云：「興者，山之有草木，以自覆蓋，成其高大，喻人君有賢臣，以自尊顯。」五章興義皆同。○「臺，夫須」，《爾雅·釋草》文。《正義》引《義疏》云：「舊說：夫須，莎草也，可爲蓑笠。」案夫須，莎一語之轉。《爾雅》舊說「可爲蓑」，「蓑」下「笠」字疑當衍。《都人士》傳：「臺，所以禦雨。」又《無羊》傳：「蓑，所以備雨。」臺即蓑，是則臺皮可以爲蓑矣。《爾雅翼》云：「臺者，沙草，可爲衣以禦雨，今人謂之蓑衣。」此羅端良本《爾雅》「舊說」也。《都人士》箋：「以臺皮爲笠。」與舊說異。《傳》云「萊，草」，草名萊也，《正義》誤以爲草之總名。《爾雅》：「蘵，蔓華。」蘵，《説文》作「萊」，《繫傳》以爲「蘵」與「萊」同。《齊民要術》卷十引《義疏》云：「萊，藜也。莖、葉皆似菉王芻。今兖州人蒸以爲茹，謂之萊蒸。譙沛人謂雞蘇爲萊，故《三倉》云：『萊，茱萸。』此二草異而名同。」毛晉《廣要》云：「藜草似蓬，一名洛帚藜。疑與萊異種。據景純、漁仲注，蘵一名蒙華，未詳其狀何似。」〇《昊天有成命》傳：「基，始也。」「本」與「始」義相近。襄二十四年《左傳》：「子産曰：『夫令名，德之輿也。德，國家之基也。有基無壞，毋亦是務乎？有德則樂，樂則能久。《詩》云：「樂旨君子，邦家之基。」有令德也夫。』」又昭十三年《傳》：「同盟于平丘，子産争承，自日中以至于昏，晉人許之。仲尼謂子産於是行也，足以爲國基矣。《詩》曰：『樂旨君子，邦家之基。』子産，君子之求樂者也。」案兩引《詩》皆作「旨」。「旨」與「只」皆語詞。樂，謂德樂，指君子言。而與《序》「樂得賢」「樂」字不同義。君子，席賢者也。

南山有桑，北山有楊。樂只君子，邦家之光。樂只君子，萬壽無疆。【疏】《箋》云：「光，明也。政教明，有榮曜。」

南山有杞，北山有李。樂只君子，民之父母。樂只君子，德音不已。【疏】「南山有杞」，《杕杜》、《北山》篇竝云「北山采杞」，解之者以《杕杜》、《北山》之杞爲即今之枸杞，而以此南山之杞爲山木，恐非是。《本草注》謂枸杞有高一二丈者，疑即此也。《釋文》引《義疏》云：「杞，其樹如樗，一名狗骨。」〇《禮記·大學》篇：「《詩》云：『樂只君子，民之父母。』民之所好好之，民之所惡惡之，此之謂民之父母。」案引《詩》以明「樂」字之義，所謂有德則樂也。《洞酌》「豈弟君子，民之父母」，《傳》：「樂以强教之，易以説安之，民皆有父之尊、母之親。」《傳》用《表記》文以釋「豈弟」之義，言各有當也。已，止也。不已，猶不忘也。《説文》：「忘，止也。」

南山有栲，北山有杻。【傳】栲，山樗；杻，檍也。**樂只君子，遐不眉壽。**【傳】眉壽，秀眉也。**樂**

只君子，德音是茂。【疏】「栲，山樗；杻，檍」，《山有樞》同。詳《山有樞》篇。○《傳》於《棫樸》之「遐不作人」、《下武》之「不遐有佐」訓「遐」爲「遠」，兩「不」字皆爲助詞，無意義。唯此篇「遐不眉壽」、「遐不黄耇」與《隰桑》之「遐不謂矣」，毛無《傳》者，意「不」與《棫樸》、《下武》同也。《釋詞》云：「遐，何也。遐不，何不也。」案眉壽、黄耇，皆古者老壽之稱。《烈祖》篇亦云：「綏我眉壽，黄耇無疆。」經於眉不言秀，而黄不言髮，此乃行文之例。《傳》嫌但解眉爲秀眉，而壽未見，故必連壽言之，云：「眉壽，秀眉也。」下章「黄耇」不箸明黄髮，而「黄」字之義未見，故又必分釋之，黄爲黄髮，耇爲壽，此《傳》義也。《七月》傳：「眉壽，豪眉也。」義與此同。《方言》：「眉，老也。東齊曰眉。」或三家《詩》有謂眉爲老者矣。《還》傳云：「茂，美也。」

南山有枸，北山有楰。【傳】枸，枳枸；楰，鼠梓。**樂只君子，遐不黄耇。**【傳】黄，黄髮也。耇，老也。**樂只君子，保艾爾後。**【傳】艾，養；保，安也。【疏】《正義》云：「枸，《釋木》無文。宋玉賦曰：『枳枸來巢。』則枸木多枝而曲，所以來巢也。」引《義疏》云：「枸樹高大似白楊，有子著枝端，大如指，長數寸，噉之甘美如飴，八月熟。今官園種之，謂之木蜜。」案今《文選》宋玉《風賦》作「枳句」，「句」同「枸」。《莊子·山木》篇言：「騰猿得柟梓豫章，攬蔓其枝，而王長其閒。得柘棘枳枸之閒，危行側視，振動悼慄。」其字亦作「枳枸」。枳枸與柘棘爲類，是枸木爲叢生之木可知。枸，《禮記·曲禮》、《内則》皆作「椇」，《説文》作「杸」。《説文》：「杸，積杸也。一曰木名。」崔豹《古今注》云：「枳椇子一名樹蜜，一名木餳。實形拳曲，核在實外，味甘美如餳蜜。」崔説與《義疏》合。「楰，鼠梓」，《釋木》文。《正義》引《義疏》云：「其樹葉木理如楸，山楸之異者，今人謂之苦楸。」郭注《爾雅》云：「楸屬也。今江東有虎梓。」郝懿行《爾雅義疏》云：「今一種楸，大，葉如桐葉而黑，山中人謂之檟楸，即郭所云虎梓。」○《傳》知黄爲黄髮者，《行葦》「黄耇台背」、《閟宫》「黄髮台背」，又《閟宫》四章言「黄髮眉壽」、七章言「眉壽黄髮」，此黄即黄髮之義也。今本「耇，老」下奪「也」字，《釋文》作「耇，壽也」，疑陸所據《傳》不誤。「耇」詁「壽」，《傳》意以上章之「壽」，釋此章之「耇」也。《爾雅》云：「黄髮，壽也。」又云：「耇，壽也。」《行葦》序箋云：「黄，黄髮也。耇，凍黎也。」《説文》：「耇，老人面凍黎若垢。」孫炎云：「耇，面凍黎色如浮垢，老人壽徵也。」耇、垢疊韻，故取以爲訓。「艾，養」，《釋詁》文。《鴛鴦》「福禄艾之」，《傳》亦云：「艾，養也。」「保，安」，《山有樞》、《楚茨》、《思齊》、《常武》同。《小箋》云：「依《傳》，似經文當作『艾保』。」

《由庚》，萬物得由其道也。

《崇丘》，萬物得極其高大也。

《由儀》，萬物之生，各得其宜也。有其義，而亡其辭。【疏】説見上。末七字毛公作《傳》時所益也。❶

《蓼蕭》四章，章六句。

《蓼蕭》，澤及四海也。【疏】《禮記·祭義》篇：「推而放諸東海而準，推而放諸西海而準，推而放諸南海而準，推而放諸北海而準。《詩》云：『自西自東，自南自北，無思不服。』此之謂也。」

---

❶「七」，原作「六」，據中國書店影印武林愛日軒刻本、徐子静本改。

蓼彼蕭斯，零露湑兮。【傳】興也。蓼，長大貌。蕭，蒿也。湑湑然，蕭上露貌。**既見君子，我心寫兮。**【傳】輸寫其心也。**燕笑語兮，是以有譽處兮。**【疏】蓼，猶蓼蓼也。《蓼莪》傳：「蓼蓼，長大皃。」義與此同。「蕭，蒿」，《下泉》同。零，當作「霝」，下同。《裳裳者華》傳：「湑，盛皃。」盛曰湑，重言曰湑湑。《傳》云「蕭上露皃」也者，謂蕭上露盛多湑湑然也。蕭以共祭祀，諸侯有與助祭祀之禮，故詩以蓼蕭起興。○「既見君子」，謂諸侯之見天子也。我，諸侯自我也。經言「寫」，《傳》云「輸寫」，此以雙字釋單字。輸亦寫也，《廣雅・釋言》：「輸，寫也。」「輸寫」蓋古語。《泉水》傳：「寫，除也。」「輸寫」與「除」義亦相近。燕，安也。與下章「孔燕」同。《詩述聞》云：「《集傳》引蘇氏曰：『譽、豫通。凡《詩》之「譽」皆樂也。』蘇氏之説是也。《爾雅》曰：『豫，樂也。豫，安也。』則譽處，安處也。《蓼蕭》之『譽處』，承『燕笑語兮』而言之。《裳裳者華》之『譽處』，承『我心寫兮』而言之。《吕氏春秋・孝行》篇注曰：『譽，樂也。』《南有嘉魚》曰：『嘉賓式燕以樂。』《車舝》曰：『式燕且喜。』又曰：『式燕且譽。』《六月》曰：『吉甫燕喜。』《韓奕》曰：『韓姞燕譽。』《射義》引《詩》『則燕則譽』，而釋之曰：『則安則譽，皆安樂之意也。』《箋》悉訓爲『名譽』之『譽』，疏矣。」

蓼彼蕭斯，零露瀼瀼。【傳】瀼瀼，露蕃貌。**既見君子，爲龍爲光。其德不爽，壽考不忘。**【傳】龍，寵也。爽，差也。【疏】《野有蔓草》傳：「瀼瀼，盛皃。」「蕃」與「盛」義同。○龍，古「寵」字，古文以龍爲寵也。昭十二年《左傳》：「宋華定來聘，公賦《蓼蕭》，昭子曰：『宴語之不懷，寵光之不宣，令德之不知，同福之不受。』」案昭子四言正釋詩四章之義。《詩》「龍光」，《左傳》作「寵光」，龍讀爲寵。毛《傳》正本《左傳》。「爲寵爲光」，爲寵光也，寵亦光也。《酌》「我龍受之」、《長發》「何天之龍」，《箋》竝以龍爲寵，本此《傳》訓。而《傳》於

《酌》、《長發》「龍」字不訓「寵」矣。「爽，差」，《氓》同。

蓼彼蕭斯，零露泥泥。【傳】泥泥，霑濡也。**既見君子，孔燕豈弟。**【傳】豈，樂；弟，易也。**宜兄宜弟，**【傳】爲兄亦宜，爲弟亦宜。**令德壽豈。**【疏】《廣雅》：「泥泥，露也。」《傳》云「霑濡」，即《行露》傳所云：「厭浥，溼意也。」○「豈，樂；弟，易」，《載驅》、《旱鹿》、《泂酌》傳竝同。經言「宜兄宜弟」，《傳》乃逆辭釋經謂兄宜弟宜，故云「爲兄亦宜，爲弟亦宜」也。兄弟，指來朝諸侯，言同姓諸侯盡以爲宜也。《沔水》傳：「兄弟，同姓臣也。」是其義。《正義》云：「宜爲人兄，宜爲人弟，則指天子爲諸侯之兄弟。」順經作解，失《傳》之恉。

蓼彼蕭斯，零露濃濃。【傳】濃濃，厚貌。**既見君子，鞗革沖沖。和鸞雝雝，萬福攸同。**【傳】鞗，轡也。革，轡首也。沖沖，垂飾貌。在軾曰和，在鑣曰鸞。【疏】《說文》：「濃，露多也。」「厚」與「多」義同。○鞗爲轡首之飾，非轡也。今《傳》文「鞗轡」二字理不可通。《正義》云：「《釋器》：『轡首謂之革。』郭璞曰：『轡靶也。』然則馬轡所靶之外有餘而垂者，謂之革，鞗皮爲之，故云：『鞗革，轡首垂也。』鞗革即言沖沖，故知垂飾貌。」案《傳》文「鞗，轡也。革，轡首也」七字，據仲達所見，當作「鞗革，轡首垂也」六字，「轡首」詁「革」，「垂」詁「鞗」。蓋轡首以垂爲飾，故又解沖沖爲垂飾皃。《韓奕》箋：「鞗革，謂轡也。」《載見》箋：「鞗革，謂轡首也。」皆渾言之。《采芑》箋云：「鞗革，轡首垂也。」此《箋》正用《蓼蕭》傳語。鞗，當作「鋚」。革，古文「勒」。《說文》云：「鋚，轡首銅也。」「勒，馬頭絡銜也。」「銜，馬勒口中也。」是轡之絡馬首者謂之勒。勒關馬口者謂之銜。勒以革爲之，故字從革。勒絡馬首所垂之轡，其上飾謂之鋚，鋚以金爲之，《說文》曰「銅」，銅即金也。《正義》謂鋚爲皮，蓋因字誤從革耳。又謂勒爲靶外有餘而垂者，亦誤。《春官·巾車》「革路龍勒」，注：「龍，駹也。以白黑飾韋襍色爲勒。」「厭翟勒面」，注：「勒面，謂以如王龍勒之韋爲當面飾也。」「翟車貝面」，注：「貝面，貝飾勒之當面也。」又《既夕·記》「纓轡貝勒縣于衡」，注：「貝勒，貝飾勒。」奂謂勒當馬面，所謂轡首也。天子以下，轡首皆有飾。《考工記·玉人》：「上公用龍。」《説文》「龍」作「駹」，四玉一石。龍勒以玉爲飾。是天子以玉，諸侯以金，大夫、士以貝歟？《載驅》「垂轡爾爾」，《傳》：「垂轡，轡之垂者。」此《傳》云：「沖沖，垂飾皃。」垂飾，謂轡首之垂飾。垂飾以金爲飾。《載見》箋：「鶬，金飾皃。」金，所謂鋚也。「沖」與「鶬」一聲之轉。○和，鈴也，《傳》云：「在軾曰和。」軾，軾前也，《載見》傳亦云：「和在軾前。」桓二年《左傳》：「錫鸞和鈴，昭其聲也。」杜注云：「鸞在鑣，和在衡。」《史記·禮書》集解引服注同。《説苑·説叢》篇亦云：「鸞設於鑣，和設於衡。」然則云「鸞在鑣」與毛同，而云「和在衡」與毛異。和繫軾前，軾前即馬尾，其繫鈴之處，未聞也。一説驂馬内轡繫於軾前，其環謂之觼。車行有聲，故又謂之和。若此，則和爲環轡之聲，而非鈴矣。鸞，亦鈴也。鸞繫於鑣，《傳》云：「在鑣曰鸞。」《説文》：「鑣，馬銜也。」馬銜之出於兩旁者爲鑣。兩旁，故兩鑣。繫鈴於鑣爲鸞。《大戴禮·保傅》篇：「升車，則聞和鸞之聲。在衡爲鸞，在軾爲和，馬動而鸞鳴，鸞鳴而和應，聲曰和，和則敬，此御之節也。」《經解》：「升車，則有鸞和之音。」鄭注云：「鸞、和，皆鈴也，所以爲車行節也。」引《韓詩内傳》：「鸞在衡，和在軾前。升車則馬動，馬動則鸞鳴，鸞鳴則和應。」《輿服志》劉昭《補注》引《魯訓》：「和，設軾者也。鸞，設衡者也。」《白虎通義》：「鸞者在衡，和者在軾。」然則云「和在軾」與毛同，而云「鸞在衡」又與毛異。鄭於《大馭》注、《玉藻》注竝云：「鸞在衡，和在軾。」《四鐵》箋：「置鸞于鑣，異於乘車。」是乘車之鸞在衡，田車之鸞在鑣。亦主「鸞在衡」之説。《烈祖》箋：「鸞在鑣，四馬則八鸞。」則又主「鸞在鑣」之説。鄭本無定解。《左傳疏》云：「《考工記》：『輪崇、車廣、衡長，參如一。』則衡之所容，唯兩服馬耳。《詩》辭每言八鸞，當謂馬有二鸞。鸞若在衡，衡唯兩馬，安得置八鸞乎？以此知鸞必在鑣。」

案孔《疏》是也。《説文》：「鑾，人君乘車，四馬鑣，八鑾鈴，象鸞鳥之聲，和則敬也。从金，鸞省。」《輿服志》注引許慎曰：「《詩》云：『八鸞鎗鎗。』則一馬二鸞也。」又曰：「『輶車鸞鑣』，知非衡也。」許説當出《五經異義》。四馬八鑣八鑾，《采芑》、《烝民》、《韓奕》、《烈祖》皆云「八鸞」。鸞者，「鑾」之假借字。《月令章句》云：「以金爲鸞鳥，縣鈴其中，施於衡，爲遲速之節。」高注《吕覽》云：「鸞鳥在衡。」《輿服志》亦云：「鸞雀立衡。」此皆本「鸞在衡」之説，而更誤作鳥形矣。《爾雅》：「雍，聲也。」《禮記・少儀》篇：「鸞和之美，肅肅雍雍。」《新書・容經》篇：「『和鸞噰噰，萬福攸同』，言動有紀度，則萬福之所聚也。」

《湛露》四章，章四句。

《湛露》，天子燕諸侯也。

湛湛露斯，匪陽不晞。【傳】興也。湛湛，露茂盛貌。陽，日也。晞，乾也。露雖湛湛然，見陽則乾。**厭厭夜飲，不醉無歸。**【傳】厭厭，安也。夜飲，私燕也。宗子將有事，則族人皆侍，不醉而出，是不親也；醉而不出，是渫宗也。【疏】湛，從甚聲，古音讀如「沈没」字。「茂盛」與「甚」義相近。陽，讀爲暘。《祭義》「殷人祭其陽」，注：「陽，讀爲『曰雨曰暘』之『暘』。」此陽、暘古通矣。《説文》云：「暘，日出也。」「晞，乾」，《蒹葭》同。文四年《左傳》：「衛甯武子來聘，公與之宴，爲賦《湛露》，不荅。對曰：『昔諸侯朝正於王，王宴樂之，於是乎賦《湛露》，則天子當陽，諸侯用命也。』」杜注云：「言露見日而乾，猶諸侯稟天子命而行。」案杜正用毛《傳》。詩凡四章，上二句是興，陽喻天子，露喻諸侯，豐草、杞、棘、桐、梓喻諸侯所在之國。首章不言露之所在，二章、三章不言陽，末章并不言露，皆互見其義。○厭，讀爲懕，此假借也。《小戎》傳：「厭厭，安静也。」亦當作「懕懕」。《爾雅》：「懕懕，安也。」《説文》：「懕，安也。从心，厭聲。」引《詩》作「懕懕夜歓」。《釋文》及《文選・魏都賦》、《琴賦》注引《韓詩》作「愔愔夜飲」，《薛君章句》：「愔愔，和悦之貌。」與《毛詩》異。《燕禮》云：「司正命卿大夫：『君曰以我安。』卿大夫皆對曰：『諾，敢不安？』賓反入，及卿大夫皆説屨，升，就席。公以賓及卿大夫皆坐，乃安。」此即《傳》訓「厭厭」爲「安」之義也。《正義》云：「《楚茨》：『備言燕私。』《傳》曰：『燕而盡其私恩。』明夜飲者，亦君留而盡私恩之義，故言『燕私』也。」是孔所據《傳》文「私燕」作「燕私」矣。《傳》既釋「夜飲」爲「燕私」，而又援宗子族侍之禮釋經「不醉無歸」句。《書大傳・酒誥》篇：「宗室有事，族人皆侍。終日，大宗已侍于賓。奠，然後燕私。燕私者，何也？祭已而與族人飲也。不醉而出，是不親也。醉而不出，是渫宗也。出而不止，是不忠也。親而甚敬，忠而不倦。若是，則兄弟之道備。備者，成也。成者，成于宗室也。故曰：飲而醉者，宗室之意也；德將無醉，族人之志也。是故祀禮有讓，德施有復，義之至也。」案此與《傳》義同。《燕禮》云：「司正升受命，皆命：『君曰無不醉。』賓及卿大夫皆興，對曰：『諾，敢不醉？』皆反坐。」此謂「不醉無歸」也。又《記》云：「宵，則庶子執燭於阼階上，司宫執燭於西階上，甸人執大燭於庭，閽人爲大燭於門外。賓醉，北面坐取其薦脯以降，奏《陔》。」此謂夜飲不醉無歸也。但《儀禮》不言同姓，《傳》乃探下章「在宗載考」句，故《傳》主族燕爲説。此詩可以補《禮》之闕，而《傳》又足以申補經之義也。

湛湛露斯，在彼豐草。【傳】豐，茂也。**厭厭夜飲，在宗載考。**【傳】夜飲必於宗室。【疏】豐草，《小弁》云：「茂草。」是「豐」爲「茂」也。《爾雅》：「茂，豐也。」二字互訓。○《傳》云「夜飲必於宗室」，以釋經「在宗」之義。「在」與「於」同。上章「不醉無歸」，《傳》援宗子族侍之禮言之。此言宗室，正是宗子之室。考，成也。

夜飲必成於宗子之室也。王者爲天下之大宗，即爲天下諸侯之宗室矣。燕諸侯，兼同異姓。周之宗盟，異姓爲後，故詩特舉同姓之親親以該異姓耳。《六月》序云：「《湛露》廢，則萬國離矣。」可見此詩本不專謂燕同姓諸侯。

湛湛露斯，在彼杞棘。顯允君子，莫不令德。【疏】《四月》「隰有杞桋」，《傳》：「杞，枸檵也。桋，赤棘也。」杞棘，猶杞桋矣。○君子，謂諸侯也。

其桐其椅，其實離離。【傳】離離，垂也。**豈弟君子，莫不令儀。**【疏】《定之方中》傳云：「椅，梓屬。」離離，猶歷歷也。《初學記・果木部》引《韓詩》云：「離離，長皃。」「垂」與「長」義相近。

《彤弓》三章，章六句。

《彤弓》，天子錫有功諸侯也。

彤弓弨兮，受言藏之。【傳】彤弓，朱弓也，以講德習射。弨，弛貌。言，我也。**我有嘉賓，中心貺之。**【傳】貺，賜也。**鍾鼓既設，一朝饗之。**【疏】《説文》：「彤，丹飾也。」以丹飾弓曰彤弓，故《傳》云：「彤弓，朱弓也。」《荀子・大略篇》及何注定四年《公羊傳》皆云：「諸侯彤弓。」《夏官》：「司弓矢掌六弓：王弓、弧弓，以授射甲革、椹質者；夾弓、庾弓，以授射豻侯、鳥獸者；唐弓、大弓，以授學射者、使者、勞者。」服虔注《左傳》：「玈弓以射甲革、椹質。」服以玈弓當《周禮》之弧弓，必有師據。此《傳》言「彤弓以講德習射」，則當《周禮》之大弓。鄭注云：「學射者弓用中，後習强弱則易也。使者、勞者弓亦用中，遠近可也。勞者，勤勞王事，若晉文侯、文公受王弓矢之賜者。」鄭與毛同也。《考工記・弓人》：「往體、來體若一，謂之唐弓之屬，利射深。」注云：「射深用直。唐弓合七而成規，大弓亦然。《春秋傳》曰：『盜竊寶玉大弓。』」案定八年《穀梁傳》云：「大弓者，武王之戎弓也。周公受賜，藏之魯。是大弓爲我魯受諸先王所藏之弓。」則彤弓之即大弓，此確證也。《公羊傳》云：「弓繡質。」繡即丹飾歟？《説文》：「弨，弓反也。」「弛」、「反」義相近。《傳》訓「言」爲「我」者，與《葛覃》、《泉水》、《文王》同。「受言，我受」，猶「永言，我永也」、「願言，我願也」，同其句例。我，我諸侯也。我諸侯受彤弓於天子，守而藏諸祖廟也。襄八年《左傳》：「季武子賦《彤弓》，宣子曰：『我先君文公獻功于衡雍，受彤弓于襄王，以爲子孫藏。』」又昭十五年《傳》：「彤弓、虎賁，文公受之。」皆其義也。王肅云：「我藏之以示子孫。」是矣。「受言載之」、「受言櫜之」同。○嘉賓，謂諸侯也。「貺，賜」，《爾雅・釋詁》文。《説文・貝部》無「貺」，當是「況」字之誤。文四年《左傳》：「衛甯武子來聘，公與之宴，爲賦《湛露》及《彤弓》，武子對曰：『諸侯敵王所愾而獻其功，王於是乎賜之彤弓一、彤矢百、玈弓矢千，以覺報宴。今陪臣來繼舊好，君辱貺之，其敢干大禮以自取戾？』」案《傳》以「賜」詁「貺」，正用《左傳》。又僖二十八年《傳》：「晉侯獻楚俘于王，賜之彤弓一、彤矢百、玈弓矢千。」此即諸侯敵愾獻功而賜之之禮也。○天子饗諸侯有金奏，此鍾鼓即金奏之樂，樂之始也。《仲尼燕居》言：「大饗禮，兩君相見，揖讓而入門，入門而縣興。」又云：「入門而金作，示情也。」《郊特牲》言：「饗禘有樂。」又云：「賓入大門而奏《肆夏》，示易以敬也。」此賓即大賓。入大門奏《肆夏》，即兩君相見，入門縣興。《左傳》：「穆叔曰：『《肆夏》，天子所以享元侯也。』」《春官・鍾師》：「凡樂事，以鍾鼓奏《九夏》。」鄭注云：「先擊鍾，次擊鼓。」又《燕禮・記》：「若以樂納賓，則賓及庭，奏《肆夏》。」注云：「《肆夏》，以鍾鎛播之，鼓磬應之，所謂金奏也。」金鶚《求古録》云：「燕聘賓，及庭而奏《肆夏》；兩君相見，則入大門即奏《肆夏》，此其異也。且樂章亦殊，《燕禮》謂燕他國大夫，奏《肆夏》。而《左傳》穆叔如晉，金奏《肆夏》之三，不拜，以爲使臣不敢與聞。蓋諸侯燕聘賓惟用《肆夏》一章，而兩君相見及天子享諸侯，乃得備三章，故《左傳》不言《肆夏》而言『三夏』也。《外傳》謂金奏《肆夏》、《繁遏》、《渠》。《肆夏》其一，《繁遏》其二，《渠》其三，以《肆夏》統之，故曰『《肆夏》之三』。猶《文王》、《大明》、《緜》三篇稱『《文王》之三』，《鹿鳴》、《四牡》、《皇皇者華》稱『《鹿鳴》之三』也。又樂闋亦有異，《燕禮・記》云：『賓拜酒，主人荅拜，而樂闋。』是賓未卒爵也。《郊特牲》言：『卒爵而樂闋。』當兼賓、主言。蓋諸侯爲賓，其禮宜隆，故樂闋必待卒爵也。又燕聘賓，金奏止二節，與兩君奏三節異焉。」奐案凡諸侯賜弓矢、專征伐，是九命作伯，天子乃以饗禮當之，《周語》「公當饗」是也。一朝，猶終朝也。《正義》云：「以燕如至夜，饗則如其獻數，禮成而罷，故以『朝』言之。」

彤弓弨兮，受言載之。【傳】載以歸也。**我有嘉賓，中心喜之。**【傳】喜，樂也。**鍾鼓既設，一朝右之。**【傳】右，勸也。【疏】《傳》云「載以歸」，以釋經「載之」之義，與上章「藏之」同意也。「喜，樂」，《釋詁》文。《菁菁者莪》「我心則喜」，《傳》亦云：「喜，樂也。」〇《楚茨》傳：「侑，勸也。」《周禮・大祝》「以享右祭祀」，注：「右，讀爲侑。」此右、侑聲通之證。侑，本字，假借作「右」，又作「宥」。《後箋》云：「上言『鍾鼓既設』，則右醻明是饗時之事，不當泛以勸報有功釋之。右之、醻之，當主侑幣、酬幣爲義。《左傳》：『莊十八年，虢公、晉侯朝王，王饗醴，命之宥，皆賜玉五瑴、馬三匹。僖二十五年，晉侯朝王，王饗醴，命之宥。僖二十八年，晉侯獻楚俘于王，王饗醴，命晉侯宥。』是則饗禮本有侑幣，王禮或更有玉與馬。」

彤弓弨兮，受言櫜之。【傳】櫜，韜也。**我有嘉賓，中心好之。**【傳】好，説也。**鍾鼓既設，一朝醻之。**【傳】醻，報也。【疏】《時邁》「載櫜弓矢」，《傳》亦云：「櫜，韜也。」《齊語》「垂櫜而入」，韋注云：「櫜，囊也。」

「韜」與「囊」義近。好，猶喜也。《傳》訓「好」爲「説」與訓「好」爲「樂」，義亦相近。○醻，或「酬」字。「酬」訓「報」，《楚茨》、《瓠葉》「酢」亦訓「報」，酬、酢義同。《後箋》云：「春秋時，秦后子享晉侯，歸取酬幣，終事八反。魯侯享范獻子，展莊叔執幣。皆饗有酬幣之證。《郊特牲》：『大饗，君三重席而酢。三獻之介，君專席而酢。』有酢必有酬，此所以用酬幣也。《儀禮・覲禮》『饗禮乃歸』，❶注云：『禮，謂食、燕也。❷王或不親以其禮幣致之。略言饗禮，互文也。』《疏》云：『以此文爲互，則饗、食、燕皆有酬幣、侑幣。是以《掌客職》「三饗」、「三食」、「三燕」云云，即云若弗酌，則以幣致之。』此節注疏最爲明晰。饗禮既有侑酬，則此詩『右之』、『醻之』即饗時之侑幣、酬幣，不必牽及於食、燕矣。」

《菁菁者莪》四章，章四句。

《菁菁者莪》，樂育材也。君子能長育人材，則天下喜樂之矣。

菁菁者莪，在彼中阿。【傳】興也。菁菁，盛貌。莪，蘿，蒿也。中阿，阿中也。大陵曰阿。君子能長育人材，如阿之長莪菁菁然。**既見君子，樂且有儀。**【疏】《文選・西都賦》注引《韓詩》「蓁蓁者莪」，《薛君章句》：「蓁蓁，盛皃也。」《集韻・十四清》引：「《詩》：『葏葏者莪。』茂皃。」竝與「菁菁」同。「莪，蘿」，《爾

---

❶「饗禮」，原脱，據中國書店影印武林愛日軒刻本、徐子靜本、《清經解續編》本、求是堂本《毛詩後箋》補。

❷「食」，原作「會」，據中國書店影印武林愛日軒刻本、徐子靜本、《清經解續編》本、求是堂本《毛詩後箋》改。

雅·釋草》文。《傳》本《爾雅》「莪」釋「蘿」，而又申之云：「蒿也。」「莪蘿蒿也」四字作三句讀。舍人云：「莪一名蘿。」莪、蘿爲蒿，蒿類不一，故《説文》以爲蒿屬也。《正義》引《義疏》云：「莪，蒿也，一名蘿蒿。生澤田漸洳之處，葉似邪蒿而細，科生。三月中，莖可生食，又可蒸食，香美，味頗似蔞蒿。」《廣雅》云：「莪蒿，䕡蒿也。」陳藏器《本草拾遺》云：「䕡蒿生高岡，宿根先於百草，一名莪蒿。」竝謂莪蒿即䕡蒿。《説文》：「菻，蒿屬。」「菻」與「䕡」同。「大陵曰阿」，《爾雅·釋地》文。《傳》既釋「中阿」爲「阿中」，又本《爾雅》申明「阿」字之義。大陵謂之阿，則「中阿」與「中陵」同也。案上三章言君子之長育人材，沚之長莪、陵之長莪，猶阿之長莪也。末章又以舟之載物，興君子之用人材。○儀，無《傳》。文三年《左傳》：「公如晉，晉侯饗公，賦《菁菁者莪》，莊叔以公降，拜，曰：『小國受命於大國，敢不慎儀？君貺之以大禮，何樂如之？抑小國之樂大國之惠也。』」莊叔釋《詩》「樂」即經之「樂」，「慎儀」即經之「有儀」，「貺之以大禮」，所謂「錫我百朋」也。《左傳》釋《詩》意「樂且有儀」句，就見君子者一邊説。儀，古作「義」。「禮義」作「義」不作「儀」，説見《相鼠》篇。《六月》序云：「《菁菁者莪》廢，則無禮義矣。」今字亦作「儀」。

菁菁者莪，在彼中沚。【傳】中沚，沚中也。**既見君子，我心則喜。**【傳】喜，樂也。【疏】《采蘩》傳：「沚，渚也。」《蒹葭》傳：「小渚曰沚。」○「喜，樂」，《彤弓》同。上言樂，此言喜，《序》云：「君子能長育人材，則天下喜樂之矣。」是喜亦樂也。

菁菁者莪，在彼中陵。【傳】中陵，陵中也。**既見君子，錫我百朋。**【疏】《天保》傳：「大阜曰陵。」中阿，阿中；中沚，沚中；中陵，陵中，皆倒句以就韻。○《箋》：「古者貨貝，五貝爲朋。」《淮南子·道應》篇：「散宜生得大貝百朋，以獻紂。」高注亦云：「五貝爲一朋也。」一朋五貝，百朋五百貝。《説文》：「貝，海介蟲也。古者貨貝而寶龜，周而有泉，至秦廢貝行錢。」是古用貝爲貨，周兼用泉、布，而貝不廢。《漢書・食貨志》：「大貝四寸四分以上，壯貝三寸六分以上，幺貝二寸四分以上，小貝二分以上，皆二枚爲一朋。不盈寸二分，漏度，不得爲朋。」是爲貝貨五品，貝不盈六分，不得爲貨。此王莽制。

汎汎楊舟，載沈載浮。【傳】楊木爲舟，載沈亦浮，載浮亦浮。**既見君子，我心則休。**【疏】汎汎，流皃。楊木爲舟謂之楊舟，猶柏木爲舟謂之柏舟、松木爲舟謂之松舟矣。《傳》上句「亦浮」，各本作「亦沈」，今據《正義》訂正。沈浮，猶重輕，重者舟亦浮，輕者舟亦浮，以言物不論重輕，舟無不載，喻才不論大小，朝無不用也。《箋》云「舟者沈物亦載」，申解「載沈亦浮」句；「浮物亦載」，申解「載浮亦浮」句。〇《破斧》傳云：「休，美也。」

《六月》六章，章八句。

《六月》，宣王北伐也。《鹿鳴》廢，則和樂缺矣。《四牡》廢，則君臣缺矣。《皇皇者華》廢，則忠信缺矣。《常棣》廢，則兄弟缺矣。《伐木》廢，則朋友缺矣。《天保》廢，則福禄缺矣。《采薇》廢，則征伐缺矣。《出車》廢，則功力缺矣。《杕杜》廢，則師衆缺矣。《魚麗》廢，則法度缺矣。《南陔》廢，則孝友缺矣。《白華》廢，則廉恥缺矣。《華黍》廢，則蓄積缺矣。《由庚》廢，則陰陽失其道理矣。《南有嘉魚》廢，則賢者不安，下不得其所矣。《崇丘》廢，則萬物不遂矣。《南山有臺》廢，則爲國之基隊矣。《由儀》廢，則萬物失其道理矣。《蓼蕭》廢，則恩澤乖矣。《湛露》廢，則萬國離矣。《彤弓》廢，則諸夏衰矣。《菁菁者莪》廢，則無禮儀矣。《小雅》盡廢，則四夷交侵，中國微矣。【疏】周至厲王，天下大壞，無綱紀文章。宣王雖是中興，而《六月》以下十四篇皆已列於「變雅」，時爲之也。北伐，伐玁狁也。宣王之《六月》，其彷彿文王之《采薇》乎？

六月棲棲，戎車既飭。四牡騤騤，載是常服。【傳】棲棲，簡閱貌。飭，正也。日月爲常。服，戎服也。**玁狁孔熾，我是用急。王于出征，以匡王國。**【傳】熾，盛也。【疏】棲，通作「栖」，《論語·憲問》篇邢疏云：「栖栖，猶皇皇也。」《傳》「簡閱皃」，《釋文》作「簡閱之皃」。《春秋》：「桓六年秋八月壬午，大閱。」何休注《公羊傳》云：「大簡閱兵車，使可任用而習之。孔子曰：『以不教民戰，是謂棄之。』故比年簡徒謂之蒐，三年簡車謂之大閱，五年大簡車徒謂之大蒐。」案五年一大簡閱，常禮也。詩言六月簡閱棲棲然，此猶莊八年《春秋經》「治兵于廟」，爲用兵教戰之事，而與常蒐不同。戎車，兵車也。飭，讀爲敕，《説文》：「敕，誡也。」「正」與「誡」義相近。「正」同「整」，《常武》篇「整我六師，以修我戎」，是其義也。《采薇》傳云：「騤騤，彊也。」○「日月爲常」，《周禮·司常》文。《司常》云：「王載大常。」❶《大司馬》云：「仲秋，教治兵，王載大常。及致，建大常，庀軍衆。」詩言簡閱載常，《傳》正本《大司馬》爲訓。《巾車》「建大常十有二斿」，注：「大常，九旗之畫日月者，正幅爲縿，斿則屬焉。」《節服氏》「六人維王之大常」，注：「王旌十二旒，兩兩以縷綴連，旁三人持之。禮，天子旌曳地。」案游，或作「斿」，或又作「流」。「旒」即「流」之俗。游分屬於縿，縿爲正幅，張於杠，持游者有縷以維之。其張縿有弧，弧有衣曰韣。凡旌旗之縿游皆如是。天子大常十二游，則兩旁各屬六游也。《覲禮》：「天子載大旂，象日、月、升

---

❶「載」，徐子静本、《清經解續編》本同。案阮刻《周禮注疏》、孫詒讓《周禮正義》竝作「建」。

龍、降龍。」注：「大旂，大常也。縿首畫日、月，其下及旒交畫升龍、降龍。」鄭於他注言「畫縿」，而於《覲禮》注并言「畫旒」，宜以此爲定説。《傳》常爲大常，服爲戎服。《司服》：「凡兵事，韋弁服。」此及《采芑》箋竝依《周禮》説也。《正義》引鄭注《孝經》：「田獵戰伐冠皮弁。」此本《白虎通義・三軍》篇也，與《周禮》異。○《采薇》傳：「玁狁，北狄也。」「熾，盛」，《爾雅・釋言》文。　急，字之誤，全《詩》字皆作「棘」，又作「亟」。《北風》：「亟，急也。」《傳》爲《七月》、《靈臺》通訓也。《素冠》：「棘，急也。」《傳》爲《采薇》、《出車》、《雨無正》、《文王有聲》、《抑》、《桑柔》、《江漢》通訓也。其字皆不作「急」。急古音在緝葉帖，而國古音在職德，二字不同部，故急、國不入韻。棘與國古音同部，《園有桃》、《尸鳩》、《青蠅》、《抑》以棘、國爲韻，則此詩「急」字當爲「棘」矣。《常武》以戒、國爲韻，戒與國古音亦同部。《素冠》正義引《釋言》：「戒，急也。」今《爾雅》作「悈，急也」。《釋文》：「本或作『悈』，又作『亟』。」「《鹽鐵論・繇役》篇引此詩作「戒」，《毛詩》作「棘」，其音皆讀如「悈」，其義則皆訓爲「急」。《詩小學》云：「謝靈運撰《征賦》曰：『宣王用棘於獫狁。』是六朝時《詩》本有作『我是用棘』者，今本作『急』，後人用其義改其字耳。」于，語詞。匡，正也。雖則將率出征，亦出自王事，故一章「王于出征」、二章「王于出征」。《易・離》上六爻辭云：「王用出征，以正邦也。」文義正相同。必言王者，尊王命也。《秦・無衣》「王于興師」，《傳》云：「天下有道，則禮樂征伐自天子出。」

比物四驪，閑之維則。【傳】物，毛物也。則，法也。言先教戰，然後用師。**維此六月，既成我服。我服既成，于三十里。**【傳】師行三十里。**王于出征，以佐天子。**【傳】出征以佐其爲天子也。

【疏】《夏官・校人》：「凡大祭祀、朝覲、會同，毛馬而頒之。凡軍事，物馬而頒之。」鄭注云：「毛馬，齊其色。物馬，齊其力。」《正義》引此以爲「《傳》直言『物』難解，故連言『毛物』以曉人。比物者，比同力之物。戎事齊力尚强，不取同色。而言『四驪』者，雖以齊力爲主，亦不厭其同色」是也。《四鐵》傳：「閑，習也。」「則，法」，《釋詁》文，《烝民》同。案「比物四驪，閑之維則」二句承上起下，《傳》云「先教戰」是承上之詞，云「然後用師」是起下之詞。○六月治兵，即六月出師，故重言之云「維此六月」也。服即戎服，《漢書·律曆志》云：「癸巳，武王始發。丙午，還師。戊午，度于孟津。孟津去周九百里，師行三十里，故三十一日而度。」賈捐之、陳湯、王吉《傳》及《白虎通義·喪服》篇竝云：「師行三十里。」與《傳》同。天子，謂宣王也。《傳》云「出征以佐其爲天子」，謂吉甫之佐宣王也。下章「薄伐玁狁，至于大原。文武吉甫，萬邦爲憲」，《傳》：「吉甫，尹吉甫也，有文有武。」是伐玁狁者，吉甫也。又「侯誰在矣，張仲孝友」，《傳》：「使文武之臣征伐，孝友之臣處内。」是宣王使吉甫征伐，而與張仲在國也。皆尹吉甫征伐以佐天子之事。僖二十三年《左傳》：「公賦《六月》，趙衰曰：『君稱所以佐天子者命重耳。』」杜注云：「道尹吉甫佐宣王征伐，喻公子還晉必能匡王國。」襄十九年《傳》：「季武子賦《六月》。」杜注云：「《六月》，尹吉甫佐天子征伐之詩，以晉侯比吉甫出征以匡王國。」《晉語》：「秦伯賦《六月》，子餘曰：『君稱所以佐天子、匡王國者以命重耳。』」韋注云：「《六月》，道尹吉甫佐宣王征伐，復文武之業。」案内、外《傳》與毛義同。《正義》從王肅、孔晁之徒，謂毛氏爲王自親征，誤矣。

四牡脩廣，其大有顒。【傳】脩，長；廣，大也。顒，大貌。**薄伐玁狁，以奏膚公。**【傳】奏，爲；膚，大；公，功也。**有嚴有翼，共武之服。**【傳】嚴，威嚴也。翼，敬也。共武之服，以定王國。【疏】「脩，長」，《韓奕》同。「廣，大」，《雝》同。《説文》：「顒，大頭也。」是顒有「大」義。「其大有顒」，猶云有顒其大也。與「有蕡其實」、「有睆其實」句法同，特倒辭以就韻耳。○《鴟鴞》傳：「祖，爲也。」「奏」與「祖」聲轉，其義竝訓爲「爲」，又訓「作」。祖、作疊韻，奏、作雙聲。「膚」與「膴」同聲，故爲「大」。公，讀與「功」同。《傳》各本「威」下衍

「嚴」字，訓「嚴」爲「威」，不訓「嚴」爲「威嚴」也。《常武》「有嚴天子」，《傳》：「嚴而威也。」亦訓「嚴」爲「威」。《傳》「威」、《箋》「威嚴」，猶《傳》「敬」、《箋》「恭敬」。今各本依《箋》增入「嚴」字。《釋文》：「嚴，威也。」《正義》：「其嚴者威敵厲衆。」是陸、孔所見毛《傳》不重「嚴」字。《華嚴音義》下引《傳》：「嚴，威也。」不誤。「翼，敬」，《釋詁》文。《文王有聲》、《行葦》、《卷阿》同。翼，古「趩」字。《論語》：「趨進，翼如也。」《説文》作「趩」。凡全《詩》「翼」訓「恭敬」者皆「趩」也。共，王肅音「恭」。

玁狁匪茹，整居焦穫。侵鎬及方，至于涇陽。【傳】焦穫，周地，接于玁狁者。**織文鳥章，白旆央央。**【傳】鳥章，錯革鳥爲章也。白旆，繼旐者也。央央，鮮明貌。**元戎十乘，以先啓行。**【傳】元，大也。夏后氏曰鉤車，先正也；殷曰寅車，先疾也；周曰元戎，先良也。【疏】匪，不也。茹，度也。竝見《邶·柏舟》篇。「玁狁匪茹」，猶《左傳》云「息不度德」耳。整，整旅也。《爾雅·釋地》：「周有焦穫。」郭注云：「今扶風池陽縣瓠中是也。」酈注《水經·瀘水》篇：「瀘水東注鄭渠，渠首上承涇水於中山西邸瓠口，所謂瓠中也。《爾雅》以爲周焦穫矣。」古穫、瓠聲相通，古曰焦穫，漢曰瓠口，亦曰瓠中。池陽，漢縣，在馮翊，晉屬扶風郡。今陝西西安府三原、涇陽二縣之閒有焦穫澤，即此焦穫，澤名。《傳》云「周地」者，澤亦地也。焦穫在渭北涇東，本周都畿内之地名。而《傳》又云「接于玁狁者」，宣王時，狄侵中國，迫近王都，《漢書·西域傳》所謂「自周衰，戎狄錯居涇渭之北」也。《史記·匈奴傳》：「犬戎殺幽王，遂取周之焦穫，而居于涇渭之閒，侵暴中國。」蓋至幽王已後，竟入爲戎地矣。《淮南子·墬形》篇九藪有陽紆，高誘以爲池陽，一名具圃。《周禮》作「楊紆」，《爾雅》作「楊陓」，《吕覽·有始》篇「秦之陽華」，竝同地而異稱。高注《吕覽》云：「陽華，或曰在華陰西。」案華陰近河西之地，故《職方》以爲冀藪。後入於秦，故《釋地》以爲秦藪。《淮南子·脩務》篇：「禹之爲水，以身解於陽盱之河。」又《穆天子傳》：「至于陽紆之山、河伯無夷之所都居。」此皆在華陰西之證也。高注「陽紆」誤與焦穫同處，因辨及之。《箋》云：「鎬也、方也，皆北方地名。」《正義》云：「鎬、方雖在焦穫之下，不必先焦穫乃侵鎬、方。王肅以爲鎬京，王基駁曰：『據下章云「來歸自鎬，我行永久」，言吉甫自鎬來歸也，故劉向曰：「千里之鎬，猶以爲遠。」』」案王駁之是也。劉向說見《漢書·陳湯傳》。方，即南仲所築之方。《出車》篇「王命南仲，往城于方」，《傳》：「方，朔方，近玁狁之國也。」朔方，北方也。鎬地，未聞。涇陽，涇水之陽也。僖二十八年《穀梁傳》：「水北爲陽。」《箋》云「來侵在涇水之北」是也。今甘肅平涼府府西南有漢涇陽故城，即此地。然則當時玁狁交侵之患，近在焦穫，居心腹之內；遠在鎬、方，居肘腋之閒。涇東、涇北皆是北狄蹂躪之處，而實未嘗踰涇也。○織，當作「識」。《周禮·司常》疏引《詩》作「識」。《爾雅·釋天》：「錯革鳥曰旟。」孫注云：「錯，置也。革，急也。畫急疾之鳥於旒，《周官》所謂『鳥隼爲旟』者矣。」《詩正義》引《鄭志·荅張逸》云：「畫急疾之鳥隼。」是孫本鄭也。李注云：「以革爲之，置於旐端。」是李以革爲皮也。郭注與李同。奐謂讀「革鳥」爲「急鳥」是。蓋錯之爲言涂也，錯亦畫也。章，正幅。《詩》之綏章、《爾雅》之因章、《禮記》之龍章，皆正幅也。正幅爲縿。《傳》云「錯革鳥爲章」，則畫革鳥於縿上，《傳》有明文矣。《爾雅》之旟與《周禮》之旟本不同。《司常》：「鳥隼爲旟。」又「州里建旟」。《大司馬》：「百官載旟。」此旟爲州里百官建載，自與尊者建載不同制。《傳》本《爾雅》之義，以爲畫急疾之鳥於縿上，則《周禮》之旟，其不畫於縿上可知。孫炎誤合《爾雅》、《周禮》兩旟爲一物，雖知鳥隼之畫於旒，而不知錯革鳥之乃畫於縿上，與常畫日月、旂畫蛟龍、縿旒竝有畫文者同其寵異也。《考工記》「龍旂九游，鳥旟七游，熊旗五游」，與《大行人》「上公九游，侯伯七游，子男五游」合。《考工記》鳥旟爲侯伯旟，明矣；其非州里百官旟，又明矣。《說文》云：「旟，錯革畫鳥其上，所以進士衆。旟旟，衆也。《周禮》曰：『州里建旟。』」許既引《爾雅》，更引《周禮》以爲别義，與「旗」下「旐」下注一例。然「旗」下「旐」下先引《考工》，「旟」下先引《爾雅》不引《考工》者，意以《爾雅》之「錯革鳥」與《考工》之「鳥旟七游」同旟，而與《司常》、《大司馬》别旟故也。毛《傳》於此詩言吉甫北伐，説旟引《爾雅》，其於《干旄》、《出車》、《桑柔》三篇皆引《周禮》，其用意甚明。《管子·兵法》篇：「五曰舉鳥章則行陂。」與《詩》「鳥章」異。〇白旆，《正義》本作「帛茷」。《傳》云「帛茷，繼旐者也」者，疑《傳》「帛」字衍。經之帛謂旐也，繼旐者謂之茷。《傳》本《爾雅》釋「茷」不釋「帛」也。茷者，「旆」之假借字。《爾雅》：「緇廣充幅長尋曰旐。繼旐曰旆。」郭注云：「帛全幅長八尺，帛續旐末爲燕尾。義見《詩》。」是郭所據《詩》作「旆」。《詩》釋文引《爾雅》作「茷」。茷、旆二字古通用。何注宣十二年《公羊傳》：「繼旐如燕尾曰旆。」郭云「燕尾」正本何義。《詩正義》引孫炎注《爾雅》云：「緇，黑繒也。」蓋旌旗之幅爲縿，帛即縿也，以黑色之繒爲之，則旐乃通帛黑也。旐大黑，旗大白，物半白半赤，無物則半黑半赤，其餘旗皆赤也。《爾雅》釋「旐」既箸其色緇，又明其長尋，其餘旗之長無明文也。《公羊疏》引孫炎云：「帛續旐末亦長尋。」孫更釋旆之長亦八尺，不識所據何書也。《出車》、《桑柔》傳皆云：「龜蛇曰旐。」《周禮》：「龜蛇爲旐。縣鄙建旐，郊野載旐。」鄭注云：「龜蛇，象其扞難辟害也。縣鄙，鄉遂之官。郊，謂鄉遂之州長、縣正以下也。野，謂公邑大夫。載旐者，以其將羨卒也。」《考工記》：「龜蛇四游，以象營室也。」奂案公之孤四命，其游如命數。或四游之旐爲公之孤所建載與？縣鄙、郊野建載之旐，其游數當有不同。而縣鄙、郊野之旐，其止畫龜蛇於游者，與天子諸侯之旐，其體製亦復不同。其不同者，特有繼旐之旆以爲尊飾也。《説文》云：「旆，繼旐之旗也，沛然而垂。」此唯天子諸侯之旐有旆，非凡旐皆有旆也。《左傳》謂之大旆，《周禮》謂之大麾，《韓奕》傳謂之大綏，皆繼旐者也。若《左傳》「綪茷」，疏：「『茷』同『旆』。」《儀禮》「經末」，注：「今文『末』爲

『旆』。」其下幅之續於上幅者，亦得爲旆。旆與游皆以下垂爲義，故杜預《左傳注》云：「旆，游也。」此皆旆之引申義也。知繼旐之別於凡旐，則錯革鳥之別於凡旗，更無疑矣。「央央」訓「鮮明」，《出車》同。《公羊疏》引《詩》「帛旆英英」，古英、央聲同。○「元，大」，《采芑》同。「夏后氏曰鉤車」以下，《御覽·兵部六十五》引古《司馬兵法》同。古《司馬法》：「兵車一乘，甲士十人。」然則甲士二五爲一乘，十乘百人，即甲士百人。諸侯有大功，賜以虎賁百人，得專征伐者，謂此也。「吉甫帥師，元戎十乘」，非謂宣王自將也。昭十三年《左傳》：「劉獻公曰：『天子之老請帥王賦，「元戎十乘，以先啟行」。』」正本此詩，其明證矣。《史記·三王世家》裴駰《集解》引《韓詩章句》：「元戎，大戎，謂兵車也。車有大戎十乘，謂車縵輪，馬被甲，衡扼之上盡有劍戟，名曰陷軍之車，所以冒突，先啟敵家之行伍也。」《箋》云：「先前啟突敵陳之前行。」鄭從《韓詩》義。

戎車既安，如輊如軒。四牡既佶，既佶且閑。【傳】輊，摯；佶，正也。**薄伐玁狁，至于大原。**【傳】言逐出之而已。**文武吉甫，萬邦爲憲。**【傳】吉甫，尹吉甫也，有文有武。憲，法也。【疏】《考工記·輈人》：「大車平地既節軒摯之任。」「輊」與「摯」聲義相近，故《傳》以「摯」詁「輊」也。《箋》：「戎車之安，從後視之如摯，從前視之如軒。」《玉篇》：「前頓曰蟄，後頓曰軒。」《淮南子·人間》篇：「道者，置之前而不蟄，錯之後而不軒。」案「蟄」與「摯」通。《車攻》「我馬既同」，《傳》：「同，齊也，戎事齊力尚强也。」齊亦正也，於《車攻》言齊，於此言正，義互相足也。《箋》：「佶，壯健之皃。」與《傳》訓本無不合，《正義》謂《箋》義異，誤矣。《說文》：「佶，正也。」即引此詩。○胡渭《禹貢錐指》云：「《日知録》曰：『「薄伐玁狁，至于大原」，毛、鄭皆不詳其地。其以爲今太原陽曲縣者，始於朱子。而愚未敢信也。古之言大原者多矣，若此詩，則必先求涇陽所在，而後大原可得而明也。《漢書·地理志》：「安定郡有涇陽縣幵頭山，在西，《禹貢》涇水所出。」《後漢書·靈帝紀》：「段熲破先零羌於涇陽。」注：「涇陽，屬安定郡，在原州。」《郡縣志》：「原州平涼縣，本漢涇陽縣地，今縣西四十里涇陽故城是也。」然則大原當即今之平涼，而後魏立爲原州，亦是取古大原之名爾。計周人之禦玁狁，必在涇原之閒。若晉陽之大原，在大河之東，距周京千五百里。豈有寇從西來，兵乃東出者乎？故曰：天子命我城彼朔方。而《國語》：「宣王料民于大原。」亦以其近邊而爲禦戎之備，必不料之於晉國也。』渭按漢安定郡治高平縣，後廢。元魏改置曰平高。唐爲原州治，廣德元年没吐蕃。節度使馬璘表置行原州於靈臺縣之百里城。貞元十九年，徙治平涼縣，西去故州一百六十里。故州即元開城縣，今固原州也。《小爾雅》云：『高平謂之大原。』則大原當在州界，非平涼縣。縣乃古涇陽，在固原之東。玁狁侵及涇陽，而薄伐之以至於大原。蓋自平涼逐之出塞，至固原而止，不窮逐也。」奂案《方輿紀要》：「陝西平涼府鎮原縣，在府北百三十里。縣西二里有漢高平故城。固原州在府西北百十里。鎮原爲唐之原州治，固原屬原州界西之中。」疑古大原當在鎮原，平涼，即涇陽地。從涇陽直北追至鎮原，不更向西北矣。《史記·匈奴傳》：「武王伐紂，放逐戎夷涇洛之北。」當亦不甚相遠也。《後漢書·西羌傳》：「穆王西征犬戎，獲其五王。遂遷戎于大原。夷王命虢公率六師伐大原之戎，至于俞泉。」汲郡《紀年》：「宣王二十七年，遣兵伐大原戎，不克。」皆即《詩》之大原也。楊雄《并州箴》云：「周穆遐征，犬戎不享。爰貉伊德，侵玩上國。宣王命將，攘之涇北。」是古大原即在涇水之北矣。或謂漢五邍郡本秦九邍郡，即此詩之大原。《史記》：「趙武靈王築長城，至高闕爲塞。」《漢書》：「衛青渡西河，至高闕，遠在大河之北，去鎬京幾二千里。」而又以漢武帝所築朔方城即《出車》詩之朔方，因滋曲説，斷不可從。《傳》云「逐出之而已」者，《漢書·匈奴傳》：「嚴尤諫王莽曰：『當周宣王時，獫允内侵，至于涇陽。命將征之，盡境而還。其視戎狄之侵，譬猶蟁蝱之螫，敺之而已。』」此與《傳》義合。〇宣王時吉甫即尹吉甫，故《傳》特明之，《嵩高》同。《箋》云：「吉甫，此時大將也。」「有文有武」，猶言「允文允武」耳。「憲，法」，《釋詁》文。《桑扈》「百辟爲憲」，《傳》亦云：「憲，法也。」

吉甫燕喜，既多受祉。【傳】祉，福也。**來歸自鎬，我行永久。飲御諸友，炰鼈膾鯉。**【傳】御，進也。**侯誰在矣，張仲孝友。**【傳】侯，維也。張仲，賢臣也。善父母爲孝，善兄弟爲友。使文武之臣征伐，與孝友之臣處内。【疏】喜，樂也。燕喜，燕樂之也。「祉，福」，《爾雅·釋詁》文，《巧言》同。《箋》云：「吉甫既伐玁狁而歸，天子以燕禮樂之，則歡喜矣，又多受賞賜也。」《漢書·陳湯傳》：「劉向曰：『吉甫之歸，周厚賜之。』」即引此詩。「來歸自鎬」，自鎬來歸也。我，我吉甫也。蔡邕《獨斷》云：「御者，進也。」義與《傳》同。諸友，處内諸臣也。《韓奕》箋：「炰鼈，以火孰之也。」《正義》云：「字書：『炮，毛燒肉也。缹，烝也。』服虔《通俗文》曰：『燥煑曰缹。』炮與缹别。而此及《六月》云『炰鼈』者，音皆作『缹』。」案《正義》已謬亂，今正之如是。字書即《説文》，蓋《説文》本有「缹」，篆而佚之也。缹鼈，猶《内則》之「濡鼈」、《招魂》之「胹鼈」，其俗字誤作「炮鼈」，無毛不可炮也。鼈者，燕飲庶羞之饌。《儀禮·大射儀》：「羞庶羞。」注：「或有⿰火缶鼈膾鯉。」賈疏云：「《詩》燕飲吉甫有⿰火缶鼈，故知有此也。」又《魯語》公父文伯之母曰：「『祭養尸，饗養上賓。』鼈於何有？」此謂正加之饌皆無鼈也。今《大射儀》注作「炮」，宋本作「⿰火缶」，「⿰火缶」即「缹」之異體。膾鯉，魚牲，亦庶羞也。《周禮·大司馬》：「饗食，羞牲魚。」鄭司農注云：「大司馬主進魚牲。」〇《爾雅》：「維，侯也。」維謂之侯，侯亦謂之維。「維」與「侯」一聲之轉。《十月之交》、《文王》、《下武》同，而用意差别。張仲，《古今人表》作「張中」。中，古「仲」字。「善父母爲孝，善兄弟爲友」，《爾雅·釋訓》文。云「文武之臣征伐」者，謂吉甫也，吉甫有文有武也。云「孝友之臣處内」者，謂張仲也。《荀子·大略篇》：「使仁居守。」是其義也。李巡注《爾雅》：「張，姓；仲，字。其人孝，故稱孝友。」據李説，則經文以「張仲孝」爲逗，「友」爲句，而不以「孝友」連文。《箋》：「張仲，吉甫之友，其性孝友。」疑《箋》無下「友」字，與李同，本三家《詩》。

《采芑》四章，章十二句。

《采芑》，宣王南征也。

薄言采芑，于彼新田，于此菑畝。【傳】興也。芑，菜也。田一歲曰菑，二歲曰新田，三歲曰畬。宣王能新美天下之士，然後用之。**方叔涖止，其車三千，師干之試。**【傳】方叔，卿士也，受命而爲將也。涖，臨；師，衆；干，扞；試，用也。**方叔率止，乘其四騏。四騏翼翼，路車有奭。簟茀魚服，鉤膺鞗革。**【傳】奭，赤貌。鉤膺，樊纓也。【疏】「芑，菜」，《正義》引《義疏》云：「芑菜似苦菜，莖青白色，摘其葉，白汁出。脆可生食，亦可蒸爲茹。」然則《生民》言禾苗之白者爲芑，則芑莖帶白色，故得異物而同名歟？「田一歲曰菑，二歲曰新田，三歲曰畬」，《爾雅·釋地》文。《傳》引《爾雅》以釋經「新」、「菑」之義，「三歲曰畬」亦連而相及耳。「新」下「田」字當衍，説詳《臣工》篇。案新、菑爲休耕之田畝，至畬而出耕。新田、菑畝中得有芑菜之可采，以喻國家人材養蓄之，以待足用。凡軍士起於田畝，故詩人假以爲興，下章同。○「方叔，卿士」，謂天子三公中執政者也。「受命而爲將」，謂受天子命而出爲將率也。《魯語》云：「天子作師，公帥之以征不德。」《説文》：「𨽿，臨也。」涖、𨽿聲近，俗作「莅」。「其車三千」無《傳》，《箋》據《司馬法》一乘七十五人，《正義》因謂「天子六軍千乘。三千乘，十八軍」。金鶚《求古録》云：「夫天子六軍，七萬五千人耳。今用一十八軍，二十二萬五千人。古者用兵未有如此之多也。《司馬法》本有二説。鄭《詩箋》及《論語注》引《司馬法》：『兵車一乘，甲士三人，步卒七十二人。』而《小司徒》注又引《司馬法》：『革車一乘，士十人，徒二十人。』鄭不詳其所以異。賈疏及《春秋》孔疏皆以七十五人爲畿内采地法。不知王者軍制，自畿内達之天下，安得有異？且士卒出於鄉遂，非出於采地也。江慎修謂七十五人者，丘甸之本法；三十人者，調發之通制。此説得之。然其解《周官》亦謂戰車七十五人，則亦誤也。車乘士卒，經典有明文。《周官》：『五伍爲兩。』兩者，車一乘也。是明言二十五人爲一乘矣。蓋兵車一乘，甲士十人，步卒十五人。甲士二伍，步卒三伍，士卒不相襍也。凡用兵，選其强壯有勇者爲甲士，又選其尤者使居車上，左人持弓矢，主射；右人持矛，主擊刺；中人主御，是謂甲首。《左傳》言『獲其甲首三百』，甲首者，甲士之首也。三百人，則三百乘也。餘甲士七人，蓋在車之左右；步卒十五人，蓋在車之後也。調發之制，一乘三十人。而戰止用二十五人，蓋以步卒五人將重車也。杜牧注《孫子》云：『炊家子十人，固守衣裝五人，廄養五人，樵汲五人。』此將重車二十五人也。每一乘兵車所出之卒，除五人將重車。是兵車五乘，重車一乘也。五乘凡一百五十人，馬二十匹，其糗糧芻茭宜以一大車載之矣。重車在兵車之後。將重車者，大抵老弱之人，皆步卒而非甲士，故不用以戰。行則將重車，止則爲炊、爨、樵、汲等事也。江氏謂四兩爲卒，以一兩之人將重車，抑又誤矣。伍、兩、卒、旅皆戰士。將重車者，非戰士也。以一兩之人將重車，則無以成卒，又何以成旅、師與軍乎？唯以二十五人爲一乘，按之諸書皆合。方叔南征，車三千乘，每乘二十五人，三千乘得七萬五千人，是王六軍之制也。」案金誠齋之説，確不可易。誠齋又歷引《左傳》「帥車三百乘，甲士三千人」、《孟子》「革車三百兩，虎賁三千人」與《管子》「一乘四馬，白徒三十人，奉車兩」，竝與《司馬法》「一乘三十人」合，可謂信而有證矣。「師，衆」，《爾雅·釋詁》文。「干，扞；試，用」，《釋言》文。「師干之試」，言軍士之衆，足爲扞禦之用也。〇率，古「帥」字。《采薇》傳云：「翼翼，閑也。」奭，讀爲赫，《簡兮》傳：「赫，赤皃。」是赫爲赤也。《載驅》「簟茀朱鞹」，《傳》：「鞹，革也。」諸侯之路車，有朱革之質而羽飾。」是路車有赤飾也。《載驅》傳又云：「簟，方文席也。車之蔽曰茀。」《夏官·繕人》：「凡乘車，充其籠箙。」《説文》：「籠，笭也。」「笭，車笭也。」車笭即茀。矢服繫於笭，故曰籠箙，是即《詩》之「魚服」歟？《采薇》傳：「魚，魚皮也。」服，古「箙」字。《傳》云「鉤膺，樊纓」，《嵩高》同，本《周禮》説。《周禮·巾車》五路皆有樊纓，唯金路鉤樊纓，鄭注云：「鉤，婁頷之鉤也。」賈疏云：「鉤連言膺，明鉤在膺前。以今驗古，明鉤是馬婁頷也。」案此及《嵩高》、《韓奕》曰「鉤膺」，或皆指金路言也。鉤即金飾。《孟子·告子》篇「一鉤金」，趙注以爲「一帶鉤之金」。是人帶有金爲飾，馬纓之革，其上亦有金曲鏤之，《小戎》謂之「鏤膺」。戎車鏤膺，路車則鉤膺也。樊者，纓之飾。《周禮》鄭司農注：「纓，謂當胷。」引《禮》家説：「纓當胷，以削革爲之。」賈疏引賈、馬亦云：「樊纓，馬飾在膺前十有二匝，以毛牛尾，金塗十二重。」《説文》：「緐，马髦飾也。」毛、髦同。緐，今俗作「繁」，「樊」爲假借字。漢之羽葆幢以犛牛尾爲之，如斗，在乘輿左騑馬頭上，馬纓飾，其狀相似，是謂之緐纓，亦與旌竿析羽注旄首相似，故哀二十三年《左傳》言薦夫人馬稱旌緐。蔡邕《獨斷》云：「緐纓在馬膺前如索帬。」《方言》：「帬，陳、魏之閒謂之帔，自關而東或謂之襬。」蔡以漢索帬比況緐纓，皆謂下垂緐多之狀。《既夕禮》「薦馬纓三就」。《記》：「纓、轡、貝勒縣于衡。」又《晉語》「亡人之所懷挾纓纕」，韋注：「纓，馬纓也。」《既夕》，士禮，夷吾出亡，未立爲君，故馬皆有纓而無緐。成二年《左傳》：「衛仲叔于奚請緐纓以朝。」《新書·審微》篇云：「緐纓者，君之駕飾也。」是緐纓爲尊者之馬飾。馬有緐纓，猶人有緌纓。緌與纓異材。賤者止有冠纓，尊者以緌爲飾。人之纓結頷下，馬之纓結胷前。《小戎》傳：「膺，馬帶也。」纓即馬帶，以革爲之，緐下垂，其上有鉤金以爲飾，先鄭、賈、馬、蔡、許説樊纓大略相同，唯鄭康成讀「樊」如「鞶帶」之「鞶」，謂今馬大帶也；纓，今馬鞅。與古説絶異。《箋》

云：「鞗革，轡首垂也。」鞗，當作「鋚」，詳《蓼蕭》篇。

薄言采芑，于彼新田，于此中鄉。【傳】鄉，所也。**方叔涖止，其車三千，旂旐央央。方叔率止，約軝錯衡，八鸞瑲瑲。**【傳】軝，長轂之軝也，朱而約之。錯衡，文衡也。瑲瑲，聲也。**服其命服，朱芾斯皇，有瑲蔥珩。**【傳】朱芾，黄朱芾也。皇，猶煌煌也。瑲，珩聲也。蔥，蒼也。三命蔥珩。言周室之强，車服之美也。言其强、美，斯劣矣。【疏】「鄉，所」，所猶處也。中所者，謂此菑畝中處也。《傳》嫌鄉爲六鄉之鄉，故明之。《殷武》傳亦云：「鄉，所也。」○「旂旐央央」，詳《出車》篇。《傳》釋「軝」爲「長轂之軝」，長轂，戎車也，《小戎》謂之「暢轂」。「朱而約之」，以釋經「約」字。朱，其飾也。《考工記·輪人》說：「置轂之制，五分其轂之長，去一以爲賢，去三以爲軹。容轂必直，陳篆必正，施膠必厚，施筋必數，幬必負幹。既摩，革色青白，謂之轂之善。」鄭注云：「篆，轂約也。」《説文》「軝」下本《傳》訓，引《詩》作「軝」，或作「⿰革氏」。段注云：「大車轂長尺五寸，兵車、田車、乘車轂長三尺二寸。五分三尺二寸之長，一爲賢，得六寸四分；三爲軹，得尺九寸二分。虚其一者，留以置輻也。《考工記》『軹』字即《毛詩》之『軝』字。軹者，同音假借。取此尺九寸二分者，以革約之而朱其革，《詩》所謂『約軝』也。容如製甲必先爲容之容，先爲容轂之笵，盛轂於中，以治之飾之。陳篆者，刻畫其文，而以革縷若絲嵌約之，而後施膠、施筋，而後幬之以渾革，而丸桼之，而摩之，革色青白，而後朱畫之。容轂以下，渾轂所同也。幬而朱之，軝所獨也。本是幬而朱之，毛云『朱而約之』、許云『以朱約之』者，既朱則似先朱其革，其意一也。」案段説約軝之制既明晰矣。《烈祖》箋云：「約軝，轂飾也。」「錯衡，文衡」，《韓奕》同。「錯」詁「文」者，謂衡上束文也。《説文》：「⿰革爨，車衡三束也。曲轅⿰革爨縛，直轅暈縛。从革，爨聲。讀如《論語》『鑽燧』之『鑽』。」或作『⿰車贊』。」案曲輈即曲輈。曲輈，車衡。其約束之革，是曰鞻。錯、鞻聲相近。三束者，衡之文也。或謂以金飾衡者，則誤以錯衡爲金厄耳。《輿人》注云：「衡之長容兩服。」《釋文》：「瑲，本作『鎗』。」《五經文字》云：「《詩》或作『鎗』。」云「聲」者，鸞聲也。○命服，上公之服，朱芾、蔥珩皆是也。天子朱芾，諸侯赤芾。此嫌方叔用天子服，故《傳》云：「朱芾，黄朱芾。」則是深於赤而淺於朱矣。《斯干》箋云：「天子純朱，諸侯黄朱。」《斯干》箋亦云：「皇，猶煌煌也。」經言「珩」，故云「瑲，珩聲」。蔥、蒼聲轉義同。「三命蔥珩」，《禮記·玉藻》篇文，《傳》引此以證經「蔥珩」之義。又以明天子之上大夫九命與諸侯之上大夫三命者，皆用蔥珩，故此及《候人》傳竝有「三命蔥珩」之訓。《説文》：「卿大夫蔥珩。」亦統天子諸侯之卿大夫而言之矣。又《玉藻》：「天子佩白玉，公侯佩山玄玉，大夫佩水蒼玉。」玄玉即黝珩，蒼玉即蔥珩。外諸侯用黝珩，而不與三命同蔥珩者，明嫌之義也。唯天子白玉珩也。《周禮·玉府》注引《詩傳》曰：「佩玉上有蔥衡，下有雙璜、衝牙，蠙珠以納其閒。」賈疏謂是《韓詩》。又《晉語》注：「《詩傳》曰：『上有蔥珩，下有雙璜。』」王應麟以爲此詩《傳》。案《傳》文「言其强美斯劣矣」七字當作「其强美者斯劣弱矣」八字，今各本皆誤。此蓋總釋全章之義。《正義》云：「其車三千，言周室之强。路車朱芾，言車服之美。必言其强美者，斯劣弱矣。《老子》曰：『國家昏亂，有忠臣；六親不和，有孝慈。』明名生於不足。詩人所以盛矜於强美者，斯爲宣王承亂劣弱，美而言之也。」「美」字今《正義》誤作「矣」，《後箋》依李迂仲《集解》訂。

鴥彼飛隼，其飛戾天，亦集爰止。【傳】戾，至也。**方叔涖止，其車三千，師干之試。方叔率止，鉦人伐鼓，陳師鞠旅。**【傳】伐，擊也。鉦以静之，鼓以動之。鞠，告也。**顯允方叔，伐鼓淵淵，振旅闐闐。**【傳】淵淵，鼓聲也。入曰振旅，復長幼也。【疏】《晨風》傳：「鴥，疾飛皃。」「戾，至」，《爾雅·釋詁》

文，《小宛》、《采叔》同。《箋》云：「隼，急疾之鳥也，飛乃至天，喻士卒勁勇，能深攻入敵也。爰，於也。亦集於其所止，喻士卒須命乃行也。」《常武》「王旅嘽嘽，如飛如翰」，《傳》：「疾如飛，摯如翰。」文義相同。○「伐，擊」，《甘棠》訓同義別。《周禮・鼓人》：「以金錞和鼓，以金鐲節鼓，以金鐃止鼓，以金鐸通鼓。」以錞、鐲、鐃、鐸四金皆與鼓相應者也。而《大司馬》言「習戰辨鐸、鐲、鐃三金之用」者，錞即錞于，唯戰則用之。《晉語》「戰以錞于丁寧」、《淮南子・兵略》篇「兩軍相當，鼓錞相望」，皆是也。《詩》言誓師，則鉦即《大司馬》之鐸、鐲、鐃矣。《說文》云：「鐲，鉦也。」「鐃，小鉦也。」「鐸，大鈴也。」「鈴，令丁也。」《國語》作「丁寧」，韋注云：「丁寧，謂鉦也。」鄭司農注《周禮》亦以鐸、鐲、鐃謂鉦之屬。然則鉦其大名也。《傳》云靜動，所以明習戰之節，非進鼓退金之謂也。鞫，讀與「告」同。《十月之交》「告凶」，《漢書》「告」作「鞫」，此古鞫、告聲通之證。告，讀「誓誥」之「誥」。《周禮》：「誓用之于軍旅。」《文選・東京賦》注引《尹文子》云：「將戰，有司讀誥誓，三令五申之。既畢，然後即敵。」○「顯允方叔」，言有顯德者，方叔也。允，語詞。淵淵，讀鼘鼘，故云「鼓聲也」。「伐鼓振旅」句承「陳師鞫旅」之下，猶是未戰時。《爾雅・釋天》：「振旅闐闐，出爲治兵，尚威武也。入爲振旅，反尊卑也。」《傳》云「復長幼」即是「反尊卑」，本《爾雅》文。《爾雅》釋《詩》兼及治兵，則振旅爲習戰。毛《傳》但依經言「振旅」作訓，而不及治兵者，文從略也。蓋周制，春秋二時教民，三年數軍實，皆有治兵振旅習戰之事。《春秋・莊八年》：「春王正月，師次于郎，以俟陳人、蔡人。甲午，治兵。」《公羊傳》云：「出曰祠兵，入曰振旅，其禮一也，皆習戰也。」祠者，「治」之假借字。《穀梁傳》云：「出曰治兵，習戰也；入曰振旅，習戰也。」又《晉語》云：「治兵振旅鳴鍾鼓，以至于宋。」此行師習戰，亦皆有治兵振旅，竝與《詩》言「振旅」同。《箋》謂「戰止將歸」，寔失經、《傳》之恉矣。《說文》：「嗔，盛气也。」《玉篇》：「嗔，盛聲也。」皆引《詩》作「嗔嗔」，與「闐闐」同。

蠢爾荆蠻，大邦爲讎。【傳】蠢，動也。荆蠻，荆州之蠻也。**方叔元老，克壯其猶。**【傳】元，大也。五官之長，出於諸侯，曰天子之老。壯，大；猶，道也。**方叔率止，執訊獲醜。戎車嘽嘽，嘽嘽焞焞，如霆如雷。**【傳】嘽嘽，衆也。焞焞，盛也。**顯允方叔，征伐玁狁，荆蠻來威。**【疏】「蠢，動」，《爾雅·釋詁》文。又《釋訓》：「蠢，不遜也。」郭注云：「蠢動爲惡，不謙遜也。」《書·大誥》篇：「西土人亦不静，越兹蠢。」又「反鄙我周邦，今蠢」。與《詩》「蠢動」義同。「荆蠻」作「蠻荆」者，誤。《文選》左思《吴都賦》注及《通典·邊防三》引《詩》作「蠢爾荆蠻」。又《通典》及《御覽·兵五十八》載《漢書·賈捐之傳》引《詩》亦作「荆蠻」，顔注云：「荆蠻，荆州之蠻。」又劉峻注《世説新語·排調》篇引《傳》與顔注同。各本經、《傳》皆誤，今據以訂正。《殷武》傳：「荆楚，荆州之楚國。」與此《傳》句法正同。《角弓》傳：「蠻，南蠻也。」荆蠻即荆楚。《漢書·地理志》：「周成王時，封文、武先師鬻熊之曾孫熊繹於荆蠻，爲楚子，居丹楊。」今湖北宜昌府歸州東南有丹楊城，即漢丹楊郡丹楊縣地，宣王時之楚國尚居於此。大邦，謂諸夏也。《賈捐之傳》引《詩》釋之云：「言聖人起則後服，中國衰則先畔，動爲國家難，自古而患之矣。」《後漢書·南蠻傳》亦云：「明言黨衆繁多，是以抗敵諸夏。」竝謂荆蠻爲荆楚也。○《傳》訓「元」爲「大」，元老爲大老，又引《禮記·曲禮》文以釋「大老」之義。《曲禮》：「五官之長曰伯，自稱於諸侯曰天子之老。」鄭注云：「『九命作伯』，伯，分主東西者。」又《王制》：「八伯各以其屬屬於天子之老二人，分天下以爲左右，曰二伯。」注云：「老，謂上公。」昭十三年《左傳》：「晉侯使叔向告劉獻公，對曰：『天子之老請帥王賦，「元戎十乘，以先啟行」。』」杜注云：「獻公，王卿士劉子。」案劉子爲王卿士，故自稱於諸侯爲天子之老，與《詩》、《禮》正合。《傳》訓「壯猶」爲「大道」者，言方叔爲天子之大老，克任其大道也。《鹽鐵論·未通》篇：「五十以上，血脈溢剛曰艾壯。」引《詩》「方叔元老，克壯其猶」，或本三家說，與《毛詩》絶異。「方叔率止，執訊獲醜」，正言伐荆蠻之事。《常武》「王旅嘽嘽」，《傳》：「嘽嘽然盛也。」此焞焞爲盛，則嘽嘽爲衆矣。《廣雅》：「嘽嘽，衆也。」嘽嘽、焞焞，謂聲氣衆盛也。僖五年《左傳》：「天策焞焞，火中成軍。」亦謂光明之盛也。《漢書・韋玄成傳》引《詩》「嘽嘽推推」，《廣韻》：「輴輴，車盛皃。」並與「焞焞」同。○案詩章末正言方叔率師南征荆蠻，而因及征伐玁狁者，《六月》伐玁狁，其時方叔爲上公，折衝禦侮，雖遣賢臣尹吉甫，而帷幄主謀，總在方叔運籌之内，故守衛中國，功必歸焉。《易林・離》、《小過》竝云：「《六月》、《采芑》，征伐無道。張仲、方叔，克勝飲酒。」據焦説，方叔與張仲類列，則《六月》所云「飲御諸友」，中有方叔矣。方叔未嘗北伐，此爲得其實。又《漢書・陳湯傳》：「劉向疏曰：『昔周大夫方叔、吉甫爲宣王誅玁狁，而百蠻從。』」《箋》云：「方叔先與吉甫征伐玁狁。」鄭用劉子政説。《後漢書・李膺傳》言：「馮緄前討荆蠻，均吉甫之功。」其説又稍異。「荆蠻來威」，據《漢書・韋玄成傳》引《詩》訂正。威，猶畏也。攷《史記・楚世家》，熊嚴生子四人：伯霜、仲雪、叔堪、季徇。熊霜元年，周宣王初立。熊霜六年卒，三弟争立，仲雪死，叔堪亡辟難於濮，而少弟季徇立。熊徇二十二年卒，子熊咢立。九年卒，子熊儀立，是爲若敖。《十二諸侯年表》：「宣王元年，楚熊霜元年。七年，熊徇元年。二十九年，熊咢元年。三十八年，楚若敖元年。」宣王四十六年崩，即若敖之九年也。與《世家》合。蓋楚當夷、厲之際，其國漸大，侵犯中國，故宣王中興，既命方叔南征，又徙封申伯於謝邑，以禦南方，其事皆在初年。汲郡古文以爲宣王五年伐荆蠻，爲熊霜之世，其説或有依據。若宣王之末，適當若敖之初，《左傳》稱「若敖啟辟山林」。其喪南國之師，已載見於《國語》。幽王荒廢，荆叛不至，作《漸漸之石》以刺之。平王東遷，楚患尤甚。戍申、戍甫，勞動京師。漢陽諸姬，蠶食殆盡。迨至齊桓公師召陵，晉文公戰城濮，齊、晉迭霸，而楚稍縮衰。然則南征荆蠻，亦夏夷盛衰之一轉棙也。

《車攻》八章，章四句。

《車攻》，宣王復古也。宣王能内脩政事，外攘夷狄，復文、武之竟土，脩車馬，備器械，復會諸侯於東都，因田獵而選車徒焉。

我車既攻，我馬既同。【傳】攻，堅；同，齊也。宗廟齊豪，尚純也；戎事齊力，尚强也；田獵齊足，尚疾也。**四牡龐龐，駕言徂東。**【傳】龐龐，充實也。東，雒邑也。【疏】車，田車也。《瞻卬》傳：「鞏，固也。」攻、鞏聲義相近。「同」訓「齊」。「宗廟齊豪，戎事齊力，田獵齊足」，《爾雅·釋畜》文。《傳》引之，而又申明「齊」之義爲尚純、尚强、尚疾也。詩因田獵而修車馬，則「齊足尚疾」正訓經之「同」字，宗廟、戎事連言及之也。舍人《爾雅注》云：「田獵取往於苑囿之中，追飛逐走取其疾而已。」○龐、充疊韻。充實者，彊盛之意。《玉篇》：「驡驡，充實皃。」疑出三家，字異。東，東都，東都在鎬京之東，故經言「徂東」，《序》箋云：「東都，王城也。」成王作邑土中，會諸侯於王城。宣王中興，復會於此。「駕言徂東」，言命駕而往會諸侯耳。會有大射，射有中禽。又宣王實有大蒐之禮，故詩中連言田獵。其會諸侯本在王城，《傳》以「雒邑」釋「東」，用意顯然矣。雒邑即王城。《群書治要》作「雒」，今作「洛」，非。

田車既好，四牡孔阜。東有甫草，駕言行狩。【傳】甫，大也。田者，大艾草以爲防，或舍其中，褐纏旃以爲門，裘纏質以爲槸，閒容握，驅而入，擊則不得入，左者之左，右者之右，然後焚而射焉。天子發，然後諸侯發；諸侯發，然後大夫、士發。天子發，抗大綏；諸侯發，抗小綏。獻禽於其下，故戰不出頃，田不出防，不逐奔走，古之道也。【疏】甫，《楚辭·九歎》注作「圃」。《文選》班固《東都賦》、《後漢書·班固傳》、《馬融傳》注引《韓詩》「東有圃草」，《薛君章句》：「圃，博也，有博大之茂草也。」毛、韓義同，而皆不言地名。鄭《箋》以甫草爲甫田之草。《水經·溍水》注：「中牟縣圃田澤多麻黄草。《述征記》曰：『踐縣境便覩斯卉，窮則知踰界。《詩》所謂「東有圃草」也。』」案此本鄭説。攷圃田在今河南開封府中牟縣西北，與敖山相去僅百餘里。《靈臺》傳：「囿，所以域養禽獸也。天子百里，諸侯四十里。」是圃田、敖山俱在天子囿内，鄭説足申《傳》義矣。《墨子·明鬼》篇：「周宣王合諸侯而田於圃田，車數百乘。」其事尚在宣王末年，而亦可見圃田之常獵也。成周在王城之東，而圃田、敖山又在成周之東。宣王當日之蒐在成周，斷不在王城，故成周有宣王之謝，謝以講軍實者，殆因此也。此章言狩，下章言苗，苗爲夏獵，則狩非冬獵。《爾雅》：「火田爲狩。」郭注云：「放火燒草，獵，亦爲狩。」〇《傳》云「田者」以下，皆所以明甫草行狩之事。云「大艾草以爲防」者，昭八年《穀梁傳》：「艾蘭以爲防。」蘭亦草也。云「或舍其中」者，《正義》云：「此屬夏苗之田也。《周禮》『仲夏，教茇舍』，鄭注云：『茇舍，草止也。軍有草止之法也。』」云「褐纏旃以爲門」者，《正義》云：「以織毛褐布纏通帛旃之竿，以爲門之兩旁，其門蓋南開，竝爲二門，用四旃四褐也。」案《大司馬》：「遂以狩田，以旌爲左右和之門。」鄭注云：「軍門曰和，今謂之壘門，立兩旌以爲之。」以旃爲門，猶以旌爲門矣。《穀梁傳》：「置旃以爲轅門。」言立旃爲門，如設轅在兩旁，非謂更以轅表門，如范甯説也。云「裘纏質以爲槸」者，槸，讀爲闑，闑爲門之中央所豎短木。《穀梁傳》：「以葛覆質以爲槷。」范注云：「葛，或爲『褐』。」案毛《傳》言「裘」者，所傳聞異。質，椹質，侯中的也。《猗嗟》傳：「二尺曰正。」質即正也。方二尺，四邊以木爲榦，是謂之椹質。今以椹質爲門中闑，則闑高當二尺，而復以裘纏其上也。云「閒容握」者，閒，門中也。門中置槸，車入門，去兩旁旃竿各容一握也。《穀梁傳》：「流旁握。流，行也，謂車輪行也。旁，門旁也。車行至門兩輪之軹，去門旁一握。」毛《傳》「閒容」二字，即《穀梁》「旁」字之義。下毛《傳》「驅而入」三字，即《穀梁》「流」字之義。其詳略義可互明。《正義》云：「兩軸頭去旃竿之閒各容一握。握入四指爲四寸，是門廣於軸八寸也。」擊，《正義》本作「擊」，《釋文》本作「轚」，音計。劉兆注《穀梁》云：「絓也，其字亦作『轚』。」奂疑「擊」、「轚」皆「輂」字之誤。《傳》冡「門槸」而言。門中之槸，以質爲之，質高二尺。田車之軹，離地崇三尺三寸，故車可以過槸。輂之離地庳，不得過槸。《史記·公孫敖傳》：「楚民俗好庳車，王欲下令使高之。相曰：『臣請教閭里使高其梱。』王許之。居半歲，民悉自高車。」梱即槸。車入里，門槸高，則車亦高，乃可過也。此車過槸之説也。《呂覽·本生》篇：「出則以車，入則以輂。務以自佚，命之曰招蹷之機。」機亦門中槸也。輂則至機而止，爲務以自佚之喻，此輂不得過槸之説也。《傳》云「驅而入」者，謂車也；「不得入」者，謂輂也。《穀梁傳》：「御輂者不得入。車軌、塵馬、候蹏、揜禽、旅御者不失其馳。」《穀梁》亦謂車入門，而御輂者不入門也。御輂者，謂徒也。凡田獵，有車有徒。下文「之子于苗，選徒囂囂」，《傳》：「維數車徒者爲有聲也。」「徒御不警」，《傳》：「徒，輂者。御，御馬者。」此皆言車徒之事。車，天子、諸侯、大夫、士所乘之車也。徒，徇徒也。徒爲御輂之人，輂爲徒所御之車名。毛《傳》嫌言「御輂者不得入」，則并其人而言，故直云「輂則不得入」，謂徒所乘之輂不得入門，而徒仍入門也。不得入者謂輂，非謂徒也。《周禮》言：「陳表之中，車驟，徒趨。車馳，徒走。」車入表，故曰驟、曰馳。徒則步入表，故曰趨、曰走。是其明證矣。説者俱依誤本作《周禮·舟車》「轚互」之「轚」，以爲車入門當驅，而驅車又不可與門旁轚互，門旁轚互，便不令車入門，以此教戰，試其能否田獵之儀，恐不若是。總由不明門槸，又不明輂不得入門槸之制，誤「輂」爲「轚」，「轚」又誤爲「擊」，俾古制遂不可攷矣。云「左右」者，左右，和之門也。焚，火田也。發，發矢也。抗，舉也。大綏，大麾也。《巾車》：「大麾以田。」《王制》謂殺禽已訖，田止而獘，文不同也。下，綏下也。大禽公之，謂獻禽也。《御覽·資産部十一》引《韓詩内傳》：「天子抗大綏，諸侯抗小綏，群小獻禽其下，天子親射之於旍門。」亦其義也。《穀梁傳》：「過防弗逐，不從奔之道也。」又《説苑·修文》篇：「百姓皆出，不失其馳，不抵禽，不詭遇，逐不出防。」《廣雅·釋天》：「刈草爲防，毆而射之，不題禽，不垝遇，不捷草，越防不追。」竝與毛《傳》略同。

之子于苗，選徒囂囂。【傳】之子，有司也。夏獵曰苗。囂囂，聲也。維數車徒者爲有聲也。**建旐設旄，薄狩于敖。**【傳】敖，地名。【疏】經言「選徒」，是有司之事，故《傳》云：「之子，有司也。」于，往；于苗，言往苗也。《爾雅·釋天》：「夏獵爲苗。」《傳》所本也。古「曰」與「爲」通。《周禮》、《左傳》、《穀梁傳》竝云「夏苗」，唯《公羊傳》以爲無夏田，説異，詳《叔于田》篇。《説文》：「囂，聲也。」重言之曰囂囂。徐邈讀曰嗷。選，讀爲算，《説文》：「算，數也。」《大司徒》「撰車徒」，鄭注：「撰，讀曰算。算車徒爲數擇之也。」「撰」與「選」同，故撰亦爲算。「維數車徒者爲有聲」，此有司豫備田獵之事。至天子出田獵，無讙譁之聲，《傳》意固以「有聲」對章末「無聲」言，作相應法也。○「薄狩」作「搏獸」，誤。《文選·東京賦》、《水經·濟水》注、《後漢書·安帝紀》注引《詩》皆作「薄狩于敖」，《初學記·武部》作「搏狩」，「搏」亦「薄」之誤。《初學記》云：「獵亦曰狩，狩獸也。」鄭《箋》言：「田獵搏獸也。」此經文作「薄狩」之確證。今「薄」作「搏」者，音近而誤。「狩」作「獸」者，因《箋》而誤。《釋文》：「搏獸，音博，舊音傳。」乃釋鄭《箋》，非釋經文也，説詳段氏《詩經小學》。「薄狩于敖」，狩于敖也，「薄」爲語詞。敖本山名，《傳》云「地名」者，以所狩之地言也。秦敖倉在山北，春秋時晉士季帥七覆於敖前，在山南，今開封府滎澤縣西北有敖山，即此。

駕彼四牡，四牡奕奕。【傳】言諸侯來會也。**赤芾金舃，會同有繹。**【傳】諸侯赤芾金舃。舃，達屨也。時見曰會，殷見曰同。繹，陳也。【疏】四牡，諸侯所乘。《傳》探下文「會同」，故云：「言諸侯來會也。」「四牡奕奕」，與《韓奕》句同。《文選》謝惠連詩注引《韓詩章句》云：「奕奕，盛貌也。」案弟四章、五章正言宣王會諸侯於東都，而又因會習射也。○「諸侯赤芾」，《候人》傳：「再命、三命皆赤芾。」再命大夫，三命卿，是諸侯與其卿、大夫同服赤芾矣。然服同而制有異：公侯前後方，大夫前方、後挫角，形不同也；諸侯會以火、山，卿大夫會以山，文不同也；唯色同赤耳。此《傳》云「諸侯赤芾金舄」，與《采叔》傳「諸侯赤芾邪幅」句例相同，而下又申釋邪幅、金舄之義。今本《傳》文奪「邪」字、「金」字，當補正。「達屨」釋「金舄」，不徒釋「舄」。據《正義》「舄」上有「金」字，不誤也。《正義》云：「言『金舄，達屨』者，達屨，屨之最上達者也。」《小爾雅》云：「履尊者曰達屨，謂之金舄而金鉤也。」與《傳》「達屨」同。《後箋》云：「達，猶《孟子》『達尊』之義，自當以《疏》説爲是。《豳風》傳：『赤舄，人君之盛屨。』盛屨，猶達屨也。或疑絇在屨頭如刀衣鼻，似難飾之以金。攷《晏子春秋・諫》篇曰：『景公爲履，黄金之綦，飾以銀，連以珠，良玉之絇，其長尺。』是古人本有以金飾屨之制。又『晏子對曰：「古者人君大帶重半鉤，舄履倍重，不欲輕也。」』趙注《孟子》：『一鉤金，謂一帶鉤之金。』則此所謂大帶之重者，亦是帶鉤。鄭注《周禮》云：『今東萊稱或以大半兩爲鈞。』則此云『大帶重半鈞』者，當是一帶鉤之金重三分兩之一。舄履倍重者，當是兩舄之金重一鈞，爲大半兩。此古人金舄之制，可爲明證者也。」○「時見曰會，殷見曰同」，《周禮・大宗伯》文。詩言會，而同則連及之耳。「繹，陳」，《爾雅・釋詁》文，《常武》、《賚》同。《覲禮》：「諸侯覲於天子，爲宮，方三百步，四門，壇十有二尋，深四尺。上介皆奉其君之旂，置于宮，尚左。公、侯、伯、子、男皆就其旂而立。」案凡大會同，於宮、壇之上皆有陳列之位。《正義》云「有陳於會同之位，言各以爵之尊卑陳列於其位次者」是也。《晉語》：「昔成王盟諸侯於岐陽，置茅蕝，設望表。」《説文》云：「朝會，束茅表位曰蕝。」「繹」與「蕝」義亦相近。

決拾既佽，弓矢既調。【傳】決，鉤弦也。拾，遂也。佽，利也。**射夫既同，助我舉柴。**【傳】柴，積也。【疏】決，《釋文》：「作『夬』，本又作『決』，或作『抉』。」《周禮》「繕人掌王之用，抉、拾」，「鄭司農云：『抉者，所以縱弦也。拾者，所以引弦也。《詩》云：「抉拾既次。」《詩》家説或謂抉謂引弦彄也，拾謂韝扞也。』玄謂：抉，挾矢時所以持弦飾也，箸右手巨指。《士喪禮》曰：『抉用正，王棘若檡棘。』則天子用象骨與？韝扞箸左臂裏，以韋爲之。」《儀禮·士喪禮》：「決用正，王棘若檡棘。組繫，纊極二。」鄭注云：「決，猶闓也。挾弓以横執弦，《詩》云：『決拾既次。』正，善也。王棘與檡棘，善理堅刃者，皆可以爲決。極，猶放弦也，以沓指放弦，令不挈指也。生者以朱韋爲之而三，死用纊又二，明不用也。」然則先鄭《周禮注》：「抉者，所以縱弦。」是「抉」與「極」同物。後鄭以《禮經》之「極」即《衛風》之「韘」，與「決」異物。抉者，所以持弦，從先鄭引《詩》家説。其《詩》家説即《毛詩》説也。《大射儀》「右巨指鉤弦」，注云：「右巨指，右手大擘，以鉤弦。弦在旁挾，由便也。」毛《傳》以「鉤弦」釋「決」，正本《大射儀》，其以「遂」釋「拾」者，亦本《禮經》爲訓。《鄉射》言「説決、拾」凡四見，「袒決、遂」凡十五見。《大射》言「説決、拾」凡十三見，「袒決、遂」凡十一見。於「袒」則曰遂，《鄉射》注：「遂，所以遂弦者也。」於「説」則曰拾，《鄉射》注：「其非射時則謂之拾，拾，斂也，所以蔽膚斂衣也。」《大射》於正射時笥中取出亦謂之決拾，《詩》言「決拾既佽」，正謂此也。《大射儀》：「小射正奉決、拾以笥，坐奠笥于物南，遂拂以巾，取決，興，贊設決、朱極三。小臣正贊袒。小射正又坐取拾，興，贊設拾，以笥退，奠于坫上，復位。大射正執弓，以袂順左右隈，上再下壹，左執弣，右執簫，以授公，公親揉之。小臣師以巾内拂矢，而授矢于公，稍屬。公卒射，小射正以笥受決、拾，退奠于坫上，復位。小臣正贊襲。公即席，司正以命升賓。賓升復筵，而后卿、大夫繼射。」案此諸侯之大射也。天子大射，意與諸侯同。《傳》云「佽，利」，《説文》：「佽，便利。」利，讀如「利弓矢」之「利」，利猶調也。《箋》：「佽，謂手指相次比也。」《芄蘭》正義申此《箋》云：「『手指相比次』，亦謂巨指既箸決，左臂加拾，右手指又箸沓而相比次也。」《大射》決、極、拾三者竝陳，《士喪》又決、極竝舉。詩言決不言極，文不備也，故《正義》申《箋》兼箸沓而言。《箋》與《杕杜》傳「佽」訓「助」略同，而與此《傳》「佽」訓「利」實異。調，和也。「決拾既佽」，取決、取拾也。「弓矢既調」，順弓拂矢也。下文云「射夫既同」，即卿、大夫繼射也。○射夫，謂會同之諸侯也。同，猶合也。既同，言已合耦也。《周禮》：「大司馬之職，若大射，則合諸侯之六耦。」注云：「大射，王將祭射于射宮，以選賢也。王射三侯，以諸侯爲六耦。」又《大射儀》：「自阼階前曰：『爲政請射。』遂告曰：『大夫與大夫，士御於大夫。』」注云：「御，由侍也。大夫與大夫爲耦。不足，則士侍於大夫，與爲耦也。」案下章《傳》云「其餘以與大夫、士以習射於澤宮」，即其事也。《説文》：「㧜，積也。」引《詩》作「助我舉㧜」。《玉篇》、《廣韻》引《詩》皆作「㧜」。疑今本「柴」乃「㧜」之誤。積，謂積禽也。張衡《西京賦》：「收禽舉胔。」薛綜注云：「胔，死禽獸將腐之名也。」「舉胔」，本三家《詩》，與《毛詩》字義不同。大射之禮，天子先射，而后卿、大夫射，故云：「助我舉積禽也。」下章《傳》云「田雖得禽，射不中，不得取禽。田雖不得禽，射中，則得取禽」，是其事也。

四黄既駕，兩驂不猗。【傳】言御者之良也。**不失其馳，舍矢如破。**【傳】言習於射御法也。

【疏】四黄，猶四牡也。猗，當作「倚」。《釋文》「猗」、「倚」二字音義迥別。《節南山》「有實其猗」，「猗，於宜反」。《箋》：「猗，倚也。」「倚，於綺反。」《淇奧》「緑竹猗猗」，於宜反。「倚重較兮」，於綺反。此篇「倚，於寄反」，則《釋文》本作「倚」字可證。不倚，無偏倚也。《大叔于田》「兩驂如手」，《傳》：「進止如御者之手。」所謂御者之良也。○《孟子·滕文公》篇：「王良曰：『吾爲之範我馳驅，終日不獲一。爲之詭遇，一朝而獲十。《詩》云：「不失其馳，舍矢如破。」』」所謂習於射御法也。《四鐵》傳：「閑，習也。」「閑」訓「習」，則「習」亦訓「閑」矣。《釋詞》云：「如破，而破也。『舍矢如破』與『舍拔則獲』同意，皆言其中之速也。《箋》曰：『如椎破物。』趙注《孟子》曰：『應矢而死者如破。』皆誤解『如』字。」案弟六章、七章承五章助舉積禽而追敘田獵獲禽之事。

蕭蕭馬鳴，悠悠旆旌。【傳】言不讙譁也。**徒御不警，大庖不盈。**【傳】徒，輦者。御，御馬者。不警，警也。不盈，盈也。一曰乾豆，二曰賓客，三曰充君之庖，故自左膘而射之，達于右腢，爲上殺；射右耳本，次之；射左髀，達于右䯚，爲下殺。面傷不獻，踐毛不獻，不成禽不獻。禽雖多，擇取三十焉，其餘以與大夫、士，以習射於澤宮。田雖得禽，射不中，不得取禽；田雖不得禽，射中，則得取禽。古者以辭讓取，不以勇力取。【疏】《傳》釋「蕭蕭馬鳴，悠悠旆旌」爲「不讙譁」，即下章無聲之義，於田獵見軍旅之整也。《説文》：「讙，譁也。」「譁，讙也。」讙、譁二字雙聲。○「徒，輦者。御，御馬者」，二「者」字各本作「也」字，依《正義》訂正。《正義》云：「諸徒皆爲徒行，此獨以爲輦者，《釋訓》云：『徒御不警，徒，輦者也。』《爾雅》特釋此文，故依而爲説。徒既爲輦者，故御爲御馬者也。」案《正義》謂「諸徒皆爲徒行」，《黍苗》、《嵩高》傳皆云「徒，徒行者」是也。徒行爲舍車而徒，輦以人輓行車，爲異。其實輦以人輓，而不用馬駕，故輦亦徒也。《説文》：「輦，輓車也。」「輓，引之也。」《釋名》：「輦，車人所輦。」《黍苗》、《嵩高》傳皆云：「御，御車者。」義與此同。「警，各本作「驚」，《正義》作「警」，不誤。「徒御不警」，徒御警也。「大庖不盈」，大庖盈也。《傳》以「不」爲助句之詞也。一字不成詞，則用一助字以足之，此其句例。《桑扈》「不戢，戢也」、「不難，難也」、「不多，多也」，《文王》「不顯，顯也」、「不時，時也」，《生民》「不寧，寧也」、「不康，康也」，《卷阿》「不多，多也」，《玉篇》云：「不，詞也。」凡古人作詞，多由方語。語有急緩，則詞有短長。初以語言之發聲，後爲文辭之助句，皆出自然，非有矯爾。毛公深明乎古人屬辭之意，故特發明之。○經言「庖盈」，《傳》因推廣乾豆、賓客，此《禮記·王制》及《春秋·桓四年》公羊、穀梁傳田狩之事皆有其文，何休注云：「一者，弟一之殺也，自左膘射之，達於右腢，中心，死疾，鮮絜，故乾而豆之，中薦於宗廟。二者，弟二之殺也，自左膘射之，達於右脾，遠心，❶死難，故以爲賓客。三者，弟三之殺也，自左膘射之，達於右䯚，❷中腸胃污泡，死遲，故以充君之庖廚。」案何注、毛《傳》詳略相同。左膘，《釋文》引：「《三蒼》云：『小腹兩邊肉也。』《説文》云：『脅後髀前肉也。』」今《説文》：「膘，牛脅後髀前合革肉也。」右腢，本或作「髃」，《公羊》釋文引：「《字林》云：『肩前兩乳骨也。』《説文》：『髃，肩前也。』」《箋》：「『射右耳本』，射，當爲『達』。」《正義》云：「亦自左射之，達右耳本而死者，爲次殺，不言『自左』者，蒙上文可知。」《公羊注》作「達於右脾」。范注《穀梁》云：「次殺，射髀髂死。」《傳》云「射左髀，達於右䯚」，《釋文》作「左脾」，云：「本又作『髀』，謂股外。」《公羊注》作「左膘右䯚」，《公羊》釋文云：「一本作『胘』，音賢。《説文》：『胘，牛百葉也。从肉，弦省聲。』」「䯚」即「胘」之異字。汙泡，謂旁光也。踐毛，《正義》作「翦毛」。澤宮爲習射之宮，在國中者也。《穀梁傳》：「面傷不獻，不成禽不獻，禽雖多，天子取三十焉，其餘與士衆以習射於射宮。射而中，田不得禽，則得禽；田得禽，而射不中，則不得禽。是以知古之貴仁義而賤勇力也。」又《書大傳》：「凡祭，取所餘獲陳于澤，然後卿大夫相與射也。中者，雖中，不取也。❸命不中者。雖中不取，何以也？所以貴揖讓之取，而賤勇力之取也。」

---

❶「遠」，原作「達」，據中國書店影印武林愛日軒刻本、徐子静本、阮刻《春秋公羊傳注疏》改。

❷「䯚」，原作「⿰骨肖」，據中國書店影印武林愛日軒刻本、徐子静本改。

❸「雖中不取」，據《書大傳》卷五，當作「雖不中取」。

歸之取也，于囿中，勇力之取也。今之取也，于澤宫，揖讓之取也。」澤，習禮之處，非所以行禮，其射又主中。鄭注云：「澤，射宫也。」案此皆成文，與毛《傳》略同。

之子于征，有聞無聲。【傳】有善聞，而無讙譁之聲。**允矣君子，展也大成。**【疏】之子，即于苗之有司也。征，行也，猶歸也。言田獵獸而歸也。《東都賦》所謂「先驅後路，屬車按節」是也。《傳》以「有善聞」釋經「有聞」，而以「無讙譁之聲」釋經「無聲」。讙，或作「諠」，《釋文》作「讙」。譁，上章《傳》言「不讙譁也」。《家訓·文章》篇引毛《傳》作「諠譁」，「諠」即「讙」之異體。《説文》有「讙」無「諠」，知毛《傳》作「讙」不作「諠」矣。〇《爾雅》：「允、展，信也。」又「展、允，誠也。」允謂之信，展亦謂之信；展謂之誠，允亦謂之誠。允、展同義也。析言之，則「展」訓「誠」、「允」訓「信」。「允矣君子，展也大成」，言信矣君子，誠能成其大功也。君子，謂宣王也。

《吉日》四章，章六句。

《吉日》，美宣王田也。能慎微接下，無不自盡以奉其上焉。【疏】昭三年《左傳》：「鄭伯如楚，子産相。楚子享之，賦《吉日》。既享，子産乃具田備。」案此《吉日》爲出田之證。《車攻》會諸侯而遂田獵，《吉日》則專美宣王田也。一在東都，一在西周。

吉日維戊，既伯既禱。【傳】維戊，順類乘牡也。伯，馬祖也。重物慎微，將用馬力，必先爲之禱其祖。禱，禱獲也。**田車既好，四牡孔阜。升彼大阜，從其群醜。**【疏】《傳》云「維戊，順類乘牡也」者，《箋》：「戊，剛日也，故乘牡爲順類也。」下文言「田車既好，四牡孔阜」，此即謂乘牡之事。《爾雅·釋天》：「既伯既禱，馬祭也。」郭注云：「伯，祭馬祖也。」《周禮・校人》：「春祭馬祖，夏祭先牧，秋祭馬社，冬祭馬步。」《廋人》：「掌祭馬祖，祭閑之先牧。」鄭注云：「馬祖，天駟也。《孝經》說：『房爲龍馬。』」❶《釋天》：「天駟，房也。」郭注云：「龍爲天馬，故房四星謂之天駟。」《詩》之伯即《周禮》之馬祖，故《傳》以「馬祖」釋「伯」也。禱者，祭馬祖而禱也。《甸祝》：「禂牲、禂馬，皆掌其祝號。」杜子春注：「禂，禱也。爲馬禱無疾，爲田禱多獲禽牲。《詩》云：『既伯既禱。』《爾雅》曰：『既伯既禱，馬祭也。』」杜以禂牲謂禱所獲禽牲，禂牲、禂馬自爲一祭。《說文》：「禂，禱牲，馬祭也。」許以禂爲禱牲，即以禂牲爲馬祭，正本杜說。《詩》之禱即《周禮》之禂馬，禂馬即祭馬祖也。《傳》云「重物慎微」，即《序》「慎微」之義。既言「將用馬力，必禱於馬祖」，而因又申釋之云「禱，禱獲也」者，獲亦所獲禽牲，此即《周禮》「禂牲」之謂，是杜、許皆足以申成《傳》意矣。《說文》：「禂，或作『䮞』。」《繫傳》引《詩》「既禡既禂」，此「既禡」乃「既伯」之誤。《詩》、《爾雅》釋文云：「禱，《說文》作『禂』。」陸所據《說文》「禂」下引《詩》作「既禂」，今《詩》作「既禱」者，疑當從或字作「既䮞」。《傳》以「禱獲」釋「䮞」，與杜、許以「禱」釋「禂」同意。《說文》：「獲，獵所獲也。」○從，逐也。下章《傳》云：「獸三曰群。」

吉日庚午，既差我馬。【傳】外事以剛日。差，擇也。**獸之所同，麀鹿麌麌。漆沮之從，天子之所。**【傳】鹿牝曰麀。❷ 麌麌，衆多也。漆沮之水，麀鹿所生也。從漆沮驅禽，而致天子之所。【疏】

---

❶「鄭注」至「龍馬」十五字，引文於阮刻《周禮注疏》爲《校人》注，非《廋人》注。

❷「牝」，原作「牡」，據中國書店影印武林愛日軒刻本、徐子靜本、阮刻《毛詩正義》與《毛詩傳義類・釋獸弟十八》改。

「外事以剛日」,《禮記·曲禮》、《表記》皆有其文。庚午,剛日也。《出車》傳:「出車就馬於牧地。」牧地在郊外,是差馬爲外事也。上章言乘牡是外事,宜用剛日。此章言差馬,亦是順剛之類。《傳》文互明耳。《漢書·翼奉傳》:「南方之情惡也,惡行廉貞,寅午主之。西方之情喜也,喜行寬大,己酉主之。二陽竝行,是以王者吉午酉也。《詩》曰:『吉日庚午。』」案翼治《齊詩》,此當是《齊詩》説。「差,擇」,《釋詁》文。差者,參差不齊。馬亦有良惡之不齊。訓「差」爲「擇」,與《車攻》傳訓「同」爲「齊」一意。擇,讀如「擇有車馬」之「擇」。○《爾雅·釋獸》:「鹿牝,麀。」此《傳》所本也。《靈臺》傳:「麀,牝也。」《説文》:「麀,牝鹿也。字或作『麌』。」麌麌,《韓奕》作「噳噳」,《傳》:「噳噳然衆也。」義與此同。《説文》引《詩》作「噳」,云:「麋鹿群口相聚皃。」「麌」疑「虞」之誤,轉寫者涉上文「麀鹿」,遂誤虍頭爲鹿頭耳。「虞」即「噳」之古文假借字,如全《詩》用字之例,「任」又作「壬」、「儀」又作「義」、「僤」又作「單」、「仕」又作「士」之比。《韓奕》作「噳噳」,《吉日》作「虞虞」,皆其理也。《説文》無「麌」字。《潛》傳:「漆、沮,岐周之二水也。」漆、沮之水,其旁地亦麀鹿之所生。《正義》云:「驅之於漆、沮之傍,從彼以至天子之所。上言乘車升大阜,下言獸在中原,此云驅之漆、沮,皆見獸之所在驅逐之事,以相發明也。」案孔所據《傳》「致」作「至」,《騶虞》正義引亦作「至」。《後箋》云:「《車攻》疏述《傳》義:『以田法芟草爲防,未田之前,誓士戒衆,教示戰法。教戰既畢,士卒出和,乃分地爲屯。既陳,車驅卒奔,驅禽納之於防,然後焚燒此防草,在其中而射之,天子先發,然後諸侯、大夫、士發。』然則此言『漆、沮之從,天子之所』者,謂驅禽而納諸防中也。言『悉率天子,以燕左右』者,謂焚燒防草,復驅之以待天子之射也。」

瞻彼中原,其祁孔有。儦儦俟俟,或群或友。【傳】祁,大也。趨則儦儦,行則俟俟。獸三曰群,二曰友。**悉率左右,以燕天子。**【傳】驅禽之左右,以安待天子。【疏】中原,原中。「祁」與「頎」同,故訓

「大」，大謂原野廣大也。孔，甚也。原田之中，其地廣大，物又甚有。《箋》改「祁」爲「麎」。《正義》據《爾雅》某氏注引《詩》作「麎」，本三家《詩》。《後漢書・馬融傳》注：「騃，音俟。」引《韓詩》「駓駓騃騃」。《文選・西京賦》注引《薛君章句》：「趨曰駓駓，行曰騃騃。」《説文》：「俟，大也。」引《詩》作「伾伾俟俟」，許宗毛，則所引是《毛詩》，與《韓詩》字異聲同。今《詩》作「儦儦」，而與「伾伾」聲部絶異，未知審也。「獸三曰群」，《國語・周語》文，韋注云：「自三以上爲群。」「二曰友」，其義無聞。《説文》：「同志爲友，从二又相交友也。」其即「獸二爲友」之義歟？○「燕」訓「安」，云「驅禽之左右，以安待天子」，《文選》張衡《東京賦》注引《毛詩傳》「驅禽獸於王之左右」，與今本異。《箋》云：「率，循也。悉驅禽循其左右之宜，以安待王之射也。」此鄭申毛也。《騶虞》傳：「虞人翼五豝，以待公之發。」翼亦驅也。案上章《傳》言「驅禽至天子之所」，此言「之左右以安待天子」，皆即《序》「奉上」之義。

既張我弓，既挾我矢，發彼小豝，殪此大兕。【傳】殪，壹發而死，言能中微以制大也。**以御賓客，且以酌醴。**【傳】饗醴，天子之飲酒也。【疏】《爾雅》：「殪，死也。」發殪，矢發即死。小豝言發，大兕言殪，互詞，故《傳》以「壹發而死」釋經「殪」字，必兼上句「發」字以明意耳。小豝，微禽也。大兕，大禽也。微者中，大者制，此射者之能事也。《荀子・儒效篇》：「弓調矢直矣，而不能以射遠中微，則非羿也。」《王霸篇》：「人主欲得射遠中微，則莫若羿、蠭門矣。」《君道篇》：「人主欲得善射，射遠中微者，縣貴爵重賞以招致之。」《議兵篇》：「弓矢不調，則羿不能以中微。」《傳》云「中微」，殆用其師説。豝，詳《騶虞》篇。○《六月》傳：「御，進也。」田禽以饗賓客，賓客謂諸侯也。《傳》文「饗醴」上疑奪「醴」字，醴即酒也，醴爲饗醴，又申釋「饗」之義爲「天子之飲酒」。《説文》：「饗，鄉人飲酒也。」「廱，天子饗飲辟廱也。」案天子四郊之學亦曰辟廱，其郊射之宫曰郊宫，亦曰射宫。

天子射畢而飲酒，即用鄉人飲酒之禮，是亦曰饗也。《左傳》莊十八年、僖二十五年、二十八年「王饗醴」，《周語》「王乃淳濯饗醴」、「王薦鬯饗醴」，與此《傳》「饗醴」不同。此即《序》「接下」之事。奉上由於接下，故美天子田獵，而於章末推本言之。

詩毛氏傳疏卷十八

鴻鴈之什詁訓傳弟十八　毛詩小雅

《鴻鴈之什》十篇，三十二章，二百三十句。

《鴻鴈》三章，章六句。

《鴻鴈》，美宣王也。萬民離散，不安其居，而能勞來還定安集之，至于矜寡，無不得其所焉。

鴻鴈于飛，肅肅其羽。【傳】興也。大曰鴻，小曰鴈。肅肅，羽聲也。鴻鴈知辟陰陽寒暑。**之子于征，劬勞于野。**【傳】之子，侯伯卿士也。劬勞，病苦也。**爰及矜人，哀此鰥寡。**【傳】矜，憐也。老無妻曰鰥，偏喪曰寡。【疏】鴻、鴈，二鳥名也。《孟子》稱梁惠王顧鴻、鴈、麋、鹿，飛者之有鴻、鴈，猶走者之有麋、鹿耳。杜注《左傳》亦云：「大曰鴻，小曰鴈。」《説文・隹部》：「雁，雁鳥也。」「琟，鳥肥大琟琟也。或作『鳿』。」《鳥部》：「鴻，鴻鵠也。」「鴈，鵝也。」《詩・九罭》之鴻謂鴻鵠，《匏有苦葉》之鴈謂鵝，其正字作「鴻」作「鴈」。此「鴻鴈」乃野鳥，其正字當作「鳿雁」。《説文》曰「雁鳥」即今之野鵝，鳿，其大者也。經言羽，故云「肅肅，羽聲」也。《傳》文「鴻鴈知辟陰陽寒暑」，此八字各本攙入《箋》語。《後箋》從《正義》述《傳》，今據以訂正。鴻鴈以喻萬民。陰寒陽暑皆知所辟，是猶辟離散而歸安集也。首章言離散，二章就已安集言，三章就未安集言。○《傳》云「之子，侯伯卿士也」者，侯伯，外諸侯之長；卿士，內諸侯之長。外諸侯有救患分災之任，內諸侯有命事考績之職。宣王時侯伯，申侯也；卿士，召公、方叔也，皆有「劬勞于野」之事焉。「劬勞，病苦」，《豈風》同。劬、勞二字平列，鄭注《內則》云「劬，勞也」是也。《釋文》引《韓詩》：「劬，數也。」韓讀不平列。○矜、憐疊韻，《尚書・多士》「予惟率肆矜爾」，《論衡・雷虛篇》作「予惟率夷憐爾」。又《論語》「哀矜」作「哀憐」，此矜、憐通訓之證。《爾雅》：「矜，苦也。」《傳》不用《爾雅》，緣下句「哀」字立訓。《說文》：「憐，哀也。」是矜、哀皆憐也，憐人即是哀鰥寡。及，猶汲汲也。爰，語詞。言汲汲哀矜此鰥寡之人也。《漢書・蕭望之傳》：「《詩》云：『爰及矜人，哀此鰥寡。』上惠下也。」蕭習《齊詩》，與《毛詩》意同。「老無妻曰鰥」，《王制》「鰥」作「矜」。襄二十七年《左傳》：「齊崔杼生成及彊而寡。」鰥亦稱寡。《書大傳》：「舜年三十不娶稱鰥。」則不老而無妻亦稱鰥。此通言無別也。《傳》云「偏喪曰寡」，偏喪，猶偏亡，承上句「老」字連下，《王制》所謂「老而無夫者謂之寡」也。高注《淮南子・原道》篇云：「雖有偏喪，不復更醮。」與此「偏喪」同。不言孤獨者，文不備故爾。

鴻鴈于飛，集于中澤。【傳】中澤，澤中也。**之子于垣，百堵皆作。**【傳】一丈爲板，五板爲堵。**雖則劬勞，其究安宅。**【傳】究，窮也。【疏】集，得所安集也。「中澤，澤中」，此倒句。凡《傳》云「皋澤」、《雝》「澤陂」、「澤障」，皆謂澤爲有水之稱。無水者曰藪。○《箋》云：「《春秋傳》曰：『五板爲堵，五堵爲雉。』雉長三丈，則板六尺。」《正義》云：「《韓詩》說：『八尺爲板，五板爲堵，五堵爲雉。』何休注《公羊》取《韓詩傳》云：『堵四十尺，雉二百尺。』二說不同，故鄭《駁異義》辨之云：『《左氏傳》說鄭莊公弟段居京城，祭仲曰：「都城過百雉，國之害也。先王之制，大都不過三國之一，中五之一，小九之一。今京不度，非制也。」古之雉制，《書》、《傳》各不得其詳。今以左氏説鄭伯之城，方五里，積千五百步也。大都三國之一，則五百步也。五百步爲百雉，則知雉五步。五步於度長三丈，則雉長三丈也。雉之度量於是定可知矣。』」奂案《傳》云「一丈爲板」者，此横言之也。云「五板爲堵」者，此豎言之也。板廣二尺，累高五板爲一堵，横長三堵爲一雉。隱元年《左疏》引《異義》古《周禮》及《左氏》説：「一丈爲板，板廣二尺，五板爲堵。一堵之牆，長丈、高丈。三堵爲雉，一雉之牆，長三丈、高一丈。以度其長者，用其長。以度其高者，用其高也。」説與毛義同。定十二年《公羊傳》：「雉者何？五板而堵，五堵而雉，百雉而城。」《箋》據《公羊傳》「五堵爲雉」，謂「按五堵成一雉，雉長三丈，則板當六尺」，以破毛義，其説「板六尺」與毛「板一丈」之説不同，而謂「雉長三丈」與古《周禮》、《左氏》説又未嘗不同。至《公羊注》作「八尺曰板，堵凡四十尺」，與《左疏》引《戴禮》及《韓詩》説「雉長四丈」合，而於古説皆不可通。板，當作「版」。《版》傳云：「垣，牆也。」《無衣》傳云：「作，起也。」宣王承厲之變，萬民離散，遷徙無常，《十月之交》所謂「徹我牆屋，田卒汙萊」也。侯伯卿士爲之坏垣牆，補城郭，此正是勞來安集之事。《箋》謂「於壞滅之國徵民起屋舍，築牆壁」，如《箋》説，則是勞民役，非安民居矣。○「究，窮」，《釋言》文。凡詁訓，「窮」有二義，窮極謂之窮，窮困亦謂之窮。《蕩》「靡屆靡究」，《傳》：「究，窮也。」彼窮爲窮極，此窮爲窮困，二《傳》訓同意別。高誘注《淮南・時則》云：「鰥寡孤獨曰窮也。」《皇矣》、《閟宮》傳竝云：「宅，居也。」「雖則劬勞，其究安宅」，言上之人雖是病苦，而其下窮困之人皆能安集康居之。此承上章末二句，而言其得所也。篇中三「劬勞」皆謂侯伯卿士勞來病苦之情。

鴻鴈于飛，哀鳴嗸嗸。【傳】未得所安集，則嗸嗸然。**維此哲人，謂我劬勞。維彼愚人，謂我宣驕。**【傳】宣，示也。【疏】《釋文》：「嗸，本又作『嗷』。」《説文》：「嗷，衆口愁也。《詩》曰：『哀鳴嗷嗷。』」文十三年《左傳》：「鄭伯與公宴于棐，子家賦《鴻雁》，季文子曰：『寡君未免於此。』」襄十六年《傳》：「穆叔見范宣子，賦

《鴻雁》之卒章。宣子曰：『匄在此，敢使魯無鳩乎？』」杜注：「鳩，集也。」《傳》云「未得所安集」者，即本《左傳》「無鳩」爲訓。○我，我侯伯卿士也。「宣」訓「示」，宣猶明也。示，古「視」字。驕者，慢也。《吕覽・期賢》篇：「吾安敢驕之？」《秦策》：「王兵勝而驕。」高誘注竝訓「驕」爲「慢」。《芄蘭》傳云：「以驕慢人。」是「驕」有「慢」義。「劬勞」與「驕」作對文。「維此哲人，謂我劬勞。維彼愚人，謂我宣驕」，言智者謂我病苦，而愚者猶謂我視民以慢也。慢，猶不急也。《左傳》云：「穆叔如晉聘，且言齊故，晉人曰：『以寡君之未禘祀，與民之未息。不然，不敢忘。』穆叔曰：『以齊人之朝夕釋憾於敝邑之地，是以大請。敝邑之急，朝不及夕，引領西望，曰：「庶幾乎！」比執事之閒，恐無及也。』」穆叔遂賦《詩》以譏晉不急魯難，亦是驕慢之意。

《庭燎》三章，章五句。

《庭燎》，美宣王也。因以箴之。【疏】《列女傳・賢明》篇：「宣王嘗夜臥宴起，姜后待罪於永巷，使其傅母通言於王。王曰：『寡人不德，實自生過，非夫人之罪也。』遂復姜后，而勤於政事，早朝宴退，卒成中興之君。」案此與詩義合。箴，猶戒也，與《常武》序同。

夜如何其？夜未央，庭燎之光。【傳】央，旦也。庭燎，大燭也。**君子至止，鸞聲將將。**【傳】君子，謂諸侯也。將將，鸞鑣聲也。【疏】「央，旦」，《釋文》本「旦」作「且」，《正義》從王肅本作「旦」。案「且」字是也。《箋》云：「猶言夜未渠央也。」《釋文》引《説文》云：「久也，已也。」王逸注《楚辭》云：「央，盡也。」《韓奕》箋「且」訓「多」，《載芟》傳「且」訓「此」。多者，猶言久也；此者，猶言已也、盡也。「夜未且」正與「夜未久」同意。王子雖不明「且」字之義，遂改「且」爲「旦」，而以「未旦」爲夜半。《正義》從其説，誤。「庭燎，大燭」，大燭別於凡燭，謂之燎。燎設於庭，謂之庭燎，《箋》云「於庭設大燭」、《燕禮》「甸人執大燭於庭」是也。《周禮·司烜氏》「凡邦之大事，共墳燭、庭燎」，「故書『墳』爲『蕡』。鄭司農注：『蕡燭，麻燭也。』」賈疏云：「古者未有麻燭。庭燎所作，依慕容所爲，以葦爲中心，以布纏之，飴蜜灌之，若今蠟燭。」案賈説非也。《巷伯》傳：「使執燭放乎旦而蒸盡。」是薪蒸與麻蒸皆爲燭。庭燎爲大燭，亦猶是爾。《禮記·郊特牲》：「庭燎之百，由齊桓公始也。」鄭注：「僭天子也。庭燎之差，公蓋五十，侯、伯、子、男皆三十。」孔疏云：「此數出《大戴禮》也。百者，皇氏云：『作百炬列於庭也。』或云：『百炬共一束也。』」○君子爲來朝之君子，故《傳》云：「謂諸侯也。」鸞，古作「鑾」。《文選》曹子建《應詔詩》注引此詩正作「鑾」。鸞在鑣，故將將爲鸞鑣聲。鸞者，鈴也。《巾車》：「大祭祀，鳴鈴以應雞人。」鄭注云：「雞人主呼旦，鳴鈴以和之，聲旦警衆。❶必使鳴鈴者，車有和鸞相應和之象。」

夜如何其？夜未艾，庭燎晣晣。【傳】艾，久也。晣晣，明也。**君子至止，鸞聲噦噦。**【傳】噦噦，徐行有節也。【疏】《正義》云：「艾，取名於耆艾。艾者，是年之久。從幼至艾爲年久，似從昏至旦爲夜久。昏似幼，旦似艾。言夜未於久，亦是未至於旦。『未艾』與『未央』，其意同也。」案《正義》謂未央、未艾同意，是也。《爾雅》：「艾，長。」《小爾雅》：「艾，止。」杜預注襄九年《左傳》：「艾，息。」竝與《傳》「艾，久」義近。《箋》：「芟末曰艾，以言夜先雞鳴時。」《箋》與《傳》同。《正義》謂「易《傳》」，非。《釋文》：「晣，本又作『晢』。」張衡《東京賦》作「庭

---

❶「旦」，阮刻《周禮注疏》作「且」。

燎晢晢」。《書・洪範》云：「明作晢。」是晢晢爲明也。○「噦噦，徐行有節」，此與上章《傳》義互明。將將亦徐行有節，而噦噦亦鸞鑣聲也。《泮水》「噦噦」言其聲也。是噦噦亦聲也。噦噦，當作「鉞鉞」，説詳《泮水》篇。

夜如何其？夜鄉晨，庭燎有煇。【傳】煇，光也。**君子至止，言觀其旂。**【疏】鄉者，今之「向」字。《箋》：「晨，明也。」《説文》：「晨，早昧爽也。」「庭燎有輝」，猶云「庭燎之光」耳，故《傳》訓「輝」爲「光」也。○《箋》云：「上二章聞鸞聲爾，今夜鄉明，我見其旂，是朝之時也。朝禮，別色始入。」言，語詞。《箋》訓「我」，失之。

《沔水》三章，二章章八句，一章六句。

《沔水》，規宣王也。【疏】《箋》云：「《春秋傳》曰：『近臣盡規。』」

沔彼流水，朝宗于海。【傳】興也。沔，水流滿也。水猶有所朝宗。**鴥彼飛隼，載飛載止。嗟我兄弟，邦人諸友。莫肎念亂，誰無父母？**【傳】邦人諸友，謂諸侯也。兄弟，同姓臣也。京師者，諸侯之父母也。【疏】《傳》以「水流滿」詁「沔」。《匏有苦葉》傳：「瀰，深水也。」沔、瀰聲義相近。《説文》：「淖，水朝宗于海也。从水，朝省。」淖，古「潮」字。段注云：「《説文》無『濤』篆，『濤』即『淖』之異體。《論衡・書虛篇》辨子胥驅水爲濤事，曰：『天地之性，上古有之，經江、漢朝宗于海，唐虞之前也。』又曰：『濤之起也，隨月盛衰，小大、滿損不齊同。』虞翻注《易》『習坎，有孚』，曰：『水行往來，朝宗于海，不失其時，如月行天。』注『行險而不失其信』，曰：『水性有常，消息與月相應。』皆與許説合。朝宗于海者，謂彼此相迎受。洚水之時，江、漢不順軌，不與海通，海淖不上。至禹治之，江、漢始與海通。於楊州曰『三江既入』，謂江、漢之入海也。於荊州曰『江、漢朝宗于海』，謂海漳上達，直至荆州也。江、漢之水下赴，海漳上迎，呼吸相通，恩禮相受，二州之文相爲表裏，古説如是。朝宗于海，謂海水來朝見尊禮也。」案許解「朝宗于海」以爲海漳之來若朝宗然。段氏因發明《尚書》「朝宗于海」，其義明晰。詩言「朝宗于海」，《傳》乃釋之云「水猶有所朝宗」者，水喻衆諸侯，水有朝宗，喻諸侯有朝宗于王。海水外至，猶諸侯之外來。《玄鳥》篇「四海來假，來假祁祁」，即其義也。許宗毛者也，當據之以爲解。鄭《詩》箋、《書》注竝謂「納水趨海，若《周禮》春朝夏宗」，非古説也。海之朝宗、隼之飛止兩喻，皆興諸侯朝天子。首章言朝，次章言不朝。〇《傳》先釋「邦人諸友」，後釋「兄弟」，或言諸侯，或言臣，是互詞。邦人諸友爲異姓臣，而兄弟則爲同姓諸侯也。莫，不；肎，可也。誰，誰諸侯也。同異姓皆諸侯，來朝京師，故《傳》釋「父母」爲「京師」。《民勞》箋：「京師者，諸夏之根本。」亦其義也。言諸侯不可念亂，應供王職也。《潛夫論·釋難》篇：「且夫一國盡亂，無有安身。《詩》云：『莫肎念亂，誰無父母？』言將皆爲害，然有親者，憂將深也。」不以「父母」爲「京師」，本三家《詩》。

沔彼流水，其流湯湯。【傳】言放縱無所入也。**鴥彼飛隼，載飛載揚。**【傳】言無所定止也。**念彼不蹟，載起載行。心之憂矣，不可弭忘。**【傳】不蹟，不循道也。弭，止也。【疏】湯湯，即「蕩蕩」之假借。《宛丘》傳：「湯，蕩也。」司馬相如《上林賦》：「蕩蕩乎八川分流，相背而異態。」與《傳》「言放縱無所入」義合。高注《淮南子·精神》篇云：「飛揚不從軌度也。」與《傳》「言無所定止」義合。水之放縱，鳥無定止，興者，以喻諸侯無道，不來朝於京師。〇彼，彼諸侯也。《傳》文「循」字當衍。《傳》：「不蹟，不道也。」《箋》云：「諸侯不循法度。」《日月》傳：「遹，道也。」《箋》：「不道，不循禮也。」《十月之交》傳：「徹，道也。」《箋》：「不道者，言王不循天之政教。」三《箋》皆以「不循」申《傳》「不道」之義，後人遂依《箋》改《傳》，誤增「循」字耳。《爾雅·釋訓》：「不蹟，不道也。」《傳》義正本《雅》訓。今《爾雅》於「不蹟」下衍一「也」字，説見《十月之交》篇。《説文》：「蹟，『迹』之或字。迹，道也。」則起則行，言諸侯之跋扈，所謂不道也。弭者，所以解紛，亦所以止亂。《説文》：「㢟，止也。讀若沔。」「弭」與「㢟」通。《周語》：「至于今未弭。」賈逵注云：「弭，忘也。」是忘亦弭也。

鴥彼飛隼，率彼中陵。民之訛言，寧莫之懲。❶【傳】懲，止也。**我友敬矣，讒言其興。**【傳】疾王不能察讒也。【疏】率，循也。中陵，陵中也。隼之飛，循陵中而至止。《箋》云：「喻諸侯之守職順法度。」《漢書·賈誼傳》云：「諸侯軌道。」○「民之訛言」，《説文》引《詩》作「譌言」，無「訛」字。懲，艾也。艾亦止也。懲、艾同義。寧，猶胡也。「寧莫之懲」，言民造作僞言，胡無有禁止也？《十月之交》云：「胡憯莫懲。」句法正同。「我友敬矣，讒言其興」，興，起也。我友，我諸侯也。讒言起，由於王不能察，故《傳》云：「疾王不能察讒也。」《文選》范曄《宦者傳論》注引《韓詩》：「讒言緣間而起。」王應麟《詩考》以爲此詩《内傳》文。讒言其起，我諸侯敬共爾位，仍循守朝正述職之事，疾宣王，以規諸侯，亦以規宣王。宣王之世，改封申伯於謝，作《崧高》；命召公平淮夷，作《江漢》。申，南國，在江、漢之間。江、漢，《禹貢》荆州域也。二詩皆作於宣王盛年。《國語》：「三十二年春，宣王伐魯，立孝公，諸侯從是不睦。」又云：「宣王既喪南國之師，乃料民于大原。」夫南國喪師，經無足徵。此詩言諸侯放縱，不念京師，篇首直以江、漢朝宗于海發端起興，當時大夫或亦因喪師以爲規諫歟？《沔水》而下諸詩，皆當在宣王三十二年以後之作。

---

❶「莫」，原作「或」，據中國書店影印武林愛日軒刻本、徐子静本、阮刻《毛詩正義》改。下疏文同。

《鶴鳴》二章，章九句。

《鶴鳴》，誨宣王也。【疏】《箋》云：「誨，教也。教宣王求賢人之未仕者。」

鶴鳴于九皋，聲聞于野。【傳】興也。皋，澤也。言身隱而名箸也。**魚潛在淵，或在于渚。**【傳】良魚在淵，小魚在渚。**樂彼之園，爰有樹檀，其下維蘀。**【傳】何樂於彼園之觀乎？蘀，落也。尚有樹檀而下其蘀。**它山之石，可以爲錯。**【傳】錯，石也，可以琢玉。舉賢用滯，則可以治國。【疏】《小箋》云：「古書引皆無『于』字，凡十四見。唐石經有『于』字，誤。」昭二十八年《左傳》：「御以如皋。」酈注《水經·汾水》篇謂即《爾雅》：「昭餘祁，并州藪。」是皋爲澤也。《傳》但釋「皋」爲「澤」，不釋「九」字。《釋文》引《韓詩》：「九皋，九折之澤。」《箋》：「皋，澤中水溢出所爲坎，自外數至九。」鄭本韓申毛也。云「言身隱而名箸也」者，《傳》合下章總釋其義。《荀子·儒效篇》：「君子務修其內而讓之於外，務積德於身而處之以遵道。如是，則貴名起之如日月，天下應之如雷霆，故曰：君子隱而顯，微而明，辭讓而勝。《詩》曰：『鶴鳴于九皋，聲聞于天。』此之謂也。」毛正用其師説。又《漢書·東方朔傳》：「苟能修身，何患不榮？」《論衡·藝增篇》：「言鶴鳴九折之澤，聲猶聞於天，以喻君子修德窮僻，名猶達朝廷也。」《韓詩外傳》云：「故君子務學，脩身端行，而須其時者也。」皆引此詩，竝與《傳》同。詩全篇皆興也。鶴、魚、檀、石皆以喻賢人。○《傳》以在渚者爲小魚，在淵者爲良魚，則良魚乃大魚也。《四月》傳云：「大魚能逃處淵。」《正義》云「潛淵喻隱者。不云大魚而云良魚者，以其喻善人，故變文稱良」，是也。案魚潛淵與鶴鳴皋一意，就賢者一邊説。以下就用賢者一邊説。○「何樂於彼園之觀乎」，以釋「樂彼之園」句。之觀，往觀也。爰，語詞。《七月》篇「十月隕蘀」，《傳》：「隕，隊；蘀，落也。」下蘀，猶隕蘀。《爾雅》：「下，落也。」是下亦落也，落謂死葉萎枝也。下章「穀，惡木」，❶則此下蘀即下惡木之蘀。云「尚有樹檀而下其蘀」者，所以申明樂觀之意也。尚，庶幾也。樹檀下蘀，喻用賢者而退小人。○《說文》：「厝，厲石也。《詩》曰：『它山之石，可以爲厝。』」高注《淮南子·脩務》篇：「礛諸，治玉之石。」引《詩》亦作「厝」。今《詩》作「錯」，爲「厝」之假借。厝爲攻玉之石，因之攻玉亦曰厝，故《傳》既訓「錯」爲「石」，而又申之云：「可以琢玉也。」石可琢玉，喻賢可治國，故又云：「舉賢用滯，則可以治國也。」滯猶隱也。「用滯」與上文《傳》言「身隱」相應。文六年《左傳》「出滯淹」，杜注云「拔賢能」是也。《孟子·梁惠王》篇：「今有璞玉於此，雖萬鎰，必使玉人彫琢之。至於治國家，則曰：『姑舍女所學而從我。』則何以異於教玉人雕琢玉哉？」《漢書·董仲舒傳》：「夫不素養士而欲求賢，譬猶不瑑玉而求文采也。」❷琢玉以比治國，義與《傳》同。

鶴鳴于九皋，聲聞于天。魚在于渚，或潛在淵。樂彼之園，爰有樹檀，其下維穀。【傳】穀，惡木也。**它山之石，可以攻玉。**【傳】攻，錯也。【疏】穀與《黃鳥》之穀同。《書序》：「桑穀共生于朝。」《管子·地員》篇：「五位之土，其柞其穀。」竝與《詩》穀同。《說文》、《廣雅》竝云：「穀，楮也。」《正義》引《義疏》云：「荆、揚人謂之穀，中州人謂之楮。」《西山經》：「鳥危之山，其陰多檀楮。」檀楮即《詩》之檀穀也。《傳》云「惡木」，喻小人。

---

❶「穀」，原作「榖」，徐子靜本、《清經解續編》本同。據本篇下章傳疏、阮刻《毛詩正義》、中國書店影印武林愛日軒刻本改。

❷「瑑」，《清經解續編》本作「琢」。案武英殿本《漢書》作「瑑」，中華書局點校本《漢書》作「琢」。

○「攻」訓「錯」者，《傳》冢上章立訓。「它山之石，可以攻」，即「它山之石，可以錯」耳。上章《傳》云「可以琢玉」，亦即探此章「玉」字爲訓。

《祈父》三章，章四句。

《祈父》，刺宣王也。

祈父，予王之爪牙。【傳】祈父，司馬也，職掌封圻之兵甲。**胡轉予于恤，靡所止居？**【傳】恤，憂也。宣王之末，司馬職廢，羌戎爲敗。【疏】「祈父，司馬」，《箋》云：「此司馬也，時人以其職號之，故曰祈父。《書》曰『若𠷎祈父』，謂司馬也。」《釋文》：「𠷎，古『疇』字。本或作『壽』。馬、鄭音受。」《正義》引鄭注云：「順壽萬民之圻父。」是鄭作「壽」也。《傳》云「職掌封圻之兵甲」者，「封圻」釋「祈」，謂「祈」即「圻」之假借。封圻即邦畿。《周禮・小司徒》：「五人爲伍，五伍爲兩，四兩爲卒，五卒爲旅，五旅爲師，五師爲軍。」蓋六鄉不詳田制，鄭注以爲與六遂同。六遂不詳軍制，亦當與六鄉同。六鄉、六遂皆在邦畿二百里内。三百里至五百里爲王子弟、公、卿、大夫采邑，不出兵甲，其馬、牛、車、輦亦半出焉。司馬掌兵甲，故爲王之爪牙，庴司馬，所以刺宣王也。予，我也，我王之爪牙，庴祈父也。成十二年《左傳》：「略其武夫，以爲己腹心、股肱、爪牙。」《漢書・陳湯傳》：「戰克之將，國之爪牙，不可不重。」《辛慶忌傳》：「右將軍慶忌，宜在爪牙官，以備不虞。」《馮奉世傳》：「奉世居爪牙官，前後十年，爲折衝宿將。」《後漢書・度尚傳》：「備位方伯，爲國爪牙。」竝與《詩》言「爪牙」正同。又襄十六年《左傳》：「穆叔見中行獻子，賦《圻父》。獻子曰：『偃知罪矣，敢不從執事，以同恤社稷，而使魯及此？』」杜注云：「詩人責圻父爲王爪牙，不脩其職。」案杜説是也。《玉篇・牙部》引《祈父》「維王之爪牙」，此三家《詩》，「予」作「維」，維，爲也。與毛字異義同。鄭《箋》以爪牙爲軍士。《易林・謙》、《小過》云：「爪牙之士，怨毒祈父。」此與《箋》合，蓋亦本三家《詩》。○「恤，憂」，《小雅・杕杜》同。《傳》云「羌戎爲敗」，以申明「憂」字之義。云「宣王之末，司馬職廢」者，所以明其致敗之由。此總釋全章之大指，爲補明《序》「刺」之義也。羌，當作「姜」，字之誤。《正義》所據《傳》作「姜」不作「羌」也。《周語》：「宣王不藉千畝，虢文公諫而不聽。三十九年，戰于千畝，王師敗績于姜氏之戎。」孔晁注云：「宣王不耕藉田，神怒民困，爲戎所敗，戰于近郊。」《史記・周本紀》亦作「姜氏之戎」。桓二年《左傳》稱晉穆侯夫人姜氏以千畝之戰生，命子桓叔爲成師，杜預注云：「西河界休縣南有地名千畝。」《正義》從孔晁，不從杜預，是矣。《正義》云：「《常武》美宣王命程伯休父爲大司馬，則休父，賢者也。言職廢者，蓋休父卒後，他人代之，其人不賢，故廢職也。」

祈父，予王之爪士。【傳】士，事也。胡轉予于恤，靡所厎止？【傳】厎，至也。【疏】士，讀與「事」同，假借字也。上言「爪牙」，此言「爪事」，謂祈父職掌我王爪牙之事也。○《説文・厂部》：「厎，柔石也。从厂，氐聲。或作『砥』。」段注云：「訓『至』者，厎之引申義。此字从氐聲，《五經文字》石刻譌作『厎』，少一畫，不可從。『厎』與『底』音、義均別。」案厎，都禮切。底，職雉切。此篇之「厎」與《小旻》之「伊于胡厎」同，作「底」者，誤也。《爾雅》：「厎，止也。」郭注云：「『厎』義見《詩傳》。」

祈父，亶不聰。【傳】亶，誠也。胡轉予于恤，有母之尸饔？【傳】尸，陳也。孰食曰饔。【疏】「亶，誠」，《爾雅・釋詁》文。《版》「不實于亶」，《傳》亦云：「亶，誠也。」二《傳》訓同而意別。《版》之「亶」訓「誠」，「誠」作實義解。此「亶」訓「誠」，「誠」作虛義解。《兔爰》傳：「聰，聞也。」亶不聰者，誠不聞也，責祈父之詞也。

《洪範五行傳》：「聽之不聰，是謂不謀。」昭九年《左傳》：「女弗聞而樂，是不聰也。」竝與詩「不聰」同。○「尸，陳」，《釋詁》文。《郊特牲》亦云：「尸，陳也。」《伐檀》、《大東》傳竝謂飧爲孰食，「饔」與「飧」同。《說文》：「饔，孰食也。」隸變作「饔」。《正義》云：「許氏《異義》引此詩曰：『「有母之尸饔」，謂陳饔以祭，志養不及親。』」《韓詩外傳》：「曾子曰：『往而不可還者，親也。至而不可加者，年也。是故孝子欲養而親不待也，木欲直而時不待也。是故椎牛而祭墓，不如雞豚之逮親存也。』」其下即引《詩》曰：「有母之尸雍。」雍，古「饔」字。《外傳》與《異義》合。案此古義也。「有母之尸饔」，「有母」二字當逗讀。之，猶則也。言我從軍以出，有母不得終養；歸則惟陳饔以祭，是可憂也。《蓼莪》：「出則銜恤，入則靡止。」彼《序》云：「民人勞苦，孝子不得終養爾。」亦此意也，所謂「養不及親」也。鄭《箋》順經作釋，嫌母陳祭不辭，故云「母爲父陳饌」，然經言「陳饔」，不言「陳父饔」，恐非經恉。

《白駒》四章，章六句。

《白駒》，大夫刺宣王也。

皎皎白駒，食我場苗。縶之維之，以永今朝。【傳】宣王之末，不能用賢，賢者有乘白駒而去者。縶，絆；維，繫也。**所謂伊人，於焉逍遥。**【疏】皎皎，白駒皃。白駒，賢者之所乘也。經言白駒來食場中之苗，《傳》云乘白駒而去。因願望其來，故追思其去也。云「宣王之末，不能用賢」，此總釋全章之指，以補明《序》「刺」之義也。「縶」訓「絆」者，《說文》：「馽，絆馬也。《春秋傳》曰：『韓厥執馽前。』讀若輒。或作『縶』。」《士喪禮》注：「綦，讀如『馬絆綦』之『綦』。」昭二十年《穀梁傳》：「兩足不能相過，齊謂之綦，楚謂之踂，衛謂之輒。」《釋文》：「輒，本亦作『縶』。」是縶、馽同字，縶、輒同聲，皆爲絆也。縶維即絆綦也。「縶」與「係」同。○伊，維也。維，猶是也。《玉篇》：「焉，是也。」言於是消搖也。今字作「逍遥」。

皎皎白駒，食我場藿。縶之維之，以永今夕。【傳】藿，猶苗也。夕，猶朝也。**所謂伊人，於焉嘉客。**【疏】「藿，猶苗」，承上章言也。禾初生曰苗，因之穀、蔬初生皆曰苗。場、圃同地，場即圃也。場圃毓草木。場有苗，非禾也。尗之少者曰藿，因之凡草木之幼少者皆曰藿。《傳》不謂藿爲尗，猶不謂苗爲禾也。「夕，猶朝」，亦承上章言也。○賢者乘白駒而去，故曰嘉客。

皎皎白駒，賁然來思。【傳】賁，飾也。**爾公爾侯，逸豫無期。**【傳】爾公邪，爾侯邪，何爲逸樂無期以反也？**慎爾優游，勉爾遁思。**【傳】慎，誠也。【疏】「賁，飾」，《易·序卦傳》文。飾然來者，言賢者之來，有車服之盛飾。《傳》意探下公侯爲訓也。《箋》云：「願其來而得見之，《易卦》曰：『山下有火，賁。』賁，黃白色也。」《説苑·反質》篇：「孔子卦，得賁，曰：『賁，非正色也。』」是賁有襍色之文。盛飾不一色，故《箋》引《易·賁卦》以況之。《正義》以爲思賢者，當以車服表之，得其義矣。《廣雅》：「賁，美也。」「飾」與「美」義相近。○《小箋》云：「依《正義》當『爾公』下增一『邪』字。」胡承珙《後箋》云：「李氏《集解》引毛《傳》正作『爾公邪，爾侯邪』。與段説合。《顏氏家訓·音辭》篇曰：『邪，北人呼爲「也」。』據此，知毛《傳》『邪』亦與『也』同，謂爾宜爲公也，爾宜爲侯也，何爲逸樂無期以反也？如此，於愛賢、留賢之意乃合。」案胡説是也。《爾雅》：「豫，樂也。」故《傳》以「逸樂」釋「逸豫」也。「慎，誠」，《釋詁》文，《巧言》同。《燕燕》、《陟岵》不傳者，例不限於首見也。《大學》「慎獨」必本誠意，《中庸》「慎獨」即是誠身。《禮器》言「慎獨」，鄭注云：「少其性，物致誠慤。」《荀子·不苟篇》云：「不誠則不獨。」是慎皆誠也。優游，猶逸豫也。遁思，與下章「遐心」同義。《釋文》：「遁，又作『遯』。」「慎爾優游，勉爾遁思」，賢者誠優游而勉以遠遁之思，言有遐心也。「思」與「期」韻。

皎皎白駒，在彼空谷。【傳】空，大也。**生芻一束，其人如玉。毋金玉爾音，而有遐心。**【疏】《文選》班固《西都賦》、陸機《苦寒行》注引《韓詩》作「穹谷」，《薛君章句》云：「穹谷，深谷也。」《爾雅》：「穹，大也。」古空、穹通用，故穹謂之大，空亦謂之大矣。《漢書·司馬相如傳》：「巖巖深山之谾谾兮。」晉灼注云：「谾，古『豅』字。」《説文》：「豅，大長谷也。」空谷字可作「豅」、作「谾」。「在彼空谷」，承上章「遁思」句。○芻所以萎白駒，託言禮所以養賢人。一束者，不以微薄廢禮也。《野有死麕》傳云：「如玉，德如玉也。」言德如玉之人，宜生芻一束以要之也。《釋文》：「毋，本亦作『無』。」《毛詩》例作「無」，不作「毋」。《文選》謝莊《月賦》、張華《思玄賦》、司馬相如《長門賦》、顔延年《秋胡詩》、王粲《贈士孫文始詩》、趙至《與稽茂齋書》注引《毛詩》俱作「無」可證。音，德音也。遐，遠也。言賢者德音如金如玉爾。無以金玉之音，而有遠遁之心，此留賢以刺不留也。

《黄鳥》三章，章七句。

《黄鳥》，刺宣王也。

黄鳥黄鳥，無集于穀，無啄我粟。【傳】興也。黄鳥，宜集木啄粟者，喻天下室家不以其道而相去，是失其性。**此邦之人，不我肯穀。**【傳】穀，善也。**言旋言歸，復我邦族。**【傳】宣王之末，天下室

家離散，妃匹相去有不以禮者。【疏】案《傳》疑有錯誤。云「天下室家不以其道而相去」，既與上文「黄鳥宜集木啄粟」文不承接，又與下文「宣王之末，天下室家離散，妃匹相去有不以禮者」義更重複，此當是《箋》語。今各本「者」上奪「興」字，而以「喻」下十六字誤《箋》作《傳》耳。《傳》云「興也。黄鳥宜集木啄粟」，言宜，以言今之不宜也。不集木，不啄粟，是不宜也。此《傳》之反言興義也。《箋》云「興者，喻天下室家不以其道而相去，是失其性」，此《箋》乃正言興義也，所以申成《傳》説也。凡全《詩》通例，《傳》「興」，《箋》則明言「喻」；《傳》「興也」，《箋》言「興者，喻」。若《桃夭》、《麟之止》、《江有汜》、《雄雉》、《中谷有蓷》、《風雨》、《甫田》、《鴇羽》、《車鄰》、《墓門》、《月出》、《浮游》、《尸鳩》、《下泉》、《狼跋》、《斯干》、《節南山》、《角弓》皆一例可證。《鶴鳴》傳：「穀，惡木也。」穀木叢生。下二章集桑、集栩同。◯「穀，善」，《東門之枌》、《甫田》同。「不我肎穀」，言不可善我也，《傳》所謂「有不以禮者」也。「言旋言歸」，我旋曰歸也。上「言」字訓「我」，下「言」字與「曰」同義，猶《葛覃》「言告言歸」，我告曰歸也，亦上「言」字訓「我」，下「言」字與「曰」同義，句法相同。又《傳》於《泉水》「還車言邁」之「言」訓「我」，「旋」與「還」通。歸，歸宗也。復，反也。族，父兄也。「室家離散，妃匹相去」，《傳》乃總釋全章之恉。

黄鳥黄鳥，無集于桑，無啄我粱。此邦之人，不可與明。【傳】不可與明夫婦之道。**言旋言歸，復我諸兄。**【傳】婦人有歸宗之義。【疏】經言「不可與明」，《傳》乃申説之云「不可與明夫婦之道」，明猶曉也。婦人歸宗，皆爲被出歸宗。《草蟲》傳亦云：「婦人雖適人，有歸宗之義。」歸宗，故婦人於母氏之黨不絶族。《儀禮・喪服》「斬衰」節：「子嫁，反在父之室，爲父三年。」鄭注云：「謂遭喪後而出者，始服齊衰期，出而虞，則受以三年之喪。受既虞而出，則小祥亦如之。既除喪而出，則已。」案此謂女子子既嫁而歸宗，遭父喪，則爲父三年，與女子子在室爲父三年同。又「不杖期」節：「女子子適人者爲昆弟之爲父後者。《傳》：『爲昆弟之爲父後者，何以亦期也？婦人雖在外，必有歸宗，曰小宗，故服期也。』」注云：「歸宗者，父雖卒，猶自歸宗。其爲父後服重者，不自絶於其族類也。曰小宗者，言是乃小宗也。小宗明非一也，小宗有四。」案此謂婦人雖外成他家，有歸小宗之義，故爲昆弟之爲父後者服期也。又「齊衰」節：「婦人爲宗子、宗子之母、妻。《傳》：『何以服齊衰三月也？尊祖也。尊祖故敬宗。敬宗者，尊祖之義也。』」注云：「婦人，女子子在室及嫁歸宗者也。宗子，繼別之後，百世不遷，所謂大宗也。」案此謂婦人適人，有出必歸宗，不自絶於宗子，故爲大宗之子服齊衰也。《爾雅·釋親》「宗族」節：「男子謂女子先生爲姊，後生爲妹，父之姊妹爲姑，王父之姊妹爲王姑，曾祖王父之姊妹爲曾祖王姑，高祖王父之姊妹爲高祖王姑，父之從父姊妹爲從祖姑，王父之從祖姊妹爲族祖姑。」案此謂女子適人，而姑姊不絶九族之親，明有歸宗也。其姊妹與宗同父，同父宗者也。與宗同王父，同祖宗者也。與宗同曾祖王父，同曾祖宗者也。與宗同高祖王父，同高祖宗者也。婦人歸宗，父母在則歸父室，父母既歿則歸於諸父昆弟，謂之小宗。小宗既絶，則或歸於大宗之家，猶之將嫁之女，祖廟既毀，則必教於大宗之室。

黄鳥黄鳥，無集於栩，無啄我黍。此邦之人，不可與處。【傳】處，居也。**言旋言歸，復我諸父。**【傳】諸父，猶諸兄也。【疏】《殷其靁》、《四牡》傳竝訓「處」爲「居」，居，居室也。小宗四，大宗一，五宗之昆，諸兄也。五宗之父，諸父也。故《傳》云：「諸父，猶諸兄也。」鄭《駮五經異義》云：「婦人歸宗，女子雖適人，字猶繫姓，明不與父兄爲異族。」

《我行其野》三章，章六句。

《我行其野》，刺宣王也。

我行其野，蔽芾其樗。【傳】樗，惡木也。**昏姻之故，言就爾居。爾不我畜，復我邦家。**【傳】畜，養也。宣王之末，男女失道以求外昏，棄其舊姻而相怨。【疏】行，讀如「女子有行」之「行」。《甘棠》傳：「蔽芾，小皃。」「樗，惡木」，《七月》同。王肅云：「行遇惡木，言己適人遇惡人也。」案下二章《傳》兩言惡菜同。〇上篇《傳》云「處，居也」，則居亦處也。「畜」訓「養」。「爾不我畜」，言爾不養我也。今各本「宣王之末」以下十九字攙入《箋》語者，非。「男女失道以求外昏，棄其舊姻而相怨」，《傳》合下末章「不思舊姻，求爾新特」而總釋其義如此，此《傳》例也。《祈父》、《白駒》、《黄鳥》傳皆云「宣王之末」，彼三詩與此詩之《序》皆謂刺宣王而作。《傳》乃總釋全《詩》大恉，以申補《序》意也，篇義皆同。今據《傳》通例訂正。

我行其野，言采其蓫。【傳】蓫，惡菜也。**昏姻之故，言就爾宿。爾不我畜，言歸斯復。**【傳】復，反也。【疏】曾釗《詩異同辨》云：「《説文》無『蓫』。《釋文》：『蓫，本又作「蓄」。』竊疑『蓄』當爲『苖』之譌。《説文・艸部》：『苖，蓨也。从艸，由聲。』《竹部》：『笛，从竹，由聲。』《周禮》作『篴』。則從由、從逐之字，古文可相通。許君《艸部》采『苖』而不采『蓫』，猶《竹部》采『笛』而不采『篴』之例耳。《釋草》：『苖，蓨。』郭注：『未詳。』《齊民要術》引《詩義疏》云：『今之羊蹄，似蘆菔，莖赤。煑爲茹，滑而不美，多噉令人下痢。楊州謂之羊蹄，幽州謂之蓫，一名蓨。』據此，則此之『蓫』即《爾雅》之『苖』，不可謂《釋草》無文矣。滑而不美，故毛以爲惡菜。《箋》云：

『蓫，牛蘈。』似誤。今本《爾雅》：『蘈，牛蘈。』無『蓫，牛蘈』之文。即謂鄭據《爾雅》本作『蓫，牛蘈』，而孫炎云：『車前一名牛蘈。』孫炎爲鄭君弟子，則鄭解《爾雅》當同孫説。車前是藥而非菜，與下章『采葍』不類矣。毛義爲長。」案曾説是也。《神農本草》：「羊蹄一名蓄。」陶隱居注引《詩》：「言采其蓄。」《易林・巽卦》：「黄鳥采蓄，既嫁不答。念吾父兄，思復邦國。」是焦所見《詩》亦作「蓄」。「苗」之爲「蓄」，其誤已久。○《九罭》傳：「宿，猶處也。」歸，歸宗也。《爾雅》：「復，返也。」上章之「復我邦家」，與上篇之「復我邦族」、「復我諸兄」，復皆返也。「反」與「返」通。

我行其野，言采其葍。【傳】葍，惡菜也。不思舊姻，求爾新特。成不以富，亦祇以異。【傳】新特，外昏也。祇，適也。【疏】《爾雅》：「葍，䓘。葍，藑茅。」郭注謂葍華白，藑茅華赤，爲異名。《説文》：「藑茅，葍也。一名蕣。」「䓘，葍也。」「葍，䓘也。」「蕣，艸也。」楚謂之葍，秦謂之藑。蔓地生而連華。」《齊民要術》卷十一引《義疏》云：「河東、關内謂之葍，幽、兗謂之燕葍，一名爵弁，一名蔓。根正白，著熱灰中温噉之。飢荒可蒸以禦飢。漢祭甘泉或用之。其華有兩種，一種莖葉細而香，一種莖赤有臭氣。」案「一種莖赤」即郭注所謂「藑茅華赤」歟？赤者有臭氣，則毛釋詩之葍爲惡菜，殆指藑茅而言。《箋》不謂惡菜，故本《爾雅》葍爲説。○特，讀如「實維我特」之「特」。《鄘・柏舟》傳云：「特，匹也。」新特與舊姻對文。舊姻謂舊家室，則新特謂新昏姻，故《傳》釋之云「外昏」也。夫不能養婦，是則男之求外昏而棄舊姻矣。女既反而求適人，此女之棄舊姻而求外昏也。故《傳》兼男女相怨爲説。「不思舊姻，求爾新特」，此承上文兩「復」字而言，其語氣爲婦人自述其既歸求適之詞，下二句更自敘其去之之故耳。上篇《傳》「妃匹相去有不以禮者」，亦此意也。《白虎通義・嫁娶》篇云：「姻者，婦人因夫而成，故曰姻。《詩》云：『不惟舊因。』謂夫也。」三家《詩》亦以舊姻指夫，毛意亦然也。《論語・顔淵》篇引

《詩》作「誠」，《毛詩》作「成」，「成」即「誠」之假借字。祇，《五經文字》從衣作「衹」。詩三「衹」字唐石經皆作「衹」。❶《說文·衣部》無「衹」，疑唐以前本無從衣之「衹」字。《易·坎》釋文云：「衹，辭也。馬同。」馬習《毛詩》，訓「衹」爲「詞」，與《傳》訓「衹」爲「適」，其義相通。《伯兮》傳：「適，主也。」「誠不以富，亦衹以異」，富猶賄也，即《氓》詩之「以我賄遷」也。異猶貳也，即《氓》詩之「士貳其行」也。言誠不以外昏之有財賄，亦主以舊姻之有貳行爲可惡也。《論語》引此以證愛惡之惑，與《詩》義略同。

《斯干》九章，四章章七句，五章章五句。

《斯干》，宣王考室也。【疏】考，成也。厲王奔彘，周室大壞，宣王即位，復承文、武之業，故云「考室」焉。

秩秩斯干，幽幽南山。【傳】興也。秩秩，流行也。干，澗也。幽幽，深遠也。**如竹苞矣，如松茂矣。**【傳】苞，本也。**兄及弟矣，式相好矣，無相猶矣。**【傳】猶，道也。【疏】秩，讀若《禹貢》「泆爲熒」之「泆」。《說文》：「泆，水所蕩泆也。」《傳》云「流行也」，也，《釋文》作「皃」。干，讀與「澗」同。《聘禮·記》「皮馬相閒」，「古文『閒』作『干』。」是古文《禮》假「干」爲「閒」，《詩》則假「干」爲「澗」也。《考槃》「澗」，《韓詩》作「干」，此亦干、澗聲通之理。《采蘩》、《考槃》傳皆云：「山夾水曰澗。」《伐木》傳：「幽，深也。」重其言曰幽幽，重其義則曰深遠。興者，喻宣王上承姜嫄、后稷而來，如澗之流，如山之深，以言周家之室流長緜遠也。《生民》、《行葦》箋：「苞，茂

---

❶「衹」，原作「祇」，據中國書店影印武林愛日軒刻本、徐子静本改。

也。」「苞」與「茂」同義。《傳》云「苞，本」者，竹本以喻本根深固也。《生民》傳：「茂，美也。」松美以喻枝葉美盛也。○兄弟，九族之親。「猶，道」，《采芑》、《小旻》、《抑》、《版》、《訪落》同。道，當讀如「有道」之「道」。《傳》言兄與弟相攸好，相有道也。「無」爲助詞，無意義。《文王》傳：「無念，念也。」《抑》、《執競》傳：「無競，競也。」「無」皆爲發聲之助。

似續妣祖，【傳】似，嗣也。築室百堵，西南其户。【傳】西鄉户、南鄉户也。爰居爰處，爰笑爰語。【疏】似，讀與「嗣」同，其字作「似」，其意爲「嗣」，此謂假借也。《裳裳者華》、《卷阿》、《江漢》、《良耜》傳皆讀「似」爲「嗣」。《箋》云：「妣，先妣姜嫄也。祖，先祖也。」「西南其户」，《傳》釋之云「西鄉户、南鄉户也」者，此謂路寢明堂也。《大戴禮·盛德》篇：「明堂九室，室有四户、八牖；三十六户、七十二牖。」明堂九室，即五室，室各有户、有牖，四面洞達，《禮》所謂「外户而不閉」也。江都焦循《宫室圖》云：「路寢，其大室之西則西鄉户，大室之南則南鄉户也。不言東北者，文不具也。《詩》固不謂燕寢矣。」奂謂新君即位，必有脩治路寢，《閟宫》、《殷武》皆是也。不必如三家説，宣王改小寢廟，以滋後人宣王遷都張本。爰，於是也。「爰居爰處，爰笑爰語」，《公劉》「于時處處，于時廬旅，于時言言，于時語語」，爰即于時也，于時即於是也。○案此章爲總括全章之意。「嗣續妣祖」，遠承先妣，近接先祖，君子將營宫室，宗廟爲先也。「築室百堵」，上承宗廟，下該路寢、燕寢也。「西南其户」，指路寢也。「爰居爰處，爰笑爰語」，指燕寢也。下章「君子攸芋」、「君子攸躋」承路寢言也。「君子攸寧」承燕寢言也。以下皆從燕寢，極稱室家聚盛之好，子孫蕃衍之美，故「西南其户」句不專上接百堵，亦不兼下接居處笑語，文有連讀得義之例，亦有離讀得義之例。此離讀之，乃得其意指矣。

約之閣閣，椓之橐橐。【傳】約，束也。閣閣，猶歷歷也。橐橐，用力也。風雨攸除，鳥鼠攸去，

君子攸芋。【傳】芋，大也。【疏】《傳》詁「約」爲「束」者，《箋》：「約，謂縮版也。」《緜》箋：「以索縮其築版，上下相承而起。」「束」與「縮」通。云「閣閣，猶歷歷」者，言縮版之繩歷歷然也。《説文》：「輅，生革可以爲縷束也。」束曰輅，束之亦曰輅，重言之曰輅輅。《毛詩》作「閣閣」，《考工記·匠人》注引《詩》作「格格」。《爾雅》：「格格，舉也。」閣、格皆即輅也。《説文》：「椓，擊也。」橐者，「㯨」之假借字。《廣雅》：「㯨㯨，聲也。」蓋三家《詩》有作「㯨㯨」矣。《釋文》：「本或作『柝柝』。」《説文》「㯨」下引《易》「重門擊㯨」，而「柝」下引《易》作「擊柝」，此㯨、柝通用之理也。《傳》云「用力」，《緜》「築之登登」，《傳》亦云：「用力也。」橐、登聲轉而義同，故皆謂以力擊之之聲。○「除」亦「去」也。《悉蟀》傳：「除，去也。」《爾雅》：「宇，大也。」「芋」與「宇」通。《大司徒》「媺宮室」，鄭注云：「媺，善也。謂約椓攻堅，風雨攸除，各有攸宇。」案三家《詩》或作「宇」，訓「居」，《毛詩》作「芋」，訓「大」。大，當讀如「君子大居正」之「大」。《晉語》云：「今君之德宇，何不寬裕也？」

如跂斯翼，【傳】如人之跂竦翼爾。**如矢斯棘，如鳥斯革。**【傳】棘，棱廉也。革，翼也。**如翬斯飛，君子攸躋。**【傳】躋，升也。【疏】《傳》文「如人之跂竦翼爾」七字，疑此《箋》語。凡《傳》例，下與上同義者，即以上句之字爲下句之訓。下《傳》「革，翼也」，革即翼。上下同義爲下句訓，則上句易明不訓，如《南有嘉魚》篇「嘉賓式燕以樂」、「嘉賓式燕以衎」，《傳》：「衎，樂也。」《菁菁者莪》篇「樂且有儀」、「我心則喜」，《傳》：「喜，樂也。」皆其例矣。且《傳》爲「斯棘」、「斯革」皆即字作訓，而於「斯翼」、「斯飛」可依類明義，并不釋「如跂」、「如矢」、「如鳥」、「如翬」也。《箋》乃云「如人之跂竦翼爾」、「如人挾弓矢戟其肘，如鳥夏暑希革張其翼時」、「伊洛而南，素質五色皆備，成章曰翬。此章四『如』者，皆謂廉隅之正，形貌之顯也」。是《箋》爲四「如」字作解。人跂竦翼、人挾弓矢，未免於經外增義。轉寫者誤以《箋》語入《傳》文，俾毛、鄭兩家錯亂莫辨矣。跂，當爲「翄」字之誤也。「如翄斯翼」，翄即言翼之狀，猶下句「如翬斯飛」，翬即言飛之狀，文意一律。《玉篇》引《詩》「如企斯翼」，作「企」字者，三家《詩》義，鄭《箋》本此。○「棘，稜廉」，謂稜角廉隅也。《釋文》引《韓詩》作「如矢斯朸」，云：「朸，隅也。」《玉篇·木部》引《韓詩》亦作「朸」。《抑》傳：「隅，廉隅也。」《箋》：「如宫室之制，内有繩直，則外有廉隅。」棘、朸同字也，稜廉、廉隅同義也。《文選·西都賦》：「設璧門之鳳闕，上觚稜而棲金爵。」李注引應劭曰：「觚，八觚，有隅者也。」《説文》曰：「稜，柧也。」「柧」與「觚」同。革，古文「鞠」，古文假借「革」爲「鞠」也。《釋文》引《韓詩》正作「鞠」，云：「翅也。」《説文》：「鞠，翅也。」本《韓詩》。革、鞠同字，翼、翅同義也。《方言》：「翬，飛也。」《説文》：「翬，大飛也。《詩》曰：『有翬斯飛。』」許作「有」，與今本異。《九經字樣》「如」亦作「有」。○《傳》訓「躋」爲「升」者，升，升堂也。室唯路寢有堂。

殖殖其庭，有覺其楹。【傳】殖殖，言平正也。有覺，言高大也。**噲噲其正，噦噦其冥，**【傳】正，長也。冥，幼也。**君子攸寧。**【疏】庭，庭涂，謂庭涂平正殖殖然也。《小弁》傳：「踧踧，平易也。」殖、踧一聲之轉。有覺爲形容其楹之高大。《箋》於《抑》訓「覺」爲「大」，而此訓「覺」爲「直」，與毛訓互易而實通。○「正，長」，《爾雅·釋詁》文。「冥，幼」，《釋言》文。崔靈恩《集注》、孫炎《爾雅注》作「窈」，而王肅述《傳》及郭璞注皆作「幼」。幼，古「窈」字。長讀平聲。長者廣大，幼者深遠，皆言宫室之廣大深遠，非謂人之長幼也。郭、王不明六書假借之例，幼爲長幼之幼，陸、孔皆因其説，而於經義無當。孫、崔作「窈」，經義雖當，而於《爾雅》、毛《傳》之古字，其真已没。今讀「幼」爲「窈」，存其假借之「幼」字，而讀以本義之「窈」字，斯兩得之矣。《説文》：「冥，幽也。」《大戴禮·誥志》篇：「幽，幼也。」「幼」與「幽」亦通。噲噲、噦噦，義未聞。《箋》云：「噲噲，猶快快也。正，晝也。

噦噦，猶熠熠也。冥，夜也。言居之晝日則快快然，夜則熠熠然，皆寬明之皃。」《箋》用三家義。《淮南子・精神》篇：「噲然得臥，則親戚兄弟歡然而喜。夫脩夜之寧，非直一噲之樂也。」與《箋》義略同。○寧，安也。安即起下章「乃安斯寢」之意。《漢書・楚元王傳》劉向說《斯干》之詩，上章道宮室之如制，下章言子孫之衆多。上章謂前五章，下章謂後四章。此三家說，與《毛詩》同。

下莞上簟，乃安斯寢。乃寢乃興，乃占我夢。【傳】言善之應人也。**吉夢維何？維熊維羆，維虺維蛇。**【疏】《儀禮・公食大夫・記》「萑席」，「今文『萑』皆爲『莞』」，莞、萑古通用，葦之屬。《載驅》傳：「方文席曰簟。」《說文》：「簟，竹席也。」莞、簟皆安寢之席，非行燕鋪陳之席。《箋》乃云：「鋪席與群臣安燕。」《正義》云：「此『下莞上簟』雖是與群臣燕樂之席，其室内寢臥衽席亦當然。《士喪禮》：『下莞上簟，衽如初。』則平常皆莞簟也。其寢臥之席，自天子以下，宜莞簟同。」又《禮器》疏亦以此下莞上簟爲臥席，是孔疏亦不盡從鄭《箋》也。《内則》「斂枕簟」，注：「簟，席之親身也。」又「御者斂席與簟」，疏：「斂此所臥在下大席與上襯身之簟。」又「父母舅姑之衣衾簟席。夫不在，斂枕篋簟席」。皆「簟席」連言，猶「莞簟」連言，是簟爲寢席之證。○《傳》云「言善之應人也」者，蓋探下「吉夢」爲訓。吉，善也，言善之應人，故有此吉夢也。《吴語》：「爲虺弗摧，爲蛇將若何？」此虺、蛇同物，猶熊、羆同類也。《爾雅》：「蝮虺，博三寸，首大如擘。」爲别一種。《正義》引之，誤也。

大人占之，維熊維羆，男子之祥。維虺維蛇，女子之祥。【疏】《箋》云：「熊羆在山，陽之祥也，故爲生男。虺蛇穴處，陰之祥也，故爲生女。」

乃生男子，載寢之牀，載衣之裳，載弄之璋。【傳】半珪曰璋。裳，下之飾也。璋，臣之職也。其

泣喤喤，朱芾斯皇，室家君王。【疏】《箋》云：「男子初生而臥於牀，尊之也。」「半珪曰璋」，《棫樸》傳作「圭」，不誤。《周禮·典瑞》「璋邸射」，鄭司農注云：「射，剡也。《爾雅》曰：『邸，本也。』」是璋本剡出也。《說文》剡上爲圭，半圭爲璋。案上者，末也。剡末爲圭，則璋末不剡可知。《傳》例先釋字義，再釋經義，故先「璋」而後「裳」。「裳，下之飾」，昭十二年《左傳》文。《有狐》傳：「在下曰裳，所以配衣也。」《說文》：「弄，玩也。」《正義》云：「裳爲下飾，以璋配裳，故知爲臣之職也。宣王子孫當爲君，而言臣下者，王肅云：『言無生而貴之也。明欲爲君父，當先知爲臣子也。』璋而得爲臣職者，王肅云：『群臣之從王行禮者奉璋。』又《棫樸》曰：『奉璋峨峨，髦士攸宜。』是也。」○《說文》：「喤，小兒聲。《詩》曰：『其泣喤喤。』」天子朱芾。皇，猶煌煌也。《傳》意以宣王之適子世爲君王，服其朱芾煌煌然。《假樂》篇：「穆穆皇皇，宜君宜王。」《傳》：「宜君王天下也。」此其義。《箋》云：「芾者，天子純朱，諸侯黄朱。宣王所生之子，或且爲諸侯，或且爲天子。」《假樂》箋亦云：「或爲諸侯，或爲天子。」鄭不與毛同。《玉藻》疏誤引此《箋》以爲《傳》文。

乃生女子，載寢之地，載衣之裼，載弄之瓦。【傳】裼，褓也。瓦，紡塼也。**無非無儀，唯酒食是議，無父母詒罹。**【傳】無儀，婦人質無威儀也。罹，憂也。【疏】《箋》云：「臥於地，卑之也。」《後漢書·曹世叔妻傳》：「《女誡》云：『臥之牀下，明其卑弱，主下人也。』」裼，讀爲⿰衤啻，假借字。《釋文》引《韓詩》作「褅」，「褅」即「⿰衤啻」。《說文》：「⿰衤啻，緥也。」引《詩》作「⿰衤啻」。許用三家《詩》字，而說解仍用毛《傳》。《說文》：「緥，小兒衣也。俗作『褓』。」《正義》引侯苞《韓詩翼要》云：「示之方也。明緥制方，令女子方正事人之義。」《傳》以「紡塼」釋「瓦」，紡即絲紡；塼，所以持絲，以瓦爲之。與鹿車所以收絲，以竹爲之者，二物也。《說文·寸部》作「紡專」。案古祇作「專」，今俗作「塼」，又作「甎」。《廣韻・二十霰》：「鏇，紡錘。」《集韻》：「鏇，一曰紡甎。」是紡專又名鏇也。《説苑・襍言》篇：「子獨不聞和氏之璧乎？價重千金，然以之閒紡，曾不如瓦塼。」《女誡》云：「弄之瓦塼，明其習勞，主執勤也。」〇非，猶過失也。《傳》文「婦人質無威儀也」上奪「無儀」二字，今依《小箋》補。經言「儀」，《傳》云「威儀」，與《東山》經、《傳》同。唯，當爲「維」，《毛詩》作「維」，《魯詩》作「唯」，此其例。維，猶乃也。「無非無儀，維酒食是議」，言婦人不與外事，故無過失，尚質無威儀，乃酒食之是議也。《大戴禮・本命》篇：「婦人不出閨門，事在饋食之閒而已矣。」盧辯注即引此詩。「罹，憂」，《兔爰》同。《釋文》：「罹，本又作『離』。」無父母詒憂者，即《葛覃》「歸安父母」之意也。

《無羊》四章，章八句。

《無羊》，宣王考牧也。【疏】《斯干》營室，《無羊》畜牧，皆是宣王遭亂中興，國家殷富也。

誰謂爾無羊？三百維群。誰謂爾無牛？九十其犉。【傳】黄牛黑脣曰犉。**爾羊來思，其角濈濈。爾牛來思，其耳溼溼。【傳】**聚其角而息濈濈然，呞而動其耳溼溼然。【疏】「黄牛黑脣曰犉」，《良耜》「殺時犉牡」《傳》同。《爾雅》：「黑脣，犉。」舍人注云：「黄牛黑脣曰犉。」❶《説文》：「犉，黄牛黑脣也。《詩》曰：『九十其犉。』」段注云：「《爾雅》不言黄牛者，牛以黄爲正色。凡不言何色，皆謂黄牛也。」《爾雅》：「牛七尺

❶ 「犉」，原作「脣」，據中國書店影印武林愛日軒刻本、徐子静本、阮刻《毛詩正義》改。

爲犉。」邢疏引《尸子》説大牛爲犉七尺，此別義。○《釋文》：「濈，本亦作『戢』。」疑古本《毛詩》作「戢戢」，後人涉下「溼溼」因誤加水旁耳。《御覽・獸十四》引《詩》正作「戢戢」。《桑扈》、《時邁》傳：「戢，聚也。」《鴛鴦》傳：「戢其左翼，言休息也。」是戢戢有聚息義。《玉篇》：「⿰角戢，牛多角。又角堅皃。或作『戢』。」案「⿰角戢」亦「戢」之俗。角堅，或本三家《詩》義。溼溼，耳動之皃。《爾雅》：「楓，欇欇。」欇欇爲摇動。「溼溼」與「欇欇」聲、義皆相近。《傳》云「呞而動其耳」，《釋文》：「呞，本亦作『齝』。」《爾雅》：「牛曰齝。」❶《詩》釋文引郭注云：「食已，復出嚼之也。」

或降于阿，或飲于池，或寢或訛。【傳】訛，動也。**爾牧來思，何蓑何笠，或負其餱。**【傳】何，揭也。蓑，所以備雨。笠，所以禦暑。**三十維物，爾牲則具。**【傳】異毛色者三十也。【疏】訛，當爲「吪」。《兔爰》「尚寐無吪」，《傳》亦云：「吪，動也。」《玉篇・口部》引：「《詩》：『或寢或吪。』吪，動也。」其所據正作「吪」。《釋文》引《韓詩》作「譌」，云：「譌，覺也。」「譌」同「寤」，寤，覺也。毛、韓字異而意同。○「何，揭」，《候人》同。蓑，即「衰」之俗。《説文・衣部》：「衰，艸雨衣。秦謂之萆。」《艸部》：「萆，雨衣。一曰衰衣。」是衰所以備雨也。「笠，所以禦暑」，《都人士》同。《御覽・器物十》、《資産十三》引《傳》作「御」。御、禦古今字。《越語》：「譬如衰笠，時雨既至必求之。」亦「衰笠」連言也。《小宛》傳：「負，持也。」《伐木》傳：「餱，食也。」《傳》云「異毛色者三十」，「毛色」釋「物」。鄭司農注《犬人》云：「物，色也。」《穆天子傳》：「收皮効物。」郭注云：「物，謂毛色也。」即引

---

❶ 「牛」，原作「半」，據中國書店影印武林愛日軒刻本、徐子静本、宋監本《爾雅・釋獸》、阮刻《爾雅注疏・釋獸》改。

此詩。

爾牧來思，以薪以蒸，以雌以雄。爾羊來思，矜矜兢兢，不騫不崩。【傳】矜矜兢兢，以言堅彊也。騫，虧也。崩，群疾也。**麾之以肱，畢來既升。**【傳】肱，臂也。升，升入牢也。【疏】矜、兢雙聲。《說文・兄部》：「兢，競也。讀若矜。」隸變作「兢」。宣十六年《左傳》引《詩》「戰戰兢兢」，本亦作「矜矜」。是「矜矜」與「兢兢」同。《桑柔》、《烈文》傳：「競，彊也。」《說文》：「競，彊語也。」兢、競雙聲。《傳》云「以言堅彊」者，即下句「不騫不崩」之謂。「騫，虧」，崔《集注》「虧」作「曜」。《小箋》從《集注》作「曜」。「曜」同「燿」。《考工記・梓人》「大智燿後」，《玉篇・口部》及《後漢書・馬融傳》作「大匈哨後」。鄭注云：「燿，讀爲『哨』。哨，小也。」下「哨」今作「頃」，誤。《後漢書》注不誤。《玉篇》同。《周禮・典同》注：「甄，讀爲『甄燿』之『甄』。甄，猶掉也。鍾微薄則聲掉。」是燿爲小也。《梓人》又云：「小體騫腹。」騫亦小也。不騫者，《左傳》所謂「碩大蕃滋」也。「崩，群疾」，《小箋》云：「群疾，謂病者衆也。」案不崩者，《左傳》所謂「不疾瘯蠡」也。《齊民要術》云：「羊有疥者，間別之。不別，相染污，或能合群致死。」此與《傳》「群疾」之訓合。○《說文》：「厷，臂上也。或从肉作『肱』。」「臂，手上也。」手以上、臂以上皆謂之肱。《傳》訓「肱」爲「臂」者，渾言也。以手曰招，用臂曰麾。升，猶登也。古登、升通用。云「升入牢」者，《君子于役》云：「日之夕矣，羊牛下來。」「日之夕矣，羊牛下括。」是其義也。

牧人乃夢，衆維魚矣，旐維旟矣。大人占之，衆維魚矣，實維豐年。【傳】陰陽和，則魚衆多矣。**旐維旟矣，室家溱溱。**【傳】溱溱，衆也。旐旟，所以聚衆也。【疏】「衆維魚矣，旐維旟矣」，上「維」字訓「其」，下「維」字訓「與」，言衆其魚，旐與旟也。衆其魚，言魚之多。云「陰陽和，則魚衆多」者，魚衆多爲豐年。「實維豐年」，實，當作「寔」。寔，是也。維，爲也。言是爲豐年也。《漢書·食貨志》：「宣帝即位，御史大夫蕭望之奏言：『故御史屬徐宮，家在東萊，言：「往年加海租，魚不出。」長老皆言：『武帝時，縣官嘗自漁，海魚不出。後復予民，魚迺出。』夫陰陽之感，物類相應，萬事盡然。」案此與詩義合。詩以魚之衆多，卜年之豐稔。今浙東人歲終魚多卜來歲之豐，魚少卜來歲之歉，古遺意也。○《閟宮》「烝徒增增」，《傳》：「增增，衆也。」溱、增聲轉而義同，若「溱洧」或作「潧洧」矣。故《傳》云：「溱溱，衆也。」《潛夫論·夢列》篇作「蓁蓁」，「蓁」與「溱」通。案此與上篇「大人占之，維熊維羆，男子之祥。維虺維蛇，女子之祥」異義。上篇占子孫之衆多，此篇占室家之會聚，故《傳》又申占旐旟之夢云：「旐旟，所以聚衆也。」

詩毛氏傳疏卷十九

節南山之什詁訓傳弟十九　毛詩小雅

《節南山之什》十篇，七十九章，五百五十二句。

《節南山》十章，六章章八句，四章章四句。

《節南山》，家父刺幽王也。【疏】《十月之交》箋：「《節》刺師尹不平。」昭二年《左傳》：「季武子賦《節》之卒章。」盧辯注《大戴禮·衛將軍文子》篇云：「《小雅·節》之四章。」「節」下皆無「南山」二字。

節彼南山，維石巖巖。【傳】興也。節，高峻貌。巖巖，積石貌。**赫赫師尹，民具爾瞻。憂心如惔，不敢戲談。**【傳】赫赫，顯盛貌。師，大師，周之三公也。尹，尹氏，爲大師。具，俱；瞻，視；惔，燔也。**國既卒斬，何用不監？**【傳】卒，盡；斬，斷；監，視也。【疏】《禮記》釋文云：「節，徐音截。」《玉篇》：「巀，山高陵也。」「陵」乃「峻」之誤。「節」讀與「巀」同。《釋文》引《韓詩》：「節，視也。」韓探下文「民具爾瞻」立訓。《釋文》：「巖，本或作『嚴』。」《箋》言「尊嚴」，《禮記·大學》注言「高嚴」，是鄭據《詩》作「嚴嚴」。賈昌朝《群經音辨·吅部》引《詩》「維石嚴嚴」。嚴，古「礹」字。南山高峻，其石嚴嚴然。興者，喻師尹尊貴，其位赫赫然。

○《傳》於「赫」有言「顯」者,《生民》是也;有言「盛」者,《出車》、《常武》、《那》是也。單字曰赫,重其字曰赫赫。單義曰盛,亦曰顯,重其義曰顯盛,義竝同也。「師,大師」,《大明》同。《版》箋云:「大師,三公也。」《傳》云「尹,尹氏,爲大師」者,言當幽王時,有尹氏者爲大師之官也。尹氏本官名,武王時,尹佚爲之,有功,後子孫因以官族,故亦稱尹氏。周公以冢宰兼大師,大公以司馬兼大師,皇父以司徒兼大師,是大師爲三公之兼官矣。案此尹氏當以司空兼大師,蓋司徒主教,司馬主兵,恒出任二伯之職。司空主土,《公羊傳》所謂「一相處乎内者」是也。《漢書·董仲舒傳》:「周室之衰,其卿大夫緩於誼而急於利,亡推讓之風而有争田之訟,故詩人疾而刺之,曰:『節彼南山,惟石巖巖。赫赫師尹,民具爾瞻。』爾好誼,則民鄉仁而俗善。爾好利,則民好邪而俗敗。由此觀之,天子大夫者,下民之所視效,遠方之所四面而内望也。近者視而放之,遠者望而效之,豈可以居賢人之位而爲庶人行哉?」董言「有争田之訟」,本三家《詩》。其時尹氏爲司空,掌主土田,故疾訶之。此尹氏爲司空之證歟? 五章「鞫訩」,毛《傳》訓「盈訟」,與董説合。「具」訓「俱」,「瞻」訓「視」,義亦同。○段氏《詩小學》云:「《釋文》、《正義》皆引《説文》作『憂心如𤆍』。𤆍,讀如飪。《毛詩》『如𤆍』,《韓詩》作『如炎』。毛《傳》:『𤆍,燔也。』《瓠葉》傳:『加火曰燔。』《説文》曰:『燔,爇也。』『𤆍,小爇也。』『爇,加火也。』正本《毛詩》。而今《毛詩》譌『炎』改『惔』矣。」案段説是也。詩以巖、瞻、談、斬、監五句成韻,山、尹、𤆍三句不入韻。「憂心如𤆍」與《雲漢》「憂心如熏」句義相同。《詩述聞》云:「戲談,猶戲謔也。」「卒,盡」,《爾雅·釋詁》文。《説文》:「斬,截也。」「斷,截也。」「監,視」,《釋詁》文。《爾雅》釋文:「監,又作『臨』。」《説文》:「臨,視也。」監,古「臨」字。既,已也。用,以也。言國祚已盡滅斷絶,彼尹氏者何以不起而視政也?《釋文》引《韓詩》:「監,領也。」領者,理也。意亦同。

節彼南山，有實其猗。【傳】實，滿；猗，長也。**赫赫師尹，不平謂何？天方薦瘥，喪亂弘多。**【傳】薦，重；瘥，病；弘，大也。**民言無嘉，憯莫懲嗟。**【傳】憯，曾也。【疏】《傳》云「實，滿；猗，長」，《箋》以滿爲草木平滿，王肅又以長爲草木之長茂，言山之平均喻師尹之不平，《傳》意或然也。〇「薦，重」，《雲漢》同。《爾雅》：「荐，再也。」「薦」與「荐」通。「瘥，病」，《釋詁》文。《集韻·八戈》：「《說文》：『䁟，殘薉田也。』」引《詩》作「薦䁟」，與争田之訟説合，蓋義本三家也。「弘，大」，《釋詁》文。「憯，曾」，《釋言》文。憯，當作「朁」。《民勞》「憯不畏明」，《說文》引作「朁」，云：「曾也。」曾者，詞之舒也。朁、曾皆從曰會意。《釋詞》云：「『朁莫懲嗟』，朁莫懲也。言天降喪亂如此，而在位者曾莫知所懲也。嗟，句末語助耳。若訓爲歎詞，則與上三字義不相屬矣。」《十月之交》曰「胡朁莫懲」，下無「嗟」字可證。案「民言無嘉，憯莫懲嗟」，與《沔水》「民之訛言，寧莫之懲」文義亦相同。

尹氏大師，維周之氐。秉國之均，四方是維。【傳】氐，本；均，平也。**天子是毗，俾民不迷。**【傳】毗，厚也。**不弔昊天，不宜空我師。**【傳】弔，至；空，窮也。【疏】《爾雅》：「柢，本也。」鄭司農《周禮·典瑞》注引《爾雅》作「邸」，《詩》作「氐」，古文省。維，爲也。「維周之氐」，言尹氏爲周之榦臣也。《文王》「維周之楨」、《嵩高》「維周之翰」，《傳》於「楨」、「翰」皆訓爲「榦」。《文選·魏都賦》注及盧諶《贈詩》注引《說文》：「榦，本也。」句義正同。此言尹氏位尊任重，而與天子有共治斯民之責。《潛夫論·志氏姓》篇：「尹吉甫相宣王，著大功績。《詩》云『尹氏大師，維周之底』也。」疑三家《詩》以此尹氏爲尹吉甫，論其世族，溯其祖考歟？均，《漢書·律曆志》引《詩》作「鈞」。均、鈞同。六章「誰秉國成」，義與此同，故《傳》竝訓爲「平也」，「平」下「也」字今補。

維，繫也。○「毗」乃「𣬉」之隸變。《采叔》之「膍」即「肶」之或字，從肉，與此「𣬉」從囟二字，而其義皆爲厚。《荀子》引作「痺」。《釋文》引王肅本作「埤」，竝字異而義同。厚者，厚尹氏以爵禄也。俾，《釋文》及《荀子》引作「卑」。古祇假「卑」爲「俾」，今字皆作「俾」矣，下同。卑，使也。「卑」與「不宜」相應。《傳》訓「弔」爲「至」者，古至、致通。不至，猶不致，有不攻致、不堅固之義。故《箋》云：「至，猶善也。」「不弔昊天」，猶鄭司農《大祝》注引《春秋傳》云「閔天不淑」耳。弔、淑義同。昊天，庰王也。《七月》傳：「穹，窮也。」古空、穹通用。師，謂衆民也。「不宜空我師」，言不宜困窮我衆民也。《荀子·宥坐篇》云：「今之世則不然，亂其教，繁其刑，其民迷惑而墮焉，則從而制之。是以刑彌繁，而邪不勝。」即所謂困窮我民也。

弗躬弗親，庶民弗信。弗問弗仕，勿罔君子。【傳】庶民之言不可信，勿罔上而行也。**式夷式已，無小人殆。**【傳】式，用；夷，平也。用平則已，無以小人之言至於危殆也。**瑣瑣姻亞，則無膴仕。**【傳】瑣瑣，小貌。兩壻相謂曰亞。膴，厚也。【疏】《爾雅》：「躬，身也。身，親也。」是「親」與「躬」同義。《傳》云「庶民之言不可信」者，弗，不同。「言不可信」四字連讀得義。君子不言而信，今君子不能躬率庶民，則庶民於上之言不肎信從矣。《楚語》：「《周詩》有之曰：『弗躬弗親，庶民弗信。』臣懼民之不信君也，故不敢不言。不然，何急以其言取罪也？」《傳》意正同。《箋》云：「仕，察也。」是「仕」與「問」同義。汪龍《詩異義》云：「勿，禁止辭。王雖不問察，而小人勿得罔上而行也。」經言「君子」，《傳》言「上」，皆指王是也。《傳》訓「式夷」爲「用平」，平，均也。已，止也。殆，危也。《詩異義》又云：「王當用平正之人，則小人欺罔之事用自消止，無任小人受其欺罔，以至於危殆。《正義》以『勿罔君子』謂禁民欺罔，『式已』爲下民欺罔之心消止，恐非。」奂案《大戴禮·

衛將軍文子》篇：「孔子曰：『《詩》云：「式夷式已，無小人殆。」而商也，其可爲不險也。』」孔子引《詩》，以「不險」釋「無殆」。毛《傳》云「危殆」，確不可易。鄭《箋》、盧注訓「殆」爲「近」，失之。○《爾雅·釋訓》：「佌佌、瑣瑣，小也。」此釋「佌佌彼有屋」、「瑣瑣姻亞」也。舍人注云：「瑣瑣，計謀褊淺之貌。」《傳》訓「小」，義本《爾雅》。《易》「旅瑣瑣」，鄭注亦云：「小也。」「兩壻相謂曰亞」，《釋親》文。昭二十五年《左傳》「昏媾姻亞」，杜注同。《釋言》：「亞，次也。」《詩異義》云：「《都人士》箋：『尹氏、姞氏，周室昏姻之舊姓也。』彼疏引此尹氏以證。雖彼《箋》所言非經義，而尹氏爲周室昏姻，要必有徵。此篇刺幽王，而經言尹氏爲政不平，欲王躬親，則所謂『姻亞』，或當即指尹氏。」案《周禮·腊人》注「膴又詁曰大」，「厚」與「大」同意。仕，事也。《管子·形執解》：「毁訾賢者之謂訾，推譽不肖之謂讆。訾讆之人得用，則人主之明蔽，而毁譽之言起。任之大事，則事不成，而禍患至。故曰：訾讆之人，勿與任大。」義與詩意合。

昊天不傭，降此鞠訩。昊天不惠，降此大戾。【傳】傭，均；鞠，盈；訩，訟也。**君子如屆，俾民心闋。君子如夷，惡怒是違。**【傳】屆，極；闋，息；夷，易；違，去也。【疏】「傭，均」，《爾雅·釋言》文。《周禮·典同》鄭司農注之「正傭」、《梓人》鄭注之「鴻傭」及《荀子·正名篇》「色不及傭」、「聲不及傭」，「傭」皆「均」也。「昊天不均」，猶云「昊天不平」耳。上章《傳》：「均，平也。」《釋文》引《韓詩》作「庸」，庸，易也。毛、韓字異意同。《傳》訓「鞠訩」爲「盈訟」，義本《爾雅》。「鞠，盈」，《釋詁》文。「訩，訟」，《釋言》文。《釋詁》：「鞠、溢，盈也。」郭注引《詩》作證。今本《爾雅》「鞠」下衍「訩」，疑因注中「訩」字誤增之耳。阮元《爾雅校勘記》已有此說。《說文》：「詾，訟也。或省作『訩』。」《小旻》箋：「謀事者衆，訩訩滿庭。」即此義也。《燕燕》傳云：「惠，順也。」《箋》云：「戾，乖也。」○「屆，極」，《釋言》文。與《蕩》傳訓同意別。《釋詁》：「㱿，息也。」「闋」與「㱿」聲相近。

「夷，易」，《釋詁》文，《天作》、《有客》同。易，和易也。惡怒即和易之反。「違」訓「去」，與「息」同意。「惡怒是違」，言民心之惡怒是去也。《詩異義》云：「《傳》訓『屆』爲『極』，當謂建極。君子皆當指王。上言尹氏爲政不均不順，致民多獄訟乖争。此則欲王建中立極，行平易之政，以化民俗。即上章欲王躬親爲政也。《箋》於兩章『君子』通㡿在位之人，恐非經、《傳》之旨。」案汪説君子㡿王，其義自確。唯昊天㡿尹氏，仍沿九章《箋》而誤。篇中三言「君子」，五言「昊天」，皆㡿王。《桑柔》「倬彼昊天，寧不我矜」、《瞻卬》「瞻卬昊天，則不我惠。孔填不寧，降此大厲」，竝與此篇詩義同。彼兩「昊天」，《傳》皆云「㡿王」，此其明證矣。

不弔昊天，亂靡有定。式月斯生，俾民不寧。憂心如酲，誰秉國成？不自爲政，卒勞百姓。【傳】病酒曰酲。成，平也。【疏】王引之《述聞·通説》云：「襄十三年《左傳》：『楚共王卒，吴侵楚。養由基奔命，子庚以師繼之。戰于庸浦，大敗吴師。君子以吴爲不弔，《詩》曰：「不弔昊天，亂靡有定。」』不弔亦不祥，言伐人之喪不祥，所以敗也。《越語》曰『助天爲虐者不祥』是也。又成七年《傳》：『中國不振旅，蠻夷入伐，而莫之或恤，無弔者也夫。《詩》曰：「不弔昊天，亂靡有定。」其此之謂乎？有上不弔，其誰不受亂？』此言蠻夷入伐，而莫之或恤，皆由中國之無善君也。善君謂霸主也。昭十六年《傳》曰：『齊君之無道也，興師而伐遠方，會之有成而還，莫之亢也，無伯也夫。』語意與此相似。下文『有上不弔，其誰不受亂』，亦謂中國無善君，則諸侯皆受其亂也。」案此皆不弔即不善之義。「式月斯生，俾民不寧」，生，生亂也，所謂不弔也。此㡿王。○《晏子·諫上》篇：「景公飲酒酲，三日而後發。晏子見曰：『君病酒乎？』公曰：『然。』」此即病酒爲酲之證。《説文》亦云：「酲，病酒也。」「成，平」，《緜》同。「秉國成」猶云「秉國均」也。誰，言誰爲大師者，指尹氏也。《禮記·緇衣》篇：「《詩》云：『昔吾有先正，其言明且清，國家以寧，都邑以成，庶民以生。誰能秉國成？不自爲正，卒勞百姓。』」案《雲漢》傳：「先正，百辟卿士也。」《禮記》引逸《詩》正指大臣説。鄭注云：「成，邦之八成也。」本三家，而毛意亦同。「不自爲政，卒勞百姓」，自，從也。勞，猶病也。言大臣不從政，百姓受其病，即首章「國既卒斬，何用不監」也。此指大臣。下二章皆從此章下四句生義。王肅謂「政不由王出」，恐非《傳》恉。

駕彼四牡，四牡項領。【傳】項，大也。**我瞻四方，蹙蹙靡所騁。**【傳】騁，極也。【疏】凡從工聲字多訓「大」，如空、仜、琟之例，故《傳》訓「項」爲「大」也。《桑扈》傳云：「領，頸也。」《潛夫論·三式》篇：「且人情莫不以己爲賢而效其能者，周公之戒，不使大臣怨乎不以。《詩》云：『駕我四牡，四牡項領。』」蕭山汪繼培《箋注》云：「此引《詩》以明『大臣怨乎不以』。」則以『四牡項領』而靡所騁喻賢者有才而不得試。蓋本三家《詩》説。《中論·爵禄》篇云：『君子不患道德之不建，而患時世之不遇。《詩》曰：「駕彼四牡，四牡項領。我瞻四方，蹙蹙靡所騁。」傷道之不遇也。』《新序·雜事五》云：『處勢不便，豈可以量功校能哉？《詩》不云乎？「駕彼四牡，四牡項領。」夫久駕而長，不得行項領，不亦宜乎？』《隸釋·堂邑令費鳳碑》云：『退己進弟，不營榮禄。栖遲歷稔，項領滯畜。』《易林》履之剥、否之屯、噬嗑之歸妹、未濟之明夷竝云：『名成德就，項領不試。』《抱朴子·嘉遁》篇云：『空谷有項領之駿者，孫陽之恥也。』《勖學》篇云：『項領之駿，騁迹於千里。』《博喻》篇云：『兩絆而項領，則騏騄與蹇驢同矣。』誼竝與此同。」案此非獨三家《詩》義則然，毛《傳》質略，當亦謂賢者懷材莫用，靡所馳騁也。《箋》云：「四牡者，人君所乘駕。今但養大其領，不肎爲用，喻大臣自恣，王不能使。」此《箋》義非《傳》意。○蹙，古祇作「戚」。戚戚，猶蹜蹜也。「騁」訓「極」，極者，至也。靡所極，無所至也。《文選》王粲《登樓賦》注引《韓詩章句》：「騁，馳也。」又潘岳《射雉賦》注、左思《詠史詩》注引「馳」作「施」，疑誤。

方茂爾惡，相爾矛矣。【傳】茂，勉也。**既夷既懌，如相醻矣。**【傳】懌，服也。【疏】《説文》：「懋，勉也。」「茂」與「懋」通。相，視也。爾，爾尹氏也。此章兩「爾」字與首章「民具爾瞻」「爾」字同意，言勉爾之惡，則下民之視爾如矛矣。「懌，服」，《釋詁》文。《那》「亦不夷懌」，《傳》：「夷，説也。」彼訓「夷」爲「説」，此訓「懌」爲「服」，義互見也。如，讀爲而。《彤弓》傳：「醻，報也。」言雖已説服而相報復，無常德也。

昊天不平，我王不寧。不懲其心，覆怨其正。【傳】正，長也。【疏】「昊天」與「我王」互詞，猶三章、五章或稱天子，或稱君子，或稱昊天，一也。不平、不寧，此㡿王。◯《沔水》傳：「懲，止也。」此「懲」字與二章「民言無嘉，憯莫懲嗟」，兩「懲」字同義。「正」訓「長」，「長」讀去聲，與《斯干》、《玄鳥》傳「正，長也」「長」讀平聲者訓同而義別。王肅云：「覆，猶背也。師尹不定其心，邪僻妄行，故下民皆怨其長。」《傳》意或然也。上章「茂惡」即所謂「邪僻妄行」也。此指尹氏。

家父作誦，【傳】家父，大夫也。**以究王訩。式訛爾心，以畜萬邦。**【疏】「家父，大夫」，周大夫食采於家，以邑爲氏者也。《十月之交》篇有家伯，或是家父之族。春秋周桓王時有家父，或即家父之後歟？何注《公羊傳》云：「家，采地。父，字。」是也。《説文》：「誦，諷也。」此章「王訩」與五章「昊天不傭，降此鞫訩」，兩「訩」字同義。凡民之爭訟，皆由於王之競心也。究，窮治之也。訛，當作「吪」，《破斧》傳：「吪，化也。」陸賈《新語・術事》篇引此詩而釋之云：「言一心化天下而國治，此之謂也。」是西京舊訓亦以「吪」爲「化」。畜，養也。上句言化，下句言養，互詞，欲尹氏以一心化養萬邦也。◯案篇中一章、二章及三章之上四句刺尹；三章之下四句、四章、五章及六章之上四句刺王；六章之下四句、七章、八章刺尹；九章上二句刺王，下二句刺尹；末章自明作誦，究王訩，吪爾心，諷王亦諷尹。《序》謂「刺王」者，責重在王耳。

《正月》十三章，八章章八句，五章章六句。

《正月》，大夫刺幽王也。

正月繁霜，我心憂傷。【傳】正月，夏之四月。繁，多也。民之訛言，亦孔之將。【傳】將，大也。念我獨兮，憂心京京。【傳】京京，憂不去也。哀我小心，癙憂以痒。【傳】癙、痒，皆病也。【疏】《春秋·莊二十五年》：「夏六月辛未，朔，日有食之。」《左傳》：「唯正月之朔慝未作。」昭十七年：「夏六月甲戌，朔，日有食之。」《傳》：「平子曰：『唯正月朔慝未作。日有食之，於是乎有伐鼓用幣禮也。其餘則否。』大史曰：『在此月也。當夏四月，謂之孟夏。』」《漢書·五行志》引古《左氏》說：「正月，謂周六月、夏四月，正陽純乾之月也。」毛《傳》正本《左傳》。余友錢塘汪遠孫說。《淮南子·泰族》篇「冬雷、夏霜」即引此詩，與《傳》同。繁者，「緐」之俗。《公劉》、《雝》箋云：「緐，多也。」訛，《說文》作「譌」，《沔水》同。《漢書·楚元王傳》：「劉向上封事諫曰：『霜降失節，不以其時。其《詩》曰：「正月繁霜，我心憂傷。民之訛言，亦孔之將。」言民以是爲非，甚衆大也。』」義亦與《傳》同。○我，大夫自我也。獨，惸獨也。《爾雅·釋訓》：「京京，憂也。」憂不去者，《十月之交》傳所謂「親屬之臣，心不能已」也。「癙、痒，病」，皆《釋詁》文。《爾雅》釋文云：「《詩》作『鼠』。」案作「鼠」是也。《雨無正》「鼠思泣血」，字作「鼠」，《說文》無「癙」字。《桑柔》箋亦云：「痒，病也。」

父母生我，胡俾我瘉？不自我先，不自我後。【傳】父母，謂文、武也。我，我天下。瘉，病也。好言自口，莠言自口。憂心愈愈，是以有侮。【傳】莠，醜也。愈愈，憂懼也。【疏】《小宛》「我心憂傷，念昔先人」，《傳》：「先人，文、武也。」《雲漢》「父母先祖」，《傳》：「先祖，文、武爲民父母也。」文義與此同。「我，我天下」者，謂我天下之民也。「瘉，病」，《釋詁》文。《角弓》同。言文、武天下至幽王之世而遭此病。○莠、醜疊韻，《十月之交》傳：「醜，惡也。」莠爲醜，醜又爲惡，故《箋》謂好言爲善言，莠言爲惡言。此疾呲言之人。愈，即「瘉」之假借字。《爾雅》：「瘐瘐，病也。」本又作「庾庾」，即詩「愈愈」之異文。唐固《國語注》：「十六斗曰庾。」《聘禮·記》今文作「十六斗曰逾」。此臾、俞聲通之理。郭璞注云：「賢人失志，懷憂病也。」《傳》云「憂懼」，愈、懼聲相近。侮，爲呲言者侵侮也。《箋》義如是。

憂心惸惸，念我無禄。【傳】惸惸，憂意也。**民之無辜，并其臣僕。**【傳】古者有罪，不入於刑，則役之圜土以爲臣僕。**哀我人斯，于何從禄？瞻烏爰止，于誰之屋？**【傳】富人之屋，烏所集也。

【疏】惸，當作「㥕」，形之誤也。《説文·兮部》：「甹，或从心作『㥕』。」《爾雅》：「㥕㥕，憂也。」《傳》云「憂意」，蓋探下文之意爲訓。《詩》、《爾雅》釋文皆云：「㥕，本或作『煢』。」古旬、甹通，如《江漢》箋「旬，當作『甹』」之例。《箋》云：「無禄者，言不得天禄，自傷值今生也。」○并，古「拼」字。《爾雅》：「拼，使也，從也。」經言念天下無罪之人爲臣僕，《傳》言古者有罪以爲臣僕，明今之非古也。《周禮》：「司圜掌收教罷民。凡害人者，弗使冠飾而加明刑焉，任之以事而收教之。能改者，上罪三年而舍，中罪二年而舍，下罪一年而舍。其不能改而出圜土者，殺。雖出，三年不齒。凡圜土之刑人也，不虧體；其罰人也，不虧財。」鄭司農注云：「以此知其爲民所苦而未入刑者也，故《大司寇職》曰：『見萬民之有罪過而未麗於灋，而害於州里者，桎梏，而坐諸嘉石，役諸司空。』」案毛《傳》本《周禮》，而仲師又據毛《傳》爲説，此古者有罪之人，不入於刑者，則寘諸圜土以爲役也。臣僕，即罪人爲役者也。《書·微子》篇：「商其淪喪，我罔爲臣僕。」《逸周書·作雒》篇：「凡工賈胥市，臣僕州里。」《管子·小匡》篇：「大國之君事如臣僕。」是臣僕，賤者之稱，故罪人役圜土亦爲臣僕。《晏子·襍上》篇：「越石父曰：『吾爲人臣僕於中牟。』」《史記》則云：「在縲紲中。」此罪人爲臣僕之確證矣。《箋》解「并其臣僕」句，讀如《秦法》「一人有罪，并其室家」之「并」，云：「王既刑殺無罪，并及其家之賤者，不止於所罪而已。」如鄭解，則於經義當增設刑殺一層，而以臣僕爲世家臣僕，又於經「民」字爲不可通，鄭説非是。○爰，於也。止，集也。誰，誰富人也。《傳》云「富人之屋」，富人指在位之小人，探末章「富人」爲訓。烏，以喻附和小人者也。《晉語》：「暇豫之吾吾，不如烏烏。人皆集於苑，己獨集於枯。」言烏集富人之屋，與《國語》集苑之喻略相近。《後漢書·郭大傳》：「郭大，字林宗。建寧元年，陳蕃、竇武爲閹人所害，林宗哭之。既而歎曰：『人之云亡，邦國殄瘁。瞻烏爰止，不知于誰之屋耳。』」李注云：「言不知王業當何所歸。」案此三家《詩》以烏自況。《箋》既本三家，而又解屋爲富人之屋，仍用毛義，亦恐失《傳》之恉也。

瞻彼中林，侯薪侯蒸。【傳】中林，林中也。薪蒸，言似而非。**民今方殆，視天夢夢。**【傳】王者爲亂，夢夢然。**既克有定，靡人弗勝。**【傳】勝，乘也。**有皇上帝，伊誰云憎？**【傳】皇，君也。【疏】「中林，林中」，《兔罝》同。侯，維也。「侯薪侯蒸」，與《無羊》「以薪以蒸」句法正同。侯、以，皆語詞。薪蒸喻小人。薪蒸不能爲大木，故《傳》云「言似而非」。《箋》：「林中大木之處，而維有薪蒸爾，喻朝廷宜有賢者，而但聚小人。」《詩異義》云：「《傳》之所謂『似』即《箋》之所謂『宜』，言既曰中林矣，則似有大木，今維有薪蒸而非大木，猶既在朝廷，則當爲賢者，今維是小人。《傳》『言似而非』一語統釋經文二句，其言簡質，故《箋》申明之曰『林中大木之處，而維有薪蒸爾』，《疏》申《傳》言『薪蒸似大木而非』，誤解《傳》意矣。」案汪説是也。《韓詩外傳》釋《詩》亦云：「言朝廷皆小人也。」○殆，危也。此以天爲王者，末章又以天爲君，一也。《抑》傳亦云：「夢夢，亂也。」《釋文》引《韓詩》：「夢夢，惡皃。」訓異意同。勝，讀如騰，與「乘」疊韻。既，猶終也。克，能也。定，定亂也。人，在位者也。此承上爲亂夢夢而言。終能有定亂之日，乃今在位之人，無不乘陵，助王爲亂如是，上下蒙昧，其危殆無休已時。襄十三年《左傳》云：「及其亂也，君子稱其功以加小人，小人伐其技以馮君子。是以上下無禮，亂虐竝生，由爭善也，謂之昏德。國家之敝，恒必由之。」是其義也。「皇，君」，《釋詁》文。上帝，亦君也。《版》、《蕩》傳：「上帝，庰君王。」伊，語詞。云，助詞。誰憎，言憎王之深也。

謂山蓋卑？爲岡爲陵。【傳】在位非君子，乃小人也。**民之訛言，寧莫之懲。召彼故老，訊之占夢。**【傳】故老，元老。訊，問也。**具曰予聖，誰知烏之雌雄？**【傳】君臣俱自謂聖也。【疏】《傳》意山喻位，卑喻小人，小人而處高位，如爲岡與爲陵耳。《天保》傳：「大阜曰陵。」陵亦最高大者也。蓋，讀同「盍」。鄭注《檀弓》：「蓋，皆當爲『盍』。」《群經音辨》：「蓋，音盍。」是也。《爾雅》：「曷，盍也。」《廣雅》：「曷、盍，何也。」「謂山蓋卑」，言山何卑也。「謂地蓋高」、「謂地蓋厚」，言天何高，地何厚也。三「蓋」字竝與「何」字同義。○懲，止也。故老，猶之言孤卿，謂皇父卿士也。《傳》云「元老」，詳《采芑》篇。《周禮·占夢》：「季冬，聘王夢。」鄭注云：「聘，問也。」訊、聘義同。《晏子·襍下》篇：「景公夜夢與二日鬬，不勝。晏子朝，請召占夢者。」又「景公夢見彗星。明日，召晏子而問焉：『寡人夢見彗星，吾欲召占夢者使占之。』」案古者有問夢之事。召元老問之占夢，《洪範》所謂「謀及卿士」也。《周禮》有「占夢」之官。具，俱；予，我也。「曰」與「謂」同義。《傳》云「君臣俱自謂聖」，《十月之交》傳：「皇父甚自謂聖。」則知臣指皇父，而君刺幽王。「不知烏之雌雄」，庰王，并庰執政也。

謂天蓋高？不敢不局。謂地蓋厚？不敢不蹐。【傳】局，曲也。蹐，累足也。**維號斯言，有倫**

有脊。【傳】倫，道；脊，理也。哀今之人，胡爲虺蜴？【傳】蜴，螈也。【疏】局、曲疊韻。《釋文》：「本又作『跼』。」李善注《文選》顏延之詩引《毛詩傳》：「跼，曲也。」薛綜注《東京賦》引「《毛詩》：『不敢不跼。』跼，傴僂也」。蓋薛以「傴僂」代「曲」字，非《傳》有異本也。陸、孔及王肅本皆作「局，曲」。跼，即「局」之俗字。累，當作「絫」。蹐、絫疊韻。《説文·足部》：「蹐，小步也。」引《詩》作「蹐」。《走部》：「趚，側行也。」引《詩》作「趚」。許録《毛詩》，兼録三家《詩》，字異而義實同。《説苑·敬慎》篇：「孔子論《詩》，至於《正月》之六章，懼然曰：『不逢時之君子，豈不殆哉？從上依世則廢道，違上離俗則危身。世不與善，己獨由之，則曰非妖則孽也。是以桀殺關龍逢，紂殺王子比干，故賢者不遇時，常恐不終焉。』」即引此詩。○《碩鼠》傳：「號，呼也。」《説文·人部》：「倫，道也。」《侖部》：「侖，理也。」「侖」與「倫」同。《論語》「言中倫」，包咸注云：「倫，道也，理也。」脊，讀爲蹟。《沔水》傳：「不蹟，不道也。」《繁露·深察名號》篇引《詩》作「迹」。《説文》迹、蹟一字。是倫謂之道，又謂之理；脊謂之理，又謂之道矣。此言君子之言皆有道理，宜號呼而告之，今畏怖如虺蜥然，是疾避而無所自容之意。○《説文》：「虺，以注鳴者。」段注云：「注者，『咮』之叚借。虺爲蜥易屬。」《釋文》：「蜴，又作『蜥』。」《説文》引《詩》正作「蜥」。《鹽鐵論·周秦》篇亦作「蜥」。《爾雅》：「蠑螈，蜥蜴；蜥蜴，蝘蜓；蝘蜓，守宮也。」李、孫、郭注竝云：「別四名。」《方言》：「秦、晉、西夏謂之守宮，或謂之蠦蝘，或謂之蜥易。其在澤中者謂之易蜴。南楚謂之蛇醫，或謂之蠑螈。東齊、海岱謂之螔蜈。北燕謂之祝蜓。」戴氏震補注云「易蜴」當爲「蜥易」，是已。奂謂「守宮或謂之蜥易」，疑此「蜥易」二字或「蝘蜓」之譌。《爾雅》一物四名，渾言不別。《方言》則以守宮、蝘蜓一類，蜥易、蠑螈一類。《説文》：「在壁曰蝘蜓，在艸曰蜥易。」在艸，即楊雄所謂「在澤中者」。毛《傳》以「螈」釋「蜥」，亦非在壁者也。陸《義疏》云：「虺蜴，一名蠑螈，水蜴也。或謂之號雌，或謂之蛇醫，如蜥蜴，青緑色，大如指，形狀可惡。」元恪謂蠑螈如蜥蜴，與楊、許説不合。又虺別物，虺、蜴連舉，亦非是。《箋》：「虺蜴之性，見人則走。」《後漢書·左雄傳》云：「言人畏吏如虺蜴也。」「蜴」皆「蜥」之誤字。

瞻彼阪田，有菀其特。【傳】言朝廷曾無傑臣。**天之扤我，如不我克。彼求我則，如不我得。執我仇仇，亦不我力。**【傳】扤，動也。仇仇，猶謷謷也。【疏】《傳》意阪田喻對朝廷，特喻傑臣。阪田有菀特，則朝廷無傑臣矣。《箋》云：「阪田，崎嶇墝埆之處，而有菀然茂特之苗，喻賢者在閒辟隱居之時。」《載芟》傳：「有厭其傑，言苗厭然特美也。」《箋》特爲苗，申成《傳》義。○《考工記》「則是以大扤」，注：「扤，搖動貌。」《方言》「艫謂之扤」，謂船動也。是「扤」有「動」義。《爾雅》：「仇仇、敖敖，傲也。」郭注云：「皆傲慢賢者。」《釋文》：「敖，本又作『謷』，又作『嚻』。」《版》傳：「嚻嚻，猶謷謷也。」聲、義竝同。天，席王。我，我傑臣也。如，猶而也。克，勝也。彼，彼朝廷也。言王動搖我，而不勝任我；朝廷求我，而不得以禮進我。雖欲執留我，謷謷然甚傲慢，而亦不力挽我，此我傑臣所以不安朝廷而退處也。《禮記·緇衣》篇：「子曰：『大人不親其所賢，而信其所賤，民是以親失，而教是以煩。《詩》云：「彼求我則，如不我得。執我仇仇，亦不我力。」』」《文中子·魏相》篇：「竇威進曰：『聞朝廷有召子議矣。』」文中子亦引此詩，「喟然遂歌《正月》終焉。既而曰：『不可爲矣。』」是其義也。仇仇，或作「扏扏」。《廣雅》：「扏扏，緩也。」《集韻》：「扏扏，緩持也。」《緇衣》注：「仇仇然不堅固。」即是「緩持」之意。案三家與毛訓異意同。緩持、傲慢一也。《玉篇》：「扏，緩也。」

心之憂矣，如或結之。今茲之正，胡然厲矣？【傳】厲，惡也。**燎之方揚，寧或滅之？**【傳】滅之以水也。**赫赫宗周，褒姒威之。**【傳】宗周，鎬京也。褒，國也。姒，姓也。威，滅也。有褒國之女，幽王惑焉而以爲后，詩人知其必滅周也。【疏】正，長也，謂褒姒私黨升在位者，若皇父七子之屬。胡，何也。然，猶是也。厲者，「癘」之假借字。厲爲惡，《傳》本《左傳》立訓。《桑柔》、《瞻卬》傳竝云：「厲，惡也。」《説文》：「燎，放火也。」「寧或」猶云「胡有」也。《傳》文奪「滅之」二字，當補。「滅之以水也」五字作一句讀，言燎火熾盛，滅必以水，今於何有也？隱六年《左傳》：「君子曰：『《商書》曰：「惡之易也，如火之燎于原，不可鄉邇，其猶可撲滅？」』」莊十四年《傳》：「君子曰：『《商書》所謂「惡之易也，如火之燎于原，不可鄉邇，其猶可撲滅」者，其如蔡哀侯乎？』」言不可撲滅也。惡萌易滋，而以燎火難滅爲喻。○《節南山》傳：「赫赫，顯盛皃。」周幽王在鎬，故鎬京爲宗周。酈注《水經・沔水》篇：「褒水南逕褒縣故城東，褒中縣也，本褒國矣。南流入于漢。」案漢褒中縣屬漢中郡，古褒國在今陝西漢中府褒城縣，《括地志》云「褒國故城在縣東二百步」是也。漢中在《禹貢》梁州之域，周并梁於雍，則褒國當在《職方》雍州之南境。《史記・夏本紀》：「論云：禹爲姒姓，其後分封，用國爲姓，故有褒氏。」《潛夫論・五德志》同。是褒國姒姓也。《釋文》：「威，呼説反。齊人語也。」案威，古「滅」字。《傳》威爲滅，猶御爲禦，罙爲深，皆以今字釋古字之例，謂之古文假借可也。昭元年《左傳》引《詩》正作「滅」。褒姒滅周，莫詳於史伯告鄭桓公語。《國語・鄭語》云：「褒人褒姁有獄，而以爲入於王，王遂置之，而嬖是女也。使至於爲后，而生伯服。」是褒女爲后之事也。又云：「王欲殺大子以成伯服，必求之申。申人弗畀，必伐之。若伐申，而繒與西戎會以伐周，周不守矣。幽王八年而桓公爲司徒。九年而王室始騷，十一年而斃。」韋注云：「騷，謂適庶交争，亂虐滋甚。」是即滅周之事也。攷《史記・周本紀》言：「幽王三年，王之後宫，見褒姒而愛之，生子伯服。」是立后當在四五年閒。六年而遭日食之變，大夫作《十月之交》以刺之。至王欲放殺大子，而其傳作《小弁》之詩，自在九年中事。此《傳》但云「幽王惑於褒姒，立以爲后」，不及放殺大子，則此篇與《十月之交》篇先後同作，總在史伯告桓公八年之前。據《傳》證史，可以得其歲次矣。然而變褒滅周，其兆既成，賢者爲之憂傷而作是詩，其即伯陽之流亞與？

終其永懷，又窘陰雨。【傳】窘，困也。**其車既載，乃棄爾輔。**【傳】大車重載，又棄其輔。**載輸爾載，將伯助予。**【傳】將，請；伯，長也。【疏】終，猶既也。《齊·南山》、《破斧》篇皆上言「既」而下言「又」，此上言「終」而下言「又」，是「終」、「既」同義也。永，長；懷，傷也。鄭《箋》：「窘，仍也。」《韓詩》：「窘，迫也。」《玉篇》：「窘，困也，急也。」義竝相近。言既其長爲之憂傷，又困之以陰雨。陰雨以喻所遭多難。○《傳》以車爲大車，載爲重載。輔者，揜輿之版。《大東》傳：「箱，大車之箱也。」《方言》：「箱謂之輫。」《爾雅》：「棐，輔也。」「棐」與「輫」通。箱取輔相之義，則輔即箱矣。大車揜版置諸兩旁，可以任載。今大車既重載矣，而又棄其兩旁之版，則所載必墮，此其顯喻也。僖五年《左傳》宮之奇設「輔車相依，脣亡齒寒」兩喻。《吕覽·權勳》篇：「虞之與虢也，若車之有輔也，車依輔，輔亦依車，虞虢之勢是也。先人有言曰：『脣竭而齒寒。』」《韓子·十過》篇、《淮南子·人間》篇竝有此文。然則車之有輔，猶齒之有脣，最相切近。人之兩頰曰口輔，亦曰牙車，其命名即取車輔之義也。自來解者皆不識輔爲何物。《正義》謂輔是可解脱之物，以今人縛杖於輻爲比況之詞。若是，則棄輔未即墮載，恐與經義無當也。車之有輔，與國之有輔臣。《箋》云：「棄輔，喻遠賢也。」載輸，輸也。《箋》：「輸，墮也。」「將，請」，《將仲子》同。請，猶告也。「伯，長」，《釋詁》文。長謂賢者也。予，我也。助我，即下文無棄輔而益輻之事。

無棄爾輔，員于爾輻。【傳】員，益也。**屢顧爾僕，不輸爾載。終踰絶險，曾是不意。**【疏】《荀子・法行篇》：「《詩》曰：『涓涓源水，不雝不塞。轂已破碎，乃大其輻。事已敗矣，乃重大息，其云益乎？』」楊倞注云：「大其輻，謂壯大其輻也。」案荀引逸《詩》言事敗之後，此詩言事未敗之先，文異而意同也。《傳》訓「員」爲「益」，正本《荀子》。「員」與「云」通，故有「益」義。《易・大壯》：「九四，壯于大輿之輹。」《釋文》：「本又作『輻』。」大輿，大車也。壯者，大也。「益」與「大」義相近。屢，《釋文》作「婁」。婁，數也。終，亦既也。曾，猶乃也。言既踰絶險矣，乃不爲意也，以喻用賢者之不堅固。

魚在于沼，亦匪克樂。潛雖伏矣，亦孔之炤。憂心慘慘，念國之爲虐。【傳】慘慘，猶戚戚也。【疏】《靈臺》「王在靈沼，於牣魚躍」，《傳》亦云：「沼，池也。」池以畜魚，喻國以養賢。君子不能居朝廷，猶魚在池中而不能以自樂也。潛，深也。伏，伏於淵也。《禮記・中庸》篇：「《詩》云：『潛雖伏矣，亦孔之昭。』故君子内省不疚，無惡於志。」《釋文》：「昭，本又作『炤』。」鄭注云：「孔，甚也。昭，明也。言聖人雖隱遯，其德亦甚明矣。疚，病也。君子自省，身無愆病。雖不遇世，亦無損害於己志。」鄭釋《詩》與《箋》不同，當從《禮記注》爲優。裴度《諸葛武侯碑》云：「公是時也，躬耕南陽，自比管、樂。我未從虎，時稱臥龍。」亦引此詩。○慘，當作「懆」，詳《月出》篇。《傳》以「戚戚」詁「懆懆」，懆、戚聲近也。《抑》：「懆懆，憂不樂也。」《小明》：「戚，憂也。」憂謂之懆，重言之曰懆懆。憂謂之戚，重言之曰戚戚。

彼有旨酒，又有嘉殽。【傳】言禮物備也。**洽比其鄰，昏姻孔云。**【傳】洽，合；鄰，近；云，旋也。是言王者不能親親以及遠。**念我獨兮，憂心慇慇。**【傳】慇慇然痛也。【疏】《都人士》傳：「彼，彼明王也。」旨、嘉皆美也。殽，《釋文》作「肴」。《鳧鷖》「爾酒既多，爾肴既嘉」，《傳》：「言酒品齊多而肴備美也。」義與此同。「洽，合」，《版》同，《左傳》作「協」。鄰、近雙聲爲訓，近猶親親也。昏姻，異姓之臣也。《説文》：「云象回轉之形。」旋者，回轉之意。旋即還也。此陳古燕享之禮。禮物既備，同、異姓具在，王者有親親及遠之道焉。此經義也。本詩人之意，乃以刺今不如古。《傳》云「是言王者不能親親以及遠」，與經義相反，而意實相成也。僖二十二年《左傳》引《詩》「協比其鄰，昏姻孔云」，富辰釋之云：「吾兄弟之不協，焉能怨諸侯之不睦？」兄弟謂鄰，諸侯謂昏姻。襄二十九年《傳》引《詩》「協比其鄰，昏姻孔云」，子大叔釋之云：「晉不鄰矣，其誰云之？言晉不親近諸姬，則諸侯其誰旋歸之乎？」毛《傳》與《左傳》辭意正合。王肅云：「言王但以和比其鄰近左右，與昏姻其親友而已，不能親親以及遠。」王説未審經、《傳》之恉。◯念，念今也。《爾雅》：「慇慇，憂也。」「痛」與「憂」義相近。《桑柔》句同。

佌佌彼有屋，蔌蔌方穀。【傳】佌佌，小也。蔌蔌，陋也。**民今之無禄，天夭是椓。**【傳】君夭之，在位椓之。**哿矣富人，哀此惸獨。**【傳】哿，可也。獨，單也。【疏】「佌佌，小」，《爾雅·釋訓》文。佌，當作「佡」。《説文》：「佡，小皃。」引《詩》作「佡佡」。《玉篇》同。《管子·輕重乙》篇「佌諸侯度百里」，猶謂小諸侯耳。佌，亦當作「佡」。佡佡，猶瑣瑣也。蔌，當爲「遬」。《説文》：「速，籀文作『遬』。」故《毛詩》「遬遬」，三家《詩》作「速速」。古文「速」又作「謷」。《玉篇》：「蔌，小言皃。」疑三家有依「謷」字作訓也。《釋文》「方穀」云：「本或作『方有穀』，非也。」案「方穀」與上「有屋」對文，方亦有也。《鵲巢》傳：「方，有之也。」「方」訓爲「有」，不應「方」下更增「有」字，今從《釋文》訂正。李注《後漢書·蔡邕傳》引《詩》作「速速方穀」，云：「《韓詩》亦同。」《爾雅·釋訓》：「速速，惟逑鞫也。」「逑」本亦作「求」，《釋詁》：「求，終也。」《釋言》：「鞫，窮也。」逑鞫，猶言終窮。小人專禄，國道終窮也。《傳》云「遬遬，陋也」，《箋》云：「穀，禄也。此小人富，而寠陋將貴也。」寠陋有穀，是國道終窮矣。《傳》

義與《雅》訓相因也。○《釋文》云：「夭，災也。」「夭」、「椓」二字連文，竝有殘害侵削之義，《召旻》傳「椓，夭椓」是也。天以席王者，則經言君之夭椓未及，顯指在位者之夭椓於下民，此經義也。《傳》乃以夭屬君，而椓屬在位，作分釋之詞。蓋詩本兼刺姻黨群小在位，從上下文言富人之有屋、穀立訓，以補明經義之未備，此《傳》意也。《正義》「椓」爲「諑」，失之。○「哿，可」，《雨無正》同。《詩述聞》云：「『哿』與『哀』相對爲文。哀者，憂悲；哿者，歡樂也。言樂矣彼有屋之富人，悲哉此無禄之惸獨也。哿、嘉俱以加爲聲，而其義相近。《禮運》『以嘉魂魄』，鄭注曰：『嘉，樂也。』是『嘉』與『樂』同義。哿之爲言猶嘉耳，故昭八年《左傳》引《詩》『哿矣能言』，杜注曰：『哿，嘉也。』毛《傳》訓『哿』爲『可』，可亦快意愜心之稱，故《箋》曰：『富人已可，惸獨將困。』《正義》曰：『可矣富人，猶有財貨以供之。』失《傳》、《箋》之意矣。」案惸者，「惸」之俗字。《傳》以「單」詁「獨」。單，古「襌」字。《禮記・閒傳》注：「單，獨也。」惸，亦獨也。《閔予小子》箋：「嬛嬛然孤特。」《孟子・梁惠王》篇引《詩》作「煢」。惸、嬛、煢同。

《十月之交》八章，章八句。

《十月之交》，大夫刺幽王也。【疏】《正義》言：「《韓詩》篇次與毛不異。」

十月之交，朔月辛卯。日有食之，亦孔之醜。【傳】之交，日月之交會。醜，惡也。**彼月而微，此日而微。**【傳】月，臣道；日，君道。**今此下民，亦孔之哀。**【疏】周十月，夏八月。交，謂朔也。《傳》云「之交，日月之交會」者，昭七年《左傳》：「日月之會是謂辰，故以配日。」杜注云：「一歲日月十二會，所會謂之辰。」是謂日月之會也。朔在日月之會，今新法測日食者，先求食限。食限在兩交曰中交、曰正交。黃白二道相交之度亦曰交行。去交近則食，遠則否，是謂日月之交會也。朔月，月朔也。朔月辛卯，辛卯朔也。此詩爲周幽王時十月辛卯朔，日有食之。鄭《箋》用緯説改爲周厲王時日食。儀徵阮元云：「《大衍術·日蝕》議曰：『《小雅》十月之交，梁虞劆以術推之，在幽王六年。』《開元術》定交分四萬三千四百二十九入食限。《授時術》議曰：『幽王六年十月辛卯朔，泛交十四，日五千七百九分入食限。』蓋自來推步家，未有不與緯説異者。本朝《時憲書》密合天行，爲往古所無。今遵《後編法》推幽王六年十月朔正得入交。如謂厲王時事者，斷難執以争矣。」阮説詳《揅經室集》。○《傳》訓「醜」爲「惡」者，謂當受其凶惡也。《左傳》：「晉侯問於士文伯曰：『誰將當日食？』對曰：『魯、衛惡之。』」正爲毛《傳》所本。《管子·四時》篇：「日食，則失德之國惡之。」亦與《傳》訓同。云「月，臣道；日，君道」者，《東方之日》傳：「日出東方，人君明盛，無不照察也。月盛于東方，君明于上若日也，臣察于下若月也。」彼日月同盛，以喻君臣有道；此日月共微，以喻君臣之失道也。《箋》：「微，謂不明也。」《邶·柏舟》「日居月諸，胡迭而微」，《箋》：「日，君象也。月，臣象也。微，謂虧傷也。」《漢書·劉向傳》云：「日月薄蝕而無光。」

日月告凶，不用其行。四國無政，不用其良。彼月而食，則維其常。此日而食，于何不臧。

【疏】「日月告凶」，承上章日月共微而言。《劉向傳》引《詩》作「鞫凶」，古鞫、告通。行，道也。《箋》：「行，道度也。不用之者，謂相干犯也。」「不用其良」，良，善也，言不用其善政也。《箋》云：「不用善人。」《韓詩外傳》：「不用其良臣而不亡者，未之有也。」是《箋》用韓義。《後漢書·左雄傳》：「上疏言：『幽、厲昏亂，不自爲政。褒豔用權，七子黨進。賢愚錯緒，深谷爲陵。故其《詩》云：「四國無政，不用其良。」』」亦與《箋》合。○《左傳》：「晉侯問於士文伯曰：『《詩》所謂「彼日而食，于何不臧」者，何也？』對曰：『不善政之謂也。國無政，不用善，則自取謫于日月之災，故政不可不慎也。』」案「彼」當作「此」，《詩正義》及《漢書·五行志》引不誤。彼月、此日，即承上章「彼月而微，此日而微」以申説也。《天文志》引此詩《詩傳》曰：「月食，非常也。比之日食，猶常也。日食，則不臧矣。」徐璈以爲《魯詩傳》。

爗爗震電，不寧不令。【傳】爗爗，震電貌。震，雷也。**百川沸騰，山冢崒崩。**【傳】沸，出；騰，乘也。山頂曰冢。崒者，崔嵬。**高岸爲谷，深谷爲陵。**【傳】言易位也。**哀今之人，胡憯莫懲。**【疏】經言「震電」，故《傳》云：「爗爗，震電皃。」震電，陰陽薄激而生，震者電之聲，電者震之光。《説文》：「爗，盛也。」謂聲光之盛也。震爲雷，言雷以該電也。《春秋·隱九年》：「大雨震電。」《穀梁傳》：「震，雷也。電，霆也。」《穀梁》解「電」爲「霆」，則電亦雷矣。《爾雅》：「疾雷謂之霆。」疾雷即震電之義。郭注云：「雷之急激者謂霹靂。」今本《爾雅》「霆」下有「霓」字，涉上文「霓爲挈貳」而誤衍。○《采叔》傳：「觱沸，泉出皃。」是沸爲出也。「沸」與「浡」聲義相近。今音甫味反，以沸爲濤，非也。騰，讀爲滕，假借字也。《玉篇》：「滕，水上涌也。」引《詩》正作「滕」。「騰，乘」，《閟宫》同。《文選》楊雄《甘泉賦》、顔延之《侍遊蒜山詩》注引《韓詩章句》亦云：「騰，乘也。」「乘」與「陵」義相近。《漢書·李尋傳》：「水爲準平，王道公正脩明，則百川理落脈通。偏黨失綱，則踊溢爲敗。今汝、潁、畎、澮皆川水漂踊，與雨水竝爲民害。此《詩》所謂『爗爗震電，不寧不令，百川沸騰』者也。其咎在於皇甫卿士之屬。」案三家《詩》沸騰爲踊溢，與《毛詩》踊出乘陵訓同。《爾雅·釋山》：「山頂，冢。」此《傳》所本也。《釋文》：「崒，本亦作『卒』。」《漢書·劉向傳》及《後漢書·董卓傳贊》注引《詩》作「卒」。「卒」即「崒」之假借字。「崒者崔嵬」四字各本誤入《箋》。《箋》云：「百川沸出相乘陵者，由貴小人也。山頂崔嵬者崩，君道壞也。」《箋》正承《傳》文，用三家説以申成毛義。楊倞注《荀子》引毛《傳》有此四字，今據以訂正。《漸漸之石》箋：「卒者，崔嵬。」鄭正用此《傳》文，則「崒」古必作「卒」矣。《釋山》：「崒者，厜㕒。」此亦《傳》所本也。《小雅·谷風》傳：「崔嵬，山顛也。」《說文》：「厜㕒，山顛也。」字異義同。《周語》：「幽王二年，西周三川皆震，伯陽父曰：『周將亡矣。』是歲也，三川竭，岐山崩。」韋注云：「三川，涇、渭、洛也。」案川竭山崩在幽王二年，與《史記・周本紀》合，非即此詩「百川沸騰，山冢卒崩」也。《本紀》言見納褒姒在三年，其立后尚在三年之後，至六年，遇日食之變而作此詩。《劉向傳》云：「天變見於上，地變動於下，水泉沸騰，山谷易處。」劉子政以此詩上二章爲天變，此章爲地變，則陰陽不和，天地易位之徵，皆當在幽王六年中。而子政以爲幽、厲之際，連類相及耳。孔仲達亦知沸騰非震，而即以爲非幽王時，未知審也。《漢書・翼奉傳》：「臣奉竊學《齊詩》，聞五際之要《十月之交》篇，知日蝕地震之效。」似《齊詩》沸騰指地震說。○《傳》文「言易位也」上，《荀子》注引有「高岸爲谷，深谷爲陵」八字，今各本皆奪，足徵鄭氏箋《詩》，於毛《傳》中皆有經文複句，徑後寫者删之耳。昭三十二年《左傳》：「史墨曰：『社稷無常奉，君臣無常位，自古以然。故《詩》曰：「高岸爲谷，深谷爲陵。」三后之姓，于今爲庶。君所知也。』」此蓋以谷、陵之變徙喻天命之靡常。《傳》云「易位」正本《左傳》爲訓。《荀子・君子篇》：「以族論罪，以世舉賢，雖欲無亂，得乎哉？」其下即引此詩。「亂」即「易位」，荀、毛義同也。《箋》謂「易位者，君子居下，小人處上」。左雄說《詩》合鄭，或本三家，與毛不同。憯，當作「朁」。朁，曾也。懲，止也。「胡朁莫懲」，言無有止亂也。

皇父卿士，番維司徒。家伯維宰，仲允膳夫。聚子内史，蹶維趣馬，楀維師氏，豔妻煽方處。

【傳】豔妻，褒姒。美色曰豔。煽，熾也。【疏】士，事也。主掌六卿之事，謂之卿士。卿士，三公中執朝政者，幽王時則皇父也。宣王之時，皇父爲大師，與此皇父必是二人。《鄭語》：「史伯曰：『夫虢石父讒諂巧從之人也，而立以爲卿士，與剸同也。棄聘后而立内妾，好窮固也。侏儒戚施，寔御在側，近頑童也。周法不昭，而婦言是行，用讒慝也。不建立卿士，而妖試幸措，行暗昧也。』」案史伯說幽王時事與此詩正同。疑皇父即虢石父，或皇父徂向，更以虢石父代之。世遠年湮，迄無攷證。○《鄭語》：「幽王八年，鄭桓公友爲司徒。」詩作於幽王六年，爲司徒者，是番也。《漢書·古今人表》作「司徒皮」，《釋文》引《韓詩》作「繁」，如《鄉射·記》「皮樹」、今文「繁豎」之例。「番」與「皮」亦聲近。《史記·河渠書》「河東守番係」，《索隱》引《詩》云：「番，氏也。」○《周禮》「宰夫，下大夫四人」，鄭司農注：「宰夫，主諸臣萬民之復逆，故詩人重之，曰：『家伯維宰。』」案仲師以此宰爲宰夫，毛無《傳》。仲師治《毛詩》，當是《毛詩》古説。《春秋》「宰咺」，服虔注：「咺，天子宰夫。」此亦宰夫稱宰之證也。《古今人表》「大宰家伯」，鄭《箋》宰爲冢宰，從《魯詩》説。但冢宰是執政之官，皇父爲卿士，不當復有家伯爲大宰，似誤。○《周禮》「膳夫，上士二人」，「鄭司農以《詩》説之曰：『仲允膳夫。』」《雲漢》傳云：「膳夫徹膳。」幽王以仲允爲膳夫也。《古今人表》作「膳夫中術」。○《周禮》「内史，中大夫一人，掌王八枋之灋。凡命諸侯及孤卿大夫，則策命之」，「鄭司農説以《春秋傳》曰：『王命内史興父，策命晉侯爲侯伯。』策，謂以簡策書王命」。案幽王時棸子爲内史也。《古今人表》作「掫子」。○《周禮》「趣馬，下士，阜一人，徒四人」，「鄭司農説以《詩》曰：『蹶維趣馬。』」《雲漢》傳云：「趣馬不秣。」是趣馬，主養馬之官也。《書·立政》篇有「趣馬」。○《周禮》「師氏，中大夫一人」，鄭司農注：「《詩》云：『楀維師氏。』」《書·牧誓》「亞旅、師氏」、《立政》「綴衣、虎賁」、《顧命》「師氏、虎臣」，某氏傳云：「師氏，大夫官。虎臣，虎賁氏。」案《牧誓》有師氏而無虎賁，《立政》有虎賁而無師氏，蓋周公未定禮前，師氏、虎賁氏同官也。至成王顧命，二氏不同官，故有師氏又有虎賁氏，與《周禮》同。《雲漢》傳云：「師氏弛其兵。」楀，《集韻》引《詩》作「㨾」。《古今人表》「師氏萬」，顔注：「萬，讀曰『㨾』。」《潛夫論·本政》篇作「踽」。○豔妻，《傳》以爲即《正月》褒姒。褒姒爲幽王后，而云「妻」者，天子之妻曰后也。《漢書·谷永傳》云：「昔褒姒用國，宗周以喪。閻妻驕扇，日以不臧。」又云：「絕驕嫚之端，抑褒、閻之亂。」《外戚·班倢伃傳》亦云：「哀褒、閻之爲郵。」案

《漢書》多用《魯詩》，褒、閻即渾括兩篇詩義，先褒後閻，其次序與毛同。閻與豔聲相近。褒姒、閻妻爲二人，三家《詩》初無明文。《正義》引《中候擿雒貳》：「剡者配姬以放賢，山崩水潰納小人。」又《昌受符》：「厲倡嬖期十之世，權在相。」自康成信緯候，謂豔妻爲厲王后，而解者遂沿鄭説矣。桓元年、文十六年《左傳》並有「美而豔」之文。《方言》：「豔，美也。宋、衛、晉、鄭之閒曰豔。美色爲豔。」並與《傳》訓同。《説文》：「傓，熾盛也。」引《詩》作「傓」，本《毛詩》訓也。顔注《谷永傳》引《魯詩》：「閻妻扇方處。」扇者，「傓」之假借，今作「煽」，俗字。處，居也。

抑此皇父，豈曰不時？【傳】時，是也。**胡爲我作，不即我謀？徹我牆屋，田卒汙萊。**【傳】下則汙，高則萊。**曰予不戕，禮則然矣。**【疏】抑，讀爲懿，假借字也。古抑、懿聲近義通。「抑此皇父」與「懿厥哲婦」句意相同。《傳》訓「時」爲「是」，豈曰不是，豈不是也。曰，語詞。言皇父之自是也。《釋文》引《韓詩》：「抑，意也。」《箋》：「抑之言噫。」鄭用《韓詩》。○胡爲，何以也。我，我民也。作，耕作；即，就也。徹，讀爲撤。撤牆屋，謂撤城邑民居也。《説文》：「洿，窊下也。」「小池爲汙。」古汙、洿通用，故《孟子》「汙池」一作「洿池」。《楚茨》序：「田萊多荒。」《箋》：「茨棘不除也。」《遂人》注：「萊，謂休不耕者。」案休不耕，任其草生，來歲反耕，亦即草萊之義也。卒，盡也。此謂田盡不治，則下者積水，而高者薉草矣。《書·湯誓》篇：「我后不恤我衆，舍我穡事而割正。」《傳》云：「我后，桀也。正，政也。言奪民農功而爲割剝之政。」文義與此正同也。予，皇父自予也。《箋》云：「戕，殘也。我不殘敗女田業，禮：下供上役，其道當然。言文過也。」王肅改「戕」爲「臧」字。

皇父孔聖，【傳】皇父甚自謂聖。**作都于向。擇三有事，亶侯多藏。**【傳】向，邑也。擇三有事，有司國之三卿，信維貪淫多藏之人也。**不憖遺一老，俾守我王。擇有車馬，以居徂向。**【疏】孔，甚也。經言甚聖，《傳》云「甚自謂聖」，即承上章「抑此皇父，豈曰不時」而重言之也。○「向，邑」，未聞。《正義》據杜注《左傳》：「河内軹縣西有地名向上。」軹縣向上，周初蘇子邑，未審何時爲皇父邑也。《王制》：「大國三卿，皆命於天子；次國三卿，二卿命於天子；小國二卿，皆命於其君。」鄭注云：「小國亦三卿，此文似誤脱耳。」案《白虎通義·封公侯》篇引《王度記》曰：「子男三卿。」《周禮·大宰》：「乃施典于邦國，設其參。」注：「參，謂卿三人。」此皆列國三卿之證。作都向邑，則皇父本是列國。《傳》釋「三事」爲「三卿」，與《常武》同。詩蓋刺貪不刺僭也。「亶」訓「信」。「侯」訓「維」。維，猶是也。多藏爲貪淫多藏，言皇父所擇立己國之三卿，信是貪淫多藏之人也。○憖，無《傳》。《釋文》引《小爾雅》：「憖，願也。」《方言》：「願，欲思也。」《説文》：「寧，願詞也。」「甯，所願也。」憖、寧、甯聲轉相通。俾，使也。「不憖遺一老，俾守我王」，言皇父不願遺一老，使守衛我王也。哀十六年《左傳》：「哀公誄孔子曰：『旻天不弔，不憖遺一老，俾屏余一人以在位。』」句法正同。《韓詩》：「憖，闇也。」鄭《箋》：「憖者，心不欲自强之辭也。」杜預注：「憖，且也。」《方言》：「憖，傷也。」郭注引《詩》云：「亦傷恨之言也。」諸家訓釋似不若「願」義爲長。《吉日》傳：「差，擇也。」差爲擇，則擇亦爲差。徂，往也。《墨子·明鬼下》：「武王以擇車百兩。」與此「擇」字同。《釋詞》云：「居，語助。」言擇有車馬以往向也。」蓋皇父當日内附姻黨之族親，外擯賢勞之故舊，以居高位，爲握重權。雖張改封邑，亦唯知私厚己國，而身實仍在王朝。

黽勉從事，不敢告勞。無罪無辜，讒口囂囂。下民之孽，匪降自天。噂沓背憎，職競由人。

【傳】噂，猶噂噂。沓，猶沓沓。職，主也。【疏】《劉向傳》及《後漢書·傅毅傳》注引《詩》作「密勿」，黽勉、密勿一聲之轉。《版》傳云：「囂囂，猶警警也。」《釋文》引《韓詩》作「警警」，《劉向傳》作「嗸嗸」，《潛夫論·賢難》篇作「敖敖」，字竝通。《劉向傳》云：「君子獨處守正，不橈衆枉。勉彊以從王事，則反見憎毒讒愬。」○「噂，猶噂噂。

沓，猶沓沓」，此疊字釋單字之例。《釋文》：「噂，《説文》作『僔』。」今《説文》引《詩》，《人部》作「僔」，《口部》作「噂」。僖十五年《左傳》引《詩》亦作「僔」，《玉篇·人部》同。僔、噂古今字。《説文》：「僔，聚也。」《廣雅》：「僔僔，衆也。」聚、衆義相近。《版》傳：「泄泄，猶沓沓也。」《蕩》箋：「其笑語沓沓，如湯之沸，羹之方孰。」《説文》：「沓，語多沓沓也。」《荀子·正名篇》：「愚者之言，諸諸然而沸。」楊注：「諸諸，多言也。」諸，俗「沓」字。然則僔沓猶聚語也。《箋》云：「僔僔、沓沓，相對談語。」「職」訓「主」。由，從也。「由人」與「自天」對文。「職競由人」，言不從天降，而主從人之競爲惡也。

悠悠我里，亦孔之痗。【傳】悠悠，憂也。里，病也。痗，病也。**四方有羨，我獨居憂。**【傳】羨，餘也。**民莫不逸，我獨不敢休。天命不徹，我不敢傚我友自逸。**【傳】徹，道也。親屬之臣，心不能已。【疏】《爾雅》：「悠悠，思也。」「思」與「憂」義近。《爾雅》：「悝，憂也。㾖，病也。」郭注引《詩》作「悝」，《玉篇》引《詩》作「㾖」，㾖、悝同。里者，古文假借字。《傳》「病」字，宋本誤作「居」，《釋文》不誤。「痗，病」，《伯兮》同。《小司徒職》：「以其餘爲羨。」鄭司農注云：「羨，餘也。」「羨」與下文「逸」作對文。餘者，有餘於財，即上章《傳》所謂「貪淫多藏」也。「我獨居憂」，言我獨憂也。「居」爲語助。「我獨何害」、「我獨于罹」句法相同。○《箋》云：「逸，逸豫也。」《爾雅·釋訓》：「不遹、不蹟，不徹，不道也。」不遹者，即《日月》篇之「報我不述」也。《毛詩》當作「遹」。遹，古「述」字。不蹟者，即《沔水》篇之「念彼不蹟」也。不徹者，即此篇之「天命不徹」也。不遹、不蹟、不徹竝見於《詩》，故《爾雅》統釋之云「不道」也。《傳》釋「道」爲「徹」，正本《爾雅》。今《爾雅》「不遹不蹟」下衍一「也」字，爲不可通矣。天命不道，言天之令不循道而行，遂有日食震電之變，所謂「旻天疾威，天篤降喪」也。「我不敢傚我友自逸」，我，親屬之臣自我也。親屬之臣，心不能已，故不敢傚友之逸豫，所謂「敬天之怒，無敢戲豫」也。

《雨無正》七章，一章章十句，二章章八句，三章章六句。

《雨無正》，大夫刺幽王也。雨自上下者也，衆多如雨，而非所以爲政也。【疏】此詩爲賢者離居，親屬之臣，義不得去而作。國政多門，用是離居也。古正、政通用。

浩浩昊天，不駿其德。降喪饑饉，斬伐四國。【傳】駿，長也。穀不孰曰饑，蔬不孰曰饉。**旻天疾威，弗慮弗圖。舍彼有罪，既伏其辜。若此無罪，淪胥以鋪。**【傳】舍，除；淪，率也。【疏】昊天，席王也。「駿，長」，《爾雅·釋詁》文，《清廟》同。《方言》亦云：「駿，長也。」「駿」同「峻」，長猶常也。不長其德，猶云「不恒其德」耳。「穀不孰曰饑，蔬不孰曰饉」，《釋天》文。襄二十四年《穀梁傳》：「五穀不升爲大饑：一穀不升謂之嗛，二穀不升謂之饑，三穀不升謂之饉，四穀不升謂之康，五穀不升謂之大侵。」《韓詩外傳》「嗛」作「鎌」，「康」作「荒」。又《墨子·七患》篇：「一穀不收謂之饉，二穀不收謂之旱，三穀不收謂之凶，四穀不收謂之餽，五穀不收謂之饑。」邵晉涵云：「『餽』與『匱』通。」案此皆相承古義，以穀晐蔬也。《魯語》「能殖百穀百蔬」，韋注云：「草實曰蔬。」此穀、蔬別言也。蔬，古作「疏」。○旻天，當依定本作「昊天」，此篇三言皆作「昊天」。作「旻」者，因《小旻》、《召旻》致誤。《逸周書·祭公》篇亦云「昊天疾威」可證。「昊天疾威」，猶云疾威上帝也。《蕩》傳云：「疾病人矣，威罪人矣。」「弗慮弗圖」，弗，《箋》作「不」。顏注《漢書·敘傳》引《詩》作「不」。弗、不同也，《節南山》傳以

「不」字訓「弗」字。「舍」與《羔裘》之「舍命不渝」、《瞻卬》之「舍爾介狄」不同義。舍命、舍爾皆「捨」也。此《傳》讀「舍」爲「除」，謂「舍」即「除」之假借，除猶治也。「淪，率」，《釋言》文，《抑》同。《漢書·敘傳》：「嗚呼，史遷薰胥以刑。」晉灼注云：「齊、韓、魯《詩》作『薰』。薰，帥也。從人得罪相坐之刑也。」《後漢書·蔡邕傳》：「下獲勳胥之辜。」李賢注云：「《詩·小雅》曰：『若此無罪，勳胥以痛。』勳，帥也。胥，相也。痛，病也。言此無罪之人，而使有罪者相帥而病之，是爲大甚。見《韓詩》。」案薰、勳古字通。《韓詩》作「薰」訓「帥」，《毛詩》作「淪」訓「率」；《韓詩》作「痡」，《毛詩》作「鋪」，竝字異而義同。《江漢》傳：「鋪，病也。」《釋文》引王肅訓「鋪」爲「病」，義本《江漢》傳，與《韓詩》合。鋪者，「痡」之假借字。言有罪者既除伏其辜，并此無罪者亦率相以病也。《正月》云「民之無辜，并其臣僕」，文義與此同。

周宗既滅，靡所止戾。【傳】戾，定也。**正大夫離居，莫知我勩。**【傳】勩，勞也。**三事大夫，莫肎夙夜。邦君諸侯，莫肎朝夕。庶曰式臧，覆出爲惡。**【傳】覆，反也。【疏】周宗，當作「宗周」。《正月》傳：「宗周，鎬京也。」此及《黍離》箋皆同，則鄭所據經本作「宗周」矣。昭十六年《左傳》引《詩》作「宗周」，《北堂書鈔·政術部十六》作「宗周」，唐初尚不誤也。《正義》引王肅述毛云：「其道已滅，將無所止定。」案王說是也。既滅者，即承上章「降喪饑饉，斬伐四國」而言。《桑柔》「民之未戾」，《傳》亦訓「戾」爲「定」，義同。○正，長也。《書·般庚下》篇：「今我民用蕩析離居，罔有定極。」文十六年《左傳》：「百濮離居，將各走其邑。」竝與《詩》「離居」同。「勩，勞」，《釋詁》文。「正大夫離居，莫知我勩」，言長官大夫皆已離群索居，而不知我之賢勞也。《廣雅》：「勩，苦也。」「勞」與「苦」義相近。《左傳》引《詩》作「肄」。四章「曾我暬御，憯憯日瘁」，末章「昔爾出居，誰從作爾室」，皆此意也。《十月之交》及《常武》所云「三事」，諸侯三卿也。此云「三事」，天子三公也。《箋》以三事爲三公。《正義》云：「鄭言三公者，以經『三事大夫』爲三公也。王肅以三事爲三公，大夫謂其屬。」案王説非也。三事大夫即上文之正大夫也。「三事大夫」，言内也；「邦君諸侯」，言外也。夙，早也。早夜，夜未盡而早起以從事也。夙夜、朝夕皆二字連文成義。夙夜謂早，朝夕謂晚。「莫肎夙夜」、「莫肎朝夕」，冡上文「離居」而言。臧，善也。「覆，反」，《桑柔》同。「庶曰式臧，覆出爲惡」，蓋以原離居之故，實出於王之不聽正言，而反以善爲惡也。下章「辟言不信」，即承此意而申言之。

如何昊天，辟言不信。【傳】辟，法也。**如彼行邁，則靡所臻。凡百君子，各敬爾身。胡不相畏？不畏于天。**【疏】「辟，法」，《釋詁》文，《版》同。《説文》亦云：「辟，法也。」「彼」與「辟言」對文。邁，亦行也。臻，至也。至，猶善也。「如彼行邁，則靡所臻」，言如彼道聽途説，則無所爲善也。《小旻》云：「如匪行邁謀，是用不得于道。」文義相同。○「凡百君子」，統指三事大夫言。胡，何也。不畏，畏也。「胡不相畏？不畏于天」，言何不各相敬畏，畏于天也。文十五年《左傳》引《詩》釋之云：「君子之不虐幼賤，畏于天也。」左以「不」爲語詞。

戎成不退，飢成不遂。曾我暬御，憯憯日瘁。【傳】戎，兵；遂，安也。暬御，侍御也。瘁，病也。**凡百君子，莫肎用訊。聽言則荅，譖言則退。**【傳】以言進退人也。【疏】《説文·戈部》：「戎，兵也。从戈、甲。」甲，古文「甲」字；今隸變作「戎」。兵不退者，幽王之末，用兵不息也。「遂」有「成就」之義，故訓爲「安」。安，讀「安民」之「安」。飢不安者，天降饑饉，民無所安定也。成，當讀爲誠。《我行其野》「成不以富」，《論語·顔淵》篇作「誠不以富」，此其證。凡全《詩》句例，莫不，詞也，而「民莫不穀」、「民莫不逸」，「莫不」爲句中之詞；維其，詞也，而「曷維其已」、「則維其常」，「維其」爲句中之詞；是用，詞也，而「亂是用長」、「亂是用暴」，「是用」爲句中之詞；于時，詞也，而「肆于時夏」、「陳常于時夏」，「于時」爲句中之詞；猶成不，詞也，而此篇「戎成不退，飢成不遂」，「成不」爲句中之詞，皆其例也。《箋》云：「兵成而不退，飢成而不安。」「成」連上讀，失之。○曾，猶則也。暬，當從唐石經作「暬」，從埶聲。《楚語》「居寢有暬御之箴」，韋注云：「暬，近也。」《後箋》云：「此詩自是暬御之臣所作，而《序》云『大夫刺幽王』，則暬御未必是小臣之稱。《嵩高》『王命傅御』，《傳》云：『御，治事之官也。』然則此暬御當是近臣之治事者。毛以『侍御』訓『暬御』，則當爲左右親近之臣，故末章《傳》云『遭亂世，義不得去』，其非小臣可知。《箋》泥於『暬』字之解，以爲左右小臣，恐非毛旨。」奂案《後漢書・蔡邕傳》：「夫世臣門子暬御之族，天隆其祐，主豐其禄，抱膺從容，爵位自從。」此與《詩》「暬御」同。《箋》意以對大臣言，故爲侍御左右小臣，非謂内豎小臣之屬也。《韓子・解老》篇：「苦痛褋於腸胃之閒，則傷人也。憯憯則退而自咎。」與《詩》「憯憯」同。《瞻卬》「邦國殄瘁」，《傳》：「瘁，病也。」《北山》「或盡瘁事國」，《傳》：「盡力勞病以從國事。」《傳》皆訓「瘁」爲「病」。《爾雅》：「顇，病也。」《釋文》：「或作『悴』。」《説文》：「悴，憂也。」「顇，顦顇也。」《疒部》無「瘁」字。○訊，當作「誶」。《箋》：「誶，告也。」《墓門》「歌以誶止」，《傳》：「誶，告也。」今本作「訊」，誤與此同。《後箋》云：「《傳》以『進』釋『荅』字，『荅』本當作『對』。《大雅・桑柔》『聽言則對』與此正同。《蕩》『流言以對』，《傳》云：『對，遂也。』遂之義爲進。《易・大壯》：『不能退，不能遂。』虞注：『遂，進也。』此詩《傳》意蓋謂『聽言則對，譖言則退』者，有時聽淺近之言則進用其人，有時受讒譖之言則排退其人，季布所謂『以一人譽召臣，以一人毁去臣』，及《王尊傳》云『一尊之身，三期之閒，乍賢乍佞』，皆其類也。此二語所以申上文『凡百君子，莫肎用誶』，言由其輕信好讒，故衆在位者無肎用危亡之事相告語者。下章能言不能言，亦即承此章而反復明之。惟聽言之不善，故拙者病而巧者安也。《漢書・賈山傳》言：『秦退誹謗之人，殺直諫之士，是以道諛媮合苟容，天下已潰，而莫之告也。』其下引《詩》曰：『聽言則對，譖言則退。』《新序・襍事》篇：『齊宣王謂閭邱卬曰：「子有善言，何見寡人之晚也？」卬對曰：「夫雞豚讙嗷則奪鐘鼓之音，雲霞充咽則奪日月之明。讒人在側，是以見晚也。《詩》曰：『聽言則對，譖言則退。』庸得進乎。」』二條皆與《傳》義相近。」

哀哉不能言，匪舌是出，維躬是瘁。【傳】哀賢人不得言，不得出是舌也。**哿矣能言，巧言如流，俾躬處休。**【傳】哿，可也。可矣世所謂能言也，巧言從俗，如水轉流。【疏】經言「不能言」，《傳》云「不得言」，得、能聲轉而義相近。以「不」字代「匪」字，與《邶・柏舟》、《出其東門》、《常武》傳同。「不得出是舌」釋「匪舌是出」句，所謂「不能言」也。「哿，可」，《正月》同。云「可矣世所謂能言也」者，八字作一句讀，以釋「哿矣能言」句。「巧言從俗，如水轉流」釋「巧言如流」句，所謂「能言」也。不能言屬賢人，能言則屬讒巧之人矣。昭八年《左傳》：「叔向曰：『君子之言，信而有徵，故怨遠於其身。小人之言，僭而無徵，故怨咎及之。』」即引此詩，亦以君子之言屬不能言，小人之言屬能言，順經爲說。《潛夫論・本政》篇：「《詩》傷『巧言如流，俾躬處休』，言佞彌巧者，官彌尊也。」亦與毛《傳》合。俾，《左傳》釋文作「卑」。

維曰于仕，孔棘且殆。【傳】于，往也。**云不可使，得罪于天子。亦云可使，怨及朋友。**【疏】「于，往」，《桃夭》同。《何人斯》傳：「云，言也。」使，讀「官盛任使」之「使」。不可使，不肎仕也。可使，肎仕也。「怨及朋友」，謂爲朋友所怨憎也。朋友，指賢者。

謂爾遷于王都，曰予未有室家。【傳】賢者不肎遷于王都也。**鼠思泣血，無言不疾。**【傳】無聲曰泣血。無所言而不見疾也。**昔爾出居，誰從作爾室？**【傳】遭亂世，義不得去，思其友而不肎反者也。【疏】爾，爾賢者也。遷，徙也。處者欲招賢者共居王都，而賢者離居，終不來從。蓋王都爲卿大夫之采邑。「曰予未有室家」者，言不得其禄位，此代賢者自述其不肎遷徙王都之意也。《正月》傳：「鼠，病也。」思，語詞。《説文》：「無聲出涕者曰泣。」是無聲爲泣也。《説苑·權謀》篇：「下蔡威公閉門而哭，三日三夜，泣盡而繼以血。」是涕多則血出爲泣血也。奂妻顧琴芝執親喪，淚下皆成血，此目驗矣。云「無所言而不見疾也」者，釋「無言不疾」句。二句冢上「曰予未有室家」而言。○出居，即離居，言自王都出居也。自昔賢者出居之後，又誰與我共作室家？謂無人相助治理也。《傳》云「不肎反」，即不肎遷之意。《後箋》云：「上篇末章『我不敢傚我友自逸』，《傳》：『親屬之臣，心不能已。』此篇末章《傳》『思其友而不肎反』，可見二篇實一時之事。此不肎遷于王都之賢者，即上篇之我友，亦即此篇之朋友也。幽王之時，亂形孔亟，群臣離散，鄭桓公尚寄孥虢、鄶爲逃死之計，其不去者，必實有義不得去之故。此等《傳》義，毛公當有師承，斷非望文衍説也。」

《小旻》六章，三章章八句，三章章七句。

《小旻》，大夫刺幽王也。【疏】旻天，庳幽王。小旻，猶小明也。《小明》箋云：「言幽王日小其明，損其政事，以至於亂。」

旻天疾威，敷于下土。【傳】敷，布也。**謀猶回遹，何日斯沮？**【傳】回，邪；遹，辟；沮，壞也。**謀臧不從，不臧覆用。我視謀猶，亦孔之邛。**【傳】邛，病也。【疏】「疾」、「威」二字平列，義見上篇。《箋》

云：「旻天之德，疾王者以刑罰威恐萬民。」與《列女》續篇《嶲不疑傳》釋《詩》義合，此三家說也。《說文》：「尃，布也。」「敷，從尃聲。」敷，俗字。猶，亦謀也。《常武》傳云：「猶，謀也。」單言謀，絫言謀猶。下兩言「謀猶」同。三章「不我告猶」，《傳》：「猶，道也。」以別上文之「謀猶」也。四章「匪大猶是經」，《傳》：「猶，道也。」以別上文之「爲猶」也。《傳》意可尋者也。《說文》：「𡨄，衺也。」「衺，𡨄也。」「回，邪」即「𡨄，衺」之假借，《鼓鐘》同。《傳》訓「遹」爲「辟」者，辟，古「僻」字。《抑》、《桑柔》、《召旻》皆云「回遹」。《釋文》引《韓詩》「回歂」，《文選·幽通賦》注作「回穴」，《西征賦》注作「回泬」，竝與「回遹」同。回遹、邪辟，皆合二字成義。《箋》以回爲回辟，而遹用《釋詁》「遹，循」之訓。《西征賦》注引《薛君章句》云：「回，邪僻也。」《章句》但釋「回」爲「邪僻」，或鄭本《韓詩》。「沮」訓「壞」，壞，毁也。「何日斯沮」，言不日天下毁壞也。○《爾雅》：「邛，勞也。」「病」與「勞」義相近。《巧言》「維王之邛」，《箋》亦云：「邛，病也。」

潝潝訿訿，亦孔之哀。【傳】潝潝然患其上，訿訿然不思稱乎上。**謀之其臧，則具是違。謀之不臧，則具是依。我視謀猶，伊于胡底。**【疏】潝潝，《說文》作「翕翕」，《爾雅》「翕翕」，《詩》正義、釋文皆作「潝潝」，《漢書·劉向傳》作「歙歙」。訿訿，《說文》作「呰呰」。《傳》「不思稱乎上」，「不思」各本作「思不」，《正義》不誤。《說文》：「呰呰，不思稱意也。」《爾雅》釋文引《字林》：「訿訿，不思稱乎上之意。」皆用毛《傳》。楊倞注《荀子·脩身篇》引毛《傳》「訿訿然不思稱乎上」，是其證。《爾雅》：「潝潝訿訿，莫供職也。」《雅》、《傳》辭異而義同。「潝潝」有「强禦」之義。潝，讀爲「是謂脅君」之「脅」。《傳》云「患其上」者，言與上爲患也。「訿訿」有「病弱」之義。《史記·貨殖傳》「呰窳偷生」，晉灼注：「呰，病也。」應劭注《漢書·地理志》：「呰，弱也。」「呰」與「訿」同。《傳》云「不思稱乎上」者，言不思報稱乎上意也。皆謂臣下不供職之事。《召旻》傳：「訿訿，窳不供事也。」《釋文》

引《韓詩》云：「滃滃訿訿，不善之皃。」○底，當從唐石經作「厎」。《祈父》篇字不誤。《祈父》傳云：「厎，至也。」至猶善也。言我視謀猶，于何爲善也。伊，維也，發語詞。「伊于胡厎」與「則靡所臻」文義正相同。

我龜既厭，不我告猶。【傳】猶，道也。**謀夫孔多，是用不集。**【傳】集，就也。**發言盈庭，誰敢執其咎？**【傳】謀人之國，國危則死之，古之道也。**如匪行邁謀，是用不得于道。**【疏】「猶」訓「道」，不我告道，言龜瀆既厭，不復告我以吉凶之道也。「集，就」，《大明》同。集，即「就」之假借字。元鈔本《韓詩外傳》作「是用不就」。襄八年《左傳》引《詩》，杜預注亦云：「集，就也。」「集」、「就」竝與「成」同義。《黍苗》箋：「集，猶成也。」《爾雅》：「就，成也。」《左傳》云：「謀之多族，民之多違，事滋無成。」即其義也。《伐木》傳：「咎，過也。」《傳》云「謀人之國，國危則死之」以釋經「咎」字之義。「誰敢執」者，言莫能任是過責也。○匪，毛無《傳》。《左傳》注云：「匪，彼也。行邁謀，謀於路人也。不得于道，衆無適從。」崑山顧炎武《杜解補正》、元和惠棟《毛詩古義》皆以杜解爲長。《玉篇》、《廣雅》竝云：「匪，彼也。」王念孫《廣雅疏證》云：「《小旻》三章曰『如匪行邁謀，是用不得于道』，四章曰『如彼築室于道謀，是用不潰于成』，語意正相同。《雨無正》曰『如彼行邁』，其意略同，則『匪』即『彼』也。」案王說亦從杜解。杜本賈、服舊注。賈景伯治《毛詩》，故杜注《左傳》多同毛《傳》。疑此詩毛《傳》本有「匪彼也」三字，爲全《詩》「匪」字與「彼」字同義者發凡起例。杜預注《左傳》即本之以爲說。匪、彼疊韻。

哀哉爲猶，匪先民是程，匪大猶是經。維邇言是聽，維邇言是爭。【傳】古曰在昔，昔曰先民。程，法；經，常；猶，道；邇，近也。爭爲近言。**如彼築室于道謀，是用不潰于成。**【傳】潰，遂也。【疏】猶，謀也。匪，非也。「非」與「不」同。「古曰在昔，昔曰先民」，《國語·魯語》文，《那》同。「程」訓「法」，連言之曰「法程」。《冀州從事郭君碑》云：「先民有呈。」「呈」即古「程」字。「經」訓「常」，連言之曰「經常」。「猶」訓「道」，大猶，大道也。《巧言》「秩秩大猶」，《箋》亦云：「猶，道也。」《傳》先釋「經」字，後釋「猶」字，逆其辭以爲釋，則「是經」與「是程」同義，而「大猶」與「邇言」作對文也。不以先民是法，不能常守。此大道即上篇所謂「辟言不信」也。《傳》訓「辟」爲「法」，與此訓「程」爲「法」，文義正同。《鹽鐵論・復古》篇引《詩》釋之云：「此詩人刺不通於王道而善爲權利者。」亦與毛《傳》訓「猶」爲「道」合。《傳》訓「邇」爲「近」者，邇言，近言也。《中庸》：「舜好問而好察邇言。」鄭注云：「邇，近也。」邇言難察，「邇言是聽」，則不好察之矣。《傳》云「争爲近言」，以釋「維邇言是争」句，言上之人維近言之是聽，則下之人維相争爲近言，以逢迎王意。此亦逆其辭以釋之也。上文「行邁謀」與下文「道謀」皆所謂「近言」也。○潰者，當是「遺」之假借字。「遺」與「遂」同義。《召旻》「草不潰茂」，《傳》同。

國雖靡止，或聖或否。民雖靡膴，或哲或謀，或肅或艾。【傳】靡止，言小也。人有通聖者，有不能者，亦有明哲者，有聰謀者。艾，治也。有恭肅者，有治理者。**如彼泉流，無淪胥以敗。**【疏】止，至。靡止，細小之至也。《通俗文》云：「不長曰幺，細小曰麼。」靡、麼古今字，古祇作「靡」。《傳》於「靡止」之「靡」訓「小」，以别下「靡膴」之「靡」不同義。「國雖靡止」，猶云國無小耳。《説文》：「聖，通也。」連言曰「通聖」，若《豈風》傳：「聖，叡也。」《楚語》則連言之曰「叡聖」矣。否，古祇作「不」。《傳》以「不能」詁「不」。不能者，言不能通聖也。《緜》傳：「膴膴，美也。」則此詩「膴」字當亦訓爲「美」。靡，無也。民雖無美，猶云「民之無良」耳。《釋文》引《韓詩》作「靡腜」，云：「猶無幾何。」《正義》云：「王肅讀爲幠。幠，大也。無大有人，言少也。」王用韓義，則「靡膴」與「靡止」同也。哲，亦明也，連言曰「明哲」。謀，讀爲敏，如《中庸》：「人道敏政，地道敏樹。」「敏」或爲「謀」，即其證。謀，亦聰也，連言曰「聰謀」。艾，讀爲乂，《爾雅》：「乂，治也。」乂，古文「⿱辟乂」字。恭，亦肅也，連言曰「恭肅」。乂爲治，治爲治理，言民亦有明於治理者也。《洪範五行傳》：「長事一曰貌，貌之不恭，是謂不肅。次二事曰言，言之不從，是謂不乂。次三事曰視，視之不明，是謂不悊。次四事曰聽，聽之不聰，是謂不謀。次五事曰思心，思心之不容，是謂不聖。」案《詩》言聖、哲、謀、肅、艾，即指《洪範》五事。人有五常之性，故皆有此五行之事也。《傳》云「明哲」、「聰謀」、「恭肅」，義即本《洪範》。唯艾言治理，聖言通聖，但解義爲異，古人引書，不必依字解説耳。「有」釋爲「或」，古或、有聲通也。《天保》「無不爾或承」，《箋》：「或之言有也。」東漢人訓詁如此。若西漢之初，則直謂「或」爲「有」矣。或爲有，有亦爲或，或、有同義。此《傳》爲全《詩》「或」字通訓也。〇《雨無正》傳：「淪，率也。」《釋詞》云：「無，發聲。『無淪胥以敗』，淪胥以敗也。言周德日衰，如泉水之流，滔滔不返，無論智愚賢否，將相率而厎於敗亡也。《抑》曰：『如彼泉流，無淪胥以亡。』無，亦發聲。」

不敢暴虎，不敢馮河。人知其一，莫知其他。【傳】馮，陵也。徒涉曰馮河，徒搏曰暴虎。一，非也。他，不敬小人之危殆也。**戰戰兢兢，**【傳】戰戰，恐也。兢兢，戒也。**如臨深淵，**【傳】恐墜也。**如履薄冰。**【傳】恐陷也。【疏】馮、陵疊韻。《説文》：「淜，無舟渡河也。」《繫傳》引《詩》作「淜」。《毛詩》作「馮」訓「陵」。《説文》：「夌，越也。」「陵」與「夌」通。《傳》既詁「馮」爲「陵」，又依經句作訓，則今本「徒搏曰暴虎」句，舊當在「徒涉曰馮河」之上，後人誤倒耳。《爾雅·釋訓》：「暴虎，徒搏也。馮河，徒涉也。」此《傳》所本也。《大叔于田》傳：「暴虎，空手以搏之。」空搏即徒搏。李巡注云：「無舟而渡水曰徒涉。」《論語·述而》篇：「子曰：『暴虎馮河，死而無悔者，吾不與也。』」是暴虎馮河，當時有此形容危殆之語。《傳》釋「一」爲「非」，釋「他」爲「不敬小人之危殆」，言人知暴虎馮河爲害之非，而無知其不敬小人之危殆，亦如暴虎馮河，有立至之害也。《荀子·臣道篇》：

「仁者必敬人。凡人非賢，則案不肖也。人賢而不敬，則是禽獸也。人不肖而不敬，則是狎虎也。禽獸則亂，狎虎則危，災及其身矣。」引「《詩》曰：『不敢暴虎，不敢馮河。人知其一，莫知其它。』故仁者必敬人。敬人有道，賢者則貴而敬之，不肖者則畏而敬之；賢者則親而敬之，不肖者則疏而敬之。其敬一也，其情二也」。毛《傳》正本《荀子》。又昭元年《左傳》：「晉樂王鮒曰：『《小旻》之卒章善矣，吾從之。』子羽曰：『樂王鮒字而敬。』」尤可證《傳》義之用古訓，非憑臆説也。高注《淮南子・本經》篇云：「言小人而爲政，不可不敬。不敬則危，猶暴虎馮河之必死。人皆知暴虎馮河立至害也，故曰知一。而不知當畏慎小人危亡也，故曰莫知其它。」是漢人説《詩》與《傳》義皆合。又《呂覽・安死》篇注：「喻小人而爲政，不可以不敬。不敬之則危，猶暴虎馮河之必死也。『人知其一，莫知其他』，一，非也。人皆知小人之爲非，不知不敬小人之危殆。」此解「人知其一」句，與《傳》義略異。○《雲漢》傳：「兢兢，恐也。」此以戰戰爲恐，則兢兢爲戒，戒慎與恐懼無二義也。《雲漢》「兢兢」亦作「矜矜」。宣十六年《左傳》引《詩》「戰戰兢兢」，本亦作「矜矜」。《説文・兄部》云：「兢，讀若矜。」墜，俗「隊」字。陷，從高下也。此《傳》云「如臨深淵，恐隊也。如履薄冰，恐陷也」，《小宛》傳云「如集于木，恐隊也。如臨于谷，恐隕也」，二《傳》訓同。案此詩本刺幽王用小人而作，故章末三句自言王者在上，進賢退不肖，當有戒慎恐懼之意。《左傳》晉羊舌職引此詩而釋之云：「善人在上。」《小宛》末章《韓詩》亦謂「大王居人上」，毛意或然也。《呂覽・慎大》篇云：「賢主愈大愈懼，愈彊愈恐。」其下即引：「《周書》曰：『若臨深淵，若履薄冰。』以言慎事也。」文義亦同。

《小宛》六章，章六句。

《小宛》，大夫刺幽王也。

宛彼鳴鳩，翰飛戾天。【傳】興也。宛，小貌。鳴鳩，鶻鵰。翰，高；戾，至也。行小人之道，責高明之功，終不可得。**我心憂傷，念昔先人。**【傳】先人，文、武也。**明發不寐，有懷二人。**【傳】明發，發夕至明。【疏】《傳》釋「宛」爲「小皃」，《大玄・沈》：「次四，宛雛沈視。」宛雛即尐雛，正與《詩》訓同。《考工記・函人》：「眡其鑽空，欲其惌也。」鄭司農注：「惌，小孔貌。惌，讀爲『菀彼北林』之『菀』。」《詩考》作「宛」。「宛彼北林」必是「宛彼鳴鳩」之誤。《晨風》作「鬱彼」，不作「宛彼」也。毛《傳》訓「宛」爲「小」，故仲師本之以證惌爲小孔。《説文》宛、惌一字也。「鳴鳩，鶻鵰」者，昭十七年《左傳》「鶻鳩氏」，杜注云：「鶻鳩，鶻鵰也。」《爾雅》：「鶌鳩，鶻鵃。」案鶻鶌、鵰鵃，字異義同。《傳》於《氓》之鳩爲鶻鳩，而此以鳴鳩爲鶻鵰，則亦謂一物矣。《夏小正》：「三月，鳴鳩。」《月令》：「鳴鳩拂其羽。」《御覽》引蔡邕《章句》：「鳴鳩，鶻鳩也。」《釋文》及《氓》正義引陸機《義疏》及高誘《吕覽注》竝以鳴鳩爲班鳩。《廣雅》：「鶻鵃，鴔鳩也。」《方言》作「鳻」，與「班」同。郭璞注《爾雅》云：「今江東亦呼爲鶻鵃，似山鵲而小，短尾，青黑色，多聲。舊説及《廣雅》云斑鳩，非也。」斑鳩，鳩之大者，故郭景純不從舊説。《釋文》引《字林》云：「鶻鵃，小種鳥也。」義與郭同。戾天，《文選・西都賦》注引《韓詩》作「厲天」，《薛君章句》：「厲，附也。」韓與毛字異而義同。毛《傳》訓「翰」爲「高」、「戾」爲「至」，又以申明興義：鳴鳩之小，不能高飛至天，以喻幽王所行皆小人之道，而欲責以高明之功，終不可得也。高注《淮南子・時則》篇云：「鳴鳩奮迅其羽，直刺上飛入雲中。」又注《吕覽・季春紀》云：「是月拂擊其羽，直刺上飛數十丈乃復。」此與《詩》義合。〇「念昔先人」，此猶是思古明王之意也。《傳》釋「先人」爲「文、武」，與《雲漢》傳先祖爲文、武同。《禮記・祭義》篇言文王之祭，即引《詩》云：「明發不寐，有懷二人。」是古説此詩者指文王。言文、武者，文、武道同也。明發即發明，發明猶發夕。此云「明發，發夕至明」，《載驅》傳：「發夕，自夕發至旦。」《載驅》正義：「發夕，謂夕時發行。明發，謂此至明之開發。文義相同也。」懷，思也。二人，謂父母也。案此首章與四章合。《潛夫論・讚學》篇：「《詩》云：『題彼鶺鴒，載飛載鳴。我日斯邁，而月斯征。夙興夜寐，無忝爾所生。』是以君子終日乾乾進德脩業者，非直爲博己而已也。蓋乃思述祖考之令問，而以顯父母也。」觀此，可以知兩章之詩恉矣。

人之齊聖，飲酒温克。【傳】齊，正；克，勝也。**彼昏不知，壹醉日富。**【傳】醉日而富矣。**各敬爾儀，天命不又。**【傳】又，復也。【疏】《爾雅》：「齊，中也。」「正」與「中」義相近。《猗嗟》之「選」、《車攻》之「同」、《桑柔》之「黎」、《閟宮》之「翦」，《傳》皆詁爲「齊」，齊皆正也。齊爲正，則聖爲通，《小旻》傳「人有通聖者」是也。文二年《左傳》「子雖齊聖」，又十八年《傳》「齊聖廣淵」，與《詩》「齊聖」同。温，猶温温也。《爾雅》：「勝，克也。」克、勝互訓。勝讀《論語》「不使勝食氣」之「勝」。《玄鳥》傳：「勝，任也。」○壹，專壹也。「壹醉日」三字連讀。《傳》云「醉日而富」者，醉日，日醉也。而富，自富也。此猶「而角自用」之意。《瞻卬》傳：「富，福也。」此「富」字亦當作「福」字解，言自以日醉爲福也。經文「壹醉日」三字冢上文「飲酒温克」而言，「富」字即生下文「天命不又」也。儀，威儀也。《傳》訓「又」爲「復」。《執競》傳：「反，復也。」反從又，反謂之復，又謂之復，其理一也。不又，猶不再也。《左傳》云：「天禄不再。」

中原有菽，庶民采之。【傳】中原，原中也。菽，藿也。力采者則得之。**螟蛉有子，蜾蠃負之。**【傳】螟蛉，桑蟲也。蜾蠃，蒲盧也。負，持也。**教誨爾子，式穀似之。**【疏】「中原，原中」，謂原田之中，《爾雅》「可食者曰原」是也。菽，豆之大名。《傳》以「藿」詁「菽」者，菽亦得稱藿也。《七月》「亨菽」，《釋文》：「菽，藿也。」《采叔》箋：「菽，大豆也。采之者，采其葉以爲藿。」《易林·漸》云：「旦種菽豆，暮成藿羹。」皆是菽、藿通稱之證。《説文》：「尗，豆也。」「藿，尗之少也。」尗菽、藿藿爲古今字。《白駒》傳：「藿，猶苗也。」是藿爲菽之嫩苗者耳。《箋》云：「藿生原中，非有主也，以喻王位無常家也，勤於德者則得之。」此《箋》申《傳》「力采者則得之」之義。○「螟蛉，桑蟲」，《爾雅·釋蟲》文。郭注云：「俗謂之桑蟃，亦曰戎女。」❶《玉篇》：「蟃，螟蛉蟲也。」《正義》引《義疏》云：「螟蛉，桑上小青蟲也。似步屈，其色青而細小，或在草萊上。」又《釋蟲》：「蝎，桑蠹。蝎，蛣𧊤。蝤蠐，蝎。」案桑蠹即桑蟲，一名蝎，一名蛣𧊤，一名蝤蠐。蛣𧊤即步屈。蝤蠐與螟蛉一語之轉，自是一物也。《東山》傳：「蜀，桑中蟲。」《釋蟲》謂之烏蜀。郭注云：「大蟲如指，似蠶。」蓋蜀之爲獨也。「獨」有「大」義，故桑蟲之大者曰蜀，亦螟蛉之類也。蛉，《説文》作「蠕」。「蜾蠃，蒲盧」，亦《釋蟲》文。郭注云：「即細腰蠭也。俗呼爲蠮螉。」《説文》：「蠇蠃，蒲盧，細要土蠭也。天地之性，細要，純雄無子。」引《詩》：『螟蠕有子，蠇蠃負之。』蠇，或作『蜾』」。純雄無子，此即《莊子》「細要者化」之説也。《大玄·親》：「次三，螟蛉不屬，蜾蠃取之。」《法言·學行》篇：「螟蠕之子殪，而逢蜾蠃，祝之曰：『類我！類我！』久則肖之矣。」《淮南子·説山》篇：「貞蟲之動以毒螫。」高注云：「貞蟲，細要蜂，蜾蠃之屬。無牝牡之合曰貞。」《箋》：「蒲盧取桑蟲之子負持而去，煦嫗養之，以成其子。」《中庸》注：「蒲盧，蜾蠃，謂土蜂也。蒲盧取桑蟲之子去而變化之，以成爲己子也。」《義疏》云：「蜾蠃，土蜂也。似蜂而小腰，取桑蟲負之於木空中，七日而化爲其子。」司馬彪注《莊子》亦云：「取青蟲子，祝使似之也。」説竝同。然則螟蛉爲桑蟲，蜾蠃爲蒲盧，蒲盧即土蜂。土蜂取桑蟲子變成己子，故以蜾蠃爲純雄無雌。解《詩》者

❶「戎」，原作「戒」，據徐子靜本、宋監本《爾雅》及阮刻《爾雅注疏》改。

從古無異說。唯梁陶弘景《本草注》謂「細腰土蜂作房自生子，捕草上青蜘蛛爲子糧。又有入蘆竹管中，亦取草上青蟲」，因以前人說《詩》言「細腰無雌，教祝青蟲變成己子」爲謬，於是唐宋以降都從陶，而與舊說不同矣。《傳》訓「負」爲「持」。襁負、負戴皆持也。持猶攜持也。《箋》云：「喻有萬民不能治，則能治者將得之。」○《箋》讀「似」如字。《詩異義》云：「《傳》於『似』字皆訓爲『嗣』。」則此或不得同之於鄭。《稽古編》引「《詩詁》以『似』爲『似續』之『似』」，言王不能治民，則將爲能治者繼而有之」。陳氏又謂：「此章以上四句興此二句，文義各相承。采爲采菽，負爲負螟蛉，則似之亦當爲似爾子，謂嗣有女之萬民。」其言良是。

題彼脊令，載飛載鳴。【傳】題，視也。脊令不能自舍，君子有取節爾。**我日斯邁，而月斯征。夙興夜寐，毋忝爾所生。**【傳】忝，辱也。【疏】《六書故》十「題」下引《傳》：「題，眡也。」眡，古「視」字。《玉篇》：「䚋，視也。」《大學》「顧諟天之明命」，「諟」或爲「題」。顧題即顧視也。題、䚋、諟竝從是聲，義同。《常棣》傳：「脊令，雝渠也。飛則鳴，行則搖，不能自舍爾。」《箋》云：「則飛則鳴，求其類，天性也。」案「則飛則鳴」即此詩之「載飛載鳴」。詩言飛鳴，而彼《傳》更言行搖，以補經義之未備，皆其不能自舍之意。君子視脊令以動其勤脩之念，故云「君子有取節爾」。《漢書・東方朔傳》：「此士所以日夜孳孳敏行而不敢怠也，辟若鶺鴒飛且鳴矣。」顏注云：「小青雀也，飛則鳴，行則搖，言其勤苦也。」義與《傳》同。○我，君子自我也。邁、征，皆行也。日邁、月征，猶云「日就月將」耳。毋，唐石經作「無」。「忝，辱」，《釋言》文。《大戴禮・曾子立孝》篇引：「《詩》云：『夙興夜寐，無忝爾所生。』言不自舍也。不恥其親，君子之孝也。」《傳》以脊令之不自舍，以興君子之不自舍，正本《大戴禮》爲說。

交交桑扈，率場啄粟。【傳】交交，小貌。桑扈，竊脂也。言上爲亂政，而求下之治，終不可得也。**哀我填寡，宜岸宜獄。**【傳】填，盡；岸，訟也。**握粟出卜，自何能穀。**【疏】「交交，小皃」，《秦・黄鳥》同。《傳》訓「交交」爲「小」，即首章訓「宛」爲「小」之義，皆以喻行小人之道也。「桑扈，竊脂」，《釋鳥》文。《爾雅》作「鳸」。《説文》：「雇，籀文作『鳸』。」今字通俗作「扈」。《正義》引《義疏》云：「桑扈，青雀也。好竊人脯肉脂及筩中膏，故曰竊脂。」賈逵注《左傳》：「桑扈，竊脂，爲蠶驅雀者也。」蔡邕《獨斷》：「桑扈氏，農正，趣民養蠶。」《説文》亦云：「九雇，農桑候鳥。」以趣急蠶事，謂之桑扈。以竊取肉食，謂之竊脂。以其色青，又謂之青雀。則桑扈與秋鳸竊藍，其色相似，而獨司蠶桑之候，亦與春鳸同時。《桑扈》篇「交交桑扈，有鶯其領」。《傳》：「鶯然有文章。」以其色言之也。此《傳》用《爾雅》「桑扈，竊脂」之文者，以其性言之也。《淮南子・説林》篇：「鳥不食脂，桑扈不啄粟，非云廉也。」案桑扈食肉，不啄粟，是其天性。今循場啄粟，顛倒其性，以喻上之人爲政而亂也。《傳》云「上爲亂政」以釋經「桑扈啄粟」，云「求下之治，終不可得」，兼探下文「填寡」、「岸獄」而言。《易林・同人》云：「桑扈竊脂，啄粟不宜。亂政無常，使心孔明。」焦説正與《傳》義合也。《箋》謂「竊脂無肉而啄粟，不能自活」，尚不足以申成《傳》意。○填，讀爲殄。《瞻卬》傳：「殄，盡也。」古填、殄聲通。《釋文》引《韓詩》作「疹」，云：「疹，苦也。」「疹」即「殄」字。盡寡者，盡謂窮盡，寡謂寡特也。「岸」爲「犴」之假借，《釋文》引《韓詩》作「宜犴宜獄」，云：「鄉亭之繫曰犴，朝廷曰獄。」毛、韓字異義同。《荀子・宥坐篇》注、《漢書・刑法志》注、《後漢書・皇后紀》注、《鹽鐵論・刑德》篇、《初學記・政理部》及《説文》，引《詩》皆作「犴」。《周禮・射人》注作「豻」。「豻」與「犴」同字。悉本於《韓詩》也。○握粟，無《傳》。惠棟《詩古義》云：「古者卜筮，先用精鑿之米以享神，謂之糈。《東山經》曰：『糈用稌米。』《淮南・説山》曰：『巫用糈藉。』郭璞、高誘皆云：『糈，祀神之米。』《楚辭》曰：『巫咸將夕降兮，懷椒糈而要之。』王逸云：『言巫咸將下，願懷椒糈要之，使筮者占兹吉凶之事。』是也。故《日者列傳》云：『卜而有不審，不見奪糈。』《詩》言貧者不得精鑿之米貞于陽卜，而但持卷握之粟，求兆于豬肩羊髆，雖得吉卜，安能爲善乎？《管子》云：『守龜不兆，握粟而筮者屢中。』言無與於吉凶也。」

温温恭人，【傳】温温，和柔貌。**如集于木。**【傳】恐墜也。**惴惴小心，如臨于谷。**【傳】恐隕也。**戰戰兢兢，如履薄冰。**【疏】《爾雅》：「温温，柔也。」郭注云：「和柔。」《抑》「温温恭人」，《傳》：「温温，寬柔也。」各隨文立訓。墜，當作「隊」，隊，落也。《秦·黄鳥》傳云：「惴惴，懼也。」隕，亦隊也。案此詩刺幽王以小智而登高位，故末章陳古明王居上位，而不敢怠忽於政事者，恭人以言明王也。《韓詩外傳》：「孔子曰：『明王有三懼：一曰處尊位而恐不聞其過，二曰得志而恐驕，三曰聞天下之至道而恐不能行。三懼者，明君之務也。《詩》曰：「温温恭人，如集于木。惴惴小心，如臨于谷。戰戰兢兢，如履薄冰。」』此言大王居人上也。」《韓詩》説與《毛詩》首章興義首尾相應，與《小旻》章末文義亦同。

《小弁》八章，章八句。

《小弁》，刺幽王也。大子之傅作焉。【疏】大子，大子宜咎也。宜咎被幽王之放，其傅乃述其念父而作詩。此《毛詩》説也。趙岐《孟子注》以《小弁》爲伯奇之詩，或本三家義，與《毛詩》説異，與《孟子》「親之過大而怨」之説亦異。事繫天下之存亡，故曰大也。

弁彼鸒斯，歸飛提提。【傳】興也。弁，樂也。鸒，卑居。卑居，雅烏也。提提，群飛貌。**民莫不穀，我獨于罹。**【傳】幽王取申女，生大子宜咎。又説褒姒，生子伯服，立以爲后，而放宜咎，將殺之。

何辜于天？我罪伊何？【傳】舜之怨慕，日號泣于旻天，于父母。**心之憂矣，云如之何？**【疏】《説文》：「昪，喜樂也。」段注云：「弁者，『昪』之假借。」「鸒，卑居」，《爾雅·釋鳥》文。《正義》、《釋文》「鸒」下有「斯」，而以「斯」爲語詞。定本無「斯」。今俗本《爾雅》作「鵯鶋」，「鸒」下亦有「斯」。案無「斯」字是也。《詩正義》所引《爾雅》無「斯」。《爾雅》釋文及《周禮》羅氏疏、《御覽·皇親部十二》引《毛詩傳》皆無「斯」可證。《法言·學行》篇：「頻頻之黨，甚於鸒斯。」此用《詩》辭以足句耳。《傳》既用《爾雅》「鸒，一名卑居」，而又云「卑居，雅烏也」者，此以今名通古名之例。《説文》：「鷽，卑居也。」「鷽」與「鸒」同。又云：「雅，楚烏也。一名鸒，一名卑居。秦謂之雅。」郭璞注云：「雅烏小而多群，腹下白。江東亦呼爲卑烏。」酈注《水經·㶟水》引犍爲舍人以爲壁居，馬融説又以爲賈烏。《小爾雅》云：「小而腹下白，不反哺者，謂之雅烏。」提者，「翍」之假借。鄭司農注《翨氏》：「翨，讀爲『翅翼』之『翅』。」翅即翍也。「翨」讀爲「翅」，與「提」讀爲「翍」同。《廣韻·五支》：「翍翍，飛皃。」又「提」下云：「群飛皃。」《正義》據定本、《集注》，《傳》文「群」下無「飛」字，《釋文》本有「飛」字。案有「飛」字是也。《御覽》引《傳》有「飛」字可證。《箋》云：「群飛而歸提提然。」經言「歸飛」，故「提提」爲「群飛皃」，與《振鷺》、《有駜》傳「振振，群飛皃」句正同。雅烏群集而飛歸，則提提然而樂，以興大子既被放逐，失父子之親，是雅烏之不如也。

○《大車》傳：「穀，生也。」此「穀」字亦當作「生」義解。我，我大子也。罹，憂也。言人莫不有生聚相樂，我大子獨處於憂，謂將有放殺之事。《鄭語》：「史伯告桓公曰：『王欲殺大子以成伯服，必求之申。申人弗畀，必伐之。若伐申，而繒與西戎會以伐周，周不守矣。』幽王八年而桓公爲司徒，九年而王室始騷，十一年而斃。」然則大子宜咎奔放在申，幽王將有放殺，其事在九年之中，而去西周之亡甚急促也。此《傳》據以釋經「罹」字之義，亦總釋全章之指，以明《小弁》之詩乃宜咎被放而作。《管子·君臣上》篇云：「婦人嬖寵，假於男之知，以援外權，於是乎外夫人而危大子，兵亂内作，以召外寇。此危君之徵也。」〇《孟子·萬章》篇：「萬章問曰：『舜往于田，號泣于旻天。何爲其號泣也？』孟子曰：『怨慕也。長息問于公明高曰：「舜往于田，則吾既得聞命矣。號泣于旻天，于父母，則吾不知也。」公明高曰：「是非爾所知也。」夫公明高以孝子之心爲不若是恝，我竭力耕田，共爲子職而已矣。父母之不我愛，於我何哉？』」趙注云：「言舜自怨遭父母見惡之戹，而思慕也。」案「號泣于旻天，于父母」，《列女傳·母儀》篇作「號泣日呼閔天，呼父母」，則兩「于」字當作「呼」字解。「於我何哉」者，猶《詩》云「我罪伊何」也。毛《傳》援引《孟子》爲訓。《正義》云：「引此者，言大舜尚怨，故大子亦可然也。」「心之憂矣，云如之何」，言如之何順於父母，可以解憂也。此亦大子之傳述大子怨慕之詞。《正義》謂「其傳言我心爲之憂」，則誤矣。

踧踧周道，鞫爲茂草。【傳】踧踧，平易也。周道，周室之通道。鞫，窮也。**我心憂傷，惄焉如擣。**【傳】惄，思也。擣，心疾也。**假寐永歎，維憂用老。心之憂矣，疢如疾首。**【疏】《爾雅》：「儵儵、嘒嘒，罹禍毒也。」郭注云：「悼王道穢塞。」嘒嘒，即「鳴蜩嘒嘒」。儵儵，即「踧踧周道」之異文。《釋文》引樊光本《爾雅》作「攸攸」。攸，音條，竝與「踧踧」古聲同。《爾雅》總括經義，《傳》乃兼通古訓，釋「踧踧」爲「平易」。《説文》：「踧，行平易也。」引《詩》本《傳》訓。《傳》云「周道，周室之通道」者，周室，謂鎬京也。「鞫，窮」，《邶·谷風》、《齊·南山》同。窮，猶塞也。周室通達之大道，其平易踧踧然，今爲茂草所塞，《墓門》傳所謂「幽閒希行，用生此棘薪」也。《楚辭》東方朔《七諫》：「何周道之平易兮，然蕪穢而險戲。」亦此意也。茂草生，行道窮也；讒人進，家道窮也，故見者爲之憂傷。〇「惄，思」，《釋詁》文。《汝墳》箋：「惄，思也。」焉，猶然也。「如」與「而」通。擣者，「疛」之假借字，《釋文》引《韓詩》作「疛」，云：「義同。」是韓訓「心疾」，與毛同也。高注《呂覽·盡數》篇云：「疛，跳動。」又注《審時》篇云：「胕，動病心。胕，讀如『疛』。」案「疛」訓「心疾」，乃跳動病心之疾。襄三年《左傳》：「楚子重遇心疾而卒。」又昭元年《傳》：「六疾：明淫心疾。」竝與《傳》訓同。《箋》云：「不脱冠衣而寐曰假寐。」《説文》云：「疢，熱病也。」《吕覽》注云：「疾首，頭痛疾也。」《漢書・中山靖王傳》：「宗室擯卻，骨肉冰釋。斯伯奇所以流離，比干所以横分也。」其下即引此詩，以言子臣不得於其君父者，非謂此詩爲伯奇而作。

維桑與梓，必恭敬止。【傳】父之所樹，己尚不敢不恭敬。**靡瞻匪父，靡依匪母。不屬于毛，不罹于裏。**【傳】毛在外，陽，以言父。裏在内，陰，以言母。**天之生我，我辰安在？**【傳】辰，時也。【疏】桑梓以喻國家。《傳》意以桑梓爲父之所樹，己尚恭敬，以明幽王之周室爲文、武之周室，大子尤必愛護之。今遭放去，不能安其宗，是謂蹷其本，所以怨也。○屬，猶附也。罹，當依唐石經作「離」。凡「别離」與「附離」，字皆作「離」不作「罹」。「不屬于毛」承「靡瞻匪父」句，「不離于裏」承「靡依匪母」句。靡，無也。匪，非也。非父則無所瞻視，非母則無所依據。父者屬于毛，非父則不得附屬矣。母者離于裏，非母則不能附離矣。言不得愛於其父母也。父、母以言毛、裏，《傳》必云毛在外爲陽、裏在内爲陰者，亦以明男正位外、女正位内之義，而念今之不然也。「辰」訓「時」，「我辰安在」，言我何適在今時也。《葛覃》傳：「寧，安也。」寧、安同義，故二字竝與「何」同義。

菀彼柳斯，鳴蜩嘒嘒。有漼者淵，萑葦淠淠。【傳】蜩，蟬也。嘒嘒，聲也。漼，深貌。淠淠，衆也。**譬彼舟流，不知所届。心之憂矣，不遑假寐。**【疏】《菀柳》傳：「菀，茂木皃。」「蜩，蟬」，《蕩》同。《方言》「蟬，楚謂之蜩」是也。其大者曰唐蜩；蟬，其小者也。《傳》云「嘒嘒，聲也」，疑「聲」上奪「小」字。《文選・秋興賦》注引《詩傳》：「嘒嘒，小聲也。」《説文》：「嘒，小聲。或作『⿰口慧』。」《廣雅》：「嚖嚖，鳴也。」疑「嚖」即「⿰口慧」字。

《傳》云「漼，深皃」，「皃」當作「也」。《説文》：「漼，深也。」萑，當作「萑」。淠，讀爲宂。《説文》：「宂，艸木盛宂宂然也。」「淠淠」即「宂宂」之假借。《箋》云：「柳木茂盛則多蟬，淵深而旁生萑葦，言大者之無不容。」《説苑·雜言》篇引此詩而釋之云：「言大者之旁無所不容。」又《韓詩外傳》云：「言大者無不容也。」此鄭所本三家，毛意或然也。《楚辭》王襃《九懷》「林不容兮鳴蜩」，王注云：「國不養民，賢宜退也。」《爾雅》：「嘒嘒，罹禍毒也。」郭注云：「羨蟬鳴自得，傷己失所遭讒賊。」訓雖異，而意義實通。○《節南山》傳：「屆，極也。」舟流喻大子放逐。《二子乘舟》傳云：「國人傷其涉危遂往，如乘舟而無所薄，汎汎然迅疾而不礙也。」礙，猶止也。文義與此同。

鹿斯之奔，維足伎伎。雉之朝雊，尚求其雌。【傳】伎伎，舒貌。謂鹿之奔走，其足伎伎然舒也。**譬彼壞木，疾用無枝。**【傳】壞，瘣也。謂傷病也。**心之憂矣，寧莫之知。**【疏】《傳》釋「伎伎，舒皃」，又云「鹿之奔走，其足伎伎然舒也」者，舒，舒遲也。《箋》云：「鹿之奔走，其勢宜疾，而足伎伎然舒，留其群也。」此《箋》申《傳》也。《説文》：「伎，與也。」《廣韻》：「伎，侶也。」與、侶即留群之義。「鹿足伎伎」，此即《鹿鳴》傳「鹿得荓，呦呦然鳴而相呼」之意也。《説文》：「雊，雄雉鳴也。」雉雊求雌，此即《伐木》篇「嚶其鳴矣，求其友聲」之意也。以念今大子鹿雉之不如。○「壞瘣」二字疑經、《傳》互譌。經當作「瘣」，《傳》以「壞」詁「瘣」。《爾雅》樊本及《説文》、《玉篇》疒部引《詩》皆作「瘣」。《爾雅》：「瘣木，苻婁。」郭注云：「謂木病尩傴癭腫，無枝條。」苻婁，《説文》作「㾈瘻」。《傳》云「謂傷病也」者，釋經「疾用無枝」句。傷病即㾈瘻之意。《中論·藝紀》篇：「木無枝葉，則不能豐其根幹，故謂之瘣。」案此正與《詩》義合，以喻大子放逐無輔翼，如木之傷病無枝葉也。僖九年《左傳》：「秦伯謂郤芮曰：『公子誰恃？』對曰：『臣聞亡人無黨。』」即此義也。故下文云：「心之憂矣，寧莫之知。」

相彼投兔，尚或先之。行有死人，尚或墐之。【傳】墐，路冢也。**君子秉心，維其忍之。心之憂矣，涕既隕之。**【傳】隕，隊也。【疏】墐，當爲「殣」，形之誤也。《説文》：「殣，道中死人，人所覆也。」引《詩》作「殣」。《楚語》：「道殣相望。」韋注云：「道冢曰殣。」引《詩》亦作「殣」。案道冢即路冢，古人族葬，路冢則不入塋域者也。《周禮·蜡氏》：「若有死於道路者，則令埋而置楬焉。」此周制也。《列女傳·節義》篇：「夫慈故能愛，乳狗搏虎，伏雞搏狸，恩出於中心也。」即引此詩。○君子，庳幽王也。「隕，隊」，《七月》、《緜》同。隊，猶垂也。《禮記》云：「垂涕洟。」

君子信讒，如或醻之。君子不惠，不舒究之。伐木掎矣，析薪扡矣。【傳】伐木者掎其巔，析薪者隨其理。**舍彼有罪，予之佗矣。**【傳】佗，加也。【疏】醻，猶荅也。惠，順也。舒，緩也。究，窮也。不舒究之，言不寬緩而窮治之也。○《七月》傳：「角而束之曰掎。」賈逵《國語注》：「從後牽曰掎。」《説文》：「掎，偏引也。」掎有三訓，而義實相通。此《傳》以掎木之顛釋經「掎」字，蓋凡伐木者，必先以繩索繫其顛木，而角束之，而偏引之，而從後牽之。今人斬伐大木者猶如是也。顛，俗作「巔」。扡，唐石經作「杝」，《玉篇》引《詩》作「杝」。《五經文字·木部》：「杝，又音槭。見《詩·小雅》。」則張參所據本亦作「杝」也。「杝，音槭」，則與「斯」字同義。《墓門》傳：「斯，析也。」《説文》：「杝，落也。」此《傳》以隨薪木之理釋經「杝」字，與析、落兩訓其義實相因也。《箋》云：「掎其顛者，不欲妄踣之。杝，謂觀其理也。必隨其理者，不欲妄挫析之。以言今王之遇大子，不如伐木析薪也。」依《正義》，「挫」字衍。○佗、加疊韻，俗字作「駝」。《説文》：「佗，負何也。」「負何」與「加」義相近。予，我也。言今君子舍彼有罪之人，而惟加其罪於我也。佗罪猶負罪。《書》曰：「負罪引慝。」《箋》云：「舍褒姒讒言之罪，而妄加我大子。」

莫高匪山，莫浚匪泉。【傳】浚，深也。**君子無易由言，耳屬于垣。無逝我梁，無發我笱。我躬不閱，遑恤我後？**【傳】念父孝也。高子曰：「《小弁》，小人之詩也。」孟子曰：「何以言之？」曰：「怨乎。」孟子曰：「固哉！夫高叟之爲詩也。有越人於此，關弓而射我，我則談笑而道之，無他，疏之也。兄弟關弓而射我，我則垂涕泣而道之，無他，戚之也。然則《小弁》之怨，親親也。親親，仁也。固矣！夫高叟之爲詩。」曰：「《凱風》何以不怨？」曰：「《凱風》，親之過小者也。《小弁》，親之過大者也。親之過大而不怨，是愈疏也。親之過小而怨，是不可磯也。愈疏，不孝也。不可磯，亦不孝也。孔子曰：『舜其至孝矣，五十而慕。』」【疏】浚，讀與「濬」同。《長發》傳：「濬，深也。」《書·皋陶謨》：「濬畎澮距川。」《史記》作「浚」。《易·恒》：「初六，浚恒。」鄭本作「濬」。此浚、濬聲通之證。「莫高匪山，莫浚匪泉」與「莫赤匪狐，莫黑匪烏」句法相同，而興義未聞。《後漢書·黄瓊傳》：「昔曾子大孝，慈母投杼。伯奇至賢，終於流放。夫讒諛所舉，無高而不可升；相抑，無深而不可淪，可不察與？」此必本三家《詩》義。○《箋》：「由，用也。」《抑》「無易由言，無曰苟矣」，《箋》：「由，於也。」《爾雅》：「繇，於也。」「繇」與「由」通，「用」、「於」義同。《韓詩外傳》：「孔子正假馬之言，而君臣之義定矣。《詩》曰：『君子無易由言。』名正也。」此詩乃深戒幽王當慎用其言，不得易出諸口，將有讒人屬耳於垣壁以窺伺之也。言，謂即廢適立庶之言。《箋》以爲用讒言，恐非《傳》義。無，勿也。逝，之也。之我梁，發我笱，以喻褒姒讒佞，將顛覆周室，大子代父爲憂，猶冀其或改也，故云：「無逝我梁，無發我笱。」《邶·谷風》傳：「閱，容也。」遑，當作「皇」，暇也，以言不暇也。恤，憂也。後，後日也。「我躬不閲，皇恤我後」，言我身不能容説於父，何暇憂我之後日乎？ 案此皆念父之詞，故《傳》云：「念父孝也。」念即慕也。《傳》又引孟子爲高子論《小弁》之詩，親之過大而怨，是以爲孝，直擬諸大舜怨慕，當是積古解《詩》之義如此，以總釋全章也。

《巧言》六章，章八句。

《巧言》，刺幽王也。大夫傷於讒，故作是詩也。【疏】五章有「巧言」二字，因以名篇。

悠悠昊天，曰父母且。無罪無辜，亂如此幠。【傳】幠，大也。**昊天已威，予慎無罪。昊天泰幠，予慎無辜。**【傳】威，畏；慎，誠也。【疏】悠悠，憂也。且，語助。尊之如昊天，親之曰父母，皆斥幽王。幽王好信讒，而賢者被罪，國政亦因之以致亂也。「幠，大」，《爾雅·釋詁》文。亂如此幠，言亂如此大也。○已，甚也。「威」訓「畏」，畏謂畏亂也。《列女傳》續篇引《詩》釋之云：「言王爲威虐之政，則無罪而遘咎也。」三家《詩》讀「威」如字。予，我，大夫自我也。「慎，誠」，《白駒》同。慎之爲誠，與展之爲誠、亶之爲誠、苟之爲誠竝同。「予慎無罪」，言我誠然無罪也。「予慎無辜」，言我誠然無辜也。「誠」作虚義解，不作實義解。泰，《釋文》作「大」，音泰。《新序·節士下》篇引《詩》作「大」。「昊天大幠」承「昊天已威」句，言王亂可畏甚大大也。

亂之初生，僭始既涵。【傳】僭，數；涵，容也。**亂之又生，君子信讒。君子如怒，亂庶遄沮。**【傳】遄，疾；沮，止也。**君子如祉，亂庶遄已。**【傳】祉，福也。【疏】僭，當爲「譖」，《釋文》「音側蔭反」是也。《衆經音義》卷五引《詩》作「譖」。數者，「數」與「婁」同義，謂數進讒言也。既爲終，始既即始終也。「涵」與

「含」通。《説文》：「涵，水澤多也。」即引此詩。是「涵」有「容」訓矣。《論語》云：「浸潤之譖，膚受之愬。」與《詩》義正同。王肅云：「言亂之初生，讒人數緣事始自入，盡得容，其讒言有漸也。」「僭始既涵」句就讒之者説，下文乃言君子之信讒也。涵，《釋文》引《韓詩》作「減」，云：「減，少也。」與毛義異。《箋》云：「君子，斥在位者也。」○「遄，疾」，《泉水》、《烝民》同。「沮，止」，《雲漢》同。《孟子・梁惠王》篇：「嬖人有臧倉者沮君，君是以不果來也。曰：『行或使之，止或尼之。行止，非人所能也。』」是沮爲止也。「祉，福」，《六月》同。《魯語》：「慶其喜而弔其憂。」韋注云：「喜，猶福也。」是福亦喜也。遄已，猶遄沮也。宣十七年《左傳》：「范武子曰：『吾聞之，喜怒以類者鮮，易者實多。《詩》曰：「君子如怒，亂庶遄沮。君子如祉，亂庶遄已。」君子之喜怒，以已亂也。』」《左傳》「喜」詁「祉」，❶與毛《傳》「福」詁「祉」義同。《箋》云：「君子見讒人，如怒責之，則此亂庶幾可疾止也。福者，福賢者，謂爵禄之也。如此則亂亦庶幾可疾止也。」此鄭申毛也。

君子屢盟，亂是用長。【傳】凡國有疑會同，則用盟而相要也。**君子信盜，亂是用暴。**【傳】盜，逃也。**盜言孔甘，亂是用餤。**【傳】餤，進也。**匪其止共，維王之邛。**【疏】《正義》引定本及《集注》本皆云「用盟而不相要」，所據《傳》文有「不」字。案無「不」字是也。《周禮》：「司盟掌盟載之灋。凡邦國有疑會同，則掌其盟約之載。」盟要即盟約。要之爲言成也，故《左傳》「要言」亦曰「成言」矣。《傳》引《周禮》文，以釋經之「盟」字耳。屢，當作「婁」。婁，數也，數盟則亂長。用，猶以也。桓十二年《左傳》：「公欲平宋、鄭。秋，公及宋公盟于

---

❶「詁」，原作「祜」，據中國書店影印武林愛日軒刻本、徐子靜本改。

句瀆之丘。宋成未可知也，故又會于虛。冬，又會于龜。宋公辭平，故與鄭伯盟于武父。遂帥師而伐宋，戰焉，宋無信也。君子曰：『苟信不繼，盟無益也。』」又襄二十九年《傳》：「鄭大夫盟於伯有氏。裨諶曰：『是盟也，其與幾何？』」竝引此詩。○《傳》詁「盗」爲「逃」，謂「盗」即「逃」之假借字。《荀子·榮辱篇》云：「陶誕突盗，惕悍憍暴以偷生。」又云：「汙漫突盗，常危之術也。」《王霸篇》云：「汙漫突盗以先之。」案「突盗」即《王制篇》之「遁逃」，此盗、逃通用之證。莊十七年《穀梁傳》云：「逃義曰逃。」「餤，進」，《爾雅·釋詁》文。《説文》無「餤」字。《炎部》：「㷋，炎光也。从炎，舌聲。」徐鉉云：「當从甛省聲。」段注改從㐁聲，是也。《㕣部》：「㐁，舌皃。讀若『三年導服』之『導』。一曰：讀若沾。」疑「餤」即「⿰炎㐁」之異體。⿰炎㐁從㐁聲，㐁讀若沾，則⿰炎㐁亦讀如沾。沾，今之「添」字。炎光之升曰⿰炎㐁，與亂氣之進曰⿰炎㐁，其理同也。⿰炎㐁、㷋形近，㐁旁炎因誤作舌旁炎。「㷋」亦作「舕」，舕、餤聲近，舌旁炎又誤作食旁炎耳。古字作「⿰炎㐁」，⿰炎㐁與甘韻。《釋文》：「餤，音談，音鹽。」皆誤。○匪，不也。維，爲也。止共，猶言共止，倒句協韻耳。《小旻》傳云：「邛，病也。」《韓詩外傳》引《詩》釋之云：「言不共其職事而病其主也。」《箋》：「小人好爲讒佞，既不共其職事，又爲王作病。」鄭用韓以申毛也。《説苑·政理》篇：「此傷姦臣蔽主，以爲亂者也。」亦與《韓詩》同。

奕奕寢廟，君子作之。秩秩大猷，聖人莫之。【傳】奕奕，大貌。秩秩，進知也。莫，謀也。**他人有心，予忖度之。躍躍毚兔，遇犬獲之。**【傳】毚兔，狡兔也。【疏】《韓奕》傳：「奕奕，大也。」《御覽·地部五》引彼《傳》「也」作「皃」，與此《傳》同，疑「皃」皆「也」字之誤。「秩秩，進知」者，謂進乎知也。《小戎》傳云：「秩秩，有知也。」《説文》：「𢧢，大也。讀若《詩》『𢧢𢧢大猷』。」此本三家《詩》。猷，道也。莫，讀爲謨，此假借字。《漢書·敘傳》注、《後漢書·文苑·傅毅傳》注引《詩》作「謨」。《抑》傳云：「謨，謀也。」○《箋》以他人指讒人。

《釋文》：「忖，本又作『寸』。」寸，古「刌」字。《説文》：「刌，切也。」刌度，言案切測度也。躍躍，《初學記・獸部》及《文選・西京賦》注引《詩》作「趯趯」。《草蟲》傳云：「趯趯，躍也。」《史記・春申君列傳》：「《詩》云：『趯趯毚兔，遇犬獲之。』」《集解》引韓嬰《章句》：「趯趯，往來皃。獲，得也。言趯趯之毚兔。謂狡兔數往來逃匿其跡，有時遇犬得之。」王肅云：「言其雖騰躍逃隱其迹，或適與犬遇而見獲。」此王用韓以述毛也。《廣雅》：「毚，獪也。」狡、獪義相近。「毚兔，狡兔」喻讒人。

荏染柔木，君子樹之。【傳】荏染，柔意也。柔木，椅、桐、梓、漆也。**往來行言，心焉數之。蛇蛇碩言，出自口矣。**【傳】蛇蛇，淺意也。**巧言如簧，顏之厚矣。**【疏】《説文》：「栠，弱皃。」「姌，弱長皃。」《廣雅》：「栠栠、姌姌，弱也。」「荏染」即「栠姌」。柔、弱同義。《傳》因詩言「柔木」，故云：「柔意也。」《定之方中》「椅桐梓漆，爰伐琴瑟」，謂此四木中琴瑟材。榛、栗，因言樹而連及之耳。《傳》訓「柔木，椅、桐、梓、漆」，不數榛、栗者，以此也。《抑》「荏染柔木，言緡之絲」，《傳》：「緡，被也。」謂被之於琴瑟也，義自互明。行，道也。「往來行言，心焉數之」，言往來在道路之言，當心悉數之，如君子之樹木也。《箋》以「行言」與下「碩言」作對文，碩言爲不顧行之大言；「行」讀爲「德行」之「行」，行言爲善言。《箋》云：「此言君子樹善木，如人心思數善言而出之。善言者，往亦可行，來亦可行；於彼亦可，於己亦可，是之謂行也。」未審《傳》意然不也。○《孟子・告子》篇「訑訑之聲音顏色」，趙注：「訑訑，自足其智，不嗜善言之貌。」「蛇」與「訑」聲同而義近。《版》傳：「泄泄，猶沓沓也。」《説文》引《詩》作「呭」，又作「詍」，多言也。蛇與泄、呭、詍又竝聲轉而義通。《傳》云「淺意也」者，「淺」讀與「諓」同。文十二年《公羊傳》引《書》「惟諓諓善竫言」，何注云：「諓諓，淺薄之貌。」《越語》「又安知是諓諓者乎」，韋注云：「諓諓，巧辯之言。」《公羊》釋文引賈注《國語》云：「諓諓，巧言也。」《楚辭・九歎》「讒人諓諓，孰可愬兮」，王注云：

「諓諓，讒言貌。」引《書》「諓諓靖言」。《潛夫論・救邊》篇云：「淺淺善靖，俾君子怠。」《鹽鐵論・論誹》篇云：「淺淺面從，以成人之過。」竝與《傳》訓合。解者多以「淺近」申《傳》，失其義矣。如簧，如笙之鼓簧也。

彼何人斯，居河之麋。【傳】水草交謂之麋。**無拳無勇，職爲亂階。**【傳】拳，力也。**既微且尰，爾勇伊何？**【傳】骭瘍爲微，腫足爲尰。**爲猶將多，爾居徒幾何？**【疏】《箋》云：「何人者，斥讒人也。賤而惡之，故曰何人。」《爾雅・釋水》：「水草交爲湄。」《傳》所本也。郭注及李注《文選》任昉《奏彈》引《詩》皆作「湄」。湄，本字；麋，假借字。僖二十八年《左傳》「余賜女孟諸之麋」，杜注云：「孟諸，宋藪澤。水草之交曰麋。」《太平寰宇記》云：「虞城孟諸澤，俗呼爲湄臺。」此古麋、湄通用之證。《蒹葭》「在水之湄」，《傳》：「湄，水隒也。」水隒猶水邊，水邊即水草之交。○《齊語》：「於子之鄉有拳勇股肱之力秀出於衆者。」《管子・小匡》亦作「拳勇」。《説文・手部》引《國語》作「捲勇」。《文選》左思《吴都賦》「覽將帥之權勇」，李善注：「『權』與『拳』同。」段注《説文》云：「《吴都賦》當作『攉勇』。攉者，『捲』之異體。」案拳、捲、攉三字同。《傳》詁「拳」爲「力」者，義出《國語》也。拳亦勇也。韋注云：「大勇曰拳。」拳勇本才力之美稱，所謂「好勇而不亂者」也。職，主也。文二年《左傳》引《周詩》曰：❶「勇則害上，不登于明堂。」況無勇而主亂乎？惡之也。襄十五年《傳》：「孫文子如戚。孫蒯入使。公飲之酒，使大師歌《巧言》之卒章。」❷杜注云：「公欲以喻文子居河上而爲亂。」是其義也。○「骭瘍爲微」，《爾

---

❶「詩」，《清經解續編》本同。阮刻《春秋左傳正義》作「志」。楊伯峻《春秋左傳注》以爲「勇則害上，不登于明堂」係《逸周書・大匡》篇文。

❷「襄十五年」，徐子静本、《清經解續編》本同。案引文於阮刻《春秋左傳正義》屬襄公十四年事。

雅・釋訓》文。郭注云：「骭，腳脛。瘍，創也。」《説文》云：「骭，骹也。」「骹，脛也。」高注《淮南子・俶真》篇云：「骭，自厀以下、脛以上也。」然則厀下脛上生瘍是爲微，音薇。《説文》：「瘣，病也。一曰腫旁出也。胡罪切。」古微、瘣同部。「微」即「瘣」之假借字。《爾雅》釋文引字書作「癓」，爲俗字。「腫足爲尰」，亦《釋訓》文。腫足，當作「足腫」，足腫謂之尰，猶骭瘍謂之微，腫、瘍互詞。《玉篇》：「瘇，足腫也。尰，足尰也，亦作『瘇』。」《説文》：「瘇，脛氣足腫。《詩》曰：『既微且瘇。』籀文作『尰』。」案字當從重得聲，古亦作「重」。成八年《左傳》：「郇、瑕氏土薄水淺，其惡易覯。易覯則民愁，民愁則墊隘，於是乎有沈溺重膇之疾。」❶杜注云：「沈溺，溼疾。重膇，足腫。」「重」即「尰」之假借字。伊何，猶維何也。言爾既居生溼之地，得微尰之疾，雖欲自恃其劵勇，❷又何爲也？猶，謀也。將多，猶孔多。《雨無正》云「謀夫孔多」是也。「既微且尰，爾勇伊何」承「無拳無勇」句，「爲猶將多」承「職爲亂階」句。居，讀爲其，語助詞。徒，猶直也。《定之方中》傳以「直」訓「徒」，此以「徒」爲「直」。「爾居徒幾何」，猶言爾直幾何也。

《何人斯》八章，章六句。

《何人斯》，蘇公刺暴公也。暴公爲卿士而譖蘇公焉，故蘇公作是詩以絶之。【疏】《漢書・地理

❶「成八年」，徐子静本、《清經解續編》本同。案引文於阮刻《春秋左傳正義》屬成公六年事。

❷「劵」，《清經解續編》本作「拳」。

志》：「河内郡，温故國，巳姓，❶蘇忿生所封也。」今河南懷慶府温縣是其地。《正義》引《世本》「暴辛公作塤，蘇成公作篪」，譙周以爲謬不足信。然應劭注《漢書・律曆志》亦引《世本》「暴辛公作塤」。又高誘注《淮南子・精神》篇：「訟閒田者，虞、芮及暴桓公、蘇信公。」是周有暴國矣。《箋》：「暴、蘇皆畿内國名。」解者遂據。春秋時，暴一名暴隧，鄭地即周之暴國。未詳確實也。戰國有韓將暴鳶。一説《周禮》「暴」字皆作「虣」，薄報反。「暴公」之「暴」疑亦作「虣」。《説文》無「虣」字。《虎部》：「虢，虎所攫畫明文也。」古音古博反，與「虣」同部。「虣」即「虢」之異體，故《説文》録「虢」不録「虣」。其虢國正字當作「郭」，「虢」爲假借字。周幽王時虢石父爲卿士。

彼何人斯，其心孔艱。胡逝我梁，不入我門？伊誰云從？維暴之云。【傳】云，言也。【疏】「云從」之「云」爲語助，與「之云」之「云」不同義。伊，維也。維，其也。「伊誰云從」，其維從也。《傳》訓「云」爲「言」，釋下「云」字，不釋上「云」字。「云，言也」，言，即譖言也。古「語言」之「言」謂之「云」，「語云」之「云」亦可謂之「言」，言又謂之曰。云、言、曰三字同義，故三字亦皆爲語詞。

二人從行，誰爲此禍？胡逝我梁，不入唁我？始者不如今，云不我可。【疏】二人，謂蘇公與暴公也。「二人從行」，即弟七章「伯氏吹壎，仲氏吹篪」之意。誰，誰暴公也。禍者，時蘇公已受譖被罪也。○「始者不如今，云不我可」，此二句即冢「二人從行」而言，我與何人俱爲王臣，本有從行之義，始者尚可，不如今之不我可也。句中「云」字爲語助。《正月》、《雨無正》竝訓「哿」爲「可」，則「可」亦「哿」也。哿，猶嘉也。

❶ 「巳」，徐子静本、《清經解續編》本同。中華書局點校本《漢書》作「己」。

彼何人斯，胡逝我陳？【傳】陳，堂塗也。**我聞其聲，不見其身。不愧于人，不畏于天。**【疏】《爾雅・釋宮》：「堂途謂之陳。」《傳》所本也。塗、途皆俗字，古作「涂」。孫、郭注竝云：「堂下至門徑。」《鄉飲酒禮》「主人與賓三揖，至于階」，鄭注云：「將進揖，當陳揖，當碑揖。」李如圭以爲其北屬階，其南接門内霤。李與孫、郭說同。《考工記・匠人》「堂涂十有二分」，鄭注：「謂階前，若今令甓裓也。分其督旁之脩，以二分爲峻也。」❶賈疏云：「漢時名堂涂爲令甓裓。令甓，今之塼也。裓則塼道也。名中央爲督。假令兩旁上下尺二寸，則取二寸於中央爲峻。」❷焦循云：「裓即陔。陔，階次也。蓋室南有堂，堂下有階。東西階及門之涂以甓甃之，是謂之堂涂，亦謂之陳。陳者，『敶』之假借字。《説文》：『敶，列也。』謂敶列於東西也。堂涂在門内，《詩》曰『逝陳』，則入門矣。而不入我室，所以聞聲不見身也。此乃設辭耳。《箋》泥上章言不入我門，不入唁我，故謂堂涂爲公館之堂涂。但公館自在公所，則不得稱『我公館』，於經中『我』字義不相連。且與下文我聞不見文亦不相承，恐非《詩》恉。」

彼何人斯，其爲飄風。胡不自北？胡不自南？【傳】飄風，暴起之風。**胡逝我梁？祇攪我心。**【傳】攪，亂也。【疏】《匪風》、《卷阿》傳皆以飄風爲回風，本《爾雅》爲訓。此云「暴起之風」，《終風》傳云：「暴，疾也。」訓異，而以喻惡道則同也。○《我行其野》傳：「祇，適也。」《説文》：「攪，亂也。」引《詩》本《傳》訓。

爾之安行，亦不遑舍。爾之亟行，遑脂爾車。壹者之來，云何其盱。【疏】爾，女，女何人也。遑，古

---

❶「二」，徐子静本、《清經解續編》本同。阮刻《周禮注疏》作「一」。

❷「二」，徐子静本、《清經解續編》同。阮刻《周禮注疏》作「一」。

祇作「皇」。皇，暇也。安徐而行，不暇舍息；亟疾而行，又暇脂車。言何人之行疾徐莫測，猶上章飄風之不自北、不自南之意也。○《卷耳》傳：「盱，憂也。」「云何其盱」，何其憂也。云爲語助，盱爲憂。下章「祇」訓爲「病」。《後箋》云：「曰『憂』曰『病』，皆承上文『攪我心』而言。『壹者之來』，即指上文『逝梁』、『逝陳』之事。壹者，猶言乃者。高誘注《吕氏春秋・知節》篇云：『一，猶乃也。』《漢書・曹參傳》『乃者吾使諫君也』，注云：『乃者，謂曩日也。』上『來』字對『舍』字言，謂但來而不舍息；下『來』字對『入』字言，謂但來而不入唁。」

爾還而入，我心易也。還而不入，否難知也。【傳】易，說也。壹者之來，俾我祇也。【傳】祇，病也。【疏】《傳》「易説」下奪「也」字，《釋文》以「説也」作音，今補正。易，讀如「平易」之「易」。易一音羊益切，與「懌」聲相轉，《版》傳：「懌，説也。」懌謂之説，易亦謂之説矣。一音以豉切，與「夷」聲相轉，《風雨》、《那》傳：「夷，説也。」夷謂之説，易亦謂之説矣。《釋文》引：「《韓詩》作『施』，施，善也。」毛、韓字異而意同。入，入唁。我不入，不入唁我也。否，古作「不」。《釋詞》云：「不，語詞。」否難知，難知也。言其心孔艱，不可測也。」○祇，從示，氏聲，與易、知爲韻。作「祇」從氏聲者，非也。祇者，地祇，義不訓「病」，而故訓云爾者，祇讀爲疧，此假借字也。《無將大車》、《白華》傳「疧，病」，本字也。此《傳》云「祇，病」，假「祇」爲「疧」也。《説文》：「疧，病不翅也。从疒，氏聲。」

伯氏吹壎，仲氏吹篪。【傳】土曰壎，竹曰篪。**及爾如貫，諒不我知。出此三物，以詛爾斯。**【傳】三物，豕、犬、雞也。民不相信則盟詛之，君以豕，臣以犬，民以雞。【疏】「土曰壎」，《爾雅》：「大壎謂之嘂。」郭注云：「壎，燒土爲之，大如鵝子，鋭上平底，形如稱錘，六孔。小者如雞子。」《釋文》引《世本》云：「壎圍五寸半，長三寸半，六孔。」「塤」與「壎」同。《周禮・小師》注、《説文》、《廣雅》竝云「六孔」。「竹曰篪」，《爾雅》：「大篪謂之沂。」郭注云：「篪，以竹爲之，長尺四寸，圍三寸，一孔上出寸三分，一名翹。橫吹之。小者，尺二寸。《廣雅》云：『八孔。』」是郭本《廣雅》爲説。《世本》云：「篪長尺二寸。」鄭司農《笙師》注云：「篪七空。」案空、孔古今字。七孔與八孔不異。《正義》云：「蓋不數其上出者，故七也。」又《周禮疏》引《禮圖》言「九孔」，《風俗通義》言「十孔，長尺一寸」，所傳聞者異也。《版》「如壎如篪」，《傳》云：「言相和也。」《箋》云：「伯仲，喻兄弟也。我與女恩如兄弟，其相應和如壎篪，以言俱爲王臣，宜相親愛。」王肅亦云：「我與女同寮長幼之官，如篪壎之相和。」○貫，讀《易》「貫魚」之「貫」。《箋》云：「我與女俱爲王臣，其相比次如物之在繩索之貫也。諒，信也。」《傳》云「三物，豕、犬、雞也」者，探下句「詛」字作解。云「民不相信則盟詛之」，以釋經「詛」字之義。盟亦詛類，定本無「盟」字，非也。古多以「盟」、「詛」連稱，《周禮・司盟》云「盟萬民之犯命者，詛其不信者」，鄭注引《春秋傳》：「鄭伯使卒出豭，行出犬、雞，以詛射潁考叔者。」案此隱十一年《左傳》文。《韓子・内儲説下》篇亦云：「釁之以雞、豭若盟狀。」豭即豕也。豕、犬、雞爲出詛之物，與詩義正同。《傳》又云「君以豕，臣以犬，民以雞」，乃三物分作三等之用，未知出於何書。《禮記・曲禮下》：「涖牲曰盟。」賈疏載《異義》：「《韓詩》云：『天子諸侯以牛、豕，大夫以犬，庶人以雞。』」韓與毛同。唯牛爲盟牲，因類而及之，爲異焉耳。

爲鬼爲蜮，則不可得。有靦面目，視人罔極。【傳】蜮，短狐也。靦，姡也。**作此好歌，以極反側。**【傳】反側，不正直也。【疏】蜮，《春秋經》作「⿱或虫」。莊十八年《穀梁傳》云：「⿱或虫，射人者也。」「⿱或虫」與「蜮」同，一名短狐。《左》釋文「狐」作「弧」。《説文》：「蜮，短狐也。似鼈，三足，以气射害人。」段注云：「狐，當作『弧』。」又名射景，《詩義疏》云：「人在岸上，景見水中，投人景則殺之，故曰射景。」又名射工，《左》、《穀梁》釋文竝云：「蜮，《本草》謂之射工。」亦名水弩。《漢書·五行志》：「劉向以爲蜮生南越，亂氣所生，故聖人名之曰蜮。蜮猶惑也。在水旁，能射人，射人有處，其甚者至死。南方謂之短弧，近射妖，死亡之象也。劉歆以爲蜮盛暑所生，非自越來也。」顔注云：「即射工也，亦呼水弩。」《五行志》「狐」亦作「弧」。案短弧、射景、射工、水弩，其名類皆相近。《説文》及《正義》引《洪範五行傳》皆謂似鼈，而《抱樸子·登涉》篇以爲狀如鳴蜩大，其説迥殊。《御覽·獸部二十一》引《韓詩》云：「短狐，水神也。」亦與毛異。《藝文類聚·災異部》引《詩》作「則不可測」，或本三家《詩》。○「靦，姡」，《爾雅·釋言》文。李、孫注云：「靦，人面姡然。」《説文》：「靦，面見人。」「姡，面靦也。」是「靦」與「姡」皆面見人之貌也。《越語》：「余雖靦然而人面哉，吾猶禽獸也。」韋注云：「靦，面目之貌。」又《後漢書·樂成靖王黨傳》：「安帝詔曰：『萇有靦其面而放逸其心。』」意與《越語》同。罔，無；極，中也。言不中正也。《周禮·匡人》：「掌達灋則、匡邦國而觀其慝，使無敢反側，以聽王命。」《荀子·王制篇》：「故姦言姦説、姦事姦能、遁逃反側之民。」竝與《詩》「反側」同。《書·洪範》云：「無反無側，王道正直。」無反側謂之正直，反側謂之不正直，此《傳》義之所本也。

《巷伯》七章，四章章四句，一章五句，一章八句，一章六句。

《巷伯》，刺幽王也。寺人傷於讒，故作是詩也。巷伯，奄官兮。【疏】《釋文》、《正義》、《秦風》正義及《周禮疏》皆以此下有「巷伯奄官」四字。又《正義》本「官」下有「兮」字。《小箋》云：「兮、也古通用。」然則《序》文有「巷伯奄官兮」五字矣，今據以補正。凡全《詩》不用經字名篇，《序》必申釋其義，若《小雅·雨無正》之雨、

《大雅·常武》之常、《召旻》之旻、《頌》之《酌》、《賚》、《般》皆然。此云「巷伯」，亦不用經中之字，故《序》箸釋篇名之義，此其通例也。《序》以巷伯爲奄官，則巷伯、寺人爲一人。《周禮》無巷伯之官。唯襄九年《左傳》「令司宫、巷伯儆宫」與此詩「巷伯」同。《左傳》以巷伯次司宫，猶《周禮》之寺人次内小臣。杜預云：「巷伯，即寺人。」當是賈、服舊注。蓋王之寺人五人，於五人中最長者謂之孟子。但云「孟子」，則其官不顯；但云「寺人」，則其官爲五人長者亦不顯，故詩以「巷伯」名篇。巷者，宫中之道名。孟、伯皆長也。巷伯，即經所謂「寺人孟子」也。《箋》以巷伯爲《周禮》之内小臣，而與寺人别官，非是。

萋兮斐兮，成是貝錦。【傳】興也。萋斐，文章相錯也。貝錦，錦文也。**彼譖人者，亦已大甚。**

【疏】《淇奥》傳：「匪，文章皃。」「匪」即「斐」也。文章爲斐，文章相錯爲萋斐。萋、錯雙聲爲訓。《説文》：「緀，帛文皃。」引《詩》：「緀兮斐兮。」《玉篇》：「緀，文皃。」緀，本字；萋，假借字。錦作貝文曰貝錦，故《傳》云：「貝錦，錦文也。」《禹貢》謂之織貝。《箋》云：「錦文者，文如餘泉、餘蚳之貝文也。興者，喻讒人集作己過以成於罪，猶女工之集采色以成錦文。大甚者，謂使己得重罪也。」

哆兮侈兮，成是南箕。【傳】哆，大貌。南箕，箕星也。侈之言是必有因也。斯人自謂辟嫌之不審也。昔者顔叔子獨處于室，鄰之釐婦又獨處于室，夜暴風雨至而室壞，婦人趨而至，顔叔子納之，而使執燭，放乎旦而蒸盡，搚屋而繼之，自以爲辟嫌之不審矣。若其審者，宜若魯人然。魯人有男子獨處于室，鄰之釐婦又獨處于室，夜暴風雨至而室壞，婦人趨而託之，男子閉户而不納，婦人自牖與之言曰：「子何爲不納我乎？」男子曰：「吾聞之也，男子不六十不閒居。今子幼，吾亦幼，不可以納子。」婦人曰：「子何不若柳下惠然？嫗不逮門之女，國人不稱其亂。」男子曰：「柳下惠固可，吾固不可。吾將以吾不可，學柳下惠之可。」孔子曰：「欲學柳下惠可者，未有能似於是也。」**彼譖人者，誰適與謀？**【疏】《傳》云「哆，大皃」，「皃」疑「也」之誤。《説文》：「哆，張口也。」僖四年《穀梁傳》：「於是哆然外齊侯也。」楊疏云：「哆然，寬大之意。」竝與《傳》同。《爾雅·釋言》：「誃，離也。」郭注云：「誃，見《詩》。」此即「哆兮」之異文，三家《詩》用《雅》訓。哆、誃同字，大、離同義。《説文》「誃」字下及崔《集注》本《詩》作「侈兮哆兮」，疑古本當如是也。箕星，東方蒼龍之宿。實居東宿之末，在北之南，故謂之南箕。南箕即箕星也。《大東》篇「維南有箕，載翕其舌」，《傳》：「翕，合也。」彼云「合舌」，此云「張口」，各隨文訓。《箋》云：「箕星哆然踵狹而舌廣，今讒人之因寺人之近嫌而成言其罪，猶因箕星之哆而侈大之。」《正義》云：「箕四星，二爲踵，二爲舌。」《史記·天官書》云：「箕爲敖客，曰口舌。」案侈、哆連文，猶萋、斐連文，皆合二字成義。萋斐成貝錦之文，侈哆成南箕之形，皆以喻譖人致讒與寺人受讒之由。然讒必有因，故《傳》申明之云：「侈之言是必有因也。」讒之因出於己之不早辟嫌，故又申明之云：「斯人自謂辟嫌之不審也。」下文即引昔者顏叔子與魯人男子辟嫌之審不審，以自悔責己之不審，義乃箸於此章，即承上章侈哆之言以爲説。其實《傳》意乃總釋兩章之興義耳。《白虎通義·誅伐》篇引《韓詩内傳》：「孔子爲魯司寇，先誅少正卯，謂佞道已行，亂國政也；佞道未行，章明遠之而已。」餘姚盧文弨以爲此詩《内傳》文。韓言遠佞之必早，與毛言近讒之不審，其用意正同矣。《傳》云「摍屋」者，《正義》：「摍，謂抽也。」《小箋》：「摍屋，即《左傳》之『抽屋』也。《武梁碑》作『摍窄』。《説文》曰：『摍，蹴引也。』」云「男子不六十不閒居」者，《小箋》：「此即六十閉房之説。謂不六十，不能無欲也。《釋文》：『閒，音閑。』是也。」《正義》「男子」作

「男女」，「閒」訓「閒襍」，非。云「嫗不逮門之女，國人不稱其亂」者，《荀子・大略篇》：「柳下惠與後門者同衣而不見疑，非一日之閒。」即其事也。《小箋》：「後門，即不逮門，謂不及門，無宿處也。《禮記》注曰：『以體曰嫗。』」「可者」可字、「能似」能字，《小箋》依《正義》補。

緝緝翩翩，謀欲譖人。【傳】緝緝，口舌聲。翩翩，往來貌。**慎爾言也，謂爾不信。**【疏】《説文》：「咠，聶語也。」「聶，附耳私小語也。」「咠」下引《詩》作「咠咠」。今《詩》「緝緝」爲「咠咠」之假借字。「附耳私小語」，即《傳》所謂「口舌聲」也。《桑柔》傳：「翩翩，在路不息也。」「往來皃」亦是「不息」之意。〇《箋》云：「慎，誠也。女誠心而後言，王將謂女不信而不受。欲其誠者，惡其不誠也。」《韓詩外傳》云：「受命之士，正衣冠而立儼然，人望而信之。其次，聞其言而信之。其次，見其行而信之。既見行，而衆皆不信，斯下矣。《詩》曰：『慎爾言矣，謂爾不信。』」鄭同韓説。古也、矣通用。

捷捷幡幡，謀欲譖言。【傳】捷捷，猶緝緝也。幡幡，猶翩翩也。**豈不爾受？既其女遷。**【傳】遷，去也。【疏】捷者，「接」之假借。《春秋左傳》「捷」，《公羊傳》皆作「接」。鄭注《禮記・内則》篇：「接，讀爲『捷』。」此古捷、接聲通之證。捷捷者，有接續不絶之意，故《傳》云：「猶緝緝也。」蘇林注《漢書・楊雄傳》：「唼音《詩》『唼唼幡幡』之『唼』。」《説文》無「唼」字。幡幡，猶反反。翩翩，猶偏偏。是翩翩、幡幡皆是偏黨反側之義，故《傳》云：「幡幡，猶翩翩也。」〇《傳》於《氓》、《賓之初筵》、《殷武》皆云「遷，徙」，此云「遷，去」，又「徙」義之引申也。《詩異義》云：「《傳》訓『遷』爲『去』，言爾爲是不誠之譖言，王豈不受乎？既而知言不誠，將舍去女也。《箋》：『遷之言訕也。』謂王訕誹譖人。訕者，謗上之名，亦『賊義』之稱，以譖言爲非，安得謂之訕誹？不若《傳》『去』義爲當。」

驕人好好，勞人草草。【傳】好好，喜也。草草，勞心也。蒼天蒼天，視彼驕人，矜此勞人。【疏】「驕」與「憍」同。《爾雅》：「旭旭，憍也。」《釋文》：「郭音呼老反。」是「旭旭」即「好好」之異文。「喜」讀與「嬉」同。郭璞云：「小人得志憍蹇之貌。」亦「嬉」之意也。「草」讀爲「慅」，假借字也。《月出》：「勞心慅兮。」重言曰慅慅。《爾雅》：「慅慅，勞也。」是即《詩》「草草」之異文，故《傳》云：「草草，勞心也。」《玉篇》：「慅，音草。」

彼譖人者，誰適與謀？取彼譖人，投畀豺虎。【傳】投，棄也。豺虎不食，投畀有北。【傳】北方，寒涼而不毛。有北不受，投畀有昊。【傳】昊，昊天也。【疏】「投」與《木瓜》、《小弁》、《抑》不同義。此云「投，棄也」，《遵大路》傳：「𢿌，棄也。」「投」與「𢿌」聲轉義同。《傳》釋「北」爲「北方」，今奪一「北」字。「寒涼而不毛」，又申釋「北方」之義。毛，草也。即今北方大漠不草之地。有昊，猶言「彼蒼」。蒼天謂之蒼，昊天謂之昊，其義一也。《後漢書・馬援傳》朱勃上書引《詩》釋之云：「此言欲令上天而平其惡。」勃能説《韓詩》，與《毛詩》同。《箋》云：「付與昊天制其罪也。」《禮記・緇衣》云：「惡惡如《巷伯》。」

楊園之道，猗于畝丘。【傳】楊園，園名。猗，加也。畝丘，丘名。寺人孟子，作爲此詩。【傳】寺人而曰孟子者，罪已定矣，而將踐刑，作此詩也。凡百君子，敬而聽之。【疏】「楊園，園名」，其地未聞。道，路也。《釋文》：「猗，於綺反。徐於宜反。」依《釋文》本作「倚」，徐仙民讀爲「猗」耳。此與「倚重較兮」、「兩驂不倚」同誤。《傳》詁「倚」爲「加」者，楊園在畝丘之上，故云楊園之路加於畝丘也。《爾雅》：「如畝，畝丘。」此釋《詩》之「畝丘」也。《傳》云「丘名」即本《爾雅》爲訓。李注云：「謂丘如田畝曰畝丘。」孫注云：「方百步也。」李、孫但依字作解，而其地亦未聞。楊園、畝丘，地必相連。畝丘喻自己，楊園喻讒人。同處加讒，亦是辟嫌不審之意。《小弁》「舍彼有罪，予之佗矣」，《傳》：「佗，加也。」兩「加」字義同。◯「作爲此詩」，《釋文》：「一本云：『作爲作詩。』」案一本非也。《定之方中》「作爲楚宮」、「作爲楚室」，《桑柔》「作爲式穀」，與此「作爲」同。《箋》嫌「作爲」連文，故云：「作，起也。孟子起而爲此詩。」訓「作」爲「起」，以別「爲」爲「作」，非有異本也。定本：「作，起也。作，爲也。」顏師古定本所見《箋》不可依據。《傳》云「寺人而曰孟子者，作此詩也」，以釋經「寺人孟子，作爲此詩」二句。古曰、爲通用。「寺人孟子」，言寺人之中爲孟子者也。爲亦作也。「作爲此詩」，言作此詩也。云「罪已定，將踐刑」者，此自明其被讒之禍，且以原其作詩之由也。罪定踐刑，於經無當，當是相傳古説如此，今無攷。

詩毛氏傳疏卷二十

谷風之什詁訓傳弟二十　毛詩小雅

《谷風之什》十篇，五十四章，三百五十六句。

《谷風》三章，章六句。

《谷風》，刺幽王也。天下俗薄，朋友道絶焉。

習習谷風，維風及雨。【傳】興也。風雨相感，朋友相須。**將恐將懼，維予與女。將安將樂，女轉棄予。**【傳】言朋友趨利，窮達相棄。【疏】習習，和舒之皃。東風謂之谷風，《傳》見《邶·谷風》篇。及，與也。風與雨有相感之理，以興朋友相須，《傳》合下二章而總釋其義也。○將，猶方也。《文選》任昉《策秀才文》注引《韓詩》「將恐將懼」，《薛君章句》：「將，辭也。」又楊雄《甘泉賦》注引《章句》同。《傳》云「言朋友趨利，窮達相棄」者，「將恐將懼」，窮也；「將安將樂」，達也。女既達而予終窮，乃相遺棄，以釋經中「棄」字之義。趨利者，所以推明棄之之故也。《序》云「天下俗薄，朋友道絶」，絶猶棄也。

習習谷風，維風及頽。【傳】頽，風之焚輪者也。風薄相扶而上，喻朋友相須而成。**將恐將懼，**

寘予于懷。將安將樂，棄予如遺。【疏】《傳》文疑有譌。《爾雅・釋天》：「焚輪謂之穨。扶搖謂之猋。」李注云：「焚輪，暴風從上下降謂之穨。穨，下也。扶搖，暴風從下升上，故曰猋。猋，上也。」孫注云：「迴風從上下曰穨，迴風從下上曰猋。」穨與猋不同，自不得紐合爲説。《傳》云「穨，風之焚輪者也」，正用《爾雅》焚輪爲穨之訓。《小箋》云：「焚輪，猶紛綸也。」案言此者，以興朋友相切直，義已明備，不煩更取扶搖以足經文「穨」字之義，而與《雅》訓乖戾。且上章「維風」冢上「谷風」，「維風及雨」，言谷風與雨，興朋友相須。此章「維風」亦冢上「谷風」，「維風及穨」，言谷風與穨，興朋友相須。若於焚輪之外更增扶搖之説，則以風之上下及風之下上爲喻，而於經中「及」字有難通矣。「朋友相須」，《傳》已見上章，則此章更不必重文疊義也。反復經、《傳》義訓，「風薄相扶而上，喻朋友相須而成」十三字，當是《箋》語誤入《傳》文耳。「風薄相扶而上」，鄭用《爾雅》「扶搖爲猋」之訓，蓋以經之「穨」爲「迴」也，故不從《爾雅》、毛《傳》。其《月令》注：「迴風爲猋。」亦不從《爾雅》、毛《傳》，用意正同。上章《箋》云：「喻朋友同志，則恩愛成。」末章《箋》云：「以喻朋友雖以恩相養，亦安能不時有小訟乎？」唯此章無《箋》，其云「喻朋友相須而成」，三「喻」字一例讀，可據以刪正。

習習谷風，維山崔嵬。無草不死，無木不萎。【傳】崔嵬，山巔也。雖盛夏萬物茂壯，草木無有不死葉萎枝者。**忘我大德，思我小怨。**【疏】「崔嵬，山巔」，巔，俗「顛」字。《十月之交》傳云：「山頂曰冢。卒者，崔嵬。」《爾雅》：「顛，頂也。」山顛即山頂。崔嵬者，是山顛巉巖之狀。兩《傳》義同。谷風生養萬物，山顛之草木宜茂盛，以興大德也。「萎」與「㱰」通。草死木萎，以興小怨也。《後箋》云：「據《正義》引定本及《集注》『草木無有不死葉萎枝者』，則《正義》本不同可知。今觀《正義》云『雖至盛夏之月，萬物茂壯，無能使草不有死者，無能使木不有萎者』，可見《傳》文『無有不死葉萎枝者』當作『無不有死葉萎枝者』。『無不有』即偶然有之之意，非謂草木盡死也。《中論・脩本》篇：『《詩》曰：「習習谷風，維山崔嵬。何木不死？何草不萎？」言盛陽布德之月，草木猶有枯落而與時謬者，況人事之應報乎？』此雖不爲朋友德怨之喻，然其言草木猶有枯落，正與《傳》義同也。」

《蓼莪》六章，四章章四句，二章章八句。

《蓼莪》，刺幽王也。民人勞苦，孝子不得終養爾。

蓼蓼者莪，匪莪伊蒿。【傳】興也。蓼蓼，長大貌。**哀哀父母，生我劬勞。**【疏】《蓼蕭》傳：「蓼，長大皃。」重言之則曰「蓼蓼」。《爾雅》：「莪，蘿。」《菁菁者莪》傳：「莪，蘿，蒿也。」蓋蒿類衆多，蒿之言槀也。若蔞蒿、蕭蒿，每以秋老得名，因之嫩而可食者，亦通稱蒿，故《傳》於《菁菁者莪》本《爾雅》「莪，蘿」之訓，又申之云「蒿」者，義取成材，言各有當也。此詩首章莪、蒿本一物，而以時之先後異其名。下章莪、蔚本同類，而以子之有無異其名。《後箋》云：「嚴粲《詩緝》據《爾雅》『蘩之醜，秋爲蒿』及彼注疏『蘩、蕭、莪、蔚之類，始生，氣味各異，其名不同。至秋老成則皆蒿』之語，以爲莪始生香美可食，至秋高大，則麤惡不可食，喻子初生猶是美材，至於長大，乃是無用之子。此語於取喻甚合。且與首句『蓼蓼，長大』、下文『生我劬勞』語意尤融貫。」奂謂《傳》云「長大」指莪，不謂長大成蒿。「蓼蓼者莪」，言莪長大蓼蓼然，以喻子得長大者，皆父母生我之德也。「匪莪伊蒿」，於「匪莪」下作一轉語，言非莪，乃是蒿，蒿不可食，以喻子不得終養父母也。首二章興義同，三章因孝子不得終養之故由於王事征役，故以缾罄、罍恥爲喻。末二章南山、飄風以自敘其勞苦之情。○《爾雅》：「哀哀，懷報德也。」郭注云：「悲苦征役，思所生也。」《豈風》「母氏劬勞」，《傳》云：「劬勞，病苦也。」與此「劬勞」同。

蓼蓼者莪，匪莪伊蔚。【傳】蔚，牡菣也。**哀哀父母，生我勞瘁。**【疏】「蔚，牡菣」，《釋草》文。郭注云：「無子者。」菣即蒿。牡菣謂之蔚，《説文》云：「蔚，牡蒿也。」《正義》引《義疏》云：「牡蒿也。三月始生，七月華，華似胡麻華而紫赤，八月爲角，角似小豆角鋭而長，一名馬新蒿。」案《本草》：「角蒿，馬先蒿，亦名馬新蒿，皆有子之蒿。」陸合牡蒿爲一，與郭景純説「無子者」不同，且蒿以牡名，郭説是也。《後箋》云：「莪爲有子，蔚爲無子。草木自以有子者爲材。『匪莪伊蔚』正與上句一例。」

缾之罄矣，維罍之恥。【傳】缾小而罍大。罄，盡也。**鮮民之生，不如死之久矣。**【傳】鮮，寡也。**無父何怙？無母何恃？出則銜恤，入則靡至。**【疏】《説文·缶部》云：「缾，罋也。或作『瓶』。」「罋，汲缾也。」「罄，器中空也。《詩》曰：『缾之罄矣。』」《穴部》云：「窒，空也。《詩》曰：『瓶之窒矣。』」毛作「罄」，三家作「窒」也。《爾雅》：「罍，器也。小罍謂之坎。」《周禮·鬯人》注：「大罍，瓦罍。」罍有大小之異。罍大對缾小而言之也。昭二十四年《左傳》：「鄭子大叔對范獻子曰：『今王室實蠢蠢焉，吾小國懼矣。然大國之憂也，吾儕何知焉？吾子其早圖之。《詩》曰：「缾之罄矣，惟罍之恥。」王室之不寧，晉之恥也。』」此引《詩》缾喻己小國，罍喻晉大國，雖是斷章，亦取缾小罍大之義。《傳》云「缾小而罍大」，正本《左氏》説也。缾小而盡，以喻己不得養父母；罍大而恥，以喻其不能養之之故，實由於上之人征役不息，爲可恥也，所以刺幽王也。《後漢書・陳忠傳》：「建光中，上疏云：『夫父母於子，同氣異息，一體而分，三年乃免於懷抱。先聖緣人情而著其節，制服二十五月。是以《春秋》臣有大喪，君三年不呼其門。閔子雖要經服事，以赴公難，退而致位，以究私恩，故稱：君使之，非也；臣行之，禮也。周室陵遲，禮制不序，《蓼莪》之人作詩自傷曰：「瓶之罄矣，惟罍之恥。」言己不得終竟子道者，亦上之恥也。』」案忠釋《詩》凡三事，此及《鼓鐘》、《民勞》，於經、《傳》之指悉合。《大東》傳云：「空，盡也。」罄、空，聲之轉。○「鮮，寡」，《釋詁》文。鮮者，「尟」之假借，故與「寡」同訓。《傳》於《苕之華》「鮮可以飽」「鮮」爲「少」，與此「鮮」爲「寡」者訓近而意殊。寡，當讀「惠鮮鰥寡」之「寡」。《鴻雁》傳：「偏喪曰寡。」因之喪父母者亦曰寡。意探下文「無父」、「無母」而爲之釋也。「寡」字逗，不與「民」連讀。寡、孤一也。寡民之生，與《左傳》「寡我襄公」文義相同。案此下二句即承上二句一氣直下。上之人征役不息，則下之人勞苦不休，以致喪父喪母，不得終其養親之志，孤寡之由，皆上使之然也。《大戴禮・用兵》篇：「《詩》云：『鮮民之生矣，不如死之久矣。』」盧注以爲困於兵革之詩。此引以證用兵之害，就上之人一邊說。「不如死久」句，乃孝子自歎其孤寡難堪也。末二章云「民莫不穀，我獨何害」，穀，生也。言民無不生，我獨罹此勞苦之害也。「民莫不穀，我獨不卒」，卒，終也。言民無不生，我獨不得終養父母也。皆從此義而申說之，讀者皆不得其解。○《鴇羽》傳：「怙，恃也。」渾言之，則怙亦恃也。《釋文》及《華嚴經音義・入法界品》引《韓詩》云：「怙，賴也。恃，負也。」析言之也。恤，憂也，憂不得養也。「入則靡至」，言役罷而歸時，父母皆喪，入則無所至。《士喪禮下》篇：「反哭。賓弔者升自西階，曰：『如之何？』」鄭注云：「反而亡焉，失之矣，於是爲甚，故弔之。」即此意也。《序》箋云：「二親病亡之時，時在役所。」

父兮生我，母兮鞠我，拊我畜我，長我育我，顧我復我，出入腹我。【傳】鞠，養；腹，厚也。欲報

之德，昊天罔極。【疏】《爾雅》：「鞠，生也。」依《雅》訓，則「母兮鞠我」與「父兮生我」同義也。《傳》以父生母養分言。下文「畜我」、「育我」，《我行其野》傳：「畜，養也。」《思文》箋：「育，養也。」鞠、畜、育聲義皆同。「拊」與「撫」通。「拊我」、「長我」，謂撫養、長養也。「顧」有「回顧旋視」之義。復，反也。顧復，猶出入也。「腹，厚」，《釋詁》文。詩連用九「我」字，《傳》「鞠」訓「養」，則拊、畜、長、育皆養也。「腹」訓「厚」，則顧、復皆厚也。重言之者，以明「生我劬勞」之意。○《氓》、《園有桃》傳皆以「罔極」爲「無中」。王引之《詩述聞》云：「『欲報之德，昊天罔極』，言我方欲報是德，而昊天罔極，降此鞠凶，使我不得終養也。不言父母既没、不得終養者，『無父何怙？無母何恃』已見於上文也。『昊天罔極』，猶言『昊天不傭』、『昊天不惠』，朱子所謂『無所歸咎而歸之天』也。《漢司隸校尉魯峻碑》『悲蓼蕭之不報，痛昊天之靡嘉』，得詩人之意矣。『蕭』即『莪』字。」案王説「罔極」是也。昊天當庠幽王。《節南山》兩言「昊天」，亦庠幽王，與此同。非謂歸咎於天，作此泛義。《易林·乾》、《蒙》、《謙》、《恒》云：「南山昊天，刺政閔身。疾悲無辜，背憎爲仇。」蓋出三家《詩》，與《毛詩》亦合。

南山烈烈，飄風發發。【傳】烈烈然至難也。發發，疾貌。**民莫不穀，我獨何害？**【疏】「烈烈然至難」，《後箋》云：「難，當如『行路難』、『蜀道難』之『難』，以烈烈爲險阻之狀。《説文》：『㠣，巍高也。讀若厲。』《玉篇》、《廣韻》作『巁』，云：『巍也。』《集韻》、《類篇》『巁，力蘖切。山高皃。』古有巁山氏，《禮記·祭法》注：『厲山氏，炎帝也。起于厲山。或曰：有烈山氏。』然則『烈烈』爲山之高峻，故《傳》以爲至難。」《釋文》：「飄，本又作『票』。」《何人斯》傳云：「飄風，暴起之風。」暴亦疾也。飄風爲疾，則發發爲疾皃。

南山律律，飄風弗弗。【傳】律律，猶烈烈也。弗弗，猶發發也。**民莫不穀，我獨不卒。**【疏】《後箋》云：「『南山律律』，王介甫以爲山之崒嵂。《説文》無『嵂』字，《玉篇》有『硉』字，云：『硉矹，危石。』《文選・七發》『上擊下律』，注云：『律，當爲「硉」。』是律、硉同字，故《傳》云：『律律，猶烈烈也。』」案司馬相如《子虛賦》「隆崇嵂崒」，「嵂」與「硉」同。古弗、發聲同，《碩人》「發發」、《皇矣》「茀茀」並訓爲「盛」。盛謂之發發，亦謂之茀茀；疾謂之發發，亦謂之弗弗，故《傳》云：「弗弗，猶發發也。」

《大東》七章，章八句。

《大東》，刺亂也。東國困於役而傷於財，譚大夫作是詩以告病焉。【疏】幽王之世，東國傷困，則西周之政亂也。譚國大夫作詩告病，本刺周亂，編諸《小雅》。

有饛簋飧，有捄棘匕。【傳】興也。饛，滿簋貌。飧，孰食，謂黍、稷也。捄，長貌。匕，所以載鼎實。棘，赤心也。**周道如砥，其直如矢。君子所履，小人所視。**【傳】如砥，貢賦平均也。如矢，賞罰不偏也。**睠言顧之，潸焉出涕。**【傳】睠，反顧也。潸，涕下貌。【疏】興者，陳古以言今，亦興體也。餘皆託物以爲喻。《方言》：「朦，豐也。自關而西，秦、晉之閒，凡大貌謂之朦。」「饛」與「朦」通。《説文》：「饛，盛器滿皃。」引《詩》作「饛」。《後漢書・張衡傳》作「蒙」。蒙者，「饛」之假借字。《伐檀》傳：「孰食曰飧。」案孰食所晐甚廣，《傳》既釋「飧」爲「孰食」，而又蒙「簋盛黍稷」，謂孰食爲黍、稷也。《禮記・雜記》篇：「枇以桑，長三尺，或曰五尺。」故《傳》釋「捄」爲「長皃」也。鄭注《雜記》云：「枇，所以載牲體者。」牲體即鼎實。牛、羊、豕鼎，魚腊鼎，鼎皆有匕。匕取鼎實而載之於俎，此匕較長於取黍、稷之匕。《傳》釋「棘匕」不蒙上句「簋飧」，故不以爲取黍、稷，而以爲載鼎實也。鄭注又云：「吉祭，朼用棘。」「朼」，古袛作「匕」。《園有桃》傳：「棘，棗也。」《秋官・朝士》注：「樹棘以爲位者，取其赤心而外刺，象以赤心三刺也。」《淮南子・時則》篇：「孟冬，❶其樹棗。」高注云：「棗，取其赤心也。」棘木中心色赤，故謂之赤心。《特牲・記》：「棘心匕刻。」是吉祭之匕用棘心也。《箋》以此喻古者主人致客之禮。○《說文》：「砥，『厎』之或字。」《孟子・萬章》篇引《詩》作「厎」。「砥」訓「平均」，如砥爲貢賦平均；「矢」訓「不偏」，如矢爲賞罰不偏，言周家貢賦賞罰之道如此也。《墨子・兼愛下》篇：「《周詩》曰：『王道蕩蕩，不偏不黨。王道平平，不黨不偏。其直若矢，其易若厎。君子之所履，小人之所視。』若吾言非語道之謂也。古者文武爲正均分，賞賢罰暴，勿有親戚弟兄之所阿，即此文武兼也。」案義正與毛《傳》合。此陳古爲興。○睠者，反顧之皃。《傳》「也」字當作「皃」。睠言，《荀子》作「眷焉」，《後漢書》作「睠然」。言、焉、然三字皆語詞。《說文》：「潸，涕流皃。《詩》曰：『潸焉出涕。』」《韻會》作「然」，古然、焉同也。言顧古周道以念今，則潸焉而涕下矣。《荀子・宥坐篇》：「今之世則不然，亂其教，繁其刑，其民迷惑而墮焉，則從而制之。是以刑彌繁，而邪不勝。今夫世之陵遲亦久矣，而能使民勿踰乎？《詩》曰：『周道如砥，其直如矢。君子所履，小人所視。眷焉顧之，潸焉出涕。』豈不哀哉？」楊倞注云：「言失其砥矢之道，所以陵遲，哀其法度墮壞。」毛《傳》正用《荀子》。

小東大東，杼柚其空。【傳】空，盡也。**糾糾葛屨，可以履霜。佻佻公子，行彼周行。**【傳】佻佻，獨行皃。公子，譚公子也。**既往既來，使我心疚。**【疏】《說文》云：「杼，機持緯者。」《釋文》：「柚，又作

---

❶ 「孟冬」，徐子静本、《清經解續編》本同。《道藏要籍選刊》本、《百子全書》本《淮南鴻烈解》、《諸子集成》本《淮南子》、中華書局點校本劉文典《淮南鴻烈集解》、何寧《淮南子集釋》竝作「十一月官都尉」。

『軸』。」《詩小學》云：「織軸似車軸，故同名。『柚』是『橘柚』字，因『杼』字從木，而改『軸』亦從木，非也。案《大玄・挽》篇：『棘木爲杼，削木爲軸，杼軸既施，民得以煥，❶挽擬之經緯。』《法言・先知》篇：『田畝荒，杼軸空，謂之斁。』其字正作『軸』。」「空，盡」，《爾雅・釋詁》文。東，東國。小、大東國杼軸盡空，則是傷於財也。《管子・國蓄》篇：「大國内款，小國用盡。」「款」與「空」一聲之轉，義與此同。下文因言譚困於役之事。○《爾雅・釋訓》：「佻佻、契契，愈遐急也。」郭注云：「賦役不均，小國困竭，賢人憂歎，遠益急切。」案釋《詩》「佻佻公子」、「契契寤歎」也。下章《傳》「契契，憂苦也」，本《爾雅》。此云「佻佻，獨行皃」者，亦謂困竭急切之狀，與《爾雅》訓異意同。《釋文》：「佻，本或作『窕』。《韓詩》作『嬥』。嬥，往來皃。」《楚辭・九歎》注作「苕苕」。《玉篇・彳部》：「𢓜𢓜，獨行皃。」竝字異而聲同。毛探下「行彼周行」爲訓，韓探下「既往既來」爲訓也。是詩譚大夫所作，故公子爲譚公子。《詩》言「周行」凡三，《卷耳》、《鹿鳴》及此也。此「周行」無《傳》者，易曉耳。上「行」爲「行來」，下「行」爲「道」，《楚辭注》引作「行彼周道」，即其義。言譚公子奉使周道往來不已，東國之行役，譚尤獨受其困乏也。我，譚大夫自我也。

有洌氿泉，無浸穫薪。契契寤歎，哀我憚人。【傳】洌，寒意也。側出曰氿泉。穫，艾也。契契，憂苦也。憚，勞也。**薪是穫薪，尚可載也。哀我憚人，亦可息也。**【傳】載，載乎意也。【疏】洌，當作「冽」，《正義》云：「《七月》『二之日栗冽』，是『冽』爲寒意也。《說文》：『冽，寒皃。』故字從冰。」「冽」訓「寒」，許正

❶「煥」，徐子靜本、《清經解續編》本同。《清經解》本《詩經小學》、《百子全書》本《太玄經》、中華書局點校本《太玄集注》竝作「燠」，當據改。

用《傳》訓，今《說文·仌部》失「洌」篆，仲達所見唐本不誤。《易·井》九五爻辭：「井洌寒泉食。」《說文》以爲水清則洌，與「冽」不同義矣。《爾雅》：「氿泉穴出。穴出，仄出也。」「側」與「仄」通。邵晉涵《正義》云：「《說文》作『厬，仄出泉也』。又『氿，水出從孔穴疾出也』。❶『漀，側出泉也』。是側出之泉又曰漀也。」艾，《釋文》作「刈」。穫薪，刈薪也。穫稻，刈稻也。穫稈，刈稈也。穫菽，刈菽也。毛於全《詩》「穫」字不傳，而此作《傳》者，以「穫薪」爲「析薪」，不謂「穫」爲「木」也。無浸，浸也。浸穫薪與哀憚人一喻一正作對文。《箋》讀「穫」爲「樓」，《爾雅》：「樓，落。」樊光注引《詩》作「樓薪」，與毛義異。〇《楚辭·九歎》「孰契契而委棟兮」，王注云：「契契，憂貌也。」義與此同。《爾雅》釋文及《楚辭注》：「『契契』，一作『挈挈』。」《擊鼓》傳：「契闊，勤苦也。」「契」本亦作「挈」。《廣雅》：「栔栔，憂也。」契、挈、栔聲通。《釋文》：「憚，字亦作『癉』。」《小明》同。《爾雅》：「癉，勞也。」郭注引《詩》作「癉」，《版》傳：「癉，病也。」「勞」與「病」義相近。《說文》：「癉，勞病也。」〇「載，載乎意」，義不可解。《小箋》云：「『意』當作『車』。」是也。《傳》訓「穫薪」爲「刈薪」，薪是穫薪，上「薪」字疑是「浸」字之聲誤。《箋》改「穫」作「樓」，云：「薪是樓薪者，析是樓薪也。」則鄭所據本已作「薪」字矣。「亦可息」當作「不可息」，與《東山》篇「不可畏也」俗本作「亦可畏也」，其誤正同。此承上文反覆言之，彼泉浸之刈薪尚可載乎車，哀哉我東國勞人，不能止息而自休也。若作「亦可息」，則與「哀我勞人」文不相承矣。《氓》「士之耽兮，猶可說也。女之耽兮，不可說也」、《抑》「白圭之玷，尚可磨也。斯言之玷，不可爲也」，文正相同。

❶ 上「出」字，徐子靜本、《清經解續編》本同。《清經解》本《爾雅正義》、經韻樓本《說文解字注》及陳昌治刻《說文解字》竝無此字，當據刪。

東人之子，職勞不來。【傳】東人，譚人也。來，勤也。**西人之子，粲粲衣服。**【傳】西人，京師人也。粲粲，鮮盛貌。**舟人之子，熊羆是裘。**【傳】舟人，舟楫之人。熊羆是裘，言富也。**私人之子，百僚是試。**【傳】私人，私家人也。百僚是試，用於百官也。【疏】譚國在東，故東人爲譚人。「來，勤」，《爾雅・釋詁》文。《爾雅》又云：「勑、勤，勞也。」《説文》：「勑，勞也。」《賚》傳：「勤，勞也。」是「勑」與「勤」竝有「勞」義。來，古「勑」字。《箋》云：「職，主也。東人勞苦而不見謂勤。」謂亦勤也。○周在西，故以西人爲京師人。粲、采一聲之轉。今北方評好爲「喝采」，南方衣服鮮麗爲「粲」，聲如「餐」，則重言曰「采采」，亦曰「粲粲」矣。《爾雅》：「燕燕、粲粲，尼居息也。」郭注云：「盛飾宴安，近處優閒。」《北山》傳：「燕燕，安息皃。」義本《爾雅》。此釋「粲粲，衣服鮮盛皃」者，亦「近處安息」之意。《箋》云：「京師人衣服鮮絜而逸豫。」「舟人，舟楫之人」，即今《月令》之「榜人」是也。《匏有苦葉》傳：「舟子，舟人，主濟渡者。」各隨文訓。熊羆裘爲富者，言得禄多也。《正月》箋云：「此言小人富，而窶陋將貴也。」私人，私家人，謂私屬之家人也，若七子姻黨之類。家人，猶今言人家耳。《嵩高》傳：「私人，家臣也。」各隨文訓。《釋文》：「僚，又作『寮』。」《説文》作「寮」。《采芑》傳：「試，用也。」《版》傳：「寮，官也。」《傳》文「是試」上奪「百僚」二字，今依《小箋》補。「用於百官」，此倒句法也。《詩異義》云：「西人之子、舟人之子，皆對東人之困病言。私人之子則言群小得志，起下三章曠官廢職意。」

或以其酒，不以其漿。【傳】或醉於酒，或不得漿。**鞙鞙佩璲，不以其長。**【傳】鞙鞙，玉貌。璲，瑞也。**維天有漢，監亦有光。**【傳】漢，天河也。有光而無所明。**跂彼織女，終日七襄。**【傳】跂，隅貌。襄，反也。【疏】經中「或」字領下句，兼以「不以」言，故《傳》分釋之云「或醉於酒，或不得漿」，以見王政之偏也。或，有也。以，用也。不以，不用也。不可以，不可用也。下皆同。《韓詩外傳》：「宋燕相齊見逐，陳饒曰：『三斗之稷不足於士，而君鴈鶩有餘粟。果園梨栗，後宮婦人以相提擲，士曾不得一嘗。綾紈綺縠靡麗於堂，從風而弊，士曾不得以爲緣。』」引《詩》曰：「或以其酒，不以其漿。」《釋文》：「鞙，又作『琄』。」《爾雅》作「琄」。《説文》無「琄」。案鞙是也。鞙鞙，謂佩玉鞙鞙然，非謂玉也。《傳》「玉皃」當作「佩玉皃」三字，蓋奪一「佩」字耳。《説文》：「鞙，大車縛軛靼。」字亦作「靬」。《釋名》：「靬，縣也，所以縣縛軛也。」是「鞙」有「縣繫」之義。《箋》云：「佩璲者，以瑞玉爲佩，佩之鞙鞙然。」依《箋》亦當有「佩」字。劉昭注《輿服志》：「鞙鞙，佩玉皃。」又《集韻·四十一迥》：「琄，佩玉皃。」可證。《爾雅》：「璲，瑞也。縌，綬也。」璲爲瑞，佩瑞即佩玉。佩玉之綬謂之縌，詩言「鞙鞙」謂綬也，「佩璲」謂瑞也。璲、縌皆不見《説文》，古字當作「遂」。《芄蘭》箋：「遂，瑞也。」正本此詩《傳》訓。「遂」即「瑞」之假借字。《爾雅》：「琄琄，刺素食也。」《箋》云：「徒美其佩而無其德，刺其素餐。」「不以其長」，言不用其長也。周道衰微，諸臣曠職，下文皆從此句而申言之，託天象星名以爲興。○天以喻王也。「漢，天河」，亦曰雲漢。《棫樸》傳及《雲漢》竝云：「雲漢，天河也。」《夏小正》：「七月，漢案户。」《傳》：「漢也者，河也。案户也者，直户也。言正南北也。」昭十七年《左傳》：「冬，有星孛於大辰，西及漢。梓慎曰：『星孛及漢，漢，水祥也。』」又昭八年《傳》：「今在析木之津。」孔疏云：「《釋天》：『析木之津，箕斗之閒漢津也。』孫炎曰：『析別水、木，以箕、斗之閒是天漢之津也。』劉炫謂是天漢即天河也。天河在箕斗二星之閒，箕在東方木位，斗在北方水位，分析水木以箕星爲隔，隔河須津梁以渡，故謂此次爲析木之津也。不言析水而言析木者，此次自南而盡北，故依此次而名析木也。」韋昭注《周語》亦云：「津，天漢也。析木，次名，從尾十度至南斗十一度爲析木，其川爲漢津。」監，視也。光者，水之光。天河無星，故《傳》云：「有光而無所明。」○跂，俗「企」字。《小箋》云：「跂，當從《説文》作

『忮』。」是也。《説文・匕部》：「忮，頃也。」引《詩》作「忮」。《玉篇》：「忮，隅皃。」顧希馮所據《毛詩》亦作「忮」。「忮」與「觖」音義皆同。《廣韻》云：「觖者，不正也。」《墨子・襍守》篇：「其甚害者爲築三亭，三亭隅，織女之令能相救諸。」蓋織女三星成三角，故防禦築三亭，以象織女處隅之形。《文選》顔延之詩注引《薛君章句》：「襄，反也。」韓與毛同。《執競》傳云：「反，復也。」辰者，時也。七月終日有七時，言織女星歷七時辰而復見於昏，是謂之七襄。

雖則七襄，不成報章。【傳】不能反報成章也。**睆彼牽牛，❶不可以服箱。**【傳】睆，明星貌。何鼓謂之牽牛。服，牝服也。箱，大車之箱也。**東有啓明，西有長庚。**【傳】日旦出，謂明星爲啓明；日既入，謂明星爲長庚。庚，續也。**有捄天畢，載施之行。**【傳】捄，畢貌。畢，所以掩兔也，何嘗見其可用乎？【疏】報亦反也。反報，猶反復。《箋》云：「織女有織名爾，駕則有西無東，不如人織相反報成文章。」據《正義》作「報反」。《夏小正》：「七月，初昏，織女正東鄉。」是昏見織女在東，而不在西也。疑《箋》「西東」二字互易。○睆，唐石經作「晥」，《玉篇》：「晥，明星也。」《廣韻》：「晥，明星。」皆本此詩，而睆、晥錯出。疑《傳》文當作「晥，明皃」，「星」字涉下兩言「明星」而誤衍。《禮記・檀弓》釋文：「睆，華板反，明皃。」與《傳》訓合。睆、晥、皖三字，《説文》皆不録。而《艸部》「莧」從晥聲，則《説文》有「晥」字矣。《爾雅》：「星紀斗，牽牛也。」何鼓謂

---

❶「牽」，原作「牽」，據中國書店影印武林愛日軒刻本、徐子靜本、《清經解續編》本、阮刻《毛詩正義》、《毛詩傳義類・釋天弟八》改。本篇下「牽」竝同。

之牽牛。」是牽牛爲星紀，或名何鼓。何，揭也。鼓，量名，實一星也。郝懿行《義疏》云：「今驗牽牛三星，牛六星。牟廷相曰：『牛宿，其狀如牛。何鼓直牛頭上，則是牽牛人也。何鼓中星最明，舉頭即見，而牛宿差不甚顯。詩人觸景攄情，不宜舍極明之何鼓，而取難見之牛宿。「睆彼」之詠，謂何鼓不謂牛宿，明矣。毛《傳》取《爾雅》爲釋，精當不移。《月令》：「季春，旦牽牛中。仲秋，昏牽牛中。」皆何鼓也。考諸經典，無名牛宿曰牽牛者。《天官書》云：「牽牛爲犧牲，其北河鼓。」蓋星家失傳自此始。』今按牟說足訂《史記》之誤。郭注云：『擔鼓。擔者，荷也。』『擔荷』，《說文》作『儋何』。今南方農語猶呼此星爲『扁擔』。何鼓三星，中豐而兩頭銳下，有儋何之象，故因名焉。自《史記》誤以何鼓、牽牛爲二星，釋《爾雅》者因之而誤。故李巡曰：『何鼓、牽牛，皆二十八宿名也。』孫炎曰：『何鼓之旗十二星，在牽牛北，故或名何鼓爲牽牛也。』《爾雅》以何鼓、牽牛爲一星，如李、孫之義則二星。孫炎又以何鼓左右之旗强名爲何鼓，斯失之矣。」「服，牝服」，《傳》本《考工記・車人》「大車崇三柯，綆寸，牝服二柯有參分柯之二，羊車二柯有參分柯之一」，鄭司農注云：「牝服，謂車箱。服，讀爲負。羊車，謂車羊門也。」《釋名》：「立人，象人立也。或曰陽門，在前曰陽，兩旁似門也。」案「陽」與「羊」通。牝即牛。服者，「負」之假借字。大車重載牛負之，故謂之牝服。《既夕禮》注云：「服，車箱也。」《說文》云：「箱，大車牝服也。」服以負物，箱以載物，單言服，則服爲車箱；連言服箱，故《傳》分釋之，服爲牝服，箱爲大車之箱矣。凡柯三尺，大車崇三柯，車崇九尺也。牝服二柯有參分柯之二，謂車深八尺也。羊車二柯有參分柯之一，謂車廣七尺也。大車任載牛負之，不若乘車用馬，故車深較長，車廣較狹。乘車前面有版爲軓，而後面無版以便升車，是謂之淺軫。大車後面有版爲軝，而前面無版以便載物，是謂之陽門歟。《說文》：「軝，大車後也。」此大車之箱之制也。《詩小學》云：「李善《思玄賦注》引《詩》『睆彼牽牛，不可以服箱』，與下文『不可以簸揚』、『不可以挹酒漿』句法一例。鄭《箋》云：『以，用也。不可用於牝服之箱。』爲下文二『不可以』舉例也。今各本脱『可』字。」〇《傳》云「日旦出」，「旦」當作「且」，《正義》已誤。當從《小箋》本訂正。日出東方，日且出而明星見於東方，是曰啓明。啓，開也，開日之明也。《爾雅》：「明星謂之启明。」「启」與「啓」同。日入西方，日既入而明星見於西方，是曰長庚。庚，續也，猶繼也。長，猶常也，繼日而常明也。故《箋》云：「啓明、長庚，皆有助日之名而無實光也。」《史記索隱》引《韓詩》云：「大白晨出東方爲啓明，昏見西方爲長庚。」毛《傳》以啓明、長庚爲明星，韓《傳》以啓明、長庚爲大白，則明星亦謂大白星也。《天官書》以明星代啓明，以大白代長庚，而後之言星家遂多異説。《正義》云：「『庚，續』，《釋詁》文。」今《爾雅》作「賡」。《書・益稷》疏引《詩》作「賡」。「賡」爲「庚」之譌。「庚」訓「續」，非即「賡」字也。《説文》：「賡，古文『續』。」庚、賡同義不同字。《楚辭・九歎》：「立長庚以繼日。」「續」即「繼」也。〇《正義》云：「上言『捄，長皃』，此云『畢皃』，亦言畢之長也。」鄭注《月令》云：「小而柄長謂之畢。」《漸漸之石》傳：「畢，濁也。」《天官書》：「畢曰罕車，爲邊兵，主弋獵。」畢星象田弋之畢，故《傳》云：「所以掩兔。」《十月之交》箋：「行，道度也。」今天畢張，施道度而不見其可用，亦徒虚也。《箋》用《特牲》「宗人執畢」之「畢」，易《傳》而解經，各通。

維南有箕，不可以簸揚。維北有斗，不可以挹酒漿。【傳】挹，斢也。**維南有箕，載翕其舌。**【傳】翕，合也。**維北有斗，西柄之揭。**【疏】簸，亦揚也。《説文》：「簸，揚米去糠也。」《賓之初筵》箋：「仇，讀曰斢。賓手挹酒。」《士冠禮》注：「尊、斗，所以斢酒也。」《玉篇》：「挹，斢也。」《説文》：「斢，挹也。」挹、斢義同。箕簸揚，斗斢酒漿，南箕、北斗則不可用也。《韓詩外傳》云：「言有位無其事也。」〇「翕，合」，《常棣》、《般》同。《玉篇》引《詩》作「吸」，云：「吸，引也。」《箋》：「翕，猶引也。」鄭讀「翕」爲「吸」，本三家《詩》義。《禮記・曲禮》「以箕自鄉而扱之」，注：「扱，讀曰吸。謂收糞時也。」《少儀》「執箕膺揭」，注：「膺，親也。揭，舌也。持箕將去糞者，以舌自鄉。」蓋三家《詩》作「吸」訓「引」，引舌内鄉似箕形。《毛詩》作「翕」訓「合」，《説文》：「合，亼口也。」「亼，讀若集。」合舌者，箕四星、天舌二星亼口行列成箕形，皆所以狀箕星之似箕也。斗，古「枓」字。《説文》：「枓，勺也。」「杓，枓柄也。」「揭，高舉也。」

《四月》八章，章四句。

《四月》，大夫刺幽王也。在位貪殘，下國構禍，怨亂並興焉。

四月維夏，六月徂暑。【傳】徂，往也。六月火星中，暑盛而往矣。**先祖匪人，胡寧忍予？**【疏】《傳》訓「徂」爲「往」，往暑，暑往也。六月雖盛夏之時，而火星昏中，其暑將往矣。興者，以喻我周列祖盛德，而至幽王之身，其德就衰矣。《月令》：「季夏之月，昏火中。」昭三年《左傳》：「晉張趯曰：『辟如火焉，火中，寒暑乃退。此其極也，能無退乎？』」杜注云：「火，心星。心以季夏昏中而暑退。」案「暑盛而往」即是暑極而退之意，毛《傳》正本《左傳》爲訓。詩凡八章，各自爲興。不言興者，略也。○匪，彼也。彼，猶其也。胡、寧，皆何也。「先祖匪人，胡寧忍予」，言先祖其人，何忍予而降禍亂也。與《雲漢》「父母先祖，胡寧忍予」文義相同。○《正義》云：「王肅述毛，於『六月徂暑』之下注云：『詩人以夏四月行役，至六月暑往未得反，已闕一時之祭。後當復，闕二時也。』『先祖匪人』之下又云：『征役過時，曠廢其祭祀。我先祖獨非人乎？王者何爲忍不憂恤我，使我不得修子道？』」案王説雖未得毛恉，然其言行役，未嘗無據。徐幹《中論·譴交》篇以《四月》爲行役過時，刺怨而作。徐偉長爲漢靈帝末年人，其解《詩》正與王子雝合，則經中「四月」、「六月」、「秋日」、「冬日」皆爲紀時也。行役不歸，不得養父母，即不得承祀先祖，此又在久役於外，而念及之人情所必至也。詩三章「烈烈」、「發發」與《蓼莪》弟五章同句。而二章「淒淒」，《爾雅》與《蓼莪》「哀哀」同釋。《蓼莪》序云：「民人勞苦，孝子不得終養。」六章「盡瘁以仕，寧莫我有」，與《北山》「或盡瘁事國」同解。《北山》序云：「己勞於從事，不得養父母。」則與此詩文義亦甚相同。文十三年《左傳》：「鄭伯與公宴于棐。子家賦《鴻雁》，季文子曰：『寡君未免於此。』文子賦《四月》。」文子賦《詩》，或是取「下國構禍，望晉安集」之意。杜預注云：「義取行役踰時，思歸祭祀。」即用王子雝說。行役闕祭，《毛詩》序、傳所無，而按諸經義，三家《詩》亦未嘗無據。《序》云「構禍怨亂」，歎行役亦在其中。《傳》云「暑盛而往」，《小明》篇所云「載離寒暑，其毒大苦」者，不妨借時以設喻，此非《毛詩》序、傳之正解，而義實足以兼晐爾。

秋日淒淒，百卉具腓。【傳】淒淒，涼風也。卉，草也。腓，病也。**亂離瘼矣，爰其適歸。**【傳】離，憂；瘼，病；適，之也。【疏】《绿衣》傳：「淒，寒風也。」此云「淒淒，涼風」，涼、寒義通。《爾雅》：「哀哀、悽悽，懷報德也。」郭注云：「悲苦征役，思所生也。」又《廣雅》云：「悽悽、哀哀，悲也。」「哀哀」即《蓼莪》之「哀哀父母」，「悽悽」即此「秋日淒淒」之異文。「卉，草」，《出車》同。《文選》謝靈運《戲馬臺詩》「淒淒陽卉腓」，李善注引：「《韓詩》曰：『秋日淒淒，百卉俱腓。』薛君曰：『腓，變也。俱變而黃也。腓，音肥。』毛萇曰：『痱，病也。』今本作『腓』字，非。」案李注當作「毛萇曰：『腓，病也。』今本作『痱』字，非」，今「腓」、「痱」二字互誤。張衡《西京賦》注、王粲《公讌詩》注引《毛詩》「百卉具腓」、鮑昭《苦熱行》「渡瀘寧具腓」注引《毛詩》「秋日淒淒，百卉具腓」，毛萇曰：「腓，病也。」是李所據《詩》本作「腓」。《釋文》云：「腓，房非反。病也。《韓詩》云：『變也。』」然則陸所見毛、韓《詩》字皆作「腓」，用假借字。《爾雅》：「痱，病也。」郭注云：「見《詩》。」《玉篇》：「痱，風病也。《詩》云：『百卉具瘁。』」或齊、魯《詩》作「瘁」，用本字。《箋》云：「涼風用事而衆草皆病，興貪殘之政行而萬民困病。」《傳》意當然也。○「離，憂」，《兔爰》、《斯干》同。今字作「罹」者，非古也。「瘼，病」，《釋詁》文，《桑柔》同。《方言》云：「瘼，病也。東齊、海岱之閒曰瘼。」爰，於也。「適」訓「之」。於其之歸，言歸於亂，爲此憂病也。宣十二年《左傳》引：「《詩》曰：『亂離瘼矣，爰其適歸。』歸於怙亂者也夫。」《傳》意本《左傳》説。蓋經文「亂」字讀逗，「離瘼」爲「憂病」，此毛義也。《文選》潘岳《關中詩》注引《韓詩》「亂離斯莫」，薛君曰：「莫，散也。」其所據《韓詩》作「斯莫」。任昉《爲范尚書讓表》注引：「薛君曰：『瘼，散也。』」此「瘼」字當爲「莫」。《説苑·政理》篇云：「《詩》不云乎？『亂離斯瘼，爰其適歸。』此傷離散以爲亂者也。」「離散」用《韓詩》義，《家語·辨政》篇同。今字作「瘼」者，據毛改韓耳。《家語》「爰」作「奚」。常璩《華陽國志》引《詩》作「奚其適歸」。《詩小學》云：「疑三家《詩》有作『奚』者。」

冬日烈烈，飄風發發。民莫不穀，我獨何害？【疏】《蓼莪》傳云：「烈烈然至難也。發發，疾皃。」《箋》云：「言王爲酷虐慘毒之政，如冬日之烈烈矣。其亟急行於天下，如飄風之疾也。」案《傳》意當然也。○穀，生也。我，我幽王時也。「民莫不穀，我獨何害」，言人無不貪生者，而我何獨遭此害也。

山有嘉卉，侯栗侯梅。廢爲殘賊，莫知其尤。【傳】廢，大也。【疏】《箋》云：「嘉，善；侯，維也。山有美善之草，生於梅栗之下，人取其實，蹂殘而害之，令不得蕃茂，喻上多賦斂，富人財盡，而弱民與受困窮。」案《傳》意當然也。○「廢，大」，《爾雅·釋詁》文。郭注即引此詩。《釋文》云：「一本作『廢，大也』，此是王肅義。」王子雝所據《傳》作「廢，大」，定本同。宋本作「忕」者，乃涉《箋》而誤。尤，過也。《列女傳》續編引此詩而釋之云：「言忕於惡，不知其爲過。」此《箋》及《蕩》箋「言忕於惡」用《列女傳》，本三家義，而毛意實同。

相彼泉水，載清載濁。我日構禍，曷云能穀？【傳】構，成；曷，逮也。【疏】《箋》云：「相，視也。

我視彼泉水之流，一則清，一則濁，刺諸侯竝爲惡，曾無一善。」案《傳》意當然也。〇《廣雅》：「構，成也。」本《傳》訓也。《箋》：「構，猶合集也。」「合集」即「構成」之義。《牆有茨》箋：「内冓之言，謂宫中所冓成頑與夫人淫昏之語。」「冓」與「構」通。《正義》云：「『曷，逮』，《釋言》文。」今《爾雅》作「遏」。郭注引《方言》：「東齊曰遏。」今《方言》「遏」作「蝎」。《説文》：「遏，微止也。讀若桑蟲之蝎。」曷者，「遏」之假借字。逮者，及也。穀，生也。「我日構禍，曷云能穀」，言我今下國日日成此禍亂，及己之身，云能獨生乎？

滔滔江漢，南國之紀。【傳】滔滔，大水貌。其神足以綱紀一方。**盡瘁以仕，寧莫我有。**【疏】江、漢，大水，故《傳》云「滔滔，大水皃」也。云「其神足以綱紀一方」者，一方指南國，紀即綱紀也。言江漢之大水，南國百川，其神足以綱紀之。《爾雅》：「神，治也。」《魯語》：「仲尼曰：『山川之靈，足以紀綱天下者，其守爲神。』」《法言·君子》篇：「仲尼之道，猶四瀆也，經營中國，終入大海。他人之道者，西北之流也。綱紀夷貉，或入于沱，或淪于漢。」竝與此「綱紀」同。詩言江漢綱紀南國，不使衆水放縱無所入，以興幽王之神不足以紀理天下，俾下國之諸侯恃强連禍，不供王事，更無江漢朝宗之義。〇「盡瘁」與《北山》「盡瘁」同。仕，事也。《北山》「或盡瘁事國」，《傳》云：「盡力勞病以從國事。」寧，猶胡也。有，相親有也。

匪鶉匪鳶，翰飛戾天。匪鱣匪鮪，潛逃于淵。【傳】鶉，鵰也。鵰、鳶，貪殘之鳥也。大魚能逃處淵。【疏】《釋文》云：「鶉，字或作『鷻』。」《説文》：「鷻，雕也。」引《詩》作「鷻」。「雕，鷻也。籀文从鳥作『鵰』。」鳶，當爲「蔦」字之誤也。《説文》無「鳶」字，其所據《詩》字作「蔦」，云：「蔦，鷙鳥也。」「鷙，擊殺鳥也。」《廣雅》：「鷙、鶚，鵰也。」「鷙鶚」即「鷻蔦」。《正義》云：「鵰之大者又名鶚。孟康《漢書音義》曰：『鶚，大鵰也。』《説文》：『

鳶，鷙鳥也。』鶻、鳶皆殺害小鳥，故云『貪殘之鳥』。」然則《正義》本作「鳶」，與《説文》、《廣雅》合。《釋文》本作「鳶」，後人依《釋文》改《正義》，又以「鳶，五谷反」改《説文》「鳶，與專反」。《説文注》云：「鳶讀與專反者，與鶻疊韻而又雙聲。《説文》：『鶻，鴟也。』《夏小正》謂之弋，弋即鴟也。弋之字變爲鳶。」《廣雅疏證》云：「當從鳥，戈聲，而書作『鳶』。鳶字古音在元部。古從戈聲之字，多有讀入此部者，故《説文》閱從戈聲而讀若縣，戌從戈聲而讀若環。鳶之從戈聲而音與專切，亦猶是也。」案作弋、作鳶説俱有理。讀與專反者，或出三家《詩》。而《毛詩》作「鳶」，五谷反，當以《説文》所據爲證。《旱鹿》「鳶飛戾天」，《箋》：「鳶，鴟之類，鳥之貪惡者也。」《説文注》云：「鳶，亦當爲『鳶』。《正義》引《説文》：『鳶，鷙鳥。』此亦引《説文》『鳶，鷙鳥』而從俗寫爲『鳶』耳。」《釋詞》云：「匪，彼也。」《傳》云「鶻、鳶，貪殘之鳥也」者，以喻貪殘之人處於高位。《傳》文「大魚」上疑奪「鱣鮪」二字。云「鱣、鮪，大魚能逃處淵」者，以喻今民不能逃避禍害，是大魚之不如矣。

山有蕨薇，隰有杞桋。【傳】杞，枸檵也。桋，赤楝也。**君子作歌，維以告哀。**【疏】蕨薇，詳《草蟲》篇。「杞，枸檵」，《四牡》同。隰有杞，杞生於隰也。下篇「陟彼北山，言采其杞」，杞生於山也。是枸檵山、隰皆有矣。「桋，赤楝」，《爾雅·釋木》文。《爾雅》又云：「白者楝。」郭注云：「赤楝樹葉細而岐鋭，皮理錯戾，好叢生山中，中爲車輞。白楝葉圓而岐，爲大木。」邢疏引《義疏》云：「楝，葉如柞，皮薄而白，其木理赤者爲赤楝，一名桋。白者爲楝。其木皆堅韌，今人以爲車轂。」案杞、桋同類，郭景純謂「赤楝叢生」，是已。但云「赤楝生山中」，《詩》言「隰桋」，豈山、隰亦皆有此木歟？蕨薇之菜、杞桋之木，山隰足以覆養而有之，以喻在位之人不能恩育，萬民病困，草木之不如。○君子，席在位之人。作此詩歌，以告哀於君子，此倒句也。《正義》謂作者自言君子，似非詩恉。「君子作歌」與「吉甫作頌」不同也。

《北山》六章，三章章六句，三章章四句。

《北山》，大夫刺幽王也。役使不均，己勞於從事，而不得養其父母焉。

陟彼北山，言采其杞。偕偕士子，朝夕從事。【傳】偕偕，强壯貌。士子，有王事者也。**王事靡盬，憂我父母。**【疏】北山采杞，以喻勞於從事。言，語詞。○偕偕爲强壯，「强」當作「彊」，《説文》：「偕，彊也。」引《詩》「偕偕士子」，本《傳》訓也。《大玄・彊》：「次四，爰聰爰明，左右彊彊。《測》曰：爰聰爰明，庶士方來也。」又《增・上九》：「《測》曰：群士彊彊。」「偕偕」與「彊彊」同。士，讀爲事。《傳》云「士子，有王事者」，「王事」探下句爲訓。從事，從王事也。三章云「嘉我未老，鮮我方將。旅力方剛，經營四方」，即其義。《箋》云：「靡，無也。盬，不堅固也。王事無不堅固，故我當盡力勤勞於役，久不得歸，父母思己而憂。」

溥天之下，莫非王土。率土之濱，莫非王臣。【傳】溥，大；率，循；濱，涯也。**大夫不均，我從事獨賢。**【傳】賢，勞也。【疏】「溥，大」，《爾雅・釋詁》文。《公劉》同。「溥天之下」，昭七年《左傳》、《東周策》、《孟子・萬章》、《荀子・君子》、《韓子・説林上》、《忠孝》、《吕覽・愼人》、《新書・匈奴》、《白虎通義・封公侯》、《喪服》、《史記》、《漢書・司馬相如傳》、《韓詩外傳》皆作「普」，聲通。「率，循」，《釋詁》文。率，古「䢦」字，古文作「率」，漢人作「䢦」，今「率」行而「䢦」廢矣。《緜》、《訪落》同。濱，古當作「瀕」。《漢書・王莽傳》、《白虎通義・封公侯》、《喪服》兩篇引《詩》作「賓」，爲假借字。《説文》無「涯」字。《采蘋》傳作「厓」。○大夫，在上位者，刺大夫不直刺幽王也。《節南山》傳：「均，平也。」不均，《序》所謂「役使不均」也。我，有王事者自我也。《傳》詁

「賢」爲「勞」者，《廣雅》：「賢，勞也。」王念孫《疏證》云：「《孟子·萬章》篇引《詩》，而釋之曰：『此莫非王事，我獨賢勞也。』賢亦勞也。賢勞，猶言劬勞，故毛《傳》曰：『賢，勞也。』《鹽鐵論·地廣》篇亦曰：『《詩》云：「莫非王事，而我獨勞。」刺不均也。』鄭《箋》、趙注竝以賢爲賢才，失其義矣。」案王說是也。「我從事獨賢」，《序》云「己勞於從事」，是賢、勞同也。襄十三年《左傳》引《詩》而釋之云：「言不讓也。」亦謂大夫不知讓。「不讓」與「不均」同意。此詩專刺幽王役使不均，從事獨勞，是即不均也。首章言「王事靡盬，憂我父母」，又推獨勞者之情。《孟子》云：「是詩也，勞於王事，而不得養父母也。」統釋首章，與《序》言「不得養父母」合。下章及末三章言「獨勞不均」，皆從此章之義而申說之。

四牡彭彭，王事傍傍。【傳】彭彭然不得息，傍傍然不得已。**嘉我未老，鮮我方將。旅力方剛，經營四方。**【傳】將，壯也。旅，衆也。【疏】《烝民》箋：「彭彭，行皃。」傍，當作「徬」，《說文》：「徬，附行也。」彭彭、傍傍聲義皆相近。《傳》於「彭彭」云「不得息」，於「傍傍」云「不得已」，互文見義也。○未老、方將對文，故《傳》訓「將」爲「壯」，方將即方壯也。《射義》「幼壯孝弟」，「壯」或爲「將」。《爾雅》：「奘，駔也。」「奘」與「壯」同。樊、孫本作「將」。此皆壯、將聲通之證。「旅，衆」，《釋詁》文。《大明》同。《桑柔》「靡有旅力」，與此「旅力」同。《秦誓》：「番番良士，旅力既愆。」《周語》：「四軍之帥，旅力方剛。」孔傳、韋注竝云：「旅，衆也。」《逸周書·大明武》篇：「我師之窮，靡人不剛。」《鹽鐵論·繇役》篇：「《詩》云：『獫允孔熾，我是用戒。武夫潢潢，經營四方。』故守禦征伐所由來久矣。」竝與此詩同。

或燕燕居息，【傳】燕燕，安息貌。**或盡瘁事國。**【傳】盡力勞病以從國事。**或息偃在牀，或不已**

于行。【疏】燕，安也。重言曰「燕燕」。《爾雅》：「燕燕，尼居息也。」字又作「宴宴」。《傳》云「安息」，義同。「或盡瘁事國」，昭七年《左傳》引《詩》「盡瘁」作「憔悴」，《漢書·五行志》所載《左傳》作「盡顇」。鄭注《周禮·小司寇》云：「謂憔悴以事國。」其所據《詩》作「憔悴」，字異義同。《傳》云「盡力勞病」以釋「盡瘁」二字，語雖分釋，而義實平列也。云「以從國事」釋經「事國」二字，倒句以釋之。已，止也。行，道也。

或不知叫號，【傳】叫呼號召也。**或慘慘劬勞。或棲遲偃仰，或王事鞅掌。**【傳】鞅掌，失容也。

【疏】叫號，連緜字。《說文·口部》：「叫，嘑也。」「嘑，號也。」《言部》：「訆，大嘑也。」「評，召也。」《碩鼠》傳：「號，呼也。」古嘑、評、呼通用。叫謂之嘑，嘑又謂之號，號謂之呼，評又謂之召。是叫、呼、號、召四字同義也。慘慘，《釋文》：「字亦作『懆懆』。」是也。《衡門》傳云：「棲遲，游息也。」仰，《釋文》作「卬」。鞅掌，疊韻連緜字。「鞅掌，失容」，猶言「倉皇，失據」耳。《正義》云：「《傳》以鞅掌爲煩勞之狀，故云『失容』。言事煩鞅掌然，不暇爲容儀也。今俗語以職煩爲鞅掌，其言出於此《傳》也。」案《莊子·庚桑楚》篇「鞅掌之爲使」，郭象注云：「鞅掌，不自得。」宋陳景元校本有「不」字，今各本奪「不」，不可通矣。崔譔云：「不仁意。」司馬彪云：「醜貌。」竝與「失容」義近。又《在宥》篇：「遊者鞅掌，以觀無妄。」鞅掌亦浮遊動容之意。

或湛樂飲酒，或慘慘畏咎。或出入風議，或靡事不爲。【疏】湛，亦樂也，讀爲酖，連言湛樂；般，樂也，連言般樂；娛，樂也，連言娛樂；愉，樂也，連言愉樂；喜，樂也，連言喜樂；康，樂也，連言康樂，皆其例。慘慘，亦「懆懆」之誤。《箋》云：「咎，猶罪過也。風，猶放也。」

《無將大車》三章，章四句。

《無將大車》，大夫悔將小人也。

無將大車，祇自塵兮。【傳】大車，小人之所將也。**無思百憂，祇自疷兮。**【傳】疷，病也。【疏】大車，與《王風》「大車」不同。《考工記・車人》「大車崇三柯」，鄭注云：「大車，平地載任之車。」《晉語》「以傳召伯宗，遇大車當道而覆」，韋注云：「大車，牛車也。」詩以大車喻小人，將大車喻進小人。《傳》云「大車，小人之所將也」者，但釋經之「大車」，而喻義自明也。《我行其野》傳：「祇，適也。」《箋》云：「喻大夫而進舉小人，適自作憂累，故悔之。」《易林・井》云：「大輿多塵，小人傷賢。皇甫司徒，使君失家。」亦此義也。○疷，石經作「疧」，不誤。「疷，病」，《釋詁》文。《白華》「俾我疷兮」，《傳》亦云：「疷，病也。」《詩小學》云：「《詩》三用此字爲韵，《白華》與『卑』韵，《何人斯》『祇』與『易』、『知』、『篪』、『知』、『斯』韵，此皆弟十六部本音。《何人斯》借『地祇』字爲之，於六書爲假借。若《無將大車》之『疷』，而與弟十二部之『塵』韵，讀若真，此古合韵之例。」又云：「張衡賦『思百憂以自疢』，『疢』與『疷』音近。《禮記》『眕於鬼神』，鄭注：『眕，或爲「祇」。』又《說文》『觗』一作『䚩』。古狋氏讀如權。精於此，可求合韵之理。《釋文》『都禮反』，是唐初誤作『疷』也。」

無將大車，維塵冥冥。無思百憂，不出于熲。【傳】熲，光也。【疏】《荀子・大略篇》：「君人者不可以不慎取臣，匹夫者不可以不慎取友。友者，所以相有也。道不同，何以相有也？均薪施火，火就燥；平地注水，水流溼。夫類之相從也，如此之箸也。以友觀人，焉所疑？取友善人，不可不慎，是德之基也。《詩》曰：『無將大車，維塵冥冥。』言無與小人處也。」又《韓詩外傳》云：「今子所樹非其人也，故君子先擇而後種也。《詩》曰：『無將大車，惟塵冥冥。』」案此釋《詩》竝與《序》、《傳》合。《箋》云：「冥冥者，蔽人目明，令無所見也。猶進舉小人，蔽傷己之功德也。」○「熲，光」，《釋詁》文。《箋》云：「使人蔽闇，不得出於光明之道。」

無將大車，維塵雝兮。無思百憂，祇自重兮。【疏】《箋》云：「雝，猶蔽也。重，猶累也。」

《小明》五章，三章章十二句，二章章六句。

《小明》，大夫悔仕于亂世也。

明明上天，照臨下土。我征徂西，至于艽野。二月初吉，載離寒暑。【傳】艽野，遠荒之地。初吉，朔日也。**心之憂矣，其毒大苦。念彼共人，涕零如雨。豈不懷歸？畏此罪罟。**【傳】罟，網也。

【疏】明明，猶昭昭。《禮記·中庸》篇「今夫天斯昭昭之多」，鄭注云：「昭昭，猶耿耿，小明也。」照臨，猶照察也。言至小之明，其光甚微，以喻世亂則闇於照察，故《詩》以「小明」名篇。○「艽野，遠荒之地」，《說文》：「艽，遠荒也。从艸，九聲。」引《詩》本《傳》訓也。古謂朔爲吉，《傳》以「朔日」詁「初吉」者，初，始也。初吉與吉月不同，而朔日與月朔又異。吉月、月朔爲一月之始一日。初吉者，謂吉月之始；朔日者，謂月朔之日，不必定在始一日，自一至十皆是也。二月，夏正之二月。或謂此二月爲周之二月者，非也。《箋》云：「我行往之西方，至於遠荒之地，乃以二月朔日始行，至今則更夏暑冬寒矣，尚未得歸。」案鄭說是也。「二月初吉」冢上「我征徂西」句，即下兩章云「昔我往矣，日月方除」、「昔我往矣，日月方奧」也。「載離寒暑」即下兩章云「曷云其還，歲聿云莫」也。經言先寒後暑，《箋》乃以「夏暑冬寒」釋之，蓋探下「采蕭穫菽」已在秋冬之交爲言，此西行之大夫，固爲歷寒未歸而作也。詩五章，前三章每章下六句作對耦法，上六句用錯綜法。首章首二句「明明上天，照臨下土」，以喻身居小明之世，爲全詩綱領。「至于艽野」繫於「我征徂西」句下，以箸明其行西所到之地。二章「念我獨兮，我事孔庶」繫於「曷云其還，歲聿云莫」句下，以言歲莫不歸，而猶從事獨勞也。三章「政事愈蹙」繫「曷云其還」下，即二章云「念我獨兮，我事孔庶」也。「采蕭穫菽」繫「歲聿云莫」下，以驗星移物變，有行役一時之苦，即首章云「載離寒暑」也。三章上六句皆錯綜以變其體，其實一線穿成。解者或以「二月初吉」繫「至于艽野」之下，遂謂「二月，既至艽野之二月」，失詩之意矣。○共，古「恭」字。《箋》云：「共人，靖共爾位，以待賢者之君。」鄭以上三章「共人」即末二章「靖共爾位」，好與正直之君子。案鄭説是也。經以彼、此作對文。此者，此幽王，則彼者，彼明王也。《小宛》末章「温温恭人，惴惴小心」，《韓詩》以「恭人」爲「大王居人上」，與此「共人」同。《傳》云「罟，網」，古祇作「罔」。《説文》：「罟，网也。或作『罔』，或作『䋞』。」《瞻卬》「罪罟不收」，《傳》：「罪罟，設罪以爲罟。」與此「罪罟」同。《鹽鐵論·執務》篇：「古者行役不踰時，春行秋反，秋往春來，寒暑未變，衣服不易，固已還矣。若今則繇役極遠，盡寒苦之地、危難之處，陟胡、越之域。今兹往而來歲還。父母延頸而西望，男女怨曠而相思，身在東楚，志在西河。故一人行而鄉曲恨，一人死而萬人悲。《詩》云：『念彼恭人，涕零如雨。豈不懷歸？畏此罪罟。』」案桓引《詩》亦以彼爲古，而此爲今。「春行秋反，寒暑未變」云云，即解「二月初吉」意；「繇役極遠，盡寒苦之地」云云，即解「至于艽野」意。此雖非全引詩辭，正是依詩辭爲説，則二月爲春行，西京舊説有可證也。

昔我往矣，日月方除。【傳】除，除陳生新也。**曷云其還，歲聿云莫。念我獨兮，我事孔庶。心之憂矣，憚我不暇。**【傳】憚，勞也。**念彼共人，睠睠懷顧。豈不懷歸？畏此譴怒。**【疏】「昔我往矣，日月方除」，此追溯其我往之時也。《悉蟀》：「除，去也。」《天保》：「除，開也。」去者，除陳；開者，生新，「除」字兼有此二義。《管子·度地》篇：「天氣下，地氣上，萬物交通，故事已，新事未起。」其下即云：「寒暑調，日夜分。分之後，夜日益短，晝日益長，利以作土功之事。」案此與《傳》訓同。汪龍《詩異義》云：「《傳》訓『除』爲『除陳生新』，指二月也。《史記·律書》：『卯之爲言茂也。言萬物茂也。』《白虎通義》：『卯者，茂也。』《漢書·律曆志》：『冒茆於卯。』《說文》：『卯，冒也。萬物冒地而出，象開門之形，故二月爲天門。』徐氏鍇曰：『天門，萬物畢出也。』《釋名》：『卯，冒也。載冒土而出也。』《傳》以『除陳生新』爲『二月』義，致確矣。《箋》引《爾雅》『四月爲除』釋『昔我往矣』爲『往至於艽野』。《爾雅》：『四月爲余。』雖除、余義通，但經言『昔我往矣』，是追溯始行之時，釋『往』爲『往到』，義終未安。」○《釋文》：「憚，字亦作『癉』。徐音旦。」徐仙民所據《詩》作「癉」矣。今《大東》、《雲漢》皆作「憚」，訓「勞」。「憚」爲「癉」之假借。《大東》傳：「睠，反顧皃。」重言曰「睠睠」。《箋》云：「睠睠，有往仕之志也。」王注《楚辭·九歎》引《詩》、李注《文選》王粲《登樓賦》、張衡《思玄賦》、謝惠連《獻康樂詩》引《韓詩》竝作「眷眷懷顧」。《說文》有「眷」無「睠」。

昔我往矣，日月方奧。【傳】奧，煖也。**曷云其還，政事愈蹙。**【傳】蹙，促也。**歲聿云莫，采蕭穫菽。心之憂矣，自詒伊戚。**【傳】戚，憂也。**念彼共人，興言出宿。豈不懷歸？畏此反覆。**【疏】「奧，煖」，《唐·無衣》同。「奧」爲「燠」，古文假借。《詩異義》云：「《說文》：『煖，温也。』《七月》『春日載陽』，《箋》：『陽，温也。』二月萬物畢出，陽氣方盛。經言『方奧』，《傳》以『煖』解之，亦致確也。且『二月初吉』爲始行，而『昔我往矣』則不定指。初吉之一日，即二月之末，接於三月之初，凡在征途皆可言。經『方奧』在『方除』下，設文本有次弟，《疏》既以『春温』申《傳》，復引《洪範》，疑『燠』當爲夏，謂『二月之初，接於正月之末，時尚有霜，不可云燠』，其言非也。」案汪説允當，唯解「初吉」爲一日自誤。〇蹙，古祇作「戚」。「戚」訓爲「促」者，以疊韻爲訓。《召旻》傳云：「戚，促也。」與此同。今經典訓「促急」字皆作「蹙」，子六反，非古義古音也。凡古今文字日以滋廣，實由方語之殊、引申假借之用，故每字必有數音數義。解經者隨文立訓，生生而不窮。如《公劉》傳：「戚，斧也。」「戚」之本義，而此句「政事愈戚」訓「促」，下句「自詒伊戚」訓「憂」，言各有當，不妨字同而義異也。此故訓用字之通例。蕭，蒿也。菽，九穀中最後穫者。亨菽、采菽皆其葉也。至此則稱穫矣。《淮南子·墬形》篇云：「菽夏生冬死。」〇戚，古「慽」字。《説文》：「慽，憂也。字亦作『蹙』。」伊，維也。《雄雉》箋：「伊，當作『繄』。繄，猶是也。」《正義》云：「《箋》以宣二年《左傳》『自詒繄慼』、《小明》云『自詒伊戚』爲義既同，故此及《蒹葭》、《東山》、《白駒》各以『伊』爲『繄』。《小明》不易者，以『伊慼』之文與《左傳》正同，爲『繄』可知。」案據此則孔所見《左傳》作「繄」，與此詩作「伊」義同矣。《九罭》傳云：「宿，猶處也。」「興言出宿」，言將起而出處仕於治朝也。與上「睠睠懷顧」同意。反，亦覆也。反覆，猶反側也。

嗟爾君子，無恒安處。靖共爾位，正直是與。【傳】靖，謀也。正直爲正，能正人之曲曰直。**神之聽之，式穀以女。**【疏】爾，女，女君子，帝王也。恒，常也。無常於安處、安息，以起下文靖共好與之意。《荀子·勸學篇》：「君子博學而日參省乎己，則知明而行無過矣。」其下即引《詩》曰：「嗟爾君子，無恒安息。靖共爾位，好是正直。神之聽之，介爾景福。」楊注云：「無恒安息，戒之不使懷安也。」《漢書·董仲舒傳》武帝策賢良制曰：「《詩》不云虖？『嗟爾君子，毋常安息。神之聽之，介爾景福。』」顔注云：「言人君不當苟自安處而已。」此其義也。〇「靖，謀」，《爾雅·釋詁》文，《召旻》、《我將》同。共即共人。末二章承上三章「念彼共人」而言，所以傷今而思古也。襄七年《左傳》引此詩而釋之：「恤民爲德，正直爲正，正曲爲直，參和爲仁。如是，則神聽之，介福降之。」《傳》云「正直爲正，能正人之曲爲直」，其釋詩「正直」二字即用《左傳》文。《左傳》「恤民爲德」句以釋詩之「靖」字，杜注云「靖共其位，所以恤民」是也。《傳》訓「靖」爲「謀」，謀所以恤民，當亦本諸《左傳》。《召旻》「實靖夷我邦」、《我將》「日靖四方」，《傳》皆云：「靖，謀也。」皆謂謀治民人意，義相同。「靖共爾位」則指明君矣。大夫有恤民之責，故引《詩》可斷章取義。而要之詩意在刺幽王，自不指在位之大夫。《禮記·緇衣》篇云：「有國者章善癉惡，以示民厚，則民情不貳。」亦引此詩。《箋》指明君説，不誤。乃訓「共」爲「具」，謂「謀具女之爵位與共人」，《箋》義不可通。共人不得稱具人也。

嗟爾君子，無恒安息。【傳】息，猶處也。靖共爾位，好是正直。神之聽之，介爾景福。【傳】介、景，皆大也。【疏】「息，猶處」，《傳》謂末兩章同意耳。上章「無恒安處」，此章「無恒安息」，安息猶安處也。《殷其靁》二章「莫敢遑息」，三章「莫敢遑處」，遑息猶遑處也。《葛生》一章「誰與獨處」，二章「誰與獨息」，獨息猶獨處也。《浮游》一章「於我歸處」，二章「於我歸息」，歸息猶歸處也。《傳》皆云：「息，止也。」〇「介，大」，《爾雅·釋詁》文，《生民》同。《説文》：「夰，大也。」《方言》：「夰，大也。東齊、海岱之閒曰夰。」今字通作「介」，猶「奄，大」今作「純」，「奟，大」今作「佛」，假借行而本義廢矣。「景，大」，亦《釋詁》文。《車舝》、《玄鳥》同。景者，「京」之假借。《左傳》云「介福降之」，則介福爲大福也。《箋》訓「介」爲「助」，非《傳》義。上章「式穀以女」，爾、女通稱。穀，善也。穀女，猶言「介爾」，鄭於《表記》注云「用禄與女」是矣。《箋》云：「其用善人則必用女。」亦非《傳》義。

《鼓鍾》四章，章五句。

《鼓鍾》，刺幽王也。【疏】《正義》云：「鄭於《中候握河》注云『昭王時，《鼓鍾》之詩所爲作』者，鄭時未見

《毛詩》,依三家爲說也。」

鼓鍾將將,淮水湯湯,憂心且傷。【傳】幽王用樂不與德比,會諸侯于淮上,鼓其淫樂以示諸侯,賢者爲之憂傷。**淑人君子,懷允不忘。**【疏】鍾,當作「鐘」。今鍾、鐘通用。鼓鐘,擊鐘,謂金奏也。大饗,王出入,奏《王夏》。賓出入,奏《肆夏》。賓爲諸侯。詩言「幽王會諸侯」,則所謂「鼓鐘」者,奏《王夏》與《肆夏》也。凡饗、食、賓、射尚金奏,故詩四章皆言「鼓鐘」。《說文》:「鎗,鐘聲也。」鐘聲爲鎗,重言曰「鎗鎗」。將將,古文假借。《執競》傳云:「將將,集也。」《載驅》傳云:「湯湯,大皃。」案上句言鼓鐘,而下句即言淮水,是用樂於淮水之上也。淮水之上,非方嶽覲諸侯之地,今幽王會諸侯而用先王之樂,是不與先王之德比矣。「不與德比」即爲淫樂,此《傳》總發全章之恉。「賢者爲之憂傷」,以釋「憂心且傷」句。《箋》云:「爲之憂傷者,嘉樂不野合,犧象不出門,今乃於淮水之上作先王之樂,失禮尤甚。」「嘉樂不野合,犧象不出門」,定十年《左傳》文。《史記·魯世家》稱孔子誅齊淫樂,鄭引之,正以申明此《傳》之義。王肅亦云:「凡作樂而非所,則謂之淫。」淫,過也。○《釋詞》云:「允,語詞。『懷允不忘』,懷不忘也。」

鼓鍾喈喈,淮水湝湝,憂心且悲。【傳】喈喈,猶將將。湝湝,猶湯湯。悲,猶傷也。**淑人君子,其德不回。**【傳】回,邪也。【疏】將將爲樂聲之作,喈喈猶然也。喈,讀如「八音克諧」之「諧」。湯湯爲水流之大,湝湝猶然也。《說文》云:「湝,水流湝湝也。」悲、傷同義。「憂心且悲」猶云「憂心且傷」耳。「回,邪」,《小旻》同。

鼓鍾伐鼛,淮有三洲,憂心且妯。【傳】鼛,大鼓也。三洲,淮上地。妯,動也。**淑人君子,其德**

不猶。【傳】猶，若也。【疏】《繇》傳亦云：「鼛，大鼓也，長丈二尺。」《淮南子・主術》篇「鼛鼓而食」，高注：「鼛鼓，王者之食樂也。」引《詩》：「鼓鐘伐鼛。」「鼛鼓」當作「伐鼛」，《玉海》一百九引《淮南》正作「伐鼛而食」。《荀子・正論篇》「代皋而食」，「皋」與「鼛」通，「代」乃「伐」之誤。《淮南》即本於《荀子》也。《春官・大司樂》：「王大食，三侑，皆令奏鍾鼓。」即其事也。説詳王念孫《荀子襍志》。○「三洲，淮上地」，未詳。朱右曾云：「按《水經注》：『淮水又東，爲安豐津。淮中有洲，俗號關洲，蓋津關所在，故斯洲納厥稱焉。』通校全淮，惟此有洲，在今霍邱縣北也。《左傳》周幽爲大室之盟，戎狄叛之。潁水源於大室，而入於淮。意王既會，遂浮潁入淮，敎穆天子之浮于熒水，以奏廣樂，宣其泆侈于諸侯，而不知戎狄之竊發。此賢者所以聞樂而拊心也。」奂今攷《方輿紀要》，江南鳳陽府壽州霍邱縣，縣西南二十里有安風城，或譌「風」爲「豐」。大業陂，縣東北十五里，周二十餘里，人呼爲水門塘，相傳古名「鎮淮洲」，陷而爲陂。淮水在縣北三十里，自潁州流入境，又東北接潁上縣界，自霍邱縣而東，經正陽鎮，潁水流合焉。《漢志》：「潁水出陽城縣陽乾山，東至下蔡入淮，其入淮處謂之潁尾。」《左傳・昭十二年》：「楚子狩於州來，次于潁尾。」亦曰：潁口下蔡城即古州來也。是淮洲陷成陂，當在潁水入淮之處。又案《釋丘》「淮南有州黎丘」，郝《義疏》引：❶「劉台拱《經傳小記》：『《鹽鐵論・論儒》篇：「孔子能方不能圓，故飢于黎丘。」哀公二年，蔡遷于州來。四年，孔子自陳適蔡絶糧。《鹽鐵論》所謂「黎丘」蓋即「州黎之丘」也。』《晉志》淮南郡壽春縣，今爲安徽鳳陽府壽州。」○「妯，動」，《釋詁》文。《箋》：「妯之言悼也。」古由、卓聲同。鄭不以妯、悼同訓，而以《鼓鐘》之「妯」讀同「悼」，猶以《菀柳》之「蹈」讀曰「悼」，謂妯、蹈皆即悼也。《檜・羔裘》傳云：「悼，動

❶ 「義疏」，原作「正義」，徐子静本、《清經解續編》本同。據清同治四年郝氏家刻本郝懿行《爾雅義疏》改。

也。」《說文・心部》引《詩》「憂心且怞」，妯、怞聲相近。《衆經音義》卷十二引《韓詩》「憂心且陶」，妯、陶聲亦相近。「猶，若」，《小星》同。

鼓鍾欽欽，鼓瑟鼓琴，笙磬同音。【傳】欽欽，言使人樂進也。笙磬，東方之樂也。同音，四縣皆同也。**以雅以南，以籥不僭。**【傳】爲雅爲南也。舞四夷之樂，大德廣所及也。東夷之樂曰昧，南夷之樂曰南，西夷之樂曰朱離，北夷之樂曰禁。以爲籥舞，若是爲和而不僭矣。【疏】賓入門則金作，故《傳》云：「欽欽，言使人樂進也。」《鳧鷖》傳：「欣欣然樂也。」欽、欣一聲之轉。《廣雅・釋訓》：「欽欽，聲也。」「鼓瑟鼓琴」，瑟琴在堂上也，「歌詩以弦之」。下文言樂舞皆在堂下。〇《儀禮・大射儀》「樂人宿縣于阼階東，笙磬西面，其南笙鍾。西階之西，頌磬東面，其南鍾」，鄭注云：「笙，猶生也。東爲陽中，萬物以生。言成功曰頌。西爲陰中，萬物之所成。鍾不言頌，省文也。」《周禮》「眡瞭掌擊頌磬、笙磬」，注云：「磬在東方曰笙。笙，生也。在西方曰頌。頌，或作『庸』，功也。」《大司樂》疏引《書》「笙庸以閒」注云：「東方之樂謂之笙。笙，生也。東方，生長之方，故名樂爲生也。庸者，西方之樂謂之庸。庸，功也。西方，物熟有成功，亦謂之頌。頌亦是頌其成也。」然則鄭亦以鐘磬之在西者爲頌，在東者爲笙矣。詩言「笙磬」不言「頌磬」，言「磬」不言「鐘」，皆省文也。《傳》釋「笙磬」爲「東方之樂」者，舉東方以晐西方，亦舉磬以晐鐘也。云「同音，四縣皆同也」者，此總釋「四面縣」之義。《小胥》「正樂縣之位，王宮縣」，鄭司農注云：「宮縣，四面縣。四面，象宮室四面有牆，故謂之宮縣。」《逸周書・大匡》篇「國不鄉射，樂不牆合」，孔注云：「牆合，即所謂宮縣。」是也。案《逸周書》言「牆合」，即鄭司農所謂「象宮室四面有牆」也。凡周樂縣之制，編磬、編鐘各一，四面設縣，共八縣。此外之縣者，鎛二縣，在東西兩行之南；特磬一縣，在堂下之北；更設鼗鼓一縣，在頌磬之西，四縣皆在堂下。同音者，堂下樂器之音同也。同之爲言均也、調也。此不兼堂上樂器而言。《正義》以爲堂上之琴瑟與堂下之磬鍾皆同，其聲音不相奪倫，失《傳》指矣。○「以雅以南」，《傳》云「爲雅爲南」，「爲」釋經之「以」。《玉篇》：「以，爲也。」全《詩》「以」與「爲」同義者，放此。雅，正樂，舞六代之樂也。南，夷樂也。詩但言南夷之樂，《傳》乃兼言四夷之樂，以補明經義。不言雅者，以易曉略耳。《周禮・旄人》「掌教舞夷樂」，鄭注云：「夷樂，四夷之樂，亦皆有聲歌及舞。」《鞮鞻氏》「掌四夷之樂」，注云：「四夷之樂：東方曰韎，南方曰任，西方曰侏離，北方曰禁。《詩》云『以雅以南』是也。王者必作四夷之樂，一天下也。」何休昭二十五年《公羊傳》注云：「王者舞六樂于宗廟之中：舞先王之樂，明有法也；舞己之樂，明有制也；舞四夷之樂，大德廣及之也。東夷之樂曰株離，南夷之樂曰任，西夷之樂曰禁，北夷之樂曰昧。」蔡邕《獨斷》同。《白虎通義・禮樂》篇引河間獻王《樂元語》：「樂先王之樂，明有法也。興其所自作，明有制也。興四夷之樂，明德廣及之也。故東夷之樂曰朝離，南夷之樂曰南，西夷之樂曰昧，北夷之樂曰禁。合觀之樂儛於堂，四夷之樂陳於右，先王所以得之，順命重始也。」案「觀」當作「歡」，「右」疑「門」字之誤。劉逵《魏都賦》注引《韓詩内傳》：「王者舞六代之樂，舞四夷之樂，大德廣之所及。」《後漢書・陳禪傳》：「尚書陳忠曰：『古者合歡之樂舞於堂，四夷之樂陳於門。故《詩》云「以雅以南」，韎、任、朱離。』」蓋忠引三家《詩》「韎任朱離」以釋詩之「南」，與毛《傳》昧、南、朱離、禁以釋詩之「南」，其義正同，非三家《詩》增多四字也。雅樂在門内堂下，夷樂在明堂四門之外，《白虎通義》所謂「夷狄無禮義，不在内」，是其義也。《禮記・明堂位》篇：「昧，東夷之樂也。任，南蠻之樂也。納夷蠻之樂於大廟，言廣魯於天下也。」又云：「大廟，天子明堂。」魯大廟與天子路寢明堂同制，唯魯明堂無西北夷樂或下於天子，故但納夷蠻樂於大廟，而設其樂於路寢明堂外也。天子路寢明堂，外有四門巡狩會；諸侯築明堂，其外亦有四門。九夷、八蠻、六戎、五狄來朝，立於明堂四門之外，因以舞其樂焉。《樂元語》：「東夷之樂持矛舞，助時生也。南夷之樂持羽舞，助時養也。西夷之樂持戟舞，助時殺也。北夷之樂持干舞，助時藏也。」《北堂書鈔・樂部三》引劉向《五經通義》同。此四夷之樂皆有舞，故毛、韓《詩傳》竝云「舞四夷之樂」也。《傳》謂「籥」爲「籥舞」、「不僭」爲「和」，而不僭，《抑》傳：「僭，差也。」此總釋「雅」、「南」也。《賓之初筵》傳云：「秉籥而舞，與笙歌相應，所謂爲和而不僭也。」總釋「雅」、「南」，則上文鐘、磬、琴、瑟包在其中矣。天子會同，築壇覲侯，其舞當有干舞。不言干舞而但稱籥舞者，尚德之義也。舉文舞以晐武舞，故但以籥言。《春秋經》「《萬》入去籥」、《禮記・仲尼燕居》「《武》、《夏》、籥序興」皆是也。鄭易《傳》以「雅」爲「《萬》舞」。《萬》舞爲干舞，而於此詩經、《傳》意不合。○案末章陳古樂，意承上三章「淑人君子」，謂用樂與德比者也。

《楚茨》六章，章十二句。

《楚茨》，刺幽王也。政煩賦重，田萊多荒，饑饉降喪，民卒流亡，祭祀不饗，故君子思古焉。

【疏】詩先言民事，而及神饗獲福也。陳古以刺今。

楚楚者茨，言抽其棘。【傳】楚楚，茨棘貌。抽，除也。**自昔何爲？我蓺黍稷。我黍與與，我稷翼翼。**【傳】露積曰庾。萬萬曰億。**我倉既盈，我庾維億。以爲酒食，以享以祀，以妥以侑，以介景福。**【傳】妥，安坐也。侑，勸也。【疏】《牆有茨》傳云：「茨，疾黎也。」《玉藻》注：「齊，當爲『楚薺』之『薺』。」「楚薺」即「楚茨」，鄭所據三家有作「楚楚者薺」也。王注《楚辭》引「楚楚者蒼」，《玉篇》：「蒼，蒺藜也。三角，刺人。」茨、薺、蒺蔾同。楚木有棘，故「楚楚」爲「茨棘皃」。抽、除雙聲。棘，即茨棘也。《牆有茨》傳：「襄，除也。」義同訓亦同。○「自昔何爲」句承上生下，自昔，猶云「自古」，言自古墾田之法如是。是何爲乎？爲我農夫將穜蓺黍稷故也。《說文》引此詩作「埶」，今通作「蓺」。《說文》：「旟旟，衆也。从㫃，與聲。」是「與與」有「衆」義。《廣雅》云：「翼翼，盛也。」《說文》：「倉，穀藏也。」「庾，倉無屋者。」《甫田》箋「庾，露積穀」，本此《傳》訓也。《周語》云：「野有庾積。」露積即野積。胡廣《漢官解詁》：「在邑曰倉，在野曰庾。」蓋庾本爲在野積穀之稱，故亦謂庾爲倉也。「萬萬曰億」，《伐檀》同。詳《伐檀》篇。○以者，以黍、稷也。凡酒食以黍稷爲之，亨祀又以黍稷爲主也。《天保》「吉蠲爲饎，是用孝享」，《傳》：「饎，酒食也。享，獻也。」文義相同。「妥，安坐」，《爾雅・釋詁》文。《禮記・郊特牲》「舉斝角，詔妥尸」，鄭注云：「尸始入，舉奠斝若奠角，將祭之，祝則詔主人拜，安尸，使之坐。尸即至尊之坐，或時不自安，則以拜安之也。天子奠斝，諸侯奠角。」《禮器》云：「周坐尸。」《少牢》、《特牲》皆「拜妥尸」，則自天子以下同也。拜妥尸在薦孰之後。「侑」訓「勸」，侑尸，謂勸尸食也。《特牲饋食禮》：「尸三飯告飽，祝侑，主人拜尸。又三飯告飽，祝侑之如初。尸又三飯告飽，祝侑之如初。」鄭注云：「三飯告飽，禮一成也。侑，勸也。或曰：『又勸之，又使食。』」《有司徹》注：「士九飯，大夫十一飯，其餘有十三飯、十五飯。」賈疏云：「諸侯十三飯，天子十五飯。」案此侑尸之禮也。「以介景福」，祝爲主人獻神之辭，《禮運》所謂「祝以孝告」也。《小明》傳云：「介、景，皆大也。」

濟濟蹌蹌，絜爾牛羊，以往烝嘗。或剥或亨，或肆或將。【傳】濟濟蹌蹌，言有容也。亨，飪之也。肆，陳；將，齊也。或陳于互，或齊其肉。**祝祭于祊，祀事孔明。**【傳】祊，門内也。**先祖是皇，神保是饗。**【傳】皇，大；保，安也。**孝孫有慶，報以介福，萬壽無疆。**【疏】《禮記・曲禮下》篇「大夫濟濟，士蹌蹌」，鄭注云：「皆行容止之貌。」義與《傳》訓同。「有容」與下章「爨竈有容」，《傳》皆謂助祭之大夫、士矣。「絜爾牛羊，以往烝嘗」，《正義》云：「司徒奉牛，司馬奉羊也。」《瓠葉》箋：「亨，孰也。」飪、孰同義。剥亨，猶割亨也。《繁露·質文》篇：「先亨而後用樂。」此即「周人尚臭」之義也。「肆，陳」，《行葦》同。《説文》云：「肆，極陳也。」「將，齊」，《釋言》文。「或陳於互」者，《周禮·牛人》「凡祭祀，共其牛牲之互」，注：「互，若今屠家縣肉格。」賈疏云：「始殺解體未薦之時，且縣於互。待解訖，乃薦之。」是也。「或齊其肉」者，王肅云：「分齊其肉所當用。」案將，讀與「醬」同。《説文》：「醬，醢也。古文作『牆』。」醢則分齊其肉之細者也，是「將」有「分齊」之義。《禮運》篇「腥其俎，孰其殽」，鄭注：「腥其俎，謂豚解而腥之，及血毛。孰其殽，謂體解而爓之。」孔疏云：「特牲九體：肩一，臂二，臑三，肫四，胳五，正脊六，横脊七，長脅八，短脅九。少牢則十一體，加以脡脊、代脅爲十一體也。是分豚爲體解。孰其殽，謂體解訖，以湯爓之，不全熟，次於腥而薦之堂，故《祭義》曰『爓祭祭腥而退』是也。」然則分豚體解即所謂「分齊其肉」也。此言天子朝踐薦腥之事，而云「或亨」者，類相及耳，文不次也。〇《爾雅》：「閍謂之門。」李、孫注竝云：「廟門也。」門曰閍，門内之祭曰祊。《説文》：「鬃，門内祭先祖所以徬皇也。《詩》曰：『祝祭于鬃。』或从方作『祊』。」言「門内」，本毛義也。凡祭宗廟之禮，廟主藏於室中。于其祭也，祝以詔告之，所謂「直祭祝于主」也。廟門之内，皆祖宗神靈所馮依焉。孝子不知神之所在，于其祭也，祝以博求之，所謂「索祭祝于祊」也。是祊祭當在事尸之前。至繹祭，主未納室，故無詔室之祭，亦必無索神之祭。鄭注《禮記》以「祊」爲「繹」，宜於廟門外；箋《詩》又以「門内」爲「大門内」非「廟門内」。康成初不治《毛詩》，而箋《詩》常自用其《禮》注。孔疏曲爲護解，廟門外爲繹祭之祊，廟門内爲正祭之祊，則《詩》之祊與《禮記·郊特牲》、《禮器》之祊爲二祭矣。江都焦循《宫室圖》云：「繹祭之名見於諸經者，絶不與祊混。祊皆正祭索神之名。所云『爲祊於外而出於祊』者，皆對室中言，非門外也。」焦説是矣。明，謂昭明也。○《傳》訓「皇」爲「大」、「保」爲「安」，言先祖之神靈於是大安之，則於是饗之也。下「神保是格」、「神保聿歸」，「保」皆訓爲「安」。饗，神饗之也。「孝孫有慶，報以介福，萬壽無疆」，此祝爲尸致福於主人之辭，《禮運》所謂「嘏以慈告」也。凡妥侑之後祝致嘏辭，士尸親嘏，大夫以上命祝嘏。《少牢饋食禮》：「尸命祝，祝以嘏于主人，曰：『皇尸命工祝承致多福無疆于女孝孫，來女孝孫，使女受禄于天，宜稼于田，眉壽萬年，勿替引之。』」是其義也。

執爨踖踖，爲俎孔碩，或燔或炙。【傳】爨，饔爨、廩爨也。踖踖，言爨竈有容也。燔，取膟膋。炙，炙肉也。**君婦莫莫，爲豆孔庶，爲賓爲客。**【傳】莫莫，言清静而敬至也。豆，謂内羞、庶羞也。繹而賓尸及賓客。**獻醻交錯，禮儀卒度，笑語卒獲。**【傳】東西爲交，邪行爲錯。度，法度也。獲，得時也。**神保是格，報以介福，萬壽攸酢。**【傳】格，來；酢，報也。【疏】爨，今之竈。《傳》釋「爨」爲「饔爨、廩爨」者，牲與黍、稷皆有竈也。《少牢禮》：「雍人概鼎、匕、俎于雍爨，雍爨在門東南，北上。廩人概甑、甗、匕與敦于廩爨，廩爨在雍爨之北。」《特牲・記》：「尸卒食，而祭饎爨、雍爨。」案大夫以上皆稱廩爨，惟士稱饎爨。特牲士禮有牲爨、魚腊爨，則天子大牢，其雍爨更有牛爨矣。雍，古「饔」字。《爾雅》：「踖踖，敬也。」《易・離》：「初九：履錯然，敬之，无咎。《象傳》云：『履錯之敬，以避咎也。』」「錯」與「踖」通。《書大傳》云：「爨竈者有容。」與此《傳》訓同。碩，大也。宗廟之俎，用大房也。○「燔，取膟膋」，《祭義》云：「鑾刀以封取膟膋，乃退。」又《郊特牲》云：「取膟膋燔燎升首，報陽也。」是膟膋燔燎，朝踐、饋食皆有其事，惟饋食取膟膋以爇蕭合黍稷爲異。詩上承「執爨」，自在黍稷薦陳之後，則《傳》意同於《信南山》與《生民》矣。「炙，炙肉」，謂以肉炙之也。《瓠葉》傳云：

「抗火曰炙。」《禮運》篇：「醴醆以獻，薦其燔炙。」孔疏引皇侃《義疏》云：「燔，謂薦熟之時，焫蕭合馨薌。」正用毛義爲説。○「君婦」與五章「君婦」同。《周禮》：「九嬪：凡祭祀，贊玉齍，贊后薦徹豆、籩。世婦：掌祭祀之事，帥女宫而濯摡，爲齍盛。及祭之日，莅陳女宫之具，凡内羞之物。女御：凡祭祀，贊世婦。」夫九嬪之職，在贊后薦徹豆、籩，即弟五章所云「君婦廢徹」也。世婦之職，在莅陳内羞之物，而女御又贊世婦者，即下文所云「爲豆孔庶」也。説詳何楷《世本古義》。《説文》：「漠，清也。」「莫」與「漠」同。《傳》云「清静敬至」，此謂正行祭祀之時。《有司徹》：「宰夫羞房中之羞于尸、侑、主人、主婦，皆右之。司士羞庶羞于尸、侑、主人、主婦，皆左之。」注云：「二羞所以盡歡心。房中之羞，其籩則糗餌粉餈，其豆則酏食糝食。庶羞，羊臐豕膮，皆有胾醢。房中之羞，内羞也。内羞在右，陰也。庶羞在左，陽也。」《籩人》「羞籩之實」，注即引二羞。「羞豆」與「羞籩」同，則詩之豆爲羞豆也。案天子賓尸之禮既亡，故《傳》本大夫賓尸言之。大夫賓尸，尸、侑、主人、主婦皆有二羞，則天子賓尸，尸、侑及王與后皆有二羞可知。雖賓客獻酬，亦設之也。據《少牢》正祭，尸食，舉之時羞、庶羞，而不羞内羞。荆溪任啓運：「天子肆獻祼。《饋食禮》云：『王不獻祝。』王與后未交致爵，内羞、庶羞於何用乎？若謂繹祭獻祝致爵王后時則善。」又云：「按正祭時，賓客無豆，繹乃設之。蓋以内羞、庶羞皆爲飲酒設，故至旅酬乃用也。」案任説是也。詩言設俎薦孰之後，因直説到賓尸設豆之時，故《傳》釋經「爲豆」即據賓尸之豆有内羞、庶羞爲訓。經於「爲賓爲客」句以起下「獻酬」，《傳》乃補明經義，云「繹而賓尸及賓客」，謂繹祭賓尸之禮始及賓客也。《絲衣》序：「繹賓尸也。」《穀梁傳》：「繹者，祭之旦日之享賓也。」《傳》意順經作釋。《正義》謂「豆先於祭時，豫作以待賓客」，則經文「賓客」、「獻酬」皆成豫作泛詞，失經、《傳》指矣。○《釋文》：「醻，又作『酬』。」酬，旅酬也。《特牲饋食禮》主人酬賓之觶奠於薦北，賓取之奠於薦南。主人獻長兄弟、衆兄弟及内兄弟後，於是賓取主人酬賓之觶酬長兄弟，長兄弟酬衆賓，衆賓又酬衆兄弟，交錯以辯。主婦及内賓宗婦亦旅。西面内賓象衆賓，宗婦象兄弟，其儀節依男子。《有司徹》旅酬，賓三獻後，使二人舉觶於尸、侑。尸酬主人，主人酬侑，侑酬長賓，至衆賓與兄弟及私人交錯。其酬皆是以尊酬卑。《中庸》云：「旅酬下爲上，所以逮賤也。」特牲，士禮，士不賓尸。有司徹，大夫賓尸。其旅酬儀文不同，而獻酢酬以及旅酬無算爵，節次無不同。天子諸侯明日賓尸，則旅酬爲繹祭祭畢之禮，故《中庸》旅酬即繼之以燕毛，序齒也。《傳》釋「交錯」之義云「東西爲交」者，東西二觶竝旅。旅，行也。東西行謂之交也。云「邪行爲錯」者，「邪」與「衺」同。錯者，「遣」之假借字。東西而衺行者，謂之遣也。《大玄・瑩》篇：「東西爲緯，南北爲經。經緯交錯，邪正以分。」與《傳》訓同。《禮記・坊記》篇：「子云：『七日戒，三日齊，承一人焉以爲尸，過之者趨走，以教敬也。醴酒在室，醍酒在堂，澄酒在下，示民不淫也。尸飲三，衆賓飲一，示民有上下也。因其酒肉，聚其宗族，以教民睦也。故堂上觀乎室，堂下觀乎上。《詩》云：「禮儀卒度，笑語卒獲。」』」《傳》釋「度」爲「法度」，即「示不淫」、「示民有上下」之義也。祭祀之時清静而敬至，至獻酬時則笑語不禁，即「教民睦」之義也。故《傳》云：「獲，得時也。」「儀」當作「義」，《韓詩外傳》四引《詩》「禮義卒度」。《箋》云：「古者於旅也語。」○「格，來」，《爾雅・釋言》文。《方言》：「佫，來也。自關而東，周、鄭之郊，齊、魯之閒，或謂之佫。」「佫」與「格」通。「酢，報」，《釋詁》文。《瓠葉》「酌言酢之」，《傳》云：「酢，報也。」訓同而義異。《瓠葉》之「酢，報」爲賓報主人之獻。引申之，則凡報皆曰酢也。來，來饗；介，大也。「萬壽攸酢」，言報之以萬壽也。《洪範》：「五福，一曰壽。」案此章及明日繹祭。祭畢而饗燕賓客，由饗燕而推本於神報介福，則祀事至此畢矣。下三章又複敘祭祀始末，以明思古之情。

我孔熯矣，式禮莫愆。【傳】熯，敬也。**工祝致告，徂賚孝孫。**【傳】善其事曰工。賚，予也。**苾**

芬孝祀，神嗜飲食。卜爾百福，如幾如式。既齊既稷，既匡既敕。【傳】幾，期；式，法也。稷，疾；敕，固也。**永錫爾極，時萬時億。**【疏】《箋》云：「我，我孝孫也。」「熯，敬」，《釋詁》文。《小箋》云：「熯，即『戁』之假借字。《説文》：『戁，敬也。』」式，用；愆，過也。「式禮莫愆」即上章「禮義卒度」之意。○《正義》云：「《論語》曰：『工欲善其事。』故云『善其事曰工』。」「工祝致告」，此正祭工祝告利成也。凡正祭告利成後，有神餕受福之儀節，下文正言其事。徂，讀爲且。與下「徂位」之「徂」不同義。「徂賚孝孫」，且賚孝孫也。古徂、且聲通。「賚，予」，《釋詁》文。予孝孫，即下文之「卜爾」也。《少牢禮》：「上餥親嘏，曰：『主人受祭之福，胡壽保建家室。』」「餥」，古文作「餕」。《説文》：「苾，馨香也。」「芬，艸初生，其香分布也。或作『芬』。」是苾、芬皆香也。重言「苾苾芬芬」，《箋》：「苾苾芬芬，有馨香矣。」《文選》蘇武詩注引《韓詩》「馥芬孝祀」。《衆經音義》卷十四引《韓詩》同。《薛君章句》云：「馥，香皃也。」「馥」即「苾」之異體，故《説文·艸部》録「苾」，而《香部》不録「馥」。《爾雅》：「享，孝也。」「孝」可訓爲「享」，《天保》、《載見》皆云「孝享」，孝亦享也。孝祀即享祀也。享祀則神饗之。神嗜飲食，是即神餕矣。卜即賚也，《天保》傳：「卜，予也。」○幾，讀與「期」同，此假借字也。「如期」承「卜爾百福」句。「式，法」，《下武》同。「如式」承「苾芬孝祀」句。《大宰》「一曰祭祀之式」是也。「既齊既稷，既匡既敕」又承「如式」句。「永錫爾極，時萬時億」又承「如期」句。稷，讀爲速。《爾雅》：「速，疾也。」謖，音速。稷、謖皆從畟聲，其讀當同。故「稷」與「敕」合韻也。敕，讀爲飭。《説文》：「飭，致堅也。从人、力，食聲。讀若敕。」飭、敕不同部。許讀同者，其類相近，故其義相通也。致堅者，固之謂也。稷、飭同部，速、敕同部。敕讀爲飭，猶稷讀爲速，竝於雙聲得義。齊，亦疾也。《爾雅》：「齊，疾也。」又云：「匡，正也。」「固」與「正」義相近。齊、稷、匡、敕皆祭祀肅敬之意，所謂「如法」也。極，中也。時，是也。《箋》云：「長賜女以中和之福，是萬是億，言多無數。」所謂「如期」也。

神之期於子孫者，福數正多也。

禮儀既備，鍾鼓既戒。孝孫徂位，工祝致告。【傳】致告，告利成也。**神具醉止，皇尸載起。鼓鍾送尸，神保聿歸。**【傳】皇，大也。**諸宰君婦，廢徹不遲。諸父兄弟，備言燕私。**【傳】燕而盡其私恩。【疏】戒，亦備也。祭且畢，王將出，則奏鐘鼓矣。《周禮・大司樂》：「王出入，則令奏《王夏》。」《箋》解「徂位」爲「往位堂下西面位」。告者，告孝孫也。特牲，士禮，其正祭於旅酬後祝告利成；改饌，闔户牖，再告利成，士不賓尸也。少牢，大夫禮，其正祭終獻後告利成，尸出，又賓尸告利成；尸出，改饌，再告利成。鄭注云：「利，猶養也。成，畢也。孝子之養禮畢。」案此告利成之節次也。諸侯以上，禮更隆盛。《楚茨》篇中兩言「致告」，皆是告利成。上章「工祝致告」謂正祭祭畢，此章「工祝致告」謂繹祭祭畢。毛於此章發《傳》者，至繹祭而事尸之禮乃終也。改饌，尸已出，則利成致告於主人；尸未出，則亦致告於主人。《箋》言「告尸」，失之。〇《郊特牲》云：「尸，神象也。」周七廟，當有七尸。旅酬則六尸，故云「神具醉止」。具，俱也。「皇」訓「大」，《少牢》無君稱皇尸，則皇尸爲大尸，尊大之也。《詩小學》云：「《宋書・禮志四》兩引皆曰『鐘鼓送尸』。《正義》云：『鳴鐘鼓以送尸。』是唐初不作『鼓鐘』。開成石經誤。」奂案《周禮・鍾師》：「掌金奏。凡樂事，以鍾鼓奏《九夏》。」鄭注云：「以鍾鼓者，先擊鍾，次擊鼓，以奏《九夏》。杜子春注云：『尸出入，奏《肆夏》。』」是《肆夏》亦有鐘有鼓矣，不得謂但鼓擊其鐘也。「神保聿歸」，《箋》云：「神安歸者，歸於天也。」《宋書・樂志》引《詩》作「神保遹歸」，❶「遹」與「聿」通。

❶「志」，原作「注」，據中國書店影印武林愛日軒刻本、徐子静本、《清經解續編》本改。

○《正義》云：「《周禮・宰夫》無徹饌之文。《膳夫》：『凡王祭祀賓客，則徹王之胙俎。』注：『膳夫親徹胙俎，胙俎最尊也。其餘則其屬徹之。』然則徹饌者，膳夫也。言『諸宰』者，以膳夫是宰之屬官。《序官》『膳夫，上士二人，中士四人，下士八人』，故言諸也。」又云：「《周禮・九嬪》：『凡祭祀，贊后薦徹豆籩。』知君婦豆籩而已，餘饌諸宰徹之也。」《長發》傳：「不遲，言疾也。」《傳》云「燕而盡其私恩」者，釋經「燕私」二字之義。《箋》：「祭祀畢，歸賓客之俎，同姓則留與之燕，所以尊賓客、親骨肉也。」《正義》云：「《特牲》：『祝命徹胙俎、豆、籩，設于東序下。』注：『胙俎，主人之俎。設于東序下，亦將私燕也。』是祭末而燕私之事。歸之俎，所以尊賓客；留之燕，所以親骨肉也。」

樂具入奏，以綏後禄。爾殽既將，莫怨具慶。【傳】綏，安也。安然後受福禄也。將，行也。**既醉既飽，小大稽首。神嗜飲食，使君壽考。孔惠孔時，維其盡之。子子孫孫，勿替引之。**【傳】替，廢；引，長也。【疏】「綏，安」，《樛木》同。安謂神安，禄謂子孫受福禄，此總括上文神饗獲福之意。《既醉》篇「爾肴既將」，《傳》亦云：「將，行也。」兩《傳》「行」字皆讀如「行列」之「行」。《伐柯》「籩豆有踐」，《傳》：「踐，行列皃。」是其義也。此承祭畢燕私而言。《中庸》云：「親親，則諸父昆弟不怨。」所謂「莫怨具慶」也。既醉者，既醉以酒也。既飽者，既飽以德也。《既醉》傳云：「既者，盡其禮，終其事。」又云：「終於饗燕，始於享祀。」文義與此正同。此已下復因燕私醉飽而推本於祭祀受嘏，與弟三章末三句一意。孔，甚；惠，順；時，是也。盡之，盡其禮也。甚順者，無不順。甚是者，無不是。《祭統》云：「唯賢者能盡祭之義。賢者之祭也，必受其福，非世所謂福也。福者，備也。備者，百順之名也。無所不順者之謂備，言內盡於己而外順於道也。」「替，廢」，《釋言》文。《說文・立部》云：「暜，廢也。」《召旻》傳同。「引，長」，《釋詁》文。《行葦》、《卷阿》、《召旻》傳皆云：「引，長也。」《爾雅・釋訓》：「子子孫孫，引無極也。」舍人注云：「子孫長引，美道引無極也。」

《信南山》六章，章六句。

《信南山》，刺幽王也。不能脩成王之業，疆理天下，以奉禹功，故君子思古焉。

信彼南山，維禹甸之。【傳】甸，治也。**畇畇原隰，曾孫田之。**【傳】畇畇，墾辟貌。曾孫，成王也。**我疆我理，**【傳】疆，畫經界也。理，分地理也。**南東其畝。**【傳】或南或東。【疏】《周禮・稍人》注：「甸，讀與『維禹敶之』之『敶』同。」賈疏云：「出《韓詩》。」古甸、敶聲義相同也。《傳》詁「甸」爲「治」，《韓奕》同。《書・禹貢》：「雍州：荆、岐既旅，終南、惇物，至於鳥鼠。」案荆、岐，渭北山。終南、惇物，渭南山。終南在今長安縣南，惇物在今武功縣南，皆爲南山。禹治水災自東而西，終南及惇物皆有功施，《詩》言禹所治之南山即此也。《均人》注：「旬，均也。讀如『畇畇原隰』之『畇』。」《釋文》：「畇，音均，又音旬。」《玉篇》：「畇，均也。」「畇畇」與「畇畇」同。《傳》云「墾辟」者，《夏小正》：「正月，農率均田。」《傳》：『率者，循也。均田者，始除田也。言農夫之急除田也。』」《周語》「墾田若藝」，韋注云：「發田曰墾。」辟者，開也。《序》言「成王」，故知曾孫爲成王也。《行葦》、《維天之命》傳同。田，讀如甸。言成王之脩奉禹功也。〇《傳》云「疆，畫經界也」者，《說文》：「畺，界也。或作『疆』。」《月令》：「孟春之月，王命布農事，命田舍東郊，皆脩封疆，審端徑術。」鄭注云：「封疆，田首之分職。術，《周禮》作『遂』。」凡井牧，其邱甸縣都之田野，營造徑畛涂道之通路，皆我疆事也。《孟子・滕文公》篇：「使畢戰問井地。孟子曰：『夫仁政必自經界始。經界不正，井地不均，穀禄不平，是故暴君汙吏必慢其經界。經界既正，分田制禄可坐而定也。』」○云「理，分地理也」者，《考工記·匠人》「凡溝逆地防，謂之不行」，鄭注云：「防，謂脈理。」《説文》云：「防，地理也。」《周語》「農祥晨正，土乃脈發」，韋注云：「脈，理也。」凡穜稑之種，原隰之宜，上地、中地、下地，田萊之數，❶皆我理事也。疆，理，所以治田，二者相須而行，故此詩及《緜》「迺疆迺理」、《江漢》「于疆于理」皆連言之。○云「或南或東」者，或之爲有也。或南者，有南其畝者也。或東者，有東其畝者也。《韓子·外儲説右上》篇：「晉文公伐衛，東其畝。」又《吕覽·簡選》篇「晉文公東衛之畝」，高注云：「使衛耕者皆東畝以遂晉兵也。」成二年《左傳》：「晉郤克伐齊，使齊之封内盡東其畝。賓媚人曰：『先王疆理天下，物土之宜，而布其利。今吾子疆理諸侯，而曰「盡東其畝」而已。唯吾子戎車是利，無顧土宜。』」杜注云：「晉之伐齊，循壟東行易。」蓋南東必因地執，齊、衛在晉東，故晉使東畝爲不顧土宜也。程瑶田《通藝録·阡陌考》云：「阡陌，田閒之道也。亦作『仟佰』。訓故家釋『阡陌』者，皆言『南北曰阡，東西曰陌』。惟應劭《風俗通》具二義，曰：『南北曰阡，東西曰陌。河東以東西爲阡，南北爲陌。』諒哉！應氏之説，得古人物土宜之義矣。天下之川皆東流，故川横則澮縱，洫又横，溝又縱，遂又横。遂横者，其畛必縱，而畝陳於東。是故東畝者，天下之大勢也。遂上有徑當百畝之閒，故謂之陌。其徑東西行，故曰『東西曰陌』也。遂上之徑東西行，則溝上之畛必南北行。畛當千畝之閒，故謂之阡，而曰『南北曰阡』也。然則『南北曰阡，東西曰陌』，此阡、陌之通義。以其義出於東畝。蓋東畝者，天下之大勢也。然有東畝者，亦有南畝者。天下之川，大勢雖皆東流，而河東之川獨南流。河爲川之最大者，而或南

❶「萊」，原作「莱」，據中國書店影印武林愛日軒刻本、徐子静本改。

流，則其畝必南陳而爲南畝矣。南畝甽横則遂縱，徑亦縱而爲南北行。豈不南北爲陌乎？溝横，畛亦横而爲東西行，豈不東西爲阡乎？由是洫又縱，澮又横，而川則縱而南流矣。河東之川，天下之大川也，而獨南流，故特舉之以爲『東西爲阡，南北爲陌』之例。物土之宜，以爲阡陌必具二義。而不知者，乃是此非彼。蓋亦勿思矣。河至大伾又北流，則畫畝之法與河東川之南流者同爲南畝。而晉人乃欲使齊之境内盡東其畝，此賓媚人所以有『無顧土宜』之席也。『阡陌』之名，從《遂人》『百畝、千畝；百夫、千夫』生義。而《匠人》之『阡陌』則因乎《遂人》而名之，義不繫乎畝與夫之千百命名之事，惟變所適，亦自然之勢也。」奂案詩言畝有南東，則阡陌亦必南東。程説足以證三代定畝之至意。天下之川，東西流者畝必東，南北流者畝必南，其大較也。河東之川南流，豳、岐、豐、鎬在大河之西，其川與河東之川同是南流，其畝必南陳。故《七月》、《甫田》、《大田》、《載芟》、《良耜》等篇皆云「南畝」。此篇言「疆理天下」，故云「南東畝」，是立文之義矣。

上天同雲，雨雪雰雰。【傳】雰雰，雪貌。豐年之冬，必有積雪。**益之以霢霂，既優既渥。**【傳】小雨曰霢霂。**既霑既足，生我百穀。**【疏】《藝文類聚·天部下》引《韓詩外傳》云：「凡草木華多五出，雪華獨六出。雪華曰霙，雪雲曰同雲。」雰雰，猶紛紛，《御覽·天部八》引《詩》作「紛紛」。《説文·雨部》無「雰」字。疑古《毛詩》本作「分分」，後人加雨耳。《晏子·襍上》篇云：「陰水厥，陽冰厚五寸者，寒温節。節則刑政平，平則上下和，和則年穀孰。」案此與《傳》豐年積雪之説略同。《爾雅·釋天》：「小雨謂之霢霂。」《傳》所本也。《説文》：「瀀，澤多也。」引《詩》作「瀀」。《玉篇》：「瀀，今作『優』。」《説文》：「渥，霑也。」「浞，濡也。」「足」即「浞」之假借字。

疆場翼翼，黍稷彧彧。【傳】場，畔也。翼翼，讓畔也。彧彧，茂盛貌。**曾孫之穡，以爲酒食。畀**

我尸賓，壽考萬年。【疏】「埸」訓「畔」，《說文》：「畔，田界也。」翼翼，恭敬皃，故讓畔謂之翼翼。彧者，「戫」之隸變。《玉篇》作「彧彧」，《廣韻》作「稶稶」，云：「黍稷盛皃。」〇《伐檀》傳：「斂之曰穡。」「以爲酒食」，以黍稷爲酒食也。凡祭祀，有妥尸饗賓之禮。《楚茨》云：「我黍與與，我稷翼翼，我倉既盈，我庾維億。以爲酒食，以享以祀，以妥以侑，以介景福。」又云：「爲豆孔庶，爲賓爲客，獻酬交錯，禮義卒度，笑語則獲，神保是格，報以介福，萬壽攸酢。」是其義也。

中田有廬，疆埸有瓜，是剝是菹。【傳】剝瓜爲菹也。**獻之皇祖，曾孫壽考，受天之祜。**【疏】《公劉》傳：「廬，寄也。」《說文》：「廬，寄也。秋冬去，春夏居。」此即在田曰廬之謂也。宣十五年《穀梁傳》：「古者三百步爲里，名曰井田。井田者，九百畝，公田居一。古者公田爲居，井竈葱韭盡取焉。」范注云：「八家共居。」是廬在公田中矣。《漢書·食貨志》：「理民之道，地箸爲本。故必建步立晦，正其經界。六尺爲步，步百爲晦，晦百爲夫，夫三爲屋，屋三爲井。井方一里，是爲九夫，八家共之，各受私田百晦、公田十晦，是爲八百八十晦，餘二十晦，以爲廬舍。」是班本《孟子》「八家同井，同養公田」，定爲八家各助耕公田十晦，餘二十晦爲廬舍矣。何休注《公羊傳》云：「聖人制井田之法而口分之，一夫一婦受田百畝，以養父母妻子，五口爲一家。公田十畝，即所謂什一而稅也。廬舍二畝半。凡爲田，一頃十二畝半。八家而九頃，共爲一井，故曰井田。廬舍在內，貴人也。公田次之，重公也。私田在外，賤私也。」案五口一家，即「子產治鄭，田疇、廬井有伍」之制，亦即《小司徒》下地皆五人之法。八家分受公田，中畫二十畝爲廬舍，則八家各得廬舍二畝半。此何注因班《志》以立說。《韓詩外傳》云：「古者八家而井田。方里爲一井，廣三百步、長三百步爲一里，其田九百畝。廣一步、長一步爲一畝。廣百步、長百步爲百畝。八家爲鄰，家得百畝。餘夫各得二十五畝。家爲公田十畝，餘二十畝共爲廬舍，各得二畝半。八家相保，出入更守，疾病相憂，患難相救，有無相貸，飲食相召，嫁娶相謀，漁獵分得，仁恩施行。是以其民和親而相好。《詩》曰：『中田有廬，疆埸有瓜。』」此韓《傳》亦主廬舍二畝半，尚在班、何之前，其說當爲近古。趙岐《孟子》「耕者九一」注云：「八家耕八百畝，其百畝者以爲公田及廬井，故曰『九一』也。」「方里而井」注云：「公田八十畝，其餘二十畝以爲廬井、宅園圃，家二畝半也。」注與古說同。唯《梁惠王》篇「五畝之宅，樹之以桑」注云：「廬井、邑居各二畝半以爲宅，冬入保城二畝半，故曰『五畝』也。」趙邠卿本古有在田二畝半之說，以創此在邑亦二畝半，合五畝宅之數。不知五畝宅在城郭都鄙，與田廬本不相涉。說見《七月》篇。又案《箋》：「中田，田中也。農人作廬焉，以便其田事。」鄭習《韓詩》，而此《箋》不言廬畝之數，是不從《韓詩》廬舍二畝半矣。《甫田》箋：「九夫爲井，井稅一夫，其田百畝。井十爲通，通稅十夫，其田千畝。通十爲成，成方十里，成稅百夫，其田萬畝。」《正義》云：「《食貨志》取《孟子》爲說，而失其本旨。義異於鄭，理不可通。何則？言井九百畝，其中爲公田，則中央百畝共爲公田，不得家取十畝也。又言八家皆私百畝，則百畝皆屬公矣，何得復以二十畝爲廬舍也？言同養公田，是八家共理公事，何得家分十畝自治之也？若家取十畝，各自治之，安得謂之同養也？若二十畝爲廬舍，則家別二畝半亦入私矣，則家別私有百二畝半，何得謂八家皆私百畝也？鄭於《匠人》注云：『野九夫而稅一。』此《箋》云：『井稅一夫，其田百畝。』是鄭意無家別公田十畝及二畝半爲廬舍之事。」近儒金鶚《井田考》：「九一爲助法，以九百畝而得一百畝也。若公田僅八十畝，是輕於九一矣，亦與《孟子》不合。鄭謂公田百畝，非八十畝也。《詩》所謂『中田有廬』者，乃於田畔爲之，以避雨與暑，大不容一畝，必無二畝半之廣在公田之中也。」案金說亦從鄭義，而與古殊。書缺有閒，姑備參攷。○經言「有瓜」，故知「剥」爲「剥瓜」也。剥，猶削也。《曲禮》：「爲天子削瓜者副之，巾以絺。」削瓜作菹，所以供祭祀也。《禮記·玉藻》、《論語·鄉黨》皆有瓜祭。皇祖，謂先祖也。

獻瓜菹於先祖，神饗德與信，不求備焉也。

祭以清酒，從以騂牡，【傳】周尚赤也。享于祖考。執其鸞刀，以啓其毛，取其血膋。【傳】鸞刀，刀有鸞者。言割中節也。毛以告純也。膋，脂膏也。血以告殺，膋以升臭，合之黍稷，實之於蕭，合馨香也。【疏】《周禮・酒正》「辨三酒之物，三曰清酒」，鄭司農注云：「清酒，祭祀之酒也。」從，從獻也。《量人》注云：「從獻者，肉殺從酒也。」《御覽・禮儀部三》引《傳》文「周尚赤用騂」五字，與今本異。《旱鹿》篇「清酒」、「騂牡」義同。享，獻也。「享于祖考」，猶上章云「獻之皇祖」耳。○《説文》：「鑾，鈴象鸞鳥之聲。从金，鸞省。」通假作「鸞」。刀有鸞者，謂之鸞刀，何注宣十二年《公羊傳》「鸞刀，宗廟割切之刀。環有和，鋒有鸞」是也。《禮記・祭義》云：「鸞刀以刲。」《郊特牲》云：「割刀之用，而鸞刀之貴，貴其義也，聲和而後斷也。」是言割中節之事。「毛以告純也」以下二十九字，定本、《集注》皆爲毛《傳》，而《正義》本以此爲鄭《箋》，誤矣。《御覽》引亦誤。今訂正。毛以告純者，毛之色全者曰毛，猶角之正好者曰角。《車攻》傳：「宗廟齊豪，尚純也。」「豪」與「毛」同。「膋，脂膏」者，《内則》「幪之以其膋」，注：「膋，腸閒脂。」《説文》：「膫，牛腸脂也。」引《詩》作「膫」，或作「膋」。「脟，腸閒肥也。一名膫。」「戴角者脂，無角者膏。」此析言也。渾言則脂、膏不別也。「血以告殺」，《國語・楚語》文。《楚語》：「毛以示物，血以告殺，接誠拔取以獻具，爲齊敬也。」韋注云：「物，色也。拔毛取血，獻其備物也。」《禮運》云：「薦其血、毛，腥其俎。」《禮器》云：「血、毛詔於室。」《郊特牲》「毛、血，告幽全之物也。告幽全之物者，貴純之道也」，鄭注云：「幽，謂血也。」詩言啓毛取血，是即「告幽全」之義也。言取血又言取膋者，膋即膟膋。《祭義》：「鸞刀以刲，取膟膋，乃退。」又「建設朝事，燔燎羶薌，覸以蕭光，以報氣也」，注云：「取牲祭脂也。」《郊特牲》

「詔祝于室」，注云：「朝事，延尸于户西，南面，布主席東面，取牲膟膋燎于爐炭，洗肝于鬱鬯而燔之，入以詔神於室，又出以墮于主前，主人親制其肝，所謂制祭也。」《禮器》「君親制祭」，注云：「親制祭，謂朝事進血膋時。」《郊特牲》：「取膟膋，燔燎升首，報陽也。」「升首于堂」，❶注云：「制祭之後，升牲首于北墉下，尊首，尚氣也。」自此以前謂之朝踐。又《郊特牲》「蕭合黍稷，臭陽達於牆屋，故既奠，然後焫蕭合羶薌」，注云：「奠，謂薦孰時也。《特牲饋食》所云『祝酌奠於鉶南』是也。蕭，薌蒿也。染以脂，合黍稷燒之。《詩》云：『取蕭祭脂。』『羶』當爲『馨』，聲之誤也。奠，或爲『薦』。」案此膟膋合黍稷爲饋食也。然則朝事、饋食皆有膟膋。經言「取」者，謂取之以告備，《傳》乃詳及燔燎升臭之義，合黍稷，實於蕭，必終言其事也。

是烝是享，苾苾芬芬，祀事孔明。【傳】烝，進也。**先祖是皇，報以介福，萬壽無疆。**【疏】「烝，進」，《爾雅·釋詁》文。《甫田》、《漸漸之石》同。「是烝是享」，是進獻之也。《廣雅》：「馥馥、芬芬，香也。」《文選》何晏《景福殿賦》亦云：「馥馥芬芬。」馥馥，本《韓詩》。《楚茨》傳云：「皇，大也。」

❶「堂」，徐子静本、《清經解續編》本同。阮刻《禮記正義·郊特牲》作「室」。

詩毛氏傳疏卷二十一

甫田之什詁訓傳弟二十一　毛詩小雅

《甫田之什》十篇，三十九章，二百九十六句。

《甫田》四章，章十句。

《甫田》，刺幽王也。君子傷今而思古焉。

倬彼甫田，歲取十千。【傳】倬，明貌。甫田，謂天下田也。十千，言多也。**我取其陳，食我農人，自古有年。**【傳】尊者食新，農夫食陳。**今適南畝，或耘或耔，黍稷薿薿。**【傳】耘，除草也。耔，雝本也。**攸介攸止，烝我髦士。**【傳】烝，進；髦，俊也。治田得穀，俊士以進。【疏】《傳》云「倬，明皃」，「皃」當作「也」。《説文》：「焯，明也。」《釋文》引《韓詩》作「菿彼甫田」，云：「菿，卓也。」倬、焯、卓同。甫爲大，甫田即大田，故云：「謂天下田也。」《楚語》：「天子之田九畡，以食兆民。王取經入焉，以食萬民。」韋注云：「九畡，九州之内有畡數也。」十千爲萬，故云：「言多也。」《傳》文「農夫」當依經作「農人」。《正義》作「農人食陳」。經言取陳食農人耳，《傳》云「尊者食新」者，以申補經義也。《周禮・旅師》：「春頒粟。」又《管子・五行》篇：「發故粟以田數。」是其義也。尊者、農人對稱，則尊者，君上也。孫毓説尊者爲尊老，恐非是。有年，豐年也。《箋》云：「自古者豐年之法如此。」○今，謂成王時。耘，《釋文》作「芸」。《説文》：「𦓤，除苗閒穢也。或从芸作『䒵』。」耔，當作「秄」，或作「芓」。《説文》：「秄，壅禾本。」本《傳》訓也。《廣雅》云：「薿薿，茂也。」《玉篇》：「儗儗然，黍稷盛皃。」《漢書》作「儗儗」。《漢書·食貨志》：「后稷始甽田，以二耜爲耦。廣尺、深尺曰甽，長終畮。一畮三甽，一夫三百甽，而播種於甽中。苗生三葉以上，稍壯，耨隴草，因隤其土以附苗根。故其《詩》曰：『或芸或芓，黍稷儗儗。』芸，除草也。秄，附根也。言苗稍壯，每耨輒附根。比盛暑，隴盡平而根深，能風與旱，故儗儗而盛也。」義與《傳》同。○介，大也。止，猶息也。「攸介攸止，烝我髦士」，承上文「黍稷薿薿」而言，長大其黍稷，休息其民人也。二章云「以介我稷黍，以穀我士女」，文義同。「烝，進」，已見《信南山》篇。「髦，俊」，《爾雅·釋言》文。《棫樸》「髦士攸宜」、《思齊》「譽髦斯士」，《傳》竝云：「髦，俊也。」《爾雅》又云：「髦，選也。」《食貨志》：「冬月，餘子在于序室。八歲入小學，學六甲五方書計之事，始知室家長幼之節。十五入大學，學先聖禮樂，而知朝廷君臣之禮。其有秀異者，移鄉學于庠序。庠序之異者，移國學于少學。諸侯歲貢少學之異者於天子，學于大學，命曰造士。行同能偶，則別之以射，然後爵命焉。」此《傳》所謂「治田得穀，俊士以進」也。

以我齊明，與我犧羊，以社以方。【傳】器實曰齊，在器曰盛。社，后土也。方，迎四方氣於郊也。**我田既臧，農夫之慶。琴瑟擊鼓，以御田祖，以祈甘雨，以介我稷黍，以穀我士女。**【傳】田祖，先嗇也。穀，善也。【疏】齊明，明齊也。明齊，即《左傳》「絜粢」也。《釋文》：「齊，本又作『齍』。」《豐年》傳作「齍盛」，他經典多作「粢盛」。作「齊」者，古文假借字。「器實曰齊」，實謂黍、稷也。黍、稷爲齊，齊在器曰盛，故經言「齊」，而《傳》乃兼言「盛」耳。犧謂牛。《閟宫》「享以騂犧」，《傳》：「犧，純也。」騂、犧皆牛之色，因之謂牛爲騂，亦爲犧也。《大田》「來方禋祀，以其騂黑」，《傳》：「騂，牛也。」是祭社用牛矣。《白虎通義・五祀》篇云：「祭五祀，天子諸侯以牛，卿大夫以羊，因四時祭牲也。中霤以豚，或曰：中霤用牛，不得用牛者用豚。」此天子祭國中五祀中霤用牛，豈四郊五祀尤尊，而祭社反不用牛乎？鄭《箋》據《曲禮》犧牛爲純色之牛，遂謂此犧羊爲純色之羊，恐非是。○昭二十九年《左傳》云：「后土爲社。」此《傳》所本也。后土爲社神，祭社以句龍配食。《左傳》云：「土正曰后土。」又云：「共工氏有子曰句龍，爲后土。」后土又爲五祀之神，而亦以句龍配食也。魏獻子問社稷、五祀誰氏之五官，史墨既詳荅五祀，又詳荅社稷。是后土在五祀之内，而社不在五祀之中，故言五祀，又别言社稷也。《周禮・大宗伯》「以血祭祭社稷、五祀、五嶽，以貍沈祭山林川澤，以疈辜祭四方百物」，鄭注云：「不言祭地，此皆地祇，祭地可知也。」則地祇亦即在五祀中矣。《大司樂》注云：「地祇所祭於北郊，謂神州之神及社稷。」又云：「土祇，原隰及平地之神也。」然則土祇、地祇皆地祭之名。祭原隰之神謂之土祇。地以方丘之祭爲大禘，神其號謂之地祇，黄帝及后土之神皆祀焉，而以后稷配黄帝，句龍配后土者也。后稷配天於南郊，配地於北郊。北郊亦在中兆内也。此謂五祀也。若春祈、秋報，雖亦於中兆，而非大禘，祀天神不祀天帝，而專以句龍配者也。此謂社也。后土爲五祀，亦爲社。五祀祀后土兼祀黄帝，社亦祀后土，專祀后土，亦即五祀。中别而尊之爲兩祭，而實同祀后土。高誘注《吕覽・孟冬紀》云：「社爲土官，稷爲木官，俱在五祀中。以其功大，故别言社稷。」是已。《傳》云「社，后土」與五祀后土不同。《白虎通義・社稷》篇：「歲再祭之何？春求秋報之義也。」是春秋皆祭社，一祈一報。詩下文云「以祈甘雨」，當指春祈。《雲漢》篇「祈年孔夙，方社不莫」，此祈年方社之明證矣。《箋》與《周禮・大司馬》注皆指秋報説。○《周禮・大宗伯》：「以玉作六器，以禮天地四方。以蒼璧禮天，以黄琮禮地，以青圭禮東方，以赤璋禮南方，以白琥禮西方，以玄璜禮北方。」此即《曲禮》所謂「天子祭天地、祭四方」也。鄭注：「禮天以冬至，謂天皇大帝在北極者也。禮地以夏至，謂神在崑崙者也。禮東方以立春，謂蒼精之帝。禮南方以立夏，謂赤精之帝。禮西方以立秋，謂白精之帝。禮北方以立冬，謂黑精之帝。」鄭亦謂地即地祇，而四方即四時迎氣矣。《書大傳》云：「萬物非天不生，非地不載，非春不動，非夏不長，非秋不收，非冬不藏，故書湮于六宗。」歐陽、大小夏侯説：「六宗，上不及天，下不及地，旁不及四方。」是四方亦在六宗内也。《掌次》：「王大旅上帝。朝日，祀五帝。」又《司服》：「祀昊天上帝，服大裘而冕。祀五帝亦如之。」合上帝、五帝即爲六宗，不數上帝則爲五帝。《小宗伯》：「兆五帝于四郊。」其中央帝爲黄帝。黄，中和之色，亦即地祇也。《中庸》：「郊社之禮，所以事上帝。」言上帝以晐地祇也。尊之，雖地祇亦稱天稱帝也。《月令》：「春帝大皞，夏帝炎帝，中央帝黄帝，秋帝少皞，冬帝顓頊，所謂五帝也。春神句芒，夏神祝融，中央神后土，秋神蓐收，冬神玄冥。」《左傳》「木正曰句芒，火正曰祝融，金正曰蓐收，水正曰玄冥，土正曰后土」，所謂五祀也。「少皞氏有四叔，曰重，曰該，曰脩，曰熙。重爲句芒，該爲蓐收，脩及熙爲玄冥；顓頊氏有子曰犂，爲祝融；共工氏有子曰句龍，爲后土」，所謂五官也。尊之曰五帝，神之曰五祀，其義一也。然則天、地、四方謂之六宗，地與四時謂之五帝，又謂之五祀。所配食之人神謂之五官，不連地祇言則謂之四方，四方皆爲壇祭之。《祭義》云「祭坎壇」，祭四方也。《書大傳》云「壇四奥」，注：「謂祭四方之帝、四方之神。」是鄭解「四方」亦依《月令》四時之帝、神而言。《月令》：「孟春：立春之日，天子迎春于東郊。孟夏：立夏之日，迎夏于南郊。孟秋：立秋之日，迎秋于西郊。孟冬：立冬之日，迎冬于北郊。」此四郊迎四方之氣，四時之帝神皆與祀焉。而中央之帝神雖旺於夏季，實則仲夏至月在方丘以祭之。四時，所以成歲，故於四立之日迎四方之氣。《月令》亦竝無中央迎氣之文。《傳》云「方，迎四方氣於郊」，正本《月令》爲説。《書五行傳》：「中央之極，自崑崙中至大室之野。帝黄帝、神后土司之。土王之日，禱用牲，迎中氣于中室。」司馬彪《續漢書·志》：「《月令》有五郊迎氣服色，先立秋十八日，迎黄靈于中兆，祭黄帝、后土。」説同《五行傳》。唯惠棟《明堂大道録》云：「《郊特牲》正義：『五時迎氣，東方青圭，南方赤璋，西方白琥，北方玄璜。』其中央無文，先師以爲用黄琮。黄琮禮地，即方澤之祭。先師之言，得其義矣。」惠亦謂地爲地祇，不謂迎土氣。○既，盡也。臧、慶，皆善也。擊鼓，擊土鼓也。御，迎也。《周禮疏》引《傳》「田祖，先嗇者也」，有「者」字。《春官·籥章》「凡國祈年于田祖，吹《豳雅》，擊土鼓，以樂田畯」，鄭注云：「田祖，始耕田者，謂神農也。」《郊特牲》「蜡之祭也，主先嗇而祭司嗇也」，注云：「先嗇，若神農者。」鄭以田祖、先嗇爲神農矣。《地官·大司徒》「設其社稷之壝而樹之田主」，注：「社稷，后土及田正之神。田主，田神后土、田正之所依也。詩人謂之『田祖』。」鄭又以田祖爲社稷之神。案《傳》意以祈年之田祖即蜡祭之先嗇，祈、蜡一神，非謂祈、蜡爲一祭。先嗇者，始先稼穡之人，則不爲社稷之神可知。「穀」訓「善」，王肅云：「大得我黍稷，以善我男女，言倉廩實而知禮節也。」此乃祈年之辭。

曾孫來止，以其婦子，饁彼南畝，田畯至喜。攘其左右，嘗其旨否。禾易長畝，終善且有。【傳】易，治也。長畝，竟畝也。**曾孫不怒，農夫克敏。**【傳】敏，疾也。【疏】曾孫，成王也。以，猶爲也。饁，饋也。《爾雅》云：「儴，因也。」「攘」與「儴」同。左右，猶東西，謂田畔也。「嘗其旨否」，言各嘗其饋之美與不也。○「易」有「蕩平」之義，故《傳》詁「易」爲「治」。治者，謂除草薉本也。《生民》傳：「方，極畝也。」「竟畝」與「極畝」同義。終，猶既也。有，讀「歲其有」之「有」。「敏，疾」，《文王》、《生民》、《江漢》同。《齊語》「盡其四支之敏，以從事於田野」，韋注云：「敏，猶材也。」「曾孫不怒，農夫克敏」，言農夫能疾除其田，則曾孫不怒也。不怒者，不待趨其耕耨。

曾孫之稼，如茨如梁。曾孫之庾，如坻如京。【傳】茨，積也。梁，車梁也。京，高丘也。**乃求千斯倉，乃求萬斯箱。黍稷稻粱，農夫之慶。報以介福，萬壽無疆。**【疏】《箋》云：「稼，禾也，謂有槀者也。」《小箋》云：「《説文》：『穦，積禾也。』毛謂此『茨』即『穦』之假借也。『茨』本訓『屋以艸蓋』，故知此訓『積』爲假借。《説文》引《詩》『積之栗栗』作『穦之秩秩』，是積、穦可通用矣。何以言如也？此與《淇奥》『如積』同義。」「梁，車梁」，即輿梁。《正義》云：「《孟子》『十二月車梁成』，梁謂水上横橋。横有廣狹，得容車渡，則高廣者也，故以比禾積。」《楚茨》傳云：「露積曰庾。」《蒹葭》傳：「坻，小渚也。」如坻者，取「蓄聚」之義也。「京，高丘」，《定之方中》同。如京者，以高積爲喻。《管子》：「新成囷、京。」《急就篇》：「門、户、井、竈、廡、囷、京。」《説文》：「圜謂之囷，方謂之京。」《廣雅》：「京，倉也。」或三家《詩》有以「京」爲倉名，故解者悉本之與？〇《大東》傳：「箱，大車之箱也。」《箋》云「萬車以載之」是也。《唐風》言「蓺黍稷」、「蓺稻粱」，《聘禮》：「黍、粱、稻皆二行，稷四行。」《内則》：「飯：黍、稷、稻、粱、白黍、黄粱。食醫六穀。牛宜稌，羊宜黍，豕宜稷，犬宜粱。」稌即稻也。此四穀之見於經者，稷不可以冒粱，猶黍不可以亂稻也。稻、粱貴，故《禮》爲加饌。黍、稷二者又以黍爲貴。鄭注《禮》云：「黍者，食之主。」

《大田》四章，二章章八句，二章章九句。

《大田》，刺幽王也。言矜寡不能自存焉。【疏】詩亦思古之辭。

大田多稼，既種既戒，既備乃事。以我覃耜，俶載南畝。播厥百穀，既庭且碩，【傳】覃，利也。庭，直也。**曾孫是若。**【疏】《箋》云：「大田，謂地肥美、可墾耕、多爲稼、可以授民者也。將稼者必先相地之宜而擇其種。季冬，命民出五種，計耦耕事，脩耒耜，具田器，此之謂戒。是既備矣，至孟春土長冒橛，陳根可拔而事之。」○覃，讀爲剡。此假借也。《淮南子・氾論》篇：「古者剡耜而耕。」《文選・東京賦》：「介馭間以剡耜。」《爾雅》：「剡，利也。」郭注引《詩》作「剡耜」，本三家《詩》。俶載，始事也。「俶載南畝，播厥百穀」，《七月》篇所云「其始播百穀」也。《箋》：「俶，讀爲熾。載，讀爲『菑栗』之『菑』。田一歲曰菑。」《載芟》、《良耜》箋說同。案《箋》非也。菑，一歲休耕之田，不得播穀。「庭，直」，《爾雅・釋詁》文，《韓奕》、《閔予小子》同。「既庭且碩」，庭，言直生也；碩，言長大也。「曾孫是若」，若，順也。《箋》云：「成王於是則止力役以順民事，不奪其時。」

既方既皁，既堅既好，不稂不莠。【傳】實未堅者曰皁。稂，童粱也。莠，似苗也。**去其螟螣，及其蟊賊，無害我田穉。**【傳】食心曰螟，食葉曰螣，食根曰蟊，食節曰賊。**田祖有神，秉畀炎火。**【傳】炎火，盛陽也。【疏】方，極畝也。皁，即草斗。下文言「既堅」，則「既皁」爲實未堅者之稱。今艸木字俗作「草」，草斗字俗作「皁」、作「皂」。《廣韻》有「草」，而從艸、早聲之，義亡矣。「稂，童粱」，《下泉》同。稂亦莠之類，已成謂之莠，不成謂之稂，亦謂之童粱。其艸皆中牛馬芻，《國語》「馬餼不過稂莠」是也。《魏策》：「幽莠之幼也似禾。」幽莠，謂莠也。《傳》云「莠，似苗也」者，莠秀挺出直上，非若禾根之下垂。其始生時，莠與禾苗莫能分辨，故孔子有惡莠亂苗之喻。《淮南子・說山》篇：「農夫不察苗莠而并耘之。」皆謂其似苗也。○《爾雅・釋蟲》：「食苗心，螟。食葉，蟘。食節，賊。食根，蟊。」此《傳》所本也。《説文》：「螟，蟲食穀葉者。吏冥冥犯法即生螟。」「葉」當作「心」。《正義》引《義疏》云：「螟，似子方而頭不赤。」子方，《齊民要術》作「虸蚄」。《説文》：「蟘，蟲食苗葉者。吏乞貣則生蟘。从虫、貣，貣亦聲。」引《詩》曰：「去其螟蟘。」「蟘」本字，「螣」爲假借字。《義疏》云：「螣，蝗也。」高注《吕覽》云：「今兖州謂蝗爲螣。」《説文》：「蝥，蟲食艸根者。吏抵冒取民財則生。或作『蟊』。古文作『蛑』。」「艸」當作「苗」。《義疏》云：「賊，似桃李中蠹蟲，赤頭，身長而細耳。」《漢書・五行志》：「京房《易傳》：『臣安禄，兹謂貪，厥災蟲，蟲食根。德無常，兹謂煩，蟲食葉。不絀無德，蟲食本。與東作爭，兹謂不時，蟲食節。蔽惡生孽，蟲食心。』」《説文》正從《易傳》爲説。《韓詩》：「稺，幼稼也。」《説文》：「稺，幼禾也。」禾、稼一也。幼，讀如「養幼少」之「幼」。《閟宫》傳謂稺爲後種，凡後種者，必小於早種也。今字作「稚」。○上篇《傳》云：「田祖，先嗇者也。」《釋文》引《韓詩》「卜畀炎火」云：「卜，報也。」《韓詩》「秉」作「卜」而詁爲「報」，《禮記注》：「報，讀爲『赴疾』之『赴』。」此「報」字亦當讀爲「赴」。毛、韓字異而意同。《干旄》傳：「畀，予也。」《傳》云「炎火，盛陽也」者，《箋》：「螟螣之屬，盛陽氣嬴則生之。今明君爲政，田祖之神不受此害，持之付與炎火，使自消亡。」《正義》云：「陽而稱火者，以南方爲火，炎爲甚之，故云『盛陽』。」又云：「螟螣之屬，得陽而生，故陽盛而爲害。《月令》：『仲夏行春令，百螣時起。』是陽行而生，陽盛則蟲起，消之則付於所生之本。」

有渰萋萋，興雨祁祁，雨我公田，遂及我私。【傳】渰，雲興貌。萋萋，雲行貌。祁祁，徐也。**彼有不穫稺，此有不斂穧。彼有遺秉，此有滯穗，**【傳】秉，把也。**伊寡婦之利。**【疏】《傳》文「渰，雲興皃」，《釋文》、《正義》同，定本、《集注》作「渰，陰雲皃」。《家訓・書證》篇引毛《傳》云：「渰，陰雲皃。」《小箋》從《家訓》、定本、《集注》作「陰雲」。湇、陰雙聲，陰雲，黑雲也。《釋文》：「湇，本又作『弇』。」《吕覽・務本》篇作「晻」，《漢書・食貨志》作「黤」，《六帖》二作「揜」，竝同。萋萋，《吕覽》、《漢書》、《後漢書・左雄傳》、《韓詩外傳》、《説文》、《玉篇》、《廣韻》皆作「淒淒」，今《釋文》、《正義》作「萋萋」，恐係後人改也。《釋文》云：「興雨，或本作『興雲』，非也。」《正義》云：「經『興雨』或作『興雲』，誤也。定本作『興雨』。」《家訓》云：「『湇』已是陰雲，何勞復云『興雲祁祁』邪？『雲』當爲『雨』，俗寫誤爾。」然則《釋文》、《正義》皆從《家訓》之説以「興雨」爲是。而《吕覽》、《漢書》、《韓詩外傳》皆作「興雲」，可知古本作「興雲」也。《小箋》云：「《説文》：『淒，雨雲起也。』『湇，雨雲皃。』雨雲，謂欲雨之雲。凡大雨之來，黑雲起而風生，風生而雲行，所謂『有湇淒淒』也。已而風定，白雲彌天，雨隨之下，所謂『興雲祁祁，雨公及私』也。作『興雨』於物理、經訓皆失之。」祁祁，宋本作「祈祈」，誤。《正義》云：「祁祁，徐皃。」《釋文》作「徐也」，「也」當「皃」之誤。《家訓》引毛《傳》作「祁祁，徐皃也」，「也」當衍字。○《孟子・滕文公》篇引：「《詩》云：『雨我公田，遂及我私。』惟助爲有公田。由此觀之，雖周亦助也。使畢戰問井地。孟子曰：『方里而井，井九百畝，其中爲公田，八家皆私百畝，同養公田。公事畢，然後敢治私事，所以別野人也。』」戰國時，周家井田之法已壞，孟子乃據《大田》詩言公田，而略陳其概如此也。宣十五年《穀梁傳》：「古者三百步爲里，名曰井田。井田者，九百畝，公田居一。私田稼不善則非吏，公田稼不善則非民。古者公田爲居，井竈葱韭盡取焉。」此皆井田有公田之説也。《周禮・小司徒》「乃經土地而井牧其田野，九夫爲井，四井爲邑，四邑爲邱，四邱爲甸，四甸爲縣，四縣爲都」，鄭注云：「此謂造都鄙也。采地制井田，異於鄉遂，重立國。此制，小司徒經之，匠人爲之溝洫，相包乃成耳。」《匠人》「爲溝洫，九夫爲井，方十里爲成，方百里爲同」，注云：「此畿内采地之制。九夫爲井，井者，方一里，九夫所治之田也。采地制井田，異於鄉遂及公邑。」又云：「以《載師職》及《司馬灋》論之，周制，畿内用夏之貢灋，税夫無公田。以《詩》、《春秋》、《論語》、《孟子》論之，周制，邦國用殷之助灋，制公田，不税夫。貢者，自治其所受田，貢其税穀。助者，借民之力以治公田，又使收斂焉。畿内用貢灋者，鄉遂及公邑之吏，旦夕從民事，爲其促之以公，使不得恤其私。邦國用助灋者，諸侯專一國之政，爲其貪暴，税民無蓺。周之畿内，税有輕重。諸侯謂之徹者，通其率以什一爲正。孟子云：『野九夫而税一，國中什一。』是邦國亦異外内之灋耳。」金榜《禮箋》云：「《小司徒》九夫爲井之法，《遂人》有十夫有溝之法。地之險夷異形，廣狹異數，因地勢而制其宜，凡不可井者，濟以《遂人》法而地無曠土。孟子請野九一而助，國中什一使自賦。國中城郭宮室差多，涂巷又廣，於《遂人》法爲宜。是小司徒實與遂人聯事通職，不以鄉遂都鄙異制，審矣。」奂竊謂書缺有閒，各存一説，以俟參攷焉可也。至邦國行井田有公田，見諸經、傳，顯有明證。《噫嘻》傳云：「私，民田也。」○秉、把雙聲同義。不穫穉，未刈者也。不斂穧，刈而未斂者也。遺秉，謂連稾者。滯穗，謂去稾者。「伊寡婦之利」，外舅無錫顧氏廷杏云：「今東省農家於刈穫時必留畝一角，令貧户取之以爲利，猶古遺風與。」

曾孫來止，以其婦子。饁彼南畝，田畯至喜。來方禋祀，以其騂黑，【傳】騂，牛也。黑，羊、豕也。**與其黍稷，以享以祀，以介景福。**【疏】來方，猶上篇云「以方」。來，古「⿰來矣」字，語詞也。上篇《傳》云：「方，迎四方氣於郊也。」迎四方氣於郊者，祀五天帝及五人神。《周禮》「大司寇、小司寇禋祀五帝」，《大祝》注云：「禋祀，祭天神也。」「以其騂黑，與其黍稷，以享以祀」，猶上篇云「以我齊明，與我犧羊，以社」也。上篇《傳》云：「社，后土也。」《傳》以騂黑爲牛、羊、豕，正指社祭。《召誥》：「乃社于新邑，牛一，羊一，豕一。」此其義也。案此詩「騂黑」與《周禮·牧人》「騂牲」、「黝牲」不同。《牧人》：「凡陽祀，用騂牲；陰祀，用黝牲。」騂牲色赤，黝牲色黑，非謂騂爲牛而黝爲羊、豕也。鄭謂陽祀祭天及宗廟，陰祀祭地及社稷。箋《詩》遂引《周禮》爲説，意以四方迎氣用牛，社用羊，分配經、《傳》「騂，牛；黑，羊、豕」，不知天子社、稷皆大牢，非特用羊也。四方迎氣用牛，與上篇《箋》「秋祭四方」不指迎氣又不合，祭社當有句龍配食。《祭法》：「瘞埋于泰折，❶祭地也。用騂犢。」是騂以祀社，羊、豕祀配食之人歟？《召誥》「用牲于郊，牛二」，祀天一牛，配天之人一牛。祭地用牛，其祭地配食之人卑，用羊、豕。

《瞻彼洛矣》三章，章六句。

《瞻彼洛矣》，刺幽王也。思古明王能爵命諸侯，賞善罰惡焉。【疏】爵命諸侯，若宣王之爵命尹吉甫北伐，方叔南征，召虎、程伯休父伐淮夷。賞善罰惡，二伯述職也。

瞻彼洛矣，維水泱泱。【傳】興也。洛，宗周溉浸水也。泱泱，深廣貌。**君子至止，福禄如茨。韎韐有奭，以作六師。**【傳】韎韐者，茅蒐染草也。一入曰韎韐，所以代韠也。天子六軍。【疏】《周禮·職方氏》「正西曰雍州，其川渭洛」，鄭注云：「洛出懷德。」《漢書·地理志》「北地郡歸德，洛水出北蠻夷中，入河。左馮翊褱德，《禹貢》洛水東南入渭，雍州寖」，顔注云：「褱，亦『懷』字。」漢懷德縣即今陝西同州府朝邑縣地，爲洛入渭之處。《漢志》云「入河」，誤。王念孫以爲二字衍文也。《漢志》識洛水入渭之縣，而於洛出之源但云

❶「瘞」，原作「祭」，據中國書店影印武林爱日軒刻本、徐子静本、《清經解續編》本與阮刻《禮記正義》改。

「出北蠻夷中」者，略也。《淮南子·墬形》篇「洛出獵山」，高注：「獵山，在北地西北夷中。洛，東南流入渭。」《西山經》：「白於之山，洛水出于其陽，而東流至于渭。」《元和郡縣志》：「白於山，一名女郎山，在洛源縣北三十里。」白於山、獵山在漢北地郡，所謂「北蠻夷中」矣。漢歸德縣即今甘肅慶陽府安化、合水二縣地，爲洛出源之處。雍州之洛與豫州之雒，其字分別，自古不紊。今以豫州爲南洛水，而以雍州爲北洛水，非古也。洛水在鎬京之北而在岐周之西，其川南流入渭以入河，要皆在宗周畿内，故《傳》以爲「洛，宗周溉浸水」也。鄭注《職方氏》云：「浸，可以爲陂灌溉者。」《説文》：「泱，滃也。」《周禮·酒正》注：「盎，猶翁也。」泱、盎聲相近。《傳》云「深廣皃」者，《考工記》：「匠人爲溝洫，廣尺、深尺謂之甽，廣二尺、深二尺謂之遂，廣四尺、深四尺謂之溝，廣八尺、深八尺謂之洫，廣二尋、深二仞謂之澮。」案都鄙用井田，溝洫即爲井田之制，軍賦實起於此，故詩人以洛水之盛興出軍之衆。《傳》即本《匠人》溝洫之深廣言之。○君子，庳諸侯也。「如」與「而」通。《甫田》傳云：「茨，積也。」如茨而積也。」《淇奥》：「如簀而積也。」文義正相同。《傳》文「韎」下「韐」字衍。「草」當作「韋」。「一」下「入」字依定本補。王引之《詩述聞》云：「毛《傳》原文本作『韎，染韋也』。今本『韎』下有『者茅蒐』三字，此涉鄭《箋》『韎者茅蒐染』而誤衍也。蓋毛以染韋一入之色爲韎，而不以茅蒐爲韎，故曰：『韎，染韋也。一入曰韎。』鄭以韎爲茅蒐之合聲，則以茅蒐爲韎，而不以一入爲韎，故曰：『韎者，茅蒐染也。』茅蒐，『韎』聲也。若毛以茅蒐爲韎，則與『一入曰韎』之文自相違異。且毛既云『韎者，茅蒐染韋』，鄭不須更云『韎者，茅蒐染』矣。孔、陸所見已是誤本，故不言鄭與毛異耳。《晉語》『韎韋之跗注』，韋注曰：『三君云：「一染曰韎。」鄭後司農説以爲韎茅蒐染也。』云『鄭以爲茅蒐染』，則毛不以爲茅蒐染明矣。三君皆從毛義，故但言『一染曰韎』而不言茅蒐也。《説文》：『韎，茅蒐染韋也。一入曰韎。』『茅蒐』二字亦後人依誤本毛《傳》加之也。賈景伯注成十六年《左傳》及《晉語》竝云：『一染曰韎。』叔重之學出於景伯，故云：『韎，染韋也。一入曰韎。』且賈、許皆治《毛詩》，故以一入爲韎。至康成始以茅蒐爲韎，不得於《説文》注中增入『茅蒐』二字。且茅蒐爲韎與一入爲韎，二者各爲一義，不可强同也。」案王説是也。韎從韋，故知爲韋。韎，韋之色，故知爲染韋。「一入曰韎」，《傳》又申説染韋之義也。《玉藻》注：「緼，赤黄之閒色，所謂韎也。」《爾雅》：「一染謂之縓。」《士冠禮》注：「凡染絳，一入謂之縓。」「緼」與「縓」古聲同，韎即縓也。《説文》「韎」字从末聲，不从未聲。《傳》既釋經「韎」之義，又釋經「韐」之義。凡士朝服皮弁服、玄端服稱韠，韎色之韠稱韐，故云：「韐，所以代韠也。」《士冠禮》：「爵弁服，纁裳，純衣，緇帶，韎韐。」又「受爵弁，加之，服纁裳，韎韐」。《士喪禮》：「爵弁服，純衣，緇帶，韎韐。」注：「韎韐，緼韍也。韐之制似韠。」《説文·市部》：「士無市有韐，制如榼，缺四角。爵弁服，其色韎，賤不得與裳同。从市，合聲。或从韋作『韐』。」鄭《箋》亦云：「韐，祭服之韠，合韋爲之。其服爵弁服，紂衣纁裳也。」許、鄭皆以韎韐爲爵弁服，本《禮經》爲訓。《春官·司服》「凡兵事，韋弁服」，鄭注云：「韋弁，以韎韋爲弁，又以爲衣裳。《春秋傳》曰『晉郤至衣韎韋之跗注』是也。」奂謂韎韋即韎韐。郤至爲晉下卿，衣韎韋以爲兵事之服。天子作師主將朱芾，其餘軍士韎韐，詩所謂「韎韐有奭，以作六師」也。是韎韐又爲韋弁服矣。有奭，言韐有奭色，所謂韎也。《采芑》傳云：「奭，赤皃。」《白虎通義·爵》篇：「《韓詩内傳》曰：『諸侯世子三年喪畢，上受爵命於天子。』」其下又言「世子上受爵命，衣士服」，引《詩》曰：「韎韐有赩。」《通典·禮五十三》引《内傳》同。此《韓詩》義，鄭《箋》正用其説。「赩」與「奭」同。○《周禮·夏官》：「凡制軍，萬有二千五百人爲軍。王六軍。」襄十四年《左傳》：「周爲六軍。」又襄十一年《穀梁傳》：「古者天子六師。」是六師即六軍也。《棫樸》傳及《常武》箋竝同。《地官·小司徒》：「乃會萬民之卒伍而用之。五人爲伍，五伍爲兩，四兩爲卒，五卒爲旅，五旅爲師，五師爲軍，以起軍旅。」案此周之軍法，乃統四郊都鄙萬民卒伍用之。六軍不盡出於六鄉。《遂人》注云：「遂之軍法，追胥、起徒役如六鄉。」是六遂有軍也。《縣師》：「若將有軍旅、會同、田役之戒，則受灋于司馬，以作其衆庶及馬牛車輦，會其車人之卒伍。」《稍人》：「掌令邱乘之政令。若有會同、師田、行役之事，則以縣師之灋作其同徒、輂輦，帥而以至。」是稍、縣、鄙皆有軍也。采地制井田。小都，卿之采地。大都，公之采地。公卿采地之外皆有公邑。鄉遂無井田，出師人數亦可充卒，而軍半出於都鄙。《出車》篇云：「我出我車，于彼牧矣。自天子所，謂我來矣。」此之謂也。軍制詳《采芑》篇。

瞻彼洛矣，維水泱泱。君子至止，鞞琫有珌。【傳】鞞，容刀鞞也。琫，上飾；珌，下飾也。天子玉琫而珧珌，諸侯璗琫而璆珌，大夫鐐琫而鏐珌，士珕琫而珕珌。**君子萬年，保其家室。**【疏】《説文》：「鞞，刀室也。」「削，鞞也。」《方言》：「劒削，自河而北，燕、趙之閒謂之室；自關而東或謂之廓，或謂之削；自關而西謂之鞞。」「韠」與「鞞」同。此《傳》云「容刀鞞」，容刀見《公劉》篇。彼《傳》云「容刀，言有武事也」，蓋有武事則佩之矣。《説文》：「琫，佩刀上飾也。」「珌，佩刀下飾也。」許説正用毛訓。段注云：「鞞之言裨也。刀室，所以裨護刀者。漢人曰削，俗作『鞘』。琫之言奉也。奉，俗作『捧』。刀本曰環，人所捧握也，其飾曰琫。珌之言畢也。刀室之末，其飾曰珌。古文作『琿』。《傳》云『鞞，容刀鞞也』，謂刀削。其云『琫，上飾；珌，下飾』者，上下自全刀言之，琫在鞞上，鞞在琫下，珌在鞞末。《公劉》詩不言珌，故云『下曰鞞』，舉鞞以該珌。『鞞琫有珌』，言鞞琫而又加珌也。《王莽傳》『瑒琫瑒珌』，孟康曰：『佩刀之飾，上曰琫，下曰珌。』若劉熙《釋名》曰：『室口之飾曰琫。琫，捧也。捧，束口也。下末之飾曰琕。琕，卑也。下末之言也。』『琕』即『鞞』之譌。劉意自一鞘言之，故雖襲毛『上曰琫，下曰鞞』之云，而大非毛意。至杜預本之注《左傳》云：『鞞，佩刀削上飾。鞛，下飾。』又互譌『上』、『下』字矣。許云『佩刀上飾』，用毛説，謂一刀之上，非一削之上也。凡刀劒以手所執爲上，刀謂之穎，亦曰環。《書》：

『刀謂之拊，劍謂之鞞。』」案《傳》文「諸侯璆珌」，《釋文》及定本、《集注》作「璆珌」，《正義》本作「鏐珌」。「大夫鏐珌」，定本、《集注》作「鏐珌」，《正義》云：「大夫琫珌皆用鐐飾。」是《正義》本作「鐐珌」也。《說文》「琫」下云「天子以玉，諸侯以金」，「珌」下云「天子以玉」。「珧，蜃甲也。所以飾物也。《禮》：『佩刀，天子玉琫而珧珌。』」「璗，金之美者，與玉同色。《禮》：『佩刀，諸侯璗琫而璆珌。』」「珕，蜃屬。《禮》：『佩刀，士珕琫而珧珌。』」《後箋》云：「此《傳》所言，雖不箸所出，然《說文》於『珕』、『珧』、『璗』下皆引《禮》云云，則毛亦必據《禮》逸篇之文，不應互異如此。《說文》『珌』下云『天子以玉』者，因珧有玉珧之稱，『以玉』猶言『以珧』。然玉琫珧珌，上下究有不同。若諸侯璗琫鏐珌，黃金謂之璗，其美者謂之鏐，是諸侯琫珌同以金爲之，此所以別於天子也。《王莽傳》『瑒琫瑒珌』，『瑒』與『璗』同，亦上下皆用金之證。大夫則皆以鐐爲之，士皆以珕爲之。《說文》『諸侯璆珌，士珧珌』，恐是傳寫之誤。定本、《集注》作『諸侯璆珌，大夫鏐珌』，皆非也。」奐謂定本、《集注》作「大夫鏐珌」，鏐亦金也。此固不誤。《小箋》亦云：「琫、珌，天子皆以玉，諸侯皆以金，大夫皆以銀，士皆以珕。」爲有條理，與《說文注》不同。

瞻彼洛矣，維水泱泱。君子至止，福禄既同。君子萬年，保其家邦。

《裳裳者華》四章，章六句。

《裳裳者華》，刺幽王也。古之仕者世禄，小人在位，則讒諂竝進，棄賢者之類，絶功臣之世焉。

【疏】此亦思古之詞。

裳裳者華，其葉湑兮。【傳】興也。裳裳，猶堂堂也。湑，盛貌。**我覯之子，我心寫兮。我心寫兮，是以有譽處兮。**【疏】《傳》以「裳裳」爲「堂堂」之假借。《說文·門部》云：「闛闛，盛皃。」與「堂堂」同。《廣雅》云：「常常，盛也。」裳、常一字。毛與三家《詩》同意也。於華言「裳裳」，於葉言「湑」，皆有「盛」義。《傳》云「湑，盛皃」，湑猶湑湑也。興者，以華葉之盛，喻賢者功臣，其世澤之茂盛，亦如華葉之裳裳、湑湑然。首章言華又言葉，下章不言葉，略也。〇之子，席世禄者也。三章《傳》以之子乘駱爲世禄，此其義矣。《蓼蕭》「我心寫兮」，《傳》云：「輸寫其心也。」

裳裳者華，芸其黄矣。【傳】芸，黄盛也。**我覯之子，維其有章矣。維其有章矣，是以有慶矣。**【疏】芸，讀如「紛紜」之「紜」。《老子》：「夫物芸芸，各復歸其根。」是「芸」有「盛」義。詩言華之黄，故《傳》云：「黄盛也。」

裳裳者華，或黄或白。我覯之子，乘其四駱。乘其四駱，六轡沃若。【傳】言世禄也。【疏】或，有也。「或黄或白」，有黄又有白也。華之黄、白俱盛。〇《四牡》傳云：「白馬黑鬣曰駱。」四駱六轡，是世禄之所乘，故《傳》即依《序》言「古之仕者世禄」作釋也。世禄，亦世位，詳《文王》篇。

左之左之，君子宜之。右之右之，君子有之。【傳】左，陽道，朝祀之事。右，陰道，喪戎之事。**維其有之，是以似之。**【傳】似，嗣也。【疏】《傳》釋「左」爲「陽道」，「右」爲「陰道」，又申明「陽道」爲「朝祀之事」，「陰道」爲「喪戎之事」，當有成文，無攷。成十三年《左傳》云：「國之大事，在祀與戎。」《荀子·大略篇》云：「吉事尚尊，喪事尚親。」《逸周書·武順》篇：「吉禮左還，順天以利本。武禮右還，順地以利兵。」《老子》亦云：

「吉事尚左，凶事尚右。」竝與《傳》訓略同。《説苑·脩文》篇：「《詩》曰：『左之左之，君子宜之。右之右之，君之有之。』《傳》曰：『君子者，無所不宜也。是故韠冕厲戒立于廟堂之上，有司執事無不敬者；斬衰裳苴絰杖立于喪次，賓客弔唁無不哀者；被甲纓冑立于桴鼓之閒，士卒莫不勇者。故仁足以懷百姓，勇足以安危國，信足以結諸侯，强足以拒患難，威足以率三軍。故曰：爲左亦宜，爲右亦宜，爲君子無不宜者，此之謂也。』」劉子政所引《傳》或出《魯詩傳》。其釋《詩》言君子朝祀喪戎無不得宜，與《毛詩》義正合。蓋有者，有此宜也。故詩下文但接「有之」句而言。〇《傳》讀「似」爲「嗣」者，言古君子有是美德，是以嗣爲世官也。襄三年《左傳》：「祁奚請老，晉侯問嗣焉。祁奚即舉子午。羊舌職死，又舉職之子赤。晉侯於是使祁午爲中軍尉，羊舌赤佐之。君子謂祁奚能舉善，唯善故能舉其類。《詩》云：『惟其有之，是以似之。』」案此上文言問嗣，其下即引此詩，則詩之「似」正訓作「嗣」，以美祁奚能舉善嗣其官職，即是不廢世禄之類。毛《傳》實本《左傳》以立訓也。

《桑扈》四章，章四句。

《桑扈》，刺幽王也。君臣上下，動無禮文焉。【疏】詩亦陳古君臣之詞。

交交桑扈，有鶯其羽。【傳】興也。鶯然有文章。**君子樂胥，受天之祜。**【傳】胥，皆也。【疏】《小宛》「交交桑扈」，《傳》云：「交交，小皃。桑扈，竊脂也。」桑扈小鳥，交交爲小鳥皃也。扈，當作「鳸」，今通作「扈」。鶯然有文章者，總釋經之兩「鶯」字，以明取興之義。言桑扈之羽翼首領，皆有文采可觀，以喻臣下舉動有禮文。合下章而釋之也。「有鶯其羽」，鶯然其羽也。「有鶯其領」，鶯然其領也。鶯者，是形容羽領之美稱。《説文》：

「鶯,鳥也。」段注云:「今《説文》必淺人所改,『鶯』非即『鸎』字。」○君子,謂王者也,與《鴛鴦》「君子」同。「胥」訓「相」,又訓「皆」。皆者,皆臣下也。祜,❶福也。《新書·禮》篇云:「《詩》曰:『君子樂胥,受天之祜。』胥,相也。祜,大福也。夫憂民之憂者,民必憂其憂。樂民之樂者,民亦樂其樂。與士民若此者,受天之福矣。」案此釋詩「樂胥,與士民樂」,本三家《詩》義。《箋》云:「王者樂臣下有才知文章。」鄭讀「胥」爲「諝」,義異。其解「君子」爲「王者」、「樂胥」爲「樂臣下」,則與毛義當同也。

交交桑扈,有鶯其領。【傳】領,頸也。**君子樂胥,萬邦之屏。**【傳】屏,蔽也。【疏】《玉篇·頁部》引《詩傳》云:「領,頸也。」《文選》潘岳《射雉賦》:「鶯綺翼而經撾,灼繡頸而衮背。」鶯綺翼即鶯羽,灼繡頸即鶯領,此正用《詩》義。徐爰注云:「鶯,文章貌。」今本《文選》誤作「鸎」字。○屏、蔽雙聲。《玉藻》云:「諸侯之於天子,其在邊邑,曰:某屏之臣某。」屏亦蔽也。

之屏之翰,百辟爲憲。【傳】翰,幹;憲,法也。**不戢不難,受福不那。**【傳】戢,聚也。不戢,戢也。不難,難也。那,多也。不多,多也。【疏】「之屏」承上章言,之猶是也。「之屏之翰」,言是屏是翰也。「翰,榦」,《爾雅·釋詁》文,《文王有聲》、《版》、《嵩高》竝同。「翰」讀與「榦」同,此謂假借也。成十三年《左傳》:「孟獻子曰:『禮,身之榦也。』」襄三十年《傳》:「鄭子皮曰:『禮,國之榦也。』」是其義。辟,君也。百辟,謂外諸侯也。「百辟爲憲」與《六月》「萬邦爲憲」句義正同,故《傳》竝訓「憲」爲「法」也。《假樂》之「百辟卿士」,「百辟」與

---

❶ 「祜」,原作「祐」,據徐子静本、《清經解續編》本改。下二「祜」字同。

「卿士」對文，非以百辟即卿士也。《烝民》、《烈文》「百辟」皆指外諸侯。○「戢，聚」，《釋詁》文，《時邁》同。聚猶斂也，言聚斂其志意。不戢，不難，不那，三「不」字《傳》皆以爲語詞。難，古「儺」字。《周禮・占夢》「遂令始難毆疫」，「故書『難』或爲『儺』」。《隰桑》「阿難」，《隰有萇楚》作「猗儺」。《家訓・書證》篇引毛《傳》「不儺，儺也」。然則顔所據經、《傳》正作「儺」矣。《竹竿》傳云：「儺，行有節度也。」行有節度謂之儺，則「儺」有「動必以禮，不敢縱弛」之意。《執競》：「反反，難也。」《載芟》：「濟濟，難也。」「難」皆「儺」字。「那，多」，《釋詁》文，《那》同。《說文》：「齊謂多爲夥。」《方言》：「大物盛多，❶齊宋之郊、楚魏之際曰夥。」《史記・陳勝世家》：「楚人謂多爲夥。」「那」與「夥」同。《說文》：「魑，从鬼，難省聲。讀若《詩》『受福不儺』。」儺，當作「那」。魑聲讀若那，疑涉上句「不戢不儺」而誤。「不多，多也」，《卷阿》同。

兕觥其觩，旨酒思柔。彼交匪敖，萬福來求。【疏】「觩」爲「觓」之誤。《釋文》云：「或作『觓』。」《說文》：「觓，角皃。」引《詩》「有觓其角」，今《良耜》作「捄」，爲六書假借字。而《絲衣》、《泮水》之「觩」，《釋文》皆作「觓」字，當不誤也。「思柔」與「其觓」對文，則「其」與「思」皆爲語詞，《絲衣》篇同。○成十四年《左傳》：「衛侯饗苦成叔，甯惠子相。苦成叔傲，甯子曰：『苦成家其亡乎？古之爲享食也，以觀威儀，省禍福也。故《詩》曰：「兕觥其觩，旨酒思柔。彼交匪傲，萬福來求。」今夫子傲，取禍之道也。』」又襄二十七年《傳》：「鄭伯享趙孟于垂隴。公孫段賦《桑扈》，趙孟曰：『「匪交匪敖」，福將焉往？若保是言也，欲辭福禄，得乎？』」案不交敖爲求福之道。《左》兩釋《詩》同，意與《毛詩》序、傳合。成十四年引《詩》「彼交匪傲」與今本《詩》同，而《漢書・五行志》作「匪儌

---

❶「大」，《方言》作「凡」。

匪傲」，應劭注云：「言在位不儌訐、不倨傲也。」臧琳《經義襍記》謂：「《論語》『惡儌以爲知者』，儌，鄭本作『絞』。儌、絞古通。《毛詩》作『交』，『絞』之省假，故《漢書》作『儌』。《漢志》所載《左傳》爲古文，今本出之杜氏，未足深信。趙孟引《詩》作『匪』不作『彼』，與《漢書》正同，尤爲明證。《漢志》『匪儌』，當從應仲援説爲『不儌訐』，師古改爲『儌幸』，非是。」《後箋》云：「臧説是也。匪、彼二字古雖通用，此詩義當作『匪』。《絲衣》『兕觥其觩，旨酒思柔。不吴不敖，胡考之休』，與此詩四句文義相同。此『匪交匪敖』當與彼『不吴不敖』一例耳。」

《鴛鴦》四章，章四句。

《鴛鴦》，刺幽王也。思古明王交於萬物有道，自奉養有節焉。

鴛鴦于飛，畢之羅之。【傳】興也。鴛鴦匹鳥，大平之時，交於萬物有道，取之以時，於其飛乃畢掩而羅之。**君子萬年，福禄宜之。**【疏】「鴛鴦匹鳥」，《御覽·羽族部十二》引崔豹《古今注》云「鴛鴦，水鳥，鳧類，雌雄未嘗相離，人得其一，則一者相思死，故謂之匹鳥」是也。「大平之時，交於萬物有道」，此《傳》用《序》語以明經義。取之以時者，交萬物有道也。於其飛乃畢掩而羅之者，取必以時也。《大東》傳：「畢，所以掩兔。」《兔爰》傳：「鳥網爲羅。」畢與羅異用，而散文則通，故交取鴛鴦，乃畢、羅皆施於鳥矣。《箋》云：「匹鳥，言其止則相耦，飛則爲雙，性馴耦也。此交萬物之實也。而言興者，廣其義也。獺祭魚而後漁，豺祭獸而後田，此亦皆其將縱散時也。」案此一興體也。前二章鴛鴦爲興，言交於萬物有道，舉一物以例餘也。後二章又以芻秣之式興奉養有節。○《箋》云：「君子，謂明王也。」

鴛鴦在梁，戢其左翼。【傳】言休息也。**君子萬年，宜其遐福。**【疏】《桑扈》傳：「戢，聚也。」休息者，「聚」之意。《釋文》引《韓詩》云：「戢，捷也。捷其噣於左也。」捷，今之「插」字。《箋》：「斂其左翼，以右翼掩之。」《白華》「鴛鴦在梁，戢其左翼」，《箋》：「戢，斂也。斂左翼者，謂右掩左也。鳥之雌雄不可別者，以翼右掩左，雄；左掩右，雌。」案此《爾雅·釋鳥》文也。鴛鴦匹鳥，雌雄相休息。戢左翼者，言雄以晐雌也。上章于飛則畢羅之，此章在梁則休息之，所謂「交於萬物有道」也。《論語》云：「弋不射宿。」

乘馬在廄，摧之秣之。【傳】摧，莝也。秣，粟也。**君子萬年，福禄艾之。**【傳】艾，養也。【疏】《傳》文「摧，莝」，《釋文》本作「摧，芻」，引《韓詩》云：「莝，委也。」是《毛詩》作「摧」訓「芻」，謂「摧」即「芻」之假借字。《韓詩》作「莝」訓「委」，「委」即「萎」字。《說文》：「莝，斬芻。」毛、韓字異而義同。《箋》云：「摧，今『莝』字也。」鄭用韓說。後人依鄭《箋》改毛《傳》，當依《釋文》本作「摧，芻」爲正。《衆經音義》卷十三、十五引《傳》作「芻」，《說文繫傳》引《詩》作「芻之䬴之」。《傳》文「秣，粟」，《釋文》本作「秣，穀馬也」，亦當依《釋文》本爲正。《漢廣》「言秣其馬」，《傳》：「秣，養也。」又《雲漢》傳：「歲凶年穀不登，則趣馬不秣。」《王制》作「馬不食穀」。凡言秣者，皆謂以穀食馬，不謂秣爲粟矣。《箋》云：「無事則委之以莝，有事乃予之穀。」鄭所據亦作「穀馬」。秣，或作「䬴」。《說文》：「䬴，食馬穀也。」許正用毛《傳》。「摧秣」即「芻秣」。《周禮·大宰》「以九式均節財用，七曰芻秣之式」，鄭注云：「芻秣，養牛馬禾穀也。」案周公制禮，以養馬芻秣之事定爲國家均節財用之式，與詩言養馬之得其時制興王者自奉養有節，其義正同。○「艾，養」，《南山有臺》同。

乘馬在廄，秣之摧之。君子萬年，福禄綏之。【疏】綏，安也。上言艾，此言綏，艾、綏猶《南山有臺》之

「艾」、「保」也。

《頍弁》三章，章十二句。

《頍弁》，諸公刺幽王也。暴戾無親，不能宴樂同姓、親睦九族，孤危將亡，故作是詩也。【疏】諸公，同姓之臣。宴，《釋文》作「燕」。

有頍者弁，實維伊何。【傳】興也。頍，弁貌。弁，皮弁也。**爾酒既旨，爾殽既嘉。豈伊異人？兄弟匪他。蔦與女蘿，施于松柏。**【傳】蔦，寄生也。女蘿，菟絲，松蘿也。喻諸公非自有尊，託王之尊。**未見君子，憂心奕奕。**【傳】奕奕然無所薄也。**既見君子，庶幾説懌。**【疏】頍者，非形容皮弁之皃，乃形容其戴弁之皃。《正義》引王肅云：「戴頍然之弁。」疑王子雝所據《傳》作「頍，戴弁皃」四字，今本奪「戴」字。《釋文》云：「箸弁皃。」箸弁猶言戴弁。《説文》：「頍，舉頭也。」也，《玉篇》作「皃」。舉頭與戴弁義同。《士冠禮》注：「缺，讀如『有頍者弁』之『頍』。」鄭本三家義。天子視朝用皮弁。詩言燕，而《傳》云「弁，皮弁也」者，是天子燕用皮弁矣。實，當作「寔」。寔，是也。維，猶爲也。是爲伊何者，以言乎在首也。一章「伊何」，二章「何期」，三章「在首」，實一意也。《正義》云：「昭九年《左傳》：『王使詹桓伯辭於晉曰：『我在伯父，猶衣服之有冠冕。』僖八年《穀梁傳》曰：『弁冕雖舊，必加於首。周室雖衰，必先諸侯。』然則王者之在上位，猶皮弁之在人首，故以爲喻也。」○「旨酒」「嘉殽」，以設燕也。「兄弟匪他」，言燕兄弟，非有異人也。《爾雅·釋草》無「蔦」。《傳》云「寄生」，《説文》：「蔦，寄生也。或作『樢』。」許本毛訓。《釋木》：「寓木，宛童。」解者皆即以爲《詩》之「蔦」。蓋「寄」與「寓」同義也。《釋草》：「唐，蒙，女蘿。女蘿，菟絲。」今案《桑中》傳：「唐，蒙，菜名。」不謂女蘿。此《傳》云「女蘿菟絲」，本《爾雅》文。疑毛所見《爾雅》與今本或異。《傳》又云「松蘿」，是女蘿、菟絲、松蘿一物三名矣。菟，通作「兔」。《淮南子·説山》云：「下有伏苓，上有兔絲。」《説林》云：「伏苓掘，兔絲死。」又云：「兔絲無根而生。」《吕覽·精通》云：「人或謂兔絲無根，兔絲非無根也，其根不屬也。」伏苓是菟絲，即女蘿，而菟絲又即松蘿，《傳》與舊説悉合。《正義》引《義疏》云：「今菟絲蔓連草上，非松蘿。松蘿自蔓松上，與菟絲殊異。」《釋文》亦云：「在草曰女蘿，在木曰松蘿。」然詩明言女蘿施於松木，不得據今驗易古説，明矣。「喻諸公非自有尊，託王之尊」者，《箋》云：「託王之尊者，王明則榮，王衰則微。刺王不親九族，孤特自恃，不知己之將危亡也。」○《爾雅·釋訓》：「奕奕，憂也。」此依《詩》「憂心」爲訓。《傳》云「奕奕然無所薄也」者，亦是形容憂心之狀。《楚策》：「楚威王曰：『寡人心摇摇如縣旌，而無所終薄。』」奕奕、摇摇語轉而義同。懌，本作「釋」，《静女》箋「説懌」作「説釋」，與此同。案「既見」指宴樂同姓，「未見」即《序》「不能宴樂」之意。「既」與「終」同義。此因未見而終思相見，親戚之臣，心不能已也。《箋》云：「君子，斥幽王也。幽王久不與諸公宴，諸公未得見幽王之時，懼其將危亡，己無所依怙，故憂而心奕奕然。故言我若已得見幽王諫正之，則庶幾其變改，意解釋也。」

有頍者弁，實維何期？爾酒既旨，爾殽既時。【傳】時，善也。**豈伊異人？兄弟具來。蔦與女蘿，施于松上。未見君子，憂心怲怲。**【傳】怲怲，憂盛滿也。**既見君子，庶幾有臧。**【傳】臧，善也。

【疏】《釋文》：「期，本亦作『其』。」何其，何也，其，語詞。《箋》云：「何期，猶伊何也。期，辭也。」辭，當作「詞」。○時之言是也，故「時」有「善」義。「爾殽既時」，猶上章云「爾殽既嘉」耳，嘉亦善也。《廣雅》：「時，善也。」本《傳》訓。《爾雅》：「怲怲，憂也。」《説文》：「怲，憂也。《詩》曰：『憂心怲怲。』」此亦依《詩》「憂心」爲訓。《傳》云「憂盛滿也」者，怲、滿雙聲，奕、薄疊韻，蓋依疊韻雙聲言也。「臧」訓「善」，讀「善兄弟爲友」之「善」。

有頍者弁，實維在首。爾酒既旨，爾殽既阜。豈伊異人？兄弟甥舅。如彼雨雪，先集維霰。【傳】霰，暴雪也。**死喪無日，無幾相見。樂酒今夕，君子維宴。**【疏】阜，盛也。兄弟，謂諸公也。此言燕同姓，而必及甥舅者，《禮記·文王世子》篇云：「公若與族燕，則異姓爲賓。」〇「霰，暴雪」，《釋文》：「霰，消雪也。」疑陸元朗所據《傳》作「霄雪」，霄、暴形易譌，今作「消雪」，後人或以《爾雅》「亦作」本改之也。《爾雅》「雨霓爲霄雪」，「霄，本亦作『消』」。《說文》：「雨霓爲霄。齊語也。」「霰，稷雪也。或作『霓』。」《繫傳》作「積雪」。《文選》謝惠連《雪賦》注、《御覽·天部十二》引《韓詩章句》云：「霰，霙也。」《御覽》引又云：「雪華六出曰霙。」訓家多不同。《大戴禮·曾子天圓》篇云：「陽之專氣爲霰。」《釋名》云：「霰，星也。水雪相摶如星而散也。」《箋》云：「將大雨雪，始必微温，雪自上下，遇温氣而摶，謂之霰；久而寒勝，則大雪矣。喻幽王之不親九族亦有漸，自微至甚，如先霰後大雪。」〇「死喪無日，無幾相見」，無，不也。言不日死喪，相見無幾也。王逸注《楚辭·大招》引《詩》作「樂酒今昔」，云：「昔，夜也。」古夕、昔通用。今昔，即今夕。唯同姓有夜飲禮也。維，猶是也。「樂酒今夕，君子維宴」，言王能宴樂飲酒，當自今日始。此乃覬幸之詞。案上二句猶云「未見君子，憂心奕奕」、「未見君子，憂心怲怲」也，下二句猶云「既見君子，庶幾説釋」、「既見君子，庶幾有臧」也。詩三章皆欲王之宴樂親睦同姓，以刺今之不能，則孤危將亡，其兆既存矣。

《車舝》五章，章六句。

《車舝》，大夫刺幽王也。褒姒嫉妬，無道竝進，讒巧敗國，德澤不加於民，周人思得賢女以配君子，故作是詩也。

間關車之舝兮，思孌季女逝兮。【傳】興也。間關，設舝也。孌，美貌。季女，謂有齊季女也。**匪飢匪渴，德音來括。**【傳】括，會也。**雖無好友，式燕且喜。**【疏】詩凡五章，皆興。前三章就賢女往配君子說，後二章就賢女既配君子說。設舝往配亦是陳古以刺今，與《大東》篇興義相同。〇《正義》及《泉水》正義引《傳》文作「間關，設舝皃」，「皃」乃「也」之誤；今本作「也」，不誤。關，讀爲綸。《說文·糸部》：「綸，織以絲毌杼也。」從段本訂。以絲貫杼曰綸，以舝設車軸間曰間關。間關者，言季女乘車設舝之事，非形容其設舝也。《北堂書鈔·車部三》引《韓詩》注：「間關，好皃。」陳禹謨本删去。舝，《韓詩》作「轄」。昭二十五年《左傳》：「昭子賦《車轄》。」《墨子·魯問》篇：「子之爲鵲也，不如匠之爲車轄也。須臾，斲三寸之木，而任五十石之重。」《淮南子·繆稱》、《人間》篇竝云：「三寸之轄。」蓋古轄以木爲之耳。思，詞也。「思孌季女」，與「思齊大任」、「思媚周姜」句例相同。《泉水》、《猗嗟》、《候人》傳竝訓「孌」爲「好」，而此訓「孌」爲「美」，美，有美德者也。云「季女，謂有齊季女也」者，《采蘋》「誰其尸之？有齊季女」，《傳》：「尸，主；齊，敬；季，少也。少女，微主也。古之將嫁女者，必先禮之於宗室。」此「季女」亦是將嫁之女，與《采蘋》「季女」同，故《傳》即本《采蘋》以釋之也。逝，往也。謂往嫁之也。〇《君子于役》傳：「佸，會也。」「括」與「佸」同義。會者，當讀如《媒氏》「令會男女」之「會」。會，猶作合也。「德音來括」，言季女有此德音，是宜與我王作合也。來，語詞。《文選》劉越石《荅盧諶詩》、陸士衡《辨亡論》注引《韓詩章句》：「括，約束也。」王伯厚以爲此詩章句。《箋》謂「使我王更脩德教，合會離散之人」，或鄭用韓義也。友，讀「琴瑟友之」之「友」。燕，安也。

依彼平林，有集維鷮。【傳】依，茂木貌。平林，林木之在平地者也。鷮，雉也。**辰彼碩女，令德來教。**【傳】辰，時也。**式燕且譽，好爾無射。**【疏】依爲茂木，依猶依依也。《采薇》韓詩傳云：「依依，盛皃。」「茂」與「盛」義相近。《周禮》「林衡」注云：「竹木生平地曰林。」《説文》云：「平土有叢木曰林。从二木。」林者，木之多也。是木在平地者稱林，故此及《生民》詩皆謂之平林。鄭、許與《傳》訓皆同。《擊鼓》傳又云：「山木曰林。」各隨文釋也。「鷮，雉」，《爾雅・釋鳥》文。《中山經》：「女几之山，風雨之山，其鳥多白鷮。」《文選・西京賦》「游鷮高翬」，薛綜注云：「雉之健者爲鷮，尾長六尺。」鷮尾長，故《韓詩》「二矛重鷮」以鷮羽爲矛飾。《説文》：「乘輿防釳用鷮。」平林之有鷮，以喻賢女之在父母家也。〇「辰」訓「時」，時，當讀如「男女得以及時」之「時」。女者，在父母家之稱。「令德來教」，言教之以婦道也。《葛覃》傳：「古者女師教以婦德、婦言、婦容、婦功。祖廟未毁，教于公宫三月。祖廟既毁，教于宗室。」案此即經「教」字之義也。來，語詞。射，讀爲斁，《葛覃》傳：「斁，厭也。」《韓奕》云：「慶既令居，韓姞燕譽。」文義與此同。

雖無旨酒，式飲庶幾。雖無嘉殽，式食庶幾。雖無德與女，式歌且舞。【疏】「德」即承上兩章「德音」、「令德」兩「德」字而言。與女，猶好爾。爾、女，皆斥王也。「式歌且舞」，猶云「式燕且喜」、「式燕且譽」也。蓋周人歷世有賢聖之配，今幽王寵嬖褒姒，立以爲后，大臣知其將有傾城滅周之禍，故篇中語氣，言不必若大姜、大任、大姒之賢聖，第思得德音、令德之女以配我君子。已有歌舞喜樂之盛，猶無旨酒、嘉殽，亦足以解渴而解飢。此深惡王之黜申后而用褒姒也。故詩以「雖無德與女」作一轉語，而《序》則直謂之「賢女」耳。昭二十六年《左傳》：「晏子曰：『陳氏雖無大德，而有施於民。豆、區、釜、鍾之數，其取之公也薄，其施之民也厚。公厚斂焉，陳氏厚施焉，民歸之矣。《詩》曰：「雖無德與女，式歌且舞。」』」案此斷章取義。詩人本以女與褒姒相比，晏子引之以爲公與陳氏相較，而用意實同。「雖無德」解作「雖無大德」，則《詩》義本然也。首章云「雖無好友」，亦此義也。

陟彼高岡，析其柞薪。析其柞薪，其葉湑兮。鮮我覯爾，我心寫兮。【疏】《静女》「静女其姝，俟我乎城隅」，《傳》：「城隅，以言高而不可踰。」此「高岡」之義也。《桃夭》「其葉蓁蓁」，《傳》：「蓁蓁，至盛皃。有色有德，形體至盛也。」此「其葉湑兮」之義也。《裳裳者華》傳云：「湑，盛皃。」陟岡析薪，以興越國取賢女。《漢廣》、《綢繆》皆以刈薪、束薪喻嫁娶。《齊·南山》：「析薪如之何？匪斧不克。取妻如之何？匪媒不得。」亦以析薪喻取妻，此其義也。柞，木名，可爲薪。《采叔》云：「維柞之枝，其葉蓬蓬。」亦謂柞葉之盛。秦人謂柞爲櫟，《三蒼》説又謂棫爲柞，皆是方俗通稱，柞與櫟、棫或相似爾。◯《草蟲》傳：「覯，遇也。」遇者，配偶之義。「鮮我覯爾，我心寫兮」，下章云「覯爾新昏，以慰我心」，猶《草蟲》篇「亦既覯止，我心則降」、「亦既覯止，我心則説」、「亦既覯止，我心則夷」也，「覯」皆訓爲「遇」。《東門之池》「可以晤歌」，《傳》：「晤，遇也。」彼《序》云「思賢女以配君子」，又與此詩《序》同。

高山仰止，景行行止。四牡騑騑，六轡如琴。【傳】景，大也。**覯爾新昏，以慰我心。**【傳】慰，安也。【疏】仰，當作「卬」，《説文·匕部》引《詩》作「卬」。止，當作「之」，《禮記·表記》釋文引《詩》作「之」。「景，大」，《小明》、《玄鳥》同。「景行」與「高山」對文，上「行」爲「道」，下「行」讀「女子有行」之「行」。高山，猶高岡也。《静女》「愛而不見，搔首踟躕」，《傳》：「志往而行止。」此「高山卬之，景行行之」之義也。《漢廣》「之子于歸，言秣其馬」、「之子于歸，言秣其駒」，《鵲巢》「之子于歸，百兩御之」、「之子于歸，百兩將之」，此「四牡騑騑，六轡如琴」

之義也。《四牡》傳云：「騑騑，行不止之皃。」如琴，言調和也。六轡以御四馬，喻御衆之有禮法。《簡兮》「執轡如組」，《傳》：「御衆有文章。言能治衆。」蓋言有賢德也。此末二章皆興君子得賢女以爲配。凡興義必與上下相準。《箋》以析薪爲喻除嫉妬之女，如琴爲喻群臣有禮，皆上下文意不連屬矣。○孫毓、王肅據《傳》作「慰，怨也」，《釋文》從之，而以「慰，安」爲馬融義，引《韓詩》作「以愠我心」，云：「愠，恚也。」是孫、王同《韓詩》也。《正義》從定本作「慰，安」。案「慰，安」是也。《箋》云：「我得見女之新昏如是，則以慰除我心之憂也。新昏，謂季女也。」鄭亦依「慰，安」爲解。蓋此詩曰季女、曰碩女、曰新昏，皆是思望賢女之詞。刺褒姒意在言外，所謂「主文譎諫，言之者無罪，聞之者足以戒」，若《楚茨》以下諸詩，皆是例矣。竊疑《傳》文本無「慰安也」三字，馬作《毛詩注》、鄭作《毛詩箋》，皆依《豈風》、《緜》傳文作「慰，安」解。至孫、王剥鄭，以新昏謂褒姒不謂季女，復取《韓詩》説易「安」訓「怨」，致失《序》、《傳》之恉。

《青蠅》三章，章四句。

《青蠅》，大夫刺幽王也。【疏】襄十四年《左傳》云：「賦《青蠅》而退。」則詩爲刺讒明矣。《詩考》引袁孝政注《劉子》以爲魏武公信讒詩。案「魏」當「衛」之誤。三家《詩》以此合下篇皆衛武公所作。何楷説同。

營營青蠅，止于樊。【傳】興也。營營，往來皃。樊，藩也。**豈弟君子，無信讒言。**【疏】興者，青蠅以喻讒人也。《箋》：「蠅之爲蟲，汙白使黑，汙黑使白。」《易林》、《論衡》、《初學記》竝有青蠅汙白之語。《後漢書・楊震傳》：「青蠅點素，同茲在藩。」《漢書》：「昌邑王賀夢青蠅之矢積西階東，可五六石。」矢即汙也。此皆本三家《詩》，可以申明《毛詩》之興義也。《大玄・堅》：「次四：小蠭營營，螮其蚼蚼。《測》曰：小蠭營營，固其氏也。」是營營爲往來不絕之皃，與《詩》「營營」同。《說文・爻部》引《詩》作「營營」。又《言部》云：「謍，小聲。」引《詩》作「謍謍」，本三家《詩》。「樊，藩」，《東方未明》同。《說文》云：「棥，藩也。从爻、林。《詩》曰：『營營青蠅，止于棥。』」案爻者，交也。棥从爻、林，取交積材之義。叔重所據《詩》作「棥」，今《詩》作「樊」者，假借字也。《漢書・武五子傳》兩引《詩》作「止于藩」，《史記・滑稽傳》作「蕃」。「蕃」與「藩」同。三家《詩》作「藩」，《毛詩》作「樊」，故《傳》以「藩」詁「樊」也。○君子，庰幽王也。

營營青蠅，止于棘。讒人罔極，交亂四國。【疏】極，中也。《史記・滑稽傳》、《漢書・武五子傳》、《敘傳》注，《論衡・言毒》篇，新、舊《唐書・顔真卿傳》竝作「讒言罔極」。

營營青蠅，止于榛。【傳】榛，所以爲藩也。**讒人罔極，構我二人。**【疏】棘、榛皆爲藩，上章不言「棘，所以爲藩」，《正義》謂「互相足」，是矣。藩，猶籬也。《傳》中兩「藩」字同義。《東方未明》「折柳樊圃」，《傳》：「樊，藩也。」藩，猶屏也。訓同而意異。○《釋文》引《韓詩》：「構，亂也。」亂即上章「交亂」。《箋》：「構，合也。合，猶交亂也。」用《韓詩》也。魏源云：「《易林・豫》云：『青蠅集藩，君子信讒。害賢傷忠，患生婦人。』又《觀》、《革》云：『馬蹶躓車，婦惡破家。青蠅污白，恭子離居。』夫幽王聽讒，莫大于廢后放子，而此曰『患生婦人』，則明指褒姒矣。『恭子離居』，用申生恭世子事，明指宜臼矣。故曰『讒人罔極，構我二人』，謂王與母后也；『讒人罔極，交亂四國』，謂戎、繒、申、呂也。」案魏說本何楷《世本古義》。《漢書》：「戾大子之亂，壺關三老茂上書：『昔者虞舜，孝之至也，而不中於瞽叟；孝己被謗，伯奇放流，骨肉至親，父子相疑。何者？積毀之所生也。』」其下即引《青蠅》之詩，與幽王放宜臼合。《楚辭・九歎》：「若青蠅之僞質兮，晉驪姬之反情。」又與幽王嬖褒姒合。皆出於三家，有足以補明毛義者也。

《賓之初筵》五章，章十四句。

《賓之初筵》，衛武公刺時也。幽王荒廢，媟近小人，飲酒無度，天下化之，君臣上下沈湎淫液。武公既入，而作是詩也。【疏】入，入相也。武公入相在周平王之世，是詩爲追刺幽王而作。《抑》三章云「顛覆厥德，荒湛于酒」，刺厲王飲酒無度也。衛武公刺厲、刺幽，皆事關王政，故《抑》編諸《大雅》，而此則編諸《小雅》焉。《後漢書・孔融傳》注引《韓詩》云：「衛武公飲酒悔過也。」則專以爲武公所自警矣。

賓之初筵，左右秩秩。籩豆有楚，殽核維旅。【傳】秩秩然肅敬也。楚，列貌。殽，豆實也。核，加籩也。旅，陳也。**酒既和旨，飲酒孔偕。鍾鼓既設，舉醻逸逸。**【傳】逸逸，往來次序也。**大侯既抗，弓矢斯張。射夫既同，獻爾發功。發彼有的，以祈爾爵。**【傳】大侯，君侯也。抗，舉也。有燕射之禮。的，質也。祈，求也。【疏】筵，席也。《燕禮》：「司宮筵賓于户西，東上，無加席也。射人告具，小臣設公席于阼階上，西鄉，設加席。」是主席在東，而賓筵在西，左右猶東西也。《後漢書》注引《韓詩》云：「言賓客初就筵之時，賓主秩秩然俱謹敬也。」毛、韓義同。《荀子・仲尼篇》：「貴賤長少秩秩焉，莫不從桓公而貴敬之。」與詩「秩秩」同。楚之言錯也。《正義》據《傳》文「列」上有「陳」字，列亦陳也。《士冠禮》「籩豆有楚」，鄭注亦云：「楚，陳列之貌。」殽，《釋文》作「肴」。《生民》傳：「豆，薦葅醢也。」葅醢置於豆中，故豆實謂之肴。《傳》因文立義也。《春秋》內、外傳竝以肴爲俎實。《傳》於豆言實，而於籩言加，互詞。加籩者，廣庶品也。《箋》據《籩人》加籩無核，而《饋食》之籩有核，故以核爲籩實，此鄭義也。《正義》依《箋》解《傳》，加籩爲加之於籩，則誤矣。核，亦作「覈」。班固《典引》「肴覈仁義」，蔡邕注：「肴覈，食也。肉曰肴，骨曰覈。《詩》云：『肴覈惟旅。』」蔡所引當是《魯詩》。「旅，陳」，《爾雅·釋詁》文。《說文》：「旅，古文作『𣄼』，以爲『魯衛』之『魯』。」《士冠禮》注：「古文『旅』作『臚』。」《周禮·司儀》注：「旅，讀爲『鴻臚』之『臚』。臚，陳之也。」是旅古讀如魯，又讀同臚也。《殷武》傳同。《豐年》傳云：「皆，徧也。」「偕」與「皆」通。○醻，亦作「酬」。《燕禮》旅酬有樂，故云「鍾鼓既設」也。《禮記·燕義》篇：「獻君，君舉旅行酬；而后獻卿，卿舉旅行酬；而后獻大夫，大夫舉旅行酬；而后獻士，士舉旅行酬；而后獻庶子。」案《燕禮》於獻士後行射，《大射》則卿舉旅後即行射，《燕禮》注云「薦旅食乃射者，燕射主於飲酒」是也。逸逸，猶繹繹也。《楚茨》傳「東西爲交，邪行爲錯」，所謂「往來次序」也。侯，射侯也。《考工記》：「梓人爲侯，張獸侯，則王以息燕。」《儀禮·鄉射·記》：「凡侯，天子熊侯，白質；諸侯麋侯，赤質；大夫布侯，畫以虎豹；士布侯，畫以鹿豕。凡畫者，丹質。」案此皆獸侯也。熊、麋，皮也。天子、諸侯側用皮，大夫、士側、中皆用布。布用畫獸。其質，天子白質，諸侯赤質，大夫、士畫獸則丹質也。獸侯用諸鄉射，故特箸於《鄉射·記》。而燕射亦用獸侯，《燕禮》云：「若射如鄉射之禮。」是其義也。《傳》釋「大侯」爲「君侯」者，詩刺幽王，則君侯指熊侯。天子熊侯白質，故《傳》以「的」爲「質」。的、白同義矣。凡侯皆設鵠，王以虎、熊、豹三皮棲鵠，謂之皮侯；飾皮棲鵠，又張五采，謂之五采之侯。五采，即五正也。若以皮飾側，設鵠、設正，舉一獸不舉三皮，備一正不備五采，則謂之獸侯。鄭仲師、賈景伯、馬季長説皆如是。《箋》謂「大侯，大射之侯」，《漢書·吾丘壽王傳》引此詩亦爲大射之禮，其《魯詩》說歟？但大射皮侯不設正質也。《梓人》「祭侯之辭：故抗而射女」，鄭注云：「抗，舉也、張也。」義與《傳》同。舉酬之後，始行燕射，故《傳》特箸之云「有燕射之禮」，所以釋經「既抗」之文也。《楚辭·大招》：「三公穆穆，登降堂只。諸侯畢極，立九卿只。昭質既設，大侯張只。執弓挾矢，揖辭讓只。」文與詩義同。的，《釋文》作「勺」。勺者，「的」之假借。《禮記・射義》篇：「古者諸侯之射也，必先行燕禮。」又「孔子曰：『射者何以射？何以聽？循聲而發，發而不失正鵠者，其唯賢者乎？若夫不肖之人，則彼將安能以中？』《詩》云：『發彼有的，以祈爾爵。』祈，求也，求中以辭爵也。」毛《傳》與《禮記》正合。燕射用獸侯，獸侯有鵠有正，故《記》以正鵠爲的。《傳》以的爲質，質者，正也。鵠居正外，言正以包鵠也。《猗嗟》傳：「二尺曰正。」則質當二尺矣。鄭衆、馬融及王肅説：「四寸曰質。」又《韓子・外儲説左上》篇、《難勢》篇：「設五寸之的。」《小爾雅》：「正中謂之槷，方六寸。」槷即質也。諸説謂質居正内，而寸數不同。《傳》渾言正、質無别耳。《傳》詁「祈」爲「求」，正用《射義》文。《射義》注云：「言射的必欲中之者，以求不飲女爵也。爾，或爲『有』。」《箋》云：「射之禮，勝者飲不勝，所以養病也。故《論語》曰：『下而飲，其争也君子。』」

籥舞笙鼓，樂既和奏。【傳】秉籥而舞，與笙鼓相應。**烝衎烈祖，以洽百禮。百禮既至，有壬有林。錫爾純嘏，子孫其湛。**【傳】壬，大；林，君也。嘏，大也。**其湛曰樂，各奏爾能。賓載手仇，室人入又。**【傳】手，取也。室人，主人也。主人請射於賓，賓許諾，自取其匹而射；主人亦入於次，又射以耦賓也。**酌彼康爵，以奏爾時。**【傳】酒，所以安體也。時，中者也。【疏】《傳》云「秉籥」即《簡兮》之「執籥」。吹籥而舞，謂之籥舞。云「與笙鼓相應」者，《伐木》：「坎坎鼓我，墫墫舞我。」又《有駜》：「振振鷺，鷺于下。鼓咽咽，醉言舞。」一手秉籥，一手必執羽，羽所以舞也，鼓所以節舞也。是籥舞與鼓相應矣。《燕禮》：「公又舉奠觶，唯公所賜，以旅于西階上，如初。卒，笙入，立于縣中。《記》云：『笙入三成，遂合鄉樂。若舞，則

《勺》。』」燕於大夫舉旅之後，有笙入閒歌之樂，至無算爵、無算樂，舞亦必有笙相和。是籥舞與笙相應矣。《周語》：「王子積飲三大夫酒，子國爲客，樂及徧儛。」此即天子燕飲樂舞之證。奏，猶作也。《六月》傳：「奏，爲也。」爲謂之作，故奏亦謂之作。「壬，大」、「林，君」、「嘏，大」，竝《爾雅・釋詁》文。純嘏，古語。《卷阿》、《載見》、《閟宮》皆曰「純嘏」，純，亦大也。湛，樂也。案二章言燕射，重敘飲酒之禮。首二句冡首章「鐘鼓既設，舉醻逸逸」説下。「烝衎烈祖」六句即承首二句説下。燕禮坐燕時有羞庶羞。大夫祭薦之禮，至燕舞則歌《勺》，《周頌》作「酌」，《序》：「《酌》，告成《大武》也。言能酌先祖之道，以養天下也。」此即《射義》所謂「先王養諸侯兵不用，而諸侯自爲正之具」也。燕射歌《勺》，義取諸此。此當舞時，因而念今日之息燕，實本於先祖告成功烈之所致，百禮莫愆，威儀無失，於是有美大其爲人君之道，錫爾子孫以大大之福，子孫其有此樂也。詩因燕而推本言之，故下文仍接燕射以樂之之事，王肅云「言燕樂之義得，則進樂其先祖」是也。《箋》以衛稱殷禮，故祭祀先奏樂，自不如毛義之有據矣。○奏，獻也。能，技能也。載，語詞。《傳》訓「手」爲「取」，取言擇比也。訓「仇」爲「匹」，匹猶耦也。「賓」與「室人」對稱，故《傳》以室人爲主人。主人爲君之黨，則君亦主人也。首章「射夫既同」，言衆耦比射之事。二章言從衆耦比射及君與射之事，而以君射爲主。《傳》云「主人請射於賓，賓許諾，自取其匹而射」者，釋經「賓載手仇」句。《大射儀》：「司射適次，請射。遂比三耦。司射命上射曰：『某御於子。』命下射曰：『子與某子射。』卒，遂命三耦取弓矢于次。」鄭注云：「次，若今時更衣處，張幃席爲之。」是請射比耦，燕禮亦司射爲之。司射命於君，故直謂主人請射，而賓自此以比耦也。云「主人亦入于次，又射以耦賓也」者，釋經「室人入又」句，謂君與賓爲耦也。《燕禮・記》云：「君與射，則爲下射，袒朱襦，樂作而后就物。上射退于物一笴，既發，則荅君而俟。」案下上猶左右也。主尚左，爲下射；賓尚右，爲上射。故君與射亦爲下射。《大射》君與賓耦射之儀，「公將射，則賓降，適堂西，袒、決、遂，執弓，搢三挾一个，升自西階，先待于物北，北一笴，東面立」，注云：「不敢與君併。東面立，鄉君。」即《燕禮·記》所謂「君射爲下射，上射退于物一笴」者也。此爲君射耦賓之禮。○《射義》：「酒，所以養老也，所以養病也。求中以辭爵者，辭養也。」《傳》云「酒，所以安體」，釋經「康」字之義，正本《射義》爲訓。云「時，中者也」者，時，是也；中，得也。勝者爲是，則不勝者爲不是矣。獲者爲得，則不獲者爲不得矣。奏，爲也。酌康爵以爲女中者也，爲中者飲不中者，酌此爵以俟之。《燕禮·記》：「若飲君，燕則夾爵。」《鄉射·記》則云：「如燕，則夾爵。」鄭注云：「謂君在不勝之黨也。賓飲君如燕賓媵觚于公之禮，則夾爵。夾爵者，君既卒爵，復自酌。」

賓之初筵，温温其恭。其未醉止，威儀反反。曰既醉止，威儀幡幡。舍其坐遷，屢舞僊僊。【傳】反反，言重慎也。幡幡，失威儀也。遷，徙；屢，數也。僊僊然。**其未醉止，威儀抑抑。曰既醉止，威儀怭怭。是曰既醉，不知其秩。**【傳】抑抑，慎密也。怭怭，媟嫚也。秩，常也。【疏】上二章陳古，下三章刺今，故重言「賓之初筵」，以箸燕之失。《燕禮·記》云：「與卿燕，則大夫爲賓。與大夫燕，亦大夫爲賓。」是賓爲大夫也。曰賓者，不敢直席王，且以刺王所與之大夫皆小人也。○《小宛》傳：「温温，和柔皃。」「反反，言重慎」，《正義》云：「自重而謹慎。」《釋文》引《韓詩》作「昄昄」，云：「善皃。」毛、韓字異意同。《文王》傳：「濟濟，多威儀也。」多威儀曰濟濟，失威儀則曰幡幡。「遷」訓「徙」。屢，俗字，《釋文》本作「婁」。《傳》訓「婁」爲「數」者，爲全《詩》「婁」字通訓。《正月》、《巧言》箋皆云：「婁，數也。」《爾雅·釋言》：「婁，亟也。」亟亦數也。「僊僊然」上當更有「數舞」二字，蓋僊僊然者，數舞皃也。數舞僊僊然，與南山崔崔然、信誓旦旦然句例相同。《莊子・在宥》篇：「鴻蒙曰：『意，毒哉！僊僊乎歸矣。』」又《説苑・指武》篇：「孔子曰：『辯哉士乎！僊僊者乎！』」亦謂僊僊爲數疾也。《燕禮》：「賓及卿大夫皆説屨，升，就席。公以賓及卿大夫皆坐，及安。司正升受命，皆命：『君曰無不醉。』賓及卿大夫皆興，對曰：『諾，敢不醉？』皆反坐。」案燕有坐燕之禮，燕樂有舞。《春官・樂師》：「燕射，帥射夫以弓矢舞。」《旄人》：「舞其燕樂。」皆謂燕舞之事。若坐，則徙矣。舞，又數矣。是則小人既醉之情態也。此總括初筵舉旅至無算爵。〇《抑》傳：「抑抑，密也。」本《爾雅》。此又益其義云：「慎密也。」怭怭，《説文・人部》引作「佖佖」，《心部》無「怭」字。《玉篇》：「怭，慢也。慢，輕侮也。」「慢」與「嫚」同，「媟」與「褻」同。《新書・道術》篇：「接遇慎容謂之恭，反恭爲媟。接遇肅正謂之敬，反敬爲嫚。」「秩，常」，《釋詁》文，《烈祖》同。常，則也、法也。「不知其常」，所謂「幡幡」、「怭怭」也，所謂坐徙舞數也。

賓既醉止，載號載呶。亂我籩豆，屢舞僛僛。是曰既醉，不知其郵。側弁之俄，屢舞傞傞。【傳】號呶，號呼讙呶也。僛僛，舞不能自正也。傞傞，舞不止也。**既醉而出，竝受其福。醉而不出，是謂伐德。飲酒孔嘉，維其令儀。**【疏】《碩鼠》傳：「號，呼也。」二《傳》訓同意別。《碩鼠》之「呼」爲烏呼，此「號呼」爲召呼。《説文》云：「召，評也。」「評，召也。」又「嘑，號也」，「號，呼也」。是號爲呼也。「呶」字當在「讙」字上，轉寫或誤耳。《民勞》箋：「惛怓，猶讙譁也。」彼《箋》以「讙譁」釋「惛怓」，與此《傳》以「讙」釋「呶」同義。《説文》：「呶，讙聲。《詩》曰：『載號載呶。』」許以「讙聲」釋「呶」，亦與《傳》訓同。《説文》又云：「嘮，呶讙也。」是「呶讙」連文之證。《韓詩》云：「『賓既醉止，載號載呶』，不知其爲惡也。」「僛」與「欹」聲相近，故云：「舞不能自正也。」《説文》：「僛，醉舞皃。《詩》曰：『婁舞僛僛。』」《玉篇》同。側，《説文》引《詩》作「仄」。燕君臣同服朝服，諸侯玄冠，天子皮弁，則此弁爲皮弁矣。「傞傞，舞不止也」，各本奪「舞」字，今據《釋文》補正。《玉篇》：「傞傞，舞不止皃。」《説文》：「傞，醉舞皃。《詩》曰：『屢舞傞傞。』」又《女部》引作「姕姕」，《玉篇》同。《晏子·襍上》篇云：「『側弁之俄』，言失德也。『屢舞傞傞』，言失容也。」○《晏子》又云：「『既醉而出，竝受其福』，賓主之禮也。『醉而不出，是謂伐德』，賓之罪也。」《説文》：「伐，一曰敗也。」伐德，敗德也。《大明》傳云：「嘉，美也。」令儀，善威儀也。案此言無算爵，既醉失德，遂陳古者醉出之禮，因以箴之。《燕禮》：「賓醉，北面坐取其薦脯以降，奏《陔》。賓所執脯以賜鐘人於門内霤，遂出。」鄭注云：「明雖醉不忘禮。」《大戴禮·文王官人》篇云：「醉之，以觀其不失。」是其義也。

凡此飲酒，或醉或否。既立之監，或佐之史。【傳】立酒之監，佐酒之史。**彼醉不臧，不醉反恥。式勿從謂，無俾大怠。匪言勿言，匪由勿語。由醉之言，俾出童羖。**【傳】羖，羊不童也。**三爵不識，矧敢多又。**【疏】「凡此飲酒」，「此」字承上章末六句之意而言。立監、佐史，所以觀察其醉否，凡飲酒禮皆然也。鄭注《鄉射》云：「爵備樂畢，將留賓以事，爲有解倦失禮，立司正以監之，察儀法也。」引《詩》：「既立之監，或佐之史。」○「彼醉不臧」，「彼」字與上「此」字作對文。彼，彼飲酒無度者也。臧，善也。不善，猶無儀也。式，用也。勿，無也。俾，使也。匪，不也。由，用也。言無使其大怠慢無度，不言無禮之言，不用無禮之語，爲醉者設此禁詞。然已醉矣，用無從而謂之也。以明醉者不可説數，當早戒也。《抑》傳：「童，羊之無角者也。」此云「羖，羊不童」，則羖羊爲有角矣。《爾雅》：「夏羊：牡羭，牝羖。」程瑶田《通藝録·釋蟲》云：「『牝』、『牡』二字互譌。《説文》：『夏羊牡曰羖。』又曰：『羯，羊羖犗也。』去勢曰犗。詢之今之屠羊者，綿羊牡曰羝，羯之則曰羖。牡者多有角，亦閒有無角者，百中之數頭耳。其牝多無角，亦閒有有角者，亦百中之數頭耳。然即有角，亦不能如牡者之角大也。」案據程説，則羖爲有角牡羊，目驗之而確證。今醉之，言不中禮法，或有從而謂之彼醉者，推其類，必使羖羊物變而無角，謂出此童羖，以止飲酒。猶《漢書》云「羝乳乃得歸」，皆必無是之事。角所以爲爵，故借以設喻也。此醉者歫人戒之詞。○《箋》云：「三爵者，獻也、酬也、酢也。」宣二年《左傳》：「臣侍君宴，過三爵，非禮也。」《玉藻》：「君子之飲酒也，受一爵而色洒如也，二爵而言言斯，禮已三爵，而油油以退。」鄭注云：「禮：飲過三爵則敬殺，可以去矣。」矧，況也。言凡禮三爵之後，則不識德，況敢多又飲乎？此懲箴之詞，以刺今之無度也。

詩毛氏傳疏卷二十二

魚藻之什詁訓傳弟二十二　毛詩小雅

《魚藻之什》十四篇，六十二章，三百二句。

《魚藻》三章，章四句。

《魚藻》，刺幽王也。言萬物失其性，王居鎬京，將不能以自樂，故君子思古之武王焉。

魚在在藻，有頒其首。【傳】頒，大首貌。魚以依蒲藻爲得其性。**王在在鎬，豈樂飲酒。**【疏】樊光注《爾雅》引《詩》「有賁其首」，「賁」與「墳」通，「頒」與「墳」義又合也。《釋文》引《韓詩》云：「頒，衆皃。」韓讀「頒」爲「紛」，謂魚口上見喁喁然衆多，與《毛詩》異。「魚以依蒲藻爲得其性」者，《傳》合弟三章「依于其蒲」而總釋之。《箋》云：「魚之依水草，猶人之依明王。」此申《傳》義也。○王，武王也。鎬，鎬京。豈，亦樂也。「豈」與「樂」無二義，故一章「豈樂」、二章「樂豈」，義竝同也。

魚在在藻，有莘其尾。【傳】莘，長貌。**王在在鎬，飲酒樂豈。**【疏】《説文·艸部》無「莘」，而《手部》「扟」下云：「讀若莘。」《廣雅》：「㚖，多也。」疑「莘」即「㚖」之異體。故《説文》録「㚖」，見《螽斯》釋文，不録「莘」。

今本《說文》併佚「⿰豸辛」字矣。《傳》云「長皃」者，《莊子·徐無鬼》篇：「禍之長也茲莘。」此「莘」有「長」義。《玉篇》：「⿰魚莘，魚尾長。」「⿰魚莘」蓋即「莘」之俗。大首、長尾，得性之驗也。

魚在在藻，依于其蒲。王在在鎬，有那其居。【疏】《桑扈》、《那》傳竝云：「那，多也。」多者，盛大之詞。居，處也。

《采菽》五章，章八句。

《采菽》，刺幽王也。侮慢諸侯，諸侯來朝，不能錫命以禮，數徵會之而無信義，君子見微而思古焉。【疏】《箋》云：「幽王徵會諸侯，爲合義兵征討有罪。既往而無之，是於義事不信也。君子見其如此，知其後必見攻伐，將無救也。」《正義》即據《史記》幽王數舉烽火，其後諸侯莫能信至，以證其事。

采菽采菽，筐之筥之。【傳】興也。菽，所以芼大牢而待君子也。羊則苦，豕則薇。**君子來朝，何錫予之？**【傳】君子，謂諸侯也。**雖無予之，路車乘馬。又何予之？玄衮及黼。**【傳】玄衮，卷龍也。白與黑謂之黼。【疏】《釋文》：「菽，本亦作『叔』。」昭十七年《左傳》：「小邾穆公來朝，公與之宴，季平子賦《采叔》。」《晉語》：「秦穆公燕公子重耳，賦《采叔》。」字皆作「叔」。豆名作「尗」，叔，假借字。菽，非古也。《小宛》傳云：「菽，藿也。」《公食大夫禮·記》「鉶芼：牛藿，羊苦，豕薇」，鄭注云：「藿，豆葉也。」《詩》之「菽」即《儀禮》之「藿」。藿爲牛俎之芼。《傳》云「芼大牢」者，兼牛、羊、豕，就牢禮而言，以補明經義，舉菽以晐苦、薇也。《箋》：「菽，大豆也。采之者，采其葉以爲藿。三牲牛、羊、豕芼以藿。王饗賓客有牛俎，乃用鉶羹，故使采之。」此鄭申《傳》義也。芼大牢，本以待君子之禮。而言興者，因所事而興也。○《序》言「諸侯來朝」，故知君子爲諸侯也。通章九「君子」同。云「玄衮，卷龍也」者，玄，玄衣也。玄衣而加衮，謂之玄衮。衮者，畫卷龍於裳也。鄭謂畫卷龍於衣，不合古制。詳《九罭》篇。「白與黑謂之黼」，《考工記》「畫繢之事」文。《文王》傳亦云：「黼，白與黑也。」《禮器》云：「諸侯黼。」衮爲畫繢之事，黼爲黹刺之文，故云「衮及黼」也。《爾雅》：「斧謂之黼。」謂畫斧於依，爲天子宁立之處。古畫繢與黹繡，散文則通稱，故「斧依」一作「黼依」，與黹繡於裳者不同。解者誤以衣畫斧形爲黼，又誤以衣畫兩己相背爲黻，不知黼、黻皆黹文。或以黑青綫爲之，或以白黑綫爲之。《爾雅》：「黼黻，彰也。」《揚之水》傳：「繡，黼也。」

觱沸檻泉，言采其芹。【傳】觱沸，泉出貌。檻泉，正出也。君子來朝，言觀其旂。其旂淠淠，鸞聲嘒嘒。【傳】淠淠，動也。嘒嘒，中節也。載驂載駟，君子所届。【疏】觱，「觱」之隸變。《玉篇》：「滭，泉水出皃。」「滭」與「觱」通。《十月之交》傳：「沸，出也。」《爾雅·釋水》：「濫泉，正出。正出，涌出也。」《傳》所本也。《説文》：「濫，氾也。」引《詩》「觱沸濫泉」，《繫傳》作「滭沸濫泉」，字皆作「濫」。今此詩及《瞻卬》皆作「檻」。《釋文》、《正義》引《爾雅》亦作「檻」。檻，假借字。《箋》云：「芹，菜也。可以爲菹，亦所用待君子也。《周禮》：『芹菹鴈醢。』」○淠淠，《泮水》作「茷茷」。《出車》傳：「旆旆，旒垂皃。」動者，旒垂之意也。古淠、茷、旆竝聲同而義通。鸞，當作「鑾」。嘒嘒，猶噦噦。《庭燎》「鑾聲噦噦」，《傳》：「噦噦，徐行有節也。」《泮水》「鑾聲噦噦」，《傳》：「噦噦，言其聲也。」亦言其聲中節也。字或作「噦噦」，或作「鉞鉞」。《曲禮》釋文：「彗，徐音雖醉反。」則彗聲讀同歲聲矣。届，《晏子·諫上》引《詩》作「誡」。王念孫《讀書襍志》云：「《晏子》亦作『届』，今作『誡』者，俗音亂之也。届者，至也。君子所届者，君子至也。所，語詞耳。『届』字以凷爲聲，於古音屬至部，其上聲則爲旨部，其入聲則爲質部。《詩》中用『屆』字者，《小雅·節南山》與惠、戾、闋爲韻，《小弁》與嘒、淠、寐爲韻，《采菽》與淠、嘒、駟爲韻，《大雅·瞻卬》與疾爲韻。」

赤芾在股，邪幅在下。【傳】諸侯赤芾邪幅。幅，偪也，所以自偪束也。**彼交匪紓，天子所予。**【傳】紓，緩也。**樂只君子，天子命之。樂只君子，福禄申之。**【傳】申，重也。【疏】「諸侯赤芾邪幅」，與《車攻》「諸侯赤芾金舄」，又《候人》「大夫以上赤芾乘軒」句法一例。「幅，偪也」，當作「邪幅，偪也」，各本奪一「邪」字。《正義》云：「邪纏於足謂之邪幅，故《傳》辨之云『邪幅』，正是偪也。」是《正義》本有「邪」字可證。《內則》云：「偪屨著綦。」《詩》謂之邪幅，《禮記》則謂之偪，故《傳》以「偪」釋「邪幅」也。《説文》：「幅，布帛廣也。」布帛廣施諸於纏足謂之邪幅，邪幅謂之偪，取「偪束」之義，故《傳》又申之云：「所以自偪束也。」又謂之徽，《説文》云：「徽，衺幅也。」「衺」與「邪」同。鄭箋《詩》及注《禮記·內則》、杜注桓二年《左傳》皆謂之行縢。此古今異名也。○「紓，緩」，《釋言》文。「彼交匪紓」，《荀子·勸學篇》引《詩》作「匪交匪紓」。疑今本《毛詩》「彼」及「匪」字之誤。《荀子》云：「禮恭而後可與言道之方，辭順而後可與言道之理，色從而後可與言道之致，故未可與言而言謂之傲，可與言而不言謂之隱，不觀氣色而言謂之瞽。故君子不傲、不隱、不瞽，謹慎其身。《詩》曰：『匪交匪紓，天子所予。』此之謂也。」案「匪」與「非」同。非，不也。交，古「絞」字。交、傲一義。《桑扈》「彼交匪敖」，《左傳》引《詩》作「匪交匪敖」，義亦同所云「未可與言而言謂之傲」也。❶《傳》訓「紓」爲「緩」，緩，怠緩也，所云「可與言而不言謂

❶「可」，原奪，據中國書店影印武林愛日軒刻本、徐子静本、《清經解續編》本補。

之隱」也。不交傲，不怠緩，則禮恭、辭順、色從矣。君子如此，宜爲天子所賜予。毛義正同《荀子》。《韓詩外傳》引：「《詩》：『彼交匪紓，天子所予。』言必交吾志然後予。」《箋》云：「彼與人交接。」本《韓詩》。「申，重」，《釋詁》文。天子命諸侯，而又重之以百福千祿也。《假樂》、《烈祖》傳竝訓「申」爲「重」。

維柞之枝，其葉蓬蓬。【傳】蓬蓬，盛貌。**樂只君子，殿天子之邦。**【傳】殿，鎮也。**樂只君子，萬福攸同。平平左右，亦是率從。**【傳】平平，辯治也。【疏】柞之枝，喻外諸侯。言此者，興諸侯承順天子，天子恩被優渥，如柞葉之蓬蓬然盛也。蓬蓬與芃芃聲相近。○殿，讀如臀，與「鎮」聲相近。《釋文》：「鎮，本作『填』。」古「填」與「鎮」通。樂只，襄十一年《左傳》引《詩》作「樂旨」。杜注云：「殿，鎮也。謂諸侯有樂美之德，可以鎮撫天子之邦。」平平，《釋文》引《韓詩》作「便便」。《爾雅》：「便便，辯也。」《書大傳》：「予辯下土，使民平平。」古平、便聲通。《傳》云「辯治」當作「治辯」，「辯」亦通作「辨」。《荀子·儒效篇》云：「分不亂於上，能不窮於下，治辨之極也。《詩》曰：『平平左右，亦是率從。』是言上下之交不相亂也。」毛《傳》正用師說。又《榮辱》云：「脩正治辨矣，而亦欲人之善己也。」《王霸》云：「出若入若，天下莫不平均，莫不治辨。」《議兵》云：「禮者，治辨之極也。」《正論》云：「上宣明則下治辨矣。」又云：「治辨則易一。」《禮論》云：「君者，治辨之主也。」《成相》云：「治辨上下，貴賤有等，明君臣。」凡此皆作「治辨」之證。治辨左右者，言天子治乎上，諸侯治乎下，辨別不亂平平然。《左傳》引《詩》作「便蕃」。「便」與「辨」同，言辨別也；「蕃」與「緐」同，言緐亂也。辯別緐亂謂之便蕃，治辯謂之平平，文異而義同也。《韓詩》云：「便便，閒雅之皃。」當亦是「治辨之極」之義。《思文》傳：「率，用也。」《左傳》作「帥」。從，謂諸侯之順從也。亦，發聲。「亦是率從」，與「我是用憂」、「我是用長」句略相同。《左傳》引此詩而釋之云：「夫樂以安德，義以處之，禮以行之，信以守之，仁以厲之，而後可以殿邦國，同福祿，來遠人，所謂樂也。」

汎汎楊舟，紼纚維之。【傳】紼，繂也。纚，緌也。明王能維持諸侯也。**樂只君子，天子葵之。樂只君子，禄禄膍之。**【傳】葵，揆也。膍，厚也。**優哉游哉，亦是戾矣。**【傳】戾，至也。【疏】汎汎，流皃。《爾雅·釋水》：「汎汎楊舟，紼縭維之。紼，繂也。縭，緌也。」《傳》所本也。「縭」與「纚」通。孫注云：「繂，大索也。」李注云：「繂，竹爲索，所以維持舟者。」《釋文》引《韓詩》云：「筰也。筰，才各反。」案筰亦繩索之名。此當爲「紼」之義，《釋文》乃誤爲「纚」注耳。《文選》顔延年《元皇后哀策文》注引《韓詩》：「纚，繫也。」是纚爲維繫之稱。緌者，冠纓下垂，亦爲繫也。《傳》云「明王能維持諸侯也」者，言明王維持諸侯，如紼之纚維楊舟，以刺今幽王之不然也。○「葵，揆」，《釋言》文。揆者，度也。古量度、制度不分二音。「膍，厚」，《釋詁》文。《釋文》引《韓詩》作「肶」。《説文》：「膍，或作『肶』。」《節南山》傳：「毗，厚也。」「毗」與「膍」通。揆厚者，言天子揆度諸侯之德，而厚予之以福禄也。《卷阿》篇「優游爾休矣」與此「優游」同。「戾，至」，《采芑》、《小宛》同。至，讀如「君子至止」之「至」。

《角弓》八章，章四句。

《角弓》，父兄刺幽王也。不親九族而好讒佞，骨肉相怨，故作是詩也。

騂騂角弓，翩其反矣。【傳】興也。騂騂，調利也。不善紲檠巧用，則翩然而反。**兄弟昏姻，無胥遠矣。**【疏】騂騂，《説文》引《詩》作「觲觲」，云：「用角低卬便也。」言一低一卬用角便易，與《傳》「調利」之訓合。凡角長二尺有五寸，角之中當弓之淵，其輔弓之檠短長與弓淵相埒。《考工記·弓人》言居角之過長者，以終紲爲比也。弛則伏諸檠，張則去檠，拂弓淵，然後用之。《大射儀》：「小射正授弓，大射正以袂順左右隈，上再下一。」此即調利用弓之法。翩者，「偏」之假借。《傳》云「不善紲檠巧用，則翩然而反」者，釋「翩其反矣」句。善，蓋「繕」之省。紲，亦檠也。巧，猶調利也。弛不納諸弓檠，用又不轂摩弓淵，其必偏然而反。《說苑・建本》篇：「烏號之弓雖良，不得排檠，不能自任。」即其義也。《箋》云：「興者，喻王與九族不以恩禮御待之，則使之多怨也。」〇昏姻因兄弟而推及之也。《正月》「洽比其鄰，昏姻孔云」，《傳》訓「鄰」爲「親」，親亦是由善兄弟而兼善昏姻，以刺幽王之不能。兩詩意正同。襄八年《左傳》：「晉范宣子來聘，公享之，季武子賦《角弓》。」昭二年，「晉韓宣子來聘，公享之，韓子賦《角弓》。季武子拜曰：『敢拜子之彌縫敝邑，寡君有望矣。』既享，宴于季氏，有嘉樹焉，宣子譽之，武子曰：『宿敢不封殖此樹，以無忘《角弓》？』」案此兩引《詩》皆義取兄弟之國宜相親近。《箋》云：「胥，相也。骨肉之親，當相親信，無相疏遠。相疏遠，則以親親之望易以成怨。」鄭亦但說兄弟，以詩本言兄弟，故昏姻得從略耳。

爾之遠矣，民胥然矣。爾之教矣，民胥傚矣。【疏】《箋》云：「爾，女，女幽王也。」案此承上章「胥遠」而言。遠，遠兄弟。教，教民以相遠也。傚，古字作「效」。《白虎通義・三教》、《潛夫論・班祿》及《群書治要》皆作「效」。昭六年《左傳》：「叔向曰：『楚辟我衷，若何效辟？《詩》曰：「爾之教矣，民胥效矣。」從我而已，焉用效人之辟？』」其字亦作「效」。

此令兄弟，綽綽有裕。不令兄弟，交相爲瘉。【傳】綽綽，寬也。裕，饒也。瘉，病也。【疏】此，以民胥傚爲此也。《爾雅・釋言》云：「寬，綽也。」寬謂之綽，故綽綽謂之寬。又《釋訓》云：「綽綽，緩也。」《孟子・公孫丑》篇：「豈不綽綽然有餘裕哉？」趙注云：「豈不綽綽然舒緩有餘裕乎？」寬、緩義相近。《傳》「裕，饒」

下「也」字今補。《説文》：「裕，衣服饒也。」引申之，則爲凡饒之稱。寬饒者，能讓之謂也。「瘉，病」，《正月》同。「交相爲瘉」，斯不讓而己亡矣。《斯干》篇「兄及弟矣，式相好矣，無相猶矣」，《箋》：「猶，當作『瘉』。瘉，病也。」鄭蓋本此詩。

民之無良，相怨一方。受爵不讓，至于己斯亡。【傳】爵禄不以相讓，故怨禍及之。比周而黨愈少，鄙争而名愈辱，求安而身愈危。【疏】「民之無良」，此即不令之兄弟，亦下文受爵而不讓者也。「相怨一方」，《序》所謂「骨肉相怨」也。《漢書·劉向傳》：「上封事書：『下至幽、厲之際，朝廷不和，轉相非怨。詩人疾而憂之，曰：「民之無良，相怨一方。」』」《後漢書·章帝紀》：「上無明天子，下無賢方伯。『人之無良，相怨一方。』」此引《詩》以言怨之所聚，即是爾教民效之意。又《説苑·建本》篇云：「民怨其上，不遂亡者，未之有也。」《韓詩外傳》亦云：「民皆居一方而怨，其上不亡者，未之有也。」釋《詩》以言交怨必致亡國，與《序》刺幽王意合，《傳》義當然也。《傳》云「爵禄不以相讓」，釋「受爵不讓」句。云「故怨禍及之」者，「怨」即冡上「怨」字，「禍及」釋經「己亡」二字。己，謂己身也。亡，謂喪棄也。「比周」以下三句，皆用《荀子》語，以總釋「無良」、「相怨」、「不讓」、「己亡」也。《荀子·儒效篇》：「君子務脩其内而讓之於外，務積德於身而處之以遵道。如是，則貴名起之如日月，天下應之如雷霆。鄙夫反是，比周而譽俞少，鄙争而名俞辱，煩勞以求安利，其身俞危。《詩》曰：『民之無良，相怨一方。受爵不讓，至于己斯亡。』此之謂也。」案俞，古「愈」字。元刻「譽」作「與」。《讀書雜志》以「與」爲「黨與」，故《荀子》作「與」，毛《傳》作「黨」也。《韓詩外傳》云：「有君不能事，有臣欲其忠；有父不能事，有子欲其孝；有兄不能敬，有弟欲其從令。《詩》曰：『受爵不讓，至于己斯亡。』言能知於人，而不能自知也。」《箋》云：「民之意不獲，當反責之於身，思彼所以然者而怨之。」鄭本韓義。○案首章言幽王之宜親九族，兄弟無相怨棄。二章即承

「無胥遠矣」句，言幽王遠兄弟，而人則傚之。三章即承「民胥傚矣」句，言兄弟之不善，遂相爲病。四章即承「交相爲瘉」句，言兄弟生怨，爵禄不讓，將有喪家亡身之禍，則予人以爵禄者，宜早體察知之，以諷動幽王耳。以下五、六兩章宜安待族人，以刺幽不親九族而言。七、八兩章宜遠屏讒人，以刺幽專好讒佞而言。骨肉相怨，由於不親九族之故。不親九族，又由於好讒佞之故。

老馬反爲駒，不顧其後。【傳】已老矣，而孩童慢之。**如食宜饇，如酌孔取。**【傳】饇，飽也。

【疏】《傳》以「老」釋「老馬」，「孩童」釋「駒」。《釋文》：「孩，本亦作『咳』。」《正義》本作「咳」，并引《説文》云：「咳，小兒笑也。」孩、咳字通。後，不先也。言老馬而反視爲駒，任之以勞，不顧其不能先，所謂慢也。經言喻義，《傳》則言其正義，以明王者不可慢老人也。故下文即言養老之禮。○古饇、飫通用。《常棣》「飲酒之飫」，《韓詩》作「饇」。《説文》：「飫，燕食也。」「飽，猒也。」飫、飽連言，則饇、飽同訓。《常棣》以「飫」爲「饇」，此又以「饇」爲「飫」也。《説文繫傳》引《詩》正作「飫」。「孔取」與「宜饇」對文，宜、孔皆語詞耳。孔，甚也。甚取，言取酌之多。如食宜飽之，如酌甚取之，食飲飽醉，正養老之事。《箋》謂王有族食族燕之禮，與《傳》同，唯「孔」爲「器孔」之「孔」。《釋文》引《韓詩》「宜饇」作「儀饇」，云：「儀，我也。」皆不謂語詞。

毋教猱升木，如塗塗附。【傳】猱，猨屬。塗，泥；附，箸也。**君子有徽猷，小人與屬。**【傳】徽，美也。【疏】「猱，猨屬」，《正義》云：「猱則猨之輩屬，非猨也。」引《義疏》云：「猱，彌猴也。長臂者爲猨。」《爾雅》：「猱蝯善援。」《説文》亦作「蝯」。《出車》傳：「塗，凍釋也。」塗者，以土之粉解帶水而言，故《傳》訓「塗」爲「泥」。附之爲言祔也。祔者，合也。《傳》訓「附」爲「箸」，箸亦合箸也。泥謂之塗，以泥箸之謂之塗附。上「塗」

字虛，下「塗附」連讀得義。「毋教猱升木，如塗塗附」，此設喻，二句一意，與上章設喻亦二句一意同其例。毋，依全《詩》字例求之，當作「無」。無，不也。如，而也。猱喻不令兄弟。《列女傳・母儀》篇引《詩》以猱比公子州吁，❶是其義也。猱之性善登木，而以泥附箸於木不教猱升，以明王者宜與族人樂聞善道而連屬之也。故下文正言其事。○《爾雅》：「徽，善也。」美、善義相近。猷，當作「猶」。猶，道也。「君子有徽猷，小人與屬」，此二句平列，與上章末二句平列同其例。君子、小人，指族人在位或不在位者言。屬，讀「不屬于毛」之「屬」。

雨雪瀌瀌，見晛曰消。【傳】晛，日氣也。**莫肎下遺，式居婁驕。**【疏】瀌瀌，疑詩本作「麃麃」，後人加水旁耳。《韓詩外傳》四、《荀子・非相篇》、《漢書・劉向傳》作「麃麃」。「曰」作「聿」，字通。《碩人》：「鑣鑣，盛皃。」《載驅》：「儦儦，衆皃。」竝以麃聲得義。則此麃麃爲雨雪衆盛也。見晛，合二字成義。見謂日見，非謂雪見日也。《釋文》引《韓詩》作「曣晛」云：「日出也。」《荀子》作「宴然」，《廣雅》：「曣晛，煥也。」《史記・封禪書》「曣嗢有黄雲蓋焉」，《漢書・郊祀志》作「宴温」。皆合二字成義。荀書之「宴」，《韓詩》之「曣」，與《毛詩》之「見」，皆謂日之初升，天氣清明也。《説文》無「曣」字。《火部》：「然，燒也。」「然」有「氣煥」之意。毛、韓之「晛」與荀書之「然」，義皆同也。《傳》但釋「晛」爲「日氣」，不解「見」字，疑有奪字，當云「見晛，日出氣也」，則文義始備矣。日氣初升，而雪遂消。《卷阿》傳：「惡人被德化而消。」即此「消」字之義也。《韓詩外傳》云：「上法舜、禹之制，下則仲尼之義，以務息十子之説如是者，仁人之事畢矣，天下之害除矣，聖人之迹箸矣。」又《外傳》云：「孔子曰：『聖士哉，大人出，小人匿，聖者起，賢者伏。』」竝引此詩。劉向《上封事書》：「君子道長，小人道消，則政日治，故爲泰。

---

❶「吁」，原作「呼」，據徐子静本、《文選樓叢書》本《列女傳》改。

泰者，通而治也。」亦引此詩。鄭《箋》以雨雪消喻小人誅滅，蓋用韓以申毛也。○遺，《荀子》作「隧」。古遺、隧音同，《說文》：「旞，或作『⿸㫃遺』。」此其例。《北門》傳云：「遺，加也。」此「遺」字當亦訓「加」。婁，數也。「莫肎下遺，式居婁驕」，言小人之行，不肎卑下加禮於人，唯數數驕慢好自用也。《箋》亦謂小人不肎謙虛而驕慢，義亦同。《荀子·非相篇》云：「人有三不祥，幼而不肎事長，賤而不肎事貴，不肖而不肎事賢，是人之三不祥也。人有三必窮，爲上則不能愛下，爲下則好非其上，是人之一必窮也；鄉則不若，偝則謾之，是人之二必窮也；知行淺薄，曲直有以縣矣，然而仁人不能推，知士不能明，是人之三必窮也。人有此三數行者，以爲上則必危，爲下則必滅。《詩》曰：『雨雪瀌瀌，宴然聿消。莫肎下隧，式居婁驕。』此之謂也。」《荀子》引《詩》指小人而在位者說，《傳》義正同。

雨雪浮浮，見晛曰流。【傳】浮浮，猶瀌瀌也。流，流而去也。**如蠻如髦，我是用憂。**【傳】蠻，南蠻也。髦，夷髦也。【疏】浮浮、瀌瀌一聲之轉。《江漢》：「浮浮，廣大也。」廣大亦衆盛意，故云：「浮浮，猶瀌瀌也。」《禮記·大學》篇：「唯仁人放流之，屏諸四夷，不與同中國。」即此「流」字之義也。《傳》云「流，流而去也」者，雨雪因日氣而流，以喻讒佞之去。《巷伯》「豈不爾受，既其女遷」，《傳》：「遷，去也。」亦謂去爲去讒人。○《爾雅·釋地》「六蠻」、《周禮·職方》「八蠻」，在殷者蠻有六種，在周者蠻有八種。《傳》以「蠻」爲「南蠻」，則髦爲西夷，夷髦謂西夷之髦種也。《箋》云：「髦，西夷別名。武王伐紂，其等有八國從焉。」案今《書·牧誓》作「髳」。《括地志》云：「姚府以南，古髳國之地有髳州。」原本《方輿紀要》云：「雲南楚雄府定遠縣，唐爲髳州地。天寶中，没於南詔，曰牟州。」「牟」與「髦」同音也。顧祖禹《方輿紀要》，其底稾原本多親筆更改，與外流傳本頗有不同，舊存在奂處。《韓詩外傳》云：「出則爲宗族患，入則爲鄉黨憂。《詩》曰：『如蠻如髦，我是用憂。』小人之行也。」又云：「今夫肢體之序，與禽獸同節；言語之暴，與蠻夷不殊，混然無道，此明王聖主之所罪。」竝引此詩。《箋》：「今小人之行如夷狄，而王不能變化之。」鄭亦用韓申毛也。此末二章皆以刺幽王之好讒佞，我是用憂我父兄也。《十月之交》傳云：「親戚之臣，心不能已。」

《菀柳》三章，章六句。

《菀柳》，刺幽王也。暴虐無親，而刑罰不中，諸侯皆不欲朝，言王者之不可朝事也。

有菀者柳，不尚息焉。【傳】興也。菀，茂木也。**上帝甚蹈，無自暱焉。**【傳】蹈，動；暱，近也。**俾予靖之，後予極焉。**【傳】靖，治；極，至也。【疏】《傳》云「菀，茂木也」，疑「也」當作「皃」。《桑柔》「菀彼桑柔」，《傳》：「菀，茂皃。」《正月》「有菀其特」、《小弁》「菀彼柳斯」，《箋》竝訓「菀」爲「茂」。《釋詞》云：「不，語詞。不尚，尚也。」案息者，休也。茂然之柳木，人可以休息之。興者，以喻王者之朝，諸侯願往之。一、二章同。末章鳥傳于天喻諸侯之朝天子。〇上帝，㡿幽王也。蹈，即「妯」、「悼」之假借。「蹈」與「妯」爲聲近。《鼓鐘》「憂心且妯」，《傳》：「妯，動也。」妯謂之動，蹈亦謂之動。「蹈」又與「悼」爲聲轉。《檜・羔裘》「中心是悼」，《傳》：「悼，動也。」悼謂之動，蹈亦謂之動。《箋》：「蹈，讀曰悼。」是也。《傳》云「動」者，猶亂也。《衆經音義》卷五引《詩》「上帝甚陶。陶，變也」。此三家義。「動」與「變」義相近。「暱，近」，《爾雅・釋詁》文。此章無自近，言無自近亂也。下章無自病，言無自取病也。皆謂幽王暴虐，不可朝事。《廣雅》：「暱，病也。」王念孫《疏證》云：「訓『暱』爲『病』，當本之齊、魯、韓《詩》。」奂案三家《詩》「暱」、「瘵」同訓「病」，上下章一律。毛《傳》例不一律，而辭有互足，義有互明。故訓「暱」爲「近」與訓「瘵」爲「病」，訓不同而意無不同。王以毛《傳》訓「近」爲非，則失之矣。《釋文》云：「俾，本作『卑』。後皆同。」卑，使也。末章「曷予靖之」，「曷」訓「害」，使爲致使納於刑罰，則是害也。「靖，治」，《釋詁》文。治，謂治其罪也。「後予極」與「後予邁」同義。邁者，行也。《傳》訓「極」爲「至」，至當讀如「君子至止」之「至」。言恐致治我罪，我是以後至，不欲朝事也。

有菀者柳，不尚愒焉。【傳】愒，息也。**上帝甚蹈，無自瘵焉。**【傳】瘵，病也。**俾予靖之，後予邁焉。**【疏】上章「不尚息焉」、此章「不尚愒焉」，《民勞》三章「汔可小息」、四章「汔可小愒」，「愒」與「息」同義，故《傳》竝訓「愒」爲「息」也。○「瘵，病」，《釋詁》文。《瞻卬》「士民其瘵」，《傳》亦云：「瘵，病也。」《韓詩外傳》載《荀子・賦》曰：「璇玉瑤珠不知佩，襍布與錦不知異。閭娵子都莫之媒，媒母力父是之喜。❶以盲爲明，以聾爲聰，以是爲非，以吉爲凶。嗚呼上天，曷維其同。」其下引《詩》曰：「上帝甚慆，無自瘵焉。」案《外傳》引《詩》以證聰明、是非、吉凶悉皆顛亂，與《毛詩》訓「蹈」爲「動」字異而意同。《荀子・賦篇》不引《詩》，而《楚策》載《荀子・賦》，其下亦引《詩》曰：「上天甚神，無自瘵也。」王念孫《讀書襍志》云：「《外傳》每章之末必引《詩》爲證，若《戰國策》則無此例也。後人取《外傳》附益之耳。引《詩》『上帝』作『上天』，因與上文『嗚呼上天』相涉而誤。神者，『慆』之壞字。『瘵焉』作『瘵也』，亦是傳寫之誤。」案王說是也。高誘注《楚策》已從誤本。《詩考》入「異字異義」條下。

---

❶「媒」，徐子靜本、《清經解續編》本同。掃葉山房《百子全書》本《荀子》、《諸子集成》本王先謙《荀子集解》竝作「嫫」，當據改。

有鳥高飛，亦傅于天。彼人之心，于何其臻？曷予靖之，居以凶矜。【傳】曷，害；矜，危也。

【疏】「于何其臻」，《潛夫論・賢難》篇作「于何不臻」。《箋》云：「臻，至也。彼人，斥幽王也。幽王之心，於何所至乎？言其轉側無常，人不知其所屆。」疑《箋》所據經「其」作「不」。古害、曷聲同通假，其字作「曷」，其義爲「害」，此謂假借也。《長發》傳同。害，言賊害也。居，猶其也，語詞。《廣雅》：「矜，危也。」本《傳》訓。凶危，言凶暴危險也。

《都人士》五章，章六句。

《都人士》，周人刺衣服無常也。古者長民，衣服不貳，從容有常，以齊其民，則民德歸壹。傷今不復見古人也。【疏】《後箋》云：「據《箋》正義，此《序》當作『周人刺服無常也』，『服』上無『衣』字。」

彼都人士，【傳】彼，彼明王也。**狐裘黃黃。其容不改，出言有章。行歸于周，**【傳】周，忠信也。**萬民所望。**【疏】《傳》云「彼，彼明王也」者，《下泉》序明王、賢伯對稱，明王爲周之先王也。《周禮》：「小都，卿之采地。大都，公之采地及王子弟所食邑。外諸侯入爲天子大夫，亦食邑於都，謂之卿士。」《詩》言「萬民所望」者，天子曰兆民，諸侯曰萬民，縣内諸侯與畿外同也。又三章言「充耳琇實」，與《淇奧》二章「充耳琇瑩」同。二《傳》訓「美石」，義亦同。彼衛武公入爲天子卿士之服，此都人士同有是服，則其爲王朝大夫，與古明王共有長民之責者。《正義》以都人士目爲庶人，誤也。○「狐裘黃黃」，狐黃裘也。《白虎通義・衣裳》篇：「天子狐白，諸侯狐黃，大夫狐蒼，士羔裘。」然則諸侯狐黃裘矣。《論語・鄉黨》：「黃衣狐裘。」《禮記・玉藻》：「狐裘，黃衣以裼之。」此黄衣爲禓衣。《郊特牲》：「黄衣黄冠而祭。」此黄衣爲蜡祭之衣。鄭注合爲一事，金榜已辨之。其《緇衣》注云：「黄衣則狐裘，大蜡之服也。詩人見而説焉。」然蜡祭國人皆與，故黄衣黄冠爲庶人祭服，與詩義不合。《箋》云：「冬則衣狐裘黄黄然，取温裕而已。」黄黄爲形容狐裘之色狀，不指蜡祭，此説得之。○襄十四年《左傳》：「君子謂子囊忠，君薨，不忘增其名；將死，不忘衛社稷。可不謂忠乎？忠民之望也。《詩》曰：『行歸于周，萬民所望。』忠也。」《左》引《詩》以明子囊之忠。其實忠信必連言而義始備。《傳》釋「周」爲「忠信」，正本《左傳》。《皇皇者華》傳：「忠信爲周。」本《國語》。《楚語》云「民事忠信」，是其義也。《禮記·緇衣》篇：「子曰：『長民者，衣服不貳，從容有常，以齊其民，則民德壹。《詩》云：「彼都人士，狐裘黄黄。其容不改，出言有章。行歸于周，萬民所望。」』」鄭注云：「此詩毛氏有之，三家則亡。」《正義》引：「服虔《左傳注》云：『此逸《詩》也。』今《韓詩》實無此首章。時三家列於學官，《毛詩》不得立，故服以爲逸。」

彼都人士，臺笠緇撮。【傳】臺，所以禦暑。笠，所以禦雨也。緇撮，緇布冠也。**彼君子女，綢直如髮。**【傳】密直如髮也。**我不見兮，我心不説。**【疏】汪龍《詩異義》云：「《南山有臺》疏及《文選》謝玄暉《臥病詩》注引此《傳》云：『臺，所以御雨。』又《無羊》傳：『衰，所以備雨。笠，所以御暑。』則毛公本臺爲御雨，笠爲御暑。此《傳》『暑』、『雨』字正是後人轉寫誤倒。笠本以禦暑，而亦可禦雨，故《良耜》傳曰：『笠，所以禦暑雨。』」案汪説是也。《南山有臺》傳：「臺，夫須。」臺皮可以爲衰，因之御雨之物即謂之臺。此《傳》臺御雨，《無羊》傳衰備雨，則臺即衰矣。臺與笠明是二物。《箋》云：「臺，夫須也。以臺皮爲笠。」鄭以臺笠與緇撮對語，合爲一物矣。又案《無羊》篇：「爾牧來思，何衰何笠。」牧人何衰笠，則臺笠不專屬庶人。《郊特牲》：「大羅氏，天子之掌鳥獸者也，諸侯貢屬焉。草笠而至，尊野服也。」鄭注云：「諸侯於蜡，使使者戴草笠貢鳥獸也。《詩》云：『彼都人士，臺笠緇撮。』」鄭或本三家《詩》。緇爲緇布冠，撮即所以固緇布冠之物。《傳》渾言以釋之，而學者皆不得其「撮」字之義。《儀禮·士冠禮》：「緇布冠缺項，青組纓屬于缺，緇纚廣終幅，長六尺。」鄭注云：「缺，讀如『有頍者弁』之『頍』。緇布冠無笄者，箸頍，圍髮際，結項中，隅爲四綴以固冠也。項中有緬，亦由固頍爲之耳。今未冠笄者箸卷幘，頍象之所生也。滕、薛名蔮爲頍。屬，猶箸。纚，今之幘梁也。終，充也。纚一幅長六尺，足以韜髮而結之矣。」《喪服》注云：「首絰象緇布冠之缺項。」案此缺項之制也。缺在項，故謂之缺項。詩之「撮」即《儀禮》之「缺」。缺爲固冠之物，撮亦固冠之義。《莊子·寓言》篇：「向也括撮，而今也被髮。」道藏本陳景元《音義》有「撮」字，各本奪「撮」，即詩之「撮」也。《人閒世》篇「會撮指天」，崔譔云：「會撮，項椎也。」司馬彪云：「會撮，髻也。古者髻在項中，脊曲頭低，故髻指天也。」《大宗師》篇「句贅指天」，李頤云：「句贅，項椎也。其形似贅，言其上向也。」蓋「贅」即「撮」也。又《淮南子·精神》篇：「燭營指天。」高誘云：「燭，陰華也。營，其竅也。燭營，讀曰括撮也。」「括」與「會」通，故會髮即括髮。其固緇布冠之物是謂之缺，亦謂之撮。缺從夬聲，撮從最聲，古音正同。撮者本字，缺者假借字。《儀禮》之「缺項」，缺，當讀如「臺笠緇撮」之「撮」。鄭注「缺，讀如『有頍者弁』之『頍』」，毛《傳》以頍爲箸弁之皃，則不爲固冠之物名矣。緇布冠爲三加之始冠，諸侯有繢緌，諸侯以下無繢緌，以緇布冠爲常服，其猶大古冠布之遺與？○《傳》讀「綢」爲「周」，故釋「綢」爲「密」。《說文》：「周，密也。」杜注昭二十年《左傳》：「周，密也。」周爲之密，凡從周得聲字皆可謂之密。《說文》：「㐱，稠髮也。」「鬒，髮多也。」「稠」、「鬒」竝有「密」義。密直如髮，言其髮之密直。如，猶而也，與四章云「彼君子女，卷髮如蠆」意同。《箋》讀「如」爲比方之詞。

彼都人士，充耳琇實。【傳】琇，美石也。彼君子女，謂之尹吉。【傳】尹，正也。我不見兮，我心

苑結。【疏】琇，當作「璓」。璓，美石，詳《淇奧》篇。實者，充耳之皃。「尹，正」，《爾雅·釋言》文。王肅云：「尹吉，正而吉也。」案吉，善也。上章云「彼君子女，綢直如髮」，下章云「彼君子女，卷髮如蠆」，上下章皆言容之美。此章言其德之美也。○苑，依《釋文》、《正義》皆作「菀」，徐音鬱。《正月》「菀」音同。《素冠》云：「我心薀結兮。」菀結即薀結也。

彼都人士，垂帶而厲。【傳】厲，帶之垂者。**彼君子女，卷髮如蠆。我不見兮，言從之邁。**【疏】古厲、烈聲相通。《爾雅》：「烈，餘也。」烈謂之餘，厲亦謂之餘。「垂帶而厲」，即下章言「匪伊垂之，帶則有餘」也。《傳》云「厲，帶之垂者」，毛正讀「厲」爲「烈」矣。帶之垂者爲大帶。高注《淮南·氾論》：「博帶，大帶。」引《詩》「垂帶若厲」是也。《箋》：「而，亦如也。而厲，如鞶厲也。鞶必垂厲以爲飾。厲，字當作『裂』。」《内則》注：「鞶，小囊盛帨巾者。男用韋，女用繒。有飾緣之，則是鞶裂與？❶《詩》云：『垂帶如厲。』」鄭讀「厲」爲「鞶裂」之「裂」，義或本三家《詩》。桓二年《左傳》「鞶厲」，依鄭讀亦爲「鞶裂」。上文云「帶裳副舄」，則鞶厲疑非帶。謂《左傳》鞶厲爲鞶裂則可，謂《詩》之厲爲鞶裂則不可。《詩》但言「厲」，不得增入「鞶」字也。《卷阿》傳：「卷，曲也。」《箋》云：「蠆，螫蟲也。尾末揵然，似婦人髮末曲上卷然。」鄭亦訓「卷」爲「曲」也。《禮記·雜記下》：「女雖未許嫁，年二十而笄，禮之。婦人執其禮。燕則鬈首。」注：「既笄之後去之，猶若女有鬌紒也。」「鬈」與「卷」同。○言，猶云也。「我不見兮，言從之邁」，從之邁也。下章「我不見兮，云何盱矣」，何其盱也。《何人斯》傳云：「云，言也。」是云、言

---

❶「裂」，原作「烈」，徐子静本、《清經解續編》本同。據阮刻《禮記正義》改。

同義，故「言」與「云」亦皆爲語詞。

匪伊垂之，帶則有餘。匪伊卷之，髮則有旟。【傳】旟，揚也。**我不見兮，云何盱矣。**【疏】王引之《釋詞》云：「匪，彼也。言彼帶之垂則有餘，彼髮之卷則有旟也。猶上文言『彼都人士，垂帶而厲』、『彼君子女，卷髮如蠆』也。說者訓『匪』爲『非』，失之矣。」《傳》訓「旟」爲「揚」，旟猶舉也。《說文》云：「揚，飛舉也。」《箋》云：「旟，枝旟揚起也。」「枝」即「榰」字，言髮之揚起如榰旟也。說稍異。○《卷耳》傳云：「盱，憂也。」言憂傷之深也。此即《序》「傷今不復見古人」之意。

《采綠》四章，章四句。

《采綠》，刺怨曠也。幽王之時，多怨曠者也。

終朝采綠，不盈一匊。【傳】興也。自旦及食時爲終朝。兩手曰匊。**予髮曲局，薄言歸沐。**【傳】局，卷也。婦人夫不在，則不容飾。【疏】綠，讀爲菉，假借字也。《楚辭注》引《詩》「終朝采菉」。《淇奧》傳云：「綠，王芻。」「自旦及食時爲終朝」，《蝃蝀》同。「兩手曰匊」，《椒聊》同。興者，怨曠之人，自旦及食時，以采王芻而不滿兩手，以喻憂思之深。《卷耳》「采采卷耳，不盈頃筐」，《傳》：「憂者之興也。」義與此同。○《正月》：「局，曲也。」《卷阿》：「卷，曲也。」局、卷竝有「曲」義。《傳》云「婦人夫不在，則不容飾」，以釋「予髮曲局」句也。《伯兮》「自伯之東，首如飛蓬。豈無膏沐？誰適爲容」，《傳》：「婦人夫不在，無容飾。」義與此同。薄言，語詞。歸，夫歸也。沐，沐髮也。

終朝采藍，不盈一襜。【傳】衣蔽前謂之襜。**五日爲期，六日不詹。**【傳】詹，至也。婦人五日一御。【疏】《説文》：「藍，染青艸也。」「衣蔽前謂之襜」，《爾雅・釋器》文。《説文》：「襜，衣蔽歬。」段注云：「此謂衣，非謂蔽厀也。引申之，凡衣或曰襜褕，或曰襜襦，皆取『蔽』義。」案段氏説甚精。詩人言欲以襜盛藍，與以衽納芣苢，其事相同。《芣苢》傳：「袺，執衽也。襭，扱衽也。」衽屬裳之兩旁，而襜則其在前者也。《碩人》傳：「嫁則錦衣加褧襜。」褧襜，猶衣裳。《爾雅》、毛《傳》釋《詩》竝云「衣蔽前」，正謂其裳之蔽前者耳。《釋名》：「裳，障也。以自障蔽也。」古者衣皮，先知蔽前，蔽厀乃其遺象，不得謂蔽前即蔽厀明甚。○「詹，至」，《釋詁》文。《方言》亦云：「詹，至也。」《閟宫》傳同。「婦人五日一御」，《禮記・内則》文。上章言望夫之歸，此章言夫不至，因念及夫在進御之情，故《傳》文先釋「不詹」爲「不至」，再釋「五日」之義。五日、六日連而及之，非行役過六日便生怨曠。《正義》引孔晁云「行役過時，而以六日不至爲過期之喻，非止六日」是也。又「王肅云：『五日一御，大夫以下之制。』」案下章云「之子于狩」、「之子于釣」，「之子」爲行役之君子，其非庶人可知。《綢繆》傳：「大夫一妻二妾。」是有正寢一、小寢二。夫婦恒居，不必同寢，五日一御，禮或宜然。《内則》云：「妾雖年老，未滿五十，必與五日之御。」《禮記》言妾不言姪娣，明是大夫以下之制也。鄭以五日爲諸侯制，非大夫以下婦人進御之日限。其注《禮記》以五日配諸侯九女，至箋《詩》乃依傍《月令》、《小正》。采藍當在五月，故以「五日」、「六日」爲「五月之日」、「六月之日」，俱於經義未當。《後漢書・劉瑜傳》：「且天地之性，陰陽正紀，隔絶其道，則水旱爲并。《詩》云：『五日爲期，六日不詹。』怨曠作歌，仲尼所録。」此亦言怨曠者，舉近以喻遠也。

之子于狩，言韔其弓。之子于釣，言綸之繩。【疏】韔弓，弢弓也。郭注《釋草》：「綸，今有秩嗇夫所帶糾青絲綸。」是「綸」有「糾合」之稱。「綸之繩」與「韔其弓」對文，之猶是也。之子狩歟，則韔其弓。之子釣歟，則糾是繩。「言」皆語詞。此婦人思夫之不在，而設想之如此。下章又因釣而申説之耳。皆爲怨曠之詞，非爲悔不從夫往狩、往釣而爲之韔弓、綸繩也。

其釣維何？維魴及鱮。維魴及鱮，薄言觀者。【疏】觀，《釋文》引《韓詩》作「覩」。

《黍苗》五章，章四句。

《黍苗》，刺幽王也。不能膏潤天下，卿士不能行召伯之職焉。【疏】召伯，召穆公虎也。申伯封謝，召伯述職，詩陳古以刺今。

芃芃黍苗，陰雨膏之。【傳】興也。芃芃，長大貌。**悠悠南行，召伯勞之。**【傳】悠悠，行貌。

【疏】天有陰雨膏澤百物。興者，以喻古賢伯承順王者之恩，施膏潤天下，亦如陰雨之膏黍苗芃芃然長大也。襄十九年《左傳》：「范宣子賦《黍苗》，季武子興，再拜，稽首，曰：『小國之仰大國也，如百穀之仰膏雨焉。若常膏之，其天下輯睦，豈唯敝邑？』」《晉語》：「子餘使公子賦《黍苗》，子餘曰：『重耳之仰君也，若黍苗之仰陰雨也。若君實庇陰膏澤之，使能成嘉穀，薦在宗廟，君之力也。』」此兩引《詩》竝以古賢伯起興。〇悠，讀爲攸。《説文》：「攸，行水也。」引申之，義凡行皆曰攸。《竹竿》傳：「滺滺，流皃。」「滺」即「攸」之隸變，義正相近。南，謝在周南也。申伯封謝，則悠悠然行，能建國親侯，此即「膏潤天下」之意也。勞，勤也。「召伯勞之」，卿士述職也。《箋》以「悠悠」爲「徒役衆多」。然將徒役而往營謝，未免擾動兵衆，不中時務。《嵩高》詩但言因謝作庸也。

我任我輦，我車我牛。【傳】任者，輦者，車者，牛者。**我行既集，蓋云歸哉。**【疏】我，我申伯也。任者，《箋》云：「有負任者。」輦者，《箋》云：「有輓輦者。」輦，詳《車攻》篇。車者，《箋》云：「有將車者。」《正義》以爲大車，云：「此轉運載任，則是大任以駕牛者也。」❶牛者，《箋》云：「有牽傍牛者。」《正義》引《秋官・罪隸》：「凡封國若家，牛助爲牽傍。」又引《地官・牛人》：「凡軍旅、行役，共其兵車之牛與其牽傍，以載公任器。」牽傍在轅外，不與將車同也。《箋》主召伯營謝轉餫，則牛爲封國牽傍之牛，《罪隸》之所助者。今細繹《傳》指，二章、三章皆敘申伯入謝，牛即軍旅行役所牽傍之牛，當爲《牛人》之所共者。《正義》據《罪隸》以申明《箋》説，是已。至《傳》與《箋》不同，孔氏尚未能明也。傍，當作「徬」。《説文・彳部》：「徬，附行也。」〇集，就，猶成也。蓋，讀爲盍。《爾雅》：「曷，盍也。」曷謂之盍，盍又謂之曷，蓋亦謂之曷。「蓋云歸哉」，曷云歸哉也。「蓋云歸處」，曷云歸處也。歸，歸于謝也。《晉語》：「重耳若獲集德而歸載，使主晉民，成封國，其何實不從。」韋注云：「集，成也。載，祀也。」集德歸載，正以釋詩「集」、「歸」之義，歸爲歸謝，明矣。《嵩高》云：「申伯還南，謝于誠歸。」

我徒我御，我師我旅。【傳】徒行者，御車者，師者，旅者。**我行既集，蓋云歸處。**【疏】「徒行者，御車者」，徒、御對文，則徒爲徒行，御爲御車也。徒行者，謂小人也。御車者，謂君子也。上章任、輦、車、牛是言申伯遷謝任載之事，下章徒、御、師、旅是言申伯入謝從行之衆，皆就申伯一邊説。《嵩高》云：「以峙其粻，式遄其行。」即此上章之義也。又云：「既入于謝，徒御嘽嘽。」即此下章之義也。彼《傳》云：「徒御嘽嘽，徒行者、御車者

---

❶「任」，徐子静本、《清經解續編》本同。阮刻《毛詩正義》作「車」。

嘽嘽喜樂也。」此「徒御」即《嵩高》之「徒御」，故兩《傳》訓同。「師者，旅者」，以釋經之「師」、「旅」。有爲師者，有爲旅者，謂是從入謝之官師，與泛言師旅爲衆者異也。王引之《左傳述聞》云：「經、傳言『師旅』者有二義：一爲士卒之名，《小司徒》『五卒爲旅，五旅爲師』是也。一爲群有司之名，《宰夫》『掌百官府之徵令，辨其八職：一曰正，掌官灋以治要；二曰師，掌官成以治凡；三曰司，掌官灋以治目；四曰旅，掌官常以治數』是也。襄十年《左傳》：『官之師旅不勝其富。』十四年《傳》：『今官之師旅，無乃實有所闕，以攜諸侯。』《晉語》：『陽有夏商之嗣典，有周室之師旅，樊仲之官守焉。』皆謂掌官成官常者。官之師旅，猶言群有司也。周室之師旅，即官守也。蓋樊仲之官守，所守者，嗣典也。其官則師旅也。三句一貫，故下文但曰『其非官守』也。其大小之差，則旅卑於師，師又卑於正，故八職師旅在正之下。成十八年《傳》『師不陵正，旅不偪師』，言小不加大也。襄二十五年《傳》『百官之正長師旅』，先正長而後師旅也。《楚語》『天子之貴也，唯其以公、侯爲官正，而以伯、子、男爲師旅』，言公侯之統伯子男，猶官正之統師旅也。乃杜注『師不陵正，旅不偪師』曰：『師，二千五百人之帥也。旅，五百人之帥也。』注『官之師旅』曰：『師，旅之長。』注『百官之正長師旅』曰：『師旅，小將帥也。』韋注『伯子男爲師旅』曰：『帥師旅也。』皆不知師旅爲群有司之名，而誤以爲帥師旅者。夫帥師旅者，豈得遂謂之師旅乎？至韋注『周室之師旅』曰『周室之師衆』，則又誤以爲人衆之名矣。」奂案此《箋》解「師旅」謂「五百人爲旅，五旅爲師」，引《春秋傳》「君行師從，卿行旅從」，其誤正與杜注《左傳》、韋注《國語》同。此是申伯入謝，不必盛言兵衆。《嵩高》傳以「徒御」爲「虎賁」。又「王命傅御，遷其私人」，《傳》：「御，治事之官也。私人，家臣也。」傅御、私人，亦即在徒御師旅之中，則此師旅非兵衆可知。鄭《箋》以徒、御、師、旅皆謂召伯之士卒，與毛《傳》不同義。二千五百人爲師，則《傳》不得稱之曰師者矣。五百人爲旅，則《傳》不得稱之曰旅者矣。《正義》依《箋》申《傳》，失之。

肅肅謝功，召伯營之。【傳】謝，邑也。**烈烈征師，召伯成之。**【疏】《小星》「肅肅宵征」，《傳》云：「肅肅，疾皃。」《嵩高》傳：「謝，周之南國也。」此云「謝，邑也」者，謝在周爲南國之邑。周宣王徙封申伯於謝邑，而召伯往營成之。《嵩高》云：「于邑于謝，南國是式。」又云：「登是南邦，世執其功。」《傳》：「功，事也。」兩「功」字義同。烈烈，讀如「如火烈烈」。征，行也。師，衆也。襄二十七年《左傳》：「鄭伯享趙孟于垂隴，子西賦《黍苗》之四章，趙孟曰：『寡君在，武何能焉？』」言不敢受召伯之任也。

原隰既平，泉流既清。【傳】土治曰平，水治曰清。**召伯有成，王心則寧。**【疏】「原隰既平」，則土治矣。「泉流既清」，則水治矣。故云：「土治曰平，水治曰清。」此以喻治之有本也。《説苑·建本》篇：「夫本不正者末必倚，始不盛者終必衰。《詩》云：『原隰既平，泉流既清。』本立而道生，是故君子貴建本而重立始。」王，宣王也。寧，安也。

《隰桑》四章，章四句。

《隰桑》，刺幽王也。小人在位，君子在野，思見君子，盡心以事之也。【疏】唐石經初刻「之」下有「也」字，《群書治要》亦有「也」字，今補。

隰桑有阿，其葉有難。【傳】興也。阿然美貌，難然盛貌，有以利人也。**既見君子，其樂如何。**【疏】阿之爲言猗也。《淇奥》傳：「猗猗，美盛也。」古難、儺通。難之爲言那也。《釋文》：「難，乃多反。」其讀同「那」。《桑扈》、《那》傳：「那，多也。」「盛」與「多」同義。阿難，連緜字。《萇楚》曰「猗儺」，《那》曰「猗那」，聲、義皆同也。案此詩三章皆言隰桑有阿，首章言有阿，又言有難，故《傳》分別以釋之。云「有以利人也」者，桑葉之美盛以利人，興君子之德以庇陰人。隰以言在野也。小人在位，則君子在野矣，故詩人思欲見君子也。○「既見君子，其樂如何」，既，猶終也。言君子在位，有利人之德政，故可樂也。

隰桑有阿，其葉有沃。既見君子，云何不樂。【傳】沃，柔也。【疏】阿，阿難也。絫言「阿難」，單言「阿」也。沃，古字作「渂」。柔者，亦是「美盛」之意。

隰桑有阿，其葉有幽。【傳】幽，黑色也。**既見君子，德音孔膠。**【傳】膠，固也。【疏】幽，黑色。「幽」即「黝」之古文假借。《說文》：「黝，微青黑色也。」《爾雅》：「黑謂之黝。」《玉藻》注云：「幽，讀爲黝。」○「膠，固」，《爾雅·釋詁》文。《列女傳·賢明》篇引：「《詩》曰：『既見君子，德音孔膠。』夫婦人以色親，以德固。姜氏之德行，可謂孔膠也。」又《韓詩外傳》云：「夫習之於人，微而箸，深而固。是暢於筋骨，貞於膠漆。是以君子務爲學也。」亦引此詩。「膠」訓爲「固」，三家《詩》義同也。

心乎愛矣，遐不謂矣。中心藏之，何日忘之？【疏】「遐不謂矣」，《禮記》引《詩》作「瑕不謂矣」，遐、瑕古通用。鄭注云：「瑕之言胡也。」謂，猶告也。《南山有臺》篇「遐不眉壽」、「遐不黃耉」，「遐不」皆「胡不」也。藏，當作「臧」，《釋文》作「臧」，《群書治要》作「臧」。《禮記》釋文誤作「艸頭臧」，云：「鄭解《詩》作『臧』，善也。」王肅訓「善」，其字亦當作「臧」。「中心臧之」，猶云「中心好之」耳。案末章言君子事君之道，《序》所謂「思見君子，盡心以事之」也。《禮記·表記》：「子曰：『事君欲諫不欲陳。』」《孝經》：「子曰：『君子之事上也，進思盡忠，退思補過，將順其美，匡救其惡，故上下能相親也。」竝引此詩。襄二十七年《左傳》：「鄭伯享趙孟，子產賦《隰桑》，趙孟曰：『武請受其卒章。』」此賦詩以君子美趙孟，趙孟但斷取忠君愛上之義，故云「請受卒章」也，皆與《序》合。

《白華》八章，章四句。

《白華》，周人刺幽后也。幽王取申女以爲后，又得褒姒，而黜申后，故下國化之，以妾爲妻，以孽代宗，而王弗能治，周人爲之作是詩也。【疏】幽王立褒姒爲后，在即位之四年、五年中。

白華菅兮，白茅束兮。【傳】興也。白華，野菅也。已漚爲菅。**之子之遠，俾我獨兮。**【疏】「白華，野菅」，《爾雅·釋草》文。舍人注云：「白華，一名野菅。」郭注云：「菅，茅屬。」《通藝録》謂菅柔忍而茅脆，以白華者爲蘆芒，説詳《東門之池》篇。野菅已漚曰菅，猶紵麻作布曰紵，故《傳》本《爾雅》，既以白華爲野菅，而又釋經「菅兮」之「菅」以爲已漚者之名也。《東門之池》傳云：「漚，柔也。」《野有死麕》傳云：「白茅，取絜清也。」案詩凡八章，皆各自爲興。首章興義，《正義》引王肅云：「白茅束白華，以興夫婦之道，宜以端成絜白相申束，然後成室家也。」《箋》以菅喻申后，茅喻褒姒，菅柔忍中用更取白茅收束，喻取申后更納褒姒，與二章《傳》義不合，則此章當從述毛爲長。○《箋》云：「之子，斥幽王也。」

英英白雲，露彼菅茅。【傳】英英，白雲貌。露亦有雲，言天地之氣，無微不著，無不覆養也。**天步艱難，之子不猶。**【傳】步，行；猶，可也。【疏】英英，《釋文》引《韓詩》作「泱泱」。潘岳《射雉賦》「天泱泱以垂雲」，用《韓詩》也。英英，假借字。云「露亦有雲」者，以釋「白雲」即露也。《御覽·天部八》引《傳》「言天地之氣，無微不箸，無不覆養也」，今本奪「也」字，補。《淮南子・主術》篇云：❶「覆露照導，普化無私。」❷義亦同也。菅茅，即冢上章言。菅即白華，茅即白茅。《正義》云：「上既言王不以禮，已失菅茅申束之義，故因言菅茅之蒙養英英然。白雲下露，潤彼菅之與茅，使之得長成，以反興申后見黜，菅茅之不如。」《箋》謂養彼可以爲菅之茅，使與白華之菅相亂易，則此章之菅與上章之白華不同，恐非經恉。○「步，行」，《桑柔》同。《中谷有蓷》傳：「艱，亦難也。」「猶，可」，《陟岵》同。《正義》云：「王肅云：『天行艱難，使下國化之，以倡爲不可故也。』侯苞云：『天行艱難於我身，不我可也。』如肅之言，與上章不類。今以侯爲毛說。」

滮池北流，浸彼稻田。【傳】滮，流貌。**嘯歌傷懷，念彼碩人。**【疏】滮，《說文》作：「淲，水流皃。从水，彪省聲。《詩》曰：『淲池北流。』」許本毛，不謂淲爲水名。《箋》：「豐、鎬之閒水北流。」《正義》云：「《文王有聲》箋：『豐在豐水西，鎬在豐水東。』然則豐、鎬之閒唯豐水耳。池者，下田畜水之處。池引豐水，亦北流也。」案孔說是也。鎬京諸水唯豐爲大。鎬京之水，西承豐水，北入於渭。池水即豐水。鎬池，其遺跡歟？酈注《水經・渭水》篇：「鎬水又北流，西北注與滮池合，水出鄗池西，而北流入於鎬。《毛詩》云：『滮，流浪也。』而世傳以爲水名矣。」酈所據毛《傳》與今本異，其云「滮池水北流入鎬」，亦與古異。「浸彼稻田」，與上章「露彼菅茅」

---

❶「主術」，疑爲「本經」之誤。其下引文見於《道藏要籍選刊》本、《百子全書》本《淮南鴻烈解》、《諸子集成》本《淮南子》、中華書局點校本劉文典《淮南鴻烈集解》、何寧《淮南子集釋》之《本經》篇，當據改。

❷「化」，《道藏要籍選刊》本、《百子全書》本《淮南鴻烈解》、《諸子集成》本《淮南子》、中華書局點校本劉文典《淮南鴻烈集解》、何寧《淮南子集釋》竝作「氾」，當據改。

喻意同。○嘯，當依《釋文》作「歗」。《箋》云：「碩，大也。妖大之人，謂褒姒也。申后見黜，褒姒之所爲，故憂傷而念之。」案鄭意篇中五「我」字皆指申后。四章、六章云「維彼碩人，實勞我心」，若「碩人」指申后，則「我心」之「我」又屬何人矣？《衛風》「碩人」爲夫人，故此「碩人」爲褒姒，后與夫人一也。此鄭義也。王肅、孫毓不同於鄭。

樵彼桑薪，卬烘于煁。【傳】卬，我；烘，燎也。煁，烓，竈也。桑薪，宜以養人者也。**維彼碩人，實勞我心。**【疏】「卬，我」，《匏有苦葉》、《生民》同。我者，我幽王也。「烘，燎」，《爾雅·釋言》文。燎，當作「尞」。《說文》：「烘，尞也。《詩》曰：『卬烘于煁。』」「煁，烓」，亦《釋言》文。《傳》既本《爾雅》釋「煁」爲「烓」，而又釋之爲「竈」也。郭璞云：「今之三隅竈。」《說文》：「烓，行竈也。从火，圭聲。讀若冋。」薪爲炊爨，故云「宜以養人」。言「桑薪」者，《氓》傳：「桑，女功之所起。」是其義也。《傳》先釋「煁」而後釋「桑薪」者，此逆辭爲訓之例。宜以言不宜也。《正義》云：「桑薪，薪之善者，宜以炊爨而養人。今不以炊爨，反燎於煁竈，失其所也。以興申后有德，宜居王后之位而母養天下。今不以當尊，反黜爲卑賤，非其宜矣。」

鼓鍾于宮，聲聞于外。【傳】有諸宮中，必形見於外。**念子懆懆，視我邁邁。**【傳】邁邁，不說也。【疏】《傳》云「有諸宮中，必形見於外」，《韓詩外傳》亦引此詩而釋之云：「言有中者，必能見外也。」《箋》云：「王失禮於內，而下國聞知而化之，王弗能治，如鳴鼓鍾於宮中，而欲外人不聞，亦不可止。」○《說文》：「懆，愁不安也。从心，喿聲。《詩》曰：『念子懆懆。』」《正月》傳：「懆懆，猶戚戚也。」《抑》傳：「懆懆，憂不樂也。」《釋文》云：「邁邁，《韓詩》及《說文》竝作『㤄㤄』。《韓詩》云：『意不說好也。』許云：『很怒也。』」然則《毛詩》「邁邁」訓「不說」，即爲「𢘅𢘅」之假借。古𢘅、邁聲同。宣十二年《公羊傳》：「是以使君王沛焉。」何注云：「沛焉者，怒有餘之貌。」「沛」亦「𢘅」之假借。《廣雅》：「𢘅，怒也。」

有鶖在梁，有鶴在林。【傳】鶖，秃鶖也。**維彼碩人，實勞我心。**【疏】《説文》：「鳺，秃鳺也。或作『鶖』。」李時珍《本草綱目》云：「秃鶖，水鳥之大者也。出南方有大湖泊處。其狀如鶴而大，青蒼色，張翼廣五六尺，舉頭高六七尺，長頸，赤目，頭、項皆無毛。其頂皮方二寸許，紅色，如鶴頂。其喙深黄色而扁直，長尺餘。其嗉下亦有胡袋，如鵜鶘狀。其足爪如雞，黑色。性極貪惡，能與人鬭，好啖魚、蛇及鳥雛。《詩》云『有鶖在梁』即此。」案鶖喻襃姒，鶴喻申后。鶖在梁得食魚，鶴在林不得食魚，以喻襃姒安享而申后窮困也。

鴛鴦在梁，戢其左翼。之子無良，二三其德。【疏】《鴛鴦》傳云：「鴛鴦匹鳥。」又云：「戢其左翼，言休息也。」言此者，以喻夫婦之道各有配耦，然後休息得所，刺今之不然。

有扁斯石，履之卑兮。【傳】扁扁，乘石貌。王乘車履石。**之子之遠，俾我疷兮。**【傳】疷，病也。【疏】斯，猶其也。「有扁斯石」，言扁然其石也。扁者，器不圜也。經言「扁」，《傳》云「扁扁」，扁扁爲乘石之皃。《正義》謂上車履石之皃者，誤也。《周禮·隸僕》「王行，洗乘石」，鄭司農注云：「乘石，王所登上車之石也。《詩》云：『有扁斯石，履之卑兮。』謂上車所登之石。」仲師説正本毛《傳》。王上車所登之石，石曰乘石，猶馬曰乘馬、車曰乘路也。李善注《文選》任彦昇《進今上牋》引《尸子》曰：「昔者武王崩，成王少，周公旦踐東宫，履乘石，假爲天子七年。」又見《淮南子·齊俗》篇，高誘注云：「人君升車有乘石也。」此皆乘石之證也。《士昏·記》婦升車法：「婦乘以几，從者二人坐持几，相對。」賈疏云：「王后則履石。大夫諸侯亦應有物履之，但無文。今人猶用臺。」案

「履之卑」猶《小戎》「軨之淺」，皆便於上車之謂。言王后出入與王同體也。以反刺今王后之易位，不得其宜。上章興體皆用反興，此亦然也。《箋》以履卑喻申后見黜而卑賤，非《傳》之恉矣。○疷，當依石經作「疧」，《釋文》「祁支反」是也。氏聲在支、佳部，故與卑爲韻。《傳》訓「疧」爲「病」，《無將大車》同。

《緜蠻》三章，章八句。

《緜蠻》，微臣刺亂也。大臣不用仁心，遺忘微賤，不肎飲食教載之，故作是詩也。【疏】《箋》云：「微臣，謂士也。古者卿大夫出行，士爲末介。士之祿薄，或困乏於資財，則當賙贍之。幽王之時國亂，禮廢恩薄，大不念小，尊不恤賤，故本其亂而刺之。」

緜蠻黄鳥，止于丘阿。【傳】興也。緜蠻，小鳥貌。丘阿，曲阿也。鳥止於阿，人止於仁。**道之云遠，我勞如何？飲之食之，教之誨之。命彼後車，謂之載之。**【疏】緜蠻，雙聲，《禮記·大學》作「緡蠻」。《文選》何晏《景福殿賦》、王融《曲水詩序》注引《韓詩章句》：「緜蠻，文皃。」《傳》云「小鳥皃」者，毛意固以黄鳥喻微臣也。「曲阿」釋「阿」不釋「丘」。「鳥止於阿」以釋經義。「人止於仁」，《傳》又以明經之興義也。《大學》云：「子曰：『於止知其所止，可以人而不如鳥乎？』」鄭注引《論語》「擇不處仁」，以明人亦當如鳥之擇處。《箋》：「止，謂飛行所止託也。興者，小鳥知止於丘之曲阿静安之處而託息焉，喻小臣擇卿大夫有仁厚之德者而依屬焉。」案此皆足以申成《傳》義。○《箋》云：「後車，倅車也。」

緜蠻黄鳥，止于丘隅。豈敢憚行？畏不能趨。飲之食之，教之誨之。命彼後車，謂之載之。

緜蠻黃鳥，止于丘側。豈敢憚行？畏不能極。飲之食之，教之誨之。命彼後車，謂之載之。

【疏】《箋》云：「極，至也。」

《瓠葉》四章，章四句。

《瓠葉》，大夫刺幽王也。上棄禮而不能行，雖有牲牢饔餼，不肎用也。故思古之人不以微薄廢禮焉。

幡幡瓠葉，采之亨之。**【傳】**幡幡，瓠葉貌。庶人之菜也。**君子有酒，酌言嘗之。****【疏】**經言「瓠葉」，故《傳》云「幡幡，瓠葉皃」。《巷伯》傳：「幡幡，猶翩翩也。」幡幡，正偏反，少嫩之時，故又云「庶人之菜」也。胡承珙《後箋》云：「《傳》以瓠葉爲庶人之菜者，不過極言其物之微薄，以見維其禮不維其物。如蘋、蘩、蘊藻，可以薦鬼神而羞王公之意，未嘗以全《詩》皆言庶人之禮也。鄭《箋》泥於《傳》意，以君子爲庶人之有賢行者，與《序》『思古』意不合。」又云：「孰瓠葉以爲飲酒之菹，農功畢乃爲酒漿，以合朋友。與《邶風》箋『瓠葉苦，謂八月之時』說亦不合。」案胡說是也。《七月》篇言斷瓠作菹，自在八月，則采亨瓠葉，其時尚早。《傳》言菜者，當是中鼎實之芼。若荇、蘩、蘋、藻，皆謂芼爲菜，此其義。據當時庶人之禮，或用瓠葉以爲芼。《傳》必有依據而言之也。《楚語》云：「庶人食菜。」《楚茨》傳云：「亨，飪之也。」亨飪瓠葉以爲菜，下三章三言兔首以爲所羞之肉，皆是微薄之物行酌嘗獻酬之禮，《序》所謂「不以微薄廢禮」也。○嘗者，主人未獻於賓，先自嘗之也。《行葦》箋云：「有醇厚之酒醴，以大斗酌而嘗之而美，故以告黃耇之人。」是主人固有先嘗之禮矣。

有兔斯首，炮之燔之。【傳】毛曰炮，加火曰燔。**君子有酒，酌言獻之。**【傳】獻，奏也。【疏】兔首，亦示微薄之意。王肅、孫毓述毛云：「唯有一兔頭耳。」案兔頭，猶云牛三頭、牛十二頭。孔仲達誤解「頭」字，致有「空用其頭，其肉安在」之誚。「有兔斯首」與「有鶯其羽」、「有捄其角」句同。斯，猶其也。古斯、其同聲，故二者皆爲語詞。《箋》：「斯，白也。今俗語斯白之字作『鮮』，齊、魯之閒聲近『斯』。有兔白首者，兔之小者也。」此《箋》「斯」訓「白」，「王赫斯怒」「斯」訓「盡」，「無獨斯畏」「斯」訓「離」，皆不本毛《傳》。「毛曰炮」，古「曰」與「爲」通。《禮記·禮運》「以炮」，鄭注云：「裹燒之也。」《內則》：「炮：取豚若將，刲之刳之，實棗於其腹中，編萑以苴之，涂之以謹涂。炮之，涂皆乾，擘之。」注：「將，當爲『牂』。謹，當爲『墐』。」案此即裹燒之説也。《説文》：「炮，毛炙肉也。」義與《傳》同。「加火曰燔」，《禮運》「以燔」注：「加於火上。」《説文·火部》：「燔，爇也。」「爇，燒也。」亦與《傳》同。○《燕禮·記》：「獻公曰：『臣敢奏爵以聽命。』」是「獻」爲「奏」也。昭元年《左傳》：「子皮戒趙孟，趙孟賦《瓠葉》。子皮遂戒穆叔，且告之。穆叔曰：『趙孟欲一獻，子其從之。』及享，具五獻之籩豆於幕下。趙孟辭，乃用一獻。趙孟爲客。」《後箋》云：「此詩當是一獻之禮。禮有獻、有酢、有酬，而後一獻之禮終。古者士禮一獻，《既夕禮》注云：『士腊用兔。』」

有兔斯首，燔之炙之。【傳】炕火曰炙。**君子有酒，酌言酢之。**【傳】酢，報也。【疏】「炕火曰炙」，《正義》云：「炕，舉也。謂以物貫之，而舉於火上以炙之。」據孔所見《傳》當作「抗火」。《賓之初筵》傳：「抗，舉也。」舉肉加火是謂之炙。《生民》傳：「貫之加於火曰烈。」烈即炙也。《禮運》「以炙」注：「貫之火上。」是貫即抗也。若依今本作「炕火」，則炙與燔無别矣。《説文注》亦以此《傳》「炕」爲俗字。哀十五年《左傳》：「欒寧將飲酒，炙未孰，聞亂，行爵食炙。」此飲酒用炙之證也。○「酢，報」，《楚茨》同。《説文》：「醋，客酌主人也。从酉，昔聲。」

今經典皆以「酢」爲「醋」矣。酢者，賓所以執主人之獻也，故謂「酢」爲「報」。《箋》云：「報者，賓既卒爵，洗而酌主人也。」《行葦》箋云：「客荅之曰酢。」

有兔斯首，燔之炮之。君子有酒，酌言醻之。【傳】醻，道飲也。【疏】「醻，道飲」，道飲，謂主人自飲，復道客飲也。《箋》云：「主人既卒酢爵，又酌自飲，卒爵，復酌進賓，猶今俗之勸酒。」《說文》云：「醻，獻醻，主人進賓也。字或作『酬』。」

《漸漸之石》三章，章六句。

《漸漸之石》，下國刺幽王也。戎狄叛之，荊舒不至，乃命將率東征，役久病於外，故作是詩也。

【疏】《箋》云：「荊，謂楚也。舒，舒鳩、舒鄝、舒庸之屬。」《正義》云：「又有舒龍，謂之群舒。」文十二年《左疏》云：「《世本》偃姓，舒庸、舒蓼、舒鳩、舒龍、舒鮑、舒龔。」《漢書·地理志》：「廬江郡，舒故國，莽曰昆鄉。龍舒。」應劭注云：「群舒之邑。」

漸漸之石，維其高矣。山川悠遠，維其勞矣。【傳】漸漸，山石高峻。**武人東征，不皇朝矣。**

【疏】漸，讀爲嶄，假借字也。《繫傳》引《詩》作「嶄嶄」。《說文》：「嶄，礹石也。」「礹，石山也。」連言之曰「嶄礹」，或曰「嶄巖」。《上林賦》：「嶄巖嵾嵳。」又曰「巉巖」，《高唐賦》：「登巉巖而下望。」竝字異而義同。《節南山》傳：「巖巖，積石皃。」巖巖即礹礹，漸漸即嶄嶄，古斬聲、嚴聲同也。《傳》云「山石高峻」，疑「峻」下奪「皃」字。《玉篇》：「嶃，岩高峻皃。❶或作『磛』。」有「皃」字可證。《說文》：「陖，或作『峻』。」悠，亦遠也。勞，勞苦也。○武人，謂將率也。荆舒在鎬東，東征者，東征荆舒也，舒爲荆之屬。《序》云「戎狄叛之，荆舒不至，乃命將率東征」，詩本爲用兵荆舒而作，戎狄乃連而及耳。《箋》以「漸漸之石」二句喻戎狄，「山川悠遠」以下四句指荆舒。而《正義》用王肅意，以上四句爲征戎狄，下二句征荆舒，皆非經恉。皇，暇也。朝，音「朝夕」之「朝」。不皇朝，猶言無暇日耳。《左傳》云：「朝夕之不皇。」句義相同。王肅述毛以爲不暇修禮相朝，《正義》駁之，是矣。《箋》訓「皇」爲「正」，言不能正荆舒，使之朝王。然與《序》「役久病外」不合，恐亦非經恉。《何草不黄》篇「哀我征夫，朝夕不暇」，以刺用兵之不息。此刺征人役久爲病，兩詩皆爲下國刺幽王，其意一也。

漸漸之石，維其卒矣。山川悠遠，曷其没矣。【傳】卒，竟；没，盡也。**武人東征，不皇出矣。**【疏】《爾雅》「卒」有四訓：盡也，已也，終也，既也。竝與「竟」義近而有別。故《傳》於《節南山》之「卒」爲「盡」，而於此「卒」爲「竟」。竟，猶窮也。「維其卒矣」與「維其高矣」意同。《說文》：「歾，終也。」「没」與「歾」通。《傳》云「盡」者，言欲歷盡久長之道也，亦「維其勞矣」之意。○出，猶行也。

有豕白蹢，烝涉波矣。【傳】豕，豬也。蹢，蹄也。將久雨，則豕進涉水波。**月離于畢，俾滂沱矣。**【傳】畢，噣也。月離陰星則雨。**武人東征，不皇他矣。**【疏】「豕，豬」，《爾雅·釋獸》文。當入《釋畜》，錯簡在此。今本「豕」下有「子」字，《爾雅述聞》以爲涉上文「兔子，嬎」而衍。郭注云：「今亦曰彘。江東呼

❶「岩」，徐子静本、《清經解續編》本同。《大廣益會玉篇》作「山石」。

爲豨。皆通名。」邢《疏》引《小爾雅》云：「豟，豬也。其子曰豚，大者謂之豝。」《方言》云：「豬，北燕、朝鮮之閒謂之豭。關東西或謂之彘，或謂之豕。東楚謂之豨，其子或謂之豚，或謂之貕。吳楊之閒謂之豬子。」案此具異名也。《爾雅》：「四蹢皆白，豥。」郭注云：「《詩》云：『有豕白蹢。』蹢，蹄也。」郭本《傳》訓。豕、豬皆大名。而四蹢白者，又別其名曰豬也。《箋》：「四蹢皆白曰駭，則白蹄其尤躁疾者。」鄭亦以白蹢爲駭矣。「駭」與「豥」同。《説文》：「蹏，足也。」「蹄」俗字。白蹢涉波，豕之性也。烝，進也。《傳》云「豕進涉水波」以釋經義。云「將久雨」，《釋文》：「一本作『天將雨』。」案一本是也。「雨」上又奪一「大」字耳。《正義》本據《傳》文作「天將大雨」四字可證。下《箋》云「將有大雨」，亦冡《傳》言也。《傳》蓋探「滂沱」句作訓也。《正義》云：「毛以下經『月離于畢』爲雨徵。類之，則此亦雨徵也。言役人遇雨之勞苦也。」孔説得毛恉矣。詩言東征，借雨以況勞苦之情。《東山》篇云：「我徂東山，慆慆不歸。我來自東，霝雨其濛。」亦此意也。○離，讀與「麗」同。《論衡·説日》及《淮南子·原道》注引《詩》作「麗」。《盧令》箋：「畢，噣也。」彼《正義》引《釋天》：「噣謂之畢。」李巡云：「噣，陰氣觸起，陽氣必止，故曰畢。畢，止也。」《史記·律書》：「濁者，觸也。言萬物皆觸死也，故曰濁。北至于留。」《索隱》引《爾雅》「濁謂之畢」。今郭本作「濁」，李本作「噣」。「噣」、「濁」其義皆與「觸」同也。案《小星》傳「五噣」爲柳星。此當依《史記》作「濁」，讀爲「觸」，爲正字。《仲尼弟子列傳》集解引毛《傳》：「畢，濁也。」《釋文》云：「本亦作『濁』。」此古本《傳》作「濁」之證。孫、郭《爾雅注》竝云：「掩兔之畢，或呼爲濁，因以名星。」其字亦皆作「濁」也。《傳》云「月離陰星則雨」者，《正義》云：「以畢爲月所，離而雨，是陰雨之星，故謂之陰星。」是也。畢，西方宿，實沈之次也。《書·洪範》篇：「月之從星，則以風雨。」江氏聲《集疏》云：「《漢書·天文志》云：『西方爲雨。雨，少陰之位也。月失中道，迻而西入畢，則多雨。』此則非鄭君誼也。依鄭君之誼，雨爲木氣，畢西方金宿，金克木，木爲妃，畢好其妃，故多雨也。《志》又云：『月失節度而妄行，出陽道則旱風，出陰道則陰雨。』是亦一説也。東北、東南皆陽道，西則陰道也。毛《傳》云『月離陰星則雨』，與《志》言『出陰道』相似也。《史記·仲尼弟子列傳》云：『孔子既殁，弟子思慕。有若狀似孔子，弟子相與共立爲師，師之如夫子時也。他日，弟子進問曰：「昔夫子當行，使弟子持雨具。已而果雨。弟子問曰：『夫子何以知之？』夫子曰：『《詩》不云乎？「月離于畢，俾滂沱矣。」昨莫月不宿畢乎？』他日，月宿畢，竟不雨。」有若無以應。』是滂沱爲多雨之誼也。」奂案旁沱，《詩考》引《史記》作「滂池」。《説文》：「滂，沛也。」《初學記》引《説文》：「池者，陂也。」大雨沛然下垂，積水成陂，是爲滂池。《新臺》「河水浼浼」，《傳》云：「浼浼，平池也。」與此義同。○他，古作「它」。

《苕之華》三章，章四句。

《苕之華》，大夫閔時也。幽王之時，西戎、東夷交侵中國，師旅竝起，因之以饑饉，君子閔周室之將亡，傷己逢之，故作是詩也。

苕之華，芸其黄矣。【傳】興也。苕，陵苕也，將落則黄。**心之憂矣，維其傷矣。**【疏】「苕，陵苕」，《爾雅·釋草》文。《釋草》又云：「黄華，蔈。白華，茇。」舍人注云：「別華色之異名也。」《箋》云：「陵苕之華紫赤而繁。」《列女傳·孽嬖》篇：「顔若苕之榮。」綦毋邃注云：「陵苕之草，其華紫。」蘇頌《本草圖經》云：「紫葳，陵霄花也。初作藤，蔓生，依大木。歲久延引至顛而有花，其花黄赤，夏中乃盛。陶隱居、蘇恭引郭云『陵霄』。按今《爾雅注》無陵霄之説。郭又謂苕爲陵時。《本草》云：『今紫葳無陵時之名，而鼠尾草有之。』乃知陶、蘇所引是以

『陵時』作『陵霄』耳。陸機《義疏》：『苕，一名陵時，一名鼠尾。似王芻，生下溼水中，七八月中華，似今紫草。』郭從陸說。」案《義疏》與《圖經》不同。奐在杭州西湖葛林園中見陵苕花，藤本，蔓生，依古柏樹直至樹顛，五六月中花盛，黄色，俗謂之即陵霄花，與《圖經》目驗合。陵苕草類，故《爾雅》入草部，而《本草》繫於木部者，以其蔓生木上故也。黄華見於樹末，其即《爾雅》之「黄華，蔈」者歟？蔈者，末也。白華見於樹本，故《爾雅》白華者爲茇。華有黄、白二種，其紫者，疑又一種也。芸者，「抎」之假借。抎，落也。《傳》云「將落」，則黄者，黄爲蔫黄，非其華黄也。《箋》云：「興者，陵苕之榦喻如京師也，其華猶諸夏也，故或謂諸夏爲諸華。華衰則黄，猶諸夏之師旅罷病將敗，則京師孤弱。」

苕之華，其葉青青。【傳】華落，葉青青然。**知我如此，不如無生。**【疏】「華落，葉青青然」者，意承上章而言。上言華黄將落，此言華已落，但見葉青青然。《唐·杕杜》傳：「菁菁，葉盛也。」假借字作「青青」。《箋》云：「京師以諸夏爲障蔽，今陵苕之華衰而葉見青青然，喻諸侯微弱，而王之臣當出見也。」《傳》「華落」，《箋》「華衰」，猶上章《傳》「將落則黄」，《箋》「華衰則黄」，不異義也。《正義》謂《箋》易《傳》者，非。

牂羊墳首，三星在罶。【傳】牂羊，牝羊也。墳，大也。罶，曲梁也，寡婦之笱也。牂羊墳首，言無是道也。三星在罶，言不可久也。**人可以食，鮮可以飽。**【傳】治日少而亂日多。【疏】《爾雅》：「羊：牡羒，牝牂。」《傳》所本也。羊，吴羊。吴羊之牡者曰羒，牝者則曰牂也。《魚藻》傳：「頒，大首皃。」墳、頒聲同。郝懿行《爾雅義疏》云：「羒，蓋同『墳』，言高大也。牂，猶牂牂，言肥盛也。今吴羊高大而肥盛。《詩》曰『牂羊墳首』，墳即羒矣。言牝羊而牡首，故毛《傳》言無是道也。」案郝説是也。吴羊牡者多有角，牝者無角。雖有角，而不能如牡之大。墳首，謂頭角之大。《正義》云：「羵，小羊而大首。」失之矣。《廣雅》：「三歲曰羵。」則非小羊可知。《易林·中孚》云：「羵羊肥首，君子不飽。年飢孔荒，士民危殆。」古「墳」聲如「肥」，「墳首」作「肥首」，或本三家《詩》也。罶，詳《魚麗》篇。《箋》云：「無是道者，喻周已衰，求其復興，不可得也。不可久者，喻周將亡，如心星之光耀見於魚笱之中，其去須臾也。」○鮮，少也。經言人食少飽，《傳》乃申明之云「治日少而亂日多」也。

《何草不黃》四章，章四句。

《何草不黃》，下國刺幽王也。四夷交侵，中國背叛，用兵不息，視民如禽獸，君子憂之，故作是詩也。

何草不黃？何日不行？何人不將？經營四方。【傳】言萬民無不從役。**【疏】**上章言黃，下章言玄，黃玄猶玄黃也。《爾雅》：「玄黃，病也。」《卷耳》傳：「馬病則玄黃。」馬病謂之玄黃，草病亦謂之玄黃。《大戴禮·用兵》篇：「草木殨黃。」殨與玄疊韻，玄與黃雙聲，是合二字成義，詩人偶分屬上下章耳。蓋首二章以草之病喻人之病，末二章以兕虎芃狐喻軍旅之勞苦，非以草黃草玄分説紀用兵之時也。《易林·蒙》：「何草不黃？至末盡玄。室家分離，悲愁於心。」分説黃、玄，此非毛義。○將，行也。《傳》云「言萬民無不從役」，此總釋經義，《序》所謂「用兵不息」也。

何草不玄？何人不矜？哀我征夫，獨爲匪民。【疏】《詩小學》云：「《鴻雁》傳：『矜，憐也。』《菀柳》傳：『矜，危也。』『何人不矜』，言夫人而危困可憐，不必讀爲鰥。《詩·敝笱》鰥與雲韻，在弟十三部。《菀柳》矜與天、臻韻，《何草不黃》與玄、民韻，《桑柔》與旬、民、填、天韻，在第十二部。漢人十二、十三部合用，多借『矜』爲『鰥寡』字。而《書・堯典》、《康誥》、《無逸》、《甫刑》，《詩・鴻雁》、《孟子》『明堂』章皆作『鰥』，不假借『矜』字。惟《烝民》作『不侮矜寡』，則漢後所改。而《左傳・昭元年》引『不侮鰥寡，不畏彊禦』，固作『鰥』。『何人不矜』當從本字，非『鰥』之假借字也。」○《箋》云：「征夫，從役者也。」

匪兕匪虎，率彼曠野。【傳】兕、虎，野獸也。曠，空也。**哀我征夫，朝夕不暇。**【疏】《傳》以兕、虎爲野獸，芃狐爲小獸，《序》所謂「視民如禽獸」也。《箋》云：「兕、虎，比戰士也。」曠、空雙聲。曠野，廣大之野。《白駒》傳：「空，大也。」《廣雅疏證》云：「匪，彼也。」言彼兕彼虎則率彼曠野矣。哀我征夫，何亦朝夕於野而不暇乎？猶下文云「有芃者狐，率彼幽草。有棧之車，行彼周道」也。

有芃者狐，率彼幽草。【傳】芃，小獸貌。**有棧之車，行彼周道。**【傳】棧車，役車也。【疏】芃，小獸皃。芃與濛一聲之轉，對上章兕虎言，故以狐爲小獸也。《箋》云：「狐草行草止，故以比棧車輂者。」《伐木》傳云：「幽，深也。」《周語》「野無奧草」，韋注云：「奧，深也。」奧草，賈逵本作「冥草」。《玉篇》：「冥，草深也。」《説文》：「冥，幽也。」義竝同。○《周禮・巾車》「士乘棧車，庶人乘役車」，鄭注云：「棧車，不革輓而漆之。役車，方箱，可載任器以共役。」是棧、役本二車，二車皆無革輓，故《考工記・輿人》「棧車欲弇」，亦統役車而言。《箋》謂輂，亦依役車任器者而言之也。《杕杜》「檀車幝幝」，《傳》：「檀車，役車也。」與此同。《既夕禮》注：「今文『棧』作『輚』。」成二年《左傳》字作「轏」。「輚」、「轏」皆「棧」之異體。《説文》云：「竹木之車曰棧。」《鹽鐵論・散不足》篇：「古者椎車無柔，棧輿無植。」蓋柔即輪輮，車輞也。無輮謂無輞，無植謂無輻。或古者棧車無輻，而輞亦不革輓歟？

詩毛氏傳疏卷二十三

文王之什詁訓傳弟二十三　毛詩大雅

《文王之什》十篇，六十六章，四百一十四句。【疏】文王受命，武王定天下，成王告大平，宣王封諸侯。至若召穆、衛武、仍、凡之刺厲，刺幽，皆是直陳王事，而與《小雅》之主文譎諫者異矣。《關雎》序云：「政有《大雅》焉。」《小雅》、《大雅》者，猶之諸侯之事繫《召南》，天子之事繫《周南》爾。

《文王》七章，章八句。

《文王》，文王受命作周也。【疏】受命者，受命爲西伯也。《書大傳》云：「天之命文王，非啍啍然有聲音也。文王在位，而天下大服。施政而物皆聽，令則行，禁則止。動搖而不逆天之道。故曰天乃大命文王。文王受命一年，斷虞、芮之訟，二年伐邘，三年伐密須，四年伐犬夷，五年伐耆，六年伐崇，七年而崩。」然則古説受命皆謂受西伯七年之命，而作周之興，於焉始也。遂以爲天之命文王若受命之年稱王，其説誣也。詩作於成王、周公時，故以「文王」名篇。

文王在上，於昭于天。【傳】在上，在民上也。於，歎辭。昭，見也。**周雖舊邦，其命維新。**【傳】

乃新在文王也。**有周不顯，帝命不時。**【傳】有周，周也。不顯，顯也。顯，光也。不時，時也。時，是也。**文王陟降，在帝左右。**【傳】言文王升接天，下接人也。【疏】「在上」對「于天」言，故云「在民上」也。「於，歎辭」，《清廟》亦云：「於，歎辭也。」二《傳》爲全《詩》「於」字爲歎詞者發凡起例。《文選》陸機《赴洛道中詩》注引《韓詩章句》：「嗚，歎辭。」又潘岳《寡婦賦》注引《韓詩》：「嗚，歎聲。」「於」與「嗚」通。辭，當作「詞」。「昭，見」，《爾雅·釋詁》文。見，箸見也。《大明》傳云：「文王之德明明於下，故赫赫然箸見於天。」○周自大王徙岐，故稱舊邦。維，猶乃也。維新，乃新也。凡全《詩》中「維」與「乃」同義者，放此。《傳》云「乃新在文王」者，言周至文王而始新之。《吕覽·古樂》篇：「周文王處岐，諸侯去殷三淫而翼文王。散宜生曰：『殷可伐也。』文王弗許。周公旦乃作詩曰：『文王在上，於昭于天。周雖舊邦，其命維新。』以繩文王之德。」案此與《小雅·四牡》毛傳義合。則命之新當在受命六年中事也。「有周」之「有」爲語詞。「不顯」之「不」爲語助，無實義。而《傳》又詁「顯」爲「光」也。《執競》傳亦云：「顯，光也。」《大明》、《思齊》、《嵩高》、《韓奕》、《清廟》、《維天之命》、《烈文》、《執競》之「不顯」，「不」皆爲語助。「有周不顯」，言周德之光明也。帝，天也。文王受命於殷之天子，是即天之命矣。《十月之交》「豈曰不時」，《傳》：「時，是也。」與此「不時」訓同而義别。不是，是也。是，是周也。言帝命是周也，即「周雖舊邦，其命維新」之義。○《傳》云「升接天，下接人」以釋「文王陟降」句。「在帝左右」，即所謂升接天也。天亦在民上，故文王之下接人者，本天之意而爲之。《墨子·明鬼下》篇：「若鬼神無有，則文王既死，彼豈能在帝之左右哉？」此但解「在帝左右」句。

亹亹文王，令聞不已。【傳】亹亹，勉也。**陳錫哉周，侯文王孫子。文王孫子，本支百世。**【傳】

哉，載；侯，維也。本，本宗也。支，支子也。**凡周之士，不顯亦世。**【傳】不世顯德乎？士者世禄也。【疏】亹者，「釁」之俗。釁從分聲，故隸變又作「亹」。《鳧鷖》之「亹」音門，「釁」之聲轉也。《後箋》云：「古『釁』字本有『勉』義。襄二十六年《左傳》『夫小人之性釁於勇』，杜注：『釁，動也。』『動』與『勉』義相近。」案《文選》束晳《補亡詩》注引《毛詩傳》重「勉」字，爲後人誤衍。單字釋經雙字，不重「勉」字也。《爾雅·釋詁》：「亹亹，勉也。」此《傳》所本也。《玉篇·且部》：「亹亹，猶微微也。」義本三家。已，止也。「令聞不已」，言善聲聞之悠久也。《墨子》作「問」。○宣十五年、昭十年《左傳》皆引：「《詩》曰：『陳錫載周。』能施也。」《周語》芮良夫引：「《大雅》曰：『陳錫載周。』是不布利而懼難乎？故能載周以至于今。」《詩》作「哉」，內、外《傳》作「載」，故《傳》以「載」詁「哉」也。《載見》傳：「載，始也。」哉爲載，載又爲始，此一義之申。《序》云「文王受命作周」，《左傳》云：「文王所以造周。」作、造皆始也。《箋》云「哉，始也。能敷恩惠之施，以受命造始周國」是也。「侯」訓「維」，語詞。侯，猶乃也。下文「侯于周服」、「侯服于周」同。《傳》訓「侯」爲「維」，維亦乃也。《爾雅》：「維，侯也。侯，乃也。」維謂之侯，侯謂之乃；侯謂之維，維謂之乃，其義一也。王肅云：「文王能布陳大利以賜予人，故能載行周道，致有天下。唯文王孫子受而行之。」本者，天子之世長子世爲天子。僖五年《穀梁傳》云：「天子世子世天下也。」本宗者，一本之宗。《版》傳云「王者，天下之大宗」是也。支，莊六年《左傳》引《詩》作「枝」，同。支子者，天子庶子出封爲諸侯，諸侯之世長子亦世爲諸侯，爲群姓之大宗。今文王既受命，其後子孫能王天下，於是武王爲繼體長子，百世不遷；其管、蔡、郕、霍、魯、衛、毛、聃、郜、雍、曹、滕、畢、原、酆、郇十六國，皆文王支子，亦百世不遷。「本支百世」，謂本、支皆百世也。昭八年《左傳》云：「臣聞盛德必百世祀。」○《傳》云「不世顯德乎」者，正言之，「不」爲語詞；反言之，則下加「乎」字以足其義，此句例也。「士者世禄」，《傳》引《孟子》文以申釋經「世」字之義。

《正義》本「士」作「仕」。《五經異義》：「《公羊》說：《春秋》書尹氏、崔氏爲譏世卿。世卿即是世位，是天子諸侯之大夫皆不世位也。《左氏》說：卿大夫得世祿不得世位。父爲大夫死，子得食其故采。而有賢才，則復升父故位。是卿大夫不世位而世祿。有功德則亦世位。」許、鄭皆從《左氏》說。《孟子・梁惠王》篇「仕者世祿」，趙注云：「賢者子孫必有土地。」又《滕文公》篇「夫世祿，滕固行之矣」，注云：「古者諸侯、卿大夫、士，有功德則世祿賜族者也。官有世功也，其子雖未任居官，得世食其父祿。賢者子孫必有土之義也。」趙亦與《左氏》說同。毛《傳》言世祿不言世位，有大功德皆世，無大功德則皆不世。何以明之？《緇衣》傳云：「有德君子，宜世居卿士之位焉。」是唯有德者世位，此即《王制》所謂「天子大夫不世爵」之義。又《干旄》傳云：「古者臣有大功，世其官邑。」官邑即是爵祿。是唯有功者世爵祿，此即《王制》所謂「諸侯之大夫不世爵祿」之義。此《傳》云：「不世顯德乎？士者世祿也。」蓋有顯德，必當世位。世祿實兼世位，故《箋》申之云：「凡周之士，謂其世有光明之德者，亦得世世在位，重其功也。」毛《傳》釋《詩》皆就有大功德者而言，故無世祿不世位之文。說稍異而義實同。

世之不顯，厥猶翼翼。【傳】翼翼，恭敬也。**思皇多士，生此王國。王國克生，維周之楨。**【傳】思，辭也。皇，天；楨，榦也。**濟濟多士，文王以寧。**【傳】濟濟，多威儀也。【疏】「世之不顯」，言世有顯德耳。猶，道也。「恭敬」下「也」字今補。言顯德之人，其持道恭敬。《爾雅》：「翼翼，恭也。」郭注云：「恭敬。」與《傳》訓同。〇思，發語之辭。《漢廣》：「思，辭也。」思，語已之辭。二《傳》爲全《詩》「思」字發凡也。辭，皆當作「詞」。《正月》傳：「皇，君也。」皇者，尊大之稱，故皇謂之君，又謂之天矣。「思皇多士，生此王國」，言天多士，生此文王之國也。《史記・周本紀》：「文王禮下賢者，日中不暇食以待士，士以此多歸之。伯夷、叔齊在孤竹，聞西伯善養老，盍往歸之。大顛、閎夭、散宜生、鬻子、辛甲大夫之徒皆往歸之。」《繁露·郊祭》篇：「《傳》曰：『周國子多賢，蕃殖至于駢孕男者四，四産而得八男，皆君子俊雄也。』此天之所以興周國也。」案此王襃所謂「故世平主聖，俊艾將自至」也。「楨，榦」，《釋詁》文。《易·文言傳》：「貞者，事之榦也。」貞固足以榦事。」「楨」與「貞」通。《嵩高》「維申及甫，維周之翰」，《傳》：「翰，榦也。」文義相同。濟濟是狀士有光輝之德，故《傳》云：「多威儀也。」《爾雅》：「濟濟，止也。」止，容止也。「多威儀」即「容止」之義。成二年《左傳》云：「夫文王猶用衆。」是釋經「多士」之義。

穆穆文王，於緝熙敬止。【傳】穆穆，美也。緝熙，光明也。**假哉天命，有商孫子。【傳】**假，固也。**商之孫子，其麗不億。上帝既命，侯于周服。【傳】**麗，數也。盛德不可爲衆也。**【疏】**「穆穆，美」，《爾雅·釋詁》文。又《釋詁》云：「緝熙，光也。」《傳》於「光」義未盡，又益「明」義。《維清》、《敬之》箋及《大學》注竝云：「緝熙，光明也。」《禮記·大學》篇引《詩》而釋之云：「爲人君，止於仁；爲人臣，止於敬；爲人子，止於孝；爲人父，止於慈；與國人交，止於信。」《抑》「淑慎爾止」，《傳》：「止，至也。」彼引《大學》文爲説，則知此「敬止」即「敬至」也。言美哉穆穆然文王，其德光明，而又能敬至也。於，發聲。《昊天有成命》篇同。○假，讀與「固」同，此假借也。《廣雅》：「賈，固也。」假、賈、固聲竝近，「假」之讀爲「固」，猶「賈」之讀爲「固」矣。有，語助。有商，商也。與上《傳》「有周，周也」同例。詩蓋言天命之於商孫子亦堅固也，下接言「商之孫子」。《玄鳥》篇「商之先后，受命不殆，在武丁孫子」，下接言「武丁孫子」，句意正相同。《箋》讀「有」爲「有無」之「有」，云：「天爲此命之，使臣有殷之子孫。」似失語意，玩下經文「上帝既命」「既」字、《傳》文「則見天命之無常」「則」字可見。麗，讀爲⿰麗攴，此亦假借也。《方言》：「⿰麗攴，數也。」《説文》、《玉篇》、《廣雅》同。王引之《釋詞》云：「不，語詞。不億，億也。

『商之孫子，其麗不億』，猶云子孫千億耳。《箋》以爲『不徒億』，失之。趙岐《孟子注》誤與《箋》同。」案王説是也。商孫子之數億可爲衆矣。侯，維也。《孟子·離婁》篇引《詩》而釋之：「孔子曰：『仁不可爲衆也。夫國君好仁，天下無敵。』」《孟子》言仁，毛《傳》言盛德，一也。王肅云：「商之孫子，有過億之數，天既命文王，則維服于周，盛德不可爲衆。」

侯服于周，天命靡常。【傳】則見天命之無常也。**殷士膚敏，祼將于京。厥作祼將，常服黼冔。**【傳】殷士，殷侯也。膚，美；敏，疾也。祼，灌鬯也。周人尚臭。將，行；京，大也。黼，白與黑也。冔，殷冠也，夏后氏曰收，周曰冕。**王之藎臣，無念爾祖。**【傳】藎，進也。無念，念也。【疏】靡，無也。靡常，無常也。商孫子服於周，則見天命之無常。《箋》云：「無常者，善則就之，惡則去之。」《荀子·天論篇》云：「天行有常，不爲堯存，不爲桀亡。應之以治則吉，應之以亂則凶。」《繁露·堯舜不擅移湯武不專殺》篇云：「言天之無常予、無常奪也。」引《詩》竝與《傳》義同。○《傳》以「殷士」爲「殷侯」，謂殷諸侯也。文王爲西伯，殷諸侯自有來助祭於周廟者，以見天命之無常。蓋毛意以殷之未喪言之也。《漢書·劉向傳》：「孔子論《詩》，至於『殷士膚敏，祼將于京』，喟然歎曰：『大哉天命，善不可不傳於子孫，是以富貴無常。不如是，則王公其何以戒慎？民氓何以勸勉？』蓋傷微子之事周，而痛殷之亡也。」《白虎通義·三正》篇：「《詩》曰：『厥作祼將，常服黼冔。』言微子服殷之冠助祭於周也。」據劉向、班固説，以殷士即微子。然微子朝周在成王時，去喪殷已久。《翼奉傳》亦云：「周公作詩，深戒成王，以恐失天下。《詩》曰：『殷之未喪師，克配上帝。宜監于殷，駿命不易。』」與《毛詩》皆不合。下文《箋》「王，成王」，本三家説。「膚，美」，《狼跋》同。《生民》傳：「敏，疾也。將事齊敏也。」與此「敏」訓

「疾」義同。祼、灌疊韻，鬯即秬鬯也。秬鬯灌神，是謂之灌鬯。《旱鹿》傳云：「九命，然後錫以秬鬯圭瓚。」是文王九命作伯，得用灌鬯也。「周人尚臭」，《禮記・郊特牲》文。《周禮・小宰》：「凡祭祀，贊祼將之事。」「將」訓「行」，行灌鬯之事也。「京，大」，《釋詁》文。《大明》、《皇矣》、《公劉》同。「于京」，言于是大也。《正義》以「京」爲「京師」，失之。趙注《孟子》誤同。○《采叔》「玄衮及黼」，《傳》：「白與黑謂之黼。」與此同也。鄭注《王制》云：「冕服，有虞氏十二章，周九章，夏、殷未聞。」案此言黼正謂冕服章數之一。古人重畫章，特舉刺章之一者，略耳。詩於殷言「黼冔」，猶《論語》於夏言「黻冕」，黼、黻皆黹刺於裳也。《説文》無「冔」。《五經文字》云：「《字林》作『⿱冃紂』。經典相承，隸省作『冔』。」《傳》釋「冔」爲「殷冠」，而又兼引夏、周之冠者，殷之冔、夏后氏之收、周之冕，其冠制相似也。《王制》：「夏后氏收而祭，殷人冔而祭，周人冕而祭。」《白虎通義・紼冕》篇：「《禮》曰：『周冕而祭。』又曰：『殷冔夏收而祭。』此三代宗廟之冠也。」冔、收竝與周冕竝稱。《玉篇》：「冔，覆也。殷之冕也。」《史記》裴駰集解引《太古冠冕圖》云：「夏名冕曰收。」據此則冔、收即夏、殷之冕矣。冔、收之制不可得而詳，今以周冕言之。《禮記・禮器》云：「天子之冕朱緑藻，十有二旒，諸侯九，上大夫七，下大夫五，士三。」是天子冕十二旒，諸侯九，上公九命，衮冕九旒也；上大夫七，天子上大夫比侯伯，鷩冕七旒也；下大夫五，天子下大夫比子男，毳冕五旒也；士三，天子上士比公之孤，希冕三旒也；天子之中士、下士與列國之卿大夫玄冕無旒，《白虎通義》謂「士爵弁無旒」是也。大夫而冕有旒者，若晉士會之有黻冕是也。鄭注《弁師》云：「天子衮衣之冕十二游，毳衣之冕七游，希衣之冕五游，玄衣之冕三游。」是唯天子玄冕有三旒矣。有旒曰冕，無旒則曰弁。《弁師》：「王之弁絰，弁而加環絰。」《司服》：「凡弔事，弁絰服。」《周禮》載天子之服不箸爵弁者，弁即爵弁也。故《檀弓》：「天子之哭諸侯也，爵弁絰，純衣。」又《襍記》：「大夫之哭大夫，弁絰。大夫與殯，亦弁絰。大夫有私喪之葛，則於其兄弟之輕喪則弁絰。」弁絰者，以爵弁而加環絰也。天子以爵弁加環絰爲弔服，不加環絰而加旒爲玄冕。《儀禮》「士爵弁，純衣」，純衣猶天子五冕皆玄衣也，爵弁猶天子之玄冕也。故《士冠禮》、《郊特牲》所記「三加爵弁」之文，而云「周弁、殷冔、夏收」，周與夏、殷之冕竝記之也。《檀弓下》：「周人弁而葬，殷人冔而葬。」亦周、殷之冠并記之也。周人爵弁無旒，則夏、殷之冕無旒可知也。爵弁同玄冕，五冕又皆同。玄冕雖有十二旒、九旒、七旒、五旒、三旒之差，而其體實與爵弁同制，則知周之冕要從夏、殷之冕，特章大之。唯士有爵弁，所以存其古也。《說文》云：「弁，冕也。夏曰收，殷曰冔，周曰弁。」《獨斷》云：「周曰爵弁，殷曰冔，夏曰收。」何注宣元年《公羊傳》云：「夏曰收，殷曰冔，周曰弁。加旒曰冕。」〇「藎，進」，《釋詁》文。《逸周書·皇門》篇「朕藎臣夫明爾德」，孔注云：「藎，進也。」義與此同。王，文王也。臣，殷諸侯也。言文王進殷臣而誥教之也。《酒誥》云：「乃穆考文王，肇國在西土，厥誥毖庶邦庶士。」是文王誥教邦事也。《傳》釋「爾祖」爲「爾庶國之祖」，對殷諸侯言，故下章云「爾庶國亦當自求多福」，是文王進爾庶國誥教之辭也。無，發聲。「無念爾祖」，念爾祖也。文二年《左傳》云：「《詩》曰：『毋念爾祖，聿修厥德。』孟明念之矣。念德不怠，其可敵乎？」《左》釋《詩》亦以「毋」爲發聲，《傳》所本也。「毋」與「無」通，昭二十三年《傳》引《詩》作「無」。

無念爾祖，聿修厥德。永言配命，自求多福。【傳】聿，述；永，長；言，我也。我長配天命而行，爾庶國亦當自求多福。**殷之未喪師，克配上帝。**【傳】帝乙已上也。**宜鑒于殷，駿命不易。**【傳】駿，大也。【疏】爾，爾庶國也。《爾雅》：「律，述也。遹，述也。」古聿、律、遹通用。「聿」同「曰」，故《詩》中「聿」字皆語詞，無實義。唯此「聿」爲「述」。《漢書·東平思王傳》及《後漢書·宦者·呂强傳》引《詩》皆作「述」，此聿，述聲通之證。述，當讀如「述所職」之「述」。「無念爾祖，述修厥德」，言爾祖能述所職，爾庶國亦當念勤修爾祖之德也。《江漢》云：「無曰予小子，召公是似。肇敏戎公，用錫爾祉。」文義相同。《傳》訓「永」爲「長」，與《卷耳》、《漢廣》、《常棣》同。《箋》云：「長，猶常也。」訓「言」爲「我」，與《葛覃》、《泉水》、《彤弓》同。《下武》「永言配命」，《箋》：「永，長；言，我也。」正本此《傳》。乃《箋》於此「言」讀爲「言語」之「言」，不從《傳》矣。云「我長配天命而行」者，釋「永言配命」句。云「爾庶國亦當自求多福」者，釋「自求多福」句。桓六年《左傳》：「鄭大子忽曰：『《詩》云：「自求多福。」在我而已。』」昭二十八年《傳》：「仲尼聞其命賈辛也，以爲忠。《詩》曰：『永言配命，自求多福。』忠也。」竝與《傳》意合。○喪，亡；師，衆也。《書·酒誥》云：「在昔殷先哲王，迪畏天顯小民，經德秉哲。自成湯咸至于帝乙，成王畏相，惟御事厥棐有恭，不敢自暇自逸。」《多士》云：「自成湯至于帝乙，罔不明德恤祀，亦惟天丕建，保乂有殷。殷王亦罔敢失帝，罔不配天其澤。」《多方》云：「乃惟成湯，克以爾多方簡，代夏作民主。慎厥麗，乃勸。厥民刑，用勸。以至于帝乙，罔不明德慎罰，亦克用勸。」皆謂帝乙已上能配上帝，此《傳》義所本也。「宜鑒于殷」，《禮記·大學》引《詩》作「儀監」。「駿，大」，《釋詁》文，《嵩高》、《噫嘻》、《長發》同。《禮記》作「峻」。

命之不易，無遏爾躬。宣昭義問，有虞殷自天。【傳】遏，止；義，善；虞，度也。**上天之載，無聲無臭。儀刑文王，萬邦作孚。**【傳】載，事；刑，法；孚，信也。【疏】「遏，止」，《釋詁》文。「遏」即今之「歇」字。無止爾躬者，言無於爾躬止也。《釋文》引《韓詩》云：「遏，病也。」韓讀「遏」爲「害」，與毛訓異意同。宣昭，明昭也。《時邁》、《臣工》皆作「明昭」。《雝》曰「宣哲」即「明哲」，《桑柔》曰「宣猶」即「明猶」，《鴻雁》曰「宣驕」即「明驕」，《淇奧》傳曰「宣箸」即「明箸」，是「宣」與「明」同義。杜注僖二十七年《左傳》、韋注《晉語》皆云：「宣，明也。」《正義》云：「『義，善』，《釋詁》文。」今《爾雅》作「儀」，「儀」與「義」通。問，讀爲聞。善問，猶令聞也，若「令聞」作「令問」之例。「虞，度」，《釋言》文。度殷自天，言度殷之未喪師者，皆自天也。度，猶鑒也。《抑》傳詁「虞」爲「度」，度，法度也，與此異。○載，讀與「事」同。《禮記·中庸》篇「上天之載」，注：「載，讀曰栽，謂生物也。」王應麟《困學紀聞》以爲是《韓詩》。奐謂毛訓「載」爲「事」，實包括「生物」之義。《漢書·楊雄傳》「上天之縡」，或從齊、魯《詩》。《玉篇》云：「縡，事也、載也。」《説文》不録「縡」字。「刑，法」，《釋詁》文。刑，古「型」字，《思齊》、《抑》、《我將》同。《我將》「儀式刑文王之典」，《傳》云：「儀，善也。」案此《傳》「義」訓「善」，則「儀」亦當訓「善」，或毛所據《詩》本作「義」也。善法文王，言文王之善法天也。襄十三年《左傳》引：「《詩》曰：『儀刑文王，萬邦作孚。』言刑善也。」又昭六年《傳》引《詩》曰：「儀刑文王，萬邦作孚。」服虔注云：「儀，善也。刑，法也。善用法者，文王也。言文王善用其法，故能爲萬國所信也。」杜從服説，不就法文王者言也。「孚，信」，《釋詁》文。「儀刑文王」，性與天合也。「萬邦作孚」，受命作周也。襄三十年《左傳》：「《詩》曰：『文王陟降，在帝左右。』信之謂也。」《維誥》：「周公曰：『作周孚先。』」

《大明》八章，四章章六句，四章章八句。

《大明》，文王有明德，故天復命武王也。

明明在下，赫赫在上。【傳】明明，察也。文王之德明明於下，故赫赫然箸見於天。**天難忱斯，不易維王。天位殷適，使不挾四方。**【傳】忱，信也。紂居天位，而殷之正適也。挾，達也。【疏】「明明，察」，《爾雅・釋訓》文。《常武》傳亦云：「明明然察也。」《生民》傳：「赫，顯也。」重言之曰赫赫。明明、赫赫、皆是形容文王之德。「在上」與「在下」對文，下爲天之下，則上爲天矣。「在」與「於」同義，全《詩》放此。○忱，《漢書・貢禹傳》、《後漢書・胡廣傳》、《續漢書・律曆志・論》、《繁露・如天之爲》篇、《潛夫論・卜列》篇皆作「諶」。《説文》引《詩》亦作「諶」。《蕩》「其命匪諶」，《説文》引《詩》作「忱」，與今本《毛詩》互異。《説文》：「訦，燕、代、東齊謂信訦也。」《爾雅》：「諶，信也。」忱、諶、訦同。《韓詩外傳》云：「《傳》曰：『言爲王之不易也。』」引《詩》：「天難訦斯，不易惟王。」《韓詩》亦作「訦」。易，以豉反，毛義當同也。《正義》引鄭注《書序》：「微子啓，紂同母庶兄。紂之母本帝乙之妾，生啓及衍，後立爲后，生受德。」案《吕覽・當務》篇與鄭注同。而《殷本紀》索隱又以啓、紂異母，其謂紂爲殷之正適則一也。《爾雅》：「浹，徹也。」挾、浹同聲，達、徹同義。《韓詩外傳》云：「紂之爲主，勞民力，冤酷之令加於百姓，憯悽之惡施於大臣。群下不信，百姓疾怨，故天下叛而願爲文王臣，紂自取之也。夫貴爲天子，富有天下，及周師至而令不行乎左右。悲夫！當是之時，索爲匹夫不可得也。《詩》曰：『天謂殷適，使不俠四方。』」韓義同。疑「謂」乃「位」之字誤。「俠」與「挾」字通。

摯仲氏任，自彼殷商，來嫁于周，曰嬪于京。【傳】摯，國；任，姓；仲，中女也。嬪，婦；京，大也。**乃及王季，維德之行。**【傳】王季，大王之子，文王之父也。【疏】《傳》文「仲」字各本皆作「之」，唯宋本作「仲」，而《正義》、《釋文》皆作「之」。《史記・外戚世家》索隱引《毛詩》云：「摯國任姓之中女也。」蓋此八字爲一句，總釋經文「摯仲氏任」也。「摯，國」者，《周語》「昔摯疇之國由大任」，是摯爲國名也。「任，姓」者，《晉語》：「黄帝之子二十五宗，其得姓者十四人爲十二姓，任其一也。」《傳》以「中女」釋「仲氏」。《燕燕》「仲氏任只」，《傳》：「仲，戴嬀字。」然則仲爲大任字矣。就未嫁言曰女，以姓繫乎國則曰摯任，猶《春秋》書「陳嬀歸于京師」是也。以姓配乎字則曰仲任，猶《春秋》書「伯姬歸于紀」、「叔姬歸于紀」是也。以姓屬乎國與字則曰摯仲任，猶《春秋》書「紀季姜歸于京師」是也。婦人必言姓，此百世昏姻不通之義也。《士昏禮》：「祝告，稱婦之姓，曰：『某氏來婦。』」又《記》：「問名曰：『某既受命，將加諸卜，敢請女爲誰氏？』」某氏者，稱婦之姓也。誰氏者，舉女之名也。《喪大記》：「男子稱名，女子稱字。」問名即問字，問其伯仲也。〇《爾雅·釋親》云：「嬪，婦也。」郭注引《詩》「聿嬪于京」。《堯典》：「釐降二女于嬀汭，嬪于虞。」《後漢書·荀爽傳》引《書》釋之云：「嬪者，婦也。」案婦者，有姑之辭。《思齊》篇「思齊大任，文王之母。思媚周姜，京室之婦」，彼《傳》云：「周姜，大姜也。京室，王室也。」大姜爲大任之姑。《傳》云「嬪，婦；京，大」者，即本《思齊》經義也。王季，文王之父。《傳》又云「大王之子」者，其意周家王迹實始大王耳。《箋》云：「及，與也。大任配王季，而與之共行仁義之德，同志意也。」

大任有身，生此文王。【傳】大任，仲任也。身，重也。**維此文王，小心翼翼。昭事上帝，聿懷多福。厥德不回，以受方國。**【傳】回，違也。【疏】上章言「摯仲氏任」，故知大任即仲任也。身，古「㑗」字。《玉篇》：「㑗，妊身也。」《廣雅》：「身，㑗也。」《列女·孽嬖傳》：「楚考李后頌知重而入，遂得爲嗣。」是「重」與「身」同義。《箋》：「重，謂懷孕也。」〇《文王》傳云：「翼翼，恭敬也。」《繁露·郊祭》篇引《詩》「允懷多福」，「聿」與「允」皆語詞。《時邁》傳云：「懷，來也。」《後漢書》李賢注《蔡邕傳》、《文選》呂向注《晉紀總論》引《詩》，竝訓「懷」爲「來」。回，讀與「違」同。不違，不違德也。昭二十六年《左傳》引《詩》「厥德不回，以受方國」，釋之云：「君無違德，方國將至。」《左》以「違」釋「回」，《傳》所本也。《旱鹿》、《常武》箋竝同。

天監在下，有命既集。【傳】集，就也。**文王初載，天作之合。在洽之陽，在渭之涘。**【傳】載，識；合，配也。洽，水也。渭，水也。涘，厓也。【疏】《節南山》傳云：「監，視也。」「集，就」下「也」字今補。《小旻》「是用不集」，《韓詩》「集」作「就」，此「集」、「就」通用之證。「天監在下，有命既集」，言天視於下，其命既有以從就之。《皇矣》篇「帝遷明德」，《傳》：「從就文王之德也。」與此意正同。○載、識疊韻立訓。《魯語》：「天子大采朝日，與三公九卿祖識地德。」初載即祖識，《傳》依《國語》解《詩》，是謂文王之治岐也。此章言文王天命既集，即承上弟三章事上帝受方國，以合下弟五章總言文王取大姒之事。弟六章云「有命自天，命此文王，于周于京，纘女維莘，長子維行」，又覆述上文數章，以起天復命武王王天下之事。據按文義，則文王之取大姒，斷不在幼年矣。解者泥信文王幼年生子之説，遂以「初載」爲「初有知識」。稽諸事理，無有可通，失經、《傳》之恉矣。《爾雅》：「妃，合也。」「配」與「妃」通。合、妃轉相爲訓。《皇矣》傳云：「妃，媲也。」○洽，桓八年《穀梁傳》注、《水經・河水》注引《詩》作「郃」，《説文》引《詩》亦作「郃」。段注云：「《魏世家》『築合陽』，字作『合』。合者，水名。《毛詩》本作『合』。秦、漢閒乃製『郃』字。今《詩》作『洽』者，後人意加水旁耳。」酈注《水經・河水》篇云：「河水又逕郃陽城東。城北有瀵水，南去二水各數里，其水東逕其城内，東入于河。又於城南側中有瀵水，東南出城，注于河。城南又有瀵水，東流注于河。水即郃水也，縣取名焉。」案洽水無攷，酈善長即以郃陽瀵水當之。郃陽漢屬左馮翊，魏仍漢縣。縣北、縣南皆有瀵水，此謂郃陽縣名之地也。《詩》言「洽陽」，非即郃陽縣故地。蓋水以北爲陽，洽陽，洽水之北，是商莘國在洽水北，不在洽水南。漢高帝爲劉仲築城於郃陽縣之東北，爲郃陽侯，漢初稱或不誤矣。渭，亦莘國之水名。莘國雖東濱大河，亦在渭水之北，故下文云「親迎于渭」也。「涘，厓」，《葛藟》、《蒹葭》傳同。

文王嘉止，大邦有子。大邦有子，俔天之妹。【傳】嘉，美也。俔，磬也。文定厥祥，【傳】言大姒

之有文德也。祥，善也。**親迎于渭。**【傳】言賢聖之配也。**造舟爲梁，不顯其光。**【傳】言受命之宜，王基乃始於是也。天子造舟，諸侯維舟，大夫方舟，士特舟。造舟，然後可以顯其光輝。【疏】「嘉，美」，《爾雅·釋詁》文。嘉，讀如「嘉耦曰妃」之「嘉」。大邦，莘國。子，女子也。言文王擇此美配，是大邦子也。《白虎通義·嫁娶》篇：「王者之娶，必先選于大國之女。禮儀備，所見多。《詩》云：『大邦有子，俔天之妹。文定厥祥，親迎于渭。』明王者必娶大國也。」「俔，磬」，磬，當作「罄」。《初學記·中宫部》引《傳》正作「罄」可證。《釋文》引《韓詩》作「磬天之妹」，云：「磬，譬也。」磬，亦當作「罄」。《文選》顔延之《宋郊祀歌》：「亘地稱皇，罄天作主。」「罄天」即用《韓詩》也。俔、罄雙聲。訓「俔」爲「罄」，與訓「罄」爲「譬」義本相因。《説文》云：「俔，譬諭也。」本韓以申毛耳。《君子偕老》「胡然而天也」，《傳》云：「尊之如天。」《箋》云：「尊之如天之有女弟。」〇《傳》以「文」爲「文德」。定，止也。「祥，善」，《釋詁》文。止善，盛德止善也，謂大姒之賢。《箋》謂「文」爲「文王」、「定祥」爲「納幣」，與《白虎通義》「人君無父母自定娶者」亦引此詩，其説合，當是三家《詩》義。然亦可證親迎大姒在王季既殁、文王即位之年，毛義亦然也。渭水在莘國之南郊，故文王躬迎大姒必至于渭也。《傳》云「言賢聖之配也」者，以釋經「親迎」之義。賢謂大姒，聖爲文王。親迎者，重昏禮也。《正義》云：「《異義》：『《公羊》説：天子至庶人娶，皆當親迎。《左氏》説：王者尊，無體敵之義，故不親迎。』鄭駁之云：『大姒之家，在洽之陽，在渭之涘。文王親迎于渭，即天子親迎，明矣。天子雖至尊，其於后猶夫婦也。夫婦判合，禮同一體，所謂無敵，豈施於此哉？《禮記》：「哀公問曰：『寡人願有言。然冕而親迎，不已重乎？』孔子愀然作色而對曰：『合二姓之好，以繼先聖之後，以爲天地宗廟社稷之主，君何謂已重乎？』」此言親迎繼先聖之後爲天地宗廟主，非天子則誰乎？』是鄭意以此爲天子之法，故引之以明天子當親迎也。」案《異義》所引《公羊》説娶皆親迎，此乃嚴、顔舊説。至何邵公作

《公羊注》，仍從《左氏》説天子不親迎，鄭駮是也。《白虎通義》亦言天子當親迎，與鄭駁同。《左疏》云：「文王之迎大姒，身爲公子，迎在殷世。未可據此以爲天子禮。」不知文王取大姒已在即位之年，《詩》以文王所行事定爲周制，故下《傳》云「天子造舟」，造舟爲天子制，則親迎當爲天子禮。毛《傳》亦與鄭駁同。蓋《關雎》「淑女」、《思齊》「寡妻」皆謂大姒之配文王，周家王業實始基此。夫婦造端，敢不兢兢？迨春秋時王變禮，桓八年祭公來遂逆王后于紀，逆天下之母若逆婢妾。于是夫婦之道缺，而妃匹之愛輕矣。故天子親迎，宜以文王爲後世法，所以敬慎重正昏禮也。○云「言受命之宜，王基乃始于是也」者，《關雎》序「正始之道，王化之基，樂得淑女以配君子」，此其義也。「天子造舟」以下，皆《爾雅·釋水》文。宣十二年《公羊》注及《説文·方部》引古《禮》説合。今本《爾雅》多「庶人乘泭」句，疑衍文也。天子造舟者，《方言》：「艁舟謂之浮梁。」《文選》潘岳《閒居賦》注引《方言》作「造舟」。《説文》：「造，古文作『艁』。」《爾雅》郭注云：「比船爲橋。」李注云：「比其舟而渡曰造舟。」孫注云：「造舟，比舟爲梁也。」《説文》：「橋，水梁也。」「梁，水橋也。」《周語》引《夏令》曰：「十月成梁。」《孟子》：「十一月輿梁成。」皆即今之水橋。天子造舟爲梁者，謂以比次其舟如水橋制也。諸侯維舟者，李注云：「中央左右相維持曰維舟。」孫注云：「維舟，連四舟也。」郭注同。大夫方舟者，李注云：「併兩船曰方舟。」郭注同。《説文》：「方，併船也。象兩舟省總頭形。或作『汸』。」「斻，方舟也。从方，亢聲。」《方言》：「方舟謂之潢。」郭注：「揚州人呼渡津舫爲潢，荆州人呼杭。」案「杭」即「斻」。潢，《集韻·十二庚》又作「䑟」，竝與「方」同部，皆謂兩船相併也。《齊語》「方舟設泭」，韋注云：「方，併也。」《漢廣》傳及《邶·谷風》箋皆云：「方，泭也。」渾言之，則方亦可稱泭也。士特舟者，李注云：「一舟曰特舟。」不顯，顯也。光，光輝也。文王當殷時造舟迎大姒，以顯禮之光輝，後世遂爲周天子乘舟之法度。至春秋，秦用造舟，乃周禮之未失也。

有命自天，命此文王，于周于京。纘女維莘，長子維行，【傳】纘，繼也。莘，大姒國也。長子，長女也。能行大任之德焉。**篤生武王。保右命爾，燮伐大商。**【傳】篤，厚；右，助；燮，和也。【疏】京，大也。「于周于京」，於周爲大也。上「于」訓「於」，下「于」訓「爲」，不同義。《白虎通義·號》篇、《三正》篇引《詩》釋之云：「此言文王改號爲周，易邑爲京也。」「纘，繼」，《七月》同。《思齊》「大姒嗣徽音」，「繼」即「嗣」也。女，在父母家之稱。維，猶有也。「纘女維莘」，言能繼行大任之德者，其女有莘也。《傳》云「莘，大姒國」者，《說文》無「莘」字。《潛夫論·志氏姓》篇云：「禹爲姒姓，其後分封，用國爲姓，故有辛氏。」蓋其字作「辛」，或從古也。《水經注》：「河水逕郃陽城東，周威烈王之十七年，魏文侯伐秦至鄭，還築汾陰、郃陽，即此城也。故有莘邑矣，爲大姒之國。」《方輿紀要》云：「古莘城在郃陽縣南二十里。」疑「縣南」當作「縣北」。云「長子，長女也」者，大姒爲莘國之長女也。古者適室所生之子，嫁爲諸侯夫人，若周武王元女配陳胡公滿是也。大姒莘國之長女，故曰「長子」，尊貴之稱也。行，當讀如「維德之行」之「行」。○先儒論文王娶大姒生武王，年代莫攷。大抵依《大戴記》稱文王十三生伯邑考、十五生武王爲說。《禮記·文王世子》篇稱文王九十七乃終，武王九十三而終。然以此數推之，文王十五生武王，當武王即位已有八十二歲，武王即位十有三年方始克殷。《管子·小問》篇云：「武王伐殷，克之，七年而崩。」《漢書·律曆志》亦云：「克殷後七歲而崩。」唯《逸周書·明堂》篇作「六年」。則知武王九十三之說既不足信，即文王十五而生之說亦無足據。蓋小、大戴《記》閒載襍說耳。近儒舉《尚書》、《逸周書》語爲說，確有根據。《尚書·無逸》篇：「周公告成王曰：『文王受命唯中身，厥享國五十年。』」此文王享國之年數也。又《逸周書·度邑》篇：「武王克殷，告叔旦曰：『唯天不享于殷，發之未生，至于今六十年。』」此武王克殷之年數也。武王克殷年近六十，其在位已十有三年，此外四十七年皆在文王享國數內。武王之生，應在文王即位之三四年中。然則文王之取大姒，在文王即位後，書有明文，或可據此數而推知也。奂竊謂古者天子諸侯皆有不再娶之文，然又有即位取元妃之禮。文二年冬《左傳》云：「襄仲如齊納幣，禮也。凡君即位，好舅甥，脩昏姻，取元妃以奉粢盛，孝也。孝，禮之始也。」是禮也，周公之禮，亦文王之禮也。此篇言大姒之來歸周京，已在天命文王之既集。玩詩辭，正與《尚書》「受命中身」語合。《韓奕》篇「美韓侯之入覲宣王也」，亦云：「韓侯迎止，于蹶之里。」此亦行即位親迎之禮。與《春秋》古《左氏》説合。明鄒忠胤意大姒爲文王繼妃，以解經「纘女維莘」句。但「纘」訓「繼」謂繼行大任之德，不讀爲「繼室」之「繼」。唯以文王即位後取大姒，準諸事理，似乎有據，姑記之於此。

○「篤，厚」，《椒聊》、《公劉》同。《長發》傳：「左右，助也。」「左」與「右」皆訓「助」，故「右」爲「助」也。右，通作「祐」。《易·繫辭傳》云：「子曰：『祐者，助也。天之所助者，順也。人之所助者，信也。履信思乎順，又以尚賢也。是以自天祐之，吉，无不利也。』」與詩義同。爾，猶之也。「保右命爾」，猶《假樂》篇言「保右命之」耳。「燮，和」，《釋詁》文。《説文》：「燮，和也。讀若溼。」和伐大商，言天人會合伐殷也。《常棣》傳：「九族會曰和。」是「和」有「會」義，説見《酌》篇。

殷商之旅，其會如林。矢于牧野，維予侯興。【傳】旅，衆也。如林，言衆而不爲用也。矢，陳；興，起也。言天下之望周也。**上帝臨女，無貳爾心。**【傳】言無敢懷貳心也。【疏】「旅，衆」，《北山》同。《正義》云：「木聚謂之林。如林，言其衆多而不爲紂用。《武成》曰：『甲子昧爽，受率其旅若林。』」此僞《尚書·武成》篇文，即襲用詩辭也。毛讀「會」如字，《説文》引《詩》作「其旝如林」，本三家。「矢，陳」，《爾雅·釋詁》文，《皇矣》、《卷阿》同。矢，讀爲尸。《祈父》傳：「尸，陳也。」古尸、矢聲通。牧，商郊地名。《説文》：「坶，朝歌南七十里地。《周書》曰：『武王與紂戰于坶野。』」「坶」與「牧」通。「興，起」，《釋言》文。起，讀如「以起軍旅」之「起」。

「維予侯興」，維，爲也。予，我，我周也。侯，猶乃也。「侯興」與「如林」對文，言殷商之衆不爲殷用，爲我周乃起作也。故《傳》又申明其義云：「言天下之望周也。」《箋》以爲起爲天子，王肅以爲我興起而滅殷，俱非《傳》恉。○女，女殷衆也。貳，讀爲二。貳從弍聲；弍，古文「二」，是貳、二聲通也。《繁露・天道無二》篇引《詩》作「二」。襄二十四年《左傳》：「《詩》云：『上帝臨女，無貳爾心。』有令名也夫。恕思以明德，則令名載而行之，是以遠至邇安。」「遠至邇安」是「無敢懷二心」之義，此《傳》所本也。

牧野洋洋，檀車煌煌，駟騵彭彭。【傳】洋洋，廣也。煌煌，明也。騮馬白腹曰騵。言上周下殷也。**維師尚父，時維鷹揚，涼彼武王。**【傳】師，大師也。尚父，可尚可父。鷹揚，如鷹之飛揚也。涼，佐也。**肆伐大商，會朝清明。**【傳】肆，疾也。會，甲也。不崇朝而天下清明。【疏】洋洋，野之廣，故云：「廣也。」《水經・清水》注云：「倉水東南歷坶野，自朝歌以南，南暨清水，土地平衍，據皋跨澤，悉坶野矣。《詩》所謂『坶野洋洋，檀車煌煌』者也。」《説文》：「煌煌，煇也。」《廣雅》：「煌煌，光也。」竝與《傳》「明」訓同。《韓詩外傳》三引《詩》作「皇皇」。駟，當作「四」，字之誤。《干旄》正義引《異義》古《毛詩》説云：「『四騵彭彭』，武王所乘。」其字正作「四」。又《公羊・隱元年》疏及《淮南・主術》注竝引《詩》作「四」，皆其證。「四騵彭彭」，猶「四驪濟濟」、「四騏翼翼」耳。《出車》傳云：「彭彭，四馬皃。」《爾雅・釋畜》：「騮馬白腹，騵。」《傳》所本也。郭注：「騮，赤色黑鬣。」《駉》傳及《小戎》箋竝云：「赤身黑鬣曰騮。」鄭注《檀弓》亦云：「騵，騮馬白腹。」高注《淮南》云：「黄馬白腹曰騵。」案《月令》有赤騮、黄騮，故騮馬亦爲黄馬。《説文》：「縓，帛赤黄色。」「騵」與「縓」聲、義皆相近。云「言上周下殷也」者，騮馬即赤馬，騮馬白腹，赤在上，白在下，故《傳》謂是上周下殷之義，唯騵馬之色然也。

《檀弓》：「周人尚赤，戎事乘騵。」《正義》謂：「此武王所乘，遂爲一代常法。」〇《傳》云「師，大師」，《節南山》傳：「師，大師，周之三公也。」則師爲官名矣。云「尚父，可尚可父」，《箋》：「尚父，吕望也，尊稱焉。」《正義》引劉向《别録》云：「師之、尚之、父之，故曰師尚父。」此尚父尊稱，竝與《傳》同。《史記》譙周注云：「姓姜，名牙。」《説文》：「雁，籀文作『鷹』。」今俗作「鷹」。《箋》云：「鷹，鷙鳥也。」揚，讀如《環人》「揚軍旅」之「揚」。鄭注《環人》亦即引此詩。《傳》以「飛揚」釋「揚」者，《説文》：「揚，飛舉也。」言尚父行軍如鷹之迅疾也。《常武》篇「王旅嘽嘽，如飛如翰」，《傳》：「疾如飛，摯如翰。」義與此同。涼，讀爲亮，假借字也。《漢書·王莽傳》引《詩》正作「亮」。《韓詩》作「亮」，云：「亮，相也。」《爾雅》云：「亮，右也。」又云：「左、右，亮也。」《傳》以「涼」釋「佐」，古衹作「左」。《六書故》「涼」、「亮」下皆引《傳》作「左」，左猶左右也。「涼彼武王」，與《長發》「實左右商王」句同。〇肆，讀爲𢑱。《説文》：「𢑱，㣇屬。」引《虞書》曰：「𢑱類于上帝。」「㣇，脩豪獸。讀若弟。」是𢑱爲脩豪獸之屬。引申之，則有「力」、「疾」兩義。《爾雅》：「肆，力也。」毛《傳》：「肆，疾也。」皆即「𢑱」之假借字。《説文》引《書》作「𢑱」，今《堯典》作「肆」，《史記·五帝紀》、《封禪書》、《漢書·王莽傳》皆作「遂」。《夏小正傳》：「肆，遂也。」「遂」與「疾」亦相近。疾者，當讀「疾如飛」之「疾」。《傳》訓即從「時維鷹揚」句生義。《皇矣》傳同。《小箋》云：「會，古外切。『甲』與『會』雙聲。凡器之蓋曰會，日之首曰甲。二者演之爲居首之稱。《貨殖傳》『蓋一州』，《漢書》作『甲一州』。《詩》之『甲朝』，一謂甲子日，一謂弟一日，天下清明也。定本作『會甲兵』，坐不知由音以推義耳。」案段説會、甲雙聲通義，是也。「甲朝，一謂甲子日，一謂弟一日」，似尚非《傳》中「甲」字之義。甲朝，猶《彤弓》云「一朝」耳。甲者，十之首。一者，數之始。《傳》恐人不曉「甲朝」之義，故又申釋之云「不崇朝而天下清明」，崇，終也。不終朝，一朝也。《蝃蝀》、《采緑》傳皆云：「自旦及食時爲終朝。」終朝，朝之終；甲朝，朝之始；不終朝，即是甲朝。《説文·

日部》：「早，晨也。从日在甲上。」

《緜》九章，章六句。

《緜》，文王之興，本由大王也。【疏】《釋文》「一本無『由』字」，是也。詩美文王耳。首章下三句至七章，皆敘大王初徙岐山，爲文王之興之本。

緜緜瓜瓞，民之初生，自土沮漆。【傳】興也。緜緜，不絶貌。瓜，紹也。瓞，瓝也。民，周民也。自，用；土，居也。沮，水；漆，水也。**古公亶父，陶復陶穴，未有家室。**【傳】古公，豳公也。古，言久也。亶父，字。或殷以名言，質也。古公處豳，狄人侵之。事之以皮幣，不得免焉；事之以犬馬，不得免焉；事之以珠玉，不得免焉。乃屬其耆老而告之曰：「狄人之所欲者，吾土地也。吾聞之，君子不以其所養人者害人，二三子何患乎無君？」去之，踰梁山，邑于岐山之下。豳人曰：「仁人之君，不可失也。」從之如歸市。陶其土而復之，陶其壤而穴之。室内曰家。未有寢廟，亦未敢有家室。【疏】瓜瓞緜緜然不絶，以興周國自小而漸成大。哀十七年《左傳》「緜緜生之瓜」、《淮南子·繆稱》篇「福之萌也緜緜」，竝與此「緜緜」同。《小箋》本《傳》文增「瓜瓞」二字，而以「瓜紹也」三字連讀，宜據以補正。《爾雅》：「瓞，瓝；其紹，瓞。」《爾雅》既釋「瓞」爲「瓝」，而又云「其紹者謂之瓞」，以申釋「瓞」之義。毛《傳》順詩辭爲訓，故先釋「瓜瓞」爲「瓜紹」，而又云「瓞謂之瓝」，亦以申釋「瓞」之義。《説文》：「瓞，㼎也。」「㼎，小瓜也。」「㼎」即「瓝」字。《釋文》及《文選》潘岳《在懷縣作》詩注引《韓詩章句》：「瓞，小瓜也。」《爾雅》：「紹，繼也。」《箋》：「瓜之本實，繼先歲之瓜必小，狀似瓝，故謂之瓞。」鄭解「瓜紹」「紹」字最得經、《傳》取興之義。陸佃《稗雅》云：「今驗近本之瓜常小，末則復大。」此農師從鄭説，而更得之目驗也。《傳》釋「民」爲「周民」者，以沮、漆二水在周也。「自」訓「用」。土者，所以居也，因之「土」有「居」義。《漢書·地理志》引《詩》作「杜」，水名，與毛異。蓋周之興，莫大於文王之治岐，而實本於大王之徙岐，故章首先敘岐周水土民居，下文因詳及大王辟狄去豳徙岐之事。○《傳》釋「沮」、「漆」爲「水」。三章《傳》云：「周原，沮、漆之閒也。」又《潛》傳云：「漆、沮，岐周之二水也。」是沮、漆在周不在豳矣。汪龍《詩異義》述師丁杰曰：「《水經》：『鄭渠在大上皇陵東南，濁水入焉。俗謂之漆水，又謂之漆沮。其水東流，注於洛水。』《説文》：『漆水，一曰入洛。』此涇東之漆也。《漢書·地理志》：『北地郡直路縣，沮水出縣東，西入洛水，經沮水出北地直路縣東，過馮翊祋祤縣北，東入於洛。』《説文》：『瀘水出北地直路西，東入洛。』此涇東之沮也。《山海經》：『揄次之山，漆水出焉。』《地理志》：『右扶風漆縣，漆水在縣西。莽曰漆治。』《水經》：『漆水出杜陽縣俞山，東北入於渭。』《説文》：『漆水，出右扶風杜陽岐山，東入渭。』《十三州地理志》：『漆水出漆縣西北岐山，東入渭。』此涇西之漆，注涇以入渭者也。《十三州地理志》：『有水出杜陽縣岐山北漆溪，謂之漆渠，西南流注岐水。』《水經注》：『杜水出杜陽山，東南流合漆水，水出杜陽之漆溪，謂之漆渠。南流合岐水，至美陽縣注於雍水。』《隋書·地理志》：『扶風普潤縣有漆水。』此涇西之漆，合杜、岐、雍以入渭者也。涇西之沮，《書傳》未聞。龍按：《傳》以周原爲沮、漆之閒，是指普潤漆水。《箋》誤解經及《傳》，謂『公劉失職，遷於豳，居沮、漆之地』，則指漆縣漆水。《疏》牽合爲一，引漆縣漆水而謂沮、漆在豳地。但二水東流，亦過周地，其誤已甚。至引《書傳》謂『漆沮一名洛水』，則更移之涇東，尤爲疎繆。又按：《漢書·地理志》：『右扶風杜陽，杜水東入渭，莽曰通杜。』師古曰：『《緜》詩「自土沮漆」，《齊詩》作「自杜」，言公劉避狄而來居杜與漆、沮之地。』其經文作『自杜』，雖與毛異，然與杜竝言，益可見此經是普潤之漆。蓋普潤漆水合杜、岐、雍入渭，故《齊詩》作「自杜」。說《詩》者以爲公劉，誤同鄭《箋》。」○周自公劉居豳，故《狼跋》傳：「公劉爲豳公。」此亶父未遷岐以前亦爲豳公。豳公謂之古公者，《祭義》「社稷先古」，注：「先古，先祖也。」故《傳》申之云：「古，言久也。」不從追王稱大王者，從其朔也。父，亦作「甫」。《正義》引鄭注《中候・稷起》云：「亶甫以字爲號。」《白虎通義》及趙注《孟子》亶甫爲名。《禮記・大傳》：「追王大王亶甫，王季歷，文王昌。」竝與《傳》或說同也。古公辟狄，自豳徙岐，《孟子・梁惠王》、《莊子・讓王》、《吕覽・審爲》、《淮南子・道應》、《詮言》、《泰族》、《說苑・至公》及《書大傳・略說》皆紀其事。《傳》引之者，合下數章，統釋古公始末而爲言也。復，《說文》引《詩》作「寝」。《玉篇》同。段注云：「土謂堅者，堅則不患崩壓，故旁穿之，使上有覆。蓋陶其土，旁穿之也。壤謂柔者，柔則恐崩，故正鑿之。陶其壤，正鑿之也。毛《傳》讀『陶』爲『掏』。」案《淮南子・氾論》篇「古者民澤處復穴」，高注云：「復穴，重窟。」毛析言之，高則渾言之也。《爾雅》：「其内謂之家。」《傳》云「室内」即「其内」也。古公之作寢廟，在五章以後，此但述初遷之始。經言「未有家室」，《傳》即探五章義以申明之云：「未有寢廟，則亦未敢有家室也。」《箋》、《正義》泥二章始及徙岐，而誤就處豳說。

古公亶父，來朝走馬。率西水滸，至于岐下。【傳】率，循也。滸，水厓也。**爰及姜女，聿來胥宇。**【傳】姜女，大姜也。胥，相；宇，居也。【疏】走馬，《玉篇》引《詩》作「趣馬」，言早且疾。趙注《孟子》云：「遠避狄難，去惡疾也。」《詩小學》云：「『早』釋『來朝』，『疾』釋『趣』字。《說文》：『趣，疾也。』《玉篇》作『趣馬』，據漢人相傳古本也。」「率，循」，《北山》、《訪落》同。《水經・漆水》注引《詩》「西」作「先」。先，假借字。古西、先聲通也。「滸，水厓」，《葛藟》同。程大昌《雍録》謂此水厓即渭水之厓，是也。蓋從豳至岐，中隔梁山，詩不言山，略也。古公當日去豳踰梁，由旱路來，故云「來朝趣馬」。踰梁入渭，循渭達岐，故云「率西水滸，至于岐下」，岐在豳西也。梁山在今武功縣北，岐山在今扶風縣西。武功、扶風皆南臨於渭，故但沿厓西上，不必向渡中流耳。《公劉》云：「于豳斯館，涉渭爲亂。」此豳國渡渭之證也。《皇矣》云：「居岐之陽，在渭之將。」將亦厓也。此岐陽濱渭之證也。《史記・周本紀》云：「遂去豳，渡漆、沮，踰梁山，止于岐下。」是誤合《詩》之沮、漆、西水爲一，而《箋》乃沿其説。○爰，於；及，與；聿，遂也。姜女，姜姓之女，大王之妃，故稱大姜也。「胥，相」，《釋詁》文，《公劉》同。「宇，居」，《桑柔》、《閟宮》同。胥宇，猶云「相宅」也。宅，亦居也。《新序・襍事》篇引《詩》作「相宇」。

周原膴膴，堇荼如飴。爰始爰謀，爰契我龜。【傳】周原，沮、漆之閒也。膴膴，美也。堇，菜也。荼，苦菜也。契，開也。**曰止曰時，築室于茲。**【疏】酈注《水經・渭水》篇：「漆渠水南流，與杜水合。逕岐山西，又屈逕周城南。城在岐山之陽而近西，所謂『居岐之陽』也。又歷周原下，北則中水鄉成周聚，故曰有周也。水北即岐山矣。」案善長言岐周山水脈絡分明，周本雍州邑名。《地理志》：「右扶風美陽，《禹貢》岐山在西北，中水鄉，周大王所邑。」攷《元和郡縣志》：「鳳翔府扶風縣，本漢美陽縣地。」即今之陝西扶風縣也。岐山在美陽西北，大王邑在岐山南，美陽之中水鄉也，是謂之周城。中水鄉在周原北，則周原又在中水鄉之南。《郡國志》右扶風美陽有岐山、有周城，引皇甫謐《帝王世紀》云：「周大王所徙，南有周原。」王褘《周公廟記》云：「周城，今爲岐陽鎮，遺阯猶存，廣袤七八里，四圍皆深溝，南有周原。」是周原在周城南矣。漆水在岐西，而沮水無聞。《水經注》：「莢水出好畤縣梁山大嶺，東南逕梁山宮西，又南逕美陽縣之中亭川，注雍水，謂之中亭水。又南逕美陽縣西，其水又南流，注于渭。」竊謂古沮水必在斯處矣。沮東、漆西，故《傳》云「周原在沮、漆之閒」也。膴膴，《韓詩》作「腜腜」。《文選》左思《魏都賦》「腜腜坰野」，張載注云：「腜腜，美也。」引《詩》「周原腜腜」。李善注引《韓詩》同。《廣雅》：「腜腜，肥也。」「美」與「肥」義相近。《箋》亦云：「周之原，地在岐山之陽，膴膴然肥美。」○堇，當作「堇」，通作「堇」。《説文》：「堇，艸也。根如薺，葉如細柳。蒸食之甘。」《爾雅》：「齧，苦堇。」郭注云：「今堇葵也。葉似柳，子如米，汋食之滑。」是堇即苦堇矣。《夏小正》：「二月，榮堇。」《傳》：『堇，菜也，豆實也。』」《公食大夫·記》：「鉶芼，羊苦，有滑。」鄭注：「苦，苦荼也。滑，堇荁之屬。」《内則》有「堇滑」。苦即荼，荼爲鉶羹之芼，滑則用堇，故詩「堇荼」連言。菜，即芼也。郝懿行《爾雅義疏》云：「余按：生下溼者葉厚而光，細於柳葉，高尺許。莖紫色，味苦，瀹之則甘。」是郝目驗堇菜本味亦苦也。《正義》「堇爲烏頭」，非。「荼，苦菜」，《邶·谷風》同。《采苓》謂之「苦」，彼《正義》引陸《義疏》云：「苦菜生山田及澤中，得霜甛脆而美，所謂『堇荼如飴』。」邵晉涵《爾雅正義》云：「霜後之菜，多轉爲甛，非其本質。《大雅》言周原之美，雖堇荼亦甘若飴爾。非謂荼菜本作甘也。以今驗之，菜之爲苦，稱斯名矣。」邵説是也。《内則》云：「飴蜜以甘之。」○契，讀爲挈。《漢書·敘傳》注引《詩》正作「挈」。《玉篇·韧部》：「栔，開也。」「栔」與「挈」同。開龜，《周禮》卜師掌其事。《定之方中》傳云：「建國必卜之，故建邦能命龜。」爰，於也。於，於是也。《爾雅》：「爰，曰也。」曰亦爰，語詞也。時，是也。「築室于兹」，言既有此廣平之原，則將築室於周也。

迺慰迺止，迺左迺右。迺疆迺理，迺宣迺畝。自西徂東，周爰執事。【傳】慰，安；爰，於也。

【疏】經作「迺」，《箋》作「乃」。《爾雅》：「迺，乃也。」凡全《詩》作「乃」，唯《緜》、《公劉》作「迺」。今篇内「迺」、「乃」錯出不一律。「慰，安」下當有「也」字。安，定也。止，猶處也。《書大傳》云：「大王亶甫遂策杖而去，過梁山，邑岐山。國人束脩奔走而從之者三千乘，一止而成三千户之邑。」《天作》箋云：「大王居之，一年成邑，二年成都，三年五倍其初。」○《公劉》傳云：「宣，徧也。」徧畝，猶《甫田》之言「竟畝」也。「徂」與「且」同義。東畝，東西爲陌。南畝，東西爲阡。西、東，謂田閒道也。「爰，於」，《桑中》同。「周爰執事」，言至周原，於是執事也。凡民之大事在農，故先言之。

乃召司空，乃召司徒，俾立室家。其繩則直，縮版以載，【傳】言不失繩直也。乘謂之縮。**作廟翼翼。**【傳】君子將營宮室，宗廟爲先，廄庫爲次，居室爲後。【疏】乃，唐石經作「迺」。《箋》：「司空、司徒，卿官也。司空掌營國邑，司徒掌徒役之事。」《正義》云：「大王之時，以殷之大國當立三卿，其一蓋司馬乎？時不召者，司馬於營國之事無所掌故也。」○俾，《釋文》作「卑」。《傳》云「言不失繩直也」者，釋「其繩則直」句。李善注《東京賦》引《毛詩傳》，於「繩直」下較今本多「之宜」二字。「乘謂之縮」，釋經之「縮」字。《箋》云：「繩者，營其廣輪方制之正也。乘，聲之誤，當爲『繩』也。」鄭據《爾雅·釋器》文，故知《傳》「乘」字爲「繩」字之誤。《爾雅》：「繩之謂之縮之。」此「繩」字與「縮」同義。《說文》：「繩，束也。」《斯干》傳：「約，束也。」孫炎云：「繩束築版謂之縮。」凡立室家，以城三分之一爲宮，宗廟在路門內，廄庫在前，居室在後，蓋其制也。此經言大王立室家，而但云「作廟」，故《傳》遂引《禮記·曲禮》篇云「君子將營宮室，宗廟爲先」，以釋經義，而兼及廄庫、居室者，所以補經義之略，而亦探下章「百堵皆興」句爲釋之爾。翼翼，恭敬也。

捄之陾陾，度之薨薨。築之登登，削屢馮馮。【傳】捄，虆也。陾陾，衆也。度，居也。薨薨，言百姓之勸勉也。登登，用力也。削牆鍛屢之聲馮馮然。**百堵皆興，鼛鼓弗勝。**【傳】皆，俱也。鼛，大鼓也，長一丈二尺。或鼛或鼓，言勸事樂功也。【疏】《傳》釋「捄」爲「虆」者，《淮南子·說山》篇「虆成城」，高注云：「虆，土籠也。始一蕢以上於城。」此與《傳》「虆」字之訓正合。又《脩務》篇及《孟子・滕文公》篇字皆作「虆」。劉熙《孟子注》云：「虆，盛土籠也。」《説文》：「欙，山行所乘者。」引《虞書》：「四載：山行乘欙。」《史記・河渠書》作「橋」，一作「輂」。《漢書・溝洫志》作「梮」。竝字異而義同。可以乘人，亦可以盛土。《箋》：「捄，捊也。築牆者捊取壤土，盛之以虆，而投諸版中。」《説文》：「捄，盛土於梩中也。」鄭、許皆申毛訓。《小箋》云：「捄，即『輂』之假借字。」陾陾，當依《玉篇》引《詩》作「陑陑」。《廣雅》：「仍仍、登登、馮馮，衆也。」《毛詩》「陑陑」，三家《詩》作「仍仍」。《集韻》：「仍，音而，關中語。」此而、仍聲轉相通，故陑與薨、登、馮、興、勝爲韻，如耳孫即仍孫之例也。《釋文》：「如之反。《説文》云：『築牆聲也。』音而。」陸所據正作「陑陑」。今本《説文》亦誤作「陾陾」。「度，居」，《皇矣》同。《方言》：「度，居也。東濟、海岱之閒或曰度。」❶「居」有「都聚」之義。《釋文》引《韓詩》：「度，填也。」《箋》：「度，猶投也。」義竝相近。《傳》文「言百姓之勸勉也」之上奪「薨薨」二字，今依《小箋》補。薨，讀爲蘉。《雒誥》：「女乃是不蘉。」馬、鄭、王注皆訓「蘉」爲「勉」。蘉，莫崩反，又武剛反。莫崩讀如亹，武剛則讀如茫，竝與「勸勉」義近。登登，義未聞。《傳》云「用力」，謂用力聲登登然也。今俗謂用力得得，如《公羊傳》「登來」之爲「得來」矣。屢，當作「婁」。《小箋》云：「婁，音樓，空也。鍛婁者，搥打空竅坳突處。」馮馮，堅實聲也。〇百堵，詳《鴻雁》篇。皆，當作「偕」。「偕」訓「俱」。若本作「皆」，人所易曉，可不傳耳，故《鴻雁》「百堵皆作」無《傳》。《七經孟子考文》作「偕」，此其證。「鼛，大鼓」，《鼓鐘》同。《傳》文「長一丈二尺」，「一」字當衍。《鼓鐘》釋文及《鼓人》注竝云：「長丈二尺。」《周禮・鼓人》：「以鼛鼓鼓役事。」《説文》引作「臯鼓」。《考工記・韗人》：「爲

---

❶「濟」，徐子静本、《清經解續編》本同。戴震《方言疏證》及周祖謨《方言校箋》竝作「齊」，當據改。

鼛鼓，長尋有四尺。」古咎、鼛聲同，毛《傳》正本《周禮》也。經言「鼛鼓」本是一鼓，《傳》云「或鼛或鼓」者，或，有也，語詞也。或鼛，鼛鼓也。或鼓，鼓之也。弗勝，《説文》作「不勝」。勝，任也。不勝，如不勝任，且鼓以作之，正是勸事樂功，以見興作之盛。《小箋》云：「經文『鼛鼓』分大小，義同。鄭、孔恐未是。」

迺立皋門，皋門有伉。迺立應門，應門將將。【傳】王之郭門曰皋門。伉，高貌。王之正門曰應門。將將，嚴正也。美大王作郭門以致皋門，作正門以致應門焉。**迺立冢土，戎醜攸行。**【傳】冢，大；戎，大；醜，衆也。冢土，大社也。起大事動大衆，必先有事乎社而後出謂之宜。美大王之社，遂爲大社也。【疏】皋門，《傳》云「王之郭門」，美大王之築城郭也。《説文》：「𩫏，度也，民所度居也。从回，象城郭之重，兩亭相對也。」今通作「郭」。《管子·度地》篇云：「歸地之利，内爲之城，外爲之郭。」是郭在城之外也。《正義》引襄十七年《傳》「宋人稱皋門之晳」，謂諸侯自有皋門。今《左傳》作「澤門」，杜注：「澤門，宋東城南門也。」《釋文》庰「澤門」作「皋門」爲誤。疑「澤門」即《孟子》「垤澤之門」。澤，古作「睪」，睪、皋相似而誤，與《詩》「皋門」無涉。皋門爲臺門，故《傳》云：「伉，高皃。」《釋文》引《韓詩》作「閌，盛皃」。《玉篇》「閌」字下及張衡《西京賦》皆云：「高門有閌。」本《韓詩》。《説文》無「閌」字。《詩小學》云：「《説文》：『阬，閬也。』『閬，門高也。』《五經文字》：『阬，門高。』《毛詩》之『伉』，古本作『阬』。」應門，《傳》云「王之正門」，本《爾雅·釋宫》文，美大王之築宫室也。鄭注《考工記》、《書大傳》竝云：「應門，朝門也。」應門内爲治朝，故應門爲王宫正門。《明堂位》：「九采之國，應門之外，北面東上。」是明堂位之外門亦曰應門，應門之内朝會諸侯。明堂位之制與王宫同也。《周禮·閽人》鄭司農注云：「王有五門：外曰皋門，二曰雉門，三曰庫門，四曰應門，五曰路門。路門一曰畢門。」其《朝士》

注同。案仲師治《毛詩》，其云「外曰皋門」，即毛《傳》之「郭門」。自郭門以至路門共五門，外自城郭，内至路寢明堂，而寢門以内從略矣。解者誤以外爲宮外，則皋門爲宮外門。古制不明，實權輿於此。鄭康成《禮記注》不信舊説，謂先庫後雉，諸侯有庫、雉無皋、應。箋《詩》又本《書大傳》謂諸侯亦有皋、應，天子加以庫、雉。鄭説既屬游移，近儒戴東原言天子、諸侯皆三門，是已。又謂天子有皋、應，無庫、雉；諸侯有庫、雉，無皋、應，其説亦誤。今竊言之。《考工記・匠人》：「營國，方九里，旁三門。」《吕覽・季春紀》：「國人儺，九門磔禳。」高注云：「九門，三方九門也。嫌非王氣所在，故磔犬羊以禳。」高解「九門」以前三門爲王氣所在，磔禳止三方九門，四旁共十二門，《公羊注》所謂「天子周城」也。《書大傳》：「古者百里之國，九里之城，三里之宮。七十里之國，三里之城，一里之宮。五十里之國，一里之城，以城爲宮。」此謂公、侯伯、子男三等之城制也。《周禮・典命》：「上公九命，國家宮室以九爲節。侯伯七命，國家宮室以七爲節。子男五命，國家宮室以五爲節。」鄭注云：「公之城，蓋方九里，宮方九百步。侯伯之城，蓋方七里，宮方七百步。子男之城，蓋方五里，宮方五百步。」以開方計之，與《書大傳》同。鄭康成《大傳注》疑天子城九里，大國與之同。以爲當天子九里，大國七里，次國五里；又或者天子實十二里，諸侯大國九里，次國七里，小國五里。有此兩説。但周制每從先王，以爲後世法，有如皋門、應門、冢土、辟廱，路寢、親迎、造舟、一取九女，此類甚多，不必專以城同九里爲疑也。一里之城，以城爲宮，其宮四面皆屬城。三里之城，其宮南面屬城，三面不屬城。九里之城，其宮室四面有牆，四面不屬城。《説文》：「𩫖，缺也。古者城缺其南方謂之𩫖。」城缺南方，《公羊注》所謂「諸侯軒城」也。《孟子》「三里之城，七里之郭」，「七里」，《晉書・段灼傳》作「五里」。此據七十里之國而言。天子城與大國同九里，其距郭較遠。詩之「皋門」，《傳》謂之「郭門」，則皋門非宮門，而謂皋門爲宮外門者，誤也。天子城門，其上有臺，謂之闍。四旁十二門，共十二闍。皋門爲外城門，雉門當爲內城門。《考工記》「城隅之制九雉」，《左傳》云「都城過百雉」，築城以雉起度，此或城門爲雉門之義歟？則雉門亦非宮門。天子、諸侯宮門皆爲庫門，最在外，而謂先庫後雉者，誤也。《檀弓下》：「君復於小寢、大寢。小祖、大祖庫門、四郊。」又「自寢門至於庫門」。又「軍有憂，則素服哭於庫門之外」。《郊特牲》：「獻命庫門之內。」又「繹之於庫門。」是天子、諸侯皆有庫門，而謂天子有皋無庫、諸侯有庫無皋者，誤也。詩之「應門」，《傳》謂之「正門」。《司儀》：「出及中門之外。」中門之外，即庫門之內也。應門在庫、路之中，故謂之中門。庫門之內，出入不禁。應門以內爲朝會之處，皆必設禁。《閽人》「掌守王宮中門之禁」，是其事也。中門以縣象魏，象魏，闕也，故《穀梁傳》謂之「闕門」。外朝之內，內朝之外，其門謂之路門，門內庭，即路寢之庭。《爾雅》：「路，大也。」其門庭爲較大也。亦謂之畢門，畢之爲言盡也。路門內有路寢明堂，右社稷，左宗廟，説詳《閟宮》篇。故路門又謂之廟門，《穀梁傳》謂之「祭門」。鄭仲師《朝士》注以爲路門外爲外朝，內爲內朝，當是師承古説。而謂天子、諸侯皆三朝，庫門以內有朝者，誤也。然則天子郭門爲皋門，城門爲雉門，庫門爲宮之外門，應門爲宮之中門，路門爲宮之內門，合城郭爲五門，離之則爲三門。諸侯南面無城，以宮垣爲城牆，即以宮之外門爲城南門，非如徐彥所疑城墉不完之謂也。天子有郭，有郭門，諸侯有郭，亦有郭門。《春秋・僖二十年》：「春，新作南門。」《公羊》以爲門有古、常，《穀梁》以爲有加其度，蓋此南門爲魯郭南門也。天子郭門有門臺，魯於是始僭從天子制耳。諸侯之宮亦三門，庫門爲宮之大門，雉門爲宮之中門，路門爲宮之內門。天子三門，諸侯亦三門。唯天子以雉門爲城門，諸侯無城門，以雉門爲宮之中門爲異。而謂諸侯三門，天子五門加以皋、應，或曰加以庫、雉者，誤也。《明堂位》：「庫門，天子皋門。雉門，天子應門。」此言其制之相似。天子城之外門與宮之外門，門上有臺謂之臺門。魯之宮外門門上亦有臺，如天子城外門之制，而他國之宮外門無臺也。故云「庫門，天子皋門」也。天子門皆有臺，諸侯庫門無臺。雉門、路門有臺。昭二十五年《公羊注》：「禮：天子諸侯臺門，天子外闕兩觀，諸侯内闕一觀。」觀即臺也。此宮之中門有臺也。《郊特牲》「臺門而旅樹」，注：「旅，道也。屏謂之樹。禮，天子外屏，諸侯内屏。」此宮之内門有臺也。天子於應門設兩觀，諸侯於雉門設一觀。《春秋·定二年》：「雉門及兩觀災，新作雉門及兩觀。」是魯之中門設兩觀，如天子中門之制，而他國止設一觀也。故云「雉門，天子應門」也。解之者誤讀《禮記》經文，以爲諸侯有庫、雉，天子有皋、應，則天子、諸侯之門制莫攷，即魯與他國門制之同異亦無聞矣。今姑略陳門制梗概如此。《文選》張衡《東京賦》：「立應門之將將。」李善注引《毛詩傳》：「將將，嚴正之皃。」與今本不同，當據以訂正。《黍苗》箋：「肅肅，嚴正之皃。」句正相同。《說苑·權謀》篇「將將之臺」，亦謂將將爲尊嚴正肅也。大王築城郭、宮室，作郭門、正門，不獨大王爲諸侯制，即文王亦非即從天子制。周有天下，遂以郭門爲皋門，正門爲應門，故詩人直以周天子之制言之耳。下「冢土，大社」同。○「冢，大；戎，大；醜，衆」，竝《爾雅·釋詁》文。《逸周書·作雒》篇：「乃建大社于國中，其壝東青土，南赤土，西白土，北驪土，中央釁以黄土。將建諸侯，鑿取其方一面之土，燾以黄土，苴以白茅，以爲土封。」案此「冢土」爲「大社」之義也。《禮記·祭法》篇：「王爲群姓立社曰大社，王自爲立社曰王社。」王社在郊，迎氣報祈之禮行焉。大社在王宮路寢之西，大會同、大朝覲、大軍旅之政行焉。大王作宗廟，立社稷，故社爲大社也。古者用師告社，故《傳》引《爾雅·釋天》文爲證。孫炎注云：「大事，兵也。有事，祭也。」《爾雅》：「宜，事也。」《王制》：「天子將出征，宜乎社。」大王當日必有用師之事，今無攷。

肆不殄厥愠，亦不隕厥問。柞棫拔矣，行道兑矣。【傳】肆，故、今也。愠，恚；隕，墜也。兑，成蹊也。**混夷駾矣，維其喙矣。**【傳】駾，突；喙，困也。【疏】《思齊》傳：「肆，故、今也。」二《傳》訓同。凡「肆」者，皆承上起下之詞。「肆」兼「故」、「今」兩義。《爾雅》：「治、肆、古，故也。肆、故，今也。」「肆」爲「故」，

「肆」、「故」又爲「今」，與「伊，維也。伊、維，侯也」、「潛，深也。潛、深，測也」皆其例。毛《傳》雖本《雅》訓，而意不同。《雅》謂「肆」一句，「故」一句，總爲之「今」也。《傳》謂《詩》之「肆」既爲「故」又爲「今」，立意自異。故者，承上古公也；今者，起下文王也。殄，絶也。《孟子·盡心》篇引《詩》，趙注云：「愠，怒也。」《正義》引《説文》云：「恚，怒也。」是愠、恚竝爲怒。「肆不殄厥愠」，承上文「戎醜攸行」而言。大王赫怒整旅，至文王而不絶其所怒也。趙注云：「隕，失也。」隊、失義同。俗作「墜」。問，讀爲「令聞」之「聞」。古問、聞通用。「亦不隕厥問」，趙注云：「不能隕失文王之善聲聞也。」《文王》篇「宣昭義問」，《正義》云：「常布明其善聲聞於天下。」義與此同。○柞、棫皆叢生薪木，故《皇矣》言柞棫拔而松柏易直也。拔，讀爲跋，猶翦除也。兩「拔」字同。兑者，「遂」之假借字。《桑柔》傳：「遂，道也。」遂，古「隧」字。《檀弓》注云：「隧、奪聲相近，或爲『兑』。」此即兑、遂聲通之證。《載馳》韓詩傳云：「不由蹊遂而涉曰跋涉。」韓以蹊遂爲跋。《大玄·羨》：「次五，孔道夷如，蹊路微如，大輿之憂。」《測》曰：「孔道之夷，奚不遵也。」竝與此《傳》云「成蹊」之「蹊」同。成蹊，猶言「成路」。《皇矣》二章「作」、「屏」、「修」、「平」、「啓」、「辟」、「攘」、「剔」即此意也。古駾、突同部。《文選》王延壽《魯靈光殿賦》：「遭漢中微，盜賊奔突。」張載注：「突，唐突也。《詩》云：『昆夷突矣。』」「混」與「昆」通。《毛詩》作「駾」，三家《詩》或作「突」，此《傳》以「突」詁「駾」之證。喙，《廣韻·二十廢》引《詩》作「瘃」。「瘃」與「喙」同。《説文》「呬」下引《詩》「犬夷呬矣」，本三家《詩》，字異而音義相同。○案此與《采薇》、《出車》所歌爲一時事。《采薇》序云：「文王之時，西有昆夷之患。」《出車》篇云：「赫赫南仲，薄伐西戎。」西戎即昆夷也。文王伐昆夷，奉天子得專征伐之命，故與殷大臣共伐之。《書大傳》云：「四年伐犬夷。」犬夷亦即混夷也。是文王四年之前尚未興師出討，故《孟子》有「事昆夷」之説。至受命爲西伯，四年乃伐之。《箋》云：「是之謂一年伐混夷。」《正義》以爲「七年内之一年」，是已。

虞芮質厥成，文王蹶厥生。【傳】質，成也。成，平也。蹶，動也。虞、芮之君相與争田，久而不平，乃相謂曰：「西伯仁人也，盍往質焉？」乃相與朝周。入其竟，則耕者讓畔，行者讓路。入其邑，男女異路，班白不提挈。入其朝，士讓爲大夫，大夫讓爲卿。二國之君感而相謂曰：「我等小人，不可以履君子之庭。」乃相讓以其所争田爲閒田而退。天下聞之而歸者四十餘國。**予曰有疏附，予曰有先後，予曰有奔奏，予曰有禦侮。**【傳】率下親上曰疏附，相道前後曰先後，喻德宣譽曰奔奏，武臣折衝曰禦侮。【疏】「質」訓「成」，成讀《春秋》「以成宋亂」之「成」。凡四方有亂獄，則往而成之，是其義也。「成，平」，《節南山》同。虞、芮質成，《史記·周本紀》、《説苑·君道》篇、《書大傳·略説》竝有此文，而詳略不同耳。虞、芮在河東，周姬姓國，商時虞、芮無攷。《書大傳》云：「文王受命，一年斷虞、芮之訟，四年伐犬夷，五年伐耆，六年伐崇。」又云：「西伯既戡耆，紂囚之牖里。散宜生、閎夭、南宫适三子者，相與學訟於大公，大公與三子見文王于牖里。紂遣西伯伐崇。」案上章伐混夷在四年，此章乃追敘虞、芮斷訟及四臣來輔，渾括文王興周受命七年中事。「蹶，動」，《爾雅·釋詁》文，《版》同。《箋》云：「虞、芮之質平，而文王動其緜緜民初生之道。謂廣其德而王業大。」○予，我，我文王也。曰，《楚辭·離騷》注引《詩》作「聿」。聿、曰皆語詞。疏附，《書大傳》作「胥附」，疏、胥同。《釋文》「奔」作「本」，「奏」又作「走」。《書》釋文、正義作「奔奏」。禦，《釋文》作「御」。昭二年《左傳》：「季武子賦《緜》之卒章。」杜注云：「取文王有四臣，故能以緜緜致興盛。」《書大傳》云：「文王胥附、奔奏、先後、禦侮，謂之四鄰，以免乎牖里之害。懿子曰：『夫子亦有四鄰乎？』孔子曰：『文王得四臣，丘亦得四友焉。自吾得回也，門人加親，是非胥附邪？自吾得賜也，遠方之士日至，是非奔奏邪？自吾得師也，前有光，後有輝，是非先後邪？自吾得由也，惡言不至于門，是非禦侮邪？文王有四臣以免虎口，丘亦有四友以禦侮。』」案《詩》言「疏附」、「先後」、「奔奏」、「禦侮」，即此文王四臣是矣。據《書大傳》四臣，散宜生也，閎夭也，南宫适也，及大公吕尚也。與《君奭》言「文王修和，有夏虢叔、閎夭、散宜生、泰顛、南宫适」約舉五人者不同。解者皆失之。

《棫樸》五章，章四句。

《棫樸》，文王能官人也。【疏】《後箋》云：「《大戴禮》、《逸周書》皆有《文王官人》篇。《荀子》亦云：『文王以官人爲能。』竝與此《序》語合。」

芃芃棫樸，薪之槱之。【傳】興也。芃芃，木盛貌。棫，白桵也。樸，枹木也。槱，積也。山木茂盛，萬民得而薪之；賢人衆多，國家得用蕃興。**濟濟辟王，左右趣之。**【傳】趣，趨也。【疏】《傳》云「芃芃，木盛皃」，《正義》作「盛皃」，無「木」字。《釋文》作「盛也」，「也」乃「皃」之誤。《初學記·帝王部》引「木盛也」，亦誤。「棫，白桵」，《爾雅·釋木》文。郭注云：「桵，小木叢生，有刺，實如耳璫，紫赤，可啖。」《緜》「柞棫拔矣」，《箋》：「棫，白桵也。」《正義》引《義疏》云：「《三蒼》説：棫即柞也。可以爲犢車軸。」與高注《淮南·時則》篇「櫟可以爲車轂」合。此秦人謂柞爲櫟，謂棫即柞者，恐非是也。薛綜《西京賦》注云：「棫，白蕤。」「蕤」與「桵」通。《爾雅》：「樸，枹者。」郭注云：「樸屬叢生者爲枹，《詩》所謂棫樸枹櫟。」舍人及李、孫本《爾雅》作「樸，枹者彙」。《傳》云「枹木」，亦謂叢生者也。《爾雅》：「枹，遒木，魁瘣。」注云：「謂樹木叢生，根枝節目盤結磈磊。」棫、樸二木名，《箋》謂「白桵相樸屬而生」，恐非是。〇鄭注《大宗伯》云：「槱，積也。」本《傳》訓也。《説文》：「槱，積火燎之也。从木，从火，酉聲。《詩》曰：『薪之槱之。』《周禮》：『以槱燎祠司中、司命。』或作『禉』，柴祭天神也。」案「積火」當依段注本作「積木」，兩「燎」字當作「尞」。尞柴祭天，引申之，凡炊竈之「薪柴」字皆當作「尞」。《傳》但云「積薪」，《説文》言「積木以尞之」者，即引此詩，正以申補《傳》義也。又兼引《周禮》之槱尞爲柴祭天神。《箋》云：「祭皇天上帝及三辰，則聚積以燎之。」此用三家《詩》。《繁露・郊祀》篇引此首章、二章，《四祭》篇引此二章，皆謂文王郊祭之詩。爲許、鄭所本，而非毛氏《傳》義也。《傳》以山木茂盛，薪積待用，興賢人之衆多，國家蓄興，于斯可驗。棫樸之作人，猶菁莪之育材爾。《詩異義》云：「首章見衆賢之集於朝輔助政教。次章述祀事之得人，三章述戎事之得人。國之大事，在祀與戎。舉此二者，以明賢才之用。四章言文王作人之化紂之汚俗，咸與維新。末章言文王聖德綱紀四方，無不治理，又總箸政教之美，官人之效。經之設文，蓋有次弟矣。」〇《文王》傳：「濟濟，多威儀也。」辟王，謂文王也。《新書・連語》篇：「似鍊絲，染之藍則青，染之緇則黑；得善佐則存，不得善佐則亡。此其不可不憂者耳。《詩》云：『芃芃棫樸，薪之槱之。濟濟辟王，左右趨之。』此言左右日以善趨也。故臣竊以爲練左右急也。」《容經》篇：「諺曰：『君子重襲，小人無由入。正人十倍，邪辟無由來。』古之人其謹於所近乎？《詩》曰：『芃芃棫樸，薪之槱之。濟濟辟王，左右趨之。』此言左右日以善趨也。」《晏子・問下》篇亦引此詩釋之云：「此言古者聖王明君之使以善也。」案與《序》「能官人」正合。其字皆作「趨」。《傳》以「趨」詁「趣」，正用古訓。《卷耳》傳云：「思君子官賢人，置周之列位。」左右趨善即是《卷耳》「周行」之義。

濟濟辟王，左右奉璋。【傳】半圭曰璋。奉璋峨峨，髦士攸宜。【傳】峨峨，盛壯也。髦，俊也。

【疏】「半圭曰璋」，《斯干》同。《斯干》傳又云：「璋，臣之職也。」《箋》云：「璋，璋瓚也。祭祀之禮，王祼以圭瓚。諸臣助之，亞祼以璋瓚。」《禮記・祭統》：「君執圭瓚祼尸，大宗執璋瓚亞祼。」注：「圭瓚、璋瓚，祼器也，以圭璋爲柄。」《考工記・玉人》「大璋、中璋、邊璋」，注：「三璋之勺形如圭瓚。」《旱鹿》傳：「玉瓚，圭瓚也。」蓋祼祭有勺，所以流秬鬯之酒，勺以玉瓚爲柄；君用圭瓚，臣用璋瓚。《郊特牲》云：「灌以圭璋，用玉氣也。」是也。《詩異義》云：「臣之執璋行禮，唯贊祼時，其他無執璋者。《傳》云：『半圭曰璋。』璋瓚之璋亦半圭也。《傳》特略不及瓚耳。《箋》言諸臣亞祼以璋瓚，義實申《傳》。」案何注定八年《公羊傳》言「璋者，所以郊事天」，即引此詩，本《繁露・四祭》篇，此三家説。○峨峨，《釋文》：「本作『俄俄』。」《公羊》釋文：「又作『娥娥』。」《箋》：「奉璋之儀峨峨然。」儀、峨古聲同，如「厜㕒」即「嵯峨」之例。《爾雅》：「峨峨，祭也。」《爾雅》釋經義，故但云「祭」。《傳》云「盛壯」，壯，古「莊」字。盛莊者，即所謂「齊明盛服，以承祭祀」。《公羊疏》云：「奉此半珪之璋，其儀容峨峨盛莊。」疑徐彦所據《傳》正作「盛莊」。「髦，俊」，《甫田》、《思齊》同。《文王》：「殷士膚敏，祼將于京。」《傳》以殷士爲殷侯。此《箋》謂俊士爲卿士，蓋助文王祼祭者，諸侯卿士也。

淠彼涇舟，烝徒楫之。【傳】淠，舟行貌。楫，櫂也。**周王于邁，六師及之。**【傳】天子六軍。

【疏】《楚辭・九歌》「沛吾乘兮桂舟」，王注云：「沛，行貌。」《説文》：「迊，行皃。」古淠、沛、迊同音普活切。《釋文》：「淠，匹世反。」今吴俗尚有此語。《玉篇》：「淠，水聲也。」《傳》詁「楫」爲「櫂」，「櫂」當作「擢」。《箋》云：「烝，衆也。淠淠然涇水中之舟順流而行者，乃衆徒船人以楫擢之故也。興衆臣之賢者行君政令。」○「天子六軍」，《瞻彼洛矣》同。《繁露》引《詩》以此爲文王伐崇也。《後箋》云：「小、大《雅》所有文王之詩，自皆是周公制作禮樂時所爲。《四牡》傳云：『周公作樂，以歌文王之道，爲後世法。』此言已足爲諸文王詩之總義，故《大明》及此《傳》直云『天子造舟』、『天子六軍』，皆以追述之詞，不嫌稱文王爲天子。《疏》所云『詩爲《大雅》，莫非王法』者，誠通論也。」

倬彼雲漢，爲章于天。【傳】倬，大也。雲漢，天河也。**周王壽考，遐不作人。**【傳】遐，遠也，遠不作人也。【疏】《説文》：「倬，箸大也。《詩》曰：『倬彼雲漢。』」《傳》云「大」，許云「箸大」，益義以申《傳》也。「雲漢，天河」，《大東》傳亦云：「漢，天河也。」《箋》云：「雲漢之在天，其爲文章，譬猶天子爲法度於天下。」○「遐，遠」，《汝墳》、《下武》同。《小箋》云：「此當云『遠作人也』，『不』衍字。」案此乃「不警，警也」、「不盈，盈也」之例。「遐不作人」，遠作人也；「不遠有佐」，遠夷來佐也。句法相同。《旱鹿》篇同。

追琢其章，金玉其相。【傳】追，雕也。金曰雕，玉曰琢。相，質也。**勉勉我王，綱紀四方。**【疏】追琢，《有客》作「敦琢」，追、敦皆假借字。《荀子》引此詩作「雕琢」，故《傳》以「雕」釋「追」也。《爾雅》：「玉謂之雕，金謂之鏤。玉謂之琢，雕謂之琢。鏤，鍐也。」是刻金不爲雕，而雕、琢皆爲治玉之稱。此詩雕琢、金玉文正相對，故《傳》謂雕治金，琢治玉。《正義》云「散文相通」，是矣。《桑柔》「維此惠君，民人所瞻。秉心宣猶，考慎其相」，《傳》：「相，質也。」二《傳》義同。案此詩美文王能官人，非專美文王有聖德相質也。章，猶明也。上句言章，下句言相；上句言雕琢，下句言金玉，合二句成辭以見興也。金玉以雕琢而明其質，四方以綱紀而端其本，其理一而已矣。《荀子·富國篇》云：「人君者，所以管分之樞要也。故美之者，是美天下之本也。安之者，是安天下之本也。貴之者，是貴天下之本也。古者先分割而等異之也，故使或美或惡，或厚或薄，或佚或樂，或劬或勞，非特以爲淫泰夸麗之聲，將以明仁之文，通仁之順也。故爲之雕琢刻鏤，黼黻文章，使足以辨貴賤而已，不求其觀。爲之鐘鼓管磬，琴瑟竽笙，使足以辨吉凶、合歡定和而已，不求其餘。爲之宮室臺榭，使足以避燥溼、養德辨輕重而已，不求其外。《詩》曰：『雕琢其章，金玉其相。亹亹我王，綱紀四方。』此之謂也。」荀言「本」，毛言「質」，義正相同。《説苑·修文》篇云：「故聖人之與聖也，如矩之三襍，規之三襍。周則又始，窮則反本也。《詩》曰：『彫琢其章，金玉其相。』言文質美也。」此引《詩》證教民以文質相爲終始，皆不指聖德言也。王肅云：「以興文王聖德，其文如雕琢，其質如金玉。」殊失古義。○勉勉，疑當作「亹亹」。《文王》篇「亹亹文王」，《傳》：「亹亹，勉也。」《嵩高》「亹亹申伯」，《箋》：「亹亹，勉也。」是《毛詩》皆作「亹亹」，後人或依訓釋改作「勉勉」耳。《韓詩外傳》五引此詩作「亹亹文王」。《白虎通義·三綱六紀》篇作「亹亹我王」，與《荀子》同。綱紀，主官人説。

《旱麓》六章，章四句。

《旱麓》，受祖也。周之先祖世脩后稷、公劉之業，大王、王季申以百福千禄焉。【疏】「受祖」之上疑有「文王」二字。

瞻彼旱麓，榛楛濟濟。【傳】旱，山名也。麓，山足也。濟濟，衆多也。**豈弟君子，干禄豈弟。**【傳】干，求也。言陰陽和，山藪殖，故君子得以干禄樂易。【疏】麓，《國語》作「鹿」。《釋文》：「本亦作『鹿』。」是也。「旱，山名；鹿，山足」，旱鹿，旱山之足也。《漢書·地理志》：「漢中郡南鄭旱山，池水所出，東北入漢。」劉昭《郡國志》注引《華陽國志》、酈道元《沔水注》竝謂池水出旱山。又《水經·沔水》及《涔水》篇云：「涔水出旱山。」案此二水皆出自旱山也。今陝西漢中府附郭南鄭縣，在古《禹貢》梁州之域。殷周并梁入雍，則旱山在江漢域内。詩以旱山發詠，是在文王爲西伯時矣。榛，木名，見《簡兮》傳。《書·禹貢》：「荊州貢楛。」《釋文》引《義疏》云：「楛葉如荊而赤，莖似蓍。」《詩》釋文載《義疏》「莖」、「葉」二字互譌。云「濟濟，衆多也」者，言視彼旱山之足，榛楛之木衆多濟濟然，下文《傳》所謂「陰陽和，山藪殖」也。○君子，謂文王也。「干，求」，《爾雅·釋言》文。「樂易」詁「豈弟」，或作「愷悌」。《説文》：「愷，樂也。」無「悌」字。《周語》：「單穆公云：『《詩》亦有之曰：「瞻彼旱鹿，榛楛濟濟。愷悌君子，干禄愷悌。」夫旱鹿之榛楛殖，故君子得以易樂干禄焉。若夫山林匱竭，林麓散亡，藪澤肆既，民力彫盡，田疇荒蕪，資用乏匱，君子將險，哀之不暇，而何易樂之有焉？』」案君子有易樂之德，求福而福自至。榛楛之殖，此其驗也。毛《傳》正用《國語》。

瑟彼玉瓚，黄流在中。【傳】玉瓚，圭瓚也。黄金，所以飾。流，鬯也。九命，然後錫以秬鬯、圭瓚。**豈弟君子，福禄攸降。**【疏】瑟，鄭司農《周禮·典瑞》注引《詩》作「邮」，又作「邲」。「邮」即「邲」之誤。仲師治《毛詩》，其所據作「邲」。《箋》云：「瑟，絜鮮皃。」《説文》作「璱」，云：「玉英華相帶如瑟弦也。」本三家《詩》。今作「瑟」者，疑依《箋》改也。《毛詩》作「邲」，邲者，流鬯之皃。「泌之洋洋」，《傳》：「泌，泉水也。」「毖彼泉水」，《傳》：「泉水始出，毖然流也。」「邲」與「泌」、「毖」竝聲同而義近。玉瓚，《江漢》云「圭瓚」，故《傳》以「圭瓚」釋「玉瓚」也。《釋文》云：「黄金，所以流鬯也。」《御覽·珍寶六》引同。《釋文》又云：「一本作『黄金，所以爲飾。流，鬯也』，後人所加。」《正義》從定本及《集注》云：「俗本無『飾』字者，誤。」《小箋》從《正義》本而以「黄金，所以飾」爲句。奂謂當作「黄金，所以爲飾」，《釋文》一本有「爲」字是也。「象服，所以爲飾」、「象揥，所以爲飾」，皆其句例。《典瑞》「祼圭有瓚」，鄭司農注云：「於圭頭爲器，可以挹鬯祼祭，謂之瓚。」《玉人》：「祼圭尺有二寸，有瓚。大璋、中璋九寸，邊璋七寸，射四寸，厚寸，黄金勺，青金外，朱中，鼻寸，衡四寸，有繅。」鄭司農注云：「鼻，謂勺龍頭鼻也。衡，謂勺柄龍頭也。」案璋瓚、圭瓚，其形相似，瓚柄用圭謂之圭瓚，圭頭有勺，勺以黄金爲飾，即所以注酒。黄即勺，流即酒，故《傳》云「流，鬯也」。鬯，秬鬯。「黄流在中」，言秬鬯之酒自勺中流出也。《江漢》傳云：「九命，錫圭瓚、秬鬯。」二《傳》同。九命者，文王九命作西伯也。《白虎通義・考黜》篇：「圭瓚秬鬯，宗廟之盛禮。故孝道備而賜之秬鬯，所以極著孝道。孝道純備，故内和外榮。玉以象德，金以配情，芬香條鬯，以通神靈。玉飾其本，君子之性；金飾其中，君子之道，君子有黄中通理之道美素德。金者，精和之至也。玉者，德美之至也。鬯者，芬香之至也。君子有玉瓚秬鬯者，以配道德也。其至矣，合天下之極美，以通其志也，其唯玉瓚秬鬯乎？」

鳶飛戾天，魚躍于淵。【傳】言上下察也。豈弟君子，遐不作人。【疏】《傳》云「言上下察也」者，引《禮記・中庸》釋《詩》之文。《禮記述聞》云：「《中庸》引《詩》以明君子之道之大，上至於天，下至於地也。故下文曰：『君子之道，造端乎夫婦。及其至也，察乎天地。』《管子・内業》篇：『上察於天，下極於地。』《淮南子・原道》篇『高不可際』，高誘注曰：『際，至也。』『際』與『察』古同聲。」案鳶天魚淵，極乎天地，此言文王之道之所至。《文王》傳「文王升接天，下接人」，亦此意也。《潛夫論・德化》篇：「《詩》云：『鳶飛厲天，魚躍于淵。』君子修其樂易之德，上及飛鳥，下及淵魚，無不歡忻悦豫。」《文選・四子講德論》注引薛君云：「魚喜樂則踴躍於淵中。」三家《傳》以鳶飛魚躍爲道之效，與毛義異。鳶，當作「蔦」，詳《四月》篇。〇《棫樸》傳：「遐，遠也，遠作人也。」「不」爲語助。成八年《左傳》引：「《詩》曰：『愷悌君子，遐不作人。』求善也夫，作人斯有功績矣。」杜注云：「遐，遠也。作，用也。言文王能遠用善人。不，語助。」杜注正本毛《傳》。今《棫樸》傳於「遠」下誤加「不」字矣。《潛夫論》作「胡不作人」。胡，何也。此三家義。

清酒既載，騂牡既備。【傳】言年豐畜碩也。以享以祀，以介景福。【傳】言祀所以得福也。

【疏】《文選・西征賦》注引《韓詩章句》云：「載，設也。」「載」即「𩟊」之假借。《廣雅・釋言》：「𩟊，設也。」《説文・丮部》：「𩟊，設食也。从丮、食，才聲。讀若載。」《傳》云「言年豐畜碩也」者，《正義》云：「言酒見其年豐，言牲見其畜碩。桓六年《左傳》：『聖王先成民而後致力於神，故奉牲以告曰：「博碩肥腯。」謂其畜之碩大蕃滋也。奉酒醴以告曰：「嘉栗旨酒。」謂其三時不害，而民和年豐也。』此《傳》取彼意也。」《白虎通義·三正》篇釋《詩》云：「言文王之牲用騂，周尚赤也。」此是《魯詩》義，解經「騂牡」二字。蓋毛義亦指文王也。○享，孝也。介、景皆大也。文王當年豐畜碩，以孝祀其先祖，能得大大之福。故《傳》云：「言祀所以得福也。」案此及下章言享祀獲福，而神勞來之，即是《序》云「受祖」之義。上三章皆述文王求福之隆，末章述文王求福由於有小心之德，但言求福而福自隆盛，「受祖」之義唯箸於四、五兩章而已。

瑟彼柞棫，民所燎矣。【傳】瑟，衆貌。**豈弟君子，神所勞矣。**【疏】「瑟」訓「衆皃」，未聞。柞棫之衆，即首章「榛楛濟濟」之義也。《釋文》：「燎，《說文》作『尞』，云：『柴祭天也。』又云：『燎，放火也。』」依陸則《詩》本有作「尞」者矣。凡燒薪木，其字皆可作「尞」。《白華》傳：「烘，尞也。」則尞亦烘也。《月令》：「季冬，乃命四監收秩薪柴，以共郊廟及百祀之薪燎。」燎，亦當作「尞」。○神，先祖之神也。文王能祀先祖而神勞之。僖十二年《左傳》：「君子曰：『管氏之世祀也，宜哉！讓不忘其上。《詩》曰：「愷弟君子，神所勞矣。」』」杜注云：「言樂易君子爲神所勞來，故世祀也。」此引《詩》以證世祀之宜，《傳》意當然也。

莫莫葛藟，施于條枚。【傳】莫莫，施貌。**豈弟君子，求福不回。**【疏】《廣雅》：「莫莫，茂也。」此云「施皃」，緣下句以立訓。「施于條枚」，《韓詩外傳》二、《呂覽·知分》篇注、《後漢書·黃瓊傳》注引《新序》竝作「延于條枚」。《箋》用《韓詩》作「延」。《葛覃》傳：「施，移也。」延、移義相近。高誘注《呂覽》云：「莫莫，葛藟之貌。延蔓于條枚之上，得其性也。樂易之君子，求福不以邪道，順於天性，以正直受大福。」鄭注《禮記》與高注同。○《禮記·表記》篇：「子曰：『下之事上也，雖有庇民之大德，不敢有君民之心，仁之厚也。是故君子恭儉以求役仁，信讓以求役禮。不自尚其事，不自尊其身，儉於位而寡於欲，讓於賢，卑己而尊人，小心而畏義，求以事君。得之自是，不得自是，以聽天命。《詩》云：「莫莫葛藟，施于條枚。凱弟君子，求福不回。」其舜、禹、文王、周公之謂與？有君民之大德，有事君之小心。《詩》云：「惟此文王，小心翼翼。昭事上帝，聿懷多福。厥德不回，以受方國。」』」案兩詩義正同。《大明》傳云：「回，違也。」則此詩「回」字亦謂文王小心之德不違於道。《周語》單襄公言聖人貴讓，其下即引此詩。又《淮南子・泰族》篇引此詩而釋之云：「言以信義爲準繩也。」竝與《禮記》引《詩》義合。

《思齊》五章，二章章六句，三章章四句。

《思齊》，文王所以聖也。

思齊大任，文王之母。思媚周姜，京室之婦。【傳】齊，莊；媚，愛也。周姜，大姜也。京室，王室也。**大姒嗣徽音，則百斯男。**【傳】大姒，文王之妃也。大姒十子，衆妾則宜百子也。【疏】《文王》傳：「思，詞也。」「思齊大任」，猶云「有齊季女」耳。「思」與「有」皆語詞。《列女傳・母儀》篇：「大任之性端壹誠莊。」與《傳》訓「齊，莊」同。《爾雅》：「齊，壯也。」莊、壯字通。大任，仲任也，摯國之女，王季之妃，文王之母也。《說文》：「媚，說也。」愛、說義相近。大王居周原，謂之周姜；尊稱之，又謂之大姜。《大明》傳：「京，大也。」《正義》云：「京者，京師，故言『京室，王室』。王季未爲天子而言京者，以其追號爲王，故以京師言之。」○大姒，莘國姒姓之女，是謂文王之妃也。《角弓》傳：「徽，美也。」言大姒能嗣大任之美音也。《後漢書・襄楷傳》：「文王一妻誕數十男，所謂『大姒十子』也。」《白虎通義·姓名》篇：「文王十子，《詩傳》曰：『伯邑考、武王發、周公旦、管叔鮮、蔡叔度、曹叔振鐸、成叔處、霍叔武、康叔封、南季載。』」此當是《魯詩傳》。劉向《列女傳》亦用《魯詩》言大姒生十男，其次弟合。唯霍叔武、成叔處字有互異耳。然《孟子·公孫丑》篇云：「周公，弟也。管叔，兄也。」《荀子·儒效篇》亦云：「管叔爲周公兄。」《史記·管蔡世家》武王同母兄弟十人，其次管叔在周公之前，其説爲有依據。妃之下皆爲妾，故云「衆妾」。《韓奕》傳云：「諸侯一取九女，二國媵之。諸娣，衆妾也。」是衆妾，九女也。《白虎通義·嫁娶》篇云「天子、諸侯一取九女」，引《王度記》、《漢書·杜欽傳》、《後漢書·劉瑜傳》竝云：「天子一取九女。」天子九女，即《周禮》之「九嬪」也。王引之《周禮述聞》云：「《周禮·敘官》有九嬪，以下無三夫人，與《昏義》不同。《昏義》九嬪次於三夫人之下，此則有九嬪而無三夫人，非有其人而不列於此也。《内宰》、《内小臣》、《内司服》、《追師》皆但言九嬪而不及三夫人，然則《周禮》無三夫人明矣。《周語》：『内官不過九御。』《魯語》：『日入，監九御，使潔奉禘郊之粢盛。』韋注竝云：『九御，九嬪。』《月令》：『后妃帥九嬪御，乃禮天子所御。』皆言九嬪而不及三夫人，與《周禮》合。」奂案《昏義》：「古者天子后立六宫、三夫人、九嬪、二十七世婦、八十一御妻。」蓋古者一取十二女，三國來媵，故后之外有三夫人，有九嬪。周制一取九女，二國來媵，故后之外但有九嬪，無三夫人。《周南》之后妃、《召南》之夫人皆指大姒而言。文王受命爲天子，猶行諸侯禮。周公制禮，必效法文王，故天子、諸侯皆一取九女也。周人立正妃，又有次妃三人，又有二國之媵姪娣六人，適符九女之數。正妃位尊，九女不兼正妃言也。正妃生十子，九女應生九十子，合之爲有百子，故《傳》云：「大姒十子，衆妾則宜百子也。」大姒能絶嫉妬之原，故衆妾得生子孫衆多，《樛木》、《螽斯》之化行也。

惠于宗公，神罔時怨，神罔時恫。【傳】宗公，宗神也。恫，痛也。**刑于寡妻，至于兄弟，以御于**

家邦。【傳】刑，法也。寡妻，適妻也。御，迎也。【疏】《燕燕》傳：「惠，順也。」順，讀如「順祀先公」之「順」。云「宗公，宗神也」者，《傳》即從下文兩「神」字立訓，言文王之祀群神也。《祭法》：「有天下者祭百神。」《曲禮》：「天子祭天地，祭四方，祭山川，祭五祀，歲徧。」又《王制》：「天子祭天下名山大川，五嶽視三公，四瀆視諸侯。」昭二十九年《左傳》：「五行之官，是謂五官，實列受氏姓，封爲上公，祀爲貴神。社稷五祀，是尊是奉。」杜注云：「五官之君長能脩其業者，死皆配食於五行之神，爲王者所尊奉。」凡此皆所謂群神也。《雲漢》篇「上下奠瘞，靡神不宗」，《傳》：「上祭天，下祭地，奠其禮，瘞其物。宗，尊也。」據彼《傳》，則此詩「宗」字亦作「尊」字解。曰「宗公」，猶言乎「上公」矣。曰「宗神」，猶言乎「貴神」矣。《晉語》云：「文王於是乎用四方之賢良。及其即位也，詢於八虞而咨於二虢，度於閎夭而謀於南宮，諏於蔡、原而訪於辛、尹，重之以周、召、畢、榮，億寧百神而柔和萬民。故《詩》云：『惠于宗公，神罔時恫。』」《國語》以宗公爲百神，與毛《傳》以宗公爲宗神正是一意。此引《詩》承「億寧百神」句，而於「詢、咨、度、謀、諏、訪」句不干涉也。猶上文引《詩》「刑于寡妻，至于兄弟，以御于家邦」承「刑于大姒」句，而於「在傳弗勤，處師弗煩」句不干涉也。解《國語》者皆失之矣。《正義》謂「宗公」爲「宗廟先公」，但經、傳中未有稱祖宗爲宗公者，亦未有稱祖宗爲宗神者，孔說疏矣。引王肅云：「文王之德，上順祖宗，安寧百神，無失其道，無所怨痛。」王意以宗爲祖宗，公爲百神。不知此章宗公泛言神，下章宮廟纔説到宗廟。王釋「宗」、「公」平列，述毛亦誤。《箋》易毛，以宗公爲大臣。然順於大臣，未能即當於神明，與下文兩言「神」義不相接。「恫，痛」，《爾雅·釋言》文。《楚語》云：「又能上下説乎鬼神，順道其欲惡，使神無有怨痛于楚國。」怨恫即怨痛，《傳》訓正用《國語》。恫，《説文》引《詩》作「侗」。侗，假借字。◯《釋文》引《韓詩》云：「刑，正也。」趙注《孟子·梁惠王》篇與韓同。法、正義相近。《傳》上章云「文王之妃」，此云「寡妻，適妻也」者，寡之爲言特也，適之爲言正也。寡謂之特，特謂之匹。適謂之妃，妃謂之匹。義竝通也。天子之妻適一，餘皆妾，故《傳》釋「寡妻」爲「適妻」，猶《尚書》稱「適兄」爲「寡兄」矣。《燕燕》：「先君之思，以勖寡人。」此衛莊姜爲莊公之適，故得自稱曰寡人。《禮記・玉藻》：「其於敵以下曰寡人。」《曲禮》：「其與民言，自稱曰寡人。」猶天子自稱曰予一人、諸侯自稱曰孤也。《論語》：「邦君之妻，稱諸異邦曰寡小君。」以邦君妻稱寡小君，猶自稱其君曰寡君也。此名之必正者也。解者竝謂寡妻爲寡德於是主，一「無敵」之義久湮矣。又《曲禮下》篇：「天子之妃曰后，諸侯曰夫人，大夫曰孺人，士曰婦人，庶人曰妻。」析言之也。妻，其通稱也。《爾雅》：「訝，迎也。」《説文》：「訝，相迎也。」「訝」本字，「御」假借字。《鵲巢》、《甫田》箋竝云：「御，迎也。」迎于家邦，言文王之接見於天下家邦也。《書大傳》：「天子大子年十八曰孟侯。孟侯者，于四方諸侯來迎于郊者，問其所不知也。」鄭注云：「孟，迎也。」案「迎家邦」與「迎侯」義同。

雝雝在宮，肅肅在廟。【傳】雝雝，和也。肅肅，敬也。**不顯亦臨，無射亦保。**【傳】以顯臨之保安無厭也。【疏】「雝雝，和；肅肅，敬」，《禮記・樂記》、《爾雅・釋訓》竝有其文。宮，亦廟也。《采蘩》傳云：「宮，廟也。」〇不顯，顯也。亦臨，臨也。厭，當依《釋文》作「斁」。《釋文》云：「保安無斁也，一本作『保，安也。射，斁也』，非。」《正義》云：「言安無厭也。定本云：『保，安；射，厭也。』」定本與《釋文》之「一本」同，《正義》與《釋文》同，而《釋文》又衍一「保」字耳。當依《正義》本作「安無厭也」四字爲長。《傳》以「安」釋「保」，以「斁」釋「射」，先釋「保」後釋「射」，倒文以明義也。「以顯臨之安無斁也」八字作一氣讀，言文王以顯道臨民，則民安君德，無見斁憎之也。《清廟》傳云：「無射于人，斯不見厭於人矣。」義正與此同。

肆戎疾不殄，烈假不瑕。【傳】肆，故、今也。戎，大也。故今大疾害人者，不絶之而自絶也。

烈，業；假，大也。**不聞亦式，不諫亦入。**【傳】言性與天合也。【疏】「肆，故、今也」，《緜》同。「戎」訓「大」。「殄」訓「絶」，不絶，絶也。此承上章臨保無厭之意。故《傳》又申明之，言故今大疾害人之事，自是乃絶也。烈，當作「厲」。《傳》云「厲，業」，謂「厲」即「列」之假借。《執競》、《武》傳皆云：「烈，業也。」烈謂之業，厲亦謂之業。後人不通假借之例，遂改「厲」爲「烈」矣。《箋》：「厲、假，皆病也。」鄭所據《毛詩》本作「厲」，字同而義異耳。《集韻・十四泰》引《詩》作「厲假不瑕」，皆其證。「假，大」，《那》、《烈祖》同。假，讀爲嘏，嘏，大也。《爾雅》假、嘏皆大也。「嘏」本字，「假」假借字。《狼跋》「德音不瑕」，《傳》：「瑕，過也。」義當同。○式，用也。不聞，聞也。亦式，式也。不諫，諫也。亦入，入也。與「不顯亦臨」、「不顯亦世」上「不」下「亦」皆爲語詞者同其句例。聞、式、諫、入正是文王之聖德。《傳》云「性與天合」者，即是孟子「性善」之義。《孟子・盡心》篇云：「盡其心者，知其性也。知其性，則知天矣。」所謂「性與天合」也。下章即承此意，而推廣文王作人之化見、聖德之章明。

肆成人有德，小子有造。【傳】造，爲也。**古之人無斁，譽髦斯士。**【傳】古之人無厭於有名譽之俊士。【疏】「造，爲」，《閔予小子》、《酌》同。《説苑・建本》篇云：「成人有德，小子有造，大學之教也。時禁於其未發之曰豫，因其可之曰時，相觀於善之曰磨，學不陵節而施之曰馴。發然後禁，則扞格而不勝。時過然後學，則勤苦而難成。襍施而不遜，則壞亂而不治。獨學而無友，則孤陋而寡聞。故曰：『有昭辟廱，有賢泮宮。田里周行，濟濟鏘鏘，而相從執質，有族以文。』」案此乃西京人釋《詩》，與《傳》「造」訓「爲」義合。《書・洪範》云：「人之有能有爲，使脩其行。」此即「有爲」之義也。○《釋文》云：「斁，毛音亦，猒也。鄭作『擇』。髦，俊也。一本此下更有『古之人無猒於有譽之俊士也』，此王肅語。」據陸氏所見毛《傳》有「斁猒也髦俊也」六字，今本奪去，而衍入

「古之人」以下十二字，以王肅語竄改《傳》文。鄭作「擇」，《正義》云：「《箋》不言字誤，則此經本有作『擇』者，故不破之。」案孔説是也。詩作「擇」，《傳》訓爲「猒」，謂「擇」即「斁」之假借。猒，讀《論語》「學而不猒」之「猒」。《甫田》、《棫樸》「髦」皆訓爲「俊」。

《皇矣》八章，章十二句。

《皇矣》，美周也。天監代殷莫若周，周世世修德莫若文王。【疏】崔靈恩《集注》下「周」字作「也」字，玩《箋》亦然。

皇矣上帝，臨下有赫。監觀四方，求民之莫。【傳】皇，大；莫，定也。**維此二國，其政不獲。維彼四國，爰究爰度。**【傳】二國，殷、夏也。彼，彼有道也。四國，四方也。究，謀；度，居也。**上帝耆之，憎其式廓。乃眷西顧，此維與宅。**【傳】耆，惡也。廓，大也。憎其用大位行大政。西顧，顧西土也。宅，居也。【疏】「皇」訓「大」，美大之詞。上帝，天也。赫，猶赫赫也。《大明》云：「赫赫在上。」《節南山》傳云：「監，視也。」「莫，定」，《爾雅·釋詁》文，《版》同。本亦作「嗼」。汪遠孫云：「《文選》沈約《齊安陸昭王碑》『慮深求瘼』李注、班固《漢書》注引《詩》『而爲此瘼』，今《漢書·敘傳》作『莫』，誤。《蜀志·馬超傳》：『章武策曰：「求民之瘼。」』本三家《詩》。《潛夫論·班禄》篇亦作『瘼』。」○《書·召誥》篇：「我不可不監于有夏，亦不可不監于有殷。我不敢知，曰有夏服天命，惟有歷年；我不敢知，曰不其延，惟不敬厥德，乃早墜厥命。我不敢知，曰有殷受天命，惟有歷年；我不敢知，曰不其延，惟不敬厥德，乃早墜厥命。今王嗣受厥命，我亦惟茲二國命，嗣若功。」案二國謂夏、殷，與詩言二國同。周歷夏、殷而王天下，周代殷，故《傳》釋「二國」又先殷而次夏也。獲，得也。「其政不獲」，言殷、夏之不得民心也。此二國爲無道，則彼四國，《傳》釋「彼」爲「彼有道」。四國，即天監之四方，故云：「四國，四方也。」「究，謀」，《釋詁》文。「度」訓「居」，居猶定也。爰，於也。言彼四方有道之國，於是圖謀而安定之。是人與天皆有定民之意。《正義》用王肅語，謂四方諸侯從紂謀度於非道，《傳》意不然也。

○《韓詩·武》傳：「耆，惡也。」與此《傳》訓同。《廣雅》：「諸，怒也。」「耆」與「諸」聲義相近。憎，亦惡也。式，用也。「廓，大」，《釋詁》文。廓，當依《釋文》作「郭」。古城郭作「𩫏」，恢廓作「鄺」也。《傳》既訓「郭」爲「大」，而又申釋「用大」之義爲「用大位行大政」。《牧誓》云：「今商王受，乃惟四方之多罪逋逃，是崇是長，是信是使，是以爲大夫卿士，俾暴虐于百姓，以姦宄于商邑。」即其義也。眷，顧皃。《傳》文「顧」上奪「西」字，今從《小箋》補。「西顧，顧西土」者，《康誥》云：「我西土惟時怙冒聞于上帝，帝休，天乃大命文王。」即其義也。「宅，居」，《釋言》文，《閟宮》同。《潛夫論》及《論衡·初稟》篇作「度，宅居」，與「度，居」同。西土有安居下民之道，故天眷而與之。《淮南子·氾論》篇引《詩》而釋之云：「言去殷而遷于周也。」《漢書·郊祀志》匡衡奏議釋《詩》云：「言天以文王之都爲居也。」《谷永傳》云：「去惡奪弱，遷命賢聖。」竝與毛義同。

作之屏之，其菑其翳。修之平之，其灌其栵。啓之辟之，其檉其椐。攘之剔之，其檿其柘。【傳】木立死曰菑，自斃爲翳。灌，叢生也。栵，栭也。檉，河柳也。椐，樻也。檿，山桑也。**帝遷明德，串夷載路。**【傳】徙就文王之德也。串，習；夷，常；路，大也。**天立厥配，受命既固。**【傳】配，媲也。【疏】作，讀爲柞。《載芟》傳：「除木曰柞。」《釋文》：「屏，除也。菑，又作『甾』。」《爾雅·釋木》：「立死，甾。」《傳》所本也。郭注引《詩》作「椔」。鄭司農《輪人》注：「菑，讀如『襍廁』之『廁』。泰山平原所樹立物爲菑，聲如胾；博立梟棊亦爲菑。」「菑」有「立」義，故木之立死者爲菑也。李巡讀爲「菑害」之「菑」。《正義》據爲說，失古訓矣。《釋文》引《韓詩》：「菑，反草也。」義異。《爾雅》：「蔽者，翳。」「蔽」與「斃」通。《傳》云「自斃」與「立死」對文，立者爲菑，不立者爲翳，皆謂木之死者。「翳」即「殪」之假借字。《韓詩》：「殪，因也，因高填下也。」毛、韓訓不同，而翳、殪則聲同也。郭璞讀爲「蔭翳」，《正義》據以爲生木，失之矣。《釋文》「叢生」上有「木」字。《爾雅》：「木族生爲灌。」孫、郭注及《家訓・書證》篇竝以「族」爲「叢」。《玉篇》：「樌，木叢生也。今作『灌』。」「栵，栭」，《釋木》文。《說文注》云：「栭與灌爲類，非木名，謂小木叢生者，如魚子名鯤鮞。」案段說是也。芝栭、栭栗皆因小得名。陸《疏》、郭注以爲栵栭之專稱，恐非是。「檉，河柳」，《釋木》文。《正義》引《義疏》云：「河柳，皮正赤如絳，一名雨師。枝葉似松。」《漢書・西域傳》鄯善國多檉柳。「椐，樻」，《釋木》文。《義疏》云：「節中腫似扶老，即今靈壽是也。今人以爲馬鞭及杖。」《漢書・孔光傳》「賜太師靈壽杖」，顏注云：「木似竹有枝節，長不過八九尺，圍三四寸，自然有合杖制，不須削治也。」攘、剔，皆除也。《釋文》：「剔，或作『鬄』。」「檿，山桑」，《尚書》檿絲、《國語》檿弧，檿皆山桑。山桑，以別於隰桑也，亦謂檿桑，《爾雅》：「檿桑，山桑。」《考工記・弓人》：「取榦：檿桑次之。」柘，亦桑屬也。胡三省《通鑑辨誤》云：「桑、柘二木之葉皆可以飼蠶。柘木抽條勁直而長，桑木敷枝擁腫而大。柘之葉小而厚，桑之葉大而薄。今村莊園圃籬落皆有之，居然可別也。」《箋》云：「天既顧文王，四方之民則大歸往之。岐周之地險隘多樹木，乃競刊除而自居處。言樂就有德之甚。」○「遷」訓「徙」，與《氓》、《賓之初筵》、《殷武》同。《大明》傳云：「文王之德明明於下，故赫赫然箸見於天。」是文王有明德，故天乃徙就之也。「串，習」，《釋詁》文，字當作「毌」。《史記・田完世家》：「宣公取毌丘。」《索隱》：「毌，音貫。」則其字尚作「毌」也。今俗作「串」。夷，讀爲彝。《烝民》傳：「彝，常也。」《瞻卬》同。習常，王肅以爲「世習常道」，是也。「路，大」，《釋詁》文，《生民》同。大，國大也。配，當作「妃」。《釋文》：「本亦作『妃』。」《爾雅》作「妃」。《正義》云：「《釋詁》：『妃，媲也。』某氏引《詩》作『妃』。」《説文》：「媲，妃也。」《箋》云：「天既顧文王，又爲之生賢妃，謂大姒也。」

帝省其山，柞棫斯拔，松柏斯兑。帝作邦作對，【傳】兑，易直也。對，配也。**自大伯王季。**【傳】從大伯之見王季也。**維此王季，因心則友。則友其兄，則篤其慶，載錫之光。受禄無喪，奄有四方。**【傳】因，親也。善兄弟曰友。慶，善；光，大也。喪，亡；奄，大也。【疏】《爾雅》：「省，察也。」山，岐山也。拔，義詳《緜》篇。兑，猶兑兑也。《殷武》「松柏丸丸」，《傳》：「丸丸，易直也。」義與此同。《傳》詁「對」爲「配」者，言自文王之治岐而克配上帝也。此承上章之意。下文乃溯周世德，推本文王之所由興。○《傳》釋「大伯王季」爲「大伯之見王季」者，蓋文王之興，實始於大伯之見讓、王季之能立也。釋「自」爲「從」者，謂天亦從其意而徙就之也。因，古「姻」字，如「舊姻」作「舊因」之例。「因」訓「親」，親心即仁心。《説文》：「仁，親也。」《中庸》云：「仁者，人也。親親爲大。」「善兄弟曰友」，《六月》同。大伯讓於王季，王季克循親親之心以善事大伯。《蓼蕭》傳云：「爲兄亦宜，爲弟亦宜。」所謂「善兄弟」也。「則友其兄」，兄爲大伯，即承「則友」句。「則篤其慶」，《傳》訓「慶」爲「善」，亦即承善兄弟意而申言之。篤其慶，猶云篤於親也。篤，厚也。古光、廣聲通，故「光」有「大」義。「載錫之光」，王肅云：「錫文王之大位。」是也。喪、亡疊韻。「受禄無亡」，言受禄不失也。《説文》：「俺，大也。」「奄」與「俺」同。《韓詩外傳》：「大王亶甫有子曰大伯、仲雍、季歷，歷有子曰昌。大伯知大王賢昌而欲季爲後也，大伯去之吴。大王將死，謂曰：『我死，汝往讓兩兄。彼即不來，汝有義而安。』大王薨，季之吴告伯、仲，伯、仲從季而歸。

群臣欲伯之立季，季又讓。伯謂仲曰：『今群臣欲我立季，季又讓，何以處之？』仲曰：『刑有所謂矣，要於扶微者，可以立季。』季遂立而養文王，文王果受命而王。孔子曰：『大伯獨見，王季獨知。伯見父志，季知父心。故大王、大伯、王季，可謂見始知終而能承志矣。』《詩》曰：『自大伯王季。惟此王季，因心則友。則友其兄，則篤其慶，載錫之光。受禄無喪，奄有四方。』此之謂也。」案韓與毛義同。毛義簡略，可即韓義以證明之。

維此文王，帝度其心。貊其德音，其德克明。克明克類，克長克君。【傳】心能制義曰度。貊，静也。德正應和曰貊，照臨四方曰明。類，善也。勤施無私曰類，教誨不倦曰長，賞慶刑威曰君。**王此大邦，克順克比。**【傳】慈和偏服曰順，擇善而從曰比。**比于文王，其德靡悔。**【傳】經緯天地曰文。**既受帝祉，施于孫子。**【疏】文王，各本作「王季」。昭二十八年《左傳》引《詩》作「唯此文王」。《正義》云：「今王肅注及《韓詩》亦作『文王』。」《公劉》傳：「言文王之無悔。」《禮記·樂記》注：「言文王之德。」皆此詩作「文王」之證。《箋》作「王季」。晉干寶《晉紀總論》已沿鄭誤。「心能制義曰度」九言皆《左傳》釋《詩》之文，毛《傳》所本也。各本「貊，静也」下衍「《箋》云」二字，而以「曰貊」五言混入《箋》語。《正義》謂「毛引不盡，《箋》取足之」，誤矣。《小箋》云：「此章故訓本《左氏》，已上三十三字各本係《箋》，自屬舛誤，今訂正。」「貊，静」，《爾雅·釋詁》文。《左傳》、《禮記》、《韓詩》皆作「莫其德音」。《釋文》引《韓詩》：「莫，定也。」《玉篇》：「嗼，静也。」「嗼」與「莫」同。「類，善」，《釋詁》文，《既醉》、《桑柔》、《瞻卬》同。克比，《禮記》作「克俾」。《爾雅》：「俾，從也。」「比」與「俾」古字通。比于文王，比者，合也。言文王之德合於文而能王天下也。《周語》：「天六地五，數之常也。經之以天，緯之以地。經緯不爽，文之象也。文王質文，故天胙之以天下。」案《國語》言文王有文德，與《左傳》釋《詩》

正合。《正義》云：「《左傳》説此九事，乃云：『九德不愆，作事無悔。』言其動合衆心，不爲人所恨。《公劉》傳曰：『民無長嘆，猶文王之無悔也。』則毛取《左傳》之意，謂文王之德不爲人恨。」○《左傳》：「故襲天禄，子孫賴之。」襲天禄即受帝祉也。杜注云：「襲，受也。」

帝謂文王，無然畔援，無然歆羡，誕先登于岸。【傳】無是畔道，無是援取，無是貪羨。岸，高位也。**密人不恭，敢距大邦，侵阮徂共。**【傳】國有密須氏，侵阮，遂往侵共。**王赫斯怒，爰整其旅，以按徂旅。以篤于周祜，以對于天下。**【傳】旅，師；按，止也。旅，地名也。對，遂也。【疏】《傳》以「無是」釋「無然」，「然」與「是」同義。此爲全《詩》「然」字通訓也。畔者，「叛」之假借字。《傳》訓「畔援」爲「畔道而援取」。《箋》：「畔援，猶拔扈也。」《釋文》引《韓詩》：「畔援，武强也。」《漢書·敘傳》注作「畔换」，《玉篇·人部》作「伴换」，義竝同。「歆羡」訓「貪羡」者，歆從音聲，貪從今聲，聲近義通。《文選》孫綽《遊天台山賦》注引《韓詩章句》云：「羡，願也。」誕，大；登，升也。《正義》云：「岸是高地，故以喻高位。」案《十月之交》傳以「高岸爲谷」喻易位，則兩「岸」字義同。言文王無是畔道援取，貪羡之心大矣，早先升於高位也。○密，密須國。《漢書·地理志》：「安定郡陰密，《詩》密人國。」在今甘肅涇州靈臺縣西五十里有陰密故城，即古密須國地。《世本》云：「密須，姞姓。」此與姬姓之密在漢河南郡密縣者異也。《周語》密康公不獻三女，爲周恭王所滅，所謂密須亡由伯姬也。《詩》密人乃康公之上祖，文王之伐，不必貪羡其土地。故《吕覽·用民》篇：「密須之民，自縛其主而與文王。」則文王未嘗滅密須矣。《書大傳》云：「文王受命三年，伐密須。」恭，當作「共」。《吕覽》注引《詩》作「共」。「密人不共」，猶言「宋公不王」耳。不共，不共王職也。「敢距大邦」，距文王也。時文王爲西伯，故稱大邦也。

阮、共，二國名，文王之屬。王肅云「周地」，非也。阮國無攷。《方輿紀要》云：「涇州共池在州北五里，《詩》『侵阮徂共』，今之共池是也。」《傳》訓「徂」爲「往」。侵阮侵共，是密須侵我周之屬國，故下文即言伐密須徂旅之師，所以討其不共也。《箋》乃據《魯詩》以密、阮、徂、共爲四國，謂阮、徂、共三國犯周，文王伐之，密人距其義兵，則經文當言阮、徂、共三國犯周，而密人助虐，不當先言密人之犯順。其阮、徂、共犯周，與文王之伐阮、徂、共，不見經、傳，未知《魯詩》所據何書。首章「維彼四國」及《文王有聲》「有此武功」，《箋》謂「伐此四國」，皆用魯義。要當從毛義爲長。◯赫，盛怒之皃。斯，語詞。《傳》於《北山》、《大明》「旅」爲「衆」，而此「旅」爲「師」者，師，六師也。密須連侵鄰封，文王救患恤同，於是治師伐密須，猶湯之征葛，弔民伐罪，往取其殘而已也。以，讀「能左右之曰以」之「以」。「按，止」，《釋詁》文。「按」與「遏」一聲之轉。《文王》傳：「遏，止也。」《孟子・梁惠王》篇引《詩》正作「遏」。《逸周書・武寤》篇：「約期于牧，案用師旅。」「案」與「按」通。《傳》云「止」者，當讀如「乃止齊焉」之「止」，謂步伐有節止也。旅，《孟子》作「莒」，如「膂」篆作「吕」之例。《韓子・難二》篇：「文王侵盂，克莒，舉酆。」克莒即《詩》之徂旅也。旅爲密須國之地名。王肅用趙岐《孟子注》謂以止徂旅之寇，則以旅爲周地，失之。「以按徂旅」，正是伐密須中事也。《孟子》引《詩》「以篤周祜」，無「于」字。「對，遂」，《釋言》文。《雨無正》傳：「遂，安也。」對爲遂，遂又爲安。《孟子》云：「文王一怒而安天下之民。」即其義也。《蕩》、《江漢》傳訓同意别。

依其在京，侵自阮疆，陟我高岡。無矢我陵，我陵我阿。無飲我泉，我泉我池。【傳】京，大阜也。矢，陳也。**度其鮮原，居岐之陽，在渭之將。萬邦之方，下民之王。【傳】**小山别大山曰鮮。將，側也。方，則也。**【疏】**《邶・柏舟》傳：「據，依也。」依亦據也。《定之方中》及《小雅・甫田》傳：「京，高丘也。」

大阜猶高丘。我，我周也。《卷耳》傳：「山脊曰岡。」此承上章密人侵阮，而來陟我周之高岡也。「矢」訓「陳」。《天保》傳：「大阜曰陵。」《文選》楊雄《長楊賦》注引此詩《薛君章句》：「四平曰陵。」四平者，四下平陁，亦大阜也。《菁菁者莪》傳：「大陵曰阿。」王肅云：「密人乃依阻其京陵，來侵自文王阮邑之疆。密人升我高岡，周人皆怒曰：『汝無陳於我陵，是乃我文王之陵阿也。泉池非汝之有，勿敢飲食之。』」案王述毛是也。唯以阮爲周邑，非。

○《箋》云：「度，謀也。」「小山別大山曰鮮」，《爾雅·釋山》文。孫炎注：「別，不相連也。」古鮮、斯聲通，如《瓠葉》箋「今俗語『斯白』之字作『鮮』」之例。《墓門》傳：「斯，析也。」小山分析而不與大山相連屬者，是曰鮮。鮮，謂山之小者。原，謂地之平者。《逸周書·和寤》篇：「王乃出圖商，至于鮮原。」孔晁注云：「近岐周之地也。小山曰鮮。」鮮原，《公劉》作「巚原」。兩《傳》義同。「度其鮮原」，《正義》以爲文王作程之事。《大匡》篇：「維周王宅程三年，遭天之大荒，作《大匡》以詔牧其方，三州之侯咸率。」孔注云：「程，地名，在岐州左右。後以爲國。初，王季之子文王因焉，而遭饑饉。後乃徙豐焉。文王初未得三分有二，故三州也。率，謂奉順也。」案「岐州」當作「岐周」。伐密須、度鮮原皆受命三年事。伐崇在六年，徙豐又在伐崇之後，則宅程徙豐，中隔三年耳。《逸書》與《書傳》正合，而孔注亦確有依據也。又攷《孟子·離婁》篇：「文王生于岐周，卒于畢郢。」「郢」即「程」字。畢，終南山之道名，故周人出師必由道也。鮮原疑即畢原矣。文王度鮮原，爲作下都於程邑，而國仍在岐周，故下文云「居岐之陽」也。書缺有間，俟攷。將之爲言牆也。《爾雅》：「畢，堂牆。」堂牆爲山厓邊側之名，其水厓邊側亦如是也。《傳》訓「將」爲「側」，正本《爾雅·釋厓岸》「堂牆」之義。《大明》「在渭之涘」，《傳》：「涘，厓也。」《伐檀》傳：「側，猶厓也。」岐周在渭水之北。《韓奕》箋以「方」爲「則」，與此《傳》同。王者，人所歸往也。

帝謂文王，予懷明德，不大聲以色，不長夏以革，不識不知，順帝之則。【傳】懷，歸也。不大聲見於色。革，更也。不以長大有所更。**帝謂文王，詢爾仇方，同爾弟兄，以爾鉤援，與爾臨衝，以伐崇墉。**【傳】仇，匹也。鉤，鉤梯也，所以鉤引上城者。臨，臨車也。衝，衝車也。墉，城也。【疏】「懷，歸」，《匪風》同。《禮記·緇衣》「私惠不歸德」，「歸，或爲『懷』」。此懷、歸聲通之證。《中庸》：「是故君子篤恭，而天下平。《詩》云：『予懷明德，不大聲以色。』」鄭注云：「予，我也。懷，歸也。言我歸有明德者，以其不大聲爲嚴厲之色以威我也。」《正義》引孫毓云：「不大聲色以加人。」竝與《傳》合。《傳》訓「長夏」爲「長大」。長，長受天命；大，大其國都。「革」訓「更」，謂變易前代之法度。文王不以長大而有所更也。「不識不知，順帝之則」，言文王性與天合，天亦徙就其明德，以王此大邦也。僖九年《左傳》公孫枝引此詩以證「定國」之義。《墨子·天志中》篇亦引詩而釋之云：「帝善其順法則也，故舉殷以賞之，使貴爲天子，富有天下，名譽至今不息。」〇仇，讀如「公侯好仇」之「仇」。「仇」訓「匹」，匹爲匹耦，謂群臣也。上章《傳》云：「方，則也。」《後漢書·伏湛傳》：「湛上疏曰：『文王受命而征伐五國，必先詢之同姓，然後謀之群臣。』」其下即引《詩》曰：「詢爾仇方，同爾弟兄。」湛治《齊詩》，其解「詢爾仇方」爲「謀之群臣」。《正義》述毛云：「文王伐崇，當詢謀於女匹己之臣，以問其伐人之方。」此與伏湛釋《詩》義合矣。《伏湛傳》作「弟兄」。又《御覽·兵部六十七》引《毛詩》作「弟兄」，與「方」爲韻。各本「兄弟」不入韻，今訂正。〇《墨子·備城門》篇言攻守之具十二，臨、鉤、衝、梯、堙。疑「衝」、「梯」二字誤倒。鉤梯爲攻守具之一。《管子·兵法》篇：「凌山阬不待鉤梯。」《韓子·外儲説左上》篇：「趙主父、秦昭王令工施鉤梯。」毛《傳》以「鉤梯」訓「鉤」，義正同。又《墨子·襍守》篇「凡待堙、衝、雲梯、臨之法」，是雲梯即鉤梯也。《逸周書·小明武》篇「具行衝、梯」，梯亦即雲梯也。《傳》云「所以鉤引上城者」，釋經「援」字之義。「臨，臨車」，攻守具之一。《釋文》引《韓詩》作「隆」。《淮南子·氾論》篇：「隆、衝以攻。」又《兵略》篇：「攻不待衝、隆、雲梯而城拔。」隆、臨一聲之轉。「衝，衝車」，亦攻守具之一。定八年《左傳》「主人焚衝」，杜注：「衝，戰車。」《說文》：「䡴，陷敶車也。」衝者，「䡴」之假借字。衝，《說文》作「衝」。「墉，城」，《韓奕》、《良耜》同。《伏湛傳》引《詩》作「庸」。庸，假借字耳。《書大傳》云：「西伯既戡耆，紂囚之牖里。散宜生陳寶于紂之庭，紂曰：『非子辠也，崇侯也。』遂遣西伯伐崇。」又云：「文王受命，五年伐耆，六年伐崇，七年而崩。」《韓子》云：「舉酆，紂惡之。」似尚在六年已前。舉酆非即伐崇也。說者因謂殷崇侯虎國在今陝西西安府鄠縣東，則皆以酆爲崇。不知伐崇、邑豐，《文王有聲》篇畫然兩事，崇、豐爲異地明矣。且文王伐崇非即滅崇也。宣元年《左傳》「晉趙穿帥師侵崇」，杜注云：「崇，秦之與國。」是崇至春秋時尚存，而其地無攷。

臨衝閑閑，崇墉言言。執訊連連，攸馘安安。是類是禡，是致是附，四方以無侮。【傳】閑閑，動搖也。言言，高大也。連連，徐也。攸，所也。馘，獲也。不服者，殺而獻其左耳曰馘。於內曰類，於野曰禡。致，致其社稷群神。附，附其先祖，爲之立後，尊其尊，親其親。**臨衝茀茀，崇墉仡仡。是伐是肆，是絕是忽，四方以無拂。**【傳】茀茀，彊盛也。仡仡，猶言言也。肆，疾也。忽，滅也。

【疏】《傳》訓「閑閑，動搖；茀茀，彊盛」，茀茀有動搖之義，閑閑亦有彊盛之義。《漢書·敘傳》：「戎車七征，衝輣閑閑。」《廣雅》云：「閑閑，盛也。」蓋本三家《詩》。《爾雅》：「大簫謂之言。」是「言」有「大」義。《碩人》「庶姜孽孽」，《韓詩》作「钀钀」。《說文》：「钀，載高皃。」古言、钀同聲。王肅云「高大，言其無所壞」是也。《出車》傳：

「訊，辭也。」云「連連，徐」者，連讀爲輦，今吴俗尚有「徐行輦輦」之語。《周禮・小司徒》「輦輦」，「故書『輦』作『連』」；《巾車》「連車組輓」，「連，亦作『輦』」。此其例。「攸，所」，《生民》同。《禹貢》、《洪範》「攸」字，《史記》俱作「所」字，是攸、所同義矣。「馘，獲」，《爾雅・釋詁》文。訊馘，《出車》、《采芑》皆曰「訊獲」。《傳》云「不服者，殺而獻其左耳曰馘」，謂軍中不能載尸，但殺之，斷其左耳以獻，是謂之馘，亦謂之獲。馘爲已殺之名，獲亦非生得之謂。《春秋》「獲陳夏齧」、「獲齊國書」，皆死者曰獲。《周禮》「獲者，取左耳」，則殺禽獸以獻亦曰獲。此皆馘、獲義通之證。僖十九年《左傳》：「文王聞崇德亂而伐之，軍三旬而不降。退修教而復伐之，因壘而降。」襄三十一年《傳》亦言：「文王伐崇，再駕而降爲臣。」然則文王伐崇，軍三旬不降。《正義》云：「於時非無拒者，故得有訊馘。」此即《傳》云「不服者」之義也。「退修教而復伐」，此《傳》所云「徐」之義也。安安，猶連連，亦舒徐之意。○《尚書・堯典》、《禮記・王制》、《周禮・肆師》、《大祝》竝有「類上帝」之文。《肆師》注：「類禮，依郊祀而爲之者。」《説文》：「禷，以事類祭天神。」鄭、許同用夏侯、歐陽《尚書》説。出征祭上帝，亦是因師事而郊祭天，故亦曰禷。今字假作「類」。類祭在郊。《傳》云「於内曰類」者，内，本國郊内也。對禡在所征之地而言。禡，《春官・肆師》、《甸祝》、《夏官・大司馬》皆作「貉」。鄭司農注：「貉，讀爲禡。禡，謂師祭也。書亦或爲『禡』。」古貉、禡聲通也。《肆師》鄭注：「貉，讀爲『十百』之『百』。造軍灋者禱氣勢之增倍也。」《甸祝》注：「禱氣勢之十百而多獲。」《説文》：「禡，師行所止，恐有慢其神下而祀之曰禡。」鄭、許義異。詩言文王出征崇國，故《爾雅》釋之云：「是禷是禡，師祭也。」《爾雅》繫於「釋天」，或類、禡皆祭天神及日月山川之神，故《繁露》有「郊祀伐崇」之説。《王制》：「類乎上帝，禡於所征之地。」禡不言祭神者，略也。《傳》云「於野曰禡」者，野是征國之野。先類後禡，依行師之次序也。野、禡疊韻。致，讀如「致蔡於負函」之「致」。襄二十五年《左傳》：「鄭伐陳，子美入，數俘而出。祝袚社，司徒致民，司馬致節，司空致地，乃還。」竝與詩「致」字之義合。 群神，謂山川之神及群五祀與崇社稷，共致之，是尊其尊也。附，讀爲「祔而作主」之「祔」。 此謂崇國立廟如新主合食然，故云：「祔其先祖。」崇國昔有大功，義不當絶，爲之君，爲之立大宗，故云：「爲之立後。」是親其親也。《説苑·指武》篇：「文王伐崇，令毋殺人，毋壞室，毋填井，毋伐樹木，毋動六畜。」此即「是致是祔」之謂也。 ○《廣雅》：「勃勃，盛也。」「茀茀」與「勃勃」同。 仡，當作「仡」。《傳》云「仡仡，猶言言」者，皆謂城之高大。 「仡仡」與「孽孽」同聲，猶「言言」與「巘巘」同聲也。 張載注《魯靈光殿賦》：「屹，猶孽也，高大皃。」引《詩》「屹屹」。 《説文》：「圪，牆高皃。」引《詩》「圪圪」。 《廣雅》：「圪圪，高也。」竝與毛《傳》同。 《釋文》引《韓詩》：「仡仡，摇也。」鄭《箋》：「言言，猶孽孽，將壞皃。」鄭本韓義，不若毛訓爲優。 伐肆，即《大明》之「肆伐」，故兩《傳》皆訓「肆」爲「疾」也。 文五年《左傳》：「臧文仲聞六與蓼滅，曰：『臯陶、庭堅不祀，忽諸。』」《傳》訓「忽」爲「滅」，義本諸此。 魏源云：「《春秋》君死曰滅，又曰誅。 君之子不立，絶。 忽施於崇虎，致附施其先世。」《釋文》引王肅云：「拂，違也。」

《靈臺》五章，章四句。

《靈臺》，民始附也。 文王受命，而民樂其有靈德以及鳥獸昆蟲焉。 【疏】《靈臺》繼《皇矣》而作也。《皇矣》言伐崇，而《靈臺》即言作豐。 於伐崇觀天命之歸，而於作豐驗民心之所歸往，皆文王受命六年中事。 《文王有聲》篇：「文王受命，有此武功。 既伐于崇，作邑于豐。 文王烝哉！」《傳》：「烝，君也。」文王能盡君道，而民歸靈德矣。 《箋》云：「文王受命而作邑于豐，立靈臺。」

經始靈臺，經之營之，庶民攻之，【傳】神之精明者稱靈。四方而高曰臺。經，度之也。攻，作也。**不日成之。**【傳】不日有成也。【疏】《傳》云「神之精明者稱靈」，《定之方中》正義引《爾雅》：「靈，善也。」❶精明，猶清明。神之精明，亦「善」之義。《説苑・修文》篇：「積恩爲愛，積愛爲仁，積仁爲靈。靈臺之所以爲靈者，積仁也。神靈者，天地之本，而爲萬物之始也。是故文王始接民以仁，而天下莫不仁焉。文德之至也。」義與《傳》正同。靈臺、靈囿、靈沼三「靈」同。「四方而高曰臺」，《爾雅・釋宫》文。《正義》引《異義》：「《公羊》説：天子三，諸侯二。天子有靈臺以觀天文，有時臺以觀四時，施化有囿臺觀鳥獸魚鼈。諸侯當有時臺、囿臺。諸侯卑，不得觀天文，無靈臺。皆在國之東南二十五里。東南，少陽用事，萬物著見。用二十五里者，吉行五十里，朝行暮反也。」案此《公羊》嚴、顔舊説也。何注莊三十一年《傳》云：「禮：天子有靈臺以候天地，諸侯有時臺以候四時。」舊説以天子靈臺、時臺爲二，何本古禮説，天子靈臺，諸侯謂之時臺，其義稍異。時臺即觀臺也。而舊説云「施化有囿臺觀鳥獸魚鼈」，此西京人士本詩爲訓。然則詩之臺爲囿臺矣。僖五年《左傳》：「公既視朔，遂登觀臺以望，而書雲物。」《正義》引《左氏》説：「天子靈臺在大廟之中，諸侯有觀臺，亦在廟中，皆所以望嘉祥也。」《禮記》盧注、《月令》蔡論、《春秋》潁子嚴釋例以及《左傳》賈、服注皆同《左氏》説。《書大傳》「王升舟入水觀臺惡」，武王伐紂時稱觀臺也。諸侯稱觀臺之證。《管子・桓公問》篇「武王有靈臺之復而賢者進」，武王定天下後稱靈臺也。天子稱靈臺之證。然凡此靈臺，非即詩之靈臺。詩言文王作臺耳，以其有神靈之德，故謂之靈臺。

---

❶「靈，善也」，阮刻《毛詩正義》屬《定之方中》箋語，《正義》及宋監本《爾雅》、阮刻《爾雅注疏》皆無此文。

是靈臺之號始於文王，後遂以爲天子望氣之臺，在文王時未有等差。且臺、沼、囿同處，則文王之靈臺實即諸侯之囿臺，當在郊。諸儒每據天子靈臺在路寢明堂中者以説文王之靈臺，則掍而同之也。焦循《學圖》云：「僖十五年《左傳》：『秦伯舍晉侯於靈臺，大夫請以入。』杜注云：『在京兆鄠縣周之故臺。』則此靈臺即文王之靈臺也。《三輔黄圖》云：『靈囿在長安西北四十二里，靈臺在長安西北四十里。』《長安志》云：『豐水出長安縣西南五十五里。』是豐邑在長安之西也。《黄圖》以漢長安縣言。今長安故城在西安府之西北十三里。《水經》渭水會豐水後，越鎬水、泬水，而東逕長安城北，是長安在豐邑之東也。《公羊》説云：『在國之東南二十五里。』即『長安西北四十里』也。《地理志》『文王作豐』，顔注云：『今長安西北界靈臺鄉豐水上。』靈臺在郊，斷斷然矣。」○《楚語》：「臺度於臨觀之高。」即引此詩。是「經」爲「度」也。《召誥》云：「厥既得卜則經營。」與此「經營」同。《召誥》又云「庶殷攻位」，與此「攻」同。《傳》文「不日有成也」五字作一句讀。《箋》：「不設期日而成之。」韋注《國語》：「不程課以期日。」趙注《孟子》：「言文王始經營規度此臺，衆民竝來治作之，而不與之相期日限，自來成之也。」皆足以申成《傳》義。

經始勿亟，庶民子來。王在靈囿，麀鹿攸伏。【傳】囿，所以域養禽獸也，天子百里，諸侯四十里。靈囿，言靈道行於囿也。麀，牝也。【疏】「經始勿亟」，承「不日成之」句。「庶民子來」，承「庶民攻之」句。昭九年《左傳》引此詩，杜注云：「言文王始經營靈臺，非急疾之。衆民自以子義來勸樂爲之。」臧琳《經義襍記》云：「勸樂，義本《孟子》。猶《禮記·中庸》謂子庶民，則百姓勸也。」○囿、域疊韻，故《傳》以「域養禽獸」釋經之「囿」。《説文》：「囿，苑有垣也。」垣即域也。凡囿有二。《周禮》：「閽人，王宮每門四人，囿游亦如之。」是囿在宮之中矣。《掌戮》：「宮者使守内，刖者使守囿。」是囿與内相近矣。襄十四年《左傳》：「衛獻公戒孫文子、甯惠子食，皆服而朝，日旰不召，而射鴻於囿。二子從之。」《月令》疏云：「路門内雖是宫室所在，然亦有林苑。」此宫中之囿也。《委人》「共其野囿財用」，注：「野囿之財用者，苑囿藩羅之材。」《囿人》：「掌囿游之獸禁，牧百獸。」注：「囿游，囿之離宫、小苑觀處也。鄭司農云：『囿游之獸，游牧之獸。』」《雍氏》「禁山之爲苑」，鄭司農云：「不得擅爲苑囿於山也。」《周語》：「藪有圃草，囿有林池。」韋注：「囿，苑；林，積木也。」《春秋》魯有鹿囿、郎囿，鄭有原囿，秦有具囿。此在郊之囿也。詩之靈囿當在郊。《傳》云「天子百里」，一都之地也；云「諸侯四十里」，一縣之地也，則靈囿當在縣都之内。縣都爲公卿采地，尚有餘地，公邑可作園囿、污池，田狩在其處。《書大傳》云：「鄉之取于囿，中勇力之取。」楊雄《羽獵賦》云：「帝將惟田于靈之囿。」此之謂也。毛《傳》特據古者天子諸侯囿制爲説耳。《孟子》言文王之囿方七十里，則大於諸侯而小於天子。《後漢書·馬融傳》：「《廣成頌》：『且區區之酆郊，猶廓七十里之囿。』」與《孟子》説文王同。《漢書·楊雄傳》：「文王囿百里，民尚以爲小。」與毛《傳》同。此亦依古天子制爲説也。《白虎通義》云：「囿：天子百里，大國四十里，次國三十里，小國二十里。」又何注成十八年《公羊傳》：「天子囿方百里，公侯十里，伯七里，子男五里。」徐彦《疏》云：「《司馬法》亦云也。」其所傳聞異辭。〇《吉日》傳亦云：「鹿牝曰麀。」趙注《孟子》云：「麀鹿，牸鹿也。」牸鹿即牝鹿。

麀鹿濯濯，白鳥翯翯。【傳】濯濯，娱遊也。翯翯，肥澤也。**王在靈沼，於牣魚躍。**【傳】沼，池也。靈沼，言靈道行於沼也。牣，滿也。【疏】「濯濯」與「趯趯」聲義相近。遊，當作「游」。《傳》於「濯濯」爲「娱游」，《漢書·司馬相如傳》云：「濯濯之麟，游彼靈畤。」是其義也。《廣雅》：「濯濯，肥也。」蓋本三家《詩》。云「翯翯，肥澤也」者，「也」當作「皃」。《玉篇》作「皃」。《説文》：「翯，鳥白肥澤皃。」引《詩》作「翯翯」，亦作「皃」。《新書》作「皜皜」。《繫傳》作「皠皠」。何晏《景福殿賦》「皠皠白鳥」，《廣雅》：「曤曤，白也。」《玉篇》作「皠皠」。

《孟子》作「鶴鶴」，趙注云：「鳥肥飽，則鶴鶴而澤好。」竝字異而聲同。《詩義疏》云：「鷺，水鳥也。好而潔白，故謂之白鳥。」是白鳥即鷺鳥矣。○「沼」訓「池」，沼即辟廱。古《左氏》説「雍之靈沼，謂之辟廱」，是其義也。《傳》云「靈道行於囿」、「靈道行於沼」，靈道即《序》所謂「靈德」。囿有鹿伏，沼有魚躍，所謂「文王之靈德以及鳥獸昆蟲」也。庶民作臺，又作囿沼，是民樂其樂矣。《孟子・梁惠王》篇：「王立于沼上，顧鴻雁麋鹿。」孟子因引此詩三章而釋之云：「文王以民力爲臺爲沼，而民歡樂之，謂其臺曰靈臺，謂其沼曰靈沼，樂其有麋鹿魚鼈。」《文選》顔延之《曲水詩》注引《韓詩章句》云：「文王聖德，上及飛鳥，下及魚鼈。」《新書・禮》篇引《詩》而釋之云：「言德至也。聖主所在，魚鼈禽獸猶得其所，況於人民乎？」《君道》篇同。「牣」訓「滿」，故充牣即充滿也。

虡業維樅，賁鼓維鏞。於論鼓鍾，於樂辟廱。【傳】植者曰虡，横者曰栒。業，大版也。樅，崇牙也。賁，大鼓也。鏞，大鍾也。論，思也。水旋丘如璧曰辟廱，以節觀者。【疏】凡經典皆言筍虡，《詩》言虡業，業猶筍也。《有瞽》「設業設虡」，《傳》亦云：「植者爲虡，衡者爲栒。」「衡」與「横」通。《爾雅》：「木謂之虡。」《釋名》：「虡，舉也，在旁舉筍也。」《説文》「業」下引《詩》作「巨」，巨者，假借字。虡爲縣鍾磬兩旁之植木，鍾磬皆編縣之。鍾一虡，磬一虡，每虡十六枚，四面六十四枚。《大司樂》説三大祭：圜丘，樂縣圜鍾、黄鍾、大蔟、姑洗；方丘，樂縣函鍾、大蔟、姑洗、南吕；宗廟，樂縣黄鍾、大吕、大蔟、應鍾。此即宫縣編鐘之制，而於磬無聞。《考工記》：「梓人爲筍虡：臝屬以爲鍾虡，羽屬以爲磬虡。」鄭注云：「臝者，謂虎、豹、貔、螭爲獸淺毛者之屬。羽，鳥屬。」《説文・虍部》：「虡，鐘鼓之柎也，飾爲猛獸。篆文作『虡』。」是鼓虡亦飾獸也。然古者但有建鼓，至周始有縣鼓。所謂鼓虡者，周制也。文王與周公制禮時有不同，故有鐘磬虡而無鼓虡。《靈臺》之虡業非即《有瞽》之虡業矣。栒者，《周禮》作「筍」，《禮記》作「簨」。栒、簨字皆不古。《説文》：「椅，杝也。」椅，木名，假借之爲樂縣上横者之名。筍，即「栒」之省。杜子春《典庸器》注：「筍，讀『博選』之『選』。」鄭司農《梓人》注：「筍，讀『竹筍』之『筍』。」皆以擬其音耳。《梓人》「鱗屬以爲筍」，鄭注云：「鱗，龍蛇之屬。」《明堂位》「夏后氏之龍簨虡」，注云：「横曰簨，飾之以鱗屬。」《説文》：「鎛，鎛鱗也，鐘上横木上金華也。」此皆筍之制也。《有瞽》傳：「業，大版也，所以飾栒爲縣也。捷業如鋸齒，以白畫之。」「樅，崇牙」，《傳》讀「樅」爲「崇牙」之「崇」也。《正義》以爲崇牙之狀樅樅然，非《傳》恉矣。《有瞽》傳：「崇牙，上飾，卷然可以縣也。」《明堂位》云「殷之崇牙」，故文王時有崇牙而無樹羽矣。虡，立兩端之木。栒則在虡端而横設之。業爲覆栒之版，崇牙又爲業上之飾。説詳《有瞽》篇。○《爾雅・釋樂》：「大鼓謂之鼖。」《考工記》：「韗人爲皋陶，鼓長八尺，鼓四尺，中圍加三之一，謂之鼖鼓。」《説文》：「鼖，或作『鞼』。」《詩》作「賁」者，假借字。賁鼓不縣。何以言之？《周禮》：「鼓人掌教六鼓：雷鼓鼓神祀，靈鼓鼓社祭，路鼓鼓鬼享，鼖鼓鼓軍事，鼛鼓鼓役事，晉鼓鼓金奏。」鄭注云：「雷鼓，八面鼓。神祀，祀天神。靈鼓，六面鼓。社祭，祭地祇。路鼓，四面鼓。鬼享，享宗廟。」《大司樂》圓丘雷鼓，方丘靈鼓，宗廟路鼓，此天子四面縣皆有建鼓也。康成注《鼓人》亦本三大祭而釋之矣。路鼓施於路寢明堂，又建於路寢門外。《大僕》「建路鼓于大寢之門外，而掌其政」，注：「大寢，路寢也。」《淮南・兵略》云：「建鼓不出庫。」即謂路鼓矣。此路鼓爲建鼓，而雷、靈二鼓皆爲建鼓，其八面、六面、四面皆可擊也。《吴語》「載常建鼓」，韋注：「鼓，晉鼓也。《周禮》：『將軍執晉鼓。』建，謂爲之楹而樹之。」此晉鼓爲建鼓，而鼖、鼛二鼓禮無明文。然鼛鼓見於《緜》篇，其建而非縣可知。賁鼓見於《靈臺》，文王時尚無縣鼓之設，則賁鼓亦建而非縣可知。《説文》：「壴，陳樂立而上見也。从中、豆。凡壴之屬皆从壴。」「鼓，郭也，春分之音，萬物郭皮甲而出，故曰鼓。从壴、支，支象其手擊之也。《周禮》：『六鼓：靁鼓八面，靈鼓六面，路鼓四面，鼖鼓、皋鼓、晉鼓皆兩面。』」「壴」字從中、豆，豆即古「侸」字。「立而上見」，正狀其建之之形。「鼖」與「壴」同意。「鼖」下引《周禮》六鼓，則六鼓皆立而上見之鼓。叔重亦以六鼓爲建鼓可知。周人縣鼓謂鞉鼓也，非此六鼓也。後儒不明縣鼓爲鞉鼓，遂以此六鼓爲皆縣鼓，而并謂文王之賁鼓亦即周人之縣鼓當之，則其誤彌甚矣。《大司馬》：「中春，教振旅，諸侯執賁鼓。」執，猶持也。時文王爲諸侯，故建賁鼓。又賁鼓施於軍事，而於辟雍陳設之者，古者軍旅之事統於學也。此在文王既伐于崇之樂。○《爾雅》：「大鍾謂之鏞。」《傳》所本也。郭注云：「亦名鑮，音博。」《那》傳：「大鍾曰庸。」庸者，「鏞」之假借字。《儀禮》、《周禮》及《春秋》内、外傳皆謂之「鑮」。或作「鎛」。《儀禮·大射儀》：「阼階東，西面，其南笙鍾，其南鑮。西階之西，東面，其南頌鍾，❶其南鑮。」鄭注云：「鑮，如鍾而大，奏樂以鼓鑮爲節。」《周禮》「鎛師」注亦云：「鎛，如鍾而大。」《周語》：「細鈞有鍾無鎛，大鈞有鎛無鍾。」是鎛爲大鐘明矣。《説文》：「鑮，大鐘，淳于之屬，所以應鐘磬也。堵以二，金樂則鼓鑮應之。从金，薄聲。」「鏞，大鐘謂之鏞。从金，庸聲。」《説文》以「鑮」、「鏞」連篆，合《詩》、《禮》爲一物。大鐘以應編鐘、編磬。堵以二者，所謂「鐘一堵、磬一堵謂之肆」也。金，當作「奏」。奏樂，擊大鐘以應編鐘、編磬，與鄭注《大射》説正同也。鐘、磬編縣，鑮特縣。張衡《西京賦》云：「洪鐘萬鈞，猛虡趪趪。負筍業而餘怒，乃奮翅而騰驤。」此謂鑮虡也。凡樂縣，大夫判縣，聲樂不備，無鑮，無特磬。故晉悼公以鄭賂鑮磬賜魏絳，絳始有金石之樂。金即鑮也。《大射》陳設，諸侯軒縣，東西有鑮，北無鑮。疑天子宫縣，鑮亦東西有之，南北否。《周禮·序官》：「磬師，中士四人。鐘師，中士四人。」此編縣設四面，故四人也。鑮師中士止二人，或即東西二鎛與？○《傳》訓「論」爲「思」，則上句言思而下句言樂，意本「思樂泮水」句義而釋之也。「於論鼓鐘」承上「維鏞」而言。

❶「頌」，徐子静本、《清經解續編》本同。阮刻《儀禮注疏》無此字。

鄭司農《鐘師》注：「鼓，讀如『莊王鼓』之『鼓』。」案此鼓亦讀同也。「鼓鐘」與「鐘鼓」義別。《關雎》、《山有樞》、《彤弓》、《楚茨》、《賓之初筵》、《執競》言鐘鼓，謂鐘與鼓也。此篇言鼓鐘，及《鼓鐘》之「鼓鐘將將」、《白華》之「鼓鐘于宫」，謂擊鐘也。詩上二句言樂具，以下始言入奏。奏即金奏也。天子諸侯金奏之樂，先擊鎛。鼓鐘，猶鼓鎛耳。

○辟廱，大學也。《振鷺》傳：「雝，澤也。」「廱」與「雝」通。辟，讀爲璧，故《傳》云：「水旋丘如璧也。」《泮水》傳：「天子辟廱。」《箋》：「辟廱者，築土雝水之外，圓如璧，四方來觀者均也。」《白虎通義・辟雝》篇引《詩訓》曰：「水圓如璧。」《正義》引《韓詩》説：「天子之學圓如璧。」竝與毛《傳》同。案學制四代相變，在國在郊，代各不同。《王制》：「虞上庠、下庠，夏東序、西序，殷左學、右學，周東膠、虞庠。虞庠在國之四郊。」鄭注云：「異者，四代相變耳。或上西，或上東，或貴在國，或貴在郊。上庠、右学，大學也，在西郊。下庠、左學，小學也，在國中王宫之東。東序、東膠亦大學，在國中王宫之東。西序、虞庠亦小學也。西序在西郊，周立小學於四郊。」然則虞、夏、殷國郊各立一學，唯周立四代之學，周小學四，《大戴禮・保傅》篇及《書大傳》所云「小學有東學、南學、西學、北學」是也。大學亦有四，《文王世子》上庠、東序、瞽宗三者皆大學，鄭注以瞽宗爲殷學，東序爲夏學，而上庠虞學爲周成均之大學。魯謂之米廩，米廩即上庠。東序，魯謂之序。《大司樂》「祭於瞽宗」，鄭司農云：「或曰：祭於瞽宗，祭於廟中。」引《明堂位》曰：「瞽宗，殷學也。」以此觀之，祭於學宫中。《禮記・祭義》篇：「食三老五更於大學，祀先賢於西學。」大學，謂東膠也。西學，近西之學，謂瞽宗也。《樂記》注云：「周人立大學曰東膠。」蓋周人行事必於東膠。凡云大學者，皆東膠也。東膠在宫東，亦前代相因之制也。四小學在四郊，四大學在國中路寢明堂四門之外。又有州黨之學，爲鄉學，在距國百里内。又有縣鄙之學，爲遂學，遂學猶鄉學也，在距國二百里内。小學、大學皆圜之以水，故統謂之辟廱，而鄉學不必辟廱也。《大戴禮・盛德》篇：「明堂者，所以明諸侯尊卑。外水曰辟雍。南蠻，東夷，北狄，西戎。」此四郊之辟廱也。《御覽・皇親部十三》引《白虎通義》云：「大學者，辟雍，鄉射之宫。」此國中四門之辟廱也。《説文》云：「天子鄉飲辟廱。」《文王世子》注：「天子飲酒於虞庠。」則郊人亦得酌於上尊以相旅。此天子鄉飲於四郊之辟廱也。《月令》：「孟冬，大飲烝。」注：「十月，農功畢，天子、諸侯與其群臣飲酒於大學，以正齒位。」此天子鄉飲於國中四門之辟廱也。其國、郊制相同，皆有囿、臺、沼，周制也。昔儒多從周制大學辟廱在國中者而言之。鄭《駁異義》以靈臺辟廱在郊，從殷制而言之，鄭説是也。《王制》：「大學在郊，天子曰辟廱。」鄭亦爲殷制，則辟廱始於殷王制之右學。《祭義》之西學、《明堂位》之瞽宗，皆殷之辟廱也。周小學辟廱在四郊。其殷之辟廱，《韓詩》説在七里之内，《大戴禮》作「七里之郊」。鄭説在西郊，其遠近未聞也。文王仍殷制，則辟廱自在郊矣。又文王爲殷諸侯，故周人以諸侯之大學亦仍殷制在郊，《魯頌》之泮宫是也。詩末二章即申言弟三章「王在靈沼」之義。

於論鼓鍾，於樂辟廱。鼉鼓逢逢，矇瞍奏公。【傳】鼉，魚屬。逢逢，和也。有眸子而無見曰矇，無眸子曰瞍。公，事也。【疏】高誘注《吕覽・季夏紀》、《淮南・時則訓》亦謂鼉爲魚屬，與《傳》同。《説文》以爲水蟲。《釋文》引《義疏》云：「形似蜥蜴，四足，長丈餘，甲如鎧，皮堅厚宜冒鼓。」案此鼉鼓即蒙上賁鼓言之。鄭司農注《考工記》説：「鼖鼓四尺，謂革所蒙者廣四尺。」是鼖鼓之面，其革四尺，革用鼉皮也。《顧命》：「大貝、鼖鼓在西房。」《書》之鼖鼓即《靈臺》之賁鼖，以其制異，故與大貝共爲宗器，陳之以華國。《月令》：「季夏，命漁人取鼉。」注：「鼉皮又可以冒鼓。」《吕覽》、《淮南》注同。皆本《詩》而言。其實鼉皮爲鼓，文王偶用之，非常制耳。《秦策》李斯書云：「樹靈鼉之鼓。」此亦賁鼓爲建鼓之一證。逢逢，高注《吕覽》、郭注《山海經》引《詩》皆作「韸韸」。《廣雅》：「韸韸，聲也。」是三家《詩》有作「韸韸」矣。《毛詩》作「逢逢」，《傳》云「和」，謂鼓聲與鐘聲相應和也。《執競》「鐘鼓喤喤」，《傳》：「喤喤，和也。」義正同。○《孟子·離婁》篇：「莫良於眸子。」趙注云：「眸子，目瞳子也。」《周禮》「瞽矇」，鄭司農注云：「無目眹謂之瞽，有目眹而無見謂之矇。」《説文》：「瞽，目但有眹也。」説各有有眹、無眹之别，而其爲有目瞳子則一也。鄭司農注云：「有目無眸子謂之瞍。」《説文》：「瞍，無目也。」説雖有有目、無目之别，而其爲無目瞳子則又一也。眸子即珠子。李善注《文選·演連珠》引《韓詩章句》：「無珠子曰矇，珠子具而無見曰瞍。」疑李注有誤，《韓詩》當作「珠子具而無見曰矇，無珠子曰瞍」，與毛義同。矇瞍即瞽矇，樂工也。《周禮》：「瞽矇，上瞽四十人，中瞽百人，下瞽百有六十人。眂瞭三百人。」是一瞽矇，一眂瞭也。「公」訓「事」，謂即瞽矇所掌播鼗、柷、敔、塤、簫、管、弦、歌之事也。《文選》注引《韓詩》作「奏功」，《儀禮·鄉飲酒》疏、《楚辭·九章》注引《詩》作「奏工」。《楚茨》傳：「善其事曰工。」古公、功、工三字通。

《下武》六章，章四句。

《下武》，繼文也。武王有聖德，復受天命，能昭先人之功焉。【疏】文，文德也。文王以上世有文德，武王繼之，是之謂繼文。

下武維周，【傳】武，繼也。**世有哲王。三后在天，王配于京。**【傳】三后，大王、王季、文王也。王，武王也。【疏】「武，繼」，《爾雅·釋詁》文。繼，即《序》「繼文」之「繼」也。《禮記·中庸》篇「武王纘大王、王季、文王之緒」，鄭注云：「纘，繼也。」《箋》云：「下，猶後也。後人能繼先祖者，維有周家最大。」此申《傳》義也。《正義》謂「不通數武王者」，非也。○大王、王季、文王爲三后，冢上「世有哲王」句也。繼文王者復有武王，故王爲武王。京，大也。「王配于京」，言武王配天命更光大也。

王配于京，世德作求。永言配命，成王之孚。【疏】求，讀爲逑。逑，匹也。匹，亦配也。《爾雅・釋訓》釋文：「逑，本亦作『求』。」此求、逑通用之證。○永，長；言，我也。「永言配命」，言武王長配天命也。《文王》篇句義皆同。《噫嘻》傳云：「成王，成是王事也。」《文王》傳云：「孚，信也。」

成王之孚，下土之式。【傳】式，法也。**永言孝思，孝思維則。**【傳】則其先人也。【疏】「式，法」，《楚茨》同。「下土之式」與「萬邦爲憲」、「百辟其刑」句義相同。○則，亦法也。《孟子・萬章》篇：「孝子之至，莫大乎尊親。尊親之至，莫大乎以天下養。爲天子父，尊之至也。以天下養，養之至也。《詩》曰：『永言孝思，孝思維則。』此之謂也。」《孟子》引《詩》以明尊親先人，以盡其孝思。《傳》云「則其先人也」者，亦是尊親之事，《序》所謂「能昭先人之功」也。趙邠卿以爲長言孝道，欲以爲天下法則，則就孝思而推廣之，究非《詩》恉，且與「下土之式」文複。

媚兹一人，應侯順德。【傳】一人，天子也。應，當；侯，維也。**永言孝思，昭哉嗣服。**【疏】《思齊》傳：「媚，愛也。」一人，指武王。《傳》不言武王而變言天子者，以武王受天命爲天子也。「應，當」，《賚》同。「侯」訓「維」，「侯」爲句中語助，無意義。順德，定本作「慎德」，古順、慎二字通。案此言武王有輔佐諸臣也。《大戴禮・衛將軍文子》篇引《詩》釋之云：「故回一逢有德之君，❶世受顯命，不失厥名，以御于天子以申之。」《傳》以

❶「回」，《廣雅書局叢書》本與中華書局點校本王聘珍《大戴禮記解詁》作「國」。

一人爲天子，正本《戴記》。《漢書·敘傳下》：「張湯遂達，用事任職，媚兹一人，日旰忘食。既成寵禄，亦罹咎慝。」亦用《戴記》釋《詩》之義。《荀子·仲尼篇》：「主尊貴之，則恭敬而僔；主信愛之，則謹慎而嗛；主專任之，則拘守而詳；主安近之，則慎比而不邪；主疏遠之，則全一而不倍；主損絀之，則恐懼而不怨。」即引此詩以明臣下之事君上。《淮南子·繆稱》篇：「是故得一人，所以得百人也。」其下引：「《詩》云：『媚兹一人，應侯慎德。』慎德大矣，一人小矣。能善小，斯能善大矣。」此釋《詩》「一人」爲「得一賢人」，與古説殊，當出三家《詩》義。而指臣下言，則無甚異也。○嗣服，猶云「纘緒」也。

昭兹來許，繩其祖武。【傳】許，進；繩，戒；武，迹也。**於萬斯年，受天之祜。**❶【疏】《六月》傳：「御，進也。」古御、許聲同。劉昭《續漢書·祭祀志》注引謝沈書作「昭哉來御」，本三家《詩》也。「御」本字，「許」假借字。繩，讀爲慎。《續漢書》注引《詩》作「慎其祖武」，是三家《詩》作「慎」也。繩、慎聲轉義通。「武，迹」，《釋訓》文，《生民》、《武》同。武以止戈，會意。訓「迹」者，「步」之假借，古步、武聲同也。《沔水》傳：「蹟，道也。」《説文》「迹」、「蹟」同字。祖迹，祖道也。言武王有昭明之德，求進於治，又能戒以先祖之道也。此亦則其先人之意。

受天之祜，四方來賀。於萬斯年，不遐有佐。【傳】遠夷來佐也。【疏】四方，謂諸夏也。○《傳》訓「遐」爲「遠」。不遠，遠也，「不」爲語助。遠，謂遠夷。《正義》引《書敘》「武王勝殷，西旅獻獒，巢伯來朝」、《魯語》「武王克商，遂通道於九夷八蠻，肅慎來賀」，以證《傳》「遠夷來佐」之事。《韓詩外傳》云：「成王三年，有越裳氏重

---

❶「祜」，原作「祐」，據中國書店影印武林愛日軒刻本、徐子静本、阮刻《毛詩正義》改。下一「祜」字同。

九譯而至，獻白雉於周公，周公乃敬求其所以來。《詩》曰：『於萬斯年，不遐有佐。』」韓釋《詩》與毛意同。唯韓以爲成王，則上文云「昭哉嗣服」、「昭兹來許」亦必指成王之世。蓋詩自作於周公，故三家釋《詩》每及成王也。

《文王有聲》八章，章五句。

《文王有聲》，繼伐也。武王能廣文王之聲，卒其伐功也。【疏】文王受命作西伯，專征伐。武王繼之，伐紂定天下，是謂之繼伐。

文王有聲，遹駿有聲。遹求厥寧，遹觀厥成。文王烝哉！【傳】烝，君也。【疏】全《詩》多言「曰」、「聿」，唯此篇四言「遹」。「遹」即「曰」、「聿」，爲發語之詞。《説文》：「欥，詮詈也。」引《詩》「欥求厥寧」。欥字从欠、曰會意，是發聲。當以「欥」爲正字，「曰」、「聿」、「遹」三字皆假借字。《箋》訓「遹」爲「述」，義本《釋言》，不作語詞。○「烝，君」，《爾雅·釋詁》文。《釋文》引《韓詩》云：「烝，美也。」毛、韓同意。昭元年《左傳》：「楚公子美矣，君哉！」《孟子·滕文公》篇：「君哉！舜也。」烝哉即君哉，美嘆之詞。

文王受命，有此武功。既伐于崇，作邑于豐。文王烝哉！【疏】「文王受命」，受命作西伯也。「有此武功」，得有專征伐之武功也。既，終也。伐崇，在作西伯之六年也。《繁露·楚莊王》篇：「文王之時，民樂其興師征伐也，故《武》。武者，伐也。《詩》云：『文王受命，有此武功。既伐于崇，作邑于豐。』樂之風也。又云：『王赫斯怒，爰整其旅。』當是時，紂爲無道，諸侯大亂，民樂文王之怒而詠歌之也。周人德已洽天下，反本以爲樂，謂之《大武》，言民所始樂者武也云爾。」又《郊祀》篇：「文王受天命而王天下，先郊乃敢行事，而興師伐崇。其詩曰：『芃芃棫樸，薪之槱之。濟濟辟王，左右趣之。濟濟辟王，左右奉璋。奉璋峩峩，髦士攸宜。』此郊辭也。其下曰：『淠彼涇舟，烝徒楫之。周王于邁，六師及之。』此伐辭也。其下曰：『文王受命，有此武功。既伐于崇，作邑于豐。』以此辭者，見文王受命則郊，郊乃伐崇，伐崇之時，民何處殃乎？」案二王後得郊天，或古者受命作伯亦得郊天，故《皇矣》詩有伐崇類禡之文。此郊祀伐崇，可爲三家《詩》作證。至文王受命爲受天命王天下，三家義，而非毛義也。《棫樸》首章爲郊祭亦非毛義。《史記·周本紀》云：「詩人道西伯，蓋受命之年稱王。」此當是《魯詩》。○文王邑豐，又在受命六年後也。七年而崩，見《書大傳》。豐，古「酆」字。《説文》：「酆，周文王所都，在京兆杜陵西南。」昭四年《左傳》：「康有酆宫之朝。」《括地志》云：「鄠縣東三十五里有文王酆宫。」案漢杜陵故城在今陝西西安府東南，而酆乃在杜陵之西南。其西，漢鄠縣地。今西安府鄠縣東五里有古酆城。灃水又在酆城東。酆宫在鄠縣東三十五里。酆宫，疑即文王之辟雝也，去酆城三十里，在近郊内。

築城伊淢，作豐伊匹。【傳】淢，成溝也。匹，配也。**匪棘其欲，遹追來孝。王后烝哉！**【傳】后，君也。【疏】城，依《傳》當作「成」。「成」爲「城」古文假借字。《傳》云「成溝」，猶城池。《釋文》引《韓詩》作「城洫」云：「洫，深池。」張衡《西京賦》「經城洫」、《東京賦》「邪阻城洫」，薛綜注云：「洫，城池。」皆用《韓詩》也。「洫」本字，「淢」假借字。《説文》：「⿸疒或，讀若『溝洫』之『洫』。」「古文『閾』作『⿵門洫』。」此淢、洫聲通之理。上公之城方九里，宫方九百步。文王爲西伯，築城于豐，從上公之禮制。武王有天下，率由舊章，故天子城與上公同，此周禮也。詳《緜》篇。「匹」訓「配」，讀若「永言配命」之「配」。○棘，《釋文》作「亟」。《禮記·禮器》引《詩》作「革」。《正義》云：「『棘，急』，《釋言》文。」而《禮記》釋文云：「『革，急』，《釋言》文。」今《釋言》：「悈，急也。」棘、革、悈三字同。欲，《釋文》作「慾」。《禮器》作「猶」，鄭注云：「猶，道也。非必欲急成己之道。」《箋》云：「此非以急成從己之欲。」字異義同。遹，《禮記》作「聿」。「聿追來孝」，猶言追孝於前人也。遹，發聲。來，語助。弟一字發聲，弟三字語助，此其句例。「后，君」，《釋詁》文。《傳》訓「烝」爲「君」，又訓「后」爲「君」。《左傳》「不君君矣」、《國語》「爲君必君」、《論語》「信如君不君」，皆上「君」字實，下「君」字虛，與此同。

王公伊濯，維豐之垣。四方攸同，王后維翰。【傳】濯，大；翰，榦也。**王后烝哉！**【疏】《箋》云：「公，事也。」《天保》、《靈臺》、《江漢》、《酌》傳皆以「公」爲「事」。「濯，大」，《釋詁》文，《常武》同。《方言》亦云：「濯，大也。荆、吴、楊、甌之閒曰濯。」《棫樸》傳：「倬，大也。」古濯、倬同聲，故倬謂之明，濯亦謂之明；倬謂之大，濯亦謂之大矣。《釋文》引《韓詩》云：「濯，美也。」「大」與「美」義相近。垣，牆也。「維豐之垣」，百堵皆興也。○《版》「大宗維翰」，《傳》：「王者，天下之大宗。翰，榦也。」文義正同。

豐水東注，維禹之績。四方攸同，皇王維辟。【傳】績，業；皇，大也。**皇王烝哉！**【疏】豐，古「灃」字。《漢書・地理志》：「右扶風鄠，豐水出東南，北過上林苑，入渭。」《水經・渭水》篇：「又東，豐水從南來注之。」酈注引《地説》云：「渭水又東，與豐水會於短陰山内。水所匯處，無他高山異巒，所有唯原阜石激而已。」宋敏求《長安志》引《水經・豐水》逸篇：「豐水出豐谿，西北流分爲二水，一水東北流，又北，交水自東入焉。又北，昆明池水注之。又北，逕靈臺西。又北，至石堨，注于渭。」案渭南諸水唯豐爲大，歷代穿引，禹跡難尋。然諦觀豐水大勢，大抵入渭以入河者也。《漢志》言北流入渭，與《白華》箋「豐、鎬之閒水北流」，皆就豐入渭近者言之。此《箋》謂禹治豐水，使入渭，東注入河，解經「東注」之義，與《禹貢》渭會豐入河義正合。蓋詩陳禹治河之業，豐水東注，則渭南諸水皆東注矣。胡渭《禹貢錐指》據《詩》「東注」之文以爲豐水北流入渭，非禹故道，不免以文害辭。「績，業」，《釋詁》文。《閟宫》「纘禹之緒」，《傳》：「緒，業也。」○《正月》傳云：「皇，君也。」《楚茨》、《皇矣》傳竝云：「皇，大也。」《説文》：「皇，大也。从自、王。自，始也。始王者三皇，大君也。」然則大君謂之皇，故詁訓君謂之皇，亦大謂之皇矣。凡皇天、皇祖、皇考、皇尸皆同。大王，謂武王也。《釋文》：「辟，又音婢亦反，法也。」「皇王維辟」與上章「王后維翰」句法相同。翰爲榦，則辟爲法，當依陸别義爲優。

鎬京辟廱，自西自東，自南自北，無思不服。皇王烝哉！【疏】《郡國志》：「京兆尹長安鎬，在上林苑中。」孟康云：「長安西南有鎬池。」引《古史考》：「武王遷鎬，長安豐亭鎬池也。」《水經・渭水》注：「鎬水上承鎬池於昆明池北，周武王之所都也。自漢武帝穿昆明池於是地，基構淪褫，今無可究。」案今西安府即漢長安縣地。鎬池在長安西，即漢上林苑，地在漢昆明池之北。是武王之所都即於鎬池也。鎬，邑名，與鄗爲常山縣名者不同字。周時渭南豐水猶大，鎬京之水西承豐水，則引豐水爲池，是謂之鎬池，又謂之鎬陂，又别之爲鎬水，皆是豐水别流矣。鎬曰京者，京師也。劉昭《郡國志補注》「杜陵」下引《決録注》云：「鎬在豐水東，豐在鎬水西，相去二十五里。」《箋》云：「豐邑在豐水之西，鎬京在豐水之東。」《説苑・脩文》篇：「是故聖王修禮文，設庠序，陳鐘鼓。天子辟雍，諸侯泮宫，所以行德化。」其下即引此詩。然則此鎬京辟廱，即周立四郊之小學矣。周制小學在郊，殷則大學在郊，《靈臺》辟廱是也。諸侯用殷制，大學在郊，《魯頌》泮宫是也。〇王引之《釋詞》云：「『無思不服』，無不服也。思，語詞耳。」案王説是也。《荀子・儒效篇》、《議兵篇》兩引《詩》竝云：「通達之屬，莫不從服。」釋「無思不服」，則以「思」爲語詞明矣。《箋》與《孟子注》皆不以「思」爲語詞。

考卜維王，宅是鎬京。【傳】武王作邑於鎬京。**維龜正之，武王成之。武王烝哉！**【疏】考，成也。考卜，成卜也。王，武王也。宅，《禮記・坊記》引作「度」，「度」與「宅」通。宅以言作邑也。《傳》云「武王作邑於鎬京」，正釋經文「考卜維王，宅是鎬京」二句之義。《箋》：「武王卜居是鎬京之地。」《禮記》注：「武王卜而謀居此鎬邑。」《王風譜》：「始，武王作邑於鎬京，謂之宗周，是爲西都。」《正義》云：「《文王有聲》云：『宅是鎬京，武王成之。』是武王作邑於鎬京也。」是孔所見之本尚不誤。今各本此《傳》誤入上章。唯李善注《文選・典引》所引《毛詩傳》不誤，今據以訂正。

豐水有芑，武王豈不仕？詒厥孫謀，以燕翼子。【傳】芑，草也。仕，事；燕，安；翼，敬也。武王烝哉！【疏】「芑，草」，未詳。《采芑》傳：「芑，菜。」解之者以爲別物。鄭注《表記》云：「芑，枸檵也。」《廣雅》：「椇乳，苦杞也。」入《草部》。《行露》傳云：「豈不，言有是也。」古仕、士通。士，事也。士謂之事，故仕亦謂之事。《晏子・諫下》篇：「晏子曰：『臣聞明君必務正其治，以事利民，然後子孫享之。』」引《詩》正作「事」。仕讀爲事，其訓古矣。○詒，遺也。「燕，安；翼，敬」，言武王以安敬之謀遺其孫子也。上言謀，下言燕翼；上言孫，下言子，皆互文以就韻耳。《後漢書・班彪傳》：「昔成王之爲孺子，出則周公、召公、大史佚，入則大顛、閎夭、南宮括、散宜生，左右前後，禮無違者。故成王一日即位，天下曠然大平。是以《春秋》：『愛子教以義方，不納於邪。驕奢淫佚，所自邪也。』《詩》云：『詒厥孫謀，以宴翼子。』言武王之謀遺子孫也。」案此引《詩》似以得賢輔佐爲遺謀之事，與文三年《左傳》言子桑之忠、知人舉善亦引此詩合。但武王遺謀不止得賢輔佐，所該者廣也。

詩毛氏傳疏卷二十四

生民之什詁訓傳弟二十四　毛詩大雅

《生民之什》十篇，六十五章，四百三十三句。

《生民》八章，四章章十句，四章章八句。

《生民》，尊祖也。后稷生於姜嫄，文、武之功起於后稷，故推以配天焉。【疏】此詩專敘后稷始末，以述尊祖之德，而配天之功因是而推。

厥初生民，時維姜嫄。【傳】生民，本后稷也。姜，姓也。后稷之母，配高辛氏帝焉。**生民如何？克禋克祀，以弗無子。**【傳】禋，敬；弗，去也。去無子，求有子，古者必立郊禖焉。玄鳥至之日，以大牢祠于郊禖，天子親往，后妃率九嬪御。乃禮天子所御，帶以弓韣，授以弓矢，于郊禖之前。**履帝武敏，歆攸介攸止。載震載夙，載生載育，時維后稷。**【傳】履，踐也。帝，高辛氏之帝也。武，迹；敏，疾也。從於帝而見于天，將事齊敏也。歆，饗；介，大也。攸止，福禄所止也。震，動；夙，早；育，長也。后稷播百穀以利民。【疏】《爾雅》云：「初，始也。」《緜》「民之初生」，《傳》：「民，周民也。」此民亦謂周民。周，有天下之號。文、武起於后稷，而后稷生於姜嫄，故云：「生民，本后稷也。」姜爲姓，《箋》：「姜姓者，炎帝之後，有女名嫄。」字亦作「原」。《史記・周本紀》注引：「《韓詩章句》：『姜，姓；原，字。』或曰：姜原，謚號也。」《傳》文「后稷之母」之上，當奪「姜嫄」二字。姜嫄配高辛氏帝，帝，帝嚳也。《大戴禮・帝繫》篇云：「帝嚳上妃，有邰氏之女也，曰姜嫄氏，産后稷。」○「禋，敬」，《爾雅・釋詁》文，今字作「諲」。郭云「未詳」，誤。《維清》傳：「禋，祀也。」散文則禋亦祀，對文則禋爲敬。《國語》云：「精意以享禋也。」《説文》：「弗，从韋省。」故弗謂之去，與違謂之去同意。《箋》讀「弗」爲「祓」，云：「祓除其無子之疾而得其福。」即申《傳》「去無子，求有子」也。郊禖，即禖宫。於郊，故謂之郊禖。帝高辛氏已有之，故《傳》云「古者必立郊禖焉」也。周人以帝高辛妃姜嫄立其廟以爲禖宫，故又謂之高禖。《閟宫》傳：「閟，閉也。先妣姜嫄之廟在周，常閉而無事。孟仲子曰：『是禖宫也。』」「玄鳥至之日」以下，皆《禮記・月令》文。《傳》變《月令》高禖言郊禖者，以此詩是帝高辛率姜嫄祈生后稷於禖宫之事，不從周人稱高禖也。《玄鳥》傳亦言郊禖者，義同此。履，所以踐也。因之凡踐皆曰履。姜嫄配高辛氏帝，故知帝爲高辛氏之帝也。「武敏」訓「迹疾」，謂疾趨數發也。郊禖爲祀天之祭，其時高辛氏帝祠於郊禖，姜嫄與后妃九嬪之列，故《傳》云：「從於帝而見于天。」又云「將事齊敏」者，《爾雅》：「齊，疾也。」則齊亦疾也。案《爾雅・釋訓》一篇多徑漢人增益。其釋「履帝武敏」句「武，迹也。敏，拇也」，鄭《箋》同《雅》訓。《史記》、《楚辭》、《列女傳》、《春秋繁露》、《白虎通義》、《正義》引《異義》齊魯韓《詩》説竝同。敏，《爾雅》舍人本作「畝」，釋云：「古者姜嫄履天帝之迹於畎畝之中，而生后稷。」亦出三家《詩》，義主感天而生説。毛公作《傳》不從讖緯，最得其正。歆，即末章「上帝居歆」也。《説文》：「歆，神食气也。」神食气曰歆，亦曰饗。「介，大」，《小明》同。《傳》「止」上奪「攸」字，今補。釋「歆」爲「饗」，釋「介」爲「大」，釋「攸止」爲「福禄所止」。據此，則經文當作「歆介攸止」四字。今各本於「歆」下衍一「攸」字。《箋》「心體歆歆然」以解經之「歆」，「其左右所止住」以解經之「介攸止」。鄭雖與毛義異，其所據亦無上「攸」字可證也。《傳》言姜嫄從帝見天，天乃饗其德，大其福禄也。福禄莫大於生子，故下文詳言生后稷之事。○《爾雅》：「娠、震，動也。」昭元年《左傳》「邑姜方震」，《説文》引作「娠」。「震」與「娠」通。「夙」訓「早」，即總括「先生如達」以下之義也。「育」訓「長」，即總括「實覃實訏」以下之義也。時，是；維，爲也。《傳》云「后稷播百穀以利民」，民即承上文兩「生民」而言也。此八字文理不完，《小箋》據韋昭注《國語》，及裴松之注《魏志·杜畿傳》引韋注，稱《毛詩傳》作「后稷，周棄也。勤播百穀以利民，死於黑水之山」，校補十字。

誕彌厥月，先生如達。【傳】誕，大；彌，終；達，生也。姜嫄之子先生者也。**不坼不副，無菑無害。**【傳】言易也。凡人在母母則病，生則坼副菑害其母，橫逆人道。**以赫厥靈，上帝不寧。不康禋祀，居然生子。**【傳】赫，顯也。不寧，寧也。不康，康也。【疏】「誕，大」，《釋詁》文。「彌，終」，《釋言》文。大者，美大之詞。《傳》訓「達」爲「生」，説者皆不得其解。《載芟》「驛驛其達」，言苗之生驛驛然也。《傳》：「達，射也。」射猶出也。訓「達」爲「射」，與此訓「達」爲「生」，雖隨文立訓，而意義實同。先生如生，如生，而生也。此即「如破，而破」、「如濡，而濡」之例，「如」當作「而」字解。《傳》云「姜嫄之子先生者也」者，釋經「先生」之義。先生謂姜嫄始生，而生謂生后稷。言姜嫄始生子先生后稷，終月而生，初無異也。《傳》釋「彌，終；達，生」者，明終月而生之義。後釋先生者，爲起下之詞。至于始生之易，尚在下文，故下《傳》云：「不坼不副，無菑無害，言易也。」以姜嫄之始生后稷而無坼副菑害之苦，是天生顯靈也。自後人割絶《傳》文，刪去複句，遂不得其讀矣。《箋》讀

「如」爲比方之詞，如羊子之易生，絶非《傳》義。〇《説文》：「𡍮，裂也。」引《詩》作「不𡍮」，隸變作「坼」。俗作「拆」。《説文》引《詩》作「不疈」，「副，判也。籀文作『疈』」。《御覽·人事部》引《史記·楚世家》：「陸終生六子，坼疈而生。」字亦作「疈」。姜嫄生后稷，不𡍮副，無菑害，是其易生之狀，異乎凡人，此其中有天道焉。「赫」訓「顯」。「以顯其靈」句承上起下。「不寧，寧也」，寧，安也。「不康，康也」，康，樂也。「不」皆發聲。居，猶其也。然，猶是也。案此承上章言姜嫄克禋祀上帝，而上帝亦將安樂其禋祀。其然生子，謂生后稷也。

誕寘之隘巷，牛羊腓字之。【傳】誕，大；寘，置；腓，辟；字，愛也。天生后稷，異之於人，欲以顯其靈也。帝不順天，是不明也，故承天意而異之於天下。**誕寘之平林，會伐平林。【傳】**牛羊而辟人者，理也。置之平林，又爲人所收取之。**誕寘之寒冰，鳥覆翼之。【傳】**大鳥來，一翼藉之，人而收取之，又其理也。故置之於寒冰。**鳥乃去矣，后稷呱矣。【傳】**於是知有天異，往取之矣，后稷呱呱然而泣。**【疏】**「誕，大」，上章《傳》同。下文兩「誕」字，下章四「誕」字，誕皆美大之詞也。寘，古作「寘」。「寘，置」，《卷耳》、《伐檀》同。「腓，辟」，《采薇》同。「字」訓「愛」，言愛護之也。辟，讀「般辟」之「辟」，亦愛護之意。《傳》云「天生后稷，異之於人，欲以顯其靈也」者，此冢釋上章之義。云「帝不順天，是不明也，故承天意而異之於天下」者，此總釋本章之義。帝，高辛氏帝也。帝嚳知姜嫄之生后稷異於凡人，是天意欲顯其靈矣，故置隘巷、平林、寒冰，皆承天意而異之於天下之事。《傳》依經作解，義甚顯白，不若後世横滋異説，載疑以誣經也。〇《車舝》傳：「平林，林木之在平地者也。」《傳》云「牛羊而辟人者，理也。置之平林」者，此冢「牛羊腓字之」句，以釋經「寘之平林」也。云「又爲人所收取之」，以釋經「會伐平林」也。人即伐平林之人。云「大鳥來，一翼覆之，一翼藉之」者，以釋經「鳥覆翼之」也。經言覆，《傳》兼言藉，申補經義。王逸注《楚辭·天問》：「棄之於冰上，有鳥以翼覆薦温之。」藉猶薦温也。云「人而收取之，又其理也。故置之於寒冰」，此又冡「會伐平林」句，以釋經「寘之寒冰」也。先釋鳥覆，後釋置冰，爲承上起下之詞。《傳》有順經之辭而釋之者，亦有逆經之意而釋之者，此其例也。云「於是知有天異，往取之矣」者，言置隘巷而牛羊愛護，寘平林而適人會伐，二者猶理之常有。故更欲顯其異，而置之於寒冰之上。及見大鳥覆藉，則真知有天異可顯於天下。至往取后稷，大鳥既去，意亦冡上二句，以釋經「鳥乃去矣」也。云「后稷呱呱然而泣」，以釋經「后稷呱矣」也。《説文》：「呱，小兒嗁聲。」呱猶呱呱然。《書·咎繇謨》云：「啓呱呱而泣。」

實覃實訏，厥聲載路。誕實匍匐，克岐克嶷，以就口食。【傳】覃，長；訏，大；路，大也。岐，知意也。嶷，識也。**蓺之荏菽，荏菽旆旆，禾役穟穟，麻麥幪幪，瓜瓞唪唪。**【傳】荏菽，戎菽也。旆旆然長也。役，列也。穟穟，苗好美也。幪幪然茂盛也。唪唪然多實也。【疏】《説文·㫗部》引《詩》作「𡫤」，今字通俗作「覃」。《廣雅》亦云：「覃，長也。」「訏」訓「大」。篇中「實」字皆當作「寔」。寔，是也。「寔覃寔訏」，言于是長大也。上「寔」訓「于是」，下「寔」爲助詞。猶云「是刈是濩」，于是刈濩也；「是究是圖」，于是究圖也，皆上「是」訓「于是」，下「是」爲助詞，句法一例。「路，大」，《皇矣》同。《箋》云：「是時聲音則已大矣。」「誕寔匍匐」，言大矣，是始能匍匐也。《釋名》云：「匍匐，小兒時也。匍，猶捕也。藉索可執取之地也。匐，伏也，伏地行也。」匍匐，《釋文》亦作「扶服」，同。《説文》：「㘈，小兒有知也。《詩》曰：『克岐克㘈。』」高注《淮南·本經》引《詩》亦作「㘈」。《小箋》云：「今本《毛詩》作『嶷』，淺人依『岐』字偏旁改之耳。岐、知古音同在十六部，㘈、識古音同在一部。此古於疊韻得訓之大凡也。岐者，山之兩岐也。心之開明似之，故曰知意。嶷者，心口閒有所識也，故曰識也。《皇矣》亦『不識』、『不知』竝言。」奂謂岐、知、嶷、識析言也，渾言知、識不别。故《説文》「嶷」解「有知」，識亦知也。就，成也。口食，謂衆口之食也。此言后稷少時便知教民稼穡，故下文即言「蓺之」之事。○《齊·南山》傳：「蓺，樹也。」《爾雅·釋草》：「荏菽謂之戎菽。」《傳》所本也。菽，《釋文》作「叔」。荏，疑當作「任」。「任」與「戎」皆有「大」義，故《箋》云：「戎菽，大豆也。」大豆爲九穀之一種。《春秋·莊三十一年》：「齊侯來獻戎捷。」《穀梁傳》謂戎爲菽，即本《管子·戒》篇：「北伐山戎，出戎菽布之天下。」郭璞注《爾雅》遂指戎菽爲胡豆。孔仲達駁之，是矣。旆，从㫃，𣎵聲。旆旆，猶𣎵𣎵。《説文》：「𣎵，艸木盛𣎵𣎵然。讀若輩。」長、盛義同也。○生者曰苗，秀者曰禾，别言也。渾言苗亦得稱禾。禾役者，苗之榦也。《禹貢》：「三百里納秸服。」「秸服」二字連文得義。斷去其稾，又去其穎，謂之秸。帶稃言謂之秸服。㮚則脱於糠矣，米則成爲粱矣。孔《傳》云：「秸，稾也。服，稾役。」案僞孔誤解「服」與「役」同義。服爲稾役，此不可解《書》之秸服，而可以證《詩》之禾役。蓋《禹貢》言穎，《生民》言莖。秸者，實也。秸服者，㮚之皮也。禾者，苗也。禾役者，稾之皮也。《傳》以「列」訓「役」，「列」謂「栵」之假借字。《廣雅》：「黍穰謂之栵。」《廣韻》：「穰，禾莖。」則禾莖亦爲穰。《正義》列爲行列，失之矣。《爾雅》：「穟穟，苗也。」此《傳》所本也。《説文》：「穟，禾采之皃。」引《詩》作「禾穎穟穟」。「采，或作『穗』。」許本三家《詩》，指采説，不指苗説，與《爾雅》、《毛詩》皆異。《傳》云「苗好美」當作「美好」。《釋文》：「苗美好也。」《正義》：「其苗則穟穟然美好。」可證。○《大東》傳：「饛，滿簋皃。」幪、饛聲義相近。《廣雅》亦云：「幪幪，茂也。」又云：「菶菶，茂也。」多實者，茂盛之意。《説文·口部》「唪」下及《玉部》「玤」下兩引《詩》作「瓜瓞菶菶」。《玉篇》：「菶菶，多實也。」今《詩》作「唪唪」者，疑非舊本耳。

誕后稷之穡，有相之道。【傳】相，助也。**茀厥豐草，種之黄茂。實方實苞，實種實褎，實發實秀，實堅實好，實穎實栗，**【傳】茀，治也。黄，嘉穀也。茂，美也。方，極畝也。苞，本也。種，雝種也。褎，長也。發，盡發也。不榮而實曰秀。穎，垂穎也。栗，其實栗栗然。**即有邰家室。**【傳】邰，姜嫄之國也。堯見天因邰而生后稷，故國后稷於邰，命使事天，以顯神順天命耳。【疏】「相，助」，《清廟》、《雝》同。《爾雅》：「相，勴也。」勴亦助也。《正義》云：「『茀，治』，《釋詁》文。」今本《爾雅》作「弗」。《釋文》引《韓詩》作「拂」。拂，弗也。上章《傳》：「弗，去也。」「治」與「去」義相近。《湛露》傳：「豐，茂也。」種，當作「穜」，下同。《傳》云「黄，嘉穀」者，嘉穀爲禾之大名。《箋》謂穜黍稷不謂禾。鄭據《聘禮》米禾皆兼黍稷稻粱言之，故以禾稼爲諸穀苗榦大名。但他穀無異名，或可假禾稼以通稱，而禾稼斷不可假稱黍稷。《生民》之黄非黍稷也。已下皆言禾茂美，《還》同。○方，讀若旁，有「普偏」之義。《傳》云「極畝」，蓋即《甫田》詩之「長畝」、《漢志》之「長終畝」是也。苞之言固也。「苞」訓「本」，謂固苗之本。蓋即《甫田》傳之「雝本」、《漢志》之「附苗根」是也。此后稷甽田之制。《漢書·食貨志》：「后稷始甽田，以二耜爲耦，廣尺深尺曰甽，長終晦。一晦三甽，一夫三百甽，而播穜於甽中。苗生三葉以上稍壯，耨隴草，因隤其土以附苗根。」此其義也。穜者，以穀播土之名。《傳》云「雝穜」，此即「雝本」之意。《管子·五行》篇「苗足本」，尹注云：「足，猶擁也。」亦其義也。「實穜」冢上文「實苞」言，苞謂本，則穜爲雝穜，《傳》以申「實苞」之訓也。「雝穜」與《莊子》「雝腫無用」義殊。《正義》誤引之以解爲充肥之皃。《釋文》作「襍穜」，涉《箋》「生不襍」而誤。「褎」訓「長」，謂苗生長也。《説文》：「甹，木生條也。从马，由聲。」褎、甹聲義皆相近。發之爲言舒也。《傳》云「盡發」，言極畝之中苗并發也。秀者，禾作采也。「不榮而實曰秀」，《爾雅・釋草》文。《管子・小問》篇：「隰朋曰：『夫㮚内甲以處謂米也，中有卷城謂稃也，外有兵刃謂芒也。』」然則禾苗發秀，正當成稃作芒米處㲉中時，將充滿也。《大田》「既堅既好」，《箋》「堅孰」、「齊好」與此同也。禾秀曰穗，禾末曰穎，穗、穎互稱。垂穎者，「垂」當作「𠂹」。他穀不下𠂹，故穎之名唯禾有之。《書序》：「唐叔得禾，異畝同穎。」張衡《思玄賦》：「嘉禾𠂹穎而顧本。」是其義也。《説文》：「㮚，❶其實下𠂹，故从卤。」則引申之爲嘉穀實皃。《左傳》云：「嘉栗旨酒。」栗猶栗栗然也。《吕覽・任地》篇：「后稷曰：『子能使藁數節而莖堅乎？子能使穗大而堅均乎？子能使粟圜而薄糠乎？』」吕言治禾苗生長之節次與《詩》義略同。○《説文・邑部》、《水經・渭水》注、《吕覽・辯土》注、《史記・周本紀》索隱引《詩》皆作「有邰家室」，無「即」字。《白虎通義・京師》篇引《詩》作「台」，漢人作「斄」，竝同。邰，姜嫄國。《説文》：「邰，炎帝之後姜姓所封，周棄外家國。右扶風斄縣是也。」《水經注》：「渭水東逕斄縣故城南，舊邰城也。城東北有姜嫄祠，城西南百步有稷祠，郿之斄亭也。」案漢斄縣，後漢併入郿縣，《郡國志》郿縣之邰亭即《地理志》斄縣地。東晉以後又併入武功縣。古斄城在今陝西乾州武功縣西南二十五里。《傳》云「堯見天因邰而生后稷，故國后稷於邰」者，堯亦高辛氏帝嚳之子，爲后稷異母兄。堯見天生后稷，本始於姜嫄，故即以姜嫄國而封后稷，亦猶帝嚳之順天也。后稷封邰在堯時，《傳》已有明文矣。《箋》：「堯改封於邰，就其成國之家室，無變更也。」《列女傳・母儀》篇：「堯使棄居稷官，更國邰地，遂封棄於邰，號曰后稷。」《史記・劉敬傳》：「周之先自后稷，堯封之邰。」説竝同也。云「命使事天，以顯神順天命」

❶「㮚」，徐子靜本、《清經解續編》本同。經韻樓本《説文解字注》與陳昌治刻《説文解字》竝作「㮚」，當據正。

者，《傳》蓋探下三章之意而言。

誕降嘉穀，維秬維秠，維穈維芑。【傳】天降嘉種。秬，黑黍也。秠，一稃二米也。穈，赤苗也。芑，白苗也。**恒之秬秠，是穫是畝。恒之穈芑，是任是負，以歸肇祀。**【傳】恒，徧也。肇，始也，始歸郊祀也。【疏】經言「嘉穀」，《傳》云「嘉種」，嫌嘉穀爲禾之大名，下文秬秠是黍，虋芑是禾，故以「嘉種」釋「嘉穀」，渾言之，以兼黍禾也。後人乃因《傳》改經耳。《説文·禾部》及《文選·典引》注引《詩》「誕降嘉穀」可證。《孔叢子·執節》篇：「魏王問子順曰：『昔者上天神異后稷，而爲之下嘉穀，周以遂興。』荅曰：『天雖至神，自古及今，未聞下穀與人也。《詩》美后稷能大教民種嘉穀，以利天下，故《詩》曰：「誕降嘉穀。」』」《孔叢》僞書，其所據《詩》亦作「嘉穀」。今引《詩》作「嘉種」者，以誤本改之也。○「秬，黑黍；秠，一稃二米」，《爾雅·釋草》文。《正義》引《春官·鬯人》注：「秬如黑黍，一秠二米。」《説文》：「䆋，黑黍也。一稃二米以釀。或从禾作『秬』。」案秬本黑黍之大名，以秬中之一稃二米者釀是謂秬鬯，故小篆作「䆋」。《説文》：「秠，一稃二米。」用《爾雅》、毛《傳》文。《鄭志·荅張逸》曰：「秬即其皮，稃亦皮也。」然則秠者，凡稃之稱。因之以别一米之秬，而又得爲一稃二米之專稱。單言秬則二米不見，故《鬯人》注必申解之。單言秠則黑黍不見，故必知秠即秬之皮，而後秠因秬得名之義可憭如也。秠，《玉篇》作「秐」。穈，《爾雅》、《説文》皆作「虋」。「虋，赤苗；芑，白苗」，亦《釋草》文。《説文》：「禾，嘉穀也。」「虋，赤苗嘉穀也。」「芑，白苗嘉穀也。」案赤苗、白苗謂禾莖有赤、白二種，本爲苗之名，因爲禾之名。下言虋芑可以任負，則不謂苗矣。郭注《爾雅》云「赤粱粟、白粱粟」，其就已成之禾説猶是也。至宋蘇頌冒爲赤黍、白黍者，大繆。程瑶田云：「黍之苗惟一色，而無赤、白之異。」○《傳》「恒，徧」下奪「也」字，今補。《釋文》：「恒，本又作『亘』。」《説文》：「桓，竟也。」「亘」古文。桓，《考工記・弓人》「恒角而短」，注：「恒，讀爲桓。桓，竟也。」「竟」與「徧」義近。恒者，「亘」之借字，與《詩》同。任，亦負也。《玄鳥》傳：「何，任也。」「任」與「何」同義。任負猶負何也。「肇，始」，《釋詁》文，《維清》、《小毖》同。案上章《傳》言堯命后稷使事天，此言后稷始行事天之祀。祀爲郊祀者，《郊特牲》云：「郊之祭也，大報天也。」是郊祀即事天矣。歸，歸邰國也。穫畝任負，始歸郊祀，則在秋冬報，非春夏祈矣。此章肇祀與末章后稷肇祀爲祀上帝，文正相應。后稷之祀上帝出於堯命，如周成王命魯公祀帝于郊之例。其在古昔當有明文，今不可得而攷矣。末章之「肇」，《禮記》引《詩》作「兆」，故鄭《箋》讀此「肇」爲「兆五帝於四郊」之「兆」，意據《周禮》「孟春，南郊祈穀，祭感生，帝以后稷配」爲説。但周人祈穀在孟春及孟夏兩月。孟春南郊以后稷配，此人祀后稷，與后稷自祀者不同。詩言后稷自郊祀爲天降嘉穀之祥，故堯命之以事天報本。不得援《月令》祈穀之文以釋此詩之義。下章云「穀孰而謀，陳祭而卜」，《傳》義甚明矣。凡祈穀與祈年不同，祈穀以春播穀而祈秋實也，祈年以報今秋成孰而祈來歲再豐也。

誕我祀如何？或舂或揄，或簸或蹂。釋之叟叟，烝之浮浮。【傳】揄，抒臼也。或簸糠者，或蹂黍者。釋，淅米也。叟叟，聲也。浮浮，氣也。**載謀載惟，取蕭祭脂。取羝以軷，載燔載烈。**【傳】嘗之日，涖卜來歲之芟；獮之日，涖卜來歲之戒；社之日，涖卜來歲之稼，所以興來而繼往也。穀孰而謀，陳祭而卜矣，取蕭合黍稷，臭達牆屋，既奠而後爇蕭，合馨香也。羝羊，牡羊也。軷，道祭也。傅火曰燔，貫之加於火曰烈。**以興嗣歲。**【傳】興來歲，繼往歲也。【疏】我，我后稷也。《説文》：「舂，擣粟也。」「舀，抒臼也。」引《詩》作「舀」。《周禮・舂人》注及《儀禮・有司徹》注竝引《詩》作「抭」。「抭」即「舀」之或字。《毛詩》作「揄」者，爲假借字。經言「簸」，《傳》云「簸糠」。《釋文》：「糠，亦作『康』。」《説文》：「糠，穀之皮也。从禾、米，庚聲。或作『康』。」是糠、康一字。今隸變作「康」。康者，米包皮内。簸康者，謂穀既舂後，皮米離脱，則揚去其皮，而米自在箕下也。《説文》云：「箕，簸也。」「簸，揚米去康也。」下文即言蹂米之事。經言「蹂」，《傳》云「蹂黍」，定本作「蹂米」，是也。《箋》：「蹂之言潤也。簸之，又潤溼之，將復舂之，趣於鑿也。」此「潤」當作「撋」，「潤溼」又「煩撋」之譌。《葛覃》傳：「汙，煩也。」《箋》：「煩，煩撋之，用功深。」煩撋者，以手重擦之謂，與「蹂」字從足柔聲義正相近。若云「潤溼」，則米已箸水，豈能再舂之理？蓋《箋》以「撋」釋「蹂」，正申《傳》「蹂米」之義。「復舂趣鑿」亦補足「蹂」訓也。下文乃言淅米之事。《説文》：「釋，漬米也。」釋音擇。釋者，假借字。或古《毛詩》作「釋」，不能肊定也。《傳》云「淅米」者，《士喪禮》「祝淅米于堂」，注：「淅，汏也。」凡米必先漬之而後汏之，是謂之淅，亦謂之釋。今吴俗謂之淘。淘即汏之轉耳。《釋文》：「叟叟，又作『溲溲』。」《爾雅》：「溞溞，淅也。」樊光注引《詩》作「溞溞」。《玉篇》：「溞溞，淅米聲。」「溞溞」即「溲溲」之異文。《禮記・内則》篇：「爲稻粉糔溲之以爲酏。」「糔」當作「溞」，溞、溲同也。《説文》：「烝，火氣上行也。」「烰，烝也。」引《詩》作「烝之烰烰」。《爾雅》：「烰烰，烝也。」浮、烰義近。「炊米」字從火，三家《詩》及《爾雅》作「烰烰」者，本字。《毛詩》「浮浮」則假借也。○「嘗之日」以下，《周禮・肆師》文。《傳》引以證興來繼往之義。嘗、獮皆在秋時，社亦爲秋報，故《良耜》爲秋報社稷。篇末「以似以續」句，與此章末「以興嗣歲」句，《傳》義相同也。《周禮》祀天神南郊，祀地示北郊，兩者皆於郊報祭。堯命后稷祀天報功，其亦報地德可知。《傳》言此以補經義，要非正解經文耳。云「穀孰而謀」，釋經之「載謀」。云「陳祭而卜」，釋經之「載惟」。《爾雅》：「惟，謀也。」謀即謀卜也。「穀孰」括上文任負之事，「陳祭」括上文釋烝之事。穀孰即謀報本，陳祭即卜豐年。是以秋報爲正祭，而冬報亦晐在其中。《周頌・豐年》序云「秋、冬報」，此秋、冬皆有報祭之典。《月令》：「孟冬，大飲烝。天子乃祈來年于天宗，大割祠于公社及門閭。」高誘注《呂覽》云：「祈，求也。求明年於天宗之神。宗，尊也。凡天地四時皆爲天宗，萬物非天不生，非地不載，非春不動，非夏不長，非秋不成，非冬不藏。《書》曰：『禋于六宗。』此之謂也。祠于公社，國社，后土也。」據高説，天宗、公社皆於天地祈來年之祭，亦與《詩傳》合。○《傳》文「取」下奪「蕭祭脂」三字，寫者删經中複語，而於「蕭」上賸一「取」字。《正義》云：「云『蕭合黍稷，臭達牆屋，既奠而後爇蕭合馨香』，皆《郊特牲》文。」是《正義》本無「取」字可證。案《禮記》言黍稷不言脂，《詩》言脂不言黍稷，互文錯見也。云「蕭合黍稷」，釋「取蕭」二字。云「臭達牆屋」，兼釋「祭脂」二字。云「既奠而後爇蕭合馨香」者，蕭也、脂也、黍稷也三者合馨香。《鳧鷖》傳：「馨，香之遠聞也。」此薦孰時也。《信南山》「取其血膋」，《傳》：「膋，脂膏也。血以告殺，膋以升臭，合之黍稷，實之于蕭，合馨香。」兩詩《傳》義同。又案「取蕭祭脂」句當指宗廟之祭。蓋詩末三章本主郊祀，而此章爲承上起下，故因報祭兼及廟祭一語耳。《豐年》、《良耜》皆秋冬報祭之詩，而竝有「烝畀祖妣」之文，此其義證也。不然，蕭脂已正祭薦孰之節，下文何爲重言道祭往郊也。○《説文》：「羝，牡羊也。」《廣雅》：「羝，雄也。吴羊牡三歲曰羝。」《漢書·蘇武傳》：「匈奴使武牧羝，羝乳乃得歸。」顔注：「羝不當産乳，故設此言，示絶其事。」此即羝爲牡之證。軷即犯軷。《夏官》：「大馭掌馭玉路以祀。及犯軷，王自左馭，馭下祝，登，受轡，犯軷，遂驅之。」鄭注云：「行山曰軷。犯之者，封土爲山象，以菩芻棘柏爲神主，既祭之，以車轢之而去，喻無險難也。」引《詩》家説曰：「將出祖道，犯軷之祭也。」據鄭説，則軷本行山之名，因之行者封土爲山象謂之軷。軷行神之所依，故因之道祭亦謂之軷。《説文》：「軷，出將有事於道，必先告其神，立壇四通，樹茅以依神爲軷。既祭犯軷，轢牲而行爲範軷。《詩》曰：『取羝以軷。』」「範，範軷也。讀與『犯』同。」許與鄭説略同。祭軷必轢牲，詩言取羝，則所轢之牲乃羊耳。

杜子春謂轢軷磔犬者，《秋官・犬人》：「凡祭祀，共犬牲。伏、瘞亦如之。」鄭司農注云：「伏，謂伏犬，以王車轢之。」杜本司農説也。故《聘禮》注謂犬、羊竝可用之。《正義》云「天子用犬，此諸侯用羊，禮相變」，不知郊祀正天子禮，不得云「天子不用羊」也。《月令》注：「行在廟門外之西，祀行之禮，北面設主于軷上。」案據鄭説，行軷一事，天子往郊必告祖禰，犯軷當即在廟門外，則詩此句爲祀行，而上句爲告廟，尤可徵信也。若祭軷畢而飲酒曰餞，送行者之禮與此道祭無涉。《瓠葉》傳：「加火曰燔。」傳猶加也。全《詩》中三言「燔炙」，唯此言「燔烈」，烈、炙聲轉而義同。「貫之加於火曰烈」，即《瓠葉》傳「抗火曰炙」也。燔炙爲郊祭薦孰之事，報畢而祈。故《傳》云：「興來歲，繼往歲也。」

卬盛于豆，于豆于登，【傳】卬，我也。木曰豆，瓦曰登。豆，薦葅醢也。登，大羹也。**其香始升。上帝居歆，胡臭亶時？后稷肇祀，庶無罪悔，以迄于今。**【傳】迄，至也。【疏】「卬，我」，《匏有苦葉》、《白華》同。《爾雅・釋器》：「木豆謂之豆，瓦豆謂之登。」《傳》所本也。豆，《説文》作「梪」，今通作「豆」。《説文》：「𤼽，禮器也。从廾持肉在豆上。讀若『鐙』同。」「鐙」與「𤼽」音同通假，「登」又「鐙」之省假。桓四年《公羊》注：「豆，祭器名，狀如鐙。」《考工記・瓬人》「豆中縣」，注：「縣，縣繩正豆之柄。」《禮記・祭統》篇：「夫人薦豆執校，執醴授之執鐙。」注：「校，豆中央直者也。鐙，豆下跗也。」案豆、鐙制相似。豆下之跗名鐙，則鐙必有足。豆以木，鐙以瓦爲別耳。《天官・醢人》朝事之豆、饋食之豆、加豆之實，皆有葅有醢。《儀禮・特牲禮》：「薦兩豆：葵葅、蝸醢。」是豆薦葅醢也。《聘禮》注：「凡饌，以豆爲本。」賈疏云：「凡設饌，皆先設豆，乃設餘饌。」《公食大夫禮》：「大羹湆不和，實于鐙。」注：「大羹湆，煮肉汁也。大古之羹不和，無鹽菜。」《詩正義》引作「登」，是大羹爲登實也。《特牲禮》：「設大羹湆于醢北。」注：「設之所以敬尸也。」賈疏云：「醢北者，爲薦左。《公食大夫》、《昏禮》

大羹湆皆在薦右，此在左者，神禮變於生人。」〇上章《傳》：「歆，饗也。」居，語詞。「上帝居歆」，言上帝其饗也，與「上帝既命」、「上帝是依」句同。胡，何；亶，誠；時，善也。「胡臭亶時，后稷肇祀」，言何其芳臭達聞於天，誠無不善者，以后稷之始行郊祀故也。《傳》於上章「肇祀」訓「始郊祀」，「始」字與此章「今」字文正相對。今，今文、武也。周之功，以后稷爲始，而以文、武爲今。篇中皆述后稷郊祀，至文、武於南郊之祀，后稷配天，是《序》推言「尊祖」，非經義所有耳。《箋》云：「后稷肇祀上帝於郊。」又云：「子孫蒙其福，以至於今。」是矣。《禮記·表記》：「子曰：『后稷之祀易富也。其辭恭，其欲儉，其禄及子孫。《詩》曰：「后稷兆祀，庶無罪悔，以迄于今。」』」此言后稷之祀禄及子孫。「兆」與「肇」聲相通。辭恭欲儉，即是《箋》「祀天用瓦豆陶器，質」之義。哀元年《穀梁傳》云：「郊，享道也。貴其時，大其禮。其養牲雖小，不備可也。」亦辭恭欲儉之説也。鄭注《禮記》謂祀后稷於郊以配天解「后稷兆祀」句，與箋《詩》不合。注《禮記》時未治《毛詩》。迄，當作「迄」。「迄，至」，《釋詁》文，《維清》同。

《行葦》七章，二章章六句，五章章四句。

《行葦》，忠厚也。周家忠厚，仁及草木，故能内睦九族，外尊事黄耇，養老乞言，以成其福禄焉。

【疏】《列女傳·辯通》篇：「晉弓工妻曰：『君聞昔者公劉之行乎？羊牛踐葭葦，惻然爲民痛之，恩及草木。』」《文選》班彪《北征賦》、《後漢書·寇榮傳》、《潛夫論·邊議》篇、《德化》篇，漢人承三家舊説，皆以《行葦》爲公劉之詩。

敦彼行葦，牛羊勿踐履。方苞方體，維葉泥泥。【傳】敦，聚貌。行，道也。葉初生泥泥然。**戚戚兄弟，莫遠具爾。**【傳】戚戚，内相親也。【疏】《説文·立部》：「竱，磊竱，重聚也。」「敦」與「竱」通。《文選》馬融《長笛賦》注引鄭《箋》「團聚貌」，與今本異。「行」訓「道」，行葦，道葦也。履，亦踐也。苞，本也。苞謂本根，體謂枝莖，下言葉也。《傳》云「葉初生泥泥然」，「然」字依《群書治要》補。葉爲初生，則苞體亦爲本枝孱弱之時。方，猶且也。左思《蜀都賦》「總莖柅柅，裛葉蓁蓁」，劉逵注：「柅柅、蓁蓁，茂盛貌也。」李善引《毛詩》作「柅柅」。《廣雅》：「苊苊，茂也。」竝與「泥泥」同。《箋》云：「敦敦然道傍之葦，牧牛羊者毋使躐履拆傷之。❶草物方茂盛，以其終將爲人用，故周之先王爲此愛之，況於人乎？」案此即《序》所謂「周家忠厚，仁及草木」也。○《禮記·大傳》篇：「君有合族之道，族人不得以其戚戚君，位也。」言族人不得與君行戚戚之道，爲君在位故也。與《詩》「戚戚」義同。具，俱也。爾，古「邇」字。「莫遠具爾」與「不遠伊邇」句法一例。《漢書·文三王傳》谷永上疏引《詩》云：「戚戚兄弟，莫遠具爾。」顔師古注云：「戚戚，内相親也。爾，近也。言王之族親情無疎遠，皆昵近也。」案顔説是也。「莫遠具爾」即「内相親」之意，《序》所謂「内睦九族」也。養老之先，必行射禮；諸侯之射也，必先行燕禮。二、三章指燕，四、五章指射，六、七章正言養老之事，《序》所謂「外尊事黄耇」也。

或肆之筵，或授之几。【傳】肆，陳也。或陳設筵者，或授几者。**肆筵設席，授几有緝御。**【傳】設席，重席也。緝御，踧踖之容也。**或獻或酢，洗爵奠斝。**【傳】斝，爵也。夏曰醆，殷曰斝，周曰爵。

【疏】「肆，陳」，《楚茨》同。《公食大夫·記》：「司宮具几與蒲筵常，緇布純，加萑席尋，玄帛純。」鄭注云：「丈六尺曰常，半常曰尋。必長筵者，以有左右饌也。」是凡筵者大於加席矣。《周禮》「司几筵」注云：「筵，亦席也。鋪陳

---

❶「拆」，徐子静本、《清經解續編》本同。明世德堂本《毛詩》、阮刻《毛詩正義》竝作「折」。

曰筵，藉之曰席。然其言之筵、席通矣。」詩言肆筵，下文既肆筵又設席，則筵、席通稱。《傳》云「陳設筵」，亦兼設席也。《司几筵》：「王位左右玉几，昨席亦如之。」鄭司農注云：「昨席，於主階設席，王所坐也。」司農意以昨席左彤几爲諸侯之禮，則知天子昨席亦當設左右玉几。下文「授几有緝御」，《傳》本「君在，踧踖爲敬」，則此授几爲授玉几也。《公食大夫·記》「不授几，無阼席」，注云：「食禮輕，公不坐。」若天子燕飲，其有阼席、授几必矣，几爲尊者設也。《傳》釋「設席」爲「重席」，重席與加席不同。《燕禮》「司宫兼卷重席，設于賓左，東上。卿辭重席，司宫徹之」，注：「言兼卷，則每卿異席也。重席，重蒲筵，緇布純也。徹，猶去也。重席雖非加，猶爲其重累去之，辟君也。」鄭以重席爲重筵，是矣。《禮器》：「天子之席五重，諸侯之席三重，大夫再重。」《鄉飲酒禮》亦云：「賓若有遵者，席于賓東，公三重，大夫再重。」是重席有五重、三重、再重之異，而加席爲最上之席。《鄉飲酒禮》注：「加席，上席也。」《周禮》唯王位加繅席、加次席，有二加席與左右几爲殊禮。其餘只一加席也。《燕禮》「賓無加席」，而重席未嘗不設。《傳》云「重席」者，就賓位而言，「授几」就主位而言也。緝，讀爲戢。戢，聚也。御，進也。聚足而進曰緝御。《曲禮》「堂上接武」，注：「武，迹也。迹相接，謂每移足半躡之。中人之迹尺二寸。」《玉藻》「君與尸行接武」，注：「尊者尚徐，蹈半迹。」緝御猶接武，緝、接疊韻，御、武疊韻。《傳》云「踧踖之容」者，《論語·鄉黨》篇：「君在，踧踖如也。」馬融注云：「踧踖，恭敬貌。」《廣雅》：「跦踖，畏敬也。」「跦」與「踧」同。◯《傳》釋「斝」爲「爵」，則斝亦爵也。又引《禮記·明堂位》文以證三代之異名。醆，或作「琖」。《明堂位》魯用玉琖，夏爵也。《周禮·大宰》「贊玉爵」，周爵也。斝爲殷爵，亦以玉爲之。《説文》：「斝，玉爵也。或説，斝受六斗。」鄭司農《鬱人》注：「斝，讀爲稼，畫禾稼也。」據《周禮》、《禮記》斝皆用諸廟中，而《詩》斝則用諸燕，故三家以《行葦》爲公劉詩也。《燕禮》云：「公執觶興，賓進，受虛爵，降，奠于篚，易觶洗。」又云：「賓以旅酬於西階上，射人作大夫長升受旅。

賓大夫之右，坐奠觶，拜，執觶興。大夫荅拜。賓坐祭，立飲，卒觶，不拜。若膳觶也，則降，更觶洗。」案此即獻酢後洗奠之禮。

醓醢以薦，或燔或炙。嘉殽脾臄，【傳】以肉曰醓醢。臄，函也。**或歌或咢。**【傳】歌者，比於琴瑟也。徒擊鼓曰咢。【疏】《爾雅》：「肉謂之醢。」李注云：「以肉作醬曰醢。」《釋名》：「醢多汁者曰醓。醓，瀋也。宋、魯人皆謂汁爲瀋。」《説文》：「䏙，肉汁滓也。」「盬，血醢也。《禮》有盬醢，以牛乾脯、粱、籟、鹽、酒也。」《天官·醢人》朝事之豆有醓醢。《釋文》：「本又作『盜醢』。」「盜」即「盬」之譌。今字通作「醓」。以肉作醬謂之醢，肉醬有汁謂之醓醢。醓即醢之汁。《傳》云「以肉曰醓醢」，蓋舉肉不必言肉汁矣。段注《説文》云：「汁即鹽酒所成，醢皆胜物，非有孰汁也。」燔炙，《傳》義見上篇。○《醢人》：「饋食之豆，脾析、蠯醢。」鄭司農注云：「脾析，牛百葉也。」《既夕禮》注：「脾，讀爲『雞脾肶』之『脾』。」《説文》作「膍」，脾、膍音相近。胃薄如葉，碎切之，謂之脾析，亦謂之脾肶，亦謂之百葉。《廣雅》云：「百葉謂之膍胵。」天子、諸侯牛百葉，大夫、士羊百葉。」《説文》：「谷，口上阿也。或作『臄』。」又《马部》：「圅，舌也。」段注云：「舌，當『谷』之譌。蓋許以『谷』釋『圅』，毛以『圅』釋『臄』，義同。《釋文》：『臄，口次肉也。』引《通俗文》云：『口上曰臄，口下曰圅。』析言之也。」案豆實之臄，《禮》無明文。唯《少儀》：「羞首者，進喙，祭耳。」嘉肴有臄，其即進喙歟？《集韻·十八藥》：「臄，切肉也。取脾、腎實腸炙之曰臄。❶《詩》：『嘉肴脾臄。』」此或本三家《詩》説。《箋》云：「以脾圅爲加，故謂之嘉。」○《燕禮》有升歌、

---

❶「腸」，徐子静本、《清經解續編》本同。《宋刻集韻》作「腹」。

閒歌之樂。《傳》云「歌者，比於琴瑟」，此即指升歌、閒歌言也。《園有桃》「我歌且謠」，《傳》：「曲合樂曰歌，徒歌曰謠。」歌謂正歌，曲合樂，所謂「比於琴瑟」也。「徒擊鼓曰咢」，《爾雅・釋樂》文。歌咢，猶歌謠。歌皆正歌，謠與咢皆非正歌。《傳》既釋「或歌」，又引《爾雅》以釋「或咢」，則經義已兼及無算樂矣。《正義》從王肅所據毛《傳》作「徒擊鼓曰咢」，是也。《釋文》及定本、《集注》作「徒歌曰咢」，誤。《字林》或作「噩」。

敦弓既堅，四鍭既鈞，舍矢既均，【傳】敦弓，畫弓也。天子敦弓。鍭矢參亭，已均中蓺。**序賓以賢。**【傳】言賓客次序皆賢。孔子射於矍相之圃，觀者如堵牆。射至於司馬，使子路執弓矢出延射，曰：「奔軍之將、亡國之大夫與爲人後者不入，其餘皆入。」蓋去者半，入者半。又使公罔之裘、序點揚觶而語。公罔之裘揚觶而語曰：「幼壯孝弟，耆耋好禮，不從流俗，脩身以俟死者，不？在此位。」蓋去者半，處者半。序點又揚觶而語曰：「好學不倦，好禮不變，耄勤稱道不亂者，不？在此位也。」蓋僅有存焉。【疏】《說文》：「⿰弓𦎫，畫弓也。」隸變作「弴」。《玉篇》：「弴，天子弓也。」弴，本字。《毛詩》作「敦」爲假借字。畫弓，謂「繪畫」之「畫」，非「刻畫」之「畫」。《彤弓》傳：「彤弓，朱弓也。」朱色之弓謂之彤弓，則知敦弓爲設色，非刻文矣。《傳》云「天子敦弓」者，《荀子・大略篇》：「天子彫弓，諸侯彤弓，大夫黑弓，禮也。」敦、彫一聲之轉。彫弓之爲敦弓，猶彫琢之爲敦琢矣。彫者，亦文飾之謂。毛訓正本《荀子》。又何注定四年《公羊傳》云：「禮：天子雕弓，諸侯彤弓，大夫嬰弓，士盧弓。」「雕」與「彫」通。○《傳》云「鍭矢參亭」者，「鍭矢」釋「鍭」，「參亭」釋「鈞」，四字連讀，非以「矢參亭」三字專釋經之「鍭」也。鈞者，「均」之假借字。《考工記》：「矢人爲矢，鍭矢參分，一在前，二在後。」鄭注云：「參訂之而平者，前有鐵重也。」鄭司農注：「一在前，謂箭稾中鐵莖居參分殺一以前。」案凡矢長三尺殺一尺，而翦羽六寸，刃二寸。刃即箭鏑。參亭者，謂一在前，二在後，皆已停均軒輊中也。亭，古「停」字。《弓人》云：「材美，工巧，爲之時，謂之參均。角不勝幹，幹不勝筋，謂之不參均。」參亭，猶參均耳。《爾雅》：「金鏃翦羽謂之鍭。」李注云：「鍭，以金爲箭鏑也。」《既夕・記》：「翭矢一乘，骨鏃，短衛。」注：「生時翭矢金鏃。」蓋以金鏃言從金作「鍭」，以翦羽言從羽作「翭」，實一字也。金鍭所以主中，大射主皮，禮射不主皮。《詩》言鍭矢，其爲大射，不爲禮射，明矣。《傳》云「已均中蓺」，四字亦連讀。「已」釋「既」，而以「均中蓺」申明經義，非以「中蓺」釋「已均」也。次章《傳》「如樹，言皆中也」，均中、皆中同義。《箋》：「蓺，質也。」《賓之初筵》傳：「的，質也。」《説文》：「臬，䠶墩的也。」《匠人》注：「槷，古文『臬』假借字。」上句言矢體之善，下句言矢發之巧。○序賓，《傳》云「賓客次序」。下章言賢才，則賢爲賢才也。「孔子射於矍相之圃」以下，皆《禮記・射義》文。引之即以證賓客次序皆賢之義。《傳》文奪「公罔之裘揚觶而語」八字，今依《小箋》補。《儀禮》鄉射、大射，射畢皆行飲酒之禮，飲酒以養老爲重。《箋》云：「周之先王將養老，先與群臣行射禮，以擇其可與者以爲賓。」鄭蓋探末二章養老而言。段氏《經韻樓集》云：「天子諸侯先大射，後養老。《行葦》之射必爲大射。」又云：「古之養老用鄉飲酒之禮，故《禮注》謂養老爲飲酒。古大射、賓射、燕射不外鄉射之禮，故《禮・大射》有『如鄉射之禮』之文。蓋其儀雖多不同，而其爲尊長養老一也。」

敦弓既句，既挾四鍭。【傳】天子之弓，合九而成規。四鍭如樹，【傳】言皆中也。序賓以不侮。【傳】言其皆有賢才也。【疏】「天子之弓，合九而成規」，《夏官・司弓矢》及《考工記》竝有此文。《弓人》：「往體寡，來體多，謂之王弓之屬，利射革與質。」鄭注云：「射深者用直，此又直焉，於射堅宜也。」工弓合九而成規，弧弓亦然。天子射侯亦用此弓。」然則王、弧皆天子之弓，爲合九之制，天子大射亦用此弓也。敦弓，即王、弧之弓矣。張衡《東京賦》「彫弓既彀」，薛綜注：「彀，張也。」《釋文》引《說文》作「彀」云：「張弓曰彀。」三家《詩》作「彀」，與《毛詩》作「句」義異。段注《說文》云：「句，讀『倨句』之『句』。此弓倨多句少，言句以見其倨也，不得云『句』即『彀』。」○《說文》：「挾，俾持也。」段注云：「挾，當作『挾』，从二入會意。《禮注》：『方持弦矢曰挾。』謂矢與弦成十字形也。皆自其交會處言之。古文《禮》『挾』皆作『接』。接矢爲本字，挾矢爲假借字。」案《儀禮・大射儀》「司射適次，袒、決、遂，執弓，挾乘矢，於弓外見鏃於弣，右巨指鉤弦，自阼階前曰：『爲政請射。』司射入于次，搢三挾一个，出于次」，此耦射之始也。「三耦既拾取矢，梱之，兼挾乘矢，皆內還，南面揖。公將射，搢三挾一个，升自西階」，此正射之始也。「耦揖，進，坐，兼取乘矢，興，順羽，大夫亦兼取乘矢如其耦，北面，搢三挾一个」，此樂射之始也。燕射儀節略同。詩言「挾四鍭」，即《大射禮》所謂「挾乘矢」。《猗嗟》傳：「四矢，乘矢。」則四鍭猶四矢也。既挾是初射，如樹是卒射。《說文》：「尌，立也。讀若駐。」「樹」與「尌」通。《傳》以「中」釋「樹」。中即中蓺也，中蓺猶尌立然也。○「侮」有「輕慢」之意。不侮，言不輕慢也。不輕慢，即《傳》所謂「賢才」矣。《箋》云：「不侮者，敬也。其人敬于禮，則射多中。」

曾孫維主，酒醴維醹。酌以大斗，以祈黃耇。【傳】曾孫，成王也。醹，厚也。大斗，長三尺也。祈，報也。【疏】曾孫謂成王，《信南山》、《維天之命》同。《文選・南都賦》注引《韓詩》：「醴，甛而不泲也。」又舊本《書鈔・酒食部八》作「甛而不泲、少麴多米曰醴」。韓以醴爲汁滓酒。《七月》篇「十月穫稻，爲此春酒，以介眉壽」，《傳》：「春酒，凍醪也。」凍醪即醴。《禮》有稻醴。毛、韓義同也。《傳》詁「醹」爲「厚」。《說文》：「醹，厚酒也。《詩》曰：『酒醴維醹。』」○酌者，「勺」之假借。斗者，「枓」之假借。《說文》：「勺，挹取也。」「枓，勺也。」「杓，枓柄也。」是枓謂之勺，枓柄謂之杓。北斗七星自一至四爲魁，象枓；自五至七爲杓，象枓柄。《大東》云「維北有斗，不可以挹酒漿」，謂枓也。又云「維北有斗，西柄之揭」，❶謂枓柄也。蓋象即取諸大枓也。酌以大斗者，言挹取酒醴用大枓以注尊中。大斗即大枓，枓柄長三尺，其制未聞。《正義》據《漢禮器制度》注「勺五升，徑六寸，長三尺」引爲證。「祈」訓「報」，謂報賓也。此時射畢飲酒，成王爲主人，老者爲賓。主人既獻賓，賓亦酢主人，主人復酌大斗以酌賓，是主人報賓之酢也。《南山有臺》傳云：「黄，黄髮。耇，老也。」

黄耇台背，以引以翼。【傳】台背，大老也。引，長；翼，敬也。**壽考維祺，以介景福。**【傳】祺，吉也。【疏】黄耇，《傳》見於《南山有臺》矣，故此但釋「台背」爲「大老」。《爾雅》：「鮐背、耇、老，壽也。」大老，猶言大壽也。《箋》云：「台之言鮐也，大老則背有鮐文。」郭注《爾雅》云：「鮐背，背皮如鮐魚。」《詩》作「台」，古「鮐」字也。《閟宫》篇亦作「台背」。○「引，長；翼，敬」，《卷阿》同。「以引以翼」，言長之敬之也。《箋》云：「以禮引之，以禮翼之。在前曰引，在旁曰翼。」「祺，吉」，《爾雅·釋言》文。吉，猶善也。介、景，皆大也，《序》所謂「乞善言以成其福禄」也。

《既醉》八章，章四句。

《既醉》，大平也。醉酒飽德，人有士君子之行焉。【疏】此祭畢而用饗燕之詩。

既醉以酒，既飽以德。【傳】既者，盡其禮，終其事。**君子萬年，介爾景福。**【疏】《傳》釋「既」字訓

❶「揭」，原作「楬」，徐子静本、《清經解續編》本同。據本書卷二十《大東》傳疏改。

爲「盡」，又訓爲「終」，則全《詩》「終」字多有與「既」同義矣。《葛藟》傳釋「終」爲「已」，已亦既也。盡其禮者，盡其饗燕之禮也。終其事者，享祀爲事之始，則饗燕爲事之終也。《小明》「介爾景福」，《傳》云：「介、景，皆大也。」

既醉以酒，爾殽既將。【傳】將，行也。**君子萬年，介爾昭明。**【疏】「將，行」，《楚茨》同。昭，亦明也。《時邁》、《臣工》皆曰「明昭」。

昭明有融，高朗令終。【傳】融，長；朗，明也。始於饗燕，終於享祀。**令終有俶，公尸嘉告。**【傳】俶，始也。公尸，天子以卿，言諸侯也。【疏】「融，長」，《爾雅·釋詁》文。郭注云：「宋、衛、荆、吴之閒曰融。」《東方之日》箋：「日在東方，其明未融。」昭五年《左傳》「明而未融」，服注云：「融，高也。」長、高義亦相近。《爾雅》：「明，朗也。」二字互訓。《説文》：「朖，明也。」今作「朗」。《傳》文「始於饗燕，終於享祀」，「始」、「終」二字疑互譌，當作「終於饗燕，始於享祀」，今本錯亂不可通矣。此章之義，上二句承上二章也，下二句起下二章也。云「終於饗燕」者，以釋經「令終」之義。「既醉以酒，既飽以德」，《傳》：「既者，盡其禮，終其事。」醉酒飽德乃饗燕中事，是終爲饗燕，非爲享祀也。云「始於享祀」者，即釋經「有俶」之義。「令終有俶，公尸嘉告」，《傳》云：「俶，始也。」公尸嘉告乃享祀中事，是始爲享祀，非爲饗燕也。凡祭有正祭，明日之祭爲繹祭，繹有賓尸之禮，禮畢又有饗燕賓客行旅醻之禮。蓋《既醉》一篇爲饗燕賓客而作。言饗燕者，必本始於享祀，此善終者如始也。《楚茨》云：「爲賓爲客，獻醻交錯。禮義卒度，笑語卒獲。神保是格，報以介福，萬壽攸酢。」又云：「爾肴既將，莫怨具慶。既醉既飽，小大稽首，使君壽考。」皆因饗燕以推本於享祀獲福，則《楚茨》三章、六章與此篇詩意正合也。《正義》謂禮以祭爲重，故謂之終；事禮爲終，則與人交接爲始。孔不能釐正錯誤，强爲曲解，失之。「俶，始」，《釋詁》文。○《正義》云：「《白虎通》引曾子曰：『王者宗廟以卿爲尸，射以公爲耦。不以公爲尸，避嫌三公尊近天子，親稽首拜尸，故不以公爲尸。』當時傳記有此説，故知宗廟之尸必以卿也。」案《傳》言天子尸以卿爲之，故曰：「公尸，公君也。」疑《傳》文「言諸侯也」四字，後人據鄭《箋》增入。《正義》云：「《傳》言以卿爲非諸侯者，故又言諸侯入爲卿大夫，以申足《傳》説。」然則《傳》言卿，《箋》言諸侯，孔所據與今本異。《曲禮》疏云：「祭祖則用孫列。天子諸侯雖取孫列，用卿大夫爲之。故《既醉》注：『天子以卿。』鄭《箋》：『諸侯入爲天子卿大夫，故云公尸。』」是《傳》文無此四字，又可證矣。宣八年《公羊》注：「禮：天子以卿爲尸，諸侯以大夫爲尸，卿大夫以下以孫爲尸。」《傳》云「天子以卿」，正與《逸禮》合也。告，讀「嘏以慈告」之「告」。

其告維何？籩豆静嘉。【傳】恒豆之菹，水草之和也；其醢，陸産之物也。加豆，陸産也；其醢，水物也。籩豆之薦，水土之品也。不敢用常褻味而貴多品，所以交於神明者，言道之徧至也。**朋友攸攝，攝以威儀。**【傳】言相攝佐者以威儀也。【疏】《爾雅》：「嘉，善也。」「静」與「靖」通，靖亦善也。《傳》引《禮記·郊特牲》文，以釋經「籩豆静嘉」之義。「水草之和」，和，調和也。《禮記》「和」下衍「氣」字，非也。朝事薦腥，饋食薦孰，二者皆爲正祭，則所云「恒豆」者，謂朝事之豆、饋食之豆也。加豆者，謂加豆之實也。《禮記疏》云「《醢人》加豆爲尸食訖酳尸所加之豆」是也。豆皆有菹有醢。《説文》：「菹，酢菜也。」是菹作菜，水草亦可作菹也。《説文》：「醢，肉醬也。」牛、羊、豕之肉皆爲醢，亦陸産之所兼也。云「加豆，陸産」者，若筍菹亦陸所産也。云「其醢，水物」者，若魚爲水物可作醢也。鄭注《周禮》云：「凡醯醬所和，細切爲齏，全物若腜爲菹。齏、菹之稱醬，❶菜、肉通。」是菹亦醢也。《記》文於菹言水草，於醢言陸産，又於加豆不言菹，於加豆之醢但言水物。

❶「醬」，阮刻《周禮注疏》無此字。

凡饌，以豆爲本，故言豆而不及籩，皆互文錯見之例。《記》文正謂天子祭祀之事。毛《傳》引之，亦此意也。鄭注《禮記》以恒豆爲諸侯朝事，加豆爲諸侯饋食。蓋以菹悉用水物，醢悉用陸産，與天子不同爲説。《正義》即本鄭注以申毛《傳》，誤矣。《傳》既引《禮記》文，又云「言道之徧至也」者，《箋》：「政平氣和所致故也。」此鄭申毛也。《正義》謂道之徧而至於水土，亦誤。○《假樂》傳云：「朋友，謂群臣也。」蓋在正祭爲助祭之群臣，而在繹祭則爲與燕之賓客。此云「朋友」，猶《楚茨》之「賓客」，統繹祭而名之耳。經言「攝」，《傳》云「攝佐」，此益其辭以明其義。《詩述聞》云：「攝，即佐也。襄三十一年《左傳》引此詩，杜預注曰：『攝，佐也。』《白帖》三十四引《詩》：『朋友攸攝，攝以威儀。』『攝，助也。』與《毛詩》義同而文異，蓋本《韓詩》也。」

威儀孔時，君子有孝子。孝子不匱，永錫爾類。【傳】匱，竭；類，善也。【疏】《瞻卬》篇「威儀不類」，《傳》：「類，善也。」「時」與「類」同義。《頍弁》傳云：「時，善也。」君子孝子，謂成王也。有，語詞。○匱、竭古聲同部，不竭，猶無已也。《禮記·祭統》云：「大孝不匱。博施備物，可謂不匱矣。」又《皇矣》傳云：「類，善也。勤施無私曰類。」此《傳》以「不匱」爲「不竭」即是「博施備物」，以「類」爲「善」即是「勤施無私」。博施、勤施，其意與下章「壼，廣」之義相通，則「不匱」與「類」非有二義也。永，長；錫，予；爾，爾孝子也。言孝子有不竭之善，則祖考之神長予孝子以善也。「永錫爾類」與《楚茨》篇「永錫爾極」句義皆同。隱元年《左傳》：「君子曰：『潁考叔，純孝也。愛其母，施及莊公。《詩》曰：「孝子不匱，永錫爾類。」其是之謂乎？』」施即所謂博施、勤施也。引《詩》以美潁考叔之孝。又成二年《傳》：「賓媚人對晉師曰：『吾子布大命於諸侯，而曰必質其母以爲信，其若王命何？且是以不孝令也。《詩》曰：「孝子不匱，永錫爾類。」若以不孝令於諸侯，其毋乃非德類也乎？』」類亦德也。引《詩》以譏晉人之不孝。兩引《詩》皆義取不匱原有廣施及人之意。孝子有是善，祖考長予之以善，故

《國語》謂「不忝前哲」，以釋此詩之「類」也。「類」字皆不作「族類」解。《方言》云：「類，法也。」「法」與「善」義亦相近。

其類維何？室家之壼。【傳】壼，廣也。**君子萬年，永錫祚胤。**【傳】胤，嗣也。【疏】《說文·口部》：「壼，宫中道。从口，象宫垣、道上之形。《詩》曰：『室家之壼。』」隸變作「壼」。《爾雅》：「宫中衖謂之壼。」「壼」本爲宫中衖名，引申之則爲廣，廣之言擴充也。《孟子》云：「苟能充之，足以保四海。苟不充之，不足以事父母。」正與此「廣」訓合。《正義》引王肅云：「其善道施於室家而廣及天下。」○《爾雅》：「胤、嗣、續，繼也。」胤爲繼，亦爲嗣，互相爲訓。祚，當依《釋文》作「胙」。《說文》有「胙」無「祚」。《肉部》：「胙，祭福肉也。」因之凡福皆曰胙。胙胤，胤胙也。「永錫胙胤」，言長予子孫以福禄也。孝子對祖考而言，故永錫爲祖考之神長予之。兩「永錫」同。若謂天長予之，則失其義矣。下章「天被爾禄」纔説到天命耳。《周語》晉羊舌肸引此詩而釋之云：「類也者，不忝前哲之謂也。壼也者，廣裕民人之謂也。萬年也者，令聞不忘之謂也。胤也者，子孫蕃育之謂也。單子朝夕不忘成王之德，可謂不忝前哲矣。膺保明德，以佐王室，可謂廣裕民人矣。若能類善物以混厚民人者，必有章譽蕃育之胙，則單子必當之矣。」毛《傳》「類，善」、「壼，廣」、「胤，嗣」悉本《國語》立訓，與《昊天有成命》篇同。

其胤維何？天被爾禄。【傳】禄，福也。**君子萬年，景命有僕。**【傳】僕，附也。【疏】「禄，福」，《釋詁》文。《天保》曰「百禄」，《假樂》曰「百福」；《皇矣》曰「受禄」，《假樂》曰「受福」，是禄、福同也。《六書故》引此《詩》毛傳有「景大也」三字。景命，大命也。僕，讀與「樸」同。《考工記》「輪人欲其樸屬」，鄭司農：「樸，讀如『子南僕』之『僕』。」鄭注云：「樸屬，猶附箸，堅固貌也。」《角弓》傳云：「附，箸也。」

其僕維何？釐爾女士。【傳】釐，予也。**釐爾女士，從以孫子。**【疏】釐，讀爲賚。《楚茨》傳、《賚》序皆云：「賚，予也。」《正義》引《爾雅》：「釐，予，賜也。」今《釋詁》作「賚，予，賜也」。釐、賚聲同，予、賜義同。爾亦女也，爾、女二字連文。《孟子・盡心》篇：「人能充，無受爾女之實。」此即「爾」、「女」連文之證。《序》云「人有士君子之行」，即指此章末之士而言之也。《繁露・俞序》篇云：「是亦始於麤粗，終於精微，教化流行，德澤大洽，天下之人，人有士君子之行而少過矣。」案董説雖不釋《詩》，而與《詩》義合。毛讀女音汝，鄭讀女如字。《箋》云：「予女以女而有士行者，謂生淑媛，使爲之妃。」與《毛詩序》不合，而與《列女傳・母儀》篇引《詩》義合，蓋鄭用《魯詩》也。《爾雅》：「從，重也。」

《鳧鷖》五章，章六句。

《鳧鷖》，守成也。大平之君子，能持盈守成，神祇祖考安樂之也。【疏】此繹祭賓尸之詩。承上篇由饗燕之終，以推本乎享祀之始，所以完「令終有俶，公尸嘉告」之意也。

鳧鷖在涇，公尸來燕來寧。【傳】鳧，水鳥也。鷖，鳧屬。大平則萬物衆多。**爾酒既清，爾殽既馨。**【傳】馨，香之遠聞也。**公尸燕飲，福禄來成。**【疏】《爾雅》：「舒鳧，鶩。鷉，沈鳧。」鷉音施。《詩》之鳧即沈鳧也。《正義》引《義疏》云：「大小如鴨，青色，卑腳，短喙，水鳥之謹愿者也。」《方言》云：「野鳧甚小而好沒水中者，南楚之外謂之鷿鷉，大者謂之鶻蹏。」《楚策》：「小臣之好射鶀鴈，羅鸗。」《集韻》云：「鸗，小鳧也。」此皆鳧之異名也。《倉頡解詁》云：「鷖，鷗也。一名水鴞。」《周禮・巾車》：「安車，雕面鷖總。」鄭司農注云：「鷖，讀爲『鳧鷖』之『鷖』。鷖總者，青黑色，以繒爲之。」鷖青黑色，陸元恪謂鳧青色，則鷖與鳧形、色皆相似。案五章皆以鳧鷖發端。水鳥之衆多，由大平之所致也。此《傳》云「大平則萬物衆多」，《魚麗》傳亦云：「大平而後微物衆多。」義同。又《魚麗》序：「美萬物盛多，可以告於神明。」《箋》：「告於神明者，於祭祀而歌之。」亦與此詩義合。○《詩小學》云：「按此篇『涇』、『沙』、『渚』、『潨』、『亹』一例，不應『涇』獨爲水名。鄭《箋》：『涇，水中也。』今本誤作『水名』。下文及下章《箋》皆云『水鳥居水中』，承『在涇』爲言。」引《爾雅》「直波爲俓」、《釋名》「水直波曰涇。涇，徑也」，「涇、徑、俓同謂大水中流徑直孤往之波」。奐案「涇，水中也」與下章《傳》「沙，水旁也」、「渚，沚也」、「潨，水會也」、「亹，山絶水也」同一例，此當是《傳》文，非《箋》語。古本《傳》當云：「鳧，水鳥也。大平則萬物衆多。涇，水中也。」《箋》云：「鷖，鳧屬也。水鳥而居水中，猶人爲公尸之在宗廟也，故以喻焉。」今本《傳》於「鳧，水鳥也」下衍「鷖，鳧屬」三字，而又以「涇，水中也」四字攙入《箋》語，皆係轉寫致誤。李善注《文選·西都賦》云：「毛萇《詩傳》曰：『鳧，水鳥。』鄭玄《詩箋》曰：『鷖，鳧屬也。』」據此，知《傳》、《箋》非舊本矣。○《既醉》傳云：「公尸，天子以卿。」燕，燕飲也。正祭之尸，唯祭酒、啐酒而已。繹祭以賓禮事尸，故尸得燕飲之也。寧，安也，言孝子之心安也。每章言「公尸來燕」，又言「公尸燕飲」，是來燕就公尸説，來寧、來宜、來處、來宗、熏熏皆就孝子説。《易林·大有》、《夬》：「鳧鷖游涇，君子以寧。履德不愆，福禄來成。」焦以「君子以寧」解「來寧」，得其恉矣。「來」皆詞也。爾，爾孝子也。「爾酒既清」，所謂「清酒既載」也。《賓之初筵》傳：「肴，豆實也。」《生民》篇：「卬盛于豆，于豆于登，其香始升。」此《傳》云「馨，香之遠聞也」者，即所謂「其香始升」也。《樛木》傳：「成，就也。」「福禄來成」，猶云「福履成之」也。履，禄也。「福禄來爲」，猶云「福禄媲之」也。媲，厚也。「福禄來下」，猶云「福禄攸降」也。「福禄來崇」，猶云「福禄申之」也。「來」亦皆助詞。

鳧鷖在沙，公尸來燕來宜。【傳】沙，水旁也。宜，宜其事也。**爾酒既多，爾殽既嘉。**【傳】言酒品齊多而殽備美。**公尸燕飲，福祿來爲。**【傳】厚爲孝子也。【疏】《傳》以「水旁」釋「沙」，謂水旁多積散石，非謂水旁名沙也。《說文》云：「沙，水散石也。从水、少。水少沙見。」《爾雅》：「潬，沙出。」沙出即「水少沙見」之謂。今俗評水旁爲水灘，「灘」即「潬」之轉語矣。郭注云：「今河中呼水中沙堆爲潬。」謂潬在水中，乃即瀨也。《說文》：「瀨，水流沙上也。」「瀨」與「潬」不同。○《爾雅》：「宜，事也。」宜謂宜其事。《采蘩》傳云：「事，祭事也。」「朋友攸攝，攝以威儀」，所謂「宜其事」也。云「言酒品齊多而殽備美」，下當有「也」字，今奪。「齊多」釋「多」，「備美」釋「嘉」。上篇《傳》云：「籩豆之薦，水土之品也。不敢用常褻味而貴多品，所以交於神明者，言道之徧至也。」二《傳》意同。爲，造也。孝子，即《既醉》之孝子，亦即《序》「大平之君子」，謂成王也。孝子，對「公尸」之稱。「永錫爾類」、「永錫胙胤」，皆所謂「厚爲孝子」也。

鳧鷖在渚，公尸來燕來處。【傳】渚，池也。處，止也。**爾酒既湑，爾殽伊脯。公尸燕飲，福祿來下。**【疏】《采蘩》傳：「沚，渚也。」渚、沚通訓。「處，止」，《江有汜》同。止，讀如「君子至止」之「止」。一説：止，容止也。○《伐木》傳：「以藪曰湑。」又云：「湑，茜之也。」茜讀爲縮。藪、茜皆「去汁滓」之義。《箋》：「湑，酒之泲者也。」《士冠禮》注：「湑，清也。」《内則》注：「清，泲也。」「爾酒既湑」，猶云「爾酒既清」矣。《說文》云：「脯，乾肉也。」

鳧鷖在潀，公尸來燕來宗。【傳】潀，水會也。宗，尊也。**既燕于宗，福祿攸降。公尸燕飲，福祿來崇。**【傳】崇，重也。【疏】《說文》云：「小水入大水曰潀。《詩》曰：『鳧鷖在潀。』」此許申毛也。《箋》：「潀，水外之高者也。」《正義》云：「水外之地漘然而高，蓋涯涘之中，復有偏高之處。」❶《廣雅》亦云：「漘，厓也。」案漘爲厓，必本三家《詩》義。《傳》、《箋》本無不通。《傳》云「水會」即是衆水相入交會之處，便是水旁厓岸之地。《公劉》傳：「芮，水厓也。」《說文》：「汭，水相入也。」「芮」與「汭」同。水相入謂之汭，亦謂之漘。水厓謂之汭，亦謂之漘，訓異而義得相通。若謂毛、鄭義異，失之矣。〇宗、尊雙聲通用，若晉伯宗，《國語》、《穀梁傳》作「伯尊」之例。公尸在廟中則全乎君，故以「尊」詁「宗」也。王肅云：「尊敬孝子。」即《箋》：「尊主人之意。」然尸以象神，不應尊人，自當以孝子尊公尸爲義優也。《雲漢》「靡神不宗」，「宗，尊也」，二《傳》意同。「既燕于宗」，即承上文爲言。于，于是也。宗者，亦謂孝子之尊公尸。五章每中閒二句皆就孝子能敬養公尸，而公尸克饗以爲說。此雖文變，而義無殊也。「崇，重」，《釋詁》文。《烈祖》「申錫無疆」，《傳》云：「申，重也。」「崇」與「申」義同。

鳧鷖在亹，公尸來止熏熏。【傳】亹，山絶水也。熏熏，和説也。**旨酒欣欣，燔炙芬芬。公尸燕飲，無有後艱。**【傳】欣欣然樂也。芬芬，香也。無有後艱，言不敢多祈也。【疏】「亹，山絶水」，義未聞。亹者，「釁」之俗字。絶，渡也，猶通也。亹爲山閒通水之處，與首章「涇，水中也」一意。《爾雅·釋厓岸》：「谷者溦。」《水經·漾水》注引《爾雅》作「微」。郭注云：「微，水邊通谷也。」微、亹一聲之轉。《箋》云：「亹之言門也。」《漢書·地理志》「金城郡浩亹」，顔師古云：「亹者，水流夾山，岸深若門也。」即引《詩》「鳧鷖在亹」。顔注與鄭《箋》聲讀相同，當本三家舊讀。《續志》「蜀郡湔氏道」，劉昭注云：「《蜀王本紀》曰：『縣前有兩石對如闕，號曰彭

❶「偏」，徐子静本、《清經解續編》本同。阮刻《毛詩正義》作「偏」。

門。』」彭門、浩亹亦一聲之轉。○來止，當依《説文》作「來燕」，上四章皆云「來燕」也。《説文》：「醺，醉也。《詩》曰：『公尸來燕醺醺。』」許依字作「醺」，故爲「醉」，其實《詩》義不爲「醉」也。繹祭祭畢，尸既出，其時賓客行旅酬之禮，始有醉酒飽德之事。此云「公尸燕飲」，尚未及旅酬之節，不得言醉。《傳》云「和説」，《祭義》所謂「饗之必樂」也。《大玄・交》：「次四，往來熏熏，得亡之門。《測》曰：往來熏熏，與神交行也。」與《詩》「熏熏」同。《文選・東京賦》「君臣歡樂，具醉熏熏」，薛綜注云：「熏熏，和説貌。」薛本毛訓。《爾雅》：「欣，樂也。」重言曰欣欣。《正義》云「樂，謂尸之樂」是也。《説文》：「㞣，或作『芬』。」《信南山》亦曰「芬芬」。此《傳》云：「芬芬，香也。」首章《傳》云：「馨，香之遠聞也。」兩「香」字同意。言燔炙猶殽也。《士喪禮》：「筮宅，命曰：『度茲幽宅兆基，無有後艱。』」「無有後艱」，蓋當時有此常語。《生民》云：「庶無罪悔，以迄于今。」後即今也，艱猶罪悔也，文義正同。《傳》云「言不敢多祈也」者，所祈止于是而已。《禮器》：「君子曰：『祭祀不祈。』」《莊子・讓王》篇：「時祀盡敬而不祈喜。」喜，福也。《呂覽・誠廉》篇作「不祈福」，文義與《詩》同。

《假樂》四章，章六句。

《假樂》，嘉成王也。

假樂君子，顯顯令德。宜民宜人，受禄于天。【傳】假，嘉也。宜民宜人，宜安民、宜官人也。**保右命之，自天申之。**【傳】申，重也。【疏】「假，嘉」，《爾雅・釋詁》文。《序》亦以「嘉」詁「假」也。《左傳》：「文三年，公賦《嘉樂》。襄二十六年，晉侯賦《嘉樂》。」《禮記・中庸》篇引《詩》「嘉樂君子」，此以「嘉」詁「假」之證。《維天之命》、《雝》同。《大明》傳云:「嘉,美也。」嘉者,美嘆之詞。「嘉樂」二字不連讀。君子,謂成王也。《廣雅》云:「顯顯,箸也。」《禮記》作「憲憲」,孔疏云:「《詩》本文『憲憲』爲『顯顯』」,與此不同者,齊、魯、韓《詩》與《毛詩》不同故也。」〇「宜民宜人」句承上「令德」,起下「受天命」。宜民爲宜安民,宜人爲宜官人。《傳》必分釋之者,因末二章皆言成王之能官人,末二句又帶及安民之意,而與凡泛言民人者不同故也。《漢書·董仲舒傳》:「《詩》云:『宜民宜人,受禄于天。』爲政而宜於民者,固當受禄于天。」此三家《詩》,與《毛詩》異。「保右命之」,據上下文義,此「命之」當是「天命之」。《中庸》引《詩》作「佑」而釋之,云:「故大德者必受命。」言受天命也。《大明》「保右命爾」,《傳》:「右,助也。」命亦天命,與此「保命」同。申之,言申之以福禄也。《采叔》「福禄申之」,《傳》亦云:「申,重也。」

干禄百福,子孫千億。穆穆皇皇,宜君宜王。【傳】宜君王天下也。**不愆不忘,率由舊章。**【疏】《旱鹿》傳云:「干,求也。」禄、福義同。於禄言干,於福言百,互詞也。千億,言子孫衆多也。「干禄百福,子孫千億」二句承上章「自天申之」意。「穆穆皇皇」,又以美成王之令德也。《文王》傳:「穆穆,美也。」《泮水》傳:「皇皇,美也。」《少儀》云:「言語之美,穆穆皇皇。」與此義同。「宜君宜王」,《釋文》作「且君且王」云:「一本『且』作『宜』字。」案作「宜」字是也。「宜民宜人」,兩「宜」字平列。「宜君宜王」,上「宜」字實,下「宜」字作語助,無實義,兩「宜」字不平列。詁訓中多有此例,初不泥於句法也。《傳》云「宜君王天下」,言成王有此穆穆皇皇之令德,固宜君王天下耳。《斯干》:「朱芾斯皇,室家君王。」❶與此「君王」同。若經作「且」字,則《傳》言「且君王天下也」,

❶「室家」,原誤倒,徐子静本、《清經解續編》本同。據本書卷十八《斯干》傳疏、阮刻《毛詩正義》乙正。

語難通矣。《正義》云：「君、王别文，《傳》并言之者，以其俱有『宜』文，故總而釋之。言宜君者宜君天下，宜王者宜王天下。」《正義》本作「宜」而君、王分解，非《傳》之指。○《氓》傳：「愆，過也。」《孟子·離婁》篇引《詩》釋之，云：「遵先王之法而過者，未之有也。」《漢書·郊祀志》云：「舊章，先王法度。」又《繁露·郊語》篇云：「舊章者，先聖人之謂文章也。」竝與《孟子》釋《詩》同。

威儀抑抑，德音秩秩。【傳】抑抑，美也。秩秩，有常也。**無怨無惡，率由群匹。受福無疆，四方之綱。**【疏】《猗嗟》傳訓「抑」爲「美」，重言之曰抑抑，故亦云「美」也。秩，讀「咸秩無文」之「秩」，「秩」有「次弟」之意。重言之曰秩秩。《傳》云「有常」，有典常也，意承上章「率由舊章」爲訓。《爾雅·釋訓》：「抑抑，密也。秩秩，清也。」《箋》用《釋訓》文，或本三家《詩》。○《皇矣》「詢爾仇方」，《傳》：「仇，匹也。」與此「匹」同義。匹亦仇也。《箋》云：「循用群臣之賢者，其行能匹耦己之心。」《繁露·楚莊王》篇：「百物皆有合偶，偶之合之，仇之匹之，善也。」引《詩》云：「無怨無惡，率由仇匹。」案此爲鄭《箋》所本。毛無《傳》。下章釋「朋友」爲「群臣」，則此「群匹」爲「群臣」，《傳》意亦然也。《卷阿》「豈弟君子，四方爲綱」，與此「四方之綱」句義相同。

之綱之紀，燕及朋友。【傳】朋友，群臣也。**百辟卿士，媚于天子。不解于位，民之攸塈。**【傳】塈，息也。【疏】之綱，承上章。「綱紀」連文，故又言「之紀」也。綱紀，指群臣説。《四月》「滔滔江漢，南國之紀」，《傳》：「其神足以綱紀四方。」又《棫樸》「勉勉我王，綱紀四方」，言文王官人，足爲四方之綱紀。《雲漢》「散無友紀」，亦謂因荒散亂，無朋友之綱紀。義竝同。「之綱之紀，燕及朋友」，言朋友足以綱紀四方，故天子欲燕飲之也。《伐木》、《六月》、《沔水》、《雲漢》皆天子稱臣爲友。《沔水》傳云：「邦人諸友，謂諸侯也。」此云「朋友，群臣也」者，探下言卿士，故不專指諸侯説。○百辟，謂外諸侯也。卿士，謂内諸侯也。《桑扈》之「百辟爲憲」，猶《六月》之「萬邦爲憲」也。《烝民》之「式是百辟」，猶《嵩高》之「式是南邦」也。《雲漢》傳：「群公先正，百辟卿士也。」亦以百辟爲群公、卿士爲先正可證。《思齊》傳云：「媚，愛也。」不，當作「匪」。《烝民》、《韓奕》、《閟宮》、《殷武》皆作「匪解」。匪，不也。或後人以「匪」訓「不」，遂改經之「匪」字爲「不」字矣。《釋文》作「匪解」，舊本《書鈔・政術部十》引此詩正作「匪解」。「塈，息」，《邶・谷風》同。成二年、昭二十一年、哀五年《左傳》引《詩》皆作「塈」。顔真卿《書郭令公家廟碑》作「民之攸慨」，《集韻・八未》云：「慨，通作『塈』。」案慨者，「塈」之俗字也。《正義》引《爾雅》某氏曰「民之攸呬」，本三家《詩》。呬、塈聲同。塈，息也。息，止也。《生民》傳：「攸止，福禄所止也。」「匪解于位，民之攸塈」，言群臣皆不解於其位，則天下民人同受福禄矣。與首章《傳》云「安民」同意。

《公劉》六章，章十句。

《公劉》，召康公戒成王也。成王將涖政，戒以民事，美公劉之厚於民，而獻是詩也。【疏】召公獻《公劉》，周公陳《七月》；召公相雒，周公營雒，左右成王，二詩共作。

篤公劉，匪居匪康。迺埸迺疆，迺積迺倉。迺裹餱糧，于橐于囊，思輯用光。【傳】篤，厚也。公劉居於邰，而遭夏人亂，迫逐公劉。公劉乃避中國之難，遂平西戎，而遷其民，邑於豳焉。迺埸迺疆，言脩其疆埸也。迺積迺倉，言民事時和，國有積倉也。小曰橐，大曰囊。思輯用光，言民相與和睦以顯於時也。**弓矢斯張，干戈戚揚，爰方啓行。**【傳】戚，斧也。揚，鉞也。張其弓矢，秉其干戈戚揚，以方開道路去之豳，蓋諸侯之從者十有八國焉。【疏】「篤」訓「厚」。厚者，即《序》云「厚於民」也。匪，不也。康，安也。經言公劉自邰之豳之事，故《傳》先釋居邰遭亂辟難，以釋經不居不安之義。云遷民邑豳，又探下文以總釋去豳之由，亦以美公劉有厚於斯民之道也。《生民》傳：「堯見天因邰而生后稷，故國后稷於邰。」是邰，后稷之舊邦也。至公劉亦國於邰。《白虎通義·京師》篇言「公劉去邰之豳」，與毛《傳》公劉居邰義合。《傳》云「遭夏人亂，辟中國難」者，《史記·劉敬傳》：「周之先自后稷，堯封之邰，積德累善十有餘世。公劉避桀居豳。」《漢書》同。此公劉爲避桀之確證也。又《史記·匈奴傳》：「夏道衰，而公劉失其稷官，變於西戎，邑于豳。其後三百有餘歲，戎狄攻大王亶父，亶父亡走岐下。」《漢書》同。計商祀六百，公劉至大王三百餘歲，此又公劉在夏末商初之確證也。《漢書·古今人表》公劉列於夏末有以也。公劉者，不窋之孫。《周語》云：「昔我先王世后稷，以服事虞、夏。及夏之衰也，棄稷不務，我先王不窋用失其官，而自竄于戎、狄之閒。」《周語》又云：「昔孔甲亂夏，四世而隕。」戴氏震《詩考正》云：「不窋已上，世爲后稷之官，不知凡幾傳之不窋，然後失其官也。《史記·周本紀》：『后稷之興，在陶唐、虞、夏之際，皆有令德。后稷卒，子不窋立。』亦謂最後之爲后稷者卒，其子不窋立也。夏之衰，疑在孔甲時。孔甲之後帝皋、帝發、帝桀，不窋之後鞠、公劉，此代系不甚遠者。」案戴説是矣。不窋及夏衰在孔甲時，公劉遭夏亂乃在帝桀世，亦既章章可考。官，謂王官，后稷之官也。夏都冀州，邰在雍州之西，爲古戎、狄地。竄，匿也。竄于戎、狄者，不窋失王官而匿就邰國，故至公劉初年，尚在於邰耳。昭九年《左傳》：「詹桓伯曰：『我自夏以后稷，魏、駘、芮、岐、畢，吾西土也。』」「駘」與「邰」通。周在夏地，不及邰、岐已北，則終夏之世，尚無豳土可知。公劉乘夏人亂自邰之豳，非失邰也。豳亦非周故有也。周故有邰地，後公劉啓豳土，故《詩》中紀邰、豳風土綦詳。《釋文》引《書大傳》云：「公，爵；劉，名也。」疑公劉爲商之三公，故稱公。受商命，故得張弓矢、秉斧鉞。公劉當日必有佐成湯平攘西戎之功焉。《後漢書・西羌傳》：「后桀之亂，畎夷入居邠岐之閒。成湯既興，伐而攘之。」則毛《傳》所云「公劉平西戎」者，蓋在此時也。要之，唐、虞以來，終夏之世國於邰，夏末商初國於豳。歷公劉、慶節、皇僕、差弗、毀隃、❶公非、高圉、亞圉、公組，❷至古公亶父自豳而岐焉。邰、岐、豳皆屬漢右扶風界内，涇水之南，渭水之北。○治場積穀，是紀居邰事也。《伐木》傳：「餱，食也。」餱糧即糗糧也。《文選》曹子建《應詔詩》注引此《傳》文有「餱糧食也」四字。橐、囊，皆裹糧之器。僖二十八年，「甯子執納橐饘焉」；宣二年，「趙盾見靈輒餓，爲之簞食與肉，寘諸橐以與之」，此橐可裹糧也。《漢書・東方朔傳》「奉一囊粟」，此囊可裹糧也。《史記・陸賈傳》索隱引《詩傳》：「大曰橐，小曰囊。」與今本異。又戴侗《六書故》引毛《傳》作「無底曰橐，有底曰囊」，恐出記憶之誤也。裹餱糧於橐囊，是紀去邰事也。《孟子・梁惠王》篇引《詩》釋之：「居者有積倉，行者有裹囊。」趙注云：「乃積穀於倉，乃裹盛乾食之糧於橐囊也。」公劉遷豳，固未嘗失邰矣。思，詞也。《傳》以「和睦」訓「輯」，以「顯於時」訓「光」，是民有居者，亦有行者，相與和睦，以爲光顯也。○《傳》訓「戚揚」爲「斧鉞」，戚之爲言迫也。《爾雅》：「越，揚也。」鉞、越皆從戉聲，古祇作「戉」。《説文》：「戚，戉也。」「戉，大斧也。」《淮南子・兵略》篇云：「主親操鉞，持頭，授將軍其柄，曰：『從此上至天者，將軍制之。』」是「鉞」有「發揚」義也。又云：「復操斧，持頭，授將軍其柄，曰：『從此下至淵者，將軍制之。』」是「斧」有「戚迫」義也。可以想像其遺制矣。《王制》云：「諸侯賜弓矢然後征，賜鈇鉞然後殺。」「鈇」與「斧」通。爰，於也。方之言甫也。啓行，開道路也。經言啓行

---

❶「隃」，武英殿本《史記・周本紀》同，《三代世表》作「渝」。

❷「組」，武英殿本《史記・周本紀》作「叔祖類」，《三代世表》作「祖類」。

耳，《傳》乃探下章之義而云「去之豳」也。「諸侯之從者十有八國」，《正義》云：「不知出何文。」

篤公劉，于胥斯原，既庶既繁，既順迺宣，而無永嘆。【傳】胥，相；宣，徧也。民無長嘆，猶文王之無悔也。**陟則在巘，復降在原。何以舟之？維玉及瑤，鞞琫容刀。**【傳】巘，小山別於大山也。舟，帶也。維玉及瑤，言有美德也。下曰鞞，上曰琫，言德有度數也。容刀，言有武事也。【疏】「胥，相」，《緜》同。《禮記》「善相土宜、阪險、原隰」，是即「相原」義也。庶繁，言人衆多也。「宣，徧」，《爾雅·釋言》文。《皇矣》「王此大邦，克順克比」，《傳》：「慈和徧服曰順。」此詩「既順」即「克順」，則「徧」即「徧服」，「慈和徧服」即上章《傳》所謂「民事時和」、「民與和睦」也。《周語》：「劉康公曰：『寬肅宣惠，君也。寬，所以保本也。肅，所以濟時也。宣，所以教施也。惠，所以和民也。本有保則必固，時動而濟則無敗功，教施而宣則徧，惠以和民則阜。若本固而功成，施徧而民阜，乃可以長保民矣，其何事不徹？』」毛《傳》正本《國語》爲訓。永，長也。嘆，《釋文》、《正義》皆作「歎」。《傳》「無悔」，宋本作「無侮」，非也。《皇矣》「其德靡悔」，彼言文王之德，民無悔恨。此言公劉之德，民亦無長嘆，與文王同也。此紀公劉居邰之事。○《説文》無「巘」字，疑《毛詩》本作「獻」。獻原，即《皇矣》之「鮮原」也，此猶「鮮羔」即「獻羔」之例。「獻」或作「巘」，《爾雅》「鮮」或作「嶰」，山旁皆後人所增，誤正同。《爾雅》：「小山別大山，鮮。」又「重甗，隒」。畫然兩字。《釋名》「鮮」誤爲「甗」，解者即泥「甗」字作解，而以小山別大山與重隒之厓岸紐合爲一，其誤始於劉熙之《釋名》，孔仲達遂謂此與《皇矣》義別矣。鮮原，詳《皇矣》篇。其地在岐周之東北，南近於邰，公劉從邰而出所涉之地，故陟獻降原，望北而行，即上章「啓行」之所由徑也。下文玉、瑤、鞞、琫，皆言在塗備武之事。○《小箋》云：「舟，即『𠣾』之假借，故訓爲『帶』。」《傳》文「瑤」上奪「維玉及」三字，依《小箋》補正。《木瓜》「報之以瓊瑤」，《傳》：「瓊瑤，美石。」褋佩，集玉石爲之。「維玉及瑤」，言有玉與石也。《正義》謂瑤是玉之别名，誤。佩有事佩，有德佩，鞞琫容刀事佩，而玉瑤德佩，故《傳》云：「言有美德也。」鞞琫，説詳《瞻彼洛矣》篇。《傳》文「德」字涉上文「美德」而衍。「言有美德」、「言有度數」、「言有武事」文法一例。《正義》云「故云『言有度數』」，是本無「德」字可證。《瞻彼洛矣》傳：「天子玉琫而珧珌，諸侯璗琫而鏐珌，大夫鐐琫而鐐珌，士珕琫而珕珌。」此其度數也。容刀，佩刀也。佩刀以爲容飾，故曰容刀。《瞻彼洛矣》韎韐與鞞琫皆是武事之服飾。公劉遷豳，行備武事，故亦有鞞琫容刀之佩也。又《采芑》篇：「服其命服，朱芾斯皇，有瑲蔥珩。」凡兵事，又有蔥珩之佩。此言「維玉及瑤」者，與《采芑》同意。《正義》不得其解。

篤公劉，逝彼百泉，瞻彼溥原，迺陟南岡，乃覯于京。【傳】溥，大；覯，見也。**京師之野，**【傳】是京乃大衆所宜居之也。**于時處處，于時廬旅，于時言言，于時語語。**【傳】廬，寄也。直言曰言，論難曰語。【疏】百泉，未聞。疑近在於豳，此即弟五章「相其陰陽，觀其流泉」也。或謂今三水縣諸泉水當之，俱在涇北者，非是。《傳》訓「溥」爲「大」，《箋》訓「廣」，義同。山脊曰岡，岡即豳山之岡也。豳山在百泉之南，故曰南岡。乃，石經作「迺」。「覯，見」，《抑》同。《爾雅》作「遘」，即五章「既溥既長，既景乃岡，度其夕陽，豳居允荒」也。陟岡覯京，與《定之方中》升虚望楚文義相同。《傳》「是京乃大衆所宜居之也」者，「也」當作「地」，字之壞也。《箋》：「京地乃衆民所宜居之野也。」「野」字理不可通，《御覽·地部二十》引《箋》作「宜居之地」，不誤。可據以訂正矣。《傳》云「是京」承「于京」言。京師爲大衆，云「乃大衆所宜居之地」，謂將營造都邑也。疑此《傳》文當作「是京乃大衆所宜居之地也」十一字，以釋「乃覯于京」句。併傳寫者又誤移在下句耳。京，大也。京地，大地也。

周以王者之居稱京師，義取諸此。○《漢書・食貨志》：「在田曰廬。」何注宣十五年《公羊傳》：「在田曰廬。」《説文》：「廬，寄也。秋冬去，春夏居。」《吕覽・仲春紀》「耕者少舍」，高誘注云：「皆耕在野，少有在都邑者也。《尚書》：『厥民析，散布在野。』」此即所謂「春夏居」也。然則廬者，田中之廬。八家廬井二畝半，春夏所居，故謂廬爲寄也。旅，衆也。在野之衆謂之廬旅，猶在邑之衆謂之里旅。《左傳》「敢煩里旅」，則近市者爲里旅也。其時公劉於大地之野爲大衆定廬舍，行井田法。于時處處者，猶《緜》詩「迺慰迺止，迺左迺右」也；于時廬旅者，猶《緜》詩「迺疆迺理，迺宣迺畝」也，文義正同。《釋文》及定本、《集注》「論難曰語」，《正義》本作「荅難」，非也。《説文》亦云：「直言曰言，論難曰語。」直言者，徒言之而已，不待辨論也。論難者，理有難明，必辨論之不已也。古者處農就田野，言言語語皆謂田野事也。《廣雅》：「言言、語語，喜也。」蓋本三家義。

篤公劉，于京斯依。蹌蹌濟濟，俾筵俾几。既登乃依，乃造其曹，執豕于牢，酌之用匏。【傳】賓已登席坐矣，乃依几矣。曹，群也。執豕于牢，新國則殺禮也。酌之用匏，儉以質也。**食之飲之，君之宗之。【傳】**爲之君，爲之大宗也。【疏】「于京斯依」，言於豳之大地，依之以立國也。《楚茨》傳云：「濟濟蹌蹌，言有容也。」《正義》云：「公劉使人爲之設筵，使人爲之設几。賓來就燕，既登席矣，乃依几矣。」又云：「上言筵几，此言登依，則是登筵依几，故云『賓已登席矣，乃依几矣』。」《正義》本《傳》文「登席」下無「坐」字，當據以訂正。席，筵也，謂重席也。几，謂彤几也。登席爲賓，則依几爲主人矣，説詳《行葦》篇。《正義》又引《左傳》説饗禮「設几而不倚」，此或兼食禮，故得依几。案《公食大夫・記》「不授几，無阼席」，鄭注云：「公不坐也。」此言君臣共几席爲燕飲之禮。○《傳》訓「曹」爲「群」，謂群臣。昭十二年《左傳》：「周原伯絞虐，其輿臣使曹逃。」杜注：

「曹，群也。」此曹即群臣之證。造，爲也，言爲其群臣設飲食。執豕用匏，是其禮也。《周禮・掌客》：「凡禮賓客，國新殺禮。」國新即新國。公劉新國於豳，執豕爲殺禮。《傳》意本《周禮》爲訓也。《箋》云：「酌酒以匏爲爵。」蓋以一匏離爲二，酌酒於其中，是曰匏爵，亦謂之瓢，《鬯人》「禜門用瓢齎」，鄭注：「齎，讀爲齊。取甘瓠，割去柢，以齊爲尊。」是也。又謂之巹，《士昏禮》「實四爵、合巹」，注：「合巹，破匏。」是也。凡郊祭與昏禮器皆用匏，《禮記・郊特牲》注：「此謂大古之禮器。」公劉新國，用大古禮器以燕群賓客，《傳》云「儉以質」，儉謂殺禮，周尚質也。○燕有食飲之禮，食飲猶飲食也。君，謂諸侯也。諸侯君一國，即爲一國之大宗。《版》傳：「王者爲天下之大宗。」王者王天下，即爲天下之大宗。是天子、諸侯皆得稱大宗也。其時公劉爲諸侯，始君豳國，設酒食召族黨，後子孫遵行，以爲收宗睦族之常法。

篤公劉，既溥既長，既景迺岡，相其陰陽，觀其流泉。【傳】既景乃岡，考於日景，參之高岡。**其軍三單，度其隰原，徹田爲糧。**【傳】三單，相襲也。徹，治也。**度其夕陽，豳居允荒。**【傳】山西曰夕陽。荒，大也。【疏】景，日景也。《定之方中》「揆之以日」，《傳》：「揆，度也。度日出日入以知東西。」此考日景之灋也。說詳《定之方中》篇。「既景迺岡」句，從上起下之詞。《正義》云：「『考其日景』，❶即上『既溥既長』，以日景考之也。『參之高岡』，即下『相其』、『觀其』，是登岡視之也。」《周語》：「仲山甫曰：『國必依山川。』」○胡承珙《後箋》云：「《傳》以『單』爲對『複』之名。單者，一也，獨也。三單者，即《周禮》『凡起徒役，無過家一人』之謂。

❶「其」，徐子靜本、《清經解續編》本同。阮刻《毛詩正義》作「於」，當據改。

蓋止用正卒爲軍，不及其羨，故曰單。三軍，故曰三單。《傳》云『相襲』者，猶言『相代』，則三單之中尚有更休疊上之法，此爲制軍之數。」案胡說與岳州王夫之《詩稗疏》略同。王夫之略放《春秋繁露·爵國》篇「口軍」之說。百畝以食八口，除老弱婦女，率可任者三人，三分而用其一，百畝而賦口軍一，即後世之三丁抽一。相襲，謂上役休罷，更番充伍。此皆足以申明經、《傳》之指。言公劉之不欲盡民力如此也。隰原，猶原隰，文倒之以協韻耳。《傳》訓「徹」爲「治」。《崧高》「徹申伯土田」，《傳》亦云：「徹，治也。」《箋》：「治者，正其井牧，定其賦税。」「徹申伯土疆，以峙其粻」，《箋》：「王使召公治申伯土界之所至。」彼《箋》與《傳》訓同。而唯此《箋》讀「徹」爲「周人百畝而徹」之「徹」，以申明「徹，治」之義，不知毛《傳》言治田不言徹法也。《韓奕》「維禹甸之」，「甸，治也」，《箋》與《傳》訓同，而《信南山》篇「甸」讀爲「四丘爲甸」之「甸」，以申明「甸，治」之義，不知毛《傳》言治山不言丘甸也。鄭說俱非毛義。○「山西曰夕陽」，《爾雅·釋山》文。《湛露》傳：「陽，日也。」山之西夕見日，故曰夕陽。山之東朝見日，故曰朝陽。因之山東爲朝陽，而山西爲夕陽矣。夕陽建國，則豳居在豳山之西。《地理志》：「右扶風栒邑有豳鄉，《詩》豳國，公劉所邑。」《方輿紀要》：「邠州南有豳山，三水縣東北二十五里有栒邑城，縣西三十里有古豳城。」案豳城即漢之豳鄉，在栒邑縣界中，非栒邑即豳城也。今三水縣在涇北，栒邑在縣東，邠州在涇南，豳山在州南，而公劉豳城猶在豳山之南，南至郃城不及二百里，豳土爲郃之北境。「邠」入《說文·邑部》，則地名作「邠」，山名作「豳」。公劉遷邠爲豳山之邠邑，是不踰涇水，固較然矣。徐廣云：「漆縣東北有豳亭。」今邠州，西漢漆縣地。允，語詞。「荒」訓「大」者，謂即大衆所宜居之地也。

篤公劉，于豳斯館。涉渭爲亂，取厲取鍛。【傳】館，舍也。正絶流曰亂。鍛，石也。**止基迺理，爰衆爰有。夾其皇澗，遡其過澗。**【傳】皇，澗名也。遡，鄉也。過，澗名也。**止旅乃密，芮鞫之即。**

【傳】密，安也。芮，水厓也。鞫，究也。【疏】《白虎通義·京師》篇引《詩》「于邠斯觀」。《説文》「邠」、「豳」同字。「觀」乃「館」之假借字也。《傳》云「舍」者，「止息」之義，則未有家室也。下文正言營造都邑之事。○「正絶流曰亂」，《爾雅·釋水》文。正，中也。絶，渡也。水就下爲順流，挽上爲逆流，中水而渡，是爲正絶流。《説文》：「亂，不治也。」中水而渡，則水之不治者也。渭水出鳥鼠山，自西而東流入於河。豳當渭之北，厲碫産於渭南諸山，涉渭中渡而取厲碫是爲亂。經作「爲」，《傳》作「曰」，一也。《禹貢》云：「入于渭，亂于河。」梁州貢道浮潛逾河，東北入渭，沿流而東至今華陰縣之渭口西。河水從北而南下，由渭涉河，從蒲州以達帝都，此必中水而渡，故亦爲亂，大禹所名也。《詩》、《書》義同。《中山經》：「陰山、蟲尾之山多礪石。」「厲」與「礪」同。「鍛」乃「碫」之假借字。《傳》訓「鍛」爲「石」，則厲亦石也。《説文》云：「厲，旱石。」「碫，厲石。」厲碫者，斲礱之石也。古者天子廟桷必加密石焉。諸侯則斲之礱之，取厲碫者爲營宗廟也。邰在渭北，涉渭而取厲碫，則渭南亦在邰境。此公劉新遷於豳，而於故都取足材用焉。《周本紀》云：「公劉渡渭取材用。」「止基迺理，爰衆爰有」二句，渾括《緜》詩篇義。止基，基亦止也，《緜》詩云「曰止曰時」也。迺理，《緜》詩云「迺疆迺理」也。衆有，即《緜》詩作廟立社之事。衆有，猶富有也。《箋》以衆謂人，有謂物，「衆有」分釋，恐非經意。且下文「止旅乃密」始言人民耳。○皇澗，未聞。《寰宇記》「寧州真寧縣大陵水」下引《水經注》曰：「大陵、小陵，水出巡河南殊川，西南逕寧陽城，故《豳詩》曰：『夾其皇澗。』」陵水即皇澗矣。今攷寧州在邠州北百四十三里，真寧縣又在州東，中隔涇水。酈以陵水有南流之水即皇澗，恐非是。豳居在豳山之西，皇澗在豳居之東，故曰夾。夾，讀如「夾右碣石」之「夾」。「夾」即「挾」也。《正義》云「皇澗縱，在兩旁而夾之」，則誤以爲山夾水矣。過澗，未聞。遡，讀如「如彼遡風」之「遡」。鄉逆風爲遡，鄉逆流亦爲遡，故兩《傳》皆云：「遡，鄉也。」鄉猶偭也。《三蒼》云：「逆流行水曰滸。」「滸」即「遡」字。過澗當在豳居之西北，兩澗皆出豳山。皇澗逕豳居之東南，流入於渭。過澗逕豳居之西，逆流北入於涇。《正義》云：「過澗横，故在北而嚮之。」是也。〇旅，衆也。《傳》訓「密」爲「安」者，言從遷之衆止豳乃安耳。《説文》：「宓，安也。」密、宓聲相近。「芮，水厓」，芮者，「汭」之假借字。《尚書》、《左傳》皆作「汭」。《説文》：「汭，水相入也。」案水相入即水會成厓之處。汭者，外水相入，不謂水之内也。《傳》訓「鞫」爲「究」者，究之爲言曲也。《淇奥》傳：「奥，隈也。」奥，或作「澳」，亦作「隩」。鞫者，「澳」、「隩」之假借。《説文》：「氿，水厓枯土也。」「究」即「氿」之假借。《傳》意釋「芮鞫」爲「水厓之曲」，曲兼有内曲、外曲兩義。《箋》乃分釋「芮，内隩；鞫，外鞫」，而後人遂因此《箋》改《爾雅》「外爲隈」作「外爲鞫」，不知《爾雅》釋「隩」謂與「鞫」聲通則可，而於《大雅》之「芮鞫」初無涉也。又案《周禮・職方氏》「其川涇、汭」，鄭注云：「汭在豳地，《詩・大雅・公劉》曰：『汭垸之即。』」《地理志》：「右扶風汧，芮水出西北，東入涇。《詩》芮阮，雍州川也。」顔注：「阮，讀與『鞫』同。《韓詩》作『芮阮』。」奂謂班用《魯詩》，魯、韓同字。《廣雅》：「垸，隈也。」《説文》之「氿」即「阮」、「垸」之異文。阮爲汭水之曲，與毛《傳》「鞫，究」同義。唯汭爲水名，義稍異。毛《傳》之所謂水厓，或即涇水之厓也。胡渭云：「涇水東南流至邠州長武縣東，芮水自平涼府靈臺縣界流經縣南，而東注于涇。公劉所居故豳城正在二水相會内曲之處。」朱右曾云：「水厓，蓋主過澗而言。公劉崎嶇戎、狄，立國豳谷，境必不廣。且豳城在涇水東，汭水在涇水西。《詩》不言涇，豈得越涇而居芮？此毛《傳》之精，所以勝於《韓詩》也。」二説未知誰是。即，就也。「芮鞫之即」，言從遷衆民依就水厓之曲而徙處此也。《易・益卦》云：「中行告公，從，利用爲依遷國。」

《洞酌》三章，章五句。

《洞酌》，召康公戒成王也。言皇天親有德，饗有道也。【疏】《藝文類聚・職官部二》：「楊雄《博士箴》云：『公劉挹行潦，而濁亂斯清。官操其業，士執其經。』」案此三家説《泂酌》爲公劉詩也。

泂酌彼行潦，挹彼注茲，可以餴饎。【傳】泂，遠也。行潦，流潦也。餴，餾也。饎，酒食也。**豈弟君子，民之父母。**【傳】樂以强教之，易以説安之，民皆有父之尊、母之親。【疏】泂，讀爲迥，假借字也。《爾雅》：「迥，遠也。」「行潦，流潦」，《采蘋》同。《大東》傳：「挹，斞也。」《廣雅》：「斞，酌也。」是「挹」與「酌」義同也。《有司徹》注云：「注，猶瀉也。」餴，又作「饙」。《爾雅》：「饙、餾，稔也。」稔，又作「飪」。郭注云：「今呼餐飯爲饙，饙熟爲餾。」孫注云：「蒸之曰饙，均之曰餾。」《説文》：「𩞄，滫飯也。或作『饙』、作『餴』。」「餾，飯氣蒸也。」《詩正義》引「蒸」作「流」。《爾雅》釋文引《蒼頡篇》云：「餐，饙也。」案「餾」與「餐」聲義相近，故「饙」、「餾」竝有「餐飯」之義。餐即滫也。「饎，酒食」，《天保》同。《方言》：「糦，孰食也。氣孰曰糦。」饎、糦同字。酒食氣孰亦曰饎。餴饎者，謂以水餐酒食也。《箋》云：「可以洪酒食之餴。」〇《禮記·表記》篇：「《詩》云：『凱弟君子，民之父母。』凱以强教之，弟以説安之，使民有父之尊，有母之親。」《傳》所本也。凱，俗「豈」字。《傳》「豈」作「樂」、「弟」作「易」者，蓋以訓詁字代之也。各本「母之親」上有「有」字，俗依《禮記》增入，《傳》固不必悉依《禮記》文也。鄭注云：「有父之尊，有母之親，謂其尊親己如父母。」《吕覽·不屈》篇：「惠子曰：『《詩》曰：『愷悌君子，民之父母。』愷者，大也。悌者，長也。君子之德長且大者，則爲民父母。」此本三家義，而意則同。

泂酌彼行潦，挹彼注茲，可以濯罍。【傳】濯，滌也。罍，祭器。**豈弟君子，民之攸歸。**【疏】《周禮·大宰》、《宰夫》、《大宗伯》、《小宗伯》、《肆師》竝有「眡滌濯」之文。是「滌濯」連文同義，故《傳》訓「濯」爲「滌」也。「罍，祭器」者，《周禮·司尊彝》：「追享、朝享，其再獻用兩山尊。」鄭司農注云：「山尊，山罍也。」《禮記·明堂位》：「尊用犧、象、山罍。山罍，夏后氏之尊也。」《禮器》：「廟堂之上，罍尊在阼，犧尊在西。君西酌犧、象，夫人東酌罍、尊。」是罍爲祭器矣。又《司尊彝》：「六尊皆有罍，諸臣之所昨也。」鄭司農注云：「罍，臣之所飲也。《詩》曰：『缾之罄矣，維罍之恥。』」案此亦宗廟之罍也。《爾雅》：「彝、卣、罍，器也。小罍謂之坎。卣，中尊也。」郭注云：「罍，形似壺，大者受一斛。」

洞酌彼行潦，挹彼注兹，可以濯溉。【傳】溉，清也。**豈弟君子，民之攸塈。**【疏】溉，當依《釋文》作「概」。《匪風》傳：「概，滌也。」此篇「濯概」連文，濯爲滌，則概爲清矣，連言之曰濯概。《周禮》：「世婦掌祭祀、賓客、喪紀之事，帥女宮而濯概，爲齍盛。」鄭注云：「概，拭也。」《爾雅》：「拭，清也。」拭，古作「飾」。清，同「瀞」。《説文》：「瀞，無垢薉也。」案上言濯罍爲滌祭器，此言濯概則所包者廣，不特祭器矣。何以明之？《特牲饋食禮》：「宗人升自西階，視壺濯及豆籩，反降，東北面告濯具。」注：「濯，概也。」此士禮也。《少牢饋食禮》：「雍人概鼎、匕、俎于雍爨，廩人概甑、甗、匕與敦于廩爨。司宮概豆、籩、勺、爵、觚、觶。凡洗篚，于東堂下。」注：「凡概者，皆陳之而後告絜。」此大夫之禮也。天子饋食，禮無明文。首章餴饎則爲饋食可知。二章視滌濯祭器。三章視滌濯祭器，又兼告絜。《傳》云「清」者，清猶絜也。可據特牲、少牢二禮例推，而知《傳》義本諸此。〇《假樂》篇「民之攸塈」，《傳》云：「塈，息也。」

《卷阿》十章，六章章五句，四章章六句。

《卷阿》，召康公戒成王也。言求賢用吉士也。

有卷者阿，飄風自南。【傳】興也。卷，曲也。飄風，迴風也。惡人被德化而消，猶飄風之入曲阿也。**豈弟君子，來游來歌，以矢其音。**【傳】矢，陳也。【疏】《説文》：「卷，厀曲也。」是「卷」有「曲」義。卷阿，曲阿也。《匪風》傳云：「迴風爲飄。」又云：「發發者，非有道之風。」《何人斯》「彼何人斯，其爲飄風」，《傳》云：「飄風，暴起之風。」竝與此「飄風」同。興者，以曲阿爲興起德化之地，以飄風爲惡人。惡人消則賢人道長矣，故王者以德化養育人材爲亟務。此召康公戒成王之意。○君子，謂賢人也。游，優游也。歌，歌舞也。言樂易之君子優游歌舞，以陳其德音，是能以德化者也。來，語詞。此章「矢音」與末章「矢詩」首尾相應，故《傳》竝訓「矢」爲「陳」也。《韓詩外傳》釋此詩云：「以陳盛德之和而無爲也。」

伴奐爾游矣，優游爾休矣。【傳】伴奐，廣大有文章也。**豈弟君子，俾爾彌爾性，似先公酋矣。**【傳】彌，終也。似，嗣也。酋，終也。【疏】《説文》：「伴，大皃。」《禮記·大學》篇「心廣體胖」，注：「胖，猶大也。」「胖」與「伴」通，是「伴」有「廣大」義也。《論語·泰伯》篇：「奐乎其有文章。」是「奐」有「文章」義也。汪龍《詩異義》云：「《傳》釋『伴奐』爲『廣大有文章』，《箋》釋『伴奐』爲『自縱弛之意』。《稽古編》謂如鄭解則與『優游』意複，不如毛義之當。但王肅述毛云：『周道廣大而有文章，故君子得以樂易而來游，優游而休息。』獨以『伴奐』指王，而分『游』與『優游爾休』指君子，割截經語，不成文義。又下二章首二句皆指王，不應此獨異，斷非毛旨，因參鄭《箋》而爲之解曰：『廣大而有文章，爾王可得游娱矣。從容而自得，爾王可得休息矣。』廣大有文章，言規模制度宏遠明備，故天下底定，而王得安享大平，所謂『爾游』也。『優游爾休』又承『爾游』而申成之。陳氏此解允合經義。」○俾，當作「卑」，下同。「彌，終」，《生民》同。終，猶盡也。似，讀與「嗣」同。「酋，終」，《爾雅·釋詁》文。

注引《詩》作「嗣先公爾酋矣」，是郭所據作「爾酋」，與下章「百神爾主矣」、「純嘏爾常矣」同詞。案有「爾」字似優也。酋，《正義》本作「遒」。《爾雅》釋文云：「郭音遒。」是郭所見《詩》當作「遒」，與《詩正義》同。今《詩》作「酋」者，依《爾雅》也。酋，古「遒」字。《説文》：「遒，迫也。」段注云：「『終』與『迫』義相成。」《箋》云：「嗣先君之功而終成之。」此《箋》申《傳》也。

爾土宇昄章，亦孔之厚矣。【傳】昄，大也。**豈弟君子，俾爾彌爾性，百神爾主矣。**【疏】土宇，猶言「封畿」也。「昄，大」，《釋詁》文。《抑》傳云：「章，表也。」厚，篤厚也。《長發》四章云：「受小球大球，爲下國綴旒，何天之休。」五章云：「受小共大共，爲下國駿厖，何天之龍。」《傳》以綴旒爲表章，駿厖爲大厚，言法度章明，又能篤厚而行之。文義相同。《孟子·萬章》篇云：「使之主祭，而百神饗之。」所謂「百神爾主」也。

爾受命長矣，茀禄爾康矣。【傳】茀，小也。**豈弟君子，俾爾彌爾性，純嘏爾常矣。**【傳】嘏，大也。【疏】受命，受天子命爾。「受命長矣」，《文王》傳云：「我長配天命而行也。」《爾雅》：「芾，小也。」茀、芾聲同，故義通。《傳》緣本句「康」字復對下文「純嘏」字，故以茀禄爲小禄也。《民勞》「汔可小康」，又《禮記·禮運》：「禹、湯、文、武、成王、周公六君子，是謂小康。」鄭注云：「康，安也。言小安者，失之則賊亂將作。」《傳》意本《禮記》，以寓戒成王之意也。《箋》：「茀，福也。」《爾雅》：「祓，福也。」郭注引《詩》「祓禄康矣」，奪「爾」字。鄭依三家《詩》。「嘏，大」，《賓之初筵》同。純，亦大也。常，猶長也。

有馮有翼，有孝有德，以引以翼。【傳】有馮有翼，道可馮依，以爲輔翼也。引，長；翼，敬也。**豈弟君子，四方爲則。**【疏】《説文》：「凭，依几也。讀若馮。」馮、凭聲同。《傳》釋「馮」爲「道可馮依」。翼，讀

《孟子》「輔之翼之」之「翼」。《爾雅》：「孝，享也。」「有孝有德」，言能有享德也。下「有」字爲助詞。「引，長；翼，敬」，《行葦》同。《詩異義》云：「《傳》以馮翼孝德爲賢者之德，引翼，言王當長尊之，恒敬之。此篇本戒王求賢，不及祭事。《箋》易《傳》爲廟中事尸之禮，恐非《詩》意，且與『豈弟君子，四方爲則』不相承接。」

顒顒卬卬，如珪如璋，令聞令望。【傳】顒顒，温貌。卬卬，盛貌。**豈弟君子，四方爲綱。**【疏】《易·觀》「有孚顒若」，馬注云：「顒，敬也。」重言曰顒顒。《說文·匕部》：「卬，望也。」《孟子》：「望望然去之。」望望即卬卬也。氣盛謂之卬卬，則德盛亦謂之卬卬矣。《傳》於上章「馮翼」爲君子之德不爲君德，則此章「顒顒卬卬」亦爲君子之德不爲君德，顯然明白。《荀子·正名篇》：「有兼聽之明，而無奮矜之容；有兼覆之厚，而無伐德之色。説行而天下正，説不行則白道而冥窮，是聖人之辨説也。」即引此詩。蓋《荀子》亦就在下位君子言之。「無奮矜之容」、「無伐德之色」，經之所謂「顒顒」，《傳》之所謂「温皃」也。「有兼聽之明」、「有兼覆之厚」，經之所謂「卬卬」，《傳》之所謂「盛皃」也。《淮南子·俶真》篇：「聖人呼吸陰陽之氣，而群生莫不顒顒然仰其德以和順。」又《荀子·賦篇》：「卬卬兮天下之咸蹇也。」楊注云：「卬卬，高貌。」竝與《傳》訓義相近。《爾雅·釋訓》釋此詩云：「顒顒卬卬，君之德也。」《箋》因謂王有賢臣切磋，故君有此顒顒卬卬之德。其説與《爾雅》合，與毛《傳》不合。又毛《傳》釋「顒顒」曰「温」、釋「卬卬」曰「盛」，言其德温恭又充盛。是温、盛二義相因，下義即申足上義。顒顒、卬卬之不平列，猶上章馮、翼之不平列矣。《箋》以顒顒指體貌，卬卬指志氣，亦與毛《傳》不合。《説文》：「珪，古文『圭』字。」《釋文》：「聞，本亦作『問』。」《爾雅·釋詁》疏，《荀子·正名篇》，《文選》王融《曲水詩》、史岑《出師頌》注，舊本《書鈔·帝王五》引《詩》皆作「問」。

鳳皇于飛，翽翽其羽，亦集爰止。【傳】鳳皇，靈鳥，仁瑞也。雄曰鳳，雌曰皇。翽翽，衆多也。

藹藹王多吉士，維君子使，媚于天子。【傳】藹藹，猶濟濟也。【疏】《説文》：「鳳，神鳥也。」靈亦神也。《傳》既釋「鳳皇」爲「靈鳥」，而又申言之云「仁瑞也」者，此即用「修母致子」之義。《正義》云：「《五行傳》及《左氏》説皆云：『貌恭體仁，則鳳皇翔。』言行仁德而致此瑞。毛意用臣之仁以致南方鳳。昭二十九年《左傳》：『水官廢，龍不生得。』彼言臣修水職致東方龍，則毛與左説同。以用臣所致者，皆修母致子應也。」《爾雅・釋鳥》：「鶠，鳳。其雌皇。」《説文》：「鶠，鳥。其雌皇。一曰：鳳皇也。」疑許據《爾雅》「鶠」下無「鳳」字，故以鶠爲鳳皇别名。然其雌爲皇，則鳳爲雄，與《傳》義同也。《爾雅》釋文引《義疏》云：「雄曰鳳，雌曰皇，一名鶠，其雛名鸑鷟。或曰：鳳一名鸑鷟。」《傳》訓「翽翽」爲「衆多」。《箋》云：「翽翽，羽聲也。鳳皇往飛翽翽然，亦與衆鳥集於所止，衆鳥慕鳳皇而來，喻賢者所在，群士皆慕而往仕也。因時鳳皇至，故以喻焉。」案此《箋》申《傳》也。翽翽本爲鳳皇之羽，鳳皇飛則其羽必衆多，又不專指鳳皇矣。《韓詩外傳》：「黄帝服黄衣，戴黄冕，致齋于宫，鳳乃蔽日而至。黄帝降于東階，西向，再拜稽首，曰：『皇天降祉，不敢不承命。』鳳乃止帝東園，集帝梧桐，食帝竹實，没身不去。《詩》曰：『鳳皇于飛，翽翽其羽，亦集爰止。』」鳳蔽日而至，即《説文》所謂「鳳飛，群鳥從以萬數，故『鳳』古作『朋』字」是已。《正義》乃引《尚書・皋陶謨》鄭注、《尚書中候》，以鳳皇來必衆多，似不若《箋》説爲備。○王注《楚辭・九歎》：「藹藹，盛多貌。」此云「猶濟濟」者，亦「盛多」之意。《爾雅》：「藹藹、濟濟，止也。」郭注云：「皆賢士盛多之容止。」《説文》：「藹，臣盡力之美。」竝與《傳》訓同。《思齊》傳云：「媚，愛也。」

鳳皇于飛，翽翽其羽，亦傅于天。藹藹王多吉人，維君子命，媚于庶人。【疏】傅，讀與「附」同。《箋》云：「傅，猶戾也。」

鳳皇鳴矣，于彼高岡。梧桐生矣，于彼朝陽。【傳】梧桐，柔木也。山東曰朝陽。梧桐不生山岡，大平而後生朝陽。**菶菶萋萋，雝雝喈喈。**【傳】梧桐盛也，鳳皇鳴也。臣竭其力則地極其化，天下和洽則鳳皇樂德。【疏】梧與桐，二木名。《爾雅》云：「櫬，梧。」又云：「榮，桐木。」《説文》云：「梧，梧桐木。一曰：櫬。」又云：「榮，桐木也。」「桐，榮也。」《詩》之梧即一名櫬，一名梧桐。《詩》之桐即一名榮矣。《正義》云：「梧桐可以爲琴瑟，是柔刃之木，故曰柔木。」「山東曰朝陽」，《爾雅·釋山》文。郭注云：「旦即見日，朝陽即高岡之東。」是也。經文「梧桐生矣」即承「于彼高岡」句，故《傳》又申之云：「梧桐不生山岡，大平而後生朝陽。」於梧桐言山岡，於朝陽言大平，互詞。《箋》云：「鳳皇之性，非梧桐不棲。」此以箸鳳皇、梧桐連及之義也。《周語》：「周之興也，鸑鷟鳴于岐山。」三君注云：「鸑鷟，鳳之别名也。《詩》云：『鳳皇鳴矣，于彼高岡。』其在岐山之脊乎？」《曾子天圓》篇云：「鳳非梧不生。」○《説文》：「菶，艸盛。」「萋，艸盛。」「菶」與「萋」皆本爲艸盛，因之爲木盛，猶芃本爲艸盛，《棫樸》篇爲木盛矣。《詩》言「雝雝鳴鴈」、「雞鳴喈喈」，雝、喈本爲鳥鳴聲。鳳皇亦鳥也。《傳》意以「菶菶萋萋」句承「梧桐生矣」，故云「梧桐盛」。「雝雝喈喈」句承「鳳皇鳴矣」，故云「鳳皇鳴」，又申明其鳴盛之所致。云「臣竭其力則地極其化」者，釋「菶菶萋萋」句。云「天下和洽則鳳皇樂德」者，釋「雝雝喈喈」句。「臣竭其力」、「天下和洽」，亦互詞箸義也。《爾雅》：「藹藹、萋萋，臣盡力也。噰噰、喈喈，民協服也。」郭注云：「梧桐茂，賢士衆，地極化，臣竭忠。鳳皇應德鳴相和，百姓懷附興頌歌。」奂疑此「藹藹」乃「菶菶」之誤。景純即本毛《傳》爲解也。《箋》以上句喻君德盛，下句兼喻臣民和協。

君子之車，既庶且多。君子之馬，既閑且馳。【傳】上能錫以車馬，行中節，馳中法也。**矢詩不多，維以遂歌。**【傳】不多，多也。明王使公卿獻詩以陳其志，遂爲工師之歌焉。【疏】《四鐵》傳：「閑，習也。」「行中節，馳中法」，《傳》以釋經之「閑馳」。上錫君子以車馬，是上能用賢人也。○「不多，多」，《桑扈》同。「矢，陳」，《大明》、《皇矣》同。詩者，志之所之也。《傳》以「獻詩陳志」釋經之「矢詩」。公卿，即指賢也。言明王既能用賢，使居公卿之位，而又使獻詩陳志。《周語》：「天子聽政，使公卿至於列士獻詩。」是其義也。歌，樂歌。工師，樂人。譜諸樂歌，爲鑒戒之也。《詩異義》云：「《傳》意言王能用賢，則在朝公卿皆賢人吉士，使之獻詩陳志，遂爲工歌，令矇瞍賦誦以爲鑒戒。『矢詩』與首章『矢音』同義，故以『不多』爲反辭，言賢人多，其陳戒自多也。《箋》誤解經『矢詩』爲召公自言陳作此詩，因易《傳》以『不多』爲順辭。《疏》又據《箋》此解申《傳》以『不多』爲『多』，謂王能用賢，不復須戒，故以作詩爲煩多。而《公劉》敘下《疏》謂此二句乃召公自言作意，爲《公劉》、《泂酌》、《卷阿》三篇總結，皆非經、《傳》之旨。」

《民勞》五章，章十句。

《民勞》，召穆公刺厲王也。

民亦勞止，汔可小康。惠此中國，以綏四方。【傳】汔，危也。中國，京師也。四方，諸夏也。**無縱詭隨，以謹無良。式遏寇虐，憯不畏明。**【傳】詭隨，詭人之善、隨人之惡者。以謹無良，慎小以懲大也。憯，曾也。**柔遠能邇，以定我王。**【傳】柔，安也。【疏】《傳》訓「汔」爲「危」。《箋》：「汔，幾也。」《稽古編》云：「『危』即『近』義，鄭言『幾』，正申毛意，非易《傳》也。《爾雅》：『嗝、幾、烖、殆，近也。𠍹，汔也。』幾、𠍹、危、汔轉互相通。」《後箋》云：「古人言『幾』每曰『危』。《漢書・宣元六王傳》：『恐無處所，我危得之。』《外戚傳》：『今兒安在？危殺之矣。』此皆以『危』爲『幾』意。昭二十年《左傳》注：『汔，其也。』彼《疏》云：『杜以「幾」、「其」同聲，故以「汔」爲「其」。』蓋杜訓『其』猶鄭言『幾』也。《後漢書·班超傳》引此詩，李賢注亦云：『汔，其也。』要皆與『危』意相同，非有異也。」○詩五章，四章皆言「中國」，唯弟三章言「京師」，故知「中國」爲「京師」也。又弟四章言「四國」，此言「四方」，《皇矣》傳：「四國，四方也。」京師爲中國，故四國、四方爲諸夏也。《長發》傳云：「諸夏爲外。」《苕之華》箋云：「陵苕之榦喻如京師也，其華猶諸夏也，故或謂諸夏爲諸華。華衰則黃，猶諸侯之師旅罷病將敗，則京師孤弱。」此《箋》亦云：「京師者，諸夏之根本。」僖二十八年《左傳》釋《詩》云：「不失賞刑之謂也。」又昭二十年《傳》云：「施之以寬也。」「不失賞刑」即是施寬，此解詩「惠綏」之義也。《淮南子·泰族》篇：「內順而外寧。」「內順」解「惠此中國」句，「外寧」解「以綏四方」句，竝與《傳》義同。○縱，當依《左傳》作「從」。《箋》以「聽」釋「從」，其字不誤也。《説文》云：「詭，責也。」「詭人之善」即「隨人之惡」，詭、隨疊韻連語。《傳》雖分釋而同義也。謹，慎也。詩五章，每章皆以「詭隨」、「寇虐」作對文。《傳》云「慎小以懲大也」者，「慎小」謂上「無從詭隨」二句，「無良」即是「詭隨」，「以謹」即是「無從」也；「懲大」謂下「式遏寇虐」二句。《傳》實爲五章總釋也。解者以「慎小」屬「詭隨」，「懲大」屬「無良」，失其恉矣。《廣雅·釋訓》云：「詭隨，小惡也。」《後漢書·陳忠傳》：「自順帝即位，盜賊竝起，郡縣更相飾匿，莫肎糾發。忠上疏曰：『臣聞輕者重之端，小者大之源，故隄潰蟻孔，氣洩鍼芒。是以明者慎微，智者識幾。《書》曰：「小不可不殺。」《詩》云：「無縱詭隨，以謹無良。」蓋所以崇本絕末，鉤深之慮也。』」案忠言欲禁盜賊，必先慎微，引《詩》上二句以爲謹小慎微之漸，最合《傳》意。《文王》傳云：「遏，止也。」「憯，曾」，《節南山》同。《説文》：「朁，曾也。从曰，兓聲。《詩》曰：『朁不畏明。』」是許所據《毛詩》作「朁」。今《節南山》、《十月之交》、《雲漢》皆作「憯」，非古矣。《釋文》作「慘」，或依《左傳》改也。明，猶法也。不畏明法即是寇虐，言爲政者用以遏止之。《左傳》釋《詩》云：「糾之以猛也。」《傳》云「懲大」即本「糾猛」之義。懲，亦止也。○柔，《釋文》作「揉」。「柔，安」，《釋詁》文，《時邁》「懷柔」傳同。凡柔嘉、柔惠、輯柔、和柔，「柔」皆訓爲「安」。「柔」與「保」疊韻，故訓相同。能，讀爲而。《漢督郵班碑》作「渘遠而邇」，古如、而通用。遠謂四方，邇謂中國。邇，近也。言安遠方之國，而使與中國相親近也。《中庸》云：「柔遠人，則四方歸之。」即其義。解者竝以「柔遠」、「能邇」對文，非是。《尚書·堯典》：「柔遠能邇，蠻夷率服。」《顧命》：「柔遠能邇，安勸小大庶邦。」《文侯之命》：「柔遠能邇，惠康小民。」皆謂安遠也。定，亦安也。《左傳》引《詩》云：「柔遠能邇，以定我王，平之以和也。」此正取「和遠」之義。

民亦勞止，汔可小休。【傳】休，定也。**惠此中國，以爲民逑。**【傳】逑，合也。**無縱詭隨，以謹惛怓。式遏寇虐，無俾民憂。**【傳】惛怓，大亂也。**無棄爾勞，以爲王休。**【傳】休，美也。【疏】《瞻卬》傳云：「休，息也。」定、息同義。《爾雅·釋言》：「休，戾也。」戾亦定也。《釋詁》：「仇，合也。」古逑、仇聲通。《箋》云：「合，聚也。」《説文》云：「逑，斂聚也。」○《説文》：「怋，怓也。」「怓，亂也。」《詩》曰：『以謹怋怓。』」段注云：「怋，讀如民。『怋怓』爲連緜字，今誤作『惛』，音呼昆切，則與『惛』無別矣。」案《説文》言亂，謂昏亂也，正用《傳》訓。今《傳》文衍「大」字，不可通。《箋》：「惛怓，猶讙譁也，謂好爭訟者也。」亦申《傳》「亂」字之義。俾，當作「卑」，下同。「休，美」，《破斧》同。此「休」與「汔可小休」不同義。凡一章中用韻，有字同而義不同者，是其例。

民亦勞止，汔可小息。【傳】息，止也。**惠此京師，以綏四國。無縱詭隨，以謹罔極。式遏寇虐，無俾作慝。**【傳】慝，惡也。**敬慎威儀，以近有德。**【傳】求近德也。【疏】「息，止」，《殷其靁》、《葛生》、《浮游》同。《箋》云：「罔，無；極，中也。無中，所行不得中正。」然則「以謹罔極」，猶首章云「以謹無良」耳。《論語·顏淵》篇：「樊遲問修慝。子曰：『攻其惡，無攻人之惡，非修慝與？』」是慝爲惡也。《庸·柏舟》傳：「慝，邪也。」惡、邪義相近。《管子·權脩》篇云：「凡牧民者，欲民之正也。欲民之正，則微邪不可不禁也。微邪者，大邪之所生也。微邪不禁，而求大邪之无傷，固不可得也。」此與《傳》「慎小懲大」之義合。〇昭二年《左傳》：「叔向曰：『子叔子知禮哉！吾聞之曰：「忠信，禮之器也。卑讓，禮之宗也。」辭不忘國，忠信也。先國後己，卑讓也。《詩》曰：「敬慎威儀，以近有德。」夫子近德矣。』」《傳》云「求近德」，本《左氏》說。「有」爲語助之詞。

民亦勞止，汔可小愒。惠此中國，俾民憂泄。【傳】愒，息；泄，去也。**無縱詭隨，以謹醜厲。式遏寇虐，無俾正敗。**【傳】醜，衆；厲，危也。**戎雖小子，而式弘大。**【傳】戎，大也。【疏】「愒」訓「息」，小愒猶小息也。上章《傳》云：「息，止也。」泄者，「渫」之假借字。《説文》、《玉篇》云：「渫，除去也。私列切。」《箋》：「泄，猶出也、發也。」鄭以「泄」爲「抴」，義得相通。「醜，衆；厲，危」，《正義》云：「謂衆爲惡行，以爲危者也。」《箋》：「厲，惡也。」危、惡義相近。「無卑正敗」，《箋》云：「敗，壞也。無使先王之正道壞。」〇「戎」訓「大」，弘亦大也。《節南山》傳：「弘，大也。」小子，庳厲王也。王肅云：「在王者之大位，雖小子，其用事甚大也。」

民亦勞止，汔可小安。惠此中國，國無有殘。【傳】賊義曰殘。**無縱詭隨，以謹繾綣。式遏寇虐，無俾正反。**【傳】繾綣，反覆也。**王欲玉女，是用大諫。**【疏】《孟子·梁惠王》篇：「賊義者謂之殘。」《荀子·勸學篇》：「害良曰賊。」害良即賊義也。《左傳》言「政猛則民殘，殘則施之以寬」，其下即引詩。惠綏爲施寬之政，此章之「無有殘」，即首章之所謂「綏」也。繾綣猶展轉，反覆猶反側。《廣雅》云：「展轉，反側也。」《何人斯》傳云：「反側，不正直也。」反，覆也。覆，顛覆也。「無卑正反」與「無卑正敗」同意。○阮元《揅經室集》云：「《説文》『金玉』之『玉』無一點。其加一點者，解云：『朽王也。从王有點。讀若「畜牧」之「畜」。』《詩》『玉女』，『玉』字當是加點之『玉』。玉女者，畜女也。畜女者，好女也。好女者，臣説君也。召穆公言：『王乎，我正惟欲好女，不得不用大諫也。』《孟子》曰：『爲我作君臣相説之樂，其詩曰：「畜君何尤？」畜君者，好君也。』《孟子》之『畜君』與《毛詩》召穆公之『玉女』無異也。後人不知『玉』爲假借字，是以鄭《箋》誤解爲『金玉』之『玉』矣。」

《板》八章，章八句。

《板》，凡伯刺厲王也。【疏】凡，周公之胤，畿内國，入爲王官。《續漢書·郡國志》：「河内郡共有汎亭。」劉昭注云：「凡伯邑。」今河南衛輝府輝縣西南有故凡城，即其地也。

上帝板板，下民卒癉。出話不然，爲猶不遠。【傳】板板，反也。上帝，以稱王者也。癉，病也。話，善言也。猶，道也。**靡聖管管，不實于亶。**【傳】管管，無所依也。亶，誠也。**猶之未遠，是用大諫。**【傳】猶，圖也。【疏】板，古作「版」。《後漢書·董卓傳·論》注、《文選》劉峻《辯命論》注引《詩》作「版版」。《傳》以「反」詁「版版」，此單字釋經疊字之例。《爾雅》：「版版，僻也。」僻，《禮記注》作「辟」。「辟」與「反」義相近。《蕩》傳：「上帝，以託君王也。」兩《傳》義同。《傳》先釋「版版」後釋「上帝」，此倒句也。「版版上帝」與「蕩蕩上帝」句法相同。癉，《禮記·緇衣》引作「𤺺」。《爾雅》：「𤺺，病也。」本又作「癉」。《韓詩外傳》云：「悲夫傷哉！窮君之反於是道而愁百姓。」引《詩》作「癉」。《後漢書·李固傳》引《詩》亦作「癉」，云：「刺周王變祖法度，故使下民將盡病也。」○話，當作「詁」，依字從言，故善言曰話。《抑》「慎爾出話」，《傳》亦云：「話，善言也。」《說文》云：「話，會合善言也。」然，猶是也。不然者，不以善言爲是也。《禮記・大學》篇：「其所令反其所好，而民不從。」所謂「不然」也。「猶」訓「道」。爲道不遠者，言其所行之政令不能遠也。《孟子・盡心》篇：「身不行道，不行於妻子；使人不以道，不能行於妻子。」所謂「不遠」也。管管，疑當作「悹悹」。《廣韻・二十四緩》引《詩傳》云：「悹悹，無所依。」是灋言所據《詩傳》作「悹悹」。《箋》云：「王無聖人之法度，管管然以心自恣。」案鄭言「以心自恣」，則其字作從心「悹」，不作從竹「管」，與毛《傳》「無所依」之說正相成也。《說文》：「悹，憂也。」《玉篇》、《廣韻》：「悹悹，憂無告也。」今《爾雅》作「懽懽，憂無告」，「懽懽」乃「灌灌」之異文，不應訓「憂無告」，當依希馮、灋言所據《爾雅》作「悹悹」。「無告」與「無所依」義本相通。「亶，誠」，《祈父》同。《箋》云：「不能用實於誠信之言，言行相違也。」○《爾雅》：「猷，圖也。」「猷」與「猶」同。上文「爲猶」與「出話」對文，「猶」訓爲「道」。此承「靡聖不誠」而「猶」訓爲「圖」，《傳》蓋緣文施訓也。《常棣》傳云：「圖，謀也。」諫，假借字作「簡」。成八年《左傳》：「《詩》曰：『猶之未遠，是用大簡。』行父懼晉之不遠猶而失諸侯也，是以敢私言之。」杜注：「猶，圖也。」襄二十八年《傳》：「榮成伯曰：『遠圖者，忠也。』」

天之方難，無然憲憲。天之方蹶，無然泄泄。【傳】憲憲，猶欣欣也。蹶，動也。泄泄，猶沓沓也。**辭之輯矣，民之洽矣。辭之懌矣，民之莫矣。**【傳】輯，和；洽，合；懌，說；莫，定也。【疏】方，有也。然，是也。無然，無是也。憲憲，即「軒軒」之假借。《樂記》：「《武》坐，致右憲左。」「致」同「輊」，「憲」同「軒」，言《武》之坐右厀至地，左足則軒起也。鄭注：「憲，讀爲軒。」又《內則》注：「軒，讀爲憲。」此憲、軒聲通之證，竝與《傳》「欣欣」之義合。欣，古「掀」字。《說文》：「掀，舉出也。虛言切。」段注云：「掀之言軒也。」「蹶」訓「動」，猶擾亂也。此詩之「蹶」與《野有死麕》之「感」、《采芑》之「蠢」、《菀柳》之「蹈」，《傳》皆訓爲「動」，竝有「擾亂」之義。《緜》傳：「蹶，動也。」義攸別。《荀子·解蔽篇》：「辯利非以言是，則謂之詍。」楊倞注：「詍，多言也。」《詩》曰：『無然詍詍。』」《説文·口部》：「呭，多言也。」引《詩》作「呭呭」。《言部》：「詍，多言也。」引《詩》作「詍詍」。今詩作「泄泄」，乃「呭詍」之假借字。《孟子·離婁》篇：「《詩》曰：『天之方蹶，無然泄泄。』泄泄，猶沓沓也。事君無義，進退無禮，言則非先王之道者，猶沓沓也。」《孟子》以「沓沓」釋「泄泄」，又以「言非禮義」釋「沓沓」，與《説文》「多言」之訓合。《傳》義正本《孟子》也。《爾雅》：「憲憲、泄泄，制法則也。」郭注云：「佐興虐政設教令也。」鄭《箋》云：「爲之制法度，達其意，以成其惡。」《箋》本《爾雅》，而與毛《傳》文異而義同，《國語》所謂「厲始革典」也，説見嘉定錢大昕《荅問》。〇「輯，和」，《抑》同。《新序·襍事三》作「集」。「洽，合」，《正月》同。洽，讀爲協，襄三十一年《左傳》引《詩》正作「協」。《列女傳·辯通》篇亦作「協」。懌，《釋文》作「繹」。《左傳》及《説苑·善説》篇皆作「繹」。《節南山》傳云：「懌，服也。」服亦説也。「莫，定」，《皇矣》同。辭，辭令也。案此承上句「無然泄泄」而言。《箋》云：「王者政教和説順於民，則民心合定。此戒語時之大臣。」是也。《説苑》：「子貢曰：『出言陳辭，身之得失，國之安危也。《詩》云：「辭之繹矣，民之莫矣。」夫辭者，人之所以自進也。』主父偃曰：『人而無辭，安所用之？昔子産脩其辭，而趙武致其敬；王孫滿明其言，而楚莊以慙；蘇秦行其説，而六國以安；蒯通陳其説，而身得以全。夫辭者，乃所以尊君、重身、安國、全性者也，故辭不可不脩，而説不可不善。』」

我雖異事，及爾同寮。我即爾謀，聽我囂囂。【傳】寮，官也。囂囂，猶謷謷也。**我言維服，勿以爲笑。先民有言，詢于芻蕘。**【傳】芻蕘，薪采者。【疏】我，凡伯自我也。異事，事異也。爾，女，女憲憲泄泄之大臣也。「寮，官」，《釋詁》文。文七年《左傳》：「荀林父曰：『同官爲寮，吾嘗同寮，敢不盡心乎？』」弗聽。爲賦《板》之三章，又弗聽。及亡，荀伯盡送其帑及其器用財賄於秦，曰：『爲同寮故也。』」毛《傳》正用《左》説。今字通作「僚」，《大東》作「僚」。○「囂囂」爲「謷謷」之假借。《十月之交》「讒口囂囂」，《韓詩》作「謷謷」。韓用本字，毛用假借字，此其證。《爾雅》：「敖敖，傲也。」《潛夫論·明忠》篇引《詩》作「敖敖」。「敖」即「謷」之省。《説文》：「謷，不省人言也。」重言曰謷謷。《箋》云：「女反聽我言謷謷然不肎受。」《楚辭·九思》「令尹兮謷謷」，王注云：「謷謷，不聽話言而妄語也。」維，有也。勿，無也。《草蟲》傳：「説，服也。」説爲服，服亦爲説。「我言維服，勿以爲笑」，言我言有可説之道，無爲笑也。○昔曰先民，見《小旻》、《那》傳。賈逵《國語注》云：「先民，古賢人也。」《傳》文「芻蕘，薪采者」，《釋文》「者」下有「也」字。李注《文選》楊雄《羽獵賦》、潘岳《馬汧督誄》、楊注《荀子·大略篇》引竝有「也」字。哀十四年《公羊傳》：「然則孰狩之？薪采者也。」薪采者，則微者也。」徐彦疏云：「薪采，猶言采薪也。」《周禮·小司寇》：「致萬民而詢焉。」鄭司農注云：「詢，謀也。《詩》曰：『詢于芻蕘。』《書》曰：『謀及庶人。』」

天之方虐，無然謔謔。老夫灌灌，小子蹻蹻。【傳】謔謔然喜樂也。灌灌，猶款款也。蹻蹻，驕貌。**匪我言耄，爾用憂謔。多將熇熇，不可救藥。**【傳】八十曰耄。熇熇然熾盛也。【疏】《傳》云「謔謔然喜樂」下「也」字今補。喜亦樂也。謔、樂聲同。《曲禮》：「大夫七十自稱曰老夫。」鄭注云：「老夫，老人稱也。」引《春秋傳》曰：「老夫耄矣。」《説文》：「懽，喜欵也。」「欵，意有所欲也。」或作『款』。」《楚辭》「悃悃款款」，王注云：「心志純也。」今詩作「灌灌」，假借字。毛意灌讀爲懽，懽與款聲同。古曰懽懽，今曰款款，此以今語通古語也，皆是「懇誠愷切」之意，而與「憂無告」一訓無涉。《説文》「懽」下或引《詩》「老夫懽懽」，今奪，乃轉引《爾雅》：「懽懽、愮愮，憂無告也。」疑徑後人誤改。欵，俗字。小子，庰厲王也。《爾雅》：「蹻蹻，憍也。」憍即驕也。《新序·襍事五》：「《詩》曰：『老夫灌灌，小子蹻蹻。』言老夫欲盡其謀，而少者驕而不受也。」案三家《詩》亦以

「驕」訓「蹻蹻」，與毛訓同。《崧高》「蹻蹻，壯皃」、《酌》「蹻蹻，武皃」、《泮水》「蹻蹻，言彊盛也」，「蹻蹻」竝有「驕壯」之意，或施之於人，或施之於馬，各隨文通義也。○《抑》傳云：「耄，老也。」渾言之，則耄爲老。析言之，則年八十爲耄也。《詩·行葦》釋文及杜注隱四年、昭元年《左傳》、韋注《周語·楚語》皆云：「八十曰耄。」與此《傳》同。《說文》作「薹，年九十曰薹」。「耄」即「薹」之異體。《禮記·曲禮》云：「八十、九十曰耄。」《釋文》作「旄」。《射義》注：「八十、九十曰旄。」「旄」即「耄」之假借字。《左傳》：「劉子語王曰：『諺所謂老將知而耄及之者，其趙孟之謂乎？』」又「穆叔曰：『趙孟將死矣，年未盈五十，而諄諄焉如八九十者，弗能久矣。』」是八九十皆得爲耄也。毛《傳》以八十爲耄，則以七十爲耋，見《車鄰》篇。謔，猶謔謔也。「爾用憂謔」，言因女之謔謔然喜樂，用是憂也。○熇熇，《說文繫傳》作「嗃嗃」；《易》「家人嗃嗃」，劉表作「熇熇」，此熇、嗃通用之證。《爾雅》：「謔謔、謞謞，崇讒慝也。」郭注云：「樂禍助虐增譖惡也。」案「謞」即「嗃」字。《傳》訓「謔謔，喜樂；熇熇，熾盛」，與《爾雅》文異而義同。《韓詩外傳》三：「夫重臣群下者，人主之心腹支體也。心腹支體無疾，則人主無疾矣。故非有賢醫，莫能治也。《詩》曰：『多將熇熇，不可救藥。』終亦必亡而已矣。故賢醫用，則衆庶無疾，況人主乎？」《說苑·辯物》篇：「夫死者猶不可藥而生也。悲夫！亂君之治，不可藥而息也。《詩》曰：『多將熇熇，不可救藥。』甚之之辭也。」此三家《詩》，正與《爾雅》釋《詩》合也。

天之方懠，無爲夸毗。【傳】懠，怒也。夸毗，以體柔人也。**威儀卒迷，善人載尸。民之方殿屎，則莫我敢葵。【傳】**殿屎，呻吟也。**喪亂蔑資，曾莫惠我師。【傳】**蔑，無；資，財也。**【疏】**「懠，怒」，《釋言》文。《釋文》：「懠，疾怒也。」疑陸所據《傳》「怒」上有「疾」字，此增字足義之例也。《廣雅·釋詁》：「懠，愁也。」或本三家《詩》。《爾雅》：「夸毗，體柔也。」《正義》云：「夸毗者，便僻其足，前卻爲恭，以形體順從於人，故云

『以體柔人』。」《玉篇・身部》：「𨉖𨈡，以體柔人也。」「𨉖𨈡」俗字。蓋夸，奢也。毗之言比也。比者，俌也。「夸毗」雙聲連緜字。○迷，迷亂也。《箋》云：「君臣之威儀盡迷亂，賢人君子則如尸矣，不復言語，時厲王虐而弭謗。」《中論・亡國》篇：「今不務明其義，而徒設其禄，可以獲小人，難以得君子。雖强搏執之而不獲已。亦杜口佯愚，苟免不暇，國之安危，將何賴焉？故《詩》曰：『威儀卒迷，善人載尸。』此之謂也。」案徐言「杜口佯愚」以解經「載尸」之義，與《箋》「不復言語」合。《爾雅》：「殿屎，呻也。」依孫、郭注，「呻」下奪「吟」字，爲毛《傳》所本。古曰殿屎，今曰呻吟，是謂之古今義也。《玉篇・口部》：「唸𠯗，呻吟也。」《說文》引《詩》作「民之方唸𠯗」。段本依《詩》、《爾雅音義》、《五經文字》「𠯗」作「吚」。然則三家《詩》有作「唸吚」者爲本字，而《爾雅》、《毛詩》「殿屎」爲假借字。不有《說文》，而「殿屎」之本字不明矣。《采叔》傳云：「葵，揆也。」揆者，度也。○蔑之爲無，猶微之爲無、靡之爲無、莫之爲無，皆取雙聲爲訓。《潛夫論・敘録》「蔑」作「末」，同。《甫田》傳：「茨，積也。」「資」與「茨」通。財，積財也。積財謂之資，與《說文》「積禾謂之穦」同意。無財，言無積畜也。師，衆也。《說苑・政理》篇：「『相亂蔑資，曾莫惠我師』，此傷奢侈不節以爲亂者也。」仁和孫志祖云：「按『相』當爲『喪』字之誤。或引三家異文，《詩攷》失載。」

天之牖民，如壎如篪，如璋如圭，如取如攜。【傳】牖，道也。如壎如篪，言相和也。如璋如圭，言相合也。如取如攜，言必從也。**攜無曰益，牖民孔易。民之多辟，無自立辟。**【傳】辟，法也。

【疏】牖者，「誘」之假借。《野有死麕》傳：「誘，道也。」《說文》：「誘，或『羑』字。古文作『羑』。」故「牖里」或作「羑里」矣。伯氏吹壎，仲氏吹篪，有相和之義。璋藏諸侯，圭藏天子，有相合之義。取攜甚便，有必從之義。《箋》云：「王之道民以禮義，則民和合而從之如此。」此申《傳》說也。○攜，即冢上「取攜」句。益，猶加也。無益者，言無有加乎民，以起下「牖民孔易」句。孔易，《傳》所謂「必從」也。《韓詩外傳》五及《禮記・樂記》篇引《詩》皆作「誘」。《韓詩外傳》云：「聖王之教其民也，必因其情而節之以禮，必從其欲而制之以義。義簡而備，禮易而法，去情不遠，故民之從命也速。孔子知道之易行，曰：『《詩》云：「誘民孔易。」非虛辭也。』」「辟，法」，《雨無正》同。「無自立辟」即無是憲憲、泄泄也。宣九年、昭二十八年《左傳》引《詩》，「亦爲邪辟之世，不可自爲立法」。《傳》義同。

价人維藩，大師維垣，大邦維屏，大宗維翰。【傳】价，善也。藩，屏也。垣，牆也。王者，天下之大宗。翰，榦也。**懷德維寧，宗子維城。**【傳】懷，和也。**無俾城壞，無獨斯畏。**【疏】《正義》云：「『价，善』，《釋詁》文。」《說文》：「价，善也。从人，介聲。《詩》曰：『价人維藩。』」「維藩」與下「維屏」同義，故《傳》云：「藩，屏也。」師，衆也。《將仲子》傳：「牆，垣也。」垣、牆同訓。大師爲牆，此即「衆志如城」之意。《荀子・君道篇》：「故君人者，愛民而安，好士而榮。兩者無一焉而亡。《詩》曰：『价人維藩，大師維垣。』此之謂也。」荀意以价人爲士，大師爲民，《傳》義當然也。俗本《荀子》作「介」，《漢書・諸侯王表》亦作「介」。「大邦維屏」與「萬邦之屏」句法同。《桑扈》傳云：「屏，蔽也。」《國策・秦策》：「周，天下之宗室也。」《逸周書・大子晉》篇：「師曠對王子曰：『王子，汝將爲天下宗乎？』」《荀子・彊國篇》：「夫桀、紂，聖王之後子孫也，有天下者之世也，埶藉之所存，天下之宗室也。」《正論篇》：「聖王之子也，有天下之後也，埶藉之所在也，天下之宗室也。」案宗室，大宗之室。是天子亦稱大宗，故《傳》謂王者爲天下之大宗。「翰，榦」，《桑扈》、《文王有聲》、《嵩高》同。《說文》：「榦，本也。」《文王》傳：「本，本宗也。」〇《傳》訓「懷」爲「和」，與《皇皇者華》同。《常棣》傳云：「九族會曰和。」此其義也。寧，安也。宗子，群宗之子也。僖五年《左傳》：「晉侯使士蔿爲二公子築蒲與屈，不慎，寘薪焉。夷吾訴之，公使讓之。士蔿曰：『《詩》云：「懷德惟寧，宗子惟城。」君其脩德而固宗子，何城如之？』」昭六年，「宋逐華合比，華亥見於左師。左師曰：『女夫也必亡。女喪而宗室，於人何有？人亦於女何有？《詩》曰：「宗子維城，毋俾城壞，毋獨斯畏。」女其畏哉！』」《左》兩引《詩》竝以宗子爲群宗之子矣。《逸周書・皇門》篇：「我聞在昔有國誓王之不綏于卹，乃維其有大門宗子勢臣，罔不茂揚肅德，訖亦有孚，以助厥辟，勤王國王家。」《祭公》篇：「維我後嗣，旁建宗子丕，維周之始并。」案「并」當作「屏」。《周書》宗子與《詩》義亦合。斯，此也。「無獨斯畏」，言無獨以此畏也。此者，承「城壞」而言。《諸侯王表》言周封國制，全引此詩，以爲親親賢賢褒表功德，或用魯說，而與毛義大恉相同。

敬天之怒，無敢戲豫。敬天之渝，無敢馳驅。【傳】戲豫，逸豫也。馳驅，自恣也。**昊天曰明，及爾出王。昊天曰旦，及爾游衍。**【傳】王，往；旦，明；游，行；衍，溢也。【疏】昭三十二年《左傳》引《詩》「不敢戲豫」、「不敢馳驅」，「無」即「不」也。《清廟》傳以「不」字釋「無」字。豫，樂也。「逸豫」是「戲豫」之意，「自恣」是「馳驅」之意。自，古「詯」字。《淮南子・主術》篇「所以禁民不得自恣」，高注云：「恣，放恣也。」〇王，讀與「往」同，此謂假借也。賈注《吴語》云：「王，往也。」本《傳》訓也。往，亦出也。「旦」訓「明」。「昊天曰旦」，猶「昊天曰明」耳。「游」有「流」義，故訓「行」。衍，《釋文》作「羨」。「羨」有「餘」義，故訓「溢」。詩中「爾」字皆指助厲王者言，此二「爾」字當同，則昊天亦以託厲王矣。出往行溢，義未聞。

詩毛氏傳疏卷二十五

蕩之什詁訓傳弟二十五　毛詩大雅

《蕩之什》十一篇，九十二章，七百六十九句。

《蕩》八章，章八句。

《蕩》，召穆公傷周室大壞也。厲王無道，天下蕩蕩，無綱紀文章，故作是詩也。

蕩蕩上帝，下民之辟。【傳】上帝，以託君王也。辟，君也。**疾威上帝，其命多辟。**【傳】疾病人矣，威罪人矣。**天生烝民，其命匪諶。靡不有初，鮮克有終。**【傳】諶，誠也。【疏】《爾雅》：「盪盪，僻也。」「盪」與「蕩」同。僻，當作「辟」。古「邪辟」作「辟」。《箋》：「蕩蕩，法度廢壞之皃。」與「辟」義相近。上帝，㡿君王，《版》傳同。「辟，君」，《釋詁》文，《殷武》「天命多辟」傳同。疾、威平列。《傳》云「疾病人，威罪人」，《箋》：「疾病人者，重賦斂也。威罪人者，峻刑法也。」辟，邪辟。《箋》云：「其政教又多邪辟，不由舊章。」《說苑·至公》篇：「夫公生明，偏生暗，端慤生達，詐僞生塞，誠信生神，夸誕生惑。此六者，君子之所慎也，而禹、桀之所以分也。《詩》云：『疾威上帝，其命多僻。』言不公也。」三家《詩》上帝亦指君王，與毛訓異義同。〇「諶，誠」，《爾雅・釋詁》文。《説文》作「忱」，古諶、忱通。烝，衆也。「其命匪諶」即冢上「其命多辟」句，言天生此天下之衆民，何其政教之不誠也？「靡不有初，鮮克有終」，所謂「不誠」也。《版》「靡聖管管，不實于亶」，《傳》：「亶，誠也。」《版》、《蕩》二詩文義相同。

文王曰咨，咨女殷商。【傳】咨，嗟也。**曾是彊禦，曾是掊克，曾是在位，曾是在服。**【傳】彊禦，彊梁禦善也。掊克，自伐而好勝人也。服，服政事也。**天降滔德，女興是力。**【傳】天，君；滔，慢也。【疏】咨，讀爲嗞。《説文》：「嗞，䜬也。」「嗟」與「䜬」同。咨、嗞雙聲，咨、嗟亦雙聲。單言曰嗟，亦曰咨，絫言曰咨𩯄。《爾雅》：「嗟，咨𩯄也。」咨𩯄即嗞嗟。《廣韻》：「嗞嗟，憂聲也。」亦曰嗟嗞，「嗞」或作「兹」。《綢繆》傳：「子兮者，嗟兹也。」咨、嗞、兹、子竝字異而義同。《箋》云：「厲王弭謗，穆公朝廷之臣，不敢斥言王之惡，故上陳文王咨嗟殷紂以切刺之。」〇《傳》訓「彊」爲「彊梁」，「禦」爲「禦善」，禦，當也。禦善即彊梁，「彊」與「禦」猶「掊」與「克」，雖分釋而實同義。《繁露・必仁且知》篇：「其强足以覆過，其禦足以犯詐。」「强」与「彊」通。下文「彊禦多懟」、《烝民》「不畏彊禦」、《左傳》「所稱彊禦已甚」、「吾軍帥彊禦」竝義同。一曰彊梁，《墨子・魯問》篇「彊梁不材」、《莊子・山木》篇「從其彊梁」、《大玄・彊》「莫不彊梁」，皆古有此語。掊者，「伐」之假借字。《傳》以「自伐」釋「掊」，以「好勝人」釋「克」，「自伐」、「勝人」二義實一意也。《孟子・告子》篇「掊克在位」，趙注云：「掊克，不良也。」此與《傳》義相通。唯《釋文》「掊克，聚斂」之説非《傳》義。《正義》云：「《釋詁》：『服，事也。』且『在服』與『在位』對文，故知服政事，謂非徒備官，又委任之也。」〇「天，君」，《釋詁》文。君亦王也。天謂之君，上帝謂之君王，其意一也。《説文》：「𤛓，牛徐行也。讀若滔。」滔、𤛓聲義俱近。古「憜慢」作「慢」。慢德，言其德教之慢，即蕩蕩之意也。女，女彊禦掊克之臣也。力，猶疾也。

文王曰咨，咨女殷商。而秉義類，彊禦多懟。流言以對，寇攘式内。【傳】對，遂也。**侯作侯祝，靡屆靡究。**【傳】作祝詛也。屆，極；究，窮也。【疏】秉，操也。義、類，皆善也。而之言自也。「而秉義類」，言殷商之人自用爲善，所謂「彊禦」也。《抑》傳：「而角，自用也。」彼無角而自用其角，此不善而自用其善，意正相同。《十月之交》傳：「皇父甚自謂聖。」意亦同。《説文》：「懟，怨也。」流言，民之譌言也。對，讀與「遂」同。《皇矣》、《江漢》傳皆訓「對」爲「遂」。《爾雅》：「遂遂，作也。」是「遂」有「作」義。式，用也。「流言以對，寇攘式内」，此承「多懟」而言。民多相怨，則譌言群作，而寇盗攘竊之禍用亂於内矣。《列女傳·孽嬖》篇引《詩》釋之云：「言不善之從内出也。」《召旻》「蟊賊内訌」，《傳》：「訌，潰也。」亦此義也。○祝，讀爲詶。詛，亦詶也。《傳》文「作祝詛也」四字一氣讀。「祝詛」二字以釋經之「祝」字，則「作祝」連文成義。「侯作侯祝」，侯作祝也。侯，維也，猶有也。猶云「是剥是菹」，是剥菹也；「爰始爰謀」，爰始謀也；「迺宣迺畝」，迺宣畝也；「克禋克祀」，克禋祀也；「匪紹匪游」，匪紹游也。皆以弟一字爲語詞，弟三字爲助詞，此其句例。「屆，極」，《節南山》同。「究，窮」，《鴻雁》同。「靡屆靡究」，言無終極、無窮已也。《箋》云：「王與群臣乖争而相疑，日祝詛求其凶咎無極已。」

文王曰咨，咨女殷商。女炰烋于中國，斂怨以爲德。【傳】炰烋，猶彭亨也。**不明爾德，時無背無側。**【傳】背無臣，側無人也。**爾德不明，以無陪無卿。**【傳】無陪貳也，無卿士也。【疏】炰烋、彭亨，皆疊韻。劉逵注《魏都賦》引《詩》作「咆烋」，《説文繫傳》作「咆哮」，竝同。《箋》云：「炰烋，自矜氣健之皃。」

《易・大有》釋文引干寶注云：「彭亨，驕滿皃。」「斂怨以爲德」，怨即上章之「彊禦多懟」也。《箋》云：「斂聚群不逞作怨之人，謂之有德而任用之。」○《禮記・文王世子》篇：「《記》曰：『虞、夏、商、周有師、保，有疑、烝，設四輔及三公，不必備，唯其人。』語使能也。」《書大傳》：「古者天子必有四鄰，前曰疑，後曰承，左曰輔，右曰弼。」此《傳》以「無背」爲「背無臣」、「無側」爲「側無人」者，背謂後也，不言前者，文略；側謂左右也，即四鄰、四輔之説也。昭三十二年《左傳》：「史墨曰：『物生有兩，有三、有五，有陪貳，故天有三辰，地有五行，體有左右，各有妃耦，王有公，諸侯有卿，皆有貳也。』」此《傳》以「陪」爲「陪貳」者，謂三公也；以「卿」爲「卿士」者，謂三公中之孤卿執政之一人也。《韓詩外傳》：「天子有争臣七人，雖無道，不失其天下。昔殷王紂殘賊百姓，絶逆天道，至斮朝涉，刳孕婦，脯鬼侯，醢梅伯。然所以不亡者，以其有箕子、比干之故。微子去之，箕子執囚爲奴，比干諫而死，然後周加兵而誅絶之。故曰：『有諤諤争臣者，其國昌；有默默諛臣者，其國亡。』《詩》曰：『不明爾德，時無背無側。爾德不明，以無陪無卿。』言文王咨嗟，痛殷商無輔弼諫諍之臣而亡天下矣。」《韓詩》與《毛詩》同義。《漢書・五行志中》：「《詩》云：『爾德不明，以亡陪亡卿。不明爾德，以亡背亡仄。』言上不明，暗昧蔽惑，則不能知善惡，親近習，長同類，亡功者受賞，有罪者不殺，百官廢亂。」其引《詩》與今本誤倒。《晉書》亦誤。顔注可證也。

文王曰咨，咨女殷商。天不湎爾以酒，不義從式。**【傳】**義，宜也。**既愆爾止，靡明靡晦，式號式呼，俾晝作夜。****【傳】**使晝爲夜也。**【疏】**《釋文》引《韓詩》云：「飲酒閉門不出客曰湎。」《文選・七命》注、《初學記・器物部》引《薛君章句》云：「齊顔色、均衆寡謂之沈，閉門不出客謂之湎。」案此析言之也，渾言沈、湎同義。《箋》：「天不同女顔色以酒。」《正義》引鄭注《酒誥》云：「飲酒齊色曰湎。」鄭以「顔色」釋「湎」字，本《韓詩》。「義，宜」，《烝民》同。《箋》云：「式，法也。有沈湎於酒者，是乃過也，不宜從而法行之。」○愆，過也。止，威儀容止也。

《風雨》傳云：「晦，昏也。」呼，亦號也。《碩鼠》、《賓之初筵》傳竝云：「號，呼也。」崔《集注》作「謼」。《漢書・敘傳》引《詩》作「謼」。俾，《釋文》作「卑」云：「後皆同。」「俾」訓「使」，《緑衣》、《天保》同。「作」訓「爲」，《清人》同。號呼承「既愆爾止」句，「使晝作夜」即承「靡明靡晦」句也。《晏子・襍下》篇：「晏子謂田桓子曰：『無客而飲，謂之從酒。今若子者，晝夜守尊，謂之從酒也。』」與《詩》義正合。《説苑・貴德》篇：「人之鬬，誠愚惑失道者也。《詩》云：『式號式呼，俾晝作夜。』言鬬行也。」此三家義。《荀子・榮辱篇》不引《詩》，當冢上「飲酒無度」而言。

文王曰咨，咨女殷商。如蜩如螗，如沸如羹。【傳】蜩，蟬也。螗，蝘也。**小大近喪，人尚乎由行。**【傳】言居人上，欲用行是道也。**內奰于中國，覃及鬼方。**【傳】奰，怒也。不醉而怒曰奰。鬼方，遠方也。【疏】「蜩，蟬」，《小弁》同。《夏小正》：「五月，唐蜩鳴。《傳》：『唐蜩者，匽也。』」唐、匽，今字皆加虫旁。唐匽，蟬之大者，析言之也。渾言之，則蜩亦名唐蜩，詳《七月》篇。《漢書・五行志中》：「《詩》云：『如蜩如螗，如沸如羹。』言上號令不順民心，虛譁憒亂，則不能治海內。」顏注云：「謂政無文理，虛言蹲沓，如蜩螗之鳴、湯之沸渲、羹之將熟也。」案此謂政令之憒亂，毛意亦然也。〇《傳》假「尚」爲「上」，《陟岵》又假「上」爲「尚」，古尚、上聲通。「由」訓「用」，《君子陽陽》同。謂厲王居乎衆人之上，不念禮法，欲用行其道，是以無小大事，日近喪亡也。襄十四年《左傳》：「師曠曰：『天之愛民甚矣，豈其使一人肆於民上，以從其淫而棄天地之性，必不然矣。』」是其義也。此言厲王之無道也。《説文・大部》：「奰，壯大也。从三大、三目。二目爲⿱䀠大，三目爲奰，益大也。一曰：迫也。讀若《易》虙羲。《詩》曰：『不醉而怒謂之奰。』」《疒部》：「㿜，滿也。从疒，奰聲。」奰、㿜聲義皆近。《淮南・墜形》注引《詩》作「奰」，今隸變作「奰」，奰爲怒。「不醉而怒」，《傳》又申説「怒」之義也。《葛覃》傳：

「覃，延也。」「鬼方」與「中國」對文。中國，諸夏之國，則鬼方爲諸夏之外。《史記·楚世家》：「周夷王時，熊渠立三子康、紅、疵爲王。及厲王暴虐，熊渠畏其伐楚，亦去其王。至熊渠之孫熊勇六年，而周人作亂，厲王出奔彘。」案此亦厲王怒延遠方之一證。稽其年歲，尚在諸侯叛周之前。《傳》云「鬼方，遠方」，《抑》「用遏蠻方」，《傳》：「遏，遠也。」兩詩意正同。與高宗伐鬼方指氐羌者異。

文王曰咨，咨女殷商。匪上帝不時，殷不用舊。雖無老成人，尚有典刑。曾是莫聽，大命以傾。

【疏】匪，非也。上帝，天也。時，善也、是也。舊，舊章也。「匪上帝不時」，言非天帝之不善是也。與《左傳》云「君與大夫不善是也」句法相同。「殷不用舊」，言殷不用舊章故耳。

文王曰咨，咨女殷商。人亦有言，顛沛之揭，枝葉未有害，本實先撥。【傳】顛仆沛拔也。揭，見根貌。**殷鑒不遠，在夏后之世。**【疏】顛，讀爲蹎。沛，讀爲跋。「拔」與「跋」通。《説文》：「蹎，跋也。」「跋，蹎也。」蹎跋，本字；顛沛，假借字。馬注《論語·里仁》篇云：「顛沛，偃仆也。」「顛沛」蓋古語。《傳》文「顛仆沛拔也」五字當作「顛沛，顛仆沛拔也」七字。與上《傳》「彊禦，彊梁禦善也」、《賓之初筵》傳「號呶，號呼呶讙也」，皆是統箸古語、再釋古義同一文法。今《傳》奪「顛沛」二字，當補正。「揭，見根皃」，《釋文》作「根見」。根見者，其根可見也。《韓子·解老》篇：「樹木有曼根，有直根。直根者，書之所謂柢也。柢也者，木之所以建生也。曼根者，木之所以持生也。」若其根可見，則本先撥矣。《傳》以「根見」釋「揭」字，探下文「本撥」爲訓。《韓詩外傳》：「根淺則枝葉短，本絶則枝葉枯。《詩》曰：『枝葉未有害，本實先撥。』言禍福自己出也。」《列女傳·孽嬖》篇引《詩》「撥」作「敗」，字異義同。○《漢書·劉向傳》：「《詩》曰：『殷鑒不遠，在夏后之世。』亦言湯以桀爲戒也。聖帝明王常以敗亂自戒，不諱廢興。」《韓詩外傳》云：「夫明鏡者，所以照形也。往古者，所以知今也。故夏之所以亡者，而殷爲之。殷之所以亡者，而周爲之。故殷可以鑒於夏，而周可以鑒於殷。」引《詩》作「鑒」，與「監」同。

《抑》十二章，三章章八句，九章章十句。

《抑》，衛武公刺厲王，亦以自警也。【疏】《抑》與《賓之初筵》皆衛武公入相於周而作也。《史記・十二諸侯年表》：「武公和元年，宣王之十六年。至平王十三年而卒。」《衛世家》：「武公和四十二年，犬戎殺周幽王。武公將兵往佐周平戎，甚有功，周平王命武公爲公。五十五年，卒。」據《史記》，平王始命武公爲公，武公於厲王時未爲諸侯。幽王時雖諸侯，不聞爲周卿士，則入相於周，斷在平王之世。入相而作《賓之初筵》刺幽王，作《抑》刺厲王，兩詩皆作於平王時，而《序》云「刺厲王」者，本作詩之意而言，取「殷鑒不遠」之義，因遂坿於《蕩》篇後。《正義》以爲追刺厲王，是矣。《正義》引《楚語》：「昔衛武公年九十有五矣，有箴儆於國曰：『自卿以下，至於師長士，❶苟在朝者，無謂我耄而舍我。』於是乎作《懿》以自儆。」案「懿」即「抑」也，「抑」爲假借字。「儆」與「警」通。武公作《抑》已在耄年，詩作於平王之世，其一證也。《序》云「亦以自警」者，與《國語》合。《賓之初筵》韓詩序云「飲酒悔過」，則亦爲自警而作。兩詩意正同。

抑抑威儀，維德之隅。人亦有言，靡哲不愚。【傳】抑抑，密也。隅，廉隅也。靡哲不愚，國有道

❶「士」，阮刻《毛詩正義》無此字。士禮居叢書影宋本《國語・楚語上》有此字。

則知，國無道則愚。**庶人之愚，亦職維疾。哲人之愚，亦維斯戾。**【傳】職，主；戾，罪也。【疏】「抑抑，密」，《爾雅·釋訓》文。《傳》文「廉」下從《正義》本補「隅」字。「隅，廉隅」與《靜女》「靜，貞靜」、《楚茨》「度，法度」同其句例。《箋》云：「人密審於威儀抑抑然，是其德必嚴正也。古之賢者道行心平，可外占而知內，如宮室之制，內有繩直，則外有廉隅。」此鄭申毛之訓也。又《禮記·儒行》篇云：「近文章，砥厲廉隅。」〇「國有道則知，國無道則愚」，《論語·公冶長》文，《傳》引之以釋經「靡哲不愚」句。《瞻卬》傳：「哲，知也。」厲王無道，故無哲人而不愚也。《韓詩外傳》：「比干諫而死，箕子曰：『知不用而言，愚也。殺身以彰君之惡，不忠也。二者不可，然且爲之，不祥莫大焉。』❶遂被髮佯狂而去。君子聞之曰：『勞矣箕子，盡其精神，竭其忠愛。見比干之事免其身，仁知之至。』《詩》曰：『人亦有言，靡哲不愚。』」《箋》言「賢者皆佯愚，不爲容貌，如不肖然」，蓋本韓以明毛也。「職，主」，《悉蟀》、《十月之交》同。《箋》云：「衆人性無知，以愚爲主，言是其常也。」案鄭以「是其常」釋經「維疾」二字。「疾」無「常」義，疑鄭所據《詩》不作「疾」，「疾」當爲「夷」字之誤也。《皇矣》、《瞻卬》傳竝云：「夷，常也。」夷、戾入韻，古同部。疾、戾古不同部。《爾雅》：「戾，辠也。」古罪、辠通用。《箋》云：「賢者而爲愚，畏懼於罪也。」

無競維人，四方其訓之。有覺德行，四國順之。【傳】無競，競也。訓，教；覺，直也。**訏謨定命，遠猶辰告。**【傳】訏，大；謨，謀；猶，道；辰，時也。**敬慎威儀，維民之則。**【疏】「無競，競」，《執競》傳同。昭元年《左傳》引：「《詩》曰『無競惟人』，善矣。」《左》亦以「無」爲發聲。又哀二十六年《傳》引《詩》而釋

❶「祥」，原作「詳」，據中國書店影印武林愛日軒刻本、徐子靜本、中華書局點校本許維遹《韓詩外傳集釋》卷六改。

之：「若得其人，四方以爲主人。」謂得賢人。《烝民》、《烈文》傳皆云：「訓，道也。」教、道義相近。《禮記・緇衣》引《詩》「覺」作「梏」。王注《楚辭・九歎》訓「覺」爲「較」。何注隱六年《公羊傳》云：「古者諸侯有較德。」案較德即覺德。《爾雅》：「梏、較，直也。」竝字異而義同。《箋》訓「覺」爲「大」，用《列女・魯義姑姊傳》義。《繁露・郊祭》篇釋《詩》訓「覺」爲「箸」，皆本三家，而意實相通。○「訏」訓「大」。「謨，謀」，《爾雅・釋詁》文。成十三年《左傳》：「劉康公曰：『民受天地之中以生，所謂命也。是以有動作禮義威儀之則，以定命也。能者養以之福，不能者敗以取禍。』」案詩此章承首章「抑抑威儀，維德之隅」爲言，則「定命」當依《左》爲説。《傳》訓「遠猶」爲「遠道」、「辰告」爲「時告」，言賢人能以遠大之道時警告之也。襄三十一年《傳》：「衛北宫文子曰：『《詩》云：「敬慎威儀，惟民之則。」民所不則，以在民上，不可以終。有威而可畏謂之威，有儀而可象謂之儀。君有君之威儀，其臣畏而愛之，則而象之，故能有其國家，令聞長世。臣有臣之威儀，其下畏而愛之，則而象之，故能守其官職，保族宜家。順是以下皆如是，是以上下能相固也。』」

其在于今，興迷亂于政。顛覆厥德，荒湛于酒。女雖湛樂從，弗念厥紹。罔敷求先王，克共明刑。【傳】紹，繼；共，執；刑，法也。【疏】《箋》云：「于今，謂今厲王也。」《邶・谷風》傳：「慉，興也。」「興」與「慉」同義。《箋》謂「尊尚小人」，義亦相近。「顛覆厥德，荒湛于酒」，即《蕩》篇所云「天不湎爾以酒，不義從式」也。女，女厲王也。《民勞》「玉女」指厲王，與此同。《釋詞》云：「雖，維也。古雖、維聲通。《書・無逸》篇云：『惟耽樂之從。』文義正與此同。」「紹，繼」，《釋詁》文。罔，無也。無，不也。《爾雅》：「拱，執也。」共，古「拱」字。「刑，法」，《文王》、《我將》同。

肆皇天弗尚，如彼泉流，無淪胥以亡。【傳】淪，率也。**夙興夜寐，洒埽廷内，維民之章。**【傳】

洒，灑；章，表也。**修爾車馬，弓矢戎兵，用戒戎作，用逷蠻方。【傳】**逷，遠也。**【疏】**肆，故、今也，義見《緜》、《思齊》傳。《爾雅》：「尚，右也。」「右」通作「祐」。《易·无妄》傳：「天命不祐。」義與此同。「淪，率」，《雨無正》同。《釋詞》云：「無，發聲。『無淪胥以亡』，淪胥以亡也。言皇天弗尚，禍亂日生，如泉水之流，滔滔不返，周之君臣，將相率而底於敗亡也。」○「洒，灑」，《山有樞》同。章，讀同彰，故《傳》訓「表」也。《雨無正》傳云：「戎，兵也。」戒，讀如《左傳》「季氏戒都車」之「戒」。「逷，遠」，《釋詁》文。《潛夫論·勸將》篇引《詩》作「逖」。《説文》：「逖，遠也。古文作『逷』。」《蕩》傳「鬼方」爲「遠方」，意與此同。案此言厲王無道，以致亡國。凡長民者，急宜修理内政，扞禦外難，共相警戒。從此以下爲自警之詞。

質爾人民，謹爾侯度，用戒不虞。【傳】質，成也。不虞，非度也。**慎爾出話，敬爾威儀，無不柔嘉。白圭之玷，尚可磨也。斯言之玷，不可爲也。【傳】**話，善言也。玷，缺也。**【疏】**「質，成」，《天保》、《緜》同。成，平也。質、成、平一義之申。人民，當作「民人」，《爾雅》注引《詩》「質爾民人」、《説苑·修文》篇「告爾民人」、《鹽鐵論·世務》篇「誥爾民人」，皆作「民人」可證。告、誥，三家《詩》義。侯，維也，語詞。《傳》云「不虞，非度」者，虞，度也。古不、非同。言有平治民人之責者，宜皆謹女之度，以戒非度也。《書·微子》云：「卿士師師非度。」《周語》「念前之非度」，韋注云：「度，法也。」竝與《傳》「非度」同。○「話，善言」，《版》同。字當作「話」。《箋》云：「言，謂教令也。柔，安；嘉，善也。」玷，俗「𠜉」字。《説文》：「𠜉，缺也。」引《詩》作「𠜉」。《緇衣》引《詩》作「玷」。《召旻》「曾不知其玷」，《箋》：「玷，缺也。」「玷」行而「𠜉」廢矣。《論語·先進》篇「南容三復白圭」，江都汪中云：「白圭，不辭。今《論語》奪『之玷』二字。《大戴禮·衛將軍文子》篇、《史記·仲尼弟子列傳》皆云：『一日三復白圭之玷。』」磨，俗「摩」字。

無易由言，無曰苟矣，莫捫朕舌，言不可逝矣。【傳】莫，無；捫，持也。**無言不讎，無德不報。**【傳】讎，用也。**惠于朋友，庶民小子。子孫繩繩，萬民靡不承。**【疏】《君子陽陽》傳云：「由，用也。」《小弁》「君子無易由言」，《箋》亦訓「由」爲「用」。苟，讀如「不苟訾」之「苟」。《韓詩外傳》云：「無類之說，不贊之辭，君子慎之。」是其義。《傳》訓「莫捫」爲「無持」者，持猶止持也。《説文》：「捫，撫持也。」撫持即止持。逝者，往也。言無有止持我之舌者，則言不可徑往而不返矣。《説苑・叢談》篇云：「口者關也，舌者機也，出言不當，四馬不能追也。口者關也，舌者兵也，出言不當，反自傷也。」是其義。〇讎、由聲同。由謂之用，故讎亦謂之用。《説文》：「用，可施行也。」無言不用者，言無有言而不施行也。此結上文「慎爾出話」之意。「無德不報」，言無有德及於民，而民不報以相勸也。《禮記・表記》：「子曰：『以德報德，則民有所勸。以怨報怨，則民有所懲。』」即引此詩。〇《假樂》傳：「朋友，謂群臣。」《國語》所云「自卿以下，至于師長士」皆是也。時武公在王朝，則朋友爲王朝之群臣矣。小子，謂厲王也。篇中四言「小子」皆指厲王。惠，愛也。「惠于朋友，庶民小子」，言施愛道於朋友，下及庶民，而上即以告教小子也。下文云「子孫」冡「小子」，「萬民」冡「庶民」。子孫，厲王爲人之子孫也。《螽斯》傳云：「繩繩，戒慎也。」《韓詩傳》云：「承，受也。」言爲人子孫能戒慎其德，則萬民其承受之也。《釋文》：「靡不承，一本『靡』作『是』。」《箋》：「天下之民不承順之乎？言承順也。」《箋》不爲「靡」字作解，則鄭所據作「是」字。《釋詞》云：「不，語詞。不承，承也。《爾雅》：『是，則也。』『萬民是不承』則承順之矣，不須加『乎』字以足之。」

視爾友君子，輯柔爾顏，不遐有愆。【傳】輯，和也。**相在爾室，尚不愧于屋漏。無曰不顯，莫予**

云覯。【傳】西北隅謂之屋漏。覯，見也。神之格思，不可度思，矧可射思。【傳】格，至也。【疏】友君子，即上章所云「朋友」也。「輯，和」，《版》同。遐，遠；愆，過也。不，發聲。「不遐有愆」與「不瑕有害」句法正同。此言友君子德加於民而能和顔遠過者，皆其闇修之所昭箸，故下文即本承事如祭之禮，以考驗其德行。《荀子》所謂「行微無怠者」也。○相，視也。愧，唐石經作「媿」。《説文》：「愧，或『媿』字。」「西北隅謂之屋漏」，《爾雅·釋宫》文。《傳》引之以證詩「屋漏」之義。古者有設祭西北隅之禮。《特牲饋食禮》：「佐食徹尸薦、俎、敦，設于西北隅，几在南，厞用筵，納一尊。佐食闔牖户，降。」鄭注云：「厞，隱也。不知神之所在，或諸遠人乎？尸謖而改饌，爲幽闇，庶其饗之，所以爲厭飫。《少牢饋食禮》曰：『南面，如饋之設。』此所謂當室之白，陽厭也。」《少牢下》篇：「卒蕢，有司官徹饋，饌於室中西北隅，南面，如饋之設，右几，厞用席。」注云：「此於尸謖改饌當室之白。厞，隱也。古文『厞』作『茀』。」《曾子問》注云：「當室之白，謂西北隅，得户明者也。明者曰陽。」又云：「祭成人，始設奠於奥，迎尸於前，謂之陰厭；尸謖之後，改饌於西北隅，謂之陽厭。」奂案厭者，安也。西北隅爲神主之所安藏。文二年《穀梁疏》云：「麋信引衛次仲曰：『宗廟主皆用栗，祭訖，則内於西壁埳中，去地一尺六寸。』」昭十八年《左疏》云：「每廟木主皆以石函盛之，當祭，則出之。事畢，則納於函，藏於廟之北壁之内，所以辟火災也。」引《白虎通義》「納之西壁」，或云西壁，或云北壁，其義同也。《士虞禮》：「祝反，入徹，設于西北隅，如其設也，几在南，厞用席。」何休成三年《公羊傳注》云：「因新入宫，易其西北角。」《穀梁傳》云：「喪主於虞，吉主於練。於練焉壞廟，壞廟之道，易檐可也，改塗可也。」是士虞而納主，諸侯練而納主，皆在廟室之西北隅，其後常祭祭末改饌亦於此處矣。《爾雅》「屋漏」之義，郭璞云：「未詳。」孫炎云：「屋漏者，當室之白，日光所漏入。」孫本鄭《禮》注作解。舍人云：「古者徹屋西北，厞以炊浴，汲者訖而復之，古謂之屋漏也。」劉熙《釋名》云：「禮，每有親死者，輒撤屋之西北隅薪，以爨竈煑沐，供諸喪用。時若值雨則漏，遂以名之也。」《喪大記》：「甸人取所徹廟之西北厞薪，用爨之。」疏云：「謂正寢爲廟，神之也。」案此即劉與舍人所本。但《喪大記》謂新死者撤正寢西北厞隱之處，非即廟室中之西北隅，不得混而爲一。且劉以「雨漏」作解，尤爲迂遠。《箋》云：「屋，小帳也。漏，隱也。禮，祭於奥既畢，改設饌於西北隅而厞隱之處，此祭之末也。」《正義》謂：「『漏，隱』，《釋言》文。」今《爾雅》作「陋」，「漏」即「陋」之假借。《釋名》：「帷，屋也。以帛依板施之，形如屋也。」「屋」即「幄」之假借。鄭意以詩之「屋」蓋即《儀禮》之「席」也，詩之「漏」即《儀禮》之「厞」也。《士虞》疏云：「厞用席，謂以席爲障，使之隱。」《箋》說爲長。《禮記・中庸》篇：「君子之所不可及者，其唯人之所不見乎？」即引此詩。是屋漏爲人所不見之地。君子之所不可及者，其用力正在此也。《傳》訓「覯」爲「見」，義本《中庸》。曾子言「十目所視」，亦此謂也。○「格，至」，《釋詁》文。《雲漢》、《泮水》傳：「假，至也。」《玉篇》：「假，至也。㣘，至也。」《方言》：❶「假、㣘，至也。邠、唐、冀、兖之閒或曰假，或曰㣘。」今《説文・彳部》「假，至也」下失去「㣘」篆矣。格，即「㣘」之假借字。《思齊》、《清廟》竝訓「射」爲「厭」。此舉神之如在，以觀友君子修誠之功，故《中庸》引《詩》而釋之云：「夫微之顯，誠之不可揜如此夫！」

辟爾爲德，俾臧俾嘉。淑慎爾止，不愆于儀。不僭不賊，鮮不爲則。【傳】女爲善，則民爲善矣。止，至也。爲人君止於仁，爲人臣止於敬，爲人子止於孝，爲人父止於慈，與國人交止於信。僭，差也。**投我以桃，報之以李。彼童而角，實虹小子。**【傳】童，羊之無角者也。而角，自用也。虹，潰

❶「言」，原作「傳」，《清經解續編》本同。據中國書店影印武林愛日軒刻本、徐子静本、戴震《方言疏證》、周祖謨《方言校箋》改。

也。【疏】辟，法也。爾，女也。「女爲善」，釋經「辟爾爲德」句，《傳》爲全《詩》「爾」字通訓也。俾，使也。臧、嘉，皆善也。「民爲善」，釋經「俾臧俾嘉」句。淑，善；慎，誠也。「止，至」，《泮水》同。止，讀爲「在止于至善」之「至」。「爲人君止於仁」五句，《禮記·大學》文，《傳》引之以釋經「止」字之義。儀，威儀也。《廣雅》：「僭，差也。」本毛訓。「淑慎爾止」二句承「辟爾爲德」，即二章所云「敬慎威儀」也。「不僭不賊」二句承「俾臧俾嘉」，即二章所云「維民之則」也。昭元年引此詩而釋之云：「能爲人則者，不爲人下矣。」則亦法也。「投我以桃，報之以李」二句，借桃李投報以結上文「無德不報」之意。《箋》云：「此言善往則善來，人無行而不得其報也。」《墨子·兼愛下》篇：「《大雅》之所道，曰：『無言而不讎，無德而不報。投我以桃，報之以李。』即此言愛人者必見愛也，而惡人者必見惡也。」《鹽鐵論·和親》篇釋《詩》亦云：「未聞善往而有惡來者。」竝與《箋》義合。○「彼」與上文數「爾」字作對文，彼，謂助厲王虐之人。《蕩》篇之「彊禦」、「掊克」皆是也。羊之無角者曰童。宣八年《公羊傳》云：「而者何？難也。」《傳》以「自用」釋經「而」字之義。而，詞之難也。用，以也。自用，猶言自以爲有角耳。即《蕩》傳「彊梁禦善」、「自伐勝人」之義，謂彼幼稺無知之人，自恃其剛力，改常易度，未有不傾覆我國家者也。「彼童而角」與「衆穉且狂」句義正同。虹，讀爲訌，此假借字也。《召旻》傳：「訌，潰也。」《爾雅》：「虹，潰也。」顧野王本作「訌」。小子，㡿厲王也。《民勞》：「戎雖小子，而式弘大。」《版》：「老夫灌灌，小子蹻蹻。」彼兩詩「小子」皆㡿厲王，此以下皆爲刺厲王之詞。

荏染柔木，言緡之絲。温温恭人，維德之基。【傳】緡，被也。温温，寬柔也。**其維哲人，告之話言，順德之行。**【傳】話言，古之善言也。**其維愚人，覆謂我僭，民各有心。**【疏】《巧言》傳云：「荏染，柔意也。柔木，椅、桐、梓、漆也。」《定之方中》篇：「樹之榛栗，椅桐梓漆，爰伐琴瑟。」然則柔木，中琴瑟之木也。《説文》云：「吴人解衣相被謂之緍。」《方言》云：「吴、越之閒，脱衣相被謂之緍緜。」是「緍」有「被」義。絲者，八音之琴瑟也。被絲，猶言安弦耳。《傳》云「温温，寬柔也」，「也」當作「皃」，《荀子注》作「皃」。《小宛》「温温恭人」，《傳》：「温温，和柔皃。」義各有當也。《荀子・不苟篇》：「君子寬而不僈，廉而不劌，辯而不争，察而不激，寡立而不勝，堅彊而不暴，柔從而不流，恭敬謹慎而容，夫是之謂至文。」即引此詩。《傳》以「寬柔」詁「温温」，正用其師説。《南山有臺》傳云：「基，本也。」木被絲而適用，人本德以成行，其理一也。○話，當爲「詁」，字之誤也。《釋文》引《説文》作「告之詁言」，云：「詁，故言也。」是陸所見《説文》據《詩》作「詁言」，可據以訂正。毛以「古之善言」釋「詁」，許以「故言」釋「詁」，古、故、詁三字同義也。《烝民》「古訓是式」，《傳》：「古，故也。」古訓即故訓，故訓猶詁言也。襄二年《左傳》引《詩》「告之話言」，字亦誤。上章《傳》云：「僭，差也。」

於乎小子，未知臧否。匪手攜之，言示之事。匪面命之，言提其耳。借曰未知，亦既抱子。【傳】借，假也。**民之靡盈，誰夙知而莫成？**【傳】莫，晚也。【疏】王逸《楚辭敘》：「詩人怨主刺上，曰：『嗚呼小子，未知臧否。匪面命之，言提其耳。』風諫之語，于斯爲切。仲尼論之，以爲大雅。」是漢人竝謂小子㡿厲王矣。「未知臧否」，即下章所謂「夢夢」也。「示之事」、「提其耳」，即下章所謂「誨爾諄諄」也。○「借」訓「假」，與「藉」同。《漢書・霍光傳》光議廢昌邑王引《詩》「藉曰未知，亦既抱子」，其字正作「藉」。盈，滿也。靡盈，言財用不滿足也。「莫，晚」，《東方未明》同。凡文易曉者，不傳。易曉而嫌涉它義，則或傳之。如「莫捫」之「莫」訓「無」，「莫成」之「莫」訓「晚」，一篇之中字同訓異，故特箸明，以别兩「莫」字不同義，此其例也。誰，誰厲王也。早知晚成，言政教之無常也。

昊天孔昭，我生靡樂。視爾夢夢，我心慘慘。誨爾諄諄，聽我藐藐。【傳】夢夢，亂也。慘慘，憂不樂也。藐藐然不入也。**匪用爲教，覆用爲虐。借曰未知，亦聿既耄。**【傳】耄，老也。【疏】爾，女厲王也。《爾雅·釋訓》：「夢夢，亂也。」又「儚儚，惛也」。夢、儚義相近。此《傳》本《爾雅》夢夢爲亂。《正月》「視天夢夢」，《傳》：「王者爲亂夢夢然。」兩詩《傳》義正同。我，我親戚之臣也，若召公、凡、芮之屬。慘慘，當作「懆懆」，千到反。慘讀七敢反，則不入韻矣。詳《月出》篇。懆懆，憂也。《傳》云「憂不樂」者，緣上文「我生靡樂」立訓，言憂我生之不樂懆懆然也。《爾雅》：「慘慘，慍也。」字亦當作「懆懆」。〇《說文》：「諄，告曉之孰也。」重言之曰諄諄。《中庸》注作「忳忳」，《書大傳》作「訰訰」，竝與「諄諄」同。《爾雅》：「邈邈，悶也。」舍人注云：「憂悶也。」《正義》引《爾雅》作「藐藐」。「匪用爲教，覆用爲虐」，《傳》所謂「藐藐然不入」也。「不入」與「憂悶」義相因也。「借曰未知，亦聿既耄」，言假謂王年尚幼，未知其道，宜聽用老臣之言，今反謂其老耄而舍之，是即「聽我藐藐」之意也。案此章與《版》四章同意。《傳》訓「耄」爲「老」，與彼《傳》「八十曰耄」，兩詩《傳》義亦正同。《周語》：「周景王謂伶州鳩曰：『爾老耄矣，何知？』」

於乎小子，告爾舊止，聽用我謀，庶無大悔。天方艱難，曰喪厥國。取譬不遠，昊天不忒。回遹其德，俾民大棘。【疏】舊，讀如「率由舊章」之「舊」。「曰喪厥國」，《釋文》引《韓詩》作「聿」，古「曰」與「聿」通。忒，變也。回遹，邪辟也。棘，急也。

《桑柔》十六章，八章章八句，八章章六句。

《桑柔》，芮伯刺厲王也。【疏】《漢書·地理志》：「左馮翊臨晉有芮鄉，故芮國。」案此周之芮，在河西。

與商之芮，鄰於虞，在河東者不同地。今陝西同州府朝邑縣，即周芮伯國。《書序》疏引《世本》云：「姬姓。」厲王時芮伯，芮良夫也。文元年《左傳》引此篇弟十三章，以爲周芮良夫之詩。詩爲芮良夫所作，《傳》有明文矣。又《潛夫論・遏利》篇亦曰：「周厲王好專利，芮良夫諫而不入，退賦《桑柔》之詩以諷。」三家《詩》亦謂芮良夫刺厲王。

菀彼桑柔，其下侯旬。捋采其劉，瘼此下民。【傳】興也。菀，茂貌。旬，言陰均也。劉，爆爍而希也。瘼，病也。**不殄心憂，倉兄填兮。**【傳】倉，喪也。兄，滋也。填，久也。**倬彼昊天，寧不我矜。**【傳】昊天，斥王者也。【疏】興者，《隰桑》篇「隰桑有阿，其葉有難」，《傳》：「阿然美皃，難然盛皃，有以利人也。」桑葉美盛，其庇陰有以利人。今捋采之，則木葉希疏不均，無足以庇陰，是不能利人且病人矣。以喻下民之病困由於王政之侵刻也。「菀」訓「茂」，《菀柳》同。侯，維也。《傳》以「陰均」詁「旬」。《祭義》注：「陰，讀爲『依蔭』之『蔭』。」《爾雅》：「洵，均也。徇，徧也。」樊光本「徇」作「侚」。古旬聲、勻聲通。陰均者，言依蔭普徧也。宣二年《左傳》「舍于翳桑」，杜注：「翳桑，桑之多蔭翳者。」義與此同。《芣苢》傳「捋」、「采」皆訓「取」。《武》傳云：「劉，殺也。」謂殺削枝葉也。《釋文》：「爆爍，本又作『暴樂』。」《爾雅・釋詁》：「毗劉，暴樂也。」毛《傳》本《爾雅》釋經「劉」字，而必益其義云「暴樂而希」者，暴樂猶剝落，即希疏之意也。《爾雅》釋經「劉」字，而又必益其辭云「毗劉」者，蓋毗之言庇也。殺削枝葉曰劉。枝葉可庇人，而殺削之不能庇，是曰毗劉。樊光本「毗」作「庇」訓「蔭」，得其理矣。「瘼，病」，《四月》同。〇殄，絶也。倉、喪疊韻爲訓。滋，古袛作「兹」。《常棣》、《召旻》傳竝訓「兄」爲「兹」。「填，久」，《瞻卬》同。《爾雅》：「塵，久也。」古「填」與「塵」通。《箋》云：「民心之憂無絶已，喪亡之道滋久長。」是也。《甫田》傳：「倬，明皃。」「倬彼昊天」，猶《抑》云「昊天孔昭」耳。「昊天，斥王者」，《瞻卬》同。《鴻雁》傳云：「矜，憐也。」

四牡騤騤，旟旐有翩。【傳】騤騤，不息也。鳥隼曰旟，龜蛇曰旐。翩翩，在路不息也。**亂生不夷，靡國不泯。民靡有黎，具禍以燼。**【傳】夷，平；泯，滅也。黎，齊也。**於乎有哀，國步斯頻。**【傳】步，行；頻，急也。【疏】《傳》云「騤騤，不息」，謂馬行不息騤騤然也。《北山》篇「四牡彭彭」，《傳》：「彭彭然不得息。」皆所謂「朝夕從事，王事靡盬」也。《烝民》傳：「騤騤，猶彭彭也。」《周語》引《詩》，韋注云：「騤騤，行貌。」義同。「鳥隼曰旟，龜蛇曰旐」，《出車》傳同。旟旐者，戎車之所建也。翩，猶翩翩也。韋注云：「翩翩，動摇不休止之意。」義亦同。《傳》云「翩翩，在路不息」，則「騤騤，不息」亦在路矣。《釋文》作「偏」，「本亦作『翩』」。案此二章及三、四章皆刺王暴虐，以致絫用兵革，無有止息也。〇「夷」訓「平」。不平，即亂也。成十六年《左傳》：「國人曰：『若之何？憂猶未弭。』而又討我寡君，以亡曹國社稷之鎮公子，是大泯曹也。」杜注云：「泯，滅也。」是「泯」有「滅」義。滅，殘滅也。黎、齊疊韻爲訓。《荀子·王制篇》：「先王惡其亂也，故制禮義以分之，使有貧富貴賤之等，足以相兼臨者，是養天下之本也。《書》曰：『維齊非齊。』此之謂也。」《管子·正世》篇：「治莫貴於得齊。齊不得，則治難行。故治民之齊，不可不察也。」竝與《傳》「齊」訓同。齊，猶治也。民靡有齊，言民無有能齊之者也。具，俱也。燼，當依《釋文》作「盡」。《箋》：「災餘曰盡。」《方言》：「盡，餘也。」《詩小學》云：「《説文》作『㶳』。」「步，行」，《白華》同。行，道也。頻者，「顰」之隸省。《説文》：「顰，涉水顰戚。」急、戚義相近。「戚」與「促」同。「頻」字當是「顰」字之假借。「國步斯顰」，言亂泯禍盡，國道其日促急也。「顰」訓「急」，即是弟四章「孔棘」

之意。《説文》：「矉，恨張目也。」引《詩》作「矉」，此三家義。

國步蔑資，天不我將。靡所止疑，云徂何往。【傳】疑，定也。**君子實維，秉心無競。誰生厲階？至今爲梗。**【傳】競，彊；厲，惡；梗，病也。【疏】《版》傳云：「蔑，無也。資，財也。」《四牡》傳云：「將，養也。」天，昊天，㡿王者也。我，我民也。不我將，言不養我也。疑，當即「礙」之省假。《説文》：「礙，止也。」疑、礙同聲，定、止同義。《儀禮·鄉射》注：「疑，止也。」《爾雅》：「疑，戾也。」「疑」與「戾」亦雙聲義近，故疑謂之止，亦謂之定，猶戾謂之止，亦謂之定也。《雨無正》「靡所止戾」，《傳》：「戾，定也。」文義正同。徂，亦往也。「云徂何往」，重言反覆之，以盡其義，全《詩》中多有此句例。○君子，謂古之長民者也。實，當作「寔」。寔維，是爲也，或在句首，或在句末，皆同。《定之方中》傳云：「秉，操也。」「競，彊」，《烈文》同。無，發聲。《抑》、《執競》傳皆云：「無競，競也。」「君子寔維，秉心無競」，言君子之所爲，其操心甚彊固也。《孟子·盡心》篇云：「其操心也危。」誰，誰厲王也。「厲，惡」，《正月》、《瞻卬》同。《説文》：「寎，卧驚病也。从㝱省，丙聲。」《廣雅》：「寎，病也。」梗從叓聲，叓從丙聲，病亦從丙聲，聲義竝同。㡿厲王兵革不息，大惡於民，終見困病。昭二十四年《左傳》：「楚子爲舟師以略吳疆。吳人踵楚，而邊人不備，遂滅巢及鍾離而還。沈尹戌曰：『亡郢之始，於此在矣。』」引：「《詩》曰：『誰生厲階？至今爲梗。』其王之謂乎？」杜注云：「梗，病也。」《左傳》言楚王用兵亡國，即引此詩，亦其義也。

憂心慇慇，念我土宇。我生不辰，逢天僤怒。【傳】宇，居；僤，厚也。**自西徂東，靡所定處。多我覯痻，孔棘我圉。**【傳】圉，垂也。【疏】《正月》傳云：「慇慇然痛也。」「宇」訓「居」，土亦居也。《緜》傳土、宇皆爲居。土宇，猶邊垂也。「僤」與「單」同，故單謂之厚，僤亦謂之厚。厚怒，猶重怒也。定，止也。處，居也。「靡所定處」，猶言「靡所止居」耳。《箋》云：「瘏，病也。」《説文》云：「慇，痛也。」《説文》有「慇」無「瘏」，有「悴」無「瘁」，有「悝」無「瘇」，有「灾」無「疢」，有「悹」無「痯」，則「瘏」、「瘁」、「瘇」、「疢」、「痯」即「慇」、「悴」、「悝」、「灾」、「悹」之或字。《邶·柏舟》「覯閔既多」，《傳》：「閔，病也。」瘏、閔義同。「圉，垂」，《爾雅·釋詁》文。《召旻》「我居圉卒荒」，《傳》亦云：「圉，垂也。」棘，急也。「孔棘我圉」，猶云我邊垂甚急耳。此倒句以就韻。○案《史記·秦本紀》：「秦仲立三年，周厲王無道，諸侯或叛之，西戎反王室，滅犬丘、大駱之族。」《後漢書·西羌傳》：「厲王無道，戎、狄寇掠，乃入犬丘，殺秦仲之族。王命伐戎，不克。」又《東夷傳》：「厲王無道，淮夷入寇。王命虢仲征之，不克。」凡此，皆厲王時所有邊垂之禍，見諸史策可攷者如此。《箋》易「圉」作「禦」云：「甚急矣，我之禦寇之事。」或本三家，而與《傳》實無異也。《正義》以爲《傳》、《箋》異，失之。

爲謀爲毖，亂況斯削。【傳】毖，慎也。**告爾憂恤，誨爾序爵。誰能執熱，逝不以濯？**【傳】濯，所以救熱也。禮，所以救亂也。**其何能淑，載胥及溺。**【疏】《説文》云：「慮難曰謀。」「毖，慎」，《釋詁》文。《小毖》「毖後患」，《傳》亦云：「毖，慎也。」慎者，慎用禮也。況，當作「兄」。首章「倉兄塡兮」，《傳》云：「兄，茲也。」「爲謀爲毖，亂兄斯削」二句，承上三章而言。凡有國家者，爲靖謀，爲劼毖，當今日兵亂日茲，邊垂生患，尤亟思有以救之也。下文「告爾憂恤」四句冢「爲謀爲毖」言，「其何能淑」二句冢「亂兄斯削」言。○爾，女，女厲王也。恤，亦憂也。憂恤，即指上三章用兵禍亂之事。《箋》訓「序爵」爲「次序賢能之爵」。又《天官·大宰》：「以八柄詔王馭群臣：一曰爵，以馭其貴。」注：「爵，謂公、侯、伯、子、男、卿、大夫、士也。《詩》云：『誨爾序爵。』言教王以賢否之弟次也。」《傳》意當同。《傳》云「救亂」，宋本「救」作「毖」。《正義》云：「以濯救熱，喻以禮救亂。」《正義》

作「救」，不誤。襄三十一年《左傳》衛北宮文子引《詩》而釋之云：「禮之於政，如熱之有濯也。濯以救熱，何患之有？」案此《傳》所本也。《孟子·離婁》篇：「今也欲無敵於天下而不以仁，是猶執熱而不以濯也。」亦引此詩。《孟子》言仁即《左傳》之言禮。《正義》云：「必賢人乃能行禮，故《箋》云『治國之道當用賢』，以申足《傳》意。」是也。《墨子·尚賢中》篇：「爵位不高，則民不敬也；蓄禄不厚，則民不信也；政令不斷，則民不畏也。故古聖王高予之爵，重予之禄，任之以事，斷予之令。夫豈爲其臣賜哉？欲其事之成也。《詩》曰：『告女憂卹，誨女予鬱。孰能執熱，鮮不用濯？』則此語古者國君諸侯之不可以不執善承嗣輔佐也，譬之猶執熱之有濯也，將休其手焉。」王念孫《墨子襍志》云：「『鬱』爲『爵』之譌。兩『爾』字皆作『女』，『序』作『予』，『誰』作『孰』，『逝』作『鮮』，『以』作『用』，所見《詩》有異文也。『善』上『執』字衍。」案鄭《箋》及趙注《孟子》竝解經「濯」爲「濯手」，與《墨子》合。○淑，善也。胥，相也。「其何能淑，載胥及溺」，言今之爲政者不能以禮治國，即不能以善治國，將相入於溺亡也。《孟子》：「苟不志於仁，終身憂辱，以陷於死亡。」即引此詩。民歸仁，君不志仁，將陷民於死亡矣。《韓詩外傳》：「令民相伍，有罪相伺，有刑相舉，使構造怨仇，而民相殘，傷和睦之心，賊仁恩，害士化，所和者寡，欲敗者多，於仁道泯焉。」亦引此詩。溺，謂民陷溺，即上文所謂「民靡有黎，具禍以燼」也。趙岐注《孟子》、王肅述毛竝以爲君臣陷溺。趙注云：「刺時君臣何能爲善乎，但相與爲沈溺之道也。」王肅與趙注同。鄭《箋》同。

如彼遡風，亦孔之僾。民有肅心，荓云不逮。好是稼穡，力民代食。【傳】遡，鄉；僾，唈；荓，使也。力民代食，代無功者食天禄也。**稼穡維寶，代食維好。**【疏】「遡，鄉」，《公劉》同。鄉，今之「向」字。《文選》謝莊《月賦》注引《毛詩傳》：「遡，向之也。」與今本異。「僾，唈」，《爾雅·釋言》文。《荀子·禮論》「悍詭唈僾能無時至焉」，楊注云：「唈僾，气不舒，憤鬱之貌。」單言僾，絫言唈僾，故《爾雅》、毛《傳》竝以「唈」釋經之

「僾」也。《説文繫傳》引《詩》作「亦孔之㤅」。「㤅」本字，「僾」假借字。唈，古祇作「邑」。肅，敬也。荓，讀爲⿰彳甹。《説文》：「⿰彳甹，使也。」《釋文》：「荓，或作『拼』。」《爾雅》：「拼，使也。」或疑《詩》本作「拼」。《集韻》云：「拼，使也。或作『伻』、『迸』，古作『平』、『苹』，通作『抨』。」而無「荓」字可證。又《爾雅》：「抨，使也。」郭注云：「皆見《詩》。」是三家《詩》有作「抨」也。逮，及也。鄉風孔僾，以喻民重稼穡之事，而不及時者，有使之然也。○鄭《箋》於此章「好是稼穡」、「稼穡維寶」作「家嗇」，云：「居家吝嗇。」下章「稼穡卒痒」始作「稼穡」解。王肅讀此章兩言「家嗇」爲「稼穡」，與下章「稼穡」一例，則「家嗇」爲「稼穡」之壞字。如「曰予不戕」，王以爲「臧」之壞字，竝與鄭訓不同。今細繹經、《傳》文義，依王説作「稼穡」是也。《傳》云「代無功者食天禄」，釋經「代食」之義。王肅云：「當好知稼穡之艱難，有功力於民，代無功者食天禄。」「有功力於民」釋經「力民」之義，以述明《傳》意也。《韓詩外傳》：「晉平公之時，藏寶之臺燒。公子晏子獨奉束帛而賀公曰：『自今已往，請藏於百姓之閒。』」引《詩》曰：「稼穡維寶，代食維好。」《韓詩》作「稼穡」，其明證矣。「稼穡維寶」，因民之所利而利之也。「代食維好」，民之所好好之也。欲刺王用好利之小人，故先陳此告誨之詞。

天降喪亂，滅我立王。降此蟊賊，稼穡卒痒。哀恫中國，具贅卒荒。靡有旅力，以念穹蒼。

【傳】贅，屬；荒，虚也。穹蒼，蒼天。**【疏】**滅，殘滅；我，我中國也。此即弟二章「亂生不夷，靡國不泯」之意。立王，義未聞。或謂天之所立謂之立王。「滅我立王」，言殘滅之道本由於王也。一説：立，古「位」字，如《小宗伯》「掌神位」，「故書『位』作『立』」之比。「滅我立王」，《瞻卬》篇云「我位孔貶」，文義與之同也。《韓詩外傳》：「里克對魏文侯曰：『數戰而數勝，夫差所以自喪於干遂。』」引《詩》：「天降喪亂，滅我立王。」毛、韓意當同也。此責王之詞。○蟊賊，以喻貪殘之人也。《正月》傳：「痒，病也。」《思齊》傳：「恫，痛也。」中國，國中也。「贅」訓「屬」，贅，屬一聲之轉，如《孟子》「屬其耆老」，《書大傳》作「贅」之例。《説文》云：「屬，連也。」案《傳》文「荒，虚」，《正義》無釋，則孔所據毛《傳》無此訓矣。「具贅卒荒」承上文「降此蟊賊，稼穡卒痒」言之，猶云「饑饉薦臻」耳，不作「空虚」解也。《召旻》篇「我居圉卒荒」，亦承上文「瘨我饑饉」言之，言我邊竟盡饑饉，亦不作「空虚」解也。彼《箋》：「荒，虚也。」《正義》云：「『荒，虚』，《釋詁》文。唯某氏本有『荒』字，其諸家《爾雅》則無之。」然則訓「荒」爲「虚」鄭義，疑後人依鄭誤增此「荒虚」二字。○力，與上章「力民代食」同義。《北山》「旅力方剛，經營四方」，《傳》：「旅，衆也。」「靡有旅力」，言今無有一力於民者也。「穹蒼，蒼天」，《爾雅·釋天》文。穹，窮也，大也。窮大之蒼謂之穹蒼。《黍離》傳：「蒼天，以體言之。據遠視之蒼蒼然，則稱蒼天。」「以念穹蒼」，即《黍離》篇所云「悠悠蒼天」之意也。《韓詩外傳》云：「民勞思佚，治暴思仁，刑危思安，國亂思天。」引《詩》：「靡有旅力，以念穹蒼。」毛、韓義同。

維此惠君，民人所瞻。秉心宣猶，考慎其相。【傳】相，質也。**維彼不順，自獨俾臧，自有肺腸，俾民卒狂。**【疏】惠，順也。秉，操也。猶，道也。「相」訓「質」，讀如「質爾民人」之「質」。質，成也。弟三章云「君子實維，秉心無競」，即此義也。《吕覽·知度》篇：「人主自智而愚人，自巧而拙人。」高注云：「自智，謂人愚。自巧，謂人拙。」即引此詩。案高以「自獨俾臧」爲「自智」、「自巧」，而以「俾民卒狂」爲「愚人」、「拙人」，《傳》義或然也。

瞻彼中林，甡甡其鹿。【傳】甡甡，衆多也。**朋友已譖，不胥以穀。人亦有言，進退維谷。**【傳】谷，窮也。【疏】中林，林中也。《説文》：「甡，衆生竝立之皃。」重言之，則衆多曰甡甡。《五經文字》：「甡，色巾反。見《詩》。」《玉篇》：「兟兟，衆多皃。」是三家《詩》有作「兟兟」者也。林中之鹿甡甡然衆多，以喻賢者皆群退而窮處。《假樂》傳云：「朋友，群臣也。」譖，當作「僭」。《釋文》：「本亦作『僭』。」僭，差也。穀，善也。言群臣過差，不相與成於善道，是不能處朝廷也。○谷、鞫同聲，故鞫謂之窮，谷亦謂之窮。《韓詩外傳》：「家石他曰：『嗚呼！生亂世，不得正行。劫乎暴人，不得全義。悲夫！』乃進盟以免父母，退伏劍以死。其君聞之者曰：『君子哉，安之命矣。』」又「楚申鳴曰：『受君之祿，避君之難，非忠臣也。正君之法，以殺其父，又非孝子也。行不兩全，名不兩立，悲夫！若此而生，亦何以示天下之士哉？』遂自刎而死。」兩引《詩》曰：「進退惟谷。」《韓詩》亦謂進退兩窮，與毛義同。《晏子·問下》篇：「晏子曰：『且嬰聞君子之事君也，進不失忠，退不失行。不苟合以隱忠，可謂不失忠。不持利以傷廉，可謂不失行。』叔向曰：『善哉！《詩》有之曰：「進退維谷。」其此之謂與？』」「谷」讀爲「穀」，訓「善」，與毛、韓義異。

維此聖人，瞻言百里。【傳】瞻言百里，遠慮也。維彼愚人，覆狂以喜。匪言不能，胡斯畏忌。

【疏】「瞻言百里」，蓋古有此語。《周語》：「古人有言曰：『兄弟讒鬩，侮人百里。』」韋注云：「百里，喻遠也。」《傳》文「遠慮」上奪「言」字。言遠慮者，以釋經義。《論語·衛靈公》篇云：「人無遠慮，必有近憂。」《韓詩外傳》云：「由此觀之，聖人能知微矣。」即引此詩。遠慮，猶知微也。覆，反也。狂，即「俾民卒狂」之「狂」。「覆狂以喜」，言使民反入於狂而猶自以喜，此愚人之所爲也。愚人，謂助厲王虐者。下文「忍心」、「不順」、「貪人」皆是也。○「匪言不能，胡斯畏忌」，匪，非也。言非言之不能，何其畏忌而不言也？《周語》：「厲王得衛巫，使監謗者。以告，則殺之。國人不敢言，道路以目。」案此即畏忌不言之事。忌，猶憚也。《儀禮·士虞·記》：「夙興夜處，小心畏忌。」昭二十五年《左傳》：「爲刑罰威獄，使民畏忌，以類其震曜殺戮。」竝與此「畏忌」同。

維此良人，弗求弗迪。【傳】迪，進也。維彼忍心，是顧是復。民之貪亂，寧爲荼毒。【疏】「迪，進」，《爾雅·釋詁》文。「弗求弗迪」，言不干進也。「維此良人，弗求弗迪。維彼忍心，是顧是復」，此良人則無干進之志，彼忍心之人，惟是瞻顧反復無常德也。上章云「維此聖人，瞻言百里。維彼愚人，覆狂以喜」，言聖人有遠慮，而愚人但知自喜用事。下章云「維此良人，作爲式穀。維彼不順，征以中垢」，言良人爲善，而彼不順之人則惟闇冥是行也。文義相同。○荼，苦菜。因之凡苦曰荼。荼毒即是亂。《周語》：「大子晉曰：『《詩》曰：「四牡騤騤，旟旐有翩。亂生不夷，靡國不泯。」又曰：「民之貪亂，寧爲荼毒。」夫見亂而不惕，所殘必多。其飾彌章，民有怨亂，猶不可遏。』」又《荀子・儒效篇》：「凡人莫不欲安榮而惡危辱，故唯君子爲能得其所好，小人則日徼其所惡。」亦引此詩，是其義也。《周語》：「厲王虐，國人謗王。召公告王曰：『民不堪命矣。』王弗聽。於是國人莫敢出言。三年，乃流王于彘。」案此三年，即厲王之三十七年也。厲王之亡，亡自國人，故芮伯遠慮先知，乃作此危激之詞。寧，猶胡也。「寧爲荼毒」與「胡爲虺蜴」句同。

大風有隧，有空大谷。【傳】隧，道也。**維此良人，作爲式穀。維彼不順，征以中垢。**【傳】中垢，言闇冥也。【疏】《説文》無「隧」字，疑古本作「遂」。《初學記・天部上》引《詩》作「遂」。《潛夫論・遏利》篇：「言是大風也，必將有遂。」其所據《詩》當亦作「遂」可證。《白駒》「在彼空谷」，《傳》：「空，大也。」是空亦大也。「遂」訓「道」，道，行也。大風，喻不順之人。大風行於空大之谷，猶不順之行闇冥也。下章以大風喻貪人。《箋》：「大風之行有所從而來，必從大空谷之中。喻賢愚之所行，必由其性。」❶鄭意下文良人與不順之人竝言，故以賢愚爲喻。不知章義但説不順之人而連及良人，猶上二章因言愚人而及聖人、因言忍心之人而及良人耳。

❶「必」，徐子静本、《清經解續編》本同。阮刻《毛詩正義》作「各」。

○式，用；穀，善。言良人之作爲皆用以善道也。「穀」與「垢」相對成義。《箋》：「征，行也。」《説文》：「垢，濁也。」中垢者，内濁不清之謂。《相鼠》傳云：「無禮義者雖居尊位，猶爲闇昧之行。」闇冥即闇昧也。《韓詩外傳》云：「故曰：以明扶明，則升于天。以明扶闇，則歸其人。兩瞽相扶，不傷牆木，不陷井穽，則其幸也。《詩》曰：『惟彼不順，征以中垢。』闇行也。」毛、韓義同，「往」疑「征」之誤。

大風有隧，貪人敗類。【傳】類，善也。聽言則對，誦言如醉。匪用其良，覆俾我悖。【傳】覆，反也。【疏】貪人，好利之人也。《史記・周本紀》：「厲王即位三十年，好利，近榮夷公。芮良夫諫厲王，不聽，卒以榮公爲卿士用事。王行暴虐侈傲，國人謗王。召公諫。三十四年，王益嚴，國人莫敢言，道路以目。三年，乃相與畔，襲厲王。厲王出奔於彘。」案詩「貪人」即指榮公之屬。《史記》載芮良夫諫用榮公在三十年。《國語》亦載其事。而此詩之作，猶在榮公爲卿士後，其去流彘之年不甚相遠。「類」訓「善」。敗類爲敗善，善謂善人，即上章所云「良人」也。《左傳》：「秦伯曰：『孤實貪，以禍夫子。』」正釋詩「貪人敗類」也，是其義。○聽言，指貪人。誦言，指良人。王聞貪人聽從之言，則對荅如流，而聞良人莊誦之言，則懵然若醉酒，不省人事。《韓詩外傳》云：「古之謂知道者曰先生，何也？曰：猶言先醒也。不聞道術之人，則冥於得失，不知亂之所由。眊眊乎，其猶醉也。昔郭君出郭，謂其御者曰：『子知吾且亡乎？』御者曰：『然。』曰：『何不以諫也？』御者曰：『君喜道諛而惡至言，臣欲進諫，恐先郭亡，是以不諫也。』郭君作色而怒，御轉其辭曰：『君之所以亡者，大賢。』」引《詩》曰：「聽言則對，誦言如醉。」毛、韓意同也。匪，猶不也。良，謂良人也。篇中三「覆」、一「復」、一「反」，字義皆同，故云：「覆，反也。」《説文》：「誖，亂也。」「悖」與「誖」通。此刺王不用良人，而信用此好利之徒，反使我民誖亂若是也。

嗟爾朋友，予豈不知而作。如彼飛蟲，時亦弋獲。既之陰女，反予來赫。【傳】赫，炙也。【疏】

此章承上四章而言。王信用匪人，以致下民謀亂，故呼女朋友而嗟告之也。予，我也，芮伯自我也。作，爲也。飛蟲，喻衆民。弋獲，弋取攫獲，喻貪忍，即下文所謂「炙」也。之，猶是也。《蝃蝀》傳訓「之」爲「是」，此其義。陰，即首章《傳》所云「陰均」也。女，女民也。《釋文》及定本、《集注》毛《傳》皆作「炙」。《説文》：「赫，大火皃。」「赫」訓「炙」，其引申之義也。炙，猶侵削之也。《箋》「距人謂之赫」，鄭讀「赫」爲《莊子》「以梁國嚇我」之「嚇」，與毛不同。「既之陰女，反予來赫」，言我欲是庇陰女衆民，乃當時執政者反予之志，是侵削之也。此推本民亂之由，以生下二章之意。

民之罔極，職涼善背。【傳】涼，薄也。爲民不利，如云不克。民之回遹，職競用力。【疏】《傳》以「薄」詁「涼」。全《詩》中「薄」字皆語詞，無實義，則「涼」亦爲語詞矣。「民之罔極，職涼善背」，罔極，猶無良也。職，主也。言民之無良，唯主以違背爲善也。《箋》：「涼，信也。」非《傳》義。《説文》：「𣩅，事有不善言𣩅也。」亦非詩義。克，勝也。回遹，邪辟也。言上之人爲民所不利，如恐不勝，是以民之邪辟，主彊用力而爲不善也。

民之未戾，職盜爲寇。【傳】戾，定也。涼曰不可，覆背善詈。雖曰匪予，既作爾歌。【疏】「戾」訓「定」，未定，亂未定也。民亂未定，主爲盜寇。《國語》：「芮良夫曰：『匹夫專利，猶謂之盜。』」即其義。蓋篇末皆説民之作非，即上章「民之貪亂，寧爲荼毒」之意。王肅述毛皆主民言，是也。下民禍亂若此，則上之失政可知矣。「涼曰不可，覆背善詈」，謂民不可，則反背而善詈之。「涼曰」猶「薄言」，皆語詞，無實義。「匪」與「非」同。非，違也。既，猶終也。爾，女也，女厲王也。「雖曰匪予，既作爾歌」，此芮伯自明其歌詩以諷刺厲王也。

《雲漢》八章，章十句。

《雲漢》，仍叔美宣王也。宣王承厲王之烈，内有撥亂之志，遇烖而懼，側身脩行，欲銷去之。天下喜於王化復行，百姓見憂，故作是詩也。【疏】《春秋》「仍叔之子」，《穀梁傳》作「任叔」。黄帝二十五子有任姓。古仍、任通。其地無攷。

倬彼雲漢，昭回于天。【傳】回，轉也。**王曰於乎！何辜今之人？天降喪亂，饑饉薦臻。**【傳】薦，重；臻，至也。**靡神不舉，靡愛斯牲。圭璧既卒，寧莫我聽。**【疏】《棫樸》傳云：「倬，大也。」舊本《書鈔・天部二》引《韓詩》作「對彼雲漢」，注曰：「宣王遭旱仰天也。」王念孫云：「對，當爲『菿』。《爾雅》：『菿，大也。』倬、菿聲義皆同。」雲漢，天河也。「回」訓「轉」，讀如「水轉流」之「轉」。古者天子登靈臺而望，書雲物，備水旱，故宣王於時仰望天河，而憂懼旱烖也。○王，宣王。辜，罪也。何罪今之人，今之人何罪也。「薦，重」，《節南山》同。「薦」通作「荐」，《繁露・郊祀》篇引《詩》作「荐」。「臻，至」，《泉水》同。襄二十二年《左傳》「不虞荐至」、郭注《爾雅》引《易》「水荐至」，是薦臻即荐至也。不舉，不舉祭也。《王制》：「山川神祇，有不舉者爲不敬。」鄭注云：「舉，猶祭也。」牲，禱牲也。天地用牛，日月山川以下用羊。圭璧，禮神之玉也。《説文》：「瓏，禱旱玉也。爲龍文。」然則禱旱有玉矣。《周禮・大宗伯》六玉用諸六宗，《典瑞》及《考工記》「玉人之事」皆命侯常祀之圭璧，而不及禱祭之玉，與此圭璧異也。《節南山》傳：「卒，盡也。」偏祭群神，故云「既盡」，下章《傳》所謂「索鬼神而祭之」也。昭十八年《左傳》云：「卜筮走望，不愛牲玉。」與此詩義正同。寧，胡也。聽，讀「神之聽之」之「聽」。

旱既大甚，蘊隆蟲蟲。【傳】蘊蘊而暑，隆隆而雷，蟲蟲而熱。不殄禋祀，自郊徂宮。上下奠瘞，靡神不宗。【傳】上祭天，下祭地，奠其禮，瘞其物。宗，尊也。國有凶荒，則索鬼神而祭之。后稷不克，上帝不臨。耗斁下土，寧丁我躬。【傳】丁，當也。【疏】《正義》云：「『温』字定本作『蘊』。」《釋文》：「蘊，本又作『煴』。」疑「煴」即「温」之誤，「蘊」即「蕰」之俗。《毛詩》古字作「温」，謂「蕰」之假借字。「蕰積」之爲「温積」，猶《小宛》箋「蕰藉」之爲「温藉」矣。《釋文》引《韓詩》作「鬱」，《爾雅》：「鬱，氣也。」郭注云：「鬱然氣出。」「蕰隆」之爲「鬱隆」，猶《素冠》篇「蕰結」之即「鬱結」矣。《傳》云「暑」，亦謂暑氣也。《淮南子・天文》篇：「季春三月，豐隆乃出，以將其雨。」注：「豐隆，雷也。」此豐隆謂雷聲之大。詩言隆隆，非大雷也。《箋》云：「隆隆而雷，非雨雷也。雷聲尚殷殷然。」此即《漢書・劉向傳》所謂「無雲而雷」也。蟲蟲，《爾雅》作「爞爞，熏也」，郭注云：「旱熱熏炙人。」《釋文》引《韓詩》作「烔烔，音徒冬反」。《衆經音義》卷四引《埤倉》云：「烔烔然熱皃。」《廣韻》引《字林》云：「熱氣烔烔。」用《韓詩》也。又《華嚴經音義》下《如來出現品之二》引《韓詩傳》曰：「烔，謂燒草傳火爓盛也。」據此，則《韓詩》「鬱隆烔烔」指燔柴祭天而言，與毛説絶異。《廣雅》：「烔，爇也。」張用韓義。然《釋文》於「鬱」下云「與毛同」，而「烔」下又不詳韓義，未審其實。《説文・火部》：「烔，光也。」無「烔」字。〇殄，絶也。不殄，不絶也。《爾雅》：「畛，致也。」郭注云：「見《詩傳》。」疑此詩之異文。「不畛禋祀」，致禋祀也。不，發聲。郭或據三家《詩傳》耳。《大宗伯》：「以禋祀祀昊天上帝。」「自郊徂宮」，自郊宮也。徂，語詞。《禮器》「魯人將有事於上帝，必先有事於頖宮」，「頖宮，或爲郊宮」。《覲禮》：「祭天燔柴。」《祭法》：「燔柴於泰壇，祭天也。」宮猶壇也。《月令》：「仲夏，命有司爲民祈祀山川百源，大雩帝，用盛樂。」鄭注云：「雩，吁嗟求雨之祭也。雩帝，謂爲壇南郊之旁，雩五精之帝，配以先帝也。《春秋傳》曰：『龍見而雩。』雩之正，當以四月。凡周之秋三月之中而旱，亦備雩禮以求雨，因箸正雩此月，失之矣。天子雩上帝，諸侯以下雩上公。周冬及春夏雖旱，禮有禱無雩。」奂謂詩因旱而禮祀郊宫，正是雩上帝之事，故篇中言上帝、言昊天、言昊天上帝，皆謂雩祭也。《箋》以郊宫爲二宫，爲宗廟，徂宫爲從郊而至宗廟，不知此章不及宗廟。董仲舒引此詩二章在《郊祀》篇可證。○《傳》云「上祭天」，承上文而言。「下祭地」，祭天必兼祭地耳。上下謂天地，奠瘞指上下。《梁書·許懋傳》引毛《傳》云：「上祭天，下祭地。奠其幣，瘞其物。」案此與今本作「奠其禮」不同。幣，謂帛也。奠其幣但以帛爲奠，而知「祭天，燔牲與玉」之説誣也。物，毛物，謂牲體也。祭地而瘞其物，則知「埋玉」之説亦誣也。一説今本《傳》作「禮」不誤，「禮」、「物」二字互文。奠不專指祭天，而瘞則專指祭地。《覲禮》：「祭地，瘞。」《爾雅》：「祭地曰瘞埋。」《祭法》：「瘞埋於泰折，祭地也。」金鶚云：「《禮運》：『列祭祀，瘞繒。』繒爲幣帛。瘞爲帛，則奠亦宜爲帛也。祭天，帛宜燔，而云『奠』者，帛必尊之而後燔於柴上也。毛《傳》未嘗言牲玉，孔《疏》以牲玉釋之，非也。《郊特牲》疏引《韓詩内傳》：『天子奉玉，升柴，加于牲上。』」金誠齋辨之矣。「宗，尊」，《鳧鷖》同。「靡神不宗」，猶云「靡神不舉」也。《周禮·大司徒》「以荒政十有二聚萬民，十有一曰索鬼神」，鄭司農注云：「索鬼神，求廢祀而修之。《雲漢》之詩所謂『靡神不舉，靡愛斯牲』者也。」毛《傳》本《周禮》，故仲師即本《詩》以爲説。《覲禮》：「祭山丘陵，升。祭川，沈。」《大祝》「掌六祈，四曰禜」，鄭司農注云：「禜，日月星辰山川之祭也。《春秋傳》曰：『日月星辰之神，則雪霜風雨之不時，於是乎禜之；山川之神，則水旱癘疫之災，於是乎禜之。』」杜注昭元年《左傳》云：「有水旱之災，則禜祭山川之神。《周禮》『四曰禜祭』，爲營欑用幣以祈福祥。」《祭法》：「雩宗，祭水旱也。」鄭注云：「宗，當爲『禜』，字之誤也。雩禜，水旱壇也。」然則「索鬼神」，其即《周禮》之「禜祭」歟？《後漢書·順帝紀》：「詔曰：『分禱祈請，靡神不禜。』」錢大昕《攷異》云：「『靡神不宗』之『宗』，三家《詩》必有作『禜』者。」○后稷南郊配天，故禋祀上帝又吁嗟后稷也。克，能也。王肅謂「不能福佑我」，是也。臨以言降佑也。《繁露·郊祀》篇云：「宣王自以爲不能乎后稷，不中乎上帝，故有此災。」中者，得也。不得即不臨之意，非謂臨爲中也。西京舊儒尚知此古訓之法。耗，俗「秏」字。《繁露》及《玉篇·禾部》引《詩》皆作「秏」。《釋文》及《後漢書·竇皇后紀》注引《韓詩》：「秏，惡也。」惡，音「好惡」之「惡」。《箋》：「斁，敗也。」《六書故》引作《傳》文，非也。《說文》「殬」訓「敗」，則「斁」即「殬」字。《繁露》作「射」，古射、斁通。其字作「斁」，其義毛當訓「厭」也。「丁，當」，《釋詁》文。

旱既大甚，則不可推。兢兢業業，如霆如雷。【傳】推，去也。兢兢，恐也。業業，危也。**周餘黎民，靡有孑遺。**【傳】孑然遺失也。**昊天上帝，則不我遺。胡不相畏？先祖于摧。**【傳】摧，至也。

【疏】《說文》：「推，排也。」去猶排也。《小旻》傳：「兢兢，戒也。」恐、戒義相近。「業業，危」，《爾雅·釋訓》文。《大玄·差》：「次七，累卵業業，懼貞安。」《測》曰：「累卵業業，自危作安也。」是「業業」爲「危」矣。《召旻》「兢兢業業」箋同。○《正義》云：「孑然，孤獨之貌。言靡有孑遺，謂無有孑然得遺漏。」定本及《集注》皆云：「『孑然遺失也。』俗本有『無』字者，誤也。」案有「無」字者是也。《小箋》云：「『靡有孑遺』，無孑然遺失也。『失』同『佚』。」《孟子·萬章》篇引《詩》而釋之云：「信斯言也，是周無遺民也。」「靡有孑遺」是無遺民之義。民困饑饉，餓死無存，此是極盡之詞耳。《方言》、《廣雅》皆云：「孑，餘也。」靡孑遺，即無餘遺。毛《傳》「無孑然遺失」，其意亦同。鄭《箋》云：「周之衆民多有死亡者矣，幸其餘無有孑遺者，❶言又餓病也。」趙注云：「志在憂旱災。民無孑然遺脫不遭

❶ 「幸」，徐子静本、《清經解續編》本同。明世德堂本《毛詩》及阮刻《毛詩正義》竝作「今」。

旱災者，非無民也。」鄭、趙箋注乃孟子「以意逆志」則可，不得據此以釋《詩》辭。績溪胡紹勳《四書拾義》說。❶○《女曰雞鳴》傳：「問，遺也。」則遺亦問也。畏，畏天也。「摧，至」，《釋詁》文。《方言》云：「摧，至也。摧，楚語。」先祖，謂文、武也。文、武於周較后稷爲親。「胡不相畏？先祖于摧」，言欲覬冀先祖之神，庶幾其至以救此裁耳。下章云「父母先祖，胡寧忍予」，言父母先祖，何竟忍予而不顧我也。皆反覆其詞，以箸其憂裁之情。

旱既大甚，則不可沮。赫赫炎炎，云我無所。大命近止，靡瞻靡顧。【傳】沮，止也。赫赫，旱氣也。炎炎，熱氣也。大命近止，民近死亡也。**群公先正，則不我助。父母先祖，胡寧忍予？**【傳】先正，百辟卿士也。先祖文、武爲民父母也。【疏】「沮，止」，《巧言》同。赫赫，盛也，言旱氣之盛也。《說文》：「焅，旱气也。苦沃切。」赫、焅聲相近，或許本三家也。《大田》傳：「炎火，盛陽也。」火爲陽，則炎爲盛，是炎炎爲熱氣之盛也。《爾雅》：「炎炎，熏也。」《雒誥》云：「無若火始燄燄。」「燄」與「炎」通。《釋文》據《傳》「熱」下無「氣」字。《玉篇》：「赫，旱也。」似希馮所據「旱」下亦無「氣」字。止，至也。近止，近至也。《列女傳》續篇：「知天道之不祐，示以大期。」即《傳》所謂「民近死亡」也。○《傳》文「先正」上奪「群公」二字，「百辟卿士」釋經之「群公先正」，非以「百辟卿士」但釋經之「先正」也。《假樂》「之綱之紀，燕及朋友。百辟卿士，媚于天子」，百辟爲諸侯。《桑扈》、《烝民》、《烈文》「百辟」同。故《傳》意以百辟謂群公，群公即辟公；卿士謂先正，正，長也。《書·文侯之命》篇：「亦惟先正克左右昭事厥辟。」鄭注云：「先正，謂公卿大夫也。」又《禮記·緇衣》篇：「《詩》云：『昔吾有先

---

❶ 「績」，原作「積」，據中國書店影印武林愛日軒刻本、徐子靜本改。

正，其言明且清，國家以寧，都邑以成，庶民以生。誰能秉國成？不自爲正，卒勞百姓。』」此與《節南山》「尹氏大師，秉國之均」文義相同，則先正爲卿士也。案此詩言雩祀，當祀先世之諸侯卿士在王畿内者。《司巫》注云：「雩，旱祭也。天子於上帝，諸侯於上公之神。」《國語》、《説苑》及《五經異義》皆有公侯祀百辟百神之文。然則諸侯不祀上帝，而天子又得兼祀百辟卿士，故《月令》：「仲夏，命百縣雩祀百辟卿士有益於民者，以祈穀實。」百縣，《詩正義》引作「百官」。此即天子兼祀之義。《箋》云：「百辟卿士，雩祀所及者。」鄭即本《月令》以申《傳》，是矣。○《傳》云「先祖文武爲民父母也」九字爲一句，奪複句經文「父母先祖」四字耳。《正義》云：「於民則爲父母，於周則爲先祖，故言『先祖文武』。以其爲民父母，故稱『父母』。欲見先祖、父母爲一，故先解先祖。必知先祖唯文、武者，以此詩所訴皆所祭之神，周立七廟，親廟四，非受命立功，不足偏訴。上章已言后稷，明此唯文、武耳。」胡，何也。寧，亦何也。《盤庚》云：「乃祖乃父乃斷棄女，不救乃死。」此即「忍予」之義也。

旱既大甚，滌滌山川。【傳】滌滌，旱氣也。山無木，川無水。**旱魃爲虐，如惔如焚。我心憚暑，憂心如熏。**【傳】魃，旱神也。惔，燎之也。憚，勞；熏，灼也。**群公先正，則不我聞。昊天上帝，寧俾我遯。**【疏】❶滌滌，猶脩脩也。《中谷有蓷》傳：「脩，且乾也。」《鴟鴞》傳：「修修，敝也。」聲義相近。《説文》：「𦺙，艸旱盡也。」引《詩》作「𦺙𦺙」，徒歷切。《玉篇》引《詩》作「蔋蔋」，云：「本亦作『滌』。」「蔋」疑「𦺙」之譌。「徒歷」一切正讀如「盪滌」之「滌」。古攸聲、叔聲皆在尤幽部。叔之平聲同修。滌滌之爲𦺙𦺙，《小弁》「踧踧」即《爾

❶「疏」，原作「傳」，依體例改。

雅》之「儵儵」，其理一也。《傳》云「山無木，川無水」，依經言也；《説文》云「屮旱盡」，依字言也。屮盡則水竭可知。《晏子・諫上》篇：「夫靈山固以石爲身，以草木爲髮。天久不雨，髮將焦，身將熱。」《説苑・辯物》篇亦有斯語。○《後箋》云：「《藝文類聚》引韋昭《毛詩荅問》曰：『《雲漢》之詩「旱魃爲虐」，《傳》：「魃，天旱鬼也。」』據此，似《傳》本作『旱鬼』。《説文》：『魃，旱鬼也。』即用毛《傳》。《後漢書・皇甫規傳》注毛《傳》已作『旱神』，與今本同。」《山海經》：「大荒之中，有山名不句，有黄帝女妭，本天女也。黄帝下之殺蚩尤，不得復上，所居不雨。」郭注：「妭，音如『旱魃』之『魃』。」《玉篇》「妭」下引《文字指歸》云：「女妭禿無髮，所居之處天不雨也。」案「妭」與「魃」同。古者求雨以女巫，其即祓除女妭之意歟？《釋文》及定本作「惔」，《正義》本作「炎」，而「燎」下皆無「之」字。《詩小學》云：「《後漢書・章帝紀》章懷注引《韓詩》『如炎如焚』。《説文》云：『炎，燎也。』蓋毛亦作『炎』也。上文『赫赫炎炎』，本或作『惔惔』，是其明證。」憚，讀爲癉。《大東》、《小明》傳皆云：「癉，勞也。」勞，憂勞也。《韓詩》「苦也」，《箋》「猶畏也」，義竝相近。《説文・中部》：「熏，火煙上出也。从中，从黑。中黑，熏象。」《傳》以「熏」爲「灼」，隨經訓也。灼，焦灼也。○《詩述聞》云：「聞，猶恤問也。與《葛藟》篇『亦莫我聞』同。」寧，猶胡也。俾，當作「卑」。「寧卑我遯」，與「胡卑我瘉」句同。

旱既大甚，黽勉畏去。胡寧瘨我以旱，憯不知其故。祈年孔夙，方社不莫。昊天上帝，則不我虞。敬恭明神，宜無悔怒。【傳】悔，恨也。【疏】《後漢書・蔡邕傳》：「宣王遭旱，密勿祗畏，無以或加。」三家《詩》「黽勉」作「密勿」也。《箋》云：「瘨，病也。」《召旻》「瘨我饑饉」，《箋》同。《釋文》：「瘨，《韓詩》作『疹』」，云：『重也。』」憯，當作「朁」，朁，曾也。言何病我以旱，曾不知其故也。○《噫嘻》序：「春夏祈穀于上帝也。」又《月令》：「孟冬，天子乃祈來年於天宗，大割祠於公社及門閭。」此祈年之祭也。《甫田》「以社以方」，《傳》：「社，后土也。方，迎四方氣于郊也。」此方社之祭也。二者以言其不廢常祀也。《詩述聞》云：「虡，猶撫有也。《廣雅》曰：『虡，有也。』『則不我虡』，猶言『亦莫我有』也。其四章曰『群公先正，則不我助』，助猶虡也，故《廣雅》又曰：『虡，助也。』」〇明神，《釋文》作「明祀，本或作『明神』」。案作「明神」者，依《箋》誤改。《箋》云：「我心肅事明神如是。」蓋言敬祀於神如是，非鄭所據《毛詩》本作「明神」也。《文選》張衡《東京賦》「爰敬恭於明神」，李善注引《毛詩》作「敬恭明神」。陸機《荅張士然詩》：「駕言巡明祀，致敬在祈年。」江淹《襍體》《袁大尉從駕詩》：「恭絜由明祀，肅駕在祈年。」李注又兩引《毛詩》作「敬恭明祀」。可知唐時既有此兩本，而陸、江所云，正用《詩》辭，可爲作「明祀」之確證。《北堂書鈔·禮儀部九》引《毛詩》作「明祀」，陳禹謨本改「明神」矣。此詩云「明祀」，《楚茨》及《信南山》詩皆云「祀事孔明」，其義正同。敬恭明祀者，即上文所謂「祈年孔夙，方社不莫」也。「悔，恨」，《傳》爲全《詩》「悔」字通訓，不必限於首見也。黄公紹《韻會》引《説文》云：「悔，恨也。」

旱既大甚，散無友紀。鞫哉庶正，疚哉冢宰。趣馬師氏，膳夫左右。【傳】歲凶，年穀不登，則趣馬不秣。師氏弛其兵，馳道不除，祭祀不縣，膳夫徹膳，左右布而不修，大夫不食粱，士飲酒不樂。**靡人不周，無不能止。**【傳】周，救也。無不能止，言無止不能也。**瞻卬昊天，云如何里。**【疏】《説文》：「散，襍肉也。」引申「散」有「襍亂」之義。《假樂》「之綱之紀，燕及朋友」，《傳》：「朋友，群臣也。」天子燕飲群臣，自有一定之綱紀。汪龍《詩異義》引《周禮·掌客》：「凡禮賓客，凶荒殺禮。」爲此章《傳》義，與《假樂》篇義合。奐竊謂此云「友」即朋友，「紀」即綱紀，與《假樂》同，而用義自別。散無友紀者，言朋友本有一定之綱紀，今爲凶荒，各自殺禮，是即「無友紀」也。散者，即無友紀之謂，非謂天子燕群臣而凶荒殺禮也。「歲凶，年穀不登」以下，皆《傳》釋「散無友紀」之義。《禮記·曲禮下》篇：「歲凶，年穀不登，君膳不祭肺，馬不食穀，馳道不除，祭事不縣；大夫不食粱，士飲酒不樂。」襄二十四年《穀梁傳》：「大侵之禮，君食不兼味，臺榭不塗，弛侯，廷道不除，百官布而不制，鬼神禱而不祀，此大侵之禮也。」此與毛《傳》詳略不同。或毛公兼引《禮記》、《穀梁傳》隨經作訓。抑別有成文，不可攷也。○鞫，窮也。庶，衆；正，長，謂六官之長也。疚，本或作「宊」。宊，貧也。此「冢宰」爲宰夫，與《周禮》大宰不同。大宰在庶正之中，則冢宰爲其屬矣。《十月之交》「家伯維宰」，鄭司農以爲宰夫。趣馬、師氏、膳夫已見《十月之交》篇。左右，統大夫、士而言也。「鞫哉」、「宊哉」即下章「昭假無贏」之意。其所以既鞫且宊者，爲諸臣助王憂烖，出祿餼以振貸飢饉之黎民，即以起下文「靡人不周，無不能止」也。周，讀與「救」同。《論語·雍也》篇：「君子周急不繼富。」《孟子·萬章》篇：「君之於民也，固周之。」「周」皆「救」也。《箋》易「周」爲「賙」。「賙」字見《周禮·鄉師職》「賙萬民之囏阨」，鄭司農云：「賙，讀爲『周急』之『周』。」《大司徒職》「五黨爲州，使之相賙」，杜子春云：「賙，當爲『糾』。」案周、賙古今字，故先鄭、杜皆不從「賙」。許君作《說文》亦不錄「賙」。《毛詩》多古文，衹作「周」，爲「救」之假借字，不必改「賙」也。止，猶已也。王肅述毛云：「無不能而止者，其發倉廩，散積聚，有分無，多分寡，無敢有不能而止者。言上下同也。」○《箋》云：「里，憂也。」《十月之交》傳云：「里，病也。」憂、病同義。《釋文》：「本亦作『㾖』。」《說文》有「悝」無「㾖」，「里」爲古文假借字。

瞻卬昊天，有嘒其星。【傳】嘒，衆星貌。**大夫君子，昭假無贏。**【傳】假，至也。**大命近止，無棄爾成。何求爲我，以戾庶正。**【傳】戾，定也。**瞻卬昊天，曷惠其寧。**【疏】《正義》云：「以『嘒』文連『星』，故爲星皃。」《小星》正義引此《傳》亦但云「星皃」，無「衆」字。《釋文》有「衆」字。《小星》「嘒彼小星」，《傳》云：「嘒，微皃。小星，衆無名者。」《說文》：「嘒，小聲也。」引《詩》「有嘒其星」。蓋微小者必衆多。《玉篇》：「嘒，衆星皃。」與此《傳》同，而其字作「嘒」，未詳。○假，讀爲假。《方言》、《説文》皆云：「假，至也。」《泮水》同。爾，爾大夫君子也。王肅云：「大夫君子，公卿大夫也。昭其至誠於天下，無敢有私羸之而不敷散。大夫君子所以無私羸者，以民近死亡，當賑救之，以全汝之成功。」案王説申毛，是也。我，宣王自我也。「戾，定」，《雨無正》、《桑柔》同。「何求爲我，以戾庶正」，言今我求雨，何獨爲我躬？亦欲以定庶正救裁之成功而已。宣王初年，在廷諸臣若尹吉甫、仲山甫、召虎、方叔之倫，俱在庶正之列，必有助王祈禱振救之者，故詩末二章皆言其諸臣勤勞。可想見宣王初年，君與臣一德，愛念百姓，雖承厲之亂，而復箸中興，此《序》所謂「百姓見憂」也。○惠，愛也。寧，安也。言君臣愛百姓如此，天何不愛而安之。《瞻卬》云：「瞻卬昊天，則不我惠。孔填不寧，降此大厲。」

《崧高》八章，章八句。

《崧高》，尹吉甫美宣王也。天下復平，能建國，親諸侯，褒賞申伯焉。【疏】申，申侯也。申伯者，申侯受命爲侯伯也。篇中所敘命召伯城謝，以及錫命之美、餞禮之盛、入國之喜樂，申侯爲侯伯，不爲二伯。鄭《箋》謂申伯以賢入爲周卿士，則申侯兼二伯之職矣。鄭説非也。此詩當作於《采芑》南征之後，在宣王中興初年。

崧高維嶽，駿極于天。維嶽降神，生甫及申。【傳】崧，高貌。山大而高曰崧。嶽，四嶽也。東嶽岱，南嶽衡，西嶽華，北嶽恒。堯之時，姜氏爲四伯，掌四嶽之祀，述諸侯之職。於周則有甫、有申、有齊、有許也。駿，大；極，至也。嶽降神靈和氣，以生申、甫之大功。**維申及甫，維周之翰。**

【傳】翰，榦也。四國于蕃，四方于宣。【疏】崧，《禮記》及《韓詩外傳》、《初學記》引《詩》皆作「嵩」。「山大而高曰崧」，《爾雅·釋山》文。《釋文》：「崧，又作『嵩』。」「嵩」即「崇」之或體。崧，俗字也。漢人以大室爲崇高山，應劭《風俗通義》遂誤以《詩》之「嵩高」爲中嶽矣。經言「嶽」，《傳》言「四嶽」。《書·堯典》云：「歲二月，東巡守，至于岱宗，柴。望秩于山川，肆覲東后。五月，南巡守，至于南岳，如岱禮。八月，西巡守，至于西岳，如初。十有一月，北巡守，至于北岳，如西禮。」案嶽、岳一字。天子巡守四方，見諸侯於嶽下。四方，故四嶽。《般》序：「巡守而祀四嶽河海也。」《傳》：「高山，四嶽也。」二《傳》義同。云「東嶽岱」者，《禹貢》：「海岱惟青州。海岱及淮惟徐州。」青東至海，西至岱。徐北至岱，南至淮。是岱在《禹貢》青、徐二州界中。《職方氏》：「河東曰兖州，其山鎮曰岱山。」周之岱并入於兖矣。山名曰岱，岱爲四嶽之長，故《尚書》謂之「岱宗」。在三嶽之東，故《爾雅》謂之「東嶽」。亦爲域中山之最大，故《閟宫》謂之「大山」。《漢書·地理志》：「泰山郡博岱山，在西北。」今在山東泰安府附郭泰安縣北五里，漢博縣地，此東嶽也。云「南嶽衡」者，《禹貢》：「荆及衡陽惟荆州。」荆北及荆山南至衡山之陽。《職方氏》：「正南曰荆州，其山鎮曰衡山。」周以漢北爲豫，漢南爲荆，而南及衡陽，與夏同也。《地理志》：「長沙國湘南，《禹貢》衡山在東南荆州山。」今在湖南衡州府衡山縣西北三十里，漢湘南縣地，此南嶽也。漢以霍山爲南嶽，故漢人皆舉霍山。《廣雅》：「天柱謂之霍山，岣嶁謂之衡山。」稚讓釋「五嶽」舉霍山，而衡山不列於五嶽，據漢而言。云「西嶽華」者，《禹貢》：「華陽、黑水惟梁州。西傾、朱圉、鳥鼠，至于大華。」華即大華也。梁東自河西之華，西北至于黑水。周無梁州，而以嶓冢之東并入豫州，岷山之南并入雍州，故華山在豫州。《職方氏》：「河南曰豫州，其山鎮曰華山。」《地理志》：「京兆尹華陰大華山，在南豫州山。」班《志》不云「梁州山」，以大華在雍、梁之閒，故不從《禹貢》而從《職方》矣。後漢華陰屬弘農郡，今在陝西同州府華陰縣縣南十里，此西嶽也。云

「北嶽恒」者，《禹貢》大行、恒山在冀州域内，恒水所出也。《職方氏》：「正北曰并州，其山鎮曰恒山。」《地理志》：「常山郡上曲陽恒山，在西北并州山。《禹貢》恒水所出，東入滱。」今在直隸定州曲陽縣西北百四十里，漢置上曲陽縣，此北嶽也。漢避文帝諱，改「恒山」爲「常山」。○《周語》云：「堯用伯禹，共之從孫四嶽佐之，胙以天下，賜姓曰姒，氏曰有夏。胙四嶽國，命爲侯伯，賜姓曰姜，氏曰有呂。此一王四伯，唯能釐舉嘉義，以有胤在下，守祀不替其典。」案《傳》義正本《國語》四伯主掌四嶽之祀，述諸侯之職。堯之時，炎帝後姜姓爲之，伯夷其一伯也。堯之四伯，猶周之二伯。《下泉》傳：「諸侯有事，二伯述職。」周制分天下以爲左右，二伯分主東西，以領八州之方伯。左伯率東方諸侯，右伯率西方諸侯，此「二伯述職」也。堯時以四伯掌四嶽，分主東西南北，以領十二州之牧伯，行述職之事，則四伯自在王官，故《堯典》「帝曰咨四岳」，咨四伯也；「咨十有二牧」，咨十二州之牧伯也。《正義》謂四嶽如牧伯，誤矣。《傳》云「於周則有甫、有申、有齊、有許也」者，《周語》云：「齊、許、申、呂由大姜。」又云：「申、呂雖衰，齊、許猶在。」此亦《傳》義所本也。甫即呂，呂爲姜姓始封之國。申亦夏、商舊國。齊、許則皆周封之國。宣王之世，四國猶存。詩言錫命申伯耳，申、甫連言，猶之申、呂連言。而《傳》又連及齊、許更推廣之。申之先祖主嶽之祀，自堯迄周，歷千餘年。《傳》乃探下「生申」句以發明篇端高嶽之義也。駿，大；極，至，所謂高也。○神，神靈也。云「嶽降神靈和氣，以生申、甫之大功」者，《傳》又探下四句立義。「于蕃」、「于宣」，即其大功也。鄭注《孔子閒居》篇甫、申爲仲山甫及申伯。仲山甫，樊侯也。《後漢書·張衡傳》：「申伯、樊仲，實榦周邦。」此皆三家異説，而「翰」之爲「榦」，義則同也。「四國于蕃，四方于宣」，于，爲也。言爲蕃四國，爲宣四方也。《箋》云：「四國有難，則往扞禦之，爲之蕃屏。四方恩澤不至，則往宣暢之。」

亹亹申伯，王纘之事。于邑于謝，南國是式。【傳】謝，周之南國也。**王命召伯，定申伯之宅。**

登是南邦，世執其功。【傳】召伯，召公也。登，成也。功，事也。【疏】《文王》傳：「亹亹，勉也。」王，宣王也。《釋文》：「纘，《韓詩》作『踐』，云：『踐，任也。』」《中庸》「踐其位」，「踐，或爲『纘』」。此纘、踐聲通之理。《潛夫論》引《詩》作「薦」，聲亦近。《韓奕》云：「王親命之，纘戎祖考，無廢朕命。」文義正同。〇《説文》：「邑，國也。」古邑、國通稱。「于邑于謝」，言爲國於謝也。《周禮》以東都王畿爲土中，在東畿之南，故《傳》以謝爲周之南國。《鄭語》：「史伯曰：『當成周者，南有申、吕。』」是也。此《傳》云：「謝，周之南國也。」《黍苗》傳云：「謝，邑也。」謝本爲周南國之邑，至宣王之世遷都於此，《傳》意可互見也。《潛夫論・志氏姓》篇：「申城在南陽宛北序山之下，故《詩》云：『亹亹申伯，王薦之事。于邑于序，南國爲式。』」古謝、序聲通。蓋謂宣王封申伯於序，在今漢南陽郡宛縣北序山之下也。漢人又謂之北筮山。《漢書・地理志》：「南陽郡宛，故申伯國，有屈申城。縣南有北筮山。」然則漢宛縣申伯故國，縣南有北筮山，此即宣王所封之謝，較舊都近南。謝在宛縣南，不在宛縣北矣。顧祖禹《方輿紀要》云：「河南南陽府南陽縣附郭，周申國，宛縣今府治。」又云：「申城，府北二十里。《括地志》：『南陽縣北有申城，周宣王舅所封。』」此由誤讀《潛夫論》，以「宛北」連文，遂謂申城在南陽縣北。顧氏實沿《括地志》之謬。又《紀要》：「南陽府唐縣謝城，相傳周申伯徙封于此。又河南信陽州羅山縣縣西北六十里有謝城，古申伯所都。」劉昭注《續志》引《荆州記》：「棘陽縣東北百里有謝城。」《水經・泚水》注：「謝水出謝城北，城周迴側水，申伯之都。世祖封樊重少子爲謝陽侯即此。」朱右曾以爲此皆《世本》所云。任姓之謝或在此，以爲申伯之都，非是。「南國是式」，猶下章云「式是南邦」也。《箋》云：「式，法也。」〇《傳》以召伯爲召公者，謂召伯爲天子之三公出爲二伯也。召公，召穆公也。宅，居也。《烝民》「王命仲山甫，城彼東方」，《傳》：「東方，齊也。古者諸侯之居逼隘，則王者遷其邑而定其居，蓋去薄姑而遷於臨菑也。」彼詩言宣王命仲山甫爲齊遷邑定居，與此詩言宣王命召穆公爲申遷邑定居，皆是建國親侯之美政。《小雅・黍苗》篇正言其事。「登，成」，《爾雅・釋詁》文。《黍苗》云「召伯成之」，又云「召伯有成」，是其義也。宣十二年《穀梁傳》云：「績，功也。功，事也。」與《傳》訓同。

王命申伯，式是南邦。因是謝人，以作爾庸。【傳】庸，城也。**王命召伯，徹申伯土田。**【傳】徹，治也。**王命傅御，遷其私人。**【傳】御，治事之官也。私人，家臣也。【疏】《爾雅》：「仍，因也。」「因」亦通訓「仍」。謝人，謝邑之人也。庸，讀爲墉，古文假借字。《皇矣》、《韓奕》、《良耜》傳皆云：「墉，城也。」「徹，治」，《公劉》同。《江漢》「錫山土田」，《傳》：「諸侯有大功德，賜之名山土田附庸。」此言「土田」者，亦宣王之所錫也。○《書・牧誓》篇：「我友邦冢君，御事：司徒、司馬、司空。」孔《傳》云：「治事三卿。」《大誥》、《酒誥》、《梓材》、《召誥》、《雒誥》等篇言「御事」皆爲諸侯治事之臣，此《傳》以「治事之官」釋經文之「御」，正與《書》義合也。《臣工》「嗟嗟臣工」、「嗟嗟保介」。《傳》：「工，官也。」凡大國三卿命於天子，皆有職司於王室，故天子得以敕之命之。傅御，猶保介也。諸侯之上大夫，卿亦兼孤，故《春秋》陽處父爲大傅，士會將中軍爲大傅。《箋》以傅御謂冢宰，《正義》用《箋》申《傳》，失之。私人，即傅御之私人。傅御爲諸侯之臣，故《傳》以私人爲家臣矣。《禮記・玉藻》：「大夫私事使，私人擯則稱名。」鄭注云：「士臣於大夫者曰私人。」《儀禮・士相見》注云：「家臣稱私。」《有司徹》注云：「私人，家臣，己所自謁除也。大夫言私人，明不純臣也。」此皆私人爲大夫家臣之證。《正義》謂申伯私家之臣，亦失之。《十月之交》云「皇父孔聖，作都于向。擇三有事，亶侯多藏」、「擇有車馬，以居徂向」，文義相同。

申伯之功，召伯是營。有俶其城，寢廟既成，既成藐藐。【傳】俶，作也。藐藐，美貌。**王錫申伯，四牡蹻蹻，鉤膺濯濯。**【傳】蹻蹻，壯貌。鉤膺，樊纓也。濯濯，光明也。【疏】「俶，作」，《爾雅・釋詁》文。《傳》於《既醉》之「俶」訓「始」，而此「俶」訓「作」者，「有俶其城」，猶上章云「以作爾庸」也。《緜》傳「君子將營宮室，宗廟爲先，廄庫爲次，居室爲後」，故作城必及寢廟也。「藐藐，美」，亦《釋詁》文。《説文》作「顡」，重言之曰顡顡，通作「藐藐」。「既成藐藐」句束上起下，上文皆言召伯定宅之事，下文則敘申伯入謝也。○《泮水》傳：「其馬蹻蹻，言彊盛也。」「壯」即「彊盛」之義。《韓奕》言王錫韓侯有鉤膺，皆所以錫命侯伯也。「鉤膺，樊纓」，《采芑》同，説詳《采芑》篇。云「濯濯，光明也」者，路車之樊以纓爲飾，光明，言其飾也。《周禮·巾車》：「金路，鉤，樊纓，以賓，同姓以封。」此錫申伯鉤膺，或於賓饗用之，故下章遣申伯路車，爲封異姓之象路與？

王遣申伯，路車乘馬。【傳】乘馬，四馬也。**我圖爾居，莫如南土。錫爾介圭，以作爾寶。**【傳】寶，瑞也。**往辺王舅，南土是保。**【傳】辺，己也。申伯，宣王之舅也。【疏】「乘馬，四馬」，即承上章之四牡言也。《韓奕》云：「韓侯出祖，其贈維何？乘馬路車。」文義相同。郭注《爾雅》引《詩》「介」作「玠」。《説文》：「玠，大圭也。」「介」與「玠」通。《考工記》：「玉人之事，命圭九寸謂之桓圭。」《長發》傳：「桓，大也。」「介」與「桓」竝有「大」義。公所執桓圭於鎮圭爲小，而視信圭、躬圭則爲大。王肅云：「桓圭九寸，諸侯圭之大者，所以朝天子。」是也。故桓圭亦稱介圭矣。命申伯錫介圭，與《韓奕》介圭以入覲，皆是上公九命作伯之禮。《爾雅》：「珪大尺二寸謂之玠。」《爾雅》玠圭即天子之鎮圭，與《詩》介圭不同。《箋》乃誤合爲一耳。《春官·大宗伯》稱公執桓圭居六瑞之一，此即《傳》訓「寶」爲「瑞」之義也。○辺，各本作「近」，今訂正。《小箋》云：「辺，己也。『己』與『忌』同。《大叔于田》傳曰：『忌，辭也。』此《傳》謂辺者，『己』之假借。《箋》申之曰：『己，辭也。讀如「彼記之子」之「記」。』《王風》『彼其之子』，《箋》曰：『其，或作「記」，或作「己」，讀聲相似。』《鄭風》鄭箋曰：『忌，讀如「彼己之子」之「己」。』蓋其、記、己、忌、辺五字同，詞之助也。己，作『戊己』字，今本《毛詩》此及《王風》、《鄭風》作『已止』

字，誤。又鄭釋毛云：『己，辭也。』今本仍作『𨑲』，誤。經、傳『𨑲』誤作『近』，則自唐然矣。惟宋廖氏本作『𨑲』。」奐案《箋》「𨑲，辭也」，「辭」當作「詞」，此亦申毛，不必改「己」字。「往𨑲王舅」，言王舅往耳。「𨑲」爲句中語助。詩曰王舅，曰王之元舅，故知申伯爲宣王之舅也。宣王之母姜姓，於《傳》無聞。

申伯信邁，王餞于郿。【傳】郿，地名。**申伯還南，謝于誠歸。王命召伯，徹申伯土疆。以峙其粻，式遄其行。**【疏】再宿曰信。郿，地名，《傳》不詳其所在。《箋》云：「時王蓋省岐周，故于郿云。」《江漢》篇「于周受命」，《箋》：「岐周，周之所起，爲其先祖之靈，故就之。」是宣王命召公必於岐周，則其命申伯亦猶然也。郿在岐周之南，故受命還謝爲所餞道矣。《地理志》：「右扶風郿縣。」今據《方輿紀要》郿縣在陝西鳳翔府東南百四十里，而故郿城在縣東北十五里，岐山縣在府東五十里，而岐陽廢縣在縣東北五十里。以此覈之，則郿地在岐周之南，相去不過五六十里。古者餞必在近郊也。《箋》云：「還南者，北就王命于岐周而還反也。謝于誠歸，誠歸于謝也。」〇《釋文》：「時，本又作『峙』。」《爾雅》：「峙，具也。」「峙」乃「峙」之俗。又「粻，糧也」，郭注云：「今江東通言粻。」案此仍冢上四章命召伯定宅，而以敘申伯載糧就道也。下章正言歸謝之事。

申伯番番，既入于謝，徒御嘽嘽。【傳】番番，勇武貌。諸侯有大功，則賜虎賁。徒御嘽嘽，徒行者、御車者嘽嘽喜樂也。**周邦咸喜，戎有良翰。不顯申伯，王之元舅，文武是憲。**【傳】不顯申伯，顯矣申伯也。文武是憲，言有文有武也。【疏】《爾雅·釋訓》：「番番，勇也。」《傳》乃益其義云「勇武」。《秦誓》「番番良士」，孔《傳》云：「勇武番番之良士。」義與此同。「番番」與「嘽嘽」竝指從申伯入謝者說，故《傳》又申釋「勇武」爲虎賁之士也。《魯語》：「天子有虎賁，習武訓也。諸侯有旅賁，禦災害也。」又《楚語》：「衛武公在輿，有旅賁之規。」是諸侯有旅賁也。天子有虎賁，又有旅賁。諸侯但有旅賁，有大功則賜虎賁。《周禮・序官》：「虎賁氏，下大夫二人，虎士八百人。旅賁氏，中士二人。」鄭注云：「不言徒曰虎士，則虎士徒之選有勇力者。」是虎賁與虎賁氏不同。虎賁氏，官名也。虎士，即虎賁也。《繁露・爵國》篇：「公侯賢者爲州方伯，錫斧鉞，置虎賁百人。」《書大傳》：「有功者，天子一賜以車服弓矢，再賜以秬鬯，三賜以虎賁百人，號曰命諸侯。命諸侯，得專征者。鄰國有臣弑其君、孽代其宗者，弗請于天子征之，而歸其地于天子可也。」《説苑・修文》篇與《大傳》同。《左傳》襄王策命晉侯爲侯伯，賜之虎賁三百人。案此即「元戎十乘」之制也。《司馬法》：「革車一乘，士十人，徒二十人，甲士十人。」十乘則虎賁百人。兼車徒二十人，十乘則虎賁三百人，其制一也。「既入于謝」，《楚辭・七諫》注引《詩》「謝」作「徐」，或三家字通，而遂誤以徐偃王爲申伯後也。徒，徒行者；御，御車者，《黍苗》同，故《傳》訓亦同。《采芑》、《常武》「嘽嘽」，《傳》訓「衆」、「盛」，此云「喜樂」者，探下文「周邦咸喜」而釋之也。《樂記》云：「其樂心感者，其聲嘽以緩。」又云：「嘽諧、慢易、繁文、簡節之音作，而民康樂。」是「嘽嘽」有「喜樂」之義。○戎，大也。翰，即首章云「維周之翰」也。翰，幹也。「不顯申伯」與「於赫湯孫」句同。不、於，皆發聲。元舅，大舅也。憲，法也。「文武是憲」，言申伯既有文德又有武功，足爲法於天下也。《六月》傳：「有文有武。」二《傳》意同。僖三十年《左傳》：「周公閲曰：『國君，文足昭也，武可畏也，則有備物之饗，以象其德；薦五味，羞嘉穀，鹽虎形，以獻其功。』」

申伯之德，柔惠且直。揉此萬邦，聞于四國。吉甫作誦，其詩孔碩。其風肆好，以贈申伯。

【傳】吉甫，尹吉甫也。作是工師之誦也。肆，長也。贈，增也。【疏】柔，安也。惠，順也。《小明》傳：「正直爲正，能正人之曲曰直。」《韓奕》訓「庭」爲「直」即本此「且直」爲訓。《説文》無「揉」字。《釋文》：「揉，本亦作『柔』。」《箋》云：「四國，猶言四方也。」○是詩尹吉甫所作，故《傳》云：「吉甫，尹吉甫也。」《序》箋云：「尹，官氏。」《潛夫論・志氏姓》篇亦云：「尹者，本官名也。」詳《常武》篇。云「作是工師之誦也」者，以釋經「作誦」之義。是，是詩也。《烝民》箋：「吉甫作此工歌之誦。」「作誦」，猶言「作歌」也。《潛夫論・三式》篇：「周宣王時，輔相大臣以德佐治，亦獲有國，故尹吉甫作封頌二篇。」疑三家《詩》此及《烝民》「誦」作「頌」字。碩，大也。「肆」訓「長」，「長」讀上聲。《烝民》「穆如清風」，《傳》：「清微之風，化養萬物者也。」二《傳》義同。「贈，增」，《正義》、崔《集注》本皆同。「其詩孔碩」句是吉甫自陳作誦之意，「其風肆好」句是美申伯之詞。崔靈恩云：「增益申伯之美。」

《烝民》八章，章八句。

《烝民》，尹吉甫美宣王也。任賢使能，周室中興焉。

天生烝民，有物有則。民之秉彝，好是懿德。【傳】烝，衆；物，事；則，法；彝，常；懿，美也。

天監有周，昭假于下。保茲天子，生仲山甫。【傳】仲山甫，樊侯也。【疏】「烝，衆」，《東山》同。《禮記・大學》云：「物有本末，事有終始。」物即事也。又云：「致知在格物，物格而后知至。」《樂記》云：「人生而靜，天之性也。感於物而動，性之欲也。物至知之，然後好惡形焉。」蓋已形之好惡，物在情一邊；未形之好惡，物在性一邊。物之本，即事之始也。「則，法」，《六月》同。「彝，常」，《爾雅・釋詁》文。《孟子・告子》篇及《潛夫論・德化》篇引《詩》作「夷」。《皇矣》、《瞻卬》皆假「夷」爲「彝」。「懿」與「抑」聲通，皆有「美」義，故全《詩》多假「抑」爲「懿」也。孟子言性善，以才之善、仁義禮智之心爲説，引：「《詩》曰：『天生蒸民，有物有則。民之秉夷，好是懿德。』孔子曰：『爲此詩者，其知道乎？故有物必有則，民之秉夷也，故好是懿德。』」案孟子引孔子釋《詩》以證性善，不涉情一邊也。物即才也，則即仁、義、禮、智也。有是才，必有是仁、義、禮、智，此之謂「有物有則」，俱就性一邊説。毛《傳》訓「物」爲「事」，事與才同聲同義，意以「才」訓「物」恐人不易曉，故謂物爲事。《文王》篇「上天之載，無聲無臭」，《傳》：「載，事也。」兩「事」字義同。法，猶範也。毛《傳》多引《孟子》文，此毛意亦必用《孟子》義也。常，德性也。民之秉，好性善也。《韓詩外傳》引《詩》而釋之云：「言民之秉德以則天也。」詩上二句「天命之謂性」，下二句「率性之謂道」也，故孔子以爲知道矣。趙岐注《孟子》用《韓詩》，而以「人法天」解「有則」句，誤用韓義。○監，視也。假，至也。「保兹天子，生仲山甫」，言由天保之，自天生之也。《韓詩外傳》云：「子曰：『不知命，無以爲君子。』言天之所生，皆有仁義禮智順善之心。不知天之所以命生，則無仁義禮智順善之心。無仁義禮智順善之心，謂之小人。故曰：『不知命，無以爲君子。』《小雅》曰：『天保定爾，亦孔之固。』言天之所以仁義禮智，保定人之甚固也。」觀《韓詩》，可以明「保」、「生」之義矣。○《傳》云「仲山甫，樊侯」，樊國侯爵，東都畿内諸侯，入爲天子卿士者也。《國語》稱「樊仲山甫」，又稱「樊穆仲」。仲山甫，字；穆仲，謚。《國語》：「陽有樊仲之官守焉。」陽，《左傳》作「陽樊」，又作「南陽」，服虔云：「樊仲山之所居，故名陽樊。」《潛夫論・志氏姓》篇云：「封於南陽。南陽者，在今河内。」《郡國志》：「河内郡修武，故南陽。」《方輿紀要》云：「河南懷慶府濟源縣西南十五里陽城，古陽樊也。」案樊在東畿河北，故曰陽樊。在晉國之南，故又曰南陽。又《地理志》：「南陽郡宛縣，申伯國。」《潛夫論》：「宛西三十里有吕城。」「吕」或作「甫」，故鄭注《禮記》以仲山甫爲甫侯。蓋三家《詩》誤以樊封之南陽即在漢之南陽郡耳。❶

❶「南」，原作「高」，據中國書店影印武林愛日軒刻本、徐子静本改。

仲山甫之德，柔嘉維則。令儀令色，小心翼翼。古訓是式，威儀是力。天子是若，明命使賦。

【傳】古，故；訓，道；若，順；賦，布也。【疏】德，懿德也。二章即承上章「民之秉彝，好是懿德」，言仲山甫有此美德也。柔，安；嘉，美；儀，容儀；色，顔色。《文王》傳云：「翼翼然恭敬也。」成十三年《左傳》云：「劉子曰：『民受天地之中以生，所謂命也。是以有動作禮義威儀之則，以定命也。能者養以之福，不能者敗以取禍。』」正與詩義同。○「古，故」，《日月》同。「訓，道」，《烈文》同。「古，故」、「訓，道」，皆《釋詁》文也。《列女傳・賢明》篇引《詩》作「故」。《箋》云：「故訓，先王之遺典也。」《說文》云：「古，故也。从十口，識前言者也。」「訓，說教也。」字又作「詁」。《抑》傳云：「詁，言古之善言也。」古、故、詁三字同。式，用也，法也。《周語》：「樊穆仲說魯侯曰：『賦事行刑，必問於遺訓，而咨於故寔。』」然則仲山甫能用法古訓者矣。《箋》云：「力，猶勤也。」勤威儀者，恪居官次，不解于位也。」「若，順」，《釋言》文，《閟宮》同。賦，讀爲敷，《小旻》傳云：「敷，布也。」

王命仲山甫，式是百辟。纘戎祖考，王躬是保。【傳】戎，大也。**出納王命，王之喉舌。**【傳】喉舌，冢宰也。**賦政于外，四方爰發。**【疏】仲山甫，天子之二伯也。「式是百辟」，爲天下諸侯作式，《王制》所謂「八伯各以其屬屬於天子之老」是也。《韓奕》「纘戎祖考」，《傳》云：「戎，大也。」○「喉舌，冢宰」，謂喉舌乃冢宰之職，非謂喉舌爲官名也。冢宰，即《周禮》之天官冢宰，與《書》納言不同官也。唐、虞納言，周爲内史，漢爲大司農，王莽更爲納言，非冢宰也。漢尚書爲少府屬官，後漢以太傅上公録尚書事，故《後漢書・李固傳》云：「今陛下之有尚書，猶天之有北斗也。斗爲天喉舌，尚書亦爲陛下喉舌。斗斟酌元氣，運平四時，尚書出納王命，賦政四海。」李固謂尚書權尊執重，借用《詩》「喉舌」之義，而與《傳》云「冢宰」究是不同。《魏志・王肅傳》：「疏云：『唐、虞納言，猶今尚書也，以出内帝命而已。漢成帝始置尚書五人，公卿尚書各以事進。』」亦與《傳》異。

肅肅王命，仲山甫將之。【傳】將，行也。**邦國若否，仲山甫明之。既明且哲，以保其身。夙夜匪解，以事一人。**【疏】「將」訓「行」，行，行命也。明，明命也。《韓詩外傳》云：「牧者所以開四目、通四聰也。」引《詩》曰「邦國若否，仲山甫明之」，是其義。牧，即《周禮》「九命作牧」也。○《漢書·董仲舒傳》云：「彊勉學問，則聞見博而知益明；彊勉行道，則德日起而大有功。《詩》曰：『夙夜匪解。』《書》云：『茂哉茂哉。』皆彊勉之謂也。」又云：「周道衰於幽、厲。至于宣王，思昔先王之德，興滯補獘，明文、武之功業，周道粲然復興，詩人美之而作，上天祐之，爲生賢佐，後世稱誦，至今不絶，此夙夜不解行善之所致也。」董説與弟六章《傳》義合。

人亦有言，柔則茹之，剛則吐之。維仲山甫，柔亦不茹，剛亦不吐。不侮矜寡，不畏彊禦。【疏】《方言》云：「茹，食也。」矜，當作「鰥」。矜寡，昭元年《左傳》引《詩》作「鰥寡」。彊禦，《漢書·王莽傳》作「彊圉」，「圉」與「禦」通。

人亦有言，德輶如毛，民鮮克舉之。我儀圖之。【傳】儀，宜也。**維仲山甫舉之，愛莫助之。**【傳】愛，隱也。**袞職有闕，維仲山甫補之。**【傳】有袞冕者，君之上服也。仲山甫補之，善補過也。【疏】《四驖》傳云：「輶，輕也。」惠棟《易微言》云：「如毛，猶微也。《荀子·不苟篇》曰：『夫誠者，君子之所守也，而政事之本也。唯所居以其類至。操之則得之，舍之則失之。操而得之則輕，輕則獨行，獨行而不舍，則濟矣。』楊倞注云：『持至誠也而得之，則易舉也。』《詩》曰：『德輶如毛。』」又《彊國篇》曰：『積微，月不勝日，時不勝月，歲不勝時。凡人好敖慢小事，大事至，然後興之務之。如是，則常不勝夫敦比於小事者矣。是何也？則小事之至也數，其縣日也博，其爲積也大；大事之至也希，其縣日也淺，其爲積也小。故善日者王，善時者霸，補漏者危，大荒者亡。故王者敬日，霸者敬時。僅存之國，危而後知亡，至死而後知死。亡國之禍敗，不可勝悔也。霸者之善箸焉，可以時託也。王者之功名，不可勝日志也。財物貨寶，以大爲重。政教功名反是，能積微者速成。《詩》曰：「德輶如毛，民鮮克舉之。」此之謂也。』楊倞注云：『引之以明積微至箸之功。』」案儀，當爲「義」。《釋文》云：「毛作『義』，鄭作『儀』。」則陸所據本作「義」矣。《蕩》傳：「義，宜也。」訓同。○《爾雅》：「薆，隱也。」郭注云：「見《詩》。」或三家《詩》作「薆」矣。《静女》「愛而不見」，《説文》作「僾」，郭注《方言》作「薆」。《説文》：「薆，蔽不見也。」《玉篇》：「曖，隱也。」竝字異而義同。「愛」爲古文假借字。凡隱蔽謂之愛，隱微亦謂之愛。《傳》訓「愛」爲「隱」，《爾雅》：「隱，微也。」《説文》：「微，隱行也。」言仲山甫能舉積微之德，隱行而莫能助也。《荀子・解蔽篇》：「處一之危，其榮滿側。養一之微，榮矣而未知。故《道經》曰：『人心之危，道心之微。』危微之幾，惟明君子而後能知之。」又云：「夫微者，至人也。至人也，何彊？何忍？何危？故濁明外景，清明内景。聖人縱其欲，兼其情，而制焉者理矣。夫何彊、何忍、何危，故仁者之行道也，無爲也。聖人之行道也，無彊也。仁者之思也恭，聖人之思也樂，此治心之道也。」又《堯問篇》：「堯問於舜曰：『我欲致天下，爲之奈何？』對曰：『執一無失，行微無怠，忠信無倦，而天下自來。執一如天地，行微如日月，忠誠盛於内，賁於外，形於四海，天下其在一隅邪，夫有何足致也？』」竝與《傳》「愛，隱」之義合。《易微言》云：「毛公用師説，故訓『愛』爲『隱』。鄭氏不明古義，改訓爲『惜』。七十子喪，而大義乖。康成大儒，猶未免矣。」○衮，詳《九罭》篇。經言「衮」，《傳》言「衮冕」。衮爲衣，冕爲垂九旒，是君之最上服也。衮職，《司隸校尉魯峻碑》作「緄職」。《玉篇》：「緄，織成章也。」本三家《詩》義。《周禮・典同》鄭大夫讀「硍」爲「衮冕」之「衮」，此「衮」與「昆」聲相通之證。宣二年《左傳》：「士季曰：『《詩》曰：「衮職有闕，惟仲山甫補之。」能補過也。君能補過，衮不廢矣。』」案晉靈公繼文、襄之業，主盟中夏，爲周之上公，是靈有衮矣，故云「能補過，衮不廢」。《傳》所本也。衮職，謂臣職也。有闕補之，即蔑隱莫助之意。

仲山甫出祖，四牡業業，征夫捷捷，每懷靡及。【傳】言述職也。業業，言高大也。捷捷，言樂事也。**四牡彭彭，八鸞鏘鏘。王命仲山甫，城彼東方。**【傳】東方，齊也。古者諸侯之居逼隘，則王者遷其邑而定其居，蓋去薄姑而遷於臨菑也。【疏】出祖，祭道神。仲山甫以冢宰而出祖，故云：「言述職也。」《下泉》傳云：「諸侯有事，二伯述職。」述職有考績黜陟之事，有功德於民者加地進律，故下文言城齊而遷邑定居也。〇業業，猶奕奕。此及《采薇》云「四牡業業」，《車攻》、《韓奕》云「四牡奕奕」。《爾雅》：「業，大也。奕，大也。」業、奕一語之轉，故大謂之業，重言曰業業，猶大謂之奕，重言曰奕奕矣。《采薇》傳：「業業然壯也。」高大者，「壯」之意。壯亦大也。征夫，行人。《傳》義見《皇皇者華》篇。《小雅》歌文王爲西伯，率諸侯而朝聘乎紂，征夫謂諸侯之使臣。此言仲山甫爲二伯，方岳述職，亦必有當方諸侯使臣馳驅周咨之事，文義正相同。云「捷捷，言樂事也」者，征夫樂此述職之事捷捷然也。《玉篇》引《詩》作「倢倢」。「每懷靡及」，《皇皇者華》傳云：「每，雖；懷，和。」靡及，自謂無及也。鏘鏘，當依《釋文》作「將將」。〇「城彼東方」，《傳》即探下章「徂齊」爲訓，故云：「東方，齊也。」齊在鎬京之東，去薄姑，遷臨菑，是即城齊之事。而《傳》又先引古王者遷邑之制，以明其城齊之所由也。昭九年《左傳》：「武王克商，蒲姑、商、奄，吾東土也。」服注云：「蒲姑，齊也。」《漢書·地理志》：「周成王時，蒲姑氏與四國共作亂，成王滅之，以封師尚父，是爲大公。」《破斧》傳云：「四國，管、蔡、商、奄也。」此四國外又有薄姑氏，共爲作亂，成王滅薄姑，封尚父，齊遂有薄姑之地，而都實在臨菑。《地理志》：「齊郡臨淄，師尚父所封。」臨菑，名營丘。《禮記·檀弓》云：「大公封於營丘。」《史記·齊世家》云：「武王封師尚父於齊營丘。成王時，得征伐，爲大國，都營丘。五世至哀公時，紀侯譖之周，周烹哀公，而立其弟靜，是爲胡公。胡公徙都薄姑，而當周夷王之時。哀公之同母少弟山怨胡公，乃與其黨率營丘人襲攻殺胡公而自立，是爲獻公。獻公元年，盡逐胡公子，因徙薄姑，都治臨菑。」案《世家》言胡公都薄姑，至獻公即都臨菑。獻公當周夷王世，不當宣王世，與毛《傳》不合。孔仲達以爲遷之言未必實，是矣。哀公既烹，齊或削地，故胡公徙薄姑，《世家》云：「周宣王二年，齊獻公子武公壽卒，子厲公無忌立。厲公暴虐，故胡公子復入齊。齊人欲立之，乃與攻殺厲公。胡公子亦戰死。齊人乃立厲公子赤爲君，是爲文公，而誅殺厲公者七十人。文公十二年卒，子成公脱立。成公九年卒，子莊公購立。」武、厲、文、成、莊五公皆當宣王世。文能定厲之亂，其時或有錫命復都臨菑、宣王命山甫城齊之事，則《傳》云「去薄姑而遷於臨菑」者，宜在齊文公時。然書缺有閒矣，載疑可也。薄、蒲、菑、淄通用。薄姑在臨菑北。

四牡騤騤，八鸞喈喈。仲山甫徂齊，❶**式遄其歸。**【傳】騤騤，猶彭彭也。喈喈，猶鏘鏘也。遄，疾也。言周之望仲山甫也。**吉甫作誦，穆如清風。**【傳】清微之風，化養萬物者也。**仲山甫永懷，以慰其心。**【疏】《桑柔》「四牡騤騤」，《傳》云：「騤騤，不息也。」《北山》「四牡彭彭」，《傳》云：「彭彭然不得息。」《説文》：「騤，馬行威儀也。」引《詩》曰：「四牡騤騤。」《箋》云：「彭彭，行皃。」行謂之騤騤，亦行謂之彭彭。不息謂之

❶「徂」，原作「且」，據中國書店影印武林愛日軒刻本、徐子静本、明世德堂本《毛詩》、阮刻《毛詩正義》改。

騤騤，亦不息謂之彭彭。是騤騤猶彭彭矣。《鼓鐘》篇一章「鼓鐘將將」，二章「鼓鐘喈喈」，《傳》亦云：「喈喈，猶將將也。」鐘聲謂之將將，亦謂之喈喈。鸞聲謂之將將，亦謂之喈喈。故二《傳》訓同。《箋》云：「鏘鏘，鳴聲。」謂鳴鸞聲也。《烈祖》箋云：「鸞在鑣，四馬則八鸞。」○「遄」訓「疾」。歸，歸周也。云「言周之望仲山甫」者，庾專所謂宰相不得久在外也，故望其疾歸耳。《箋》云：「望之，故欲其用是疾歸。」鄭亦申成《傳》也。《漢書・杜欽傳》：「仲山甫異姓之臣，無親於宣，就封於齊。」鄧展以爲《韓詩》。《隸釋》載孟郁《修堯碑》云：「天生仲山甫，翼佐中興。宣王平功，遂受封于齊。」又《潛夫論・三式》篇亦云：「此言申伯、山甫文德致升平，而王封以樂土，賜以盛服也。」竝用韓義。而《爾雅・釋詁》篇：「齊，疾也。」郭璞引《詩》「仲山甫徂齊」，則訓「疾」，亦本三家。或是魯義歟？蓋《嵩高》封申伯，故《序》云：「建國親侯。」《烝民》仲山甫封齊，故《序》云：「任賢使能。」一爲外諸侯，一爲内諸侯，兩詩文義顯然，讀詩者往往連文言之。《韓詩外傳》言「申伯、仲山甫輔相宣王」、「申伯、仲山甫竝順天下，匡救邪失」。《後漢書・張衡傳》：「申伯、樊仲，實榦周邦。」又《劉陶傳》：「周宣用申甫以濟夷、厲之荒。」皆合兩詩爲說。解詩者知仲山甫以樊侯入爲卿士，是矣。據此，申伯亦當以外諸侯而爲卿士。知申伯出封於謝邑，是矣。據此，仲山甫亦當就封於齊。因又誤以仲山甫謂即甫侯。古甫、吕通。甫侯即吕侯，則又誤以仲山甫爲出封於漢之南陽郡。一誤再誤，而不可終極也。《毛詩》所以獨行歟！○穆，美也。穆如，猶美然也。清風，正形容仲山甫之有美德，故《傳》釋「清風」爲「清微之風」。又申之爲「化養萬物者」，直陳其布政述職之功、風動教化之美，所以隱括其作誦義也。《繁露・天容》篇：「告之以政令，而化風之清微。」義與此《傳》同。永，長；懷，思；慰，安也。言仲山甫能長思吉甫作誦之意，於以安其心。

《韓奕》六章，章十二句。

《韓奕》，尹吉甫美宣王也。能錫命諸侯。【疏】韓，韓侯；奕，猶奕奕也。宣王命韓侯爲侯伯奕奕然大，故詩以「韓奕」名篇。此詩當在《六月》北伐後而作。

奕奕梁山，維禹甸之。有倬其道，韓侯受命。【傳】奕奕，大也。甸，治也。禹治梁山，除水災。宣王平大亂，命諸侯。有倬其道，有倬然之道者也。受命，受命爲侯伯也。**王親命之，纘戎祖考，無廢朕命。夙夜匪解，虔共爾位。**【傳】戎，大；虔，固；共，執也。**朕命不易，榦不庭方，以佐戎辟。**【傳】庭，直也。【疏】《説文》：「奕，大也。」重言之曰奕奕。奕奕者，篇端美大之詞，非謂形容梁山高大。《書·禹貢》云：「壺口治梁及岐。」此《傳》訓「甸」爲「治」之義也。《漢書·地理志》：「左馮翊夏陽，故少梁，《禹貢》梁山在西北，龍門山在北。」案梁山在今陝西同州府韓城縣西北，即漢縣夏陽地。梁與龍門俱在河西，二山比近，故《禹貢》道河紀至于龍門，冀州既載紀治梁，梁即吕梁也。疏九河，以暢下流之歸，而闢龍門，鑿吕梁，以決上流之勢，最爲治水急切之功。禹隨山道河，自東而西，由壺口而龍門，由梁而岐。梁山治，周都鎬京之北土盡成沃野。《小雅》：「信彼南山，維禹甸之。」終南山在鎬京之南，渭北之山既治，渭南之原隰亦得墾辟成耕。一在鎬南之山，一在鎬北之山，兩詩立言，義正相同。梁山在王畿東北交界處，又爲韓侯歸國之所經，故尹吉甫美宣王錫命韓侯，章首即以禹治梁山、除水災比況宣王平大亂、命諸侯，與《信南山》以禹比曾孫成王者，其《傳》意亦正同也。鄭《箋》據《漢志》梁山在夏陽西北，而誤以梁山爲韓國之山，韓侯爲晉所滅之韓。近儒能辨韓侯爲近燕之韓，復據《水經・濛水》注「水逕良鄉縣之北界，歷梁山南，高梁水出焉」即爲此詩「奕奕梁山」之證，則又誤梁山爲近燕矣。梁自夏陽之梁山，韓自北國之韓侯，解者膠泥一處，齟齬難通。○倬，讀爲「焯見三有俊心」之「焯」。《傳》云「有倬然之道也」者，言宣王有知人之明，故韓侯受命也。《釋文》引《韓詩》作「晫」，「晫」即「焯」之異體。《說文》：「焯，明也。」《甫田》傳：「倬，明皃。」倬、焯聲同。莊元年《穀梁傳》：「禮有受命，無來錫命。」范注云：「《周禮・大宗伯職》曰：『王命諸侯，則儐之。』是來受命。」案此即「受命」之義。《傳》云「受命爲侯伯也」者，《周禮》「九命作伯」，在外州者稱侯伯，在王官者稱二伯，其數則皆九命。而侯伯屬二伯者，統於天子八州八伯。韓侯爲侯伯，蓋作幽州伯也。○「戎，大」，《緜》、《思齊》、《民勞》、《烝民》、《江漢》、《烈文》傳竝同。祖考，謂韓侯之先祖也。「虔，固」、「共，執」竝《爾雅・釋詁》文。《文選》張衡《西京賦》注引《韓詩章句》云：「榦，正也。」「庭」訓「直」，正曲爲直也。方，四方也。「榦不庭方」，言四方有不直者則正之，侯伯得專征伐也。隱十年《左傳》云：「君子謂鄭莊公：『於是乎可謂正矣，以王命討不庭，不貪其土，以勞王爵，正之體也。』」詩義正同。戎，大；辟，君。「以佐戎辟」，猶云以佐天子耳。此皆王親命韓侯之辭。

四牡奕奕，孔脩且張。韓侯入覲，以其介圭，入覲于王。【傳】脩，長；張，大；覲，見也。**王錫韓侯，淑旂綏章，簟茀錯衡，玄衮赤舄，鉤膺鏤鍚，鞹鞃淺幭，鞗革金厄。**【傳】淑，善也。交龍爲旂。綏，大綏也。錯衡，文衡也。鏤鍚，有金鏤其鍚也。鞹，革也。鞃，軾中也。淺，虎皮淺毛也。幭，覆式也。厄，烏噣也。【疏】奕奕，四馬長大之皃。脩，長；張，大，猶《六月》篇之「脩廣」也，故《傳》訓同。「覲，見」，《爾雅・釋詁》文。秋見曰覲，因之凡見皆曰覲。介圭，詳《崧高》篇。《覲禮》「乃朝，以瑞玉，有繅。侯氏入門右，坐奠圭，再拜稽首」，《記》曰：「奠圭于繅上。」此侯伯則介圭也。上言韓侯之之來覲，下言王所賜車服。《覲禮》：「天子賜侯氏以車服，迎于外門外，再拜。路先設，西上，路下四，亞之。重賜無數，在車南。」鄭注引《采菽》詩云：「君子來朝，何錫予之？雖無予之，路車乘馬。又何予之？玄衮及黼。」義與此同。〇「淑，善」，《關雎》同。「交龍爲旂」，《出車》同，詳《出車》篇。《箋》云：「善旂，旂之善色者也。」淑旂，旂也。綏章，旗也。《出車》、《采芑》竝言「旂旐央央」，《傳》：「央央，鮮明皃。」即《箋》所謂「善色者」也。《公羊注》云：「加文章曰旂。」《釋文》：「綏，本又作『緌』。」《禮記注》：「綏，當爲『緌』。讀如『冠蕤』之『蕤』。」是「緌」爲正字矣。今字通作「綏」。「綏章」連文，與《六月》「帛茷」連文同義。「茷」與「旆」同。章、帛，皆謂縿也。以旆繼帛曰帛旆，以綏繫於縿末，加爲文章，是曰綏章。《六月》傳：「旆，繼旐者也。」僖二十八年《左傳》：「亡大旆之左旃。」旐亦通帛，故得旃稱。《傳》云「大綏」，即大旆也。《周禮》又謂之大麾，《春官·巾車》：「掌王五路：玉路，建大常；金路，建大旂；象路，建大赤；革路，建大白；木路，建大麾。」案常爲天子之旗。大旂，交龍爲旂也。大赤，周正色，鳥隼爲旟也，《曲禮》「行前朱鳥」、《吳語》「赤旟」、《明堂位》「周之大赤」是也。大白，殷正色，熊虎爲旗也，《少儀》「大白不入廟門」、《司馬灋》「旗章，殷以虎，尚威」、《明堂位》「殷之大白」是也。大麾，夏正色，龜蛇爲旐也，《爾雅》「緇廣充幅長尋曰旐。緇，黑色」、《檀弓》「綢練，設旐，夏也」、《明堂位》「夏后氏之綏」是也。旐有不旆者。有繼旐者曰旆。《明堂位》之綏即此詩之綏。毛《傳》以綏爲大綏，《周禮》以綏爲大麾，皆有繼旐者也。旆、綏、麾三字竝聲轉而義得相通。《車攻》傳云：「天子發，抗大綏。諸侯發，抗小綏。」綏有大小，所以别尊卑，亦唯天子、諸侯有綏，亦可見天子、諸侯始有旆也。天子大綏用諸田獵，與《巾車》「大麾以田」合。諸侯田用小綏，而錫命有大綏。王命韓侯爲追貊之長，故以大綏錫之，與《巾車》「大麾以封蕃國」合。金榜《禮箋》謂大麾爲旐，大綏即大麾，其説良是。繼旐，説見《六月》篇。〇「簟茀錯衡」，此謂路車也。「錯衡，文衡」，《采芑》同，詳《采芑》篇。《采叔》傳云：「玄衮，卷龍也。」《狼跋》傳云：「赤舄，人君之盛屨也。」《箋》云：「鉤膺，樊纓也。」詳《采芑》篇。有金鏤其錫，是曰鏤鍚。《箋》：「眉上曰錫，刻金飾之，今當盧也。」《巾車》注：「錫，馬面當盧。」桓二年《左傳》注：「錫，在馬額。」《説文》：「鍚，馬頭飾也。」引《詩》作「鍚」。《玉篇》：「鍚，鏤鍚，馬面飾。錫，同上。」《急就篇》亦作「鍚」。《巾車》：「玉路，錫，樊纓。金路，鉤，樊纓。」賈疏云：「上得兼下，玉路直言錫，兼有鉤。」然則玉路有錫有鉤，而金路有鉤無錫。此《周禮》説也。《詩》言封同姓用金路，有鉤膺，又有鏤錫者，或以侯伯加歟？非玉路賜韓侯也。〇《正義》引《説文》亦云：「鞟，革也。獸皮治去其毛曰革。」「鞹」與「鞟」同。《儀禮·士喪下》篇《記》疏引毛《傳》「鞃，式中」，與「幭，覆式」一例，今字通作「軾」。《説文》：「鞃，車軾也。《詩》曰：『鞹鞃淺幭。』讀若穹。」《韻會》作「車軾中靶」，奂謂「靶」當作「鞔」。「鞔」即今之「幫」字，「穹」與「鞔」聲義皆相近。《釋名》：「鞇，因。與下輿相聯箸也。」鞹鞃者，以革幫車式中，所謂鞇也。《小戎》作「茵」。又《小戎》傳云：「文，虎皮。」此《傳》釋「淺」爲「虎皮淺毛」，是淺與文同物也。《釋文》：「幭，本作『篾』。」《曲禮》「素篾」注：「或爲『幦』。」《説文》引作「犬幦」。《少儀》、《玉藻》、《既夕·記》皆作「幦」，竝字異義同。先儒謂之覆笭，而此云「覆式」者，《傳》蓋以幭爲式上所覆之皮，與笭當車前者異物。《禮記·玉藻》篇：「禮不盛，服不充，故大裘不裼，乘路車不式。」不式者，無覆式也。路車無覆式，則非路車有覆式可知。《傳》意以此詩淺幭非路車之制，故不以爲覆笭之幦，而以覆式之皮言之。解者直謂式爲笭，誤矣。覆式曰鞃幭者，借稱耳。詳《小戎》篇。〇鞗，當作「鋚」。鞗革，詳《蓼蕭》篇。厄者，衡下之軥。《説文》：「軛，轅前也。」「軥，軛下曲者。」渾言之，衡、軛同體。析言之，軛爲衡下曲軥也。衡之長容兩服，軛叉兩服馬之頸，故謂之兩軛，《輈人》注「衡任，謂兩軛之閒」是也。亦謂之兩軥，襄十四年《左傳》「射兩軥而還」，服注「車軛兩邊叉馬頭者」是也。「軶」本字，「戹」假借字，今通作「厄」。《既夕·記》：「今文作『厄』。」與詩同。《傳》云「烏噣」，依《釋文》訂正。作「烏蠋」者，誤。《釋名》：「馬曰烏啄。下向叉馬頸，似烏開口向下啄物時也。」《小爾雅》：「衡，扼也。扼上者謂之烏啄。」「扼」即「軶」字，「啄」與「噣」通。金厄，謂以金飾烏噣也。《正義》用《爾雅》「厄，烏蠋」蟲名爲説，大謬。《詩》既有簟茀又有淺幭，既有錯衡又有金厄，此所謂「重賜無數」者歟？

韓侯出祖，出宿于屠。【傳】屠，地名也。**顯父餞之，清酒百壺。**【傳】顯父，有顯德者也。**其殽維何？炰鼈鮮魚。其蔌維何？維筍及蒲。**【傳】蔌，菜殽也。筍，竹也。蒲，蒲蒻也。**其贈維何？乘馬路車。籩豆有且，侯氏燕胥。**【疏】《烝民》云「仲山甫出祖」，仲山甫爲二伯，韓侯爲侯伯，故兩詩皆有出祖祭道神之事。「屠，地名」，無攷。《説文》「左馮翊郃陽縣有鄜亭」，一作「鄜陽亭」，許不引《詩》。鄜亭非即屠地，漢郃陽縣去鎬尚遠。或謂即韓侯所宿之屠地，非是。《傳》云「顯父，有顯德者」，《逸周書·成開》、《本典》篇竝有「顯父登德」之文，《傳》所本也。《泉水》傳：「祖而舍軷，飲酒於其側曰餞，重始有事於道也。」出祖、飲餞雖是兩事，總在一時，飲酒於其側，即在行道之旁祭畢而飲酒也。祖而舍軷，行者之事；飲酒乃送行者之事，即此「清酒百壺」是也。案昭十六年《左傳》「鄭六卿餞宣子於郊」，此餞在郊之明證。天子侯國，宿餞遠近異禮。《地官·遺人》：「凡國野之道，十里有廬，廬有飲食；三十里有宿，宿有路室，路室有委；五十里有市，市有候館，候館有積。」鄭注云：「宿，可止宿，若今亭，有室矣。」《周禮》之「宿」，與《詩》之「出宿」同。《泉水》篇言宿、餞不同地，先出宿，而後飲餞。侯伯近郊十五里，遠郊三十里。出宿在近郊，則飲餞自在遠郊。遠郊尚近，在三十里也。若王國，遠郊百里，近郊五十里。此詩言出宿于屠，當在近郊以内，即三十里「宿有路室」之宿，其飲餞自在近郊五十里，故五十里有候館。然則顯父之餞韓侯，必在五十里候館中矣。《嵩高》「申伯信邁，王餞于郿」，郿在岐周之近郊，亦明證也。《正義》云「餞訖然後出宿。今出宿之文在飲餞之上者，示行不留」，失之。○蔌，作「藗」者，非。殽，當作「肴」。《賓之初筵》傳云：「肴，豆實也。」炰鼈，詳《六月》篇。《箋》云：「鮮魚，中膾者也。」《天官・醢人》饋食、加豆皆有魚醢。《爾雅・釋器》：「菜謂之蔌。」郭注云：「菜茹之總名。見《詩》。」此釋《詩》之「蔌」也。豆實有醢有菹，醢謂肉，菹謂菜。《傳》云「蔌，菜肴」，正對上肴爲肉肴而言。《醢人》：「加豆之實：深蒲、筍菹。」蔌有蒲有筍，則蔌爲豆實明矣。又《醢人》「羞豆：糝食」，鄭司農注：「菜餗蒸。」賈疏云：「若今煑菜，謂之蒸菜也。」案餗者，「蔌」之假借字。《説文》：「鬻，鼎實。惟葦及蒲。陳留謂鍵爲鬻。或作『餗』。」鬻、餗同字。鬻，鼎實；蔌，豆實，許宗毛，不應與毛乖異。疑「惟葦及蒲」四字經後人竄改。《傳》云「筍，竹」不辭，疑「竹」下有奪字。《釋文》：「筍，又作『笋』。」《爾雅》：「筍，竹萌也。」或今《傳》「筍竹也」三字係後人所增，而又脱「萌」字耳。《醢人》「加豆之實：箈菹、筍菹」，鄭注：「箈，箭萌。筍，竹萌。」案箈之爲言細小也。箈爲小竹，則筍爲大竹矣。《王風・揚之水》傳：「蒲，草也。」此《傳》釋「蒲」爲「蒲蒻」，謂蒲草之本也。《醢人》「加豆之實：深蒲、醓醢」，鄭司農注云：「深蒲，蒲蒻入水深，故曰深蒲。」《齊民要術》卷九引《義疏》云：「蒲，深蒲也。《周禮》以爲菹，謂蒲始生，取其中心入地者蒻，大如匕柄，正白，生噉之，甘脆。」是蒲蒻與深蒲一矣。《考工記・輪人》鄭注：「今人謂蒲本在水中者爲弱。」「弱」與「蒻」通。又《醢人》注謂「深蒲，蒲始生水中子」。然《説文》蒲子可以爲平席，不云作菹也。○《嵩高》傳：「贈，增也。」《箋》云：「贈，送也。王既使顯父餞之，又使送以車馬，所以增厚意也。」❶人君之車曰路車，所駕之馬

❶「增」，徐子静本、《清經解續編》本同。阮刻《毛詩正義》作「贈」。

曰乘馬。」案鄭不言顯父贈者，爲人臣者無外交之義也。《左傳》云：「入有郊勞，出有贈賄。」且，詞也。「籩豆有且」，言有籩有豆也。凡諸侯覲王稱侯氏。謂韓侯爲侯氏者，此亦君對臣之詞。胥，皆也。燕胥，皆燕也，以示君有餘惠。

韓侯取妻，汾王之甥，蹶父之子。【傳】汾，大也。蹶父，卿士也。**韓侯迎止，于蹶之里。**【傳】里，邑也。**百兩彭彭，八鸞鏘鏘，不顯其光。諸娣從之，祁祁如雲。韓侯顧之，爛其盈門。**【傳】祁祁，徐靚也。如雲，言衆多也。諸侯一取九女，二國媵之。諸娣，衆妾也。顧之，曲顧道義也。【疏】妻，適妻也。凡諸侯即位，受命取妻。《白虎通義·爵》篇引《韓詩内傳》：「諸侯世子三年喪畢，上受爵命於天子。」此詩言韓侯受命，韓侯入覲，則亦喪畢受爵命也。文二年《左傳》云：「凡君即位，好舅甥，修昏姻，娶元妃以奉粢盛，孝也。孝，禮之始也。」此詩言「韓侯取妻」、「韓侯迎止」，則亦即位取元妃也。《傳》訓「汾王」爲「大王」者，厲王，宣王之父，故謂之大王。《正義》引王肅云：「大王，王之尊稱。蹶，氏；父，字。」案蹶父爲卿士，未詳所聞。《易林·井》云：「大夫祈父，無地不涉。爲吾相土，莫如韓樂。可以居止，長安富有。」三家以《詩》之蹶父蓋任祈父司馬之職歟？迎，親迎也。諸侯親迎，在宣王時，禮尚不廢。「里，邑」，《爾雅·釋言》文。《周禮·載師》「以小都之田任縣地」，鄭注云：「小都，卿之采地。四百里爲縣。」蹶父爲王卿士，當受采地於縣内。里，其都邑也。《鵲巢》傳：「百兩，百乘也。諸侯之子嫁於諸侯，送、御皆百乘。」《載驅》傳：「彭彭，多皃。」鏘鏘，《釋文》作「將將」。《大明》「不顯其光」，《傳》云：「顯其光輝。」義與此同。○《大田》傳「祁祁」爲「徐」，此又益其義云「徐靚」也。「靚」與「静」同。《敝笱》「齊子歸止，其從如雲」，《傳》：「如雲，言盛也。」衆多即盛。云「諸侯一取九女，二國媵之」者，所以申明「衆多」之意。《春秋》：「成八年，衛人來媵。九年，晉人來媵。十年，齊人來媵。」《左傳》以衛、晉媵共姬爲禮，則齊媵爲非禮。《公羊傳》三國來媵，非禮也。又莊十九年《公羊傳》：「媵者何？諸侯娶一國，則二國往媵之，以姪娣從。姪者何？兄之子也。娣者何？女弟也。諸侯壹聘九女，諸侯不再娶。」女弟，「女」字今據《詩正義》補。《公羊》亦以二國媵爲禮，三國媵爲非禮，與《左》合。諸侯於所取之國，適夫人之外，有媵、有姪娣。二國往送女，又各有媵，有姪娣，共九女。唯何休注《公羊》據《禮》適夫人之下但有姪娣，左右各有媵、有姪娣，與《漢書·五行志》劉向説、《白虎通義·嫁娶》篇、《列女·明德馬后傳》所云「八妾」合。九女中有適，與毛《傳》不同。一取九女，天子皆然。《思齊》經、《傳》可稽也。然《公羊注》、《列女傳》、《白虎通義》載或説，及《漢書·王莽傳》、《後漢書·荀爽傳》皆謂天子一取十二女。蔡氏《獨斷》、鄭注《檀弓》以十二女爲夏制，則八妾宜非周制。西漢先儒往往襍用異禮，不若毛《傳》之精且核矣。九女皆不聘，故《傳》釋「諸娣」爲「衆妾」。獨舉娣者，娣又爲貴妾之統稱。先釋下句「如雲」，後釋上句「諸娣」，或疑有誤倒。○經言「顧」，《傳》云「曲顧道義」者，《列女傳》：「齊孝公迎華氏之長女孟姬於其父母，三顧而出，親授之綏，自御輪三，曲顧姬輿，遂納於宮。」《白虎通義》：「必親迎，御輪三周，下車曲顧者，防淫泆也。」高誘注《淮南·氾論》云：「蒼梧繞乃孔子時人，以妻美好，推與其兄。於兄則愛矣，而違親迎曲顧之義。」此皆所謂曲顧也。道義，「義」讀如字。《韓詩外傳》云：「賢者精氣闐溢而後傷，時不可過也。不見道端，乃陳情欲，以歌道義。」昭二十六年《穀梁傳》云：「至自齊道義，不外公也。至自會道義，不外公也。」是古有「道義」之語。

蹶父孔武，靡國不到。爲韓姞相攸，莫如韓樂。【傳】姞，蹶父姓也。**孔樂韓土，川澤訏訏，魴鱮甫甫，麀鹿噳噳，有熊有羆，有貓有虎。【傳】**訏訏，大也。甫甫然大也，噳噳然衆也。貓，似虎淺毛者也。**慶既令居，韓姞燕譽。**【疏】《箋》云：「相，視；攸，所也。蹶父甚武健，爲王使於天下，國國皆至，爲其女韓侯夫人姞氏視其所居，韓國最樂。」《箋》與焦延壽《易林·井》合，本三家，毛意或同也。姞，黄帝之後十二姓之一。《傳》釋「姞」爲「蹶父姓」，則韓侯夫人姞姓矣。訏，大也，重言之曰訏訏。甫，大也，重言之曰甫甫。《易林·離》云：「魴鱮詡詡。」「詡詡」與「甫甫」聲亦相近。《釋文》：「噳，本又作『麌』。」《吉日》傳：「鹿牝曰麌。❶麌麌，衆多也。」麌，字之誤。《爾雅·釋獸》：「虎竊毛謂之虦貓。」《傳》云「淺毛」，竊即淺也。《説文》：「虎竊毛謂之虦苗。从虎，戔聲。竊，淺也。」《説文》無「貓」字，古字本作「苗」。苗爲虎屬，似虎而淺毛者，别其名曰苗，重其名曰虦苗。《郊特牲》「迎貓迎虎」，貓亦虦苗也。〇《箋》云：「慶，善也。蹶父既善韓之國土，使韓姞嫁焉而居之，韓姞則安之，盡其婦道，有顯譽。」案成九年《左傳》：「季文子如宋致女，復命，公享之。賦《韓奕》之五章。」此大夫致女反馬復命而賦《詩》者，即取慶居燕譽之義也。

溥彼韓城，燕師所完。【傳】師，衆也。**以先祖受命，因時百蠻。王錫韓侯，其追其貊，奄受北國，因以其伯。**【傳】韓侯之先祖，武王之子也。因時百蠻，長是蠻服之百國也。追、貊，戎、狄國也。奄，撫也。**實墉實壑，實畝實藉。**【傳】實墉實壑，言高其城、深其壑也。**獻其貔皮，赤豹黄羆。**【傳】貔，猛獸也。追、貊之國來貢，而侯伯總領之。【疏】溥，大也。韓侯九命作伯，改營城邑，故大之也。《水

❶「牝」，原作「牡」，徐子静本同。據本書卷十七《吉日》篇傳疏、阮刻《毛詩正義》與《毛詩傳義類·釋獸弟十八》改。

經・聖水》注引王肅云：「今涿郡方城縣有韓侯城，世謂之寒號城，非也。」《括地志》云：「方城故城在幽州固安縣南十里。」今固安縣在順天府西南，則韓城在燕國南矣。《傳》訓「師」爲「衆」者，燕衆猶云燕人也。王肅云：「燕，北燕國。」《漢書・地理志》：「廣陽國薊，故燕國，召公所封。」《方輿紀要》云：「北直順天府府治東有薊城，古燕都也。《記》曰：『武王克商，封帝堯之後于薊。』其後燕并薊地，遂都於薊，以城西北有薊邱而名。」奐案召公封燕以山爲名，其後併薊，當在成王之世。武庚之叛，東夷八國竝興。成王既誅武庚及八國，以奄益魯，以薄姑益齊，以薊益燕，三國爲三公，故皆得就上公之封，開方五百里。燕之并薊正在斯時，不必疑堯後之薊爲黎矣。宣王時燕人爲韓築城，燕、韓皆在周幽州域内。完者，讀如「繕完葺牆」之「完」也。○《傳》釋「先祖」云「韓侯之先祖，武王之子」者，謂武王之子爲韓侯始封之先祖。然則韓侯爲武穆矣。周有二韓，一爲姬姓之韓，襄二十九年《左傳》：「叔侯曰：『霍、楊、韓、魏，皆姬姓也。』」是也。一爲武穆之韓，僖二十四年《左傳》：「富辰曰：『邘、晉、應、韓，武之穆也。』」《國語・鄭語》：「史伯曰：『武王之子，應、韓不在。』」是也。武王克商，舉姬姓之國四十人，則姬姓之韓當受封於武王之世。其後爲晉所滅，以賜大夫韓萬。《續漢書・郡國志》「河東郡河北縣有韓亭」，即姬姓韓國地。武穆之韓封自成王之世，至西周之季尚存，其國在《禹貢》冀州之北，故得總領追、貊北國，載諸《詩》篇，章章可攷。酈道元《水經注・聖水》篇：「聖水東逕方城縣故城，又東南逕韓城東，《詩・韓奕》章曰：『溥彼韓城，燕師所完。王錫韓侯，其追其貊，奄受北國。』」王符《潛夫論・志氏姓》篇：「昔周宣王有韓侯，其國也近燕，故《詩》云：『普彼韓城，燕師所完。』」又《五德志》篇：「韓，武之穆也。韓，姬姓也。」其辨武穆、姬姓爲二韓，尤足徵信。鄭《箋》以武穆之韓即是晉滅姬姓之韓，誤合爲一。杜注《左傳》、韋注《國語》皆沿其説。姬姓韓在河東，而後之言輿地者，梁山在夏陽西北，遂以今河西韓城縣隋始置者，指爲韓侯古城，則謬之謬也，學者不可不辨。○以，猶用也。「以先祖受命」，言韓侯先祖亦受命爲周侯伯，故用其禮，因以策命韓侯。《傳》云「長是蠻服之百國也」者，以釋經「時百蠻」之義。時，是也。長，讀上聲，謂韓侯爲蠻服百國之長。蠻服，北方之蠻服也。《周禮・職方氏》：「王畿之外有九服，侯、甸、男、采、衛、蠻、夷、鎮、蕃。」《大行人》：「衛服之外謂之要服，九州之外謂之蕃國。」鄭注：「要服，即蠻服。」《書・康誥》言侯、甸、男、采、衛。《巾車》：「革路，封四衛。木路，封蕃國。」鄭注亦云四衛爲蠻服以内矣。《禹貢》：「五百里要服，三百里夷。五百里荒服，三百里蠻。」夏時甸、侯、綏、要、荒五服連王畿，故夷、蠻即在要、荒。要服、荒服皆九州域也。周制除王畿外建九服，蠻服弟六服，在九州内；其夷服、鎮服、蕃服皆戎、狄國，在九州外。易祓云：「王畿千里，兩面各五百里，自方五百里之侯服至方五百里之蕃服，每面各二百五十里。所異者，《周官》王畿不在九服内，與《禹貢》不同。其餘弼服盡同。」胡渭作《禹貢錐指》從易祓説，以爲千年不破之疑。然則蠻服去王城止二千里耳。周制王畿以雒邑爲土中，五畿五百里，每服二百五十里，六服一千五百里，連王城二千里。今河南府至順天府一千八百里。韓在順天府南百三四十里。古里短，今里長。韓在蠻服，道里可稽。易祓之説，真足以發毛《傳》之微矣。云「因時百蠻」者，從韓本國言也。下文云「其追其貊」者，命之爲侯伯，則夷、鎮、蕃三服皆韓所總領故也。〇《説文》：「貉，北方豸種。」追，未聞。疑追貊即濊貊，追、濊聲相近。孔晁注《逸周書・王會》篇：「穢，韓穢，東夷别種。」服虔注《漢書・武帝紀》：「穢貉，在辰、韓北，高句驪沃沮之南，東窮於大海。」此即鄭《箋》所謂「追貊爲玁狁所逼，稍稍東遷」者歟？周時追貊在荒服之中，故《傳》云：「戎、狄國也。」《周語》云：「戎、狄，荒服。」《傳》訓「奄」爲「撫」者，《爾雅》：「奄、撫，有之也。」「憮，有也。」「撫」與「憮」通。「奄」訓「撫」，又訓「有」也。伯，侯伯也。《箋》云：「實，當作『寔』。」趙、魏之東，實、寔同聲。寔，是也。」《傳》訓「墉」爲「城」，與《皇矣》、《良耜》同。云「深其壑」者，壑即池。《孟子・公孫丑》篇「城非不高也，池非不深也」，是其義。藉，讀「藉田」之「藉」，《箋》云：「藉，税也。」案此謂燕衆築城之事，「是墉是壑」猶《嵩高》篇云「以作爾庸」、「有俶其城」也；「是畝是藉」猶《嵩高》篇云「徹申伯土田」、「徹申伯土疆」也，句義正同。〇《禮記·曲禮》篇「前有摯獸，則載貔貅」，鄭注云：「貔貅，亦摯獸也。」引《書》曰：「如虎如貔。」《傳》云「貔，猛獸」者，猛、摯同也。《爾雅》：「貔，白狐，其子縠。」此貔爲貍類。而陸機《義疏》：「貔，似虎，一名白狐。」是以《爾雅》之貔謂即《詩》之貔矣。獻，猶貢也。韓侯爲幽州伯，在蠻服中，雖追貊荒裔，皆其統轄，故《傳》云「追、貊之國來貢，而侯伯總領之」也。《周語》：「穆王征犬戎，得四白狼、四白鹿。自是荒服不至。」賈逵注云：「白狼、白鹿，犬戎之職貢也。」此即荒服貢皮之證，與詩義合。《職方氏》云：「凡邦國，小大相維。王設其牧，制其職，各以其所能；制其貢，各以其所有。」

《江漢》六章，章八句。

《江漢》，尹吉甫美宣王也。能興衰撥亂，命召公平淮夷。【疏】召公，召虎也。《後漢書·東夷傳》：「厲王無道，淮夷入寇，王命虢仲征之，不克。宣王復命召公伐而平之。」此即平淮夷事。宣王承厲王之烈，淮夷正彊盛，命召虎平淮夷，尹吉甫作詩以美之，《江漢》之詩是也。召虎既平淮夷，遂作詩以戒宣王，《常武》之詩是也。淮夷不一國，而徐爲淮夷之大國，故於《江漢》言淮夷，而於《常武》特舉一徐國。徐方平，而淮夷諸國胥平，兩詩正是一時一事。宣王次江漢之水厓，命將伐東國。詩人遂以如江如漢狀武夫威武，取「江漢」命篇。達於淮浦，亦由江漢而東而北。解者據鄭《箋》「從江、漢循流而下」，遂誤以《魯頌》淮夷在淮北，而此淮夷在淮南，以言輿地，未審矣。攷淮夷在《禹貢》徐州之域，東及海，南至淮，其地皆有淮夷。周改夏之徐州爲青州，其分界與《禹貢》同，則周之淮夷亦在淮北，不在淮南也。《書序》云：「武王崩，三監及淮夷叛。」《逸周書・作雒》篇云：「二叔及殷、東、徐、奄及熊盈以略。」昭元年《左傳》：「周有徐、奄。」賈逵、杜預注竝云：「徐，即淮夷。」徐在淮而尤大，故舉其國則曰徐，舉其地則曰淮夷。徐在東，故毛《傳》謂之東國，又謂之東夷。《粊誓》伯禽之世，「徂兹，淮夷、徐戎竝興」。淮夷即東夷，徐戎爲郐戎，其時與魯作難之淮夷，不知其徐與否也。要之，春秋以前，吴、楚未興，徐最彊大。至春秋，齊桓公霸，諸侯東略淮夷之地，徐即諸夏，故《春秋》進之，遂有次匡救徐之師。直至魯昭公十三年，楚靈王會于申，而徐子、淮夷竝書於經。後即尋爲吴滅。此淮夷與徐分合之大較也。

江漢浮浮，武夫滔滔。匪安匪遊，淮夷來求。【傳】浮浮，衆彊貌。滔滔，廣大貌。淮夷，東國在淮浦，而夷行也。**既出我車，既設我旟，匪安匪舒，淮夷來鋪。**【傳】鋪，病也。【疏】「江漢浮浮，武夫滔滔」，《傳》：「浮浮，衆彊皃。滔滔，廣大皃。」經、《傳》各本皆誤。當作「江漢滔滔，武夫浮浮」，「滔滔，廣大皃。浮浮，衆彊皃」。此因經文錯誤，而又顛倒《傳》文也。「江漢滔滔」，猶《四月》篇「滔滔江漢」，彼《傳》云「滔滔，大水皃」，此《傳》云「廣大皃」，義正相同。《風俗通義・山澤》篇引《詩》「江漢陶陶」，正即此「江漢滔滔」之異文，是其證。《角弓》「雨雪浮浮」，《傳》：「浮浮，猶瀌瀌也。」《清人》：「麃麃，武皃。」《碩人》：「鑣鑣，盛皃。」盛皃謂之鑣鑣，猶衆皃謂之浮浮矣。武皃謂之麃麃，猶彊皃謂之浮浮矣。此浮浮爲形容武夫之衆彊，與下章「洸洸」同義也。余友王引之説同而較詳。武夫，猶《常武》之言虎臣也。○遊，當作「游」。匪，猶不也。游，敖游也。《常武》傳云：「匪紹匪游，不敢繼以敖游也。」「東國在淮浦」者，即本下篇「率彼淮浦」、「截彼淮浦」以立言，則平淮夷即是征徐國，《傳》已有明文矣。「而夷行」者，淮浦本屬青州，而其行成爲夷俗，故謂之淮夷。若杞，夏餘即東夷；郯，近魯費，孔子爲學在四夷，杞、郯皆東國而目爲夷。淮夷其猶是也。秦不用周禮，《穀梁》狄之，此《春秋》之志也。「淮夷來求」，「求」讀如《左傳》「固敵是求」之「求」。《常武》二章云：「率彼淮浦，省此徐土，不留不處，三事就緒。」是其義也。○出車、設旟即冢上「淮夷來求」句。《常武》傳云：「舒，徐也。」「淮夷來鋪」，「鋪」讀爲「痡」。《卷耳》傳：「痡，亦病也。」《常武》三章云：「徐方繹騷，震驚徐方，如雷如霆，徐方震驚。」是其義也。「來」皆語詞。案此首章正言平淮夷之事，下二章又從淮夷以極武功之被及四方也。

江漢湯湯，武夫洸洸。【傳】洸洸，武貌。**經營四方，告成于王。四方既平，王國庶定。時靡有争，王心載寧。**【疏】《載驅》傳云：「湯湯，大皃。」「洸洸」訓「武」，《邶·谷風》同。《爾雅》：「洸洸，武也。」舍人本作「潢潢」，《古文苑》注作「僙僙」，《鹽鐵論·繇役》篇作「潢潢」，《玉篇·走部》：「趪趪，武皃。」竝字異而義同。

江漢之滸，王命召虎。【傳】召虎，召穆公也。**式辟四方，徹我疆土。匪疚匪棘，王國來極。于疆于理，至于南海。**【疏】滸，水厓。江漢之水厓，即周南國之地。「召虎，召穆公」，《正義》引《世本》云：「穆公是康公之十六世孫。」穆公諫弭謗在厲王時，已在三公矣。《箋》云：「王於江漢之水上命召公。」案鄭《箋》此説必有依據，於兩篇詩義無不脗合。《春秋經·僖十五年》：「公會齊侯，次于匡。公孫敖帥師及諸侯之大夫救徐。」蓋諸侯次匡，大夫將兵，即此意也。「王命召虎」，言王既命召虎平淮夷，而又命其鎮撫南國也。○《文選·上林賦》注及《衆經音義》兩引《韓詩傳》：「辟，除也。」《召旻》傳：「辟，開也。」開、除義相近。《嵩高》傳：「徹，治也。」《箋》

云：「疚，病；棘，急；極，中也。」《國語》「撫征南海，訓及諸夏」，韋注云：「南海，群蠻也。」又《左傳》：「楚子曰：『君處北海，寡人處南海。』」竝與詩「南海」同。南海，指荆蠻。宣王命方叔南征荆蠻，又建封申伯於謝邑，以厭鎮之。《嵩高》篇「王命召伯，徹申伯土田」、「王命召伯，徹申伯土疆」，此詩所云，正言其事。汲郡古文：「宣王五年，伐荆蠻。六年，平淮夷。七年，命申伯。」然則召穆公爲申伯定宅，自在既平淮夷之後。《紀年》僞書，閒有依據。

王命召虎，來旬來宣。文武受命，召公維翰。【傳】旬，徧也。召公，召康公也。**無曰予小子，召公是似。肇敏戎公，用錫爾祉。**【傳】似，嗣；肇，謀；敏，疾；戎，大；公，事也。【疏】「旬，徧」，《爾雅·釋言》文。今《爾雅》作「徇」、「侚」、「洵」。張揖《字詁》云：「徇，今巡。」則稚讓讀作「巡」也。宣，讀「四方于宣」之「宣」。《鴻雁》傳：「宣，示也。」「來旬來宣」，言徧示功德於四方也。來，亦語詞。此二句承上章而言。下文皆敘功成勞來之事。○《傳》嫌召公與《序》召公一人，故召虎爲召穆公，而召公爲召康公也。《箋》云：「召康公，名奭，召虎之始祖也。」《白虎通義·王者不臣》篇：「《禮服傳》曰：『子得爲父臣者，不遺善之義也。』《詩》云：『文武受命，召公維翰。』召公，文王子也。」班亦以召公爲召康公。其云「文王子」，當從《魯詩》説。翰，讀「維周之翰」之「翰」。《嵩高》傳：「翰，榦也。」○「似」訓「嗣」，嗣猶繼也。《韓詩外傳》：「《傳》曰：『予小子，使爾繼邵公之後，受命者必以其祖命之。』」韓意釋《詩》「予小子」爲宣王自謂，毛意亦然也。「無曰予小子，召公是似」，言爾無以予小子之故，惟爾祖召公之是嗣也。《甘棠》序：「召伯之教，明於南國。」穆公能疆理南海，即是嗣康公之事。《正義》云：「『肇，謀；戎，大；公，事』，皆《釋詁》文。孔安國《論語注》云：『敏，行之疾也。』《地官·師氏》三德有敏德，是敏爲識解之疾也。」《釋文》：「肇，《韓詩》云：『長也。』」毛、韓訓異意同。《後漢書·宋弘傳》注引《詩傳》作

「功」,「功」與「公」通。「用錫爾祉」,祉,福也,即下章所云「錫山土田」是也。

釐爾圭瓚,秬鬯一卣,告于文人。【傳】釐,賜也。秬,黑黍也。鬯,香草也。築煑合而鬱之曰鬯。卣,器也。九命,錫圭瓚、秬鬯。文人,文德之人也。**錫山土田,于周受命,自召祖命。**【傳】諸侯有大功德,賜之名山土田附庸。**虎拜稽首,天子萬年。**【疏】《烈祖》傳:「賚,賜也。」「釐」與「賚」通。圭瓚,以玉爲之,詳《旱鹿》篇。「秬,黑黍」,《生民》同。「鬯,香草」,《正義》引「《禮緯》有秬鬯之草,《中候》有鬯草生郊,皆謂鬱金之草」是也。《傳》鬯既爲香草,又申釋「鬯」字之義。築煑謂鬱草,合謂黑黍,言築煑鬱草,又合黑黍釀作酒,是曰鬯也。鬯必兼鬱,謂鬱積而條暢也。《周禮·鬯人》「共秬鬯」不及鬱,而《鬱人》「和鬱鬯」不及秬,不得謂鬱鬯之鬯不合秬,即不得謂秬鬯之鬯不和鬱矣。鄭司農《鬯人》注:「鬯,香草。」《肆師》「及果,築鬻」,❶注:「築煑,築香草,煑以爲鬯。」《説文》:「𩰪,黑黍也。一稃二米以釀。或从禾作『秬』。」「鬯,以𩰪釀鬱艸,芬芳攸服,以降神也。」先鄭及許竝治《毛詩》,同毛義。《白虎通義·攷黜》篇:「秬者,黑黍,一稃二米。鬯者,以百艸之香鬱金合而釀之,成爲鬯。」班亦與毛不異。鄭康成泥周人鬯、鬱分官,以爲和香草者爲鬱鬯,不和者爲秬鬯,恐非是。《鬱人》賈疏引:「《王度記》云:『天子以鬯,諸侯以薰,大夫以蘭芝,士以蕭,庶人以艾。』此等皆以和酒。諸侯以薰,謂未得圭瓚之賜,得賜則以鬱耳。《王度記》『天子以鬯』及《禮緯》云『鬯草生庭』,皆是鬱金之草,以其和鬯酒,因號爲鬯草也。」賈説得之。「卣,器」,《爾雅·釋器》文。李巡注云:「卣,鬯之器也。」《釋文》:「卣,本或

❶「鬻」,徐子静本、《清經解續編》本同,阮刻《周禮注疏》作「鬺」,當據改。

作『攸』。」《鬯人》「廟用脩」，鄭司農注：「脩，器名。」案「卣」即「卤」之隸變。《説文》「卤，讀若調。」攸、脩、調、卤同尤幽部。《書·文侯之命》「用賚爾秬鬯一卣」、僖二十八年《左傳》「襄王賜晉文公秬鬯一卣」，竝與詩同。《旱鹿》傳亦云：「九命，然後錫以秬鬯、圭瓚。」《韓詩外傳》：「《傳》曰：『諸侯之有德，天子錫之。一錫車馬，再錫衣服，三錫虎賁，四錫樂器，五錫納陛，六錫朱户，七錫弓矢，八錫鈇鉞，九錫秬鬯。』」引《詩》曰：「釐爾圭瓚，秬鬯一卣。」韓義同。○文人，即下文「召祖」。對召虎則稱召公爲召祖，對文武則稱召公爲文人。《清廟》「濟濟多士，秉文之德」，《傳》亦云「執文德之人」。凡爲文武楨榦之臣者，皆可謂文德之人也。末章云「矢其文德，洽此四國」，亦謂召康公有文德，以輔佐文、武，而召穆公作成之。《傳》以「文德之人」釋「文人」，其義憭然矣。《文侯之命》「追孝于前文人」，亦與《詩》「文人」同。又《書·雒誥》篇：「伻來毖殷，乃命寧予以秬鬯二卣，曰明禋，拜手稽首休享。予不敢宿，則禋于文王、武王。」案秬鬯二卣，一以告文王，一以告武王也。《詩》言秬鬯一卣耳，但告始祖廟，不得徧告群廟。○《王制》云：「凡四海之内九州，名山、大澤不以封，其餘以爲附庸、閒田。」又云：「天子之縣内，名山、大澤不以朌，其餘以禄士，以爲閒田。」是則名山、大澤、附庸、閒田皆不以封諸侯。諸侯有大功德則賜之，《閟宫》云「乃命魯公，俾侯于東，錫之山川，土田附庸」是也。土田即閒田。畿内無附庸，有大功德則亦賜之以山澤閒田。召穆公畿内諸侯，故詩但錫土田不及附庸。《傳》每引成文，往往連類及之，而於經實無當也。《正義》謂土田即附庸，汪龍庳其非矣。一説，《正義》云「定本、《集注》毛《傳》皆有『附庸』二字」，則本固有無此二字者矣。《傳》承經義，言名山，不及大澤，因召在岐山之陽，不及大河也，則《傳》非全引成文可知。兩説皆足以明經、《傳》，姑具存焉。《箋》云：「周，岐周也。自，用也。宣王欲尊顯召虎，故如岐周，使虎受山川土田之賜命，用其祖召康公受封之禮。岐周，周之所起，爲其先祖之靈，故就之。拜稽首者，受王命策書也。臣受恩無可以報謝者，稱言使君壽考而已。」

虎拜稽首，對揚王休，作召公考，天子萬壽。明明天子，令聞不已。矢其文德，洽此四國。【傳】對，遂；考，成；矢，弛也。【疏】《禮記·祭統》篇：「悝拜稽首，曰：『對揚以辟之。』」鄭注亦云：「對，遂也。」義與《傳》同。「考」訓「成」。「作召公考」，謂虎能爲召公成王休故事也。《箋》云：「休，美；作，爲也。虎既拜而荅王策命之時，稱揚王之德美。君臣之言，宜相成也。王命召虎用召祖命，故虎對王，亦爲召康公受王命之時對成王命之辭，謂如其所言也。如其所言者，『天子萬壽』以下是也。」〇《詩述聞》云：「明、勉一聲之轉，故古多謂勉爲明，重言之則曰明明。《爾雅》曰：『亹亹，勉也。』鄭注《禮器》曰：『亹亹，猶勉勉也。』亹亹、勉勉、明明亦一聲之轉。『明明天子，令聞不已』，猶言『亹亹文王，令聞不已』也。《漢書·楊惲傳》『明明求仁義』、『明明求財利』，《董仲舒傳》『明明』作『皇皇』，是其證也。」聞，舊本《書鈔·帝王部七》引《詩》作「問」。「矢，弛」，《釋詁》文。弛，各本作「施」，唯宋本作「弛」，是也。「矢其文德」，《禮記·孔子閒居》、《繁露·竹林》引《詩》「弛其文德」，此即矢、弛同字之理。「弛」與「施」聲通而義自别。弛者，寬緩；施者，敷陳。若上句「矢其文德」作「施」字解，則與「洽此四國」「洽」字義複。《禮記》云：「張而不弛，文、武弗能也。弛而不張，文、武弗爲也。一張一弛，文、武之道也。」此即《詩》「弛」字之義。洽，讀爲協。《孔子閒居》引《詩》作「協」，洽、協同聲。

《常武》六章，章八句。

《常武》，召穆公美宣王也。有常德以立武事，因以爲戒然。

赫赫明明，王命卿士，南仲大祖，大師皇父，整我六師，以脩我戎。【傳】赫赫然盛也，明明然察也。王命南仲於大祖，皇父爲大師。**既敬既戒，惠此南國。**【疏】「赫赫然盛，明明然察」，盛者，謂宣王中興强盛；察者，謂有知人之明察也。「王命卿士，南仲大祖」，《傳》云「王命南仲於大祖」，言王於大祖廟命南仲爲卿士也。宣王時召虎爲卿士，今命虎平淮夷，故特命南仲爲卿士，若春秋時有左卿士、右卿士居二伯之職者也。《白虎通義·爵》篇：「封諸侯於廟者，示不自專也，明法度皆祖之制也，舉事必告焉。《詩》云：『王命卿士，南仲大祖。』《禮·祭統》曰：『古者明君爵有德必於大廟，君降，立於阼階南，南向，所命北面，史由君右執策命之。』」毛、魯義同。「大師皇父」，《傳》云「皇父爲大師」，言王命此皇父爲大師，亦必於大祖廟也。《王制》：「有發，則命大司徒教士以車甲。」鄭注云：「乘兵車衣甲之儀。有發，謂有軍師發卒。」是皇父爲大司徒而兼大師也。《箋》云：「大師者，公兼官也。」周人以后稷爲大祖。大祖廟即大廟，二昭二穆咸在焉。此謂在鎬都時。○六師，六軍。《瞻彼洛矣》、《棫樸》傳皆云：「六師，天子六軍。」《周禮》「大司馬，凡制軍，王六軍」，鄭司農注即引此詩。六軍，軍賦之大數，其調發之制不必六軍盡出。「大師皇父，整我六師，以脩我戎」，言王命皇父整軍習戎也。《六月》傳云：「先教戰，然後用師。」至用師命將，則程伯休父爲大司馬也。《周禮注》引《詩》「敬」作「儆」。宣王既於鎬都蒐軍實，乃移師次於江漢之滸，故云「既敬既戒，惠此南國」也。

王謂尹氏，命程伯休父，左右陳行，戒我師旅。率彼淮浦，省此徐土。【傳】尹氏，掌命卿士。程伯休父，始命爲大司馬。浦，厓也。**不留不處，三事就緒。**【傳】誅其君，弔其民，爲之立三有事之臣。【疏】《傳》云「尹氏，掌命卿士」者，尹氏爲掌命卿士之官，猶師氏、保氏、旅賁氏、虎賁氏，官皆稱氏矣。《書·

大誥》篇：「肆予告我友邦君，越尹氏、庶士、御事。義爾邦君，越爾多士、尹氏、御事。」孔疏云：「尹氏，即官也。」《逸周書・和寤》、《武寤》篇「尹氏八士」，即《周禮・序官》「大史、小史，中士八人」也。《左傳》尹氏以官爲族，而與尹氏爲大史者不同。解之者概以尹氏爲周世族大夫，失之矣。「命程伯休父」，《傳》云「程伯休父，始命爲大司馬」者，《楚語》：「重、黎氏世敘天地，而別其分主者也。其在周，程伯休父其後也。當宣王時，失其官守，而爲司馬氏。」此《傳》所本也。《續漢書・郡國志》：「雒陽有上程聚，古程伯休父之國。」案上篇云「江漢之滸，王命召虎」，其時，宣王次於江漢之水上，命召穆公爲大將，又命程伯休父爲大司馬。上篇爲吉甫作詩，故篇中敘召穆公。此篇爲召穆公作詩，故篇中止敘程伯休父。皆指平淮夷之事，天子出師，軍帥非一人也。《大司馬之職》：「乃陳車徒如戰之陳，皆坐。群吏聽誓于陳前，斬牲，以左右徇陳，曰：『不用命者斬之。』」又云：「若大師，則掌其戒令。」鄭注云：「大師，王出征伐也。」此皆大司馬之事，與詩義合。○《說文》：「浦，瀕也。」「瀕，水厓人所賓附也。」瀕亦厓。《左傳》荒浦、庸浦，浦皆厓也。《海內東經》：「淮水入海，淮浦北。」《水經・淮水》：「東至廣陵淮浦縣，入於海。」淮浦縣漢屬臨淮郡，今淮安府安東縣，淮水經縣南入海，即漢淮浦縣也。《詩》之淮浦未即漢之淮浦。凡旁淮之厓皆謂淮浦，非即入海處。率，循也。循淮水之厓而省視徐土，則淮浦猶在徐之西，不在徐之東。今安東去泗州幾四百餘里。《漢書・地理志》：「臨淮郡，徐故國，盈姓。」杜注僖三年《左傳》：「徐國在下邳僮縣東南華亭。」姚培謙云：「《括地志》：『徐城縣西四十里有大徐城，即古徐國也。』今江南鳳陽府泗州北八十里有古徐城，相傳爲徐偃王築。」案《周禮・職方氏》：「正東青州，其川淮、泗。」《海內東經》：「泗水入淮陰北。」《水經・淮水》「東北至下邳淮陰縣西，泗水從西北來」，酈注云：「泗在淮北。」然則淮北即泗北矣。徐臨淮水，即於夷蠻。上篇言淮夷，徐亦與焉。徐爲淮夷之大國，故此篇特揭明之。《爾雅》云：「省，察也。」淮浦在徐之境，故云「徐土」

也。○留，古「劉」字。《武》傳云：「劉，殺也。」處，猶安止也。《傳》意以「誅其君」釋經之「留」，「弔其民」釋經之「處」，兩「不」字皆發聲也。《十月之交》傳：「擇三有事，有司國之三卿。」與此「三事」同。大國三卿皆命於天子，故云「爲之立三有事之臣」也。《閟宮》傳：「緒，業也。」就業者，謂三卿皆有職司於王室故也。《王制》巡守之禮，「革制度衣服者爲畔，畔者君討」，鄭注云：「討，誅也。」蓋其時徐僭號稱王，宣王次江漢水上，本是省方興伐之事，爲此誓戒豫告與？

赫赫業業，有嚴天子。王舒保作，匪紹匪遊。【傳】赫赫然盛也，業業然動也。嚴然而威。舒，徐也。保，安也。匪紹匪遊，不敢繼以敖遊也。**徐方繹騷，**【傳】繹，陳；騷，動也。**震驚徐方。如雷如霆，徐方震驚。**【疏】「赫赫然盛」，《傳》已見首章。首章命將出師，此則用兵誅亂，故兩云「赫赫」以別言之。盛者，謂軍容之盛。「業業然動」，動謂動作也。「有嚴天子」，嚴然天子也。有，發聲。《六月》傳訓「嚴」爲「威」，與此「嚴」同。《周語》云：「夫兵戢而時動，動則威。」即其義也。上篇云「匪安匪遊，淮夷來求」、「匪安匪舒，淮夷來鋪」，《傳》：「鋪，病也。」案兩詩文義正同。舒、徐聲義相近，故《傳》訓「舒」爲「徐」，此「舒」字即上篇「匪舒」之「舒」。遊，當作「游」。「游」字即上篇「匪游」之「游」。《傳》訓「保」爲「安」者，亦即本上篇兩「安」字作訓也。《爾雅》：「紹，繼也。」云「不敢繼以敖游也」者，上「匪」字與「不」同義，則下「匪」字爲語助耳。宣王次江漢水上，故云「王舒保作」也。於江漢水上命召穆公出師，故云「匪紹匪游」也。下文即言淮夷告病之事。○《傳》訓「繹」爲「陳」，與《車攻》、《賚》訓同義別。陳，讀爲「軍陳」之「陳」。陳，古「敶」字。《説文》：「敶，列也。」「冃」下云：「讀若『軍敶』之『敶』。」「騷，動」，《爾雅·釋詁》文。《説文》：「慅，動也。」騷、慅聲同。動，讀如「上軍未動」之「動」。其時宣王已命將行師至于淮浦，徐國必有敢拒大邦者。「徐方繹騷」，言未戰而徐方之軍陳已動亂失次矣。下文即承「繹騷」之義而申言之。「震驚徐方，如雷如霆」，言王旅之震驚徐方如雷如霆也。「徐方震驚」，言徐方見王旅之衆盛而震驚也。

王奮厥武，如震如怒。進厥虎臣，闞如虓虎。【傳】虎之自怒虓然。**鋪敦淮濆，仍執醜虜。**【傳】濆，厓；仍，就；虜，服也。**截彼淮浦，王師之所。**【傳】截，治也。【疏】武，即《序》所謂「武事」也。「如震如怒」，《釋文》：「一本兩『如』字皆作『而』。」《箋》作「而」，「而震而怒」，而震怒也。震，動也。言王奮發用武而動怒也。「震怒」連文。《皇矣》云「王赫斯怒，爰整其旅」，文義相同。進，猶先也。虎臣，即虎賁氏，啓行之元戎也。説見《六月》篇。《説文》：「虓，虎鳴。」「唬，虎聲。」《風俗通義·正失》篇引《詩》作「哮虎」。虓、唬、哮三字聲竝相近。「闞」與「眈」同。闞如，闞然也，如即然也。《傳》云「自怒」，與《版》之「自恣」、《抑》之「自角」、《蕩》之「自伐」同。自，古「詯」字。《説文》：「詯，膽氣滿聲在人上。从言，自聲。讀若反目相睞。荒内切。」〇鋪，《釋文》引：《韓詩》作『敷』云：『大也。』」敦，讀如《左傳》「敦陳整旅」之「敦」。《韓詩》云：「敦，迫也。」《箋》：「敦，當作『屯』。」《文選》楊雄《甘泉賦》：「敦萬騎於中營兮，方玉車之千乘。」李注云：「敦，與『屯』同。」引王逸《楚辭注》：「屯，陳也。」義竝相近。《説文》：「濆，水厓也。」《汝墳》正義引此詩作「淮墳」。《廣雅》：「墳，厓也。」「濆」與「墳」通。《爾雅》：「仍，因也。」《説文》：「因，就也。」「仍」、「因」皆可訓「就」。《説文·毌部》：「虜，獲也。」「服」與「獲」同意。服，威服也。「仍執醜虜」，言就其繹騷震驚，執其醜衆而威服之也。云「截，治」者，言平治之也。

王旅嘽嘽，如飛如翰，如江如漢，如山之苞，如川之流。【傳】嘽嘽然盛也。疾如飛，摯如翰。

芑，本也。**緜緜翼翼，不測不克，濯征徐國。**【傳】緜緜，靚也。翼翼，敬也。濯，大也。【疏】《説文》：「單，大也。从吅、甲，吅亦聲。」「吅，讀若讙。」故從單聲字皆有「盛大」之義。《采芑》傳：「嘽嘽，衆也。」衆、盛義相近。如飛，《傳》云「疾如飛」。如翰，《傳》云「摯如翰」，「摯」與「鷙」同。「如江如漢」，借江漢之廣大，以形其軍容之强盛，亦前篇之意也。「芑」訓「本」，本猶基也。《箋》云：「其行疾自發舉，如鳥之飛也。翰，其中豪俊也。江漢，以喻盛大也；山本，以喻不可驚動也；川流，以喻不可禦也。」○《釋文》：「緜緜，《韓詩》作『民民』。」《大戴禮·勸學》篇「無緜緜之事者，無赫赫之功」，緜緜，《荀子》作「惛惛」。《説文》：「㝠㝠，不見也。」段注云：「緜緜、民民，皆謂密也，即『㝠㝠，不見』之意。」《傳》云「靚」者，「靚」與「静」同。《爾雅》：「密，静也。」「翼翼，敬」者，謂諸臣持事能敬也。《文王》傳：「翼翼，恭敬也。」與此同。「不測不克」，不，語詞。謂深測攻克也。「濯，大」，《文王有聲》同。《箋》云：「既服淮浦矣，今又以大征徐國，言必勝也。」案鄭説非也。鄭分伐淮夷、伐徐爲兩事，不知淮夷之國徐爲大，伐淮夷即是伐徐。二章云「率彼淮浦」，其下即云「省此徐土」；三章三言「徐方」；四章言「淮濆」又言「淮浦」，其時徐國必有興師禦兵於淮浦者。淮浦之禦兵既已敗散至此，則大征徐國，入其國都爾。

王猶允塞，徐方既來。【傳】猶，謀也。**徐方既同，天子之功。四方既平，徐方來庭。**【傳】來王庭也。**徐方不回，王曰還歸。**【疏】《爾雅》：「猷，謀也。」「猷」與「猶」同。謀，當讀如《春秋傳》「謀元帥」、「謀東略」之「謀」。此蓋承上章言之。其命將帥也，其動衆之威也，其行軍之敬也，皆出王謀也。《燕燕》傳云：「塞，實也。」鄭注《考靈耀》云：「道德純備謂之塞。」《漢書·嚴助傳》引：「《詩》曰：『王猶允塞，徐方既來。』言王道甚大，而遠方懷之也。」三家《詩》「王猶」爲「王道」，與毛不異。《荀子·君道》、《議兵》及《韓詩外傳》引《詩》竝義相同。○《傳》釋「來庭」爲「來王庭」者，以言徐方之朝正於王也。《箋》云：「回，猶違也。還歸，振旅也。」蓋宣王既北伐玁狁，南伐荆蠻，然後興師東服，大伐淮徐。徐在穆王時僭號稱王，其負固不服已非一日。至徐方來于王庭，則四方既平也。上篇云：「經營四方，告成于王。四方既平，王國庶定。」文義正同。房喬《晉書·庾旉傳》：「古者三公坐而論道，不以方任嬰之。惟周室大壞，宣王中興，四夷交侵，救急朝夕，然後命召穆公征淮夷。《詩》云：『徐方不回，王曰還歸。』宰相不得久在外也。」柳宗元《獻平淮夷雅》亦云：「周宣王時，稱中興，平淮夷。」則《江漢》、《常武》，晉、唐人二詩爲一時事，當是古説如此。

《瞻卬》七章，三章章十句，四章章八句。

《瞻卬》，凡伯刺幽王大壞也。【疏】《瞻卬》、《召旻》皆凡伯刺幽王詩，與刺厲王不是一人。蓋畿内之伯世爲王官，若鄭武公、莊公相繼爲卿士也。

瞻卬昊天，則不我惠。孔填不寧，降此大厲。【傳】昊天，斥王也。填，久；厲，惡也。**邦靡有定，士民其瘵。**【傳】瘵，病；夷，常也。罪罟，設罪以爲罟。瘳，愈也。**蟊賊蟊疾，靡有夷届。罪罟不收，靡有夷瘳。**

【疏】「昊天，斥王」，《桑柔》同。惠，愛也。「填，久」，《桑柔》同。「厲，惡」，《正月》、《桑柔》同。「瘵，病」，《菀柳》同。「蟊賊蟊疾」，與《召旻》「蟊賊内訌」義同。「夷，常」，《皇矣》同。届，極也。《小明》傳：「罟，網也。」此云「罪罟，設罪以爲罟」者，言設置刑罪而羅致之，如罟網之設也。《召旻》「天降罪罟」，義竝同。「瘳，愈」，《風雨》同。《箋》云：「天下騷擾，邦國無有安定者，士卒與民皆勞病，其爲殘酷痛病於民，如蟊賊之害禾稼然，爲之無常，亦無止息時。施刑罪以羅網天下而不收斂，爲之亦無常、無止息時。此目王所下大惡。」案「極」、「愈」竝有「止已」之義，故《箋》以「無止息時」申成《傳》也。

人有土田，女反有之。人有民人，女覆奪之。此宜無罪，女反收之。彼宜有罪，女覆説之。

【傳】收，拘收也。説，赦也。**【疏】**《爾雅》：「土，田也。」是田亦土也。覆，亦反也。《雨無正》、《桑柔》傳竝云：「覆，反也。」云「收，拘收也」者，謂拘執而收入之也。《後漢書・劉瑜傳》：「瑜曰：『人無罪而覆入之。』」三家《詩》以「反收」爲「覆入」，與《毛詩》訓同。「説」與「釋」古字相通，故《傳》訓「説」爲「赦」。《後漢書・王符傳》、《潛夫論・述赦》篇引《詩》「女反脱之」，是三家《詩》「覆」作「反」也。

哲夫成城，哲婦傾城。【傳】哲，知也。**懿厥哲婦，爲梟爲鴟。婦有長舌，維厲之階。亂匪降自天，生自婦人。匪教匪誨，時維婦寺。【傳】**寺，近也。**【疏】**「哲，知」，《釋言》文，今字通作「智」。《郊特牲》云：「婦人，從人者也。夫也者，以知帥人者也。」今婦曰「哲婦」，婦不從人，夫亦不以知帥人，國家之敗恒必由之。《晏子・諫上》篇引《詩》而釋之云：「今君不思成城之求，而惟傾城之務，國之亡日至矣。」哲婦，庰褒姒也。傾城，喻亂國也。○《烝民》傳：「懿，美也。」謂褒姒美而不德。《説文》：「梟，不孝鳥也。」「雖，鵻也。籀文作『鴟』。」凡鴟類甚多。《説文》於「舊」下云：「雖舊，或作『鵂』。」此即《爾雅》「怪鴟」也。李善注《文選・演連珠》引：「《淮南子・主術》篇云：『鴟夜撮蚤察分豪末，晝出瞋目而不見丘山。』高誘曰：『鴟鵂謂之老菟。』」《莊子・秋水》篇作「鴟鵂」。是鴟一名鴟鵂也。《箋》：「梟、鴟，惡聲之鳥。」與《四月》傳「鷙、鳶，貪殘之鳥」句法相同。梟、鴟，二鳥名，亦作「鴟梟」，《史記・賈誼傳》「鸞鳳伏竄兮，鴟梟翱翔」是也。詩人以梟鴟喻褒姒。《箋》云：「長舌，喻多言語。」《大戴禮・本命》篇：「婦有七去：口多言，爲其離親也。」盧注即引此詩。《桑柔》「誰生厲階」，《傳》云：「厲，惡也。」義與此同。寺，古文「侍」。《傳》云「近」者，言暱近也。《論語》云：「唯女子與小人爲難養也，近之則不孫。」

鞫人忮忒，譖始竟背。【傳】忮，害；忒，變也。**豈曰不極，伊胡爲慝？如賈三倍，君子是識。婦無公事，休其蠶織。**【傳】休，息也。婦人無與外政，雖王后猶以蠶織爲事。古者天子爲藉千畝，冕而朱紘，躬秉耒。諸侯爲藉百畝，冕而青紘，躬秉耒。以事天地山川社稷先古，敬之至也。天子諸侯必有公桑、蠶室，近川而爲之，築宫，仞有三尺，棘牆而外閉之。及大昕之朝，君皮弁、素積，卜三宫之夫人、世婦之吉者，使入蠶于蠶室，奉種浴于川，桑于公桑，風戾以食之。歲既單矣，世婦卒蠶，奉繭以示于君，遂獻繭于夫人。夫人曰：「此所以爲君服與？」遂副禕而受之，少牢以禮之。及良日，后、夫人繅，三盆手，遂布于三宫夫人、世婦之吉者，使繅，遂朱緑之，玄黄之，以爲黼黻文章。服既成矣，君服之以祀先王先公，敬之至也。【疏】《説文》：「𥷚，窮治罪人也。」今字通作「鞫」。「忮，害」，《雄雉》同。《説文》、《玉篇》人部引《詩》作「伎」，伎、忮聲同。《閟宫》箋：「忒，變也。」本《傳》訓也。害變者，謂殘害變亂也。譖，讒言也。背，猶違也。「譖始竟背」，與《巧言》「譖始既涵」句法相同。極，至也。至，猶善也。胡，何也。慝，惡也。言窮治罪人，殘害變亂，數進讒言，始終違背，所謂慝也。「豈曰不極，伊胡爲慝」，言人豈不欲善，何爲作惡若此也？曰、伊，皆語詞。○《易・説卦傳》：「爲近利市三倍。」《管子・小問》篇：「桓公曰：『來工若何？』管子對曰：『三倍，不遠千里。』」與詩「三倍」同。《箋》云：「識，知也。賈物而有三倍之利者，小人所宜知也。君子反知之，非其宜也。」「休，息」，《釋詁》文。《荀子・大略篇》云：「君子息焉，小人休焉。」是休、息義同也。《傳》云「婦人無與外政，雖王后猶以蠶織爲事」者，「事」即經之「事」字，「蠶織爲事」即公事也。「無與外政」，此《傳》申説經義，非以釋經之「無公事」也。玩《傳》中「雖」字、「猶以」字，其意可見。《箋》云：「今婦人休其蠶桑織紝之職，而與朝廷之事。」亦是補明經義，以申《傳》説也。《列女傳・母儀》篇引：「《詩》曰：『婦無公事，休其蠶織。』言婦人以織績爲公事者也，休之非禮也。」毛與三家初無二意也。「古者」以下，皆《禮記・祭義》篇文，《傳》引之以明婦以蠶織爲公事之義。言王后者，所以刺褒姒也。又類及天子藉田者，所以兼刺幽王之不識公事也。

天何以刺？何神不富？舍爾介狄，維予胥忌。**【傳】**刺，責；富，福；狄，遠；忌，怨也。**不弔不祥，威儀不類。人之云亡，邦國殄瘁。****【傳】**類，善；殄，盡；瘁，病也。**【疏】**天，亦斥王也。與下章「天之降罔」同。何以，何爲也。刺、責皆從朿聲，故《傳》云「刺，責」也。責者，責求備人也，今隸變作「責」。富、福皆從畐聲，《郊特牲》云：「富也者，福也。」「何神不富」，何神而弗福我乎？言王之慢神也。爾，猶此也。狄，讀爲逷。《抑》傳：「逷，遠也。」《説文》：「逖，遠也。古文作『逷』。」《易・渙》：「上九，渙其血，去逖出，无咎。」《象傳》云：「渙其血，遠害也。」是逖、逷皆遠也。《抑》作「逷」者，仍古文。此及《泮水》作「狄」者，用古文假借。《説文》：「忌，憎惡也。」與「怨」義相近。《正義》云：「毛讀狄爲逖，故爲遠也，則『介』當訓爲『大』，不得與《箋》同也。忌者，相憎怨之言，故以忌爲怨也。王肅云：『舍爾大道遠慮，反與我賢者怨乎？』」案《正義》依王申《傳》，蓋探下文「人之云亡，邦國殄瘁」，故以經之「予」字爲「我賢者」，《傳》意當然也。○弔、祥，皆善也。「類，善」，《皇矣》、《既醉》、《桑柔》同。人，善人也。「殄，盡」，《釋詁》文。「瘁，病」，《雨無正》同。《漢書・王莽傳》引《詩》作「邦國殄顇」，「顇」與「瘁」同。《北山》「或盡瘁事國」，《傳》云：「盡力勞病。」彼《傳》以「盡」、「瘁」平列，則此詩「殄」、「瘁」亦平列。襄二十六年《左傳》引《詩》釋之云：「無善人之謂也。」

天之降罔，維其優矣。【傳】優，渥也。**人之云亡，心之憂矣。天之降罔，維其幾矣。**【傳】幾，危也。**人之云亡，心之悲矣。**【疏】罔，古「網」字。「天之降罔」，猶言「天降罪罟」耳。優，讀爲瀀，此假借字也。《說文》：「瀀，澤多也。」引《詩》「既瀀既渥」。今《信南山》詩亦假借作「優」。云「渥」者，《簡兮》傳：「渥，厚也。」「幾，危」，《釋詁》文。《說文》：「幾，殆也。」危、殆義相近。

觱沸檻泉，維其深矣。心之憂矣，寧自今矣。不自我先，不自我後。藐藐昊天，無不克鞏。【傳】藐藐，大貌。鞏，固也。**無忝皇祖，式救爾後。**【疏】《采叔》傳云：「觱沸，泉出皃。檻泉，正出也。」此詩蓋以檻泉之深喻心之憂也。寧，猶胡也。言我心之憂，胡不自我之先後而自今也。《正月》云：「父母生我，胡俾我瘉？不自我先，不自我後。」文義正同。《傳》云「藐藐，大皃」，皃，《釋文》作「也」。《箋》：「藐藐，美也。」「藐」訓「美」，又訓「大」，義相近也。《方言》：「藐，廣也。」郭注云：「藐藐，曠遠貌也。」「藐」同「䫉」。「鞏，固」，《釋詁》文。《小宛》傳云：「忝，辱也。」皇祖，謂文、武也。後，謂今也。《列女傳·仁智》篇引《詩》「无忝爾祖，式救爾訛」，與《毛詩》異。

《召旻》七章，四章章五句，三章章七句。

《召旻》，凡伯刺幽王大壞也。旻，閔也，閔天下無如召公之臣也。

旻天疾威，天篤降喪。瘨我饑饉，民卒流亡，我居圉卒荒。【傳】圉，垂也。【疏】旻天，庰王也。

「旻天疾威」，猶「疾威上帝」耳。《蕩》傳云：「疾病人矣，威罪人矣。」《箋》云：「天，斥王也。瘨，病也。」「圉，垂」，《桑柔》同。《爾雅》：「果不孰爲荒。」荒亦饑饉也。《韓詩外傳》云：「一穀不升謂之鎌，二穀不升謂之饑，三穀不升謂之饉，四穀不升謂之荒，五穀不升謂之大侵。大侵之禮，君食不兼味，臺榭不飾，道路不除，百官補而不制，鬼神禱而不祠。此大侵之禮也。《詩》曰：『我居御卒荒。』此之謂也。」「御」與「圉」通。

天降罪罟，蟊賊内訌。【傳】訌，潰也。**昏椓靡共，潰潰回遹，實靖夷我邦。**【傳】椓，夭椓也。潰潰，亂也。靖，謀；夷，平也。【疏】《傳》云「訌，潰」，潰者，亂也。《説文》：「訌，讀也。《詩》曰：『蟊賊内訌。』」「讀，中止也。」「潰」與「讀」同。中止，猶言内讀也。《箋》云：「訌，争訟相陷入之言也。」《玉篇》「争」作「静」。「静訟陷入」亦是「内讀」之意。訌，《抑》篇假借作「虹」字。昏，僮昏也。《傳》以「夭椓」釋「椓」，《正月》篇「天夭是椓」，夭椓者，殘害侵削之謂，合二字成義。但《正月》言天，故《傳》以夭屬君而椓屬在位者，語雖分釋，而義實合解也。此云「夭椓」自當專指在位者而言。靡，不也。不共，言不共職事也。《文選・文賦》注引《韓詩》薛君章句云：「靡，好也。」疑即此「靡共」之義。或爲《烈文》「封靡」義者，非也。○《説文》：「憒，亂也。」「潰」與「憒」同。《説文》「⿰衤圍」下引《爾雅》「⿰衤圍⿰衤圍⿰衤貴⿰衤貴」。段注引：「《潛夫論》云『佪佪潰潰』，蓋用《爾雅》文。」是「潰」又通作「⿰衤貴」也。《小旻》傳云：「回邪，遹辟也。」《傳》訓「靖夷」爲「謀平」，夷，當讀如《左傳》「芟夷蘊崇之」之「夷」。《箋》云：「皆謀夷滅王之國。」《廣雅》：「夷，滅也。」

皋皋訿訿，曾不知其玷。【傳】皋皋，頑不知道也。訿訿，窳不供事也。**兢兢業業，孔填不寧，我位孔貶。**【傳】貶，隊也。【疏】「皋」即「嗥」之省。《説文》：「嗥，咆也。譚長作『獋』。」《周禮・大祝》「來瞽，令皋舞」，鄭注云：「皋，讀爲『卒嗥呼』之『嗥』。」此皋、嗥聲通之證。《爾雅》：「皋皋，刺素食也。」頑不知道者，即是素食之事。《左傳》云：「心不則德義之經爲頑。」「嗥」與「頑」義相近也。《爾雅》：「訿訿，莫供職也。」《傳》用《雅》訓，而又益其義云「窳」者，《爾雅》：「窳，勞也。」郭注云：「勞苦者多惰窳。」《小旻》傳：「訿訿然不思稱乎上。」是即「惰窳」之意也，亦即「莫供職」之事也。二《傳》辭異而意同。《説文》云：「呰，窳也。」「訿」與「呰」同。《正義》云：「窳字從宀，音眠。」今《説文》收入穴部，未審仲達所據也。《抑》傳云：「玷，缺也。」「缺」與「闕」通。〇《雲漢》「兢兢業業」，《傳》云：「兢兢，恐也。業業，危也。」《瞻卬》「孔填不寧」，《傳》云：「填，久也。」《説文》：「貶，損也。」「㝵，傾覆也。杜林説以爲『貶損』之『貶』。」隊者，「傾覆」之意。「我位孔貶」，言我王之位甚矣其隊也。《十月之交》傳云：「高岸爲谷，深谷爲陵，言易位也。」是其義。

如彼歲旱，草不潰茂，如彼棲苴。【傳】潰，遂也。苴，水中浮草也。**我相此邦，無不潰止。**【疏】「潰，遂」，《小旻》同。遂，猶成也，就也。《箋》云：「『潰茂』之『潰』當作『彙』。彙，茂皃。」《箋》易字而與《傳》無二義也。《靈樞經·癰疽》篇：「草蘆不成。」《廣雅》：「蘆，草也。」「蘆」與「苴」同。《傳》云「水中浮草」，但釋經「苴」字，不釋「棲」字。《箋》「如樹上之棲苴」，以申補《傳》。《楚辭·九章》「草苴比而不芳」，王注云：「生曰草，枯曰苴。」是其義。《正義》謂苴棲水上，「棲」有「浮」義，失《傳》之指矣。〇相，視也。潰，亂也。止，語詞。《箋》云：「無不亂者，言皆亂也。」《春秋傳》曰：「『國亂曰潰，邑亂曰叛。』」

維昔之富，不如時。【傳】往者富仁賢，今也富讒佞。**維今之疚，不如茲。**【傳】今則病賢也。**彼疏斯粺，胡不自替？職兄斯引。**【傳】彼宜食疏，今反食精粺。替，廢；兄，茲也。引，長也。【疏】

「維昔之富，不如時。維今之疚，不如茲」，時，是也。茲，此也。言昔之富如是，今之疚如此也。此皆就賢者一邊説，則經中兩「不」字皆語詞。《傳》云「往者富仁賢」釋上句，云「今則病賢也」釋下句。疚，病也。《釋文》云：「疚，字或作『宊』。」《傳》必於上句下句閒，必先箸「今也富讒佞」一句者，所以申明經文病賢之由，而又以探下文「彼疏斯粺」而爲言也。○彼，彼讒佞也。程瑶田《九穀考》云：「凡經言疏食者，稷食也。《論語》『疏食菜羹』即《玉藻》『稷食菜羹』。《左傳》『粱無麤有』，麤對粱而言。《魯語》『食粟食麤』，麤對粟而言，稷之謂也。」奂案詩之「疏」正言稷。《曾子天圓》篇云：「無禄者稷饋，稷饋者無尸。」是古賤者食稷也。彼之者，賤之之詞也。粺，鄭《箋》指糲米一斛舂爲九斗之粺。然一斛舂九斗之粺與糲米校，糲米爲疏，而粺則未爲精也。稻繫米八斗而舂爲六斗大半斗曰粲，禾黍繫米八斗而舂爲七斗曰侍御，精之至矣。「粺」與「疏」對文，疏爲稷，粺其禾黍歟？禾别曰稗，黍别爲穄。《文選・七啓》「芳菰精稗」，李善注云：「『稗』與『粺』通。」《傳》云「彼宜食疏，今反食精粺」，所謂「今富讒佞」也。「替，廢」，《楚茨》同。廢，猶退也。《周禮・大宰》「七曰廢，以馭其罪」，此《傳》「廢」字之訓也。職，主也。《傳》訓「兄引」爲「茲長」。「職兄斯引」，言其獨主禄茲長也。下章云「溥斯害矣，職兄斯弘」，言其遺害主茲長也。《常棣》「兄也永歎」，《傳》：「兄，茲也。永，長也。」《桑柔》「倉兄填兮」，《傳》：「兄，滋也。填，久也。」「茲」與「滋」同。凡云「兄」者，皆「滋益」之詞。兄永、兄填、兄引、兄弘，竝連文得義，故此及《常棣》、《桑柔》傳「茲也」，「也」字當衍。

池之竭矣，不云自頻。【傳】頻，厓也。**泉之竭矣，不云自中。**【傳】泉水從中以益者也。**溥斯害矣，職兄斯弘，不裁我躬。**【疏】「瀕」訓「厓」，厓，水厓。《箋》：「瀕，當作『濱』。」《列女傳》作「濱」。瀕、濱古今字，説詳《采蘋》篇。俗省作「頻」。《傳》云「泉水從中以益者」，釋經「泉自中」之義。益，古「溢」字。「自」訓「從」，與《皇矣》同。言池竭自厓，泉竭自中耳。不、云，皆語詞，猶「薄言」、「維曰」皆語詞也。池瀕、泉中對文，中猶内也。中爲内，故《箋》以厓爲猶外，言池竭喻王政之亂由外無賢臣，泉竭喻王政之亂由内無賢妃。《列女傳》續篇引：「《詩》云：『池之竭矣，不云自瀕。泉之竭矣，不云自中。』成帝之時，舅氏擅外，趙氏專内，其自竭極，蓋亦池泉之勢也。」鄭《箋》正本三家《詩》以申明毛義也。〇溥，大也。弘，大也。不烖，烖也，「不」亦語詞。

昔先王受命，有如召公，日辟國百里，今也日蹙國百里。【傳】辟，開；蹙，促也。**於乎哀哉，維今之人，不尚有舊。**【疏】《關雎》正義云：「《詩》有六字一句者，『昔者先王受命，有如召公之臣』之類是也。」據此，則經文少三字。《序》云「閔天下無如召公之臣」，「召公」下亦有「之臣」二字。先王，謂宣王也。召公，謂召穆公也。辟，古「闢」字，故《傳》云「辟，開」也。昔者宣王受命中興，復文、武之竟土，輔佐之者有如此召公之臣，是以日辟國百里。《江漢》篇云：「江漢之滸，王命召虎，式辟四方，徹我疆土。匪疚匪棘，王國來極。于疆于理，至于南海。」《鹽鐵論・地廣》篇亦云：「周宣王辟國千里。」是其事也。蹙，當作「戚」，訓「促」，《小明》同。〇尚，讀與「上」同。「維今之人，不尚有舊」，言乃今之人，不上用舊臣也。案此章以「昔先王」、「今之人」對文，與六章「昔富」、「今疚」對文同意。昔爲往昔，今爲今時。上《傳》云「往者富仁賢，今也富讒佞」，召公之臣仁賢也。富仁賢，尚有舊也。不富仁賢而富讒佞，不尚有舊也。文義本是一貫，則經言「昔先王」，不必遠舉文、武時明矣。召穆公在厲王之朝作《蕩》詩，凡伯作《版》詩，詩云「老夫灌灌」，又云「匪我言耄」，則厲王時之凡伯已爲耆舊老臣。厲王流彘，召穆公有立宣王之大功，而凡伯之後亦世入爲王官。至幽王之末年，政又大壞。宣、幽之際，皆其所見所聞者，故慨念昔宣之盛、今幽之衰，乃作此詩以刺之。

北京大學《儒藏》編纂與研究中心 編

《儒藏》精華編選刊

詩毛氏傳疏（下）

〔清〕陳奐 撰
陳錦春 王承略 校點

北京大學出版社
PEKING UNIVERSITY PRESS

詩毛氏傳疏卷二十六

清廟之什詁訓傳弟二十六　毛詩周頌

《清廟之什》十篇，十章，九十五句。【疏】頌者，皆祭祀之詩，作於成功之後，而其事或涉於成功之先。其中有周公營雒邑所行祭祀之禮，亦有在鎬京制作之禮，故説有不同，謂此也。周大師譜《詩》入樂，但謂之「頌」，不繫「周」字。後《詩》在魯，魯有《魯頌》；又有《商頌》，遂加「周」以別之。《左傳》吴札請觀周樂，爲之歌《頌》。吴札曰：「五聲和，八風平，節有度，守有序，盛德之所同也。」此歌《頌》者，美文王、武王、成王盛德，皆同歌《周頌》，非并魯、商而歌之也。杜預謂「《頌》有殷、魯，故曰盛德之所同」，劉炫規之，是矣。

《清廟》一章八句。

《清廟》，祀文王也。周公既成雒邑，朝諸侯，率以祀文王焉。【疏】雒邑，今作「洛」，非。《釋文》作「雒」。案此祀文王於清廟之樂歌也。周公朝諸侯明堂之位於居攝之六年，在宗周鎬京，見《逸周書·明堂》篇。此乃在雒邑東都畿内，故《箋》以成雒邑謂在居攝五年時。其時周公祀文王於國之南陽，《孝經》所謂「宗祀文王於明堂，以配上帝」，作《我將》之詩。又祀文王於路寢大廟，以行特祀之禮，作《清廟》之詩。《書大傳》云：「《清廟》升歌者，歌先人之功烈德澤也，故欲其清也。其歌之呼也，曰：『於穆清廟。』於者，歎之也。穆者，敬之也。清者，欲其在位者徧聞之也。故周公升歌文王之功烈德澤。苟在廟中嘗見文王者，愀然如復見文王。」《書傳》與《詩序》合。漢人劉向、王褒、蔡邕、高誘、鄭玄皆謂《清廟》歌文王不及武王，無異説。《書・雒誥》篇：「予以秬鬯二卣，曰明禋。拜手稽首休享。予不敢宿，則禋于文王、武王。」凡郊祭稱禋。禋文、武，以文、武合祭明堂也。此《祭法》「祖文王而宗武王」之事也。又「祭歲，文王騂牛一，武王騂牛一。王賓，殺禋，咸假，❶王入大室祼。」王肅注：「大室，清廟中央之室。」此合祭文、武於大廟也。《書大傳》云：「大廟之中，繽乎其猶模繡也。天下諸侯之悉來進受命周公，而退見文、武之尸者，千七百七十三諸侯，皆莫不磬折玉音，金聲玉色，然後周公與升歌而弦文、武。諸侯在廟中者，伋然淵其志，和其情，愀然若復見文、武之身，然後曰：『嗟子乎！此蓋吾先君文、武之風也夫！』及執俎抗鼎執刀執匕者負牆而歌，憤于其情，發于中，而樂節文，故周人追祖文王而宗武王也。孔子曰：『吾于《雒誥》也，見周公之德。』」蓋周公制作禮樂，祖有功而宗有德。祖文宗武，皆有配天之祭，故於升歌共歌《清廟》之詩。唐人杜牧云：「周公居攝，祀文、武于清廟，作此歌文、武之德。」是謂也。文、武可以合祭於明堂，豈文、武不可以合祭於清廟乎？然祭文、武當在居攝七年之末，而祀文王，歌《清廟》，猶在前年矣。《逸周書・作雒》篇：「乃位五宫：大廟、宗宫、考宫、路寢、明堂，咸有四阿。」孔晁注云：「大廟，后稷廟。二宫，祖考廟、考廟也。路寢，王所居也。明堂，在國南者也。」案此大廟即昭穆之大廟，與《明堂月令》左右个之大廟不同，故孔以爲后稷廟。祖考廟，文王廟也。考廟，武王廟也。周公成雒邑時，文王尚在祖考宫。大平告文王，故特設奠於路寢

---

❶「假」，徐子静本、《清經解續編》本同。阮刻《尚書正義》作「格」，二字通。

大廟，爲崇也。若合食於后稷大廟，是褻也。故知此詩爲專祀文王而作。路寢大廟，即《明堂月令》左右个中央之大廟。《大戴禮·盛德》篇：「或以爲明堂者，文王之廟。」《通典》引《周禮》、《孝經》説、鄭注《樂記》竝以文王之廟爲明堂制者，蓋本諸此也。試更即周人廟制而詳言之。《禮緯稽命徵》、《孝經緯鉤命決》竝云：「唐、虞五廟，親廟四、始祖廟一。夏四廟，至子孫五。殷五廟，至子孫六。」是夏以前皆五廟，殷以契爲大祖，而成湯爲受命王，不毁，故六廟。而《吕覽·諭大》篇引《商書》云：「五世之廟，可以觀怪。」不數成湯。此五廟之制，從古昭然。莊三年《公羊傳》：「魯子曰：『請後五廟，以存姑姊妹。』」徐彦疏云：「紀爲附庸，而得有五廟者，舊説云：此諸侯之禮故也。」是諸侯雖附庸國，亦五廟矣。五廟之説，實本於五服之親，故《喪服小記》：「王者禘其祖之所自出，以其祖配之，而立四廟。」鄭注云：「四廟，高祖以下，與始祖而五。」蓋廟數同於喪服，以一己而上推之，爲父、祖、曾、高；以一己而下推之，爲子、孫、曾、玄，所謂「親親，以三爲五，以五爲九」也，所謂「五服之親」也。四廟，四親廟也。王者立四親廟，猶一己而上推之，爲父、祖、曾、高也。四親廟而以一始祖不遷之廟統領之，猶一己而下推之，則爲子、孫、曾、玄也。五廟義生於五服，百王不改也。周制天子七廟，見《禮記·王制》、《曾子問》、《禮器》、《祭法》等篇。《大戴禮·三本》、《荀子·禮論》、《穀梁·僖十五年傳》竝同。《祭法》言七廟有二祧，諸侯無二祧，止五廟。《王制》三昭三穆，中四親廟爲二昭二穆，二祧爲一昭一穆，與大祖而七。此周七廟兼二祧昭穆之説也。盧子榦、鄭康成《禮記注》皆以二祧爲文王、武王之祧。孔疏引《白虎通義》「周以后稷、文、武特七廟」。何注成六年《公羊傳》：「禮，天子諸侯立五廟，受命始封之君立一廟，至于子、孫，過高祖，不得復立廟。周家祖有功，尊有德，立后稷、文、武廟，至於子、孫，自高祖已下而七廟。」《漢書·韋玄成傳》：「周之所以七廟者，以后稷始封，文王、武王受命而王，是以三廟不毁，與親廟四而七。」此爲盧、鄭注所本。然韋、班、何以文、武爲受命不毁，當在應毁不毁之後。而言不數二祧，而亦未嘗以二祧爲文、武廟。「二祧」雖一見於《祭法》，當亦爲周公所定之制。《周禮・小宗伯》「辨廟祧之昭穆」，廟謂五廟，祧謂二祧，皆有昭穆。是周公時已有祧矣。《守祧》：「掌守先王、先公之廟祧，其遺衣服藏焉。若將祭事，❶則各以其服授尸。」先王爲廟，先公爲祧。王之服如尸之服，故《司服》「享先王衮冕，享先公鷩冕」，是祧與廟不同享也。《守祧》又云：「其廟，則有司脩除之；其祧，則守祧黝堊之。」是祧與廟不同掌也。《隸僕》「掌五寢之埽除糞灑之事」，五寢即五廟。七廟惟祧無寢，是二祧與五廟不同地也。臨海金鶚《天子四廟辨》云：「《周官》爲周公所作。在成王時，大王、王季、文王、武王爲四親廟，諸盩、亞圉爲二祧。后稷爲周大祖，推以配天，雖不追王，亦得稱先王，必不以先公稱之。」引：「《周官》『守祧，奄八人』，注：『天子七廟，三昭三穆。』賈疏：『通姜嫄爲八廟。』廟一人，故八人。以爲在周公制禮之時已有七廟之明證。成王之時，文、武在四親廟中，安得以爲二祧？文、武居二祧，在穆王、共王之時。文、武爲世室，又在懿王、孝王之時。」奂案誠齋説最有根據。后稷於周爲大祖，不遷，此廟而非祧也。先儒或以后稷爲先公之祧，或以文、武爲先王之祧，則三祧而非二祧，既與《祭法》二祧在五廟外者不合。或以文、武爲二祧，而又合后稷三廟不毁，又與《祭法》二祧爲壇墠者不合。皆誤以祧爲不遷不毁之義，而不知祧亦遷毁者也。昭穆毁，故四親廟及二祧皆毁。二祧不與於五廟之數，七廟兼二祧言者，此通祧稱廟，崇大之辭也。周公所制禮也，文、武宗亦不與於五廟之數。七廟兼文、武言者，此始受命王不毁之義也。然文、武應毁不毁，猶在制禮之後，而非周公時豫設也。周公時，文、武尚居四親廟；共王已後，當遷文、武居二祧；懿王已後，當遷而不毁，以文、武爲世室，亦不與於五廟之數。五廟在路寢之

❶「事」，徐子静本、《清經解續編》本同。阮刻《周禮注疏》作「祀」。

東，二祧無攷。世室即大室，亦即路寢之大廟大室。先公之遷主藏於大祖廟，先王之遷主藏於大廟大室，《白虎通義》所謂「主祏納之西壁」是已。文、武爲始受命王，當遷而不毁，故即以大廟大室爲文、武之主廟。文、武二王實合爲三代三王之一。前堂曰大廟，爲文王廟。中央曰大室，爲武王廟。猶如魯以周公廟稱大廟，魯公廟稱大室，同在一處。《魯頌》所以有「白牡騂剛」合祭之文。魯用王禮，此其制也。文、武廟不毁，此即韋玄成所謂「文王、武王受命而王，不毁」之義。文、武親盡，不更立廟，此即韋玄成所謂「始受命而王，祭天，以其祖配，而不爲立廟」之義。事雖行於周公之後，然必本湯爲受命而王不毁，亦因殷而制禮，且與周公明堂、清廟皆有合祭文、武之禮。蓋實有先行之者矣。天子吉禘在路寢明堂，《左傳》云：「天子有事于文、武，惠王喪終之吉禘也。」路寢大廟爲文、武廟，明堂，其南堂也。此亦周人中葉文、武同廟之一證。下士祖禰共廟，共廟則必合祭。在禮，下不嫌與上同也。或謂《曾子問》廟有二主。孔子舉齊桓作僞主，藏祖廟，爲二主，非禮。是僞主與廟主爲二主，非一廟二主合祭也。不得援引以爲説。廟制又互見《魯頌》、《商頌》。

於穆清廟，【傳】於，歎辭也。穆，美也。**肅雝顯相。**【傳】肅，敬；雝，和；相，助也。**濟濟多士，秉文之德。**【傳】執文德之人也。**對越在天，駿奔走在廟。**【傳】駿，長也。**不顯不承，無射於人斯。**【傳】顯於天矣，見承於人矣，不見厭於人矣。【疏】「於，歎辭」，《文王》同。「穆，美」下，從《釋文》補「也」字。《吕覽·至忠》篇「可謂穆行矣」、《淮南子·原道》篇「物穆無窮」，高注竝云：「穆，美也。」《箋》云：「清廟者，祭有清明之德者之宫也。」《漢書·韋玄成傳》：「《清廟》之詩，言交神之禮無不清静。」潁子容《春秋釋例》：「肅然清静謂之清，廟行禘祫、敘昭穆謂之大廟。」蔡邕《明堂月令論》：「取其宗祀之貌則曰清廟，取其正室之貌則曰大廟。」

引《左傳》「内部大鼎于大廟」，下言「清廟茅屋」；《明堂位》「禘祀周公于大廟」，下言「升歌《清廟》」，以爲清廟即大廟。《明堂位》「大廟，天子明堂」，大廟即明堂，亦曰大寢。《月令》「於東曰青陽大廟，於南曰明堂大廟，於中央曰大廟大室，於西曰總章大廟，於北曰玄堂大廟」，鄭注以大寢東堂、大寢南堂、大寢西堂、大寢北堂釋之。此即天子之路寢也。路寢方三百步。路，亦大也。凡大祭祀，行諸大寢，故又謂之大廟，在路門之内、王宫之中央。《吕覽・慎勢》篇：「古之王者擇天下之中而立國，擇國之中而立宫，擇宫之中而立廟。」是其謂矣。○「肅，敬；雝，和」，《何彼襛矣》同。「相，助」，《生民》、《雝》同。《文王》傳云：「濟濟，多威儀也。」秉，操也，把也。「秉」訓「執」，義相近也。《傳》以文德爲助祭之士有文德者，昭三十二年《左傳》：「昔成王合諸侯城成周，以爲東都，崇文德焉。」劉炫以爲崇文德之教，義與《傳》同。「對越」猶「對揚」，「對越在天」與「對揚王休」同意。《江漢》傳云：「對，遂也。」《爾雅》云：「越，揚也。」在天，言文王在上也。「駿，長」，《雨無正》同。長，讀平聲。○《傳》云「顯於天矣，見承於人矣」，則以「不」爲發聲。不顯，顯也；不承，承也。「不」或作「丕」。《孟子・滕文公》篇引《書》曰：「丕顯哉，文王謨！丕承哉，武王烈！」《釋詞》云：「顯哉、承哉，贊美之詞。丕，發聲。」是也。「無射於人斯」，「於」當作「于」。凡《詩》用字之例，經作「于」不作「於」，作「無」不作「毋」，作「維」不作「唯」。維、唯，無、毋，于、於偶爾閒出，或相傳古本字不畫一，抑轉寫錯誤，不能肊定也。《傳》以「不厭」釋「無射」，「無」與「不」同義也。《大雅》序云：「《皇矣》，美周也。天監代殷莫若周，周世世修德莫若文王。」所謂「顯於天」也。《序》云：「《下武》，繼文也。武王有聖德，復受天命，能昭先人之功焉。」《文王有聲》，繼伐也。武王能廣文王之聲，卒其伐功也。」兩「繼」字即此詩「承」字。《權輿》傳：「承，繼也。」所謂「見承於人」也。《序》云：「《靈臺》，民始附也。文王受命，而民樂其有靈德以及鳥獸昆蟲焉。」所謂「不見厭於人」也。皆是頌文王之詞。

《維天之命》一章八句。

《維天之命》，大平告文王也。【疏】《書·雒誥》篇《大傳》云：「周公攝政六年，制禮作樂；七年，致政。」《維天之命》，制禮也。《維清》，作樂也。《烈文》，致政也。三詩類列，正與《大傳》節次合。然則《維天之命》當作於六年之末矣。《雒誥》：「周公曰：『王肇稱殷禮，祀于新邑，咸秩無文。』」鄭注云：「周公制禮樂既成，不使成王即用周禮，仍令用殷禮者，欲待明年即政告神受職，然後班行周禮。班訖，始得用周禮，故告神且用殷禮也。」鄭謂周禮行於七年致政之後，是也。《箋》以告大平爲禮未成時，在居攝五年之末，未是。詩云：「我其收之。」又云：「曾孫篤之。」自在制禮後語矣。

維天之命，於穆不已。於乎不顯，文王之德之純。【傳】孟仲子曰：「大哉！天命之無極，而美周之禮也。」純，大也。**假以溢我，我其收之。**【傳】假，嘉；溢，慎；收，聚也。**駿惠我文王，曾孫篤之。**【傳】成王能厚行之也。【疏】《釋文》引《韓詩》云：「維，念也。」《文選》歐陽建《臨終詩》注引《薛君章句》云：「惟，念也。」「惟」與「維」通。《詩譜》載孟仲子作「於穆不似」，「似」與「已」通。「大哉」二句，《傳》引孟仲子語以總釋經義。云「天命之無極」釋天之命不已，云「美周之禮」釋「文王之德」。大者，即「純」字之義。美者，即「穆」字之義。於天命言大，於周禮言美，皆互詞也。言文王有光顯之德，崇效乎天，其所行周禮，亦如天命之運行不已。文王之德大，一如天之大。《禮記·中庸》篇：「《詩》云『維天之命，於穆不已』，蓋曰天之所以爲天也。『於乎不顯，文王之德之純』，蓋曰文王之所以爲文也，純亦不已。」《箋》云：「命，猶道也。天之道於乎美哉，動而不止，行而不已，純亦不已也。於乎不光明與？文王之施德教之無倦已，美其與天同功也。」案鄭意本《中庸》以申明《傳》義。「純，大」下「也」字今補。「純，大」，《爾雅·釋詁》文。《說文》：「奄，大也。」「純」與「奄」同。經言德，《傳》言禮。昭二年《左傳》：「韓宣子觀書於大史氏，見《易象》與《魯春秋》，曰：『周禮盡在魯矣，吾乃今知周公之德，與周之所以王也。』」杜注云：「《易象》、《春秋》，文王、周公之制。」是德即禮也。《左傳》、《易象》、《春秋》爲周禮；鄭《箋》，六官之職爲周禮，其義一也。《正義》引趙注《孟子》云：「孟仲子，孟子從昆弟學於孟子者也。」又引鄭《詩譜》云：「孟仲子者，子思弟子。蓋與孟軻共事子思，後學於孟軻。」《釋文》云：「一云子夏傳曾申，申傳魏人李克，克傳魯人孟仲子，孟仲子傳根牟子，根牟子傳趙人孫卿子，孫卿子傳魯人大毛公。」然則孟仲子亦學於《詩》者也，故此及《閟宮》傳兩引其說。○《傳》訓「假」爲「嘉」，與《假樂》、《雝》同。「溢，慎」，《釋詁》文。舍人注云：「溢，行之慎也。」「假以溢我」，言以嘉美之道戒慎於我也。襄二十六年《左傳》作「何以恤我」。《說文》及《廣韻》作「誐以謐我」，「誐」與「嘉」聲通。誐者，本字；假、何，皆同聲假借字。謐者，本字；溢、恤，皆同聲假借字。「收，聚」，《釋詁》文。《箋》云：「溢，盈溢之言也。以嘉美之道饒衍與我，我其聚斂之以制法度，以大順我文王之意，謂爲周禮六官之職也。《書》曰：『考朕昭子刑，乃單文祖德。』」《正義》引鄭注《雒誥》云：「成我所用明子之法度者，乃盡明堂之德。明堂者，祀五帝大皞之屬，爲用其法度也。周公制禮六典，就其法度而損益用之。」又引《雒誥》「承保乃文祖受命民」，鄭注云：「文祖者，周曰明堂。」《大戴禮·盛德》篇云：「明堂，天法也。禮度，德法也。」又云：「德法者，御民之本也。冢宰之官以成道，司徒之官以成德，宗伯之官以成仁，司馬之官以成聖，司寇之官以成義，司空之官以成禮。」此以六官六政爲明堂大法，鄭說所本也。鄭箋《詩》「溢」爲「盈溢」、「饒衍」，與《傳》義異。其言聚斂制度，正足以發明《傳》義。《周語》：「晉隨武子歸，乃講聚三代之典禮，修執秩，以爲晉法。」

講聚，《左傳》作「講求」。汪遠孫云：「求者，『逑』之假借。《説文》：『逑，斂聚也。』」案收、逑聲本相近。講聚、收聚，義正相同。《箋》釋「駿惠」爲「大順」，《傳》義亦當然也。○《序》云「大平告文王」，《鳧鷖》序稱「大平之君子」即指成王，故《傳》以「曾孫」爲成王也。成王雖是文王之孫，告文王，所以告先王，故不妨通稱「曾孫」也。云「成王能厚行之也」者，《釋文》本無「行」字。厚，猶惇也，謂惇用文王之典禮。「篤」訓「厚」，《椒聊》、《大明》、《公劉》傳皆云：「篤，厚也。」《楚辭·天問》：「帝何竺之？」「篤」與「竺」通。《箋》云：「曾，猶重也。自孫之子而下事先祖皆稱曾孫。是言曾孫，欲使後王皆厚行之，❶非維今也。」鄭意亦以曾孫爲成王，兼指後王説，乃申《傳》義而推廣之。

《維清》一章五句。

《維清》，奏《象舞》也。【疏】《象》，文王樂。象文王之武功曰「象」，象武王之武功曰「武」。《象》有舞，故云「象舞」。《箋》云：「《象舞》，象用兵時刺伐之舞，武王制焉。」胡承珙《後箋》云：「鄭謂武王所制者，武王之作《象舞》，其時似但有舞耳。考古人制樂，聲、容固宜兼備，然亦有徒歌、徒舞者。三百篇皆可歌，不必皆有舞，則武王制《象舞》時，殆未必有詩。成王、周公乃作《維清》以爲《象舞》之節，歌以奏之。」案胡説詩周公作，是矣。襄二十九年《左傳》：「吴公子札觀周樂，見舞《象箾》、《南籥》者。」賈、服、杜注竝以《象》爲文王之樂。此《象》謂舞，

❶「厚」，原作「後」，據中國書店影印武林愛日軒刻本、徐子静本、《清經解續編》本與阮刻《毛詩正義》改。

不謂詩也。《禮記·文王世子》、《明堂位》、《祭統》、《仲尼燕居》皆言「下管《象》」，猶之「下管《新宮》」耳。此《象》謂詩，不謂舞也。制《象舞》在武王時，周公乃作《維清》以節下管之樂，故《維清》亦名《象》。《周頌》首三篇《清廟》、《維天之命》、《維清》皆文王詩，如《周南》之《關雎》、《葛覃》、《卷耳》，《召南》之《鵲巢》、《采蘩》、《采蘋》，《小雅》之《鹿鳴》、《四牡》、《皇皇者華》，《大雅》之《文王》、《大明》、《緜》，亦皆文王詩，周公用之宗廟朝廷，燕飲盟會。《四牡》傳云：「周公作樂，以歌文王之道，❶爲後世法。」是其義也。《清廟》爲升歌之樂章，《維清》爲下管之樂章。唯《周頌》之不用《維天之命》，猶《召南》之不用《草蟲》耳。論詩編樂自有制度，則知《維清》即《象》。《象》爲文王樂，《維清》爲文王詩，昭然不疑矣。《後箋》云：「鄭注《禮記》概以《象》爲《周頌》之《武》。然《記》文『管《象》』之下又别云『舞《大武》』、『舞《大夏》』，則所謂『下管《象》』者，非《大武》之詩，當即此文王之《象》。若《仲尼燕居》之『下管《象》、《武》，《夏籥》序興』，亦當以《象》爲文王之樂，與上『升堂歌《清廟》』對。曰《武》曰《夏》，即所謂『朱干玉戚以舞《大武》，八佾以舞《大夏》』者。鄭注亦以《象》爲《大武》，非是。」

維清緝熙，文王之典。【傳】典，法也。**肇禋，**【傳】肇，始；禋，祀也。**迄用有成，維周之禎。**【傳】迄，至；禎，祥也。【疏】清，清静也。《文王》篇「穆穆文王，於緝熙敬止」，《傳》云：「緝熙，光明也。」清静光明，是謂文王之德也。《爾雅》：「典，經也。」《説文》：「典，五帝之書也。从册在丌上，尊閣之也。莊都説：『典，大册也。』」其引申之義，書可爲法，故典謂之法。法必有常，故《我將》傳「典」又謂之「常」。《箋》云：「文王

❶「道」，原作「詩」，據本書卷十六《四牡》傳改。

有征伐之法，受命七年五伐也。」此鄭用《書大傳》之文，以申明《傳》「法」字之訓也。○《箋》云：「文王受命，始祭天而枝伐也。《周禮》：『以禋祀祀昊天上帝。』」《正義》引《中候・我應》「枝伐弱勢」鄭注云：「先伐紂之枝黨，以弱其勢，若崇侯之屬。」是孔申明鄭説，枝伐即指伐崇。案文王伐崇在受命六年，七年而崩。《繁露・四祭》篇：「文王受命則郊，郊乃伐崇。」又《郊祀》篇：「文王受天命而王天下，先郊乃敢行事，而興師伐崇。」兩引《棫樸》之詩。此是三家《詩》義。然「是類是禡」祭天伐崇之事，見於《皇矣》篇，三家《詩》説未爲無據。「肇」訓「始」，《生民》「以歸肇祀」，《傳》亦云：「肇，始也，始歸郊祀也。」彼篇但言祀，故《傳》云「郊祀」。此篇經言禋，禋者祭天之名，故《傳》以「祀」詁「禋」，則禋祀之爲郊祀，無庸箸矣。后稷爲堯之上公，得始行郊祀。文王爲紂之上公，亦得始行郊祀。兩者事相同。此篇象文王之武功，是以鄭本三家《詩》郊伐之説，以補明經義耳。毛意亦然也。

○「迄，至」，《生民》同。「肇，始」、「迄，至」文義相對，言文王始行禋祀，至武王伐紂，用能有此成功也。《釋文》「禎」作「祺」，「徐邈云本又作『禎』，與崔本同」。《正義》云：「定本、《集注》『祺』字作『禎』。」則《正義》亦作「祺」矣。《正義》引某氏《詩》作「維周之祺」，《後箋》云：「考《爾雅》某氏注引《詩》『天立厥妃』、『俾爾亶厚』、『民之攸呬』之類，皆與毛異字，蓋多出於三家。此詩亦或三家作『祺』，《毛詩》自作『禎』耳。」案《説文》：「禎，祥也。」正用毛訓。杜牧《上周相公書》云：「《象》者，象武王伐紂刺伐之法。此乃文王受命，七年五伐，留戰陳刺伐之法遺之武王，武王用以伐紂而有天下。致之清平，爲周家之禎祥。」引《詩》作「禎」。此唐人以《象》爲《武》。《墨子・三辨》、《繁露・質文》、《白虎通義・禮樂》等篇皆有此説，而其引《詩》作「禎」，蓋用毛義也。《箋》：「征伐之法，乃周家得天下之吉祥。」鄭以「乃」字代「維」字，義見《文王》傳。

《烈文》一章十三句。

《烈文》，成王即政，諸侯助祭也。【疏】此成王即政，諸侯助祭文、武之樂歌也。周公攝政七年，致政成王。七年者，成王在位之七年。周公致政，成王即政矣。《雒誥》：「王在新邑烝，祭歲，文王騂牛一，武王騂牛一。」鄭注云：「歲，成王元年正月朔日也。以朝享之後用二特牛祫祭文王、武王於文王廟。」案改元雖非西京舊説，而用二特牛祭文、武，與《詩》義正合。文王廟即清廟。合祭文、武，亦歌《清廟》之詩。成王初即政，與諸侯共享大平，於其來助祭也，以申敕之，令無忘文、武之德。又歌《烈文》之詩，事非兩時，而義各有當。此詩乃專謂諸侯助祭而作耳，故《詩譜》、《正義》引服虔注《左傳》云：「《烈文》，成王初即雒邑，諸侯助祭之樂歌。」是其義矣。

烈文辟公，錫茲祉福。【傳】烈，光也。文王錫之。**惠我無疆，子孫保之。無封靡于爾邦，維王其崇之。**【傳】封，大也。靡，累也。崇，立也。**念茲戎功，繼序其皇之。**【傳】戎，大；皇，美也。**無競維人，四方其訓之。不顯維德，百辟其刑之。於乎前王不忘！**【傳】競，彊也。訓，道也。前王，武王也。【疏】「烈，光」，《爾雅・釋詁》文。辟公，庰諸侯也。錫，讀「陳錫哉周」之「錫」。文王造周，故《傳》云「文王錫之」也。《御覽・禮儀部三》引《傳》有「也」字，今奪。《白虎通義・瑞贄》篇云：「『烈文辟公，錫茲祉福』，言武王伐紂定天下，諸侯來會，聚於京師受法度也。」三家《詩》謂頌美武王，義異；而以辟公爲諸侯，則意同也。襄二十一年《左傳》：「祁奚曰：『《詩》曰：「惠我無疆，子孫保之。」《書》曰：「聖有謩勳，明徵定保。」夫謀而鮮過、惠訓不倦者，叔向有焉，社稷之固也。』」此引《詩》以「惠訓」釋「惠」、「不倦」釋「無疆」、「社稷之固」釋「子孫保」，經意蓋言諸侯皆能訓順我周，故長保其子孫世世獲福也。「封」與「豐」聲同，故《傳》訓「大」，《殷武》同。云「靡，累」者，「累」當作「纍」。「靡」爲「羈靡」之「靡」，「纍」爲「纍洩」之「纍」，故「胥靡」爲罪人也。《白虎通義·誅伐》篇：「《詩》云：『毋封靡于爾邦，惟王其崇之。』此言追誅大罪也。或盜天子土地，自立爲諸侯，絶之而已。」案三家《詩》以「封靡」爲「大罪」，與毛訓同。維，猶乃也。王，謂文王也。「崇」訓「立」，謂更立之以繼世也。承上文「錫兹祉福」而言。無以有大罪之故，乃亦爲之建立邦國。此舉文王錫福之尤箸者，而特揭之也。文王時，諸侯有大罪者，莫如崇侯虎。《皇矣》云「是致是祔」、「是絶是忽」，絶忽，罪施於崇虎；致祔，德及其先世。即其事也。○「戎」訓「大」。「功」與「公」同。故詁訓「功」、「公」皆爲「事」。國之大事，在祀與戎也。《閔予小子》傳云：「序，緒也。」繼緒，言武王繼文王伐崇之緒也。「皇，美」，《釋詁》文，《執競》同。案「念兹戎功，繼序其皇之」二句，上承文王，下起武王，作轉戾之詞。《清廟》、《維天之命》、《維清》三詩篇中皆專頌文王，此詩篇中則兼美武王。是周公歸政之後合祭文、武之事。「繼序」與末句「不忘」文意相應，與《閔予小子》「繼序」、「不忘」連文同辭。《武》云：「嗣武受之，勝殷遏劉，耆定爾功。」《賚》云：「我應受之，敷時繹思，我徂維求定。」皆武王繼文王之緒，文義相同。《正義》依王肅以王爲武王，不得不以繼序指諸侯，大違經、《傳》之恉矣。《傳》云「競，彊」，「無」發聲。人，謂賢人也。《論語》、《左傳》竝云：「武王有亂，十人訓道。」《烝民》同。《抑》傳「訓」爲「教」者，各隨文釋也。不顯，顯也。刑，法也。《禮記·中庸》篇：「是故君子不賞而民勸，不怒而民威於鈇鉞。《詩》曰：『不顯惟德，百辟其刑之。』」此引《詩》謂武王戢干戈，櫜弓矢矣。鄭注以爲諸侯法文王之德，非《毛詩》義也。於乎，《大學》引《詩》作「於戲」。不忘，謂没世不忘也。《正義》云：「成王之前唯武王耳，故知前王武王。」

《天作》一章七句。

《天作》，祀先王先公也。【疏】此時享廟祧之樂歌也。《周禮·守祧》：「掌守先王、先公之廟祧。」先王爲廟，先公爲祧。其在成王時，后稷爲大祖廟，最尊。大王、文王爲二昭，王季、武王爲二穆，最親。此五廟皆先王廟也。諸盩，即祖紺，爲一昭。亞圉爲一穆。此二祧爲先公廟也。《中庸》云：「周公成文、武之德，追王大王、王季，上祀先公以天子之禮。」祀先公而別立二祧，不與於五廟數中，故《禮記·喪服小記》及《周禮·隸僕》但言四廟五寢，而《王制》、《祭法》等篇所云「七廟」實兼二祧。此周公時七廟之説也。《國語》：「祭公謀父諫穆王曰：『日祭、月祀、時享、歲貢、終王，先王之訓也。』」《五經異義》：「古《春秋》左氏説云：『時享爲二祧。』」《漢書·韋玄成傳》劉歆釋《國語》亦云：「二祧則時享。」是時享有先公矣。

天作高山，大王荒之。【傳】作，生；荒，大也。天生萬物於高山，大王行道，能大天之所作也。**彼作矣，文王康之。彼徂矣，岐有夷之行。**【傳】夷，易也。**子孫保之。**【疏】「作，生」，《采薇》同。「荒，大」，《悉蟀》、《公劉》同。《傳》云「天生萬物於高山」者，以釋「天作高山」句。高山生萬物，是即天之所作也。云「大王行道，能大天之所作也」者，以釋「大王荒之」句。「大」作「安」，字之誤。《箋》云「能尊大之」、《正義》云「長大此天所生」，《箋》、《疏》不誤，今據以訂正。《晉語》：「叔詹曰：『「天作高山，大王荒之」，荒，大之也。大天所作，可謂親有天矣。』」此毛《傳》所據之本。《箋》云：「高山，謂岐山也。」「作」與上「作」字同義。康，安也。「彼作矣，文王康之」，言天所生之萬物，而文王又能以安之也。《荀子·王制篇》：「天之所覆，地之所載，莫不盡其美，致其用。上以飾賢良，下以養百姓而安樂之。夫是之謂大神。《詩》曰：『天作高山，大王荒之。彼作矣，文王康之。』此之謂也。」此引《詩》「康」訓「安樂」，言安樂覆載之萬物，與《國語》釋《詩》同。毛多用荀説，意當然也。○徂，往也。言民所歸往也。「夷」訓「易」。《説苑・君道》篇：「夫事寡易從，法省易因，故民不以政獲罪也。大道容衆，大德容下。聖人寡爲，而天下理矣。詩人曰：『岐有夷之行，子孫其保之。』」《韓詩外傳》云：「《傳》曰：『易簡，而天下之理得矣。』又曰：『忠易爲禮，誠易爲辭，賢人易爲民，工巧易爲材。』」亦引此詩。《後漢書・西南夷傳》朱輔疏引《詩傳》曰：「岐道雖僻，而人不遠。」李賢注引《韓詩》薛君章句云：「徂，往也。夷，易也。行，道也。彼百姓歸文王者皆曰：岐有易道，可歸往矣。易道，謂仁義之道而易行，故岐道阻險而人不難。」案朱輔引《詩》「彼徂矣」作「彼徂者矣」，「者」通用，無關經義。唯毛《傳》最略，得此數説。可以發明「夷，易」之詁矣。《箋》云：「《易》曰：『乾以易知，坤以簡能。易則易知，簡則易從。易知則有親，易從則有功。有親則可久，有功則可大。可久則賢人之德，可大則賢人之業。』以此訂大王、文王之道，卓爾與天地合德。」鄭正用《韓詩》義。但《韓詩》專指文王，不兼指大王。蓋大王雖是遷岐之君，而治岐之道無如文王。篇末不應兼及大王。

《昊天有成命》一章七句。

《昊天有成命》，郊祀天地也。【疏】此「冬至圜丘，夏至方丘」，祀天地之樂歌也。《周禮・大司樂》：「冬日至，於地上之圜丘奏之，若樂六變，則天神皆降。夏日至，於澤中之方丘奏之，若樂八變，則地示皆出。」鄭注云：「此皆禘大祭也。天神則主北辰，地祇則主崑崙。」《禮記・禮器》：「爲高必因丘陵，爲下必因川澤。」

注云：「冬至祭天於圜丘之上，夏至祭地於方澤之中。」又「因天事天，因地事地」，注云：「天高，因高者以事也。地下，因下者以事也。」鄭亦本《大司樂》而言之矣。《大宗伯》「以禋祀祀昊天上帝」，注云：「昊天上帝，冬至於圜丘所祀天皇大帝。」又「以蒼璧禮天」，注云：「此禮天以冬至，謂天皇大帝在北極者也。」《祭法》「周人禘嚳而郊稷」，注云：「此禘謂祭昊天於圜丘也。祭上帝於南郊曰郊。」韋注《魯語》同。《爾雅・釋天》云：「禘，大祭也。」禘在郊上，故禘爲最大之祭。禘嚳，非配稷也。圜丘，非南郊也。昊天上帝，非上帝也。《司服》：「王之吉服：祀昊天上帝，服大裘而冕。」圜丘之祀，以冬日至時服大裘，則所祀者昊天上帝也。《大司樂》不言禘而以爲禘，《祭法》不言圜丘而以爲圜丘。鄭説固融貫極矣。《大司樂》注以圜丘祀天，方丘祀地，二者皆爲禘。而《祭法》之禘，注但言圜丘，而方丘之爲禘亦當該在其中。圜丘、方丘皆在郊，故《祭法》謂之禘，經、《傳》皆謂之郊。《國語》又以「禘」、「郊」連言之，《周語》：「禘郊之事，則有全烝。」《魯語》：「天子日入，監九御，使絜奉禘郊之粢盛。」《楚語》：「天子禘郊之事，必自射其牲，天子親舂禘郊之盛。」與《表記》「天子親耕，粢盛、秬鬯，以事上帝」合。此禘郊爲祭天矣。《楚語》「禘郊不過繭栗」，與《王制》「祭天地，牛角繭栗」合。此禘郊并爲祭天地矣。臨海金鶚辨之甚詳。然則詩言昊天，即所謂昊天上帝也。《序》言天地，即所謂祀天圜丘、祀地方丘也。圜丘、方丘鄭注謂之禘，而此《序》言「祀天地」謂之郊。南郊之祀，郊也，而《小記》、《大傳》謂之禘，鄭注謂之郊。蓋禘、郊、祖、宗皆祭天之事，對文則別，散文則通。禘、郊通稱，亦猶祖、宗通稱焉耳。周人於孟春南郊之祀以后稷配，《思文》之詩是也。於冬至圜丘之禘以帝嚳配，此《昊天有成命》之詩是也。后稷立大祖廟，又以配天。帝嚳無廟，但有石室，藏於大廟大室，於兩日至出以配天，親疏遠近之義也。禘本兼天地，故詩言天而《序》兼言地，則圜丘、方丘皆歌此詩可知。圜丘以嚳配，則方丘亦以嚳配又可知。《曲禮下》：「天子祭天地。」孔疏云：「《孝經緯》后稷爲天地之主。」則后稷配天南郊，又配地北郊。周人以嚳配圜丘，亦當配方澤是矣。孔仲達泥此《序》之爲郊而不爲禘，遂以爲南郊、北郊不爲圜丘、方丘，則周人於南北郊既歌《思文》又歌《昊天有成命》，而於冬至圜丘、夏至方丘兩大禘無詩。后稷配天有詩，帝嚳配天無詩，遂使周公制禮，一代典章，殘闕茫如，非細故也。且南郊稱上帝，不稱昊天，此其義證也。詩中但述文、武之功德不及帝嚳，與《雝》篇追述文、武而不及后稷同意。且帝嚳之祖，其神甚遠，止歌《詩》以配天，不必援《詩》不涉嚳一語以爲疑也。金鶚云：「始封之祖固是后稷，而世系之遠祖，則帝嚳也。嚳又有聖德，故圜丘以之配天。冬至爲陽生之始，故祭天而以世系之遠祖配。夏正，孟春爲一歲之始，故祭天而以肇封之始祖配。子月在寅月先，遠祖在始祖先，其配祭各有所當。鄭氏以禘爲圜丘、方丘之祭，卓識自超千古。而注《大宗伯》昊天上帝以爲天皇大帝，注《大司樂》以爲天神主北辰，注《月令》皇天以爲北辰耀魄寶，本於《春秋緯文耀鉤》、《元命苞》；崑崙之説，本於《地統書》、《括地象》，亦是緯書。此鄭氏之失也。」

昊天有成命，二后受之。【傳】二后，文、武也。**成王不敢康，夙夜基命宥密。於緝熙，單厥心，肆其靖之。**【傳】基，始；命，信；宥，寬；密，寧也。緝，明；熙，廣；單，厚；肆，固；靖，和也。【疏】昊天，昊天上帝也。《漢書·匡衡傳》：「昔者成王之嗣位，思述文、武之道，以養其心。休烈盛美皆歸之二后，而不敢專其名。是以上天歆享，鬼神祐焉。」匡學《齊詩》，亦二后爲文、武也。受之，受天命也。○《噫嘻》篇「噫嘻成王」，《傳》云：「成王，成是王事也。」與此「成王」同。鄭《箋》、韋注、賈逵、唐固説皆同。康，安；「不敢康」，不敢安也。夙夜，早夜也。「基，始」，《爾雅·釋詁》文。《禮記·孔子閒居》引《詩》作「其」，鄭注：「《詩》讀『其』爲『基』，聲之誤也。基，謀也。」此三家義。命、信同在真臻部，以疊韻爲訓。始信者，《檀弓》所謂「未始信於民而民信之」也。宥、寬義同。《淇奧》傳云：「寬能容衆。」密，《新書》作「謐」，同。《爾雅》：「密、寧，静也。」郭注云：「見

《詩傳》。」《孔子閒居》注：「密，静也。」是三家《詩》有訓「密」爲「静」也。密、寧、静三字同義。《爾雅》：「翌，明也。」《説文》作「昱」。緝、昱古同聲，故「緝」亦訓爲「明」。《説文》：「𦣞，廣頤也。」𦣞、熙同。《傳》釋「緝」爲「明」、釋「熙」爲「廣」，「廣」與「光」通。《爾雅》：「緝熙，光也。」《文王》傳：「緝熙，光明。」其義一也。「單，厚」，《國語》作「亶」。古亶、單通。《爾雅》：「肆，故也。」《後箋》云：「故，當讀如《孟子》『天下之言性則故而已矣』，『故者，以利爲本』。《文言》曰：『利者，義之和也。』毛《傳》假『固』爲『故』，竝非『堅固』之謂。」胡説是也。《書・般庚》「自作不靖」、《多方》「自作不和」，是「靖」與「和」同義也。○《周語》：「叔向謂單子曰：『語説《昊天有成命》，頌之盛德也。其詩曰：「昊天有成命，二后受之。成王不敢康，夙夜基命宥密。於緝熙，亶厥心，肆其靖之。」是道成王之德也。成王，能明文昭、能定武烈者也。夫道成命者而稱昊天，翼其上也。二后受之，讓於德也。成王不敢康，敬百姓也。夙夜，恭也。基，始也。命，信也。宥，寬也。密，寧也。緝，明也。熙，廣也。亶，厚也。肆，固也。靖，和也。其始也，翼上德讓，而敬百姓。其中也，恭儉信寬，帥歸於寧。其終也，廣厚其心，以固和之。始於德讓，中於信寬，終於固和，故曰成王。』」案毛《傳》詁訓悉本《國語》。《國語》引《詩》以首二句言文武之受天命，以下五句皆言成王紹承王業之事。與《我將》篇「我其夙夜，畏天之威，于時保之」末三句就主祀之人説文義正同。然則美周成王誦者，乃自引《詩》者口中語，與《詩》中「成王不敢康」句本無干涉也。《新書・禮容》篇云：「宥謐者，寧也，億也。命者，制令也。基者，經也，勢也。夙，早也。康，安也。后，王也。二后，文王、武王。成王者，武王之子、文王之孫也。文王有大德而功未就，武王有大功而治未成。及成王承嗣，仁以臨民，故稱昊天焉。不敢怠安，蚤興夜寐，以繼文、武之業，布文陳紀，經制度，設犧牲，使四海之内懿然葆德，各遵其道，故曰有成。承順武王之功，奉揚文王之德，九州之民，四荒之國，謌謡文武之烈，絫九譯而請朝，致貢職以供祀，故曰二后受之。方是時也，天地調和，神民順億，鬼不厲祟，民不謗怨，故曰宥謐。成王質仁聖哲，能明其先，能承其親，不敢惰懈，以安天下，以敬民人。」賈釋《詩》雖訓詁不悉依《國語》，而與《國語》文義無不合。蓋《周頌》一篇，其間有營雒、致政，先後不同，如《思文》郊祀后稷、《我將》宗祀文王，皆在周公攝政五年治雒邑時。后稷謂祖，文王謂宗，爲配天之祭。六年制作禮樂，七年致政於成王，遂以后稷謂大祖，南郊配。文王謂祖，武王謂宗，明堂配。又周與殷皆出自帝嚳，周用殷禘嚳之禮，於圜丘配。此在致政之後之禮，故《昊天有成命》，說者或謂成王祭祀之詩。

《我將》一章十句。

《我將》，祀文王於明堂也。【疏】此宗祀文王配天之樂歌也。《孝經》：「孝莫大於嚴父，嚴父莫大於配天，則周公其人也。昔者周公郊祀后稷以配天，宗祀文王於明堂，以配上帝。」《孝經》與《詩序》正合。《思文》后稷配天，《我將》文王配天，皆是周公攝政五年治雒中事。《逸周書·作雒》篇乃位五宫，明堂居其一，孔晁注云：「明堂，在國南者也。」此正言周公治雒築明堂，其時宗文王不宗武王，故詩但歌文王也，《孝經》所謂嚴父配天也。宗文猶行武王之事，若宗武竟行成王之事。宗文，辟成王也。《禮記·樂記》：「武王克殷，祀乎明堂，而民知孝。」此武王之祀，非行宗祀之禮，故鄭注云：「文王之廟爲明堂制。」則不以爲《孝經》、《詩序》爲一祀矣。《祭法》「祖文王而宗武王」，鄭注云：「祭五帝五神於明堂曰祖、宗。祖、宗通言爾。」《祭法》言宗武王，注又引《孝經》宗文王以爲證。韋昭《魯語注》云：「此與《孝經》異也。周公初宗文王，後更祖文王而宗武王。」韋說是矣。周人以文、武爲祖、宗。宗廟之禘，禘於清廟；祖宗之禘，禘於明堂，是其制也。明堂之說，金榜《禮箋》最爲明晰。其言云：「漢以來言明堂者，人各異説，由未辨於其地，以王居聽政之明堂與合諸侯之明堂溷而一之也。所謂王居聽政之明堂即路寢，路寢，大寢也。」引《月令》、《考工記》、《大戴禮記・盛德》等篇：「路寢五室之制，夏后、殷、周一也。夏曰世室，殷曰重屋，周曰明堂，所謂合諸侯之明堂。于《周官經・司儀》及《覲禮》見宫壇之制，于《明堂位》見階門之位。《大戴禮記・朝事義》則兼舉之。《司儀職》曰：『將合諸侯，則令爲壇三成，宫，旁一門。』《覲禮》曰：『諸侯覲于天子，爲宫，方三百步，四門，壇十有二尋，深四尺，加方明于其上。天子出拜日于東門之外，反視方明，禮日于南門外，禮月與四瀆于北門外，禮山川丘陵于西門外。』《盛德》篇曰：『明堂者，所以明諸侯尊卑。其宫方三百步，在近郊。』《明堂位》曰：『昔者周公朝諸侯于明堂之位，天子負斧依，南鄉而立。三公，中階之前，北面東上。諸侯之國，阼階之東，西面北上。諸伯之國，西階之西，東面北上。諸子之國，門東，北面東上。諸男之國，門西，北面東上。九夷之國，東門之外，西面北上。八蠻之國，南門之外，北面東上。六戎之國，西門之外，東面南上。五狄之國，北門之外，南面東上。九采之國，應門之外，北面東上。四塞之國，世告至。此周公明堂之位也。』此爲壇爲宫謂之明堂，無室廟个之制。惟四面表其門則不殊。南門之前又表正門，亦謂之應門。《覲禮》於祀方明言反，則出拜日爲出其宫門可知。方明之祀配以受命之王。古文《尚書・伊訓》：『伊尹祀于先王，誕資有牧方明。』《漢書》援之而曰：『言雖有成湯、大丁、外丙之服，以冬至越茀祀先王于方明，以配上帝。』《孝經》：『宗祀文王于明堂，以配上帝。四海之内各以其職來祭。』殷、周典禮相沿之可稽者若此。《書》『禋于六宗』，説者釋爲上下四方之宗，後代不聞。祀六宗，方明蓋其遺象，宗祀之名所由昉也。巡狩，則方岳之下覲其方之群后，亦曰明堂。《孟子》書：『齊宣王曰：「人皆謂我毀明堂。」』《史記》：『泰山東北阯，古時有明堂處。』鄭君知《月令》室廟个之爲大寢，又以五室之明堂在國之陽，以宗祀爲祀五帝。榜謂古者神祇皆兆祀。《小宗伯》『兆五帝于四郊』，未聞祀于五室之堂。兆祀五帝，配以五人帝、五人神，未聞更配以文王。昔儒所以致誤者，《月令》、《考工》言明堂詳矣，不知其即路寢。因近郊及四岳明堂之名最著，遂以室廟个之制加之。而《周官》、《儀禮》爲宫爲壇之明堂，其名轉不可考。於是路寢、明堂異名同實，王朝之明堂與近郊之明堂同名殊制，均失其傳矣。」案金説是也。明堂有二解，故凡經典中必連類以記之。《明堂位》「周公朝諸侯于明堂之位。七年，致政於成王」，下文乃言「季夏六月，以禘禮祀周公於大廟」。《覲禮》「天子設斧依於户牖之閒，左右几。天子衮冕，負斧依」，下文乃言「諸侯覲於天子，爲宫，方三百步，四門」。《周禮·司儀職》言「將合諸侯，則令爲壇三成，宫，旁一門。詔王儀：南鄉見諸侯」，下文乃言「王燕，則諸侯毛」，及廟中將幣之禮。《大戴禮·盛德》篇云：「明堂者，古有之也。凡九室，一室而有四户八牖，三十六户，七十二牖。以茅蓋屋，上圓下方。」此記《月令》之明堂也。云：「明堂者，所以明諸侯尊卑。外水曰辟雝。列南蠻、東夷、北狄、西戎，其宫方三百步。在近郊，近郊三十里。」此記《明堂位》之明堂也。故經中兩言明堂者，以别之。又云：「或以爲明堂者，文王之廟也。朱草日生一葉，至十五日，生十五葉，十六日一葉落，終而復始也。周時德澤洽和，蒿茂大以爲宫柱，名蒿宫也。此天子之路寢也。不齊不居其室。」此亦記《月令》之明堂也。又《朝事義》篇云「天子率諸侯而朝日于東郊，所以教尊尊也。退而朝諸侯。爲壇三成，宫，旁一門。天子南鄉見諸侯，土揖庶姓，時揖異姓，天揖同姓，所以别親疏外内也。公侯伯子男各以其旂就其位」，此謂明堂位。云「及其將幣也，公于上等，侯伯于中等，子男于下等，所以别貴賤、序尊卑也。奠圭降拜，升，成拜，明臣禮也。奉國地所出重物而獻之，明臣職也。肉袒入門而右，以聽事也。明臣禮、臣職、臣事，所以教臣也」，此謂廟。又云「率而祀天于南郊，配以先祖，所以教民報德不忘本也」，此謂宗祀明堂。云「率而享祀于大廟，所以教孝也」，此謂祀大廟。然則經典中或明堂、大廟竝設，或壇、廟竝舉，以古者路寢宫壇同制故也。天子大朝諸侯必於郊，故其壇謂之明堂。路寢，大廟之南堂，覲諸侯，故亦謂之明堂。巡狩方岳之下，會同諸侯，故又謂之明堂。《易》曰：「聖人南面而立，❶鄉明而治。蓋取諸此也。」祀天必在郊，故配天之祭在明堂，專祖之祭在大廟。

我將我享，維羊維牛，維天其右之。【傳】將，大；享，獻也。**儀式刑文王之典，日靖四方。伊嘏文王，既右饗之。**【傳】儀，善；刑，法；典，常；靖，謀也。**我其夙夜，畏天之威，于時保之。**【疏】我，我周公祀文王時也。下「我」爲助詞。《烈祖》「以假以享」，《傳》：「假，大也。」《箋》：「享，獻也。」文義與此同。「維羊維牛」，與「自羊徂牛」句義正相同。此即《絲衣》傳先小後大之謂也。《周禮·羊人》賈疏云：「祭天用犢，其日月以下有用羊者。故《我將》詩『惟牛惟羊，惟天其祐之』，彼亦據日月以下及配食者也。」案賈説是矣。唯所引與今本不同，或係轉寫誤倒，恐不足依據。「祐」與「右」同。《爾雅》：「尚，右也。」則右亦尚也。右饗，猶云「尚饗」也。詩言「天」，《孝經》言「上帝」，一也。《祭法》「祖宗」鄭注以爲明堂配天之祭，其識卓矣。又本《孝經緯》文王爲五帝之宗，遂謂文王配五帝，并謂武王配五神。不知《月令》五帝、五神兼主祭地神祇，非所謂配天也。金鶚辨之甚晰。〇「儀」與「義」通。《文王》傳：「義，善也。」「刑」訓「法」。「典，常」，《釋詁》文。《維清》傳：「典，法也。」典謂之常，又謂之法，猶《爾雅》則謂之常，又謂之法；刑謂之常，又謂之法；範謂之常，又謂之法；矩謂之常，又謂之法；律謂之常，又謂之法。散文，常、法通訓也。此篇「刑」爲「法」，乃「典」爲「常」矣。昭六年《左傳》引《詩》曰：「儀式刑文王之德，日靖四方。」服注云：「言善用法文王之德，日日謀安四方。」此注與《文王》篇「儀刑文王」

---

❶「立」，徐子静本、《清經解續編》本同。阮刻《周易正義》作「聽天下」。

句同。杜預、王肅皆從服説。「靖，謀」，《小明》、《召旻》同。《箋》云：「靖，治也。」《菀柳》「俾予靖之」，《傳》：「靖，治。」《箋》：「靖，謀。」兩義相近。伊，發語詞。「嘏」與「假」同。嘏，大也。王肅云：「善用法文王之常道，日謀四方，維天乃大文王之德，既佑助而歆饗之。」案王説是也。上二句文王之法天，下二句天既右饗文王之德，皆以言文王之克配乎上帝也。○夙，早也。早夜去明尚早，所謂逮闇而祭也。《采蘩》篇亦以「夙夜在公」爲不失職。《雒誥》云「予小子夙夜毖祀」，皆其義。時，是也。保，讀「天保定爾」之「保」。保，安也。案此言天常眷右我周，能保安天命之意。文十五年《左傳》引《詩》而釋之云：「不畏于天，將何能保？」又《孟子·梁惠王》篇云：「樂天者保天下，畏天者保其國。」亦引此詩。蓋周公治雒祀文王，其制禮後兼祀武王，皆歌此詩，故趙岐《孟子注》云：「言成王尚畏天之威，故能安其大平之道。」此或本三家義。合祭文、武，於周公致政之年而言之也。

《時邁》一章十五句。

《時邁》，巡守告祭柴望也。【疏】此武王巡守告祭天之樂歌也。《書序》云：「武王伐殷，往伐歸獸，識其政事。」案「獸」與「狩」古字通用。「獸識其政事」，《史記·周本紀》作「行狩記政事」。事雖行於武王，而詩自作於成王耳。《白虎通義·巡守》篇云：「何以知大平乃巡守？以武王不巡守，至成王乃巡守也。」三家《詩》説如此。《正義》以爲其言違，是矣。

時邁其邦，昊天其子之，實右序有周。薄言震之，莫不震疊。懷柔百神，及河喬嶽。允王維后。【傳】邁，行；震，動；疊，懼；懷，來；柔，安；喬，高也。高嶽，岱宗也。**明昭有周，式序在位。**【傳】

明矣知未然也，昭然不疑也。**載戢干戈，載櫜弓矢。我求懿德，肆于時夏。允王保之。**【傳】戢，聚；櫜，韜也。夏，大也。【疏】「邁」訓「行」，邁邦，巡行邦國也。天子適四方，有燔柴祭天之禮，故詩稱「昊天其子之」也。右，助也。序，讀《禹貢》「即敘」之「敘」。薄、言，皆語詞。「震」訓「動」，《爾雅》云：「動，作也。」疊者，「慴」之假借字。《爾雅》：「慴，懼也。」《説文》：「慴，懼也。讀若疊。」疊、慴聲同，故慴謂之懼，疊亦謂之懼矣。《後漢書·李固傳》：「《周頌》曰：『薄言振之，莫不震疊。』此言動之於內，而應於外者也。」案「振」與「震」同。動內釋「薄言震之」句，應外釋「莫不震疊」句。《韓詩外傳》云：「孔子曰：『善乎晏子，不出俎豆之閒，折衝千里。《詩》曰：實右序有周，薄言震之，莫不震疊。』」亦謂動內應外，而與《毛詩》義未嘗不合也。《後漢書》注引《韓詩章句》云：「薄，辭也。振，奮也。莫，無也。震，動也。疊，應也。美成王能奮舒文、武之道而行之，則天下無不動而應其政教。」《韓詩》以奮舒釋上句，動應釋下句，亦與《毛詩》合。言此詩爲美成王，則三家襍説也。〇「懷，來」，《釋言》文。「柔，安」，《民勞》同。《釋文》：「柔，本亦作『濡』，俱訓『安』。」《北堂書鈔·禮儀九》引《毛詩》作「懷濡百神」，是所據「亦作」本也。百神，群神也。《堯典》云：「偏于群神。」河爲大川，《堯典》云：「望秩于山川。」「喬，高」，《伐木》同。《傳》既釋「喬」爲「高」，更申之云「高嶽，岱宗也」者，蓋舉東嶽以該南、西、北三嶽也。《般》傳高山爲四嶽矣。《堯典》云：「東巡守，至于岱宗。」鄭注《王制》云：「岱宗，東嶽也。」《荀子·禮論篇》：「天能生物，不能辨物也。地能載人，不能治人也。宇中萬物生人之屬，待聖人然後分也。」《淮南子·泰族》篇：「聖人者，懷天心聲，然能動化天下者也。故精誠感於內，形氣動於天，則景星見，黃龍下，祥鳳至，醴泉出，嘉穀生，河不滿溢，海不溶波。」其下皆引此詩。竝足以明毛《傳》「來安」之義也。王，武王也。《文王有聲》傳：「后，君也。」

〇《傳》云「明矣知未然也」者，釋經「明」字。云「昭然不疑也」者，釋經「昭」字。言此者，武王伐紂遲久之義也。

《韓詩外傳》云：「《詩》曰：『明昭有周，式序在位。』言各稱職也。」《外傳》又云：「百王之法，若別黑白。應當世之變，若數三綱。行禮要節，若運四支。因化之功，若推四時。天下得序，群物安居，是聖人也。」又云：「上賢使能而等級不踰，折暴禁悍而刑罰不過，百姓曉然皆知夫爲善於家，取賞於朝也；爲不善於幽，而蒙刑於顯。夫是之謂定論。」其下亦引此詩，與《荀子·王制篇》同。其釋「明昭」之義，與《毛詩》未嘗不合。《箋》云：「以其有俊乂用次弟處位。」解「式序在位」句，用《韓詩》義。《箋》又云：「天其子愛之，右助次序其事，謂多生賢知，使爲之臣。」解「實右序有周」句，亦本《韓詩》義。《傳》意或然也。《禮記·樂記》云：「武王克殷反商，封王子比干之墓，釋箕子之囚，使之行商容而復其位。庶民弛政，庶士倍禄。」鄭注云：「行，猶視也。使箕子視商禮樂之官，賢者所處，皆令反其居也。」此所謂「式序在位」也。○「戢，聚」，《桑扈》同。「櫜，韜」，《彤弓》同。《樂記》：「倒載干戈，包之以虎皮，將帥之士使爲諸侯，名之曰建櫜。」與詩「載櫜」同。懿，美也。《昊天有成命》傳：「肆，固也。」此「肆」字亦當訓爲「固」。時，是；于時，于是也。「夏，大」，《權輿》、《皇矣》同。宣十二年《左傳》：「夫文，止戈爲武。武王克商，作《頌》曰：『載戢干戈，載櫜弓矢。我求懿德，肆于時夏，允王保之。』」釋之云：「夫武，禁暴、戢兵、保大。」又云：「暴而不戢，安能保大？」《周語》引周文公之《頌》而釋之云：「明利害之鄉，以文修之，使務利而避害，懷德而畏威，故能保世以滋大。」案戢兵修文以解「載戢」「載櫜」二句，保即「允王保之」，大即「肆于時夏」，故《傳》訓「夏」爲「大」，正本内、外《傳》説。又《鹽鐵論·論菑》篇：「兵者，凶器也。甲堅兵利，爲天下殃。以母制子，故能久長。聖人法之，厭而不陽。」其下亦引此詩。「陽」與「揚」通。久長亦即保世滋大之意也。此皆西京舊説。

《執競》一章十四句。

《執競》，祀武王也。**【疏】**《周禮·鍾師》注：「吕叔玉云：『《肆夏》、《繁遏》、《渠》，皆《周頌》也。《肆夏》，

《時邁》也。《繁遏》，《執傹》也。《渠》，《思文》也。』」案「傹」與「競」同。此或出三家《詩》。《時邁》「肆于時夏」、《思文》「陳常于時夏」，兩詩皆言夏，而中閒廁《執競》一篇，故遂以三詩配《國語》「三夏」。鄭注云「《九夏》皆詩篇名，樂崩而亡，頌不能具」，則不以吕説爲然。而箋《詩》兩言「夏」仍作《九夏》解，非《毛詩》義也。

執競武王，無競維烈。不顯成康，上帝是皇。【傳】無競，競也。烈，業也。不顯乎其成大功而安之也。顯，光也。皇，美也。**自彼成康，奄有四方，斤斤其明。**【傳】自彼成康，用彼成安之道也。奄，同也。斤斤，明察也。**鐘鼓喤喤，磬筦將將，降福穰穰。降福簡簡，威儀反反。既醉既飽，福禄來反。**【傳】喤喤，和也。將將，集也。穰穰，衆也。簡簡，大也。反反，難也。反，復也。【疏】《釋文》引《韓詩》云：「執，服也。」《烈文》傳：「競，彊也。」「無競，競也。」《抑》同。「烈，業」，《釋詁》文，《武》同。《傳》文「不顯乎其成大功而安之也」之上，當有複句經文「不顯成康」四字。《爾雅》：「康，安也。」「成大功而安之」，以釋經「成康」二字。此即《武》篇云「勝殷遏劉，耆定爾功」也。「安」與「定」義相近。「不顯」之「不」與「無競」之「無」皆語詞，發聲。反言之曰「不顯」，《傳》順經言之云「不顯乎」，正言之則曰「顯」。《傳》又申之云：「顯，光也。」《文王》傳：「不顯，顯也。顯，光也。」則「不」爲語詞矣。「皇，美」，《烈文》同。《傳》云「用彼成安之道」，「用」釋「自」字。《唐·羔裘》、《緜》傳皆云：「自，用也。」用猶施也。「成安之道」，謂成大功而安之之道也。《爾雅》：「弇，同也。」「奄」與「弇」通。《皇矣》「奄有四方」，《傳》：「奄，大也。」「同」、「大」隨文立訓，又義互相足也。同有四方者，猶云「四方攸同」耳。《爾雅》：「斤斤，察也。」《傳》益其辭則曰「明察」。「斤」與「昕」聲義相近，故《漢書·律曆志》云：「斤者，明也。」〇《爾雅》：「鍠鍠，樂也。」《漢書·禮樂志》、《説文》引《詩》作「鍠鍠」，與《爾雅》同。今《詩》作

「喤喤」者，假借字。《有瞽》篇亦作「喤喤」。云「和」者，謂鐘與鼓聲相應和。《荀子·富國篇》：「撞鐘擊鼓而和。《詩》曰：『鐘鼓喤喤。』」《釋文》：「筦，亦作『管』。」《説文》：「蹡，行皃。」引《詩》曰：「管磬蹡蹡。」《荀子》作「管磬瑲瑲」。竝字異而義同。先管後磬，與今本《毛詩》異也。《毛詩》「將將」，當即「蹡蹡」之古文假借。《傳》云「集」者，謂諸工會集也。《爾雅》：「集，會也。」《墨子·非樂上》篇「飲食將將」，亦「會集」之意。《爾雅》：「穰穰，福也。」《傳》云「衆」者，亦謂降福之衆多也。《簡兮》傳：「簡，大也。」重言之則曰「簡簡」，《爾雅》：「簡簡，大也。」《鹽鐵論·論菑》篇：「周文、武尊賢受諫，敬戒不殆，純德上休，神祇相況。《詩》云：『降福瀼瀼，降福簡簡。』」案詩專頌武王，而此兼及文王者，三家《詩》連稱之，非合祭文、武也。「瀼」與「穰」同。○《傳》釋「反反」爲「難」者，難，古「儺」字。《竹竿》傳：「儺，行有節度也。」襄三十一年《左傳》云：「進退可度，周旋可則，容止可觀，謂之有威儀。」此即「儺」之義也。《賓之初筵》「威儀反反」，《傳》：「言重慎也。」《箋》云：「順習之皃。」重慎、順習竝與「儺」義相近。《潛夫論》引此詩作「板板」。「既醉既飽」，所謂「既醉以酒，既飽以德」也。《我行其野》傳：「復，反也。」反、復互相訓。此云「復」者，「復」與「複」通。「福禄來反」與「福禄來崇」句同。《鳧鷖》傳：「崇，重也。」《箋》云：「君臣醉飽，禮無違者，以重得福禄也。」《箋》以「重」字釋「反」字，深得毛意。《潛夫論·巫列》篇引《詩》釋之云：「此言人德義美茂，神歆享醉飽，乃反報之以福也。」王仲任讀「反」與「返」同，又以「醉飽」屬神歆享言，恐非毛恉。《韓詩外傳》云：「明君修禮以齊朝，正法以齊官，平政以齊下，然後節奏齊乎朝，法則度量正乎官，忠信愛刑平乎下。如是，百姓愛之如父母，畏之如神明。是以德澤洋乎海内，福祉歸乎王公。」又云：「道得則澤流群生，而福歸王公。澤流群生，則下安而和；福歸王公，則上尊而榮。百姓皆懷安和之心，而樂戴其上。夫是之謂下治而上通。」竝引此詩，毛意或然也。

《思文》一章八句。

《思文》，后稷配天也。【疏】此南郊祀天之樂歌也。后稷爲周始封之祖，故既立爲大祖廟，而又於南郊之祀配天。《生民》序云：「文、武之功起於后稷，故推以配天。」是也。《孝經》：「昔者周公郊祀后稷以配天。」《祭法》「周人郊稷」，鄭注云：「祭上帝于南郊曰郊。」《魯語》：「展禽曰：『周人郊稷。』」韋注與鄭同。《書·召誥》篇：「若翼日乙卯，周公朝至于雒，用牲于郊，牛二。」牛二者，帝牛一，稷牛一也。《逸周書·作雒》篇：「周公設丘兆于南郊以祀上帝，配以后稷。」是正謂周公在雒祀天，始行后稷配天之事，與《孝經》合。其後遂以南郊配稷爲定禮。又與《祭法》、《魯語》合也。《禮記·喪服小記》：「王者禘其祖之所自出，以其祖配之，而立四廟。」《大傳》：「禮，不王不禘。王者禘其祖之所自出，以其祖配之。諸侯及其大祖。」又《儀禮·喪服傳》：「諸侯及其大祖，天子及其始祖之所自出。」案天子之始祖即諸侯之大祖，諸侯無配天之祭，故及大祖而止。天子大祖廟共四親廟爲五廟，而更得配享於郊，故《孝經》、《左傳》、《禮記·郊特牲》皆言郊，而《小記》、《大傳》則謂之禘。凡禘、郊、祖、宗，四者皆天子配天之大祭。鄭康成以《祭法》之禘爲冬至圜丘之祭，郊爲夏正南郊之祭，而《小記》、《大傳》之禘則又謂禘即郊、祖即后稷，以其祖配即是后稷配天之義。宣三年《公羊傳》：「郊則曷爲必祭稷？王者必以其祖配。」此鄭本《公羊》作解，其説卓矣。金鶚云：「《荀子》『王者天大祖』、董子『天地者，先祖之所自出爲天矣』、《郊特牲》『萬物本乎天，人本乎祖，此所以配上帝也。郊之祭也，大報本反始也』，此即『禘其祖之所自出，以其祖配』之注腳也，又是禘即郊之確證。『萬物本乎天』，此『禘其祖之所自出』之注腳也。『人本乎祖，所以配上帝』，此

『以其祖配』之注腳也。《小記》、《大傳》言禘，此言郊，是禘即郊之證也。」金鶚又云：「『配』字古與『妃』通。《爾雅》：『妃，合也，匹也，對也。』《釋名》：『配，輩也。』然則配享之人必相對相匹而後可。至於以人神配享天地，蓋以天、地、人參爲三才，聖人與天、地合其德，故可以配之也。」《正義》云：「《國語》：『周文公之爲《頌》曰：「思文后稷，克配彼天。」』是此篇周公所自歌也。後稷之配南郊，與文王之配明堂，其義一也。《我將》主言文王饗其祭祀，不説文王可以配上帝。此篇主言后稷有德可以配天，不説后稷饗其祭祀。」奂謂兩《序》之作，一時之事。於《我將》言宗文王，而不言配天；於《思文》言配天，而又不言郊后稷。言饗祀而配天可見，言配天而饗祀亦可知。孔謂經有異，故《序》不同，非也。《噫嘻》正義引《書傳》曰：「祀上帝于南郊，所以報天德。」《郊特牲》注引《易説》曰：「三王之郊，一用夏正。」此南郊在夏正正月也。《昊天有成命》爲冬至圜丘祀天之詩，而《序》云「郊祀天地」，則知夏至方澤亦歌其詩。此詩《序》但稱配天不及配地，配天在南郊，既歌此詩，則配地當在北郊，亦當同歌此詩。金鶚云：「王肅謂方丘即北郊，後儒多從王説。不知澤中方丘非人所爲，而北郊則爲壇以祭，謂之泰折，其地不在澤中。又泰折定在正北近郊，而方丘則無定處。且方丘祭以夏至，不必卜日。而北郊則必卜日。《大宰》『祀五帝，卜日』下云：『祀大神示，亦如之。』大神謂天，大示謂地，則南北郊皆必卜日矣。」

思文后稷，克配彼天。立我烝民，莫匪爾極。【傳】極，中也。**貽我來牟，帝命率育。**【傳】牟，麥；率，用也。**無此疆爾界，陳常于時夏。**【疏】思，詞也。文，文德也。烝，衆也。「極，中」，《氓》、《園有桃》同。成十六年《左傳》：「申叔時曰：『民生厚而德正，用利而事節，時順而物成，上下和睦，周旋不逆，求無不具，各知其極。故《詩》曰：「立我烝民，莫匪爾極。」』」《周語》：「芮良夫曰：『夫王人者，將導利而布之上下者也，使神人百物無不得其極。故《頌》曰：「思文后稷，克配彼天。立我烝民，莫匪爾極。」』」杜預、韋昭注竝謂后稷能有立民之道，無不得其中正，與《傳》訓同。《書・皋陶謨》「烝民乃粒」，粒者，「立」之假借字，故《史記・夏本紀》作「衆民乃定」也。○《傳》釋「牟」爲「麥」，則經中「來」字爲語詞。《谷風》「伊余來塈」，「塈，息也」；《四牡》「將母來諗」，「諗，念也」；《車舝》「德音來括」，「括，會也」；《桑柔》「反予來赫」，「赫，嚇也」；《江漢》「淮夷來鋪」，「鋪，病也」，《傳》皆以「來」爲語詞，無實義。則「來牟」不連讀矣。「貽我來牟」，貽，《說文》作「詒」，不誤。詒，遺也。我，我烝民也。后稷教民稼穡，樹蓺五穀。言麥者，五穀之一也。麥曰牟，疊言之曰牟麥，《孟子・告子》篇云「麰麥」是也。《說文》及趙岐注引《詩》皆作「麰」。《毛詩》作「牟」，「牟」爲「麰」古文假借字。鄭《箋》云：「武王渡孟津，白魚躍入于舟，出涘以燎，後五日，火流爲烏，五至，以穀俱來，此謂『遺我來牟』。」《臣工》箋云：「於美乎，赤烏以牟麥俱來，故我周家大受其光明，謂爲珍瑞，天下所休慶也。」鄭以詩之「牟」即《書》之「穀」。但此詩頌后稷不及武王，《箋》不若《傳》義爲長。鄭以「來」爲「行來」之「來」，然亦不以「來」爲「麥」也。《說文》云：「來，周所受瑞麥，來麰，一麥二鏠。象芒刺之形。天所來也，故爲『行來』之『來』。《詩》曰：『詒我來麰。』」「麰：來麰，麥也。」「䅘，齊謂麥䅘也。」案「䅘」即「來」。許作《說文》始以「來麰」爲麥名。來麰，《漢書・楚元王傳》引《詩》作「釐麰」。劉向說：「釐麰，麥也。始自天降。」來麰、釐麰二字成義，許、劉相同，許治毛而不廢三家也。毛不言瑞麥，與三家《詩》異。李善注《典引》引《薛君章句》云：「𪎊，大麥也。」「𪎊」與「麰」同。趙岐注《孟子》云：「麰麥，大麥。」麰爲大，則來爲小。《廣雅・釋草》：「大麥，麰。小麥，麳。」其說不古。《正義》云：「《釋詁》：『率，由，自也。』『由』、『自』俱訓爲『用』，故『率』爲『用』也。」案《君子陽陽》傳：「由，用也。」《唐・羔裘》、《緜》傳：「自，用也。」是率、由、自三字訓同。「帝命率育」，育，讀如「五穀孰而民人育」。育，養也，言天命用此牟以養民人也。○界，《釋文》作「介」，訓「大」，非也。介，古「界」字。《文選・魏都賦》注引《韓詩章句》云：「介，界也。」《爾雅》：「疆、界，垂也。」無此疆爾界者，言后稷布種之功，盡天下之疆界，無有此爾也。常，典也。于時，于是也。夏，大也。「陳常于時夏」，言周家陳典大法，肇始后稷也。

詩毛氏傳疏卷二十七

臣工之什詁訓傳弟二十七　毛詩周頌

《臣工之什》十篇，十章，一百六句。

《臣工》一章十五句。

《臣工》，諸侯助祭遣於廟也。【疏】廟，大祖廟也。大祖廟，后稷之廟。天子藉田在祈穀後，郊而後耕也。外諸侯來朝者適遇其時，亦必與其事，故九推之諸侯即助祭之諸侯。於其歸也，遂歌詠其事，以遣之於廟。其戒敕臣工保介者，即所以戒敕諸侯，故詩次於《思文》、《噫嘻》閒焉。

嗟嗟臣工，敬爾在公。王釐爾成，來咨來茹。【傳】嗟嗟，敕之也。工，官也。公，君也。**嗟嗟保介，維莫之春，亦又何求？如何新畬？於皇來牟，將受厥明。明昭上帝，迄用康年。**【傳】田二歲曰新，三歲曰畬。康，樂也。**命我衆人，庤乃錢鎛，奄觀銍艾。**【傳】庤，具；錢，銚；鎛，鎒；銍，穫也。【疏】《傳》以「嗟嗟」爲戒敕之聲，與《烈祖》「嗟嗟」不同義也。《周語》：「宣王不藉千畝，虢文公曰：『農祥晨正，日月底于天廟，土乃脈發。先時九日，王乃使司徒咸戒公卿、百吏、庶民。先時五日，王即齊宮，百官御事，各即其齊三日。」案天子爲藉千畝，諸侯爲藉百畝。天子藉田先期咸戒，則諸侯藉田亦當先期咸戒矣。《傳》云「敕之」者，正言其事。《説文》：「敕，誡也。」《書·皋陶謨》篇：「俊乂在官，百寮師師，百工惟時。」《傳》：「寮、工，皆官也。」《版》傳云：「寮，官也。」此《傳》云：「工，官也。」皆與《書》義同。又《酒誥》篇：「越獻臣百宗工。」又惟殷之迪，諸臣惟工。」皆以「臣工」連言。臣工，諸侯之臣有職司於王室者，諸侯之命卿也。「公，君」，《爾雅·釋詁》文。敕臣工敬君事也。釐，予；咨，謀；茹，度也。言王予爾諸侯共成大平，爾臣工亦於是而謀度之。來，猶是也。「來咨來茹」，猶云是究是度也。《楚茨》「時萬時億」，猶是萬是億也；《桑扈》「之屏之翰」，猶是屏是翰也。來、時、之同聲，故三字竝與「是」字同義。○「保介」無《傳》。《吕覽·孟春紀》：「是月也，天子乃以元日祈穀于上帝。乃擇元辰，天子親載耒耜措之，參于保介之御閒。率三公、九卿、諸侯、大夫躬耕帝藉田，天子三推，三公五推，卿、諸侯、大夫九推。」高誘注云：「措，置也。保介，副也。御，致也。擇善辰之日，載耒耜之具於藉田，致于保介之閒施用之也。」又云：「禮以三爲文，故天子三推，謂一發也。《國語》曰：『王耕一發，班三之。』班，次也。謂公卿大夫各三。其上公三發，卿九發，大夫二十七發也。」案高注以「保介」爲「副」，當是相傳古訓。副，天子之副。即下文三公、九卿、諸侯、大夫也。天子躬耕，則三公以下爲副；諸侯躬耕，則三卿以下爲副。毛《傳》爲臣工作解，即不爲保介作解。「嗟嗟保介」，猶云「嗟嗟臣工」耳，則臣工、保介爲諸侯藉田時皆所率耕之人矣。乃鄭於注《禮》箋《詩》「保介」爲「車右勇力之士，被甲執兵」者。然《月令》言親耕秉耜，無庸更有被甲之人守視耕器。況詩言爲農祈年，於被甲執兵之人尤無干涉。又何庸嗟嗟敕之乎？當依高注以「保介」爲「副」，與毛《傳》訓「臣工」爲「官」正合。又與《國語》言藉畝先期咸戒公卿百吏亦無不合。○「田二歲曰新，三歲曰畬」，此《釋地》文也。《六書故》「畬」下引《爾雅》作「二歲曰新」，無「田」字，與此《傳》同。今《爾雅》「新」下衍「田」字，云：「田一歲曰菑，二歲曰新田，三歲曰畬。」《易・无妄》馬融注：「菑，田一歲也。畬，田三歲也。」《詩正義》引鄭《易注》同。《禮記・坊記》注：「田一歲曰菑，二歲曰畬，三歲曰新田。」案《易注》是而《禮注》非也。《說文》：「畬，三歲治田也。」《易》釋文引《說文》「畬，二歲」亦非。孫炎云：「菑，始災，殺其草木也。新田，新成柔田也。畬，和也，田舒緩也。」郭璞云：「今江東呼初耕地反草爲菑。」《說文》：「菑，不耕田也。」不耕爲菑，猶休不耕者爲萊。「菑」與「萊」聲相近也。鄭《箋》讀「假載」爲「熾菑」，初耕未能柔孰，必以利耜發田，與「田一歲菑」合。新謂耕二歲者，畬謂耕三歲者。《易》董遇注：「悉耨曰畬。」蓋至三歲悉可耕耨矣。此詩新畬就耕田說，若《采芑》新菑就休耕之田說，故有可采之芑，立文自有不同。皇，美；牟，麥也。春、夏皆有祈穀之文。夏祈麥實，故言牟。且牟者，后稷之所詒，爲周家王業實基乎此也。受，受福於上帝也。明，猶明明然也。「明矣知未然也，昭然不疑也。」迄，至也。「康，樂」，《悉蟀》同。《孟子・梁惠王》篇云：「樂歲終身飽。」○《說文》「錢」、「鎛」下引《詩》作「庤」，《考工記》注引作「偫」。《爾雅》：「峙，具也。」「庤」與「偫」、「峙」同。《說文》云：「錢，銚也，古田器。」此本《傳》訓。《說文》又云：「鎛，一曰田器。」《良耜》「其鎛斯趙」，《箋》云：「以田器刺地。」《傳》訓「鎒」者，亦田器也。鎒，「槈」之或字，今通作「耨」。《管子・禁藏》篇：「推引銚耨以當劍戟。」《輕重己》篇：「銚耨當劍戟。」《輕重乙》篇：「一農之事，必有一耜、一銚、一鐮、一鎒、一椎、一銍，然後成爲農。」《莊子・外物》篇：「春雨日時，草木怒生，銚鎒於是乎始脩。」案錢、鎛、銚、鎒，古今田器異名，故《傳》以「銚」、「鎒」詁「錢」、「鎛」也。《傳》詁「銍」爲「穫」者，艾亦穫也。《大東》傳：「穫，艾也。」艾之爲穫，見於《大東》，此可不傳矣。《良耜》傳：「挃挃，穫聲也。」銍者，「挃」之假借。《禹貢》「二百里納銍」，《傳》：「銍，刈，謂禾穗。」銍亦挃也。《呂覽・上農》篇「因胥歲不舉銍艾，數奪民時」，言不鎒穫，則奪民時矣。與詩「銍艾」同。《周語》：「廩于藉東南，鍾而藏之，而時布之于農。稷則徧戒百姓，紀農協功，耨穫亦如之。民用莫不震動，恪恭于農，修其疆畔，日服其鎛，不解于時。」案詩於章末言命衆人以耨穫者，與《國語》「徧戒百姓，紀農協功」同。詩敕臣工保介以及衆人，猶《國語》王使司徒咸戒公卿、百吏下至庶民也，文義皆無不合。

《噫嘻》一章八句。

《噫嘻》，春夏祈穀于上帝也。【疏】《噫嘻》，春夏祈穀之樂歌也。《禮記·月令》：「孟春，天子乃以元日祈穀于上帝。」此春祈穀也。《月令》但言祈穀，與《孝經》「周公郊祀后稷以配天」者不同。周人於南郊祀天，以后稷配，是主報而不主祈。祈穀亦郊祭。然祈禱之禮輕，不以后稷配，又主祈而不主報。魯爲侯國，損於天子，故春、秋之郊皆爲祈穀。以后稷配天，故亦謂之郊。桓五年《左傳》：「凡祀，啓蟄而郊。」又襄七年《傳》：「孟獻子曰：『夫郊祀后稷，以祈農事也。是故啓蟄而郊，郊而後耕。』」祀后稷，謂配天也。祈農事，謂祈穀也。合報、祈爲一祭，魯禮非周禮也。《左疏》引何休《膏肓》，據《孝經》，后稷配天非即祈穀上帝，分爲兩祭。而此詩《正義》引鄭《箴膏肓》云：「《孝經》主說周公孝以必配天之義，本不爲郊祀之禮出，是以其言不備。」遂據《月令》、《左傳》獻子語，是郊天與祈穀爲一祭。案何說是也。《祭法》禘、郊、祖、宗四大祭皆不見於《月令》。《祭法》郊稷，郊之正祭也，祈穀非郊之正祭可知。故《詩·思文》既爲配天樂歌，此詩又爲祈穀樂歌，明是兩祭。斯亦祈穀非配天之確證矣。《月令》：「仲夏，命有司爲民祈祀山川百源，大雩帝，用盛樂。乃命百縣，雩祀百辟卿士有益於民者，以祈穀實。」此夏祈穀也。鄭注云：「《春秋傳》曰：『龍見而雩。』雩之正，當以四月。凡周之秋三月之中而旱，亦脩雩禮以求雨，因著正雩此月，失之矣。」案鄭說是也。鄭據桓五年《左傳》，以四月爲雩月之正，至五月以後爲因旱而祈雨。故此詩《箋》亦引《左傳》「龍見而雩」，以爲即夏祈穀。蓋雩者，本旱求之名。四月順豐年，逆時雨，寧風旱，故以此月之雩爲先祈正祭。《月令》大雩箸於五月者，此亦猶《穀梁傳》言郊自正月至于三月皆可郊者爲盡時説耳。是五月大雩爲旱求之祭，然亦祈穀實之事，故云「以祈穀實」也。雩，正祭；大雩，旱祭。雩用樂，大雩用盛樂。《春秋經》常雩不書，秋三月書大雩者凡二十，皆是因旱而急求，非雩月之正也。《説文》：「雩，夏祭樂于赤帝，以祈甘雨也。雩或作『咢』。雩，舞羽也。」許亦據四月之雩不用盛樂言也。鄭注云：「天子雩上帝，諸侯以下雩上公。」定元年《穀梁傳》：「請乎應上公。古之神人有應上公者，通乎陰陽，君親帥諸大夫道之而以請焉。」此魯雩上公也。《月令》雩帝，此周雩上帝也。春因郊而祈穀，夏則雩爲祈穀，皆當在孟月祭天。其祭地在仲月，義箸《載芟》篇。

噫嘻成王，既昭假爾。【傳】噫，歎也。嘻，敕也。成王，成是王事也。**率時農夫，播厥百穀。駿發爾私，終三十里。亦服爾耕，十千維耦。**【傳】私，民田也。言上欲富其民而讓於下，欲民之大發其私田耳。終三十里，言各極其望也。【疏】《釋文》：「噫，作『意』，又作『噫』。」《正義》：「嘻，敕也。」《釋文》作「嘻，和也」，「和」是「敕」之誤。噫，慨歎之詞。嘻，戒敕之詞。噫嘻，疊韻連緜字。哀十四年《公羊傳》：「顔淵死，子曰：『噫！』」何注云：「噫，咄嗟貌。」襄三十年《左傳》：「或叫于宋大廟，曰：『譆譆出出。』鳥鳴于亳社，如曰『譆譆』。」「嘻」與「譆」同。王，王事也。凡國之大事在農，農事即王事。故《傳》云：「成王，成是王事也。」昭，明；假，至也。○率，用；時，是也。《文選·東都賦》注引：「《韓詩》『帥時農夫，播厥百穀』，薛君云：『穀類非一，故言百也。』」「率」、「帥」古字通用。駿，大也。發，讀如「句庛則利發」之「發」。《箋》：「發，伐也。」《匠人》注：「畖土曰伐，伐之言發也。」私，私田，對公田言之，故《傳》云「民田」也。大發民之私田，言此者，爲富民讓下之道。《鹽鐵論·取下》篇云：「『浚發爾私』，上讓下也。」此説與毛氏義合，其訓古矣。「浚」與「駿」通。終之爲言極也。《傳》云「言各極其望也」者，上欲望民之富，今私田三十里以大發之，是謂各極其望也。亦，發聲。維，其也。「十千維耦」，其耦十千也。《甫田》傳：「十千，言多也。」鄭注《周禮》以鄉遂不用井畫采地，畫之爲井，《遂人》、《匠人》分爲二法。程瑶田《溝洫考》云：「『駿發爾私』，是不畫井，無公田之證也。耦曰十千，是萬夫之證也。里曰三十，是萬夫之田方三十三里又少半里，舉成數之證也。此《遂人》之不爲井田確有明證。」奂案詩言藉田也。藉田在郊。天子藉田千畝，千畝適合十夫之地。此亦鄉遂中用《遂人》十夫，不用《匠人》九夫之事。《周語》：「宣王不藉千畝，虢文公述古者藉田之制云：『王耕一發，班三之，庶人終于千畝。』」韋注：「王耕一發，一耜之發也。耜廣五寸。二耜爲耦。一耦之發，廣尺、深尺。三之，下各三其上也。王一發，公三，卿九，大夫二十七也。終，盡耕之也。」高注《吕覽》同。三十里十千耦，即千畝也。「終三十里」，即終于千畝也。《傳》云「大發私田，各極其望」，實依《周語》「庶人盡耕」爲説。《月令》言天子躬耕，帝藉即在祈穀之後，與《詩序》「祈穀上帝」亦正合。天子鄉遂無公田，而亦藉民力。

《振鷺》一章八句。

《振鷺》，二王之後來助祭也。【疏】二王，夏、殷之王也。《正義》云：「《郊特牲》曰：『王者存二代之後，猶尊賢也。尊賢不過二代。』《書傳》曰：『天子存二王之後，與己三，所以通三統，立三正。』鄭《駁異義》云：『言所存二王之後者，命使郊天，以天子禮祭其始祖，受命之王自行其正朔服色。此之謂通天三統。』是言王者立二王後之義也。」

振鷺于飛，于彼西雝。【傳】興也。振振，群飛貌。鷺，白鳥也。雝，澤也。**我客戾止，亦有斯容。**【傳】客，二王之後。**在彼無惡，在此無斁。庶幾夙夜，以永終譽。**【疏】振飛，猶奮翼。鷺不一鳥，故《傳》則重言之曰「振振」。《有駜》「振振鷺」，《傳》亦云：「振振，群飛皃也。」「鷺，白鳥」，《有駜》同。《説文》云：「邕，四方有水自邕成池者。」《水經注》：「四方有水爲雍。」《周禮》「雍氏」注：「雍，爲隄防止水者也。」凡止水處曰邕，假借字作「雝」。「雍」即「雝」之隸變。鷺飛于雝，與「鶴鳴于皋」同。皋、雝皆爲水鳥所居，故竝訓爲「澤」。《説文・川部》「巛」下引《左傳》「川雝爲澤」，此《傳》所本也。詩以鷺之在澤興客之朝周。賓位在西，故曰「西」。《後漢書・邊讓傳》注引《韓詩》「振鷺于飛，于彼西雍」《薛君章句》云：「鷺，潔白之鳥也。西雍，文王辟雍也。言文王之時，辟雍學士皆潔白之人也。」案《韓詩》以雝爲文王辟廱，恐非是。蓋此詩作於周公制禮之後，則辟廱在國中之澤宫，而與文王辟廱之在郊用殷制者不同處也。韓與毛異。〇《序》言「二王之後」，故《傳》以「客」爲「二王後」也。戾，至也。斯，此也，此鷺也。言客有此絜白之容也。《禮記・中庸》篇：「是故君子動而世爲天下道，行而世爲天下法，言而世爲天下則。遠之則有望，近之則不厭。《詩》曰：『在彼無惡，在此無射。庶幾夙夜，以永終譽。』君子未有不如此而蚤有譽於天下者也。」案「在彼」指遠，「在此」指近。《箋》：「在彼，謂居其國。在此，謂其來朝。」與《中庸》釋《詩》合。《後漢書・列女・曹世叔妻傳》注引《韓詩》亦作「射」，「射」與「斁」通。夙夜，早夜也。永，終，皆長也。「以永終譽」，猶云「以介景福」耳。《後漢書・崔駰傳》「終」作「衆」，「衆」假借字。《箋》云：「譽，聲美也。」《呂覽・審分》篇云：「譽流乎無止。」

《豐年》一章七句。

《豐年》，秋冬報也。【疏】此秋冬報之樂歌也。《後箋》云：「曹放齋《詩説》謂季秋大饗明堂，秋祭四方，冬祭八蜡，天地百神無所不報。今一以《序》及經證之，似當以曹氏之説爲近。《噫嘻》序言『春夏祈穀』，此言『秋冬報』，明是一祈一報相對爲義。彼言上帝，而此不言何神者，考祈穀之郊主祀上帝，而百神亦當從祀。《左傳》載孟獻子曰：『啓蟄而郊，郊而後耕。』是魯郊正所謂祈穀之郊。《春秋》每卜郊不吉猶三望。《左傳》或曰：『望，郊之細也。』或曰：『望，郊之屬也。』可見祈穀之郊并及方望。至夏雩，則《月令》於雩帝之外，兼及百辟卿士。《噫嘻》序但言上帝，舉其重者耳。此秋冬報祭，亦必自上帝百神，凡有功於穀實者，偏祭之，而皆歌此詩。《月令》：『季秋，大饗帝。孟冬，祈來年于天宗，大割祠于公社及門閭，臘先祖、五祀。』鄭注皆以爲蜡。《郊特牲》云：『蜡者，合聚萬物而索饗之。』可見秋冬之報所祭甚廣，故《序》不指言何神。但經文首稱『豐年』，則其爲百穀報成之祭，義甚箸明，故《傳》亦不言何祭。又《月令》『大饗帝』下云『嘗，犧牲告備於天子』，鄭注：『嘗者，謂嘗群神。天子親嘗帝，使有司祭於群神。』可見『嘗』不定是廟祭之名。推之『孟冬，大飲烝』下即言天宗、公社諸祭，鄭注雖以烝爲升俎。然高誘注《淮南·時則訓》即以此烝爲冬祭。《楚語》觀射父曰：『日月會于龍豵，土氣含收，天明昌作，百嘉備舍，群神頻行。國於是乎烝嘗，家於是乎嘗祀。』夫龍豵乃建亥之月，何以言嘗祀？竊意秋冬報祀，取『嘗新』、『烝衆』之義，亦名『嘗烝』，與廟祀之秋嘗、冬烝同名而異實。《箋》以『報』爲『嘗烝』，豈亦謂四時之外别有嘗烝歟？」

豐年多黍多稌，亦有高廩，萬億及秭。【傳】豐，大；稌，稻也。廩，所以藏齍盛之穗也。數萬至萬曰億，數億至億曰秭。**爲酒爲醴，烝畀祖妣，以洽百禮，降福孔皆。**【傳】皆，徧也。【疏】《易·豐·彖傳》及《説卦傳》皆云：「豐者，大也。」《方言》云：「凡物之大貌曰豐。」又云：「趙、魏之郊，燕之北鄙，凡大人謂之豐人。《燕記》曰：『豐人杼首。』燕、趙之閒言圍大謂之豐。」《傳》訓「豐」爲「大」，豐年，大年也。「稌，稻」，《爾雅·釋草》文。郭注云：「今沛國呼稌。」《説文》：「沛國謂稻曰稬。」是以黏者爲稌矣。《周禮·食醫》「牛宜稌」，鄭司農注云：「稌，稉也。」是又以不黏者爲稌矣。蓋稻，稌皆大名也。〇《周語》「廩于藉東南，鍾而藏之」，韋注云：「廩，御廩。」《春秋》桓十四年《公羊傳》：「御廩者何？粢盛委之所藏也。」《穀梁傳》：「甸粟而内之三宫，三宫米而藏之御廩。」《周禮》「廩人」注云：「藏米曰廩。」案廩藏米，《傳》云「藏齍盛之穗」，《黍離》傳：「穗，秀也。」然則高廩其露積歟？《甫田》傳：「器實曰齊，在器曰盛。」「齍」與「齊」同。《伐檀》、《楚茨》傳皆云：「萬萬曰億。」此即「數萬至萬」也。阮元《校勘記》云：「『數億至億』，此《正義》本也。《正義》云：『數億至億曰秭，於今數爲然。定本、《集注》皆云：「數億至萬曰秭」。』《釋文》云：『數億至萬曰秭，一本作「數億至億曰秭」。』考《伐檀》、《楚茨》傳『億』字毛用今數，則此《傳》自亦是今數，當以《正義》本爲長。」案阮説是也。舊本《北堂書鈔·歲時部四》引《毛詩傳》與定本、《集注》同。《説文》云：「數億至億曰秭。」是今數，宗毛訓也。《爾雅》：「秭，數也。」郭注云：「今以十億爲秭。」是以古數説秭。秭即兆也。《衆經音義》卷六引《算經》：「黄帝爲法，數有十等，謂億、兆、京、垓、壤、秭、溝、澗、正、載。及其用也有三，謂上、中、下。下數十萬曰億，中數百萬曰億，上數萬萬曰億。」此秭在弟六等，十萬起數，數至秭，則已過於數億至億矣，與古數不合。《廣韻》「秭」字下引《風俗通義》：「千生萬，萬生億，億生兆，兆生京，京生秭，秭生垓，垓生壤，壤生溝，溝生澗，澗生正，正生載。載，地不能載也。」此以萬起數，數至秭，秭爲萬萬，則又不及於今數矣。漢末諸家之説，不足取爲經訓。《釋文》引《韓詩》云：「陳穀曰秭。」○《載芟》箋云：「烝，進；畀，予；洽，合也。進予祖妣，謂祭先祖、先妣也。以洽百禮，謂饗燕之屬。」《説文》：「皆，俱詞也。」「徧」與「俱」義相近。徧，讀爲「徧爲爾德」之「徧」。《説苑·貴德》篇釋此詩云：「聖人之於天下也，譬猶一堂之上也，有一人不得其所者，則孝子不敢以其物薦進。」此即「徧」字之義。

《有瞽》一章十三句。

《有瞽》，始作樂而合乎祖也。【疏】王者始起，未制作之時，取先王之樂與己同者，假以風化天下。天下大同，乃自作樂。故武王有天下，未致大平，樂器未具。至成王之世，始克大同，迺作己樂，樹羽縣鼓，皆先王所未有也。是在周公攝政六年時。《箋》云：「合者，大合諸樂而奏之。」

有瞽有瞽，在周之庭。設業設虡，崇牙樹羽，應田縣鼓，鞉磬柷圉。【傳】瞽，樂官也。業，大版也，所以飾栒爲縣也，捷業如鋸齒，或曰畫之。植者爲虡，衡者爲栒。崇牙，上飾，卷然，可以縣也。樹羽，置羽也。應，小鞞也。田，大鼓也。縣鼓，周鼓也。鞉，鞉鼓也。柷，木椌也。圉，楬也。**既備乃奏，簫管備舉。喤喤厥聲，肅雝和鳴，先祖是聽。我客戾止，永觀厥成。**【疏】《傳》云「瞽，樂官」，此即《周官》之大師、小師矣。《周語》：「瞽獻曲。瞽、史教誨。瞽告有協風至。」韋注云：「瞽，樂師。」又云：「樂大師。」是「瞽」爲「樂官」之義。凡宿、縣皆陳樂於堂下。「在周之庭」，言周始作樂也。○《爾雅·釋器》：「大版謂之業。」《傳》本《爾雅》，又申明「業」字之義爲鋸齒畫飾也。《靈臺》傳亦云：「業，大版也。」《箋》：「設大版於上，刻畫以爲飾。」《正義》引孫炎注：「業，所以飾栒，刻版捷業如鋸齒也。」《説文》：「版，判也。」「業，大版也，所以飾縣鐘鼓。捷業如鋸齒，以白畫之，象其鉏鋙相承也。」竝與毛《傳》同。段注云：「栒以縣鐘鼓，業以覆栒爲飾，其形刻之捷業然如鋸齒，又以白畫之，分明可觀，故此大版名曰業。業之爲言齾也。許説本毛。毛《傳》『或曰畫之』，『或曰』二字乃『以白』二字之譌。」《傳》云「植者爲虡，衡者爲栒」，《靈臺》同。云「崇牙，上飾」者，謂業上飾也。《烈文》傳：「崇，立也。」業爲栒之上飾，崇牙又爲業之上飾。業爲平版，作鋸齒形，以白畫之。崇牙爲業上曲然高聳處，以縣鐘磬，故云：「卷然，可以縣也。」《卷阿》傳：「卷，曲也。」是鐘磬縣於崇牙，不縣於業。牙大齒小，上下相承。業畫齒，崇牙非畫也。解之者以牙與齒爲一，則崇牙爲畫文，失之。詩有業，又有崇牙。《靈臺》有業，又有樅。《傳》亦必分釋之，其爲二物明矣。羽，垂羽飾也。《集韻》：「蘢，筍虡飾。」引《爾雅》：「髦謂之蘢。」今《釋言》作「旄」。旄、髦皆羽也。經言「樹」，《傳》言「置」。樹之爲言位也，置之爲言植也。《方言》：「樹植，立也。燕之外郊、朝鮮洌水之閒，凡言置立者謂之樹植。」樹羽，周禮也。《明堂位》云：「殷之崇牙，周之璧翣。」《詩》謂之樹羽，《禮記》謂之璧翣，其義一也。疑「璧」乃「壁」之誤。壁，當讀如「壁材」之「壁」，壁即栒上之版，翣即羽也。謂於壁四角垂羽以爲飾，是曰壁翣也。亦曰置翣，《檀弓》：「周人牆置翣。」又「置翣，周也。設崇，殷也」。《説文》：「翣，棺羽飾也。」此雖喪飾，而殷設崇，周置翣，其質文增益之數大略相同。鄭緣《喪大記》有「畫翣」「戴圭」之文，遂以解璧爲戴璧，翣爲畫翣，其下又垂以五采羽，則更於樹羽之外增益璧翣矣。依漢制度言之，恐與古不合。〇應，應鼓也。《周禮·小師》「擊應鼓」、《禮記·禮器》篇「應鼓在東」、《爾雅·釋樂》「小者謂之應」，是應爲小鼓也。《傳》云「小鞞」，「鞞」乃「鼙」之借字。《大射儀》：「應鼙在其東，南鼓。」鄭注云：「應鼙，應朔鼙也。先擊朔鼙，應鼙應之。鼙，小鼓也。在東，便其先擊小後擊大也。」《投壺》篇魯鼓、薛鼓之圖，注云：「圜者擊鼙，方者擊鼓。」案應鼙在東面，以應西面之朔鼙，故謂之應。又先擊小鼓乃擊大鼓，小鼓爲大鼓先引，故亦謂之應。《傳》以「小鼙」釋「應」，即指應鼙言也。不言朔鼙，經文不備也。《説文》云：「鼙，騎鼓也。」跨馬爲騎，鼙有四足搘箸於地，若人之跨馬然，故曰騎鼓。《明堂位》注云：「足，謂四足也。」則應即夏后氏足鼓也。○《傳》以「應」、「田」連文，應爲小鼙，故田爲大鼓矣。《爾雅》「鼖」、「應」同釋，《説文》亦「鼖」、「鼙」連篆，皆其義。鼖，亦作「賁」，《靈臺》傳：「賁，大鼓也。」賁、田皆爲大鼓。應即應鼙，在東。縣鼓即鞉，在西。詩人作句，以田次於應、縣鼓之閒，蓋田即《儀禮》之建鼓也。《儀禮·大射儀》云：「樂人宿縣于阼階東，建鼓在阼階西，南鼓。一建鼓在其南，東鼓。一建鼓在西階之東，南面。」案諸侯三面縣，謂之軒縣，三面皆一建鼓。周庭設四面縣，謂之宮縣，則四面必皆一建鼓。田之爲言陳也。田田相承，亦陳陳相應也。鄭注云：「建鼓，建猶樹也。以木貫而載之，樹之跗也。」賈疏云：「今之建鼓則殷法也。」又謂之楹鼓，《明堂位》「殷楹鼓」，鄭注云：「楹謂之柱，貫中上出也。」則田即殷人楹鼓也。《鼓人》：「以路鼓鼓鬼享。」詩爲大祭祀，宿縣則田，大鼓即路鼓也。路鼓、建鼓，説見《靈臺》篇。《正義》以田爲縣鼓，失之矣。郭注《爾雅》、鄭注《周禮》、《禮記》竝引《詩》作「應𢅥縣鼓」。《周禮·大師》、《小師》「鼓𢅥」，鄭司農兩云：「𢅥，小鼓。」《説文·申部》：「朄，擊小鼓，引樂聲也。」𢅥亦應之類。應、𢅥皆謂小鼓。《箋》改「田」作「𢅥」，當本三家《詩》説。○《傳》云「縣鼓，周鼓也」者，縣鼓即鞉鼓。《那》「置我鞉鼓」，《傳》：「鞉鼓，樂之所成也。夏后氏足鼓，殷人置鼓，周人縣鼓。」此《禮記·明堂位》文，《那》傳本之以證殷人鞉鼓爲置鼓之義，而又推言周人鞉鼓爲縣鼓之義。《商頌》殷制，故曰置。《周頌》周制，故曰縣。此殷因夏，周因殷，所損益可知也。《傳》以縣鼓爲周鼓，則應、田承二代之典物矣。周人以夏后氏足鼓爲應鼙、朔鼙，以殷人置鼓爲建鼓，而唯鞉鼓周乃改變二代足、置之制，別設一縣。《小師》「掌教鼓鼗」，《眡瞭》、《瞽矇》「掌播鼗」。魯用天子樂，其官有播鼗武，蓋重之也。古者鐘、磬縣，鼓皆不縣，故《考工記》梓人爲簨虡，但有鐘磬而無鼓。周鼓亦不皆縣，唯鼗鼓乃縣之。《大射儀》云：

「鼗倚于頌磬，西紘。」紘猶縣也。東西兩肆皆有磬、鐘、鎛，建鼓自北而南陳之，則西肆不得多設一器。鼗在西肆頌磬之西，而特縣之，所以象西方功成。《禮器》云：「廟堂之下，縣鼓在西。」此其義證也。鄭注：「紘，編磬繩也。設鼗於磬西，倚于紘也。」解「紘」爲「編磬繩」，失之。又《明堂位》注：「縣，縣之簨虡也。」鄭不解「縣鼓」爲「鞉鼓」，則所謂「縣之簨虡」者，其意指小鼙之屬。然縣於簨虡，擊小鼓以應大鼓，艱於擊應。又《那》箋鞉雖不植，貫而搖之，亦植之類。《大射》注：「鼗，如鼓而小，有柄。」《小師》注：「鼗，如鼓而小，持其柄搖之，旁耳還自擊。」後儒説鼗悉依鄭説。《爾雅》云：「大鼗謂之麻，小者謂之料。」鼗有大小，或鄭所據其小者歟？《釋文》：「鞉，亦作『鼗。』」《爾雅》釋文：「鼗，本或作『鞀』，同。」《説文》：「鞀，遼也。或作『鞉』，又作『𪔛』。籀文作『⿱殸召』，同。」案今字《詩》作「鞉」，《書》、《禮》、《爾雅》作「鼗」，《月令》作「鞀」，竝字異義同。鞉即承上文縣鼓而言。《傳》云「鞉，鞉鼓也」者，即本《那》篇「置我鞉鼓」而言也。鞉鼓，俗本作「小鼓」者，誤。《書·皋陶謨》篇：「下管鼗鼓，合止柷敔。」《周禮》：「小師掌教鼓鼗、柷、敔。瞽矇掌播鼗、柷、敔。」《爾雅·釋樂》亦以柷、敔、鼗爲節樂之器，故每連而言之。《大司樂》宗廟之中，路鼓路鼗。詩之田即路鼓，則詩之鞉，其路鼗矣？○上文設業虡，編磬在其中矣。此言磬者，謂特磬也。《那》「依我磬聲」，《箋》云：「磬，玉磬也。玉磬尊，故異言之。」❶玉磬見《明堂位》及《魯語》，《書》謂之「鳴球」。鄭注云：「鳴球，玉磬也。」《爾雅》：「大磬謂之毊。」《大戴禮·三本》篇：「縣一磬而尚拊搏。」大磬特縣，所以配鎛鐘者也。《書》「戛擊」，《明堂位》作「揩擊」，古説皆以爲柷敔。柷敔在堂下，則玉磬亦在堂下可

---

❶「言」，原脱，徐子静本、《清經解續編》本同。據明世德堂本《毛詩》、阮刻《毛詩正義》、本書卷三十《那》傳疏補。

知。鄭注《書》玉磬合堂上之樂者，謂玉磬倚于堂廉，與堂上之歌相應，非謂玉磬爲設於堂上也。凡四面縣，東西二鎛皆南陳，其特磬當設於北方。《白虎通義·禮樂》篇云：「一説：磬在西北方。」是也。《鄉飲酒禮》：「笙入堂下磬南，北面立。」此磬亦特磬也。君賜之樂，則大夫有特磬。《記》曰：「磬，階閒縮霤，北面鼓之。」注：「縮，從也。霤以東西爲從。」是大夫特磬在庭北，笙入在其南。《大射儀》無特磬者，辟射位也。諸侯大夫皆有特磬。《郊特牲》擊玉磬爲諸侯僭禮，然則唯天子用玉耳。大夫閒歌，特磬以應之。天子無笙閒有下管，亦特磬以應之，而編磬亦應之。鞉所以節下管，故此篇及《那》皆「鞉磬」連文也。○「柷」爲「椌」，以今名通古名之例。疑《傳》文「木」字當衍。《説文》：「椌，柷樂也。」「柷樂，木椌也，所以止音爲節。」許依椌從木故謂之木椌耳。「柷」下「樂」字亦當衍。郭注《爾雅》云：「柷如漆桶，方二尺四寸，深一尺八寸，中有椎，柄連底，挏之令左右擊。止者，其椎名。」《風俗通義》及《廣雅》竝云：「柷，方三尺五寸。」圉，《書》、《禮》及《爾雅》皆作「敔」。圉者，「敔」之假借字。《淮南子·俶真》篇：「騎蜚廉而從敦圄。」「圄」與「敔」同。郭注《爾雅》云：「敔如伏虎，背上有二十七鉏鋙，刻以木，長尺櫟之。」柷敔，《禮記·樂記》及《荀子·樂論》作「椌楬」，故《傳》訓「圉」爲「楬」也。鄭注《明堂位》云：「揩擊，謂柷、敔，皆所以節樂者也。」《玉篇·手部》：「揳擊柷敔，所以止樂也。本亦作『戛』。」《爾雅》：「所以鼓柷，謂之止。所以鼓敔，謂之籈。」李注云：「擊柷之椎名謂止，戛敔之木名謂籈。樂之初，擊柷以作之。樂之將末，戛敔以止之。」《白虎通義·禮樂》篇：「柷敔者，終始之聲，萬物之所生也。陰陽順而復，故曰柷。承順天地，序迎萬物，天下樂之，故樂用柷。柷，始也。敔，終也。」案此皆就柷作敔止爲説。《風俗通義》引《禮·樂記》「用柷止音爲節」，與《説文》同，而不及敔。《釋名》：「敔，衙也。衙，止也，所以止樂也。」鄭注《尚書》：「敔狀如伏虎，背上刻之，所以鼓之以止樂。」而又不及柷。奂謂柷、敔皆止樂之器。鼓柷謂之止，止音爲柷也。鼓敔謂之籈，籈之爲言禁也。

《説文》：「敔，禁也。」禁亦止也。柷謂之椌，椌猶控也。《大叔于田》傳：「止馬曰控。」其義也。敔謂之楬，楬猶遏也。《説文》：「遏，微止也。讀若桑蟲之蝎。」其義也。顧希馮以爲柷、敔皆止樂，當有師承矣。《書》云：「合止柷、敔。」合，合樂也。合樂則柷、敔以止之。解之者乃謂合柷止敔，遂有始柷終敔之説，恐非古義。○「既備乃奏」，《箋》謂「既備」爲縣畢已，「乃奏」爲金作。是「既備」承上文，而「乃奏」起下文也。凡奏皆金奏也。《説文》：「簫，參差管樂，象鳳之翼。」「管，如篪，六孔，十二月之音，物開地牙，故謂之管。」《通典》引蔡氏《月令章句》云：「簫，編竹，有底，大者二十三管，小者十六管；長則濁，短則清。以蠟蜜實其底而增減之則和。管者，形長尺、圍寸，有孔無底。」鄭《箋》及《小師》注皆云：「簫，編小竹管，如今賣飴餳者所吹也。管，如篴，併而吹之。」高注《淮南》、《吕覽》云：「管，一孔，似篴。簫，今之歌簫。」案《爾雅》：「大簫謂之言，小者謂之筊。大管謂之簥，其中謂之篞，小者謂之篎。」是簫、管皆有大小。高、鄭則就其小者言耳。簫管，《儀禮》謂之蕩，蕩之爲言大也。當依蔡説就其大者言之爲是。金鶚云：「金奏下管樂之大者，笙入閒歌樂之小者，故天子、諸侯有金奏下管而無閒歌，大夫、士有笙入閒歌而無金奏下管，此其等差也。燕禮有金奏升歌下管、笙入合樂，而無閒歌。有笙入者，諸侯燕大夫，故即以大夫樂樂之，非諸侯之正樂也。偏考諸經，皆無天子、諸侯用笙閒之説。」又云：「堂上所歌，皆風、雅、頌之《詩》，堂下笙管金奏非《詩》也。」案誠齋説天子諸侯有金奏下管而無笙入閒歌，明辨晳矣。然以爲下管非《詩》，竊非也。昭二十五年《左傳》：「宋公享昭子，賦《新宮》。」則《新宮》爲《詩》，有明文矣。諸侯升歌《鹿鳴》，下管《新宮》，見於《燕禮·記》及《大射儀》。天子樂禮既亡，而以魯用天子樂推之，其於祀大廟也，升歌《清廟》，下管《象》，見於《明堂位》及《祭統》。《新宮》、《象》皆《詩》。《象》即《維清》也。凡《詩》爲歌，歌者在上，笙管皆在下。笙入閒歌，其堂上歌《詩》，堂下以笙和之。下管亦有《詩》，其堂上歌

《詩》，堂下以管合之，故言下管即以包笙、閒二者矣。《鄉飲酒禮》、《鄉射禮》、《燕禮》皆有笙無管，《大射儀》有管無笙，唯《燕禮·記》下管《新宫》，笙入三成。此《記》管、笙竝有，與經不合。云「備舉」者，言下管之樂盡舉也。《執競》傳云：「喤喤，和也。」《振鷺》傳云：「客，二王之後。」《書·皋陶謨》篇云：「祖考來格，虞賓在位，《簫韶》九成。」正與詩義同。

《潛》一章六句。

《潛》，季冬薦魚，春獻鮪也。【疏】《禮記·月令》：「季冬，命漁師始漁，天子親往，乃嘗魚，先薦寢廟。」此冬薦魚也。《月令》：「季春，薦鮪于寢廟。」又《周禮·𩟄人》：「春獻王鮪。」《夏小正》：「二月，祭鮪。」此春獻鮪也。《魯語》云：「古者大寒降，土蟄發，水虞於是乎講罛罶，取名魚，而嘗之廟，❶行諸國。」案冬、春之際皆取魚嘗廟，正與《序》義合。

猗與漆沮，潛有多魚。【傳】漆、沮，岐周之二水也。潛，槮也。**有鱣有鮪，鰷鱨鰋鯉。以享以祀，以介景福。**【疏】《那》傳云：「猗，歎詞。」《國語》「猗兮違兮」，韋注云：「猗，歎也。」「猗與」，猶「猗兮」也。漆、沮，詳《緜》篇。《傳》云「岐周之二水」者，岐周爲文王政治新邦，周人於享祀時薦，作爲樂歌，遂以漆、沮二水發端，國雖邑鎬京，而禮必稱岐周。《孟子·梁惠王》篇云：「昔者文王之治岐也，澤梁無禁，故潛有多魚也。」潛，

❶ 「廟」，徐子静本、《清經解續編》本同。《四部備要》本與上海古籍出版社點校本《國語》作「寢廟」。

《韓詩》作「涔」。《禹貢》「沱潛」，《夏本紀》作「沱涔」，此潛、涔聲通之證。槮，《釋文》所據舊《詩傳》作「糝」。《爾雅·釋器》：「糝謂之涔。」李巡、孫炎、郭璞竝訓「積柴」，作木旁參。唯舍人云：「以米投水養魚爲涔。」舍人本《爾雅》作米旁參。以米養魚，非古義也。諸家皆依字偏旁爲説。竊謂其字作「糝」，訓爲「蓄水養魚」。不必改作「槮」，亦不必訓作「投米」也。《説文·网部》：「罧，積柴水中以聚魚也。」《木部》：「栫，以柴木雝水也。」《江賦》「栫澱爲涔」，栫、涔亦聲之轉。《淮南子·説林》篇：「罛者扣舟，罩者抑之，罾者舉之。」高注：「罛，以柴積水中以取魚。扣，擊也。魚聞擊舟聲藏柴下壅而取之。罛，讀沙糝。今兗州人積柴水中捕魚爲罛，幽州名之爲涔也。」武進莊逵吉云：「罛，據《爾雅》、《説文》當作『罧』。」案莊説是也。《淮南子》與《説文》正合。積柴聚魚，其字正作「罧」。《釋文》引《韓詩》云：「涔，魚池。」亦是「圍聚捕取」之義，與「積柴」之説亦未嘗不合。《説文》云：「涔，漬也。」「涔」本字，「潛」假借字。「罧」正字，「糝」假借字。○《碩人》傳：「鱣，鯉也。鮪，鮥也。」此《箋》云：「鱣，大鯉也。鮪，鮥也。」鄭因下有鯉，故謂鱣爲大鯉，以別言之。《四月》「鱣鮪」，《傳》亦謂之大魚矣。《箋》云：「鰷，白鰷也。」《説文》：「鯈，鯈魚也。」「鰷」即「鯈」之俗。《爾雅》：「鮂，黑鰦。」郭注云：「即白鯈魚。江東呼爲鮂。」《魚麗》傳云：「鱨，揚也。」《箋》云：「鰋，鮎也。」《魚麗》傳同。郭注《爾雅》云：「鯉，今赤鯉魚也。」

《雝》一章十六句。

《雝》，禘大祖也。【疏】此時禘后稷之樂歌也。《爾雅》云：「禘，大祭也。」大祭，猶殷祭。凡禘有三：禘天於圜丘也，禘地於方丘也，禘人鬼於宗廟也。宗廟之禘有二：吉禘與時禘也。吉禘者，終王大禘也。時禘者，四時大禘也。吉禘爲三年喪畢之祭，時禘則爲四時宗廟之祭。吉禘有新主，時禘則主大祖。吉禘在路寢大廟，時禘則於大祖廟。吉禘及郊宗石室，時禘則止毁廟、未毁廟。吉禘爲百王通義，時禘則夏、殷爲夏禘，居四時祭之一，周乃改夏禘爲夏礿，又於四時時享之外，行三年祫而五年禘。《閟宫》傳云：「夏禘則不礿，秋祫則不嘗，唯天子兼之。」此即時享外有祫又有禘之義也。《詩》言禘有二：「《雝》，禘大祖也」，時禘也；「《長發》，大禘也」，吉禘也。「《昊天有成命》，郊祀天地也」，此雖曰郊，實亦是禘。郊祀天地，禘祀天地也。説者或以禘爲宗廟之禘，而不知有天地之禘，則《祭法》、《國語》禘郊祖宗之禮廢矣。或以禘但爲喪畢之禘，而不知有四時之禘，則《大宗伯》、《大司樂》六享六樂之禮亡矣。《序》云「禘大祖」，大祖，后稷也。周以文、武爲受命之祖，以后稷爲肇封之祖，立后稷爲大祖廟，故唯后稷稱大祖。《周禮・大司樂》：「於宗廟之中奏之，若樂九變，則人鬼可得而禮。」注：「人鬼則主后稷。」《王制》：「天子七廟，三昭三穆，與大祖之廟而七。」注：「七者，大祖及文王、武王之祧，與親廟四。大祖，后稷。」然則鄭亦謂大祖爲后稷矣。《王制》疏云：「鄭説禘大王、王季以上遷主，祭於后稷之廟，其坐位乃與祫相似。其文、武以下遷主，若穆之遷主，祭於文王之廟，文王東面，穆主皆北面，無昭主；若昭之遷主，祭於武王之廟，武王東面，其昭主皆南面，無穆主。又祭親廟四，其四時之祭惟后稷、文、武及親廟四也。」案據鄭説已極淹貫。古者夏立五廟，禹爲大祖，故其禘在大祖廟。諸侯以始封之君爲大祖廟，同夏制也。殷、周以契、稷始封爲大祖，而湯與文、武受命之王與大祖竝尊，廟皆不毁。《周禮・守祧》注云：「先公之遷主藏於后稷廟，先王之遷主藏於文、武廟。」又據《春秋》，魯有禘於群廟之禮，遂自圓其説，以爲時享及五廟、二祧，時禘及毁廟、四親廟，亦各禘於其廟，毁主藏於后稷、文、武三廟中，故此三廟皆行禘禮。先公遷主於后稷合食，先王遷主於文、武合食，以視祫之皆在大祖廟合食者不同。此就文、武應毁不毁時言之，鄭説可補經義之未備。要不可以論周公制禮之初。《韓詩内傳》云：「禘取毁廟之主，皆升食於大祖。」《通典》引逸《禮》云：「禘于大廟禮，毁廟之主升合食，而立二尸。」又云：「獻昭尸如穆尸。」又云：「毁廟之主，昭共一牢，穆共一牢，祝稱孝子、孝孫。」《王制》疏引逸《禮》又云：「禘皆升食于其祖，劉歆、賈逵、鄭衆、馬融皆以爲然。」是諸家或本古制，統吉禘、時禘而言。或舉侯邦，雖言禘而實即祫，故説禘者往往不及文、武。然即援此，可徵周禮制作之遺意。此詩本禘后稷之詩也，獻昭尸，故「假哉皇考」也。獻穆尸，故「既右烈考」也。祝辭稱孝子，故「綏予孝子」也。詩與逸《禮》義正脗合，特詩不言毁廟爲異焉耳。周以后稷配天爲郊祭，以后稷主宗廟爲禘祭，以文昭武穆未毁廟爲合食以祭。其後遂定禘爲五年一祭，此周公制禮也。《箋》云：「大祖，謂文王。」非也。劉昫《舊唐書·禮儀志》引《白虎通義》：「文王爲大祖，武王爲大宗。」此爲鄭所本。不知祖文宗武爲明堂配天之祭，不聞於宗廟稱文爲大祖、武爲大宗，且文王既不得與后稷同稱大祖，成王時文王尚居親廟，豈得於文王廟特禘？《箋》失之矣。

有來雝雝，至止肅肅。相維辟公，天子穆穆。於薦廣牡，相予肆祀。【傳】相，助也。廣，大也。**假哉皇考，綏予孝子。宣哲維人，文武維后。燕及皇天，克昌厥后。綏我眉壽，介以繁祉。**【傳】假，嘉也。燕，安也。**既右烈考，亦右文母。**【傳】烈考，武王也。文母，大姒也。【疏】《思齊》傳：「雝雝，和也。肅肅，敬也。」「相，助」下「也」字今補。《清廟》「肅雝顯相」，《傳》云：「相，助也。」義同。辟公，謂諸侯也。天子，謂成王也。《文王》傳云：「穆穆，美也。」《漢書·劉向傳》：「當此之時，武王、周公繼政，朝臣和於内，萬國驩於外，故盡得其驩心，以事其先祖。《詩》曰：『有來雝雝，至止肅肅。相維辟公，天子穆穆。』言四方皆以和來也。」案劉承上文而言武王，非謂武王作此詩也。云「事其先祖」，則爲禘后稷可知。又《韋玄成傳》：「立廟京師之居，躬親承事，四海之内，各以其職來助祭。尊親之大義，五帝三王所共不易之道也。」亦引此詩。云「立廟京師」，則其爲時禘宗廟可知。三家與毛不異也。於，讀如字。「廣，大」，《六月》同。廣牡，猶言大牡。《周禮·充人》「碩牡則贊」，碩亦大也。《楚茨》、《行葦》傳皆云：「肆，陳也。」〇「假」訓「嘉」。《箋》云：「嘉哉皇考，㡿文王也。」綏，讀「以綏後禄」之「綏」。綏，安也。孝子，亦㡿成王也。宣哲，明哲也。《六月》、《嵩高》傳：「有文有武。」《文王有聲》傳云：「后，君也。」燕，讀「以燕翼子」之「燕」。《文王有聲》傳云：「燕，安也。」義同。昌，文王諱。《禮記·曲禮》「廟中不諱」，鄭注云：「爲有事於高祖，則不諱曾祖以下，尊無二也。於下，則諱上。」然則此詩有事於后稷，故不爲文王諱，是其義也。《正月》傳云：「緐，多也。」〇《傳》云「烈考，武王也」者，此禘后稷，文王爲昭尸，武王爲穆尸，故詩人既歌皇考又歌烈考，皇考爲文王，則烈考爲武王矣。《祭法》「周人祖文王而宗武王」，鄭注云：「祖、宗，通言爾。《孝經》曰：『宗祀文王于明堂，以配上帝。』」韋注《魯語》云：「稷，周始祖也。祖文王而宗武王。與《孝經》異者，周公初時亦祖后稷而宗文王，至武王雖承文王之業，有伐紂定天下之功，其廟不可毁，故先推后稷以配天，而後更祖文王而宗武王也。」《書大傳》亦云：「故周人追祖文王而宗武王。」蓋祖文宗武，壇位之祀；昭文穆武，廟禘之禮也。云「文母，大姒也」者，周歷世修德，莫如文王；歷世有賢妃之助，又莫如文母。言文母不言邑姜，文不具也。《春秋》僖八年：「秋七月，禘于大廟，用致夫人。」此諸侯禘致夫人之新主。是有父主，必有母主矣。文二年《穀梁》疏：「麋信引衛次仲云：『宗廟主皆用栗。右主八寸，左主七寸，廣厚三寸。若祭訖，則内於西壁埳中，去地一尺六寸。右主，謂父也。左主，謂母也。』」《襍記》「男子祔於王父則配」，注：「配，謂并祭王母。」此謂女子無廟，祔於男子合食也。《祭統》：「鋪筵，設詷几，爲依神也。」注：「詷之言同也。祭者以其妃配，亦不特几也。」此謂男有尸，女無尸，同几，《少牢》所謂「以某氏配，尚饗」是也。王引之《詩述聞》云：「《傳》以文母爲大姒者，以上文皇考是文王，則文母當爲大姒，非謂因文王而稱文母也。《列女傳·母儀傳》：❶『大姒仁而明道，思媚大姜、大任，旦夕勤勞，以進婦道。大姒號曰文母。』然則『文母』之稱，專美大姒之文德明矣。《漢書·元后傳》：『大皇大后當爲新室文母大皇大后。』《後漢書·鄧騭傳》：『伏惟和熹皇后，聖善之德，爲漢文母。』《何敞傳》：『伏惟皇大后秉文母之操。』皆本《周頌》爲義。《漢書·杜鄴傳》：『雖有文母之德，必繫於子。』顔師古注曰：『文母，文王之妃大姒也。』劉奉世、胡三省則皆以爲文王之母大任，其意蓋謂文王之妃當稱文后，不當稱文母，故改爲大任，以成『文母』二字之義。不知文母爲文德之母，不因文王而稱之也。」案王説是也。《杜鄴傳》所云「雖文母之德，必繫於子」，正本此詩先武王後大姒之義。

《載見》一章十四句。

《載見》，諸侯始見乎武王廟也。【疏】成王之世，武王廟爲禰廟。武王主喪畢入禰廟，而諸侯於是乎始見之，此其樂歌也。

載見辟王，曰求厥章。【傳】載，始也。**龍旂陽陽，和鈴央央。鞗革有鶬，休有烈光。**【傳】龍旂陽陽，言有文章也。和在軾前，鈴在旂上。鞗革有鶬，言有法度也。**率見昭考，以孝以享。**【傳】昭考，武王也。享，獻也。**以介眉壽，永言保之，思皇多祜。烈文辟公，綏以多福，俾緝熙于純嘏。**

❶「列」，原作「烈」，據《文選樓叢書》本《列女傳》、中國書店影印武林愛日軒刻本、徐子静本改。

【疏】《爾雅》：「哉，始也。」古載、哉聲通。辟，君；君王，謂成王也。《墨子·尚同中》篇云：「《周頌》道之曰：『載來見彼王，聿求厥章。』則此語古者國君諸侯之以春秋來朝聘天子之廷，受天子之嚴教，退而治國，政之所加，莫敢不賓。當此之時，本無有敢紛天子之教者。」《墨子》釋《詩》「章」讀「舊章」，此古説也。曰、聿字通。〇龍旂，交龍爲旂也。陽陽，龍旂皃，故《傳》云：「言有文章也。」隱五年《左傳》「昭文章」，杜注云：「車服旌旗。」是矣。「和在軾前」，鈴之在軾前者也。詳《蓼蕭》篇。《爾雅·釋天》「有鈴曰旂」，李注云：「以鈴箸旐端。」桓二年《左傳》：「鈴，昭其聲也。」杜注云：「鈴在旂，動有鳴聲。」《説文》云：「旂，旗有衆鈴以令衆也。」「鈴，令丁也。」案交龍旂有九鈴箸旐端，旂有衆鈴也；令丁爲鈴，動有鳴聲也。郭璞謂縣鈴於竿頭，則與古説乖矣。詩上句言龍旂，下句言鈴，《傳》云「鈴在旂上」，則鈴在龍旂之上，與凡稱旂爲旌旗總名者不同。故《庭燎》、《采叔》、《泮水》等篇皆云「言觀其旂」，但辨旂之色，不及旂之聲，與此有别。央央，狀和鈴之聲，與訓「鮮明」者不同。《吕覽·古樂》篇「其音英英」，高注云：「英英，和盛之貌。」與此「央央」同。鞗，當作「鋚」。《蓼蕭》傳云：「鋚革，轡首垂也。」《釋文》：「鶬，本又作『鎗』。」《正義》本亦作「鎗」。《説文》、《玉篇》引《詩》皆作「瑲」，竝同。「言有法度」，《簡兮》傳云：「言能治衆，動於近，成於遠也。」《烈文》傳云：「烈，光也。」〇《思文》傳：「率，用也。」《序》言「諸侯始見乎武王廟」，故《傳》知昭考爲武王。「享，獻」，《天保》、《我將》同。永，長；言，我也。思，詞也。皇，天也。義竝見《文王》篇。言我武王長保天命，天乃予以多福也。「思皇多祜」，與「思皇多士」句法相同。辟公，謂諸侯也。俾，《釋文》作「卑」。緝熙，光明也。純、嘏，皆大也。

《有客》一章十二句。

《有客》，微子來見祖廟也。【疏】《箋》云：「成王既黜殷命，殺武庚，命微子代殷後，既受命，來朝而見也。」

有客有客，亦白其馬。【傳】殷尚白也。亦，亦周也。**有萋有且，敦琢其旅。有客宿宿，有客信信。言授之縶，以縶其馬。**【傳】萋且，敬慎貌。一宿曰宿，再宿曰信。欲縶其馬而留之。**薄言追之，左右綏之。既有淫威，降福孔夷。**【傳】淫，大；威，則；夷，易也。【疏】《傳》云「殷尚白也」者，《檀弓》「殷人尚白，戎事乘翰」，鄭注云：「翰，白色馬也。」引《易》曰：「白馬翰如。」是殷馬用白也。云「亦，亦周也」者，僖二十四年《左傳》：「皇武子曰：『宋，先代之後也，於周爲客。』」案《傳》中「周」字即用《左傳》「於周爲客」之義，故經「亦白」二字，《傳》乃先釋「白」後釋「亦」，上承「有客」句，下起「萋且」句，言微子亦於周廟助祭耳。《白虎通義・王者不臣》篇：「不臣二王之後者，尊先王，通天下之三統也。《詩》云：『有客有客，亦白其馬。』謂微子朝周也。」《魯詩》亦謂客爲微子，與《毛詩》序、傳合。《獨斷》亦同。○萋且，猶踧踖，雙聲連緜字。《傳》云「敬慎」，此即助祭祼將之事。《箋》云：「其來威儀萋萋且且，盡心力於其事。」是也。敦琢，猶雕琢。旅，衆也。衆者，此即《臣工》篇之「臣工」、「保介」也。《箋》云：「選擇衆臣卿大夫之賢者與之朝王，言敦琢者，以賢美之，故玉言之。」亦是「其人如玉」之義也。莊三年《左傳》：「凡師，一宿爲舍，再宿爲信，過信爲次。」案「一宿爲舍」即「一宿曰宿」也。《九罭》傳亦云：「再宿曰信。」《爾雅》：「有客宿宿，言再宿也。有客信信，言四宿也。」郭注云：「再宿爲信。重言之，則知四宿。」《白駒》傳：「縶，絆也。」縶爲絆馬之索，授之縶即授之索也。因之以索絆馬亦爲之縶，縶其馬即絆其馬也。縶馬，所以留客，故《傳》云「欲縶其馬而留之」也。○薄、言，皆語詞。《箋》云：「追，送也。」既，猶終也。「淫，大」，《爾雅・釋詁》文。淫從㸒聲，㸒從壬聲，故詁訓「壬」、「任」、「淫」三字竝有「大」義。「威，則」，《釋言》

文。威從戌聲，「威」與「則」雙聲。《廣雅・釋言》：「威，德也。」「威」與「德」亦雙聲。則、德義相近。《箋》云：「既有大則，謂用殷正朔，行其禮樂如天子。」此申《傳》訓也。「夷，易」，《節南山》、《天作》同。

《武》一章七句。

《武》，奏《大武》也。【疏】詩以「武」命篇，《序》云「《大武》」，猶《大夏》、《大濩》耳。《周禮》、《禮記》、《左傳》皆言「舞《大武》」，則《大武》爲樂舞。《箋》云：「《大武》，周公作樂所爲舞也。」《後箋》云：「《箋》言周公所作，即此《武》詩。又言所爲舞者，以《周頌》惟《維清》及此《序》言奏，是既歌此詩，即爲此舞。但《維清》箋言《象舞》武王所制，則似武王時已象文王之伐而爲舞，周公乃爲歌詩作樂而奏之於廟。《大武》則似樂歌、樂舞皆成王時周公所作。《獨斷》謂《大武》周武所定，蓋本《左傳》『武王克商，作《武》』之語。而《國語》引此，以爲周文公之《頌》。且經云『於皇武王』、云『耆定爾功』，必非武王時所作。意此亦同《維清》，其舞作於武王時，詩則周公所定，至此乃合詩與舞而奏之與？」

於皇武王，無競維烈。【傳】烈，業也。**允文文王，克開厥後。嗣武受之，勝殷遏劉，耆定爾功。**❶【傳】武，迹；劉，殺；耆，致也。【疏】於，歎詞。皇，美也。《執競》篇「執競武王，無競維烈」，《傳》亦云：「烈，業也。」武王之業，莫彊乎伐商誅紂。宣十二年《左傳》云：「《武》曰：『無競維烈。』撫弱耆昧，以務烈所，

❶「定爾」，原誤乙，據阮刻《毛詩正義》改正。

可也。」「撫弱耆昧」即是伐商誅紂之事。○嗣武，猶言「繼序」、「纘緒」耳。「武」訓「迹」，迹者，道也。言武王繼文王之道，而卒其伐功也。《下武》篇「昭兹來許，繩其祖武」，彼言武王繩祖之武，此言武王嗣文之武，文義同，故《傳》訓亦同。「劉，殺」，《爾雅·釋詁》文。王引之《書述聞》云：「咸者，滅絶之名。《説文》曰：『伐，絶也。』讀若咸。』聲同而義亦相近，故《君奭》曰：『誕將天威，咸劉厥敵。』咸劉，皆滅也，猶言『遏劉』、『虔劉』也。《逸周書·世俘》篇及《漢書·律曆志》引《武成》篇竝云：『咸劉商王紂。』與此同。」案王説是也。《詩》之「遏劉」即《書》之「咸劉」，皆合二字一義。《長發》「武王載發，有虔秉鉞。如火烈烈，則莫我敢曷」，《傳》：「曷，害也。」「遏」與「曷」通，則此「遏」字亦當訓爲「害」。下句「耆」字即承「遏劉」爲説。詩言伐商誅紂，《箋》乃本止戈爲武之義，解「遏劉」爲「止殺」，夾在中閒，於上下文義不貫矣。《爾雅》：「厎，致也。」郭注云：「見《詩傳》。」耆、厎聲義相同。《左傳》：「《汋》曰：『於鑠王師，遵養時晦。』耆昧也。」杜注云：「耆，致也。」案經「耆」字即是「耆昧」之「耆」。《釋文》引《韓詩》云：「耆，惡也。」言武王惡紂而誅伐之，與毛訓異意同。《箋》：「耆，老也。」義異。○《左傳》云：「楚子曰：『武王克商，作《武》。其卒章曰：『耆定爾功。』其三曰：『鋪時繹思，我徂惟求定。』其六曰：『綏萬邦，屢豐年。』」左以此篇爲《武》之卒章，《賚》爲《武》之三章，《桓》爲《武》之六章。《賚》、《桓》皆紀武王用武事也。杜注云：「此三、六之數與今《詩》頌篇次不同。蓋楚樂歌之次弟。」《後箋》云：「杜謂楚樂歌次弟，亦未必然。楚子明言克商作《頌》，自必用當時《周頌》之次。其與後世不同，不必推及未删定以前。即如《左正義》引沈氏難云：『今《頌》篇次，《桓》第八，《賚》第九。』而《周頌譜》疏所次，則《桓》在二十九，《賚》在三十。是六朝篇次又與鄭《譜》不同。況未經秦火時乎？所謂『可與牪論，難與精悉』者也。」

詩毛氏傳疏卷二十八

閔予小子之什詁訓傳弟二十八　毛詩周頌

《閔予小子之什》十一篇，十一章，百三十七句。

《閔予小子》一章十一句。

《閔予小子》，嗣王朝於廟也。【疏】《箋》云：「嗣王者，謂成王也。除武王之喪，將始即政，朝於廟也。」《獨斷》同。匡衡學《齊詩》，亦以此詩爲武王喪畢。案其時已克殷、踐奄、誅管蔡矣。鄭意以喪畢而東征，故箋《詩》主未誅管、蔡説，與《豳風·鴟鴞》等篇毛義不合。王肅述毛剥鄭，并以此爲周公致政後之樂歌，恐又不然矣。曰「嗣王」，新辟之詞也。曰「朝於廟」，免喪之詞也。曰「謀」、曰「進戒」、曰「求助」，遭變之詞也。此及《小毖》四篇皆事在周公居攝三年，於後六年作樂，乃追敘而歌之。

閔予小子，遭家不造，嬛嬛在疚。【傳】閔，病；造，爲；疚，病也。**於乎皇考，永世克孝。念茲皇祖，陟降庭止。**【傳】庭，直也。**維予小子，夙夜敬止。於乎皇王，繼序思不忘。**【傳】序，緒也。
【疏】小子，成王也。《鴟鴞》「鬻子之閔斯」，與此「閔」字義同，故《傳》竝云：「閔，病也。」「造」訓「爲」，《箋》：「造，猶成也。」「爲」與「成」義相近。「遭家不造」，猶《鴟鴞》篇取子毀室之意也。嬛嬛，《説文》引《詩》作「煢煢」。哀十六年《左傳》「煢煢余在疚」，《説文》作「嬛嬛」，與今本皆互易。《文選·寡婦賦》注引《韓詩》作「惸惸余在疚」。是「嬛嬛」之讀爲「煢煢」，猶「惸惸」之讀爲「煢煢」，皆於雙聲通用。《説文·宀部》：「㝌，貧病也。」引《詩》作「㝌」。《疒部》無「疚」字。據此，則《毛詩》當作「㝌」矣。《雲漢》「疚哉冢宰」，「本或作『㝌』」。《召旻》「維今之疚不如茲」，「字或作『㝌』」。皆其證。㝌謂之貧，又謂之病，合言之曰貧病，猶瘽謂之勞，又謂之病，合言之曰勞病，其義同也。〇皇考，武王也。「念」字承「永世克孝」句，謂武王能念文王陟降之德。皇祖，文王也。「庭，直」，《大田》、《韓奕》同。止，詞也。「陟降庭止」，猶言直上直下耳。《文王》篇「文王陟降」，《傳》：「言文王上接天，下接人也。」直、接一意。此及《訪落》、《敬之》三言「陟降」，義竝同。《箋》云：「念此君祖文王，上以直道事天，下以直道治民，言無私枉。」鄭於「直」字下雖增「道」字以成義，而其解「陟降」就文王説，與《傳》同也。《漢書·匡衡傳》：「昔者成王之嗣位，思述文、武之道以養其心，休烈盛美皆歸之二后，而不敢專其名。是以上天歆享，鬼神祐焉。其《詩》曰：『念我皇祖，陟降廷止。』言成王常思祖考之業，而鬼神佑助其治也。」匡稺圭解「陟降」就上天歆享者説，與《毛詩傳》不同。〇《爾雅》：「敘，緒也。」「序」與「敘」通。繼緒，猶纘緒。《閟宮》「纘禹之緒」，《傳》：「緒，業也。」緒、業一義之引申。「思」爲句中語助，無實義。《釋詞》云：「『繼序思不忘』，繼緒不忘也。《烈文》曰：『於乎前王不忘。』無『思』字。」

《訪落》一章十二句。

《訪落》，嗣王謀於廟也。

訪予落止，率時昭考。於乎悠哉，朕未有艾。將予就之，繼猶判涣。【傳】訪，謀；落，始；率，循；時，是；悠，遠；猶，道；判，分；涣，散也。**維予小子，未堪家多難。紹庭上下，陟降厥家。休矣皇考，以保明其身。【疏】**「訪，謀」，《爾雅·釋詁》文。謀者，謀於廟也。予，我，成王自我也。「落，始」，《釋詁》文。始者，始即政也。《傳》文「時，是」、「率，循」誤倒。《箋》云：「循是明德之考。」《正義》云：「『率，循』、『時，是』皆《釋詁》文。」是所據本作「率，循；時，是」，依經作訓。今據以訂正。《載見》傳云：「昭考，武王也。」「悠，遠」，《釋詁》文。遠，讀「任重而道遠」之「遠」。《小旻》傳云：「艾，治也。」「猶」訓「道」。繼道者，謂繼昭考之道也。「判涣」，疊韻連緜字。判從半聲，故云「分」也。《易·説卦傳》：❶「説而後散之，故受之以《涣》。涣者，散也。」❷王肅云：「將予就繼先人之道業，乃分散而去，言己才不能繼。」《正義》用王述毛，是也。《漢書·翟義傳》王莽詔：「惟經藝分析，王道離散，漢家制作之業獨未成就。」此與《詩》義合。◯《江漢》傳「紹」訓「繼」，此「紹」亦爲「繼」，探下言皇考，則知所繼者爲武王之繼文王也。《閔予小子》篇「於乎皇考，永世克孝。念茲皇祖，陟降庭止」，《傳》：「庭，直也。」案此末四句與上篇四句一意。「紹庭上下」，言武王繼文王直上直下之道也。「陟降厥家」，言武王紹陟降之道以定厥家也。陟降即是上下。「陟降厥家」與「未堪家多難」，兩「家」字相應，下句所以完上句「紹」字之義。休，美也，美能紹此道也。《正義》云：「上言昭考，此言皇考，皆㡿武王也。」《烝民》篇云：「既

---

❶「説」，徐子静本、《清經解續編》本同。案疑爲「序」之誤，以下引文見於阮刻《周易正義·序卦傳》，當據正。

❷「散」，徐子静本、《清經解續編》本同。阮刻《周易正義·序卦傳》作「離」。

明且哲，以保其身。」《書・雒誥》篇云：「王若曰：『公，明保予沖子。』」保明猶明保也。

《敬之》一章十二句。

《敬之》，群臣進戒嗣王也。

敬之敬之，天維顯思，命不易哉。無曰高高在上，陟降厥士，日監在兹。【傳】顯，見；士，事也。**維予小子，不聰敬止。日就月將，學有緝熙于光明。佛時仔肩，示我顯德行。**【傳】小子，嗣王也。將，行也。光，廣也。佛，大也。仔肩，克也。【疏】「顯，見」，《釋詁》文。與全《詩》之「顯」與「光」同義者有攸別也。見，猶視也。思，語詞。易，讀去聲。僖二十二年《左傳》釋此詩云：「先王之明德，無不難也，無不懼也。」「無不難」解「不易」，此古義也。陟降，上接天、下接人也。《傳》訓「士」爲「事」者，事即敬也。陟降厥事，此就敬天者一邊，承「無曰」語氣説下。「日監在兹」，此就天之所命一邊，承「高高在上」語意説下。若以「陟降」指天之上下，失《傳》之指矣。《漢書・郊祀志》匡衡奏議引：「《詩》云：『毋曰高高在上，陟降厥士，日監在兹。』言天之日監王者之處也。」匡學《齊詩》，其釋此「陟降」與釋《閔予小子》「陟降」皆指天説。○《閔予小子》、《訪落》「小子」無《傳》，嗣王所自稱，義易明也。此爲群臣進戒之詞，《傳》嫌稱群臣，故特釋之云：「小子，嗣王也。」「將」訓「行」。《淮南子・脩務》篇引《詩》，高注云：「言爲善者日有所成就，月有所奉行。」亦以「月將」爲「月行」也。《文王》傳：「緝熙，光明也。」《昊天有成命》傳：「緝，明也。熙，廣也。」「廣」即「光」字。明廣，即明光，《雒誥》云「明光于上下」是也。案光明、明光義本無甚區別。然此詩既言「光明」，則「緝熙」不當同《文王》傳訓「光明」，當同《昊天有成命》傳，以「明廣」釋之。《傳》云：「光，廣也。」與《昊天有成命》訓「熙」爲「廣」，兩「廣」字正是一意。廣亦大也，故明廣爲明大，明大謂之緝熙。廣明爲大明，大明謂之光明。「學有緝熙于光明」，言學自明而大，以至於大明也。若以「緝熙」訓「光明」，則「光明于光明」文義難通。説《詩》者不可失諸固也。〇《説文》：「𡘋，大也。从大，弗聲。」「佛」訓「大」者，「𡘋」之假借字。《韓詩外傳》及《説苑·君道》引《詩》作「弗」，亦假借字。《傳》云「仔肩，克也」者，《説文》：「仔，克也。」《爾雅》：「肩，克也。」是仔謂之克，肩謂之克，仔肩謂之克，猶左謂之助，右謂之助，左右謂之助。詁訓中有此分合同義之例。《箋》：「仔肩，任也。」任亦克也。「佛時仔肩」，《書》所謂「遺大投艱於朕身」也。示，古「視」字。我，我天下也。《緐露·身之養重於義》篇云：「聖人事明義，以炤燿其所闇，故民不陷。《詩》云：『示我顯德行。』此之謂也。先王顯德以示民，民樂而歌之以爲詩，説而化之以爲俗，故不令而自行，不禁而自止，從上之意，不待使之，若自然矣。」案董釋《詩》以「示我顯德」逗，「行」字句，或漢時師讀如此也。

《小毖》一章八句。

《小毖》，嗣王求助也。

予其懲而，毖後患。莫予荓蜂，自求辛螫。【傳】毖，慎也。荓蜂，摩曳也。**肇允彼桃蟲，拚飛維鳥。**【傳】桃蟲，鷦也。鳥之始小終大者。**未堪家多難，予又集于蓼。**【傳】堪，任；予，我也。我又集于蓼，言辛苦也。」【疏】《箋》：「懲，艾也。」《釋文》引《韓詩》：「懲，苦也。」韓探下「辛螫」爲訓。今俗「而」連下讀。《正義》云：「我其懲創於往時而。」又「云『予其懲而』，明是有事可創」。是唐人於「而」字句絶也。「毖，慎」，

《桑柔》同。《民勞》傳云：「以謹無良，慎小以懲大也。」義略同。蜂，當作「夆」。摩，當作「瘳」。《爾雅·釋訓》：「甹夆，瘳曳也。」《傳》所本也。荓夆，雙聲。瘳曳，雙聲，今俗所謂「扯曳」是也。《説文》：「德，使也。」「夆，使也。」段注云：「德夆，蓋『甹夆』之正字。瘳曳者，使之也。《桑柔》傳云：『荓，使也。』」辛螫，《釋文》引《韓詩》作「辛赦」，云：「赦，事也。」辛事，謂辛苦之事也。毛義當同。〇「桃蟲，鷦」，《爾雅·釋鳥》文。《説文》：「鷦鷯，桃蟲也。」蓋桃之爲言兆也，兆，小也。鷦即鷦鷯。竝取「小」爲義。《箋》云：「鷦之所爲鳥，題肩也。或曰：鴟鴞。」《韓詩》説鴟鴞即鸋鴂，故或説鷦與鴟鴞爲一鳥。今本《箋》作「或曰鴞」，定本、《集注》作「或曰鴟」，皆非完本矣。《正義》云：「按《月令》注：『征鳥，題肩，齊人謂之擊征，或曰鷹。』題肩是鷹之别名，與鴞不類。諸儒皆以鷦爲巧婦，與題肩又不類也。三者爲一，其義未詳。」奂謂「鴟鴞，鸋鴂」、「桃蟲，鷦」，《爾雅》、毛《傳》區别甚明。鴟鴞小鳥，故或評之爲鷦；以其鳥編巢攻緻，故又評之爲巧婦。而説者遂以桃蟲爲巧婦，失之遠矣。《傳》云「鳥之始小終大者」，當日目驗桃蟲之狀。《正義》引《義疏》云：「今鷦鷯是也。微小於黄雀，其雛化而爲鵰，故俗語鷦鷯生鵰。」《易林》亦謂「桃蟲生雕」。或曰：布穀生子，鷦鷯養之。案此與《傳》説略同，而始小終大，未之驗也。拚，疑當作「翻」。《文選》陸機《贈馮文熊詩》、劉琨《荅盧諶詩》，注引《毛詩》皆作「翻」。又謝瞻《張子房詩》注引《薛君章句》：「翻，飛皃。」是其證。「肇」訓「始」，《生民》、《維清》同。「始小」釋「肇允彼桃蟲」句，「終大」釋「翻飛維鳥」句。言始者彼桃蟲之小鳥，後乃翻然飛爲大鳥。此亦慎小懲大之意也。允，語詞。〇《爾雅》：「堪，勝也。」「任」與「勝」義相近。《傳》訓「予」爲「我」。我，成王自我也。篇中三「予」字同。蓼，讀爲瘳。瘳，病也。言辛苦者，引申義也。《逸周書·柔武》篇「以匡辛苦」，孔注云：「辛苦，窮也。」一説蓼味辛，故云「言辛苦」。《楚辭》東方朔《七諫·怨上》篇「蓼蟲不知徙乎葵菜」，王注：「言蓼蟲處辛烈，食苦惡，不能知徙於葵菜，食甘美，終以困苦而癯瘦也。」洪興祖《補注》云：「蓼，辛菜也。《魏都賦》云：『習蓼蟲之忘辛。』李善引《楚辭》：『蓼蟲不知從乎葵藿。』」案此云「蓼蟲」，或本三家《詩》有桃蟲集蓼之説與？

《載芟》一章三十一句。

《載芟》，春藉田而祈社稷也。【疏】此春祈社稷之樂歌也。天子有王社、王稷，又有大社、大稷。大社、大稷與天下群姓共之也，在王宮路門内之右。王社、王稷在郊，爲境内之民人祀之。天子藉田千畝在南郊，社稷之壝與藉田相近也。祈穀之祭上帝於夏正月，后土於夏二月。后土爲社，詩兼言稷者，爲五穀，因重之也。《獨斷》云：「天子社稷土壇方廣五丈，諸侯半之。社、稷二神同功，故同堂别壇，俱在未位。」

載芟載柞，其耕澤澤。千耦其耘，徂隰徂畛。【傳】除草曰芟，除木曰柞。畛，埸也。**侯主侯伯，侯亞侯旅，侯彊侯以，有嗿其饁。思媚其婦，有依其士。**【傳】主，家長也。伯，長子也。亞，仲、叔也。旅，子弟也。彊，彊力也。以，用也。嗿，衆貌。士，子弟也。**有略其耜，俶載南畝。播厥百穀，實函斯活。驛驛其達，有厭其傑。厭厭其苗，緜緜其麃。**【傳】略，利也。達，射也。有厭其傑，言傑苗厭然特美也。麃，耘也。**載穫濟濟，有實其積，萬億及秭。爲酒爲醴，烝畀祖妣，以洽百禮。有飶其香，邦家之光。有椒其馨，胡考之寧。**【傳】濟濟，難也。飶，芬香也。椒，猶飶也。胡，壽也。考，成也。**匪且有且，匪今斯今，振古如兹。**【傳】且，此也。振，自也。【疏】《説文》：「芟，刈艸也。」《秋官》「柞氏」注：「柞，除木之名。」竝與《傳》訓同。澤澤，《正義》作「釋釋」，引《釋訓》：「釋釋，耕也。」舍人注：「釋釋，猶藿藿，解散之意。」今《爾雅》作「郝郝」。釋者，本字。《出車》傳：「塗，凍釋也。」是「釋」有「解散」義也。《良耜》箋云「千耦其耘，❶輩作尚衆」也。隰者，田耕之處。《爾雅》、毛《傳》皆云：「下溼曰隰。」隰謂下溼可耕也。凡《簡兮》、《山有扶蘇》、《山有樞》、《晨風》、《四月》「山隰」，《皇皇者華》、《常棣》、《信南山》、《黍苗》「原隰」，《公劉》「隰原」，《車鄰》「阪隰」，皆以二者竝言分別高下，則「隰畛」猶是也。場，《釋文》作「易」。古「疆場」多作「易」，《說文》無「場」字可證。《遂人》「十夫有溝，溝上有畛」，注：「畛容大車。」《說文》：「畛，井田閒陌也。」井田閒陌可容大車，則其道之平易可知，故《傳》以「易」釋「畛」也。《信南山》「疆易翼翼」，《傳》：「易，畔也。」易，今亦作「場」。「徂隰徂畛」，猶云「而隰而畛」也。古徂、且同聲，且、而同義，故且謂之而，徂亦謂之而矣。詩蓋以兩「載」字、兩「徂」字、六「侯」字皆疊用之爲語詞。○主，即一家受田之人也。古者二十受餘夫之田，三十授一夫之田，六十歸田於公。大凡三十取室生子，子年三十，父年必六十，是父歸田乃子受田矣。《傳》云「家長」爲一夫家之長也。伯亞，即餘夫也。伯爲長子，則亞爲仲、叔。《曲禮》「二十曰弱」，是二十以前爲弱，二十以後爲彊。彊則受以餘夫之田二十五畝，爲百畝四分之一也。《漢書・食貨志》：「農民户一人已受田，其家衆男爲餘夫，亦以口受田如比。」是也。旅，即餘夫之未受田者也。《傳》云「旅，子弟」與下文「士，子弟」同義。未滿二十，若子、若弟，任饁耘之作，亦食家長受田百畝之税，故大約有八口五口也。「侯彊侯以」句總上文出耕之事。《傳》云「彊，彊力；以，用」，謂皆能用力也。《說文》：「嗊，聲也。《詩》曰：『有嗊其饁。』」案《說文》當作「衆聲」也。嗊字從口，故云「衆聲」。毛釋經義，故云「衆皃」。《思齊》傳云：「媚，愛也。」《箋》云：「依之言愛也。」「士，子弟」，《正義》云：「婦、士俱是行

❶「耦」，原作「耕」，據中國書店影印武林愛日軒刻本、徐子静本改。

饟之人。《七月》『同我婦子』，子即此之士也。」思，詞也。蓋此篇「思媚」與「有依」對文，思猶有也。《桑扈》、《絲衣》「思柔」與「其觩」對文，思猶其也；《采薇》、《出車》「來思」與「往矣」對文，思猶矣也。「思」皆爲語詞。○略，讀爲挈，假借字也。《説文》：「㓞，籀文作『挈』。」「挈」有「銛利」之義。《爾雅》云：「剡、挈，利也。」剡，《大田》詩作「覃」。挈，《詩正義》及顏師古《匡謬正俗》引《爾雅》皆作「略」。《玉篇》：「挈，今作『略』。」剡、覃，挈、略，竝聲同通用。《箋》云：「函，含也。活，生也。」《小星》韓詩傳：「實，有也。」「實」與「有」同義。「播厥百穀，實函斯活」，與《大田》篇「播厥百穀，既庭且碩」句義相同。《爾雅》：「繹繹，生也。」《詩正義》作「驛驛」。舍人注云：「穀皆生之貌。」正釋詩「驛驛其達」句。驛、繹同。驛驛謂之生，則達即生也。《生民》傳：「達，生也。」此訓「達」爲「射」者，「射」有「剡出」之義。《儀禮・既夕・記》「設依撻焉」，「今文『撻』作『銛』。」撻之爲銛，猶達之爲射矣。射亦生也。《文選・甘泉賦》注引《韓詩章句》：「繹繹，盛皃。」訓異意同。厭，古「懕」字。《傳》文「傑」字當衍，《傳》蓋以「特」訓「傑」也。《説文》：「𥡴，禾舉出苗也。」《玉篇》：「𥡴，長禾也。」「傑」與「𥡴」同。《箋》：「厭厭其苗，衆齊等也。」《玉篇》：「䅧䅧，苗美也。」《廣韻》、《集韻》皆作「愔愔」，即「厭厭其苗」之異文，如《湛露》「厭厭」，《韓詩》作「愔愔」也。昭元年《左傳》「是穮是蔉」，杜注：「穮，耘也。」《甫田》傳：「耘，除草也。」除草謂之耘，亦謂之穮。《詩》作「麃」，古文假借字。《爾雅》：「緜緜，麃也。」今作「穮」。緜緜，《釋文》引《韓詩》作「民民」，云：「衆皃。」毛、韓訓異意同。王肅云：「芸者，其衆緜緜然不絶也。」《釋文》本《傳》「耘」作「芸」。○《傳》「濟濟」爲「難」，與《執競》「反反」爲「難」同。難，古「儺」字，謂穫之者衆，必依次而行，有均齊不絶之皃，是即「濟濟」之義也。《節南山》傳：「實，滿也。」《豐年》傳：「數萬至萬曰億，數億至億曰秭。」《賓之初筵》正義引《載芟》傳：「百禮，言多。」今無此文，未知何據。飶，《楚茨》、《信南山》作「苾」。飶、苾同也。《傳》云「芬香」，香，《釋文》作「芳」。《説文》：「飶，食之香也。」引

《詩》「有飶其香」。食謂黍稷，言黍稷芬芬，蓋主祭祀而言也。「椒」與「飶」同義，故《傳》云：「椒，猶飶也。」《鳧鷖》傳云：「馨，香之遠聞也。」《正義》引：「《周書·謚法》『保民耆艾曰胡』，是胡爲壽也。」「考」訓「成」。《信南山》、《行葦》皆云「壽考」，又祖考、皇考、昭考，考皆成也。《謚法》云：「考，成也。」案此言享祀獲福，與《楚茨》首章同意。○「且」與「此」一聲之轉。《北風》、《君子陽陽》、《騫裳》箋皆訓「且」爲「此」，實本此篇《傳》訓。「匪且有且」，言不期有此，而今適有此也。此者，指上文洽禮獲福而言。「匪今斯今」，言不始於今，而其見於今也。《有駜》篇「自今以始，歲其有」，《傳》：「歲其有年也。」文義正同。「振」訓「自」，猶《中庸》「示」改爲「寘」、《内則》「祇」或作「振」。《易》「振恒」，《說文》作「榰恒」。《說文》：「寘，从真聲，讀若資。」皆依雙聲立訓之例。振古，即自古，自古猶自昔也。《爾雅》云：「振，古也。」《詩》言「振古」，故謂「振」爲「古」。毛不然者，必兼求乎聲訓矣。《箋》：「振，亦古也。」正用《釋言》文。「振古」承「匪今斯今」句，「如茲」承「匪且有且」句。茲，亦此也。解者皆失之。

《良耜》一章二十三句。

《良耜》，秋報社稷也。【疏】此秋報社稷之樂歌也。《白虎通義》云：「歲再祭之何？春求秋報之義也。故《月令》：『仲春之月，擇元日，命民社。』《援神契》曰：『仲秋獲禾，報社祭稷。』」侯官陳壽祺云：「仲秋，舊作『仲春』，誤。引《月令》以證春求，引《援神契》以證秋報。『獲』與『穫』古通。」

畟畟良耜，俶載南畝。播厥百穀，實函斯活。或來瞻女，載筐及筥。其饟伊黍，其笠伊糾，其鎛斯趙，以薅荼蓼。【傳】畟畟，猶測測也。笠，所以禦暑雨也。趙，刺也。蓼，水草也。荼蓼朽止，黍稷茂止。穫之挃挃，積之栗栗。其崇如墉，其比如櫛，以開百室。【傳】挃挃，穫聲也。栗栗，衆多也。墉，城也。百室盈止，婦子寧止。殺時犉牡，有捄其角。以似以續，續古之人。【傳】黄牛黑脣曰犉。社稷之牛角尺。以似以續，嗣前歲、續往事也。【疏】《爾雅》云：「畟畟，耜也。」《釋文》：「字或作『稷稷』。」《楚茨》傳：「稷，疾也。」《説文》：「畟，治稼畟畟進也。」疾、進義相近。《周禮・薙氏》注：「耜之，以耜測凍土剗之。」測即測測也。「畟」與「測」古聲相同。饟，猶饁也。《箋》：「豐年之時，雖賤者猶食黍。」《正義》云：「賤者食稷耳。」案《大戴禮・天圓》篇：「無禄者稷饋，稷饋者無尸。」是庶人食稷，豐年則亦食黍也。《無羊》言蓑笠，《都人士》言臺笠，二者平列，故《傳》别之云：「笠，所以禦暑。」其實笠以禦暑，亦以禦雨，故此《傳》云：「笠，所以禦暑雨也。」糾，猶糾糾也。《葛屨》傳：「糾糾，猶繚繚也。」《臣工》傳云：「鎛，鎒也。」《荀子・賦》「箴頭銛達而尾趙繚者邪」，楊倞注云：「趙，讀爲掉。掉，繚長皃。言箴尾掉而繚也。」「趙繚」之「趙」與此「趙」字同。《傳》云「刺」，讀「刺草之臣」之「刺」。《士相見禮》注：「刺，猶剗除也。」《考工記》注及《集韻》引「其鎛斯挏」，本三家《詩》。《説文・蓐部》：「薅，披田艸也。从蓐，好省聲。或作『茠』。」引《詩》作「茠」。《爾雅》：「蒤，委葉。」郭引《詩》作「以茠蒤蓼」。《正義》云：「荼亦穢草，非苦菜也。」引王肅注：「荼，陸穢。」《爾雅》：「薔，虞蓼。」《説文》：「蓼，辛菜，薔虞也。」「薔虞，蓼也。」許讀《爾雅》以「薔虞」爲句，與某氏、孫、郭三家以「虞蓼」爲句者不同。王肅云：「蓼，水草。」孫炎注亦謂澤之所生，竝與《傳》同。「荼蓼朽止，黍稷茂止」，言草朽而苗茂也。黍稷，以晐百穀也。《生民》「茀厥豐草，穜之黄茂」，《傳》：「茀，治；茂，美也。」文義相同。案「畟畟良耜」十二句言耕田之事。

○《爾雅》：「挃挃，穫也。」《傳》所本也。《説文》：「挃，穫禾聲。《詩》曰：『穫之挃挃。』」《釋名》作「銍銍」，云：「斷禾穗聲也。」挃、銍聲義相近。《爾雅》：「栗栗，衆也。」《傳》所本也。《説文》：「穦，積禾也。」「積，聚也。」「秩，積也。《詩》曰：『穦之秩秩。』」穦、積、秩、栗皆聲轉而義得相通。哀二年《公羊傳》「戰于栗」，一本作「秩」，是栗栗即秩秩矣。「墉」訓「城」，《皇矣》、《韓奕》同。《箋》云：「百室，一族也。百室者，出必共洫閒而耕，入必共族中而居，又有祭酺合醵之歡。」《正義》云：「《遂人》注：『百夫，一酇之田。』爲六遂之法。族在六鄉，而引彼者，《小司徒》注云：『鄉之田制與遂同。』故舉酇之制以言族也。」「百室盈止，婦子寧止」，盈，滿也。寧，安也。《鹽鐵論・力耕》篇釋《詩》云：「衣食者，民之本。稼穡者，民之務也。二者修，則國富而民安也。」案「穫之挃挃」七句言豐年之事。○「黄牛黑脣曰犉」，《無羊》同。《信南山》「從以騂牡，享于祖考」，《傳》：「周尚赤，用騂也。」是宗廟用騂牡，而社稷用犉牡，黄淺於赤也。《箋》：「捄，角皃。」《説文》：「觓，角皃。」引《詩》作「觓」。「捄」與「觓」通。經言角，《傳》知爲牛角者，以言犉牡也；知爲社稷之牛者，以此詩爲報社稷也。「社稷之牛角尺」，《禮記・王制》篇文。《王制》：「祭天地之牛角繭栗，宗廟之牛角握，賓客之牛角尺。」仁和孫志祖《讀書脞録》云：「『賓客』二字即『社稷』之譌。《王制》蓋以『祭』字貫下三句也。若『賓客』，則不得言祭也。《禮器》『牲不及肥大』，《疏》謂『郊牛繭栗，宗廟角握，社稷角尺，各有所宜』。是《禮疏》所據作『社稷』不譌。《詩疏》引《禮緯稽命徵》云：『宗廟、社稷角握。』僖三十一年《公羊傳》何注：『祭天牲角繭栗，社稷、宗廟角握，六宗、五嶽、四瀆角尺。』是何用《禮緯》説，與《王制》異，而亦不及『賓客』可證。」案孫説是也。桓八年《公羊》注：「禮，天子之牲角握，諸侯角尺。」而《秋官・掌客》注：「凡賓客則皆角尺。」即用古《禮》説「諸侯角尺」之義。今本《王制》或引此而誤耳。《繁露・郊事對》引《王制》作「賓客」，亦誤。似，讀與「嗣」同。續亦嗣也。《傳》訓「以似」謂「嗣前歲」，「以續」謂「續往事」，言嗣續前歲已往之事也。《生民》「以興嗣歲」，《傳》：「興來歲、繼往歲也。」二《傳》意同。《正義》云：「嗣、續俱是繼前之言，故爲嗣前歲、續往歲之事，前、往一也，皆求明年使續今年，據明年而言，故謂今年爲前、往。」孔説是也。古之人田祖、田畯皆是也。《春官・籥師》：❶「凡國祈年于田祖，歈《豳雅》，擊土鼓，以樂田畯。」《甫田》傳：「田祖，先嗇也。」鄭司農注云：「田畯，古之先教田之官者。」案「殺時犉牡」四句正言秋報之事。

《絲衣》一章九句。

《絲衣》，繹賓尸也。高子曰：「靈星之尸也。」【疏】案此繹祭賓尸之樂歌也。《爾雅・釋天》：「繹，又祭也。周曰繹，商曰肜，夏曰復胙。」是繹者，周又祭之名。《春秋》：「宣八年，六月辛巳，有事于大廟，仲遂卒于垂。壬午，猶繹。」《公羊傳》：「繹者何？祭之明日也。」何注云：「天子諸侯曰繹，大夫曰賓尸，士曰宴尸。」《儀禮・有司徹》注云：「上大夫既祭儐尸於堂之禮，若下大夫祭畢禮尸於室中無別，行儐尸於堂之事，天子諸侯之祭明日而繹。」《箋》云：「天子諸侯曰繹，以祭之明日。卿大夫曰賓尸，與祭同日。」案「賓」與「儐」同。《有司徹》爲大夫賓尸之禮，《絲衣》乃爲天子賓尸之詩。繹祭以賓禮事尸，謂之賓尸，天子至大夫同也。故《楚茨》傳云：「繹而賓尸及賓客。」此天子稱賓尸。《魯語》：「繹不盡飫則退。」此大夫亦稱繹。統言不別耳。○高子以爲「靈星之尸也」者，《史記・封禪書》：「或曰：周興而邑郃，立后稷之祠，至今血食天下。於是高祖制詔御史：『其令郡國縣立靈星祠，常以歲時祠以牛。』」張守節《正義》引《漢舊儀》云：「五年，脩復周家舊祠，祀后稷於東南，爲民祈農報

---

❶「師」，徐子靜本、《清經解續編》本同。案疑爲「章」之誤，以下引文見於阮刻《周禮注疏・春官・籥章》，當據正。

厥功。夏則龍星見而始雩。龍星左角爲天田，右角爲大庭。❶天田爲司馬，教人種百穀爲稷。靈者，神也。辰之神爲靈星，故以壬辰日祠靈星於東南，金勝爲土相也。」據《漢舊儀》則靈星爲雩祭之星。《左傳》「龍見而雩，當夏正四月」，此雩之正祭。《禮記・月令》：「仲夏，大雩。」爲雩之盡時。《月令》：「命有司爲民祈祀山川百源，大雩帝，用盛樂。乃命百縣，雩祀百辟卿士有益於民者，以祈穀實。」鄭注云：「雩，吁嗟求雨之祭也。雩帝，謂爲壇南郊之旁，雩五精之帝，配以先帝也。」又云：「百辟卿士，古者上公若句龍、后稷之類也。天子雩上帝，諸侯以下雩上公。」《祭法》「雩宗，祭水旱也」，鄭注云：「宗，當爲『禜』。雩禜，亦謂水旱壇也。」蓋周人南郊與啓蟄而郊爲兩祭。南郊以后稷配，春祈穀即不以后稷配，而夏祈穀爲雩祭，又以后稷配，鄭注所謂「雩配先帝」也。至諸侯雩上公，上公中亦祀后稷。漢高帝令郡國、縣立靈星祠，即后稷祠，漢沿周制也。《逸周書・作雒》篇：「設丘兆于南郊以祀上帝，配以后稷。」此謂南郊后稷配天也。又云：「日月星辰，先王皆與食。」孔晁注：「先王爲后稷。」案「日月星辰」四字本作「農星」二字。祭農星，后稷配食，此「雩配先帝」之義也。農星即靈星。雩亦祈穀，故謂之農星。而蔡邕《獨斷》「靈星，火星，大火之次，中有房星」，故張晏注《漢書》遂誤以靈星爲農祥。王充《論衡・明雩》篇：「《春秋左氏傳》曰『啓蟄而雩』，又曰『龍見而雩』，啓蟄、龍見，皆二月也。春二月雩，秋八月亦雩。春祈穀雨，秋祈穀實。當今靈星，秋之雩也。春雩廢，秋雩在，故靈星之祀，歲雩祭也。」不知雩者，夏祈之祭。秋不雨，亦常行之，故漢祭靈星爲秋雩。王説以爲春雩廢，此亦誤沿農祥晨正之説矣。《淮南子・主術》篇：「君人之道，其猶靈星之尸也。儼然玄默，而吉祥受福。」高誘注引《詩》曰：「公尸燕飲，在宗載考。」此引《詩》有誤。《鳧鷖》四章云：

---

❶「大」，徐子静本、《清經解續編》本同。武英殿本《史記》作「天」。

「公尸來燕來宗，既燕于宗，福禄攸降。公尸燕飲，福禄來崇。」其意以此公尸爲靈星之尸。《箋》：「祭社稷山川之尸。」高、鄭皆本三家《詩》説。然《鳧鷖》乃繹祭之詩，公尸爲宗廟之尸，社稷山川不聞繹祭。《論衡》又云：「歲氣調和，災害不生，尚猶而雩。今有靈星，古昔之禮也。況歲氣有變，水旱不時，人君之懼，必痛甚矣。雖有靈星之祀，猶復雩，恐前不備，彤繹之義也。」王説靈星爲復雩之祀，與《月令》合，當是相傳古義。然繹者，明日又祭之名，不得謂復雩之號，此又誤沿三家《詩》説矣。要之，周家舊祠本有靈星，古者祭必有尸，故有靈星之尸，祀亦歌《絲衣》，與《載芟》、《良耜》同爲祈報之詩。《序》引高子説者，以博異聞也。《鄭志・荅張逸》云：「高子之言，非毛公後人箸之。」奂疑高子即高行子，《孟子》稱高子論《小弁》之詩，《小弁》傳引其説。《韓詩外傳》又稱高子與孟子論衛女之《詩》，則與此高子當是一人，習於《詩》者，故《毛詩序》與《傳》皆有高子。陸德明《釋文》：「徐整云：『子夏授高行子，高行子授薛倉子，薛倉子授帛妙子，帛妙子授河閒人大毛公。』」

絲衣其紑，載弁俅俅。【傳】絲衣，祭服也。紑，絜鮮貌。俅俅，恭順貌。**自堂徂基，自羊徂牛，鼐鼎及鼒。**【傳】基，門塾之基。自羊徂牛，言先小後大也。大鼎謂之鼐，小鼎謂之鼒。**兕觥其觩，旨酒思柔。不吳不敖，胡考之休。**【傳】吳，譁也。考，成也。【疏】麻衣朝服，絲衣則祭服也。《士冠禮》：「爵弁服，纁裳，純衣。」注：「純衣，絲衣也。」蓋餘衣皆用布，唯冕與爵弁服用絲耳。《玉篇》：「紑，鮮絜皃。」其所據《傳》作「鮮絜」。《説文》：「紑，白鱻衣皃。《詩》曰：『素衣其紑。』」徐璈云：「皮弁服，故素衣也。」《通典・禮四》引劉向《五經通義》：「靈星爲立尸，故云：『絲衣其紑，會弁俅俅。』《傳》言王者祭靈星，公尸所服之衣也。」案《淇奧》「會弁如星」，弁爲皮弁，與此作「會弁」同。又絲衣尸服，不謂祭服，皆出三家異説。《爾雅・釋言》：「俅，戴也。」郭注引《詩》「戴弁俅俅」。《釋訓》：「俅俅，服也。」注：「謂戴弁服。」《説文》：「俅，冠飾也。」引《詩》亦作「戴弁」。《箋》：「載，猶戴也。」《毛詩》作「載」，載，語詞也。弁俅俅，謂弁者俅俅然恭順也。《公羊注》云：「必繹者，尸屬昨日配先祖食，不忍輒忘，故因以復祭祀，則無有誤。敬慎之至。」此與《傳》云「恭順」義合。古順、慎通。《傳》絲衣爲祭服，則知弁爲爵弁。《箋》云：「弁，爵弁。」是也。《箋》又謂「爵弁，士服。繹禮輕，使士」，此説恐非。古者冕、弁通稱。《文王》傳周冕即周弁。《司服》：「凡弔事，弁絰服。」《弁師》「韋弁、皮弁、弁絰」，弁即玄冕。天子「祭群小祀則玄冕」，繹禮輕，故不服衮以下服，但服玄冕。經上句言絲衣，謂玄也。下句言弁，謂冕也。絲衣、爵弁爲士之尊服，天子服玄冕，亦不妨稱弁也。〇《有司徹》「埽堂」，注：「爲儐尸新之。」此繹祭賓尸事於堂也。《傳》云「基，門塾之基」者，《爾雅》：「門側之堂謂之塾。」一門凡四塾，門塾之基，廟門内塾之基也。《郊特牲》：「繹之於庫門内，失之矣。」焦循《宫室圖》云：「明日之祭在廟門内，繹在庫門之内爲失，失在庫門，不在門内也。」案祊在正日，繹在明日。祊必先索神於廟門内，繹不索神，故先埽堂，而後及基。堂在内，基在外。鄭以祊、繹一祭，故《禮器》「爲祊乎外」注引《詩》「自堂徂基」，堂爲門堂，基爲堂基，堂、基指一處，而箋《詩》亦然，非毛義也。經先羊後牛，故云：「言先小後大也。」《説苑·尊賢》篇引「《詩》曰：『自堂徂基，自羊徂牛。』言以内及外，以小及大也」。《韓詩外傳》三亦引此詩，而釋之云：「以小成大。」此當有奪文。劉子政學《魯詩》，兼習《韓詩》，《説苑》正用《外傳》，内外指堂基，而小大指羊牛，與毛義正同。其故未聞也。兩「徂」字當讀爲「且」，爲句中語助之詞。且，猶而也。「自堂徂基」，言自堂而基也；「自羊徂牛」，言自羊而牛也。《韓詩外傳》作「自羊來牛」，「來」亦語詞也。《箋》訓「徂」爲「往」，亦失之。〇《爾雅》：「鼎絶大謂之鼐。」此與《傳》説同也。《説文》：「鼐，鼎之絶大者。」段注云：「絶大，謂函牛之鼎也。《九家易》曰：『牛鼎，受一斛；羊鼎，五斗；豕鼎，三斗。』」《説文》又云：「《魯詩》

說：『鼐，小鼎。』」案《魯詩》家蓋以上句先羊後牛，本句又先鼐後鼒，則鼐鼎爲載羊之鼎，遂有此說。但上句堂、基、羊、牛以內、外、小、大作儷耦，至本句變文，自當以《爾雅》、毛《傳》爲正解。韓亦當同毛也。《爾雅》：「圜弇上謂之鼒。」此與《傳》異，而實同也。《傳》以「鼐」、「鼒」對稱，鼐大而鼒小，《爾雅》乃詳說其形也。《箋》：「鼎圜弇上謂之鼒。」《正義》云：「《釋器》文。孫炎曰：『鼎斂上而小口者。』以《傳》直言小鼎，不說其形，故取《爾雅》文以足之。」是也。《說文》亦云：「鼒，鼎之圜掩上者。《詩》曰：『鼐鼎及鼒。』俗作『鎡』。」「掩」與「弇」通。○《卷耳》「我姑酌彼兕觥」，《傳》：「兕觥，角爵也。」《七月》「稱彼兕觥」，《傳》：「兕觥，所以誓衆也。」則兕觥爲獻酬賓客之爵。繹祭行旅酬，故設兕觥焉。《楚茨》篇云：「爲豆孔庶，爲賓爲客。獻酬交錯，禮儀卒度。」即其義也。觩，當依《釋文》作「觓」。觓，角皃。《釋詞》云：「思，句中語助也。」不吴，《釋文》、定本作「吴」，《正義》作「娱」。《史記·孝武紀》引《詩》作「不虞」。虞，或本三家《詩》。「娱」與「虞」同。《毛詩》作「吴」。《泮水》箋：「吴，譁也。」正用此《傳》訓。《方言》：「吴，大也。」《說文·夨部》：「吴，大言也。」竝與「譁」義相近。不敖，《史記》引作「不驁」。蓋敖之爲驁，猶吴之爲虞也。不吴者，言不讙譁也。不敖者，言不敖慢也。「胡，壽；考，成」，《傳》已見上篇，此重釋「考」爲「成」，立義自異。胡，何也。何，何不也。「胡考之休」，言何不成休也。《史記》引《詩》而言曰：「今鼎至甘泉，光潤龍變，承休無疆。」

《酌》一章九句。

《酌》，告成《大武》也。言能酌先祖之道，以養天下也。【疏】《維天之命》禮成告文王，此樂成告武王。樂莫大於《大武》，故云：「告成《大武》也。」《儀禮》、《禮記》皆言舞《勺》，則樂有舞矣。「酌」與「勺」同。《後箋》云：「養，即經中『養』字。《傳》訓『養』爲『取』，《序》『養天下』即取天下。《大武》之功，在於取天下。此告成《大武》之詩，而篇名『酌』者，言酌時之宜，所謂湯伐桀、武王伐紂時也。曰『酌先祖之道』者，先祖謂文王。文王之道，三分有二而不取。武王酌其時，八百會同，則取之。《孟子》曰：『取之萬民不悦，則勿取，文王是也。取之而萬民悦，則取之，武王是也。』《序》以《大武》之取天下爲能酌文王之道，即此意也。稱『先祖』者，據成王作《頌》時言之耳。《春秋繁露·質文》篇云：『周公輔成王，成文、武之制，作《汋樂》以奉天。』此『汋』即『酌』也。《漢書·董仲舒傳》：『虞氏之樂莫盛于《韶》，于周莫盛于《勺》。曰奉天者，不過言革命所以順天。言其盛者，以周之武功爲極盛耳。』《禮樂志》云：『周公作《勺》，言能酌先祖之道也。』此正與《毛詩序》同。《白虎通義·禮樂》篇云：『周樂曰《大武》、《象》，周公之樂曰《勺》，合曰《大武》。』此或出三家《詩》。然亦足證此《序》言『告成《大武》』，故有『合曰《大武》』之語。至蔡邕《獨斷》、應劭《風俗通》亦皆言『酌先祖之道』，知《序》義之來古矣。」

於鑠王師，遵養時晦。【傳】鑠，美；遵，率；養，取；晦，昧也。**時純熙矣，是用大介。我龍受之，蹻蹻王之造。**【傳】龍，和也。蹻蹻，武貌。造，爲也。**載用有嗣，實維爾公。**【傳】公，事也。**允師。**【疏】「鑠，美」，《爾雅·釋詁》文。王，武王也。「遵」訓「率」，「率」與「逵」同。「養」訓「取」者，《月令》「群鳥養羞」，注：「羞，謂所食。」則養羞猶言取食也。《禮記·射義》篇「養諸侯而兵不用」，猶言「不用師，徒曰取」也。《荀子·君子篇》「論法聖王，則知所貴矣。論知所貴，則知所養矣」，猶言知所取法也。《孟子·告子》篇「舍其梧檟，養其樲棘」，猶言舍梧檟而取樲棘也；「養其一指，而失其肩背」，猶言取一指而失肩背也；「爲其養小以失大」，猶言取小失大也。「於己取之而已矣」，趙岐注云：「皆在己之所養。」養爲取，則取爲養，皆其義證。宣十二年《左傳》：「晉隨武子曰：『兼弱攻昧，武之善經也。』」其下即引《汋》曰：「『於鑠王師，遵養時晦。』耆昧也。」杜注云：「耆，致也。致討於昧。」案耆昧即攻昧。《傳》訓「晦」爲「昧」，義本《左傳》。《武》篇云：「耆定爾功。」此詩爲告成《大武》，故章首發端本《武》篇而言。《韓詩外傳》兩引此詩，而釋之云：「言相養者之至於晦也。」又《武》篇《韓詩》訓「耆」爲「惡」。此《箋》謂「文王事紂，養是闇昧之君以老其惡」，當用韓義，而《武》篇之「耆」又不從《韓詩》。○純，大也。熙，廣也。介，亦大也。王肅云：「於乎美哉，武王之用衆也。率以取是昧，謂誅紂定天下以除昧也，於是道大明，是用有大大，❶言大平也。」《正義》用王申《傳》，《傳》意或然也。「龍，和」，《長發》同。龍之爲和，識者皆不得其解。《書·牧誓》：「今予發惟恭行天之罰。」段氏《尚書撰異》云：「《史記》、《漢書》皆作『共』，或作『龔』。《漢書·敘傳》：『龔行天罰，赫赫明明。』《文選》鍾士季《檄蜀文》：『命授六師，龔行天罰。』班固《東都賦》：『龔行天罰，應天順人，斯乃湯、武之所以昭王業也。』又《秦和鐘銘》：『龔夤天命。』」案《尚書》「龔」字，其義皆可訓爲「和」。自俗人改「龔」爲「恭」，則失其義矣。《詩》之「龍」即「龔」之古文假借字。《傳》云：「龍，和也。」凡應天順人謂之和。言我周協和伐商，遂受天命有天下。與《書》所云「武王龔行天之罰」，其義正同。《大明》「篤生武王，保右命爾，燮伐大商」，《傳》：「燮，和也。」其意亦正同。○《傳》於《版》「蹻蹻」訓「驕」，《嵩高》「蹻蹻」訓「壯」，此云「武皃」，各隨文訓。「造」訓「爲」。王之爲，言武王之爲武也。載，猶乃也。實，當作「寔」。寔維，是爲也。「公」訓「事」，「事」即伐殷之事。「載用有嗣，寔維爾公」，《武》篇所云「嗣武勝殷」也。

❶「用」，原作「周」，據中國書店影印武林愛日軒刻本、徐子靜本、《清經解續編》本與阮刻《毛詩正義》改。

《桓》一章九句。

《桓》，講武類禡也。桓，武志也。【疏】《正義》云：「《桓》詩者，講武類禡之樂歌也。謂武王將欲代殷，陳列六軍，講習武事，又爲類祭于上帝，爲禡祭於所征之地。治兵祭神，然後克紂。至周公、成王大平之時，詩人追述其事而爲此歌焉。」奐案《書》「類于上帝」文在「巡守」之先，《周禮·肆師》「類造上帝」記在「師甸」之後。至《肆師》、《甸祝》、《大司馬》「表貉」，諸家以爲貉即禡祭，皆爲四時田獵設祭。是巡狩、大甸獵皆有類禡。《序》云「講武」，則不獨施於出征矣。蓋武王克紂代殷，出征類禡。其後大平告成，講武事而類禡，當亦以此爲樂歌歟。云「桓，武志也」者，《正義》云：「桓者，威武之志。言講武之時，軍功皆武，故取『桓』字名篇也。」

綏萬邦，婁豐年。天命匪解，桓桓武王，保有厥士，于以四方，克定厥家。於昭于天，皇以閒之。

【傳】士，事也。閒，代也。【疏】綏，猶和也。婁，數也。宣十二年《左傳》引《頌》曰：「綏萬邦，婁豐年。」而釋之云：「和衆、豐財，謂武七德之二事也。」《泮水》傳云：「桓桓，威武皃。」「士」訓「事」。《箋》云：「我桓桓有威武之武王，則能安有天下之事。」是也。四方爲外，家爲內。《漢書·匡衡傳》：「陛下聖德純備，莫不修正，則天下無爲而治。《詩》云：『于以四方，克定厥家。』《傳》曰：『正家而天下定矣。』」匡稚圭治《齊詩》，而《毛詩》義亦同也。○「閒，代」，《爾雅·釋詁》文。「皇」字緊承「天」字。《文王》傳云：「皇，天也。」「於昭于天，皇以閒之」，言武王之德昭箸於天，故天以武王代殷也。《皇矣》序云：「天監代殷莫若周。」此其義矣。《箋》訓「皇，君」，謂「紂爲天下之君」，於上下文義頗覺迂曲。《正義》用王肅申毛云：「於乎周道乃昭見於天，故用美道代殷定天下。」王以「用美道」釋「皇」，增字成義，亦非的解。

《賚》一章六句。

《賚》，大封於廟也。賚，予也。言所以錫予善人也。【疏】《論語・堯曰》篇云：「周有大賚，善人是富。」《書序》云：「武王既勝殷，邦諸侯，班宗彝，作《分器》。」《史記・殷本紀》作「封諸侯」，古邦、封通也。

文王既勤止，我應受之，敷時繹思。【傳】勤，勞；應，當；繹，陳也。**我徂維求定，時周之命，於繹思。**【疏】「勤，勞」，《爾雅・釋詁》文。《傳》「勞」下當有「也」字。宣十一年《左傳》：「郤成子曰：『吾聞之，非德，莫如勤。非勤，何以求人？能勤，有繼。其從之也。《詩》曰：「文王既勤止。」文王猶勤，況寡德乎？』」勤皆勞也。《文王》篇「亹亹文王」，《傳》：「亹亹，勉也。」「勞」與「勉」義近。○我，我武王也。「應，當」，《下武》同。「我應受之」與《武》「嗣武受之」句義相同。敷，宣十二年《左傳》引《詩》作「鋪」。敷、鋪，皆布也。《傳》云「繹，陳」者，陳讀如《文王》「陳錫哉周」之「陳」。王肅云：「文王能有布陳大利以賜予人。」與《序》言「錫予善人」正合。此謂武王錫予，即是行文王陳錫之事也。徐幹《中論・爵祿》篇：「先王將建諸侯而錫爵祿也，必於清廟之中陳金石之樂，宴賜之禮，宗人擯相，内史作策也。」即引此《頌》，而釋之云：「由此觀之，爵祿者，先王之所重也，非所輕也。」案徐偉長漢末靈帝時人，其解《詩》猶能發明《序》、《傳》之恉矣。徂，往也，往伐殷也。定，安也。與《武》「耆定爾功」之「定」義同。受命敷繹，重言之者，周以文王官人爲法也。

《般》一章七句。

《般》，巡守而祀四嶽河海也。般，樂也。【疏】《正義》、《集注》本有「般樂也」三字，今誤入《箋》者，非也。《酌》、《桓》、《賚》三《序》皆申說名篇之義，例與之同。《般》與《時邁》皆巡守之詩。《時邁》告祭天，《般》則望祀山川也。

於皇時周，陟其高山，嶞山喬嶽，允猶翕河。【傳】高山，四嶽也。嶞山，山之嶞。嶞，小者也。翕，合也。**敷天之下，裒時之對，**【傳】裒，聚也。**時周之命。**【疏】皇，美也。《序》言「巡守而祀四嶽」，故《傳》釋「高山」爲「四嶽」也。《嵩高》傳云：「嶽，四嶽也。東嶽岱，南嶽衡，西嶽華，北嶽恒。」亦謂巡守四嶽也。若周雍鎮之嶽，爲畿内望祭，非巡守而祀，故《傳》但言四嶽，而不言五嶽。五嶽見於《周禮·大宗伯》「以血祭祭五嶽」、《大司樂》「四鎮五嶽崩，令去樂」。「五嶽」之名，《爾雅·釋山》具有二說。前說云：「河南華，河西嶽，河東岱，河北恒，江南衡。」後說云：「泰山爲東嶽，華山爲西嶽，霍山爲南嶽，恒山爲北嶽，嵩高爲中嶽。」《史記·封禪書》、《漢書·郊祀志》、《白虎通義》引《尚書大傳》、《說苑·辨物》篇、《風俗通義·山澤》篇、何休《公羊·隱八年》注竝同後說。《說文·山部》從古稱，易「嵩高」爲「大室」，其解亦不異後說。鄭康成《大宗伯》注用《爾雅》後說，而《大司樂》注本《爾雅》前說，說自兩岐，鄭亦不全用舊解矣。奂竊謂統大地言曰四嶽，并畿内言曰五嶽。《爾雅·釋地》：「河南曰豫州。」《爾雅》豫州之域從河南以至漢水，改《禹貢》西河南面之地并入於豫，則大華屬豫而不屬雍。說者以爲此殷制。然九州可改，四嶽不移，殷都在冀，四嶽仍從夏制。《周禮·職方》西南輿地同殷，四嶽亦當從殷制。《職方氏》「雍州山鎮曰嶽山」，王引之以「山」爲衍字。鄭注云：「嶽，吴嶽也。」《漢書·地理志》：「吴山在右扶風汧縣西，古文以爲汧山。」《續漢書·郡國志》：「汧縣有吴嶽，本名汧。」是《職方》之嶽即《禹貢》之汧。周都豐鎬，改汧爲嶽，實始於周。嶽者，山之尊稱。周於王畿近西之高山名爲嶽，以一嶽配四嶽，不聞以雍鎮之嶽呼爲西嶽，并不得以豫鎮之華改爲中嶽可知也。天子祭天下名山大川，王畿所望祭之山尤尊，故亦有嶽稱。《王制》云「五嶽視三公」是也。❶五嶽并數雍嶽。至巡守述職之所有事，仍數四嶽而不數雍嶽。或曰：周公營邑成周，故大室爲中嶽，以配四嶽，故曰五嶽。此更非也。《周禮》作於周公居攝之六年，而成雒邑在居攝五年。職方氏所掌辨九服之邦國必依土中定畿制，而九州山鎮亦必依土中定州域。《職方》山鎮不及大室，昭四年《左傳》司馬侯言大室又列於四嶽之外，皆其明證也。邵晉涵《爾雅正義》據此，以爲五嶽有嶽山而無大室，其説甚確。又以爲《爾雅》前説釋《周禮》五嶽之名，末後説爲漢初傳《爾雅》者增益其文。金鶚駁之云：「四嶽歷代不變，中嶽隨帝都而移。堯都平陽，舜都蒲阪，禹都晉陽，皆在冀州之域，故竝以霍大山爲中嶽。殷湯都西亳，在豫州之域，故以嵩高爲中嶽。周武王都鎬，在雍州之域，故以嶽山爲中嶽。迨平王東遷雒邑，與殷都同在豫州，嵩高正在畿内，又在四嶽之中，而嶽山淪於戎狄，故因殷制以嵩高爲中嶽也。秦、漢以後，古禮不明，特沿晚周之制，故五嶽之名不改。」案金誠齋據《禹貢》「至于岳陽」、「至于大岳」皆指霍大山，遂謂唐、虞、夏以霍大山爲中嶽；據《爾雅》「河西嶽」、《職方》「雍鎮曰嶽山」，遂謂西周以嶽山爲中嶽，因又謂《爾雅》「嵩高爲中嶽」定爲殷及東周之號。但嵩高山《禹貢》謂之外方，《左傳》謂之大室。《史記·封禪書》：「武帝以三百户封大室奉祠，命曰崇高

❶「視」，原作「祀」，據中國書店影印武林愛日軒刻本、徐子静本、《清經解續編》本與阮刻《禮記正義》改。

邑。」《漢書・郊祀志》云：「封崈高爲之奉邑。」則「嵩高」之名始於漢武，《禹貢》、《職方》皆但言嶽。《封禪書》、《郊祀志》於《堯典》四嶽之下增益其文曰：「中嶽，嵩高也。」《地理志》云：「潁川郡崈高，武帝置以奉大室山，是爲中嶽。」則嵩高中嶽之稱始於漢武。郭璞云：「霍山今在廬江灊縣西，即天柱山。」漢武帝以衡山遼曠，因讖緯皆以霍山爲南嶽，故移其神於此。今其土俗人皆呼之爲南嶽。則改衡爲霍，亦始於漢武。《爾雅》末後説邵二雲以爲增益無疑。漢帝信讖緯，議封禪，漢廷諸臣媚美本朝，故司馬遷、劉向、班固、許慎、應劭、何休説四嶽者，往往益嵩高中嶽以配五嶽之尊，恪遵時制，不敢游移。要不可與論古也。毛《傳》言四嶽，而因及五嶽，乃詳證之如此。○隓，字又作「墮」。此山名，爲「隓」，不爲「墮」。《傳》釋經「隓山」之義云「山之隓」，本《爾雅・釋山》「巒山，隓」之文，而更申明「隓」之義云「隓，小者也」者，如小豬爲䝼、魚子爲鯖之例。山隓乃大山旁落之小山也。《玉篇》：「隓，小山也。」《説文》：「巒，山小而鋭。」「隓，山之隓隓者。从山，憜省聲。讀若相推落之墮。」許於隓讀若相推落之墮，相推落是即隓之形狀，蓋於音箸義也。「氏」篆下云：「巴蜀山名岸脅之旁箸欲落墮者曰氏。」此巴蜀方語。謂山岸旁脅狀欲落墮者爲氏，亦即「隓」之引申義，故許説與「隓」篆下同。禮方祀高嶽而隓必連屬祭之者，猶若登大山禪梁父也。今解之者「隓」爲「隋圜」之「隋」，因以《爾雅》之「巒」亦爲「山形狹長」。豈天子巡守必取山形之狹而長者乃設祭之乎？則説之謬者矣。《正義》又以《傳》文「隓隓」爲疊字，更不得其句解。「隓山」與「喬嶽」對文，隓山爲小山，喬嶽爲域中大山。《時邁》傳云：「喬，高也。」「翕」訓「合」。「允猶翕河」，言猶合河而祭之。允，語詞耳。凡祭山必及川，先河後海，言河以晐海也。東嶽在東河之東，南嶽在南河之南，西嶽在西河之西，北嶽在兩河之閒。巡守至嶽，必合河而望祭之。《公羊傳》云：「天子有方望之事，無所不通。」《覲禮》云：「禮日於南門外，禮月與四瀆於北門外，禮山川丘陵於西門外。祭天，燔柴。祭山丘陵，升。祭川，沈。祭地，瘞。」此天子巡守四嶽，隨方向祭有祭州瀆之禮也。《箋》解「翕河」謂「祭者合九爲一」。但九河當東嶽望祭之内，不及彼三嶽矣。○裒，當爲「捊」，辨見《常棣》篇。《傳》云「聚」者，「秩序」之意也。《正義》云：「徧天之下山川，皆聚其神於是，配而祭之，能爲百神之主。德合山川之靈，是周之所以受天命由此也。」《釋文》於「時周之命」下有「於繹思」三字，云：「《毛詩》無此句，齊、魯、韓《詩》有之。今《毛詩》有者，衍文也。崔《集注》本有，是採三家之本。崔因有，故解之。」

詩毛氏傳疏卷二十九

駉詁訓傳弟二十九　毛詩魯頌

《駉》四篇，二十三章，二百四十三句。【疏】《駉》四篇皆魯詩。周武王定天下，封其弟周公旦於魯，居上公之職，未就國。後成王滅三監，封元子伯禽得受上公之地，封疆方五百里。今山東兖州府曲阜縣，魯所都也。孔子魯人，仍魯大師之舊《詩》，録《魯頌》，猶修魯《春秋》之義焉爾。

《駉》四章，章八句。

《駉》，頌僖公也。僖公能遵伯禽之法，儉以足用，寬以愛民，務農重穀，牧于駉野，魯人尊之，於是季孫行父請命于周，而史克作是頌。【疏】案：命，當讀如「侯伯七命」之「命」。初，伯禽就封魯，本大國。至春秋時，爲次國。閔公又遭慶父之亂，宗國顛覆。齊桓公救而存之，遂立僖公。僖公從伯主討淮夷，能復伯禽之業，如大國之制。魯人尊其教，於是有大夫季孫行父者往周請命。謂請命，非謂請作《頌》也。行父請命與史克作《頌》是兩事。史克作《頌》謂作《駉》篇，非謂作《魯頌》四篇也。《唐風·無衣》：「美晉武公也。武公始并晉國，其大夫爲之請命乎天子之使，而作是詩也。」一章云：「豈曰無衣七兮？」二章云：「豈曰無衣六兮？」七命以七爲節，六命以六爲節。晉武公始并晉國，大夫爲之請命，作《無衣》。魯僖公能復舊制，大夫爲之請命，作《駉》。兩詩《序》義正同也。魯《詩》獨稱《頌》者何？仍舊史也。録之，念周公也。魯周公之後，有可以繼周而王者，魯也。僖公以前未嘗無詩，僖公以後未嘗無詩，其録僖公者何？僖值周惠王、襄王時，王以莊終，伯以齊始，《春秋》：「十六年，春，公子季友卒。其冬，公會齊侯于淮。十七年，冬，齊侯小白卒。十八年，春，宋公伐齊。夏，師救齊。」《穀梁傳》云：「善救齊也。」僖有伐淮夷之功，一時史臣皆得歌頌其功。行父，友之孫，相繼爲魯命卿。三年喪畢，有職司於王室，故得往周爲君請命，則可以繼齊而伯者，僖公也。孔子曰：「齊一變，至於魯；魯一變，至於道。」蓋覬之也。其以《駉》爲《頌》首者，何也？魯僖、衛文皆繫齊桓所存之國。衛文務材訓農，季年有三百乘之多，故詩人美之云：「騋牝三千。」魯僖亦能復千乘之制，備六閑之教，其事略相等。僖爲魯中興之君，魯又爲諸姬之宗，故聖人於《駉》尤致意焉。史克，大史克也，《國語》作「里革」。

駉駉牡馬，在坰之野。【傳】駉駉，良馬腹幹肥張也。坰，遠野也。邑外曰郊，郊外曰野，野外曰林，林外曰坰。**薄言駉者，有驈有皇，有驪有黄，以車彭彭。**【傳】牧之坰野則駉駉然。驪馬白跨曰驈，黄白曰皇，純黑曰驪，黄騂曰黄。諸侯六閑，馬四種，有良馬，有戎馬，有田馬，有駑馬。彭彭，有力有容也。**思無疆，思馬斯臧。**【疏】《釋文》：「駉，古熒反。《説文》作『驍』，又作『駫』，同。」《玉篇》：「駫、駉同。」是古本《詩》作「駫駫牡馬」。《説文》「駫」下云：「駫，馬肥盛也。从馬，光聲。」引《詩》作「駫駫」，此《毛詩》也。又「驍」下云：「驍，良馬也。从馬，堯聲。」引《詩》作「驍驍」，此三家《詩》也。《釋文》：「牡馬，茂后反。《草木疏》云：『騭馬也。』《説文》同。本或作『牧』。」《正義》本作「牧馬」云：「定本『牧馬』字作『牡馬』。」《家訓・書證》篇：

「江南書皆爲『牝牡』之『牡』，河北本悉爲『放牧』之『牧』。」案江南多舊本，古《毛詩》本作「牡馬」，不誤。牡馬，謂壯大之馬，猶四馬之稱四牡，不必讀爲「牝牡」之「牡」也。駫駫是形容牡馬之狀，若作「牧馬」，則與「駫駫」義隔矣，當從《釋文》爲長。《釋文》本即江南舊本也。《傳》云「駫駫，良馬腹幹肥張也」者，「腹幹肥張」正釋「駫駫」之義，而必言「良馬」者，「良馬」對「駑馬」而言，本《周禮》以爲説。《泂酌》傳：「泂，遠也。」「坰」與「泂」聲義相同。「邑外曰郊」四句，《傳》引《爾雅·釋地》文。《爾雅》：「邑外謂之郊，郊外謂之牧，牧外謂之野，野外謂之林，林外謂之坰。」今本《爾雅》增「郊外謂之牧」一句，不知野即牧，非野外更有牧地。毛於此及《野有死麕》、《燕燕》、《干旄》傳、《鄭風·叔于田》箋竝云：「郊外曰野。」又《野有蔓草》傳：「野，四郊之外。」皆不云「牧」，有足證矣。《書·粊誓》篇云：「魯人三郊三遂。」郊，鄉之界也。邑，近郊三鄉之地。郊，遠郊三遂之地。野，猶周之甸削。林、坰，猶周之縣都。析言之，有邑、郊、野、林、坰之異。其實四郊之外直達林、坰，猶王畿六遂之地直達縣都，統謂之野也。故雖名爲坰，而《傳》仍以「遠野」釋之。《説文·冂部》：「邑外謂之郊，郊外謂之野，野外謂之林，林外謂之冂，象遠界也。古文作『冋』，或作『坰』。」此《毛詩》也。又《馬部》：「駉，牧馬苑也。从馬，冋聲。《詩》曰：『在駉之野。』」此三家《詩》也。牧馬苑謂之駉，與毛《傳》坰野爲遠野字義皆異。「薄言駉者」，《傳》「牧之坰野則駉駉然」，「駉」皆當作「駫」，駫猶駫駫也。此《傳》冢上句「在坰之野」言之，坰之野是放牧之處，故《傳》云「牧之坰野」。《序》亦云「牧于坰野」。後人遂依《序》、《傳》有「牧」字改首句「牡馬」爲「牧馬」，不知《序》、《傳》乃申明經義，不必經有「牧」字明矣。薄、言，皆語詞。〇「驪馬白跨曰驈」，《爾雅·釋畜》文。郭注云：「驪，黑色跨髀閒。」《釋文》引《蒼頡篇》云：「跨兩股閒也。」是驪馬黑馬，以黑色馬而唯跨白者别其名爲驈也。「黃白曰皇」，《東山》同。《説文》引作「騜」，俗誤字。「純黑曰驪」，純者，「黗」之假借。純亦黑也。《檀弓》：「夏后氏尚黑，戎事乘驪。」鄭注云：

「馬黑色曰驪。」《閟宫》傳：「騂，赤也。」此《傳》云：「黄騂曰黄。」謂黄馬而帶騂色者是曰黄。下《傳》云：「赤黄曰騂。」謂赤馬而帶黄色者是曰騂。黄騂，赤黄色，黄赤有深淺，非有襍毛也。《正義》云：「騂爲純赤色。『黄騂曰黄』，黄而微赤。『赤黄曰騂』，赤而微黄。」是已。而又言「黄騂，謂黄有襍赤者」，則誤矣。《傳》文「馬四種，有良馬」，「良馬」當作「種馬」，疑涉上「良馬」致誤。《周禮》：「校人掌王馬之政，辨六馬之屬，種馬一物，戎馬一物，齊馬一物，道馬一物，田馬一物，駑馬一物。凡頒良馬而養乘之：乘馬一師四圉；三乘爲皁，皁一趣馬；三皁爲毄，毄一馭夫；六毄爲廐，廐一僕夫；六廐成校，校有左右。駑馬三良馬之數，麗馬一圉，八麗一師，八師一趣馬，八趣馬一馭夫。天子十有二閑，馬六種；邦國六閑，馬四種；家四閑，馬二種。」案此《傳》所本也。《周禮》六種以種、戎、齊、道、田五者爲良馬，其一爲駑馬。四種則以種、戎、田三者爲良馬，其一爲駑馬。不得以種馬獨擅良馬之稱矣。《傳》引此六閑四種之制，以美僖公牧馬之盛耳，非詩四章分屬四種如孔仲達之説也。《周禮疏》：「趙商云：『邦國六閑，馬四種，爲二千五百九十二匹。』謂三良一良四百三十二匹，三良千二百九十六匹。駑三，其一種亦千二百九十六匹，故合爲二千五百九十二匹。」案趙商本鄭仲師四匹爲乘，則自乘至廐之數也。《詩》美衛文「騋牝三千」，舉成數耳。〇《傳》文「有力」二字當衍。此云「彭彭，有容也」，下章《傳》云「伾伾，有力也」。彭彭言馬容之盛，伾伾言馬力之彊，其分章屬意如是也。今各本涉下章《傳》文誤衍「有力」耳。凡《詩》言「彭彭」，皆謂其儀容之盛。《出車》篇「出車彭彭」，《傳》：「彭彭，四馬皃。」彭彭，猶騯騯也。《説文》：「騯騯，馬盛也。」《烝民》篇「四牡彭彭」，又「四牡騤騤」，《傳》：「騤騤，猶彭彭也。」《説文》：「騤騤，馬行威儀也。」《載驅》篇「行人彭彭」，《傳》：「彭彭，多皃。」多亦盛也。《大明》之「四騵彭彭」、《韓奕》之「百兩彭彭」，皆是多、盛之意。《説文》：「彭，鼓聲也。」重言之，則聲盛謂之彭彭，亦儀盛謂之彭彭，竝與「有容」之義相近。《御覽・獸部五》引「彭彭，有容也」，無「有力」二字可證。思，詞也。斯，猶其也。「無疆」、「無期」，頌禱之詞。「無斁」、「無邪」，又有勸戒之義焉。「思」皆爲語助。臧，善也。以言馬之善也。「思馬斯臧」與「於萬斯年，則百斯男」、「于胥斯原，有秩斯祜」上一字爲語助，❶此其句例。解者俱以「思」爲「思慮」之「思」，失之。

駉駉牡馬，在坰之野。薄言駉者，有騅有駓，有騂有騏，以車伾伾。【傳】蒼白襍毛曰騅，黃白襍毛曰駓，赤黃曰騂，蒼祺曰騏。伾伾，有力也。**思無期，思馬斯才。**【傳】才，多材也。【疏】「蒼白襍毛曰騅」，《釋畜》文。《大車》傳：「菼，騅也，萑之初生者也。」郭注《爾雅》謂在青白之閒。蒼白即青白。菼色如騅，則知騅爲青白馬矣。《說文》：「騅，蒼黑襍毛。」「驄，青白襍毛。」此二篆「黑」、「白」字互譌。驄爲青黑，則騅乃蒼白可知。「黃白襍毛曰駓」，《釋畜》文。郭注云：「今之桃華馬。」上章《傳》「黃白曰皇」，謂黃馬發白色也。黃馬發白色而有異毛襍廁者，別其名謂之駓也。此篇之騅、駓、駰、騢，《鄭風》之鴇，凡言襍毛者，同其義例。「赤黃曰騂」，說見上章。《說文·馬部》無「騂」字。《釋文》：「蒼祺，字又作『騏』。」《正義》作「蒼騏曰騏」。案「祺」誤字，「蒼騏」當作「蒼綦」，與《小戎》「駕我騏馵」，《傳》「騏，騏文」，《正義》作「騏，綦文」同。綦，蒼艾色。馬有蒼艾色之文，故蒼綦謂之騏。蒼綦猶綦文也。騏馬，白馬也。《文選》陸士衡《挽歌詩》「駸駸策素騏」，素者，白也。李善注乃引此《傳》作「蒼白曰騏」，當是轉寫記憶之譌。若《傳》作「蒼白」，則爲青馬發白色矣，非是。○《說文》：「伾，有力也。」重言之則曰伾伾。《楚辭·招魂》：「敦脄血拇，逐人駓駓些。」王注云：「駓駓，走貌。」《韓詩》「駓駓騃騃」，

❶「祜」，原作「祐」，據中國書店影印武林愛日軒刻本、徐子靜本改。

《薛君章句》云：「趨曰駓駓。」竝與此「伾伾」同。材，當爲「才」字之誤。《傳》以「多才」釋經之「才」，非謂「才」爲「材」也。《叔于田》序：「叔多才而好勇。」《盧令》箋：「才，多才。」皆其證。

駉駉牡馬，在坰之野。薄言駉者，有驒有駱，有騮有雒，以車繹繹。【傳】青驪驎曰驒，白馬黑鬣曰駱，赤身黑鬣曰騮，黑身白鬣曰雒。繹繹，善走也。**思無斁，思馬斯作。**【傳】作，始也。【疏】「青驪驎曰驒」，《釋畜》文。《釋文》：「驎，亦作『甐』。」《爾雅》釋文：「作『粼』，或作『驎』。」郭注云：「色有深淺斑駁隱粼，今之連錢驄。」《詩正義》引郭注作「隱甐」。案粼、甐同，「驎」俗字也。《説文》云：「驒，青驪白鱗，文如鼉魚。」許以「白鱗」解《爾雅》、毛《傳》之「粼」，而又申名「驒」之義爲「馬文如鼉魚」也。鼉、驒疊韻。《詩》、《爾雅》釋文俱引《韓詩》及《字林》云：「驒，白馬黑髦也。」此疑元朗涉毛《傳》「白馬黑鬣爲駱」而誤爲「驒」。且《字林》本《説文》，《説文》言「驒」言「駱」竝與毛同也。《有駜》傳：「青驪曰駽。」是青驪爲駽。青驪色而有白鱗文者爲驒也。「白馬黑鬣曰駱」，《四牡》同。「赤身黑鬣曰騮」，《小戎》同。《正義》云：「今人猶謂此爲騮馬也。」高注《吕覽·孟夏紀》：「騂馬黑尾曰騮。」蓋騂，赤也。騮爲赤馬，其色仍以赤身得名。或言黑鬣，或言黑尾，無大異也。《正義》云：「『黑身白鬣曰雒』，則未知所出。檢定本、《集注》及徐音皆作『雒』字，而俗本多作『駁』字，其字定當爲『雒』。」案《爾雅》：「雒，鵋鶀。」舍人注：「謂鵂鶹也。南陽名鉤鵅。」《説文·隹部》：「雒，鵋欺。」《鳥部》：「鵅，烏鸔。」雒、鵅不同鳥，而鵅有烏稱，則雒亦黑色之鳥可知。《傳》云「黑身爲雒」必有依據。謂馬爲雒，猶謂馬爲鵅也。《釋文》：「雒，本或作『駱』。」疑「駱」乃「鵅」字之誤。〇《釋文》：「繹繹，崔本作『驛驛』。」古繹、驛通。《傳》云「善走」，當從《釋文》本作「善足」爲長。《車攻》傳：「田獵齊足，尚疾也。」《説文》：「騛，馬逸足者也。」「䭾，馬有疾足也。」竝與此「善足」同。曾釗《詩異同辨》云：「作，當與《易》『震爲作足』同義。王劭曰：『馬行，先作弄其四足。』」

毛以『始』訓『作』，意亦當爾。《箋》：『作，謂牧之，使可乘駕。』亦與毛義相成。蓋馬先作弄四足者，正是調習之狀。《秦風》『載獫猲驕』，《箋》：『載，始也。』謂達其搏噬，始成之也。』以『始』爲『調習』，正與此同。」案曾説是也。《説苑・指武》篇：「造父、王良不能以敝車、不作之馬趨疾而致遠。」亦與「調習」義同。

駉駉牡馬，在坰之野。薄言駉者，有駰有騢，有驔有魚，以車祛祛。【傳】陰白雜毛曰駰，彤白雜毛曰騢，豪骭曰驔，二目白曰魚。祛祛，彊健也。**思無邪，思馬斯徂。【疏】**「陰白雜毛曰駰」，《皇皇者華》同。「彤白雜毛曰騢」，《釋畜》文。《正義》云：「舍人曰：『赤白雜毛，今赭馬名騢。』郭璞云：『彤，赤也。即今赭白馬。』」案郭解「彤白」亦謂赤馬發白色者也。《釋文》引《説文》云：「赤白雜色，文似鰕魚。」「色」當作「毛」。文似鰕魚爲騢，與「文似鼉魚爲驒」同用疊韻爲訓。《文選》顏延之《赭白馬賦》注引劉芳《毛詩義證》：「彤白雜毛曰駁。彤，赤也，即赭白也。」此謂彤白猶騂白，故騢、駁可通稱。《正義》云：「驔，《爾雅》無文。《釋畜》云：『四骹皆白，驓。』無『豪骭白』之名。《傳》言『豪骭白』者，蓋謂豪毛在骭而白長名爲驔也。驓則四骹雜白而毛短，故與驔異也。」奂案今本《詩》、《爾雅》皆誤，唯《説文》不誤。《爾雅》：「驪馬黄脊，騽。」《釋文》云：「騽，《説文》作『驔』。」《説文》：「驔，驪馬黄脊。讀若簟。」是驪馬黄脊爲驔，而騽非驪馬黄脊也。《釋文》又云：「今《爾雅》本亦有作『驔』者，與《説文》合。」則知作「騽」之本非矣。《爾雅》：「四骹皆白，驓。」郭注云：「骹，膝下也。」《説文》無「驓」字。「驓」乃「騽」之誤。《説文》：「騽，馬豪骭也。」「骭，骹也。」「骹，脛也。」《淮南子・俶真》篇「易骭之一毛」，高注：「骭，自膝以下、脛以上也。骭讀『閈牧』之『閈』。」然則毛《傳》之「骭」即《爾雅》之「骹」。《穆天子傳》「天子之豪馬、豪牛」，郭注：「豪，猶髦也。《山海經》云：『髦馬如馬，足四節皆有毛。』」郭謂豪馬即髦馬，足四節皆有毛，故爲豪。此可證毛《傳》之「豪骭」即《爾雅》「四骹皆白」之義。是豪骭謂之騽，初不謂之驔也。今《爾雅》「騽」既誤作「驓」，而《詩》「騽」又誤作「驔」，《玉篇》、《廣韻》遂合「驔」、「騽」二字兩義併説，不可爲訓。又案《正義》所據毛《傳》「豪骭」下有「白」字，《説文》無「白」字。《釋文》：「毛云：『一目白曰魚。』《爾雅》云：『一目白，瞯。二目白，魚。』」是陸所據毛《傳》作「一目」，與《爾雅》作「二目」不同。《正義》引舍人注及《説文·馬部》「瞯」下皆云：「二目白，魚。」毛《傳》本《爾雅》，則陸所據作「一目」非也。王引之《爾雅述聞》云：「自『驪白，駁』以下皆言馬之毛色。『一目白，瞯。二目白，魚』者，謂一目毛色白曰瞯，二目毛色白曰魚。不言『毛』者，承上文諸『毛』字而省。猶之『黑脣，駩。黑喙，騧』，謂脣與喙邊之毛色也。下文説牛云『黑眥，牰』，亦謂目眥邊之毛色，義與『一目白』、『二目白』同。郭注『二目白，魚』云：『似魚目也。』此亦誤以爲馬目中白，與上文言毛色者不倫。且魚死則目珠色白，生時固不爾也。」○祛祛，唐石經作「祛祛」。王引之《説詹諸》：「其行夫夫，當作『去去』。」案去去猶言祛祛也。祛祛，狀馬行；去去，狀詹諸行。竝有「彊健」之意。《文選》殷仲文詩注引《韓詩章句》：「祛，去也。」此「祛」即「去」之證。《箋》云：「徂，猶行也。牧馬使可走行。」

《有駜》三章，章九句。

《有駜》，頌僖公君臣之有道也。

有駜有駜，駜彼乘黄。【傳】駜，馬肥彊貌。馬肥彊則能升高進遠，臣彊力則能安國。**夙夜在公，在公明明。振振鷺，鷺于下。鼓咽咽，醉言舞，**【傳】振振，群飛貌。鷺，白鳥也。以興絜白之士。咽咽，鼓節也。**于胥樂兮。**【疏】《説文》：「駜，馬飽也。」《箋》云：「喻僖公用臣，先致其禄食。」許、鄭意同。乘黄，四黄馬。駜者，群臣所乘四黄馬之皃。《傳》云「肥彊」，就字訓以借喻經義。《箋》云「致禄食」，又以申《傳》義也。《漢書・李尋傳》：「馬不伏歷，不可以趨道。士不素養，不可以重國。」又《潛夫論・班禄》篇：「君以臣爲基，然後高能可崇也。馬肥，然後遠能可致也。」義竝與《傳》同。夙夜，早夜也。早夜於公所，是即「明明」之義。明明，猶勉勉也。《禮記・玉藻》云：「朝辨色始入。」○鷺，鷺羽，鷺羽所以爲舞。持鷺以舞，與鼓相應。《宛丘》云「坎其擊鼓，值其鷺羽」，此其義也。詩以燕舞起義，亦即以鷺鳥生興，故《傳》義已見《振鷺》篇。而此重發《傳》者，將以明其興義也。「鷺，白鳥，興絜白之士」，則馬肥彊亦是興，可互見也。肥彊喻有材也，絜白喻有德也。凡言「興」者，例皆發《傳》於首章首句，而唯《南有嘉魚》不發《傳》於首章，此又不發《傳》於首句，皆其變例，以見《傳》之言「興」固有通於上下者矣。咽咽，《采芑》、《那》篇作「淵淵」。咽、淵，如姻、媦相通之例。《釋文》：「咽，本又作『鼘』。」《傳》云「鼓節」，謂舞以鼓爲節也。言，語詞。于，發聲。《桑扈》傳云：「胥，皆也。」「于胥樂兮」，言君臣皆樂也。

有駜有駜，駜彼乘牡。夙夜在公，在公飲酒。【傳】言臣有餘敬，而君有餘惠也。**振振鷺，鷺于飛。鼓咽咽，醉言歸，于胥樂兮。**【疏】燕主於飲酒，推夙夜之心，以飲酒於公所，是「臣有餘敬」也。在於公所飲酒以樂群臣，是「君有餘惠」也。《序》所謂「君臣有道」也。《傳》文「惠」下補「也」字。

有駜有駜，駜彼乘駽。【傳】青驪曰駽。**夙夜在公，在公載燕。自今以始，歲其有。**【傳】歲其有豐年也。**君子有穀，詒孫子，于胥樂兮。**【疏】「青驪曰駽」，《爾雅・釋畜》文。驪者，黑色。郭注云：「今之鐵驄也。」《説文》云：「駽，青驪馬。」又云：「綃，繒如麥稍。」「稍，麥莖也。」是麥莖色青黑，故繒色如稍謂之綃，亦馬色如稍謂之駽矣。駽、絹、稍竝聲同而義通。○燕，燕飲酒也。首章「夙夜在公，在公明明」合二句一意，二章飲酒，三章燕，又從在公而推言之，此篇例也。詩以始、有、子爲韻。唐石經於「有」下增「年」字，而轉寫者更於《傳》文「年」上增「豐」字，皆俗誤，不可從。《甫田》「自古有年」，《箋》：「自古者豐年之法如此也。」《豐年》箋：「豐年，大有年也。」《公羊傳》：「大有年何？大豐年也。」皆謂有年爲豐年。則於「有」下增「豐」爲衍字矣。定本、《集注》皆云「歲其有年」，無「豐」字可證。《載馳》篇「不能旋反，不能旋反我思」、《齊南山》篇「必告父母，必告父母廟」、《黃鳥》篇「不可與明，不可與明夫婦之道」及此篇「歲其有，歲其有年也」，皆經義未明，《傳》乃補明之，以足其義。句例相同。君子，謂僖公也。穀，善也。

《泮水》八章，章八句。

《泮水》，頌僖公能修泮宮也。【疏】五章云：「既作泮宮，淮夷攸服。」

思樂泮水，薄采其芹。【傳】泮水，泮宮之水也。天子辟廱，諸侯泮宮。言水則采取其芹，宮則采取其化。**魯侯戾止，言觀其旂。**【傳】……

其旂茷茷，鸞聲噦噦。【傳】戾，來；止，至也。言觀其旂，言法則其文章也。茷茷，言有法度也。噦噦，言其聲也。**無小無大，從公于邁。**【疏】經中或言「泮宮」，或言「泮」，故《傳》以「泮宮」釋「泮」。泮宮有水曰泮水。《靈臺》傳：「水旋丘如璧曰辟廱。」辟廱四面有水，泮宮則當半於天子也。《箋》及《白虎通義》、《通典・禮十三》引劉向《五經通義》竝云：「南通水。」《說文》云：「西南爲水，東北爲牆。」所聞異也。酈注《水經・泗水》篇：「魯共王殿之東南，即泮宮也。宮中有臺，臺南水，東西一百步，南北六十步。臺西水，南北四百步，東西六十步。」酈所目驗泮宫遺趾與《説文》合。《禮記·王制》篇：「天子命之教，然後爲學。小學在公宫南之左，大學在郊。天子曰辟廱，諸侯曰頖宫。」《傳》所本也。鄭注云：「此小學、大學，殷之制。」案殷制大學在郊，《靈臺》辟廱是也。周制天子大學在國，小學在郊，《文王有聲》辟廱是也。天子郊學、國學各四。諸侯用殷制，小學在國，大學在郊，各一。《鄉射禮·記》「於郊則閭中」，注：「於郊，謂大射也。大射於大學。」此諸侯大學在郊之義證矣。《明堂位》篇：「米廩，有虞氏之庠也。序，夏后氏之序也。瞽宗，殷學也。頖宫，周學也。」魯路寢明堂與周同制，於路寢明堂四門外亦得立四代之學。唯天子四門之學總爲辟廱，故瞽宗亦稱西廱。若魯唯周學稱頖宫，則其餘三代之學不必皆依頖宫形也。此魯國學之制也。《禮器》篇：「魯人將有事於上帝，必先有事於頖宫。」注：「頖宫，郊之學也。《詩》所謂頖宫也。字或爲『郊宫』。」蓋周四郊之學亦總爲辟廱。魯郊近於周郊，不必四郊設四學。或亦從殷制，諸侯大學在郊者止有一泮宫，亦不四郊皆設泮宫也。此魯郊學之制也。「頖」與「泮」通。《魯頌》泮宫與《禮器》頖宫同處，而與《明堂位》頖宫爲異處。泮宫在郊，其遠近未聞也。魯有國學，有郊學，國外郊内又有州黨之學，若矍相之圃之類。此州長、黨正爲主人，而魯侯所不至者也。魯侯之所至者，泮宫也。云「言水則采取其芹，宫則采取其化」者，此總釋之也。菜供飲酒，鴞懷好音，其用驗已。《采叔》箋云：「芹，菜也。可以爲菹。」〇戾，亦至也。「止」訓「至」，則「戾」爲「來」矣。「魯侯戾止」，言僖公來至泮宫也。觀其旂者，旂有文章等級之度，國人觀之，樂取以爲法則也。茷茷，《釋文》作「伐伐」。「伐」即「茷」之省。茷茷，讀爲「胡不旆旆」之「旆」。《采叔》「其旂淠淠」，《傳》：「淠淠，動也。」淠淠亦即旆旆。云「言有法度」者，動有文章也。《文選·東京賦》注引《毛詩》「鸞」作「鑾」。《説文》：「鉞，車鑾聲也。从金，戉聲。《詩》曰：『鑾聲鉞鉞。』」徐鉉云：「今俗作『鐬』。」段注云：「疑古《毛詩·泮水》本作『鉞鉞』，後乃變爲『鐬』字。許所據作『鉞』，戉聲，辛律切。變爲『鐬』，呼會切。」奂案《集韻・十四泰》：「鉞、鐬、噦三同，呼外切。《説文》：『車鑾聲也。』引《詩》『鑾聲鉞鉞』。」是丁度所據《説文》引《詩》作「鉞鉞」也。今《詩》作「噦噦」，《庭燎》篇同。邁，行也。小大從公，言從行者衆也。

思樂泮水，薄采其藻。魯侯戾止，其馬蹻蹻。其馬蹻蹻，其音昭昭。載色載笑，匪怒伊教。【傳】其馬蹻蹻，言彊盛也。色，温潤也。【疏】藻，聚藻，見《采蘋》傳。「蹻」有「矯拂」之義。《皇矣》傳：「茀茀，彊盛也。」馬彊盛謂之蹻蹻，猶車彊盛謂之茀茀也。音，聲也。《孟子・盡心》篇：「賢者以其昭昭使人昭昭。」趙注云：「賢者治國，法度昭昭，明於道德，是躬化之道可也。」案與此「昭昭」同。色，讀「令儀令色」之「色」。《傳》云「温潤」，蓋古語。《邶・谷風》箋：「君子洸洸然，潰潰然，無温潤之色。」

思樂泮水，薄采其茒。【傳】茒，鳧葵也。**魯侯戾止，在泮飲酒。既飲旨酒，永錫難老。順彼長道，屈此群醜。**【傳】屈，收；醜，衆也。【疏】茒，各本誤作「茆」。《釋文》「徐音柳」是也。《周禮・醢人》有「茒菹」。《説文》：「茒，鳧葵也。」引《詩》作「茒」。又「⿱艹孿，鳧葵也」。《廣雅》：「⿱艹孿、茒，鳧葵也。」《齊民要術》引《義疏》云：「茒與荇菜相似，葉大如手，赤圓。有肥者箸手中，滑不得停也。莖大如箸，皆可生食，又可瀹，滑美。江南人謂之蓴菜，或謂之水葵。」《釋文》引鄭小同説與《義疏》同。蓴即⿱艹孿也。《管子・五行》篇「卯菱」，尹知章注云：「卯，鳧葵，早春而生也。」「卯」亦「茒」之譌。○飲酒，以言饗也。《説文》云：「饗，鄉人飲酒也。」「廱，天子饗飲辟廱。」「泮，諸侯饗躲之宮。」「侯，春饗所躲侯也。」此鄉人飲酒饗之本義。引申之，凡飲酒皆曰饗。天子饗飲於辟廱，諸侯饗飲於泮宮，其禮同也。春，入學，釋菜。詩詠采菜，正謂僖公行春饗之禮。而不言射者，文不備也。飲酒必遂養老。《禮記·文王世子》篇：「適東序，釋奠於先老，遂設三老、五更、群老之席位焉。適饌省醴，養老之珍具，遂發咏焉。退脩之，以孝養也。」《周禮·黨正》：「以禮屬民而飲酒于序，以正齒位。」此皆飲酒養老之禮。《行葦》云「曾孫維主，酒醴維醹。酌以大斗，以祈黄耇」，所謂「既飲旨酒」也。又云「黄耇台背，以引以翼，壽考維祺，以介景福」，所謂「永錫難老」也。順，猶遂也。長道，謂尊長養老之道也。《行葦》傳云：「引，長也。」義亦同。屈，古「誳」字。誳即詘也。《爾雅》：「屈、收，聚也。」「屈」訓「聚」，亦訓「收」，轉相爲訓。「醜，衆」，《緜》同。《文王世子》篇：「凡語于郊者，必取賢斂才焉。或以德進，或以事舉，或以言揚。曲藝皆誓之，以待又語。三而一有焉，乃進其等，以其序，謂之郊人，遠之。於成均，以及取爵於上尊也。」注：「天子飲酒於虞庠，則郊人亦得酌於上尊以相旅。」案衆即旅，收即取賢斂才。《釋文》引《韓詩》云：「屈，收也。收斂得此衆聚。」王肅亦云：「斂此群衆。」蓋本韓以述毛，是也。此章未及伐淮夷之事。

穆穆魯侯，敬明其德。敬慎威儀，維民之則。允文允武，昭假烈祖。【傳】假，至也。**靡有不孝，自求伊祜。**【疏】《爾雅》：「穆穆，敬也。」「假，至」，《雲漢》同。烈祖，伯禽爲魯有功烈之祖也。《詩述聞》云：「孝，本作『𡥈』。《説文》：『𡥈，效也。从子，爻聲。』『效』與『傚』同。經文作『𡥈』而訓爲『傚』，故《箋》云：『無不法傚之者。』《釋文》、《正義》所見本已誤爲『孝』，是以張參《五經文字》失收『𡥈』字也。『靡有不𡥈』，謂僖公無事不法傚其祖，非謂國人傚僖公也。當承『昭假烈祖』爲義。」

明明魯侯，克明其德。既作泮宮，淮夷攸服。矯矯虎臣，在泮獻馘。淑問如臯陶，在泮獻囚。【傳】囚，拘也。【疏】明明，猶勉勉也。前四章言脩泮宮之化，後四章言伐淮夷之功。「既作泮宮，淮夷攸服」，此冡上生下之詞。《春秋》：「僖十三年，夏，公會諸侯于鹹。」《左傳》：「會于鹹，淮夷病杞。」故「十六年，冬，公會諸侯于淮」。《傳》：「會于淮，謀鄫且東略也。」「十七年，秋九月，公至自會。」《傳》：「書曰：至自會，猶有諸侯之事焉。」案淮夷病杞又病鄫，于鹹、于淮皆齊桓公兵車之會，而僖公與焉。淮之會於十六年之冬十二月，而「至自會」在十七年秋九月。其時齊侯先歸，留魯侯與諸侯以爲東略之謀，則僖公自有伐淮夷之事。淮夷在魯東南，世與魯爲難，故周公、伯禽之世尚有淮夷竝興，伯禽征討之，後或爲魯屬國。僖公又能征伐淮夷，故詩人歌以美之。昭二十七年《左傳》：❶「晉范獻子曰：『季氏甚得其民，淮夷與之。』」是淮夷與魯，固畔則爲難、服則聽從者也。○《爾雅》：「矯矯，勇也。」《釋文》：「矯，本亦作『蹻』。」《版》、《崧高》、《酌》皆作「蹻」。《箋》云：「蹻蹻，武皃。」即本《酌》傳也。《皇矣》傳云：「不服者殺而獻其左耳曰馘。」此「囚」訓「拘」者，「囚」與「馘」對文，馘謂已死，囚謂生者，生拘之，問其辭也。《王制》：「出征執有罪，反，釋奠于學，以訊馘告。」《禮記》言訊馘告學，《詩》言囚馘獻泮宮，其事正同。

濟濟多士，克廣德心。桓桓于征，狄彼東南。烝烝皇皇，不吳不揚。【傳】桓桓，威武貌。烝烝，厚也。皇皇，美也。揚，傷也。**不告于訩，在泮獻功。**【疏】《爾雅》：「桓桓，威也。」《傳》本之，而益其辭云「威武皃」，《桓》箋同。《書·牧誓》篇「尚桓桓」，《說文》作「尚狟狟」。「桓」皆「狟」之假借字。《瞻卬》傳：「狄，遠也。」《抑》傳：「逷，遠也。」古狄、逷聲通。「狄彼東南」，與《書》「逷矣西土之人」句法一例。《釋文》引《韓詩》作「鬄

❶ 「二」，原作「三」，徐子静本、《清經解續編》本同，據阮刻《春秋左傳正義》與楊伯峻《春秋左傳注》改。

」，訓「除」；《箋》作「剔」，訓「治」，從韓義也。《箋》云：「東南，㡿淮夷。」○烝烝然厚，皇皇然美，此《傳》承上「克廣德心」爲訓，言多士之厚美，即本僖公之德心也。《緜衣》傳云：「吳，譁也。」《車攻》「之子于征，有聞無聲」，《傳》：「有善聞而無讙譁之聲。」是即「不吳」之義也。《漢衛尉衡方碑》引《詩》作「不虞」。虞者，「吳」之假借字。王肅解「吳」爲「過誤」，非是矣。不揚，《漢碑》引《詩》作「不陽」，揚、陽皆假借字。《釋文》所據《傳》作「瘍」，王肅所據《傳》作「傷」，瘍、傷義相近。不譁，言不讙譁也。不傷，言不傷害也。鄭讀「揚」如字，則與「讙譁」義複矣。告者，「鞫」之假借字。《文王世子》「告于甸人」，注：「告，讀爲鞫。」與此「告」字同。鞫，亦作「𥷚」。《說文》：「𥷚，窮治罪人也。」「不告于訩」，言不窮治凶惡，唯在柔服之而已。

角弓其觩，束矢其搜。【傳】觩，弛貌。五十矢爲束。搜，衆意也。**戎車孔博，徒御無斁。既克淮夷，孔淑不逆。式固爾猶，淮夷卒獲。**【疏】觩，俗字。《釋文》作「觓」。「觓」與「朻」讀聲相似，有「下垂」之義，故《傳》云「觓，弛皃」也。《荀子·議兵篇》云：「負服矢五十个。」此《傳》所本也。《正義》引無「服」字，與《漢書·刑法志》同。案周制獄訟坐成罰以束矢，其束矢之數，未識與《詩》束矢同否。鄭注《秋官·大司寇》從《尚書》、《左傳》「賜諸侯一弓百矢」爲說。韋注《齊語》及高注《淮南·氾論》竝從《射禮》「三發四矢，共十二矢」爲說。然二者皆非《詩》之束矢矣。《說文》云：「搜，衆意也。」《廣雅》云：「搜，衆也。」竝本毛訓。○博，猶衆也。徒，徒行者。御，御車者。斁，厭也。無斁，言不厭倦也。淑，善也。不逆，言率從也。固，安也，定也。猶，謀也。獲，亦克也。

翩彼飛鴞，集于泮林。食我桑黮，懷我好音。【傳】翩，飛貌。鴞，惡聲之鳥也。黮，桑實也。**憬**

彼淮夷，來獻其琛。元龜象齒，大賂南金。【傳】憬，遠行貌。琛，寶也。元龜尺二寸。賂，遺也。南，謂荆、揚也。【疏】經言飛，故「翩」爲「飛皃」。「鴞，惡聲之鳥」，《墓門》同。詳《墓門》篇。《孟子·滕文公》篇：「南蠻鴃舌之人，非先王之道。」趙注云：「其舌之惡如鴃鳥。」案鴞聲比南楚，與鴃舌指南蠻同義。《孟子》即本此詩意也。泮林，泮宫之林也。「集于泮林」，所謂「出于幽谷，遷于喬木」也。黮，《氓》作「葚」。《説文》云：「葚，桑實也。」又云：「黮，桑葚之黑也。」凡桑實孰，色黑，故字又從黑。《淮南子·主術》篇：「問瞽師曰：『黑何若？』曰：『黮然。』」是黮爲黑也。《匪風》傳：「懷，歸也。」《日月》傳：「音，聲也。」歸我以好聲，用夏變夷也。○《釋文》：「憬，《説文》作『懬』，音獷。」《文選·齊故安陸昭王碑文》注引《韓詩》作「獷」，《薛君章句》云：「獷，覺寤之皃。」今《説文·瞿部》引《詩》作「穬」，《心部》「懬」下不引《詩》，而「憬」下引《詩》云：「憬，覺悟也。」其字同毛，其義同韓。段注以爲淺人竄改，疑不能明也。《玉篇》：「憬，遠行皃。」蓋希馮所據《毛詩》已如此。「琛，寶」，《爾雅·釋言》文。《正義》「寶」作「圭」，誤。魯之淮夷，猶周之蕃服也。《大行人》：「九州之外謂之蕃國，世壹見，各以其所貴寶爲摯。」○元，大也。《漢書·食貨志》「元龜爲蔡」，如淳注：「説謂蔡國出大龜也。」又《食貨志》：「元龜岠冉長尺二寸，公龜九寸以上，侯龜七寸以上，子龜五寸以上。」孟康注：「冉，龜甲緣也。岠，至也。度背兩邊緣尺二寸也。」《白虎通義·蓍龜》篇引《禮三正記》云：「天子龜長一尺二寸，諸侯一尺，大夫八寸，士六寸。」龜陰，故數偶也。」舊本《北堂書鈔·政術部五》引毛《傳》「尺二寸」上有「長」字。長尺二寸，是魯用天子龜也。《説文》亦云：「賂，遺也。」案此言淮夷既服，而聲教所被，雖荆、揚之遠，亦來大遺元龜、象齒與金也。「大賂」二字句屬上下，與「韋顧既伐，昆吾夏桀」，「既伐」二字句屬上下，文法相同。荆、揚貢金三品，大龜、齒革皆荆州産。《傳》云「南，謂荆、揚也」者，就物産之地爲言，其意實指荆楚也。僖公時，荆楚已兼有《禹貢》揚州之域，在魯之南。《閟宮》六章云：「淮夷蠻貊，及彼南夷，莫不率從。莫敢不諾，魯侯是若。」《傳》：「南夷，荆楚也。」詩義正同。

《閟宫》八章，二章章十七句，一章十二句，一章三十八句，二章章八句，二章章十句。

《閟宫》，頌僖公能復周公之宇也。【疏】七章云：「復周公之宇。」

閟宫有侐，實實枚枚。【傳】閟，閉也。先妣姜嫄之廟在周，常閉而無事，孟仲子曰：「是禖宫也。」侐，清浄也。實實，廣大也。枚枚，礱密也。**赫赫姜嫄，其德不回，上帝是依。**【傳】上帝是依，依其子孫也。**無災無害，彌月不遲，是生后稷。降之百福，黍稷重穋，稙稺菽麥。**【傳】先種曰稙，後種曰稺。**奄有下國，俾民稼穡。有稷有黍，有稻有秬。奄有下土，纘禹之緒。**【傳】緒，業也。【疏】

《説文》：「閟，閉門也。」「閉，闔門也。」「闔，閉也。」是閟、閉、闔同義。《采蘩》傳：「宫，廟也。」《傳》探下言，「赫赫姜嫄」，故「宫」爲「先妣姜嫄廟」。《生民》傳：「姜嫄，后稷之母，配高辛氏帝焉。」《周禮·大司樂》「以享先妣」，鄭注云：「先妣，姜嫄也。周立廟，自后稷爲始祖，姜嫄無所妃，是以特立廟而祭之。」案周享先妣在天神、地示、四望山川之下，先祖之上，則先妣尊於先祖，故先祖爲后稷，先妣爲后稷母姜嫄。《斯干》「似續妣祖」，《箋》亦云：「妣，先妣姜嫄也。」蓋周人以后稷爲大祖，立廟，更於孟春南郊配天；帝嚳爲遠祖，尊，不立廟，特於冬至圜丘之禘配天。以爲后稷親而帝嚳尊也。周家歷世有聖母，功起后稷，必推本於姜嫄，尊親之至，理應立廟。但帝嚳無廟，姜嫄既不得援《春秋經》「禘于大廟，用致夫人」之禮，以婦人祔於男子，同帝嚳在圜丘；后稷有廟，姜嫄亦不得援《春秋經》惠公仲子、僖公成風之例，以母繫子，同后稷以合食，故特爲姜嫄别立廟。「守祧，奄八人」賈疏云：「天子七廟，通姜嫄爲八廟，廟一人，故八人。」此姜嫄別廟之證也。于是后稷有母，而帝嚳有妃；后稷非無父，亦姜嫄非無夫矣。此周禮也。魯無圜丘之禘，不禘嚳。雖得郊祀后稷，然祈穀非南郊，無后稷廟，亦不立姜嫄廟。《傳》云「在周」，以言廟不在魯也。周人時祭不及姜嫄。據《月令》仲春祀高禖，有「天子親往」之文，則姜嫄每歲止此一祭，故《傳》云：「常閉而無事。」高禖有宫，是曰禖宫。蓋禖宫始於上古。《説文》：「禖，祭也。」《御覽·禮儀部八》引《五經異義》：「王者一歲七祭天。仲春，后妃郊禖。禖亦祭天也。」高注《吕覽·仲春紀》云：「祭其神於郊謂之郊禖。」據此，則禖宫當在郊，故《生民》、《玄鳥》傳謂之郊禖。帝高辛之世已有之，故《生民》傳云：「古者必立郊禖焉。」是也。其後立廟，遂爲高辛妃廟，故《月令》謂之高禖。周祀姜嫄，猶之殷祀簡狄也。《傳》引孟仲子云「是禖宫也」者，所以證明周人姜嫄廟爲禖宫之義，在周不在魯也。清浄，《釋文》作「清静」。《説文》：「侐，静也。」《傳》釋「實實」爲「廣大」，末章「松桷有舄」，「舄，大皃」，義同。釋「枚枚」爲「礱密」，謂礱且密也。《春秋·莊二十四年》：「春，刻桓宫桷。」《穀梁傳》云：「禮，天子之桷，斲之，礱之，加密石焉。諸侯之桷，斲之，礱之。大夫，斲之。士，斲本。」《國語》及《書大傳》竝有此文。閟宫爲先妣廟，在周，故《傳》就天子廟桷言之也。《釋文》引《韓詩》：「枚枚，閑暇無人之皃。」蓋韓必連「實實」作訓，以狀其常閉，與毛義異。○《大明》傳云：「回，違也。」上帝，天也。《傳》探下文釋「依」爲依姜嫄之子孫，子謂后稷，孫謂大王以下至僖公。《生民》云：「上帝不寧，居然生子。」又云：「上帝居歆，以迄于今。」即其義也。彌，終也。不遲，言易也。○《七月》傳：「後孰曰重，先孰曰穋。」凡黍、稷、菽、麥皆有先後穜孰之異，經於黍、稷言重穋，菽、麥言稙穉；《傳》又於重穋言孰，義箸於《七月》。而此稙穉言先穜後穜，皆互詞以見者也。《釋文》引《韓詩》：「稙，長稼也。穉，幼稼也。」汪遠孫云：「先穜即長，後穜即幼。毛、韓似異而實同。『穜』作『種』，非。」俾，《釋文》作「卑」，云：「下皆同。」《箋》云：「秬，黑黍也。」案既有黍，又有黑黍，猶《内則》飯既有黍，又有白黍。白黍以別於上黍之爲黃黍也。黑黍以別於上黍之爲白黍也。黃黍者，穈也，穄也。《爾雅》：「業，緒也。」緒、業轉相訓。纘，繼也。「纘禹之緒」，言禹有平治水土之業，后稷繼而起教民稼穡也。

后稷之孫，實維大王。居岐之陽，實始翦商。【傳】翦，齊也。**至于文武，纘大王之緒。致天之屆，于牧之野。無貳無虞，上帝臨女。**【傳】虞，誤也。**敦商之旅，克咸厥功。王曰叔父，建爾元子，俾侯于魯。大啓爾宇，爲周室輔。**【傳】王，成王也。元，首；宇，居也。【疏】「翦，齊」，《爾雅·釋言》文。《小宛》傳：「齊，正也。」翦爲齊，齊又爲正，此一義引申例也。實始正商者，言大王自豳徙居岐陽，克匡戎狄，以守衛中國，即其正商室之事，是大王之緒也。至于文王受命已後，武王受命已前，皆「纘大王之緒」也。《爾雅》：「翦，齊也。翦，勤也。」二訓竝釋《詩》。毛《傳》本「翦，齊」立訓，「齊」義可兼「勤」義也。《箋》及《周禮》「翦氏」注「翦商」爲斷商，《説文》作「戩商」爲滅商，許、鄭本三家《詩》。○《節南山》、《蕩》傳：「屆，極也。」《箋》：「屆，殛也。」古極、殛通。「致天之屆」，猶云「致天之罰」耳。此已下始言武王滅商之事。無貳，義見《大明》篇。虞，讀與「誤」同。無虞，言無敢過誤也。「敦商之旅」，猶云「裒荆之旅」也。《殷武》傳：「裒，聚也。」《行葦》傳：「敦，聚皃。」敦、裒同義。咸，讀爲「咸劉厥敵」之「咸」。《書述聞》云：「咸者，滅絶之名。《説文》：『伐，絶也。讀若咸。』『咸』與『減』古字通。文十七年《左傳》曰：『克減侯宣多。』謂滅絶也。」案詩「克咸」與《左傳》「克減」同。克，勝也。減，亦滅絶也。「克減厥功」，即《武》所謂「勝殷遏劉，耆定爾功」也。《箋》云：「伐紂，周公又與焉，故述之以美大魯。」○《箋》云：「叔父，謂周公也。」周公爲成王之叔父，故王爲成王也。「元，首」，《釋詁》文。元，大也。首子，猶大子矣。魯公伯禽爲周公首子，凡、蔣、邢、茅、胙、祭皆餘子。「宇，居」，《緜》、《桑柔》同。定四年《左傳》：「子魚曰：『昔武王克商，成王定之，選建明德，以藩屏周。故周公相王室，以尹天下，於周爲睦。因商奄之民，命以伯禽而封於少皞之虚。』」案少皞之虚爲武王初封之地。後成王踐奄，益之以商奄，於是魯大啓其居。奄、龜、蒙、荒、大東爲周室輔也。

乃命魯公，俾侯于東，錫之山川，土田附庸。周公之孫，莊公之子，龍旂承祀，六轡耳耳。春秋匪解，享祀不忒。【傳】周公之孫，莊公之子，謂僖公也。耳耳然至盛也。**皇皇后帝，皇祖后稷。**

【疏】侯，侯伯也。錫之，成王錫之山川、土田、附庸，皆成王之命魯公也。《左傳》云：「分之土田陪敦。」是其事矣。周初封大國百里，其次七十里，其次五十里。周公作《周禮》，更建邦國，公方五百里，侯方四百里，伯方三百里，子方二百里，男方百里。《周禮》鄭仲師注以爲半皆附庸，而鄭康成則以爲附庸不在其中。《明堂位》：「封周公於曲阜，地方七百里。」注云：「上公之封，地方五百里，加魯以四等之附庸，方百里者二十四，并五五二十五，積四十九，開方之得七百里。」又《地官·大司徒》注云：「凡諸侯爲牧、正、帥、長，及有德者乃有附庸，爲其有祿者當取焉。公無附庸，侯附庸九同，伯附庸七同，子附庸五同，男附庸三同。進則取焉，退則歸焉。魯於周法不得有附庸，故言錫之也。地方七百里者，包附庸以大言之也。附庸二十四，言得兼此四等矣。」賈疏申之云：「凡有功進地，侯受公地附庸九同，伯受侯地附庸七同，子受伯地附庸五同，男受子地附庸三同。魯本五百里，四面各加百里，四五二十，即二十同；四角又各百里爲四同，故附庸二十四。魯兼侯、伯、子、男四等之附庸，以開方知之也。」○周公至莊公十七君，至僖公十八君，而曰「孫」者，自孫以下皆稱孫也。「龍旂承祀，六轡耳耳。春秋匪解，享祀不忒」，案此四句指廟祭言。龍旂，上公之旂畫以交龍也。魯春秋享祀，載龍旂，郊建大常。《正義》云：「《異義》

古《毛詩》説以此『龍旂承祀』爲郊祀者，自是舊説之謬。」是也。承，讀如「大糦是承」之「承」。耳耳，猶爾爾。《載驅》「垂轡爾爾」，❶《傳》：「爾爾，衆也。」「盛」與「衆」同義。《玉篇》：「緝，六轡盛皃。」緝，俗字。文二年《左傳》引《詩》，杜注云：「忒，差也。」〇「皇皇后帝，皇祖后稷」，案此二句指郊祭言。《箋》：「皇皇后帝，謂天也。」天即所郊祭之天。故《明堂位》注云：「昊天上帝，魯不祭。」《御覽·禮儀部》：「《五經異義》引賈逵説曰：『魯無圜丘方澤之祭者，周兼用六代之禮樂，魯用四代。其祭天之禮，亦宜損於周，故二至之日不祭天地也。』」賈、鄭説同。《祭法》：「周人禘嚳郊稷。」魯不禘嚳，而猶郊稷，故南郊祀天亦配后稷。其實魯郊與周郊亦不盡同。魯南郊、祈穀爲一祭，故於郊爲祀后稷，而亦祈農事，在夏正正月爲郊之正時。説詳《噫嘻》篇。

享以騂犧，是饗是宜，降福既多。【傳】騂，赤；犧，純也。**周公皇祖，亦其福女。秋而載嘗，夏而楅衡。白牡騂剛，犧尊將將。毛炰胾羹，籩豆大房，萬舞洋洋。**【傳】諸侯夏禘則不礿，秋祫則不嘗，唯天子兼之。楅衡，設牛角以楅之也。白牡，周公牲也。騂剛，魯公牲也。犧尊，有沙飾也。毛炰，豚也。胾，肉也。羹，大羹、鉶羹也。大房，半體之俎也。洋洋，衆多也。**孝孫有慶，俾爾熾而昌，俾爾壽而臧。保彼東方，魯邦是常。不虧不崩，不震不騰。三壽作朋，如岡如陵。**【傳】震，動也。騰，乘也。壽，考也。**公車千乘，朱英緑縢，二矛重弓。**【傳】大國之賦千乘。朱英，矛飾也。縢，繩也。重弓，重於鬯中也。**公徒三萬，貝冑朱綅。**【傳】貝冑，貝飾也。朱綅，以朱綅綴之。**烝徒**

❶「驅」，原作「馳」，徐子静本、《清經解續編》本同，據阮刻《毛詩正義》與本書卷八《載驅》傳疏改。

增增，戎狄是膺，荆舒是懲，則莫我敢承。【傳】增增，衆也。膺，當；承，止也。**俾爾昌而熾，俾爾壽而富。黄髮台背，壽胥與試。俾爾昌而大，俾爾耆而艾。萬有千歲，眉壽無有害。**【疏】《傳》訓「騂」、「犧」爲「赤」、「純」，《箋》云：「其牲用赤牛純色，與天子同也。」《繁露・郊事對》：「臣湯問仲舒：『魯祭周公用白牡，其郊何用？』臣仲舒對曰：『魯郊用純騂犅。周色上赤，魯以天子命郊，故以騂。』」案此與《傳》訓合。「享以騂犧」三句冡上章郊祀帝稷而言。「周公皇祖」，此倒句，猶云皇祖后稷耳。二句冡上章春秋享祀而言。下文因極陳僖公祀周公於大廟之事。《明堂位》「孟春，祀帝于郊，配以后稷」，下言「以禘禮祀周公」。《祭統》「外祭郊社」，下言「内祭大嘗禘」。詩亦先言郊祀后稷，下言禘祀周公。皆是成王康周公之禮也。《詩》與《禮記》文義正同。

○嘗，四時祭名，《天保》篇「禴祠烝嘗，于公先王」是也。經言嘗，《傳》乃云「諸侯夏禘則不礿，秋祫則不嘗，唯天子兼之」者，禘、祫亦四時祭名也。《春官・大宗伯》「以肆獻祼享先王，以饋食享先王」，鄭注云：「肆獻祼、饋食在四時之上，則是祫也，禘也。」《司尊彝》「凡四時之閒祀、追享、朝享」，鄭司農注云：「追享、朝享，謂禘祫也。在四時之閒，故曰閒祀。」此天子於四時之祭之外，兼有禘祫二祭也。何休文二年《公羊注》：「禮，天子特禘，特祫，諸侯禘則不礿，祫則不嘗。」又桓八年注：「天子四祭四薦，諸侯三祭三薦。」何解與毛義同。然則禘祫者，即《周禮》之所謂「閒祀」耳。昔儒論禘祫聚訟紛然，其實祇辨吉、時兩事而已。今即毛《傳》義而申明之。《傳》云「夏禘礿，秋祫嘗」，則禘祫時祭，非吉祭可知。凡經典多言禘，少言祫，言禘必連言嘗。《中庸》云：「明乎禘、嘗之義。」《祭統》云：「禘、嘗之義大。」又云：「魯内祭有大嘗、禘。」嘗爲四時祭之一，禘爲四時大祭之一。於夏則言禘，於秋則言嘗。言禘，知禘爲四時大祭；亦言嘗，知禘乃四時之一祭也。祫唯見於《公羊》、《穀梁》及《曾子問》，大抵皆吉祫，非時祫。然《公羊傳》云：「五年而再殷祭。」韋玄成、何休、鄭玄皆以爲一祫一禘。此蓋於吉祫之後，新主入親廟行其常祀而言之，是四時有祫矣。《漢書》匡衡告謝廟毁云：「天子間歲而祫。」謂時祫也。則知謂有禘無祫，與禘祫一祭二名。以時祭而混入於吉祭之説者，皆非也。《傳》云諸侯禘祫不礿嘗，天子禘祫又礿嘗，則禘祫非四時常祭可知。《藝文類聚》、《初學記》、《太平御覽》竝引《五經異義》：「三歲一祫，此周禮也。五歲一禘，疑先王之禮也。」文疑有誤奪，當云：「三歲一祫，五歲一禘，此周禮也。三歲一禘，疑先王之禮也。」三歲一禘，吉祭也，百王之通義，故云：「先王之禮也。」三歲一祫，五歲一禘，時祭也。夏、殷之末備，故云：「此周禮也。」當三年則祫，當五年則禘，較時祭爲大也。《説文》云：「春祭曰祠。」「礿，夏祭也。」「禘，諦祭也。」《周禮》曰：『五歲一禘。』」❶「祫，大合祭先祖親疏遠近也。」《周禮》曰：『三歲一祫。』」許以「祠」、「礿」、「禘」、「祫」連篆，則皆謂時祭可知。是固以《説文》爲定論矣。《説苑·脩文》篇言四時常祭之外，亦云：「三歲一祫，五年一禘。」可見西京舊説悉有師承，則知以三年喪畢之禘祫，而誤爲時祭；三年祫、五年禘本爲四時之殷祭，而又或誤爲吉祭者，又非也。《傳》云夏禘、秋祫，則禘祫定以夏秋可知。《明堂位》言季夏六月禘周公。《襍記》四月故禘在孟夏，獻子改爲孟秋行禘，故譏其失禮。此禘在孟夏之證也。孟夏禘，孟秋祫，獻子改爲孟秋禘，則廢一祫祭矣。天子諸侯之有禘必有祫，祫當在孟秋也。《通典·禘祫上》引崔靈恩説：「禘以夏者，以審諦昭穆序列尊卑。夏時陽在上，陰在下，尊卑有序，故大。次第而祭之，故禘者，諦也，第也。祫以秋者，以合聚群主。其禮最大，必秋時萬物成熟，大合而祭之。祫者，合也。」此即本毛《傳》禘屬夏、祫屬秋之義也。若吉禘、吉祫，本無定月。《周禮·鬯人》疏引賈逵、服虔説

❶「一」，原作「曰」，徐子静本、《清經解續編》本同。據經韻樓本《説文解字注》、陳昌治刻《説文解字》與本書卷三十《長發》傳疏改。

「三年終禘，遭烝嘗則行祭禮」，則與時禘時祫其禮有定時者不同。天子吉禘行於路寢大廟，《長發》是也。時禘時祫行於大祖廟，《雝》是也。諸侯特祀即吉禘，合食有吉祫及時禘時祫，悉行於大祖廟。諸侯大祖廟即大廟也。魯參用天子禮，故吉禘在新宮；其吉祫及時禘時祫皆行於路寢大廟。《詩》傳可攷也。詩言「秋而載嘗」，「載」與「再」通。載嘗者，既行秋祫，再行秋嘗也，故《傳》言「諸侯秋祫則不嘗」。禘、祫竝重，故《傳》先言「夏禘則不礿」，探下文「夏而楅衡」句而爲言也。「秋而載嘗」，知五廟皆享也。「夏而楅衡」，知大廟特禘也。則經于秋言嘗而不及祫，于夏雖不明言禘，而實行禘而又不及礿。《傳》乃補經義以申明之。衡，古「横」字。楅衡者，謂以横木偪束之。《傳》但云「設牛角」而不言横木者，文義易明耳。《説文》：「楅，以木有所逼束也。《詩》曰：『夏而楅衡。』」《地官·封人》：「凡祭祀，飾其牛牲，設其楅衡。」鄭司農注云：「楅衡，所以楅持牛也。謂夕牲時。」案鄭與許竝同毛義。祭前夕之牛必設楅衡者，即《穀梁傳》「展觓角而知傷」之意。杜子春解「楅衡」以爲「持牛令不得抵觸人」，豈是謂歟？此言祭夕飾牲，下文乃正説禘事。○文十三年《公羊傳》：「周公用白牡，魯公用騂犅。」此《傳》所本也。《説文》云：「犅，特也。」詩作「剛」，即「犅」之假借字，犅爲特。於白言牡，於騂言特，互詞也。《檀弓》：「殷人尚白，牲用白。周人尚赤，牲用騂。」鄭注云：「騂，赤類。」是白、赤皆純色。何注《公羊》謂騂犅爲赤脊之牲，則其色非純矣。案此詩上言夏禘，下言犧尊房俎及萬舞之樂，皆是康周公禮。而詩言白牡必兼言騂剛者，祀周公亦以祀魯公也。魯用天子禮樂，故魯與周可比而論之。《禮記·明堂位》言魯公祀周公於大廟，知此大廟非周公廟也。周公於時爲魯禰廟。魯公以夏禘奉禰廟主祀大廟，與周公奉文王考廟主祀清廟，其禮相同。魯之大廟猶周之清廟也。《明堂位》「大廟，天子明堂」，此明堂爲路寢明堂，即大廟之前堂也。魯大廟與天子路寢明堂同制。周制，天子親廟四，與大祖廟而五，與二祧而七。諸侯止五廟，無二祧，魯亦無二祧，而立出王廟。如二王後，周以后稷爲大祖，魯以文王爲大祖，大祖不遷不毀。周文王、武王皆爲受命之王，魯周公、魯公皆爲受封之君，亦不遷不毀。然周至懿王之世，立文王爲文世室；孝王之世，立武王爲武世室。前此未有也。《魯世家》：「周公旦，子魯公伯禽，子考公酋，弟煬公熙，子幽公宰，弟魏公濆，子厲公擢。」五世服盡，臣子一例其廟遷毀。魯自魏公之世，周公之主當遷於大廟，故即以大廟爲周公廟，不毀。厲公之世，魯公之主當遷於大廟，故即以大廟大室爲魯公廟，不毀。大廟，路寢大廟也。大室，路寢大室也。宗廟毀主，藏於廟室之西壁。周公、魯公不毀，故遂以路寢大廟爲周公廟，路寢大室爲魯公廟。此魯廟制之大凡也。不則魏、厲已後别立大廟、大室，則魯有七廟矣。不立大廟祀周公、大室祀魯公，則周、魯皆遷毀矣。大廟之祀周公，不始於遷毀之日，而實始於受封之時。但受封周公尚在親廟，因禘而升祀大廟。至當遷毀之後，則其主奉於大廟，則大廟之祀周公，在成王之時；以大廟之奉周公主，乃在魏、厲之後。《春秋經》桓二年，「納郜大鼎于大廟」，臧哀伯諫證之以「清廟茅屋，昭其儉德」，則大廟即清廟也。《穀梁傳》以爲受賂而退以事其祖，以周公爲弗受，則此大廟爲周公廟也。天子吉禘在路寢明堂，諸侯謂之特祀，在新主廟，故閔二年始僭吉禘之稱，而於莊公新廟，不於大廟。文二年，有事于大廟，僭行天子吉禘在明堂之禮，故《春秋》書「有事」，公、穀皆以爲大祫。此僭禮之失，故孔子曰：「魯之郊禘，非禮也。周公其衰矣！」亦謂周公之弗受也。周公至僖十八世，魯公至僖十七世。《明堂位》：「魯公之廟，文世室也。武公之廟，武世室也。」孔疏云：「按成六年立武宫，公羊、左氏竝譏之不宜立也。又武公之廟立在武公卒後，❶其廟不毀在成公之時。此《記》所云：『美成王褒崇魯國而已。』」云『武公之廟，武世室』者，作《記》之人，因成王褒魯，遂盛美魯家之時。

❶ 上「公」字，原作「宫」，據中國書店影印武林愛日軒刻本、徐子静本、《清經解續編》本與阮刻《禮記正義》改。

事。因武公其廟不毀，遂連文而美之，非實辭也。」奐案《記》文當作「魯公之廟，世室也」。此因周有文世室，又有武世室，故遂以武公之廟足其數。此失當成公立武宮之世，遂以改竄《明堂位》之文耳。世室，夏之明堂。重屋，殷之明堂。世室亦爲大室。《春秋》「文十三年秋，大室屋壞」，《左傳》杜預注云：「大室，大廟之室。」孔疏云：「《左氏》先師賈、服等皆以爲大廟之室也。」《漢書・五行志中》：「《春秋經》：『大事于大廟，躋釐公。』《左氏》説曰：『大廟，周公之廟，饗有禮義者也。』釐雖愍之庶兄，嘗爲愍臣，臣子一例不得在愍上。又未三年而吉禘，前後亂賢父聖祖之大禮。故是歲自十二月不雨，至于秋七月。後年，若是者三，而大室屋壞矣。前堂曰大廟，中央曰大室。屋，其上重屋尊高者也，象魯自是陵夷，將墮周公之祀也。」引《穀梁》、《公羊》經曰：「世室，魯公伯禽之廟也。周公稱大廟，魯公稱世室。」然則前堂大廟爲周公廟，中央大室爲魯公廟。《左氏》先師舊説信有明證矣。周公受封不之魯，魯公雖始受封，而實出自周公，故祀不偏重。周、魯之在魯，猶文、武之在周也。魯之禘、祫，周、魯合祭於大廟大室，猶文、武合祭於清廟明堂也。故曰：「魯，王禮也。」《明堂位》言禘周公，《詩》言祀周公亦祀魯公，皆所以頌僖公能修廟祀之禮。迨僖公子文公不於大廟聽朔，浸致大室屋壞，魯公廟壞，則周公之廟亦因之而不修。故孔子録僖公詩有以也。此因詩言合祭周、魯，而因詳證魯國廟祭之制如此。又案襄十二年《左傳》：「凡諸侯之喪，同姓於宗廟，同宗於祖廟。魯爲諸姬，臨於周廟；爲邢、凡、蔣、茅、胙、祭，臨於周公之廟。」杜預注云：「宗廟，所出王之廟。祖廟，始封君之廟。周廟，文王廟。周公之廟，即祖廟也。」杜元凱注甚見明晰。文王爲魯大祖，故廟爲宗廟，此即《王制》昭穆之大祖廟也。周公爲魯始封之祖，故廟爲祖廟。祖廟，周公大廟，此即《月令》左右个之大廟也。《周禮》：「天府掌祖廟之守藏。凡國之玉鎮、大寶器，藏焉。若有大祭、大喪，則出而陳之。既事，藏之。」鄭司農即引《顧命》「王崩，陳寶於西序、東序、西房、東房」行事之見於經者以爲證。又與《左傳》「納部大鼎於大廟，臧哀伯諫置賂器」者合。是周大廟亦稱祖廟矣。解之者往往於昭穆及左右个兩制不明，則大祖廟與大廟混而合之，宗廟與路寢併而同之，是不可以不辨。路寢，詳見下。〇犧、沙聲同。沙，讀爲娑，假借字也。《傳》云「有沙飾」，疑「沙」下奪「羽」字。《正義》云：「此《傳》言犧尊有沙羽飾。」是《正義》本有「羽」。《明堂位》「尊用犧、象、山罍」，注：「犧尊，以沙羽爲畫飾。」鄭同毛説，亦有「羽」，皆可證。《周禮・司尊彝》：「春祠、夏禴，其朝踐用兩獻尊。」鄭司農注云：「獻，讀爲犧。犧尊，飾以翡翠。」翡翠即羽也。《鄭志》：「張逸問曰：『犧，讀如沙。沙，鳳皇也。不解鳳皇何以爲沙？』荅曰：『刻畫鳳皇之象於尊，其形婆娑然。或有作「獻」字者，齊人之聲誤耳。』」《禮器》「犧尊」疏、「布鼏」疏引鄭云：「畫尊作鳳羽婆娑然，故謂娑尊也。」案此鄭注即《鄭志》沙爲鳳皇。其實沙爲羽之狀，非必謂鳳皇也。《禮記述聞》引《莊子・天地》篇「百年之木，破爲犧尊」、《淮南子・俶真》篇「百圍之木，斬而爲犧尊」，則犧尊木質，而畫以沙羽爲飾。阮諶以爲牛飾，王肅以爲牛形，悉爲臆説。《執競》傳云：「將將，集也。」集猶合作也。犧尊，朝踐之尊，始祭而合作之將將然也。王肅「將將」訓「美盛」，失之。炰，當作「炮」，《釋文》：「蒲包反。」與《六月》、《韓奕》之「炰」音「甫九反」者别也。《瓠葉》傳：「毛曰炮。」單言炮，連言毛炮。《傳》云「豚」者，《封人》「歌舞牲及毛炮之豚」，《傳》所本也。鄭注云：「毛炮豚者，爓去其毛而炮之。」《周禮》作「炮」，不誤。《禮運》「捭豚」注：「捭肉加於燒石之上。」鄭讀「捭」爲「擘」。《鹽鐵論・散不足》篇亦云：「古者焷豚以相饗。」「焷」與「捭」同。祭用毛炮豚，即上古捭豚之遺意也。《曲禮》「左殽右胾」，殽爲豆實，則胾爲籩實。《鄉射・記》：「薦，脯用籩，五膱，祭半膱，横于上。」「古文『膱』爲『胾』。」是胾在籩也。《天官・籩人》朝事之籩有膴，加籩有膴。《説文》：「胾，大臠也。」大臠即膴也。胾，乾物；羹，濡物。胾羹猶脯醢也。《傳》謂「胾」爲「肉」，肉，乾肉也。「羹」爲「大羹、鉶羹」者，《亨人》「祭祀，共大羹、鉶羹」，《傳》所本也。大羹實於瓦豆，説見《生民》篇。

《爾雅》：「肉謂之羹。」《廣雅》：「羹謂之湆。」則羹者，肉湆之名。不加菜和爲大羹，加以菜和爲鉶羹。菜謂之芼，故又謂之鉶芼。《公食・記》：「鉶芼，牛藿、羊苦、豕薇，皆有滑。」《特牲・記》：「鉶芼用苦若薇，皆有滑，夏葵冬荁。」《采蘋》釋文引鄭注云：「鉶，三足兩耳，有蓋，和羹之器也。」《明堂位》：「俎用梡嶡。」又云：「俎，有虞氏以梡，夏后氏以嶡，殷以椇，周以房俎。」《詩》稱周器，故言「大房」；《記》稱四代之器，故言「俎有梡嶡」。《傳》云「半體之俎也」者，《周語》：「禘郊之事，則有全烝；王公立飫，則有房烝。」蓋房之言旁也。全烝，全體之俎，則房烝爲半體之俎，故《左傳》謂之體。薦天地用全，而宗廟用房也。飫即饗，饗亦行於廟也。凡宗廟舞，諸侯以羽。唯天子兼以干。《萬舞》有干有羽也。《春秋》：「宣八年夏，六月辛巳，有事于大廟。壬午，猶繹。《萬》入，去籥。」此周公廟用《萬》也。「昭十五年，二月癸酉，有事于武宮。籥入。」此群廟不用《萬》也。詩爲祀周公，故萬舞矣。《傳》云「洋洋，衆多也」者，《明堂位》：「朱干玉戚，冕而舞《大武》。皮弁素積，裼而舞《大夏》。」《祭統》：「朱干玉戚以舞《大武》，八佾以舞《大夏》。」此爲舞數衆多也。《韓詩傳》：「萬，大舞也。」〇孝，享也。孝孫，享祀之孫，謂僖公也。逸《禮》：「禘于大廟，祝稱孝子孝孫。」慶，猶福也。案此已下皆嘏辭也。「震，動」，《生民》、《時邁》同。「騰，乘」，《十月之交》同。不動，無敢動揺也。不乘，無敢乘陵也。《傳》釋「壽」爲「考」，三考，義未聞。疑「考」乃「老」之誤。張衡《東京賦》：「降至尊以訓恭，送迎拜乎三壽。」薛綜注云：「三壽，三老也。」又《新序・襍事五》：「《詩》曰：『壽胥與試。』美用老人之言以安國也。」下章「壽」，三家《詩》釋爲「老」，則與此「三壽」爲「三老」義同。《箋》云：「三壽，三卿也。」應是申成毛訓。《椒聊》傳：「朋，比也。」古比方、比合不分上去聲。「三壽作朋」，意謂君與臣合德也。〇「公車千乘」，此賦兵之車數也。《司馬法》有二說：一説云：「九夫爲井，四井爲邑，四邑爲丘。丘十六井，有戎馬一匹，牛三頭，是曰匹馬丘牛。四丘爲甸，甸六十四井。出長轂一乘，馬四匹，牛十二頭，甲士三人，步卒七十二人，戈楯具備，謂之乘馬。」一說云：「六尺爲步，步百爲畝，畝百爲夫，夫三爲屋，屋三爲井，井十爲通。通爲匹馬，三十家，士一人，徒二人。通十爲成，成百井，三百家，革車一乘，士十人，徒二十人。十成爲終，終千井，三千家，革車十乘，士百人，徒二百人。十終爲同，同方百里，萬井，三萬家，革車百乘，士千人，徒二千人。」案前一說甸出一乘，因是而推，則四甸爲縣，出十乘；四縣爲都，出百乘。後一說成出一乘，終出十乘，同出百乘，與《漢書·刑法志》同。何休宣十五年《公羊》注：「十井共出兵車一乘。」包咸《論語·學而》注：「方里爲井，十井爲乘。百里之國，適千乘也。」是爲一乘起十井，一同出千乘。而不知周初大國百里賦止百乘，其後益封方五百里，於是大國車千乘矣。《論語》「道千乘之國」，謂成國也。井、邑、丘、甸、縣、都出賦法，通、成、終、同出軍法。說者混爲一制，非也。千乘亦有二說：一說以一乘七十五人計之，千乘當有七萬五千人。一說以一乘三十人計之，千乘當有三萬人。出軍之千乘與出賦之千乘本自不同。如以出軍當出賦，則千乘三萬人，僅充二軍爲次國，不足充三軍爲大國。《傳》云「大國之賦千乘」，賦，出賦也。《楚語》：「國馬足以行軍，公馬足以稱賦。」此軍與賦不同術也。魯所出之賦千乘，人數當餘羨於三軍，不當退減爲二軍，致不合大國三軍之號，理甚明也。「昭八年秋，蒐于紅」，《左傳》：「自根牟至于商、衛，革車千乘。」此謂魯蒐軍實也。《明堂位》：「成王封，地方七百里，革車千乘。」此謂魯車大數也。皆出賦而非出軍，固有此七萬五千人之多也。《禮記·坊記》「制國不過千乘」，《疏》引《五經異義》云：「公車千乘，謂大總計地出軍也。公徒三萬，謂鄉遂兵數也。」許叔重說得之矣。《傳》云「朱英，矛飾」者，探下句「二矛」爲訓。《清人》「二矛重英」，《傳》：「重英，矛有英飾也。」彼言英，此言朱英，則英飾謂朱也。飾縣毛羽，其色朱。《正義》謂絲纏而朱染之，非是。「縢，繩」，《小戎》同。緑縢，弓飾也。弓納諸韔而繩之，緑，其飾也。二矛，詳《清人》篇。重弓，二弓。云「重於鬯中」者，即《小戎》篇所謂「交韔」也。鬯，讀與

「韔」同。○「公徒三萬」，此出師之軍數也。徒，即《司馬法》「徒二人」、「徒二十人」、「徒二百人」、「徒二千人」也。鄭《箋》以三萬爲三軍。《正義》引《鄭志·荅臨碩》謂此爲二軍。有此兩解。案三萬二軍，是也。詩意先言賦，後言軍，千乘爲賦，三萬爲軍，故重弓言備豫之事，而貝冑言從戎之飾，文義顯然。蓋家、賦、軍、徒四事實用遞減之法。甸六十四井，通上、中、下地。率之定受田二百八十八家，計可任者二家五人，凡七百二十人，出長轂一乘，甲士三人，步卒七十二人。是於家任之人定賦，約十而用一。一乘七十五人，千乘七萬五千人，三軍三萬七千五百人。是於賦乘之人定軍，約二而用一。二軍二萬五千人，是於軍興起徒，約三而用二。故古者比年簡徒，三年簡車，臨陳行師亦復選徒治兵。《周禮》：「天子六鄉、六軍，六卿掌之。大國三鄉、三軍，三卿掌之。次國二鄉、二軍，二卿掌之。小國一鄉、一軍，一卿掌之。」此定軍之制也。出師不必盡行，故大國三軍三卿，其一卿一軍留守，二卿二軍出征伐。襄十一年《公羊傳》云：「三軍者何？三卿也。作三軍，何以書？譏。何譏爾？古者上卿、下卿、上士、下士。」《繁露·爵國》篇云：「諸侯大國四軍。」此謂卿爲帥，士爲佐，故有四軍之號。其實諸侯大國止有二軍耳。《穀梁》「作三軍」，《傳》云：「古者天子六師，諸侯一軍。作三軍，非正也。」「昭五年，舍中軍」，《傳》云：「貴復正也。」舍中軍爲復正，《穀梁》亦謂魯當用二軍。公、穀《傳》皆就魯出師之制言之。何休隱五年《公羊傳》注云：「禮，天子六師，方伯二師，諸侯一師。」「六師」三見於《詩》。莊十六年《左傳》：「王使虢公命曲沃伯以一軍爲晉侯。」此諸侯一軍之證也。《詩》言「公徒三萬」，此方伯二軍之證也。《齊語》：「萬人爲一軍。公帥中軍，國子高子帥二軍。」三軍三萬人，雖是變古，然亦通率方伯二軍之制爲之。《傳》云「貝飾」，謂以貝爲飾。《穆天子傳》：「朱帶貝飾三十。」與此「貝飾」同。云「以朱綅綴之」者，《說文》：「綅，綫也。」「綫，縷也。古文作『線』。」朱綅，謂以染朱之綫綴貝於冑。《正義》則誤爲綴甲也。○「增增，衆」，《爾雅·釋訓》文。郭注云：「衆，夥之貌。」《下武》、《賚》傳皆云：「應，當也。」《史記・建元以來侯者年表》引《詩》「戎狄是應」。《孟子》作「膺」，趙注：「膺，擊也。」丁公著作「應」。膺、應聲同，當、擊義同。《沔水》傳：「懲，止也。」《史記》引《詩》「荆舒是懲」。徵，古「懲」字。「承」與「懲」亦聲同，故懲謂之止，承又謂之止。《箋》云「天下無敢禦」之「禦」，亦當也、止也。案下二章頌僖公伐淮夷及荆楚，此章先追美周公伐功，與《殷武》篇述成湯時氐羌享王同其篇例。《小雅・漸漸之石》「刺幽王，戎、狄叛之，荆、舒不至」，則周初之戎、狄、荆、舒率服可知也。僖公唯從齊伐荆，若戎、狄與舒，未嘗有事。孔仲達疑不能明，要誤於鄭謂夸美僖公耳。《孟子・滕文公》篇引此詩，而釋之云：「周公方且膺之。」又云：「是周公所膺也。」此其明證矣。舊分章自「享以騂犧」以下三十八句爲一章，章首從祀帝祀稷説起，因而享祀大廟，備陳魯以天子禮祀周公，工祝致告於僖公作嘏。下又極陳兵賦之大，征伐之美，工祝又致神之意，再作嘏。此皆在廟中美周公，不頌僖公也。觀舊分章，知古説之不可易。○「萬有千歲，眉壽無有害」，皆嘏孝孫之辭。《少牢禮》工祝嘏主人之辭：「眉壽萬年，勿替引之。」亦此意也。

泰山巖巖，魯邦所詹。奄有龜蒙，遂荒大東，至于海邦，淮夷來同。【傳】詹，至也。龜，山也。蒙，山也。荒，有也。**莫不率從，魯侯之功。**【疏】泰，當作「大」。《釋文》作「大山」，《韓詩外傳》、《説苑・襍言》篇引《詩》作「大山」。《説文》：「岱，大山也。」巖巖，當作「嚴嚴」。《節南山》傳：「嚴嚴，積石皃。」大山，積石之最高大者也。「詹，至」，《采緑》同。至者，言所至境也。魯邦在大山之陽。詹，《韓詩外傳》、《説苑》作「瞻」。《風俗通義・山澤》篇、《初學記・地部》引《詩》皆作「瞻」，義異。《續漢書・郡國志》：「泰山郡博有龜山。」《水經・汶水》注：「龜山在博縣北一十五里。昔夫子望山懷操，故《琴操》有《龜山操》焉。山北即龜陰之田，《春秋》『定公十年，齊人來歸龜陰之田』是也。」案今山東泰安府新泰縣西南有龜山。哀十七年《左傳》「公會齊侯，盟于蒙」，杜注云：「故蒙陰城。」《漢書・地理志》：「泰山郡蒙陰，《禹貢》蒙山在西南。顓臾國在蒙山下。」然則《論語》之東蒙即蒙山矣。今蒙陰縣在山東沂州府。○《傳》云「荒，有」者，「荒」與「憮」通。《爾雅》：「憮，有也。」郭注引《詩》作「憮」。葉鈔《釋文》引《韓詩》作「巟，至也」，《箋》「荒，奄也」，義竝相近。大東，魯東境。海邦，即魯東境之極邊。《左傳》：「管敬仲曰：『齊大公所履，東至于海。』」猶此意也。服淮夷，詳《泮水》篇。《箋》云：「魯侯，謂僖公。」

保有鳧繹，遂荒徐宅，至于海邦。淮夷蠻貊，及彼南夷，莫不率從。【傳】鳧，山也。繹，山也。宅，居也。淮夷蠻貊，蠻貊而夷行也。南夷，荆楚也。**莫敢不諾，魯侯是若。**【傳】若，順也。【疏】鳧山在今鄒縣西南。《漢書・地理志》：「魯國騶，故邾國。繹山在北。」案邾，魯附庸國，故繹山在魯宇也。邾，後改爲鄒，或作「騶」。繹，俗作「嶧」，與《禹貢》嶧陽爲葛嶧山者不同。繹山在今山東兖州府鄒縣東南。徐，讀爲𨛜。《說文》：「魯東有𨛜城。」段注云：「《周禮・雍氏》注：『伯禽以王師征徐戎。』劉本『徐』作『𨛜』。《魯世家》：『頃公十九年，楚伐我，取徐州。』徐廣曰：『徐州在魯東。』是楚所取之徐州即𨛜地。《書序》曰：『徐夷竝興，東郊不闢。』徐蓋𨛜也。」案此即徐、𨛜聲通之義矣。「宅，居」，《皇矣》同。徐宅，𨛜戎之舊居。○《傳》文「淮夷」下各本奪「蠻貊」二字，今補。《江漢》傳云：「淮夷，東國，在淮浦而夷行也。」以釋經之「夷」字。此《傳》云「淮夷蠻貊，蠻貊而夷行也」，以釋經之「夷蠻貊」三字。今轉寫者不知經文複句之例，因謂「蠻貊」重文，删去二字，以致文義不明。淮上之國不與華同，故庠之曰夷。淮夷在魯東南，故更以「南蠻」、「東貉」評之也。《傳》云「南夷，荆楚也」者，楚亦夷也，居中國之南方。《鄭志・荅趙商》云：「楚交中國而近南夷，末世夷行，故謂之夷也。」《殷武》傳：「荆楚，荆州之楚國也。」僖四年《春秋經》：「公會齊侯，伐楚，次于陘。楚屈完來盟于師，盟于召陵。八月，公至自伐楚。」

此僖公伐荆楚事也。「若，順」，《烝民》同。順，讀《國語》「諸侯稱順焉」之「順」。

天錫公純嘏，眉壽保魯。居常與許，復周公之宇。【傳】常、許，魯南鄙、西鄙。**魯侯燕喜，令妻壽母。宜大夫庶士，邦國是有。既多受祉，黄髮兒齒。**【疏】純、嘏，皆大也。眉壽，言常也。《卷阿》云：「純嘏爾常矣。」常，魯南鄙。《箋》云：「常，或作『嘗』。在薛之旁。《春秋》『魯莊公三十一年，築臺于薛』是與？周公有嘗邑，所由未聞也。六國時，齊有孟嘗君食邑於薛。」杜預《左傳注》云：「薛，魯地。」《史記·越世家》：「願齊之試兵南陽莒地，以聚常、郯之境。」《索隱》云：「常，蓋田文所封邑。」案今山東兖州府滕縣東南有薛城，周滕國在今滕縣西南，而薛城又在今滕縣東南，常邑近薛，是爲魯之南境也。《齊語》：「齊桓公反魯侵地棠、潛。」《管子·小匡》篇「棠」作「常」。不審即《魯頌》之常，抑《春秋》之棠歟？許，魯西鄙。《箋》云：「許，許田也，魯朝宿之邑。」《括地志》：「許田，在許州許昌縣，南四十里有魯城，周公廟在城中。」案今河南許州中隔陳、衛，成王營雒邑時以爲周朝宿邑。許田在魯之西，而周公朝宿在焉。是即魯之西境也。鄭與魯易假許田在隱、桓之世，則許田久屬於鄭。疑魯南鄙之常自莊、閔而後或又屬於齊，故頌僖公復故宇，乃就故宇極邊邑言之耳。孔仲達謂僖公得許田而《春秋》闕漏，恐不然矣。《傳》以常、許爲魯南鄙、西鄙，鄭不得明文，遂以許爲許田，而又推本薛旁之嘗即《詩》之常邑，皆以申《傳》。而仲達爲易《傳》，亦非。《晏子·襍上》篇：「景公伐魯傅、許，得東門無澤。」是魯有許邑矣。然齊在魯東北，不應起師伐魯西邑，與許爲西鄙不合。《緜》傳云：「宇，居也。」○《箋》云：「燕，燕飲也。令，善也。僖公燕飲於内寢則善其妻，壽其母，謂爲之祝慶也。與群臣燕則欲與之相宜，亦祝慶也。是有，猶常有也。兒齒，亦壽徵。」案兒，古「齯」字。《爾雅》云：「黄髮、齯齒，壽也。」

徂徠之松，新甫之柏，是斷是度，是尋是尺，松桷有舄。【傳】徂徠，山也。新甫，山也。八尺曰尋。桷，榱也。舄，大貌。**路寢孔碩，新廟奕奕。**【傳】路寢，正寢也。新廟，閔公廟也。**奚斯所作，孔曼且碩，萬民是若。**【傳】有大夫公子奚斯者作是廟也。曼，長也。【疏】徠，唐石經作「來」。《水經·汶水》注：「汶水西南流逕徂徠山西，山多松柏，《詩》所謂『徂徠之松』也。《鄒山記》曰：『徂徠山在梁父、奉高、博三縣界，亦曰尤徠之山。』」案徂徠山在今泰安府東南，新甫山在今新泰縣西北，漢武帝改稱宫山。度，古「剫」字。「八尺曰尋」，《説文》云：「周制，寸、尺、咫、尋、常、仞諸度量，皆以人之體爲法。」「尋，度人之兩臂爲尋，八尺也。」《爾雅·釋宫》：「桷謂之榱。」《傳》所本也。《説文》云：「桷，榱也。椽方曰桷。」「周謂之榱，齊魯謂之桷。」舄者，「庰」之假借字。《禹貢》「海濱廣庰」，《夏本紀》、《地理志》皆作「廣舄」，此舄、庰聲通之證也。《説文》：「庰，卻屋也。」段注云：「卻屋者，謂開拓其屋，使廣也。俗作『厈』、作『斥』。《文選·魏都賦》注引《蒼頡篇》云：『庰，大也。』」○《傳》云「路寢，正寢也」，《殷武》傳亦云：「寢，路寢也。」兩詩皆於篇末亟言修治路寢之事。劉向《説苑·修文》篇：「《春秋》曰：『壬申，公薨于高寢。』《傳》曰：『高寢者何？正寢也。』曷爲或言高寢，或言路寢？曰：諸侯正寢三，一曰高寢，二曰左路寢，三曰右路寢。高寢者，始封君之寢也。二路寢者，繼體君之寢也。其二何？曰：子不居父之寢，故二寢。繼體君世世不可居高祖之寢，故有高寢。名曰高也，路寢其立奈何？高寢立中，路寢左右。』《春秋》曰：『天王入于成周。』《傳》曰：『成周者何？東周也。』然則天子之寢奈何？曰：亦三。承明繼體守文之君之寢，曰左右承明路寢。謂之承明何？曰：承乎明堂之後者也。故天子諸侯三寢立而名實正，父子之義章，尊卑之事别，大小之德異矣。」案此《春秋》魯定公十五年之《傳》也。路寢，十二室之總稱。其路寢之中即大廟，始封君之主在焉，故謂之始封君之寢。繼體之君疾病薨喪，不在此也。左居東，即青陽大廟，故謂之左路寢。右居西，即總章大廟，故謂之右路寢。前南堂爲明堂，承乎明堂之後，故路寢又謂之承明。魯與周同制，此必積古舊説。路寢居宮之中央，右社稷而左宗廟，故經言路寢必連及新廟也。劉向《別録》：「社稷宗廟在路寢之西。」又云：「左明堂辟雝，右宗廟社稷。」何休注桓二年《公羊傳》云：「質家右宗廟，上親親。文家右社稷，尚尊尊。」然則劉子政所言蓋殷制也。殷宗廟在路寢之西，周宗廟在路寢之東，則宗廟在路門内路寢之左，此其義證。故《魯語》云：「合神事於内朝。」是也。上公九命，國家宮室以九爲節，城方九里，宮方九百步。三乘之得三百步者九，與天子宮城之制同。前有門朝，後有寢市，各三百步者三。路寢制如明堂，方三百步，其左右亦各三百步，五廟竝列可容也。《夏官》：「隸僕掌五寢之埽除糞洒之事。」鄭注：「五寢，五廟之寢也。《詩》云『寢廟繹繹』，相連貌也。前曰廟，後曰寢。」《吕覽·季春紀》及《淮南子·時則》篇「薦鮪于寢廟」，高注：「前曰廟，後曰寢。《詩》云『寢廟奕奕』，言相連也。」《獨斷》云：「《頌》曰『寢廟奕奕』，言相連也。」案凡五廟之制，前廟後寢。《毛詩》「新廟奕奕」，三家《詩》作「寢廟繹繹」。奕奕，高大；繹繹，相連。作「奕奕」者，據毛以改三家也。《毛詩》作「新廟」，《傳》云「閔公廟」，與《穀梁傳》新宮爲禰宮者同。以僖公爲閔公後而連及之，特舉五寢廟之一耳，與三家《詩》實無異也。唯鄭《箋》以爲姜嫄廟。○《傳》文「有大夫公子奚斯者」，上奪複句經文「奚斯所作」四字，當依《小箋》補正。奚斯，公子奚斯，即魯大夫公子魚也。《傳》中「廟」字，《小箋》改從「詩」字。「奚斯所作」，「所」字不上屬。所作，猶作誦、作詩，與《節南山》、《巷伯》、《嵩高》、《烝民》末章文法皆同。《文選·兩都賦》「奚斯頌魯」，李注引《韓詩》薛君章句曰：「是詩公子奚斯所作也。」毛與韓不異。偃師武虛谷援楊子《法言》、《後漢書·曹褒傳》、《班固傳》及諸石刻之文《度尚碑》、《大尉劉寬碑》、《綏民校尉熊君碑》、《費汎碑》、《楊震碑》、《沛相楊統碑》、《曹全碑》、《張遷表》一一可證。説詳段氏《經韻樓集》。案段説是也。鄭意《魯頌》四篇皆史克所作，故解「奚斯所作」爲監作新廟，與毛、韓異。不知史克作《駉》，奚斯作《閟宮》。史克見《左傳》，在文公十八年。至宣公世尚存，見於《國語》。奚斯見於閔公二年，故文公二年《傳》已引《閟宮》之詩，則奚斯作《閟宮》必在史克作《駉》之前，此其顯證矣。《嵩高》「其詩孔碩，其風肆好」，《傳》云：「肆，長也。」曼、肆訓同。《文選》王褒《四子講德論》注引《韓詩》薛君章句亦云：「曼，長也。」

詩毛氏傳疏卷三十

那詁訓傳弟三十　毛詩商頌

《那》五篇，十六章，百五十四句。【疏】《那》五篇皆商詩。堯之時，契封於商，湯有天下，仍舊號焉。今陝西商州是其地。魯大師有《商頌》，故孔子得録之也。

《那》一章，二十二句。

《那》，祀成湯也。微子至于戴公，其閒禮樂廢壞，有正考甫者，得《商頌》十二篇於周之大師，以《那》爲首。【疏】成湯功成，作《大濩》之樂。繼世子孫祀其先祖，作此樂歌也。《國語》閔馬父之言曰：「昔正考父校商之名《頌》十二篇於周大師，以《那》爲首。」是爲子夏作《序》之源流也。《左傳》稱正考父佐戴、武、宣，則正考父爲戴公時大夫。戴公當周宣王時。宣王中興，修禮樂，正考父得以考校而録《商頌》十二篇。自幽王之末，六代禮樂又遭廢壞。孔子録《詩》僅得五篇，附諸《周頌》之末，所以學殷存宋，備三統之文，仍大師之舊，而非自孔子刪之也。《史記·宋世家》：「襄公之時，其大夫正考父美之，故追道契、湯、高宗殷所以興，作《商頌》。」《集解》云：「《韓詩章句》亦美襄公。」司馬貞駮之矣。古甫、父通。

猗與那與，置我鞉鼓。【傳】猗，歎辭。那，多也。鞉鼓，樂之所成也。夏后氏足鼓，殷人置鼓，周人縣鼓。**奏鼓簡簡，衎我烈祖。湯孫奏假，綏我思成。**【傳】衎，樂也。烈祖，湯有功烈之祖也。假，大也。**鞉鼓淵淵，嘒嘒管聲。既和且平，依我磬聲。**【傳】嘒嘒然和也。平，正平也。依，倚也。磬，聲之清者也，以象萬物之成。周尚臭，殷尚聲。**於赫湯孫，穆穆厥聲。庸鼓有斁，萬舞有奕。**【傳】於赫湯孫，盛矣湯爲人子孫也。大鐘曰庸。斁斁然盛也，奕奕然閑也。**我有嘉客，亦不夷懌。自古在昔，先民有作。温恭朝夕，執事有恪。**【傳】夷，説也。先王稱之曰自古，古曰在昔，昔曰先民。有作，有所作也。恪，敬也。**顧予烝嘗，湯孫之將。**【疏】猗、於一聲之轉。歎謂之於，下加一言則曰於乎，亦歎謂之猗，下加一言則曰猗與。猗、於爲歎詞，與、乎皆語詞。歎，美歎也。辭，當作「詞」。「那，多」，《桑扈》同。云「多」者，美歎成湯多武功以定天下也。《周禮》：「戰功曰多。」鞉鼓節下管之樂，《書》云「下管鞉鼓」，其義證也。詩於章首言鞉鼓，下文又言「鞉鼓淵淵，嘒嘒管聲」，是鞉鼓節樂，故《傳》云：「樂之所成也。」足鼓，今《禮記》誤倒，《正義》及《有瞽》正義引皆不誤。置鼓，《禮記》作「楹鼓」，《繁露》作「程鼓」。程、楹古聲同。《詩》作「置」，《傳》依經字言也。置之爲言樹也。《禮記注》：「楹謂之柱，貫中上出也。」是「置」與「楹」同義也。《箋》：「置，讀曰植。」《禮記注》及《廣雅》曹憲注引《詩》作「植」。《毛詩》作「置」，或三家《詩》作「植」。夏足、殷置、周縣，《傳》引《禮記·明堂位》文以明三代鞉鼓之制。有虞氏有鞉鼓，其制未聞也。《有瞽》傳云：「縣鼓，周鼓也。鞉，鞉鼓也。」周人以鞉鼓爲縣鼓。此詩言殷制，鞉鼓爲置鼓，殷改夏之足鼓，周又改殷之置鼓。然《儀禮·大射儀》設建鼓，周亦未嘗不用置鼓。所易爲縣者，唯鞉鼓耳。鄭解詩鞉與鼓爲二，直謂殷人之鼓皆置，而周人之鼓皆縣，毛《傳》、《禮記》皆不合。篇中兩言鞉鼓，兩言鼓，鼓即四面建鼓也。《執競》傳云：「簡簡，大也。」四面建鼓閒作，其聲大也。「衎，樂」，《南有嘉魚》同。烈，功烈也。詩祀成湯，故烈祖爲湯有功烈之祖，是《傳》明以「烈祖」指湯。《正義》則云「美湯之先公」，誤也。烈祖爲湯，湯孫爲湯後世之孫。湯孫猶孝孫也。「假」訓「大」。綏，安；成，平也。言湯孫奏此《大濩》之樂以樂我烈祖，安享我大平之福也。思，語詞。案此節言陳樂奏樂，下文即本此而申言之。○「鞉鼓淵淵」，《説文》引作「鼗鼓鼘鼘」，《廣雅》：「鼘鼘，聲也。」《采芑》傳：「淵淵，鼓聲也。」淵淵，借字。《有駜》作「咽咽」，亦借字。管，堂下管樂也。鞉鼓淵淵然，管則嘒嘒然。和，言其應節之聲和也。管，即簜也。《大射儀》云：「簜在建鼓之閒。」又云：「乃管《新宫》三終。」鄭注：「管，謂吹簜以播《新宫》之樂。」賈疏引《禹貢》注：「簜，大竹也。諸侯下管《新宫》，天子下管《象》，於商未聞也。」「平」訓「正」，《何彼襛矣》同。今本《傳》文「正」下衍「平」字，宜删。《周語》：「聲應相保曰和，細大不踰曰平。」此即「既和且平」之義也。「依」訓「倚」。《大射儀》云：「鼗倚于頌磬西，紘。」周人縣鼗於頌磬之西，殷人當置鞉於頌磬之西。《傳》實本《禮經》爲訓也。《鼓鐘》傳：「笙磬，東方之樂。」此《傳》云：「磬，聲之清者也，以象萬物之成。」其意指頌磬爲西方象成之樂言之，而不明言西者所該，又不專指頌磬一器也。《眡瞭》：「掌播鼗，擊頌磬、笙磬。」是播鼗而笙磬亦無不應之者。天子有金奏下管之樂，金奏擊鎛，有編鐘以應之，則知下管擊磬亦有編磬以應之也。又《孟子·萬章》篇：「集大成也者，金聲而玉振之也。金聲也者，始條理也。玉振之也者，終條理也。」金爲鎛鐘，玉爲特磬。金奏鼓鎛鐘，樂之始；下管擊玉磬，樂之終。終猶成也。鄭注《中庸》云：「振，猶收也。」磬以節下管之樂，是謂之玉振。」與《詩》義亦合。《箋》云：「磬，玉磬也。玉磬尊，故異言之。」鄭謂磬爲玉磬，足以補明《傳》義矣。《考工記·梓人》：「其聲清揚而遠聞，則於磬宜。」《白虎通義·禮樂》篇：「磬者，夷則之氣也，象萬物之成也。其氣清，故曰磬。有貴賤焉，有親疎焉，有長幼焉。此三者行，然後王道得。王道得，然後萬物成。天下樂之，故樂用磬也。」竝與《傳》義同。「周尚臭，殷尚聲」，此《禮記・郊特牲》文也。《傳》引之以爲殷尚聲之證。「周尚臭」，類及之。與上文言殷置鼓而周縣鼓連及之同其例耳。蓋湯、武皆以武功定天下，天下大平，乃更制作焉。故《傳》每舉殷、周以見今古改革之大端也。《郊特牲》：「殷人尚聲，臭味未成，滌蕩其聲，樂三闋，然後出迎牲。聲音之號，所以詔告於天地之閒也。」孔疏云：「尚聲，謂先奏樂也。臭味未成，謂未殺牲也。滌蕩，謂揺動也。闋，止也。奏樂三徧止，乃迎牲入，殺之。言鬼神在天地之閒，聲是陽，故用樂之音聲號呼告於天地之閒，庶神明聞之而來，是先求陽之義也。」奂謂奏樂三止者，金奏也，升歌也，下管也。下管爲弟三節。三聲告止，然後殺牲入祭，此殷人尚聲。《繁露・質文》篇云：「先用玉聲而後烹。」〇赫爲盛，穆穆爲美，正是贊歎成湯之樂，所以終殷人尚聲之義，其閒不應及祀成湯之人。《傳》釋此「湯孫」謂「湯爲人子孫」者，言先王作樂崇德，所以克盡其爲人子孫之道，以爲後世子孫法也。《箋》易《傳》「湯孫」爲「大甲」。《正義》從王肅，以經三「湯孫」皆謂「湯爲人子孫」，以爲終篇述湯生存之事，與《序》「祀成湯」義有乖。且《烈祖》、《殷武》之「湯孫」又作何解乎？《傳》必有本而云然，不得執一端以該全經也。庸，讀爲鏞，古文假借字。庸爲大鐘，則鼓爲大鼓。《靈臺》「賁鼓維鏞」，《傳》：「賁，大鼓也。鏞，大鐘也。」義與此同。經言斁，《傳》云斁斁。《廣雅》：「驛驛，盛也。」《文選・甘泉賦》注引《韓詩章句》：「繹繹，盛貌。」斁、驛、繹竝同。盛者，謂聲樂盛也。《賓之初筵》「籥舞笙歌」，《傳》：「秉籥而舞，與笙歌相應。」此言「庸鼓有斁，萬舞有奕」，則《萬舞》與庸鼓相應矣，故特盛之也。《萬舞》以干羽，見《簡兮》傳。何注昭二十五年《公羊傳》云：「《大夏》，夏樂也。周所以舞夏樂者，王者始起，未制作之時，取先王之樂與己同者，假以風化天下。天下大同，乃自作樂。取夏樂者，與周俱文也。王者舞六樂于宗廟之中，舞先王之樂，明有法也。舞己之樂，明有制也。」案六舞唯《大武》、《大濩》爲武舞，餘先王樂爲文舞。周舞以《大武》爲己樂，以《大夏》爲先王樂。商以《大濩》爲己樂，其用先王樂或亦用《大夏》，經無明文可證也。《大濩》武舞，用干；先王樂文舞，用羽。此詩言《萬舞》之義也。經言奕，《傳》云奕奕。《墨子・非樂上》篇：「《萬舞》翼翼，章聞于天。」「翼翼」與「奕奕」同。奕奕，閑。又《采薇》傳：「翼翼，閑。」奕、翼一聲之轉，故竝有「閑」訓。閑者，謂舞容也。《傳》於《十畝之閒》「閑閑」爲「往來」、《皇矣》「閑閑」爲「動摇」，竝與舞容義近。此自「鞉鼓淵淵」至「萬舞有奕」八句，皆極陳殷樂之盛美，《有瞽》云「既備乃奏，簫管備舉，喤喤厥聲，肅雝和鳴，先祖是聽」是也。「我有嘉客」已下八句，《有瞽》云「我客戾至，永觀厥成」是也。○「夷，説」，《風雨》同。懌，亦説也。《版》傳：「懌，説也。」「亦不夷懌」，亦夷懌也。不，語助。《釋文》作「繹」。《傳》「自古」各本作「在古」，誤。《魯語》：「其輯之亂曰：『自古在昔，先民有作。温恭朝夕，執事有恪。』先聖王之傳恭，猶不敢專稱曰自古。古曰在昔，昔曰先民。」毛《傳》正用《國語》。韋注用毛《傳》作「自古」，今據以訂正。《小旻》傳亦云：「古曰在昔，昔曰先民。」云「有作，有所作也」者，作，作敬，所謂傳恭也。韋注云：「有作，言先聖人行此恭敬之道久矣，不敢言創之於己，乃云受之於先古也。」《爾雅》：「恪，敬也。」《説文》：「愙，敬也。」愙、恪古今字。○烝嘗，時祭也。將，大也，謂祀事大也。

《烈祖》一章二十二句。

《烈祖》，祀中宗也。【疏】《箋》云：「中宗，殷王大戊，湯之玄孫也。有桑穀之異，❶懼而脩德，殷道復興，

---

❶「穀」，原作「榖」，據徐子静本與阮刻《毛詩正義》改。

故表顯之，號爲中宗。」《正義》云：「《異義》：《詩》魯説，丞相匡衡以爲殷中宗，周成、宣王皆以時毁。」案匡衡學《齊詩》，則齊、魯説同。鄭注《王制》：「殷六廟，契及湯與二昭二穆。」蓋二昭二穆四親廟，與契大祖廟爲五廟。湯受命王，其廟應毁而不毁，故殷人六廟。然則中宗應毁矣。詩篇末云「顧予烝嘗」，烝嘗，時祭，及四親廟。此爲祀中宗親廟之樂歌也。

嗟嗟烈祖，有秩斯祜。申錫無疆，及爾斯所。【傳】秩，常；申，重也。**既載清酤，賚我思成。亦有和羹，既戒既平。鬷假無言，時靡有争。綏我眉壽，黄耇無疆。**【傳】酤，酒；賚，賜也。戒，至；鬷，總；假，大也。總大無言無争也。**約軧錯衡，八鸞鶬鶬。以假以享，我受命溥將。自天降康，豐年穰穰。來假來享，降福無疆。顧予烝嘗，湯孫之將。**【疏】《箋》云：「重言嗟嗟，美歎之深。」上篇《傳》「烈祖」謂「湯有功烈之祖」，則此「烈祖」同也。「秩，常」，《賓之初筵》同。《箋》云：「祜，福也。」「申」訓「重」，「重」下「也」字今補。《烈文》篇「錫兹祉福，惠我無疆」，彼《傳》言文王錫子孫以無疆之祉福，此言成湯重錫子孫以無疆之常福，文義正同。「及爾斯所」，猶云「以迄于今」也。〇《傳》訓「酤」爲「酒」。清酤，《信南山》、《旱鹿》謂之「清酒」。「既載清酤」，猶云「清酒既載」也。「賚，賜」，《爾雅·釋詁》文。成，平也。「賚我思成」冡上文「申錫」之意，言烈祖成湯賜我子孫有此大平也。《閟宫》傳云：「羹，大羹、鉶羹也。」大羹不和五味。和五味實於鉶，謂之鉶羹，則和羹爲鉶羹也。《説文》：「鬻，五味盉羹也。」引《詩》作「鬻」，小篆作「羹」。案「亦有」與「既載」對文，言既載清酒，亦有和羹也。鄭《箋》以和羹喻諸侯有和順之德。杜預注昭二十年《左傳》言中宗與賢者和齊可否，其政如羹。此皆泥於

《晏子》引《詩》釋「和羹」之義。不知《晏子》借「和羹」之「和」比況君臣之和，而詩意本無關設喻也。《爾雅》：「艐，至也。」郭音屆。《節南山》箋：「屆，至也。」艐、屆、戒三字聲義相通。《傳》訓「戒」爲「至」者，言神靈之來至也。平，和平也。「既戒既平」，猶云「神之聽之，終和且平」也。鬷，讀與「總」同，假借字也。《東門之枌》箋：「鬷，總也。」《禮記》作「奏」，鬷、奏雙聲。假，《左傳》作「嘏」。嘏者，本字；假者，假借字。《傳》既分釋之，而又總釋之云「總大無言無争也」者，言承祭之孝孫與助祭之諸侯能總集大衆，無有言語，無有争訟，美其心平而德和。《禮記·中庸》篇：「故君子不動而敬，不言而信。」引《詩》曰：「奏假無言，時靡有争。」所謂敬信者，亦是無言無争之極至矣。綏，安也。眉壽、黄耉，皆壽徵。言安我以無疆之福壽也。此自「既載清酤」至「黄耉無疆」正言祀事。〇「約軧錯衡」，詳《采芑》篇。鸞，當作「鑾」。《采芑》「瑲瑲，聲」、《庭燎》「將將，鑾鑣聲」，彼《傳》但就鑾聲言之。此《傳》「鶬鶬」就諸侯助祭言之，故云：「言文德之有聲也。」《清廟》「濟濟多士，秉文之德」，《傳》：「執文德之人。」與此「文德」同。假，讀爲嘏，故訓「大」。「以假以享」，與「我將我享」句同。將享、假享，皆謂大享。享，獻也。溥、將，皆大也。《臣工》「迄用康年」，《傳》云：「康，樂也。」《執競》傳云：「穰穰，衆也。」來享，唐石經作「饗」，誤。「來假來享」，猶云「以假以享」也。湯孫，指祀中宗者説。中宗爲湯之玄孫，則祀中宗，湯猶在親廟之列。本諸湯者，猶章首稱「烈祖」之意云爾。

《玄鳥》一章二十二句。

《玄鳥》，祀高宗也。【疏】《箋》云：「祀，當爲『祫』。祫，合也。高宗，殷王武丁，中宗玄孫之孫也。有雊雉之異，又懼而脩德，殷道復興，故亦表顯之，號爲高宗云。崩而始合祭於契之廟，歌是詩焉。古者君喪，三年既畢，禘於其廟，而後祫祭於大祖廟。明年春，禘于群廟。自此之後，五年而載殷祭。❶一禘一祫，《春秋》謂之大事。」案鄭《箋》未祫祭先禘廟，《釋文》以爲此是「後本」，與《禘祫志》不同者，固以「後本」爲定論矣。《周禮·鬯人》疏亦以練後遷廟而祭新主解始禘，引《穀梁傳》「于練焉壞廟」爲證。又何注閔二年《公羊傳》云：「禘之于新宮。」然則鄭蓋自用其師説耳。《士虞·記》：「死三日而殯，三月而葬，遂卒哭。將旦而祔，則薦。卒辭曰：『哀子某，來日某，隮祔爾于爾皇祖某甫，尚饗。』明日，以其班祔，曰：『適爾皇祖某甫，以隮祔爾孫某甫，尚饗。』」士於未祔設祭禮亦然也。此《箋》本諸侯禘祫以爲言也。諸侯三年喪畢，特祀新主，《春秋》僭稱之爲禘。禘而後祫，於大祖入親廟而行時祫時禘，與五廟同。天子三年喪畢，大禘於路寢大廟，猶諸侯特祀新宮，唯典較重大耳。禘畢而祫，與諸侯同。鄭意《殷武》祀高宗，爲專祀親廟之詩；《玄鳥》祀高宗，爲祫祭大祖廟之詩，故遂改《序》「祀」字當爲「祫」字。

天命玄鳥，降而生商。【傳】玄鳥，鳦也。春分，玄鳥降。湯之先祖有娀氏女簡狄，配高辛氏帝，帝率與之祈于郊禖而生契，故本其爲天所命以玄鳥至而生焉。**宅殷土芒芒，古帝命武湯，正域彼四方。方命厥后，奄有九有。**【傳】芒芒，大貌。正，長；域，有也。九有，九州也。**商之先后，受命不殆，在武丁孫子。武丁孫子，武王靡不勝。**【傳】武丁，高宗也。勝，任也。**龍旂十乘，大糦是承。邦**

❶「載」，徐子静本、《清經解續編》本同。阮刻《毛詩正義》作「再」。

畿千里，維民所止，肇域彼四海。【傳】畿，疆也。**四海來假，來假祁祁。景員維河，殷受命咸宜，百禄是何。**【傳】景，大；員，均；何，任也。【疏】玄鳥，一名鳦，又名燕，詳《燕燕》篇。昭十七年《左傳》：「玄鳥氏，司分者也。」《禮記·月令》：「仲春之月，玄鳥至。」《傳》云「春分，玄鳥降」以釋經「玄鳥降」之義。簡狄，帝嚳之妃，契之母也。有娀氏，簡狄母家之國名。高辛氏帝，謂帝嚳也。禖，禖宫，祈子之宫也。簡狄於玄鳥至之日因祈禖而生契，契爲湯之先祖，堯始封於商，後爲湯有天下之號。《傳》釋此以明經天命生商之義也。帝高辛率妃簡狄祈禖生契，《生民》傳言率妃姜嫄祈禖生后稷，自是一時之事。在帝高辛世已有郊禖之宫。周人立姜嫄廟爲禖宫，殷人或立簡狄廟爲禖宫也。鄭注《月令》云：「高辛氏之世，玄鳥遺卵，娀簡吞之而生契，後世以爲媒官嘉祥，❶而立其祠焉。」據此，則禖宫始於殷世矣。鄭注《禮記》與《毛詩傳》不同。至箋《詩》亦不言郊禖生契，其意亦不從《毛詩傳》也。《續漢書·禮儀志》注引《月令章句》：「玄鳥感陽而至，其來主爲孚乳蕃滋，故重其至日，因以用事契母簡狄。蓋以玄鳥至日，有事高禖而生契焉。故《詩》曰：『天命玄鳥，降而生商。』」此與毛義合。○《閟宫》傳：「宅，居也。」《書序》云：「自契至于成湯八遷。」成湯始遷居亳，其後盤庚五遷，治亳之殷地，即成湯舊居；武丁徂亳，亦從成湯舊居。詩爲祭武丁而作，故推本乎天命生商之始，必以居殷土而言之也。襄四年《左傳》「芒芒禹迹，畫爲九州」，杜注云：「芒芒，遠貌。」「大」與「遠」義相近。古，自古也。武湯爲古，則武丁爲今也。帝，天也。「正」訓「長」，長猶常也。《説文》或、域一字。或謂之有，域亦謂之有也。殷土，邦畿内；四方，邦畿外。

---

❶「世」，徐子静本、《清經解續編》本同。阮刻《禮記正義》作「王」。

「方命厥后」，方，四方；后，君也。言天於四方乃命武湯爲天下君也。奄有，猶荒有也。《文選》潘勖《册魏公九錫文》注引《韓詩》「奄有九域」，《薛君章句》云：「九域，九州也。」此「九有」即爲「九域」之假字矣。《爾雅·釋地》：「兩河閒曰冀州，河南曰豫州，河西曰雝州，漢南曰荆州，江南曰楊州，濟河閒曰兖州，濟東曰徐州，燕曰幽州，齊曰營州。」孫炎、郭璞竝謂此蓋殷九州之制。○王肅謂先后爲成湯，是也。鄭讀「殆」爲「懈怠」，王訓「危殆」則非也。《序》就廟號稱高宗，詩人祫祀作歌，稱武丁。殷尚質，或以名也。此已下皆歌高宗之德。「在武丁孫子」，猶云「在孫子武丁」，倒句之以就韻耳。王肅用《那》傳釋「湯孫，善爲人子孫」以釋此經，謂美高宗武丁善爲人之子孫，其述毛是。而《箋》則以爲武丁之孫子，恐非《傳》義。《爾雅》：「勝，克也。」「任」與「克」義同。《説文》：「任，保也。」案篇中曰武湯、曰后、曰先后、曰武王，皆謂湯也。《長發》傳：「武王，湯也。」於此篇「武王」不傳者，以上言「武湯」，則此「武王」爲湯易明矣。「商之先后，受命不殆，在武丁孫子」，言商湯受天命無有懈怠，以傳至武丁孫子也。「武丁孫子，武王靡不勝」，言武丁爲湯之孫子，於武湯王天下之業，亦無不保任之也。經上三句從湯下及高宗，下二句又從高宗上及湯，皆所以頌高宗之能繼湯而受命也。「靡不勝」與「不殆」同義。《箋》以勝爲勝伐，而以武王爲高宗之孫子有武功、有王德於天下者。但詩頌高宗，不應專美其子孫，《箋》非《傳》義。《正義》云：「此武丁爲人之子孫，能行其先祖武德之王道，威德盛大，無所不勝任之。」孔亦當用王肅説。王以武王指湯，是也。《覲禮》：「侯氏載龍旂。」十乘，元戎十乘也。《説文》：「饎，或作『糦』。」《特牲饋食禮》注：「古文『饎』作『糦』。」《天保》、《泂酌》傳皆云：「饎，酒食也。」《釋文》引《韓詩》云：「大糦，大祭也。」鄭改《序》文「祀」爲「祫」，其本《韓詩》歟？○《説文》云：「畿，天子千里地。以逮近言之，則言畿。」《周禮·大司馬》「九畿」，「故書『畿』爲『近』」。鄭司農注云：「近，當言畿。」畿、近聲之轉。《王制》「千里之内曰甸」，是古者以千里之内曰甸，亦曰畿也。

《傳》訓「畿」爲「疆」，言王畿之疆界也。千里，以開方而言之也。「肇域彼四海」，肇，始；域，有也。王肅云：「殷道衰，四夷來侵。至高宗，然後始復以四海爲境域也。」《爾雅》云：「九夷、八狄、七戎、六蠻，謂之四海。」此殷之四海也。《箋》云：「假，至也。」祁祁，衆多也。「景」與「京」通。京爲大，故景亦爲大也。員，讀爲圓。《説文》：「圓，圜全也。讀若員。」《管子》有《地員》篇，地員即土均。《周禮・庾人》「正校人員選」，員選即均齊，是員爲均也。《傳》釋「景員」爲「大均」，與《長發》「幅隕」爲「廣均」訓雖同，而意實異。《長發》廣均承上文「禹敷下土方」而言，此大均承上文「四海來假，來假祁祁」而言。蓋高宗都景亳，在冀州域内，三面距河，故詩人言四海之朝貢來至于河者，乃大均也。《禹貢》「楊州錫貢沿于江海」，《夏本紀》、《地理志》皆云：「錫貢均江海。」馬融本亦作「均」，云：「均，平也。」馬治古文《尚書》，則今、古文皆作「均」矣。《詩》、《書》義同。咸宜，言皆合義也。古宜、義通用。隱三年《左傳》：「君子曰：『宋宣公可謂知人矣。立穆公，其子饗之，命以義夫。《商頌》曰：「殷受命咸宜，百禄是何。」』」是「宜」爲「義」也。又昭七年，子産曰：「古人有言曰：『其父析薪，其子弗克負何。』施將懼不能任其先人之禄，其況能任大國之賜？」案《傳》訓「何」爲「任」，正本《左傳》。何，俗作「荷」。

《長發》七章，一章八句，四章章七句，一章九句，一章六句。

《長發》，大禘也。【疏】大禘，吉禘也。殷人無二祧，其時禘於大祖廟，而又居四時時享之一。於其禘也，不謂之大。天子、諸侯崩薨皆在路寢，其栗主亦在路寢。三年喪終之祭，諸侯謂之特祀，天子謂之大禘。禘畢而祫於大祖廟，天子諸侯皆謂之大祫。殷人以契爲大祖，未於大祖廟行大祫禮，先特祀新主於路寢大廟，此即終王之吉禘也。於其禘也，較時禘爲大。《序》云「大禘」，則非時禘矣。《周語》「終王」，韋昭注云：「終，謂終世也。」《漢書·韋玄成傳》：「劉歆議曰：『大禘則終王，德盛而游廣，親親之殺也。彌遠則彌尊，故禘爲重矣。』」《御覽·禮儀部》引《五經異義》：「古《春秋左氏》說：古者禘及郊宗石室。」《通典·禮九·禘祫上》晉博士徐禪引許慎舊說：「終者，謂孝子三年喪終，則禘於大廟以致新死者也。」《說文》云：「禘，諦祭也。《周禮》曰：『五歲一禘。』」又云：「祏，宗廟主也。《周禮》有郊宗石室。」案五歲禘爲時禘，三歲禘爲喪終之禘。宗廟主藏於大廟之室。禘、郊、祖、宗四者皆配天大祭，則迎其主，設奠於圜丘南郊明堂，若喪終之禘，即於路寢大廟出主而陳之以合食。時禘止及毁廟，大禘則及禘郊祖宗。晉裴樞云：「是爲郊宗之上，復有石室之祖。虞、夏、殷、周皆如是也。」《曾子問》：「老聃曰：『天子崩，國君薨，則祝取群廟之主而藏諸祖廟，禮也。卒哭成事，而后主各反其廟。』」此即《王制》所謂「喪三年，不祭。唯祭天地、社稷，爲越紼而行事」也。天子、諸侯崩薨，親廟之主皆藏諸祖廟。天子七月而葬，九月卒哭。三年喪畢，乃出陳之天子祖廟即路寢大廟也。是親廟偏禘於大廟矣。《通典》引逸《禮》曰：「禘于大廟，毁廟之主升合食。」是毁廟亦行禘於大廟矣。《春秋》：「文二年八月丁卯，大事于大廟，躋僖公。」魯行大祫不於大祖廟，而於大廟，是僭天子路寢大禘之禮。然亦可見天子大禘自在路寢也。《汲郡紀年》：「康王三年，定樂歌，吉禘于先王。」此謂成王三年喪終吉禘。成王崩，喪皆行於路寢，《書·顧命》篇有明文可證。喪畢之禘，當亦在路寢。后稷、文、武之主毁廟未毁廟皆於路寢合食，故統言之曰先王。又《春秋傳》：「僖七年冬，閏月，惠王崩。九年夏，王使宰孔賜齊侯胙，曰：『天子有事于文、武。』」此謂惠王三年喪終吉禘。周人大禘禘文、武。明堂者，大廟之前堂也；大室者，大廟之中央室也，文、武栗主在焉，故曰「有事於文武」也。知周即知殷矣。《箋》云：「大禘，郊祭天也。《禮記》曰：『王者禘其祖之所自出，以其祖配之。』是謂也。」鄭意以周況殷。契爲殷之大祖，南郊以契配天，猶稷爲周之大祖，南郊以稷配天，故遂以此大禘爲南郊祀契之詩。但《周禮・內司服》賈疏引《白虎通義》：「《周官》：『祭天，后夫人不與。』」而詩首章先言有娀。《盤庚》言大享功臣從祀，鄭注：「大享，謂烝嘗。」而郊天無功臣從享之文。乃詩末章并及伊尹，似皆不合。元和惠棟《禘說》定爲吉禘成湯之詩。❶ 奐竊謂殷人以成湯爲受命之王，五世當遷，其主納於路寢大廟，而即以爲成湯專廟，故後王新主行大禘禮，必以成湯爲禘主，猶之周人後王新主亦以文、武爲禘主，周固因於殷也。故篇中述湯受命功德綦詳，或亦祀高宗之詩，上篇爲大祫，而此篇爲大禘歟？而詩又何不一及高宗也？《禮》無明文，宜從蓋闕之例。

濬哲維商，長發其祥。洪水芒芒，禹敷下土方。外大國是疆，幅隕既長。【傳】濬，深；洪，大也。諸夏爲外。幅，廣也。隕，均也。**有娀方將，帝立子生商。**【傳】有娀，契母也。將，大也。契生商也。【疏】「濬，深」，《爾雅・釋言》文。《傳》「濬，深」下當有「也」字。長，猶常也。「洪，大」，《釋詁》文。《玄鳥》傳：「芒芒，大皃。」芒芒，猶湯湯也。方，四方。外，邦畿之外。《傳》云「諸夏爲外」者，禹有天下曰夏，故畿內爲夏，畿外爲諸夏也。《說文》：「幅，布帛廣也。」引申之，凡廣皆曰幅。《玄鳥》傳：「員，均也。」隕、員，皆「圓」之假借字。《箋》云：「隕，當作『圓』。圓，謂周也。」《越語》「廣運百里」，「廣運」即「廣均」之義。「幅隕既長」，言其疆之廣大均平而又能久長也。○《傳》釋經有娀爲契母，則子爲契。帝，高辛氏帝嚳也。「將」訓「大」，謂長大也。契母有娀氏女簡狄長大，配高辛氏帝，生子契，佐禹有功，堯立國於商。後湯有天下，仍其始封之舊號，故云「有

❶ 上「禘」字，原作「諦」，據中國書店影印武林愛日軒刻本、徐子静本改。

娀方將，帝立子生商」也。殷人禘嚳、大禘，禘主皆合食。祭天，后夫人不與。大禘，則先妣有娀當亦合食。《史記·殷本紀》云：「桀敗於有娀之虚。」蓋桀都河南，有娀與桀都相去當不甚遠。《淮南子·墜形》篇：「有娀在不周之北。」高誘注云：「娀，讀如『嵩高』之『嵩』。」案嵩高山在河南，於聲求義，高説自得諸師讀。張守節謂有娀當在蒲州北，此由桀都安邑之説而誤。鄭注《書·堯典》云：「商國在大華之陽。」《括地志》云：「商州東八十里商洛縣，本商邑。古之商國帝嚳之子契所封也。」司馬貞以爲商即相土所居商丘，亦誤。

玄王桓撥，受小國是達，受大國是達。率履不越，遂視既發。【傳】玄王，契也。桓，大；撥，治；履，禮也。**相土烈烈，海外有截。**【傳】相土，契孫也。烈烈，威也。【疏】《國語·周語》：「玄王勤商，十有四世而興。」《魯語》：「自玄王以及主癸，莫若湯。」《荀子·成相篇》：「契玄王，生昭明。居于砥石，遷于商，十有四世，乃有天乙是成湯。」是玄王爲契矣。高注《淮南》、賈注《國語》竝同。《漢書·禮樂志》以契玄王爲二人。《白虎通義·瑞贄》篇引《詩》以玄王爲湯，皆非也。桓楹即大楹，桓圭爲大圭，是「桓」有「大」訓。《説文》、《廣雅》竝詁「撥」爲「治」，與《傳》同。《釋文》：「撥，《韓詩》作『發』。發，明也。」大治，大明，毛、韓意同。時契爲堯司徒，居二伯之職，故小大之國，皆其總領也。達，通也。「履，禮」，《東方之日》同。《漢書·宣帝紀》、《蕭望之傳》、《説苑·復恩》篇引《詩》，皆作「禮」。禮，本字；履，假借字。率禮不越，率，用也，言用禮立教而不踰越也。「遂視既發」，發，行也，言巡視述職已行其教也。《孟子·滕文公》篇云：「使契爲司徒，教以人倫，父子有親，君臣有義，夫婦有別，長幼有序，朋友有信。放勳曰：『勞之來之，匡之直之，輔之翼之，使自得之，又從而振德之。』」其此詩之謂與？殷人郊契大禘，郊主亦合食。○《殷本紀》：「契卒，子昭明立。昭明卒，子相土立。」襄九年《左傳》：「陶唐氏火正閼伯居商丘，相土因之。」杜注云：「相土，契孫，商之祖。」《漢書·五行志》謂「相土，商祖，契之曾孫」，非也。「烈烈，威」，《釋訓》文。《常武》傳云：「截，治也。」《箋》云：「截，整齊也。相土居夏后之世，承契之業，入爲王官之伯，出長諸侯，其威武之盛烈烈然，四海之外率服，截爾整齊。」案相土，殷之祧祖也。大禘，祧祖皆合食。

帝命不違，至于湯齊。【傳】至湯與天心齊。**湯降不遲，聖敬日躋。昭假遲遲，上帝是祗。帝命式于九圍。**【傳】不遲，言疾也。躋，升也。九圍，九州也。【疏】帝，天也。違，回也。不違，無回德也。《車攻》傳：「同，齊也。」則齊亦同也。云「至湯與天心齊」者，言天命無回德之心，至於湯乃同於天。是湯有王天下之德也。《禮記·孔子閒居》引《詩》，鄭注讀「湯齊」爲「湯躋」。躋，升也，湯升爲君。此三家義。○不遲，即疾之意。《晉語》：「《商頌》曰：『湯降不遲，聖敬日躋。』降，有禮之謂也。」《箋》云：「湯之下士尊賢甚疾。」與《國語》解「湯降不遲」句合。《傳》意亦然也。《傳》訓「躋」爲「升」者，《文選·閒居賦》注引《韓詩》云：「言湯聖敬之道上聞於天。」韋昭《國語注》同。《大戴禮·衛將軍文子》篇亦云：「湯恭以恕，是以日躋也。」竝與《毛詩》訓合。《禮記注》「日躋」作「日齊」。齊，莊也。或本三家義。《雲漢》傳：「假，至也。」「昭假遲遲」，言湯之明明德於天下者至遲遲也。王肅述毛訓「假」爲「至」，是也。遲遲以言不疾也。《箋》云：「遲遲然，言急於己而緩於人。」《禮記注》云：「至于民遲遲然安和。」此三家義，未審毛義然不也。○祗，敬也。「上帝是祗」，言敬是上帝也。九圍，猶九域也。《傳》云「九州」，説見《玄鳥》篇。式，法也。「帝命式于九圍」，言上帝命湯王天下，爲九州所觀法。

受小球大球，爲下國綴旒，何天之休。【傳】球，玉；綴，表；旒，章也。**不競不絿，不剛不柔，敷政優優，百禄是遒。**【傳】絿，急也。優優，和也。遒，聚也。【疏】《傳》文「球玉」二字疑依《箋》改竄。《釋文》：「球，美玉也。」《書・禹貢》注及《禮記・玉藻》注皆云：「球，美玉也。」美玉謂之球，故小球、大球爲小玉、大玉。小共、大共爲所執搢小球、大球，鄭義非毛訓也。古《毛詩》當作「捄」，後人或依鄭讀改作「球」耳。《廣雅》：「拱、捄，法也。」王引之《述聞》以爲三家《詩》義。奂謂《毛詩》亦皆訓爲「法」。法有小大，猶政有小大。承上文「式于九圍」而言。《傳》訓「共」爲「法」，義箸下章，則上章同義不傳，此其例。古綴、表同義連文。《曾子制言中》篇：「言爲文章，行爲表綴於天下。」《晏子・外篇》：「行表綴之數。」《吕覽・不屈》篇：「或操表掇以善晞望，❶若施者，其操表掇者也。」「掇」與「綴」通。此皆「綴」爲「表」之義。《正義》云「『綴，表』，未聞」，疎矣。《玉篇・田部》引《詩》作「畷流」云：「畷，表也。本亦作『綴』。」葉鈔本《釋文》作「綴流」。古旒、旌旒本作「流」。流所以章物，故引申之即有「章明」之義，章亦表也。《抑》「維民之章」，《傳》：「章，表也。」《荀子・臣道篇》：「《傳》曰：『斬而齊，枉而順，不同而壹。』《詩》曰：『受小球大球，爲下國綴旒。』此之謂也。」荀謂斬焉枉焉不同焉而齊之而順之而壹之，此即章明法度之謂也。毛爲荀之弟子，故《傳》訓多依師説。鄭《箋》訓「綴」爲「結旒」，取喻於旌旗：「與諸侯會同，結定其心，如旌旗之旒綴箸於縿。」鄭注《郊特牲》引《詩》作「畷郵」，孔疏云：「言成湯施布仁政，爲下國諸侯在畷民之處所，使不離散。」解《詩》各依字作訓，義本三家。〇《玄鳥》傳云：「何，任也。」競，彊也。彊，彊梁也。《説文》：「絿，急也。」本《傳》訓。急，急疾也。「敷」與「布」通。「優優，和」，《爾雅・釋訓》文。成二年《左傳》引：「《詩》曰：『布政優優，百禄是遒。』子實不優而弃百禄，諸侯何害焉？」又昭二十年引：「《詩》曰：『布政優優，百禄是遒。』和之至也。」《説文》：「憂，和之行也。《詩》曰：『布政憂憂。』」案古憂愁作「𢝊」，優和作「憂」。許據《詩》

❶「晞」，徐子静本、《清經解續編》本同。《諸子集成》本《吕氏春秋》、許維遹《吕氏春秋集釋》竝作「睎」。

作「憂憂」，本字；作「優優」，假借字。《廣雅》：「憂憂，行也。」蓋本三家。遒，讀爲揫。《說文》引《詩》作「揫」，云：「束也。」《爾雅》：「揫，聚也。」揫即揫。《破斧》箋：「遒，斂也。」斂亦聚也。《說文》又云：「揂，聚也。」遒、揂同。

受小共大共，爲下國駿厖，何天之龍。【傳】共，法；駿，大；厖，厚；龍，和也。**敷奏其勇，不震不動，不戁不竦，百禄是總。**【傳】戁，恐；竦，懼也。【疏】《書序》「《九共》九篇」，馬融注云：「共，法也。」與《傳》訓同。高誘注《淮南子·本經》篇云：「蛩，讀《詩》『受小拱』之『拱』。」則詩「共」字古本或作「拱」。「駿」訓「大」，大猶廣也。《爾雅》：「厖，大也。」《詩正義》引：「厖，厚也。」或所見本異也。《說文》：「厖，石大也。」「厖」有「大」義，厚亦大也。綴旒、駿厖皆二字平列同義。《傳》訓爲表章、大厚，義竝相近。表章者，言法度章明；大厚者，言章明之法度又能篤厚而行之也。《荀子·榮辱篇》：「先王案爲之制禮義以分之，使有貴賤之等，長幼之差，知賢愚能不能之分，皆使人載其事，而各得其宜，然後使慤禄多少厚薄之稱。是夫群居和一之道也。故曰：『斬而齊，枉而順，不同而一。』《詩》曰：『受小共大共，爲下國駿蒙。』此之謂也。」《大戴禮·衛將軍文子》篇引《詩》作「恂蒙」，竝字異義同。○「龍，和」，《酌》同。「和」與上章「休」同意。《箋》易《傳》作「寵」。吴江潘眉云：「『不震不動，不戁不竦』二句當在『敷奏其勇』之上，與上章一律。」案《家語·弟子行》篇引《詩》「不戁不悚，敷奏其勇」，是王肅本不誤，此亦一證。《大戴禮》「龍」作「寵」，句有誤奪，疑出後人改之也。《釋文》：「敷，本作『傅』。」《大戴禮》作「傅」。敷、傅聲同。震，亦動也。「不震不動」，言不震作動摇也。《爾雅》：「戁，竦懼也。」《說文》戁、竦，皆敬也。戁謂之敬，又謂之恐；竦謂之敬，又謂之懼。恐亦懼也。「不戁不竦」，不恐懼也。總，亦聚也。《釋文》：「總，本又作『鬷』。」《烈祖》傳：「鬷，總也。」

武王載旆，有虔秉鉞。如火烈烈，則莫我敢曷。【傳】武王，湯也。旆，旗也。虔，固；曷，害也。

苞有三蘖，莫遂莫達，九有有截，韋顧既伐，昆吾夏桀。【傳】苞，本；蘖，餘也。有韋國者，有顧國者，有昆吾國者。【疏】《殷本紀》：「於是湯曰：『吾甚武，號曰武王。』」是武王爲湯也。「旆，旗」，經、《傳》疑皆誤。旆，當作「伐」，如《詩·六月》「帛茷」、《左傳》「綪茷」、《爾雅》「繼旐曰茷」，今字皆改作「旆」，則此詩「旆」字本作「伐」。「伐」誤爲「茷」，又改爲「旆」耳。《荀子·議兵篇》引《詩》作「武王載發」，影元鈔本《韓詩外傳》亦作「發」。《説文》、《玉篇》作「坺」。「發」、「坺」皆「伐」之假借字。今本經誤作「旆」，因又於《傳》文增「旆旗也」三字。不知「繼旐曰旆」，《傳》義見於《六月》。旗爲九旗統稱，不得以繼旐之旆獨擅旗名，明矣。《釋文》於「旆」下不云「旗也」，或唐初毛《傳》尚不誤。《箋》云「於是有武功，有王德，及興師出伐」，鄭所據《毛詩》作「伐」。今《箋》「興師出伐」上亦誤衍「建旆」二字矣。「虔，固」，《韓奕》同，謂其用兵之固也。「曷，害」，《菀柳》同。《荀子》及《漢書·刑法志》引《詩》作「遏」，「遏」與「曷」同。《淮南子·覽冥》篇：「武王左操黄鉞，右秉白旄，瞋目而撝之，曰：『余任天下，誰敢害吾意者？』」與《傳》「害」訓同。○「苞，本」，指夏桀。劉德注《漢書·敘傳》引《詩》作「包有三枿」。《爾雅》：「枿，餘也。」「枿」與「蘖」同。餘者，讀爲「杞夏餘」之「餘」。三蘖，指韋、顧、昆吾三國。《釋文》引《韓詩》云：「蘖，絶也。」毛、韓訓異而意同。「莫遂莫達」，不遂達也。《大明》「天位殷適，使不挾四方」，《傳》：「挾，達也。」義與此同。《玄鳥》傳云：「九有，九州也。」截，治也。「九有九截」，言湯征伐以治九州也。《晉書·樂志》「四廂樂歌，九域有截」，本《韓詩》。○韋，豕韋。襄二十四年《左傳》：「范宣子曰：『昔匄之祖在商，爲豕韋氏。』」昭二十九年《傳》：「蔡墨曰：『陶唐氏後有劉累，事夏孔甲，夏后嘉之，賜氏曰御龍，以更豕韋之後，遷於魯縣，范氏其後也。』」此豕韋爲劉累也。《鄭語》：「史伯曰：『祝融後八姓，豕韋爲商伯矣。彭姓豕韋，則商滅之矣。』」此豕韋爲彭姓也。夏初豕韋爲彭姓。孔甲以封劉累，累遷魯縣，復封彭姓。商初豕韋亦彭姓，湯伐之而繼興，故彭姓之後爲商伯。尋爲商滅，乃封劉累之子孫。自夏世累遷魯縣之後，范匄之祖在商爲豕韋氏之先，其閒豕韋皆彭姓爲君。《箋》云：「韋，豕韋，彭姓。」是也。今河南衛輝府滑縣東南五十里有廢韋城。○《鄭語》：「祝融後八姓，己姓顧。」《箋》云：「顧，己姓也。」哀二十一年《左傳》：「公及齊侯、邾子盟于顧。」即此地。今山東曹州府范縣東南有顧城。《漢書·古今人表》作「鼓」。○《鄭語》：「昆吾爲夏伯，己姓昆吾。」顧、昆吾同姓也。昆吾國，即衛帝丘，帝顓頊之虛。夏后相亦居茲乎？在相爲寒浞子澆所滅，而少康邑諸綸。是衛本相都。夏道既衰，昆吾作伯，當在相滅之後。昆吾居衛亦必當在相滅之後，則昆吾居衛在後，而居許乃在先也。昭十二年《左傳》：「楚之皇祖伯父昆吾，舊許是宅。」服注云：「昆吾曾居許地。」是也。或謂昆吾遷許在封衛後，至湯伐時，昆吾在許，誤也。今直隸大名府開州州治是其地。○《書序》：「伊尹相湯伐桀，升自陑，遂與桀戰于鳴條之野。湯既勝夏，欲遷其社，不可。夏師敗績，湯遂從之，遂伐三朡，俘厥寶玉。湯歸自夏，至于大坰。湯既黜夏命，復歸于亳。」孔《傳》以爲桀都安邑，後儒皆依孔說。臣瓚注《漢書·地理志》云：「吴起對魏武侯曰：『昔夏桀之居，左河濟，右大華，伊闕在其南，羊腸在其北。』河南城爲值之。又《周書·度邑》篇曰：『武王問大公曰：「吾將因有夏之居，南望過于三塗，北瞻望于有河。」』有夏之居，即河南是也。」近儒金鶚考《水經》伊水過伊闕，中至洛陽縣南，北入於洛，洛水東過洛陽縣南，又東北過鞏縣東，又北入于河。《國語》「伊洛竭而夏亡」，則桀時事也。以爲桀都在今河南府洛陽縣之一證。奂案夏、商之際，昆吾最强盛，顧在其東，豕韋在其西，俱在漢東郡界内連屬密邇。湯伐韋、顧，鋤其與黨，而昆吾已成孤國之形，斷非望西南而征許州也。湯爲諸侯時居南亳，即今河南歸德府附郭商邱縣地。《書疏》載或説陳留平邱縣有鳴條亭，即今河南開封府陳留縣地。洛陽在商邱之西北，必徑陳留。陳留當即古桀都之西郊也。湯自商邱舉師，桀必自洛陽出兵相迎，故於陳留交戰。《書序》云「戰于鳴條之野」，猶武王與紂戰于坶之野耳。《夏本紀》以爲桀走鳴條，非實録也。湯雖戰勝，桀國未亡，故《序》云「遷社，不可」也。桀因敗績，西走定陶。定陶，故三朡國，故《序》云「湯從之伐三朡」也。開州在定陶北，擊㮄相聞，昆吾與桀遂同日滅也。于是夏桀已亡，湯歸商邱即天子位，故《序》云「湯歸自夏，復亳」也。此因言桀都洛陽，而於湯伐情形可攷之如此。

昔在中葉，有震且業。【傳】葉，世也。業，危也。**允也天子，降予卿士。實維阿衡，實左右商王。**【傳】阿衡，伊尹也。左右，助也。【疏】葉從枼聲，枼從世聲，故葉、世同訓。震，動也。業，猶業業，《雲漢》傳：「業業，危也。」義與此同。中世，湯之前世也。《殷武》正義云：「《孟子》云：『湯以七十里。』契爲上公，當爲大國，過百里。湯之前世，有君衰弱，土地減削，故至於湯時止有七十里耳。」案此即中世震危之義也。○經、傳多言伊尹，少言阿衡，故《傳》以「伊尹」釋「阿衡」也。《説文》「伊」下云：「殷聖人阿衡。」説本毛《傳》。《漢書·王莽傳》：「伊尹爲阿衡，周公爲大宰。」采伊尹、周公稱號，加公爲宰，衡位上公。此與《箋》合。阿衡爲官名，則伊尹或爲氏號矣。《殷本紀》索隱引《孫子兵書》及《墨子》、《楚辭》竝云：「伊尹名摯。」《爾雅》：「左、右，亮也。」「助」與「亮」同義。《書序》云：「召公爲保，周公爲師，相成王，爲左右。」《書大傳》云：「堯爲天子，舜爲左右。」又云：「小師，取小學之賢者登之大學，大師，取大學之賢者登之天子。天子以爲左右。」竝與詩「左右」同。《箋》云：「商王，湯也。」何休注文二年《公羊傳》云：「禘所以異於祫者，功臣皆祭也。」

《殷武》六章，三章章六句，二章章七句，一章五句。

《殷武》，祀高宗也。【疏】詩中始終敘高宗法成湯之事功，亦祀高宗之樂歌也。

撻彼殷武，奮伐荆楚。罙入其阻，裒荆之旅。【傳】撻，疾意也。殷武，殷王武丁也。荆楚，荆州之楚國也。罙，深；裒，聚也。**有截其所，湯孫之緒。**【疏】古滑泰字作「達」，讀如撻。「達」與「疾」義相近。《釋文》引《韓詩》：「撻，達也。」「撻」即「達」之假借字，毛、韓意同。高宗都亳，殷則稱殷，撻伐則稱武，故《傳》謂殷武爲殷王武丁也。云「荆楚，荆州之楚國也」者，荆，州名；楚，國名。《詩》中或稱荆，或稱荆楚，一也。莊十年《穀梁傳》：「荆者，楚也。聖人立必後至，天子弱必先叛。」僖四年《公羊傳》：「楚有王者則後服，無王者則先叛。」武丁先世荆楚叛殷，至此乃疾伐之也。○罙，即「突罙」之隷變。《説文・穴部》：「突，深也。」本毛。又《网部》「罙」下引《詩》「罙入其阻」，本三家。《箋》云：「罙，冒也。」鄭於字同毛，而義用三家。若《閟宮》字從「翦商」，訓從「戩商」之例。罙，式針反。《釋文》「面規反」，誤也。裒，即「捊」字，説見《常棣》篇。《傳》云「聚」者，有「保聚」之義。旅，衆也。《常武》傳所謂誅其君而弔其民也。所，兵所也。截，治；緒，業也。湯孫，謂武丁也。武丁爲湯之孫，故曰湯孫。首章言武丁伐業，本其意於烈祖成湯也。下文因追敘成湯之業。

維女荆楚，居國南鄉。【傳】鄉，所也。**昔有成湯，自彼氐羌。莫敢不來享，莫敢不來王，曰商是常。**【疏】居，猶其也。「鄉，所」，《采芑》同。《夏小正傳》云：「鄉者何也？鄉其居也。」是「所」與「居」同義。○上言荆楚，下言氐羌，互詞，皆謂成湯時也。《呂覽・異用》篇云：「湯見祝網者置四面，收其三面，置其一面。漢南之國聞之，曰：『湯之德及禽獸矣。』四十國歸之。」《新書・匈奴》篇亦云：「湯祝網而漢陰降。」案漢南之國即荆楚也。《漢書・匡衡傳》言成湯懷鬼方，《蕩》傳：「鬼方，遠方也。」氐羌，西方最遠之國。湯懷鬼方，則氐羌在其中矣。《漢書・五行志》：「武丁外伐鬼方，以安諸夏。」《後漢書・西羌傳》：「武丁征西戎鬼方，三年乃克。故其詩曰：『自彼氐羌，莫敢不來王。』」范曄謂《易・既濟》高宗所伐鬼方即《詩》之氐羌。李注《文選》楊雄《趙充國頌》引《世本注》云：「鬼方，於漢則先零戎。」先零亦爲西零。漢臨羌西北塞外有僊海鹽池，莽曰鹽羌，即今甘肅青海地。此鬼方爲西戎之證。《賈捐之傳》亦云：「武丁地西不過氐羌。」此就三家《詩》説。武丁亦有事於氐羌也。《海内經》、汲冢《古文》及孔晁注《逸周書・王會》篇竝謂氐、羌爲一種。唯《吕覽・義賞》篇「氐羌之民，其虜也」，高誘云：「氐與羌二種，夷民。」案高説是也。《漢書・地理志》：「金城郡臨羌、破羌。隴西郡羌道、氐道。廣漢郡甸氐道、剛氐道。蜀郡湔氐道。」又《西南夷傳》：「夜郎、滇、邛都、莋都、冉駹、白馬，皆氐類也。」蓋自秦隴之西北，北連匈奴，若今鞏昌、蘭州、臨洮、河州、岷州，皆古西羌所居。青海之羌，其一也。而秦隴之西南，南近巴蜀，若今階州以西至松潘廳，古西氐所居。羌在古雍州西北，氐在雍州西南。漢時去古未遠，其分郡縣畫然而不亂。氐種實近《禹貢》梁州之域。殷之九州并梁於雍，故《詩》以氐、羌竝言之。○《周語》云：「賓服者享，荒服者王。」時享終王，先王之制也。」商者，湯有天下之號。

天命多辟，設都于禹之績。歲事來辟，勿予禍適，稼穡匪解。【傳】辟，君；適，過也。【疏】「辟，君」，《蕩》同。《箋》云：「來辟，猶來王也。」承上章立訓。王肅讀「來辟」爲「邪辟」之「辟」，非《傳》義。○適，讀爲謫。《北門》傳：「謫，責也。」《説文》：「謫，罰也。」桓十八年《左傳》注：「謫，遣也。」義竝相近。《釋文》引《韓詩》：「適，數也。」數，當讀如《左傳》「數吴不德」之「數」。毛、韓訓相近。「適」訓「過」，禍亦過也。禍適猶譴責也。勿予譴責者，《中庸》云：「送往迎來，嘉善而矜不能，所以柔遠人也。」「稼穡匪解」，《箋》謂「敕以勸民稼穡非可解倦」。《臣工》篇諸侯助祭遣於廟，其詩云：「嗟嗟保介，維莫之春。亦又何求，如何新畬？」即此意也。

天命降監，下民有嚴。不僭不濫，不敢怠遑。命于下國，封建厥福。【傳】嚴，敬也。不僭不濫，賞不僭、刑不濫也。封，大也。【疏】《節南山》傳：「監，視也。」嚴，讀爲儼。《爾雅》：「儼，敬也。」《荀子·儒效篇》：「嚴嚴乎其能敬己也。」楊倞注：「嚴，或爲儼。」《傳》云「敬」者，言天之命在視下民，湯於是敬天之命，以施愛於下民也。○《抑》傳云：「僭，差也。」襄二十六年《左傳》：「聲子曰：『善爲國者，賞不僭而刑不濫。賞僭則懼及淫人，刑濫則懼及善人。若不幸而過，寧僭無濫。與其失善，寧其利淫。無善人，則國從之。《商頌》有之曰：「不僭不濫，不敢怠皇。命于下國，封建厥福。」此湯所以獲天福也。』」案《詩》言「不僭不濫」，《左傳》釋之以「賞不僭刑不濫」，毛《傳》正本《左傳》也。又哀五年《傳》引：「《商頌》曰：『不僭不濫，不敢怠皇。』命以多福。」《左傳》兩引《詩》皆作「怠皇」。「獲天福」、「命以多福」，皆渾括「命于下國，封建厥福」二句之辭。《後漢書·黄瓊傳》云：「《詩》詠成湯之不怠遑。」遑，俗字。「封，大」，《烈文》同。

商邑翼翼，四方之極。【傳】商邑，京師也。**赫赫厥聲，濯濯厥靈。壽考且寧，以保我後生。**

【疏】《傳》謂商邑猶周之京師。《白虎通義·京師》篇：「夏曰夏邑，殷曰商邑，周曰京師。」《説文》：「邑，國也。」商邑即商國，爲邦畿内。四方，爲邦畿外。《民勞》「惠此中國，以綏四方」，《傳》：「中國，京師也。四方，諸夏也。」文義正同。李賢《後漢書注》引《韓詩》文云：「翼翼然盛也。」左思《魏都賦》「翼翼京室」，翼翼亦盛大之義。極，中也。中，土中也。「商邑翼翼，四方之極」，言成湯都亳，宅四方之中，以箸聲靈之盛大也。《詩述聞》載《後漢書·

樊準傳》、《後魏書・甄琛傳》、《白帖》七十六兩引《韓詩》及荀悦《漢紀・元帝紀》載匡衡疏引《齊詩》竝云：「京邑翼翼，四方是則。」鄭《箋》兼用三家義。○《生民》傳：「赫，顯也。」重言曰赫赫。《文王有聲》傳：「濯，大也。」重言曰濯濯。保，安也。後生，後世所生之子孫。《漢書》匡衡疏引《詩》而釋之云：「此成湯所以建至治，保子孫，化異俗，而懷鬼方也。」案自二章至五章皆美湯之伐國都亳，末章頌高宗，與首章相應。

陟彼景山，松柏丸丸。是斷是遷，方斲是虔。松桷有梴，旅楹有閑，【傳】丸丸，易直也。遷，徙；虔，敬也。梴，長貌。旅，陳也。**寢成孔安。**【傳】寢，路寢也。【疏】《文選・洛神賦》「陵景山」，李善注稱《河南郡圖》曰：「景山在緱氏縣南七里。」攷今河南偃師縣有緱氏城，縣南二十里有景山，即此詩之景山也。昭四年《左傳》云：「商湯有景亳之命。」蓋亳，湯都名。西亳有景山，亦稱景亳。《楚語》云：「昔殷武丁能聳其德，至于神明，以入于河，自河徂亳。」湯、武丁同都河南，詩詠「陟彼景山」，此即自河而徂亳也。《説文》：「丸，圜也。」易直者，圜之意。○「遷」訓「徙」。「是斷是遷」，言斷景山松柏，遷徙之，以供材用，猶之公劉徙豳，而涉渭以取厲鍛也。「虔」與「劼」聲義相近。《傳》云「敬」者，探下文作寢立訓。《緜》「作廟翼翼」，虔爲敬，猶翼翼爲敬也。方斲是虔者，言或斷爲桷，或斲爲楹，皆持事能敬也。《白帖・松柏類》引《詩》作「埏」，段氏説「埏」即「挻」之俗字。《説文・木部》引《詩》作「梴」，淺人羼入者也。《手部》「挻，長也」正用《商頌》傳。《閟宫》傳云：「桷，榱也。」堂高數仞，則榱題數尺，故云「長皃」也。旅，讀爲臚。《賓之初筵》傳亦云：「旅，陳也。」《逸周書・作雒》篇：「乃位五宫，咸有旅楹。」孔注：「旅，列也。」「陳」與「列」同義。《明堂位》「刮楹」，鄭注：「刮，刮摩也。」刮摩猶礱密。刮楹、旅楹皆明堂之制。《文選・魏都賦》「旅楹閑列」，注引《韓詩章句》云：「閑，大也。」○《傳》釋「寢」爲「路寢」，《閟宫》傳：「路寢，正寢也。」桓譚《新論》云：「商人謂路寢爲重屋。」《漢書・五行志》云：「前堂曰大廟，中央曰大室。

屋，其上重屋，尊高者也。」《考工記》：「殷人重屋，周人明堂。」然則重屋、明堂、大廟、大室、路寢、正寢，皆異名而同實者也。殷路寢大廟爲成湯大廟，其南堂爲明堂。魯路寢大廟爲周公大廟，其南堂亦如天子明堂，故《魯頌》頌僖公營宫室必修治路寢。兩詩之義正同。大祭大饗于此，告朔行政亦于此，故蔡邕《明堂月令論》謂此爲大教之宫矣。《孔子三朝記·少閒》篇云：「成湯受天命，咸合諸侯，作八政，命于總章。服禹功，以修舜緒，爲副于天，粒食之民昭然明視。民明教通于四海，海之外肅慎。北發渠搜，氐羌來服。成湯既崩，殷德小破。二十有二世，乃有武丁即位。開先祖之府，取其明法，以爲君臣上下之節。殷民更服，近者説，遠者至，粒食之民昭然明視。」惠棟《明堂大道録》謂祖府即明堂天府，是也。案《三朝記》言武丁開祖府，《詩》言高宗築路寢，正是一事，與此篇詩意亦正脗合。孔，甚也。「寢成孔安」，言路寢既成而甚安也。近説遠至，所謂「甚安」也。

附録

釋毛詩音

序

三代同文而不同音，古韻書久亡，六書諧聲，韻書之權輿也；《詩》三百篇，韻書之經緯也。大毛公生周季，去古近，作《故訓傳》，與三百篇韻甚諧也。由韻以知音，因音以求義。奂之作爲《詩疏》也，明其義也。而《詩》音之釋，惡可已也？《詩》用古文，故多通借。《傳》義顯箸者，識之以讀字，猶漢人「讀爲」之例也。《傳》義隱略者，表之以本義字，猶漢人訓詁字代之例也。又有但取乎音，以正其讀，曰音某字、曰音如某字，此猶雙聲、疊韻之紐也。同韻而侈斂焉，音之變也。異韻而輕重焉，音之轉也。南北之殊也，古今之變也，一字而數義也，數義有數音也。執古音不兼通今音，不可與言音也；泥今音而反昧古音，不可與言《詩》也。《詩》音之釋，惡可已也？撰《毛詩音》，依《詩》「四始」分作四卷。陳奂釋。

釋毛詩音卷一

國風

周南

《關雎》關，古音「管」，今浙西人如此讀。《經典釋文》云：「雎，依字且邊隹。且，音子餘反。」奐案「字」即吕忱《字林》也。大毛公悉置《序》於衆篇之首，與韓嬰《詩序》同。后妃妃、配同。今音芳非反，同部之音變也。風之始也，所以風天下。風，凡聲。古風化、風動無二音，如下文「風，風也」、《北風》傳「虚，虚也」、《緇衣》序「善善之功」、《大叔于田》「乘乘馬」、「乘乘黄」，詁訓中多有此例，古音有正無變，又無輕、重、緩、急之異。志之鄭注《周禮·保章氏》云：「志，古文『識』。」比《釋文》：「必履反。」興平聲，沈重云：「許甑反。」雅《禮記·緇衣》引《尚書·君雅》音牙。《集韻》收魚韻。頌容。其本義作「容」，經假借作「頌」。凡經假借字，即用本義字箸明之。後放此。㓝政㓝罰从井，刑剄从开幵，今字淆亂。《麟趾》俗「止」字。《鵲巢》鵲，《説文解字》作「䧿」。是以《關雎》句。《關雎》，篇名。連下讀者，非。淑女「淑」同「俶」，今字假借作「淑」。窈窕疊韻。窈音如幺，《説文》云：「窕，讀若挑。」在河河，大河也。周南、庸、王、鄭、魏皆濱大河。《莊子》釋文云：「北人名水皆曰河。」此後代之通稱。州俗作「洲」。《方言》：「三輔謂之淤。」蓋聲讀「州」如「淤」也。逑音仇。《小雅》箋：「仇，讀曰斞。」此猶「州讀曰淤」，皆方俗之音轉。凡古諧聲多斂少侈，有同部字而與今音侈斂不同者，謂之音變；異部者，則謂之音轉。參差雙聲。參，音如「縿」，又音「人參」之「參」。差，音如「瑳」，又音「等差」之「差」。按諸聲音無不和諧。蓋文字始於語言，矢口成辭，總不離乎疊韻、雙聲者近是。荇《說文》作「莕」。展轉疊韻。展，㠭聲，隸作「展」。俗加車旁。芼覒。《說文》：「覒，擇也。讀若苗。」鍾酒鍾作「鍾」，鐘鼓作「鐘」。今經典鐘鼓字多假「鍾」爲之。樂之樂，古音「爍」，平聲。與芼韻。《溱洧》謔、藥，《揚之水》鑿、襮、沃，《晨風》櫟、駮，《南有嘉魚》罩，《正月》沼、炤、虐、殽，《隰桑》沃、板、虐、謔、蹻、耄、熇、藥、昭、懆、藐、教，《韓奕》到韻。段氏《六書音均表》云：「弟二部樂、籥、爵、綽、較、虐、謔、藥、鑿、沃、櫟、駮、的、翟、濯、翯、躍、蹻、熇、藐、削、溺等字，繹三百篇皆平聲。」《傳》鳥摯而有別《釋文》：「摯，本亦作『鷙』，音至。」案「別」音「夫婦有別」之「別」。大毛公作《傳》與經各卷，今併《傳》於經後者，從其朔也。說樂說，音悦。《毛詩》作「說」。幽閒古「嫺」字。匹配。音轉，相通。流，求。諧聲，同部。凡詁訓，每於疊韻、雙聲得之。同部疊韻也，異部雙聲也。不知音者，不可與言學。共荇菜共，古「供」字。事宗廟《周頌》釋文云：「廟，本又作『庿』，古今字也。」案庿，古文；廟，今文，謂之古今字。覺音較。

鍾鼓之樂樂，禮樂也。

《葛覃》「覃」之隸變。高注《淮南·原道》云：「潯，讀『葛覃』之『覃』。」案覃、潯皆在侵韻，漢末尚如此讀。澣濯澣，「澣」之隸變。《釋文》云：「本又作『浣』，户管反。」案《說文》澣、浣一字。濯，音如「白石濯濯」之「濯」。則可以歸句。施《傳》讀「移」。凡本義字見於《傳》者，箸明曰讀。後放此。也聲、多聲同在戈歌部。《毛詩》「施」，

《韓詩》作「延」，又作「延曼」解，入元寒，聲轉義殊矣。中谷「欲」字从此。灌櫃。喈喈諧。江有誥《詩經韻讀》云：「音飢。」《風雨》、《出車》、《卷阿》同。莫莫平、入通用。刈《釋文》作「艾」。《韓詩》云：「刈，取也。」案今本疑從韓改毛，《毛詩》皆以「艾」爲「刈」字。濩鑊。濩，假借；鑊，本義字。借本義字以明假借，若東漢人，必曰「濩，讀爲鑊」矣。凡古人用字寬緩，不知本義字，無由識其假借。詁訓有轉注，有從假借以轉注。絺希聲，讀如「黹」。綌谷聲，讀如「臄」。斁《禮記・緇衣》作「射」，爲假借。《大戴禮・投壺》命射辭，射、莫韻。汙于聲，哀都切。害曷。否段氏《毛詩傳小箋》云：「凡經典『然否』字古祇作『不』，後人改加口耳。」寧「寍」同。父母母，古音如「某」，與否韻，在十五海。今展轉音變，同一母聲，每在海韻，悔、晦在隊韻，敏在軫韻，晦、痗在厚韻。然以古諧聲諧之，則同諧聲者必同部，此古今音變之異。《傳》煩辱吴志忠云：「即『撋滒』，古字借用。」移鄭注《禮記・表記》云：「移，讀如『禾氾移』之『移』。」禾氾移，謂禾之茂盛也。覃爲延曼，則移爲茂盛。茂盛貌古祇作「皃」，後竝同。搏黍搏，音博。黄鳥啄粟，故名搏黍。《釋文》「徒端反」，非也。叢《釋文》云：「俗作『藂』，一本作『最』。」《小箋》以爲「冣」字，才句反。賣之賣，或「鬻」字。厭古祇作「猒」。紞音酖。紘綖《說文》：「紘，或作『紭』。」古音弓。綖，古祇作「延」。副褘副，讀如富，《召南》謂之被，首飾也。褘，韋聲。《周禮・内司服》注：「褘衣，謂畫翬。」釋音者遂以爲軍聲，音煇矣。此古今之音轉也。

《卷耳》卷，𢍏聲。《說文》：「𢍏，讀『書巻』。」平聲。詖《說文》：「古文以爲『頗』字。頗，偏也。」頃筐頃，古「傾」字。筐，古祇作「匡」。寘从穴。大千反。俗从宀。崔嵬《爾雅》「厜㕒」。此脂、歌音轉。《小雅・谷風》同。虺穨虺，兀聲，許偉切，音變也。穨，杜回切。崔嵬、虺穨皆疊韻。姑《說文》作「夃」，音同。罍或「櫑」字，畾亦聲。段氏《説文注》云：「畾者，『靁』之省。凡許言畾聲，皆靁省聲也。魯回切。」兕古文「𧰼」字。徐姊切。隸作「兕」。觥《釋文》作「觵」。《説文》云：「觥，俗『觵』字。」砠《説文》作「岨」。瘏《爾雅》釋文云：「《詩》作『屠』。」案「屠」或「瘏」字。吁當作「盱」，同「忓」。《傳》：「采采，事采之也。」采、事同部。苓耳苓，音如「憐」。畚《説文》：「畚，从甾，弁聲。」今音布忖切。姑，且。同部。永，長。同部。《傳》凡五見。脊音迹。玄馬病則黄當作「馬病則玄黄」。玄黄雙聲成義也。凡《傳》文錯譌字句，既詳於疏，茲不備載。

《樛木》樛、朻同。妬石聲。俗作「妒」。葛藟藟从艸。依緣於木，則字作「櫐」。郭注《中山經》：「音耒。」葛藟一艸，猶山櫐、虎藟之比。櫐平聲。「櫐絏」音上，非古也。樂只「只」與「旨」異部。凡通用假借，取諸同部者多，取諸異部者少。福古音如「逼」。履讀「禄」。其字作「履」，其意爲「禄」。同部假借，此其例也。綏妥聲。妥亦平。縈《釋文》作「帶」，即「縈」之俗。

《螽斯》螽，音「蠑」，平聲。言若《螽斯》句。《螽斯》，《詩》篇名也。奐曾在京師汪户部喜荀家見《纂圖互注課讀本》四字作句，知昔蒙師尚明句讀。詵詵音莘。振振《説文》：「謓，讀若『振』。」薨薨《廣韻》有「薨」字，此後出之字。薨薨，取其聲相似，本無其字也。《釋文》：「呼弘反。」繩繩黽聲。黽音「忙」。揖揖《書·堯典》「揖五瑞」，徐邈音「集」。蟄蟄《釋文》：「徐音直立反。」蓋讀如「什」也。徐即徐邈。《傳》：「螽斯，蚣蝑。」斯，衍字。詳疏。蚣蝑，一名舂黍，皆雙聲。

《桃夭》之所致夂聲。鰥民古「鰥」與「矜」通用。夭夭《説文》作「枖枖」。夭、枖，古今字也。灼灼焯。華郭注《爾雅》云：「今江東呼華爲荂，音敷。」郝懿行曰：「《廣雅》已有『花』字。」室家家，古音如「姑」。蕡音墳。

蓁蓁音臻。《傳》盡以爲宜《釋文》：「盡，津忍反。」則「盡」爲「藎」字矣。凡「盡心力」等字放此。

《兔罝》兔，《釋文》作「菟」，假借字。肅肅古音如「修」。肅肅、赳赳同在幽部。又兔、罝、武、夫四字同在模部。王氏念孫云：「夫聲與聲之相應，若水之從水，火之從火，其在詩之中，若風之入竅而無所不達，故古人之詩隨處可以用韻。非但用之句末，如後人作五七言之例已也。」椓《周禮》「涿壺氏」，鄭注云：「涿，擊之也。」音篤。丁丁古「朾」字，音頂。赳赳丩聲。《說文》：「讀若『鐈』。」干讀「扞」。《釋文》：「舊户旦反。」中逵《韓詩》作「馗」。馗、逵同字，音若仇。仇音求。《傳》弋俗作「杙」，《爾雅》：「樴謂之杙。」樴、弋同部。扞古「攼」字。《書·文侯之命》：「扞我于艱。」《說文》作「攼」。制斷音「是斷是度」之「斷」。

《芣苢》不、㠯同部。苢，隸作「苡」。掇都括切。捋音「捋采其劉」之「捋」。袺音結。襭《釋文》作「擷」。襭、擷一字，胡結反。《傳》非一辭《小箋》云：「辭，當作『詞』。《說文》作『䛐』。凡文辭作『辭』，凡形容及語助、發聲作『䛐』。」馬舃《說文》：「舃，篆文『䧿』字。」懷妊宋本作「任」，是。扱衽《禮記·曲禮》注：「扱，讀曰吸。」《釋文》：「初洽反。」則讀若「插」矣。

《漢廣》古廣、光通用。休思作「息」，誤。蓋「休」與「求」韻也。泳隸變作「漾」。永古「羕」字。方古「舫」字。《邶·谷風》同。翹翹堯聲。錯音「交遺」。秣末聲。蔞郭云：「力侯反。」案《禮記·檀弓下》「蔞翣」，注：「《周禮》『蔞』作『栁』。」侯、尤合也。駒一作「驕」，與「蔞」合韻。《傳》上竦音聳。泭樊光《爾雅》本作「柎」，音桴。襍也襍，集聲兼會意。

《汝墳》坋。伐「茷」字从此。條音《禹貢》「厥木惟條」之「條」。枚音微。榦曰枚，謂其枝之微弱者也。惄

《韓詩》作「愵」。叔、弱同尤幽部。調飢調，讀朝。肄蘖。遐棄《説文》：「棄，古文作『弃』。」今唯《左傳》作「弃」，讀入聲。與肄爲韻。《六書音均表》云：「第十五部古有入聲而無去聲。陸灋言定韻之前，無去不可入。至灋言定韻之後，而謹守者不知古四聲矣。」奂案段氏以爲古有平、上、入而無去，孔廣森《聲韻表》以爲有平、上、去而無入。孔就今人北音無入不去，不可以定古音也。近江有誥《唐韻四聲正》以爲古有四聲。段氏悉依六書諧聲繹之以三百篇，細意審情，則古無四聲，確不可易。魴魚魴，音旁。赬貞聲。《説文》經、赬一字。燬《釋文》云：「字書作『⿰火尾』。楚人名火曰燥，齊人曰燬，吴人曰⿰火尾。」案毀聲、尾聲皆微灰部。《傳》：「遵，循。」同部。調，朝。朝，舟聲，與周同部。燬，火。同部。火亦在灰部。

《麟之趾》麟，一作「麐」。趾，《釋文》作「止」。于嗟「于」同「吁」。定音「定之方中」之「定」，平聲。《集韻・十五青》「唐丁切」有「定」字。同姓生聲。《春秋》「蔡公，孫姓」，本作「生」。《杕杜》與菁、睘韻。

召　南

召公封召邑，猶周公封周邑也。《漢書・古今人表》：「召公，周同姓。」《白虎通義》爲文王子，不合。

《鵲巢》夫人之德夫，音扶。《考工記》：「夫人以勞諸侯。」夫人，謂后也。積行平聲，古無去。絫功絫，俗作「累」。尸鳩尸，俗作「鳲」。鳩，九聲。御訝，音如吾。與居韻。平聲。又《黍苗》御與旅、處韻，《行葦》御與斝韻，上聲。凡古人聲緩，一字數音。居，古聲亦可作上聲。不可執今音而繩古音也。《傳》秸鞠雙聲。《爾雅》「吉匊」，俗加鳥。今《爾雅》字多俗。《尸鳩》同。

《采⿱艹緐》隸作「蘩」。沼《正月》「魚在于沼」，平聲。澗《考槃》「澗」，《韓詩》作「干」。被髮。僮僮童聲。祁祁讀遲。《傳》皤蒿皤，番聲，如蕃。皤、蘇同部。音薄波反者，非古也。蒿，高聲。于，於。同部。渚，者聲，如豬。草古字作「艸」。早也早，《釋文》作「蚤」，古文假借字。

《草蟲》喓喓《説文》不録。趯趯讀躍。今湖州尚有「趯趯」之語，徒弔切。喓喓、趯趯一韻也，草、阜一韻也，蟲、螽一韻也。古人用韻之例，自不徒施於句末也，隨處有然。阜螽《釋文》：「音婦終。」案阜，「自」之隷作。沖沖《説文》：「沖，讀若『動』。」動亦平聲。降胡冬切。《釋文》云：「户江反。」此冬、江同部之理。古人聲緩，不若後世等韻。蕨厥聲。惙惙與啜同音。説説、悦古今字。薇微聲。悲非聲。夷古「侇」字，後同。《傳》常羊音倘徉，疊韻。躍音跳，平聲。蘩樊聲。衝衝童聲。作「衝」，非。覯，遇。同侯部。遇，音如偶。

《采蘋》蘋頻聲，省作「頻」。濱古作「瀕」。今《北山》亦作「濱」。《召旻》箋：「瀕，當作『濱』。」則東漢時已盛行「濱」字矣。潦尞聲。僚、燎同。筥《方言》作「篆」。《説文》：「方曰匡，圓曰篆。」聲竝同。湘鬺。式羊反。錡奇聲。《破斧》錡與吪韻。釜从金，父聲，省作釜。牖下音户，上聲。齊古「齋戒」如此作。《傳》大蓱《爾雅》音瓶。筐筐、涯古今字。亨烹，俗。亨、享皆亯字，與湘同部。芼之芼，沈音毛。

《甘棠》尚聲，如堂。蔽芾蔽，音如鼈。芾，朮聲。二字疊韻。翦《釋文》云：「《韓詩》作『劗』，初簡反。」茇犮聲。《説文》作「废」。愒音遏。憩，俗字。所説脱。案此三章伐茇、敗愒、拜説皆入聲。凡它部諧聲有同平入，唯脂部入聲則無有，故講韻家皆以月、曷、末、鎋、薛畫出入聲，又以祭、泰、夬、廢畫出去聲。段氏入爲平委，準諸他部皆然，故以配脂部之入，不別畫出。

《行露》彊暴古當作「虣」，今通作「暴」。厭浥雙聲。厭，古「壓」字。露路聲。《書・洪範》「無有作惡」與路韻。夙夜夜，古音如牙，與露韻。《葛生》之居、《雨無正》之夫、《蕩》之呼，竝與夜韻。《六書音均表》入魚部平聲類。雀小聲。《説文》云：「讀與爵同。」穿《説文》：「穿，通也。从牙在穴中。昌緣切。」案此等會意字，不關諧聲。女無家《釋文》：「女，音汝。」下皆同。案汝亦女聲。我訟訟，公聲，與墉、從韻。《列女傳・召伯申女・頌》「遂至獄訟」，與容、從韻。《集韻・三鍾》有「訟」字。《傳》淫意淫，俗作「濕」。速，召。同部。獄，埆。同部。埆，當作「确」。純帛純，屯聲，束也。《釋文》作「紂」，依鄭改。

《羔羊》皮皮，从爲聲。爲，古音如譌。紽隸作「素」，音蘇。《箸》與箸、華韻。五紽《釋文》作「它」，古「佗」字，音拖。委蛇雙聲。《君子偕老》作「委佗」，《韓詩》作「逶迤」。它聲、也聲皆在戈麻部。革音急。五緎徐音域。《説文》作「黬」。《傳》數《小箋》云：「讀『數罟』之『數』。下同。」行可從迹從，如字。迹者，道也。從迹，謂順道也。縫殺古「粲」字。徐所例反。

《殷其靁》殷，讀《夏小正》「殷其有聲」之「殷」，音隱。靁，籀文「雷」字。勸以義也《釋文》云：「本或無『以』字，下句始有。」不遑古衹作「皇」。後竝同。《傳》：「息，止。」同部。處，居。同部。古作「処凥」。

《摽有梅》摽，音受。《説文》：「受，讀若《詩》：『摽有梅。』」案許叔重據《毛詩》作「摽」，於「受」下引《詩》以證其同音通假之例。受，平小切。梅，《韓詩》作「楳」，古作「某」，與《終南》、《墓門》「梅，柟」異木。實三音「人參」之「參」，古讀如此。塈摡。《傳》隋落隋即陊，徒果切。今，急辭。今、急皆从及，平、入同聲。

《小星》嘒彗聲。《曲禮》：「策彗。」雖醉反。《雲漢》「嘒」同。寔讀「是」。寔、是同聲，寔、實不同聲。昴丣聲，如矛。衾今聲。裯周聲。《傳》五噣《爾雅》：「噣謂之柳。」《史記・律書》作「濁」，讀若「觸」。昴，畱。丣、丣皆尤部，而音殊。　禪古祇作「單」。

《江有汜》巳聲。　美媵朕聲。　適音敵。　俗作「嫡」。　江沱它聲。　與池別。　悔悔，每聲。　每，母聲。　在之部。故此及《皇矣》、《生民》之「悔」，《伯兮》、《十月之交》之「痗」，《風雨》、《蕩》之「晦」，《盧令》之「鋂」，《終南》、《尸鳩》、《四月》之「梅」，《緜蠻》、《瞻卬》之「誨」，《沔水》、《江漢》、《玄鳥》之「海」，《甫田》、《生民》之「敏」，竝在之部。古同諧聲，則用韻必同部。　其嘯《説文》作「歗」。　與《中谷有蓷》、《白華》同。　音如蕭。　《傳》水枝音洨。　作「岐」者，非。

《野有死麕》籒文「麇」字。　惡無禮惡，平聲。　善惡、好惡無二音。　白茅矛聲。　《易・泰》：「拔茅。」鄭讀苗。《士相見禮》：「草茅之臣。」古文作「草苗」。　苞包。　上聲。　凡《斯干》、《生民》之「苞」，《權輿》、《楚茨》、《苕之華》之「飽」，《瓠葉》之「炮」，皆與「缶」同，平聲，則讀如浮。　如《春秋》「包來」，即浮來也。　誘《説文》：「或『羑』字。與久切。」　樸樕樸，《爾雅》釋文作「樸」，僕聲。　樕，欶聲，音速。　疊韻字。　純束純，音如屯。　脱脱兑聲。　《禮記・檀弓》注：「奪，或爲『兑』。」入聲。　脱、帨、吠爲韻。　吠，古音如「友」。　感古「撼」字。　帨《説文》帨、帥一字。帥、率同聲。　尨《釋文》：「美邦反。」《傳》裹果聲。　絜清。　絜，俗作「潔」。　清，沈音淨。　誘，道。　同部。　舒，徐。　同部。

《何彼襛矣》襛，音醲。　《韓詩》作「茙」，音狨。　車服車，《釋文》：「韋昭曰：『古皆音尺奢反，後漢以來始有『居』音。』」　唐棣隶聲。　《釋文》云：「《字林》大内反。」《常棣》同。　曷盇。　如「曷旦」作「盇旦」。　釣勺聲，多嘯切。音之變也。　伊讀維。　音之轉。　緍昏聲。　武巾切。　俗作「緡」。　《傳》戎戎古「茙」字。　栘當作「棣」。　詳疏。　適齊侯適，音「王事適我」之「適」。緡，綸。同部。綸，侖聲。《爾雅・釋草》：「綸似綸。」古頑反。音之轉也。《騶虞》《漢書・東方朔傳》「騶牙」，《墨子》「鄒吾」，聲相近。純被純，同「奄」。《説文》：「奄，大也。」茁讀出。葭古音胡。葭，魚部，今入麻，猶家，魚部，今入麻。發癹聲。五豝古音捕，平聲。五豵徐在容反。《傳》：「葭，蘆。」同部。牝匕聲。徐扶死反。

邶

國邶，音背。邶，背皆北聲。

《柏舟》汎凡聲。耿耿《説文》：「耿，烓省聲。烓，讀若冂，古杏切。」隱慇。微我「微」與「非」同部。敖《説文》：「敖，出游也。从出、放。五牢切。」游俗作「遊」。匪鑒「匪」同「非」，下同。凡訓「非」訓「不」者眂此。鑒，監聲。《釋文》作「監」。茹音如倶，《烝民》同。《集韻・八語》：「茹，忍與切。」愬朔聲。怒上聲。高注《吕覽》十一：「怒，讀如『强弩』之『弩』。」棣棣逮。不可選算。與轉、卷韻。轉，从專聲。鬈，亦卷聲。《六書音均表》第十四部：「元、寒、桓、删、山、仙，三百篇皆用平聲。」悄悄肖聲。閔文聲。《鴟鴞》與勤韻。侮徐音茂。《常棣》借「務」爲「侮」字。静竫。凡「安静」字作「竫」。辟古「擗」字。《禮》言「擗踊」。摽音《左傳》「無不摽」之「摽」。迭《韓詩》作「戜」，音秩。《傳》儆儆音警。與耿同在庚部。度也古量度、法度無二音。儼然儼，《釋文》：「本或作『嚴』。」拊心《釋文》：「拊，音撫。」

《緑衣》黄裏里聲。黄裳尚聲。女所治女，如字。治，平聲，《玉篇》：「除之切。」俾無訧俾，古衹作「卑」。沈必履反。訧，尤聲，如飴。淒《釋文》：「七西反。」實獲實，當作「寔」。今本《毛詩》「寔」多作「實」，或依

《韓詩》改。《傳》閒色閒，今去聲。

《燕燕》差池疊韻。《説文》佚「池」字。野予聲，如與。頡頏吉亢，雙聲。凡亢聲字皆平。佇古祇作「宁」。《釋文》作「竚」，「竚」即「宁」之俗。「宁」同「箸」，如「朝宁」即「朝箸」。《齊風》讀平。南《説文》：「南，羊聲。」羊讀若飪，在侵部。塞淵塞，當作「𡨄」，先則切。淵，𣶒聲，音因。《周禮》「姻」作「婣」。慎音誠。《説文》：「慎，古文作『昚』。」昚，見《書》。勖从力，冒聲，音茂。俗作「勗」。《集韻·五十候》莫候切不收「勖」字。勖收一屋，勗收三燭。《類篇》仞勖、勗爲二字矣。《釋文》：「凶玉反。」今音非古音。《傳》乙俗作「鳦」。《玄鳥》同。將，行。同部。《傳》凡八見。戴嬀嬀，爲聲，在歌部。《書·堯典》曰：「釐降二女于嬀汭。」此嬀爲陳姓之始。瘞當作「實」。

《日月》逝折聲。古讀故。寧不「寧」與「寍」不同。《説文》：「寧，願詈也。从丂，寍聲。」凡訓安者，不同義。顧徐音古。相好《書·鴻範》「無有作好」，《説文》引作「⿰丑攵」。段注云：「讀如『丑』。『好』之古音讀如『朽』，是以《尚書》叚『⿰丑攵』爲『好』也。」案好，上聲，與冒、報韻。冒如茂，報如褒。不述當作「遹」，音聿。《傳》：「逝，逮。」同部。疊韻。胡，何。雙聲。

《終風》侮慢嫚。笑楊承慶《字統》始造「笑」字。《集韻》、《類篇》皆仍其誤。見《説文·竹部》注。浪音浪蕩。悼綽、罩、倬皆卓聲。古音如逃。霾貍聲。肎來肎，俗作「肯」。來，古音如「釐」，故釐、賚字通。曀壹聲。疐躓。《釋文》作「疌」。疌，音暬，不應與曀韻，譌字也。曀曀《説文》引作「壇壇」。曀冢上文而誤。《傳》跆也跆，當作「㰻」。

《擊鼓》用兵江云：「榜平聲。」文仲將古將帥平聲。鏜與「鼞」同。漕古作「曹」，「朁」之隸變，音因。《泉水》、《載馳》竝與悠、憂韻。《周禮·酒正》注云：「糟，音聲與『蒏』相似。」南行音杭。凡唐韻字，今轉入庚韻。孫子仲中聲。與宋與，讀「於」。《説文》：「宋，讀若送。」古平今多變去。不我以音與。爰从𠬪，于聲，故爰與于竝爲語詞。喪亡聲。契闊疊韻。契，同「挈」。闊，活聲。説音「語説」之「説」。《氓》同。偕老音姥。與手韻。洵《魯語》「洵涕」，即泫涕。此在真先，同部之變。《韓詩》作「敻」，呼縣反，則由真轉入元寒矣。此古今音之不同。信音伸。《唐韻四聲正》云：「古唯讀平聲。」《傳》：「洵，遠。」雙聲。「敻」與「遠」疊韻。

《豈風》豈，古「愷」字，俗作「凱」。慰於胃切。吹古音如瑳。《蘀兮》與和韻。母氏古氏、是通。劬勮。令人令，平聲。浚《釋文》：「音峻。」《干旄》「浚郊」同。睍睆疊韻。「睍」同「曣」。《説文》無「睆」字。《傳》長養疊韻。叡古文作「睿」，以芮切。

《雄雉》不恤《毛詩》作「恤」不作「卹」，《尚書》作「卹」不作「恤」，此用字界畫不可逕同者也。泄泄俗作「洩」。詒俗作「貽」。伊讀維。展亶。德行音杭。與臧韻。凡德行與行路、行列皆平聲，非若後人分析繁碎。顧氏炎武《唐韻正》録至數百事，竝無讀去聲。忮韋昭音洎，與支聲不同部。不臧俗作「藏」。《傳》：「詒，遺。」之脂雙聲。

《匏有苦葉》「苦」同「枯」。涉「𣻫」之隸省。厲古「濿」字，讀如烈。瀰當作「濔」，音沔。鷕《釋文》：「以水反。作以小者，誤也。」《集韻·五旨》内有此字。軌九聲。與牡韻。《釋文》：「舊龜美反。」是唐以前本作「軌」字矣。雝雝邕聲。鴈厂聲。姚信《易注》引《詩》作「鳿」。旭日《釋文》云：「《説文》讀若『好』。」《字林》呼老反。案此舊音也。徐邈音許九反。」今《類篇》、《集韻》作「許元」，《釋文》作「許袁」，「九」誤「元」，「元」又誤「袁」，紕謬極矣。妻平聲，今音娶。泮判。招招蘇林注《漢書·五行志》：「以招人過。招，音翹。」《集韻·四宵》祁堯切有「招」字。卬郭注《爾雅》云：「卬，猶姎也。語之變耳。」須古「盨」字。《傳》瓠《七月》借「壺」字，聲同。渡古祇作「度」。膝當作「厀」，音如七。淫泆《氓》釋文作「佚」，音逸。漬音胔。大昕《說文》：「昕，讀若希。」段注云：「文、微二韻之合。」散枚聲。隸作「散」，失其音矣。號召疊韻。《北山》同。

《谷風》谷，《小雅》釋文：「音穀。」黽勉雙聲。三家作「密勿」。葑封聲。今吳人音轉「葑」爲「鰭鮃」之「鮃」。菲非聲。莫違音如依。畿機。荼音舒。鄭注《考工記》云：「荼，古文『舒』。」是也。今俗作「茶」字，入麻韻。薺音霽。宴《頍弁》同。它篇皆作「燕」，用假借字。如弟弟與薺韻。《蝃蝀》指，《載驅》濟、濔，《陟岵》偕、死，《常棣》韡，《蓼蕭》泥、豈，《旱鹿》濟，《行葦》爾、几韻。《六書音均表》以此二章遲、違、畿爲脂部平聲，薺、弟爲脂部上聲。又五章慉、讎、售爲尤部上聲，鞫、覆、育、毒爲尤部入聲。一章同部平上入分收若此類者多。湜湜是聲，如提。止作「沚」，非。屑佾聲。俗作「屑」。毋逝依《毛詩》當作「無」，不作「毋」。下同。笱句聲。《釋文》：「古口反。」閱悅。何亡亡與喪韻，今音轉作「無」。匍匐雙聲。《禮記》作「扶服」，故《詩》中「服」字讀如「逼」。《生民》同。救之救，求聲。《武王踐阼記》「不可救也」與游韻。能不我能，音如而。鄭注《易·屯卦》：「而，讀曰能。」慉畜聲，如嘼。賈《釋文》音古。售俗「讎」字。淺人不知「讎」一字兩義，致改「讎」。雔聲若酬，與壽相近。鞫《釋文》如此。作「鞫」之隸變，今俗作「蹋鞠」字。後同。御冬御，古「禦」字。下同。洸音「武夫洸洸」之「洸」。潰與讃同。肄勩。塈愒。《傳》須也「須」下當有「從」字。須從即葑之合聲。芴勿聲。根莖巠聲。肩，絜。同部。先之入。興古「嬹」字。《釋文》據王肅本作「養」，疑王申毛不應易訓，必有誤。育，長。長，音常。《箋》申《傳》長爲長幼，非是。鞫，窮。雙聲。《齊・南山》同。旨，美。同部。

《式微》黎侯《書・西伯勘黎》，❶《説文》作「𨞢」，段注云：「黎侯，未知即商諸侯之後與否。」微君「微」同「非」，與上文「式微」不同訓。泥中泥，或云即「坭」。《傳》：「微，無。」雙聲。《伐木》同。

《旄丘》旄，《字林》作「堥」，又作「嵍」。案毛、敄聲同。連率帥。詳《采薇》。《禮記・檀弓》作「帥」。之葛合韻節、日字。誕延聲，徒旱切。蒙戎疊韻。《釋文》云：「徐音式邦，而容反，依《左氏傳》讀作『尨茸』字。」匪車匪，音彼。非、皮聲轉相通。瑣肖聲。尾古「娓」字，音如火。瑣、尾雙聲，流、離雙聲。褎《説文》云：「褎，俗作『袖』。」《傳》曼延从艸，俗。愉樂愉，音「它人是愉」之「愉」。不能稱音「不稱其服」之「稱」。

《簡兮》簡，音「僩兮」之「僩」。泠官泠，俗作「伶」。俁俁《韓詩》「扈扈」，吴、户聲同。轡《廣韻・六至》引《説文》作「⿲糸車糸」。段注云：「此蓋陸灋言、孫愐所見《説文》如此。」兵媚切。籥古「管龠」字作「龠」。翟凡躍、趯、濯皆翟聲。今轉入陌。渥赭鄭注《考工記》：「渥，讀『繒人渥菅』之『渥』。」今《左傳》作「漚菅」。渥爲尤幽之入，而與侯部通者，《六書音均表》云：「入爲平委，平音十七，入音不能具也，故異平而同入。」赭，者聲。《釋文》：「音者。」錫爵錫、賜同聲，古文皆以「錫」爲「賜」字。爵，或借作「雀」。鄭注《曲禮》：「盡爵曰醮。」「醮」即「醮」也，平聲，今入藥。榛與亲别。隰㬎聲。隰、溼同在侵部。苓《爾雅》作「蘦」。令、霝不同部。詳《唐風》。《傳》祭有

❶「勘」，徐子静本同，阮刻《尚書正義》作「戡」。

畀从丌，由聲。由，敷勿切。《干旄》「畀」，《釋文》：「必寐反。」熚胞翟闇寺煇，劉昌宗音運。翟，假借字作「狄」。寺，同「侍」。

《泉水》毖泌。于衛衛，入聲，音悦。段氏以《摽有梅》、《隰桑》之「謂」、《谷風》之「潰」、《泉水》之「衛」、《黍離》、《大田》之「穗」、《十畝之閒》、《悉蟀》、《白華》、《烝民》之「外」、《節南山》之「惠」、《大明》之「渭」、《假樂》之「位」皆脂部入聲，今皆去聲。孌籀文「嫋」。《釋文》云：「力轉反。」聊丣聲。泲與濟水別。禰音泥。《韓詩》「坭」，與「泥」同。舝音轄。《説文》：「⿺辶舝，讀若害。」又「⿰王舝，讀若曷」。遄《釋文》：「市專反。」不瑕遐。肥泉肥，古音飛。《後漢書·張衡傳》：「利飛遁以保名。」李注引《淮南九師道訓》曰：❶「遁而能飛，吉孰大焉。」「飛遁」，今《周易》作「肥遯」，肥、飛聲通。永歎歎，《下泉》、《大東》皆與泉韻，平聲。寫古「瀉」字。《傳》舍軷音跋。寫，除。同部。

《北門》殷殷古「慇」字。窶當作「寠」，平聲。《論語》「婁空」，婁者，「寠」之假借字。我艱艮聲，今入山。適《方言》：「適，宋、魯語。」埤與「脾」同。讁字俗。趙注《孟子》作「適」，音樀。敦音如追，與遺、催韻。《采芑》焞與雷、威韻，皆音轉相通。遺音《左傳》「一矢以相加遺」之「遺」。摧《説文》作「催」。《傳》鄉陰鄉，古「嚮」字，不分平、去。沮《釋文》云：「何音阻。」

《北風》攜持攜，巂聲。《漢書·地理志》「越巂郡」，顏師古音先蘂反。雨雪《穀梁傳》：「箸于上下曰雨。」

❶「李」，原作「范」，徐子静本同，據中華書局點校本《後漢書·張衡傳》注改。

雱籀文「㓱」字。其邪鄭讀音徐。亟讀急，音之轉也。只且《釋文》：「子餘反。」喈皆聲。霏《說文》無此字。

《静女》姝《說文》作「㛃」。俟竢。後同。愛古「僾」字。搔音《禮記》「癢不敢搔」之「搔」。踟躕《說文》無「踟躕」。《心部》之「箎箸」、《足部》之「蹢躅」、《韓詩》之「躊躇」、《廣雅》之「跢跦」竝同。彤管古彤、肜一字。煒韋聲。說懌《箋》云：「當作『說釋』。」荑夷聲。洵恂。說見《溱洧》。且異音瘱。《說文》：「瘱，於計切。」異、瘞合音。匪女匪，音非。女，如字。篇中四「女」字皆如字。《傳》法度法，今唯《周禮》用「灋」字。可說悅。下同。箸于箸，直略切。作「著」者，非。《新臺》而要之要，古作「𡨋」。《漢書·地理志》：「北地大𡨋縣。上黨沾縣大𡨋谷。」顏師古曰：「𡨋，即古『要』字也。音一遥反。」泚泚與瀰韻。《小旻》訛與哀、違、依、底韻。《車攻》柴與佽韻。故段氏收脂部。漢人俱以此爲支部。瀰瀰《說文》作「濔」，爾聲。燕婉「燕」同「宴」。婉，宛聲。籧篨疊韻。《釋文》：「音渠儲。」鮮古音如斯。合韻泚、瀰字。《六書音均表》云：「凡與今韻異部者，古本音也。其於古本音有齟齬不合者，古合韻也。」洒讀峻。古西與先聲通，如「率西」作「率先」。浼浼免聲，如潤。殄《禮》古文「腆」作「殄」，此殄、腆一聲也。離麗。《禮記·月令》注：「離，讀如『儷偶』之『儷』。」後放此。戚施雙聲。

《二子乘舟》景古「憬」字。養養恙。逝折聲。與害韻。《十畝之閒》之「紲」，《悉蟀》之「蹶」，《車舝》之「舝」、「渴」、「括」，《抑》之「舌」、「逝」，竝用入聲同韻。不瑕遐。《傳》隘音「湫隘」。迅疾迅，俗作「駛」。不礙今俗作「碍」字。

庸　國

庸，邑名。今作「鄘」。

《柏舟》共姜《釋文》：「共，音恭。」蚤早。《七月》作「蚤」。髧《說文》作「紞」。兩髦髦，毛聲。《說文》：「鬏，或作『髳』。」毛、矛，蕭、尤合音。我儀儀，義。我，古音如俄。它《釋文》：「音他。」天只天、人韻，先、真同部。諒《釋文》作「亮」。慝匿聲，音《論語》「修慝」之「慝」。《傳》匹音「好匹」之「匹」。下同。矢，誓。雙聲。靡，無。雙聲。邪衺。今唯《周禮》作「衺」。

《牆有茨》次聲。公子頑元聲。《春秋》「鄭伯髡頑」，《公》、《穀》作「髡原」。埽帚聲。《山有樞》釋文：「蘇報反。」有、黝之音變也。俗作「掃」。中冓《釋文》：「古候反。」道从首，首亦聲。無去聲。醜《禮記·學記》：「醜，類。醜，或作『討』。」襄古「攘」字。《定之方中》、《車攻》序作「攘」。《傳》疾黎「茨」之合聲。从艸，俗。抽抽，即「籀」字。《說文》：「籀，讀書也。」說見顏師古《匡謬正俗》。《楚茨》「言抽其棘」，徐直留反，即「籀」音。

《君子偕老》笄幵聲。今音古兮切。六珈凡加聲字在歌部，故《禮》「賀」與「嘉」通用。今人麻者，聲之侈也，亦在歌部。象服象，古「襐」字。宜多省聲。古鐘彝文从多。玼兮玼，與《新臺》「泚」同音此。翟《釋文》作「狄」。蕭、支通韻。鬒髮《說文》作「㐱」，从彡，人聲。或从髟，真聲。古人、真同部。髢《說文》作「鬄」。與狄韻。也聲爲合韻。《秦琅邪臺刻石》地、懈、帝、辟、易、畫韻。地，也聲，合韻。瑱真聲。揥讀擿。皙从白，析聲。而天而，讀如。下「而帝」同。而、如聲轉。瑳兮《周禮注》作「玼瑳」，字誤。縐今之「皺」字。紲袢紲，同「褻」。絆，《釋文》：「符袁反。」是也。《說文》：「袢，讀若普。」媛平聲。《韓詩》作「援」。《傳》編髮編，音辮。衡笄衡，同「横」。揄翟《釋文》作「揄狄」。闕翟闕者，「屈」之假借也。高注《淮南》：「屈，讀如『秋雞無尾屈』之『屈』。」即此「屈」字也。丹縠《釋文》：「户木反。」絺之靡者靡，古「穈」字。袢延疊韻。延，古「涎」字。

《桑中》沫《説文》：「沬，古文作『頮』。」《書》作「妹」字。孟弋姒。

《鶉之奔奔》鶉，《説文》作「雗」，與「鶉」異字。之讀則，凡之、則同訓者放此。爲兄江云：「虛王反。」

《定之方中》榛當作「亲」。漆當作「桼」。後同。景山京，大也。《詩》以「景」爲「京」字，凡「景福」、「景行」皆眂此。京古音如姜。《左傳》懿氏占辭「京」與「姜」爲韻。今入庚。終然然，作「焉」，非。靈霝。既零俗「霝」字。倌人倌，官聲。星音甡。説脱。桑田音陳。《叔于田》、《齊·甫田》、《采芑》、《信南山》、《甫田》、《白華》、《江漢》田皆在真部。騋牝《釋文》：「上音來，下頻忍反。」三千古音如仁。《左傳》「佞夫」，《公羊春秋》作「秊夫」。佞，仁聲；秊，千聲。又《説文》：「仁，古文作『忎』，从千聲。」《傳》蠶朁聲。施命施，音「發施」。造命造，音「造作」。能説《釋文》云：「如字。」誄《論語》「誄曰」，《説文》作「讄」，畾聲。《説文》用古文，毛《傳》亦當作「讄」。今唯《周禮·小宗伯》注引《論語》作「讄」。

《蝃蝀》蝃，《爾雅》作「螮」，入聲。螮蝀即虹之合語。隮當作「躋」。《候人》同。崇朝崇，讀終。父母段云：「母，本音在一部。《蝃蝀》以韻雨，此古合韻也。」乃如之人之，讀是。凡之、是同訓，放此。不知命命，平聲。《采叔》、《假樂》、《卷阿》、《韓奕》、《江漢》皆用平。

《相鼠》相，古祇有平聲。無禮儀古本作「義」，後人以「義」爲「仁義」字，去聲。不知古「威義」作「義」，平聲。唐玄宗不知《洪範》「遵王之義」，讀「俄」，其誤讀久矣。下同。

《干旄》干，古「竿」字。旄，莫交切，如髦。孑孑音「靡有孑遺」之「孑」。紕比聲。《禮記·玉藻》注：「紕，讀如『埤益』之『埤』。」予音與。《墓門》「思予」、《鴟鴞》「侮予」、《正月》「助予」、《谷風》「棄予」、《四月》「忍予」讀平聲，非也。《唐韻四聲正》云：「古訓『我』之義多讀上聲，惟《楚辭·遠遊》『排閶闔而望予』與居、都叶，餘無讀平聲者。」祝讀織。祝在沃屋，與職德合聲。《周禮·瘍醫》注：「祝爲『注病』之『注』。」亦合聲。告音覺，古音也。今兼入号韻。《齊·南山》、《既醉》同。《傳》大夫之旃《周禮》作「旜」。隼古音水。詳《采芑》。駿馬駿，參聲。

《載馳》五章，一章六句，一章八句，一章六句，二章章四句。各本「一章八句」、「二章章四句」互易，因此分章不清。思歸唁《釋文》：「音彥。」驅古音邱。衛侯音胡。與驅韻。《周禮》「立當前侯」，「侯」即「胡」也。跋涉雙聲。濟霽。不閟合韻濟字。阿丘阿，可聲，烏何切。蝱莔。尤之尤，古「訧」字。下「有尤」同。穉《釋文》：「本又作『稚』。」芃芃凡聲。在侵部。風字亦从凡聲，今入東。控空聲。《大叔于田》控與送韻。讀如穹者，音之轉也。《傳》：「閟，閉。」雙聲。瘵亦作「瘵」。一槩古音杚。

衛國

《淇奥》古「隩」字。《釋文》：「一音烏報反。」緑菉。竹薄，《說文》：「薄，讀若督。徒沃切。」猗猗音阿。匪斐。瑳俗作「磋」。摩俗作「磨」。僩《釋文》：「遐板反。」咺《韓詩》作「宣」，宣亦亘聲。諼《禮記》作「諠」。青青菁。琇瑩琇，《說文》作「璓」。唐韻息救切。瑩，徐音營。會古「膾」字。簀讀積。綽音「綽綽有裕」之

「綽」。猗當作「倚」。重較《考工記》「較崇」，故書「較」爲「榷」。《一切經音義》七云：「較，古文『榷』。」案崔聲亦在蕭韻，如「白鳥翯翯」或作「皠皠」。爲虐爲，今去聲。《傳》限音如《左傳》「秦人入限」之「限」。萹竹萹，音篇。竹，《爾雅》作「蓄」，《韓詩》作「筑」。竹、蓄、筑同。

《考槃》般聲。薖音窠。軸迪。《釋文》：「音迪。」

《碩人》頎斤聲。《考工記》鄭司農：「頎，讀跟。」褧衣褧，《説文》作「檾」，音絅。《禮記·中庸》注：「衣，讀爲殷。」此諄、文、脂、微合。邢侯邢，幵聲。《玉篇》有輕千切。譚公譚，古音尋。《大東》有譚大夫。私厶。凝脂凝，即「冰」字。脂，音胰。蝤徐音曹。蠐沈音茨。犀《爾雅》作「棲」，音西。螓首螓，《説文》作「頨」。蛾眉「蛾」同「娥」。倩青聲。盼分聲。與倩合韻。俗作「盻」。幩賁聲。鑣鑣麃聲。茀讀蔽。《周禮》劉昌宗同。活活昏聲。今隸作「舌」。罛《釋文》：「音孤。」案孤亦瓜聲。濊濊《説文》：「眓，讀若《詩》曰：『施罟濊濊。』呼括切。」鱣音展。鮪音洧。發發古「潑」字。菼或「剡」字。《玉篇》：「通敢切。」孽孽《韓詩》「钀钀」，音同。朅揭。《傳》襘《采緑》釋文：「尺占反。」領，頸。真、庚相近。瓣辡聲。沈音蒲閑反。頯廣疊韻。鉻《釋文》：「音洛。」薍《釋文》：「五患反。」《七月》同。

《氓》《説文》：「氓，讀若盲。」蚩蚩蚩，从虫，之聲。貿丣聲，如茂。頓丘古音敦。《左傳》僖十五年筮辭丘與姬、旗韻。愆籒文作「諐」，衍、言聲同。將《釋文》：「七羊反。」垝垣音詭桓。漣漣與「瀾」通。渼若渼，隸省作「沃」。葚甚聲。耽耽在覃韻，段氏以爲與葚合韻。隕員聲，音云。《易林·恒之中孚》「鄉善無損」與門叶，損亦員聲。漸車《釋文》：「漸，子廉反。」不爽音霜。此與湯、裳韻。《蓼蕭》與襄、光、忘韻。江云：「至曹子建《釋怨文》『亂我情爽』與掌、黨叶，始作上聲。」貳當作「貣」，他得切。説詳疏。咥馬融説《易・訟》、《有孚》：「咥，讀爲躓。」案可見至、質同部，漢人如此。泮阪。旦旦《説文》作「悬悬」，平聲。《齊・甫田》、《匪風》讀入聲。《傳》：「垝，毀。」支、脂相近。賄，財。同部。鶻鳩《釋文》：「鶻，音骨。」隋俗作「墮」。

《竹竿》籊籊籊，當作「翟」，古「擢」字。徒弔切。泉原今作「源」。「原隰」字古作「邍」，唯見《周禮》。左差以爲聲，讀平。遠兄弟父母遠，袁聲。今有上、去二音。俗本作「父母兄弟」，不入韻。瑳胡承珙音齹。儺音那。合韻左、瑳字。滺滺俗字。《釋文》作「浟浟」。浟，亦「攸」之隸變，音幽。檜《集韻・十四太》云：「檜，或作『栝』。」《傳》長而殺網。色界反。櫂舟櫂，當作「擢」。《棫樸》同。

《芄蘭》芄，从丸聲。丸、蘭疊韻。支古「枝」字。佩《釋文》云：「依字從人。或玉傍作者，非。」觿《釋文》：「許規反。」能音而。下同。悸《韓詩》「萃」，古季、卒同聲也。遂、悸皆入聲，故《禮》以「遂」爲「拾」。韘枼聲。葉亦枼聲。甲讀狎。徐音胡甲反，於音得義矣。《匡謬正俗》不以音狎爲是。《傳》玦古字作「決」。

《河廣》杭《説文》或「抗」字。跂音企。曾不曾，音增，不音層，子登切。後放此。《説文》：「曾，詞之舒也。」徐鉉昨棱切，則誤讀如層矣。《集韻・十七登》：「徂棱切。」下引《説文》，踵徐之誤。刀俗作「舠」。崇朝「崇」同「終」。朝夕、朝廟無二音，漢人每用「晁」字。

《伯兮》鄭注《檀弓》云：「殷之州長曰伯。」朅偈。殳《説文》：「殳，从又，几聲。」几，讀若殊。《司馬法》作『杸』。」前驅音如「山有蓲」之「蓲」。膏平聲。古無去。適《禮記・襍記》：「上大夫訃於同國適者。」音徒歷反，今音都歷反者，非也。杲杲《説文》：「杲，讀若稾。」諼萱。痗《釋文》：「音每。」此與背韻。《十月之交》與里韻。

皆上聲。

《有狐》而多昏句。綏綏夂。《齊·南山》同。厲濿。

《木瓜》遺之遺，同「饋」。瓜「孤」字从此。瓊敻聲。古音如諠。《説文注》云：「《招魂》『敻豈』與姦、安、軒、山、連、寒、湲、蘭、筵韻。」《傳》楙木《釋文》：「楙，音茂。」案懋，楙聲，與「茂」通。苞苴包裹且藉。

王　國　王，王城也。劉向《列女傳·孽嬖》篇云：「平王之後，周與諸侯無異。」此語爲鄭《譜》張本。

《黍離》顛覆雙聲。彷徨疊韻。靡靡《玉篇》「徿徿」同。蒼天蒼，古字作「倉」。穗「采」同字，入聲。醉卒聲。噎壹聲。《傳》昊天昊者，「昦」之隸變，古音如呇。《巷伯》與受韻。旻天旻，讀閔。

《君子于役》危難音「患難」之「難」。棲《説文》：「棲，或『西』字。」塒《釋文》作「時」。佸讀會。桀俗作「榤」。括亦昏聲。《傳》鑿牆鑿，音如曹。會入聲，如膾、檜，皆與「括」通也。

《君子陽陽》揚。陶陶匋聲。《清人》與好韻。翿《説文》作「翳」。《宛丘》與缶、道韻。由敖合韻陶、翳字，上聲。《碩人》、《載驅》、《鹿鳴》、《車攻》「敖」平聲。《傳》房中之樂音「禮樂」。纛也二字誤衍。詳疏。翳殹聲。

《揚之水》屯戍音敦獸。彼其《釋文》云：「音記。」《詩》内皆放此。許古「許國」字作「鄦」，今通假作「許」。鄦从𣞤聲，與蒲爲韻。孫毓云：「蒲草之聲不與戍許相協。」是不知古音者矣。《傳》：「戍，守。」同部。

《中谷有蓷》音隹。暵《釋文》引《説文》作「灘」，他安反。乾音干。仳離雙聲。仳音「枇杷」之「枇」。嘅與「慨」同。嘆凡从莫字皆平聲。脩修。條攸聲。條、歗，下章啜、泣，皆句中韻。歗凡肅聲，蕭、瀟皆如修。不淑俶與「椒聊」之「椒」竝叔聲。椒，《説文》作「茮」，尗聲，子寮切，故與脩、歗爲韻。啜《説文》：「腏，讀若《詩》曰：『啜其泣矣。』」何嗟胡承珙云：「當作『嗟何』。」《傳》雔隹聲。《小雅》作「隹」。菸音蔫。仳，別。疊韻。古辨別、離別無二音。

《兔爰》爰爰爰，讀緩。緩，亦爰聲。無爲古「僞」字，音譌。罹《釋文》云：「本亦作『離』。」《斯干》同。吪凡从化字古惟讀平。罦音缶。無造《左傳》昭十一年釋文「簉」。《説文》從艸。《説文》：「莲，初救切。」則造聲可讀如奏。憂古音如擾。《左傳》哀二十年「以爲二国憂」，與覺、蹈韻。《國語》晉郭偃引《商銘》「而祇取憂也」，與就韻。覺《釋文》：「古孝反。」罿音衝。庸讀用。用亦平聲。《傳》爲也爲，古「僞」字。罬音如「憂心惙惙」。《釋文》：「張劣反。」

《葛藟》説見《樛木》。緜緜《大雅》釋文：「彌延反。」滸《説文》作「汻」，午聲。涘矣聲。漘脣聲。昆《説文》作「翼」。聞音問，二字古通。問亦平聲。《傳》水隒何音檢。《蒹葭》同。

《采葛》蕭音修。艾古音如蘖。與歲韻。《庭燎》與晣、《鴛鴦》與秣、《閟宮》與害爲韻。歲戌聲。

《大車》陵遲陵遲，或曰「陵夷」。《匡謬正俗》云：「古者遲、夷通用。《書》稱『遲任有言』，曰：遲字音夷，亦音遲。《淮南》説馮夷河伯乃爲遲字。」檻檻俗作「轞」，音藍。毳衣《説文》：「⿱毳示，讀若『春麥爲⿱毳木』之『⿱毳木』。」《周禮·小宗伯》注：「今南陽名穿地爲竁。聲如『腐脃』之『脃』。」此芮切。⿱毳示、⿱毳木、竁皆从毳聲也。菼《説文》作「𦃄」。哼哼徐徒孫反。璊《説文》作「𦌥」，讀如虋。雙聲得義。皦《釋文》：「本又作『皎』。」《傳》雔《爾雅》作「騅」，音隹。蘆之初生蘆，當作「萑」。赬音《汝墳》「赬尾」之「赬」。

《丘中有麻》留古「劉」字。子嗟差聲。將其來施施讀如拖。古本經當作「其將來施」，與麻、嗟韻。顏之推《家訓》從重「施」，非也。「將其」，孔《正義》作「其將」，不誤。下章同。玖久聲。《説文》引此詩，玖讀若芑。子、玖爲韻。《木瓜》李、玖爲韻。《傳》施施此用疊字釋經單字例。施施，猶暆暆也。墝埆土旁，或从石旁。《爾雅》：「多小石，磝。多大石，礐。」郝懿行《義疏》云：「磝、礐，《釋文》或作『磽确』，郭五交、户角反。今人皆用『磽确』字，不復知本《爾雅》矣。」寶缶聲。

鄭國

《緇衣》緇，甾聲。《釋文》：「側基反。」善善之功下「善」義實，上「善」義虚。有其善而善之曰「善善」，猶有其惡而惡之曰「惡惡」。古無四聲之别。何休注《公羊》已有「讀伐，長言、短言」之語矣。敝古「獘」字。粲《釋文》：「七旦反。」與館韻。古平聲。蓆席聲。《傳》餐也餐，七安反。《釋文》作「飧」，蘇尊反。音、義皆非也。唐人每誤仞爲一字。

《將仲子》祭仲祭，邑名。《説文》有「䣝」字。畏音威。與懷韻。《東山》同。樹檀檀，亶聲。亶，旦聲，與展通用。此可證旦、展爲平之理。《傳》：「將，請。」雙聲。《正月》同。彊忍之木沈云：「忍，系旁作刃爲是。」案《正義》作「韌」。韌即紉字。

《叔于田》繕甲《曲禮》注：「繕，讀曰勁。」音之轉也。巷「衖」之隸變。古音如洪，《離騷》尚如此讀。《傳》

里塗古作「涂」，今唯《周禮》作「涂」。

《大叔于田》藪數聲。烈讀列。具舉具，讀俱。下同。襢裼襢，《説文》作「膻」，同袒，旦聲。裼，易聲。古祇作「但易」。無狃無，《釋文》作「毋」。狃，古音擾。善射古音如序，與御韻。《車舝》與譽韻。忌音記。磬罄。縱送同部。縱，從聲。送，讀平。《丰》送亦讀平。《六書音均表》弟九部，東、冬、鍾、江，《三百篇》皆平聲。鴇𠤏聲，如糾。《鴇羽》同。慢趨。罕干聲，如軒。《春秋》「鄭罕達」，《公羊》作「軒」。掤古聲近馮。鬯弓鬯，同韔。弓，音肱。《傳》列古「迾」字。騁馬騁，音「戚戚靡所騁」。弢叏聲。

《清人》刺文公刺文公在刺忽諸詩之前，刺忽諸詩皆文公已後追刺而作。余友重慶王劼説。禦狄于竟俗加土旁。彭古音如旁。《易·大有》「匪其彭」，子夏作「旁」。旁旁《説文》作「騯」。重英英，从央聲，與彭、旁、翔韻。《有女同車》、《箸》、《汾沮洳》皆音央，在陽部。翱翔雙聲。麃麃《釋文》：「表驕反。」喬古「鷮」字。《韓詩》作「鷮」。《廣韻》、《玉篇》：「鷮，音嬌。」消摇疊韻。作「逍遥」者，俗。軸段氏收尤幽部，上聲。凡由聲字多讀上。陶陶騊。抽《説文》作「搯」。《傳》累荷當作「絫何」。

《羔裘》如濡如，音而。濡，江云：「汝藍反。」洵讀均。旬、勻字通。舍命舍，今之「捨」字。渝與愉同音。豹飾《説文》云：「飾，讀若式。」彦音如《論語》「由也諺」之「諺」。《傳》緣《釋文》：「悦絹反。」

《遵大路》摻參聲。祛去聲。去，古讀上。寁疌聲，子感切。魗俗。《説文》作「敼」云：「《周書》以爲討。」案討，讀「殷紂」之「紂」，則敼音同也。《傳》擥音攬。

《女曰雞鳴》陳古士義句。士，依《正義》增。爛闌聲。鳧几聲。今音符。加之加，音「加豆之實」之

「加」。宜之宜，音嘉，故訓「肴」也。來之來，古「徠」字。贈之贈，與來合韻，段氏以爲之、蒸相通。《傳》珩、璜、琚、瑀、衝牙《釋文》：「珩，音衡。璜，音黄。琚，音居。瑀，音禹。衝，昌容反。」

《有女同車》刺忽《説文・曰部》引《春秋傳》「鄭大子曶」。案曶，古文。舜當作「蕣」，華有白色者豔。都古音如豬。將將音瑲。《終南》同。《傳》木槿當作「堇」。《釋文》：「音謹。」

《山有扶蘇》蘇，穌聲。徐音疏。橋松橋，音喬。《釋文》云：「本亦作『喬』。」子充「統」字从此。《傳》：「扶胥，小木也。」胥，音疎。扶胥，猶扶蘇，疊韻。《釋文》無「小」字。扶渠疊韻。菡萏疊韻。音含覃。《澤陂》同。龍，紅。同部。

《蘀兮》蘀，《釋文》：「他洛反。」不倡《釋文》：「本作『唱』。」和平聲。漂音摽。

《狡童》狡獪童昏。擅命擅，音如專。不能餐江云：「音遷。」《傳》壯狡「狡」與「佼」同。《隰有萇楚》作「壯佼」。

《褰裳》《釋文》：「褰裳，本或作『騫裳』，非。」《説文》云：「褰，袴也。」案此褰、騫二字互易，陸氏是「騫」而非「褰」也。《左傳》襄二十六年釋文不誤。起虔反。溱行溱，次聲。平、入通。溱《説文》、《水經》作「潧」，潧與人合韻。狂童作「僮」者，非。洧有聲，古音如以。士讀事。

《丰》敷容切。不隨隨，音如隋，與和韻。褧衣「褧」同「檾」。下「褧裳」同。《傳》：「丰，豐。」同部。

《東門之墠》墠，《釋文》、《正義》作「壇」。單、亶聲同。茹藘疊韻。藘，《説文》作「蘆」，音閭。《漢書・地理志》：「遼東無慮縣，古醫無閭地。」踐讀淺。《傳》町町音「町畽」之「町」。茅蒐茅，矛聲。疊韻。

《風雨》瀟瀟當作「潚」，音修。詳疏。膠膠音樛。瘳亦翏聲。《傳》愈瘉。

《子衿》漢石經作「裣」。學校廢此「校」字涉下「學校」而衍。《釋文》出「學校」在「世亂」後，則陸所據本無「校」字。定本無「校」字。亂世《釋文》作「世亂」，云：「本或以『世』字在下者，誤。」學校沈音教。子佩佩，平聲。

《渭陽》亦與思韻。挑兮達兮挑，《初學記》作「佻」。達，滑撻也。二字雙聲。闕音缺。門觀也，所以縣象魏。

《傳》弦之弦，作「絃」，俗。瓀《釋文》作「碝」，耎聲。珉《釋文》：「亡巾反。」依《禮記》「玟」字爲音。

《揚之水》終鮮尟。説見《蓼莪》。迋讀誑。《傳》流漂《釋文》：「匹妙反。」《蘀兮》：「匹遥反。」古無此分別。

《出其東門》縞衣縞，高聲。綦巾《説文》：「綦，或『綥』字。」其、畁同聲。《廣韻・七志》云：「畁，《説文》音其。」員《釋文》：「本亦作『云』。」闉闍闉，音《左傳》「井堙」之「堙」。闍，古音都。《集韻・九麻》：「之奢切，徐邈讀。」此即《釋文》「止奢反」也，不應入麻韻。娱《釋文》：「本作『虞』。」虞亦吴聲。

《野有蔓草》蔓，俗「曼」字。音萬。零露零，《正義》作「靈」。漙與團同。邂逅雙聲。邂，當作「解」。逅，《釋文》作「遘」。《綢繆》作「覯」，與芻、隅韻。瀼瀼徐乃剛反。《蓼蕭》同。

《溱洧》渙渙平聲。《韓詩》作「洹」。蕑[艹姦]。既且《釋文》：「音徂。」與乎韻。《詩》多以「徂」爲「且」字。洵恂。《韓詩》正作「恂」。《説文》云：「恂，信心也。」《静女》、《叔于田》、《有女同車》、《宛丘》竝以「洵」爲「恂」字。勺藥疊韻。勺，俗从艸。瀏劉聲。

齊國

《雞鳴》警戒「警」與「儆」同。蒼蠅黽聲。明古音如芒。夢《説文》：「夢，讀若萌。」《斯干》、《正月》夢皆平聲。無庶予子憎當作「無庶予于憎」。憎，曾聲。《傳》纚笄纚，音縰。無見惡於夫人惡，音「好惡」。夫，如字。《釋文》音符，非。

《還》《説文》：「趯，疾也。讀若讙。」「還」與「趯」同。狃《釋文》：「乃刀反。」案《魯詩》作「獿」，假借字。竝拼。兩肩豜。《釋文》：「本亦作『豣』。」儇《韓詩》「婘」，音權。儇、婘同。

《箸》同「宁」。今通俗作「著」。《唐韻四聲正》云：「著，古有平聲。」《靈樞·根結》篇「皮膚薄著」與虛、枯叶。尚之「尚」與「上」通。瑩音營。英古「瑛」字。

《東方之日》履讀禮。闥古衹作「達」。

《東方未明》挈壺氏鄭注《夏官》云：「挈，讀如『絜髮』之『絜』。」顛倒雙聲。倒，古衹作「到」。召古「詔」字。晞昕。樊圃樊，楙聲，讀藩。圃，甫聲。瞿瞿䀠聲。《説文》云：「瞿，讀若『章句』之『句』。」又云：「趯，讀若劬。」莫俗作「暮」。案此與《汾沮洳》、《悉蟀》、《采薇》、《雲漢》莫讀平又讀入。入者，平之委也。《傳》柔脃之木《説文》：「脃，从肉，絶省聲。此芮切。」段注云：「作『脆』者，誤也。」

《南山》綏綏《玉篇》作「夊夊」，思隹切。五兩古「緉」字。緌委聲。《釋文》：「如誰反。」雙古音所工反。「雙」字从此。庸讀用。蓺古衹作「埶」，無「蓺」、「藝」字。衡從《韓詩》作「横由」，「從」與「由」東、幽音轉而通。

媒某聲。《傳》衡獵之，從獵之「獵」與「躐」通。種之種，當作「穜」。説見《七月》。

《甫田》無田此「田」即「畋」字。莠《説文》：「莠，讀若酉。」忉忉音叨。怛怛旦聲。多讀平，此合韻桀。

《匪風》合韻發、偈，入聲。婉兮孌兮婉孌，疊韻。《候人》同，又見《猗嗟》。丱貫。音宦。《禮記·内則》注：「卵，或作『⿰扌關』。」突而《釋文》引：「《方言》云：『凡卒相見謂之突。』吐納反。」而，《正義》作「若」。弁音「《小弁》」之「弁」。

《盧令》古「鈴」字。《載見》作「鈴」。環古音如捐。鬈音拳。《釋文》：「音權，鄭讀。」鋂《釋文》：「音梅。」偲讀才。

《敝笱》鰥即「鯤」字。與雲韻。鱮與聲。唯唯沈養水反，故唯與水韻。《韓詩》作「遺」，遺亦可「養水反」也。

《載驅》無禮義故句。與文姜淫句。薄薄音如迫。簟茀簟，覃聲。茀，讀蔽。鞹虢。入聲。《釋文》作「鞟」。濔濔《釋文》作「爾」，乃禮反。滔滔與儦、敖合韻最近。儦儦麃聲。《傳》彷徉疊韻。

《猗嗟》疊韻。頎而而，《正義》作「若」。抑懿。蹌倉聲。名俗作「眳」。儀容儀也。正中也。《釋文》：「音征。」選纂。《韓詩》正作「纂」。貫古祇作「毌」，音關。鄭讀慣。反兮反，《韓詩》作「變」。《書·堯典》「於變」，《漢書·成帝紀》詔作「於蕃」。古反、變、蕃皆平聲。禦亂禦，當作「御」。

魏國

《葛屨》褊扁聲。陿隘雙聲。陿，《釋文》云：「依字應作『陜』。」蓋《字林》作「陜」，本《説文》也。糾糾丩聲。摻摻讀纖纖。襋音如棘。提提《禮記・檀弓》：「吉事欲其折折爾。」鄭注引《詩》「提提」，提讀折。又《史記・刺客列傳》「藥囊提荆軻」，提讀擿。此提與辟、揥、刺韻。《小弁》提與斯韻。古人平、入自通用也。左辟古「避」字，音壁。刺音策。《傳》繚繚與糾同部。纖纖《説文》作「攕攕」。䙅也《小箋》云：「䙅，當是本作『要』，淺人加衣耳。如《禮記・玉藻》、《深衣》等篇言衣服皆作『要』。」

《汾沮洳》汾，音文，水名。沮洳，疊韻。一方旁。一曲「𠙹」之隸變。玉聲。藚《説文》：「音其或反。」宋《毛詩》載《釋文》引如是。通志堂本改爲「似足反」。公行音「行路」之「行」。公族讀屬。《傳》漸洳漸，音「漸車帷裳」之「漸」。水舄《釋文》：「音昔。」此古音。

《園有桃》殽古作「肴」。何其如字。蓋盍聲。《傳》：「棘，棗。」从二朿。棘，己力切。棗，子晧切。音義俱異，故《七月》棗與稻韻。

《陟岵》音怙。父曰嗟予子絶句。下章予季、予弟同。上尚。旃之、焉合聲。《采苓》與然、焉韻。屺《釋文》：「音起。」必偕偕在脂部，與弟、死韻。《杕杜》與邇韻。《魚麗》與旨韻。《唐韻四聲正》云：「古惟有上聲，竝無平聲。」《傳》無耆寐耆，即「嗜」字。

《十畝之閒》閑閑《釋文》作「閒閒」。泄泄音詍。

《伐檀》坎坎《魯詩》作「欿欿」。《易》「習坎」，京作「欿」，徐音苦感反。干「厈」之省。凡「河干」字放此。漣猗漣，連聲。猗，音兮。支、歌合韻。廛《周禮》「廛人」，「故書『廛』爲『壇』」。縣貆縣，俗作「懸」，下同。貆，《釋文》：「亦作『狟』，音桓。」淪侖聲。囷「麕」字从此。鶉當作「雗」。飧《大東》釋文：「音孫。」《傳》孰食孰，俗作「熟」。

《碩鼠》貫女貫，徐音宦。凡音家多循義以爲音。《魯詩》正作「宦」。永《釋文》作「咏」，音詠，歌也。此非毛義。

唐國

《悉蟀》雙聲。悉，俗作「蟋」。蟀，《説文》作「𧈧」。歲聿與「曰」通。荒亢。詳《天作》。瞿瞿《禮記・玉藻》：「視容瞿瞿。」《釋文》：「紀具反。」蹶蹶厥聲。慆舀聲。舀即《生民》「或舀」之「舀」。與休、憂、休韻。《傳》蛬沈九共反。聿，遂。同部。除，去。同部。

《山有樞》《魯詩》作「蓲」。从木、从艸同。區聲。古讀如邱。榆音豆，平聲。曳《釋文》：「以世反。」婁摟。愉鄭改「偷」。栲《説文》作「柷」，讀若糗。杻《説文》無「杻」字。讀如狃。洒讀灑。異部之假借。埽帚亦聲。弗考攷。古音如朽。《淮南・説林》：「白璧有考，不得其寶。」「考」即「朽」字。保古音如缶。《嵩高》與寶韻。《傳》荎音挃。山㮧雩聲。《説文》：「㮧，讀若華。」檍《説文》作「楮」。《考工記》：「檍爲上。」鄭司農云：「檍，讀如『億萬』之『億』。」

《揚之水》鑿鑿音濯。古平聲。襮《字林》：「方沃反。」晧晧作白旁，非。繡《魯詩》作「綃」。鵠告聲，如咎。粼粼粦聲。

《椒聊》疊韻。椒，《説文》作「茮」，从艸。蕃衍疊韻。匊俗作「掬」。《釋文》：「九六反。」《采緑》同。篤竺。《詩》多以「篤」爲「竺」字。《傳》比也古比例、比輔無二音。

《綢繆》疊韻。子兮子，讀兹。粲者音如箸，與户韻。《傳》纏緜疊韻。嗟兹雙聲。解説悦。

《杕杜》《釋文》：「杕，本或作『夷狄』字。」案此即顔元孫所謂「河北本『杕』作『狄』，誤也」。杕，大聲，特計切。杜，土聲。湑湑音疎。踽踽禹聲。比音如必。佽古音次聲，如漆。《周禮·巾車》杜子春：「軟，讀爲『桼琓』之『桼』。」菁菁青聲。睘睘睘从袁聲，與菁、姓爲韻。此元、耕二部相通。如「子之還兮」，《漢書》作「子之營兮」也。《釋文》：「本亦作『煢』。」則在本韻。

《羔裘》居居音倨。究究宄。《説文》：「宄，讀若軌。」

《鴇羽》鄭注《考工記》云：「羽，讀爲扈。」此古音也。栩羽聲。《東門之枌》釋文：「況浦反。」盬古聲，如蠱。鴇行讀如亢。楊雄《甘泉賦》：「魚頡而鳥䀢。」《毛詩》「頡頏」，或三家《詩》作「頡䀢」。行，古「䀢」字。《傳》積沈音田。杼《説文》作「柔」。杼，乃「杼軸」字也。《東門之枌》同。不攻致古「緻」字。翮鬲聲。

《無衣》天子之使使，从吏聲，古二字通用。燠《釋文》作「奥」，於六反。

《有杕之杜》噬逝。《説文》：「逝，折聲，讀若誓。」道周周還也。《傳》：「噬，逮。」同部。周，曲。同部。

《葛生》蘞《説文》：「蘞，或薟字。」斂亦僉聲也。亡此亡，音《論語》「亡而爲有」之「亡」。角枕冘聲。《澤陂》與萏、儼韻。《易·坎》六三與坎、窞韻。《傳》塋域塋，營省聲。枕篋《説文》：「或匧字。苦叶切。」席䙴《釋文》：「又作『櫝』，徒木反。」

《采苓》《集韻・一先》:「苓,艸名。靈年切。」《周禮》「羊泠毛」,徐仙民:「泠,讀如蓮。」此古音也。顛俗从山頭。江云:「德因反。」爲言爲,同「僞」。下同。《傳》幽辟僻。小行音德行。無徵與證通。

秦　國

《車鄰》《釋文》:「又作『轔』。」秦仲始大《釋文》云:「絶句。或連下句,非。」寺人寺,古「侍」字。《巷伯》同。令《韓詩》作「伶」。耋《集韻》:「音鐵。《易》『大耋之嗟』,王肅讀。」《傳》的顙的,俗作「的」。顙,桑聲。八十曰耋八,當作「七」,詳疏。

《四驖》四,作「駟」,非。驖,戴聲。始命《釋文》云:「絶句。」媚子媚,眉聲。時讀是。時、是同之部,《詩》中多借「時」爲「是」。舍拔舍,音釋。拔,與括同聲。北園今湖州讀園如言。閑古作「閒」,音嫺。鄭以爲「閑」字。輶音「德輶如毛」之「輶」。鸞鑣鸞,古作「鑾」。鑣,麃聲。獫僉聲。歇驕猲獢。《傳》喙《釋文》:「況廢反。」此與呬近。

《小戎》則矜音《論語》「矜而不争」之「矜」。俴讀淺。下「俴駟」同。五楘莫卜切。《説文》:「車軸束謂之鞪。」楘與鞪同。軜舟聲。脅驅脅,劦聲。段云:「驅合韻續、轂、馵、玉、曲字。《東京賦》亦以驅、燭、屬爲韻。」靷引聲。鋈古作「渓」,音鐐。下同。説見《小箋》。茵《列女傳》作「絪」。暢轂暢,當作「暘」。轂,《釋文》:「音谷。」騏其聲。馵段云:「《集韻・三燭》内有此字。」板屋板,古作「版」。駵《釋文》:「音留。」騧音媧。《論語》有季騧。是驂參聲,與中合韻。段云:「驂本音在弟七部。《七月》陰韻沖、《公劉》飲韻宗、《蕩》諶韻終、《雲漢》

臨韻蟲、宫、宗、船，皆東、侵合韻之理。」 艘軜艘，复聲。通俗文作「鐍」。軜，音納。合韻合、邑。厹《説文》作「厹」，巨鳩切。錞《釋文》：「一音敦。」錞，即「鐓」之省。鐓蓋敦聲也。《淮南·説林》注：「錞，讀『頓首』之『頓』。」 伐瞂。《説文》：「瞂，盾也。从盾，犮聲。」 有苑音蘊。合韻群、錞。韔《釋文》：「亦作『暢』。」 鏤婁聲。二弓弓聲字音厷。故「邾，黑肱」，《公羊》作「黑弓」矣。古在蒸、登韻。閉三家作「柲」，或作「䩛」。緄縢音衮縢。厭厭懕。德音段云：「本音在弟七部，合韻膺、弓、縢、興字。《閟宫》綅本音在七部，合韻崩、騰、朋、陵、乘、縢、弓、增、膺、懲、承字。凡古曾之爲瞽、興之爲歆、堋之爲窆、朋之爲鳳、戴勝亦爲戴鵀、仍叔亦爲任叔，皆弟六部、弟七部關通之義。」《傳》歷録雙聲。句衡句，古「軥」字。衡，同横。靳環靳，作「靷」者，誤。《釋文》：「居覲反。沈重云：『舊音皆作靳。』」 搶軓音笵。騏文騏，《正義》作「綦」，《尸鳩》釋文作「綦」。鐏尊聲，與鐓同部。討音《論語》「世叔討論之」之「討」。馬融曰：「討，治也。」 中干戩。紲《釋文》：「息列反。」 緄繩縢約繩、約二字疑互譌。縢、繩雙聲，《閟宫》同。

《蒹葭》伊讀維。一方音防。遡洄《説文》：「遡，或『㴑』字。」洄，回聲。凄凄《釋文》作「萋萋」。晞希聲。湄眉聲。坻氏聲，在六脂。《釋文》：「音直尸反。」是也。《小雅·甫田》直基反，則闌入七之矣。《傳》：「蒹，薕。」廉聲。廉亦兼聲。

《終南》終，讀中。條讀榣。狐裘裘从求聲。求在尤、幽，而入之咍。段氏所謂古諧聲偏旁即合韻之理。丹當作「赭」。《韓詩》作「沰」。紀讀基。《釋文》云：「本亦作『屺』。」《傳》梠《釋文》：「土刀反。」 枏凡冉聲字，古在戈、麻韻。

《黄鳥》惴惴音揣。栗作「慄」，非。殲音瀸。防徐音方。鍼虎鍼，今俗作「針」。

《晨風》晨，《説文》作「鷐」。鴥《韓詩》作「鴪」。鬱《詩》多借作「菀」字，音之轉也。欽欽金聲。櫟樂聲。六駮駮，交聲，與櫟、樂皆平聲爲韻。讀作駁者，今音也。檖《説文》作「椽」。《釋文》云：「或作『遂』。」「遂」疑「椽」之譌。《傳》鸇《説文》：「鸇，亶聲。籀文从廛。」鬱，積。同部。駛疾《衛風》傳作「迅疾」。倨牙倨，音「鋸齒」之「鋸」。

《無衣》袍莫浮切。仇音如疇。戟《説文》从戈，榦省。段注云：「古音在五部，讀如腳。」《傳》襺《釋文》：「本作『繭』，古顯反。」行，往同部。

《渭陽》麗姬《國語》宋庠《補音》云：「舊音麗、音歷。」案舊音，唐人所作。瓊瑰瓊，三家《詩》作「璿」。瑰，鬼聲。

《權輿》夏屋古音户烏。渠渠音巨。四簋簋，音九。《周禮・小史》：「故書簋或爲九。」《伐木》與埽、牡、舅、咎韻。飽包聲，如缶。此與簋韻。《楚茨》與首、考韻，《苕之華》與首、罶韻。

陳國

《宛丘》湯讀蕩。之上平聲。與湯、望韻。《頍弁》與怲、臧，《大明》與王、方韻。洵恂。坎竷。值音置。缶游上聲。翿音如酬。《傳》：「洵，信。」同部。值，持。同部。盎《周禮》「盎齊」，烏浪切。

《東門之枌》漢有枌榆社。婆娑雙聲。《釋文》云：「婆，《説文》作『媻』。」差《釋文》云：「鄭初佳反。毛無改字，宜從鄭讀。」 之原段氏云：「原本音在弟十四部。《東門之枌》合韻差、麻、娑字。古獻尊之爲犧尊、若干之爲若柯、媻娑之爲婆娑、嘽嘽駱馬之爲痑痑駱馬，皆此類。」 鬷總。 荍收聲。《釋文》：「音祈饒反。」蓋讀如翹也。此依謝氏「荍，葉翹起」爲説。 握《説文》云：「古文作『臺』。」臺見《淮南子》。 椒古叔、秋聲同。《春秋》「楚椒舉」，《漢書・古今人表》作「湫舉」。又《左傳》昭十二年湫與攸韻。《傳》數疾也。 芘芣芘，陸音毗。芣，不聲；音浮，非也。

《衡門》衡，讀横。 愿《釋文》：「音願。」 棲遲棲、西一字。西、遲雙聲，棲、遲疊韻。此諄、脂相通之理。《北山》亦作「棲遲」。 泌音毖。 樂飢樂，音「喜樂」。沈云：「舊皆作『樂』字。」

《東門之池》漚《釋文》：「烏豆反。」 淑姬《釋文》作「叔姬」。 晤遻。 紵宁聲。 菅音姦。《白華》同。《傳》：「漚，柔。」同部。 晤，遇。同部。

《東門之楊》男女多違句。 牂牂音如臧。《左傳》有叔牂。 煌煌皇聲。 肺肺朮聲。 晢晢折聲。 古讀如質。

《墓門》陳佗《釋文》作「它」。 良師傅音甫。 斯《説文》：「斯，从斤，其聲。」斯，支部。其，之部。此古合韻之理。「有扁斯石」、「有蕡其實」、「溥斯害矣」、「嘅其嘆矣」、「秩秩斯干」、「灼灼其華」，斯、其聲同，故義同也。段氏於它部有合韻，而支、之部不用合韻，不相褫廁。 夫也《禮記・郊特牲》注云：「夫，或爲『傅』。」案夫、傅聲通。 有梅三家《詩》作「楝」，與首章同。 鴞号聲。 訊之當依《廣韻》作「誶止」。《爾雅》：「誶，告也。」沈旋音粹。 訊予訊，《楚辭注》作「誶」。 思予上聲，與顧韻。《鴟鴞》、《正月》、《谷風》、《四月》同。

《防有鵲巢》邛工聲，如窮。《小旻》、《巧言》同。苕音饒。侜舟聲。予美《韓詩》作「娓」，聲同。甓辟聲。鷊虉。音五歷反。惕惕《說文》：「惕，或从悐。」《傳》：「唐，堂塗。」堂，當作「庭」，字之誤。令適甓之合聲。

《月出》皎《釋文》作「皦」。佼人佼，音姣。窈糾疊韻。丩聲，在尤、幽。合韻。皓唐開成石經作「晧」，上聲。懰《釋文》：「作『劉』，力久反。」懮受疊韻。慅蚤聲，如溲。照昭聲。燎當爲「嫽」。夭紹疊韻。慘當作「懆」，喿聲。與照、燎、紹韻。

《株林》從夏南夏，古音如賈。依《正義》「南」下有「兮」字。下「從夏南」同。匪音彼。說脫。駒《釋文》：「作『驕』。沈云：『駒，後人改之。』」案驕與株合韻。

《澤陂》音波。涕泗疊韻。泗同洟。滂沱彭拖。雙聲。蕑蓤。卷古「婘」字。悁悁《釋文》：「烏玄反。」枕音耽。《傳》夫渠《鄭風》「夫」作「扶」。悒悒《淮南・覽冥》注：「悒，讀《左傳》『嬖人婤始』之『始』。」

檜　**國**檜，同鄶。

《羔裘》如膏平聲。此與曜、悼韻。《下泉》、《黍苗》竝與苗、勞韻。曜與耀通。《傳》動古「慟」字。

《素冠》棘讀急。棘、亟，《傳》皆讀爲急，音之轉也。棘、亟在職德部，亟本義字，棘假借字。欒欒臠。慱慱《文選・賦》注作「摶摶」。韠畢聲。蘊結雙聲。蘊，唐石經初刻作「薀」。《都人士》「菀結」，溫、宛聲相近。《傳》瘠《說文》：「膌，瘦也。㾊，古文。」案「瘠」即「㾊」之隸變。衎衎干聲。《易・漸》曰：「飲食衎衎。」

《隰有萇楚》萇，長聲。猗儺雙聲。如於那。骨醢謂之臡，字或作「腝」，乃官切。此古音也。《傳》銚弋

《爾雅》音姚亦。

《匪風》匪，讀非。下同。偈《韓詩》作「揭」。怛怛本音在元部合音。《漢書·王吉傳》引《詩》「中心愳兮」，愳與發、揭同脂部入聲。嘌《釋文》：「本又作『票』，匹遥反。」弔平聲。今兼入錫。溉《説文》作「摡」，讀如杚。鬵《説文》：「鬵，讀若岑。」《釋文》：「又音岑。」與《説文》合。懷讀歸。《傳》滌條聲。平、入通。碎音細碎。

曹國

《蜉蝣》俗字。《夏小正》作「浮游」，疊韻。楚楚䵰。音創舉切。掘閲掘者，「堀」之誤。閲同悦。説脱。《傳》渠略蝨蟟。强魚、离灼切。容閲《孟子》作「悦」。

《候人》候與鍭、餱、喉俱侯聲，音胡。祋《釋文》：「又都律反。」《漢書·地理志》「左馮翊祋祤縣」，顔音丁活反。赤芾古作「市」，音芾。鵜《説文》：「鶇，或作『鵜』。田黎切。」不稱《廣韻》：「昌孕切。」咮《玉篇》作「噣」。咮、噣同聲同字。《釋文》：「陟救反。」媾冓聲。薈兮蔚兮薈、蔚雙聲。《傳》黝珩《玉藻》作「幽衡」。洿澤鳥洿與汙通。喙《釋文》「虚穢反」，是也。「又尺税反，又陟角反」，王引之《爾雅述聞》云：「《毛詩》以喙釋咮，咮、喙非一字，尺税、陟角兩反，此『喙』之誤讀爲『啄』者也。」媾，厚。同部。

《尸鳩》儀一當作「義壹」。梅「楳」之假借字。忒音貣。萬年年，从禾，千聲。古音如佞。此與榛、人、人韻。《東山》薪、《無羊》溱、《信南山》賓、《既醉》壼、胤、《江漢》人、田、命、命韻。

《下泉》冽作「洌」，非。稂徐音良。案稂，《説文》：「或『蓈』字。」《大田》同。愾《釋文》云：「《説文》：『大息也。』音火既反。」案古愾、慨通用。著尸平聲。郇伯郇，音荀。《左傳》作「荀」。

豳　國豳，山名。邠，邑名。漢人豳、邠通用。

《七月》流火江云：「音毀。」案聲轉如焜。觱發觱，隸俗作「觱」。𩎟，古文「誖」字，《説文》作「滭」。栗烈深冽。褐曷聲。耜《説文》：「作『枱』，或作『鈶』。」目、台聲同。饁盍聲。畯音峻。喜古音尺志反，故鄭讀饎也。倉庚疊韻。懿壹聲。殆讀始。故《雨無正》殆與仕、使、子、友韻也。《釋文》：「作『迨』，音待。」非古字古音。萑葦萑，當作「雈」，萑聲。《説文》：「雈，讀若和。」和、桓合韻也。葦，韋聲，古音如衣。條桑條，《玉篇》作「挑」。我斨音牄。猗當作「掎」。鵙音《易》「闃其无人」之「闃」。《字林》：「工役反。」依《夏小正》、《孟子》作「鴂」也。朱絑。孔陽暘。萋萋與蜩合韻。江云：「《夏小正》『四月秀幽』，則與蜩同部。」蜩周聲，如條。攸、周同聲。穫音《管子》「一樹百穫」之「穫」。蘀音託。轉音則如迻。《鶴鳴》同。貉各聲。貍《釋文》：「力之反。」裘江云：「音其。」説見《終南》。纘與纂通。豜幵聲。斯螽斯，《爾雅》作「蜤」。股古音如古。莎雞沈云：「舊多作『莎』，今作『沙』，音素何反。」案莎、沙誤倒。穹弓聲。《考工記・韗人》鄭司農注：「穹，讀爲『志無空邪』之『空』。」窒音如質，古音也。墐《呂覽・季春紀》注：「墐，讀如『斤斧』之『斤』。」改《少牢禮》「日用丁巳」，鄭注云：「自丁寧自變改。」是改、巳同聲也。室處子、歲不入韻。此三句一韻之例。薁奥聲。菽古衹作「尗」，或假借作「叔」，俗作「菽」。剥攴。《釋文》：「普卜反。」壽音如燾。壺讀瓠。苴音租。《禮》有苴杖。荼音舒。荼與樗又爲句中韻。納禾稼納，古文假借字。《周禮・鍾師》「納夏」，故書「納」作「内」。杜子春云：「内，當爲『納』。」杜以古經典多作「納」也。稼，音古，與圃韻。重古「種」字。《釋文》云：「直容反。又作『種』，音同。禾邊作重，是重穋之字。禾邊作童，是穜蓺之字。今人亂之已久。」穋《說文》：「穋，『稑』之或字。」《詩》作「穋」，《周禮》作「稑」。段云：「與麥合韻，讀如力。」《閟宮》同。綯匋聲。播《楚辭・九歌》：「罔芳椒兮成堂。」罔，一作「播」。《說文》：「罔，古文『番』。」播从番聲，則播古讀如「番番瓠葉」矣。凌陰凌，《說文》作「滕」。陰，在侵部，與東部沖合韻。說見《小戎》。蚤古音如溲。韭古在幽部。《釋文》「音九」，是也。肅讀縮。饗古讀平聲。此與場、羊，《彤弓》臧、況，《楚茨》皇、慶，《我將》方、王，《烈祖》穰、嘗爲韻，無上。《集韻・十陽》「虛良切」有「饗」字。《傳》周正月正，平聲。說詳《小雅・正月》篇。離黃離，《爾雅》作「鵹」。豫畜古「蓄」字。方斨《釋文》：「曲容反。」《破斧》同。角捔。荑桑荑，《爾雅》作「桋」，音題。纁熏聲。螗俗「唐」字。蘀，落。同部。振訊《說文》：「訊，卂聲。古文作『訙』。」又「扟，讀若莘」。扟亦卂聲也。塗古作「涂」，讀與敵同。篳畢聲。嬰薁嬰，俗从艸。凍醪音聊。綯絞尤、蕭音近。窠，升。同部。水複《月令》作「腹」。

《鴟鴞》《說文》：「䧳，籀文作『鴟』。處脂切。」《釋文》「尺之反」，則闌入之韻。以遺王遺，《書》作「詒」。子入聲。合韻「室」字。恩斯勤斯恩、勤，真、文相近。鬻育。閔《淮南・精神訓》芒、芠、漠、閔與門叶。迨《說文》作「隸」。徹撤。桑土《韓詩》作「杜」。《繇》「自土」，《齊詩》作「杜」。蓄租當作「畜祖」。譙譙與嶕同。修修《集韻》：「修修，羽敝也。或作『翛』翛。」案此則修爲正字。《集韻》本諸《釋文》，今本《釋文》乃徑開寶中陳諤等刪改之本也。譙、修在尤、幽部，翹、搖、曉在蕭、宵部。漂搖疊韻。予維音嘵嘵堯聲。《說文》作「唯予音之嘵嘵」。《玉篇》「音」下亦有「之」字。《傳》鶚鴂《說文》無「鶚」字。鴂，夬聲。稚《釋文》作「稺」。拮据，撠挶。竝雙聲。撖者，「乾」之俗。

《東山》三年而歸句。勞歸士句。慆慆音《論語》「慆慆皆是」之「慆」。零雨零，《説文》引作「霝」。濛蒙聲。制古「製」字。士讀事。行枚行，如字。枚，讀微。蜎蜎《考工記・廬人》注謂「若井中蟲蜎蜎」，李音烏犬、烏懸二反。蜀俗作「蠋」。蜀與宿、閒、句爲韻。二章亦實與室、閒、句爲韻。烝《釋文》：「之承反。」敦下有「敦」，《釋文》：「徒端反。」《群經音辨》音團。果蠃疊韻。《易・説卦傳》「爲果蓏」，《釋文》：「力火反。」蠃即蓏也，與《小宛》蜾蠃異物。伊威雙聲。《説文》「伊」作「蛜」。蠨蛸《釋文》云：「《説文》作『蟰』，音夙。」蟰、蛸疊韻。町畽雙聲。《釋文》：「町，他頂反。畽，又作『疃』，他短反。」此音之變也。熠燿雙聲。鸛《説文》作「雚」，从吅得聲，平聲。故《莊子・寓言》篇作「觀」，《後漢書・楊賜傳》作「冠」。垤《釋文》：「田節反。」洒灑。《傳》凡二見。聿至至，古音如質。故至與垤、室、窒爲韻。《杕杜》、《蓼莪》至竝與恤爲韻。《莊子・刻意》篇「道德之質」，《天道》篇作「至」。此至、質通韻之理。栗鄭讀裂。駁爻聲。今音卜者，蕭、尤同入也。與駮異字。縭离聲。江云：「音羅。」嘉音如賀。《傳》寘《釋文》作「寘」，不誤。括樓《説文》作「苦婁」。委黍雙聲。踦音掎。鹿迹鄭注《周禮・迹人》云：「迹之言跡，知禽獸處。」燐《釋文》：「又作『粦』。」皆「粦」之俗。螢火螢，當作「熒」。螘冢《釋文》：「螘，作『蟻』，魚綺反。」案冢，俗从土旁。專專古「團」字。衿今聲，當从糸。帨音率。

《破斧》是皇讀匡。吪讀化，平聲。銶《説文》：「梂，一曰鑿首。」《金部》無「銶」字。遒《廣韻》遒、揫竝即由切。《傳》隋銎隋，《釋文》：「何音湯果反。孔形狹而長也。」奄《説文》作「郁」。鑿屬屬，古「欘」字。下「木屬」同。

《伐柯》有踐《禮記·中庸》注：「踐，或爲纘。」古平聲。《伐木》同。《傳》斧柄《説文》：「或作『棅』。」行列行，音杭。

《九罭》音域。《説文》無「罭」字。鱒沈音撰。袞衣段云：「袞，从㕣聲。㕣，古文沇州字。」鴻鳴聲，大鳥也。無以讀與。《傳》緵罟緵，音總。卷龍古衮、卷聲同，故《禮記》「衮」字皆作「卷」。

《狼跋》跋，同䟦。《爾雅》郭音貝，依䟦爲聲。疐《説文》作「躓」，《釋文》：「又陟值反。」即躓音也。几几《説文》作「己己」，又作「掔掔」。不瑕音《聘義》「瑕不揜瑜」之「瑕」。《傳》跲音《中庸》「言不跲」之「跲」。絇音拘。

釋毛詩音卷二

小　雅

鹿鳴之什

《鹿鳴》筐篚古作「匡匪」。呦呦《釋文》：「音幽。」苹平聲。示我示，鄭作「寘」。此支、真合韻之理，非毛義。蒿《釋文》：「呼毛反。」視鄭注《禮記·曲禮》云：「視，今之『示』字。」《周禮》作「眡」。恌當作「佻」。是傚平聲。《角弓》與教韻。敖五羔反。作「傲」者，非。芩今聲。《釋文》：「其炎反。」則轉嚴凡部矣。湛媅。亦甚聲。《常棣》、《賓之初筵》同。《傳》湃曾釗以「湃」爲「芽」之字譌，音萍。菣《說文》：「或字作『⿱艹堅』。去刃切。」《蓼莪》有「牡菣」。愉《釋文》：「他侯反。」

《四牡》倭遲疊韻。盬古聲。嘽嘽三家《詩》作「痑痑」。案單聲之字音多。若《漢書·地理志》之鄲縣，孟康音多也。《駉》驒音徒河，《大東》、《小明》憚音丁佐。此皆寒、歌二部相近。駱音洛。洛亦各聲。翩翩扁聲。鵻《釋文》：「本又作『隹』。」《爾雅》作「隹」，職追切。《廣韻》思允切，則以鵻、隼爲一字。將父將，讀養。下同。駸駸𠬶聲。諗讀念。案念从今聲，古音如壬。與駸韻。《書·咎繇謨》「念哉」與兩「欽哉」韻，此其例矣。《傳》

喘息喘，音湍。舍幣于禰《釋文》：「舍，音釋。禰，乃禮反。」夫不郭注《爾雅》云：「今鵓鳩。」案鵓即夫不也。不，《釋文》：「方浮反。」依方俗音。枸檵枸，句聲。檵，音繼。《四月》同。

《皇皇者華》皇皇讀煌。駪駪《國語》作「莘」。每古平聲。《文選·魏都賦》「藺渚每每」，李善注：「莫來反。」《春秋傳》「原田每每」，《群經音辨》：「忙回切。」駒《釋文》：「本作『驕』。」與《説文》同。合韻。濡古音如臑。咨俗作「諮」。下同。諏音掫。駰因聲。均勻。詢《釋文》音荀。《傳》：「每，雖。」雙聲。懷，和。雙聲。調忍古「韌」字。

《常棣》鄂咢聲。俗作「鄂」。韡韡韋聲，如夷。裒當作「捊」，《般》、《殷武》同。《易·謙》「裒多」，荀、虞皆作「捊」。脊令雙聲。《小宛》同。兄也兄、況古今字。鬩音鶪。《易》「闃其无人」，姚信作「鬩」。御讀禦。務讀侮。《左傳》作「侮」。無戎音如汝，與務合韻。《常武》戎與祖、武爲韻。儐賓聲。飫《説文》作「䬵」，本音在二部。《韓詩》作「饇」，則與豆、具、孺韻。具古音如豆。《無羊》與餱韻。孺上聲。翕合聲。合、翕、琴、湛同部，而平、入又各自爲韻。家室不入韻，當依唐石經作「室家」。帑奴。《書·甘誓》「帑戮女」，《周禮注》作「奴」，衛包改「孥」。亶音如展。《傳》：「常棣，棣。」下「棣」當作「移」，音移。威，畏。同部。《巧言》同。《考工記》「弓之畏」，「故書『畏』作『威』」。兹古「滋」字。很《釋文》：「户墾反。」填《箋》云：「古聲填、寘、塵同。」怡怡《正義》本作「熙熙」，同在之、台部。儐，陳。古文俱以「陳」爲「敶」字。孺，屬。侯、尤同入。屬，音「不屬于毛」之「屬」。

《伐木》三章章十二句。各本作「六章章六句」，據《正義》訂正。丁丁朾。嚶嚶嬰聲。矧俗「矤」字。聽平聲。《集韻·十四清》湯丁切。許許所。釃音纚。藇《釋文》：「音敘。」羜《説文》：「羜，讀若貯。」於粲於，如字。酤古聲。坎坎《説文》作「竷」。蹲蹲字當作「壿」，音「撙節」之「撙」。我暇叚聲。凡叚、賈、家字讀如古。此與湑、酤、鼓、舞、湑韻，《何草不黄》與虎、野韻。《傳》：「喬，高。」同部。柹《説文》：「朩，讀若輩。」柹，从朩聲。蒲貝反。《釋文》「音側几反」，誤「柹」爲「柿」也。《集韻》因之入五旨。藪當爲「籔」，音溲。莤音縮。

《天保》單厚單，音亶。戩晉聲。《周禮・職方氏》：「故書『箭』爲『晉』。」《釋文》：「子淺反，讀如箭。」真、元合也。遐福遐，古音胡。《士冠禮》「永受胡福」，鄭注云：「胡，猶遐也。」蠲《釋文》：「舊音圭。」案此依三家《詩》「蠲，益聲」，佳之入也。饎高注《吕覽・仲冬紀》云：「饎，讀『熾大』之『熾』。」今吴以米蒸食之曰熾飯，蓋遺意也。《玄鳥》作「糦」。享平聲。與嘗、王、疆韻。《信南山》明、皇，《載見》鶬、光，《烈祖》鶬、將，《殷武》羌、王韻。《集韻・十陽》：「享，虚良切。」禴《閟宫》傳作「礿」，同聲。公功。卜今音博拔切。《楚茨》同。弔古「𨑩」字。《節南山》同。恒《釋文》：「亦作『緪』。」《傳》：「穀，禄。」同部。虧《説文》：「虧，或作『虧』。」

《采薇》玁狁《釋文》：「本或作『獫允』。」將率帥。古文以「率」爲「帥」字。帥，或「帨」字，此本無其字假借也。烈烈《廣雅》作「烈」。孔疚《説文》無「疚」，當作「㝌」，古音如怡。《杕杜》同。來古音釐，又音力。凡一字，有平、入兩讀。爾《説文》作「薾」。騤騤癸聲。《釋文》：「求龜反。」轉入之部。《烝民》同。腓讀辟。弭《説文》：「弭，或作『𢐀』。」耳聲。之、支合韻。杜子春注《周禮・男巫》：「弭，讀如『彌兵』之『彌』。」讀从兒聲。服古「箙」字。《采芑》同。日戒日，作「曰」，非。戒，音急。棘亟。又讀急。下章同。我哀古音如衣。《孝經》「哭不偯」，《説文》作「㥋」。《傳》辟避。解紛紛，作「紒」，非。《釋文》：「芳云反。」是也。《老子》曰：「解其紛。」

《出車》我來來，古音如力。此與牧、載、棘，《大東》服，《靈臺》亟，《常武》塞韻。《孟子・滕文公》篇「勞之來之」，與直、翼韻。入聲。旆旆音淠。況瘁況，古作「兄」。央央《釋文》：「亦作『英』。」襄《釋文》：「或作『攘』。」卉《釋文》：「許貴反。」訊獲馘。《傳》旒埀古作「流𠂢」。

《杕杜》睆宋《毛詩》載《釋文》：「睆，華版反。字從白。或從目邊，非。」案作「睆」是也。《大東》同。幝幝《韓詩》「緣緣」，昌善切，聲同。痯痯《說文》無「痯」，或是「悹」字。不至入聲。《易林·益之鼎》「期逝不至」韻恤，與《詩》同。近段云：「本音在十三部，合韻偕、邇字。《北門》敦韻遺、摧，《采芑》焞韻雷、威，《碩人》頎韻衣、妻、姨、私。微韻與文、欣二韻轉移最近，微韻中軍聲、暈聲、斤聲、肙聲之字，皆自文、欣韻中轉入。」

《魚麗》音罹。罶音栁。與酒、閒、句作韻。《苕之華》與首、飽韻。鱨嘗聲。鯊古衹作「沙」。鱧音禮。鰋《說文》：「鰋，或『鰻』字。」時上聲，如士。此與有韻。《文王》與右，《生民》與祀、悔，《既醉》與子，《蕩》與舊韻。《傳》：「麗，歷。」雙聲。鱨，楊。同部。楊，《說文》作「揚」。鯊，鮀。同部。鮀，音「祝鮀」之「鮀」。不操《正義》作「芟」。罻羅《禮記》釋文：「罻，音尉。一音鬱。」麝弭聲。隱塞隱，音偃。不數罟崔靈恩本「數」作「總」。鯇作「鮦」者，非。鮎沈音奴廉反。

南有嘉魚之什

《南陔》《春官·鍾師》杜子春注：「祴，讀爲『陔鼓』之『陔』。」亥、戒聲同也。《說文》：「陔，階次也。」《文選注》引《聲類》曰：「陔，隴也。」而亡其辭亡，音「亡其七篇」之「亡」。下同。

《南有嘉魚》罩罩卓聲。汕汕山聲。鵻《釋文》：「本亦作『隹』。」又思又與右同。《彤弓》釋文：「右，音又。」《傳》籗竹角切。或作「篧」。橾巢聲。音「夏則居橧巢」之「巢」。鄭讀如撩。壹宿壹，專壹也。

《南山有臺》萊《爾雅》作「釐」。栲見《山有樞》。杻見《山有樞》。遐不遐，音胡。下同。枸句聲。楰臾聲。耇音垢。保艾《傳》作「艾保」，經誤倒。《思文》釋文云：「艾，鄭注《尚書》五蓋反。」案鄭注無反語，謂以其義推之也。沈音刈。《傳》夫須雙聲。魚、侯相近。枳枸雙聲。《說文》作「稽椒」。

《由庚》成十八年《左傳》：「以塞夷庚。」由、夷一聲之轉。庚，音如行。《由儀》讀宜。

《蓼蕭》蓼，音六，又轉音了。譽音豫。《裳裳者華》、《韓奕》竝同。龍讀寵。古文以爲「寵」字。弟音如夷。古弟、夷通。壽豈愷。平聲。《釋文》「開在反」，此今音也。濃濃音醲。鞗革鞗，俗。《小箋》云：「攸，古文『鋚』字。革，古文『勒』字。」案《采芑》、《韓奕》、《載見》同。

《湛露》湛，《釋文》：「直減反。」《考工記・鍾氏》注：「讀如『漸車帷裳』之『漸』。」陽暘。厭厭《說文》作「懕」。令儀古「威儀」作「義」。《傳》私燕《正義》作「燕私」。渫褻。

《彤弓》彤，音融。隸變作「肜」。弨音超。貺俗。古作「兄」。與臧、饗韻。《左傳》僖十五年筮辭「亦無貺也」與筐相韻。饗音香。右侑。櫜咎聲。醻《說文》：「醻，或酬字，音如燾。」《傳》弛音矢。櫜，韜。同部。《釋文》：「又作『弢』。」《時邁》同。

《菁菁者莪》音俄。《蓼莪》同。有儀當作「義」。義，我聲。

《六月》蓄積蓄，《釋文》作「畜」，是也。隊作「墜」，俗。棲棲棲，「西」之或字。作「栖」，俗。飭敕。載是載，音如則。熾戠聲，如識。與棘韻。急當作「棘」。詳疏。顒禺聲。與公合韻。魚容切。膚公膚，籀文「臚」。

公，讀功。翼古「𨗳」字。共王、徐音恭。整正聲。焦穫《釋文》音護。織《箋》云：「織，微識也。」鄭讀識，俗又作「幟」。白旆《正義》作「帛茷」。輊讀摯。軒干聲。佶吉聲。憲音軒。江云：「古惟讀平聲。」《桑扈》、《嵩高》竝同。祉止聲。炰音炰。徐甫九反。《韓奕》同。九，通志堂作「交」，今據宋《毛詩》訂。膾音《論語》「膾不厭細」之「膾」。《傳》簡閱簡，大也。錯革鳥革，音急。鉤車鉤，音「句股」之「句」。寅車寅，古「夤」字。漢唐人碑作夤。摯《釋文》音至。祉，福。同部。

《采芑》《説文》：「玖，讀芑。」則芑亦讀玖。菑畝菑，《釋文》：「側其反。」鄭司農《考工記》注：「菑，讀如『䄍廁』之『廁』。」涖音隸。俗作「莅」。干讀扞。奭《説文》：「奭，讀若郝。」又「叡，讀若郝」。奭、叡聲同。《瞻彼洛矣》同。軝音祇。錯衡《烈祖》：「錯，采故反。」衡，行聲，音杭。瑲瑲倉聲。下同。皇讀煌。隼《説文》：「隼，或鵻字，隹聲。」《考工記·㮚氏》：「準，故書或作水。」則可以定隼之字，在十五部矣。思允切，音之轉。鉦正聲。鞠旅鞠，讀告。旅，音「魯衛」之「魯」。闐闐音《孟子》「填然鼓之」之「填」，待年切。音之變也。蠢尺尹切。荆蠻今作「蠻荆」，誤倒。下同。獲䤋。嘽嘽單聲。《釋文》：「吐丹反。」《嵩高》、《常武》同。焞焞段云：「合韻雷、威字。」《漢書·韋玄成傳》引作「推推」，則在本韻。霆徐音挺。《傳》曰畬古音舒。樊纓樊，即緐。《嵩高》同。瑲珩疊韻。蔥，蒼。雙聲。

《車攻》器械《釋文》：「户戒反。《三倉》云：『械，總名也。』」選車徒選，同算。下同。攻犖。龐龐《集韻》：「龐，或作『驡』。盧東切。」案「驡」出三家。甫草甫，《韓詩》作「圃」。囂囂當作「䫿」，音贅。薄狩作「搏獸」，誤。決《釋文》：「本作『決』、『抉』。」佽次聲。平、入通。既調段云：「本音在弟三部，讀如稠。」《車攻》以韻同字，屈原《離騷》以韻同字，東方朔《七諫》以韻同字，皆讀如重。此古合韻也。《韓詩》「横由其畝」，《毛詩》作「衡從」。《毛詩》「狃聲」之「狃」，《漢書》作「巙」。《史記・衛青傳》「大當户銅離」，徐廣曰：「一作『稠離』。」汝南鮦陽之「鮦」，見腫韻，亦見有韻，皆弟三部、弟九部關通之義。柴當作「𦙶」，三家作「胔」。《禮記・月令》「埋胔」，《吕覽・孟春紀》作「霾髊」，高注云：「髊，讀『水漬物』之『漬』。有肉曰胔。」此聲、差聲同部。𦙶與佽韻。既駕古音如過。猗當作「倚」，音阿。如破如，音而。蕭蕭音修，與悠悠爲句中韻。警作「驚」，非。大庖《禮記・王制》注：「庖，今之廚也。」《釋文》：「步交反。」案此音之轉，古音如浮。有聞《釋文》：「亦作『問』。」《傳》雒邑雒，東周水名。與《小雅》宗周浸之洛别。變「雒」爲「洛」，其譌始於魏黄初元年詔。見《魏略》。大艾草艾，即刈。槸臬。擊《釋文》：「作『鼙』，音計。」案擊、鼙皆譌字，當作「鞶」，説詳疏。大綏《釋文》作「緌」，下「小綏」同。鄭注《王制》：「綏，當爲緌。」達屨《小箋》云：「達、沓古字通。」積漬。讙譁雙聲。俗作「諠譁」。左膘《説文》：「膘，讀若繇。」段注云：「今俗謂牲肥者曰膘壯，音如標。」右髃郭音偶。射右耳本《箋》云：「此『射』當爲『達』。」左髀《釋文》作「脾」。右䯙音肱。踐毛踐，同翦。

《吉日》能慎微接下句。戊茂字从此。禱《釋文》云：「《説文》作『禂』。」案見《繫傳》，鉉本佚。壽、周聲同也。差音參差。麀《説文》：「麀，或作『麔』。」段注云：「麀从匕聲，讀扶死反。後人以鹿聲呦呦，改其音竝改其字作『麔』耳。」《靈臺》同。麌麌當作「虞」，《説文》作「噳」。祁《廣韻》渠支切。儦儦《説文》作「伾伾」，疑古本如是。俟俟徐音矣。悉率古「達」字。凡帥、達皆用率，隨文可知也。挾段云：「當从夾聲。」殪壹聲。

鴻鴈之什

《鴻鴈》《説文》作「鳿雁」。至于矜寡矜，《釋文》：「亦作『鰥』。」《大田》序同。江云：「寡，音古。」矜人段氏《説文注》云：「矜，當从令聲，讀如鄰。」嗸嗸本作「嗷」。《傳》：「矜，憐。」疊韻。示古「視」字。

《庭燎》徐力燒反。箴與「鍼」同。晣晣晣、晢一字，音如質。噦噦當作「鉞鉞」，戉聲。《泮水》同。鄉向。今作「嚮」。煇軍聲，古如薰。旂斤聲。《采叔》、《泮水》與芹韻。轉音巨幾反。

《沔水》沔，徐莫顯反。朝淖。隼隹聲，與水韻。見《采芑》。湯湯蕩。蹟《説文》：「或『迹』字。」弭古「㤙」字。率逹。訛言訛，《説文》作「譌」，《正月》同。

《鶴鳴》于九皋古本無「于」字。皋，音如昦。它山《釋文》：「它，古『他』字。」錯厝。《釋文》：「千故反。」是也。千，通志堂誤刻「乎」，依宋《毛詩》訂。穀从木，㱿聲。

《祈父》祈，讀圻。圻與畿同。爪牙牙，古音吾，與父韻。爪士讀事。底職雉切。作「底」者，非。饔雝聲。隸作「饔」。《傳》羌戎《正義》作「姜戎」。至致。

《白駒》縶讀若輒。《穀梁傳》「衛謂之輒」，本亦作「縶」，陟立切。藿「藿」之省。賁徐音奔。《夏小正》：「玄駒賁。《傳》曰：『賁者何也？走于地中也。』」賁讀爲奔，奔、賁皆从卉聲，古者同讀。汪遠孫云：「曹憲《博雅音》：『《周易》賁卦音奔。』今人多彼寄反，失之。」遁《釋文》作「遯」。案遁、遯同部不同義。《説文》：「遯，逃也。徒困切。」空谷空，《韓詩》作「穹」，音之轉。毋金玉毋，《毛詩》作「無」。

《黄鳥》于穀㱿聲，从木。與下「冐穀」从禾者不同。啄《釋文》：「陟角反。」旋音「還車于邁」之「還」。

《我行其野》蓫《説文》無「蓫」字。苖，音笛，即蓫也。曾釗説。葍畐聲。成不成，《論語》作「誠」。亦衹祇从示，氏聲，音支。唐石經作「衹」。

《斯干》讀澗。秩秩泆。猶《詩》多用上聲。鄭改「瘉」，轉入侯部。似讀嗣。閣閣輅。槖古「橐」字。攸去平聲，如祛。祛以去爲聲，而聲平也。《左傳》僖十五年「千乘三去」，與餘、狐叶。芋于聲。跂當爲翍。棘《韓詩》作「朸」。革古文「𩊚」。《韓詩》作「𩊚」。翬軍聲。殖殖直。庭與挺通。噲噲《説文》：「噲，或讀若快。」《箋》同。噦噦《釋文》：「呼外反。」莞《禮》作「萑」。簟音尋。《廣韻》上聲。我夢《正月》「夢夢」，沈重音莫滕反。此與興韻。《正月》與蒸、勝、憎、陵、懲、雄韻。斯皇煌。地也聲，古音如它。裼《説文》作「禘」，本《韓詩》。段云：「合韻地、瓦、儀、議、罹字。讀如拕。」瓦音如臥，平聲。古在歌、戈、麻。是議江云：「古有平聲，讀如俄。」《北山》與爲韻。罹《釋文》：「又作『離』。」《傳》棱廉段注《説文》云：「棱，俗作『楞』。」長也長，音「長短」之「長」。幼古「窈」字。褓《釋文》：「音保。齊人名小兒被爲褓。」紡塼《釋文》：「又作『専』。」案「塼」字，俗。

《無羊》犉《良耜》釋文：「如純反。」濈濈《太平御覽》作「戢戢」。溼溼音欇。池音它。訛當作「吪」。《玉篇》引作「吪」。訛，誤。衰俗从艸。雄厷聲。《正月》同。《左傳》襄十年繇辭「而喪其雄」與陵韻。今入東，音之轉也。矜矜兢兢雙聲。兢，「兢」之省變。溱溱音蓁。《傳》呞《爾雅》作「齝」，丑之反。是之、咍同部之理。虧崔《集注》作「曜」。

節南山之什 鄭《箋》無「南山」二字。

《節南山》節，徐音截。家父《釋文》音甫。巖巖作山頭者，非。具讀俱。惔「炎」之譌。炎，讀如飪，不入韻。監古「瞰」字。猗音阿。薦瘥薦，同荐。瘥，三家作「嗟」，才何切。憯「朁」之譌字，七感反。氏古「邸」字。毗「妣」之隸變。俾民俾，《釋文》作「卑」。空音如穹。弗信平聲。弗仕事。下「膴仕」同。瑣瑣《易》釋文：「悉果反。」是也。素火，則轉脂韻。膴《斯干》箋：「芋，作『膴』。」則膴音如芋矣。傭庸聲。訩「詾」之或字。屆凷聲。闋《爾雅》作「㱱」。《字林》以爲「喟」字，丘愧反。案此今音也。古讀「樂三闋」之「闋」，故《六書音均表》以惠、戾、屆、闋爲脂之入，夷、違爲脂之平。酲呈聲。政正聲，古音征。項領段云：「項，即『洪』之假借。」領，合韻騁字。《桑扈》合韻屏字。蹙蹙當作「戚」。《釋文》：「子亦反。」騁甹聲，丑郢切。茂楙。懌睪聲。作誦平聲，與訩、邦韻。訛當作「吪」。《正月》同。邦丰聲。《傳》：「猗，長。」長養。曾也曾，音增。均，平。真、耕音相近。弔，至。同致。空，窮。同部。訩，訟。同部。成，平。同部。正，長。音「長幼」。一字數義。

《正月》正，平聲。《書·甘誓》「三正」，《釋文》云：「徐音征。」段氏《撰異》云：「此舊音也。古耕、清部字皆有平無上、去。『正』字不論何訓，皆讀平聲。正月，其一也。或謂秦人諱『政』而改『正月』字爲平聲，真淺陋之說。」癙俗「鼠」字。《字林》音恕。痒音蛘。瘉俞聲，如偷。下「愈愈」同。愈愈《爾雅》作「庾庾」。惸惸俗作「惸」，音煢。下「惸獨」同。并古「拼」字。勝騰。蓋卑蓋，盍聲，讀爲盍。下同。具曰具，讀俱。不局段云：「合韻。讀如臭。」蹐三家作「趚」。脊蹟。蜴當依《說文》作「蜥」。有菀宛聲，如「鬱彼北林」之「鬱」，聲轉義同也。《内則》「宛脾」，或作「鬱」。《小弁》、《菀柳》、《桑柔》同。扤徐音月。仇仇三家作「执执」。或結合韻厲、滅、威字。厲癘。褎如《釋文》：「褎，補毛反。」蕭、尤聲近。如，以聲。威讀滅。宭君聲。載輸音《春秋》「鄭人來輸平」之「輸」。《廣韻》傷遇切。員云。爾輻當作「輹」。詳辨誤。婁「屢」，俗。不意入聲。《易·明夷》象傳「獲心意也」與得、息韻。炤《禮記·中庸》作「昭」。慘慘當作「懆」。旨酒江云：「叶音焦，與肴韻。」嘉殽《釋文》作「肴」。洽讀合。《左傳》作「協」。協亦合也。孔云《鄭風》、《商頌》作「員」。慇慇殷聲。佌佌當依《說文》作「⿰亻囟」，音絪。蔌蔌當爲「遬」，从辵，欶聲。詳疏。方穀作「方有穀」者，非。椓豖聲。哿音嘉。《傳》：「菷，醜。」同部。圜土《周官·司圜》音于權反。勝，椉。同部。局，曲。同部。蹐，累足。累，當作「絫」。蹐、絫同部。螈《列女傳》作「蚖」字。謷謷敖聲。哿，可。同部。《雨無正》同。單古「禪」字。

《十月之交》辛卯「貿」字从此。告凶告，《漢書·劉向傳》作「鞫」。爗爗曅聲。《釋文》：「于輒反。」電申聲，與令韻。沸騰沸，弗聲。今入未韻。騰，同滕。冢崒冢，俗作「塚」。崒，古作「卒」，爲「崒」之假借字。皇父甫。番《韓詩》作「繁」，《漢書·古今人表》作「皮」。元、歌合韻。維宰古音如梓。《雲漢》同。仲允《古今人表》作「術」。元、脂合韻。棸子棸，音趣。蹶《釋文》作「蹷」。《大雅》有蹶父。楀禹聲。《古今人表》作「萬」。《考工記》「萬」或作「矩」。師氏氏與士、宰、史合韻。《雲漢》與紀、宰、右、止、里合韻。豔妻豔，盍聲。覃、談之入。《魯詩》作「閻」。煽依《說文》當作「傓」。抑懿。徐音噫。鄭說非毛義。不時讀是。是亦平聲。徹撤。不戕《釋文》：「在良反。王作『臧』。」案《易·豐》「闃其无人，自戕也」，衆家如此，今誤作「臧」，同。矣矣與時、謀、萊韻。《唐韻四聲正》云：「古有平聲。馬融《廣成頌》『方斯茂矣』與哉韻。」向平聲。多藏古作「臧」。凡入五臧皆平聲，今去聲，非。憖與寧雙聲義近。以居音諸，語助詞。下章「居憂」同。囂囂《韓詩》作「謷」。孽音妖孽。噂沓噂，《説文》作「僔」，子損切。沓，古音如達。里悝。羨似面切。《皇矣》與援、岸韻。不徹古之「轍」字。《傳》：「騰，乘。」同部。《閟宫》同。

《雨無正》不駿《釋文》音峻。後竝同。旻天定本作「昊天」。舍讀除。淪音輪。《小旻》、《抑》同。三家作「薰」。侖、熏同諄、文部。鋪痡。《韓詩》正作「痡」。周宗《左傳》作「宗周」。勩貰聲。《釋文》：「夷世反。」

辟言辟，古「壁」字。成不成，古「誠」字。暬當從執作「暬」，音褻。憯憯朁聲。《釋文》：「千感反。」訊據《墓門》當作「誶」字。荅段云：「荅在七部，合韻。《新序》、《漢書》皆作『對』，則在本韻。」是出入聲。《釋文》：「尺遂反。」與《論語》「出内之吝」同音，以叶下「瘁」字。不知瘁亦卒聲也。棘急。《傳》：「駿，長。」音常。疏不執疏，俗作「蔬」。率也率，即「䢦」，依三家作「帥」。

《小旻》《召旻》以爲「閔」字。敷當作「敷」，讀布。如《長發》「敷政」，《左傳》兩引作「布政」。回遹回，即寠。遹，與譎同。二字皆在脂部。《抑》、《桑柔》、《召旻》竝同。沮音疽。覆用平聲，與從、邛韻。潝潝音脅。訿訿呰。底《釋文》作「厎」，不誤。集讀就，雙聲也。《韓詩》正作「就」，則在本韻。匪行邁匪，音彼。與下「匪」同「非」者異。不潰遺。靡古「麽」字。靡膴膴與謀合韻。《韓詩》作「腜」，用本韻。哲《説文》：「哲，或作『悊』。古文作『嚞』。」《抑》釋文作「喆」，「嚞」之省也。馮河馮，《説文》作「淜」。《傳》邪衺。辟僻。潰，遂。同部。馮，陵。同部。

《小宛》或「惌」字。富福。不又讀復。螟蛉雙聲。蛉，《説文》作「蠕」。蜾蠃疊韻。蜾，或「蝸」字。蠃，音羸。負今浙西讀如缶。似嗣。題題。見《玉篇》。脊令段云：「合韻鳴、征、生。《左傳》所引《逸詩》韻挺、扃、定。」毋忝毋，唐石經作「無」。忝，「忝」之隸變，他典切。桑扈《爾雅》作「鳸」爲正字。填殄。岸犴。《韓詩》正作「犴」。《傳》鶻鵰鶻，骨聲。鵰，或从舟。蒲盧疊韻。《中庸》曰：「夫政也者，蒲盧也。」負，持。同部。竊脂廿，古文「疾」，「竊」以爲聲，今字失其聲矣。

《小弁》古「昪」字，音盤。鸒與聲。提提翍。《廣韻》巨支切。踧踧《爾雅》「儵儵」，音條。叔、攸同部，平、入通用。惄與悄同。擣《釋文》：「本作『擣』，《韓詩》作『疛』。」如紂、討同聲之例。疢丑刃切。《釋文》：「又作『疹』。」屬鄭注《考工記》：「屬，讀如『灌注』之『注』。」徐音蜀，蜀亦讀如注也。罹唐石經作「離」。嘒嘒《釋文》：「呼惠反。」漼崔聲。淠淠朮。伎伎《玉篇》作「跂」字，从支聲。音其宜反，非。雊此聲，合韻伎、枝、知。壞木壞，《爾雅》作「瘣」，胡罪切。墐《說文》作「殣」。掎音《左傳》「諸戎掎之」之「掎」，居綺反。今入支。扡葉鈔本《釋文》從木作「杝」。鄭《箋》音迆。佗今之駝。浚與濬通。《傳》：「卑居，雅烏。」卑，音壁。今《詩》、《爾雅》皆音匹，非也。雅烏，疊韻。群兒「群」下當有「飛」字。放宜咎放，音「放驩兜」之「放」。于旻天、于父母兩「于」讀如呼。蟬《蕩》釋文云：「市延反。」佗，加。同部。關弓關，同彎。磯《釋文》：「古愛反。」與忔、概同，摩也。說詳《小箋》。

《巧言》父母且徐七餘反。幠古音如哼。作「憮」者，非。威讀畏。泰幠泰，當作「大」，如字。僭當作「譖」。涵函聲。鄭讀「咸」。沮阻。用長平聲，與盟韻。盜讀逃。餤當作「錟」，音沾。止共供。秩秩《說文》作「𢧜𢧜」。莫謨。亦莫聲。忖當作「刌」。毚兔毚，「讒」字从此。荏染疊韻。「栠冉」爲正字。《抑》同。樹古音如豆。《行葦》同。蛇蛇訑。麋湄。李注《文選》詩引正作「湄」。拳音捲。微瘣。尰與腫同。爾居音諸。《傳》淺意淺，同諓。骭瘍高注《淮南·俶真》：「骭，讀『閈牧』之『閈』。」瘍，《釋文》：「本作『傷』。」腫足當作「足腫」，重聲。

《何人斯》我陳古「陳」字。愧愧、媿一字。祇攪祇，音支。《易·坎》九五「祇既平」，京房作「禔」。古氏、是同在支部。攪，音絞。舍古音舒。與車、盱爲韻。盱忓。易入聲。此與知、祇韻，讀如移。祇疷。壎《周禮》作「塤」。篪《説文》：「或䶵字。」又《走部》：「䞾，讀若池。」高注《淮南書》：「五篪，讀『池澤』之『池』。」貫今之「串」。蜮《釋文》音或。依宋《毛詩》訂。靦《説文》：「靦，見聲。或作『䩄』。」又古文以𦣝爲之。𦣝，讀書卷。皆在元、寒韻。今音他典切，則讀同惧矣。《傳》短狐當作「弧」。姡《釋文》：「户刮反。」

《巷伯》巷伯奄官兮此五字據《釋文》、《正義》增補。萋兮斐兮萋斐，疊韻。萋，正字作「緀」。哆兮侈兮哆、侈疑誤倒。哆，《玉篇》：「昌可反。」此古音也。誰適音敵。下同。緝緝咠聲，子立反。翩翩古音如繽。《桑柔》同。屈賦《湘君》翩合韻淺、閒，則已讀今音矣。捷捷音接。幡幡《賓之初筵》釋文：「孚袁反。」驕人驕，音憍。好好《爾雅》作「旭旭」，聲同。草草慅。謀段云：「合韻者、虎字。」有昊「昦」之隸變。段云：「介聲在尤、幽部。」猗當作「倚」，讀加。《傳》齹婦齹，同䑋。蒸音薪蒸。《小箋》云：「蒸，析麻中幹也，古以爲燭。」掮屋掮，《釋文》作「縮」，所六反。不閒居《釋文》：「閒，音閑。」嫗《釋文》：「本或作『煦』，況甫反。」喜古「嬉」字。踐刑幵聲，與荆別。

谷風之什

《谷風》積音「王子積」之「積」，與遺皆貴聲。《左傳》釋文：「徒回反。」萎《釋文》：「於危反。」案委聲在六脂，今入五支。《禮記·檀弓上》「孔子歌」萎與積、壞韻。小怨怨與萎韻。《説文》：「眢，从夗聲。讀若萎。」段注云：「此與《小雅·谷風》怨讀如萎一例，合音也。《左傳》音義引《字林》：『眢，一皮反。』一皮即委之平聲，古讀如此。《集韻·五支》邕危切即一皮也。」《傳》焚輪《小箋》讀紛綸。

《蓼莪》蓼，《釋文》音六。蔚音鬱，與瘁韻。瘁，卒聲。缾音蓱。鮮匙。《易·繫辭》「故君子之道鮮矣」，鄭本作「匙」。靡至入聲。韻恤。《杕杜》同。鞠鬻。如「鞠子」即「鬻子」。拊《釋文》音撫。何害入聲，與烈、發韻。《四月》同。《生民》與月、達，《蕩》與揭、撥，《召旻》與竭韻。今「禍害」字讀去聲，非也。

《大東》饛蒙聲。捄音糾。匕扶死切。俗作「朼」。砥段云：「氏聲在十五部。厎，或作『砥』。《孟子》引作『氐』。今分別厎在五旨，砥在四紙。」睠《説文》有「眷」無「睠」。潸焉《説文》：「潸，所姦切。」焉，作「然」。杼軸杼，予聲。軸，各本誤「柚」。佻佻《韓詩》作「嬥」，兆、翟同部。冽作「洌」，誤。氿泉氿，《釋文》：「音軌，字又作『晷』。」契契挈。憚《釋文》：「本作『癉』。」徐音旦。」《小明》同。薪是薪，疑「浸」之譌。亦可息亦，當作「不」。不來古「勑」字。案子來、子服、子裘、子試八句一韻而有平仄之分。來音力，與服韻。試音兹，與裘韻。四「子」字一韻也。鞙鞙肙聲。璲讀瑞。古祇作「遂」。跂《説文》作「歧」，讀如攲。徐音丘婢反，則字已作「跂」，讀跛矣。不可以服箱各本脱「可」字。服，同負。啟明啟，《爾雅》作「启」。長庚疊韻。簸皮聲與播聲相近。《生民》同。斗古「枓」字。沈音主。《易・豐》「日中見斗」，孟作「主」，古聲同也。故《行葦》斗與主韻。翕讀合。鄭讀吸。《傳》艾也艾，同刈。續《説文》：「古文『續』作『賡』。」《書・咎繇謨》「乃賡載歌」，賡即續也。《唐韻》皆仞賡爲庚聲，大誤。詳《説文》段注。斞臾聲。《説文》臾不以䀠爲諧聲。依《賓之初筵》箋，則讀如仇。《釋文》：「矩于反。」從䀠得聲，非古也。俗作「斞」。

《四月》匪人匪，音彼。下同。淒淒《爾雅》作「悽悽」。具腓俱痱。離瘼離，即罹。瘼，莫聲。廢《釋文》：「一音發。」案廢音「廢六關」之「廢」，廢即發也。構冓聲。曷遏。盡瘁《北山》「或盡瘁事國」，《左傳》作「憔悴」，盡、憔一聲之轉。《説文》有「悴」無「瘁」。仕事。鶉「鷻」之省。《釋文》：「徒丸反。」鳶當作「鳶」，與鴟同。《旱鹿》同。詳疏。梀朿聲。《傳》鵰籀文「雕」字。《考工記》：「故書『雕』或爲『舟』。」赤梀《釋文》：「所革反。」《説文注》云：「許書無『梀』字，蓋古只作『朿』也。」

《北山》士子士，讀事。溥他書多作「普」。率逹。濱當作「瀕」。賢《説文》：「臤，古文以爲『賢』字。」案菣、緊皆臤聲，去刃、糾忍二切，此古音也。故與濱、臣均韻。傍傍當作「徬」。鮮古音如獻。《爾雅》：「鮮，善也。」方將讀壯。叫號疊韻。慘慘當作「懆」。下同。卬俗作「仰」。鞅掌疊韻。湛酖。風《釋文》音諷。

《無將大車》祇《釋文》音支。《我行其野》同。塵「𪋻」之省。疧《釋文》作「疷」，都禮反，非也。疧从氏聲，與塵合韻。熲讀若《禮記》「入户奉扃」之「扃」。《集韻》扃、熲竝涓熒切。雝攡。俗作「壅」。

《小明》艽野艽，音仇。共人共，古「恭」字。下同。罪罟罪，古作「辠」，秦人改之。或釋之爲罔罟，此繆説也。《瞻卬》、《召旻》「罪罟」同。憚癉。譴遣聲。奥古「燠」字。愈戚讀促。俗依「促」別造「蹙」字。《召旻》同。

伊戚古「慽」字。介夰。《詩》以「介」爲「夰」字。

《鼓鍾》《周禮・鍾師》注：「鼓，讀『莊王鼓之』之『鼓』。」鍾與鐘通。將將鎗。喈喈諧。回寠。回、韋同聲。鼛咎聲。與臯通。三州今作「洲」。妯《説文》作「怞」。猶《禮記・檀弓下》注：「秦人猶、揺聲相近。」此尤、蕭合也。欽欽欣聲，相近。笙磬笙同生，與笙簧義異。不僭朁聲。《唐韻四聲正》云：「古讀子晉切。」《傳》動慟。曰昧《釋文》作「韎」。曰南或作「任」，音同。朱離朱，《正義》作「株」。

《楚茨》三家作「薺」。抽音如籀。庾音逾。妥綏以爲聲。侑《説文》或「姷」字。絜音《大學》「絜矩」之「絜」。亨「亯」之隸變，音香。今音普更反。肆隶聲，息利切。將醬。祊《説文》：「祊，或『鬃』字。」又《足部》：「趽，讀與彭同。」彭古音旁，方古音防。慶平聲。《集韻・十陽》「慶」通作「羌」，虚羊切，是也。《甫田》、《裳裳者華》、《皇矣》、《閟宮》同。段云：「漢人始有讀入十一部者，如『彰皇德兮侔周成，永延長兮膺天慶』之類，然尚讀平聲。後此又讀去聲，入映矣。」爨七亂切。踖踖錯。莫莫漠。醻《釋文》：「又作『酬』。」交錯这遣。酢醋。《禮・特牲》「尸以醋主人」，「古文『醋』作『酢』」。猶言古本作「酢」則今本作「醋」。醋，是也。後同。熯戁。徂賚來聲。徐音來。孝孫合韻熯、愆字。苾芬苾，《韓詩》「馥」。《信南山》「苾苾」，《韓詩》「馥馥」。必、复不同部。芬，或「芬」字。神嗜《釋文》作「耆」。下章同。案耆，古「嗜」字也。幾讀期。稷音如速。敕飭。既戒戒與止、起韻。告不入韻。鼓鍾《正義》作「鍾鼓」。聿音曰。廢徹廢，猶去也。徹，即撤。入奏合韻禄字。綏妥聲，聲義通。孔時是。𣅀俗作「替」。《説文》：「𣅀，从竝，白聲。他計切。」古音鐵。又見《召旻》。《傳》飪之飪，壬聲。齊《釋文》：「才細反。」互《説文》「笠」或作「互」。取膟膋《釋文》音律寮。案膋，或「膫」字。

《信南山》甸《韓詩》作「敶」，聲同。畇畇匀聲。田古音陳。雰雰《説文》無「雰」字。《太平御覽》作「紛紛」。霢霂音脈沐，疊韻。❶優渥。渥渥，疊韻。霑沾聲，如忝。足古「浞」字。疆埸古祇作「易」，下同。《載芟》傳可證。彧彧或聲。《論語》「郁郁」。或、有同部。廬盧聲。鸞刀鸞，音鑾。《傳》墾辟墾，音《國語》「墾田若埶」之「墾」。宋墾《補音》：「墾，口很反。」辟，古「闢」字。

甫田之什

《甫田》倬焯。陳音塵。耘《釋文》作「芸」。耔當作「秄」。沈音兹。薿薿《釋文》：「魚起反。」齊古「齍」字。御迓。攘《禮記・曲禮》「左右攘辟」，鄭注云：「攘，卻也。」或者「攘」古「讓」字。克敏每部。在之部讀如鄙。如鋂、梅、悔、晦、痗、誨皆每聲也。茨稽。《瞻彼洛矣》同。坻氏聲。《傳》雝本雝，古「擁」字。茨，積。積與稽雙聲通用也。

《大田》既種音「種之黃茂」之「種」，字作「穜」。覃剡。徐以廉反。俶載《釋文》：「俶，尺叔反。始也。載，事也。」方音如旁，溥徧之意。皁正字作「草」。古草木作「艸」，草斗作「草」。今「草」行而隸變「皁」字矣。皁，又作「皂」。螟冥聲。螣段云：「假借爲『蟘』字，以韻賊，此合韻也。《説文》引《詩》作『蟘』，則在本韻。」蟊《瞻卬》釋文作「蛑」。穉音稚。屖、隹同部。渰弇聲。萋萋當作「淒」。興雨古本作「興雲」，是。穧齊聲。穗

❶ 「疊韻」，徐子静本、《清經解續編》本同。疑當作「雙聲」。

惠聲。段氏以凄、祁、私、穉、穧爲脂之平，穗、利爲脂之入。

《瞻彼洛矣》洛，雍州川。與雒豫州川同音異字。泱泱央聲，如盎。韎《説文》从末聲。段注云：「鄭《駁異義》：『韎，齊、魯之閒言韎聲如茅蒐，字當作「韎」。』鄭所據亦作末聲，謂當从未聲也。唐韻莫佩切，劉、李《周禮》音妹，此鄭未聲之説也。《廣韻》音末。諸經音莫介反者，許末聲之説也。」韐或帢字。奭《韓詩》作「赩」，讀若郝。鞞琫音裨捧。珌必聲。《公劉》同。《傳》珧珌珧，音瑤。璗《釋文》：「徒黨反。字又作『瑒』。」璆珌璆，《正義》作「鏐」，音球。諸侯鏐珌。鐐尞聲。鏐珌鏐，《正義》作「鐐」。大夫鐐珌。珕劦聲。珕珌《説文》「珕」作「珧」，非。

《裳裳者華》裳裳，讀堂。芸紜。似之似，讀嗣。

《桑扈》鶯鸎。同音不同義。領讀頸，合韻屏字。翰讀榦。《小雅》一見，《大雅》三見。難古「儺」字。不那那，古音如難。《隰桑》又難如那。此歌、元合韻之理。《説文》「受福不儺」，則在本韻。觩當作「斛」。彼交彼，當作「匪」。交，同絞。敖《左傳》作「傲」。敖、傲古今字。

《鴛鴦》音宛央。廄《説文》：「廄，古文作『宄』。」又「𣪘，殳聲，讀若九」。則廄亦讀若九矣。摧讀芻。案此本《周禮》也。若依《説文繫傳》作「蒭」，則下章芻與綏爲合韻矣。秣《繫傳》作「䬴」。《傳》莝也莝，當依《釋文》作「芻」。粟也《釋文》作「穀馬也」三字。詳疏。

《頍弁》頍，支聲，丘弭切。鄭注《禮》「滕薛名簂爲頍」，《釋名》：「簂，恢也。」今直音恢矣。既嘉音如賀，與何、他韻。蔦《説文》：「島，海中往往有山可依止曰島。讀若《詩》曰：『蔦與女蘿。』」是言人之依止猶蔦艸之寄生，故讀若同也。《玉篇》可了、多老二切。女蘿羅聲。説懌當作「釋」。何期其。既時是。平聲。怲怲段云：「古音讀如旁。」案陽唐今轉入庚，如怲、兵之類。霰散聲，如綫。《傳》菟絲菟，或作「兔」。暴雪當依《爾雅》作「霄雪」。

《車舝》《左傳》作「轄」。間關疊韻。關，𢇍聲。𢇍，卝聲。括《釋文》：「本作『佸』。徐音古闊反。」鷮《釋文》音驕。無射斁。高岡合韻薪字。柞乍聲。仰止仰，當作「卬」，平聲。止，作「之」，下同。《傳》：「佸，會。」同部。慰，安也。疑三字衍。

《青蠅》營營《説文・言部》作「謍」。樊讀藩。《説文》作「棥」，附袁切。讒人它書引作「讒言」。構音「我日構禍」之「構」。《釋文》：「古豆反。」

《賓之初筵》媟近媟，音褻。下「媟嫚」同。沈湎沈，《蕩》釋文作「耽湎」，徐音莫顯反。淫液《釋文》音亦。殽核殽，《釋文》作「肴」。《禮記・曲禮上》「其有核者懷其核」，核，亥聲，古哀切。今音户革反，依「覈」字作音也。《魯詩》作「覈」。旅古音魯，與楚韻。逸逸繹。發功發，徐音廢。案《四月》傳：「廢，大也。」徐仙民作「大功」解。的勺聲，故與酧韻。既至至，古音質。段以爲上聲，與禮合韻。屈賦《遠游》合韻比、厲、衛字。純嘏純者，「奄」之假借。嘏，古聲。後同。湛甚聲。爾能能，音而，與又、時韻。《大戴禮・公冠》篇祝辭能與時、財韻。又古音如怡。僊僊《一切經音義》引《聲類》云：「俗『仙』字。」怭怭《説文》作「佖」。載呶段云：「呶以韻傲、郵，讀如疑。」傲傲欺聲。郵古音如怡。側仄。傞傞《集韻》桑何切。怠台聲。童羖《秦本紀》「五羖羊皮」，讀如股。識音志。

魚藻之什

《魚藻》頒音墳。徐邈於《周禮》「頒」音墳，於《書》「孺子頒」音甫云反，此古音也。音轉布還反。莘𤕫有那𠭊聲，本在侵部。段云：「今人用『那』字，皆爲『奈何』之合聲，雙聲合韻也。」

《采菽》《左傳》作「叔」。錫命《春秋經》「錫命」，《傳》作「賜命」，此古今文異也。數徵會之數，疾也。《釋文》音朔。觱沸疊韻。《七月》「觱發」亦疊韻。檻泉檻，同濫。芹《説文》作「菦」。《周禮》有「菦菹」，今《泮水》亦作「芹」。淠淠音旆。嘒嘒音噦。届凷聲。説見疏。邪幅邪，古「衺」字。彼交彼，當作「匪」。紓《釋文》音舒。蓬蓬音「飛蓬」之「蓬」。殿古「臀」字。平平古音辨，如「平章」爲「辨章」，「平來」爲「辨來」。率達。紼弗聲。纚維疊韻。纚，《爾雅》作「縭」。葵讀揆。膍或「肶」字。優哉游哉優游疊韻。戾平聲。《傳》：「幅，偪也。」「幅」上奪「邪」字。偪，畐聲，見《禮記・内則》篇。鎮與填同。辯治當作「治辨」。《帝堯紀》「辯于群神」，徐廣曰：「辯，音班。」《士虞禮》「班祔」，「古文『班』爲『辨』」。綷《爾雅》音律。緌音「冠緌」之「緌」。

《角弓》騂騂《説文》作「觲」，息營切。翩偏。傚古作「效」。綽綽卓聲。《論語》「孟公綽」，《釋文》：「綽，昌略反。」蕭、尤同入。裕谷聲，合韻瘉字。今讀如俞矣。讓平聲。至于己音記。饇音飫，與取合韻。猱音擾。塗塗當作「涂」。上「涂」，泥也。下「涂」，音《月令》「涂闕廷門閭」之「涂」。附音如僕，與木、猷、屬合韻。徽猷入聲，故段氏以渎、屋、燭、覺配尤、幽之入也。《文王有聲》「匪棘其欲」，《禮記》作「匪棘其猶」，則此「猶」可讀欲矣。瀌瀌古袛作「麃」。見晛《韓詩》作「曣晛」，《荀子》作「宴然」，皆疊韻連綿字。髦合韻浮、流、憂字。

《書・牧誓》作「髳」，則在本韻。《庸・柏舟》「兩髦」，《説文》作「髳」。《傳》紲檠音泄警。饒堯聲，如昭切。孩童孩、咳通。猨《爾雅》作「蝯」。箸《釋文》：「直略反。」

《菀柳》蹈《釋文》音悼，依鄭讀。瘵音如察。《瞻卬》同。傅《釋文》音附，《卷阿》同。其臻其，《潛夫論》作「不」。曷讀害。《傳》動慟。

《都人士》刺衣服無常胡承珙云：「『衣』衍。」臺笠《無羊》「衰笠」，臺、衰一語之轉。《國語》曰：「簦笠相望于艾陵。」臺非簦也。簦亦笠之類。撮音如缺。説見疏。綢周聲。琇古作「璓」，莠聲。苑結苑，當依《釋文》作「菀」，徐音鬱。而厲音如烈。卷髮卷，古「鬈」字。下同。蠆《左傳》釋文引《字林》：「他割反。」服虔《通俗文》曰：「長尾曰蠆，短尾爲蠍。」萬、歇同部。旟音舉。盱忓。

《采緑》菉。藍監聲。襜詹聲。不詹《釋文》音占。《傳》卷音拳。

《黍苗》輦《周禮・鄉師》：「故書『輦』作『連』。」牛古音如疑，與哉韻。《絲衣》與鼒韻。哉、鼒皆才聲，音兹。《易・无妄》牛與災韻，災亦音兹也。蓋盍。

《隰桑》阿音如猗。難古「儺」字。此以儺爲那，與阿、何合韻。幽黝。膠音糾。遐不遐，與胡同。藏《釋文》作「臧」，不誤。

《白華》英英《韓詩》作「泱」。滮彪聲。嘯歌嘯，《釋文》作「歗」。樵焦聲。烘徐音洪。煁甚聲。懆懆喿聲。《釋文》「七感反」，非也。邁邁依《韓詩》、《説文》，當以「怖怖」爲正字。鶖「鵚」之或字。有扁音偏，不圜也。疷唐石經從氏聲，故與卑韻。《傳》燎當作「尞」。烓竈烓，《釋文》音恚。禿鶖禿，音毛。鶖頭頂無毛曰禿鵞。齊人謂無髮曰禿楬。

《緜蠻》雙聲。

《瓠葉》獻之獻，古音如桓，與燔韻。《唐韻四聲正》云：「《列女傳・晉驪姬・頌》『惑亂晉獻』與權叶，班固《十八侯贊》『酈商夘阝頸自獻』與刊叶。」酢醋。《傳》炕火炕，當作「抗」。

《漸漸之石》漸，即「磛」字。卒如字。鄭以爲「崒」字。没與歾通。白蹢音適歷。月離麗。滂沱雙聲。他《釋文》作「它」。《傳》豬音渚。蹏俗作「蹄」。將久雨當作「天將大雨」。噣《釋文》：「本又作『濁』。」

《苕之華》苕，徐音饒。芸抎。高注《呂覽・音初》云：「抎，音『曰顛隕』之『隕』。」案抎、隕同義。青青菁。墳羒。鮮尟。

《何草不黃》不矜音如憐。匪民匪，音非。匪兕匪虎匪，音彼。芃音濛。棧作「輚」者，非。

釋毛詩音卷三

大雅

文王之什

《文王》於昭於，發聲，音烏。古音哀都切之「於」，與央居切之「於」，周、秦、漢時無魚模斂侈之别。不時讀是。時平、上通用。亹亹當作「亹」，分聲。古讀徽，今音尾者，此轉語也。又音如門，見《鳧鷖》篇。令聞《釋文》音問。哉讀載。本支《左傳》作「枝」。楨貞聲。於緝熙於，如字。緝，音如昱。熙，配聲，如熹，二字雙聲。假讀固。麗古「酈」字。麗即酈，猶台即怡、尼即昵、庸即鏞，後人每依偏旁而易其音。祼古音如裸。《周禮・大宗伯》假借「果」字爲之。果與雚雙聲，今音則以「祼」爲「灌」矣。㝵鄭注《有司徹》：「膴，讀如『殷㝵』之『㝵』。」則㝵與膴同也。故此與祖韻。藎臣藎，音晉。聿讀述。《漢書・東平思王傳》引作「述」。宜鑒《禮記・大學》作「儀監」。駿《大學》作「峻」。不易古難易、變易皆入無去。《君子偕老》之鬄、《淇奥》之錫、《防有鵲巢》之惕、《正月》之蜴、《皇矣》之剔，皆从易諧聲。遏《説文》：「遏，讀若桑蟲之蝎。烏割切。」爾躬躬，與天合韻。江云：「當是『身』字。」義問音聞。載讀事。臭平聲。段云：「《春秋左傳》僖四年繇辭蕕、臭韻。」儀刑儀，當作「義」。刑，古「型」字。孚《禮記·聘義》注：「孚，讀爲浮。」《大明》在上平聲。忱或作「諶」。侵、覃合韻。殷適古「嫡」字。挾浹。摯《釋文》音至。曰嬪曰，音聿。身古「傊」字。回讀違。集讀就。《韓詩》作「就」。初載讀識。洽漢人作「郃」。俔天俔，徐音下顯反。案《後漢書·胡廣傳》：「岐嶷形於自然，俔天必有異表。」用《毛詩》也。纘贊聲。篤竺。右《釋文》：「字亦作『佑』。」燮《說文》：「燮，讀若溼。」案《春秋》「蔡公子燮」，《穀梁》作「溼」，此許所本也。侯興興在蒸部，與林、心在侵部合韻最近。貳二。駟騵駟，當作「四」。騵，原聲。鷹《說文》：「籀作『鷹』。」涼亮。肆讀爲鬄。《傳》重也褏子曰重，今江蘇有此遺語。識古「志」字。磬依《韓詩》是「罄」字。佐古作「左」。不崇朝崇，同終。

《緜》瓜瓞音如耋。沮漆漆沮。此作「沮漆」，以韻瓞、穴、室，猶原隰，《公劉》篇作「隰原」，以韻泉、單也。《正義》作「漆沮」，則不入韻。陶復陶，同掏。復，《說文》作「寝」。走馬走，《玉篇》作「趣」。率西率，同逵。西，《水經注》引作「先」。《集韻·一先》有「西」字，猶存古讀。膴膴《說文》：「膴，讀謨。」鄭注《少儀》：「膴，讀冔。」皆在五部也。王念孫《廣雅疏證》云：「《詩》用膴合韻，當讀如梅。《韓詩》正作『腜』。又見《小旻》。」堇當作「堇」。飴音怡。《釋文》音移，失之。契古「鍥」字。三家作「挈」。龜《易·頤·初九》龜與頤韻。《漢書》「龜茲國」，應劭音丘，皆在之部。迺音乃。《說文》作「逌」，或讀若仍。案「迺」即「逌」之隸變。迺讀若仍，猶讀若乃也，仍亦乃聲。縮版縮與束同。版，作「板」，非。以載入聲。《大東》與息韻。捄蘽。徐音鳩。陾陾當作「陑」，字之誤也。《玉篇》作「陑陑」。《釋文》「如之反」，是也。本音在之部，合韻。度古「敷」字。《說文》：「敷，閉也。讀若杜。」薨薨薨。《五經文字》云：「莫崩反。」屢當作「婁」，音樓。馮馮《釋文》：「扶冰反。」《卷阿》同。鼛音臯。臯門《周禮·大祝》注：「臯，讀爲『卒嗥呼』之『嗥』。」伉《韓詩》作「閌」，音如岡。將將蹌。不殄参聲。殄與隕爲句中韻。厥問音聞。拔音跋。兑遂。混夷混，當作「昆」。《采薇》序作「昆夷」。駾讀突。《文選》張載注《魯靈光殿賦》引作「突」。喙彖聲，在元部，與拔、兑、駾合韻。《説文》作「呬」，用本韻。予曰音聿。下同。奔奏《釋文》：「又作『走』。」禦侮禦，《釋文》作「御」，古「禦」字。《傳》𠩄音的。土，居。同部。胥，相。《小箋》云：「此『相』字依今法讀去聲，古無平、去分别。」案《公劉》同。宇，居。同部。《傳》凡三見。棄謂之縮鄭以「棄」爲「繩」之譌。虆《釋文》：「力追反。」鍛《考工記》有段人，古「鍛」字，丁亂反。恚於避切。成蹊音《孟子》「山徑之蹊」。班白班與斑通。提挈《釋文》：「苦結反。」相道俗作「導」。折衝當作「衝」。

《棫樸》《方言》作「樸」，僕聲，蒲沃切。槱《説文》：「禉，或作『酒』，酉聲。」或譌爲「栖」。趣讀趨，與槱合韻。峨峨我聲。淠《釋文》：「匹世反。」楫徐音集。倬《雲漢》「倬」，《韓詩》作「菿」。追琢追，讀彫。雙聲。勉勉《白虎通義》作「亹亹」。《傳》白桵徐鉉云：「綏省聲。」枹木枹與苞同。盛壯古「莊」字。

《旱鹿》俗作「麓」。《易·屯卦》「即鹿无虞」，王肅云：「山足。」楛《説文》：「枯，木名。古聲。」不从苦聲。瑟《説文》作「璱」。瓚贊聲。鳶當作「鳶」。燎當作「尞」。回違。《傳》黃金所以爲飾《釋文》：「一本有『爲』字。」是。上下察音際。

《思齊》古「齋」字。徽微聲。男音如任，猶南如任。今男、南皆入覃。恫讀痛。刑型。御迓。亦保與廟合韻。烈當作「厲」。假瘕。亦入段以爲平聲，與瑕韻。有造段云：「造本音在弟三部，《思齊》以韻士，《召旻》之茂、止，《七月》之穋、麥，《抑》之告，則《楚茨》之備、戒、告，皆弟一部與三部合用。」斁當作「擇」。《傳》適妻鄭注《禮記・襍記上》云：「適，讀爲『匹敵』之『敵』。」此古音也。《爾雅・釋詁》曰：「敵，當也。」《皇矣》《釋文》：「一本無『矣』字。」赫古音若郝。莫三家作「瘼」。耆古「諳」字。廓《釋文》作「郭」。與宅宅，一作「度」，如「宅西」之作「度西」矣。作柞。屏古「摒」字。菑《爾雅》作「甾」。翳殪。與栵韻。灌《玉篇》作「樌」。栵《爾雅》「木相摩槸」，段注《說文》云：「槸，即栵也。」辟闢。檉音「赬尾」之「赬」。剔段云：「『鬄』之省，俗。」檿厭聲。柘《毛詩》「渥赭」，《韓詩》「渥沰」，石、者同五部，章夜、丁路兩音。串夷串，俗「毌」字，音《論語》「仍舊貫」之「貫」。夷同彝。路鄭讀露。配《釋文》：「亦作『妃』。」維此文王各本譌作「王季」。貊莫。《韓詩》作「莫」。克比音背。《禮記》作「俾」。與類韻。畔援畔，即叛。歆羨歆，音聲；貪，今聲。故歆讀貪。羨，次聲。不恭當作「共」，古「供」字。凡《毛詩》敬恭、温恭字皆作「恭」，靖共、虔共字皆作「共」，不相混淆。按《釋文》：「又作『遏』。」徂旅《孟子》作「莒」，聲通。對讀遂。鮮原鮮，音斯。《說文》：「霹聲，讀若斯。」又入聲音析，故《禹貢》「析支」，《大戴記・五帝德》作「鮮支」。之將音讀如牆。懷讀歸。長夏長，音長幼。弟兄依《太平御覽・兵部》。各本作「兄弟」，則失韻。鉤句聲。臨衝臨，《韓詩》作「隆衝」。當作「衝」，音轒。言言音如巘。連連《周禮・鄉師》鄭司農云：「連，讀爲輦。」馘《釋文》：「古獲反。」《泮水》同。安安音晏。類古「禷」字。禡段云：「本音在五部，合韻附、侮字。」附祔。仡仡當作「仡」。肆音蘖。《唐韻四聲正》云：「《大玄經・耎贊》『雖勿肆』與刲、節叶，《耎測》『不可肆也』與失叶。」《傳》：「宅，居。」同部。《閟宮》同。栭如之切。樻何承天音匱。媿《字林》：「匹地反。」對，配。同部。喪，亡。喪，亡聲。鉤梯音涕。馘，獲。同部。忽，滅。同部。《靈臺》子來音如力，與亟韻。漢《瓠子歌》來與菑韻。菑，音側。囿讀域。古有、或皆在職、德部。翯翯與塙同。音《易》「確乎」之「確」。故「翯翯」《孟子》作「鶴鶴」，平聲。於牣於，如字。下「於論」、「於樂」同。《釋文》音烏，非也。牣，刃聲。虡《釋文》音巨。《有瞽》同。樅《釋文》音衝。賁鼖。鏞庸聲。論侖聲。《說文》：「侖，理也。」辟廱辟，讀璧。廱，雝聲。鼉單聲。沈重音檀，是也。逢逢三家作「韸」，薄紅切。公功。《傳》栒「橁」之省。眸子眸，牟聲。

《下武》音「居冠屬武」之「武」。作求古「逑」字。孚江云：「音浮。」應膺。順德順，川聲，古音如巡，故順與慎通。許御。繩三家作「慎」。武古音步。《禮記》曰：「君與尸行接武，大夫繼武，士中武。」武皆步也。於萬於，如字。佐古祇作「左」，讀如瑳，與賀韻。

《文王有聲》遹音聿。下同。《說文》作「欥」，余律切。築城依《傳》及《箋》當作「成」，古文以「成」爲「城」字。減段云：「本音在一部，合韻匹字。《韓詩》作『洫』，則在本韻。」棘《釋文》作「亟」。欲段以欲爲上聲，《禮記》作「猶」。濯音倬。翰讀榦。豐水《書·禹貢》作「澧水」，不合於古。豈不仕仕，士聲。士讀事，仕亦讀事。

生民之什

《生民》民古音如緡，與嫄合韻。禋垔聲。《維清》釋文云：「徐音烟。」弗《釋文》音拂，鄭作「祓」。履帝武敏句。歆攸介攸止上「攸」字當衍。見疏。震娠。后稷《楚茨》：「稷，讀作速。」此稷合韻夙、育同。案稷，官名。凡經典多出。周人稱稷爲先祖，諱也。故《尚書》稷契、益稷，疑皆出周人諱改。唯「帝曰棄」則稱名君前臣名之義。如達如，音而。達，如沓，依鄭作「羍」。⿰土㡿俗作「坼」。副《說文》作「疈」。菑災。腓讀辟。字子聲。

與翼韻。《鴟鴞》子與室韻。呱古乎切。訏古音如呼，與路韻。嶷俗。《說文》作「㘈」，魚力切。荏菽當作「任叔」。旆旆巿。穟穟或「穗」字。幪幪蒙聲。唪唪《說文》作「菶」。《集韻·一東》蒲蒙切有「菶」字。茀《韓詩》作「拂」。種之種，當作「穜」。下同。方旁。苞古音如缶。褎與㽕同。穎頃聲。即有部家室古本無「即」字。《漢書·地理志》「斄縣，古部國」，台、來同之部。嘉種《說文》、《文選注》作「嘉穀」。秬《說文》作「䊋」。秠丕聲，在之、咍部。讀如皮，音之轉也。糜俗「虋」字，莫奔切。恒「栖」之省。肇祀《玉篇》：「肈，俗『肇』字。」今本《說文·攴部》有「肇」字，段注云：「唐後人妄增入。」舂「𦦔」之隸變，音如松。揄段云：「揄合韻蹂、叟、浮字。《說文》作『舀』，則在本韻。」釋依《傳》當作「釋」。叟叟《爾雅》作「溞」。浮浮《說文》作「烰」。羝氐聲。《釋文》作「牴」。軷音跋。烈與炙聲轉。歲戌聲。案此章惟脂平聲，軷、烈、歲入聲皆在脂韻而平入分用，故有脂、祭分部之說。豆古「梪」字。登古「鐙」字。居歆段以歆韻今。后稷肇祀祀與時韻。《箋》以此句分屬下讀，誤。迄當作「迄」。《傳》郊禖音媒。齊敏齊，如字。辟避。下「辟人」同。岐，知。同部。嶷，識。同部。列古「梨」字。雝種作「穠種」，非。一稃《鄭志》讀皮。抒臼抒，古音如處，如《春秋》「宋公抒臼」，《公羊》作「處臼」。作「杼」，非。蹂米作「蹂黍」，非。淅米淅，音《孟子》「接淅」之「淅」。爇如劣切。傅火傅同附。菹醢𥁑聲。𥁑者，「𥁑」之或字，呼改切。

《行葦》敦《說文》「𨗨」字。泥泥《釋文》云：「乃禮反。張揖作『苨苨』。」具爾俱邇。邇，奴禮切。《說文》：「檷，讀若柅。」段注依《易》釋文作「昵」，檷、昵聲同，故《詩》爾與泥韻。緝音戢。斝《周禮注》：「斝，讀爲稼。」稼，古音古。醓「監」之隸變。《釋文》：「他感反。」嘉殽嘉，《箋》讀加。脾臄脾，音膍。臄，《說文》或谷字，讀若𢅇。咢《爾雅》釋文云：「五各反。《字林》：『或作咢。』」敦弓敦，《説文》作「弴」。弴、𢅇皆𦎫聲，在十三部諄韻。今音徒端、丁罪兩切，蓋轉入十四、十五也。鍭《既夕·記》作「猴」。鈞讀均。序賓《禮記·祭義》「卿大夫序從」，「『序』或爲『豫』」。句音「句股」之「句」。醹音如臑。酌勺。大斗古「枓」字。徐邈音主。台背台，古「鮐」字。背，北聲。《傳》踧踖雙聲。醆《禮記》作「琖」。函《釋文》：「户感反。」比於琴瑟比，音毗。參亭古「停」字。蓺臬。延射《禮記》「延」或爲「誓」。奔軍奔，《禮記》作「賁」，鄭注：「讀爲僨。」觶鄭《駁異義》：「今《禮》角旁單，古書或作角旁氏。支義切。」《説文注》云：「單聲而支義切，由古文本作『觗』，從氏聲。後變其形，古音終不改也。」醹，厚。同部。

《既醉》有融音彤。朗《説文》作「朖」。俶叔聲。匱貴聲。壼「𡕗」之隸變，《箋》讀捆。胙胤胙，俗作「祚」。胤，羊晉切。僕古音樸。釐賚。《江漢》「釐」，沈重音賚，是也。《釋文》「力之反」，非。爾女汝。鄭讀如字。從音如重。《傳》行也行，音杭。朗，明。同部。匱，竭。同部。廣擴。

《鳧鷖》《説文》：「鳧，九聲。」九讀如殊，則鳧亦讀如殊矣。鷖，殹聲，於計切。神祇《釋文》：「祁支反。」沙《集韻》收五支，非。應入麻。脯甫聲。潨衆聲，音如終。崇讀重。亹當作「釁」，从分聲，故與熏、芬、欣、艱爲韻。《國語》「三釁」或爲「三薰」，《吕覽》「釁以犧猳」，《風俗通義》作「熏以萑葦」。段云：「古十三部在問韻。今韻虚振切，非也。」來止熏熏《説文》作「來燕醺醺」。

《假樂》假，讀嘉。顯顯《禮記·中庸》作「憲憲」，同在元、寒部。不解葉鈔本《釋文》作「匪解」，「匪」訓「不」，故各本誤「不」。解，古「懈」字。《閟宫》、《殷武》竝以解爲支、佳之入。位古位、立通用，與塈韻。塈呬。

《爾雅》某氏注引正作「呬」。《緜》「維其呬矣」，亦入聲。《泂酌》同。

《公劉》篤竺。迺積如字。裹果聲。巘當作「獻」，讀若鮮。舟古「舠」字，不入韻。于時是。下同。曹《箋》以爲「槽」。《方言》作「皁」。牢《士喪禮》「牢中旁寸」，「今文『牢』爲『縷』」。案牢、縷在尤、幽韻。曹，古音愁。匏，古音浮。同部。飲之飲，古作「歙」，平聲。與宗合韻。江云：「《列女·辨通傳》『願乞一飲』，與譚、心叶。」宗《箋》讀尊，用《鳧鷖》、《雲漢》傳，非此《傳》義。景俗作「影」。顧炎武曰：「晉葛洪始加彡。」三單古音如展。《釋文》「音丹」爲變，不出元、寒部。夕陽暘。荒巟。館《白虎通義》作「觀」，今寺觀字從此。厲古「礪」字。鍛碫。密宓。芮鞫芮，同汭。鞫，音「淇隩」之「隩」。《傳》避中國避，當作「辟」。鉞戉聲。鄉向。究即阮坃字。

《泂酌》泂，《釋文》音迥。挹邑聲。注茲茲與子韻。三章同。餴饎《釋文》：「餴，又作『饙』。」案奔、賁同也。饎，喜聲，與母韻。溉當作「摡」。摡、塈皆既聲。《傳》餾《釋文》：「力又反。」

《卷阿》飄風飄，《釋文》作「票」。伴奐疊韻。徐音畔換。優游疊韻。似先公酋矣似，讀嗣。酋，古「遒」字。「遒」上當依《爾雅注》補一「爾」字。昄音《大學》「體胖」之「胖」，古反、半聲同。茀《爾雅》作「芾」。純嘏純同奄。嘏，古聲。顒顒音見《六月》。卬卬音如望。珪《說文》：「古文圭。」令聞《釋文》：「亦作『問』。」翽翽歲聲。藹藹葛聲。傅附。朝陽朝，音朝夕。陽同暘。

《民勞》汔《說文》作「汽」。無縱《左傳》作「從」。詭隨疊韻。憯《說文》作「朁」。今多譌「僭」。柔《釋文》作「揉」。能邇古能與而通。惛怓惛，《說文》作「怋」。段注云：「怋，讀如民。今作『惛』，音呼昆切，誤也。」怓本音在五部，合韻休、逑、憂字。愒音如歇。泄渫。厲音列。繾綣疊韻。

《板》古作「版」。癉徐音旦，見《大東》釋文。話當作「話」。管管悹。諫《左傳》借作「簡」。簡从閒，平聲。諫亦平聲。憲憲軒。泄泄與詍、呭同。洽協。囂囂讀謷。灌灌懽。蹻蹻喬聲。今蹻又變入藥者，以蹻字此與虐、藥等字叶，《嵩高》與藐、濯字叶。不知古蕭、豪無入聲也。熇熇高聲，今轉入鐸。藥古音如療。懠《釋文》：「才細反。」夸毗雙聲。殿屎《説文》作「唸吚」，雙聲。葵揆。牖誘。下同。攜巂聲。《六書音均表》篪、圭、攜平聲，益、易、僻、辟入聲，同在支、佳部。多辟《釋文》作「僻」。价人价，介聲。翰讀榦。渝音「舍命不渝」之「渝」。馳驅驅，古音邱，與渝韻。渝，音愉也。王讀往。《春秋元命苞》云：「王者，往也。」往亦平聲。衍《釋文》作「羨」，假借字。《傳》欣欣古「掀」字。沓沓俗作「誻」。謷謷敖聲。款款《説文》：「歀，或作『款』。」苦管切。」自恣自，古「詛」字。

蕩之什

《蕩》蕩蕩《爾雅》作「盪盪」。之辟沈云：「毛音埤益反。」多辟《釋文》：「又作『僻』。」諶《説文》作「忱」。與終合韻。曰咨音嗞。掊克掊，讀伐。滔音叟。懟音《孟子》「以懟父母」之「懟」。對讀遂。侯作如字。《釋文》「或作詛」者，誤也。祝詶。《穀梁》「祝吁」即州吁。炰烋疊韻。《説文繫傳》作「咆哮」。義讀宜。從式古音試，上聲，與止、晦韻。螗古祇作「唐」。沸《集韻・八未》方未切：「沸，或从鬻。」羹古音如郎，音變庚，皆在陽、唐部。人尚讀上。奰《説文》：「奰，讀若《易》虙羲氏。」今隸變省作「奰」。虙羲，或作「伏羲」。《釋文》「舊音備」，此即伏之音也。鄭讀如廢。不時是。舊江云：「音忌。與時韻。」顛沛蹎跋。揭音《禮記・明堂位》「楬豆」之「楬」。之世入聲。桊、葉、泄皆从世得聲。《傳》：「諶，誠。」雙聲。嗟與羞同。慢古惰慢字如此作。彭亨疊韻。蝘古衹作「匽」。拔跋。見根當依《釋文》作「根見」。

《抑》《國語》作「懿」。維疾疾，當作「夷」，與戾韻。詳疏。無競古音如彊。《執競》釋文：「其敬反。」音之轉也。覺音較。辰告入聲。與則合韻。于政顧氏、孔氏、段氏竝以政與刑韻。古人本有遥隔作韻之理。厥紹段云：「本音在二部，與酒合韻。《良耜》趙亦在二部，與三部合音最近。」共拱。洒讀灑。章彰。逷《說文》：「逖，古文作『逷』。」如易牙作「狄牙」。沈音上益反，是也。《箋》改字作「剔」，他歷反。民人作「人民」，誤。侯度平聲。話當作「語」。玷《說文》作「刮」。玷，俗字。苟與讎、報合韻。捫門聲。靡不承《釋文》：「一本『靡』作『是』。」愧《釋文》作「媿」。屋漏幄陋。格佫。虹訌。户工切。話當作「詁」。《釋文》云：「《說文》作『詁』。」之行段云：「合韻言字。」慘慘當作「懆懆」。藐藐音邈。《嵩高》同。大棘急。

《桑柔》菀《釋文》音鬱。旬讀均。捋寽聲。《說文》：「寽，讀若律。」倉愴。初亮切，即愴音也。兄古「況」字。下「亂兄」同。填《爾雅》作「塵」。黎讀齊。燼《釋文》作「藎」。案古衹作「㶳」。頻當作「頻」，古「顰」字。不我將音如養，平聲。疑古「礙」字。段云：「合韻資、維、階字。」何往與將韻。《易》用平聲。梗音庚。俾單聲。痻當作「痻」，《說文》作「愍」。圉《釋文》：「魚呂反。」鄭改作「禦」。毖《釋文》音秘。溺古平聲，今入錫。南人如此讀，北人尚有平音。僾《說文繫傳》作「㤅」。荓徐補耕反。稼穡稼，《釋文》依《箋》作「家」，下「稼穡維寶」同，非毛義。恫《釋文》：「又作『痛』。」贅讀屬，音之轉。所瞻段云：「本音在八部，合韻相、臧、狂字。」甡甡音莘。谷鞫。畏忌古音己，與里、喜韻。迪音《易》「良馬逐」之「逐」。逐有冑音，冑與育通。荼毒荼，古音舒。隧古作「遂」。中垢入聲。與谷、穀合韻。《唐韻四聲正》云：「《説苑・敬慎》篇『誡無垢』與辱韻。」悖音勃。陰《禮記・祭義》注：「陰，讀爲『依蔭』之『蔭』。」赫讀炙。《箋》讀嚇。涼音《周禮・漿人》「醴涼」之「涼」。下「涼曰」同。背北聲。《瞻卬》同。寇段云：「合韻可、詈、歌字，讀如科。」不可平聲，如哥。詈《説文》从网言會意，不从言聲。段云：「讀如羅。」《傳》陰均陰，古「蔭」字。爆爍古作「暴樂」，疊韻。倉，喪。同部。梗，病。同部。唈古衹作「邑」。

《雲漢》仍叔仍，古音任。倬《韓詩》作「菿」，顧野王音都角反，則菿即倬矣。薦荐。蘊當作「薀」。《正義》作「温」，讀爲薀。隆霻霳，雷師。俗加雨頭。蟲蟲《韓詩》作「烔烔」，徒冬切。瘞於計切。不臨合韻，音如隆。臨衝即隆衝之例。秏斁秏，音毛，从禾；俗从耒旁。《書》「彝倫攸斁」，斁即殬，多路切。丁音鼎。業業兢。沮阻。滌滌音蕩滌。川古音如巡。凡順、訓皆川聲。旱魃《玉篇》作「妭」。惔「炎」之譌字。憚癉。遯平聲。瘨《韓詩》作「疹」。真、今同聲。憯當作「朁」，曾也。明神一本作「明祀」。疚《釋文》：「本作『宊』。」周古「賙」字。賙見《周禮》。瞻卬今作「仰」。里瘽。昭假古「徦」字。《釋文》音格。《烝民》同。贏《釋文》音盈。《傳》：「丁，當。」庚、陽音近。孑然遺失即「佚」字。灼勺聲。徹膳徹同撤。周，救。同部。

《崧高》崧，一作「嵩」。崧、嵩皆不見《説文》。古作「崇」。嶽嶽、岳一字。翰讀榦。下「良翰」同。蕃與藩通。《版》藩、垣、翰韻。此翰、蕃、宣韻。宣亦亘聲。亹亹見《文王》篇。謝古音如序。式音試。與事韻。爾庸《釋文》：「本亦作『墉』。」往近讀己。《釋文》音記，今誤作「近」字。峙當作「庤」。粻與糧通。番番古音翻。轉音波。嘽嘽音闡。《常武》同。揉「擾」之異體。贈讀增。崔《集注》本。

《烝民》彝《孟子》作「夷」。《明堂位》注：「夷，讀爲『彝』。」古訓古，讀故。故訓，《抑》曰詁言。故、詁皆古聲。《毛詩詁訓傳》，陸德明曰：「舊本多作『故』。」是若江云：「音汝。」賦敷。下「賦政」同。《左傳·僖二十七年》：「《夏書》曰：『賦納以言。』」今《臯陶謩》「賦」作「敷」，敷即敷之俗。出納《釋文》：「亦作『内』。」喉侯聲。矜寡矜，當依《左傳》作「鰥」。寡，音如古。輶《禮記》釋文音酉。我儀《釋文》作「義」，讀宜。愛古「薆」字。靡及及在緝部，業、捷在狎、業部，合音最近，此即異平同入之理。鏘鏘《釋文》作「將將」。《傳》樊侯樊，棥聲。賦，布。同部。薄姑薄與蒲通。臨菑淄。

《韓奕》亦聲。甸徒人反，與命韻。有倬焯。虔共《説文》：「虔，讀若矜。」文、令聲相近。《長發》「有虔」、《殷武》「是虔」同。共，鄭讀恭，非毛義。榦《釋文》：「古旦反。」案俗作「幹」。脩修。綏章綏，當爲緌，音如蕤。鏤鍚音縷陽。鞹《説文》：「讀若穹。」幭段云：「合韻軶字。他經作『幦』，則在本韻。」金厄當作「戹」，「戹」即「軶」之古文。《説文·尸部》有厄。屠《説文》作「鄌」。炰與炰同。蔌《説文》：「蔌，以穀萎馬，置莝中。从艸，敇聲。」或豆實借用此字。與《正月》之「蔌」不同。《釋文》音束，譌「束」作「束」矣。筍音洵。《靈臺》、《有瞽》傳「椅」字从此。汾王汾，音墳。蹶父《説文》：「蹶，讀若橜。」鏘鏘《釋文》作「將將」。韓樂今音《論語》「樂山」之「樂」，與到韻。噳噳虞聲。貓古祇作「苗」，讀如毛。百蠻古音如緜。追音濊。貊各聲，與伯合韻。《周禮注》讀爲「十百」之「百」，俗遂作「貊」，則在本韻矣。《閟宫》同。實墉鄭云：「實，當作『寔』。」❶壑叡聲。《淮南子書》

❶「寔」，原作「是」，徐子静本、《清經解續編》本同，據本書卷二十五《韓奕》傳疏與阮刻《毛詩正義》改。

一注：「螫，讀『赫赫明明』之『赫』。」藉與借通。貔皮《釋文》：「貔，音毗。《禮記》婢支反。」脂、支不分。豹勺聲。《傳》軾古祇作「式」。烏噣沈音書。竹也疑「竹」下有「萌」字。蒲蒻《考工記》注作「弱」，音溺。徐靚《廣雅》曹憲音恥敬反，爲「召靚」之「靚」；又似政反，爲「靚莊」之「靚」。蓋恥敬如請，而似政如静，静是矣。道義音導儀。

《江漢》撥亂撥，發聲。江漢浮浮，武夫滔滔。浮浮、滔滔互譌。「江漢滔滔」，三家作「江漢陶陶」。《傳》亦互譌。鋪痡。洸洸《玉篇》作「趪趪」。庶定平聲，與平、争、寧韻。辟闢。棘急。旬張揖讀作巡。翰幹。似讀嗣。公功。釐沈音賚。案釐、賚同聲，故《詩》中來有讀如里。一卣《説文》作「𠧪」，讀若調，不入韻。《周禮・鬯人》「廟用脩」，鄭注：「脩，讀曰卣。」對讀遂。萬壽音如疇。令聞《釋文》音問。矢讀弛。《禮記》作「弛」，音施。洽《禮記》作「協」。

《常武》卿士合韻祖、父。我戎音如汝，亦合韻祖、父。敬《周禮・大司馬》注引作「儆」。戒音如亟。陳行陳，即敶。行，音戎行。留古「鐂」字。此可證「劉」字非古卯金刀，蓋俗字俗説也。業業音僕，與作合韻。騷徐音蕭，蕭如修，與游韻。如震如怒兩「如」字《箋》作「而」。闞《釋文》：「一音噉。」虓九聲，音變作「哮」字。鋪敦《釋文》：「鋪，《韓詩》作『敷』。」敦，鄭作「屯」。濆賁聲，如墳。虜《説文》：「虜，从虜聲，讀若鹵。」既來江云：「音力。」與上、塞韻。」回《箋》讀違。《傳》：「舒，徐也。」徐，《釋文》作「序」，同。自怒自，古「詯」字。《説文》：「詯，讀若反目相睞。」荒内切。」又「垍，讀若冀。」自聲，弟十五部；睞、冀皆在弟一部，合韻也。摯如翰摯同鷙。靚音静。

《瞻卬》惠音如彗，入聲。與厲、瘵、屆韻。孔填《釋文》音塵。下篇同。厲癘。下同。覆説音如釋。懿沈如字。梟《説文》入《木部》，古堯切。鴟《説文》作「雖」。寺徐音侍。案當讀如待。與誨韻。忮忒忮，《説文》作「伎」。忒，音貣。刺讀責，朿聲。富讀福。舍捨。狄古「逖」字。忌音極。楚有費無極，《吕氏春秋·慎行》篇作「忌」。降罔罔，亡聲，古「網」字。《唐韻四聲正》云：「古有平聲。《大玄經·務》贊『小人亦用罔』與方叶。」優瀀。鞏居竦切。段云：「古音在九部，合韻後。『後』字讀若苟。」《傳》朱紘《禮記》釋文音宏。仞刃聲。仞音《孟子》「爲山九仞」之「仞」。素積鄭注《禮》云：「積，猶辟也。」以素爲裳，辟蹙其要中，則讀積爲辟矣。繅作「縿」，非。

《召旻》旻、閔同。瘨與疹同。訌《釋文》：「户工反。徐云：鄭音工。」案依鄭讀當是音攻。椓音「天夭是椓」之「椓」。共供。潰潰憒。皋皋古「嗥」字。訿訿呰。玷俗「刮」字。貶古作「㝋」。潰茂潰，讀遂。茂，與止合韻。潰止潰同憒。疚《釋文》：「或作『宂』。」案富、時、宂、兹同之部。富、宂、上、時、兹平，又各自爲韻。粺與稗同。㬱㬱與引韻。段云：「其字平讀如親而近汀，入讀如七而近鐵。」瀕俗省作「頻」。段云：「與上章『引』字爲韻。」烖《釋文》音災。《雲漢》序亦作「烖」字。躬《説文》：「躳，俗从弓。」案躬，弓聲，與弘同韻。有如召公之臣「之臣」二字依《關雎》正義補。命與臣韻。辟闢。戚讀促。不尚上。《傳》潰也潰同讀。窳不供事窳，以主切。《詩》作「共」，或後人依《爾雅》改作「供」。從中以益古「溢」字。

釋毛詩音卷四

周頌

周大師但題「名頌」，後人以有魯、商而加周。此猶後漢加前、東漢加西也。古文以「頌」爲「容」字。

清廟之什

《清廟》雝邑雝，宋本作「洛」，非。説見《車攻》。於穆《釋文》云：「於，音烏。」後發句歎辭皆放此。對遂。無射斁。

《維天之命》於乎音烏呼。下同。純奄。假讀嘉。假古音胡，嘉古音賀。《説文》：「誐，嘉言也。」引《詩》作「誐」。溢我溢，《廣韻》引《説文》作「謐」。《爾雅》釋文云：「謐，彌畢反。」篤竺。《傳》慎《釋文》：「本或作『順』。」

《維清》象舞象，古「像」字。典《禮》古文「典」爲「殄」，雙聲，故典與成韻。禎《釋文》作「祺」，渠之切，不入韻。

《烈文》靡音羈靡。序緒。皇之皇與忘、遥韻。刑型。《我將》同。《傳》累「纍」之俗省。

《天作》荒巟聲得義。《易・泰》「苞荒」，虞作「巟」。彼徂矣句。夷古「侇」字。《傳》安天之所作安，當作「大」。詳疏。易音平易。

《昊天有成命》成王徐于況反。徐邈不作「成王誦」解。基《釋文》作「其」，古文假借字。命讀信。宥《釋文》音又。密音謐。於如字。單《國語》作「亶」。《傳》廣光。固故。

《我將》牛古音如疑。右古「祐」字，音如怡。儀義。伊嘏音胡。饗與方韻。

《時邁》柴望《釋文》云：「柴，《說文》、《字林》作『祡』。」子之子，音「子愛」之「子」。右序敘。下「式序」同。震振。疊慴。之涉反。戢音集。櫜音「咎陶」之「咎」。于時是。《思文》同。

《執競》斤斤昕。喤喤鍠。筦「管」之假借字。《說文》：「筦，筟也。」將將古「蹡」字。《說文・倉部》引《虞書》曰：「鳥獸牄牄。」亦會集之意。《傳》難儺。復複。

《思文》立《釋文》作「粒」，依《箋》改，或出三家。牟古「麰」字。《臣工》同。率育率，音帥。界當依《釋文》作「介」。介，古「界」字。

臣工之什

《臣工》釐賚，鄭讀如理。畬余聲。庤《爾雅》作「峙」。錢音剗。鎛《考工記》「粵無鎛」，音博。銍艾銍，音挃。《釋文》引《小爾雅》云：「截潁謂之銍。」艾，《釋文》音刈。《傳》敕之敕，音戒敕。銚高注《呂覽・簡選》：「銚，讀曰『葦苕』之『苕』。」《釋文》引《世本》云：「垂作銚。」鎒《釋文》：「鎒，古字。今作『耨』。」

《噫嘻》疊韻。噫,《釋文》作「意」。嘻與譆同。率《韓詩》作「帥」。駿《釋文》作「浚」。《鹽鐵論》引《詩》作「浚」,或本《魯詩》。《傳》敉戒敕。作「和」,誤。

《振鷺》西雝邕。無斁《禮記》作「射」。

《豐年》稌余聲。與黍同在魚部。高廩稟聲。秭音泲。洽《釋文》作「袷」,非。孔皆皆,古「偕」字。與秭、醴、妣、禮韻。《陟岵》與弟、死,《杕杜》與邇,《魚麗》、《賓之初筵》與旨。偕,上聲。《傳》齍盛之穗齍,音粢。穗,《釋文》音遂。

《有瞽》鼓聲。《周禮・樂師》「詔來瞽」,鄭司農以爲「鼓」字。之庭庭與下聲、鳴、聽、成韻。樹羽《說文》:「尌,立也。讀若駐。」今通作「樹」。田古音陳,大鼓陳於四縣也。鞉《釋文》:「亦作『鼗』,音桃。」柷《說文》:「祝省聲。」圉敔。《傳》或曰畫之「或曰」,《說文》作「以白」,當據以訂正。卷然《禮記・檀弓》「執女手之卷然」,音權。小鞞與鼙通。鞉鼓《小箋》云:「岳本、宋本、元本、葉林宗鈔宋刻《釋文》皆作『鞉鼓』。」案今通志堂《釋文》作「小鼓」,因《箋》誤改。木椌木,衍字。椌,音如穹。楬音「楬豆」之「楬」。鄭注《明堂位》云:「楬,無異物之飾也。齊人謂無髮爲禿楬。」

《潛》《韓詩》作「涔」。猗與猗,音阿。與,平聲。鰷當作「鯈」,音條。《傳》槮《釋文》云:「舊《詩傳》及《爾雅》本竝作米旁參。《字林》作『罧』,音山沁反。」❶案罧,正字。

❶「沁」,原作「泌」,徐子静本、《清經解續編》本同,據上海古籍出版社影印宋刻《經典釋文》改。

《雝》於薦於，如字。廣牡音茂。與肅、穆、考韻。考，古音如朽。假讀嘉。宣哲《釋文》作「悊」。克昌陸德明嫌文王諱音處亮反，强護《序》箋「大祖謂文王」，不知大祖后稷，此鄭氏之失也。既右古「祐」字。下同。

《載見》載，音哉，訓始。哉、始同在之、台部。陽陽暘。鈴令聲。有鶬音鎗。率帥。純嘏與祜皆从古聲。

《有客》且上聲。萋、且雙聲。敦徐音彫，音之轉。縶與馽同。追古「鎚」字。鄭讀如字。淫壬。

《武》嗣武步。遏劉遏，音如歇。劉，古當作「鐂」。《書·顧命》「執鐂」，鐂，兵器，故有「殺」訓。耆讀致。

閔予小子之什

《閔予小子》嬛嬛崔本作「煢」，❶與《説文》合。疚《説文》作「㝌」。敬止庭、敬韻。《逸周書·周祝》「解民乃敬」與刑、争韻，讀平聲。序讀緒。

《訪落》時讀是。悠哉悠，音攸。艾徐音刈。判涣疊韻。

《敬之》《釋文》：「一本無『之』字。」厥士讀事。光讀廣。佛奔。《説文》：「奔，讀若予違女弼。」「弼，古文作『𢐀』。」《孟子》「拂士孫」，音弼。仔肩《釋文》：「仔，音兹。」古子、兹同之部。示視。德行音杭，與將、明韻。

❶「煢」，原作「焭」，徐子静本、《清經解續編》本同，據上海古籍出版社影印宋刻《經典釋文》、陳昌治刻《説文解字》、經韻樓本《説文解字注》、《詩毛氏傳疏》卷二十八《閔予小子》傳疏改。

古無去聲。

《小毖》予其懲而絶句。荓蜂雙聲。《釋文》：「荓，普經反。《爾雅》作『甹』，音同。蜂，本又作『螽』。」案螽，宋、元《毛詩》皆作「峯」。北監、毛本作「夆」，不誤也。《説文・夂部》：「夆，讀若縫。」辛螫高誘《淮南・俶真》、《説山》注：「螫，讀『解釋』之『釋』。」《一切經音義》卷二云：「螫，舒赤反，關西行此音。又呼各反，山東行此音。」桃蟲桃，音兆。拚疑「翻」之誤。維鳥音如九，與蓼韻。蓼瘳。音柳。《傳》⿸疒孛曳⿸广孛拙，俗。鷦焦聲，與兆聲最近。

《載芟》音芟夷。柞《周禮・柞氏》注：「柞，讀如『音聲唶唶』之『唶』、『屋笮』之『笮』。」澤澤《釋文》音釋。耘《釋文》作「芸」。畛㐱聲。徐音真，則誤入先部。侯彊古假借作「强」字。噲貪聲。略《説文》：「㓞，籀文作『䂮』。」《爾雅・釋詁》作「䂮」。今通作「略」。實函鄭司農《考工記注》云：「函，讀如『國君含垢』之『含』。」厭古「懕」字。厭厭即稽稽。麃穮。有飶與苾同。有椒沈重作「俶」，尺叔反。云作「椒」者，誤也。《傳》埸《釋文》作「易」，古字。難儺。

《良耜》畟畟讀測。饟與餉同。鎛音「錢鎛」之「鎛」。斯趙江云：「叶音紂，與糾、蓼、朽、茂合。《考工記》注引《詩》作『擱』，則在本韻。」薅《説文》引《詩》作「茠」。「茠」或「薅」字，《釋文》：「呼老反。」蓼音柳。挃挃音銍。積之栗栗《説文》「積」作「穦」，「栗栗」作「秩秩」。比音笓。櫛節聲。捄《説文》作「斛」。以似讀嗣。

《絲衣》紑古音渠之反。載弁載，《釋文》又音戴。俅俅求聲，在尤部。此以韻紑、基、牛、鼒，猶裘从求聲，《終南》韻梅、《七月》韻貍也。鼐郭音乃，乃古如而。鼒《釋文》音玆。案凡从才得聲，古皆讀如玆。觩《周禮・小胥》注引作「觵」。其觩當依《釋文》作「斛」。《泮水》同。吴《正義》作「娱」，非毛義。《傳》譁《釋文》音花，「花」即「華」之俗。

《酌》《釋文》：「字亦作『汋』。」於鑠於，如字。鑠，《釋文》：「舒灼反。」龍古「龔」字。爾公功。

《桓》狟。下同。類禡類，即禷。禡，古音如貉。《皇矣》同。厥士讀事。閒平聲。

《賚》來聲。音變如釐。應膺。敷布。於繹於，如字。

《般》音般游。般樂也段氏《小箋》云：「此三字依《集注》及《正義》本。」嶞《說文》：「从山，憜省聲。」

魯頌

駉四篇

《駉》當依《釋文》引《說文》作「駫」，从光聲。下同。坰野坰，徐音苦營反。牡馬牡，作「牧」，非。驈郭音述。彭彭音旁。騅隹聲。駓丕聲。騏音綦。伾伾《釋文》云：「《字林》作『駓』，父之反。」案丕聲在七之。敷悲反，則闌入五支矣。斯才音如兹。驒音鼉。雒或作「鵅」。騢音鰕。驔譌字，當作「驔」，習聲。詳疏。祛祛《釋文》：「起居反。」無邪音徐。《傳》白跨《釋文》：「苦故反。」案古音在五部。純黑純即黗。蒼騏騏，或作「綦」，俗作「祺」。驎《釋文》：「作『甐』。吕忱良振反。」案驎，俗字。善走《釋文》作「善足」，是也。豪骭《正義》本「骭」下有「白」字，不可據。骭見《巧言》。

《有駜》《説文》：「胇，肥肉也。蒲結切。」駜、胇音義同。明明江云：「音芒。」咽咽《釋文》：「本又作『鼝』，同。烏玄反。」駽音絹。

《泮水》泮宮《釋文》：「作『頖宮』，音判。」茷茷音旆。鸞《文選注》作「鑾」。芾徐音柨。俗作「茀」。《集韻·四十四有》方九切，又收入《三十一巧》莫飽切。此踵《廣韻》之誤也。屈古「詘」字。《爾雅》釋文：「邱勿反。」假假。不孝王引之云：「當是『孚』字，讀如傚。」皋陶江云：「音由，與囚韻。」案《清人》陶與軸、抽爲韻。桓桓狟。狄逖。不吴吴，如字。《絲衣》釋文引何承天説改爲「吳」字，胡化反，非。不揚瘍，《釋文》正作「瘍」。告鞫。搜叟聲。無斁《釋文》：「作『繹』，又作『射』。」桑黮《釋文》：「時審反。」《氓》作「葚」。憬《韓詩》作「獷」，景、廣同聲。琛《釋文》：「敕金反。」《傳》：「揚，傷。」同部。

《閟宮》閟，讀閉。侐音《易》「闃其无人」之「闃」。枚枚《東山》讀微。回違。遲音夷。重古「種」字。穋音如力。翦商翦，《説文》作「戩」，音同義異。虞讀誤。敦《釋文》：「王、徐都門反。厚也。」咸古「減」字。耳耳猶爾爾。犧古音如沙。下「犧尊」同。宜从多聲。載嘗載，音再。楅衡逼横。剛犅。毛炰當作「炮」。炰、炮同諧聲而不同字，如裦、袍，棗、棘，柔、杼之例。胾《釋文》：「側吏反。」羹「鬻」之省。《左傳》「城不羹」，《正義》云：「羹臑亦有郎音。」《魯頌》、《楚辭》、《急就篇》與房、漿、康爲韻。洋洋徐，音翔。慶古音羌。騰滕。綅與乘、縢，弓、增，膺、懲、承合韻。泰山泰，俗字。《釋文》作「大」。巖巖當作「嚴」。繹與嶧不同。徐宅徐，音郤。兒齒兒，古「齯」字。度音宅。尋彡聲。今隸變作「尋」，失其諧聲。舃徐音託。《莊子》「揮斥八極」，斥，李軌音託。古舃、斥同。曼《釋文》音萬。《傳》禖宮禖，音媒。清淨當作「静」。龤《釋文》：「路東反。」有沙飾沙，音娑。

「沙」下有「羽」字。豚《說文》：「豨，小豕也。篆文作『豚』。徒魂切。」壽考考，當爲「老」。㕙報。綴贅。褱哀聲。高注《淮南・本經》云：「衰，讀曰『崔杼』之『崔』。」作是廟廟，當爲「詩」。詳疏。

商　頌

那五篇

《那》音轉如儺。猗那即阿儺。猗爲歎聲，那有多義，故以「那」名篇。正考甫當依《釋文》作「父」。猗音阿。與古「歟」字。下同。置三家《詩》作「植」。音樹。簡簡音《論語》「狂簡」之「簡」，大也。奏假音胡，故訓「大」。淵淵《說文》作「鼘」。嘒嘒音嚖。依讀倚。庸古「鏞」字。斁《韓詩》作「繹」。恪同愙，苦各切。《傳》閑嫺。

《烈祖》和羹《說文》作「鬻」。戒音屆。鬷假鬷，讀總。假，音嘏。《左傳》作「嘏」。鶬鶬《釋文》：「又作『鏘』。」以假音嘏。下「來假」同。以享平聲。下「來享」同。來享唐石經、宋本皆作「饗」。

《玄鳥》祀鄭云：「當爲『祫』。」商《書・柴誓》「我商賚女」，徐音章，此古音也。芒芒高注《淮南・俶真》云：「芒芒，盛皃。」芒讀王莽也。正域古音或。下「肇域」同。不殆音如以，與有、子韻。大糦《特牲禮》：「古文『饎』作『糦』。」《說文》饎、糦一字。來假與「祁祁」二句韻。未詳。景員景同京。員，古「圓」字。維河王肅以爲河水。《釋文》：「或作『何』。」依《箋》擅改也。何古負何字讀平聲，俗作「荷」。《傳》有娀氏《淮南・墬形》注：「娀，讀『嵩高』之『嵩』。」郊禖音媒。契契，《說文》作「偰」。「卨」讀與偰同，謂其音同也。段氏以《米部》「竊」下云「卤，古文『偰』」非許語。域，有。同部。員，均。諄、文、耕、清音相近。

《長發》長，音常。濬哲濬，音浚。《書》「濬畎澮」，《史記》作「浚」。哲，《釋文》作「悊」。幅隕幅，音《左傳》「布帛之有幅」。隕，《釋文》音圓。撥發聲。《韓詩》作「發」。履讀禮。不違韋聲，近依。祇《説文》：「祇，从氏聲。」段云：「古音凡氏聲字在弟十五部，凡氏聲字在弟十六部。此《廣韻》祇入五支、祇入六脂所由分也。徐鉉所據唐韻祇旨移切，是孫愐祇入五支，遠遜於宋《廣韻》所改定矣。《經典釋文》於《商頌》諸時反，則又闌入七之。於《孔子閒居》諸夷反，則固不誤。」九圍亦韋聲，近依。小球大球古作「捄」。綴旒綴，音贅。旒，當作「流」。絿徐音虬。敷《左傳》作「布」。優優《説文》作「憂憂」。遒揫同。小共大共古「拱」字。厖《大戴禮》作「蒙」。《小戎》箋：「蒙，厖也。」聲相近。龍龒。敷奏其勇，不震不動，不戁不竦。敷，《釋文》作「傅」。「敷奏其勇」四字，據《家語》當在二句之下。動，平聲。徐幹《齊都賦》「鉦鼓雷動」與中韻。戁、竦，音女版、息拱反。旆當作「伐」。鉞當作「戉」，音越。曷讀害。三蘖《説文》：「櫱，或作『蘖』。」顧顧，《漢書·古今人表》作「鼓」。《書·微子》釋文：「顧，音鼓。」此舊音也。《伐木》二章、《小明》二章、《雲漢》四章顧皆上聲。業鮠。阿衡江云：「音杭。」

《殷武》撻達聲。罙古作「突」。作「罙」字譌。氐羌氐聲在脂部。漢烏氏、月氏道今皆誤作「氏」，汪明盛本不譌也。羌，去羊切。多辟王音僻，非。適音謫。❶嚴儼。濫監聲。迨遑遑，當作「皇」。段云：「本音弟十

❶「謫」，原作「摘」，徐子静本、《清經解續編》本同，據《詩毛氏傳疏》卷三十《殷武》傳疏、卷三《北門》傳疏改。

部，《詩·殷武》合韻監、嚴、濫字。」又《桑柔》以瞻韻相，《天問》以嚴韻亡、饗、長，《急就篇》以談韻陽、桑、讓，皆弟八部、弟十部合韻也。斲音斷。虔合韻。今音渠焉切。梴當从手作「挺」。旅音如臚。《傳》：「罙，深。」古、今字。突，「滚」之隸變也

毛詩説

大毛公《詁訓傳》言簡理晐，漢儒不遵行，錮蔽久矣。奂殫精極慮，爲《傳》作疏。疏中稱引，廣博難明，更舉條例，立表示圖，凡制度文物，可以補《禮經》之殘闕，而與東漢諸儒異趨者，揭箸數端，學者省覽焉。

本字借字同訓説

「義，善」本字，「儀，善」假「儀」爲「義」也。「仇，匹」本字，「逑，匹」假「逑」爲「仇」也。「宴，安」本字，「燕，安」假「燕」爲「宴」也。「疷，病」本字，「祇，病」假「祇」爲「疷」也。「痡，病」本字，「鋪，病」假「鋪」爲「痡」也。「修，長」本字，「脩，長」假「脩」爲「修」也。「壬，大」本字，「任，大」假「任」爲「壬」也。「京，大」本字，「景，大」假「景」爲「京」也。「嘏，大」本字，「假，大」假「假」爲「嘏」也。「蘖，餘」本字，「肄，餘」假「肄」爲「蘖」也。「遐，遠」本字，「瑕，遠」假「瑕」爲「遐」也。「逷，遠」本字，「狄，遠」假「狄」爲「逷」也。「愒，息」本字，「塈，息」假「塈」爲「愒」也。「誘，道」本字，「牖，道」假「牖」爲「誘」也。「總，數」本字，「緵，數」假「緵」爲「總」也。「悼，動」本字，「蹈，動」假「蹈」爲「悼」也。「訧，過」本字，「尤，過」假「尤」爲「訧」也。「逝，逮」本字，「噬，逮」假「噬」爲「逝」也。「皆，俱」本字，「偕，俱」假「偕」

爲「皆」也。「勩，勞」本字，「肄，勞」假「肄」爲「勩」也。「試，用」本字，「式，用」假「式」爲「試」也。「單，厚」本字，「僤，厚」假「僤」爲「單」也。「亟，急」本字，「棘，急」假「棘」爲「亟」也。「單，信」本字，「亶，信」假「亶」爲「單」也。「賚，予」本字，「釐，予」假「釐」爲「賚」也。「迪，進」本字，「軸，進」假「軸」爲「迪」也。「士，事」本字，「仕，事」假「仕」爲「士」也。「殄，盡」本字，「填，盡」假「填」爲「殄」也。「應，當」本字，「膺，當」假「膺」爲「應」也。「謨，謀」本字，「莫，謀」假「莫」爲「謨」也。「賚，賜」本字，「釐，賜」假「釐」爲「賚」也。「彝，常」本字，「夷，常」假「夷」爲「彝」也。「勖，勉」本字，「茂，勉」假「茂」爲「勖」也。「賁，飾」本字，「幩，飾」假「幩」爲「賁」也。「佸，會」本字，「括，會」假「括」爲「佸」也。「俴，淺」本字，「踐，淺」假「踐」爲「俴」也。「燠，煖」本字，「奧，煖」假「奧」爲「燠」也。「侑，勸」本字，「右，勸」假「右」爲「侑」也。「義，宜」本字，「儀，宜」假「儀」爲「義」也。「訌，潰」本字，「虹，潰」假「虹」爲「訌」也。

一　義引申説

述、儀、特、仇，匹也；匹，配也；配，媲也。夷、均、成，平也；平，正也。塈、闋、愒、休，息也；息，止也。息、處、定、濟、集、弭、懲、沮、遏、按、承，止也；止，至也。征、將、邁、發、步、游，行也；行，往也、道也。懷、悼、怛、弔、揚，傷也；傷，思也。信、屆、騁，極也；極，至也。詒、問，遺也；遺，加也。逝、適、旃，之也；之，至也。寫、襄、舍、抽，除也；除，去也、開也。考、要、質、構、登，成也；成，就也、平也。洵、傭、員、隕，均也；均，平也；平，正也。夷、好、易、懌，說也；說，懌，服也。選、同、黎、翦，齊也；齊，正也。聿、潰、對，遂也；遂，安也。遒、敕、膠、假、虔、鞏、肆，固也；固，堅也。翕、洽、逑，合也；合，配也。煇、頍、顯、烈，光也；光，大也。復、覆、襄，反也；反，復也。戾、莫、休、疑，定也；定，止也。格、懷、戾，來也；來，至也。壼、照、光、幅，廣也；廣，大也。履、穀，祿也；祿，福也。曷，害也；害，何也。聊、將，願也；願，每也；每，雖也。控、永，引也；引，長也。疌，速也；速，召也。爽、僭，差也；差，擇也。素、曠，空也；空，大也、窮也、盡也。戎、胥，相也；相，助也。捷、克，勝也；勝，任也、乘也。肥、遹，辟也；辟，開也。弟、夷，易也；易，說也、治也。勝、騰，乘也；乘，升也；升，出也。淪、遵，率也；率，循也。相，質也；質，成也。方、威，則也；則，法也。攻、俶，作也；作，生也、始也、起也。毖、溢，慎也；慎，誠也。姑，且也；且，辭也、此也。荒，奄也；奄，大也、撫也、同也。既，已也；已，甚也。猶，若也；若，順也。據，依也；依，倚也。迨，及也；及，與也。摧，沮也；沮，壞也、止也。都，閒也；閒，習也。樊，藩也；藩，屏也；屏，蔽也。辰，時也；時，善也、是也。縢，約也；約，束也。紀，基也；基，始也、本也。萃，集也；集，止也。窒，塞也；塞，瘞也。枚，微也；微，無也。烝，寘也；寘，置也。遨，游也；游，觀也。烝，填也；填，久也。矧，況也；況，兹也。享，獻也；獻，奏也；奏，爲也。虋，蔓也；蔓，延也。豐，茂也；茂，美也。公，功也；功，事也。攻，錯也；錯，石也、襍也。祇，適也；適，之也。鞫，盈也；盈，滿也。莠，醜也；醜，惡也。煽，熾也；熾，盛也。云，言也；言，道也。來，勤也；勤，勞也。將，壯也；將，壯，大也。

胥，皆也；皆，俱也、徧也。葵，揆也；揆，度也。局，卷也；局、卷，曲也。哉，載也；載，始也。皇，天也；皇、天，君也。聿，述也；述，循也。回，違也；違，去也、離也。貉，靜也；靜，安也。旅，師也；師，衆也。赫，顯也；顯，光也；光，大也。祺，吉也；吉，善也。僕，附也；附，箸也。遡，鄉也；鄉，所也。鞫，究也；鞫，究，窮也。猶，圖也；圖，猶，謀也。滔，慢也；慢，遲也。倉，喪也；喪，亡也。禎，祥也；祥，善也。密，寧也；寧，安也。庤，具也；具，俱也。銍，穫也；穫，艾也；艾，治也。嘻，敕也；敕，固也。序，緒也；緒，業也。畛，埸也；埸，畔也。胡，壽也；壽，考也。振，自也；自，用也。屈，收也；收，聚也。緵，總也；總，數也。畿，疆也；疆，竟也。

一字數義說

穀，善也、生也、祿也。時，善也、是也。義，善也、宜也。儀，善也、匹也、宜也。逑，匹也、合也。流，求也、下也。祈，求也、報也。干，求也、厓也、扞也、澗也。悠，思也、遠也。懷，思也、和也、傷也、來也、歸也。言，我也、道也。密，安也、寧也。康，安也、樂也。行，列也、往也、道也、翮也。烈，列也、光也、業也。里，病也、居也、邑也。永，長也、引也。猗，長也、加也。駿，長也、大也。單，長也、厚也、信也。肆，長也、疾也、固也、陳也。將，大也、養也、行也、齊也、送也、願也、請也、壯也、側也。荒，大也、有也、奄也、虛也。阜，大也、盛也。膚，大也、美也。元，大也、首也。空，大也、窮也、盡也。介，大也、甲也。皇，大也、美也、君也、匡也、天也。戎，大也、相也、兵也。假，大也、至也、固也、嘉也。路，大也、道也。奄，大也、撫也、同也。誕，大也、闊也。豐，大也、茂也。成，就也、平也。集，就也、止也。于，往也、於也。逝，往也、逮也、之也。止，辭也、至也。載，辭也、事也、始也、識也。且，辭也、此也。訊，辭也、問也。塈，取也、息也。艾，養也、久也、治也。鞫，養也、窮也、告也、盈也、究也。遵，循也、率也。率，循也、用也。肄，餘也、勞也。洵，遠也、信也、均也。瑕，遠也、過也。説，服也、數也、舍也、赦也。懌，服也、説也。夷，平也、説也、常也、易也。均，平也、正也、調也。頻，厓也、急也。尸，主也、陳也。適，主也、過也、之也。齊，敬也、正也、莊也。肅，敬也、縮也。禋，敬也、祀也。虔，敬也、固也。翦，去也、齊也。違，去也、離也。遷，去也、徙也。考，擊也、成也。休，息也、美也、定也。猶，道也、謀也、可也、若也、圖也。徹，道也、治也、剥也。訓，道也、教也。緵，數也、總也。僭，數也、差也。麗，數也、歷也。處，止也、居也。定，止也、題也。濟，止也、渡也。沮，止也、壞也。承，止也、繼也。蘀，落也、槁也。吪，動也、化也。悼，動也、傷也。靖，和也、謀也、治也。龍，和也、寵也。虞，度也、誤也。愠，怒也、恚也。相，視也、助也、質也。究，深也、窮也、謀也。惠，順也、愛也。曷，逮也、害也。遄，疾也、速也。弔，傷也、至也。皆，俱也、偏也。屆，極也、至也。亶，誠也、信也。茂，美也、勉也。式，用也、法也。靡，無也、累也。莫，無也、謀也、定也、晚也。極，至也、中也。括，至也、會也。周，至也、曲也、救也。來，至也、勤也。戾，至也、定也、來也、罪也。格，至也、來也。摧，至也、沮也、莝也。襄，除也、反也。崇，終也、重也、立也。賚，予也、賜也。釐，予也、賜也。御，進也、禦也、迎也。烝，進也、君也、衆也、寘也、填也。作，生也、始也、起也。達，生也、射也。員，均也、益也。隕，均也、隊也、隋也。侯，君也、維也。辟，君也、開也、法也。公，君也、事也、功也。貫，事也、中也。易，説也、治也。庶，衆也、幸也。旅，衆也、陳也、師也。醜，衆也、惡也。佽，利也、助也。覃，利也、延也。聿，遂也、述也。對，遂也、配也。右，助也、勸也。局，曲也、卷也。卒，盡也、竟也。填，盡也、久也。殄，盡也、絶也。武，繼也、迹也。肇，始也、謀也。俶，始也、作也。基，始也、本也。苞，本也、稹也。遒，固也、聚也。收，聚也、軫也。矢，陳也、誓也、弛也。典，法也、常也。共，法也、執也。顯，光也、見也。厲，惡也、危也。耆，惡也、老也、致也。慝，惡也、邪也。茀，治也、蔽也。矜，危也、憐也。幾，危也、期也。覯，見也、遇也。恒，徧也、弦也。宣，徧也、示也。幅，廣也、偪也。勝，任也、乘也。何，任也、揭也。胡，何也、壽也。履，祿也、禮也、踐也。云，旋也、言也。贈，送也、增也。號，召也、呼也。素，白也、空也。斯，此也、析也。泮，散也、坡也。回，邪也、違也、轉也。革，更也、翼也。舒，遲也、徐也。忒，變也、疑也。縢，繩也、約也。胥，相也、皆也。翰，高也、榦也。攻，堅也、作也、錯也。克，勝也、能也。錯，石也、襍也。威，則也、畏也。秉，操也、把也。赫，顯也、炙也。

一義通訓説

《卷耳》：「陟，升也。」凡陟訓同。《芣苢》：「采，取也。」凡采訓同。《采蘋》：「尸，主也。」凡尸訓同。《甘棠》：「説，舍也。」凡説訓同。《日月》：「音，聲也。」凡音訓同。《谷風》：「旨，美也。」凡旨訓同。《齊・南山》：「蓺，樹也。」凡蓺訓同。《七月》：「疆，竟也。」凡疆訓同。《天保》：「庶，衆也。」凡庶訓同。《正月》：「緐，多也。」凡緐訓同。《雨無正》：「戎，兵也。」凡戎訓同。《小毖》：「予，我也。」凡予訓同。若夫「寧，安」、「已，甚」、「寔，是」、「姑，且」、「既，已」、「克，能」、「洵，信」、「庶，幸」、「及，與」、「每，雖」、「矧，況」、「祇，適」、「胥，皆」、「云，言」，凡語詞之通訓，一見不復再見，則推類引申，皆可以得其條理矣。

古字説

《葛覃》：「汙，煩也。」煩，古「⿰樊頁」字。《兔爰》：「造，爲也。」爲，古「僞」字。《檜・羔裘》：「悼，動也。」動，古「慟」字。《鴻雁》：「宣，示也。」示，古「視」字。《斯干》：「冥，幼也。」幼，古「窈」字。《正月》：「獨，單也。」單，古「禪」字。《生民》：「役，列也。」列，古「⿱列木」字。《常武》：「繹，陳也。」陳，古「敶」字。《巧言》：「蛇蛇，淺意也。」淺，古「諓」字。《棫樸》：「峩峩，盛壯也。」壯，古「莊」字。《東山》：「敦，猶專專也。」專，古「團」字。《君子偕老》「袢延之服」，延，古「涎」字。《常武》「虎之自怒」，自，古「詯」字。

古義説

《北山》：「賢，勞也。」古義也。今訓「賢才」。《簡兮》：「簡，大也。」古義也。今訓「簡擇」、「簡略」。《白駒》、《巧言》：「慎，誠也。」古義也。今訓「慎謹」。《小宛》：「齊，正也。」古義也。今訓「齊戳」。《頍弁》：「時，善也。」今訓「時是」。《天保》、《昊天有成命》：「單，厚也。」今訓「單薄」。《烝民》：「愛，隱也。」今訓「惠愛」。《酌》：「養，取也。」今訓「教養」。《賓之初筵》：「手，取也。」今訓「手足」。

毛傳章句讀例

統釋全章之例，有見於首章者，《甘棠》言召伯聽訟，國人被德之類是也。有見於末章者，《木瓜》引孔子説苞苴之禮之類是也。若夫《國風・關雎》傳「夫婦有別」，直説到「朝廷正、王化成」，總論周、召二《南》二十五篇之義；《小雅・四牡》傳「周公作樂，歌文王之道，爲後世法」，總論大、小《雅》及《頌》諸文王之詩之義，此又統全部而言之矣。

有探下作訓之例。《十月之交》傳：「之交，日月之交會。」探下文「朔月辛卯，日有食之」句。《維天之命》傳：「大哉，天命之無極。」探下文「文王之德之純」句。又有冡上文作訓者，如《汝墳》傳「魴魚勞則尾赤」，雖釋「魴魚赬尾」本句，其實從遵墳伐條生義，故箸一「勞」字，則注上注下文義貫通，讀者皆率意而忘覺也。

有上章語未盡，而下章足其義者。《鶴鳴》「可以爲錯」、「可以攻玉」，《傳》云：「攻，錯也。」上章言錯，下章言錯玉。《祈父》「予王之爪牙」、「予王之爪士」，《傳》云：「士，事也。」上章言爪牙，下章言爪牙之事，皆其例。

詩二章，下章不與上章同義者，《君子陽陽》之「敖」、《遵大路》之「魗」、《褰裳》之「士」、《終南》之「紀」、「堂」。詩三章，末章不與一、二章同義者，《桃夭》之「宜」、《螽斯》之「揖揖」、《鵲巢》之「成」、《羔羊》之「縫」、《考槃》之「軸」、《緇衣》之「蓆」、《中谷有蓷》之「溼」、《兔爰》之「庸」，毛公作《傳》尋辭之變、本意之殊，往往不作一律解釋。《箋》不然矣。

凡經文一字，《傳》文用疊字者，《邶·谷風》「有洸」，《傳》：「洸洸，武也。」「有潰」，《傳》：「潰潰，怒也。」一言不足則重言之，以盡其形容矣。又有益其辭以申其義者。「有女如玉」，《傳》：「德如玉。」益「德」字。「可以樂飢」，《傳》：「可以樂道忘飢。」益「道」字、「忘」字，以申補經義。「蝃蝀在東」，《傳》云：「蝃蝀，虹也。夫婦過禮則虹氣盛。」「莫之敢指」，《傳》云：「君子見戒而懼，諱之莫之敢指。」於蝃蝀補出夫婦過禮一層，於莫敢指補出君子戒諱一層。經義之未明備者，《傳》必申成之，且令學者曉然詩人用意之微恉，凡此之類，不一而足也。一隅三反焉，可也。

常語不傳，不限於首見也。

《文王》傳：「有周，周也。不顯，顯也。」「有」字、「不」字皆發聲，無實義。《蕩》「侯作侯祝」，《傳》：「作詛祝也。」上「侯」字爲發聲，下「侯」字爲助語，無實義。《文王》「思皇多士」，《傳》：「思，詞也。」此「思」字爲句首之發聲。《漢廣》「不可休思」，《傳》：「思，詞也。」此「思」字爲句末之語助。《關雎》「寤寐思服」，《傳》：「服，思之也。」此「思」字又爲句中之助，無實義矣。

《燕燕》篇「頡之頏之」，《傳》云：「飛而上曰頏，飛而下曰頡。」先釋「頏之」，後釋「頡之」。「下上其音」，《傳》云：「飛而上曰上音，飛而下曰下音。」先釋「上音」，後釋「下音」。又《日月》篇「逝不相好」，《傳》：「不及我以相好。」「逝不」作「不及」解，逆其文而順其義，文不害辭，辭不害志也。武進臧氏玉琳曰：「三代人讀經，能知其大義。漢以來儒者始沾沾於字句，閒有曲通古人立言之意，而不爲文辭所惑者，惟毛公一人而已。」

《召南》「江有汜，決復入爲汜」；「江有渚，水枝成渚」；「江有沱，沱江之別者」。《傳》釋汜、渚、沱於譬喻中見正義，亦於訓詁中見大義。此一例也。《王風》「采葛，葛，所以爲絺綌」；「采蕭，蕭，所以共祭祀」；「采艾，艾，所以療疾」。《傳》但釋葛、蕭、艾，言字義不言經義。此又一例也。

《草蟲》「忡忡，猶衝衝也」、《柏舟》「耿耿，猶儆儆也」，《傳》以今語通古語也。《版》「殿屎，呻吟也」、《小毖》「荓夆，摩曳也」，《傳》以今義通古義也。

轉注說

古無四聲，讀者以方俗語言有輕重、緩急，遂音殊而義別。故同是「造，爲也」，爲爲作爲之爲，亦爲詐爲之爲。同是「正，長也」，長爲長幼之長，亦爲長短之長。同是「行，道也」，道爲道理之道，亦爲道路之道。同是「將，行也」，行爲行路之行，亦爲行列之行。一字必兼數音，一訓可通數義，展轉互訓，同意相受，六書之轉注也。

假借説

凡字必有本義。古人字少，義通乎音，有讀若某某之例，此東漢人假借法也。毛公尚在六國時，而假借之法即存乎轉注。故《汝墳》「絛肄則直」云：「肄，餘也。」東漢人必云「肄，讀若蘖」矣。《采蘋》「湘之則直」云：「湘，亨也。」東漢人必云「湘，讀若鬺」矣。

《葛覃》之害、《緑衣》之曷皆訓何，曷本字，害假借字也。段先生曰：「害本不訓何，而曰何也，則可以知害爲曷之假借也。」此一例也。若假干爲扞，直云「干，扞也」；假輈爲朝，直云「輈，朝也」，此直指假借之例。毛《傳》言假借不外此二例。

毛傳淵源通論

言六蓺者折衷孔子，司馬遷論之篤矣。子夏善説《詩》，數傳至荀卿子。而大毛公生當六國，猶在暴秦燔書之先，又親受業荀氏之門，故説《詩》取義於荀子書者不一而足。漢諸儒未興，要非漢諸儒之所能企及。陸德明《經典釋文敘録》云：「左丘明作《傳》以授曾申，申傳衞人吴起，起傳其子期，期傳楚人鐸椒，椒傳趙人虞卿，卿傳同郡荀卿名況。」左丘作《左氏春秋》，失明，有《國語》。子夏《詩序》《桑中》、《鶉之奔奔》、《載馳》、《碩人》、《清人》、《黄鳥》、《四牡》、《常棣》、《湛露》、《彤弓》、《行葦》、《泂酌》與《左氏春秋》悉脗合，故毛公説《詩》，其義取諸《左傳》者亦不一而足。《葛覃》「服之」、

《天作》「荒之」、《旱鹿》「干禄」、《皇皇者華》「六德」、《新臺》「籧篨」、「戚施」以及《既醉》、《昊天有成命》等篇義，皆取諸《國語》。其時《左氏》未立學官，而毛公作《詁訓傳》同者，用師説也。《漢書·儒林傳》：「申公，魯人也。少與楚元王交，俱事齊人浮丘伯，受《詩》。」《鹽鐵論》云：「苞丘子與李斯俱事荀卿。」苞丘子即浮丘伯，爲荀卿門人。《魯詩》亦出荀子。《韓詩》引荀卿子以説《詩》者四十有四。《齊詩》雖用讖緯，而翼奉、匡衡其大指與《毛詩》同。然而三家往往與內、外《傳》不合符節者，何也？蓋七十子歿，微言大義各有指歸，唯《毛詩》之説篤守子夏之《序》文，發揮焉而不凌襍。《風俗通義》云：「穀梁爲子夏門人。」又《儒林傳》云：「瑕丘江公受《穀梁春秋》及《詩》於魯申公。」毛公説《詩》與《穀梁春秋》合。《公羊春秋》亦出於子夏。漢初，董仲舒及莊彭祖、顏安樂説犧説舞與《毛詩》合，而與何休解不合，其流派異，其本源同矣。毛公説《詩》，《葛覃》、《草蟲》、《簡兮》、《淇奧》、《子衿》、《揚之水》、《東山》、《伐柯》、《采芑》、《正月》、《采叔》、《采緑》、《行葦》、《既醉》、《瞻卬》、《良耜》、《泮水》、《那》義見諸《小戴》。《節南山》、《小宛》、《下武》義見諸《大戴》。《周官》未興，而緇帛五兩、《行露》。邦國六閑、《坰》。九族、《常棣》。四享、《天保》。圜土、《正月》。乘石、《白華》。挈壺氏、《東方未明》。凶荒殺禮《摽有梅》、《野有死麕》。義皆取諸《周官》。河間獻王時，李氏上《周官》五篇，取《考工記》以補事官，而殳、《伯兮》。黼、《采叔》、《文王》。鍭、矢、王弓《行葦》。之制度見《考工記》。凡天子諸侯禮不詳於《儀禮》，叔父、叔舅《伐木》。僅見於《覲》，鞉、鼓、磬《那》、《鼓鐘》。僅見於《大射》。高堂生傳《士禮》十七篇，即今之《儀禮》也。十七篇《記》皆出於七十子。釋軷、祭脯，《泉水》、

《生民》。施衿結帨，《東山》。房中之樂，《君子陽陽》。錭筆《采叔》。見於《聘》、《昏》、《燕》、《特牲》、《公食大夫》諸《記》文。大戴《勸學》、小戴《樂記》、《三年問》皆出於荀子。而《荀子·大略》其門弟子所裸録之語，皆《逸禮》名言。蓋荀卿子長於禮，毛公説禮用師説也。《七月》説狐貉、《無衣》説征伐、《抑》説愚知，義皆取諸《論語》。孔子釋《關雎》「樂而不淫，哀而不傷」，子夏乃因之作《序》，毛公又依之作《傳》。《六蓺論》云：「《論語》，子夏、仲弓合撰。」荀爲卜子五傳弟子，而荀書《儒效》、《非相》、《非十二子》三篇每以仲尼、子弓竝稱。子弓即仲弓，荀之學出於子夏、仲弓，毛亦用師説也。《史記》載孟子受業于子思之門人。鄭玄《詩譜》云：「孟仲子，子思之弟子。」趙岐注《孟子》云：「孟仲子，孟子之從昆弟學於孟子者也。」而毛公《維天之命》、《閟宫》傳兩引孟仲子説。徐整云：「子夏授高行子。」高行子即高子。《孟子·告子》篇，子夏《緜衣》序、毛公《小弁》傳有高子説。其説舜之大孝，《小弁》。大王遷豳，《緜》。士者世禄盛德不爲衆，《文王》。從事獨賢，《北山》。泄泄猶沓沓，《版》。義皆取諸《孟子》。孟子曰：「又尚論古之人，頌其詩，讀其書，不知其人，可乎？是以論其世也。」又曰：「故善説詩者，不以文害辭，不以辭害志。以意逆志，是爲得之。」孟、荀一家，先後同揆，故毛公説《詩》與孟子説《詩》之意同，用師説也。

《尚書》以《大傳》最爲近古。伏生在秦、漢之際，略後於毛。《七月》三正、《緇衣》二采、《雞鳴》出朝、《湛露》燕宗，《詩傳》與《書傳》有可互相發明者，同條共貫也。九族與歐陽生不合，三朝與鄭仲師不合。鄭氏敘云：「生終後，數子各論所同，不能無失。」

賈逵治《毛詩》。許慎乃賈弟子，其説《詩》特宗毛氏之學。鄭衆亦治《毛詩》。《後漢書》云：「中興，鄭衆傳《周官經》。」故許《説文》、先鄭《周官注》皆足以發明《毛詩》微恉，洵非它儒可與頡頏者。

毛傳爾雅字異義同説

「揫，聚」，《長發》傳：「遒，聚。」秋、酋同聲。「芾，小」，《卷阿》傳：「茀，小。」市、弗同聲。「慴，懼」，《時邁》傳：「疊，懼。」慴、疊同聲。「癉，勞」，《大東》傳：「憚，勞。」亶、單同聲。凡通借者，必諧聲也。「䂮，利」，《載芟》傳：「略，利。」䂮、略一字。「諐，過」，《氓》傳：「愆，過。」諐、愆一字。「枿，餘」，《長發》傳：「蘖，餘。」枿、蘖一字。「酬，報」，《彤弓》傳：「醻，報。」酬、醻一字。凡或體者，必諧聲也。至若毛《傳》多古文，《爾雅》則逕六朝後人改竄破俗之體，不勝枚舉。定作頲、里作瘇之類者，無論矣。字之所異，義之所同也。

毛傳爾雅訓異義同説

毛公《詁訓傳》，傳者，述經之大義；詁訓者，所以通名物、象數，假借、轉注之用。其言詁訓也，具法乎《爾雅》，亦不泥乎《爾雅》。《爾雅》：「翢，纛也。」《宛丘》傳：「翿，翳也。」《説文》作「翳」。翢、翿皆俗字。《爾雅》以爲纛，毛《傳》以爲翳，其解釋不同，而指歸則一也。「寫，憂也」，釋「以寫我心」句。「峩峩，祭也」，釋「奉璋峩峩」句。「旻旻，耜也」，釋「旻旻良耜」句。《爾雅》但望文生義，毛《傳》必審聲定訓。「流，擇也」、「流，求也」，釋《詩》「左右流之」句。「翦，勤也」、「翦，齊也」，釋《詩》「實始翦商」句。毛《傳》用「流，求」不用「流，擇」，用「翦，齊」不用「翦，勤」。此皆有以考索精詳，而義優乎三家者也。張稚讓說：「《爾雅》之爲書也，文約而義固。其陬道也，精研而無誤。真七經之檢度，學問之階路，儒林之楷素。」毛《傳》之爲書也，亦若是焉已矣。

毛傳不用爾雅說

《式微》「式微式微」，《釋訓》曰：「式微式微者，微乎微者也。」《伐木》「伐木丁丁，鳥鳴嚶嚶」，《釋訓》曰：「丁丁、嚶嚶，相切直也。」《墓門》「誰昔然矣」，《釋訓》曰：「誰昔，昔也。」《新臺》「籧篨不鮮，得此戚施」，《釋訓》曰：「籧篨，口柔也。戚施，面柔也。」《生民》「履帝武敏」，《釋訓》曰：「敏，拇也。」《小星》「抱衾與裯」，《釋訓》曰：「幬謂之帳。」若此之類，皆《毛詩》不用《爾雅》，而鄭氏《箋》用之。或謂《爾雅・釋訓》篇多逕後人改竄矣。

毛傳用爾雅說

《淇奥》「治骨曰切，象曰瑳，玉曰琢，石曰摩」，此《釋器》文也。「如切如瑳，四字今補。《論語疏》引亦奪。道其學之成也。聽其規諫以自修，如玉石之見琢摩」，此《釋訓》文也。《魚麗》、《苕之華》傳

「罶，曲梁也」，此《釋訓》文也。「寡婦之笱也」，此《釋器》文也。

毛用借字三家用本字亦有三家用借字毛用本字者説

《毛詩》用古文，三家《詩》用今文。「革」作「鞠」、「喬」作「鷸」、「宛」作「畹」、「里」作「悝」，皆毛用假借而三家用其本義，此常例也。《毛詩》「考槃在澗」，三家「澗」作「干」。澗本義，干假借。《毛詩》「百卉具腓」，三家《詩》「腓」作「痱」。痱本義，腓假借。此又變例，百不居一矣。他如「有靖家室」、「陽如之何」、「碩大且儼」、「獷彼淮夷」，三家字義俱異者，彼各有其師承也。

三家詩不如毛詩義優説

騶虞，五獸之一。《召南》之《騶虞》，猶《周南》之《麟止》。三家以虞爲田官。《載馳》爲許穆夫人作，《碩人》爲國人美莊姜作，而三家以《載馳》衛懿公詩，《碩人》傅母説莊姜詩。其時《左氏傳》未列學官，故多岐説。《黍離》王國變風之首，三家以爲伯封作。《詩》終於陳靈，而《燕燕》則以爲衛定姜詩。小、大《雅》始於文、武，終於幽、厲，而《鼓鐘》則以爲周昭王詩。《商頌》紀商祀廟樂歌，而或以爲宋襄公詩。此皆三家之不如毛。三家廢而毛存，蓋源流有獨真也。

宮室圖説

郭城

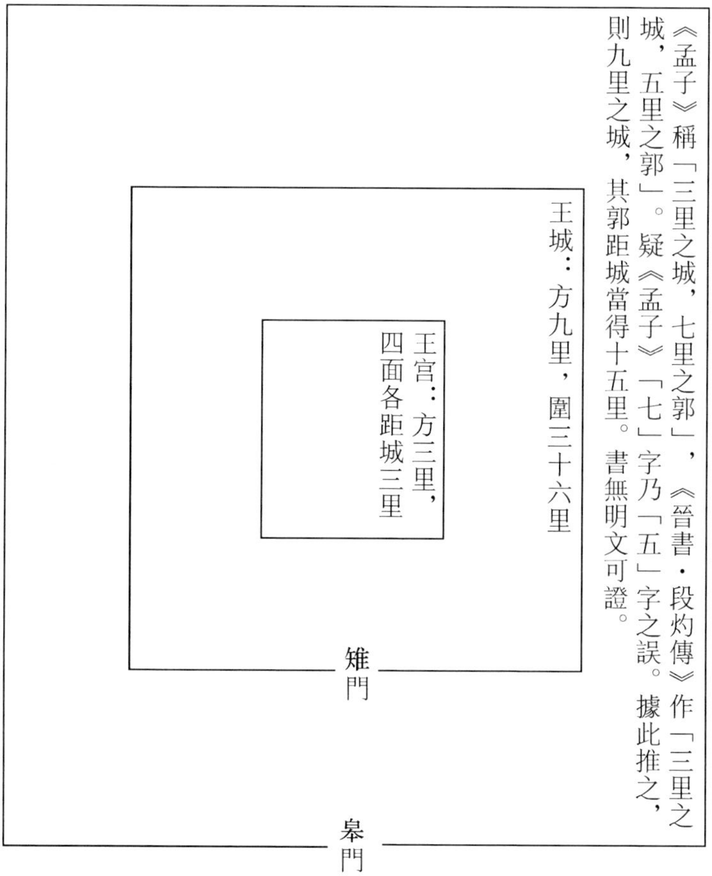
《孟子》稱「三里之城，七里之郭」，《晉書・段灼傳》作「三里之城，五里之郭」。疑《孟子》「七」字乃「五」字之誤。據此推之，則九里之城，其郭距城當得十五里。書無明文可證。
王城：方九里，圍三十六里
王宮：方三里，四面各距城三里
雉門
皋門

門

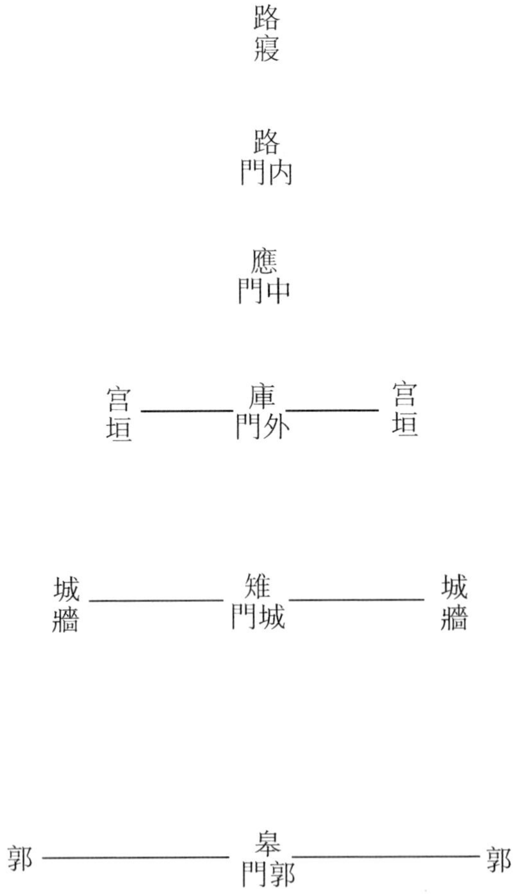

天子五門：皋、雉、庫、應、路。皋爲郭門，雉爲城門，庫、應、路爲宮門，而路寢以下不數也。

《緜》篇傳云：「王之郭門曰皋門。」則皋門之爲郭門。向來無人据證，故紛紛多異說。

朝

路門内曰内朝，路門外曰外朝。内朝行燕禮，亦曰燕朝。外朝爲治事之處，九卿九室在焉，亦曰治朝。朝無屋，而以路門之内外言也。天子、諸侯皆二朝，向説三朝。此据鄭仲師《周禮注》説。

諸侯城闕南方

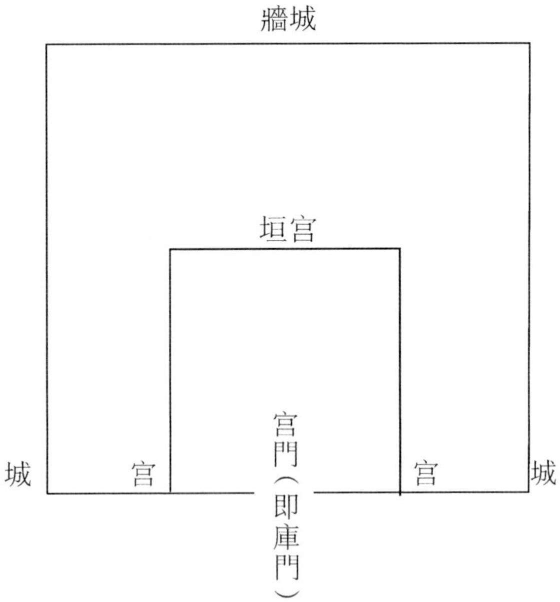

天子城方九里，宮方九百步。上公與天子同。諸侯三面城，其宮垣距城不相連屬，唯前一面以宮爲城。庫門即城門，所謂城闕南方也。

宫

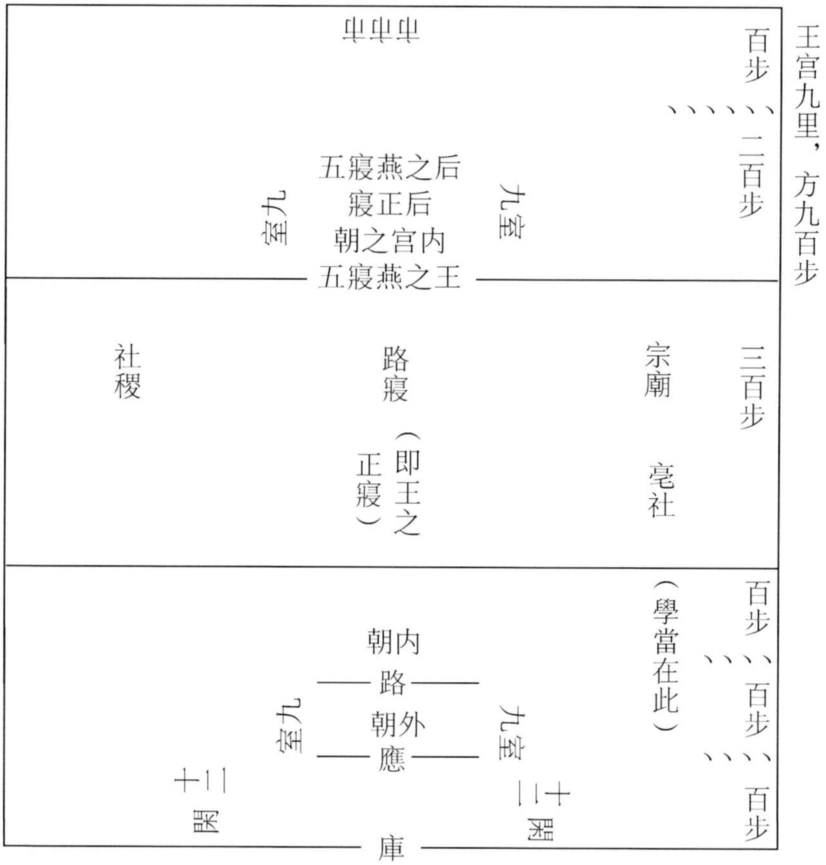
王宫九里，方九百步
百步
二百步
五寢燕之后
寢正后
朝之宫内
五寢燕之王
九室
室九
市
宗廟
亳社
路寢
（即王之正寢）
社稷
三百步
（學當在此）
百步
百步
百步
朝内
路
朝外
應
九室
室九
十二閑
十二閑
庫

路寢

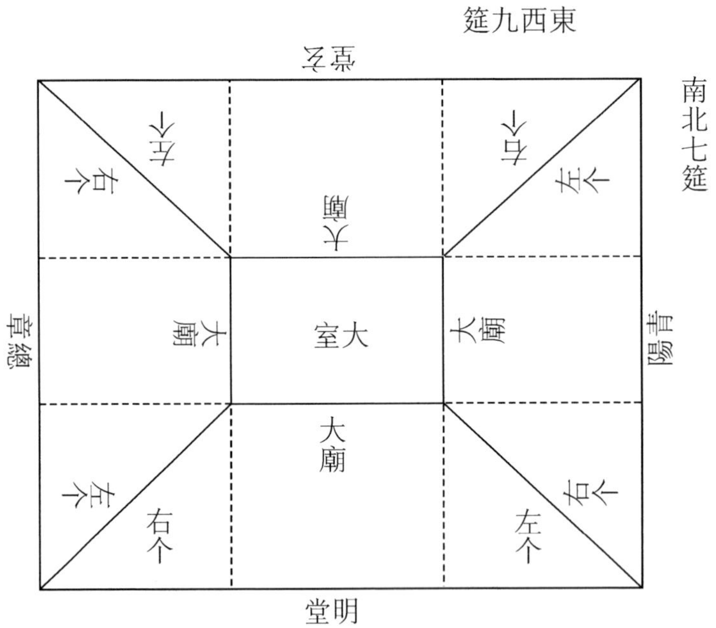

此路寢之制。屋爲五室，《考工記》「五室」是也。室爲十二室，《月令》「十二室」是也。前爲大廟，故謂之大廟。中央爲大室，大室猶世室也，故謂之世室。前廟後室，亦猶之前廟後寢也。周之文、武，魯之周、魯，其主藏焉。其前堂曰明堂，故路寢謂之明堂。

《考工記》「東西九筵，南北七筵」，筵九尺，九筵八十一尺，得十三步半；七筵六十三尺，得十步半。此明堂五室之方廣也。賈疏引伏生《書大傳》云：「路寢之制，東西九雉，南北七雉。」雉五步，九雉得四十五步，七雉得三十五步，與《考工記》不合。其詳不可得聞。

諸侯路寢東西房，其制不同。

路寢宗廟社稷

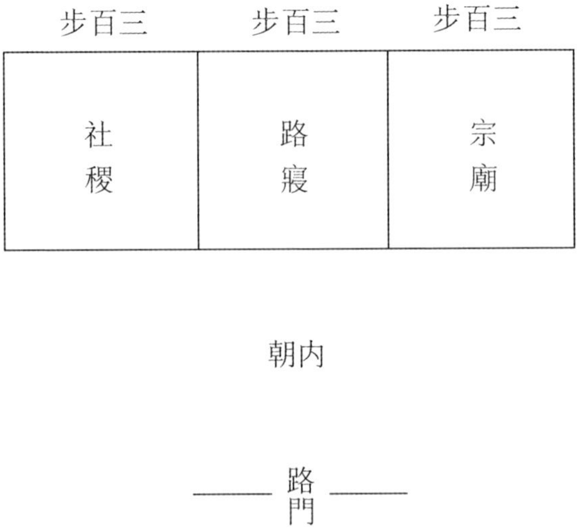

路寢爲祖廟，亦爲大廟。五廟爲宗廟，亦爲大祖廟。皆在路門之内。宗廟在路寢之東。宗廟在東，則社稷在西也。向説廟在庫門内，近儒説廟在雉門内。此据《國語》文及劉向《别録》，足證前説之謬。

宗廟

方三百步

寢	寢	寢	寢	寢
穆	穆	大祖	昭	昭

廟堂東西九雉，得四十五步。五乘之，得二百二十五步。其餘七十五步，足爲巷道、牆壁、闈門出入之地也。祧無寢。二祧與五廟不同處，無攷。

此宗廟也。周以后稷爲大祖，魯以文王爲大祖，亦曰大祖廟。五廟竝列，爲前廟後寢之制。大祖居中，二昭二穆在左右，方三百步所能容也。

燕寢

后燕寢

后正寢

內宮之朝

天子燕寢

寢門

路寢

《衛風·碩人》傳云：「君聽朝於路寢，夫人聽內事於正寢。」績溪胡培翬云：「夫人常居在燕寢，每日聽事在正寢。正寢即夫人朝處，《左傳》所謂『內宮之朝』是也。毛《傳》言『夫人正寢』，足補《禮經》之未備。」

此据諸侯制，與天子同。

四廟五廟表

大祖（居中）	
高（左昭）	
曾（右穆）	
祖（左昭）	
禰（右穆）	

高、曾、祖、禰，謂之四親廟。兼立大祖，是謂之五廟。高、曾、祖、禰當毀，而大祖不毀。五廟始於五服之親，自天子以至附庸，百王不易也。

周廟表

大祖	高（昭）	曾（穆）	祖（昭）	禰（穆）	祧（昭）	祧（穆）	世室	世室
成王時廟祧								
后稷	大王	王季	文王	武王	諸盩	亞圉		
穆王時廟祧								
后稷	武王	成王	康王	昭王	文王	王季		
共王時廟祧								
后稷	成王	康王	昭王	穆王	武王	文王		
懿王時廟祧世室								

后稷	康王	昭王	穆王	共王	成王	武王	文王	
孝王時廟祧世室								
后稷	昭王	穆王	共王	懿王	康王	成王	武王	文王

五廟，先王制也。立二祧爲七廟，周制也。高、曾、祖、禰、二祧次以昭穆，昭穆皆遷毀也。穆、共時，文、武已不在五廟之數。懿、孝時，文、武又不在二祧之數。其廟當毀不毀，納其主於世室，即以世室爲先王廟。世室，大室也。路寢之制，前堂爲大廟，中央爲大室。大室爲武王廟，則大廟爲文王廟。攷路寢爲大廟，詳於《月令》。路寢爲明堂，亦爲文王廟，見於《盛德》。先王遷主藏於文、武廟，見《周禮注》。覲禮在廟，廟爲文王廟，見《儀禮注》。天子崩喪畢行吉禘禮，皆在路寢，《尚書·顧命》載成王崩喪事，《春秋》書大事于大廟，諸侯之大事，天子之吉禘也。先儒不詳文、武廟，故表揭之。

魯廟表

大祖	高	曾	祖	禰
魯公時，周公在禰廟				
文王				周公
魏公時，周公已在遷廟				
文王	魯公	考公	煬公	幽公
厲公時，魯公已在遷廟				
文王	考公	煬公	幽公	魏公

此魯五寢廟之制。

魯宗廟得立出王廟。魯以文王爲大祖，猶周以后稷爲大祖也，百世不遷不毁也。《明堂位》：「魯公祀周公於大廟。」又云：「大廟，天子明堂。」魯公時，周公尚在禰廟。此大廟即路寢大廟，非昭穆之大祖廟也。《春秋》書大廟，先儒皆謂之周公廟。大廟，周公廟。大室，魯公廟。大廟，路寢大廟也。大室，路寢大室也。魯之周、魯，猶周之文、武也，百世不遷不毁也。不然，魯自魏公之世，周公主當遷；厲公之世，魯公主當遷。魏、厲已後，别立大廟、大室，則魯有七廟矣。不立大廟祀周公、大室祀魯公，則周、魯皆遷毁矣。奂竊持此議，而猶不敢妄作定論。及攷《春秋·文十三年》：「秋，大室屋壞。」《左傳》杜注云：「大室，大廟之室。」古大、世通。夏明堂曰世室。孔疏云：「《左氏》先師賈、服等皆以爲大廟之室也。」《漢書·五行志中》：「《春秋經》：『大事于大廟，躋釐公。』左氏説曰：『大廟，周公之廟，饗有禮義者也。釐雖愍之庶兄，嘗爲愍臣，臣子一例不得在愍上。又未三年而吉禘，前後亂賢父聖祖之大禮。故是歲自十二月不雨，至于秋七月。後年，若是者三，而大室屋壞矣。前堂曰大廟，中央曰大室。屋，其上重屋，尊高者也，象魯自是陵夷，將墮周公之祀也。』」引《穀梁》、《公羊經》曰：「世室，魯公伯禽之廟也。周公稱大廟，魯公稱世室。」然則前堂大廟爲周公廟，中央大室爲魯公廟。班孟堅稱引《左氏》先師舊説，必出自七十子微言大義，得此大根據，真可釋千載疑矣。魯用天子禮也。《詩·閟宫》篇弟四章三十八句言禘祀周公之禮，而既有白牡祀周公，又兼有騂剛祀魯公，此合祭之義，有可按者也。觀魯可以知周也。

明堂

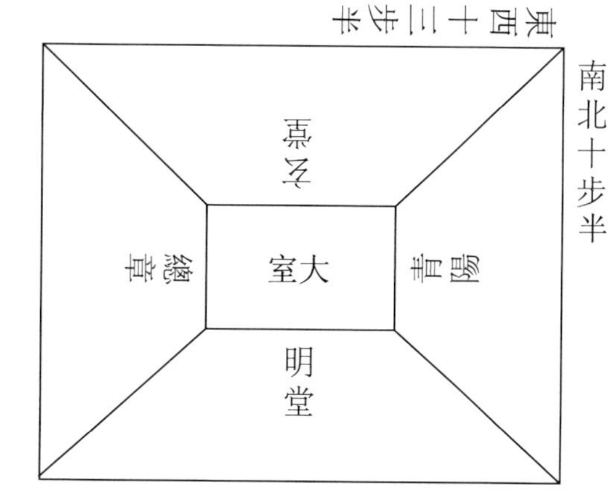

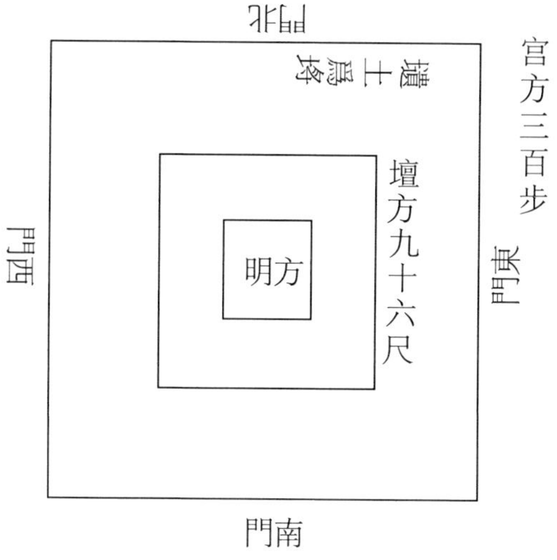

明堂有二：一爲《月令》之明堂九室之制，即天子之路寢也，在王宮之中；一爲《覲禮》之壇，設四門，無室、廟、个之制，在郊。向説合二爲一，今據金氏榜《禮箋》證前説之謬。

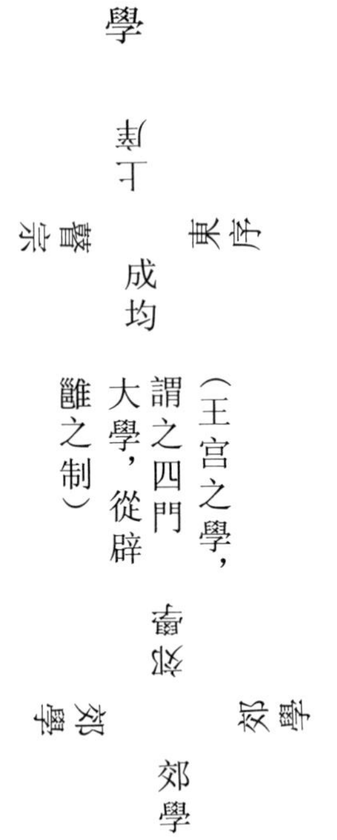

六鄉之中有州序、黨庠，謂之鄉學。六鄉之境有郊學，謂之四郊小學，亦從辟雝之制，距國百里。○六遂之中有遂學，遂學在縣鄙，亦如鄉學之在於州、黨也，距國二百里。

殷制小學在公宮南之左，大學在郊，故文王辟雝爲大學，猶在郊，《靈臺》詩是也。周制在王宮者爲四門大學，在郊者爲四郊小學，故武王辟雝爲小學，爲四郊小學，《文王有聲》詩是也。諸侯從殷制，故《禮器》言魯人頖宮或作郊宮。此諸侯大學在郊之證。魯大廟從天子明堂制，於明堂四門設四學，《明堂位》亦有泮宮也。

四時禘祫表

春	夏	秋	冬	三年	五年
祠	礿	嘗	烝	祫	禘

祠、礿、嘗、烝，四時祭名。三年一祫，五年一禘，閒于四時之中。禘在夏，祫在秋。諸侯五年逢禘則廢夏礿，三年逢祫則廢秋嘗。天子禘不廢礿，祫不廢嘗。魯用周禮，與天子同。《閟宮》傳云：「諸侯夏禘則不礿，秋祫則不嘗，唯天子兼之。」

天子大禘表

初喪一年	二年	三年
不行四時之祭，唯祭天地社稷。	不行四時之祭，唯祭天地社稷。	天子以路寢爲新宮。喪畢行大禘禮，在路寢大廟。毀廟、未毀廟、郊宗石室皆合食焉。既禘而行大祫，在大祖廟。諸侯亦以路寢爲新宮。喪畢特祀其主，無大禘之禮。除喪即祫。此謂吉禘、吉祫也。自此而後，入昭穆之次。三年祫、五年禘矣。

此吉禘也，唯天子喪畢行之禮。吉禘在路寢之大廟，時禘在昭穆之大祖廟，皆廟祭也。禘天於圜丘、禘地於方丘爲郊祭。

文王受命七年表

一年（商紂十四祀） 斷虞、芮之訟，《緜》云「虞芮質厥成」是也。〇天下聞而歸者四十餘國。	二年（商紂十五祀） 伐邘。《韓子》作「盂」，邘、盂同聲。《禮記·文王世子》疏引《大傳》作「鬼方」。伐邘不見於《詩》、《書》。《荀子》云「文王誅四」，或不數邘也。	三年（商紂十六祀） 伐密須。《皇矣》云：「密人不共，敢距大邦。侵阮徂共，王赫斯怒。爰整其旅，以按徂旅。」
四年（商紂十七祀） 伐犬夷。《出車》云：「赫赫南仲，薄伐西戎。」《緜》云：「昆夷駾矣。」西戎、混夷皆即犬戎也。 度鮮原、宅程，三州之侯咸率。	五年（商紂十八祀） 伐耆。《說文》：「𨙸，殷諸侯國。」作「黎」者，俗也。〇殷囚文王於牖里，旋釋之。此據《大傳》被囚謂五年。《書序》「殷始咎周，周人乘黎」，故鄭注被囚在乘黎前，而《史記》又載在作西伯之前，非是。 大公望、散宜生、閎夭、南宮适爲疏附、先後、本走、禦侮四臣。	六年（商紂十九祀） 伐崇。《大傳》云：「紂謂文王曰：『非子辠也，崇侯也。』遂遣西伯伐崇。」《皇矣》云「以伐崇墉」是也。 三分天下有二，合六州之侯奉勤于商。

七年（商紂二十祀）	遷豐。當在六年之末、七年之初。《文王有聲》云：「文王受命，有此武功。既伐于崇，作邑于豐。」作靈臺、辟雝。文王崩。

周公攝政七年表

一年（成王遭喪，踰年即位，改元）	伐武庚、伐奄。此東征一年也。 作《大誥》。
二年（成王二年）	誅武庚、誅管叔、蔡叔。此東征二年也。鄭注《大傳》：「克殷，謂誅管、蔡及禄父。」是矣。箋《詩》以爲攝政東征乃在迎歸之後，其説誣也。 周公作《鴟鴞》。
三年（成王三年，喪畢）	伐奄，討其君。此東征三年也。其年春，周大夫作《破斧》、《伐柯》、《九罭》。冬，周公歸朝廷，作《東山》。 《閔予小子》、《敬之》、《訪落》、《小毖》四篇皆成王喪畢之詩。

四年（成王四年）	五年（成王五年）	六年（成王六年）
建侯衛。周公、召公、大公爲三公，以奄益魯，以薄姑益齊，以薊益燕，開方皆五百里。魯又加五等附庸，方七百里。○成王在豐，使召公先相宅。作《召誥》。	營成周，作《雒誥》。 郊祀后稷，宗祀文王於明堂。 周公既成雒邑，朝諸侯，祀文王于清廟。	周公居鎬京，朝諸侯于明堂之位。 制禮作樂。明堂之祭，文王爲祖，武王爲宗。《我將》宗文王，猶在制禮前也。圜丘以帝嚳配，作《昊天有成命》。南郊以后稷配，作《思文》。時享祀先王、先公，作《天作》。時禘於大祖，作《雝》。大平告文王，作《維天之命》。《象》，文王樂，作《維清》。《大武》，武王樂，作《武》。告成大武，作《酌》。改鞉鼓爲縣鼓，益崇牙以置羽，作《有瞽》。
七年（成王七年）		
周公致政。 周大夫作《狼跋》。周公作《七月》以戒成王。 成王即政，諸侯助祭，作《烈文》。		

樂縣方位圖說

宮縣

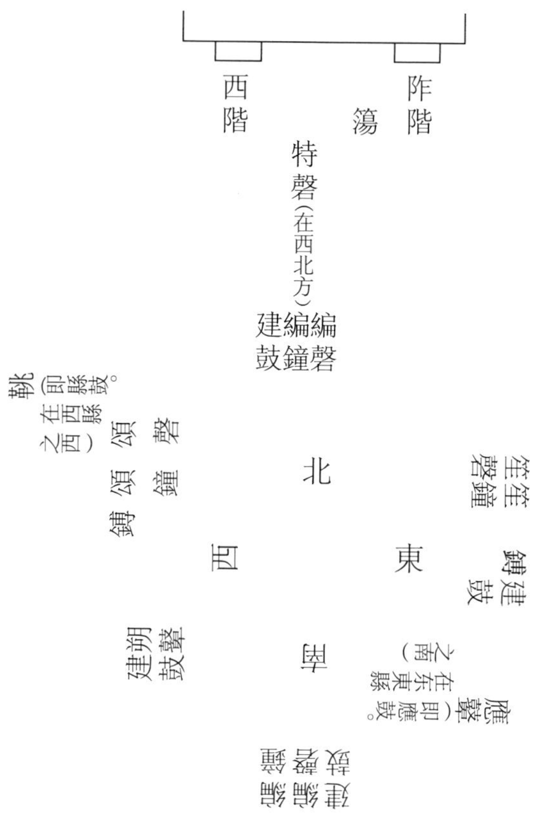

此天子宮縣也。四面皆有編鐘、編磬、建鼓也。玉磬在西北方，東、西二鎛，鞉鼓在頌磬之西，三者皆特縣之。向説鞉鼓爲小鼓，据《有瞽》、《那》傳，可證諸説之謬。

衣服圖說

冕服（凡冕服之衣皆侈袂）

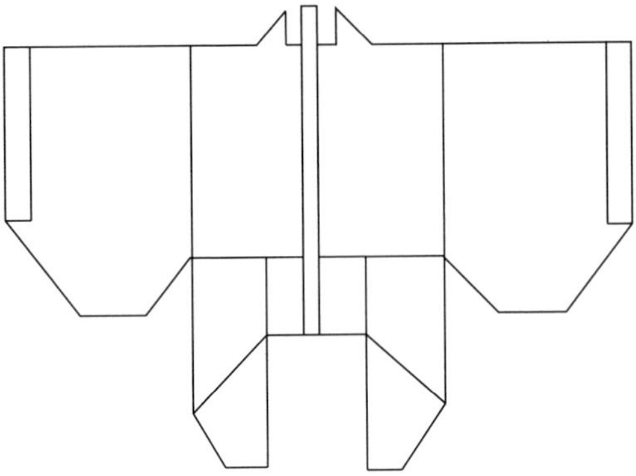

裳（前三幅，後四幅）

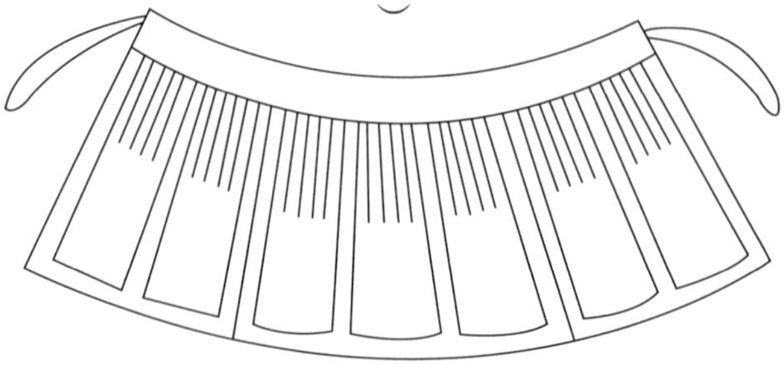

周人冕服，上衣皆玄，下裳爲衮、鷩、毳、希之等制，《玉藻》所謂「衣正色，裳閒色」也。向說畫衣不畫裳，此据許叔重《說文解字》，而與群經無不脗合，足證諸說之謬。

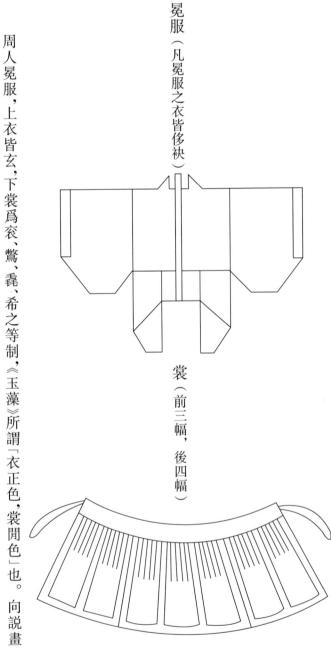

深衣

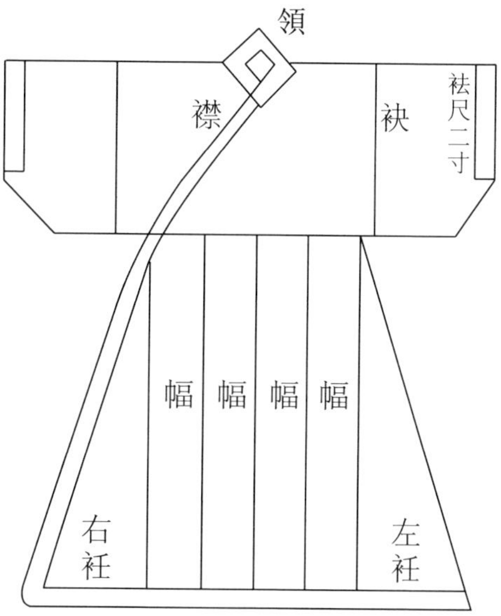

深衣，唐、虞朝祭服皆用此制。《禮記・深衣》篇：「制十有二幅。」引《易》曰：「坤，六二之動，直以方也。」垂衣裳而取諸乾、坤之義也。又《王制》篇：「有虞氏皇而祭，深衣而養老。」於祭言皇，於養老言深衣，互文，是其義也。周人朝服與祭服中衣亦皆用此制。上曰衣，下曰裳，衣裳相連。

玉佩

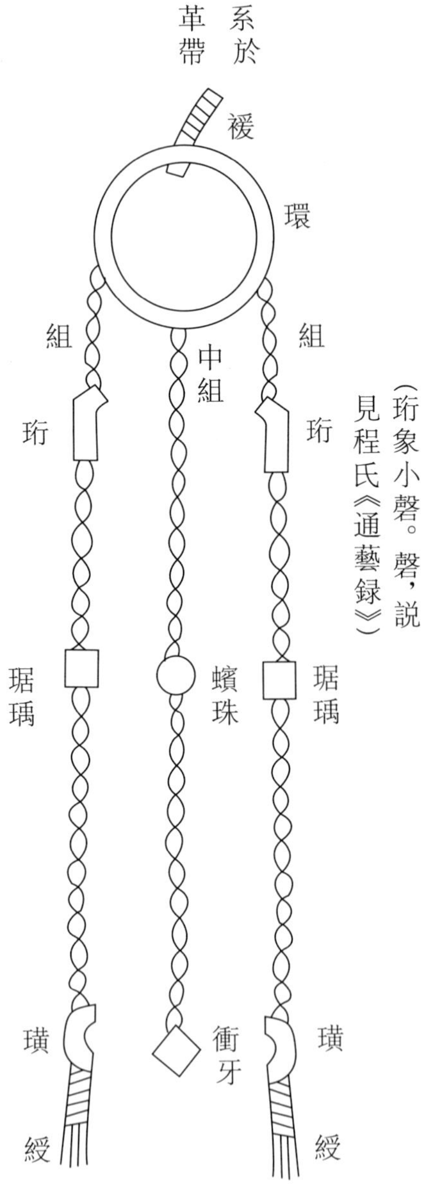

向説佩玉一珩，珩下垂二組，中用一組，以交結爲之。凡琚瑀、蠙珠爲納閒之玉，皆不得而明也。此据《大戴禮》原文及三《禮》舊圖。

車輔

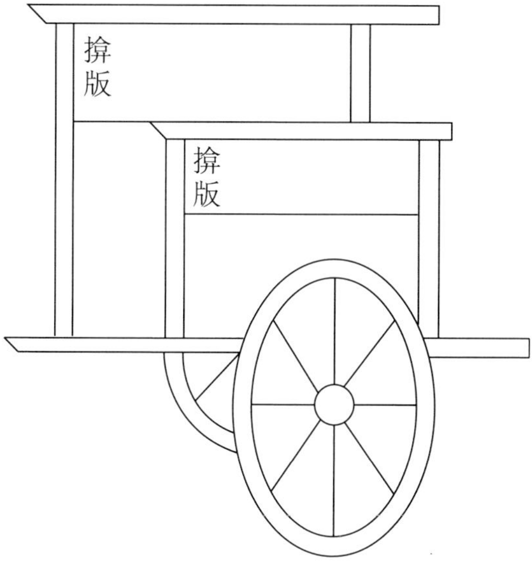

大車任載，其兩旁撩版謂之輔。人之兩頰曰口輔，義取諸此也。向説輔不得其解，故繪以明之。

旐

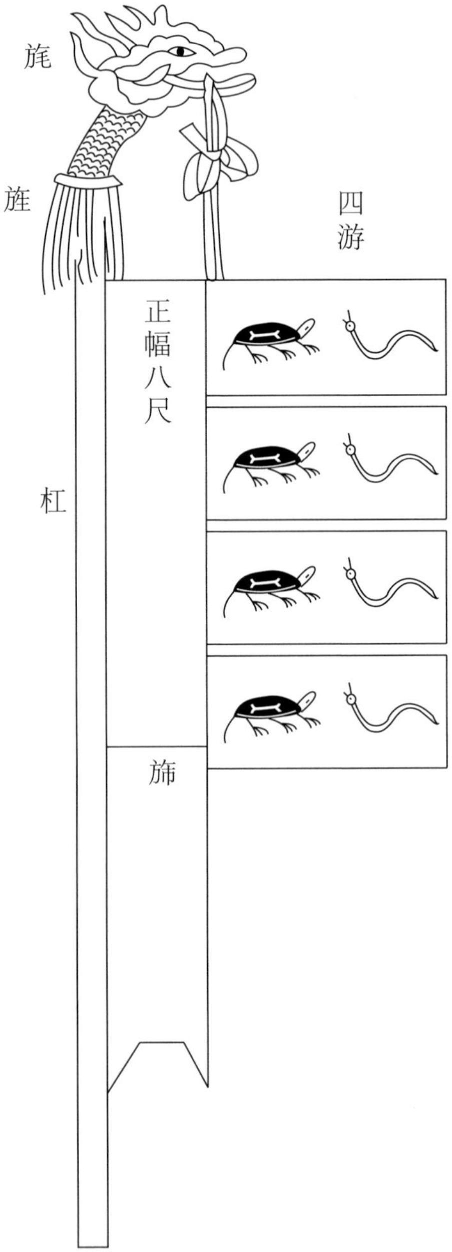

旐四游，黑色。《爾雅》云：「緇廣充幅，長尋。繼旐曰旆。」《周禮》縣鄙郊野所建載之旐無繼旆，其制不同。孫炎云：「帛續旐末，亦長尋。」未知据何書。

凡旗皆有旄有旌。

旟

旟七游，赤色。流縿皆有鳥文。《爾雅》云：「錯革鳥曰旟。」《六月》傳云：「錯革鳥爲章。」章，縿也，謂旟之畫鳥於縿也。與《周禮》百官州里所建載之旟其制不同。向説旟只有一旟，此据《六月》傳。

邶庸衛及韋顧昆吾圖

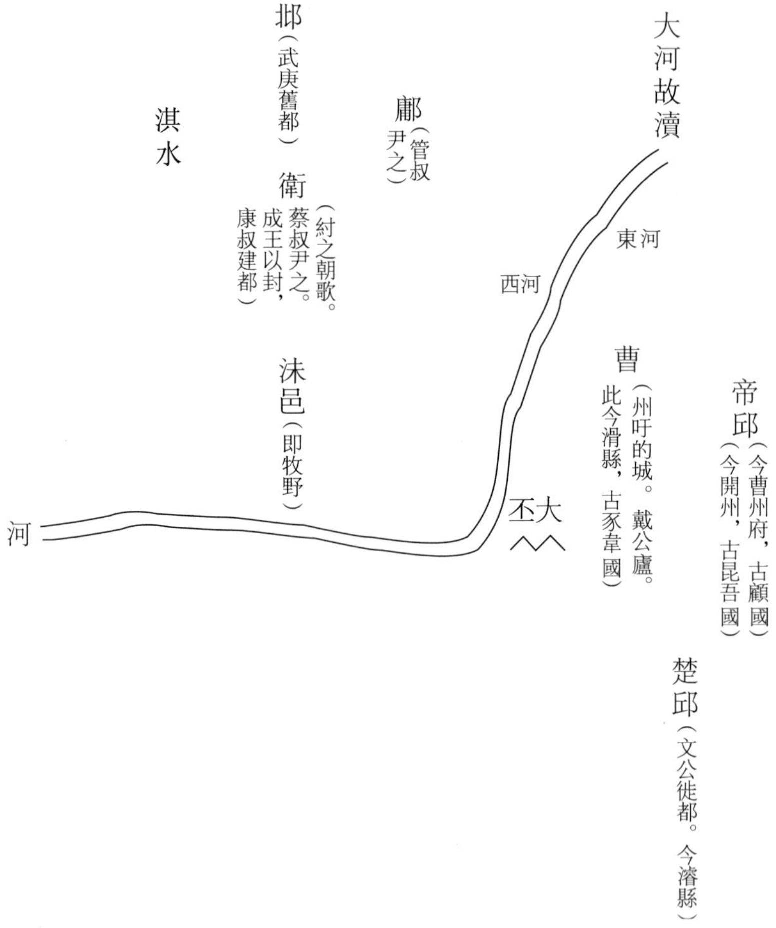
大河故瀆
東河
西河
曹（州吁的城。戴公廬。此今滑縣，古豕韋國）
帝邱（今曹州府，古顧國）（今開州，古昆吾國）
楚邱（文公徙都。今濬縣）
大丕
鄘（管叔尹之）
邶（武庚舊都）
衛（紂之朝歌。蔡叔尹之。成王以封，康叔建都）
沬邑（即牧野）
淇水
河

邰邠岐豐鎬及秦圖

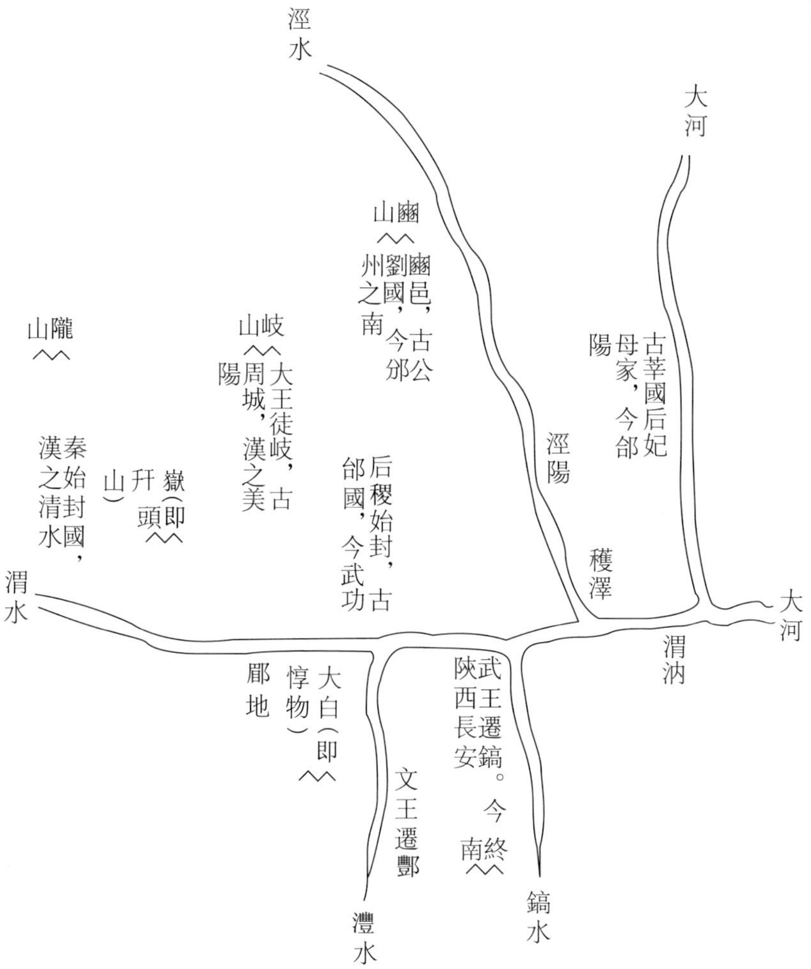
涇水
大河
豳山
豳邑，古公劉國，今邠州之南
岐山
大王徙岐，古周城，漢之美陽
古莘國后妃母家，今郃陽
隴山
秦始封國，漢之清水
嶽（即汧頭山）
后稷始封，古邰國，今武功
涇陽
穫澤
渭水
大河
渭汭
郿地
大白（即惇物）
武王遷鎬。今陝西長安
終南
文王遷酆
灃水
鎬水

毛詩傳義類

序

《爾雅》周公所作，昔儒既疏明而詳説之矣。大毛公生當六國，去周初未遠。孔子没，而七十子微言大義殆未埽滅，故其作《詩故訓傳》。《傳》義有具於《爾雅》，有不盡具於《爾雅》，用依《爾雅》編作《義類》。胡子培翬曰：「子既宗《毛詩》而爲《傳》作疏矣，引推《傳》義通釋群經，經有未備者，則補綴之；釋有未當者，則振救之。若然，則《毛詩傳》可以紹統《爾雅》，而旁通發揮、淹貫博洽，以餉後之學者，不亦美備矣乎？」奂曰：「善請爲胡子略陳之。《北山》傳曰：『賢，勞也。』不作賢才解。《論語·憲問》篇：『賜也賢乎哉？夫我則不暇。』『賢』訓『勞』，言賜勞而我無暇也。《陽貨》篇：『不有博奕者乎？爲之，猶賢乎已。』『賢』訓『勞』，言博奕猶勞用其心也。若作賢才解，失其義矣。《小宛》傳曰：『齊，正也。』不作齊戳解。《里仁》篇：『見賢思齊焉。』『齊』訓『正』，言見賢而思就正也。若作齊戳解，失其義矣。蓋古義韜晦，而今義熾昌，古音、古義載見諸《傳》者，有足據也。又如皋門之爲郭門、鞉鼓之爲縣鼓，東漢諸儒已失其真。其逸禮、遺典有藉《傳》以箸明者，亦足徵也。」今胡子歸道山，痛良友之云亡，念余年之將老，畢生思力，薈萃於疏。而以經通《傳》，以《傳》證經，引而伸之，擴而充之，切切然恐不能卒其業也。姑就與胡子之言，舉其一二三，箸爲略例，疏明詳説，則竢諸後賢。

毛詩傳義類

釋故弟一

淑、吉、良、臧、穀、時、義、祥、慶、類、价、儀，善也。淑，《關雎》、《韓奕》。吉，《摽有梅》、《天保》二見。良，《日月》、《鶉之奔奔》、《黄鳥》。穀，《東門之枌》、《黄鳥》、《甫田》。類，《既醉》、《桑柔》、《瞻卬》三見。臧，《雄雉》、《定之方中》、《野有曼草》、《還》、《頍弁》五見。一見不箸。　述、儀、特、仇，匹也。仇，《無衣》、《皇矣》二見。　流、祈、干，求也。　悠、懷、傷、惄、論，思也。懷，《卷耳》、《野有死麕》、《齊·南山》、《常棣》四見。　言、卬、予，我也。言，《葛覃》、《彤弓》、《文王》。卬，《匏有苦葉》、《白華》、《生民》三見。　寧、綏、靜、慰、宴、燕、保、遂、密、柔、康，安也。綏，《樛木》、《楚茨》。柔，《民勞》、《時邁》二見。慰，《豈風》、《車舝》、《緜》三見。燕，《新臺》、《鹿鳴》、《文王有聲》、《雝》。保，《山有樞》、《南山有臺》、《楚茨》、《常武》四見。　行、烈、役，列也。　陟、躋、乘，升也。躋，《蝃蝀》、《蒹葭》、《斯干》、《長發》四見。　骫積、瘏、閔、痗、疚、瘥、癙、痒、瘉、里、瘁、邛、祗、痱、瘼、疷、瘵、癉、梗、鋪，病也。痛，亦病也。瘏，《卷耳》、《鴟鴞》。痗，《伯兮》、《十月之交》。疚，《采薇》、《閔予小子》。瘉，《正月》、《角弓》。瘁，《雨無正》、《瞻卬》。瘼，《四月》、《桑柔》。疷，《無將大車》、《白華》。瘵，《菀柳》、《瞻卬》二見。閔，《柏舟》、《鴟鴞》、《閔予小子》三見。　永、育、條、正、脩、猗、伯、駿、引、覃、裒、融、肆、修、曼，長也。永，《卷耳》、《漢廣》、《常棣》、《文王》。正，《尸鳩》、《斯干》、《節南山》、《玄鳥》。引，《楚茨》、《行葦》、《卷阿》、《召旻》四見。育，《谷風》、《生民》。駿，《雨無正》、《清廟》二見。

盱、罹、悄、恤、離、戚，憂也。罹，《兔爰》、《斯干》。恤，《杕杜》、《祈父》二見。

將、任、簡、蓆、訏、甫、荒、阜、夏、碩、廣、膚、元、壯、祁、空、芋、弘、項、幠、廢、溥、介、景、皇、壬、嘏、墳、京、駿、冢、戎、倬、假、廓、路、光、奄、濯、誕、昄、張、汾、純、封、豐、淫、佛、供、桓，大也。將，《樛木》、《破斧》、《正月》、《我將》、《長發》五見。訏，《溱洧》、《生民》、《抑》。荒，《悉蟀》、《公劉》、《天作》。景，《小明》、《車舝》、《玄鳥》。駿，《文王》、《嵩高》、《長發》三見。甫，《甫田》、《車攻》。夏，《權輿》、《時邁》。廣，《六月》、《雝》。元，《六月》、《采芑》。溥，《北山》、《公劉》。介，《小明》、《生民》。嘏，《賓之初筵》、《卷阿》。京，《文王》、《大明》。路，《皇矣》、《生民》。濯，《文王有聲》、《常武》。誕，《生民》、《生民》。封，《烈文》、《殷武》二見。皇，《楚茨》、《楚茨》、《皇矣》、《文王有聲》。假，《思齊》、《那》、《烈祖》、《烈祖》四見。戎，《緜》、《思齊》、《民勞》、《烝民》、《韓奕》、《江漢》、《烈文》七見。

成、即、集、仍，就也。集，《小旻》、《大明》二見。

于、逝、行、徂、王，往也。于，《桃夭》、《雨無正》二見。逝，《二子乘舟》、《東門之枌》、《杕杜》三見。

薄、思、止、載、忌、且、訊，辭也。思，《漢廣》、《文王》二見。

采、捋、塈、手、養，取也。

秣、將、艾、畜、鞠，養也。艾，《南山有臺》、《桑扈》二見。

遵、率，循也。遵，《汝墳》、《遵大路》二見。率，《北山》、《緜》、《訪落》三見。

肆、羨、蘖，餘也。

遐、洵、瑕、洞、逷、狄、悠，遠也。遐，《汝墳》、《棫樸》二見。

邇、鄰、暱、寺，近也。邇，《汝墳》、《東門之墠》、《杕杜》、《小旻》四見。

盈、實、牣，滿也。盈，《鵲巢》、《匏有苦葉》二見。

說、懌、虜，服也。

夷、均、成，平也。夷，《草蟲》、《出車》、《節南山》、《桑柔》、《召旻》五見。　尸、適、司、職，主也。職，《悉蟀》、《十月之交》、《蕩》三見。　齊、肅、翼、熯、禋、恪、嚴、虔，敬也。肅，《何彼襛矣》、《清廟》二見。翼，《六月》、《文王有聲》、《行葦》、《卷阿》四見。　翦、違、除、遷、弗、泄、推，去也。違，《殷其靁》、《節南山》二見。　伐、考、剥，擊也。伐，《甘棠》、《采芑》二見。　愒、塈、闋、休，息也。愒，《蔽芾》、❶《菀柳》、《民勞》三見。塈，《谷風》、《假樂》二見。　行、誘、遹、路、言、猶、倫、徹、牖、隧、訓，道也。行，《行露》、《北風》、《載馳》、《鹿鳴》、《行葦》五見。猶，《采芑》、《斯干》、《小旻》、《小旻》、《版》、《抑》、《訪落》七見。訓，《烝民》、《烈文》二見。　紽、總、説、鬷、僭、婁、麗，數也。　息、處、定、濟、集、弭、懲、沮、遏、按、承，止也。息，《殷其靁》、《葛生》、《蜉蝣》、《民勞》四見。處，《江有汜》、《鳧鷖》。沮，《巧言》、《雲漢》二見。　處、里、土、宇、度、宅，居也。處，《殷其靁》、《四牡》、《黄鳥》。宇，《緜》、《桑柔》、《閟宫》三見。度，《緜》、《皇矣》。宅，《皇矣》、《閟宫》二見。　摽、霝、蘀，落也。蘀，《七月》、《鶴鳴》二見。　征、將、邁、發、步、游，行也。將，《燕燕》、《簡兮》、《丰》、《楚茨》、《文王》、《既醉》、《烝民》、《敬之》八見。邁，《黍離》、《悉蟀》、《東門之枌》、《時邁》四見。步，《白華》、《桑柔》二見。　感、吪、悼、蠢、抗、妯、蹈、蹶、震、騷，動也。吪，《兔爰》、《無羊》。蹶，《緜》、《版》二見。震，《生民》、《時邁》、《閟宫》三見。　雝、懷、燮、輯、靖、龍，和也。雝，《何彼襛矣》、《清廟》。懷，《皇皇者華》、《版》。輯，《版》、《抑》。龍，《酌》、《長發》二見。　平、飭、佶、齊、尹，正也。平，《何彼襛矣》、《那》二見。　茁、升、沸，出也。　茹、揆、虞，

---

❶「蔽芾」，徐子静本、《清經解續編》本同，前文作「甘棠」。

度也。　慍、懠、奰,怒也。　訧、尤、愆、慆、瑕、咎、適,過也。　瞻、相、監、題,視也。瞻,《燕燕》、《雄雉》、《節南山》三見。　淵、究、幽、浚、濬、罙,深也。　惠、婉、若,順也。若,《烝民》、《閟宮》二見。　逝、噬、曷,逮也。　暴、遄、稷、敏、肆,疾也。遄,《泉水》、《巧言》、《烝民》三見。敏,《甫田》、《文王》、《生民》、《江漢》四見。肆,《大明》、《皇矣》二見。　懷、悼、怛、弔、揚,傷也。　偕、具、皆,俱也。偕,《擊鼓》、《陟岵》。具,《大叔于田》、《節南山》二見。　信、屆、騁,極也。屆,《節南山》、《蕩》二見。　詒、問、賂,遺也。詒,《雄雉》、《天保》二見。　展、苟、亶、慎、諶,誠也。展,《雄雉》、《君子偕老》。亶,《祈父》、《版》。慎,《白駒》、《巧言》二見。　逝、適、旃,之也。適,《北門》、《緇衣》、《四月》三見。　鞫、穹、究、空、谷,窮也。鞫,《谷風》、《齊·南山》、《小弁》三見。究,《鴻雁》、《蕩》二見。　旨、茂、休、膚、徽、嘉、懿、穆、皇、鑠,美也。茂,《還》、《生民》。休,《破斧》、《民勞》。膚,《狼跋》、《文王》。皇,《烈文》、《執競》二見。　肆、勩、憚、賢、勤,勞也。憚,《大東》、《小明》、《雲漢》三見。　式、由、庸、自、試、讎、率、以,用也。式,《式微》、《節南山》。庸,《兔爰》、《齊·南山》。自,《唐·羔裘》、《緜》二見。　微、靡、蔑、莫,無也。微,《式微》、《伐木》二見。　臻、之、極、括、周、弔、來、戾、底、詹、迄、格、止、摧、假、戒,至也。臻,《泉水》、《雲漢》。弔,《天保》、《節南山》。詹,《采緑》、《閟宮》。迄,《生民》、《維清》。止,《抑》、《泮水》。假,《雲漢》、《泮水》二見。極,《載馳》、《齊·南山》、《菀柳》、《嵩高》四見。戾,《采芑》、《小宛》、《采菽》三見。　寫、襄、舍、抽,除也。襄,《牆有茨》、《出車》二見。　渥、埤、敦、篤、媾、單、毗、膴、腹、膍、醹、俾、厖,厚也。篤,《椒聊》、《大明》、《公劉》三見。單,《天保》、《昊天有成命》二見。　遺、佗、倚,加也。　惠、恩、媚、字,愛也。惠,《北風》、《褰裳》二見。　亟、棘、頻、絿，急也。　諒、允、洵、亶、單、孚、忱、命，信也。　崇、彌、酋，終也。彌，《生民》、《卷阿》二見。畀、卜、賚、釐，予也。　簀、鬱、柴、茨、櫝，積也。　考、要、質、構、登，成也。考，《考槃》、《江漢》、《載芟》、《絲衣》四見。質，《天保》、《緜》、《抑》三見。　槃、耽、娛、康、愉、衎、豈、喜、弁，樂也。康，《悉蟀》、《臣工》。衎，《南有嘉魚》、《那》。喜，《彤弓》、《菁菁者莪》二見。　軸、御、餤、烝、蓋、許、迪，進也。烝，《信南山》、《甫田》二見。　穀、作、達，生也。作，《采薇》、《天作》二見。　造、租、奏，爲也。造，《兔爰》、《思齊》、《閔予小子》、《酌》四見。　狃、嗣、閑、毌，習也。　揚、煇、熲、顯、烈，光也。顯，《文王》、《執競》二見。阜、昌、熾，盛也。昌，《還》、《猗嗟》。熾，《六月》、《版》二見。　洵、傭、員、隕，均也。　侯、皇、林、烝、后、辟、天、公，君也。辟，《蕩》、《殷武》二見。　士、貫、功、公、載、仕、物，事也。士，《褰裳》、《東山》、《祈父》、《敬之》、《桓》五見。功，《七月》、《嵩高》二見。公，《天保》、《靈臺》、《江漢》、《酌》四見。　夷、好、易、懌，説也。夷，《風雨》、《那》二見。　殷、烝、庶、師、旅、醜，衆也。烝，《東山》、《烝民》。師，《采芑》、《韓奕》。旅，《北山》、《大明》二見。醜，《緜》、《民勞》、《泮水》三見。　儇、佽、覃、略，利也。　令、誶、鞫，告也。　還、同、將、黎、翦，齊也。　聿、潰、對，遂也。潰，《小旻》、《召旻》二見。對，《皇矣》、《蕩》、《江漢》三見。　佽、右、相，助也。相，《生民》、《清廟》、《雝》三見。　左、右，助也。　周、局、卷，曲也。　耊、耆、耄，老也。殲、罄、卒、填、空、没、殄，盡也。罄，《天保》、《蓼莪》二見。　禦、應、丁、膺，當也。應，《下武》、《賚》二見。

承、纘、武、紹，繼也。纘，《七月》、《大明》二見。　權輿、殆、肇、俶、基、載、落、作，始也。肇，《生民》、《維清》二見。　值、負、捫，持也。　昔、艾、填，久也。填，《桑柔》、《瞻卬》二見。　苞、基、氏，本也。苞，

《下泉》、《斯干》、《生民》、《常武》、《長發》五見。　陽、朗、旦、緝，明也。　遒、敕、膠、假、虔、鞏、肆，固也。虔，《韓奕》、《長發》二見。　捊、戢、收、遒，聚也。捊，《常棣》、《般》、《殷武》三見。戢，《桑扈》、《時邁》二見。

儐、繹、尸、肆、旅、矢，陳也。繹，《車攻》、《常武》、《賚》。矢，《大明》、《皇矣》、《卷阿》三見。肆，《楚茨》、《行葦》。旅，《賓之初筵》、《殷武》二見。　翕、洽、逑，合也。翕，《常棣》、《大東》、《般》三見。洽，《正月》、《版》二見。　圖、莫、靖、究、謨、肈、猶、訪，謀也。靖，《小明》、《召旻》、《我將》三見。　除、契、辟，開也。　戩、祉、禄、富，福也。祉，《六月》、《巧言》二見。　貺、釐、賚，賜也。　醻、酢、祈，報也。酢，《楚茨》、《瓠葉》二見。　則、憲、辟、程、式、刑、典、共，法也。則，《六月》、《烝民》。憲，《六月》、《桑扈》。辟，《雨無正》、《版》。式，《楚茨》、《下武》二見。刑，《文王》、《思齊》、《抑》、《我將》四見。　復、覆、襄，反也。覆，《雨無正》、《桑柔》二見。　薦、申、身、崇，重也。薦，《節南山》、《雲漢》二見。申，《采菽》、《嘉樂》、《烈祖》三見。　厲、醜、耆、慝，惡也。厲，《正月》、《桑柔》、《瞻卬》三見。　戚、忽、泯，滅也。　戾、莫、休、疑，定也。戾，《雨無正》、《桑柔》、《雲漢》三見。莫，《皇矣》、《版》二見。　經、秩、夷、彝、典，常也。秩，《賓之初筵》、《烈祖》。夷，《皇矣》、《瞻卬》二見。　艾、甸、易、靖、茀、徹、戡、撥，治也。甸，《信南山》、《韓奕》。徹，《公劉》、《崧高》二見。　格、懷、戾，來也。　矜、汔、厲、幾、業，危也。　昭、覲、覯、顯，見也。覲，《公劉》、《抑》二見。

合、對、匹，配也。　烈、績、緒，業也。烈，《思齊》、《執競》、《武》三見。　恒、宣、旬、皆，徧也。　壼、熙、光、幅，廣也。　堪、勝、何，任也。

釋言弟二

芼、差，擇也。　覃、曼，延也。　斁、甘，厭也。　害、胡，何也。胡，《日月》、《風雨》二見。　寘、奠，置也。寘，《卷耳》、《伐檀》、《生民》三見。　履、穀，禄也。　縈、云，旋也。　掇、叔，拾也。　赬、騂，赤也。　孔、已，甚也。孔，《汝墳》、《鄭·羔裘》、《小戎》三見。　將、贈，送也。　于、爰，於也。于，《采蘩》、《燕燕》。爰，《桑中》、《緜》二見。　覯、晤，遇也。　降、流，下也。　季、大，少也。　說、館，舍也。館，《緇衣》、《公劉》二見。　速、號，召也。　素、皦，白也。　斯、且，此也。　寔、時，是也。時，《四驖》、《十月之交》、《文王》、《訪落》四見。　伊、侯，維也。伊，《何彼襛矣》、《雄雉》、《蒹葭》。侯，《六月》、《文王》、《下武》三見。　隱、恫，痛也。　俾、拜，使也。俾，《緑衣》、《天保》二見。　勖、茂，勉也。　冒、蒙，覆也。　忮、曷，害也。忮，《雄雉》、《瞻卬》。曷，《菀柳》、《長發》二見。　濟、杭，渡也。　泮、渙，散也。

屑、蠲，絜也。屑，《谷風》、《君子偕老》二見。　閱、涵，容也。　聊、將，願也。　譎、刺，責也。　慝、回，邪也。回，《小旻》、《鼓鐘》二見。　遄、疌，速也。　控、永，引也。　綽、紓，緩也。　幘、賁，飾也。　茀、屏，蔽也。　賄、資，財也。　爽、僭，差也。爽，《氓》、《蓼蕭》二見。❶　極、貫，中也。極，《氓》、《園有桃》、《思文》三見。　佸、括，會也。　改、革，更也。　慢、舒，遲也。　介、會，甲也。

---

❶「二」，原作「三」，徐子静本、《清經解續編》本同，據《詩毛氏傳疏》卷五《氓》與卷十七《蓼蕭》傳疏改。

渝、忒，變也。　敼、投，棄也。　踐、俴，淺也。　素、曠，空也。　猶、哿，可也。猶，《陟岵》、《白華》。哿，《正月》、《雨無正》二見。　號、叫，呼也。　朋、防，比也。　緄、縢，繩也。　作、興，起也。　漚、渼，柔也。　溉、濯，滌也。　隕、貶，隊也。隕，《七月》、《小弁》、《緜》三見。　彊、卒，竟也。　戎、胥，相也。胥，《緜》、《公劉》二見。　孺、贅，屬也。　喬、翰，高也。喬，《伐木》、《時邁》二見。　固、攻，堅也。　聘、訊，問也。　捷、克，勝也。　腓、遹，辟也。腓，《采薇》、《生民》二見。　弟、夷，易也。夷，《節南山》、《天作》、《有客》三見。　右、侑，勸也。　鄉、攸，所也。鄉，《采芑》、《殷武》二見。　皋、雝，澤也。　錯、鍜，石也。　似、胤，嗣也。似，《斯干》、《常常者華》、《卷阿》、《江漢》四見。　訩、岸，訟也。　緐、那，多也。那，《桑扈》、《那》二見。　勝、騰，乘也。騰，《十月之交》、《閟宮》二見。　窘、喙，困也。　淪、遵，率也。淪，《雨無正》、《抑》二見。　敷、賦，布也。　又、反，復也。　璲、寶，瑞也。　庭、覺，直也。庭，《大田》、《韓奕》、《閔予小子》三見。　翰、楨，榦也。翰，《桑扈》、《文王有聲》、《版》、《嵩高》四見。　的、相，質也。相，《棫樸》、《桑柔》二見。　載、嶷，識也。　方、威，則也。　攻、俶，作也。　寮、工，官也。　義、儀，宜也。　章、綴，表也。　虹、訌，潰也。　毖、溢，慎也。毖，《桑柔》、《小毖》二見。　疊、竦，懼也。　荒、域，有也。　寤，覺也。　寐，寢也。　施，移也。　汙，煩也。　姑，且也。　荒，奄也。　干，扞也。《兔罝》、《采芑》二見。　錯，襍也。　輈，朝也。　既，已也。　燬，火也。　止，足也。　定，題也。　夙，早也。《采蘩》、《東方未明》、《生民》三見。　湘，亨也。　獄，埆也。　遑，暇也。《殷其靁》、《四牡》二見。　宵，夜也。《小星》、《七月》二見。　猶，若也。《小星》、《鼓鐘》二見。　苞，裹也。　舒，徐也。《野有死麕》、《常武》二見。　緍，綸也。　據，依也。　塞，瘞也。瘞，當作「實」。古，故也。《日月》、《烝民》二見。　音，聲也。　疐，跆也。《終風》、《狼跋》二見。　聖，叡也。　阻，難也。《雄雉》、《谷風》二見。　濡，漬也。　迨，及也。《匏有苦葉》、《鴟鴞》二見。　違，離也。　慉，興也。《釋文》：「王肅作『起』。」　御，禦也。　誕，闊也。　摧，沮也。　虛，虛也。　俟，待也。《静女》、《相鼠》、《箸》三見。　殄，絶也。　願，每也。　矢，誓也。　詳，審也。　讀，抽也。　秉，操也。　祝，織也。　閟，閉也。《載馳》、《閟宮》二見。　諼，忘也。　氓，民也。　垝，毀也。　遷，徙也。《氓》、《賓之初筵》、《殷武》三見。　隕，隋也。　泮，坡也。　甲，狎也。　戍，守也。　仳，別也。　聰，聞也。　璊，頳也。　將，請也。《將仲子》、《正月》二見。　踰，越也。　罕，希也。　摻，擥也。　宜，肴也。　都，閑也。　蘀，槁也。　瘳，愈也。《風雨》、《瞻卬》二見。　迂，誑也。　從，逐也。　履，禮也。《東方之日》、《長發》二見。　樊，藩也。《東方未明》、《青蠅》二見。　辰，時也。《東方未明》、《四驖》、《小弁》、《車舝》、《抑》五見。　莫，晚也。《東方未明》、《抑》二見。　蓺，樹也。　克，能也。　偲，才也。　洒，灑也。《山有樞》、《抑》二見。　苞，稹也。　怙，恃也。　行，翮也。　奥，煖也。《唐·無衣》、《小明》二見。　遊，觀也。　輶，輕也。　閉，紲也。　縢，約也。　晞，乾也。《蒹葭》、《湛露》二見。　紀，基也。　湯，蕩也。　斯，析也。　萃，集也。　庶，幸也。　懷，歸也。《匪風》、《皇矣》二見。　何，揭也。《候人》、《無羊》二見。　咮，喙也。　忒，疑也。　冽，寒也。　饁，饋也。　及，與也。　室，塞也。　墐，涂也。　綯，絞也。　肅，縮也。　滌，埽也。　鬻，稚也。　徹，剥也。

枚，微也。　烝，寘也。　皇，匡也。　吪，化也。　跋，躐也。　佻，愉也。　敖，游也。　啟，跪也。　諗，念也。　每，雖也。　均，調也。　威，畏也。《常棣》、《巧言》二見。　況，茲也。《常棣》、《召旻》二見。　鬩，很也。　烝，填也。　飫，私也。　矧，況也。　享，獻也。《天保》、《我將》、《載見》三見。　恒，弦也。　騫，虧也。《天保》、《無羊》二見。　麗，歷也。　纍，曼也。　龍，寵也。　豐，茂也。　櫜，韜也。《彤弓》、《時邁》二見。　公，功也。　嚴，威也。《六月》。又互見《常武》。　輊，摯也。　涖，臨也。　蔥，蒼也。　矜，憐也。　宣，示也。　央，且也。　攻，錯也。　縶，絆也。　維，繫也。　祇，適也。　干，澗也。　約，束也。　革，翼也。　冥，幼也。　肱，臂也。　惔，燔也。　斬，斷也。　憯，曾也。《節南山》、《民勞》二見。　鞫，盈也。　莠，醜也。　脊，理也。　員，益也。　獨，單也。　傓，熾也。　戎，兵也。　沮，壞也。　馮，陵也。　一，非也。　忝，辱也。　盜，逃也。　券，力也。　云，言也。　攪，亂也。　覥，姡也。　鮮，寡也。　穫，艾也。　來，勤也。　庚，續也。　挹，斞也。　將，壯也。　蹙，促也。《小明》、《召旻》二見。　幾，期也。　踖，廢也。《楚茨》、《召旻》二見。　埸，畔也。　髦，俊也。《甫田》、《棫樸》、《思齊》三見。　秉，把也。　胥，皆也。　摧，芻也。　抗，舉也。　幅，偪也。　殿，鎮也。　紼，縴也。　纚，緌也。　葵，揆也。　裕，饒也。　饇，飽也。　塗，泥也。　附，箸也。　旟，揚也。　局，卷也。　烘，燎也。　獻，奏也。　哉，載也。　皇，天也。　聿，述也。　挾，達也。　回，違也。　俔，磬也。　涼，佐也。　捄，虆也。　愠，恚也。　駾，突也。　趣，趨也。　楫，擢也。　追，雕也。　齊，莊也。　御，迎也。配，媲也。因，親也。喪，亡也。貉，静也。旅，師也。將，側也。馘，獲也。繩，戒也。武，迹也。《下武》、《生民》、《武》三見。履，踐也。歆，饗也。赫，顯也。祺，吉也。匱，竭也。僕，附也。宗，尊也。《鳧鷖》、《雲漢》二見。假，嘉也。《假樂》、《維天之命》、《雝》三見。曹，群也。遡，鄉也。《公劉》、《桑柔》二見。鞫，究也。溉，清也。茀，小也。猶，圖也。藩，屏也。衍，溢也。咨，嗟也。滔，慢也。顛，仆也。沛，拔也。戾，罪也。訓，教也。共，執也。《抑》、《韓奕》二見。玷，缺也。緍，被也。借，假也。倉，喪也。兄，滋也。競，彊也。《桑柔》、《烈文》二見。圉，垂也。《桑柔》、《召旻》二見。僾，唈也。荒，虚也。赫，炙也。涼，薄也。回，轉也。熏，灼也。悔，恨也。周，救也。辺，己也。贈，增也。愛，隱也。奄，撫也。矢，弛也。説，赦也。哲，知也。忌，怨也。優，渥也。禋，祀也。禎，祥也。靡，累也。崇，立也。宥，寬也。密，寧也。奄，同也。庤，具也。銍，穫也。噫，歎也。嘻，敕也。潛，糝也。劉，殺也。耆，致也。序，緒也。判，分也。畛，埸也。達，射也。麃，耘也。胡，壽也。振，自也。趙，刺也。吴，譁也。晦，昧也。閒，代也。屈，收也。囚，拘也。琛，寶也。虞，誤也。元，首也。壽，考也。依，倚也。鬷，總也。畿，疆也。旒，章也。戁，恐也。葉，世也。

釋訓弟三

肅肅、翼翼，敬也。肅肅，《兔罝》、《思齊》二見。　嚶嚶、瑲瑲、嚻嚻、嘒嘒、叟叟，聲也。　趯趯，躍也。　惙惙、悠悠，憂也。　洸洸，武也。　潰潰，怒也。　活活，流也。　揭揭，長也。　濔濔、嘽嘽、溱溱、淠淠、陑陑、穰穰、增增，衆也。　蒼蒼、焞焞，盛也。　惴惴、嘵嘵，懼也。　譙譙，殺也。　修修，敝也。　翹翹、業業，危也。　騤騤，彊也。　翼翼，閑也。　霏霏，甚也。　厭厭，安也。　離離，垂也。　晣晣、煌煌，明也。　仳仳，小也。　蔌蔌，陋也。　戰戰兢兢，恐也。　兢兢，戒也。　好好，喜也。　祁祁、連連，徐也。　淠淠，動也。　綽綽，寬也。　亹亹，勉也。　穆穆、膴膴、抑抑、皇皇，美也。　明明，察也。　洋洋，廣也。　雝雝、逢逢、喤喤、優優，和也。　浮浮，氣也。　芬芬，香也。　版版，反也。　抑抑，密也。　夢夢、潰潰，亂也。　奕奕、訏訏、簡簡，大也。　緜緜，靚也。　將將，集也。　反反、濟濟，難也。　烝烝，厚也。　烈烈，威也。　詵詵、薨薨、采采、祁祁、麌麌、濟濟、翽翽、甡甡、栗栗、洋洋，衆多也。　振振，仁厚也。　繩繩，戒慎也。　揖揖，會聚也。　蟄蟄，和集也。　振振，信厚也。《麟之止》、《殷其靁》二見。　憧憧，竦敬也。　祁祁、脱脱，舒遲也。　浼浼，平池也。　洋洋，盛大也。　孽孽，盛飾也。　晏晏，和柔也。　瀌瀌，暴疾也。　崔崔、言言，高大也。　忉忉、慱慱，憂勞也。　提提，安諦也。　皓皓，絜白也。　粼粼，清澈也。　菁菁，葉盛也。　厭厭，安靜也。　秩秩，有知也。　洋洋、實實，廣大也。　洸洸，壯佼也。　遲遲，舒緩也。　韡韡、濯濯，光明也。　嚶嚶，驚懼也。　遲遲，長遠也。　央央，鮮明也。　泥泥，霑濡也。　龐龐，充實也。　秩秩，流行也。　幽幽，深遠也。　橐橐、登登，用力也。　愈愈，憂懼也。　踧踧，平易也。　秩秩，進知也。　草草，勞心也。　契契，憂苦也。　淒淒，涼風也。　翼翼，讓畔也。　抑抑，慎密也。　怭怭，媟嫚也。　嘒嘒，中節也。　平平，辯治也。　騂騂，調利也。　邁邁，不説也。　翼翼，恭敬也。　將將，嚴正也。　峩峩，盛壯也。　閑閑，動摇也。　芃芃，彊盛也。　濯濯，娱遊也。　翯翯，肥澤也。　熏熏，和説也。　秩秩，有常也。　温温，寬柔也。　騤騤，不息也。　赫赫、滌滌，旱氣也。　炎炎，熱氣也。　嘽嘽，喜樂也。　祁祁，徐靚也。　斤斤，明察也。　嗟嗟，敕之也。　彭彭，有容也。　伾伾，有力也。　繹繹，善足也。　祛祛，彊健也。　咽咽，鼓節也。　枚枚，礱密也。　丸丸，易直也。　赳赳、麃麃、洸洸、蹻蹻，武皃。　翹翹，薪皃。　肅肅、發發，疾皃。　汎汎、湝湝、滔滔，流皃。　悄悄，憂皃。　夭夭、瀰瀰、鑣鑣、發發、瀼瀼、赫赫、菁菁、蓬蓬、卬卬，盛皃。　牂牂然，盛皃。　悠悠，遠皃。　敖敖，長皃。　濟濟、芃芃、藐藐，美皃。　湯湯、奕奕、藐藐、芒芒，大皃。　彭彭，多皃。　儦儦，衆皃。　交交、瑣瑣，小皃。交交，《黄鳥》、《小宛》二見。　欒欒，瘠皃。　蜎蜎，蜀皃。　几几，絇皃。　駸駸，驟皃。　許許，柿皃。　蹲蹲，舞皃。　幝幝，敝皃。　痯痯，罷皃。　濃濃，厚皃。　佌佌，舒皃。　雱雱，雪皃。　悠悠，行皃。　莫莫，施皃。　顒顒，温皃。　蹻蹻，驕皃。　蹻蹻，壯皃。　萋萋、菁菁、彧彧，茂盛皃。　蓁蓁，至盛皃。　習習，和舒皃。　遲遲，舒行皃。　猗猗，美盛皃。　湯湯，水盛皃。　綏綏，匹行皃。　陶陶，和樂皃。　鑿鑿然，鮮明皃。　楚楚、央央，鮮明皃。　旆旆，旒垂皃。　彭彭，四馬皃。　瀼瀼，露蕃皃。　忡忡，垂飾皃。　棲棲，簡閱皃。　巖巖，積石皃。　赫赫，顯盛皃。　爗爗，震電皃。　温温，和柔皃。　提提、振振，群飛皃。振振，《振鷺》、《有駜》二見。　翩翩、營營，往來皃。　蓼蓼、芃芃，長大皃。　佻佻，獨行皃。　粲粲，鮮盛皃。　鞙鞙，佩玉皃。　滔滔，大水皃。　偕偕，强壯皃。　燕燕，安息皃。　楚楚，茨棘皃。　昀昀，墾辟皃。　萋萋，雲行皃。　泱泱，深廣皃。　英英，白雲皃。　扁扁，乘石皃。　幡幡，瓠葉皃。　芃芃，木盛皃。　番番，勇武皃。　滔滔，廣大皃。　浮浮，衆彊皃。　俅俅，恭順皃。　桓桓，威武皃。　莫莫，成就之皃。　招招，號召之皃。　孑孑，干旄之皃。　蚩蚩，敦厚之皃。　緜緜，長不絶之皃。《葛藟》。又互見《緜》。　啍啍，重遲之皃。　陶陶，驅馳之皃。　瞿瞿，無守之皃。

閑閑然，男女無别往來之皃。　泄泄，多人之皃。　居居，懷惡不相親比之皃。　騑騑，行不止之皃。　嘽嘽，喘息之皃。　駪駪，衆多之皃。　湛湛，露茂盛皃。　關關，和聲。　喈喈，和聲之遠聞也。　丁丁，椓弋聲。　雝雝，鴈聲和也。　檻檻，車行聲。　令令，纓環聲。　薄薄，疾驅聲。　坎坎，伐檀聲。　肅肅，鴇羽聲。　鄰鄰，衆車聲。　坎坎，擊鼓聲。　丁丁，伐木聲。　淵淵，鼓聲。　肅肅，羽聲。　將將，鑾鑣聲。　緝緝，口舌聲。　挃挃，穫聲。　悠悠，遠意。　爰爰，緩意。　施施，難進之意。　沖沖，鑿冰之意。　惸惸，憂意。　蛇蛇，淺意。　忡忡，猶衝衝也。　襛，猶戎戎也。　耿耿，猶儆儆也。　靡靡，猶遲遲也。　桀桀，猶驕驕也。　怛怛，猶忉忉也。　糾糾，猶繚繚也。　摻摻，猶纖纖也。　究究，猶居居也。　淒淒，猶蒼蒼也。　采采，猶萋萋也。　肺肺，猶牂牂也。　晢晢，猶煌煌也。　惕惕，猶忉忉也。　悁悁，猶悒悒也。　敦，猶專專也。　皇皇，猶煌煌也。　皇，猶煌煌也。　闍闍，猶歷歷也。　仇仇，猶謷謷也。　懆懆，猶慼慼也。　噂，猶噂噂也。　沓，猶沓沓也。　捷捷，猶緝緝也。　幡幡，猶翩翩也。　律律，猶烈烈也。　弗弗，猶發發也。　喈喈，猶將將也。　湝湝，猶湯湯也。　裳裳，猶堂堂也。　浮浮，猶瀌瀌也。　仡仡，猶言言也。　藹藹，猶濟濟也。　憲憲，猶欣欣也。　泄泄，猶沓沓也。　囂囂，猶謷謷也。　灌灌，猶款款也。　駸駸，猶彭彭也。　喈喈，猶鏘鏘也。　畟畟，猶測測也。　蔞，草中之翹翹然。　曀曀其陰，如常陰曀曀然。　虺虺其雷，暴若震雷之聲虺虺然。　憂心忡忡然。　泄泄其羽，飛而鼓其翼泄泄然也。　汎汎其景，汎汎然迅疾而不礙也。　中心養養，養養然憂不知所定也。　鶉則奔奔，鵲則彊彊然。　麥芃芃然，方盛長也。　赫，有明德赫赫然也。　浂若，猶浂浂然。　咥咥然笑也。　信誓旦旦然。　佩玉遂遂然。　垂帶悸兮，垂其紳帶悸悸然有節度也。　杲杲出日，杲杲然日復出矣。　條條然歗也。　風且雨淒淒然。　墠，除地町町者也。　溥溥然盛多也。　南山崔崔然。　綏綏然無別也。　瞿瞿然顧禮義也。　思望之心中欽欽然也。　發發飄風，非有道之風。　偈偈疾驅，非有道之車。　呦呦然鳴而相呼也。　鄂，猶鄂鄂然華外發也。　兄弟尚恩熙熙然。　朋友以義切切節節然。　業業然壯也。　湑湑然，蕭上露皃。　哀鳴嗸嗸，未得其所安集則嗸嗸然也。　聚其角而息濈濈然。　呞而動其耳溼溼然。　視天夢夢，王者爲亂夢夢然也。　滃滃然患其上也。　訿訿然不思稱乎上也。　列列然至難也。　彭彭然不得息也。　傍傍然不得已也。　奕奕然無所薄也。　秩秩然肅敬也。　數舞僊僊然。　華落葉青青然也。　削屢馮馮，削牆鍛屢之聲馮馮然也。　呱呱然泣也。　旆旆然長也。　幪幪然茂盛也。　唪唪然多實也。　栗，其實栗栗然。　葉初生泥泥也。　欣欣然樂也。　謔謔然喜樂也。　熇熇然熾盛也。　藐藐然不入也。　蘊蘊而暑，隆隆而雷，蟲蟲而熱。　甫甫然大也。　噳噳然衆也。　赫赫然盛也。《常武》、《常武》二見。　明明然察也。　業業然動也。　嘽嘽然盛也。　牧之坰野則駉駉然。駉駉，當作「駫駫」。　耳耳然至盛也。　嘒嘒然和也。　戢戢然盛也。　奕奕然閑也。　采采，事采之也。　采采，非一辭也。　夭夭，其少壯也。　灼灼，華之盛也。　棣棣，富而閒也。各本「閒」下衍「習」字。　俁俁，容貌大也。　委委者，行可委曲也。　佗佗者，德平易也。　濊濊，施諸水中也。　籊籊，長而殺也。　搖搖，憂無所愬也。　陽陽，無所用其心也。　佩玉將將，鳴玉而後行也。　渙渙，春水盛也。　唯唯，出入不制也。　蹶蹶，動而敏於事也。　休休，樂道之心也。　湑湑，枝葉不相比也。　踽踽，無所親也。　睘睘、管管，無所依也。　嘌嘌，無節度也。　慆慆，言久也。　噦噦，徐行有節也。　其流湯湯，言放縱無所入也。　殖殖，言平正也。　矜矜、兢兢，以言堅彊也。　京京，憂不去也。　欽欽，言使人樂進也。　濟濟蹌蹌，言有容也。　踖踖，言爨竈有容也。　莫莫，言清靜而敬至也。　怲怲，憂盛滿也。　逸逸，往來次序也。　反反，言重慎也。　幡幡，失威儀也。　僛僛，舞不能自正也。　傞傞，舞不止也。　漸漸，山石高峻也。　濟濟，多威儀也。　蕘蕘，言百姓之勸勉也。　檖檖，苗好美也。　戚戚，内相親也。　菶菶、萋萋，梧桐盛也。　雝雝、喈喈，鳳皇鳴也。　慅慅，憂不樂也。　翩翩，在路不息也。　業業，言高大也。　捷捷，言樂事也。　皋皋，頑不知道也。　訿訿，窳不供事也。　龍旂陽陽，言有文章也。　茷茷，言有法度也。　其馬蹻蹻，言彊盛也。　八鑾鶬鶬，言文德之有聲也。　不警，警也。　不盈，盈也。　不戢，戢也。　不難，難也。　不多，多也。《桑扈》、《卷阿》二見。　有周，周也。　不顯，顯也。　不時，時也。　無念，念也。　不寧，寧也。　不康，康也。　無競，競也。《抑》、《執競》二見。　遐不作人，遠作人也。　不遐有佐，遠夷來佐也。　不顯申伯，顯矣申伯也。　不顯，顯于天矣。　不承，見承于人矣。　革，猶皮也。　好，猶宜也。　漂，猶吹也。　宿，猶處也。　夕，猶朝也。　息，猶處也。　悲，猶傷也。　椒，猶飶也。　服，思之也。　濩，煮之也。　有，藏之也。　方，有之也。　笑，侮之也。　經，度之也。　惔，燔之也。　今，急辭也。　于嗟，歎辭。　猗嗟，歎辭。　於，歎辭也。《文王》、《清廟》二見。　猗，歎辭也。　蕡，實皃。　蔽芾，小皃。　嘒，微皃。　摽，拊心皃。　睍睆，好皃。　瑣尾，少好之皃。　褎，盛服皃。　赫，赤皃。　孌，好皃。《泉水》、《候人》二見。　雱，盛皃。　喈，疾皃。　霏，甚皃。　煒，赤皃。　泚，鮮明皃。　髧，兩髦之皃。　玼，鮮盛皃。　姝，順皃。　匪，文章皃。　瑟，矜莊皃。　邁，寬大皃。　頎，長皃。《碩人》、《猗嗟》二見。　驕，壯皃。　朅，武壯皃。　瑳，巧笑皃。　揭，武皃。　啜，泣皃。　晏，鮮盛皃。　昌，盛壯皃。　挑達，往來皃。依胡承珙訂。　瀏，深皃。　還，便捷之皃。

姝者，初昏之皃。　婉孌，少好皃。　髧，好皃。　蹌，巧趨皃。　孌，壯好皃。　宛，辟皃。　宛，死皃。　杕，特生皃。　苑，文皃。　鴥，疾飛皃。　僚，好皃。　卷，好皃。　儼，矜莊皃。　薈蔚，雲興皃。　婉，少皃。　濛，雨皃。　踐，行列皃。　倭遲，歷遠之皃。　蕡，美皃。　粲，鮮明皃。　衍，美皃。　爾，華盛皃。　睆，實皃。　蓼，長大皃。　弨，弛皃。　顒，大皃。　奭，赤皃。　節，高峻皃。　宛，小皃。　漼，深皃。　哆，大皃。　饛，滿簋皃。　捄，長皃。　潸，涕下皃。　跂，隅皃。　睆，明星皃。　捄，畢皃。　倬，明皃。　渰，雲興皃。　湑，盛皃。　頍，弁皃。　孌，美皃。　依，茂木皃。　楚，列皃。　頒，大首皃。　莘，長皃。　觱沸，泉出皃。　阿然，美皃。　難然，盛皃。　滮，流皃。　緜蠻，小鳥皃。　芃，小獸皃。　伉，高皃。　淠，舟行皃。　瑟，衆皃。　敦，聚皃。　揭，根見皃。《釋文》。　菀，茂皃。　嘒，衆星皃。　嵩，高皃。　萋且，敬慎皃。　噲，衆皃。　紑，絜鮮皃。　駜，馬肥彊皃。　觩，弛皃。　翩，飛皃。　憬，遠行皃。　鳥，大皃。　挺，長皃。　惄，飢意也。　辟，拊心也。　有，謂富也。　亡，謂貧也。　寠者，無禮也。　貧者，困於財也。　静，貞静也。　姝，美色也。　鬒，黑髮也。　揚，眉上廣也。

晳，白晳也。　清，視清明也。　止，所止息也。　體，支體也。　且狂，進取一概之義也。　僩，寬大也。　喧，威儀容止宣著也。　寬，能容衆也。　倩，好口輔也。　盼，黑白分也。　儺，行有節度也。　桀，特立也。　噎，憂不能息也。　揚，激揚也。《王·揚之水》、《鄭·揚之水》二見。

艱，亦難也。　修，且乾也。　折，言傷害也。　丰，豐滿也。　蕩，平易也。　丱，幼穉也。

抑，美色也。　婉，好眉目也。　婁，亦曳也。　考，亦擊也。　臨，不攻致也。　亡，喪棄也。　騏，綦文也。《小戎》、《鳲鳩》二見。❶　澤，潤澤也。　椒，芬香也。　湛，樂之久也。　鹽，不堅固也。　塗，凍釋也。　黄，黄髮也。　寫，輸寫其心也。　棘，稜廉也。　崩，群疾也。　躋，累足也。　擣，心疾也。　睠，反顧也。　除，除陳生新也。　妥，安坐也。　度，法度也。　獲，得時也。　秫，穀食也。　時，中者也。　幽，黑色也。　古，言久也。　肆，故今也。《緜》、《思齊》二見。兑，成蹊也。　兑，易直也。　岸，高位也。　岐，知意也。　馨，香之遠聞也。　隅，廉隅也。話，善言也。　旬，言陰均也。　劉，暴樂而希也。　濯，所以救熱也。　收，拘收也。　椓，夭椓也。　飶，芬香也。　色，温潤也。　搜，衆意也。　侐，清静也。　撻，疾意也。　窈窕，幽閒也。　厭浥，溼意也。　豈不，言有是也。　委蛇，行可從迹也。　純束，猶苞之也。　契闊，勤苦也。　劬勞，病苦也。《豈風》、《鴻雁》二見。　蒙戎，以言亂也。　籧篨，不能俯者也。　戚施，不能卬者也。　襢裼，肉袒也。　暴虎，空手以搏之也。❷　如濡，言潤澤也。　三英，三德也。　狂童，狂行童昏所化也。　清揚婉兮，眉目之閒婉然美也。　發夕，自夕發至旦也。　翺翔，猶彷徉也。　無寐，無耆寐也。　綢繆，猶纏綿也。　子兮者，嗟茲也。　解逅，解説也。　無與，勿用

❶「鳲」，原作「鳴」，據《詩毛氏傳疏》卷十一《小戎》與卷十四《鳲鳩》傳疏改。

❷「搏」，原作「摶」，據《詩毛氏傳疏》卷七《大叔于田》傳疏改。

也。　婆娑，舞也。　棲遲，遊息也。　俜張，誑也。　窈糾，舒之姿也。　猗儺，柔順也。　堀閲，容閲也。　眉壽，豪眉也。　拮据，戟挶也。　熠燿，粦也。　粦，熒火也。　如絲，言調忍也。　簡書，戒命也。　眉壽，秀眉也。　不蹟，不道也。俗本「道」上有「循」。　靡止，言小也。明發，發夕至明也。　荏染，柔意也。　反側，不正直也。　萋斐，文章相錯也。　如砥，貢賦平均也。　如矢，賞罰不偏也。　鞅掌，失容也。　閒關，設舝也。　號呶，號呼讙呶也。　緝熙，光明也。　緝御，踧踖之容也。　既均，已均中蓺也。　三單，相襲也。　伴奐，廣大有文章也。　詭隨，詭人之善、隨人之惡者也。　惛怓，大亂也。　繾綣，反覆也。　夸毗，體柔人也。　殿屎，呻吟也。　戲豫，逸豫也。　馳驅，自恣也。　彊禦，彊梁禦善也。　掊克，自伐而好勝人也。　炰烋，猶彭亨也。　不虞，非度也。　而角，自用也。　詁言，古之善言也。詁，依《釋文》據《説文》。中垢，言闇冥也。　孑遺，孑然遺失也。　顧之，曲顧道義也。　虓虎，虎之自怒虓然也。　仔肩，克也。　荓夆，⿸疒掔曳也。⿸疒掔，俗作「⿸广掔」。　不遲，言疾也。　謔浪笑敖，言戲謔不敬也。　狐赤烏黑，莫能別也。　魚網之設，鴻則離之，言所得非所求也。　揚且之顔，廣揚而顔角豐滿也。　手如柔荑，如荑之新生也。　膚如凝脂，如脂之凝也。　螓首，顙廣而方也。　尚無爲，尚無成人爲也。

九十其儀，言多儀也。　是則是傚，言可法傚也。　如山如阜，如岡如陵，言廣厚也。　蕭蕭馬鳴，悠悠旆旌，言不讙譁也。　文武是憲，言有文有武也。　載飛載揚，言無所定止也。　高岸爲谷，深谷爲陵，言易位也。　如臨深淵，恐隊也。　如履薄冰，恐陷也。　如集于木，恐隊也。　如臨于谷，恐隕也。　熊羆是裘，言富也。　乘其四駱，六轡沃若，言世禄也。　有鶯其羽，鶯然有文章也。　戢其左翼，言休息也。　牂羊墳首，言無是道也。　三星在罶，言不可久也。　鳶飛戾天，魚躍于淵，言上下察也。　清酒既載，騂牡既備，言年豐畜碩也。　不聞亦式，不諫亦入，言性與天合也。　無然畔援，無然歆羨，無是畔道，無是援取，無是貪羨也。　不揥不副，無菑無害，言易也。　酌之以興嗣歲，興來歲繼往歲也。　無有後艱，言不敢多祈也。　執豕于牢，新國則殺禮也。　酌之用匏，儉以質也。　有馮有翼，道可馮依，以爲輔翼也。　以謹無良，慎小以懲大也。　如壎如篪，言相和也。　如璋如圭，言相合也。　如取如攜，言必從也。　侯作侯祝，作詛祝也。　瞻言百里，遠慮也。　仲山甫出祖，言述職也。　如飛如翰，疾如飛、摯如翰也。　攸革有鶬，言有法度也。　我又集于蓼，言辛苦也。　以似以續，嗣前歲續往歲也。　自羊徂牛，言先小後大也。　歲其有，歲其有年也。　言觀其旂，言法則其文章也。　上帝是依，依其子孫也。　不僭不濫，賞不僭、刑不濫也。　尊之如天，審諦如帝。　美女爲媛。　弔失國曰唁。　草行曰跋，水行曰涉。目上爲名，目下爲清。　萬人爲英。　三女爲粲。　萬萬曰億。《伐檀》、《楚茨》二見。　兩手曰匊。《椒聊》、《采緑》二見。　七十曰耋。　自目曰涕，自鼻曰泗。　角而束之曰掎。　再宿曰信。《九罭》、《有客》二見。　忠信爲周。此句又互見《都人士》。　訪問于善爲咨，咨事爲諏，咨事之難爲謀，咨禮義所宜爲度，親戚之謀爲詢。　時見曰會，殷見曰同。　病酒曰酲。　美色曰豔。　無聲曰泣血。古曰在昔，昔曰先民。《小旻》、《那》二見。　徒涉曰馮河，徒搏曰暴虎。　骭瘍爲微，腫足爲尰。

正直爲正，能正人之曲曰直。　東西爲交，邪行爲錯。　土治曰平，水治曰清。　率下親上曰疎附，相道前後曰先後，喻德宣譽曰奔走，武臣折衝曰禦侮。　心能制義曰度，德正應和曰貃，照臨四方曰明，勤施無私曰類，教誨不倦曰長，賞慶刑威曰君，慈和偏服曰順，擇善而從曰比，經緯天地曰文。　直言曰言，論難曰語。　賊義曰殘。　不醉而怒曰奰。　八十曰耄。　數萬至萬曰億，數億至億曰秭。　一宿曰宿。　八尺曰尋。

釋親弟四

婦人謂嫁曰歸。　公姓，公同姓。公族，公同祖。　歸，歸宗也。《燕燕》。又互見《草蟲》、《黄鳥》。　諸姬，同姓之女也。　父之姊妹稱姑，先生曰姊。　天，謂父也。　女子後生曰妹。　妻之姊妹曰姨。　姊妹之夫曰私。　昆，兄也。　諸兄，公族。　外孫曰甥。　公族，公屬。　大夫一妻二妾。　同姓，同祖。　母之昆弟曰舅。　九族會曰和。　孥，子也。　天子謂同姓諸侯、諸侯謂同姓大夫皆曰父，異姓則稱舅。　宜兄宜弟，爲兄亦宜，爲弟亦宜也。　善父母爲孝，善兄弟爲友。下句《六月》、《皇矣》二見。　老無妻曰鰥，偏喪曰寡。　諸父，猶諸兄也。　新特，外昏也。　兩壻相謂曰亞。　毛在外，陽，以言父。　裏在内，陰，以言母。　本，本宗。　支，支子。　嬪，婦也。　仲，中女。　長子，長女。　寡妻，適妻也。　君之宗之，爲之君爲之大宗也。　王者天下之大宗。　諸侯一取九女，二國媵之。　諸娣，衆妾也。　主，家長也。伯，長子也。亞，仲叔也。

旅，子弟也。　士，子弟也。

宗黨

師，女師。　之子，嫁子也。　少女，微主也。　舟子，舟人主濟渡者。　君，國小君。　倌人，主駕者。　東宮，齊大子也。　庶士，齊大夫送女者。　伯，州伯也。　之子，無室家者。　彥，士之美稱。　子都，世之美好者也。　狂，狂人也。　子充，良人也。　叔伯，言群臣長幼也。　叔伯，迎己者。　良人，美室也。　寺人，內小臣也。　媚子，能以道媚于上下者也。　子，大夫也。　夫，傅相也。　候人，道路送迎賓客者。　季，人之少子也。此句《候人》。又互見《陟岵》。　女，民之弱也。　田畯，田大夫。　媒，所以用禮也。　征夫，行人也。　君，先君也。　尸，所以象神。　百姓，百官族姓也。　僕夫，御夫也。　五官之長出於諸侯曰天子之老。　之子，有司也。　之子，侯伯卿士也。　君子，謂諸侯也。《庭燎》、《采菽》二見。　邦人諸友，謂諸侯也。　兄弟，同姓臣也。　京師者，諸侯之父母也。　師，大師，周之三公也。「師，大師」，《節南山》、《大明》二見。　故老，元老。　擇三有事，有司國之三卿也。　暬御，侍御。暬，俗作「暬」。　東人，譚人也。　西人，京師人也。　舟人，舟楫之人。　私人，私家人也。　士子，有王事者也。　善其事曰工。　田祖，先嗇。　季女，謂有齊季女也。　室人，主人也。　徒，輦者。　御，御馬者。　任者，輦者、車者、牛者、徒行者、御車者。此二句《黍苗》、《崧高》二見。　師者，旅者。　京室，王室也。　宗公，宗神。一人，天子也。公尸，天子以卿也。依《正義》。宜民宜人，宜安民、宜官人也。宜君宜王，宜君王天下也。朋友，群臣也。上帝，以稱王者也。芻蕘，薪采者。上帝，以託君王也。時無背無側，背無臣、側無人也。以無陪無卿，無陪貳、無卿士也。昊天，庴王者也。《桑柔》、《瞻卬》二見。群公，先正。百辟，卿士也。魃，旱神。御，治事之官也。私人，家臣也。喉舌，冢宰也。受命，受命爲侯伯也。顯父，有顯德者。文人，文德之人。又互見《清廟》。小子，嗣王也。

統稱

仲，戴嬀字。姜，姓。《采唐》、《生民》二見。弋，姓。庸，姓。申，平王之舅。留，大夫氏。子車，氏；奄息，名。子仲，陳大夫氏。原，大夫氏。尹，尹氏。亶父，字。或殷以名言質也。申伯，宣王之舅。姞，蹶父姓。孫子仲，謂公孫文仲也。二子，伋、壽也。子嗟，字也。子國，子嗟父。仲子，祭仲。叔，大叔段也。孟姜，齊之長女也。狡童，昭公也。又互見《狡童》。齊子，文姜。夏南，夏徵舒。郇伯，郇侯也。稚子，成王也。公孫，成王也，豳公之孫。王，殷王也。南仲，文王之屬。吉甫，尹吉甫。《六月》、《嵩高》二見。張仲，賢臣也。方叔，卿士也。祈父，司馬也。家父，大夫也。豔妻，褒姒也。公子，譚公子也。曾孫，成王也。《信南山》、《行葦》、《維天之命》三見。殷士，殷侯也。殷之未喪師，克配上帝，帝乙已上也。　天位殷適，紂居天位而殷之正適也。　王季，大王之子，文王之父。　大任，仲任。　尚父，可尚可父也。　古公，豳公。　姜女，大姜。　周姜，大姜也。　大姒，文王之妃。自大伯王季，從大伯之見王季也。　三后，大王、王季、文王也。　生民，本后稷也。　姜嫄，后稷之母。　帝，高辛氏之帝也。　父母，先祖文武爲民父母也。　堯之時，姜氏爲四伯。　召伯，召公。　仲山甫，樊侯也。　蹶父，卿士也。　韓侯之先祖，武王之子。　召虎，召穆公。　召公，召康公。　王命卿士，南仲大祖，大師皇父，王命南仲於大祖，皇甫爲大師也。　王謂尹氏，命程伯休父，尹氏掌命卿士，程伯休父始命爲大司馬也。　前王，武王也。　二后，文、武也。　烈考，武王也。　文母，大姒也。　客，二王之後。　昭考，武王也。　周公之孫，莊公之子，謂僖公也。　烈祖，湯有功烈之祖也。　於赫湯孫，盛矣湯爲人子孫也。　武丁，高宗也。　有娀，契母也。　玄王，契也。　相土，契孫。　武王，湯也。　阿衡，伊尹。　殷武，殷王武丁也。

姓名

釋宮弟五

家室，猶室家也。　逵，九達之道。　沼，池也。《采蘩》、《正月》、《靈臺》三見。　宮，廟也。　宗室，大宗之廟。　墉，牆也。　公，公門。　畿，門內。　北門，背明鄉陰。　城隅，以言高而不可踰也。　牆，所以防非常。　中冓，內冓。　楚宮，楚丘之宮。　室，猶宮也。　揆，度也。　度日出日入以知東西，南視定，北準極，以正南北。　復關，君子所近也。　背，北堂也。　二十五家爲里。　牆，垣也。　園，所以樹木也。　巷，里涂。　巷，門外也。　東門，城東門。　在城闕兮，乘城而見闕也。　闉，曲城。　闍，城臺。　門屏之閒曰箸。　闑，門内。　圃，菜園。　必告父母，必告父母廟也。　一夫之居曰廛。　圓者爲囷。　隅，東南隅也。　道左，道左之陽，人所宜休息也。　域，塋域也。　室，猶居也。　在其版屋，西戎版屋也。　衡門，横木爲門。　池，城池。　墓門，墓道之門。　中，中庭。　唐，庭涂。作「堂塗」，譌。　甓，令適。　堂，公堂也。　微行，牆下徑也。　五畝之宅，樹之以桑。　春夏爲圃，秋冬爲場。　向，北出牖也。　庶人篳户。　凌陰，冰室。　公堂，學校也。　一丈爲版，五版爲堵。　西南其户，西鄉户、南鄉户也。　周道，周室之通道也。　墐，路冢。　陳，堂涂。　楊園，園名。　祊，門内。　室内曰家。　君子將營宮室，宗廟爲先，廄庫爲次，居室爲後。　王之郭門曰皋門，王之正門曰應門。　墉，城也。《皇矣》、《良耜》二見。又《崧高》字作「庸」。　四方而高曰臺。　囿，所以域養禽獸也。　天子百里，諸侯四十里。　水旋丘如璧曰辟廱。　淢，成溝。　廬，寄也。　垣，牆也。　實墉實壑，言高其城、深其壑也。　廩，所以藏齍盛之穗也。　既景乃岡，考于日景，參之高岡。　西北隅謂之屋漏。　基，門塾之基也。　泮水，泮宮之水也。　天子辟廱，諸侯泮宮。　閟宮，先妣姜嫄之廟在周。　孟仲子曰：「是禖宮也。」　桷，榱也。　新廟，閔公廟。　路寢，正寢也。　寢，路寢也。

釋器弟六

頃筐，畚屬。　人君黄金罍。　兕觥，角爵。　兔罝，兔罟。　百兩，百乘也。　方曰筐，圓曰筥。　錡，釜屬。有足曰錡，無足曰釜。　鑒，所以察形。　由輈以上爲軌。　梁，魚梁。　笱，所以捕魚。　載脂載舝，還車言邁，脂舝其車，以還我行也。　彤管，以赤心正人也。　驂馬五轡，四馬六轡。　治骨曰切，象曰瑳，玉曰琢，石曰摩。　重較，卿士之車。　幩，飾也。人君以朱纏鑣，扇汗，且以爲飾。　翟，翟車也。夫人以翟羽飾車。　罟，魚罟。　帷裳，婦人之車。　殳，長丈二而無刃。　鳥網爲羅。　罦，覆車。　罿，罬也。　大車，大夫之車。　掤，所以覆矢。　鬯弓，弢弓。　重英，矛有英飾。　重喬，絫何也。　重環，子母環。　鋂，一環貫二。　簟，方文蓆。　車之蔽曰茀。　朱鞹，諸侯之路車有朱革之質而羽飾。　垂轡，轡之垂者。　二尺曰正。　四矢，乘矢。　路，車也。　輻，檀輻也。　拔，矢末也。　小戎，兵車。　收，軫也。　五，五束也。　楘，歷録。　梁輈，輈上句衡也。　游環，靳環也。　陰，揜軓。　靷，所以引也。　鋈，白金。　續，續靷也。　文茵，虎皮也。「茵」衍。　暢轂，長轂。　龍盾，畫龍於盾。　軜，驂内轡也。　厹，三隅矛。　錞，鐏也。　蒙，討羽。　伐，中干。　虎，虎皮。　韔，弓室也。　膺，馬帶。　交韔，交二弓於韔中也。　戈長六尺六寸。　矛長二丈。　盎謂之缶。　鬵，釜屬。　祋，殳也。　于耜，始脩耒耜也。　懿筐，深筐。　八月萑葦，豫畜萑葦可以爲曲也。　斨，方銎也。　兩樽曰朋。

觩，所以誓衆也。 隋銎曰斧。 鑿屬曰錡，木屬曰銶。 柯，斧柄。 九罭，緵罟，小魚之網也。 筐，篚屬。 圓曰筥。 天子八筥。 象弭，弓反末，所以解紛也。「紛」作「紒」，非。 魚服，魚皮。 檀車，役車。 罶，曲梁也，寡婦之笱。《魚麗》、《苕之華》二見。 罩罩，篧也。 汕汕，樔也。 鞗革，轡首垂也。 在軾曰和。此句互見《載見》。 在鑣曰鸞。 彤弓，朱弓。 夏后氏曰鉤車，先正也。 殷曰寅車，先疾也。 周曰元戎，先良也。 鉤膺，樊纓。《采芑》、《嵩高》二見。 軝，長轂之軝也，朱而約之。 錯衡，文衡也。《采芑》、《韓奕》二見。 庭燎，大燭。 半珪曰璋。《斯干》、《棫樸》二見。 瓦，紡專。 其車既載，乃弃爾輔，大車重載，又弃其輔也。 缾小而罍大。 匕，所以載鼎實。 服，牝服。 箱，大車之箱。 畢，所以掩兔也。 大車，小人之所將也。 罟，網也。 鸞刀，刀有鸞者。 梁，車梁。 大侯，君侯。 煁，烓竈。 棧車，役車。 裸，灌鬯。 繩謂之縮。 金曰雕，玉曰琢。 玉瓚，圭瓚也。 黃金，所以飾流鬯也。 鉤，鉤梯也。 臨，臨車。 衝，衝車。 木曰豆，瓦曰登。 設席，重席。 斝，爵也。 夏曰醆，殷曰斝，周曰爵。 敦弓，畫弓也。 天子敦弓。 鍭矢參亭。 天子之弓，合九而成規。 大斗長三尺。 小曰槖，大曰囊。 戚，斧也。 揚，鉞也。 罍，祭器。 鏤鍚，有金鏤其鍚也。 鞹，革也。 鞃，軾中。 幭，覆式。 厄，烏噣。 鬯，香草也。 築煮合而鬱之曰鬯。 卣，器也。 錢，銚也。 鎛，鎒也。 大鼎謂之鼐，小鼎謂之鼒。 五十矢爲束。 犧尊，有沙飾也。 大房，半體之俎。 朱英，矛飾也。 重弓，重於鬯中也。 貝胄，貝飾也。 朱綅，以朱綅綴之。

器用

精曰絺，粗曰綌。　王后織玄紞，公侯夫人紘綖，卿之内子大帶，大夫命婦成祭服，士妻朝服，庶士以下各衣其夫。　私，燕服也。　婦人有副禕盛飾。　袺，執衽也。　襭，扱衽也。　被，首飾也。昏禮純帛不過五兩。　古者素絲以英裘。　大夫羔裘以居。　緎，縫也。　縫，言縫殺之大小得其制也。　衾，被也。　裯，襌被也。　帨，佩巾。　緑，閒色。　黄，正色。　上曰衣，下曰裳。《緑衣》、《東方未明》二見。　大夫狐蒼裘。　充耳，盛飾也。　組，織組也。　髦者，髮至眉，子事父母之飾。　副者，后夫人之首飾，編髮爲之。　笄，衡笄也。　珈，笄飾之最盛者，所以别尊卑。象服，尊者所以爲飾。　翟，褕翟、闕翟，羽飾衣也。　瑱，塞耳。　揥，所以摘髮。　展衣，以丹縠爲之。　絺之靡者爲縐，是當暑袢延之服也。　紕，所以織組也。　組，總以素絲而成組也。　充耳謂之瑱。　琇瑩，美石。琇，又見《都人士》。　天子玉瑱，諸侯以石。　弁，皮弁。《淇奥》、《尸鳩》、《頍弁》三見。　會，所以會髮。　衣錦，錦文衣也。　夫人德盛而尊，嫁則錦衣加褧襜。　領，頸也。《碩人》、《桑扈》二見。　布，幣也。　總角，結髮也。　觿，所以解結。　韘，決也。　在下曰裳，所以配衣也。　帶，所以申束衣。　瓊，玉之美者。　琚，佩玉石。　瓊瑶，美石。　瓊玖，玉石。「石」作「名」，非。　毳衣，大夫之服。　天子大夫四命，其出封五命，如子男之服。　玖，石次玉。　緇，黑色。　卿士聽朝之正服也。　豹飾，緣以豹皮也。　袪，袂也。　雜佩者，珩、璜、琚瑀、衝牙之類。

佩有琚瑀，所以納閒也。　衣錦褧裳，嫁者之服也。　青衿，青領也。　佩，佩玉也。　士佩瓀珉而青組綬。　縞衣，白色男服也。　綦巾，蒼艾色女服也。　素，象瑱。　瓊華，美石，士之服也。　青，青玉。　瓊瑩，石似玉，卿大夫之服也。　黄，黄玉。　瓊英，美石似玉者，人君之服也。　葛屨，服之賤者。　冠緌，服之尊者。　總角，聚兩髦也。　弁，冠也。　夏葛屨，冬皮屨。　要，䙅也。　䙅，古祇「要」。　襋，領也。　象揥，所以爲飾。　襮，領也。　諸侯繡黼丹朱中衣。　繡，黼也。　袪，袂末也。　褎，猶袪也。　侯伯之禮七命，冕服七章。　天子之卿六命，車旗衣服以六爲節。　齋則角枕錦衾。　錦衣，采衣也。　狐裘，朝廷之服。　黑與青謂之黻。　五色備謂之繡。　袍，襺也。　瓊瑰，石而次玉。　羔裘以游燕，狐裘以適朝。　素冠，練冠。　素冠，故素衣也。　芾，鞸也。　一命緼芾黝珩，再命赤芾黝珩，三命赤芾蔥珩。　此句又見《采芑》。　大夫以上赤芾乘軒。　載績，絲事畢而麻事起矣。　玄，黑而有赤也。　朱，深纁也。　祭服玄衣纁裳。　狐貉之厚以居。　孟冬，天子始裘。　縭，婦人之褘也。　母戒女施衿結帨。　衮衣，卷龍也。　赤舄，人君之盛屨。　服，戎服也。　朱芾，黄朱芾也。　諸侯赤芾金舄。　舄，達屨。　決，鉤弦也。　拾，遂也。　裳，下之飾也。　裼，褓也。　衰，所以備雨。　笠，所以禦暑。　下句又互見《都人士》。　貝錦，錦文也。　韎者，茅蒐染韋，一入曰韎。今訂。　韐，所以代韠也。　韠，容刀韠。　琫上飾，珌下飾，天子玉琫而珧珌，諸侯璗琫而鏐珌，大夫鐐琫而鐐珌，士珕琫而珕珌。　玄衮，卷龍也。　白與黑謂之黼。　《采菽》。　又互見《文王》。　諸侯赤芾邪幅。　邪幅，偪也，下「邪」字補。　所以自偪束也。　臺，所以禦雨。緇撮，緇布冠。綢直如髮，密直如髮也。厲，帶之垂者。衣蔽前謂之襜。哻，殷冠也。夏后氏曰收，周曰冕。舟，帶也。維玉及瑶，言有美德也。下曰鞞，上曰琫，言有度數也。容刀，言有武事也。衮，有衮冕者，君之上服也。絲衣，祭服也。

服飾

粲，餐也。四簋，黍、稷、稻、粱。春酒，凍醪也。饗者，鄉人飲酒也。五字據《説文》補。飫，私也。下脱屨升堂謂之飫。各本「下」譌作「不」。以筐曰釃，以藪曰湑。餱，食也。湑，莤之也。酤，一宿酒也。饎，酒食也。《天保》、《泂酌》二見。夜飲，燕私也。一曰乾豆，二曰賓客，三曰充君之庖。酌醴，饗醴也。孰食曰饔。飧，孰食。又見《伐檀》。謂黍稷也。亨，飪之也。或陳于互，或齊其肉。爨，饔爨、廩爨也。燔，取膟膋。炙，炙肉也。豆，謂内羞、庶羞也。燕私，燕而盡其私恩也。是剥是菹，剥瓜爲菹也。膋，脂膏也。尊者食新，農夫食陳。器實曰齊，在器曰盛。肴，豆實。核，加籩。立酒之監，佐酒之史。饇，飽也。毛曰炮，加火曰燔，炕火曰炙。醻，道飲也。揄，抒臼。或簸糠者，或蹂米者。釋，淅米也。傅火曰燔，貫之，加于火曰烈。豆，薦葅醢也。登，大羹也。以肉曰醓醢。臄，函也。恒豆之菹，水草之和也。其醢，陸産之物也。加豆，陸産也。其醢，水物也。籩豆之薦，水土之品也。餴，餾也。蔌，菜肴。彼疏斯粺，彼宜食疏，今反食精粺。胾，肉也。羹，大羹、鉶羹也。　酤，酒也。

飲食

釋樂弟七

干羽爲萬舞。　籥六孔。　翟，翟羽也。　簧，笙也。《君子陽陽》、《車鄰》、《鹿鳴》三見。　翿，纛也、翳也。翳，《君子陽陽》、《宛丘》二見。　曲合樂曰歌，徒歌曰謡。　鷺羽，鷺鳥之羽，可以爲翳也。土曰壎，竹曰箎。　笙磬，東方之樂也。　同音，四縣皆同也。　以雅以南，爲雅爲南也。　東夷之樂曰昧，南夷之樂曰南，西夷之樂曰朱離，北夷之樂曰禁。　以籥不僭，以爲籥舞，若是爲和而不僭矣。　籥舞笙鼓，秉籥而舞，與笙鼓相應也。　鼛，大鼓也。又見《鼓鐘》。長一丈二尺。　植者曰虡。《靈臺》、《有瞽》二見。　横者曰栒。　樅，崇牙。　賁，大鼓。　鏞，大鐘。《靈臺》。又互見《那》，字作「庸」。　歌者比於琴瑟也。　徒擊鼓曰咢。　業，大版。此句又見《靈臺》。所以飾栒爲縣也。　崇牙，上飾卷然，可以縣也。　樹羽，置羽。　應，小鞞。　田，大鼓。　縣鼓，周鼓也。鞉，鞉鼓。　柷，木椌。　圉，楬也。　鞉鼓，樂之所成也。　夏后氏足鼓，殷人置鼓，周人縣鼓。　磬，聲之清者也。　鎗然，擊鼓聲也。　琴瑟友之，宜以琴瑟友樂之。　鐘鼓樂之，德盛者宜有鐘鼓之樂。　國中有房中之樂。　君子無故不徹琴瑟。《女曰雞鳴》。又互見《山有樞》。　有眸子而無見曰矇，無眸子曰瞍。　瞽，樂官也。

釋天弟八

穹蒼，蒼天也。　蒼天，以體言之，尊而君之則稱皇天，元氣廣大則稱昊天，仁覆閔下則稱旻天，自上降鑒則稱上天，據遠視之蒼蒼然則稱蒼天。　昊，昊天也。　從旦至食時爲終朝。《蝃蝀》、《采緑》二見。　日乎月乎，照臨之也。　日始月盛，皆出東方也。　旭日始出，謂大昕之時。　晦，昏也。　日出東方，人君明盛，無不照察也。　月盛於東方，君明於上若日也，臣察於下若月也。　晞，明之始升也。　夏之日，冬之夜，言長也。　陽，日也。　日，君道。月，臣道。　一之日，十之餘也。　一之日，周正月也。二之日，殷正月也。三之日，夏正月也。四之日，周四月也。　陽，歷陽月也。　正月，夏之四月也。　初吉，朔日也。　之交，日月之交會也。

月時

殷，雷聲也。　淒，寒風也。　終日風爲終風。　霾，雨土也。　陰而風曰曀。　南風謂之豈風。　東風謂之谷風。　北風，寒涼之風。　蝃蝀，虹也。　皎，月光也。　迴風爲飄。　隮，升雲也。　九月霜始降。　觱發，風寒也。　栗烈，寒氣也。　震，雷也。　飄風，暴起之風。　穨，風之焚輪者也。　冽，寒意也。　豐年之冬，必有積雪。　小雨曰霢霂。　炎火，盛陽也。　霰，暴雪也。　飄風，迴風也。　清風，清微之風。

風雨

小星，衆無名者。　三心、五噣，四時更見。　參，伐也。昴，留也。　定，營室也。方中，昏正四方。　明星有爛，言小星已不見也。　三星，參。　參星，正月中直户也。　火，大火。　南箕，箕星。　漢，天河。《大東》。又互見《雲漢》。　何鼓謂之牽牛。　日且出謂明星爲啓明，日既入謂明星爲長庚。　六月，火星中。　畢，噣也。月離陰星則雨。

星名

大夫士祭於宗室，奠於牖下。　龜曰卜。《定之方中》、《氓》二見。　蓍曰筮。　體，卦兆之體。祖而舍軷，飲酒於其側曰餞。　春曰祠，夏曰禴，秋曰嘗，冬曰烝。　卜筮偕止，會言近止，卜之筮之，會人占之也。　維戊，順類乘牡也。　伯，馬祖也。　禱，禱獲也。　吉日庚午，外事以剛日也。　致告，告利成也。　社，后土。　方，迎四方氣於郊也。　左陽道，朝祀之事。　右陰道，喪戎之事。　冢土，大社也。　起大事，動大衆，必先有事乎社而後出謂之宜。　於内曰類，於野曰禡。致，致其社稷群神。　附，附其先祖，爲之立後。　克禋克祀，以弗無子，去無子，求有子，古者必立郊禖焉。　以歸肇祀，始歸郊祀也。　嘗之日，涖卜來歲之芟。　獮之日，涖卜來歲之戒。　社之日，涖卜來歲之稼，所以興來而繼往也。　載謀載惟，穀孰而謀陳祭而卜矣。　取蕭祭脂，取蕭合黍稷，臭達牆屋，先奠而後爇蕭，合馨香也。《生民》。又互見《信南山》。　軷，道祭也。　令終，始於享祀，終於饗燕。享祀、饗燕互倒，今正。　上下奠瘞，上祭天，下祭地；奠，奠其禮；瘞，瘞其物。　諸侯夏禘則不礿，秋祫則不嘗。惟天子兼之。

祭名

冬獵曰狩。《叔于田》、《四驖》二見。　夏獵曰苗。　虞人翼五豝，以待公之發。　閒於政事，則翺翔習射。　殪，壹發而死，言能中微而制大也。　田，取禽也。　田者，大艾草以爲防，褐纏旃以爲門，裘纏質以爲槸。　天子發抗大綏，諸侯發抗小綏。　自左膘而射之，達於右腢爲上殺，達右耳本次之。　射左髀，達於右䯚爲下殺。　左旋，講兵；右抽，抽矢以射。　鉦以静之，鼓以動之。　入曰振旅，復長幼也。　六師，天子六軍。《瞻彼洛矣》、《棫樸》二見。　大國之賦千乘。　不服者殺而獻其左耳曰馘。　騁馬曰磬，止馬曰控，發矢曰縱，從禽曰送。

講武

注旄於干首，大夫之旃也。　鳥隼曰旟。《干旄》、《出車》、《桑柔》三見。　析羽爲旌。　龜蛇曰旐。《出車》、《桑柔》二見。　旄，干旄也。　交龍曰旂。《出車》、《韓奕》二見。　日月爲常。　鳥章，錯革鳥爲章也。　白旆，繼旐者也。　旐旟，所以聚衆也。　綏，大綏也。　鈴在旂上。

旜旗

釋地弟九

漕，衛邑。《擊鼓》、《泉水》二見。　浚，衛邑。《豈風》、《干旄》二見。　中露，衛邑。　泥中，衛邑。　須，衛邑。　沬，衛邑。　堂，邑。　漕，衛東邑。　清，邑。　沃，曲沃。　鵠，曲沃邑。　防，邑。　株林，夏氏邑。　東，雒邑。　向，邑。　謝，邑。　下邑曰都。　城，都城也。　里，邑也。

邑

南，南土也。　泲，地名。　禰，地名。　干、言，所適國郊也。　桑中、上宮，所期之地也。　彭，衛之河上、鄭之郊也。　消，河上地。　軸，河上地。　周道，岐周之道也。　我出我車，于彼牧矣，出車就馬於牧地也。　焦穫，周地。　敖，地名。　宗周，鎬京。　北，北方寒涼而不毛也。　三州，淮上地。　周原，沮、漆之閒也。　旅，地名。　宅是鎬京，武王作邑於鎬京也。據李善注《文選·典引》訂。　郿，地名。　屠，地名。　常、許，魯南鄙、西鄙。

地

南，陳在衛南。　申，姜姓之國。　甫，諸姜。　許，諸姜。　四國，管、蔡、商、奄也。　玁狁，北狄。　方，朔方，近玁狁之國也。　朔方，北方也。　荆蠻，荆州之蠻也。　褒國，姒姓。　蠻，南蠻。　髦，夷髦。　摯國，任姓。　莘，大姒國。　二國，殷、夏也。　四國，四方也。　密人不恭，侵阮徂共，國有密須氏，侵阮，遂往侵共也。　郘，姜嫄之國。　中國，京師也。　四方，諸夏也。　鬼方，遠方。　生甫及申，於周則有甫、有申、有齊、有許也。　謝，周之南國。　東方，齊也。　因時百蠻，長是蠻方之百國也。　追貊，戎狄國。　淮夷，東國在淮浦而夷行也。　南，謂荆、楊也。　淮夷蠻貊，蠻貊而夷行也。　南夷，荆楚也。　諸夏爲外。　九有，九州也。　九圍，九州也。　三蘖，韋國、顧國、昆吾國。　荆楚，荆州之楚國也。　商邑，京師也。

國

中谷，谷中。　中林，林中。《兔罝》、《正月》二見。　中阿，阿中。　中陵，陵中。　中原，原中。　野，四郊之外。　邑外曰郊，郊外曰野，此句《野有死麕》、《燕燕》、《干旄》、《駉》四見。　野外曰林，林外曰坰。　坰，遠野也。　下溼曰隰。《簡兮》、《車鄰》、《皇皇者華》三見。　曲陵曰阿。　農郊，近郊也。　陂者曰阪。　北林，林名。　高平曰原。　高平曰陸，大陸曰阜，大阜曰陵。　大陵曰阿。　艽野，遠荒之地。　丘阿，曲阿。　京，大阜也。　田一歲曰菑，二歲曰新，三歲曰畬。　此二句《采芑》、《臣工》二見。　下則汙，高則萊。　露積曰庾。　穫，禾可穫也。　疆，畫經界也。　理，分地理也。　南東其畝，或南或東也。　甫田，謂天下田也。　耘，除草。　耔，雝本。　長畝，竟畝也。　方，極畝也。穜，雝穜也。發，盡發也。迺埸迺疆，言脩其疆埸也。私，民田也。終三十里，言各極其望也。種之曰稼，斂之曰穡。後孰曰重，先孰曰稑。先穜曰稙，後穜曰穉。穀不孰曰饑，疏不孰曰饉。

原野

釋丘弟十

前高後下曰旄丘。偏高曰阿丘。丘一成曰頓丘。四方高，中央下曰宛丘。楚丘。邛丘。畝丘，丘名。京，高丘也。《定之方中》、《甫田》二見。虚，漕虚也。丘中墝埆之處。

丘

墳，大防。洒，高峻也。奥，隈也。水厓曰滸。《葛藟》。又互見《緜》。漘，水隒。湄，水隒。堂，畢道平如堂也。芮，水厓。濆、涘、干、漘、浦、瀆、瀕，厓也。濆，《采蘋》、《北山》二見。涘，《葛藟》、《蒹葭》、《大明》三見。側，猶厓也。

厓岸

釋山弟十一

南山，周南山。　景山，大山也。　猫，山名。　南山，齊南山。　首陽，山名。　終南，周之名山中南也。　南山，曹南山。　阜，山名。　踰梁山，邑于岐山之下。　小山别大山曰鮮。《皇矣》。又互見《公劉》，字作「獻」，俗作「巘」。　山大而高曰嵩。　嶽，四嶽也。東嶽岱，南嶽衡，西嶽華，北嶽恒。　禹治梁山，除水災。　高嶽，岱宗也。　高山，四嶽也。　隮山，山之墮墮小者也。　龜，山。　蒙，山。　梟，山。　繹，山。　徂徠，山。　新甫，山。　鹿，山足。　崔嵬，山顛也。　崔嵬，土山之戴石者。　石山戴土曰砠。　山脊曰岡。　山頂曰冢。　卒者，崔嵬。　山夾水曰澗。《采蘩》、《考槃》二見。　石絶水爲梁。　亹，山絶水也。　山南曰陽。　山西曰夕陽，山東曰朝陽。　山無草木曰岵，山有草木曰屺。

釋水弟十二

汝，水名。　沱，江之别者。　淇，水名。《泉水》、《桑中》二見。　溱、洧，鄭兩水名。《溱洧》。又見《褰裳》。　汾，水。　洛，宗周溉浸水也。　洽，水。　渭，水。　沮，水。　漆，水。　漆、沮，岐周之二水也。　涇以渭濁，涇渭相入，而清濁異也。　皇，澗名。　過，澗名。　毖彼泉水，泉水始出，毖然流也。　所出同、所歸異爲肥泉。　泉源，小水之源。　淇水，大水也。　泌，泉水也。

側出曰氿泉。　檻泉，正出也。　泉之竭矣，不云自中，泉水從中以益者也。　水草交謂之麋。

水中可居者曰州。　水枝成渚。　坻，小渚也。　小渚曰沚。《蒹葭》。又互見《采蘩》。　渚，沚也。

中沚，沚中。　中河，河中。　中澤，澤中。　藪，澤，禽之府也。　陂，澤障也。　沙，水旁。

漘，水會也。　瀰，深水也。　沮洳，其漸洳者也。　風行水成文曰漣。　淪，小風水成文轉如輪

也。　洒，水流滿也。　水猶有所朝宗。　潛行爲泳。　行潦，流潦也。《采蘋》、《泂酌》二見。　決

復入爲汜。　逆流而上曰遡洄，順流而涉曰遡游。　正絶流曰亂。　由膝以上爲涉，以衣涉水爲

厲，由帶以上爲厲。　揭，揭衣也。　厲，深可厲之旁。　柏，木，所以宜爲舟也。　方，泭也。

舟，船也。　楫，所以擢舟也。《竹竿》。又互見《棫樸》。　梁，水中之梁。　楊木爲舟，載沈亦浮，載

浮亦浮。　天子造舟，諸侯維舟，大夫方舟，士特舟。

釋草弟十三

芣，接余。　卷耳，苓耳。　芣苢，馬舄；馬舄，車前。　蘩，皤蒿。　蕨，虌。　薇，菜。《草

蟲》、《采薇》二見。　蘋，大蓱。　藻，聚藻。　葭，蘆。《騶虞》、《碩人》、《蒹葭》三見。　蓬，草。　匏謂

之瓠。　葑，須從。　菲，芴。　荼，苦菜。《谷風》、《緜》二見。　苓，大苦。《簡兮》、《采苓》二見。

荑，茅之始生。　茨，疾黎。　唐，蒙，菜。　蝱，貝母。　緑，王芻。　竹，萹竹。　瓠犀，瓠瓣。

荍，蚍衃。　芄蘭，草。　諼草令人忘憂。　蒲，草。　萑，鵻。　葭，鵻，雚之初生。　舜，木槿。

荷華，扶渠，其華菡萏。《山有扶蘇》。又互見《澤陂》。　龍，紅草。　茹藘，茅蒐。《東門之墠》。又互見《出其東門》。　荼，英荼。　蕑，蘭。《溱洧》、《澤陂》二見。　勺藥，香草。　莫，菜。　蕢，水舄。苗，嘉穀。　苦，苦菜。　葑，菜。　蒹，薕。　荍，芘芣。　苕，草。　鷊，綬草。　萇楚，銚弋。稂，童粱。《下泉》、《大田》二見。　蕭，蒿。《下泉》、《蓼蕭》二見。　蓍，草。　蘩，白蒿，所以生蠶。亂爲萑，葭爲葦。　葽，草。　薁，蘡薁。　苴，麻子。　荼，萑苕。　果臝，栝樓。　苹，萍。蒿，菣。　芩，草。　臺，夫須。　萊，草。　莪，蘿，蒿。　芑，菜。　蓫，惡菜。　葍，惡菜。菽，藿。　蔚，牡菣。　莠，似苗。　蔦，寄生。　女蘿，菟絲、松蘿。　白華，野菅，已漚爲菅。苕，陵苕，將落則黄。　瓜紹瓞瓟。　堇，菜。　芑，草。　任菽，戎菽。　黄，嘉穀。　穎，垂穎。秬，黑黍。《生民》、《江漢》二見。秠，一稃二米。　虋，赤苗。　芑，白苗。　筍，竹萌。　蒲，蒲蒻。鬯，香草。　苴，水中浮草。　牟，麥。　稌，稻。　蓼，水草。　芾，鳧葵。　葛，所以爲絺綌。《葛覃》、《采葛》二見。　白茅，取絜清也。　蕭，所以共祭祀。　艾，所以療疾。　菽，所以芼大牢，羊則苦，豕則薇。　下體，根莖也。　穗，秀也。　英，猶華也。　柔，始生也。　剛，少而剛也。卉，草也。《出車》、《四月》二見。　藿，猶苗也。　芸，黄盛也。　不榮而實曰秀。《七月》、《生民》二見。實未堅者皁。　除草曰芟。

釋木弟十四

甘棠，杜。　樸樕，小木。　唐棣，棣。　榛，木。　椅，梓屬。　檜，柏葉松身。　木瓜，楙木，可食之木。　楚，木。　杞，木。　檀，彊刃之木。❶　扶蘇，扶胥小木。　松，木。　栗，行上栗。　柳，柔脆之木。　棘，棗。　樞，荎。　栲，山樗。《山有樞》、《南山有臺》二見。　杻，檍。《山有樞》、《南山有臺》二見。　椒聊，椒。　杜，赤棠。　栩，杼。《鴇羽》、《東門之枌》二見。　條，槄。　梅，柟。《終南》、《墓門》二見。　櫟，木。　棣，唐棣。　檖，赤羅。　枌，白榆。　女桑，荑桑。　鬱，棣屬。　樗，惡木。《七月》、《我行其野》二見。　杞，枸檵。《四牡》、《四月》二見。　常棣，栘。　常，常棣。　楊柳，蒲柳。　枸，枳枸。　楰，鼠梓。　穀，惡木。　棘，赤心。　梀，赤楝。　棫，白桵。　樸，枹木。　栵，栭。　檉，河柳。　椐，樻。　檿，山桑。　梧桐，柔木。　柔木，椅、桐、梓、漆。　黮，桑實。　灌木，叢木。　灌，叢生。　木下曲曰樛。　喬，上竦。　桃，有華之盛者。　棘心，難長養者。　棘薪，其成就者也。　桑，女功之所起也。　桑，木之衆也。　檀可以爲輪。　遠，枝遠也。　揚，條揚也。　桑上，桑根也。　壞，瘣也。　榛，所以爲藩也。　菀，茂木也。　桑薪，宜以養人者也。　枝曰條，榦曰枚。　斬而復生曰肄。　山木曰林。　平林，林木之在地者

❶「彊」，原作「疆」，據《詩毛氏傳疏》卷七《將仲子》傳疏改。

也。木立死曰菑，自斃爲翳。除木曰柞。

釋蟲弟十五

草蟲，常羊。阜螽，蠜。蛸蟰，蝎蟲。蒼蠅之聲，有似遠雞之鳴。悉蟀，蛬。浮游，渠略。蜩，唐。斯螽，蚣蝑。《七月》。又互見《螽斯》。莎雞羽成而振訊之。蜀，桑蟲。伊威，委黍。蠨蛸，長踦。蛵，螘冢。螟蛉，桑蟲。蜾蠃，蒲盧。蜩，蟬。《小弁》、《蕩》二見。蜮，短弧。唐，蝘。食心曰螟，食葉曰螣，食根曰蟊，食節曰賊。

釋魚弟十六

鱣，鯉。鮪，鮥。鰥，大魚。魴鱮，大魚。鱒魴，大魚。鱨，揚。鯊，鮀。鱧，鮦。鰋，鮎。蜴，螈。鼉，魚屬。魴魚勞則尾赤。元黿尺二寸。南有嘉魚，江漢之閒魚所産也。良魚在淵，小魚在渚。

釋鳥弟十七

雎鳩，王雎。黄鳥，搏黍。鳲，尸鳩、秸鞠。《鵲巢》、《尸鳩》二見。流離，鳥。鳩，鶻鳩。鶉，鳥。晨風，鸇。鴞，惡聲之鳥。《墓門》、《泮水》二見。鵜，洿澤鳥。倉庚，離黄。鵙，伯勞。　鵙鴞，鸋鴂。　鵻，夫不。　脊令，雝渠。飛則鳴，行則搖。　鵻，壹宿之鳥。　大曰鴻，小曰雁。　鳲鳩，鵲鵰。　桑扈，竊脂。　鸒，卑居；卑居，鵶烏。　鶉，雕。　雕、鳶，貪殘之鳥。　鴛鴦，匹鳥。　鷮，雉。　鶖，秃鶖。　鳧，水鳥。　鷖，鳧屬。　鳳皇，靈鳥。雄曰鳳，雌曰皇。　鷺，白鳥。《振鷺》、《有駜》二見。　桃蟲，鷦。　玄鳥，鳦。又互見《燕燕》。　鷕，雌雉聲。　鸛鳴于垤，鸛好水，長鳴而喜也。　鴻飛遵渚，鴻不宜循渚也。　鴻飛遵陸，陸非鴻所宜止也。　鳥覆翼之，大鳥來，一翼覆之，一翼藉之也。　飛曰雌雄。　飛而上曰頡，飛而下曰頏。　飛而上曰上音，飛而下曰下音。

釋獸弟十八

豕牝曰豝。　騶虞，義獸，白虎黑文。　一歲曰豵。《騶虞》、《七月》二見。　狼，獸名。　貆，獸名。　駮，如馬，倨牙，食虎豹。　狐狸，狐貍皮。　毚兔，狡兔。　猱，猨屬。　兕虎，野獸。　淺，虎皮淺毛。　貓，似虎，淺毛。　貔，猛獸。　麟止，麟信而應禮，以足至者也。　野有死麕，群田之，獲而分其肉。　野有死鹿，廣物也。　大獸公之，小獸私之。　町疃，鹿迹也。　冬獻狼，夏獻麋，春秋獻鹿豕群獸。　老狼有胡，進則躐其胡，退則跆其尾。　走曰牝牡。　鹿牝曰麀。　麀，牝。　獸三歲曰肩。《還》。又見《七月》，字作「豜」。　獸三歲曰特。　獸三曰群，二曰友。

釋畜弟十九

六尺以上曰馬。　五尺以上曰驕。　馬七尺以上曰騋。　騋牝，騋馬與牝馬也。　驪白襍毛曰鴇。　白顛，的顙。　驖，驪也。　左足白曰馵。　黃馬黑喙曰騧。　黃白曰皇。《東山》、《駉》二見。　騂白曰駁。　白馬黑鬣曰駱。《四牡》、《駉》二見。　陰白襍毛曰駰。《皇皇者華》、《駉》二見。　騂馬白腹曰騵。　驪馬白跨曰驈。　純黑曰驪。　黃騂曰黃。　蒼白襍毛曰騅。　黃白襍毛曰駓。　赤黃曰騂。　蒼綦曰騏。　青驪粼曰驒。　赤身黑鬣曰駵。　黑身白鬣曰雒。　彤白襍毛曰騢。　豪骭曰驔。當作「騽」。　二目白曰魚。　青驪曰駽。　玄黃，馬病則玄黃。　乘黃，四馬皆黃。《大叔于田》。又互見《渭陽》、《崧高》。　四驪，言物色盛也。　俴駟，四介馬也。　大夫乘驕。　馬勞則喘息。　駉駉，當作「駫駫」。　良馬腹幹肥張也。　宗廟齊豪，尚純也。　戎事齊力，尚強也。　田獵齊足，尚疾也。　諸侯六閑，馬四種，有種馬、有戎馬、有田馬、有駑馬。

馬屬

黃牛黑脣曰犉。《無羊》、《良耜》二見。　社稷之牛角尺。　騂牡，周尚赤也。　白牡，周公牲。　騂剛，魯公牲。　犧，純也。　楅，衡，設牛角以偪之。

牛屬

小曰羔，大曰羊。　羜，未成羊。　牂羊，牝羊。　羝羊，牡羊。　羖，羊不童也。　童，羊之無角者也。

羊屬

尨，狗。　盧，田犬。　獫、歇驕，田犬也。長喙曰獫，短喙曰歇驕。

狗屬

豕，豬。　蹢，蹏也。　毛，炮豚也。

豕屬今《爾雅》豕屬脱簡在《釋獸》。

雞猶守時而鳴喈喈然。膠膠，猶喈喈也。　鑿牆而栖曰塒。雞栖于弋爲桀。

雞屬

三物，豕、犬、雞也。君以豕，臣以犬，民以雞。　騂，牛；黑，羊、豕。　鄉人以狗，大夫加以羔羊。　三十維物，異毛色者三十也。　物，毛物也。　毛以告純也。

六畜

鄭氏箋攷徵

鄭康成習《韓詩》，兼通齊、魯，最後治《毛詩》。箋《詩》乃在注《禮》之後，以《禮》注《詩》，非墨守一氏。《箋》中有用三家申毛者，有用三家改毛者，例不外此二端。三家久廢，姑就所知，得如干條。毛古文，鄭用三家從今文，于以知毛與鄭固不同術也。陳奂録。

周　南

《關雎》「窈窕淑女，君子好逑」，《箋》云：「怨耦曰仇。言后妃之德和諧，則幽閒處深宫貞專之善女，能爲君子和好衆妾之怨者。言皆化后妃之德，不嫉妬，謂三夫人以下。」案劉向《列女傳・母儀》篇引《詩》而釋之云：「言賢女能爲君子和好衆妾。」《箋》讀「逑」爲「怨耦曰仇」，《左傳・桓三年》文，字作「逑」。本劉向釋《詩》。劉習《魯詩》，此魯説也。淑女，指后妃；三夫人以下，申説衆妾。《樛木序》箋云：「后妃能和諧衆妾，不嫉妬其容貌。」亦用「淑女好逑」之義，非謂淑女爲三夫人以下也。孔《正義》誤會其意，遂以謂后妃求淑女配君子，謬以千里矣。

《卷耳》「我姑酌彼金罍」，《箋》云：「臣出使，功成而反，君且當設饗燕之禮，與之飲酒以勞之。言且者，君賞功臣，或多於此。」　案《説文・夂部》引《詩》「姑」作「夃」，云：「秦人市買，多得爲夃。」

《箋》兼用三家説。

「我姑酌彼兕觥」，《箋》云：「觥，罰爵也。饗燕所以有之者，禮自立司正之後，旅醻必有醉而失禮者，罰之，亦所以爲樂。」　案《正義》引《異義》：「《韓詩》説：『觥亦五升，所以罰不敬。觥，廓也，所以箸明之貌。君子有過，廓然箸明，非所以餉，不得名觴。』」《箋》以觥爲罰爵，此韓説也。《桑扈》同。

召　南

《甘棠》序箋云：「召伯，姬姓，名奭。食采於召，作上公，爲二伯。後封于燕。此美其爲伯之功，故言伯云。」　案《漢書·王吉傳》、《説苑·貴德》篇、《法言·先知》篇、《白虎通義·封公侯》篇及《巡守》篇引《詩》以爲召公作二伯，分陝述職之事，則《甘棠》爲武王詩矣。《箋》用魯説。王吉學《韓詩》，韓説同。

「勿翦勿拜」，《箋》云：「拜之言拔也。」　案《廣韻·十六怪》引《詩》作「扒」，扒，拔也。此三家義。

邶　風

《柏舟》「日居月諸，胡迭而微」，《箋》云：「君道當常明如日。」　案《釋文》：「迭，《韓詩》作

『臷』，臷，當作「戴」。云：常也。」《箋》中「常」字用《韓詩》。

《終風》「願言則疐」，《箋》云：「疐，讀當爲『不敢嚏咳』之『嚏』。今俗人嚏云：『人道我。』此古之遺語也。」　案《玉篇·口部》：「嚏，丁計切。噴鼻也。《詩》曰：『願言則嚏。』」或希馮所據三家説。

《擊鼓》「死生契闊」，《箋》云：「從軍之士相與伍約。」下《箋》云：「歎其棄約。」　案《釋文》引《韓詩》云：「契闊，約束也。」《箋》用韓義。

《匏有苦葉》「雝雝鳴鴈」，《箋》云：「鴈者隨陽而處，似婦人從夫，故昏禮用焉。」　案《白虎通義·嫁娶》篇：「贄用鴈者，是隨陽之鳥，妻從夫之義也。」

「迨冰未泮」，《箋》云：「冰未散，正月中以前也。二月可以昏矣。」　案《白虎通義·嫁娶》篇：「嫁娶必以春者，春，天地交通，萬物始生，陰陽交接之時也。《詩》云：『士如歸妻，迨冰未判。』《周官》曰：『仲春之月，令會男女，令男三十娶，女二十嫁。』《夏小正》曰：『二月，冠子娶婦之時。』」此《箋》以二月昏嫁爲正時之張本。《綢繆》、《東門之楊》同。

《谷風》「賈用不售」，《箋》云：「如賣物之不售。」　案《太平御覽·資産部十五》引《韓詩》「既詐我德，賈用不售。一錢之物舉賣百，何時當售乎？」售，俗「讎」字。

《簡兮》「簡兮簡兮」，《箋》云：「簡，擇也。」　案《爾雅·釋詁》：「柬，擇也。」郭注云：「見《詩》。」「簡」與「柬」同。

「方將萬舞」，《箋》云：「萬舞，干舞也。」　案《公羊·宣八年傳》：「萬者何？干舞也。」此言干以晐羽，故《異義》：「《公羊》説：『樂萬舞以鴻羽，取其勁輕，一舉千里。』」舊説以萬爲羽，與《傳》以萬爲干互相發明。何注云：「干，謂楯也。能爲人扞難而不使害人，故聖王貴之，以爲武樂。萬者，其篇名。武王以萬人服天下，民樂之，故名之云爾。」《箋》用何説。《閟宮》、《那》箋同。又案《夏小正傳》：「萬也者，干戚舞也。」《箋》以萬爲干戚舞，又以二月爲娶婦時，竝與群經不合。奐謂《小正傳》當出秦漢之際，非真古籍矣。

《北門》「室人交徧摧我」，《箋》云：「摧者，刺譏之言。」　案王符《潛夫論·交際》篇云：「處卑下之位，懷《北門》之殷憂，内見謫於妻子，外蒙譏於士夫。」

《北風》「其虚其邪」，《箋》云：「邪，讀如徐。言今在位之人，其故威儀虚徐寬仁者。」　案班固《幽通賦》：「承靈訓其虚徐兮，竚盤桓而且俟。」曹大家注引《詩》「其虚其徐」。班從《魯詩》，則《箋》用魯説也。《爾雅·釋訓》：「其虚其徐，威儀容止也。」奐謂《釋訓》篇多徑後人改竄。

鄘風

《君子偕老》「邦之媛也」，《箋》云：「媛者，邦人所依倚以爲援助也。」　案《釋文》引《韓詩》作「援」，云：「援，取也。」「取」乃「助」字之譌。《箋》本韓説。

《鶉之奔奔》「鶉之奔奔，鵲之彊彊」，《箋》云：「奔奔、彊彊，言其居有常匹，飛則相隨之貌。刺宣姜與頑非匹耦。」　案《釋文》：「《韓詩》云：『奔奔、彊彊，乘匹之皃。』」

《相鼠》「人而無止」，《箋》云：「止，容止。《孝經》曰：『容止可觀。』」　案《釋文》：「《韓詩》云：『止，節無禮節也。』」《箋》用韓義。

《干旄》「素絲紕之」，《箋》云：「素絲者以爲縷，以縫紕旌旗之旒縿，或以維持之。」下章「素絲組之」，《箋》云：「以素絲縷縫組於旌旗以爲之飾。」　案焦延壽《易林·師》、《履》、《豫》云：「干旄旌旗，執幟在郊。」《箋》與焦說同。

衛　風

《考槃》「碩人之軸」，《箋》云：「軸，病也。」　案《爾雅·釋詁》「逐，病也。」郭注：「逐，未詳。」軸、逐古聲相近。

《氓》「淇則有岸，隰則有泮」，《箋》云：「泮，讀爲畔。畔，涯也。言淇與隰皆有涯岸以自拱持。今君子放恣心意，曾無所拘制。」　案董仲舒《春秋繁露·隨本消息》篇云：「拱揖指撝，諸侯莫敢不出，此猶隰之有泮也。」董用《魯詩》。此《箋》當用魯說。

王　風

《兔爰》「有兔爰爰」，《箋》云：「有緩者，有所聽縱也。有急者，有所躁蹙也。」　案玄應《一切經音義》二十二：「《韓詩》：『爰爰，發蹤之皃。』」「蹤」當作「縱」。發縱，即聽縱。《箋》用韓說。

鄭風

《清人》「二矛重喬」，《箋》云：「喬，矛矜矜，當作『矜』，矛柄也。近上及室題所以縣毛羽。」案《釋文》：「《韓詩》作『鷮』，雉名。」《箋》言縣毛羽，謂以鷮羽飾矛也，兼用《韓詩》。

「左旋右抽」，《箋》云：「左，左人，謂御者。右，車右也。日使其御者習旋車，車右抽刃。」案《釋文》：「抽，《說文》作『搯』，地牢反，云：『抽刃以習擊刺也。』」《說文》兼録三家《詩》。

《山有扶蘇》「山有橋松」，《箋》云：「橋松在山上，喻忽無恩澤于大臣也。」案《釋文》：「鄭作『槁』，苦老反，枯槁也。」據《釋文》，《箋》有「橋當作槁」四字。《呂氏春秋・先己》篇云：「百仞之松，本傷於下而末槁於上。」此《箋》義也。

《褰裳》「豈無他人」，《箋》云：「言他人者，先鄉齊、晉、宋、衛，後之荆楚。」下章「豈無他士」，《箋》云：「他士，猶他人也。」案《呂氏春秋・求人》篇云：「晉人欲攻鄭，令叔嚮聘焉，視其有人與無人。子産爲之詩曰：『子惠思我，褰裳涉洧。子不我思，豈無他士？』叔嚮歸，曰：『鄭有人，子産在焉，不可攻也。秦、荆近，其詩有異心，不可攻也。』」

《子衿》「子寧不嗣音」，《箋》云：「嗣，續也。女曾不傳聲問我，以恩責其忘己。」案《釋文》：「嗣，《韓詩》作『詒』，詒，寄也。曾不寄問也。」《箋》兼用韓說。

齊風

《敝笱》「其魚唯唯」，《箋》云：「唯唯，行相隨順之皃。」　案《玉篇》：「遺遺，魚行相隨皃。」皃，據《集韻·五旨》補。《箋》用三家説。

唐風

《悉蟀》「無已大康，職思其憂」，《箋》云：「憂者，謂鄰國侵伐之憂。」　案《列女傳·仁智》篇：「周共王滅密，君子謂密母爲能識微。」即引此詩。《箋》用《魯詩》義。

《揚之水》「素衣朱繡」，上章《箋》云：「繡，當爲綃。」　案鄭注《禮記·郊特牲》及《儀禮·士昏》、《特牲饋食》竝引《魯詩》「素衣朱綃」，綃，繒名也。

秦風

《車鄰》「寺人之令」，《箋》云：「欲見國君者，必先令寺人使傳告之。」　案《釋文》引《韓詩》作「伶」，云：「使伶。」《箋》兼用韓義。

《黄鳥》「誰從穆公」，《序》箋云：「從死，自殺以從死。」　案《漢書·匡衡傳》云：「秦穆貴信而士多從死。」又《史記·秦本紀》：「繆公卒，葬雍。從死者百七十七人，秦之良臣子輿氏三人名曰奄息、仲行、鍼虎，亦在從死之中。」應劭云：「秦穆公與群臣飲，酒酣，公曰：『生共此樂，死共此哀。』於是奄息、仲行、鍼虎許諾。及公薨，皆從死。」此與匡説《詩》合。匡學《齊詩》，《箋》蓋用其説。

《無衣》「與子同澤」，《箋》云：「澤，褻衣，近汙垢。」　案《釋文》云：「《説文》作『襗』。」《箋》以澤爲衣名，本三家。

陳　風

《澤陂》「有蒲與荷」，《箋》云：「夫渠之莖曰荷。」　案《爾雅·釋草》：「荷，夫渠，其莖茄」。樊光注引《詩》「有蒲與茄」。樊注見《詩疏》。《箋》讀「荷」爲「茄」，用三家義。

「有蒲與蕑」，《傳》：「蕑，蘭也。」《箋》云：「蘭，當作『蓮』，芙蕖實也。」　案《韓詩·溱洧》以「蕑」爲「蓮」，《箋》用韓説。

檜　風

《羔裘》「大夫以道去其君也」，《箋》云：「以道去其君者，三諫不從，待放於郊，得玦乃去。」　案説詳宣元年《公羊傳》、《白虎通義·諫諍》篇。

《匪風》「誰能亨魚？溉之釜鬵」，《箋》云：「誰能者，言人偶能割亨者。」「誰將西歸？懷之好音」，《箋》云：「誰將者，亦言人偶能輔周道治民者也。」　案劉向《説苑·善説》篇：「蘧伯玉言公子晢於楚王。子晢還，重於楚，蘧伯玉之力也。故《詩》曰：『誰能亨魚？溉之釜鬵。孰將西歸？懷之好音。』此之謂也。物之相得，固微甚矣。」此與人偶之義合，鄭當用《魯詩》説。

豳　風

《七月》「蠶月條桑」，《箋》云：「條桑，枝落之采其葉也。」　案《玉篇・手部》引《詩》「蠶月挑桑」，讀「條」爲「挑」，《箋》用三家説。

《東山》「烝在栗薪」，《箋》云：「栗，析也。言君子又久見使析薪，于事尤苦也。古者聲栗、裂同也。」　案《釋文》：「栗，《韓詩》作『蓼』，力菊反，聚薪也。」聚薪、析薪義相近，《箋》兼用韓義。

小　雅

《常棣》「死喪之威，兄弟孔懷」，《箋》云：「死喪，可畏怖之事。維兄弟之親甚相思念。」　案《列女傳》續篇：「君子謂聶政姊仁而有勇，不去死以滅名。《詩》云：『死喪之威，兄弟孔懷。』言死可畏之事，惟兄弟甚相懷。」《箋》兼用魯説。

《伐木》「伐木丁丁，鳥鳴嚶嚶」，《箋》云：「丁丁、嚶嚶，相切直也。嚶嚶，衍文。《爾雅・釋訓》當作「丁丁，相切直也」，爲《箋》所張本。又《釋詁》：「關關、噰噰，音聲和也。」雍雍，《文選注》作「嚶嚶」。言昔日未居位在農之時，與友生于山巖伐木，爲勤苦之事，猶以道德相切正也。嚶嚶，兩鳥聲也。其鳴之志，似于有友道然，故連言之。」　案《文選》謝混《遊西池詩》李注引《韓詩》：「《伐木》廢，朋友之道缺，勞者歌其事，詩人伐木，自苦其事，故以爲文。」又潘岳《閒居賦》注以「勞者歌其事」爲《韓詩序》。《初學記・樂部上》、《太平御覽・樂部十一》：「《韓詩》飢者歌食，勞者歌事。」《箋》用韓說。

「無酒酤我」，《箋》云：「酤，買也。王無酒，酤買之。」　案《漢書・食貨志下》：「魯匡言：『《詩》曰「無酒酤我」，而《論語》曰「酤酒不食」，二者非相反也。夫《詩》據承平之世，酒酤在官，和旨便人，可以相御也。《論語》孔子當周衰亂，酒酤在民，薄惡不誠，是以疑而弗食。』」《箋》用三家說。

《采薇》「歲亦陽止」，《箋》云：「十月爲陽，時坤用事，嫌於無陽，故以名此月爲陽。」　案劉歆《西京雜記・董仲舒》：「雨雹，對鮑敞曰：『十月陰雖用事，而陰不孤立。此月純陰，疑于無陽，故謂之陽月。詩人所謂「日月陽止」者也。』」《箋》用董說。《杕杜》同。

《六月》「元戎十乘，以先啟行」，《箋》云：「元戎可以先前啟突敵陳之前行。」　案《史記・三王世家》裴駰《集解》引《韓詩章句》云：「元戎，大戎，謂兵車也。車有大戎十乘，謂車縵輪，馬被甲，衡扼之上盡有劒戟，名曰陷軍之車，所以冒突先啟敵家之行伍也。」《箋》用韓說。

「吉甫燕喜，既多受祉」，《箋》云：「吉甫既伐玁狁而歸，天子以燕禮樂之，則歡喜矣，又多受賞賜也。」　案《漢書・陳湯傳》：「劉向曰：『吉甫之歸，周厚賜之。』」即引此詩。

《采芑》「顯允方叔，征伐玁狁」，《箋》云：「方叔先與吉甫征伐玁狁。」　案《漢書・陳湯傳》：「劉向疏曰：『昔周大夫方叔、吉甫，爲宣王誅玁狁而百蠻從。』」《箋》用劉說。

《車攻》「東有甫草，駕言行狩」，《箋》云：「甫草者，甫田之草也。鄭有甫田。」　案《墨子·明鬼》篇：「周宣王合諸侯而田於圃田，車數百乘。」古甫、圃通。

《吉日》「其祁孔有」，《箋》云：「祁，當作『麎』，麎，麋牝也。」　案孔《正義》據《爾雅》某氏注引《詩》作「麎」，《箋》所本也。《周禮·大司馬》注：「鄭司農云：『五歲爲慎。』玄謂慎讀爲麎。麋牝曰麎。」

《鶴鳴》「鶴鳴于九皋」，《箋》云：「皋，澤中水溢出所爲坎，自外數至九。」　案《釋文》：「《韓詩》云：『九皋，九折之澤。』」《論衡·藝增》篇亦云：「言鶴鳴九折之澤，聲猶聞於天。」

《祈父》「予王之爪牙，胡轉予于恤」，《箋》云：「予，我；轉，移也。此勇力之士責司馬之辭也。我乃王之爪牙，爪牙之士當爲王閑守之衛，女何移我於憂？」　案焦氏《易林·謙之歸妹》、《小過之離》並云：「爪牙之士，怨毒祈父。轉憂與己，傷不及母。」《箋》同焦説。

《白駒》「賁然來思」，《箋》云：「《易卦》曰：『山下有火，賁。』賁，黄白色也。」　案《説苑·反質》篇：「孔子卦，得《賁》，喟然仰而嘆息曰：『賁，非正色也。吾亦聞之，丹漆不文，白玉不雕，寶珠不飾，何也？質有餘者，不受飾也。』」又《吕覽·壹行》篇：「孔子卜，得《賁》，孔子曰：『不吉。』子貢曰：『夫賁亦好矣，何爲不吉乎？』孔子曰：『夫白而白，黑而黑，夫賁又何好乎？』」

《斯干》「噲噲其正」，《箋》云：「噲噲，猶快快也。」　案《説文》：「噲，或讀若快。」

《無羊》「衆維魚矣，實維豐年」，《箋》云：「魚者，庶人之所以養也。今人衆相與捕魚，則是歲孰，相供養之祥也。《易·中孚》卦曰：『豚魚，吉。』」　案《漢書·食貨志》：「蕭望之奏：『徐宮家在東萊，言往年加海租，魚不出。長老皆言，武帝時縣官嘗自漁，海魚不出，後復予民，魚迺出。夫陰陽之感，物類相應，萬事盡然。』」

《正月》「瞻烏爰止，于誰之屋」，《箋》云：「視烏集於富人之室，以言今民亦當求明君而歸之。」　案《後漢書·郭大傳》：「郭大，字林宗。建寧元年，陳蕃、竇武爲閹人所害，林宗哭之。既而歎曰：『人之云亡，邦國殄瘁。瞻烏爰止，不知于誰之屋耳？』」李賢注云：「言不知王業當何所歸。」《箋》用三家說。

「瞻彼中林，侯薪侯蒸」，《箋》云：「林中大木之處，而維有薪蒸爾。喻朝廷宜有賢者，而但聚小人。」　案《韓詩外傳》卷七引《詩》釋之云：「言朝廷皆小人也。」

「有皇上帝，伊誰云憎」，《箋》云：「有君上帝者，以情告天也。使王暴虐如是，是憎惡誰乎？欲天指害其所憎而已。」

案《潛夫論·班禄》篇引《皇矣》詩「上帝指之，憎其式惡」，蕭山汪氏繼培《箋》云：「鄭《箋》所用《詩》與此同。」

「召彼故老，訊之占夢」，《箋》云：「君臣在朝，侮慢元老，召之不問政事，但問占夢，不尚道德，而信徵祥之甚。」　案《漢書·藝文志》云：「然惑者不稽諸躬，而忌訞之見，是以《詩》刺『召襧故老，訊之占夢』，傷其舍本而憂末，不能勝凶咎也。」

《十月之交》以下四篇《序》「刺幽王」，《箋》以爲刺厲王，云：「作《詁訓傳》時移其篇弟，因改之耳。《節彼》刺師尹不平，❶亂靡有定。此篇譏皇父擅恣，日月告凶。《正月》惡褒姒滅周，此篇疾豔妻煽方處。又幽王時司徒乃鄭桓公友，非此篇之所云番也，是以知然。」案《正義》引《中候·擿雒貳》曰：「昌受符，厲倡孽，期十之世權在相。」又曰：「剡者配姬以放賢，山崩水潰納小人，家伯罔主異載震。」此《箋》改作刺厲王之本。後漢世祖尊用圖讖，朝廷引以定禮説經。康成知禮尊王，故解經多從緯説耳。又據《漢書·劉向傳》、《谷永傳》、《後漢書·左雄傳》皆幽、厲竝言，故作厲王爲定論。不知諸家引《詩》，往往幽、厲連及，非以此詩爲厲王時。褒豔魯作「閻」。合《節南山》之褒姒、《十月之交》之豔妻連綴成文，非以豔妻爲厲王后先褒後豔。《魯詩》次序與毛同。《正義》以爲《韓詩》次序亦在此，不是移改篇弟矣。王朝三公，師尹爲三公之一。據董仲舒説，師尹爲司空。皇父爲卿士，則三公中執政之一人也。十月朔辛卯日食，《大衍術》推算在幽王六年。《國語》：「幽王八年，鄭桓公友爲司徒。」則日食在六年，爲司徒者番，非友也。《箋》説俱不審。

「四國無政，不用其良」，《箋》云：「四方之國無政治者，由天子不用善人也。」案《韓詩外傳》卷五釋此詩云：「不用其良臣而不亡者，未之有也。」《漢書·左雄傳》：「上疏言：『幽、厲昏亂，不自

---

❶「彼」，徐子静本、《清經解續編》本同，阮刻《毛詩正義》無此字。案阮元《校勘記》云閩本、明監本、毛本有此字，係衍文，是也。當據本書卷十九《節南山》傳疏刪。

爲政。褎豔用權，七子黨進。賢愚錯緒，深谷爲陵。』」亦引此詩。竝與《箋》説同。

「百川沸騰」，《箋》云：「百川沸出相乘陵者，由貴小人也。」　案《漢書・李尋傳》：「偏黨失綱，則踊溢爲敗。今汝、潁畎澮皆川水漂踊，與雨水竝爲民害。此《詩》所謂『爗爗震電，不寧不令，百川沸騰』者也。其咎在於『皇父卿士』之屬。」

「家伯維宰」，《箋》云：「冢宰掌建邦之六典。」　案《漢書・古今人表》：「大宰，家伯。」冢宰即大宰，《箋》用《魯詩》説。

「抑此皇父」，《箋》云：「抑之言噫。噫是皇父，疾而呼之。」　案《釋文》引《韓詩》：「抑，意也。」疑「意」乃「噫」之壞字。

「黽勉從事」，《箋》云：「詩人賢者，見時如是，自勉以從王事。」　案《漢書・劉向傳》：「君子獨處守正，不橈衆枉，勉彊以從王事。」引《詩》曰「密勿從事」，《箋》同劉説。

《小旻》「旻天疾威，敷于下土」，《箋》云：「旻天之德疾王者以刑罰威恐萬民，其政教乃布於下土。言天下徧知。」　案《列女傳》續篇：「君子謂不疑母能以仁教。《詩》云：『旻天疾威，敷于下土。』言天道好生，疾威虐之行于下土也。」《箋》用魯説。

「謀猶回遹」，《箋》云：「今王謀爲政之道回辟，不循旻天之德已甚矣。」　案《文選・西征賦》注引《薛君章句》云：「回，邪僻也。」《章句》但解「回」字，《箋》用韓説。「疾威」、「回遹」，《毛詩》俱二字平列。

「國雖靡止」,《箋》云:「止,禮也。」　案《相鼠》「人而無止」,《韓詩》:「止,節也。無止,無禮節也。」今《釋文》脱「也無止」三字。《箋》用韓義。《廣雅·釋言》云:「止,禮也。」亦本《韓詩》。

《小弁》「假寐永歎」,《箋》云:「不脱冠衣而寐曰假寐。」　案《楚辭·九懷》王逸注云:「不脱冠帶而臥曰假寐。」即引此詩。

「菀彼柳斯,❶鳴蜩嘒嘒。有漼者淵,萑葦淠淠」,《箋》云:「柳木茂盛則多蟬,淵深而旁生萑葦。言大者之無不容。」今本作「言大者之旁無所不容」,此從宋本。　案《説苑·襍言》篇引此詩而釋之云:「言大者之旁無所不容。」又《韓詩外傳》卷七云:「言大者無不容也。」《箋》用韓義。

「君子無易由言,耳屬于垣」,《箋》云:「由,用也。王無輕用讒人之言,人將有屬耳于垣壁而聽之者,「垣」字据《御覽·人事三十一》補。知王有所受之,知王心不正也。」　案《韓詩外傳》五:「孔子正假馬之言,而君臣之義定矣。《詩》曰:『君子無易由言。』名正也。」《箋》兼用韓義。

《巧言》「匪其止共,維王之邛」,《箋》云:「邛,病也。小人好爲讒佞,既不共其職事,又爲王作病。」　案《韓詩外傳》卷四引《詩》釋之云:「言不共其職事,而病其主也。」《説苑·政理》篇云:「此傷姦臣蔽主以爲亂者也。」亦與《韓詩》同。

《谷風》「無草不死,無木不萎」,《箋》云:「然而盛夏養萬物之時,草木枝葉猶有萎槁者。」　案

❶「菀」,原作「苑」,據本書卷十九《小弁》傳疏改。

徐幹《中論·修本》篇釋此詩云：「言盛陽布德之月，草木猶有枯落而與時謬者。」《蓼莪》「蓼蓼者莪，匪莪伊蒿」，《箋》云：「莪已蓼蓼長大貌，視之以爲非莪，反謂之蒿。「反」各本作「故」，此從宋本。興者，喻憂思。雖在役中，心不精識其事。」　案《太平御覽·百穀部六》引《韓詩》「彼黍離離，彼稷之苗」，薛君注曰：「詩人求已兄不得，憂不識物，視彼黍反以爲稷。」此《箋》云「憂思不精識其事」，蓋亦用《韓詩》。

《大東》「無浸穫薪」，《箋》云：「穫，落木名也。」　案《爾雅》：「檴，落。」樊光注引《詩》作「檴薪」。《箋》以「穫」爲「檴」，本三家。

「載翕其舌」，《箋》云：「翕，猶引也。引舌者，謂上星相近。」　案《玉篇》引《詩》「載吸其舌」云：「吸，引也。」《箋》讀「翕」爲「吸」，本三家。

《四月》「廢爲殘賊，莫知其尤」，《箋》云：「尤，過也。言在位者貪殘，爲民之害，無自知其行之過者。言忕於惡。」忕，從宋本。作「大」者，誤。　案《列女傳》續篇釋《詩》云：「言忕於惡，不知其爲過，霍夫人顯之謂也。」《蕩》箋亦云：「此言時人忕於惡。」俱本三家《詩》。

《鼓鍾》「以雅以南」，《箋》云：「雅，萬舞也。周樂尚武，故謂萬舞爲雅。雅，正也。」　案《公羊·宣八年》何注以萬爲武樂。《箋》用何說。

《瞻彼洛矣》「韎韐有奭，以作六師」，《箋》云：「此諸侯世子也，除三年之喪，服士服而來，未遇爵命之時，時有征伐之事，天子以其賢，任爲軍將，使代卿士將六軍而出。」　案《白虎通義·爵》

篇：「《韓詩内傳》曰：『諸侯世子，三年喪畢，上受爵命於天子。』」其下又言：「世子上受爵命，衣士服。」引《詩》曰「韎韐有赩」，世子始行也。「赩」與「奭」同。班宗《魯詩》。此亦兼用《韓詩》。《通典·禮五十三》引《内傳》同。《箋》用韓説。

《鴛鴦》「摧之秣之」，《箋》云：「摧，今『莝』字也。」摧，宋本作「挫」，誤。　案《釋文》：「《韓詩》云：『莝，委也。』」

《車舝》「德音來括」，《箋》云：「使我王更修德教，會合離散之人。」　案《文選》劉越石《荅盧諶詩》、陸士衡《辨亡論》注引《韓詩章句》：「括，約束也。」王伯厚《詩考》以爲此詩章句。蓋《箋》用韓義。

「辰彼碩女，令德來教」，《箋》云：「則其時賢女來配之，與相訓告，改修德教。」　案《列女傳》續篇：「敞夫人可謂知事之機者矣。」引《詩》云：「展彼碩女，「展」當作「辰」。令德來教。」《箋》或用魯義。

《青蠅》「營營青蠅」，《箋》云：「興者，蠅之爲蟲，汙白使黑，汙黑使白，喻佞人變亂善惡也。」　案《易林》、《論衡》、《初學記》竝有「青蠅汙白」之語。

「讒人罔極，構我二人」，《箋》云：「構，合也。合，猶變亂也。」　案《釋文》：「《韓詩》云：『構，亂也。』」

《賓之初筵》「大侯既抗，弓矢斯張」，《箋》云：「天子諸侯之射皆張三侯，故君侯謂之大侯。大侯張而弓矢亦張，節也。將祭而射，謂之大射。下章言『烝衎烈祖』，其非祭與？」案《漢書・吾丘壽王傳》：「大射之禮，自天子降及庶人，三代之道也。」即引此詩。《箋》蓋本《魯詩》說。

《采菽》「彼交匪紓」，《箋》云：「彼與人交接，自偪束如此，則非有解怠紓緩之心。」案《韓詩外傳》卷四引《詩》釋之云：「言必交吾志然後予。」《箋》作「交接」解兼用韓義。

《角弓》「民之無良，相怨一方。受爵不讓，至于己斯亡」，《箋》云：「良，善也。民之意不獲，當反責之于身，思彼所以然者而恕之。無善心之人，則徒居一處宋本作「徙居」。怨恚之。斯，此也。」案《後漢書・章帝紀》：「上無明天子，下無賢方伯。『人之無良，相怨一方。』」章懷注云：「良，善也。言王者所爲無有善者，各相與於一方而怨之。義見《韓詩》。」又《韓詩外傳》卷四：「有君不能事，有臣欲其忠；有父不能事，有子欲其孝；有兄不能敬，有弟欲其從令。《詩》曰：『受爵不讓，至于己斯亡。』言能知於人而不能自知也。」《箋》悉本《韓詩》。

「雨雪瀌瀌，見晛曰消」，《箋》云：「雨雪之盛瀌瀌然，至日將出，其氣始見，人則皆稱雪今消釋矣。喻小人雖多，王若欲興善政，則天下聞之，莫不曰：小人今誅滅矣。」案《韓詩外傳》卷四云：「上發舜、禹之制，下則仲尼之義，以務息十子之說。如是者，仁人之事畢矣，天下之害除矣，聖人之迹箸矣。」即引此詩。又《漢書・劉向傳》：「君子道長，小人道消，則政日治，故爲泰。泰者，通而治也。」亦引此詩。

「如蠻如髦，我是用憂」，《箋》云：「今小人之行如夷狄，而王不能變化之，我用是爲大憂也。」

案《韓詩外傳》卷四云：「出則爲宗族患，入則爲鄉里憂。《詩》曰：『如蠻如髦，我是用憂。』小人之行也。」

大雅

《文王》「文王受命作周也」，《箋》云：「受命，受天命而王天下，制立周邦。」　案《春秋繁露·郊祀》篇云：「文王受天命而王天下。」《史記·周本紀》：「詩人道西伯蓋受命之年稱王。」《漢書·地理志》：「公季嗣位至昌，爲西伯，受命而王。」此當是《魯詩》。

「王之藎臣」，《箋》云：「王，帝成王。」　案《漢書·劉向傳》：「孔子論《詩》，至於『殷士膚敏，祼將于京』，喟然歎曰：『大哉天命，善不可不傳於子孫，是以富貴無常。不如是，則王公其何以戒慎？民氓何以勸勉？』蓋傷微子之事周，而痛殷之亡也。」《白虎通義·三正》篇：「《詩》曰：『厥作祼將，常服黼冔。』言微子服殷之冠助祭於周也。」微子朝周在成王之時。《漢書·翼奉傳》亦云：「周公作詩深戒成王，以恐失天下。《詩》曰：『殷之未喪師，克配上帝。宜監于殷，駿命不易。』」《箋》以王爲成王，用三家説。

《大明》「文定厥祥」，《箋》云：「文王以禮定其吉祥，謂使納幣也。」　案《白虎通義·嫁娶》篇：「人君及宗子無父母，自定娶者，卑不主尊，賤不主貴，故自定之也。《昏禮經》曰：『親及没，已聘命之。』❶《詩》云：『文定厥祥，親迎于渭。』」

「命此文王，于周于京」，《箋》云：「天爲將命文王君天下于周京之地。」　案《白虎通義・三正》篇釋《詩》云：「此言文王改號爲周，易邑爲京也。」又見《號》篇。

「會朝清明」，《箋》云：「會，合也。《書・牧誓》曰：『時甲子昧爽，武王朝至于商郊牧野，乃誓。』」　案《易林・復》、《節》、《謙》、《渙》云：「周師伐紂，克於牧野。甲子平旦，天下悦喜。」「甲子平旦」即所謂「甲子昧爽」也。《楚辭・天問》：「會鼂爭盟。」鼂，古「朝」字。一作「會晁請盟」。王逸注亦謂以甲子日朝誅紂。

《緜》「緜緜瓜瓞」，《箋》云：「瓜之本實，繼先歲之瓜必小，狀似瓝，故謂之瓞。」　案《釋文》引《韓詩》云：「瓞，小瓜也。」

「周原膴膴」，《箋》云：「周之原，地在岐山之南，膴膴然肥美。」　案《文選・魏都賦》李善注引《韓詩》作「腜腜」，《廣雅》：「腜腜，肥也。」《箋》兼用韓義。

《棫樸》「薪之槱之」，《箋》云：「至祭皇天上帝及三辰，則聚積以憭之。」憭，當作「燎」。　案《春秋繁露・郊祀》篇引此首章、二章，又《四祭》篇引此二章，皆謂文王郊祭之詩。何休注《公羊・定八

❶「聘」，徐子静本、《清經解續編》本同。中華書局點校本陳立《白虎通義疏證》、《叢書集成初編》影印盧文弨《抱經堂叢書》本《白虎通》竝作「娉」。

年》引下章奉璋爲郊事天。蓋皆本《魯詩》説。

《旱麓》「瑟彼玉瓚」，《箋》云：「瑟，絜鮮貌。」　案《説文·玉部》：「璱，玉英華相帶如瑟弦也。《詩》曰：『璱彼玉瓚。』」

「魚躍于淵」，《箋》云：「魚跳躍于淵中，喻民喜得所。」　案《文選·四子講德論》注引《薛君章句》云：「魚喜樂則踴躍于淵中。」

「施于條枚」，《箋》云：「延蔓於木之枝本而茂盛。」宋本作「枝本」，《後漢書·蘇竟傳》注引無「本」字。案《韓詩外傳》二、《吕覽·知分》篇注、《後漢書·黄瓊傳》注引《新序》竝作「延于條枚」。

《思齊》「烈假不瑕」，《箋》云：「厲、假，皆病也。」　案嘉定錢氏大昕曰：「《仙人唐公房碑》『厲蠱不遐』，即用《思齊》『烈假不瑕』。鄭《箋》讀『烈假』爲『厲瘕』，皆訓爲『病』。蠱、假聲相近。碑立於東漢之世，其時鄭學未行，而闇與之合，可證康成所改，皆本經師相承之訓。」

《皇矣》「串夷載路」，《箋》云：「串夷，即混夷。」　案串，即「毌」字。毌，古「貫」字也。混，一作「昆」。貫夷，即昆夷，如《禹貢》「楊州貢瑶琨」，《漢書·地理志》作「瑶環」之例。當本《魯詩》説。

「施于孫子」，《箋》云：「施，猶易也、延也。」　案《箋》中「延」字義當本《韓詩》，見《旱麓》篇。

「無然畔援」，《箋》云：「畔援，猶拔扈也。」拔，各本作「跋」，此從宋本訂。《文選·西京賦》注引作「拔」，云：「拔，與跋古字通。」　案《釋文》引《韓詩》云：「畔援，武强也。」葉石林鈔本「武强」作「拔扈」。

「誕先登于岸」，《箋》云：「岸，訟也。欲廣大德美者，當先平獄訟、正曲直也。」　案《小宛》韓詩

「宜犴宜獄」云：「鄉亭之繫曰犴，朝廷曰獄。」

「密人不恭，敢距大邦，侵阮徂共」，《箋》云：「阮也、徂也、共也三國犯周，而文王伐之，密須之人乃敢距其義兵，違正道，是不直也。」　案《正義》云：「《魯詩》之義，以阮、徂、共皆爲國名。」《箋》用魯義。首章「維彼四國」，及《文王有聲》「有此武功」，《箋》謂「伐此四國」，皆用魯義。

「崇墉言言」，《箋》云：「言言，猶孽孽，將壞貌。」　案下文「崇墉仡仡」，《釋文》引《韓詩》云：「仡仡，搖也。」《箋》用韓義。

《生民》「履帝武敏」，《箋》云：「帝，上帝也。敏，拇也。祀郊禖之時，時則有大神之迹，姜嫄履之，足不能滿，履其拇指之處。」　案《爾雅·釋訓》：「履帝武敏，武，迹也；敏，拇也。」此鄭《箋》所本。《爾雅·釋訓》一篇多逕漢人增益。《史記》、《楚辭》、《列女傳·母儀》篇、《白虎通義·姓名》篇、《春秋繁露·三代改制質文》篇、《詩正義》引《異義》齊、魯、韓《詩》竝指感生帝之説。

《既醉》「其僕維何？釐爾女士。釐爾女士，從以孫子」，《箋》云：「天之大命附著於女云何乎？予女以女而有士行者，謂生淑媛，使爲之妃。從，隨也。天既予女以女而有士行者，又使生賢知之子孫以隨之，謂傳世也。」　案《列女傳·母儀》篇：「塗山獨明教訓，而致其化焉。及啟長，化其德而從其教，卒致令名。禹爲天子，而啟爲嗣。持禹之功而不殞，君子謂塗山彊於教誨。《詩》云：『釐爾士女，士、女誤倒。從以孫子。』此之謂也。」《箋》用《魯詩》義。

《鳧鷖》「鳧鷖在潨」，《箋》云：「潨，水外之高者也。」　案《廣雅·釋丘》：「潨，厓也。」張揖多取三家《詩》義。孔《正義》云：「水外之地潒然而高，蓋涯涘之中復有偏高之處。」説與《廣雅》相近。

《假樂》「威儀抑抑，德音秩秩」，《箋》云：「抑抑，密也。秩秩，清也。」　案《箋》用《爾雅・釋訓》文。

「率由群匹」，《箋》云：「循用群臣之賢者，其行能匹耦己之心。」　案《春秋繁露・楚莊王》篇：「百物皆有合偶，偶之合之，仇之匹之，善也。」即引此詩，爲《箋》所本。

《卷阿》「茀祿爾康矣」，《箋》云：「茀，福也。」　案《爾雅・釋詁》：「祓，福也。」郭注引《詩》「祓祿康矣」。奪「爾」字。《箋》讀「茀」爲「祓」，義本三家。

《蕩》「殷鑒不遠，在夏后之世」，《箋》云：「此言殷之明鏡不遠也，近在夏后之世，謂湯誅桀也。後武王誅紂。」　案《韓詩外傳》卷五云：「夫明鏡者，所以照形也。法古者，所以知今也。故夏之所以亡者，而殷爲之。殷之所以亡者，而周爲之。故殷可以鑒於夏，而周可以鑒於殷。」即引此詩。鄭用《韓詩》。

《抑》「靡哲不愚」，《箋》云：「今王政暴虐，賢者皆佯愚，不爲容貌，如不肖然。」　案《韓詩外傳》卷六：「比干諫而死。箕子曰：『知不用而言，愚也。殺身以彰君之惡，不忠也。二者不可，然且爲之，不祥莫大焉。』遂被髮佯狂而去。君子聞之，曰：『勞矣箕子，盡其精神，竭其忠愛。見比干之事免其身，仁知之至。』《詩》曰：『人亦有言，靡哲不愚。』」

「有覺德行，四國順之」，《箋》云：「有大德行，則天下順從其政。言在上所以倡道。」　案《列女傳・節義》篇：「夫義其大哉！雖在匹婦，國猶賴之。況以禮義治國乎？」即引此詩。《箋》訓「覺」爲「大」，義本魯説。

「荒湛于酒」，《箋》云：「荒廢其政事，又湛樂于酒。言愛小人之甚。」案《漢書・五行志下之下》「群小湛湎於酒」，其下即引此詩。

「無言不讎」，《箋》云：「教令之出如賣物，物善則其售賈貴，物惡則其售賈賤。」案此與《邶・谷風》「賈用不售」《韓詩》合，《箋》亦當用韓説。

「投我以桃，報之以李」，《箋》云：「此言善往則善來，人無行而不得其報也。」案桓寬《鹽鐵論・和親》篇引《詩》釋之云：「未聞善往而有惡來者。」

《桑柔》「誰能執熱，逝不以濯」，《箋》云：「當如手持熱物之用濯，爲治國之道，當用賢者。」案《墨子・尚賢中》篇：「爵位不高，則民不敬也。蓄禄不厚，❶則民不信也。政令不斷，則民不畏也。故古聖王高予之爵，重予之禄，任之以事，斷予之令。夫豈爲其臣賜哉？欲其事之成也。《詩》曰：『告女憂卹，誨女予爵。爵，當爲「爵」。孰能執熱，鮮不用濯？』則此語古者國君諸侯之不可以不執善承嗣輔佐也，譬之猶執熱之有濯也，將休其手焉。」趙岐注《孟子》亦解經「濯」爲「濯手」。

❶「禄」，原作「録」，徐子静本、《清經解續編》本同，據本節下文、《百子全書》本畢沅校《墨子》、《諸子集成》本與中華書局點校本《墨子閒詁》改。

「其何能淑，載胥及溺」，《箋》云：「女若云：『此於政事何能善乎？』則女君臣皆相與陷溺於禍難。」　案《孟子·離婁》篇引《詩》，趙注云：「刺時君臣何能爲善乎，但相與爲沈溺之道也。」《箋》與趙同。

《雲漢》「耗斁下土」，耗，當作「秏」。《箋》云：「斁，敗也。猶以旱秏敗天下爲害。」　案《釋文》引《韓詩》：「秏，惡也。」《箋》蓋用韓義。

「散無友紀」，《箋》云：「散無其紀者，凶年禄餼不足，人無嘗賜也。」❶　案《墨子·七患》篇：「一穀不收謂之饉，二穀不收謂之旱，三穀不收謂之凶，四穀不收謂之餽，五穀不收謂之饑。歲饉，則仕者大夫以下皆損禄五分之一；旱，則損五分之二；凶，則損五分之三；餽，則損五分之四；饑，則盡無禄，稟食而已矣。」

《烝民》「有物有則」，《箋》云：「天之生衆民，其性有物象，謂五行：仁、義、禮、智、信也。其情有所法，謂喜、怒、哀、樂、好、惡也。」　案《韓詩外傳》卷六：「子曰：『不知命，無以爲君子。』言天之所生，皆有仁義禮智順善之心。不知天之所以命生，則無仁義禮智順善之心，謂之小人。故曰：『不知命，無以爲君子。』《小雅》曰：『天保定爾，亦孔之固。』言天之所以仁義禮智，保定人之甚固也。《大雅》曰：『天生烝民，有物有則。民之秉彝，好是懿德。』言民之秉德以

❶「嘗」，徐子静本、《清經解續編》本同。阮刻《毛詩正義》作「賞」。

則天也，不知所以則天，又焉得爲君子乎？」《箋》用韓義。

《韓奕》「蹶父孔武，靡國不到」，《箋》云：「蹶父甚武健，爲王使於天下，國國皆至。」　案《易林・井之需》云：「大夫行父，父，疑「役」之譌。天地不涉。爲吾相土，莫如韓樂。可以居止，長安富有。」

《召旻》「池之竭矣，不云自頻？泉之竭矣，不云自中」，《箋》云：「頻，當作『濱』。厓，猶外也。自，由也。池水之溢，宋本作「益」。自外灌焉。今池竭，人不言由外無益者與？言由之也。喻王猶池也，政之亂，由外無賢臣益之。泉者，中水生則益深，水不生則竭。喻王猶泉也，政之亂，又由內無賢妃益之。」　案《列女傳》續篇《趙飛燕姊娣傳》引《詩》釋之云：「成帝之時，舅氏擅外，趙氏專內。❶其自竭極，蓋亦池泉之勢也。」

周頌

《天作》「天作高山，大王荒之」，《箋》云：「高山，謂岐山也。大王自豳遷焉。居之一年成邑，二年成都，三年五倍其初。」　案《文選》干寶《晉紀總論》李善注引劉向《新序》曰：「大王，亶父。止於岐下，百姓扶老攜幼，隨而歸之，一年成邑，二年成都，三年五倍其初。」

---

❶「內」，原作「曰」，徐子靜本、《清經解續編》本同，據《文選樓叢書》本《列女傳》改。

「彼徂矣，岐有夷之行」，《箋》云：「後之往者，又以岐邦之君有佼易之道故也。《易》曰：『乾以易知，坤以簡能。易則易知，簡則易從。易知則有親，易從則有功。有親則可久，有功則可大。可久則賢人之德，可大則賢人之業。』以此訂大王、文王之道，卓爾與天地合其德。」　案《韓詩外傳》卷三：「《傳》曰：『易簡而天下之理得矣。』忠易爲禮，誠易爲辭，賢人易爲民，工巧易爲材。』《詩》曰：『岐有夷之行，子孫保之。』」《後漢書·西南夷傳》李賢注引《韓詩》薛君章句云：「徂，往也。夷，易也。行，道也。彼百姓歸文王者，皆曰：岐有易道，可歸往矣。易道，謂仁義之道而易行，故岐道阻險而人不難。」《説苑·君道》篇釋《詩》之義同。

《時邁》「實右序有周」，《箋》云：「右助次序其事，謂多生賢知，使爲之臣也。」　案《韓詩外傳》卷八：「孔子曰：『善乎晏子，不出俎豆之閒，折衝千里。』」即引此詩，此《箋》所謂賢知爲臣也。

「式序在位」，《箋》云：「以其有俊乂用次弟處位。」　案《韓詩外傳》卷八：「三公者何？曰：司馬、司空、司徒也。司馬主天，司空主土，司徒主人。故陰陽不和，四時不節，星辰失度，災變非常，則責之司馬。山陵崩竭，川谷不流，五穀不殖，草木不茂，則責之司空。君臣不正，人道不和，國多盜賊，下怨其上，則責之司徒。故三公典其職，憂其分，舉其辯，明其隱，武進趙懷玉校刻云：「疑『德』字之誤。《續漢書·百官志》注作『得』，古德、得通。」此三公之任也。《詩》曰：『濟濟多士，文王以寧。』又曰：『明昭有周，式序在位。』言各稱職也。」《後漢書·朱穆傳》：「議郎，大夫之位，本以式序儒術高行之士。」亦用《韓詩》説也。

《有瞽》「應田縣鼓」，《箋》云：「田，當作『朄』。朄，小鼓，在大鼓旁，應鞞之屬也。聲轉字誤，變而作『田』。」　案鄭注《周禮》、《禮記》及郭注《爾雅》竝引《詩》作「應朄縣鼓」。

《閔予小子》「嗣王朝於廟也」，《箋》云：「嗣王者，謂成王也。除武王之喪，將始即政，朝於廟也。」　案《漢書・匡衡傳》：「《詩》云：『煢煢在疚。』言成王喪畢，思慕意氣未能平也。蓋所以就文、武之業，崇大化之本也。」匡學《齊詩》。《箋》與匡説合。

《敬之》「陟降厥士，日監在茲」，《箋》云：「天上下其事，謂轉運日月，施其所行，日日瞻視，古本如此。各本作「日月」。近在此也。」　案《漢書・郊祀志》匡衡奏議引《詩》而釋之云：「言天之日監王者之處也。」

《酌》「遵養時晦」，《箋》云：「率殷之叛國以事紂，養是闇昧之君以老其惡。」　案《武》「耆定爾功」，《釋文》引《韓詩》云：「耆，惡也。」言武王惡紂而誅伐之。此謂「老其惡」，當用韓義。

魯頌

《泮水》「思樂泮水」，《箋》云：「辟廱者，築土雝水之外，圓如璧，❶四方來觀者均也。泮之言半也。半水者，蓋東西門以南通水，北無也。天子諸侯宮異制，因形然。」　案《白虎通義・辟雍》篇：

❶「璧」，原作「壁」，據本書卷二十九《泮水》改。下「璧」字同。

「《詩》云：『思樂泮水，薄采其芹。』《詩訓》曰：『水圓如璧。』諸侯曰泮宮者，半於天子宮也。明尊卑有差，所化少也。半者，象璜也。獨南面禮儀之方有水耳。其餘壅之言垣，宮名之別尊卑也。明不得化四方也。」《通典·禮十三》引劉向《五經通義》亦云：「南通水。」

「狄彼東南」，《箋》云：「狄，當作『剔』。剔，治也。」　案《釋文》引《韓詩》作「鬄」云：「除也。」鬄、剔同字，除、治同義。

《閟宮》「實始翦商」，《箋》云：「翦，斷也。大王自豳徙居岐陽，四方之民咸歸往之，于時而有王迹，故云是始斷商。」　案《説文·戈部》：「戩，滅也。《詩》曰：『實始戩商。』」戩、翦同聲，滅、斷同義。

商　頌

《那》「置我鞉鼓」，《箋》云：「置，讀曰植。」　案《廣雅·釋樂》曹憲音引《詩》「植我鞉鼓」。鄭注《禮記·明堂位》篇同。

《玄鳥》「天命玄鳥，降而生商」，《箋》云：「降，下也。天使鳦下而生商者，謂鳦遺卵，有娀氏之女各本脱「有」字。簡狄吞之而生契。」　案《箋》從三家《詩》説。見《生民》篇。

《長發》「湯降不遲」，《箋》云：「湯之下士尊賢甚疾。」　案《韓詩外傳》卷八言：「周公假天子之尊位，所執贄而師見者十人，所還質而友見者十三人，窮巷白屋之士所先見者四十九人，時進善者百人，官朝者千人，諫臣五人，輔臣五人，拂臣六人，載干戈以至於封侯而同姓之士百人。」其下即引此詩。《箋》用韓義。

「何天之龍」，《箋》云：「龍，當作『寵』。」　案《大戴禮・衛將軍文子》篇引《詩》作「何天之寵」。

《殷武》「商邑翼翼，四方之極」，《箋》云：「極，中也。商邑之禮俗，翼翼然可則傚，乃四方之中正也。」　案王氏引之《詩述聞》載：「《後漢書・樊準傳》、《後魏書・甄琛傳》、《白帖》七十六兩引《韓詩》及荀悦《漢紀・元帝紀》載匡衡疏引《齊詩》竝云：『京邑翼翼，四方是則。』鄭《箋》用三家義。」

《儒藏》精華編選刊
即出書目(二〇二三)

白虎通德論
誠齋集
春秋本義
春秋集傳大全
春秋左氏傳賈服注輯述
春秋左氏傳舊注疏證
春秋左傳讀
道南源委
桴亭先生文集
復初齋文集
廣雅疏證
龜山先生語録
郭店楚墓竹簡十二種校釋
國語正義
涇野先生文集
康齋先生文集
孔子家語　曾子注釋
禮書通故
論語全解
毛詩後箋
毛詩稽古編
孟子正義
孟子注疏
閩中理學淵源考
木鐘集
群經平議

三魚堂文集　外集
上海博物館藏楚竹書十九種校釋
尚書集注音疏
詩本義
詩經世本古義
詩毛氏傳疏
詩三家義集疏
書疑　東坡書傳　尚書表注
書傳大全
四書集編
四書蒙引
四書纂疏
宋名臣言行録
孫明復先生小集　春秋尊王發微
文定集

五峰集　胡子知言
小學集註
孝經注解　温公易説　司馬氏書儀　家範
孶經室集
伊川擊壤集
儀禮圖
儀禮章句
易漢學
游定夫先生集
御選明臣奏議
周易口義　洪範口義
周易姚氏學